LES SECRETS DE L'OLYMPE

24-32, rue des Amandiers – 75020 Paris – France

Illustration de couverture : Annette Marnat

Direction générale : Gauthier Auzou
Responsable éditoriale : Krysia Roginski
Éditrice : Emeline Trembleau
Responsable studio graphique : Sabrina Regoui
Conception graphique : Éloïse Jensen
Responsable fabrication : Jean-Christophe Collet
Fabrication : Lucile Pierret
Correction : Catherine Rigal

Dépôt légal : février 2018. Imprimé en Serbie.
Produit conçu et fabriqué sous système de management de la qualité certifié AFAQ ISO 9001.

Claude Merle

LES SECRETS DE L'OLYMPE

Le sang de Méduse

AUZOU

1.

CŒUR DE PIERRE

C'était un cri. Un cri de détresse.

Le bruit a réveillé Phildémon. À sa droite, Dioné dort paisiblement, ce n'est donc pas elle qui a hurlé, mais une fille qui lui ressemble, jeune, blonde, fort belle. Il la revoit courir, épouvantée, sur le sable de la côte. Le vent marin soulevait ses longs cheveux. De temps en temps, elle tournait la tête comme si elle était poursuivie, et soudain, elle s'est arrêtée. C'est à ce moment-là qu'il s'est réveillé.

Ce n'était qu'un cauchemar, pourtant si réel… Dans la clarté de l'aube, il regarde Dioné et se rassure: la nymphe, son amour, sourit dans son sommeil. Deux fossettes au creux des joues lui donnent un air d'innocence enfantine. Uranie, leur petite chatte, dort, elle aussi, en boule au creux d'un coussin. Le cri venait de loin.

Phildémon se lève en silence, enfile sa tunique, chausse ses sandales et empoigne une lance, son arme préférée, en évitant de faire tinter le fer sur le mur de pierre noire. Une fois dehors, il referme la porte de la maison avec précaution. La fraîcheur du matin le réveille tout à fait. Il étire ses deux mètres et ses cent kilos de muscles avant de prendre sa course le long de la mer avec la rapidité et l'endurance qui conviennent à un fils de dieu.

Fils de dieu ! Cette pensée lui arrache un sourire. Fils des dieux serait plus pertinent, car deux divinités revendiquent sa paternité : Hermès, le messager divin, et Apollon, le dieu des artistes. Rivalité flatteuse pour un humain de son espèce, rebelle, voleur, mercenaire, aventurier et impie !

Il refoule les réflexions qui l'amusent en prenant conscience d'un danger, une présence invisible, une odeur inconnue, entêtante, irritante. Sans ralentir, il bondit au-dessus de flaques d'eau saumâtre. On dirait que la mer a envahi la côte durant la nuit avant de se retirer.

Il sait exactement où aller : une plage blanche encerclée d'un collier de roches nacrées, la baie d'Astrée. Il l'atteint dix minutes plus tard. Des empreintes sur le sable. Les pieds sont petits, nus en apparence. Un peu plus loin, il aperçoit la fille, il croit la voir avant de réaliser son erreur : ce n'est qu'une statue plantée dans le sol, merveilleusement belle, et si bien imitée qu'il reconnaît aussitôt le modèle : Harmonie, la fille d'Aphrodite, déesse de l'amour.

Phil l'a rencontrée et admirée à Thèbes. Une fille un peu sauvage. Impossible d'emprisonner une telle nature, éprise de liberté. Cette liberté, comme il la comprend, lui l'éternel insoumis !

Après avoir planté sa lance dans le sable, le héros s'approche et touche la statue. Son marbre est froid et rigide ; cependant, quand il essaie de la soulever, il croit étreindre un corps vivant, et cette sensation le trouble.

— Curieux, n'est-ce pas ?

Étonné, Phildémon abandonne Harmonie et saisit sa lance avant de faire face à celui qui l'apostrophe.

Il découvre alors, assis sur un rocher, un jeune homme enveloppé dans un manteau, le visage dissimulé sous un chapeau de feutre, qu'il identifie aussitôt grâce à ses sandales ailées : Hermès, l'envoyé des dieux.

— Père, que fais-tu ici ?

Le dieu des marchands et des brigands lève la tête et révèle un beau visage d'adolescent. Il a toujours l'art de choisir des apparences humaines propres à rassurer ceux qu'il visite.

— Je pourrais te poser la même question, mais je vais répondre à ta place : tu as fait un rêve, et ce rêve qui t'a tourmenté, c'est moi qui l'ai suscité pour éveiller ta curiosité et t'amener jusqu'ici.

Phildémon désigne Harmonie du bout de sa lance.

— Cette statue…

— Ce n'est pas une statue, coupe Hermès. Examine-la plus attentivement.

De nouveau, Phil s'approche du marbre, caresse le visage, descend jusqu'à la naissance du cou, devine la forme d'un bijou, le collier d'or offert par Héphaïstos, le dieu forgeron ; les longs cheveux bouclés. Instinctivement, il pose l'oreille sur la poitrine de la nymphe et perçoit une pulsation, un cœur qui bat.

— Vivante ?

— Hélas, non, dit Hermès.

— Pétrifiée !

Sur le visage de marbre glisse une larme.

— Oui, pétrifiée. Là est le mystère. L'une des plus belles créatures du monde changée en statue.

— Qui a fait cela ?

— C'est la question que nous nous posons et à laquelle nous te demandons de répondre.

— Nous ?

— Les dieux, oui.

— Vous l'ignorez ?

Phil dévisage son père avec incrédulité. En principe, les habitants de l'Olympe savent tout ce qui se passe sur terre !

— Sinon, nous ne ferions pas appel à toi.

Le héros hoche la tête. À plusieurs reprises, déjà, Zeus, maître du ciel et de la foudre, a requis son aide pour résoudre des énigmes. Chaque fois, Phildémon a réussi, or sa perspicacité a été maigrement récompensée : Zeus ne le porte pas dans son cœur, à supposer que le dieu des dieux ait un cœur.

— Seul un monstre est capable d'une telle horreur : Méduse ! murmure-t-il.

— Tu oublies que Méduse est morte. Persée lui a tranché la tête. Quant à ses sœurs, les Gorgones, elles sont enfermées dans la caverne d'Eliagard, au bout du monde, et je peux te certifier qu'elles n'en sont pas sorties.

Phil reprend son raisonnement, comme s'il n'avait pas entendu les explications d'Hermès.

— La tête de Méduse est immortelle. Elle est fixée sur le bouclier d'Athéna. La déesse de la guerre l'utilise contre ses ennemis. Harmonie l'a peut-être offensée. Les déesses sont souvent aussi capricieuses et susceptibles que les mortelles !

Hermès réprime un sourire avant de poursuivre :

— Les yeux de Méduse ont perdu une partie de leur pouvoir, celui de transformer la matière. Athéna les utilise pour effrayer ses ennemis, non pour les tuer.

— Elle les extermine d'une autre manière, grogne Phildémon.

Le messager divin ne peut pas s'empêcher d'admirer l'audace de son fils et l'impertinence avec laquelle il s'adresse aux dieux. Tandis que le héros tourne autour de la statue et inspecte la plage, en quête d'indices, le messager divin apprécie sa haute taille et son corps puissant sur lequel les combats ont inscrit leurs cicatrices.

— Une seule trace d'empreintes, à part les miennes, commente Phildémon. Toi, tu es venu par la voie des airs, comme d'habitude. Celui qui a frappé Harmonie serait donc capable d'en faire autant ? Peut-être pas ? En tout cas, c'est une créature invisible, dotée de pouvoirs surhumains… Mais pourquoi punir la douce Harmonie avec une telle férocité ? Pour se venger de sa mère Aphrodite ? Impossible ! Et cette odeur étrange, elle me rappelle…

Hermès réprime un sourire en voyant son fils commencer son enquête. Il avait peur d'un refus. Or il n'existe pas de meilleur détective que lui, même parmi les dieux. Sa propre sagacité n'est pas comparable à celle de Phildémon.

— Tu es capable de voler comme l'éclair, s'étonne le héros. Pourquoi ne pas avoir empêché ce meurtre effroyable ?

— Personne ne l'a prévu, pas même Apollon. De plus, le drame a eu lieu il y a cinq jours.

— Cinq jours ! s'exclame Phil. La plage d'Astrée n'est pas si éloignée de la baie d'Orion. Et nul ne m'a prévenu ?

— Sauf moi. Le rêve que je t'ai envoyé était rétrospectif, pas prémonitoire.

— Pendant tout ce temps, vous avez cherché le coupable…

— Sans résultat.

— Et personne n'a remarqué cette… chose? Pourtant, on ne voit qu'elle sur la plage !

— Personne, ni promeneur, ni pêcheur, ni marin. C'est un mystère.

— Les dieux adorent les mystères, c'est bien connu, ironise Phildémon.

— Pas ceux qu'on leur impose… Je dois te dire aussi que cette malédiction n'est pas la seule. Une autre a eu lieu hier.

— Hier ? À quel endroit ?

— Sur l'île de Lesbos. Cette fois, c'est Daphné qui a été changée en statue.

— La jolie nymphe dont Apollon est amoureux ?

— Sa bien-aimée, oui, confirme Hermès. Le monstre défie les dieux, et les dieux comptent sur toi, Phildémon.

Le héros hausse les épaules.

— C'est une mission dangereuse.

— Tu ne crains pas le danger.

— Je vais risquer ma vie.

— Jusqu'à preuve du contraire, le monstre s'attaque à des jeunes filles. Tu n'appartiens pas à cette espèce, que je sache, tu n'es donc pas spécialement menacé, plaisante Hermès.

Phildémon n'apprécie pas l'ironie. Il rappelle :

— C'est la sixième fois que vous faites appel à moi.

— Preuve que nous avons confiance en ton intelligence et en ton courage.

— Je serais plus efficace si j'étais comme vous.

— Comme nous ? répète le messager en feignant l'ignorance, alors qu'il sait fort bien ce que réclame son fils.

— L'immortalité, Zeus me l'a promise à plusieurs reprises.

— Il a promis d'y songer.

— Il y songe depuis longtemps.

— C'est que tu es toujours si indocile, irrespectueux, obstiné. L'Olympe se mérite !

— Je ne vois pas pourquoi vous faites appel à un révolté.

— Parce que tu es le meilleur, en dépit de tes défauts. Je plaiderai ta cause auprès de Zeus, je te le promets. Capture le monstre. Je vais te prêter mes sandales.

— Quelle générosité !

— Elles te permettront de te rendre d'une extrémité de la terre à l'autre en un éclair.

— Pour ce qu'elles t'ont servi !

— Apollon, lui, t'offre l'art de la métamorphose. Humain, bête, objet, tout ce que tu voudras.

— Quelle générosité !

Soudain, un éclair éblouissant. Fin de la discussion. Il ne reste sur le sable que les sandales ailées du messager divin. Phil contemple avec morosité la mer, les forêts, la plage maintenant inondée de soleil, puis la statue d'Harmonie, ravissante, si réelle. Un monstre rôde, et ce monstre, les dieux le redoutent. Or c'est lui, Phildémon, qui doit se mesurer à lui. Une fois de plus, Hermès l'a séduit par ses sourires et ses assurances. Il s'était pourtant juré de refuser d'obéir aux dieux tant qu'il n'aurait pas obtenu l'immortalité si souvent promise.

— Pas si généreux ! gronde-t-il.

2.

DRÔLE DE SERPENT

Dioné est réveillée, même bien réveillée. Trop.

Elle arpente nerveusement le plancher de leur chambre, qui gémit malgré la légèreté de la nymphe, bouscule les armes de Phildémon, répand le contenu de son carquois, piétine ses flèches, avant de faire face au héros qui attend la fin de l'orage, impassible.

— Tu ne vas pas repartir, dis ?

— J'ai promis.

— À qui ? Aux dieux ? Ils se servent de toi.

— C'est le sort de tous les mortels.

Insensible à l'humour, la nymphe fait voler les longs cheveux qui masquent ses yeux et les démasquent au gré de sa colère.

— Pour affronter un monstre qu'ils n'osent pas combattre, et toi, toi…

— Moi, je ne crains ni les monstres, ni les dieux.

Au même instant, le ciel s'obscurcit, puis s'illumine. Un éclair frappe un chêne transformé en une torche immense. La colère de Zeus !

— On s'impatiente là-haut, soupire Phil.

Dioné n'a même pas tressailli. Son regard est soupçonneux.

— Cette Daphné, tu étais amoureux d'elle ?

Il mesure trop tard l'erreur qu'il a commise en lui parlant avec passion de la nymphe pétrifiée par le monstre.

— Tu confonds avec mon père Apollon.

— Elle te plaît, en tout cas, je le sens.

— Daphné est morte, et de cruelle manière, murmure-t-il d'un ton de reproche.

— J'étais jalouse d'elle quand elle était vivante. Maintenant, je suis jalouse d'une statue. Emmène-moi avec toi.

— Pas question !

Il a déjà chaussé les sandales d'Hermès. Il remet ses flèches dans son carquois, fixe son arc à son épaule, saisit sa lance, et détache les bras de Dioné noués autour de son cou. Elle supplie :

— Prends garde à toi.

La nymphe, si vaillante d'habitude, paraît en proie à un terrible pressentiment. Dans ses yeux, la peur remplace la colère. La chatte Uranie se frotte aux jambes du héros, aussi frémissante que sa maîtresse.

— Cueillez-moi un énorme bouquet de laurier, ordonne-t-il pour les occuper.

Dioné hausse les épaules et se détourne. Nouvelle maladresse : il a oublié que le laurier était la plante préférée de Daphné !

— Pardonne-moi.

Un simple éblouissement. Il est aussitôt sur Lesbos, l'île blanche écrasée de soleil au milieu de la mer Ionienne. Pas de plage, des rochers nus dominant une mer lisse et bleue. Daphné est immobile, face à l'horizon, à l'endroit indiqué par Hermès, sculptée dans une pierre presque translucide. Si belle. Si morte. Elle ressemble ainsi à Harmonie.

Pourquoi elle ? De nouveau cette question obsédante. Pourquoi ? S'il pouvait tenir le monstre capable de changer en pierre glacée cette chair si douce !

La main de Phildémon se crispe sur sa lance, mais il a beau regarder de tous côtés, l'endroit est désert. Les habitants de l'île ont fui, ou bien une force infernale les a repoussés loin du rivage.

— Qui t'a fait ça, dis-moi ?

Le visage de Daphné est mouillé comme si le soleil ne parvenait pas à assécher ses larmes.

Tu souffres ? Tu es désespérée ? Tu es en colère ? Les questions qu'il n'ose pas formuler se bousculent dans la tête de Phil. Par habitude, il inspecte les alentours en quête d'indices. L'odeur perçue dans la crique d'Astrée où il a découvert Harmonie flotte à nouveau dans l'air, un parfum de fruits acides reconnaissable, un poison insidieux. Pourtant, le vent marin aurait dû la disperser depuis longtemps. D'après Hermès, le nouveau drame s'est déroulé quelques heures auparavant. Le monstre a disparu, à moins qu'il ne soit encore là, guettant l'horreur qu'il a provoquée, la douleur de la victime, la pitié des témoins, toutes ces souffrances qui le réjouissent. Cependant, l'odeur létale se mêle maintenant à une autre, plus lourde, grasse, rance. Phildémon pointe sa lance et débusque quelque chose enfoui dans un creux, entre deux rochers. Un être surgit, une grosse tête aux cheveux rouges, assez belle malgré le bandeau qui lui couvre le front et l'œil droit, un corps court et robuste, des vêtements de cuir noir, des bottes cerclées de fer.

— Holà, camarade, tu admires ma statue ?

La voix du nain est vulgaire et éraillée.

— Ophidios ?

— C'est moi, oui, Ophidios, le serpent. Mais je l'ai vue le premier, désolé !

En disant cela, le nain pose la main sur l'épaule de la statue avec un air de propriétaire. Phildémon l'examine, intrigué. Ophidios n'a aucun rapport avec le monstre, non pas qu'il soit inoffensif. Phildémon a appris à se méfier des trois poignards pendus à sa ceinture, de la précision et de la rapidité avec lesquelles il sait les lancer, mais le nain est un voleur, pas un meurtrier. Ensemble, ils ont pillé bien des palais et des villas en Égypte et en Syrie.

— La statue restera à sa place, prévient Phil.

Ophidios se met à rire en saccades.

— Tu arrives trop tard, Phil, je te l'ai dit. Je l'ai déjà vendue, cette merveille.

« En quelques heures ? » songe le héros, sceptique. Il secoue la tête avec réprobation.

— Les dieux ne seront pas contents.

— Nous verrons bien.

— Justement pas. Tu risques de ne plus jamais voir ni ceux que tu aimes, ni ceux qui te détestent et rêvent de se venger. Il te reste un œil, Ophidios. À ta place, moi, je ne prendrais pas le risque de le perdre.

Quelques années auparavant, le voleur a surpris Artémis, déesse de la chasse, tandis qu'elle se baignait nue dans le fleuve Alcé. La déesse n'a pas apprécié. Une de ses flèches a crevé l'œil droit de l'indiscret.

Le borgne caresse ses poignards d'un air menaçant.

— Si j'étais toi, ami, je n'essaierais pas, conseille Phil d'une voix douce.

Le nain hésite. Il a vu le héros à l'œuvre, et même s'il ne croit pas à la fable du fils des dieux, la force de Phildémon est légendaire. Il est capable de le soulever d'une main, et de le lancer à cent mètres du rivage. Or Ophidios ne sait pas nager.

— Écoute, ajoute le héros conciliant, cette beauté n'est pas une statue. C'est Daphné, la nymphe bien-aimée de mon père Apollon.

— Ton père ? ricane Ophidios. Je croyais que c'était Hermès ?

— J'ai deux pères, en effet.

— Tu en as de la chance ! Moi qui n'ai pas connu le mien !

Phil hausse les épaules et désigne la statue.

— Regarde cette jeune fille attentivement. Que vois-tu ?

— Un marbre magnifique.

— Ces larmes sur son visage ?

— L'écume poussée par un vent furieux est montée jusqu'au sommet de la falaise.

Phil montre la mer étale d'un geste large.

— Où vois-tu des vagues ? La mer n'a pas une ride.

— La tempête s'est calmée. Ce matin, elle était si violente qu'elle a manqué m'emporter, et la brume était si épaisse qu'on se serait cru la nuit.

Le héros saisit Ophidios par les cheveux et lui colle le visage sur la statue.

— Qu'est-ce que tu entends ?

— Je ne sais pas, grogne le nain qui se débat. On dirait…

— Un cœur, n'est-ce pas ?

Ophidios fait un bond en arrière en esquissant un geste de conjuration.

— Sorcellerie !

— Appelle ces pulsations comme tu veux, mais ce sont celles de Daphné. Il y a, sur cette île, un monstre aux pouvoirs surhumains, capable de pétrifier les hommes et même les dieux. Harmonie sur la plage d'Astrée et Daphné sur cette île ont été ses premières victimes, et tout porte à croire qu'elles ne seront pas les dernières.

— Quel monstre ? demande Ophidios.

— C'est ce que les dieux m'ont chargé de découvrir. Tu ne me crois pas ? Regarde ce qu'ils m'ont donné !

Il caresse ses sandales. Un éclair aveuglant. Phildémon disparaît et se matérialise aussitôt au sommet d'une colline, à cent pas de là, puis il revient auprès du nain sidéré.

— Comment fais-tu cela ?

— Grâce au cadeau de mon père, Hermès.

Devant l'air ahuri de son compagnon, il se met à rire, mais le borgne ne songe pas à partager son hilarité. Son œil unique regarde autour de lui d'un air anxieux. Il tend la main vers la statue et la retire comme si la pierre l'avait brûlée.

— Une seule créature est capable d'un tel prodige, balbutie-t-il sans oser la nommer.

— Méduse, mais la Gorgone est morte.

— Ces abominations ne meurent jamais.

Le nain lève la main et l'agite en guise d'adieu. Ce geste révèle le tatouage d'une vipère enroulée autour de son bras nu, la marque d'Ophidios.

— Tu as gagné, compagnon. Je te laisse ta statue, dit-il. Débrouille-toi avec les dieux.

— Attends ! crie Phildémon. Tu vas m'aider.

— T'aider à quoi ? répond le borgne en amorçant une retraite prudente vers l'intérieur de l'île.

— À démasquer le monstre.

Le nain éclate d'un rire forcé.

— Tu es assez grand pour te débrouiller tout seul, Phil. N'es-tu pas l'ami des dieux, que dis-je, leur enfant chéri ? Moi, je tiens à ma peau !

— J'ai besoin de toi.

— Pour servir d'appât, comme à Mycènes ? Non, merci.

À Mycènes, un an auparavant, envoyé en éclaireur, le borgne a été capturé au filet à la manière d'un animal tandis que Phil s'emparait des richesses du temple. Ensuite, le héros a délivré Ophidios et partagé son butin avec lui. Mais le nain n'a pas oublié la fosse aux loups affamés où allaient le plonger ceux qui l'avaient capturé.

— Que dirais-tu de retrouver ton œil droit ?

— Un autre prodige, pas vrai ?

— Je suis sérieux : les dieux te récompenseront.

— À quoi me serviraient mes yeux avec un corps de pierre ?

— Comme tu voudras, soupire Phildémon en se détournant.

Au même instant, une ombre voile le soleil et un immense oiseau fond sur le borgne qui se met à courir, bondit et se tapit au creux des rochers. L'oiseau se pose. Ses serres se referment sur sa proie et l'enlèvent vers le ciel.

3.

LE SOLEIL AVEUGLE

Au spectacle de son compagnon emporté vers le ciel entre les serres de l'aigle, Phildémon saisit son arc, encoche une flèche et tire. Le trait adroit frôle une aile. Le rapace lâche Ophidios qui tombe en hurlant dans la mer et disparaît sous l'eau, à trente mètres du rivage.

La scène n'a duré que quelques secondes. Le héros a réagi par instinct. Il abandonne son arc, plonge et nage avec vigueur vers l'endroit où le nain a disparu. La tête rouge reparaît, ses bras frappent l'eau avec maladresse, il pousse un cri étranglé avant de couler. Phildémon le rattrape par les cheveux.

— Laisse-toi faire !

Il lui enserre le cou et le ramène jusqu'au rivage. Le nain jure et crache.

— L'emplumé me déchire le ventre et toi, tu m'étrangles !

— J'aurais dû te laisser au fond de l'eau !

— Tu m'as sauvé la vie parce que tu as besoin de moi, c'est tout, râle le borgne.

Il regarde le ciel d'un air anxieux. L'aigle a disparu.

— Il ne reviendra pas, assure Phil.

Ophidios renifle avec un mélange de frayeur et de colère.

— Si tu le dis…

— Ils veulent que tu m'assistes.

— Qui ça ?

Phil désigne le ciel en silence. Ophidios fait la grimace.

— Tes dieux ?

— Ce sont aussi les tiens. Ils apprécient ton audace, ton habileté…

— Drôle de manière de le prouver, grommelle le nain en se massant les flancs égratignés par les griffes de l'oiseau géant.

— J'ai besoin de toi.

— Tu me l'as déjà dit, et moi, je t'ai répondu : non, merci.

— Tu vas interroger les habitants de l'île. Ils ont sûrement remarqué quelque chose, le moindre détail peut nous servir. Avec moi, ils se méfieraient. Toi, tu sauras les rassurer…

Ophidios torture nerveusement la mèche de ses cheveux roux.

— Pardi, un voleur, ça met les gens en confiance, c'est bien connu ! Et d'abord, je n'ai pas dit que j'allais t'aider, j'ai même affirmé le contraire.

— Nous nous retrouverons dans une semaine, jour pour jour, à Corys, au pied de l'Hymette, la colline aux abeilles, poursuit Phil sans prêter attention aux protestations de son compagnon.

— Tu es sourd, ma parole !

— Si tu découvres une piste, reviens ici même, et crie mon nom. J'apparaîtrai.

« Il apparaîtra ! Il se prend pour un dieu ! maugrée Ophidios en pressant le pas vers le village proche. Que vais-je raconter au prince Marsyas qui a payé d'avance le prix de cette maudite statue ? Lui rendre ses deux cents pièces d'or ? Pas question ! »

Tandis que le borgne, perdu dans ses pensées, s'éloigne, Phildémon part en sens inverse. Au bout de trois cents pas, il trouve celui qu'il attend, un jeune homme d'une merveilleuse beauté, paré d'un habit de lumière : son père, Apollon.

Phildémon le salue.

— Je savais que c'était toi, ce volatile !

— Pourquoi pas Zeus ?

— Le maître ne se dérange pas pour un si maigre gibier. Pour quelle raison avoir effrayé ce pauvre Ophidios, dis-moi ?

— Pour le convaincre de traquer le monstre en ta compagnie. Le petit homme a un don précieux.

— Un don ? Je veux bien le croire : aucun voleur n'est aussi habile. Il s'introduit dans les orifices les plus exigus, un vrai serpent.

— Pas seulement : il n'a qu'un œil, mais cet œil le protège de la mort de pierre. Le monstre est impuissant face à lui. Ophidios peut plonger son regard dans le sien sans subir la moindre pétrification.

— Comment le sais-tu ?

— Un rêve prophétique.

— Tu as vu le borgne résister au monstre, mais tu n'as pas vu le monstre? murmure Phildémon, sceptique.

— C'est ainsi. Si je connaissais le meurtrier, il serait déjà enfermé au fond du Tartare.

— Je me demande pourquoi vous m'avez choisi, soupire Phil. Me battre contre un fantôme…

— Il profite toujours d'une tempête et d'un épais brouillard pour se manifester.

— Il a peut-être besoin de l'eau, de la pluie, des vagues ?

— Peut-être.

Le regard d'Apollon se porte sur la statue de Daphné qu'ils aperçoivent au loin. La tristesse du dieu se communique au héros.

— Je découvrirai le coupable ou bien je serai changé en pierre, assure Phildémon.

Apollon approuve en souriant.

— Pour t'aider, voici le pouvoir que je t'ai promis.

Quand sa main se pose sur son front, Phil sent une force prodigieuse le pénétrer.

— Il te suffit de penser intensément à un objet, un animal ou un être humain, pour prendre aussitôt son apparence. Tu peux essayer.

Quelques instants plus tard, Phil se métamorphose en un énorme taureau aux naseaux fumants. Ses sabots et ses cornes labourent le sol. Il mugit avec fureur. Comme il se précipite sur lui, Apollon l'arrête d'un geste.

— Impressionnant !

Phildémon reprend aussitôt sa forme humaine.

— Je te remercie, dit-il, mais ce n'est pas ce qu'il me faut.

Le dieu sourit.

— Je n'oublie pas ce que tu désires, mon fils. J'interviendrai auprès de Zeus, et si ta mission est couronnée de succès, je partagerai avec toi le nectar et l'ambroisie qui te rendront immortel.

Phil fait la moue : Apollon est sincère et généreux, mais seul Zeus peut lui accorder l'immortalité.

Peut-être tiendra-t-il enfin sa promesse, cette fois. Rien n'est moins certain.

— Signons un pacte ! propose-t-il.

— Un pacte ?

— Je capture le monstre, et Zeus me rend immortel.

Ils entendent soudain le grondement d'un orage lointain. Apollon secoue ses cheveux d'or d'un air réprobateur.

— On ne marchande pas avec Zeus, tu dois le savoir.

— Il a bien offert l'immortalité à Héraclès.

— Héraclès est son fils.

— Tandis que moi…

— Toi, tu es un magnifique héros.

— Qui risque de tenir compagnie à Daphné dans une enveloppe de pierre.

— Pauvre Daphné, soupire Apollon. C'est la première fois qu'elle est à ma merci. Son père, Pénée, le dieu-fleuve, l'a toujours dérobée à mes désirs. Quand je croyais la saisir, elle se transformait en laurier. Je n'avais qu'une fleur entre les doigts. Aujourd'hui, je donnerais bien des trésors pour la savoir libre, même si elle devait en aimer un autre.

En disant cela, le dieu pose un regard soupçonneux sur son fils.

— Moi ? Non, père, se défend Phil. Ce n'est pas moi qu'elle aimait. C'était la liberté, tout simplement.

Le visage d'Apollon se glace.

— Attrape ce monstre !

Il ajoute avec plus de tendresse :

— À présent, tourne-toi et contemple la mer.

Phildémon s'exécute. Il n'est qu'un mortel, hélas. Le rayonnement du dieu peut lui brûler les yeux sans le vouloir. Pendant quelques instants, il ressent la chaleur intense d'une lumière qui fait pâlir l'île et la mer. Quand elle s'éteint, Apollon a disparu.

Au cours de leur conversation, le héros a pris le temps de réfléchir. Il réalise qu'il peut se renseigner sur le monstre sans s'adresser à Hermès et à Apollon, et il s'étonne de ne pas avoir commencé par là. Il caresse ses sandales, et un seul coup de talon le transporte vers les rivages de l'océan du bout du monde.

Aux confins de la terre s'élève le palais d'Hélios, divinité du soleil, dans une prairie où errent de magnifiques bœufs blancs aux cornes dorées. L'heure est propice : c'est le crépuscule. Le char d'Hélios ne tardera pas à regagner son domaine. Ses feux brûlants s'éteindront, et une douce lumière envahira le palais d'or et ses jardins. En attendant, Phildémon s'étend sous une haie de genévriers pour échapper aux regards des jeunes filles qui surveillent le troupeau sacré : les Héliades, filles d'Hélios. Il ne veut pas de bagarre, surtout pas.

Où sont-elles, au fait, ces gardiennes ? Leur absence est étonnante, car elles ont l'ouïe fine et sont toutes les cinq d'un tempérament belliqueux. Tout est paisible, Phildémon en conclut qu'elles doivent se reposer. Lui-même a besoin de dormir. Enivré par l'odeur des fleurs et bercé par la rumeur de l'océan, il s'assoupit et se met à rêver… Il est chez lui, pas vraiment : la maison ressemble à la sienne, mais le plancher est brûlant comme si un feu souterrain chauffait les lames de bois. Dioné lui tend les bras à travers la fumée. Elle crie son nom. Il se précipite à son secours, puis, à l'instant où il la saisit, elle lui échappe. Ce n'est plus elle, mais une fille épaisse, un visage aux yeux verts d'une cruauté indicible. Ses cris retentissent, un craquement, la terre tremble, il s'éveille.

Ce n'était qu'un cauchemar. La haie qui l'abrite est intacte. Le bruit provient du rivage. Les chevaux d'Hélios sont là, ils galopent vers l'océan. Ils hennissent, s'éclaboussent, nagent en soufflant à la manière des animaux marins. Phildémon s'approche, fasciné par la beauté des coursiers célestes. Il les connaît tous les quatre : Pyroïs, Éoos, Aéthon et Phlégon. Leurs noms signifient Feu, Flamme, Éclair et Lumière. Tout le jour, ils tirent sans fatigue le char du soleil, puis le soir, dételés, ils jouissent joyeusement de leur liberté.

— Vous êtes là, mes belles étoiles.

Seul Éoos, le moins farouche, s'approche de sa main tendue. Phil caresse sa crinière brûlante jusqu'à ce que le cheval rejoigne ses frères au milieu des vagues avec un hennissement impatient.

Le héros prend alors le chemin du palais. La demeure baigne dans la douce lumière de la nuit.

Le vent agite des tentures de soie semblables à des rayons de lune. Hélios se repose sur un lit de fleurs. Ses boucles tressent une couronne d'or autour de son beau visage.

— Phildémon, c'est toi ?

La crispation imperceptible des lèvres n'échappe pas au héros.

— On dirait que tu n'es pas heureux de me voir.

— J'ai besoin de sommeil.

— Cette heure est la seule où je peux te rendre visite.

— C'est la seule où je peux éviter les humains, leur vacarme et leur agitation.

— Juste une question : tu sais qu'Harmonie et Daphné sont victimes d'un démon. Qui est-il, ce démon, dis-le-moi, toi qui vois tout ?

Hélios pousse un soupir de lassitude.

— Les dieux m'ont déjà interrogé à ce sujet. Je leur ai répondu que je n'avais rien vu.

— Ta sœur, Séléné, la lune, alors.

— Elle non plus.

— C'est impossible ! Ce monstre n'est pas invisible. Même dans ce cas, tu l'aurais remarqué, à l'air qu'il déplace, aux nuées qui l'enveloppent, à la confusion de ses jeux de lumière.

— Je n'ai rien vu, donc il n'y avait rien à voir.

Phildémon note un infime frémissement dans sa voix. On dirait qu'il a peur, lui, le fils du titan Hypérion et de la déesse Théia, le descendant d'Ouranos. « Impossible ! » Une nouvelle fois, l'adjectif s'impose à Phildémon.

— Puisque tu ne veux rien me dire… gronde-t-il.

— Puisque je ne peux rien te dire, corrige Hélios.

Voyant Phildémon blessé, pris de regret, peut-être, il ajoute à voix basse :

— Prends garde à toi, fils d'Apollon.

— De quel danger s'agit-il ? Parle ! Qui dois-je redouter ?

Hélios reste muet. Il ferme les yeux comme si le monde avait soudain cessé d'exister. Il ne dira plus un mot. Les dieux se taisent, et Phil se demande s'ils ne le mettent pas à l'épreuve ou s'ils ne lui tendent pas un piège.

Autour du palais, on s'agite. Phil perçoit des chuchotements. Les filles d'Hélios, ce sont elles qui s'approchent. Leur père les appelle, peut-être, pour l'obliger à partir. Phildémon se penche sur le dormeur et lui chuchote à l'oreille :

— Tes filles sont belles. Un jour, le monstre s'attaquera à elles. Tu regretteras alors de m'avoir menti, et tu seras heureux de me revoir, pourvu qu'il ne soit pas trop tard.

Les blondes Héliades envahissent la chambre. Phil a déjà disparu, emporté par les sandales d'Hermès.

4.

MENACE

La maison, petite, comporte une pièce unique enfouie dans un jardin envahi de fleurs et peuplé d'oiseaux. Le célèbre Calchas habite ce nid. C'est un vieillard au corps robuste et à la barbe blanche. Quand il sourit, ses yeux malicieux disparaissent sous les plis de son visage. On prétend qu'il descend d'Apollon. « Comme moi », pense Phildémon avec ironie. Si un homme peut le diriger dans ses recherches, c'est bien lui. Un devin, le plus grand de tous, capable de lire à livre ouvert dans le passé, le présent et l'avenir. Au cours de sa longue existence, il a voyagé dans le monde entier, et servi de guide à bien des héros : Achille, Héraclès, Ulysse et Philoctète.

— Tu as interrogé les dieux. Maintenant, ce sont eux qui t'interrogent, soupire Calchas avec une fausse mélancolie. Que veux-tu savoir ?

D'un geste, il désigne à Phildémon un banc de pierre logé dans un buisson d'aubépine.

— J'ai questionné Hélios qui voit tout. Il n'a pas su me renseigner, dit le héros.

— Hélios t'a menti.

« Tu ne m'apprends rien ! » songe Phil avec amertume.

— Mais pourquoi ?

Incapable de rester en place, il se lève, secoue les buissons, déclenchant au passage une pluie de pétales. Calchas observe d'un œil critique ses arbustes dépouillés, et le tapis de fleurs que piétine le colosse.

— Parce qu'il a peur.

— Peur, Hélios ? De quoi donc ?

— Je l'ignore.

— Tu me mens, toi aussi ? gronde Phil.

— Je ne mens jamais, tu devrais le savoir.

— Et les dieux, Zeus, Hermès, Apollon, ils ont peur, eux aussi ?

Calchas émet un rire caverneux.

— Parfois, mais pas en l'occurrence.

— Je pense qu'ils me choisissent parce que je suis un homme, je ressens les drames plus intensément que les dieux.

— C'est une théorie intéressante, raille le devin.

— Des nymphes ravissantes condamnées à vivre pour l'éternité dans un cercueil de marbre, un sort pire que la mort. Et le monstre qui les frappe et s'acharne sur elles, personne ne l'aurait vu ? Si, Hélios, mais il se tait. Qui protège-t-il ?

Phil a crié, hors de lui. Calchas se contente de caresser sa barbe d'un air pensif, un long moment. Quand il parle, sa voix est méconnaissable.

— J'entrevois une ombre, un reflet… et aussi un parfum, un poison… non, plutôt un narcotique…

— Je l'ai senti, moi aussi ! s'exclame Phil. Une odeur de fleurs pourrissantes.

— Elle provient des profondeurs.

— L'enfer ? Hadès ?

— Je ne crois pas, non. Une caverne, peut-être. Je vois des rochers, c'est étrange…

Le devin frémit comme s'il tentait de déchiffrer un message obscur. Il est sincère, mais aveugle, lui aussi.

— Ce monstre, ne peux-tu le décrire ? s'impatiente Phildémon. Est-ce Méduse, dis-moi ?

Calchas hésite.

— Méduse est morte. Pourtant…

— Elle a ressuscité ?

— Sa tête est toujours clouée sur le bouclier d'Athéna.

— Si j'interrogeais la déesse ?

L'ironie tord la bouche du devin.

— Questionner la divine guerrière ? Je te savais hardi, Phildémon, mais à ce point… Je te souhaite bien du plaisir !

— Comment le monstre peut-il échapper à tous les regards, même à ton génie prophétique ? Les dieux le protègent ?

— C'est possible.

Phildémon secoue la tête avec fureur.

— Dans ce cas, pourquoi faire appel à moi ? Sans posséder ton pouvoir de divination, j'ai résolu bien des énigmes. Je viendrai à bout de celle-là, ils le savent, j'ai l'impression qu'ils l'espèrent…

Au même instant, le ciel s'obscurcit. La pluie se met à tomber, violente.

— Rentrons ! décide Calchas.

Ils ont dix pas à faire et arrivent trempés à l'intérieur de la demeure. Dehors, le vent hurle, secoue la maison de bois. La pluie crépite sur la toiture.

— Je sens une colère associée à une grande souffrance, murmure le devin. Tu entends cette plainte ?

Il fait si sombre que Phil ne distingue pas son visage.

— Qui souffre ainsi ?

Calchas ne répond pas. Il regarde la pluie ruisseler sur les pierres qui encadrent les ouvertures.

— Les larmes… souffle-t-il comme s'il redoutait d'être entendu. Elles cachent la haine.

Soudain, la pluie cesse. L'orage s'éloigne comme il est venu. Le jardin noyé est couché sur la terre. Les branches alourdies ont brisé leurs tuteurs.

— Le soleil va avoir fort à faire, constate Calchas.

Phildémon pense qu'il s'agit d'Hélios, mais le devin se préoccupe uniquement de ses fleurs, il s'adresse à elles comme à ses enfants. Il n'est plus qu'un jardinier. Déçu, le héros comprend qu'il n'obtiendra rien de plus que deux ou trois paroles énigmatiques, et il se résigne à partir quand Calchas le retient. Sa main se crispe sur son poignet. Son regard est anxieux.

— Attends ! Je pressens un danger, au bord de la mer, la pluie, une ombre, toujours la même, masquée par les vagues d'une tempête, les ténèbres. Elle s'éloigne en laissant une pierre…

— Encore une victime ? s'écrie Phildémon.

La main du devin resserre son étreinte autour de son poignet.

— Une maison couleur de lave… Par les dieux, c'est la tienne, Phildémon. Va, hâte-toi !

— Dioné ! murmure le héros, alarmé.

Il se libère et frappe le sol. Les sandales divines le conduisent instantanément sur la côte d'Orion. Sa maison est fermée, silencieuse. Tout autour, le sol détrempé révèle le passage d'un orage.

— Dioné !

Il enfonce la porte. La première pièce est déserte. Des sanglots étouffés proviennent de la chambre. Dioné, c'est elle, désespérée, épouvantée, mais vivante. Phildémon la serre dans ses bras.

— Que s'est-il passé, mon amour ? Tu es blessée ? Parle-moi.

La nymphe, étouffée de sanglots, désigne leur lit. Sur son coussin favori, il y a Uranie, leur chatte bien-aimée, pétrifiée comme Harmonie et Daphné. La main de Phildémon croit caresser le velours de sa fourrure et rencontre le froid du marbre.

— Créature maudite ! enrage le héros. Quand a-t-elle frappé ?

Dioné refoule ses larmes.

— Je ne sais pas, il y a quelques instants, pas longtemps…

— Qu'est-ce que tu as vu ?

— Mais rien. Il y avait une tempête, le vent, le brouillard. J'ai entendu un coup violent à la porte. Pensant que le souffle l'avait ouverte, je me suis précipitée. Tout était fermé. Le vent hurlait. J'entendais un vacarme assourdissant, pareil au grondement de mille voix. Tout s'est calmé subitement. Et quand j'ai regagné la chambre, je l'ai trouvée…

Elle s'assied sur le lit et saisit le petit animal de pierre avec précaution, comme si elle avait peur de le briser. La main de Phil rejoint les siennes.

— Tu n'as rien remarqué, tu en es bien sûre ?

— Puisque je te le dis ! s'écrie-t-elle avec véhémence. C'est le monstre, pas vrai ? Il a tué ce que nous avions de plus cher, Uranie, ma douce.

Elle repousse Phildémon.

— C'est ta faute ! Je te disais de ne plus te mêler des malédictions de l'Olympe. Mais tu n'en fais qu'à ta tête. L'immortalité, il n'y a que ça qui compte à tes yeux !

Il caresse les cheveux de sa compagne d'un geste apaisant.

— Tu crois que j'ai le choix ?

— Oui, tu as le choix, tu l'avais. Il te suffisait de refuser. Les dieux t'utilisent, ils se jouent de toi !

— En ce moment, je me fiche bien de devenir immortel. Deux nymphes sont mortes. D'autres subiront leur sort si je ne mets pas un terme à ces horreurs.

— Moi, par exemple !

— S'il avait voulu s'attaquer à toi, tu serais déjà changée en pierre.

— Je devrais lui dire merci, sans doute ?

— Uranie est un avertissement.

— Un avertissement, c'est tout ce que tu trouves à dire ? Cette chatte, je l'aime plus que mes sœurs.

— Moi aussi, je l'aime, dit Phil. Et le monstre le sait. S'il a sévi ici, c'est qu'il se sent menacé. Il veut me forcer à abandonner mon enquête. J'ai dû frôler la vérité sans le savoir. Qu'est-ce qui a pu provoquer sa colère ? Il surgit toujours avec la tempête. Ici même, à Orion. Sur Lesbos en pétrifiant Daphné. Sur la plage d'Astrée pour surprendre Harmonie. Le vent, l'écume, la tempête, toujours…

— Qu'est-ce que ça signifie ? demande Dioné dans un sanglot.

Phil secoue la tête en signe d'ignorance avant de poursuivre :

— Il s'attaque à de très belles jeunes femmes. Il les punit : ce cercueil de marbre ! Il se venge, on dirait.

Elles l'ont peut-être repoussé… Il les change en pierre pour mieux les posséder.

— C'est stupide, ce que tu dis, soupire Dioné.

— Stupide, tu as raison… Les dieux eux-mêmes redoutent le monstre au point de me mentir après m'avoir attaché à un piquet comme une chèvre destinée à attirer le lion vers les chasseurs.

La comparaison arrache un sourire à Dioné.

— Une chèvre, tu as raison, ou un bouc.

Comme il se perd dans ses pensées, elle s'inquiète :

— Que vas-tu faire ?

Il regarde le beau visage ravagé par les larmes.

— Te protéger.

— Tu ne vas pas nous quitter, alors ?

En disant cela, elle tend vers lui la statue d'Uranie comme une offrande.

— Si je peux.

— Tu vas repartir, je le sais, ne prétends pas le contraire, dit-elle avec rancune en serrant la chatte dans ses bras. Non, inutile d'essayer de m'embrasser. Jusqu'à ce que tu renonces à pourchasser ce monstre, je ne serai pour toi qu'une statue !

5.

LA DIVINE GUERRIÈRE

« Où es-tu, Ophidios, vieux pirate ? » Phil attend depuis l'aube. Le borgne a-t-il oublié leur rendez-vous ? A-t-il jugé la traque du monstre trop dangereuse ? A-t-il vendu Daphné à un riche acheteur au risque de s'attirer les foudres des dieux ?

Les dieux ! Phildémon contemple l'Hymette, la colline sacrée, recouverte d'une étonnante poudre blanche : la neige au milieu du printemps ! C'est là que, selon la légende, Mélitée, le fils caché de Zeus, a été nourri par les abeilles à l'écart de la vengeance d'Héra, son épouse.

L'air alterne caresse et morsure, et il fait anormalement chaud dans la blancheur du paysage. Allongé sur une roche courbe en forme de barque, Phildémon songe à Méduse. Il a beau chercher d'autres explications, la logique le ramène à la Gorgone, malgré le sort que lui a réservé Persée. Athéna est fort capable d'avoir fait revivre le monstre pour exterminer ses ennemis.

À l'instant où il imagine le bouclier de la déesse, ses yeux meurtriers et ses serpents venimeux, Athéna apparaît. Phildémon éprouve un choc en présence de la guerrière. Lui qui se jugeait imposant, du haut de ses deux mètres, est écrasé par la divinité gigantesque, dont le casque et la cuirasse brillent d'un feu ardent. D'un coup de talon, elle pourrait l'écraser comme un insecte; d'un revers de main, l'expédier dans la mer.

Il songe d'abord à fuir, mais il a besoin de réponses et envie de prouver qu'il est digne d'être un jour immortel.

— Eh bien, qu'attends-tu? Tu voulais m'interroger?

La voix d'Athéna l'assourdit. Pourtant, cette clameur ne résonne que dans sa tête. Il quitte sa barque de pierre et se redresse avec courage.

— Zeus m'a chargé d'une mission.

— Je connais ta mission, mais soupçonner Méduse est une ineptie. La Gorgone est morte, et me soupçonner moi est un sacrilège !

— Je dois poursuivre mon enquête, insiste Phil en guise d'excuse.

« Pas aimable, la déesse », songe-t-il, oubliant qu'Athéna peut lire ses pensées.

— N'essaie pas d'être insolent avec moi. Cette attitude amuse Hermès, pas moi !

— Telle n'était pas mon intention, réplique Phil. Je voulais seulement…

— Examiner mon bouclier ? À ta guise !

Avant que le héros ait pu esquisser un geste de défense, le bouclier divin surgit dans les mains de la déesse de la guerre. Il se présente d'abord comme un gigantesque miroir qui réfléchit le visage de Phildémon, puis cette image s'estompe et, au centre de la lumière, une tête grimaçante remplace la sienne, des serpents dardent leurs langues bifides, une bouche s'ouvre sur des dents de loup, des yeux verts, profonds comme l'océan, aspirent sa conscience. Phildémon ne peut s'en détacher, il s'y plonge malgré lui, s'y noie, s'y dissout. Bientôt, il sent son corps se raidir et se paralyser. Il réalise trop tard ce qui est en train de lui arriver : il se pétrifie !

« Une statue, voilà ce que je vais devenir, et pour l'éternité. » Son esprit s'égare aussitôt dans un rêve vertigineux. Des satyres, hommes sauvages au corps de bouc, gesticulent autour de lui en hurlant, puis des bacchantes, prêtresses ivres, se mêlent à leur fête. Les danseurs lancent autour de son cou des guirlandes de fleurs, certains versent du vin dans sa bouche de pierre. La boisson rouge ruisselle comme du sang sur le marbre de son ventre. Il est devenu une idole adorée par des furieux.

« Allez jouer ailleurs ! » Il a beau crier, ses lèvres demeurent muettes. Une musique de trompes et de tambours l'oppresse. Quand il essaie de se boucher les oreilles, ses bras refusent de lui obéir. « Pourquoi me traiter ainsi ? Je ne faisais qu'obéir aux dieux ! » s'insurge-t-il. Le monstre, son adversaire, doit se repaître de son humiliation et hurler avec les bêtes. Autour de lui, la ronde des corps s'accélère. En voulant échapper aux cornes qui le menacent, il tombe en arrière, son crâne heurte une forme dure avec un son de pierre. De nouveau, on lui ouvre la bouche pour le forcer à avaler le sinistre breuvage. Il se débat et, cette fois, il repousse son tourmenteur. La musique se tait, une voix la remplace.

— Quelle abeille te pique ?

Il reconnaît la tête rouge et le bandeau de cuir.

— C'est toi, Ophidios ?

— Qui veux-tu que ce soit ?

Phil porte les mains à son visage, étonné et soulagé de sentir qu'elles lui obéissent. Son délire n'était qu'un cauchemar provoqué par la sidération du bouclier d'Athéna. Il a eu tort de provoquer la déesse, mais il a sa réponse : il sait maintenant que Méduse a perdu le pouvoir de tuer ses ennemis, elle conserve tout juste celui de les égarer pour les mettre à la merci d'Athéna.

— Préviens-moi, la prochaine fois que tu rêveras à tes bacchanales, grogne le nain, à moitié étranglé par les doigts puissants de Phildémon.

— Tu es en retard !

— Est-ce une raison pour me frapper ? Tu délirais. Je t'ai cru fiévreux, j'ai voulu te porter secours.

Rassuré d'être vivant, Phil éclate d'un rire joyeux.

— Est-ce que tu peux m'écouter, maintenant ? grommelle Ophidios.

— Parle !

— Tu m'as demandé d'interroger les habitants de Délos. Comme je le supposais, ils n'ont pas vu de monstre, seulement une étrange tempête qui a noyé l'île sous des vapeurs épaisses et brûlantes pareilles aux émanations d'un volcan. Les ténèbres ont régné durant de longues minutes et, lorsque le soleil a reparu, la mer a laissé la statue de Daphné sur le rivage, un présent des dieux, prétendent-ils.

— Accompagne-moi à Orion, ordonne Phildémon en se dressant.

Le borgne laisse échapper un geste de dépit.

— Tu ne m'écoutes pas !

— La tempête, les nuées… répète le héros d'une voix distraite.

Pour éviter de distancer son compagnon, il renonce aux sandales divines et marche à grands pas au bord de la mer. Ses membres raides retrouvent peu à peu leur souplesse.

— Ce n'est pas tout, ajoute le nain. J'ai trouvé ça sur le rivage.

Dépliant un carré de toile, il exhibe un collier de corail brisé.

— Tu crois qu'il était à Daphné ?

Phildémon secoue la tête. Les nymphes préfèrent les fleurs vivantes à ces fleurs marines noyées dans leurs concrétions. « Pétrifiées », l'image lui vient à l'esprit. En même temps, il admire le travail délicat de l'orfèvre qui a tressé ce collier.

— J'ai vu le même, il me semble.

Ils approchent du rivage d'Orion quand Ophidios manque de laisser choir le précieux collier.

— Le monstre ! lance-t-il d'une voix étranglée.

Sa main désigne une masse énorme dressée entre la mer et la maison de Phildémon. Le héros s'esclaffe.

— Ne crains rien, c'est Talaos.

— Cette chose ! dit le borgne.

Il détaille la créature aussi haute qu'un chêne, ses épaules noueuses, sa barbe dure, son visage farouche, et sa massue capable d'écraser une maison avec la même facilité qu'une coquille de noix.

— Un bon géant, explique Phil, la main levée en guise de bonjour.

Talaos agite sa massue en retour.

— Mon père, Hermès, l'a mis à mon service pour protéger Dioné en mon absence. Talaos n'a peur de rien et il est fidèle. Jadis, il a aidé Zeus dans sa lutte contre les géants révoltés. Il peut résister à toutes les tempêtes. Mais où est Dioné ?

Il se précipite dans la maison. Dioné, penchée sur une tapisserie avec un air boudeur, ne daigne pas relever la tête pour répondre à leur salut. Pour se faire pardonner son absence, Phil caresse les cheveux de la jeune fille d'un geste tendre.

— Tu as bien dormi ?

Elle secoue ses longs cheveux comme un jeune cheval en colère.

— Dormir ! Avec cette brute qui marche toute la nuit et ébranle la maison !

— Il reste dehors ?

— Encore heureux !

— Il est là pour te protéger.

— De quoi ? De qui ? Tu ne le sais même pas.

— Du monstre qui a frappé Uranie.

En entendant le nom de la petite créature bien-aimée, la nymphe éclate en sanglots et se précipite dans ses bras.

— Emmène-moi avec toi, supplie-t-elle.

— Je ne peux pas, c'est trop dangereux.

— Car ici, je ne risque rien, pas vrai ? À quoi sert cette montagne barbue, dans ce cas ?

Sa colère revient. Elle le repousse, hostile.

— Pour toi, j'ai abandonné mes sœurs, tu m'avais promis une vie douce.

— Elle est douce, notre vie, non ?

— Pose la question à Uranie !

Désarmé, il regarde le beau visage à l'humeur orageuse.

— Tout sera bientôt terminé, je te le jure, murmure-t-il.

Ophidios lève les yeux au ciel et Dioné hausse les épaules. Ils ont tort de douter de lui. En chemin, Hélios lui a adressé un message : il le convoque le soir même sur son île du bout du monde. Le mystère va se dissiper et le danger s'éloigner, enfin.

6.

LA CAVERNE AUX SOUPIRS

Pris d'étourdissement, Ophidios s'appuie à un tronc d'arbre. Empoigné par Phildémon, il a parcouru en un instant la distance qui sépare Orion des falaises de la mer intérieure, grâce à la magie des sandales d'Hermès.

— On est en Tauride, tu es sûr ? bégaie-t-il.

— Tu ne reconnais pas la montagne d'Artémis et la mer sacrée ?

Le borgne renifle, vexé d'avoir été porté comme un enfant, et pris de vertige.

— Comment les reconnaître sans les avoir jamais vues ?

— Tu devrais voyager plus souvent, raille Phil.

Il désigne un imposant monument de marbre adossé à une falaise.

— Voici le palais du roi Pontos.

— Pontos, ce serait lui, le monstre ?

Le nain gratte furieusement sa tignasse rousse, manie qui traduit sa perplexité.

— D'après Hélios, que j'ai rencontré la nuit dernière, c'est bien lui.

— Dans ce cas, pourquoi ne pas l'avoir dénoncé plus tôt ?

— Il ne distinguait pas ce qui se passait sur terre, à cause de l'épaisseur des nuées. C'est ce qu'il prétend.

— Et ces tempêtes, d'où proviennent-elles ?

— Pontos est le frère d'Éole, le maître des vents.

Ophidios siffle entre ses dents.

— Donc un fils de Poséidon, lui aussi.

— Un être dangereux, confirme Phildémon.

— Et ces enlèvements évoqués par Hélios ?

— De belles jeunes filles, princesses ou simples paysannes, quelques nymphes aussi, dont il fait des statues.

Ophidios examine le palais avec curiosité.

— Cette espèce de temple serait son repaire, sa forteresse, sa prison ? Mais pourquoi avoir abandonné Harmonie et Daphné sur les rivages où on les a trouvées ?

— C'est ce que nous allons demander au seigneur Pontos.

— Et tu t'imagines que le roi va te recevoir avec les égards dus au fils d'Hermès ?

— Il va nous accueillir comme des voleurs, ce que nous sommes, du reste. T'ai-je dit que les gardiens du palais passent pour les archers les plus adroits du monde ?

— Tu me l'as dit, oui.

— Et que leurs flèches sont enduites d'un poison mortel ?

— Ça, non, tu as omis ce détail, grommelle Ophidios en s'acharnant sur ses boucles rouges.

Le héros s'amuse de la nervosité grandissante de son compagnon.

— Le péril pimente l'aventure, pas vrai ?

— Pour ma part, je préfère une existence moins épicée, si tu permets, ronchonne le borgne.

Phil abandonne ses propos insouciants. Sa voix se fait menaçante.

— Ce faiseur de tempêtes a osé menacer Dioné, et il a porté son regard meurtrier sur Uranie. Il va me le payer !

Tout en parlant, ils ont longé le haut de la falaise et se sont rapprochés du palais. Ils l'examinent avec attention.

— À part le poison qui tombera du ciel et le regard du monstre qui me changera en caillou, murmure Ophidios, rassure-moi, je n'ai rien d'autre à redouter ?

— Bien sûr que si, répond Phil, le vent risque de t'emporter dans les nuages ou au fond de l'eau, si Éole veut complaire à son frère.

— Charmante famille ! grommelle le borgne.

Ils ont atteint les jardins du roi, qui s'élèvent par paliers de la falaise jusqu'aux marches du palais. De magnifiques statues blanches se dressent entre les massifs de fleurs. Toutes représentent de jeunes beautés dans le plus simple appareil.

— Pétrifiées ? chuchote Ophidios.

— Non, ce sont de banales statues.

— Comment fais-tu la différence ?

— Celles-ci sont faites de pierre, ce sont des statues, l'œuvre de sculpteurs. Les autres sont vivantes, prisonnières du marbre où les a enfermées un sorcier…

Des archers, surgis des haies, interrompent leur discussion. Le héros en compte dix. Ils portent un uniforme bleu nuit, un grand arc et un carquois rempli de flèches aux pennes noires. Ils s'alignent au bas du grand escalier pour interdire aux visiteurs l'accès du palais. Phildémon s'avance sans se troubler vers l'un des soldats bleus qu'une étoile d'argent distingue des autres.

— Salut ! lance-t-il d'un ton désinvolte. Avertis ton seigneur, le puissant Pontos, que le prince Léontée a entendu vanter la splendeur de ses collections, qu'il aimerait les admirer et, si possible, acquérir certaines de ses statues.

En disant cela, il caresse le flanc d'une jeune divinité de marbre. Ophidios, lui, regarde avec stupeur son compagnon soudain méconnaissable. Grâce à la magie d'Apollon, le guerrier colossal a laissé place au prince Léontée, un jeune homme raffiné.

Comme il le craignait, au lieu de répondre à son salut courtois, le capitaine à l'étoile d'argent lui désigne le chemin de la falaise.

— Prince ou marchand, qui que tu sois, on t'aura mal renseigné. Il n'y a rien à vendre, ici, et les étrangers ne sont pas les bienvenus.

Phildémon s'incline avec un mouvement gracieux, puis il se tourne vers Ophidios et soupire :

— Dommage d'avoir accompli ce voyage pour rien.

Il pointe le doigt sur un promontoire qui s'étend sur la mer.

— Nous séjournerons là-bas quelques jours. Si le roi Pontos se ravise, préviens-moi.

Le capitaine agite son arc d'un air menaçant.

— Un conseil, ne t'attarde pas. La nuit, nous lâchons les Phlégètes, des bêtes dangereuses.

Phildémon simule l'effroi.

— Des monstres, sans doute ?

— Les pires !

La réplique suscite les rires de la compagnie. Phildémon agite une main fébrile.

— Merci, mon ami. Nous saurons nous garder. Fais-en autant.

Il s'éloigne vers le promontoire, suivi par un Ophidios grincheux.

— Je ne connais pas les Phlégètes, mais ce nom m'évoque sinistrement le fleuve des enfers. Tu as raison de renoncer à ta visite : cet endroit pue la souffrance et la mort !

Après avoir repris sa véritable apparence, Phil bouscule le nain en riant.

— Renoncer ? Tu n'y songes pas !

Ophidios hausse les épaules.

— Que vas-tu faire, Phil ? Envahir le palais à toi tout seul ? Ne compte pas sur moi pour prendre d'assaut cette forteresse. J'ai repéré vingt archers dans les jardins et autant sur la galerie qui surmonte le péristyle. C'est un peu trop, même pour un fils de dieu, si tu veux mon avis.

— Mauvais calcul ! pouffe Phil. Ces soldats ne sont pas quarante, mais soixante-cinq, sans compter ceux qui veillent à l'intérieur du palais, plusieurs centaines, peut-être. Tu vas m'attendre ici. Je saluerai le roi de ta part.

— Et si les Phlégètes m'attaquent?

— Apprivoise-les!

Sur ces paroles moqueuses, Phil disparaît. Le borgne le soupçonne d'abord d'être parti de l'autre côté de la mer en l'abandonnant, puis il découvre les sandales d'Hermès. Phildémon est toujours là. Lui a bien envie de disparaître. Chausser les sandales? Il y songe et abandonne provisoirement l'idée par crainte de mécontenter le dieu. Il se contente de dissimuler les précieuses chaussures sous les feuilles. Puis il fait jouer ses couteaux. Pas question de se laisser brûler ou égorger sans résister.

Pendant ce temps, Phildémon, utilisant l'un des enchantements d'Apollon, se transforme en oiseau. Pas un de ces grands oiseaux de mer facilement repérables, mais un inoffensif chardonneret. Il volette d'arbre en arbre jusqu'au palais du roi. Avec ses colonnes et ses portiques, l'édifice ressemble à un temple. Phildémon passe la porte monumentale et pénètre dans un vestibule haut de huit mètres et large de trente. Les murs de marbre sont incrustés d'argent ; le sol recouvert de bois précieux. Comme il l'a prévu, l'intérieur du palais est gardé par des escouades d'uniformes bleus.

L'oiseau, effleurant la voûte, passe inaperçu. Au-delà du grand vestibule, il survole une succession de salles creusées dans la montagne comme autant de cavernes. Des flambeaux éclairent des meubles, de grands vases et de lourdes tentures. Des hommes déambulent dans ce décor, soldats, serviteurs, dignitaires, habillés de bleu ou de blanc.

La dernière pièce se prolonge par trois corridors. Phildémon hésite sur le chemin à prendre. Du couloir de droite proviennent des parfums suaves et le son d'une musique céleste. Deux gardes gigantesques en défendent l'accès. Pour l'oiseau, franchir ce barrage est un jeu. Cependant, Phildémon remet l'exploration de cette partie du palais à plus tard. Il s'enfonce, au centre, dans un tunnel creusé au cœur de la montagne, et découvre toute une ville souterraine de logis, de casernes, de greniers aux odeurs d'épices et de grain ; un temple, un immense vivier, une volière ; beaucoup d'hommes, aucune femme. « Très militaire », pense Phil.

Son exploration achevée, il revient à son point de départ. Seul un adolescent remarque sa présence. Il pointe le doigt et pousse un cri. L'oiseau s'est déjà envolé. Illusion ? Phil suit le troisième corridor, dont la voûte est plus basse que les deux autres. À une trentaine de mètres de l'entrée, une grille de fer obstrue le passage d'un mur à l'autre. L'oiseau s'insinue entre deux barreaux. Un vent d'origine inconnue courbe les flammes des torchères. Phildémon croit entendre des soupirs et des sanglots. Au même instant, il trouve ce qu'il recherche inconsciemment : un vaste atelier, des statues alignées contre les murs, certaines inachevées. Au centre, un sculpteur manie un ciseau et un maillet. Une jeune fille pose, assise sur une estrade. Deux autres artistes dessinent. Un quatrième prépare un bloc de pierre encore informe. Il s'agit d'un atelier de sculpture ordinaire, comme il en existe dans toute la Grèce. Pour en être certain, l'oiseau se perche sur une statue et découvre un objet inanimé, beau sans conteste, mais dénué de toute vibration. Ici, aucun monstre n'a pétrifié d'être vivant. Aucune Méduse.

Hélios n'a pas pu se tromper. Son erreur était volontaire. Il savait ce que Phildémon allait trouver dans le palais de Pontos. Le héros maîtrise difficilement sa colère à la pensée de la supercherie du dieu et de son voyage inutile. Il se dispose à repartir comme il est venu quand les pleurs l'alertent, plus flagrants à présent.

Intrigué, il s'enfonce dans les profondeurs du corridor et trouve une nouvelle grille gardée par six archers. Un peu plus loin s'arrondit une chambre aux allures de prison. Sur des lits, six jeunes filles parlent à voix basse. Deux d'entre elles sanglotent. Elles sont toutes ravissantes.

L'oiseau passe la grille et se pose sur un lit inoccupé. Les prisonnières regardent l'apparition avec un plaisir évident. La plus jeune tend la main vers le chardonneret. Au même instant, Phil reprend son apparence humaine. À la vue de l'immense guerrier, les filles poussent des cris d'effroi. Phil pose le doigt sur ses lèvres.

— Silence, je ne suis qu'un oiseau !

7.

BEAUTÉ CAPTIVE

— Qui es-tu ? demande une fille aux longs cheveux d'or et aux yeux verts. Un magicien ?

— Un dieu ? s'exclame une autre avec épouvante.

— Presque, répond Phil en riant. Je suis venu vous délivrer.

Il doit gronder pour faire cesser les cris et les pleurs de joie qui risquent d'alerter les gardes postés un peu plus loin.

— Je m'appelle Phildémon. Et vous ?

Leurs réponses sont multiples et étonnantes : Hélène est une princesse, fille du roi de Cyrénaïque ; Myrto, une simple bergère d'Hellade ; Néda, la fille d'un pêcheur de la mer Noire ; Phœbé, la plus jeune, sœur d'un guerrier perse ; Tanaïs, une prêtresse novice d'Éleusis ; et Alsée, une nymphe des forêts.

— Je te connais, dit la nymphe, tu es l'ami de Dioné, et Dioné est ma cousine, une hamadryade, comme moi.

Phil acquiesce en souriant.

— Je me souviens de toi, ton arbre natal est un frêne.

— C'est vrai, reconnaît la nymphe en rougissant.

— Comment vous retrouvez-vous dans cette grotte, vous qui venez de tous les coins de la terre, la Perse, l'Afrique, la Thrace, la Sicile ?

L'une après l'autre, elles lui font le même récit : leur rapt s'est déroulé en pleine nuit. Des hommes masqués ont surgi. Ils les ont endormies, enfermées dans des coffres de bois à l'odeur de camphre. Elles ont voyagé longtemps, le plus souvent en bateau, avant d'arriver dans ce palais. Le roi Pontos ne les a pas maltraitées, précise Hélène. Il les a accueillies avec honneur…

— Avec horreur ! proteste Alsée.

— Tu es jalouse parce que tu n'es pas la plus belle, la taquine Hélène.

— Qui prétend cela ?

— Le roi.

— Pontos affirme à chacune qu'elle est la plus belle pour nous rassurer et nous garder enfermées dans cette chambre. Sa voix a un puissant pouvoir de séduction.

— Il m'a offert une bague, dit Myrto.

— Folles ! Il vous achète pour mieux vous vendre ! s'écrie Néda dans un sanglot.

— Il nous aime, il ne veut pas nous perdre.

— Il aime nos corps, nos visages, et à tout cela, il préfère ses statues.

— Ne vous disputez pas, recommande Phildémon, vous risquez d'attirer les gardes. Vous êtes toutes les six fort belles. Ce n'est pas un hasard si Pontos vous a remarquées et enlevées par la force.

— Pour fixer notre beauté à tout jamais dans le marbre, déclare Hélène. Ainsi, assure-t-il, nous ne vieillirons jamais.

— Nous ne mourrons jamais, ajoute la naïve Myrto.

Alsée rejette ses cheveux noirs en arrière avec fureur.

— Quand votre statue sera achevée, savez-vous le sort qu'on vous réserve ?

— Le roi nous reconduira chez nous avec de l'or, tout un coffre, il me l'a dit, assure Myrto.

— Il peut aussi réclamer une rançon, hasarde Hélène. Mon père paiera.

— Sottes ! Il vous tuera ! s'emporte Alsée. Nous mourrons, c'est ainsi que nous ne vieillirons jamais. Notre beauté restera intacte dans la pierre quand nous aurons disparu. Cet homme est fou et cruel, mais au fond il dit la vérité.

— Encore tes histoires horribles ! s'écrie Hélène. Il n'oserait pas toucher à la fille du roi de Cyrénaïque.

— Il s'est gêné pour t'enlever comme une vulgaire courtisane !

— Alsée a raison, intervient Phil. Pontos vous a fait violence avant de vous enchaîner avec de belles promesses. C'est un enchanteur.

— Un serpent, parfaitement ! répète Alsée triomphante.

— Je ne vous crois pas, c'est trop affreux, murmure Hélène.

Cependant, ses larmes démontrent qu'elle entrevoit la vérité qu'elle repoussait de toutes ses forces par aveuglement.

— Nous ne sortirons pas vivantes de ce palais, poursuit Alsée. J'ai reconnu les statues des filles qui ont posé ici, avant nous : Mélanie et Iphis, de jolies nymphes, si douces, si gentilles. Un jour, elles ont disparu. On ne les a jamais revues. Ce roi fourbe tue ses modèles, et je vais vous dire de quelle manière.

— Non, tais-toi, supplie Phœbé.

Hélène se bouche les oreilles.

— Quand les statues sont achevées, il livre ses modèles à ses Phlégètes.

— Ces monstres ? C'est impossible ! dit Phœbé d'une voix blanche.

— Ainsi, il ne reste plus de traces.

— Les Phlégètes ? s'étonne Phil.

— Des lézards géants, explique Alsée. Ils immobilisent leurs proies avec leur venin avant de les dévorer vivantes.

— Tu les as vus, ces monstres ? s'écrie Myrto.

— Non, mais j'ai entendu les gardes raconter ces festins. Le spectacle les amuse, ces brutes !

Elles pleurent toutes ensemble, à présent, sauf Alsée qui presse ses poings devant sa bouche d'un air farouche. Phildémon les regarde avec pitié. Comment peut-on avoir la cruauté de faire du mal à de telles innocentes ? Avec leurs tuniques blanches, elles font penser aux prêtresses d'Apollon. Mais son père aime et protège ses servantes, tandis que ce rite monstrueux... Hélios savait ce qu'il faisait en l'envoyant en Tauride. Même si Pontos n'est pas le monstre qu'il a pour mission de détruire, ses atrocités n'en sont pas moins horribles et il mérite d'être châtié avec la même rigueur.

Devant la détresse des captives, il est prêt à décimer la garnison entière, incendier le palais et étrangler Pontos.

— Nous allons quitter ce lieu maudit, annonce-t-il.

Il affiche une telle détermination que celles qui sanglotaient reprennent courage.

— Voici ce que vous allez faire, explique-t-il.

Quand il a terminé, Hélène objecte, tremblante :

— Si nous nous révoltons, ils vont nous massacrer !

— Je préfère mourir d'une flèche empoisonnée que des morsures des monstres, réplique Alsée.

Phœbé refoule ses larmes.

— Moi aussi.

— Il faut emmener Séréna, exige Tanaïs. Elle est en train de poser.

— Vous partirez toutes, promet Phil. Vous croyez pouvoir courir jusqu'au rivage ?

Il regarde, sceptique, leurs jambes et leurs pieds nus.

— Nous irons aussi loin que vous, assure Hélène.

— Et nagerons plus vite, ajoute Néda.

Convaincues, elles sont maintenant impatientes de fuir.

— Alors, criez, allez-y, criez !

Les six jeunes filles se mettent aussitôt à hurler comme il le leur a ordonné tandis qu'il se transforme en oiseau. Deux gardes accourent. En voyant leurs prisonnières se rouler sur le sol avec des cris de souffrance, ils ouvrent la grille et pénètrent dans la chambre.

Aussitôt, Phildémon reprend son apparence, saisit les soldats par le cou et leur brise le crâne. Puis il s'empare d'un arc et de deux carquois en conseillant :

— Abritez-vous derrière les lits.

Le bruit attire d'autres gardes. Phildémon bande son arc. Les flèches empoisonnées font leur œuvre : ses adversaires s'écroulent foudroyés l'un après l'autre. Bientôt l'attaque cesse. Quinze archers gisent sur le sol.

— Allons ! commande Phil.

Les prisonnières quittent leur chambre et marchent en silence à sa suite. Dans l'atelier, le héros se contente de maîtriser les sculpteurs au service de Pontos, de les attacher et de les bâillonner tandis que Tanaïs explique à Séréna leur plan d'évasion.

Au bout du corridor, Phildémon cache les jeunes filles dans l'ombre et leur recommande le silence. Ses flèches frappent les gardes, les serviteurs et les dignitaires, tous complices du roi meurtrier. Incapables de repérer l'archer qui les extermine, les derniers soldats s'enfuient dans le couloir qui conduit aux appartements royaux.

— Venez ! murmure Phil.

Ils parviennent sans péril jusqu'à la porte du palais. C'est alors que les soldats de la garde extérieure les assaillent. Des flèches sifflent. Les jeunes filles hurlent. Phildémon les repousse à l'abri du péristyle en recommandant :

— Ne vous montrez pas.

Il se métamorphose en oiseau, mais cette fois il s'agit d'un aigle géant qui fond sur les archers embusqués, les arrache du sol, les emporte et les lâche dans la mer du haut des falaises. La plupart tentent de s'enfuir et deviennent des proies faciles. Le capitaine à l'étoile d'argent, plus téméraire que ses hommes, vise l'aigle. Une seule blessure, et ce sera la mort du héros. Phildémon plonge sur l'archer. Celui-ci va décocher son trait mortel quand un allié imprévu lance un poignard. La flèche se perd dans le ciel. Le capitaine s'écroule, une lame dans le cœur. L'homme au poignard lève un poing victorieux. Des cheveux rouges, un visage de pirate. Ophidios ! Phildémon se pose et abandonne son apparence ailée. Le nain sourit.

— Tu l'as conquis, ton palais ? Tu en as mis, du temps !

Il récupère ses couteaux plantés dans le corps des soldats bleus.

— J'ai besoin de ton aide, le presse Phil.

— On dit merci avant de dire encore, proteste le borgne.

Il désigne une dizaine d'archers étendus au milieu des fleurs.

— Une aide beaucoup plus agréable, précise Phil.

Sous le portique, les sept fugitives ont suivi le combat avec angoisse. Il commande :

— Mène-les au pied des falaises et trouve un bateau, je vous rejoindrai dès que je pourrai.

Alsée s'accroche au bras de son libérateur.

— Je reste avec vous.

— Moi aussi, dit Hélène.

— Faites ce que je vous dis ! gronde Phildémon.

Des cris effroyables s'élèvent alors du cœur du palais.

— Les Phlégètes ! gémit Alsée.

8.

MONSTRES

Le personnage qui paraît au seuil du péristyle n'a rien d'une bête. Vêtu de soie et paré de bijoux, il serait rassurant sans le grondement qui monte de la montagne.

— Le roi vous prie de le rejoindre, seigneur.

Le geste du dignitaire a beau être pacifique, Phildémon n'est pas dupe du piège qu'on lui tend, mais il est curieux de rencontrer le frère d'Éole, et de gagner du temps pour permettre à Ophidios d'atteindre le rivage avec leurs fugitives.

— On vous prétend fils d'Apollon, le divin archer, poursuit l'envoyé du roi dont la courtoisie détonne au milieu du carnage du vestibule et des salles voisines.

Au-delà du champ de bataille, à droite, un souterrain ouvert comme une gueule obscure conduit aux appartements royaux. Le tumulte provient de cet antre, un bruit sourd, ponctué de sifflements, de cris et de chocs métalliques.

Phildémon marche au-devant de cette rumeur menaçante. « Des bêtes et des hommes, nombreux, sanguinaires », songe-t-il. Son guide se retourne, rassurant.

— Pontos aime ceux qui osent le défier. Il a triomphé de bien des héros.

— Nous devrions nous entendre, je suis passionné de duel, ironise Phil.

Devant eux, une trompette résonne, un appel aux armes. La dernière salle était jonchée de corps. Maintenant, le couloir se resserre et s'incline doucement vers le cœur de la montagne. Phildémon abandonne son arc au profit de deux épées, choisies parmi les dépouilles des vaincus, mieux adaptées à l'étroitesse du souterrain où ils s'engagent. Des lumières tremblent. Elles animent les visages des statues adossées aux murs, d'autres jeunes femmes, très belles. Combien de modèles ? Combien de sacrifices ?

Le bruit devient infernal. Phil freine ses pas. Il envisage de se métamorphoser en lion, en taureau, en oiseau, puis décide de conserver son apparence humaine, par fierté. Il combattra seul, sans sortilège, simple mortel sous le regard des dieux.

Le souterrain s'élargit. Le vacarme s'intensifie : des hurlements étranges, un piétinement, des tambours, une cérémonie barbare. Phil assure les épées dans ses deux mains. Soudain, tout se précipite : son guide s'esquive. Le héros débouche dans une vaste caverne illuminée de centaines de lampes suspendues à la voûte comme autant d'étoiles. Sous ce flamboiement s'aligne une véritable armée, des guerriers en armure, puissantes statues de métal, des centaines d'archers avec leurs dards empoisonnés, et, derrière ce déploiement belliqueux, sur un trône d'or, un bel homme brun, un corps d'athlète, des pommettes hautes et des yeux d'un bleu froid comme un glacier : Pontos !

Dès que Phil paraît, toute cette foule fait silence. Seuls trois lézards géants, tenus en laisse par de robustes valets, continuent à émettre leurs sifflements.

— Qui es-tu ? demande le roi.

La voix est grave, envoûtante, le ton amical au lieu de l'accent de haine que devraient susciter le viol de son palais, la décimation de ses soldats et la fuite de ses belles esclaves.

— Je suis ton juge, répond Phildémon, ses épées croisées en signe de défi.

Pontos se met à rire. Rien de forcé, une bonne humeur sincère, partagée par les dignitaires qui l'entourent, dix jeunes seigneurs vêtus de soie et alourdis de bijoux, semblables au courtisan qui a conduit le héros devant son destin.

— Ton juge et ton bourreau, insiste Phil.

Cette fois, le beau visage du roi s'altère.

— Tu es bien seul pour parler si haut, constate-t-il avec regret.

Les lézards tirent sur leurs laisses avec des sifflements furieux. Les archers regardent leur maître dans l'attente d'un ordre. Il suffirait d'un trait, un seul. Phildémon songe que, dans sa situation, même une métamorphose ne le sauverait pas. Quant aux sandales divines, capables de le mettre hors de danger en un éclair, il les a confiées imprudemment à Ophidios.

Alors, foncer dans la mêlée, ouvrir un sillon sanglant, atteindre le roi avant de succomber, sacrifier sa vie ?

Comme il s'interroge, Pontos émet un bref appel. Au signal, les valets délivrent les lézards monstrueux qui s'élancent sur leur proie. Phil bondit pour éviter les jets de venin. Il lève ses épées, prêt à défendre sa vie quand sa vue se brouille, une lumière l'éblouit avec l'intensité d'une explosion. Soudain, l'armée de Pontos se fige, les reptiles s'immobilisent, mâchoires béantes, langues dardées. Dans la lumière, une gigantesque créature brandit son bouclier : Athéna !

Surtout ne pas tourner le regard vers la tête hideuse de Méduse ! Pareil à Achille face aux Troyens, Phildémon se rue sur ses ennemis. Les têtes des lézards roulent sur le sol. Puis vient le tour des archers, exterminés sans pitié. Inlassablement, les épées du héros s'abattent, tranchent, percent les membres de l'armée paralysée. La garde majestueuse est terrassée. Les dignitaires s'effondrent. Seul survit le roi qui peine à s'éveiller de sa torpeur magique.

La victoire acquise, Athéna a disparu. Phil se débarrasse de ses épées sanglantes, charge Pontos sur son épaule, traverse le champ de bataille et sort du palais. Au bout du jardin, près de la falaise, il dépose son ennemi sur le sol. Le roi reprend ses esprits et le regarde avec stupeur.

— Qui es-tu réellement ? Le fils d'Apollon ? C'était donc vrai, tu es immortel ?

Phildémon lève les yeux vers le ciel.

— Bientôt !

— Je te donnerai tout ce que je possède.

Le visage du héros s'assombrit.

— Ce que je veux, tu n'as pas le pouvoir de me l'offrir.

— Demande toujours !

— Peux-tu faire revivre les innocentes que tu as jetées en pâture à tes monstres ?

Comme Pontos ne répond pas, Phildémon le soulève sans effort. Il va le précipiter sur les rochers, du haut de la falaise, lorsque le roi crie :

— Je n'ai pas le pouvoir de les ramener à la vie, mais j'ai celui de te dire le nom du monstre que tu recherches.

Après un instant d'hésitation, Phildémon renonce à sa vengeance. Au lieu de lancer le meurtrier dans l'abîme, il le jette sur l'herbe en exigeant :

— Parle ! Que sais-tu ?

Un sourire cynique tord le visage du souverain. Il chuchote :

— Un monstre capable de pétrifier ses victimes, de créer des statues plus belles que les miennes, plus vivantes. J'ai le droit d'être jaloux, non ?

— Son nom, dis-moi son nom, le presse Phil.

— D'abord, jure sur le Styx d'épargner ma vie.

— N'y compte pas !

Pontos éclate de rire.

— Dans ce cas, tu peux toujours chercher. Tu ne trouveras jamais.

— Tu mens !

— Crois ce que tu veux.

Pontos est cruel, perfide, sanguinaire, cependant ce n'est pas un lâche. Phildémon comprend qu'il ne cédera pas. Échanger un monstre contre un autre monstre est un marché indigne mais, après tout, n'est-ce pas la volonté des dieux ?

— C'est bien, je jure sur le Styx de t'épargner à condition d'obtenir ce que je veux. Toutefois je brûlerai ton palais et les horreurs qu'il renferme, je te préviens.

— Brûle ! J'irai vivre chez mon frère… Le monstre…

Ses paroles s'envolent dans la tempête qui se lève avec une violence inouïe, accompagnée de nuées sombres et étrangement brûlantes. Phildémon se penche sur le roi pour le forcer à répéter le nom maudit. Ses mains ne rencontrent qu'un corps de pierre.

— Pétrifié !

En quelques secondes, le scélérat a été changé en statue. Phil n'a rien vu ni entendu hormis le mugissement du vent et le fracas des vagues sur la falaise. L'autre monstre l'a foudroyé pour l'empêcher de parler, de toute évidence. Pontos a subi le sort de ses victimes, Phildémon s'en réjouirait sans la déception d'avoir frôlé la vérité et de l'avoir perdue une fois encore.

Sa quête va devoir continuer. En attendant, son premier souci est de s'accrocher aux arbres pour éviter d'être emporté par la tourmente. Il songe à

Ophidios et à leurs protégées, et prie les dieux qu'ils ne soient pas en pleine mer, au milieu des éléments déchaînés.

Quand la tempête s'apaise, quelques minutes plus tard, il se hâte le long de la falaise. Le vent a cessé. Le ciel est bleu, la mer endormie. Des coques éventrées recouvrent la grève. Inquiet, il appelle. Au bout d'un long moment, l'une des fugitives surgit peureusement de la falaise. Ses compagnes apparaissent à leur tour. Elles sont indemnes toutes les sept grâce à la grotte où elles se sont abritées.

Ophidios, sorti le dernier, désigne les épaves :

— Plus un seul bateau intact !

Il évoque la tempête quand les jeunes filles se mettent à parler toutes à la fois, les yeux fixés avec terreur sur le haut de la falaise.

— Que fait Pontos ? Où sont les archers ? Les reptiles, le venin, les poisons ?

Il raconte la grande bataille, sans parler de l'intervention de la déesse, puis la mort du roi. En apprenant le châtiment de Pontos, changé en statue, elles applaudissent. Seul le borgne continue à râler.

— Toi, le magicien, indique-nous le moyen de quitter ces lieux sanglants sans bateau ni cheval ailé.

— Mes sandales, qu'en as-tu fait ? demande Phil.

Ophidios renifle avec mépris.

— Quand j'ai voulu les prendre, elles ont disparu.

Le héros le menace du doigt.

— Il y a des choses sacrées qu'on ne dérobe pas.

— C'était pour voler… à ton secours.

— Alors, je te remercie, courageux serpent.

Soudain, les sandales divines se matérialisent au seuil de la grotte.

— Sorcières ! grommelle le nain.

Comme le dépit de son compagnon amuse Phil, Hélène lui lance un regard de reproche :

— Nous sommes toujours prisonnières, et vous riez !

— Tu veux rentrer chez toi ?

— Bien sûr !

— Alors, viens dans mes bras.

Elle croit à une plaisanterie, puis, quand il la saisit et l'emporte dans les airs, prise de vertige, elle se retient de hurler. Quelques instants plus tard, en ouvrant les yeux, elle découvre sa demeure natale, le palais de Cyrénaïque. Son voyage est déjà terminé. Le beau magicien va disparaître à tout jamais. Désolée, elle tente de le retenir.

— Accompagnez-moi chez mon père, prie-t-elle. Il saura vous récompenser.

Il lui donne un baiser rapide.

— Adieu, jolie statue ! Il reste six voyageuses impatientes de revoir leurs parents, et un monstre à punir.

— Alors, que les dieux veillent sur vous !

— Puissent-ils t'entendre ! s'écrie-t-il en s'envolant.

9.

DOUCES CRÉATURES AU PAYS DES ARBRES

— Talaos, que s'est-il passé ?

Phil interroge l'immense statue, bien qu'il sache le géant foudroyé incapable de lui répondre. La mort de Talaos n'est pas le plus tragique. Dioné a disparu. Il l'a cherchée pendant des jours et des jours le long de la côte, sur les îles et dans les forêts proches, interrogeant paysans et villageois. Personne ne l'a vue, et son puissant garde du corps n'est plus qu'une masse inerte, aveugle et muette.

Pourquoi Zeus n'a-t-il pas protégé le géant, son fidèle allié au cours de la lutte cosmique qui a failli lui coûter la vie ?

Et sa tendre, brûlante, merveilleuse Dioné ?

Enlevée, pétrifiée peut-être, comme tous les autres ! Cette pensée le rend fou.

Depuis le cap Orion, il contemple la mer avec fureur. À ses côtés, Ophidios affiche un air navré.

— Poséidon ! Tous ces brouillards, ces tempêtes, ces haleines brûlantes préludes à l'épouvante, c'est lui qui les commande, lui, le maître des océans.

Il tend un poing menaçant vers le large. Un poing impuissant. La mer, désespérément lisse et bleue, semble se moquer de sa colère. Sa sérénité est une insulte.

Il se laisse tomber sur une roche, la tête entre les mains, et rumine sa colère.

— Talaos, c'était pour se défendre, Pontos pour l'empêcher de parler, mais Harmonie, Daphné, Dioné, pourquoi ? Par pure cruauté ? Les dieux savent maintenant que Poséidon est coupable. C'est lui ! Pourtant, ils ne font rien, on dirait qu'ils ont peur de lui. Les dieux sont aussi lâches que les hommes. Mais moi, je ne le crains pas.

Ophidios a blêmi. Le chagrin de Phil le fait déraisonner. Insulter les dieux ! Tout à sa rage, le héros ne remarque pas que le ciel s'est assombri. La foudre gronde. Sans souci des éclairs qui poignardent la terre, Phildémon poursuit ses imprécations.

— Tais-toi ! supplie le borgne.

Phildémon ne l'entend pas. Du reste, il est trop tard. Une lueur fulgurante illumine le promontoire. C'est ainsi que le maître des dieux réduit en cendres les mortels qui le défient. Étouffant un cri de terreur, Ophidios s'enfuit. Il court jusqu'à la colline, escalade la pente, franchit la crête, glisse sur un lit de cailloux, se déchire aux buissons épineux, et se terre dans un creux pour échapper à la lumière pareille à l'embrasement de dix éclairs.

Cependant, ce n'est pas Zeus qui surgit de l'explosion céleste, mais Hermès. Le messager divin prend aussitôt l'apparence inoffensive d'un adolescent. La lumière s'éteint.

— C'est fini, ta grosse colère ? dit le dieu d'un ton qu'il s'efforce de rendre conciliant.

— Ce n'est pas de la colère, réplique Phil, mais de la haine. Tu m'as demandé de démasquer le monstre, je l'ai fait. Je me vengerai de lui, quel qu'il soit !

— La vengeance est une arme puissante, approuve Hermès. Mais pourquoi t'en prendre à Poséidon ?

Le héros se redresse et pointe un doigt accusateur sur la mer.

— Ses nuées sont complices du meurtrier.

— Pures coïncidences, assure le dieu.

— Pures ! ricane Phil.

— Le maître des océans n'est pour rien dans ces brouillards funestes.

— Qui, dans ce cas ? Zeus ?

— Tu vas trop loin ! gronde Hermès.

Le héros fait face à son père avec un geste de défi.

— C'est que j'ai perdu Dioné, tu vois, alors que m'importe. Chassez vous-mêmes le monstre qui vous ridiculise. Moi, j'abandonne. Zeus sera satisfait de me voir disparaître.

Hermès hausse les épaules.

— Ça ne te ressemble pas de déposer les armes au premier combat. Je t'ai vu affronter et vaincre des adversaires plus redoutables.

— Les dieux étaient alors mes alliés, ce n'est plus le cas ! s'emporte Phil.

Le messager divin se dresse. Soudain, il n'a plus rien d'une créature pacifique. Il est devenu un guerrier redoutable.

— Tu oublies Athéna qui a paralysé tes ennemis, dit-il avec sévérité. Apollon qui t'a octroyé le don de métamorphose. Et moi, ne t'ai-je pas confié mes chaussures ailées ? Elles t'ont protégé, il me semble.

Phil lui tend les sandales.

— Tu peux les reprendre !

— Garde-les, exige Hermès. Tu dois accomplir une mission, la dernière. Ensuite, si tu t'obstines à fuir le combat, tu seras libre de partir pour cultiver des fleurs ou garder les troupeaux, comme il te plaira.

— Qu'attends-tu de moi ? gronde Phildémon, mortifié par le mépris de son père.

— Tu iras à Agapenthe.

Phildémon s'étonne.

— La forêt sacrée ? J'étais là-bas il y a quelques jours pour raccompagner Alsée après sa délivrance du palais de Pontos.

— Je sais, mais il ne s'agit pas d'elle, l'interrompt Hermès.

— Que devrai-je faire ?

— Tu le sauras une fois arrivé.

« Pourquoi n'y va-t-il pas lui-même ? » songe Phil, maussade. Cependant, il sait par expérience qu'il est inutile de contester la décision des dieux.

— J'irai, soupire-t-il.

— Ne tarde pas, exige Hermès. À ton retour, je t'accorderai ce que tu désires.

« L'immortalité ? songe Phildémon sans oser y croire. Non, rends-moi plutôt Dioné. Je l'ai perdue par ta faute ! »

Un éclair. Le messager divin disparaît. Devant la mer déserte, Phildémon se sent abandonné jusqu'au retour d'Ophidios. La vue du nain, honteux d'avoir cédé à la peur, le réjouit.

— Tu cours vite, raille-t-il.

— Quand il le faut.

— Tu vas m'accompagner.

— Où ça ? demande Ophidios, méfiant.

— Les dieux nous chargent d'une mission, la dernière.

— Aux enfers ?

— Dans un pays beaucoup plus agréable. Ne me demande pas pourquoi, je l'ignore.

Le borgne lance un long jet de salive dans la mer.

— Pour rencontrer un démon cornu ou un dragon cracheur de feu, je suppose ?

— Ou découvrir un trésor.

— Un trésor, tu es sûr ?

Une lueur cupide que Phildémon connaît bien s'allume dans l'œil unique du nain.

— Nous verrons bien !

Sans lui laisser le temps de réfléchir, Phil empoigne son compagnon. Les sandales magiques les transportent à l'orée de la grande forêt d'Agapenthe.

— Hé ! Je n'ai pas dit oui, proteste Ophidios, désorienté par son voyage céleste.

— Il est trop tard pour dire non. Je te présente Agapenthe, la forêt sacrée, le pays natal de Dioné, ajoute-t-il avec mélancolie. Son arbre, un orme, se trouve de ce côté-là, si j'ai bonne mémoire. Ses sœurs, ses cousines, ses amies vivent ici. Tu sens cette odeur merveilleuse ? La forêt respire, elle chante et danse au gré du vent.

— Les hamadryades, nymphes des arbres, murmure Ophidios, fasciné par la vision des jeunes filles surgies des taillis.

Deux brunes et quatre blondes, ravissantes et curieuses, moqueuses à en juger par leurs rires. Leurs robes claires, mouillées par la pluie, puis séchées au soleil, sont aussi vaporeuses que la brume du matin. Le minois de la plus grande des six lui semble familier.

— Je te reconnais ! s'exclame-t-il.

— Il est petit et vraiment très laid, constate une créature aux cheveux d'or.

— Sans doute, mais téméraire et généreux, réplique la grande. Il m'a sauvé la vie.

— Alsée, ma petite fleur, murmure le nain avec émotion.

Les nymphes pouffent.

— Alsée n'est pas une fleur, mais un arbre, un frêne, le grand que tu aperçois là-bas, le reprend une brunette au regard hardi. Ton compagnon est très beau. J'aimerais l'inviter sur mon arbre.

Le borgne part d'un gros rire.

— Inutile de gaspiller ton charme : Phil n'aime que les monstres. Moi, en revanche, je préfère les nymphes. Chacun ses goûts !

Leurs rires attirent leurs cousines. Ophidios, ravi, admire les filles de la forêt, de plus en plus nombreuses et de plus en plus charmantes, lui semble-t-il. Tout en elles est léger, délicat, harmonieux. Elles entourent le petit homme. Alsée les présente : Thalie, Mélia, Eurydice, Délie, Orélia, Ysée...

— Il est drôle, ton petit homme !

— Et gentil !

— Qu'est devenu ton œil ?

Alsée prend la main de Phil, plongé dans des pensées mélancoliques, à l'écart du groupe.

— Je sais pourquoi tu es venu.

Il hausse les épaules.

— Tu as de la chance. Moi, je l'ignore.

— Viens !

Tandis qu'Ophidios poursuit son bavardage dans le cercle des nymphes, elle l'emmène au cœur de la forêt. Après dix minutes de marche, Phildémon s'immobilise.

— C'est l'orme de Dioné, je le reconnais ! Mais alors…

L'arbre est magnifique, son tronc puissant, son feuillage épanoui. Or l'arbre et la nymphe sont étroitement liés. Chez les hamadryades, lorsque l'un meurt, l'autre le suit aussitôt.

— Elle est vivante !

Un visage charmant surgit des feuilles.

— Je suis vivante, oui, mais ce n'est pas grâce à toi, lance Dioné d'un ton accusateur.

— Tu ne devrais pas te montrer, c'est dangereux ! s'écrie Alsée.

Sourde aux conseils de sa cousine, Dioné saute de l'arbre avec une agilité merveilleuse.

— Tu pleures ?

Ses doigts caressent la joue du héros.

— C'est la pluie, grommelle-t-il.

— J'aime cette pluie, murmure-t-elle, mais elle arrive trop tard.

— Tu avais disparu, je t'ai crue morte !

— Je suis revenue dans ma forêt. Ici, Déméter me

protège. J'y vivrai désormais loin de toi, c'est mieux ainsi. Tu seras plus libre et je serai plus heureuse.

Phil hoche la tête. Malgré le chagrin d'être séparé d'elle, il doit reconnaître que Dioné a bien fait de chercher refuge parmi les siens.

En envoyant son fils à Agapenthe, Hermès a voulu le rassurer, cependant sa présence est un danger. Aussi longtemps que le monstre sera en vie, Dioné sera menacée. Leur séparation lui sauvera la vie.

— Alsée m'a raconté ton combat : seul contre mille ! dit la nymphe avec enthousiasme. Tu as délivré nos amies, vaincu le monstre…

Il secoue la tête d'un air sombre.

— Un monstre, oui, mais pas celui qui nous poursuit, celui qui nous guette peut-être. La bête qui a vaincu le puissant Talaos, protégé de Zeus. Ici, tu es loin de la mer d'où provient la terreur. Et cette grande forêt où règnent Artémis et Déméter…

Au même instant, le vent fait frissonner le feuillage. Dioné et Alsée lèvent le visage vers les frondaisons, elles écoutent ce que disent les arbres.

— Il se passe quelque chose, murmure Alsée d'une voix oppressée. Toi, regagne ton orme.

Elle pousse Dioné vers son asile géant. Phildémon a juste le temps de serrer la nymphe dans ses bras. Puis il la voit disparaître. L'orme se referme sur elle avec douceur.

Alsée tremble violemment, à présent. Dans ses yeux, la peur se mêle aux reproches.

— La forêt s'affole, elle pressent un malheur. Tu n'aurais pas dû venir, Phildémon. Si tu nous aimes, va-t'en vite.

Elle disparaît aussitôt dans les fourrés, laissant le héros désorienté. Autour de lui, il ne reconnaît plus les arbres ni le sentier. On dirait que la forêt a changé, pour le perdre peut-être. Après s'être égaré, il ordonne aux sandales d'Hermès de le reconduire dans la clairière où il a laissé Ophidios. Les chaussures obéissent. Cependant, au lieu de la prairie ensoleillée qui servait de terrain de jeu aux nymphes, il trouve un monde de ténèbres. Un épais brouillard l'emprisonne et l'aveugle. L'odeur est différente. Ce n'est plus le parfum de la forêt, mais la puanteur du monstre. « Jusqu'ici ? », pense-t-il incrédule.

Il avance, bras tendus, trébuche sur des pierres, se heurte à des troncs invisibles. Il appelle. La brume étouffe sa voix. Comme nul ne lui répond, il va commander aux sandales du dieu de l'emporter hors du maléfice quand le vent se lève et disperse les nuées. Le sel lui brûle les lèvres et les yeux ; ce n'est pas celui des larmes, mais l'écume d'un océan inconnu.

Tout s'éclaircit. Il perçoit aussitôt des cris et des lamentations, et tire son épée. Puis il distingue les nymphes, toute une foule frêle groupée autour d'une statue, un personnage de marbre d'une beauté merveilleuse. Ce visage…

Il écarte les jeunes filles et tend une main tremblante.

— Dioné !

À quelques pas de là, Ophidios lui lance un regard désolé. Sans le vouloir, ils ont amené la mort au cœur de la forêt sacrée. Phil se retourne, l'épée à la main, avec un air si farouche qu'il épouvante les nymphes. Et il s'étonne lorsque l'une d'elles se précipite dans ses bras. Dioné, c'est bien elle ! Il a du mal à réaliser ce prodige. Puis la jeune fille tombe à genoux.

— C'est Marpessa, ma sœur, ma bien-aimée, sanglote-t-elle. Notre ressemblance l'a perdue. Le monstre l'a prise pour moi et l'a pétrifiée sans pitié. Elle est morte par ma faute.

— La mienne, s'écrie Phildémon. Je ne savais pas… Je te demande pardon.

— Pars, maintenant, exige Dioné. Ne reviens plus jamais !

Il obéit, franchit le cercle des nymphes, et s'éloigne, suivi par leurs regards accusateurs. Il rejoint Ophidios au bout de la clairière.

— Marpessa, la petite-fille d'Arès, le dieu de la guerre. Ces sacrifices cruels ne finiront jamais. Et moi, au lieu de les protéger, j'ai apporté le chagrin parmi ces filles heureuses, insouciantes.

— Je l'ai vu ! gronde Ophidios.

Phildémon hoche la tête avec désespoir.

— Je sais.

— Non, tu ne comprends pas, ajoute le borgne d'une voix sourde. J'ai vu le monstre, je l'ai vu !

10.

L'ANTRE DU DIEU FORGERON

Deux mille marches. C'est ce que compte l'escalier vertigineux qui conduit au centre de la montagne de feu. Les ateliers d'Héphaïstos, le divin forgeron, sont enfouis tout en bas, dans des cavernes proches de sa forge géante.

Hermès a guidé le héros, puis l'a abandonné au seuil de l'antre en lui conseillant de ne pas poursuivre plus avant. Seuls les immortels peuvent résister aux terribles températures des laves jaillies du centre de la terre. Grâce à cette chaleur, Héphaïstos a pu forger la foudre de Zeus, le casque d'Hadès qui rend le dieu des morts invisible, le trident de Poséidon, l'arc d'Apollon, des cuirasses et des casques à l'épreuve de toutes les armes, comme l'armure d'Achille, le héros de la guerre de Troie, sans compter les merveilleux bijoux des déesses de l'Olympe.

Les aides du maître circulent d'un atelier à l'autre sans prêter attention au visiteur. Ce sont des cyclopes, géants pourvus d'un œil unique, capables de résister au feu et de travailler nuit et jour sans faiblir. Phildémon entend le ronflement de leurs soufflets et le choc de leurs marteaux ébranler la montagne. Certains passent devant lui chargés de masses métalliques de plusieurs tonnes. D'autres assemblent une machine de guerre capable d'abattre les remparts les plus robustes.

Au bout d'une heure, le dieu du feu paraît. Sous sa forme humaine, il ressemble à un ouvrier : épaules musculeuses, barbe noire, tablier de cuir. Son visage et ses bras sont parsemés de cicatrices dues à ses travaux dangereux. S'il boite, la fracture ancienne de sa jambe droite n'est pas accidentelle. Hermès, informé de tous les événements de l'empire des dieux, prétend qu'un jour, Zeus et Héra, son épouse, se disputaient violemment. Leur fils, Héphaïstos, a osé soutenir sa mère. Furieux, Zeus a empoigné le dieu du feu et l'a jeté du haut de l'Olympe. La jambe d'Héphaïstos s'est brisée en tombant sur les rochers de l'île de Lemnos. Les habitants l'ont recueilli et soigné, mais il est resté infirme. C'est la version d'Hermès. Phildémon la croit, bien que le messager des dieux invente souvent des souvenirs pour charmer ses auditeurs.

Malgré son air farouche et ses manières rudes, Héphaïstos est gentil et généreux. En voyant Phildémon, il fronce ses sourcils épais comme du crin.

— Que viens-tu faire ici, mendiant d'immortalité ? Mais d'abord, dis-moi : es-tu le fils d'Hermès ou celui d'Apollon ?

— Des deux, soupire Phildémon.

Les yeux du dieu du feu pétillent sous la broussaille de ses sourcils.

— Il est déjà dur d'être le fils d'un seul père. Alors, de deux… je te plains, mon garçon !

Cette allusion aux fureurs de Zeus et à l'infirmité qui en résulte amuse Phildémon. Héphaïstos interrompt son fou rire.

— Que veux-tu ? Des armes ? Une cuirasse ?

Le héros fait un signe de dénégation.

— Un piège.

— Quelle sorte de piège ?

— Un filet.

— Tu veux aller à la pêche ? s'esclaffe Héphaïstos.

— En quelque sorte. Il me faudrait des mailles à toute épreuve et invisibles, comme celles que vous avez forgées jadis.

Le dieu du feu hoche la tête. Il a effectivement fabriqué un filet de ce genre, mais il y a bien longtemps. Son épouse, la merveilleuse Aphrodite, le trompait alors avec Arès, le dieu de la guerre. Héphaïstos les a surpris et emprisonnés dans une toile d'araignée indestructible, puis il a convoqué toutes les divinités de l'Olympe pour qu'elles soient témoins de leur infidélité.

— Quel poisson veux-tu attraper avec cet instrument-là ?

— Hydra.

Le visage du divin forgeron s'assombrit.

— La fille de Poséidon ?

— Le monstre qui a pétrifié Harmonie, Daphné et Marpessa, oui.

— C'est beaucoup me demander, mon garçon.

— Ce sont les dieux qui m'ont chargé de cette mission.

— Zeus t'a ordonné de capturer Hydra ? grogne Héphaïstos, sceptique.

— Pas exactement, mais d'attraper un monstre, et ce monstre est la fille de Poséidon.

— Ces trois forfaits, tu es certain qu'elle les a commis ?

— C'est elle, oui... Poséidon a aimé Méduse.

— Je sais, oui.

— De leur union est née Hydra, qui a hérité du terrifiant pouvoir de sa mère : pétrifier les hommes et les bêtes d'un seul regard.

— Comment sais-tu qu'elle est coupable sans possibilité de poser tes yeux sur elle ?

— Mon compagnon, Ophidios, a pu la regarder impunément. Il l'a reconnue.

Héphaïstos hausse ses puissantes épaules.

— Il est borgne, cet avorton !

— Justement, il a perdu un œil après avoir surpris Artémis au bain, mais la déesse a limité le châtiment :

jamais Ophidios ne pourra perdre son deuxième œil à moins d'offenser les dieux.

— Et capturer l'enfant chérie de Poséidon, d'après toi, ce n'est pas les offenser ?

— C'est venger la fille d'Aphrodite, la bien-aimée d'Apollon et la petite-fille d'Arès, réplique Phil.

Héphaïstos reste songeur. Phildémon redoute un refus, pire : le dieu du feu risque d'alerter Poséidon.

— Ton Ophidios a reconnu Hydra ? Peu de divinités l'ont aperçue, et aucun mortel. Dans ce cas, comment a-t-il su qu'il s'agissait de la fille de Poséidon ?

— Il a pu la décrire. Aucune créature au monde n'est aussi horrible, pas même Méduse.

— Cette disgrâce n'est pas une preuve.

— Il a assisté à la pétrification de Marpessa. Il m'a décrit le visage du monstre. C'est Hermès qui m'a dit son nom. Mon père te dira…

Le dieu du feu lève la main pour l'interrompre, puis il se décide :

— Tu auras ton filet !

Phildémon s'incline.

— Merci.

— Dans deux jours. En échange, tu devras m'apporter ce que je vais te demander.

— Tout ce qu'il vous plaira.

— Tes paroles sont bien imprudentes. Je désire une grenade.

— Vous l'aurez.

— Pas n'importe laquelle, fils d'Hermès. Mes grenades préférées poussent dans le verger de Perséphone, la reine des enfers. C'est là que tu devras la cueillir.

Phildémon sourit bravement.

— Je ne reviens pas sur ce que je vous ai promis. Vous aurez votre grenade dans deux jours.

— Et toi, ton filet invisible, dans ce cas.

Après avoir salué Héphaïstos, Phil gravit l'escalier de l'Etna et s'éloigne de la montagne de feu pour rejoindre Ophidios, béatement installé au bord de l'eau à siroter du vin doré de Sicile.

— Nous aurons notre piège, annonce Phildémon. Reste le plus important…

— Le plus important ? répète le borgne avec un bâillement paresseux. Attirer le monstre ?

— Trouver notre appât.

— Une fille.

— Très belle. À ce sujet, j'ai interrogé Apollon.

Ophidios acquiesce en riant.

— Pas de meilleur connaisseur en la matière !

— Elle se nomme Hygie.

— La fille d'Asclépios, le dieu de la médecine ?

— Elle-même.

Ophidios s'étrangle et recrache le vin qu'il est en train d'avaler.

— Elle ne voudra jamais !

— Pourquoi pas ?

— Si tu avais vu le monstre, tu comprendrais ! Moi, si j'étais le père de la petite…

— Ce n'est pas tout, le coupe Phildémon. Héphaïstos exige d'être payé pour son travail.

— Ça, c'est normal, soupire le borgne en se versant une nouvelle coupe de vin. Que veut-il ?

— Une grenade.

— C'est donné !

— C'est hors de prix !

Ophidios porte la coupe à ses lèvres.

— Une grenade en or massif ?

— Beaucoup plus rare : un fruit cueilli dans le jardin de Perséphone.

Le nain s'étrangle une nouvelle fois. Il tousse à n'en plus finir. Quand il a repris sa respiration, il ricane.

— Au royaume d'Hadès ? Vieux sournois, il a trouvé un moyen de refuser. Descendre aux enfers, c'est y rester pour l'éternité.

— Pourtant, il nous faut ce piège. Sans lui, impossible de capturer le monstre.

— Propose-lui un autre présent.

— Il refusera : il n'a pas choisi la grenade au hasard.

— Seul Héraclès a réussi à dompter Cerbère, le gardien des enfers, et revenir indemne de l'empire des morts.

— Je serai donc le deuxième, conclut Phil.

— Aller-retour chez Hadès en deux jours !

— Deux jours, confirme le héros.

Le borgne lève sa coupe.

— Alors, adieu, compagnon. Je t'aimais bien. Je vais te regretter.

11.

DIVINE ET DÉESSE

Apollon a dit vrai : Hygie est sans conteste la plus merveilleuse créature de la terre. Des traits délicats, de longs cheveux d'or, des yeux d'un bleu qui reflète un ciel sans nuages. Sensible à sa beauté et à sa fragilité, Phildémon se demande soudain s'il a le droit de la mettre en danger, lui qui se moquait des scrupules d'Ophidios.

Devant son air hésitant, Hygie manifeste du dépit.

— Je ne suis pas assez jolie ?

Phildémon sourit, croyant à une plaisanterie, mais la jeune fille est sérieuse.

— Tu es ravissante, petite, cependant l'expérience est dangereuse. On t'a expliqué ce que nous devions faire, toi et moi ?

La nymphe fait la moue.

— Une espèce de Gorgone transforme les filles en pierre, c'est bien ça ?

Phildémon acquiesce.

— Ça ne t'effraie pas ?

— Tu seras là pour me défendre.

— Bien sûr, mais le monstre est redoutable. Il lui suffit d'un regard.

— Je fermerai les yeux. Dis-moi seulement quel sera mon rôle.

« Fragile, songe Phil, mais courageuse et déterminée, inconsciente sans doute. »

— Plusieurs jeunes filles comme toi ont été ses victimes : Harmonie, Daphné...

— Et Marpessa, je sais. J'étais son amie, aussi je veux la venger.

— Soit, capitule Phil. Alors, voici ce qui va se passer : nous allons attirer le monstre dans un piège pour le capturer et l'empêcher de faire du mal à d'autres. Ce monstre s'appelle Hydra. C'est une divinité et elle me déteste. Elle sait que je l'ai démasquée. Par vengeance ou par défi, elle s'attaque aux filles les plus belles : Dioné, Daphné, Harmonie...

— Et moi, ajoute Hygie d'un air candide.

— Et toi.

— Pourquoi est-elle méchante ?

— Hydra est une fille de Poséidon. Tellement hideuse que son père la tient enfermée au fond de l'océan. Elle se venge des filles trop belles, trop aimées et trop libres. Tu comprends ?

Elle approuve avec gravité.

— Je vais servir d'appât.

— Tu vois, c'est beaucoup trop dangereux.

— Non, c'est excitant ! Mais si son père la retient prisonnière, comment fait-elle pour s'échapper ?

— Ça, je l'ignore.

— Et comment vas-tu la prendre au piège ? Je sais qu'elle fait naître un brouillard qui la rend invisible.

— Je constate que ton père t'a tout expliqué. Dès qu'elle s'approchera, un filet magique se refermera sur elle. Tu ne devras la regarder sous aucun prétexte. Tu entends ? Sous aucun prétexte ! Notre rôle se résumera à rester sur la plage, ici, à Terra, et à faire semblant de nous aimer.

— Si je comprends bien, tu veux la rendre jalouse. Dans ce cas, il faudra que notre comédie ait l'air vraisemblable, non ?

D'un air innocent, elle demande :

— Pourquoi moi ? Dioné ferait l'affaire pour tenir ce rôle, non ?

Son sourire révèle qu'elle est au courant de leur séparation.

— Hydra pense avoir pétrifié Dioné. En réalité, sa victime était Marpessa. Si je la détrompe, elle se méfiera. Tu comprends ?

Hygie incline la tête. Puis, d'un geste gracieux, elle se débarrasse de son manteau. Elle ne porte plus qu'une courte tunique qui révèle sa gorge ronde et ses jambes ravissantes. Dans cette tenue, elle noue ses bras autour du cou de Phil.

— Attends que le piège soit en place, conseille-t-il. C'est plus prudent.

— Prudent, oui, soupire la jeune fille.

Elle remet son manteau et ajoute d'un ton léger :

— Préviens-moi quand il sera temps.

Ophidios, qui a assisté à la scène, part d'un rire silencieux.

— Si tu veux mon avis, Phil, ta partenaire est aussi dangereuse que ton ennemie.

— Je me moque de ton avis !

L'air renfrogné du héros redouble la gaieté du borgne.

Phildémon se hâte de quitter son complice pour échapper à ses sarcasmes. La beauté d'Hygie ne le laisse pas indifférent, et il prie Aphrodite de dissiper la passion qu'elle a fait naître pour lui permettre de garder la tête froide.

En attendant, il se transporte dans le jardin de Flore, séjour terrestre favori de Perséphone. La déesse, fille de Zeus et de Déméter, a été enlevée jadis par Hadès, le dieu des enfers, pendant qu'elle cueillait des fleurs dans la plaine d'Enna, en Sicile. Désespérée, Déméter, déesse des moissons, a décrété que la terre demeurerait stérile tant que sa fille ne lui serait pas rendue. Zeus allait forcer Hadès à délivrer sa prisonnière, mais Perséphone, tentée par le dieu des morts, avait mangé un grain de grenade. Désormais, elle était liée à tout jamais aux enfers, car la loi du sombre royaume était implacable : si l'on goûtait à ses fruits, on lui appartenait. Zeus avait tranché : Perséphone partagerait son existence entre les deux mondes. En automne et en hiver, elle vivrait au royaume des morts ; au printemps et en été, elle reviendrait sur terre.

Héphaïstos a cru se jouer de Phildémon en exigeant une grenade, le fruit infernal. Cependant, le printemps est venu. Perséphone a regagné son séjour terrestre, et le héros n'a aucun mal à rejoindre la déesse dans les jardins ensoleillés où elle retrouve sa jeunesse, son innocence, sa bonté et sa liberté. Elle est brune, svelte, joyeuse, très différente de la reine des enfers dont on redoute la sévérité, parfois la cruauté. Elle aime jouer parmi les mortelles, ses amies, et rien ne la distingue d'elles, hormis un charme divin auquel il est difficile de résister.

Le jardin de Flore est un lieu enchanté, envahi de fleurs et de fruits épanouis et mûris au soleil d'Hélios. Le lieu semble réservé aux filles, aussi, en voyant surgir le héros, ses habitantes l'accueillent-elles avec curiosité.

Perséphone lui sourit.

— Voici le chasseur de monstres ! Eh bien, l'avez-vous vaincu, ce méchant animal ?

— Je l'aurais déjà fait, s'il s'agissait d'une chimère, d'un dragon ou d'un alcyon, semeur de tempête, mais une divinité…

— Une divinité, vraiment ? J'espère que vous ne me soupçonnez pas ? raille la déesse pour amuser ses amies.

— Non, mais vous pouvez m'aider à la vaincre.

— Par quel sortilège ? s'étonne-t-elle.

— J'ai besoin d'une grenade.

— Une arme redoutable, pouffe une compagne de la déesse.

Perséphone ne songe pas à rire. Phil, surpris, la voit se métamorphoser. La jeune fille fraîche et gracieuse devient soudain la reine noire, impérieuse et redoutable, capable de faire trembler les mortels. Autour d'elle, le jardin lui-même se transforme. Il se fige, se glace, s'assombrit. Les fontaines se taisent, les oiseaux ont disparu. Phildémon comprend qu'il a prononcé un mot interdit : la grenade rappelle à la déesse son enlèvement et sa captivité, et ce souvenir la blesse, malgré le pouvoir considérable accordé à l'épouse du dieu des morts.

Il s'empresse de raconter que Héphaïstos réclame le fruit en échange de la fabrication d'une arme qui lui permettra de maîtriser le monstre. Il ajoute :

— Le dieu du feu voulait m'obliger à cueillir cette grenade dans le verger d'Hadès, sachant que je ne franchirais pas la porte de votre royaume, ou que je ne reviendrais pas.

Soulagement : l'explication satisfait la déesse. Elle sourit de nouveau, et aussitôt le jardin se réveille.

— Je suppose que je dois cueillir le fruit moi-même ? dit-elle.

— La caresse de votre main lui donnerait plus de vertu.

— Allons la choisir ! décide-t-elle en redevenant la fille exubérante de Déméter.

Elle se dirige vers le verger voisin en bavardant gaiement avec ses amies. Phildémon les suit. Devant l'arbre, Perséphone choisit le plus beau des fruits.

— Héphaïstos sera content, approuve Phil.

— Ça m'étonnerait, le vieux bougon !

Son imitation du boiteux réjouit sa petite cour. Puis la déesse ordonne :

— Mon panier ! Non, le rouge !

Une fille s'empresse. Le panier, joliment tressé dans une matière inconnue, est rond. Perséphone y dépose la grenade et le remet à Phil.

— Voilà, monsieur le chasseur. J'espère que vous attraperez votre vilain gibier.

Le héros s'incline. Il va ajouter quelques paroles de remerciement, mais la déesse se désintéresse de lui pour recevoir un messager de l'Olympe, non pas Hermès, mais Hébé, la fille de Zeus. Phildémon s'esquive avec son précieux présent.

Les sandales magiques le transportent aussitôt dans la forge du dieu du feu. Héphaïstos regarde avec suspicion le panier rouge.

— Tu es revenu bien vite du royaume d'Hadès.

— C'est que je n'y suis pas allé.

— Je t'avais demandé… gronde le forgeron.

— Une grenade du jardin de Perséphone. La voici.

Héphaïstos saisit le panier, flaire son parfum. En reconnaissant le souffle de Perséphone, il part d'un gros rire.

— Rusé, roublard… tu es bien le fils d'Hermès !

Phil salue.

— J'ai respecté ma promesse, à vous de tenir la vôtre.

— Moi aussi, je suis fidèle à ma parole, la preuve !

Il désigne un angle de son atelier. Cependant, Phildémon a beau examiner le mur de la caverne, il ne voit rien.

— Avance, ordonne Héphaïstos. Avance encore, un peu plus, encore. Voilà !

Soudain, Phil se sent pris dans un filet invisible qui adhère à son corps à la manière d'une gigantesque toile d'araignée. Soulevé dans les airs, il ne peut plus bouger. Quand il se débat, le filet se resserre jusqu'à l'étouffer.

— C'est bien ce que tu m'as demandé ? ironise le dieu.

— Oui, à présent délivrez-moi.

— Tu as remarqué comme il est souple, solide, intelligent ? Même un titan ne pourrait le déchirer.

— C'est génial.

— Vivant, c'est vivant, dit le dieu avec orgueil.

— Délivrez-moi, s'énerve Phil, oppressé.

— J'ai improvisé un accessoire qui pourra t'être utile.

Aussitôt, un masque enveloppe le visage du prisonnier. Il lui permet de respirer, mais couvre ses yeux.

— Ainsi, ton ennemie sera désarmée. Tu ne risqueras plus d'être changé en pierre.

— Je vous remercie, c'est exactement ce que je voulais, grogne Phildémon, ligoté et privé de ses yeux.

— Je suis content que tu apprécies mon travail.

Héphaïstos parle la bouche pleine. Phildémon devine qu'il a ouvert la grenade et qu'il est en train de la dévorer. Le dieu du feu fait exprès d'oublier sa position inconfortable et de le maintenir prisonnier. Le héros n'apprécie pas sa comédie.

— À présent, détachez-moi ! exige-t-il.

Héphaïstos prend encore le temps de finir son fruit et de sucer ses doigts avant d'expliquer :

— Pour mettre fin à la magie, c'est tout simple : le piège s'actionne mentalement. Il te suffit de penser : « délivre-moi », ou « démasque-moi ». Et il obéit aussitôt, au doigt et à l'œil, en quelque sorte.

Phildémon s'exécute et se retrouve libéré. Le filet merveilleux et le masque, si amples quelques instants auparavant, tiennent dans le creux de sa main.

— Le monstre ne risque-t-il pas de faire la même chose ?

Héphaïstos sourit dans sa barbe.

— Le piège n'obéit qu'à toi.

— Comment vous remercier ?

— Tu l'as déjà fait.

— La grenade ? murmure Phildémon, sceptique.

— Non, le panier. Une matière précieuse dont je ferai une parure. Perséphone sera ravie et rien ne me plaît davantage que de faire plaisir à la reine des ombres.

12.

UN CRI DANS LES TÉNÈBRES

Sous le bec de la falaise de Terra cassé par les tempêtes, un chaos de roches s'avance dans la mer. Le choc des vagues sur ces brisants fait penser à une respiration, et parfois à une plainte venue des profondeurs.

« Une créature vivante », pense Ophidios avec un frisson. Il se tient à la pointe, calé entre deux pierres en forme de mâchoire ouverte sur le ciel. De cet observatoire, il surveille le large. De l'étendue bleue, si paisible, surgira le danger. De temps en temps, il se tourne vers la plage où se tiennent Hygie et Phil. La jeune fille s'appuie à son compagnon pour chercher protection ou tendresse. Leurs deux corps forment un contraste singulier : celui du héros, brun, dur, lacéré en maints endroits par les combats ; celui de la nymphe, blanc, lisse et gracile.

Ils parlent tout bas. Que disent-ils ? De son observatoire, Ophidios ne peut entendre leurs paroles. Comme prévu, ils font semblant d'être amoureux. Leur passion feinte, la beauté d'Hygie surtout, doivent susciter la fureur du monstre. À trois reprises, déjà, Hydra s'est acharnée sur des créatures innocentes au mépris du châtiment des dieux. Harmonie, Daphné, Marpessa. Mais cette fois, l'issue sera différente, elle devra l'être. Le piège conçu par Héphaïstos est tendu au-dessus du rivage, prêt à saisir sa proie. Nul ne peut deviner sa présence. Alors, pourquoi ce doute, cette terreur ? Au souvenir du monstre, Ophidios ne peut s'empêcher de trembler. Jamais il n'a vu d'abomination pareille. Même les pieuvres des abysses sont moins repoussantes. Pourtant, il s'agit d'une femme, une femme effrayante. Son visage, ses yeux surtout, deux foyers incandescents remplis de haine qui vous brûlent et vous changent en pierre.

Il a survécu, malgré tout. Il a pensé d'abord que ce maléfice n'agissait que sur les femmes jusqu'à ce que Phildémon lui démontre qu'il doit son salut à Artémis. La déesse aurait empêché Hydra de changer son corps en pierre en protégeant son œil unique. Miséricordieuse déesse! Elle sait, sans doute, qu'il regrette de l'avoir surprise. C'était involontaire, même si son regard s'est attardé sur elle, la prenant pour une simple mortelle.

Il s'empresse d'éloigner ses pensées de cette splendeur interdite : le corps de la déesse de la chasse.

Sur la plage, Phil et Hygie se sont levés. Ils jouent à se poursuivre au bord de l'eau. Un chasseur et sa proie. La fille, agile, lui échappe en criant. Le héros finit par la rattraper ; il la saisit, la soulève, la garde longtemps prisonnière de ses bras. Elle se débat en riant, puis ne se débat plus. Ils restent serrés l'un contre l'autre. « Hydra doit enrager, songe Ophidios. Moi-même, je suis jaloux ! »

Deux amoureux. Deux comédiens ? Phildémon défie la nymphe en resserrant son étreinte.

— Répète un peu ce que tu viens de dire ?

— Lâche-moi, supplie Hygie.

— Répète d'abord.

— Tu m'appartiens, j'ai dit tu m'appartiens, murmure Hygie.

— Vraiment ? Qui donc est à la merci de l'autre ?

Ce qu'il lit dans les yeux bleus de sa compagne l'incite à la délivrer. Elle rajuste sa tunique, secoue ses cheveux pleins de sable, et lance :

— Jure que tu n'es pas amoureux de moi !

— Je le jure.

— Je ne te plais pas ? Alors, c'est que tu es un beau menteur, fils d'Hermès.

Elle s'étire. Le soleil souligne l'un des secrets de sa beauté : la blondeur qui n'auréole pas seulement son visage, mais semble éclairer son corps tout entier. Et, malgré lui, Phildémon est pris au piège de la lumière trop vive de son attirance. « Je n'ai pas le droit », se répète-t-il en songeant à Dioné, et surtout au terrible péril qui plane sur la mer et la menace. Il doit garder la tête froide, éviter de regarder les traces de sel laissées par l'eau sur la peau blanche quand ils se sont baignés, tantôt.

— Tu es belle, Hygie, trop peut-être, c'est un danger.

Elle a oublié le piège et le monstre. Ses yeux sont malicieux.

— Un danger pour qui ?

Il désigne la mer.

— Tu le sais bien. Ce qui va venir est effrayant.

À cet instant précis, il souhaite que le monstre renonce à les attaquer. Pas pour lui, mais pour elle. Il n'aurait jamais dû imaginer cette folie, et Asclépios n'aurait jamais dû permettre d'exposer sa fille.

Devant son air tourmenté, Hygie cesse de le taquiner. Elle souffle :

— Tu as peur ?

— Bien sûr.

Il se penche et caresse son épée plantée dans le sable comme pour se rassurer.

— Pour moi ?

— Pour toi, oui.

— Je peux m'approcher ?

Elle ne songe plus à jouer. Ses lèvres tremblent. Elle s'assied à côté de lui, la tête posée sur son épaule. Bercée par le bruit de l'eau, elle ferme les yeux et ne tarde pas à s'endormir. La côte est déserte, la mer calme. Seuls quelques goélands mêlent leurs cris au claquement des vagues sur les rochers. Attendri, Phil écarte avec douceur les boucles blondes pour admirer le pur dessin des lèvres entrouvertes, le nez délicat, les longs cils pâles. À quoi pense-t-elle ? Son rêve doit être agréable, on dirait qu'elle sourit.

Il reste ainsi une partie de l'après-midi, et il n'a pas conscience de s'assoupir à son tour. Le cri d'alarme d'Ophidios l'atteint désarmé. Une nuée noire monte de la mer, semblable à une épaisse fumée poussée par le vent. Très vite, les ténèbres recouvrent le récif et la plage. En même temps, Phildémon perçoit la puanteur qui précède le monstre. Ce sont les phénomènes observés dans les jardins de Pontos : l'haleine du monstre, le choc des vagues, les nuées, l'éclair mortel.

Il réveille Hygie, la soulève à moitié endormie, l'enveloppe de ses bras pour la protéger. Un deuxième cri retentit, plus proche, inhumain, celui-là. Il croit distinguer une forme à travers les nuées et s'empresse de détourner les yeux. À droite, Ophidios se précipite sur les fils tendus d'un bout de la crique à l'autre. Le piège d'Héphaïstos a parfaitement fonctionné : le corps du monstre est pris dans les mailles ;

son visage, recouvert du masque qui l'aveugle et le rend inoffensif. Il se débat sans succès ; chaque mouvement le paralyse plus étroitement.

Le brouillard se dissipe. La prisonnière est immobile. Phildémon peut examiner impunément son adversaire. Son apparence l'étonne : Hydra a le corps d'une femme en partie recouvert d'écailles, de longs cheveux, des pieds palmés comme ceux des poissons. Une sirène : c'est ainsi qu'elles apparaissent aux marins avant de les dévorer.

La captive semble maintenant résignée. Ni menace, ni supplication. D'une voix d'une douceur inattendue, elle demande :

— Sais-tu qui je suis, Phildémon ?

— Une divinité de la mer ?

— Une divinité, oui. Mon père est Poséidon.

— Pourquoi la fille du dieu des mers s'acharne-t-elle sur de douces créatures ? demande-t-il.

— Je m'appelle Hydra.

— Je me moque de ton nom. Tu mérites un châtiment, les dieux s'en chargeront. Ma mission se résumait à te démasquer. Pour moi, c'est terminé.

Le rire léger de la prisonnière le surprend.

— Tu es beau, intelligent et amusant, Phildémon. Dommage pour toi.

— Dommage ? Il me semble que tu es plus à plaindre que moi, prise dans un filet, comme un poisson, tu ne crois pas ?

— Tes paroles sont méchantes, soupire-t-elle. Et moi qui regrettais de t'avoir fait du mal !

— Quel mal peux-tu me faire, dis-moi ? Essaie un peu !

— Ne la défie pas ! s'alarme Ophidios qui sent planer un danger.

— Ton ami, le borgne, est plus avisé que toi, lance Hydra avec une froideur subite.

— Crois-tu me faire peur ?

— Peur, non, je connais ton courage, soupire la prisonnière. Je n'essaie ni de t'impressionner ni de te pétrifier. En ce qui te concerne, ce masque est inutile. Sache cependant qu'il existe des blessures plus cruelles, celles que je peux infliger à la jeune fille que tu aimes, par exemple.

— Tu resteras liée ainsi, masquée, désarmée, jusqu'à ce que tu aies juré sur le Styx de ne plus exercer ton maudit pouvoir sur les autres.

— Trop tard, c'est déjà fait ! Celle que tu aimes est devenue une fort jolie statue, et elle le restera pour l'éternité.

Ophidios essaie de maîtriser son compagnon.

— Ne lui parle plus ! Elle veut te rendre fou, elle risque d'y parvenir !

— C'est elle qui est folle de croire qu'elle peut encore nuire aux mortels et défier les dieux.

Il s'avance à un mètre à peine du piège et confie :

— Celle que j'aime est sauve. Tu t'es trompée, Hydra. Ce n'est pas Dioné que tu as tuée dans la forêt sacrée, mais Marpessa ! En croyant me blesser, tu as frappé une innocente.

Hydra fait entendre un rire moqueur.

— Qui te parle de Dioné, cher héros ? J'ai dit : « celle que tu aimes ». Regarde derrière toi !

Tournant la tête, Phil voit Hygie figée sur le sable. Il se précipite. Ses mains rencontrent un marbre inanimé. La jeune fille n'est plus qu'une statue. Il croit d'abord à une illusion. Hydra, réduite à l'impuissance, n'a pas pu l'atteindre. Pourtant, elle est si froide, si raide, elle qui était la vie même, quelques instants auparavant !

Il saisit son épée et se rue sur Hydra.

— Monstre, comment as-tu fait ? C'est impossible !

— Je n'ai fait que prendre celle que tu m'as offerte de bon gré, dit la prisonnière avec une fausse pitié. La petite était trop curieuse. Un regard a suffi.

— Tu vas lui rendre sa forme première, sinon…

Oubliant qu'elle ne peut pas le voir, il lève son épée et n'obtient qu'un éclat de rire.

— Je suis immortelle, cher Phildémon, tu oublies ce détail.

— Tu peux vivre, mais tu peux aussi souffrir pour l'éternité. Ophidios, ordonne-t-il. Aide-moi, va chercher du bois.

— Que veux-tu faire ? s'étonne le borgne.

— Un bûcher ! Je vais brûler cette sorcière, et si les dieux m'accordent l'immortalité, j'entretiendrai le feu éternellement pour la regarder souffrir.

13.

BRÛLURES

Phildémon lance une nouvelle branche, la centième peut-être, au sommet du bûcher. L'amas de bois frôle maintenant le filet qui retient Hydra prisonnière.

— Saisis ta chance ! prévient-il. Tu n'as pas hésité à sacrifier mes amies, je n'hésiterai pas non plus à te brûler. Pour la dernière fois : ramène Hygie à la vie !

— Je n'ai pas ce pouvoir, soupire Hydra. Et même si je l'avais, je ne l'exercerais pas.

— Pourquoi ? Au nom de tous les dieux, pourquoi ?

— Parce qu'elles étaient belles et que je suis repoussante. C'est injuste ! J'ai toujours voulu être admirée et aimée comme elles.

— Tu espères être aimée en tuant tes rivales ?

— Non, mais elles ne le seront pas davantage, c'est une consolation.

— Tu es bien la fille de la Gorgone ! Aussi effroyable qu'elle !

— Merci du compliment, raille Hydra.

Après un dernier regard sur la statue d'Hygie, Phildémon frotte deux pierres et fait jaillir le feu en songeant que, pour une fois, ce n'est pas une créature humaine qu'on sacrifie aux dieux, mais une divinité qu'on sacrifie à une mortelle.

Les flammes, en s'élevant, enveloppent la prisonnière. Soudain, le chant mélancolique de la fille de Poséidon, pareil au chant des sirènes, bouleverse Phildémon au point qu'il hésite à renverser le bûcher lorsqu'une vague surgie de la mer se rue vers la plage à la manière d'un coursier blanc. En quelques instants, la vague submerge le rivage, éteint le feu, arrache la prisonnière à son piège, et l'entraîne au fond de l'eau.

Phildémon réalise alors que le chant d'Hydra n'était pas un appel de détresse, mais un hymne de guerre. Projeté en arrière avec Ophidios, il lutte pour ne pas être emporté par la vague. Seule la statue d'Hygie reste droite, à moitié enfouie dans le sable.

Le héros, suffoqué, contemple le désastre. Il a perdu Hygie et laissé échapper Hydra. Au sommet de l'Olympe, les dieux doivent se moquer de lui ; ils ont bien raison. Il s'est conduit d'une manière stupide et maladroite. Il sait gré à Ophidios de le laisser seul avec sa détresse. Ainsi, il peut s'adresser à Hygie sans crainte de passer pour fou. On dirait que la créature de marbre qu'il caresse lui communique la douceur de la nymphe qu'elle était. « La fille que tu aimes », disait Hydra, elle avait raison.

Il s'adresse à elle avec passion. Cependant, quand Hermès paraît sans être invoqué, il ne peut s'empêcher d'exhaler sa rancune.

Il désigne Hygie.

— Merci de votre aide ! Je vous ai servis et voici ma récompense.

— Tu as révélé la coupable, les dieux t'en sont reconnaissants, sauf Poséidon, bien entendu.

Phil hausse les épaules.

— Reconnaissants ? Vous m'avez menti, manipulé, pour ménager le dieu des mers. Nous verrons si votre satisfaction persistera lorsque la fille de Méduse peuplera vos jardins et vos forêts avec les statues des femmes que vous aimez !

— C'est fini ! l'interrompt Hermès. Poséidon a promis solennellement d'enfermer Hydra dans son palais des océans. Elle ne pourra plus exercer sa magie, plus jamais.

— Pourquoi cette rigueur tardive ? gronde Phil. S'il avait sévi plus tôt, le dieu des mers aurait épargné la vie de toutes ces nymphes.

— Poséidon aime sa fille.

— Il a toujours aimé les monstres ! Il ferait mieux de clouer une deuxième tête sur le bouclier d'Athéna.

— Que prétends-tu connaître de l'amour des dieux ? le reprend Hermès d'un ton sévère.

— Vous ne savez pas aimer, réplique Phil avec insolence. C'est pourquoi, cet amour qui vous est étranger, vous venez le chercher parmi nous. Ma mère était une mortelle.

— C'est vrai, reconnaît Hermès, Chioné était une femme merveilleuse.

— Comment aurais-tu réagi si un monstre l'avait changée en pierre ?

— J'aurais eu recours à un détective pour découvrir la coupable, ironise le messager des dieux.

Le héros est trop furieux pour lui accorder un sourire.

— Hélios me mentait, et vous le saviez !

— Poséidon l'avait menacé.

— Est-il si craintif? Non, vous aviez besoin d'un pantin pour contrarier le maître des océans. J'étais le naïf rêvé pour ce projet. Le malheur, c'est que vos caprices ont coûté la vie à quatre créatures innocentes.

Hermès a écouté son fils sans l'interrompre. Il regarde la statue d'Hygie, et murmure :

— Je suis désolé pour toi.

— Pas pour elle ? Je veux qu'on lui redonne la vie !

— Tu sais bien que ce n'est pas possible.

— C'est ce qu'a prétendu le monstre. Impossible ! Elle mentait : Zeus peut rompre la malédiction, il en a le pouvoir.

— Il ne s'agit pas d'une malédiction, mais d'une destinée, dit Hermès d'une voix douce. Les trois Moires, divinités qui commandent l'existence des mortels, l'ont condamnée. Même si j'avais connu le dessein de Hydra, je n'aurais pas pu secourir Hygie, elles m'en auraient empêché. Lachésis, armée des ciseaux du destin, a tranché le fil de sa vie, tu n'y pouvais rien, moi non plus.

Phil secoue la tête avec un entêtement farouche.

— J'abandonne Hydra à son destin, pas Hygie. Je continuerai à me battre pour elle.

— Que vas-tu faire ? demande Hermès.

Il pose la question. En réalité, il lit la réponse dans la pensée de son fils, car il ajoute :

— Contrarier Zeus, c'est renoncer à ton immortalité.

Phildémon reste songeur comme s'il n'avait pas entendu la mise en garde de son père.

— Elle était si belle. Elle avait confiance en moi, elle avait tort.

Hermès disparaît dans un éclair, l'abandonnant à sa solitude, comme Ophidios, une heure auparavant.

Mais le messager divin est mécontent. Les dieux ont l'habitude d'être obéis, et Phil n'est pas d'une nature docile, surtout en la circonstance. Quelques instants plus tard, le héros constate que son père a repris ses sandales magiques. Désormais, il ne pourra plus compter sur la protection divine.

— Pour ce qu'elle m'a servi ! grommelle-t-il.

Assis sur le sable, au pied d'Hygie, il pense qu'il n'aura pas la force de l'abandonner. Sent-elle encore sa présence ? Qui sait ? Il a la certitude d'être lié à elle par une force indépendante de sa volonté. Mais comment inverser la destinée ?

Au crépuscule, Ophidios le trouve dans cette position. Il demande timidement :

— Que veux-tu faire ?

— La ramener.

Le nain estime mentalement le poids de la statue.

— Chez toi ?

Phil hausse les épaules. Retourner sur la rive d'Orion ? Dans la forêt d'Agapenthe ? Subir les reproches de Dioné ? L'hostilité des hamadryades ?

— Il est vrai qu'avec tes sandales magiques…

— Je ne les ai plus, Hermès les a reprises.

— La mission est donc terminée? conclut le borgne avec une satisfaction évidente. J'espère qu'ils vont t'accorder l'immortalité. Tu l'as bien méritée.

— Je me moque de l'immortalité!

Ophidios émet un grognement réprobateur. On ne refuse pas l'immortalité. La tristesse fait déraisonner Phildémon.

— En tout cas, moi, je ne me moque pas de mon œil. Deux yeux valent mieux qu'un.

— Il n'est pas question de la ramener chez moi.

— Non? Où ça, alors? Parce que, sans tes fameuses sandales, tu as beau être un sacré géant…

— Je veux la ramener à la vie.

Le nain gratte furieusement sa toison rousse. Cette fois, il est convaincu que son compagnon a perdu la raison. Il murmure, avec tristesse:

— C'est impossible, tu le sais bien!

Phil se dresse, menaçant.

— Ne répète jamais ça, pas toi!

— Moi, je t'ai aidé, rappelle le borgne avec un soupçon d'amertume.

— C'est vrai, reconnaît le héros, mais je n'accepte pas la fatalité, je ne peux pas l'accepter, sinon, autant mourir ici, tout de suite. Tant qu'Hygie sera dans cet état, je refuserai d'être immortel, même si Zeus le décidait.

— Tu l'aimes à ce point ? Je croyais…

— Ce n'est pas une question d'amour, pas seulement, se reprend-il. Cette malédiction, c'est ma faute.

Il appuie son visage sur la statue. Au bout de quelques instants, le nain est témoin d'un prodige : le guerrier farouche qui n'a jamais faibli ni pleuré de toute sa vie verse une larme.

Ophidios a du mal à retenir les siennes en songeant que son ami a entendu battre le cœur d'Hygie. Hélas, le cœur n'est qu'un lointain écho de la vie qui l'a abandonnée.

14.

LE PETIT DIEU D'ÉPIDAURE

Sous le soleil ardent d'Épidaure, les jardins d'Asclépios exhalent des arômes puissants, certains familiers : le camphre, l'héliotrope, la sauge, la myrrhe ; d'autres inconnus. Ici, peu de fleurs : les plantes sont destinées à la guérison, non à l'ornement.

Le palais du dieu de la médecine est enfoui sous la végétation au point qu'on ignore la nature de ses murs et de ses toitures avant d'y être entré. À l'intérieur, un ruisseau alimenté par une source le traverse de part en part. Des ponts de bois enjambent l'eau pour passer d'une pièce à l'autre.

Asclépios est accueillant et affairé. Tout en parlant à Phildémon, il dispense ses conseils et ses ordres. Des malades attendent le maître dans une salle ensoleillée. De légères créatures s'empressent autour d'eux. Sur le sol glissent des serpents dont les venins soulagent les patients.

Le dieu s'arrête dans une pièce encombrée de squelettes, de flacons, de grimoires, d'herbes séchées, de reptiles prisonniers de cages de verre et d'oiseaux en liberté.

— Les désiris sont introuvables!

L'accent tragique annonce une catastrophe. Phil observe Asclépios avec un étonnement agacé. Au lieu de se lamenter sur la mort de sa fille, le petit homme aux allures de jardinier est obsédé par la disparition d'une plante médicinale. Sa barbe courte et ses cheveux crépus d'un brun roussâtre font penser à un nid, d'où émergent des yeux pétillants d'intelligence et de bonté.

— Hygie est morte! rappelle le héros.

Les yeux du dieu se voilent, mais l'homme ne s'effondre pas. Pourtant, il aimait passionnément sa fille.

— C'est ma faute, ajoute Phildémon d'une voix brisée. Je l'ai mise en danger et n'ai pas su la protéger.

Pour ça, je vais être châtié, je l'espère, mais auparavant…

La main étrangement apaisante du médecin divin se pose sur son bras. Dans le silence, on entend la chanson du ruisseau mêlée aux chuchotements des jeunes guérisseurs.

— Vous devez la soigner !

Le regard du dieu questionne son visiteur.

— Elle est morte, n'est-ce pas ? Pétrifiée, m'a-t-on dit.

La voix est empreinte d'émotion. « Ce n'est pas trop tôt ! »

— On affirme que vous ramenez les gens à la vie, insiste Phildémon.

Asclépios regarde autour de lui comme s'il redoutait d'être entendu.

— Autrefois, chuchote-t-il, j'ai eu ce pouvoir, autrefois, grâce…

Voyant qu'il renonce à poursuivre, Phil saisit sa main et la presse en signe de supplication.

— Nous sommes tous deux fils d'Apollon, presque frères. Vous pouvez me faire confiance.

— J'en suis sûr, mais c'est interdit.

— Interdit par qui ? Zeus, n'est-ce pas ?

Le silence du dieu est un acquiescement. Un oiseau semblable à une corneille vient se poser sur son épaule. Son bec s'agite près de son oreille comme pour murmurer des paroles mystérieuses. Puis il s'envole et se perche sur la tête d'un personnage taillé dans un bois noir. Ce contact détermine Asclépios. Il explique :

— Le sang de Méduse possédait des propriétés magiques. Celui qui s'écoulait de sa veine gauche était un poison mortel. En revanche, le sang de sa veine droite était un remède capable de faire revivre ceux qui venaient de mourir. Lorsque Persée a vaincu le monstre sur l'ordre d'Athéna, il a recueilli les deux fluides et m'a offert le sang guérisseur. Grâce à lui, c'est vrai, j'ai accompli des prodiges, ressuscité des morts : Capanée, Lycurgue, Glaucos, l'enfant de Minos, Hippolyte, le fils de Thésée, des centaines d'autres…

Il s'interrompt et s'essuie le front avec la manche de sa robe avant de poursuivre :

— Ces résurrections contrariaient l'ordre de la nature. Elles ont déplu au maître des dieux qui a menacé de me foudroyer si je poursuivais mes expériences. J'ai dû obéir. Les Moires ont conservé leurs victimes et les hommes ont recommencé à mourir.

— Mais moi, je ne crains pas la mort, s'exclame Phil. Je peux agir à votre place. Que je sois foudroyé et précipité au fond du Tartare pourvu que Hygie renaisse !

— Hélas, il est trop tard, soupire Asclépios avec désespoir. Zeus m'a ordonné de détruire le sang guérisseur. J'ai dû m'exécuter.

— Méduse, race maudite ! s'emporte Phil. Tout le mal vient de ce monstre, et il perdure de mère en fille. Pour une fois qu'elle pouvait racheter ses crimes, on le lui interdit. Zeus est sans pitié !

Asclépios met un doigt sur ses lèvres pour faire cesser ses imprécations, puis il confie :

— Méduse n'a pas toujours été un objet d'épouvante. Dans sa jeunesse, elle était si belle qu'elle suscitait la jalousie d'Athéna. Elle était particulièrement fière de ses yeux verts et de sa chevelure. Sa vanité l'a perdue. La déesse de la guerre s'est vengée en transformant ses cheveux en serpents et en la dotant d'un pouvoir funeste qui interdisait aux hommes d'admirer ses yeux sous peine de mort. La punition de Méduse n'aurait jamais dû être infligée à sa fille ! C'est peut-être ce sort abominable qui inspire la vengeance d'Hydra. Qui sait ?

Phildémon décèle la bonté dans les yeux du dieu de la médecine. On dirait qu'il éprouve de la compassion envers la meurtrière de sa fille.

— Ainsi, il n'y a plus rien à faire ? demande Phil d'un air sombre.

Asclépios secoue la tête, accablé. Il fourrage dans sa barbe brune et soupire :

— Rien ne t'empêche de rendre visite à mon maître, le centaure Chiron, au sommet du mont Pélion. Il te conseillera. En ce qui me concerne, je suis impuissant. Hygie est perdue. Je suis triste pour toi, mon ami. Elle était si jeune, si vive.

— Si belle, murmure Phil.

Des créatures blanches se pressent au seuil de la pièce sans oser interrompre leur maître. Asclépios prend encore le temps de fouiller parmi ses drogues, de saisir un pot d'argile et de l'offrir à son visiteur en disant :

— Prends ceci. C'est un baume composé de désiris. Il ne ressuscite pas les morts, mais guérit les blessures les plus graves. Dis-toi que la nature est souvent imprévisible, on croit que tout est perdu et tout renaît. Les dieux eux-mêmes sont surpris du résultat. Il ne faut jamais désespérer.

Phildémon le remercie du bout des lèvres. Son cœur est plein d'amertume : ne pas désespérer quand le petit dieu d'Épidaure vient de lui démontrer que tout est perdu ! Il a besoin d'un médecin, pas d'un philosophe !

15.

LE MAÎTRE DU MONT PÉLION

La neige recouvre les pentes de la montagne où vit le centaure Chiron. Au creux des vallons, elle est par endroits si épaisse que les marcheurs s'enfoncent et ont de la peine à progresser.

— Je déteste le froid! peste Ophidios. Nous aurions dû suivre la route du sud. Je te l'ai répété, mais tu n'écoutes jamais mes conseils.

Phildémon dissimule un sourire au spectacle du nain enfoncé jusqu'au menton dans le manteau neigeux.

— La piste du sud est abrupte et glacée, réplique-t-il. Celle-ci est plus courte et agréable.

— Agréable! ronchonne Ophidios. Passe pour toi qui as de longues jambes, mais les guerriers de mon espèce sont plus à l'aise dans les prairies.

— Comme les moutons, fait remarquer Phildémon.

— Ce désert… Ton centaure doit être un fameux brigand pour choisir un repaire sur ces hauteurs inhumaines !

— Chiron est un personnage génial, le reprend Phildémon. Musicien, mathématicien, médecin, chirurgien, et grand stratège. Ne t'avise pas de le traiter de brigand. D'un coup de poing, il peut te fendre le crâne.

— Ou d'un coup de sabot ! glousse le nain, qui fait allusion à la nature du centaure, mi-homme, mi-cheval.

Phil lui lance un regard de mépris.

— Chiron est un immortel, fils du dieu Cronos. Les habitants de l'Olympe eux-mêmes le vénèrent. Il a éduqué la plupart des héros que nous admirons : Achille, Jason, Palamède, Énée…

— Mais pas toi, le plus grand de tous ! Quel oubli scandaleux !

— Encore une plaisanterie de ce genre et je t'abandonne ici, l'avertit Phildémon en lâchant la main de son compagnon.

Ophidios tombe et disparaît tout entier dans un amas de neige. Il en sort en toussant et en jurant comme un démon.

— Je ne sais pas pourquoi j'ai accepté de t'accompagner !

— Je vais te le dire.

— J'espère que tu as une bonne raison, grogne le nain. Je meurs de faim et de froid.

— Excellente, je te fais juge : quand Persée a tué la Gorgone, il a recueilli son sang.

— Comme Héraclès avec l'hydre de Lerne.

— Pas tout à fait. Une partie du sang de Méduse n'était pas un poison meurtrier, mais un remède merveilleux capable de ressusciter les morts. Il a confié cette liqueur magique à Asclépios. Grâce à elle, le petit dieu a accompli des prodiges. Cependant, ses résurrections mécontentaient Zeus. Le maître de l'Olympe lui a ordonné de détruire le précieux sérum sous peine de finir ses jours au fond du Tartare.

Le nain se frappe le front.

— Mais pourquoi ?

— Parce que la mort est nécessaire à l'ordre du monde.

— Ouais ! ricane le borgne. On voit que la mort ne le concerne pas directement.

Tout en discutant, ils continuent leur escalade. Ophidios en oublie le froid.

— Bref, poursuit Phil, le dieu de la médecine a dû renoncer à ses pratiques interdites. Mais je le soupçonne de n'avoir obéi qu'à moitié.

— Que veux-tu dire ?

— Il a renoncé à détruire la liqueur divine.

Ophidios tourmente sa toison.

— Qu'en a-t-il fait ?

— Je pense qu'il l'a confiée à Chiron.

— Tu en es sûr ?

— Presque. Asclépios ne me l'a pas dit expressément, mais il me l'a suggéré. C'est lui qui m'a envoyé jusqu'ici.

— Tu veux questionner Chiron ? glousse le nain. « Monsieur le centaure, voudriez-vous me donner quelques gouttes de la liqueur divine que vous détenez contre la volonté de Zeus ? » Au fait, que veux-tu faire de ce fluide prodigieux, à condition qu'il existe et qu'on soit disposé à te l'offrir ? Oui, je comprends… Tu rêves de ramener Hygie à la vie !

— Pas seulement elle.

— Toutes les autres, pourquoi pas ?

Le nain s'arrête pour souffler.

— Si ça continue, moi aussi il faudra me ressusciter !

— Silence ! ordonne Phil. Voici la grotte, on est arrivés !

Au sommet, de jeunes colosses se dressent sur leur passage, avec l'intention manifeste de les provoquer. Ce sont les élèves du centaure. S'il règne entre eux une solide amitié, elle ne s'étend pas aux nouveaux venus, priés de faire la preuve de leur courage ou de leurs talents.

La voix grave de Chiron les incite à s'effacer devant les visiteurs.

— Tu es le fils d'Hermès ? Bienvenue ! Nous t'attendions.

— Phildémon, confirme le héros, et voici mon esclave, Ophidios.

Traité d'esclave, le nain s'étrangle d'indignation. Pour l'apaiser, Phil s'empresse d'ajouter :

— C'est mon frère d'armes, la témérité incarnée. Il m'a sauvé la vie à deux reprises.

Chiron grimace un sourire. C'est une créature imposante, et si sa croupe et le bas de son corps sont ceux d'un cheval, son visage, digne d'un dieu, est d'une merveilleuse beauté. Devant tant de majesté, Ophidios partage d'emblée le respect que lui témoigne son compagnon.

— Entre, Phildémon, je t'en prie, dit le centaure. Ainsi, tu veux parfaire tes qualités guerrières ?

— Et acquérir des connaissances médicales. Asclépios m'a conseillé votre école.

— Il m'a prévenu. Tu sais que nous communiquons par la pensée ?

— Je l'ignorais, maître.

Phil masque sa contrariété sous un excès d'admiration. Si Chiron peut lire dans les esprits, alors il doit connaître la vraie raison de sa venue.

— Dans mon école, la vie est rude et l'entraînement périlleux, l'avertit le centaure. Il faut beaucoup de volonté pour surmonter les épreuves auxquelles sont soumis mes élèves. Peu d'entre eux y parviennent, mais ceux qui réussissent deviennent illustres.

Phil sourit.

— Pour ma part, je préfère l'exploit, même obscur, à la gloire.

— Sans aucune récompense ?

— Quelle récompense ?

— La conquête de l'immortalité, par exemple.

Phil surprend une lueur malicieuse dans le regard du centaure. « Il me connaît, pense-t-il, et il s'amuse à mes dépens. » Mais soudain, le visage de Chiron s'altère, il chancelle.

— Une vieille blessure, murmure-t-il pour expliquer sa faiblesse.

Phil tire aussitôt de sa besace le remède offert par Asclépios.

— Voici un baume souverain, maître.

Le centaure sourit avec effort.

— Ma blessure est sans remède, hélas. Tout le génie d'Asclépios n'y pourrait rien.

— Vous, un immortel ? s'étonne Phil.

— Dans mon cas, l'immortalité est une malédiction, soupire le centaure. Je suis condamné à souffrir éternellement.

Lisant une compassion sincère dans son regard, le centaure se confie à son nouvel élève :

— C'est Héraclès qui m'a blessé.

— Le fils de Zeus ? s'exclame Phildémon. Il était votre disciple, votre ami.

— Mon ami, oui, l'un des plus chers. Il m'a atteint accidentellement en combattant les centaures.

— Les centaures ?

— Mes congénères ne sont pas aussi pacifiques que moi. La plupart d'entre eux sont sauvages. Sous prétexte qu'on lui avait volé du vin, une tribu voisine nous a attaqués. Héraclès a dû utiliser son arc pour nous défendre. Une de ses flèches, détournée de sa cible, m'a blessé au genou. Or sa pointe avait été trempée dans le venin de l'hydre de Lerne, le dragon qu'il avait vaincu jadis.

— Un poison mortel ! murmure Phildémon, consterné.

— Mortel, sauf pour moi qui ne peux pas mourir. Le poison me brûle nuit et jour. Mais assez parlé de moi ! Je vais te présenter à mes disciples. Ils sont dignes de ceux qui les ont précédés.

— Achille ?

— Achille, Énée, Héraclès…

— Je suis impatient de me mesurer à eux, murmure le héros, impressionné.

Chiron réunit aussitôt ses élèves, au nombre de dix. Deux d'entre eux, un musicien et un médecin, ressemblent à des hommes ordinaires. Les autres sont de magnifiques athlètes, capables d'affronter les proies les plus dangereuses, de se nourrir de leurs entrailles, de franchir des sommets inaccessibles et de dormir dans la neige.

— Nous avons besoin de viande, vous irez chasser, décrète le centaure.

Les élèves échangent des regards entendus, puis se tournent vers Phil. C'est un défi, sans aucun doute.

Les chasseurs sont prêts à partir. Avant de les rejoindre, Phildémon attire Ophidios à l'écart.

— D'après Asclépios, la liqueur de Méduse est de couleur verte, très lumineuse. On la voit dans l'obscurité.

— Et tu sais où elle est, cette lanterne?

— Je crois le savoir: quand Chiron nous a fait visiter son école…

— Ses six cavernes.

— Six ouvertes, mais il en existe une septième. Tu as dû remarquer une porte de fer.

— Une cave à vin ou un garde-manger.

— Je ne crois pas. Plutôt la salle du trésor. Le sang divin doit être enfermé là.

— S'il existe.

— S'il existe, bien sûr, mais mon intuition me dit que c'est le cas. Elle me trompe rarement, tu le sais. C'est là que tu interviens: tu vas ouvrir la porte de fer, dérober la liqueur magique et la cacher en attendant mon retour.

— Tout simplement! grommelle le nain.

— Un jeu d'enfant pour un voleur comme toi.

— Et si le centaure me surprend, il servira mes entrailles à ses élèves et m'empaillera comme l'une des curiosités animales qui ornent sa chambre.

Phil sourit, encourageant.

— N'es-tu pas le serpent invisible ?

— Jusqu'à présent ! Il y a une fin à tout.

— Les chasseurs m'appellent.

— C'est ça, va gambader avec tes petits camarades tandis que je risque ma peau ! murmure Ophidios avec aigreur.

16.

LA CHASSE

Vers l'est, la neige est moins épaisse, à peine suffisante pour révéler les traces du gibier.

— Belles empreintes ! fait remarquer Iphitos, l'un des chasseurs, admiratif, en mesurant les pattes de la bête.

— Un ours, sans doute, suggère Phildémon.

— Des ours, je parie que tu n'en as jamais vu, ricane Euristos, un géant de près de deux mètres cinquante, fier de sa force herculéenne. Dans ton pays, on doit chasser la biche ou le canard d'eau.

— Les deux, réplique Phil sans se préoccuper des rires de ses compagnons, amusés par les plaisanteries du colosse.

Ces défis sont habituels. Du reste, si les élèves de Chiron guettent sa réaction, ils ne sont pas hostiles, mais fidèles à la tradition du Pélion. Chacun a dû faire ses preuves face aux monstres de la montagne avant d'appartenir à la communauté. Leurs cicatrices témoignent de leur vie d'aventures.

Phœnix, fils du roi Amyntor, porte de terribles marques sur ses paupières. D'après ses compagnons, son père lui a crevé les yeux pour le punir d'avoir séduit une jeune fille qu'il convoitait lui-même. Chiron l'a guéri et a fait de lui un guerrier accompli.

Endymion est doté d'un heureux caractère et d'une beauté fascinante. Passionné de mathématiques et de musique, il abandonne ses travaux pour se lancer dans la chasse au tigre quand sonnent les trompettes d'alerte au fond de la vallée. On raconte qu'il a séduit Séléné, la déesse de la lune.

Aristée, orgueilleux et brutal, est le plus doué des chasseurs. Nul n'égale son art de flairer une piste et de capturer la bête à l'aide d'une fosse ou d'un filet.

Iphitos, prince de Phocide, est un archer d'une adresse surhumaine. Il passe pour le fils d'Apollon. « Encore un de mes frères », songe Phil avec ironie.

Silas, courageux et curieux, rêve de découvrir les contrées du soleil levant.

Palamède, le plus savant de tous, est un inventeur de génie. Il aime la chasse pour la poursuite et répugne à tuer les animaux. « Il préfère la fadeur des graines à la saveur du sang », dit Euristos avec mépris.

Télamon, fils du roi Éaque, a été banni par son père pour avoir tué accidentellement son demi-frère, Phocos.

Malgré leur jeunesse, tous les huit font déjà figure de héros. Phildémon se serait bien dispensé de les accompagner, mais il doit faire la preuve de son courage et de son endurance, Chiron l'exige. Un examen de passage, en somme !

D'autre part, en éloignant de l'école ces guerriers redoutables, Phildémon laisse Ophidios plus libre d'accomplir sa mission.

— Il approche ! prévient Aristée.

Ils entendent craquer la forêt. Les cimes des arbres se courbent et se redressent violemment dans une pluie de neige, comme au passage d'une tempête. Certains s'abattent avec fracas.

— Ta biche se déchaîne ! plaisante Palamède.

— Un ours, confirme Iphitos. Il doit peser dans les six cents kilos.

Il fixe avec soin une flèche rouge sur la corde de son arc de frêne tandis qu'Endymion éclate d'un rire joyeux.

— Six cents kilos ? Deux fois Euristos, c'est trop !

Le géant désigne la forêt.

— À toi la bête !

Endymion se tourne vers Phildémon.

— Je ne veux pas priver notre invité de ce plaisir.

Ils considèrent tous Phildémon d'un air moqueur. À en juger par ses rugissements, l'animal qui charge est véritablement monstrueux. Trop dangereux pour un homme seul.

— Rabattons-le vers la fosse ! propose Aristée.

Il a lui-même creusé le piège et l'a habilement recouvert de feuilles. Phildémon refuse, désinvolte.

— Pas besoin de fosse.

Au même instant, un ours noir surgit, plus gigantesque encore qu'ils ne l'avaient imaginé.

— Un présent d'Artémis ! crie Phœnix, admiratif.

Au lieu de fuir, les chasseurs crispent les mains sur leurs épieux et se disposent en demi-cercle pour affronter le monstre, sauf Iphitos qui bande son arc.

— La bête m'appartient, personne ne bouge ! crie Phil.

Il s'avance bravement au-devant de son adversaire. Dressé sur ses pattes arrière, l'ours mesure plus de deux mètres et exhibe des griffes aussi longues que des sabres.

— Au cœur ! Frappe au cœur, n'attends pas ! conseille Aristée.

Il pense que Phildémon va lancer son épieu, et il est stupéfait de le voir tirer un couteau de sa ceinture après avoir planté l'épieu dans le sol. Muni de cette arme dérisoire, l'étranger s'avance vers la bête écumante de fureur.

— Le fou ! s'exclame Palamède.

— Le brave ! exulte Silas.

Les huit chasseurs conservent leurs positions, persuadés que Phildémon ne résistera pas aux griffes du monstre, et que l'ours continuera son carnage en s'attaquant à eux.

Tandis que Phil brandit son poignard, la bête se jette sur lui en hurlant. Les chasseurs retiennent leur souffle. Ils entendent crisser les griffes acérées dans un ultime geste de défi. Phildémon reste immobile, à portée des dents qui claquent à quelques centimètres de son visage.

N'y tenant plus, Euristos lève son épieu. Silas retient son bras : blesser le monstre condamnerait Phil à une mort certaine. Or, sans s'expliquer pourquoi, il pressent que Phil peut vaincre l'ours sans leur aide.

Les hurlements de la bête sont de plus en plus enragés sans provoquer chez sa proie le moindre signe de peur. Puis, brusquement, quand on croit qu'il va frapper, le monstre se détourne et, après un ultime grondement de défi, il disparaît dans la forêt.

Les huit chasseurs, sidérés, surveillent le fracas de sa retraite avant de se détendre et de rejoindre Phildémon.

— Les dieux te protègent ! s'écrie Silas, admiratif.

— Pas toujours, réplique Phil en riant.

— Et ma fourrure ! plaisante Phœnix. Tu as laissé l'animal emporter ma fourrure !

— Ma viande, surtout ! J'ai faim, moi, râle Euristos.

Il termine à peine sa phrase quand Phil saisit son épieu, et le lance. L'arme transperce un jeune sanglier en pleine course. La bête roule sur la neige, foudroyée.

— Bon appétit ! lance Phil.

Le geste a été si prompt, le jet si adroit, que les chasseurs n'ont pas eu le temps de réagir. Euristos grogne de plaisir. Comme il remercie bruyamment l'auteur de l'exploit, celui-ci lui fait signe de parler plus bas.

— Un ventre comme le tien, il faut davantage que cette petite bête pour le remplir. Écoute !

Un piétinement lointain résonne dans la forêt.

— L'ours ? s'étonne Phœnix.

Phil secoue la tête.

— La bête est plus craintive : un cerf !

Il s'élance, suivi de ses compagnons. Après une heure de course, ils abattent le cerf, puis c'est le tour d'un autre sanglier de belle taille. Palamède construit un traîneau avec l'aide d'Aristée. Ils chargent leur gibier et se relaient pour le tirer jusqu'au sommet du mont Pélion.

— Un cerf, deux sangliers, se réjouit Iphitos.

— Et l'ombre d'un ours ! ajoute Aristée.

— Sacrée chasse ! apprécie Endymion. Grâce à toi, le novice !

Aristée lève une outre en l'honneur de Phildémon. Il boit une lampée et s'essuie la bouche d'un revers de main.

— Drôle de novice ! Il parle la langue des bêtes et pratique la chasse mieux que nous huit réunis.

Télamon saisit l'outre, boit à son tour et s'étonne :

— Eh ! Mais ce n'est pas de l'eau !

— Tu as remarqué ? s'esclaffe Aristée.

— Je crois reconnaître…

— Le nectar de notre maître, oui. Il faut bien lui faire honneur depuis qu'il n'en boit plus.

L'outre passe de main en main, si bien qu'en arrivant au sommet du Pélion, leur état d'exubérance alerte Chiron.

— Beau butin pour une journée ! apprécie le centaure. Mais je sens à votre haleine que vous avez fêté généreusement vos trophées !

Il apostrophe Phildémon :

— Toi, as-tu obtenu ce que tu cherchais ?

— Je crois, maître, j'ai trouvé l'amitié.

— C'est tout ce que tu voulais ? s'étonne le centaure.

— Tout, non. Votre école a d'autres bienfaits à offrir.

— À offrir ou à prendre ?

— N'est-ce pas la même chose ? ironise Phildémon.

— Parfois.

La douleur empêche Chiron de poursuivre. Des élèves s'empressent autour de lui. D'autres déchargent le gibier. Euristos et Télamon découpent les viandes. Phildémon profite de l'animation pour rejoindre Ophidios qui se tient à distance.

— Eh bien, tu as réussi ?

Le nain incline la tête.

— Tu es sûr ? C'est bien le sang de Méduse ?

— Un fluide vert, lumineux, dans une bulle d'or.

— Comment as-tu réussi à forcer la porte ?

— Je n'ai pas eu à l'ouvrir. Il y avait un passage au sommet du mur, sous la voûte.

— Assez grand ?

— Pour un serpent, oui.

— Personne n'a remarqué ton intrusion ?

— Personne.

— Il me semble pourtant que Chiron se doute de quelque chose.

— Impossible : il enseignait la musique et jouait de la cithare dans une salle éloignée. J'ai encore l'air dans la tête. Trois minutes, c'est tout ce qu'il m'a fallu pour découvrir l'objet et…

Il caresse une petite bosse qui gonfle sa tunique. Phildémon hoche la tête.

— Nous partirons cette nuit, par prudence.

— Glisser dans l'obscurité, sur les pentes glacées, au bord de l'abîme, tu appelles ça de la prudence ? grommelle le borgne.

— Silence !

Chiron approche. Sa souffrance paraît s'être apaisée. Il sourit avec bienveillance.

— Je te félicite pour ton adresse.

17.

LE SIGNE DU CENTAURE

Après trois heures de marche, ils sont à mi-chemin du pied de la montagne. Des éclairs, annonciateurs d'orage, illuminent parfois la pente obscure, révélant un paysage inconnu d'arbres morts, de rochers fantastiques et d'amas de neige figés par le vent en vagues successives.

— Ce n'est pas la bonne route, grogne Ophidios.

— La montagne des Griffons, c'est ainsi qu'on la nomme. Elle aboutit à Naos, en bas dans la vallée.

— Combien de temps encore ?

N'obtenant pas de réponse, le borgne insiste.

— On aurait dû partir à l'aube.

— Mauvaise heure pour un voleur.

— Parle pour toi !

— C'est ce que je fais.

— Et ces éclairs… tu crois que c'est Zeus ? dit Ophidios d'une voix oppressée.

Comme une réponse à son inquiétude, le tonnerre fait trembler la montagne.

— Écoute ! ordonne Phil.

— Je suis borgne, je ne suis pas sourd !

— Il ne s'agit pas du ciel. Tais-toi, ne bouge plus !

Ils restent un long moment immobiles et attentifs. L'orage s'est tu. Ophidios ne perçoit que le silence et la main de Phil qui lui broie l'avant-bras. Puis, soudain, une lueur perce la nuit. Elle paraît, disparaît, serpente au gré de la piste : une torche !

— On nous suit, murmure Phil. Pas un geste.

Aucun doute : le porteur de torche est sur leurs traces. Penché en avant, il épouse leur parcours sinueux, s'arrête, repart, accélère en glissant avec adresse sur la pente glacée. À présent, il s'immobilise, écoute, il détecte un danger. Aristée ! Phildémon a reconnu le meilleur pisteur du groupe. L'autre s'avance prudemment. Trop tard : d'un bond, Phildémon le ceinture, le renverse. La pointe de son poignard pèse sur sa gorge tandis qu'Ophidios ramasse la torche et éclaire la scène.

— Que veux-tu ? demande Phil.

— Paix, l'ami, prie Aristée d'une voix étranglée. Je ne suis pas armé.

— Pourquoi nous pourchasses-tu ?

— C'est Chiron qui m'envoie. Ne peux-tu éloigner ta lame ?

— Que veut-il ?

— Que tu reviennes parmi nous.

Phildémon approche son visage de celui du chasseur pour lui parler en confidence.

— Si je t'écoutais, quatre jeunes filles seraient vouées à une mort horrible, tu comprends ?

— Non, mais je ne suis pas en position de te contredire, répond le chasseur avec une grimace qui arrache un sourire à Phildémon, pourtant peu enclin à la bonne humeur.

— Je vais devoir t'attacher pour t'empêcher de nous suivre.

Aussitôt, Ophidios sort des cordes de son manteau et les agite sur le visage du prisonnier.

— Il y a des loups par ici, murmure Aristée.

— C'est à leur tour de chasser ! ricane le borgne.

Le couteau de Phil s'écarte. Le pisteur respire librement.

— J'ai un autre message, ajoute-t-il.

— Notre ami est bavard, constate le nain.

— Il s'agit de restituer ce que vous avez emporté.

Phil fait l'étonné.

— Quoi donc ?

— Ça, je l'ignore. Le maître m'a demandé de réclamer un certain remède.

— Pas question !

— Il avait prévu votre réponse.

Aristée tente de se redresser. Aussitôt, la pointe du poignard retrouve le chemin de son cou.

— Sous ma ceinture, là, articule-t-il.

Phildémon fait signe à Ophidios qui fouille le prisonnier et extrait de ses fourrures une fiole pleine d'une liqueur colorée.

— C'est ce que vous cherchiez, annonce Aristée.

— Ce que je cherchais, je l'ai trouvé et ne le rendrai pas !

— Mon maître ne l'exige pas. Il veut seulement vous mettre en garde contre le philtre que vous avez emporté. Ne vous fiez pas à la richesse du flacon. Il peut contenir aussi bien la mort que la vie!

— Ne l'écoute pas, il ment! s'emporte le nain.

— Je ne fais que répéter les paroles de Chiron, plaide Aristée.

— Eh bien, va lui répéter les nôtres, réplique Phildémon en le libérant. Les dieux m'ont confié une mission. Je l'accomplirai quoi qu'il arrive.

Le chasseur se relève.

— On ne l'attache pas? proteste le borgne.

— Non, il a délivré son message, il peut repartir.

Ophidios envoie un jet de salive dans la neige.

— En tout cas, je garde la torche.

— Gardez aussi le remède, conseille Aristée en disparaissant dans l'obscurité.

— Son remède! grommelle Ophidios. Un poison, sans doute!

— Je ne crois pas.

Phildémon, pensif, place la fiole à côté de l'ampoule d'or, puis reprend sa descente, précédé du nain qui éclaire le chemin. Dans son esprit, il ne fait maintenant aucun doute que Chiron a découvert la raison de sa visite et qu'il essaie de lui venir en aide. Asclépios l'a peut-être informé mentalement des événements qui l'ont conduit à braver l'autorité divine.

Ils marchent un long moment en silence. Ophidios, rassuré par la lumière, presse le pas quand un hurlement retentit.

— Tu as entendu ? chuchote-t-il.

— Un loup, dit Phil sans s'émouvoir.

Le borgne s'arrête et tire l'un de ses poignards.

— Ne fais pas ça, conseille le héros.

— Je ne vais pas me laisser dévorer !

Au même instant, un immense loup gris surgit devant eux, silhouette majestueuse aux yeux jaunes et au grondement sourd. Ophidios opère une retraite prudente et tient son arme par la lame, prêt à la lancer avec son adresse légendaire. À six pas, les babines du fauve découvrent de longues dents blanches.

— Pas un geste ! ordonne Phil.

Donnant l'exemple, il reste immobile. Le loup s'apaise. La torche tremble dans la main du borgne. Sa lumière donne des dimensions monstrueuses à l'ombre de la bête. Cependant, la scène s'éternise ; le froid mord la peau des fugitifs paralysés. Le nain demande nerveusement :

— On va rester longtemps ainsi ? On pourrait…

D'un geste discret, Phildémon désigne la pente. À la limite de l'obscurité, d'autres loups les guettent. Leurs yeux luisent. Ils forment un cercle autour de leurs proies. Le héros met un doigt sur les lèvres. Il sait que la horde n'est pas là par hasard. Les loups sont les animaux sacrés d'Apollon. Son père ne les a pas envoyés sans raison. Cette menace est un avertissement : en dérobant le sang de Méduse, le fluide interdit, ils ont enfreint la loi de l'Olympe. Ils ne doivent pas utiliser ses vertus sous peine d'un châtiment effroyable.

Au nom de qui Apollon se manifeste-t-il ? Zeus, bien sûr. Les dieux lui obéissent. Sur son ordre, Hermès lui a repris ses sandales magiques. Apollon lui interdit le prodige de la métamorphose qui lui permettait de vaincre ses ennemis. Il est abandonné à son sort. La prudence voudrait qu'il renonce à son projet insensé. Mais il revoit Hygie, Harmonie, Marpessa,

Daphné… L'évocation de la bien-aimée d'Apollon est si intense que les loups disparaissent tout à coup.

— Où sont-ils passés ? chuchote Ophidios.

Phildémon se met à rire. Son rire est sinistre.

— Dans les enfers, c'était une invitation.

Ophidios lui lance un regard malveillant.

— Dionysos égare ton esprit. C'est bien la dernière fois que je t'accompagne !

Ils reprennent leur route, avec précaution d'abord, puis d'un pas décidé. La vallée est proche. L'aube paraît. Elle éclaire Naos et ses maisons endormies. Le borgne respire plus librement.

— Tu crois que le centaure va lancer ses guerriers sur nos traces ?

Phil secoue la tête.

— La chasse est finie !

18.

D'UN PROFOND SOMMEIL

Phil examine la statue d'Hygie, le cœur battant. On dirait que le marbre a vieilli. Il semble plus froid, dur, inerte, comme si la dernière étincelle de vie qui l'habitait s'était éteinte.

Asclépios l'a fait transporter de la plage de Terra jusqu'à son temple de Thessalie. Le petit édifice est désert. Un vieux gardien surveille les lieux d'un air débonnaire. Des centaines de serpents glissent silencieusement entre les statues.

— Je déteste ces bestioles ! gémit Ophidios.

— C'est pourtant le surnom qu'on te donne : le serpent !

Phil tend la main vers une couleuvre qui dresse la tête.

— Ils ne sont pas dangereux. Asclépios les élève.

— Il ferait mieux de collectionner les chats !

— Cesse de râler ! le réprimande Phil. Tu vas alerter les dieux.

Stupide ! On dirait que les mots n'obéissent plus à sa pensée. Ils ont mis trois jours pour se rendre de Terra jusqu'ici. « Trop longtemps ! » songe-t-il, comme si Hygie n'avait pas toute l'éternité pour attendre son retour. En réalité, il veut la ramener à la vie avant d'être foudroyé, car il ne se fait aucune illusion : Zeus sera sans pitié. C'est la raison de son impatience.

Ses mains tremblent en élevant les liqueurs dans la clarté du soleil : la bulle d'or ou la fiole de cristal ? La liqueur qu'elles contiennent est d'une couleur identique. Laquelle choisir ? Asclépios pourrait le conseiller s'il n'avait pas disparu par crainte de mécontenter les dieux.

Que faire ? Croire Aristée ? Suivre les conseils du centaure ? « Ne vous fiez pas à la richesse du flacon. »

Poison mortel ou liqueur de vie ? Ophidios prend ses distances comme s'il pressentait un danger. Il crie de loin :

— Fais attention !

En s'approchant de la nymphe, Phil éprouve la sensation qu'elle le suit des yeux. Son regard est-il suppliant ou est-ce une illusion ? Le sang du monstre peut la détruire à tout jamais ou la ressusciter. Il dépose la bulle d'or sur un socle. La fiole de cristal, c'est décidé ! Il ôte le bouchon, verse une goutte sur les cheveux de pierre. Le résultat est immédiat : la statue se nimbe d'une douce lumière semblable à celle du soleil sous le feuillage.

Phil contemple le phénomène radieux, plein d'espoir. « Reviens, reviens-moi, je t'en prie. » Cependant, la lueur baisse progressivement d'intensité. Le marbre reprend une couleur pâle qui n'est pas celle de la chair. La matière se fige et se glace. En quelques minutes, la statue retrouve sa rigidité inhumaine.

Le sang de Méduse, capable de ressusciter les morts, n'a peut-être aucun pouvoir sur la pierre. Ou bien ce n'est pas le bon fluide. Phildémon cherche l'ampoule d'or et ne la trouve pas : elle a disparu. Ophidios ? Le nain fait l'innocent ! Il soupire :

— Les dieux se moquent de toi. Cela vaut peut-être mieux : il faut avoir perdu la raison pour aller contre leur volonté !

Phil le fait taire, menaçant :

— La seule folie, c'est la résignation !

Il s'agenouille au pied de la statue et murmure des paroles que le nain ne comprend pas. La scène tendre lui rappelle la plage de Terra, avant l'apparition du monstre. Le héros lui paraissait alors invincible, et la nymphe éternelle.

Ophidios s'esquive dans la pièce voisine et contemple, vers l'est, un ciel aux couleurs sanglantes. Partir ! Il y songe. Courir l'aventure, renoncer même aux cent pièces d'or promises par son compagnon. Le pillage d'un temple lui rapportera dix fois plus. Pas celui-ci, non. Asclépios n'est pas riche. Il distribue toute sa fortune aux indigents en complément de leur guérison.

Quelques instants plus tard, Phil le rejoint. Il n'est pas abattu, mais, au contraire, vibrant d'énergie. Sa détermination est celle qui précède toujours ses combats.

— Rends-moi la bulle d'or. Je sais que c'est toi qui l'as prise !

— Elle est dangereuse, souviens-toi, dit Ophidios avec douceur.

Au même instant, un fracas venu de la salle d'à côté les alerte. Phildémon croit d'abord qu'il s'agit du gardien, seule créature vivante dans le palais, en dehors des bêtes rampantes. Curieux, le héros s'avance jusqu'au seuil de la pièce. Il est très pâle. Soudain, il s'élance, disparaît. Ophidios se précipite à son tour.

Il aperçoit Hygie debout sous les arcades de feuilles qui prolongent la voûte du péristyle. Non pas la statue, mais la jeune fille bien vivante. Elle regarde autour d'elle d'un air étonné, puis elle s'étire, aperçoit Phil, et sourit.

— Je crois que je me suis assoupie. J'ai dormi longtemps, non ?

Voyant qu'il lui tend les bras, elle se blottit contre lui, et soupire :

— J'ai fait un rêve étrange.

— Moi aussi, murmure Phil.

— Où est-on ?

— Chez ton père.

— Mais la plage, Terra, n'est-ce pas ?... Il y avait bien une plage ?

Elle dévisage Phil pour trouver une réponse à ses questions. Lui se contente de la dévorer des yeux. Si pareille à son souvenir. Belle à en mourir.

Elle fronce les sourcils.

— Et le monstre ?

Les doigts de Phil jouent avec ses boucles.

— Il a disparu, il ne reviendra plus.

— Alors, c'est fini, nous avons le droit d'être heureux, nous pouvons...

Il incline la tête.

— Nous aimer, oui.

19.

CINQ MERVEILLES ET DEMIE

Une île, au large de la Tauride.

Harmonie, penchée sur le miroir d'eau d'un bassin, ordonne les plis de sa robe diaphane. On dirait que son vêtement arachnéen a été tissé par les Charites, filles de Zeus et divinités de la beauté.

— C'est extraordinaire… murmure-t-elle d'un air rêveur.

— Quoi donc ? s'impatiente Marpessa.

— Nous avons fait toutes les quatre le même rêve. Il y avait cet être étrange, une femme, n'est-ce pas ?

— Étrange, oui, confirme Daphné.

— Une femme, je ne sais pas, hésite Marpessa. Mais le brouillard, ça oui, je m'en souviens.

Elles approuvent, déconcertées.

— C'est normal de faire le même rêve quand on se ressemble comme vous, intervient Ophidios. On dirait des sœurs.

— Des sœurs ! pouffe Harmonie. Je suis grande et blonde, Hygie petite et blonde, Marpessa et Daphné brunes comme la nuit.

— Personnellement, ce n'est pas le rêve qui m'intrigue, murmure Daphné. Mais la coïncidence d'avoir oublié l'endroit où nous nous sommes endormies.

D'un regard sévère, Phil impose silence à Ophidios, disposé à renseigner les jeunes filles. Elles n'ont conservé aucun souvenir de leur horrible transformation, et il veut dissiper le malaise laissé par cette absence. Le sang de Méduse a permis ces deux prodiges : la guérison et l'oubli. En ce qui le concerne, il a enfreint la loi et mérité un châtiment. En attendant, le charme des nymphes revenues à la vie enchante les héros et les dieux.

— Comment va Cadmos ? demande Ophidios avec une feinte indifférence.

À l'évocation de son fiancé, Harmonie joint les mains.

— Il est beau comme…

— Comme un dieu ? suggère Ophidios.

Les filles éclatent de rire.

— Un cadeau de ta mère, la déesse de l'amour, ce beau guerrier ? persifle Marpessa.

Harmonie lui lance un regard de reproche.

— Aphrodite n'est pour rien dans notre coup de foudre, je t'assure. C'est uniquement le hasard. Cadmos faisait boire son cheval à la source d'Arès. Je ne l'avais jamais vu. En tout cas, j'ignorais qu'il fût roi de Thèbes. Il était si beau. Je crois qu'il m'aime bien.

— Le mien n'est pas un roi, précise Daphné en riant. Un simple berger. Mais il est aussi beau que le tien et tire à l'arc comme Apollon.

En prononçant le nom du dieu, la nymphe frémit. Phil, lui, a reconnu dans la description du berger l'une des métamorphoses de son père, qui n'a pas renoncé à séduire la nymphe. Daphné s'en doute-t-elle ?

Hygie est la seule à ne pas prendre part à la conversation. Elle affiche un mélange d'inquiétude et de gaieté forcée. Autour d'elle, la nature est merveilleuse : d'immenses arbres peuplés d'oiseaux, des fourrés habités par des fauves géants aussi doux que des agneaux. C'est le domaine d'Artémis, sur les rivages de Tauride. Phil a mis deux mois entiers pour convaincre la déesse de les accueillir, et réunir les quatre jeunes filles après les avoir ramenées à la vie. Elles apprécient sa présence sans mesurer la reconnaissance qu'il mérite et le sacrifice qu'il a consenti en s'exposant à la vengeance de Zeus.

— Moi, s'écrie Hygie, l'homme que j'aime va me quitter pour vivre au sommet d'un arbre !

Les regards se tournent vers Phildémon, car l'amour que lui porte Hygie n'est un secret pour personne. Le héros fait semblant de ne pas saisir l'allusion à Dioné, réfugiée parmi les hamadryades, dans la forêt d'Agapenthe.

— Il grimpe aux arbres ? Tu es amoureuse d'un singe ! s'exclame Ophidios au milieu des rires.

— J'aime un homme doux, fort, courageux…

— Et très poilu… un singe, c'est ce que j'ai dit, poursuit le nain.

— Tu es insupportable, soupire Hygie. Artémis aurait dû te couper la langue au lieu de te crever un œil !

— Chut !

Ophidios plaque sa main sur son œil pour supplier la jeune fille de ne pas provoquer la déesse.

— Et toi, Marpessa ? Je te trouve bien silencieuse, constate Daphné en réprimant un sourire. Tu as fait vœu de fuir la compagnie des hommes, à l'exemple d'Artémis ?

La nymphe hausse les épaules.

— C'est que je n'ai pas rencontré celui dont je rêve.

— À quoi ressemble-t-il, ce personnage idéal ?

— Il doit être invincible, capable d'affronter les démons et les dieux.

— Autrement dit, il n'existe pas, conclut Ophidios.

Marpessa ramasse des glands et bombarde le nain insolent.

— Pourtant, ironise Harmonie, je me suis laissé dire que si tu n'avais pas découvert l'amoureux de tes rêves, lui semble t'avoir trouvée. Tes sœurs m'ont parlé d'un garçon qui te suit comme ton ombre.

La nymphe rougit.

— C'est vrai, il est toujours là, jour et nuit. Elles me taquinent à son sujet.

— Je le connais, moi, il est très fort! lance une voix fluette.

Les nymphes découvrent avec stupeur une fillette blonde et bouclée, aux joues rondes et vermeilles comme des pommes.

— D'où viens-tu? s'étonne Phil, car le domaine d'Artémis se trouve hors du monde, sur une île de Tauride.

La petite désigne un massif de buis.

— Qui est ta maman?

Elle gonfle les joues.

— Je ne sais pas.

— Et ton papa?

— Je ne sais pas.

Le héros sourit, devinant que l'enfant est une incarnation de la déesse Artémis.

— En somme, tu ne sais rien. Tu es tombée du ciel comme la pluie.

— Je sais beaucoup de choses, au contraire, réplique l'enfant. Par exemple, toi, Marpessa, pour te conquérir, ton amoureux va t'enlever sur le char ailé que lui a offert Poséidon.

Ophidios fait la grimace.

— Poséidon ? Alors, méfie-toi de lui !

La fillette se plante ensuite devant Harmonie et poursuit sa prédiction.

— Toi qui es si jolie et si sage, tu deviendras reine. Méfie-toi de ta robe de mariée : elle sera empoisonnée.

La nymphe pâlit.

— Qui es-tu ? Une magicienne ? C'est Artémis qui t'envoie ?

La fillette fronce les sourcils.

— Vous croyez ? Peut-être, oui.

Soudain, elle se transforme : elle était mignonne, elle devient très belle. « Divine », songe Phil.

— Et moi, demande Daphné, tu peux prévoir mon avenir ?

— Bien sûr ! Un dieu va essayer de t'enlever. Il est beau et redoutable. Mais tu lui échapperas.

— Tu me rassures, dit Daphné en riant.

La petite fait la moue.

— À ta place, j'aurais suivi le dieu.

Ils éclatent de rire, sauf Hygie qui saisit la main de Phildémon et demande timidement :

— Nous deux, tu nous vois ensemble, dis-moi ?

L'enfant les dévisage tour à tour et secoue ses boucles.

— Je n'ai pas le droit de répondre. Mais voici venir quelqu'un qui pourra vous le dire.

Elle disparaît prestement dans les buis pour laisser la place à une femme majestueuse. « Artémis ! » pense Phil. Il révise aussitôt son jugement : un masque recouvre le visage de l'apparition, et, sous la longue robe qui la dissimule, ses jambes semblent immobiles. Elle glisse sur le sol au lieu de marcher. Rien de comparable avec le corps magnifique et la liberté de la déesse chasseresse.

— Vous voici réunies, si belles.

Phil blêmit en reconnaissant la voix profonde de Hydra. Sa main serre celle d'Hygie avec une telle force que la jeune fille laisse échapper un gémissement de douleur.

— Que fais-tu ici ? lance-t-il, menaçant.

— Je viens te dire adieu.

Le héros lance un regard inquiet aux nymphes qui observent la nouvelle venue avec curiosité.

— Tu n'as rien à craindre, assure Hydra.

D'un geste lent, elle détache son masque et découvre un visage ravissant.

— Un cadeau des dieux, murmure-t-elle.

Elle sourit en voyant Ophidios plonger son œil dans les siens.

— Plus de danger depuis qu'ils ont pris la couleur de la mer.

— Le pouvoir de Méduse ? La malédiction de pierre ? s'inquiète Phildémon.

— Il t'a bien servi, ce pouvoir, non ? Le sang de ma mère a fait des merveilles.

En disant cela, elle examine les nymphes inconscientes du danger.

— Le pouvoir que tu redoutes a disparu dès que Zeus m'a accordé la beauté dont il m'avait privée. J'ai même reconquis ma liberté, au grand déplaisir de mon père.

Les quatre nymphes chuchotent entre elles. Hydra sourit.

— C'est bien moi, la femme de vos rêves.

— Vous êtes beaucoup plus belle, déclare Hygie.

Harmonie plisse les yeux.

— Beaucoup plus douce.

Cette fois, Hydra éclate de rire, un rire d'homme.

— Vous êtes charmantes. Et vos corps sont si beaux qu'on voudrait en faire des statues.

— J'aimerais bien avoir ma statue, moi, soupire Daphné, étourdie.

Hydra s'avance vers elle, écartant Ophidios prêt à s'interposer pour empêcher la terrible malédiction. Elle conseille :

— Demande à Phidias. Il vit en Attique et il a du génie.

Soudain, elle regarde le ciel et chuchote :

— Le brouillard… je dois vous quitter.

Elle s'éloigne et semble se dissoudre dans l'air chargé d'humidité. La brume annoncée envahit le domaine. Les nymphes transies se pressent les unes contre les autres. La nuit tombe.

— On se croirait en hiver, murmure Hygie.

— Venez ! crie Ophidios.

Il les pousse vers le palais de la déesse, apporte des brassées de bois, allume un feu dans le foyer central. Une odeur de résine et de camphre se répand dans la pièce ronde. La fumée blanche s'échappe par l'œil de la toiture. Dehors, le brouillard se lève déjà. Une lumière dorée perce les nuées. Sur l'herbe, la fillette revenue danse dans un rayon de soleil. Phil retient Hygie, tentée de rejoindre l'apparition.

— Reste ici !

Elle le défie du regard.

— Tu as peur de ce qu'elle pourrait m'apprendre ?

Il hoche la tête avec gravité.

— L'ignorance est souvent préférable aux révélations des dieux.

— Cette enfant a l'air inoffensive, et si mignonne.

— Déesse ou démon, qui sait ?

Hygie, Harmonie, Daphné, Marpessa, Hydra, toutes si belles. La fillette elle-même, ravissante… Cinq merveilles et demie !

Hygie frissonne, malgré la chaleur du feu.

— La femme au masque… quand elle a parlé de statue, il m'a semblé… mon corps était soudain rigide et glacé.

— Je préfère la chair au marbre, plaisante Phil en l'enlaçant pour dissiper les souvenirs et les sensations qui reviennent. Nous allons partir. Toi et moi.

Elle sourit.

— Je veux bien. Où irons-nous ?

— Loin, très loin, sur une île. Mais avant, il me reste une dernière tâche à accomplir.

20.

LA FOUDRE ET LE MIEL

Hygie sautille. Le sable était doux sous ses pieds nus. À présent, les pierres tranchantes les blessent. Devinant sa torture, Phil la saisit par la taille et la hisse sur ses épaules.

— Merci, cheval, dit-elle en lui flattant la nuque.

Elle pousse un cri lorsqu'il franchit d'un bond la large faille qui entaille la falaise d'Orion.

— Nous arrivons, annonce-t-il.

Elle demande, curieuse :

— Qui est cet ami pour lequel nous avons entrepris ce long voyage ?

— Un grand, très grand ami, répond-il. Le voici !

En découvrant l'immense statue, un bras armé d'une massue brandi vers le ciel, la jeune fille se met à rire.

— C'est lui, ton ami ?

Il acquiesce.

— Il se nomme Talaos. Sa mère était Gaïa, son père Ouranos, les créateurs du monde. Zeus l'a foudroyé. Pourquoi lui et pas moi ?

Il se redresse tristement tandis qu'Ophidios s'empresse de ramasser la fiole de cristal tombée à terre.

Hygie détache son étreinte, croyant que Phil va la prendre dans ses bras, mais il se tourne vers un jeune pâtre assis sur le seuil de sa maison et ordonne :

— Laissez-moi avec mon père.

Hygie détaille le berger : son père ?

— Apollon, précise Ophidios en la conduisant à l'écart.

La jeune fille se laisse conduire, étourdie par un prodige qu'elle ne comprend pas. Quand ils ont disparu, Phildémon rejoint Apollon, trop affecté par la mort de Talaos pour être impressionné par le dieu auréolé de lumière.

— Tout est donc terminé, dit le berger d'une voix douce.

Phil hausse les épaules.

— Tu dois être satisfait : j'ai sauvé Daphné, ta bien-aimée.

— Elle s'est échappée, une fois de plus !

— Et le fidèle Talaos a été foudroyé. Noble justice !

— Tu aurais pu l'être à sa place. Tous les dieux ont plaidé ta cause auprès de Zeus.

— Tous, vraiment ? ironise Phil… Poséidon ? Hadès ?

— Presque tous : Athéna, Artémis, Héphaïstos, Hermès, et moi. À présent, le temps est venu de détruire ce qui reste du sang de Méduse, la liqueur de vie.

— Pourtant, celles que tu aimes sont vivantes grâce à elle : Daphné, Marpessa…

— Hygie, ajoute Apollon.

Phil incline la tête.

— C'est vrai.

— Finissons-en !

— Comme tu voudras.

— Comme Zeus l'exige !

La voix d'Apollon est de plus en plus douce. Une voix de miel, songe Phildémon.

Il crie :

— Ophidios !

Le nain paraît aussitôt, comme s'il était resté à proximité pour écouter leur conversation.

— La liqueur de vie, donne-la-moi.

— Tu es sûr ? se révolte le nain.

— Zeus l'exige. Elle a fait le malheur de Talaos. Elle ferait le nôtre.

Résigné, le nain remet la fiole à Phildémon, qui la donne à Apollon. D'un geste adroit, celui-ci jette la liqueur dans le brasier. Une immense flamme verte jaillit jusqu'au ciel, puis le feu s'éteint d'un seul coup. Il ne reste rien du géant ni de la précieuse liqueur.

— Je suppose que je dois partir très loin et me faire oublier, soupire Phildémon.

— Tu dois rester, au contraire, le détrompe Apollon. Nous avons besoin de toi.

— Hydra a encore semé des statues ? raille le héros.

Ophidios pouffe avant de se recroqueviller sous le regard menaçant du dieu.

— Hydra est devenue sage et bienfaisante.

— On demande à la voir pour le croire, chuchote le nain, incorrigible.

— Un autre mystère nous intrigue, poursuit Apollon. Les dieux s'endorment. Pas seulement les dieux, du reste, bien des hommes aussi.

— C'est qu'ils ont sommeil, dit Phildémon d'un ton négligent.

Le regard du berger se teinte de gravité.

— Ils s'endorment sans pouvoir se réveiller.

— Hypnos, le dieu du sommeil, doit connaître la cause de ce phénomène, non ?

— Il dort, lui aussi.

— Ça, c'est plus inquiétant, reconnaît Phil. Qu'attends-tu de moi ?

— Hermès te le dira.

— Et Zeus, lui qui vient de foudroyer notre bon géant sur un coup de colère, que va-t-il faire si je me mêle à nouveau des affaires des dieux ?

— C'est lui qui m'envoie.

— Je parie qu'il va m'offrir enfin mon immortalité, raille Phil.

— Ton immortalité, tu l'aurais obtenue si tu n'avais pas désobéi à la loi divine.

— Les dieux ont toujours un bon prétexte pour ne pas tenir leurs promesses, grogne Ophidios.

Devant le regard menaçant d'Apollon, il se dépêche de battre en retraite.

— À bientôt, dit Apollon d'une voix radoucie.

Phil se détourne pour échapper à l'éclair qui accompagne la disparition du dieu, le cœur partagé entre une sensation d'injustice et un sentiment de triomphe pour avoir tenu tête au maître de l'Olympe.

Ophidios et Hygie reviennent timidement.

— C'est fini, soupire Phil en serrant la jeune fille dans ses bras.

— Jusqu'à la prochaine mission, précise le nain.

— Une mission ? s'inquiète Hygie.

— Je n'ai pas encore dit oui.

— Tu n'as pas encore dit non, ricane le borgne. Un petit monstre, ça ne se refuse pas !

— Quel monstre ? s'alarme Hygie.

Phil lève les yeux au ciel.

— Ne l'écoute pas : il délire ! Il m'en veut, et il a raison. Par ma faute, il a tout perdu.

— Tout… pas tout à fait, pouffe Ophidios.

Il tire de sa poche la bulle d'or de Chiron et l'agite triomphalement. Phildémon s'assombrit.

— Jette ce fluide. Il est dangereux : souviens-toi de l'avertissement du centaure.

— Dangereux, oui. C'est pour ça qu'il a brûlé.

Phil le dévisage, effaré.

— Ne me dis pas…

— J'ai échangé les philtres, oui. Celui-ci est la liqueur de vie.

Il adresse un clin d'œil à son compagnon.

— Méduse, la vieille sorcière, nous doit bien ça ! Et les dieux n'y ont vu que du feu.

— Que se passe-t-il ? demande Hygie. Méduse, la liqueur magique… je voudrais bien qu'on m'explique ce que ça signifie !

— C'est une longue histoire, soupire Phil.

— Et elle n'est pas près de finir, ajoute Ophidios.

Retrouvez Phildémon
dans une nouvelle aventure :

LES SECRETS DE
L'OLYMPE

Le sommeil des Immortels

1.

LE FEU ÉTEINT

Au bas des deux mille marches, les cavernes sont obscures et silencieuses. De temps à autre, une lueur les éclaire, flamme rouge, vacillante, muette, très différente des foyers rugissants habituels.

— Tu es sûr de ne pas t'être trompé de volcan ? renifle Ophidios, méfiant.

La frayeur du nain amuse Phildémon.

— Si Héphaïstos t'entendait… Il n'existe qu'un volcan sacré : celui-ci. Les autres ne sont que des feux de paille.

Le nain frotte avec vigueur son œil unique. Un bandeau de cuir recouvre le droit, crevé jadis par Artémis en punition de son indiscrétion.

— À mon avis, ton sacré volcan est en train de mourir.

— Tais-toi ! ordonne Phil.

Ophidios a peut-être raison : leurs pas résonnent dans les cavernes dont l'inertie contraste avec la folle animation habituelle. Jour et nuit, des cyclopes circulent chargés de blocs de métal, les forges grondent, les soufflets halètent, les marteaux retentissent. Ce jour-là, rien : un silence de mort. Le désert.

— Pourquoi on est là, au juste ? ronchonne le nain.

— Pour recevoir le cadeau des dieux, je te l'ai dit.

— L'immortalité ? ricane Ophidios.

Phil serre les poings. L'immortalité, Zeus l'a promise maintes fois au héros sans jamais la lui accorder alors qu'il a exécuté fidèlement les missions périlleuses ordonnées par les dieux. Zeus, mauvais joueur, trouve toujours un prétexte pour trahir sa parole.

— Le cadeau est une épée magique.

Ophidios lève les yeux au ciel.

— Un nouveau jouet ! C'est ta faute, aussi. Je t'avais prévenu : ton immortalité, tu l'aurais obtenue si tu n'avais pas utilisé le sang de Méduse.

— Celui que tu as volé.

— Pour te rendre service.

— Je ne regrette pas ce que j'ai fait. Grâce à la liqueur magique, Harmonie, Daphné et Hygie sont revenues à la vie.

— Tu oublies Délie, la petite dernière. Malgré ton serment solennel, tu l'as ressuscitée, elle aussi. C'était de la folie !

Délie, une hamadryade, était morte après avoir respiré une fleur empoisonnée. Ému par sa jeunesse et le chagrin de ses sœurs, Phil avait utilisé le sang de Méduse pour la ressusciter.

— Parle plus bas, recommande-t-il.

— Comme si les dieux n'étaient pas au courant !

— Ils ne le seront pas, sauf si tu continues à vociférer. J'ai pris des risques, j'en conviens, mais je ne pouvais pas laisser mourir Délie. Viens par ici.

Phil guide son compagnon vers une grotte aux parois vertigineuses et à la voûte invisible. Là se tient habituellement Héphaïstos, le dieu du feu. Sa forge est éteinte, l'immense tablier de cuir qui le protège abandonné, ses tenailles et son marteau épars sur le sol. Un ruisseau de lave se fige au pied du roc.

— Tout est vide, murmure Phil.

Ophidios s'humecte les lèvres nerveusement.

— Personne ! On devrait partir, tu ne crois pas ?

— Pas sans mon épée.

— Des épées, ce n'est pas ce qui manque ! Je t'en procurerai tant que tu veux.

— Tu les voleras !

— Au besoin. D'abord, pourquoi je suis ici, moi ?

— Parce que tu me l'as demandé.

— C'est vrai, grommelle le nain. Comment prévoir ? Je croyais rencontrer un dieu au lieu de visiter ces cavernes sordides. En plus, on se gèle ! Moi qui rêve de chaleur…

Pour confirmer ses propos, un vent glacé d'origine inconnue balaie les grottes. Il gémit, puis il hurle.

— Écoute !

— Je ne fais que ça… râle le nain.

Le bruit qu'ils perçoivent diffère de celui du vent. On dirait la course précipitée de milliers de pas feutrés accompagnés de cris féroces. Phil avise une torche, l'un des rares étuis flamboyants accrochés à la roche, et assure sa lance. De son côté, Ophidios saisit deux couteaux sur les six pendus à sa ceinture.

Ils n'ont pas longtemps à attendre : la vague noire paraît et s'immobilise au seuil de la caverne. Ce sont des rats monstrueux aux dents longues et aux yeux cruels. Certains se dressent sur leurs pattes arrière comme pour les défier.

— Elles sont bien nourries, ces bestioles, gronde Ophidios. Rats ou sangliers ?

— Prends garde ! crie Phil.

Un rongeur, plus gros et hardi que ses congénères, s'avance vers les visiteurs. Le bras du nain se détend. Son poignard atteint la gorge du monstre qui se tord en criant, et expire. Les autres attaquent aussitôt. Phil décroche la torche. De la main gauche, il brûle la horde, de la droite, il balaie le sol avec le fer tranchant de sa lance. Les couteaux d'Ophidios font de nouvelles victimes. En quelques instants, une dizaine de monstres gît sur le sol. Forts de leur taille et de leur nombre, les rats reculent sans abandonner leurs proies.

— C'est étrange, murmure Phil.

— Répugnant !

Une odeur infâme se répand dans la caverne. Ses couteaux épuisés, Ophidios saisit une lourde barre d'acier et s'avance sur la meute qui s'éloigne et finit par disparaître.

— Ils ont dû bouffer tes cyclopes, grommelle-t-il.

Phil guette l'obscurité.

— Ils ont perçu autre chose.

Le nain crache sur le sol.

— J'ignore ce que c'est, mais je n'ai pas envie d'attendre pour le savoir.

Il récupère ses poignards, les plonge dans la lave, les nettoie, puis les fixe à sa ceinture. « Le serpent aiguise ses crochets », songe Phil, pas mécontent d'avoir le borgne à ses côtés. Il se passe des choses inquiétantes à l'intérieur du volcan divin. On dirait que le géant Typhon qui entretenait la flamme de l'Etna est mort. Cependant, Typhon est immortel, alors que s'est-il passé ? Que sont devenus le dieu forgeron et ses ouvriers ? Ont-ils gagné l'Olympe ? « Dans ce cas, adieu mon épée », se dit Phil.

Déjà parus :

1. *Le sang de Méduse*
2. *Le sommeil des Immortels*

Troisième tome à paraître
en mai 2018.

Cet ouvrage a été mis en page par IGS-CP
à L'Isle-d'Espagnac (16)

Umsatzsteuergesetz

Kommentar

Begründet von

Dr. Johann Bunjes †
Vors. Richter am Finanzgericht

Reinhold Geist †
Steuerberater

Erläutert von

Dr. Hans-Hermann Heidner
Richter am Bundesfinanzhof

Dr. Christian Korn, LL.M.
Steuerberater

Dr. Axel Leonard
Richter am Finanzgericht

Dr. Martin Robisch
Steuerberater

16., neubearbeitete Auflage 2017

C.H.BECK

Zitierweise:
Bunjes/Heidner UStG § 4 Nr. 1 Rn. 1
Bunjes/Korn UStG § 2 Rn. 1
Bunjes/Leonard UStG § 3 Rn. 1
Bunjes/Robisch UStG § 1 Rn. 1

www.beck.de

ISBN 978 3 406 70184 9

Wilhelmstraße 9, 80801 München
Druck und Bindung: Druckerei C. H. Beck Nördlingen
(Adresse wie Verlag)

Satz: Jung Crossmedia Publishing GmbH
Gewerbestraße 17, 35633 Lahnau

Gedruckt auf säurefreiem, alterungsbeständigem Papier
(hergestellt aus chlorfrei gebleichtem Zellstoff)

Abkürzungsverzeichnis

aA	anderer Ansicht
aaO	am angegebenen Ort
ABl. EG	Amtsblatt der Europäischen Gemeinschaft
ABl. EU	Amtsblatt der Europäischen Union
ABMG	Autobahnmautgesetz
Abs.	Absatz
Abschn.	Abschnitt
AdV	Aussetzung der Vollziehung
aE	am Ende
AEAO	Anwendungserlass zur Abgabenordnung
aF	alte Fassung
AfA	Absetzung für Abnutzung
AG	Aktiengesellschaft; auch Zeitschrift „Die Aktiengesellschaft"; mit Ortsbezeichnung Amtsgericht
AkStR Special	Aktuelles Steuerrecht Special
AktG	Aktiengesetz
ALG	Gesetz über die Alterssicherung der Landwirte
Allg. (allg.)	Allgemein(es)
AmtshilfeRLUmsG	Amtshilferichtlinie-Umsetzungsgesetz
ÄndG	Änderungsgesetz
Anh.	Anhang
Anl.	Anlage
Anm.	Anmerkung
AO	Abgabenordnung
Art	Artikel
ASiG	Gesetz über Betriebsärzte, Sicherheitsingenieure und andere Fachkräfte für Arbeitssicherheit
ATLAS	Automatisiertes Tarif- und Lokales Zollabwicklungssystem
Aufl.	Auflage
AW-Prax	Außenwirtschaftliche Praxis (Zeitschrift)
Az.	Aktenzeichen
B2B	Business to Business
B2C	Business to Customer
BA	Betriebsausgabe(n)
BauGB	Baugesetzbuch
BayObLG	Bayerisches Oberstes Landesgericht
BB	Betriebs-Berater (Zeitschrift)
BC	Zeitschrift für Bilanzierung, Rechnungswesen und Controlling
Bd.	Band
BdF	Bundesminister der Finanzen
BeckRS	Beck-Rechtsprechung in beck-online
BeckVerw	Beck-Verwaltungsanweisungen in beck-online
Begr.	Begründung
BerlinFG	Berlinförderungsgesetz
bestr.	bestritten
betr.	betrifft, betreffend
BewG	Bewertungsgesetz
BFDG	Bundesfreiwilligengesetz

Abkürzungsverzeichnis

BFH	Bundesfinanzhof
BFHE	Sammlung der Entscheidungen des BFH, hrsg. von den Mitgliedern des BFH
BFH/NV	Sammlung amtlich nicht veröffentlichter Entscheidungen des BFH
BGB	Bürgerliches Gesetzbuch
BGBl.	Bundesgesetzblatt
BGH	Bundesgerichtshof
BGHZ	Amtliche Sammlung von Entscheidungen des Bundesgerichtshofs in Zivilsachen
BMF	Bundesministerium der Finanzen
BP	Betriebsprüfung
BRD	Bundesrepublik Deutschland
BR-Drs.	Bundesrats-Drucksache
BReg	Bundesregierung
BStBl.	Bundessteuerblatt
BT	Beck'sche Textausgabe Umsatzsteuer
BT-Drs.	Bundestags-Drucksache
BürgerEntlGKV	Bürgerentlastungsgesetz Krankenversicherung
BVerfG	Bundesverfassungsgericht
BVerfGE	Amtliche Sammlung von Entscheidungen des BVerfG
BVerwG	Bundesverwaltungsgericht
BVerwGE	Entscheidungen des Bundesverwaltungsgerichts
bzgl.	bezüglich
BZSt	Bundeszentralamt für Steuern
bzw.	beziehungsweise
DB	Der Betrieb (Zeitschrift)
DDR	Deutsche Demokratische Republik einschließlich Berlin (Ost)
dh	das heißt
DM	Deutsche Mark
Doppelbuchst.	Doppelbuchstabe
döR	des öffentlichen Rechts
Drs.	Drucksache
DStR	Deutsches Steuerrecht (Zeitschrift)
DStZ/A	Deutsche Steuerzeitung Ausgabe A
DStZ/B	Deutsche Steuerzeitung Ausgabe B (Eildienst)
Dt. (dt.)	deutsch
DV, DVO	Durchführungsverordnung
DVStR	Deutsche Verkehrsteuer-Rundschau (Zeitschrift, bis 1988, dann UVR)
EDI	Elektronischer Datenaustausch (electronic data interchange)
EDIFACT	Electronic Data Interchange for Administration, Commerce and Transport (Branchenübergreifender internationaler Standard für das Format elektronischer Daten im Geschäftsverkehr)
EDV	Elektronische Datenverarbeitung
EEG	Gesetz über den Vorrang erneuerbarer Energien
EFG	Entscheidungen der Finanzgerichte
EFTA	European Free Trade Association (Europäische Freihandelsassoziation)
EG	Europäische Gemeinschaft
EG-RL	Richtlinie der Europäischen Gemeinschaft
EGInsO	Einführungsgesetz zur Insolvenzordnung
Einl.	Einleitung
EinvertrG	Einigungsvertragsgesetz v. 23.9.1990 (BStBl. I 1990, 653)
EnergieStG	Energiesteuergesetz

entspr.	entsprechend
Entw	Entwurf
ErbStG	Erbschaftsteuer- und Schenkungsteuergesetz
Erg.	Ergänzung
Erl.	Erlass
EStDV	Einkommensteuer-Durchführungsverordnung
EStG	Einkommensteuergesetz
EStH	Einkommensteuer-Hinweise
EStR	Einkommensteuer-Richtlinien
EU	Europäische Union
EuGH	Gerichtshof der Europäischen Union
EuGHE	Amtliche Sammlung der Entscheidungen des Europäischen Gerichtshofs
EUSt	Einfuhrumsatzsteuer
EUStBV	Einfuhrumsatzsteuer-Befreiungsverordnung
evtl.	eventuell
EWIV	Europäische wirtschaftliche Interessenvereinigung
f., ff.	folgend, folgende
FA	Finanzamt
FG	Finanzgericht
FG Bbg	Finanzgericht Brandenburg
FG Bln	Finanzgericht Berlin
FG Brem	Finanzgericht Bremen
FG BW	Finanzgericht Baden-Württemberg
FG Düsseldorf	Finanzgericht Düsseldorf
HessFG	Hessisches Finanzgericht
FG Hmb	Finanzgericht Hamburg
FG Köln	Finanzgericht Köln
FG LSA	Finanzgericht Sachsen-Anhalt
FG München	Finanzgericht München
FG Münster	Finanzgericht Münster
FG MV	Finanzgericht Mecklenburg-Vorpommern
FG Nürnberg	Finanzgericht Nürnberg
FG RhPf	Finanzgericht Rheinland-Pfalz
FG Saarl	Finanzgericht des Saarlandes
FGO	Finanzgerichtsordnung
Fn.	Fußnote
FM	Finanzministerium; Finanzminister
FStrPrivFinG	Fernstraßenbauprivatfinanzierungsgesetz
FVerw	Finanzverwaltung
FVG	Finanzverwaltungsgesetz
G	Gesetz
GbR	Gesellschaft bürgerlichen Rechts
GdPdU	Grundsätze zum Datenzugriff und zur Prüfbarkeit digitaler Daten
gem.	gemäß
GewO	Gewerbeordnung
GewStDV	Gewerbesteuer-Durchführungsverordnung
GewStG	Gewerbesteuergesetz
GG	Grundgesetz
ggf.	gegebenenfalls
GmbH	Gesellschaft mit beschränkter Haftung
GmbHG	Gesetz betreffend die GmbH
GmbHR	GmbH-Rundschau (Zeitschrift)

Abkürzungsverzeichnis

GoB	Grundsätze ordnungsmäßiger Buchführung
GoBD	Grundsätze zur ordnungsmäßigen Führung und Aufbewahrung von Büchern, Aufzeichnungen und Unterlagen in elektronischer Form sowie zum Datenzugriff
GoBS	Grundsätze ordnungsmäßiger DV-gestützter Buchführungssysteme
GoS	Grundsätze ordnungsmäßiger Speicherbuchführung
GrEStG	Grunderwerbsteuergesetz
grds.	grundsätzlich
GuV	Gewinn- und Verlustrechnung
GwG	Geldwäschegesetz
hA	herrschende Auffassung
HBeglG	Haushaltsbegleitgesetz
HdB zur USt	Handbuch zur Umsatzsteuer (aus: „Schriften des Deutschen wissenschaftlichen Steuerinstituts der Steuerberater und Steuerbevollmächtigten e. V."); erscheint jedes Frühjahr in Neuauflage
HeimG	Heimgesetz
HFR	Höchstrichterliche Finanzrechtsprechung
HGB	Handelsgesetzbuch
hM	herrschende Meinung
H/M	Hartmann/Metzenmacher, Kommentar zum Umsatzsteuergesetz
Hs.	Halbsatz
HZA	Hauptzollamt
idF	in der Fassung
idR	in der Regel
idS	in diesem Sinne
iE	im Einzelnen
ieS	im engeren Sinn
IHK	Industrie- und Handelskammer
iHv	in Höhe von
insbes.	insbesondere
InsO	Insolvenzordnung
Inv(St)G	Investmentsteuergesetz
InvZulG	Investitionszulagengesetz
IStR	Internationales Steuerrecht (Zeitschrift)
iS(d./v.)	im Sinne (des/von)
iÜ	im Übrigen
iV(m.)	in Verbindung (mit)
JÖSchG	Jugendschutzgesetz
JStG	Jahressteuergesetz
jur. Pers döR	juristische Person des öffentlichen Rechts
JVEG	Justizvergütungs- und -entschädigungsgesetz
Kfz	Kraftfahrzeug
KG	Kommanditgesellschaft
Kj	Kalenderjahr
KO	Konkursordnung
krit.	kritisch
KroatienAnpG	Gesetz zur Anpassung des nationalen Steuerrechts an den Beitritt Kroatiens zur EU und zur Änderung weiterer steuerlicher Vorschriften
KStG	Körperschaftsteuergesetz
KStR	Körperschaftsteuer-Richtlinien

KVLG 1989 . . . . . . Zweites Gesetz über die Krankenversicherung der Landwirte
KWG . . . . Gesetz über das Kreditwesen

Lfg. . . . . Lieferung
LfSt . . . . Landesamt für Steuern
LStR . . . . Lohnsteuer-Richtlinien
lt. . . . . laut

maW . . . . mit anderen Worten
MOSS . . . . Mini-One-Stop-Shop („kleine einzige Anlaufstelle")
MPHG . . . . Masseur- und Physiotherapeutengesetz
MüKoBGB . . . . . . Münchener Kommentar zum BGB
mwN . . . . mit weiteren Nachweisen
MwSt . . . . Mehrwertsteuer
MWSTG . . . . Mehrwertsteuergesetz der Schweiz
MwStR . . . . MehrwertSteuerrecht (Zeitschrift)
Mehrwertsteuer-System-RL . . . . . . RL 2006/112/EG des Rates vom 28.11.2006 über das gemeinsame Mehrwertsteuersystem (Mehrwertsteuer-Systemrichtlinie; ABl. 2006 L 347, 1)
MwStVO . . . . Durchführungsverordnung (EU) Nr. 282/2011 (ABl. 2011 L 77, 1)
mWz . . . . mit Wirkung zum

NATO . . . . North Atlantic Treaty Organization (Organisation für den Nord-Atlantik-Vertrag)
NdsFG . . . . Niedersächsisches Finanzgericht
nF . . . . neue(r) Fassung, neue(r) Folge
NJW . . . . Neue Juristische Wochenschrift
Nr. . . . . Nummer
nrkr . . . . nichtrechtskräftig
NRW . . . . Nordrhein-Westfalen

oä . . . . oder ähnlich
obj . . . . objektiv
OFD . . . . Oberfinanzdirektion
og . . . . oben genannt
OHG . . . . offene Handelsgesellschaft
OLG . . . . Oberlandesgericht
OSL . . . . Offerhaus/Söhn/Lange, Kommentar zum Umsatzsteuergesetz
OStZ . . . . Österreichische Steuerzeitung
öVwGH . . . . österreichischer Verwaltungsgerichtshof
OWiG . . . . Ordnungswidrigkeitengesetz

Palandt . . . . Palandt, Kommentar zum BGB
PBefG . . . . PersonenbeförderungsG
PflegeVG . . . . Pflege-Versicherungsgesetz
P/M/W . . . . Plückebaum/Malitzky/Widmann, Kommentar zum Umsatzsteuergesetz (ehemals Plückemann/Malitzki)

R/D . . . . Rau/Dürrwächter, Kommentar zum Umsatzsteuergesetz
RennwLottG . . . . . Rennwett- und Lotteriegesetz
RFH . . . . Reichsfinanzhof
RG . . . . Reichsgericht
RGBl. . . . . Reichsgesetzblatt

Abkürzungsverzeichnis

RKL . . . . Reiß/Kraeusel/Langer, Kommentar zum Umsatzsteuergesetz
rkr . . . . rechtskräftig
RL . . . . Richtlinie(n)
Rn. . . . . Randnummer
Rondorf . . . . Rondorf, Das Umsatzsteuer-Binnenmarktgesetz, 1992
Rspr. . . . . Rechtsprechung
RStBl. . . . . Reichssteuerblatt
Ruppe . . . . Ruppe, Kommentar zum Umsatzsteuergesetz

s. . . . . siehe
S. . . . . Satz, Seite
SächsFG . . . . Sächsisches Finanzgericht
SchlHFG . . . . Schleswig-Holsteinisches Finanzgericht
SGB III . . . . Sozialgesetzbuch, Drittes Buch, Arbeitsförderung
SGB V . . . . Sozialgesetzbuch, Fünftes Buch, Gesetzliche Krankenversicherung
SigG . . . . Signaturgesetz
Slg. . . . . Amtliche Sammlung von Entscheidungen des RFH
sog. . . . . sogenannt(e)
Sölch/Ringleb . . . . Sölch/Ringleb, Kommentar zum Umsatzsteuergesetz
Sp. . . . . Spalte
St. . . . . Steuer
Stadie . . . . Stadie, Kommentar zum Umsatzsteuergesetz
StÄndG . . . . Steueränderungsgesetz
StB . . . . Der Steuerberater (Zeitschrift)
StBerG . . . . Steuerberatungsgesetz
StBereinG . . . . Steuerbereinigungsgesetz
Stbg . . . . Die Steuerberatung (Zeitschrift)
StbJb . . . . Steuerberater-Jahrbuch
StBp . . . . Die steuerliche Betriebsprüfung (Zeitschrift)
StDÜV . . . . Steuerdaten-ÜbermittlungsVO
StED . . . . Steuer-Eildienst (Zeitschrift)
StEK . . . . Steuererlasse in Karteiform, herausgegeben von Dr. Felix
StEntlG . . . . Steuerentlastungsgesetz
StEuglG . . . . Steuer-Euroglättungsgesetz
SteuK . . . . Steuerrecht kurzgefasst (Zeitschrift)
stfrei . . . . steuerfrei
StGB . . . . Steuergesetzbuch
StMBG . . . . Gesetz zur Bekämpfung des Mißbrauchs und zur Bereinigung des Steuerrechts
StPfl, stpfl . . . . Steuerpflicht(iger), steuerpflichtig
StRK . . . . Steuerrechtsprechung in Karteiform
StSenkG . . . . SteuersenkungsG
StuW . . . . Steuer und Wirtschaft (Zeitschrift)
StVBG . . . . Steuerverkürzungsbekämpfungsgesetz
StVollzG . . . . Strafvollzugsgesetz
S/W/R . . . . Schwarz/Widmann/Radeisen, Kommentar zum Umsatzsteuergesetz
subj . . . . subjektiv(e)

teilw. . . . . teilweise
ThürFG . . . . Thüringer Finanzgericht
TKG . . . . Telekommunikationsgesetz
Tz. . . . . Textziffer

U	Urteil
ua	unter anderem
uÄ	und Ähnliches
UAbs.	Unterabsatz
uE	unseres Erachtens
UmwG	Umwandlungsgesetz
UR	Umsatzsteuer-Rundschau (Zeitschrift)
UrhG	Urheberrechtsgesetz
Urt.	Urteil
USt	Umsatzsteuer
UStAE	Umsatzsteuer-Anwendungserlass
UStÄndG	Umsatzsteuer-Änderungsgesetz
UStB	Der Umsatzsteuerberater (Zeitschrift)
UStBinnenmarktG	Umsatzsteuer-Binnenmarktgesetz
UStDV	Umsatzsteuer-Durchführungsverordnung
ustfrei	umsatzsteuerfrei
UStG	Umsatzsteuergesetz
USt-IdNr.	Umsatzsteuer-Identifikationsnummer
UStPfl, ustpfl	Umsatzsteuerpflicht(iger), umsatzsteuerpflichtig
UStR	Umsatzsteuer-Richtlinien (ersetzt durch UStAE für Umsätze nach dem 31.10.2010)
usw	und so weiter
uU	unter Umständen
UVR	Umsatzsteuer- und Verkehrsteuer-Recht (Zeitschrift, ab 1989, vorher DVStR)
v.	von, vom
VerbrStBinnenmarktG	Verbrauchsteuer-Binnenmarktgesetz
VersStG	Versicherungssteuergesetz
Vfg.	Verfügung
vGA	verdeckte Gewinnausschüttung
vgl.	vergleiche
vH	vom Hundert
VO	Verordnung
VOB	Vergabe- und Vertragsordnungen für Bauleistungen
Vorschr	Vorschrift
VorSt	Vorsteuer
VSF	Vorschriftensammlung Bundesfinanzverwaltung
Weymüller BeckOK	Beck'scher Online-Kommentar Umsatzsteuergesetz
WpHG	Wertpapierhandelsgesetz
WiRO	Wirtschaft und Recht in Osteuropa (Zeitschrift)
WoBauG	Wohnungsbau- und Familienheimgesetz
zB	zum Beispiel
ZG	Zollgesetz
Ziff.	Ziffer
zit.	zitiert
ZK	Zollkodex (Verordnung (EWG) Nr. 2913/92 des Rates)
ZK-DVO	Zollkodex-Durchführungsverordnung (Verordnung (EWG) Nr. 2454/93 der Kommission)
ZM	Zusammenfassende Meldung

Abkürzungsverzeichnis

ZollkodexAnpG	Gesetz zur Anpassung der Abgabenordnung an den Zollkodex der Union und zur Änderung weiterer steuerlicher Vorschriften
ZollVG	Zollverwaltungsgesetz
ZPO	Zivilprozessordnung
zT	zum Teil
ZT	Zolltarif
zutr.	zutreffend
ZVG	Gesetz über die Zwangsversteigerung und die Zwangsverwaltung
zzgl.	zuzüglich
zzt.	zur Zeit

Übersicht über die Gesetzesänderungen

1. Umsatzsteuergesetz (UStG)

In der Fassung der Bekanntmachung vom 21. Februar 2005 (BGBl I S 386)

BGBl III/FNA 611-10-14

Zuletzt geändert durch Zollkodex-AnpassungsG vom 22.12.2015 (BGBl I S 2429)

Lfd. Nr.	Änderndes Gesetz	Datum	Fundstelle	Änderungen
1.	Gesetz zur Neuorganisation der Bundesfinanzverwaltung und zur Schaffung eines Refinanzierungsregisters	22.9. 2005	BGBl. I 2809	Titel, §§ 14, 18, 18a, 18e, 22, 27a
2.	Gesetz zur steuerlichen Förderung von Wachstum und Beschäftigung	26.4. 2006	BGBl. I 1091	§ 20
3.	Gesetz zur Eindämmung missbräuchlicher Steuergestaltungen	28.4. 2006	BGBl. I 1095	§ 4
4.	Haushaltsbegleitgesetz 2006 (HBeglG 2006)	29.6. 2006	BGBl. I 1402	§§ 12, 24, 27
5.	Erstes Gesetz zum Abbau bürokratischer Hemmnisse insbesondere in der mittelständischen Wirtschaft	22.8. 2006	BGBl. I 1970	§§ 15a, 27
6.	Jahressteuergesetz 2007 (JStG 2007)	13.12. 2006	BGBl. I 2878	§§ 1, 3a, 4, 8, 12, 13b, 14, 15, 18a, 25a, 27, 28, Anl. 1, 2
7.	Zweites Gesetz zum Abbau bürokratischer Hemmnisse insbesondere in der mittelständischen Wirtschaft	7.9. 2007	BGBl. I 2246	§ 4
8.	Gesetz zur weiteren Stärkung des bürgerschaftlichen Engagements	10.10. 2007	BGBl. I 2332	§ 23a
9.	Jahressteuergesetz 2008 (JStG 2008)	20.12. 2007	BGBl. I 3150	Inhaltsübersicht, §§ 1, 3, 4, 12, 13d, 22, 24, 27, 28, Anl. 2
10.	Jahressteuergesetz 2009 (JStG 2009)	19.12. 2008	BGBl. I 2794	Inhaltsübersicht, §§ 3a, 3b, 3e, 4, 6, 12, 13b, 14a, 14b, 15, 16, 17, 18, 18a, 18b, 18g, 22, 26a, 27
11.	Gesetz zur Modernisierung und Entbürokratisierung des Steuerverfahrens (Steuerbürokratieabbaugesetz)	20.12. 2008	BGBl. I 2850	§§ 14, 18, 18a, 27
12.	Gesetz zur verbesserten steuerlichen Berücksichtigung von Vorsorgeaufwendungen (Bürgerentlastungsgesetz Krankenversicherung)	16.7. 2009	BGBl. I 1959	§ 20
13.	Gesetz zur Beschleunigung des Wirtschaftswachstums (Wachstumsbeschleunigungsgesetz)	22.12. 2009	BGBl. I 3950	§§ 12, 28

Gesetzesänderungen

Lfd. Nr.	Änderndes Gesetz	Datum	Fundstelle	Änderungen
14.	Gesetz zur Umsetzung steuerlicher EU-Vorgaben sowie zur Änderung steuerlicher Vorschriften	8.4. 2010	BGBl. I 386	§§ 3d, 4, 13b, 14a, 14b, 15, 18, 18a, 18b, 19, 22, 25a, 26a, 27, 27a
15.	Gesetz zur Weiterentwicklung der Organisation der Grundsicherung für Arbeitsuchende	3.8. 2010	BGBl. I 1112	§ 4
16.	Jahressteuergesetz 2010 (JStG 2010)	8.12. 2010	BGBl. I 1768	Inhaltsübersicht, §§ 1a, 3, 3a, 3g, 4, 5, 13b, 15, 15a, 18, 27, Anl. 3
17.	Gesetz zur Ermittlung von Regelbedarfen und zur Änderung des Zweiten Buches Sozialgesetzbuch	24.3. 2011	BGBl. I 453	§ 4
18.	Gesetz zur bestätigenden Regelung verschiedener steuerlicher und verkehrsrechtlicher Vorschriften des Haushaltsbegleitgesetzes 2004	5.4. 2011	BGBl. I 554	§ 9
19.	Sechstes Gesetz zur Änderung von Verbrauchsteuergesetzen	16.6. 2011	BGBl. I 1090	§ 13b
20.	Gesetz zur Anpassung der Rechtsgrundlagen für Fortentwicklung des Emissionshandels	21.7. 2011	BGBl. I 1475	§ 13b
21.	Steuervereinfachungsgesetz 2011	1.11. 2011	BGBl. I 2131	§§ 14, 14b, 27, 27b
22.	Drittes Gesetz zur Änderung des Umsatzsteuergesetzes	6.12. 2011	BGBl. I 2562	§ 20
23.	Gesetz zur Umsetzung der Beitreibungsrichtlinie sowie zur Änderung steuerlicher Vorschriften (BeitrRLUmsG)	7.12. 2011	BGBl. I 2592	§ 3a
24.	Gesetz zur Änderung des Gemeindefinanzreformgesetzes und von steuerlichen Vorschriften	8.5. 2012	BGBl. I 1030	Anlage 2
25.	AmtshilfeRLUmsetzungsgesetz	26.6. 2013	BGBl. I 1809	§§ 1, 3a, 4, 5, 8, 11, 12, 13b, 14, 14a, 15, 16, 18d, 25a, 26, 26b, 27a
26.	AIFM-Steuer-Anpassungsgesetz	18.12. 2013	BGBl. I 4318	§ 4
27.	Kroatien-Anpassungsgesetz	25.7. 2014	BGBl. I 1266	Inhaltsübersicht, §§ 3, 3a, 4, 10, 13, 13b, 14a, 16, 18, 18h, 22, 25a, 26a, 27, Anl. 2 und 4
28.	Zollkodex-Anpassungsgesetz	22.12. 2014	BGBl. I 2417	§§ 3a, 4, 13b, 18, 27, Anl. 4
29.	Steueränderungsgesetz 2015	2.11. 2015	BGBl. I 1834	Inhaltsübersicht, §§ 2, 2b, 4, 4a, 13, 13b, 27, Anl. 4
30.	Gesetz zur Modernisierung des Besteuerungsverfahrens	18.7. 2016	BGBl. I S. 1679	§§ 18, 18a, 18g, 18h
31.	Investmentsteuerreformgesetz	19.7. 2016	BGBl. I S. 1730	§ 4

Lfd. Nr.	Änderndes Gesetz	Datum	Fundstelle	Änderungen
32.	Drittes Pflegestärkungsgesetz	23.12. 2016	BGBl. I S. 3191	§ 4
33.	Bundesteilhabegesetz	23.12. 2016	BGBl. I S. 3234	§ 4
34.	Branntweinmonopolverwaltung – Auflösungsgesetz	10.3. 2017	BGBl. I S. 420	§ 4
35.	Zweites Bürokratieentlastungsgesetz		BT-Drs. 18/9949, BR-Drs. 305/17	§ 13c

2. Umsatzsteuer-Durchführungsverordnung (UStDV)

In der Fassung der Bekanntmachung vom 21. Februar 2005 (BGBl I S 434)

BGBl III/FNA 611-10-14-1

Zuletzt geändert durch Verordnung zur Änderung steuerlicher Verordnungen und weiterer Vorschriften vom 22.12.2014 (BGBl I S 2392)

Lfd. Nr.	Ändernde Vorschrift	Datum	Fundstelle	Änderungen
1.	Gesetz zur Neuorganisation der Bundesfinanzverwaltung und zur Schaffung eines Refinanzierungsregisters	22.9. 2005	BGBl. I 2809	Titel, § 61
2.	Erstes Gesetz zum Abbau bürokratischer Hemmnisse insbesondere in der mittelständischen Wirtschaft	22.8. 2006	BGBl. I 1970	§ 33
3.	Jahressteuergesetz 2007 (JStG 2007)	13.12. 2006	BGBl. I 2878	§ 48
4.	Jahressteuergesetz 2008 (JStG 2008)	20.12. 2007	BGBl. I 3150	§ 23
5.	Jahressteuergesetz 2009 (JStG 2009)	19.12. 2008	BGBl. I 2794	Inhaltsübersicht, §§ 1, 17c, 20, 21, 59, 61, 61a, 74a
6.	Gesetz zur Modernisierung und Entbürokratisierung des Steuerverfahrens (Steuerbürokratieabbaugesetz)	20.12. 2008	BGBl. I 2850	§ 48
7.	Drittes Gesetz zum Abbau bürokratischer Hemmnisse insbesondere in der mittelständischen Wirtschaft (Drittes Mittelstandsentlastungsgesetz)	17.3. 2009	BGBl. I 550	§ 68
8.	Gesetz zur Umsetzung steuerlicher EU-Vorgaben sowie zur Änderung steuerlicher Vorschriften	8.4. 2010	BGBl. I 386	§ 30a
9.	VO zur Änderung steuerlicher Verordnungen	17.11. 2010	BGBl. I 1544	§ 59
10.	Zweite Verordnung zur Änderung steuerlicher Verordnungen	2.12. 2011	BGBl. I 2416	§§ 9, 10, 11, 13, 17, 17a, 17b, 17c, 43, 44, 74a
11.	Verordnung zum Erlass und zur Änderung steuerlicher Verordnungen	11.12. 2012	BGBl. I 2637	§§ 9, 10, 20, 21, 59

Gesetzesänderungen

Lfd. Nr.	Ändernde Vorschrift	Datum	Fundstelle	Änderungen
12.	Elfte Verordnung zur Änderung der UStDV	25.3. 2013	BGBl. I 602	§§ 17a, 74a
13.	Kroatien-Anpassungsgesetz	25.7. 2014	BGBl. I 1266	§§ 59, 64
14.	Verordnung zur Änderung steuerlicher Verordnungen und weiterer Vorschriften	22.12. 2014	BGBl. I 2392	§§ 8, 17a, 20, 23, 24, 46, 48, 59, 60, 61, 61a, 73, 74a
15.	Gesetz zur Modernisierung des Besteuerungsverfahrens	18.7. 2016	BGBl. I S. 1679	§§ 48, 61, 61a
16.	Dritte Verordnung zur Änderung steuerlicher Verordnungen	18.7. 2016	BGBl. I S. 1722	§§ 10, 48
17.	Zweites Bürokratieentlastungsgesetz		BT-Drs. 18/9949	§ 33

3. Einfuhrumsatzsteuer-Befreiungsverordnung (EUStBV)[1]

In der Fassung der Bekanntmachung vom 11. August 1992 (BGBl I S 1526)

BGBl III/FNA 611-10-14-4

Zuletzt geändert durch VO zur Änd. der ZollVO und der Einfuhrumsatzsteuer-BefreiungsVO 1993 vom 24.11.2008 (BGBl I S 2232)

Lfd. Nr.	Ändernde Vorschrift	Datum	Fundstelle	Änderungen
1.	Erste Verordnung zur Änderung der Einfuhrumsatzsteuer-Befreiungsverordnung 1993	9.2. 1994	BGBl. I 302, ber. 523	§§ 1, 3, 11, 12, 12a, 12b, 14
2.	Zollordnungs-ÄndVO	22.12. 2003	BGBl. 2004 I 21	§§ 1, 11, 15
3.	VO zur Änd. der ZollVO und der Einfuhrumsatzsteuer-BefreiungsVO 1993	24.11. 2008	BGBl. I 2232	Überschrift, §§ 1, 1a
4.	G zur Neuorganisation der Zollverwaltung	3.12. 2015	BGBl. I 2178	§§ 12a, 12b

4. Fahrzeuglieferungs-Meldepflichtverordnung (FzgLiefgMeldV)[2]

Vom 18. März 2009 (BGBl. I S 630)

BGBl III/FNA 611-10-14-6

Lfd. Nr.	Ändernde Vorschrift	Datum	Fundstelle	Änderungen
1.	Gesetz zur Modernisierung des Besteuerungsverfahrens	18.7. 2016	BGBl. I S. 1679	§ 1

[1] Abgedruckt unter § 5 UStG.

[2] Abgedruckt unter § 18c UStG.

5. Umsatzsteuer-Anwendungserlass (UStAE)

Vom 1. Oktober 2010 (BStBl. I S. 846)
(BMF IV D 3 – S 7015/10/10002)
Zuletzt geändert durch BMF-Schreiben vom 10.2.2017 (BStBl. I 2017, 350)

6. Richtlinie 2006/112/EG des Rates vom 28.11.2006 über das gemeinsame Mehrwertsteuersystem (MwStSystRL)[3]

ABl. EU Nr. L 347, S 1, ber. ABl. EG Nr. L 335 S 60
Zuletzt geändert durch ÄnderungsRL vom 17.12.2013 (ABl. EU Nr. L 353 S 5)

Lfd. Nr.	Ändernde Richtlinie	Datum	Fundstelle	Änderungen
1.	RL 2006/138/EG	19.12. 2006	ABl. 2006 L 384, 92	Art. 56, 57, 59, 357
2.	RL 2007/75/EG	20.12. 2007	ABl. 2007 L 346, 13	Art. 123, 124, 125, 126, 127, 128, 129, 130
3.	RL 2008/8/EG	12.2. 2008	ABl. 2008 L 44, 11	Titel V Kap. 3 (Art. 43, 44, 45, 46, 47, 48, 49, 50, 51, 52, 53, 54, 55, 56, 57, 58, 59, 59a), Art. 59b, 98, 170, 171, 171a, 192a, 196, 204, 214, 262, 264, Titel XII Kap. 6 Überschrift, Art. 357, 358, Titel XII Kap. 6 Abschn. 2 Überschrift, Art. 358a, 359, 360, 361, 362, 363, 364, 365, 366, 367, 368, 369, Titel XII Kap. 6 Abschn. 3 (Art. 369a, 369b, 369c, 369d, 369e, 369f, 369g, 369h, 369i, 369j, 369k), Anh. II Überschrift
4.	RL 2008/117/EG	16.12. 2008	ABl.2009 L 14, 7	Art. 64, 66, 263, 264, 265
5.	RL 2009/47/EG	5.5. 2009	ABl. 2009 L 116, 18	Art. 104a, 105, Titel VIII Kap. 3, 111 (114, 115, 116, 117, 125, 127, 128, 129), Anh. III, IV
6.	RL 2009/69/EG	25.6. 2009	ABl. 2009 L 175, 12	Art. 22, 140, 143

[3] Abgedruckt im Anhang.

Gesetzesänderungen

Lfd. Nr.	Ändernde Richtlinie	Datum	Fundstelle	Änderungen
7.	RL 2009/162/EU	22.12. 2009	ABl. 2010 L 10, 14	Art. 2, 13, 15, 17, Titel V Kap. 1 Abschn. 4 (Art. 38, 39), Art. 59, 80, 102, 136, 143, 151, 168a, 221, 287, 390a, 390b, 391, Anh. X
8.	RL 2010/23/EU	16.3. 2010	ABl. 2010 L 72, 1	Art. 199a
9.	RL 2010/45/EU	13.7. 2010	ABl. 2010 L 189, 1, ber. ABl. 2010 L 299, 46	Art. 17, 64, 66, 67, 69, 91, 167a, 178, 181, 197, 217, Titel XI Kap. 3 Abschn. 3 (219a), 220, 220a, 221, 222, 223, 224, 225, 226, 226a, 226b, 228, 230, 231, Titel XI Kap. 3 Abschn. 5 Überschrift, 232, 233, 234, 235, 236, 237, 238, 243, 246, 247, Titel XI Kap. 3 Abschn. 4 (248a), 249, 272
10.	RL 2010/88/EU	7.12. 2010	ABl. 2010 L 326, 1	Art. 97
11.	BeitrAkt	9.12. 2011	ABl. 2012 L 112, 21	Art. 287
12.	RL 2013/42/EU	22.7. 2013	ABl. 2013 L 201, 1	Art. 199b, 395
13.	RL 2013/43/EU	22.7. 2013	ABl. 2013 L 201, 4	Art. 193, 199a
14.	RL 2013/61/EU	17.12. 2013	ABl. 2013 L 353, 5	Art. 6
15.	RL 2016/856/EU	25.5. 2016	ABl. Nr. L 142 S. 12	Art. 97
16.	RL 2016/1065/EU	27.6. 2016	ABl. Nr. L 177 S. 9	Titel IV Kapitel 5 (Art. 30a, 30b), Art. 73a, Titel XV Kapitel 2a (Art. 410a, 410b)

7. Verordnung (EU) Nr. 282/2011 des Rates vom 15.3.2011 zur Festlegung von Durchführungvorschriften zur Richtlinie 2006/112/EG über das gemeinsame Mehrwertsteuersystem (MwStVO)[4]

(ABl EU Nr L 77 S 1)

Zuletzt geändert durch Verordnung (EU) Nr 1042/2013 vom 7.10.2013 (ABl EU Nr L 284 S 1)

Lfd. Nr.	Ändernde Verordnung	Datum	Fundstelle	Änderungen
1.	VO (EU) Nr. 967/2012	9.10. 2012	ABl. 2012 L 290, 1	Kap. XI Abschn. 2 (Art. 57a–63c)
2.	VO (EU) Nr. 1042/2013	7.10. 2013	ABl. 2013 L 284, 1	Art. 6a, 6b, 7, 9a, 13a, 13b, 18, 24, 24a, 24b, 24c, 24d, 24e, 24f, 31a, 31b, 31c, 33a, Anhang I

---

4 Abgedruckt im Anhang.

Umsatzsteuergesetz (UStG)

Erster Abschnitt. Steuergegenstand und Geltungsbereich

Vor § 1 Einleitende Hinweise zum Umsatzsteuerrecht

Übersicht

I. Rechtsgrundlagen

1. Nationales Recht

Seit dem 1.1.1968 wird in Deutschland die Umsatzsteuer in Form der Mehrwertsteuer erhoben. Zunächst galt das **UStG 1967** (BGBl. 1967 I 545). Mit der Richtlinie 77/388/EWG vom 17.5.1977 (ABl. 1977 L 145, 1) – 6. EG-RL – schuf der Rat der EWG umfassende Regeln zur Harmonisierung der Mehrwertsteuerregelungen in den Mitgliedstaaten der EG. Diese Regelungen setzte der deutsche Gesetzgeber – weitgehend – im **Umsatzsteuergesetz 1980** um, das ab 1.1.1980 galt. Danach ist das deutsche UStG mehrfach geändert und inzwischen viermal neu bekannt gemacht worden (zu Details vgl. 9. Aufl., Einleitung, Rn. 1–10). Wesentliche systematische Schritte waren dabei die Einführung des EU-Binnenmarktes zum 1.1.1993 durch das Umsatzsteuer-Binnenmarktgesetz (BGBl. 1993 I 565) und die Änderungen zum Ort der Dienstleistung durch das Mehrwertsteuer-Paket, die ab 1.1.2010 Anwendung finden (JStG 2009, BGBl. 2009 I 2794). **1**

Eine umfassende historische Darstellung der diversen gesetzgeberischen Änderungen des UStG findet sich in aktuellen Veranlagungshandbüchern, so zB im Handbuch zur Umsatzsteuer 2016 des Deutschen Wissenschaftlichen Instituts der Steuerberater e.V., München 2017; vgl. hierzu auch 9. Aufl., Einleitung, Tz. 1 ff. Die letzten aktuellen Anpassungen werden nachfolgend kurz aufgeführt. **2**

3 Mit dem Steueränderungsgesetz 2015 (BGBl. 2015 I 1834) wird in einem neuen § 2b (der bisherige § 2 Abs. 3 wird dafür gestrichen) zum 1.1.2017 die Unternehmereigenschaft von **juristischen Personen des öffentlichen Rechts** neu geregelt und an unionsrechtliche Vorgaben angepasst (vgl. *Meurer* MwStR 2015, 758ff.; *Rust/Küffner* DStR 2016, 1633; umfassend zu Abgrenzungsfragen siehe BMF vom 16.12.2016, BeckVerw 335940). Des Weiteren wird geregelt, dass die Übertragung der **Steuerschuldnerschaft bei Bauleistungen** auch für Betriebsvorrichtungen gilt, also Sachen, Ausstattungen und Maschinen, die auf Dauer auf einem Grundstück installiert sind und nicht bewegt werden können, ohne das Gebäude zu zerstören oder zu verändern. Der Gesetzgeber reagiert damit auf die Rechtsprechung des BFH (V R 7/14, MwStR 2015, 61), wonach Betriebsvorrichtungen nicht als Bauwerke eingestuft wurden. Die Finanzverwaltung will diese Rechtsprechung nicht anwenden und ihre Sichtweise ist nunmehr zumindest ab 2016 gesetzgeberisch gedeckt. Ferner wurde die Steuerbefreiungsnorm des § 4 Nr. 16 S. 1 Buchst. g ergänzt. Schließlich wird für alle Fälle des § 14c einheitlich geregelt, dass die wegen unrichtigen bzw. unberechtigten Steuerausweises geschuldete Steuer im Zeitpunkt der Ausgabe der Rechnung entsteht (§ 13 Abs. 1 Nr. 3). Zum Steueränderungsgesetz 2015 vgl. auch umfassend *Sterzinger* UR 2016, 1ff.

Mit Wirkung zum 1.1.2017 erfolgten mit dem Gesetz zur Modernisierung des Besteuerungsverfahrens (BGBl. 2016 I 1679) Änderungen der §§ 18 und 18a sowie der UStDV. Mit der Dritten Verordnung zur Änderung steuerlicher Verordnungen wird (frühestens) zum 1.9.2017 bzw. 1.6.2018 die Zuständigkeit für ausländische Unternehmen neu geregelt (betrifft insbesondere die Zuständigkeit für polnische Unternehmen) und mit dem Gesetz zur Reform der Investmentbesteuerung (Investmentsteuerreformgesetz – InvStRefG; BGBl. 2016 I 1730) gilt zum 1.1.2018 eine Anpassung des § 4 Nr. 8 Buchstabe h. Eine weitere Änderung erfolgte mit dem Dritten Pflegestärkungsgesetz PSG III (BGBl. 2016 I 3191) – Änderung des § 4 Nr. 16 S. 1 Buchst. g. Ferner wurden mit dem Bundesteilhabegesetz (BGBl. 2016 I 3234) zum 1.1.2017 ein neuer § 4 Nr. 15c (Steuerfreiheit für Leistungen zur Teilhabe am Arbeitsleben) eingeführt und zum 1.1.2018 redaktionelle Anpassungen bei diversen Steuerbefreiungen an das SGB vorgenommen. Schließlich wurde während des Jahres 2017 noch das Zweite Bürokratieentlastungsgesetz verabschiedet, das rückwirkend zum 1.1.2017 Änderungen des § 13c UStG und zur Kleinbetragsrechnung (§ 33 UStDV) enthält.

2. Unionsrecht

4 Herausragende Bedeutung für die USt hat das EG- bzw. EU-Recht (Unionsrecht). Gem. **Art. 113 AEUV** (Vertrag über die Arbeitsweise der Europäischen Union) erlässt der Rat auf Vorschlag der Kommission nach Anhörung des Europäischen Parlaments und des Wirtschafts- und Sozialausschusses einstimmig die Bestimmungen zur Harmonisierung der Rechtsvorschriften über die USt, soweit diese Harmonisierung für die Errichtung und das Funktionieren des Binnenmarktes notwendig ist. Auf dieser Grundlage sind inzwischen mehrere Richtlinien ergangen. Mit der Ersten und Zweiten Richtlinie des Rates vom 11.4.1967 zur Harmonisierung der Rechtsvorschriften der Mitgliedstaaten über die USt-MwSt-RL (ABl. 1967 L 71, 1301 u. 1392) wurde das gemeinsame MwSt-System zur Grundlage der harmonisierten USt gemacht. In Deutschland wurde es durch das **Umsatzsteuergesetz 1967** eingeführt, → Rn. 1.

5 Inzwischen hatte der Rat beschlossen, die Finanzbeiträge der Mitgliedstaaten durch eigene Mittel der Gemeinschaft zu ersetzen, die unter anderem aus einem Anteil am Umsatzsteueraufkommen der Mitgliedstaaten bestehen sollten. Deshalb war eine einheitliche unionsrechtliche Bemessungsgrundlage für die Ermittlung der Umsatzsteuer erforderlich. Diese schuf die 6. EG-RL – → Rn. 1 –, die darüber hinaus die wesentlichen materiell-rechtlichen und verfahrensrechtlichen Vorschriften des ge-

genwärtigen Umsatzsteuerrechts enthielt. Sie kann als „Grundgesetz des Umsatzsteuerrechts" bezeichnet werden.

Die 6. EG-RL wurde mehrfach erheblich geändert. Aus „Gründen der Klarheit und der Wirtschaftlichkeit" empfahl sich deshalb eine Neufassung. Diese erfolgte mit der RL 2006/112/EG des Rates über das gemeinsame Mehrwertsteuersystem – **Mehrwertsteuersystem-Richtlinie (MwStSystRL)** – vom 28.11.2006 (ABl. 2006 L 347, 1, zuletzt geändert durch RL 2016/1065/EU vom 27.6.2016 ABl. 2016 L 177, 9). Die „Neufassung" sollte grundsätzlich nicht zu inhaltlichen Änderungen des geltenden EG-Rechts führen (Abs. 3 der Präambel zur MwStSystRL). Die MwStSystRL ist am 1.1.2007 in Kraft getreten, Art. 413 MwStSystRL. Sie ist inzwischen bereits mehrfach geändert worden, und zwar durch die RL 2006/138 EG-RL Rundfunk – und Fernsehdienstleistungen – vom 19.12.2006 (ABl. 2006 L 384, 921, RL 2007/75/EG vom 20.12.2007 (ABl. 2007 L 346, 13), die RL 2008/8/EG – Dienstleistungsrichtlinie – vom 12.2.2008 (ABl. 2008 L 44, 11), und die **Richtlinie 2008/9/EG** des Rates zur Regelung der Erstattung der MwSt gem MwStSystRL an nicht im Mitgliedsstaat der Erstattung, sondern in einem andern Mitgliedsstaat ansässige Steuerpflichtigen vom 12.2.2008 (ABl. 2008 L 44, 23) und die sog. Rechnungsrichtlinie, die allerdings erst zum 1.1.2013 von den Mitgliedsstaaten umzusetzen war. Deutschland hat wesentliche Teile – **Neuregelung der elektronischen Rechnungsstellung** – bereits durch das SteuervereinfachungsG 2011 zum 1.7.2011 umgesetzt. Zuletzt hat der Rat zur Behandlung von **Gutscheinen** die Richtlinie (EU) 2016/1065 vom 27.6.2016 (ABl. 2016 L 7, 9) erlassen, die zum 1.1.2019 in nationales Recht umzusetzen ist. 6

Noch unter der Geltung der 6. EG-RL schuf der Rat die **Verordnung (EG) 1777/2005** zur Festlegung von Durchführungsvorschriften zu dieser RL (ABl. 2005 L 288, 1). Sie regelt die Durchführung einzelner Artikel, und zwar vor allem für Umsätze, die sich über mehrere Länder der Gemeinschaft oder auch Drittländern erstrecken bzw. in allen Mitgliedsstaaten gleich behandelt werden sollen. Sie hilft auch bei der Auslegung der entsprechenden Artikel der MwStSystRL. Mit der **Verordnung (EU) 282/2011 (abgekürzt als MwStVO)** formulierte der Rat die Durchführungsverordnung neu und hat dabei eine Reihe von Abgrenzungsfragen aus dem MwSt-Paket unmittelbar geregelt. Grundsätzlich zur Bedeutung von EU-Verordnungen vgl. *Lohse* UR 2012, 8. Gem. EuGH C-605/12 (MwStR 2014, 828 Rn. 45–47 – Welmory) gelten die Vorgaben der MwStVO auch für Zeiträume vor ihrer Verabschiedung (anders noch zuvor und damit wohl obsolet: BFH XI R 6/08, BStBl. II 2013, 253; vgl. auch *Monfort* DStR 2014, 2174; *Grube* MwStR 2014, 833). Die MwStVO beinhaltet bindendes Unionsrecht mit unmittelbarer Geltung. Sie regelt eine Vielzahl von Detailfragen und sichert dadurch ein systematisch einheitliches Mehrwertsteuerrecht innerhalb der EU (siehe *Kemper* UR 2017, 1).

Der für Leistungen innerhalb des Binnenmarktes angestrebte Übergang zu einem System nach dem Ursprungslandprinzip (Umsätze an Abnehmer im Inland und Abnehmer in einem anderen Mitgliedsstaat würden dabei gleich nach den Regeln im Land des Leistenden behandelt) sollte mit der Binnenmarktrichtlinie (→ Rn. 1 und → Rn. 26) erfolgen, die übergangsweise das Bestimmungslandprinzip (die Besteuerung richtet sich nach dem Bestimmungsland, in dem konsumiert wird) aufrecht erhalten sollte. Die endgültige Verwirklichung des Binnenmarktes nach dem Ursprungslandprinzip ist derzeit jedoch nicht in Sicht (vgl. *Widmann* UR 2013, 19). Zuletzt ist durch den Aktionsplan der EU-Kommission vom 7.4.2016 wieder Bewegung in diese Diskussion um ein endgültiges Besteuerungssystem innerhalb der EU gekommen. Danach soll geprüft werden, wie das aktuelle System der grenzüberschreitenden innergemeinschaftlichen Lieferungen geändert werden kann. Es dürfte dabei aber beim Bestimmungslandprinzip bleiben (vgl. *Vellen* EU-UStB 2016, 37 und 40). 7

Neben den oben erwähnten Richtlinien und deren Umsetzung in nationales Recht sowie den Verordnungen der EU sind auch die **primärrechtlichen Vorgaben** des **Vertrags über die Arbeitsweise der Europäischen Union** (AEUV) zu 8 beachten, wie zB Freizügigkeit in Form der Niederlassungsfreiheit (Art. 49 AEUV) oder das Diskriminierungsverbot (Art. 110). Hierzu gehört auch die **Charta der Grundrechte der EU** (von der Groeben/Schwarze/*Hatje* Europäische Unionsrecht, 7. Aufl., Art. 6 EUV; s. auch zB EuGH C-617/10, UR 2014, 27 – Akerberg Fransson; C-131/13, MwStR 2015, 87 – Italmoda mAnm *Grube*). Eine Verletzung dieser Grundsätze verstößt gegen EU-Recht, scheint aber zum Teil dennoch in ausgewählten praktischen Beispielen gegeben zu sein (zB Beschränkung der Organschaft auf das Inland, Behandlung einer grenzüberschreitenden Praxisverlagerung eines Arztes). Siehe umfassend zu dieser Thematik *Widmann* UR 2012, 32 und EuGH Rs. C-543/15, UStB 2016, 78 – Ordre des barreaux francophones et germanophones, UStB 2016, 78 mAnm *von Streit*.

Das **Verfahrensrecht der Mitgliedstaaten** ist nicht unionsweit harmonisiert. So kann auch bei Bestandskraft gerichtlicher oder verwaltungsrechtlicher Entscheidungen nicht mehr mit möglicherweise berechtigten unionsrechtlichen Argumenten gegen die Steuerfestsetzungen vorgegangen werden (EuGH C-69/14, BeckEuRS 2015, 447107 – Dragos Constantin Tarisa). Der Grundsatz der Verfahrensautonomie der Mitgliedstaaten kann nur in Ausnahmefällen von unionsrechtlichen primärrechtlichen Vorgaben durchbrochen werden, wenngleich insoweit längst noch nicht alle Fragen geklärt scheinen (s. hierzu EuGH C-105/14, BeckRS 2015, 81088 – Taricco; s. auch *von Streit* EU-UStB 2015, 74 mit weiteren Nachweisen zur einschlägigen EuGH-Rechtsprechung).

9 **a) Unmittelbare Wirkung der MwStSystRL.** Die Richtlinie wendet sich wie auch zuvor die 6. EG-RL an die Mitgliedstaaten (Art. 414 MwStSystRL = Art. 38 der 6. EG-RL). Sie gilt nicht unmittelbar, sondern ist in nationales UStG umzusetzen. Nach der Rechtsprechung des EuGH kann aber der Steuerpflichtige Bestimmungen der 6. EG-RL (jetzt: MwStSystRL), die **hinreichend klar und genau und nicht an Bedingungen geknüpft sind,** vor den nationalen Gerichten für sich geltend machen (zB EuGH C-62/93, UR 1995, 404 – Soupergaz; und EuGH C-193/91, BStBl. II 1993, 812 – Mohsche), wenn ihre vollständige Anwendung nicht tatsächlich gewährleistet ist (EuGH C-62/00 – Marks & Spencer, IStR 2002, 565 mwN). Ggf. können sich auch Dritte auf das Unionsrecht berufen (siehe EuGH C-430/04, DStR 2006, 1082 – Feuerbestattung Halle). Aus dieser **unmittelbaren Wirkung der Richtlinie** ergibt sich ein **Anwendungsvorrang** gegenüber anders lautenden nationalen Bestimmungen (vgl. BFH V R 17/13, MwStR 2014, 166). Voraussetzung ist, dass die Regelung der Richtlinie günstiger als die der nationalen Vorschrift ist (vgl. auch EuGH C-150/99, DStRE 2001, 256 – Stockholm Lindöpark und BFH V R 49/00, BStBl. II 2001, 266; V R 17/13, DStR 2014, 29; *Klenk* in Sölch/Ringleb vor § 1 Rn. 20ff.; grds. siehe *Heidner* UR 2003, 69ff.). Eine Berufung auf die unmittelbare Wirkung der Richtlinie greift **nur zugunsten** und nicht zulasten **des Steuerpflichtigen.** Die Finanzverwaltung kann demnach bei Umsetzungsdefiziten im nationalen UStG die Bestimmungen der MwStSystRL nicht unmittelbar anwenden, sondern ist an das nationale UStG gebunden. Die **selektive Berufung** auf Teilaspekte des Unionsrechts ist **nicht zulässig** (EuGH C-319/12, MwStR 2014, 15 Rn. 43ff. – MDDP; vgl. *Wäger* UR 2014, 81) – so muss zB **im Rahmen eines Umsatzes** bei einer unionsrechtlich begründeten Geltendmachung der Steuerbefreiung die systematische Konsequenz des nicht zulässigen Vorsteuerabzugs akzeptiert werden (keine „Rosinentheorie"). Unter bestimmten Umständen ist aber laut EuGH C-589/12, DStR 2014, 1921 – GMAC UK plc sehr wohl eine Berufung auf die unmittelbare Wirkung von Richtlinienbestimmungen möglich, wobei sich der Steuerpflichtige im Hinblick auf einen **anderen Umsatz,** der die gleichen Gegenstände betrifft, auf Vorschriften des nationalen Rechts berufen kann und die kumulative Anwendung dieser Bestimmungen zu einem steuerlichen Gesamtergebnis führt, zu dem weder das nationale Recht noch das Unionsrecht bei jeweils separater Anwendung auf diese Umsätze führt oder führen soll.

b) Richtlinienkonforme Auslegung. Die richtlinienkonforme Auslegung leitet sich aus der Verpflichtung der Mitgliedstaaten zur Umsetzung der EG-RL – insbesondere der MwStSystRL – ab. Diese Verpflichtung beruht auf Art. 5 und 249 S. 3 EGV. Gem. Art. 249 S. 3 EGV (= Art. 189 Abs. 3 EGV aF; seit 1. 12. 2009: Art. 288 S. 3 AEUV) ist die RL für jeden Mitgliedstaat, an den sie gerichtet wird, hinsichtlich des zu erreichenden Ziels verbindlich. Dabei sind staatliche Organe im Rahmen ihrer Zuständigkeit berechtigt und verpflichtet, zur Anwendung und Umsetzung von EU-Recht beizutragen. Für die Gerichte ergibt sich daraus das Gebot, die einschlägigen nationalen Bestimmungen im Licht des Unionsrechts auszulegen, vgl. *Klenk* in Sölch/Ringleb vor § 1 Rn. 16f.; *Heidner* UR 2001, 517. Im Gegensatz zur unmittelbaren Anwendung von Bestimmungen der MwStSystRL kann die richtlinienkonforme Auslegung auch zu Ungunsten des Steuerpflichtigen erfolgen (vgl. *Birkenfeld* USt-HB § 22 Rn. 71). In Einzelfällen kann es strittig sein, ob das unionsrechtliche Ergebnis der Beurteilung eines Sachverhalts auf unmittelbarer Anwendung oder richtlinienkonformer Auslegung beruht (vgl. zB im Falle der unternehmerischen Tätigkeit einer juristischen Person öffentlichen Rechts im Rahmen der Vermögensverwaltung BFH V R 10/09, DStRE 2010, 833, welche der BFH im Wege der richtlinienkonformen Auslegung als unternehmerisch einstuft; kritisch *Bollweg* UR 2010, 652; siehe auch *Küffner* UR 2010, 654). Die richtlinienkonforme Auslegung obliegt im Zweifel dem EuGH. Die Leitlinien des gem. Art. 398 MwStSystRL eingerichteten **Mehrwertsteuerausschusses** haben hingegen **keine rechtliche Bindungswirkung.** Dies hat die Finanzverwaltung per BMF-Schreiben v. 3. 1. 2014 (BStBl. I 2014, 67) noch einmal ausdrücklich festgestellt. Auch **Veröffentlichungen der Europäischen Kommission** zur praktischen Anwendung des EU-Rechts auf dem Gebiet der Mehrwertsteuer haben keine rechtliche Bindungswirkung. Dies gilt sowohl für bereits vorliegende als auch für künftige Veröffentlichungen der Europäischen Kommission. Die FVerw stellt per BMF-Schreiben v. 17. 12. 2014 (BStBl. I 2015, 43) ausdrücklich klar: „Maßgeblich für die Rechtsanwendung sind das Umsatzsteuergesetz, die Umsatzsteuer-Durchführungsverordnung sowie die Regelungen im Umsatzsteuer-Anwendungserlass und anderen Verwaltungsanweisungen". Dem ist allerdings hinzuzufügen, dass sicherlich die MwStSystRL und die MwStVO genauso maßgebend sind. **10**

c) Die Rechtsprechung des EuGH. Großen Einfluss auf die Entwicklung des Umsatzsteuerrechts hat die Rechtsprechung des EuGH gewonnen. Gem. Art. 234 EGV (= Art. 177 EGV aF; seit 1. 12. 2009: Art. 279 AEUV) entscheidet der EuGH über die Gültigkeit und Auslegung der Handlungen der Organe der Gemeinschaft. Soweit in einem Rechtsstreit vor einem nationalen (Instanz-)Gericht solche Fragen auftauchen, kann das Gericht diese dem EuGH zur Vorabentscheidung vorlegen. Der BFH als Letztinstanz muss bei entsprechenden Zweifeln vorlegen, Art. 234 S. 3 EGV (seit 1. 12. 2009: Art. 267 S. 3 AEUV). Der EuGH ist in diesen Fällen gesetzlicher Richter iSv Art. 101 Abs. 1 S. 2 GG (vgl. BVerfG 1 BvR 1036/99, WM 2001, 749; 2 BvR 687/85, BVerfGE 75, 223; 2 BvR 197/83, NJW 1987, 577). Er kann die Entscheidung über die Vorlagefrage nur ablehnen, wenn die erbetene Auslegung des Unionsrechts offensichtlich in keinem Zusammenhang mit der Realität oder dem Gegenstand des Ausgangsrechtsstreits steht, wenn das Problem hypothetischer Natur ist oder wenn er nicht über die tatsächlichen und rechtlichen Angaben verfügt, die für eine sachdienliche Beantwortung der Vorlagefrage notwendig ist (EuGH C-442/05, UR 2008, 432 – Zweckverband Torgau-Westelbien). Die Urteile des EuGH binden nach Maßgabe ihres Tenors sowohl die vorlegenden Gerichte als auch alle anderen Gerichte der Mitgliedstaaten, die in derselben Sache zu entscheiden haben, vgl. *Wohlfahrt* in Grabitz/Hilf, EGV zu Art. 177 aF Rn. 70 mwN; zweifelnd *Krumenacker* UR 2008, 241. Zur Vorlagepflicht des BFH siehe auch *Herrmann* UR 2004, 393 und zu den Folgen der Verletzung dieser Pflicht *Meilicke* BB 2004, 1087; zur EuGH-Recht- **11**

sprechung allgemein siehe *Nieskens* UR 2004, 441ff. Demnach sind für die Auslegung des deutschen Umsatzsteuerrechts nicht nur EuGH-Urteile zu deutschen Vorlagefragen, sondern auch zu ausländischen Vorlagen einschlägig und müssen in der Praxis entsprechend berücksichtigt werden. Über den Umgang der Finanzverwaltung mit der Rechtsprechung des EuGH *Widmann* UR 2008, 77 mwN. Über den Zugang zum EuGH für die Verfahrensbeteiligten *Offerhaus* UR 2008, 53.

12 *einstweilen frei*

II. Wesen der Umsatzsteuer

1. Nach Unionsrecht

13 Gem. Art. 1 Abs. 2 MwStSystRL beruht das gemeinsame MwSt-System auf dem Grundsatz, dass auf Gegenstände und Dienstleistungen, ungeachtet der Zahl der Umsätze, die auf den vor der letzten Besteuerungsstufe liegenden Produktions- und Vertriebsstufen bewirkt werden, eine allgemeine, zum Preis der Gegenstände und Dienstleistungen genau proportionale **Verbrauchsteuer** anzuwenden ist. Unionsrechtlich wird die Steuer demnach auch als MwSt bezeichnet, während im nationalen Sprachgebrauch die Bezeichnung als USt üblich ist. Beide Termini sind aber synonym zu verstehen. Bei allen Umsätzen wird die MwSt, die nach dem auf den Gegenstand oder die Dienstleistung anwendbaren Steuersatz auf den Preis des Gegenstandes oder der Dienstleistung errechnet wird, abzüglich des MwSt-Betrages geschuldet, der die verschiedenen Kostenelemente unmittelbar belastet hat (Vorsteuer; zur Frage wie im Zweifel festzustellen ist, ob Aufwendungen als Kostenelemente von Ausgangsleistungen einzustufen sind, beachte anhängige EuGH-Vorlage des BFH V R 29/10, UR 2012, 318). Das gemeinsame Mehrwertsteuersystem wird bis zur Einzelhandelsstufe (also dem Umsatz an den Endverbraucher), diese eingeschlossen, angewandt.

14 Nach der Rechtsprechung des EuGH (C-370/95, C-371/95, C-372/95, UR 1997, 357, Slg. 1997, I-3721 – Careda SA) weist die MwSt/USt folgende **Merkmale** auf:

- sie gilt allgemein für alle Gegenstände und Dienstleistungen,
- der Steuersatz ist proportional zum Preis der Gegenstände und Dienstleistungen,
- sie wird auf jeder Stufe der Erzeugung und des Vertriebs erhoben,
- sie bezieht sich auf den Mehrwert der Gegenstände und Leistungen, dh die bei einem Geschäft fällige Steuer wird unter Abzug der Steuer berechnet, die bei dem vorigen Geschäft schon entrichtet worden ist **(Vorsteuerabzug)** und
- sie wird letztlich vom Verbraucher getragen.

15 Inhaltlich wird die Umsatzsteuer von dem Grundsatz der **Neutralität** bestimmt, der dem gemeinsamen MwSt-System immanent ist und unter dessen Wahrung die Bestimmungen der MwStSystRL auszulegen sind (EuGH C-86/99, DStRE 2001, 722 – Freemans). Unter dem Neutralitätsprinzip versteht der EuGH zum einen, dass durch die nationalen gesetzlichen Vorschriften eine **vollständige Entlastung von Vorsteuern** im Unternehmen sicherzustellen ist (EuGH C-158/98, DStRE 1999, 555 – Coffeeshop) und alle wirtschaftlichen Tätigkeiten unabhängig von ihrem Zweck und ihrem Ergebnis in völlig neutraler Weise steuerlich belastet werden. Danach hatte zB die langjährige nationale Rechtsprechung „kein Umsatz, kein Unternehmer, kein Vorsteuerabzug" (vgl. BFH V R 45/88, BStBl. II 1993, 564) ausgedient. Vielmehr erhält schon der sogenannte erfolglose (besser: umsatzlose) Unternehmer den Vorsteuerabzug (vgl. EuGH C-110/94, BStBl. II 1996, 655 – Inzo und EuGH C-37/95, BB 1998, 1573 – Ghent Coal), wenn er nachweislich Umsätze beabsichtigt hat. Zum anderen gilt das Neutralitätsprinzip als **Verbot der Wettbewerbsverzerrung** innerhalb des Binnenmarktes (vgl. *Kleink* in Sölch/Ringleb vor § 1 Rn. 10ff. und *Dziadkowski* DStZ 1999, 625 (626ff.); *Nieskens* UR 2004, 441 (447ff.); *Lohse*

UR 2004, 582). Zum Grundsatz der **Effektivität** (= Pflicht der Mitgliedstaaten, die Geltendmachung der Unionsrechte nicht unmöglich zu machen oder zu erschweren), siehe EuGH C-62/00, UR 2002, 436 – Marks & Spencer. Zu wahren ist auch der Grundsatz der **Verhältnismäßigkeit:** Die Mitgliedsstaaten müssen Mittel einsetzen, die es zwar erlauben, die Ziele des innerstaatlichen Rechts wirksam zu erreichen, die jedoch die Ziele und Grundsätze des einschlägigen Unionsrechts möglichst wenig beeinträchtigen dürfen, siehe EuGH C-271/06, DStR 2008, 450 – Netto Supermarkt GmbH & Co OHG. Dieser Grundsatz kann in der Praxis hilfreich sein, um einem übertriebenen Formalismus zu begegnen (zB keine Versagung des Vorsteuerabzugs wegen geringfügiger Rechnungsmängel; keine Versagung der Steuerfreiheit wegen fehlender Nachweise gem. UStDV, wenn die Voraussetzungen der Steuerfreiheit in anderer Weise nachgewiesen werden).

einstweilen frei **16**

2. Nach nationalem Recht

Entsprechend den unionsrechtlichen Vorgaben hat der deutsche Gesetzgeber die Umsatzsteuer als Allphasensteuer in Form der MwSt mit Vorsteuerabzug ausgestaltet. **17**

a) Allphasensteuer. Für den Steuergläubiger wäre es schwierig, die Steuer unmittelbar vom Verbraucher zu erlangen. Sie wird deshalb grundsätzlich als indirekte Steuer vom Unternehmer, der die Gegenstände an den privaten Verbraucher liefert bzw. Dienstleistungen erbringt, erhoben. Ausnahmen bestehen seit 2002 gem. § 13b – wobei aber auch in diesem Falle der Leistungsempfänger kein privater Endverbraucher ist, sondern ein für umsatzsteuerliche Zwecke registriertes Steuersubjekt. In einer Volkswirtschaft tragen mehrere Unternehmer in einer Leistungskette zu der Leistung an den Endverbraucher bei. Der Gesetzgeber hat sich diese Tatsache zunutze gemacht und an jeden Umsatz von einer Stufe der Kette auf die nächste einen Steuertatbestand geknüpft. Jeder Unternehmer, der Gegenstände oder Dienstleistungen aus seinem Unternehmen gegen Entgelt an einen Abnehmer abgibt, schuldet dem Staat die Umsatzsteuer. Die Erhebung als sog. Allphasensteuer verschafft dem Steuergläubiger frühzeitig seine Einnahmen und für eine Abgabe mehrere Steuerschuldner. **18**

b) MwSt mit Vorsteuerabzug. Die Umsatzsteuer soll den Endverbraucher mit einem bestimmten Prozentsatz des Nettoendpreises treffen (derzeit Regelsteuersatz 19%, ermäßigter Steuersatz 7%). Eine Allphasensteuer erfüllt diese Voraussetzung, wenn sie durchgehend erhoben wird und auf der einzelnen Umsatzstufe nur die jeweils geschaffene Wertschöpfung erfasst. Das geltende Recht bedient sich dazu des Nettoumsatz- oder MwSt-Systems mit Vorsteuerabzug. Es arbeitet innerhalb der Unternehmerkette mit offener **Steuerüberwälzung** und dem Recht zum **Vorsteuerabzug.** Beides soll eine kostenneutrale Behandlung der Steuer ermöglichen, welche in der Praxis aber keineswegs gegeben ist. Denn einerseits ist mit der zutreffenden Behandlung der Umsatzsteuer im Unternehmen ein erheblicher Verwaltungsaufwand verbunden und andererseits ist auch die Überwälzung der Steuerlast auf den Abnehmer nicht immer gewährleistet (insbesondere bei Abnehmern, die nicht oder nur teilweise zum Vorsteuerabzug berechtigt sind). **19**

Theoretisch läuft die Besteuerung der Leistung von der Urproduktion bis zum Endverbraucher wie folgt ab: Der erste Unternehmer in der Lieferkette berechnet auf der Grundlage des Entgelts, das er von seinem Abnehmer erhält, die Steuer mit dem vollen Steuersatz. Gleichzeitig ermittelt er die Vorumsätze, die zur Ausführung der Leistung erforderlich waren, und die Steuer, die ihm die Vorunternehmer dafür in Rechnung gestellt haben, die sog. Vorsteuer. Diese Vorsteuer zieht er von seiner Steuerschuld ab. Den Unterschiedsbetrag führt er als sog. **Zahllast** an das Finanzamt ab. Er schlägt die Steuer, die auf seiner Umsatzstufe entstanden ist, auf das Entgelt, das er dem Abnehmer berechnet. Dadurch leitet er die Belastung mit Umsatzsteuer an **20** den Abnehmer weiter. Ist dieser wiederum ein Unternehmer, verfährt er in derselben Weise wie sein Vorlieferant. Ist der Abnehmer ein Endverbraucher, entrichtet er die Belastung mit dem Preis an den Lieferanten bzw. Dienstleister. Dieser führt sie an das Finanzamt ab. Der Endverbraucher darf keine Vorsteuer abziehen. Deshalb verbleibt die gesamte Belastung bei ihm. Die Verbrauchsbesteuerung ist damit endgültig eingetreten.

21 Tatsächlich erfolgt die **Erhebung der Umsatzsteuer** nicht für jede Leistung einzeln. Der Unternehmer errechnet die Steuer für die Umsätze, die er im Veranlagungszeitraum getätigt hat. Davon zieht er die Vorsteuer ab, die ihm andere Unternehmer in demselben Zeitraum in Rechnung gestellt haben. Diese Vorsteuern brauchen keinen Bezug zu den gerade versteuerten Umsätzen zu haben. Dieses summarische Verfahren bewirkt, dass die Güter des Anlage- und Umlaufvermögens sowie die bezogenen Dienstleistungen im Unternehmen von der Umsatzsteuer entlastet werden (sofern der Unternehmer zum Vorsteuerabzug berechtigt ist; gilt zB nicht für Ärzte, Kleinunternehmer, Banken, Versicherungen und andere Unternehmen mit steuerfreien Umsätzen).

22 **c) Steuerbefreiungen und Steuerermäßigungen.** Bei der Allphasen-USt mit Vorsteuerabzug sind innerhalb der Leistungskette keine echten Steuerbefreiungen möglich, wenn die Besteuerung auf der nächsten bzw. letzten Stufe erfolgt. Eine Entlastung gelingt nur durch die Steuerbefreiung am Ende der Kette unter Beibehaltung des Vorsteuerabzugs. Beides ist insbesondere für innergemeinschaftliche Lieferungen und Umsätze in ein Drittland vorgesehen. Eine Steuerbefreiung innerhalb der Lieferkette, die mit dem Verbot des Vorsteuerabzugs verbunden ist, bringt für den Verbraucher keine bezifferbare Begünstigung, sondern unter Umständen sogar eine Mehrbelastung. Die Leistung bleibt mit der Vorsteuer, die bis zur befreiten Stufe angefallen ist, belastet. Diese Vorsteuer geht in der Leistungskette als Kostenbestandteil in die Bemessungsgrundlage für die Steuerberechnung der nächsten Umsatzstufen ein. Außerdem tritt nach der befreiten Stufe eine **Nachholwirkung** ein: Die Wertschöpfung der befreiten Stufe gehört auf der nachfolgenden Stufe zur Steuerbemessungsgrundlage; die Steuer der befreiten Stufe entsteht nachträglich. Die Gesamtbelastung mit Umsatzsteuer steigt dadurch über den vorgesehenen Tarif an. Die Befreiungsvorschriften des § 4 Nr. 8 ff. sind deshalb innerhalb der Kette systemwidrig. Sie führen zwar bei Anwendung auf den Umsatz an den Letztverbraucher zu einer teilweisen Steuerentlastung; die Belastung mit der nichtabzugsfähigen Vorsteuer aus dem Vorumsatz bleibt aber bestehen. Ähnlich wie bei der Steuerbefreiung innerhalb der Lieferkette ist die Nachholwirkung, wenn die Leistung innerhalb der Kette einem ermäßigten Steuersatz unterworfen wird, später aber wieder dem Regelsteuersatz unterliegt. Allerdings entfällt bei Steuerermäßigungen und echten Steuerbefreiungen der beschriebene Kumulationseffekt aufgrund des nicht gewährten Vorsteuerabzugs in der Unternehmerkette (vgl. *Dziadkowski* DStZ 1985, 419).

23 **d) Gefahren des geltenden Steuersystems.** Soweit nach dem geltenden System der Leistungsempfänger auf jeder Umsatzstufe eine Rechnung mit offenem Steuerausweis erhält, besteht die Gefahr der „Vorsteuererschleichung", wenn der leistende Unternehmer – ggf. im betrügerischen Einvernehmen mit dem Leistungsempfänger – die geschuldete Steuer nicht abführt, vgl. schon NdsFG V 13/72, EFG 1975, 45. Sog Karussellgeschäfte haben die Betrugsanfälligkeit des Allphasensteuersystems mit Vorsteuerabzug verdeutlicht, siehe dazu EuGH C-354/03, C-355/03 und C-484/03, Optigen Ltd., Fulcrum Electronics Ltd. und Bond House Systems Ltd., DStR 2006, 133; EuGH C-223/03, DStRE 2006, 1139 – University of Huddersfield Higher Education Corporation; C-255/02, Halifax plc, Leeds Permanent Development Services Ltd. und County Wide Property Investments Ltd., DStR 2006, 420, UR 2006, 232; EuGH C-439/04 und C-440/04, Axel Kittel und Recolta Recycling Sprl, DStR 2006, 1274. Zwar gibt es Vorschläge, diese Gefahren auszuschließen oder zumindest

zu verringern. Das sog. **Mittler-Modell** möchte die Zahl der Rechnungen mit offenem Steuerausweis im zwischenunternehmerischen Verkehr reduzieren und in Anlehnung an § 4 Nr. 2 und § 8 eine Vorstufenbefreiung einführen, siehe *Mittler* UR 2001, 385 und *Widmann* UR 2002, 14ff. Das Vorsteuerverrechnungsverfahren (siehe *Ammann* UR 2001, 428 mwN) will statt des leistenden Unternehmers den Leistungsempfänger zum Steuerschuldner für einen Umsatz machen, der die Steuerschuld mit der Vorsteuer verrechnen kann. Beide Verfahren sind derzeit jedoch nicht mit dem EG-Recht vereinbar, vgl. die Broschüre „Umsatzsteuerbetrug eindämmen" des DIHK und des Umsatzsteuerforums mit Überlegungen der Bund/Länder-Arbeitsgruppen. Zum **Reverse-Charge-Verfahren** siehe auch die Mitteilung der Kommission an den Rat und das Europäische Parlament, UR 2008, 251. Allerdings hat die Kommission am 21.12.2016 einen neuen Vorschlag für eine befristete Einführung einer generellen Umkehrung der Steuerschuldnerschaft für Leistungen ab einem gewissen Schwellenwert vorgelegt. Das soll für einzelne Mitgliedstaaten aber nur unter sehr eingeschränkten Bedingungen möglich sein (vgl. *Vellen* EU-UStB 2017, 22).

Nach dem derzeitigen Stand ist nicht mit einer grundsätzlichen Systemumstellung 24 zu rechnen, zumal eine solche innerhalb der EU einstimmig erfolgen müsste (zur Systemdebatte vgl. *Widmann* UR 2013, 18f.). Vielmehr dürften weiterhin einzelne Sondermaßnahmen zur Betrugsbekämpfung erfolgen (zB Ausweitung des Reverse Charge – in Deutschland § 13b – auf bestimmte Umsatzgruppen), die zum Leidwesen des Rechtsanwenders den praktischen Umgang mit der Steuer weiter verkomplizieren und zusätzliche Steuerfallen schaffen. Deren Wirksamkeit gegen den befürchteten Steuerbetrug ist zudem kaum bezifferbar – ebenso wenig aber auch der stattfindende Steuerbetrug selbst. Zuletzt hat in diesem Sinne auch die Kommission beantragt, eine von Bulgarien, Österreich, der Slowakei und Tschechien begehrte Einführung eines allgemeinen Reverse-Charge-Verfahrens auf Leistungen ab einer Schwelle von mehr als 10.000 EUR abzulehnen (s. hierzu *Vellen* EU-UStB 2015, 87). Zuletzt ist aber durch den Aktionsplan der EU-Kommission vom 7.4.2016 die Diskussion zu systematischen Änderungen wieder in den Fokus gerückt (vgl. *Vellen* EU-UStB 2016, 37 und 40).

3. Die Umsatzsteuer als Verkehrsteuer oder Verbrauchsteuer

Nach deutschem Recht ist die Umsatzsteuer gesetzestechnisch eine **Verkehrsteuer.** Die Vorschriften der AO über Verbrauchsteuern sind daher nicht anwendbar. 25 Materiell betrachtet der EuGH (vgl. zB C-291/92, DStR 1995, 1709 – Armbrecht) die Umsatzsteuer als **Verbrauchsteuer,** → Rn. 14. Teilweise kritisch Klenk in Sölch/Ringleb vor § 1 Rn. 11. Die MwStSystRL bezeichnet die MwSt als Verbrauchsteuer, siehe Art. 1 Abs. 2. Die EUSt ist eine Verbrauchsteuer iSd § 23 Abs. 1 AO, § 21 Abs. 1. Der Charakter der Umsatzsteuer als Verbrauchsteuer ergibt sich auch unmittelbar aus dem Prinzip der Besteuerung nach der Leistungsfähigkeit. Als mögliche Indikatoren der Leistungsfähigkeit werden gemeinhin Einkommen, Vermögen und Konsum betrachtet (grundlegend hierzu bereits *Popitz* Allgemeine Verbrauchsteuer, in Gerloff/Meisel, Handbuch der Finanzwissenschaft, Band 2, Tübingen 1927, 180ff.). Andere sinnvolle und praktikable Anknüpfungspunkte für eine Besteuerung nach der Leistungsfähigkeit sind nicht erkennbar. Soll demnach die Umsatzsteuer mit diesem Prinzip im Einklang stehen, kann sie nur als Verbrauchsteuer aufgefasst werden, denn der bloße Leistungsverkehr spiegelt keine Leistungsfähigkeit wider.

4. USt-Binnenmarktgesetz

Seit 1.1.1993 gibt es an den Grenzen zwischen den einzelnen EU-Mitgliedstaaten 26 keine Grenzkontrollen zu umsatzsteuerlichen Zwecken mehr. Deshalb ist gem. USt-BinnenmarktG die Besteuerung bei der Einfuhr und die Steuerbefreiung bei der Ausfuhr auf den Warenverkehr mit Drittstaaten reduziert. Im nichtkommerziellen innergemeinschaftlichen Reiseverkehr werden die Lieferungen in dem Mitgliedstaat besteuert, in dem sie der Erwerber erworben hat (sog. **Ursprungslandprinzip**). Im – wesentlich wichtigeren – innergemeinschaftlichen Handel zwischen Unternehmern erfolgt die Besteuerung grundsätzlich – wie bisher – im Mitgliedstaat der Einfuhr (sog. **Bestimmungslandprinzip**). Dabei treten in diesem Bereich an die Stelle der Einfuhr der **innergemeinschaftliche Erwerb** und an die Stelle der Ausfuhr die **innergemeinschaftliche Lieferung.** Im (EU-)Bestimmungsland wird eine Steuer auf den innergemeinschaftlichen Erwerb erhoben. Davon gibt es wiederum Ausnahmen (zB für Kleinunternehmer, Landwirte, juristische Personen des öffentlichen Rechts), die bei den einschlägigen Vorschriften besprochen werden. Der Unternehmer, der einen innergemeinschaftlichen Erwerb getätigt hat, kann die Erwerbsteuer – wie bisher die EUSt – als Vorsteuer abziehen. Wie die Ausfuhr bleibt auch die innergemeinschaftliche Lieferung umsatzsteuerfrei. Die Voraussetzungen dafür sind durch Belege und buchmäßige Aufzeichnungen nachzuweisen. Die Neuregelungen verlagern die Kontrollen weitgehend in die Unternehmen und belasten diese mit erhöhtem Verwaltungsaufwand und Risiken, so bereits *Hemmelrath/Busch* BB 1992, 2190. Diese Nachweisanforderungen für die Unternehmen und die hierzu unter §§ 17a ff. UStDV vorgesehenen Regelungen werden aus praktischer Sicht wegen ihrer Risiken und Kosten für die Unternehmer kritisiert, waren häufig Gegenstand von Einsprüchen und Gerichtsprozessen und wurden zuletzt auch mehrfach geändert (→ § 6a Rn. 53ff.).

5. MwSt-Paket

27 Ab 1.1.2010 greifen die Regelungen des sog. MwSt-Paketes. Danach befindet sich der Ort von Dienstleistungen im zwischenunternehmerischen Bereich grundsätzlich am Ort der wirtschaftlichen Tätigkeit des Leistungsempfängers. So wird auch im Dienstleistungsbereich weitestgehend das **Bestimmungslandprinzip** angewendet. Bei Dienstleistungen an Unternehmer in der EU muss zur Sicherstellung von Kontrollmöglichkeiten der Leistende nunmehr die innergemeinschaftlichen Dienstleistungen wie seine innergemeinschaftlichen Lieferungen in einer gesonderten Meldung (sog. Zusammenfassende Meldung) deklarieren. Ähnlich wie bei Lieferungen verbleibt es hingegen bei Dienstleistungen an Nichtunternehmer beim Ursprungslandprinzip. Für bestimmte Dienstleistungen gelten weiterhin Sonderregelungen hinsichtlich des Besteuerungsortes, die eine Besteuerung am Verbrauchsort sicherstellen sollen (insbesondere bei Personentransporten, grundstücksbezogenen Leistungen, veranstaltungsbezogenen Leistungen, kurzfristiger Vermietung von Pkw und Restaurationsumsätzen).

6. Aktuelle unionsrechtliche Entwicklungen

28 Ab dem **1.1.2017** gelten die Art. 13b, 31a und 31b der **MwStVO,** mit denen unionsweit einheitlich und unmittelbar geltende Details zu **Dienstleistung im Zusammenhang mit Grundstücken** geregelt werden. Zudem hat der Rat der EU am 27.6.2016 die Richtlinie (EU) 2016/1065 zur Änderung der MwStSystRL (sog. EU-Gutschein-Richtlinie) erlassen. Die darin enthaltenen Regelungen müssen von den Mitgliedstaaten bis zum 31.12.2018 in nationales Recht umgesetzt werden (vgl. hierzu Feil/Polok, MwStR 2017, 65).

Laut Aktionsplan der EU-Kommission vom 7.4.2016 soll geprüft werden, wie das aktuelle System der grenzüberschreitenden innergemeinschaftlichen Lieferungen geändert werden kann. Das Bestimmungslandprinzip soll erhalten bleiben, allerdings soll dies aufgrund der Betrugsanfälligkeit des bisherigen Systems mit einer Besteuerung der Umsätze im Zielstaat erfolgen, anstatt der Annahme der Steuerbarkeit und

Steuerfreiheit der Umsätze im Ursprungsland. Die **Kommission plant** für das Jahr 2017 die Vorlage eines ersten entsprechenden **Richtlinienvorschlags** (vgl. *Becker* MwStR 2016, 931). Außerdem plant die EU-Kommission laut ihrem Aktionsplan vom 1.12.2016 (COM (2016), 757 final) eine Modernisierung der Vorschriften zum E-Commerce. Insbesondere soll eine Erweiterung des MOSS-Verfahrens auf Lieferungen eingeführt werden (bislang müssen sich die betroffenen Lieferanten in jedem Mitgliedstaat, in den sie liefern, gesondert umsatzsteuerlich registrieren lassen).

§ 1 Steuerbare Umsätze

(1) **Der Umsatzsteuer unterliegen die folgenden Umsätze:**

1. **die Lieferungen und sonstigen Leistungen, die ein Unternehmer im Inland gegen Entgelt im Rahmen seines Unternehmens ausführt. [2]Die Steuerbarkeit entfällt nicht, wenn der Umsatz auf Grund gesetzlicher oder behördlicher Anordnung ausgeführt wird oder nach gesetzlicher Vorschrift als ausgeführt gilt;**
2. **(weggefallen)**
3. **(weggefallen)**
4. **die Einfuhr von Gegenständen im Inland oder in den österreichischen Gebieten Jungholz und Mittelberg (Einfuhrumsatzsteuer);**
5. **der innergemeinschaftliche Erwerb im Inland gegen Entgelt.**

(1a) **[1]Die Umsätze im Rahmen einer Geschäftsveräußerung an einen anderen Unternehmer für dessen Unternehmen unterliegen nicht der Umsatzsteuer. [2]Eine Geschäftsveräußerung liegt vor, wenn ein Unternehmen oder ein in der Gliederung eines Unternehmens gesondert geführter Betrieb im Ganzen entgeltlich oder unentgeltlich übereignet oder in eine Gesellschaft eingebracht wird. [3]Der erwerbende Unternehmer tritt an die Stelle des Veräußerers.**

(2) **[1]Inland im Sinne dieses Gesetzes ist das Gebiet der Bundesrepublik Deutschland mit Ausnahme des Gebiets von Büsingen, der Insel Helgoland, der Freizonen des Kontrolltyps I nach § 1 Abs. 1 Satz 1 des Zollverwaltungsgesetzes (Freihäfen), der Gewässer und Watten zwischen der Hoheitsgrenze und der jeweiligen Strandlinie sowie der deutschen Schiffe und der deutschen Luftfahrzeuge in Gebieten, die zu keinem Zollgebiet gehören. [2]Ausland im Sinne dieses Gesetzes ist das Gebiet, das danach nicht Inland ist. [3]Wird ein Umsatz im Inland ausgeführt, so kommt es für die Besteuerung nicht darauf an, ob der Unternehmer deutscher Staatsangehöriger ist, seinen Wohnsitz oder Sitz im Inland hat, im Inland eine Betriebsstätte unterhält, die Rechnung erteilt oder die Zahlung empfängt.**

(2a) **[1]Das Gemeinschaftsgebiet im Sinne dieses Gesetzes umfasst das Inland im Sinne des Absatzes 2 Satz 1 und die Gebiete der übrigen Mitgliedstaaten der Europäischen Union, die nach dem Gemeinschaftsrecht als Inland dieser Mitgliedstaaten gelten (übriges Gemeinschaftsgebiet). [2]Das Fürstentum Monaco gilt als Gebiet der Französischen Republik; die Insel Man gilt als Gebiet des Vereinigten Königreichs Großbritannien und Nordirland. [3]Drittlandsgebiet im Sinne dieses Gesetzes ist das Gebiet, das nicht Gemeinschaftsgebiet ist.**

(3) **[1]Folgende Umsätze, die in den Freihäfen und in den Gewässern und Watten zwischen der Hoheitsgrenze und der jeweiligen Strandlinie bewirkt werden, sind wie Umsätze im Inland zu behandeln:**

1. **die Lieferungen und die innergemeinschaftlichen Erwerbe von Gegenständen, die zum Gebrauch oder Verbrauch in den bezeichneten Gebie-**

ten oder zur Ausrüstung oder Versorgung eines Beförderungsmittels bestimmt sind, wenn die Gegenstände
a) nicht für das Unternehmen des Abnehmers erworben werden, oder
b) vom Abnehmer ausschließlich oder zum Teil für eine nach § 4 Nr. 8 bis 27 steuerfreie Tätigkeit verwendet werden;

2. die sonstigen Leistungen, die
a) nicht für das Unternehmen des Leistungsempfängers ausgeführt werden, oder
b) vom Leistungsempfänger ausschließlich oder zum Teil für eine nach § 4 Nr. 8 bis 27 steuerfreie Tätigkeit verwendet werden;

3. die Lieferungen im Sinne des § 3 Abs. 1b und die sonstigen Leistungen im Sinne des § 3 Abs. 9a;

4. die Lieferungen von Gegenständen, die sich im Zeitpunkt der Lieferung
a) in einem zollamtlich bewilligten Freihafen-Veredelungsverkehr oder in einer zollamtlich besonders zugelassenen Freihafenlagerung oder
b) einfuhrumsatzsteuerrechtlich im freien Verkehr befinden;

5. die sonstigen Leistungen, die im Rahmen eines Veredelungsverkehrs oder einer Lagerung im Sinne der Nummer 4 Buchstabe a ausgeführt werden;

6. *(aufgehoben)*

7. der innergemeinschaftliche Erwerb eines neuen Fahrzeugs durch die in § 1a Abs. 3 und § 1b Abs. 1 genannten Erwerber.

[2]Lieferungen und sonstige Leistungen an juristische Personen des öffentlichen Rechts sowie deren innergemeinschaftlicher Erwerb in den bezeichneten Gebieten sind als Umsätze im Sinne der Nummern 1 und 2 anzusehen, soweit der Unternehmer nicht anhand von Aufzeichnungen und Belegen das Gegenteil glaubhaft macht.

EU-Recht: Art. 2 Abs. 1 Buchst. a, c und d MwStSystRL (Art. 2 6. EG-RL), Art. 2 Abs. 1 Buchst. b MwStSystRL (Art. 28a 6. EG-RL), Art. 5–7 MwStSystRL (Art. 3 6. EG-RL), Art. 14 Abs. 2 Buchst. a MwStSystRL (Art. 5 Abs. 4 Buchst. a 6. EG-RL), Art. 19 Abs. 1 MwStSystRL
UStAE: 1.1–1.12

Übersicht

I. Bedeutung

1. Systematik

1 § 1 Abs. 1 enthält die wichtigsten Tatbestände, die der Umsatzsteuer unterliegen. Die aufgeführten Vorgänge sind **steuerbar,** sofern sie nach den Ortsbestimmungen der §§ 3, 3a, 3b, 3c, 3d, 3e, 3f und 3g als im Inland ausgeführt gelten. Als steuerbare Umsätze können sie eine Umsatzsteuerpflicht auslösen, sofern nicht eine Steuerbefreiung gem. §§ 4, 4b, 5, 6, 6a, 7 und 8 greift. In § 1 Abs. 1 Nr. 1 werden Lieferungen und sonstige Leistungen aufgeführt, in § 1 Abs. 1 Nr. 4 die Einfuhr von Gegenständen in das Inland und in § 1 Abs. 1 Nr. 5 der innergemeinschaftliche Erwerb. Bei der Normierung der Steuertatbestände in § 1 Abs. 1 werden eine Reihe von zentralen Begriffen des Umsatzsteuerrechts verwendet, die in anderen Vorschriften definiert werden, insbesondere Lieferungen und sonstige Leistungen (§ 3 Abs. 1 und 9), Unternehmer (§ 2) und innergemeinschaftlicher Erwerb (§ 1a).

2 Bis zum 1.4.1999 waren die steuerbaren Umsätze nur in § 1 angesiedelt. Seit der „Umgliederung" der Tatbestände über die unentgeltlichen Wertabgaben nach § 3 Abs. 1b und 9a finden sich dort die Tatbestände der so genannten unentgeltlichen Wertabgaben, die steuerbaren Lieferungen und sonstigen Leistungen gleichgestellt werden. § 1 Abs. 1 Nr. 2 und 3 wurden in diesem Zuge gestrichen. § 1 Abs. 1 enthält demnach weiterhin die Grundtatbestände, denen die unentgeltlichen Wertabgaben aus dem Unternehmen „gleichgestellt" werden (*Widmann* DB 1999, 925), wenngleich terminologisch im Zusammenhang mit § 3 Abs. 1b und 9a auch von **neuen** Tatbeständen gesprochen werden kann (*Widmann* DB 1999, 926 rechte Spalte).

3 Eine **Ausnahme** zu § 1 Abs. 1 enthält der zum 1.1.1994 eingeführte Abs. 1a zur nicht steuerbaren **Geschäftsveräußerung im Ganzen.** Danach werden Umsätze, die grundsätzlich unter den Regeltatbestand des § 1 Abs. 1 Nr. 1 fallen bzw. eine unentgeltliche Wertabgabe gem. § 3 Abs. 1b oder 9a darstellen, als nicht steuerbar behandelt, wenn sie die in Abs. 1a enthaltenen Voraussetzungen erfüllen. Schließlich regeln § 1 Abs. 2, 2a und 3 den räumlichen Geltungsbereich des UStG, dh es erfolgt eine Definition des Inlands, des Gemeinschaftsgebiets und die Normierung einer Reihe von Sonderregelungen für Umsätze in besonderen Gebieten (insbesondere Freihäfen).

2. Rechtsentwicklung

4 § 1 hat gegenüber dem UStG 1980 folgende bedeutende Änderungen erfahren: Zum 1.1.1993 ist durch das Umsatzsteuer-Binnenmarktgesetz der innergemeinschaftliche Erwerb als neuer Steuertatbestand (§ 1 Abs. 1 Nr. 5) eingefügt und das Gemeinschaftsgebiet definiert worden (§ 1 Abs. 2a). Außerdem wurde der Ausnahmekatalog des § 1 Abs. 3 S. 1 um die Nr. 6 und 7 erweitert und § 1 Abs. 3 S. 2 entsprechend angepasst. Seit 1.1.1994 heißt es in § 1 Abs. 1 Nr. 4 statt „Zollgebiet" „Inland oder die österreichischen Gebiete Jungholz und Mittelberg". Der neue Abs. 1a nimmt ebenfalls seit 1.1.1994 die Umsätze im Rahmen einer Geschäftsveräußerung im Ganzen von der Umsatzsteuer aus (Umsetzung des Art. 5 Abs. 8 6. EG-RL, Art. 19 MwStSystRL). In § 1 Abs. 2 S. 1 heißt es statt „Zollausschlüsse und Zollgebiete" „Gebiet von Büsingen, der Insel Helgoland, der Freihäfen, der Gewässer und Watten zwischen der Hoheitsgrenze und der jeweiligen Strandlinie sowie der deutschen Schiffe und der deutschen Luftfahrzeuge in Gebieten, die zu keinem Zollgebiet gehören". In § 1 Abs. 3 S. 1 sind die Worte „Zollgrenze an der Küste" durch „jeweilige Strandlinie" ersetzt worden. In § 1 Abs. 3 S. 1 Nr. 1 und Nr. 6 S. 2 heißt es statt „Zollfreigebiete" „Gebiete". Ab 1.1.1995 ist in § 1 Abs. 2a S. 1 das Wort „Wirtschaftsgemeinschaft" durch „Gemeinschaft" ersetzt worden. Ab 1.1.1996 wurde durch das JStG

1996 in § 1 Abs. 3 S. 1 der zweite Nebensatz (= Bezugnahme auf Anl. IV der Seeschifffahrtsordnung) gestrichen. Damit werden die Umsätze innerhalb der sog. Helgoland-Box steuerbar.

Die Vorschriften des UStG über den Eigenverbrauch (§ 1 Abs. 1 Nr. 2 und 3) erwiesen sich als nicht unionsrechtskonform (siehe 7. Aufl. § 1 Rn. 98 ff). Durch das **StEntlG 1999/2000/2002** wurden mit Wirkung vom 1.4.1999 anstelle eines eigenständigen Steuertatbestandes die bisherigen Eigenverbrauchstatbestände einschließlich der bisherigen unentgeltlichen Leistungen an Arbeitnehmer und der unentgeltlichen Leistungen an Körperschaften usw. den entgeltlichen Lieferungen bzw. sonstigen Leistungen gleichgestellt (vgl. § 3 Abs. 1 b und 9 a). Auch der bisherige Aufwendungseigenverbrauch ist damit entfallen und stattdessen als Vorsteuerbeschränkung normiert worden (vgl. § 15 Abs. 1 a). 5

Das **StÄndG 2003** brachte ab 1.1.2004 folgende Änderungen: In § 1 Abs. 1 Nr. 4 wurden die Worte „aus dem Drittlandsgebiet in das Inland" durch die Worte „im Inland" ersetzt. In § 1 Abs. 2 S. 1 heißt es statt „der Freihäfen" nunmehr „der Freizonen das Kontrolltyps I nach § 1 Abs. 1 S. 1 des Zollverwaltungsgesetzes (Freihäfen)." § 1 Abs. 3 S. 1 und 2 wurden durch das **JStG 2007** mit Wirkung vom 19.12.2006 neu gefasst. § 1 Abs. 3 S. 1 Nr. 6 wurde zum gleichen Zeitpunkt aufgehoben. Damit wird in Einzelfällen der Letztverbrauch in den Gebieten gem. § 1 Abs. 2 S. 1 steuerbar. Durch das **JStG 2008** entfällt die Verweisung auf die zuvor aufgehobene Nr. 6 in § 1 Abs. 3 S. 2. Durch das AmtshilfeRLUmsG (BGBl. 2013 I 1809) vom 26.6.2013 wurde mit Wirkung vom 30.6.2013 in § 1 Abs. 2 a S. 1 die Bezeichnung „Europäischen Gemeinschaft" durch „Europäischen Union" ersetzt. 6

II. Lieferungen und sonstige Leistungen (§ 1 Abs. 1 Nr. 1)

1. Grundsätzliches

a) Leistungsaustausch. Grundtatbestand bei der Umsatzsteuer ist der Leistungsaustausch, an dem als **Leistender** ein Unternehmer (§ 2) – in der unionsrechtlichen Terminologie ein Steuerpflichtiger (Art. 9 MwStSystRL) – im Rahmen seines Unternehmens im Inland beteiligt ist. Der Leistende muss an einen Leistungsempfänger eine Leistung erbringen, der eine Gegenleistung (Entgelt) gegenübersteht, also muss ein unmittelbarer Zusammenhang zwischen Leistung und Gegenleistung bestehen. Der unmittelbare Zusammenhang muss sich dabei aus einem zwischen dem Leistenden und dem Leistungsempfänger bestehenden Rechtsverhältnis ergeben, in dessen Rahmen gegenseitige Leistungen ausgetauscht werden, wobei die Vergütung den Gegenwert für die Leistung bildet (siehe zuletzt EuGH C-11/15, BeckRS 2016, 81347 – Český rozhlas (tschechischer Rundfunk) mit einem Überblick über die bisherige Rechtsprechung des EuGH in Rn. 20 ff.; BFH V R 10/03, DStRE 2004, 981; V R 40/02, BStBl. II 2004, 854). Die Höhe oder Bezeichnung der Gegenleistung spielt insoweit keine Rolle. Steuerbar sind danach auch Leistungen, die gegen Gewährung von Aufwendungsersatz erfolgen (vgl. zB BFH V R 69/05, BFH/NV 2007, 1205; V R 101/01, BStBl. II 2004, 798; V R 32/08, BStBl. II 2010, 88). Leistender und Leistungsempfänger ergeben sich **regelmäßig** aus den **zivilrechtlichen Vertragsbeziehungen.** Ungewöhnliche und künstlich wirkende Vertragsbeziehungen können jedoch einen Gestaltungsmissbrauch darstellen, so dass in diesen Einzelfällen die umsatzsteuerlichen Leistungsbeziehungen von den zivilrechtlichen Beziehungen abweichen (EuGH C-653/11, DStRE 2014, 32 – Paul Newey). Wie dann im Einzelnen solche Konstellationen tatsächlich zu behandeln sind, wirft aber schwierige Fragen auf und ist nicht vollends geklärt (vgl. auch *Wäger* UR 2014, 83). 7

Nach der früheren Ansicht des BFH setzte ein Leistungsaustausch voraus, dass die Leistung um der Gegenleistung willen erbracht wird (grundlegend BFH V R 47/76, 8

BStBl. II 1981, 495. Diese **Finalität** („um ... zu") hat der BFH zwischenzeitlich aufgegeben. Es kommt demnach für das Vorliegen eines Leistungsaustausches nicht auf eine finale Verknüpfung von Leistung und Entgelt an (vgl. BFH V R 92/01, BStBl. II 2003, 732; V R 60/05, BStBl. II 2009, 486). Auch für den EuGH reicht für die Annahme eines Leistungsaustausches aus, dass zwischen dem Leistenden und dem Leistungsempfänger ein **Rechtsverhältnis** besteht, **in dessen Rahmen gegenseitige bestimmbare Leistungen ausgetauscht** werden, und wenn zwischen der erbrachten Leistung und der Gegenleistung ein unmittelbarer Zusammenhang besteht (vgl. EuGH C-16/93, UR 1994, 388 – Tolsma; EuGH C-498/99, DStRE 2002, 1326 – Town and County Factors Ltd.). Ferner geht aus der Rechtsprechung des EuGH hervor, dass **bei Ungewissheit, ob eine Entgeltzahlung erfolgt, kein Leistungsaustausch** anzunehmen ist. So sei bei lediglich freiwilligen Zahlungen und bei ungewissen Zahlungen, wie zum Beispiel bei Preisgeldern an teilnehmende Wettbewerber, nicht von einem Leistungsaustausch auszugehen (siehe EuGH C-432/15 MwStR 2016, 991 – Baštová, Tz. 28f, 37, zu Preisgeldern bei Pferderennen). In eine andere Richtung gehende ältere nationale Rechtsprechung (FG RhPf 1 K 1728/94, EFG 1996, 78; BFH XI R 66/06, BStBl II 2009, 206; vgl. auch *Oelmaier* in Sölch/Ringleb, § 1 Rn. 114 „Preisgelder") ist dadurch wohl infrage gestellt (so auch *Grube* MwStR 2016, 998).

Der Leistungsempfänger muss identifizierbar sein (BFH V R 38/06, BStBl. II 2009, 749). Dies ist zB nicht der Fall bei bestimmten staatlichen Subventionen oder bei Leistungen von Künstlern auf öffentlichen Flächen (siehe ABC in → Rn. 58 unter „Ackerflächenstilllegung" und „Straßenmusikant"). **Leistungsempfänger** kann jeder sein, gleichgültig, ob er Unternehmer oder Nichtunternehmer ist.

Auf die Rechtsform kommt es beim Leistenden und beim Leistungsempfänger nicht an. In Betracht kommen natürliche und juristische Personen und alle Wirtschaftsgebilde, die – bei Erfüllung der übrigen Voraussetzungen – als Unternehmer in Betracht kämen. Zur Konkretisierung des Leistungsempfängers → § 14 Rn. 67; zum Leistungsempfänger bei **Grundstücksgemeinschaft** siehe FG Düsseldorf 1 K 1372/10, MwStR 2014, 43 mwN. Die im Gesetzeswortlaut enthaltene Unterscheidung zwischen Lieferung und sonstigen Leistungen (Dienstleistungen) hat lediglich gesetzestechnische Bedeutung (Einzelheiten siehe §§ 3, 3a), für die Frage nach der Erfüllung des Umsatzsteuer-Tatbestands ist sie im Grundsatz unerheblich (Unterschiede bestehen aber vor allem bezüglich des Ortes der Lieferung oder sonstigen Leistung und Steuersatzes sowie Steuerbefreiungen).

Laut EuGH (C-11/15, BeckRS 2016, 81347 – Český rozhlas) fehlt es an einem Leistungsaustausch, wenn keine **freiwillig eingegangene Verpflichtung** besteht. Damit sind Rundfunkgebühren nicht steuerbar, nachdem sich die Zahlung der Gebühr aus dem Besitz eines Rundfunkgerätes ergibt.

9 **b) Leistung im wirtschaftlichen Sinn.** Die **Leistung** im Sinne vom § 1 Abs. 1 Nr. 1 S. 1 muss dem Leistungsempfänger einen individuellen Vorteil verschaffen, dh einen Vorteil, der zu einem Verbrauch im Sinne des MwSt-Rechts führt. Ein alleiniger Vorteil zu Gunsten der Allgemeinheit genügt nicht, vgl. BFH V R 38/06, BStBl. II 2009, 749; *Oelmaier* in Sölch/Ringleb § 1 Rn. 5. Dass die Leistung zusätzlich **im öffentlichen Interesse** liegt, steht einem steuerbaren Leistungsaustausch nicht entgegen (BFH V R 19/05, BStBl. II 2007, 188; ebenso BFH V R 30/08, BFH/NV 2010, 2125). Der Leistung muss eine Gegenleistung (das Entgelt) gegenüberstehen. Sie braucht aber keineswegs in Geld zu bestehen, sondern das Entgelt kann auch wieder ganz oder zum Teil eine Lieferung oder sonstige Leistung sein (Tauschgeschäft ieS, vgl. → § 3 Rn. 306). Ferner kann die Gegenleistung auch von einem Dritten für den Leistungsempfänger entrichtet werden. Zum Umfang des Entgelts ieS § 10, zu nachträglichen Änderungen des Entgelts § 17.

10 Das UStG erfasst nur **Leistungen im wirtschaftlichen Sinne,** dh solche, bei denen ein über die reine Entgeltsentrichtung hinausgehendes eigenes wirtschaftliches

Interesse des Leistenden verfolgt wird (ständige Rechtsprechung, siehe auch UStAE 1.1 Abs. 3; *Giesberts* StuW 1991, 175 – er spricht von „Konsumleistungen"; zweifelnd *H/M* § 1 Rn. 43ff.; *Wagner* StuW 1991, 61). Bei einer Lieferung gegen Zahlung des Kaufpreises hat daher dieser idR nur die Funktion des Entgelts, ist aber selbst nicht Gegenstand einer (Geld-)Lieferung. Dasselbe gilt für den „Umtausch" eines Zahlungsmittels in ein anderes, zB das Wechseln einer inländischen Banknote in wertgleiche Münzen und der „schlichte" Umtausch der einheimischen Währung in fremde Zahlungsmittel, vgl. *Philipowski* UR 1998, 459, den Erwerb einer Guthabenkarte im Mobilfunkbereich (Umtausch von Bargeld in „elektronisches Geld", OFD Niedersachsen 8.11.2012, DStR 2013, 1479; BMF 24.9.2012, BStBl. I 2012, 947; auch → Rn. 58 unter „Telefonkarten" und „Bitcoin" (zu Prepaid-Karten beachte anhängiges BFH-Verfahren V R 12/16); zur Behandlung von **Gutscheinen** siehe auch Richtlinie (EU) 2016/1065 vom 27.6.2016 (ABl. 2016 L 7, 9), die zum 1.1.2019 in nationales Recht umzusetzen ist) und die reine Schuldübernahme (*R/K/L* § 1 Rn. 74). Ein Leistungsaustausch entsteht jedoch bei Devisengeschäften einer Bank gegen Gebühren und Provisionen und – ohne diese – bei unterschiedlichen Kursen der „getauschten" Devisen, vgl. EuGH C-172/96, DStRE 1998, 680– First National Bank of Chicago mit Anm. *Geurts* und Anm. *Philipowski* UR 1998, 459.

Die Leistung kann eine **Lieferung** eines Gegenstands oder eine **sonstige Leistung** (unionsrechtlich synonymer Begriff: **Dienstleistung**) zum Gegenstand haben. Lieferung ist die Verschaffung von Verfügungsmacht an einem Gegenstand (vgl. Kommentierung zu § 3). Eine sonstige Leistung (Dienstleistung) kann in einem positiven Tun, einem Dulden oder Unterlassen bestehen. Der Leistungsempfänger muss insoweit einen verbrauchbaren Vorteil erhalten, auf Grund dessen er als Empfänger einer Dienstleistung betrachtet werden kann (EuGH C-215/94, DStR 1996, 421 – Mohr). Das Eingehen einer Verpflichtung zur Leistung ist noch keine Leistung im umsatzsteuerlichen Sinne; diese wird erst mit Ausführung der Leistung selbst erbracht (BFH V R 30/08, BFH/NV 2010, 2125 zur Übernahme der Verpflichtung zum Betrieb eines Schwimmbades). Davon zu unterscheiden ist das Eingehen einer **Leistungsbereitschaft,** sofern damit gegen Entgelt zugesichert wird, bestimmte Leistungen zu erbringen. In diesem Fall liegt sehr wohl bereits mit der Leistungsbereitschaft eine Leistung im umsatzsteuerlichen Sinne vor (so auch EuGH C-463/14, MwStR 2015, 855 – Asparuhovo Lake Investment Company OOD mAnm *Grube,* s. auch Anm. *Nieskens* EU-UStB 2015, 80), die allerdings erst vollständig erbracht ist, wenn der vereinbarte Zeitraum abgelaufen ist. **11**

Ein wirtschaftliches Interesse liegt bei allen Leistungen vor, die zum Gelderwerb geeignet sind (vgl. BFH V R 9/79, BStBl. II 1987, 653 betreffend gewerbsmäßige Unzucht; BFH V R 19/02, DStRE 2006, 1471 betreffend Optionen auf Warenterminkontrakte; FG Hmb, EFG 1985, 525, aus formellen Gründen aufgehoben). In diesem Zusammenhang ist die Rechtsprechung des **EuGH,** wonach der Grundsatz der **Wertneutralität der MwSt** eine allgemeine Differenzierung zwischen erlaubten und unerlaubten Geschäften verbiete, von Bedeutung (EuGH C-289/86, UR 1989, 309 – Happy Family zur illegalen Lieferung von Betäubungsmitteln; C-343/89, UR 1991, 148 – Witzemann mAnm *Weiß* zur Nichterhebung von Einfuhrumsatzsteuer bei der Einfuhr von Falschgeld; C-3/97, DStRE 1998, 570 – Goodwin and Unstead zur Lieferung von nachgeahmten Parfümeriewaren). Auch die Lieferungen eines gutgläubigen Unternehmers, der schuldlos in einem Umsatzsteuerkarussell verstrickt ist, erfolgen im Rahmen eines Leistungsaustausches (EuGH C-354/03 und C-484/03, DStR 2006, 133 – Optigen Ltd., Fulcrum Electronics Ltd. und Bond House Systems Ltd.). Die Leistung muss der wirtschaftliche Kern des Vorgangs sein; hieran fehlt es zB bei der Abgabe von Sammlungsabzeichen an Spender. **12**

c) Leistungen gegen Entgelt. Sowohl gem. Art. 2 Abs. 1 Buchst. a und c MwStSystRL als auch gem. § 1 Abs. 1 Nr. 1 S. 1 unterliegen Lieferungen von Gegen- **13**

ständen (Lieferungen) und Dienstleistungen (sonstige Leistungen) der Umsatzsteuer (MwSt), wenn sie gegen **Entgelt** erbracht werden. Das ist der Fall, wenn zwischen dem Leistenden und dem Leistungsempfänger ein Rechtsverhältnis besteht, in dessen Rahmen gegenseitige Leistungen ausgetauscht werden (EuGH C-174/00, DStRE 2002, 642 – Kennemer Golf & Country Club; EuGH C-16/93, NJW 1994, 1941 – Tolsma; EuGH C-498/99, DStRE 2002, 1326 – Town and County Factors Ltd.). Das Rechtsverhältnis kann auch ein gesetzliches sein (BFH V R 40/02, BStBl. II 2004, 854; *R/K/L* § 1 Rn. 212). Das Entgelt kann aus Geld oder einer geldwerten Gegenleistung bestehen (zB Einlage gegen Gewährung von Gesellschaftsrechten). Ebenso kann die Gegenleistung selbst wiederum eine Lieferung oder sonstige Leistung darstellen (**Tausch oder tauschähnlicher Umsatz** – vgl. EuGH C-283/12, BeckRS 2013, 81867 – Serrebryannay vek EOOD). Die Gegenleistung muss in Geld ausdrückbar sein (BFH V R 21/01, BStBl. II 2003, 438 mwN). Ob das Entgelt dem objektiven Wert der Leistung entspricht, ist unerheblich (EuGH C-412/03, DStRE 2005, 409 – Hotel Scandic Gåsabäck). Allerdings kann nicht aus jeglichen Vorteilen, die aus dem Verhalten eines Kunden für einen Leistenden entstehen, ein Tauschumsatz angenommen werden (siehe *Looks/Bergau* MwStR 2016, 864). So ist mE in den Daten und Information, die ein Anbieter durch die Einwilligung des (potenziellen) Kunden erlangt, keine Leistung des Kunden an den Anbieter zu sehen. Damit würde das eigentliche Besteuerungsprinzip der Umsatzsteuer auf den Kopf gestellt und es könnte letztlich in jedem Umsatz stets auch ein Umsatz in gegenläufiger Richtung erkannt werden.

Ein Entgelt liegt auch bei missbräuchlicher Benutzung einer Bankkarte vor (EuGH C-494/12, MwStR 2013, 774 – Dixons Retail plc; vgl. *Wäger* UR 2014, 87). Der **Diebstahl** von Waren stellt hingegen keine Lieferung gegen Entgelt dar – demgegenüber lässt ein Diebstahl des erhaltenen Entgelts den vorausgegangenen Umsatz unberührt (dh dieser bleibt steuerbar).

Auf die Bezeichnung als solche **kommt es nicht an.** Entschädigungen, Schadensersatzleistungen, Zuschüsse, Aufwendungsersatz uä sind ustbare Entgelte, wenn sie für eine Leistung erbracht werden (UStAE 10.2 und *Stadie* UStLb 3.6). Bei Entnahmen aus einem Gesellschaftsvermögen durch einen Gesellschafter besteht regelmäßig ein Entgelt darin, dass das Kapitalkonto des Gesellschafters entsprechend belastet wird (vgl. OFD Frankfurt a. M. 27.1.2015, DStR 2015, 1567). Ist dies nicht der Fall, greift idR der Ersatzbesteuerungstatbestand einer unentgeltlichen Wertabgabe vor (vgl. § 3 Abs. 1b und § 3 Abs. 9a).

14 Kein Entgelt ist eine Zahlung, die „auf bloßem Eigentum an einem Gegenstand" beruht, zB die Dividende für Gesellschaftsbeteiligungen (EuGH C-77/01, DStRE 2004, 1095 = UR 2004, 292 – EDM mAnm *Wäger*). Demnach können auch **Holdinggesellschaften,** die Leistungen an ihre Tochtergesellschaften erbringen und dafür aber kein gesondert geregeltes Entgelt erhalten, sondern lediglich ggf. Gewinnausschüttungen vereinnahmen, allein mit dieser Tätigkeit nicht die Unternehmereigenschaft begründen, da sie insoweit keine Leistungen gegen Entgelt erbringen (vgl. auch BFH V R 40/10, DStR 2012, 518 und zuletzt EuGH C-108/14 – Larentia und Minerva, und C-109/14, MwStR 2015, 583 – Marenave).

15 **d) Verknüpfung von Leistung und Entgelt.** Grundlage für den Leistungsaustausch ist ein Kausalzusammenhang, eine innere Verknüpfung von Leistung und Gegenleistung. Der Leistende muss aufgrund seiner Leistung eine Gegenleistung erhalten (vgl. BFH V R 11/97, BStBl. II 1998, 169). Allerdings kann daraus nicht gefolgert werden, dass nur dann eine Leistung gegen Entgelt vorliegt, wenn der leistende Unternehmer um der Gegenleistung willen leistet. Das ist nur der Regelfall des Leistungsaustauschs (BFH V R 92/01, BStBl. II 2003, 732). Das typische Beispiel für einen Leistungsaustausch ist zwar durchaus der gegenseitige Vertrag mit dem Grundtenor: Ich gebe, damit Du gibst (BFH V R 9/04, BStBl. II 2007, 285). Es ge-

nügt für den Leistungsaustausch bereits, dass die Gegenleistung in einen wirtschaftlichen Zusammenhang mit einer Leistung gebracht werden kann. Das Motiv der Leistung muss nicht weiter untersucht werden und die Gegenleistung braucht auch nicht vereinbart worden zu sein. Steuerbar sind nicht Verträge, sondern Umsätze. Ein Leistungsaustausch vollzieht sich daher auch beim Aufwendungsersatz (§§ 662, 670 BGB) an den (unentgeltlich) Beauftragten (BFH V R 65/00, BStBl. II 2002, 782), wenn ein Unternehmer für einen anderen als Geschäftsführer ohne Auftrag tätig wird und Aufwendungsersatz gem. § 683 BGB erhält (BFH V R 92/01, BStBl. II 2003, 732), bei einer freiwilligen Zahlung an einen Seelsorger für dessen konkrete Hilfe (RFH RStBl. 1935, 1152), nicht aber bei Spenden an einen betrügerischen Missionar für Leistungen, die dieser zwar verspricht, aber nicht erbringt (NdsFG, EFG 1979, 184).

Im Einzelfall kann die Entscheidung, ob Leistung und Gegenleistung im Rahmen eines Leistungsaustausches erfolgen, sehr schwierig sein. Letzten Endes wird es darauf ankommen, ob jeder der Beteiligten auch ohne die Leistung des anderen tätig geworden wäre (dann keine innere Verknüpfung). Diese Problematik ist insbesondere im Zusammenhang mit der Zahlung eines „Zuschusses" zu untersuchen. Es kann sich bei dem Zuschuss um ein Entgelt für eine Leistung, aber auch um eine allgemeine Förderungsmaßnahme handeln, der keine steuerbare Leistung gegenübersteht, zB Prämien für die Stilllegung von Ackerflächen (vgl. BFH V R 133/93, BStBl. II 1997, 335 und MdF LSA DStR 1997, 1086). Nach der übereinstimmenden Rechtsprechung des EuGH (vgl. EuGH C-215/94, DStR 1996, 421 – Mohr; EuGH C-277/05, IStR 2007, 667 = UR 2007, 643 – Société thermale d'Eugénie-les-Bains) und des BFH (V R 133/93, BstBl. II 1997, 335) ist in den erwähnten Fällen ein **Leistungsaustausch** anzunehmen, wenn zwischen Leistendem und Leistungsempfänger ein Rechtsverhältnis besteht, in dessen Rahmen gegenseitige Leistungen ausgetauscht werden, wenn ein unmittelbarer Zusammenhang zwischen der erbrachten Leistung und dem erhaltenen Entgelt besteht, wenn der Leistungsempfänger einen Gegenstand oder sonstigen Vorteil erhält, auf Grund dessen er als Empfänger einer Lieferung oder Dienstleistung angesehen werden kann und wenn (beim Leistungsempfänger oder am Ende der Unternehmerkette) ein **Verbrauch** im Sinne des gemeinsamen MwSt-Rechts vorliegt. An dem unmittelbaren Zusammenhang und an dem Verbrauch am Ende der Unternehmerkette kann es beim sog. **Bereitstellungsentgelt** bzw. bei der Vergütung gem. **§ 649 S. 2 BGB** fehlen, wenn ein Werkvertrag gekündigt wird, bevor der Unternehmer Leistungen in Bezug auf das bestellte Werk erbracht hat (vgl. NdsFG 5 K 68/02, DStRE 2008, 1077 – nrk – mAnm *Kühnen*). Ebenso kann bei sog. **No-Shows** im **Hotelgewerbe** ein Leistungsaustausch ausgeschlossen sein, obwohl der potenziell Leistende bereits geleistete Beträge als **Schadensersatz** einbehält (EuGH C-277/05, IStR 2007, 667 – Société thermale d'Eugénie-les-Bains; vgl. *Juhl* UR 2010, 321). Meines Erachtens sollten die in dieser Rechtsprechung des EuGH formulierten Grundsätze unabhängig vom zivilrechtlichen Rechtsgrund für den Rücktritt bzw. das Nichterscheinen des Kunden greifen und demnach zB auch für **No-Shows** bei **Flugtickets.** Der **BFH** hat allerdings (V R 36/09, BStBl. I 2012, 365) in Abgrenzung gegenüber dem Angeld-Fall des EuGH (C-277/05, IStR 2007, 667 – Société thermale d'Eugénie-les-Bains) entschieden, dass die erhaltenen Anzahlungen zu versteuern sind und nur bei Rückzahlung bzw. Verrechnung mit wirksam vereinbarten Schadensersatz eine Berichtigung der Umsatzsteuer in Betracht kommt. Der **EuGH** hat mit Urteil vom 23. 12. 2015 zu **No-Shows bei Flugtickets** nunmehr entschieden, dass ein **Leistungsaustausch** vorliegt, der nicht zum Schadensersatz mutiert (verbundene Rs. C-250/14 und C-289/14, DStR 2016, 118 – Air France-KLM, und Hop!-Brit Air SAS). **16**

Die Einbeziehung eines finalen Moments in den Begriff des Leistungsaustauschs wurde auch durch § 1 Abs. Nr. 1 S. 2 (Vorgänge auf Grund gesetzlicher oder behördlicher Anordnung) gestützt. Bei einer rein kausalen inneren Verknüpfung wäre diese **17**

Vorschrift überflüssig, denn das Kausalverhältnis besteht in diesen Fällen stets. Dennoch ist nach der Rechtsprechung (→ Rn. 8) auf dieses finale Moment nicht mehr abzustellen. So unterliegen auch Leistungen, die aufgrund gesetzlicher oder behördlicher Anordnung erfolgen, der Umsatzsteuer (zB Leistungen eines Kaminkehrers, Leistungen im Zuge einer Zwangsversteigerung oder Enteignung).

18 Wenn Zahlungen zur Ausführung bestimmter Leistungen im Interesse des Zahlenden geleistet werden, handelt es sich um Entgelt für eine Leistung, dh einen sog. unechten Zuschuss (vgl. BFH V R 8/07, BStBl. II 2009, 397). Führt ein Unternehmer auf Grund eines gegenseitigen Vertrags Leistungen zur Erfüllung der von ihm übernommenen Aufgabe einer juristischen Person des öffentlichen Rechts gegen Entgelt aus, ist grundsätzlich von einem Leistungsaustausch auszugehen (vgl. BFH V R 20/05, BStBl. II 2009, 483). Der Annahme eines steuerbaren Entgelts steht nicht entgegen, dass es sich bei der übernommenen Aufgabe um eine Pflichtaufgabe der betreffenden Körperschaft handelt (BFH V R 4/08, BFH/NV 2009, 2067), dass an der Aufrechterhaltung des bezuschussten Betriebs ein öffentliches Interesse besteht (BFH V R 29/08, BFH/NV 2010, 701) und dass der Zahlungsempfänger zum Nutzen der Allgemeinheit tätig geworden ist (EuGH C-246/08, BFH/NV 2009, 2115 Rn. 40 – Kommission/Finnland; BFH V R 4/08, BFH/NV 2009, 2115). Gerade der letztgenannte Aspekt zeigt, dass die innere Verknüpfung im Zweifel nicht unbedingt im Sinne eines „um … zu" zu verstehen ist und dass es vielmehr **auf die Motive nicht entscheidend ankommt.** Ebenso wenig wird ein Leistungsaustausch nicht dadurch ausgeschlossen, dass der Zahlende im Gemeinwohlinteresse handelt, dass der Zahlende mit seiner Zahlung das Tätigwerden gem. Gesellschaftszweck ermöglicht und dass ein Interesse der Allgemeinheit an den Leistungen des Leistenden besteht, sofern individuelle Leistungsempfänger gleichwohl erkennbar sind (vgl. BFH V R 29/08, BFH/NV 2010, 701). Auch der Zuschuss eines Zweckverbandes zur Erstellung eines Ferienmagazins stellt bspw. ein steuerpflichtiges Entgelt dar (FG Bln-Bbg 5 K 5278/08, DStRE 2012, 747 rkr), ebenso ist die Beobachtung von Reisetrends gegen einen freiwilligen Förderbeitrag einer privatrechtlich organisierten Gesellschaft als steuerpflichtige Leistung einzustufen (SchlHFG 4 K 27/13, MwStR 2016, 764 mAnm *Rondorf,* NZB eingelegt, Az. BFH V B 79/16).

19 Da für die Beurteilung des Leistungsaustauschs das Verhalten des leistenden Unternehmers im Vordergrund steht, spielt es auch keine Rolle, ob die Gegenleistung vom Leistungsempfänger selbst oder von einem Dritten erbracht wird, BFH V R 93/77, BStBl. II 1986, 723 betreffend Erstattung der Fahrgeldausfälle für die gesetzlich angeordnete kostenlose Beförderung von Behinderten (UStAE 10.2 Abs. 6). Auch die Frage, ob der Leistungsempfänger überhaupt ein Entgelt entrichten wollte, ist unerheblich (vgl. BFH V R 109/78, BStBl. II 1987, 230, betreffend „Schwarzfahrer"), sofern der Unternehmer die Leistung gegen Entgelt erbringen wollte; lediglich der in solchen Fällen erhobene Zuschlag stellt nicht steuerbaren Schadensersatz dar (BFH V R 109/78, BStBl. II 1987, 230; siehe auch *Müller* DB 1987, 961 und DB 1987, 1966; kritisch *Dziadkowski* DB 1987, 1965). Andererseits steht es der Annahme eines Leistungsaustauschs auch nicht entgegen, dass der Leistende die gewollte, erwartete oder erwartbare Gegenleistung nicht oder nicht in dem erwarteten Umfang erhält (BFH V R 37/84, BStBl. II 1989, 913); dies hat lediglich Einfluss auf die Höhe der Bemessungsgrundlage. Ebenso wenig schließt eine – ggf. vorübergehende – Liquiditätsschwierigkeit des Leistungsempfängers den Leistungsaustausch aus (BFH V R 78/03, BStBl. II 2005, 849), sie eröffnet aber den Übergang vom Soll-Prinzip zum Ist-Prinzip, ermöglicht also die Berücksichtigung einer Entgeltsminderung gem. § 17 (BFH V R 31/12, BStBl. II 2015, 674).

20 **e) Leistungen im Rahmen des Unternehmens.** Der Unternehmer erbringt Lieferungen und Leistungen im Rahmen seines Unternehmens, wenn er die gelieferten und die bei der sonstigen Leistung verwendeten Gegenstände zuvor seinem

Unternehmen zugeordnet hat. Ein **Gegenstand** ist dem Unternehmen **zugeordnet,** wenn der Unternehmer die tatsächliche wirtschaftliche Verfügungsmacht darüber erlangt hat und diesen seinem Unternehmen zuordnet (vgl. BFH V R 65/89, BStBl. II 1993, 810). Als Nachweis der Zuordnungsentscheidung kommen vor allem in Betracht: Der Vorsteuerabzug und die Berücksichtigung des An- und Verkaufsgeschäfts in der Buchführung (BFH V R 52/01, BStBl. II 1994, 335) sowie ggf. auch die Art des Gegenstandes (zB Baukran im Handelsgeschäft für Baumaschinen). Bei gemischt genutzten Gegenständen (Grundstück, Pkw) kann der Unternehmer entscheiden, ob er sie ganz, teilweise oder gar nicht seinem Unternehmen zuordnen will. Entscheidend ist dabei die Zuordnung der Substanz des Gegenstandes. Der Vorsteuerabzug für Reparaturkosten – gleichgültig in welcher Höhe – begründet für sich allein keine Zuordnung des Gegenstandes (EuGH C-415/98, IStR 2001, 222 = UR 2001, 149 – Bakcsi mit Anm. *Dziadkowski* IStR 2001, 223 und BFH V R 61/96, BStBl. II 2003, 813). Leistungen werden im Rahmen des Unternehmens erbracht, wenn eine Wertabgabe aus dem Unternehmen vorliegt. Zum Zuordnungswahlrecht des Unternehmers siehe auch *Lange* UR 2008, 23ff. Gem. BFH V R 48/10, BFH/NV 2012, 808 muss die Zuordnungsentscheidung spätestens bis zum 31.5. des Folgejahres dokumentiert sein.

Verkäufe von Gegenständen aus dem **Privatvermögen** eines Unternehmers **unterliegen demnach nicht der Umsatzsteuer** (zB Verkauf eines privat gehaltenen Pkw). Dennoch können Verkäufe aus dem Privatvermögen, zB bei vorangegangener privater Sammlertätigkeit (vgl. BFH V R 21/09, DStRE 2011, 769 und die dort zitierte weitere Rechtsprechung) steuerbar sein, wenn sie mit hinreichender Nachhaltigkeit erfolgen. Siehe auch BFH V R 2/11, BStBl. II 2012, 634 zu Ebay-Verkäufen, wonach auch bei ohne mit vorheriger Wiederverkaufsabsicht erworbenen Gegenständen deren Vermarktung unternehmerisch und damit im Rahmen steuerbarer Umsätze erfolgen kann; siehe auch BFH XI B 6/14, BFH/NV 2014, 1230; XI R 43/13, DStR 2015, 2175. Ebenso wenig unterliegen nicht unternehmerisch gehaltene Vermögenswerte einer sowohl unternehmerisch als auch nichtunternehmerisch tätigen Holding nicht der Umsatzsteuer (zB Verkauf nicht unternehmerisch gehaltener Unternehmensbeteiligungen, vgl. EuGH C-29/08, DStR 2009, 2311 Rn. 31 – AB SKF mit Anm. *Wäger* sowie BFH V R 40/10, DStR 2012, 518), der Verkauf einer unternehmerisch gehaltenen Beteiligung ist hingegen steuerbar, berechtigt aber nicht zum Vorsteuerabzug, wenn er steuerfrei erfolgt. Der Vorsteuerabzug kommt jedoch in Betracht, wenn die steuerfreie Veräußerung einer Beteiligung als Geschäftsveräußerung im Ganzen im Sinne des § 1 Abs. 1a zu werten ist, vgl. BFH V R 38/09, DStR 2011, 454 (vgl. auch → Rn. 135). 21

2. Entgeltminderung vs. Leistung in umgekehrter Richtung

Nicht immer läuft eine Leistungsaustauschbeziehung nur in eine Richtung, dh dass ausschließlich der Leistende seine Leistung an einen Leistungsempfänger erbringt. Oft ist ein solches Leistungsaustauschverhältnis vielschichtiger ausgestaltet. So kann es sein, dass der Leistungsempfänger, der üblicherweise ein Entgelt entrichtet, unter bestimmten Umständen selbst Zahlungen vom Leistenden erhalten kann. Insoweit stellt sich häufig die Frage, ob die **Zahlung in umgekehrter Richtung** eine Entgeltsminderung für die ursprüngliche Leistung darstellt (so zB bei einer Bonusvereinbarung) oder ob die Zahlung in umgekehrter Richtung an einer konkreten Leistungsverpflichtung des ursprünglichen Leistungsempfängers anknüpft und damit ein zweiter steuerbarer Leistungsaustausch in entgegengesetzter Richtung erfolgt. 22

Es kommt bei dieser **Abgrenzungsfrage** nicht auf die Bezeichnung eines Vorgangs an, sondern auf die **wirtschaftliche Interessenlage** der Beteiligten. So können **Werbezuschüsse** des Lieferanten an den Abnehmer sowohl das Entgelt für Werbeleistungen des Kunden sein als auch Preisnachlässe des Lieferanten und damit nicht 23

Gegenstand eines besonderen Leistungsaustauschs. Verpflichtet sich der Abnehmer zur Durchführung konkreter Werbemaßnahmen (zB die Schaltung einer bestimmten Anzahl von Werbeanzeigen für ein Produkt des Lieferanten), so ist der „Zuschuss" nach herrschender Auffassung auch dann steuerbares Entgelt, wenn er die Kosten für die Werbung nicht deckt. Angesichts der in diesem Beispiel konkret geregelten sonstigen Leistung des Kunden besteht ein klar bestimmtes Rechtsverhältnis, in dessen Rahmen Leistung und Gegenleistung ausgetauscht werden. Damit liegt ein **steuerbarer Leistungsaustausch** vor. Ein kostendeckendes Entgelt ist keine Voraussetzung für einen steuerbaren Leistungsaustausch. Die Abgrenzung hat erhebliche praktische Bedeutung im Hinblick auf die korrekte Rechnungsstellung und in Fällen, in denen Lieferungen zu unterschiedlichen Steuersätzen erbracht werden und eine ggf. anzunehmende Leistung in umgekehrter Richtung aber dem Regelsteuersatz unterliegt.

24 Die Zahlung stellt hingegen einen **bloßen Preisnachlass** dar, wenn sie eng mit der Warenlieferung verknüpft ist (zB ihre Höhe sich nach der Menge der abgenommenen Waren richtet), der Empfänger sich nicht zur Werbung verpflichtet und die Werbung im eigenen Interesse betreibt (BFH V 21/58 U, BStBl. III 1960, 13). Alternativ dazu kann die Zahlung des Leistenden an den Leistungsempfänger auch schlichtweg **nicht steuerbar** sein. Dies dürfte dann der Fall sein, wenn der Leistungsempfänger mit dem Erhalt der Zahlung weder eine eigene Leistungsverpflichtung eingeht (außer dass er Vertragspartner, also Leistungsempfänger wird; siehe EuGH C-409/98, DStRE 2002, 40 – Mirror Group) noch bereits Leistungen erfolgt sind, für die eine Entgeltsminderung gewährt werden könnte (auch → Rn. 25).

Werbeprämien an andere als die Abnehmer (zB an Mitarbeiter von Kunden) bei einer Verkaufsförderungsaktion sind regelmäßig nicht Entgelt im Rahmen eines Leistungsaustauschs (FG Nürnberg, EFG 1984, 315). Das Gleiche gilt – entgegen der ertragsteuerlichen Behandlung (vgl. BFH III R 175/85, BStBl. II 1988, 995) – auch für den Unternehmer selbst bei Teilnahme an einem Preisausschreiben auf Grund von Geschäftsbeziehungen. Abonnentenwerbung gegen Werbeprämie durch Zeitungsabonnenten kann einen tauschähnlichen Umsatz begründen und zugleich zu einer Entgeltsminderung für das bestehende Abonnement führen (BFH XI R 72/93, DStR 1995, 1022). Die Zuwendung einer kostenlosen Reise an den Abnehmer einer bestimmten Warenmenge (Eigenhändler) begründet keinen besonderen Leistungsaustausch (FG München, EFG 1987, 467 und BFH XI R 81/92, BStBl. II 1995, 277; siehe auch UStAE 1.1 Abs. 1). Sie kann Preisnachlass sein (BFH XI R 66/94, BStBl. II 1995, 850 mit Anm. *Widmann* UR 1996, 56). Der Tankstellenpächter vermittelt Kraftstofflieferungen und erhält als Entgelt unter anderem eine gewonnene **Incentive-Reise** (BFH V R 16/92, BStBl. II 1995, 274). Der Vertragshändler erbringt keine Leistung, wenn der Hersteller dessen Angestellten unmittelbar eine Reise zuwendet (BFH V R 128/92, BStBl. II 1995, 651; siehe auch *Slapio* UR 1996, 141). Typische Beispiele für **Preisnachlässe** sind Werbezuschüsse von Automobilherstellern an die Vertragshändler in Anlehnung an den Umsatz oder Werbeprämien von Verlagen an Zeitschriftenhändler, die mit dem Lieferpreis für die Zeitschriften verrechnet werden, ferner die Gewährung von Personalrabatt durch den Unternehmer beim Einkauf von Waren durch seine Mitarbeiter (BFH V B 43/80, BStBl. II 1981, 775). Dagegen erhält bei Tankstellenverträgen der Betreiber der Tankstelle häufig eine Zahlung dafür, dass er an bestimmter Stelle in bestimmter Größe eine Leuchtreklame oÄ für die Erzeugnisse des Lieferanten anbringt. Hier handelt es sich um ein Entgelt im Rahmen eines Leistungsaustauschs (vgl. auch *Weiß* UR 1987, 139). Wendet dagegen ein Verkaufsagent einen Teil seiner Provision dem Käufer zu, um diesen zum Kaufabschluss zu bewegen, so liegt wirtschaftlich keine Leistung des Käufers gegenüber dem Verkaufsagenten vor; ebenso wenig mindert der vom Agenten gewährte Preisnachlass weder das Entgelt für die Vermittlungsleistung an den Verkäufer noch das Entgelt für die Leistung des Verkäufers (UStAE 10.3 Abs. 4 Beispiel 2). Zur Abgrenzung bei Eingehung einer Bierbezugsverpflichtung gegen Einräumung eines Brauereidarlehens siehe FG RhPf, EFG 1990, 599; bei Nießbrauchsbestellung gegen unverzinsliche Darlehen BFH V R 12/85, BStBl. II 1991, 649; siehe auch *Oelmaier* in Sölch/Ringleb § 1 Rn. 114 „Werbeprämie".

Zahlungen müssen **nicht immer eine Gegenleistung** für eine Leistung darstellen. Keine Leistung liegt im Falle einer Geld-Schenkung oder Auszahlung eines ausgelobten Geldpreises vor. Ebenso ist im Regelfall keine Leistung eines Mieters für Zahlungen erkennbar, die er vom eigentlichen Leistenden, nämlich dem Vermieter, erhält, damit er den Mietvertrag abschließt. Der EuGH hat in einem solchen Fall eine nicht umsatzsteuerbare Zahlung angenommen. Nur im Ausnahmefall könne die Zahlung an einen „Prestigemieter" als Entgelt für eine Leistung desselben zu sehen sein (EuGH C-409/98, DStRE 2002, 40 – Mirror Group; siehe auch FG Bln-Bbg 7 K 7351/13, Rev. BFH unter V R 18/16, MwStR 2016, 678 mAnm *Schüler-Täsch*). In solchen und ähnlich gelagerten Fällen muss bei Ablehnung eines Leistungsaustausches noch die Frage beantwortet werden, ob die Zahlung als vorausbezahlte Entgeltminderung doch umsatzsteuerliche Wirkung entfalten kann. ME kann dies der Fall sein, so dass eine Dauerleistungsbeziehung mit einer negativen Bemessungsgrundlage beginnen kann. Der BFH (V R 1/13, MwStR 2014, 697 mit Anm *Slapio*) fordert für eine Anerkennung als Entgeltsminderung allerdings einen Bezug zu einem früheren Umsatz. Damit würden im Vorhinein gewährte Entgeltsminderungen ausscheiden (→ § 17 Rn. 30). Besser nachvollziehbar und damit für die Praxis empfehlenswert dürfte demnach sein, mit den Zahlungen konkrete Leistungen zu verbinden und dann von einer Leistung in umgekehrter Richtung auszugehen. Überhaupt dürften sich solche Abgrenzungsfragen, wenn sie rechtzeitig erkannt werden, in der Praxis durch **klare Regelungen im Vorhinein** häufig vermeiden lassen. 25

3. Verpflichtungsgeschäft/Erfüllungsgeschäft

Zivilrechtlich wird zwischen Verpflichtungs- und Erfüllungsgeschäft unterschieden. Wegen der Anknüpfung des UStG an tatsächliche Leistungsbewegungen ist für den umsatzsteuerrechtlichen Leistungsaustausch immer das **Erfüllungsgeschäft maßgebend.** Die ihm zugrunde liegende vertragliche Verpflichtung kann als Anhaltspunkt für Inhalt und Umfang des Leistungsaustauschs dienen. Das **Verpflichtungsgeschäft** ist insoweit grundsätzlich maßgebend für die Leistungsbeziehungen, soweit nicht das Umsatzsteuerrecht eine eigenständige Beurteilung erfordert (BFH V R 128/92, BStBl. II 1995, 651; V R 102/89, BStBl. II 1995, 564). Es hat vor allem Bedeutung für die Frage, wer die Beteiligten des Leistungsaustauschs sind (insoweit kann die tatsächliche Ausführung der Leistung durchaus an einen Dritten erfolgen und trotzdem bleibt der zivilrechtliche Vertragspartner der umsatzsteuerliche Leistungsempfänger), ob die Leistung gegen Entgelt erbracht worden ist und um welche Art von Leistung es sich handelt (ggf. wesentlich für die Bestimmung des Leistungsortes und mögliche Steuerbefreiungen). Steuerbar ist aber die tatsächliche Ausführung der Leistung (Erfüllungsgeschäft), und zwar im Zeitpunkt ihres tatsächlichen Vollzugs, auch wenn der Anspruch auf die Gegenleistung erst später fällig wird (Ausnahme: Ist-Besteuerung gem. § 20 und § 13 Abs. 1 für Anzahlungen). Wegen der Maßgeblichkeit des Erfüllungsgeschäfts führt die Vereinbarung eines Kaufs bei gleichzeitigem Rückkauf ohne Besitzerwechsel nicht zum Leistungsaustausch (BFH V R 22/03, BStBl. II 2006, 727 zum Sale-and-Mietkauf-back; hierzu auch UStAE 3.5 Abs. 7), ebenso nicht die Vermietung einer Wohnung durch einen Grundstückseigentümer, wenn er gleichzeitig das Recht der Wohnungsnutzung durch Untermiete zurückerlangt (FG RhPf, EFG 1982, 378). Bei einer Verkaufskommission liegt ein Leistungsaustausch erst dann und nur insoweit vor, wie ein Ausführungsgeschäft stattfindet (FG RhPf 3 K 231/87, EFG 1988, 442). 26

Entscheidend für die umsatzsteuerrechtliche Würdigung sind aber letztlich die **tatsächlichen Geschehensabläufe** und nicht allein das Verpflichtungsgeschäft. 27

Dies gilt sowohl für den Inhalt der Leistung als auch für die am Leistungsaustausch beteiligten Personen. Die Heranziehung der tatsächlichen Umstände hat aber auch ihre Grenzen, so dass zB auch ein **Strohmann** als am Leistungsaustausch Beteiligter anzusehen ist, es sei denn, beide Beteiligte wissen um die Strohmanneigenschaft dieser Person und schließen das Geschäft nur zum Schein ab (vgl. BFH V R 82/07, DStRE 2009, 739; FG Hmb 5 K 61/10, MwStR 2014, 41; auch → Rn. 89f.). Dabei ist auf den Zeitpunkt des Umsatzes abzustellen (zur Würdigung verschiedener Umstände im Einzelfall vgl. NdsFG 5 V 40/12, DStRE 2013, 370 mit Anm. *Zugmaier/Streit*).

28 Andererseits kann aber auch die **Eingehung einer Verpflichtung** bereits eine **Leistung im Sinne des UStG** sein, etwa wenn sich jemand gegen Entgelt verpflichtet, von einer rechtlichen Möglichkeit (zB Ausübung eines Vorkaufsrechts) keinen Gebrauch zu machen (vgl. BFH V R 34/03, BStBl. II 2007, 65 zur entgeltlichen Zustimmung zur vorzeitigen Auflösung eines Beratervertrags; BFH V R 40/02, BStBl. II 2004, 854 zur Aufgabe einer Testamentsvollstreckertätigkeit gegen Entgelt; BFH V R 19/05, BStBl. II 2007, 188 zum entgeltlichen Verzicht auf Realisierung einer Sondermülldeponie; BFH V B 126/06, UR 2008, 115 zur Umsatzsteuerbarkeit von Abstandszahlungen eines Vermieters zur vorzeitigen Auflösung des Vertrags). Das bloße Eingehen der Verpflichtung, Leistungsempfänger zu werden – also der Abschluss des der Leistung zugrunde liegenden Vertrags – ist jedoch selbst noch keine Leistung (siehe EuGH C-409/98, DStRE 2002, 40 – Mirror Group).

4. Erhalt des Entgelts

29 Die Gegenleistung muss in den Machtbereich des Leistenden gelangen, ihn aber nicht unbedingt persönlich erreichen. Sie gelangt in den Machtbereich des Leistenden auch dann, wenn sie einem von ihm **Bevollmächtigten** ausgehändigt, von diesem aber nicht an ihn weitergeleitet wird. Insoweit wurde die Gegenleistung vereinnahmt und es besteht lediglich ein zivilrechtlicher Anspruch des Leistenden gegen den Bevollmächtigten, nicht aber gegen den Leistungsempfänger (vgl. FG München III 139/86, UEFG 1989, 145). Entsprechendes gilt auch, wenn der Unternehmer das für eine Leistung erhaltene Entgelt in voller Höhe an einen Dritten weiterleitet. So erbringt das Krankenhaus, das das Honorar für ein in seinem Namen erstelltes Gutachten dem mit der Ausarbeitung des Gutachtens betrauten Arzt überlässt, selbst einen steuerbaren Umsatz (RFH V 270/40, RStBl. 1941, 567; BFH V 54/62, HFR 1965, 192). Wendet ein Hersteller die im Rahmen eines Verkaufswettbewerbs ausgelobte Reise seinem Vertragshändler unter der Auflage zu, die Reisen bestimmten Arbeitnehmern zu gewähren, führt dementsprechend ggf. der Händler einen Umsatz aus (BFH V R 128/92, BStBl. II 1995, 651).

30 Gelangt das vereinbarte **Entgelt** aus vom Leistenden nicht zu vertretenden Umständen **nicht in den Machtbereich** des Leistenden, obwohl er die Leistung ausgeführt hat, liegt mE keine unentgeltliche Wertabgabe im Sinne des § 3 Abs. 1b oder § 3 Abs. 9a vor. Vielmehr ist von einem grundsätzlich entgeltlichen Umsatz auszugehen, für den, wenn das Entgelt auch nicht nachträglich doch vereinnahmt werden kann, das Entgelt uneinbringlich wird und die Bemessungsgrundlage daher gem. § 17 Abs. 2 Nr. 1 auf Null zu reduzieren ist, dh es resultiert **keine Besteuerung.** Wenn allerdings das erhaltene Entgelt widerrechtlich abhanden kommt (zB vom Verkaufspersonal nach Ausführung des Umsatzes unterschlagen wird), lässt dies den vorausgegangenen Umsatz unberührt (dh dieser bleibt steuerbar).

5. Rückgängig gemachter Leistungsaustausch

31 Ein bereits erfolgter Leistungsaustausch kann rückgängig gemacht werden. Dies ist beispielsweise bei Lieferungen mit **Umtauschrecht** der Fall, wenn der Kunde von eben jenem Umtauschrecht Gebrauch macht und den Gegenstand zurückgibt und

dafür sein bereits entrichtetes Entgelt zurückerhält bzw. die noch offene Rechnung nicht bezahlen muss. Wird eine Lieferung rückgängig gemacht, stellen im Ergebnis weder sie noch die Rückübertragung einen umsatzsteuerbaren Vorgang dar, wenngleich nach dem Prinzip der Abschnittsbesteuerung die Lieferung zunächst als umsatzsteuerbarer und ggf. steuerpflichtiger Vorgang zu deklarieren ist und die **Rückgängigmachung** erst im Besteuerungszeitraum zu erklären ist, in dem sie tatsächlich erfolgt (§ 17 Abs. 2 Nr. 3).

Beim **Umtausch** wird der ursprünglich gelieferte Gegenstand in einen anderen umgetauscht. Umsatzsteuerrechtlich wird dadurch zunächst der ursprüngliche Umsatz rückgängig gemacht und **an seine Stelle tritt der Umsatz mit dem Umtauschgegenstand.** Würde der Umtauschgegenstand beispielsweise einem anderen Steuersatz unterliegen, müsste im Besteuerungszeitraum des Umtausches der Umsatz zum ursprünglichen Steuersatz korrigiert, dh als negativer Umsatz erfasst werden und gleichzeitig in diesem Besteuerungszeitraum der Umtauschumsatz zum anderen Steuersatz deklariert werden. Beim **Kauf auf Probe** wird hingegen bei Nichtannahme des Kunden gar kein Umsatz getätigt (vgl. BFH V R 24/05, BStBl. II 2009, 290). **32**

Anders verhält es sich bei der **Rücklieferung.** Hier ist die Ware bestimmungsgemäß zur Nutzung in die Verfügungsmacht des Käufers übergegangen und gelangt erst auf Grundlage eines neuen Kaufvertrags an den Verkäufer zurück. Ob eine Lieferung rückgängig gemacht wird oder eine entgeltliche Rücklieferung durch den Empfänger der ursprünglichen Lieferung vorliegt, ist aus der **Sicht des Empfängers** zu beurteilen (so BFH V R 27/94, BStBl. II 1995, 756 für den Fall, dass der Hersteller die gelieferte Ware wegen Preisverfalls zurückkauft, siehe auch UStAE 1.1 Abs. 4). Ein typisches Beispiel für die Rücklieferung ist die Inzahlungnahme des gebrauchten Pkw beim Verkauf eines Neuwagens durch den Händler, der auch den alten Wagen geliefert hatte. Hier wird nicht das ursprüngliche Liefergeschäft über den ersten Wagen rückgängig gemacht (ggf. wurde der in Zahlung genommene Wagen auch gar nicht vom Händler verkauft, so dass eine Rückgängigmachung schon aus diesem Grund ausscheiden würde), sondern es finden zwei neue Lieferungen statt: Der Händler liefert den Neuwagen an den Kunden, dieser den Gebrauchtwagen an den Händler (vgl. auch BFH XI R 46/07, DStRE 2009, 295 zur Rücklieferung von Umzugskartons). Eine Lieferung und Rücklieferung liegt von vornherein nicht vor, wenn die Gestaltung missbräuchlich ist, zB beim Verkauf von Tieren vom Viehhändler an den Landwirt und zurück (BFH V R 68/96, BStBl. II 1998, 637). **33**

Zum **Rückgängigmachen sonstiger Leistungen** siehe FG Hmb, EFG 1987, 380 und FG München, EFG 1998, 1545 (Rückübertragung von Lizenzrechten). Sie ist von der Natur der Sache her schwer vorstellbar, bei bereits ausgeführten Dienstleistungen sogar ausgeschlossen (BFH V R 56/06, BStBl. II 2009, 250). Eine „Negativbesteuerung" wird idR nur als Entgeltsminderung im Rahmen von § 17 eine Rolle spielen, was aber im Ergebnis auf dasselbe hinausläuft, denn auch bei Rückgängigmachung eines Umsatzes entfällt die Umsatzsteuer nur bei Rückzahlung bzw. endgültigem Ausfall des Entgelts. **34**

Im Einzelfall ist die **Abgrenzung** zwischen dem Rückgängigmachen einer Lieferung und der Rücklieferung schwierig. Maßgebend ist dabei die Sicht des Zurückgebenden: Zielt er mit der Rückgabe auf die Erlangung eines Entgelts ab, handelt es sich um eine steuerbare Rücklieferung (BFH V R 75/77, BStBl. II 1982, 233, mit Anm. *Weiß* UR 1982, 76; BFH V R 27/94, BStBl. II 1995, 756). Ein wichtiges Indiz ist die wirtschaftliche Beziehung des zweiten Vorgangs zur ersten Lieferung. Mängel der ersten Lieferung und Diskussionen zwischen den Beteiligten, ob der gekaufte Gegenstand den Vorstellungen des Käufers entspricht, deuten ebenso auf ein Rückgängigmachen hin wie die Rücknahme wegen Zahlungsschwierigkeiten des Käufers. War dagegen der Erstkauf zur Zufriedenheit beider Beteiligter ausgefallen und damit wirtschaftlich abgeschlossen, so kann auch ein **unbegrenztes Umtauschrecht** zu **35** beliebiger Zeit nicht mehr zur Aufhebung des ursprünglichen Leistungsaustauschs führen. Seine Ausübung hat ein Neugeschäft (Tausch) zur Folge (vgl. BFH V 96/64, BStBl. III 1967, 379). Übernimmt zB der Verkäufer eines Orientteppichs die Verpflichtung, den Teppich beim Kauf eines teureren jederzeit zum ursprünglichen Preis zurückzunehmen, so hat die Ausübung dieses Umtauschrechts einen neuen Leistungsaustausch zur Folge (FG Brem, EFG 1977, 513; NdsFG, EFG 1978, 406). Anders ist es bei einem echten Umtausch, etwa wenn der Teppichkäufer feststellt, dass der Teppich in der Farbe nicht zu seiner Wohnungseinrichtung passt, und ihn daher alsbald umtauscht. Es kommt hier auf die Umstände des Einzelfalls an. Keine Rückgängigmachung einer Lieferung, sondern ein neuer Umsatz ist die Rückgabe eines seit dem Erwerb im Wert gestiegenen Diamanten gegen Zahlung des ursprünglichen Kaufpreises zzgl. 10% „Mehrerlös" (siehe HessFG, EFG 2001, 1244). Desgleichen handelt es sich um einen Wiederverkauf (= neuer Umsatz), wenn ein Großhändler für Bild- und Tonträger ein vertraglich vereinbartes Rückgaberecht ausübt, das ihm das Absatzrisiko nehmen soll und er bereits erworbene Ware zurückgibt (vgl. BGH VII ZR 373/99, DStR 2002, 970). In der Praxis treten oft Fälle auf, in denen ein Kaufvertrag zwischen zwei Unternehmern bereits geschlossen ist und nachträglich die Finanzierung über ein Leasingunternehmen sichergestellt werden soll, das in in den Kaufvertrag eintritt. In diesen Fällen des **Vertragseintritts** eines Leasingunternehmens ist zu unterscheiden, ob die Lieferung bereits ausgeführt war oder nicht. Im erstgenannten Fall liegt **keine Rückgängigmachung** des ursprünglichen Umsatzes vor, sondern ein Sale-and-Lease-back-Vertrag zwischen dem Käufer und dem finanzierenden Leasingunternehmer. Im letztgenannten Fall erfolgt hingegen der Vertragseintritt zu einem Zeitpunkt, zu dem die Lieferung noch nicht ausgeführt war und sie kann deshalb vom Lieferanten direkt an das Leasingunternehmen erbracht und abgerechnet werden (siehe OFD Niedersachsen 21.12.2015, DB 2016, 80, BeckVerw 243505; UStAE 3.5 Abs. 7a).

36 Ob **Sale-and-Lease-back-** oder **Sale-and-Buy-back-Geschäfte** als Rücklieferung, Rückgängigmachung einer Lieferung oder als Darlehen zu beurteilen sind, hängt von den Vereinbarungen der Beteiligten und deren tatsächlicher Abwicklung ab. Eine einheitliche Beurteilung für alle Erscheinungsformen dieser Geschäfte ist nicht möglich, weil dabei mehrere Verträge in unterschiedlicher Gewichtung miteinander verbunden werden, zB Kauf, Miete und Darlehen (BFH V R 22/03, BStBl. II 2006, 727; siehe auch *Hummel* UR 2007, 757). Statt Lieferung und Rücklieferung ist je nach Fallgestaltung auch eine reine **Nutzungsüberlassung** denkbar (siehe *Friedrich-Vache* UR 2008, 612). Nach Ansicht der Finanzverwaltung ist dabei im Wesentlichen an den einkommensteuerrechtlichen Bilanzierungsgrundsätzen anzuknüpfen (vgl. UStAE 3.5 Abs. 7). Darüber hinaus spielt nach Ansicht der Finanzverwaltung eine Rolle, ob die Rückübertragung von weiteren Willenserklärungen abhängig ist (vgl. UStAE 3.5 Abs. 6). Demnach dürfte bei **Sale-and-Lease-back-Geschäften,** in denen der Lease-back einkommensteuerlich zur Bilanzierung des Gegenstands beim Leasinggeber führt, umsatzsteuerrechtlich als Lieferung und Rückvermietung zu würdigen sein. Wenn dann im weiteren Zeitverlauf der Leasinggeber auf Grund eines Andienungsrechts oder einer Kaufoption des Leasingnehmers den Gegenstand an diesen zurück verkauft, dürfte eine neue (Rück-)Lieferung vorliegen. Sollte das Sale-and-Lease-back-Geschäft hingegen derart ausgestaltet sein, dass der Lease-back zur Bilanzierung beim Leasingnehmer führt, würde dies umsatzsteuerrechtlich wiederum bedeuten, dass in einer logischen Sekunde hin- und rückgeliefert wird (zB auch bei Sale-and-Mietkauf-back). In einem solchen Fall dürften umsatzsteuerrechtlich keine Lieferungen vorliegen, da tatsächlich keine Verfügungsmacht am Leasinggegenstand verschafft wird, sondern diese durchgängig beim Verkäufer/Leasingnehmer verbleibt. Dies gilt auch, wenn die Übertragung des zivilrechtlichen Eigentums nur eine Sicherungs- und Finanzierungsfunktion hat (FG Münster 5 K 1251/11 U, 679 rkr, DStRE 2015, 995). Bei **Sale-and-Lease-back-Geschäften** kann zudem

eine Leistung des Käufers erkannt werden, die darin besteht, dass er eine gewünschte bilanzielle Gestaltung des Verkäufers ermöglicht (siehe BFH V R 12/15, MwStR 2016, 757 mAnm *Möller*).

Als Indiz für die Abgrenzung von Rückgängigmachung und Rücklieferung kann unter Umständen auch die **Zeit zwischen Erwerb und Rückgabe** herangezogen werden. Feste zeitliche Grenzen, wie sie *Sommer* (UR 1975, 195: in Anlehnung an das frühere Abzahlungsgeschäft eine Woche; jetzt gem. §§ 501 S. 1, 495 Abs. 1, 355 BGB nF: 2 Wochen), *Matheja* (UR 1978, 42: 6 Monate) oder FG Brem (EFG 1977, 513: bei Teppichrückgabe vier Wochen) annehmen, wird man wegen der Verschiedenheit der möglichen Fallgestaltungen aber nicht setzen können (siehe auch *Weiß* UR 1982, 76). Es dürfte aber der Grundsatz gelten, dass eine längere Zeitspanne eher eine Rücklieferung wahrscheinlich erscheinen lässt. 37

6. Beistellung

Sofern der Leistungsempfänger dem Leistenden für die Ausführung der gewünschten Leistung bestimmte Gegenstände oder Dienstleistungen zur Verfügung stellt, **um diese bei der Erbringung der Leistung zu verwenden,** nehmen diese Beistellungen nicht am Leistungsaustausch teil. Insoweit findet auch kein Tauschumsatz oder tauschähnlicher Umsatz mit Baraufgabe statt. Voraussetzung für die Nichtsteuerbarkeit dieser Vorgänge als Beistellung ist, dass der Leistende diese Gegenstände oder Dienstleistungen **ausschließlich dazu erhält,** um die vereinbarte Leistung zu erbringen. Der Leistende darf aus den Beistellungen keine anderweitigen verbrauchsfähigen Vorteile erhalten, da sonst ein Tauschumsatz oder tauschähnlicher Umsatz mit Baraufgabe gegeben ist (vgl. BFH V R 24/08, DStR 2009, 2424; UStAE 1.1 Abs. 6 und 7; UStAE 3.8 Abs. 4 und 5). Die bloße Generierung von Know-how beim Leistenden oder von Verwertungsrechten, die schon gesetzlich unmittelbar bei ihm entstehen, kann im Rahmen der Leistungserbringung durch den Leistenden mit einer Beistellung des Leistungsempfängers aber mE nicht dazu führen, dass neben der reinen Beistellung ein zusätzlicher zugewendeter wirtschaftlicher Vorteil erkannt wird. 38

Eine nicht steuerbare **Personalbeistellung** setzt beispielsweise voraus, dass das Personal nur im Rahmen der Leistung des Auftragnehmers für den Auftraggeber eingesetzt wird. Der Einsatz für andere Zwecke muss hierzu vertraglich und tatsächlich ausgeschlossen sein. Der Auftragnehmer hat dies sicherzustellen und trägt hierzu die Beweislast. Die Entlohnung des Personals muss weiterhin durch den Auftraggeber erfolgen (vgl. UStAE 1.1 Abs. 7; BFH V R 42/06, BStBl. II 2009, 493). Erbringt eine Gesellschaft auf schuldrechtlicher Grundlage an ihre Gesellschafter Leistungen gegen Entgelt und stellen ihr die Gesellschafter in unmittelbarem Zusammenhang hiermit auf gesellschaftsrechtlicher Grundlage Personal zur Verfügung, liegt ein tauschähnlicher Umsatz vor. Um eine Beistellung anstelle eines tauschähnlichen Umsatzes handelt es sich nur dann, wenn das vom jeweiligen Gesellschafter überlassene Personal ausschließlich für Zwecke der Leistungserbringung an den jeweiligen Gesellschafter verwendet wird (vgl. BFH V R 10/08, BStBl. II 2008, 879; UStAE 1.6 Abs. 6a). Ein weiteres Beispiel für eine nicht steuerbare Beistellung stellt die **Materialbeistellung** zur Erbringung von Werklieferungen oder Werkleistungen dar. Der Werkunternehmer muss sich hierbei verpflichtet haben, das gestellte Material im Rahmen seiner Leistung zu verarbeiten. Auch in diesen Fällen liegt keine Lieferung an den Auftragnehmer vor, weil er nicht die wirtschaftliche Verfügungsmacht an den beigestellten Gegenständen erlangt, sondern diese lediglich im Rahmen seiner Leistung verwenden darf. Eine Stoffidentität der beigestellten Gegenstände und der tatsächlich verarbeiteten Gegenstände ist unter bestimmten Bedingungen nicht unbedingt erforderlich (vgl. UStAE 3.8 Abs. 4). Im Einzelfall kann die Abgrenzung von Beistellungen und tauschähnlichen Umsätzen schwierig sein. Voraussetzung ist letztlich immer eine stichhaltige Argumentation, dass der Empfänger der potenziellen Beistellung diese wirklich **ausschließlich zur Erbringung der konkreten vereinbarten Leistung** verwenden kann.

7. Unerlaubte Tätigkeiten

39 Auch sittenwidrige oder strafbare Handlungen können gem. § 40 AO zu **steuerbaren Umsätzen** führen, zB früher bei der Ausübung der Prostitution (BFH V R 9/79, BStBl. II 1987, 653), der Zuhälterei (BFH/NV 1992, 277), der Veranstaltung verbotener Glückspiele, der unerlaubten Arbeitnehmerüberlassung (FG Münster, EFG 1988, 442) oder bei Lieferungen unterschlagener oder gestohlener Waren. Auf die Frage, ob die Rechtsordnung derartige Vorgänge billigt oder schützt, kommt es nicht an. Nach der Rechtsprechung des BFH (vgl. BFH V R 1/03, BFH/NV 2005, 1160, unter II.1.b; V R 24/05, BStBl. II 2009, 490, unter II.1.c; ebenso Urteil des FG München 14 K 2715/05, BeckRS 2006, 26024297) spielt demnach auch die **zivilrechtliche Wirksamkeit** eines zugrunde liegenden Vertrages insoweit **keine Rolle** (BFH XI B 47/09, BFHNV 2010, 2138 Rn. 14).

40 Der EuGH beurteilt die Steuerbarkeit „anrüchiger" wirtschaftlicher Tätigkeiten und Einfuhren nach dem **Grundsatz der Wertneutralität** (siehe dazu *Dziadkowski* DStZ 1999, 625). Danach sind die Begriffe „Lieferung und Leistung", „wirtschaftliche Tätigkeit" und „Steuerpflichtiger als solcher", die nach der MwStSystRL steuerbare Umsätze definieren, objektiv festgelegt und unabhängig vom Zweck und Ergebnis zu betrachten (EuGH C-354/03 und C484/03, DStR 2006, 133 – Optigen Ltd., Fulcrum Electronics Ltd. und Bond House Systems Ltd. mit Anm. *Kellersmann* UR 2006, 164). Der EuGH lehnt allerdings steuerbare Umsätze ab, soweit für die gehandelten Waren ein absolutes Handelsverbot besteht, zB mit Betäubungsmitteln und Falschgeld (vgl. EuGH C-269/86, UR 1989, 309 – Happy Family und C-343/89, UR 1991, 148 – Witzemann mit Anm. *Weiß*). Abgesehen von dieser Einschränkung unterscheidet der EuGH gem. dem Grundsatz der steuerlichen Wertneutralität nicht zwischen erlaubten und unerlaubten (strafbaren) Geschäften. Bei bloß relativem Handelsverbot – zB zum Schutz der Inhaber von Patenten und Markenzeichen – sind die Umsätze sehr wohl steuerbar, zB der Handel mit nachgeahmten Waren unter Verletzung der Schutzrechte (EuGH C-3/97, DStRE 1998, 570 – Goodwin and Unstead). Auch die Vermietung eines Tisches in einem Coffeeshop zum Verkauf von Haschisch ist steuerbar (EuGH C-158/98, DStRE 1999, 555 – Coffeeshop „Siberie"). In Übereinstimmung mit dem deutschen Recht hält der EuGH auch die Umsätze aus verbotenen Glücksspielen für steuerbar (EuGH C-283/95, DStRE 1998, 490 – Fischer) und stellt sie auch hinsichtlich der Steuerfreiheit den zugelassenen Spielbanken gleich (kritisch *Dziadkowski* UVR 2004, 281 ff., UVR 1998, 294, *Birk/Jahndorf* UR 2002, 290, siehe auch *Dziadkowski* UStB 2012, 356).

41 Es kommt für die Steuerbarkeit auch nicht darauf an, ob der Umsatz ausschließlich zur Erlangung von Steuervorteilen getätigt wird (EuGH C-354/03 und C-484/03, DStR 2006, 133 – Optigen Ltd., Fulcram Electronics Ltd. und Bond House Systems Ltd.; EuGH C-223/03, DStRE 2006, 1139 – University of Huddersfield Higher Education Corporation). Allerdings können die Umsätze umsatzsteuerrechtlich nicht anerkannt werden, wenn sie eine **missbräuchliche Praxis** darstellen, zB zur missbräuchlichen Erlangung des Vorsteuerabzugs (EuGH C-255/02, DStR 2006, 420 – Halifax plc, Leeds Permanent Development Services Ltd. und County Wide Property Investments Ltd.). Die Abgrenzung von nicht anzuerkennenden missbräuchlichen Umsätzen ist anhand der Umstände des Einzelfalls vorzunehmen und häufig umstritten. Im Ergebnis dürften die durch den EuGH definierten Tatbestandsmerkmale eines Missbrauchs mit den **Tatbestandsmerkmalen des § 42 AO** weitestgehend übereinstimmen. Es lassen sich aber durchaus auch Unterschiede herausarbeiten. Insbesondere bei der Frage nach außersteuerlichen Gründen für die Umsätze reicht es für den EuGH, dass sie auch nichtsteuerliche Gründe haben können, dh das subjek-

tive Element wird insoweit ausgeblendet (vgl. hierzu ausführlich *von Streit/Korf* UR 2009, 509; *Billig* UR 2006, 437). Gem. EuGH (C-103/09, BeckEuRS 2009, 496301 – Weald Leasing Ltd.) erfordert ein Missbrauch erstens einen Steuervorteil, der den Zielen der MwStSystRL zuwider läuft, und zweitens objektive Anhaltspunkte, aus denen sich ableiten lässt, dass mit den Umsätzen im Wesentlichen ein Steuervorteil bezweckt wurde (insoweit dann doch ein subjektives Element). Eine Nichtanerkennung von Umsätzen bzw. des damit einhergehenden Vorsteuerabzugs hält der EuGH auch dann für geboten, wenn der Steuerpflichtige, der nach den objektiven Kriterien einen Umsatz ausgeführt hat, in diesem Zusammenhang an einer Steuerhinterziehung mitgewirkt hat (EuGH C-439/04 und C-440/04, DStR 2006, 1274 – Axel Kittel und Recolta Recycling SPRL mit Anm. *Wäger* UR 2005, 599 ff.).

Etwaige **Rechts- und Sachmängel** des schuldrechtlichen **Verpflichtungsgeschäfts** sind grundsätzlich steuerlich unbeachtlich, soweit sie nicht zur Rückgängigmachung des Geschäfts oder zur Minderung des Entgelts (§ 17) führen. Deshalb sind nichtige oder anfechtbare Rechtsgeschäfte Gegenstand eines steuerbaren Leistungsaustauschs, soweit und solange die Beteiligten das wirtschaftliche Ergebnis gleichwohl eintreten und bestehen lassen (§ 41 AO). Die Umsatzsteuer folgt im Hinblick auf die Person des Leistenden und Leistungsempfängers zwar grundsätzlich dem Zivilrecht, der steuerbaren Leistung muss aber kein wirksames bürgerlich-rechtliches Rechtsgeschäft zugrunde liegen (siehe BFH XI B 47/09, BFH/NV 2010, 2138). 42

8. Innenumsätze

Der **Leistungsaustausch** setzt begrifflich voraus, dass er sich **zwischen verschiedenen Personen** vollzieht. Lieferungen und sonstige Leistungen zwischen verschiedenen Betrieben desselben Unternehmers bzw. desselben Steuersubjekts (sog. Innenumsätze) sind daher nicht steuerbar. Dies gilt auch dann, wenn diese unter unterschiedlichen Namen firmieren und untereinander wie zwischen fremden Betrieben abrechnen. So sind zB Lieferungen, die ein Einzelunternehmer aus seinem Schlachtereibetrieb an seinen ggf. gesondert firmierenden Metzgereibetrieb tätigt, nicht steuerbar. Das Gleiche gilt bei Leistungen innerhalb eines Organkreises. Zu den Voraussetzungen der umsatzsteuerlichen Organschaft siehe § 2 Abs. 2 S. 2 (→ § 2 Rn. 107 ff.). 43

Nach bislang geltender Auffassung der Finanzverwaltung lösen etwaige Rechnungen, die zB in einem Organkreis von einer Gesellschaft an eine andere Gesellschaft zu Unrecht mit Umsatzsteuer gestellt werden, nicht die Folgen des § 14 c aus (UStAE 14.1 Abs. 4). Ob dies auch aus Sicht des BFH so zu sehen ist, ist wohl auch nach dem BFH-Urteil in der Rechtssache V R 7/10 (BStBl. II 2011, 391) noch nicht endgültig entschieden (die Finanzverwaltung stützend: die Vorinstanz FG München 3 K 223/06, EFG 2010, 911, zweifelnd: *von Streit/Duyfjes* UR 2011, 258). Für die Praxis liegt aber eine eindeutige Aussage der Finanzverwaltung und ein zumindest dem ersten Anschein nach bestätigendes BFH-Urteil vor. 44

9. Schadensersatz

Schadensersatzleistungen sind **nicht steuerbar** und insofern von den steuerbaren Umsätzen gem. § 1 Abs. 1 Nr. 1 abzugrenzen. Schadensersatz kann einerseits dadurch geleistet werden, dass der Schädiger die Folgen des Schadens selbst beseitigt (Naturalrestitution). In der Praxis weitaus häufiger ist allerdings, dass der Schädiger zum Ausgleich des Schadens eine Geldzahlung leistet. Bei der Frage, ob eine solche Geldzahlung steuerbares Entgelt für eine Leistung oder nicht steuerbarer Schadensersatz ist, kommt es nicht auf die Bezeichnung der Geldzahlung an (zB als Entschädigung, Schadensausgleich, Ersatzzahlung, Wiedergutmachung uÄ). Ebenso wenig entschei- 45 det mE allein die zivilrechtliche Wertung, wenngleich hier ein Gleichklang natürlich wünschenswert und häufig auch der Fall ist. Die Beurteilung erfolgt ausschließlich nach umsatzsteuerrechtlichen Maßstäben, dh gem. dem UStG in der Auslegung der MwStSystRL (BFH V R 40/02, BStBl. II 2004, 854). **Steuerbar** und nicht als Schadensersatz erfolgen demnach auch Leistungen, für die eine **„Aufwendungsentschädigung"** oder ähnlich bezeichnete Geldzahlungen geleistet werden, die aber umsatzsteuerrechtlich als Leistung gegen Entgelt zu bewerten sind (vgl. BFH V R 101/01, BStBl. II 2004, 798; V R 69/05, BFH/NV 2007, 1205). In der umsatzsteuerlichen Terminologie wird zur Abgrenzung auch oft von echtem Schadensersatz (nicht steuerbar) und unechtem Schadensersatz (Entgelt für steuerbare Leistung) gesprochen (vgl. UStAE 1.3 Abs. 1).

46 Für die umsatzsteuerrechtliche Einordnung einer Zahlung ist danach zunächst zu prüfen, ob zwischen dem Zahlenden und dem Zahlungsempfänger ein Rechtsverhältnis besteht, in dessen Rahmen gegenseitige Leistungen ausgetauscht werden, wobei die Zahlung der Gegenwert für die vom Zahlungsempfänger erbrachte Leistung ist (ständige Rechtsprechung des EuGH, zB EuGH C-305/01, BStBl. II 2004, 688 – MKG und dem folgend BFH V R 92/01, BStBl. II 2003, 732; V R 60/05, BStBl. II 2009, 486). Ist das nicht der Fall, sondern **hat der Zahlende nach Vertrag oder Gesetz für Schäden oder deren Folgen einzustehen,** liegt nicht steuerbarer Schadensersatz vor (BFH V R 36/01, BFH/NV 2003, 667; vgl. auch *Martin* UR 2006, 56 ff.). Der Schädiger erhält insoweit schließlich keine Leistung vom Geschädigten. Diese Prüfung ist nicht immer einfach. Eindeutige Fälle dürften in aller Regel vorliegen, wenn der Schädiger Eigentum oder andere Rechtsgüter iSv §§ 823 ff. BGB verletzt. Die dadurch verursachte Zahlung ist regelmäßig nicht steuerbarer Schadensersatz. Das Gleiche gilt im Falle der Auflösung eines gegenseitigen Vertrages (§§ 320, 323 ff. BGB), wenn statt der versprochenen Lieferung nur Schadensersatz in Geld gem. §§ 324, 325 BGB gezahlt wird. In diesem Fall wurde noch keine Leistung erbracht und der potenzielle Leistende erhält zB Ersatz für seine vergeblichen Vorbereitungen und seinen entgangenen Gewinn (vgl. BFH V R 159/66, BStBl. II 1971, 6).

47 Hat der Schuldner demgegenüber bereits einen Teil der Leistung erbracht und treten danach die Folgen der Leistungsstörung ein, muss mitunter der gezahlte Betrag in **steuerbares Entgelt und Schadensersatz aufgeteilt werden.** Das Verhältnis hängt davon ab, inwieweit die Leistung bereits beim Empfänger einen Verbrauch ermöglicht hat (vgl. BGH VII ZR 83/05, NJW 2008, 1522 = UR 2008, 156). So ist bei einer abgebrochenen Werklieferung ggf. das halbfertige Werk Gegenstand des Leistungsaustauschs und folglich sind die Zahlungen des Leistungsempfängers insoweit steuerbar (vgl. UStAE 3.9). Gleichwohl kann in diesen Fällen auch eine nicht steuerbare Schadensersatzzahlung hinzutreten (vgl. zB zur vorzeitigen Beendigung von Leasingverträgen UStAE 1.3 Abs. 17). In Fällen der zwischen den Parteien strittigen Behandlung von Leistungsaustauschverträgen, insbesondere in Fällen von insolventen oder zahlungsunwilligen Vertragspartnern, wird der Leistende regelmäßig ein Interesse an einer möglichst weitgehenden Einordnung der schließlich doch erhaltenen Zahlungen als Schadensersatz haben, da er insoweit seine ggf. bereits geltend gemachte Umsatzsteuerminderung nicht korrigieren muss. Hierbei dürfte die **zivilrechtliche Tilgungsreihenfolge** bei gleichzeitigen Ansprüchen des Gläubigers relevant werden.

48 Im Falle einer Zahlung des Leistenden an den Leistungsempfänger nach Ausführung der Leistung infolge von Streitigkeiten über deren Qualität stellt sich ebenfalls die Frage, ob eine Entgeltsminderung gem. § 17 oder nicht steuerbarer Schadensersatz vorliegt. Der für eine **Änderung der Bemessungsgrundlage erforderliche unmittelbare Zusammenhang** zwischen erbrachter Leistung und der aufgrund eines Vergleichs erfolgten Zahlung durch den Leistungsempfänger kann sich daraus ergeben, dass der Leistungsempfänger vor Abschluss der Vergleichsvereinbarung Mängelbeseitigungs- und Wertminderungskosten, nicht aber – ohne dass es dabei zwingend auf die Beurteilung nach nationalem Zivilrecht ankäme – Mangelfolgeschäden hinsichtlich anderer Rechtsgüter gegen den Leistenden geltend gemacht hatte. Die Zahlung dient dann zum Ausgleich eines mängelbedingten Minderwerts und stellt entsprechend keinen Schadensersatz, sondern Entgeltsminderung dar (BFH V R 1/09, BFH/NV 2010, 1869). In anderen Fällen hat der BFH das Vorliegen eines unmittelbaren Zusammenhangs zwischen Leistung und einer vom leistenden Unternehmer zu entrichtenden Vertragsstrafe und damit eine Entgeltminderung aufgrund einer Vertragsstrafe verneint (BFH XI R 58/93, BStBl. II 1994, 589). Das beruhte aber darauf, dass der BFH die Vertragsstrafe nicht als „modifizierte Erfüllung der Hauptverbindlichkeit" angesehen hat, wovon im BFH-Fall (V R 1/09, BFH/NV 2010, 1869) aber nach den Feststellungen des FG auszugehen war.

Besonderheiten ergeben sich bei der **Naturalrestitution.** Beseitigt der Schädiger den Schaden selbst durch Wiederherstellung des alten Zustands (zB er repariert das von ihm beschädigte Kfz in eigener Werkstatt), kommt es mangels Entgelts **nicht** zu einem **Leistungsaustausch** mit dem Geschädigten. Beauftragt der Schädiger einen fremden Unternehmer mit der Wiederherstellung, gilt im Verhältnis des Schädigers zum Geschädigten das Gleiche. Ein Leistungsaustausch kommt hier zwischen dem Schädiger und dem dritten Unternehmer zustande. Nimmt aber der Geschädigte im Auftrag des Schädigers die Reparatur selbst vor, so erbringt der Geschädigte die Reparaturleistung gegenüber dem Schädiger und erhält dafür den Rechnungspreis als Entgelt (BFH V 37/62, BStBl. III 1965, 303). Es kommt dabei **entscheidend** auf den **Auftrag an den Geschädigten** an. Ein Leistungsaustausch liegt nicht vor, wenn der Geschädigte von sich aus den Schaden behebt und sich die Aufwendungen als Schadensersatz vergüten lässt. 49

Die Abgrenzungsfrage zwischen Schadensersatz und Leistungsaustausch besteht regelmäßig auch dann, wenn ein **Dauerschuldverhältnis** „gegen Entschädigung" im Einvernehmen **vorzeitig beendet** wird (zur Aufhebung eines Mietvertrages vgl. BFH V B 126/06, UR 2008, 115). So kann eine steuerbare Leistung vorliegen, wenn ein Leistungsempfänger vorzeitig einen Vertrag über Dauerleistungen auflöst (Auflösung eines Beratervertrages BFH V R 34/03, BStBl. II 2007, 66) und insoweit dem Zahlenden ein verbrauchsfähiger Vorteil zuwächst. Ob dies sowohl bei Zahlungen des ursprünglich zur Leistung Verpflichteten als auch bei Zahlungen der ursprünglich als Leistungsempfänger vorgesehenen Person der Fall ist, kann bezweifelt werden und im Einzelfall entsprechend strittig sein (so für Zahlungen des ursprünglichen Leistungsempfängers bejaht durch BFH V R 40/02, BStBl. II 2004, 854; BFH V R 34/03, BStBl. II 2007, 66; vgl. auch *Hummel* UR 2005, 665 und 2006, 614; *Reiß* UR 2008, 65 f). 50

Bei **Zahlungen des ursprünglich zur Leistung Verpflichteten** dürften diese Fälle als der „actus contrarius" des ursprünglichen Leistungsverhältnisses und ebenfalls ein solches eingestuft werden. Der Zahlende erhält dadurch seine freie Disposition über Leistungskapazitäten oder Liefermöglichkeiten bezüglich bestimmter Gegenstände an Dritte zurück, die aufgrund des bestehenden Vertrags zuvor noch gebunden waren (BFH V R 40/02, BStBl. II 2004, 854; EuGH C-63/92, BStBl. II 1995, 480 – Lubbock Fine & Co; vgl. auch UStAE 4.12.1 Abs. 1 sowie FG München zum Fall, dass ein Pächter auf eine ihm auf vertraglicher Grundlage zustehende Rechtsposition gegen ein vom Verpächter zu erbringendes Entgelt verzichtet (FG München 2 K 1687/14, DStRE 2016, 1323; Rev. BFH unter XI R 3/16). Meines Erachtens liegt auch in Fällen der vorzeitigen Auflösung von Verträgen im gegenseitigen Einvernehmen gegen **Zahlungen der ursprünglich als Leistungsempfänger vorgesehenen Person** in aller Regel ein Leistungsaustausch vor, denn beide Beteiligten handeln insoweit auf der Grundlage eines Rechtsverhältnisses und der Zahlende ist nur deshalb zur Zahlung bereit, weil er dadurch einen bestimmten Vorteil gegenüber seiner bisherigen vertraglichen Position erreicht. Im Einzelfall kann fraglich sein, ob sich die Beteiligten über die Höhe eines Schadensersatzes einigen (nicht steuerbar und bspw. begründet durch eine einseitige Vertragsverletzung) oder ob vorher eine 51 einvernehmliche Vertragsauflösung erfolgt ist (Zahlung steuerbar). Für die Praxis gilt hier wiederum die Empfehlung, das beiderseitige Verständnis und die daran anknüpfende umsatzsteuerliche Behandlung möglichst eindeutig zu dokumentieren. Denn bei wirtschaftlich nachvollziehbaren und nicht gegen Denkgesetze verstoßenden Vereinbarungen der Beteiligten ist die Gefahr einer entgegengesetzten Beurteilung durch die Finanzverwaltung sicherlich als eher gering einzustufen. Zur zivilrechtlichen Frage, ob die Umsatzsteuer Teil des zu ersetzenden Schadens ist, vgl. *Ahlt* UR 2007, 68ff.; für die in Prozesskosten enthaltene Umsatzsteuer siehe BFH VII E 9/89, BStBl. II 1990, 584 (keine Erstattungsberechtigung des zum Vorsteuerabzug berechtigten Kostengläubigers).

52 Laut FG München (3 K 1620/12, MwStR 2013, 641 mit Anm. *Kapeller*) liegt keine steuerbare Leistung vor, wenn der Erbringer einer **vereinbarten Leistung** die Ausführung der Leistung im Interesse des Leistungsempfängers **unterlässt** und hierfür einen Geldbetrag erhält. Diese Einordnung ist mE nicht zwingend, denn man kann durchaus auch insoweit ein Rechtsverhältnis erkennen, auf dessen Grundlage der ursprünglich vorgesehene Leistungsempfänger einen verbrauchsfähigen Vorteil gegen Entgeltzahlung erhält. So hat auch das FG Hmb (5 K 280/10, MwStR 2013, 488 mit Anm. *Caspar*) in einem anderen Fall der entgeltlichen Vertragsauflösung sehr wohl einen steuerbaren Leistungsaustausch erkannt. Auch der BFH hat in seinem Revisionsurteil v. 16.1.2014 (V R 22/13) einen steuerbaren Leistungsaustausch gesehen. Auf die vom FG vorgenommene zivilrechtliche Differenzierung nach subjektiver und objektiver Unmöglichkeit kommt es lt. BFH nicht an (vgl. zur Abgrenzung auch *Tötsche/Kempf* MwStR 2013, 401). Das FG München selbst hat in einem ähnlich gelagerten Fall selbst auch einen Leistungsaustausch erkannt (2 K 596/12, BeckRS 2014, 95769).

10. ABC des Schadensersatzes

53 **Abbruchentschädigungen** nach dem Baugesetzbuch sind steuerbar (UStAE 1.1 Abs. 18; BFH V B 91/86, BFH/NV 1987, 405), nicht aber ein im Zusammenhang mit der Betriebsverlegung gezahlter Härteausgleich (UStAE 1.1 Abs. 13). Dieser kann aber gem. § 4 Nr. 9 steuerfrei sein, wenn er mit einer erzwungenen Grundstücksveräußerung zusammenhängt (BFH V R 60/88, BStBl. II 1992, 986); auch → Rn. 58 „Gebäuderestwertentschädigung".

Ablösesummen für Sportler sind die Gegenleistung für die Freigabe zum Spielbetrieb bei einem anderen Verein. Der freigebende Verein verzichtet auf die Ausübung des vertraglichen Rechts, den Sportler selbst einzusetzen (BFH V 108/55, BStBl. III 1955, 333; UStAE 1.1 Abs. 11). AA *Mümmler* UR 1984, 132: Die Rechtslage habe sich geändert, weil nach der ab 1.9.1980 geltenden Fassung des Lizenzspielerstatuts eine Freigabe nicht mehr erforderlich sei. Das ändert meines Erachtens an der umsatzsteuerlichen Beurteilung nichts, denn ohne die Zahlung der Ablösesumme darf der neue Verein den Spieler nicht einsetzen. Auch das Urteil des EuGH in der Rechtssache Bosman (EuGH C-415/93, NJW 1996, 505 – Bosman) hat auf die Umsatzsteuer keinen Einfluss. In diesen Fällen besteht mE zweifellos ein Rechtsverhältnis, auf dessen Grundlage Leistung und Gegenleistung ausgetauscht werden. Zur Frage, wer bei **Leistungen von Spielervermittlern** als Leistungsempfänger anzusehen ist, siehe BFH XI R 4/11, MwStR 2014, 305.

Altlastenfreistellung in den neuen Bundesländern: Kein Schadensersatz, sondern Leistungsaustausch, wenn das Land den Unternehmer den Schaden beseitigen lässt und die Kosten erstattet, FM LSA 22.6.1994, UR 1994, 408.

Annahmeverzug. Entsprechende (zusätzliche) Zahlungen des Leistungsempfängers dürften Schadensersatz sein, es sei denn, sie werden vertraglich ausdrücklich als Preisbestandteil geregelt. Zahlungen bei nicht (und auch nicht später) ausgeführten Leistungen sind mE immer Schadensersatz.

Angeld. Die Einbehaltung eines Angeldes für eine Hotelbuchung bei Nichterscheinen des Hotelgastes ist Schadensersatz (EuGH C-277/05, IStR 2007, 667 – Société thermale d'Eugénie-les-Bains; vgl. *Juhl* UR 2010, 321; kritisch *Reiß* UR 2008, 58 (67)).

Annullierungsentschädigungen können je nach Fallgestaltung echter Schadensersatz oder Entgelt sein. Schadensersatz sind sie bei der Auflösung von Kauf- oder Werkverträgen (BFH V 263/58 U, BStBl. III 1961, 300: Auflösung eines Kfz-Kaufvertrags; BFH V R 159/66, BStBl. II 1971, 6: Annullierung eines Schiffbauvertrags; vgl. auch BGH VII ZR 301/82, NJW 1983, 1492: „Bearbeitungsgebühr" nach Rücktritt vom Bauvertrag) oder von Charterverträgen (sog. Fautfracht, BFH V R 118/66, BStBl. II 1970, 363) vor Leistungserbringung. Es sind lediglich Teilansprüche aus den zugrunde liegenden Verträgen befriedigt worden, ohne dass der Zahlende dafür etwas erlangt hat. Reduziert sich dagegen das Vertragsverhältnis (zB durch Kündigung vor Fertigstellung) auf einen Teil der vorher geschuldeten Leistung, so entsteht ein neues Teil-Leistungsaustauschverhältnis, das zur Annahme einer steuerbaren Leistung führt (siehe *Weiß* UR 1988, 277, gegen BGH X R 12/81, BStBl. II 1988, 210; vgl. auch BFH V R 90/75, BStBl. II 1980, 535 und BFH V S 14/79, BStBl. II 1980, 541; UStAE 3.9 zu noch nicht abgeschlossenen Werklieferungen). Ein Leistungsaustausch liegt auch vor, wenn sich der Auftraggeber von einem Vertragsverhältnis durch Leistungen freikauft, die nach dem Vertrag so nicht geschuldet waren (BFH V R 8/70, BStBl. II 1973, 171). So im Ergebnis auch BFH V R 22/13, MwStR 2014, 333 mit Anm. *Hummel;* vgl. auch *Kempf/Tosche* MwStR 2014, 401 ff.).

Apotheken-Notdienstpauschale. Zahlungen des deutschen Apothekerverbandes eV an die Apotheken als Ausgleich für den zu leistenden Nachtdienst sind nicht steuerbare Zuschüsse – insoweit kein LA (OFD Niedersachsen 13.2.2014, DB 2014, 573).

Arbeitnehmerfreistellung → Rn. 58. Entschädigung für Arbeitsausfall durch die Bundesverbände des Diakonischen Werks und des Deutschen Caritasverbands sind nicht steuerbar.

Arbeitskleidung: Wenn der ausscheidende Arbeitnehmer nicht in der Lage ist, seine unentgeltlich erhaltene Arbeitskleidung zurückzugeben und deshalb eine Zahlung leisten muss, liegt Schadensersatz vor (OFD Saarbrücken 15.11.1973, BeckVerw 229906).

Aufsichtsratsmandate: Die Zahlung wegen vorzeitigen Ausscheidens aus dem Aufsichtsrat ist echter Schadensersatz, weil sie künftige Aufsichtsratsvergütungen abgilt, der Ausscheidende aber keine Leistung mehr erbringt (FG Düsseldorf, EFG 1982, 159). Nach der inzwischen ergangenen Rechtsprechung des BFH zur vorzeitigen Auflösung von Verträgen können sie mE aber auch steuerbar sein, wenn der Ausscheidende dadurch dem Unternehmen einen verbrauchsfähigen Vorteil zuwendet (wie bei der vorzeitigen Auflösung eines Beratervertrags, BFH V R 34/03, BStBl. II 2007, 66).

Ausgleichszahlungen an Handelsvertreter bei Beendigung des Vertragsverhältnisses sind steuerbares Entgelt (UStAE 1.3 Abs. 12).

Ausgleichszahlungen zwischen Kraftwerken für die gegenseitige Beeinträchtigung der Leistung (zB für rückstaubedingte Reduzierung der Fallhöhe eines Flusskraftwerks) sind mE Schadensersatz.

Behinderungsentschädigungen für Beeinträchtigungen des Geschäftsablaufs durch Bauarbeiten sind kein steuerbares Entgelt, denn der behinderte Unternehmer erbringt dafür keine Leistung (NdsFG, EFG 1964, 615); siehe auch UStAE 1.1 Abs. 18.

Bei **Betriebseinstellungs- oder -verlegungsentschädigungen** (zB wegen Autobahnbaus oder Stadtsanierung) handelt es sich um die Vergütung für ein behördlich erzwungenes Handeln, so dass im Gegensatz zu den Behinderungsentschädigungen hier Steuerbarkeit gegeben ist (vgl. UStAE 1.1 Abs. 13; BFH V R 102/85, BFH/NV 1990, 464; V R 165/66, BStBl. II 1968, 447; FG München 14 K 2755/06, BeckRS

2008, 26024800; *Bruschke* UR 1983, 189; aA, insbesondere für Entschädigungen für nach der Verlegung nicht mehr nutzbare Betriebseinrichtungen, NdsFG 16 K 84/05, BeckRS 2007, 26024383). Das gilt aber nicht für einen Härteausgleich (UStAE 1.1 Abs. 18). Davon zu unterscheiden sind Fälle, in denen durch behördliche Maßnahmen die Grundlage für eine gewerbliche Tätigkeit wegfällt; hier steht der Zahlung keine Leistung des Unternehmers gegenüber (vgl. FG München, EFG 1982, 377: Einstellung eines Wasserwerks nach Anschluss der Abnehmer an öffentliche Wasserversorgung), siehe auch „Enteignungsentschädigungen".

Enteignungsentschädigungen für die Stilllegung oder Aufgabe eines Betriebs waren bisher Entgelt für ein gesetzlich erzwungenes Unterlassen und damit steuerbar (RFH, RStBl. 1940, 175; BFH V R 2/68, BStBl. II 1972, 509). Aufgrund der Rechtsprechung des EuGH (EuGH C-214/94, UR 1996, 119 – Mohr mit Anm. *Widmann*), wonach die Verpflichtung eines Landwirtes, die Milchproduktion gegen eine „Entschädigung" einzustellen, kein steuerbarer Umsatz ist, dürfte diese Ansicht nicht mehr aufrecht zu halten sein. Etwas anderes gilt für die hoheitlich angeordnete Duldung einer Hochspannungsfreileitung über dem Grundstück (FG Münster, EFG 1990, 493); hier erhält mE nicht die Allgemeinheit einen Vorteil, sondern das Stromerzeugungsunternehmen. Sie ist aber gem. § 4 Nr. 9 Buchstabe a steuerfrei, soweit sie mit einer Grundstücksveräußerung zusammenhängt (BFH V R 60/88, BStBl. II 1992, 986), und zwar auch bei einer Veräußerung zur Vermeidung einer Enteignung. Werden Entschädigungen für den Eigentumsverlust infolge unmittelbaren behördlichen Zwangs (zB Tötung von Tieren zur Bekämpfung von Tierseuchen) geleistet, handelt es sich um nicht steuerbaren Schadensersatz, wenn die getöteten Tiere vernichtet, also nicht mehr verwertet werden (RFH RStBl. 1939, 470).

Entsorgungskosten. Siehe unter „Vernichtungskosten".

Ersatzvornahmen durch den Mieter gem. § 536a Abs. 2 BGB dürften grundsätzlich als nicht steuerbarer Schadensersatz einzustufen sein. Je nach vertraglicher Regelung zwischen den Parteien kommt aber auch eine Einstufung als Leistung des Mieters an den Vermieter sowie als Entgeltsminderung bzgl. der Miete in Betracht. Eine ausdrückliche vertragliche Regelung kann die Unsicherheit bzgl. der umsatzsteuerlichen Beurteilung einschränken.

Flurbereinigungsentschädigungen sind nach UStAE 1.1 Abs. 19 echter Schadensersatz.

Garantieentschädigungen für Mängelbeseitigung eines Kfz-Vertragshändlers an von ihm verkauften Fahrzeugen, die das Herstellerwerk in Höhe der Material- und Lohnkosten leistet, sind Schadensersatz und damit nicht steuerbar (BFH V 23/60 U, BStBl. III 1964, 516). Siehe auch UStAE 1.3 Abs. 8. Diese Grundsätze können mE auch für den Verkauf anderer Gegenstände angewendet werden. Bei internationalen Vertriebsketten ist aber je nach Ansässigkeitsstaat des Händlers individuell zu prüfen, ob auch nach dortigem lokalem Recht die Rückbelastungen an den deutschen Hersteller nicht steuerbar sind. Seit dem 1.1.2010 dürfte aber diese Frage an Bedeutung verloren haben, nachdem auch bei Annahme eines Leistungsaustausches gem. § 3a Abs. 2 der Ort der Leistung beim Empfänger belegen ist und insoweit keine ausländische Umsatzsteuer zu berechnen ist.

Garantiezahlung des Grundstücksverkäufers wegen Mietausfall ist Schadensersatz, FG Köln, UR 1996, 95. Ebenso kommt aber im Zusammenhang mit der Veräußerung eines Grundstück eine Beurteilung als Entgeltminderung für die Grundstückslieferung in Betracht (BFH V R 2/09, BStBl. II 2010, 765).

Gebietsverletzungsentschädigungen an Handelsvertreter oder Vertragshändler wegen Verletzung der Gebietsschutzvereinbarung sind nicht steuerbarer Schadensersatz (BFH V 192/60 U, BStBl. III 1963, 106).

Geschäftsgebühren von Versicherungsgesellschaften nach Rücktritt vom Versicherungsvertrag sind nicht steuerbarer Schadensersatz (FM Nds 8.4.1980, UR 1980, 186).

Leasingentschädigungen, dh Zahlungen des Leasingnehmers nach Kündigung wegen Zahlungsverzugs, sind Schadensersatz (BGH, BB 1987, 1349 und UR 2007, 416; BFH V R 55/94, BStBl. II 1995, 808); vgl. auch *Oelmaier* in Sölch/Ringleb § 1 Rn. 61; Übersicht in DB 1991, 2363; *Runge* DB 1990, 959; *Klein* UR 2008, 133ff. sowie unten „Mieterverpflichtungen". Anders: Die Zahlung von einem **Wertminderungsausgleich** bei der Beendigung von Leasingverträgen war nach Auffassung der Finanzverwaltung steuerbar. Sie erkannte nur in Zahlungen für entgangene künftige Leasingraten einen Schadensersatz (BMF 22.5.2008, BStBl. I 2008, 632). Anders der BGH (VII ZR 68/06, UR 2007, 416) und BFH (XI R 6/11, MwStR 2013, 484 mAnm *Herbert*) mit entsprechenden daraus folgenden praktischen Schwierigkeiten (die Finanzverwaltung forderte Umsatzsteuer, die der Leasinggeber zivilrechtlich nicht gegen den Leasingnehmer durchsetzen kann) und bei Abrechnungen mit USt könnten Rechnungen iSd § 14c Abs. 1 gegeben sein (*Herbert* MwStR 2013, 488; zur Abgrenzung unter Berücksichtigung der aktuellen Rechtsprechung siehe *Vogler* MwStR 2014, 6). Per BMF-Schreiben vom 6.2.2014 (DStR 2014, 330) hat die Finanzverwaltung ihre Position an die Rechtsprechung angepasst und UStAE 1.3 Abs. 17 angepasst. Die Zahlungen für Mehr-/Minderkilometer oder verspätete Rückgabe sind danach weiterhin als steuerbares Entgelt einzustufen, nicht jedoch ein Wertminderungsausgleich für eingetretene Schäden wegen nicht vertrgasgemäßer Nutzung. Es wird aber nicht beanstandet, wenn die Vertragsparteien bei Zahlung eines Minderwertausgleichs entgegen den neuen Grundsätzen über eine steuerbare Leistung abgerechnet haben und der maßgebliche Leasingvertrag vor dem 1.7.2014 endet. Ein nach Vertragsablauf vorgesehener **Restwertausgleich** ist laut BGH VIII Z R 179/13, BeckRS 2014, 13318 umsatzsteuerpflichtig.

Leitungsrechte. Die Entschädigung für die zwangsweise Einräumung ist steuerbar, → Rn. 58.

Liegegeld, das der Lieferer an den Abnehmer wegen verspäteter Anlieferung am Schiff zu zahlen hat, dürfte in aller Regel Schadensersatz sein.

Mahngebühren sind Schadensersatz, UStAE 1.3 Abs. 6. Beim Einzug ausstehender Forderungen ist, sofern keine konkrete Tilgungsvereinbarung besteht, mE die **gesetzliche Tilgungsreihenfolge** gem. § 367 Abs. 1 BGB zu beachten, so dass eingehende Zahlungen zunächst auf die nicht steuerbare Nebenforderung anzurechnen ist und nur der restliche Betrag auf die ggf. steuerpflichtige Hauptforderung.

Mietgarantie. Die Zahlung aufgrund einer Mietgarantie kann beim Empfänger nicht steuerbarer Schadensersatz sein (BFH X R 16/82, BStBl. II 1988, 640). Ebenso kommt aber im Zusammenhang mit der Veräußerung eines Grundstück eine Beurteilung als Entgeltsminderung für die Grundstückslieferung in Betracht (BFH V R 2/09, BStBl. II 2010, 765).

Mieterverpflichtungen für Vertragsverletzungen können steuerbares Entgelt sein. Das ist der Fall, wenn der Mieter nach Ablauf der Mietzeit den gemieteten Gegenstand behält und dafür die bereits vorher vereinbarte Entschädigung zahlt (*Ipsen* DStZ/A 1950, 104) oder wenn der Mieter seine vertragliche Pflicht zur baulichen Unterhaltung des Mietgegenstands bei Vertragsbeendigung durch Geldzahlung ablöst. Nichts anderes gilt, wenn er sich im Wege der Vereinbarung mit dem Vermieter vorzeitig aus einem Mietvertrag „freikauft". Diese Zahlungen sind steuerbares Entgelt (UStAE 1.3 Abs. 13; BFH V B 126/06, UR 2008, 115, vgl. aber BFH, UVR 1991, 145 mit Anm. *Padberg*). Entsprechendes gilt, wenn der Vermieter im Einverständnis mit dem Mieter gegen ein Entgelt das Vertragsverhältnis vorzeitig beendet. Anders ist es bei Vereinbarungen, wonach der Mieter Mietgegenstände, die er während der Vertragsdauer zerstört, gegen Zahlung eines vertraglich festgelegten Preises zu übernehmen hat. Hier handelt es sich lediglich um einen in die äußere Form eines Kaufvertrags gekleideten Schadensersatzanspruch (NdsFG, EFG 1962, 85). Ob dies vor dem Hintergrund der oben unter dem Stichwort **„Leasingentschädigungen"** dargestellten Sichtweise der Finanzverwaltung so aufrecht erhalten werden kann, erscheint mE aber fraglich. Schadensersatzansprüche wegen entgangenen Gewinns sind nicht steuerbar (vgl. auch BMF 22.5.2008, BStBl. I 2008, 632; anders Ansprüche aus § 584b BGB wegen verspäteter Rückgabe der Mietsache, BGH, UR 1996, 225; aA *Korf* UR 1996, 330f.).

Naturalausgleich zwischen Kraftwerken für die gegenseitige Beeinträchtigung der Leistung (zB für rückstaubedingte Reduzierung der Fallhöhe eines Flusskraftwerks) erfolgen mE als nicht steuerbarer Schadensersatz (siehe auch **„Ausgleichszahlungen zwischen Kraftwerken“**).

No-Show. In Abhängigkeit der zivilrechtlichen Vereinbarungen kann bei einbehaltenen Zahlungen nicht steuerbarer Schadensersatz oder der Anzahlungsbesteuerung zu unterwerfendes steuerpflichtiges Entgelt vorliegen (siehe BFH V R 36/09, BStBl. I 2012, 365 zu Flugtickets versus EuGH C-277/05, IStR 2007, 667 – Société thermale d'Eugénie-les-Bains zu Hotels). Die BFH-Rechtsprechung wurde durch den EuGH aber zwischenzeitlich bestätigt (EuGH C-250/14, DStR 2016, 118 – Air France – KLM).

Optionsgebühren, die der Kaufanwärter an den Grundstückeigentümer für ein Verkaufsangebot mit dem Versprechen, bis zur Ablehnung des Angebots stillzuhalten, bei Ablehnung zahlt, sind kein Schadensersatz, sondern Entgelt für steuerbare und steuerpflichtige Leistungen (BFH V R 94/96, BStBl. II 1997, 707).

Pächterentschädigungen, die dem abziehenden Pächter für das Feldinventar oder die stehende Ernte bei Pachtende gezahlt werden, sind steuerbar. Sie gelten die Leistungen ab, die der Pächter für die Bewirtschaftung erbracht hat.

Protestkosten gem. Scheck- und WechselG sind Schadensersatz, UStAE 1.3 Abs. 6 S. 5.

Prozesszinsen sind Schadensersatz (UStAE 1.3 Abs. 6 S. 3; vgl. auch *Müller* DB 1984, 17).

Räumungsentschädigungen sind nur dann Schadensersatz, wenn sie im Rahmen des Mieterschutzes zu zahlen sind. Sie sind steuerbares Entgelt, wenn sie für freiwillige Räumung (BFH, HFR 1963, 419, FG Hmb, DStZ/B 1957, 12) oder für Freimachen der Geschäftsräume wegen Umbaus (BFH, HFR 1961, 139) geleistet werden. Nach der Rechtsprechung des EuGH (C-63/92, BStBl. II 1995, 480 – Lubbock Fine) ist die Zahlung des Vermieters einer Ablösesumme durch den Vermieter wegen vorzeitiger Beendigung des Mietvertrages wie die Mietzahlung zu behandeln, also steuerbar, grundsätzlich aber steuerfrei mit der Möglichkeit der Option zur Steuerpflicht.

Rücktritt unter Zurückbehalten der bereits erbrachten Leistungen des Vertragspartners ändert den Gegenstand des Leistungsaustauschs ab und führt zu einem neuen Leistungsaustausch: Teilleistungen gegen Rücktrittsentschädigung. Der Unterschied zu den Annullierungsentschädigungen besteht darin, dass dort gar nichts geliefert bzw. geleistet wird, hier aber schon.

„Schwarzfahrer“-Zuschläge sind Schadensersatz, nicht aber der ggf. mit erhobene normale Fahrpreis (BFH V R 109/78, BStBl. II 1987, 228).

Stornogebühren des Reiseveranstalters bei vertraglichem Rücktrittsrecht sind echter Schadensersatz, UStAE 25.1 Abs. 14; OFD Frankfurt a. M. 5.8.2008, UR 2008, 864; zweifelnd *Martin* UR 2006, 56 (61). Siehe auch Stichwort **Vertragsstrafen.**

Umbuchungsgebühren für vertraglich gestattete Umbuchungen sind Entgelt und kein Schadensersatz, BFH V R 16/99, BStBl. II 2000, 360.

Unflown Revenue. Der Einbehalt des entrichteten Flugticketpreises bei sog. No-Shows ist nach Auffassung des FG München steuerbar (14 K 95/06, DStRE 2010, 113). Der BFH (V R 36/09, BStBl. II 2012, 365) erkennt hingegen keine gesonderte Leistung, sondern wendet die Grundsätze der Anzahlungsbesteuerung an, wonach es im Ergebnis bei nicht rückgewährten Flugentgelten für steuerpflichtige Flüge bei der Besteuerung bleibt, wogegen bei nicht besteuerten internationalen Flügen auch die einbehaltenen Now-Show-Beträge nicht besteuert bleiben. Der EuGH

(C-250/14, DStR 2016, 118 – Air France-KLM) erkennt bereits mit Ausstellung des Tickets eine steuerbare Leistung und bestätigt damit im Ergebnis die Rechtsprechung des BFH. Einer Rückgewähr des Entgeltes gleichzusetzen könnte im Einzelfall die wirksame Verrechnung mit einem bestehenden Schadensersatzanspruch sein (ablehnend aber EuGH C-250/14, DStR 2016, 118 Rn. 48ff.).

Vergleich. Wenn Gegenstand des Vergleichs ein Schadensersatzanspruch ist, dann erfolgen die daraus resultierenden Zahlungen als nicht steuerbarer Schadensersatz. Die Tatsache, dass sich die Parteien über die Höhe der Zahlung vergleichen und damit auch gegenseitig auf weitere Inanspruchnahmen verzichten, führt mE nicht dazu, dass die Zahlungen zu Entgelten für eine Verzichtsleistung mutieren. Zur Abgrenzung siehe auch unter → Rn. 58 „Vergleich" und *Oelmaier* in Sölch/Ringleb § 1 Rn. 104 „Vergleich"; BFH V R 58/97, BeckRS 1998, 30038240).

Vernichtungskosten/Entsorgungskosten. Erstattet der Lieferant von Gegenständen, die sich als unbrauchbar erweisen, dem Leistungsempfänger das entrichtete Entgelt, liegt insoweit eine Entgeltsminderung gem. § 17 Abs. 1 vor. Wenn der Leistungsempfänger die unbrauchbare Ware entsorgen muss, entstehen ihm dadurch entsprechende Kosten. Macht er diese Vernichtungs- bzw. Entsorgungskosten gegenüber dem Lieferanten geltend, ist darin grundsätzlich ein Schadensersatz zu sehen. Beseitigt der Leistungempfänger aber den bei ihm entstandenen Schaden im Auftrag des Lieferanten – dh veranlasst er im Auftrag des Lieferanten die Vernichtung und berechnet die anfallenden Vernichtungskosten an den Lieferanten –, ist darin mE eine steuerbare Leistung an den Lieferanten zu sehen (vgl. auch UStAE 1.3 Abs. 11). Letztlich liegt es damit bei den Beteiligten, ob sie den Vorgang als Leistungsaustausch oder als Schadensersatz abwickeln. Ob das für einen Leistungsaustausch notwendige Auftragsverhältnis gegeben ist, kann mE, sofern keine anderen Indizien gegeben sind, schlichtweg der Abrechnung entnommen werden. Um Zweifel auszuräumen, ist eine schriftliche Dokumentation der Beauftragung zu empfehlen. Diese muss mE aber nicht zu jedem Einzelfall erfolgen, sondern kann auch in einer grundsätzlichen Übereinkunft der Beteiligten festgehalten werden.

Versicherungsleistungen sind echter Schadensersatz. Nur die Prämien zur Erlangung von Versicherungsschutz sind steuerbar, allerdings gem. § 4 Nr. 10 Buchst. a steuerfrei. Gegenleistung für die Versicherungsprämien ist der Versicherungsschutz. Die Auszahlung der Versicherungssumme im Schadensfall ist lediglich eine Auswirkung des Versicherungsschutzes (vgl. auch BFH X R 16/82, BStBl. II 1988, 640, betreffend Mietgarantiezahlung). Ihr steht auch dann keine unmittelbare Gegenleistung des Versicherungsnehmers gegenüber, wenn dieser dem Versicherer den beschädigten Gegenstand überlassen muss, denn es handelt sich nur um eine Schadensmodalität (vgl. *Klenk* DVStR 1987, 94; *Schlegelmilch* BB 1987, 1656; aA *Meier* UR 1986, 164). Auch die Ersatzleistung auf Grund einer Warenkreditversicherung ist echter Schadensersatz (UStAE 1.3 Abs. 7). Nur bei einem außerhalb des Versicherungsverhältnisses stehenden Dritten können die Versicherungsleistungen Entgelt sein, zB bei Versicherung des Transportrisikos durch den Käufer zur Abdeckung der eigenen Kaufpreisschuld gegenüber dem Lieferanten. In diesem Fall stellt die Zahlung aus der Sicht des Lieferers keine Versicherungsleistung dar, sondern lediglich einen Zahlungsmodus seitens seines Abnehmers.

Vertragsstrafen sind idR Schadensersatz (UStAE 1.3 Abs. 3), siehe auch BFH XI R 58/93, BStBl. II 1994, 589; EuGH C-277/05, IStR 2007, 667 = UR 2007, 643 – Société thermale d'Eugénie-les-Bains zum französischen **Angeld** bei Hotelbuchungen, kritisch *Reiß* UR 2008, 58 (67).

Verzicht auf Rechte aus Planfeststellungsbeschluss. Gibt der Inhaber einer Genehmigung zum Betrieb einer Sonderabfalldeponie aufgrund eines Vertrages mit einem Bundesland das Vorhaben auf und erhält er dafür vom Land einen Geldbetrag, liegt ein steuerbarer Umsatz iSd § 1 Abs. 1 Nr. 1 S. 1 vor (BFH V R 19/05, BStBl. II 2007, 187).

Verzicht auf Schadensersatz ist keine Leistung, BFH V R 75/89, BFH/NV 1994, 202.

Verzugszinsen stellen echten Schadensersatz dar (UStAE 1.3 Abs. 6 S. 3). Beim Einzug ausstehender Forderungen ist, sofern keine konkrete Tilgungsvereinbarung besteht, mE die **gesetzliche Tilgungsreihenfolge** gem. § 367 Abs. 1 BGB zu beachten, so dass eingehende Zahlungen zunächst auf die nicht steuerbare Nebenforderung anzurechnen ist und nur der restliche Betrag auf die ggf. steuerpflichtige Hauptforderung.

Warentermingeschäfte. Zahlungen aufgrund der Glattstellung von **Future- und Forward-Kontrakten,** die erfolgen, ohne dass es zur Lieferung kommt, sind nicht steuerbar. **Optionsgeschäfte** (insbesondere die dabei zu entrichtenden Optionsprämien) sind hingegen steuerbar, allerdings gem. § 4 Nr. 8 Buchst. c steuerfrei (OFD Frankfurt a. M. S 7100 A – 141 – St 110, MwStR 2015, 910).

Wildschadenpauschale des Jagdpächters = echter Schadensersatz, UR 1996, 27.

Zeugengebühren sind echter Schadensersatz (UStAE 1.3 Abs. 9); siehe auch FM Bbg 11.6.2008, UR 2008, 670f. Rn. 2.1.

11. Durchlaufende Posten

54 Durchlaufende Posten sind **kein Entgelt** für eine Leistung des Empfängers, sondern für einen Dritten bestimmt. Der Empfänger fungiert insoweit lediglich als Zahlstelle und muss den Betrag an den tatsächlich Berechtigten weiterleiten. Sie können daher beim Durchlauf-Empfänger nicht Gegenstand eines Leistungsaustauschs sein. Er erhält die Zahlungen nicht aufgrund einer von ihm erbrachten Leistung an den Zahlenden. Vielmehr entrichtet der Zahlende diese Beträge, damit der die Zahlung Erhaltende diese Gelder an Dritte weiterleitet. Keine durchlaufenden Posten sind hingegen Auslagen uä, die ein Leistender zusätzlich zu einem in bestimmter Art und Weise fixierten Entgelt vom Leistungsempfänger enthält. Bei durchlaufenden Posten handelt es sich regelmäßig um Zahlungen im Rahmen von Treuhand- oder ähnlichen Auftragsverhältnissen. Zu den Voraussetzungen im Einzelnen → § 10 Rn. 68ff. In der Praxis kommt es häufig vor (zB bei Vermittlern), dass der Empfänger eines Geldbetrags einen Teil davon weiterleiten muss (insoweit durchlaufender Posten) und er aber gleichzeitig einen Teil davon als Entgelt für seine Leistung einbehalten kann (insoweit dann umsatzsteuerbares Entgelt, das auch gesondert in Rechnung zu stellen ist). Bei der Rechnungsstellung (häufig im Wege der Gutschrift durch den Vermittler) sind die unterschiedlich zu qualifizierenden Beträge zu trennen und nur der Anteil, der auf die Leistung entfällt, als Entgelt zzgl. gesetzlicher Umsatzsteuer auszuweisen.

12. Zuschüsse

55 Zuschüsse werden im Rahmen eines Leistungsaustauschs geleistet, wenn sie der **Preisauffüllung** bei einem Vorgang dienen, der als solcher einen Leistungsaustausch darstellt. Sollen sie dagegen den Empfänger zu einem im allgemeinen Interesse des Zuschussgebers liegenden Handeln anregen, sind sie mangels Leistungsaustauschs **nicht steuerbar** (vgl. zuletzt BFH XI R 10/14, BStBl. II 2015, 862; EuGH C-102/86, UR 1989, 275 – Apple and Pear Development Council, mit Anm. *Weiß* und EuGH C-184/00, IStR 2002, 96 – Kommission/Italienische Republik; siehe auch *Fischer* UR 1989, 270). Die **Abgrenzung** ist von den Gesamtumständen des Einzelfalls abhängig und in der Praxis dementsprechend häufig umstritten. Soweit die öffentliche Hand als Zuschussempfänger oder Zuschussgeber eingebunden ist, wird das Vorliegen eines nicht steuerbaren Zuschusses von der Finanzverwaltung oft weniger kritisch hinterfragt als bei privaten Vereinen oder anderen privatrechtlich organisierten Beteiligten, wenngleich natürlich dieselben Abgrenzungskriterien gelten. Zu Forschungszuschüssen aufgrund von Bewilligungsbedingungen der öffentlichen Hand siehe BFH V

R 19/92, BStBl. II 1995, 86, zu landwirtschaftlichen Zuschüssen siehe EuGH C-215/94, DStR 1996, 421 – Mohr mit Anm. *Widmann* UR 1996, 120; *R/K/L* § 1 Rn. 539. Die Finanzverwaltung verfuhr noch gem. UStR 150 Abs. 8 S. 1 nach dem Grundsatz, dass Zuwendungen aus öffentlichen Kassen, die ausschließlich auf **Haushaltsrecht** und den dazu erlassenen Nebenbedingungen beruhten, als nicht steuerbare Zuschüsse einzustufen seien. Diese **generelle Einschränkung des Leistungsaustauschbegriffs** wurde vom **BFH jedoch abgelehnt** (BFH V R 8/07, BStBl. II 2009, 397). Gleichwohl dürften in solchen Fällen idR nicht steuerbare Zuschüsse vorliegen (so auch UStAE 10.2 Abs. 8). Zu Zuwendungen aus öffentlichen Kassen im Bereich LuF siehe OFD Niedersachsen 1.11.2011, BeckVerw 255337. Zu echten Zuschüssen aus öffentlichen Kassen in Abgrenzung zur neueren ablehnenden BFH-Rechtsprechung siehe OFD Frankfurt a. M. 22.1.2010, UR 2010, 630 sowie UStAE 10.2 Abs. 8 – präzisierend gegenüber BFH V R 8/07, BStBl. II 2009, 397 und BGH V R 38/06, BStBl. II 2009, 749. Zu Zuschüssen an öffentliche Beteiligungsunternehmen vgl. *Noack* DStR 2011, 2027; *Lippross* DStR 2009, 781; anders *Fest* DStR 2011, 1293. **Förderbeiträge,** die eine Einzelperson von einer privatrechtlichen Organisation erhält, um Reisetrends zu beobachten, hat das FG Schleswig-Holstein als steuerbar eingestuft (SchlHFG 4 K 27/13, DStRE 2016, 1315, NZB eingelegt, Az. BFH V B 79/16). Zu **Druckkostenzuschüssen** vgl. BFH V R 27/92, BFH/NV 1995, 550 und XI R 22/13, DStR 2016, 170.

Erhält der Bauherr einer **Tiefgarage** von der Stadt einen Geldbetrag, damit er der Allgemeinheit Stellplätze zur Verfügung stellt, liegt ein Leistungsaustausch und keine Zuschussgewährung vor (BFH V R 11/97, BStBl. II 1998, 169); siehe auch BFH V R 81/99, BStBl. II 2003, 213 (Zuschuss des Landes für die Errichtung einer Kläranlage) und BFH V R 20/05, BStBl. II 2009, 483. Einzelheiten → § 10 Rn. 8, 41; ABC der Zuschüsse und Beihilfen → § 10 Rn. 60ff. **56**

einstweilen frei **57**

13. ABC des Leistungsaustauschs

(L = Leistungsaustausch, k L = kein Leistungsaustausch). **58**

Abonnementberatung. Beratungsbereitschaft gegen pauschales Entgelt = L, EuGH C-463/14, DStR 2016, 176 – Asparuhovo Lake Investment Company.

Abfallentsorgung durch GmbH, wenn Kommune die Pflichtaufgabe mit befreiender Wirkung auf die GmbH übertragen hat = L gegenüber den Abfallanlieferern (BFH V B 81/99, DStRE 2000, 142, siehe auch BFH V R 19/01, BStBl. II 2003, 950 und BMF 10.12.2003, BStBl. I 2003, 785).

Abmahnverein. Leistung an abgemahntes Unternehmen (BFH V R 92/01, BStBl. II 2003, 732). Dazu und zur Rechnungserteilung siehe *Tehler/Humbert* UR 2007, 793ff. Hingegen keine Leistung laut FG Münster 5 K 2386/11 U, MwStR 2014, 665 mAnm *Wüst* – Rev zugelassen; vgl. auch *Rennar* USt direkt digital 12/2014, 6ff.).

Ackerflächenstilllegung gegen Geldzuwendung gem. Gesetz zur Förderung der agrarstrukturellen und -sozialen Anpassung der Landwirtschaft der DDR = k L (BFH V R 133/93, BStBl. II 1997, 335 mit Anm. *FK* in DStR 1997, 616f. und FM LSA 10.6.1997, DStR 1997, 1086). Der BFH folgt hier dem EuGH (vgl. C-215/94, DStR 1996, 421 – Mohr und EuGH C-384/95, DStRE 1998, 888 – Landboden Agrardienste), wonach Geldleistungen der öffentlichen Hand zu agrarstrukturellen und -sozialen Zwecken dieser keine Dienstleistung iSv Art. 2 Abs. 1 Buchst. c MwStSystRL (= Art. 2 Nr. 1 6. EG-RL) verschaffe und zu keinem Verbrauch führe. **Stilllegung** oder Abgabe landwirtschaftlich genutzter Flächen **gegen Produktionsaufgaberente** gem. Gesetz zur Förderung der Einstellung der landwirtschaftlichen Erwerbstätigkeit vom 21.2.1989 (BGBl. 1989 I 233) = k L (OFD Frankfurt a. M. 16.9.2003, UR 2004, 433).

Angehörige. Zur Beurteilung von Leistungsbeziehungen zwischen nahen Angehörigen siehe BFH V R 8/86, BStBl. II 1990, 100; BFH V R 56/89, BStBl. II 1992, 859; BFH V R 48/02, BStBl. II 2006, 384; BFH V B 124/03, BFH/NV 2004, 383; *Weitemeyer* NZM 2006, 881 (Mietvertrag). Für die Frage nach dem Vorliegen eines Leistungsaustausches gelten grundsätzlich die üblichen Kriterien. Allerdings können bei nicht marktgerechten Entgelten Besonderheiten hinsichtlich der Bemessungsgrundlage zu berücksichtigen sein aufgrund der Vorschrift zur Mindestbemessungsgrundlage in § 10 Abs. 5.

Apotheker. Zahlung eines Entgelts, damit Eigentümer des Nachbarhauses eine Arztpraxis einrichtet und an einen Arzt vermietet oder für diese einen Fahrstuhl einbaut = L. Siehe auch UStAE 1.1 Abs. 10.

Arbeitnehmer zahlt bei Ausscheiden an Arbeitgeber für erhaltene berufliche Fortbildung. ME liegt kein Leistungsaustausch vor. Die zunächst betrieblich überlagerte Maßnahme (UStAE 1.8 Abs. 4 Nr. 3) wird nicht dadurch zum entgeltlichen Leistungsaustausch, dass der Arbeitnehmer aufgrund seines Ausscheidens sich anteilig finanziell an der Fortbildung beteiligt. Es liegt vielmehr eine Übereinkunft über den Arbeitslohn vor, welcher in diesem Fall entsprechend reduziert wird.

Arbeitnehmerfreistellung gegen Aufwendungsersatz = k L, wenn sie für bestimmte beispielhaft ausgeführte im öffentlichen Interesse liegende Aufgaben erfolgt, zB Luftschutz- und Katastrophenübungen, Gemeinderatssitzungen, Tätigkeit beim DRK oÄ, Feuerwehrausbildung und -einsatz, Wehrübungen, auch ehrenamtliche Tätigkeiten bei Innungskrankenkassen. Vgl. UStAE 1.1 Abs. 16 Nr. 1–12.

Aufhebungsvereinbarung. Wird aufgrund einer einvernehmlich abgeschlossenen Aufhebungsvereinbarung gegen eine Vergütung darauf verzichtet, vertraglich vereinbarte Lieferungen anzubieten und das dafür vereinbarte Entgelt einzufordern, liegt ein steuerpflichtiger Leistungsaustausch vor (FG München 2 K 596/12, MwStR 2014, 737 mAnm *Masuch*).

Aufsichtsratsmitglied (BFH V R 68/78, BStBl. II 1987, 42; *Weiß* UR 1986, 322) und **Beiratsmitglied** (BFH XI R 74/93, BStBl. II 1995, 150) erbringen in aller Regel steuerbare und steuerpflichtige Leistungen (BFH V R 32/08, DStRE 2009, 1319 zur Nichtanwendung der Steuerbefreiung gem. § 4 Nr. 26 für angeblich ehrenamtliche Tätigkeiten).

Aufwandsentschädigung. Tätigkeit lediglich gegen Aufwandsentschädigung oder Auslagenersatz = L (BFH XI R 70/07, DStRE 2008, 1276; BFH V R 101/01, BStBl. II 2004, 798). Etwaige zusätzliche gewinnabhängige Zahlungen sind nicht steuerbar (BFH V R 33/11, BStBl. II 2013, 937).

Ausgleichsbeträge gem. § 58a BranntweinMonG = L, OFD Niedersachsen 15.2.2016, StEd 2016, 204.

Ausgleichsmaßnahmen nach Bundesnaturschutzgesetz. Beurteilung als L ist strittig und am BFH anhängig unter V R 15/12. Zu sog. ökologischen Ausgleichsmaßnahmen siehe auch BFH-Urteil XI R 32/11, DStRE 2014, 466, wonach die vom Landwirt zur Verfügung gestellten Flächen und sonstigen Maßnahmen im Rahmen eines Leistungsaustausches erfolgen und der Regelbesteuerung unterliegen, auch wenn das Geld aus öffentlichen Kassen stammt.

Berufskartenspiel = L (BFH V R 20/91, BStBl. II 1994, 54).

Bestelleintritt. Zu den Folgen für die Beteiligten am Leistungsaustausch siehe UStAE 3.5 Abs. 7a. Im Falle eines nicht anzuerkennenden Bestelleintritts nach der Lieferung erkennt die Finanzverwaltung ein Sale-and-Lease-back-Geschäft (also eine Lieferung des ursprünglichen Käufers an einen Leasinggeber, der anschließend den Gegenstand an den ursprünglichen Käufer vermietet). Inwieweit etwaige Billigkeitsmaßnahmen für den Vorsteuerabzug aus unzutreffenden Rechnungen in Betracht kommen, muss der BFH im anhängigen Verfahren V R 32/16 entscheiden (bejaht von der Vorinstanz FG Düsseldorf, 5 K 4098/11 U AO, MwStR 2016, 923 mit Anm. *Herbert*); auch → Rn. 35f.

Betriebsführung, Übernahme der Betriebsführung von defizitären Strecken der Deutschen Bahn gegen „Starthilfe" = L; BFH V R 11/03, DStRE 2006, 95.

Betrugsabsicht des Lieferers, L auch bei betrügerischem Handeln des Lieferers, wonach er ein und dieselben Gegenstände mehrfach liefert und dies der Leistungsempfänger trotz hinreichender Sorgfalt nicht erkennen konnte (BFH V R 43/10, DStR 2012, 460; BMF 7.2.2014, BStBl. I 14, 271 und damit ergänzter UStAE 3.1 Abs. 2 S. 5).

Bierbezugsverpflichtung. Eingehung gegen Darlehensgewährung = L (FG RhPf, EFG 1990, 599), siehe auch FG Köln, EFG 1996, 1059 (Verwaltung von verpachteten Gaststätten durch Brauereien gegen Verpflichtung des Verpächters, die Pächter an die Brauerei zu binden).

Bitcoin. Umtausch einer virtuellen Währung in konventionelle Währung = L (EuGH C-264/14, DStR 2015, 2433 – David Hedqvist, hierzu Anm. *Beck/König* UR 2015, 869; *Heinrichshofen* EU-UStB 2015, 78; *Pielke* MwStR 2016, 150), allerdings steuerfrei gem. Art. 135 Abs. 1 Buchst. e MwStSystRL.

Brauereiwerbung usw Brauerei verpachtet im Namen und für Rechnung der Hauseigentümer Gaststätten und haftet für pünktlichen Eingang der Pacht = L; ebenfalls L, wenn sich Hauseigentümer verpflichten, Brauereiwerbung an ihren Häusern zu dulden und ihre Pächter zu verpflichten, Bier von der Brauerei zu beziehen, BFH V R 95/96, BStBl. II 1997, 668.

Darlehen. Auszahlung und Rückgewähr = k L. Leistungsaustausch besteht in der Überlassung des Geldes gegen Zinsen, siehe auch EuGH C-77/01, DStRE 2004, 1095 – EDM mit Anm. *Wagner* UVR 2004, 310, betreffend Darlehen der Holdinggesellschaft an ihre Beteiligungsgesellschaften; siehe auch FG Hmb (2 K 189/10, UStB 2013, 3), wonach Darlehenzinsen als Hilfsumsätze iSd § 43 Nr. 3 UStDV ohne negative Auswirkung auf den Vorsteuerabzug bleiben können (Rev beim BFH unter XI R 38/12).

Devisengeschäfte einer Bank = L (EuGH C-172/96, DStRE 1998, 680 – First National Bank of Chicago). Der Umtausch einer virtuellen Währung in konventionelle Währung erfolgt ebenfalls im Rahmen eines Leistungsaustausches (EuGH C-264/14, DStR 2015, 2433 – David Hedqvist); die Leistung ist steuerfrei gem. Art. 135 Abs. 1 Buchst. e MwStSystRL.

Diebstahl = k L; EuGH C-435/03, DStRE 2005, 1093 – British American Tobacco International Ltd. und Newman Shipping & Agency Company NV. Der Verkauf gestohlener Gegenstände kann allerdings im Rahmen eines Leistungsaustausches erfolgen (auch → § 1 Rn. 39).

Dolmetscher, Übersetzer, Zeugen und ehrenamtliche Richter. K L für Entschädigung nach §§ 15–23 JVEG. Tätigkeit von Dolmetschern und Übersetzern vor Gericht gegen **Vergütung gem. §§ 8–14 JVEG** = L; UStAE 1.3 Abs. 9. Siehe auch bei „Sachverständige" und zur entsprechenden Abgrenzung UStAE 1.3 Abs. 15 sowie OFD Frankfurt a. M. 14.7.2014, UR 2014, 986.

Eisenbahnkreuzungsgesetz. Zu Zahlungen der öffentlichen Hand siehe OFD Niedersachsen 15.10.2014, BeckVerw 291431.

Ehrenamtliche Tätigkeit. Tätigkeit gegen Aufwandsentschädigung = L (vgl. BFH V R 32/08, DStRE 2009, 1319). Anders bei ehrenamtlichen Richtern (k L), vgl. UStAE 1.3 Abs. 9.

Eisernes Inventar. Hin- und Rückgabe = k L. Einzelheiten → § 24 Rn. 42.

Erbauseinandersetzung. K L, sofern der Erbe eines Unternehmens die Miterben durch Zahlungen abfindet, nachdem die Miterben am vererbten Unternehmensvermögen keine Verfügungsmacht übertragen können.

Erschließungsmaßnahmen, die die Gemeinde durchführt oder durch einen Unternehmer durchführen lässt = k L, sondern idR hoheitliche Tätigkeit, für die Gebühren erhoben wird. Etwas anderes gilt, wenn die Gemeinde die Erschließungsaufgaben in einem öffentlich rechtlichen Vertrag gem. § 124 Abs. 1 BauGB einem Erschließungsträger überträgt. Der erbringt uU Leistungen gegenüber den Erwerbern der Grundstücke oder auch an die Gemeinde. Einzelheiten siehe BMF 7.6.2012, BStBl. I 2012, 621; vgl. auch BFH V R 9/04, BStBl. II 2007, 285; nach BFH V R 14/09, BStBl II 2012, 428 liegen Leistungen an die jPdöR und nicht an die Grundstückseigentümer vor – ausdrücklich entgegen BMF vom 31.5.2002. Fraglich ist gem. anhängigem BFH-Verfahren V R 16/10, ob ein Leistungsaustausch zwischen einer Gebietskörperschaft und einer GmbH begründet wird, wenn zur Erhaltung der Verkehrssicherheit der **Schienenanlagen und Kreuzungsanlagen** im Rahmen der Modernisierung von Schienenwegen Kreuzungsmaßnahmen durchgeführt werden.

Factoring. Der BFH nahm früher beim **echten Factoring,** bei dem der Factor Forderungen des Anschlusskunden unter Übernahme des Ausfallrisikos aufkaufte und dafür Gebühren erhielt, eine steuerfreie Abtretung der Forderung des Anschlusskunden an den Factor und keine Leistung des Factors an, vgl. BFH V R 75/76, BStBl. II 1982, 200. Diese Rechtsprechung hat er nach der Entscheidung des EuGH C-305/01, DStR 2003, 1253 = UR 2003, 399 – MKG-Kraftfahrzeuge-Factoring GmbH mit Anm. *Wäger,* aufgegeben und nimmt wie dieser eine steuerpflichtige Leistung des Factors an den Anschlusskunden an, BFH V R 34/99, BStBl. II 2004, 667. Das Entgelt besteht in der Differenz zwischen dem Betrag der abgetretenen Forderung und dem Preis, den der Factor dem Anschlusskunden für die Forderung zahlt. Zur geänderten Rechtsprechung siehe zB *Lickteig* UR 2004, 464 ff. Beim **unechten Factoring** galt schon zuvor: Der Factor betreibt das Inkasso im Interesse des Forderungsinhabers; er erbringt für diesen eine sonstige Leistung und erhält dafür Gebühren. Insgesamt: **Factoring** = L; siehe auch UStAE 2.4, *Grambeck* UR 2007, 84 ff. In einem erneuten Vorabentscheidungsverfahren hat der BFH dem EuGH die Frage gestellt, ob die Factoring-Rechtsprechung auch auf die Übertragung von **zahlungsgestörten Kreditforderungen** anzuwenden und wie dabei ggf. die Bemessungsgrundlage zu bestimmen ist (BFH V R 18/08, DStR 2010, 377). Dies hat der EuGH mit Urteil vom 27.10.2011 (C-93/10, DStR 2011, 2093 – GFKL) abgelehnt, da in einem solchen Fall der Erwerber der Kreditforderungen nach der zugrunde liegenden Vereinbarung keine Leistungen gegen Entgelt erbringt. So im Anschluss an den EuGH auch die Nachfolgeentscheidung des BFH (V R 8/10, MwStR 2013, 663 mAnm *von Wallis*). Die **Finanzverwaltung** hat per BMF-Schreiben v. 2.12.2015 (DStR 2015, 2778) ihre Auffassung entsprechend angepasst (mit entsprechender Änderung von UStAE 2.4 Abs. 7 und 8) und unterscheidet zwischen dem Verkauf von **zahlungsgestörten Forderungen** (steuerfreie Leistung gem. § 4 Nr. 8 Buchst. c) und dem Factoring bzgl. nicht zahlungsgestörter Forderungen (steuerpflichtige Einzugsleistung des Forderungserwerbers an den Veräußerer). Ob die Unterscheidung nach zahlungsgestört und nicht zahlungsgestört sinnvoll ist, kann mE bezweifelt werden. ME müsste vielmehr bei allen Forderungsübertragungen geprüft werden, ob die Parteien eine Einzugsleistung vereinbaren oder schlichtweg Forderungen übertragen, so dass die Factoring-Rechtsprechung nur greift, wenn tatsächlich Einzugsleistungen und ein Entgelt dafür vereinbart sind.

Filmpreis = k L (BFH V R 107/87, DStR 1992, 1283). Siehe auch Stichwort „Preisgelder".

Folgerecht gem. § 26 UrhG. Bei Weiterveräußerung des Originals eines Werkes der **bildenden Kunst** unter Beteiligung eines Kunsthändlers oder Versteigerers erhält der Urheber einen Anteil am Veräußerungserlös = k L, UStAE 1.1 Abs. 21.

Forschungszuschüsse = k L zwischen Zahlendem und Zahlungsempfänger (= Forschungsunternehmer), wenn dieser die Forschungsarbeit entsprechend des Bewilligungsbescheides nicht als Leistung an den Zahlenden ausführt, sondern Leistungsempfänger ein Dritter ist, vgl. BFH V R 19/92, BStBl. II 1995, 86. Es ist aber zu beachten, dass bei einem Zuschuss aufgrund **Haushaltsbeschluss** nicht per se ein nicht steuerbarer Zuschuss vorliegt. Maßgebend ist nicht die haushaltsrechtliche Befugnis zur Ausgabe, sondern der Grund der Zahlung (BFH V R 8/07, BStBl. II 2009, 397; siehe auch UStAE 10.2 Abs. 15). Die **Finanzverwaltung** geht in typisierender

Abgrenzung aber weiterhin davon aus, dass bei haushaltsrechtlichen Zahlungen nicht steuerbare Zuschüsse vorliegen (OFD Frankfurt a. M. 22.1.2010, UR 2010, 630; UStAE 10.2 Abs. 8).

Garantie-Leistung des Autoverkäufers = (eigenständige) L. Das sog. „Kombinationsmodell" war nach alter Rechtsprechung gem. § 4 Nr. 8 Buchst. g und/oder Nr. 10 Buchst. b steuerfrei (BFH V R 67/01, BStBl. II 2003, 445 und BFH V R 16/02, DStRE 2003, 628). Der BFH hält nunmehr allerdings an der Steuerfreiheit nicht mehr fest, sondern beurteilt die Garantiezusage als steuerpflichtig (BFH XI R 49/07, DStRE 2010, 511 – ausdrückliche Änderung der Rechtsprechung des BFH in V R 16/02, BStBl. II 2003, 445; vgl. auch EuGH C-455/05, DStRE 2007, 1519 – Velvet & Steel). Gleiches muss für die „händlereigene Garantie" gelten. Das sog. „Versicherungsmodell" ist weiter steuerfrei, aber wettbewerbsrechtlich bedenklich (OLG Frankfurt a. M. 6 U 148/95, NJW-RR 1996, 1386, vgl. auch *Robisch/Jacobs* UR 2010, 925 sowie BMF 15.12.2010, BStBl. I 2010, 1502).

Gebäuderestwertentschädigung = k L, sondern echter, aus strukturpolitischen Gründen gezahlter Zuschuss (BFH V R 10/00, DStRE 2001, 159; BFH V B 115/05, BFH/NV 2006, 2104). Ob in Einzelfällen ein Leistungsaustausch vorliegt, ist nach der Vereinbarung über die Zahlung der Gemeinde an den Grundstückseigentümer zu entscheiden (OFD Hannover 1.11.2006, UR 2007, 391).

Gesellschaft. Aufnahme eines Gesellschafters in eine Personengesellschaft = k (Dienst-)L der Gesellschaft gegen Entgelt (EuGH C-442/01, DStRE 2003, 936 – KapHagRenditefonds; siehe auch *Reiß* UR 2003, 428 (432). Etwaige damit verbundene Vorleistungen sind Gemeinkosten und das diesbezügliche Recht auf Vorsteuerabzug richtet sich nach den Gesamtumsätzen des Unternehmens. Dasselbe gilt bei der Ausgabe von Anteilen an einer Kapitalgesellschaft (EuGH C-465/03, DStR 2005, 965 – Kretztechnik, und bei der Ausgabe von Schuldverschreibungen, siehe BFH V R 29/09, DStRE 2010, 1153).

Gewinnverteilung nach Menge angelieferter Ware = L (BFH V R 47/86, BStBl. II 1990, 757; kritisch *Bunjes* UR 1991, 39; *Forchhammer* UR 1991, 241).

Glücksspiele, verbotene = L, vgl. EuGH C-283/95, DStRE 1998, 490 – Fischer.

Gutscheine für nicht konkretisierte Leistungen = k L; der Verkauf von Gutscheinen für definierte Leistungen soll hingegen als Anzahlung der Umsatzsteuer unterliegen (siehe OFD Karlsruhe 25.8.2011, DStR 2011, 1910; OFD Magdeburg 2.5.2006, UR 2007, 470). Ferner hat demgegenüber der EuGH (C-40/09, DStRE 2010, 1028 – Astra Zeneca UK Ltd.) die Abgabe von Gutscheinen an das Personal als steuerpflichtige Dienstleistung eingestuft (vgl. hierzu Anm. *Korn* SteuK 2010, 348; *Nieskens* UR 2010, 893). Die Finanzverwaltung will allerdings offenbar an ihrer bisherigen Praxis festhalten und das Urteil nicht allgemein anwenden (BMF 20.12.2010, BStB1. I 2010, 1502; vgl. auch BMF 24.9.2012, BStBl. I 2012, 947, zu Einzweckguthabenkarten bei Telekom-Leistungen). Demnach wäre die Ausgabe von allgemeinen Gutscheinen (ohne Bezug zu einer konkreten Leistung) aus deutscher Sicht weiterhin ein nicht steuerbarer Vorgang. Ähnlich auch der EuGH in dem nach Astra Zeneca ergangenen Urteilen C-270/09, Slg. 2010, 13224 Rn. 23ff. – MacDonald Resorts Limited und C-520/10, BStBl. II 2012, 755 – Lebara. Um in der EU eine einheitliche Behandlung von **Gutscheinen** zu gewährleisten, wurde vom Rat der EU die Richtlinie (EU) 2016/1065 vom 27.6.2016 (ABl. 2016 L 7, 9) erlassen, die für Gutscheine gilt, die nach dem 31.12.2018 ausgestellt werden, und bis dahin in nationales Recht umzusetzen ist. Danach muss, wie auch schon nach aktueller Rechtslage in Deutschland, zwischen **Einzweck- und Mehrzweckgutschein** unterschieden werden. Der Verkauf eines Einzweck-Gutscheins ist steuerbar, während der Verkauf eines Mehrzweck-Gutscheins zunächst als Umtausch von Geld nicht steuerbar ist und die Besteuerung erst bei Einlösung erfolgt.

Haftungsvergütung. Zahlungen, die ein Komplementär für die Übernahme der Haftung von einer KG erhält, sind steuerpflichtiges Entgelt (BFH V R 24/10, DStR

2011, 854; BMF 14.11.2011, BStBl. I 2011, 1158). Die „Nur-Haftungsvergütung" wurde von der Finanzverwaltung zuvor noch als nicht steuerbar angesehen (Übergangsregelung im zitierten BMF-Schreiben bis 31.12.2011).

Handelsvertreter. Ausgleichszahlungen gem. § 89b HGB = L. Der Ausgleichsanspruch ist der Gegenwert für die Vorteile, die der Handelsvertreter dem Geschäftsherrn durch seine Tätigkeit verschafft hat (zB Erweiterung und Sicherung des Kundenkreises) und die nach Vertragsende fortwirken, ständige Rechtsprechung des BFH (zuletzt BFH V R 57/97, BStBl. II 1999, 102; so auch UStAE 1.3 Abs. 12. Ohne Einfluss bleibt die ggf. einkommensteuerliche Behandlung als Entschädigung gem. § 24 Nr. 1 c EStG. Zweifel an der hM bei *Klenk* UR 2007, 639, der meint, der Anspruch gleiche einen Schaden aus, den der Handelsvertreter erleide, weil er nicht mehr für seinen Geschäftsherrn tätig sein könne.

Hartz IV-Leistungen: Betreuungsleistungen gem. SGB II obliegen grundsätzlich der Bundesagentur für Arbeit. Soweit zulässigerweise kommunale Träger eingesetzt werden = k L der Kommune an die Bundesagentur. L, wenn die Kommune Aufgaben an Dritte überträgt, OFD Hannover 23.12.2004, UR 2005, 401.

Holzverkauf. Waldbesitzer beauftragt den Holzverkäufer mit der Fällung, Aufarbeitung und Rückung des Holzes (= **Selbstwerbung**) = L in Form des tauschähnlichen Umsatzes, wenn die Waldarbeiten gegen Lieferung des Holzes mit Baraufgabe erfolgen, BFH V R 10/03, BStBl. II 2004, 695.

Incentive-Reise = k L wenn sie ein Händler bei einem Verkaufswettbewerb seines Lieferanten gewinnt, BFH XI R 81/92, BStBl. II 1995, 277; aA BFH V R 16/92, BStBl. II 1995, 274 für einen Tankstellenpächter, der für den Verkauf von Mineralöl im Namen der Mineralölfirma von dieser neben der Verkaufsprovision die Incentive-Reise erhält. Zu beiden Urteilen *Widmann* UR 1996, 56; siehe auch Anm. W. G. DStR 1995, 487und *Husmann* UR 1995, 60f.

Kantine. Zuschuss eines Arbeitgebers an den Kantinenbetreiber zur Verpflegung seiner Mitarbeiter kann als LA zwischen Kantinenbetreiber und Arbeitgeber gesehen werden. Demnach besteht aber kein Recht auf Vorsteuerabzug, wenn die Zahlung ausschließlich dazu bestimmt ist, dem Mitarbeiter den verbilligten Bezug von Getränken und Speisen zu ermöglichen (BFH XIR 4/12, DStR 2014, 797).

Karussellgeschäfte können im Rahmen eines umsatzsteuerlich anzuerkennenden Leistungsaustausch erfolgen (EuGH C-354/03, C-355/03, C-484/03, DStR 2006, 133 Rn. 46 – Optigen und C-439/04, DStR 2006, 1274 Rn. 43 – Axel Kittel) sofern der Steuerpflichtige die betrügerischen Absichten seiner Geschäftspartner nicht kannte bzw. hätte erkennen müssen (vgl. auch BFH V R 43/10, DStR 2012, 460 zu scheinbarem Erwerb und unfreiwilligem Verlust der Verfügungsmacht bei Leasinggeschäften). Zur Anerkennung aus Vertrauensschutzgesichtspunkten siehe EuGH C-277/14, DStRE 2016, 282 – PPUH Stehcemp und FG München 2 K 710/14, EFG 2016, 1741.

Kaufoption = L, → Rn. 53 Stichwort „Optionsgebühr".

Kfz-Stellplätze. Öffentl. – im Parkhaus einer Kreissparkasse gegen Zahlung eines „Entgelts" der Gemeinde = L, vgl. BFH V R 11/97, BStBl. II 1998, 169.

Kostenbeitrag des **absonderungsberechtigten Gläubigers** für die Feststellung und Verwertung von Sicherungseigentum durch den Insolvenzverwalter = k L, UStAE 1.2 Abs. 3.

Leasing. Der Leasingnehmer betankt das geleaste Fahrzeug „im Namen und für Rechnung" des Leasinggebers = k L des Leasinggebers an den Leasingnehmer, ebenso wenig L der Mineralölgesellschaft an den Leasinggeber, aber L der Mineralölgesellschaft an den Leasingnehmer, siehe EuGH C-185/01, BStBl. II 2004, 573 – Auto Lease Holland BV und BFH V R 26/00, BStBl. II 2004, 571. Die Finanzverwaltung beschreibt demgegenüber Bedingungen, unter denen dann doch von Lieferungen der Mineralölgesellschaft an den Leasinggeber und des Leasinggebers an den Leasingnehmer anzunehmen sind (siehe BMF 15.6.2004, BStBl. I 2004, 605).

Leihe = k L mangels Entgelt, unentgeltliche Wertgabe gem. § 3 Abs. 9a Nr. 1 bei unternehmensfremden Gründen.

Leistungsbereitschaft, gegen Pauschalentgelt Beratungsleistungen zu erbringen, ohne dass eine solche dann tatsächlich auch erbracht wird, erfolgt im Rahmen eines steuerbaren Leistungsaustausches (EuGH C-463/14, MwStR 2015, 855 – Asparuhovo Lake Investment Company OOD mAnm *Grube,* s. auch Anm. *Nieskens* EU-UStB 2015, 83).

Leitungsrechte. Die Überlassung von Grundstücken zur Errichtung von Strommasten für Überlandleitungen, die Einräumung des Rechts zur Überspannung des Grundstücks und die dingliche Sicherung dieser Rechte durch eine beschränkt persönliche Dienstbarkeit = L, die gem. § 4 Nr. 12 S. 1 Buchst. a steuerfrei ist, BFH V R 30/04, BStBl. II 2005, 802 = DStRE 2005, 278; UStAE 4.12.8 Abs. 2; BMF 18.10.2005, BStBl. I 2005, 997. Entsteht beim Bau der Überlandleitung ein **Flurschaden,** sind „Entschädigungen" des Betreibers Entgelt für die Duldung der Schäden wie das Entgelt für oa Hauptleistung steuerfrei, BFH V R 30/04, BStBl. II 2005, 802.

Lizenzentschädigung. Geltendmachung von Ansprüchen auf Unterlassung und Schadensersatz gem. § 97 UrhG ist kL, auch wenn die Beträge als fiktive Lizenzgebühr kalkuliert werden (SächsFG 8 V 1346/13, BeckRS 2014, 96204).

Marktprämie nach § 33g EEG sowie Flexibilitätsprämie nach § 33i EEG sind nicht als Entgelt für eine Leistung einzustufen, sondern als nicht steuerbarer Zuschuss. Sofern sie bis 1.1.2013 als Entgeltsbestandteil berücksichtigt wurden, wird dies für den Vorsteuerabzug nicht beanstandet (BMF 6.11.2012, BStBl. I 2012, 1095).

Mautgebühr. Benutzung der **Autobahn** gegen Mautgebühr = L, wenn die Nutzung von einem privaten Konzessionsträger gem. FStrPrivFinG gewährt wird, siehe auch das Urteil des EuGH C-462/05, UR 2008, 653 – Kommission/Portugal. Die Maut, die auf den Bundesautobahnen gem. Gesetz zur Neuregelung mautrechtlicher Vorschriften für Bundesfernstraßen erhoben wird, ist eine öffentlich-rechtliche Gebühr; BMF 12.7.2011, BStBl. I 2011, 1378. Bei etwaiger Weiterbelastung der Maut durch den Spediteur wird diese jedoch Bestandteil der Bemessungsgrundlage für die Transportleistung; auch bei Weiterbelastung der Maut durch den Vermieter an den Mieter kann sie Entgeltbestandteil werden (vgl. OFD Koblenz 31.1.2006, DStR 2006, 514).

Mietgarantie. Zahlung des Garantiegebers = k L (FG RhPf, EFG 1990, 600). Verzicht auf Mietgarantie = k L (FG BW 1 K 15/04, DStRE 2007, 701)

Milcherzeugungs-Einstellung = k L, siehe EuGH C-215/94, DStR 2016, 421 – Mohr; siehe auch Stichwort „Ackerflächenstilllegung".

Milchquote. Die Zustimmung des Verpächters zur Veräußerung der Milchquote durch den Pächter = L; NdsFG 5 V 640/99, EFG 2000, 1281. Staatliche Milchquoten-Verkaufsstelle ist Nichtunternehmer (BFH V R 40/04, DStRE 2008, 1452; EuGH C-408/06, DStRE 2008, 710 – Götz). Milchquote geht im Rahmen der GiG auf den weiterführenden Erwerber über (BFH V R 39/92, BStBl. II 1994, 538); das BFH-Verfahren XI R 17/10 zur Frage, ob bei der Abgabe einer Milchreferenzmenge ein umsatzsteuerpflichtiger Leistungsaustausch zwischen dem Verkäufer und der sog. „Milchquoten-Verkaufsstelle" vorliegt, wurde zurückgenommen, sodass dazu kein Urteil ergehen wird.

Minderwertausgleich = L. Die Zahlung von einem Minderwertausgleich bei der Beendigung von Leasingverträgen ist nach Auffassung der Finanzverwaltung steuerbar (BMF 22.5.2008, BStBl. I 2008, 632). Sie erkannte nur in Zahlungen für entgangene künftige Leasingraten einen Schadensersatz, BMF 22.5.2008, BStBl. I 2008, 632; UStAE 1.3 Abs. 17; vgl. auch *Hummel* UR 2006, 614ff., *Klein* UR 2008, 133. Laut BGH VIII Z R 68/06, UR 2007, 416, entfällt auf den Minderwertausgleich hingegen keine USt; daraus resultieren entsprechende praktische Schwierigkeiten (die Finanzverwaltung fordert Umsatzsteuer, die der Leasinggeber zivilrechtlich nicht gegen den Leasingnehmer durchsetzen kann). Der BFH (XI R 6/11, BStBl. II 2014, 206) sieht insoweit ebenfalls keinen Leistungsaustausch und die Finanzverwaltung hat sich dieser Einschätzung mittlerweile angeschlossen (nunmehr UStAE 1.3 Abs. 17 S. 2, eingefügt per BMF 6.2.2014, DStR 2014, 330). Siehe auch OFD Karlsruhe 19.2.2015, MwStR 2015, 237.

Mobilfunkbereich. Abgabe des sog. Startpakets an den Kunden = L. FM NRW 4.12.1998, DStR 1999, 199; BMF 3.12.2001, BStBl. I 2001, 1010.

Negativer Kaufpreis bei Lieferungen. Es kommt eine Bewertung als Entgelt für eine Dienstleistung des Übernehmers an den Verkäufer in Betracht, die neben dem eigentlichen Liefervorgang gesondert zu berücksichtigen ist. Die umsatzsteuerliche Qualifikation dieser Dienstleistung bzw. des gesamten Vorgangs hängt vom Einzelfall ab (zB Übernahme von mit den übertragenen Gegenständen zusammenhängenden Verpflichtungen). Klare und schriftlich dokumentierte vertragliche Regelungen vor Ausführung des Umsatzes und formal zutreffende Abrechnungen können Streitfälle vermeiden.

Nießbrauchseinräumung gegen Gewährung eines unverzinslichen Darlehens = L (BFH V R 12/85, BStBl. II 1991, 649).

Notärzte = L zwischen Patient und dem eingesetzten Notarzt, auch wenn der Verein, in dem die Notärzte zusammengeschlossen sind, dem DRK den jeweiligen Notarzt stellt, BFH, HFR 1998, 392.

Nutzungsüberlassung ohne Entgelt auch dann = k L, wenn sie der Anbahnung späterer Geschäftsbeziehungen mit Mietern dient (BFH V R 95/86, BStBl. II 1992, 569).

Ökopunkte. Ausgabe durch Gebietskörperschaft k L. Handel zwischen U = L (OFD Frankfurt a. M. 24.4.2013, MwStR 2013, 354 und 14.2.2014, BeckVerw 282884).

Organwalter. Geschäftsführungs- und Vertretungsleistungen, die Gesellschafter gegenüber der Gesellschaft auf Grund der Ausübung von Mitgliedschaftsrechten **gegen Sonderentgelt** erbringen = L, BFH V R 43/01, BStBl. II 2003; BFH V R 92/01, BStBl. II 2003, 732. Die frühere Rechtsprechung, wonach das Handeln der Organwalter dem Handeln der Gesellschaft selbst zuzurechnen und keine Leistung sei (BFH V R 5/72, BStBl. II 1980, 622 und BFH XI R 47/96, BStBl. II 1997, 255), hat der BFH aufgegeben (siehe auch *Heidner* DStR 2002, 1890). Kritik an der neuen Rechtsprechung *Clemm/Buttenhauser* UR 2004, 333 und *Stadie* UStLb 2.12, der sich zur Verteidigung der bisherigen Rechtsprechung auf das BGB beruft. Die geänderte Rechtsprechung wendet die Finanzverwaltung ab 1.4.2004 an, BMF 31.5.2007, BStBl. I 2007, 503 (siehe auch OFD Frankfurt a. M. 12.12.2008, UR 2009, 500; 27.6.2007, UR 2007, 947; 9.8.2006, DStR 2007, 1797; OFD Nürnberg 28.10.2004, UR 2005, 465). Geschäftsführungsleistungen des **GmbH-Geschäftsführers** gegen Entgelt können ebenfalls Leistungen trotz dessen Organstellung sein. Es kommt vor allem auf die Frage der Selbstständigkeit an (BFH V R 29/03, BStBl. II 2005, 730). **Liquidationstätigkeit der Komplementär-GmbH** bei der GmbH & Co KG = L, BFH IV R 35/94, BStBl. II 1996, 76. Tätigkeit des **Kassenarztes** als Vorstandsmitglied der Kassenärztlichen Vereinigung = k L, BFH V R 4/77, BStBl. II 1983, 156. Zum Kassenarzt als Vorstandsmitglied *Brezing* BB 1983, 1024; *Weiß* UR 1983, 53; BFH VR 4/77, HFR 1983, 166.

Park-and-Ride. Zuschüsse einer Gemeinde beruhen als zweckgebundene Zahlungen auf einem Leistungsaustausch (OFD Frankfurt a. M. 9.12.2014, BeckVerw 293957).

Parkraumüberlassung an Mitarbeiter. Erfolgt iR eines L (FG Düsseldorf 1 K 1723/13 U, MwStR 2014, 709; NZB eingelegt, Az. BFH V B 88/14).

Personal-Service-Agenturen (PSA). Einstellung von Arbeitslosen in sozialversicherungspflichtige befristete Arbeitsverhältnisse = L gegenüber der Arbeitsverwaltung, OFD Düsseldorf 2.7.2003, UR 2004, 256, OFD Hannover 3.11.2003, UR 2004, 549.

Pkw-Überlassung an Mitarbeiter und an Gesellschafter-Geschäftsführer. Ist idR L, kann aber auch unentgeltliche Wertabgabe sein (BFH XI R 2/12, DStRE 2014, 1340).

Preisgelder. Siehe EuGH C-432/15, MwStR 2016, 991 – Baštová, zu Preisgeldern bei Pferderennen. Danach sind die Preisgelder nicht steuerbar, da ihre Zahlung ungewiss ist und lediglich von der ungewissen Platzierung beim Wettbewerb abhängt. In eine andere Richtung gehende ältere nationale Rechtsprechung (FG RhPf 1 K 1728/94, EFG 1996, 78; BFH XI R 66/06, BStBl. II 2009, 206; vgl. auch *Oelmaier* in Sölch/Ringleb, § 1 Rn. 114 „Preisgelder") ist dadurch wohl infrage gestellt (so auch *Grube* MwStR 2016, 998).

Produktionsverringerung. Hier: Verringerung der Kartoffelproduktion = k L; siehe EuGH C-384/95, DStRE 1998, 888 – Landboden Agrardienste mit Anm. *Stapperfend* UR 1998, 104, siehe auch Stichworte „Ackerflächenstilllegung" und „Milcherzeugungseinstellung".

Prostitution. Bei Barbetrieb = L zwischen Gastwirt und Gästen (BFH/NV 1991, 844); ansonsten L der Prostituierten an Kunden (BFH V R 9/79, BStBl. II 1987, 653).

Räuberischer Aktionär. Die erzielten Einnahmen erfolgen im Zuge eines Leistungsaustausches (FG Köln 13 K 3023, rkr, BeckRS 2015, 95242)

Sachverständige und sachverständige Zeugen. Tätigkeit vor Gericht gegen Vergütung gem. JVEG = L; Entschädigung von Zeugen nach JVEG = k L; zur Abgrenzung UStAE 1.3 Abs. 15. Siehe auch FM Bbg 11.6.2008, UR 2008, 670f.; *Hummel* UR 2008, 569ff. (Ärzte als sachverständige Zeugen); *Trinks/Trinks* UStB 2016, 321.

Sachzuwendungen an Personal = L, wenn als Vergütung für geleistete Dienste gewährt, siehe UStAE 1.8.

Sale-and-lease-back. Siehe hierzu UStAE 3.5 Abs. 7.

Schmiergelder. Auftragsvergabe durch einen Angestellten gegen Zahlung von Schmiergeldern = L, NdsFG V 570/95, EFG 1997, 182.

Schönheitskonkurrenz, Teilnahme = L (FG RhPf 1 K 1728/94, EFG 1996, 78). Diese Rechtsprechung erscheint überholt, denn gem. EuGH C-432/15, MwStR 2016, 991 – Baštová sind Preisgelder nicht steuerbar, da ihre Zahlung ungewiss ist und lediglich von der ungewissen Platzierung beim Wettbewerb abhängt.

Schwimmbad. Gem. BFH V R 30/08, BFH/NV 2010, 2125, liegt mit Übernahme der kommunalen Aufgabe durch Unternehmer – Leistungserbringung bei Verpflichtung eines Unternehmers gegen Entgelt zur Errichtung und Betrieb eines Schwimmbads für 10 Jahre – eine L vor.

Selbstwerbung siehe Holzverkauf.

Sicherungsgut. Verwertung eines zur Sicherheit übereigneten Gegenstandes durch den Sicherungsnehmer: Es findet ein Doppelumsatz statt (Lieferung des Sicherungsgebers an den Sicherungsnehmer und des Sicherungsnehmers an den Dritten). Bei der Verwertung durch den Sicherungsgeber im eigenen Namen für Rechnung des Sicherungsnehmers liegt ein **Dreifachumsatz** vor: Lieferung des Sicherungsgebers an den Sicherungsnehmer, des Sicherungsnehmers an den Sicherungsgeber und vom Sicherungsgeber an den Dritten (BFH V R 20/04 und V R 9/03, BStBl. II 2006, 931 und 933; UStAE 1.2 Abs. 1 und OFD Frankfurt a. M. 25.5.2007, UR 2007, 948). Die Theorie des Dreifachumsatzes ist meines Erachtens verfehlt, da bei einem im selben Zeitpunkt stattfindenden Hin- und Herliefern keine Verschaffung der Verfügungsmacht stattfindet. In diesen Fällen liegt meines Erachtens vielmehr ein Einfachumsatz, nämlich des Sicherungsgebers an den Dritten, vor. Dennoch muss in der Praxis natürlich der herrschenden Auffassung gefolgt und entsprechend abgerechnet werden.

Spendenabzeichen. Abgabe = k L, weil wirtschaftlicher Kern des Vorgangs freigebige Spende.

Spieleinsätze. Rechtswidrige Einbehaltung durch Vermittler = k L (FG Düsseldorf 16 K 137/87 U, EFG 1992, 220).

Sponsoring. Weist der Empfänger von Zuwendungen aus einem Sponsoringvertrag auf Plakaten, in Veranstaltungshinweisen, in Ausstellungskatalogen, auf seiner Internetseite oder in anderer Weise auf die Unterstützung durch den Sponsor lediglich hin, erbringt er insoweit keine Leistung im Rahmen eines Leistungsaustausches. Dieser Hinweis kann unter Verwendung des Namens, Emblems oder Logos des Sponsors, jedoch ohne besondere Hervorhebung oder Verlinkung zu dessen Internetseiten, erfolgen (BMF 13.11.2012, BStBl. I 2012, 1169, eingefügt in UStAE 1.1 Abs. 23). Ein zu vernachlässigender Hinweis in diesem Sinne liegt hingegen nicht vor, wenn dem Sponsor ausdrücklich das Recht eingeräumt wird, die Sponsoringmaßnahme in seiner eigenen Werbung zu vermarkten (siehe per BMF 25.7.2014 an UStAE 1.1 Abs. 23 angefügte Sätze 3 und 4).

Sonderabfalldeponie, Verzicht auf Genehmigung gegen Entgelt = L; BFH V R 19/05, BStBl. II 2007, 187.

Straßenmusikant = k L, EuGH C-16/93, NJW 1994, 1941 = IStR 1994, 168 – Tolsma.

Telefonkarten, Leistungsaustausch erst bei Abruf der Leistungen bei Multifunktionskarten (vgl. OFD Hannover 21.9.2000, UR 2001, 173) versus Anzahlungsbesteuerung bei Einzweck-Telefonkarten vgl. (OFD Hannover 8.7.2009, UR 2010, 319). Beachte hierzu zuletzt EuGH C-520/10, BStBl II 2012, 755 – Lebara Ltd. und BMF 24.9.2012 (BStBl. I 2012, 947), wonach bei Einzweckguthaben steuerbare Vorauszahlungen gegeben sind und je nach individueller Vereinbarung zwischengeschaltete Händler nur Vermittlungsleistungen erbringen oder eine Leistungskette vom Telekomdienstleister über die Händler an den Endkunden anzunehmen ist. Zum Verkauf über Händler und die damit verbundene Abgrenzung von Eigengeschäft zu Vermittlungsleistungen siehe BFH V R 4/16, MwStR 2016, 1003, sowie OFD Niedersachsen 19.2.2016, UR 2016, 569). Zum Verkauf von **Prepaid-Karten** beachte anhängiges Revisionsverfahren BFH V R 12/16.

Testamentsvollstreckertätigkeit, Verzicht auf – gegen Entschädigung = L, BFH V R 19/05, BStBl. II 2007, 188.

Tierkörperbeseitigung. Gem. BFH V R 23/09, BFH/NV 2011, 458 (NV), liegt ein Leistungsaustausch zwischen gesetzlich zuständiger Körperschaft und Beliehenem bei der Tierkörperbeseitigung vor. Kritisch hierzu *Noack* DStR 2015, 2527.

Toilettengroschen = L, BFH XI B 74/08, DStRE 2008, 1517.

Treuhänderische Vermögensverwaltung = L, auch, wenn sich Treuhänder im Auftrag der Treugeber an der Anlagegesellschaft beteiligt, BFH V R 67/96, UR 1998, 460 = HFR 1998, 1046.

Überlassung von Personal des Auftraggebers bei der Leistung des Auftragnehmers = L, wenn der Auftraggeber damit die Gegenleistung an den Auftragnehmer erbringen will, siehe UStAE 1.1 Abs. 6 „Personalbeistellung". Nicht steuerbar ist die Beistellung des Personals, wenn das Personal nur bei Leistungen des Auftragnehmers für den Auftraggeber eingesetzt wird, UStAE 1.1 Abs. 7. Diese Grundsätze gelten meines Erachtens für alle Formen von Beistellungen, dh immer wenn der die Beistellung Erhaltende diese Gegenstände, Rechte oÄ nur für die Ausführung seiner Leistung an den Beistellenden verwenden kann, ist die Beistellung nicht steuerbar (vgl. BFH V R 24/08, DStRE 2009, 1528).

UMTS-Frequenzen. Deren Versteigerung durch die staatliche Regulierungsbehörde = k L. Die Versteigerung ist keine Teilnahme der Regulierungsbehörde am Mobilfunkmarkt, sondern die Voraussetzung für den Zugang der Mobilfunkbetreiber an den Mobilfunkmarkt, siehe EuGH C-284/04, IStR 2007, 512 = UR 2007, 607 – T-Mobile Austria mit Anm. *Burgmaier;* EuGH C-284/04, IStR 2007, 512 – Hutchison 3G UK Ltd.; kritisch dazu *Tiedtke* UR 2007, 718ff., der die Bindungswirkung der og Urteile für die nationalen Gerichte in Frage stellt – meines Erachtens aber zu Unrecht.

Urheberrechtsverletzungen. LA zwischen Rechtinhaber und einem Unternehmer, der für den Inhaber vom Verletzer einen Schadensersatz geltend macht. Es greift der ermäßigte Steuersatz (FG Hessen 6 K 1911/14, BeckRS 2017, 94067 rkr).

Veräußerung eines **Grundstücks** durch den **Insolvenzverwalter** für den **Grundpfandgläubiger** an einen Dritten = L des Insolvenzverwalters an den Dritten und = L des Insolvenzverwalters an den Grundpfandgläubiger; BFH V R 31/04, BStBl. II 2007, 183; UStAE 1.2 Abs. 3; OFD Frankfurt a. M. 18.9.2006, UR 2007, 233 = DStR 2006, 2260; siehe auch bei „Verwertung".

Vergleich. Zahlung = k L, wenn kein Anspruch auf Vertragserfüllung bestand (BFH V R 6/85, BFH/NV 1991, 130). Bei einem Vergleich nach Streitigkeiten über die Höhe des Entgelts bleibt aber davon der Leistungsaustausch unberührt, lediglich die Bemessungsgrundlage ist davon betroffen. Außerdem kann laut BFH V R 22/13 (MwStR 2014, 333) ein Vergleich an sich eine vertragliche Vereinbarung darstellen, die einen Leistungsaustausch begründet, dh eine Partei gibt gegen Entgelt eine bestimmte vertragliche Position auf (kritisch *Hummel* MwStR 2014, 335). Zur Abgrenzung → Rn. 53 „Vergleich".

Verkaufsparties = L, BFH V R 33/95, DStRE 1997, 258.

Verkaufswettbewerbe = L, OFD Frankfurt a. M. 2.9.2015, DStR 2016, 129.

Verlustübernahme durch Gesellschafter = k L, wenn ein Gesellschafter aus gesellschaftsvertraglichen Gründen die Verluste seiner Gesellschaft übernimmt, um ihr die weitere Tätigkeit zu ermöglichen, ständige Rechtsprechung, siehe zB BFH V R 65/00, BStBl. II 2002, 782 und BFH VR 69/05, UR 2007, 448; UStAE 1.1 Abs. 1 S. 10. **Anders: Verlustübernahme** durch Gesellschafter (zB hoheitlicher Träger) = L wenn ein individueller Leistungsempfänger (Gesellschafter) vorhanden ist, der aus einer definierten zu erbringenden Leistung (zB Entsorgung von Klärschlamm) einen Vorteil zieht (BFH V R 30/06, DStRE 2009, 1395). Auf die Motive der Beteiligten, haushaltsrechtliche Hintergründe oder das Interesse der Allgemeinheit kommt es insoweit nicht an (vgl. auch *Sterzinger* UR 2010, 393ff.).

Verpachtung dauerdefizitärer Einrichtungen. Sofern der Verpächter (idR juristische Person des öffentlichen Rechts) dem Pächter einen Zuschuss gewährt, liegt k L des Verpächters vor, sondern eine Geschäftsbesorgungsleistung des Pächters an die juristische Person des öffentlichen Rechts (OFD Niedersachsen 1.10.2014, DStR 2014, 2592).

Versorgungsnetz. Anschluss an das – = L, BFH V R 112/86, BStBl. II 1988, 473; siehe auch *Weiß* UR 1988, 565; *Probst* DStR 1988, 565; BMF UR 1983, 136.

Vertragsübernahme = k L (FVerw, UR 1967, 134; *Forchhammer* UR 1990, 145; OFD Hannover DStZ 1999, 923). Der Leistungsaustausch findet bei „übernommenen" Werkverträgen zwischen den neuen Vertragspartnern statt – anders bei vor Vertragsübernahme erbrachten Teilleistungen; bei zusätzlichem Entgelt aber = L (FG BW 9 K 45/89, EFG 1992, 223). Wenn geleistete Anzahlungen des bisher vertraglich vorgesehenen Leistungsempfängers vom neuen vertraglichen Leistungsempfänger ersetzt werden, liegt mE insoweit kein Leistungsaustausch zwischen altem und neuen Leistungsempfänger vor. Es könnte aber bezüglich der Anzahlung eine Rechnungskorrektur des Leistenden und eine Vorsteueranpassung beim bisherigen Vertragsinhaber erforderlich werden, weil er die Leistung, auf die sich die Anzahlung bezieht, vom Rechnungsaussteller letztlich nicht erhält. Eine Rechnungsstellung des Leistenden an den neuen Vertragspartners über die (bereits vom alten Vertragspartner geleisteten) Anzahlungen könnte dann wiederum dafür sorgen, dass der zukünftige Leistungsempfänger sein Recht auf Vorsteuerabzug ausüben kann. Andererseits könnte unter Verweis auf BFH V R 68/00, BStBl. II 2002, 255 argumentiert werden, dass Anzahlungen einen selbstständigen und abschließenden Steuertatbestand begründen und deshalb ein Umschreiben der Anzahlungsrechnungen nicht notwendig sei, was mE naheliegend und zutreffend, aber in der Praxis risikobehaftet ist (ggf. Abstimmung mit dem Finanzamt empfehlenswert).

Vervielfältigungsrechte. Laut § 3 Abs. 9 Satz 3 erbringen Verwertungsgesellschaften und Urheber steuerbare Leistungen. Das wird allerdings durch das EuGH-Urteil C-37/16 (DStR 2017, 449 – SAWP) in Frage gestellt, denn laut dieser Rechtsprechung bestehen keine Rechtsverhältnisse, innerhalb derer Leistungen gegen Entgelt erbracht werden. Andererseits enthält § 3 Abs. 9 keine Vorgabe zu Leistungen zwischen Urheber und Hersteller, so dass mE der Verstoß gegen die Grundsätze des EuGH-Urteils nicht eindeutig ist (vgl. auch *Grube* MwStR 2017, 164).

Verwendungsersatz nach Rücktritt gem. § 347 BGB = L.

Verwertung einer **sicherungsübereigneten beweglichen Sache** durch den **Insolvenzverwalter** = L an Erwerber; = k L an Sicherungsgeber; BFH V R 31/04, BStBl. II 2007, 183; UStAE 1.2 Abs. 3, OFD Frankfurt a. M. 14.11.2014, StEK UStG 1980 § 3 Abs. 12 Nr. 20.

Website, die auf andere Website leitet. Gem. BFH XI R 16/10 (DStR 2012, 2274) ist zu klären, ob ein Unternehmer, der eine Website betreibt, die einladend auf eine andere Website verweist bzw. weiterleitet, welche kostenpflichtig Inhalte zur Verfügung stellt, gegenüber dem Internetnutzer selbst Leistungen erbringt oder hinreichend deutlich macht, dass er nur als Vermittler tätig ist.

Werbeanzeigen. Überlassung des Anzeigenplatzierungsrechts gegen Herstellung und Versand einer Zeitschrift = L im Rahmen eines tauschähnlichen Umsatzes (BFH XI R 11/11, DStR 2013, 33).

Werbemobile für soziale Institutionen, Sportvereine und Kommunen. Überlassung von – = L. S. BFH V R 21/01, BStBl. II 2003, 438; OFD Koblenz 23.4.2003, UR 2003, 552; *Leidel* UR 2003, 3289; OFD Frankfurt a. M. 26.8.2008, UR 2008, 938.

Werbeprämie für die Zuführung von Zeitungsabonnenten = L. BFH XI R 72/93, BStBl. 95 II, 518; siehe auch EuGH C-33/93, IStR 1994, 330 – Empire Stores Ltd., mit Anm. *Rothenberger* UR 1995, 65.

Werbung sozialer Institutionen usw mit Werbemobil = L; siehe auch OFD Hannover 11.2.2003, UR 2004, 41 = DStR 2003, 781.

Wettbewerbsverbot = L; siehe BFH V R 59/02, BStBl. II 2004, 472.

Wirtschaftsförderung = L (BFH V R 154/84, UR 1990, 147 mAnm *Husmann*).

Zahlungsansprüche für land- und forstwirtschaftliche Betriebe nach der **EU-Agrarreform,** zeitweilige und endgültige Übertragung = L, BMF UR 2007, 280.

Zuhälter = L gegenüber Prostituierter (BFH VB 116/90, BFH/NV 1992, 277).

Zusatzjob gem. SGB II: Fallpauschale an den Träger der Qualifizierung = k L; OFD Frankfurt a. M. 5.4.2006, UR 2007, 34.

Zuwendungen und Ausgleichszahlungen für Verkehrsleistungen im öffentlichen Personennahverkehr. L, wenn die Zahlungen für konkret vereinbarte Einzelleistungen erfolgen. Zur Abgrenzung s. OFD Niedersachsen 8.10.2014, BeckVerw 290813).

59 *einstweilen frei*

III. Leistungen zwischen Personenvereinigungen und ihren Mitgliedern

1. Allgemeines

60 Die Rechtsbeziehungen zwischen Personenvereinigungen im weitesten Sinne und ihren Mitgliedern können umsatzsteuerrechtlich irrelevant sein, aber auch ein Leistungsaustauschverhältnis begründen (vgl. *Wäger* UR 2008, 69). Im letzteren Fall ist zudem ein **Leistungsaustausch in beide Richtungen möglich,** dh Leistungen der Personenvereinigung an ihre Mitglieder und umgekehrt. Dabei gibt es eine Reihe von Gemeinsamkeiten, die für alle in Betracht kommenden Personenvereinigungen (juristische Personen wie Kapitalgesellschaften, Genossenschaften und Vereine, Personengesellschaften des Handels- und des bürgerlichen Rechts, sonstige Personenzusammenschlüsse) im Verhältnis zu ihren Mitgliedern bzw. Gesellschaftern gelten. Daneben sind aber auch Besonderheiten bei einzelnen Arten von Zusammenschlüssen zu berücksichtigen.

Zu beachten ist, dass die Rechtsbeziehungen umsatzsteuerlich nur von Bedeutung 61
sind, soweit die Personenvereinigungen nach außen bzw. zumindest gegenüber ihren Mitgliedern als Unternehmer in Erscheinung treten (vgl. BFH V R 109/77, BStBl. II 1987, 735, mit Anm. o.V. in HFR 1988, 68, betreffend Jagdgesellschaft). **Innengesellschaften** (zB stille Gesellschaften) treten nicht nach außen auf und können daher als solche nicht Beteiligte an einem Leistungsaustausch sein, und zwar weder als Leistender noch als Leistungsempfänger (BFH V R 110, 111/81, BStBl. II 1982, 678, mit Anm. *Weiß* UR 1982, 203; ausführlich auch *Reiß* BB 1986, 1407). Soweit Gesellschafter im Rahmen von Innengesellschaften Leistungen erbringen oder empfangen, ist aber stets zu prüfen, inwieweit ein Leistungsaustausch der Gesellschafter untereinander stattfindet (vgl. zB NdsFG, EFG 1985, 466, betreffend Mitnutzung der Praxisorganisation eines Arztes durch einen anderen) oder ein Gesellschafter nach außen hin allein die Geschäfte der Innengesellschaft besorgt und damit selbst als Unternehmer auftritt. Typische Fälle dieser Art, aber auch Mischfälle kommen bei Arbeitsgemeinschaften in Betracht (UStAE 1.6 Abs. 8).

2. Mitgliedsbeiträge

Mitgliedsbeiträge (vgl. grundsätzlich *Martin* UR 2008, 34) bei Personenvereini- 62
gungen stellen **nach deutscher Verwaltungspraxis kein Entgelt** für die Tätigkeit der Gesellschaft, des Vereins oÄ dar, soweit sie den Empfänger lediglich in die Lage versetzen sollen, satzungsmäßige Gemeinschaftszwecke für die Gesamtbelange seiner Mitglieder zu erfüllen. Dies entsprach auch der früheren Rechtsprechung (BFH V R 128/71, BStBl. II 1974, 530; V R 107/76, BStBl. II 1986, 153, mit Anm. HFR 1986, 316, und *Weiß* UR 1986, 63). Insoweit fehlt es an einem Leistungsaustausch (UStAE 1.4 Abs. 1). Während sich beim Tätigwerden von Personenvereinigungen für ihre Mitglieder aufgrund der Nichtsteuerbarkeit häufig umsatzsteuerliche Vorteile ergeben (Ausnahme: bei größeren Investitionen mit entsprechend hohen vorsteuerbelasteten Aufwendungen), kann bei Mitgliedsbeiträgen für Vereinigungen, die im unternehmerischen Interesse ihrer Mitglieder tätig werden, die Nichtsteuerbarkeit auch grundsätzlich umsatzsteuerliche Nachteile wegen des fehlenden Vorsteuerabzugs haben (vgl. *Dziadkowski* Stbg 1986, 234).

Dagegen werden Zahlungen, die Vereinsmitglieder an den Verein leisten, im Rahmen eines **Leistungsaustauschs** erbracht, wenn sie zur **Abgeltung von Leistungen** dienen, die der Verein **im Sonderinteresse** einzelner Mitglieder ausführt (s. FG München 2 K 3594/11, EFG 2014, 2094, die NZB beim BFH unter Az. V B 110/14 wurde zurück genommen). Bei Mitgliedsbeiträgen, die sowohl den Gesamtinteressen aller Mitglieder als auch den Sonderbelangen einzelner Mitglieder entsprechen kann auch eine Aufteilung des Mitgliedsbeitrags in nicht steuerbaren Beitrag und steuerbares Entgelt erforderlich sein (UStAE 1.4 Abs. 7).

Die Sichtweise der Finanzverwaltung führt noch immer dazu, dass Mitgliedsbeiträge 63
in vielen Konstellationen als nicht umsatzsteuerbar behandelt werden, obwohl nach der Rechtsprechung des EuGH sehr wohl von einem Leistungsaustausch auszugehen ist. Sofern der Verein nämlich Tätigkeiten entfaltet, die die gebündelten individuellen Interessen der Mitglieder fördern, erbringt er Leistungen gegenüber der Gesamtheit der Mitglieder und damit zugleich gegenüber dem einzelnen Mitglied, egal, ob alle davon Gebrauch machen, zB wenn alle Mitglieder eines Schwimmsportvereins bei gleich hohen Beiträgen die Möglichkeit erhalten, wöchentlich eine Stunde im Hallenbad zu schwimmen (vgl. *Martin* UR 2008, 34). So können auch nach der Rechtsprechung des

EuGH Mitgliedsbeiträge an Sportvereine Leistungsentgelt für die vom Sportverein erbrachten Dienstleistungen (zB Überlassung des Sportplatzes oder von Sportgeräten) sein, selbst wenn einige Mitglieder, die ihren Jahresbeitrag entrichten müssen, die Einrichtungen des Vereins nicht oder nicht regelmäßig nutzen (EuGH C-174/00, DStRE 2002, 642 – Kennemer Golf & Country Club, vgl. auch *Widmann* und *Wagner* UVR 2002, 158, siehe auch EuGH C-37/08, DStR 2009, 2003 – RCI Europe; *Oelmaier* in Sölch/Ringleb § 1 Rn. 60ff.). Der BFH hat sich dieser Rechtsprechung unter Aufgabe seiner vorherigen Rechtsprechung angeschlossen. Er bejaht bei Sportvereinen einen unmittelbaren Zusammenhang zwischen den Mitgliedsbeiträgen und den Leistungen des Vereins, seinen Mitgliedern die Möglichkeit zur Sportausübung zu bieten (BFH V R 27/04, DStR 2007, 1719 und V R 59/08, UR 2008, 153 mit Anm. *Stadie* UR 2008, 186) bzw. grenzt grundsätzlich nicht steuerbare Mitgliedsbeiträge von steuerbaren Entgelten unter Anwendung der Kriterien der EuGH-Rechtsprechung ab (BFH XI R 59/07, DStRE 2009, 292; BFH V R 4/13, BFH/NV 2014, 1470).

64 Würde man bei Sportvereinen entgegen der bisherigen Praxis der Finanzverwaltung in den Mitgliedsbeiträgen steuerbare Entgelte erkennen, wäre aber zu prüfen, inwieweit der Gesetzgeber **Art. 132 Abs. 1 Buchst. m MwStSystRL,** wonach Leistungen in engem Zusammenhang mit Sport und Körperertüchtigung unter bestimmten Umständen steuerfrei sein können, bislang zu Unrecht nicht in deutsches Recht umgesetzt hat. Bei **unmittelbarer Berufung** auf diese Bestimmung käme man dann bei Sportvereinen zum selben Ergebnis (vgl. *Widmann* UR 2008, 77 (82)), dh keine Steuerpflicht und kein Vorsteuerabzug. Soweit ersichtlich, haben aber bisher weder der Gesetzgeber noch die Finanzverwaltung auf diese Urteile reagiert.

Inwieweit über den vom EuGH entschiedenen Fall der **Sportvereine** hinaus steuerbare Mitgliedsbeiträge vorliegen, kann im Einzelfall unterschiedlich zu beurteilen sein, zumal der EuGH selbst nicht sämtliche Mitgliedsbeiträge als Entgelt für Leistungen der Vereinigungen an ihre Mitglieder ansieht (siehe EuGH C-102/86, UR 1989, 275 – Apple and Pear Development Council). Zur Frage der Auswirkung des Urteils auf **Berufsverbände** und zur Möglichkeit, die Beiträge der Umsatzsteuer zu unterwerfen, um daraus das Recht auf Vorsteuerabzug abzuleiten, siehe *Möhlenkamp* UR 2003, 173; *Martin* UR 2008, 34.

65 Entsprechend der Trennung zwischen nicht steuerbarer Erfüllung der Gesamtbelange der Vereinigung gegenüber den Mitgliedern und der steuerbaren Gewährung von Sonderbelangen für (einzelne) Mitglieder ist nach Auffassung der Finanzverwaltung zwischen **echten** und **unechten Mitgliedsbeiträgen** zu unterscheiden. Echte Beiträge müssen entweder gleich hoch oder nach für alle Mitglieder gleichen Bewertungskriterien festgesetzt werden, zB für Jugendliche bis 18 Jahre = 10 EUR pa und für Erwachsene 20 EUR pa oder 10% des Umsatzes oder Einkommens (s. UStAE 1.4 Abs. 2). Für die Abgrenzung zwischen echten Mitgliedsbeiträgen und Entgelt kommt es nicht darauf an, in welcher Weise die Beiträge bemessen werden (zB für alle Mitglieder in gleicher Höhe oder nach festen Prozentsätzen von einer bestimmten Bemessungsgrundlage). Maßgebend sind vielmehr Zweck und Inhalt der vom Verein gegenüber seinen Mitgliedern bewirkten Leistungen (zu diesen nach der EuGH-Rechtsprechung nicht mehr aufrecht zu erhaltenden Abgrenzungskriterien siehe BFH V R 34/98, BStBl. II 1997, 366; *Martin* UR 2008, 34 (38f.)).

Beispiele: Der Verkauf einer Angelkarte an Mitglieder eines Angelsportvereins kann Leistungsaustausch sein, FG München EFG 1995, 1082. Die Gewährung der Mitgliedschaft als solche ist keine (Sonder-)Leistung, BFH V R 40/93, BStBl. II 1995, 753. Die Mitgliedsbeiträge an einen **Lohnsteuerhilfeverein** sind auch dann steuerbares Entgelt für die Beratungsleistung, wenn sie für jedes Mitglied gleichmäßig 50 EUR jährlich betragen. Es kommt dem Mitglied nicht darauf an, dass der Verein allgemein Lohnsteuer-Beratung betreibt, sondern darauf, dass er ihm bei der Ausfüllung des Jahresausgleichsantrags oder der Einkommensteuererklärung hilft (BFH V R 128/71, BStBl. II 1974, 530). Ebenso sind die **Umlagen** eines Wasserversorgungszweckverbandes (UStAE 1.4 Abs. 4) oder einer kommunalen Datenverarbeitungsgesellschaft steuerbares Leistungsentgelt (BFH V R 35/78, BStBl. II 1985, 559, mit Anm HFR 1985, 526). Zu diesen von der Verwaltung noch immer angewendeten Abgrenzungen siehe ferner *Sahm* UR 1995, 210. Ebenso ist die Überlassung von Bootsliegeplätzen durch einen Anglerverein an seine Mitglieder gegen Entgelt ein steuerbarer Leistungsaustausch (BFH V B 129/00, BFH/NV 2001, 940).

Lässt sich feststellen, dass ein Teil der Beiträge Sonderinteressen der Mitglieder abgilt, ein anderer Teil dagegen die Erfüllung der Gemeinschaftsaufgaben des Vereins finanziert, so sind die Beiträge in steuerbare und in nichtsteuerbare Einnahmen aufzuteilen, falls nicht der eine oder der andere Anteil so gering ist, dass er sich im Gesamtkostenbetrag verflüchtigt (UStAE 1.4 Abs. 7). Eine solche **Aufteilung** kommt vor allem bei berufsständisch organisierten Personenzusammenschlüssen in Betracht, die neben der allgemeinen Förderung der Berufsinteressen Sonderleistungen für ihre Mitglieder erbringen (zB **Abrechnungsstellen,** die einerseits mit den Sozialversicherungsträgern Gebührenstaffeln für einen ganzen Berufszweig aushandeln – Gemeinschaftsaufgabe – und andererseits für ihre Mitglieder entsprechend deren Einzelabrechnungen die Honorare einziehen – Sonderleistung). In diesen Mischfällen wird die Aufteilung in einen steuerbaren und einen nichtsteuerbaren Anteil regelmäßig nur im Wege der Schätzung möglich sein. Für **Haus- und Grundbesitzervereine** sowie für Mietervereine schätzt der BdF den steuerbaren Anteil der Mitgliedsbeiträge auf brutto 20% (BT-USt III § 1 Nr. 155). Dagegen dürfen Teile der Mitgliedsbeiträge nicht zum Entgelt gerechnet werden, wenn der Verein gegenüber den Mitgliedern steuerpflichtige Leistungen gegen ein nicht kostendeckendes Sonderentgelt erbringt – Rechtsberatung für Mitglieder des Haus- und Grundbesitzer Vereins (BFH V R 46/92, BStBl. II 1994, 957). Bei **Maschinenringen** im Bereich der Landwirtschaft schätzt die OFD Koblenz (30.4.1982, DB 1982, 2061) den steuerbaren Anteil der Mitgliedsbeiträge auf ein Drittel. 10% der Mitgliedsbeiträge zum **ADAC** sieht die Finanzverwaltung als steuerbares Entgelt an, HdB USt § 1 Rn. 117. Zur Abgrenzung von Mitgliedsbeiträgen und steuerbaren und steuerpflichtigen Entgelten für Leistungen der Kreisverbände des **Nds. Landvolks** bzw. der **Waldkreismärkerschaften** an ihre Mitglieder siehe OFD Hannover 17.6.2008, UR 2008, 864. Zu weiteren Einzelfällen bei der Abgrenzung zwischen echten Mitgliedsbeiträgen und steuerbaren Sonderleistungsentgelten siehe UStAE 1.4. 66

3. Gründung, Umwandlung und Auflösung von Gesellschaften

a) Allgemeines. Eröffnet eine Einzelperson ein Einzelunternehmen, kann bei der Ausstattung dieses Unternehmens mit Betriebsvermögen kein Leistungsaustausch zwischen dem Gründer und dem Unternehmen zustande kommen, weil das Unternehmen sich in der Person des Inhabers konkretisiert. Anders verhält es sich bei Personenvereinigungen aller Art, insbesondere bei Gesellschaften. Hier ist Unternehmer die Gesellschaft als solche (Einzelheiten → § 2 Rn. 25ff. und ausführlich *R/K/L* § 1 Rn. 315ff.). Der einzelne Gesellschafter steht ihr umsatzsteuerlich als Dritter gegenüber, so dass Leistungen zwischen dem Gesellschafter und der Gesellschaft ebenso einen Leistungsaustausch darstellen können wie der umgekehrte Vorgang. Folglich **können** auch bei Gründung oder Beitritt von Gesellschaften durchaus **steuerbare Leistungen des Gesellschafters erfolgen.** Dies setzt wiederum voraus, dass der Gesellschafter selbst neben der Gesellschaft ein Unternehmer im Sinne des UStG ist und für den Erwerb der Gesellschafterstellung aus seinem Unternehmen heraus Leistungen erbringt. Auch bei Umwandlungen können sich eine Reihe unterschiedlicher umsatzsteuerlicher Folgen ergeben (vgl. *Pyszka* DStR 2011, 545). 67

b) Stille Gesellschaft. Eine stille Gesellschaft tritt als solche im Wirtschaftsleben nicht hervor und ist daher **nicht Unternehmer.** Dies gilt sowohl für die typische als auch für die atypische stille Gesellschaft (BFH, HFR 1963, 356; UStAE 2.1 Abs. 5; 68

vgl. auch *Reiß* BB 1986, 1407). An einem Leistungsaustausch fehlt es auch bei der Gewährung der Einlage des Stillen gegen Gewinnbeteiligung BFH V R 63/68, BStBl. II 1972, 922.

69 **c) Erwerb der Gesellschafterstellung.** Lange Zeit vertraten Finanzverwaltung und Rechtsprechung die Ansicht, dass sowohl bei der Gründung einer Gesellschaft als auch bei dem Eintritt eines Gesellschafters in eine bestehende Personengesellschaft eine steuerbare Leistung der Gesellschaft gegen Entgelt gem. § 1 Abs. 1 S. 1 Nr. 1 erfolge, wenn der Gesellschafter an die Gesellschaft eine **Sacheinlage** oder eine **Bareinlage** leistet (vgl. BFH V R 32/00, DStRE 2002, 182; *Reiß* StuW 1992, 25; aA für die Gründungsphase *Birkenfeld* UR 1992, 29). Die Gewährung des Gesellschaftsanteils an den Gesellschafter war gem. § 4 Nr. 8 Buchst. e oder § 4 Nr. 8 Buchst. f als steuerfreie Leistung eingestuft worden. Diese Sichtweise hatte zur Folge, dass die Gesellschaft für Kosten im Zusammenhang mit der Ausgabe der Anteile gem. § 15 Abs. 2 Nr. 1 keinen Vorsteuerabzug geltend machen durfte. Das galt auch, wenn sie aufgrund ihrer eigentlichen Unternehmertätigkeit vorsteuerabzugsberechtigt war. Demgegenüber hat der **EuGH** auf Vorlage des BFH (V R 32/00, DStRE 2002, 182) mit Urteil vom 26.6.2003 (EuGH C-442/01, DStRE 2003, 936 – KapHagRenditefonds) entschieden: Eine Personengesellschaft erbringt bei der **Aufnahme eines Gesellschafters gegen** Zahlung einer **Bareinlage** an diesen keine Dienstleistung gegen Entgelt iSv Art. 2 Abs. 1 Buchst. a und c MwStSystRL, weil der Erwerb solcher Beteiligungen und deren Veräußerung keine wirtschaftliche Tätigkeiten gem. Art. 9 Abs. 1 MwStSystRL sind. Dabei lässt der EuGH offen, ob die Aufnahme eines neuen Gesellschafters in eine Personengesellschaft als Handlung der Gesellschaft oder der Mitgesellschafter anzusehen ist. Kritik an dieser Entscheidung, vor allem, was die Erwähnung der Veräußerung von Anteilen in diesem Zusammenhang anbetrifft, bei *Reiß* UR 2003, 428. Der **BFH** ist der Rechtsprechung des EuGH gefolgt (BFH V R 32/00, BStBl. II 2004, 1022 und Anm. *Wäger* UR 2004, 537). Nichts anderes gilt für die Ausgabe von Anteilen durch Kapitalgesellschaften, zB auch im Rahmen von Börsengängen (siehe EuGH C-465/03, DStR 2005, 965 – Kretztechnik). Folglich ist der **Vorsteuerabzug** aus verbundenen Aufwendungen **zulässig,** sofern die Umsätze des Unternehmens zum Vorsteuerabzug berechtigen (die Aufwendungen bilden Gemeinkosten der gesamten unternehmerischen Tätigkeit). So sind bspw. solche Vorsteuern eines Handelsunternehmens abziehbar, während sie bei einer Bank oder Versicherungsgesellschaft auf Grund der beabsichtigten steuerfreien Ausgangsumsätze nicht bzw. ggf. nur teilweise abziehbar wären. Bei gemischter Tätigkeit (zB einer Holding mit unternehmerischer und nichtunternehmerischer Tätigkeit) dürfte aufgrund der Holding-Rechtsprechung (EuGH C-108/14 – Larentia und Minerva, und C-109/14, MwStR 2015, 583 – Marenave; BFH XI R 17/11, DStR 2016, 1668; XI R 38/12, DStR 2016, 587) eine Vorsteueraufteilung entfallen, wenn die unternehmerische Tätigkeit zum vollen Vorsteuerabzug berechtigt (siehe auch Rn. 14).

Die **Finanzverwaltung** hat sich dem angeschlossen und erkennt aus Sicht der anteilsausgebenden Gesellschaft keine steuerbare Leistung, vgl. UStAE 1.6 Abs. 2, siehe auch *Oelmaier* in Sölch/Ringleb § 1 Rn. 228. Aus Sicht des Gesellschafters ist aber gesondert zu beurteilen, ob er die Anteile im Rahmen einer Leistungserbringung erwirbt. Dies ist nicht der Fall bei einer **Bareinlage.** Diese ist nicht steuerbar. Bei Bargründungsfällen und anderen Fällen der Einbringung vom Eigenkapital in Form von Barmittel ergeben sich folglich keine umsatzsteuerbaren Umsätze und die damit für die Gesellschaft verbundenen Aufwendungen können zum Vorsteuerabzug berechtigen. Für den Gesellschafter setzt der Vorsteuerabzug aber voraus, dass die Beteiligung zu unternehmerischen Zwecken gehalten wird (vgl. UStAE 2.3 Abs. 2). Mit Urteil vom 6.5.2010 hat der BFH klargestellt (BFH V R 29/09, DStRE 2010, 1153), dass dieselben Grundsätze auch für die **Ausgabe von Schuldverschreibungen** gelten, also bei der Aufnahme von Fremdkapital.

Bringt der Gesellschafter bei der Gründung einer Gesellschaft Wirtschaftsgüter, die bisher seinem Unternehmen gedient haben, in eine Gesellschaft ein **(Sacheinlage),** liegt aber – anders als aus Sicht der empfangenden Gesellschaft – eine **steuerbare Leistung des Gesellschafters an die Gesellschaft** gegen Gewährung von Gesellschaftsanteilen vor, BFH XI R 63/94, BStBl. II 1996, 114; BFH V R 67/94, BStBl. II 1997, 705 mit Anm. HFR 1998, 45 (Schuldübernahme gegen Sacheinlage, BFH V R 67/94, BStBl. II 1997, 705; vgl. auch UStAE 1.6 Abs. 2; kritisch *Reiß* UR 1988, 298; *Seer* DStR 1988, 367; BFH XI R 63/94, BStBl. II 1996, 114 mit kritischer Anm. DStR 1996, 220 und *Gosch* DStZ 1996, 228, siehe auch *Reiß* UR 1996, 357). Die Einbringung einer **Sacheinlage** des Gesellschafters gegen Gewährung von Gesellschaftsrechten bleibt eine entgeltliche Leistung, die gewährten Gesellschaftsrechte stellen demnach das Entgelt für die eingelegten Gegenstände und sonstigen Leistungen dar. Die oben genannte EuGH-Rechtsprechung hat daran nichts geändert (siehe *Wäger* UR 2004, 542). Steuerbar ist der Vorgang allerdings nur, wenn die Wirtschaftsgüter vorher zu einem Unternehmen des Gesellschafters gehört haben. Waren sie Privatvermögen, hat sie der Gesellschafter nicht im Rahmen seines Unternehmens geliefert und damit ein Tatbestandsmerkmal des § 1 Abs. 1 Nr. 1 S. 1 nicht erfüllt (siehe auch *R/K/L* § 1 Rn. 317). Bei der Einbringung eines ganzen Betriebs in die Gesellschaft kommt aber in Betracht, dass der Vorgang als Übertragung eines gesamten Unternehmens oder eines gesondert geführten Betriebs nicht steuerbar ist. Seit 1.1.1994 ist nämlich die Geschäftsübertragung im Ganzen nicht mehr steuerbar (→ § 1 Rn. 113ff.). **70**

d) Formwechsel. Die sog. **formwechselnde Umwandlung** gem. § 190ff. UmwG ist von Personengesellschaften (zB KG) in Kapitalgesellschaften (zB AG), von Kapitalgesellschaften in Personengesellschaften, von Partnerschaftsgesellschaften in Kapitalgesellschaften und umgekehrt, von Partnerschaftsgesellschaften in eingetragene Gesellschaften und umgekehrt, von Kapitalgesellschaften in GbR, von Kapitalgesellschaften (zB AG) in andere Formen der Kapitalgesellschaften (zB GmbH) und umgekehrt sowie von Kapitalgesellschaften in eingetragene Gesellschaften und umgekehrt, von eingetragenen Vereinen in Kapitalgesellschaften oder eingetragene Gesellschaften oder Körperschaften des Öffentlichen Rechts in Kapitalgesellschaften möglich. Dabei ändert sich die Rechtsform des Unternehmens. Die Identität des Rechtsträgers bleibt bestehen (siehe *Schmitt/Hörtnagl/Stratz* UmwG § 190 Rn. 1–3). Deshalb findet bei der Umwandlung durch Formwechsel kein Leistungsaustausch statt. Entsprechende Aufwendungen bilden Gemeinkosten des Unternehmens und daraus resultierende **Vorsteuern** sind somit gem. § 15 in Abhängigkeit von den Gesamtumsätzen bzw. der Gesamttätigkeit des Unternehmens abziehbar (→ Rn. 69). **71**

e) Wechsel im Gesellschafterbestand. Ein Wechsel im Gesellschafterbestand hat grundsätzlich keine Auswirkung für das umsatzsteuerliche Steuersubjekt Gesellschaft, so dass hier **kein Leistungsaustausch** auf der Ebene der Gesellschaft stattfindet. Beim Ausscheiden des vorletzten Gesellschafters einer Personengesellschaft erfolgt eine Anwachsung des Unternehmensvermögens beim verbliebenen Gesellschafter, was allerdings ebenso wenig einen Leistungsaustausch auf Ebene des Unternehmensvermögens bewirkt. Im Übrigen ist § 1 Abs. 1a zu beachten. Vgl. dazu *Reiß* UR 1996, 357 (366ff.). Die **Veräußerung aller Gesellschaftsanteile** an einer Personengesellschaft war nach der bisherigen Rechtsprechung des BFH keine Geschäftsveräußerung im Ganzen (BFH X R 33–34/81, BStBl. II 1988, 92). Eine Geschäftsveräußerung setzt voraus, dass der bisherige Unternehmer mit dem Erwerber einen Leistungsaustausch vornimmt, der die Übertragung aller Wirtschaftsgüter des Unternehmens zum Gegenstand hat (→ Rn. 135). Unternehmer ist die Gesellschaft als solche, sie ist Inhaber aller Wirtschaftsgüter des Gesellschaftsvermögens. Die Gesellschafter haben zu den einzelnen Vermögensgegenständen der Gesellschaft unmittelbar keine Rechtsbeziehungen. Sie können sie nach dieser bisherigen Rechtsprechung daher auch nicht an neue Gesellschafter liefern. Das Unternehmen der Gesellschaft bleibt vielmehr von **72**

einem Gesellschafterwechsel, sei er auch vollständig, unberührt. Dieser Grundsatz wurde durch das EuGH-Urteil in der Rechtssache AB SKF (EuGH C-29/08, DStR 2009, 2311 – AB SKF) infrage gestellt, dürfte aber weiterhin gelten (→ Rn. 135).

73 Sofern der bisherige Gesellschafter seine Anteile in einem Unternehmensvermögen gehalten hat, erfolgt die Veräußerung derartiger Anteile im Rahmen eines steuerbaren Leistungsaustausches (grundsätzlich steuerfrei gem. § 4 Nr. 8 Buchst. e oder f), wobei gem. EuGH (EuGH C-29/08, DStR 2009, 2311) und BFH (V R 38/09, BStBl. II 2012, 68) aber eine Beurteilung als nicht steuerbare Geschäftsveräußerung im Ganzen vorliegen kann (→ Rn. 135).

74 **f) Verschmelzung.** Die **Verschmelzung zweier oder mehrerer Unternehmen** bewirkt die Übertragung des Vermögens des/der übertragenden Rechtsträger(s) auf den übernehmenden Rechtsträger (§ 2 UmwG). Der übertragende Rechtsträger erlischt. Als verschmelzungsfähige Rechtsträger können auf beiden Seiten beteiligt sein: Personen- und Kapitalgesellschaften, eingetragene Genossenschaften, eingetragene Vereine, genossenschaftliche Prüfungsverbände, Versicherungsvereine auf Gegenseitigkeit, als übertragende Rechtsträger Vereine iSv § 22 BGB und natürliche Personen, die als Alleingesellschafter das Vermögen einer Kapitalgesellschaft übernehmen (§ 3 UmwG). Bei der Verschmelzung eines umsatzsteuerlichen Unternehmens liegt allerdings eine **Geschäftsveräußerung im Ganzen** gem. § 1 Abs. 1 a vor. Werden Gesellschaften, die bislang umsatzsteuerliche Unternehmer waren, mit Gesellschaften verschmolzen, die bislang Nichtunternehmer waren, gilt dies mE ebenso, sofern die unternehmerische Tätigkeit beim neuen Rechtsträger fortgeführt wird. Liegen die Voraussetzungen des § 1 Abs. 1 a nicht vor (bei Aufgabe der unternehmerischen Tätigkeit beim neuen Rechtsträger), handelt es sich um eine Betriebsaufgabe, die eine unentgeltliche Wertabgabe auslösen kann (§ 3 Abs. 1 b und Abs. 9 a).

75 **g) Spaltung.** Spaltung iSd UmwG ist die Aufteilung des Vermögens eines übertragenden Rechtsträgers auf mindestens zwei bestehende oder neu gegründete Rechtsträger. Dabei kann der übertragende Rechtsträger unter Auflösung sein Vermögen auf andere Rechtsträger übertragen (Aufspaltung) oder von seinem Vermögen einen oder mehrere Teile abspalten oder aus diesem ausgliedern und auf einen oder mehrere Rechtsträger übertragen (Abspaltung bzw. Ausgliederung). Spaltungsfähige Rechtsträger sind die bei der Verschmelzung (→ Rn. 74) genannten sowie als übertragende Rechtsträger wirtschaftliche Vereine, Einzelkaufleute und Gebietskörperschaften (§§ 123 f. UmwG). Soweit die Voraussetzungen des § 1 Abs. 1 a für eine **Geschäftsübertragung im Ganzen** vorliegen, findet kein steuerbarer Leistungsaustausch statt, zB wenn auch die übernehmenden Rechtsträger eine unternehmerische Tätigkeit fortführen. Dies gilt ebenso, wenn zB eine Gemeinde das bisher als Betrieb gewerblicher Art betriebene Schwimmbad aus ihrem unternehmerischen Vermögen ausgliedert und in eine GmbH überführt. Wird nach einer Abspaltung kein Unternehmen oder kein in der Gliederung eines Unternehmens gesondert geführter Betrieb im Ganzen fortgeführt, erbringt der abgebenden Rechtsträger mE steuerbare Umsätze gem. § 1 Abs. 1 Nr. 1 S. 1. Das Entgelt für die übertragenen Vermögensgegenstände des abgebenden Rechtsträgers wäre im Wert der erhaltenen Anteile am neuen Rechtsträger zu sehen. Gehen die Anteile an dem neuen Rechtsträger in diesem Fall aber an den Anteilseigner des abspaltenden Rechtsträges, dann kommt beim abspaltenden Rechtsträger die Besteuerung einer unentgeltlichen Wertabgabe in Betracht.

76 **h) Liquidation.** Bei **Auflösung einer Personengesellschaft** durch Liquidation bewirkt dieser Unternehmer mit der Versilberung des Betriebsvermögens steuerbare Umsätze (soweit der Leistungsort in Deutschland liegt; bei der Übertragung von unternehmerisch gehaltenen immateriellen Vermögensgegenständen an einen ausländischen Käufer könnten dagegen zB auch nicht steuerbare Umsätze gegeben sein). Auch bei Verteilung der Wirtschaftsgüter an die Gesellschafter kommt ein Leistungs-

austausch in Betracht und das Entgelt könnte in den zurück erhaltenen Gesellschaftsrechten gesehen werden (BFH V 170/58 U, BStBl. III 1961, 86). ME liegt in diesen Fällen aber vielmehr eine unentgeltliche Wertabgabe vor und das Unternehmensvermögen sollte zur Vermeidung etwaiger Nachteile aus der Besteuerung unentgeltlicher Wertabgaben besser gegen Entgelt übertragen und danach die Gesellschaft mit ihrem vorhandenem Geldvermögen liquidiert werden. Endet dagegen eine Personengesellschaft durch Ausscheiden aller Gesellschafter bis auf einen, der das Geschäft mit Aktiven und Passiven fortführt, kommt nach herrschender Auffassung kein Leistungsaustausch zustande. Der Übergang des Unternehmensvermögens findet hier nicht durch Lieferungen oder sonstige Leistungen statt, sondern kraft Gesetzes durch **Anwachsung** gem. § 738 Abs. 1 S. 1 BGB (BFH V 170/58 U, BStBl. III 1961, 86; V 249/61 U, BStBl. III 1964, 290; siehe auch *Oelmaier* in Sölch/Ringleb § 1 Rn. 93).

einstweilen frei **77**

4. Leistungen der Mitglieder/Gesellschafter an die Personenvereinigung

Leistungen der Mitglieder/Gesellschafter an eine Personenvereinigung können **78**
umsatzsteuerlich unterschiedliche Folgen haben. Es kann sich um nicht steuerbare **Gesellschafterbeiträge** handeln, die durch die Beteiligung am Gewinn oder Verlust abgegolten werden oder um Leistungen gegen Sonderentgelt. Letztere erfolgen im Rahmen eines steuerbaren Leistungsaustausches. Hierzu ist Voraussetzung, dass die Tatbestandsmerkmale des § 1 Abs. 1 Nr. 1 S. 1 erfüllt sind (→ Rn. 9 ff.) – insbesondere dass ein Leistender und ein Leistungsempfänger vorhanden sind und der Leistung eine Gegenleistung gegenüber steht, UStAE 1.6 Abs. 3, und dass der leistende Gesellschafter Unternehmer ist und im Rahmen seines Unternehmens tätig geworden ist. Das Umsatzsteuerrecht kennt insoweit keine besonderen Regelungen für Gesellschaften (BFH V R 66/99, BStBl. II 2004, 310). Der Gesellschafter kann grundsätzlich frei entscheiden, ob er als Gesellschafter oder als Dritter gegenüber der Gesellschaft tätig wird und dabei die steuerlich günstigste Möglichkeit wählen (BFH XI R 45/90, BStBl. II 1993, 530). So sind Lieferungen eines Einzelunternehmers an eine Personengesellschaft, deren Teilhaber er ist, „normale" Umsätze. Das kann auch bei Vermietung eines einzelnen Gegenstandes an die Gesellschaft der Fall sein (vgl. EuGH C-23/98, UR 2000, 121 – Heerma; BFH V R 66/99, BStBl. II 2004, 310). Die Frage, ob der Gesellschafter auf Grund des Gesellschaftsvertrages oder auf Grund besonderer schuldrechtlicher Vereinbarungen zu den Leistungen verpflichtet ist, ist für deren umsatzsteuerliche Einstufung unbeachtlich (BFH V 200/65, BStBl. II 1968, 702; XI R 44/90, BStBl. II 1993, 529; V R 60/05, BStBl. II 2009, 486; FG BW 9 K 311/96, DStRE 2002, 110; zu nachträglichen Vereinbarungen siehe BFH V R 73/86, BFH/NV 1992, 204).

Selbst wenn der Gesellschafter für seine Leistung nur einen **höheren Gewinnan-** **79**
teil erhält, sah der BFH in Sonderfällen den gesamten Gewinnanteil als Entgelt für die Leistung an (BFH V R 47/86, BStBl. II 1990, 757 – Kartoffelbrennerei; zu Recht kritisch *Bunjes* UR 1991, 39; *Forchhammer* UR 1991, 241). Zur Abgrenzung im Fall der Stromüberlassung an einen Solarpark durch einen Kommanditisten siehe BFH V B 140/14, BFH/NV 2015, 1442 (kein Leistungsaustausch, wenn der Umfang der tatsächlich erbrachten Stromlieferung nicht feststeht und die Vergütung daher nach dem Anteil des Kommanditisten an der technischen Infrastruktur der Gesellschaft bemessen wird).

Geschäftsführungs- und Vertretungsleistungen. Mit Urteilen aus den Jahren **80**
2002 (BFH V R 43/01, BStBl. II 2003, 36 – Personengesellschaften betreffend) und 2005 (BFH V R 29/03, BStBl. II 2005, 730 mit Anm. *Heidner* UR 2005, 440 – betreffend Kapitalgesellschaften) hat der BFH seine alte Rechtsprechung zu Gesellschafter-Geschäftsführerleistungen aufgegeben. Geschäftsführungsleistungen der Gesell-

schafter und Anteilseigner werden demnach unter den üblichen Voraussetzungen für einen Leistungsaustausch als steuerbar und steuerpflichtig eingestuft (vgl. zu Leistungsbeziehungen zwischen Gesellschafter und Gesellschaft auch *Wäger* UR 2008, 69; *Hiller* UR 2009, 477). Die Organstellung des Geschäftsführers an sich hat auf die eventuelle Leistungsbeziehung keinen Einfluss (BFH V R 43/01, BStBl. II 2003, 36). Dem hat sich die Finanzverwaltung angeschlossen (UStAE 1.6 Abs. 3 S. 6; auch → Rn. 58 „Organwalter"). Wird demnach eine Leistung durch Beteiligung am Ergebnis (Gewinn oder Verlust) abgegolten, ist sie nicht steuerbar. Wird hingegen eine Leistung durch ein fest vereinbartes Entgelt (Gegenleistung) abgegolten, handelt es sich grundsätzlich um einen steuerbaren und steuerpflichtigen Leistungsaustausch, es sei denn, diese Leistung wird innerhalb eines Anstellungsverhältnisses (insbesondere beim angestellten GmbH-Gesellschafter; hierbei sind die Indizien, die für eine Selbstständigkeit sprechen, mit jenen, die dagegen sprechen, abzuwägen) oder eines Organkreises erbracht (zu möglichen Vorteilen der Organschaft vgl. *Hiller/Robisch* DStR 2005, 1125). Der Steuerpflichtige kann durch entsprechende **Vertragsgestaltung** umsatzsteuerliche Wirkungen gezielt herbeiführen (Vorsteuerabzug durch Begründung der Unternehmereigenschaft) oder vermeiden (zB Haftung für die Umsatzsteuer im Organkreis). Etwaige **Mischentgelte** (Sonderentgelt und gleichzeitig gewinnabhängiger Teil) sind nach Auffassung der Finanzverwaltung aufzuteilen in einen nicht steuerbaren und einen steuerbaren Anteil (siehe UStAE 1.6 Abs. 5). Das SchlHFG (4 K 108/13, BB 2016, 1892 mAnm *Janz*) hat allerdings mE zu Recht für einen nicht am Kapital beteiligten Gesellschafter, der auch nicht am potenziellen Verlust der Gesellschaft beteiligt war, entschieden, dass das Mischentgelt insgesamt steuerbar ist. Außerdem hat das Gericht eine einheitliche steuerpflichtige Leistung erkannt und keine Aufteilung in steuerpflichtige Vertretungsleistung und steuerfreie Haftungsübernahme akzeptiert.

81 Bei der **Überlassung von Gegenständen** durch Gesellschafter an die Gesellschaft kommt es darauf an, ob die Gesellschafter dabei nach den Grundsätzen des § 2 Abs. 1 eine unternehmerische Tätigkeit entfalten und ein Entgelt erhalten (vgl. BFH V B 48/88, BStBl. II 1989, 580; BFH V R 116/86, BStBl. II 1992, 269; OFD Karlsruhe 29.2.2008, UR 2008, 599 zu Pkw-Vermietung, BFH VI R 120/92, BStBl. II 1994, 536 zur Übertragung der „Milchquote" gegen Vorabgewinn und BFH XI R 63/94, BStBl. II 1996, 114 zur Einbringung der Milchquote gegen Gewährung von Gesellschaftsrechten). Das kann auch der Fall sein, wenn der Gesellschafter allein gegenüber der Gesellschaft tätig wird (BFH XI R 52/90, BStBl. II 1993, 562, Sozius vermietet Pkw an Sozietät) und zB den vermieteten Gegenstand ausschließlich selbst nutzt (BFH XI R 45/90, BStBl. II 1993, 530, Anm. dazu *Wiegmann* INF 93, 455 ff., siehe auch OFD Karlsruhe 9.12.2002, BB 2003, 833). Soweit die Verwendung durch den Leistungsempfänger in der Rücküberlassung der Nutzung an den Leistenden besteht, muss die Ableitung des Rechtes zur Nutzung aus dem Recht des Leistungsempfängers deutlich werden. Das ist nicht der Fall, wenn eine GbR ihrem Gesellschafter die Kosten für den beruflich genutzten Pkw erstattet (BFH V R 88/88, BStBl. II 1994, 56; dazu kritisch *Schmidt* UR 1994, 221 (222 f.)). Auch Architektenleistungen an die Gesellschaft, die der Architekt als Gesellschafter ausführt, können Umsätze sein, soweit sie gegen Entgelt erbracht werden. Das Entgelt kann auch im Ersatz von Auslagen des Architekten bestehen (FG Münster 5 K 1280/97 U, EFG 2001, 463). Liegt ein steuerbarer Umsatz vor, kann dieser auch nicht unter dem Gesichtspunkt der Leistungsvereinigung verneint werden (siehe auch BFH V R 116/86, BStBl. II 1992, 269; HessFG 6 K 2378/89, EFG 1991, 763; *Reiß* UR 1988, 298). Die Finanzverwaltung hat sich dem angeschlossen und regelt in diversen Verlautbarungen eine Reihe von Sonderfragen (vgl. zB OFD Karlsruhe 5.4.2011, DStR 2011, 771; OFD Frankfurt a. M. 12.12.2008, NWB DokID: HAAAD-18527 und 27.6.2007, DStR 2007, 1677; BMF 31.5.2007, BStBl. I 2007, 503 sowie UStAE 1.6 Abs. 3–7). Kritisch *Becker/Englisch* UR 2009, 701.

Von besonderer Bedeutung ist die Problematik bei der Geräteüberlassung im Rahmen von **Arbeitsgemeinschaften** des Baugewerbes (zur Unternehmereigenschaft → § 2 Rn. 25). Geschieht diese unentgeltlich (dh auch ohne Einfluss auf die Höhe des Gewinnanteils), ist sie nicht steuerbar. Hängt dagegen die Gewinnverteilung von dem Umfang der Gerätegestellung ab, handelt es sich um einen entgeltlichen Vorgang (vgl. BFH V 45/65, BStBl. II 1968, 398; V 43/65, BStBl. II 1968, 449; V R 91/68, BStBl. II 1970, 356). Vereinbaren die Mitglieder der Arbeitsgemeinschaft einen Spitzenausgleich für Mehr- und Minderleistungen unmittelbar untereinander, wird hiervon die Arbeitsgemeinschaft nicht berührt; die Gerätegestellung an sie bleibt nichtsteuerbare Mitgliederleistung (BFH V R 129/68, BStBl. II 1970, 358; vgl. auch UStAE 1.6 Abs. 8). Der **Spitzenausgleich** dürfte dann aber Entgelt für Leistungen der empfangenden Mitglieder an die zahlenden Mitglieder darstellen (vgl. EuGH C-77/01, DStRE 2004, 1095 – EDM mit Anm. *Wäger* UR 2004, 301). Aus praktischer Sicht problematisch ist bei mehreren Beteiligten (insbesondere mehreren Zahlenden und mehreren Empfangenden) die zutreffende Abrechnung. Als pragmatischer und systematisch gerechtfertigter Ansatz erscheint mE eine Aufteilung nach dem Verhältnis der Zahlungen der Leistungsempfänger. 82

Bei einer **Erlöspoolung** im Rahmen eines Syndikats oder eines ähnlichen Zusammenschlusses stellen die Zahlungen aus dem Pool an die einzelnen Mitglieder kein Entgelt dar, wenn es sich um einen innergesellschaftlichen Ausgleich auf der Ebene einer freien Gegenseitigkeitsvereinbarung ohne unmittelbaren Zusammenhang mit bestimmten Leistungen handelt. Der unmittelbare Zusammenhang zwischen den Ausgleichszahlungen und den Leistungen wird gelöst, wenn für die Ermittlung der Ausgleichsbeträge neben dem Leistungsumfang eine Reihe anderer Faktoren maßgebend ist, die zT bei anderen Mitgliedern wirksam werden und durch die Einbeziehung in die Poolungsrechnung das Gesamtergebnis und den Verteilungsschlüssel beeinflussen (BFH V R 55/72, BStBl. II 1974, 345). 83

Beispiel: Drei Zementfabriken vereinbaren aus Wettbewerbsgründen, ihre Erzeugnisse unter Einschaltung eines von ihnen gegründeten Vermittlungssyndikats zu einheitlichen Preisen einschließlich Frachtkosten abzugeben. Da die Werke unterschiedlich weit von den Hauptabnehmern entfernt liegen, entstehen dem einen Werk höhere dem anderen geringere Frachtkosten. Am Jahresende wird aus den Bruttoerlösen abzüglich der tatsächlich angefallenen Frachtkosten ein durchschnittlicher Nettoerlös ermittelt und jedes Werk durch Ausgleichszahlungen oder -leistungen so gestellt, als habe es für seine Lieferung diesen Nettoerlös erzielt.

Zur Abgrenzung zwischen echter Erlöspoolung (bzw. Gewinnpoolung) und Leistungsaustausch zwischen den Beteiligten siehe *Weiß* UR 1982, 204 (Nr. 3 und 4), sowie UR 1988, 91 (gemeinschaftliche Benutzung einer Arztpraxis durch getrennt tätige Ärzte), siehe auch *Oelmaier* in Sölch/Ringleb § 1 Rn. 85 und UStAE 1.1 Abs. 17.

5. Leistungen der Personenvereinigung an ihre Mitglieder/Gesellschafter

Ebenso wie bei Gesellschafterleistungen bestehen auch für die Steuerbarkeit der durch eine Gesellschaft an ihre Gesellschafter erbrachten Leistungen **umsatzsteuerrechtlich keine Besonderheiten,** so dass es wiederum nur auf die allgemeinen Voraussetzungen des § 1 Abs. 1 Nr. 1 ankommt. Leistungen der Personenvereinigung an Gesellschafter/Mitglieder können sich demnach im Rahmen eines Leistungsaustauschs oder außerhalb eines Leistungsaustausches vollziehen. Der Leistungstatbestand setzt auch bei Gesellschaftsleistungen voraus, dass der Leistende einem individuellen Leistungsempfänger einen verbrauchsfähigen Vorteil einräumt und dafür ein Entgelt erhält. Das etwaige Ziel einer gemeinsamen Zweckerreichung rechtfertigt nicht, die Zuwendung verbrauchsfähiger Vorteile an individuell bestimmbare Gesellschafter oder Vereinsmitglieder als nicht steuerbar einzustufen. An der Zuwendung eines ver- 84 brauchsfähigen Vorteils und damit an einer gesonderten Leistung im Verhältnis der Gesellschaft zum Gesellschafter fehlt es, wenn die Gesellschaft ihren gesellschaftsvertraglichen Zweck – wie zB eine Handelstätigkeit am Markt – gegenüber Dritten verfolgt. Gleichen die Gesellschafter dabei etwaig entstehende Verluste aus, erfolgen deren Zahlungen ohne Bezug zu konkreten Tätigkeiten der Gesellschaft und ermöglichen lediglich die Fortsetzung ihrer Tätigkeit. Derartige **Verlustausgleichszahlungen** stellen dann kein Entgelt für eine Leistung der Gesellschaft an die Gesellschafter dar (BFH V R 65/00, BStBl. II 2002, 782). Ob ein Entgelt auf schuldrechtlicher oder gesellschaftsrechtlicher Grundlage gezahlt wird und nach welchem Maßstab sich die Höhe des Entgelts ausrichtet, ist für die umsatzsteuerliche Beurteilung ohne Bedeutung. Nach der EuGH-Rechtsprechung liegen steuerbare Leistungen eines **Vereins** zB auch dann vor, wenn dieser seinen Mitgliedern Sportanlagen dauerhaft gegen Pauschalbeträge zur Verfügung stellt (EuGH C-174/00, UR 2002, 320 Rn. 40 – Kennemer Golf & Country Club).

85 Die Personenvereinigung kann auch **steuerbare Leistungen** gegen Entgelt ausführen, wenn sie **nur gegenüber ihren Mitgliedern** tätig wird. Dafür gelten grundsätzlich keine Besonderheiten. Voraussetzung ist, dass die Personenvereinigung dem/den Mitglied/ern oder Gesellschaftern eine Leistung zuwendet, für die sie ein Entgelt erwartet und erhält. Das ist gem. BFH nicht der Fall, wenn die Mitglieder lediglich die Kosten für den Erwerb und die Unterhaltung eines Wirtschaftsgutes tragen, das sie gemeinsam nutzen (BFH V R 18/01, BStBl. II 2003, 443). Ob dieses Ergebnis angesichts der oben dargestellten Grundsätze der EuGH-Rechtsprechung aufrechterhalten werden kann, ist mE aber fraglich (zur nach EuGH-Urteil in der Rechtssache Kennemer Golf präzisierten Sichtweise siehe BFH V R 60/05, DStR 2008, 866).

86 *einstweilen frei*

IV. Zurechnung von Umsätzen

1. Allgemeines

87 Grundsätzlich richtet sich die Bestimmung der Beteiligten eines Leistungsaustauschs nach dem **schuldrechtlichen Verpflichtungsgeschäft** (BFH V R 128/92, BStBl. II 1995, 651; XI R 48/07, BFH/NV 2010, 259). Trotz dieses klaren Grundsatzes ist aber nicht immer ohne Weiteres erkennbar, wer an einem Leistungsaustausch beteiligt ist. Insbesondere wenn mehr als zwei Parteien beteiligt sind, ist die Frage, wem bestimmte Umsätze zuzurechnen sind, oft schwer zu beantworten. Haben die Parteien in einem solchen Fall klar geregelt, wer an wen Leistungen erbringt, sollte dem auch umsatzsteuerlich gefolgt werden. Das Problem hat nicht nur Bedeutung für die Bestimmung des richtigen Steuerschuldners, sondern von der richtigen Zuordnung kann es abhängen, ob ein Umsatz überhaupt steuerbar ist (Unternehmer oder Nichtunternehmer als Leistender), ob er unter eine persönliche Steuerbefreiung fällt, dem ermäßigten Steuersatz unterliegt oder einer Sonderbesteuerung (zB Kleinunternehmer – § 19 – oder Landwirt – § 24 –) zu unterwerfen ist. Des Weiteren kann die Neutralität der Umsatzsteuer gefährdet sein, wenn ein anderer als der tatsächlich Leistende mit Umsatzsteuerausweis abrechnet (doppelte Entstehung der Umsatzsteuer – einmal als Umsatzsteuer des tatsächlich Leistenden und ein zweites Mal als Umsatzsteuer aus einer Falschrechnung nach § 14c Abs. 2 und Aberkennung des Vorsteuerabzugs beim Empfänger der Rechnung, die als Rechnung gem. § 14c Abs. 2 zu werten ist). Aufgrund dieser Risiken müssen alle Beteiligten ein hohes Interesse daran haben, die jeweilige Rolle im Rahmen eines umsatzsteuerlichen Leistungsaustausches eindeutig zu definieren und jeweils einem klar definierten Beteiligten zuzuweisen.

2. Eigenhändler, Kommissionär, Vermittler

Von besonderer Bedeutung für die Bestimmung eines Leistungsaustauschs ist die Abgrenzung zwischen dem Eigenhändler, dem Kommissionär und dem Vermittler (Agent). Der **Eigenhändler** handelt im eigenen Namen und für eigene Rechnung, der **Kommissionär** im eigenen Namen für fremde Rechnung und der **Vermittler** im fremden Namen für fremde Rechnung. Die Zuordnung der von diesen Personen getätigten Umsätze richtet sich entscheidend nach dem **Außenverhältnis,** dh dem Auftreten im Wirtschaftsleben nach außen hin (BFH V R 31/85, BStBl. II 1991, 381 mit Anm. *Birkenfeld* UR 1991, 167). Der Unterschied zwischen dem Eigen- und dem Vermittlungsgeschäft besteht darin, dass der Eigenhändler seine Leistung im eigenen Namen und auf eigene Rechnung erbringt. Alles was er dafür erhält, stellt demnach das Entgelt inklusive der anfallenden Umsatzsteuer dar. Der Vermittler agiert dagegen in fremden Namen und auf fremde Rechnung. Sofern er vom Leistungsempfänger die Gegenleistung vereinnahmt, muss er diese an den Leistenden weiterreichen, was bei ihm wiederum einen nicht steuerbaren durchlaufenden Posten darstellt. Er selbst muss nur die in ggf. seiner Provision enthaltene Umsatzsteuer abführen. Der **Kommissionär** wird umsatzsteuerlich dem Eigenhändler gleichgestellt. In § 3 Abs. 3 wird dies für Lieferungen und in § 3 Abs. 11 für Dienstleistungen geregelt. 88

Ob eine Leistung dem Handelnden oder einem anderen zuzurechnen ist, hängt grundsätzlich davon ab, ob der Handelnde gegenüber dem Leistungsempfänger **im eigenen Namen** oder berechtigterweise **im Namen eines anderen** bei der Ausführung entgeltlicher Leistungen aufgetreten ist (ständige Rechtsprechung, zB BFH V R 60/03, BFH/NV 2006, 139; V R 22/02, DStRE 2004, 153; V B 108/01, BStBl. II 2004, 622). Leistender kann dabei auch ein **„Strohmann"** sein. Tritt jemand im Rechtsverkehr als sog. „Strohmann" im eigenen Namen, aber für Rechnung eines anderen auf, der – aus welchen Gründen auch immer – nicht selbst als berechtigter oder verpflichteter Vertragspartner in Erscheinung treten will (sog. „Hintermann"), ist zivilrechtlich grundsätzlich nur der „Strohmann" aus dem Rechtsgeschäft berechtigt und verpflichtet. Dementsprechend sind dem „Strohmann" Leistungen zuzurechnen, die der „Hintermann" berechtigterweise im Namen des Strohmanns tatsächlich ausgeführt hat (BFH V B 108/01, BStBl. II 2004, 622 unter II 4b der Gründe). Die Umsätze sind bspw. auch dann einer ausländischen Gesellschaft, die für die Leistungserbringung eingeschaltet wird (Strohmann), zuzurechnen, wenn sie sich zur Erfüllung ihrer Leistungsverpflichtungen eines inländischen Unternehmens (Hintermann) als Erfüllungsgehilfen bedienen muss und selbst nicht über die notwendigen Personal- und Sachmittel für die Leistungserbringung verfügt (FG München 14 K 300/08, DStRE 2012, 1331). Letztlich übt der Strohmann insoweit keine andere Rolle als ein Kommissionär aus. 89

Unbeachtlich ist das „vorgeschobene" Strohmanngeschäft (vgl. auch § 41 Abs. 2 AO) nur dann, **wenn es nur zum Schein abgeschlossen** wird, dh wenn die Vertragsparteien – der „Strohmann" und der Leistungsempfänger – einverständlich oder stillschweigend davon ausgehen, dass die Rechtswirkungen des Geschäfts gerade nicht zwischen ihnen, sondern zwischen dem Leistungsempfänger und dem „Hintermann" eintreten sollen (BFH V B 108/01, BStBl. II 2004, 622 unter II 4c der Gründe; vgl. auch BFH V B 111/02, BFH/NV 2004, 235; FG Hmb 5 K 61/10, MwStR 2014, 41). Letzteres ist insbesondere dann zu bejahen, wenn der Leistungsempfänger weiß oder davon ausgehen muss, dass der Strohmann keine eigene – ggf. auch durch Subunternehmer auszuführende – Verpflichtung aus dem Rechtsgeschäft übernehmen will und dementsprechend auch keine eigenen Leistungen versteuern will (vgl. BFH V B 108/01, BStBl. II 2004, 622; XI R 48/07, UR 2010, 423). 90

Beim sog. **Full-Service-Leasing** hat der EuGH entschieden, dass entgegen den Annahmen der beteiligten Parteien eine Benzinlieferung nicht in der Kette Tankstelle 91 an Leasinggeber und Leasinggeber an Leasingnehmer erfolgt. Vielmehr sei aufgrund der tatsächlichen Umstände festzustellen, dass die Verfügungsmacht am Benzin direkt von der Tankstelle auf den Leasingnehmer übergehe und insofern erfolge dementsprechend eine direkte Lieferung von der Tankstelle an den Leasingnehmer (EuGH C-185/01, BStBl. II 2004, 573 – Auto Lease Holland; dem folgend BFH V R 26/00, BStBl. II 2004, 571; ähnlich auch EuGH C-526/13, Fast Bunkering Klaipėda, MwStR 2015, 895). Laut **Finanzverwaltung** kann in derartigen Fällen aber dennoch bei entsprechender Gestaltung der Verhältnisse von einer **Leistungskette** ausgegangen werden (BMF 15.6.2004, BStBl. I 2004, 605; vgl. auch OFD Frankfurt a. M. 3.12.2008, UR 2009, 356 zur Gestellung von Tankkarten an Subunternehmer im Speditionsgewerbe).

92 Tritt eine **Arbeitsgemeinschaft** des Baugewerbes als Auftragnehmer des Bauherrn auf, ist ihr die gesamte Bauleistung zuzurechnen (BFH V R 117/67, BStBl. II 1971, 540; UStAE 2.1 Abs. 4). Bei **Sportveranstaltungen** ist regelmäßig der „Platzverein" als jener Unternehmer anzusehen, der die Leistungen gegenüber den Zuschauern erbringt (UStAE 2.1 Abs. 6) – die dort vertretene Auffassung, der „Gastverein" brauche den auf ihn ggf. entfallenden Einnahmeanteil nicht zu versteuern, ist systematisch fragwürdig. Denn insoweit kommt zumindest in Betracht, dass der „Gastverein" durch seine Teilnahme an der Veranstaltung an den „Platzverein" eine Leistung erbringt, die darin besteht, dass dieser in die Lage versetzt wird, die Veranstaltung auszurichten. Die Regelung in UStAE 2.1 Abs. 6 erscheint aber gleichwohl als Vereinfachungsregelung akzeptabel (siehe auch zum Leistungsaustausch bei Zahlung eines Antrittsgeldes OFD Hannover 6.2.1997, DStR 1997, 582; zur Auslobung von Prämien an Radrennfahrer bei Sechs-Tage-Rennen siehe BFH V R 31/85, BStBl. II 1991, 381; zur Auslobung von Preisen siehe aber auch EuGH C-432/15, MwStR 2016, 991– Baštová, Rn. 28f., 37 und → Rn. 8).

93 Die Anerkennung der **Vermittlereigenschaft** richtet sich grundsätzlich nach Zivilrecht (siehe BFH V R 4/16, DStR 2016, 2589, Rn. 11ff.). Sie hängt davon ab, dass der Vermittler sein Auftreten in fremdem Namen und für fremde Rechnung in allen Einzelheiten konsequent durchführt. Hierzu ist erforderlich, dass jeder der beiden Vertragspartner, deren Leistungsaustausch der Agent (= Vermittler) durch seine Tätigkeit vermittelt, den Namen des anderen und die Höhe des Kaufpreises erfährt (UStAE 3.7 Abs. 1 sowie die dort zitierte Rechtsprechung). Dies braucht nicht durch den Vermittler zu geschehen, sondern kann sich auch aus den Umständen ergeben, zB beim Aufdruck des Namens der hebeberechtigten Gemeinde auf Müllsäcken, in deren Kaufpreis die Abfuhrgebühr enthalten ist (BdF UR 1971, 59), oder durch die gewerberechtlich vorgeschriebene Namensangabe des Automatenbetreibers (vgl. BFH V R 152/78, BStBl. II 1988, 29; *Weiß* UR 1981, 228). Zumindest müssen die Vertragspartner die Möglichkeit haben, den Namen des anderen zu erfahren, zB beim Nummernverfahren bei Versteigerungen oder bei Schlachtviehverkäufen (BFH V 152/58 U, BStBl. III 1960, 374; siehe auch BFH V R 44/99, BStBl. II 2000, 361). Unter bestimmten Bedingungen kann es wohl aber auch möglich sein, dass ein Vermittler der von ihm vertretenen Partei nicht den erzielten Erlös offenlegt (vgl. UStAE 3.7 Abs. 2 zu Verträgen über die Vermittlung von Gebrauchtwagenverkäufen).

3. Einzelfälle

94 **a) Agenturleistungen.** Bis zur Einführung der Differenzbesteuerung (§ 25a) waren Agenturleistungen im **Kfz-Handel** in der Praxis von großer Bedeutung, weil bei der Inzahlunggabe von Gebrauchtwagen durch Privatleute Nichtunternehmer in die Lieferkette eingeschaltet wurden, die nicht zum offenen Umsatzsteuerausweis berechtigt waren. Bei der Weiterveräußerung derartiger Gebrauchtwagen durch den Händler kam es zu einem **Kumulationseffekt,** nachdem der Händler aus der Inzahlungnahme keine Vorsteuer geltend machen konnte und den Verkauf aber voll der

Umsatzsteuer unterwerfen musste. Die Problematik ist durch § 25a entschärft worden. Aus anderen Gründen gibt es aber immer noch Fälle, in denen der Kfz-Händler weiterhin nur als Vermittler auftreten will. An die Anerkennung der Vermittlereigenschaft werden weiterhin strenge Anforderungen gestellt. Zumindest wenn der Händler insgesamt weniger erlöst, als er auf den Preis des Neuwagens angerechnet hat **(Minusgeschäft),** muss man im Zweifel davon ausgehen, dass er auf eigene Rechnung gehandelt hat, so dass keine Vermittlungsleistung mehr vorliegt (siehe BFH V R 78/79, BStBl. II 1987, 657, mit Anm. HFR 1987, 532). Entsprechende Zweifel drängen sich auf für „Null-Geschäfte", bei denen ihm weder Gewinn noch Verlust entstehen, denn ein gewerblicher Vermittler pflegt nicht ohne Provision zu arbeiten. Sofern allerdings das Auftreten im fremden Namen klar vereinbart wurde, besteht mE keine Veranlassung die Vermittlung anzuzweifeln. Übernimmt der Neuwagenhändler die Garantie für den „vermittelten" Altwagen, so steht auch dies der Annahme einer Agentur entgegen (BFH V R 78/79, BStBl. II 1987, 657). Schließlich geht auch die **Abrechnung** mit dem Auftraggeber oft nicht ordnungsgemäß vonstatten, insbesondere fehlt es an der Mitteilung des beim Weiterverkauf erzielten Erlöses. Für Fälle des „reinen" Gebrauchtwagenhandels (also ohne Verbindung mit einem Neuwagenkauf) hält allerdings der BFH sowohl die Übernahme einer Garantie (BFH X R 13/81, BStBl. II 1988, 153, mit Anm. HFR 1988, 294; siehe auch *Offerhaus* StBp 1988, 46) als auch das Fehlen der Abrechnung (BFH X R 40/82, BStBl. II 1988, 1017) für unschädlich, erkennt die Vermittlung also als solche an. Der Handel verwendet weitgehend **Vertragsmuster,** die mit der Finanzverwaltung abgestimmt sind: „Auftrag zur Vermittlung des Verkaufs eines gebrauchten Kfz" mit dazugehörigen „Allgemeinen Geschäftsbedingungen". Die Finanzverwaltung erkennt daher bei Gebrauchtwagenverkäufern die Vermittlereigenschaft des Kfz-Händlers an, wenn er sich dieser Vertragsmuster bedient und auch tatsächlich danach verfährt (UStAE 3.7 Abs. 2). Sie weicht damit zugunsten der Händler zum Teil von den Grundsätzen ab, die allgemein für die Abgrenzung zwischen Eigenhandel und Vermittlung gelten, und gerät damit mitunter in Widerspruch zu den allgemeinen Grundsätzen der Abgrenzung einer Tätigkeit als Vermittler von der eines Eigenhändlers. Zur Abgrenzung von Vermittlungsleistungen und Eigengeschäften beim Verkauf von Gebrauchtwagen siehe auch OFD Niedersachsen 5.10.2015, DStR 2016, 1113.

Ein **Agent** kann dem Leistungsempfänger für von ihm vermittelte Umsätze auch di- **95**
rekt Preisnachlässe gewähren. Dies kann sich für ihn lohnen, wenn er dadurch das Volumen der von ihm vermittelten Umsätze erhöht und der Verlust durch den auf eigene Rechnung gewährten Preisnachlass durch zusätzlich verdiente Vermittlungsentgelte übergewogen wird. In diesen Fällen konnte der Vermittler nach früher herrschender Auffassung die Umsatzsteuer auf seine an den Verkäufer erbrachte Vermittlungsleistung mindern, ohne dass der Verkäufer entsprechend auf die Vermittlungsleistung den Vorsteuerabzug reduzieren müsste (BFH V R 3/04, BStBl. II 2006, 479).

Der EuGH hat jedoch mit Urteil vom 16.1.2014 C-300/12 entschieden, dass die Grundsätze, die der EuGH im Urteil vom 24.10.1996 C-317/94, BStBl. II 2004, 324, zur Bestimmung der Besteuerungsgrundlage der Mehrwertsteuer aufgestellt hat, nicht anzuwenden sind, wenn ein Reisebüro als Vermittler dem Endverbraucher aus eigenem Antrieb und auf eigene Kosten einen Nachlass auf den Preis der vermittelten Leistung gewährt, die von dem Reiseveranstalter erbracht wird.

Der BFH hat sich mit dem Folgeurteil vom 27.2.2014 V R 18/11 (BStBl. II 2015, 306) dieser Rechtsauffassung unter Aufgabe seiner bisherigen Rechtsprechung (BFH V R 3/04, BStBl. II 2006, 479, V R 46/05, BStBl. II 2007, 186, sowie V R 70/06, BStBl. II 2008, 997) angeschlossen. Danach kommt es nicht zu einer Minderung der Bemessungsgrundlage, wenn ein Vermittler dem Empfänger des von ihm vermittelten Umsatzes einen Teil des Preises für den vermittelten Umsatz vergütet. Dementsprechend führt der Preisnachlass auch nicht zu einer Berichtigung des Vorsteuerabzugs beim Kunden (BFH V R 3/12, BStBl. II 2015, 307). Per BMF-Schreiben vom

27.2.2015 (BStBl. I 2015, 232) hat auch die Finanzverwaltung UStAE 10.3 Abs. 4 entsprechend angepasst.

96 **b) Baubetreuung.** Ähnliche Abgrenzungsprobleme ergeben sich bei der Baubetreuung. Der Baubetreuer im engeren Sinne ist Berater des Bauherrn und Vermittler der Verträge zwischen dem Bauherrn und dem Bauhandwerkern. Häufig besorgt er auch die Finanzierung. Geht er über diese Aufgaben hinaus, läuft er Gefahr, als Lieferant des ganzen Bauwerks angesehen zu werden und den gesamten Baupreis versteuern zu müssen. Dies kommt vor allem in Betracht, wenn er mit dem Bauherrn einen **Festpreis** für die schlüsselfertige Erstellung des Bauwerks vereinbart (vgl. BFH V 98/59 U, BStBl. III 1961, 492), wenn er das Wagnis für die Bauausführung übernimmt, wohl auch, wenn er sich selbstschuldnerisch in die Verträge zwischen dem Bauherrn und dem Bauunternehmen einschaltet. Die umsatzsteuerlichen Effekte der Lieferanteneigenschaft gegenüber der reinen Baubetreuung werden zwar durch den Vorsteuerabzug weitgehend wieder ausgeglichen – sofern eine korrekte Abrechnung erfolgt, was im Zweifel aber auch erst verspätet der Fall sein und Zinsen nach § 233a AO auslösen kann, soweit nicht wiederum § 13b Abs. 1 Nr. 4 eingreift. Die umsatzsteuerlichen Nachteile bleiben aber bestehen bei Einschaltung von Kleinunternehmen als Bauhandwerker und in den Fällen, in denen nachträglich keine Rechnungen auf den Namen des Baubetreuers mehr zu erlangen sind, zB wegen Konkurses/Insolvenz des Bauunternehmers. Auch bei einer Beschränkung des Baubetreuers auf Beratungs- und Vermittlungsleistungen kann es Zurechnungsprobleme geben, etwa wenn der Baubetreuer versucht, durch entsprechende Vertragsgestaltung einen Teil seiner Leistungen steuerfreien Bereichen zuzuordnen.

Beispiel: Neben dem eigentlichen Baubetreuungsvertrag werden Einzelverträge über die Übernahme einer Gesamtfinanzierungsgarantie, einer Ausbietungsgarantie und einer Bürgschaft für die Zwischenfinanzierung abgeschlossen und die dafür gesondert berechneten Vergütungen als steuerfrei nach § 4 Nr. 8 Buchst. g behandelt.

97 Die **Steuerfreiheit** hängt davon ab, ob die in den Einzelverträgen aufgeführten Leistungen unselbstständige Bestandteile der Gesamtleistung „Baubetreuung" sind oder nicht. Dies ist nach den **Gesamtumständen des Einzelfalles** zu beurteilen. Zusammengehörige Vorgänge können jedenfalls nicht allein deshalb als einheitliche Leistung angesehen werden, weil sie einem einheitlichen wirtschaftlichen Ziel dienen oder weil sie auf einem einheitlichen Vertrag beruhen (UStAE 3.10 Abs. 2). Die Annahme einer einheitlichen Leistung setzt voraus, dass die Nebenleistung im Vergleich zur Hauptleistung nebensächlich ist, mit ihr eng zusammenhängt und üblicherweise in ihrem Gefolge vorkommt. Davon ist insbesondere auszugehen, wenn die Leistung für den Leistungsempfänger keinen eigenen Zweck erfüllt, sondern nur das Mittel darstellt, um die Hauptleistung unter optimalen Bedingungen in Anspruch zu nehmen (UStAE 3.10 Abs. 5, mit Verweisen auf die entsprechende Rechtsprechung). Die Finanzverwaltung sieht die im Rahmen von **Bauherrenmodellen** erbrachte Baubetreuung grundsätzlich nicht als Einheit an (BMF 27.6.1986, BStBl. I 1986, 352; UStAE 3.10 Abs. 6 Nr. 1; siehe auch BFH V R 99/88, BStBl. II 1993, 316). Ob Bauherrengemeinschaften als solche in die Leistungskette zwischen Bauunternehmern und Bauherren eingeschaltet sind, hängt von der Vertragsgestaltung ab (vgl. FG BW I K 309/87, EFG 1991, 351; *Dornfeld* DB 1981, 1691).

98 **c) „Ladenrechtsprechung". Verkäufe im eigenen Ladengeschäft** für fremde Rechnung können zwar auch Vermittlungsgeschäfte sein. Das Handeln im eigenen Laden legt aber grundsätzlich die Vermutung nahe, der Vorgang geschehe im eigenen Namen. Das gilt zumindest für den Verkauf von Waren des täglichen Bedarfs (BFH V R 44/99, BStBl. II 2000, 361 (363)). Wer in einem Laden solche Waren im fremden Namen verkaufen will, muss dies kenntlich machen. Dabei sind strenge Anforderungen zu stellen (BFH V R 44/99, BStBl. II 2000, 361). Eigener Laden idS ist jede Ein-

richtung zum Verkauf von Waren oder Anbieten von Dienstleistungen (zB Reinigungsannahme), in der jemand auf eigene Rechnung unternehmerisch tätig ist. Die Annahme eines eigenen Ladens lässt sich nicht dadurch vermeiden, dass jemand einen Teil seines Ladens an einen Lieferanten vermietet und in diesem Teil als Vermittler tätig werden will (BFH V 28/51 U, BStBl. III 1952, 294 zu Gestaltungsmöglichkeiten, siehe aber BFH, HFR 1965, 388 und UR 1966, 117). Hiervon zu unterscheiden sind die Fälle der **Ladengemeinschaft,** → Rn. 100. Die **Vermittlereigenschaft** ist nur dann **hinreichend kenntlich gemacht,** wenn den Kunden von vornherein klar ist, dass der Ladeninhaber ihnen insoweit nicht als Eigenhändler gegenübertritt, sondern Geschäftsbeziehungen zu einem Dritten anknüpfen will. Bei Kleingeschäften des täglichen Lebens (zB Verkauf von Lebensmitteln oder Textilien) wird man eine Vermittlerstellung des Ladeninhabers nur anerkennen können, wenn die Art der vermittelten Waren sich deutlich vom Eigensortiment abhebt, klare Hinweise durch Schilder oÄ auf die bloße Vermittlung der betroffenen Waren gegeben werden, der Verkauf räumlich getrennt vom Eigensortiment stattfindet und im Kassensystem getrennt von den Eigenumsätzen abgerechnet wird (zB Blumenstand in einem Lebensmittelgeschäft – zur Annahme von Strumpfreparaturen in Textilgeschäft siehe BFH V 196/55 U, BStBl. III 1956, 169; zur Annahme von Schuhreparaturen BFH V 190/61 U, BStBl. III 1964, 347). Ein Handeln in fremdem Namen setzt bei solchen Ladengeschäften auch nicht unbedingt voraus, dass der Name des Vertretenen bei Vertragsabschluss genannt wird. Es kann ausreichen, dass der Vertretene bestimmbar ist (BFH V R 44/99, BStBl. II 2000, 361). Bei Verkäufen von Großgeräten, über die schriftliche Verträge abgeschlossen werden, sind die Anforderungen an das Kenntlichmachen geringer, weil hier aus dem Kaufvertrag der Name des Vertragspartners hervorgeht (BFH, UR 1966, 174; BFH V R 77, 78/66, BStBl. II 1970, 511; siehe auch UStAE 3.7 Abs. 7). Stellt ein Unternehmer in fremden Geschäftsräumen **Geldspielautomaten** auf, an denen auf ihn selbst als Aufsteller hinweisende Schilder angebracht sind (§ 15a GewO), so werden die gegenüber den Automatenbenutzern bewirkten Umsätze von ihm und nicht von den Inhabern der Geschäftsräume erbracht, auch wenn der Inhalt der Vereinbarungen zwischen dem Unternehmer und den Inhabern der Geschäftsräume darauf hindeutet, dass Automatenmietverträge und nicht Automatenaufstellverträge haben abgeschlossen werden sollen (BFH V R 152/78, BStBl. II 1988, 29; siehe auch *Weiß* UR 1981, 228; *Reiß* UR 1988, 76). Soweit der Gastwirt vom Automatenaufsteller an den Erlösen beteiligt wird oder er anderweitig kalkulierte Zahlungen vom Automatenaufsteller erhält, sind darin Entgelte für eine steuerpflichtige Leistung des Gastwirts an den Automatenaufsteller zu sehen (UStAE 3.7 Abs. 8 S. 3). Dabei kann auch ein Darlehen des Aufstellers an den Gastwirt vorliegen, das durch regelmäßige Leistungsentgelte für Leistungen des Gastwirts an den Aufsteller abgetragen wird.

Für Verkäufe von Bekleidung in einem sog. **Secondhand-Laden** verlangt das FG Bremen (K 43, 44/87, EFG 1988, 45) für die Anerkennung der Vermittlereigenschaft des Ladeninhabers – neben dem Kenntlichmachen nach außen – auch die Aufzeichnung von Namen und Anschrift von Verkäufer und Käufer der Ware (siehe auch *Junker* DStR 1992, 1422). Der BFH V R 44/99, BStBl. II 2000, 361 fordert ebenfalls, dass der Verkäufer von Secondhand-Ware sein Handeln im fremden Namen nach außen kenntlich macht – zB durch entsprechende Hinweisschilder im Schaufenster und im Laden selbst. Beim Abschluss des Verkaufsgeschäfts braucht der Vertretene aber nicht namentlich genannt zu werden. Er muss nur ermittelt werden können (siehe OFD Frankfurt a. M. 14.8.2007, UR 2007, 912). Wegen der Differenzbesteuerung gem. § 25a kann der Inhaber eines Secondhand-Ladens ab 1.1.1995 auch als Eigenhändler auftreten, ohne dass es dadurch zur Doppelbelastung mit Umsatzsteuer kommt. Die Grundsätze der Ladenrechtsprechung gelten gemäß BFH XI R 16/10, DStR 2012, 2274 auch für die **Leistungserbringung via Internet.** Demnach sei der Betreiber einer Internetseite, der dort kostenpflichtige Leistungen anbietet, vergleichbar mit **99** einem Unternehmer, der im eigenen Laden Waren verkauft. So wie dieser umsatzsteuerrechtlich grundsätzlich als Eigenhändler anzusehen sei, sei der Betreiber einer Internetseite als derjenige zu behandeln, der die dort angebotenen kostenpflichtigen Leistungen angeboten und erbracht hat. Nur wenn der Betreiber einer Internetseite in eindeutiger Weise vor oder bei dem Geschäftsabschluss zu erkennen gebe, dass er für einen anderen tätig werde, also in fremdem Namen und für fremde Rechnung handelt, und der Kunde, der dies erkannt hat, sich ausdrücklich oder stillschweigend damit einverstanden erkläre, könne dessen Vermittlereigenschaft umsatzsteuerrechtlich anerkannt werden. Wie der Anbieter den Hinweis auf seine Vermittlereigenschaft bei Internetleistungen konkret gestalten muss, ist noch unklar; siehe hierzu Hinweise bei *Weigel* UStB 2013, 4. Ferner gelten die Grundsätze im Ergebnis auch bei der Frage, ob **Reiseleistungen** iSd § 25 (in eigenem Namen erbrachte Leistungen, die mit der Marge in Deutschland steuerbar sein können) oder Vermittlungsleistungen (die am Ort der vermittelten Leistung im Ausland steuerbar sein können) erbracht werden; siehe FG Nürnberg 2 K 261/13, BeckRS 2015, 95783, NZB unter BFH V B 81/15 anhängig). Zur Abgrenzung von Vermittlungsleistungen und Eigengeschäft beim **Verkauf gebrauchter Kfz** siehe OFD Niedersachsen 5.10.2015, BeckVerw 319459; zum **Verkauf von Telefonkarten** siehe BFH V R 4/16, DStR 2016, 2589).

100 **d) Ladengemeinschaften.** Bei Ladengemeinschaften (Tätigkeit mehrerer Unternehmer in denselben Räumen – zB Blumenstand im Selbstbedienungsladen, Parfümerieverkauf im Kaufhaus – die ihre Waren im eigenen Namen und für eigene Rechnung verkaufen) sind die Anforderungen an die Kennzeichnung der unterschiedlichen Unternehmensbereiche geringer. Es muss deutlich werden, dass es sich um verschiedene Unternehmer handelt, was zB durch entsprechende Firmenschilder („Verkaufsstelle des Blumenhauses Meyer") geschehen kann. Ferner muss das Innenverhältnis klar geregelt sein, wie zB durch einen entsprechenden Mietvertrag. Insgesamt gesehen kommt es auf die Umstände des Einzelfalles an. So ist zB der Verkauf von Tabakwaren durch Angestellte eines Tabakwarenhändlers in den Räumen einer Gaststätte trotz fehlenden Firmenschildes nicht dem Gastwirt zuzurechnen (BFH V 214/59 U, BStBl. III 1962, 361). Bei **Ladengemeinschaften von Ehegatten** (zB Ehemann als Friseur und Ehefrau als Kosmetikhändlerin – vgl. FG Bremen II 153/69, EFG 1971, 46; FG RhPf, EFG 1979, 518) kommt der klaren Trennung im Innenverhältnis besondere Bedeutung zu, weil sonst die Gefahr von Manipulationen besteht (FG RhPf, EFG 1979, 518). Steht aber fest, dass eine Vermittlungsleistung (zB Toto- und Lottoscheinannahme) nur von einem der Ehegatten auf Grund eines Vertragsverhältnisses mit dem Auftraggeber (zB Toto- und Lottogesellschaft) erbracht wird, so ist der Umsatz ihm allein auch dann zuzurechnen, wenn er die Tätigkeit ohne speziell auf seine Unternehmereigenschaft hinweisende Merkmale im Ladengeschäft des anderen Ehegatten ausübt (vgl. BFH V R 152/78, BStBl. II 1988, 29; siehe auch UStAE 3.7 Abs. 7).

101 **e) Tankstellen.** Im Tankstellengeschäft erkennt die Finanzverwaltung eine Agentur stets an, wenn der Tankstellenverwalter (oder die Reparaturwerkstatt) im Namen und für Rechnung der Mineralölfirma handelt (UStAE 3.7 Abs. 4). Sie lässt sogar eine Vermittlung des Mineralölverkaufs durch die Reparaturwerkstatt an sich selbst umsatzsteuerlich gelten (UStAE 3.7 Abs. 5). Das im Rahmen einer Inspektion im eigenen Namen der Reparaturwerkstatt abgegebene Motoröl ist Teil der einheitlichen Inspektionsleistung (BFH V R 77/98, BStBl. II 2000, 14). In besonders gelagerten Fällen können selbst Umsätze von Tankstellenverwaltern, die nach außen hin wie selbstständige Kaufleute auftreten, dem hinter ihnen stehenden Unternehmer zugerechnet werden (s. BFH X R 19/80, BStBl. II 1987, 746).

102 **f) Generalunternehmer, freie Mitarbeiter, Angestellte.** Dem **Generalunternehmer,** der sich zur Lieferung eines Gesamtwerks (zB Gebäude, Fabrikanlage) verpflichtet, dabei aber die Hilfe anderer Firmen (Subunternehmer) in Anspruch

nimmt, ist der **gesamte Leistungsumfang** umsatzsteuerlich zuzurechnen. Die **Subunternehmer** erbringen ihre Leistungen an den Generalunternehmer und haben die jeweils von ihnen erbrachten Leistungen gesondert zu versteuern. Dieser Leistungskette muss entsprechend auch bei der Rechnungsstellung gefolgt werden. Zwar kann der Generalunternehmer bei Bedarf in seiner Rechnung angeben, von welchen Subunternehmern welche Leistungsteile stammen; er darf seine Rechnung aber nicht derart gestalten, als würde er im Namen der Subunternehmer abrechnen, vielmehr ist allein der Generalunternehmer der Leistende und als solcher kenntlich zu machen.

Soweit ein Unternehmer **Angestellte** einsetzt, um Leistungen zu erbringen, werden die Umsätze stets dem Unternehmer zugerechnet. Voraussetzung ist aber das Bestehen eines echten Dienstverhältnisses mit organisatorischer Eingliederung und Weisungsgebundenheit (vgl. auch BFH X R 19/80, BStBl. II 1987, 746, wonach Arbeitnehmereigenschaft sogar bei einer Person bejaht wird, die nach außen hin als selbstständiger Kaufmann auftritt). Setzt zB ein Wirtschaftsprüfer einen **freien Mitarbeiter** zur Erledigung von Abschlussarbeiten ein, so ist der Mitarbeiter dem Auftraggeber gegenüber Erfüllungsgehilfe des Wirtschaftsprüfers. Es finden zwei Umsätze statt: Der freie Mitarbeiter leistet an den Wirtschaftsprüfer, dieser an den Auftraggeber. Zu Getränkeverkäufen durch Fahrer von Reisebussen siehe OFD Koblenz 20.10.1987, DB 1987, 2388 (Anwendung der Ladenrechtsprechung). Bei **Unterschlagungen** durch Angestellte ist zu unterscheiden: Unterschlägt ein Angestellter das Geld, das er im Namen seines Arbeitgebers von Kunden entgegengenommen hat, ist der Umsatz dem Arbeitgeber zuzurechnen (siehe FG München, EFG 1989, 145, betreffend Scheckunterschlagung). Unterschlägt er hingegen Ware, die er anschließend im eigenen Namen verkauft, hat der Arbeitgeber insoweit keinen Umsatz getätigt (auch nicht an den untreuen Arbeitnehmer); der Verkauf ist allein dem Arbeitnehmer zuzurechnen. Der Arbeitgeber muss in solchen Fällen auch keine unentgeltliche Wertabgabe versteuern, denn gestohlene Ware wird nicht unentgeltlich zugewendet, sondern widerrechtlich dem Unternehmensvermögen entzogen. Er hat allerdings einen nicht umsatzsteuerbaren Anspruch gegenüber dem Arbeitnehmer auf Schadensersatz. 103

g) Ehegatten und Personenvereinigungen. Ehegatten werden umsatzsteuerlich wie einander fremde Personen behandelt. Ist einer der beiden Unternehmer und erbringt er im Rahmen seines Unternehmens entgeltliche Leistungen an den anderen, so handelt es sich um steuerbare Umsätze (RFH, RStBl. 1940, 192; BFH, HFR 1964, 403). Bei unentgeltlichen Leistungen werden unentgeltliche Wertabgaben gem. § 3 Abs. 1b oder § 3 Abs. 9a getätigt. Bei Leistungen, für die ein Entgelt unter den eigenen Gestehungskosten verlangt wird, kommt die Anwendung der Mindestbemessungsgrundlage gem. § 10 Abs. 5 Nr. 1 in Betracht. 104

Ein häufig vorkommender Fall ist die Errichtung von Gebäuden durch eine/n Bauunternehmer/in auf einem Grundstück der/des Ehefrau/-gatten, das sodann von einem Ehegatten unternehmerisch genutzt wird (siehe hierzu zuletzt BFH V R 41/09, DStR 2011, 1955 und BFH V R 42/09, DStR 2011, 1949). Zur Zurechnung illegaler Geschäfte, an denen beide Ehegatten beteiligt sind, siehe BFH I R 297/83, UR 1989, 86, mit kritischer Anm. *Weiß;* zur Einschaltung eines Ehegatten als „Strohmann" (hier: Konzessionsinhaber einer Bar) siehe BFH V R 11/91, BFH/NV 1991, 844. Eine Übertragung der Grundsätze der für die Einkommensteuer entwickelten „Ehegatten-Rechtsprechung" auf das Umsatzsteuerrecht ist nicht statthaft, wohl aber eine besonders kritische Prüfung der in diesen Fällen oft zweifelhaften Frage, ob tatsächlich entsprechende Umsätze stattgefunden haben (vgl. BFH V R 37/84, BStBl. II 1989, 913; siehe auch FG Nürnberg II 193/89, EFG 1991, 764, betr. Grundstücksgemeinschaft); siehe auch BFH V R 75/93, UR 1996, 124, mit kritischer Anm. *Weiß:* Ehefrau errichtet auf dem beiden Ehegatten gehörenden Grundstück einen Anbau, den sie an den (Unternehmer-)Ehegatten vermietet.

einstweilen frei 105

106 Bei Leistungen von **Personenvereinigungen** und ihren Mitgliedern kommt es entscheidend darauf an, wer nach außen als Beteiligter des Umsatzgeschäfts in Erscheinung tritt (s. BFH V R 178/83, BStBl. II 1988, 646 mit Anm. *Stadie* UR 1988, 313, betreffend Vermietung von Ferienhäusern; BFH V R 85/87, UR 1988, 124, mit Anm. *Weiß* UR 1988, 149, betreffend Errichtung von Wohnungen durch KG auf Grundstück des Gesellschafters und anschließende Veräußerung durch diesen; FG Köln, EFG 1990, 389). Problematisch ist die Abgrenzung in Fällen, in denen ein Mitglied einer freiberuflichen Sozietät durch staatlichen Rechtsakt oder rechtsgeschäftlich mit Sonderaufgaben (zB als **Notar** oder **Testamentsvollstrecker**) betraut worden ist, diese Aufgabe aber mit Hilfe der Organisation der Sozietät erfüllt. Auch bei diesen „höchstpersönlich" zu erbringenden Leistungen ist es möglich, sie der Sozietät zuzurechnen, wenn ein derartiger Wille nach außen hin deutlich erkennbar wird (s. BFH V R 33/79, BStBl. II 1987, 524, mit Anm. *Weiß* UR 1987, 204, betreffend Testamentsvollstrecker).

107 **h) Insolvenzverwaltung (Konkursverwaltung), Zwangsverwaltung, Testamentsvollstreckung.** Insolvenzverwalter (§ 80 InsO; für Verfahren, die vor dem 1.1.1999 eröffnet worden sind: Konkursverwalter) lösen mit Eröffnung des Insolvenzverfahrens (bis 31.12.1998: Konkursverfahren) den Schuldner (bis 31.12.1998: Gemeinschuldner) als aktiven Unternehmer ab. Alle Umsätze, die sie zur Verwertung der Masse tätigen, sind formell ihnen in ihrer Eigenschaft als gesetzliche Vertreter der Insolvenzmasse (bis 31.12.1998: Konkursmasse) zuzurechnen. Die daraus entstehende Umsatzsteuer gehört zu den Masseverbindlichkeiten gem. § 55 Abs. 1 Nr. 1 InsO (BFH V R 2/75, BStBl. II 1978, 684; BFH V R 23/80, BStBl. II 1987, 527; bis 31.12.1998: Massekosten nach § 58 Nr. 2 KO). Es handelt sich um eine insolvenzrechtliche (konkursrechtliche) Besonderheit mit dem Ziel der Abgrenzung der normalen Konkursforderungen/Forderungen der Insolvenzgläubiger von den Masseverbindlichkeiten (Massekosten). Umsatzsteuerrechtlich bleibt aber **Unternehmer weiterhin der Schuldner** (Gemeinschuldner). Etwaige persönliche Steuerbefreiungen oder -ermäßigungen richten sich daher nach seiner Person, auch wenn der betreffende Leistungsaustausch erst durch den Insolvenzverwalter vollendet wird (vgl. BFH V 199/56 U, BStBl. III 1957, 282). Ähnlich verhielt es sich auch bei der Sequestration (BFH V R 29/86, BStBl. II 1989, 434) und der Zwangsverwaltung (s. BFH V R 203/83, BStBl. II 1988, 920; V R 26/96, BStBl. II 1997, 552 und XI R 47/91, BFH/NV 1994, 77; BMF 8.6.1992, BStBl. I 1992, 397; *Milatz* UR 1984, 229; *Forgach* DB 1986, 1037 und 1093) sowie bei der Testamentsvollstreckung. Führt aber ein Testamentsvollstrecker ein Handelsgeschäft als Treuhänder der Erben im eigenen Namen weiter, ist er der Unternehmer; die Umsätze des Handelsgeschäfts sind ihm zuzurechnen (BFH V R 75/85, BStBl. II 1991, 191; siehe auch UStAE 2.1 Abs. 7 sowie OFD Frankfurt a. M. 4.11.2009, BeckVerw 241514, allgemein zur Umsatzsteuer in der Insolvenz, hierzu auch → § 17 Rn. 68ff.) und geänderte Rechtsprechung des BFH V R 28/09, DStR 2011, 1853 zur sog. „kalten Zwangsvollstreckung" und „kalten Zwangsverwaltung".

108 *einstweilen frei*

V. Anlass des Leistungsaustauschs

109 Der **Anlass** des Leistungsaustauschs ist für die Steuerbarkeit grundsätzlich **unbeachtlich.** Eine Ausnahme gilt nur, wenn jemand unter Ausschließung der freien Willensbildung eine Leistung erbringt. Derartige Fälle sind in der Praxis selten. Ein Beispiel aus der Rechtsprechung: Ein Geschäftsmann verkauft Waren unter Preis, weil ein aufgebrachter Pöbel sonst mit Plünderung droht (RFH, RStBl. 1921, 414).

110 **Wirtschaftlicher Zwang** schließt die Annahme eines Leistungsaustauschs nicht aus. Wer Ware unter dem Einstandspreis verkauft, um der drohenden Illiquidität zu entgehen, erbringt ebenso steuerbare Leistungen wie ein Schuldner, dessen siche-

rungsübereignete Maschinen vom Gläubiger verwertet werden (vgl. auch → § 3 Rn. 82ff.). Das Gleiche gilt auch bei der Übertragung eines Betriebs zur Abgeltung des Zugewinnausgleichs anlässlich einer Ehescheidung (siehe OFD Saarbrücken 22.5.1987, DB 1987, 1563).

Auch **behördlicher Zwang** zur Leistung lässt die Steuerbarkeit unberührt. Dies wird ausdrücklich gesetzlich geregelt (§ 1 Abs. 1 Nr. 1 S. 2). Muss zB ein Hotel anlässlich einer Katastrophe auf Anweisung der Ordnungsbehörden Obdachlose aufnehmen, so unterliegen die dafür gezahlten Entschädigungen der Umsatzsteuer. Als gesetzliche Grundlage für derartige behördliche Anordnungen kommen vor allem das BundesleistungsG und das BauGB in Betracht. Zur Abgrenzung gegenüber Schadensersatzleistungen → Rn. 45ff. Hauptfälle von Umsätzen auf Grund behördlichen Zwangs sind die Enteignung, die Zwangsversteigerung und die Zwangsverwaltung, ferner auch die Mobiliarzwangsvollstreckung (zu Einzelheiten siehe BFH V R 139/76, BStBl. II 1986, 500 mit Anm. *Weiß* UR 1986, 203; *Forgach* BB 1985, 988, und DB 1986, 1037 und 1093). 111

einstweilen frei 112

VI. Geschäftsveräußerung im Ganzen

1. Rechtsentwicklung

Gem. § 1 Abs. 1a ist die Geschäftsveräußerung im Ganzen **nicht steuerbar.** Dies gilt sowohl für die entgeltliche wie auch die unentgeltliche Übertragung eines Unternehmens oder eines in der Gliederung eines Unternehmens gesondert geführten Betriebs. Bis zur Einführung des Mehrwertsteuersystems durch das UStG 1967 war die Geschäftsveräußerung im Ganzen gem. § 85 UStDV 1951 steuerfrei. Für die Zeit danach behandelte der BFH mangels einer besonderen Vorschrift über die Geschäftsveräußerung die Übertragung „aller dem Unternehmen dienenden Gegenstände" ohne Entgelt als Entnahme (vgl. BFH V R 92/78, BStBl. II 1987, 655), mit der Folge einer umsatzsteuerlichen Definitivbelastung auf die Entnahme der unternehmerischen Gegenstände. Bei Unternehmensnachfolgeregelungen unter Lebenden – der Erbfall unterliegt nicht der Umsatzsteuer – führte dies häufig zu unerwünschten Ergebnissen, zB bei der **vorweggenommenen Erbfolge** oder der **Schenkung unter Auflagen.** Bei einer solchen unentgeltlichen Übertragung des Unternehmens musste der Übertragende einen Eigenverbrauch versteuern und der Übernehmer konnte trotz der Weiterführung des Unternehmens diese Umsatzsteuer nicht als Vorsteuer geltend machen. Bei der Schenkung unter Auflage bemühte man sich um die Unterscheidung, ob sich die Auflage auf den Gegenstand der Schenkung selbst bezog. Dann stellte die Auflage kein Entgelt für den geschenkten Gegenstand dar, sondern minderte von vornherein den Wert der Schenkung. Der Tatbestand des Entnahmeeigenverbrauchs war erfüllt (zB Übernahme des Unternehmens und Übernahme der Betriebsschulden). Ging die Auflage dahin, eine nicht mit dem geschenkten Gegenstand im Zusammenhang stehende Leistung zu erbringen, lag darin das Entgelt für den „geschenkten" Gegenstand. Dieser Vorgang war im Rahmen des Leistungsaustauschs steuerbar (vgl. 6. Auflage § 1 Rn. 12). Seit der 6. EG-RL konnten die Mitgliedstaaten gem. Art. 5 Abs. 8 der 6. EG-RL (nunmehr Art. 19 und 29 MwStSystRL) „die Übertragung des Gesamtvermögens oder eines Teilvermögens, die entgeltlich oder unentgeltlich oder durch Einbringung in eine Gesellschaft erfolgt, so behandeln, als ob keine Lieferung von Gegenständen vorliegt, und den Begünstigten der Übertragung als Rechtsnachfolger des Übertragenden ansehen." Diese Regelung hat den **Zweck,** die Übertragung von Unternehmen und Unternehmensteilen zu **erleichtern und** zu **vereinfachen** (siehe EuGH C-497/01, DStRE 2004, 63 – Zita Modes Sàrl mit Anm. *Wäger* UR 2004, 19 und BFH V R 57/06, BStBl. II 2008, 447). 113

114 Von der Ermächtigung hatte zunächst das StÄndG 1992 für **Landwirte,** die gem. § 24 besteuert wurden, Gebrauch gemacht. Danach wurden die Umsätze im Rahmen der Veräußerung eines land- und forstwirtschaftlichen Betriebes oder Teilbetriebes einschließlich des Einbringens in eine Gesellschaft von der Durchschnittsbesteuerung ausgenommen und bestimmt, dass die Umsätze nicht der Steuer unterliegen (§ 24 Abs. 2 S. 2 und 3 aF). Dieses Gesetz sollte weniger die oben dargestellten Schwierigkeiten bei den unentgeltlichen Unternehmensübertragungen als unerwünschte Steuervorteile bei der Gründung von landwirtschaftlichen Familienpersonengesellschaften beseitigen (vgl. BFH IV R 69/97, BStBl. II 1999, 41 mit Anm. *Widmann* UR 1999, 129). Zur aktuellen Situation gem. § 1 Abs. 1a und die Übertragung der vom veräußernden Landwirt ausgeübten Wahrechte auf den übernehmenden Landwirt siehe UStAE. 24.8 Abs. 3 S. 2, wonach der Erwerber eines land- und forstwirtschaftlichen Betriebes an die Optionsfrist des Veräußerers nach § 24 Abs. 4 gebunden ist.

115 **Seit dem 1.1.1994** sind die Umsätze im Rahmen einer Geschäftsveräußerung an einen anderen Unternehmer für dessen Unternehmen nicht mehr steuerbar (§ 1 Abs. 1a). Gleichzeitig wurde § 24 Abs. 2 S. 2 und 3 aF, weil nunmehr entbehrlich (vgl. BT-Drs. 12/1506, 178), gestrichen. Damit wollte der Gesetzgeber Art. 5 Abs. 8 6. EG-RL in deutsches Recht umsetzen (jetzt Art. 19 und 29 MwStSystRL). Seither braucht der unentgeltlich Übertragende keine Wertabgabe aus dem Unternehmen mehr zu versteuern, wenn die sonstigen Voraussetzungen des § 1 Abs. 1a erfüllt sind. Auch entgeltliche Übertragungen sind unter den Bedingungen des § 1 Abs. 1a nicht steuerbar, womit sich ua auch die ansonsten umsatzsteuerlich gebotene formgerechte Rechnungstellung erübrigt.

116 Seither erfolgt **keine Besteuerung der unentgeltlichen oder entgeltlichen Übertragung** (vgl. zur Einführung des § 1 Abs. 1a *Husmann* UR 1994, 333ff.; *Schlienkamp* UR 1994, 94f.; *Schwarz* UR 1994, 185; *Widmann* UR 1995, 435; *Oldenburg* DB 1996, 1999, siehe auch zusammenfassende Darstellung der OFD Frankfurt a. M. 12.8.2008, UR 2008, 900). Ein Steuerpflichtiger, der **vor dem 1.1.1994** sein Geschäft veräußert hatte, konnte sich nicht unmittelbar auf Art. 5 Abs. 8 6. EG-RL berufen. Die Vorschrift **ermächtigte** die Mitgliedstaaten, die Übertragung des Gesamtvermögens so zu behandeln als ob keine Lieferung von Gegenständen vorliege. Sie verpflichtet sie nicht (BFH V B 49/01, BFH/NV 2001, 1622) – genauer zum Unionsrecht → Rn. 119f.

2. Tatbestandsvoraussetzungen

117 **a) Nach deutschem Recht.** Nach den Vorstellungen des deutschen Gesetzgebers knüpft § 1 Abs. 1a an den Begriff der Geschäftsveräußerung an, der sich früher in § 10 Abs. 3 befand und der dem des § 75 AO entspricht. Ein Unternehmen oder ein in der Gliederung eines Unternehmens gesondert geführter Geschäftsbetrieb wird gem. § 1 Abs. 1a an einen anderen Unternehmer „übereignet". Die deutsche Vorschrift verwendet damit Begriffe, die in der EU-rechtlichen Vorgabe nicht enthalten sind. Sie muss aber gemäß den allgemeinen Grundsätzen **unionsrechtlich ausgelegt und angewendet** werden. Inwieweit bei einem Teilvermögen auf Ebene des Überträgers eine organisatorisch getrennte Einheit gegeben sein muss, damit die Vorschrift Anwendung finden kann, ist zwischenzeitlich geklärt. Dies ist nicht notwendig (BFH XI R 38/10, DStR 2013, 585). Die FVerw hat ihre zuvor anderslautende Auffassung mit BMF-Schreiben v. 11.12.2013 (BStBl. I 2013, 1625) angepasst (nunmehr UStAE 1.5 Abs. 6 S. 2).

117a Eine nicht steuerbare Geschäftsveräußerung kann auch bei **unentgeltlichen Übertragungen** gegeben sein. Dazu ist aber eine Einbringung in ein anderes Unternehmen erforderlich. Die bloße Entnahme und darauffolgende unentgeltliche Überlassung an ein anderes Unternehmen reicht nicht und führt zur Entnahmebesteuerung (vgl. BFH V R 20/13, MwStR 2014, 611; EuGH C-204/13, DStR 2014, 592 – Malburg). Eine nicht steuerbare Geschäftsveräußerung im Ganzen läge nur bei Einbringung des Gegenstands in eine andere unternehmerisch tätige Gesellschaft vor (BFH V R 20/13, MwStR 2014, 611 Rn. 21).

Die Vorschrift begründet **kein Wahlrecht,** die Übertragung als nicht steuerbar zu 118
behandeln. Vielmehr ist sie als Mussvorschrift ausgestaltet. Demnach dürfen Umsätze, die als Geschäftsveräußerung im Ganzen zu bewerten sind, nicht mit Umsatzsteuer abgerechnet werden. Erfolgt dies dennoch, wird die Umsatzsteuer gem. § 14c Abs. 1 vom Leistenden geschuldet und der Leistungsempfänger kann die Vorsteuer nicht geltend machen. Da **in Einzelfällen oft fraglich** ist, ob eine nicht steuerbare Geschäftsveräußerung im Ganzen vorliegt (zB wenn unklar ist, ob das Unternehmen in hinreichend ähnlicher Weise fortgeführt wird), ergeben sich praktische Schwierigkeiten, die unter Berücksichtigung der unterschiedlichen Interessenlage der Beteiligten und ihrer jeweils gegensätzlichen Risikoposition (Gefahr der Nacherhebung von Umsatzsteuer versus Risiko der Versagung des Vorsteuerabzugs) zu lösen sind. Diese gegensätzlichen Ziele sind zwischen Käufer und Verkäufer auszuloten und in vertraglichen **Steuerklauseln** muss Vorsorge für eine etwaige abweichende Behandlung durch die Finanzverwaltung getroffen werden (zB Option zur Umsatzsteuerpflicht, soweit sich unter den übertragenen Vermögensgegenständen auch Grundstücke befinden).

b) Nach EU-Recht. Die Tatbestände des Art. 19 Abs. 1 und Abs. 2 sowie Art. 29 119
MwStSystRL und des § 1 Abs. 1a sind nicht deckungsgleich. Gem. § 1 Abs. 1a S. 2 liegt eine Geschäftsveräußerung vor, wenn ein Unternehmen oder ein in der Gliederung eines Unternehmens gesondert geführter Betrieb im Ganzen entgeltlich oder unentgeltlich übereignet oder in eine Gesellschaft eingebracht wird. Demgegenüber regelt Art. 19 MwStSystRL (früher: Art. 5 Abs. 8 6. EG-RL) „die Übertragung des Gesamtvermögens oder eines Teilvermögens, die entgeltlich oder unentgeltlich oder durch Einbringung in eine Gesellschaft erfolgt". Nach der Rechtsprechung des EuGH (EuGH C-497/01, DStRE 2004, 63 – Zita Modes Sàrl mit Anm. *Wäger* UR 2004, 19) ist der „Grundsatz der Nicht-Lieferung" nach Art. 5 Abs. 8 6. EG-RL (jetzt: Art. 19 MwStSystRL) ein **autonomer unionsrechtlicher Begriff,** der eine unterschiedliche Anwendung des MwSt-Systems in den einzelnen Mitgliedstaaten verhindern soll (ebenso nunmehr Art. 19 MwStSystRL bzw. Art. 29 für im Rahmen einer Übertragung eines Gesamt-/Teilvermögens erbrachte Dienstleistungen, zB übertragene Patente). Die unionsrechtliche Vorgabe enthält keine Definition des Begriffs „Übertragung des Gesamtvermögens …". Sie verweist zur **Auslegung** des Begriffs **nicht auf das Recht der Mitgliedstaaten.** Deshalb muss der Begriff „in der gesamten Gemeinschaft eine autonome und einheitliche Auslegung" finden (so EuGH C-497/01, DStRE 2004, 63 Rn. 33 – Zita Modes Sàrl). Danach bedeutet er: Die Übertragung eines Geschäftsbetriebes oder eines selbstständigen Unternehmensteils, die jeweils materielle und immaterielle Bestandteile umfassen, die zusammen genommen ein Unternehmen oder einen Unternehmensteil bilden, mit dem eine selbstständige wirtschaftliche Tätigkeit fortgeführt werden kann. Er schließt nicht die bloße Übertragung von Gegenständen wie den Verkauf eines Warenbestandes ein (EuGH C-497/01, DStRE 2004, 63 Rn. 40 – Zita Modes Sàrl; siehe auch EuGH C-651/11, DStR 2016, 1166 – X BV; C-444/10, DStR 2010, 1, 2196 – Christel Schriever). Der durch die Übertragung Begünstigte muss beabsichtigen, den übertragenen Geschäftsbetrieb bzw. Unternehmensteil zu betreiben und nicht nur abzuwickeln (siehe auch UStAE 1.5 Abs. 1 Sätze 2–5; aA *Stadie* USt-Lb 5.196, der auch eine Übertragung iSv § 1 Abs. 1a annimmt, wenn der Erwerber das Unternehmen sofort liquidiert). Zumindest im Fall des **Durchgangserwerbs** ist mE aber eine nicht steuerbare Übertragung iSd § 1 Abs. 1a nicht unbedingt ausgeschlossen, zumindest nicht in einem Fall, in dem ein erworbenes Unternehmen zwar nicht unmittelbar vom Erwerber fortgeführt wird, aber sehr wohl ggf. durch den Erwerber auf der zweiten Stufe. Gemessen am

Sinn und Zweck der Regelung würde es keinen Sinn machen, die Anwendung der Vorschrift auszuschließen, denn auch hier erfolgt eine Fortführung des Unternehmens (so auch BFH V R 66/14, DStR 2016, 311 Rn. 30, mit Anm. *Heuermann*). Ein weiterer Fall eines Durchgangserwerbs ist beim BFH unter XI R 13/16 anhängig; FG Düsseldorf 5 K 363/12, MwStR 2017, 34 mAnm *Friedrich-Vache*.

120 **c) Geschäftsveräußerung/Unternehmensübertragung.** Die Begriffe „Geschäftsveräußerung" und „Übereignung" sind im wirtschaftlichen Sinn gemeint. Zivilrechtlich finden mehrere Einzelübertragungsakte statt (UStAE 1.5 Abs. 3). Beispiele sind die Übereignung von Grundstücken und beweglichen Sachen, Abtretungen von Forderungen und Übertragung anderer Rechte nach den dafür vorgesehenen Verfahren, die jeder für sich keinen steuerbaren Leistungsaustausch darstellen, weil sie in der Geschäftsveräußerung aufgehen. Die Regelung greift für die **Übertragung von Vermögensgegenständen (Asset Deal).** Sie greift hingegen grundsätzlich erst einmal nicht, wenn lediglich Anteile an Unternehmen übertragen werden (Share Deal), hierzu → Rn. 135.

121 Eine Geschäftsveräußerung liegt vor, wenn die wesentlichen Grundlagen eines Unternehmens oder eines gesondert geführten Betriebes in der Weise übertragen werden, dass der erwerbende Unternehmer sie **ohne großen finanziellen Aufwand fortsetzen** kann (BFH V R 3/01, BStBl. II 2004, 665). Dies gilt auch dann, wenn der Erwerber mit dem Erwerb seine **unternehmerische Tätigkeit erstmalig aufnimmt** oder wenn er das Unternehmen in veränderter Form fortführt (UStAE 1.5 Abs. 1). Unionsrechtlich kommt es in erster Linie darauf an, dass ein Unternehmen oder ein Unternehmensteil („eine organisatorische Zusammenfassung von Sachen und Rechten") übertragen wird, mit dem der Erwerber eine selbstständige wirtschaftliche Tätigkeit fortführen kann und fortführen will. Deshalb reicht es für die Anwendung des § 1 Abs. 1a aus, wenn einzelne wesentliche Betriebsgrundlagen nicht übereignet, aber dem Übernehmer langfristig überlassen werden, so dass die dauerhafte Fortführung des Unternehmens bzw. des gesondert geführten Betriebes gewährleistet ist (BFH V R 3/01, BStBl. II 2004, 665; UStAE 1.5). Die Frage, ob es ausreicht, dass wesentliche Betriebsgrundlagen im Rahmen eines unbefristeten Mietvertrags überlassen werden, hat der BFH dem EuGH vorgelegt (BFH XI R 27/08, DStR 2010, 1937). Der EuGH hat hierzu entschieden, dass dies sehr wohl auch bei einem unbefristeten Mietvertrag der Fall sein kann (EuGH C-444/10, DStR 2011, 2196 – Christel Schriever; Anm. *Ismer* UR 2011, 941; Anm. *Marchal* UR 2011, 942). Die ggf. nach der Übertragung erfolgende dauerhafte Überlassung von wesentlichen Betriebsgrundlagen ist mE aber gesondert zu betrachten und demnach sehr wohl steuerbar. Sie gehört auch nicht mehr zu den Dienstleistungen, die gem. Art. 29 MwStSystRL Bestandteil der nicht steuerbaren Geschäftsveräußerung im Ganzen (GiG) sind. Nach den aufgezeigten Grundsätzen ist auch die **Veräußerung eines Erbbaurechts** an einem verpachteten Grundstück als Geschäftsveräußerung im Ganzen einzustufen, wenn damit dauerhaft der Verpachtungsbetrieb fortgeführt wird (BFH XI R 38/10, DStR 2013, 585). Dies muss mE auch im Falle einer erstmaligen **Einräumung eines Erbbaurechts** gelten und darüber hinaus muss die Nichtsteuerbarkeit für den gesamten einheitlichen Vorgang gelten, also sowohl für etwaige zu zahlende Einmalbeträge als auch die laufenden Erbbauzinsen.

121a Die Voraussetzungen der Geschäftsveräußerung im Ganzen wurden bisher nur in Fällen, in denen der Geschäftsbetrieb oder ein Teilbetrieb auf einen Erwerber übertragen wurde, der den übertragenen (Teil-)Betrieb weiterführte, als erfüllt angesehen. Gem. FG Nürnberg (2 K 1964/10, MwStR 2013, 742 mit Anm. *Pogodda-Grünwald*) ist jedoch, ausgehend vom Zweck der Vorschrift des Art. 19 MwStSystRL, die Übertragung von Unternehmen oder Unternehmensteilen zu erleichtern und zu vereinfachen, und unter Beachtung des Grundsatzes der Neutralität der USt nicht anders zu entscheiden, wenn der Geschäftsbetrieb zwar **auf mehrere Erwerber** übertragen wird, diese aber den früheren Geschäftsbetrieb in der bisherigen Form nur gemeinsam weiterführen können und dies auch tun. Dies kann insbesondere die Fortführung in Form einer Betriebsaufspaltung betreffen. Der BFH hat im Revisionsurteil V R 36/13, MwStR 2016, 258 mAnm *Endres,* diese Sichtweise allerdings nicht geteilt. Nur wenn die Erwerber eine Organschaft bilden, komme eine Nichtsteuerbarkeit in Betracht. Überträgt demnach ein Unternehmer sein gesamtes operatives Unternehmen auf eine KG und das Anlagevermögen auf eine GbR, an denen jeweils dieselben Personen beteiligt sind, kann eine Geschäftsveräußerung im Ganzen nur im Hinblick auf die Übertragung an die KG erfolgen, da diese im Kern das bisherige Unternehmen fortführt. Zur Geschäftsveräußerung im Ganzen bei Verkauf verpachteter Grundstücke mit Inventar durch eine Unternehmer-Gruppe an eine andere Unternehmergruppe muss laut BFH (XI R 14/14, DStRE 2015, 954) individuell bilateral, also jeweils zwischen veräußerndem und erwerbendem Unternehmer geprüft werden, ob die Voraussetzungen einer Geschäftsveräußerung im Ganzen erfüllt sind. Das Gesamtbild der Verhältnisse kann diese erforderliche Einzelbetrachtung der Leistungsbeziehungen nicht überstrahlen.

Auch die **Übertragung einzelner Gegenstände** kann im Rahmen einer Ge- **122** schäftsübertragung im Ganzen erfolgen, insbesondere im Fall von vermieteten Grundstücken (BFH V B 112/03, BStBl. II 2004, 802; BFH V R 78/03, BStBl. II 2005, 849). Wenn nach herrschender Auffassung einzelne vermietete Grundstücke im Rahmen einer GiG übertragen werden können, wäre es naheliegend, auch bei anderen Vermietungsfällen dieselben Grundsätze anzuwenden. Fraglich dürfte aber sein, ob man bei einzelnen beweglichen Gegenständen tatsächlich von einem gesondert geführten und auch gesondert führbaren Betrieb ausgehen kann. Dies ist mE vom Gesamtbild der Verhältnisse abhängig. Keine Geschäftsveräußerung im Ganzen ist allerdings anzunehmen, wenn ein Maschinenpark eines landwirtschaftlichen Betriebs ohne gleichzeitige Übertragung der Grundstücke erfolgt (FG MV 3 V 38/14, BeckRS 2014, 96145, rkr). Das dürfte mE auch gelten, wenn ein industrieller Produktionsbetrieb lediglich seinen Maschinenpark überträgt. Bei der bloßen **Übertragung von Gaststätteninventar** soll ebenfalls zumindest dann keine Geschäftsveräußerung im Ganzen gegeben sein, wenn angesichts des Umfangs der erforderlichen Instandsetzungsmaßnahmen sowie des unterschiedlichen Warensortiments, Kundenstamms und gastronomischen Konzepts nicht mehr von einer Unternehmensfortführung gesprochen werden kann. Der Annahme einer Geschäftsveräußerung im Ganzen steht weiter entgegen, wenn der Überträger sich nicht darum bemüht, dass der Übernehmer den Pachtvertrag des Gebäudes übernehmen kann (FG Düsseldorf 5 K 2502/12 U, BeckRS 2015, 95989 rkr). Die Veräußerung der einzigen **Taxikonzession** eines Unternehmers dürfte als Geschäftsveräußerung im Ganzen anzusehen sein, während das für die Veräußerung nur einer von mehreren Taxikonzessionen nur dann gelten kann, wenn mit dieser einen Taxikonzession ein gesondert geführter Betrieb vorlag (BayLfSt v. 19.8.2016, MwStR 2016, 851).

Auch wenn der Übernehmer der Vermögensgegenstände an den Übertragenden **122a** keine Zahlung leistet, sondern **umgekehrt der Übertragende den Übernehmer** dafür **bezahlt,** dass er das Unternehmen übernimmt, erfolgt diese Zahlung meines Erachtens im Rahmen einer nicht steuerbaren Geschäftsveräußerung im Ganzen. Denn auch insoweit wird das Unternehmen übertragen und die Zahlung gleicht die darin enthaltenen stillen Lasten bzw. die Überschuldung des Unternehmens aus. Eine gesonderte Dienstleistung des Übernehmers an den Übertragenden ist insoweit nicht erkennbar. Der Übertragende füllt das übertragene Unternehmen lediglich mit Bargeld auf, um es lastenfrei zu übertragen. Eine gesonderte Dienstleistung des Übernehmers könnte nur dann erkennbar sein, wenn er sich zu einem bestimmten Handeln verpflichten würde – zB zu einer bestimmten Dauer der Fortführung des Unternehmens, zur Beibehaltung des Firmennamens oder der Anstellungsverhältnisse mit den Mitarbeitern – über die eigentlichen gesetzlichen Pflichten hinaus.

123 Ob zB **Nutzung- und Lizenzrechte** übertragen werden müssen, entscheidet sich nach der Art der wirtschaftlichen Tätigkeit, die der Erwerber ausübt. Ist ohne die Übertragung solcher Rechte eine Fortführung ohne großen finanziellen Aufwand nicht möglich, dh bilden diese Rechte eine wesentliche Betriebsgrundlage des übertragenen Teilvermögens, ist § 1 Abs. 1a nur anwendbar, wenn sie mit übertragen werden. Dies entscheidet sich nach den **tatsächlichen Umständen des Einzelfalls** im Zeitpunkt der Veräußerung (vgl. *Birkenfeld* USt-Hb § 34 Tz. 241) und erfordert eine entsprechende Gesamtwürdigung (BFH V R 14/05, BStBl. II 2008, 165; UStAE 1.5 Abs. 1 S. 3). Ein im Zusammenhang mit dem Unternehmensverkauf vereinbartes **Wettbewerbsverbot** kann als Umsatz im Rahmen einer Geschäftsveräußerung nicht steuerbar sein. Wenn also der Unternehmensverkauf an sich nicht steuerbar ist und das gleichzeitig vereinbarte Wettbewerbsverbot des Verkäufers den Übernehmer in der Fortführung des Unternehmens stärkt, dann gehört auch das Wettbewerbsverbot zur nicht steuerbaren Geschäftsveräußerung (BFH XI R 1/11, DStR 2013, 304; vgl. auch *Schießl* MwStR 2013, 188). Wenn diese Bedingung erfüllt ist, dann muss mE die Einräumung des Wettbewerbsverbots unabhängig davon nicht steuerbar sein, ob dieses durch eine Einmalzahlung (wie im vom BFH entschiedenen Fall) oder eine periodisch wiederkehrende Zahlung abgegolten wird. Das dauerhafte Wettbewerbsverbot ist unabhängig von den Regelungen zur Entgeltsentrichtung eine einmalige Dienstleistung, die im Rahmen der GiG erfolgt (siehe Art. 29 MwStSystRL) – anders als eine sich in ggf. separaten Teilleistungen anschließende Vermietung von Betriebsgrundlagen (→ Rn. 121).

124 Der Erwerber muss das Unternehmen oder den Unternehmensteil fortführen können. Das fortgeführte Unternehmen braucht nicht mit dem übertragenen vollständig identisch zu sein. Eine **Modernisierung** ist **zulässig** (BFH V R 14/05, BStBl. II 2008, 165; UStAE Abs. 1 S. 4). Der Erwerber darf aber auch keine gänzlich andersartige wirtschaftliche Tätigkeit mit den erworbenen Gegenständen betreiben. In einem solchen Fall ist § 1 Abs. 1a nicht anwendbar. Überträgt zB ein **Bauträger** ein nach Fertigstellung bereits teilweise vermietetes Miets- und Geschäftshaus, soll keine nicht steuerbare Geschäftsveräußerung gegeben sein (BFH V R 45/02, BStBl. II 2007, 61; siehe auch OFD Niedersachsen 6.11.2015, BeckVerw 320237). Nach der zitierten Rechtsprechung des BFH kann in einem solchen Fall der Erwerber das Unternehmen des Veräußerers nicht fortführen, weil es als Bauträgerunternehmen mit der Errichtung, der Findung von Mietern und dem Verkauf des Objekts abgeschlossen war. Das soll selbst dann gelten, wenn für eine bestimmte Übergangszeit das Bauträgerunternehmen mit der Vermietungstätigkeit begonnen hat. Der Nachfolger führte hingegen ein Vermietungsunternehmen, das sich vom Vorgänger-Bauträgerunternehmen grundlegend unterscheide (vgl. auch FG Hmb 1 K 1991/08, EFG 2009, 366; kritisch in Bezug auf „Immobilienentwickler" *Behrens/Schmitt* UVR 2008, 220 (222ff.)). Inzwischen hat aber der **BFH** bei Grundstücksverkäufen von **Bauträgern** sehr wohl eine **hinreichende Unternehmensfortführung erkannt.** In einem zugrunde liegenden Streitfall (XI R 16/14, MwStR 2016, 164 mAnm *Winter*) waren **bereits 90% der Flächen vermietet,** weshalb auch dann, wenn der Veräußerer ein Bauträger ist, der ein Gebäude erworben, saniert, weitgehend vermietet und sodann veräußert, ein Vermietungsunternehmen vom Übernehmer fortgeführt wird (grundsätzlich zu Bauträger-Fällen s. auch *Schuska* MwStR 2015, 669). In einem **weiteren Fall hat der BFH** (V R 66/14, DStR 2016, 311 mAnm *Heuermann*) entschieden, dass ein **fortführbares Vermietungsunternehmen** zumindest bei einer **vom Bauträger bereits 17 Monate währenden Vermietungstätigkeit** gegeben sei.

125 Die **Übertragung eines Grundstücks** ohne fortführbaren Miet- oder Pachtvertrag fällt ebenfalls nicht unter § 1 Abs. 1a (BFH V R 57/06, BStBl. II 2008, 447 zum Fall eines an einen Discothekenbetreiber verpachteten Grundstücks, dessen Pachtvertrag mit der Übertragung ausgelaufen war; kritisch *Behrens/Schmitt* UVR 2008, 220; siehe auch ThürFG 9.12.2010, DStRE 2012, 178).

Allerdings können die Umstände des Einzelfalls auch so gelagert sein, dass sehr wohl auch ohne fortführbaren Mietvertrag eine Anschlussvermietung gesichert ist und deshalb bei der Übertragung des Grundstücks eine Geschäftsveräußerung im Ganzen gegeben ist (siehe zB zum **Verkauf einer nicht vermieteten Ferienwohnung** BFH V R 10/13, MwStR 2014, 735 mAnm *Korn;* in diesem Fall gehören Leerstände zur typischen Unternehmenstätigkeit und schließen deshalb bei der Übertragung des Gegenstands die Geschäftsveräußerung im Ganzen nicht aus). Auch bei dauerhaft vermieteten Grundstücken kommt es auf eine Identität bzw. Teilidentität der Mietverhältnisse nicht an, denn die Geschäftsveräußerung setzt nicht die Fortsetzung der nämlichen Tätigkeit, sondern nur voraus, dass sich die vor und nach der Übertragung ausgeübten Tätigkeiten hinreichend ähneln. Unerheblich ist daher, ob alter und neuer Mietvertrag zu Einzelfragen wie zB Kündigungsfristen unterschiedliche Regelungen enthalten und in welcher Branche der oder die Mieter vor und nach der Grundstücksübertragung tätig sind (vgl. BFH V R 25/09, BFHE 2010, 1873). Allerdings liegt laut BFH V R 12/13, BeckRS 2014, 95740 keine Geschäftsveräußerung iSv § 1 Abs. 1a vor, wenn der Grundstücksveräußerer auch nach der Veräußerung sein Vermietungsunternehmen als Zwischenmieter nach außen gegenüber den Endmietern weiterführt.

Auch ein **noch zu bebauendes Grundstück,** das der Veräußerer unter der Bedingung der Fertigstellung bereits vermietet hat, wird nicht im Rahmen einer nicht steuerbaren Geschäftsveräußerung übertragen (BFH V R 21/07, BStBl. II 2009, 254). Die dahinter stehende Logik soll wohl sein, dass der Überträger ein Grundstücksentwicklungsunternehmen betrieben hat und der Übernehmer ein Vermietungsunternehmen, damit also nicht das Unternehmen des Überträgers, fortgeführt wird. Nachdem aber nunmehr ebenso geklärt ist, dass es auf die organisatorische Einheit auf der Ebene des Überträgers gar nicht ankommt, sondern eine Fortführung eines Unternehmens beim Übernehmer gesichert sein muss (→ Rn. 117, → Rn. 133), ist dieses Ergebnis sehr zweifelhaft. Vor allem in Fällen, in denen der Grundstücksentwickler das Grundstück fertiggestellt und bereits mit der Vermietung begonnen hat, könnte man entgegen der hM durchaus auch gewichtige Argumente für eine nichtsteuerbare Geschäftsveräußerung vortragen (so wohl nunmehr auch UStAE 1.5 Abs. 6 S. 2); auch → Rn. 124. **126**

Die **Übertragung** eines vermieteten oder verpachteten Grundstücks **an den Mieter/Pächter** ist keine nicht steuerbare Geschäftsveräußerung, nachdem der Übernehmer des Grundstücks nicht die Vermietungstätigkeit des Überträgers fortführt, sondern das Grundstück selbst nutzt (BFH V R 23/06, UR 2009, 528; siehe auch UStAE 1.5 Abs. 2 S. 2). Dagegen kann nach Überzeugung des NdsFG (16 K 510/04, EFG 2007, 1638) eine Geschäftsveräußerung im Ganzen auch für den Fall gegeben sein, dass ein bestehendes Vermietungsunternehmen beim Erwerber in dessen Unternehmen mit gleicher Zielsetzung – Nutzung als Produktionshalle – selbst genutzt wird (die hiergegen eingelegte Rev. beim BFH unter V R 37/07 hat sich durch Rücknahme der Klage erledigt).

Ferner liegt keine nichtsteuerbare Geschäftsveräußerung vor, wenn der Veräußerer des Grundstücks nach außen die Vermietung selbst fortführt und hierzu einen Generalmietvertrag mit dem Erwerber abschließt (BFH V R 12/13, BeckRS 2014, 95740).

Ebenso liegt keine Geschäftsveräußerung bei Übertragung eines an eine Organgesellschaft vermieteten Grundstücks an den Organträger vor (BFH V R 26/09, BStBl. II 2010, 1114; so auch FG Hmb 3 V 247/13, BeckRS 2014, 94908), da dies der Übertragung des Grundstücks an den bisherigen Mieter entspricht, nachdem der Organkreis als einheitliches Steuersubjekt keine Vermietungstätigkeit fortführt.

Eine Fortführung des Unternehmens liegt dagegen vor, wenn der Erwerber im Zeitpunkt des **Erwerbs seine Tätigkeit beginnt,** das aufnehmende Unternehmen sich noch im Aufbau befindet (BFH V R 24/98, BStBl. II 2003, 439) oder er seine „erworbene“ Tätigkeit in veränderter Form fortsetzt, zB die Gegenstände des Unter- **127** nehmens seinem bereits bestehenden Unternehmen zuordnet (vgl. *Nieskens* in Rau/Dürrwächster § 1 Rn. 1110; *P/M* § 1 Abs. 1a Rn. 25/3). So wird auch eine **Vorgründungsgesellschaft,** die selbst noch keine Umsätze getätigt hat, im Rahmen einer nicht steuerbaren Übertragung gem. § 1 Abs. 1a in die spätere Kapitalgesellschaft überführt (EuGH C-137/02, DStRE 2004, 1383 – Faxworld GbR; BFH V R 84/99, BStBl. II 2005, 155). Dieser Grundsatz sollte meines Erachtens auch dann gelten, wenn eine für den Erwerb eines Unternehmens gegründete Gesellschaft nach dem Erwerb auf eine weitere, die unternehmerische Tätigkeit dann tatsächlich ausübende Gesellschaft verschmolzen wird. Ob eine Geschäftsveräußerung im Ganzen auch dann vorliegen kann, wenn der **Veräußerer weiterhin ein eigenes Unternehmen** auf demselben Gebiet **fortführt,** auf dem nun auch der Erwerber tätig ist, hat das FG BW bejaht (12 K 3973/08, DStRE 2012, 1201). So im Ergebnis auch der BFH (XI R 10/12, MwStR 2013, 91; vgl. auch *Schießl* MwStR 2013, 186)und *Endert* NWB USt direkt digital 1/2013, 4.

128 Auch die Übertragung eines **Grundstücksanteils** durch den Vermieter eines Grundstücks auf einen Dritten kann gem. § 1 Abs. 1a nicht steuerbar erfolgen, wenn im Anschluss die Grundstücksgemeinschaft die unternehmerische Tätigkeit (Vermietung) fortführt. Demnach werden in einem solchen Fall keine negativen Vorsteuerberichtigungsfolgen ausgelöst (BFH V R 41/05, BStBl. II 2008, 65; UStAE 1.5 Abs. 2 S. 4).

129 § 1 Abs. 1a findet dagegen **keine Anwendung, wenn der Erwerber kein Unternehmer** im Sinn von § 2 ist bzw. nicht mit dem erworbenen Vermögen seine eigene unternehmerische Tätigkeit startet. Meines Erachtens muss für diese Frage aber auch in Betracht gezogen werden, ob die unternehmerische Tätigkeit ggf. nach einer unmittelbaren Folgeübertragung (zB Verschmelzung) des Erwerbers auf eine weitere operative Gesellschaft fortgeführt wird (→ Rn. 119 zum Durchgangserwerb).

Die Frage, ob der Erwerber ein Unternehmen **fortführt,** ist nach dem **Gesamtbild der Verhältnisse** zu beantworten. Schließen die Vertragsparteien im Anschluss an die Übertragung eines selbstständigen Unternehmensteils für einen ungewissen Zeitraum aus, dass der Erwerber selbst am Markt auftreten soll, ist laut BFH alleine deswegen die Geschäftsveräußerung im Ganzen nicht pauschal abzulehnen. Im Streitfall sollte wegen ungeklärter steuerrechtlicher Fragen der Veräußerer bis auf Weiteres „wie bisher" den übertragenen Geschäftsbereich im eigenen Namen und auf eigene Rechnung fortführen (BFH V R 33/13, BFH/NV 2014, 1238).

130 Was eine **Unternehmensübertragung** iSv § 1 Abs. 1a, Art. 19 Abs. 1 MwStSystRL ist, **richtet sich nach der Lage des Einzelfalles.** Es hängt vor allem von der Art der unternehmerischen Tätigkeit und dem Wirtschaftszweig des Unternehmens (BFH V R 45/02, BStBl. II 2007, 61) ab. Ob einzelne Gegenstände wie Grundstücke (siehe *Benkert/Menner* DB 1994, 1996 ff.; *Herbert* UR 2004, 506 ff.; *Slotty-Harms* UVR 2008, 218 ff.; OFD Karlsruhe 19.2.2015, BeckVerw 296050), ein Schiff oder ein Flugzeug dafür schon ausreichen, kann mitunter zweifelhaft sein. Der einzelne Gegenstand ist iVm dem Unternehmen, dh der gewerblichen und beruflichen Tätigkeit, zu bewerten. Ist zB ein Gebäude zur Vermietung bestimmt, gehören zum Unternehmen Vermietung und Verpachtung auch Verträge mit den zukünftigen Mietern oder zumindest entsprechende Anwartschaften. Erst dann ist ein lebensfähiges Unternehmen vorhanden, so auch *R/K/L* § 1 Rn. 519. Demgegenüber besteht für den BFH bereits ein **Unternehmen** iSv § 1 Abs. 1a, sobald ein Unternehmer in der **Absicht, eine wirtschaftliche Tätigkeit auszuüben,** dafür Investitionen tätigt. Der BFH wendet insoweit die von der Rechtsprechung zu § 116 Reichsabgabenordnung und § 75 AO entwickelten Grundsätze nicht (mehr) an (BFH V R 24/98, BStBl. II 2003, 430 = DStR 2001, 700 mit Anm. *FK;* siehe auch *Wagner* UVR 2002, 232; *Birkenfeld* UR 2002, 153 (161)). Danach setzt die Geschäftsveräußerung kein lebendes Unternehmen voraus (vgl. *Oelmaier* in Sölch/Ringleb § 1 Rn. 182; siehe BFH V R 26/09, UR 2010, 902). Mitunter müssen für die Geschäftsveräußerung im Ganzen auch **Rechte von Dritten** erworben werden. So bedarf es der Übertragung des Pachtrechts, wenn der Organträger das Unternehmen des Organs, das auf einem vom Organträger gepachteten Grundstück betrieben wird, veräußert, siehe auch UStAE 1.5 Abs. 4 S. 5. § 1 Abs. 1a ist anwendbar, wenn der Erwerber als Organträger einer GmbH ein **Pachtunternehmen** erwirbt, das ein Grundstück an das Organ verpachtet, selbst wenn die GmbH wegen wirtschaftlicher Schwierigkeiten eine Zeit lang keine Pacht zahlt und der Verpächter sogar auf die **Entrichtung der Pacht verzichtet,** „bis sich die wirtschaftliche Lage gebessert hat". Entscheidend ist, dass der Erwerber die wirtschaftliche Tätigkeit mit dem zeitweiligen Verzicht nicht endgültig aufgeben wollte (BFH V R 78/03, BStBl. II 2005, 849). Eine Geschäftsveräußerung im Ganzen liegt auch vor, wenn der Eigentümer eines vermieteten Grundstücks einen Anteil an diesem auf einen Miteigentümer (zB seinen Ehegatten) überträgt, sofern das Grundstück der einzige Vermietungsgegenstand war. Die Bruchteilsgemeinschaft, die durch die Übertragung entsteht, tritt mit der Entstehung in den Mietvertrag ein und setzt somit das Pachtunternehmen fort (BFH V R 41/05, BStBl. II 2008, 65; UStAE 1.5 Abs. 2 S. 4).

Eine Geschäftsveräußerung iSd § 1 Abs. 1a durch Übertragung eines vermieteten **131** oder verpachteten bebauten Grundstücks liegt auch dann vor, wenn dieses **nur teilweise vermietet** oder verpachtet ist, die nicht genutzten Flächen aber zur Vermietung oder Verpachtung bereitstehen, da hinsichtlich dieser Flächen auf die Fortsetzung der bisherigen Vermietungsabsicht abzustellen ist. Für die Fortführung einer selbstständigen wirtschaftlichen Vermietungstätigkeit durch den erwerbenden Unternehmer reicht es aus, wenn dieser einen Mietvertrag übernimmt, der eine nicht unwesentliche Fläche der Gesamtnutzfläche des Grundstücks umfasst (BFH V R 4/07, BStBl. II 2009, 863; UStAE 1.5 Abs. 2 S. 3). Bei einer Vermietungsquote von 37% war in diesem Fall für den BFH eine nicht steuerbare Geschäftsübertragung unstrittig. Den Fall, dass im Verhältnis zur Gesamtfläche nur eine unwesentliche Fläche vermietet war, hat der BFH noch nicht entschieden.

Keine Geschäftsveräußerung gem. § 1 Abs. 1a erkannte noch das HessFG im Urteil v. 12.11.2014 (6 K 2574/11, EFG 2015, 681), wenn der **Erwerber** des vermieteten Gebäudes nur **teilweise die Vermietung fortführt und einen Teil des Gebäudes selbst nutzt.** Der BFH hat jedoch im Revisionsurteil (XI R 1/15, MwStR 2016, 910 mit Anm. *Winter*) entschieden, dass in diesem Fall die **Transaktion aufgeteilt** werden muss. Der weiterhin fremdvermietete Teil ist als Geschäftsveräußerung gem. § 1 Abs. 1a zu behandeln und der nicht mehr fremdvermietete, sondern selbst genutzte Teil des Grundstücks als steuerbarer Umsatz. Das gilt unabhängig davon, ob der vermietete Gebäudeteil zivilrechtlich selbstständig ist oder nicht. Geeigneter Aufteilungsmaßstab dürften die Nutzflächen sein, an die dann ggf. auch eine Vorsteuerberichtigung nach § 15a beim Veräußerer anknüpfen würde für den steuerfrei übertragenen, zukünftig vom Erwerber eigengenutzten Teil (sofern der Veräußerer insoweit nicht optieren kann). Der Fall des BFH im Verfahren XI R 1/15 unterscheidet sich vom nur teilweise vermieteten Grundstück, das aber insgesamt zur Vermietung vorgesehen ist und beim Erwerber auch bleibt. Denn im Fall des Verfahrens XI R 1/15 wird ein Teil des Grundstücks ausdrücklich umgewidmet, während im anderen Fall das gesamte Grundstück weiterhin vermietet werden soll. Beide Beteiligte müssen sich klar darüber sein, in welcher Fallgruppe sie sich befinden, um prüfen zu können, ob und in welchem Umfang sie mit einer Option zur Umsatzsteuerpflicht nachteilige Folgen für den Veräußerer vermeiden können bzw. wollen. Dabei sollte dann auch bereits im Kaufvertrag eine entsprechende Aufteilung des Kaufpreises erfolgen, damit die entsprechenden Auswirkungen für die Fortführung der Vorsteuerberichtigung gem. § 15a (also jenem Teil des Grundstücks, das weiterhin vermietet wird) geklärt sind.

Eine Geschäftsveräußerung im Ganzen liegt ebenfalls vor, wenn **einige** unwesent- **132** liche **Wirtschaftsgüter davon ausgenommen** sind (UStAE 1.5 Abs. 3 Satz 1). Der

BFH geht bei der Einbringung eines landwirtschaftlichen Betriebes in eine Gesellschaft noch einen Schritt weiter. Er nimmt eine Geschäftsveräußerung im Ganzen an, wenn die Grundstücke, auf denen Ackerbau und Viehzucht betrieben werden, in die Gesellschaft nur zur Nutzung eingebracht werden und das Eigentum beim Einbringenden verbleibt (BFH V R 69/97, BStBl. II 1999, 41), sofern **durch anderweitige Maßnahmen,** zB durch langfristige Verpachtung von wesentlichen Betriebsgrundlagen, die **Fortführung des Unternehmens gesichert** ist.

Gem. BFH XI R 42/13, MwStR 2015, 496 mAnm *Hummel* (vgl. auch *Rogge* BB 2015, 1573) ist allerdings **keine nicht steuerbare Geschäftsveräußerung** anzunehmen, wenn der Erwerber vom Veräußerer lediglich eine für die Fortführung notwendige Sachgesamtheit erwirbt, **wesentliche andere Wirtschaftsgüter und Räumlichkeiten** für den Betrieb ihm aber **von einem Dritten vermietet/verpachtet** werden.

Inwieweit bei der Vermietung oder Verpachtung durch den Überträger ein **langfristiger Miet- oder Pachtvertrag** bestehen muss, ist vom Einzelfall abhängig. Dies wurde vom BFH zumindest für eine achtjährige Grundmietzeit bejaht (BFH V R 14/05, BStBl. II 2008, 165; V R 25/09, BFHE 2010, 1873; UStAE 1.5 Abs. 3 Satz 3). Der XI. Senat hat diesbezüglich dem EuGH noch einmal die grundsätzliche Frage gestellt, ob eine nicht steuerbare Geschäftsveräußerung auch vorliegt, wenn einerseits der Warenbestand und die Geschäftsausstattung übereignet und andererseits das Ladenlokal nur vermietet wird. Des Weiteren wollte der BFH im Rahmen dieser Vorlage vom EuGH wissen, inwieweit es eine Rolle spielt, ob der Mietvertrag langfristig abgeschlossen wurde, unbefristet oder kurzfristig kündbar ist (BFH XI R 27/08, DStR 2010, 1937). Der EuGH hat hierzu ausgeführt (C-444/10, DStR 2011, 2196 – Christel Schriever mit Anm. *Zugmaier/Salder,* vgl. auch Anm. *Ismer* UR 2011, 941; Anm. *Marchal* UR 2011, 942), dass alleine die Tatsache, dass **kein langfristiger Mietvertrag** geschlossen wurde, die Annahme einer nicht steuerbaren **Geschäftsveräußerung nicht ausschließt.** Ferner könne die Überlassung der Immobilie auch ganz unterbleiben, wenn der Übernehmer selbst über eine geeignete Immobilie verfügt (EuGH C-444/10, DStR 2011, 2196 Rn. 29; vgl. auch *Huschens* EU-UStB 2012, 72). Im Anschluss an das EuGH-Urteil C-444/10, BStBl. II 2012, 848 hat auch der BFH entschieden, dass keine bestimmte Mindestdauer des Mietvertrags erforderlich sei und dass auch ein **kurzfristig kündbarer Mietvertrag für sich allein kein Ausschlussgrund** ist. Die Finanzverwaltung hat daraufhin mit BMF-Schreiben v. 24.10.2012 (BStBl. I 2012, 1086) diese Grundsätze in UStAE 1.5 Abs. 3 S. 3 eingearbeitet. Für den Vorsteuerabzug gewährt die Finanzverwaltung bis zum 1.1.2013 eine Übergangsregelung, dh wenn die Beteiligten entgegen den skizzierten Grundsätzen keine Geschäftsveräußerung erkannt haben und deshalb Rechnungen mit Umsatzsteuer gestellt wurden, wird der Vorsteuerabzug zugelassen, obwohl es sich um zu Unrecht ausgewiesene Umsatzsteuer handelt. Auch diese Rechtsentwicklung verdeutlicht, dass es für die Beurteilung auf das **Gesamtbild der Verhältnisse** ankommt und dabei zu prüfen ist, inwieweit wesentliche Betriebsgrundlagen gegeben sind und übertragen werden. Damit verbleibt im Einzelfall aber häufig auch eine entsprechende Rechtsunsicherheit (vgl. *Tehler* UVR 2012, 58). Bei der Abgrenzung, insbesondere hinsichtlich der Fortführung des Unternehmens, muss dabei meines Erachtens die – für den Übertragenden objektiv nachvollziehbare – **Perspektive des Erwerbers** im Vordergrund stehen (vgl. auch →Rn. 133 sowie *Schießl* MwStR 2013, 183).

133 Ein **gesondert geführter Betrieb** setzte nach deutscher Rechtsauffassung die wirtschaftliche Selbstständigkeit eines Unternehmensteils voraus. Es musste sich um einen für sich lebensfähigen Organismus handeln, der unabhängig von den anderen Geschäften des Unternehmers nach Art eines selbstständigen Unternehmens betrieben worden ist und nach außen hin ein selbstständiges, in sich geschlossenes Wirtschaftsgebilde gewesen ist. Soweit eine Teilbetriebsveräußerung nach dem EStG an-

genommen wurde, konnte umsatzsteuerrechtlich eine Veräußerung eines gesondert geführten Betriebes vorliegen (UStAE 1.5 Abs. 6 S. 4; kritisch *Reiß* UR 1996, 357 (365f.)). Ob allerdings der Begriff **Teilvermögen** in Art. 19 Abs. 1 MwStSystRL mit „ein in der Gliederung eines Unternehmens gesondert geführter Betrieb" richtlinienkonform umgesetzt ist, begegnet Bedenken. Zwischenzeitlich hat die FVerw per BMF-Schreiben v. 11.12.2013 (BStBl. I 2013, 1625) (nunmehr UStAE 1.5 Abs. 6 Satz 2) vom organisatorisch geprägten Begriff „gesondert geführter Betrieb" auf Ebene des Überträgers Abstand genommen. Wesentlich ist allein, dass mit den übertragenen Vermögensgegenständen eine selbstständige wirtschaftliche Tätigkeit fortgeführt werden kann (→ Rn. 121ff.; vgl. auch *Dengler/Elbert* UR 2011, 214). Allein entscheidend ist also die Perspektive des Erwerbers bzw. Übernehmers. Dies ergibt sich auch aus der Rechtsprechung des BFH und des EuGH (BFH XI R 38/10, DStR 2013, 585 Rn. 44ff.; vgl. *Schießl* MwStR 2013, 184; EuGH C-651/11, MwStR 2013, 337 mAnm *Grube*).

Es kann nur **einheitlich für beide betroffene Beteiligte entschieden** werden, **134**
ob eine Geschäftsveräußerung vorliegt. Weder die Abgabenordnung noch das Umsatzsteuergesetz stellen eine einheitliche Entscheidung sicher. Beurteilen die beteiligten Finanzämter und/oder Unternehmer den jeweiligen Sachverhalt unterschiedlich, könnten demnach Fälle der Nichtbesteuerung oder der Definitivbelastung eintreten. Die **Finanzverwaltung** weist die beteiligten Finanzämter hierzu an, zunächst eine **Abstimmung** mit dem anderen Finanzamt herbeizuführen (vgl. OFD Niedersachsen 6.11.2015, BeckVerw 320237). Wird dabei keine einvernehmliche Beurteilung erreicht, ist verwaltungsintern bei einer Geschäftsveräußerung die steuerliche Beurteilung des Finanzamts maßgebend, das für den übertragenden Unternehmer zuständig ist. Die Regelung ist bundeseinheitlich abgestimmt und gilt auch, wenn Finanzämter verschiedener Bundesländer zuständig sind. Die Regelung begründet keine ausschließliche Zuständigkeit. Es ist nicht erforderlich, dass in allen Fällen Anfragen bzw. Kontrollmitteilungen an das andere beteiligte Finanzamt gerichtet werden. Die Veranlagungen des Betriebserwerbers sind nur in den Fällen zurückzustellen, in denen Anfragen an das andere beteiligte Finanzamt gerichtet worden sind (OFD Hannover 9.10.2009, UR 2010, 188). Das Bemühen der Finanzverwaltung um eine einheitliche Sichtweise ist grundsätzlich sehr begrüßenswert. Es sollte aber angesichts des nunmehr auch von der FVerw anerkannten Fokus auf die Fortführung des Unternehmens tendenziell eher die Perspektive des Übernehmers in den Vordergrund gerückt werden (→ Rn. 133).

Eine nicht steuerbare Übertragung eines Teilvermögens liegt **grundsätzlich** nur **135**
bei der Übertragung der Vermögensgegenstände vor (Asset Deal), **nicht** jedoch **bei der Übertragung von Gesellschaftsrechten** (Share Deal). Gem. EuGH kann jedoch auch die Übertragung sämtlicher Gesellschaftsrechte an einem Unternehmen als nicht steuerbare Übertragung gem. § 1 Abs. 1a in Betracht kommen. Er führt hierzu aus, dass „eine von einer Muttergesellschaft vorgenommene Veräußerung sämtlicher Aktien an einer zu 100% gehaltenen Tochtergesellschaft sowie der verbleibenden Beteiligung der Muttergesellschaft an einer beherrschten Gesellschaft, an der sie früher zu 100% beteiligt war, denen die Muttergesellschaft mehrwertsteuerpflichtige Dienstleistungen erbracht hat, eine in den Anwendungsbereich der genannten Richtlinien fallende wirtschaftliche Tätigkeit ist. Soweit jedoch die Aktienveräußerung der Übertragung des Gesamtvermögens oder eines Teilvermögens eines Unternehmens iSv Art. 5 Abs. 8 der 6. EG-RL in der durch die Richtlinie 95/7/EG geänderten Fassung oder von Art. 19 Abs. 1 MwStSystRL gleichgestellt werden kann und sofern der betroffene Mitgliedstaat sich für die in diesen Bestimmungen vorgesehene Befugnis entschieden hat, stellt dieser Umsatz keine der Mehrwertsteuer unterliegende wirtschaftliche Tätigkeit dar" (**EuGH C-29/08,** DStR 2009, 2311 – **AB SKF**). Dies könnte so zu verstehen sein, dass eine nichtsteuerbare Übertragung dann gegeben sein kann, wenn zusammen mit der Anteilsübertragung auch die Dienstleis-

tungsverträge übergehen und der Übernehmende die unternehmerische Holdingfunktion fortführt. Es wäre also insoweit auf die Tätigkeit des bisherigen Gesellschafters und des neuen Gesellschafters abzustellen, nicht jedoch auf die unternehmerische Aktivität in der übertragenen Gesellschaft (ähnlich UStAE 1.5 Abs. 9 S. 1–3 – eingefügt durch BMF 3.1.2012, BStBl. I 2012, 76). Aus der BFH-Rechtsprechung (BFH V R 38/09, UR 2011, 307) kann aber wohl abgeleitet werden, dass es durchaus auf die Tätigkeit der übertragenen Gesellschaft ankommt und eine unternehmerisch gehaltene und übertragene **100%-Beteiligung** an einem Unternehmen deshalb immer eine Geschäftsveräußerung im Ganzen ist; ebenso die Übertragung einer Organgesellschaft an einen neuen Organträger, selbst dann wenn keine 100%-Beteiligung übertragen wurde (vgl. *Wäger* DStR 2011, 436; *Grünwald* DStR 2012, 437; aA *Ismer/Endres* UR 2012, 901; zum SKF-Urteil siehe auch *Wüst* MwStR 2013, 361). Für die Finanzverwaltung ist diese Voraussetzung in den **Fällen der Organschaft** insbesondere dann erfüllt, wenn der Erwerber in die die wirtschaftliche Eingliederung vermittelnden Beziehungen zwischen bisherigem Organträger und der Organgesellschaft eintritt. Eine nicht steuerbare Geschäftsveräußerung kann in diesen Fällen auch dann vorliegen, wenn zwischen dem Erwerber der Beteiligung und der Gesellschaft, an der die Beteiligung besteht, aus anderen Gründen kein Organschaftsverhältnis begründet wird (UStAE 1.5 Abs. 9 Sätze 4–5 – eingefügt durch BMF 3.1.2012, BStBl. I 2012, 76). Nach einem **weiteren Vorabentscheidungsersuchen** des Hooge Raad hatte der **EuGH** erneut Gelegenheit, sich zur Frage der Einstufung einer Anteilsveräußerung als Geschäftsveräußerung zu äußern (C-651/11, DStR 2013, 1166 – X BV, MwStR 2013, 337 mAnm *Grube*). Die oben dargestellten Grundsätze des BFH (V R 38/09, UR 2011, 307) sind danach nicht haltbar. Vielmehr bewegt sich der EuGH eher auf der Linie der Finanzverwaltung. Einschränkend für die Annahme einer Geschäftsveräußerung führt der EuGH aber aus, dass diese nur dann möglich sein soll, wenn zusammen mit den Anteilen auch andere Vermögensgegenstände übertragen werden (so nunmehr auch UStAE 1.5 Abs. 9, angepasst per BMF-Schreiben v. 11.12.2013, BStBl. I 2013, 1625). Ferner will der EuGH offenbar die Anteile selbst nicht in die Übertragung eines „Managementbetriebs" einbeziehen (Rn. 53 des Urteils). Dies überrascht und die Begründung dafür bleibt der EuGH schuldig (vgl. auch *Wäger* UR 2014, 85; *Schneider* BB 2013, 2328).

Neben der möglichen Qualifikation als Geschäftveräußerung im Ganzen oder steuerfreier Anteilübertragung stellt sich, wenn eine Geschäftsveräußerung im Ganzen abgelehnt wird, die Vorfrage, ob die Veräußerung von Anteilen überhaupt in den unternehmerischen Bereich eines Unternehmens fällt.

Die Unterscheidung kann **entscheidende Bedeutung für den Vorsteuerabzug** aus mit der Übertragung verbundenen Aufwendungen haben. Bei einer Geschäftsveräußerung im Ganzen richtet sich der Vorsteuerabzug nach der operativen Tätigkeit des übertragenen Unternehmens, während bei einer Einstufung als Anteilsübertragung die Nichtsteuerbarkeit bzw. Steuerfreiheit gem. § 4 Nr. 8 Buchst. e und f in Betracht kommt und der damit ggf. verbundene Vorsteuerausschluss (vgl. *Braun/Matheis* UVR 2011, 246; vgl. auch *von Streit* UR 2012, 904; *Grünwald* DStR 2012, 437; *Lang-Horgan* MwStR 2014, 458). Bei der Übertragung an einen in Deutschland ansässigen Unternehmer könnten nachteilige Vorsteuerfolgen des Verkäufers durch eine Option zur Steuerpflicht gem. § 9 vermieden werden (vgl. *Feil/Polok* UR 2016, 955 f.). Nachdem aber die zu rettenden Vorsteuerbeträge des Verkäufers im Verhältnis zur Umsatzsteuer auf den Anteilspreis, die potenziell für den Erwerber belastende Wirkung entfalten kann, meistens eher gering ist, wird in der Praxis bei steuerfreien Anteilsverkäufen regelmäßig nicht zur USt optiert.

136 Nicht steuerbar gem. § 1 Abs. 1 a ist auch die **Einbringung** eines Unternehmens in eine – vorhandene oder gleichzeitig neu entstehende Gesellschaft gegen die Gewährung von Gesellschaftsrechten (siehe BFH XI R 63/94, BStBl. II 1996, 114). Auch die Anwachsung durch Erwerb aller Gesellschaftsanteile (§ 738 BGB), die formwechselnde Umwandlung (→ Rn. 71) sowie andere Umwandlungen und Verschmelzungen nach dem UmwG führen zu nicht steuerbaren Übertragungen von Unternehmensvermögen, wenn der neue Rechtsträger das Unternehmen fortführt. Auch beim Übergang von der **Vorgründungsgesellschaft** in die **Gründungsgesellschaft** und von dieser in die **GmbH bzw. AG ist** § 1 Abs. 1a anzuwenden, denn die wirtschaftliche Tätigkeit aller drei Gesellschaften ist identisch. Die Tätigkeit der Vorgründungsgesellschaft bzw. der Gründungsgesellschaft ist von vornherein auf die wirtschaftliche/unternehmerische Tätigkeit der Kapitalgesellschaft gerichtet. Die Entwicklung der Kapitalgesellschaft nach deutschem Gesellschaftsrecht in mehreren Stufen steht dem nicht entgegen. Das entspricht der Rechtsprechung des **EuGH** (C-137/02, DStRE 2004, 1383 – Faxworld). Der EuGH geht von der Einheit der wirtschaftlichen Tätigkeit aus, die nicht von der (rechtlichen) Identität des Unternehmers abhängt, der diese Tätigkeit ausübt (so auch das Folgeurteil des BFH V R 84/99, BStBl. II 2005, 155). Auch in Fällen, in denen ein aufnehmender Rechtsträger gem. dem Gesamtplan der Beteiligten nach Aufnahme des Unternehmensvermögen auf einen weiteren neuen Rechtsträger verschmolzen wird, schließt mE für diese Zwischenstufe die Anwendbarkeit des § 1 Abs. 1a nicht aus. Denn auch in diesem Fall ist die Fortführung des Unternehmens gewährleistet (→ Rn. 119; so auch BFH V R 66/14, DStR 2016, 311 mAnm *Heuermann*). Zur Entnahme, Betriebsaufgabe und Geschäftsveräußerung bei der **Umstrukturierung von Personengesellschaften** siehe *Heuermann* MwStR 2014, 597ff.

Hat der leistende Unternehmer bei einer Geschäftsveräußerung im Ganzen die Umsatzsteuer im Kaufvertrag oder in einer Rechnung gesondert ausgewiesen, schuldet er diese Steuer nach **§ 14c Abs. 1** (vgl. UStAE 14c.1 Abs. 1 S. 5 Nr. 3). Der leistende Unternehmer kann den unrichtigen Steuerausweis gegenüber dem Leistungsempfänger berichtigen. Die Erklärung der Berichtigung muss dem Leistungsempfänger tatsächlich zugehen. Die **Berichtigung muss** gem. § 14c Abs. 1 S. 2 iVm § 14c Abs. 2 S. 5 beim zuständigen Finanzamt gesondert **schriftlich beantragt werden.** Nicht erforderlich ist es, den ursprünglichen Kaufvertrag aufzuheben und einen neuen Vertrag ohne Steuerausweis zu schließen. Die Berichtigungserklärung muss auch dann nicht notariell beurkundet werden, wenn der Kaufvertrag einer notariellen Beurkundung bedurfte. Hat der Aussteller der Rechnung den unrichtigen Steuerausweis gegenüber dem Leistungsempfänger für ungültig erklärt, kann er den nach § 14c Abs. 1 geschuldeten Steuerbetrag nur dann berichtigen, wenn die **Gefährdung des Steueraufkommens beseitigt** worden ist. Die Gefährdung des Steueraufkommens ist beseitigt, wenn ein Vorsteuerabzug beim Empfänger der Rechnung nicht durchgeführt oder die geltend gemachte Vorsteuer an die Finanzbehörde zurückgezahlt worden ist (§ 14c Abs. 1 S. 3; UStAE 14c.2 Abs. 3). Die ggf. unzutreffende Beurteilung des Vorsteuerabzugs muss nach den Vorschriften der AO und nicht über § 15a korrigiert werden (BFH V R 3/06, DStRE 2008, 641). Die ggf. rechtswidrige Inanspruchnahme des Vorsteuerabzugs unterliegt der Vollverzinsung (BFH V B 48/10, DStR 2011, 514). 137

Liegen die Voraussetzungen für eine **Berichtigung der Steuer** vor (hierzu gehört auch eine entsprechende Zustimmung des Finanzamts zur schriftlich beantragten Berichtigung), ist zu unterscheiden, ob die Vorsteuer zurückgezahlt oder nicht geltend gemacht wurde, da insoweit unterschiedliche Zeitpunkte für die Berichtigung in Betracht kommen. Die Berichtigung des geschuldeten Steuerbetrags ist in entsprechender Anwendung des § 17 Abs. 1 grundsätzlich **für den Besteuerungszeitraum** vorzunehmen, in dem die **Gefährdung des Steueraufkommens beseitigt** worden ist (§ 14c Abs. 2 S. 5; UStAE 14c.2 Abs. 5 S. 5). Wurde beim Leistungsempfänger kein Vorsteuerabzug vorgenommen (zB weil er im Rahmen einer Sonderprüfung beim Rechnungsempfänger gar nicht zugelassen wurde), ist der wegen unrichtigen Steuerausweises geschuldete Betrag beim Aussteller der Rechnung für den Zeitraum zu berichtigen, in dem die Steuer nach § 13 Abs. 1 S. 1 Nr. 4 entstanden ist (UStAE 14c.2 138

Abs. 5 S. 6). Es soll demnach laut Finanzverwaltung offensichtlich eine rückwirkende Korrektur möglich sein, wenngleich nach den Grundsätzen zum unberechtigten Steuerausweis eine Berichtigung erst im Zeitpunkt der Rechnungsberichtigung in Betracht kommt.

139 Der erwerbende Unternehmer kann aus dem unrichtigen Steuerausweis **keinen Vorsteuerabzug** geltend machen, weil nach § 15 Abs. 1 S. 1 Nr. 1 nur die gesetzlich geschuldete Steuer für Lieferungen und sonstige Leistungen als Vorsteuer abgezogen werden kann (UStAE 15.2 Abs. 1 Satz 2). Hat der Unternehmer dennoch die Vorsteuer zu Unrecht geltend gemacht, ist der Vorsteuerabzug rückwirkend zu versagen (siehe OFD Karlsruhe 28.2.2012, BeckVerw 258509).

140 **d) Rechtsstellung des Erwerbers.** Gem. § 1 Abs. 1a S. 3 **„tritt der Erwerber an die Stelle des veräußernden Unternehmers“.** Die entsprechende Vorgabe in Art. 19 Abs. 1 MwStSystRL lautet: „Die Mitgliedsstaaten können den Begünstigten der Übertragung als Rechtsnachfolger des Übertragenden ansehen“. Diese Regelung hat vor allem dahingehend Auswirkung, dass der Erwerber etwaige **Vorsteuerkorrekturverpflichtungen** des Überträgers fortführt. Die entsprechenden Berichtigungszeiträume, die bereits auf Ebene des Überträgers in Gang gesetzt wurden, werden nicht unterbrochen (siehe auch § 15a Abs. 10). Insoweit wird das Unternehmen des Überträgers und des Übernehmers wie ein Unternehmen behandelt. Letzteres gilt auch für die ggf. auftretende Frage, ob das Überträgerunternehmen überhaupt Umsätze geplant hat und wenn ja, um welche Art von Umsätzen es sich dabei handelt. Auch insoweit kann ggf. auf die Umsätze des Übernehmerunternehmens abgestellt werden. Entscheidungen des Überträgers bzgl. umsatzsteuerrechtlicher Wahlrechte (zB Option zur Regelbesteuerung gem. § 19 Abs. 2 oder zur Steuerpflicht gem. § 9) gelten zwar zunächst fort, können aber vom Übernehmer für seine Umsätze im gesetzlichen Rahmen der Wahlrechte neu ausgeübt werden (so auch *Nieskens* in Rau/Dürrwächter § 1 Rn. 1356). Die höchstpersönliche **Unternehmereigenschaft** begründet der Erwerber aber erst mit der Fortführung des Unternehmens. Alleine der Erwerb des Unternehmens macht ihn noch nicht zum Unternehmer. Der Übernehmer haftet nicht aufgrund der Regelung des § 1 Abs. 1a für die Abführung der Umsatzsteuer, die noch auf Ebene des Überträgers festzusetzen war. Eine solche Haftung ergibt sich aber ggf. im Rahmen des § 75 AO.

141 Die Verpflichtung zur **Fortführung der Berichtigungszeiträume** gem. § 15a kann beim Erwerber zu entsprechenden **Belastungen** führen, wenn zB ein Grundstück steuerfrei vermietet wird, für das der Überträger noch Vorsteuern geltend gemacht hat. Ebenso können aber auch **Potenziale** gehoben werden, wenn der Übernehmer ein Grundstück steuerpflichtig vermietet, für das der Überträger aufgrund seiner noch steuerfreien Vermietung keine Vorsteuern geltend gemacht hat. Um diese Risiken und Potenziale einschätzen und auch bei der Kalkulation des etwaigen Kaufpreises berücksichtigen zu können, benötigt der Übernehmer die Aufzeichnungen des Überträgers für Zwecke des § 15a. Hierzu wurde in § 15a Abs. 10 S. 2 eine entsprechende Verpflichtung des Überträgers geregelt. In der Praxis sollten diese möglichen Potenziale und Belastungen berücksichtigt und mittels Steuerklauseln im Kaufvertrag geregelt werden.

142 Zum **Vorsteuerabzug** aus Übertragungskosten bei der Geschäftsveräußerung (zB Notarkosten, Beratungskosten anlässlich einer sog. Due-Diligence-Prüfung) hat der EuGH im Urteil vom 22.2.2001 (C-408/98, DStRE 2001, 318 – Abbey National) entschieden: Sie gehören zu den **allgemeinen Kosten des Übertragenden** und weisen damit grundsätzlich einen direkten und unmittelbaren Zusammenhang mit seiner gesamten wirtschaftlichen Tätigkeit auf. Führt der Übertragende sowohl Umsätze aus, für die er die Vorsteuer abziehen kann als auch solche, für die dieses Recht nicht besteht, kann er nur den Teil der Vorsteuern abziehen, der auf den ersten Bereich entfällt. Die Aufteilung muss sich in diesem Fall nach § 15 Abs. 4 richten und

letztlich im Rahmen einer wirtschaftlich gerechtfertigten Schätzung erfolgen. Weisen jedoch die Dienstleistungen, die der Übertragende für die Übertragung in Anspruch genommen hat, einen direkten und unmittelbaren Zusammenhang mit einem klar abgrenzbaren Teil seiner steuerpflichtigen wirtschaftlichen Tätigkeit auf (zB Gutachten zu steuerpflichtig vermieteten Grundstücken, die angesichts einer anstehenden Übertragung eingeholt wurden), so sind diese Vorsteuern abziehbar und umgekehrt – zB bei entsprechenden Gutachten zu steuerfrei vermieteten Grundstücken – insoweit nicht abziehbar; siehe auch *Wäger* UR 2004, 24; *Ammann* UR 1998, 98 und 285f.; *Wienands/Bahns* UR 1999, 265ff.; *Weinmann/Raudszus* UVR 1999, 389 (390); *Lehr* DStR 2001, 1744; *Birkenfeld* UR 2002, 153 (161). Diese Grundsätze zeigen im Übrigen, dass die Voraussetzung für den Vorsteuerabzug, wonach die Eingangsleistungen Kostenelemente der steuerpflichtigen Ausgangsumsätze bilden müssen, nicht im Sinne einer ex-ante-Betrachtung mit entsprechender ex-ante-Kalkulation des Unternehmers zu verstehen ist, sondern als ex-post-Betrachtung dieser Vorleistungen im Sinne eines wirtschaftlichen Zusammenhangs mit den – ggf. bereits erbrachten – Ausgangsleistungen (so auch ableitbar aus EuGH C-32/03, UR 2005, 433 – Fini).

Der **Vorsteuerabzug des übernehmenden Unternehmers** aus transaktionsbezogenen Kosten richtet sich nach den zukünftigen auf Ebene des Übernehmers ausgeführten Umsätzen. 143

Wie der Vorsteuerabzug vor dem Hintergrund dieser Grundsätze beim Share Deal zu beurteilen ist, erscheint noch nicht geklärt. ME kommt es auf die Umsätze des Überträgers bzw. Übernehmers an und nicht auf die Umsätze im Unternehmen, das in der Beteiligung enthalten ist – Ausnahme ggf. bei Organschaften.

Etwaige **Berichtigungen gem. § 17** sind nach Auffassung der Finanzverwaltung wohl noch vom Überträger zu erklären, sofern sie nach dem Übertragungsstichtag eintreten und sich dadurch bei ihm das Entgelt für zuvor getätigte Umsätze ändert, dh soweit Zahlungen vereinnahmt werden oder Forderungen ausfallen, die sich noch auf von ihm getätigte Umsätze beziehen (vgl. OFD Magdeburg 27.11.2013, MwStR 2014, 177 (180)), Dies könnte vor dem Hintergrund der gem. § 1 Abs. 1a S. 3 angeordneten Rechtsnachfolge aber auch durchaus anders gesehen werden, nämlich dass dadurch der Erwerber die Berichtigungspflicht bzw. Berichtigungsberechtigung gem. § 17 übernimmt (so *Schneider* BB 2013, 2334f.; *Nieskens* in Rau/Dürrwächter, § 1 Rn. 1353). Diese Lösung ist aus Sicht der Praxis einfacher. Insbesondere wenn der Überträger mit der Übertragung sein Unternehmen beendet, würden weitere nachlaufende umsatzsteuerliche Deklarationspflichten des Überträgers vermieden. Sie ist auch nach dem Wortlaut des § 1 Abs. 1a S. 3 und dem Sinn und Zweck der gesamten Regelung des § 1 Abs. 1a zutreffend. 144

VII. Räumlicher Anwendungsbereich

1. Inland – Ausland (§ 1 Abs. 2)

Begriff des Inlands und Auslands. Die Umsätze iSd § 1 Abs. 1 Nr. 1 S. 1, Nr. 4 und 5 sind nur steuerbar, wenn sie im Inland stattfinden. Das **Inland** ist in § 1 Abs. 2 definiert (siehe UStAE 1.9 Abs. 1). Es umfasst das Gebiet der BRD mit Ausnahme des Gebietes von Büsingen, der Insel Helgoland, der Freizonen des Kontrolltyps I nach § 1 Abs. 1 S. 1 des Zollverwaltungsgesetzes (die Freihäfen Bremen (bis 31.12.2007), Bremerhaven, Cuxhaven, Emden (aufgehoben ab 1.1.2010, BGBl. 2009 I 1713), Hamburg (aufgehoben zum 1.1.2013; vgl. auch *Peterka/Kamisch* AW-Prax 2012, 163; *Raudszus/Wagner* UStB 2012, 321f.) und Kiel (aufgehoben ab 1.1.2010, BGBl. 2009 I 1713). Ebenfalls nicht zum Inland gehört das Gebiet der Gewässer und Watten zwischen der Hoheitsgrenze und der jeweiligen Strandlinie sowie der deutschen Schiffe und der deutschen Luftfahrzeuge in Gebieten, die zu keinem Zollgebiet 145 gehören. Der Austausch der namentlich genannten Freihäfen gegen die Bezeichnung „Freizonen des Kontrolltyps I …" ist eine Anpassung an das Zollrecht (siehe BT-Drs. 15/1562). Flüsse, Seen, Kanäle, die vom deutschen Staatsgebiet umschlossen werden, gehören zum Inland, ebenso die **Transitbereiche deutscher Flughäfen** (BFH V R 63/02, BStBl. II 2006, 337). Das gilt auch für Umsätze auf ausländischen Schiffen, soweit keine völkerrechtlichen Verträge entgegenstehen. Zum Inland gehören auch Botschaften, Gesandtschaften und Konsulate fremder Staaten sowie Kasernen und andere Einrichtungen, die Truppen anderer Staaten in Anspruch nehmen. Zum Inland gehören auch deutsche **Zolllager** (siehe OFD Nürnberg 17.4.2001, UR 2002, 184; EuGH C-165/11, UR 2013, 68 Rn. 54–59 – Profitube spol. s.r.o.). Lieferungen aus dem und im Zolllager sind daher steuerbar, es kommen jedoch die Steuerbefreiungen der § 4 Nr. 1 Buchst. a, § 4 Nr. 1 Buchst. b und § 4 Nr. 4b in Betracht.

146 Alle übrigen Gebiete sind Ausland (siehe UStAE 1.9 Abs. 2). Durch die Formulierung „Gewässer und Watten zwischen der Hoheitsgrenze und der jeweiligen Strandlinie" iVm der Ausdehnung des deutschen Hoheitsgebietes an der Nord- und Ostsee auf 12 Seemeilen wird die sog. Helgoland-Box in den Geltungsbereich des UStG ab 1.1.1996 einbezogen (vgl. dazu *Arzberger* DB 1996, 2184). Zu Bedenken aus unionsrechtlicher Sicht gegen den Geltungsbereich des deutschen UStG siehe *Lange* DStZ 1996, 133 und – insbesondere wegen der Freihäfen – *Birkenfeld* DStZ 1996, 193f. Die **Ausführung des Umsatzes im Inland** ist die entscheidende Voraussetzung für die Besteuerung. Auf die Staatsangehörigkeit, den Wohnsitz, den Ort der Rechnungserteilung usw kommt es nicht an (§ 1 Abs. 2 S. 3). Zu umsatzsteuerlichen Fragen betreffend den Bodensee siehe *Allgäuer* UVR 1991, 4. Außerdem werden bestimmte Umsätze auch in Gebieten besteuert, die eigentlich laut § 1 Abs. 2 zum Ausland gehören (→ Rn. 150ff.).

2. Gemeinschaftsgebiet – Drittlandsgebiet (§ 1 Abs. 2a)

147 Dem **Gemeinschaftsgebiet** kommt ab 1.1.1993 durch die Regelungen des USt-BinnenmarktG besondere Bedeutung zu. Es umfasst gem. § 1 Abs. 2a im Wesentlichen das Inland iSv § 1 Abs. 2 und die übrigen Mitgliedstaaten der EU. Gem. Art. 5 Abs. 2 MwStSystRL bedeutet „Mitgliedstaat" und „Gebiet eines Mitgliedstaates" das Gebiet jedes Mitgliedstaats der Gemeinschaft, auf den der Vertrag zur Gründung der EG gem. dessen Art. 299 Anwendung findet. Das waren bis zum **30.4.2004** die Königreiche Belgien und Dänemark, die BRD, die Republiken Finnland, Griechenland, Frankreich, Irland und Italien, das Großherzogtum Luxemburg, das Königreich der Niederlande, die Republiken Österreich und Portugal, sowie die Königreiche Schweden, Spanien und Großbritannien mit Nordirland. Dazu gehören ferner ab **1.5.2004** gem. Beitrittsvertrag vom 17.4.2003 iVm Art. 299 EG-Vertrag die Hoheitsgebiete der Republiken Estland, Lettland, Litauen, Malta und Polen, der Slowakischen Republik, der Republik Slowenien, der Tschechischen Republik und der Republiken Ungarn und Zypern (siehe auch BMF 28.4.2004, BStBl. I 2004, 480). Zum **1.1.2007** sind Bulgarien und Rumänien der EU beigetreten (vgl. BMF 26.1.2007, BStBl. I 2007, 208) und zum **1.7.2013** die Republik Kroatien (hierzu BMF 28.6.2013, BStBl. I 2013, 852). **Hinzu kommen** noch (für Frankreich) das Fürstentum Monaco, Madeira und die Azoren (für Portugal), die Balearen (für Spanien) und (für Großbritannien) die Insel Man. **Ausgenommen sind** hingegen gem. Art. 6 MwStSystRL die Kanarischen Inseln, Ceuta und Melilla (von Spanien), Livigno, Campione d'Italia und der Luganer See (von Italien), die überseeischen Departements Guadeloupe, Französisch-Guayana, Martinique, Mayotte, Saint-Barthélemy, Saint-Martin und Réunion (von Frankreich), der Berg Athos (von Griechenland), die Åland-Inseln (von Finnland), Aruba und die Niederländischen Antillen (von den Niederlanden, siehe EuGH C-181/97, DStRE 1999, 189 – van der Kooy) sowie Grönland (von Dänemark), siehe Übersicht in UStAE 1.10.

Mit Inkrafttreten des Vertrages von Lissabon vom 13.12.2007 (ABl. 2007 C 306, 1) zum 1.12.2009 sind der EG-Vertrag und der EUV aF außer Kraft getreten und wurden durch den Vertrag über die Arbeitsweise der Europäischen Union (AEUV) und den EUV nF abgelöst. Seit dem 1.12.2009 gibt es damit keine „EG" mehr, sondern nur noch die „EU". Die Verweisung in Art. 5 Abs. 2 MwStSystRL wurde bisher noch nicht geändert. Der AEUV und der EUV nF („die Verträge", Art. 1 Abs. 2 S. 2 AEUV) begreifen sich jedoch als Nachfolgeverträge. Die Definition von „Mitgliedstaat" ergibt sich daher nunmehr aus Art. 5 Abs. 2, Art. 6 MwStSystRL iVm Art. 52 EUV nF und Art. 355 AEUV. An der räumlichen Ausdehnung des Gemeinschaftsgebietes hat sich dadurch nichts geändert. **148**

Alles was hiernach nicht Gemeinschaftsgebiet ist, gehört zum **Drittlandsgebiet,** ua Andorra, Gibraltar, der Vatikan und der Teil der Insel Zypern, in dem die Regierung der Republik Zypern keine tatsächliche Kontrolle ausübt (UStAE 1.10). Umsätze im übrigen Gemeinschaftsgebiet unterliegen wie bisher nicht der deutschen Umsatzsteuer. Lieferungen **in das** übrige Gemeinschaftsgebiet gelten zwar nicht mehr als Ausfuhr, bleiben aber als innergemeinschaftliche Lieferungen nach wie vor steuerfrei, wenn sie an andere Unternehmer erbracht werden (siehe § 6a). Erwerbe **aus dem** übrigen Gemeinschaftsgebiet unterliegen (statt der bisher erhobenen EUSt) unter den Voraussetzungen der §§ 1a und 1b der deutschen Umsatzsteuer auf den innergemeinschaftlichen Erwerb. **149**

3. Umsätze in den Gebieten des § 1 Abs. 3

Bestimmte **Umsätze in Freihäfen** und in den Gewässern und Watten zwischen der Hoheitsgrenze und der jeweiligen Strandlinie werden gem. § 1 Abs. 3 **wie Umsätze im Inland behandelt.** Obwohl die genannten Gebiete grundsätzlich gem. § 1 Abs. 2 zum Ausland gehören, soll in den genannten Ausnahmefällen eine Besteuerung von Umsätzen stattfinden. Hierdurch soll ein unversteuerter Endverbrauch durch Umsätze in Freihäfen sowie den Gewässern und Watten zwischen Hoheitsgrenze und Strandlinie vermieden werden. **150**

a) Lieferung gem. § 1 Abs. 3 Nr. 1. Es handelt sich um Lieferungen und innergemeinschaftliche Erwerbe von Gegenständen, die **zum Gebrauch oder Verbrauch** in den bezeichneten Gebieten oder **zur Ausrüstung oder Versorgung eines Beförderungsmittels** bestimmt sind, wenn der Gegenstand nicht für das Unternehmen des Abnehmers erworben oder von diesem ausschließlich oder zT für eine nach § 4 Nr. 8–27 steuerfreie Tätigkeit verwendet wird. Darunter fallen zB der Verkauf von Tabakwaren aus Automaten in den Freihäfen sowie Lieferungen und innergemeinschaftliche Erwerbe von Schiffsausrüstungsgegenständen, Treibstoff und Proviant an private Schiffseigentümer zur Ausrüstung und Versorgung von Wasserfahrzeugen (UStAE 1.11 Abs. 1). In den Freihafen gelieferte und in eine Yacht eingebaute Möbel fallen nicht unter die Ausnahmeregelung (nicht steuerbar – siehe NdsFG 5 K 470/09, DStRE 2013, 728). Die Steuerbarkeit der erwähnten Umsätze in den gem. § 1 Abs. 3 S. 1 bezeichneten Gebieten hängt nur davon ab, ob sie dort **zum Gebrauch, Verbrauch** usw **bestimmt** sind. Die Steuerbarkeit entfällt nicht, wenn sich diese Vorgänge tatsächlich außerhalb dieser Gebiete abspielen. **151**

b) Sonstige Leistungen gem. § 1 Abs. 3 Nr. 2. Es handelt sich um **sonstige Leistungen,** die **nicht für das Unternehmen des Leistungsempfängers** ausgeführt werden oder von diesem ausschließlich oder zum Teil für eine nach § 4 Nr. 8–27 steuerfreie Tätigkeit verwendet werden. Darunter fallen die Abgabe von Speisen und Getränken zum Verzehr an Ort und Stelle (Restaurationsumsätze), Beförderungen für private Zwecke, Reparaturen an Wassersportfahrzeugen und die Durchführung von Wassersportlehrgängen (UStAE 1.11 Abs. 2). **152**

153 **c) Unentgeltliche Wertabgaben, § 1 Abs. 3 Nr. 3.** Die Vorschrift begründet die Steuerbarkeit der unentgeltlichen Wertabgaben iSd § 3 Abs. 1b und § 3 Abs. 9a in den genannten Gebieten, die ohne sie nicht steuerbar wären.

154 **d) Freihafenveredelungsverkehre, Freihafenlagerungen und Ware im freien Verkehr, § 1 Abs. 3 Nr. 4, 5.** Die Vorschrift betrifft Fälle, in denen Gemeinschaftswaren in einem zollamtlich bewilligten Freihafen-Veredelungsverkehr bearbeitet oder vorübergehend dort gelagert werden und anschließend aufgrund einer im Freihafen bewirkten Lieferung in das Inland oder in die österreichischen Gebiete Jungholz und Mittelberg eingeführt werden. Bei der Einfuhr wird dabei keine EUSt erhoben. Gem. der og Vorschrift gilt die Lieferung im Freihafen als im Inland bewirkt (UStAE 1.12 Abs. 1–3). Durch die Regelung des § 1 Abs. 3 Nr. 4 Buchst. b werden in Abholfällen Schwierigkeiten beim Abzug der EUSt vermieden (UStAE 1.12 Abs. 4).

Als im Inland ausgeführt gelten auch die sonstigen Leistungen, die im Rahmen eines Veredelungsverkehrs oder einer Lagerung im Sinne des § 1 Abs. 3 Nr. 4 Buchst. a ausgeführt werden. Der Anwendungsbereich wurde durch die Neuregelung des Dienstleistungsortes im Zuge des MwSt-Pakets zum Teil praktisch erheblich eingeschränkt.

155 **e) Innergemeinschaftlicher Erwerb eines neuen Fahrzeugs, § 1 Abs. 3 S. 1 Nr. 7.** Nichtunternehmer, Unternehmer, die nur steuerfreie Umsätze ausführen, Kleinunternehmer, Landwirte, die § 24 anwenden, und juristische Personen, die die Erwerbsschwelle von 12.500 EUR nicht überschreiten, unterliegen der Erwerbsteuer, wenn sie im Freihafen ein neues Fahrzeug aus dem EU-Ausland erwerben.

156 *einstweilen frei*

VIII. Einfuhrumsatzsteuer

157 Einen gesonderten **Steuertatbestand** stellt die **Einfuhr** von Gegenständen im Inland oder in den österreichischen Gebieten Jungholz und Mittelberg dar (§ 1 Abs. 1 Nr. 4). Die bis Ende 1992 ebenfalls von der EUSt erfasste Einfuhr aus den Mitgliedstaaten der EG (jetzt: EU) unterliegt ab 1. 1. 1993 der Besteuerung des innergemeinschaftlichen Erwerbs (→ Rn. 111 sowie §§ 1a und 1b). Die EUSt schließt die Lücke, die sonst für die Besteuerung des privaten Endverbrauchs im Inland entstünde, nachdem die Lieferung aus dem Drittland steuerfrei gestellt ist. Die Verwaltung der EUSt obliegt nicht den Finanzämtern, sondern den Zollbehörden (§ 21 Abs. 1 iVm § 13 FVG). Für die EUSt gelten die Vorschriften für Zölle mit geringen Ausnahmen sinngemäß (§ 21 Abs. 2). Einfuhr ist das Verbringen von Gegenständen aus dem Drittlandsgebiet in das Inland oder die österreichischen Gebiete Jungholz und Mittelberg. Für den Tatbestand der Einfuhr ist keine Lieferung an einen Abnehmer notwendig. Erfasst wird vielmehr die Bewegung des Gegenstandes aus dem Drittlandsgebiet in das Inland oder die bezeichneten österreichischen Gebiete. Demnach wird auch das rechtsgeschäftslose Verbringen besteuert. Voraussetzung für die Verwirklichung des umsatzsteuerrechtlichen Einfuhrtatbestandes ist, dass der Vorgang im Inland steuerbar ist. Letzteres ist nicht der Fall, wenn sich die Drittlandsware in einem zollrechtlichen Versandverfahren befindet (siehe dazu *Wäger* UR 2004, 344). Die Bemessungsgrundlage für die EUSt ist in § 11 geregelt; § 5 enthält Befreiungs- und § 21 Verfahrensvorschriften. Einzelheiten siehe dort.

IX. Innergemeinschaftlicher Erwerb

158 Der innergemeinschaftliche Erwerb gegen Entgelt ist zwar ab 1. 1. 1993 ein **neuer Umsatzsteuertatbestand,** er hat aber keine neue Umsatzsteuer-Belastung zur Folge. Es handelt sich materiell vielmehr um den Ersatz der bisher der EUSt unterlie-

genden Einfuhren. Diese war wegen des Wegfalls der Steuergrenzen innerhalb der EU erforderlich. Statt der bisher an der Grenze erhobenen EUSt muss nun der Importeur die auf den innergemeinschaftlichen Erwerb entfallende Umsatzsteuer in seinen Umsatzsteuervoranmeldungen und Jahreserklärungen deklarieren; er kann sie unter den Voraussetzungen des § 15 ggf. wieder als Vorsteuer abziehen. Der Begriff, die Voraussetzungen und die Rechtsfolgen des innergemeinschaftlichen Erwerbs sind in §§ 1 a und 1 b geregelt. Einzelheiten siehe dort und UStAE 1 a.1.

§ 1a Innergemeinschaftlicher Erwerb

(1) **Ein innergemeinschaftlicher Erwerb gegen Entgelt liegt vor, wenn die folgenden Voraussetzungen erfüllt sind:**

1. Ein Gegenstand gelangt bei einer Lieferung an den Abnehmer (Erwerber) aus dem Gebiet eines Mitgliedstaates in das Gebiet eines anderen Mitgliedstaates oder aus dem übrigen Gemeinschaftsgebiet in die in § 1 Abs. 3 bezeichneten Gebiete, auch wenn der Lieferer den Gegenstand in das Gemeinschaftsgebiet eingeführt hat,

2. der Erwerber ist
   a) ein Unternehmer, der den Gegenstand für sein Unternehmen erwirbt, oder
   b) eine juristische Person, die nicht Unternehmer ist oder die den Gegenstand nicht für ihr Unternehmen erwirbt,

   und

3. die Lieferung an den Erwerber
   a) wird durch einen Unternehmer gegen Entgelt im Rahmen seines Unternehmens ausgeführt und
   b) ist nach dem Recht des Mitgliedstaates, der für die Besteuerung des Lieferers zuständig ist, nicht auf Grund der Sonderregelung für Kleinunternehmer steuerfrei.

(2) **[1]Als innergemeinschaftlicher Erwerb gegen Entgelt gilt das Verbringen eines Gegenstands des Unternehmens aus dem übrigen Gemeinschaftsgebiet in das Inland durch einen Unternehmer zu seiner Verfügung, ausgenommen zu einer nur vorübergehenden Verwendung, auch wenn der Unternehmer den Gegenstand in das Gemeinschaftsgebiet eingeführt hat. [2]Der Unternehmer gilt als Erwerber.**

(3) **Ein innergemeinschaftlicher Erwerb im Sinne der Absätze 1 und 2 liegt nicht vor, wenn die folgenden Voraussetzungen erfüllt sind:**

1. Der Erwerber ist
   a) ein Unternehmer, der nur steuerfreie Umsätze ausführt, die zum Ausschluss vom Vorsteuerabzug führen,
   b) ein Unternehmer, für dessen Umsätze Umsatzsteuer nach § 19 Abs. 1 nicht erhoben wird,
   c) ein Unternehmer, der den Gegenstand zur Ausführung von Umsätzen verwendet, für die die Steuer nach den Durchschnittssätzen des § 24 festgesetzt ist, oder
   d) eine juristische Person, die nicht Unternehmer ist oder die den Gegenstand nicht für ihr Unternehmen erwirbt,

   und

2. der Gesamtbetrag der Entgelte für Erwerbe im Sinne des Absatzes 1 Nr. 1 und des Absatzes 2 hat den Betrag von 12 500 Euro im vorangegangenen Kalenderjahr nicht überstiegen und wird diesen Betrag im laufenden Kalenderjahr voraussichtlich nicht übersteigen (Erwerbsschwelle).

(4) [1]**Der Erwerber kann auf die Anwendung des Absatzes 3 verzichten.** [2]**Als Verzicht gilt die Verwendung einer dem Erwerber erteilten Umsatzsteuer-Identifikationsnummer gegenüber dem Lieferer.** [3]**Der Verzicht bindet den Erwerber mindestens für zwei Kalenderjahre.**

(5) [1]**Absatz 3 gilt nicht für den Erwerb neuer Fahrzeuge und verbrauchsteuerpflichtiger Waren.** [2]**Verbrauchsteuerpflichtige Waren im Sinne dieses Gesetzes sind Mineralöle, Alkohol und alkoholische Getränke sowie Tabakwaren.**

EU-Recht: Art. 2–4, 20f. MwStSystRL (Art. 28a 6. EG-RL)
UStAE: 1a.1, 1a.2

Übersicht

I. Grundsätzliches

1. Bedeutung

§ 1a regelt die tatbestandlichen Voraussetzungen des innergemeinschaftlichen Erwerbs, der mit Einführung des Binnenmarktes im Jahr 1993 gemäß § 1 Abs. 1 Nr. 5 zusätzlicher Steuertatbestand geworden ist. Er ersetzt hinsichtlich von Einfuhren im EU-Binnenmarkt den bisherigen Steuertatbestand der EUSt (§ 1 Abs. 1 Nr. 4). Die Steuer auf den innergemeinschaftlichen Erwerb (Erwerbsteuer) schuldet der Abnehmer der Ware (Erwerber). Nach § 1a Abs. 2 ist das innergemeinschaftliche Verbringen einer entgeltlichen Lieferung gleichgestellt. Hierdurch wird auch für unternehmensinterne Vorgänge die Besteuerung von im Inland ankommenden Gegenständen beibehalten und somit eine Umsatzsteuerbelastung nach dem **Bestimmungslandprinzip** sichergestellt. In Höhe der Erwerbsteuer besteht für den Erwerber gleichzeitig das Recht auf Vorsteuerabzug gem. § 15 Abs. 1 Nr. 3 unter den sonstigen in § 15 normierten Voraussetzungen (insbesondere Verwendung für Nichtausschlussumsätze). Für zum Vorsteuerabzug berechtigte Unternehmer löst der innergemeinschaftliche Erwerb demnach keine Belastungswirkung aus. Anders ist dies, wenn kein Recht auf Vorsteuerabzug besteht (zB bei Banken, Versicherungen, Ärzten, jPdöR). 1

Das alternative Modell des **Ursprungslandprinzips** mit **grenzüberschreitendem Vorsteuerabzug** ist wohl endgültig gescheitert, weil die EU-Staaten sich offensichtlich nicht auf ein Clearing-System einigen können (vgl. *Schlienkamp* UR 1996, 326; *Hagen/Reiß* UR 2000, 106; *Widmann* UR 2013, 19). Ein solches Clearing-System würde Steueraufkommen in erheblichem Umfang aus Netto-Exportstaaten an Netto-Importstaaten zuweisen, um sie aufkommensmäßig gegenüber einer Besteuerung nach dem Bestimmungslandprinzip gleichzustellen. Auch die Pläne der EU-Kommission für ein „endgültiges MwSt-System" (Pressemitteilung der Kommission v. 30.10.2014; vgl. *Vellen* EU-UStB 2014, 82) halten am Bestimmungslandprinzip fest (so auch MwSt-Aktionsplan des Rates vom 7.4.2016; vgl. *Vellen* EU-UStB 2016, 37, 40 und 68).

Die wesentlichen unionsrechtlichen Grundlagen bilden Art. 2 Abs. 1 Buchst. b Ziffer i MwStSystRL, Art. 20 MwStSystRL (Grundsätzliches), Art. 3 MwStSystRL und Art. 4 Abs. 2 MwStVO (Regelung zu Schwellenerwerbern), Art. 2 Abs. 1 Buchst. b Ziffern ii und iii und Abs. 3 MwStSystRL (innergemeinschaftlicher Erwerb neuer Fahrzeuge und verbrauchsteuerpflichtiger Waren durch einen Steuerpflichtigen oder eine nicht steuerpflichtige juristische Person der Mehrwertsteuer) und Art. 21 MwStSystRL (Erwerb aufgrund innergemeinschaftlichen Verbringens).

2. Geltungszeit

Die mWv 1.1.1993 auf Grund des BinnenmarktG neu in das UStG eingefügte Vorschrift beruht auf Art. 28a 6. EG-RL (Art. 20f. MwStSystRL). Gegenüber dem UStG 1993 ist § 1a wie folgt geändert: Abs. 1 Nr. 1 wurde redaktionell an den § 1 Abs. 2 angepasst (G v. 21.12.1993, BGBl. 1993 I 2310). Durch Gesetz vom 11.10.1995 (BGBl. 1995 I 1250, JStG 1996) wurde die Fiktion eines innergemeinschaftlichen Erwerbs bei der Inanspruchnahme funktionsändernder Be- oder Verarbeitungsleistungen in anderen Mitgliedstaaten entsprechend Art. 1 Nr. 6 der RL 95/7/EG vom 10.4.1995, ABl. 1995 L 102, 18 (Zweite Vereinfachungs-Richtlinie) mit Wirkung ab 1.1.1996 aufgehoben. Die Vorschrift zur Bestimmung des Erwerbers bei innergemeinschaftlichen Reihengeschäften in Abs. 1 Nr. 1 Satz 2 wurde durch Gesetz vom 12.12.1996, BGBl. 1996 I 1851 (UStÄndG 1997) als Folge der Neuregelung für Reihengeschäfte in § 3 Abs. 6 gestrichen. Durch Art. 14 Nr. 1 StEuglG ist die Angabe „25.000 Deutsche Mark" geändert worden. Durch das JStG 2010 wurde § 1a Abs. 4 2 dahin gehend ergänzt, dass die Verwendung einer der USt-IdNr. durch den Erwerber gegenüber dem Lieferer als Verzicht des Erwerbers auf Anwendung der Erwerbsschwelle iSd § 1a Abs. 3 gilt (vgl. *Meurer* UStB 2011, 23; so ab 1.7.2011 auch Art. 5 der MwStVO).

II. Innergemeinschaftlicher Erwerb bei Lieferungen

1. Lieferung eines Gegenstandes

3 Ein innergemeinschaftlicher Erwerb iSv § 1a Abs. 1 Nr. 1 setzt voraus, **dass an den Erwerber eine Lieferung** eines Gegenstandes ausgeführt wird. Ob die Lieferung eines Gegenstandes vorliegt oder nicht, ist ausschließlich nach innerstaatlichem Recht zu beurteilen (bei abweichender Beurteilung im anderen Mitgliedstaat ist idR die Wertung im Bestimmungsland maßgebend, vgl. *Stadie* in Rau/Dürrwächter § 1a Rn. 12ff. mwN). Zum Begriff der Lieferung vgl. → § 3 Rn. 33ff., zum Begriff des Gegenstands der Lieferung → § 3 Rn. 35f. und zur Abgrenzung Lieferung/sonstige Leistung → § 3 Rn. 18f.

4 Auch eine **Werklieferung** ist eine Lieferung (§ 3 Abs. 4, zur Abgrenzung Werklieferung/Werkleistung → § 3 Rn. 181 mwN); der Bezug einer Werklieferung fällt jedoch nur dann unter § 1a, wenn die Lieferung nicht als an dem Ort ausgeführt anzusehen ist, an dem die Beförderung oder Versendung endet bzw. die Werklieferung fertig gestellt wird. Dies ist regelmäßig nur dann der Fall, wenn das fertige Werk versendet oder befördert wird. Keine innergemeinschaftliche Lieferung und korrespondierend kein innergemeinschaftlicher Erwerb liegen daher vor, wenn der Gegenstand der Lieferung nach dem Beginn der Beförderung oder nach der Übergabe des Gegenstandes an den Beauftragten vom Lieferer noch einer Behandlung unterzogen wird, die seine Marktgängigkeit ändert (→ § 3 Rn. 181ff.). Hiervon ist zB auszugehen, wenn noch umfangreiche Montagearbeiten beim Abnehmer vor Ort vorzunehmen sind. In diesen Fällen wird die Verschaffung der Verfügungsmacht an dem fertigen Werk (Gegenstand der Lieferung) regelmäßig erst mit der Abnahme des Werks erfolgen. Die Besteuerung dieser Fälle ist in den EU-Staaten uneinheitlich geregelt. In Deutschland gilt seit 1.1.2002 bei Ausführung durch ausländische Lieferer § 13b, der im Ergebnis – nur auf steuertechnisch andere Art – ebenfalls zur Steuerschuldnerschaft des Leistungsempfängers führt (vgl. → Rn. 5).

Ein innergemeinschaftlicher Erwerb kommt demnach nur in Betracht, wenn eine warenbewegte Lieferung gegeben ist, deren Ort als im EU-Ausland belegen zu betrachten ist. Nicht jede Aktivität des Lieferanten in Deutschland führt dazu, dass bereits eine ortsgebundene Werklieferung vorliegt (vgl. UStAE 3.12 Abs. 4). Nachdem aber im Endeffekt in Deutschland entweder ein innergemeinschaftlicher Erwerb (im Falle einer warenbewegten Lieferung) oder die Übernahme der Steuerschuld zu deklarieren ist (im Falle einer in Deutschland steuerbaren Werklieferung), hat diese Abgrenzung häufig keine Auswirkung auf die Steuerbelastung. Es sollte aber aus Abstimmungsgründen sichergestellt sein, dass die deklaratorische Behandlung beim Lieferanten mit der beim Empfänger in Deutschland korrespondiert. Außerdem kann die Abgrenzung relevant werden, wenn der Lieferant iSd § 13b als in Deutschland ansässig gilt und deshalb im Falle einer ortsgebundenen Werklieferung die Übertragung der Steuerschuldnerschaft nach § 13b nicht greift.

5 **Werkleistungen** in Gestalt von Reparaturen oÄ werden von § 1a nicht erfasst, auch wenn in deren Rahmen die Verfügungsmacht an unselbstständigen Gegenständen (Nebenleistungen) verschafft wird (→ § 3 Rn. 181f. mwN; zur allgemeinen Abgrenzung Lieferung/Leistung → § 3 Rn. 18f. und 22f.). Nach Auffassung der Finanzverwaltung können bei **Reparaturen** aus Vereinfachungsgründen Werklieferungen angenommen werden, wenn der Anteil am Entgelt für das bei der Reparatur verwen-

dete, vom Werkunternehmer selbst beschaffte Material mehr als 50% des für die Reparatur berechneten Gesamtentgelts beträgt (BdF v. 12.10.1993, BStBl. I 1993, 913 Abschn. IV; UStAE 7.4 Abs. 2). In der **Praxis ist die Abgrenzung Werklieferung/Werkleistung häufig unbedeutend,** weil in beiden Fällen über die Verlagerung der Steuerschuld auf den Leistungsempfänger (§ 13b Abs. 1 Nr. 1) im Ergebnis dieselbe Wirkung eintritt wie bei der Erwerbsbesteuerung. Dies gilt zumindest dann, wenn der Lieferer ein im Ausland ansässiger Unternehmer ist (auch → Rn. 4).

Die Fiktion von Lieferungen bei **Kommissionsgeschäften** gemäß § 3 Abs. 3 gilt **6**
auch bei § 1a. Wer bei Kommissionsgeschäften als Erwerber anzusehen ist, hängt davon ab, welcher der nach § 3 Abs. 3 anzunehmenden Lieferung die Warenbewegung zuzurechnen ist (→ Rn. 12).

2. Warenbewegung von einem Mitgliedstaat in einen anderen Mitgliedstaat

Der Gegenstand der Lieferung muss aus dem Gebiet eines Mitgliedstaates in das Gebiet eines anderen EU-Mitgliedstaates oder aus dem übrigen Gemeinschaftsgebiet in die in § 1 Abs. 3 bezeichneten Gebiete gelangen.

a) Hoheitsgebiete der Mitgliedstaaten, Anschlüsse, Ausschlüsse, Dritt- **7**
landsgebiet. Das Gebiet der jeweiligen Mitgliedstaaten umfasst dabei grundsätzlich das jeweilige Hoheitsgebiet, wobei jedoch bestimmte Regionen oder Inseln ausgenommen sein können, so zB Dänemark ohne Grönland und die Färöer, Finnland ohne die Åland-Inseln, Frankreich ohne die überseeischen Departements Guadeloupe, Guyana, Martinique und Réunion zzgl. des Fürstentums Monaco etc. (siehe die abschließende Aufstellung in UStAE 1.10 Abs. 1 und → § 1 Rn. 145ff.). Zum **Drittlandsgebiet** gehören alle Gebiete, die nicht als Gebiet eines Mitgliedstaates anzusehen sind, ua auch Andorra, Gibraltar, der Vatikan und Teile der Insel Zypern (siehe UStAE 1.10 Abs. 2).

b) Warenbewegungen in die in § 1 Abs. 2 genannten Gebiete. Zum Dritt- **8**
land gehören auch die in § 1 Abs. 2 vom Inland ausdrücklich ausgenommenen Gebiete (vgl. → § 1 Rn. 149). Dennoch kann der Tatbestand des § 1a Abs. 1 Nr. 1 verwirklicht sein, wenn der Gegenstand der Lieferung vom übrigen Gemeinschaftsgebiet in die in § 1 Abs. 3 bezeichneten Gebiete gelangt. Hierbei handelt es sich um die Freihäfen und die Gewässer und Watte zwischen der Hoheitsgrenze und der jeweiligen Strandlinie. Diese unterliegen jedoch nur dann der Besteuerung, wenn auch die Voraussetzungen des § 1 Abs. 3 Nr. 6 oder 7 erfüllt sind. Nach § 1 Abs. 3 Nr. 6 unterliegt der innergemeinschaftliche Erwerb in den bezeichneten Gebieten dann der Besteuerung, wenn der Erwerber eine juristische Person ist, die nicht Unternehmer ist oder den Gegenstand nicht für ihr Unternehmen erwirbt, soweit die Gegenstände zum Gebrauch oder Verbrauch in den bezeichneten Gebieten oder zur Ausrüstung oder Versorgung eines Beförderungsmittels bestimmt sind. Gemäß § 1 Abs. 3 Nr. 7 unterliegt auch der innergemeinschaftliche Erwerb neuer Fahrzeuge in den bezeichneten Gebieten der Besteuerung, wenn der Erwerber zu den in § 1a Abs. 3 (→ Rn. 27ff.) oder in § 1b Abs. 1 (→ § 1b Rn. 3) genannten Personen gehört. Liegen diese Voraussetzungen nicht vor, ist der Erwerb nicht steuerbar, weil er nicht im Inland erfolgt (*Stadie* in Rau/Dürrwächter § 1a Rn. 123f.; *R/K/L* § 1a Rn. 67).

c) Warenbewegung bei der Lieferung. Warenbewegung von einem Mit- **9**
gliedstaat in einen anderen Mitgliedstaat. Der Gegenstand der Lieferung muss **bei der Lieferung** aus dem EU-Ausland in das Inland gelangen. Es muss feststehen, dass der Gegenstand aufgrund des Versands oder der Beförderung den **Liefermitgliedstaat physisch verlassen und tatsächlich in dem anderen Mitgliedstaat angekommen** ist (EuGH C-409/04, BStBl. II 2009, 70 – Teleos; vgl. → § 6a Rn. 9

mwN). Der Gegenstand muss **bei der Lieferung** in einen anderen Mitgliedstaat gelangen. Zur Zuordnung der Warenbewegung bei Reihengeschäften → § 3 Rn. 206ff. Es kommt nicht darauf an, ob der Gegenstand durch den Lieferer befördert oder versendet wird oder der Abnehmer den Gegenstand abholt oder abholen lässt. Wie sich aus § 6a Abs. 1 ergibt, ist für die Annahme eines innergemeinschaftlichen Erwerbs auch nicht von Bedeutung, ob der Gegenstand im Ursprungsland noch be- oder verarbeitet wird und erst danach zum Abnehmer oder zu dessen Abnehmer befördert oder versendet wird. Nicht erforderlich ist, dass der Gegenstand unverzüglich nach dem Erwerb in das Bestimmungsland befördert wird. Es ist deshalb auch unschädlich, wenn Abnehmer den Gegenstand vor dem endgültigen Verbringen in den Bestimmungsstaat noch vorübergehend nutzen (siehe EuGH C-84/09, IStR 2010, 910 – X/Skatteverket; *Stadie* in Rau/Dürrwächter § 1a Rn. 88).

Ein innergemeinschaftlicher Erwerb iSv § 1a liegt auch dann vor, wenn der Gegenstand auf dem Weg von einem Mitgliedstaat in einen anderen Mitgliedstaat **durch Drittlandsgebiet bewegt** wird. Beginnt dagegen die Beförderung oder Versendung im Drittlandsgebiet, liegt ein innergemeinschaftlicher Erwerb nur dann vor, wenn der Gegenstand in einem anderen Mitgliedstaat zuvor zum freien Warenverkehr abgefertigt wurde (UStAE 1a.1 Abs. 1 Satz 4). Kein Fall des innergemeinschaftlichen Erwerbs liegt dagegen vor, wenn die Ware aus dem Drittland im Wege der Durchfuhr durch das Gebiet des anderen Mitgliedstaates in einen anderen Mitgliedstaat gelangt und erst hier zum freien Verkehr abgefertigt wird (UStAE 1a.1 Abs. 1 Satz 5).

10 Kein innergemeinschaftlicher Erwerb liegt vor, wenn im Zeitpunkt der Beförderung oder Versendung der Erwerber noch nicht feststeht. Wird bei einer **Verkaufskommission** die Ware zum Kommissionär befördert, bevor dieser die Ware verkauft hat, liegt noch keine Lieferung vor, denn die Lieferung an den Kommissionär gilt erst als in dem Zeitpunkt erbracht, in dem die Lieferung des Kommissionsguts an den Abnehmer erfolgt (vgl. BFH V R 102/78, BStBl. II 1987, 278, auch → § 3 Rn. 171f.). Bei der Verkaufskommission liegt daher für den Kommittenten ein – der Lieferung gleichgestelltes – **innergemeinschaftliches Verbringen** vor. Der Kommittent hat somit an sich im Abgangsstaat ein steuerfreies innergemeinschaftliches Verbringen zu erklären und im Ankunftsstaat einen innergemeinschaftlichen Erwerb (analog § 1a Abs. 2; → Rn. 60). Im Zeitpunkt des Verkaufs der Ware durch den Kommissionär hat der Kommittent zudem einen steuerpflichtigen Umsatz im Ankunftsstaat zu erklären, wobei die Steuer für den innergemeinschaftlichen Erwerb als Vorsteuer abzugsfähig ist (analog § 15 Abs. 1 Nr. 3). Hier lässt jedoch die **Finanzverwaltung** aus **Vereinfachungsgründen** zu, dass bereits die grenzüberschreitende Übergabe der Ware an den Kommissionär als innergemeinschaftliche Lieferung behandelt wird und der **Kommissionär als Erwerber** (UStAE 3.1 Abs. 3 S. 8; UStAE 1a.2 Abs. 7; **OFD Frankfurt a. M.** 4.4.2014, DStR 2014, 1340; vgl. auch *Stadie* in Rau/Dürrwächter § 1a Rn. 175). Wegen der Formulierung „kann" ist von der Einräumung eines Wahlrechts auszugehen. Der ausländische Kommittent wird aber in aller Regel dieses Wahlrecht in Anspruch nehmen, weil er dadurch von der Verpflichtung zur umsatzsteuerlichen Registrierung in Deutschland zwecks Erklärung des innergemeinschaftlichen Erwerbs und der folgenden lokalen Lieferung entbunden wird.

11 Demgegenüber sieht die Finanzverwaltung **keine** derartige **Vereinfachungsregelung** für **Konsignationslager** vor. Demnach müssen sich ausländische Unternehmer, die Waren aus dem EU-Ausland in ein inländisches Konsignationslager verbringen, um von dort aus einen oder mehrere Kunden zu beliefern, für umsatzsteuerliche Zwecke in Deutschland registrieren lassen. Denn sie bewirken mit der Bestückung des Lagers einen innergemeinschaftlichen Erwerb gemäß § 1a Abs. 2 und mit den Lieferungen an ihre Kunden in Deutschland steuerpflichtige Lieferungen. Die Ignorierung dieser Pflichten hätte vor allem aufgrund der zu deklarierenden steuerpflichtigen Inlandslieferung erhebliche Nachversteuerungsrisiken zur Folge und könnte darüber hinaus als leichtfertige Steuerverkürzung oder Steuerhinterziehung eingestuft werden. Vor dem

Hintergrund, dass in anderen EU-Mitgliedsstaaten aber Konsignationslagerfälle oft ohne umsatzsteuerliche Registrierung des ausländischen Lieferanten abgewickelt werden können (→ § 6a Rn. 11, 46), ist das Risiko hoch, dass ein Lieferant aus einem solchen Land zu Unrecht davon ausgeht, dass auch in Deutschland eine solche Vereinfachungsregelung bestünde. Zu Lieferungen eines ausländischen Unternehmers ab einem deutschen Konsignationslager bzw. Call-Off-Lager hat der BFH (V R 31/15, DStR 2017, 147) allerdings direkte innergemeinschaftliche Lieferungen und keine Verbringungsvorgänge erkannt. Ausschlaggebend war für den BFH, dass bereits bei Versand aus dem Ausland verbindliche Bestellungen vorlagen und die Einlagerung nur für kurze Zeit erfolgte (beachte auch weiteres anh. Verfahren V R 1/16). Die Finanzverwaltung wird sich mit dieser Rechtsprechung auseinandersetzen und von einer pauschalen Beurteilung abrücken müssen. Es muss dabei noch unterschieden werden, ob ein Konsignationslager gegeben ist, von dem aus Kunden ohne vorher fest vereinbarte Lieferungen bedient werden oder Auslieferungslager, in die Waren verbracht werden, die von einem Kunden fix bestellt wurden und bei Bedarf abgerufen werden können.

Durch die Einführung der sog. **Umsatzsteuerlagerregelung** mit Wirkung ab **11a** dem 1.1.2004 (§ 4 Nr. 4a) soll eine Gleichbehandlung von Gemeinschaftswaren mit Drittlandswaren in Zolllagern erreicht werden (RegE zum StÄndG 2003, BT-Drs. 15/1562 – Art. 4 Nr. 1). Die Steuerbefreiung nach § 4 Nr. 4a umfasst die mit der Einlagerung zusammenhängenden Lieferungen der Waren, die sich bereits im Lager befinden, aber auch vorausgehende innergemeinschaftliche Erwerbe und Einfuhren (§ 4b Nr. 2, § 5 Nr. 2). Die Umsatzsteuer entsteht erst mit der Auslagerung; Steuerschuldner ist der Auslagerer. Durch die Regelung soll insbesondere ermöglicht werden, dass **nicht im Inland ansässige Unternehmer,** die hier nur Umsätze im Zusammenhang mit Gegenständen erbringen, die sich in einem Umsatzsteuerlager befinden, sich **nicht im Inland für umsatzsteuerliche Zwecke erfassen lassen müssen.** Die Regelung ist aber nur für einen sehr eingeschränkten Warenkreis anwendbar (Anlage 1 zum UStG).

Bei **Reihengeschäften** hängt die Bestimmung, welcher Abnehmer einen inner- **12** gemeinschaftlichen Erwerb zu versteuern hat, davon ab, welchem der Lieferergeschäfte die Warenbewegung zuzuordnen ist. Nach § 3 Abs. 6 ist die Warenbewegung grundsätzlich der Lieferung zuzuordnen, bei der der Lieferer oder der Abnehmer die Ware befördert oder versendet (vgl. im Einzelnen → § 3 Rn. 206 ff.). Die anderen Lieferungen können nicht als innergemeinschaftliche Lieferung angesehen werden, weil bei ihnen keine Warenbewegung von einem Mitgliedstaat in einen anderen erfolgt; diese unterliegen als nationale Lieferung entweder dort der Besteuerung, wo die Beförderung beginnt, oder dort, wo sie endet, je nachdem, ob sie der Beförderungslieferung vorangehen (§ 3 Abs. 7 Nr. 1) oder dieser folgen (§ 3 Abs. 7 Nr. 2; UStAE 3.14; zur Zuordnung der Warenbewegung in der Rechtsprechung siehe BFH V R 3/10, DStR 2011, 2047; XI R 11/09, DStR 2013, 1597; XI R 15/14, DStR 2015, 748; vgl. *Huschens* SteuK 2016, 333; *Streit* BB 2015, 1819; *Maunz* DStR 2015, 1025). Eine Sonderregelung für die Besteuerung des Erwerbers bei einem innergemeinschaftlichen Reihengeschäft mit lediglich drei Beteiligten **(innergemeinschaftliches Dreiecksgeschäft)** enthalten § 3d S. 2 und § 25b.

3. Lieferung durch einen Unternehmer

Der Lieferer muss ein Unternehmer sein, der die Lieferung gegen Entgelt im Rah- **13** men seines Unternehmens ausführt und nicht auf Grund der Sonderregelung für Kleinunternehmer steuerbefreit ist. Maßgebend ist grundsätzlich der Unternehmerbegriff des § 2. Dieser entspricht auch weitgehend dem Begriff des Steuerpflichtigen nach Art. 9 MwStSystRL (Art. 4 6. EG-RL) und damit idR dem Recht der anderen EU-Mitgliedstaaten. In Streitfällen ist eine **richtlinienkonforme Auslegung des Unternehmerbegriffs** vorzunehmen. Denn die Korrespondenz von Erwerbsbesteuerung und steuerfreier innergemeinschaftlicher Lieferung kann EU-weit nur bei gleicher Auslegung des Unternehmerbegriffs funktionieren (vgl. *Stadie* in Rau/Dürrwächter § 1a Rn. 220ff.).

14 **Juristische Personen des öffentlichen Rechts** werden unternehmerisch tätig, soweit sie nicht Tätigkeiten ausüben, die ihnen im Rahmen der öffentlichen Gewalt obliegen (§ 2b; Art. 13 MwStSystRL). Wenn ausländische jPdöR Gegenstände ins Inland liefern und sich die Frage stellt, ob ein innergemeinschaftlicher Erwerb im Inland zu deklarieren ist, kommt es folglich darauf an, ob sie den Gegenstand als Unternehmerin liefert. Das wird in der Praxis für den inländischen Erwerber wohl einzig daran erkennbar sein, ob die ausländische jPdöR mit einer USt-IdNr. auftritt und wie sie die Rechnung stellt.

15 Ob ein Unternehmer als **Kleinunternehmer** steuerbefreit ist, richtet sich dagegen nach dem Recht des Mitgliedstaats, in dem die Beförderung oder Versendung beginnt (Abs. 1 Nr. 3b). Denn der Erwerb soll nur dann der Besteuerung unterliegen, wenn die Lieferung im Ausgangsstaat steuerbefreit ist. Hinsichtlich der Steuerbefreiung für Kleinunternehmer bestehen in den einzelnen Mitgliedstaaten erhebliche Unterschiede. Diese beruhen darauf, dass Art. 284f. MwStSystRL (Art. 24 Abs. 2 6. EG-RL) erhebliche Gestaltungsspielräume lässt. Nach Art. 290 MwStSystRL (Art. 24 Abs. 6 6. EG-RL) haben Kleinunternehmer in allen Mitgliedstaaten jedoch das Recht, auf die Steuerbefreiung zu verzichten. Verzichtet er auf die Befreiung, unterliegen seine Lieferungen im Ankunftsland unter den allgemeinen Voraussetzungen der Erwerbsbesteuerung.

16 Nach Auffassung der Finanzverwaltung **kann der Erwerber** grundsätzlich **davon ausgehen,** dass der Lieferer die erforderliche **Unternehmereigenschaft** hat und die Lieferung im Rahmen seines Unternehmens ausführt, wenn er in der Rechnung (vgl. § 14a) seine USt-IdNr. angibt, keine ausländische Umsatzsteuer ausweist und auf die in dem Mitgliedstaat geltende Steuerbefreiung für innergemeinschaftliche Lieferung hinweist (BT-Drs. 12/2463, 24); der Erwerber muss mE aber unabhängig davon einen innergemeinschaftlichen Erwerb anmelden, wenn nach den Umständen des Einzelfalls mit hoher Wahrscheinlichkeit der Tatbestand erfüllt wird (vgl. *Heuermann* in Sölch/Ringleb § 1a Rn. 20, wonach eine Prüfungspflicht von den Umständen des Einzelfalles, zB dauernde oder erstmalige Geschäftsverbindung, Umfang der Lieferung, Geschäftsadresse bestehe). Dies ergibt sich auch schon daraus, dass die Steuer auf den Tatbestand auch ohne Rechnung entsteht (vgl. § 13 Abs. 1 Nr. 6).

Denkbar sind aber auch Fälle der Unzumutbarkeit: Von Unternehmern kann möglicherweise verlangt werden, dass sie die Grundzüge des deutschen Umsatzsteuerrechts kennen. Es wäre jedoch unzumutbar, zB die Kenntnis der verschiedenen Kleinunternehmerbefreiungen, damit verbundene Optionsmöglichkeiten uÄ in den übrigen Mitgliedstaaten (→ Rn. 15) zu verlangen. Daher kann der Erwerber bei berechtigten Zweifeln an den für einen innergemeinschaftlichen Erwerb notwendigen Kriterien auf der Liefererseite die Deklaration des innergemeinschaftlichen Erwerbs unterlassen (*Stadie* in Rau/Dürrwächter § 1a Rn. 225). Sofern er vom Lieferanten aber eine Rechnung gemäß § 14a Abs. 3 erhält, ist dies ein eindeutiges Indiz für die Verpflichtung zur Besteuerung des innergemeinschaftlichen Erwerbs. Eine Motivation zur Unterlassung der Erwerbsbesteuerung wird wiederum sowieso nur für jene Erwerber bestehen, die nicht voll zum Vorsteuerabzug berechtigt sind (zB Banken, Versicherungen, Ärzte, jPdöR).

4. Erwerb durch Unternehmer oder juristische Personen, die nicht Unternehmer sind

17 Des Weiteren muss der Erwerber ein **Unternehmer** sein, der den Gegenstand für sein Unternehmen erwirbt oder eine **juristische Person,** die nicht Unternehmer ist oder die den Gegenstand nicht für ihr Unternehmen erwirbt, es sei denn, Abs. 3 ist

anzuwenden. Ob der Erwerber Unternehmer ist, richtet sich nach § 2 (vgl. *Heuermann* in Sölch/Ringleb § 1 a Rn. 16; *Stadie* in Rau/Dürrwächter § 1 a Rn. 91; *R/K/L* § 1 a Rn. 24). Wer Erwerber ist, bestimmt sich nach dem schuldrechtlichen Verhältnis, das der Lieferung zugrunde liegt (UStAE 15.2 Abs. 16).

Ob der Erwerber den Gegenstand **für sein Unternehmen** erwirbt, bestimmt sich nach den Abgrenzungskriterien, die sich aus dem entsprechenden Tatbestandsmerkmal des § 15 Abs. 1 ergeben (→ § 15 Rn. 91 ff.). Danach kommt es ausschließlich auf die Zuordnungsentscheidung des Erwerbers im Zeitpunkt des Erwerbs an (EuGH C-291/92, BStBl. II 1996, 390 – Armbrecht; siehe UStAE 15.2 Abs. 14 und 21). Verwendet der Erwerber gegenüber dem Lieferer seine USt-IdNr., bringt er damit zum Ausdruck, dass er den Gegenstand für sein Unternehmen erwirbt. Ebenso wird durch die Verwendung der USt-IdNr. ggf. der Verzicht auf die Erwerbsschwelle iSd § 1 a Abs. 3 erklärt (§ 1 a Abs. 4 S. 2 idF des JStG 2010; so auch Art. 4 VO (EU) 282/2011). In der Praxis wird dadurch erreicht, dass der Lieferant – ggf. nach Prüfung der Richtigkeit der USt-IdNr. – ohne weitere Prüfung der tatsächlichen unternehmerischen Verwendung auf Ebene des Erwerbers keine Steuer berechnet. Erfolgt tatsächlich keine unternehmerische Verwendung, so muss zum Ausgleich eine Besteuerung einer außerunternehmerischen Wertabgabe oder die Versagung des Vorsteuerabzugs berücksichtigt werden (siehe hierzu auch *Stadie* in Rau/Dürrwächter § 1 a Rn. 203 f.). **18**

Juristische Personen unterliegen auch dann der Erwerbsbesteuerung, wenn sie Nichtunternehmer sind oder zwar (auch) Unternehmer sind, die Gegenstände aber für ihren nichtunternehmerischen Bereich erwerben (zB juristische Person des öffentlichen Rechts für den hoheitlichen Bereich). Dies gilt sowohl für juristische Personen des privaten Rechts wie auch des öffentlichen Rechts. **Juristische Personen des privaten Rechts** sind ua eingetragene Vereine, Stiftungen, Versicherungsvereine auf Gegenseitigkeit, die Kapitalgesellschaften (AG, KGaA, GmbH, Genossenschaften und die eingetragenen Genossenschaften). **Organgesellschaften** fallen nicht unter diese Vorschrift, obwohl es sich um Kapitalgesellschaften handelt, die nicht als Unternehmer anzusehen sind; sie sind Teil des Unternehmens des Organträgers, dem auch die innergemeinschaftlichen Erwerbe zuzurechnen sind (vgl. *Stadie* in Rau/Dürrwächter § 1 a Rn. 201). Zu den **juristischen Personen des öffentlichen Rechts** zählen insbesondere die Gebietskörperschaften (Bund, Länder, Gemeinden, Gemeindeverbände, Landkreise, Landschaftsverbände oÄ), Religionsgemeinschaften iSv Art. 140 GG iVm Art. 137 Abs. 5 WRV, Hochschulen, berufsspezifische Kammern und Innungen, die Träger der Sozialversicherung und Anstalten wie Bundesanstalt für Finanzdienstleistungsaufsicht, Bundesagentur für Arbeit, Kreditanstalt für Wiederaufbau, Bundesanstalt für einigungsbedingte Sonderaufgaben und die Rundfunkanstalten. Erfasst werden auch ausländische, internationale und supranationale juristische Personen des öffentlichen Rechts (siehe aber auch § 1 c). **19**

Ob ein innergemeinschaftlicher Erwerb vorliegt, hängt nicht davon ab, wo der Lieferer und der Erwerber **ansässig** sind (*Birkenfeld* DStR 1993, 672 (679)). Demnach müssen auch ausländische Unternehmer, die Waren aus dem EU-Ausland nach Deutschland geliefert erhalten, sich in Deutschland zur Deklaration des innergemeinschaftlichen Erwerbs umsatzsteuerlich erfassen lassen. **20**

einstweilen frei **21–25**

5. Erwerbsschwelle für bestimmte Erwerber

Für bestimmte Erwerber im og Sinne (→ Rn. 16 ff.) greift die Verpflichtung zur Erwerbsbesteuerung jedoch nur dann, wenn sie eine sog. Erwerbsschwelle überschreiten. Die genannten Erwerber können auf die Anwendung dieser Vorschrift verzichten. Dies ist betriebswirtschaftlich sinnvoll, wenn die deutsche Erwerbssteuer niedriger ist als die ansonsten zu berechnende ausländische Umsatzsteuer und der **26**

Empfänger nicht zum Vorsteuerabzug berechtigt ist (was in den betroffenen Fällen – siehe unten – immer zutrifft). Für den Erwerb der in Abs. 5 genannten Waren gilt diese Ausnahmevorschrift nicht. Mit dem JStG 2010 wurde mit Wirkung zum 1.1.2011 klargestellt, dass die Verwendung einer deutschen USt-IdNr. ggf. als Ausübung des Verzichts auf Anwendung der Erwerbsschwelle gilt (§ 1a Abs. 4 S. 2; so ab 1.7.2011 auch Art. 4 MwStVO).

27 **a) Unternehmer mit den Vorsteuerabzug ausschließenden Umsätzen.** Zu den von dieser Vorschrift betroffenen Erwerbern gehören solche Unternehmer, die **nur steuerfreie Umsätze** ausführen, die zum Ausschluss des Vorsteuerabzugs führen (Abs. 3 Nr. 1 Buchst. a). Ob die Umsätze den Vorsteuerabzug ausschließen oder nicht, ist nach nationalem Recht zu beurteilen. Voraussetzung ist, dass der Unternehmer ausschließlich vorsteuerabzugsschädliche Umsätze tätigt. Die Ausnahme greift daher nicht, wenn der Vorsteueranspruch ganz oder teilweise nach § 15 Abs. 3 trotz Steuerbefreiung in Anspruch genommen werden kann. Sie greift auch dann nicht, wenn die Umsätze zwar insgesamt steuerbefreit wären, auf die Steuerfreiheit aber nach § 9 ganz oder teilweise verzichtet wurde (vgl. *Stadie* in Rau/Dürrwächter § 1a Rn. 363; *R/K/L* § 1a Rn. 46). Da nach § 2 Abs. 1 S. 2 sämtliche Tätigkeiten eines Unternehmers als Teil eines Unternehmens anzusehen sind, schließt jede Tätigkeit, die den Vorsteuerabzug ganz oder teilweise ermöglicht, die Anwendung der Erwerbsschwelle insgesamt aus. Unternehmer mit ggf. auch geringfügigen Umsätzen, die den Vorsteuerabzug nicht ausschließen, sind somit von den Regelungen zur Erwerbsschwelle nicht betroffen (zB Banken mit wenigen steuerpflichtigen Umsätzen oder § 4 Nr. 8-Umsätzen an drittländische Kunden). Nach den Grundsätzen der Abschnittsbesteuerung wäre für die Frage, ob ein Unternehmer nur den Vorsteuerabzug ausschließende Umsätze tätigt, auf das jeweilige Kalenderjahr abzustellen. Zweifel daran könnten sich aber aus dem Grundsatz der Rechtssicherheit ergeben, welcher eher eine Zeitpunkt-Betrachtung nahelegt. Umsätze aus den Vorjahren oder den Folgejahren sind jedenfalls nicht zu berücksichtigen.

28 **b) Kleinunternehmer.** Auch bei Kleinunternehmern ist grundsätzlich auf das Überschreiten der Erwerbsschwelle abzustellen (Abs. 3 Nr. 1 Buchst. b; zu den Voraussetzungen für die Steuerbefreiung für Kleinunternehmer siehe § 19). Hat der Kleinunternehmer jedoch auf die Anwendung der Steuerbefreiung verzichtet (§ 19 Abs. 2), gehört er nicht mehr zu den nach § 19 Abs. 1 befreiten Unternehmern und unterliegt daher auch hinsichtlich der innergemeinschaftlichen Erwerbe den allgemeinen Regeln. Außerdem gilt die Entbindung von der Besteuerung des innergemeinschaftlichen Erwerbs nicht für ausländische Kleinunternehmer. Diese müssen ggf. in Deutschland getätigte innergemeinschaftliche Erwerbe deklarieren.

29 **c) Land- und Forstwirte.** Zu den nur beschränkt der Erwerbsbesteuerung unterliegenden Unternehmern gehören auch die Land- und Forstwirte, die die Steuer nach Durchschnittssätzen ermitteln (Abs. 3 Nr. 1 Buchst. c; vgl. § 24). Dies gilt jedoch nur für den Erwerb solcher Gegenstände, die zur Ausführung von Umsätzen erworben werden, für die die Steuer nach Durchschnittssätzen berechnet wird. Tätigt der Land- oder Forstwirt auch noch andere, der Regelbesteuerung unterliegende Umsätze und erwirbt er Gegenstände für diese Tätigkeit, unterliegt er insoweit den allgemeinen Vorschriften über die Erwerbsbesteuerung, es sei denn er kann die Steuerbefreiung für Kleinunternehmer in Anspruch nehmen. Verzichtet er auf die Besteuerung nach Durchschnittssätzen und unterliegt er auch nicht der Steuerbefreiung für Kleinunternehmer, findet die Erwerbsbesteuerung nach den allgemeinen Vorschriften statt (BFH V R 17/98, BStBl. II 1999, 39).

30 **d) Juristische Personen, die nicht Unternehmer sind.** Schließlich gilt die Erwerbsschwelle für juristische Personen, die nicht Unternehmer sind oder soweit sie Gegenstände für ihren nichtunternehmerischen Bereich erwerben (Abs. 3 Nr. 1

Buchst. d). Ist die juristische Person teilweise Unternehmer und erwirbt sie Gegenstände für den unternehmerischen Bereich (zB juristische Person des öffentlichen Rechts im Rahmen ihrer Betriebe gewerblicher Art), findet die Ausnahmeregelung keine Anwendung.

e) Berechnung der Erwerbsschwelle. Die Erwerbsschwelle beträgt **12.500 EUR.** 31
Dieser Betrag darf weder im vorangegangenen Jahr überschritten worden sein, noch voraussichtlich im laufenden Kalenderjahr überschritten werden. Maßgebend ist der **Gesamtbetrag der Entgelte** für Erwerbe iSv Abs. 1 und Abs. 2 aus allen Mitgliedstaaten in dem betreffenden Kalenderjahr. Bei der Berechnung der Erwerbsschwelle **nicht** zu berücksichtigen sind die Erwerbe **neuer Fahrzeuge** und **verbrauchsteuerpflichtiger Waren** iSv Abs. 5 (UStAE 1 a.1 Abs. 2 Satz 2; *Peltner* in Weymüller, BeckOK § 1 a Rn. 63 ff. mit Beispielen; *Heuermann* in Sölch/Ringleb § 1 a Rn. 40). Bei **Land- und Forstwirten** sind bei der Berechnung der Erwerbsschwelle nur die Erwerbe (einschließlich der fiktiven Erwerbe nach Abs. 2) zu berücksichtigen, die zur Ausführung von Umsätzen verwendet werden, für die die Steuer nach Durchschnittssätzen ermittelt wird. Denn die anderen Erwerbe unterliegen bereits nach den allgemeinen Vorschriften der Erwerbsbesteuerung. Bei **juristischen Personen,** die einen unternehmerischen und einen nichtunternehmerischen Bereich haben, sind die Gegenstände, die für den unternehmerischen Bereich erworben wurden, nicht zu berücksichtigen, da auch diese bereits nach den allgemeinen Vorschriften der Erwerbsbesteuerung unterliegen (vgl. → Rn. 30).

Hinsichtlich des laufenden Kalenderjahrs handelt es sich um eine **Prognoseent-** 32
scheidung. Es kommt daher auf die Verhältnisse am Anfang des Kalenderjahrs an. Wird die Schwelle entgegen den ursprünglichen Erwartungen im Laufe des Kalenderjahrs überschritten, kann dennoch die Erwerbsbesteuerung unter den übrigen Voraussetzungen unterbleiben (vgl. UStAE 1 a.1 Abs. 2 Satz 5; OFD Frankfurt a. M. 22.6.2010, UR 2011, 39). Dies gilt auch dann, wenn sich die Verhältnisse im Laufe des Kalenderjahrs ändern (vgl. zur entsprechenden Vorschrift des § 19, BFH XI R 51/94, BStBl. II 1995, 562).

Entgelt ist alles, was der Erwerber aufwendet, um die Lieferung zu erhalten (ohne 33
Umsatzsteuer). Maßgebend sind die **vereinbarten Entgelte** (*R/K/L* § 1 a Rn. 52). Für den fiktiven innergemeinschaftlichen Erwerb nach Abs. 2 bemisst sich das Entgelt nach dem Einkaufspreis zzgl. der Nebenkosten für den Gegenstand oder für einen gleichartigen Gegenstand oder mangels eines Kaufpreises nach den Selbstkosten zum Zeitpunkt des Umsatzes (§ 10 Abs. 4 Nr. 1).

f) Option zur Erwerbsbesteuerung. Die Personen, die unter die Regelung zur 34
Erwerbsschwelle fallen, können nach Abs. 4 auf die Anwendung dieser Regelung verzichten (Option). Der – an keine Form gebundene – Verzicht kann **gegenüber dem Finanzamt** erklärt werden oder kann auch schlichtweg dadurch ausgeübt werden, dass der innergemeinschaftliche Erwerb deklariert wird (vgl. OFD Frankfurt a. M. 22.6.2010, UR 2011, 39). Insbesondere in der Verwendung einer USt-IdNr. gegenüber dem Lieferer liegt seit 1.1.2011 ein solcher Verzicht vor (§ 1 a Abs. 4 S. 2 nach JStG 2011; so ab 1.7.2011 auch Art. 5 EU-VO 16805/10; per BMF 17.12.2012, BStBl. I 2012, 1260 wurde auch UStAE 1 a.1 Abs. 2 entsprechend angepasst), während in der Vergangenheit allein durch die Verwendung der USt-IdNr. kein derartiger Verzicht vorlag, da nach dem eindeutigen Wortlaut der Vorschrift der Verzicht gegenüber dem Finanzamt erklärt werden musste (vgl. auch *Stadie* in Rau/Dürrwächter § 1 a Rn. 383 ff.; OFD Frankfurt a. M. 28.6.2011, BeckVerw 253206). Gleichwohl war einem entsprechenden Erwerber auch schon vor 2011 dringend anzuraten, gegenüber seinem Lieferanten keine USt-IdNr. zu verwenden, wenn er von der Erwerbsschwelle Gebrauch machen wollte (siehe auch § 6 a Abs. 4 S. 2).

Das Gesetz sieht keine **Frist** für die Erklärung des Verzichts vor. Der Verzicht kann daher bis zur Unanfechtbarkeit der Steuerfestsetzung für das betreffende Jahr erklärt werden (*R/K/L* § 1a Rn. 57f.; *Stadie* in Rau/Dürrwächter § 1a Rn. 3860; *Sterzinger* in Birkenfeld USt-HB § 37 Rn. 434 empfiehlt demgegenüber eine Ausübung im Besteuerungszeitraum des ersten innergemeinschaftlichen Erwerbs). Erklärt der Steuerpflichtige den Verzicht, unterliegen sämtliche Erwerbe ab **Beginn des Kalenderjahrs,** für das der Verzicht erklärt wird, der Erwerbsbesteuerung (*R/K/L* § 1a Rn. 56). Der Verzicht bindet den Steuerpflichtigen **für zwei Kalenderjahre;** dies sind das Jahr, für das der Verzicht ausgesprochen wird, und das Folgejahr. Der Verzicht gilt nur für die Versteuerung der Erwerbe. Er hat keine Auswirkungen auf andere Optionsmöglichkeiten.

35 Ist auf die Anwendung der Erwerbsschwelle verzichtet und entsprechend ein steuerpflichtiger Erwerb unter Verwendung einer USt-IdNr. ausgeführt worden, kann der **Verzicht nicht mehr widerrufen** werden. Denn dann ist davon auszugehen, dass der Lieferer die Lieferung im Ausgangsmitgliedstaat als steuerfreie innergemeinschaftliche Lieferung behandelt hat. Würde man dennoch einen Widerruf der Option zulassen, bestünde die Gefahr, dass die Besteuerung nicht mehr nachgeholt werden kann. Da für den Verzicht und damit auch den Widerruf nicht die Zustimmung des Lieferers erforderlich ist, bestünde darüber hinaus das Risiko, dass für diesen eine eventuelle definitive Mehrwertsteuerbelastung einträte. Dies wäre jedoch nicht mit dem Charakter der Umsatzsteuer als allgemeine Verbrauchsteuer vereinbar (BMF 1.1.1993 DStR 1992, 1432 V 2; *R/K/L* § 1a Rn. 58). Ist dagegen noch kein Erwerb erfolgt, kann der Verzicht bis zur Unanfechtbarkeit der Steuerfestsetzung widerrufen werden (vgl. *Stadie* in Rau/Dürrwächter § 1a Rn. 387). Die Finanzverwaltung hat für die betroffenen Unternehmer Maßnahmen ergriffen, um die Einhaltung der Erwerbsbesteuerung zu überprüfen (vgl. OFD Frankfurt a. M. 28.6.2011, BeckVerw 253206).

36 **g) Ausnahme für neue Fahrzeuge und verbrauchsteuerpflichtige Waren.** Die Erwerbsschwelle gilt nicht für neue Fahrzeuge und verbrauchsteuerpflichtige Waren iSv Abs. 5 Satz 2. Der Bezug dieser Waren aus anderen Mitgliedstaaten durch die genannten Personen unterliegt immer der Erwerbsbesteuerung. Neue Fahrzeuge sind Fahrzeuge iSv § 1b Abs. 2 und Abs. 3 (vgl. → § 1b Rn. 9ff.). Als verbrauchsteuerpflichtige Waren gelten nach Abs. 5 Satz 2 nur Mineralöle, Alkohol und alkoholische Getränke sowie Tabakwaren. Andere Waren fallen nicht unter diese Regelung, auch wenn sie verbrauchsteuerpflichtig sind, zB Kaffee.

37–40 *einstweilen frei*

III. Innergemeinschaftlicher Erwerb durch Verbringen

41 Nach § 1a Abs. 2 wird dem innergemeinschaftlichen Erwerb gegen Entgelt das Verbringen eines Gegenstandes des Unternehmens aus dem übrigen Gemeinschaftsgebiet in das Inland **durch einen Unternehmer zu seiner Verfügung** gleichgestellt, es sei denn, die Verbringung erfolgt nur zur vorübergehenden Verwendung. Wie beim innergemeinschaftlichen Erwerb nach Abs. 1 liegt ein innergemeinschaftliches Verbringen auch dann vor, wenn der Gegenstand durch den Unternehmer in einem anderen Mitgliedstaat im Sinne der Vorschriften über die EUSt eingeführt wurde und erst anschließend in das Inland verbracht wird (vgl. → Rn. 8). Wird der Gegenstand nicht durch den Unternehmer selbst, sondern durch einen anderen eingeführt und geliefert, handelt es sich nicht um ein innergemeinschaftliches Verbringen iSv Abs. 2, sondern allenfalls um einen innergemeinschaftlichen Erwerb iSv Abs. 1.

1. Warenbewegung von einem Mitgliedstaat in einen anderen

42 Voraussetzung ist, dass der Gegenstand tatsächlich von einem Mitgliedstaat in das Inland befördert oder versendet wird. Unerheblich ist dagegen, ob der Unternehmer den Gegenstand selbst befördert, oder die Beförderung durch einen selbstständigen

Beauftragten ausführen oder besorgen lässt (UStAE 1a.2 Abs. 2). Maßgebend ist, wo die Beförderung oder Versendung beginnt und wo sie tatsächlich endet. Endet die Beförderung in einem der in § 1 Abs. 2 vom Inlandsbegriff ausgenommenen Gebiete, liegt der Tatbestand des fiktiven innergemeinschaftlichen Erwerbs nicht vor. Wird allerdings der Gegenstand später von dort in das Inland gebracht, unterliegt dieser Vorgang der EUSt (*R/K/L* § 1a Rn. 87).

2. Unternehmer

Der Verbringer muss ein Unternehmer sein. Dies ergibt sich eindeutig aus dem Wortlaut der Vorschrift. Darüber hinaus wäre sonst die Sonderregelung des § 1c Abs. 2 überflüssig. Deshalb können **juristische Personen,** die nicht Unternehmer sind oder den Gegenstand nicht für ihren unternehmerischen Bereich verbringen, den Tatbestand des innergemeinschaftlichen Verbringens nicht erfüllen. Dagegen sind **Land- und Forstwirte** und **Kleinunternehmer** Unternehmer auch iSv Abs. 2. Bei ihnen unterliegt das Verbringen jedoch nur dann der Erwerbsbesteuerung, wenn sie die Erwerbsschwelle überschritten haben oder auf diese verzichtet haben oder es sich um neue Fahrzeuge oder verbrauchsteuerpflichtige Waren handelt. Die fiktiven Erwerbe sind bei der Berechnung der Erwerbsschwelle ebenso wie andere Erwerbe mit zu berücksichtigen (vgl. → Rn. 33). **43**

3. Gegenstand des Unternehmens

Es muss sich um einen Gegenstand des Unternehmens handeln, dh der Gegenstand muss im Ausgangsmitgliedstaat (bzw. im Zeitpunkt der Einfuhr) bereits dem Unternehmen zuzurechnen sein. Ein gemieteter Gegenstand gehört nicht zum Unternehmen des Mieters (vgl. BFH V R 65/8, BStBl. II 1993, 473). Gehört der Gegenstand nur teilweise zum Unternehmen (vgl. EuGH C-291/92, BStBl. II 1996, 390 – Armbrecht; siehe UStAE 15.2 Abs. 21), kann nur insoweit ein innergemeinschaftliches Verbringen vorliegen. **44**

4. Zur Verfügung des Unternehmers

a) Allgemeines. Der Gegenstand muss **zur Verfügung** des Unternehmers verbracht werden, dh, er muss sich auch bei Beendigung der Beförderung oder Versendung im Inland weiterhin in der Verfügungsmacht des Unternehmers befinden. Diese Voraussetzung ist insbesondere dann erfüllt, wenn der Gegenstand von einem im Ausgangsmitgliedstaat belegenen Unternehmensteil erworben, hergestellt oder in diesem Mitgliedstaat eingeführt wurde, zur Verfügung des Unternehmers in das Inland verbracht und anschließend in einem dort gelegenen Unternehmensteil auf Dauer verwendet oder verbraucht wird (UStAE 1a.2 Abs. 4). Dass der Unternehmer über einen im Inland belegenen Unternehmensteil verfügt, ist allerdings nicht Voraussetzung. **45**

Da eine **grenzüberschreitende Organschaft** umsatzsteuerlich nicht anerkannt wird, sind Lieferungen eines ausländischen Tochterunternehmens oder des ausländischen Organträgers an eine Gesellschaft des Organkreises im Inland kein innergemeinschaftliches Verbringen iSv Abs. 2, sondern innergemeinschaftliche Lieferungen und lösen innergemeinschaftliche Erwerbe iSv Abs. 1 Nr. 1 aus. Denn nach § 2 Abs. 2 Nr. 2 S. 2 sind die Wirkungen der Organschaft auf die im Inland gelegenen Unternehmensteile beschränkt. Deshalb sind die nicht im Inland gelegenen Teile der Organschaft als ein anderer Unternehmer anzusehen (vgl. UStAE 1a.2 Abs. 8).

b) Kein Verbringen bei innergemeinschaftlicher Lieferung. Kein Verbringen zur Verfügung des Unternehmers liegt vor, wenn die Beförderung oder Versendung in Erfüllung einer **innergemeinschaftlichen Lieferung** erfolgt, insbesondere wenn der Gegenstand bereits bei Beginn der Beförderung verkauft war und lediglich **46**

zum Abnehmer gebracht wird. In diesem Fall gilt die Lieferung als dort ausgeführt, wo die Beförderung beginnt (vgl. § 3 Abs. 6 S. 1). Das ergibt sich auch aus der BFH-Rechtsprechung zu sog. Ship-to-hold-Fällen (BFH XI R 67/07, BStBl. II 2009, 552).

Im Rahmen des Mehrwertsteuerausschusses haben sich die Mitgliedstaaten jedoch darauf verständigt, dass unter bestimmten Umständen der Unternehmer dennoch einen innergemeinschaftlichen Erwerb versteuern darf. Zweck dieser Regelung ist es, dass der liefernde Unternehmer selbst einen innergemeinschaftlichen Erwerb versteuert und anschließend die Ware mit deutscher Umsatzsteuer liefern kann; hierdurch wird vermieden, dass die Abnehmer sich eine USt-IdNr. beschaffen müssen und den besonderen Aufzeichnungspflichten unterliegen. Diese **Vereinfachungsregel** kann angewandt werden, wenn alle der folgenden Voraussetzungen erfüllt werden (UStAE 1 a.2 Abs. 14):

(1) Lieferungen werden regelmäßig an eine größere Zahl von Abnehmern im Bestimmungsland ausgeführt.

(2) Bei entsprechender Lieferung aus dem Drittland wären die Voraussetzungen für eine Verlagerung des Ortes der Lieferung in das Gemeinschaftsgebiet nach § 3 Abs. 8 erfüllt.

(3) Der liefernde Unternehmer behandelt die Lieferung im Inland als steuerbar. Er wird bei einem Finanzamt für Umsatzsteuerzwecke geführt. Er gibt in den Rechnungen seine inländische USt-IdNr. an.

(4) Die zuständige Finanzbehörde im Ausgangsmitgliedstaat und das inländische FA erklären sich mit der Anwendung dieses Verfahrens einverstanden.

Beispiel: Der niederländische Großhändler N in Venlo beliefert im grenznahen deutschen Raum eine Vielzahl von Kleinabnehmern (zB Imbissbuden, Gaststätten und Casinos) mit Pommes Frites. N verpackt und portioniert die Waren bereits in Venlo nach den Bestellungen der Abnehmer und liefert sie an diese mit eigenem Lkw aus.

N kann die gesamte Sendung als innergemeinschaftliches Verbringen (innergemeinschaftlichen Erwerb nach § 1 a Abs. 2) behandeln und die Lieferung als Inlandslieferungen bei dem zuständigen inländischen Finanzamt versteuern, sofern er in den Rechnungen seine deutsche USt-IdNr. angibt und die für ihn zuständige niederländische Steuerbehörde diesem Verfahren zustimmt.

In der Praxis wird von dieser Regelung oft auch Gebrauch gemacht, um für den Lieferanten einen **einheitlichen Abrechnungsprozess** sicherzustellen. So kann es sein, dass er bei gleichzeitiger Belieferung deutscher Kunden ab Deutschland und ab ausländischen Lagern grundsätzlich unterscheiden müsste, ob er innergemeinschaftliche Lieferungen ab Ausland oder steuerpflichtige Inlandslieferungen tätigt. Ein ggf. vorgeschaltetes Verbringen aus dem Ausland in das Inland vermeidet diese Unterscheidung und gewährleistet einen einheitlichen Abrechnungsprozess. Die deutsche Finanzverwaltung sollte mit diesem Vorgehen aus fiskalischer Sicht keine Probleme haben, da im Vergleich zur Regelabwicklung eher Mehrsteuern als Aufkommensrisiken entstehen. Gleichwohl sind in der Praxis Fälle bekannt geworden, in denen die deutsche Finanzverwaltung dieses Vorgehen nur noch zulassen will, wenn wirklich alle aufgeführten Voraussetzungen erfüllt sind (vgl. *Dankl* UR 2011, 454). Dies erscheint aus fiskalischer Sicht nur sinnvoll in Fällen der Lieferung ins EU-Ausland (weil dann beim Verbringen weniger strenge Buch- und Belegnachweise greifen als bei der innergemeinschaftlichen Lieferung), nicht jedoch bei Lieferungen ins Inland. Die **Finanzverwaltung** schränkt nunmehr allerdings ausdrücklich die Anwendung der Vereinfachungsregelung auf **Beförderungsfälle** ein und konkretisiert die weiteren Voraussetzungen (BMF 21.11.2012, BStBl. I 2012, 1229 und **Übergangsregelung** per BMF 20.3.2013, BStBl. I 2013, 335 bis 30.9.2013).

47 **c) Kein Verbringen bei nur vorübergehender Verwendung.** Weitere Voraussetzung ist, dass der Gegenstand nicht nur zur vorübergehenden Verwendung in das Inland verbracht wird.

aa) Das Erfordernis, dass die Verbringung nicht lediglich zu einer vorübergehenden Verwendung erfolgen darf, entspricht nicht dem Wortlaut des Unionsrechts. Nach Art. 28a Abs. 5 Buchst. b UAbs. 2 6. EG-RL (Art. 17 Abs. 2 MwStSystRL) ist vielmehr das Verbringen zu bestimmten Zwecken von der Besteuerung generell ausgenommen. Diese Ausnahmen sind daher im Wege einer richtlinienkonformen Auslegung des Tatbestandsmerkmals der nur vorübergehenden Verwendung für das nationale Recht zu berücksichtigen. Danach kann ein Verbringen wegen des Verwendungszwecks oder einer Befristung nicht steuerbar sein; entsprechend ist im Wege der Auslegung von einem der Art nach nur vorübergehenden Verbringen und von befristetem und deshalb vorübergehendem Verbringen auszugehen (vgl. UStAE 1a.2 Abs. 9).

bb) Eine **der Art nach vorübergehende** Verwendung ist in folgenden Fällen anzunehmen (vgl. UStAE 1a.2 Abs. 10): **48**

aaa) Der Unternehmer verwendet den Gegenstand bei einer **Werklieferung,** die im Bestimmungsland steuerbar ist. Es ist gleichgültig, ob der Gegenstand Bestandteil der Lieferung wird und im Bestimmungsmitgliedstaat verbleibt oder ob er als Hilfsmittel verwendet wird und später wieder in den Ausgangsmitgliedstaat zurückgelangt. Auch hinsichtlich der Gegenstände, die zum Zweck einer Werklieferung in einem anderen Mitgliedstaat als Hilfsmittel verwendet wurden und anschließend wieder ins Inland zurückgelangen, liegt kein innergemeinschaftlicher Erwerb vor. Eine Werklieferung idS ist auch bei einer **Montagelieferung** oder einer **Installationslieferung** anzunehmen (Art. 17 Abs. 2 Buchst. b bzw. Art. 36 MwStSystRL und UStAE 3.12 Abs. 4; s. auch *Langer* MwStR 2014, 762f.). **49**

Beispiel: Der italienische Bauunternehmer I errichtet in Deutschland ein Hotel. Er verbringt zu diesem Zweck Baumaterial und einen Baukran an die Baustelle. Der Baukran gelangt nach Fertigstellung des Hotels nach Italien zurück.

Das Verbringen des Baumaterials und des Baukrans ist kein innergemeinschaftliches Verbringen iSv § 1a Abs. 2.

bbb) Der Unternehmer verbringt den Gegenstand im Rahmen oder in unmittelbarem Zusammenhang mit einer von ihm zu erbringenden sonstigen Leistung ins Inland. **50**

Beispiel: Der italienische Unternehmer I vermietet eine Maschine an den deutschen Unternehmer D und verbringt sie zu diesem Zweck ins Inland. Oder I erbringt im Inland Malerarbeiten und verbringt zu diesem Zweck Farbe und Leitern ins Inland.

In beiden Fällen liegt kein innergemeinschaftliches Verbringen vor.

Nach Art. 17 Abs. 2 Buchst. g MwStSystRL ist erforderlich, dass der Steuerpflichtige in dem Mitgliedstaat niedergelassen ist, in dem die Beförderung oder der Versand beginnt. Dieses Erfordernis kennt das deutsche Recht nicht. Weiterhin wird in Art. 21 MwStSystRL für den innergemeinschaftlichen Erwerb in Verbringungsfällen lediglich verlangt, dass der Gegenstand aus dem ausländischen Unternehmensteil in das Inland gelangt. In diesem Sinne ist meines Erachtens auch § 1a Abs. 2 auszulegen, so dass unabhängig von der Ansässigkeit des Verbringenden die Fälle zu deklarieren sind, sofern nicht eine nur vorübergehende Verwendung gegeben ist. Zur korrekten unionsrechtlichen Auslegung siehe auch BFH V R 34/13, DStRE 2014, 1377 Rn. 34ff.).

ccc) Der Unternehmer tätigt eine **Materialbestellung zu** einer an ihn ausgeführten **Werklieferung.** Dieser Fall beruht auf Art. 28a Abs. 5 4. Gedankenstrich 6. EG-RL, der jedoch durch die 2. Vereinfachungs-Richtlinie mit Wirkung ab 1.1.1996 aufgehoben wurde. Dies ändert jedoch nichts daran, dass die Verbringung des Gegenstandes lediglich vorübergehend ist und wenn die verarbeiteten Gegenstände aus einem anderen Mitgliedstaat wieder zurückgelangen der Verzicht auf die Erwerbsbesteuerung eine erhebliche Vereinfachung für den beteiligten Beisteller be- **51**

wirken würde. Gleichwohl wurde dieser Fall im Rahmen der Erarbeitung der UStR 2008 gestrichen. In diesen Fällen dürfte aber gleichwohl von einer vorübergehenden Verbringung ausgegangen werden, mE zu Recht unter Berufung auf UStAE 1 a.2 Abs. 12 (auch → Rn. 55; so auch *Sterzinger* in Birkenfeld, USt-HB, § 37 Rn. 315; *Stöcker* in Küffner/Stöcker/Zugmaier, UStG, § 1 a Rn. 49).

52 **ddd)** Der Unternehmer lässt an dem Gegenstand im Bestimmungsmitgliedstaat eine sonstige Leistung (zB Reparatur) ausführen. Nach Art. 17 Abs. 2 Buchst. f MwStSystRL) gilt dies nur dann, wenn der Gegenstand in den Mitgliedstaat, von dem aus er ursprünglich versandt wurde, wieder zurückgelangt, so auch EuGH C-606/12 und C-607/12, MwStR 2014, 237 – Dresser-Rand France, MwStR 2014, 237 mAnm *Grube*). Mangels einer entsprechenden Einschränkung im nationalen Recht ist dies in Deutschland nicht erforderlich. Ein solcher Fall, dh kein innergemeinschaftliches Verbringen, kann mE auch dann gegeben sein, wenn der Gegenstand im Rahmen der erhaltenen Dienstleistung untergeht (zB Untersuchungen und Analysen an Gegenständen, bei denen die Gegenstände selbst zerstört werden).

53 **eee)** Der Unternehmer überlässt einen Gegenstand an eine Arbeitsgemeinschaft als Gesellschafterbeitrag und verbringt den Gegenstand dazu in den Bestimmungsmitgliedstaat (UStAE 1 a.2 Abs. 10 Nr. 4).

54 **fff)** Darüber hinaus ist auf Grund des Unionsrechts als der Art nach nur vorübergehende Verwendung anzusehen: das Verbringen von Gegenständen, die unter den Bedingungen der Art. 138, 146, 147, 148, 151 und 152 MwStSystRL im Zielstaat geliefert werden, dh in ein Land verbrachte Gegenstände zum Zwecke der Ausführung der benannten steuerfreien Umsätze (Art. 17 Abs. 2 Buchst. e MwStSystRL).

54a In den oben genannten Fällen kommt es auf die Dauer der Verwendung nicht an. Stellt sich allerdings heraus, dass der Gegenstand nicht mehr aus dem Inland herausbefördert werden wird, zB weil er untergeht, oder anderweitig aus dem Unternehmen des Verbringers ausscheidet, zB verkauft wird, gilt der Gegenstand als in diesem Zeitpunkt verbracht; er ist dann nach den Verhältnissen in diesem Zeitpunkt der Erwerbsbesteuerung zu unterwerfen (UStAE 1 a.2 Abs. 11; so auch BFH V R 34/13, DStRE 2014, 1377 Rn. 39). Eine Besteuerung des innergemeinschaftlichen Erwerbs soll auch greifen, wenn der Gegenstand untergeht. Es ist dann aber mE zu prüfen, ob zu diesem Zeitpunkt eine der Besteuerung zugrunde zu legende Bemessungsgrundlage vorhanden ist, denn ein untergegangener Gegenstand ist in aller Regel wertlos, womit die Besteuerung des Verbringens entbehrlich wäre.

55 **cc)** Eine nur **befristete** Verwendung ist anzunehmen, wenn für die Einfuhr des gleichen Gegenstands aus einem Drittland eine Regelung über die vollständige Befreiung von Eingangsabgaben im Hinblick auf die vorübergehende Einfuhr gelten würde. Auch wenn sich dies nicht eindeutig aus dem Gesetz ergibt, ist eine Verbringung dann nicht mehr als nur vorübergehend anzusehen, wenn die in den einschlägigen Vorschriften genannten Fristen überschritten werden (vgl. UStAE 1 a.2 Abs. 13; *Sterzinger* in Birkenfeld USt-HB § 37 Rn. 321 ff.). Wird die Frist überschritten oder geht der Gegenstand unter oder wird er veräußert, gilt er als zu diesem Zeitpunkt in das Inland verbracht (UStAE 1 a.2 Abs. 13, zu untergegangenen Gegenständen → Rn. 54 a).

56 Nach den einschlägigen Zollvorschriften gilt eine **Höchstdauer der Verwendung von 24 Monaten** für die Verwendung von:

- Paletten (Art. 208 und 209 UZK-DA sowie Art. 322 Abs. 2 UZK-IA),
- Container (Art. 210 und 211 UZK-DA sowie Art. 322 Abs. 3 UZK-IA),
- persönlichen Gebrauchsgegenständen und zu Sportzwecken verwendete Waren (Art. 219 UZK-DA),
- Betreuungsgut für Seeleute (Art. 220 UZK-DA),
- Material für Katastropheneinsätze (Art. 221 UZK-DA),
- medizinisch-chirurgischer und labortechnischer Ausrüstung (Art. 222 UZK-DA),
- lebenden Tieren (Art. 223 UZK-DA),

- in Grenzzonen verwendete Waren im Sinne des Art. 224 UZK-DA,
- Waren, die als Träger von Ton, Bild oder Informationen der Datenverarbeitung dienen oder ausschließlich zur Werbung verwendet werden (Art. 225 UZK-DA),
- Berufsausrüstung (Art. 226 UZK-DA),
- pädagogischem Material und wissenschaftlichem Gerät (Art. 227 UZK-DA),
- Umschließungen (Art. 228 UZK-DA),
- Formen, Matrizen, Klischees, Zeichnungen, Modelle, Geräte zum Messen, Überprüfen oder Überwachen und ähnliche Gegenstände (Art. 229 UZK-DA),
- Waren, die Gegenstand von Tests, Experimenten oder Vorführungen sind (Art. 231 Buchst. a UZK-DA) sowie Waren, die im Rahmen eines Kaufvertrages einer Erprobung unterzogen werden (Art. 231 Buchst. b UZK-DA),
- Spezialwerkzeuge und -instrumente (Art. 230 UZK-DA),
- Mustern in angemessenen Mengen, die ausschließlich zu Vorführ- und Ausstellungszwecken verwendet werden (Art. 232 UZK-DA),
- Waren, die im Rahmen einer öffentlich zugänglichen Veranstaltung ausgestellt oder verwendet oder aus in das Verfahren übergeführten Waren gewonnen werden (Art. 234 Abs. 1 UZK-DA),
- Kunstgegenständen, Sammlungsstücken und Antiquitäten, die ausgestellt und ggf. verkauft werden sowie anderer als neu hergestellter Waren, die im Hinblick auf ihre Versteigerung eingeführt wurden (Art. 234 Abs. 3 UZK-DA),
- Ersatzteilen, Zubehör und Ausrüstungen, die für Zwecke der Ausbesserung, Wartungsarbeiten und Maßnahmen zum Erhalt für in das Verfahren übergeführte Waren verwendet werden (Art. 235 UZK-DA).

Eine **Verwendungsfrist von 18 Monaten** gilt für zum eigenen Gebrauch verwendete Beförderungsmittel der See- und Binnenschifffahrt (Art. 217 Buchst. e UZK-DA). **Eine Verwendungsfrist von 12 Monaten** gilt für Schienenbeförderungsmittel (Art. 217 Buchst. a UZK-DA) sowie Container, deren Ausrüstung und Zubehör (Art. 217 Buchst. f UZK-DA). 57

Eine Verwendungsfrist von 6 Monaten gilt ua für: 58
- Straßenbeförderungsmittel und Beförderungsmittel des Luftverkehrs, die jeweils zum eigenen Gebrauch verwendet werden (Art. 217 Buchst. c und d UZK-DA),
- Waren, die zur Durchführung von Tests, Experimenten oder Vorführungen ohne Gewinnabsicht verwendet werden (Art. 231 Buchst. c UZK-DA),
- Austauschproduktionsmittel, die einem Kunden vom Lieferanten oder Ausbesserer bis zur Lieferung oder Reparatur gleichwertiger Waren vorübergehend zur Verfügung gestellt werden (Art. 233 UZK-DA).
- Waren, die einer Person in der Union vom Eigentümer der Waren zur Ansicht geliefert werden, wobei diese Person das Recht hat, diese Waren nach Ansicht zu erwerben (Art. 234 Abs. 2 UZK-DA).

dd) Keine vorübergehende Verwendung liegt insbesondere dann vor, wenn der Gegenstand im Anlagevermögen eines im Inland gelegenen Unternehmensteils zugeführt wird oder als Roh-, Hilfs- oder Betriebsstoff bearbeitet oder verbraucht wird. Ein nicht nur vorübergehendes Verbringen liegt auch dann vor, wenn der Gegenstand mit der konkreten Absicht in das Inland verbracht wird, ihn (unverändert) weiterzuliefern, es sei denn, die Ware wäre bereits mit Beginn der Beförderung verkauft. Verbringt ein Unternehmer Gegenstände zum Zwecke des Verkaufs außerhalb einer Betriebsstätte in das Inland, ohne dass der Erwerber bereits feststeht und befördert er die nicht verkauften Waren wieder in den Ausgangsmitgliedstaat, lässt die Finanzverwaltung zu, dass der Unternehmer nur hinsichtlich der verkauften Ware ein innergemeinschaftlichen Verbringen versteuert (UStAE 1 a.2 Abs. 6 S. 4). 59

Beispiel: Der niederländische Blumenhändler N befördert im eigenen LKW Blumen nach Köln, um sie dort auf dem Wochenmarkt zu verkaufen. Die nicht verkauften Blumen nimmt er am selben Tag wieder mit zurück in die Niederlande.

N bewirkt in Bezug auf die verkauften Blumen einen innergemeinschaftlichen Erwerb nach § 1a Abs. 2 in Deutschland. Er hat den Verkauf der Blumen als Inlandslieferung zu versteuern. Das Verbringen der nicht verkauften Blumen ins Inland muss nicht als innergemeinschaftlicher Erwerb iSd Abs. 2, das Zurückverbringen der nicht verkauften Blumen muss nicht als innergemeinschaftliche Lieferung iSd § 3 Abs. 1a iVm § 6a Abs. 2 behandelt werden.

Eine für die Praxis bedeutsame Erleichterung ergibt sich daraus aber nicht, da der Blumenhändler des Beispiels in Deutschland umsatzsteuerlich zur Deklaration der Inlandsumsätze erfasst ist und ohne Weiteres auch den Gesamtbestand an Blumen als verbracht erklären könnte. Häufig besteht in gleich gelagerten Fällen sogar ein Interesse daran, nicht danach zu unterscheiden, inwieweit verbrachte Waren zurück gelangen. Angesichts der Ausgestaltung der Regelung in UStAE 1a.2 Abs. 6 S. 4 als Wahlrecht, können diese Unternehmer auf die mögliche „Vereinfachung" auch verzichten und pauschal alle Warenbewegungen als innergemeinschaftliches Verbringen deklarieren. In der Praxis wird dies in aller Regel auch akzeptiert, wenn es sich um anderweitige Fälle nur vorübergehender Warenbewegungen handelt (wenn zB Ware zur Veredelung nach Deutschland gebracht wird und nur ein Teil zurück gelangt, der andere Teil aber ab Deutschland verkauft wird).

60 Kein nur vorübergehendes innergemeinschaftliches Verbringen liegt vor, wenn Gegenstände in ein **Konsignationslager** gebracht werden, um aus diesem Lager geliefert zu werden. Dies gilt auch dann, wenn sich dieses Lager bei dem einzigen voraussichtlichen künftigen Abnehmer befindet **(Call Off Stock).** Etwas anderes gilt allenfalls dann, wenn feststeht, dass der Abnehmer sämtliche Waren aus dem Konsignationslager abnehmen wird und eine anderweitige Verwendung durch den Lieferer ausgeschlossen ist. Sofern dies aber gem. den Vertragsbedingungen zwischen den Beteiligten so nicht geregelt ist, dürfte grundsätzlich sehr wohl ein Verbringen vorliegen. EU-ausländische Lieferanten müssen sich deshalb in aller Regel bei der Unterhaltung von Konsignationslagern im Inland für umsatzsteuerliche Zwecke registrieren lassen.

Bei **verbindlichen Bestellungen** des Belieferten **zum Zeitpunkt der Versendung der Waren** in das Konsignationslager hat allerdings zuletzt die Rechtsprechung kein innergemeinschaftliches Verbringen, sondern direkte innergemeinschaftliche Lieferungen erkannt (NdsFG 5 K 335/14 rkr, MwStR 2015, 942 mAnm *Leonard;* HessFG 1 K 2519/10, DStRE 2016, 1047, Rev. BFH V R 31/15). Die zutreffende Beurteilung ist sowohl für den Liefernden (im Hinblick auf die ggf. gebotene umsatzsteuerliche Registrierung und zutreffende Deklaration des Verbringens und der lokalen Lieferungen) als auch den Belieferten (ggf. Vorsteuerabzug nur bei zu Recht ausgewiesener Umsatzsteuer möglich) wichtig. Bis zu einer endgültigen Klärung durch die Rechtsprechung dürfte den Beteiligten anzuraten sein, der Sichtweise der Finanzverwaltung zu folgen und unabhängig von den Umständen des Einzelfalls bei Konsignationslagerfällen ein Verbringen zu deklarieren (OFD Frankfurt a. M. 15.12.2015, DStR 2016, 1032), da sich dadurch umsatzsteuerliche Risiken bestmöglich ausschließen lassen. Die weitere Rechtsentwicklung muss aber verfolgt werden. Beachte auch anhängiges BFH-Verfahren V R 1/16 nach FG Düsseldorf 1 K 1983/13 U, MwStR 2016, 506 mAnm *Leonard;* hier geht es um einen Fall, in dem zum Zeitpunkt der Versendung der Ware keine verbindliche Bestellung vorlag und bei dem entsprechend das FG ein innergemeinschaftliches Verbringen erkannt hat (auch → § 6a Rn. 27 ff.).

Wird **Kommissionsware** durch den Kommittenten in ein Lager des Kommissionärs verbracht, bevor dieser die Ware verkauft hat, liegt ebenfalls ein innergemeinschaftliches Verbringen des Kommittenten vor. Denn die nach § 3 Abs. 3 anzunehmende Lieferung des Kommittenten an den Kommissionär erfolgt nach der hM erst in dem Zeitpunkt, in dem der Kommissionär die Ware an den Abnehmer geliefert hat (BFH V R 102/78, BStBl. II 1987, 278). Dennoch lässt die Finanzverwaltung zu, dass bereits das Verbringen als innergemeinschaftliche Lieferung des Kommittenten an den Kommissionär behandelt wird (UStAE 1a.2 Abs. 7). Laut Finanzverwaltung (siehe

OFD Frankfurt a. M. 4.4.2014, DStR 2014, 1340) ist der innergemeinschaftliche Erwerb beim deutschen Kommissionär spätestens im Folgemonat zu deklarieren. Wenn bis dahin die Ware noch nicht verkauft sein sollte, ist die Bemessungsgrundlage zu schätzen. Die spätere Anpassung an die zutreffende Bemessungsgrundlage kann aus Vereinfachungsgründen unterbleiben, wenn der Kommissionär zum Vorsteuerabzug berechtigt ist (was in der Praxis der Regelfall ist). Nachdem aber erst im Zeitpunkt des Verkaufs Belege erzeugt werden, dürfte in der Praxis häufig der innergemeinschaftliche Erwerb des deutschen Kommissionärs erst in diesem Zeitpunkt erklärt werden, auch wenn dies laut Vorgabe der Finanzverwaltung ggf. zu spät ist.

5. Bemessungsgrundlage

Die **Bemessungsgrundlage** bestimmt sich im Falle des innergemeinschaftlichen **61**
Verbringens nach § 10 Abs. 4 Nr. 1, dh nach den Wiederbeschaffungskosten. Maßgeblich ist der Zeitpunkt, in dem sämtliche Tatbestandsmerkmale erfüllt sind. Treten die Voraussetzungen erst ein, nachdem die Gegenstände bereits eine Zeit lang im Inland genutzt wurden (zB die Gegenstände waren zunächst nur vorübergehend verbracht worden), stellt sich die Frage, wie der Wertverlust in dieser Zeit zu berücksichtigen ist (vgl. UStAE 1a.2 Abs. 13). ME ist auf den Zeitpunkt der Erfüllung des Tatbestandes abzustellen, so dass die zu diesem Zeitpunkt bestehenden Werte anzusetzen sind – dies gilt zumindest bei der Art nach vorübergehenden Verwendungen, die sich als endgültig erweisen und bei untergegangenen Gegenständen. In aller Regel bereitet die Bemessungsgrundlage in der Praxis aber keine Schwierigkeiten, weil ein volles Recht zum Vorsteuerabzug besteht. Denn die Steuer auf den fiktiven innergemeinschaftlichen Erwerb kann unter den Voraussetzungen des § 15 als **Vorsteuer** geltend gemacht werden. Problematisch aus Sicht der Praxis ist vielmehr die mit solchen Vorgängen ggf. verbundene Verpflichtung ausländischer Unternehmer, sich im Inland zur Deklaration des Erwerbs umsatzsteuerlich registrieren zu lassen. Wenn zum Zeitpunkt der Erfüllung des Tatbestands die Bemessungsgrundlage gleich Null ist (zB weil der Gegenstand untergegangen ist), muss mE keine Deklaration eines innergemeinschaftlichen Erwerbs erfolgen.

§ 1b Innergemeinschaftlicher Erwerb neuer Fahrzeuge

(1) **Der Erwerb eines neuen Fahrzeugs durch einen Erwerber, der nicht zu den in § 1a Abs. 1 Nr. 2 genannten Personen gehört, ist unter den Voraussetzungen des § 1a Abs. 1 Nr. 1 innergemeinschaftlicher Erwerb.**

(2) [1]**Fahrzeuge im Sinne dieses Gesetzes sind**
1. **motorbetriebene Landfahrzeuge mit einem Hubraum von mehr als 48 Kubikzentimetern oder einer Leistung von mehr als 7,2 Kilowatt;**
2. **Wasserfahrzeuge mit einer Länge von mehr als 7,5 Metern;**
3. **Luftfahrzeuge, deren Starthöchstmasse mehr als 1550 Kilogramm beträgt.**

[2]**Satz 1 gilt nicht für die in § 4 Nr. 12 Satz 2 und Nr. 17 Buchstabe b bezeichneten Fahrzeuge.**

(3) **Ein Fahrzeug gilt als neu, wenn das**
1. **Landfahrzeug nicht mehr als 6000 Kilometer zurückgelegt hat oder wenn seine erste Inbetriebnahme im Zeitpunkt des Erwerbs nicht mehr als sechs Monate zurückliegt;**
2. **Wasserfahrzeug nicht mehr als 100 Betriebsstunden auf dem Wasser zurückgelegt hat oder wenn seine erste Inbetriebnahme im Zeitpunkt des Erwerbs nicht mehr als drei Monate zurückliegt;**

3. Luftfahrzeug nicht länger als 40 Betriebsstunden genutzt worden ist oder wenn seine erste Inbetriebnahme im Zeitpunkt des Erwerbs nicht mehr als drei Monate zurückliegt.

EU-Recht: Art. 2 Abs. 1 Buchst. b Ziff. ii MwStSystRL (Art. 28a Abs. 1 Buchst. b 6. EG-RL)
UStAE: 1b.1

Übersicht

1. Bedeutung

1 Die Vorschrift bewirkt, dass der Steuertatbestand des innergemeinschaftlichen Erwerbs beim Erwerb neuer Fahrzeuge auch durch diejenigen Personen erfüllt wird, die nicht in § 1a Abs. 1 Nr. 2 genannt sind. Dies sind in erster Linie Privatpersonen. Dadurch wird für die Lieferung neuer Fahrzeuge eine Besteuerung nach dem Bestimmungslandprinzip gewährleistet.

2. Geltungszeit

2 Die zum 1.1.1993 auf Grund des BinnenmarktG neu in das UStG eingefügte Vorschrift beruht auf Art. 28a Abs. 1 Buchst. b 6. EG-RL (Art. 2 Abs. 1 Buchst. b Ziff. ii MwStSystRL). Durch das Gesetz vom 9.9.1994 (BGBl. I 2058) wurde Abs. 3 an den Wortlaut des Art. 28a Abs. 2 Buchst. b 6. EG-RL idF der Richtlinie des Rates 94/5/EG vom 14.2.1994 (ABl. 1994 L 60, 16) mit Wirkung ab 1.1.1995 angeglichen.

3. Erwerberkreis

3 Als Erwerber nach § 1b kommen nur Personen in Betracht, die nicht bereits auf Grund von § 1a Abs. 1 Nr. 2 der Erwerbsbesteuerung unterliegen. Nicht unter diese Vorschrift fallen daher juristische Personen, auch wenn sie nicht Unternehmer sind oder das Fahrzeug nicht für ihr Unternehmen erwerben, und andere Unternehmer, die nur eingeschränkt der Erwerbsbesteuerung unterliegen (Land- und Forstwirte, Kleinunternehmer); denn die Ausnahmen nach § 1a Abs. 3 gelten nicht für den Erwerb neuer Fahrzeug iSv § 1b (vgl. → § 1a Rn. 36). Danach kommen als Erwerber iSv § 1b nur in Betracht **natürliche Personen, Personengesellschaften,** und andere, nicht als juristische Personen zu qualifizierende **Vermögensmassen,** soweit sie nicht Unternehmer sind oder das Fahrzeug nicht für ihr Unternehmen erwerben.

4, 5 *einstweilen frei*

4. Innergemeinschaftlicher Erwerb

6 Der Erwerb neuer Fahrzeuge unterliegt nur dann der Erwerbsbesteuerung, wenn die Voraussetzungen des § 1a Abs. 1 Nr. 1 vorliegen. Dh, das Fahrzeug muss grund-

sätzlich auf Grund eines **entgeltlichen** Liefergeschäfts (zu unentgeltlichen Lieferung vgl. → § 3 Rn. 130ff.) an den Erwerber aus einem anderen Mitgliedstaat in das Inland oder in die in § 1 Abs. 3 bezeichneten Gebiete (vgl. § 1 Abs. 3 Nr. 7) gelangen. Dies gilt auch dann, wenn das Fahrzeug von dem Lieferer zuvor in einem anderen Mitgliedstaat eingeführt wurde.

Der **Lieferer** muss **nicht Unternehmer** sein. Ein innergemeinschaftlicher Er- 7
werb liegt vielmehr auch bei Lieferungen durch Privatpersonen oder durch Unternehmer außerhalb ihres Unternehmens vor. Dies ergibt sich aus § 2a, wonach Privatpersonen hinsichtlich innergemeinschaftlicher Lieferungen neuer Fahrzeuge als Unternehmer anzusehen sind (vgl. *Stadie* in Rau/Dürrwächter § 1b Rn. 2).

Ein **innergemeinschaftliches Verbringen** iSv § 1a Abs. 2 unterliegt dagegen 8
nicht der Erwerbsbesteuerung nach § 1b. Allerdings liegt ein innergemeinschaftlicher Erwerb iSv § 1a Abs. 1 Nr. 1 unabhängig davon vor, ob das Fahrzeug vom Lieferer oder dem Erwerber befördert oder versendet wird (vgl. → § 1a Rn. 8); keine Erwerbsbesteuerung aufgrund eines innergemeinschaftlichen Verbringens dürfte folglich allenfalls zum Tragen kommen, wenn das Fahrzeug durch den Erwerber nach einem abgeschlossenen Erwerbsvorgang in einen anderen Mitgliedstaat verbracht wird. In solchen Fällen ist auch im Ursprungsland bereits endgültig die Besteuerung eingetreten. Würde es hingegen im Zielland zu einer Besteuerung kommen, müsste aus systematischen Gründen die ursprüngliche Lieferung im Ursprungsland steuerfrei gestellt werden. Wenn also ein Fahrzeug bspw. im Ursprungsland schon zugelassen und beim Kauf vom Lieferanten die dortige USt abgeführt wurde und dieses Fahrzeug kurz nach dem Kauf als noch neues Fahrzeug in der Definition des § 1b nach Deutschland verbracht und dort zugelassen wird, dürfte keine erneute Besteuerung in Deutschland eintreten. Sollte dies aus deutscher Sicht nicht durchsetzbar sein, bliebe dem Betroffenen nur, vom Lieferanten eine nachträgliche Rechnungsberichtigung von lokal steuerpflichtig auf steuerfrei zu verlangen. In diesem Sinne schließt auch Art. 2 Buchst. a MwStVO zumindest für den Fall des Wohnortwechsels eines Nichtsteuerpflichtigen ausdrücklich die Besteuerung eines innergemeinschaftlichen Erwerbs aus.

Die **Beförderung einer Yacht** nach deren Erwerb ist beendet, wenn die Yacht 8a
ihren Bestimmungsort erreicht hat (vgl. § 3d S. 1). Indizien hierfür sind die Zolldokumente sowie die Eintragung der Yacht in einem deutschen Schiffsregister (tatsächliche und damit tatrichterliche Würdigung). Die sich an das Ende der Beförderung anschließende erstmalige Verwendung durch den Abnehmer (zB Karibikkreuzfahrt) hat auf den Bestimmungsort grundsätzlich keinen Einfluss (BFH V R 11/06, BStBl. II 2007, 424). Gem. EuGH C-84/09, IStR 2010, 910 – X ist die Einstufung eines Umsatzes als innergemeinschaftliche Lieferung oder innergemeinschaftlicher Erwerb nicht von der Einhaltung einer Frist abhängig, innerhalb deren die Beförderung des in Rede stehenden Gegenstands (im Streitfall eine Yacht) vom Liefermitgliedstaat in den Bestimmungsmitgliedstaat beginnen oder abgeschlossen sein muss. Im speziellen Fall des Erwerbs eines neuen Fahrzeugs hat die Bestimmung des innergemeinschaftlichen Charakters des Umsatzes im Wege einer umfassenden Beurteilung aller objektiven Umstände sowie der Absicht des Erwerbers zu erfolgen, sofern diese durch objektive Anhaltspunkte untermauert wird, anhand deren ermittelt werden kann, in welchem Mitgliedstaat die Endverwendung des betreffenden Gegenstands beabsichtigt ist. Wenn demnach ein privater Erwerber einer neuen Yacht im Mitgliedstaat A nach dem Verlassen dieses Mitgliedstaates sich erst noch auf eine längere Fahrt mit dem Schiff begibt, bevor er es in seinen Heimat-Mitgliedstaat verbringt, kann gleichwohl ein innergemeinschaftlicher Erwerb vorliegen. Ähnliche Grundsätze müssen für Pkw und andere Fahrzeuge im Sinne der Vorschrift gelten.

5. Neue Fahrzeuge

9 Die Erwerbsbesteuerung nach § 1b kommt nur für **Fahrzeuge** iSv Abs. 2 in Betracht. Auch wenn das deutsche UStG dies nicht ausdrücklich erwähnt, fallen unter diese Vorschrift nur Fahrzeuge, die zur Personen- oder Güterbeförderung bestimmt sind (vgl. Art. 28a Abs. 2 Buchst. a 6. EG-RL; Art. 2 Abs. 2 Buchst. a MwStSystRL; UStAE 1b.1; *Peltner* in Weymüller BeckOK § 1b Rn. 17.1). Nach Abs. 2 Satz 2 werden ausdrücklich ausgenommen Fahrzeuge, die zur kurzfristigen Beherbergung oder Vermietung auf Campingplätzen oder zum Transport von Kranken und Verletzten bestimmt sind. Zur Definition von Fahrzeugen im Sinne dieser Vorschrift siehe UStAE 1b.1 S. 3 (zuletzt erweitert um landwirtschaftliche Zugmaschinen per BMF v. 4.10.2016) und zur negativen Abgrenzung siehe Beispiele unter UStAE 1b.1 S. 5. Für die Beurteilung, ob ein Fahrzeug, das Gegenstand eines innergemeinschaftlichen Erwerbs ist, **neu** im Sinne von Art. 2 Abs. 2 Buchst. b der Richtlinie 2006/112 ist, ist auf den **Zeitpunkt der Lieferung** des betreffenden Gegenstands vom Verkäufer an den Käufer abzustellen (EuGH C-84/09, IStR 2010, 910 – X/Skatteverket).

10 **a) Landfahrzeuge.** Landfahrzeuge müssen mit einem Motor mit einem Hubraum von mehr als 48 ccm oder mehr als 7,2 kW (= 10 PS) angetrieben werden. Hierzu gehören insbesondere Personen- und Lastkraftwagen, Motorräder, Motorroller, Mopeds, motorbetriebene Wohnmobile und Caravans. Nicht hierunter fallen Wohnwagen, Packwagen und andere Anhänger ohne eigenen Motor. Nicht unter diese Vorschrift fallen auch Arbeitsmaschinen und land- und forstwirtschaftliche Zugmaschinen, die nach ihrer Bauart oder der mit ihnen fest verbundenen Einrichtungen nicht zur Personen- oder Güterbeförderung bestimmt und geeignet sind (vgl. UStAE 1b.1). Gem. BFH V R 21/11, BStBl. II 2014, 501, sind neue Fahrzeuge iSd § 1b auch solche Fahrzeuge, die von Erwerbern für Sport- oder Freizeitzwecke verwendet werden (zB Pocket-Bikes).

11 **b) Wasserfahrzeuge.** Wasserfahrzeuge mit einer Länge von mehr als 7,5 m. Gleichgültig ist, ob sie mit einem Motor ausgestattet sind oder nicht. Hierzu gehören insbesondere Motorboote, Segelboote und Ruderboote. Nicht unter diese Vorschrift fallen dagegen Bergungs- und Rettungsschiffe (vgl. *Peltner* in Weymüller BeckOK § 1b Rn. 38ff.).

12 **c) Luftfahrzeuge.** Luftfahrzeuge fallen unter diese Vorschrift, wenn sie eine Starthöchstmasse von mehr als 1.550 kg haben. Hierzu gehören Flugzeuge, unabhängig davon, ob sie motorbetrieben sind oder Segelflugzeuge und Hubschrauber. Ausgenommen sind Luftfahrzeuge, die zur Bergung oder dem Transport von Verletzten und Kranken bestimmt sind. Soweit nach Art. 28a Abs. 2 Buchst. a 6. EG-RL (Art. 2 Abs. 2 Buchst. a Ziff. iii MwStSystRL) auch ausdrücklich Luftfahrzeuge für Luftfahrtgesellschaften ausgenommen sind, fallen deren Erwerbe bereits unter § 1a.

12a Mit § 1b Abs. 2 S. 2 wird geregelt, dass die in § 1b Abs. 2 S. 1 verwendeten Fahrzeugbegriffe nicht für die in § 4 Nr. 12 S. 2 und Nr. 17 Buchst. b beschriebenen Tatbestände gelten sollen. Damit sind die dort aufgeführten Befreiungsvorschriften ungeachtet der Kriterien des § 1b Abs. 2 anzuwenden.

13 **d) Neu im Sinne des § 1b.** Fahrzeuge sind **neu,** bei **Landfahrzeugen,** wenn sie nicht mehr als 6.000 km zurückgelegt haben oder ihre erste Inbetriebnahme nicht mehr als 6 Monate zurückliegt, bei **Wasserfahrzeugen,** wenn sie nicht mehr als 100 Betriebsstunden auf dem Wasser zurückgelegt haben oder ihre erste Inbetriebnahme nicht mehr als 3 Monate zurückliegt, und bei **Luftfahrzeugen,** wenn sie nicht mehr als 40 Betriebsstunden genutzt wurden oder ihre erste Inbetriebnahme nicht mehr als 3 Monate zurückliegt. Das Fahrzeug ist nicht mehr neu, wenn keine der beiden Voraussetzungen erfüllt ist. Für die erste Inbetriebnahme kommt es auf die erstmalige tatsächliche Nutzung an, nicht auf den Tag der Zulassung. Nicht zu berücksichtigen

sind dagegen Zeiten oder zurückgelegte Strecken, die der Erprobung des Fahrzeugs dienen.

Für die Beurteilung, ob ein Fahrzeug, das Gegenstand eines innergemeinschaftlichen Erwerbs ist, neu im Sinne von Art. 2 Abs. 2 Buchst. b der Richtlinie 2006/112 ist, ist auf den **Zeitpunkt der Lieferung** des betreffenden Gegenstands vom Verkäufer an den Käufer abzustellen (EuGH C-84/09, IStR 2010, 910 – X/Skatteverket). Wenn also bis zur Ankunft im Zielstaat eine gewisse Zeit vergeht, hat dies ggf. keinen Einfluss auf die Verpflichtung zur Versteuerung des innergemeinschaftlichen Erwerbs.

Die zurückgelegten Strecken- bzw. Betriebsstunden sind anhand der Kilometer- **14**
bzw. Betriebsstundenzähler zu ermitteln und ggf. zu schätzen. Für die Frage, ob ein Fahrzeug neu ist, ist grundsätzlich das Finanzamt **nachweispflichtig,** da es sich insoweit um eine steuerbegründende Tatsache handelt. Gleichwohl wird die Unaufklärbarkeit dieser Voraussetzung idR zu Lasten des Erwerbers gehen, weil die Steuerpflicht von Angaben des im Ausland ansässigen Lieferers abhängig ist (so zutreffend *Heuermann* in Sölch/Ringleb § 1b Rn. 18 unter Bezugnahme auf § 18 Abs. 10 Nr. 2 S. 2 und § 90 Abs. 2 AO).

6. Besteuerungsverfahren

Nach § 14a Abs. 4 müssen **Rechnungen** über innergemeinschaftliche Lieferun- **15**
gen von Neufahrzeugen die in § 1b Abs. 2 und 3 aufgeführten Merkmale enthalten. Die **Besteuerung** ist nach §§ 16 Abs. 5a, 18 Abs. 5a durchzuführen. Danach ist der Erwerber verpflichtet, die Steuer auf einem amtlich vorgeschriebenen Vordruck bei dem für ihn zuständigen Finanzamt innerhalb von 10 Tagen anzumelden und zu entrichten. Die Frist beginnt mit dem Tag an dem alle Tatbestandsmerkmale des § 1b erfüllt sind. Nach § 18 Abs. 10 sind die für die Registrierung von Land- oder Luftfahrzeugen zuständigen Behörden verpflichtet, die für die Besteuerung erforderlichen Daten den Finanzämtern zu übermitteln und auf Antrag des Finanzamts die Zulassung zu widerrufen, wenn die Steuer nicht entrichtet wird.

§ 1c Innergemeinschaftlicher Erwerb durch diplomatische Missionen, zwischenstaatliche Einrichtungen und Streitkräfte der Vertragsparteien des Nordatlantikvertrags

(1) [1]**Ein innergemeinschaftlicher Erwerb im Sinne des § 1a liegt nicht vor, wenn ein Gegenstand bei einer Lieferung aus dem Gebiet eines anderen Mitgliedstaates in das Inland gelangt und die Erwerber folgende Einrichtungen sind, soweit sie nicht Unternehmer sind oder den Gegenstand nicht für ihr Unternehmen erwerben:**

1. im Inland ansässige ständige diplomatische Missionen und berufskonsularische Vertretungen,
2. im Inland ansässige zwischenstaatliche Einrichtungen oder
3. im Inland stationierte Streitkräfte anderer Vertragsparteien des Nordatlantikvertrags.

[2]**Diese Einrichtungen gelten nicht als Erwerber im Sinne des § 1a Abs. 1 Nr. 2.** [3]**§ 1b bleibt unberührt.**

(2) **Als innergemeinschaftlicher Erwerb gegen Entgelt im Sinne des § 1a Abs. 2 gilt das Verbringen eines Gegenstands durch die deutschen Streitkräfte aus dem übrigen Gemeinschaftsgebiet in das Inland für den Gebrauch oder Verbrauch dieser Streitkräfte oder ihres zivilen Begleitpersonals, wenn die Lieferung des Gegenstands an die deutschen Streitkräfte im übrigen Gemeinschaftsgebiet oder die Einfuhr durch diese Streitkräfte nicht der Besteuerung unterlegen hat.**

EU-Recht: Art. 3 Abs. 1 Buchst. a und Art. 21 ff. MwStSystRL (Art. 28a Abs. 1 Buchst. a Abs. 2, Abs. 1a Buchst. a und Abs. 6 6. EG-RL)
UStAE: 1c.1

Übersicht

1. Bedeutung

1 Nach § 1a Abs. 1 Nr. 2 Buchst. b unterliegt auch der innergemeinschaftliche Erwerb durch juristische Personen, einschließlich der juristischen Personen des öffentlichen Rechts, der Erwerbsbesteuerung; dazu gehören auch ausländische juristische Personen des öffentlichen Rechts (vgl. → § 1a Rn. 17). Demgegenüber sind nach Art. 28a Abs. 1a Buchst. a iVm Art. 15 Nr. 10 6. EG-RL (Art. 151 MwStSystRL) die in Abs. 1 genannten Einrichtungen von der Erwerbsbesteuerung grundsätzlich ausgenommen.

2 § 1c gilt jedoch nicht für den Erwerb neuer Fahrzeuge; insoweit ist § 1b anzuwenden. Die Erwerber nach Abs. 1 unterliegen nicht der Besteuerung nach § 1a. Insoweit können die genannten Einrichtungen auch keine USt-IdNr. beantragen. Die auf Grund Abs. 1 von der Erwerbsbesteuerung ausgenommenen Lieferungen sind wie Lieferungen an Privatpersonen auch in die Berechnung der Lieferschwelle für die Bestimmung des Lieferorts nach § 3c mit einzubeziehen (vgl. → § 3c Rn. 6).

3 Demgegenüber unterliegt das innergemeinschaftliche Verbringen durch juristische Personen, die nicht Unternehmer sind, grundsätzlich nicht der Erwerbsbesteuerung (vgl. → § 1a Rn. 43). Nach Art. 28a Abs. 6 6. EG-RL (Art. 22 MwStSystRL) gilt dies jedoch nicht für das Verbringen von in einem anderen Mitgliedstaat durch die Streitkräfte eines Mitgliedstaats oder ihres Begleitpersonal steuerbefreit erworbenen Gegenständen, wenn diese in den Heimatstaat verschafft werden. Auch insoweit wird eine Gleichstellung mit Einfuhren aus Drittstaaten bewirkt. Diese Regelung wurde durch Abs. 2 umgesetzt.

2. Geltungszeit

4 Die Vorschrift wurde durch Gesetz vom 21.12.1993 (BGBl. I 2310) mit Wirkung ab 30.12.1993 eingefügt. Durch Gesetz vom 11.10.1995 (BGBl. I 1250) wurde Abs. 2 an den geänderten § 1a Abs. 2 (Wegfall der Erwerbsbesteuerung für bezogene funktionsändernde Werkleistungen) redaktionell angepasst. Im Vorgriff auf die gesetzliche Regelung hat die Finanzverwaltung die Steuerbefreiung des Abs. 1 bereits ab dem 31.12.1992 angewandt (BMF 30.4.1993, BStBl. I 1993, 458).

3. Innergemeinschaftlicher Erwerb

5 Betroffen sind innergemeinschaftliche Erwerbe, die ohne diese Regelung der Besteuerung nach § 1a unterliegen würden. Es muss sich also um entgeltliche Lieferungen von Unternehmen im Rahmen ihres Unternehmens handeln und der Gegenstand muss aus einem anderen Mitgliedstaat ins **Inland** befördert oder versendet werden. Auch wenn der Gegenstand in die **in § 1 Abs. 3 genannten Gebiete** verbracht wird, unterliegt dies unter den Voraussetzungen des § 1 Abs. 3 Nr. 6 der Be-

steuerung. Denn insoweit werden Umsätze in diesen Gebieten wie Umsätze im Inland behandelt; dies gilt auch für die Umsätze iSv Abs. 1. Dagegen kommt es nicht darauf an, wo der Lieferer ansässig ist (vgl. → § 1a Rn. 18). Die Regelung gilt nicht für Erwerbe neuer Fahrzeuge (vgl. → Rn. 7).

4. Betroffener Personenkreis

Die Ausnahme von der Erwerbsbesteuerung gilt nur für im Inland (1) ansässige 6
ständige diplomatische Missionen und berufskonsularische Vertretungen, zB ausländische Botschaften, (2) ansässige zwischenstaatliche Einrichtungen, zB das Europäische Patentamt und (3) stationierte Streitkräfte anderer NATO-Staaten. Sie gilt jedoch nicht zB für nicht berufskonsularische Vertretungen wie Honorarkonsulate oder nicht im Inland stationierte Streitkräfte anderer NATO-Staaten. Sie gilt ferner nicht, soweit diese Einrichtungen Unternehmer sind und die Gegenstände für ihr Unternehmen erwerben.

5. Ausnahme: Erwerb neuer Fahrzeuge

Die Besteuerung des Erwerbs neuer Fahrzeuge nach § 1b bleibt von dieser Rege- 7
lung unberührt. Sie werden insoweit den im Übrigen nicht der Erwerbsbesteuerung unterliegenden Personen gleichgestellt, einschließlich der Verfahrensvorschriften (vgl. → § 1b Rn. 15).

6. Innergemeinschaftliches Verbringen durch Streitkräfte

Das innergemeinschaftliche Verbringen von Gegenständen durch **deutsche** 8
Streitkräfte oder ihres **zivilen Begleitpersonals** unterliegt der Besteuerung, vorausgesetzt die Lieferung oder die Einfuhr war in dem anderen Mitgliedstaat von der Besteuerung befreit. Nicht betroffen von dieser Regelung sind die Streitkräfte anderer NATO-Mitgliedstaaten, wenn sie Gegenstände aus anderen Mitgliedstaaten in das Inland verbringen. Die Gegenstände müssen zum **Gebrauch oder Verbrauch** durch die deutschen Streitkräfte oder ihres Begleitpersonals bestimmt sein. Voraussetzung für die Besteuerung nach Abs. 2 ist, dass die Beförderung oder Versendung im **Inland** endet (vgl. § 3d). Ein Verbringen in die **in § 1 Abs. 3 genannten Gebiete** unterliegt dagegen nicht der Besteuerung. Werden die Gegenstände nur **vorübergehend** ins Inland verbracht, unterliegt dies nicht der Erwerbsbesteuerung. Keine Erwerbsbesteuerung findet auch statt, wenn die Gegenstände zum Gebrauch oder Verbrauch durch andere Streitkräfte oder deren Begleitpersonal bestimmt sind. Da es nach dem Wortlaut eindeutig auf die Bestimmung ankommt, führt der **Untergang** oder der Gebrauch oder Verbrauch entgegen der Bestimmung im Zeitpunkt der Beförderung oder Versendung nicht zur Erwerbsbesteuerung.

§ 2 Unternehmer, Unternehmen

(1) [1]**Unternehmer ist, wer eine gewerbliche oder berufliche Tätigkeit selbständig ausübt.** [2]**Das Unternehmen umfasst die gesamte gewerbliche oder berufliche Tätigkeit des Unternehmers.** [3]**Gewerblich oder beruflich ist jede nachhaltige Tätigkeit zur Erzielung von Einnahmen, auch wenn die Absicht, Gewinn zu erzielen, fehlt oder eine Personenvereinigung nur gegenüber ihren Mitgliedern tätig wird.**

(2) [1]**Die gewerbliche oder berufliche Tätigkeit wird nicht selbständig ausgeübt,**

1. soweit natürliche Personen, einzeln oder zusammengeschlossen, einem Unternehmen so eingegliedert sind, dass sie den Weisungen des Unternehmers zu folgen verpflichtet sind,
2. wenn eine juristische Person nach dem Gesamtbild der tatsächlichen Verhältnisse finanziell, wirtschaftlich und organisatorisch in das Unternehmen des Organträgers eingegliedert ist (Organschaft). [2]Die Wirkungen der Organschaft sind auf Innenleistungen zwischen den im Inland gelegenen Unternehmensteilen beschränkt. [3]Diese Unternehmensteile sind als ein Unternehmen zu behandeln. [4]Hat der Organträger seine Geschäftsleitung im Ausland, gilt der wirtschaftlich bedeutendste Unternehmensteil im Inland als der Unternehmer.

[Fassung bis 31.12.2015:]

*(3) [1]**Die juristischen Personen des öffentlichen Rechts sind nur im Rahmen ihrer Betriebe gewerblicher Art (§ 1 Abs. 1 Nr. 6, § 4 des Körperschaftsteuergesetzes) und ihrer land- oder forstwirtschaftlichen Betriebe gewerblich oder beruflich tätig. [2]Auch wenn die Voraussetzungen des Satzes 1 nicht gegeben sind, gelten als gewerbliche oder berufliche Tätigkeit im Sinne dieses Gesetzes***
1. (weggefallen)
2. die Tätigkeit der Notare im Landesdienst und der Ratschreiber im Land Baden-Württemberg, soweit Leistungen ausgeführt werden, für die nach der Bundesnotarordnung die Notare zuständig sind;
3. die Abgabe von Brillen und Brillenteilen einschließlich der Reparaturarbeiten durch Selbstabgabestellen der gesetzlichen Träger der Sozialversicherung;
4. die Leistungen der Vermessungs- und Katasterbehörden bei der Wahrnehmung von Aufgaben der Landesvermessung und des Liegenschaftskatasters mit Ausnahme der Amtshilfe;
5. die Tätigkeit der Bundesanstalt für Landwirtschaft und Ernährung, soweit Aufgaben der Marktordnung, der Vorratshaltung und der Nahrungsmittelhilfe wahrgenommen werden.

EU-Recht: Art. 9–13 MwStSystRL (Art. 4 6. EG-RL)
UStAE: 2.1–2.11

Übersicht

I. Bedeutung

Die USt ist als **Verbrauchsteuer** konzipiert (Art. 1 Abs. 2 MwStSystRL), sie wird aber beim Unternehmer erhoben. Dem Unternehmerbegriff kommt damit in zweierlei Hinsicht Bedeutung zu: Leistungen sind steuerbar gemäß § 1 Abs. 1 Nr. 1, wenn sie von einem Unternehmer im Rahmen seines Unternehmens ausgeführt werden. Damit unterliegen Umsätze von Nichtunternehmern, selbst wenn sie zu einem Verbrauch führen, nicht der USt. Gleichzeitig ist der Unternehmer der Steuerpflichtige im USt-Recht. Er ist damit im Regelfall **Steuerschuldner** (§ 13a Abs. 1 Nr. 1) und 1 der zur Abgabe von USt-Voranmeldungen und USt-Erklärungen (§ 18 Abs. 1 und 3) Verpflichtete.

Der umsatzsteuerliche Unternehmerbegriff ist nach Auffassung der FVerw außerdem maßgebend für die Frage, ob ein begünstigtes Unternehmen iSd § 6a GrEStG vorliegt (Oberste Finanzbehörden der Länder 19.6.2012, BStBl. I 2012, 662 Rn. 2.2; dem folgend FG Münster 8 K 1507/11 GrE, EFG 2014, 306, Rev BFH: II R 50/13; aA NdsFG 7 K 135/12, EFG 2015, 1739, Rev BFH: II R 63/14). Hieraus würde ua folgen, dass eine reine Finanzholding, die mangels Ausführung entgeltlicher Umsätze keine Unternehmerin ist (→ Rn. 83), nicht unter die Begünstigung für konzerninterne Umstrukturierungen nach § 6a GrEStG fällt. Wie jedoch das NdsFG (7 K 135 12, EFG 2015, 1739, Rev BFH: II R 3/14) zutreffend ausführt, ergibt sich aus der bloßen Verwendung des Begriffs „herrschendes Unternehmen" bzw. „abhängiges Unternehmen" in § 6a GrEStG nicht automatisch eine Anknüpfung an den ustlichen Unternehmerbegriff, schließlich werden diese Begriffe auch im Aktienrecht verwendet (§ 18 AktG). Eine Anknüpfung daran erscheint vor dem Begünstigungszweck des § 6a GrEStG naheliegender als eine Anknüpfung an § 2. Der BFH hat in dem Revisionsverfahren gegen das Urteil des NdsFG das BMF zum Verfahrensbeitritt ua wegen dieser Frage aufgefordert (BFH II R 63/14, BStBl. II 2016, 170).

2 § 2 Abs. 1 definiert, wer **Unternehmer** ist und welchen **Umfang das Unternehmen** des Unternehmers hat. § 2 Abs. 2 regelt klarstellend eines der Tatbestandsmerkmale des Unternehmers – die Selbstständigkeit – und zwar getrennt nach der Selbstständigkeit für natürliche Personen (Nr. 1) und juristische Personen (Nr. 2 – Organschaft). Für juristische Personen des öffentliche Rechts gilt eine Sonderregelung (bis 2016 § 2 Abs. 3, ab 2017 § 26, Übergangsregelung für 2017–2020 in § 27 Abs. 22), weil hier eine Abgrenzung zwischen der hoheitlichen und der wirtschaftlichen (unternehmerischen) Betätigung erforderlich ist.

3 § 2 basiert unionsrechtlich auf Art. 9–13 MwStSystRL. Aufbau und verwendete Begriffe unterscheiden sich allerdings erheblich. Dies liegt im Kern daran, dass § 2 seinen Ursprung bereits im UStG 1934 hat, während die Art. 9–13 aus der Sechsten Richtlinie 77/388/EWG von 1977 hervorgehen, und der deutsche Gesetzgeber sich nicht für eine Neuformulierung des § 2 entschieden hat. Dies trifft nicht nur auf § 2 zu. Zumindest bezüglich juristischer Personen des öffentlichen Rechts ging aber mit der Neuregelung in § 2b eine begriffliche Anpassung an das Unionsrecht einher. Entscheidende Begriffe im deutschen Recht sind der **Unternehmer** als Steuerpflichtiger und Steuerschuldner mit seinem **Unternehmen,** das die wirtschaftliche Einheit darstellt, welche die gesamte **unternehmerische Tätigkeit** des Unternehmers umfasst. Die MwStSystRL spricht nicht vom Unternehmer, sondern vom **Steuerpflichtigen;** ebenso wird nicht der Begriff der unternehmerischen Tätigkeit, sondern der der **wirtschaftlichen Tätigkeit** verwendet. Weil aber eine inhaltliche Abweichung zwischen deutschem Recht und Unionsrecht ausgeschlossen ist, müssen diese Begriffe als synonym angesehen werden (vgl. *Lohse* ua UR 2006, 92 mwN).

4 Der Unternehmerbegriff des deutschen USt-Rechts muss im Licht der unionsrechtlichen Regelungen der Art. 9–13 MwStSystRL gesehen werden (zB BFH V R 10/09, DStR 2010, 1280). Gemäß Art. 9 Abs. 1 MwStSystRL ist als Steuerpflichtiger anzusehen, wer die Tätigkeiten eines Erzeugers, Händlers oder Dienstleistenden einschließlich der Tätigkeiten der Urproduzenten, der Landwirte sowie der freien Berufe und der diesen gleichgestellten Berufe selbstständig und unabhängig von ihrem Ort ausübt, gleichgültig zu welchem Zweck und mit welchem Ergebnis. Als wirtschaftliche Tätigkeit gilt dabei auch eine Leistung, die die Nutzung von körperlichen oder nicht körperlichen Gegenständen zur nachhaltigen Erzielung von Einnahmen umfasst. Dem muss § 2 Abs. 1 S. 1 und 3 entsprechen. Unselbstständig ausgeübte Tätigkeiten werden von Art. 10 (Lohn- und Gehaltsempfänger) explizit als nichtwirtschaftliche Tätigkeit definiert. Der Regelung entspricht somit § 2 Abs. 2 Nr. 1. Die im § 2 Abs. 2 Nr. 2 geregelte **Organschaft** ist unionsrechtlich lediglich ein Wahlrecht

(Art. 11 MwStSystRL). Ein weiteres Wahlrecht enthält Art. 12 MwStSystRL, der es den Mitgliedstaaten erlaubt, die gelegentliche Lieferung von Grundstücken als wirtschaftliche Tätigkeit anzusehen. Von diesem Wahlrecht hat Deutschland aber keinen Gebrauch gemacht. Schließlich enthält Art. 13 die unionsrechtliche Regelung über die **Besteuerung der öffentlichen Einrichtungen.** Diese Norm unterschied sich bis 2016 am deutlichsten vom deutschen Recht (§ 2 Abs. 3). Der BFH näherte jedoch die deutsche Regelung durch richtlinienkonforme Auslegung dem Inhalt des Art. 13 MwStSystRL an (→ Rn. 178 ff.). Ab 2017 (mit Übergangsregelung ab 2021) gilt § 2b, der erkennbar Art. 13 MwStSystRL in deutsches Recht umsetzt (§ 2b).

II. Unternehmer (Steuerpflichtiger)

1. Unternehmerbegriff nach dem UStG

a) Überblick. § 1 Abs. 1 Nr. 1 unterwirft der USt die Lieferungen oder sonstigen Leistungen, die ein Unternehmer im Rahmen seines Unternehmens (gegen Entgelt im Inland) ausführt. Unternehmer wiederum ist gemäß **§ 2 Abs. 1 S. 1,** wer eine gewerbliche oder berufliche Tätigkeit – also nach § 2 Abs. 1 S. 3 jede nachhaltige Tätigkeit zur Erzielung von Einnahmen – selbstständig ausübt. Damit liegt scheinbar ein Zirkelschluss vor: Steuerbar ist die Erbringung entgeltlicher Leistungen (= Lieferungen und sonstige Leistungen) durch einen Unternehmer. Dieser wiederum wird dadurch definiert, dass er nachhaltig solche entgeltlichen Leistungen erbringt. Bei näherem Hinsehen aber zeigt sich, dass die Unternehmereigenschaft zeitlich zuerst erfüllt wird, denn nicht die tatsächliche nachhaltige Erbringung entgeltlicher Leistungen ist hierfür Voraussetzung, sondern die Absicht, solche Leistungen zu erbringen. Diese Absicht kann zB durch bestimmtes typisches Verhalten erkennbar werden, nämlich – in Anlehnung an Art. 9 MwStSystRL – dem eines Händlers, Erzeugers oder Dienstleistenden (so BFH V R 21/09, BStBl. II 2011, 949 Rn. 23 und V R 2/11, BStBl. II 2012, 634 Rn. 34, jeweils mwN – ebenso auch BGH 1 StR 24/10, NJW 2011, 1616 Rn. 19). Für diese Kerngruppe von Unternehmern ist die Umsatzerzielungsabsicht schließlich typisch. Im Übrigen ist die Unternehmereigenschaft durch Erfüllung der gesetzlichen Tatbestandsmerkmale „nachhaltig" und „selbstständig" (so BFH V R 8/89, BStBl. II 1993, 379) verwirklicht. Es ist somit im Einzelfall nach dem Gesamtbild der Verhältnisse zu beurteilen, ob die Voraussetzungen einer unternehmerischen Tätigkeit erfüllt sind (BFH V R 2/11, BStBl. II 2012, 634 Rn. 35). 5

Art. 9 Abs. 1 MwStSystRL verwendet für die Beschreibung der steuerbaren Tätigkeiten den Begriff „wirtschaftliche Tätigkeiten". Steuerpflichtiger ist demnach, wer eine wirtschaftliche Tätigkeit unabhängig von ihrem Ort, Zweck oder Ergebnis selbstständig ausübt. Art. 9 Abs. 1 S. 2 und 3 MwStSystRL konkretisiert, was eine wirtschaftliche Tätigkeit ist, nämlich „alle Tätigkeiten eines Erzeugers, Händlers oder Dienstleistenden einschließlich der Tätigkeiten der Urproduzenten, der Landwirte sowie der freien Berufe und der diesen gleichgestellten Berufe" sowie „die Nutzung von körperlichen oder nicht körperlichen Gegenständen zur nachhaltigen Erzielung von Einnahmen". Der EuGH beurteilt die Frage, ob eine Tätigkeit eine wirtschaftliche Tätigkeit iSd Art. 9 Abs. 1 ist, ua danach, ob diese unter Umständen erfolgt, unter denen die entsprechende wirtschaftliche Tätigkeit gewöhnlich ausgeübt wird. So stellt nach EuGH C-230/94, DStR 1996, 1686 – Enker die **Vermietung einer Immobilie** die Nutzung eines körperlichen Gegenstands zur nachhaltigen Erzielung von Einnahmen dar. Gleiches gilt auch für die **Veräußerung eines Baugrundstücks** durch einen Landwirt (EuGH C-180/10 ua, DStRE 2011, 1417 – Słaby ua) oder die **Lieferung von Holz,** das auf einem Privatgrundstück infolge eines Sturmschadens anfällt und zur Abmilderung des Sturmschadens veräußert wird (EuGH C-263/11, UR 2012, 790 – Rēdihs). Voraussetzung ist in allen Fällen, dass 6 sich der Betreffende ähnlicher Mittel bedient wie ein Erzeuger, Händler oder Dienstleistender, also unter den Umständen, unter denen die entsprechende wirtschaftliche Tätigkeit gewöhnlich ausgeübt wird, was im Einklang mit der BFH-Rechtsprechung zu § 2 Abs. 1 steht.

7 Zum Verständnis des Regelungsgehalts von § 2 ist es somit nötig zu klären, wer Unternehmer sein kann (→ Rn. 8–48) und durch welche unternehmerische Tätigkeit er die Unternehmereigenschaft erlangt (→ Rn. 49–91). Diese Tätigkeit muss zudem selbstständig ausgeübt werden (→ Rn. 92–149). Die Unternehmereigenschaft begründet sodann in sachlicher Hinsicht den Umfang des Unternehmens (→ Rn. 150–162) und den Zeitraum, innerhalb dessen der Unternehmer ein solcher ist (→ Rn. 163–176).

8 **b) Rechtsformneutralität und Maßgeblichkeit des Außenverhältnisses.** Der Unternehmerbegriff iSd USt-Rechts ist rechtsformneutral (→ Rn. 10) und nimmt keine Rücksicht auf die Ansässigkeit des Unternehmers. Eine unternehmerische Tätigkeit ist jede nachhaltige Tätigkeit zur Erzielung von Einnahmen (gewerbliche oder berufliche Tätigkeit), die selbstständig ausgeübt wird. Es kommt nicht darauf an, ob jemand einen Betrieb iSd Einkommensteuerrechts (Gewerbebetrieb, Land- und Forstwirtschaft, selbstständige Arbeit) betreibt. Auf Staatsangehörigkeit, Wohnsitz und dergleichen kommt es gemäß § 1 Abs. 2 S. 3 für die Besteuerung ebenso nicht an. Auch im Ausland ansässige Unternehmer sind damit Unternehmer iSd § 2 Abs. 1, auch wenn sie keine in Deutschland steuerbaren Umsätze erbringen. Besteuert werden freilich nur die Umsätze, deren Ort im Inland ist (§ 1 Abs. 1 Nr. 1).

9 Juristische Personen des öffentlichen Rechts sind nach der bis 31.12.2016 – übergangsweise auch bis spätestens 31.12.2020 (§ 27 Abs. 22) – geltenden Regelung in § 2 Abs. 3 nur im Rahmen ihrer **Betriebe gewerblicher Art** (→ Rn. 198 ff.), ihrer land- und forstwirtschaftlichen Betriebe (→ Rn. 208) und bestimmter Sondertätigkeiten (→ Rn. 210) Unternehmer. Weil diese Regelung nicht den Vorgaben der MwStSystRL entspricht, wurde sie mit StÄndG 2015 durch § 2b ersetzt, der gemäß § 27 Abs. 22 frühestens ab 1.1.2017, spätestens ab 1.1.2021 anzuwenden ist (siehe Kommentierung zu § 2b).

10 § 2 Abs. 1 S. 1 ist nicht auf bestimmte **Rechtsformen** festgelegt, wobei freilich rechtsformspezifische Eigenheiten Auswirkungen auf die Unternehmereigenschaft haben können. So wird eine „Ein-Mann-GmbH", die Leistungen gegen Entgelt an ihren alleinigen Gesellschafter erbringt, unternehmerisch tätig; Gleiches ist bei einem Einzelunternehmen nicht möglich, weil der Unternehmer keine Leistungen gegen Entgelt an sich selbst erbringen kann – eine Besteuerung dieses Endverbrauchs erfolgt über § 3 Abs. 1b oder 9a. Neben natürlichen und juristischen Personen kommen auch **Personenzusammenschlüsse** aller Art als Unternehmer in Betracht. Auf die zivilrechtliche Rechtsfähigkeit kommt es insoweit nicht an (BFH V R 105/91, BStBl. II 1994, 671; V R 42/89, BStBl. II 1993, 729; V R 38/89, BStBl. II 1993, 734). Erforderlich ist allerdings, dass der Unternehmer **nach außen** als solcher auftritt (BFH V R 31/85, BStBl. II 1991, 381). Der Betreiber einer Website ist daher im Regelfall leistender Unternehmer der bezogenen kostenpflichtigen Leistungen (SächsFG 6 K 1450/10, BeckRS 2013, 94918, rkr). Die Maßgeblichkeit des Außenverhältnisses ist zB bei Bruchteilsgemeinschaften (→ Rn. 18) oder bei von einem Strohmann geführten Unternehmen (→ Rn. 40) von besonderer Bedeutung. Nur der Unternehmer hat auch die **Einspruchsbefugnis** iSd § 350 AO (BFH XI S 6/10, BFH/NV 2010, 2140), da nur er durch die USt-Pflicht beschwert ist.

Ein **Zusammenschluss natürlicher Personen** ist nur dann Unternehmer, wenn dem Leistungsempfänger diese Personenmehrheit als Schuldner der vereinbarten Leistung und Gläubiger des vereinbarten Entgelts gegenübersteht (BFH V R 67/00, UR 2002, 213). Hierfür gibt es eine Reihe von Beweisanzeichen. Der BFH (V 255/58, HFR 1962, 144) hält zB den Namen in der Gewerbeanmeldung, auf

Briefbögen und anderen Geschäftsformularen sowie die Frage für bedeutsam, wer die Steuererklärungen unterzeichnet und die Steuerzahlungen geleistet hat und auf wessen Namen die Bankkonten eröffnet worden sind und die Lieferantenrechnungen lauten. Auch der Name auf dem Ladenschild, das persönliche Auftreten gegenüber Kunden und Lieferanten, der Abschluss des Mietvertrags über die Geschäftsräume und die Eintragung im Telefonbuch können Hinweise auf den hinter nachhaltigen wirtschaftlichen Betätigungen stehenden Unternehmer geben (siehe auch zur separaten Unternehmereigenschaft mehrerer Gesellschaften einer Familie EuGH C-340/15, MwStR 2016, 905 mAnm *Grube* – Nigl). Regionale Untergliederungen von Großvereinen sind selbst Unternehmer, wenn sie über eigene satzungsmäßige Organe verfügen, durch diese nach außen hin auftreten und eine eigene Kassenführung haben (UStAE 2.2 Abs. 7).

Innengesellschaften sind wegen der fehlenden Außenwirkung keine Unternehmer (→ Rn. 21 f.). Bei Vertretung ist regelmäßig der Vertretene Unternehmer (→ Rn. 36 ff.). Tritt jedoch der Vertreter im eigenen Namen nach außen auf und bleibt der Hintermann unerkannt, ist der nach außen auftretende Strohmann regelmäßig der Unternehmer (→ Rn. 40 ff.). Bei Investmentvermögen nach dem KAGB (bis 31. 12. 2013: InvG) ist Leistender der nach außen auftretende Rechtsträger. Dies kann das Investmentvermögen sein, wenn es in der Rechtsform einer Investmentaktiengesellschaft betrieben wird. Im Regelfall handelt es sich bei **Investmentfonds** aber um Sondervermögen; Leistender ist dann die Kapitalanlagegesellschaft, so dass auch nur diese Unternehmerin sein kann (zur Rechtslage nach dem InvStG: BMF 6. 5. 2010, BStBl. I 2010, 563; kritisch *Krismanek* BB 2010, 471; zur Steuerbefreiung nach geltender Rechtslage → § 4 Rn. 44 ff., UStAE 4.8.13 sowie *Posegga* DStR 2010, 1418). **Organgesellschaften** sind wegen fehlender Selbstständigkeit in keinem Fall Unternehmer, obwohl sie nach außen hin unter eigenem Namen auftreten (§ 2 Abs. 2 S. 1 Nr. 2, → Rn. 107 ff.). Zu **Organwaltern** (zB Komplementär-GmbH) → Rn. 104 ff. 11

einstweilen frei 12

c) Ehegatten und andere Angehörige. Für Angehörige gelten umsatzsteuerlich keine Besonderheiten. Die unternehmerischen Tätigkeiten von ihnen sind ohne gemeinsame entgeltliche Leistungen nicht zu einem Unternehmen zusammenzufassen. Ist nur einer der **Ehegatten** Unternehmer, mag die Feststellung, wer Unternehmer ist, schwieriger sein, wenn sich die Vermögens- und Tätigkeitsbereiche überschneiden und wenn beide Ehegatten den gleichen Namen tragen, so dass nur der Nachname keine verlässliche Information bietet, wer nach außen auftritt. Nur darauf, also auf das Auftreten nach außen, kommt es aber für die Unternehmereigenschaft an (BFH V 150/65, BStBl. II 1968, 731). Treten beide Ehegatten gemeinsam nach außen auf und erbringen entgeltliche Leistungen, bilden sie eine **GbR** oder – regelmäßig bei der Vermietung von Grundstücken – eine **Bruchteilsgemeinschaft.** In diesen Fällen sind nicht die Ehegatten Unternehmer, sondern die Gesellschaft oder Gemeinschaft ist Unternehmer iSd § 2 Abs. 1 und Steuerschuldner nach § 13a Abs. 1 Nr. 1. Dies hat vor allem Bedeutung für den Vorsteuerabzug. Denn dieser setzt den Besitz einer ordnungsgemäßen Rechnung voraus (§ 15 Abs. 1 Nr. 1), welche den Leistungsempfänger zu benennen hat (§ 14 Abs. 4 Nr. 1). Vgl. zu dieser Problematik → § 14 Rn. 70 ff. sowie *Sterzinger* UR 2012, 785 und *Wagner* UVR 2010, 120. 13

einstweilen frei 14

2. Gesellschaften und Gemeinschaften

a) Allgemeines. Die Unternehmereigenschaft wird rechtsformunabhängig und ohne Ansehen der Ansässigkeit des Unternehmers verwirklicht (vgl. → Rn. 8). Daher können Personengesellschaften und Kapitalgesellschaften, andere Personenvereinigungen, rechtsfähige und nicht rechtsfähige Körperschaften, wie Vereine, Stiftungen 15 und Kapitalgesellschaften, Unternehmer sein. Auf den Sitz der Personenvereinigung kommt es genauso wenig an wie darauf, ob die Personenvereinigung nach deutschem oder anderem Recht gegründet worden ist (BFH V R 105/91, BStBl. II 1994, 671; V R 42/89, BStBl. II 1993, 729; V R 38/89, BStBl. II 1993, 734). Eine Gesellschaft oder Gemeinschaft, die gegen Entgelt Lieferungen oder sonstige Leistungen an ihre Mitglieder oder an Dritte bewirkt, ist Unternehmer (für die EWIV explizit geregelt in Art. 5 MwStVO; für den Finanzmarktstabilisierungsfonds geregelt in § 14 Abs. 1 S. 2 FMStFG). Die Frage, ob die Personenvereinigung als solche oder die Gesellschafter, Gemeinschafter oder Mitglieder als Unternehmer anzusehen sind, ist nach dem Auftreten nach außen hin zu beurteilen (BFH V R 67/00, BFH/NV 2002, 223; siehe aber zu den Besonderheiten beim Leistungsbezug vor Gründung der Gesellschaft →Rn. 170). Ergibt sich dabei, dass die Personenvereinigung Unternehmer ist, können die dahinter stehenden Personen nicht bezüglich der gleichen Umsätze auch Unternehmer sein und umgekehrt. Jede Gesellschaft ist aber nur insoweit unternehmerisch tätig, als ihre Tätigkeit auf Einnahmeerzielung gerichtet ist (sog. Sphärentheorie, →Rn. 155 ff.; zur Jagd-BGB-Gesellschaft BFH V R 109/77, BStBl. II 1987, 735). Zu Vorgründungsgesellschaften oder Vorgesellschaften →Rn. 169 ff.; zu Ehegattengemeinschaften →Rn. 13.

16 Eine **Mitunternehmerschaft** iSv § 15 Abs. 1 S. 1 Nr. 2 EStG ist dem USt-Recht fremd (vgl. BFH V R 36/94, BStBl. II 1995, 915; V B 48/88, BStBl. II 1989, 580; V R 178/83, BStBl. II 1988, 646; V R 36/94, BStBl. II 1995, 915). Gesellschaft und Gesellschafter können ihre Unternehmerstellung jeweils nur eigenständig begründen (BFH V R 16/06, BFH/NV 2008, 1710, vgl. auch *Sterzinger* DStR 2013, 1309). Personenhandelsgesellschaften sind daher unabhängig von ihrer einkommensteuerlichen Anerkennung als Mitunternehmerschaft stets Unternehmer, wenn sie unternehmerisch tätig sind (BFH V R 142/73, BStBl. II 1981, 408). Ebenso können die **Mitunternehmer** durch ihre ertragsteuerlich als Sondervergütungen zu qualifizierenden Umsätze Unternehmer sein. Sie sind aber nicht aufgrund ihrer Gesellschafterstellung Unternehmer und können somit die Vorsteuer aus Ausgaben, die dem Unternehmen der Gesellschaft dienen, nicht abziehen, wenn sie nicht selbst unternehmerisch tätig werden (BFH V ER-S 2/2012, DStR 2013, 308; bestätigend EuGH C-204/13, DStR 2014, 592 – Malburg und hierauf folgend BFH XI R 26/10, DStR 2014, 2449 – vgl. hierzu auch *Korn* MwStR 2014, 273; aA *Stadie* UR 2012, 337; zum Vorsteuerabzug des Gründungsgesellschafters →Rn. 170). Umgekehrt folgt aus der ertragsteuerlichen Anerkennung einer Mitunternehmerschaft nicht zwingend deren Unternehmereigenschaft. Eine **Organschaft** zwischen Mitunternehmer und Mitunternehmerschaft kommt grds. nicht in Frage, da die Mitunternehmerschaft nicht an einer Kapitalgesellschaft besteht, Ausnahme ist jedoch die **Kapitalgesellschaft & atypisch Still** (→Rn. 22). Darüber hinaus sieht die BFH-Rechtsprechung seit 2016 die Möglichkeit der Organschaft mit bestimmten Personengesellschaften als Organgesellschaften vor (→Rn. 112a–112d).

17 Sind an einem Vorgang sowohl die **Gesellschaft** als auch die **Gesellschafter** als Unternehmer beteiligt (zB ein Unternehmer liefert Waren an eine von ihm gemeinsam mit einem anderen betriebene Vertriebs-Personengesellschaft, welche die Waren weiterverkauft), handelt es sich um zwei getrennte umsatzsteuerbare Vorgänge. Unbeachtlich ist, ob die Leistung einkommensteuerlich dem Sonderbetrieb oder dem Eigenbetrieb des Gesellschafters zugeordnet wird (zur Vermietung von Miteigentumsanteilen durch einen Miteigentümer an die Miteigentümergemeinschaft zwecks Weitervermietung durch diese vgl. BFH V R 36/94, BStBl. II 1995, 915). Ausnahmsweise werden jedoch von der FVerw Umsätze, die nur ein Gesellschafter einer **Rechtsanwaltssozietät** bei Ausübung eines **höchstpersönlichen Amts** – zB als Insolvenzverwalter – erzielt, der Gesellschaft zugerechnet (UStAE 2.2 Abs. 3 S. 6). Das BMF hat insoweit der Rechtsauffassung einiger OFD widersprochen, wonach höchstpersönliche Ämter dem einzelnen Rechtsanwalt zuzurechnen waren. Nach

UStAE 2.2 Abs. 3 S. 7 gilt die Zurechnung der Tätigkeit zur Kanzlei sowohl für einen angestellten als auch für einen an der Kanzlei als Gesellschafter beteiligten Rechtsanwalt, selbst wenn dieser ausschließlich als Insolvenzverwalter tätig ist und im eigenen Namen handelt. Die Rechtsanwaltskanzlei rechnet über diese Umsätze im eigenen Namen und unter Angabe ihrer eigenen Steuernummer ab. Es findet insofern kein Leistungsaustausch zwischen der Rechtsanwaltskanzlei und dem Rechtsanwalt statt. Vergleichbare Fälle – zB Steuerberatersozietäten – fallen ebenso unter diese Regelung (siehe OFD Frankfurt a. M. 20.1.2010, DStR 2010, 2135); auch → § 1 Rn. 105 und → § 14 Rn. 64. Wird der Partner einer Sozietät als **Autor** tätig, ist er gegenüber dem Verlag leistender Unternehmer, da sein Werk durch das UrhG geschützt ist und somit (nur) er das Nutzungsrecht an seinem Werk einräumen kann. Etwas anderes gilt nur, wenn die Sozietät, Gesellschaft oder Organisation auch nach außen als Verfasser des Werks auftritt (zB Stellungnahme eines Wissenschaftlichen Beirats einer Großkanzlei) oder der Autor der Sozietät an seinem Werk die entsprechenden Verwertungs- und Nutzungsrechte zuvor einräumt, so dass die Sozietät ihrerseits im eigenen Namen gegenüber dem Verlag als leistender Unternehmer auftritt.

Auch **Bruchteilsgemeinschaften** können Unternehmer sein (BFH XI S 6/10, **18** BFH/NV 2010, 2140; V R 41/05, BStBl. II 2008, 65 mwN; UStAE 2.1 Abs. 2). Die Vermietung von Miteigentum als Hauptanwendungsfall stellt dabei eine reine Verwaltungsmaßnahme nach §§ 744, 745 BGB dar und führt nicht als gemeinsamer Zweck zum Vorliegen einer GbR. Unternehmer ist in diesen Fällen vielmehr die Bruchteilsgemeinschaft, so dass auch nur diese **einspruchsbefugt** ist (BFH XI S 6/10, BFH/NV 2010, 2140). Bei der Vermietung mehrerer Objekte durch Ehegatten liegen sachenrechtlich hinsichtlich jedes einzelnen Objektes gesonderte Bruchteilsgemeinschaften vor. Gleichwohl besteht umsatzsteuerlich nur ein Unternehmer, wenn die Ehegatten an den Teileigentumseinheiten jeweils im gleichen Verhältnis beteiligt sind und eine einheitliche Willensbildung gewährleistet ist (BFH V R 42/89, BStBl. II 1993, 729; V R 38/89, BStBl. II 1993, 734). Unternehmerisch tätige Bruchteilsgemeinschaften sind – anders als nicht unternehmerisch tätige Bruchteilsgemeinschaften – umsatzsteuerlich Leistungsempfänger, auch wenn zivilrechtlich die einzelnen Gemeinschafter Gläubiger der Leistung sind (BFH XI R 14/08, BStBl. II 2010, 243; V R 49/13, DStR 2014, 2386 Rn. 26 mwN). Damit sind auch nur sie unter den weiteren Voraussetzungen des § 15 zum Vorsteuerabzug berechtigt. Die FVerw vertritt indessen die Auffassung, eine Bruchteilsgemeinschaft könne auch dann Leistungsempfänger sein, wenn sie den Gegenstand ihren Gemeinschaftern unentgeltlich überlässt (UStAE 15.2b Abs. 1 S. 6).

Beispiel: Zwei Bauunternehmer erwerben gemeinschaftlich zu Bruchteilen einen Bagger. Jeder Bauunternehmer ist berechtigt, den Bagger beliebig zu nutzen. Für jeden Tag der Nutzung muss er einen Pauschalbetrag von 500 EUR auf ein gemeinschaftliches Konto entrichten, von dem auch die Betriebskosten und die Bedienung des Darlehens für die Anschaffung des Baggers abgebucht wird.

Lösung: Die Bruchteilsgemeinschaft erbringt Leistungen (Baggerüberlassung) gegen Entgelt. Ob das Entgelt kostendeckend ist, spielt für diese Beurteilung keine Rolle. Daher steht (nur) der Bruchteilsgemeinschaft der Vorsteuerabzug zu. Die Bauunternehmer können den Vorsteuerabzug aus den Nutzungsentgelten geltend machen, wenn die Bruchteilsgemeinschaft ihnen eine ordnungsmäßige Rechnung erteilt.

Zur Ausstellung von zum Vorsteuerabzug berechtigenden **Rechnungen** → § 14 Rn. 70 ff.

Leistungen **zwischen Gesellschaft und Gesellschafter** sind nach den allgemei- **19** nen Grundsätzen zu beurteilen, es sei denn, es liegt eine Organschaft vor (→ Rn. 107 ff.). Dies gilt auch für Tätigkeiten als Organ einer Gesellschaft (→ Rn. 104 ff.). Werden Leistungen gegen Entgelt iSd § 10 Abs. 1 erbracht, dh es besteht ein unmittelbarer Zusammenhang zwischen Leistung und Gegenleistung, sind auch diese Tätigkeiten als unternehmerische Tätigkeiten anzusehen (siehe UStAE 1.1 Abs. 12 mit Nachweisen zur BFH-Rechtsprechung). Der Zusammenhang muss sich nicht aus einem zweiseitig verpflichtenden Vertrag ergeben. Auch Leistungen auf gesellschaftsrechtlicher Basis gegen gesondertes Entgelt können nach § 1 Abs. 1 Nr. 1 steuerbare Leistungen sein (siehe BFH V R 10/08, BStBl. II 2010, 879; UStAE 1.1 Abs. 1 S. 3); → § 1 Rn. 80ff. und → § 10 Rn. 45ff.

20 *einstweilen frei*

21 **b) Innengesellschaften.** Innengesellschaften haben, wie der Name schon sagt, zum Ziel, das Gesellschaftsverhältnis nicht nach außen hervortreten zu lassen. Soweit sie sich daran halten, können sie daher nicht Unternehmer sein. Als solche kommen der oder die Gesellschafter in Betracht, die die Geschäfte der Gesellschaft nach außen hin abwickeln (vgl. RFH V A 471–473/28, RStBl. 1929, 590; BFH V 104/54 S, BStBl. III 1955, 234; V 146/63 S, BStBl. III 1966, 28; V R 110–111/81, BStBl. II 1982, 678; SächsFG 8 K 655/15, MwStR 2016, 844 mAnm *Bosche,* rkr.). Innengesellschaften sind zB Einkaufsringe, Vertriebskartelle mit Gewinnpoolung (→ § 1 Rn. 61), Interessengemeinschaften und dergleichen. Zu Bürogemeinschaften von Freiberuflern → Rn. 24ff.

22 Die **stille Gesellschaft** ist ebenfalls eine Innengesellschaft. Das gilt gleichermaßen für die stille Beteiligung an einem ganzen Geschäftsbetrieb wie für die Unterbeteiligung an einem Gesellschaftsanteil. Die Frage, ob es sich bei der stillen Gesellschaft ertragsteuerlich um eine Mitunternehmerschaft handelt (atypisch stille Gesellschaft), ist folglich für die USt unbeachtlich. Unternehmer ist bei der stillen Gesellschaft derjenige, der das Handelsgewerbe nach außen hin betreibt. Darauf ist vor allem bei der Angabe der Steuernummer oder der USt-IdNr. auf der Rechnung zu achten (→ § 14 Rn. 75ff.). Die Gewinnanteile des stillen Gesellschafters sind kein Entgelt iS eines Leistungsaustauschs und daher nicht steuerbar (BFH V R 63/68, BStBl. II 1972, 922). Bei der **Kapitalgesellschaft & atypisch Still** kann es vorkommen, dass der stille Gesellschafter, der ertragsteuerlich Mitunternehmer ist, **umsatzsteuerlicher Organträger** der Kapitalgesellschaft ist.

Beispiel: Eine natürliche Person A ist alleiniger Gesellschafter/Geschäftsführer einer GmbH und gleichzeitig mit einer stillen Einlage beteiligt. Ertragsteuerlich handelt es sich wegen der Beteiligung an den stillen Reserven einschließlich eines Geschäftswerts um eine atypisch stille Gesellschaft. A vermietet der GmbH das einzige von ihr genutzte Betriebsgrundstück.

Lösung: A wird durch die Vermietung des Betriebsgrundstücks Unternehmer. Gleichzeitig ist das Unternehmen der GmbH finanziell (A hält 100% der Anteile an der GmbH), organisatorisch (A ist Geschäftsführer der GmbH) und wirtschaftlich (Verpachtung wesentlicher Anlagegegenstände) in das Unternehmen des A eingegliedert und somit Organgesellschaft. A ist ertragsteuerlich Mitunternehmer an der GmbH & atypisch Still und umsatzsteuerlich Organträger der GmbH.

23 *einstweilen frei*

24 **c) Gemeinschaften zur Kosten- oder Arbeitsteilung.** Schließen sich mehrere Unternehmer zusammen, um entweder ein größeres Vorhaben gemeinschaftlich in einer **Arbeitsgemeinschaft** zu realisieren (→ Rn. 25ff.) oder um Leistungen gemeinschaftlich zu erwerben und so Kostenvorteile zu erzielen (**Bürogemeinschaften, Praxisgemeinschaften, Einkaufsgemeinschaften** etc), ist die Frage, ob die Gemeinschaft Unternehmer iSd § 2 Abs. 1 ist, ebenso nur danach zu beurteilen, ob die Gemeinschaft **nach außen unternehmerisch tätig** ist – es gelten insoweit keine Besonderheiten. Auch entgeltliche Tätigkeiten gegenüber den Gesellschaftern oder Gemeinschaftern sind unternehmerische Tätigkeiten (BFH V R 60/05, BStBl. II 2009, 486; UStAE 1.6 Abs. 1 S. 1) und können demnach die Unternehmereigenschaft begründen (→ Rn. 19 mwN).

Die umsatzsteuerliche Beurteilung bei **Arbeitsgemeinschaften,** die insbesondere im Baugewerbe zur Errichtung größerer Bauvorhaben vorkommen, richtet sich vor allem danach, ob die Arbeitsgemeinschaft als solche oder die einzelnen Mitglieder ihre Leistungen gegenüber dem Auftraggeber erbringen (zum umgekehrten Fall nachstehend → Rn. 26). Hat der Auftraggeber den Vertrag ausdrücklich mit der nach außen als Auftragnehmer in Erscheinung tretenden Arbeitsgemeinschaft abgeschlossen, so ist diese Unternehmer bezüglich der Gesamtleistung. Soweit sie die Arbeitskräfte und Maschinen ihrer Mitglieder zur Ausführung des Auftrags in Anspruch nimmt und dies den Mitgliedern gesondert vergütet, kommen dadurch zusätzliche Umsätze zustande, denn insoweit treten die Mitglieder gegenüber der Arbeitsgemeinschaft als Unternehmer auf (BFH V 45/65, BStBl. II 1968, 398; V R 91/68, BStBl. II 1970, 356; UStAE 1.6 Abs. 8). **25**

Beispiel: Zwei Bauunternehmer schließen sich zu einer Arbeitsgemeinschaft zusammen, um ein Bürogebäude zu errichten. Sie vereinbaren, dass das notwendige Personal je zur Hälfte ohne Entgelt zur Verfügung gestellt wird. Maschinen und Baumaterial werden je nach Bedarf gegen Kostenersatz der Arbeitsgemeinschaft zur Verfügung gestellt. Die Arbeitsgemeinschaft erbringt nach außen die Leistung (Lieferung des Bürogebäudes).

Lösung: Die Mitglieder der Arbeitsgemeinschaft erbringen steuerbare und steuerpflichtige Leistungen an die Arbeitsgemeinschaft durch die Lieferung von Baumaterial und die Zurverfügungstellung von Baumaschinen gegen Entgelt. Dass das Entgelt nur kostendeckend ist, spielt keine Rolle, da die Unternehmereigenschaft nur der Einnahmenerzielungsabsicht bedarf. Die Personalgestellung ist nicht Gegenstand eines Leistungsaustauschs, sondern es handelt sich um eine nichtsteuerbare Beistellung. Zwar erhalten die Bauunternehmer später einen Gewinnanteil, der wirtschaftlich auch durch die Beistellung begründet ist. Dieser Zusammenhang ist aber nicht unmittelbar und begründet keine Steuerbarkeit iSd § 1 Abs. 1 Nr. 1 (vgl. UStAE 1.6 Abs. 8 S. 2).

Erbringt nicht die Arbeitsgemeinschaft nach außen die Leistung, kann sie gleichwohl Unternehmer sein, weil sie die **Leistung an ihre Mitglieder** erbringt. Dies folgt zwingend aus BFH V R 10/08, BStBl. II 2010, 879. Voraussetzung ist, dass zwischen der Leistung der Arbeitsgemeinschaft und der Gegenleistung ihrer Mitglieder ein unmittelbarer Zusammenhang besteht. **26**

Beispiel (Abwandlung zum Beispiel in Rn. 25): Zwei Bauunternehmer schließen sich zu einer Arbeitsgemeinschaft zusammen, um zwei gleichartige Bürogebäude zu errichten. Sie vereinbaren, dass das notwendige Personal je zur Hälfte ohne Entgelt zur Verfügung gestellt wird. Maschinen und Baumaterial werden je nach Bedarf gegen Kostenersatz der Arbeitsgemeinschaft zur Verfügung gestellt. Nach Beendigung des Bauvorhabens erhalten beide Unternehmer je ein Bürogebäude, das sie auf eigene Rechnung weiterveräußern (können).

Lösung: Die Mitglieder der Arbeitsgemeinschaft erbringen steuerbare und steuerpflichtige Leistungen an die Arbeitsgemeinschaft durch die Lieferung von Baumaterial und die Zurverfügungstellung von Baumaschinen gegen Entgelt. Die Personalgestellung ist ebenso Gegenstand eines Leistungsaustauschs, denn als Gegenleistung erhalten die Bauunternehmer ein Bürogebäude. Sie erbringen somit einen tauschähnlichen Umsatz mit Baraufgabe (siehe BFH V R 10/08, BStBl. II 2010, 879). Zur Höhe des Entgelts → § 10 Rn. 49 ff.

Baukostenzuschüsse und Arbeitsleistungen von Genossenschaftsmitgliedern hat folglich das FG München zu Recht als Entgelt für steuerbare Leistungen einer Wasserversorgungs- bzw. Abwasserentsorgungs-Genossenschaft qualifiziert (FG München 2 K 3594/11, EFG 2014, 2094, rkr.).

Die Beteiligten sollten sich auch dann über die umsatzsteuerlichen Folgen der unterschiedlichen Gestaltung von Arbeits-, Büro- und Praxisgemeinschaften Klarheit verschaffen, wenn alle Beteiligten zum **Vorsteuerabzug** berechtigt sind. Denn zum einen erfordert § 14 Abs. 4 Nr. 1 und 2 die richtige Angabe von Leistungserbringer und Leistungsempfänger auf Rechnungen, damit diese zum Vorsteuerabzug nach **27**

§ 15 Abs. 1 Nr. 1 berechtigen. Ist eine Gemeinschaft unternehmerisch tätig, ist sie umsatzsteuerlich entgegen der Zivilrechtslage Leistungsempfänger (→ Rn. 18 und → § 14 Rn. 70ff.). Zum anderen können **zivilrechtliche Streitigkeiten** wegen der Vereinbarung von Preisen einschließlich oder zuzüglich USt vermieden werden. Zur Zurechnung der Leistungen bei Arbeitsgemeinschaften auch → § 1 Rn. 82.

28, 29 *einstweilen frei*

30 **d) Erbengemeinschaften.** Auch Erbengemeinschaften sind **nicht auf Dauer** angelegt. Soweit sie unternehmerisch tätig sind, sind sie als Gemeinschaft Unternehmer. Im Übrigen gilt für die Unternehmereigenschaft der Erbengemeinschaften das Gleiche wie für den Alleinerben (→ Rn. 32ff.).

31 *einstweilen frei*

3. Rechtsnachfolger des Unternehmers

32 Die Unternehmereigenschaft als solche ist grundsätzlich **nicht vererblich.** Der Erbe ist daher nur Unternehmer, wenn er selbst in seiner Person die Tatbestandsmerkmale des § 2 Abs. 1 erfüllt (BFH V R 24/07, BStBl. II 2011, 241; UStAE 2.6 Abs. 5), zB den ererbten Betrieb fortführt oder gegen Miet-, Pacht- oder Lizenzzahlung die weitere Nutzung von Nachlassgegenständen durch Dritte duldet (RFH V 22/38, RStBl. 1939, 662; BFH V R 14/67, BStBl. II 1971, 121; OFD Frankfurt a. M. 22.10.1996, DStR 1997, 71). Zu dieser Fortführung der unternehmerischen Tätigkeit zählt auch die **Veräußerung** von dem Unternehmen des Erblassers zugeordneten Gegenständen (BFH V R 24/07, BStBl. II 2011, 241; anders nach früherer Rechtslage: RFH V A 260, StuW I 36, 792; NdsFG V 213/65, EFG 1966, 389, rkr). Denn Unternehmen und Unternehmereigenschaft erlöschen ohne Erbfall ebenso erst nach **Abwicklung aller Rechtsbeziehungen,** die mit dem aufgegebenen Betrieb zusammenhängen (→ Rn. 173, 176). Hieran kann der zwischenzeitliche Eintritt eines Erbfalls nichts ändern; insbesondere wird das Unternehmensvermögen **durch einen Erbfall nicht automatisch Privatvermögen.** Der Erbe eines Unternehmens ist somit auch dann Unternehmer, wenn er das Unternehmen nur abwickelt, weil er mit der Abwicklung eine unternehmerische Tätigkeit selbst ausübt. Dies kommt faktisch einer Vererblichkeit der Unternehmereigenschaft sehr nahe; aber → Rn. 34.

33 Der Erbe muss bei **Ist-Versteuerung** unabhängig davon, ob er das Unternehmen aktiv fortführt, die Honorare versteuern, die der Erblasser durch steuerbare Leistungen bereits verdient, aber noch nicht vereinnahmt hatte (so schon RFH V A 565/36, RStBl. 1937, 327; BFH V 61/52 U, BStBl. III 1953, 204; FG Nürnberg III 163/54, EFG 1957, 183, rkr; nunmehr erneut BFH V R 24/07, BStBl. II 2011, 241; ebenso OFD Karlsruhe 12.12.2013, DStR 2014, 534). Umgekehrt kann er auch die **Vorsteuer** abziehen, die auf Leistungen für das Unternehmen des Erblassers beruhen, für die die Rechnungen aber erst nach dessen Tode eingehen (getätigt werden). Der Erbe muss darüber hinaus die **Erklärungspflichten** des Erblassers für das von ihm erworbene Unternehmen erfüllen.

34 Persönliche Eigenschaften des Erblassers gehen nicht auf den Erben über. Dies gilt insbesondere für **Steuerbefreiungen,** die in der Person des Erblassers begründet sind, sowie grundsätzlich auch für die **Kleinunternehmerbesteuerung** des Erblassers. Allerdings gestattet hier die FVerw im Billigkeitsweg eine Fortführung der Kleinunternehmerbesteuerung durch den Erben im Jahr des Übergangs (UStAE 19.1 Abs. 5; → § 19 Rn. 14f.). Dasselbe gilt für die Fortführung der **Ist-Besteuerung** im Übergangsjahr (→ § 20 Rn. 15f.).

35 *einstweilen frei*

4. Offene, verdeckte und vorgetäuschte Vertretung

a) **Vertreter und Verwalter des Unternehmers.** Unternehmer ist nur, „wer eine gewerbliche oder berufliche Tätigkeit selbstständig ausübt" (§ 2 Abs. 1 S. 1). Die Unternehmereigenschaft knüpft damit nur an denjenigen, der eine unternehmerische Tätigkeit ausübt. Gemäß dem Verbrauchsteuercharakter fungiert der Unternehmer im USt-Recht nur als „verlängerte Arm" des Fiskus. Maßgeblich ist damit für die Zurechnung einer Tätigkeit nicht – wie im Einkommensteuerrecht – wessen wirtschaftliche Leistungsfähigkeit durch die Tätigkeit gemehrt wird, sondern wer im **Außenverhältnis** auftritt (siehe *Stadie* in Rau/Dürrwächter § 2 Rn. 555). Grundsätzlich ist damit die Tätigkeit eines Vertreters dem Vertretenen zuzurechnen, wenn die Vertretung für den Leistungsempfänger – also nach außen – erkennbar ist. Dies ist zum einen der Fall, wenn der Vertreter im Namen des Vertretenen handelt, zB **Geschäftsführer** oder **Vorstand** einer Gesellschaft. Der Unternehmereigenschaft des Vertretenen steht allerdings auch nicht entgegen, wenn der Vertreter **unter seinem Namen** für den Unternehmer handelt und die Leistungsempfänger wissen, dass der Vertreter zwar in seinem Namen, aber für Rechnung oder im Interesse des Vertretenen auftritt. Diese Fälle kommen in Betracht bei der **offenen Treuhand** oder bei der **Vertretung ausländischer Gesellschaften,** die im Inland nicht rechtsfähig sind (so in BFH V R 105/91, BStBl. II 1994, 671 – insoweit überholt, als innerhalb der EU rechtsfähige Gesellschaften eines Mitgliedstaats in anderen Mitgliedstaaten als solche behandelt werden müssen, selbst wenn sie dort keiner Geschäftstätigkeit nachgehen, siehe EuGH C-212/97, NJW 1999, 2027 – Centros). Zu verdeckten Treuhandverhältnissen → Rn. 40ff. 36

Zu beachten sind allerdings die umsatzsteuerlichen Sonderregelungen des § 3 Abs. 3 und Abs. 11 (**Kommission** und **Dienstleistungskommission**), wonach derjenige, der bei der Erbringung von Lieferungen oder sonstigen Leistungen zwischen den Leistenden und den Leistungsempfänger eingeschaltet wird, als Zwischenhändler gilt, wenn er in eigenem Namen aber für Rechnung des Leistenden auftritt. Aufgrund der eindeutigen gesetzlichen Anordnung spielt die Frage, ob der Leistungsempfänger nur den Kommissionär oder auch den Kommittenten kennt, keine Rolle. Siehe zur Kommission → § 3 Rn. 171ff. und zur Dienstleistungskommission → § 3 Rn. 295ff. 37

Beispiel: Der Unternehmer U vertreibt Computerteile. Da er keine nennenswerten Geschäftskontakte hat, schließt er mit dem Händler H einen Vertrag, wonach (i) dieser die Computerteile im Namen des U vertreibt und hierfür eine Provision erhält bzw. (ii) diese im Rahmen eines Kommissionsvertrags veräußert werden.

Lösung: (i) Für die Leistungsempfänger von U tritt H erkennbar als Vertreter des U auf. Unternehmer im umsatzsteuerlichen Sinne ist daher U. H ist folglich nur Unternehmer, soweit er gegenüber U eine Leistung (Vertrieb) gegen Entgelt (Provision) erbringt.

(ii) H wird in eigenem Namen aber für Rechnung des U als Kommissionär tätig. Damit gilt er aufgrund der umsatzsteuerlichen Sonderregelung des § 3 Abs. 3 (bzw. des § 3 Abs. 11 für sonstige Leistungen) als Abnehmer der Waren von U und Lieferer der Waren an die Endkunden. U und H sind somit Unternehmer. Ob die Leistungsempfänger die Identität von U als Kommittent kennen, ist ohne Bedeutung.

Der vorläufige und der endgültige **Insolvenzverwalter** sind Unternehmer nur bezüglich der Tätigkeit, die auf die Erzielung ihrer eigenen Einnahmen (Gebühren für Insolvenzverwaltung) gerichtet ist (→ § 1 Rn. 106). Im Übrigen werden sie als gesetzliche Vertreter des Insolvenzschuldners tätig (BFH IV 210/62 S, BStBl. III 1964, 70). Dieser ist also trotz des durch die Insolvenz über ihn verhängten gesetzlichen Verwaltungs- und Verfügungsverbots materiell Unternehmer hinsichtlich aller Einnahmen, die die Insolvenzmasse aus der Verwaltung und Verwertung des Insolvenzver- 38 mögens zufließen (BFH V R 87/99, BStBl. II 2000, 639; V R 45/99, BStBl. II 2001, 426; V R 80/82, BStBl. II 1987, 691; UStAE 2.1 Abs. 7 – gilt auch bei Grundstücksveräußerung gegen **Massekostenbeitrag,** siehe BFH V R 28/09, BStBl. II 2014, 406). Dies hat zB zur Folge, dass die Anwendung persönlicher Steuerbefreiungen (zB für Blinde, § 4 Nr. 19) davon abhängig ist, ob die Voraussetzungen in der Person des Insolvenzschuldners erfüllt sind (BFH V 106/57 U, BStBl. III 1957, 282; vgl. auch → § 1 Rn. 106). Steuerbescheide sind stets an den Insolvenzverwalter zu richten.

Entsprechendes gilt auch für die **Zwangsverwaltung** (BFH XI B 18/11, BFH/NV 2011, 1931; V R 44/00, BStBl. II 2002, 171; UStAE 2.1 Abs. 7). Das **Voranmeldungs- und Veranlagungsverfahren** erfolgt aber in diesen Fällen getrennt: für das insolvenz- bzw. vollstreckungsfreie Vermögen gegenüber dem Insolvenz- bzw. Vollstreckungsschuldner und für das der Verwaltung unterliegende Vermögen gegenüber dem Verwalter (BFH V R 87/99, BStBl. II 2000, 639; → § 18 Rn. 3). Unterliegen mehrere Grundstücke der Zwangsverwaltung, ist die USt für jedes Grundstück gesondert zu berechnen und anzumelden (UStAE 18.6 Abs. 4 mit Verweis auf BFH V R 44/00, BStBl. II 2002, 171).

39 *einstweilen frei*

40 **b) Verdeckter Vertreter (Strohmann).** Während bei der offenen Treuhand der Treugeber bzw. bei offener Vertretung der Vertretene dem Leistungsempfänger bekannt ist, wird dessen Identität bei der verdeckten Vertretung, bei der der Vertreter auch als Strohmann bezeichnet wird, wenn der Geschäftsherr im Hintergrund unerkannt bleiben will, verschwiegen (siehe *Heidner* UR 2002, 445). Entsprechend der **Maßgeblichkeit des Außenverhältnisses** ergibt sich die Unternehmereigenschaft eines Strohmannes nach der BFH-Rechtsprechung regelmäßig danach, ob der Strohmann nach den abgeschlossenen **zivilrechtlichen Vereinbarungen** als Leistender anzusehen ist. Denn in diesem Fall erfüllt der Strohmann durch die Leistungserbringung eigene Verpflichtungen, auch wenn er dabei die Interessen eines im Hintergrund wirkenden Auftraggebers wahrnimmt (BFH V R 4/98, BStBl. II 1999, 628; V R 63/89, BFN/NV 1994, 589; V B 191/00, BFH/NV 2001, 1152; V B 198/00, UR 2002, 31; V R 36/14, BeckRS 2017, 94018; so auch der XI. Senat BFH XI R 48/07, BFH/NV 2010, 259; XI R 15/09, BFH/NV 2011, 867 und der BGH 1 StR 586/12, DStR 2013, 1177 Rn. 71). Zur eindeutigen Bestimmung von Leistenden und Leistungsempfänger kommt es umsatzsteuerlich auf das der Leistung zugrunde liegende Rechtsverhältnis, nicht aber auf ein für Dritte nicht erkennbares Handeln auf fremde Rechnung an (BFH V R 82/07, BStBl. II 2009, 876). Im Einzelfall sind daher die zivilrechtlichen Vereinbarungen zu würdigen. Rechnen zB **freie Mitarbeiter** über andere Personen (Eheleute, Freunde, Verwandte) über ihre Leistungen ab, kommt es darauf an, ob diese anderen Personen mit dem Leistungsempfänger die Leistungserbringung durch die freien Mitarbeiter vereinbart haben (dann Rechnungsaussteller = Unternehmer) oder ob der Leistungsempfänger eine solche Vereinbarung nur mit den freien Mitarbeitern getroffen hat (BFH V R 5/00, BFH/NV 2001, 1307).

Beispiel: Der Unternehmer U aus dem Beispiel unter Rn. 37 möchte einen Großkunden akquirieren. Weil U mit dem Geschäftsführer dieses Großkunden zerstritten ist, bittet er seinen Bekannten B ein Gewerbe anzumelden und die Computerteile in dessen Namen und für dessen Rechnung an den Großkunden zu liefern. Im Innenverhältnis ist zwischen U und B abgesprochen, dass U alle Chancen und Risiken trägt und B für seine Tätigkeit eine Provision erhält.

Lösung: Der Bekannte B fungiert als Strohmann des U. Er ist damit eigentlich dessen Vertreter, allerdings wird diese Vertretung nach außen nicht erkennbar. Daher ist B Unternehmer. Die von ihm ausgestellten Rechnungen an den Großkunden berechtigen zum Vorsteuerabzug, weil sie vom leistenden Unternehmer ausgestellt werden. Darüber hinaus ist auch U Unternehmer, denn er liefert die Computerteile an den Strohmann B. Es findet somit eine Verdoppelung der Leistungsbeziehung analog zum Kommissionsgeschäft nach § 3 Abs. 3 statt (→ Rn 43).

Die vorstehenden Grundsätze für Strohmanngeschäfte gelten auch für sog. **Domizilgesellschaften,** also Kapitalgesellschaften, die im Sitzstaat kein Geschäft betreiben oder irgendeine feste Einrichtung außer einer Zustelladresse aufweisen. Die Tatsache, dass Domizilgesellschaften fast ausnahmslos über Treuhänder gegründet werden, meistens ein minimales Grundkapital aufweisen und nach ihrem Zweck der Abschirmung der tatsächlich handelnden Hintermänner dienen, steht – wie beim Strohmanngeschäft – der Unternehmereigenschaft der Domizilgesellschaft nicht grundsätzlich im Wege (BFH V B 198/00, UR 2002, 31; V B 143/97, UR 1999, 489). Entscheidend ist insoweit, wer nach außen die Vereinbarungen über die umsatzsteuerbaren Leistungen trifft und die Lieferungen und sonstigen Leistungen ausführt. 41

Die Maßgeblichkeit der zivilrechtlichen Vereinbarungen führt konsequenterweise dazu, dass zum Schein mit dem Strohmann abgeschlossene Rechtsgeschäfte keine Unternehmereigenschaft begründen, denn **Scheingeschäfte** sind unwirksam (§ 117 Abs. 1 BGB) und führen auch steuerlich dazu, dass das durch sie verdeckte Rechtsgeschäft für die Besteuerung maßgeblich ist (§ 41 Abs. 2 S. 2 AO). Demnach ist der Hintermann als Unternehmer anzusehen, wenn die Rechtsgeschäfte mit dem Strohmann nur zum Schein abgeschlossen worden sind, dh wenn die Vertragsparteien – der Strohmann und der Leistungsempfänger – einverständlich oder stillschweigend davon ausgehen, dass die Rechtswirkungen des Geschäftes gerade nicht zwischen ihnen, sondern zwischen dem Leistungsempfänger und dem Hintermann eintreten sollen (BFH V B 108/01, BStBl. II 2004, 622; V R 70/99, UR 2001, 26; XI R 48/07, BFH/NV 2010, 259; in solchen Fällen berechtigten Rechnungen des Strohmanns nicht zum Vorsteuerabzug, FG Düsseldorf 1 K 720/12 U, MwStR 2014, 842 mit Anm. *Neumann-Tomm*). Überholt sind insoweit frühere Entscheidungen des XI. Senats, wonach die Unternehmereigenschaft von Strohmänner auch mit der Begründung verneint werden könne, dass diese nicht selbstständig tätig und schon deswegen keine Unternehmer sind (BFH XI R 97/92, UR 1995, 96 und XI R 56/93, BStBl. II 1995, 275; explizit aufgegeben BFH XI R 15/09, BFH/NV 2011, 867). 42

Ist der Strohmann – wie regelmäßig der Fall – Unternehmer durch seine Leistungen an die Leistungsempfänger, ist auch der **Hintermann** Unternehmer. Es kommt insoweit zu einer Verdopplung der Leistungsbeziehungen analog zur Kommission bzw. Dienstleistungskommission (§ 3 Abs. 3 und Abs. 11). Im Fall von sonstigen Leistungen wird dieser Fall unmittelbar vom Wortlaut des § 3 Abs. 11 erfasst (BFH V R 52/01, BStBl. II 2006, 278). Aufgrund des engeren Anwendungsbereichs von § 3 Abs. 3 kann die Leistungsbeziehung zwischen Hintermann und Strohmann zwar nicht unmittelbar hierauf gestützt werden. Der BFH wendet aber die gleichen Grundsätze zu Recht auf Lieferungen an (BFH V R 25/10, DStR 2011, 1326 Rn. 21), denn der Strohmann könnte den Gegenstand nicht an die Endabnehmer weiterliefern, wenn er nicht zuvor vom Hintermann erworben hätte. Demnach ist der Strohmann zwischen den Hintermann und die Leistungsempfänger geschaltet, so dass der Hintermann umsatzsteuerlich an den Strohmann leistet und dieser wiederum an die Leistungsempfänger. Das **Entgelt** der Leistungen des Hintermanns muss im Zweifel das Entgelt der Leistungsempfänger an den Strohmann abzüglich der „Entlohnung" für die Strohmanntätigkeit sein. Die an den Strohmann vom Hintermann erbrachte Leistung ist nach der BFH-Rechtsprechung die gleiche Leistung wie die vom Strohmann erbrachte Leistung, so dass sachliche **Steuerbefreiungen** iSd § 4 und damit auch sachliche **Steuerermäßigungen** gemäß § 12 Abs. 2 anzuwenden sind. Steuerbefreiungen für innergemeinschaftliche Lieferungen oder Ausfuhrlieferungen können freilich nicht ohne Weiteres übertragen werden, da hierfür auch die notwendigen Nachweise materielle Voraussetzung für die Steuerbefreiung sind. 43

Beispiel (Abwandlung zum Beispiel in Rn. 40): U und B sind in Deutschland ansässig, der Großkunde in Frankreich. B befördert die Computerteile nach Frankreich und führt sämtliche Buch- und Belegnachweise, die für die Erlangung der Steuerbefreiung nach § 4 Nr. 1 Buchst. b, § 6a notwendig sind.

Lösung: U führt eine steuerpflichtige Inlandslieferung an B aus. Unter den Voraussetzungen einer ordnungsmäßigen Rechnung ist B vorsteuerabzugsberechtigt. B führt eine steuerfreie innergemeinschaftliche Lieferung nach Frankreich aus. Die Grundsätze des Reihengeschäfts gelten nicht, weil die Ware nicht unmittelbar von U an den Endabnehmer in Frankreich gelangt.

44 Zur Rechtsprechung des BGH zu den **steuerstrafrechtlichen** Folgen der USt-Hinterziehung siehe *Schuska* MwStR 2016, 786.

45 *einstweilen frei*

46 **c) Vorgetäuschter Vertreter.** Der umgekehrte Fall zum verdeckten Vertreter (vgl. → Rn. 40) ist derjenige, dass jemand unter **fremdem Namen,** also als dessen Vertreter auftritt, obwohl er im eigenen wirtschaftlichen Interesse tätig wird und daher eigentlich gar **keine Vertretung** vorliegt. Der Unternehmer, der wie ein Vertreter unter fremdem Namen auftritt, liefert selbst, wenn nach den erkennbaren Umständen durch sein Handeln unter fremdem Namen lediglich verdeckt wird, dass er und nicht der „Vertretene" die Lieferung erbringt (BFH V R 9, 10/02, BStBl. II 2004, 627; BFH V R 44/99, BStBl. II 2000, 361; im Ergebnis ebenso BGH 1 StR 24/10, NJW 2011, 1616 Rn. 20). Dies kommt zB in Betracht, wenn nach den konkreten Umständen erkennbar eine eigene Lieferung des Handelnden vorliegt, weil dieser lediglich unter dem Namen eines anderen tätig wurde und der Empfänger der Lieferung erkennbar keinen geschäftlichen Kontakt mit dem angeblichen Lieferanten hatte. Ein Indiz hierfür kann sein, dass dem Rechnungsaussteller die persönliche Befähigung fehlt, die berechneten Umsätze auszuführen (so zutreffend FG Nürnberg 2 K 686/2008, BeckRS 2009, 26027948, Entscheidung allerdings aufgehoben und zurückverwiesen aus verfahrensrechtlichen Gründen BFH V B 115/09, BFH/NV 2010, 1829).

Beispiel: Der Schmuggler S möchte Computerteile aus Taiwan unter Umgehung von europäischen Einfuhrzöllen veräußern und schmuggelt die Ware hierfür nach Deutschland. Um den Abnehmern eine Rechnung zu verschaffen und die Ware als verzollt darzustellen, bittet er den Unternehmer U aus dem Beispiel unter Rn. 37 offiziell aufzutreten. U überlässt S Blanko-Rechnungsformulare von sich und richtet ein Schweizer Konto auf seinen Namen ein, über das S uneingeschränkt verfügen kann. Auf dieses Konto und nicht auf das in den Rechnungsformularen angegebene Konto überwiesen die Kunden, die nur mit S und nicht mit U Kontakt hatten, die in den Rechnungen angegebenen Beträge.

Lösung: In diesem Beispiel, das dem BFH-Urteil V R 9, 10/02, BStBl. II 2004, 627 entnommen ist, wissen die Kunden des S nicht, dass dieser U vertritt. Sie treten nur mit S in Kontakt und zahlen auch den Kaufpreis an ein vom ihm angegebenes Konto, das zwar auf den Namen der Vertretenen lautet, aber nicht auf ihren Rechnungen angegeben ist und über das U auch nicht verfügen kann. S ist demnach der leistende Unternehmer, so dass die Kunden aus den von U ausgestellten Rechnungen keinen Vorsteuerabzug geltend machen können.

47 Nach BFH V R 44/09, BStBl. II 2011, 954 kann als Aussteller einer Rechnung auch derjenige gelten, der in seinem eigenen Namen ein Gewerbe im Interesse eines Dritten anmeldet und diesem Dritten **Blankobriefbögen** überlässt. Dies steht auf den ersten Blick in Widerspruch zu vorstehend unter → Rn. 46 genannten Entscheidung BFH V R 9, 10/02, BStBl. II 2004, 627. Dort war der nach außen als „Vertreter" Auftretende der tatsächlich in Eigeninteresse Handelnde und damit Unternehmer. Gleichwohl würde aber von diesem unberechtigt ausgewiesene USt nicht von ihm, sondern vom angeblich Vertretenen nach § 14c Abs. 2 geschuldet werden. Der

entscheidende Unterschied ist aber derjenige, dass der Vertretene nur dann Unternehmer ist, wenn auch der Endabnehmer von der Vortäuschung der Vertretung Kenntnis hat. Im Fall der § 14c-Steuer in BFH V R 44/09, BStBl. II 2011, 954 tauchte der „Vertreter" nach außen nicht auf, so dass die Rechnungsempfänger glauben mussten, die Rechnung würde von dem auf dem Briefkopf aufgedruckten „Vertretenen" stammen.

einstweilen frei 48

III. Unternehmerische (wirtschaftliche) Tätigkeit

1. Überblick

Gemäß § 2 Abs. 1 S. 1 ist Unternehmer, wer eine **gewerbliche oder berufliche** 49 **Tätigkeit** selbstständig ausübt. Gewerblich oder beruflich ist gemäß § 2 Abs. 1 S. 3 jede **nachhaltige Tätigkeit zur Erzielung von Einnahmen.** Art. 9 Abs. 1 MwStSystRL verwendet für die Beschreibung der steuerbaren (unternehmerischen) Tätigkeiten den Begriff **„wirtschaftliche Tätigkeiten".** Steuerpflichtiger ist demnach, wer eine wirtschaftliche Tätigkeit unabhängig von ihrem Ort, Zweck oder Ergebnis, selbstständig ausübt. Art. 9 Abs. 1 S. 2 und 3 konkretisiert, was eine wirtschaftliche Tätigkeit ist, nämlich „alle Tätigkeiten eines Erzeugers, Händlers oder Dienstleistenden einschließlich der Tätigkeiten der Urproduzenten, der Landwirte sowie der freien Berufe und der diesen gleichgestellten Berufe" sowie „die Nutzung von körperlichen oder nicht körperlichen Gegenständen zur nachhaltigen Erzielung von Einnahmen".

Entsprechend seinem **Wortlaut,** wonach § 2 Abs. 1 S. 3 definiert, was gewerblich 50 oder beruflich ist, und damit dieses Merkmal ersetzt, setzt die Unternehmereigenschaft drei Tatbestandsmerkmale voraus, nämlich dass
- eine nachhaltige Tätigkeit
- zur Erzielung von Einnahmen
- selbstständig ausgeübt wird.

Entgegen dieser wortlautentsprechenden Ersetzung des Merkmals „gewerblich oder beruflich" durch die Definition in S. 3 muss eine steuerbare Tätigkeit aber dem **Charakter einer gewerblichen oder beruflichen Tätigkeit** (Näheres → Rn. 54ff.) entsprechen, um eine unternehmerische Tätigkeit zu sein (siehe *Stadie* in Rau/Dürrwächter § 2 Rn. 326, 328). Mit der Formulierung in § 2 Abs. 1 S. 3 sollte lediglich verhindert werden, dass eine Tätigkeit nur deswegen nicht erfasst wird, weil sie nicht als gewerblich oder beruflich im engeren Wortsinne angesehen werden kann (siehe Begründung zum UStG 1934, RStBl. 1934, 1549 (1550)). Dies dürfte insbesondere auf die Umsätze aus der Vermietung und Verpachtung oder auf Umsätze aus der Duldung oder Unterlassung von Tätigkeiten gezielt haben. § 2 Abs. 1 S. 3 ist vor diesem Hintergrund nach der hier vertretenen Auffassung nicht als Definition der gewerblichen oder beruflichen Tätigkeit anzusehen, sondern als Klarstellung, dass hierunter insbesondere alle nachhaltigen Tätigkeiten zur Erzielung von Einnahmen fallen. Demnach setzt die Unternehmereigenschaft voraus, dass
- eine **gewerbliche oder berufliche Tätigkeit,** insbesondere jede nachhaltige Tätigkeit zur Erzielung von Einnahmen
- **selbstständig** ausgeübt wird.

Diese an § 2 Abs. 1 S. 1 orientierte Lesart mit nur zwei Tatbestandsvoraussetzungen entspricht auch dem Unionsrecht. Art. 9 Abs. 1 MwStSystRL setzt für die Eigenschaft als Steuerpflichtiger voraus, dass
- eine **wirtschaftliche Tätigkeit** unabhängig von ihrem Ort, Zweck oder Ergebnis, *insbesondere* die Tätigkeiten der Erzeuger, Händler und Dienstleister einschließlich Urproduzenten und Landwirte (= gewerblich) sowie der freien und

diesen gleichgestellte Berufe (= beruflich) und der Nutzung von Gegenständen zur nachhaltigen Erzielung von Einnahmen (= nachhaltige Tätigkeit zur Erzielung von Einnahmen)
– **selbstständig** ausgeübt wird.

51 Die unter → Rn. 50 zuerst genannte Lesart mit drei Tatbestandsmerkmalen ist gängig. Der BFH prüft auch bei Tätigkeiten, die dem Typus einer gewerblichen oder beruflichen Tätigkeit entsprechen, ob eine nachhaltige Tätigkeit zur Erzielung von Einnahmen ausgeübt wird (zB BFH V R 21/09, BStBl. II 2011, 949 Rn. 21 f.; XI R 86/90, BStBl. II 1994, 274; V R 59/02, BStBl. II 1994, 472). **Nachhaltig im eigentlichen Wortsinn** muss aber eine gewerbliche oder berufliche Tätigkeit nicht immer sein. Ein angestellter Steuerberater, der einmal in seinem Leben einen Beitrag in einer Fachzeitschrift gegen Entgelt veröffentlicht, handelt „gewerblich oder beruflich", nicht jedoch nachhaltig im eigentlichen Wortsinne. Da der BFH aber – unnötigerweise – eine „nachhaltige gewerbliche oder berufliche Tätigkeit" verlangt, muss er auch bei einmaligen Handlungen zu dem Ergebnis gelangen, dass diese nachhaltig iSd § 2 Abs. 1 S. 3 sind. Dies gelingt durch eine teilweise **konstruiert wirkende Auslegung des Begriffs der Nachhaltigkeit** (siehe die von der Rechtsprechung entwickelten Kriterien in UStAE 2.3 Abs. 5 sowie → Rn. 64 ff.). Das hierdurch gefundene Ergebnis ist in der Sache richtig – jedenfalls ist kein Fall bekannt, in dem der BFH eine selbstständig ausgeübte, eindeutig gewerbliche oder berufliche Tätigkeit wegen fehlender Nachhaltigkeit nicht als unternehmerische Tätigkeit angesehen hat. Nach der hier vertretenen Auffassung ist indessen das Kriterium der Nachhaltigkeit einer Tätigkeit nur dann zu prüfen, **wenn nicht von vorneherein klar ist, ob es sich um eine gewerbliche oder berufliche Tätigkeit** handelt. Dies entspricht der unter → Rn. 50 genannten 2. Lesart des § 2 Abs. 1 und auch dem Aufbau des Art. 9 MwStSystRL. Die einmalige Veröffentlichung eines Fachartikels ist eine berufliche Tätigkeit („Tätigkeit der freien Berufe und diesen gleichgestellten Berufe"). Auf die Nachhaltigkeit kommt es daher gar nicht mehr an (siehe auch *Stadie* in Rau/Dürrwächter § 2 Rn. 323 ff.). Auch der EuGH betont, dass es für die Unterscheidung zwischen einer wirtschaftlichen und einer nichtwirtschaftlichen Tätigkeit nicht auf den Umfang oder die Anzahl von Einzelumsätzen (zB Verkäufen) ankomme (EuGH C-180/10 ua, DStRE 2011, 1417 Rn. 37 – Słaby). In seinem Urteil V R 59/02, BStBl. II 2004, 472 hat der BFH zudem richtigerweise eine nachhaltige Tätigkeit zur Erzielung von Entgelten mit einer „im weitesten Sinne gewerblichen oder beruflichen Tätigkeit" gleichgesetzt und die Nachhaltigkeit selbst nicht mehr weiter geprüft. Er stellte auch fest, dass der Unternehmerbegriff vor dem Hintergrund der Regelung im Unionsrecht weit auszulegen ist. Schon deswegen kann fehlende Nachhaltigkeit einer Tätigkeit nicht die Eigenschaft als eine wirtschaftliche Tätigkeit absprechen (ebenso BFH XI R 43/13, BStBl. II 2015, 919 Rn. 40 ff.; FG Köln 14 K 188/13, EFG 2015, 1103, rkr, unter I.1.c). Allerdings kann – im Umkehrschluss zu Art. 12 MwStSystRL – die Unternehmereigenschaft daran scheitern, dass eine wirtschaftliche Tätigkeit durch einen ansonsten nicht wirtschaftlich Tätigen nur gelegentlich ausgeübt wird und in diesem Sinne dann eben doch nicht nachhaltig ist (→ Rn. 53).

Das **Kriterium der Einnahmenerzielungsabsicht** ist bei gewerblichen oder beruflichen Tätigkeiten (Tätigkeit als Händler oder Dienstleister) analog zum Kriterium der Nachhaltigkeit keine eigenständige Voraussetzung; die Einnahmenerzielungsabsicht wohnt dem Typus der gewerblichen und beruflichen Tätigkeit (des Händlers oder Dienstleisters) inne. Ein Händler führt gegen Entgelt Lieferungen, ein Dienstleister sonstige Leistungen aus – der im deutschen Recht verwendete Begriff der sonstigen Leistung entspricht im Unionsrecht dem der Dienstleistung. Ein ausschließliches Abstellen auf eine nachhaltige Tätigkeit zur Erzielung von Einnahmen würde dazu führen, dass eine Tätigkeit, bei der keine Leistungen iSd § 1 Abs. 1 Nr. 1 erbracht werden, – fälschlicherweise – als unternehmerische Tätigkeit eingestuft wird (hierzu → Rn. 63).

Tätigkeiten, die die Unternehmereigenschaft begründen, sind zu unterscheiden von solchen Tätigkeiten, die keine Unternehmereigenschaft begründen, aber – sofern sie **im Rahmen eines Unternehmens** ausgeübt werden – dennoch der USt unterliegen (siehe *Stadie* in Rau/Dürrwächter § 2 Rn. 191). Dazu gehören alle unentgeltlichen, also nicht der Erzielung von Einnahmen dienende Umsätze, deren umsatzsteuerliche Erfassung die Begründung der Unternehmereigenschaft durch die Erbringung anderer unternehmerischer Umsätze voraussetzt, wie zB die **unentgeltlichen Wertabgaben** iSd § 3 Abs. 1b und Abs. 9a. 52

Nach Art. 12 MwStSystRL dürfen die Mitgliedstaaten bestimmen, dass Personen, die gelegentlich eine wirtschaftliche Tätigkeit ausüben, als Steuerpflichtige anzusehen sind. Hieraus schließt der EuGH, dass gelegentlich wirtschaftliche Tätigkeiten ausübende Personen noch keine Steuerpflichtigen (Unternehmer) sind, was im Ergebnis der BFH-Rechtsprechung zur mangelnden Unternehmereigenschaft wegen fehlender **Nachhaltigkeit** entspricht (→ Rn. 50). Nach der EuGH-Entscheidung C-62/12, DStR 2013, 1328 – Kostov, kann aber aus Art. 12 MwStSystRL nicht geschlossen werden, dass Personen, die bereits Steuerpflichtige (Unternehmer) in einem Tätigkeitsbereich sind, mit ihren gelegentlich ausübten wirtschaftlichen Tätigkeiten in einem anderen Tätigkeitsbereich insoweit nicht der Mehrwertsteuer unterliegen. Wenn also ein Unternehmer gelegentlich einer anderen Tätigkeit nachgeht, die – würde sie von einem Nichtunternehmer ausgeübt – mangels Nachhaltigkeit für sich noch nicht ausreicht, die Steuerbarkeit nach § 1 Abs. 1 Nr. 1 iVm § 2 Abs. 1 zu begründen, so unterliegt diese dennoch der USt, weil die Person bereits Unternehmer ist. Dies gilt nach tradierter deutscher Auffassung ohnehin für **Hilfsgeschäfte** (→ Rn. 154), nach der EuGH-Entscheidung Kostov aber auch darüber hinaus. Voraussetzung ist aber, dass auch die gelegentlich ausgeübte Tätigkeit für sich genommen eine **wirtschaftliche Tätigkeit iSd Art. 9 MwStSystRL** ist (Umkehrschluss zu Art. 12 Abs. 1 MwStSystRL), wozu nach der hier vertretenen Auffassung die Nachhaltigkeit nicht entscheidend ist (→ Rn. 50). Die Tätigkeit muss eine wirtschaftliche Tätigkeit sein, also der Tätigkeit eines Händlers, Erzeugers oder Dienstleistenden entsprechen. Die vor dem Hintergrund der Kostov-Entscheidung vom XI. Senat des BFH angedeutete Rechtsprechungsänderung (BFH XI R 43/13, BStBl. II 2015, 919 Rn. 37) sollte der Anlass sein, das Kriterium der Nachhaltigkeit zu überdenken und es nicht mehr zur Bestimmung einer wirtschaftlichen Tätigkeit heranzuziehen, sondern nur zur Frage, ob eine wirtschaftliche Tätigkeit die Unternehmereigenschaft bedingt, weil die die Tätigkeit ausübende Person noch nicht durch andere wirtschaftliche Tätigkeiten Unternehmer ist. Vgl. auch → Rn. 158. 53

2. Leistung im wirtschaftlichen Sinne

a) Verschaffung verbrauchsfähiger Vorteile. Die USt stellt als **Verbrauchsteuer** nicht auf die Leistungsfähigkeit des leistenden Unternehmers ab, sondern darauf, ob dessen Leistung zu einem Verbrauch führt. Eine gewerbliche oder berufliche Tätigkeit iSd § 2 Abs. 1 S. 1 – und damit iSd § 1 Abs. 1 Nr. 1 – setzt nach UStAE 2.3. Abs. 1 S. 2 und 3 voraus, dass **Leistungen im wirtschaftlichen Sinne** ausgeführt werden und nicht nur Leistungen im rechtlichen Sinne. Entscheidend ist, dass der Leistungsempfänger ein eigenes wirtschaftliches Interesse verfolgt (UStAE 2.3 Abs. 1 S. 4 mit Verweis auf BFH V 94/65, BStBl. II 1969, 637; auch → § 1 Rn. 9ff.) oder, wie es der EuGH formuliert, dass einem **identifizierbaren Leistungsempfänger ein verbrauchsfähiger Vorteil** verschafft wird (EuGH C-384/95, DStRE 1998, 888 – Landboden-Agrardienste; C-215/94, DStR 1996, 421 – Mohr). Denn die auf Überwälzung angelegte USt setzt voraus, dass der Leistungsempfänger eine Gegenleistung erbringt, in der die auf ihn abgewälzte USt enthalten sein kann. Eine Tätigkeit iSd § 2 Abs. 1 S. 1 muss auf die Erbringung von Leistungen iSd § 1 Abs. 1 Nr. 1 gerichtet sein (siehe *Stadie* in Rau/Dürrwächter § 2 Rn. 194 mwN). Diese Tä- 54 tigkeit kann in aktivem **Handeln,** aber auch in einem bloßen **Dulden** oder einem **Unterlassen** bestehen (§ 3 Abs. 9 S. 2 – der Begriff „Tätigkeit“ ist insoweit unglücklich; siehe *Stadie* in Rau/Dürrwächter § 2 Rn. 198). Eine Beteiligung am **allgemeinen wirtschaftlichen Verkehr,** wie sie von § 15 Abs. 2 EStG gefordert wird, ist keine Voraussetzung für die gewerbliche oder berufliche Tätigkeit (BFH V 262/53 U, BStBl. III 1954, 238; V R 9/79, BStBl. II 1987, 653; UStAE 2.3 Abs. 1 S. 1).

55 Keinen verbrauchsfähigen Vorteil erlangt jemand, der einen **Schadensersatz** vereinnahmt. Schadensersatz stellt folglich kein Entgelt für eine Leistung dar (→ § 10 Rn. 6), obwohl solche Zahlungen die Leistungsfähigkeit erhöhen und daher – bei entsprechender Veranlassung durch eine Einkunftsart – einkommensteuerbar sind. Selbst wenn aber einer Zahlung an einen Unternehmer ein verbrauchsfähiger Vorteil zugrunde liegt, muss dieser **einem identifizierbaren Leistungsempfänger** zu Gute kommen. Verflüchtigt sich der Vorteil im Allgemeinwohl, liegt ebenso keine steuerbare Leistung vor, die eine Unternehmereigenschaft begründen könnte. **Stilllegungsprämien in der Landwirtschaft** oder Zahlungen für die **Aufgabe der Milchproduktion** sind daher keine Entgelte für Leistungen, weil der Vorteil aus der Nichtproduktion keinem identifizierbaren Leistungsempfänger zu Gute kommt (EuGH C-384/95, DStRE 1998, 888 – Landboden-Agrardienste; C-215/94, DStR 1996, 421 – Mohr). Der **Verzicht auf die Ausübung des Amtes** als Testamentsvollstrecker kann indessen nach BFH V R 40/02, BStBl. II 2004, 854 eine unternehmerische Leistung sein, wenn hierdurch einer bestimmten Person ein Vorteil verschafft wird. Das Gleiche gilt für die Verpflichtung zur **Nichtausübung einer bestimmten Geschäftstätigkeit** (BFH V R 59/02, BStBl. II 2004, 472), die **Duldung der Nutzung eines Patentrechts** durch einen anderen gegen Lizenz (BFH V 94/59, HFR 1961, 262; vgl. auch OFD Hmb 10.8.1965, BB 1966, 278) oder die Unterwerfung unter ein **Wettbewerbsverbot** (BFH V R 59/02, BStBl. II 2004, 472).

56 Kein Unternehmer ist, wer durch **Vortäuschung,** es würden bereits in Auftrag gegebene Leistungen in Rechnung gestellt, obwohl es sich tatsächlich nur um Angebote auf Leistungserbringung handelt, einen wirtschaftlichen Vorteil zu erlangen beabsichtigt (BFH V R 30/07, DStR 2009, 2422 zu sog. „Eintragungsofferten“). Wer sich indessen an einem auf dem **Schneeballprinzip** beruhenden System im Bewusstsein beteiligt, dass das Spiel nur zeitlich begrenzt gewinnträchtig sein wird, und weitere Mitspieler anwirbt, handelt unternehmerisch (NdsFG 16 K 356/07, DStRE 2009, 1388, rkr).

57 *einstweilen frei*

58 **b) Leistungen zwischen Gesellschafter und Gesellschaft.** Die nachhaltige Tätigkeit von Personenvereinigungen gegenüber ihren Mitgliedern gegen Entgelt ist kraft ausdrücklicher gesetzlicher Bestimmung (§ 2 Abs. 1 S. 3 letzter Halbsatz) ebenfalls in die gewerbliche oder berufliche Tätigkeit einbezogen (vgl. BFH V R 18/01, BStBl. II 2003, 443). Es gelten somit für diese Leistungen keine Besonderheiten.

Beispiel: Ein Maschinenring stellt seine landwirtschaftlichen Geräte ausschließlich seinen Mitgliedern zur Verfügung. Das Entgelt wird nach der Dauer der Nutzung durch das einzelne Mitglied bemessen und soll lediglich zur Kostendeckung dienen. Der Maschinenring ist Unternehmer und vorsteuerabzugsberechtigt (vgl. FM Nds vom 12.6.1980, StEK UStG 1980 § 1 Abs. 1 Ziff. 1 Nr. 8, BeckVerw 230807).

Das Gleiche gilt auch für eine Bruchteilsgemeinschaft aus Landwirten, die einen Mähdrescher gemeinschaftlich erwerben und anteilig – gegen Kostenersatz – nutzen (BFH V R 31/98, BStBl. II 2008, 497). Ohne Berechnung von Kostenersatz indessen fehlt es der Bruchteilsgemeinschaft allerdings an Einnahmenerzielungsabsicht, so dass sie nach der Rechtsprechung des BFH – gegen die Verwaltungsauffassung – mangels eigener Rechtsfähigkeit umsatzsteuerlich nicht Leistungsempfänger der Lieferung des Mähdreschers ist. In diesem Fall sind umsatzsteuerlich wieder die einzelnen Gemeinschafter Leistungsempfänger der Lieferung des Mähdreschers; nur diese können daher – unter der Voraussetzung des Besitzes einer ordnungsgemäßen Rechnung – den Vorsteuerabzug geltend machen (Einzelheiten → Rn. 18; zur Rechnung → § 14 Rn. 70ff.).

Für die Frage, ob im Verhältnis zwischen Gesellschaft und Gesellschafter eine **entgeltliche Leistung** vorliegt, kommt es darauf an, ob ein Leistungsaustausch vorliegt (BFH V R 43/01, BStBl. II 2003, 36; V R 123/93, BStBl. II 1996, 387; V R 18/01, BStBl. II 2003, 443; V R 66/99, BStBl. II 2004, 310). Maßgebend ist, ob die Personenvereinigung dem Mitglied eine Leistung zuwendet, für die sie ein Entgelt erwartet und erhält (BFH V R 18/01, BStBl. II 2003, 443; V R 37/01, BFH/NV 2002, 378; V B 129/00, BFH/NV 2001, 940). Für die Annahme eines Leistungsaustausches ist aber Voraussetzung, dass einer konkreten Leistung eine konkrete Gegenleistung gegenübersteht, dh dass ein unmittelbarer Zusammenhang zwischen Leistung und Gegenleistung besteht (BFH V R 18/01, BStBl. II 2003, 443; V R 43/01, BStBl. II 2003, 36). 59

Überholt ist jedenfalls die Auffassung der FVerw, sog. **Ideal-Vereine,** also Vereine, die ausschließlich Leistungen an ihre Mitglieder ohne gesondertes Entgelt, sondern nur gegen Mitgliedsbeiträge erbringen, seien keine Unternehmer (UStAE 1.4 Abs. 1, 2.10 Abs. 1; vgl. hierzu → § 1 Rn. 62). Der EuGH hat entschieden, dass die **Zurverfügungstellung von Sportanlagen** an die Mitglieder eines Vereins eine Leistung ist, die mit dem Jahresbeitrag (pauschal) entgolten wird (EuGH C-174/00, DStRE 2002, 642 – Kennemer Golf & Country Club; auch → § 1 Rn. 63). Der BFH hat sich dieser Rechtsprechung unter Aufgabe der bisherigen angeschlossen (BFH V R 27/04, DStR 2007, 1719 und V R 69/06, DStRE 2008, 303). Beide Urteile sind nicht im BStBl. II veröffentlicht; der BFH hat seine Rechtsprechung jedoch erneut bestätigt (zB BFH V R 77/07, DStRE 2009, 1321; V R 4/13, DStR 2014, 1539 mAnm *Heuermann*). Das erlaubt Gestaltungen: 60

Beispiel: Ein Sportverein gründet eine GmbH, die eine Sporthalle errichtet und diese an den Verein vermietet. Es handelt sich dabei um eine Grundstücküberlassung, die nach § 4 Nr. 12 steuerfrei ist. Weil der Verein die Halle nebst Einrichtungen seinen Mitgliedern überlässt, erbringt er – nach der Rechtsprechung – steuerpflichtige Leistungen. Die GmbH kann folglich zur USt-Pflicht nach § 9 optieren. Ob der Verein tatsächlich seine Mitgliedsbeiträge der Umsatzbesteuerung unterwirft, sich also auf Unionsrecht beruft, oder auf der Basis der Auffassung der Finanzverwaltung diese als „echte Mitgliedsbeiträge" nicht besteuert, spielt für die Option keine Rolle. Vgl. FG Düsseldorf 1 K 1397/13 U, MwStR 2016, 918 mAnm *Sterzinger,* rkr.

Lediglich die **Wahrnehmung der allgemeinen Interessen** der Mitglieder einer Vereinigung ist keine steuerbare Leistung gegen Entgelt (EuGH C-515/09, DStR 2009, 369 Rn. 34 – VNLTO mwN).

3. Erzielung von Einnahmen

Nach § 2 Abs. 1 S. 3 ist jede nachhaltige Tätigkeit zur Erzielung von Einnahmen gewerblich oder beruflich iSd § 2 Abs. 1 S. 1, also eine unternehmerische Tätigkeit. Die Absicht der nachhaltigen Erzielung von Einnahmen wohnt dem Typus einer gewerblichen oder beruflichen Tätigkeit inne, sie ist daher eigentlich eine Selbstverständlichkeit. Eine Tätigkeit, die nicht auf die nachhaltige Erzielung von Einnahmen gerichtet ist, kann nicht gewerblich oder beruflich (wirtschaftlich) ausgeübt werden (zur Kritik am zusätzlichen Erfordernis einer nachhaltigen Einnahmenerzielungsabsicht → Rn. 51). 61

Einnahmen sind solche Einnahmen, die nach § 1 Abs. 1 Nr. 1 steuerbares **Entgelt iSd § 10 Abs. 1** sein können. Es kann sich also neben Geld auch um Sachen (beim Tauschgeschäft) oder um sonstige Leistungen (bei tauschähnlichen Umsätzen) handeln. Keine Einnahmen in diesem Zusammenhang sind die als Entgelt geltenden Beträge nach § 10 Abs. 4 und 5; diese greifen nur bei den nicht unternehmensbegründenden Tätigkeiten (→ Rn. 52). Der nur **vorübergehende Verzicht** auf ein Entgelt steht der Einnahmeerzielungsabsicht nicht entgegen (BFH V R 78/03, BStBl. II 2005, 849; UStAE 2.3 Abs. 8). Die Erzielung der Einnahmen braucht nicht der Hauptzweck der Tätigkeit zu sein. Auch wer ständig aus Gefälligkeit für einen anderen tätig wird und von diesem nur seine Auslagen ersetzt bekommt, ist Unternehmer. Dies spielt vor allem bei **ehrenamtlicher Tätigkeit** eine Rolle (im Rahmen des § 4 Nr. 26 sind diese Umsätze aber steuerfrei). Eine Gesellschaft, die ausschließlich auf **Entwicklungsarbeiten** beschränkt ist und hierfür von ihren Gesellschaftern oder aus öffentlichen Geldern finanziert wird, ohne dass objektive Anhaltspunkte für die ernsthafte Absicht zur Ausführung entgeltlicher Umsätze bestehen, ist keine Unternehmerin (so FG Bln-Bbg 5 K 5274/11, DStRE 2013, 1251, rkr.), wobei die Unternehmereigenschaft gestalterisch relativ einfach dadurch begründet werden kann, dass die Finanzierungsbeiträge der Gesellschafter als gesonderte Entgelte für die Übernahme der Entwicklungsarbeiten vereinbart werden (siehe auch *Wüst* MwStR 2013, 524). Ebenso ist eine Gesellschaft wirtschaftlich (unternehmerisch) tätig, wenn sie Grundstücke oder Bauten bewirtschaftet, die in erheblichem Maße mit staatlichen Beihilfen finanziert wurden, und die dafür Einnahmen aus der Erhebung einer **geringfügigen Gebühr** erzielt, sofern diese Gebühr aufgrund der vorgesehenen Dauer ihrer Erhebung einen nachhaltigen Charakter aufweist (EuGH C-263/15, MwStR 2016, 575 mAnm *Grube* – Lajvér Kft.).

62 Das Gesetz fordert (im Gegensatz zur Definition des Gewerbebetriebs in § 15 Abs. 2 EStG) ausdrücklich nicht eine **Gewinnerzielungsabsicht.** Selbst wer daher Gegenstände zum Einstandspreis oder sogar mit Verlust verkauft, handelt zur Erzielung von Einnahmen und damit unternehmerisch. Der ertragsteuerlich geprägte Begriff der **Liebhaberei** hat für die USt keine unmittelbare Bedeutung (siehe zB BFH V R 61/06, BStBl. II 2009, 828). Gewisse ertragsteuerlich als Liebhaberei zu qualifizierende Tätigkeiten sind gleichwohl auch deshalb umsatzsteuerlich keine unternehmerischen Tätigkeiten, weil sie nicht gewerblich oder beruflich, sondern – analog zur einkommensteuerlichen Liebhaberei – nur aus privaten Neigungen ausgeübt werden und mithin nur „zufällig", nicht aber infolge händlertypischen Verhaltens zur Einnahmenerzielung führen (so gegeben bei einem **Sammler,** der gelegentlich seine Sammlung umschichtet und insoweit auch Einnahmen erzielt, siehe UStAE 2.3 Abs. 6 S. 2 mwN sowie BFH V R 21/09, BStBl. II 2011, 949; siehe auch *Wagner* UVR 2011, 251 – begründet allerdings im Wesentlichen mit fehlender Nachhaltigkeit; siehe zur Kritik an diesem Kriterium → Rn. 51). Eine **planmäßige Verlusterzielung** ist somit nicht an sich schädlich für die Unternehmereigenschaft, sie kann jedoch ein Indiz dafür sein, dass die Tätigkeit an sich nicht dem unternehmerischen Typus entspricht. Daher hat der EuGH insbesondere bei jPdöR die Unternehmereigenschaft auch schon verneint, wenn die Entgelterzielung planmäßig und marktunüblich nicht kostendeckend ist, → § 2b Rn. 12.

63 Die Absicht der Erzielung von Einnahmen setzt notwendigerweise keine tatsächliche Einnahmenerzielung voraus. Daher bleibt der **erfolglose Unternehmer,** der die Absicht hatte, einer wirtschaftlichen Tätigkeit nachzugehen, aber tatsächlich keine Einnahmen erzielt, ein Unternehmer (→ Rn. 164). Ebenso kann es für die Unternehmereigenschaft nicht von Bedeutung sein, wie wahrscheinlich die künftige Vereinnahmung von Entgelten bei Ausübung der Tätigkeit ist. Jeder unternehmerischen Tätigkeit wohnt das Risiko inne, dass sie am Ende erfolglos bleibt. Eine unternehmerische Tätigkeit ist somit nicht schon deshalb nicht steuerbar, weil der Unternehmer keinen dem Grunde nach sicheren Anspruch auf Entgeltzahlung erwirbt. Denn gemäß § 2 Abs. 1 S. 1 begründet jede gewerbliche oder berufliche Tätigkeit, die selbstständig ausgeübt wird, die Unternehmereigenschaft. Eine steuerbare Tätigkeit muss somit dem Charakter einer gewerblichen oder beruflichen Tätigkeit entsprechen, dem die nachhaltige Erzielung von Einnahmen innewohnt, was auch dem Aufbau von Art. 9 MwStSystRL entspricht (Einzelheiten → Rn. 50 f.). Die Unternehmereigenschaft

wird mithin vordergründig durch die Art der Tätigkeit begründet. Liegt eine gewerbliche oder berufliche, also unternehmerische Tätigkeit vor, scheitert die Steuerbarkeit nicht am Grad der Wahrscheinlichkeit einer Entgeltgewährung. Daher ist eine gewerbliche oder berufliche Tätigkeit (= Tätigkeit als Händler oder Dienstleister) auch dann unternehmerisch iSd § 2 Abs. 1 (wirtschaftlich iSd Art. 9 MwStSystRL), wenn sie die Möglichkeit verschafft, Entgelte für Lieferungen oder sonstige Leistungen zu erhalten (zB Bewerbung im Rahmen von **Ausschreibungen,** Leistungserbringung über das Internet gegen Schwarmfinanzierung – sog. **Crowdfunding** –, Erbringung unentgeltlicher Leistungen in der **Hoffnung auf Folgeaufträge** etc).

Beispiele: Ein Architekt bewirbt sich für ein ausgeschriebenes Bauprojekt. Hierfür entwirft er Modelle, die er dem Ausschreibenden überlässt.

Ein Biologe nimmt im Sommer wöchentlich von allen Badeseen in seiner Umgebung Proben, analysiert diese und stellt das Ergebnis sowie die aktuellen Wassertemperaturen auf seine Website. Zur Finanzierung bittet er auf seiner Website um Spenden („Crowdfunding").

Ein Steuerberater erklärt sich nach einem persönlichen Treffen mit einem potenziellen Mandanten bereit, dessen Jahresabschluss zu analysieren. Er hofft auf eine anschließende Mandatierung und wird diese Leistung nicht berechnen.

Eine unternehmerische Tätigkeit kann nach diesen Grundsätzen unter bestimmten Umständen auch beim **Glücksspiel** bzw. bei zu Unterhaltungszwecken durchgeführten Teilnahmen an Wettbewerben sein. Die bloße **Wette** stellt keine wirtschaftliche Tätigkeit dar, weil keine Leistung iSd § 1 Abs. 1 Nr. 1 erbracht wird. Auch wer nachhaltig zB im Casino dem Glücksspiel nachgeht, wird daher kein Unternehmer. Ein Spieler indessen, der selbst als Veranstalter auftritt und regelmäßig als Berufskartenspieler tätig wird, handelt unternehmerisch, weil er eine Leistung gegenüber den anderen Spielern erbringt und seine potenziellen Spielgewinne das Entgelt hierfür darstellen (BFH V R 20/91, BStBl. II 1994, 54). Gleiches muss gelten, wenn die **Teilnahme an Wettbewerben** – auch an Glücksspielwettbewerben – nicht nur wegen des Spieles selbst, sondern zur Erzielung ausgeschriebener Preisgelder oder zur Erlangung eines Bekanntheitsgrades zwecks Gewinnung von Sponsoren erfolgt, weil die Tätigkeit neben den Glücksspielgewinnen auch auf die Erlangung von Entgelten im Rahmen eines Leistungsaustauschs gerichtet ist. In diesen Fällen stellen aber die potenziellen Spielgewinne kein Entgelt für eine Leistung dar und unterliegen nicht der USt; sie begründen nur deshalb die Unternehmereigenschaft, weil es sich um eine Tätigkeit zur Erzielung von Preisgeldern (Entgelt für sonstige Leistung „Turnierteilnahme") bzw. zur Erlangung eines Bekanntheitsgrad des Spielers als Voraussetzung für die Erzielung von Entgelten im Rahmen von Werbeverträgen etc handelt. Die Spielgewinne liegen aber – wie die Eigenhandelsgewinne eines Kreditinstituts – außerhalb des Unternehmens.

Beispiele: Eine Bank erbringt an Kunden diverse bankübliche Leistungen, die die Unternehmereigenschaft der Bank begründen. Daneben handelt die Bank selbst mit Aktien, Derivaten und Rohstoffen (Eigenhandel). Der Gewinn aus dieser Handelstätigkeit stellt kein Entgelt für eine Leistung dar und unterliegt nicht der USt.

Ein Pokerspieler nimmt regelmäßig an Turnieren teil und hat sich durch seinen Erfolg in der Szene einen Namen gemacht, so dass er Sponsoren gewinnt und Werbeverträge mit diesen abschließt. Er ist daher Unternehmer. Seine Spielgewinne bleiben aber nichtsteuerbare Gewinne, weil sie kein Entgelt für eine bestimmte Leistung darstellen.

Das FG Münster 15 K 798/11 U (MwStR 2014, 700 mit Anm. *Weidmann,* Rev BFH XI R 37/14) hat indessen entschieden, dass ein Pokerspieler bereits durch die nachhaltige Einnahmenerzielung in Gestalt von Spielgewinnen Unternehmer wird. Dem ist aus den vorstehenden Gründen mE nicht zuzustimmen. Selbst wenn die Absicht der Erzielung von Preisgeldern bei Turnieren oder des Abschlusses von Werbeverträgen die Unternehmereigenschaft des Pokerspielers begründet haben mag, so können doch die Spielgewinne nicht als Entgelt der USt unterworfen werden, weil sie keine Gegenleistung für eine erbrachte Leistung darstellen (insoweit glA *Frieling/Süß* DStR 2014, 2365, die jedoch auch Preisgelder nicht als steuerbare Entgelte ansehen).

4. Einzelfälle

64 **a) Einmalige oder gelegentliche Tätigkeiten – Kriterium der Nachhaltigkeit.** Zur Einordnung des Kriteriums der Nachhaltigkeit → Rn. 50f. Die Nachhaltigkeit einer Tätigkeit ist in der Praxis vor allem dann streitig, wenn es sich um einmalige oder gelegentliche Tätigkeiten handelt. Nach der hier (→ Rn. 51) und vereinzelt auch in der Rechtsprechung vertretenen Auffassung ist eine nachhaltige Tätigkeit zur Erzielung von Entgelten mit einer „im weitesten Sinne gewerblichen oder beruflichen Tätigkeit" gleichzusetzen (BFH V R 59/02, BStBl. II 2004, 472). Die Frage ist also weniger, ob eine Tätigkeit nachhaltig ist, sondern ob sie **die übrigen Voraussetzungen einer wirtschaftlichen Tätigkeit** erfüllt (vgl. *Treiber* in Sölch/Ringleb § 2 Rn. 64). Eine auch nur einmalig erbrachte wirtschaftliche Tätigkeit iSd Art. 9 Abs. 1 MwStSystRL muss – schon aus unionsrechtlichen Gründen – eine Tätigkeit iSd § 2 Abs. 1 sein. Erst im Umkehrschluss zu Art. 12 MwStSystRL stellt sich dann aber die Frage, ob eine nur gelegentlich ausgeübte wirtschaftliche Tätigkeit die Unternehmereigenschaft begründen kann oder ob es hierauf nicht ankommt, weil der wirtschaftlich Tätige durch andere Aktivitäten bereits Unternehmer ist (vgl. → Rn. 53, 66).

65 Eine Tätigkeit ist nach der Rechtsprechung nachhaltig, wenn sie – ohne Rücksicht auf ihr Motiv – auf Wiederholung angelegt ist und im Sinne einer geschäftsmäßigen Tätigkeit auf den Erwerb von Einnahmen ausgerichtet ist (vgl. BFH XI R 7/93, UR 1995, 395; V R 32/74, BStBl. II 1985, 173; V R 41/76, BStBl. II 1986, 874; V R 3/77, BStBl. II 1987, 512; V R 9/79, BStBl. II 1987, 653). Ob dies der Fall ist, ist in erster Linie nach dem **Gesamtbild der Verhältnisse** zu beurteilen (BFH V R 25/94, BStBl. II 1996, 109). Als maßgebende Kriterien kommen insbesondere in Betracht (BFH V R 86/87, BStBl. II 1991, 776; V R 8/89, BStBl. II 1993, 379; V R 25/94, BStBl. II 1996, 109 und UStAE 2.3 Abs. 5 S. 4):

- mehrjährige Tätigkeit,
- planmäßiges Handeln,
- auf Wiederholung angelegte Tätigkeit,
- die Ausführung mehr als nur eines Umsatzes,
- Vornahme mehrerer gleichartiger Handlungen unter Ausnutzung derselben Gelegenheit oder desselben dauernden Verhältnisses,
- langfristige Duldung eines Eingriffs in den eigenen Rechtskreis,
- Intensität des Tätigwerdens,
- Beteiligung am Markt,
- Auftreten wie ein Händler,
- Unterhalten eines Geschäftslokals,
- Auftreten nach außen zB gegenüber Behörden.

Einzelheiten hierzu siehe auch *Treiber* in Sölch/Ringleb § 2 Rn. 65 und *Stadie* in Rau/Dürrwächter § 2 Rn. 312ff. In der Praxis spielen diese Kriterien in Grenzfällen nur dann eine Rolle, wenn – ggf. zusammen mit anderen Umsätzen aus wirtschaftlichen Tätigkeiten – der Jahresumsatz die **Kleinunternehmergrenze** überschreitet oder die Unternehmereigenschaft wegen der Vorsteuerabzugsmöglichkeit angestrebt wird.

66 Auch **einmalige Handlungen** können nach BFH und FVerw eine nachhaltige Tätigkeit begründen – die Eigenschaft als wirtschaftliche Tätigkeit solcher Handlungen ergibt sich nach der hier vertretenen Auffassung gleichwohl aus ihrem gewerblichen und beruflichen Charakter (→ Rn. 50f.). Nachhaltig soll eine einmalige Tätigkeit sein, wenn aus den Gesamtumständen erkennbar ist, dass das Bestreben des

Handelnden darauf gerichtet ist, die Handlungen planmäßig in bestimmten Abständen zu wiederholen (BFH V 50/59, HFR 1962, 45; V R 46/72, BStBl. II 1979, 530). Ein enger zeitlicher Zusammenhang ist nicht erforderlich. Bei einzelnen Handlungen, die mehrere Jahre auseinander liegen, wird es aber idR an einem inneren Zusammenhang fehlen, der auf Nachhaltigkeit schließen lässt. Eine nur **gelegentliche Tätigkeit,** die für sich möglicherweise noch nicht nachhaltig ist und daher – trotz ihrer Eigenschaft als wirtschaftliche Tätigkeit iSd Art. 9 MwStSystRL – noch nicht die Unternehmereigenschaft begründet, unterliegt aber der Mehrwertsteuer, wenn sie von einer Person ausgeübt wird, die bereits mit ihrer Haupttätigkeit Unternehmer ist (EuGH C-62/12, DStR 2013, 1328 – Kostov). Vgl. hierzu → Rn. 53 und 158.

Für **Veräußerungsgeschäfte** ist zu beachten, dass nach der EuGH-Rechtspre- **67**
chung der bloße Erwerb und der bloße Verkauf eines Gegenstands keine Nutzung eines Gegenstands zur nachhaltigen Erzielung von Einnahmen iSv Art. 9 Abs. 1 MwStSystRL ist (EuGH C-180/10 ua, DStRE 2011, 1417 Rn. 37 – Słaby mwN; auch → Rn. 89 f.). Der An- und Verkauf von Gegenständen wird also erst zur unternehmerischen (wirtschaftlichen) Tätigkeit, wenn dadurch eine **Händlertätigkeit** begründet wird. Im Einzelnen gilt Folgendes:

- Bei der Veräußerung von **Jahreswagen** durch einen Angestellten eines Automobilproduzenten hat der BFH bei einem Zeitraum von 11 Monaten die Nachhaltigkeit bejaht (BFH V R 46/72, BStBl. II 1979, 530; V R 32/74, BStBl. II 1985, 173). Bei einem Verkauf nach mehr als einem Jahr hat der BFH die Nachhaltigkeit indessen verneint (BFH V R 86/87, BStBl. II 1991, 776; so auch UStAE 2.3 Abs. 6 S. 2 Nr. 1).
- Die Zuordnung eines Gegenstands zum **privaten Vermögen** kann nicht verhindern, dass seine Veräußerung – sofern händlertypisch, also wirtschaftlich iSd Art. 9 MwStSystRL – durch den Unternehmer im Rahmen seines Unternehmens erfolgt und daher steuerbar ist (EuGH C-331/14, MwStR 2015, 723 – Kezić mAnm *Heuermann*).

Andere Veräußerungsgeschäfte können bei hinreichender Intensität nachhaltig erfolgen:

- Die **Einbringung** von Gegenständen in eine Gesellschaft im Wege der Sacheinlage kann nur nachhaltig erfolgen, wenn es sich um mehrere Einbringungsvorgänge mit erheblicher wirtschaftlicher Bedeutung handelt (BFH V R 3/77, BStBl. II 1987, 512).
- Der einmalige Verkauf von drei Grundstücksparzellen unterhalb der ertragsteuerlich relevanten sog. **Drei-Objekte-Grenze** stellt keine nachhaltige Betätigung dar (BFH V B 143/97, UR 1999, 489). Die Anknüpfung an die einkommensteuerliche Drei-Objekt-Grenze ist aufgrund der Eigenständigkeit der USt wenig überzeugend und wohl auch durch die jüngere **EuGH-Rechtsprechung überholt:** Der EuGH kommt zwar auch zu dem Ergebnis, dass der bloße An- und Verkauf eines Grundstücks keine wirtschaftliche Tätigkeit ist, wenn der Steuerpflichtige nicht weitere aktive Schritte zum Vertrieb unternimmt, indem er sich ähnlicher Mittel bedient wie ein Händler oder Dienstleistender (EuGH C-180/10 ua, DStRE 2011, 1417 Rn. 37 ff. Słaby). Die Abgrenzung zwischen dem privaten Grundstücksverkäufer und dem Grundstückshändler wird aber gerade nicht an der Anzahl der Verkäufe festgemacht, sondern daran, ob der Verkäufer sich händlertypisch verhält, also beispielsweise die Grundstücke im unerschlossenen Zustand erwirbt und erschlossen veräußert. Letzteres wurde vom BFH noch als unerheblich eingestuft, solange die Drei-Objekt-Grenze nicht überschritten wird (BFH V B 143/97, UR 1999, 489).
- Der Verkauf sämtlicher **Nachlassgegenstände** an einen Käufer begründet keine Nachhaltigkeit, weil es sich um einen zusammenhängenden, einmaligen Verkaufsvorgang handelt. Die Frage, ob das auch gelten kann, wenn der Verkauf an verschiedene Erwerber erfolgt, beantwortet sich nicht allein danach, ob der Verkäufer

sich „wie ein Händler am Markt" beteiligt, sondern richtet sich nach dem Gesamtbild der Verhältnisse (BFH V R 8/89, BStBl. II 1993, 379; vgl. auch FG Nürnberg II 135/90, EFG 1991, 571, rkr zum Verkauf geschenkten Edelmetalls). Daraus ergibt sich, dass ein gemeinnütziger Verein nachhaltig tätig wird, wenn er mehrmals Gegenstände veräußert, die ihm von Todes wegen zugewendet worden sind (BFH V R 24/89, BStBl. II 1994, 57). Der **Erbe eines Unternehmers** wird allerdings unternehmerisch – und damit wohl auch nachhaltig iSd BFH-Rechtsprechung tätig, soweit er die Tätigkeit fortführt, wozu auch die Veräußerung der dem Unternehmen des Erblassers zugeordneten Gegenstände gehört (→ Rn. 32).

– Bei der einmaligen Veräußerung eines **Zufallspatentes** fehlt es an der Nachhaltigkeit, wenn die Wiederholung eines gleichartigen Vorganges nicht absehbar ist (vgl. BFH V 293/59 U, BStBl. III 1962, 264).
– Die Gläubiger einer insolventen KG, welche ihr Warenlager den Gläubigern zur Sicherung übereignet hatte, bilden einen **Sicherheitenpool** in Gestalt einer GbR. Der GbR gelingt es, das gesamte Warenlager in einem Vertrag an einen Erwerber zu veräußern. Die Unternehmereigenschaft der GbR kann nicht allein mit dem Hinweis auf den nur einmaligen Verkauf verneint werden (BFH V R 72/93, UR 1996, 126).
– Die Frage, ob ein Händler auf einer Internet-Auktionsplattform **(„Ebay-Händler")** nachhaltig tätig ist, richtet sich nach den gleichen Grundsätzen wie jede andere Händlertätigkeit und ist daher vor allem eine Tatsachenfrage. Bejaht wurde die Unternehmereigenschaft durch BFH V R 2/11, BStBl. II 2012, 634 (UStAE 2.3 Abs. 6 S. 1), XI R 43/13, BStBl. II 2015, 919 (übernommen in UStAE 2.3 Abs. 6 7. Spiegelstrich) und NdsFG 16 K 315/09, BeckRS 2011, 95841, rkr, weil die Kläger jeweils durch händlertypisches Verhalten, wie zB aktive Schritte zum Vertrieb, auffielen. Dagegen stellt eine lange Haltedauer einer Sammlung kein händlertypisches Verhalten dar, so dass die Veräußerung keine wirtschaftliche (unternehmerische) Tätigkeit darstellt (BFH V R 21/09, BStBl. II 2011, 949). Zur Abgrenzung zwischen privater und unternehmerischer Veräußerung siehe auch *Becker* NWB 2015, 3310 und *Roth/Loose* UR 2014, 169. Zu „privaten Veräußerungen" durch Unternehmer → Rn. 158.

68 Ein **Testamentsvollstrecker,** der über einen längeren Zeitraum eine Vielzahl von Handlungen vornimmt, wird regelmäßig nachhaltig und damit unternehmerisch tätig; dies gilt sowohl bei der „Verwaltungs-Testamentsvollstreckung" als auch bei einer „Auseinandersetzungs-Testamentsvollstreckung" (BFH V R 6/05, BStBl. II 2007, 148; vgl. auch BFH V R 1/87, UR 1993, 194; V R 26/93, UR 1997, 143); nach FG RhPf 6 K 1914/10, DStRE 2014, 679, rkr. kann auch eine über vier Monate abgewickelte einmalige Testamentsvollstreckung unternehmerisch sein (mE zutreffend, da es bei eindeutig gewerblichen oder beruflichen Tätigkeiten ohnehin nicht auf die Wiederholung ankommt, → Rn. 51). Gibt ein für eine Karnevalssaison berufener **Karnevalsprinz** eine Festschrift mit Werbeanzeigen heraus, so wird er zwar nur innerhalb einer kurz bemessenen Zeit tätig, nimmt dabei aber planmäßig, wiederholt und intensiv am Marktgeschehen teil, so dass er Unternehmer ist (BFH XI R 86/90, BStBl. II 1994, 274).

69 **b) Umsätze mit Geld und Forderungen.** Der EuGH tendiert dazu, den Kreis der wirtschaftlichen Tätigkeiten beim **Handel mit zahlungsmittelähnlichen Gegenständen** weiter zu ziehen als FVerw und Rechtsprechung in Deutschland. Zwei Beispiele sind das Factoring (→ Rn. 71 ff.) und die Veräußerung von Wertgutscheinen (→ Rn. 74). Letztere wurde wiederum nach den Grundsätzen zum Devisentausch (→ Rn. 76) entschieden.

70 *einstweilen frei*

71 **aa) Factoring.** Beim **echten Factoring** übernimmt der Factor die Forderung mit dem vollen Risiko des Forderungsausfalls gegen ein unter dem Nennwert liegen-

des Entgelt. In diesem Fall sind Rechtsprechung und FVerw früher davon ausgegangen, dass der Factor nicht unternehmerisch tätig wird, weil er keine Leistungen gegen Entgelt ausführt (BFH V R 57/88, UR 1993, 354; V R 75/76, BStBl. II 1982, 200). Auf das Vorabentscheidungsersuchen des BFH V R 34/99, DStRE 2001, 1109 hat der EuGH entschieden, dass das **echte Factoring eine wirtschaftliche Tätigkeit** darstellt und der sie ausübende Wirtschaftsteilnehmer Steuerpflichtiger ist (EuGH C-305/01, BStBl. II 2004, 688 – MKG-Kraftfahrzeuge-Factoring GmbH). BFH und FVerw haben diese Rechtsauffassung übernommen (BFH V R 34/99, BStBl. II 2004, 667; UStAE 2.4 Abs. 1). Denn charakteristisch für eine steuerbare Tätigkeit ist das Bestehen eines Rechtsverhältnisses, in dessen Rahmen Leistung (Übernahme des Forderungseinzugs) und Gegenleistung (Factoringgebühr) ausgetauscht werden. Daher hat der EuGH später auf eine erneute Vorlage des BFH entschieden, dass beim echten Factoring dann keine wirtschaftliche Tätigkeit vorliegt, wenn sich der Kaufpreis nicht nach dem Nennwert der Forderungen unter Vereinbarung eines pauschalen Abschlags für die Übernahme von Forderungseinzug und des Ausfallrisikos bemisst, sondern nach dem geschätzten Ausfallrisiko richtet und dem Forderungseinzug im Verhältnis zu dem auf das Ausfallrisiko entfallenden Abschlag nur untergeordnete Bedeutung zukommt, also das **Ausfallrisiko beträchtlich** ist. Die Differenz zwischen dem Nennwert der übertragenen Forderungen und deren Kaufpreis stellt danach nicht die Gegenleistung für eine sonstige Leistung dar, sondern spiegelt den tatsächlichen wirtschaftlichen Wert der Forderungen wider, der auf die Zahlungsstörungen und ein erhöhtes Risiko des Ausfalls der Schuldner zurückzuführen ist (EuGH C-93/10, DStR 2011, 2093 Rn. 25 – GFKL Financial Services AG; Nachfolgeentscheidung BFH V R 18/08, BStBl. II 2010, 654). Wird nämlich eine Forderung zu ihrem wirtschaftlichen Wert abgetreten, bedingt dies zwar zwangsweise auch die Übernahme der Einziehung der Forderung, hierauf entfällt aber unmittelbar kein Entgelt, so dass diese Übernahme des Forderungseinzugs durch den Factor – nach allgemeinen Grundsätzen – **mangels eindeutigen Zusammenhangs mit einer Gegenleistung** nicht steuerbar ist (EuGH C-93/10, DStR 2011, 2093 Rn. 22ff. – GFKL Financial Services AG; ähnlich auch Vorlage des BFH V R 18/08, BStBl. II 2010, 654). Erwirbt ein Gebrauchtwagenhändler einen gebrauchten Pkw, wird ebenfalls nicht unterstellt, dass er, weil er den Verkäufer von dessen Entsorgungsverpflichtung entbindet, hierfür ein Entgelt erhält, das vom Kaufpreis abgezogen worden ist, obgleich die Befreiung von der Entsorgungsverpflichtung wirtschaftlich ihren Niederschlag im Kaufpreis findet und auch berechnet werden könnte (siehe *Korn* GWR 2012, 285 (288)). Ebenso besteht die Tätigkeit des Erwerbers zahlungsgestörter Forderungen nicht in erster Linie darin, den Forderungseinzug zu übernehmen und hierfür ein Entgelt in Gestalt eines Abschlags vom Nennwert zu erhalten, selbst wenn ein solches Entgelt berechnet werden könnte und – so im Fall GFKL – wegen der entsprechenden Vorgaben der FVerw (BMF 3.6.2004, BStBl. I 2004, 737) auch berechnet wurde.

Das steuerbare echte Factoring enthält nach BFH XI R 28/10, DStR 2012, 1746 keine eigenständig zu beurteilende Kreditgewährung und unterliegt damit – entgegen UStAE 2.4 Abs. 4 S. 5 – nicht (teilweise) der **Steuerbefreiung für Kreditgewährungen,** selbst wenn der Factor neben der Factoringgebühr einen Vorfinanzierungszins in den Rechnungen ausweist. Nach *Behrens/von Streit* MwStR 2013, 301 gilt dies aber nicht generell; vielmehr sei das Urteil des BFH auf den im konkreten Fall zu beurteilenden Vertrag zurückzuführen. Zumindest dann, wenn im Vertrag ein Zeitraum definiert wird, in dem der vom Factor bereits bei Forderungsabtretung zu zahlende, dem Forderungsnennwert abzüglich Delkredere- und Factoring-Gebühren entsprechende Betrag als darlehensweise zu einem bestimmten Zins überlassen gilt, soll eine steuerfreie Kreditgewährung vorliegen.

Das **unechte Factoring** besteht entgegen dem echten Factoring nur in der Ein- 72
ziehung der Forderungen eines anderen mit Bevorschussung, aber Rückbelastung bei

Forderungsausfall. Das Ausfallrisiko verbleibt damit beim ursprünglichen Forderungsinhaber, dem sog. Anschlusskunden. Auch wenn das MKG-Urteil (EuGH C-305/01, BStBl. II 2004, 688 – MKG-Kraftfahrzeuge-Factoring GmbH; → Rn. 71) ausdrücklich nur zum echten Factoring ergangen ist, hat es Auswirkungen auch auf das unechte Factoring, weil der EuGH klar zum Ausdruck gebracht hat, dass sich eine unterschiedliche Behandlung der beiden Erscheinungsformen des Factoring unter mehrwertsteuerlichen Gesichtspunkten verbietet (so auch UStAE 2.4 Abs. 1 S. 3). Damit handelt es sich auch beim unechten Factoring um eine unternehmerische Tätigkeit. Dies dürfte auch für zahlungsgestörte Forderungen gelten, da das Ausfallrisiko, das den Wert einer Forderung maßgeblich beeinflusst und daher beim echten Factoring hohe Abschläge auslösen kann (→ Rn. 71), beim unechten Factoring ohnehin beim Forderungsinhaber verbleibt und daher nicht kaufpreisrelevant sein kann.

73 Unter den Voraussetzungen des § 13c haftet der Factor für die USt des Unternehmers, und zwar sowohl beim echten als auch beim unechten Factoring (BFH XI R 28/13, DStR 2016, 669). Zur Berichtigung der USt wegen Uneinbringlichkeit vgl. → § 17 Rn. 62.

74 **bb) Ausgabe von Gutscheinen.** Bei der Ausgabe von Gutscheinen geht es stets um die Frage, ob die Ausgabe und spätere Einlösung eine eigenständige unternehmerische Tätigkeit darstellt, oder ob es sich lediglich um ein Instrument zur Begleichung bzw. Anpassung des Kaufpreises handelt, das allenfalls die Entgelthöhe bei späterem Bezug der Ware oder Dienstleistung beeinflusst. Zunächst ist zu unterscheiden:

– **Wertgutscheine** berechtigen zur Anrechnung des Nennwerts des Gutscheins auf den Kaufpreis für den Erwerb einer beliebigen Ware oder Dienstleistung aus dem Sortiment des Verpflichteten. Es handelt sich damit um ein zahlungsmittelähnliches Instrument. Der Gutschein wird gegen Hingabe des Nennwerts erworben, so dass sich die Frage stellt, ob dies bereits eine unternehmerische Tätigkeit darstellt (dazu → Rn. 75).
– **Warengutscheine** berechtigten zum Bezug einer bestimmten Ware oder Dienstleistung, wobei der Kaufpreis für diese bereits mit Erwerb des Gutscheins entrichtet wurde. Es handelt sich damit um eine Anzahlung gegen ein Inhaberpapier (Gutschein) und folglich um einen Fall der Mindest-Ist-Besteuerung (dazu → Rn. 75).
– **Preiserstattungs- oder -nachlassgutscheine** berechtigen den Inhaber, beim Erwerb einer bestimmten Waren oder Dienstleistung einen Teil des Kaufpreises rückvergütet oder vom Kaufpreis abgezogen zu bekommen. Solche Gutscheine werden meistens ohne Entgelt abgegeben, so dass sich die Frage nach einer eigenen steuerbaren Tätigkeit der Gutscheinausgabe nicht stellt. Es handelt sich dann lediglich um eine Frage des Entgelts bzw. der Entgeltminderung für den späteren Waren- oder Dienstleistungsbezug, → § 17 Rn. 39ff. Etwas anderes liegt indessen bei einer entgeltlichen Abgabe solcher Entgeltminderungsgutscheine vor. Da dann der Nennbetrag des Gutscheins auf den Kaufpreis angerechnet wird, handelt es sich letztlich wieder um einen Wertgutschein.

75 Die **Ausgabe von Wertgutscheinen** ist nach deutscher Rechtspraxis noch keine steuerbare Tätigkeit, weil nur ein Zahlungsmitteläquivalent gehandelt wird (RFH V A 913/31, StuW 1932, Nr. 801; V A 194/32, RFHE 1930, 101; OFD Magdeburg 2.5.2006, UR 2007, 470; OFD Karlsruhe 25.8.2011, DStR 2011, 1910; OFD Frankfurt a. M. 18.2.2004, DStR 2004, 1046). In der **Ausgabe von Warengutscheinen** erkennt die FVerw in den og Schreiben bzw. Verfügungen eine der **Mindest-Ist-Besteuerung** unterliegende Anzahlung. Diese Linie wird auch vom BFH bestätigt, der einen „Hotelscheck“ als Anzahlung mit späterer Berichtigungsmöglichkeit nach § 17 Abs. 2 Nr. 2 qualifiziert (BFH V R 42/10, BStBl. II 2012, 248). Damit unterliegt ein Warengutschein auf eine ermäßigt besteuerte Lieferung oder sonstige

Leistung bereits bei Ausgabe dem ermäßigten Steuersatz (Gutschein für Kinovorführung oder die Lieferung von Büchern) und führt bei späterer Nichtsteuerbarkeit zu einer Berichtigung nach § 17 Abs. 2 Nr. 2 (Hotelscheck). Ein Wertgutschein wird nach og Auffassung ohnehin nicht im Zeitpunkt der Ausgabe besteuert, so dass sich die Höhe der USt ausschließlich nach der bei Einlösung bezogenen Leistung richtet.

In einem britischen Verfahren hat der EuGH die Nichtsteuerbarkeit der Ausgabe **75a** eines Wertgutscheins verneint (EuGH C-40/09, DStR 2010, 1623 – Astra Zeneca). Das Veräußern von Einkaufsgutscheinen gegen Entgelt sei demnach eine wirtschaftliche Tätigkeit und zwar eine **Dienstleistung (sonstige Leistung).** Die Folgen dieser EuGH-Entscheidung auf die Besteuerung in Deutschland sind umstritten. Die FVerw tendiert dazu, das Urteil als den Besonderheiten des britischen Rechts geschuldeten Einzelfall anzusehen und hält daher bis auf Weiteres an der bisherigen Auffassung (→ Rn. 75) fest (BMF 20.12.2010, DStR 2011, 629; OFD Karlsruhe 25.8.2011, DStR 2011, 1910; OFD Niedersachsen 17.1.2011, DB 2011, 504). Für die Praxis ist dies sicherlich erfreulich, denn die Steuerbarkeit bereits bei Gutscheinausgabe hätte ua die Anwendung des Regelsteuersatzes zur Folge, obwohl die später bezogene Leistung ggf. dem ermäßigten Steuersatz unterliegen müsste (vgl. *Korn* DStR 2010, 1662; *Nattkämper/Scholz* UStB 2012, 66; *Nieskens* UR 2010, 893; *Pilkat* UStB 2011, 158; *Reiß* UR 2011, 729).

Die EuGH-Rechtsprechung erscheint jedoch **nicht widerspruchsfrei.** So hat der EuGH ohne Verweis auf das Urteil Astra Zeneca im Fall eines Wertpunktesystems, bei dem Punkte erworben und bei Einlösung für Übernachtungen in bestimmten Hotels berechtigen, als nichtsteuerbar qualifiziert. Insbesondere begründete er dies damit, dass die Punkte „gewissermaßen das Zahlungsmittel" und ihr Kauf „für den Kunden kein eigenständiges Ziel" darstelle (EuGH C-270/09, DStR 2011, 119 Rn. 21 und 24 – MacDonald Resorts). Dies spricht für die tradierte deutsche Rechtspraxis und gegen eine generelle Übertragung der Grundsätze der Astra-Zeneca-Entscheidung auf die Ausgabe von Wertgutscheinen. Andererseits hat der EuGH auch entschieden, dass die Ausgabe von Telefonkarten im Zeitpunkt der Ausgabe eine Telekommunikationsdienstleistung darstellt (EuGH C-520/10, UR 2012, 523 – Lebara; übernommen durch FVerw in UStAE 3.5 Abs. 3 Nr. 15 S. 4 mit Verweis auf BMF 24.9.2012, BStBl. I 2012, 947). Blendet man die Astra-Zeneca-Entscheidung aus, ist für den EuGH nicht die Differenzierung zwischen Wert- und Warengutschein entscheidend, sondern die Frage, ob ein Gutschein nur für einen bestimmten Zweck einlösbar ist – **Einzweckgutschein** – oder ob er auch für mehrere Zwecke eingelöst werden kann – **Mehrzweckgutschein.** Ein Einzweckgutschein ist eine Telefonkarte, wie die von Lebara, denn sie kann nur für den Zweck des Telefonierens bei diesem Telekommunikationsanbieter verwendet werden. Folglich liegt eine Besteuerung im Zeitpunkt der Ausgabe vor, was im Ergebnis weitgehend der Mindest-Ist-Besteuerung bei Ausgabe von Warengutscheinen nach der unter → Rn. 75 genannten Auffassung der FVerw entspricht. Das Punktesystem von MacDonalds Resort ist ein Mehrzweckgutschein, denn das Punkteguthaben kann für Übernachtungen von verschiedenen Hotels in verschiedenen Ländern eingelöst werden, so dass eine Besteuerung erst unter den dann bekannten Umständen (Ort der Leistung, Steuersatz) stattfinden kann.

Diese **Unterscheidung** in Ein- und Mehrzweckgutschein sehen nun auch die **75b** durch Richtlinie (EU) 2016/1065 eingefügten Art. 30a und 30b MwStSystRL vor, wonach die Steuer bei Einzweckgutscheinen im Zeitpunkt der Gutscheinausgabe und im Fall von Mehrzweckgutscheinen erst im Zeitpunkt der Einlösung entstehen soll (vgl. zum RL-Entwurf: *Hechtl/Henning* UStB 2013, 120; *Vellen* EU-UStB 2012, 73 (75f.); zur Richtlinie: *Englisch* ifst-Schrift 515 (2017); *Feil* MwStR 2017, 65; *Huschens* UVR 2016, 302; *Luther* UStB 2016, 272; Weymüller/*Peltner* BeckOK § 1 Rn. 87ff.). Die Richtlinie ist zum 1.1.2019 in nationales Recht umzusetzen.

76 **cc) Devisenumtausch.** Nach EuGH C-172/96, DStRE 1998, 680 – First National Bank of Chicago ist der Devisenumtausch mit einer Kursdifferenz zugunsten der Bank eine **steuerbare Dienstleistung** gegen Entgelt (nun auch UStAE 3.5 Abs. 3 Nr. 17). Der Ort der Leistung bestimmt sich daher nach § 3a (BFH XI R 6/09, BStBl. II 2011, 831). Die **Bemessungsgrundlage** besteht – ähnlich wie bei der Abgabe von Warengutscheinen (→ Rn. 75) bzw. Mehrzweckgutscheinen (→ Rn. 75a) – nicht in der Kursdifferenz, sondern im Bruttobetrag.

77 *einstweilen frei*

78 **c) Zurverfügungstellung von Fremd- und Eigenkapital. aa) Allgemeines.** Die Zurverfügungstellung von Kapital verschafft einem eindeutig identifizierbaren Leistungsempfänger (Kapitalnehmer) einen verbrauchsfähigen Vorteil. Auch der Zweiterwerber eine Aktie oder Anleihe überlässt Eigen- oder Fremdkapital, denn er führt die Überlassung des Ersterwerbers fort. Die USt orientiert sich jedoch an den Rechtsverhältnissen, weswegen der EuGH vor allem zwischen Eigen- und Fremdkapital unterscheidet. Die **Vergabe von Fremdkapital** ist demnach grundsätzlich eine **wirtschaftliche Tätigkeit,** weil hier eine konkrete Gegenleistung (Zins) in unmittelbarem Zusammenhang zur Leistung (Kapitalüberlassung) steht. Dies gilt folglich auch für Zinsen, die jemand als Entgelt für Bankeinlagen oder für Anlagen in Titel wie Schatzanweisungen oder Zertifikate erhält (EuGH C-77/01, DStRE 2004, 1095 – EDM; C-306/94, UR 1996, 304 – Régie dauphinoise). Nach der BFH-Rechtsprechung und der Auffassung der FVerw ist das private Sparen auf Giro-, Bauspar- oder Sparkonten keine wirtschaftliche Tätigkeit (BFH V R 2/70, BStBl. II 1973, 172; V R 14/73, BStBl. II 1974, 47; UStAE 2.3 Abs. 1 S. 5; offen gelassen allerdings in BFH V R 40/10, BStBl. II 2012, 844 Rn. 31). Dies ist aber vor dem Hintergrund der EuGH-Rechtsprechung überholt. Zwar ergingen die vorstehenden EuGH-Entscheidungen nicht zum „privaten" Sparen einer natürlichen Person, sondern zur verzinslichen Kapitalanlage durch einen Immobilienverwalter (EuGH C-306/94, UR 1996, 304 – Régie dauphinoise) bzw. die Vergabe von Darlehen und die verzinsliche Anlage durch eine Holdinggesellschaft (EuGH C-77/01, DStRE 2004, 1095 – EDM). Dies kann aber keinen Unterschied machen, da die USt **rechtsformneutral** ist. Entscheidend ist nur der Charakter der Tätigkeit „Überlassung von Kapital gegen Entgelt". Freilich ist die Vergabe von Fremdkapital gegen Zinsen steuerfrei nach § 4 Nr. 8 Buchst. a (aber mit Optionsmöglichkeit nach § 9 Abs. 1).

79 Die **Vergabe von Eigenkapital** ist indessen nach der Rechtsprechung des EuGH grundsätzlich **keine wirtschaftliche Tätigkeit,** weil der Erwerb einer Aktie oder eines Gesellschaftsanteils keine Nutzung eines Gegenstands zur nachhaltigen Erzielung von Einnahmen iSd Art. 9 Abs. 1 ist, da der Ertrag hieraus Ausfluss der bloßen Innehabung des Gegenstands sei (zB EuGH C-80/95, DStRE 1997, 210 – Harnas & Helm; C-16/00, DStR 2001, 1795 – Cibo Participations; C-77/01, DStRE 2004, 1095 – EDM; C-496/11, DStR 2012, 1859 – Portugal Telecom). Ökonomisch ist diese Unterscheidung nicht nachzuvollziehen, sie ist aber konsequente Folge der Tatsache, dass eine Leistung iSd Mehrwertsteuer in unmittelbarem Zusammenhang mit einer Gegenleistung stehen muss. Bei einer Aktie kann der Inhaber das Eigenkapital auch deshalb überlassen, weil er nicht auf Dividenden, sondern auf Kursgewinne spekuliert. Diese gehen aber nicht zulasten des emittierenden Unternehmens, sondern zulasten anderer Marktteilnehmer (bei Veräußerung an diese) und können daher nicht Gegenleistung des emittierenden Unternehmens für die Eigenkapitalvergabe sein. Das betrifft private Sparer ebenso wie Investmentfonds, vermögensverwaltende Treuhänder (EuGH C-155/94, UR 1996, 423 – Wellcome Trust) und Holdingunternehmen (EuGH C-142/99, DStRE 2000, 1268 – Floridienne und Berginvest; C-496/11, DStR 2012, 1859 Rn. 31f. – Portugal Telecom; siehe auch UStAE 2.3 Abs. 2).

Entgegen dem Grundsatz, dass das Halten und Veräußern von Aktien oder anderen Anteilen an Gesellschaften keine wirtschaftliche Tätigkeit ist, ist als **wirtschaftliche Tätigkeit** anzusehen: 80

- Eine nachhaltige Erzielung von Einnahmen, die über den bloßen Erwerb und den bloßen Verkauf von Wertpapieren hinausgehen, wie etwa Umsätze bei einem **Wertpapiergeschäft** im Rahmen einer gewerblichen Tätigkeit; siehe EuGH C-77/01, DStRE 2004, 1095 Rn. 59 – EDM; UStAE 2.3 Abs. 3 S. 5 Nr. 1.
- Das Halten einer Beteiligung nicht zum Zweck der Dividendenerzielung, sondern zum Zweck der Förderung einer bestehenden oder beabsichtigten unternehmerischen Tätigkeit (siehe UStAE 2.3 Abs. 3 S. 5 Nr. 2). Dies ist der Fall, wenn die gesellschaftsrechtliche Beteiligung im **Zusammenhang mit einem unternehmerischen Grundgeschäft** erworben, gehalten und veräußert wird, es sich hierbei also um Hilfsgeschäfte handelt (UStAE 2.3 Abs. 4).
- Das Halten einer Beteiligung mit unmittelbaren oder mittelbaren Eingriffen in die Verwaltung der Gesellschaft, an der die Beteiligung besteht **(Führungs- oder Funktionsholding),** und diese Eingriffe selbst als unternehmerische Tätigkeit der USt unterliegen (adminstrative, finanzielle, kaufmännische oder technische Dienstleistungen); siehe EuGH C-496/11, DStR 2012, 1859 Rn. 33f. – Portugal Telecom; UStAE 2.3 Abs. 3 S. 5 Nr. 3 und → Rn. 83ff.

Nichtsteuerbar ist die Ausgabe **(Emission)** von Wertpapieren zur Beschaffung von Eigen- oder Fremdkapital durch den Kapitalnehmer (EuGH C-442/01, DStRE 2003, 936 – KapHag – Aufnahme eines Gesellschafters in eine Personengesellschaft – und EuGH C-465/03, DStRE 2005, 965 – Kretztechnik; C-437/06, DStR 2008, 615 – Securenta – Ausgabe von Aktien und stillen Beteiligungen). Zum Vorsteuerabzug siehe BFH V R 29/09, BStBl. II 2010, 885 und → § 15 Rn. 19. 81

einstweilen frei 82

bb) Holdinggesellschaften. Eine Holdinggesellschaft als solche ist **nicht** Unternehmer **(Finanzholding),** weil sie nur Anteile an anderen Gesellschaften hält (→ Rn. 79). Die zusätzliche Gewährung von **Darlehen gegen Zinsen** an Beteiligungsgesellschaften stellt dagegen eine in den Anwendungsbereich der Mehrwertsteuer fallende wirtschaftliche Tätigkeit dar, die jedoch unter die Steuerbefreiung nach § 4 Nr. 8 Buchst. a fällt (→ Rn. 78), auf deren Anwendung aber unter den Voraussetzungen des § 9 verzichtet werden kann. Eine Holdinggesellschaft ist darüber hinaus Unternehmer, wenn die Beteiligung mit unmittelbaren oder mittelbaren Eingriffen in die Verwaltung der Gesellschaften, an denen die Beteiligung besteht, einhergeht (**Führungs- oder Funktionsholding** – UStAE 2.3 Abs. 3 S. 5 Nr. 3). Allerdings müssen diese Eingriffe die Ausübung von Tätigkeiten einschließen, die der Mehrwertsteuer unterliegen und als wirtschaftliche Tätigkeit iSd Art. 9 Abs. 1 MwStSystRL anzusehen sein (EuGH C-102/00, DStRE 2001, 1180 – Welthgrove BV; C-496/11, DStR 2012, 1859 Rn. 34 – Portugal Telecom). Das setzt Lieferungen und Leistungen voraus, die ein Steuerpflichtiger als solcher gegen Entgelt ausführt. Dabei stellen die Dividenden kein solches Entgelt dar, weil sie ihrem Wesen nach Ertrag der Beteiligung und Ausfluss aus der Gesellschafterstellung sind (EuGH C-16/00, DStR 2001, 1795 – Cibo Participations). Zur umsatzsteuerlichen Beurteilung von Holdinggesellschaften bzw. der Übertragung von Gesellschaftsanteilen und der in diesem Zusammenhang regelmäßig streitigen Frage des Vorsteuerabzugs → § 15 Rn. 82ff. sowie EuGH C-496/11, DStR 2012, 1859 – Portugal Telecom und BFH V R 40/10, BStBl. II 2012, 844; *Englisch* UR 2007, 290; *Mühleisen/Trapp* UR 2007, 633; *Stadie* UR 2007, 1; *Stapperfend* UR 2006, 112; *Wäger* DStR 2009, 2292 und DStR 2011, 433; *Zugmaier* DStR 2009, 882 – sehr ausführlich mit zahlreichen Praxisbeispielen außerdem *Ransiek* UStB 2011, 110 und 192. Unternehmerisch tätige Holdinggesellschaften können bei Erfüllung der Voraussetzungen des § 2 Abs. 2 Nr. 2 auch **Organträger** der Tochtergesellschaften werden. In diesem Fall werden die 83 grundsätzlich steuerbaren Leistungen an die Tochtergesellschaften (zB die Darlehensvergabe) nichtsteuerbare Innenumsätze (→ Rn. 142).

84 Die steuerbare Veräußerung einer Beteiligung – also die Veräußerung einer Beteiligung im Rahmen von einer der drei Ausnahmen des Grundsatzes der Nichtsteuerbarkeit des Haltens und Verwaltens von Beteiligungen (→ Rn. 80) – kann gleichwohl nichtsteuerbar sein, wenn es sich bei der **Beteiligungsveräußerung** um eine **Geschäftsveräußerung im Ganzen** nach § 1 Abs. 1a handelt (EuGH C-29/08, DStR 2009, 2311 – AB SKF). Dies kann nach der Entscheidung AB SKF dann der Fall sein, wenn ein Mutterunternehmen eine 100%-Beteiligung an einem Tochterunternehmen verkauft oder eine Mehrheitsbeteiligung an einem Tochterunternehmen, an dem das Mutterunternehmen früher sämtliche Anteile hielt. Der BFH hat hierauf entschieden, dass eine Geschäftsveräußerung dann vorliegt, wenn alle Anteile an einer Gesellschaft übertragen werden (BFH V R 38/09, BStBl. II 2012, 68). Eine Veräußerung von 99% reicht demnach nicht aus (auch → § 15 Rn. 82a). Die FVerw indessen stellt darauf ab, dass der Erwerber in die Leistungsbeziehung des Veräußerers eintritt, die das Halten der Beteiligung zuvor als unternehmerische Tätigkeit qualifiziert haben (UStAE 1.5 Abs. 9; siehe *Grünwald* DStR 2012, 437). Dem hat sich der EuGH zwischenzeitlich angeschlossen (EuGH C-651/11, DStR 2013, 1166 – X BV). Gäbe es § 1 Abs. 1a nicht – die entsprechende unionsrechtliche Grundlage ist nur ein Wahlrecht an die Mitgliedstaaten, von dem Deutschland Gebrauch gemacht hat – oder ist er nicht anwendbar mangels unternehmerischen Haltens der Beteiligung, ist die Veräußerung steuerbefreit (§ 4 Nr. 8 Buchst. f).

85 Für den **Vorsteuerabzug** macht die Frage der Nichtsteuerbarkeit oder Steuerfreiheit nach den vorstehenden EuGH-Entscheidungen keinen entscheidenden Unterschied. Ausgaben im direkten und unmittelbaren Zusammenhang zur nichtsteuerbaren Geschäftsveräußerung berechtigen nicht zum Vorsteuerabzug, weil sie außerhalb des Anwendungsbereichs der Mehrwertsteuer liegen. Bei Fehlen eines solchen Zusammenhangs berechtigen die Ausgaben zum Vorsteuerabzug, wenn sie als allgemeine Aufwendungen Kostenelemente der vom Unternehmer erbrachten mehrwertsteuerpflichtigen Leistungen sind (siehe auch EuGH C-465/03, DStRE 2005, 965 – Kretztechnik; C-437/06, DStR 2008, 615 – Securenta und C-496/11, DStR 2012, 1859 Rn. 37 – Portugal Telecom). Als steuerbare Tätigkeit fällt die Beteiligungsveräußerung unter die Steuerbefreiung für Wertpapierumsätze. Für Ausgaben im direkten und unmittelbaren Zusammenhang besteht damit ebenso kein Vorsteuerabzugsrecht (§ 15 Abs. 2 Nr. 1). Allerdings können nach EuGH C-29/08, DStR 2009, 2311 Rn. 59f. – AB SKF die Ausgaben bei Fehlen eines direkten und unmittelbaren Zusammenhangs mit der Beteiligungsveräußerung analog zur Behandlung bei nichtsteuerbaren Tätigkeiten zum Vorsteuerabzug berechtigen, soweit ein Zusammenhang mit den allgemeinen steuerpflichtigen Ausgangsumsätzen besteht. Der Vorsteuerabzug wird damit vom EuGH bei nichtsteuerbaren und steuerfreien Tätigkeiten letztlich nach den gleichen Maßstäben gewährt. Für die Aufteilung zwischen steuerfreien und steuerpflichtigen Tätigkeiten gilt Art. 173 MwStSystRL (in Deutschland § 15 Abs. 4), für die Aufteilung zwischen nichtsteuerbaren und steuerpflichtigen Tätigkeiten steht es im Ermessen der Mitgliedstaaten, eine den objektiven Umständen entsprechende Aufteilung vorzunehmen (EuGH C-496/11, DStR 2012, 1859 Rn. 42 – Portugal Telecom). Der BFH hat für Deutschland entschieden, dass die Aufteilung nach den Grundsätzen des § 15 Abs. 4 analog zu erfolgen hat (BFH V R 29/09, BStBl. II 2010, 885 Leitsatz; V R 40/10, BStBl. II 2012, 844 Rn. 32).

86 Für empfangene Leistungen einer **Führungs- und Funktionsholding** steht der Holding ungeachtet davon, ob sie sich auf das – grundsätzlich nichtsteuerbare – Halten der Beteiligung oder die steuerpflichtige Ausführung der Managementleistungen beziehen, der **Vorsteuerabzug** zu (EuGH C-108/14 – Larentia + Minerva und C-109/14, DStR 2015, 1673 – Marenave Schiffahrts AG; Einzelheiten hierzu *Jansen* UStB 2015, 224; *Merkel* UR 2015, 539; *Präzler/Stuber* BB 2016, 2903). Dem hat sich

auch der BFH grundsätzlich angeschlossen. Besteht allerdings ein großes Missverhältnis zwischen eingeworbenem Kapital und Kosten für den Beteiligungserwerb, versagt der BFH den Vorsteuerabzug aus den Kosten der Kapitalbeschaffung (BFH V R 6/14, DStR 2016, 1366; krit. *Brinkmann/Walter-Yadegardjam* DStR 2016, 2190, weil weder MwStSystRL noch EuGH einen Angemessenheitsvorbehalt vorsehen).

Beispiel: A gründet im Jahr 01 eine GmbH. Er zahlt die Stammeinlage in bar ein und erhält hierfür seine Geschäftsanteile. Zweck der GmbH ist die Vermögensverwaltung. Dazu erwirbt die GmbH Wertpapiere aller Art an der Börse und hält oder veräußert sie.

Im Jahr 02 vergibt die GmbH an Geschäftspartner des A Kredite gegen angemessene Verzinsung.

Im Jahr 03 erwirbt die GmbH alle Anteile an einer AG. Zur Finanzierung des Erwerbs führt die GmbH eine Kapitalerhöhung durch. Dabei entstehen Kosten, die teilweise mit USt belastet sind.

Im Jahr 04 entscheidet sich A, die GmbH operativ tätig werden zu lassen. Die AG, an der die GmbH im Jahr 03 alle Anteile erworben hat, errichtet Wohnhäuser in Fertigbauweise. A hat als Fachmann für erneuerbare Energien Konzepte entwickelt, wie solche Fertighäuser als Nullemissionshäuser errichtet werden können. Nach entsprechender Änderung des Gesellschaftszwecks der GmbH stellt diese die Konzepte einschließlich selbstentwickelter Software und Schulungsleistungen für die Mitarbeiter der AG gegen Entgelt zur Verfügung.

Im Jahr 05 wird A alleinvertretungsberechtigter Vorstand der AG.

Lösung: Die GmbH des A ist im Jahr 01 **keine Unternehmerin.** Weder die Ausgabe der eigenen Geschäftsanteile noch die übrige Tätigkeit der GmbH ist eine Tätigkeit iSd § 2 Abs. 1. Als Folge ist die von der GmbH entrichtete USt für verbrauchte Leistungen (zB Steuerberater für Jahresabschluss- und Steuererklärungserstellung) nicht als Vorsteuer abzugsfähig. Dieser Ausschluss ergibt sich nicht aus § 15 Abs. 2, sondern aus § 15 Abs. 1 Nr. 1, weil die GmbH keine Unternehmerin ist (→ Rn. 79).

Im Jahr 02 erbringt die GmbH erstmals eine Leistung iSd § 1 Abs. 1 Nr. 1, nämlich die **Vergabe von Krediten.** Diese sonstigen Leistungen sind steuerbar aber steuerfrei nach § 4 Nr 8 Buchst a. Sofern die Kreditnehmer Unternehmer sind, kann die GmbH auf die Anwendung der Steuerfreiheit nach § 9 Abs. 1 verzichten. Hiervon hängt es ab, ob die Vorsteuer abzugsfähig oder nach § 15 Abs. 2 nicht abzugsfähig ist (→ Rn. 83).

Mit der **Kapitalerhöhung** führt die GmbH eine nichtsteuerbare Tätigkeit aus (→ Rn. 81). Die damit in unmittelbarem Zusammenhang stehenden Kosten berechtigen nicht zum Vorsteuerabzug, wenn die Ausgaben Kostenelemente der nichtsteuerbaren Leistungen sind. Dies ist bei einer Kapitalerhöhung schon deshalb ausgeschlossen, weil die nichtsteuerbare Leistung in der Ausgabe von Anteilen besteht und der „Preis" hierfür nicht um die bei der Ausgabe entstehenden Kosten gemindert wird. Damit berechtigen die Ausgaben zum **Vorsteuerabzug,** wenn sie als allgemeine Aufwendungen Kostenelemente der vom Unternehmer erbrachten mehrwertsteuerpflichtigen Leistungen sind. Hierfür ist es unbeachtlich, dass der Erlös aus der Kapitalerhöhung zum Erwerb einer Beteiligung verwendet werden soll, denn das zusätzlich erworbene Kapital fügt sich im Gesamtkapital der GmbH ein und wird sodann anteilig für sämtliche Aktivitäten verwendet. Daher kann die GmbH die Vorsteuer aus den Kosten insoweit geltend machen, als sie steuerpflichtige Leistungen erbringt (→ Rn. 85). Dies ist möglicherweise insoweit der Fall, als sie Kredite gegen Zinsen unter Verzicht auf die Steuerbefreiung des § 4 Nr. 8 Buchst. a vergibt. Die nichtsteuerbaren Leistungen aus dem Handel mit Aktien sind keine Tätigkeit, die zum Vorsteuerabzug aus den allgemeinen Kosten berechtigen. Insoweit bedarf es einer Aufteilung des Vorsteuerabzugs analog zu § 15 Abs. 4 (BFH V R 40/10, BStBl. II 2012, 844; siehe auch EuGH C-496/11, DStR 2012, 1859 Rn. 42 – Portugal Telecom).

Im Jahr 04 wird die GmbH eine **Führungs- oder Funktionsholding,** da sie aktiv die Geschäftspolitik der AG beeinflusst (Errichtung von Nullemissionshäusern in Fertigbauweise) und hierfür steuerbare und steuerpflichtige Leistungen (Überlassung von Konzeptionen und Software, Schulungen) erbringt. Sofern die GmbH weiterhin parallel Vermögen verwaltet, bleibt diese Tätigkeit nichtunternehmerisch (**Sphärentheorie,** → Rn. 155 f.). Dies gilt jedoch nicht mehr bezüglich der Anteile an der AG; Eingangsleistungen hierzu berechtigen stets und in vollem Umfang zum Vorsteuerabzug (EuGH C-108/14 – Larentia + Minerva und C-109/14, DStR 2015, 1673 – Marenave Schiffahrts AG). Würde die GmbH nun die Anteile an der AG veräußern, läge eine **Geschäftsveräußerung im Ganzen** nach den Grundsätzen des EuGH-Urteils AB SKF vor (→ Rn. 84).

Im Jahr 05 wird die GmbH **Organträgerin** an der AG, da sie finanziell, wirtschaftlich und organisatorisch in das Unternehmen der GmbH eingegliedert ist. Die Leistungen der GmbH an die AG sind ab 05 nichtsteuerbare Innenumsätze (→ Rn. 138).

87, 88 *einstweilen frei*

89 **d) Nutzung von Gegenständen.** Nach Art. 9 Abs. 1 S. 3 MwStSystRL ist eine wirtschaftliche Tätigkeit insbesondere die Nutzung von körperlichen und nicht körperlichen Gegenständen zur nachhaltigen Erzielung von Einnahmen. Nicht zu verwechseln ist die Nachhaltigkeit der Tätigkeit nach § 2 Abs. 1 S. 3 mit der von Art. 9 Abs. 1 S. 3 MwStSystRL genannten Nachhaltigkeit der Erzielung von Einnahmen. Letztere bestimmt nicht allgemein, was eine wirtschaftliche Tätigkeit ist, sondern nur beispielhaft, was auch eine wirtschaftliche Tätigkeit sein kann, nämlich die Nutzung von körperlichen und nicht körperlichen Gegenständen zur nachhaltigen Erzielung von Einnahmen (→ Rn. 50 f.). Gemeint ist damit insbesondere die **Vermietung und Verpachtung** von Gegenständen. Eine wirtschaftliche Tätigkeit ist somit allgemein die Vermietung und Verpachtung von Grundstücken sowie die Vermietung und Verpachtung anderer Gegenstände, wie Autos (BFH XI R 52/90, BStBl. II 1993, 562; V R 116/86, BStBl. II 1992, 269) oder Wohnmobilen (EuGH C-230/94, DStR 1996, 1686 – Enkler), Lizenzen, die umsatzsteuerlich Gegenstände sind, oder die entgeltliche Bereitstellung von Werbeflächen zB an einem Rennfahrzeug (BFH V R 61/89, BStBl. II 1993, 810).

89a Der bloße **Erwerb und anschließende Verkauf** eines Gegenstands ist ohne Hinzutreten weiterer Umstände keine Nutzung zur nachhaltigen Erzielung von Einnahmen iSv Art. 9 Abs. 1 MwStSystRL (EuGH C-180/10 ua, DStRE 2011, 1417 Rn. 37 – Słaby ua; analog zum Halten und Veräußern einer Aktie oder eines Gesellschaftsanteils, → Rn. 79). Bedient sich aber der Betreffende ähnlicher Mittel **wie ein Erzeuger, Händler oder Dienstleistender,** also derjenigen Personen, die nach Art. 9 Abs. 1 MwStSystRL Steuerpflichtige sind, kann die Veräußerung von Gegenständen als Nutzung dieser Gegenstände zur nachhaltigen Erzielung von Einnahmen angesehen werden. Der EuGH hat daher die **Veräußerung eines Baugrundstücks** durch einen Landwirt (EuGH C-180/10 ua, DStRE 2011, 1417 – Słaby ua) und die **Lieferung von Holz,** das auf einem Privatgrundstück infolge eines Sturmschadens anfällt und zur Abmilderung des Sturmschadens veräußert wird (EuGH C-263/11, UR 2012, 790 – Rēdihs), als wirtschaftliche Tätigkeit qualifiziert (hierauf berufend auch FG Bln-Brdg 5 K 5023/13, EFG 2015, 1313, rkr, im Falle der Bepflanzung mit Baumsetzlingen, die nach 12 Jahren geerntet werden können). Im Ergebnis entspricht dies der BFH-Rechtsprechung, wonach aufgrund des Gesamtbildes der Verhältnisse zu beurteilen ist, ob im Einzelfall die Voraussetzungen einer nachhaltigen Tätigkeit erfüllt sind (BFH V R 2/11, BStBl. II 2012, 634 Rn. 35). Die Veräußerung „privat“ erworbener Gegenstände über ein Online-Auktionshaus („ebay“) stellt daher bei händlertypischem Verhalten eine unternehmerische Tätigkeit dar. Auf eine bei Erwerb der Gegenstände bereits vorhandene **Wiederveräußerungsabsicht** kommt es somit nicht an (so auch UStAE 2.3 Abs. 6 S. 1 mit Verweis auf BFH V R 2/11, BStBl. II 2012, 634). Entscheidend ist vielmehr, dass der Veräußerer aktive Schritte zum Vertrieb oder anderweitige händlertypische Maßnahmen ergreift (BFH XI R 43/13, BStBl. II 2015, 919; vgl. auch *Becker* NWB 2015, 3310; *Heldt* MwStR 2016, 30). Darüber hinaus ist eine nur gelegentlich ausgeübte und für sich noch nicht steuerbare Tätigkeit unternehmerisch, wenn sie von einem Steuerpflichtigen ausgeübt wird, der bereits mit einer **anderen selbstständigen Tätigkeit** der Umsatzsteuer unterliegt (EuGH C-62/12, DStR 2013, 1328 – Kostov). Dies erfordert möglicherweise eine Änderung der BFH-Rechtsprechung, wonach auch ein Unternehmer zB Gegenstände aus dem Privatbereich außerhalb seines Unternehmens veräußern kann (so BFH XI R 43/13, BStBl. II 2015, 919 Rn. 37). Vgl. hierzu → Rn. 158.

Ebenso eine unternehmerische Tätigkeit liegt vor, wenn der Betreiber einer unter **90** § 3 EEG fallenden Anlage zur Stromgewinnung **(Blockheizkraftwerk, Photovoltaikanlage)** den erzeugten Strom ganz oder teilweise, regelmäßig und nicht nur gelegentlich in das allgemeine Stromnetz einspeist (UStAE 2.5 Abs. 1 S. 1; BFH V R 80/07, BStBl. II 2011, 292; zur Rechtslage vor Inkrafttreten des Erneuerbare-Energien-Gesetz (EEG) BFH V R 10/07, BStBl. II 2009, 741). Die Unternehmereigenschaft wird unabhängig von der Höhe der erzielten Einnahmen oder der leistungsmäßigen Auslegung der Anlage begründet. Der in das Netz eingespeiste Strom gilt – für Alt-Anlagen mit Inbetriebnahme **vor dem 1.4.2012** – auch dann als Leistung, wenn im Gegenzug aus dem Netz Strom für private Zwecke erworben (Rücklieferung) und der Kaufpreis hierfür mit dem Entgelt für die Einspeisung verrechnet wird (sog. Direktverbrauch; Einzelheiten siehe UStAE 2.5 Abs. 4–8). Dass nach der früheren österreichischen Verwaltungspraxis in Fällen des Betreibens einer Photovoltaikanlage auf dem privat genutzten Wohnhaus keine unternehmerische Tätigkeit vorlag, hat der EuGH als richtlinienwidrig beurteilt und damit indirekt die deutsche Verwaltungs- und Rechtspraxis im Grundsatz bestätigt (EuGH C-219/12, MwStR 2013, 371 – Fuchs mit Anm. *Grube*). Der EuGH entschied, dass in Fällen, in denen aufgrund der technischen Merkmale der Anlage zum einen der erzeugte Strom an das Netz geliefert wird und zum anderen der verbrauchte Strom vom Betreiber des Netzes gekauft wird, eine wirtschaftliche Tätigkeit vorliegt, und zwar unabhängig von dem Vorgang, mit dem der Betreiber der Photovoltaikanlage Strom für seinen Haushaltsbedarf aus dem Netz bezieht, weshalb das Verhältnis zwischen der Menge des erzeugten Stroms einerseits und der des verbrauchten Stroms andererseits für die Einstufung dieser Liefertätigkeit als wirtschaftliche Tätigkeit keine Rolle spielt. Unternehmerisch ist somit die Stromproduktion, wenn der **gesamte produzierte Strom** geliefert und der privat verbrauchte Strom vom Netzbetreiber erworben wird. Wird indessen ein Teil des produzierten Stroms unmittelbar selbst für private Zwecke verbraucht, ist die Stromproduktion insoweit nichtunternehmerisch. So verhält es sich in Deutschland mit Anlagen, die **nach dem 31.3.2012** in Betrieb genommen wurden (siehe UStAE 2.5 Abs. 9–16). Allerdings kann der Gegenstand „Photovoltaikanlage" dem Unternehmen des Stromproduzenten unter den Voraussetzungen von UStAE 15.2c Abs. 2 vollständig zugeordnet werden, so dass der Vorsteuerabzug uneingeschränkt zusteht und in der Folge die Stromproduktion zum **privaten Eigenverbrauch** eine steuerpflichtige Entnahme nach § 3 Abs. 1b S. 1 Nr. 1 darstellt (zur Bewertung → § 10 Rn. 79). Vom Anwendungsbereich des § 15 Abs. 1b werden dachintegrierte Photovoltaikanlagen nach UStAE 15.6a Abs. 3 S. 3 zutreffend erfasst (vgl. zu den Folgen der EuGH-Entscheidung Fuchs für das deutsche Recht auch *Wäger* UR 2014, 81 (88f.)).

Zur **Bemessungsgrundlage** bei dezentralem Stromverbrauch siehe UStAE 2.5 Abs. 18ff. und → § 10 Rn. 79. Der Anweisung zur **Vorsteueraufteilung** in UStAE 2.5 Abs. 20 hat der BFH widersprochen (BFH V R 1/15, DStR 2017, 101 mAnm *Heuermann*).

Die Lieferung von der Eigenversorgung dienendem **Holz,** das nur wegen eines **91** Sturmschadens in großer, nicht selbstverbrauchsfähiger Menge angefallen ist und zur Abmilderung des Sturmschadens veräußert wurde, ist als wirtschaftliche Tätigkeit zu qualifizieren (EuGH C-263/11, UR 2012, 790 – Rēdihs).

IV. Selbstständigkeit

1. Überblick

92 Wirtschaftliche (gewerbliche oder berufliche) Tätigkeiten müssen selbstständig ausgeübt werden, damit der Leistende Steuerpflichtiger (Unternehmer) ist (Art. 9 Abs. 1 S. 1 MwStSystRL, § 2 Abs. 1 S. 1). Weder das UStG noch die MwStSystRL definieren, wann Selbstständigkeit vorliegt, allerdings enthält § 2 Abs. 2 einen **Negativkatalog,** der – getrennt nach natürlichen und juristischen Personen – aussagt, wann die Selbstständigkeit fehlt (siehe *Treiber* in Sölch/Ringleb § 2 Rn. 60). Obgleich der Negativkatalog beinahe alle Fälle fehlender Selbstständigkeit abdecken dürfte, kann er nicht als abschließend betrachtet werden. Bei **natürlichen Personen** mangelt es an der Selbstständigkeit, **soweit** diese so in ein Unternehmen eingegliedert sind, dass sie weisungsgebunden sind (→ Rn. 94 ff.). Die Weisungsgebundenheit muss sich somit als Folge der Eingliederung ergeben. **Juristische Personen** sind nicht selbstständig, **wenn** sie nach dem Gesamtbild der tatsächlichen Verhältnisse finanziell, wirtschaftlich oder organisatorisch in das Unternehmen des Organträgers eingegliedert und somit Organgesellschaften sind (→ Rn. 107 ff.). Während natürliche Personen mithin sowohl selbstständige als auch nicht selbstständige Tätigkeiten ausüben können, sind juristische Personen nur insgesamt selbstständig oder als Organgesellschaft nicht selbstständig.

93 *einstweilen frei*

2. Selbstständigkeit natürlicher Personen

94 **a) Allgemein.** Selbstständig handelt, wer **auf eigene Rechnung** (Unternehmerrisiko) und **in eigener Verantwortung** (Unternehmerinitiative) tätig wird (zutreffend UStAE 2.2 Abs. 1; BFH V 139/59 U, BStBl. III 1962, 149; V 4/65, BStBl. II 1968, 244). Die Frage der Selbstständigkeit ist für die USt, Einkommensteuer und Gewerbesteuer nach denselben Grundsätzen zu beurteilen, allerdings besteht keine Bindungswirkung (UStAE 2.2 Abs. 2 S. 1 mit Verweis auf BFH V R 77/05, BStBl. II 2008, 443 ua). Die einkommensteuerliche Qualifizierung von als Gegenleistung für ggf. auch unselbstständig ausgeübte Tätigkeiten erhaltenen Sondervergütungen nach § 15 Abs. 1 S. 1 Nr. 2 EStG ist umsatzsteuerlich allerdings unbeachtlich (UStAE 2.2 Abs. 2 S. 2). **Künstler** sind regelmäßig selbstständig (BFH V R 13/95, BStBl. II 1996, 386 – Chorsängerin; V R 2/95, BStBl. II 1996, 493 – Opernsänger), es sei denn, sie sind – ungeachtet der Bezeichnung als „freier Mitarbeiter" – weisungsgebunden (FG Bln VI 39–40/72, EFG 1972, 614, rkr – Fernsehregisseur); das Gleiche gilt für **Fotomodelle,** die gelegentlich zu Aufnahmen herangezogen werden (BFH VI 163/59 U, BStBl. III 1962, 183). **Berufssportler** können je nach Ausgestaltung selbstständig (BFH V R 20/91, BStBl. II 1994, 54 – Berufskartenspieler) oder unselbstständig (BFH I R 159/76, BStBl. II 1979, 182 – Berufsringer) sein. Als Werbeträger sind sie selbstständig (BFH VIII R 104/85, BStBl. II 1986, 424). Das Gleiche gilt für den **Liquidator,** wenn er die Tätigkeit gegen Zahlung eines Sonderentgeltes ausübt (BFH V R 8/94, BStBl. II 1996, 176). Ein **Krankenhausarzt** ist im Rahmen eines von der Krankenanstalt unabhängigen eigenen Liquidationsrechts für Privatpatienten selbstständig (UStAE 2.2 Abs. 4).

95 Ob der Leistende in das Unternehmen seines Leistungsempfängers so eingegliedert ist, dass er diesem gegenüber weisungsgebunden ist, richtet sich grundsätzlich nach dem **Innenverhältnis** (BFH XI R 14/09, BStBl. II 2011, 433 Rn. 29; X R 19/80, BStBl. II 1987, 746; ebenso UStAE 2.2 Abs. 1 S. 2). Aus dem **Außenverhältnis** lassen sich im Allgemeinen nur Beweisanzeichen herleiten (UStAE 2.2 Abs. 1 S. 3; in BFH X R 19/80, BStBl. II 1987, 746 war trotz Teilnahme am Geschäftsleben unter

einer eingetragenen Firma Unselbstständigkeit anzunehmen). Ausnahme hiervon ist der im Innenverhältnis unselbstständige Strohmann, der dennoch Unternehmer sein kann, → Rn. 40. Die Rechtsprechung hat eine Reihe von Merkmalen herausgearbeitet, die für oder gegen die Selbstständigkeit sprechen. Entscheidend ist das **Gesamtbild der Verhältnisse,** wobei den einzelnen Merkmalen ein sehr unterschiedliches Gewicht zukommen kann (BFH V B 159/05, BFH/NV 2006, 1892; V R 29/03, BStBl. II 2005, 730 – Geschäftsführer; V R 73/01, DStRE 2003, 114 – Rundfunkermittler, V R 63/94, BStBl. II 1997, 188 – Fahrlehrer). **Insolvenzverwalter** sind nicht selbstständig tätig, wenn sie Gesellschafter einer Sozietät sind und diese über die Leistungen abrechnet (→ Rn. 17). Entscheidend ist in jedem Fall die **tatsächliche Abwicklung;** auf die zivilrechtliche Wirksamkeit der vertraglichen Regelung kommt es nicht an (§ 41 AO). Ebenso wenig von Bedeutung ist, ob der Leistende als **„freier Mitarbeiter"** bezeichnet wird (FG Münster XV-V 3052/88 V, EFG 1989, 320, rkr; BFH X R 40/81, BStBl. II 1988, 804), wie beispielsweise Leiharbeiter oder Fahrer (FG Nürnberg 2 K 471/2009, BeckRS 2009, 26028155, rkr).

Für die Selbstständigkeit spricht die Tätigkeit für mehrere Unternehmer, der **96**
Einsatz eigener Arbeitskräfte und eigener Arbeitsmittel, Entscheidungsfreiheit bezüglich Arbeitszeit und Arbeitsort, die Tätigkeit in eigenen Räumen hin (BFH V R 2/95, BStBl. II 1996, 493 (494); V 133/59 U, BStBl. III 1962, 259). Eine **in der Natur der Aufgabe liegende zeitliche und räumliche Bindung** (zB ein Wirtschaftsprüfer verpflichtet sich, den Jahresabschluss in der ersten Aprilwoche in den Räumen der GmbH zu prüfen) schließt die Selbstständigkeit nicht aus (BFH V 108/63, BStBl. II 1968, 193). Für die Weisungsgebundenheit kommt es nicht darauf an, ob der Handelnde **im Einzelfall tatsächlich auch weisungsgemäß** verfährt. Etwas anderes gilt allerdings, wenn der Handelnde selbst Leistungen erbringt, von denen sein **Arbeitgeber keine Kenntnis hat.** In diesem Fall handelt er losgelöst von der Weisungsgebundenheit. Das ist der Fall, wenn ein Angestellter, der für die Auftragsvergabe durch seinen Arbeitgeber zuständig ist, für die bevorzugte Berücksichtigung von Bewerbern von diesen **Schmiergelder** erhält (NdsFG V 570/95, EFG 1997, 182, rkr; FG Nürnberg II 45/93, EFG 1995, 502, rkr; aA FG Bln VII 108/85, UR 1989, 282).

Im Umkehrschluss zu → Rn. 96 spricht **für die Unselbstständigkeit** die Benut- **97**
zung von Gegenständen des fremden Betriebsvermögens, die ganztägige Arbeit für einen einzigen Auftraggeber, die Zusammenarbeit mit anderen Kollegen, die regelmäßige erfolgsunabhängige Lohnzahlung, die Gewährung von Urlaub, Bezahlung von Krankheitszeiten und Einbehaltung von Lohnsteuer und Sozialversicherungsbeiträgen, wobei die **sozialversicherungsrechtliche** Einstufung als Arbeitnehmer ebenfalls nur ein Indiz ist und dieser keine Bindungswirkung zukommt (UStAE 2.2 Abs. 1 S. 8; BFH V R 37/08, BStBl. II 2009, 873 mwN). Gleiches gilt für die einkommensteuerliche Qualifizierung (BFH XI R 14/09, BStBl. II 2011, 433 Rn. 26). Die Tätigkeit als selbstständige **Pflegekraft** im Rahmen eines Modells, bei dem ein Anbieter (zB ein Verein und Mitglied des Verbands der Wohlfahrtspflege) Verträge über Pflegeleistungen mit den Betroffenen abschließt und diese Leistungen durch Rückgriff auf selbstständige Pflegekräfte erbringt, sind selbstständig tätig und damit Unternehmer; sie können sich zudem auf die Steuerbefreiung ihrer Leistungen nach Art. 132 Abs. 1 Buchst. g MwStSystRL berufen (BFH V R 13/14, DStR 2015, 2324). Die vom Anbieter für die Pflegekräfte vereinnahmten Beträge sind demnach durchlaufende Posten iSd § 10 Abs. 1 S. 6 (BFH V R 3/15, MwStR 2016, 496 mAnm *Totsche*). Dem XI. Senat bietet sich im Verfahren XI R 5/15 (zu FG Münster 15 K 4571/00 U, MwStR 2015, 605 mAnm *Klaßmann*) die Gelegenheit, sich dem V. Senat anzuschließen.

einstweilen frei **98**

99 **b) Handelsvertreter.** Bei Handelsvertretern im weiteren Sinne ist im Einzelfall die Abgrenzung zwischen dem selbstständigen Handlungsagenten und dem unselbstständigen Reisenden besonders schwierig, weil die Art der Tätigkeit bei beiden Gruppen nahezu gleich ist und auch § 84 HGB die Unterscheidung allein nach der Selbstständigkeit vornimmt. Auch hier kommt es maßgeblich auf die tatsächliche Gestaltung des Innenverhältnisses zwischen Geschäftsherrn und Vertreter an. Die Bezeichnung der Vergütungen als Provision, Fixum oder Auslagenersatz ist wenig aussagekräftig. Entscheidend ist, ob die **Vergütungen** auf lange Sicht **ausschließlich leistungsbezogen** sind oder dem Vertreter auch bei Erfolglosigkeit ein bescheidenes Einkommen garantieren, in welchem Ausmaß er eigene Arbeitskräfte einsetzt, inwieweit er weisungsgebunden und rechenschaftspflichtig ist usw. Alle diese Merkmale müssen gegeneinander abgewogen werden; die gewichtigsten sind dann für die Gesamtbeurteilung maßgebend (→ Rn. 95). Zum Überwiegen der Merkmale eines selbstständigen Handelsvertreters siehe RFH V 187/41, RStBl. 1942, 399; V 55/43, RStBl. 1944, 381; BFH IV 219/51 U, BStBl. III 1952, 79; zum Überwiegen der Unselbstständigkeit siehe BFH V 139/59 U, BStBl. III 1962, 149; V R 150/66, BStBl. II 1970, 474.

100 *einstweilen frei*

101 **c) Nebeneinander von Tätigkeiten.** Nebentätigkeiten sind grundsätzlich nach dem sie begründenden Rechtsverhältnis zu beurteilen (BFH IV R 37/76, BStBl. II 1980, 321). Sie können auch dann selbstständig ausgeübt werden, wenn die Wahrnehmung der Tätigkeit im Zusammenhang mit einer **unselbstständigen Haupttätigkeit** erfolgt (NdsFG V 63/91, UR 1995, 101, rkr, betreffend Aufsichtsratstätigkeit eines Kirchenbeamten). Dies gilt allerdings nicht, wenn die Nebentätigkeit auf **Weisung des Dienstherrn** ausgeübt wird, wie beispielsweise Beamte, die auf Verlangen, Vorschlag oder Veranlassung ihres Dienstherrn eine Aufsichtsratstätigkeit übernommen haben und verpflichtet sind, die Vergütung ganz oder teilweise an den Dienstherrn abzuführen (OFD Frankfurt a. M. 4.10.2013, DStR 2014, 428). Unschädlich muss es indessen sein, wenn der Auftraggeber der Nebentätigkeit der **Arbeitgeber der Haupttätigkeit** ist, wenn die Nebentätigkeit tatsächlich und nicht nur zum Schein selbstständig erfolgt. Bei Nebentätigkeiten, die im Zusammenhang mit der selbstständig ausgeübten Haupttätigkeit stehen (zB frei praktizierender Arzt, der nebenher auf vertraglicher Grundlage als Truppen- oder Betriebsarzt tätig ist), spricht der **Beweis des ersten Anscheins** dafür, dass auch sie selbstständig ausgeübt werden (so im Falle eines Berufsschullehrers mit selbstständigem Hauptberuf bei geringer Stundenzahl BFH IV 504/54 U, BStBl. III 1955, 229; ebenso bei einem nebenberuflich als Fleischbeschautierarzt tätigen Tierarzt FG MV 2 K 298/07, DStRE 2010, 33, rkr). An den Nachweis, dass der Betreffende trotz der sachlichen Beziehung der Nebentätigkeit zum selbstständigen Hauptberuf vollständig in ein anderes Unternehmen eingegliedert und bezüglich Zeit, Ort und Art der Tätigkeit weisungsgebunden ist, sind daher strenge Anforderungen zu stellen (BFH V 152/64, BStBl. III 1966, 443).

102 **Gemischte Tätigkeiten,** bei denen der Handelnde in der gleichen Branche teils selbstständig, teils unselbstständig auftritt, können zu einer Aufteilung in einen unternehmerischen und einen nichtunternehmerischen Bereich führen, wenn die Tätigkeit aufgrund objektiver Merkmale trennbar ist. So kann zB ein in einem Anwaltsbüro angestellter Rechtsanwalt die Bearbeitung von Schadensfällen für Versicherungen als selbstständiger Unternehmer durchführen, wenn ihm sein Dienstherr insoweit freie Hand gelassen hat. Tierärzte mit eigener Praxis, die nebenher als Fleischbeschauer tätig sind, sind bezüglich der Fleischbeschau stets unselbstständig (sie sind insoweit in einen festen Tarifvertrag eingebunden), bezüglich der freiberuflichen Praxis dagegen selbstständig. Vgl. auch RFH V A 779, StuW II 1932, Nr. 586 (angestellter Heimleiter selbstständig bezüglich der auf eigene Rechnung betriebenen Küchenbewirtschaftung); RFH V A 646/32, RStBl. 1933, 1295 (Rechtsanwalt mit eigener Praxis als An-

gestellter einer anderen Anwaltspraxis); BFH V 21/60 U, BStBl. III 1962, 262 (Verkauf eigener Vorführwagen durch angestellte Autoverkäufer).

einstweilen frei 103

d) Tätigkeiten von Gesellschaftern und Organen. Weder die Eigenschaft als Gesellschafter einer Personengesellschaft (BFH V R 43/01, BStBl. II 2003, 36) noch die Stellung als Organ einer Kapitalgesellschaft (BFH V R 29/03, BStBl. II 2005, 730) steht einer selbstständigen Tätigkeit seit diesen Änderungen der Rechtsprechung entgegen; es gelten die allgemeinen Grundsätze (siehe auch BFH V R 24/10, BStBl. II 2011, 1092; UStAE 2.2 Abs. 2 S. 5 und Abs. 3 S. 1 – Kommanditist). Dies gilt auch für **Vereinsvorstände** (BFH XI R 70/07, BStBl. II 2008, 912). Die Rechtsform spielt keine Rolle für die umsatzsteuerliche Behandlung des Organs. Ebenso wenig ist von Bedeutung, wenn sich das der Leistung zugrundeliegende Rechtsverhältnis aus **gesellschaftsvertraglichen Vereinbarungen** ergibt (BFH V R 60/05, BStBl. II 2009, 486; V R 24/10, BStBl. II 2011, 1092 Rn. 15). Entscheidend ist allein, dass es sich nicht um nicht steuerbare Gesellschafterbeiträge handelt, die durch die Beteiligung am Gewinn oder Verlust abgegolten werden, sondern um Leistungen gegen Sonderentgelt (→ § 1 Rn. 78 ff., nach SchlHFG 4 K 108/13, MwStR 2016, 769 mAnm *Masuch,* rkr., genügt auch eine Kombination von fester und gewinnabhängiger Vergütung). Die Ungleichbehandlung zum Einzelunternehmer, der keine steuerbaren Leistungen an sein Einzelunternehmen erbringen kann (auch → Rn. 10), rechtfertigt keine Nichtsteuerbarkeit von Leistungen eines Gesellschafters an seine Gesellschaft (so mE zutreffend BFH V R 24/10, BStBl. II 2011, 1092 Rn. 17; aA *Stadie* UR 2011, 569). Der geschäftsführende **Komplementär** einer KG kann daher seine Geschäftsführungsleistungen selbstständig oder – wie der geschäftsführende Gesellschafter einer Kapitalgesellschaft (EuGH C-355/06, DStR 2007, 1958 – van der Steen) – auch nichtselbstständig erbringen (BFH XI R 14/09, BStBl. II 2011, 433). Zur Steuerpflicht bei selbstständiger Leistungserbringung → Rn. 106. **Aufsichtsratsmitglieder,** sowohl Arbeitgebervertreter als auch Arbeitnehmervertreter (BFH V R 136/71, BStBl. II 1972, 810; V R 68/78, BStBl. II 1987, 42; UStAE 2.2 Abs. 4 S. 4), waren indessen schon immer selbstständig. 104

Die Unternehmertätigkeit der in → Rn. 104 genannten Personen richtet sich nach den allgemeinen Kriterien. Die Gesellschafterstellung oder Organstellung ist somit für die Selbstständigkeit nicht per se schädlich. Ist die Person aber aus anderen Gründen nicht selbstständig, zB weil sie einen **Arbeitsvertrag** als Geschäftsführer abgeschlossen hat, wird sie – wie jeder Arbeitnehmer – nicht wirtschaftlich tätig (EuGH C-355/06, DStR 2007, 1958 – van der Steen). Unternehmer kann ein Geschäftsführer – dies gilt auch für eine **Komplementär-GmbH** einer GmbH & Co. KG – nur sein, wenn für die Leistung ein Entgelt gewährt wird, das im unmittelbaren Zusammenhang mit der Geschäftsführungsleistung steht (BFH V R 24/10, BStBl. II 2011, 1092 Rn. 14). Entsprechend der allgemeinen Kriterien muss der Unternehmer aber auf eigene Rechnung handeln, andernfalls ist der Geschäftsführer kein Unternehmer (so nunmehr BFH XI R 14/09, BStBl. II 2011, 433 gegen frühere Verwaltungsanweisung (→ Rn. 104) – für Altfälle bis 1.7.2011 siehe aber BMF 2.5.2011, BStBl. I 2011, 490). Die **einkommensteuerliche Qualifikation** als Sondervergütungen ist für die Selbstständigkeit iSd UStG irrelevant. Nach UStAE 2.2 Abs. 6 S. 3 kann die Komplementär-GmbH einer sog. **Einheits-GmbH & Co. KG** nicht selbstständig sein. 105

Die gegen Sonderentgelt erbrachte alleinige **Haftungsübernahme** ist nach den unter → Rn. 104 genannten Grundsätzen steuerbar (UStAE 1.6 Abs. 6 – übergangsweise wird die Behandlung als nichtsteuerbar bis 31.12.2011 toleriert nach BMF 14.11.2011, BStBl. I 2011, 1158; weiterhin anzuwenden gemäß BMF 9.4.2013, BStBl. I 2013, 522, Anlage 1 Nr. 1233). Bei solchen Haftungsvergütungen, die ein selbstständiger Komplementär von der KG erhält, stellt sich auch die Frage, ob diese 106 nach § 4 Nr. 8 Buchst. g steuerfrei sind. Der BFH hat dies für den Fall verneint, dass der Komplementär neben der Haftung auch die Vertretung und Geschäftsführung gesondert vergütet bekommt. Denn in diesem Fall liege eine einheitliche Leistung vor, die als solche nicht unter die Steuerbefreiung falle und daher steuerpflichtig sei (BFH V R 24/10, BStBl. II 2011, 1092 Rn. 24ff.). Weil die Haftung des Komplementärs aber nicht nur Geldverbindlichkeiten umfasst, fällt sie auch isoliert betrachtet nicht unter die Steuerbefreiung nach § 4 Nr. 8 Buchst. g (BFH V R 24/10, BStBl. II 2011, 1092 Rn. 31ff.), denn der EuGH schränkt den Anwendungsbereich des Art. 135 Abs. 1 Buchst. c MwStSystRL (Grundlage von § 4 Nr. 8 Buchst. g) auf Geldverbindlichkeiten ein (EuGH C-455/05, DStRE 2007, 1519 Rn. 23ff. – Velvet & Steel Immobilien). Kritisch *Merzrath* DStR 2011, 1203 (1206f.).

3. Selbstständigkeit juristischer Personen (Organschaft)

107 **a) Allgemeines.** Juristische Personen (Organgesellschaften) sind nicht selbstständig iSd § 2 Abs. 1 S. 1 tätig, wenn sie nach dem Gesamtbild der tatsächlichen Verhältnisse finanziell, wirtschaftlich und organisatorisch in das Unternehmen eines Organträgers eingegliedert sind (§ 2 Abs. 2 Nr. 2 S. 1). Als **Rechtsfolge** hieraus ist nur der Organträger Unternehmer für das aus seinem Unternehmensteil und den Unternehmen der Organgesellschaft(en) bestehende Gesamtunternehmen (§ 2 Abs. 2 Nr. 2 S. 3). Der Organträger ist folglich Steuerschuldner iSd § 13a Abs. 1 Nr. 1. Leistungen, die gegen Entgelt innerhalb des Organkreises zwischen den rechtlich unabhängigen Mitgliedern erbracht werden, sind nicht umsatzsteuerbar. Diese Wirkungen der Organschaft sind aber auf die inländischen Unternehmensteile beschränkt (§ 2 Abs. 2 Nr. 2 S. 2). Hat der Organträger seine Geschäftsleitung im Ausland, gilt der wirtschaftlich bedeutendste Unternehmensteil im Inland als der Unternehmer (§ 2 Abs. 2 Nr. 2 S. 4).

108 Die umsatzsteuerliche Organschaft war zunächst ein Rechtsinstitut des RFH (V A 417/27, RFHE 36, 39) und wurde 1934 gesetzlich in § 2 Abs. 2 Nr. 2 kodifiziert. In der Allphasenbrutto-USt wurde es dadurch möglich, den Kaskadeneffekt einer auf jeder Leistungsstufe erhobenen USt ohne Vorsteuerabzug innerhalb des Organkreises zu verhindern. Mit dem Übergang zu einem Mehrwertsteuersystem mit Vorsteuerabzug 1968 hat sich dieser Gestaltungsvorteil der Organschaft weitgehend erübrigt. Gleichwohl ist die Organschaft weiterhin ein Gestaltungsmittel für Unternehmen, die nicht zum (vollständigen) Vorsteuerabzug berechtigt sind, weil sie so ihre Innenleistungen nicht mit USt belasten müssen oder weil sie durch die Zusammenrechnung der Umsätze aller am Organkreis beteiligten Unternehmen ggf. eine höhere Vorsteuerquote für ihre Gemeinkosten ermitteln können (vgl. *Wäger* DB 2014, 915). Auf die Regelung in § 2 Abs. 2 Nr. 2 wurde jedenfalls auch nach 1968 nicht verzichtet, weshalb schließlich mit Harmonisierung der Mehrwertsteuern in der damaligen EG 1977 eine europarechtliche Grundlage geschaffen werden musste, die es Deutschland (und anderen Staaten, zB den Niederlanden) ermöglichte, an ihren Organschaftsregeln festzuhalten. Diese **unionsrechtliche Grundlage** ist gegenwärtig Art. 11 MwStSystRL, wonach es den Mitgliedstaaten gestattet ist, in ihren Gebieten ansässige Personen, die zwar rechtlich unabhängig, aber durch gegenseitige finanzielle, wirtschaftliche und organisatorische Beziehungen eng miteinander verbunden sind, zusammen als einen Steuerpflichtigen behandeln. Jahrzehntelang bestand Konsens, dass die unionsrechtliche Grundlage als Ermächtigung an den nationalen Gesetzgeber ausgestaltet ist und ihm den Rahmen vorgibt, innerhalb dessen er sich (frei) bewegen kann. Dass die deutschen Organschaftsregelungen in § 2 Abs. 2 Nr. 2 enger sind als diejenigen des Art. 11 MwStSystRL, wurde daher nicht als Problem wahrgenommen (vgl. *Korn* SteuK 2016, 145). Nach der jüngeren Rechtsprechung des EuGH sieht Art. 11 Abs. 1 MwStSystRL für die Mitgliedstaaten aber nicht die Möglichkeit vor, den Wirtschaftsteilnehmern weitere Bedingungen für die Bildung einer Mehrwerts-

teuergruppe aufzubürden (EuGH C-480/10, MwStR 2013, 276 – Kommission/Schweden mit Anm. *Grube* Rn. 35). Daher sind Zweifel aufgekommen, ob die verschiedenen Voraussetzungen im deutschen Recht mit dem Unionsrecht vereinbar sind (zur Voraussetzung der Unternehmereigenschaft von Organträger und Organgesellschaft → Rn. 110; zur Voraussetzung der Eigenschaft der Organgesellschaft als juristische Person → Rn. 112 und zur Voraussetzung eines Über-/Unterordnungsverhältnisses → Rn. 120). Vgl. für einen Überblick über diese Rechtsentwicklung bis zur (teilweisen) Neuausrichtung von BFH-Rechtsprechung 2015/16 und Verwaltungsauffassung 2016/17: *Eggers/Korf* MwStR 2015, 710; *Grube* MwStR 2015, 202.

Eine **Mehrmütterorganschaft** gibt es im USt-Recht nicht (BFH V R 3/08, BStBl. II 2013, 873; UStAE 2.8 Abs. 3 S. 2). Zur Begrenzung der Organschaft auf die inländischen Unternehmensteile → Rn. 147 ff. 109

b) Voraussetzungen an Organträger und Organgesellschaft. Voraussetzung der Organschaft ist die finanzielle, wirtschaftliche und organisatorische Eingliederung einer juristischen Person in ein Unternehmen. **Organträger** kann daher **jeder Unternehmer** sein und somit auch juristische Personen des öffentlichen Rechts, wenn und soweit sie unternehmerisch tätig sind (BFH V R 64/99, BStBl. II 2003, 375; V R 4/08, BStBl. II 2010, 310) oder **Holdinggesellschaften,** die unternehmerisch tätig sind (→ Rn. 83 ff.). Eine reine Finanzholding, die keine Umsätze tätigt, reicht nach geltender Rechtslage nicht aus (ebenso *Treiber* in Sölch/Ringleb § 2 Rn. 332; *Stapperfend* UR 2006, 112; aA *Rau/Dürrwächter* § 2 Rn. 832; offengelassen von BFH V R 76/05, BStBl. II 2008, 905; vgl. auch *Tiedtke* UR 2008, 373). Eine nationale Regelung, die – anders als § 2 Abs. 2 Nr. 2 – auch Nichtunternehmer als Organträger oder Organgesellschaft zulässt, ist aber nicht unionsrechtswidrig (EuGH C-85/11, DStR 2013, 806 – Kommission/Irland), weil Art. 11 MwStSystRL von „Personen" und nicht von „Steuerpflichtigen" spricht. Nach der Rechtsprechung ergibt sich hieraus kein unionsrechtlicher Zwang zur Einbeziehung von Nichtunternehmern → Rn. 113 f. 110

Ob sich die **Unternehmereigenschaft des Organträgers** auch nur aus den entgeltlichen, aber gleichwohl nichtsteuerbaren innerorganschaftlichen Umsätzen ergeben kann, bejaht der BFH für Personen des Privatrechts (BFH V R 14/08, BStBl. II 2011, 988 Rn. 32; V R 71/93, UR 1996, 266; V R 124/89, BStBl. II 1994, 129), er verneint es indessen für juristische Person des öffentlichen Rechts als Organträger (BFH V R 64/99, BStBl. II 2003, 375; V R 44/15, DStR 2017, 656 Rn. 18). Letztere müssen also steuerbare Außenumsätze erzielen, um überhaupt Organträger sein zu können; alle anderen Unternehmer können auch nur durch ihre Leistungen an die Organgesellschaft die Organträgereigenschaft begründen (ebenso UStAE 2.8 Abs. 2 S. 7). 111

Beispiel: A ist Alleingesellschafter der A-GmbH und vermietet an diese ein Grundstück. A ist durch die Vermietung des Grundstücks Unternehmer iSd § 2 Abs. 1. Er kann damit Organträger der A-GmbH sein. Ob diese Leistungen steuerbar sind oder ob es sich aufgrund der Organschaft um nichtsteuerbare Innenleistungen handelt, ist für die zur Begründung einer Organschaft erforderliche Unternehmerstellung des Organträgers unerheblich (BFH V R 14/08, BStBl. II 2011, 988 Rn. 32).

Auf die **Rechtsform des Organträgers** kommt es nicht an (zur Unterscheidung bei den organträgerbegründenden Umsätzen aber → Rn. 111). **Organgesellschaft** kann hingegen nach dem Wortlaut des § 2 Abs. 2 Nr. 2 nur eine juristische Person sein, allerdings auch schon in der Entstehungsphase als Gründungsgesellschaft vor Eintragung im Handelsregister (BFH V R 90/74, BStBl. II 1978, 486). In- und ausländische Personengesellschaften kamen danach als Organgesellschaft nicht in Betracht (kritisch *Hummel* UR 2010, 207; zur jüngeren Entwicklung → Rn. 112 a). Das Unionsrecht kennt keine Beschränkung auf juristische Personen, demnach stünde es 112 den Mitgliedstaaten frei, auch Personengesellschaften als Organgesellschaften zuzulassen, wenn sie freilich (zusätzlich) die Eingliederungsvoraussetzungen erfüllen. Die deutschen Organschaftsregelungen in § 2 Abs. 2 Nr. 2 sind insoweit enger sind als diejenigen des Art. 11 MwStSystRL. Weil aber nach der jüngeren Rechtsprechung des EuGH Art. 11 Abs. 1 MwStSystRL für die Mitgliedstaaten nicht die Möglichkeit vorsieht, weitere Bedingungen für die Bildung einer Mehrwertsteuergruppe zu verlangen (EuGH C-480/10, MwStR 2013, 276 – Kommission/Schweden mit Anm. *Grube* Rn. 35), waren Zweifel aufgekommen, ob ua das Erfordernis der Eigenschaft der Organgesellschaft als juristische Person im deutschen Recht mit dem Unionsrecht vereinbar ist. Nach FG München 3 K 235/10, DStR 2013, 1471, Rev BFH V R 25/13 – dazu unter → Rn. 112a – ist die Beschränkung in § 2 Abs. 2 Nr. 2 auf Kapitalgesellschaften als Organgesellschaften unionsrechtswidrig, so dass **auch Personengesellschaften zulässig** seien (so auch *Boor* UR 2013, 729 (735f.), *Grünwald* MwStR 2013, 328 (331), *Hummel* MwStR 2013, 294 (296f.), *Slapio* UR 2013, 407 (411) und in der Tendenz *Wäger* UVR 2013, 205 (210f.)). Der BFH hatte diese Frage dem EuGH zur Vorabentscheidung vorgelegt (BFH XI R 38/12, BStBl. II 2014, 428, und XI R 17/11, BStBl. II 2014, 417). Hierauf entschied der EuGH, dass ein Ausschluss von Unternehmern ohne Rechtspersönlichkeit grundsätzlich richtlinienwidrig ist, es sei denn, dieser diene der Missbrauchsbekämpfung iSd Art. 11 Abs. 2 MwStSystRL (EuGH C-108/14 – Larentia + Minerva; C-109/14, DStR 2015, 1673 – Marenave), was nun wieder festzustellen Sache des vorliegenden XI. Senats ist (zu den Nachfolgeentscheidungen des XI. Senats → Rn. 112b). Eine unmittelbare Berufung auf Unionsrecht ist aber – so der EuGH explizit – ausgeschlossen, so dass die Einbeziehung von Personengesellschaften nur durch richtlinienkonforme Auslegung, allerdings gegen den Wortlaut des § 2 Abs. 2 Nr. 2, möglich ist (dafür plädierend *Streit/Rust* DStR 2015, 2097). Auch dann muss aber bedacht werden, dass auch für Personengesellschaften die Eingliederungsmerkmale gelten. Wegen der grundsätzlich erforderlichen Einstimmigkeit nach § 709 BGB, § 119 HGB wird daher eine finanzielle Eingliederung idR nicht möglich sein (so im Ergebnis schließlich auch der V. Senat des BFH – nachfolgend → Rn. 112a).

112a In einer **Grundsatzentscheidung** im Revisionsverfahren gegen das unter → Rn. 112 genannte Urteil des FG München hat der V. Senat des BFH – im Ergebnis – im vorstehend genannten Sinne entschieden (zur hiervon abweichenden Entscheidung des XI. Senats → Rn. 112b): Der BFH begründet dies aber nicht mit der vom EuGH eingeräumten Möglichkeit, wonach Einschränkungen bei der Organschaft möglich sind, wenn diese der Missbrauchsbekämpfung iSd Art. 11 Abs. 2 MwStSystRL dienen. Vielmehr setzt er eine Stufe vorher bei der Ausgestaltung der Eingliederungsmerkmale an und betreibt **teleologische Extension** (BFH V R 25/13, DStR 2016, 219 mAnm *Grünwald*): Nach der Rechtsprechung des EuGH bedarf die sich aus der Richtlinie ergebende Voraussetzung der „engen Verbindungen“ innerhalb des Organkreises einer Präzisierung auf nationaler Ebene durch nationale Rechtsvorschriften. Diese Präzisierung nimmt § 2 Abs. 2 Nr. 2 vor, der dabei nur vordergründig auf ein rechtsformbezogenes Merkmal abstelle. Tatsächlich gehe es darum, die Feststellung einer Eingliederung einfach und rechtssicher vorzunehmen. Während über die finanzielle Eingliederung einer juristischen Person einfach, rechtssicher und ohne Nachweisschwierigkeiten entschieden werden kann, treffe dies auf die Personengesellschaft schon deshalb nicht zu, weil dort grundsätzlich das Einstimmigkeitsprinzip herrscht, abweichende Regelungen und auch die Übertragung von Anteilen aber privatschriftlich bzw. sogar mündlich vereinbart werden können, so dass sich zwangsläufig Nachweisschwierigkeiten ergeben. Es liegt also im Wesen der Personengesellschaft, das über ihre finanzielle Eingliederung nicht einfach, rechtssicher und ohne Nachweisschwierigkeiten entschieden werden kann, weshalb ihr Ausschluss aus dem Kreis möglicher Organgesellschaften grundsätzlich eine zulässige Präzisierung darstelle. Diese Zulässigkeit dieser Präzisierung gelte aber nicht für Personengesellschaften, bei denen das grundsätzlich bestehende Einstimmungsprinzip von vornherein ohne Bedeutung ist und daher bereits abstrakt einer finanziellen Eingliederung nicht entgegenstehen kann. Dies sind Personengesellschaften, bei denen neben dem Organträger Gesellschafter nur Personen sind, die nach § 2 Abs. 2 Nr. 2 in das Unternehmen des Organträgers finanziell eingegliedert sind. Insoweit enthalte § 2 Abs. 2 Nr. 2 eine Lücke, die durch teleologische Extension zu schließen sei (vgl. *Heuermann* DB 2016, 608). Zur Kritik und zu den praktischen Auswirkungen → Rn. 112c, zur Reaktion der FVerw und zu möglichen Gesetzesänderungen → Rn. 112d.

Wenige Wochen nach der in → Rn. 112a erläuterten Entscheidung des V. Senats **112b** veröffentlichte der XI. Senat des BFH seine erste **Nachfolgeentscheidung** zu dem EuGH-Urteil C-108/14 – Larentia + Minerva, C-109/14, DStR 2015, 1673 – Marenave (BFH XI R 38/12, DStR 2016, 587 mAnm *Grünwald*) und etwas später die zweite Nachfolgeentscheidung (BFH XI R 17/11, DStR 2016, 1668 mAnm *Treiber*). Er folgt nicht der in → Rn. 112a dargestellten Auffassung des V. Senats des BFH, dass das Verbot der Einbeziehung von Personengesellschaften als Organgesellschaften in eine Organschaft unionsrechtlich zu rechtfertigen ist. Vielmehr bleibt der XI. Senat bei seiner bereits in Vorlagebeschlüssen geäußerten Auffassung, wonach es „fernliegend" sei, die Beschränkung des § 2 Abs. 2 Nr. 2 auf juristische Personen durch den in Art. 11 Abs. 2 MwStSystRL geregelten Vorbehalt für Sondermaßnahmen zur Bekämpfung von Steuerhinterziehungen oder -umgehungen zu rechtfertigen (BFH XI R 38/12, DStR 2016, 587 Rn. 67). Und – so stellt der XI. Senat klar – nur darauf könne eine nationale Sondermaßnahme gestützt werden (BFH XI R 38/12, DStR 2016, 587 Rn. 75). Anders als der V. Senat rechtfertigt der XI. Senat also eine solche Sondermaßnahme nicht mit einer nationalen Präzisierungsbefugnis zur rechtssicheren Bestimmung der Person des Steuerschuldners. Einig ist sich der XI. Senat mit dem V. Senat wiederum in der Feststellung, dass die Unionsrechtswidrigkeit des § 2 Abs. 2 Nr. 2 UStG nicht durch Berufung auf das Unionsrecht, wohl aber – jedoch eben nur zum Teil – durch richtlinienkonforme Auslegung geheilt werden kann. Die Art dieser Auslegung unterscheidet sich aber erneut vom V. Senat. Dieser hatte den Begriff der „juristischen Person" im Rahmen teleologischer Extension geöffnet für solche Personengesellschaften, deren Anteile allein dem Organträger oder anderen in dessen Unternehmen eingegliederten Unternehmen zuzurechnen sind (→ Rn. 112a). Der XI. Senat stellt indessen nicht auf die Alleinbeherrschung der Tochter-Personengesellschaft, sondern auf ihre der Kapitalgesellschaft ähnliche Verfassung ab. Demnach können **Personengesellschaften mit kapitalistischer Struktur,** wie die GmbH & Co KG, durch richtlinienkonforme Auslegung als juristische Person anzusehen sein. Ob die Anteile an der GmbH & Co KG dann zu 100% dem Organträger zuzurechnen sind, ist für den XI. Senat nicht von Bedeutung. Vgl. zu den Organschaftsentscheidungen die Äußerungen im Schrifttum: *Brinkmann/Walter-Yadegardjam* DStR 2016, 650; *Englisch* UR 2016, 822; *Feldgen* BB 2016, 606; *Grünwald* WPg 2016, 1097; *Heuermann* DB 2016, 608; *Hudasch/Höink* UVR 2016, 106; *Jansen* BB 2016, 2263; *Lange* UR 2016, 297; *Reiß* UR 2016, 739; *von Streit/Streit* UStB 2016, 147 und UStB 2016, 280; *Wäger* UR 2016, 173.

Die (voneinander abweichenden) Entscheidungen des BFH zur Eingliederung von **112c** Personengesellschaften sind im Schrifttum bereits auf Kritik gestoßen. Die Begründung des V. Senats ist insoweit angreifbar als er einerseits feststellt, dass über die finanzielle Eingliederung einer Personengesellschaft grundsätzlich nicht **rechtssicher** entschieden werden kann, auf der anderen Seite aber rechtssicher feststellbar sein soll, dass der Organträger oder nur finanziell in das Unternehmen des Organträgers eingegliederte Gesellschaften sämtliche Anteile an der Personengesellschaft halten (so *Brinkmann/Walter-Yadegardjam* DStR 2016, 650 [652]). Allerdings ist dem V. Senat zuzugestehen, dass er sich in Ausübung der vom EuGH eingeräumten Präzisierungsbefugnis noch im Rahmen des Art. 11 Abs. 1 MwStSystRL bewegt, also im Rahmen der **Aus-**

legung der Eingliederungsmerkmale. Der Ausschluss juristischer Personen als Organgesellschaften durch § 2 Abs. 2 Nr. 2 wird vom V. Senat somit nicht als nationale Sondermaßnahme charakterisiert, die nur unter den Voraussetzungen des Art. 11 Abs. 2 MwStSystRL zulässig ist, sondern als Präzisierung der von Art. 11 Abs. 1 MwStSystRL vorgegeben Eingliederungsmerkmale. Diese Auslegung hat den Vorteil, dass sie einen weiteren Spielraum eröffnet als der von Art. 11 Abs. 2 MwStSystRL eingeräumte. Sie ist allerdings nur zulässig, solange die Erfüllung der organschaftlichen Eingliederungsvoraussetzungen nicht durch ein Feststellungsverfahren vorab rechtsverbindlich geklärt wird oder der Gesetzgeber ein Antragsverfahren vorsieht, denn dann entfällt – nach Einschätzung des V. Senats selbst – insoweit das Präzisierungsbedürfnis (BFH V R 25/13, DStR 2016, 219 Rn. 34). Der XI. Senat des BFH wiederum „überspringt" die Befugnis zur Präzisierung der Eingliederungsmerkmale und qualifiziert folglich den Ausschluss juristischer Personen als **nationale Sondermaßnahme** nach Art. 11 Abs. 2 MwStSystRL, die nur als Maßnahme gegen Steuerhinterziehung und -umgehung gerechtfertigt sein kann, was der XI. Senat aber ablehnt. Er öffnet dann zwar den Anwendungsbereich des § 2 Abs. 2 Nr. 2 für bestimmte Personengesellschaften mit kapitalistischer Struktur, im Übrigen aber ist der Ausschluss von Personengesellschaften als Organgesellschaften nach der Ansicht des XI. Senats unionsrechtswidrig, was weitere Folgen für den Umgang mit dieser Rechtsprechung nach sich zieht (→ Rn. 112 d). Vorerst unterscheiden sich die Urteile des V. und des XI. Senats darin, dass nach dem V. Senat jede zu 100% vom Organträger beherrschte Personengesellschaft Organgesellschaft sein kann, während dem XI. Senat die gewöhnliche finanzielle Eingliederung ausreicht, es sich aber um eine Personengesellschaft mit kapitalistischer Struktur handeln muss. Diese Sichtweise des XI. Senats hat zumindest den Vorteil, dass die kapitalistische Struktur wenigstens nach außen durch die Firmenbezeichnung (GmbH & Co KG, AG & Co KG etc) erkennbar wird. Doch auch hier dürften sich in der Praxis Schwierigkeiten ergeben, etwa bei der Frage, ab welchem Zeitpunkt die KG „kapitalistisch" wird (wohl erst mit Eintragung sowohl der GmbH als auch der KG im Handelsregister). Darüber hinaus stellt sich auch hier die Frage, warum der XI. Senat dem Konstrukt des V. Senats ein eigenes hinzufügen muss. Schließlich war jahrzehntelang Konsens, dass auch kapitalistisch strukturierte Personengesellschaften keine juristischen Personen iSd § 2 Abs. 2 Nr. 2 sind. Nun aber entscheidet der XI. Senat, dass dies eigentlich schon immer der Fall war. Er stellt sich damit gegen seine eigene Vorlage an den EuGH, in der er einer richtlinienkonformen Auslegung noch abgeneigt war (BFH XI R 38/12, DStR 2014, 466 Rn. 80).

Besonders ärgerlich ist aber die nunmehr **fehlende Einheitlichkeit der Rechtsprechung.** Es wäre, wie die zeitliche Nähe der Urteilsveröffentlichungen zeigt, sicher möglich gewesen, vorab die inhaltlichen Differenzen zu benennen und entweder zu klären oder die Möglichkeit einer Vorlage an den Großen Senat oder den EuGH zu erörtern (ebenso *Küffner/Rust* DB 2016, 728 [731]; *Lange* UR 2016, 297 [305]; *von Streit/Streit* UStB 2016, 147 [156]). Dort, wo Steuerpflichtiger und FA einvernehmlich am bisherigen Einbeziehungsverbot festhalten, wird es freilich nicht zum Streit kommen. Alle anderen Fälle muss man, sofern sie vom V. und XI. Senat unterschiedlich beurteilt werden würden, schnellstmöglich einer Letztentscheidung durch den Großen Senat des BFH oder aber über eine neue Vorlage durch den EuGH zuführen. Die FVerw erlaubt vorläufig eine Berufung auf diese Rechtsprechung nur, wenn sowohl nach dem V. als auch nach dem XI. Senat eine Organschaft mit einer Tochter-Personengesellschaft möglich ist (OFD Frankfurt a. M. 24. 5. 2016, DStR 2016, 1611). Das BMF scheint derzeit dazu zu tendieren, eher dem V. Senat zu folgen (→ Rn. 112 d).

Beispiel 1 (aus *Korn* SteuK 2016, 145): A ist Schreiner und führt den Betrieb in der Rechtsform einer GmbH & Co KG. Er ist alleiniger Kommanditist und Geschäftsführer der mit 0% an der KG beteiligten Komplementär-GmbH. Das Betriebsgrundstück ist in seinem Eigentum und wird der GmbH & Co KG vermietet. Ertragsteuerlich liegt somit Sonderbetriebsvermögen vor.

Lösung: A ist infolge der Vermietung Unternehmer und die KG ist finanziell (100%-Beteiligung), wirtschaftlich (Anmietung des Betriebsgrundstücks) und organisatorisch (A ist alleiniger Geschäftsführer über die GmbH) in das Unternehmen des A eingegliedert. Da die Anteile an der GmbH & Co KG alleine A zuzurechnen sind, handelt es sich um eine „juristische Person" nach der Auslegung des V. Senats des BFH. Als GmbH & Co KG handelt es sich ebenfalls um eine „juristische Person" nach der Auslegung des XI. Senats des BFH. Damit liegt eine Organschaft vor. Bereits erlassene Steuerbescheide können aber nach § 176 AO nicht mehr zulasten des Steuerpflichtigen geändert werden. Hat aber zB die GmbH & Co KG gegen eine vom FA abweichende Umsatzsteuerfestsetzung für ein früheres Jahr geklagt, weil das FA beispielsweise die Ordnungsmäßigkeit einer Rechnung nicht anerkennt, kann das FG die Klage nun abweisen, weil die GmbH & Co KG keine selbstständige Unternehmerin ist und daher auch keinen Vorsteuerabzug geltend machen kann. Den Vorsteuerabzug muss dann vielmehr A geltend machen, was voraussetzt, dass eine erstmalige oder geänderte Festsetzung verfahrensrechtlich noch möglich ist. Außerdem könnte es schnell zu Steuerausfällen kommen, wenn der Organträger die Rechtsfolgen der Organschaft mit § 176 AO abwehrt, die Organgesellschaft indessen sich über die Feststellung der Organschaft der Steuerschuld entledigen kann. Parallelen zum Bauträgerproblem, das der Gesetzgeber durch § 27 Abs. 19 lösen wollte, drängen sich auf (vgl. *Grünwald* MwStR 2016, 271).

Beispiel 2 (aus *Korn* SteuK 2016, 145): A aus Beispiel 1 ist nicht alleiniger Kommanditist. Seine Schwester S hält einen Kommanditanteil von 20%.

Lösung: Nach Ansicht des XI. Senats des BFH ist die GmbH & Co KG weiterhin als „juristische Person" iSd § 2 Abs. 2 Nr. 2 anzusehen, so dass immer noch eine Organschaft vorliegt. An der Eingliederung hat sich nichts geändert. Der V. Senat würde allerdings keine Organschaft annehmen, da nicht sämtliche Anteile an der GmbH & Co KG dem A gehören.

Beispiel 3 (aus *Korn* SteuK 2016, 145): Die X-AG hat eine 100%ige Tochtergesellschaft, die Y-GmbH. X-AG und Y-GmbH sind jeweils zu 50% Gesellschafter einer OHG, die ein Gemeinschaftsprojekt verwirklicht und dafür Arbeitskräfte und Material von der X-AG gegen Kostenersatz (= Entgelt) bezieht.

Lösung: Die OHG ist damit finanziell, wirtschaftlich und organisatorisch in das Unternehmen der X-AG eingegliedert. Sie ist nach Auffassung des V. Senats des BFH mithin Organgesellschaft. Der XI. Senat des BFH würde aber mangels kapitalistischer Struktur der OHG eine Organschaft wohl verneinen.

Durch die Uneinheitlichkeit der Rechtsprechung wäre es wünschenswert, dass der **112d**
Gesetzgeber handelt (so auch *Brinkmann/Walter-Yadegardjam* DStR 2016, 650 [657]; *Englisch* UR 2016, 822; *Feldgen* BB 2016, 606 [612]; *Jansen* BB 2016, 2263 [2267]; *von Streit/Streit* UStB 2016, 280 [285]). Selbst wenn diese Fragen doch noch beim Großen Senat oder erneut beim EuGH landen sollte, würde die Klärung auf diesen Wegen Jahre in Anspruch nehmen, in denen das umsatzsteuerliche Schicksal unzähliger Personengesellschaften ungeklärt bliebe. Die Möglichkeiten des Gesetzgebers, die teilweise Einbeziehung von Personengesellschaften **für die Vergangenheit** zu verhindern, sind freilich beschränkt. Ein gesetzliches Verbot zur Einbeziehung von Personengesellschaften wäre wirkungslos, schließlich enthält § 2 Abs. 2 Nr. 2 bereits ein solches, das aber der BFH durch teleologische Extension (V. Senat) bzw. richtlinienkonforme Auslegung (XI. Senat) aushebelt. Darüber hinaus gerät jede rückwirkende Gesetzesänderung zulasten einzelner Steuerpflichtiger schnell in den Verdacht der Verfassungswidrigkeit. **Für die Zukunft** wäre es aber nun an der Zeit, dass der Gesetzgeber – sollte er an der Organschaft ansonsten festhalten wollen – wenigstens ein Feststellungsverfahren voranstellt, damit das Vorliegen oder Nichtvorliegen einer Organschaft von der Umsatzsteuerfestsetzung getrennt werden kann. Hierauf weist letztlich auch der V. Senat des BFH in seiner Entscheidung (→ Rn. 112a) hin. Da der V. Senat sein weitgehendes Festhalten am bisherigen Rechtszustand bezüglich anderer Fragen (Unternehmereigenschaft des Organträgers → Rn. 113, Eingliederung mit

Durchgriffsrechten → Rn. 121) mit dem Fehlen eines solchen Feststellungsverfahrens begründet hat, kann die bloße Einführung eines solchen auch die materielle Rechtslage ändern, weil ein Rechtfertigungsgrund für die zusätzlichen deutschen Organschaftsvoraussetzungen entfällt (so auch *Wäger* UR 2016, 173 [180]). Der Gesetzgeber sollte bei Einführung eines solchen Feststellungsverfahrens also auch sorgfältig prüfen, ob dann eine weitergehende Annäherung des § 2 Abs. 2 Nr. 2 UStG an Art. 11 zu erwägen ist (vgl. *Korn* SteuK 2016, 145). Alternativ zu einem Feststellungsverfahren wird im Schrifttum auch erwogen, die Organschaft zu einem Wahlrecht umzugestalten (dafür zB *Endres-Reich* UR 2016, 660; *Küffner/Rust* DB 2016, 728). Eine **Abschaffung der Organschaft** dürfte vermutlich keine (politische) Option sein. Vor dem Hintergrund der Komplexität der Organschaft und ihrer weitreichenden Rechtsfolgen kann von einer Vereinfachungsfunktion längst keine Rede mehr sein, so dass sich die Frage nach der Rechtfertigung und Notwendigkeit einer umsatzsteuerlichen Gruppenbesteuerung durchaus stellt (vgl. statt vieler *Reiß* UR 2016, 739 [752ff.]).

Der sich abzeichnende Umgang der FVerw mit der divergierenden Rechtsprechung des V. und XI. Senats lässt den Schluss zu, dass eine Gesetzesänderung vermieden werden soll. Denn nach dem **Entwurf eines BMF-Schreibens** zur Änderung von UStAE 2.8 schließt sich die FVerw weitgehend dem V. Senat an und damit an dessen Auffassung, wonach der geltende Ausschluss von Personengesellschaften als Organgesellschaft eine – unionsrechtskonforme – Präzisierung der in Art. 11 Abs. 1 MwStSystRL vorgegebenen Eingliederungsmerkmale und nur im Falle einer vom Organträger zu 100% beherrschten Personengesellschaft nicht gerechtfertigt ist. Wäre man dem XI. Senat gefolgt, hätte man auch dessen Wertung übernehmen müssen, wonach dieser Ausschluss grundsätzlich unionsrechtswidrig ist. Dann wäre man um eine Änderung des UStG nicht umhingekommen, denn die MwStSystRL ist schließlich zwingend in nationales Recht umzusetzen. Gleichzeitig zeigt die Übernahme der Rechtsprechungsgrundsätze des V. Senats in den UStAE auch, dass auf absehbare Zeit weder ein Feststellungsverfahren zur rechtssicheren Feststellung der Eingliederungsvoraussetzungen noch ein zusätzlichen Antragsverfahren geplant ist, denn dies würde der Rechtsprechung zur Ausübung der Befugnis zur Präzisierung der Eingliederungsmerkmale die Grundlage entziehen (→ Rn. 112c). Sollte sich diese im Entwurf des BMF-Schreibens enthaltene Linie endgültig durchsetzen, bliebe es weitgehend beim bisherigen Zustand der Organschaft. Es wird sich dann die Frage stellen, ob der XI. Senat des BFH auf diese Linie umschwenkt oder ob er dabei bleibt, dass § 2 Abs. 2 Nr. 2 unionsrechtswidrig ist, so dass Deutschland zu einer gesetzlichen Änderung gezwungen ist.

113 Nach der unter → Rn. 110 genannten Entscheidung des EuGH C-85/11, DStR 2013, 806 – Kommission/Irland ist eine nationale Regelung, die – anders als § 2 Abs. 2 Nr. 2 – auch **Nichtunternehmer** als Organträger oder Organgesellschaft zulässt, nicht unionsrechtswidrig, weil Art. 11 MwStSystRL von „Personen“ und nicht von „Steuerpflichtigen“ spricht. Als reine Ermächtigung an die Mitgliedstaaten wäre diese Rechtsprechung per se nicht von Bedeutung, da Deutschland sich mit seiner Regelung, wonach diese Personen zusätzlich Steuerpflichtige (Unternehmer) sein müssen, innerhalb des unionsrechtlichen Ermächtigungsrahmens bewegt. Allerdings hat der EuGH auch entschieden, dass Art. 11 Abs. 1 MwStSystRL für die Mitgliedstaaten nicht die Möglichkeit vorsehe, weitere Bedingungen für die Bildung einer Mehrwertsteuergruppe zu verlangen, als diejenigen in Art. 11 MwStSystRL (EuGH C-480/10, MwStR 2013, 276 – Kommission/Schweden mit Anm. *Grube* Rn. 35). Damit ist es den Mitgliedstaaten verwehrt, bestimmte Personen oder Personengruppen von der Möglichkeit der Bildung einer Mehrwertsteuergruppe von vornherein auszuschließen; ein solcher Ausschluss kann sich lediglich auf Art. 11 Abs. 2 MwStSystRL berufen, der es den Mitgliedstaaten erlaubt, Maßnahmen zur **Vorbeugung von Steuerhinterziehung und -umgehung** zu treffen. Folgt man dem BMF, stützt sich Deutschland bezüglich des Ausschlusses von Nichtunternehmern aus der Organschaft genau hierauf (BMF 5.5.2014, BStBl. I 2014, 820 Rn. I), und zwar ebenfalls unter Verweis auf die EuGH-Entscheidung C-480/10, MwStR 2013, 276 – Kommission/Schweden mit Anm. *Grube*). Dort hat der EuGH die Beschränkung der schwedischen Mehrwertsteuergruppenregelungen auf Steuerpflichtige, die unmittelbar oder mittelbar der Überwachung der Finanzaufsicht unterliegen, gebilligt, allerdings ohne eigene Begründung, sondern nur mangels Widerlegung der schwedischen Position durch die klagende Europäische Kommission (Rn. 39 des Urteils). Deutschland würde sich in einem potenziellen Verfahren zur Frage der Zulässigkeit des Ausschlusses von Nichtunternehmern daher ebenfalls auf Art. 11 Abs. 2 MwStSystRL berufen und geltend machen, dass durch Einbeziehung von Nichtunternehmern in den Anwendungsbereich des Umsatzsteuersystems insbesondere der Vorsteuerabzug entgegen den Bestimmungen des § 15 auf von diesem Personenkreis bezogene Leistungen missbräuchlich ausgeweitet wird (BMF 5.5.2014, BStBl. I 2014, 820 Rn. I; ebenso *Sterzinger* UR 2014, 133; *Wäger* UVR 2013, 205 (210); offen gelassen von *Boor* UR 2013, 729 (734f.); keine generelle Verpflichtung zur Einbeziehung von Nichtunternehmern sieht *Grünwald* MwStR 2013, 328 (332)). *Slapio* (UR 2013, 407 (410)) weist zwar zutreffend darauf hin, dass sich aus der bloßen Einbeziehung eines Nichtunternehmers in eine Organschaft noch kein Vorsteuerabzugsrecht für dessen Eingangsleistungen ergibt, da hierfür Voraussetzung ist, dass die Eingangsleistungen im Zusammenhang mit besteuerten Umsätzen stehen; ein Vorsteuerabzugsrecht kann sich somit allenfalls für einige Gemeinkosten ergeben. Jedoch kann eine erhebliche USt-Ersparnis daraus resultieren, dass grundsätzlich umsatzsteuerpflichtige Innenleistungen durch die Organschaft der USt entzogen werden (vgl. → Rn. 142).

Gerade vor dem Hintergrund dessen hat sich der **V. Senat des BFH der Auffassung des BMF angeschlossen.** Das Erfordernis einer eigenen Unternehmereigenschaft des Organträgers, welches über Art. 11 Abs. 1 MwStSystRL hinausgeht, ist nach BFH V R 67/14, DStR 2016, 232 (vgl. dazu *Heuermann* DB 2016, 608) im nationalen Kontext zur Verhinderung missbräuchlicher Praktiken oder Verhaltensweisen erforderlich und auch geeignet (BFH V R 67/14, DStR 2016, 232 Rn. 30). Die Beschränkung der Organschaft auf Unternehmer bewirkt danach, dass die Organschaft nicht entgegen ihrem Vereinfachungszweck als reines steuerrechtliches Gestaltungsinstrument zur Vermeidung nichtabziehbarer Vorsteuerbeträge in Anspruch genommen werden kann. Im Ergebnis hat dieser Aussage auch der **XI. Senat des BFH** zugestimmt, der Begründung des V. Senats hat er sich aber nicht angeschlossen (BFH XI R 41/14, DStR 2016, 2959 mAnm *Treiber;* XI R 30/14, DStR 2017, 198). Er stellt vielmehr auf den Wortlaut des § 2 Abs. 2 Nr. 2 S. 1 ab, der die Unternehmereigenschaft des Organträgers voraussetzt. Eine richtlinienkonforme Auslegung gegen den Wortlaut lehnt der XI. Senat ab. Eine unmittelbare Berufung auf Unionsrecht kommt wiederum schon nach dem EuGH-Urteil Larentia + Minerva nicht in Frage (→ Rn. 112). Der XI. Senat des BFH lässt also die Frage, ob der Ausschluss von Nichtunternehmern unionsrechtskonform ist, dahinstehen, sondern stellt lediglich fest, dass nach derzeitiger deutscher Rechtslage ein Nichtunternehmer nicht Organträger sein kann. Das kommt zwar im Ergebnis – für den entschiedenen Streitfall – auf das Gleiche hinaus, lässt aber die Frage unbeantwortet, ob der Gesetzgeber tätig werden muss, was nach Ansicht des V. Senats des BFH nicht nötig ist, weil der Ausschluss von Nichtunternehmern durch Art. 11 Abs. 2 MwStSystRL gedeckt sei. Es ist folglich nicht überraschend, dass sich die FVerw in einem Entwurf eines BMF-Schreibens zur Änderung von UStAE 2.8 auch in diesem Punkt dem V. Senat des BFH anschließt (zur Frage der Einbeziehung von Tochter-Personengesellschaften → Rn. 112d aE). 113a

Ob zur Verhinderung nichtabziehbarer Vorsteuerbeträge der Ausschluss von Nichtunternehmern aus der Organschaft nötig ist, ist allerdings fraglich. Denn die Organschaft verlangt zudem das Vorliegen der **Eingliederungsmerkmale.** Es ist also nicht so, dass ein Unternehmer eine völlig außenstehende Person in seinen Organkreis aufnehmen kann, um die Mehrwertsteuerpflicht für Leistungen an ihn zu umgehen. Vielmehr müssen beide Personen finanziell, wirtschaftlich und organisatorisch miteinander verbunden sein, so dass sie letztlich als ein Steuerpflichtiger (Unternehmer) anzusehen sind. Gerade die wirtschaftliche Eingliederung verlangt nach der BFH-Rechtsprechung die Erbringung entgeltlicher Leistungen (→ Rn. 124) und damit idR ohnehin die Unternehmereigenschaft. Da der V. Senat des BFH den Ausschluss von Nichtunternehmern aber als gerechtfertigt ansieht, braucht er sich nicht dazu zu äußern, wie eine wirtschaftliche Eingliederung zwischen einem Unternehmer und einem Nichtunternehmer begründet werden könnte (BFH V R 67/14, DStR 2016, 232 Rn. 36).

113b Ungeachtet dessen kann die finanzielle Eingliederung einer Enkel- in eine Muttergesellschaft auch über eine **nichtunternehmerische Tochtergesellschaft** erfolgen, die dann aber nicht in den Organkreis einzubeziehen ist (BFH V R 67/14, DStR 2016, 232 Rn. 35). Ebenfalls sind die nichtunternehmerischen Bereiche von Unternehmern Teil des Organkreises (BFH V R 30/06, BStBl. II 2010, 863). Für diese besteht jedoch insoweit entweder kein Vorsteuerabzugsrecht, als die Organgesellschaft Leistungen an den nichtunternehmerischen Bereich des Organträgers erbringt, oder die Nutzung führt zu einer unentgeltlichen Wertabgabe.

Beispiel: Eine Gemeinde ist alleinige Gesellschafterin einer GmbH, die ein Schwimmbad betreibt. Das dafür nötige Personal stellt die Gemeinde gegen marktübliches Entgelt auf privatrechtlicher Grundlage zur Verfügung. Zur kurzfristigen Unterbringung von Bürgerkriegsflüchtlingen baut die Gemeinde auf dem Freibadgelände eine Zeltstadt auf. Die notwendigen Auslagen werden der GmbH ersetzt.

Durch die Arbeitnehmerüberlassung wird die Gemeinde unternehmerisch tätig und kann nach § 2 Abs. 2 Nr. 2 S. 1 Organträger der GmbH sein. Diese Tätigkeit bildet auch die Grundlage für die wirtschaftliche Eingliederung. Die finanzielle Eingliederung ist ebenfalls gegeben. Sofern auch die organisatorische Eingliederung gegeben ist, besteht Organschaft, mit der Folge, dass die Leistung der GmbH an die Gemeinde (kurzfristige Grundstücksüberlassung gegen Auslagenersatz = Entgelt) als Innenumsatz nicht steuerbar ist.

Wegen der teilweisen Verwendung des Grundstücks für nichtunternehmerische Zwecke (Flüchtlingsunterbringung) ist nun zu entscheiden, ob der Gemeinde der Vorsteuerabzug aus den Aufwendungen des Schwimmbadbetriebs entweder nicht vollständig zusteht (Verwendung des Schwimmbads für nichtunternehmerische, aber nicht unternehmensfremde Umsätze) oder ob die – aus Sicht des Gesamtunternehmens – unentgeltliche Nutzung des dem Unternehmensvermögen zugeordneten Grundstücks für unternehmensfremde Zwecke eine unentgeltliche Wertabgabenbesteuerung nach § 3 Abs. 9a S. 1 Nr. 1 auslöst. Da der Hoheitsbetrieb einer juristischen Person des öffentlichen Rechts aber nicht unternehmensfremd ist, kommt Letzteres nicht in Betracht, so dass es zum teilweisen Vorsteuerausschluss kommt (UStAE 2.3 Abs. 1a; BFH V R 23/11, BStBl. II 2012, 74 Rn. 28; XI R 15/13, DStR 2017, 99 mAnm *Treiber*).

Die Verhinderung (nicht gewünschter) Steuerumgehung durch Ausdehnung des Vorsteuerabzugsvolumens auf nichtunternehmerische Aktivitäten erfolgt damit über die Eingliederungsvoraussetzungen und das System des Vorsteuerabzugs.

114 **c) Die Faktoren der Eingliederung. aa) Allgemein.** Die einzelnen Faktoren der Eingliederung (finanziell, wirtschaftlich, organisatorisch) können zwar **unterschiedlich stark ausgeprägt** sein, so dass im Einzelfall das eine oder andere Merkmal weniger in Erscheinung treten kann (siehe zB BFH XI R 74/07, BStBl. II 2009, 256; V R 24/03, BStBl. II 2004, 905; V R 63/01, BStBl. II 2004, 434; V R 37/00, BStBl. II 2002, 373; UStAE 2.8 Abs. 1). Aus dem Wortlaut der in § 2 Abs. 2 Nr. 2 getroffenen Regelung folgt aber, dass **alle drei Merkmale** vorliegen müssen (siehe zB BFH V R 76/05, BStBl. II 2008, 905; V B 138/05, UR 2007, 302; V B 138/05, BFH/NV 2007, 281; UStAE 2.8 Abs. 1).

Das Erfordernis des Vorliegens aller drei Eingliederungsmerkmale ergibt sich auch aus der Richtlinienbestimmung des Art. 11 S. 1 MwStSystRL, wonach es den Mitgliedstaaten freisteht, im Inland ansässige Personen, die zwar rechtlich unabhängig sind, aber durch gegenseitige finanzielle, wirtschaftliche und organisatorische Beziehungen eng miteinander verbunden sind, zusammen als einen Steuerpflichtigen zu behandeln. **Aus der finanziellen Eingliederung** kann deshalb nicht zwingend auf die wirtschaftliche oder organisatorische Eingliederung geschlossen werden (UStAE 2.8 Abs. 1 S. 4; BFH V R 76/05, BStBl. II 2008, 905; V B 138/05, UR 2007, 302). Die Eingliederungsvoraussetzungen dienen nach der BFH-Rechtsprechung der Feststellung, ob das für die Organschaft erforderliche Über- und Unterordnungsverhältnis vorliegt, das zur Verschmelzung zu nur einem einzigen Steuerpflichtigen führt (BFH V R 53/10, BStBl. II 2013, 218 Rn. 18). 115

Wegen der unionsweit nicht einheitlichen Kriterien für die Bildung einer Mehrwertsteuergruppe wird auch gefordert, die **Eingliederungsmerkmale dem EuGH vorzulegen** (*Birkenfeld* UR 2014, 120; *von Streit/Duyfjes* DStR 2014, 399); dem ist der BFH teilweise bereits gefolgt, → Rn. 112. 116

bb) Finanzielle Eingliederung. Die finanzielle Eingliederung ist die Grundvoraussetzung für die Möglichkeit, eine juristische Person zu beherrschen. Die finanzielle Eingliederung setzt den Besitz der **Anteilsmehrheit** voraus, die nach dem Gesetz oder der Satzung erforderlich ist, um die wesentlichen Entscheidungen in der Gesellschaft durchzusetzen (BFH V R 50/00, BStBl. II 2002, 167; XI R 69/97, DStRE 1999, 346; V B 46/10, BFH/NV 2011, 857). Eine zahlenmäßig bestimmte Mehrheit wird nicht gefordert, jedoch wird der Organträger seinen Willen in der Regel frühestens dann beim Organ durchsetzen können, wenn er mehr als die Hälfte von dessen Anteilen besitzt, sofern keine höhere qualifizierte Mehrheit für die Beschlussfassung in der Organgesellschaft erforderlich ist (BFH XI R 43/08, BStBl. II 2011, 600; UStAE 2.8 Abs. 5 S. 2). Eine Ausnahme gilt für **Genossenschaften,** weil bei ihnen die Willensbildung nicht von der Höhe des Anteilsbesitzes abhängt (BFH V 184/61 U, BStBl. III 1964, 346). 117

Die Beteiligung braucht nur **mittelbar** zu bestehen, wenn zwischen Organträger und Organ eine weitere Gesellschaft zwischengeschaltet ist, die die Beteiligung hält und ihrerseits vom Organträger finanziell beherrscht wird (UStAE 2.8 Abs. 5 S. 3). Es genügt zB, dass eine oder mehrere Tochtergesellschaften des Organträgers im Besitz der Anteilsmehrheit sind oder dass die Anteile der Muttergesellschaft (Organträger) und der Tochtergesellschaft zusammen die entscheidende Mehrheit beim Organ ergeben. Die anteilsvermittelnde Gesellschaft muss weder selbst zum Organkreis zählen noch Unternehmerin sein (UStAE 2.8 Abs. 5 S. 4). 118

Beispiele:
- Die A-GmbH hält 51% der Anteile an der nichtunternehmerisch tätigen B-GmbH, diese wiederum hält 51% an der C-GmbH. Die C-GmbH kann Organgesellschaft der A-GmbH sein, da sie mittelbar über Mehrheitsbeteiligungen finanziell eingegliedert ist. Die fehlende Unternehmereigenschaft der Zwischengesellschaft (B-GmbH) ist unschädlich; diese gehört aber nicht zum Organkreis.
- Die X-GmbH hält 51% der Anteile an der Y-GmbH und 20% der Anteile an der Z-GmbH. Ebenso an der Z-GmbH ist die Y-GmbH mit 35% beteiligt. Die Z-GmbH ist damit finanziell in die X-GmbH eingegliedert. Denn die X-GmbH kann direkt 20% der Stimmrechte ausüben und indirekt (über die Mehrheitsbeteiligung bei der Y-GmbH) deren 35%.
- Die A-GmbH ist zu 40% an der B-GmbH und zu 100% an der C-GmbH beteiligt. B-GmbH und C-GmbH halten jeweils 50% an der D-GmbH. Die D-GmbH ist nicht finanziell in die A-GmbH eingegliedert. Zwar ist die A-GmbH rechnerisch mit (40% von 50%) + (100% von 50%) = 70% an der D-GmbH beteiligt. Sie kann aber ihren Willen dort nicht durchsetzen, weil sie den 50%igen Anteil der B-GmbH nicht in ihrem Sinne nutzen kann, da sie an der

B-GmbH Minderheitsgesellschafterin ist. Somit kann sie nur über 50% der Stimmrechte (über die C-GmbH) verfügen, was nicht ausreicht.

119 Eine mittelbare finanzielle Eingliederung liegt nach Änderung der Rechtsprechung (BFH V R 9/09, BStBl. II 2011, 597; V R 62/09, BFH/NV 2011, 79; V R 24/09, BFH/NV 2011, 76 und V R 45/10, BFH/NV 2012, 1184) nicht (mehr) vor, wenn die Mehrheit der Anteile oder Stimmrechte an einer Gesellschaft von den Gesellschaftern der anderen Gesellschaft gehalten werden (Beherrschung von **Schwestergesellschaften über eine Personengruppe**). Die Organschaft setzt nämlich ein Verhältnis der **Über- und Unterordnung** der beteiligten Gesellschaften und nicht bloß eine enge Verbindung voraus. Die insoweit überholte Auffassung in UStAE 2.8 Abs. 5 S. 7 aF kann nach BMF 5.7.2011, BStBl. I 2011, 703 für Altfälle bis 31.12.2011 weiterhin angewendet werden. Schwesterkapitalgesellschaften können schon länger nicht mehr eine Organschaft bilden (BFH XI R 25/94, BStBl. II 1997, 441; siehe hierzu *Eberhard/Mai* UR 2010, 881). Dies gilt nunmehr auch dann, wenn das Über-/Unterordnungsverhältnis zwischen den Schwestergesellschaften durch einen **Beherrschungs- und Gewinnabführungsvertrag** sichergestellt ist, denn solche Verträge haben auf die für die finanzielle Eingliederung entscheidenden Beteiligungsverhältnisse keinen Einfluss (BFH XI R 43/08, BStBl. II 2011, 600; nunmehr auch UStAE 2.8 Abs. 5 S. 9). Gegen die Annahme einer finanziellen Eingliederung sprachen sich zu Recht auch *Eberhard/Mai* UR 2010, 881 (889f.) aus, weil der Beherrschungsvertrag allenfalls die organisatorische Eingliederung begründet (→ Rn. 133), nicht jedoch eine finanzielle Eingliederung im Sinne einer vermögensmäßigen Beherrschung. Anteile an der Untergesellschaft, die im Besitz von stillen Gesellschaftern (auch sog. atypischen) an der Obergesellschaft sind, blieben schon immer unberücksichtigt für die Frage, ob die Untergesellschaft finanziell in die Obergesellschaft eingegliedert ist (BFH V R 111/77, BStBl. II 1980, 20).

Beispiele für vorhandene finanzielle Eingliederung:
- **Einheits-GmbH & Co. KG:** A ist alleiniger Kommanditist an der A-KG, welche wiederum alleinige Gesellschafterin an der A-GmbH ist. Komplementärin der A-KG ist die A-GmbH. Siehe UStAE 2.8 Abs. 2 S. 5 und 2.2 Abs. 6 Beispiel 2 sowie *Liebgott* UR 2016, 86.
- **Betriebsaufspaltung zwischen Besitzeinzelunternehmen und Betriebskapitalgesellschaft.** Hier liegt ein Über-/Unterordnungsverhältnis vor, so dass es auch nach BFH V R 9/09, BStBl. II 2011, 597 zur finanziellen Eingliederung kommt (siehe BFH V R 14/08, BStBl. II 2011, 988, wobei dort das Vorliegen der ertragsteuerlichen Voraussetzungen der Betriebsaufspaltung unerwähnt bleibt).

Beispiele für nicht vorhandene finanzielle Eingliederung:
- **Typische GmbH & Co. KG:** A ist alleiniger Gesellschafter an der A-GmbH und alleiniger Kommanditist an der A-KG. Komplementärin der A-KG ist die A-GmbH (Kapitalbeteiligung spielt keine Rolle).
- **Betriebsaufspaltung zwischen Schwestergesellschaften:** Die Besitzpersonengesellschaft überlässt der Betriebskapitalgesellschaft eine wesentliche Betriebsgrundlage. Gesellschafter ist jeweils die gleiche Personengruppe. Siehe BFH V R 9/09, BStBl. II 2011, 597. Gleiches gilt auch für Schwesterkapitalgesellschaften (BFH XI R 25/94, BStBl. II 1997, 441), und zwar auch dann, wenn zwischen diesen ein Beherrschungs- und Gewinnabführungsvertrag abgeschlossen wurde (BFH XI R 43/08, BStBl II. 2011, 600).

120 Die maßgebend vom V. Senat des BFH geprägte Rechtsprechung, wonach die finanzielle Eingliederung ein **Über-/Unterordnungsverhältnis** voraussetzt, lässt sich unmittelbar weder dem Wortlaut des § 2 Abs. 2 Nr. 2 noch des Art. 11 MwStSystRL entnehmen. Letzterer gestattet vielmehr, mehrere im Inland ansässige Personen bereits dann als einen Steuerpflichtigen zu behandeln, wenn sie „eng miteinander verbunden sind". Weil aber der EuGH selbst in einem Urteil zum Richtlinienwahlrecht zur Organschaft von der „untergeordneten Person" sprach (EuGH C-162/07,

DStRE 2008, 902 Rn. 19 – Ampliscientifica und Amplifin), folgerte der BFH hieraus die Voraussetzung eines Über-/Unterordnungsverhältnisses (BFH V R 9/09, BStBl. II 2011, 597 Rn. 20). An dieser Schlussfolgerung sind aber – nach Ergehen der Rechtsprechung des V. Senats – Zweifel entstanden (zB *Grünwald* MwStR 2013, 328 (332); aA *Wäger* DB 2014, 915). Nach der neueren Rechtsprechung des EuGH sieht Art. 11 Abs. 1 MwStSystRL für die Mitgliedstaaten nicht die Möglichkeit vor, weitere Bedingungen für die Bildung einer Mehrwertsteuergruppe zu formulieren als diejenigen, die in dieser Bestimmung genannt sind (EuGH C-480/10, MwStR 2013, 276 – Kommission/Schweden mit Anm. *Grube* Rn. 35). Dadurch wurde fraglich, ob tatsächlich die Notwendigkeit eines Über-/Unterordnungsverhältnisses aus der bisherigen EuGH-Rechtsprechung herausgelesen werden kann. Der XI. Senat des BFH hatte deshalb ua das Kriterium eines Über-/Unterordnungsverhältnisses zur Vorabentscheidung dem EuGH vorgelegt, siehe BFH XI R 38/12, BStBl. II 2014, 428, und XI R 17/11, BStBl. II 2014, 417 (mit Anm. *Grünwald* MwStR 2014, 202). In seinem Urteil hat der EuGH die Richtlinienwidrigkeit des Kriteriums der Über-/Unterordnung nicht per se bejaht, sondern eine Vereinbarkeit mit Unionsrecht für möglich gehalten, sofern sich das Kriterium auf den Vorbehalt in Art. 11 Abs. 2 MwStSystRL (Missbrauchsbekämpfung) stützen könne, was festzustellen Sache des nationalen Gerichts sei (EuGH C-108/14 – Larentia + Minerva, C-109/14, DStR 2015, 1673 – Marenave). Anders als bei dem ebenfalls im Grundsatz unionsrechtwidrigen Ausschluss von Personengesellschaften (→ Rn. 112), ist die Möglichkeit, dieses Kriterium auf die Missbrauchsbekämpfung zu stützen, nicht gänzlich ausgeschlossen. Wie *Wäger* in DB 2014, 915 (917) ausführt, kann der Organträger nur als Steuereintreiber bezüglich der von der Organgesellschaft verursachten USt tätig werden, wenn er in einem Überordnungsverhältnis zu dieser steht (aA *Eggers/Korf* MwStR 2015, 710 (717); *Hummel* UR 2015, 671 (680); *Streit/Rust* DStR 2015, 2097 (2099)). Eine **unmittelbare Berufung auf Unionsrecht** ist aber – so der EuGH explizit im 3. Tenor – ausgeschlossen, so dass das Erfordernis eines Über-/Unterordnungsverhältnisses durch die Rechtsprechung abgeschafft werden muss, die dieses Kriterium eingeführt hat. An einem dem entgegenstehenden eindeutigen Wortlaut des § 2 Abs. 2 Nr. 2 scheitert dies jedenfalls nicht – anders als beim Ausschluss von Personengesellschaften aus dem Kreis möglicher Organgesellschaften (→ Rn. 112f.).

Der V. Senat des BFH hält auch nach Ergehen der EuGH-Entscheidung C-108/14 – Larentia + Minerva, C-109/14, DStR 2015, 1673 – Marenave an dem Kriterium eines Über-/Unterordnungsverhältnisses fest (BFH V R 15/14, DStR 2016, 226 und erneut bestätigt durch BFH V R 36/15, DStR 2016, 2965 mAnm *Heuermann*): Zwar habe der EuGH festgestellt, dass auf eine Unterordnung nur ausnahmsweise abgestellt werden darf, etwa wenn diese Bedingung in einem bestimmten nationalen Kontext zur Verhinderung missbräuchlicher Praktiken oder Verhaltensweisen erforderlich und geeignet ist (BFH V R 15/14, DStR 2016, 226 Rn. 32). Allerdings müssen die Regelungen zur Organschaft – wie alle umsatzsteuerlichen Regelungen – eindeutig und ihre Anwendung muss für die Betroffenen vorhersehbar sein (BFH V R 15/14, DStR 2016, 226 Rn. 33). Für das Kriterium einer Über-/Unterordnung – nun allerdings bezeichnet als **„Erfordernis einer Eingliederung mit Durchgriffsrechten"** – besteht nach Ansicht des BFH eine hinreichende Grundlage im Unionsrecht. Der BFH argumentiert ähnlich wie zur Frage der generellen Nichteinbeziehung von Tochterpersonengesellschaften (→ Rn. 112a). Weil das deutsche Recht weder einen Antrag noch ein besonderes Verfahren zur Feststellung der Voraussetzungen der Organschaft vorsieht, muss über die Eingliederung einer Organgesellschaft einfach, rechtssicher und ohne Nachweisschwierigkeiten entschieden werden können. Nur dann ist es dem Organträger möglich und zumutbar, die Verantwortung für die Umsatzbesteuerung der mit ihm verbundenen Unternehmen zu übernehmen. Dafür muss er aber über Durchgriffsmöglichkeiten verfügen, aufgrund derer er die für die Abgabe von Steueranmeldungen notwendigen Informationsansprüche wie auch die zur Erfüllung **121** von Steueransprüchen notwendigen Ausgleichsansprüche gegen die Organgesellschaft durchsetzen kann. Das Erfordernis der Eingliederung mit Durchgriffsrechten ist damit eine **Maßnahme zur Verhinderung der Steuerumgehung** und sonach unionsrechtlich auf der Basis des Art. 11 Abs. 2 MwStSystRL zulässig (vgl. auch *Wäger* UR 2016, 173). Damit bleibt es dabei, dass eine Organschaft insbesondere zwischen Schwester-Gesellschaften, die ertragsteuerlich eine Betriebsaufspaltung bilden, nicht möglich ist (BFH V R 36/13, DStR 2016, 236; so bereits UStAE 2.8 Abs. 5 S. 6; erneut bestätigt durch BFH V R 36/15, DStR 2016, 2965 mAnm *Heuermann*). Der XI. Senat des BFH hat in seinen Nachfolgeentscheidungen XI R 38/12, DStR 2016, 587 mAnm *Grünwald* und XI R 17/11, DStR 2016, 1668 mAnm *Treiber* die Rechtfertigung des Kriteriums der Über-/Unterordnung nicht geprüft und wegen fehlender Feststellungen den Fall zurückverwiesen an das FG.

122 Die finanzielle Eingliederung der Organgesellschaft endet mit der **Insolvenzeröffnung bei der Organgesellschaft** (BFH V R 14/16, DStR 2017, 599 mAnm *Heuermann*). Dies gilt auch dann, wenn – wie in BFH V R 14/16 – gleichzeitig das Insolvenzverfahren beim Organträger eröffnet wird, in Eigenverwaltung erfolgt und derselbe Sachwalter bestellt worden ist. Nach der Entscheidung des BFH (bislang nur des V. Senats) endet die Organschaft mit Insolvenz der Organgesellschaft „jedenfalls". Damit erübrigt sich die Frage, ob auch die organisatorische Eingliederung entfällt (→ Rn. 136) oder eben auch bestehen bleibt, wenn derselbe Insolvenzverwalter (oder derselbe Sachwalter bei Eigenverwaltung) bestellt ist (anders noch UStAE 2.8 Abs. 12).

123 **cc) Wirtschaftliche Eingliederung.** Die wirtschaftliche Eingliederung zeigt sich idR in der Verflechtung der Geschäftstätigkeiten von Organträger und Organgesellschaft. Dabei genügt es, wenn zwischen der Organgesellschaft und dem Unternehmen des Organträgers ein vernünftiger wirtschaftlicher Zusammenhang im Sinne einer wirtschaftlichen Einheit, Kooperation oder Verflechtung besteht (BFH XI R 74/07, BStBl. II 2009, 256). Die Tätigkeiten von Organträger und Organgesellschaft müssen aufeinander abgestimmt sein; sie müssen sich fördern und ergänzen (BFH V R 63/01, BStBl. II 2004, 434). Eine dienende Funktion iS einer **wirtschaftlichen Zweckabhängigkeit** der Organgesellschaft ist nicht erforderlich (BFH V B 138/05, UR 2007, 302; V R 63/01, BStBl. II 2004, 434). Nach UStAE 2.8 Abs. 6 S. 2 soll Voraussetzung für die wirtschaftliche Eingliederung überdies sein, dass die Beteiligung an der Organgesellschaft dem **unternehmerischen Bereich** des Organträgers zugeordnet werden kann (→ Rn. 83). Die Rechtsgrundlage hierfür ist unklar (daher zu Recht ablehnend *Buttgereit/Schulte* UR 2011, 605 (606 f.)).

124 Die wirtschaftliche Eingliederung setzt die **Erbringung entgeltlicher Leistungen** voraus, die für das Unternehmen der Organgesellschaft zu einer **mehr als nur unbedeutenden Entlastung** führen (BFH V R 4/08, BStBl. II 2010, 310; V R 30/06, BStBl. II 2010, 863; V R 76/97, BFH/NV 1998, 1534). Die unentgeltliche Überlassung eines Grundstücks reicht demnach nicht aus (so auch UStAE 2.8 Abs. 6 S. 6).

Beispiel (BFH V R 4/08, BStBl. II 2010, 310): Eine Gemeinde hat den Betrieb eines Schwimmbads in eine 100%ige Tochter-GmbH ausgelagert, bleibt aber Eigentümer des Schwimmbads. Die Gemeinde überlässt der GmbH das Schwimmbad unentgeltlich. Die Verluste des Schwimmbads werden von der Gemeinde ausgeglichen.

Die Tochter-GmbH ist keine Organgesellschaft der Gemeinde, weil die Grundstücksüberlassung unentgeltlich erfolgt. Die Verlustausgleichszahlungen sind aber Entgelt für die Leistungen der Tochter-GmbH (→ § 10 Rn. 62).

125 Die Erbringung einer die wirtschaftliche Eingliederung begründenden entgeltlichen Leistung muss **nicht vom Organträger selbst** erfolgen, es reicht aus, wenn die Leistung **vom Unternehmen des Organträgers** erfolgt. Dies schließt andere Organgesellschaften ein (BFH V R 30/06, BStBl. II 2010, 863). Ist also Tochtergesellschaft 1 Organgesellschaft und überlässt sie ein Grundstück gegen Entgelt an

Tochtergesellschaft 2, so erfolgt diese Leistung aus dem Unternehmen des Organträgers und kann damit die wirtschaftliche Eingliederung der Tochtergesellschaft 2 begründen.

Bei der **Vermietung des Betriebsgrundstücks** seitens des Organträgers an die Organgesellschaft reicht es aus, wenn das Grundstück für die Organgesellschaft besondere Bedeutung hat. Das ist der Fall, wenn das Grundstück für die Umsatztätigkeit der Organgesellschaft besonders gestaltet, ihrem Betriebslauf angepasst und dafür nach Lage, Größe, Bauart und Gliederung besonders zugeschnitten ist (BFH V R 124/89, BStBl. II 1994, 129). Auch lässt es der BFH für die besondere Bedeutung des Grundstücks schon ausreichen, das dort das Unternehmen der Organgesellschaft betrieben wird (BFH V R 34/01, BFH/NV 2002, 223; V B 128/01, UR 2002, 426; V R 94/01, BStBl. II 2003, 954; V R 24/03, BStBl. II 2004, 905). Nicht ausreichend ist indessen, wenn der Organträger ein Grundstück **gemeinschaftlich mit seinem Ehegatten** an die Organgesellschaft vermietet, weil das im Bruchteilseigentum stehende Grundstück nicht zum Unternehmen des Organträgers, sondern zum Unternehmensvermögen der Vermietergemeinschaft gehört (BFH V R 14/08, BStBl. II 2011, 988 Rn. 37). 126

Nach BFH V R 67/07, BStBl. II 2009, 1029 entfällt die wirtschaftliche – nicht jedoch die organisatorische – Eingliederung aufgrund der Vermietung eines Grundstücks, das die räumliche und funktionale Grundlage der Geschäftstätigkeit der Organgesellschaft bildet, wenn für das Grundstück **Zwangsverwaltung und Zwangsversteigerung** angeordnet wird. Der BFH ließ offen, ob nur die Anordnung der Zwangsverwaltung das Ende der Organschaft bewirkt hat, die gleichzeitige Anordnung der Zwangsversteigerung bewirkt jedenfalls ein Ende der wirtschaftlichen Eingliederung, da das Grundstück in Zukunft nicht mehr dauerhaft zur Verfügung steht. Die FVerw hat dieses Urteil mit einem **Nichtanwendungserlass** belegt (BMF 1.12.2009, BStBl. I 2009, 1609; UStAE 2.8 Abs. 7 S. 5). Demnach vollzieht sich die Entflechtung erst mit tatsächlicher Beendigung des Nutzungsverhältnisses (siehe auch UStAE 2.8 Abs. 6c S. 3). Für den Fall allerdings, dass die unternehmerische Tätigkeit des Organträgers nur in der Überlassung des Grundstücks besteht, fällt nach BMF (BStBl. I 2009, 1609) mit Anordnung der Zwangsverwaltung und Zwangsversteigerung die **organisatorische Eingliederung** weg, weil der Organträger fortan nicht mehr auf sein eigenes Unternehmen einwirken kann und damit die notwendige Verflechtung der Geschäftsführungen (→ Rn. 131) nicht mehr besteht. 127

Beispiele: A ist alleiniger Gesellschafter/Geschäftsführer an der A-GmbH und vermietet dieser das einzige Betriebsgrundstück. Am 1.7.01 wird die Zwangsverwaltung und Zwangsversteigerung des Grundstücks angeordnet.

Sofern A keine weitere unternehmerische Tätigkeit ausübt, ist am 1.7.01 die Organschaft sowohl nach BFH als auch nach BMF beendet. Nach BFH V R 67/07, BStBl. II 2009, 1029 ist die wirtschaftliche Eingliederung, nach BMF vom 1.12.09, BStBl. I 2009, 1609 (und UStAE 2.8 Abs. 7 S. 5) die organisatorische Eingliederung entfallen.

Sofern A allerdings neben der Vermietung einer weiteren unternehmerischen Tätigkeit nachgeht, wobei es keine Bedeutung hat, ob diese unternehmerische Tätigkeit etwas mit der A-GmbH zu tun hat oder nicht, bleibt die Organschaft nach BMF vom 1.12.2009, BStBl. I 2009, 1609 (und UStAE 2.8 Abs. 7 S. 5) bis zur tatsächlichen Beendigung des Nutzungsverhältnisses bestehen. Nach BFH V R 67/07, BStBl. II 2009, 1029 fällt die Organschaft hingegen weg, wenn diese weitere unternehmerische Tätigkeit nicht ihrerseits eine wirtschaftliche Eingliederung der A-GmbH begründen kann.

Die **Vermögenslosigkeit** der Organgesellschaft und die damit verbundene Uneinbringlichkeit der Pachtforderungen gegenüber der Organgesellschaft steht der wirtschaftlichen Eingliederung nicht entgegen (BFH V B 78/91, BFH/NV 1992, 346; V R 128/93, BFH/NV 1996, 275; UStAE 2.8 Abs. 6c). 128

einstweilen frei **129, 130**

131 **dd) Organisatorische Eingliederung.** Die organisatorische Eingliederung setzt voraus, dass der Organträger die mit der finanziellen Eingliederung verbundene Möglichkeit der Beherrschung der Tochtergesellschaft in der laufenden Geschäftsführung wahrnimmt, wobei er die Organgesellschaft durch die Art und Weise der Geschäftsführung beherrschen muss (BFH V R 53/10, BStBl. II 2013, 218 Rn. 20 mwN). Die Beherrschung der Organgesellschaft durch den Organträger in der laufenden Geschäftsführung muss nicht nur theoretisch möglich sein, sondern **wirklich wahrgenommen** werden (BFH V R 32/98, BStBl. II 1999, 258; UStAE 2.8 Abs. 7 S. 1). Führt nicht der bestellte Geschäftsführer der Organgesellschaft die Geschäftsführungstätigkeit aus, sondern wird die laufende Geschäftsführung faktisch von einem Dritten wahrgenommen, ist eine organisatorische Eingliederung daher nicht gegeben (so zutreffend FG Münster 5 K 1401/10 U, EFG 2014, 1829 Rev BFH: XI R 30/14), weil eine reine Vetomacht des Organträgers nicht ausreicht (→ Rn. 132). Der BFH stellt somit auf die Geschäftsführungs-, nicht auf die Vertretungsbefugnisse ab; maßgeblich für die organisatorische Eingliederung ist somit das **Innenverhältnis** zwischen Organträger und Organgesellschaft. Die organisatorische Eingliederung kann auch über eine Beteiligungskette zum Organträger vermittelt werden (UStAE 2.8 Abs. 10 a). Die **aktienrechtliche Abhängigkeitsvermutung** nach § 17 AktG hat keine Bedeutung für die organisatorische Eingliederung (BFH V R 76/05, BStBl. II 2008, 905). Für einen Überblick über die Anforderungen an die organisatorische Eingliederung einer AG siehe *Forster/Körner* UVR 2015, 822.

Die – nunmehr begrenzt mögliche – organisatorische Eingliederung einer **Tochter-Personengesellschaften** setzt – den allgemeinen Grundsätzen folgend – voraus, dass der Organträger seinen Willen in der Geschäftsführung der Organgesellschaft durchsetzen kann und von dieser Möglichkeit auch Gebrauch macht. Nach der Rechtsprechung des V. Senats des BFH können von vornherein nur solche Personengesellschaften Organgesellschaft sein, an denen neben dem Organträger als zur Geschäftsführung berechtigtem Gesellschafter nur solche Personen als weitere Gesellschafter beteiligt sind, die ebenso finanziell in das Unternehmen des Organträgers eingegliedert sind (→ Rn. 112 a). Damit ist – zumindest bei der GbR oder OHG, die nur nach dem V. Senat Organgesellschaft sein können – gleichzeitig auch die organisatorische Eingliederung gegeben, wenn der Organträger von seiner danach vorhandenen Möglichkeit der Beherrschung der Geschäftsführung der Tochter-Personengesellschaft auch tatsächlich Gebrauch macht. Bei einer KG indessen ist es für die organisatorische Eingliederung entscheidend, dass der Organträger Komplementär ist oder die Geschäftsführung des Komplementärs – institutionell abgesichert – beherrscht und von dieser Beherrschung auch tatsächlich Gebrauch macht. Entsprechend ist die organisatorische Eingliederung einer GmbH & Co. KG, welche auch nach der Rechtsprechung des XI. Senats Organgesellschaft sein kann (→ Rn. 112 b), gegeben, wenn der Organträger die Geschäftsführung der Komplementär-GmbH institutionell abgesichert beherrscht (vgl. *von Streit/Streit* UStB 2016, 147 (155)).

132 Nach der früheren Rechtsprechung war entscheidend, ob durch die Gestaltung der Beziehungen zwischen dem Organträger und der Organgesellschaft sichergestellt ist, dass eine **vom Willen des Organträgers abweichende Willensbildung** bei der Organgesellschaft ausgeschlossen ist (BFH V R 32/98, BStBl. II 1999, 258). Diese Rechtsprechung hat der BFH aufgegeben. Dem Organträger darf danach nicht nur eine Verhinderung eines von seinem Willen abweichenden Willens bei der Organgesellschaft möglich sein, sondern er muss aktiv seine Beherrschung über die Geschäftsführung der Organgesellschaft ausüben. Dies hat insbesondere zur Folge, dass bei vorläufiger Insolvenzverwaltung durch einen sog. **schwachen Insolvenzverwalter** mit allgemeinem Zustimmungsvorbehalt – entgegen der bisherigen Rechtsprechung – die Organschaft nicht mehr fortbesteht (BFH V R 18/13, DStR 2013, 1883; bestätigt durch BFH V R 36/15, DStR 2016, 2965; Einzelheiten → Rn. 135).

Durch BFH V R 76/05, BStBl. II 2008, 905 ist klargestellt, dass die organisatorische Eingliederung „in aller Regel" durch die **personelle Verflechtung der Geschäftsführungen** erfolgt, wobei keine vollständige Identität erforderlich ist (so auch UStAE 2.8 Abs. 8 S. 3). Ob daneben noch andere Möglichkeiten der organisatorischen Eingliederung bestehen, ist dort offengelassen, indessen explizit bejaht allerdings in BFH V R 37/00, BStBl. II 2002, 373 unter II.1.c) bb). Bei einer Organschaft mit einer juristischen Person des öffentlichen Rechts als Organträger hat der BFH die organisatorische Eingliederung auch durch **(leitende) Mitarbeiter des Organträgers** in der Geschäftsführung der Organgesellschaft bejaht (BFH V R 30/06, BStBl. II 2010, 863 – Flussgenossenschaft). In BFH V R 53/10, BStBl. II 2013, 218 hat der BFH diese Möglichkeit auch für eine GmbH prinzipiell bejaht. Die Berücksichtigung von (leitenden) Mitarbeitern des Organträgers setzt jedoch voraus, dass der (leitende) Mitarbeiter des Organträgers dessen Weisungen bei der Geschäftsführung der Organgesellschaft aufgrund eines zum Organträger bestehenden Anstellungsverhältnisses und einer sich hieraus ergebenden persönlichen Abhängigkeit befolgen wird und er bei weisungswidrigem Verhalten vom Organträger als Geschäftsführer der Organgesellschaft abberufen werden kann (BFH V R 53/10, BStBl. II 2013, 218 Rn. 27). Fehlt die Möglichkeit der Abberufung, kommt es – auch mit Prokura-Bestellung – zu keiner organisatorischen Verflechtung über einen (leitenden) Mitarbeiter des Organträgers als Geschäftsführer der Organgesellschaft. Im Schrifttum wird vertreten, dass leitender Mitarbeiter des Organträgers ein leitender Angestellter iSd § 14 Abs. 2 KSchG oder § 5 Abs. 3 BetrAG ist (*Küffner/Maunz/Rust* MwStR 2013, 221; *Langer/Hammerl* DStR 2013, 896; *Rogge* DB 2012, 2768 (2770); kritisch *Becker* UStB 2013, 180 (184)). Die FVerw hat diese Frage aber insoweit entschärft, als sie in UStAE 2.8 Abs. 9 die BFH-Grundsätze übernommen, aber auf das **Merkmal der Leitungsfunktion** verzichtet hat. Denn das vom BFH zugrunde gelegte Abhängigkeitsverhältnis bestehe nicht nur bei leitenden, sondern bei allen Mitarbeitern des Organträgers (BMF 5.5.2014, BStBl. I 2014, 820 Rn. III). Demgegenüber hat das FG Münster 15 K 1252/14, MwStR 2016, 278 mAnm *Sterzinger* (rkr.) eine Organschaft zwischen einer GmbH und einer Stadt (als Organträger) verneint, weil die beiden Geschäftsführer der GmbH keine leitenden Mitarbeiter der Stadt waren, ohne sich mit der abweichenden Ansicht der FVerw in UStAE 2.8 Abs. 9 auseinanderzusetzen.

Ob ein aktienrechtlicher **Beherrschungsvertrag** die organisatorische Eingliede- 133
rung begründet, ist durch die Rechtsprechung nicht abschließend geklärt. § 2 Abs. 2 Nr. 2 setzt voraus, dass die Organgesellschaft nach dem **Gesamtbild der tatsächlichen Verhältnisse** eingegliedert ist, so dass zwar alle Eingliederungsmerkmale vorliegen, jedoch unterschiedlich stark ausgeprägt sein müssen (→ Rn. 114). Daher sollte ein Beherrschungsvertrag wenigstens dann ausreichen, wenn die beiden übrigen Eingliederungsmerkmale nicht nur schwach ausgeprägt sind (so auch *Birkenfeld* USt-HdB § 44 Rn. 327). Darüber hinaus muss der Organträger von seinen aus dem Beherrschungsvertrag resultierenden Weisungsrechten – nach allgemeinen Grundsätzen – tatsächlich Gebrauch machen (→ Rn. 131; ebenso *Rogge* DB 2012, 2768 (2770)). Nach UStAE 2.8 Abs. 10 S. 4 soll ein Beherrschungsvertrag grundsätzlich für die organisatorische Eingliederung ausreichen. Wegen der Schwierigkeit der Personalidentität der Geschäftsführungen gerade in großen internationalen Konzernen ist dies sicherlich sachgerecht (vgl. *Langer/Hammerl* DStR 2013, 896; *Plikat* UStB 2012, 253 (256)). **Weitere Einzelmaßnahmen,** die ohne personelle Verflechtung der Geschäftsführungen und ohne Abschluss eines Beherrschungsvertrags zu einer organisatorischen Eingliederung führen, sind wegen des gesetzlichen Abstellens auf das Gesamtbild der tatsächlichen Verhältnisse denkbar (vgl. *Rogge* DB 2012, 2768 (2771 f.)), jedoch mit Risiken behaftet (vgl. *Leonard* DStR 2010, 721 (722 f.)). Insbesondere vor dem Hintergrund der geänderten BFH-Rechtsprechung (→ Rn. 131) bezüglich des Erfordernisses einer aktiven Willensdurchsetzung in der Organgesellschaft reicht eine reine

Vetoposition nicht aus. UStAE 2.8 Abs. 10 sieht vor, dass die Begründung einer organisatorischen Eingliederung auch ohne Personalunion möglich ist, wenn institutionell abgesicherte unmittelbare Eingriffsmöglichkeiten des Organträgers in den Kernbereich der laufenden Geschäftsführung der Organgesellschaft gegeben sind. Damit können **Geschäftsordnungen oder Konzernrichtlinien** für die Geschäftsführung der Organgesellschaft ausreichend sein, was mit der vorstehenden BFH-Rechtsprechung wohl vereinbar ist. Zur zeitlichen Übergangsregelung der Neufassung des UStAE siehe BMF 7.3.2013, BStBl. I 2013, 333. Die personelle Verflechtung von Aufsichtsratsmitgliedern kann mangels Geschäftsführungskompetenzen des Aufsichtsrats keine organisatorische Eingliederung herstellen (UStAE 2.8 Abs. 8 S. 10).

Ist der Organträger ein **Einzelunternehmer,** gelten keine anderen Grundsätze. Der Einzelunternehmer muss bei der Organgesellschaft über eine organschaftliche Vertretungsberechtigung verfügen (BFH V R 26/06, BStBl. II 2008, 451). An der organisatorischen Eingliederung bestehen somit keine Zweifel, wenn der Einzelunternehmer alleiniger Geschäftsführer der Organgesellschaft ist. Hat die Organgesellschaft mehrere Geschäftsführer, ist die organisatorische Eingliederung gegeben, wenn einer der Geschäftsführer der Organträger-Einzelunternehmer ist und die übrigen Geschäftsführer leitende Mitarbeiter im Organträger-Einzelunternehmens sind (so auch *K. Korn* NWB 2013, 1881 (1886)). Andernfalls muss durch andere „institutionell abgesicherte Maßnahmen" (UStAE 2.8 Abs. 10 S. 2) der Einfluss auf die Willensbildung der Geschäftsführung der Organgesellschaft sichergestellt sein. Da nicht höchstrichterlich geklärt ist, wer genau leitender Mitarbeiter und was eine institutionell abgesicherte Maßnahme ist, bleiben Organschaften, deren organisatorische Eingliederung hierauf basieren, risikobehaftet.

Zu den Besonderheiten der organisatorischen Eingliederung für nach dem **Energiewirtschaftsgesetz** regulierten Verteilernetzbetreibern vgl. *Haaf/Knoll* MwStR 2014, 430. Zur organisatorischen Eingliederung der **Einheits-GmbH & Co. KG** siehe *Liebgott* UR 2016, 86.

134 In der **Insolvenz der Organgesellschaft** endet die Organschaft durch Wegfall der finanziellen Eingliederung (→ Rn. 122), aber auch der organisatorischen Eingliederung infolge der Verwaltungs- und Verfügungsbefugnis des Insolvenzverwalters mit Eröffnung des Insolvenzverfahrens (BFH V R 53/09, BStBl. II 2012, 256). Hiervon war bislang nicht auszugehen, wenn auch der Organträger insolvent und in beiden Verfahren derselbe Insolvenzverwalter tätig ist (vgl. auch OFD Frankfurt a. M. 25.11.2015, BeckVerw 321817). Entsprechendes galt nämlich für das alte Konkursverfahren (siehe BFH V R 24/03, BStBl. II 2004, 905; OFD Frankfurt a. M. 20.7.2009, DStR 2009, 1911; OFD Hannover 6.8.2007, DStR 2007, 1962). Zur aktuellen Rechtslage → Rn. 136. Zu den **Rechtsfolgen der Beendigung der Organschaft** → Rn. 146 f.

135 In der Insolvenz der Organgesellschaft endet die Organschaft bereits vor Eröffnung des Insolvenzverfahrens mit der Bestellung eines **vorläufigen Insolvenzverwalters,** wenn dieser den maßgeblichen Einfluss auf die Organgesellschaft erhält. Ebenso endet die die Organschaft begründende organisatorische Eingliederung mit Bestellung eines sog. **schwachen vorläufigen Insolvenzverwalters** (§ 22 Abs. 2 InsO), wenn dieser einen allgemeinen **Zustimmungsvorbehalt** hat und daher der Organträger seinen Willen nicht mehr in der Geschäftsführung der Organgesellschaft durchsetzen kann (BFH V R 18/13, DStR 2013, 1883 und bestätigt durch BFH V R 36/15, DStR 2016, 2965 mAnm *Heuermann;* entgegen früherer Rechtsprechung: BFH XI B 66/08, BFH/NV 2009, 977; V R 24/03, BStBl. II 2004, 905; zur Sequestration vgl. BFH V R 34/01, UR 2002, 214; V R 96/96, BStBl. II 1997, 580; V R 32/98, BStBl. II 1999, 258). Der BFH begründet seine Rechtsprechungsänderung mit der Rechtsprechung des EuGH, wonach die Verschmelzung zu einem einzigen Steuerpflichtigen aufgrund der Organschaft zur Folge habe, dass der Organträger als Steuerpflichtiger für alle Organgesellschaften öffentliche Gelder als Steuereinnehmer für Rechnung des Staates zu vereinnahmen habe. Daher sei es nicht ausreichend, dass der Organträger bei der Organgesellschaft lediglich eine von seinem Willen abweichende Willensbildung ausschließen kann, da ein derartiges Vetorecht es dem Organträger nicht ermögliche, die Aufgabe des Steuereinnehmers für die Organgesellschaft zu erfüllen (BFH V R 18/13, DStR 2013, 1883 Rn. 28). Die FVerw hat eine Entscheidung über die allgemeine Anwendung dieser Rechtsprechung vor dem Hintergrund der EuGH-Vorlagen des XI. BFH-Senats zur Organschaft (XI R 17/11 und XI R 38/12; zu diesen Verfahren ua → Rn. 112ff.) einstweilen zurückgestellt (BMF 5.5.2014, BStBl. I 2014, 820 Rn. II). Ein **starker vorläufiger Insolvenzverwalter** kann die Willensbildung bei der Organgesellschaft bestimmen, was schon immer zur Folge hatte, dass die organisatorische Eingliederung nicht mehr gewährleistet ist. Dies ist auch bei nur partieller Verwaltungs- und Verfügungsbefugnis der Fall, wenn diese faktisch den ganzen operativen Betrieb betrifft (BFH V R 53/09, BStBl. II 2012, 256 zu dem Fall der Übertragung der Verwaltungs- und Verwertungsbefugnis von zwei Bauprojekten).

Nach der Rechtsprechung des BFH führt die Bestellung eines vorläufigen Insolvenzverwalters mit Zustimmungsvorbehalt und Forderungseinzugsrecht dazu, dass sämtliche Entgeltforderungen und -verbindlichkeiten **uneinbringlich iSd § 17 Abs. 2 Nr. 1** werden (→ § 17 Rn. 71a). Der dadurch vor Wegfall der Organschaft entstehende Berichtigungsanspruch ist noch dem Organträger zuzurechnen (vgl. BFH V R 18/13, DStR 2013, 1883; V R 32/13, DStR 2014, 2020). Die sog. zweite Berichtigung nach § 17 Abs. 2 Nr. 1 S. 2 durch Vereinnahmung bzw. Verausgabung der Entgelte durch den vorläufigen Insolvenzverwalter entsteht dann bereits bei der Organgesellschaft und ist zudem bei späterer Eröffnung des Insolvenzverfahrens der Masse nach § 55 Abs. 4 InsO zuzurechnen.

Auch mit der **Insolvenz des Organträgers** endet die Organschaft. Nach der zur früheren Konkursordnung ergangenen Rechtsprechung galt dies nicht, wenn sich die Insolvenz auch auf die Organgesellschaft erstreckt und derselbe Konkursverwalter bestellt worden ist (BFH V R 32/98, BStBl. II 1999, 258). Daher formuliert UStAE 2.8 Abs. 12 den Wegfall der Organschaft bei Insolvenz des Organträgers noch als Ausnahmefall, nämlich wenn die Organgesellschaft insolvenzfrei bleibt. Entsprechend geht die FVerw (noch) davon aus, dass die organisatorische Eingliederung bestehen bleibt, wenn Organträger und Organgesellschaft denselben Insolvenzverwalter haben (OFD Frankfurt a. M. 25.11.2015, BeckVerw 321817). Dieser Auffassung hat jedoch der V. Senat des BFH widersprochen, und zwar in einem Fall der Eigenverwaltung mit demselben Sachwalter bei Organträger und Organgesellschaft (BFH V R 14/16, DStR 2017, 599 mAnm *Heuermann*). Der BFH gelangt zu dem Ergebnis, dass die insolvenzrechtliche Trennung der Verfahren über das Vermögen von Organträger und Organgesellschaft eine Fortführung der Organschaft grundsätzlich unmöglich macht. Ein Fortbestand der Organschaft würde dazu führen, dass bezüglich der USt eine einheitliche Haftungsmasse geschaffen würde, die den unterschiedlichen Umfang der Gläubigerrechte, wie sie im Verhältnis zu den einzelnen Insolvenzschuldnern bestehen, missachten würde. Zudem könne das FA die USt gegenüber dem Organträger nur festsetzen, soweit es sich dabei um Masseverbindlichkeiten des Organträgers handelt. Dies gelte aber nicht für die USt, die aufgrund der Tätigkeit der (ehemaligen) Organgesellschaften entsteht, denn diese werde nicht durch die Verwaltung, Verwertung und Verteilung der Insolvenzmasse iSd § 55 Abs. 1 Nr. 1 InsO begründet (Rn. 24–26 des Urteils). Dies gelte bei **Eigen- oder Fremdverwaltung** gleichermaßen. Entsprechende Zweifel an der bisherigen Auffassung hatte der BFH bereits zuvor im Aussetzungsverfahren angeführt (BFH V B 14/14, DStR 2014, 793). Gegen die Argumente des BFH wurde angeführt, dass dem Insolvenzrecht nicht die Wertung innewohne, die Zusammensetzung oder Änderungen der von der Insolvenz betroffenen Vermögensmasse zu verhindern, weshalb kein Zwang bestehe, die Organschaft zu beenden (vgl. *Beck* MwStR 2014, 359 (366ff.)). Da bei Insolvenz der Organgesellschaft – isoliert oder gleichzeitig mit dem Organträger – aber auch die fi- 136 nanzielle Eingliederung entfällt (→ Rn. 122), endet die Organschaft in jedem Fall, selbst wenn man – entgegen dem BFH – vom Fortbestand der organisatorischen Eingliederung ausginge. Somit endet die Organschaft in allen erdenklich Fällen der Eröffnung des Insolvenzverfahrens über das Vermögen des Organträgers und/oder der Organgesellschaft in Eigen- oder Fremdverwaltung. Dies kann man im Lichte der Rechtsprechung zur Eingliederung einer Tochtergesellschaft sehen (→ Rn. 112a). Mangels Feststellungs- oder Antragsverfahren muss die Eingliederung einfach und rechtssicher bestimmbar sein. Ein Grundsatz, wonach diese Eingliederung stets endet, wenn über das Vermögen der Organgesellschaft oder des Organträgers oder beider Rechtsträger gleichzeitig ein Insolvenzverfahren eröffnet wird, lässt eine solche einfache und rechtssichere Bestimmung zweifellos zu.

Zur Anordnung der Zwangsverwaltung und Zwangsversteigerung eines vom Organträger an die Organgesellschaft vermieteten Grundstücks → Rn. 127.

137 Durch die Insolvenz der Organgesellschaft werden Entgeltverbindlichkeiten und -forderungen der Organgesellschaft **uneinbringlich** iSd § 17 Abs. 2 Nr. 1 mit der Folge, dass USt und Vorsteuerabzug zu berichtigen sind. Die **Berichtigungspflicht nach § 17** trifft noch den Organträger. Erfüllt der Insolvenzverwalter später die Entgeltverpflichtungen oder vereinnahmt die Entgeltforderungen der ehemaligen Organgesellschaft, richtet sich der erneute Berichtigungsanspruch nach § 17 Abs. 2 Nr. 1 S. 2 insoweit nicht gegen den ehemaligen Organträger, sondern gegen die Insolvenzmasse der Organgesellschaft, → Rn. 146 sowie → § 17 Rn. 68 ff.

138 **d) Rechtsfolgen der Organschaft.** Die Organschaft hat zur Folge, dass – wie bei einem Angestellten nach § 2 Abs. 2 Nr. 1 – alle Handlungen des Organs umsatzsteuerlich dem Organträger zugerechnet werden. Der von der Organgesellschaft durchgeführte Leistungsaustausch stellt einen Umsatz des Organträgers dar. In den Eingangsrechnungen der Organgesellschaft ausgewiesene USt ist beim Organträger als Vorsteuer abzugsfähig. Die Organgesellschaft ist mangels Selbstständigkeit **keine Unternehmerin** (BFH XI R 25/08, BFH/NV 2011, 839), sie ist lediglich Teil des Unternehmens des Organträgers. Die **Steuerschuldnerschaft** konzentriert sich somit beim Organträger als dem einzigen Unternehmer des Organkreises. Ein **Billigkeitserlass** kommt nicht in Frage, nur weil der Organträger die von der Organgesellschaft verursachte USt nicht vereinnahmt hat (BFH XI R 28/09, BFH/NV 2012, 1493). Gleichwohl sind Organträger und Organgesellschaft zivilrechtlich im Innenverhältnis zum Ausgleich von USt und Vorsteuer verpflichtet (BGH II ZR 91/11, DStR 2013, 478). Dabei kommt es sowohl für die Steuerschuldnerschaft als auch für den Vorsteuerabzug auf die Entstehung der Steuer bzw. Vorsteuer an. Die Berechtigung des Organträgers zum **Vorsteuerabzug** aus Eingangsleistungen der Organgesellschaft richtet sich nach den Verhältnissen im Zeitpunkt des Leistungsbezugs, nicht der Rechnungserteilung. Wechselt der Organträger infolge einer Veräußerung der Anteile an der Organgesellschaft nach dem Bezug einer Leistung durch die Organgesellschaft, aber noch vor Erhalt der Rechnung, steht das Recht zum Vorsteuerabzug aus diesem Leistungsbezug nicht dem neuen Organträger zu (BFH XI R 84/07, BStBl. II 2009, 868). Leistungsbewegungen zwischen der Organgesellschaft und dem Organträger sind umsatzsteuerlich unbeachtliche **Innenumsätze** (auch → Rn. 142). Zu den **Rechtsfolgen der Beendigung** der Organschaft → Rn. 146 f.

Übt ein Rechtsträger des Organkreises eine **nicht zum Vorsteuerabzug berechtigende Tätigkeit** aus, kann der Leistungsbezug dieses Rechtsträgers gleichwohl zum Vorsteuerabzug beim Organträger führen, wenn dieser Rechtsträger die erhaltene Leistung zur Erbringung von Vorleistungen verwendet, die an einen anderen Rechtsträger des Organkreises erbracht werden und dort der Erzielung steuerpflichtiger Umsätze dienen.

Beispiel: Organgesellschaft O betreibt eine steuerpflichtige Schweinemast und erwirbt die Jungtiere vom Organträger, der diese Jungtiere im Rahmen seines der Durchschnittssatzbesteuerung nach § 24 unterliegenden land- und forstwirtschaftlichen Betriebs produziert. Hierfür bezieht der Organträger Eingangsleistungen (Futtermittel, Aufwendungen für Viehhaltung, Strom etc).

Lösung: Obwohl der Organträger nach § 24 Abs. 1 S. 4 nicht zum Vorsteuerabzug berechtigt ist, kann er nach BFH XI R 2/11, BStBl. II 2014, 543 gleichwohl die Vorsteuer aus den Eingangsleistungen abziehen, die der Erzeugung der Jungtiere dienen, welche – innerorganschaftlich nicht steuerbar – an die Organgesellschaft geliefert werden.

Zu vorsteuerschädlichen Folgen des **Cash-Pooling** bei einer Holding und Organträgerin vgl. *Küffner/Rust* DB 2016, 728.

Die Organgesellschaft ist zivilrechtlich selbstständig; sie hat daher den nach § 14 Abs. 1 dem Leistungsempfänger gegen den Unternehmer zustehenden zivilrechtlichen Anspruch auf **Rechnungserteilung im eigenen Namen** zu erfüllen (→ § 14 Rn. 28). Die Organgesellschaft schuldet in diesen Fällen nicht nach § 14c Abs. 2 die ausgewiesene USt, sondern der Organträger nach § 13a Abs. 1 Nr. 1. Zur Frage der Rechnungsangaben (leistender Unternehmer, Steuernummer und USt-IdNr. des leistenden Unternehmers → § 14 Rn. 65, 75). **139**

Durch eine Organschaft können eine nichtsteuerbefreite Einrichtung und eine steuerbefreite Einrichtung insgesamt steuerbefreit sein, sofern die **Steuerbefreiung** nicht an den Umsätzen sondern an der Einrichtung als solcher anknüpft. So setzten die nach § 4 Nr. 14 Buchst. b genannten Leistungen die Zulassung der Einrichtung iSd § 108 SGB V voraus. Nach OFD Frankfurt a. M. 16.2.2010, DStR 2010, 807, kann durch eine Organschaft eines zugelassenen Krankenhauses mit einem nicht zugelassenen Krankenhaus insgesamt keine Einrichtung iSd Steuerbefreiungsvorschrift geschaffen werden, wenn sie in zwei rechtlich selbstständigen juristischen Personen geführt wird (anders noch OFD Frankfurt a. M. 22.7.2009, DStR 2009, 1962). Durch eine Organschaft können wiederum die Voraussetzungen für die steuerfreie Lieferung von Medikamenten (zB Zytostatika) geschaffen werden, wenn behandelndes Krankenhaus und Krankenhausapotheke durch rechtlich selbstständige Gesellschaften betrieben werden, diese aber organschaftlich verbunden und somit ein Unternehmen sind (OFD Frankfurt a. M. 22.11.2016, DStR 2017, 604). **140**

Da die Organgesellschaft wegen ihrer zivilrechtlichen Selbstständigkeit für Steuerschulden des Organträgers grundsätzlich nicht in Anspruch genommen werden könnte, begründet § 73 AO eine **Haftung der Organgesellschaft** für Steuern, die aufgrund der Organschaft beim Organträger anfallen (zum Haftungsumfang siehe FG Nürnberg II 238/86, EFG 1991, 437, rkr; BFH V R 126/87, BFH/NV 1992, 140; ferner ausführlich *Sturm* StuW 1992, 252). Die Inanspruchnahme des Organträgers ist auch nicht sachlich unbillig, wenn die Organgesellschaft unter der Verwaltung eines vorläufigen Insolvenzverwalters steht und Umsätze tätigt (BFH XI R 28/09, BFH/NV 2012, 1493). Wird einer GmbH, die zunächst unzutreffend als Organgesellschaft angesehen wird, die USt vom vermeintlichen Organträger erstattet, so dass zivilrechtlich der Zustand hergestellt wurde, der ohne Organschaft bestanden hätte, kann das FA die USt im Insolvenzverfahren der GmbH anmelden (BFH V R 36/15, DStR 2016, 2965 mAnm *Heuermann*). **141**

Die Leistungen zwischen den Organgesellschaften und dem Organträger aber auch zwischen den verschiedenen Organgesellschaften sind – beschränkt auf die im Inland gelegenen Unternehmensteile (§ 2 Abs. 2 Nr. 2 S. 2) – **nicht steuerbare Innenleistungen.** Dies gilt nach BFH V R 30/06, BStBl. II 2010, 863 auch dann, wenn die Innenleistungen der Organgesellschaft beim Organträger für **nicht unternehmerische Zwecke** verwendet werden. Ebenso bleiben die Umsätze nicht steuerbar, wenn der Leistungsempfänger innerhalb des Organkreises abzugsschädliche Umsätze erzielt und daher nicht zum Vorsteuerabzug berechtigt wäre, wenn die Umsätze steuerpflichtig wären. Daher werden Organschaften als Gestaltungsinstrument beim **Outsourcing** von Tätigkeiten in eigenständige Tochtergesellschaften eingesetzt, wenn der Organträger nicht zum Vorsteuerabzug berechtigt ist, zB Kreditinstitute oder Unter- **142** nehmen im Gesundheitswesen, wobei es sich im Einzelfall als schwierig erweisen kann, die Eingliederungsvoraussetzungen zu erfüllen (vgl. *Leonard* DStR 2010, 721; *Hummel* MwStR 2013, 294). Auch wird teilweise die Auffassung vertreten, es könne sich um einen Fall des **Gestaltungsmissbrauchs** nach § 42 AO handeln (*Leonard* DStR 2010, 721 (724ff.)). Dem wird zurecht entgegengehalten, dass die Organschaft gerade darauf gerichtet ist, die Umsatzsteuerkumulation aufgrund fehlenden Vorsteuerabzugs des finanziell, wirtschaftlich und organisatorisch eingegliederten Leistungsempfängers – bei Vorhandensein einer finanziellen, wirtschaftlichen und organisatorischen Eingliederung – zu verhindern (*Hummel* MwStR 2013, 294 (295f.)).

Wird **fälschlicherweise mit Steuerausweis** über nichtsteuerbare Innenleistungen abgerechnet, schuldet der Aussteller die Steuer dennoch nicht nach § 14c Abs. 2, denn Organträger und Organgesellschaft sind grundsätzlich berechtigt, Rechnungen auszustellen (BFH V R 7/10, BStBl. II 2011, 391; UStAE 14c.2 Abs. 2a). Zur Angabe von **USt-IdNr.** bzw. Steuernummer in den Rechnungen → § 14 Rn. 75.

142a Weil durch die Organschaft nach außen auftretende Rechtsträger umsatzsteuerlich als ein Unternehmen behandelt werden, kann die Organschaft auch Auswirkungen auf die **Qualifizierung von Umsätzen mit Außenwirkung** haben. Die **Übertragung eines Grundstücks,** das an die Organgesellschaft von einem Dritten vermietet wird, auf den Organträger führt beispielsweise nicht zu einer Geschäftsveräußerung, da der Organträger umsatzsteuerrechtlich keine Vermietungstätigkeit fortsetzt, sondern das Grundstück im Rahmen seines Unternehmens selbst nutzt (BFH V R 26/09, BStBl. II 2010, 1114). Umgekehrt liegt wegen der Einheitlichkeit des Unternehmens des Organträgers auch dann eine **Geschäftsveräußerung im Ganzen** nach § 1 Abs. 1a vor, wenn mehrere zivilrechtlich selbstständige Erwerber derselben umsatzsteuerlichen Organschaft angehören (siehe *Korn* SteuK 2011, 1 unter 3.2; *Meyer-Burow/Connemann* UR 2011, 612). Ebenso können mehrere Umsätze von verschiedenen Rechtsträgern innerhalb des Organkreises umsatzsteuerlich als **Haupt- und Nebenleistung** qualifiziert werden, weil sie nur von einem Unternehmer erbracht werden (siehe *Schalk/Fuß* UR 2012, 947). Zu den Außenwirkungen einer Organschaft wie zB zur **Steuerschuldnerschaft** nach § 13b oder der Qualifizierung als **Reihengeschäft** siehe *Sauer/Gissel* UR 2014, 918. Zur Steuerbefreiung von Umsätzen infolge der Organschaft → Rn. 140.

Beispiel (aus *Korn* SteuK 2011, 1 unter 3.2): W betreibt eine Werbeagentur und möchte zum 1.1.11 sein Unternehmen an E veräußern. Die Werbeagentur wird von W in einem Ende 2005 unter Vornahme des Vorsteuerabzugs errichteten Gebäude betrieben. E wird aus Haftungsgründen eine GmbH gründen, die die Werbeagentur erwerben soll. Das Grundstück möchte E selbst erwerben, um die spätere Aufnahme neuer Gesellschafter in der Agentur leichter zu ermöglichen. E vermietet das Grundstück an die GmbH.

Lösung: Die GmbH ist Organgesellschaft des E. Sie ist finanziell wegen der 100%-Beteiligung, organisatorisch wegen der Position des E als alleiniger Geschäftsführer der GmbH und wirtschaftlich wegen der Vermietung des einzigen Betriebsgrundstücks in das Unternehmen des E eingegliedert. Die Tatsache, dass E nur deshalb Unternehmer ist, weil er ein Grundstück an „seine" Organgesellschaft vermietet und diese Vermietung dann ein nichtsteuerbarer Innenumsatz ist, steht seiner möglichen Eigenschaft als Organträger nicht im Wege (→ Rn. 111).

Aufgrund der Organschaft liegt trotz des zivilrechtlich getrennten Erwerbs von Grundstück und Betrieb umsatzsteuerlich nur ein Erwerber des bisher von W geführten Unternehmens vor. Die Übertragung des Grundstücks an E und die Übertragung der Werbeagentur an die GmbH erfolgt somit umsatzsteuerlich „im Ganzen", so dass eine nichtsteuerbare Geschäftsveräußerung nach § 1 Abs 1a vorliegt.

143 Die umsatzsteuerlichen Folgen der Organschaft treten **von Gesetzes wegen** ein. Ein **Wahlrecht** besteht insoweit nicht (UStAE 2.8 Abs. 4; BFH XI R 74/07, BStBl. II 2009, 256 mwN). Es bestehen auch weder verfassungsrechtliche noch unionsrechtliche Bedenken gegen die Organschaft als Rechtsinstitut (BFH V R 37/00, BStBl. II 2002, 373; V R 71/93, BFH/NV 1996, 273; vgl. auch BVerfG 1 BvR 320/57, 1 BvR 70/63, BStBl. III 1967, 7). Die Auswirkungen einer im Nachhinein festgestellten Organschaft sind jedoch erheblich und lassen den Sinn und Zweck der Organschaft als Vereinfachungsmaßnahme bezweifeln.

Weder die Feststellung einer Organschaft bei einem der Unternehmen des Organ- 144
kreises noch die Höhe der vom Organträger zu versteuernden Umsätze der Organgesellschaft hat **verfahrensrechtlich** Bindungswirkung für die USt-Festsetzungen der übrigen Unternehmer des Organkreises. USt-Bescheide der Organgesellschaften sind insbesondere keine Grundlagenbescheide für die USt-Festsetzung des Organträgers. Die mit Gesetz zur Änderung und Vereinfachung der Unternehmensbesteuerung und des steuerlichen Reisekostenrechts (BGBl. 2013 I 285) eingeführte verfahrensrechtliche Regelung in § 14 Abs. 5 KStG strahlt nicht auf die USt aus. Ein Pendant im UStG wurde nicht geschaffen. Wird daher nachträglich beim Organträger eine Organschaft festgestellt, werden USt und Vorsteuer der Organgesellschaft in seine USt-Festsetzung einbezogen, selbst wenn die Festsetzungen der Organgesellschaft mangels Änderungsnorm oder wegen Verjährung nicht mehr geändert werden können. Gleiches gilt auch für den umgekehrten Fall der Aberkennung einer Organschaft. Als Änderungsnorm kommt allerdings unter bestimmten Umständen § 174 AO in Frage, der gleichzeitig auch verjährungshemmend wirkt. Die Voraussetzungen für eine **Änderung nach § 174 AO** müssen aber im Einzelfall geprüft werden.

Beispiel 1: M ist zu 100% an der T-GmbH beteiligt. Beide gehen fälschlicherweise vom Bestehen einer Organschaft aus, so dass M sämtliche Umsätze der T-GmbH für 01 versteuert. Im Rahmen einer Ende 06 bei M begonnenen Außenprüfung wird die Organschaft zutreffend aberkannt und die USt durch Änderungsbescheid in 07 herabgesetzt. Die USt-Festsetzung der T-GmbH ist seit 1.1.07 festsetzungsverjährt. Dennoch kann USt nach § 174 Abs 3 AO gegen die T-GmbH festgesetzt werden bis zur Unanfechtbarkeit der Änderungsbescheide gegen M (§ 174 Abs. 3 S. 2 iVm § 171 Abs. 4 S. 1 AO).

Beispiel 2: Wie Beispiel 1, jedoch lag tatsächlich eine Organschaft vor, dh die Aberkennung der Organschaft durch die Betriebsprüfung bei M war rechtswidrig, bleibt jedoch von M – schon mangels Beschwer (§ 350 AO) – unwidersprochen. In diesem Fall kann die USt nicht nach § 174 Abs. 3 gegenüber der T-GmbH festgesetzt werden, denn § 174 Abs. 3 AO setzt voraus, dass die vorherige Nichtberücksichtigung des Sachverhalts unrichtig war. Siehe BFH V R 54/94, DStR 1996, 1201.

Nach BFH V R 7/12, DStR 2014, 1104 ist im Übrigen nicht nur die unterbliebene Berücksichtigung eines Sachverhalts in einem Steuerbescheid, sondern auch das Unterbleiben eines Steuerbescheids ein Fall des § 174 Abs. 3 AO. Siehe hierzu auch *Reichelt* MwStR 2014, 479.

Beispiel 3: Wie Beispiel 1, jedoch beginnt die Betriebsprüfung bei M bereits im Jahr 03, der Änderungsbescheid ergeht im Jahr 04. Eine USt-Festsetzung gegenüber der T-GmbH erfolgt zunächst nicht, weil noch nicht sicher ist, ob die Umsätze bei Zurechnung an die T-GmbH überhaupt der USt unterliegen. Nach Prüfung und Bejahung einer USt-Pflicht ist ein Erlass von USt-Bescheiden gegen die T-GmbH nicht nach § 174 Abs 3 AO zulässig. Denn für die bisherige Nichtfestsetzung von USt war nach Aberkennung der Organschaft gegenüber M nicht (mehr) die unrichtige Annahme des Bestehens einer Organschaft Voraussetzung, sondern auch die Frage, ob überhaupt USt-Pflicht vorliegt. Siehe BFH V R 54/10, BFH/NV 2011, 2017.

Beispiel 4: Wie Beispiel 1, jedoch wird die Organschaft gegenüber M nicht im Rahmen einer Betriebsprüfung aberkannt, sondern im Rahmen eines Abhilfebescheids nach Einspruch des M in 07. Eine USt-Festsetzung gegen die T-GmbH nach § 174 Abs. 3 AO ist nicht mehr zulässig, weil Festsetzungsverjährung eingetreten ist und auch die für M geltende und nach § 174 Abs. 3 S. 2 für die T-GmbH insoweit maßgebliche Festsetzungsfrist nicht mehr nach § 171 Abs. 3a AO gehemmt ist. Eine Änderung nach § 174 Abs 4 wäre zwar noch innerhalb eines Jahres nach Erlass des Änderungsbescheids gegenüber M möglich, dies setzt aber die Hinzuziehung der T-GmbH zum Einspruchsverfahren des M voraus (§ 174 Abs. 5 AO, siehe auch OFD Nds vom 14.6.2012, DStR 2012, 1454 und BFH XI B 127/13, MwStR 2014, 471 mit Anm *Herbert*).

Nach einer potenziellen Verschmelzung einer Organgesellschaft auf den Organträger ist sie nicht mehr Dritte iSv § 174 Abs. 5 AO, so dass eine Hinzuziehung nicht mehr nötig ist (BFH V R 6/12, DStR 2014, 1109). Siehe hierzu auch *Reichelt* MwStR 2014, 479.

145 **e) Beendigung der Organschaft.** Die Organschaft endet zu dem Zeitpunkt, zu dem eine der gesetzlichen Tatbestandsvoraussetzungen nicht mehr erfüllt ist, also die **Organgesellschaft keine Kapitalgesellschaft** mehr ist (vorbehaltlich Unionsrecht, → Rn. 112) oder mindestens eines der drei **Eingliederungsmerkmale nicht mehr erfüllt** wird, beispielsweise durch Veräußerung der Mehrheitsbeteiligung an der Organgesellschaft. Die wirtschaftliche Eingliederung entfällt jedoch nicht durch bloße **Vermögenslosigkeit** der Organgesellschaft (→ Rn. 128). Die organisatorische Eingliederung entfällt durch Wegfall der personellen Verflechtung der Geschäftsführungen (→ Rn. 131). Dies ist insbesondere der Fall in der **Insolvenz** der Organgesellschaft, da die Verwaltungs- und Verfügungsbefugnis auf den Insolvenzverwalter übergeht (→ Rn. 132, zum vorläufigen Insolvenzverwalter → Rn. 133). Dies gilt nicht bei gleichzeitiger Insolvenzverfahrenseröffnung über das Vermögen des Organträgers, wenn das Gericht denselben Insolvenzverwalter für Organträger und Organgesellschaft bestellt (→ Rn. 134 und den dortigen Hinweis auf eine mögliche Rechtsprechungsänderung). Der bloße Beschluss über die **Auflösung der Gesellschaft** (Liquidation) und die anschließende Abwicklung der Geschäfte der Organgesellschaft hat keinen Einfluss auf die Organschaft. Die Organgesellschaft rechnet vielmehr so lange zum Unternehmen des Organträgers, bis die Liquidation abgeschlossen und das vorhandene Gesellschaftsvermögen veräußert ist (OFD Frankfurt a. M. 25.11.2015, BeckVerw 321817).

146 Mit Beendigung der Organschaft ist die ehemalige Organgesellschaft als **selbstständiger Unternehmer** zu beurteilen. Die Unternehmereigenschaft ist nach OFD Frankfurt a. M. 25.11.2015, BeckVerw 321817 unter 2.1 auch dann zu bejahen, wenn nach Beendigung des Organschaftsverhältnisses lediglich Verwertungshandlungen im geringen Umfang vorgenommen werden, so dass diese Tätigkeit für sich betrachtet nicht nachhaltig ist, denn die Organgesellschaft war zuvor ein nichtselbstständiger Teil des Unternehmens des Organträgers, so dass auch die Tätigkeit vor Beendigung der Organschaft in die Beurteilung der Unternehmereigenschaft einzubeziehen ist. Die **Unternehmereigenschaft** endet dann nach allgemeinen Grundsätzen nicht vor Abschluss der letzten Liquidationshandlungen (→ Rn. 175). Zur Berechnung der Vorjahressteuer zwecks Bestimmung des Voranmeldezeitraums der ehemaligen Organgesellschaft siehe UStAE 18.2 Abs. 1 S. 3.

Für die Frage, ob USt dem ehemaligen Organträger oder der ehemaligen Organgesellschaft zuzurechnen ist, kommt es auf den Zeitpunkt der **Entstehung der Steuer** nach § 13a an. Bei **Soll-Besteuerung** ist dies der Zeitpunkt der Leistungserbringung; auf den Zeitpunkt der Zahlung oder Rechnungsstellung kommt es hingegen nicht an (so auch OFD Frankfurt a. M. 25.11.2015, BeckVerw 321817 unter 3.1). Werden Anzahlungen, die der **Mindest-Ist-Besteuerung** nach § 13 Abs. 1 Nr. 1 Buchst. a S. 4 unterliegen, vor Beendigung der Organschaft von der Organgesellschaft vereinnahmt, aber zutreffend vom Organträger versteuert, und erbringt die Organgesellschaft nach Beendigung der Organschaft die Leistungen, ist die vom Organträger entrichtete USt bei der Steuerfestsetzung gegenüber der vormaligen Organgesellschaft steuermindernd zu berücksichtigen (BFH V R 68/00, BStBl. II 2002, 255). Für die **Berichtigung nach § 17** kommt es auf den Zeitpunkt der Verwirklichung des Berichtigungsgrunds an. Wird eine Entgeltforderung gegenüber einem Dritten für eine während des Bestehens einer Organschaft erbrachte Leistung uneinbringlich, ist die USt gegenüber demjenigen Unternehmen zu berichtigen, das im Zeitpunkt der Uneinbringlichkeit Steuerschuldner ist, also die Organgesellschaft, sofern die Organschaft vor diesem Zeitpunkt beendet wird (BFH V R 2/05, BStBl. II 2007, 848), andernfalls der Organträger (BFH V R 14/08, BStBl. II 2011, 988). Gleiches gilt auch für den Fall der Berichtigung wegen Eröffnung des Insolvenzverfahrens über das Vermögen der Organgesellschaft. Spätestens im Zeitpunkt der Eröffnung des Insolvenzverfahrens werden alle Entgeltforderungen und -verbindlichkeiten der Organgesellschaft uneinbringlich (→ § 17 Rn. 68). Der Berichtigungsanspruch nach § 17 entsteht unmittelbar vor Wegfall der Organschaft und richtet sich damit noch gegen den Organträger. Eine spätere Vereinnahmung von Entgeltforderungen bzw. Verausgabung von Entgeltverbindlichkeiten durch den Insolvenzverwalter der Organgesellschaft führt dann zu einer erneuten Berichtigung nach § 17 Abs. 2 Nr. 1 S. 2; die hieraus resultierende USt-Schuld oder USt-Forderung ist der Masse der vormaligen Organgesellschaft zuzurechnen (→ § 17 Rn. 69). Eine durch die Verwertungshandlungen des Insolvenzverwalters ausgelöste **Vorsteuerberichtigung nach § 15a** ist ebenfalls Masseanspruch gegenüber dem Insolvenzverwalter der ehemaligen Organgesellschaft (BFH XI R 35/09, BStBl. II 2011, 1000).

Die für die USt geltenden Grundsätze gelten auch für die Zurechnung des **Vorsteueranspruchs;** es ist somit ebenfalls der Zeitpunkt des Leistungsbezugs entscheidend. Vorsteuern aus Leistungen, die die Organgesellschaft vor Beendigung der Organschaft bezieht, stehen demnach dem Organträger zu. Dies soll nach OFD Frankfurt a. M. 25.11.2015, BeckVerw 321817 unter 3.2 unabhängig davon gelten, ob sämtliche materiell-rechtlichen Voraussetzungen des § 15 erfüllt sind.

f) Organschaft über die Grenze. Die Wirkungen der Organschaft sind gemäß **147**
§ 2 Abs. 2 Nr. 2 S. 2 auf Innenleistungen zwischen den im Inland gelegenen Unternehmensteilen beschränkt. Daher kann eine in einem Freihafen ansässige Gesellschaft trotz der Fiktion des § 1 Abs. 3 Nr. 2 Buchst. a nicht Teil des Organkreises sein (FG Hmb 2 K 189/13, BeckRS 2014, 96121, NZB BFH XI B 92/14). Die Begrenzung auf die Inlandsteile verstößt nicht gegen Unionsrecht (BFH V R 71/93, BFH/NV 1996, 273).

Gemäß § 2 Abs. 2 Nr. 2 S. 3 sind die **inländischen Unternehmensteile** als ein Unternehmen zu behandeln. Hieraus folgt zweierlei: Zum einen stellt § 2 Abs. 2 Nr. 2 S. 2 eine Beschränkung der Zusammenfassung zu einem Unternehmen dar. Ohne diese Vorschrift wäre es möglich, eine Organschaft über die Grenze zu bilden mit der Folge, dass Leistungen einer Gesellschaft des Organkreises in Deutschland an eine andere Gesellschaft des Organkreises im Ausland als nichtsteuerbare Innenleistungen der deutschen USt entzogen würden. Durch die Beschränkung auf Innenleistungen zwischen den im Inland gelegenen Unternehmensteilen kommt es also zunächst zu einer Rückkehr zum Normalfall ohne Organschaft, also der Steuerbarkeit einer Leistung gegen Entgelt zwischen zwei rechtlich unabhängigen Personen. Zum anderen aber folgt aus § 2 Abs. 2 Nr. 2 S. 3, dass die ausländischen Unternehmensteile ein anderes Unternehmen darstellen. Sind nämlich die inländischen Unternehmensteile als ein Unternehmen zu behandeln, müssen zwangsläufig die ausländischen Unternehmensteile als andere Unternehmen behandelt werden. Damit aber geht die Vorschrift weiter als eine bloße Rückkehr zum Normalfall ohne Organschaft. Denn ein ausländischer Unternehmensteil muss nicht zwingend eine rechtlich selbstständige Person sein, es kann sich auch um eine rechtlich unselbstständige **Niederlassung** handeln (vgl. UStAE 2.9 Abs. 3 Nr. 3 und 5), die gewöhnlich zum Unternehmen des Stammhauses gehört. Sonstige Leistungen zwischen inländischem Stammhaus und ausländischer Niederlassung (oder umgekehrt) sind im Normalfall als reine Innenleistungen nicht steuerbar. Ist nun aber die Niederlassung Teil einer Organschaft im anderen Staat, gehört sie zu einem anderen Unternehmen, so dass die Erbringung einer Leistung vom Stammhaus nun eine Leistung von einem Unternehmer an einen anderen Unternehmer ist, die folglich der USt unterliegt.

Beispiel: Eine US-Gesellschaft bezieht IT-Dienstleistungen und gibt diese gegen Entgelt konzernintern weiter, ua an ihre feste Niederlassung in Deutschland, die hier Teil einer Organschaft mit anderen Gesellschaften des Konzerns in Deutschland ist. Obwohl die Leistungen vom Stammhaus an die Niederlassung weitergeleitet werden und dieser Weiterleitung kein zweiseitiger Vertrag mit Leistung und Gegenleistung zugrunde liegen kann, wird die Leistung umsatzsteuerlich an den inländischen Organträger als Unternehmer des Organkreises erbracht, so dass sie steuerbar ist. Liegt auch Steuerpflicht vor, schuldet der Organträger als Leistungsempfänger die Steuer (§ 13b Abs. 2 Nr. 1).

Vorstehendes Beispiel ist der EuGH-Entscheidung Skandia America angelehnt. Der **EuGH** hat entschieden, dass eine Leistung, die ein Steuerpflichtiger an seine in einem anderen Staat liegende feste Niederlassung erbringt, eine steuerbare Leistung darstellt, wenn diese Niederlassung wiederum Teil einer Mehrwertsteuergruppe (= Organschaft) ist. Denn in diesen Fällen leistet der Unternehmer nicht an seine Niederlassung – dies wäre ein nichtsteuerbarer Vorgang –, sondern an die von ihm rechtlich getrennte Mehrwertsteuergruppe insgesamt, zu der seine Niederlassung gehört (EuGH C-7/13, MwStR 2014, 728 – Skandia America). Durch die Zuordnung der Niederlassung zu einer Mehrwertsteuergruppe wird die Niederlassung folglich aus dem Unternehmen des Stammhauses herausgelöst und dem Unternehmen der Mehrwertsteuergruppe eingegliedert (vgl. auch *Endres* MwStR 2015, 916; *von Streit/Streit* MwStR 2014, 714 (717)). Dies entspricht der og. Lesart von § 2 Abs. 2 Nr. 2 S. 3; die EuGH-Rechtsprechung steht somit im Einklang mit deutschem Recht (aA *Becker* UStB 2014, 346 (354)). Die **FVerw** meint allerdings bislang, dass Innenleistungen zwischen Stammhaus und Betriebsstätte auch bei Einbeziehung in eine Organschaft nicht steuerbar sind (UStAE 2.9 Abs. 2 S. 2). Es ist daher mit einer Änderung von UStAE 2.9 Abs. 2 S. 2 zu rechnen (vgl. auch *Heinrichshofen* UR 2014, 890 (892)). Der MwSt-Ausschuss hat sich zwischenzeitlich mit großer Mehrheit (jedoch nicht einstimmig) für eine Übernahme der EuGH-Grundsätze ausgesprochen, also dafür, dass eine Niederlassung in einem anderen Mitgliedstaat dort Teil einer Mehrwertsteuergruppe (Organschaft) sein kann und zwischen dem Stammhaus und dieser Niederlassung folglich steuerbare Leistungen ausgetauscht werden können (Leitlinien des MwSt-Ausschusses v. 16.12.2016, http://ec.europa.eu/taxation_customs/sites/taxation/files/resources/documents/taxation/vat/key_documents/vat_committee/guidelines-vat-committee-meetings_de.pdf, S. 205f.).

Im **umgekehrten Fall** – das Stammhaus gehört zu einer Organschaft und leistet an seine ausländische Niederlassung außerhalb der Organschaft – muss dasselbe gelten (so auch *von Streit/Streit* MwStR 2014, 714 (718)). Denn auch dann ordnet § 2 Abs. 2 Nr. 2 S. 3 an, dass die inländischen Unternehmensteile als ein Unternehmen und folglich die ausländischen Unternehmensteile als ein anderes Unternehmen anzusehen sind. Es kommt folglich zu einer Art **Duplizierung der Unternehmereigenschaft** mit der Folge, dass Leistungen zwischen zwei Teilen eines Rechtsträgers umsatzsteuerlich als Leistungen von einem Unternehmer an einen anderen Unternehmer gegen Entgelt aufzufassen sind.

Zu den britischen Interpretationen der EuGH-Rechtsprechung und den Folgen für auf dem britischen Markt tätige deutsche Banken und Versicherungen vgl. *Lang-Horgan* MwStR 2015, 288.

148 Wie das **Entgelt** in den Fällen der Leistungserbringung zwischen Stammhaus und Betriebsstätte zu bemessen ist, wenn es keine interne Kostenbelastung gibt, ist offen. Es liegt zunächst nahe, die Grundsätze für unentgeltliche Leistungen heranzuziehen, also § 10 Abs. 4. Eine gesetzliche Grundlage hierfür ist aber nicht ersichtlich, insbesondere liegt kein Fall der Mindestbemessungsgrundlage nach § 10 Abs. 5 vor (vgl. auch *von Streit/Streit* MwStR 2014, 714 (719)). Am besten vergleichbar mit dem Fall der unentgeltlichen Leistungserbringung zwischen Stammhaus und Betriebsstätte, die umsatzsteuerlich zu unterschiedlichen Unternehmen zählen, ist der Fall, dass ein Unternehmer einem anderen Unternehmer unentgeltlich eine Leistung erbringt und die Leistungserbringung nicht unternehmensfremden Motiven folgt:

Beispiel: Ein Steuerberater, der für seinen Mandanten die Finanz- und Lohnbuchhaltung erstellt und hierfür ein monatliches Pauschalhonorar erhält, legt Einspruch gegen einen zu Unrecht festgesetzten Verspätungszuschlag wegen angeblich verspäteter Abgabe der LSt-Anmeldung ein. Hierfür könnte er ein gesondertes Honorar berechnen. Im Hinblick auf die langjährige Mandantenbeziehung verzichtet er aber hierauf.

In vorstehendem Beispiel hat der Unternehmer (Steuerberater) eine sonstige Leistung erbracht, die mangels Entgeltlichkeit jedoch nicht der USt unterliegt. Denn im Gegensatz zur unentgeltlichen **Lieferung** von Gegenständen (§ 3 Abs. 1b S. 1 Nr. 3) gibt es keine Vorschrift, die die unentgeltliche Erbringung von **sonstigen Leistungen** der USt unterwirft, wenn sie weder für unternehmensfremde Zwecke noch für den privaten Bedarf des Personals erfolgt. Dies gilt mE auch für den Fall, dass Leistungen ohne Entgelt zwischen Stammhaus und Betriebsstätte erbracht werden. Die Steuerbarkeit solcher Leistungen kann damit faktisch durch Verzicht auf das Entgelt vermieden werden.

Hat der Organträger seine **Geschäftsleitung im Ausland,** gilt der **wirtschaftlich bedeutendste Unternehmensteil** im Inland als der Unternehmer (§ 2 Abs. 2 Nr. 2 S. 4). **149**

Beispiel: Die Gesellschaft A im Ausland ist Organträger der im **Inland** ansässigen Kapitalgesellschaft B (Umsatz 100 Mio. EUR) und C (Umsatz 20 Mio. EUR). B als der wirtschaftlich bedeutendste Unternehmensteil gilt als Unternehmer; das Unternehmen iSv § 2 Abs. 1 S. 2 umfasst nur B und C, nicht aber auch A, obwohl dessen beherrschende Stellung die Organschaft begründet.

V. Das Unternehmen

1. Einheitlichkeit des Unternehmens

Jeder Unternehmer hat **nur ein Unternehmen** (§ 2 Abs. 1 S. 2). In diesem sind sämtliche unternehmerischen Aktivitäten des Unternehmers zusammengefasst, mögen sie auch noch so verschiedenartig sein. Entsprechendes gilt auch für eine **juristische Person des öffentlichen Rechts.** Sie hat nur ein Unternehmen; dieses umfasst ihre sämtlichen Betriebe gewerblicher Art und der Land- und Forstwirtschaft (BFH V R 194/83, BStBl. II 1988, 932 – noch zu § 2 Abs. 3, nach dessen Ersetzung durch § 2b gelten für juristische Personen des öffentlichen Rechts ohnehin keine Besonderheiten mehr bezüglich der Begriffe „Unternehmer" und „Unternehmen", vgl. → § 2b Rn. 6). Bei personenidentischen **Bruchteilsgemeinschaften** besteht bei gleichen Beteiligungsverhältnissen und einheitlicher Willensbildung ebenfalls nur ein Unternehmer (→ Rn. 18). Bei **Organschaft** bilden die Organgesellschaften zusammen mit dem Organträger das Unternehmen des Organträgers (→ Rn. 138). **150**

Wegen der Einheitlichkeit des Unternehmens spielt es umsatzsteuerlich keine Rolle, wenn ein Unternehmer mehrere Betriebe hat, die **ertragsteuerlich verschiedenen Einkunftsarten** zuzurechnen sind und auch verschiedenen Gewinnermittlungsarten folgen. Lediglich bei der Anwendung der **Ist-Besteuerung** nach § 20 Abs. 1 S. 1 Nr. 2 und 3 erfolgt auch umsatzsteuerlich insoweit eine betriebsbezogene Betrachtung (→ § 20 Rn. 25). **Überführungen von Wirtschaftsgütern zwischen den Betrieben** führen umsatzsteuerlich nicht zu Entnahmen nach § 3 Abs. 1b S. 1 Nr. 1, weil das Unternehmen des Unternehmers iSd § 3 Abs. 1b S. 1 Nr. 1 sämtliche unternehmerische Tätigkeiten umfasst (§ 2 Abs. 1 S. 2); das gilt auch innerhalb des **151**

Organkreises. **Umsatzgrenzen** für die Anwendung der Ist-Besteuerung nach § 20 Abs. 1 S. 1 Nr. 1 oder die Kleinunternehmerregelung nach § 19 Abs. 1 müssen vom gesamten Unternehmen eingehalten werden (→ § 19 Rn. 9, → § 20 Rn. 25).

152 Ein **unionsrechtliches Pendant** zum deutschen Begriff des Unternehmens gibt es – anders als beim Unternehmer (= Steuerpflichtiger) und der unternehmerischen Tätigkeit (= wirtschaftliche Tätigkeit) – nicht. Während das deutsche Recht für die Steuerbarkeit eines Umsatzes die Erbringung der Leistung durch den „Unternehmer im Rahmen seines Unternehmens" voraussetzt (§ 1 Abs. 1 Nr. 1), verlangt die MwStSystRL, dass der „Steuerpflichtigen als solcher" Leistungen tätigt (Art. 2 Abs. 1 Buchst. a MwStSystRL). Das kann zu sprachlichen Verwirrungen führen. Denn auch die MwStSystRL verwendet in der deutschen Sprachfassung gelegentlich den Begriff „Unternehmen" (Art. 16, Art. 26 MwStSystRL), meint damit aber nicht das Unternehmen iSd § 2 Abs. 1 S. 2. Dies führte lange Zeit dazu, dass eine nichtunternehmerische Nutzung eines Gegenstandes in Deutschland anders verstanden wurde, als es der später hierzu ergangenen Rechtsprechung des EuGH entsprach (hierzu → Rn. 156).

2. Umfang des Unternehmens

153 Das Unternehmen iSv § 2 Abs. 1 S. 2 umfasst die **gesamte** unternehmerische Tätigkeit des Unternehmers. Es besteht somit nicht aus Wirtschaftsgütern und Mitarbeitern, sondern in der gewerblichen oder beruflichen Tätigkeit des Unternehmers. Gegen den Unternehmer kann somit auch nur **ein USt-Bescheid** ergehen (BFH V B 35/10, BFH/NV 2011, 462). Voraussetzungen, die der Unternehmer als solcher zu erfüllen hat, können nicht nur von einem **Unternehmensteil** erfüllt werden (so ist zB die Inanspruchnahme der Steuerbefreiung des § 19 nur für die gesamte unternehmerische Tätigkeit des Unternehmers möglich, BFH XI R 31/12, BStBl. II 2014, 214). Zum Begriff der gewerblichen oder beruflichen Tätigkeit → Rn. 49 ff.

154 Auch sog. Hilfsgeschäfte (siehe dazu auch *Bauer* UR 1991, 246) sind Gegenstand des Unternehmens. Hierzu zählt zB die Veräußerung von Gegenständen, die vorher dem Unternehmen gedient haben und ihm zulässigerweise zugerechnet wurden oder hätten zugerechnet werden müssen (BFH V R 25/76, BStBl. II 1985, 176), zB der Verkauf des beruflich genutzten Pkw durch einen Unternehmer oder die Verwertung von Sicherungsgut durch eine Bank (vgl. BFH V R 2/75, BStBl. II 1978, 684). Siehe auch UStAE 2.7 Abs. 2.

155 Neben dem unternehmerischen Bereich hat der Unternehmer auch einen **nichtunternehmerischen Bereich.** Der nichtunternehmerische Bereich beinhaltet allgemein alle Tätigkeiten, die nicht zum Unternehmen gehören, und damit unternehmensfremde Tätigkeiten wie den Privatbereich des Unternehmers, den Privatbereich des Personals des Unternehmers oder des Gesellschafters oder der Mitglieder des Rechtsträgers, der das Unternehmen betreibt (siehe auch UStAE 2.3 Abs. 1 a). Nach dieser sog. **Sphärentheorie** ist somit allgemein nur zwischen unternehmerischem und nichtunternehmerischem Bereich zu unterscheiden (vgl. BFH V R 92/85, BStBl. II 1991, 35). Einen nichtunternehmerischen Bereich können auch **Gesellschaften, Vereine und alle übrigen Unternehmer** haben (BFH V R 25/76, BStBl. II 1985, 176; V R 109/77, BStBl. II 1987, 735; X R 48/81, BStBl. II 1988, 557). Bei **juristischen Personen des öffentlichen Rechts** gehört der Hoheitsbetrieb zum nichtunternehmerischen Bereich (UStAE 2.3 Abs. 1 a; BFH V R 23/11, BStBl. II 2012, 74 Rn. 28), der jedoch nicht unternehmensfremd ist → Rn. 156, → Rn. 182 ff. Bei Vereinen, Forschungsbetrieben und ähnlichen Einrichtungen ist die Abgrenzung zwischen dem unternehmerischen und dem nichtunternehmerischen Bereich besonders schwierig, wenn sie sich nicht nur aus nichtsteuerbaren Mitgliedsbeiträgen (→ § 1 Rn. 62 ff.) und Zuschüssen (→ § 10 Rn. 60 ff.) finanzieren, sondern auch Entgelte für Lieferungen oder sonstige Leistungen (auch in Gestalt

von – dann steuerbaren – Mitgliedsbeiträgen erhalten (vgl. BFH V R 46/92, BStBl. II 1994, 957; zu Forstbetriebsgemeinschaften in der Rechtsform eines wirtschaftlichen Vereins BFH V R 77/07, DStRE 2009, 1321). Hilfsgeschäfte sind in diesem Bereich nicht steuerbar (UStAE 2.10 Abs. 1 S. 10; vgl. auch *Rau* UR 1987, 121).

Wird ein dem Unternehmensvermögen zugerechneter Gegenstand für Zwecke, **156** die außerhalb des Unternehmens liegen, verwendet, liegt eine steuerpflichtige **unentgeltliche Wertabgabe** nach § 3 Abs. 1b (Entnahme) bzw. nach § 3 Abs. 9a S. 1 Nr. 1 (private Nutzung) vor (→ § 3 Rn. 144ff. und 261ff.). Diese Steuerpflicht wird aber entgegen des in § 2 Abs. 1 S. 2 verwendeten Begriffs des Unternehmens nur ausgelöst bei Verwendung für **private** oder **allgemein unternehmensfremde Zwecke** (EuGH C-515/07, DStR 2009, 372 – VNLTO mit Anm. *Korn,* bestätigt durch EuGH C-92/13, DStRE 2015, 231 – Gemeente 's-Hertogenbosch; → § 3 Rn. 266ff. und zu den Auswirkungen auf den Leistungsort → § 3a Rn. 27ff. sowie *Korn* ÖStZ 2009, 262; *Lohse* IStR 2009, 486; *Spiegel/Heidler* DStR 2009, 1507; *Sterzinger* UR 2010, 125). Bei Körperschaften kann somit die Verwendung eines Gegenstands für nichtunternehmerische Zwecke gleichwohl keine Besteuerung der unentgeltlichen Wertabgabe auslösen, wenn diese Verwendung nicht unternehmensfremd ist. Dies ist Folge des Wortlauts von Art. 16 S. 1 und Art. 26 Buchst. a MwStSystRL, der insoweit auch im deutschen Recht (§ 3 Abs. 1b und Abs. 9a S. 1 Nr. 1) seinen Niederschlag gefunden hat. Zu beachten ist dabei, dass der Begriff „Unternehmen" in der MwStSystRL nicht mit dem des § 2 Abs. 1 S. 2 identisch ist. **Unternehmensfremd** nach der MwStSystRL ist somit nicht alles, was außerhalb des Unternehmens iSd § 2 steht (siehe auch *Küffner/von Streit* DStR 2012, 581 (584)). Denn die MwStSystRL verwendet die Begriffe „Steuerpflichtiger" (Unternehmer) und „wirtschaftliche Tätigkeit" (unternehmerische Tätigkeit). Die Anweisung in Art. 16 S. 1 und Art. 26 Buchst. a MwStSystRL, wonach die Verwendung für private oder allgemein unternehmensfremde Zwecke die Besteuerung auslöst, muss daher so gelesen werden, dass die Verwendung in einer Sphäre, in der ein **Verbrauch** stattfinden kann, die Besteuerung auslöst. Diese Sphäre ist bei natürlichen Personen die Privatsphäre und bei juristischen Personen eine dem Gegenstand dieser Person fremde Verwendung. Bei Kapitalgesellschaften sind solche unternehmensfremden Zwecke daher wohl auf Nutzungen beschränkt, die ertragsteuerlich als **verdeckte Gewinnausschüttung** anzusehen sind (siehe *Korn* ÖStZ 2009, 262; dem folgend öVwGH 24.6.2009 – 2007/15/0192, Rn. 40, später auch BFH XI R 9/08, BStBl. II 2012, 58 Rn. 28 und UStAE 2.3 Abs. 1a). Die Wahrnehmung der satzungsmäßigen Aufgaben einer Interessensvereinigung gehören nach EuGH C-515/07, DStR 2009, 372 – VNLTO nicht dazu, obwohl es sich dabei völlig unstreitig um nicht wirtschaftliche (nichtunternehmerische) Tätigkeiten handelt. Gleiches gilt nach BFH V R 23/10, BStBl. II 2012, 74 und XI R 15/13, BStBl. II 2015, 865 (EuGH-Vorlage, bestätigt durch EuGH C-400/15, DStR 2016, 2219 – Landkreis Potsdam-Mittelmark und dem folgend BFH XI R 15/13, DStR 2017, 99 mAnm *Treiber*) sowie UStAE 2.3 Abs. 1a auch für den nichtunternehmerischen, aber nicht unternehmensfremden **Hoheitsbetrieb** einer juristischen Person des öffentlichen Rechts (kritisch *Lippross* DStZ 2012, 320 (327), weil der BFH nicht prüfte, ob der Hoheitsbetrieb ggf. unternehmensfremd sein könnte). Die Verwendnung für den nicht unternehmensfremden Bereich (zB Hoheitsbetrieb) ist eine Nutzung für das Unternehmen iSd § 15 Abs. 1 S. 2 (EuGH C-400/15, DStR 2016, 2219 – Landkreis Potsdam-Mittelmark).

Bei Verwendung für nichtunternehmerischen Zwecke, die aber keinen Verbrauch **157** auslösen (private oder allgemein unternehmensfremde Zwecke), kommt eine Besteuerung als unentgeltliche Wertabgabe nicht in Betracht. Damit entfällt gleichsam die Voraussetzung für den Vorsteuerabzug auf den nichtunternehmerisch verwendeten Teil der Eingangsleistung (→ § 15 Rn. 121ff.; insoweit unzutreffend SächsFG 8 K 1174/08, DStRE 2011, 447, rkr).

Beispiele für unternehmensfremde Verwendung:

- **Privatnutzung:** Einzelunternehmer E erwirbt einen Firmenwagen, ordnet diesen seinem Unternehmensvermögen zu und nimmt den Vorsteuerabzug vor. Er verwendet den Pkw zu 30% auch für private Zwecke. Diese Privatnutzung ist steuerpflichtig nach § 3 Abs. 9a S. 1 Nr. 1.
- **Verdeckte Gewinnausschüttung:** A ist alleiniger Gesellschafter/Geschäftsführer der A-GmbH, die einen Firmenwagen anschafft und den Vorsteuerabzug vornimmt. Obwohl der Anstellungsvertrag des A nicht vorsieht, dass A einen Firmenwagen auch privat nutzen kann, nutzt A den Pkw zu 30% privat. Insoweit liegt ertragsteuerlich eine verdeckte Gewinnausschüttung (vgl. BMF 3.4.2012, BStBl I 2012, 478) und umsatzsteuerlich eine unentgeltliche Wertabgabe nach § 3 Abs. 9a S. 1 Nr. 1 vor.

Beispiele für nicht unternehmensfremde Verwendung:

- **Hoheitsbetrieb:** Kommune K betreibt die Stadtwerke und wird insoweit als Unternehmer tätig. Sie erwirbt einen Firmenwagen für die Leitung der Stadtwerke. Zu 30% verwendet auch der Bürgermeister der Kommune den Pkw für Dienstfahrten als Bürgermeister. Es liegt eine nicht-unternehmensfremde Verwendung für den Hoheitsbetrieb vor, die nicht unter den Anwendungsbereich des § 3 Abs. 9a S. 1 Nr. 1 fällt. Weil der Pkw aber iHv 30% nicht für die besteuerten Umsätze des Unternehmers (= Kommune) iSd § 15 Abs. 1 S. 1 Nr. 1 verwendet wird, steht der Kommune insoweit nicht der Vorsteuerabzug zu.
- **Ideeller Bereich:** Ein Verein unterstützt die Resozialisierung Strafgefangener und lässt von diesen ua Modellautos bauen, die er gegen Entgelt verkauft, wodurch er Unternehmer wird. Der Verein schafft einen Firmenwagen an. Dieser wird ausschließlich genutzt, um den Vorstand des Vereins zu verschiedenen Benefizveranstaltungen oder sozialen Projekten zu fahren. Es liegt eine nicht unternehmensfremde Verwendung für den ideellen Bereich vor, die nicht unter den Anwendungsbereich des § 3 Abs. 1b S. 1 Nr. 1 fällt. Weil der Pkw aber nicht für die besteuerten Umsätze des Unternehmers iSd § 15 Abs. 1 S. 1 Nr. 1 verwendet wird, steht dem Verein kein Vorsteuerabzug zu.

Für eine eingehende Analyse der Frage, wann ein Unternehmer (Steuerpflichtiger) im Rahmen seines Unternehmens (als solcher) handelt und die Folgen für die Verwendungsbesteuerung und den Vorsteuerabzug siehe auch *Korf/Kurtz* UR 2010, 86 und *Monfort* UR 2009, 301.

158 Nach der Rechtsprechung des EuGH zählen ebenso zum Unternehmen **gelegentliche wirtschaftliche Tätigkeiten** eines Unternehmers, auch wenn sie für sich betrachtet mangels Nachhaltigkeit noch nicht steuerbar wären (EuGH C-62/12, DStR 2013, 1328 – Kostov). Dies steht scheinbar im Widerspruch zur **BFH-Rechtsprechung,** wonach auch ein Unternehmer zB Gegenstände aus dem Privatbereich außerhalb seines Unternehmens veräußern kann. Zumindest der XI. Senat des BFH neigt allerdings der Notwendigkeit einer Rechtsprechungsänderung zu (BFH XI R 43/13, BStBl. II 2015, 919 Rn. 37).

ME ist die EuGH-Rechtsprechung wie folgt einzuordnen: Nach Art. 12 MwStSystRL dürfen die Mitgliedstaaten bestimmen, dass Personen, die gelegentlich eine wirtschaftliche Tätigkeit ausüben, als Steuerpflichtige anzusehen sind. Hieraus schließt der EuGH, dass gelegentlich wirtschaftliche Tätigkeiten ausübende Personen noch keine Steuerpflichtigen (Unternehmer) sind (auch → Rn. 53). Allerdings könne, so der EuGH, aus Art. 12 MwStSystRL nicht geschlossen werden, dass Personen, die bereits Steuerpflichtige (Unternehmer) in einem Tätigkeitsbereich sind, mit ihren gelegentlich ausübten wirtschaftlichen Tätigkeiten in einem anderen Tätigkeitsbereich insoweit nicht der Mehrwertsteuer unterliegen. Wenn also ein Unternehmer gelegentlich einer anderen Tätigkeit nachgeht, die – würde sie von einem Nichtunternehmer ausgeübt – **mangels Nachhaltigkeit** für sich noch nicht ausreicht, die Steuerbarkeit nach § 1 Abs. 1 Nr. 1 iVm § 2 Abs. 1 zu begründen, so unterliegt diese dennoch der USt, weil die Person bereits Unternehmer ist. Dies gilt nach tradierter deutscher Auffassung ohnehin für **Hilfsgeschäfte** (→Rn. 154), nach der EuGH-Entscheidung Kostov aber auch darüber hinaus. Voraussetzung ist aber, dass auch die gelegentlich ausübte Tätigkeit für sich genommen eine **wirtschaftliche Tätigkeit iSd Art. 9 MwStSystRL** ist (Umkehrschluss zu Art. 12 Abs. 1 MwStSystRL). Damit ist die Veräußerung eines von einem Unternehmer privat angeschafften und genutzten Gegenstands nicht per se seiner unternehmerischen Tätigkeit zuzuordnen. Damit nämlich eine solche Veräußerung eine wirtschaftliche Tätigkeit ist, muss der Veräußerer händlertypisches Verhalten aufweisen, zB indem er aktive Schritte zum Vertrieb unternimmt (vgl. zu Veräußerungsgeschäften →Rn. 67; so auch *Becker* NWB 2015, 3310 (3314f.)).

Für die Frage, ob die Veräußerung eines Gegenstands im Rahmen des Unternehmens erfolgt, ist seine vorherige **Zuordnung zum Unternehmensvermögen** nicht nötig. Wirtschaftlich iSd Art. 9 MwStSystRL und damit unternehmerisch iSd § 2 Abs. 1 tätig ist derjenige, der sich händlertypisch verhält. Ob der gehandelte Gegenstand zuvor **seinem Unternehmen** oder **seinem Privatvermögen** zuzurechnen war, spielt keine Rolle (EuGH C-331/14, DStRE 2015, 1315 – Kezić; ebenso in einer Anm. hierzu *Heuermann* MwStR 2015, 725). Daher kann der Verkauf privat erworbener Gegenstände steuerbar sein oder auch nicht (vgl. zu Veräußerungsgeschäften →Rn. 67). Die Veräußerung eines zum Unternehmen gehörenden Gegenstands erfolgt allerdings im Zweifel als Hilfsgeschäft im Rahmen des Unternehmens, selbst wenn sie nicht unter händlertypischen Umständen erfolgte (vgl. →Rn. 154). **159**

einstweilen frei **160–162**

VI. Beginn und Ende der Unternehmereigenschaft

1. Beginn der Unternehmereigenschaft

a) Allgemeines. Der Beginn der Unternehmereigenschaft bestimmt sich danach, wann die nachhaltige, auf Einnahmeerzielung gerichtete Tätigkeit aufgenommen wird. Die unternehmerische Tätigkeit beginnt somit grundsätzlich bereits mit den ersten nach außen und auf die Ausführung entgeltlicher Leistungen gerichteten Handlungen. Hierzu gehören auch **Vorbereitungshandlungen,** wie der Wareneinkauf vor Geschäftseröffnung (UStAE 2.6 Abs. 1). Das hat zur Folge, dass in Ermangelung steuerpflichtiger Umsätze noch keine Steuerpflicht besteht, wohl aber bereits die Berechtigung zum **Vorsteuerabzug** aus den Leistungsbezügen. Die Vorbereitungshandlungen müssen jedoch hinreichend konkret auf eine unternehmerische Tätigkeit gerichtet sein. Eine **Ausbildung** gehört regelmäßig noch nicht zu den Vorbereitungshandlungen (BFH V R 18/89, BStBl. II 1993, 561; weitere Beispiele *Rau/Dürrwächter* § 2 Rn. 625ff.). Nicht zur Vorbereitungshandlung kann rückwirkend eine nichtunternehmerische Tätigkeit qualifiziert werden, die sich im Laufe der Zeit in eine unternehmerische Tätigkeit wandelt (vgl. *Rau/Dürrwächter* § 2 Rn. 633). **163**

Nach früherer deutscher Rechtsauffassung setzte die Unternehmereigenschaft voraus, dass es überhaupt zur Ausführung von Ausgangsumsätzen durch den Steuerpflichtigen gekommen war (zB BFH V R 45/88, BStBl. II 1993, 564). Dem **„erfolglosen Unternehmer"** stand somit kein Vorsteuerabzugsrecht zu. Diese Auffassung ist überholt seit EuGH C-110/94, DStR 1996, 419 – Inzo und mehreren in der Folgezeit ergangenen Urteilen (EuGH C-37/95, DStRE 1998, 106 – Ghent Coal Terminal; C-110/98 bis C-141/94, UR 2000, 425 – Gabalfrisa ua; C-400/98, DStRE 2000, 881 – Breitsohl; C-396/98, DStRE 2000, 877 – Schloßstraße). Steuerpflichtiger iSd Art. 2 MwStSystRL und damit Unternehmer iSd § 2 ist bereits, wer die durch **objektive Anhaltspunkte belegte Absicht hat, eine unternehmerische Tätig-** **164**

keit auszuüben und erste Investitionsausgaben für diese Zwecke tätigt. Dies gilt selbst dann, wenn der Steuerverwaltung bereits bei der erstmaligen Festsetzung der Steuer bekannt ist, dass die beabsichtigte wirtschaftliche Tätigkeit, die zu steuerbaren Umsätzen führen sollte, nicht ausgeübt werden wird (EuGH C-400/98, DStRE 2000, 881 – Breitsohl). Der BFH hat sich der Rechtsprechung des EuGH inzwischen uneingeschränkt angeschlossen (BFH V R 24/98, BStBl. II 2003, 430; V R 77/96, BStBl. II 2003, 426); ebenso die FVerw in UStAE 2.6 Abs. 1–4. Zur Feststellungslast → Rn. 165.

165 Der Beginn der Unternehmereigenschaft setzt **objektive Nachweise** für die Absicht, eine zu steuerbaren Umsätzen führende wirtschaftliche Tätigkeit aufzunehmen, voraus. Diese Absicht muss vom Steuerpflichtigen in gutem Glauben, also ohne Missbrauchsabsicht, zu erkennen gegeben worden sein. Dies gilt auch bei der Aufnahme eines **neuen Tätigkeitsfeldes** durch einen bereits tätigen Unternehmer. Auch in diesen Fällen wird nunmehr auf die nach außen dokumentierte ernsthafte Absicht einer neuen Umsatztätigkeit abzustellen sein (FG LSA 3 (1) K 463/98, EFG 2001, 859, rkr; UStAE 2.6 Abs. 3). Nach UStAE 2.6 Abs. 2 sind als **Nachweis für die Ernsthaftigkeit** Vorbereitungshandlungen anzusehen, wenn bezogene Gegenstände oder in Anspruch genommene sonstige Leistungen (Eingangsleistungen) ihrer Art nach nur zur unternehmerischen Verwendung oder Nutzung bestimmt sind oder in einem objektiven und zweifelsfrei erkennbaren Zusammenhang mit der beabsichtigten unternehmerischen Tätigkeit stehen (unternehmensbezogene Vorbereitungshandlungen). Solche Vorbereitungshandlungen sollen insbesondere sein:

– der Erwerb umfangreichen Inventars, zB Maschinen oder Fuhrpark;
– der Wareneinkauf vor Betriebseröffnung;
– die Anmietung oder die Errichtung von Büro- oder Lagerräumen;
– der Erwerb eines Grundstücks;
– die Anforderung einer Rentabilitätsstudie;
– die Beauftragung eines Architekten;
– die Durchführung einer größeren Anzeigenaktion;
– die Abgabe eines Angebots für eine Lieferung oder eine sonstige Leistung gegen Entgelt.

166 Bei Vorbereitungshandlungen, die ihrer Art nach **sowohl zur unternehmerischen als auch zur nichtunternehmerischen Verwendung** bestimmt sein können (zB Erwerb eines Computers oder Kraftfahrzeugs), ist nach UStAE 2.6 Abs. 3 vor der ersten Steuerfestsetzung zu prüfen, ob die Verwendungsabsicht durch objektive Anhaltspunkte nachgewiesen ist. Soweit Vorbereitungshandlungen ihrer Art nach typischerweise zur nichtunternehmerischen Verwendung oder Nutzung bestimmt sind, dürfte die FVerw bei dieser Prüfung einen besonders hohen Maßstab anlegen und ggf. auf die Möglichkeit der Einnahme des Augenscheins (§ 98 AO) oder der Durchführung einer USt-Nachschau (§ 27b) zurückgreifen (UStAE 2.6 Abs. 3 S. 5).

167, 168 *einstweilen frei*

169 **b) Die Vorgründungsgesellschaft.** Bei der Gründung einer Gesellschaft ist zu unterscheiden zwischen

– der Gesellschaft vor Abschluss des Gesellschaftsvertrags (Vorgründungsgesellschaft),
– der Gesellschaft nach Abschluss des (notariell beurkundeten) Gesellschaftsvertrags, aber vor Entstehung der Gesellschaft zB durch Eintragung im Handelsregister (Vorgesellschaft),
– der eingetragenen Gesellschaft.

170 Tätigen die Gesellschafter oder die Vorgründungsgesellschaft Investitionen, die für Zwecke der besteuerten Umsätze der späteren Gesellschaft vorgenommen werden, ist die **Vorsteuer** nach der EuGH-Rechtsprechung abzugsfähig (auch → § 15 Rn. 58 und 170a). Dieses Recht kann auf **zwei Wegen** realisiert werden: Erstens können

die Gesellschafter aufgrund ihrer Tätigkeit – Tätigen von Investitionen und anschließende entgeltliche Übertragung mittels Sacheinlage in die Gesellschaft – als wirtschaftlich tätig angesehen werden, so dass sie zum Vorsteuerabzug berechtigt sind (EuGH C-280/10, DStRE 2012, 893 Rn. 31 – Polski Trawertyn). Lässt dies die nationale Rechtsordnung nicht zu, weil die Sacheinlage steuerfrei ist und damit das Vorsteuerabzugsrecht sperrt, muss der Gesellschaft nach Gründung der Vorsteuerabzug gewährt werden (EuGH C-280/10, DStRE 2012, 893 Rn. 35 – Polski Trawertyn; vgl. auch *Wäger* UR 2012, 911 (912f.))

Beispiel (EuGH C-280/10, DStRE 2012, 893 – Polski Trawertyn): Ende 2006 erwerben zwei natürliche Personen einen Steinbruch. Im April 2007 gründen die beiden natürlichen Personen eine offene Handelsgesellschaft nach polnischem Recht und legen das Grundstück in diese OHG ein. Die Einlage unterliegt nicht der Mehrwertsteuer (steuerbar, aber steuerfrei). Die OHG macht die Vorsteuer aus Leistungen wegen des Erwerbs des Grundstücks geltend. Die Leistungen haben die Gesellschafter vor Gründung der OHG empfangen, weswegen die Rechnung auch auf die Gesellschafter ausgestellt wurde.

Lösung: Gesellschafter, die vor Eintragung und mehrwertsteuerlicher Erfassung ihrer Gesellschaft Investitionen getätigt haben, die für die künftige Nutzung des Grundstücks durch die Gesellschaft erforderlich sind, können von den Mitgliedstaaten als mehrwertsteuerpflichtig angesehen werden. Sie sind dann vorsteuerabzugsberechtigt. Ist dies nach der nationalen Rechtsordnung nicht der Fall, muss wenigstens die Gesellschaft vorsteuerabzugsberechtigt sein.

Das Urteil Polski Trawertyn befindet sich auf einer Linie mit dem Faxworld-Urteil. Danach ist bereits die **Vorgründungsgesellschaft,** die Investitionen für die spätere Gesellschaft tätigt, **Unternehmerin** (EuGH C-137/02, BStBl. II 2005, 155 – Faxworld; nachfolgend BFH V R 84/99, BStBl. II 2005, 155). Als Folge davon ist eine Vorgründungsgesellschaft, die nach Gründung der Kapitalgesellschaft die bezogenen Leistungen in einem Akt gegen Entgelt an diese veräußert und andere Ausgangsumsätze von vornherein nicht beabsichtigt hatte, zum **Abzug der Vorsteuer** ungeachtet der Nichtsteuerbarkeit der Geschäftsveräußerung nach § 1 Abs. 1a berechtigt (so auch UStAE 15.2 Abs. 17 S. 9; OFD Koblenz 25.10.2006, DStR 2007, 115; OFD Frankfurt a. M. 31.10.2007, BeckVerw 109369; ebenso Unternehmer ist der Gründungsgesellschafter einer KG, der einen Betrieb von einem Dritten erwirbt, um diesen in die neu gegründete KG einzubringen, FG Düsseldorf 5 K 363/12 U, Rev. BFH: XI R 13/13, MwStR 2017, 34 mAnm *Friedrich-Vache*). Das galt für die **„Einmann-Vorgründungsgesellschaft"** bereits vor Ergehen des EuGH-Urteils Faxworld (BFH V R 64/01, DStRE 2002, 1257 – nicht im BStBl. II veröffentlicht), zumindest für den Fall, dass es auch tatsächlich zur Gründung der Gesellschaft kommt. Kommt es nicht zur notariellen Beurkundung des Gesellschaftsvertrags, spricht der BFH V R 8/15, DStR 2016, 674 mAnm *Heuermann*) deshalb das Vorsteuerabzugsrecht nicht ab. Der BFH verlangt aber, dass der Leistungsbezug durch den Gesellschafter zu einem **Investitionsumsatz** führt, weshalb kein Vorsteuerabzug auf empfangene Beratungsleistungen möglich ist. Während dem erfolglosen Unternehmer der Vorsteuerabzug zustünde (→ Rn. 164), verwehrt der BFH dem erfolglosen Gesellschafter den Vorsteuerabzug mangels Eigenschaft als Investitionsumsatz.

Die andere Frage, ob generell Gesellschafter ein Vorsteuerabzugsrecht haben, **171**
wenn ihnen Ausgaben entstehen, die nicht ihrer eigenen Einnahmenerzielung, sondern der Einnahmenerzielung der Gesellschaft dienen – bei Personengesellschaften handelt es sich also ertragsteuerlich um **Sonderbetriebsausgaben** – wurde vom EuGH C-204/13, DStR 2014, 592 – Malburg (Nachfolgeentscheidung: BFH XI R 26/10, DStR 2014, 2449) verneint (vgl. hierzu *Ismer* MwStR 2015, 407). Dies entspricht bereits tradiertem deutschen Verständnis, wonach der Gesellschafter die Vorsteuer mangels Unternehmereigenschaft in seiner Person nicht abziehen kann (→ Rn. 16; aA *Stadie* UR 2012, 337). Der V. Senat des BFH blieb auch auf Anfrage

des XI. Senats des BFH im Verfahren Malburg weiterhin bei dieser Auffassung (BFH V ER-S 2/2012, DStR 2013, 308). Der XI. Senat hatte die Frage aber dem EuGH vorgelegt (BFH XI R 26/10, BStBl. II 2013, 464), weil er nach der Entscheidung Polski Trawertyn Zweifel an der bisherigen deutschen Rechtsauffassung hatte. Der EuGH beantwortete die Vorlage nach seinem bekannten Muster zur Prüfung des Vorsteuerabzugs (EuGH C-204/13, DStR 2014, 592 – Malburg): Die Gewährung des Vorsteuerabzugs setzt danach voraus, dass entweder ein direkter und unmittelbarer Zusammenhang zwischen einem Eingangsumsatz und das Vorsteuerabzugsrecht begründenden Ausgangsumsätzen besteht (Rn. 34 des Urteils) oder – ohne einen solchen Zusammenhang – die Kosten für die bezogenen Leistungen zu den allgemeinen Aufwendungen gehören und Bestandteil des Preises der vom Steuerpflichtigen im Rahmen seiner wirtschaftlichen Tätigkeit erbrachten Leistungen sind (Rn. 38 des Urteils). Das Vorliegen des ersten Vorsteuerabzugsgrunds verneinte der EuGH. In Übereinstimmung mit der bisherigen BFH-Rechtsprechung begründet die unentgeltliche Überlassung keine Unternehmereigenschaft, so dass ein direkter und unmittelbarer Zusammenhang der Eingangsleistungen mit steuerpflichtigen Ausgangsumsätzen nicht bestehen konnte (Rn. 36 des Urteils). Eine Übertragung der Grundsätze der Polski-Trawertyn-Entscheidung scheiterte wiederum daran, dass keine endgültige Übertragung des Investitionsguts in das Vermögen der Gesellschaft, sondern lediglich eine unentgeltliche Überlassung erfolgte (Rn. 44 des Urteils). Den zweiten Vorsteuerabzugsgrund – Zusammenhang mit der gesamten wirtschaftlichen Tätigkeit – konnte der EuGH nicht prüfen, weil er hierzu hätte wissen müssen, ob Herr *Malburg* anderweitig wirtschaftlich tätig war, was vom XI. Senat des BFH in seiner Vorlage (bewusst) ausgeklammert worden ist. Da dies im konkreten Fall gegeben ist, kommt danach ein Vorsteuerabzug in Betracht, wenn der Preis für den Mandantenstamm Eingang in die übrigen wirtschaftlichen Leistungen gefunden hat (vgl. *Korn* MwStR 2014, 270); siehe die Nachfolgeentscheidung des BFH XI R 26/10, DStR 2014, 2449, der die Sache an das FG Saarl zurückverwies. Folgerichtig entschied der V. Senat des BFH, dass ein Einzelunternehmer, der seinen Betrieb auf eine Personengesellschaft überträgt, aber einen Gegenstand zurückbehält und unentgeltlich – also nicht als Unternehmer – der Personengesellschaft überlässt, eine Entnahme iSd § 3 Abs. 1b S. 1 Nr. 1 tätigt (BFH V R 20/13, BStBl. II 2014, 1029). Dies gilt unabhängig davon, dass es sich einkommensteuerlich nicht um eine Entnahme iSd § 4 Abs. 1 S. 2 EStG, sondern um eine Buchwertüberführung vom Betriebs- in das Sonderbetriebsvermögen nach § 6 Abs. 5 S. 2 EStG handelt (vgl. auch *Heuermann* MwStR 2014, 597 (598)).

172 Die **Vorgesellschaft** ist nach den gleichen steuerlichen Grundsätzen zu behandeln, wie die nachfolgend eingetragene Kapitalgesellschaft (Übernahme der im Zivilrecht entwickelten Identitätstheorie in das Steuerrecht); insoweit bestehen keine Sonderregeln für die Vorgesellschaft im Vergleich zur eingetragenen Gesellschaft (siehe OFD Koblenz 25.10.2006, DStR 2007, 115; OFD Frankfurt a. M. 31.10.2007, BeckVerw 109369).

2. Ende der Unternehmereigenschaft

173 Die Unternehmereigenschaft ist beendet, sobald nach außen erkennbar endgültig keine auf Einnahmeerzielung gerichtete Tätigkeit mehr ausgeübt wird (BFH V R 18/89, BStBl. II 1993, 561). Dabei sind auch Zeiträume nach dem zu beurteilenden Besteuerungszeitraum einzubeziehen. Das zwischenzeitliche Ruhen der unternehmerischen Tätigkeit führt noch nicht zu deren Beendigung (vgl. *Rau/Dürrwächter* § 2 Rn. 662ff.; *Ehrt* in Weymüller BeckOK UStG § 2 Rn. 62, jeweils mit Beispielen). Dazu ist vielmehr die **Abwicklung aller mit dem aufgegebenen Betrieb in Zusammenhang stehender Rechtsbeziehungen** erforderlich (BFH XI R 50/90, BStBl. II 1993, 696; V R 18/89, BStBl. II 1993, 561; V R 37/84, BStBl. II 1989,

913). Eine nur unbestimmte Fortführungsabsicht des Unternehmers allein lässt das Unternehmen allerdings nicht fortbestehen (FG Nürnberg II 258/92, EFG 1996, 39, rkr).

Sofern Vermögensgegenstände vorhanden sind, die dem Unternehmen gedient **174** haben, endet die Unternehmereigenschaft daher frühestens mit deren **Veräußerung oder Überführung in den nichtunternehmerischen Bereich** durch Entnahme iSd § 3 Abs. 1b S. 1 Nr. 1. Auch der Vorsteuerabzug aus Rechnungen, die nach Beendigung der werbenden Tätigkeit eingehen, sowie USt- oder Vorsteuer-Korrekturen bei später eintretenden Entgeltveränderungen iSd § 17 sind noch möglich, weil sie noch zur Abwicklung der Rechtsbeziehungen gehören (UStAE 2.6 Abs. 6). Das gilt auch, wenn aufgrund eines langfristigen Mietvertrages noch Miete zuzüglich USt zu zahlen ist, obwohl die werbende Tätigkeit bereits eingestellt ist (EuGH C-32/03, DStRE 2005, 596 – i/s Fini H).

Diese Grundsätze gelten auch bei **vermögenslos gewordenen Gesellschaften.** **175** Nach ständiger Rechtsprechung besteht eine Gesellschaft steuerrechtlich so lange fort, bis alle Rechtsbeziehungen, einschließlich des Rechtsverhältnisses der Gesellschaft zum Finanzamt abgewickelt sind (BFH V R 108/91, BStBl. II 1994, 483; VII R 146/81, BStBl. II 1986, 589; X R 28/80, BStBl. II 1988, 316; vgl. zur Kritik *Heidner* DStR 1992, 201). Eine GmbH, die ihrem Unternehmen zugeordnete Gegenstände einem Gläubiger zur Sicherheit übereignet hat, liefert daher dem Sicherungsnehmer das Sicherungsgut auch dann im Rahmen ihres Unternehmens, wenn sie im Zeitpunkt der Verwertung wegen Vermögenslosigkeit **im Handelsregister gelöscht** ist (BFH V R 108/91, BStBl. II 1994, 483; UStAE 2.6 Abs. 6 S. 8). Nach der Löschung im Handelsregister muss ein Nachtragsliquidator die umsatzsteuerlich bedeutsamen Handlungen vornehmen.

Die Eröffnung des **Insolvenzverfahrens** beendet die Unternehmereigenschaft **176** des Insolvenzschuldners nicht (BFH V R 45/99, BStBl. II 2000, 639 mwN; vgl. auch → Rn. 38). Da die Unternehmereigenschaft an die Person des Unternehmers geknüpft ist, geht sie bei dessen **Tod** nicht auf den Gesamtrechtsnachfolger über (*Stadie* in Rau/Dürrwächter § 2 Rn. 667). Der Gesamtrechtsnachfolger wird jedoch selbst Unternehmer, wenn der das Unternehmen oder auch nur dessen Liquidation fortführt (→ Rn. 32ff.).

VII. Juristische Personen des öffentlichen Rechts

1. Vorbemerkung

Die Umsatzbesteuerung juristischer Personen des öffentlichen Rechts nach § 2 **177** Abs. 3 – und damit gemäß § 27 Abs. 22 bis 31.12.2016, übergangsweise bis spätestens 31.12.2020 – unterscheidet sich fundamental von derjenigen nach Unionsrecht. Nach **§ 2 Abs. 3 S. 1** sind juristische Personen des öffentlichen Rechts nur im Rahmen ihrer Betriebe gewerblicher Art und ihrer land- oder forstwirtschaftlichen Betriebe unternehmerisch tätig. Nach **Art. 13 Abs. 1 MwStSystRL** wiederum gelten Einrichtungen des öffentlichen Rechts nicht als Steuerpflichtige, soweit sie Tätigkeiten ausüben oder Umsätze bewirken, die ihnen im Rahmen der öffentlichen Gewalt obliegen, es sei denn, eine Behandlung als Nichtsteuerpflichtige würde zu größeren Wettbewerbsverzerrungen führen. Der BFH versucht, diese Lücke durch richtlinienkonforme Auslegung zu schließen (dazu → Rn. 192). Die FVerw veröffentlicht diese Rechtsprechung jedoch seit Jahren nicht im BStBl. II und gewährt den betroffenen Einrichtungen damit faktisch ein Wahlrecht, der tradierten deutschen Rechtsauffassung zu folgen oder sich auf Unionsrecht zu berufen (→ Rn. 192). Eine grundsätzliche Reform wurde daher lange gefordert (vgl. zB *Baldauf* UR 2014, 549; *Schmitz/Möser* UR 2014, 607; *Widmann* DStZ 2014, 147).

Durch StÄndG 2015 wurde der auf das UStG 1934 zurückgehende § 2 Abs. 3 durch einen neuen § 2b ersetzt (vgl. zum Entwurf *Küffner* DStR 2014, 2533; *Ringwald* UR 2015, 1 und *Widmann* UR 2015, 5). Formell ist § 2b UStG am **1.1.2016** in Kraft getreten, er ist aber gemäß § 27 Abs. 22 S. 2 erst für Umsätze anzuwenden, für die die Steuer nach dem 31.12.2016 entsteht. Überdies können jPdöR per Antrag § 2 Abs. 3 weiterhin bis zum 31.12.2020 anwenden (§ 27 Abs. 22 S. 3), wobei diese Verlängerung wiederum innerhalb des Übergangszeitraums widerrufen werden kann. Es ist zu vermuten, dass die meisten jPdöR von der Verlängerungsoption Gebrauch gemacht haben. Die nachstehende Kommentierung bezieht sich auf § 2 Abs. 3; zu § 2b siehe dort. Zur Übergangsregelung → § 27 Rn. 39.

2. Grundsätze

178 Der Begriff der juristischen Personen des öffentlichen Rechts ist **gesetzlich nicht definiert.** Er umfasst alle Gebilde, die aufgrund öffentlichen Rechts mit eigener Rechtsfähigkeit ausgestattet sind (BFH I R 7/71, BStBl. II 1974, 391). Ihre Entstehung und Beendigung hängt von einem staatlichen Hoheitsakt ab, der Organisation und Aufgabe des Rechtsträgers regelt (BFH I 52/50 U, BStBl. III 1951, 120; V R 1/68, BStBl. II 1972, 70). Zu den juristischen Personen des öffentlichen Rechts gehören vor allem die **Gebietskörperschaften** (Bund, Bundesländer, Landkreise, Gemeinden), die hoheitlichen **Berufsorganisationen** (zB IHK, Innungen, Handwerkskammer, Landwirtschaftskammer, Anwaltskammer, Ärztekammer, Steuerberaterkammer), **öffentlich-rechtliche Anstalten** (zB Bundesbank, Landeszentralbank, öffentliche Sparkassen, Rundfunkanstalten, Bundes- und Landesversicherungsanstalten) und zahlreiche andere öffentlich-rechtlich organisierte Gebilde (zB Universitäten, Studentenwerke, Wasser- und Bodenverbände, Jagdgenossenschaften); siehe UStAE 2.11 Abs. 1. Juristische Personen des öffentlichen Rechts sind auch die öffentlich-rechtlichen **Religionsgemeinschaften** (BFH III R 54/74, BStBl. II 1975, 746), insbesondere die evangelische und die katholische Kirche sowie die israelitischen Gemeinden (zu kirchlichen Orden siehe BFH V R 1/68, BStBl. II 1972, 70).

179 Nicht von § 2 Abs. 3 betroffen sind die Unternehmen von Gesellschaften, an denen die juristische Person des öffentlichen Rechts beteiligt ist (sog. **Eigengesellschaften** – zB Verkehrsbetriebe in Form einer GmbH). Diese Gesellschaften besitzen eigene Rechtspersönlichkeit und können selbst Unternehmer iSv § 2 Abs. 1 sein. Das gilt auch für **beliehene Unternehmer,** dh privatrechtliche Gesellschaften, denen vertraglich Pflichtaufgaben der öffentlichen Gewalt übertragen werden (BFH V R 30/08, BFH/NV 2010, 2125; V R 19/01, BStBl. II 2003, 950; XI R 71/93, BStBl. II 1995, 559; UStAE 2.11 Abs. 3 und das dort genannte Schreiben des BMF 27.12.1990, BStBl. I 1991, 81; vgl. auch EuGH C-202/90, UR 1993, 122 – Ayuntamiento de Sevilla; *Lange/Spils ad Wilken* UR 2006, 7; *Tehler* UR 2006, 193 sowie zur Abfallentsorgung OFD Frankfurt a. M. 24.3.2009, UR 2009, 862). Sämtliche Entgelte für die Leistungen dieser Gesellschaften sind umsatzsteuerbar, auch soweit sie von der öffentlichen Hand selbst, zB als Deckungs- oder Kostenbeiträge gezahlt werden (BFH XI R 71/93, BStBl. II 1995, 559; FG Hmb II 144/83, EFG 1986, 522 rkr). Im Gegensatz zur vorstehenden Beurteilung hat der EuGH entschieden, dass eine **Aktiengesellschaft** ausnahmsweise auch eine **sonstige Einrichtung des öffentlichen Rechts** iSd Art. 13 MwStSystRL sein kann (EuGH C-174/14, MwStR 2016, 24 – Saudaçor mAnm *Sterzinger*). Dies kann zumindest dann der Fall sein, wenn der Gesellschaft hoheitliche Befugnisse übertragen worden sind (Rn. 58 des Saudaçor-Urteils), sämtliche Anteile an ihr der öffentlichen Hand gehören (Rn. 63 des Saudaçor-Urteils) und sich die Tätigkeit der Gesellschaft aus konkreten Vereinbarungen mit der öffentlichen Hand unter deren Aufsicht ergibt (Rn. 64 des Saudaçor-Urteils), die zudem nicht in Wettbewerb zu anderen Unternehmern treten, sondern ausschließlich von dieser Gesellschaft ausgeübt werden (Rn. 66 des Saudaçor-Urteils).

Dass auch Körperschaften des privaten Rechts unter Art. 13 MwStSystRL fallen können, ist aber eine eng auszulegende Ausnahme, denn die Folge hiervon ist, dass jene Gesellschaften trotz wirtschaftlicher Tätigkeiten iSd Art. 9 MwStSystRL nicht der Mehrwertsteuer unterliegen, wenn ihre Tätigkeit im Rahmen öffentlicher Gewalt ausgeübt wird und die Nichtbesteuerung zu keinen größeren Wettbewerbsverzerrungen führt (2. Tenor und Rn. 48ff. des Saudaçor-Urteils).

Bezüglich der Begriffe **„Unternehmer"** und **„Unternehmen"** trifft § 2 Abs. 3 keine Sonderregelungen. Unternehmer kann nur die juristische Person des öffentlichen Rechts und nicht ihre Betriebe gewerblicher Art oder ihre land- und forstwirtschaftlichen Betriebe als solche sein (BFH V R 26/74, BStBl. II 1979, 746). Das gilt auch für rechtlich unselbstständige Außenstellen einer ausländischen Körperschaft (FG Düsseldorf II 255/76 UM, EFG 1983, 315 rkr; vgl. auch UStAE 2.11 Abs. 1) oder für haushaltsgebundene Einrichtungen einer juristischen Person des öffentlichen Rechts (EuGH C-276/14, MwStR 2015, 926 – Gmina Wrocław mAnm *Grube*), denn rechtlich unselbstständige Bereiche können nicht selbstständig tätig werden und schon deshalb nicht Unternehmer iSd UStG sein (EuGH C-276/14, MwStR 2015, 926 – Gmina Wrocław mAnm *Grube* Rn. 35). Anderes soll aber – zumindest auf der Basis des Art. 13 MwStSystRL – nach *Klenk* UR 2016, 180 für **Sondervermögen** gelten, da diese zwar rechtlich unselbstständige, aber abgesonderte Teile des Vermögens der jPdöR darstellen und damit „Einrichtungen" sein können. Es sei folglich Aufgabe der Rechtsprechung zu klären, ob man § 2 Abs. 3 oder auch § 2b richtlinienkonform dahingehend auslegen kann, dass solche Sondervermögen jPdöR sind, obwohl es sich nicht um eine „Person" handelt. **180**

Das Unternehmen der jPdöR besteht aus sämtlichen Betrieben gewerblicher Art und Betrieben der Land- und Forstwirtschaft (BFH V R 103/88, BStBl. II 1994, 278; V R 194/83, BStBl. II 1988, 932; UStAE 2.11 Abs. 2; auch → Rn. 148). Der USt-Bescheid kann nur an die juristische Person des öffentlichen Rechts für ihre gesamte unternehmerische Tätigkeit ergehen (BFH V B 35/10, BFH/NV 2011, 462). Für **Beginn und Ende** der Unternehmereigenschaft juristischer Personen des öffentlichen Rechts gelten ebenso die allgemeinen Grundsätze (→ Rn. 163ff.).

einstweilen frei **181–183**

3. Unionsrecht

184 Gemäß Art. 13 Abs. 1 MwStSystRL gelten Staaten, Länder, Gemeinden und sonstige Einrichtungen des öffentlichen Rechts nicht als Steuerpflichtige, soweit sie Tätigkeiten ausüben oder Umsätze bewirken, die ihnen im Rahmen der **öffentlichen Gewalt** obliegen, auch wenn sie im Zusammenhang mit diesen Tätigkeiten oder Leistungen Zölle, Gebühren, Beiträge oder sonstige Abgaben erheben. Allerdings gelten sie auch für solche Tätigkeiten oder Umsätze als Steuerpflichtige, wenn eine Behandlung als Nichtsteuerpflichtige zu **größeren Wettbewerbsverzerrungen** führen würde. **Wirtschaftliche Tätigkeiten,** die nicht im Rahmen öffentlicher Gewalt ausgeübt werden, sind stets steuerbar. Das Unionsrecht geht damit von dem Grundsatz aus, dass auch die öffentlichen Einrichtungen nach den allgemeinen Regeln Steuerpflichtige iSd Art 9 MwStSystRL sind, es sei denn, dass sie im Rahmen der öffentlichen Gewalt tätig werden. Erst dann greifen die Sonderregelungen des Art. 13 MwStSystRL, wobei eben auch Steuerpflicht vorliegt, wenn die Behandlung als Nichtsteuerpflichtige hinsichtlich der im Rahmen der öffentlichen Gewalt ausgeübten Tätigkeit größere Wettbewerbsverzerrungen zur Folge hätte. Als Ausnahme zum Grundsatz der Steuerpflicht wirtschaftlicher Tätigkeiten ist Art. 13 MwStSysRL eng auszulegen (EuGH C-174/14, MwStR 2016, 24 – Saudaçor mAnm *Sterzinger* Rn. 48). Das Prüfschema lautet demnach:

– Liegt eine **wirtschaftliche Tätigkeit** iSd Art. 9 MwStSystRL vor, die **nicht im Rahmen öffentlicher Gewalt** ausgeübt wird? (→ Rn. 185f.).

- Falls nein, führt die **Behandlung als Nichtsteuerpflichtige** bezüglich der im Rahmen der öffentlichen Gewalt ausgeübten Tätigkeiten zu **größeren Wettbewerbsverzerrungen?** (→ Rn. 187 f.).
- Falls nein, liegt eine **Sondertätigkeit** iSd des Art. 13 Abs. 1 UAbs. 3 iVm Anhang I MwStSystRL vor, die in jedem Fall die Eigenschaft als Steuerpflichtige begründen? (→ Rn. 210).
- Falls eine der drei Vorfragen bejaht wird, ist die öffentliche Einrichtung insoweit Steuerpflichtige, es sei denn der Mitgliedstaat hat von der Ermächtigung in Art. 13 Abs. 2 MwStSystRL Gebrauch gemacht und **bestimmte steuerfreie Tätigkeiten** als im Rahmen der öffentlichen Gewalt ausgeübt bestimmt (→ Rn. 189).

185 Eine **wirtschaftliche (unternehmerische) Tätigkeit** setzt auch nach Unionsrecht voraus, dass Leistungen gegen Entgelt erbracht werden und somit ein unmittelbarer Zusammenhang zwischen Leistung und Gegenleistung besteht. Das Ergebnis einer wirtschaftlichen Tätigkeit ist für die Steuerbarkeit ohne Bedeutung; auf die **Gewinnerzielungsabsicht** kommt es somit nicht an (ebenso § 2 Abs. 1 S. 3). Dies kann allerdings bei jPdöR nach der EuGH-Rechtsprechung – zumindest in Grenzfällen – auch anders zu beurteilen sein, wenn die planmäßige Vereinbarung nicht kostendeckender Entgelte in Verbindung mit den (sozialen, politischen etc) Motiven von vornherein darauf schließen lassen, dass die Tätigkeit der jPdöR keine wirtschaftliche Tätigkeit iSd Art. 9 MwStSystRL darstellt. Einzelheiten → § 2b Rn. 12.

186 Nach der Rechtsprechung des EuGH richtet sich die Beantwortung der Frage, ob eine Einrichtung des öffentlichen Rechts **im Rahmen der öffentlichen Gewalt** tätig wird, nicht nach dem Gegenstand oder der Zielsetzung der Tätigkeit (EuGH C-446/98, UR 2001, 108 – Camara Municipal do Porto mit Anm. *Widmann* Rn. 18; C-31/87 und C-129/88, UR 1991, 77 – Carpaneto Piacentino/Piacenza; C-174/14, MwStR 2016, 24 – Saudaçor mAnm *Sterzinger* Rn. 69 f.). Entscheidend ist, ob die juristischen Personen des öffentlichen Rechts im Rahmen der eigens für sie geltenden öffentlich-rechtlichen Sonderregelungen tätig werden (EuGH C-102/08, DStR 2009, 1196 – Salix; Folgeentscheidung BFH V R 70/05, DStR 2009, 2308). Dazu gehören nicht Tätigkeiten, die sie **unter den gleichen rechtlichen Bedingungen** ausüben **wie private Wirtschaftsteilnehmer** (siehe zB EuGH C-288/07, DStRE 2008, 1455 Rn. 21 – Isle of Wight mwN und C-247/95, BStBl. II 1999, 426 Rn. 17 – Marktgemeinde Welden mwN). Maßgebend sind danach die Rechtsnormen (zB öffentlich-rechtliche Satzung oder privatrechtlicher Vertrag), auf deren Grundlage die Einrichtung des öffentlichen Rechts nach außen tätig wird.

187 Selbst wenn eine Einrichtung des öffentlichen Rechts im Rahmen der öffentlichen Gewalt tätig wird oder dies bei steuerbefreiten Tätigkeiten nach Art. 13 Abs. 2 MwStSystRL fingiert wird, ist die Einrichtung als Steuerpflichtiger anzusehen, sofern es andernfalls zu **größeren Wettbewerbsverzerrungen** kommen würde (EuGH C-247/95, BStBl. II 1999, 426 – Marktgemeinde Welden; C-174/14, MwStR 2016, 24 – Saudaçor mAnm *Sterzinger* Rn. 73; BFH XI R 33/94, BStBl. II 1999, 418). Ob solche Wettbewerbsverzerrungen vorliegen, ist in Bezug auf die fragliche Tätigkeit als solche zu beurteilen, ohne dass sich diese Beurteilung auf einen lokalen Markt im Besonderen bezieht (EuGH C-288/07, DStRE 2008, 1455 Rn. 53 – Isle of Wight). Der EuGH begründet dies damit, dass der zweite und der dritte Unterabsatz des Art. 13 MwStSystRL in engem Zusammenhang stehen, da sie denselben Zweck verfolgen, nämlich die Heranziehung von Einrichtungen des öffentlichen Rechts zur Mehrwertsteuer, selbst wenn diese Einrichtungen im Rahmen der öffentlichen Gewalt tätig werden. Art. 13 Abs. 1 UAbs. 3 MwStSystRL regelt die obligatorische Steuerpflicht, wenn der Umfang der dort genannten Tätigkeiten nicht unbedeutend ist. Dies zieht der EuGH auch für die Auslegung von Art. 13 Abs. 1 UAbs. 2 MwStSystRL heran. Denn beide Vorschriften verfolgen den Zweck, den Anwendungsbereich der Behandlung von Einrichtungen des öffentlichen Rechts als Nichtsteuerpflichtige zu begrenzen, damit die Grundregel eingehalten wird, wonach jede wirtschaftliche Tätigkeit grundsätzlich der Mehrwertsteuer unterliegt (EuGH C-288/07, DStRE 2008, 1455 Rn. 38 – Isle of Wight; C-174/14, MwStR 2016, 24 – Saudaçor mAnm *Sterzinger* Rn. 48). Die Beurteilung, ob Wettbewerbsverzerrungen vorliegen (könnten), bezieht sich folglich nicht auf ein besonderes geographisches Gebiet, sondern darauf, ob die Tätigkeit an sich **wettbewerbsrelevant** ist, dh auch von privaten Wirtschaftsteilnehmern angeboten werden könnte (vgl. *Kronawitter* KStZ 2010, 181 (185); *Treiber* in Sölch/Ringleb § 2 Rn. 231). Denn eine Nichtbesteuerung der im Rahmen der öffentlichen Gewalt ausgeübten Tätigkeit einer öffentlichen Einrichtung kann – wenn es keinen konkreten Wettbewerb zu privaten Wirtschaftsteilnehmern gibt – den **Markteintritt** eines privaten Konkurrenten behindern, was dem Grundsatz der Neutralität der Mehrwertsteuer widerspräche. Zur Anwendung dieses Kriteriums durch den BFH → Rn. 200.

Ein privater Unternehmer, der mit einer Einrichtung des öffentlichen Rechts im **188** Wettbewerb steht und der geltend macht, diese Einrichtung werde für Tätigkeiten, die sie im Rahmen der öffentlichen Gewalt ausübe, **nicht oder zu niedrig zur Mehrwertsteuer herangezogen,** kann sich auf das Unionsrecht berufen (EuGH C-430/04, DStR 2006, 1082 – Feuerbestattungsverein Halle; BFH VII R 24/03, BStBl. II 2007, 243). Dies muss auch für einen in den Markt eintretenden potenziellen Wettbewerber gelten (→ Rn. 187). Für den Wettbewerbsvorbehalt des Art. 13 Abs. 1 UAbs. 2 MwStSystRL kommt es nicht darauf an, **bei wem die Wettbewerbsverzerrungen** auftreten. Eine größere Wettbewerbsverzerrung kann deshalb nicht nur dann vorliegen, wenn durch die Behandlung einer Tätigkeit einer juristische Personen des öffentlichen Rechts als nicht steuerbar der Wettbewerb zu Lasten konkurrierender privater Unternehmer gestört ist, sondern auch, wenn diese Störung durch eine Schlechterstellung der juristische Personen des öffentlichen Rechts eintritt (EuGH C-102/08, DStR 2009, 1196 – Salix; Folgeentscheidung BFH V R 70/05, DStR 2009, 2308).

Art. 13 Abs. 2 MwStSystRL gibt den Mitgliedstaaten die Möglichkeit, **steuerfreie** **189** **Tätigkeiten** iSd Art. 132, 135, 136, 371, 374–377, 378 Abs. 2, 379 Abs. 2, 380 und 390 MwStSystRL als Tätigkeiten zu behandeln, die der Einrichtung im Rahmen der öffentlichen Gewalt obliegen. Deutschland hat von diesem Wahlrecht in § 2 Abs. 3 keinen Gebrauch gemacht, auch nicht im neuen § 2b (→ § 2b Rn. 39). Welche Rechtsetzungstechnik die Mitgliedstaaten dabei wählen, steht in ihrem Ermessen (EuGH C-231/87 und C-129/88, UR 1991, 77 – Carpaneto Piacentino/Piacenza). Dh es steht dem deutschen Gesetzgeber frei, zB Vermietungs- oder Verpachtungstätigkeiten als im Rahmen öffentlicher Gewalt ausgeübte (hoheitliche) Tätigkeit zu behandeln. Eine bloße Verwaltungspraxis reicht hierfür jedoch nicht aus (EuGH C-102/08, DStR 2009, 1196 – Salix; Folgeentscheidung BFH V R 70/05, DStR 2009, 2308).

einstweilen frei **190**

4. Deutsches Recht (§ 2 Abs. 3)

a) Überblick. Juristische Personen des öffentlichen Rechts sind gemäß § 2 Abs. 3 **191** nur im Rahmen ihrer Betriebe gewerblicher Art iSd § 1 Abs. 1 Nr. 6 und § 4 KStG und ihrer land- und forstwirtschaftlichen Betriebe unternehmerisch tätig. Für die in § 2 Abs. 3 S. 2 Nr. 2–5 aufgeführten Tätigkeiten wird die Unternehmereigenschaft der juristische Personen des öffentlichen Rechts fingiert. § 2 Abs. 3 geht davon aus, dass juristische Personen des öffentlichen Rechts **grundsätzlich keine Unternehmer** sind, es sei denn

– sie unterhalten einen **Betrieb gewerblicher Art**
– oder einen **land- und forstwirtschaftlichen Betrieb**
– oder sie üben eine der in § 2 Abs. 3 S. 2 genannten **Sondertätigkeiten** aus.

192 In seiner rechtlichen Ausgestaltung setzt § 2 Abs. 3 die Regelung des Art. 13 MwStSystRL (→ Rn. 184ff.) nicht zutreffend um. Gleichwohl hält der BFH § 2 Abs. 3 nicht grundsätzlich für unanwendbar, sondern legt ihn, soweit dies möglich ist, richtlinienkonform aus (BFH V R 10/09, DStR 2010, 1281; V R 78/01, BStBl. II 2004, 431; V R 90/01, BStBl. II 2004, 795; V R 70/05, BStBl. II 2008, 454; siehe auch *Karla* UVR 2012, 139). Durch eine solche **richtlinienkonforme Auslegung** hat der BFH § 2 Abs. 3 der Richtlinienbestimmung stark angenähert. Demnach ist die in § 4 Abs. 1 KStG enthaltene explizite Voraussetzung für einen Betrieb gewerblicher Art, dass sich dieser wirtschaftlich heraushebt, ebenso wenig auf die USt zu übertragen, wie die implizite Voraussetzung, dass die Tätigkeit den Umfang reiner Vermögensverwaltung überschreiten muss (→ Rn. 199 und → Rn. 202f.). Darüber hinaus überträgt der BFH auch die EuGH-Rechtsprechung zur Unterscheidung von wirtschaftlichen Tätigkeiten auf privatrechtlicher und auf öffentlich-rechtlicher Grundlage (→ Rn. 186) auf die Anwendung des § 2 Abs. 3 (BFH V R 51/06, BStBl. II 2009, 213; V R 33/08, BFH/NV 2010, 957; V R 23/10, BStBl. II 2012, 74; V R 1/11, DStR 2012, 352; V R 41/10, DStR 2012, 348; XI R 8/10, BFH/NV 2012, 1667; → Rn. 199). Diese sehr weitgehende Anlehnung von § 2 Abs. 3 an das Unionsrecht ist offensichtlich von der Absicht getragen, ein Wahlrecht des Steuerpflichtigen zwischen nationalem Recht und Berufung auf das Unionsrecht zu vermeiden, was auch entsprechende Kritik an den **Grenzen richtlinienkonformer Auslegung** hervorruft (vgl. *Ismer/Keyser* UR 2011, 81 (84) mwN, die zu Recht diese Grenzen noch nicht überschritten sehen). Auf frühere Entscheidungen zum umsatzsteuerlichen Betrieb gewerblicher Art kann daher nur noch sehr bedingt zurückgegriffen werden. Eine Anpassung des deutschen Rechts an Unionsrecht erfolgte durch StÄndG 2015 durch die Einführung von § 2b, der allerdings frühestens erst am 1.1.2017, auf Antrag sogar spätestens erst ab 1.1.2021 anzuwenden ist (→ § 2b Rn. 56ff.). Die FVerw hat die BFH-Rechtsprechung zur richtlinienkonformen Auslegung des § 2 Abs. 3 bislang nicht im BStBl. II veröffentlicht oder im UStAE eingearbeitet (siehe *Wäger* UR 2013, 81 (87)). Sie widerspricht aber auch nicht und gestattet die Berufung auf die neue Rechtsprechung (OFD Niedersachsen 27.7.2012, DStR 2012, 1923).

193 Im Umkehrschluss zu § 2 Abs. 3 S. 1 unterliegt der **Hoheitsbetrieb** der juristischen Person des öffentlichen Rechts nicht der USt. Hierbei handelt es sich um den nichtunternehmerischen Bereich mit allen hieraus erwachsenden Folgen (→ Rn. 155ff.), insbesondere dem fehlenden Vorsteuerabzug (zu Gestaltungsmöglichkeiten durch nichtsteuerbare Materialbeistellung durch den Hoheitsbetrieb siehe *Baldauf* UVR 2009, 219). Es handelt sich aber nicht um einen unternehmensfremden Teil (→ Rn. 156f.). Sofern eine juristische Person des öffentlichen Rechts nicht Unternehmer ist, hat sie – wie eine nichtunternehmerisch tätige natürliche Person – die Vorschriften des UStG grundsätzlich nicht zu befolgen (siehe aber zur Steuerschuldnerschaft als Leistungsempfänger → § 3a Rn. 39ff. und → § 13b Rn. 13 und 66). Hoheitsbetriebe sind nach der Legaldefinition des § 4 Abs. 5 KStG solche, die überwiegend der Ausübung der öffentlichen Gewalt dienen. Der Begriff der Ausübung öffentlicher Gewalt ist gesetzlich nicht bestimmt; § 4 Abs. 5 S. 2 KStG grenzt ihn lediglich negativ dahin ab, dass für die Annahme eines Hoheitsbetriebs Zwangs- oder Monopolrechte nicht ausreichen. Nach der früheren Rechtsprechung des BFH kommt es für die Annahme der Ausübung öffentlicher Gewalt entscheidend darauf an, dass die Tätigkeit der juristische Personen des öffentlichen Rechts als Trägerin der öffentlichen Gewalt **eigentümlich und vorbehalten** ist, wobei der Begriff des Hoheitsbetriebs eher enger als weit auszulegen ist (BFH I R 1/94, BStBl. II 1997, 139; V R 89/85, BStBl. II 1990, 95; V R 79/84, BStBl. II 1988, 910 mit Anm. HFR 1989, 38, siehe aber → Rn. 194).

194 Nach Art. 13 MwStSystRL kommt als nichtsteuerbarer Bereich nur derjenige in Betracht, in dem Leistungen im Rahmen der öffentlichen Gewalt getätigt werden. Dies wird jedoch nicht nach dem Gegenstand oder der Zielsetzung der Tätigkeit entschieden, sondern danach, ob die Tätigkeit im Rahmen der öffentlich-rechtlichen Sonderregelungen oder unter den gleichen rechtlichen Bedingungen ausgeübt wird, unter denen private Wirtschaftsteilnehmer tätig werden (EuGH C-102/08, DStR 2009, 1196 – Salix; C-288/07, DStRE 2008, 1455 Rn. 21 – Isle of Wight mwN und C-247/95, BStBl. II 1999, 426 Rn. 17 – Marktgemeinde Welden; → Rn. 186). Vor diesem Hintergrund muss der Hoheitsbetrieb **richtlinienkonform** so aufgefasst werden, dass darin von vornherein nur die auf öffentlich-rechtlicher Grundlage ausgeübten Tätigkeiten enthalten sein können. Erst danach kann gefragt werden, ob diese Tätigkeiten steuerbar sind oder nicht (→ Rn. 184). Den Hoheitsbetrieb bilden somit alle nichtsteuerbaren Tätigkeiten, die auf öffentlich-rechtlicher Grundlage ausgeübt werden. Typisch hoheitlich sind danach die Tätigkeiten der Institutionen, in denen die öffentliche „Gewalt" offenkundig ist: Streitkräfte, Polizei, Rettungsdienste, Feuerwehr, Gerichtsbarkeit, Ämter, Schulen etc. Ferner gehören hierzu die Einrichtungen der Daseinsvorsorge mit Annahmezwang wie Forschungsanstalten, Wetterwarten, Schlachthöfe, Friedhöfe, Anstalten zur Lebensmitteluntersuchung, zur Desinfektion, zur Leichenverbrennung, zur Müllbeseitigung, zur Straßenreinigung und zur Abführung von Abwässern und Abfällen (KStR 9). In Zweifelsfällen kommt es auf das Gesamtbild der Tätigkeit an (BFH I 319/62 U, BStBl. III 1966, 150), nicht auf Äußerlichkeiten, etwa die Bezeichnung der Gegenleistung als Gebühr (BFH V R 15/74, BStBl. II 1977, 813) oder Beitrag (BFH V R 112/86, BStBl. II 1988, 473). Die **Rundfunkanstalten** in ihrer derzeitigen verfassungsrechtlichen Stellung üben öffentliche Gewalt aus (vgl. BVerfG 2 BvF 1/68, 2 BvR 702/68, BStBl. II 1971, 567) und sind daher nur mit ihren Betrieben gewerblicher Art (insbesondere Werbefunk, Werbefernsehen) Unternehmer. Nicht als Unternehmer handelte ein Bundesland durch die von ihm eingerichtete **Milchquoten-Verkaufsstelle** (BFH V R 40/04, BStBl. II 2009, 208; UStAE 2.11 Abs. 17). Zu Veranstaltergemeinschaften für lokalen Rundfunk siehe OFD Düsseldorf 16.11.1990, UR 1991, 208; zu ausländischen Rundfunkanstalten siehe *Rabe* UR 1989, 362.

Bei **gemischten Tätigkeiten** der juristischen Person des öffentlichen Rechts (teils hoheitlich, teils privatwirtschaftlich) kommt es darauf an, ob sie untrennbar miteinander verbunden sind oder anhand objektiver Merkmale getrennt werden können. Untrennbarkeit nimmt die Rechtsprechung in den Fällen an, „in denen die beiden Tätigkeiten derart ineinander greifen, dass eine genaue Abgrenzung nicht möglich oder nicht zumutbar ist, in denen also die gewerbliche Tätigkeit unlösbar mit der hoheitlichen Tätigkeit verbunden ist und eine Art Nebentätigkeit im Rahmen der einheitlichen, dem Wesen nach hoheitlichen Tätigkeit darstellt" (BFH V R 15/74, BStBl. II 1977, 813). Das ist der Fall bei den sog. **Hilfsgeschäften** (zB Verkauf veralteter Panzer durch die Bundeswehr an Schrotthändler, Verkauf von Altpapier durch Verwaltungsbehörden; vgl. auch BFH V R 25/76, BStBl. II 1985, 176). Hat die Tätigkeit dagegen eigenwirtschaftliche Bedeutung und steht sie nicht in unmittelbarem Zusammenhang mit der hoheitlichen Aufgabe, liegt bei Erfüllung der übrigen Voraussetzungen ein Betrieb gewerblicher Art vor (vgl. BFH V R 26/74, BStBl. II 1979, 746 sowie UStAE 2.11 Abs. 18 betreffend öffentlicher Badebetrieb in Schulschwimmbad; NdsFG V 99/77, EFG 1979, 153, rkr, betreffend Abgabe von Heizwärme an andere Hoheitsträger; FM NRW 7.11.1984, DB 1984, 2435, betreffend Zweckverband für kommunale Datenverarbeitung). Aus unionsrechtlichen Gründen ist stets darauf zu achten, ob die Tätigkeit wettbewerbsrelevant sein kann und daher gemäß Art. 13 Abs. 1 UAbs. 2 MwStSystRL dem unternehmerischen Bereich zuzuordnen ist (siehe zB EuGH C-430/04, DStR 2006, 1082 – Feuerbestattungsverein Halle – Krematorium; C-288/07, DStRE 2008, 1455 – Isle of Wight – Parkflächen; hierzu → Rn. 187). 195

Für die **Aufteilung der Vorsteuer** in die abzugsfähige Vorsteuer (unternehmerische Verwendung) und nicht abzugsfähige Vorsteuer (hoheitliche Verwendung) existiert im deutschen Recht keine Vorschrift. Der BFH wendet gleichwohl die Grundsätze des § 15 Abs. 4 analog an (BFH V R 23/10, BStBl. II 2012, 74). Dies resultiert 196 letztlich daraus, dass es nach der EuGH-Rechtsprechung hinsichtlich der Nichtabziehbarkeit von Vorsteuer nicht darauf ankommt, ob eine Tätigkeit steuerfrei mit Vorsteuerabzugsausschluss oder nichtsteuerbar ist (→ Rn. 85; auf das dort ua genannte *Securenta*-Urteil des EuGH berufend BFH V R 23/10, BStBl. II 2012, 74 Rn. 31). Teilweise **vom Hoheitsbetrieb genutzte Grundstücke** fallen unter § 15 Abs. 1b, sofern sie nach dem 31.12.2010 erworben wurden (§ 27 Abs. 16). Davor konnte das Grundstück vollständig dem unternehmerischen Bereich zugeordnet und der Vorsteuerabzug in Anspruch genommen werden; die Verwendung für den Hoheitsbetrieb ist dann eine unentgeltliche steuerbare Wertabgabe nach § 3 Abs. 9a Nr. 1 (siehe für den Fall eines Schwimmbads UStAE 2.11 Abs. 18).

197 *einstweilen frei*

198 **b) Der Betrieb gewerblicher Art. aa) Begriffsbestimmung.** Bezüglich der Begriffsbestimmung der Betriebe gewerblicher Art von juristischen Personen des öffentlichen Rechts verweist § 2 Abs. 3 zwar auf § 1 Abs. 1 Nr. 6 und § 4 KStG. Wie bereits unter → Rn. 192 ausgeführt, ist der Begriff „Betrieb gewerblicher Art" **richtlinienkonform auszulegen.** Demnach kommt es auch für einen Betrieb gewerblicher Art darauf an, dass eine **wirtschaftliche Tätigkeit nach Art. 9 MwStSystRL,** also eine unternehmerische Tätigkeit nach § 2 Abs. 1, vorliegt (zB BFH V R 51/06, BStBl. II 2009, 213). Die Absicht, Gewinn zu erzielen, und die Beteiligung am allgemeinen wirtschaftlichen Verkehr sind in Übereinstimmung mit der allgemeinen Definition wirtschaftlicher Tätigkeiten nach Art. 9 MwStSystRL bzw. dem allgemeinen Unternehmerbegriff nach § 2 Abs. 1 nicht erforderlich (so aber auch § 4 Abs. 1 S. 2 KStG). Damit gehören zu den Betrieben gewerblicher Art auch Betriebe, die der Versorgung der Bevölkerung mit Wasser, Gas, Elektrizität oder Wärme, dem öffentlichen Verkehr oder dem Hafenbetrieb dienen, ohne dass es auf die explizite Nennung dieser Betriebe in § 4 Abs. 3 KStG noch ankäme. Zur Frage des Leistungsaustauschs zwischen einem Zweckverband und einem mit der Tierkörperbeseitigung beliehenen Unternehmer siehe *Noack* DStR 2015, 2527.

199 Wird die wirtschaftliche Tätigkeit der juristischen Person des öffentlichen Rechts nicht im Rahmen öffentlicher Gewalt, also **unter den für private Wirtschaftsteilnehmer geltenden rechtlichen Bedingungen** ausgeübt, handelt es sich entsprechend der EuGH-Rechtsprechung von vorneherein um einen Betrieb gewerblicher Art (→ Rn. 186; zur Übertragung auf deutsches Recht BFH V R 51/06, BStBl. II 2009, 213; V R 33/08, BFH/NV 2010, 957; V R 23/10, DStR 2011, 1077). Ob sich die wirtschaftliche Tätigkeit innerhalb der Gesamtbetätigung der juristischen Person des öffentlichen Rechts **wirtschaftlich heraushebt,** indem bestimmte Umsatzgrenzen (130.000 EUR, R 4 Abs. 4 KStR) bzw. Gewinngrenzen (35.000 EUR, R 4 Abs. 5 KStR) überschritten werden (UStAE 2.11 Abs. 4), ist umsatzsteuerlich ohne Bedeutung (BFH XI R 17/08, DStR 2010, 2234). Der BFH überträgt zwar das in § 4 Abs. 1 KStG enthaltene Tatbestandsmerkmal des wirtschaftlichen Heraushebens formal weiter auf die USt, sieht dies aber wohl im Rahmen einer richtlinienkonformen Anwendung stets als gegeben an, wenn die öffentliche Einrichtung nach Art. 13 MwStSystRL wirtschaftlich tätig ist, also insbesondere eine Leistungserbringung auf privatrechtlicher Grundlage vorliegt (siehe zB BFH V R 23/10, DStR 2011, 1077 Rn. 22; XI R 42/12, DStRE 2015, 215 Rn. 17). Die **FVerw** hat UStAE 2.11 allerdings insoweit nicht angepasst und gestattet somit weiter, dass juristische Personen des öffentlichen Rechts – bis zur Anwendung des neugefassten § 2b (→ § 2b Rn. 56ff.) – Umsätze aus unternehmerischer Tätigkeit bei Nichtvorliegen eines körperschaftsteuerlichen Betriebs gewerblicher Art (insbesondere wegen Nichtüberschreitens der Umsatz- und Gewinngrenzen) außerhalb ihres Unternehmens erzielen. Dies ändert sich nur, wenn die juristische Person § 2b anwendet (frühestens ab 2017, spätestens ab 2021) oder sie sich bei Anwendung des § 2 Abs. 3 auf die BFH-Rechtsprechung beruft (→ Rn. 192).

Sofern die wirtschaftliche Tätigkeit der juristischen Person des öffentlichen Rechts **im Rahmen der öffentlichen Gewalt** ausgeübt wird, kommt es für die Zuordnung zu einem Betrieb gewerblicher Art zusätzlich darauf an, dass bei einer Behandlung als Nichtunternehmer keine größeren **Wettbewerbsverzerrungen** entstehen (→ Rn. 187; zur Übertragung auf das deutsche Recht siehe BFH V R 51/06, BStBl. II 2009, 213; V R 33/08, BFH/NV 2010, 957). Entsprechend hat der BFH unter Änderung seiner Rechtsprechung die **Parkplatzüberlassung** auf öffentlich-rechtlicher Grundlage als ust-pflichtig angesehen (BFH V R 1/11, DStR 2012, 352). Gleiches gilt auch für Leistungen einer juristischen Person des öffentlichen Rechts an eine andere (sog. **Beistandsleistungen**), wenn diese auch von einem privaten Wettbewerber hätten erbracht werden können (BFH V R 41/10, DStR 2012, 348 – Einzelheiten siehe *Heber* UR 2014, 957); hieraus wird die Forderung nach einer gesetzlichen Änderung abgeleitet, um vor allem Kommunen von den finanziellen Belastungen zu verschonen (*Suck* UR 2013, 205). Der USt unterliegt ebenso die Veranstaltung eines **Dorffests** (BFH XI R 42/12, DStRE 2015, 215), wobei dafür auch der ermäßigte Steuersatz in Frage kommt (vgl. hierfür auch die Anm. von *Möller* MwStR 2015, 264). 200

einstweilen frei 201

bb) Vermögensverwaltung. Die Nutzung von körperlichen und nicht körperlichen Gegenständen zur nachhaltigen Erzielung von Einnahmen ist eine wirtschaftliche (unternehmerische) Tätigkeit. Hierzu zählt die **Vermietung und Verpachtung** von Grundstücken und anderen Gegenständen (→ Rn. 90 ff.) sowie die **Kapitalüberlassung gegen Entgelt** (→ Rn. 78). Das Halten und Verwalten von Gesellschaftsanteilen und anderen Wertpapieren ist regelmäßig keine wirtschaftliche Tätigkeit (→ Rn. 79), es sei denn, es liegen die besonderen Voraussetzungen – zB bei einer **Führungs- und Funktionsholding** – vor (→ Rn. 80). Nach ertragsteuerlichen Maßstäben handelt es sich bei diesen Tätigkeiten regelmäßig um vermögensverwaltende Tätigkeiten, die nicht Gegenstand eines Betriebs sein können (siehe auch § 14 S. 3 AO). Nach hM zählen daher solche vermögensverwaltende Tätigkeiten nicht zum körperschaftsteuerpflichtigen Betrieb gewerblicher Art iSd § 4 KStG (siehe *Heger* in Gosch KStG § 4 Rn. 50 mwN). 202

Aufgrund der Nichtsteuerbarkeit der Vermögensverwaltung im Bereich der Körperschaftsteuer wurde diskutiert, ob diese Nichtsteuerbarkeit auch für den Bereich der USt von § 2 Abs. 3 angeordnet wird, da dieser in einem Klammerzusatz auf § 4 KStG verweist, und falls dem so ist, ob diese Anordnung richtlinienkonform ist. Diese Diskussion dürfte durch BFH V R 10/09, DStR 2010, 1280 (mit Anm. *Bollweg* und *Küffner* UR 2010, 646) beendet sein. Dem **Begriff der Vermögensverwaltung** kommt danach umsatzsteuerrechtlich für die Unternehmerstellung einer juristischen Person des öffentlichen Rechts durch einen Betrieb gewerblicher Art **keine Bedeutung zu.** Aufgrund der Verweisung in § 2 Abs. 3 S. 1 wird § 4 KStG zum Bestandteil des USt-Rechts und ist **richtlinienkonform** auszulegen. Damit eine Tätigkeit im Rahmen eines Betriebs gewerblicher Art umsatzsteuerbar ist, muss es sich somit nach den für alle Unternehmer geltenden Grundsätzen um eine wirtschaftliche Tätigkeit iSd Art. 9 MwStSystRL handeln (vgl. auch FG BW 9 K 2732/13, Rev BFH: XI R 12/15, MwStR 2016, 213 mAnm *Schuska* zur Überlassung einer Mehrzweckhalle). Dies kann dazu führen, dass Tätigkeiten, die im Bereich der Körperschaftsteuer als sog. Vermögensverwaltung juristischer Personen des öffentlichen Rechts nicht besteuert werden, gleichwohl umsatzsteuerbar sind. Die FVerw hat UStAE 2.11 allerdings insoweit nicht angepasst und gestattet somit, dass juristische Personen des öffentlichen Rechts weiterhin – bis zur Anwendung des neugefassten § 2b (→ § 2b Rn. 56 ff.) – Umsätze aus der Vermögensverwaltung außerhalb ihres Unternehmens erzielen (auch → Rn. 192). 203

einstweilen frei 204

205 **cc) Die Verpachtung von Betrieben gewerblicher Art.** Die Verpachtung von Betrieben gewerblicher Art gilt selbst als Betrieb gewerblicher Art (§ 4 Abs. 4 KStG). Es muss sich um die Verpachtung eines „Inbegriffes von Sachen und Rechten" handeln, der in der Hand der verpachtenden Körperschaft ein Betrieb gewerblicher Art wäre (BFH I R 7/71, BStBl. II 1974, 391). Es reicht also nicht die Verpachtung einzelner einem Betrieb gewerblicher Art dienender Wirtschaftsgüter aus, sondern die verpachteten Gegenstände müssen in ihrer Gesamtheit geeignet sein, einen Betrieb gewerblicher Art darzustellen (vgl. BFH I R 204/67, BStBl. II 1970, 151; I R 7/71, BStBl. II 1974, 391; I R 115/75, BStBl. II 1977, 94). Liegt keine Verpachtung eines Betriebs gewerblicher Art vor, kann die Nutzungsüberlassung gleichwohl im Rahmen eines Betriebs gewerblicher Art erfolgen, da die **Vermietung und Verpachtung** regelmäßig eine **unternehmerische Tätigkeit** ist und – trotz ihrer ertragsteuerlichen Qualifizierung als Vermögensverwaltung – umsatzsteuerlich damit einen Betrieb gewerblicher Art bilden kann (→ Rn. 203).

206 Die bisherige Auffassung, wonach bei der Frage, ob sich die Verpachtung innerhalb der Gesamtbetätigung der juristischen Person des öffentlichen Rechts wirtschaftlich heraushebt, auf die Höhe der erzielten Pachteinnahmen abzustellen ist (siehe BFH V R 111/85, BStBl. II 1990, 868; V R 95/86, BStBl. II 1992, 569), ist überholt, da sich die **körperschaftsteuerliche Anforderung der wirtschaftlichen Heraushebung** nach § 4 Abs. 1 S. 1 nicht auf den Betrieb gewerblicher Art iSd § 2 Abs. 3 übertragen lässt (BFH XI R 17/08, DStR 2010, 2234; → Rn. 199). Die FVerw hat UStAE 2.11 allerdings insoweit nicht angepasst und gestattet somit, dass juristische Personen des öffentlichen Rechts weiterhin – bis zur Anwendung des neugefassten § 2b (→ § 2b Rn. 56 ff.) – Umsätze aus der Vermögensverwaltung außerhalb ihres Unternehmens erzielen (→ Rn. 203).

207 *einstweilen frei*

208 **c) Die land- und forstwirtschaftlichen Betriebe.** Die Unterscheidung zwischen Betrieben gewerblicher Art auf der einen und land- und forstwirtschaftlichen Betrieben auf der anderen Seite findet keine Grundlage in Art. 13 MwStSystRL. Sie resultiert aus der Überlegung, dass Betriebe der Land- und Forstwirtschaft keine körperschaftsteuerlichen Betriebe gewerblicher Art iSd § 4 KStG sind und ihre Einbeziehung in die USt daher einer expliziten Erwähnung bedarf. Allerdings ist der in § 2 Abs. 3 genannte Begriff des Betriebs gewerblicher Art ohnehin **richtlinienkonform** so auszulegen, dass er den für alle Unternehmer geltenden Grundsätzen entspricht und daher **wirtschaftliche Tätigkeiten** iSd Art. 9 MwStSystRL erfasst (siehe zur ebenso vom KStG nicht erfassten Vermögensverwaltung → Rn. 202 f.). Wirtschaftliche Tätigkeiten, die im Rahmen eines Betriebs der Land- und Forstwirtschaft anfallen, zählen daher wie die Vermögensverwaltung zum Betrieb gewerblicher Art im Sinne des USt-Rechts. Die zusätzliche Nennung land- und forstwirtschaftlicher Betriebe in § 2 Abs. 3 ist somit **bedeutungslos.** Dessen ungeachtet wird die buchhalterische Trennung von land- und forstwirtschaftlichen Betrieben von den übrigen Betrieben gewerblicher Art schon deshalb Sinn ergeben, weil ggf. unterschiedliche ertragsteuerliche Gewinnermittlungsmethoden angewendet werden oder die Besteuerung nach § 24 erfolgt und der land- und forstwirtschaftliche Betrieb gesondert zu behandeln ist (§ 24 Abs. 3). Die **Verpachtung land- und forstwirtschaftlicher Flächen** durch eine Gebietskörperschaft ist steuerbar, unterliegt aber nicht der Besteuerung nach § 24 (EuGH C-43/04, DStRE 2005, 841 – Stadt Sundern; BFH V R 28/03, BStBl. II 2006, 280; UStAE 2.11 Abs. 19).

209 *einstweilen frei*

210 **d) Sondertätigkeiten.** Einige Sondertätigkeiten von Hoheitsbetrieben sind wegen ihres Wettbewerbs zu Privatunternehmen ausdrücklich dem unternehmerischen Bereich der juristische Personen des öffentlichen Rechts zugeordnet worden (§ 2 Abs. 3 Nr. 2–5). Es handelt sich um die Tätigkeit der **Notare im Landesdienst**

(vgl. OFD Karlsruhe 28.2.2012, BeckVerw 258523) und der Ratsschreiber in BW sowie die **Abgabe von Brillen** und Brillenteilen durch gesetzliche Träger der Sozialversicherung, ferner um bestimmte Leistungen der Vermessungs- und Katasterbehörden. Bei den steuerbaren Leistungen der **Vermessungs- und Katasterbehörden** geht es in erster Linie um hoheitliche Tätigkeiten, die ihrer Art nach auch von öffentlich bestellten Vermessungsingenieuren durchgeführt werden. Die Steuerbarkeit wirtschaftlicher Tätigkeiten dieser Behörden (zB Landkartenverkauf) bestimmt sich nach den Grundsätzen über die Betriebe gewerblicher Art (→ Rn. 198ff.). Weitere Einzelheiten siehe UStAE 2.11 Abs. 7 und OFD Hannover 15.10.2009, UR 2010, 385. Ebenso unternehmerisch ist die Tätigkeit der Bundesanstalt für landwirtschaftliche Marktordnung **(BALM).** Das gilt ab 1.1.1995 allerdings nur, soweit Aufgaben der Marktordnung, der Vorratshaltung und der Nahrungsmittelhilfe wahrgenommen werden. Die Änderung berücksichtigt die Übertragung der Aufgaben der BALM auf die neu gegründete Bundesanstalt für Landwirtschaft und Ernährung (zur Entsorgung von Schweinen im Rahmen der Schweinepest vgl. BFH V R 51/06, BStBl. II 2009, 213 und *Treiber* in Sölch/Ringleb § 2 Rn. 263f.).

§ 2a Fahrzeuglieferer

[1]Wer im Inland ein neues Fahrzeug liefert, das bei der Lieferung in das übrige Gemeinschaftsgebiet gelangt, wird, wenn er nicht Unternehmer im Sinne des § 2 ist, für diese Lieferung wie ein Unternehmer behandelt. [2]Dasselbe gilt, wenn der Lieferer eines neuen Fahrzeugs Unternehmer im Sinne des § 2 ist und die Lieferung nicht im Rahmen des Unternehmens ausführt.

EU-Recht: Art. 9 Abs. 2 MwStSystRL (Art. 28a Abs. 4 6. EG-RL)

Übersicht

1. Bedeutung

1 Durch die Vorschrift werden **Nichtunternehmer** hinsichtlich innergemeinschaftlicher Lieferungen neuer Fahrzeuge **mit Unternehmern gleichgestellt.** Die Vorschrift fingiert für solche Lieferungen die Unternehmereigenschaft. Hierdurch wird einerseits die Grundlage dafür geschaffen, dass bei innergemeinschaftlichen Lieferungen neuer Fahrzeuge auch durch Nichtunternehmer diese von der deutschen USt durch die Gewährung des Vorsteuerabzugs (§ 15 Abs. 4a) und der Steuerfreiheit der Lieferung (§ 4 Nr. 1 Buchst. b, § 6a) von deutscher USt entlastet werden können, so dass diese nach der Versteuerung des Erwerbs nach der § 1a oder § 1b entsprechenden Vorschrift des anderen Mitgliedstaates nur mit der dortigen USt belastet sind und andererseits aufgrund der Erklärungs- und Aufzeichnungspflichten eine Überprüfung der Erfüllung der steuerlichen Pflichten des Erwerbers in dem anderen Mitgliedstaat ermöglicht. Nach S. 2 gilt diese Regelung **auch für Unternehmer,** die die Lieferung neuer Fahrzeuge **außerhalb ihres Unternehmens** ausführen.

2 *einstweilen frei*

2. Fahrzeuglieferer

3 Fahrzeuglieferer im Sinne dieser Vorschrift können alle sein, die nicht Unternehmer sind, und Unternehmer, die die Lieferung nicht im Rahmen ihres Unternehmens ausführen. In Betracht kommen insbesondere natürliche Personen ohne Unternehmen und juristische Personen des öffentlichen Rechts. Sie gilt aber auch für Zusammenschlüsse von Personen, die im Übrigen nicht als Unternehmer anzusehen sind. Auch wenn der Lieferer **Unternehmer** ist, der die Lieferung außerhalb eines Unternehmens ausführt, ist er als Fahrzeuglieferer iSv § 1b anzusehen; S. 2 fingiert nicht, dass die Lieferung als im Rahmen seines Unternehmens ausgeführt anzusehen wäre (vgl. *Stadie* in Rau/Dürrwächter § 2a Rn. 16). Zum Verfahren → Rn. 10. Nach § 19 Abs. 4 S. 2 gilt die Steuerbefreiung für **Kleinunternehmer** nicht für die Lieferung neuer Fahrzeuge. Sie können deshalb **nicht als Fahrzeuglieferer** im Sinne dieser Vorschrift angesehen werden. Materiell-rechtliche Konsequenzen ergeben sich jedoch hieraus nicht, da § 15 Abs. 4a entsprechend anzuwenden ist (§ 19 Abs. 4 S. 2).

4 *einstweilen frei*

3. Neue Fahrzeuge

5 Gegenstand der Lieferung muss ein neues Fahrzeug sein. Hierfür gelten die Bestimmungen des § 1b Abs. 2 und Abs. 3 (vgl. → § 1b Rn. 9ff.). Zur Beurteilung, ob ein Segelboot neu iS dieser Vorschrift ist, siehe EuGH C-84/09, IStR 2010, 910 – X und dem folgend UStAE 1b.1 S. 6. Der Zustand des Fahrzeugs – insbesondere ob es beschädigt ist – hat keine Bedeutung (BFH XI B 103/10, BFH/NV 2011, 1739).

4. Innergemeinschaftliche Lieferungen

6 Die Fiktion des § 2a gilt nur für innergemeinschaftliche Lieferungen. Zum Begriff der Lieferung vgl. → § 3 Rn. 18ff. Der Ort der Lieferung muss im Inland sein; dies ist insbesondere der Fall, wenn die Beförderung oder Verwendung durch den Lieferer oder den Abnehmer im Inland beginnt (§ 3 Abs. 6). Beginnt die Beförderung im Drittlandsgebiet oder in einem der in § 1 Abs. 3 genannten Gebiete, fällt diese Lieferung nur dann unter den Anwendungsbereich dieser Vorschrift, wenn der Lieferer das Fahrzeug im Inland umsatzsteuerlich zum freien Verkehr anmeldet oder anmelden lässt (vgl. § 3 Abs. 8). Beginnt die Beförderung oder Versendung in einem anderen Mitgliedstaat, wird in der Regel die entsprechende Vorschrift dieses Mitgliedstaates zur Anwendung kommen.

7 Das Fahrzeug muss bei der Lieferung **in das übrige Gemeinschaftsgebiet** (vgl. → § 1a Rn. 9) gelangen. Dabei kommt es nicht darauf an, ob der Gegenstand durch den Lieferer oder durch den Abnehmer versandt oder befördert wird. Der Gegenstand muss auch nicht unverzüglich in das übrige Gemeinschaftsgebiet gelangen; es ist deshalb unschädlich, wenn das Fahrzeug vor der Versendung oder Beförderung im Auftrag des Erwerbers im Inland bearbeitet oder von ihm genutzt wird (vgl. → § 1a Rn. 9).

8 **Keine Lieferung** liegt vor, wenn der Gegenstand im Rahmen eines Wohnortwechsels in den anderen Mitgliedstaat **verbracht** wird (Art. 2 Buchst. a MwStVO). Ebenso liegt keine Lieferung vor, wenn das Fahrzeug in den anderen Mitgliedstaat verbracht wird, um es dort zu verkaufen, wenn der Käufer im Zeitpunkt der Beförderung oder Versendung noch nicht feststeht (vgl. → § 1a Rn. 10f.). In diesem Fall wird das Verbringen auch nicht einer innergemeinschaftlichen Lieferung gleichgestellt (vgl. *Rau/Dürrwächter* § 2a Rn. 9). Denn § 1b Abs. 1 verweist nur auf die Voraussetzungen des innergemeinschaftlichen Erwerbs nach § 1a Abs. 1 Nr. 1, nicht aber auch auf das als Erwerb geltende Verbringen nach § 1a Abs. 2 (siehe *Korn/Robisch* DStR-

Beih 11, 29 zu Heft 29/11, Art. 2). Etwas anderes ergibt sich auch nicht aus § 3 Abs. 1a, denn die Vorschrift setzt das Verbringen eines Gegenstandes durch einen Unternehmer voraus. Die unter § 2a fallenden Personen werden aber nur dann Unternehmern gleichgestellt, wenn sämtliche Voraussetzungen des § 2a vorliegen. Hierfür kann nicht auf Fiktionen verwiesen werden, die die Unternehmereigenschaft voraussetzen würden. Dies führt jedoch nur in **Ausnahmefällen** dazu, dass das Fahrzeug **im Bestimmungsstaat nicht der Besteuerung unterliegt.** Denn in den Fällen des Verbringens wird idR eine innergemeinschaftliche Lieferung des Vorlieferanten an den Lieferer in den anderen Mitgliedstaat anzunehmen sein. Der Lieferer unterliegt dann nicht der Besteuerung nach § 2a aber der Erwerbsbesteuerung in dem anderen Mitgliedstaat nach der dort geltenden, § 1b entsprechenden Vorschrift (zur Anwendbarkeit der Vereinfachungsregel für innergemeinschaftliche Dreiecksgeschäfte nach § 25b vgl. → § 25b Rn. 10). Sollte dies nicht der Fall sein und sollte sich aus Art. 172 iVm Art. 138, 139 MwStSystRL eine für den Steuerpflichtigen günstigere Regelung ergeben, kann sich der Steuerpflichtige unmittelbar auf diese Bestimmungen berufen (EuGH 50/88, NJW 1989, 3093 – Kühne; BVerfG 2 BvR 687/85, NJW 1988, 1459 = BB 1987, 2111).

Eine Lieferung iSd § 2a liegt auch dann vor, wenn die **Übertragung unentgeltlich** erfolgt. Denn nach § 3 Abs. 1b Nr. 3 werden unentgeltliche Wertabgaben entgeltlichen Lieferungen gleichgestellt. Der hierfür erforderliche Vorsteuerabzug – nach § 3 Abs. 1b S. 2 die Voraussetzung der Steuerpflicht der unentgeltlichen Übertragung – ergibt sich aus § 15 Abs. 4a. 9

Ob der **Erwerber** Unternehmer ist oder das Fahrzeug für sein Unternehmen erwirbt, ist für die Anwendung von § 2a ohne Belang. Dies entspricht der auch in den anderen Mitgliedstaaten geltenden Besteuerung des innergemeinschaftlichen Erwerbs neuer Fahrzeuge, auch in Fällen des Erwerbs durch Nichtunternehmer (vgl. § 1b). 10

einstweilen frei 11

5. Rechtsfolgen

Der Lieferer kann die **Steuerbefreiung** nach § 4 Nr. 1 Buchst. b, § 6a in Anspruch nehmen, wenn er die hierfür erforderlichen Nachweise erbringen kann (vgl. auch → § 6a Rn. 7ff.). Gleichzeitig kann er die USt auf den Erwerb des gelieferten Fahrzeugs als **Vorsteuer** abziehen § 15 Abs. 4a. Der Vorsteuerabzug ist jedoch der Höhe nach beschränkt auf die fiktiv entstehende Steuer auf die steuerfreie Lieferung (§ 15 Abs. 4a Nr. 2) und zeitlich erst möglich, wenn die Lieferung ausgeführt wird (§ 15 Abs. 4a Nr. 3). 12

Für die Fahrzeuglieferung ist eine **Rechnung nach § 14a Abs. 4** zu erstellen und das Doppel zehn Jahre aufzubewahren (§ 14b Abs. 1). Die Rechnung muss die in § 1b Abs. 2 und 3 bezeichneten Merkmale (§ 14a Abs. 4) und einen Hinweis auf die Steuerbefreiung für innergemeinschaftliche Lieferungen enthalten (§ 14 Abs. 4 Nr. 8). Darüber hinaus hat der Lieferer seit dem 1.7.2010 der Meldepflicht nach der auf der Ermächtigungsvorschrift des § 18c beruhenden **Fahrzeuglieferungs-Meldepflichtverordnung** nachzukommen (→ § 18c Rn. 2 und *Raudszus/Wagner* UStB 2010, 272). 13

Ist der Lieferer kein Unternehmer, muss er zum einen für den Voranmeldungszeitraum, in dem die Lieferung vorgenommen wurde, eine **Voranmeldung** (§ 18 Abs. 4a) und darüber hinaus eine **Jahressteuererklärung** abgeben. In diesen Erklärungen ist die nach § 15 Abs. 4a beschränkt abziehbare Vorsteuer geltend zu machen (vgl. → § 15 Rn. 330ff.). Darüber hinaus ist er verpflichtet, die nach § 22 Abs. 1 S. 1 und Abs. 2 Nr. 1 und 5–7 vorgeschriebenen Aufzeichnungen zu führen. Ist der Lieferer kein Unternehmer, ist er nicht verpflichtet, eine ZM einzureichen (vgl. § 18a Abs. 2 Nr. 1). Für Lieferer, die nicht Unternehmer sind, ist grundsätzlich das **Finanzamt zuständig,** das auch für die Einkommensbesteuerung zuständig ist (§ 21 Abs. 2 AO). 14

15 Ist der Lieferer Unternehmer, muss er diesen Umsatz in seiner für das Unternehmen zu erstellenden Steuererklärung aufnehmen (OFD Frankfurt a. M. 8.11.1993, UR 1994, 482). Hat der Erwerber eine USt-IdNr., gilt dies auch für die einzureichende ZM. Hinsichtlich des Steuerabzugs gelten auch für Unternehmer, die das Fahrzeug außerhalb ihres Unternehmens veräußern, die Einschränkungen des § 15 Abs. 4a.

§ 2b Juristische Personen des öffentlichen Rechts

(1) [1]**Vorbehaltlich des Absatzes 4 gelten juristische Personen des öffentlichen Rechts nicht als Unternehmer im Sinne des § 2, soweit sie Tätigkeiten ausüben, die ihnen im Rahmen der öffentlichen Gewalt obliegen, auch wenn sie im Zusammenhang mit diesen Tätigkeiten Zölle, Gebühren, Beiträge oder sonstige Abgaben erheben.** [2]**Satz 1 gilt nicht, sofern eine Behandlung als Nichtunternehmer zu größeren Wettbewerbsverzerrungen führen würde.**

(2) **Größere Wettbewerbsverzerrungen liegen insbesondere nicht vor, wenn**
1. **der von einer juristischen Person des öffentlichen Rechts im Kalenderjahr aus gleichartigen Tätigkeiten erzielte Umsatz voraussichtlich 17 500 Euro jeweils nicht übersteigen wird oder**
2. **vergleichbare, auf privatrechtlicher Grundlage erbrachte Leistungen ohne Recht auf Verzicht (§ 9) einer Steuerbefreiung unterliegen.**

(3) **Sofern eine Leistung an eine andere juristische Person des öffentlichen Rechts ausgeführt wird, liegen größere Wettbewerbsverzerrungen insbesondere nicht vor, wenn**
1. **die Leistungen aufgrund gesetzlicher Bestimmungen nur von juristischen Personen des öffentlichen Rechts erbracht werden dürfen oder**
2. **die Zusammenarbeit durch gemeinsame spezifische öffentliche Interessen bestimmt wird. Dies ist regelmäßig der Fall, wenn**
   a) **die Leistungen auf langfristigen öffentlich-rechtlichen Vereinbarungen beruhen,**
   b) **die Leistungen dem Erhalt der öffentlichen Infrastruktur und der Wahrnehmung einer allen Beteiligten obliegenden öffentlichen Aufgabe dienen,**
   c) **die Leistungen ausschließlich gegen Kostenerstattung erbracht werden und**
   d) **der Leistende gleichartige Leistungen im Wesentlichen an andere juristische Personen des öffentlichen Rechts erbringt.**

(4) **Auch wenn die Voraussetzungen des Absatzes 1 Satz 1 gegeben sind, gelten juristische Personen des öffentlichen Rechts bei Vorliegen der übrigen Voraussetzungen des § 2 Absatz 1 mit der Ausübung folgender Tätigkeiten stets als Unternehmer:**
1. **die Tätigkeit der Notare im Landesdienst und der Ratschreiber im Land Baden-Württemberg, soweit Leistungen ausgeführt werden, für die nach der Bundesnotarordnung die Notare zuständig sind;**
2. **die Abgabe von Brillen und Brillenteilen einschließlich der Reparaturarbeiten durch Selbstabgabestellen der gesetzlichen Träger der Sozialversicherung;**
3. **die Leistungen der Vermessungs- und Katasterbehörden bei der Wahrnehmung von Aufgaben der Landesvermessung und des Liegenschaftskatasters mit Ausnahme der Amtshilfe;**
4. **die Tätigkeit der Bundesanstalt für Landwirtschaft und Ernährung, soweit Aufgaben der Marktordnung, der Vorratshaltung und der Nahrungsmittelhilfe wahrgenommen werden;**

5. Tätigkeiten, die in Anhang I der Richtlinie 2006/112/EG des Rates vom 28. November 2006 über das gemeinsame Mehrwertsteuersystem (ABl. L 347 vom 11.12.2006, S. 1) in der jeweils gültigen Fassung genannt sind, sofern der Umfang dieser Tätigkeiten nicht unbedeutend ist.

EU-Recht: Art. 13 MwStSystRL (Art. 28a Abs. 4 6. EG-RL)
UStAE: 2b.1 iVm BMF v. 16.12.2016, BStBl. I 2016, 1451

Übersicht

I. Vorbemerkung

Die Umsatzbesteuerung juristischer Personen des öffentlichen Rechts nach **nationalem Recht** unterschied sich mit § 2 Abs. 3 – und damit gemäß § 27 Abs. 22 bis 31.12.2016, übergangsweise bis spätestens 31.12.2020 – fundamental von derjenigen nach **Unionsrecht.** Nach § 2 Abs. 3 S. 1 sind juristische Personen des öffentlichen Rechts nur im Rahmen ihrer Betriebe gewerblicher Art und ihrer land- oder forstwirtschaftlichen Betriebe unternehmerisch tätig. Nach **Art. 13 Abs. 1 MwStSystRL** wiederum gelten Einrichtungen des öffentlichen Rechts nicht als Steuerpflichtige, soweit sie Tätigkeiten ausüben oder Umsätze bewirken, die ihnen im Rahmen der öffentlichen Gewalt obliegen, es sei denn, eine Behandlung als Nichtsteuerpflichtige würde zu größeren Wettbewerbsverzerrungen führen. Der BFH versuchte, diese Lücke durch richtlinienkonforme Auslegung zu schließen (vgl. → § 2 Rn. 192). Die FVerw veröffentlicht diese Rechtsprechung jedoch nicht im BStBl. II und gewährt den betroffenen Einrichtungen damit faktisch ein Wahlrecht, der tradierten deutschen Rechtsauffassung zu folgen oder sich auf Unionsrecht zu berufen. 1

Durch **StÄndG 2015** wurde der auf das UStG 1934 zurückgehende § 2 Abs. 3 durch § 2b ersetzt, dessen Formulierung erkennbar an Art. 13 MwStSystRL angelehnt ist. Formell ist § 2b am **1.1.2016** in Kraft getreten, er ist aber gemäß § 27 Abs. 22 S. 2 erst für Umsätze anzuwenden, für die die Steuer nach dem 31.12.2016 entsteht. Überdies konnten jPdöR per Antrag bis zum 31.12.2016 § 2 Abs. 3 weiterhin bis zum 31.12.2020 anwenden (§ 27 Abs. 22 S. 3), wobei diese Verlängerung wiederum innerhalb des Übergangszeitraums widerrufen werden kann. Es ist zu vermuten, dass die meisten jPdöR von der Verlängerungsoption Gebrauch gemacht haben. Vgl. zur Übergangsregelung → Rn. 56 ff. sowie zur alten Rechtslage bis 2016/20 → § 2 Rn. 177 ff. Zur neuen Rechtslage vgl. *Heidner* UR 2016, 45; *Ismer/Baur-Rückert* MwStR 2016, 740; *Küffner/Rust* DStR 2016, 1633 und *Sterzinger* SteuK 2016, 1. 2

Die FVerw hat zeitlich verzögert zur Neuregelung Stellung genommen (BMF v. 16.12.2016, BStBl. I 2016, 1451). Der neu eingefügte UStAE 2b.1 erschöpft sich im Verweis hierauf. Vgl. zum BMF-Schreiben *Hammerl/Fietz* MwStR 2017, 56; *Küffner/Rust* DStR 2017, 47; *Meurer* DStZ 2017, 163; *Sterzinger* DStR 2017, 233; *Weber* UVR 2017, 75.

3 **Unionsrechtliche Grundlage** des § 2b ist Art. 13 MwStSystRL. Gemäß Art. 13 Abs. 1 MwStSystRL gelten Staaten, Länder, Gemeinden und sonstige Einrichtungen des öffentlichen Rechts nicht als Steuerpflichtige, soweit sie Tätigkeiten ausüben oder Umsätze bewirken, die ihnen im Rahmen der **öffentlichen Gewalt** obliegen, auch wenn sie im Zusammenhang mit diesen Tätigkeiten oder Leistungen Zölle, Gebühren, Beiträge oder sonstige Abgaben erheben. Allerdings gelten sie auch für solche Tätigkeiten oder Umsätze als Steuerpflichtige, wenn eine Behandlung als Nichtsteuerpflichtige zu **größeren Wettbewerbsverzerrungen** führen würde. **Wirtschaftliche Tätigkeiten,** die nicht im Rahmen öffentlicher Gewalt ausgeübt werden, sind stets steuerbar. Das Unionsrecht geht damit von dem Grundsatz aus, dass auch die öffentlichen Einrichtungen nach den allgemeinen Regeln Steuerpflichtige iSd Art. 9 MwStSystRL sind, es sei denn, dass sie im Rahmen der öffentlichen Gewalt tätig werden. Erst dann greifen die Sonderregelungen des Art. 13 MwStSystRL, wobei eben auch Steuerpflicht vorliegt, wenn die Behandlung als Nichtsteuerpflichtige hinsichtlich der im Rahmen der öffentlichen Gewalt ausgeübten Tätigkeit größere Wettbewerbsverzerrungen zur Folge hätte. Als Ausnahme zum Grundsatz der Steuerpflicht wirtschaftlicher Tätigkeiten ist Art. 13 MwStSystRL eng auszulegen (EuGH C-174/14, MwStR 2016, 24 – Saudaçor mAnm *Sterzinger* Rn. 48). Das Prüfschema lautet demnach:

- Liegt eine **wirtschaftliche Tätigkeit** iSd Art. 9 MwStSystRL vor, die **nicht im Rahmen öffentlicher Gewalt** ausgeübt wird?
- Falls nein, führt die **Behandlung als Nichtsteuerpflichtige** bezüglich der im Rahmen der öffentlichen Gewalt ausgeübten Tätigkeiten zu **größeren Wettbewerbsverzerrungen?**
- Falls nein, liegt eine **Sondertätigkeit** iSd des Art. 13 Abs. 1 UAbs. 3 iVm Anhang I MwStSystRL vor, die in jedem Fall die Eigenschaft als Steuerpflichtige begründen?
- Falls eine der drei Vorfragen bejaht wird, ist die öffentliche Einrichtung insoweit Steuerpflichtige, es sei denn der Mitgliedstaat hat von der Ermächtigung in Art. 13 Abs. 2 MwStSystRL Gebrauch gemacht und **bestimmte steuerfreie Tätigkeiten** als im Rahmen der öffentlichen Gewalt ausgeübt bestimmt.

4 Nach der Rechtsprechung des EuGH richtet sich die Beantwortung der Frage, ob eine Einrichtung des öffentlichen Rechts **im Rahmen der öffentlichen Gewalt** tätig wird, nicht nach dem Gegenstand oder der Zielsetzung der Tätigkeit, sondern danach, ob die juristischen Personen des öffentlichen Rechts im Rahmen der eigens für sie geltenden öffentlich-rechtlichen Sonderregelungen tätig werden. Dazu gehören nicht Tätigkeiten, die sie **unter den gleichen rechtlichen Bedingungen** ausüben **wie private Wirtschaftsteilnehmer** (Einzelheiten → Rn. 25ff.). Selbst wenn eine Einrichtung des öffentlichen Rechts im Rahmen der öffentlichen Gewalt tätig wird oder dies bei steuerbefreiten Tätigkeiten nach Art. 13 Abs. 2 MwStSystRL fingiert wird, ist die Einrichtung als Steuerpflichtiger anzusehen, sofern es andernfalls zu **größeren Wettbewerbsverzerrungen** kommen würde (Einzelheiten → Rn. 30ff.). Art. 13 Abs. 2 MwStSystRL gibt den Mitgliedstaaten darüber hinaus die Möglichkeit, **steuerfreie Tätigkeiten** iSd Art. 132, 135, 136, 371, 374–377, 378 Abs. 2, 379 Abs. 2, 380 und 390 MwStSystRL als Tätigkeiten zu behandeln, die der Einrichtung im Rahmen der öffentlichen Gewalt obliegen. Deutschland hat von diesem Wahlrecht in § 2b keinen Gebrauch gemacht (Einzelheiten → Rn. 39). Welche Rechtsetzungstechnik die Mitgliedstaaten dabei wählen, steht in ihrem Ermessen (EuGH C-231/87 und C-129/88, UR 1991, 77 – Carpaneto Piacentino/Piacenza).

Dh es steht dem deutschen Gesetzgeber frei, zB Vermietungs- oder Verpachtungstätigkeiten als im Rahmen öffentlicher Gewalt ausgeübte (hoheitliche) Tätigkeit zu behandeln. Eine bloße Verwaltungspraxis reicht hierfür jedoch nicht aus (EuGH C-102/08, DStR 2009, 1196 – Salix; Folgeentscheidung BFH V R 70/05, DStR 2009, 2308).

II. Grundsätze

1. Geltung des allgemeinen Unternehmerbegriffs

Anders als § 2 Abs. 3 regelt § 2b nicht (mehr) den gesamten Bereich der Besteuerung juristischer Personen des öffentlichen Rechts. Vielmehr gilt die Grundregel für die Bestimmung unternehmerischen Handelns in § 2 Abs. 1 mit Abschaffung des § 2 Abs. 3 auch für juristische Personen des öffentlichen Rechts. Sie werden somit durch grundsätzlich **jede unternehmerisch ausgeübte Tätigkeit** Unternehmer nach § 2 Abs. 1 (→ Rn. 11 ff.). § 2b nF regelt nur noch einschränkend, wann eine juristische Person des öffentlichen Rechts – trotz Erfüllung dieser Voraussetzungen – kein Unternehmer ist (UStAE 2b.1 iVm BMF v. 16. 12. 2016, Rn. 4). Dies entspricht den **Vorgaben und der Systematik der MwStSystRL.** 5

Bezüglich der Begriffe **„Unternehmer"** und **„Unternehmen"** trifft § 2b keine Sonderregelungen. Unternehmer kann nur die juristische Person des öffentlichen Rechts sein und nicht einzelne, ggf. auch organisatorisch abgegrenzte Bereiche (BFH V R 26/74, BStBl. II 1979, 746 – zu § 2 Abs. 3). Das gilt auch für rechtlich unselbstständige Außenstellen einer ausländischen Körperschaft (FG Düsseldorf II 255/76 UM, EFG 1983, 315 rkr; vgl. auch UStAE 2.11 Abs. 1 – zu § 2 Abs. 3) oder für haushaltsgebundene Einrichtungen einer juristischen Person des öffentlichen Rechts (EuGH C-276/14, MwStR 2015, 926 – Gmina Wrocław mAnm *Grube*). Rechtlich unselbstständige Bereiche können nicht selbstständig tätig und schon deshalb nicht Unternehmer iSd § 2 Abs. 1 werden (EuGH C-276/14, MwStR 2015, 926 – Gmina Wrocław mAnm *Grube* Rn. 35). Anderes soll aber – zumindest auf der Basis des Art. 13 MwStSystRL – nach *Klenk* UR 2016, 180 für **Sondervermögen** gelten, da diese zwar rechtlich unselbstständige, aber abgesonderte Teile des Vermögens der jPdöR darstellen und damit „Einrichtungen" sein können. Es sei folglich Aufgabe der Rechtsprechung zu klären, ob man § 2 Abs. 3 oder auch § 2b richtlinienkonform dahingehend auslegen kann, dass solche Sondervermögen jPdöR sind, obwohl es sich nicht um eine „Person" handelt. 6

Das Unternehmen umfasst sämtliche unternehmerische Tätigkeiten (BFH V R 103/88, BStBl. II 1994, 278; V R 194/83, BStBl. II 1988, 932; UStAE 2.11 Abs. 2 – noch zu § 2 Abs. 3), was sich aus § 2 Abs. 1 S. 2 ergibt (hierzu → § 2 Rn. 148). Der USt-Bescheid kann daher nur an die juristische Person des öffentlichen Rechts für ihre gesamte unternehmerische Tätigkeit ergehen (BFH V B 35/10, BFH/NV 2011, 462 – noch zu § 2 Abs. 3). Für **Beginn und Ende** der Unternehmereigenschaft juristischer Personen des öffentlichen Rechts gelten ebenso die allgemeinen Grundsätze (→ § 2 Rn. 163 ff.).

Nicht als Unternehmer gilt eine juristische Person des öffentlichen Rechts für solche grundsätzlich die Voraussetzungen des § 2 Abs. 1 erfüllende Tätigkeiten, wenn die Leistungen **im Rahmen der öffentlichen Gewalt** ausgeübt werden und eine **Nichtbesteuerung zu keinen größeren Wettbewerbsverzerrungen** führt (§ 2b Abs. 1 → Rn. 22). § 2b Abs. 2 bestimmt näher, wann größere Wettbewerbsverzerrungen generell nicht vorliegen, § 2b Abs. 3 bestimmt, wann solche bei Leistungserbringung an andere juristische Personen des öffentlichen Rechts nicht vorliegen. § 2b Abs. 4 wiederum nimmt die Einschränkungen des § 2b Abs. 1 für bestimmte Sondertätigkeiten zurück; diese unterliegen also auch bei juristischen Personen des öffent- 7 lichen Rechts stets nur nach den allgemeinen Grundsätzen der Umsatzbesteuerung (hierzu → Rn. 51 ff.).

8–10 *einstweilen frei*

2. Unternehmerische (wirtschaftliche) Tätigkeit

11 Eine **unternehmerische (wirtschaftliche) Tätigkeit** setzt nach den allgemeinen Grundsätzen voraus, dass Leistungen gegen Entgelt erbracht werden und somit ein unmittelbarer Zusammenhang zwischen Leistung und Gegenleistung besteht (hierzu → § 1 Rn. 7 und → § 2 Rn. 5). Zur Frage des Leistungsaustauschs zwischen einem Zweckverband und einem mit der Tierkörperbeseitigung beliehenen Unternehmer siehe *Noack* DStR 2015, 2527.

12 Bei Leistungen öffentlicher Einrichtungen können besondere **Regelungen über die Höhe des Entgelts** dazu führen, dass – zumindest nach der Rechtsprechung des EuGH – das Vorliegen einer unternehmerischen Tätigkeit verneint wird. Keine unternehmerische Tätigkeit kann nach EuGH C-246/08, BFH/NV 2009, 2115 – Kommission/Finnland vorliegen, wenn die Höhe eines berechneten Entgelts in keinem Zusammenhang mit der erbrachten Leistung, sondern zB mit **sozialen Faktoren** wie Einkommen oder Vermögen der Leistungsempfänger steht, weil dann der Zusammenhang zwischen Leistung und Gegenleistung fehlt. Allerdings ist – wie *Widmann* UR 2010, 221 zu Recht bemerkt – in diesem Streitfall (Leistungen einer staatlichen Rechtshilfestelle) dem Grunde nach ein konkreter Zusammenhang zwischen Leistung und Gegenleistung vorhanden, so dass es nicht mehr darauf ankommen sollte, ob die Leistungsempfänger ein kostendeckendes oder nicht kostendeckendes Entgelt erbringen. Insoweit als weiterer „Ausreißer" wird zT auch das Urteil des EuGH C-267/08, IStR 2009, 778 – SPÖ Landesorganisation Kärnten mit Anm. *Korf* gesehen. Der EuGH verneint dort eine wirtschaftliche Tätigkeit einer politischen Partei, die Werbemaßnahmen für ihre untergeordneten Bezirks- und Ortsorganisationen durchführt, ua weil diese Tätigkeit trotz Kostenerstattung **dauerhaft defizitär** und damit nicht gegen Entgelt ausgeübt wird. Nach *Korf* IStR 2009, 780 ist das Urteil nicht auf andere Fälle defizitärer Betriebe (einschließlich der Liebhaberei) übertragbar. Dass der EuGH in gleich zwei Entscheidungen ua wegen eines nicht kostendeckenden Entgelts die Steuerpflichtigeneigenschaft insgesamt verneint, wäre inhaltlich neu, sofern sich die Entscheidung ausschließlich auf der fehlenden Kostendeckung gründet (siehe *Huschens* UVR 2010, 61). Dies würde im Bereich öffentlich subventionierter Leistungen Lücken bei der Besteuerung des Endverbrauchs eröffnen (siehe *Widmann* UR 2010, 221; allgemein zur Thematik dauerdefizitärer Einrichtungen jPdöR *Noack* UR 2016, 217). Allerdings muss der EuGH mE dahingehend verstanden werden, dass nicht die fehlende Kostendeckung an sich zur Verneinung einer wirtschaftlichen Tätigkeit geführt hat, sondern die dahinterliegenden Motive. In seiner Entscheidung SPÖ Landesorganisation Kärnten stellt er nämlich darauf ab, dass die SPÖ eine nach außen gerichtete Tätigkeit im Rahmen der Verwirklichung ihrer politischen Ziele ausübe, nicht aber am Markt teilnehme und daher keiner wirtschaftlichen Tätigkeit nachgehe (EuGH C-267/08, IStR 2009, 778 Rn. 24). Die fehlende Kostendeckung wäre dann lediglich ein Indiz für die fehlende Marktteilnahme und als solches auch überzeugend. Denn dem Typus eines Händlers oder Dienstleistenden entspricht es, am Markt gegen (mindestens) kostendeckendes Entgelt tätig zu werden. Die Kostendeckung ist letztlich auch die Voraussetzung für die nachhaltige Erbringung von Leistungen (so angedeutet: EuGH C-174/14, MwStR 2016, 24 – Saudaçor mAnm *Sterzinger* Rn. 38). Die Erbringung einer Leistung gegen nicht kostendeckendes Entgelt ist dann folglich zwar weiterhin eine entgeltliche Leistungserbringung, sie erfolgt aber nicht im Rahmen einer wirtschaftlichen Tätigkeit (zuletzt erneut EuGH C-520/14, MwStR 2016, 492 mAnm *Grube* – Gemeente Borsele). Insbesondere bei jPdöR scheint der EuGH damit vor allem **Steuergestaltungen** Grenzen zu setzen, in deren Rahmen geringfügige Entgelte vereinbart werden, um den Vorsteuerabzug zu ermöglichen (vgl. *Ismer* MwStR 2016, 654 (660)). Eine andere Steuergestaltungen über **Auslagerung der Tätigkeit in eine Tochter-GmbH** und Vereinbarung eines geringen Entgelts für die Überlassung mit der Träger-jPdöR (eine Stadt) wurde vom FG Münster 15 K 1252/14, MwStR 2016, 278 mAnm *Sterzinger* (rkr.) nicht als rechtsmissbräuchlich nach § 42 AO angesehen, weil die Stadt ohne Auslagerung in eine GmbH auch unmittelbar vorsteuerabzugsberechtigt wäre. Das muss allerdings – wie die EuGH-Rechtsprechung zeigt – bei nicht kostendeckender Kalkulation nicht immer der Fall sein. Der BFH hat sich mittlerweile den Grundsätzen aus der EuGH-Entscheidung Gemeente Borsele angeschlossen (BFH V R 44/15, DStR 2017, 656 Rn. 11 ff.). Der BFH verwies den Fall an das FG zurück, damit es Feststellungen über eine der Annahme einer wirtschaftlichen Tätigkeit entgegenstehende Asymmetrie zwischen Einnahmen und den damit zu deckenden Betriebskosten nachholt. Beim XI. Senat des BFH ist ein entsprechendes Verfahren zum Vorsteuerabzug einer Sporthalle, die für ein beinahe nur symbolisches Entgelt Sportvereinen zur Nutzung überlassen wird, anhängig (XI R 12/15).

Die allgemeinen Grundsätze des § 2 gelten auch für die **Veräußerung von Gegenständen** auf privatrechtlicher Grundlage. Wird eine Gegenstand veräußert, der zuvor nicht dem Unternehmen einer juristischen Person des öffentlichen Rechts zugeordnet war, so dass die Veräußerung kein **Hilfsgeschäft** im Rahmen dieses Unternehmens darstellt, ist die Tätigkeit gleichwohl unternehmerisch, wenn die juristische Person **händlertypisch** tätig wird und zB aktive Schritte zum Vertrieb unternimmt. Es gelten somit dieselben Grundsätze wie für die Veräußerung von Gegenständen aus dem Privatvermögen durch eine natürliche Person (→ § 2 Rn. 67). Ist die juristische Person des öffentlichen Rechts bereits Unternehmer und veräußert gelegentlich Gegenstände, sind diese nach der EuGH-Rechtsprechung der unternehmerischen Tätigkeit zuzurechnen, selbst wenn sie mangels Nachhaltigkeit für sich noch keine unternehmerische Tätigkeit begründen, gleichwohl aber eine wirtschaftliche Tätigkeit darstellen (→ § 2 Rn. 158 f.). 13

einstweilen frei **14, 15**

3. Begriff der juristischen Person des öffentlichen Rechts

Der Begriff der juristischen Personen des öffentlichen Rechts ist **gesetzlich nicht definiert.** Er umfasst alle Gebilde, die aufgrund öffentlichen Rechts mit eigener Rechtsfähigkeit ausgestattet sind (BFH I R 7/71, BStBl. II 1974, 391 – noch zu § 2 Abs. 3). Ihre Entstehung und Beendigung hängt von einem staatlichen Hoheitsakt ab, der Organisation und Aufgabe des Rechtsträgers regelt (BFH I 52/50 U, BStBl. III 1951, 120; V R 1/68, BStBl. II 1972, 70 – noch zu § 2 Abs. 3). Zu den juristischen Personen des öffentlichen Rechts gehören vor allem die **Gebietskörperschaften** (Bund, Bundesländer, Landkreise, Gemeinden), die hoheitlichen **Berufsorganisationen** (zB IHK, Innungen, Handwerkskammer, Landwirtschaftskammer, Anwaltskammer, Ärztekammer, Steuerberaterkammer), **öffentlich-rechtliche Anstalten** (zB Bundesbank, Landeszentralbank, öffentliche Sparkassen, Rundfunkanstalten, Bundes- und Landesversicherungsanstalten) und zahlreiche andere öffentlich-rechtlich organisierte Gebilde (zB Universitäten, Studentenwerke, Wasser- und Bodenverbände, Jagdgenossenschaften); siehe UStAE 2.11 Abs. 1 (noch zu § 2 Abs. 3). Juristische Personen des öffentlichen Rechts sind auch die öffentlich-rechtlichen **Religionsgemeinschaften** (BFH III R 54/74, BStBl. II 1975, 746 – noch zu § 2 Abs. 3), insbesondere die evangelische und die katholische Kirche sowie die israelitischen Gemeinden (zu kirchlichen Orden siehe BFH V R 1/68, BStBl. II 1972, 70 – noch zu § 2 Abs. 3). 16

Nicht von § 2 Abs. 3 betroffen sind die Unternehmen von Gesellschaften, an denen die juristische Person des öffentlichen Rechts beteiligt ist (sog. **Eigengesellschaften** – zB Verkehrsbetriebe in Form einer GmbH). Diese Gesellschaften besitzen eigene 17

Rechtspersönlichkeit und können selbst Unternehmer iSv § 2 Abs. 1 sein. Das gilt auch für **beliehene Unternehmer,** dh privatrechtliche Gesellschaften, denen vertraglich Pflichtaufgaben der öffentlichen Gewalt übertragen werden (BFH V R 30/08, BFH/NV 2010, 2125; V R 19/01, BStBl. II 2003, 950; XI R 71/93, BStBl. II 1995, 559; UStAE 2.11 Abs. 3 und das dort genannte Schreiben des BMF 27.12.1990, BStBl. I 1991, 81 – noch zu § 2 Abs. 3; vgl. auch EuGH C-202/90, UR 1993, 122 – Ayuntamiento de Sevilla; *Lange/Spils ad Wilken* UR 2006, 7; *Tehler* UR 2006, 193 sowie zur Abfallentsorgung OFD Frankfurt a. M. 24.3.2009, UR 2009, 862 – noch zu § 2 Abs. 3). Sämtliche Entgelte für die Leistungen dieser Gesellschaften sind umsatzsteuerbar, auch soweit sie von der öffentlichen Hand selbst, zB als Deckungs- oder Kostenbeiträge gezahlt werden (BFH XI R 71/93, BStBl. II 1995, 559; FG Hmb II 144/83, EFG 1986, 522 rkr). Im Gegensatz zur vorstehenden Beurteilung hat der EuGH entschieden, dass eine **Aktiengesellschaft** ausnahmsweise auch eine **sonstige Einrichtung des öffentlichen Rechts** iSd Art. 13 MwStSystRL sein kann (EuGH C-174/14, MwStR 2016, 24 – Saudaçor mAnm *Sterzinger*). Dies kann zumindest dann der Fall sein, wenn der Gesellschaft hoheitliche Befugnisse übertragen worden sind (Rn. 58 des Saudaçor-Urteils), sämtliche Anteile an ihr der öffentlichen Hand gehören (Rn. 63 des Saudaçor-Urteils) und sich die Tätigkeit der Gesellschaft aus konkreten Vereinbarungen mit der öffentlichen Hand unter deren Aufsicht ergibt (Rn. 64 des Saudaçor-Urteils), die zudem nicht in Wettbewerb zu anderen Unternehmern treten, sondern ausschließlich von dieser Gesellschaft ausgeübt werden (Rn. 66 des Saudaçor-Urteils). Dass auch Körperschaften des privaten Rechts unter Art. 13 MwStSystRL fallen können, ist aber eine eng auszulegende Ausnahme, denn die Folge hiervon ist, dass jene Gesellschaften trotz wirtschaftlicher Tätigkeiten iSd Art. 9 MwStSystRL nicht der Mehrwertsteuer unterliegen, wenn ihre Tätigkeit im Rahmen öffentlicher Gewalt ausgeübt wird und die Nichtbesteuerung zu keinen größeren Wettbewerbsverzerrungen führt (2. Tenor und Rn. 48ff. des Saudaçor-Urteils).

18–20 *einstweilen frei*

III. Nichterfassung nach § 2b Abs. 1–3

1. Systematik

21 Gemäß Art. 13 Abs. 1 MwStSystRL gelten Staaten, Länder, Gemeinden und sonstige Einrichtungen des öffentlichen Rechts nicht als Steuerpflichtige, soweit sie Tätigkeiten ausüben oder Umsätze bewirken, die ihnen **im Rahmen der öffentlichen Gewalt** obliegen, auch wenn sie im Zusammenhang mit diesen Tätigkeiten oder Leistungen Zölle, Gebühren, Beiträge oder sonstige Abgaben erheben. Allerdings gelten sie auch für solche Tätigkeiten oder Umsätze als Steuerpflichtige, wenn eine Behandlung als Nichtsteuerpflichtige zu **größeren Wettbewerbsverzerrungen** führen würde. **Wirtschaftliche Tätigkeiten,** die nicht im Rahmen öffentlicher Gewalt ausgeübt werden, sind stets steuerbar. Das Unionsrecht geht damit von dem Grundsatz aus, dass auch die öffentlichen Einrichtungen nach den allgemeinen Regeln Steuerpflichtige iSd Art. 9 MwStSystRL sind, es sei denn, dass sie im Rahmen der öffentlichen Gewalt tätig werden. Erst dann greifen die Sonderregelungen des Art. 13 MwStSystRL, wobei eben auch Steuerpflicht vorliegt, wenn die Behandlung als Nichtsteuerpflichtige hinsichtlich der im Rahmen der öffentlichen Gewalt ausgeübten Tätigkeit größere Wettbewerbsverzerrungen zur Folge hätte. Als Ausnahme zum Grundsatz der Steuerpflicht wirtschaftlicher Tätigkeiten ist Art. 13 MwStSystRL eng auszulegen (EuGH C-174/14, MwStR 2016, 24 – Saudaçor mAnm *Sterzinger* Rn. 48).

22 Die unter → Rn. 21 genannten grundsätzlichen Vorgaben des Unionsrechts setzt § 2b Abs. 1 um. Danach gelten juristische Personen des öffentlichen Rechts nicht als Unternehmer, soweit sie Tätigkeiten ausüben, die ihnen **im Rahmen der öffent-**

lichen Gewalt obliegen, auch wenn sie im Zusammenhang mit diesen Tätigkeiten Zölle, Gebühren, Beiträge oder sonstige Abgaben erheben. Dies gilt nicht, sofern eine Behandlung als Nichtunternehmer zu **größeren Wettbewerbsverzerrungen** führen würde. § 2b Abs. 1 knüpft somit hinsichtlich der Merkmale „öffentliche Gewalt" und „größere Wettbewerbsverzerrungen" an den Wortlaut der MwStSystRL in ihrer deutschen Sprachfassung an. Insbesondere bezüglich des Begriffs der „öffentlichen Gewalt" hat sich der Gesetzgeber damit vom bisherigen Begriff des „Hoheitsbetriebs" (→ § 2 Rn. 193) verabschiedet. Das Prüfschema lautet demnach:
- Liegt eine unternehmerische (wirtschaftliche) Tätigkeit iSd § 1 Abs. 1 Nr. 1, § 2 Abs. 1 (Art. 9 MwStSystRL) vor? (→ Rn. 11 ff.)
- Falls ja, wird die Unternehmereigenschaft durch § 2b Abs. 1 nicht unterbunden, wenn diese Tätigkeit nicht im Rahmen öffentlicher Gewalt, sondern aufgrund privatrechtlicher Vereinbarungen ausgeübt wird. (→ Rn. 25 ff.)
- Wird die Tätigkeit im Rahmen öffentlicher Gewalt ausgeübt, so wird die Unternehmereigenschaft nach § 2b Abs. 1 ebenfalls nicht unterbunden, wenn
  - die Behandlung als Nichtunternehmer (Nichtsteuerpflichtiger) bezüglich der im Rahmen der öffentlichen Gewalt ausgeübten unternehmerischen (wirtschaftlichen) Tätigkeiten zu größeren Wettbewerbsverzerrungen führen würde (→ Rn. 30 ff.) oder
  - eine Sondertätigkeit iSd des § 2 Abs. 4 vorliegt, für die die Unternehmereigenschaft nach § 2b Abs. 1 generell nicht unterbunden werden kann (→ Rn. 51 ff.).

einstweilen frei **23, 24**

2. Im Rahmen öffentlicher Gewalt

§ 2b Abs. 1 S. 1 – und damit § 2b insgesamt – gilt nur für Leistungen, die im Rahmen der öffentlichen Gewalt erbracht werden. Für sämtliche Leistungen einer juristischen Person des öffentlichen Rechts, die auf **privatrechtlicher Grundlage,** also unter gleichen Bedingungen wie Leistungen privater Wirtschaftsteilnehmer erbracht werden, ist **§ 2b nicht anzuwenden;** für sie gelten somit die allgemeinen Grundsätze für Unternehmer in §§ 2 und 19 (vgl. *Sterzinger* UR 2015, 655 (659); *Widmann* UR 2015, 5 (7)). Dies entspricht im Grundsatz der unionsrechtlichen Vorgabe des Art. 13, allerdings nicht bezüglich des Ausschlusses steuerfreier Tätigkeiten nach § 2b Abs. 2 Nr. 2 (hierzu → Rn. 39). Zur Problematik für **kirchliche Rechtsträger** und andere juristische Personen des öffentlichen Rechts, wie **Universitäten** und **Kammern,** die Schwierigkeiten haben, Kooperationsverträge als öffentlich-rechtliche Verträge abzuschließen, was die Voraussetzung für die Anwendbarkeit von § 2b ist, vgl. *Küffner/Rust* DStR 2014, 2533; zur Anwendung des § 2b speziell auf Kirchen vgl. *Weber* MwStR 2016, 818. **25**

Nach der Rechtsprechung des EuGH richtet sich die Beantwortung der Frage, ob eine Einrichtung des öffentlichen Rechts **im Rahmen der öffentlichen Gewalt** tätig wird, nicht nach dem Gegenstand oder der Zielsetzung der Tätigkeit (EuGH C-446/98, UR 2001, 108 Rn. 18 – Camara Municipal do Porto mit Anm. *Widmann;* UVR 2001, 71 mit Anm. *Wagner;* C-31/87 und C-129/88, UR 1991, 77 – Carpaneto Piacentino/Piacenza; C-174/14, MwStR 2016, 24 – Saudaçor mAnm *Sterzinger* Rn. 69 f.). Entscheidend ist, ob die juristischen Personen des öffentlichen Rechts im Rahmen der eigens für sie geltenden öffentlich-rechtlichen Sonderregelungen tätig werden (EuGH C-102/08, DStR 2009, 1196 – Salix; Folgeentscheidung BFH V R 70/05, DStR 2009, 2308). Dazu gehören nicht Tätigkeiten, die sie **unter den gleichen rechtlichen Bedingungen** ausüben **wie private Wirtschaftsteilnehmer** (siehe UStAE 2b.1 iVm BMF 16.12.2016, BStBl. I 2016, 1451 Rn. 6; zB EuGH C-288/07, DStRE 2008, 1455 Rn. 21 – Isle of Wight mwN und C-247/95, BStBl. II 1999, 426 Rn. 17 – Marktgemeinde Welden mwN). Maßgebend sind danach die Rechtsnormen (zB öffentlich-rechtliche Satzung oder privatrechtlicher Ver- **26** trag), auf deren Grundlage die Einrichtung des öffentlichen Rechts nach außen tätig wird und die für private Wirtschaftsteilnehmer als Grundlage deren Tätigwerdens nicht zur Verfügung stehen. Dazu gehören öffentlich-rechtliche Satzungen, Staatsverträge, öffentlich-rechtliche Verträge etc.; Einzelheiten siehe UStAE 2b.1 iVm BMF 16.12.2016, BStBl. I 2016, 1451 Rn. 6ff.

27 Im Rahmen öffentlicher Gewalt ausgeübt werden danach Tätigkeiten der Institutionen, in denen die öffentliche „Gewalt" offenkundig ist: Streitkräfte, Polizei, Rettungsdienste, Feuerwehr, Gerichtsbarkeit, Ämter, Schulen etc. Ferner gehören hierzu die Einrichtungen der Daseinsvorsorge mit Annahmezwang wie Forschungsanstalten, Wetterwarten, Schlachthöfe, Friedhöfe, Anstalten zur Lebensmitteluntersuchung, zur Desinfektion, zur Leichenverbrennung, zur Müllbeseitigung, zur Straßenreinigung und zur Abführung von Abwässern und Abfällen. Auf Äußerlichkeiten, etwa die Bezeichnung der Gegenleistung als Gebühr (BFH V R 15/74, BStBl. II 1977, 813 – noch zu § 2 Abs. 3) oder Beitrag (BFH V R 112/86, BStBl. II 1988, 473 – noch zu § 2 Abs. 3), kommt es nicht an. Die Rundfunkanstalten in ihrer derzeitigen verfassungsrechtlichen Stellung üben öffentliche Gewalt aus (vgl. BVerfG 2 BvF 1/68, 2 BvR 702/68, BStBl. II 1971, 567) und sind daher nur mit ihren in Wettbewerb stehenden Tätigkeiten (insbesondere Werbung) Unternehmer.

28 Zu den nicht steuerbaren Tätigkeiten gehören nach UStAE 2b.1 iVm BMF Rn. 19f. auch **Hilfsgeschäfte,** die die nichtunternehmerischen Tätigkeiten mit sich bringen. Sie werden auf privatrechtlicher Grundlage erbracht und fallen daher ohnehin nicht unter § 2b. Die Steuerbarkeit setzt vielmehr eine Stufe vor § 2b zunächst voraus, dass eine unternehmerische Tätigkeit nach § 2 Abs. 1 vorliegt. Daran mangelt es bereits bei diesen Hilfsgeschäften, wie zB dem (nicht nachhaltigen) Verkauf von Gegenständen aus dem nichtunternehmerischen Bereich (→ Rn. 13). Die Besteuerung juristischer Personen unterscheidet sich dabei nicht von der natürlicher Personen. Wer Privatgegenstände zB angesichts eines Wohnungswechsels auf einem Flohmarkt oder einer Internet-Auktionsplattform veräußert, handelt ebenfalls nicht unternehmerisch (→ § 2 Rn. 89a), es sei denn, die Veräußerungstätigkeit erfolgt händlertypisch (→ Rn. 13).

29 *einstweilen frei*

3. Keine größeren Wettbewerbsverzerrungen

30 **a) Allgemeiner Regelungsinhalt.** Selbst wenn eine Einrichtung des öffentlichen Rechts im Rahmen der öffentlichen Gewalt tätig wird, ist die Einrichtung als Unternehmer anzusehen, sofern es andernfalls zu **größeren Wettbewerbsverzerrungen** kommen würde (§ 2b Abs. 1 S. 2; siehe hierzu EuGH C-247/95, BStBl. II 1999, 426 – Marktgemeinde Welden; C-174/14, MwStR 2016, 24 – Saudaçor mAnm *Sterzinger* Rn. 73; BFH XI R 33/94, BStBl. II 1999, 418 und XI R 26/13, DStR 2016, 805). Ob solche Wettbewerbsverzerrungen vorliegen, ist in Bezug auf die fragliche Tätigkeit als solche zu beurteilen, ohne dass sich diese Beurteilung auf einen lokalen Markt im Besonderen bezieht (EuGH C-288/07, DStRE 2008, 1455 Rn. 53 – Isle of Wight). Der EuGH begründet dies damit, dass der zweite und der dritte Unterabsatz des Art. 13 MwStSystRL in engem Zusammenhang stehen, da sie denselben Zweck verfolgen, nämlich die Heranziehung von Einrichtungen des öffentlichen Rechts zur Mehrwertsteuer, selbst wenn diese Einrichtungen im Rahmen der öffentlichen Gewalt tätig werden. Art. 13 Abs. 1 UAbs. 3 MwStSystRL regelt die obligatorische Steuerpflicht, wenn der Umfang der dort genannten Tätigkeiten nicht unbedeutend ist (umgesetzt in § 2b Abs. 4 Nr. 5, hierzu → Rn. 51). Dies zieht der EuGH auch für die Auslegung von Art. 13 Abs. 1 UAbs. 2 MwStSystRL heran. Denn beide Vorschriften verfolgen den Zweck, den Anwendungsbereich der Behandlung von Einrichtungen des öffentlichen Rechts als Nichtsteuerpflichtige zu begrenzen, damit die Grundregel eingehalten wird, wonach jede wirtschaftliche Tätigkeit grund-

sätzlich der Mehrwertsteuer unterliegt (EuGH C-288/07, DStRE 2008, 1455 Rn. 38 – Isle of Wight; C-174/14, MwStR 2016, 24 – Saudaçor mAnm *Sterzinger* Rn. 48). Die Beurteilung, ob Wettbewerbsverzerrungen vorliegen (könnten), bezieht sich folglich nicht auf ein besonderes geographisches Gebiet, sondern darauf, ob die Tätigkeit an sich **wettbewerbsrelevant** ist, dh auch von privaten Wirtschaftsteilnehmern angeboten werden könnte (vgl. *Kronawitter* KStZ 2010, 181 (185); *Treiber* in Sölch/Ringleb § 2 Rn. 231). Denn eine Nichtbesteuerung der im Rahmen der öffentlichen Gewalt ausgeübten Tätigkeit einer öffentlichen Einrichtung kann – wenn es keinen konkreten Wettbewerb zu privaten Wirtschaftsteilnehmern gibt – den **Markteintritt** eines privaten Konkurrenten behindern, was den Grundsatz der Neutralität der Mehrwertsteuer widerspräche. Zur Anwendung dieses Kriteriums durch den BFH → § 2 Rn. 200. Können bestimmte Leistungen **nur von der öffentlichen Hand** angeboten werden, ist diese Tätigkeit folglich nicht wettbewerbsrelevant (zB Ausstellung von Ausweisdokumenten gegen Gebühr, vgl. UStAE 2b.1 iVm BMF v. 16.12.2016, BStBl. I 2016, 1451 Rn. 25). Auch die Nichtbesteuerung von Entgelten für die Nutzung von Straßen **(„Maut")** führt nicht zu größeren Wettbewerbsverzerrungen, wenn private Wettbewerber ohne Genehmigung der öffentlichen Hand gar nicht tätig werden dürfen. Hinzu kommt, dass ein privater Wettbewerber kaum eine zweite Straße in wettbewerbsrelevanter Nähe zur von der öffentlichen Hand betriebene Straße errichten würde (EuGH C-344/15, MwStR 2017, 158 mAnm *Widmann* – National Road Authority; zur fehlenden Steuerfreiheit einer steuerbaren Maut → § 4 Nr. 12 Rn. 11). Zum Anspruch auf Auskunftserteilung zur Umsatzbesteuerung einer jPdöR zur Vorbereitung einer **Konkurrentenklage** siehe FG Köln 1 K 2368/10, MwStR 2016, 804 mAnm *Schrader,* Rev. BFH: V R 20/16.

Nach der Rechtsprechung des BFH (richtlinienkonforme Auslegung des § 2 Abs. 3 vor dem Hintergrund der Vorgaben des Art. 13 MwStSystRL) ist die **Parkplatzüberlassung** auf öffentlich-rechtlicher Grundlage als ust-pflichtig anzusehen, weil sie in Wettbewerb zu privaten Parkraumanbietern tritt (BFH V R 1/11, DStR 2012, 352; ebenso UStAE 2b.1 iVm BMF v. 16.12.2016, BStBl. I 2016, 1451 Rn. 25; aA noch UStAE 2.11 Abs. 12 S. 2 auf der Basis der früheren BFH-Rechtsprechung). Gleiches gilt auch für Leistungen einer juristischen Person des öffentlichen Rechts an eine andere (sog. **Beistandsleistungen**), wenn diese auch von einem privaten Wettbewerber hätten erbracht werden können (BFH V R 41/10, DStR 2012, 348 – Einzelheiten siehe *Heber* UR 2014, 957); hieraus wurde später die Forderung nach einer gesetzlichen Änderung abgeleitet, um vor allem Kommunen von den finanziellen Belastungen zu verschonen (*Suck* UR 2013, 205), welcher der Gesetzgeber mit § 2b Abs. 3 gefolgt ist – dazu → Rn. 41 ff. Der USt unterliegt ebenso die Veranstaltung eines **Dorffests** (BFH XI R 42/12, DStRE 2015, 215), wobei dafür auch der ermäßigte Steuersatz in Frage kommt (vgl. hierfür auch die Anm. von *Möller* MwStR 2015, 264). Diese Rechtsprechung ist uneingeschränkt auch auf § 2b übertragbar. **31**

Ein privater Unternehmer, der mit einer Einrichtung des öffentlichen Rechts im Wettbewerb steht und der geltend macht, diese Einrichtung werde für Tätigkeiten, die sie im Rahmen der öffentlichen Gewalt ausübe, **nicht oder zu niedrig zur Mehrwertsteuer herangezogen,** konnte sich unter Geltung des § 2 Abs. 3 auf das Unionsrecht berufen (EuGH C-430/04, DStR 2006, 1082 – Feuerbestattungsverein Halle; BFH VII R 24/03, BStBl. II 2007, 243) und kann sich nun auf § 2b Abs. 1 S. 2 berufen. Dies muss auch für einen in den Markt eintretenden potenziellen Wettbewerber gelten (→ Rn. 30). Für den Wettbewerbsvorbehalt des Art. 13 Abs. 1 UAbs. 2 MwStSystRL und somit auch des § 2b Abs. 1 S. 2 kommt es nicht darauf an, **bei wem die Wettbewerbsverzerrungen** auftreten. Eine größere Wettbewerbsverzerrung kann deshalb nicht nur dann vorliegen, wenn durch die Behandlung einer Tätigkeit einer juristische Personen des öffentlichen Rechts als nicht steuerbar der Wettbewerb zu Lasten konkurrierender privater Unternehmer gestört ist, sondern auch, wenn diese Störung durch eine Schlechterstellung der juristische Personen des öffent- **32** lichen Rechts eintritt (EuGH C-102/08, DStR 2009, 1196 – Salix; Folgeentscheidung BFH V R 70/05, DStR 2009, 2308).

33 In Übereinstimmung mit dem EuGH regelt auch die FVerw in UStAE 2b.1 iVm BMF v. 16.12.2016, BStBl. I 2016, 1451 Rn. 31, dass an den Begriff „größere Wettbewerbsverzerrungen" **keine erhöhten Anforderungen** zu stellen sind. Größer sind Wettbewerbsverzerrungen danach vielmehr bereits dann, wenn sie nicht lediglich unbedeutend sind.

34, 35 *einstweilen frei*

36 **b) Zusätzliche Regelung in § 2b Abs. 2.** Nach § 2b Abs. 2 liegen **größere Wettbewerbsverzerrungen** iSd § 2b Abs. 1 S. 2 **insbesondere nicht** vor, wenn

1. der von einer juristischen Person des öffentlichen Rechts im Kalenderjahr aus gleichartigen Tätigkeiten erzielte Umsatz voraussichtlich 17.500 EUR jeweils nicht übersteigen wird oder
2. vergleichbare, auf privatrechtlicher Grundlage erbrachte Leistungen ohne Recht auf Verzicht einer Steuerbefreiung unterliegen.

Die Verwendung des Worts „insbesondere" macht deutlich, dass dadurch (und auch nicht durch den anschließenden Abs. 3) **nicht abschließend** definiert wird, wann keine größeren Wettbewerbsverzerrungen vorliegen. Die hierzu ergangene Rechtsprechung – vor allem des EuGH (→ Rn. 30 ff.) – ist daher zu beachten. Erst danach verbleibende steuerbare Tätigkeiten, die im Rahmen öffentlicher Gewalt ausgeübt werden, können nach § 2b Abs. 2 die Begründung der Unternehmereigenschaft unterbinden, wenngleich das Prüfschema in der Praxis umgekehrt sein wird: Fällt eine Tätigkeit unter § 2b Abs. 2, so bedarf es keiner weiteren Prüfung, ob die Nichtbesteuerung dieser Tätigkeiten nach den allgemeinen Grundsätzen zu größeren Wettbewerbsverzerrungen führt. Fraglich ist allerdings, ob es überhaupt zulässig ist, den in Art. 13 MwStSystRL verwendeten Begriff der größeren Wettbewerbsverzerrung, den der EuGH als **autonomen Begriff der MwStSystRL** versteht, durch nationale Vorschriften zu definieren und durch negative Abgrenzungen zu verengen (vgl. *Widmann* MwStR 2015, 883 (887)).

37 Der Anwendungsbereich des § 2b Abs. 2 ist enger als auf den ersten Blick deutlich wird. Die Vorschrift nutzt nämlich die Bestimmung des Begriffs der „größeren Wettbewerbsverzerrungen", um dort sowohl die Betragsgrenze als auch die steuerfreien Tätigkeiten „einzubauen". Dies hat zur Folge, dass § 2b Abs. 2 von vornherein nur solche Leistungen erfasst, die **im Rahmen der öffentlichen Gewalt** ausgeübt werden. Denn nur für diese gilt überhaupt die Einschränkung des § 2b Abs. 1 S. 2, wonach ihre generelle Nichtsteuerbarbeit nach § 2b Abs. 1 S. 1 im Falle größerer Wettbewerbsverzerrungen aufgehoben wird. Leistungen, die auf **privatrechtlicher Grundlage** und damit nicht im Rahmen öffentlicher Gewalt erbracht werden, begründen nach § 2 Abs. 1 die Unternehmereigenschaft. Daran ändert § 2b Abs. 1 S. 1 nichts. Für diese Leistungen hat daher auch § 2b Abs. 2 (sowie § 2b Abs. 3) keine Bedeutung (auch → Rn. 25).

38 Übersteigt der voraussichtliche Jahresumsatz der juristischen Person des öffentlichen Rechts aus **gleichartigen Tätigkeiten,** die im Rahmen öffentlicher Gewalt ausgeübt werden, den Betrag von **17.500 EUR** nicht, wird nach § 2b Abs. 2 Nr. 1 unwiderlegbar vermutet, dass durch die Nichtbesteuerung keine größeren Wettbewerbsverzerrungen eintreten. Damit ist § 2b Abs. 1 S. 2 gesperrt und diese Umsätze begründen nach § 2b Abs. 1 S. 1 nicht die Unternehmereigenschaft. Die Umsatzgrenze ist ein Jahresbetrag; eine Hochrechnung auf einen Jahresbetrag bei unterjährigem Beginn bzw. unterjähriger Einstellung der Tätigkeit erfolgt nicht (zutreffend UStAE 2b.1 iVm BMF v. 16.12.2016, BStBl. I 2016, 1451 Rn. 34). Keine Anwendung findet die Betragsgrenze auf Umsätze, die nicht im Rahmen öffentlicher Gewalt ausgeübt werden (→ Rn. 37). Die Nichtaufgriffsgrenze dürfte sich an der **Kleinunternehmergrenze in § 19** orientiert haben. Sie entspringt dem grundsätzlich verständlichen Wunsch, bei Tätigkeiten in geringerem Umfang auf die aufwendige Prü-

fung der Wettbewerbssituation zu verzichten. Allerdings gilt die Umsatzgrenze für Umsätze aus gleichartigen Tätigkeiten und nicht, wie bei § 19, für sämtliche Tätigkeiten der juristischen Person des öffentlichen Rechts. Außerdem erfasst sie nicht Umsätze, die auf privatrechtlicher Grundlage erbracht werden, so dass für diese die generelle Kleinunternehmerregelung des § 19 Anwendung findet.

Beispiel: Eine Gemeinde betreibt eine Straßenmeisterei. Zur Kapazitätsauslastung nimmt diese auch gelegentlich Aufträge privater Abnehmer (zB zur Errichtung von Zufahrtswegen auf Privatgrundstücken) an und schließt entsprechende Verträgt. Die Umsätze hieraus betragen im Kalenderjahr 01 16.000 EUR. Ende 01 veräußert die Straßenmeisterei – wie jedes Jahr – gebrauchte Baumaschinen für 5.000 EUR an einen Händler in Ungarn. Die Baumaschinen wurden nicht dem Unternehmen zugeordnet, da die 10%-Grenze des § 15 Abs. 1 S. 2 nicht überschritten worden ist (was bis 2015 durch Berufung auf Unionsrecht möglich gewesen wäre, vgl. EuGH C-400/15, DStR 2016, 2219 – Landkreis Potsdam-Mittelmark und dem folgend BFH XI R 15/13, DStR 2017, 99 mAnm *Treiber;* ab 2016 erfasst die § 15 Abs. 1 S. 2 zugrundeliegende unionsrechtliche Ermächtigung sämtliche nichtwirtschaftliche Tätigkeiten → § 10 Rn. 86a). Darüber hinaus nimmt die Stadt aus dem Parkscheinverkauf auf einem öffentlichen Parkplatz in der Innenstadt insgesamt 15.000 EUR ein.

Lösung: Insgesamt werden aus drei Tätigkeiten Umsätze bewirkt. Zwei Leistungen werden auf der Basis privatrechtlicher Verträge erbracht (Bauaufträge und Baumaschinenlieferung). Diese fallen nicht unter § 2b.

1. Die Ausführung der Bauaufträge ist eine wirtschaftliche Tätigkeit und begründet die Unternehmereigenschaft der Stadt nach § 2 Abs. 1. Bleibt es allerdings dabei, wäre die Stadt Kleinunternehmer iSd § 19.
2. Die Baumaschinen gehörten nicht um Unternehmensvermögen, so dass sich eine Steuerbarkeit nicht bereits aus der Qualifizierung als Hilfsgeschäft ergibt. Für ein Handeln als Unternehmer spricht aber, dass die Stadt wiederholt gebrauchte Baumaschinen verkauft und daher vermutlich händlertypisch auftritt. Da die Stadt bereits Unternehmer ist, spielt es keine Rolle, dass die Veräußerungen nur gelegentlich stattfinden und ggf. deshalb bei einem Nichtunternehmer nicht die Unternehmereigenschaft begründen (→ Rn. 13). Folglich handelt es sich um einen steuerbaren Umsatz. Wegen der Lieferung in das übrige Gemeinschaftsgebiet ist dieser Umsatz aber – unter den weiteren Voraussetzungen des § 6a – steuerfrei (ein Fall des § 2b Abs. 2 Nr. 2 liegt nicht vor, da diese Vorschrift nur für die Bestimmung „größerer Wettbewerbsverzerrungen" gilt und somit nur für Umsätze auf der Basis der Ausübung öffentlicher Gewalt). Er erhöht jedoch den Gesamtumsatz nach § 19 Abs. 3, so dass die Stadt kein Kleinunternehmer mehr ist.
3. Die Einnahmen aus dem Parkscheinverkauf werden im Rahmen öffentlicher Gewalt erzielt, so dass die juristische Person des öffentlichen Rechts insoweit nicht als Unternehmerin gilt, es sei denn, die Nichtbesteuerung würde zu größeren Wettbewerbsverzerrungen führen. Dies ist grundsätzlich nach BFH V R 1/11, DStR 2012, 352 (→ Rn. 31) der Fall. Allerdings liegen nach § 2b Abs. 2 Nr. 1 dennoch keine größeren Wettbewerbsverzerrungen vor, weil die Umsatzgrenze von 17.500 EUR nicht überschritten ist. Die Tätigkeit ist daher nicht steuerbar.

Es ist abzusehen, dass die Frage, wann **gleichartige Tätigkeiten** iSd § 2b Abs. 2 Nr. 1 vorliegen, streitanfällig sein wird. Nach UStAE 2b.1 iVm BMF v. 16.12.2016, BStBl. I 2016, 1451 Rn. 36 sind einzelne Tätigkeiten gleichartig, wenn sie aus der Sicht des Durchschnittsverbrauchers dieselben Bedürfnisse befriedigen. Vor dem Hintergrund, dass sich die Umsatzgrenze bei mehreren gleichartigen Tätigkeitsbereichen faktisch erhöht, lässt sich bezweifeln, ob diese Regelung noch den unionsrechtlichen Vorgaben entspricht (vgl. *Widmann* UR 2015, 5 (8); *ders.* MwStR 2015, 883 (886)). Da bei Nichtbesteuerung keine Möglichkeit zum Vorsteuerabzug besteht, wirkt die Regelung nicht nur zugunsten betroffener juristischer Personen des öffentlichen Rechts. Insbesondere in der Investitionsphase, wenn nur geringe Umsätze anfallen, kann dadurch die Unternehmereigenschaft und folglich das **Vorsteuerabzugsrecht** abgesprochen werden (so *Sterzinger* UR 2015, 655 (663)). Dem ist dann nur dadurch zu entgehen, dass die künftigen Leistungen auf privatrechtlicher Grundlage und nicht im Rahmen öffentlicher Gewalt erbracht werden, so dass § 2b insgesamt nicht greift.

39 Nach § 2b Abs. 2 Nr. 2 werden größere Wettbewerbsverzerrungen außerdem ausgeschlossen, wenn vergleichbare Leistungen privater Unternehmer aufgrund einer **Steuerbefreiung** nicht mit Umsatzsteuer belastet werden. Diese Regelung hat Ähnlichkeiten mit Art. 13 Abs. 2 MwStSystRL, der den Mitgliedstaaten die Möglichkeit einräumt, die steuerfreien Tätigkeiten iSd Art. 132, 135, 136, 371, 374–377, 378 Abs. 2, 379 Abs. 2, 380 und 390 MwStSystRL als Tätigkeiten zu behandeln, die der Einrichtung im Rahmen der öffentlichen Gewalt obliegen. Tatsächlich aber hat § 2b Abs. 2 Nr. 2 einen anderen Inhalt und beruht daher nicht auf Art. 13 Abs. 2. Die Vorschrift nutzt die Bestimmung des Begriffs der „größeren Wettbewerbsverzerrungen", um dadurch die steuerfreien, nicht optionsfähigen Tätigkeiten auszuschließen. Dies hat zur Folge, dass § 2b Abs. 2 Nr. 2 nur solche Leistungen erfasst, die im Rahmen der öffentlichen Gewalt ausgeübt werden (→ Rn. 37), denn die auf privatrechtlicher Grundlage bewirkten Umsätze fallen nicht unter § 2b. Art. 13 Abs. 2 MwStSystRL würde indessen den Mitgliedstaaten gestatten, auch solche nicht im Rahmen öffentlicher Gewalt ausgeübte steuerfreie Tätigkeiten als im Rahmen öffentlicher Gewalt erbracht zu behandeln, so dass es sich nicht um wirtschaftliche Tätigkeiten handelt, denn größere Wettbewerbsverzerrungen durch Nichtbesteuerung können bei steuerfreien Umsätzen nicht auftreten.

Beispiel: Ein von einer Gemeinde betriebenes städtisches Krankenhaus liefert Blutkonserven an eine Privatklinik.

Lösung: Die Gemeinde wird durch den Blutkonservenverkauf nicht im Rahmen öffentlicher Gewalt tätig, so dass § 2b nicht anwendbar ist. Die Tätigkeit erfolgt somit im Rahmen des Unternehmens der Gemeinde, ist steuerbar, aber steuerfrei nach § 4 Nr. 17 Buchst. a.

Nach Art. 13 Abs. 2 MwStSystRL könnte Deutschland vorsehen, dass die steuerfreien Verkäufe auf privatrechtlicher Grundlage als im Rahmen öffentlicher Gewalt ausgeübt gelten, weil für sie eine Steuerbefreiung gilt. Dies sieht aber § 2b Abs. 2 Nr. 2 nicht vor. Er greift erst eine Stufe weiter bei der Wettbewerbsprüfung. Weil die Wettbewerbsprüfung aber für die Umsätze auf privatrechtlicher Grundlage ohne Bedeutung ist, begründen die steuerfreien Umsätze die Unternehmereigenschaft der Gemeinde.

Würde das deutsche Recht die steuerfreien Umsätze entsprechend Art. 13 Abs. 2 MwStSystRL als im Rahmen öffentlicher Gewalt ausgeübt qualifizieren, würden diese Umsätze nicht im Rahmen des Unternehmens ausgeführt werden. Für das Steueraufkommen ist das freilich egal, nicht aber für den Vorsteuerabzug auf die Eingangsleistungen, sofern dieser trotz Steuerfreiheit der Ausgangsleistungen nicht ausgeschlossen ist (also in den Fällen des § 15 Abs. 3).

Ausgenommen von § 2b Abs. 2 Nr. 2 sind darüber hinaus Leistungen, die ihrer Art nach zwar grundsätzlich steuerfrei sind, bei denen jedoch ein Verzicht auf die Steuerbefreiung nach § 9 grundsätzlich möglich ist **(Optionsumsätze).** So soll vermieden werden, dass die Nichtbesteuerung derartiger Leistungen zu größeren Wettbewerbsverzerrungen zu Lasten der öffentlichen Hand führt (BT-Drs. 18/6094, 91). Aus der Formulierung des § 2b Abs. 2 Nr. 2 geht nicht klar hervor, ob nur solche Umsätze gemeint sind, für die die Voraussetzungen eines Verzichts nach § 9 erfüllt sind (also Leistungserbringung an einen Unternehmer (§ 9 Abs. 1), der hierfür ggf. vorsteuerabzugsberechtigt sein muss (§ 9 Abs. 2), oder für alle Umsätze, für die grundsätzlich eine Option in Frage kommt. Letzteres ergibt sich aus dem Bericht des Finanzausschusses (BT-Drs. 18/6094, 91: „… Leistungen …, bei denen … ein Verzicht … nach § 9 UStG *grundsätzlich* möglich ist." [Hervorhebung durch Verf.]). Diese Lesart ist auch sinnvoll, da sie die Prüfung der Voraussetzungen des § 9 für jeden Umsatz nicht bereits bei der Frage der Unternehmereigenschaft nötig macht. Da bei steuerfreien nicht optionsfähigen Umsätzen eine Nichtbesteuerung niemals zu größeren Wettbewerbsverzerrungen führen kann, ist die Regelung in § 2b Abs. 2 Nr. 2 eigentlich nicht nötig; das gleiche

Ergebnis ergäbe sich durch die Anwendung der Generalklausel in § 2b Abs. 1 S. 2 bzw. Art. 13 Abs. 1 MwStSystRL. Sie ist daher klarstellend und unionsrechtskonform.

§ 2b Abs. 2 Nr. 2 gilt **parallel zu § 2b Abs. 2 Nr. 1,** dh auch im Fall des **Unterschreitens der Grenze von 17.500 EUR** kommt danach die Begründung der Unternehmereigenschaft durch Optionsumsätze in Betracht (vgl. *Ringwald* UR 2015, 1 (3)). Solche Optionsumsätze dürften vor allem durch die Vermietung und Verpachtung von Grundstücken erzielt werden, allerdings nur die im Rahmen der öffentlichen Gewalt erbrachten Leistungen. Auf privatrechtlicher Grundlage erbrachte Leistungen begründen die Unternehmereigenschaft nach § 2 Abs. 1 und fallen erst gar nicht in den Anwendungsbereich des § 2b. **40**

Beispiel 1: Die Bundesagentur für Arbeit bietet für Arbeitssuchende Sprachkurse gegen Gebühren an.

Lösung: Die Bundesagentur für Arbeit erbringt die Sprachkurse im Rahmen öffentlicher Gewalt, so dass § 2b anwendbar ist und die Leistungen grundsätzlich nicht im Rahmen des (möglichen) Unternehmens der Bundesagentur für Arbeit erbracht werden, es sei denn, die Nichtbesteuerung führt zu größeren Wettbewerbsverzerrungen. Letzteres ist durch die Vermutung in § 2b Abs. 2 Nr. 2 nicht der Fall, da die Leistungen nach § 4 Nr. 15 steuerfrei sind und auf diese Steuerfreiheit nicht verzichtet werden kann.

Beispiel 2: Die Bundesrepublik Deutschland begibt eine Bundesanleihe mit einer Negativverzinsung von 0,2%.

Lösung: Die Bundesrepublik Deutschland erbringt eine Leistung gegen Entgelt; sie bewahrt das Geld der Anleihegläubiger gegen eine Gebühr (Negativzins) auf. Dies erfolgt im Rahmen öffentlicher Gewalt, so dass § 2b anwendbar ist und die Leistungen grundsätzlich nicht im Rahmen des (möglichen) Unternehmens der Bundesrepublik Deutschland erbracht werden, es sei denn, die Nichtbesteuerung führt zu größeren Wettbewerbsverzerrungen. Letzteres ist nicht durch die Vermutung in § 2b Abs. 2 Nr. 2 ausgeschlossen, denn die Leistungen (Geldaufbewahrung) sind nach § 4 Nr. 8 Buchst. d steuerfrei, auf diese Steuerfreiheit kann aber grundsätzlich verzichtet werden. Es sind somit – § 2b Abs. 3 kommt in diesem Fall nicht zur Anwendung – die Grundsätze der Wettbewerbsprüfung zu beachten. Selbst wenn danach die Umsätze als im Rahmen des Unternehmens ausführt gelten – hierfür spricht vieles –, sind sie steuerfrei, sofern dieser bislang noch nicht höchstrichterlich entschiedene Fall des negativen Zinses unter die Steuerbefreiung für Umsätze aus dem Einlagengeschäft zu subsumieren ist (so OFD Frankfurt/Main 27.1.2016, DStR 2016, 814), und auf die Steuerfreiheit nicht verzichtet wird (§ 9).

Beispiel 3: Eine Strafanstalt lässt in ihren Arbeitsbetrieben Kuckucksuhren herstellen, die sie in den USA an einen Händler verkauft.

Lösung: Obwohl der Verkauf selbst – vermutlich – auf privatrechtlicher Grundlage erfolgt, übt die Strafanstalt die Tätigkeit eines Erzeugers im Rahmen öffentlicher Gewalt aus, so dass § 2b UStG anzuwenden ist. Die Tätigkeit wird somit nur für den Fall im Rahmen des Unternehmens der Strafanstalt ausgeübt, wenn die Nichtbesteuerung zu größeren Wettbewerbsverzerrungen führt. Größere Wettbewerbsverzerrungen liegen aber – ungeachtet der allgemeinen Grundsätze – nach § 2b Abs. 2 Nr. 2 nicht vor, weil die Lieferungen in die USA steuerfrei sind und auf diese Steuerfreiheit nicht verzichtet werden kann. Die Leistungen werden damit nicht im Rahmen des Unternehmens erbracht, womit auch der Vorsteuerabzug entfällt, der andernfalls – zB bezüglich des eingekauften Rohmaterials – trotz Steuerfreiheit der Umsätze bestehen würde (§ 15 Abs. 3).

In diesem speziellen Fall wird aber wiederum § 2b Abs. 1 S. 1 – also die Nichtsteuerbarkeit der Leistungen im Rahmen öffentlicher Gewalt – aufgehoben durch § 2b Abs. 4 Nr. 5 iVm Anhang I zur MwStSystRL, dort Nr. 6 („Lieferung von neuen Gegenständen zum Zwecke ihres Verkaufs"). Dies gilt jedenfalls dann, wenn der Umfang dieser Tätigkeiten nicht unbedeutend ist. Damit wird die Strafanstalt wieder als Unternehmer tätig und kann den Vorsteuerabzug geltend machen.

einstweilen frei **41, 42**

43 **c) Zusätzliche Regelung in § 2b Abs. 3.** Analog zu § 2b Abs. 2 nennt § 2b Abs. 3 weitere Leistungen, bei denen größere Wettbewerbsverzerrungen nicht vorliegen. Auch diese Vorschrift erfasst von vornherein nur Leistungen **im Rahmen öffentlicher Gewalt** und verdrängt zudem nicht die **allgemeinen Grundsätze** zur Frage, wann größere Wettbewerbsverzerrungen vorliegen (→ Rn. 36 f.). Zusätzlich ist zu beachten, dass § 2b Abs. 3 nur für Leistungen gilt, die an andere juristische Personen des öffentlichen Rechts erbracht werden. Die Vorschrift erfasst damit die **Amtshilfe** und die sog. **Beistandsleistungen.** Fraglich ist auch hier – wie schon bezüglich § 2b Abs. 2 –, ob es überhaupt zulässig ist, den in Art. 13 MwStSystRL verwendeten Begriff der größeren Wettbewerbsverzerrung durch nationale Vorschriften zu definieren und zu verengen (→ Rn. 36). Zur Frage, ob juristische Personen des öffentlichen Rechts **Cost-Sharing-Groups** nach Art. 132 Abs. 1 Buchst. f bilden können, siehe *Schmitz/Möser* MwStR 2015, 480.

44 Nach dem Bericht des Finanzausschusses (BT-Drs. 18/6094, 91 f.) erfolgt die Zusammenarbeit zwischen juristischen Personen des öffentlichen Rechts **nicht marktorientiert,** sondern allein im öffentlichen Interesse bei der Erfüllung hoheitlicher Aufgaben bzw. Leistungen der Daseinsvorsorge. Insoweit stehe die Zusammenarbeit nicht im Wettbewerb mit Leistungen, die auf dem freien Markt angeboten werden. Eine Besteuerung würde zu einer unerwünschten Verteuerung öffentlicher Leistungen führen. Vor diesem Hintergrund wurde § 2b Abs. 3 geschaffen, nach dem die Zusammenarbeit öffentlicher Einrichtungen bei Vorliegen bestimmter Voraussetzungen nicht mit USt belastet wird. Unter die Regelungen sollen insbesondere Leistungen der interkommunalen Zusammenarbeit sowie auf dem Gebiet der Zusammenarbeit der Kirchen oder der öffentlich-rechtlichen Rundfunkanstalten fallen.

45 Bezieht sich die Zusammenarbeit von juristischen Personen des öffentlichen Rechts auf Leistungen, die aufgrund **gesetzlicher Bestimmungen** nur von einer juristischen Person des öffentlichen Rechts erbracht werden dürfen, liegen nach § 2b Abs. 3 Nr. 1 unwiderlegbar keine größeren Wettbewerbsverzerrungen und damit **keine unternehmerischen Tätigkeiten** vor, sofern die Zusammenarbeit im Rahmen öffentlicher Gewalt, also nicht auf privatrechtlicher Grundlage erfolgt. Dies soll nach dem Bericht des Finanzausschusses zB dann der Fall, wenn zwei Kommunen gemeinsame Standes- und Ordnungsamtsbezirke bilden (übernommen in UStAE 2b.1 iVm BMF v. 16.12.2016, BStBl. I 2016, 1451 Rn. 43) oder die Tätigkeiten der Einwohnermeldeämter zentralisieren (BT-Drs. 18/6094, 92). Wie *Widmann* (MwStR 2015, 883 (887)) zutreffend anmerkt, dürfte dieser Fall aber schon mangels Leistungsaustauschs die Eigentschaft als unternehmerische Tätigkeit iSd § 1 Abs. 1 Nr. 1, § 2 Abs. 1 fehlen, so dass es zu einer Anwendung des § 2b erst gar nicht mehr kommt (ähnlich auch der Fall der **Forschungskooperation** *Heber* UR 2014, 957 (968)). Von § 2b Abs. 3 Nr. 1 erfasst werden kann somit allenfalls die **Amtshilfe gegen Kostenerstattung** (= Entgelt). Diese erfolgt nach § 2b Abs. 3 Nr. 1 nicht im Rahmen des Unternehmens und unterliegt folglich nicht der USt.

Beispiel (*Widmann* UR 2015, 5, 9 f.): Das Rechenzentrum der FVerw Bayerns erstellt gegen Entgelt Steuerbescheide für die FVerw Thüringen.

Lösung: Die Erstellung von Steuerbescheiden ist den Finanzbehörden vorbehalten. Die Leistungen werden daher vom Freistaat Bayern nicht im Rahmen dessen Unternehmens erbracht (§ 2b Abs. 3 Nr. 1).

46 Zusätzlich zur klassischen Amtshilfe legt § 2b Abs. 3 Nr. 2 fest, dass keine größeren Wettbewerbsverzerrungen vorliegen, wenn die Zusammenarbeit öffentlicher Einrichtungen durch **gemeinsame spezifische öffentliche Interessen** bestimmt wird. Dies wiederum ist regelmäßig (also nicht abschließend) der Fall, wenn alle in § 2b Abs. 3 Nr. 2 S. 2 Buchst. a–d genannten Kriterien erfüllt sind, also:

a) die Leistungen auf langfristigen öffentlich-rechtlichen Vereinbarungen beruhen,

b) die Leistungen dem Erhalt der öffentlichen Infrastruktur und der Wahrnehmung einer allen Beteiligten obliegenden öffentlichen Aufgabe dienen,
c) die Leistungen ausschließlich gegen Kostenerstattung erbracht werden und
d) der Leistende gleichartige Leistungen im Wesentlichen an andere juristische Personen des öffentlichen Rechts erbringt.

Die Voraussetzung des § 2b Abs. 3 Nr. 2 S. 2 Buchst. a, wonach Grundlage eine langfristige öffentlich-rechtliche Vereinbarung sein muss, ist insoweit nur wiederholend, als § 2b insgesamt nur Leistungen im Rahmen öfentlicher Gewalt erfasst und damit **Leistungen auf privatrechtlicher Grundlage** nicht. Hinzukommen muss gemäß § 2b Abs. 3 Nr. 2 S. 2 Buchst. a also lediglich die **Langfristigkeit,** wobei Genaueres offenbleibt. UStAE 2b.1 iVm BMF v. 16.12.2016, BStBl. I 2016, 1451 Rn. 44 bestimmt, dass die Langfristigkeit ex ante zu bestimmen und eine qualitative, keine quantitative Frage sei. Langfristigkeit soll dennoch regelmäßig vorliegen, wenn die Vereinbarung für mindestens fünf Jahre geschlossen wird. Zur Problematik für **kirchliche Rechtsträger** und andere juristische Personen des öffentlichen Rechts, wie **Universitäten** und **Kammern,** die Schwierigkeiten haben, Kooperationsverträge als öffentlich-rechtliche Verträge abzuschließen, was die Voraussetzung für die Anwendbarkeit von § 2b allgemein und § 2b Abs. 3 Nr. 2 S. 2 Buchst. a speziell ist, vgl. *Küffner/Rust* DStR 2014, 2533 sowie *Weber* MwStR 2016, 818. **47**

Die **öffentliche Infrastruktur** umfasst alle Einrichtungen materieller und institutioneller Art, die für die Ausübung öffentlicher Gewalt notwendig sind, wie Verkehrswegenetz, Entsorgung von Wasser, Bildungswesen, innere Sicherheit, öffentlich-rechtlicher Rundfunk, Rechtsordnung, Wirtschaftsordnung, Sozialordnung etc; bei kirchlichen Körperschaften Verkündung und Seelsorge (vgl. UStAE 2b.1 iVm BMF v. 16.12.2016, BStBl. I 2016, 1451 Rn. 48). Eine allen Beteiligten obliegende **öffentliche Aufgabe** iSd § 2b Abs. 3 Nr. 2 S. 2 Buchst. b soll nach dem Bericht des Finanzausschusses auch dann vorliegen, wenn die Aufgabe auf die leistende juristische Person des öffentlichen Rechts übertragen wurde (sog. vertikale Zusammenarbeit – vgl. BT-Drs. 18/6094, 92). Die Regelungen in § 2b Abs. 3 S. 2 gehen auf die Rechtsprechung des EuGH zum Wettbewerbsbegriff im Bereich des **Vergaberechts** zurück und werden für den Bereich der Umsatzsteuer übernommen (BT-Drs. 18/6094, 92). Das ist nach *Widmann* UR 2015, 5 (10) problematisch, weil das Vergaberecht den Schutz der Anbieter von Leistungen an die öffentliche Hand bezweckt und damit etwas ganz anderes als die Umsatzbesteuerung der öffentlichen Hand. Diese Sicht wurde zwischenzeitlich bestätigt durch den EuGH C-174/14, MwStR 2016, 24 mAnm *Sterzinger* – Saudaçor Rn. 44ff., wonach für die Frage, was eine öffentliche Einrichtung ist, für Zwecke der Mehrwertsteuer nicht auf die Definition nach der europäischen Vergaberichtlinie zurückgegriffen werden kann. Zur Frage des Wettbewerbs äußerte sich der EuGH in dieser Entscheidung jedoch nicht. *Gohlke/Schmitz* MwStR 2016, 780 halten einen Rückgriff auf das Vergaberecht ua deshalb für grundsätzlich möglich. **48**

Für die Frage, ob eine Körperschaft nur **gegen Kostenerstattung** tätig wird, ist nach UStAE 2b.1 iVm BMF v. 16.12.2016, BStBl. I 2016, 1451 Rn. 51 auf die (ex ante) Kalkulation und nicht auf das (ex post) tatsächlich erzielte Ergebnis abzustellen. Jede sachgerechte Ermittlung der Kosten, ggf. auch durch Ansatz von Pauschalkostensätzen (wie zB für Personal) wird daher anerkannt. In die Berechnung der Kostenerstattung können die fixen und variablen Kosten einbezogen werden. Zu den Fixkosten gehören zB auch Mieten oder Abschreibungen des Anlagevermögens, nicht die Verzinsung des eingesetzten Eigenkapitals und Rücklagen. **49**

einstweilen frei **50**

IV. Zwingende Erfassung bestimmter Sondertätigkeiten

51 Einige Sondertätigkeiten sind wegen ihres Wettbewerbs zu Privatunternehmen ausdrücklich steuerbar, selbst wenn die Voraussetzungen des § 2b Abs. 1 gegeben sind. Wie stets im gesamten § 2b werden auch durch § 2b Abs. 4 nur solche Tätigkeiten erfasst, die wirtschaftliche (unternehmerische) Tätigkeiten sind und die im Rahmen öffentlicher Gewalt ausgeübt werden. Die Regelung übernimmt in Nr. 1–4 den Wortlaut des früheren § 2 Abs. 3 Nr. 2–5 (nachfolgend → Rn. 52), weshalb insoweit auch weiterhin UStAE 2.11 Abs. 7-11 anwendbar bleibt (UStAE 2b.1 iVm BMF v. 16.12.2016, BStBl. I 2016, 1451 Rn. 56). Neu hinzugekommen ist lediglich § 2b Abs. 4 Nr. 5 (→ Rn. 53).

52 Im Einzelnen handelt sich um die Tätigkeit der **Notare im Landesdienst** (vgl. OFD Karlsruhe 28.2.2012, BeckVerw 258523 zu § 2 Abs. 3) und der Ratsschreiber in BW sowie die **Abgabe von Brillen** und Brillenteilen durch gesetzliche Träger der Sozialversicherung, ferner um bestimmte Leistungen der Vermessungs- und Katasterbehörden. Bei den steuerbaren Leistungen der **Vermessungs- und Katasterbehörden** geht es in erster Linie um hoheitliche Tätigkeiten, die ihrer Art nach auch von öffentlich bestellten Vermessungsingenieuren durchgeführt werden. Die Steuerbarkeit wirtschaftlicher Tätigkeiten dieser Behörden (zB Landkartenverkauf) bestimmt sich nach den allgemeinen Grundsätzen. Weitere Einzelheiten siehe UStAE 2.11 Abs. 7 und OFD Hannover 15.10.2009, UR 2010, 385 (noch zu § 2 Abs. 3). Ebenso nicht ausgenommen von der Steuerpflicht ist die unternehmerische Tätigkeit der Bundesanstalt für landwirtschaftliche Marktordnung **(BALM),** soweit Aufgaben der Marktordnung, der Vorratshaltung und der Nahrungsmittelhilfe wahrgenommen werden. Die letztgenannte Einschränkung berücksichtigt die Übertragung der Aufgaben der BALM auf die neu gegründete Bundesanstalt für Landwirtschaft und Ernährung (zur Entsorgung von Schweinen im Rahmen der Schweinepest vgl. BFH V R 51/06, BStBl. II 2009, 213).

53 Ebenfalls steuerbar und in § 2b Abs. 4 Nr. 5 erstmals genannt sind wirtschaftliche Tätigkeiten ungeachtet der Einschränkungen des § 2b Abs. 1 S. 1, die in **Anhang I der MwStSystRL** in der jeweils gültigen Fassung genannt sind, sofern der Umfang dieser Tätigkeiten nicht unbedeutend ist (dazu → Rn. 54). Die Vorschrift entspricht den verbindlichen Vorgaben des Art. 13 Abs. 1 UAbs. 3. Diese Tätigkeiten dürften in aller Regel ohnehin der Steuerpflicht unterliegen, weil sie in der Regel nicht im Rahmen öffentlicher Gewalt erbracht werden oder aber – sofern doch – in Wettbewerb zu privaten Marktteilnehmern treten und daher der Steuerpflicht unterliegen müssen. Der EuGH zieht schließlich für die Auslegung des Begriffs der größeren Wettbewerbsverzerrung in Art. 13 Abs. 1 UAbs. 2 die Regelung über die obligatorische Steuerpflicht in Art. 13 Abs. 1 UAbs. 3 MwStSystRL heran (vgl. → Rn. 30). Weil diese Tätigkeiten schon bislang steuerpflichtig waren, geht mit der erstmaligen Aufnahme im Gesetz keine grundsätzliche materielle Änderung zur früheren Rechtslage einher (vgl. BT-Drs. 18/6094, 92; *Widmann* MwStR 2015, 883 (888)). Weil allerdings § 2b Abs. 2 und 3 in größerem Ausmaß Tätigkeiten von der USt ausnehmen, sollte der Leistungskatalog in Anhang I der MwStSystRL nicht übersehen werden (siehe Beispiel 3 in → Rn. 40).

Beispiel: Ein Bundesland möchte Flüchtlinge auf dem Gelände einer Bundeswehrkaserne in Zelten unterbringen. Die Bundeswehr stellt Wasser und Strom im Wege der Amtshilfe gegen Kostenerstattung zur Verfügung.

Lösung: Die Zurverfügungstellung von Wasser und Strom erfolgt im Rahmen öffentlicher Gewalt, so dass eine Besteuerung generell nur bei Vorliegen größerer Wettbewerbsverzerrungen zu erfolgen hat. Dies ist möglicherweise nicht der Fall, da § 2b Abs. 3 Nr. 2 greift (gemeinsame spezifische öffentliche Interessen). Jedoch sind in diesem speziellen Fall Wettbewerbsverzerrungen nicht gesondert zu prüfen, weil die Lieferung von Wasser, Gas, Elektrizität und thermischer Energie zwingend nach § 2b Abs. 4 Nr. 5 iVm Anhang I Nr. 6 der MwStSystRL eine unternehmerische Tätigkeit darstellt, wenn der Umfang dieser Tätigkeiten nicht unbedeutend ist (→ Rn. 54).

Nach Ansicht der FVerw (UStAE 2.b1 iVm BMF v. 16.12.2016, BStBl. I 2016, 1451 Rn. 57) ist eine Tätigkeit **nicht unbedeutend,** wenn die damit erzielten Umsätze 17.500 Euro übersteigen. Diese Umsatzgrenze wird in Anlehnung an § 2b Abs. 2 Nr. 1 für jede der von § 2b Abs. 4 Nr. 5 erfassten Tätigkeiten. **54**

einstweilen frei **55**

V. Übergangsregelung in § 27 Abs. 22

§ 2b ist am 1.1.2016 in Kraft getreten. Gleichwohl ordnet § 27 Abs. 22 an, dass § 2 Abs. 3 in der am 31.12.2015 geltenden Fassung auf Umsätze, die nach dem 31.12.2015 und vor dem 1.1.2017 ausgeführt wurden, weiterhin anzuwenden ist (S. 1) und folglich § 2b in der am 1.1.2016 geltenden Fassung auf Umsätze anzuwenden ist, die nach dem 31.12.2016 ausgeführt werden (S. 2). Darüber hinaus konnte gemäß § 27 Abs. 22 S. 3 die juristische Person des öffentlichen Rechts dem FA gegenüber **einmalig** erklären, dass sie § 2 Abs. 3 für sämtliche nach dem 31.12.2016 und vor dem 1.1.2021 ausgeführte Leistungen weiterhin anwendet. Die Erklärung war **bis zum 31.12.2016 abzugeben** (S. 5; vgl. dazu *Sterzinger* DStR 2016, 2941), sie kann aber mit Wirkung vom Beginn eines auf die Abgabe folgenden Kalenderjahres an wieder **widerrufen** werden (S. 6). Eine Beschränkung der Erklärung auf **einzelne Tätigkeitsbereiche oder Leistungen** ist nicht zulässig (S. 4). **56**

Diese Übergangsregelung ist insoweit bemerkenswert, als sie sich eigentlich gar nicht auf § 2 Abs. 3 bezieht, sondern auf UStAE 2.11 (so auch UStAE 2b.1 iVm BMF v. 16.12.2016 Rn. 60). Denn § 2 Abs. 3 wird durch die **Rechtsprechung** richtlinienkonform ausgelegt und daher weitgehend an den Inhalt des Art. 13 MwStSystRL, der die Vorlage für § 2b ist, angepasst (→ § 2 Rn. 192). Wendet eine juristische Person des öffentlichen Rechts § 2b somit auch ab 2017 auf Antrag noch nicht an, heißt dies lediglich, dass sie jene Inhalte des § 2b nicht anwendet, die sich von den Vorgaben des Art. 13 MwStSystRL unterscheiden und daher nicht durch richtlinienkonforme Auslegung aus § 2 Abs. 3 gewonnen werden können. Dies gilt somit in erster Linie für die Bestimmungen in § 2b Abs. 2 und 3, die das Nichtvorliegen größerer Wettbewerbsverzerrungen iSd § 2b Abs. 1 S. 2 (und Art. 13 Abs. 1 UAbs. 2 MwStSystRL) unwiderlegbar vermuten. Die **Finanzverwaltung** wird den Inhalt der Übergangsregelung gleichwohl anders auslegen. Nach der Verwaltungsauffassung ist die BFH-Rechtsprechung zur richtlinienkonformen Auslegung des § 2 Abs. 3 mangels Veröffentlichung im BStBl. II und Einarbeitung in den UStAE nicht anwendbar (vgl. → § 2 Rn. 192). Die Verwaltung gestattet aber die Berufung auf die Rechtsprechung zu § 2 Abs. 3 (vgl. → § 2 Rn. 192). Vgl. auch UStAE 2b.1 iVm BMF v. 16.12.2016 Rn. 60. **57**

Damit existieren im Übergangszeitraum 2017–2020 **drei mögliche Rechtsstände:** **58**

1. Anwendung von § 2b.
2. Anwendung von § 2 Abs. 3 in der Auslegung von UStAE 2.11: Dies hat insbesondere zur Folge, dass ein Betrieb gewerblicher Art und damit eine unternehmerische Betätigung nur vorliegt, wenn auch körperschaftsteuerlich ein Betrieb gewerblicher Art gegeben ist, was nicht der Fall ist bei einer vermögensverwaltenden Tätigkeit (zB Vermietung von Grundstücken → § 2 Rn. 203) oder bei Nichtüberschreiten der Größengrenzen in UStAE 2.11 Abs. 4 (→ § 2 Rn. 199).
3. Anwendung von § 2 Abs. 3 unter Berufung auf die BFH-Rechtsprechung zu dessen richtlinienkonformer Auslegung und damit nahezu unmittelbare Anwendung von Art. 13 MwStSystRL (→ § 2 Rn. 192).

Damit die juristische Person des öffentlichen Rechts über die meisten Optionen verfügt, musste sie bis 31.12.2016 gegenüber dem FA die weitere Anwendung von § 2 Abs. 3 erklären, denn nur dann kann sie zwischen der Anwendung von UStAE 2.11 und Art. 13 MwStSystRL wählen. Sollte sich später herausstellen, dass die Anwendung von § 2b günstiger ist, kann sie zu dessen Anwendung jederzeit – beginnend ab dem folgenden Kalenderjahr – wechseln. Diese Übergangsregelung ist vergleichsweise **großzügig,** schließlich hat sich der Änderungsbedarf des deutschen Rechts durch die BFH-Rechtsprechung bereits seit 2011 abgezeichnet, was entsprechende verfassungsrechtliche und auch europarechtliche Zweifel an der Übergangsregelung nährt (vgl. *Widmann* MwStR 2015, 883 (888)). Optierte die juristische Person des öffentlichen Rechts zur längeren Anwendung des § 2 Abs. 3 und beruft sich nicht auf die BFH-Rechtsprechung, also auf eine Anwendung von Art. 13 MwStSystRL – dies dürfte der gängige Fall sein –, ist zudem zu beachten, dass die **Finanzgerichte nicht an UStAE 2.11 gebunden** sind. Streitigkeiten zB darüber, ob eine Tätigkeit gewerblich oder vermögensverwaltend ist oder ob Umsatz- oder Gewinngrenzen eingehalten werden, können daher nicht mehr finanzgerichtlich überprüft werden, weil sich die Finanzgerichte vermutlich allesamt dem BFH anschließen und § 2 Abs. 3 richtlinienkonform auslegen, was zu einer deutlich breiteren Umsatzsteuerbarkeit der Tätigkeiten der juristischen Personen des öffentlichen Rechts führt.

59 Die Anwendung von § 2b oder die richtlinienkonforme Auslegung von § 2 Abs. 3 – entgegen UStAE 2.11 – führt zu einer Erweiterung der Umsatzsteuerbarkeit der Tätigkeiten juristischer Personen des öffentlichen Rechts und damit auch zu einer Erweiterung der Möglichkeiten, den **Vorsteuerabzug** geltend zu machen. Da sich der Vorsteuerabzug nach der beabsichtigten Verwendung der Eingangsleistungen für Ausgangsleistungen richtet, kann es insbesondere bei mehrperiodigen Investitionen – zB Bauprojekten – schon vor Nichtanwendung von UStAE 2.11 zur Erweiterung des Vorsteuerabzugs kommen, weil die entsprechenden Investitionen nach erstmaliger Anwendung von § 2b oder Berufung auf die richtlinienkonforme Auslegung von § 2 Abs. 3 der Erzielung steuerbarer und nicht vorsteuerabzugsschädlicher Umsätze dienen. Vgl. hierzu *Meurer* MwStR 2015, 758.

Beispiel aus BMF v. 16.12.2016, BStBl. I 2016, 1451 Rn. 66: Eine Stadt macht bis zum 31.12.2020 von der Option nach § 27 Abs. 22 S. 3 Gebrauch. Sie beabsichtigt, 2022 ein bisher vermietetes Gebäude unter Verzicht auf die Steuerbefreiung zu veräußern. Hierzu bezieht sie noch im Optionszeitraum 2017–2020 eine Beratungsleistung.

Lösung: Unter Berücksichtigung der beabsichtigten Verwendung ist ein Recht auf Vorsteuerabzug aus der Beratungsleistung im Zeitpunkt des Leistungsbezugs gegeben.

Umgekehrt gestattet die FVerw, dass auch in den Fällen einer Option zur weiteren Anwendung von § 2 Abs. 3 und UStAE 2.11 der Vorsteuerabzug zwar nicht bei Leistungsbezug im Optionszeitraum möglich ist, wohl aber anteilig und pro rata temporis im Rahmen einer **Berichtigung nach § 15 a.**

Beispiel aus BMF v. 16.12.2016 Rn. 64: Eine Stadt macht bis zum 31.12.2020 von der Option nach § 27 Abs. 22 S. 3 Gebrauch. In den Jahren 2017 und 2018 lässt sie ein Gebäude errichten. Die Fertigstellung erfolgt am 31.7.2018. Ab dem 1.8.2018 erfolgt die Vermietung im Rahmen einer entsprechend UStAE 2.11 nichtunternehmerischen Vermögensverwaltung. Die Stadt verzichtet ab dem 1.1.2021 nach § 9 auf die Steuerfreiheit dieser Vermietungsumsätze.

Lösung: Ein Vorsteuerabzug im Zeitpunkt des Leistungsbezugs ist ausgeschlossen. Ab dem 1.1.2021 bis zum Ende des Berichtigungszeitraums am 31.7.2028 ist pro rata temporis eine Berichtigung des Vorsteuerabzugs nach Maßgabe des § 15a vorzunehmen. Widerruft die Stadt hingegen die Option nach § 27 Abs. 22 rückwirkend zum 1.1.2017 und verzichtet nach § 9 rückwirkend auf die Steuerbefreiung, steht ihr der Vorsteuerabzug bereits bei Leistungsbezug zu.

Weitere Schwierigkeiten ergeben sich im Falle der Erklärung zur späteren Anwendung des § 2b bezüglich der Frage der **Wirksamkeit der Erklärung.** Hier stellt sich insbesondere die Frage, bei welchem FA die Erklärung abgegeben werden musste, wenn die juristische Person des öffentlichen Rechts in mehreren Finanzamtsbezirken unternehmerisch tätig wird (zB ein Bundesland, eine Kammer, eine Religionsgemeinschaft oder die Bundesrepublik Deutschland)? Für die bisherigen Betriebe gewerblicher Art (§ 2 Abs. 3) konnte das Betriebsstätten-FA zuständig sein, die Erklärung nach § 27 Abs. 22 S. 3 muss aber für sämtliche Umsätze gelten (Einzelheiten siehe *Sterzinger* DStR 2016, 2941; *Widmann* MwStR 2015, 883 (888f.), der eine gesetzliche Klarstellung forderte). **60**

§ 3 Lieferung, sonstige Leistung

(1) Lieferungen eines Unternehmers sind Leistungen, durch die er oder in seinem Auftrag ein Dritter den Abnehmer oder in dessen Auftrag einen Dritten befähigt, im eigenen Namen über einen Gegenstand zu verfügen (Verschaffung der Verfügungsmacht).

(1a) [1]Als Lieferung gegen Entgelt gilt das Verbringen eines Gegenstands des Unternehmens aus dem Inland in das übrige Gemeinschaftsgebiet durch einen Unternehmer zu seiner Verfügung, ausgenommen zu einer nur vorübergehenden Verwendung, auch wenn der Unternehmer den Gegenstand in das Inland eingeführt hat. [2]Der Unternehmer gilt als Lieferer.

(1b) [1]Einer Lieferung gegen Entgelt werden gleichgestellt
1. **die Entnahme eines Gegenstands durch einen Unternehmer aus seinem Unternehmen für Zwecke, die außerhalb des Unternehmens liegen;**
2. **die unentgeltliche Zuwendung eines Gegenstands durch einen Unternehmer an sein Personal für dessen privaten Bedarf, sofern keine Aufmerksamkeiten vorliegen;**
3. **jede andere unentgeltliche Zuwendung eines Gegenstands, ausgenommen Geschenke von geringem Wert und Warenmuster für Zwecke des Unternehmens.**

[2]Voraussetzung ist, dass der Gegenstand oder seine Bestandteile zum vollen oder teilweisen Vorsteuerabzug berechtigt haben.

(2) (weggefallen)

(3) [1]Beim Kommissionsgeschäft (§ 383 des Handelsgesetzbuchs) liegt zwischen dem Kommittenten und dem Kommissionär eine Lieferung vor. [2]Bei der Verkaufskommission gilt der Kommissionär, bei der Einkaufskommission der Kommittent als Abnehmer.

(4) [1]Hat der Unternehmer die Bearbeitung oder Verarbeitung eines Gegenstands übernommen und verwendet er hierbei Stoffe, die er selbst beschafft, so ist die Leistung als Lieferung anzusehen (Werklieferung), wenn es sich bei den Stoffen nicht nur um Zutaten oder sonstige Nebensachen handelt. [2]Das gilt auch dann, wenn die Gegenstände mit dem Grund und Boden fest verbunden werden.

(5) [1]Hat ein Abnehmer dem Lieferer die Nebenerzeugnisse oder Abfälle, die bei der Bearbeitung oder Verarbeitung des ihm übergebenen Gegenstands entstehen, zurückzugeben, so beschränkt sich die Lieferung auf den Gehalt des Gegenstands an den Bestandteilen, die dem Abnehmer verbleiben. [2]Das gilt auch dann, wenn der Abnehmer an Stelle der bei der Bearbeitung oder Verarbeitung entstehenden Nebenerzeugnisse oder Abfälle Gegenstände gleicher Art zurückgibt, wie sie in seinem Unternehmen regelmäßig anfallen.

(5a) **Der Ort der Lieferung richtet sich vorbehaltlich der §§ 3c, 3e, 3f und 3g nach den Absätzen 6 bis 8.**

(6) **[1]Wird der Gegenstand der Lieferung durch den Lieferer, den Abnehmer oder einen vom Lieferer oder vom Abnehmer beauftragten Dritten befördert oder versendet, gilt die Lieferung dort als ausgeführt, wo die Beförderung oder Versendung an den Abnehmer oder in dessen Auftrag an einen Dritten beginnt. [2]Befördern ist jede Fortbewegung eines Gegenstands. [3]Versenden liegt vor, wenn jemand die Beförderung durch einen selbständigen Beauftragten ausführen oder besorgen lässt. [4]Die Versendung beginnt mit der Übergabe des Gegenstands an den Beauftragten. [5]Schließen mehrere Unternehmer über denselben Gegenstand Umsatzgeschäfte ab und gelangt dieser Gegenstand bei der Beförderung oder Versendung unmittelbar vom ersten Unternehmer an den letzten Abnehmer, ist die Beförderung oder Versendung des Gegenstands nur einer der Lieferungen zuzuordnen. [6]Wird der Gegenstand der Lieferung dabei durch einen Abnehmer befördert oder versendet, der zugleich Lieferer ist, ist die Beförderung oder Versendung der Lieferung an ihn zuzuordnen, es sei denn, er weist nach, dass er den Gegenstand als Lieferer befördert oder versendet hat.**

(7) **[1]Wird der Gegenstand der Lieferung nicht befördert oder versendet, wird die Lieferung dort ausgeführt, wo sich der Gegenstand zur Zeit der Verschaffung der Verfügungsmacht befindet. [2]In den Fällen des Absatzes 6 Satz 5 gilt Folgendes:**

1. **Lieferungen, die der Beförderungs- oder Versendungslieferung vorangehen, gelten dort als ausgeführt, wo die Beförderung oder Versendung des Gegenstands beginnt.**
2. **Lieferungen, die der Beförderungs- oder Versendungslieferung folgen, gelten dort als ausgeführt, wo die Beförderung oder Versendung des Gegenstands endet.**

(8) **Gelangt der Gegenstand der Lieferung bei der Beförderung oder Versendung aus dem Drittlandsgebiet in das Inland, gilt der Ort der Lieferung dieses Gegenstands als im Inland gelegen, wenn der Lieferer oder sein Beauftragter Schuldner der Einfuhrumsatzsteuer ist.**

(8a) **(weggefallen)**

(9) **[1]Sonstige Leistungen sind Leistungen, die keine Lieferungen sind. [2]Sie können auch in einem Unterlassen oder im Dulden einer Handlung oder eines Zustands bestehen. [3]In den Fällen der §§ 27 und 54 des Urheberrechtsgesetzes führen die Verwertungsgesellschaften und die Urheber sonstige Leistungen aus.**

(9a) **Einer sonstigen Leistung gegen Entgelt werden gleichgestellt**

1. **die Verwendung eines dem Unternehmen zugeordneten Gegenstands, der zum vollen oder teilweisen Vorsteuerabzug berechtigt hat, durch einen Unternehmer für Zwecke, die außerhalb des Unternehmens liegen, oder für den privaten Bedarf seines Personals, sofern keine Aufmerksamkeiten vorliegen; dies gilt nicht, wenn der Vorsteuerabzug nach § 15 Absatz 1b ausgeschlossen oder wenn eine Vorsteuerberichtigung nach § 15a Absatz 6a durchzuführen ist;**
2. **die unentgeltliche Erbringung einer anderen sonstigen Leistung durch den Unternehmer für Zwecke, die außerhalb des Unternehmens liegen, oder für den privaten Bedarf seines Personals, sofern keine Aufmerksamkeiten vorliegen.**

(10) **Überlässt ein Unternehmer einem Auftraggeber, der ihm einen Stoff zur Herstellung eines Gegenstands übergeben hat, an Stelle des herzustellen-**

den Gegenstands einen gleichartigen Gegenstand, wie er ihn in seinem Unternehmen aus solchem Stoff herzustellen pflegt, so gilt die Leistung des Unternehmers als Werkleistung, wenn das Entgelt für die Leistung nach Art eines Werklohns unabhängig vom Unterschied zwischen dem Marktpreis des empfangenen Stoffs und dem des überlassenen Gegenstands berechnet wird.

(11) **Wird ein Unternehmer in die Erbringung einer sonstigen Leistung eingeschaltet und handelt er dabei im eigenen Namen, jedoch für fremde Rechnung, gilt diese Leistung als an ihn und von ihm erbracht.**

(11a) **[1]Wird ein Unternehmer in die Erbringung einer sonstigen Leistung, die über ein Telekommunikationsnetz, eine Schnittstelle oder ein Portal erbracht wird, eingeschaltet, gilt er im Sinne von Absatz 11 als im eigenen Namen und für fremde Rechnung handelnd. [2]Dies gilt nicht, wenn der Anbieter dieser sonstigen Leistung von dem Unternehmer als Leistungserbringer ausdrücklich benannt wird und dies in den vertraglichen Vereinbarungen zwischen den Parteien zum Ausdruck kommt. [3]Diese Bedingung ist erfüllt, wenn**
1. **in den von jedem an der Erbringung beteiligten Unternehmer ausgestellten oder verfügbar gemachten Rechnungen die sonstige Leistung im Sinne des Satzes 2 und der Erbringer dieser Leistung angegeben sind;**
2. **in den dem Leistungsempfänger ausgestellten oder verfügbar gemachten Rechnungen die sonstige Leistung im Sinne des Satzes 2 und der Erbringer dieser Leistung angegeben sind.**

[4]Die Sätze 2 und 3 finden keine Anwendung, wenn der Unternehmer hinsichtlich der Erbringung der sonstigen Leistung im Sinne des Satzes 2
1. **die Abrechnung gegenüber dem Leistungsempfänger autorisiert,**
2. **die Erbringung der sonstigen Leistung genehmigt oder**
3. **die allgemeinen Bedingungen der Leistungserbringung festlegt.**

[5]Die Sätze 1 bis 4 gelten nicht, wenn der Unternehmer lediglich Zahlungen in Bezug auf die erbrachte sonstige Leistung im Sinne des Satzes 2 abwickelt und nicht an der Erbringung dieser sonstigen Leistung beteiligt ist.

(12) **[1]Ein Tausch liegt vor, wenn das Entgelt für eine Lieferung in einer Lieferung besteht. [2]Ein tauschähnlicher Umsatz liegt vor, wenn das Entgelt für eine sonstige Leistung in einer Lieferung oder sonstigen Leistung besteht.**

EU-Recht: Art. 14ff. (= Titel IV: steuerbarer Umsatz) und Art. 31ff (= Titel V: Ort des steuerbaren Umsatzes) MwStSystRL (Art. 5, Art. 6, Art. 8 Abs. 1 Buchst. a und b und Abs. 2, Art. 28 Abs. 3 Buchst. b, Art. 28a Abs. 5, Art. 28b Teil A und Teil B Abs. 1 6. EG-RL)
UStAE: 3.1–3.16

Übersicht

I. Bedeutung

1 § 3 enthält die Begriffsbestimmung des Steuergegenstandes bei der Umsatzsteuer in seinen verschiedenen Erscheinungsformen. Dabei wird nicht nur klargestellt, was der Besteuerung unterliegt, sondern auch, wo und wann ein Umsatz stattfindet. Der Ort der Lieferung oder sonstigen Leistung ist von Bedeutung dafür, ob der Umsatz steuerbar ist (§ 1 Abs. 1 beschränkt die Umsatzsteuerbarkeit grundsätzlich auf Umsätze im Inland). Die Zeit des Umsatzes entscheidet darüber, in welchen Veranlagungszeitraum er gehört. Die zeitliche Zuordnung kann erhebliche Auswirkungen haben, zB bei der Wahl der Regelbesteuerung (§§ 19 Abs. 2, 24 Abs. 4), die jeweils mit Beginn eines Kalenderjahres wirksam wird (zur Problematik vgl. zB BFH V R 87/72, BStBl. II 1980, 279) sowie bei Steuersatzänderungen.

2 Zum Ort der sonstigen Leistung siehe § 3a, zum Ort der Beförderungsleistungen siehe § 3b, zum Ort der Beförderungs- und Versendungslieferungen siehe § 3c, zum Ort des innergemeinschaftlichen Erwerbs siehe § 3d, zum Ort der Lieferung während der Beförderung an Bord eines Schiffes, in einem Luftfahrzeug oder in einer Eisenbahn siehe § 3e und zum Ort der unentgeltlichen Lieferung und sonstigen Leitungen siehe § 3f.

II. Rechtsentwicklung

3 § 3 ist ab 1980 neu gefasst worden. Seitdem sind im Wesentlichen durch das UStBinnenmarktG (ab 1.1.1993) Änderungen vorgenommen worden. Sie betreffen vor allem die Erfassung von innergemeinschaftlichen Verbringensfällen (§ 3 Abs. 1a), Änderungen beim Ort der Lieferung durch Einfügung von § 3c und § 3e (Vorbehalt in § 3 Abs. 5a), sowie die Zuordnung bestimmter Urheberrechtsleistungen (§ 3 Abs. 9 S. 3).

4 Durch das Gesetz vom 11.10.1995 (BGBl. I 1250, JStG 1996) wurde die Fiktion eines Liefergeschäfts bei der funktionsändernden Verarbeitung von Gegenständen aus anderen Mitgliedstaaten entsprechend Art. 1 Nr. 6 der RL 95/7/EG vom 10.4.1995 (ABl. 1995 L 102, 18) mit Wirkung ab 1.1.1996 aufgehoben. Durch das UStÄndG 1997 (BGBl. 1996 I 1851) wurden die Bestimmungen zum Reihengeschäft in Abs. 2 und 8a aufgehoben und durch die neuen Regelungen in Abs. 6 S. 5 und 6 und Abs. 7 ersetzt.

5 Mit dem Gesetz zur Datenermittlung für den Verteilungsschlüssel des Gemeindeanteils am Umsatzsteueraufkommen und zur Änderung steuerlicher Vorschriften (BGBl. 1998 I 1148) wurde Abs. 9 mit Wirkung ab 27.6.1998 um die Sätze 4 und 5 im Hinblick auf die Rechtsprechung des EuGH und des BFH zur Abgabe von Speisen und Getränken zum sofortigen Verzehr ergänzt.

6 Mit dem StEntlG 1999/2000/2002 (BGBl. 1999 I 402) wurden die Abs. 1b und 9a betreffend unentgeltlicher Lieferung und sonstiger Leistungen mit Wirkung ab 1.4.1999 neu eingefügt und Abs. 5 wegen der Einführung des § 3f redaktionell geändert. Mit dem StÄndG 2003 (BGBl. 2003 I 2645) wurde § 3 Abs. 9a S. 2 als Folgeänderung aus der Aufhebung des § 15 Abs. 1b ebenfalls aufgehoben; § 3 Abs. 11 wurde den Vorgaben des Art. 6 Abs. 4 6. EG-RL angepasst. Die Änderungen sind zum 1.1.2004 in Kraft getreten.

7 Durch das EURLUmsG (BGBl. 2004 I 3310) ist § 3 Abs. 5a als redaktionelle Folgeänderung zur Einführung des § 3g mit Wirkung zum 1. 1. 2005 angepasst worden. Durch das JStG 2008 (BGBl. 2007 I 3150) wurden § 3 Abs. 9 S. 4 und 5 aufgehoben. Die Rechtsänderung dient der Klarstellung (vgl. → Rn. 241).

8 Mit dem JStG 2010 (BStBl. I 2010, 1768) wurde ein Vorsteuerabzugsverbot für gemischt genutzte Grundstücke nach § 15 Abs. 1b eingeführt (→ Rn. 283). Danach sind die Vorsteuern bei – dem Unternehmen vollständig zugeordneten – Grundstücken insoweit ausgeschlossen, als diese nichtunternehmerisch genutzt werden. Im Gegenzug zum Vorsteuerausschluss findet eine Versteuerung der nichtunternehmerischen Nutzung nicht mehr statt, siehe nunmehr § 3 Abs. 9a Nr. 1 aE.

9 Mit dem **KroatienAnpG** vom 25. 7. 2014 (BGBl. 2014 I 1266) wurde zum 1. 1. 2015 eine **Dienstleistungskommission** für besondere **elektronische Dienstleistungen** eingeführt.

10–17 *einstweilen frei*

III. Lieferung

1. Abgrenzung zur sonstigen Leistung

18 Das UStG unterscheidet zwischen Lieferungen und sonstigen Leistungen. Die **Unterscheidung** hat Bedeutung für den Zeitpunkt der Steuerentstehung, die Steuerbefreiungsvorschriften und den Steuersatz (vgl. → Rn. 1). Sonstige Leistungen (das EU-Recht spricht von Dienstleistungen) sind nach § 3 Abs. 9 S. 1 Leistungen, die keine Lieferungen sind. Dabei sind zunächst folgende allgemeine Grundsätze zu beachten:

19 **a) Einheitlichkeit der Leistung.** Grundsätzlich ist jede Lieferung/sonstige Leistung als eigene selbstständige Leistung zu betrachten. Dies darf aber nicht so weit gehen, dass ein aus mehreren Leistungselementen bestehendes, aber wirtschaftlich als einheitliche Leistung anzusehendes **Leistungsbündel** allein für umsatzsteuerliche Zwecke künstlich aufgespalten wird. Eine **einheitliche Leistung** liegt vor, wenn die einzelnen Elemente so aufeinander abgestimmt sind, dass sie aus der Sicht des **Durchschnittsverbrauchers** ihre Eigenständigkeit verlieren und wirtschaftlich etwas selbstständiges „Drittes" bilden (EuGH C-346/96, UR 1999, 254 – Card Protection Plan Ltd. = BFH V R 97/98, BStBl. II 2001, 658 = BFH V R 41/01, UR 2003, 23 und V R 5/02, UR 2003, 143).

Beispiele:

- Die stundenweise **Überlassung einer Sportanlage** (zB Tennisplatz) ist eine einheitliche steuerpflichtige Leistung und nicht aufzuteilen in eine steuerfreie Gebäudeüberlassung und steuerpflichtige sonstige Leistungen (BFH V R 97/98, BStBl. II 2001, 658).
- Die **Grabpflege** ist eine einheitliche sonstige Leistung und nicht aufzuteilen in eine Dienstleistung und eine (ermäßigte) Lieferung von Blumen (BFH V R 80/99, BStBl. II 2003, 810).

20 Die **bürgerlich-rechtliche Beurteilung** (einheitlicher Rechtsgrund/Vertrag) ist nicht entscheidend (BFH V R 18/05, DStR 2007, 1530). Die Vereinbarung eines **Gesamtpreises** ist ein Indiz für eine einheitliche Leistung (BFH V R 16/88, BStBl. II 1992, 929; EuGH C-346/96, UR 1999, 254 und C-41/04, UR 2006, 20 – Levob Verzekeringen und OV Bank). Umgekehrt spricht die **gesonderte Abrechnung** von Leistungsteilen für eine getrennte Beurteilung (BFH V R 5/02, BStBl. II 2004, 470).

21 **Leistungen mehrerer Unternehmer** sind auch dann (getrennt) für sich zu beurteilen, wenn sie dem gleichen Zweck dienen und an denselben Leistungsempfänger erbracht werden (BFH V B 157/05, BFH/NV 2007, 1544; XI B 74/07, BStBl. II 2009, 256; V R 28/12, MwStR 2013, 1638).

b) Haupt- und Nebenleistung. Der Grundsatz der Einheitlichkeit der Leistung greift auch im Verhältnis Haupt- und Nebenleistung. Eine Lieferung, die sich als unselbstständige Nebenleistung zu einer sonstigen Leistung darstellt, teilt **das Schicksal der Hauptleistung.** Eine Nebenleistung liegt vor, wenn sie für den Leistungsempfänger keinen eigenen Zweck hat, sondern lediglich das Mittel darstellt, um die **Hauptleistung unter optimalen Bedingungen in Anspruch** zu nehmen (EuGH C-346/96, UR 1999, 254 – Card Protection Plan Ltd.). Abzustellen ist wieder auf die Sicht des Durchschnittsverbrauchers (BFH V R 63/09, BStBl. II 2011, 461; V R 41/01, UR 2003, 23). 22

Beispiele: Eine typische Nebenleistung ist zB die **Beförderung/Versand** des Gegenstandes zum Empfänger (EuGH C-380/99, UR 2001, 346 – Bertelsmann) und die **Einziehung des Kaufpreises** durch den Beförderer per Nachnahme (EuGH C-126/78, UR 1980, 13 – Nederlandse Spoorwegen).

Entsorgen des Altöls beim **Ölwechsel** (BFH V R 77/98, BStBl. II 2000, 14 – Nebenleistung zur Lieferung; ein Ölwechsel stellt eine Lieferung, eine **Kfz-Inspektion** mit Ölwechsel hingegen eine sonstige Leistung dar).

Die Verschaffung eines **Versicherungsschutzes** (sog. Car-Garantie) stellt regelmäßig keine Nebenleistung zur Lieferung des Gebrauchtwagens dar (BFH V R 67/01, BStBl. II 2003, 378, vgl. Rn. 24 – Car-Garantie). Gleiches gilt für die **Kreditgewährung,** die im Rahmen eines „Public-Private-Partnership-Projekts" mit einer Werklieferung verbunden ist (BFH XI R 24/11, DStR 2014, 93).

Verpflegungsleistungen (zB Frühstücksleistungen) sind Nebenleistungen zur Beherbergung (BFH V R 9/06, BStBl. II 2010, 433). Sie unterliegen allerdings nicht dem ermäßigten Steuersatz für Beherbergungen. § 12 Abs. 2 Nr. 11 S. 2 normiert ein **Aufteilungsgebot** für Leistungen, die – wie zB das Frühstück – nicht unmittelbar der Vermietung dienen. Der Grundsatz, dass die (unselbstständige) Nebenleistung das Schicksal der Hauptleistung teilt, wird von dem Aufteilungsgebot verdrängt (BFH XI R 3/11, BStBl. II 2014, 86). Mit dieser Entscheidung hat sich der BFH damit nicht von seiner bisherigen Rechtsprechung und Einordnung der Verpflegung als Nebenleistung gelöst, vielmehr basiert das Urteil auf der Möglichkeit des Gesetzgebers, Elemente einer Leistung unterschiedlich zu besteuern (*Prätzler* jurisPR-SteuerR 6/2014 Anm. 2). 22a

c) Gemischte Leistungen. Enthält ein wirtschaftlich als Einheit (→ Rn. 19f.) anzusehender Leistungsvorgang sowohl Elemente der Lieferung als auch der sonstigen Leistung, die nicht im Verhältnis von Haupt- und Nebenleistung zueinander stehen (→ Rn. 22), ist die einheitliche Leistung entweder Lieferung oder sonstige Leistung. Maßgebend für die **Abgrenzung** ist, ob nach der Verkehrsauffassung (Sicht des Durchschnittsverbrauchers) das **Lieferungselement oder das Dienstleistungselement im Vordergrund steht** (überwiegt), dh den wirtschaftlichen Gehalt (das Wesen) der Leistung ausmacht (EuGH C-322/99 und 323/99, UR 2001, 293 – Fischer, Brandenstein; ausführlich *Stadie* § 3 Rn. 7.76). Die Entscheidung hierüber trifft grundsätzlich das **nationale Gericht** und nicht der EuGH (vgl. EuGH C-41/04, UR 2006, 20 – Levob Verzekeringen und OV Bank). 23

Beispiele: Die orthopädische Zurichtung von **Konfektionsschuhen** ist eine sonstige Leistung (BFH V R 59/02, BStBl. II 2006, 98 – den dabei verwendeten Materialien kommt keine selbstständige, leistungsbestimmende Bedeutung zu, vgl. Rn. 183).

Beim Verkauf lebender Fische zum **Angeln** steht die Gestattung des Angelvergnügens (sonstige Leistung) im Vordergrund (BFH V R 41/01, UR 2003, 23).

Bei der mobilen **Mahl- und Mischtätigkeit von Getreide zu Viehfutter** unter Beifügung von Zutaten übersteigt das (ermäßigt zu besteuernde) Lieferelement dann das Dienstleistungselement, wenn von dem Nettogesamtentgelt mehr als 50% auf die hinzugegebenen Zutaten entfallen (FG München 3 K 1211/13, EFG 2016, 1654). Siehe hierzu OFD Nordrhein-Westfalen 14.7.2015 (UR 2016, 78) und *Nieskens* UR 2016, 49.

d) ABC der Lieferungen (Lfg.) und sonstigen Leistungen (sL)

24 **Abfallsammlung** = sL (EuGH C-429/97, UVR 2001, 142).

Angelerlaubnis zum Fischfang = sL (BFH V R 41/01, UR 2003, 23; aA FG Saarl 2 K 18/89, EFG 1990, 390).

Anteilsübertragung bei ideellem Miteigentum = keine sL, sondern Lfg. bzw. Geschäftsveräußerung im Ganzen, BFH V R 41/05, BStBl. II 2008, 65 und V R 5/06, BStBl. II 2008, 448; vgl. → Rn. 39 und 148.

Auftragsproduktion von Filmen = sL (BFH V R 92, 74, BStBl. II 1976, 515 und V R 11/78, BFH/NV 1985, 58).

Bau- und Konstruktionszeichnungen zur Überlassung für Bauvorhaben = sL (BFH V 276/55 U, BStBl. III 1956, 198).

Beregnung von Feldern = Wasserlieferung (NdsFG V 131/84, EFG 1987, 145).

Besamung von Rindern (BFH V B 80/98, BFH/NV 1999, 529 – Befruchtungsleistung, keine Lfg. von Samen).

Bestattung – Einsargung des Leichnams für Zwecke der Überführung ist eigenständige sL und keine Nebenleistung zur Beförderung (BFH V R 26/03, BFH/NV 2005, 1395).

Bierabnahmeverpflichtung = sL (FG BW X (VII) 597/78, EFG 1982, 48).

Bildüberlassung zu Werbezwecken = sL (BFH V 272/55 S, BStBl. III 1956, 62).

Car-Garantie = eigenständige sL, regelmäßig keine Nebenleistung zur Lfg. des Gebrauchtwagens (BFH V R 67/01, BStBl. II 2003, 378). Je nach Vertragsgestaltung kann die Garantiezusage des Autoverkäufers aber auch als einheitliche steuerpflichtige Leistung gewertet werden; § 4 Nr. 10 Buchst. b ist – unabhängig von der Vertragsgestaltung – nicht anwendbar (BFH XI R 49/07, DStR 2010, 647 unter Änderung seiner Rechtsprechung zur Steuerbefreiungsvorschrift).

Catering = (begünstigte) Lfg. von Nahrungsmitteln, sofern keine – über die Essensausgabe hinausgehenden – zusätzlichen Serviceleistungen gegenüber Kunden erbracht werden (→ Rn. 247 f.).

Computerhoroskop = sL (BFH V R 28/85, BFH/NV 1993, 63 – bei der Erstellung eines Computerhoroskops steht die Auswertung der persönlichen Daten und nicht die Übergabe des Ausdrucks im Vordergrund).

Devisengeschäfte = sL (EuGH C-172/96, DStRE 1998, 680 – First National Bank of Chicago).

Eintrittskarte – entgeltliche Überlassung von Eintrittskarten = sL (BFH XI R 34/08, BStBl. II 2010, 857).

Erbbaurechtsbestellung = sL (Dauerleistung siehe BFH X R 4/80, BStBl. II 1988, 744).

Erschließungsvertrag = Werklieferung (BFH V R 14/09, DStR 2010, 2569).

Factoring – Leistungsaustausch (sL gegen Entgelt) auch beim sog. echten Factoring (EuGH C-305/01, DStR 2003, 1253 – MKG-Fahrzeuge-Factoring-GmbH; nachf. BFH V R 34/99, DStR 2003, 1925; vgl. → § 3 Rn. 71 mwN).

Filmentwicklung = Lfg., sofern keine zusätzlichen Dienstleistungen erbracht werden (UStAE 3.5 Abs. 5 und 11).

Filmvorführung mit Schallplattenverkauf keine einheitliche sL (BFH V R 183/83, BStBl. II 1989, 205; V R 90/93, BStBl. II 1995, 914, Getränke zum Film). Abgabe von Speisen und Getränken im **Kino** = sL (→ Rn. 242).

Fotografien – Überlassung zur Veröffentlichung = sL (BFH V R 111/73, BStBl. II 1977, 808).

Fotokopien – Herstellung = sL (BFH V R 33/87, BStBl. II 1992, 313; UStAE 3.5 Abs. 12 – sofern über das bloße Vervielfältigen hinaus weitere Dienstleistungen erbracht werden, zB Beratung des Kunden oder Anpassung bzw. Umgestaltung des Originals); Herstellung und Zusammenfassung in Buchform = Lfg. (BFH V R 107/86, BStBl. II 1992, 449).

Grabpflege = sL (BFH V R 5/05, DStR 2007, 1815; V R 80/99, UR 2001, 446 – hinsichtlich der dabei verwendeten Blumen und Pflanzen liegt keine eigenständige Lfg. vor).

Gebrauchsüberlassung von Pkw = sL (Abgrenzung entgeltlich/unentgeltlich → Rn. 278).

Hochspannungsleitung – Duldung = sL (FG Münster XV-I 6225/81 U, EFG 1990, 493).

Kfz-Inspektion = sL – nur **Ölwechsel** = Lfg. (BFH V R 77/98, BStBl. II 2000, 14).

Imbiss = sL, sofern Tische, Bänke und Stühle zur Verfügung stehen; ansonsten: begünstigte Lieferung (EuGH C-497/09 ua, DStR 2011, 515 – Bog ua); → Rn. 245.

Internet-Lieferungen – Übertragung von Software auf elektronischem Weg = sL (UStAE 3.5 Abs. 8).

Kiosk siehe Imbiss.

Know-how-Überlassung = sL (BFH BStBl. III 1956, 198; BStBl. II 1974, 259).

Leasing – (siehe UStAE 3.5 Abs. 7 und → Rn. 76f.).

Leistungskommission = doppelte sL (BFH V R 25/03, BStBl. II 2006, 788; V R 78 und 80/98, UR 2000, 26; → Rn. 295f.).

Mailing-Aktionen – Planung, Herstellung und Distribution von Werbebroschüren = sL (BFH XI R 52/06, DStRE 2010, 116).

Milcherzeugung – Aufgabe derselben ist keine sL (EuGH C-215/94, UR 1996, 119 – Mohr – kein Leistungsaustausch).

Mobilfunk – Abgabe von „Gratis-Handys" ist keine unentgeltliche Lfg., wenn Vermittler vom Mobilfunkanbieter erhöhte Provision erhält (sog. Gerätebonus), BFH XI R 39/12, MwStR 2014, 20, → Rn. 161.

Modellskizzen – Veräußerung = sL (BFH V 307/59, HFR 1962, 118).

Nießbrauchbestellung – als Entnahme des Grundstücks siehe BFH X R 51/81, BStBl. II 1988, 205.

Orthopädische Schuhe – Zurichtung von Konfektionsschuhen ist eine sL (BFH V R 50/02, BStBl. II 2006, 98).

Partyservice = (begünstigte) Lfg. von Nahrungsmitteln, sofern keine – über die Essensausgabe hinausgehenden – zusätzlichen Serviceleistungen gegenüber Kunden erbracht werden, siehe EuGH C-497/09 ua, DStR 2011, 515 – Bog ua und → Rn. 244f.

Personalbeistellung = nichtsteuerbar (BFH V R 42/06, UR 2008, 263), → Rn. 308.

Personalgestellung = sL (FG RhPf V 354/78, EFG 1981, 422 und BFH V R 10/08, DStR 2010. 1331), → Rn. 308.

Pläne – Überlassung für Bauvorhaben = sL (BFH V 276/55 U, BStBl. III 1956, 198).

Restaurationsumsätze – einheitliche sL (EuGH C-231/94, UR 1996, 220 – Faarborg Gelting Linien siehe EuGH C-497/09 ua, DStR 2011, 515 – Bog ua und → Rn. 244f.

Saatgut – Lieferung von Saatgut und dessen anschließender Einsaat sind zwei selbstständige Leistungen (BFH V R 5/02, UR 2003, 143 mit Anm. *Nieskens*).

Saunabäder in Bordell = sL (HessFG 6 K 6032/84, EFG 1991, 630).

Schmiergeldzahlungen als Entgelt für sL (FG Hmb III 248/85, EFG 1990, 542).

Schulspeisung = sL (BFH V R 38/05, BStBl. II 2007, 482 – bei portionierter Abgabe auf Tellern und anschließender Reinigung von Geschirr und Besteck, vgl. auch NdsFG 5 K 180/01, EFG 2007, 1198 und → Rn. 247).

Software = sL bei Überlassung und Erstellung von **Individual-Software** (BFH V R 164/72, BStBl. II 1974, 259 und V R 13/96, DStR 1997, 866; zur Anwendbarkeit von § 12 Abs. 7c siehe BFH V R 42/99, UR 2002, 133 und V R 14/01, UR 2002, 136). Gleiches gilt für die Überlassung von Basissoftware mit nicht nur nebensächlicher individueller Anpassung (EuGH C-41/04, UR 2006, 20 – Levob Verzekeringen und OV Bank). Der Verkauf von **Standardsoftware** auf Disketten, CD-

ROM o. DVD = Lfg. (BFH V R 13/96, BStBl. II 1997, 372 und V R 14/01, BStBl. II 2002, 114 – offen gelassen).

Sortengeschäfte = sL (BFH XI R 6/09, BStBl. II 2011, 831; siehe auch BMF 5.10.2011, BStBl. I 2011, 982)

Sportanlagen – Überlassung von Golf- und Tennisplätzen als einheitliche steuerpflichtige sL (EuGH C-150/99, UR 2001, 153 – Stockholm Lindöpark; BFH V R 97/98, BStBl. II 2001, 658).

Taxifahrten – zur einheitlichen Beförderungsleistung im Nahverkehr (§ 12 Abs. 2 Nr. 10 Buchst. b, siehe BFH V R 18/05, BStBl. II 2008, 206 und V R 68/05, BStBl. II 2008, 208).

Unzucht, gewerbliche = sL (BFH V R 9/79, BStBl. II 1987, 653; X R 142/95, BStBl. II 2000, 610 – Telefonsex) und BFH XI R 16/11, BFH/NV 2015, 636 – keine steuerfreie Vermietung.

Verlagsrecht – Übertragung der Urheberrechte = sL (BFH V R 95/66, BStBl. II 1970, 706).

Video-Kassetten – Verkauf bei Verleih (*Keller* DB 1983, 1790).

Viehfutter – mobile **Mahl- und Mischtätigkeit von Getreide zu Viehfutter** unter Beifügung von Zutaten = Lfg., sofern von dem Nettogesamtentgelt mehr als 50% auf die hinzugegebenen Zutaten entfallen (FG München 3 K 1211/13, EFG 2016, 1654; → Rn. 23).

Warengutscheine – Kauf und Einlösung von Warengutscheinen für Werbegeschenke, die nicht unmittelbar an den Unternehmer, sondern an dessen Kunden und Geschäftsfreunde abgegeben werden = zwei Lieferungen (BFH V R 16/05, DStR 2006, 2249).

Zwischenvermietung = sL (BFH V R 12/88, BStBl. II 1992, 931).

25–32 *einstweilen frei*

2. Begriff der Lieferung

33 **a) Allgemeines.** Nach § 3 Abs. 1 liegt eine Lieferung vor, wenn einem anderen die Verfügungsmacht an einem Gegenstand verschafft wird. Der Begriff der Lieferung (§ 3 Abs. 1) wird somit von zwei Komponenten geprägt, dem Liefergegenstand (→ Rn. 35) und der Verschaffung der Verfügungsmacht (→ Rn. 51) daran.

34 **EU-rechtliche Grundlage** des § 3 Abs. 1 ist Art. 14 Abs. 1 MwStSystRL. Dieser definiert die Lieferung als „Übertragung der Befähigung, wie ein Eigentümer über einen körperlichen Gegenstand zu verfügen". Dabei ist nicht auf eine Eigentumsübertragung nach den Formen des jeweiligen Zivilrechts der Mitgliedstaaten abzustellen. Entscheidend ist vielmehr die **Ermächtigung einer Person,** über einen **Gegenstand faktisch so zu verfügen,** als wäre sie Eigentümer (vgl. EuGH C-185/01, BStBl. II 2004, 573 – Auto Lease Holland; C-63/04, UR 2006, 20 – Centralan Property Ltd.).

35 **b) Gegenstand einer Lieferung.** Das UStG definiert den Begriff des Gegenstandes nicht. Die Auslegung des Begriffs vollzieht sich nach spezifisch umsatzsteuerlichen Gesichtspunkten. Gegenstand iSd § 3 Abs. 1 ist danach jeder bewegliche und unbewegliche **körperliche** Gegenstand (Sachen gemäß § 90 BGB) und ferner jedes **nicht körperliche** Wirtschaftsgut, das im Wirtschaftsverkehr **wie eine Sache** behandelt wird (BFH V R 24/87, BStBl. II 1989, 430; XI R 63/94, BStBl. II 1996, 114). Der Liefergegenstand iSd § 3 Abs. 1 **deckt sich nicht** mit dem Gegenstandsbegriff des ZivilR, demzufolge Gegenstand alles ist, was Objekt von Rechten sein kann, also zB auch Urheberrechte und Forderungen.

36 **aa) Körperliche Gegenstände und gleichgestellte ähnliche Sachen.** Als Gegenstand einer Lieferung kommen insbesondere körperliche Gegenstände (Sachen iSv § 90 BGB) in Betracht. Unerheblich ist, ob es sich um bewegliche/unbewegliche, vertretbare/nicht vertretbare Sachen, um Tiere (§ 90a BGB), Zubehör (§ 97 BGB) etc. handelt. Liefergegenstände können danach auch **ungetrennte Bodenerzeugnisse** sein, unabhängig davon, dass es sich hierbei um wesentliche Bestandteile eines Grundstücks (§ 94 Abs. 1 S. 2 BGB) handelt (BFH XI R 63/94, BStBl. II 1996, 114; vgl. V R 44/95, BFH/NV 1998, 628).

Nach Art. 15 Abs. 1 MwStSystRL **gelten Elektrizität, Gas, Wärme, Kälte und „ähnliche Sachen" als Gegenstände.** Damit trägt das Umsatzsteuerrecht dem Umstand Rechnung, dass derartige „ähnliche Sachen" im Wirtschaftsverkehr wie körperliche Gegenstände behandelt werden. Zur Behandlung von **Gas** und **Strom** als Gegenstände vgl. § 3g. **37**

Als ein Gegenstand im umsatzsteuerlichen Sinne wird eine **Sachgesamtheit** angesehen (BFH V R 18/77, BFH/NV 1987, 130 – Kaffeeverleseanlage). Eine Sachgesamtheit entsteht durch die Zusammenfassung bisher selbstständiger Gegenstände zu einem einheitlichen Ganzen, das im Wirtschaftsverkehr als eigenständiges Objekt angesehen wird und dem gegenüber der bloßen Summe der einzelnen Gegenstände eigenständige Bedeutung zukommt. **38**

Die Einräumung eines ideellen **Miteigentumsanteils** an einer Sache (zB an einem **Grundstück**) wurde vom **BFH bislang** als sonstige Leistung beurteilt (BFH XI R 91 und 92/92, BStBl. II 1994, 826; XI R 85/92, BStBl. II 1995, 30; offengehalten BFH V R 49/13, DStR 2014, 2386; vgl. → Rn. 148). **Dagegen** spricht, dass das Miteigentum im Wirtschaftsleben wie ein körperlicher Gegenstand behandelt wird (*Stadie* § 3 Rn. 7). Zudem befreit das **EU-Recht** in Art. 135 Abs. 1 Buchst. j MwStSystRL die **Lieferung** von Gebäuden und **Gebäudeteilen** von der Steuer (*Martin* in Sölch/Ringleb § 3 Rn. 48; vgl. auch EuGH C-63/04, UR 2006, 20 – Centralan Property Ltd. und → Rn. 54). Nunmehr hat der **BFH** (V R 53/14, DStR 2016, 869) unter **Änderung seiner Rechtsprechung** entschieden, dass die **Veräußerung des Miteigentumsanteils** an einer Sache **Gegenstand einer Lieferung** sein kann. **39**

Nach der bisherigen Rechtsprechung des **BFH** umfasste der **Begriff des Gegenstands auch Kundenstamm und Firmenwert** (vgl. BFH V R 24/87, BStBl. II 1989, 430; V R 35/89, BStBl. II 1993, 641; V B 17/97, BFH/NV 1998, 888). Dieser Rechtsprechung ist der **EuGH nicht gefolgt.** Er behandelte die Übertragung eines Bestandes von Lebensversicherungsverträgen als sonstige Leistung (EuGH C-242/08, BStBl. II 2011, 559 – Swiss Re Germany Holding). Gleiches gilt nunmehr für die Übertragung von Kundenstamm und Firmenwert (UStAE 3.1 Abs. 4 S. 2). Sofern diese immateriellen Wirtschaftsgüter – wie regelmäßig – im Rahmen einer nichtsteuerbaren Geschäftsveräußerung nach § 1 Abs. 1a übertragen werden, ergeben sich keine Auswirkungen aus der geänderten Beurteilung. Anders ist es aber zB bei einer Übertragung ohne Teilbetriebsveräußerung, die mangels Lieferung nicht mehr nach § 4 Nr. 28 befreit ist (vgl. *Kreft* PFB 2012, 209). **40**

bb) Rechte keine Gegenstände iSv § 3 Abs. 1. Negativ ist der Gegenstand der Lieferung vor allem von den Rechten abzugrenzen. Die Bestellung oder Übertragung von Rechten gehört stets zu den sonstigen Leistungen iSv § 3. Sind **Rechte** in Gegenständen verkörpert (zB Beförderungsrecht in Fahrkarte; Mitgliedschaftsrecht in Aktie) oder werden Leistungen gegenständlich festgehalten (zB Bauzeichnung eines Architekten), so kommt es für die Unterscheidung zwischen Lieferung oder sonstiger Leistung darauf an, ob das wirtschaftliche Interesse des Bestellers am Gegenstand selbst oder an dem darin verbrieften Recht bzw. der darin dokumentierten Leistung überwiegt. **41**

Beispiele:
- Bei der **Fahrkarte** oder **Eintrittskarte** geht es dem Käufer nicht um das Stück Papier, sondern um den Beförderungs- bzw Zugangsanspruch (vgl. BFH XI R 34/08, DStR 2009, 2369 und BFH XI R 34/08, BStBl. II 2010, 857), bei der Aktie um das Mitgliedschaftsrecht (anders bei „historischen Wertpapieren").

– Die Überlassung von **Filmen** (Filmverleih) zur Vorführung ist keine Lieferung von Filmmaterial, sondern eine sonstige Leistung (BFH X R 21/80, BFH/NV 1989, 608).
– Bei **Guthabenkarten** in „Starterpaketen" von Mobilfunkbetreibern steht die Lieferung des Geräts im Vordergrund. Die Guthabenkarte als solche hat keine eigenständige Bedeutung – im Zeitpunkt der Inanspruchnahme der Telekommunikationsleistung erbringt der Mobilfunkbetreiber eine sonstige Leistung (vgl. BMF 3.12.2001, BStBl. I 2001, 1010).
– Übertragung von Gesellschaftsanteilen (UStAE 3.5 Abs. 8).

42–50 *einstweilen frei*

51 **c) Verschaffung der Verfügungsmacht. aa) Allgemeines.** Nach § 3 Abs. 1 sind Lieferungen eines Unternehmers Leistungen, durch die er den Abnehmer befähigt, im eigenen Namen über einen Gegenstand zu verfügen. Dieser Vorgang ist im Klammerzusatz als **„Verschaffung der Verfügungsmacht"** bezeichnet. Damit ist ein Vorgang **tatsächlicher Art** bezeichnet, bei dem der Lieferer dem Abnehmer **Substanz, Wert und Ertrag** an dem betreffenden Gegenstand **unbedingt** und **endgültig** überträgt (ständige Rechtsprechung, zB BFH XI R 63/94, BStBl. II 1996, 114). Dies geschieht regelmäßig – aber nicht notwendig – durch die Übertragung des Eigentums. Entscheidend ist, dass der Abnehmer vom Lieferer faktisch in die Lage versetzt wird, mit dem Gegenstand nach Belieben zu verfahren, insbesondere ihn **wie ein Eigentümer** nutzen und veräußern zu können (BFH V R 36/96, BStBl. II 1998, 584; V R 4/98, BStBl. II 1999, 628 und V R 43/10, DStR 2012, 460). Leistungsempfänger ist derjenige, dem der liefernde Unternehmer die Verfügungsmacht über den Gegenstand verschafft. Dabei ist entscheidend, wer nach dem der Leistung zugrunde liegenden Rechtsverhältnis als Auftraggeber berechtigt und verpflichtet ist (BFH V R 30/10, BStBl. II 2011, 769 mwN).

52 Der **Diebstahl** von Waren umfasst schon begrifflich keine finanzielle Gegenleistung für den Bestohlenen. Er kann als solcher nicht als Lieferung von Gegenständen „gegen Entgelt" betrachtet werden (EuGH C-494/12, MwStR 2013, 774). **Abhanden** gekommene Sachen (zB Diebes- und Hehlergut, vgl. § 935 BGB) können aber Gegenstand einer Lieferung sein (NdsFG 28.10.1999 – 5 K 360/92, nv). Der Lieferer muss zivilrechtlich nicht Eigentümer des Liefergegenstandes sein (BFH V R 43/10, DStR 2012, 460). Die Verfügungsmacht kann bei **zivilrechtlich unwirksamen Verträgen** verschafft werden, wenn diese tatsächlich durchgeführt werden (BFH V R 1/03, BFH/NV 2005, 1160). Auch ein **Geschäftsunfähiger** kann Verfügungsmacht verschaffen und erhalten.

53 § 3 Abs. 1 steht im Einklang mit EU-Recht (vgl. → Rn. 34). Nach **Art. 14 Abs. 1 MwStSystRL** gilt als Lieferung eines Gegenstandes die Übertragung der Befähigung, **wie ein Eigentümer** über einen körperlichen Gegenstand zu verfügen.

54 Die Auslegung dieser Vorschrift durch den **EuGH** deckt sich allerdings nicht immer mit der des BFH zu § 3 Abs. 1. So hat der EuGH die **Einräumung einer Nutzungsbefugnis** von 99 Jahre und die gleichzeitige **Veräußerung** des „Resteigentums" an **zwei** verschiedene Personen als zwei Lieferungen angesehen (EuGH C-63/04, UR 2006, 20 – Centralan Property), während der BFH bislang eine Lieferung verneint, solange die Eigentumsübertragung unter Nießbrauchsvorbehalt erfolgt (BFH XI R 5/94, BStBl. II 1996, 248) oder der Eigentümer das verkaufte Grundstück noch bis zur Übergabe als Vermieter nutzt (BFH V R 121/93, BFH/NV 1996, 270; vgl. → Rn. 149).

55 **bb) Lieferung durch Eigentumsübertragung.** Die Verschaffung der Verfügungsmacht geht regelmäßig mit der Eigentumsübertragung einher. Mit der **zivilrechtlichen Übereignung** überträgt der Lieferer regelmäßig auch wirtschaftlich die Substanz, den Wert und den Ertrag des Gegenstandes (BFH V R 80/87, BFH/NV 1993, 634).

56 Die **Übereignung beweglicher Sachen** erfolgt grundsätzlich durch die **Einigung** des Veräußerers mit dem Erwerber über den Eigentumsübergang und die

Übergabe der Sache (§ 929 S. 1 BGB). Mit der Übergabe der Sache wird die Verfügungsmacht regelmäßig verschafft. Ist der Erwerber bereits im Besitz der Sache (zB Mieter, Pächter), so genügt die Einigung über den Eigentumsübergang (§ 929 S. 2 BGB).

Befindet sich die Sache bei einem Lagerhalter, Frachtführer oder Verfrachter, so kann die Übergabe der Sache durch die **Übergabe eines sog. Traditionspapiers** (Oderlagerschein, Ladeschein oder Konnossement) ersetzt werden (§§ 363, 448, 475c, 475g, 650 HGB). **57**

Soll der bisherige Eigentümer im Besitz der Sache bleiben, so erfolgt die Übereignung dadurch, dass sich die Beteiligten über den Eigentumsübergang einigen und ein sog. **Besitzmittlungsverhältnis** (zB Miete, Pacht oder Verwahrung) vereinbaren (§ 930 BGB), so dass der bisherige Eigentümer den Gegenstand nunmehr nicht mehr als Eigen-, sondern als Fremdbesitzer (dh als Mieter, Pächter etc.) nutzt. **58**

Ist der Eigentümer nur mittelbarer Besitzer, weil er den Gegenstand zB an einen anderen vermietet hat, so erfolgt die Übereignung durch die Einigung über die Rechtsänderung und die **Abtretung des Herausgabeanspruchs** an den Erwerber (§ 931 BGB). Zur Verschaffung der Verfügungsmacht durch einen vom Lieferer beauftragten Dritten siehe BFH V R 9/02 und 10/02, BStBl. II 2004, 627. **59**

Die Übereignung von Grundstücken erfordert die **Einigung** über den Eigentumsübergang (Auflassung) und die **Eintragung** im Grundbuch (§§ 873, 925 BGB). Mit der Grundbucheintragung wird idR auch die Verfügungsmacht über die Immobilie verschafft. Wenn **Nutzen und Lasten** am Grundstück (wirtschaftliches Eigentum) bereits vor der Grundbucheintragung übergehen, erfolgt die Lieferung schon zu diesem Zeitpunkt. Zur Eigentumsübertragung mit Nießbrauchsvorbehalt → Rn. 54 und 149. **60**

cc) Eigentumsübergang kraft Gesetzes. Ein Eigentumswechsel kann sich auch kraft Gesetzes, durch **Verbindung, Vermischung, Verarbeitung** (§§ 946, 947 BGB) vollziehen, sofern nicht § 95 BGB (Scheinbestandteile) eingreift (vgl. BFH VI R 157/68, BStBl. II 1971, 165 = I R 88/92, BStBl. II 1994, 164; zur EU-rechtlichen Definition des Grundstücksbegriffs siehe EuGH C-315/00, UR 2003, 206 – Maierhofer). **61**

Dies führt jedoch nicht zwangsläufig zum Erwerb der Verfügungsmacht durch denjenigen, der durch Verbindung/Vermischung/Verarbeitung zivilrechtlicher Eigentümer geworden ist. Die Problematik stellt sich insbesondere dann, wenn ein anderer **auf fremden Grund und Boden** ein **Bauwerk** errichtet oder in einem Gebäude **Einbauten** vornimmt (sog. Mietereinbauten). Der Bauunternehmer erhält in diesen Fällen den Auftrag idR nicht vom Eigentümer, sondern von einem Dritten (zivilrechtlicher Besteller: zB Mieter, Pächter, Miteigentümer). Hier sind folgende Leistungsbeziehungen zu unterscheiden: **62**

Leistungsbeziehung zwischen Bauunternehmer und Auftraggeber/Besteller. Der Bauunternehmer erbringt die Werklieferung (Erstellung des Bauwerks) gegenüber seinem zivilrechtlichen Vertragspartner. Die Verfügungsmacht wird dem Auftraggeber/Besteller mit Übergabe des fertiggestellten Werks verschafft (BFH XI R 83/96, BFH/NV 1998, 749). Diesem sind die Wirtschaftsgüter („Gebäude“ bzw. „Einbauten“) als eigene zuzurechnen. **63**

Leistungsbeziehung zwischen Auftraggeber/Besteller und Grundstücks- bzw. Gebäudeeigentümer. Eine **Weiterlieferung** des Bauwerks seitens des Auftraggebers/Bestellers an den Grundstück- bzw. Gebäudeeigentümer liegt nur dann vor, wenn diesem auch Substanz, Wert und Ertrag des Bauwerks zugewendet werden. Das ist insbesondere dann der Fall, **64**

– wenn der Besteller (zB Mieter/Pächter) schon bei Beginn des Nutzungsverhältnisses auf sein Wegnahmerecht verzichtet, weil der Grundstücks- bzw. Gebäudeeigentümer ihm die Herstellungskosten erstattet oder diese mit dem Miet- oder

Pachtzins verrechnet (vgl. BFH V R 80/87, BFH/NV 1993, 634; V B 161/96, BFH/NV 1997, 722; BMF 23.7.1986, BStBl. I 1986, 432; *Nieskens* in Rau/Dürrwächter § 3 Rn. 834);

– wenn auf die Ausübung des Wegnahmerechts und eine Entschädigung verzichtet wird (Fall der unentgeltlichen Lieferung iSd § 3 Abs. 1b).

65 Die og Grundsätze gelten entsprechend, wenn **Ehegatten** auf dem Grundstück des anderen oder auf einem im Miteigentum stehenden Grundstück bauen (BFH V R 99/98, BFH/NV 1999, 1648) oder wenn ein **Gesellschafter** auf dem Grundstück der Gesellschaft baut. Bei einer Ehegattengemeinschaft/Gesellschaft als Besteller kann auch der einzelne Ehegatte oder Gesellschafter Leistungsempfänger sein (EuGH C-25/03, DStR 2005, 775 – HE; BFH V R 40/01, BFH/NV 2006, 219).

66–72 *einstweilen frei*

73 **dd) sonstige Formen der Lieferung.** Bei der Verschaffung der Verfügungsmacht ist entscheidend, dass dem anderen die wirtschaftliche Substanz, dh die Befähigung übertragen wird, wie ein Eigentümer über einen Gegenstand zu verfügen (vgl. → Rn. 51). Eine Lieferung kann daher auch vorliegen, wenn das Eigentum (noch) nicht übergegangen ist.

74 **aaa) Lieferung unter Eigentumsvorbehalt.** Beim Eigentumsvorbehalt (§ 455 BGB) ist eine Lieferung nicht erst bei Eigentumsübergang sondern bereits bei Besitzverschaffung (Übergabe) anzunehmen. Der Verkäufer ist idR mit der Weiterlieferung einverstanden; er verschafft dem Erwerber die Verfügungsmacht und behält sich nur als **Sicherheit** für den Kaufpreis das zivilrechtliche Eigentum an der Sache oder – beim verlängerten Eigentumsvorbehalt – den Anspruch auf die Kaufpreisforderung aus der Weiterveräußerung vor (BFH V R 49/70, BStBl. II 1971, 34). Diese Wertung wird bestätigt durch **Art. 14 Abs. 2 Buchst. b MwStSystRL** und § 39 Abs. 2 Nr. 1 S. 1 AO. Eine abweichende zivilrechtliche Zuordnungsvereinbarung ist umsatzsteuerlich ohne Bedeutung (BFH V R 36/96, BStBl. II 1998, 584). Wenn der Verkäufer wegen Zahlungsverzugs des Käufers von seinem **Rücktrittsrecht** Gebrauch macht, so führt die Rückgabe des Gegenstandes nicht zu einer Rücklieferung, sondern zu einer Rückgängigmachung des Umsatzes (BFH V B 38/98, BFH/NV 1999, 680).

75 Anders ist es dagegen beim **Kauf auf Probe** (vgl. § 454 Abs. 1 S. 1 BGB). Hier führt nicht bereits die Besitzverschaffung (Übergabe), sondern erst die anschließende **Billigung** des Angebots durch den Käufer zum Übergang der Verfügungsmacht (BFH V R 24/05, UR 2008, 334).

76 **bbb) Leasing und Mietkauf.** Beim **Leasing** ist je nach Ausgestaltung der vertraglichen Vereinbarungen und deren tatsächlicher Durchführung zu unterscheiden, ob die Verfügungsmacht auf den Leasingnehmer übergegangen ist (vgl. BFH V R 22/03, BStBl. II 2006, 727). Ist der Vertrag derart angelegt, dass der Leasingnehmer wirtschaftlich den Gegenstand „kauft", so ist ihm dieser von Anbeginn an zuzurechnen. Maßgebend ist insoweit das **wirtschaftliche Eigentum** nach § 39 Abs. 2 AO. Bei dieser Wertung können die zur ertragsteuerlichen Beurteilung entwickelten Grundsätze entsprechend angewandt werden (vgl. UStAE 3.5 Abs. 5; aA *Stadie* § 3 Rn. 37), sofern diese nicht im Widerspruch zu den Internationalen Rechnungslegungsstandards (IAS) stehen (→ Rn. 78).

77 Danach ist beim Hauptfall des Leasing, dem sog. **Finanzierungsleasing,** das Wirtschaftsgut (Leasinggegenstand) dem **Leasingnehmer zuzurechnen,** wenn

– sich die betriebsgewöhnliche Nutzungsdauer und die vereinbarte Grundmietzeit annähernd decken (BFH IV R 144/66, BStBl. II 1970, 264; V R 49/70, BStBl. II 1971, 34);
– die betriebsgewöhnliche Nutzungsdauer zwar erheblich länger als die Grundmietzeit ist, dem Leasingnehmer aber eine Mietverlängerungs- oder Kaufoption zusteht, bei deren Ausübung er nur noch einen geringfügigen Preis (sog. Anerken-

nungsgebühr) zu zahlen hat (BFH I 133/64, BStBl. II 1971, 133; IV R 67/94, BFH/NV 1996, 101);

– die abgezinste Summe der Leasingraten praktisch dem Verkehrswert des Gegenstands entspricht (FG München 14 K 245/16, EFG 2016, 1735);
– der Leasinggegenstand speziell auf die Verhältnisse des Leasingnehmers zugeschnitten und nach Ablauf der Mietzeit nur für diesen sinnvoll verwertbar ist (sog. Spezialleasing, siehe BFH IV R 97/86, BFH/NV 1991, 432; III R 130/95, BFH/NV 2001, 1041).

Beim **operativen Leasing** ist das Wirtschaftsgut dagegen dem Leasinggeber zuzurechnen. Dieser übernimmt neben der Finanzierung oft noch andere Leistungen (zB Wartung) und das wirtschaftliche Risiko der weiteren Wertentwicklung des Leasingguts. Diese Verträge haben grundsätzlich kürzere Laufzeiten und entweder keine Kaufoption am Ende der Laufzeit oder eine Option ohne festen Kaufpreis (*von Wallis* UStB 2012, 227).

Der **EuGH** (C-118/09, UR 2012, 230 – Eon Aset Menidjmund OOD) beurteilt das **wirtschaftliche Eigentum** nach den **Internationalen Rechnungslegungsstandards (IAS),** die als in das Recht der EU inkorporierte Rechnungsgrundsätze anzuwenden seien. Für das Leasing unterscheidet er unter Berufung auf IAS 17 zwischen Operate-Leasing und Finanzierungsleasing. Dabei ist zu beachten, dass die Zuordnung nach IAS 17 **nicht** identisch mit den ertragsteuerlichen Leasinggrundsätzen sein muss (zu Abweichungen vgl. *von Wallis* UStB 2012, 227). **78**

Die og Grundsätze gelten bei sog. **Mietkaufverträgen** entsprechend. Hier ist dem Mietkäufer der Wert und die Substanz (wirtschaftlicher Verbrauch) des Gegenstandes von Anbeginn zuzurechnen, wenn der Mietkäufer auf Grund der Vertragsbedingungen vernünftigerweise nach Ablauf des Vertrages von seinem Ankaufsrecht Gebrauch machen wird (BFH X R 149/88, BStBl. II 1991, 70; III R 74/97, BStBl. II 2001, 311). Andernfalls liegt eine Lieferung erst mit Ausübung der Kaufoption vor mit der Folge, dass die vorgehende sonstige (Vermietungs-)Leistung bestehen bleibt (*Stadie* § 3 Rn. 35; aA *Jakob* Rn. 294). **79**

Beim sog. **„sale and lease back"** fehlt es an einer Lieferung, wenn der Verkäufer (Leasingnehmer) an den Käufer (Leasinggeber) einen Gegenstand verkauft und diesen anschließend in Form eines Mietkaufvertrages vom Leasinggeber zurückkauft. In einem solchen Fall liegt umsatzsteuerlich eine steuerfreie **Darlehensgewährung** vor. Die Übertragung des Eigentums hat hier nur Sicherungsfunktion (BFH V R 12/15, DStR 2016, 1664; V R 22/03, BStBl. II 2006, 727; UStAE 3.5 Abs. 7). Maßgebend ist beim „sale and lease back" stets die im Einzelfall vorliegende Vertragsgestaltung: Wenn diese nach dem Gesamtbild vorrangig auf die Finanzierung des Leasinggegenstandes gerichtet ist und der Leasinggegenstand dauerhaft beim Leasingnehmer verbleiben soll (Finanzierungsleasing), liegt eine Kreditgewährung vor. Liegt der Schwerpunkt beim „sale and lease back" dagegen auf der **Mitwirkung an einer bilanziellen Gestaltung,** ist von einer steuerpflichtigen sonstigen Leistung auszugehen (BFH V R 12/15, DStR 2016, 1664). **80**

Beim Verkauf und anschließendem operativen Leasing ist von einer Lieferung des Leasinggegenstandes und einer anschließenden Vermietung desselben an den Leasingnehmer auszugehen.

Zur **umsatzsteuerlichen Behandlung von Ausgleichsansprüchen nach Beendigung des Leasingvertrags** siehe BMF 22.5.2008, BStBl. I 2008, 632 und *Weimann* UStB 2008, 208. Die Zahlung eines **Minderwertausgleichs** wegen **Schäden am Leasingfahrzeug** erfolgt nicht für die Nutzungsüberlassung, sondern weil der Zahlende nach den vertraglichen Vereinbarungen für den Schaden und seine Folgen einzustehen hat. Die Zahlung ist daher **Schadensersatz** und kein steuerbares Entgelt (BFH XI R 6/11, DStR 2013, 1593). Dieser Sichtweise hat sich die **Finanzverwaltung** (BMF 6.2.2014, BStBl. I 2014, 267) jüngst angeschlossen und erklärt, dass an einer entgegenstehenden Regelung in UStAE 1.3 Abs. 17 nicht mehr festgehalten **81** wird. Weiterhin **steuerbar** bleiben sollen allerdings die **sog. Mehr- und Minderkilometer,** wie sie regelmäßig in Leasingverträgen mit Kilometerausgleich vereinbart werden. Entsprechendes soll für **Vergütungen zum Ausgleich von Restwertdifferenzen** und **Nutzungsentschädigungen wegen verspäteter Rückgabe des Leasingfahrzeugs** gelten (BMF 6.2.2014, BStBl. I 2014, 267).

82 **ccc) Verwertung von Sicherungsgut.** Bei der Sicherungsübereignung erlangt der Sicherungsnehmer zwar das (zivilrechtliche) Eigentum, **nicht aber die Verfügungsmacht** an dem Gegenstand (vgl. § 39 Abs. 2 Nr. 1 S. 2 AO), weil er auf Grund der schuldrechtlichen Sicherungsabrede nicht wie ein Eigentümer über den Gegenstand verfügen darf (BFH V R 2/75, BStBl. II 1978, 684; XI R 87/96, BStBl. II 1997, 585; V R 20/04, BStBl. II 2006, 931; V B 110/03, BFH/NV 2004, 832).

83 **Verwertung von sicherungsübereigneten Gegenständen.** Zur Lieferung (sog. **Doppelumsatz**) wird der Übereignungsvorgang erst mit der **Verwertung** des Sicherungsguts (zB durch Verkauf an Dritte) nach Eintritt der Verwertungsreife. Bis dahin kann der Sicherungsgeber die Verwertung grundsätzlich jederzeit durch Befriedigung des Sicherungsnehmers verhindern (BFH V R 124/75, BStBl. II 1980, 673; V B 110/03, BFH/NV 2004, 832).

84 Als **Lieferungszeitpunkt** ist damit erst die **Verwertung** anzusehen und nicht bereits:
- der Eintritt des Sicherungsfalls;
- die Eröffnung des Insolvenzverfahrens über das Vermögen des Sicherungsgebers (BFH V R 108/91, BStBl. II 1994, 483; V B 38/98, BFH/NV 1999, 680);
- die Freigabe des Sicherungsguts durch den Sicherungsgeber unter Verzicht auf sein Ablöserecht (BFH V R 114/91, BStBl. II 1994, 878; V B 110/03, BFH/NV 2004, 832).

85 Bei der Verwertung des Sicherungsguts ergeben sich folgende **Lieferbeziehungen: Veräußert der Sicherungsnehmer** selbst an einen Dritten, kommt es zu zwei Lieferungen (Doppelumsatz), nämlich zu einer Lieferung des Sicherungsnehmer an den Dritten und gleichzeitig zu einer Lieferung des Sicherungsgebers an den Sicherungsnehmer (BFH XI R 87/96, BStBl. II 1997, 585; V R 20/04, BStBl. II 2006, 931). Dem ist entgegenzuhalten, dass der Sicherungsnehmer lediglich die Verwertungsbefugnis erlangt hat und damit nicht die uneingeschränkte Verfügungsmacht auf ihn übergegangen ist (so zutreffend *Stadie* § 3 Rn. 29). Denn er darf den Gegenstand nur zur Tilgung seiner Forderungen verwenden und muss den übersteigenden Veräußerungserlös an den Sicherungsgeber herausgeben. Auf die im eigenen Namen und für Rechnung des Sicherungsgebers durchgeführte Verwertung finden jedoch die **Grundsätze der Lieferungskommission (§ 3 Abs. 3) Anwendung.** Dies hat zur Folge, dass eine Lieferung des Sicherungsnehmers an den Erwerber vorliegt und eine Lieferung des Sicherungsgebers an den Sicherungsnehmer fingiert wird (vgl. BFH V R 28/09, BFH/NV 2011, 1985; *Martin* in Sölch/Ringleb § 3 Rn. 104; *Stadie* § 3 Rn. 29). Im Ergebnis bleibt es damit beim Doppelumsatz.

86 **Veräußert der Sicherungsgeber** das Sicherungsgut im eigenen Namen, aber für Rechnung des Sicherungsnehmers, liegt ein sog. **Dreifachumsatz** vor (BFH V R 20/04, BStBl. II 2006, 931):
- Lieferung des **Sicherungsgeber an den Erwerber;**
- zudem liegt ein Kommissionsgeschäft iSd § 3 Abs. 3 vor mit der Folge, dass eine Lieferung des **Sicherungsnehmers an den Sicherungsgeber** fingiert wird;
- gleichzeitig erstarkt die Sicherungsübereignung zu einer Lieferung des Sicherungsgebers an den Sicherungsnehmer.

Würde man die Umsätze in eine **zeitliche Reihenfolge** bringen, dann liefert zuerst der Sicherungsgeber an den Sicherungsnehmer, der Sicherungsnehmer zurück an den Sicherungsgeber und dieser dann an den Erwerber.

Inzwischen hat der BFH klargestellt, dass ein solcher Dreifachumsatz erst vorliegt, wenn aufgrund der **konkreten Sicherungsabrede** die **Verwertungsreife** eingetreten ist (BFH V R 27/07, DStR 2009, 2193; ebenso UStAE 1.2 Abs. 1 S. 6ff.; kritisch zum Dreifachumsatz nunmehr *Martin* in Sölch/Ringleb § 3 Rn. 104). Nach **§ 13b Abs. 2 Nr. 2 iVm Abs. 5** ist der Sicherungsnehmer Schuldner der USt für die vom Sicherungsgeber an ihn ausgeführte Lieferung.

Kein Verwertungsumsatz liegt vor, wenn **87**
- das Sicherungsgut lediglich zum Zweck der Auswechslung des Sicherungsgebers veräußert wird (BFH V R 102/89, BStBl. II 1995, 564);
- der Sicherungsgeber ermächtigt wird, im Rahmen des üblichen Geschäftsgangs sicherungsübereignetes Umlaufvermögen zu veräußern und entsprechende Gegenstände wieder zu beschaffen.

In beiden Fällen bleibt die **Sicherungslage erhalten,** nur der **Sicherungsgeber bzw. das Sicherungsgut wird ausgetauscht.**

Die og Grundsätze zur Sicherungsübereignung (→ Rn. 82f.) gelten für das **88** **Pfandrecht** entsprechend. Die Bestellung eines Pfandrechts (§ 1205 Abs. 1 BGB) dient der Sicherung einer Forderung und verschafft dem Pfandgläubiger noch keine Verfügungsmacht. Erst mit der Verwertung der Pfandsache werden zwei Lieferungen ausgeführt (BFH XI R 87/96, BStBl. II 1997, 585). Als Begründung für den Doppelumsatz lassen sich hier – ebenso wie bei der Sicherungsübereignung (→ Rn. 85) – die Grundsätze der Lieferungskommission (§ 3 Abs. 3) anführen.

einstweilen frei **89–95**

ddd) Lieferung durch Treuhänder bzw. Strohmann. Bei einem **Treuhand-** **96** **verhältnis** wird dem Treuhänder die Befugnis eingeräumt, über das Treugut im eigenen Namen, jedoch für Rechnung des Treugebers, zu verfügen. Ausgehend von der dem Treuhänder eingeräumten Rechtsmacht wird dabei zwischen der **Vollrechtstreuhand** (Treugeber überträgt Eigentum an Treuhänder) und der **Ermächtigungstreuhand** (Treuhänder ist lediglich ermächtigt, im eigenen Namen über das Treugut zu verfügen, § 185 BGB) unterschieden. Die Treuhandvereinbarung ist noch keine Lieferung, weil dem Treuhänder nicht der wirtschaftliche Wert der Sache zugewendet wird (vgl. § 39 Abs. 2 Nr. 1 S. 2 AO).

Für die umsatzsteuerliche Bestimmung der **Leistungsbeziehungen** ist allein auf **97** das **Außenverhältnis** (Treuhänder und Dritter) abzustellen, das sich regelmäßig aus den **zivilrechtlichen Vereinbarungen** ergibt (BFH V R 65/00, BFH/NV 2002, 1004). Danach ist zu unterscheiden:
- Tritt der Treuhänder im Außenverhältnis im eigenen Namen auf, erbringt er Leistungen an den Dritten. Es kommt dann – wie bei der Sicherungsübereignung – zu einem Doppelumsatz. Der Treuhänder liefert an den Dritten, zeitgleich vollzieht sich auch die Lieferung des Treuguts vom Treugeber auf den Treuhänder (vgl. § 3 Abs. 3 und 11).
- Tritt der Treuhänder im Außenverhältnis im Namen des Treugebers auf, liegt eine Lieferung des Treugebers an den Dritten und eine sonstige Leistung (Geschäftsbesorgung) des Treuhänders an den Treugeber vor.

Bei einem **Strohmannverhältnis** sind die og Grundsätze entsprechend anzuwen- **98** den. Ein Strohmannverhältnis ist anzunehmen, wenn der Hintermann, der das beabsichtigte Geschäft selbst nicht vornehmen will oder kann (zB fehlende Konzession) einen anderen (Strohmann) vorschiebt. Maßgebend ist auch hier allein das Außenverhältnis (Strohmann und Dritter). Der Strohmann ist **Leistender,** wenn er aufgrund des Vertrages mit dem Dritten **im eigenen Namen** für Rechnung des „Hintermannes" tätig wird (BFH V R 25/10, BFH/NV 2011, 1541; V B 9/05, BFH/NV 2006, 838).

Eine **hiervon abweichende** Bestimmung der Person des „Hintermannes" als **99** Leistenden kommt nur dann in Betracht, wenn das Rechtsgeschäft zwischen dem

Leistungsempfänger und dem Strohmann nur zum Schein (vgl. § 41 Abs. 2 AO) abgeschlossen worden ist und der **Leistungsempfänger weiß oder davon ausgehen muss,** dass der Strohmann keine eigene Verpflichtung aus dem Rechtsgeschäft übernehmen und dementsprechend auch keine eigenen Leistungen versteuern will (BFH V R 25/10, BFH/NV 2011, 1541; V B 108/01, BFH/NV 2002, 835; XI R 48/07, BFH/NV 2010, 259). Die Feststellung dieser Umstände ist eine tatsächliche und damit tatrichterliche Würdigung (BFH V R 9/10 und 10/02, UR 2004, 27 mit Anm. *Zeuner* UR 2004, 69 – kriminelle Verschleierung der Leistungsbeziehungen).

100 **eee) Umsatzsteuerbetrug.** Nach der Rechtsprechung des EuGH ist der Begriff der Lieferung bei einem mit einem Mehrwertsteuerbetrug behafteten Umsatz nicht erfüllt (zB EuGH C-255/02, Slg. 2006, I-1609 Rn. 59 – Halifax). Es ist aber zu berücksichtigen, dass jeder Umsatz in einer Lieferkette für sich zu betrachten ist; Umsätze, die nicht selbst mit einem Mehrwertsteuerbetrug behaftet sind, sind eine wirtschaftliche Tätigkeit eines Steuerpflichtigen und stellen Lieferungen dar (vgl. EuGH C-354/03, DStR 2006, 133 – Optigen ua; BFH XI R 78/07, DStRE 2010, 1263). Außerdem ist zu beachten, dass es sich um einen eigenständigen Vorsteuerversagungsgrund handelt (BFH V R 48/04, BStBl. II 2009, 315; XI R 57/06, BFH/NV 2009, 1156). Für die Besteuerung von Ausgangsumsätzen ist dies aber ohne Bedeutung. Die vom Steuerhinterzieher ausgeführte Lieferung ist bei diesem steuerbar und steuerpflichtig (BFH V R 13/09, BFH/NV 2011, 81).

101–103 *einstweilen frei*

104 **ee) Lieferung bei Insolvenz.** In Insolvenzfällen ergeben sich Besonderheiten bezüglich der Verschaffung der Verfügungsmacht. Es geht dabei insbesondere um die Frage, ob auch bei der abgesonderten Verwertung von Sicherungsgut ein Doppelumsatz stattfindet (→ Rn. 106 f.) und ob im Falle der Ablehnung des Insolvenzverwalters, Verträge über die Errichtung von Gebäuden zu erfüllen (§ 103 InsO), eine Lieferung der halbfertigen Bauten an den Auftraggeber anzunehmen ist (→ Rn. 111 f.).

105 **aaa) Umsatzsteuer und Insolvenzrecht.** Die zum 1.1.1999 in Kraft getretene InsO hat die KO abgelöst (vgl. → § 1 Rn. 75 mwN). Im Insolvenzverfahren ist hinsichtlich der Geltendmachung der Steueransprüche – wie bisher nach der KO – zu differenzieren zwischen den **Insolvenzgläubigern** nach § 38 InsO und den **Massegläubigern** nach § 53 iVm § 55 Abs. 1 InsO:

Ist der Fiskus Insolvenzgläubiger, wird er zusammen mit den anderen Gläubigern „gemeinschaftlich" befriedigt und muss seine Steuerforderung beim Insolvenzverwalter zur Insolvenztabelle anmelden (§ 174 Abs. 1 InsO). Anzumelden nach § 38 InsO sind solche Forderungen, die zur Zeit der Insolvenzeröffnung bereits – durch Verwirklichung des (Besteuerungs-)Sachverhalts – begründet waren.

Wurde der Sachverhalt dagegen erst während des Insolvenzverfahrens durch den Insolvenzverwalter verwirklicht, ist der Fiskus Massegläubiger einer Masseverbindlichkeit (§ 55 Abs. 1 Nr. 1 InsO) mit der Folge, dass die Steueransprüche durch Steuerbescheid festzusetzen und „vorweg", also ohne Anmeldung zur Tabelle zu befriedigen sind.

106 **bbb) Verwertung von Sicherungsgut in der Insolvenz.** Bei der umsatzsteuerlichen Beurteilung der Verwertung sicherungsübereigneter Gegenstände sind folgende Sachverhalte zu unterscheiden:

107 **Verwertung durch Insolvenzverwalter.** Das Verwertungsrecht an sicherungsübereigneten Gegenständen steht grundsätzlich dem Insolvenzverwalter zu (§ 148 Abs. 1, §§ 165, 166 InsO). Veräußert dieser das Sicherungsgut selbst, so erfolgt **nur eine** unmittelbare Lieferung des Sicherungsgebers/Insolvenzschuldners an den Abnehmer (kein Doppelumsatz, BFH V R 31/04, BStBl. II 2007, 183). Die dadurch ausgelöste USt gehört zu den **Masseverbindlichkeiten** (§ 55 Abs. 1 Nr. 1 InsO). Gleiches gilt für eine Verwertung von Sicherungsgut vor Insolvenzeröffnung durch

den sog. starken (qualifizierten) **vorläufigen Insolvenzverwalter** iSd § 22 Abs. 1 InsO (Masseverbindlichkeit nach § 55 Abs. 2 InsO).

Mit der **freihändigen** Veräußerung eines grundpfandrechtbelasteten Grundstücks **108** („kalte Zwangsvollstreckung") erbringt der Insolvenzverwalter eine steuerpflichtige Geschäftsbesorgung an den Grundpfandgläubiger (Sicherungsnehmer) gegen Entgelt, wenn er vom Verwertungserlös einen Massekostenbeitrag zugunsten der Masse einbehalten darf (BFH V R 28/09, BFH/NV 2011, 1985; kritisch *Johann* DStZ 2012, 127). Entsprechendes gilt für die freihändige Verwaltung grundpfandrechtbelasteter Grundstücke („kalte Zwangsverwaltung") und die freihändige Verwertung von Sicherungsgut durch den Insolvenzverwalter (BFH V R 28/09, BFH/NV 2011, 1985). Der BFH stützt seine Rechtsprechungsänderung zur freihändigen Verwertung von Sicherungsgut darauf, dass auch der gesetzliche Aufwendungsersatzanspruch in Gestalt der Verwertungskostenpauschale nach §§ 172 Abs. 2, 170 Abs. 1 InsO Entgelt für die Geschäftsbesorgung des Insolvenzverwalters gegenüber dem absonderungsberechtigten Gläubiger (Sicherungsnehmer) darstellt (BFH V R 28/09, BFH/NV 2011, 1985; anders noch BFH V R 31/04, UVR 2006, 4 und UStAE 1.2 Abs. 3 Satz 4).

Verwertung durch Sicherungsnehmer. Überlässt der Insolvenzverwalter das **109** Sicherungsgut dem Sicherungsnehmer zur Verwertung (§ 170 Abs. 2 InsO) kommt es im Zeitpunkt der Veräußerung zum **Doppelumsatz** (→ Rn. 85). Die Freigabeerklärung ist noch keine Lieferung (BFH V B 222/06, BFH/NV 2007, 2210). Der Sicherungsnehmer hat die aus der Lieferung des Sicherungsgutes an ihn angefallene Umsatzsteuerschuld aus dem Verwertungserlös in analoger Anwendung von §§ 170 Abs. 2, 171 Abs. 2 S. 3 InsO an die Masse abzuführen (BGH IX ZR 27/06, UR 2007, 583). Die Anwendung des § 13b Abs. 2 Nr. 2 scheidet aus, weil die Lieferung nicht „außerhalb des Insolvenzverfahrens" stattfindet (BFH V B 222/06, BFH/NV 2007, 2210).

Verwertung durch Sicherungsgeber/Insolvenzschuldner. Verwertet der Insolvenzschuldner nach **Freigabe** des Sicherungsguts durch den Insolvenzverwalter **110** dieses selbst, stellt die Freigabe an ihn keine Lieferung dar. Die Freigabe bedeutet hier nur die **Lösung aus dem Insolvenzbeschlag.** Die Veräußerung des Sicherungsguts durch den Insolvenzschuldner führt dann zu einer die Masse betreffenden Verwertung (USt = Masseverbindlichkeit), wenn der **Erlös der Masse zugute kommt** (BFH V R 59/99, BStBl. II 2003, 208). Dies ist der Fall, wenn der Erlös an die Stelle des Gegenstandes tritt, vereinbarungsgemäß an den absonderungsberechtigten Gläubiger ausgekehrt wird und deshalb die Masse in dieser Höhe entlastet. Die insolvenzrechtliche Unterscheidung zwischen **echter und modifizierter Freigabe** hat sich damit erledigt.

ccc) Schwebende Verträge in der Insolvenz. Der Insolvenzverwalter kann **111** nach § 103 InsO **wählen** zwischen der Erfüllung und der Ablehnung der Vertragserfüllung. Für den Fall der **Ablehnung der Vertragserfüllung** nach § 103 Abs. 2 InsO geht der BFH (V R 128/76, BStBl. II 1978, 483) zutreffend davon aus, dass die Verfügungsmacht über das halbfertige Bauwerk im Zeitpunkt der Insolvenzeröffnung auf den Besteller übergeht, weil der Gegenstand der Lieferung sich kraft Gesetz von einem fertigen Bauwerk in ein halbfertiges gewandelt hat. Entsprechendes gilt, wenn der Gemeinschuldner der Besteller ist und der Insolvenzverwalter die Vertragserfüllung ablehnt (BFH V S 14/79, BStBl. II 1980, 541, mit Hinweisen auf die Ermittlung der Bemessungsgrundlage; siehe auch UStAE 3.9 Abs. 1; krit. *Meierkord* DB 1981, 1203).

Die **Ablehnung** muss **endgültig** sein. Kein teilfertiges Gebäude wird geliefert, **112** wenn der Insolvenzverwalter die Erfüllung des Bauvertrages zwar ablehnt, gleichzeitig jedoch mit dem Bauherrn eine Fortsetzung der Bauarbeiten zu ähnlichen Vertragsbedingungen vereinbart (NdsFG 5 K 424/98, EFG 2003, 198 rkr).

Entscheidet sich der Insolvenzverwalter für die **Fertigstellung** von vor Insolvenz- **113** eröffnung vereinbarten und begonnenen Bauarbeiten (Vertragserfüllung iSd § 103

Abs. 1 InsO), so sind die Umsatzsteuerforderungen für das **gesamte Bauvorhaben Masseverbindlichkeiten,** weil die USt grundsätzlich erst mit Abnahme des fertigen Werks entsteht (vgl. § 641 ff. BGB). Teilbare Leistungen iSv § 105 S. 1 InsO sind nicht mit Teilleistungen im bürgerlich-rechtlichen bzw. umsatzsteuerlichen Sinne gleichzusetzen (BFH V R 1/06, BStBl. II 2010, 138).

114 **ff) Lieferung bei Zwangsversteigerung.** Im Gegensatz zur Sicherungsübereignung und zur Verpfändung erfolgt bei der Zwangsversteigerung von Grundstücken und beweglichen Sachen keine Doppellieferung, sondern lediglich ein **einstufiger Umsatz des Schuldners an den Ersteher.** Die staatlichen Zwangsorgane sind nur ein Mittel zur Vollziehung eines Zwangsumsatzes zwischen Vollstreckungsschuldner und Erwerber (vgl. BFH V R 139/76, BStBl. II 1986, 500; XI R 87/96, BStBl. II 1997, 585; UStAE 1.2 Abs. 2).

115–125 *einstweilen frei*

3. Verbringen

126 Seit dem 1.1.1993 ist nach Abs. 1a das Verbringen eines Gegenstandes, der zu einem Unternehmen gehört, aus dem Inland in das übrige Gemeinschaftsgebiet zur eigenen Verfügung des Unternehmers einer entgeltlichen Lieferung gleichgestellt, ausgenommen das Verbringen erfolgt nur zur vorübergehenden Verwendung.

127 Durch diese Regelung soll sichergestellt werden, dass die den innergemeinschaftlichen Lieferungen gleichgestellten (vgl. auch §§ 1a Abs. 2, 6a Abs. 2) Vorgänge im Übrigen insbesondere auch hinsichtlich der formalen Vorschriften gleichgestellt werden, um so sicherzustellen, dass auch der Erwerb im Bestimmungsland erfasst werden kann. Die der Lieferung gleichgestellte Verbringung ist unter den weiteren Voraussetzungen des § 6a im Inland steuerbefreit (vgl. → § 6a Rn. 21). Der Verbringenstatbestand entspricht spiegelbildlich dem des § 1a Abs. 2 S. 1; daher → § 1a Rn. 41 ff.

128, 129 *einstweilen frei*

4. Unentgeltliche Lieferung

130 **a) Allgemeines.** Seit dem 1.4.1999 sind auch unentgeltliche Lieferungen (Wertabgaben) den entgeltlichen Lieferungen gleichgestellt. Inhaltlich ist die Neuregelung im Wesentlichen mit den Eigenverbrauchstatbeständen des § 1 Abs. 1 Nr. 2 und 3 idF bis zum 31.3.1999 vergleichbar; die zum Eigenverbrauch ergangene Rechtsprechung ist auf unentgeltliche Wertabgaben sinngemäß anzuwenden (BFH XI R 21/10, DStR 2011, 2531; vgl. auch UStAE 3.2 Abs. 1 S. 4).

131 Die damalige Regelung entsprach nicht den Vorgaben der 6. EG-RL (nunmehr MwStSystRL), weil die Eigenverbrauchstatbestände nicht von einer **vorausgehenden Vorsteuerabzugsberechtigung** abhängig waren (vgl. EuGH C-50/88, UR 1989, 373 – Kühne; C-193/91, UR 1993, 309 – Mosche). Die Neuregelung trägt diesem Umstand Rechnung und macht die Besteuerung nunmehr **vom vollen oder zumindest teilweisen Vorsteuerabzug** des Steuerpflichtigen **abhängig.**

132 **b) Zugehörigkeit des Gegenstands zum Unternehmen.** Eine unentgeltliche Zuwendung eines Gegenstandes ist nach Abs. 1b einer entgeltlichen Lieferung nur gleichgestellt, wenn der Gegenstand zum Vermögen eines Unternehmens gehört. Die Zuordnung eines Gegenstandes zum Unternehmen richtet sich danach, ob der Unternehmer den Gegenstand dem Unternehmen zugeordnet hat (vgl. UStAE 3.3 Abs. 1).

133 Bei Gegenständen, die sowohl unternehmerisch als auch nichtunternehmerisch genutzt werden, hat der Unternehmer grundsätzlich die **Wahl der Zuordnung;** hierfür gelten grundsätzlich dieselben Grundsätze wie für § 15 (vgl. → § 15 Rn. 99 ff.), dh der Unternehmer kann den Gegenstand insgesamt seinem Unternehmen zuordnen, er kann den Gegenstand insgesamt seinem nichtunternehmerischen Bereich zuordnen

oder den Gegenstand entsprechend dem – geschätzten – unternehmerischen Nutzungsanteil seinem Unternehmen und im Übrigen dem nichtunternehmerischen Bereich zuordnen (EuGH C-291/92, BStBl. II 1996, 392 – Armbrecht; C-415/98, UR 2001, 149 – Bakcsi; BFH V R 61/96, BStBl. II 2003, 813 und V R 25/96, BStBl. II 2003, 815; vgl. UStAE 15.2 Abs. 21). Eine Unternehmenszuordnung mit der Möglichkeit des vollständigen Vorsteuerabzugs kommt daher bei von vornherein beabsichtigter **gemischter** privater und unternehmerischer Nutzung in Betracht. Beträgt die unternehmerische Nutzung eines Gegenstandes jedoch **weniger als 10 %,** ist die Zuordnung zum Unternehmen unzulässig (§ 15 Abs. 1 S. 2).

Das Zuordnungswahlrecht gilt nicht in Fällen teilweiser hoheitlicher Nutzung. **133a** Hier ist nur **ein partieller Vorsteuerabzug** möglich (BFH V R 23/10, BStBl. II 2012, 74). Gleiches dürfte für Gegenstände gelten, die teilweise „nicht wirtschaftlichen Zwecken ieS" dienen (→ Rn. 144a; aA *Küffner/von Streit* DStR 2012, 581). Für gemischt genutzte Grundstücke begrenzt § 15 Abs. 1b den Vorsteuerabzug im Anschluss an die Seeling-Entscheidung (EuGH C-269/00, BStBl. II 2004, 378; → Rn. 147 und 283) auf den Umfang der unternehmerischen Nutzung.

Seine Zuordnungsentscheidung trifft der Unternehmer idR bei Anschaffung oder **134** Herstellung des Gegenstandes durch **Inanspruchnahme der Vorsteuer** (BFH V R 42/09, DStR 2011, 1949; V R 21/10, DStR 2011, 2754; vgl. → § 15 Rn. 125 f.). Auch die bilanzielle und ertragssteuerliche Behandlung kann ein Indiz für die umsatzsteuerliche Behandlung sein (BFH XI R 13/10, BFH/NV 2012, 1012 mit einer Einschränkung für Sonderbetriebsvermögen). Gibt es keine Beweisanzeichen für eine Zuordnung zum Unternehmen, kann diese nicht unterstellt werden (BFH V R 48/10, BFH/NV 2012, 808). Die Zuordnungsentscheidung ist bereits bei Anschaffung oder Herstellung des Gegenstandes zu treffen. Sie sollte daher „zeitnah" bereits durch Geltendmachung der Vorsteuer in der richtigen **Voranmeldung** ausgesprochen werden. Sie muss **spätestens und mit endgültiger Wirkung in der Umsatzsteuererklärung** für das entsprechende Jahr dokumentiert werden. Eine „zeitnahe" Dokumentation liegt allerdings nur dann vor, wenn diese bis zur **Abgabe der gesetzlichen Frist** (31.5. des Folgejahres) erfolgt (BFH XI R 64/06, BFH/NV 2009, 798; V R 21/10, DStR 2011, 2754; vgl. → § 15 Rn. 126).

Ist ein Gegenstand dem Unternehmen nicht geordnet worden, kann diese Ent- **135** scheidung nicht mehr korrigiert werden. Eine **rückwirkende Zuordnung** ist nicht möglich, auch eine anteilige Berücksichtigung von Vorsteuern nach § 15a scheidet aus (EuGH C-97/90, DStR 1992, 752 – Lennertz). Der Steuerpflichtige sollte daher insbesondere in den Fällen seine Absicht zur unternehmerischen Verwendung eines Gegenstandes sorgfältig dokumentieren, in denen tatsächlich zunächst keine oder nur eine eingeschränkte unternehmerische Nutzung des Gegenstandes stattfindet.

Eine verspätete und damit **unwirksame Zuordnungsentscheidung** führt **nicht** **135a** zur Besteuerung einer **Verwendungsentnahme.** Es fehlt am Tatbestandsmerkmal eines „dem Unternehmen zugeordneten Gegenstands" (BFH V R 11/12, DStR 2015, 67; § 3 Abs. 9a Nr. 1). Wenn der bereits in **Anspruch genommene Vorsteuerabzug verfahrensrechtlich nicht mehr änderbar** ist, greift jedoch die **Korrekturvorschrift des § 15a** – pro rata temporis: Wie die Änderung der tatsächlichen Verhältnisse behandelt der BFH (V R 11/12, DStR 2015, 67) den Fall, in dem der Steuerpflichtige Vorsteuer materiell-rechtlich unrichtig abgezogen hat, ihm diese im Abzugsjahr indes nicht mehr entzogen werden kann. Mithin ist die zu Unrecht gezogene Vorsteuer nach § 15a in den Folgejahren zu korrigieren, wenn eine Korrektur im Abzugsjahr aus verfahrensrechtlichen Gründen ausscheidet.

Der **EuGH** hat entschieden, dass die **kurzfristige private Verwendung** eines neu **136** errichteten Gebäudeteils (Dachgeschoss) den **Vorsteuerabzug nicht ausschließt,** wenn eine unternehmerische Nutzung nach der Wohnnutzung von vornherein geplant und durch objektive Kriterien belegt werden kann (EuGH C-334/10, DStR 2012, 1551; krit. *Hundt-Eßwein* DStR 2012, 2253). Für eine unternehmerische Nutzung spreche, dass die Wohnnutzung im Hinblick auf die Haltbarkeit des Gebäudeteils nur kurz (23 Monate) und das Dachgeschoss in eine ansonsten vollständig dem Unternehmen zugeordnete Immobilie integriert gewesen sei. Die kurzfristige Nutzung des Dachgeschosses zu Wohnzwecken unterliegt danach der unentgeltlichen Wertabgabe. Dies ändert aber nichts an der Möglichkeit der Unternehmenszuordnung.

137–140 *einstweilen frei*

141 **c) Vorsteuerabzug für den Gegenstand der Zuwendung.** Eine unentgeltliche Wertabgabe wird nach Abs. 1b nur dann einer entgeltlichen Lieferung gleichgestellt, wenn der entnommene oder zugewendete Gegenstand oder seine Bestandteile zum **vollen oder teilweise Vorsteuerabzug** berechtigt haben. **Gegenstände** sind selbstständig aktivierbare Wirtschaftsgüter (beim Pkw zB Autoradio, Telefon, Funkgerät). Als **Bestandteile** gelten alle nicht selbstständig nutzbaren Wirtschaftsgüter, die mit dem gelieferten Gegenstand in einem einheitlichen Nutzungs- und Funktionszusammenhang stehen, auch wenn sie in den Gegenstand erst später eingegangen sind.

141a Kontrovers diskutiert wird, ob es für die **Entnahmebesteuerung eine zeitliche Grenze** gibt. Aus der Vorschrift des § 15a wird gefolgert, dass eine Entnahme nach fünf bzw. zehn Jahren nicht mehr steuerbar sei, weil der Gegenstand dann als „verbraucht" gelte (*Stadie* § 3 Rn. 74; tendenziell ebenso ThürFG 2 V 109/09, EFG 2009, 168). Dem ist entgegenzuhalten, dass § 3 Abs. 1b keine entsprechende zeitliche Grenze enthält. Anders könnte es aber beim Verwendungseigenverbrauch nach § 3 Abs. 9a sein, wo die Bemessungsgrundlage nach § 10 Abs. 4 Nr. 2 S. 3 an den Ablauf des Berichtigungszeitraums geknüpft ist (*Heuermann* in Sölch/Ringleb § 3 Rn. 382).

142 Die Entnahme eines Geschäftswagens, der zuvor von privat gebraucht gekauft wurde, unterliegt nicht der Besteuerung. Falls an einem solchen Pkw nach seiner Anschaffung Arbeiten ausgeführt worden sind, die zum Einbau von Bestandteilen geführt haben und für die der Unternehmer zum Vorsteuerabzug berechtigt war, unterliegen bei der Entnahme des Gegenstandes nur die **eingefügten Bestandteile der Umsatzsteuerbesteuerung** (EuGH C-322 und 323/99, IStR 2001, 376 – Fischer/Brandenstein; nachfolgend: BFH V R 106/98, UR 2002, 123 und V R 8/98, DStR 2002, 447). **Bestandteile eines Pkw** sind danach diejenigen gelieferten Gegenstände, die auf Grund ihres nachträglichen Einbaus in den Pkw ihre körperliche und wirtschaftliche Identität endgültig verloren haben und zu einer dauerhaften, im Zeitpunkt der Entnahme noch nicht vollständig verbrauchten Werterhöhung des Gegenstandes geführt haben (zB der nachträgliche Einbau einer Klimaanlage oder eines neuen Motors).

143 Der BFH hat klargestellt, dass ein Restwert bei nachträglich eingebauten Bestandteilen immer dann ausscheidet, wenn nach der sog. „Schwacke-Liste" üblicherweise kein Aufschlag auf den durchschnittlichen Marktwert des Pkw im Zeitpunkt der Entnahme anzusetzen wäre (V R 106/98, UR 2002, 123 – **Brandenstein**). Aus Vereinfachungsgründen kann auf die Besteuerung der Bestandteile verzichtet werden, wenn die vorsteuerentlasteten Aufwendungen für den Einbau der Bestandteile 20% der Anschaffungskosten des Gegenstandes oder einen Betrag von 1.000 EUR nicht übersteigen (Bagatellgrenze, siehe UStAE 3.3 Abs. 4). Im Gegensatz zur Entnahme unterliegt die Veräußerung eines dem Unternehmen zugeordneten Fahrzeugs (Geschäftswagen) auch dann der Besteuerung, wenn beim Erwerb kein Vorsteuerabzug möglich war. Eine vorherige Entnahme ist nach der Bakcsi-Entscheidung (EuGH C-415/98, UR 2001, 149) erschwert (BFHV R 61/96, BStBl. II 2003, 813; V R 35/04, BStBl. II 2006, 675).

143a Im Fall der **Aufgabe des Betriebes** ist der wirtschaftlich geminderte Wert des konkreten Gegenstandes **(Restwert)** zur Zeit der Entnahme anzusetzen (EuGH C-142/12, MwStR 2013, 306 – Marinov zu Art. 74 MwStSystRL). Die Aufgabe des Betriebes kann sich daraus ergeben, dass der Unternehmer aus dem **Mehrwertsteuerregister gestrichen** wird. Dabei kommt es nicht auf die näheren Umstände und Ursachen an. Vielmehr soll allgemein verhindert werden, dass Gegenstände, die zum Vorsteuerabzug berechtigt haben, nach der Aufgabe der steuerlichen Tätigkeit einem unversteuerten Endverbrauch zugeführt werden (*Wäger* UR 2014, 81 (87)). Der nach dem EuGH-Urteil anzusetzende Restwert dürfte regelmäßig unter dem **Wiederbeschaffungspreis** nach UStAE 10.6 Abs. 1 liegen (→ § 10 Rn. 79 mwN).

d) Entnahme von Gegenständen. Eine Entnahme eines Gegenstandes aus dem Unternehmen iSd Abs. 1b Satz 1 Nr. 1 liegt nur dann vor, wenn der Vorgang bei entsprechender Ausführung an einen Dritten als **Lieferung bzw. Werklieferung** anzusehen wäre. Ein Vorgang, der Dritten gegenüber als sonstige Leistung zu beurteilen wäre, wird nicht einer Lieferung gleichgestellt (zur Anwendbarkeit des Abs. 9a vgl. → Rn. 261f.). Der Grundsatz der Einheitlichkeit der Leistung (vgl. → Rn. 19f.) gilt auch für die unentgeltlichen Wertabgaben (vgl. UStAE 3.3 Abs. 5 S. 4). **144**

§ 3 Abs. 1b Nr. 1 betrifft die Entnahme eines Gegenstandes durch den Unternehmer für **unternehmensfremde** (private) Zwecke. Bei der Verwendung eines Gegenstandes unterscheidet die Finanzverwaltung nach den Vorgaben von EuGH und BFH zutreffend zwischen wirtschaftlicher (unternehmerischer) Tätigkeit, der nichtwirtschaftlichen Tätigkeit ieS und der unternehmensfremden Tätigkeit (BMF 2.1.2012, BStBl. I 2012, 60; 24.4.2012, BStBl. I 2012, 533; kritisch *Küffner/von Streit* DStR 2012, 581 (636)). **Nichtwirtschaftliche Tätigkeiten ieS** sind alle nichtunternehmerischen Tätigkeiten, die nicht unternehmensfremd (privat) sind, zB **144a**

- unentgeltliche Tätigkeiten eines Vereins (ideeller Vereinszweck),
- hoheitliche Tätigkeit einer juristischen Person des öffentlichen Rechts,
- das Veräußern von – nicht im Unternehmensvermögen gehaltenen – gesellschaftsrechtlichen Beteiligungen.

Keine Entnahmebesteuerung ist anzusetzen, wenn von vornherein beabsichtigt war, den Gegenstand **ausschließlich unternehmensfremd (privat) zu verwenden** (BFH V R 12/08, BStBl. II 2012, 61 – **Erschließungskosten,** → Rn. 159; BFH V R 17/10, BStBl. II 2012, 53 – **Betriebsausflug,** → Rn. 267). In diesen Fällen ist nicht der Vorsteuerabzug zu gewähren und durch eine Eigenverbrauchsbesteuerung zu korrigieren. Vielmehr **scheidet der Vorsteuerabzug mangels Zusammenhang mit einer unternehmerischen Tätigkeit von vornherein aus.** Dementsprechend hat der BFH (V R 56/13, DStR 2014, 2447) die **unentgeltliche Überlassung eines Wohn-Pavillons** einschließlich Einrichtung **an einen Geschäftsführer** nicht als entgeltliche Wertabgabe angesehen, selbst wenn einkommensteuerrechtlich die Voraussetzungen einer doppelten Haushaltsführung gegeben wären. **144b**

Die Entnahme setzt einen **willentlichen Akt** voraus (BFH V R 4/73 und 5/73, BStBl. II 1984, 169); deshalb wird zB ein dem Unternehmen dienender Gegenstand nicht entnommen, wenn dieser während der Dauer einer nichtunternehmerischen Verwendung zerstört wird (BFH XI R 66/94, BStBl. II 1995, 850 – Pkw-Totalschaden auf einer Privatfahrt; vgl. UStAE 3.3 Abs. 6). Gleiches gilt beim **Erbfall,** wo sich der Übergang des Unternehmensvermögens nicht mittels Willensentscheidung sondern kraft Gesetz vollzieht. **145**

Da es auf die Zugehörigkeit des Gegenstandes zum Unternehmen in seiner Gesamtheit (→ § 2 Rn. 123ff.) ankommt, stellt die **Überführung eines Gegenstands** von einem Betrieb in einen anderen Betrieb desselben Unternehmers (vgl. HessFG 6 K 273/83, EFG 1989, 141, betreffend Betriebsverlegung) ebenso wenig eine Entnahme dar wie die Nutzung eines bisher eigengewerblichen Zwecken dienenden Grundstücks als privates Vermietungsobjekt oder der Einsatz eines dem Gewerbebetrieb des Unternehmers zugeordneten Gegenstands in seinem landwirtschaftlichen Betrieb (siehe FG Münster 15 K 7228/89 U, EFG 1991, 770). Dasselbe gilt, wenn der Unternehmer seinen Betrieb an einem Ort aufgibt und an einem anderen mit den alten Einrichtungsgegenständen neu eröffnet (HessFG 6 K 273/83, UR 1989, 380). **146**

Besonderheiten gelten bei der **Grundstücksentnahme:** Diese war bislang in analoger Anwendung des § 4 Nr. 9 Buchst. a steuerbefreit (BFH V R 13/99, BStBl. II **147**

2000, 153; UStR 2000 Abschnitt 71 Abs. 2 Nr. 2). Nach der Seeling-Entscheidung (EuGH C-269/00, UR 2003, 288; nachfolgend: BFH V R 39/99, BFH/NV 2003, 1513; → Rn. 134 und 283) geht die Gleichstellungsfiktion der Entnahme mit der sonstigen Leistung nicht so weit, dass die private Wohnungsnutzung als steuerfreier Vermietungsumsatz behandelt werden kann. Entsprechendes sollte nach Auffassung der Finanzverwaltung auch für die Grundstücksentnahme gelten, dh diese sollte nicht weiter einer steuerfreien Grundstücklieferung gleichgestellt werden (BMF 13.4.2004, BStBl. I 2004, 469). Hiervon ist die Finanzverwaltung jedoch inzwischen abgerückt (BMF 22.9.2008, BStBl. I 2008, 895) mit der Begründung, dass die **Steuerbefreiungsvorschriften** nach Art. 135 Abs. 1 Buchst. j und k MwStSystRL über die Gleichstellungsfiktion des Art. 16 MwStSystRL auch auf Entnahmen anwendbar sind. Damit folgt die Finanzverwaltung dem Schrifttum, wo überwiegend an der **Steuerfreiheit der Grundstücksentnahme** festgehalten wird (*Nieskens* UStB 2003, 311 (313); *Burgmeier* UR 2003, 294; aA *Heuermann* in Sölch/Ringleb § 3 Rn. 390 für Neubauten und Baugrundstücke iSd Art. 12 Abs. 1 MwStSystRL). Statt der Entnahmebesteuerung ist eine Vorsteuerberichtigung nach § 15 a durchzuführen (vgl. *Heuermann* in Sölch/Ringleb § 3 Rn. 314 und 385 mwN).

148 Die **schenkungsweise Übertragung eines Miteigentumsanteils** an die Ehefrau des Unternehmers wird als steuerfreier Verwendungseigenverbrauch (richtigerweise Entnahmeeigenverbrauch, vgl. → Rn. 39) angesehen (BFH XI R 91 und 92/92, BStBl. II 1994, 826; XI R 85/92, BStBl. II 1995, 30), der zu einer Vorsteuerkorrektur nach § 15 a führen kann. Anders ist es, wenn bei einer **Geschäftsveräußerung im Ganzen** das Grundstück der einzige Vermietungsgegenstand ist. So entschied der BFH, dass durch die Übertragung eines Miteigentumsanteils an einem steuerpflichtig vermieteten Grundstück eine Bruchteilsgemeinschaft (§ 741 f. BGB) entstehe, die gemäß § 571 BGB in den bestehenden Mietvertrag eintrete (BFH V R 41/05, BStBl. II 2008, 65 und V R 5/06, BStBl. II 2008, 448). Der bisherige Eigentümer überlasse der Bruchteilsgemeinschaft den beim ihm verbliebenen Eigentumsanteil nicht zusätzlich unentgeltlich zur Nutzung. Die **unentgeltliche Überlassung eines in Bruchteilsgemeinschaft erworbenen Gegenstands** (Mähdrescher) an einen der Gemeinschafter begründet keine wirtschaftliche Tätigkeit der Gemeinschaft, sodass die einzelnen Gemeinschafter als Leistungsempfänger des jeweiligen Miteigentumsanteils anzusehen sind. Daraus folgt, dass sie ihren **Anteil am Gegenstand** ohne Zwischenerwerb durch die Gemeinschaft und damit **ohne vorherige Entnahme des Miteigentumsanteils** übertragen können (BFH V R 49/13, DStR 2014, 2386 entgegen UStAE 15.2 Abs. 16 S. 6 und 7).

149 In der Bestellung eines zeitlich unbeschränkten unternehmensfremden **Nießbrauchs** an einem vermieteten Grundstück sieht der BFH zutreffend eine Entnahmehandlung bezüglich des Grundstücks, denn dieses wird für längere Zeit (nicht nur vorübergehend iSv gelegentlich – dann wäre § 3 Abs. 9 a Nr. 1 einschlägig) dem Unternehmen entzogen (BStBl. II 1988, 205); das Gleiche gilt für die Bestellung eines **Erbbaurechts** (BFH V S 4/86, BFH/NV 1987, 604). Anders ist die unentgeltliche Übertragung eines Grundstücks unter **Nießbrauchsvorbehalt** zu beurteilen. Das Gebäude bleibt dem Unternehmen des Übertragenden (= Nießbrauchers) zugeordnet, BFH V R 66/96, DStR 1998, 166.

149a Ordnet ein Unternehmer ein **Blockheizkraftwerk** seinem Unternehmer vollständig zu, ist die Abgabe von Strom und Wärme an den privaten Bereich einer Lieferung gegen Entgelt gleichgestellt (BFH XI R 3/10, DStR 2013, 403). Bei der Bemessung des Eigenverbrauchs ist vorrangig auf den Einkaufspreis für Strom und Wärme und nur hilfsweise auf die Selbstkosten abzustellen. Dies soll aber nur dann gelten, wenn der Unternehmer an das jeweilige Strom- und Fernwärmenetz auch angeschlossen ist.

In der **Nachfolgeentscheidung** hat das NdsFG beim entnommenen **Strom den Vergleichspreis** (üblicher Bezugspreis) und bei der **Wärme** mangels Vergleichspreises (kein Fernwärmenetz) die **Selbstkosten** angesetzt (NdsFG 16 K 316/12, DStRE 2016, 279). Im Revisionsverfahren V R 51/14 hatte der **BFH eine Erledigung der Hauptsache im Sinne des Klägers angeregt.** Dabei nahm er Bezug auf das **BMF-Schreiben vom 19. 9. 2014** (BStBl. I 2014, 1287). Dort heißt es: *„Aus Vereinfachungsgründen ist es jedoch nicht zu beanstanden, wenn der Unternehmer die unentgeltliche Wärmeabgabe nach dem **bundesweit einheitlichen durchschnittlichen Fernwärmepreis des jeweiligen Vorjahres** auf Basis der jährlichen Veröffentlichungen des Bundesministeriums für Wirtschaft und Energie bemisst.*" Auf dieser Basis erließ das beklagte Finanzamt entsprechend geänderte Steuerbescheide und erklärte den Rechtsstreit in der Hauptsache für erledigt. Im Ergebnis hat der **Kläger damit Recht bekommen,** so dass das **klageabweisende Urteil des NdsFG insoweit überholt ist.**

Bei der Schätzung des Eigenverbrauchs für einen Imbissbetrieb dürfen nicht die Pauschbeträge nach der Richtsatzsammlung der Finanzverwaltung für Gast- und Speisewirtschaften angewendet werden (FG Düsseldorf 3 V 4022/10 A (E, U), EFG 2011, 1177). **149b**

Entnahme-Eigenverbrauch nach § 3 Abs. 1 b Nr. 1 ist bei **Körperschaften des öffentlichen Rechts** ebenso möglich wie bei Personenunternehmen. Bei den juristischen Personen des öffentlichen Rechts ist der Hoheitsbereich streng von der unternehmerischen Betätigung zu unterscheiden (§ 2 Abs. 3). Sie sind nur im Rahmen ihrer Betriebe gewerblicher Art Unternehmer. Soweit aus diesen Betrieben Sachleistungen in den Hoheitsbereich überführt werden, ging der BFH bislang von Eigenverbrauch aus (vgl. BFH V R 95/86, BStBl. II 1992, 569). **150**

Beispiel: Das gemeindeeigene Wasserwerk versorgt die hoheitliche Gemeindeverwaltung mit Wasser. Der Vorgang ist als Eigenverbrauch steuerbar (BFH V R 91/91, BFH/NV 1995, 451).

Nunmehr sieht der BFH den **Hoheitsbereich nicht als mehr unternehmensfremd** (privat), sondern als „nicht wirtschaftliche Tätigkeit ieS" an (BFH V R 23/10, BStBl. II 2012, 74; vgl. → Rn. 133 a und 144 a). Dies hat zur Folge, dass statt der Entnahmebesteuerung die anteiligen Vorsteuern nicht zum Abzug zuzulassen sind.

e) Sachzuwendungen an das Personal. Zuwendungen von Gegenständen (Sachzuwendungen) an das Personal für dessen privaten Bedarf sind nach § 3 Abs. 1 b S. 1 Nr. 2 auch dann steuerbar, wenn sie unentgeltlich sind (vgl. schon § 1 Abs. 1 Nr. 1 S. 2 Buchst. b UStG 1980). Stand beim Erwerb die unentgeltliche Weitergabe an das Personal bereits fest, ist schon der Vorsteuerabzug zu versagen (BFH V R 17/10, BStBl. II 2012, 53 – Betriebsausflug). **151**

Als **„Personal"** sind nicht nur Arbeitnehmer im engeren Sinne sondern auch Gesellschafter-Geschäftsführer, Vorstandsmitglieder und Aufsichtsräte anzusehen (EuGH C-118/11, UR 2012, 230 – Eon Aset Menidjmund; *Heuermann* in Sölch/Ringleb § 3 Rn. 361). Auch ausgeschiedene Arbeitnehmer fallen unter § 3 Abs. 1 b Nr. 2 (FG Köln 14 K 5814/92, EFG 1999, 352). **152**

Eine Zuwendung liegt nur dann vor, wenn die Lieferung unentgeltlich, dh völlig ohne Gegenleistung, erfolgt. Bei einer **verbilligten** Abgabe von Speisen und Getränken an das Personal findet dagegen die Mindestbemessungsgrundlage des § 10 Abs. 5 Nr. 2 Anwendung, gleiches gilt für den **Personalrabatt** (*Heuermann* in Sölch/Ringleb § 3 Rn. 358, 370) und die verbilligte Überlassung von Parkplätzen (BFH V R 63/14, DStR 2016, 597). **153**

Nicht unter den Tatbestand des Abs. 1 b Satz 1 Nr. 2 fallen unentgeltliche Leistungen an den Arbeitnehmer für **Zwecke des Unternehmens.** Das sind Zuwendungen, deren unternehmerischer Zweck so im Vordergrund steht, dass die Deckung des privaten Bedarfs des Arbeitnehmer dahinter zurücktritt (vgl. EuGH C-258/95, BStBl. II 1998, 635 – Fillibeck; → Rn. 267 mwN). **154**

Ausdrücklich von der Besteuerung ausgenommen sind **Aufmerksamkeiten.** Hierunter fallen gelegentliche Sachzuwendungen aufgrund eines besonderen persönlichen Ereignisses bis zum Wert von 40 EUR (UStAE 1.8 Abs. 3 S. 2), zB für Blumen, Buch, Tonträger etc. zum Geburtstag des Arbeitnehmers; für überlassene Speisen, Getränke und Genussmittel gilt dieselbe Grenze (UStAE 1.8 Abs. 3 S. 3). Zu Tankgutscheinen vom Arbeitgeber siehe OFD Frankfurt a. M. 18.2.2004, DStR 2004, 1046.

155, 156 *einstweilen frei*

157 **f) Andere unentgeltliche Zuwendungen.** Unentgeltliche Zuwendungen von Gegenständen sind auch dann steuerbar, wenn der Unternehmer sie aus **unternehmerischen Erwägungen** tätigt. § 3 Abs. 1b S. 1 Nr. 3 entspricht zwar Art. 16 MwStSystRL. Die Regelung erscheint jedoch **aus systematischer Sicht (Neutralitätsgebot) bedenklich,** da mit ihr eine systemfremde Belastung in der vorsteuerabzugsberechtigten Unternehmerkette verbunden ist (*Heuermann* in Sölch/Ringleb § 3 Rn. 373 mwN) Die Steuerbarkeit entfällt nicht, wenn der **Empfänger** die zugewendeten **Gegenstände in seinem Unternehmen** verwendet (aA *Heuermann* in Sölch/Ringleb § 3 Rn. 377 unter Berufung auf die Gesetzesbegründung, wonach die Vermeidung eines umsatzsteuerlich unbelasteten Letztverbrauchs beabsichtigt sei).

158 Unter Abs. 1b S. 1 Nr. 3 fallen die Abgabe von neuen und gebrauchten Gegenständen insbesondere zu **Werbezwecken,** zur **Verkaufsförderung** oder zur **Imagepflege,** zB Sachspenden an Vereine oder Schulen, Warenabgaben anlässlich von Preisausschreiben, Verlosungen usw zu Werbezwecken (UStAE 3.3 Abs. 10 S. 9). Ebenfalls umfasst sind **Treueprämien** einer Mineralölgesellschaft an ihre Tankkunden (EuGH C-48/97, UVR 1999, 219 – Kuwait Petroleum Ltd. mit Anm. *Klenk*).

159 Bei der Errichtung und anschließenden Übertragung von **Erschließungsanlagen** auf eine Gemeinde ist im Anschluss an den BFH (V R 14/09, DStR 2010, 2569 und V R 12/08, DStR 2011, 465) und die Finanzverwaltung (BMF 7.6.2012, BStBl. I 2012, 621) zwischen entgeltlicher und unentgeltlicher Erschließung zu unterscheiden:

- Hat sich der Erschließungsträger nicht nur gegenüber der Gemeinde, sondern zusätzlich auch privatrechtlich gegenüber den Grundstückseigentümern zur Herstellung der Erschließungsanlagen auf den öffentlichen Erschließungsflächen verpflichtet, erbringt der Erschließungsträger gegenüber dem jeweiligen Eigentümer mit der Erschließung der öffentlichen Flächen keine weitere sonstige Leistung, da nur die Gemeinde Leistungsempfängerin einer Werklieferung ist. Die Zahlungen der Grundstückseigentümer an den Erschließungsträger sind in diesem Fall Entgelte von dritter Seite iSd § 10 Abs. 1 S. 3 (BFH V R 14/09, DStR 2010, 2569).
- Hat sich der Erschließungsträger ausschließlich gegenüber der Gemeinde zur unentgeltlichen Herstellung der Erschließungsanlagen verpflichtet, ging die Verwaltung bislang von einer Entnahmebesteuerung nach § 3 Abs. 1b S. 1 Nr. 3 aus (so noch BMF 31.5.2002, BStBl. I 2002, 631). Nunmehr wird bereits der Vorsteuerabzug versagt, wenn der Unternehmer bei Errichtung der Erschließungsanlagen beabsichtigte, diese der Gemeinde unentgeltlich zuzuwenden (BFH V R 12/08, DStR 2011, 465; ebenso BMF 7.6.2012, BStBl. I 2012, 621).

Eine unentgeltliche Zuwendung iSv § 3 Abs. 1b S. 1 Nr. 3 soll vorliegen, wenn ein Unternehmer zur Anbindung seines Grundstücks an den Straßenverkehr der Bundesrepublik Deutschland dadurch einen Vermögensvorteil verschafft, dass er auf eigene Kosten auf deren Grundbesitz einen **Kreisverkehr** errichtet (BFH XI R 60/07, BStBl. II 2008, 721). Dieses Urteil dürfte sich durch die og Entscheidung des BFH (V R 12/08, DStR 2011, 465 – Kürzung der Vorsteuern statt Entnahmebesteuerung) überholt haben.

160 Die Vergabe von **Sachpreisen bei einer Lotterie** ist nach Abs. 1b Nr. 3 steuerpflichtig (OFD Hannover 7.9.2004, StE 2004, 734). Beim **Sponsoring** bejaht die Finanzverwaltung regelmäßig einen – § 3 Abs. 1b S. 1 Nr. 3 ausschließenden – Leistungsaustausch (Überlassung von Sach- und Dienstleistung mit Werbeträgern – zB Fahrzeug mit Werbeaufschrift – gegen die Verpflichtung zum werbewirksamen Einsatz, siehe OFD Karlsruhe 15.1.2013, BeckVerw 269506; ebenso BFH V R 21/01,

BStBl. II 2003, 438 – Überlassung von Freiluftballonen mit Werbeaufschrift an Flugsportverein und BFH V R 56/06, DStR 2008, 1277 – Überlassung von Fahrzeug mit Werbeaufdruck an Gemeinde). Zur **unternehmerisch veranlassten Sachspende** nach § 3 Abs. 1b S. 1 Nr. 3 siehe *Jachmann/Thiesen* DStZ 2002, 355.

Die **Abgabe von „Gratis-Handys"** durch einen Vermittler von Mobilfunkverträgen ist **keine unentgeltliche Lieferung,** wenn der Vermittler vom Mobilfunkanbieter eine erhöhte Provision (sog. Gerätebonus) erhält (BFH XI R 39/12, MwStR 2014, 20). Der Vermittler erwarb die Handys und lieferte diese anschließend zwar „kostenlos" an seine Kunden, er erhielt aber von dem Mobilfunkanbieter den sog. **Gerätebonus als Drittentgelt.** **161**

Umsatzsteuerlich bleibt bei diesem Geschäftsmodell das Problem, dass der Mobilfunkanbieter als Drittzahler für die **Lieferung des Telefons** an den Kunden **nicht zum Vorsteuerabzug berechtigt** ist. Günstiger wäre es daher, wenn ein **Reihengeschäft** vorläge: Der Vermittler würde dann die von ihm erworbenen Telefone nicht an die Kunden, sondern an den Mobilfunkanbieter gegen Zahlung des Gerätebonus liefern, während der Mobilfunkanbieter die Telefone im Zusammenhang mit seiner Telekommunikationsdienstleistung – als Nebenleistung – gegen Entgelt an den Kunden abgibt (*Wäger* UR 2014, 81 (104); ausführlich *Eilers/Junior* UR 2013, 933).

Ausgenommen von der Besteuerung nach § 3 Abs. 1b Nr. 3 sind Geschenke von geringem Wert und die Abgabe von Warenmustern für Zwecke des Unternehmens. Bei Geschenken von geringem Wert handelt es sich um die Abgabe von Waren, deren Nettowert 40 EUR nicht übersteigt. **162**

einstweilen frei **163–170**

5. Kommissionsgeschäfte

a) Verkaufskommission. Beim **Kommissionsgeschäft** (vgl. BFH V R 25/10, BFH/NV 2011, 1541) fingiert § 3 Abs. 3 im Gegensatz zu §§ 383ff. HGB eine Lieferung zwischen dem Kommittenten und dem Kommissionär. Gegenstand der Lieferung ist das Kommissionsgut. Da der Kommissionär dieses weiterliefert, ist er Steuerschuldner bezüglich des gesamten Entgelts einschließlich des Betrages, den er an den Kommittenten abliefern muss. Bei der Verkaufskommission findet die Lieferung des Kommittenten nach überwiegender Auffassung noch nicht im Zeitpunkt der Übergabe des Kommissionsguts an den Kommissionär statt, sondern erst beim Verkauf durch den Kommissionär an den Endabnehmer (BFH V R 87/72, BStBl. II 1980, 279; UStAE 3.1 Abs. 3 S. 7f.; *Martin* in Sölch/Ringleb § 3 Rn. 81; *R/K/L* § 3 Rn. 361). **171**

Diese Auffassung, die den Begriff der Lieferung mit der Verwertung der wirtschaftlichen Substanz gleichsetzt, erscheint vor dem Hintergrund der Regelung Art. 14 Abs. 1 MwStSystRL zweifelhaft: Danach gilt als Lieferung „bereits die Übertragung der Befähigung, wie ein Eigentümer über einen körperlichen Gegenstand zu verfügen". Diese **eigentümerähnliche Verfügungsberechtigung wird dem Kommissionär regelmäßig bei Übergabe des Kommissionsguts eingeräumt** (*Baumbach/Hopt* HGB § 383 Rn. 17), so dass unseres Erachtens bereits zu diesem Zeitpunkt das Kommissionsgut als geliefert gilt (*Heidner* UR 2001, 157; ebenso *Schön* UR 1988, 1). Zwar steht zu diesem Zeitpunkt das Entgelt dem Grund und der Höhe nach noch gar nicht fest. Diese Problematik lässt sich jedoch dadurch lösen, dass der Besteuerungstatbestand (Lieferung gegen Entgelt) erst mit Abschluss des Drittgeschäfts als erfüllt gilt, die Rechtswirkungen aber auf den Zeitpunkt der Übergabe des Kommissionsguts an den Kommissionär zurückbezogen werden (*Schön* UR 1988, 1; zur Möglichkeit, bei innergemeinschaftlichen Lieferung die Übergabe des Kommissionsguts bereits als Lieferung des Kommittenten an den Kommissionär zu behandeln vgl. → § 1a Rn. 60). **172**

Ein Leistungsaustausch liegt nur insoweit vor, wie ein Ausführungsgeschäft durchgeführt wird (FG RhPf 3 K 231/87, EFG 1988, 442). Geht im Falle der **Verkaufs-** **173**

kommission das dem Kommissionär überlassene Kommissionsgut unter und erhält der Kommissionär aus einer von ihm auf Kosten des Kommittenten abgeschlossenen Versicherung eine an den Kommittenten abzuführende Schadensvergütung, so kann diese also nicht Entgelt für eine Lieferung sein; es handelt sich vielmehr um Schadensersatz.

174 **b) Dienstleistungskommission.** § 3 Abs. 3 betrifft den Sonderfall der Lieferkommission. Eine entsprechende Anwendung auf die Dienstleistungskommission kommt nicht in Betracht. Die Dienstleistungskommission war bis zum 31.12.2003 nicht abschließend in § 3 Abs. 11 geregelt. Vielmehr hat der **BFH** in mehreren Entscheidungen den **Anwendungsbereich dieser Vorschrift im Wege der richtlinienkonformen Auslegung ausgedehnt** (zuletzt: BFH V R 40/00 und 41/00, UR 2002, 268 und V R 8/02, UR 2002, 600).

175 Mit der zum 1.1.2004 durch das StÄndG 2003 in Kraft getretenen **Neuregelung des § 3 Abs. 11** sind die **gemeinschaftsrechtlichen Vorgaben** für die Leistungskommission (Art. 28 MwStSystRL) nunmehr wortgetreu umgesetzt worden. Wegen der Einzelheiten zur Leistungskommission wird auf UStAE 3.15 und die Ausführungen unter → Rn. 295 f. verwiesen.

176–180 *einstweilen frei*

6. Werklieferung

181 **Abgrenzung Werklieferung/Werkleistung.** Werklieferungen (§ 3 Abs. 4) betreffen Gegenstände, die der Unternehmer mit Hilfe selbst beschaffter Stoffe herstellt. Die Hauptfälle sind die Errichtung von Bauwerken sowie die Herstellung von Gütern in Fabriken oder Handwerksbetrieben. Voraussetzung für die Annahme einer Werklieferung ist **nach bisherigem Verständnis,** dass der Lieferer **zumindest einen Hauptstoff** zur Herstellung des Werks beschafft hat; beschränkt er sich auf die Beistellung von Zutaten oder sonstigen Nebensachen, handelt es sich um eine Werkleistung (vgl. UStAE 3.8 Abs. 1).

182 Die Begriffsbestimmung der Werklieferung ist vor allem wichtig für die **Abgrenzung zur Werkleistung** (§ 3 Abs. 9), bei der nur der Leistungslohn, nicht der Gesamtwert des Gegenstands steuerlich erfasst wird; beide Umsatzformen unterscheiden sich vor allem bzgl. des Leistungsorts. Außerdem stellt der Begriff der Werklieferung klar, dass bei einem einheitlichen Geschäft über die Lieferung eines selbst hergestellten oder bearbeiteten Gegenstands keine Aufteilung in die Lieferung des Werkstoffs und die Leistung der Bearbeitung anerkannt wird; einheitliche Vorgänge werden bei der Umsatzsteuer einheitlich behandelt (vgl. → Rn. 19 f.).

182a Schwierigkeiten bei der Abgrenzung der Werklieferung von der Werkleistung stellen sich insbesondere bei der **Reparatur beweglicher körperlicher Gegenstände.** Hierzu hat das **BMF** mit **Schreiben vom 12.12.2012** (BStBl. I 2012, 1259; vgl. UStAE 3.8 Abs. 6) eine **Vereinfachungsregelung** (Nichtbeanstandungsregelung) erlassen. Danach kann davon ausgegangen werden, dass eine Werklieferung vorliegt, wenn der Entgeltanteil, der auf das bei der Reparatur verwendete Material entfällt, mehr als 50% des Gesamtentgelts für die Reparatur beträgt. Auch wenn dies nicht ausdrücklich geregelt wurde, so muss dies im Umkehrschluss bedeuten, dass bei einem Materialanteil von bis zu 50% eine Werkleistung angenommen werden kann. Die Grundsätze sind auf Umsätze anzuwenden, die nach dem 31.12.2012 ausgeführt werden.

183 Die og Abgrenzung Werklieferung/Werkleistung steht allerdings **nicht** mit dem **EU-Recht** in Einklang. In der MwStSystRL gibt es keine dem § 3 Abs. 4 entsprechende Vorschrift. Der BFH hat dem EuGH die Frage zur Vorabentscheidung vorgelegt, ob der Begriff Bauleistungen iSv Art. 2 Nr. 1 der Ermächtigung 2004/290/EG neben Dienstleistungen auch Lieferungen umfasst (BFH V R 37/10, BStBl. II 2011, 842). Der EuGH stellt bei der Abgrenzung Dienstleistung/(Werk-)Lieferung allein

auf das im Rahmen einer **Gesamtbetrachtung** zu ermittelnde **„Wesen der Umsätze"** aus Sicht des **Durchschnittsverbrauchers** ab. Die Einordnung der Leistung richtet sich danach, ob das Lieferungselement oder das Dienstleistungselement im Vordergrund steht (das „Gepräge" gibt). Dementsprechend können Dienstleistungen auch kleinere Lieferungen von Gegenständen enthalten (vgl. EuGH C-322/99 und 329/99, UR 2001, 293 – Fischer und Brandenstein zur Kfz-Inspektion; C-231/94, UR 1996, 220 – Faarborg-Gelting Linien zu Restaurationsleistungen und BFH V R 50/02, BStBl. II 2006, 98 zu orthopädischem Schuhwerk).

Die EU-rechtliche Sicht der Gesamtbetrachtung dürfte regelmäßig zum selben **184** Ergebnis führen wie die Abgrenzung nach § 3 Abs. 4 unter Berücksichtigung von UStAE 3.8 Abs. 1. **Unterschiede** können sich allerdings ergeben, sofern die Abgrenzung nach den Kriterien **„Hauptstoff/Nebenstoff/Zutat"** vorgenommen wird; hier ist **im Zweifel eine Verprobung anhand der EuGH-Rechtsprechung vorzunehmen** (*Martin* in Sölch/Ringleb § 3 Rn. 436). Mit dieser nicht zu vereinbaren ist zB die Annahme,

- eine (Werk-)Lieferung liege bereits dann vor, wenn der Auftragnehmer von mehreren Hauptstoffen wenigstens einen Hauptstoff oder nur einen geringfügigen oder geringwertigen Teil des Hauptstoffes stellt (BFH V R 122/67, BStBl. II 1971, 355; UStAE 3.8 Abs. 1 S. 2);
- die Unterscheidung Hauptstoff/Nebenstoff richte sich nach dem Willen der Beteiligten (BFH V 22/53 U, BStBl. III 1953, 217; UStAE 3.8 Abs. 1 S. 5).

Die Überlassung von Stoffen im Rahmen einer Werklieferung (Besteller überlässt **185** „Zutaten und/oder sonstige Nebensachen") wird **Materialbeistellung** genannt; die Überlassung von Stoffen im Rahmen einer Werkleistung (Besteller überlässt den Hauptstoff) wird als **Materialgestellung** bezeichnet.

Beispiel für Materialbeistellung: Ein Polsterer fertigt Sessel an, für die ihm der Besteller den Bezugsstoff gegeben hat. Der Besteller bezahlt den Preis für die Sessel abzüglich des Werts des Bezugstoffs (vgl. BFH V 105/63, BStBl. III 1966, 257).

Beispiel für Materialgestellung: Übergabe des Kfz zur Inspektion; Stoffübergabe an Schneider.

einstweilen frei **186–188**

7. Gehaltslieferung

Die Gehaltslieferung, § 3 Abs. 5, hat – wie 3 Abs. 4 – **keine EU-rechtliche** **189** **Grundlage.** Die zur Abgrenzung Lieferung/sonstige Leistung entwickelten Kriterien (vgl. → Rn. 19f. und 183) sind auch für die Frage heranzuziehen, was **Gegenstand einer Lieferung** ist, wenn von vornherein feststeht, dass nur ein „Extrakt" des übergebenen Materials oder Stoffes endgültig beim Abnehmer verbleibt (*Martin* in Sölch/Ringleb § 3 Rn. 442). § 3 Abs. 5 hat somit **nur klarstellende Bedeutung.**

Beispiel: Ein Landwirt verkauft der Zuckerfabrik Zuckerrüben mit der Vereinbarung, dass er die nach der Zuckergewinnung verbleibenden Rübenschnitzel wieder zurückerhält, um sie als Viehfutter zu verwenden. Gegenstand der Lieferung ist der Zuckergehalt (vgl. BFH V 140/64, BStBl. III 1967, 645; V 75/65, BStBl. II 1968, 251).

8. Ort der Lieferung

a) Gegenstand der Lieferung. Für den Fall der Beförderung des Liefergegen- **190** stands durch den Lieferer, den Abnehmer oder die Versendung durch einen beauftragten Dritten bestimmt § 3 Abs. 6 den Lieferort; der Gegenstand wird dort geliefert, wo er sich zu Beginn der Beförderung bzw. bei der Übergabe an den Transportunternehmer befindet (zur Zuordnung der Beförderung oder Verwendung bei Reihengeschäften vgl. → Rn. 203).

191 Dies gilt jedoch nicht, wenn der Gegenstand nach dem Transport noch an seinem Bestimmungsort einer Behandlung unterzogen wird, die seine **Marktgängigkeit** ändert (vgl. UStAE 3.12 Abs. 4). Das von der FVerw benannte Kriterium der Marktgängigkeit **lässt sich dem Gesetz nicht als Qualifikationsmerkmal der Lieferung entnehmen** (so zu Recht *Heuermann* in Sölch/Ringleb § 3 Rn. 453). Maßgebend ist vielmehr im Anschluss an den EuGH (C-446/13, MwStR 2014, 770 – Fonderie 2A) allein, wann das Objekt den „vertraglich geschuldeten Zustand" erreicht hat (vgl. *Maunz/Luther* UR 2014, 933). Das spielt insbesondere eine Rolle bei Lieferungen komplizierter Maschinen oder maschineller Anlagen, die vom Lieferer am Bestimmungsort montiert, fundamentiert, justiert usw. werden (sog. **Montagelieferungen**); vgl. auch Art. 36 MwStSystRL. In diesen Fällen ist der Liefergegenstand als solcher erst am Bestimmungsort entstanden.

192 Anders ist es nur in Fällen, in denen der Liefergegenstand lediglich **zu Transportzwecken zerlegt** und am **Bestimmungsort** von Arbeitskräften des Lieferers **wieder zusammengesetzt** wird (vgl. BFH V 321/58 U, BStBl. III 1961, 393; V R 15/77, BeckRS 1984, 05102; UStAE 3.12 Abs. 4). Im Einzelfall kann die Abgrenzung schwierig sein. Für ein reines Wiederzusammensetzen spricht es, wenn die Maschine im Herstellerwerk bereits einen Probelauf absolviert hat und beim Abnehmer mit geringem Arbeitsaufwand aufgestellt wird. Dagegen sind ein erheblicher Arbeitsaufwand am Bestimmungsort, ein Einpassen in dort bereits vorhandene Anlagen, ein erstmaliger Probelauf am Bestimmungsort usw. als Indiz anzusehen dafür, dass der Liefergegenstand in seiner vertraglich geschuldeten Form erst beim Empfänger entstanden ist.

193 § 3 Abs. 6 fingiert keine Lieferung, sondern **setzt bereits** ein **Umsatzgeschäft voraus.** Wird ein Gegenstand erst **zur Ansicht/auf Probe** an einen potentiellen Käufer verschickt, dient die Warenbewegung noch keiner Lieferung, weil erst die spätere Billigung des zugesandten Gegenstandes durch den Kunden zur Verschaffung der Verfügungsmacht und damit zum Umsatzgeschäft führt. Der Lieferort richtet sich in diesen Fällen nach § 3 Abs. 7 (BFH V R 24/05, UR 2008, 334; ebenso UStAE 3.1 Abs. 3 S. 5 f.).

194 § 3 Abs. 6 greift nur dann, wenn der **Abnehmer** bei Beginn der Beförderung oder Versendung **schon feststeht** (BFH V R 118/87, BStBl. II 1991, 937; *Heuermann* in Sölch/Ringleb § 3 Rn. 461; *Birkenfeld* Hb I Rn. 868). Zum Nachweis dafür dienten nach bisheriger hM die Beförderungs- oder Versendungspapiere (vgl. BFH V R 118/87, BStBl. III 1967, 101 und FG Düsseldorf IX 37/78 U, UR 1985, 138; aA FG BW III 424/79, UR 1983, 73). Hiervon ist der **BFH abgewichen.** Er hält es nicht mehr für erforderlich, dass der Abnehmer der Ware im Frachtbrief namentlich genannt wird. Vielmehr genügt es, wenn sich aus anderen Unterlagen (etwa aus der Warenbestellung) leicht und einwandfrei ableiten lässt, dass der **Abnehmer bei Beginn der Versendung festgestanden** hat (BFH XI R 67/07, DStR 2008, 2160; ebenso UStAE 3.12 Abs. 3 S. 4 f.).

195 Bei innergemeinschaftlicher **Versendungslieferung** mit der **Freigabeklausel „ship to hold"** (Verbringung der Ware in ein deutsches Zwischenlager und Herausgabe erst bei Zahlungsnachweis) steht der Abnehmer bei Beginn der Versendung fest, wenn er im Frachtbrief oder anderen Unterlagen (Warenbestellung, Kaufvertrag, etc) genannt ist (vgl. → Rn. 194). Dem steht **nicht** entgegen, dass die Ware von dem mit der Versendung Beauftragten zunächst in ein inländisches Lager gebracht und **erst nach Eingang der Zahlung** durch eine Freigabeerklärung des Lieferanten an den Erwerber herausgegeben wird (BFH XI R 67/07, DStR 2008, 2160).

195a Das Verbringen von Ware in ein **Konsignationslager** führt zu einer am Ort des Beginns der Beförderung oder Versendung erfolgenden **Lieferung an den Abnehmer,** wenn der **Abnehmer** die Ware **zum Zeitpunkt des Beginns** der Beförderung oder Versendung in das Konsignationslager bereits **verbindlich bestellt** hat. Maßgebend ist insoweit die konkrete **Ausgestaltung des jeweiligen Konsigna-**

tionslagervertrages. Dementsprechend ist bei **grenzüberschreitenden Lagergeschäften** regelmäßig von einer **direkten innergemeinschaftlichen Lieferung an den Abnehmer** auszugehen, wenn der **Abnehmer zuvor verbindlich bestellt** hatte und **alleinigen Zugriff auf das Lager** hat (Call-Off-Stock, NdsFG 5 K 335/14 rkr, MwStR 2015, 942 mAnm *Leonard;* ebenso HessFG 1 K 2519/10, EFG 2015, 2229 – Rev. V R 31/15; FG Düsseldorf 1 K 1983/13 U, EFG 2016, 234; Rev. V R 1/16; aA UStAE 3.12. Abs. 3 S. 7).

Der **BFH** hat im Revisionsverfahren (V R 31/15, DStR 2017, 242) jüngst die Auffassung des HessFG bestätigt, dass bei einer Lieferung über ein Auslieferungslager von einer **Direktlieferung** auszugehen ist, wenn der **Abnehmer bereits bei Beginn der Versendung zum Lager feststeht.** Eine kurzfristige Zwischenlagerung ist insoweit unschädlich. Die **FVerw** (OFD Frankfurt aM 23.2.2017, BeckVerw 339287) bleibt unter Hinweis auf das noch offene Revisionsverfahren V R 1/16 bei seiner gegenteiligen Auffassung. **195b**

Ein **Transport innerhalb des Unternehmens des Lieferers** (zB zu einer Filiale) ist nicht Beförderung oder Versendung iSd Abs. 6, weil die Warenbewegung nicht beim Abnehmer oder dem von ihm benannten Dritten endet. Auch der Liefergegenstand muss schon feststehen. Ein **Befördern** oder Versenden mehrerer Gegenstände (zB Bücher, Wein) **„zur Auswahl"** fällt daher nicht unter Abs. 6, sondern hier kommt es nach Abs. 7 S. 1 auf die Verschaffung der Verfügungsmacht an. Der Kunde erlangt die Verfügungsmacht idR, wenn er seine Wahl getroffen hat. **196**

b) Beförderung oder Versendung. Der **Begriff der Beförderung** ist sehr weit gefasst, er umfasst jede Fortbewegung des Liefergegenstands. Beförderung liegt vor, wenn der Lieferant, der Abnehmer oder ein unselbstständiger Erfüllungsgehilfe den Gegenstand der Lieferung fortbewegt. Es bedarf dazu keines Beförderungsmittels, sondern selbstfahrende Gegenstände (zB Kfz, Arbeitsmaschinen) werden auch „befördert", wenn sie mit eigener Kraft zum Abnehmer gefahren werden (vgl. UStAE 3.12 Abs. 2; FG Düsseldorf XV 108/82 U, EFG 1987, 325). **197**

Während bei der Beförderung der Lieferer den Gegenstand noch in seinem Gewahrsam behält, gibt er ihn beim **Versenden** aus der Hand: Er lässt die Beförderung durch einen selbstständigen Beauftragten ausführen oder besorgen (beim unselbstständigen Beauftragten, etwa dem beim Lieferer angestellten LKW-Fahrer, läge Beförderung durch den Lieferer vor). Als Beauftragte, die die Lieferung durchführen, kommen insbesondere Fuhrunternehmer, Bundesbahn, Bundespost oder Reeder in Betracht. Beauftragte, die die Beförderung besorgen, sind vor allem die Spediteure. Für **grenzüberschreitende Beförderung** oder Versendung enthält § 3 Abs. 8 eine Sonderregelung (→ Rn. 226). Für sog. **innergemeinschaftliche** Versendungsverkäufe enthält § 3c eine Sonderregelung. Zu Einzelheiten siehe die Kommentierung zu § 3c. **198**

Beim „gebrochenen" Beförderungs- oder Versendungsverkehr, dh beim Transport des Liefergegenstands durch Befördern und Versenden oder durch mehrere hintereinandergeschaltete Versendungen kommt es auf den Beginn der ersten Beförderung bzw. bei mehreren Versendungen auf die Übergabe an den ersten Beförderer an (zB wenn der Lieferer den Gegenstand mit eigenem LKW zur Bahn bringt und ihn dort weiterbefördern lässt, oder wenn er den Gegenstand einem Spediteur mit der Weisung übergibt, ihn von einem bestimmten Ort an durch einen anderen Spediteur übernehmen zu lassen. Voraussetzung ist, dass der Abnehmer von vornherein feststeht oder zumindest bestimmbar ist (vgl. → Rn. 195 und SächsFG 6 K 2176/09, EFG 2011, 2112). Die FVerw (BMF 7.12.2015, MwStR 2016, 45) verlangt zusätzlich einen zeitlichen und sachlichen Zusammenhang zwischen der Lieferung des Gegenstandes und seiner Beförderung sowie einen kontinuierlichen Vorgang der Warenbewegung und verneint bei einer gebrochenen Beförderung bzw. Versendung weiterhin das Vorliegen eines Reihengeschäfts (vgl. UStAE 3.14 Abs. 4 und BMF 7.12.2015, MwStR 2016, 45). **199**

200 Wird der **Versendungsauftrag nachträglich geändert,** insbesondere ein anderer Abnehmer benannt, beginnt erst mit der Umbenennung **(Umkartonierung)** die Versendung an den neuen Abnehmer. Der Gegenstand wird also dort geliefert, wo er sich im Zeitpunkt der Umbenennung befindet (BFH V 215/57 U, BStBl. III 1958, 90). In der Praxis fallen hierunter die Fälle der Zahlungsunfähigkeit und des Rücktritts vom Vertrag. Die Lieferung der Ware an den ersten Abnehmer ist nach § 17 rückgängig zu machen.

201 **c) Zeitpunkt der Lieferung.** Durch § 3 Abs. 6 S. 1 („gilt die Lieferung dort als ausgeführt, ...") wird der Leistungsort und zugleich der **Zeitpunkt der Lieferung** festgelegt (BFH V R 24/05, UR 2008, 334; *Heuermann* in Sölch/Ringleb § 3 Rn. 459; *Birkenfeld* Hb I Rn. 864.1; aA *OSL* § 3 Rn. 115). Die **Fiktion** des § 3 Abs. 6 S. 1 betrifft den **Zeitpunkt der Lieferung, nicht** aber den **tatsächlichen Übergang der Verfügungsmacht** nach § 3 Abs. 1. Beide Tatbestandsmerkmale sind getrennt voneinander zu prüfen (BFH XI R 15/14, MwStR 2015, 384 Rn. 57). Eine abweichende Bestimmung des Lieferungszeitpunkts nach den Regeln des Zivilrechts bzw. den gebräuchlichen Lieferklauseln und Gefahrtragungsregeln (Incoterms/Tradeterms) ist wegen der zwingenden Vorgaben in Art. 14 und Art. 32 MwStSystRL nicht möglich (vgl. *Heuermann* in Sölch/Ringleb § 3 Rn. 459).

202 Aufeinanderfolgenden Lieferungen, die nur zu einer einzigen Warenbewegung geführt haben (zB Reihengeschäft), sind als eine nach der anderen erfolgt anzusehen. Der Zwischenerwerber kann die Verfügungsmacht nur übertragen, wenn er sie zuvor vom Erstverkäufer erhalten hat. Zur Zweitlieferung kommt es daher erst, wenn die Erstlieferung durchgeführt ist (EuGH C-245/04, DStR 2006, 699 – EMAG Handel Eder; C-430/09, DStR 2011, 239 – Euro Tyre). Die „logische Sekunde" des Ersterwerbs berührt den **Lieferzeitpunkt nicht.** Es ist deshalb für die Bestimmung von Ort und Zeitpunkt der Lieferung ohne Bedeutung, welcher Unternehmer während der Beförderung die tatsächliche Sachherrschaft über den Gegenstand hat (*Heuermann* in Sölch/Ringleb § 3 Rn. 459a mwN).

203–205 *einstweilen frei*

9. Reihengeschäft

206 **a) Begriff.** Als **Reihengeschäft** bezeichnet man Geschäfte, bei denen mehrere Personen über denselben Gegenstand Lieferverträge abschließen und diese Geschäfte dadurch erfüllt werden, dass der Gegenstand unmittelbar vom ersten zur Lieferung verpflichteten Unternehmer zu dem letzten Abnehmer in der Reihe gelangt (§ 3 Abs. 6 S. 5). Reihengeschäfte können sowohl innerhalb Deutschlands als auch grenzüberschreitend innergemeinschaftlich oder mit Drittlandsbezug vorliegen. Die Annahme eines Reihengeschäftes erfordert die **Beteiligung von mindestens drei Personen,** die über denselben Liefergegenstand zwei Liefergeschäfte abgeschlossen haben (vgl. BFH V R 3/10, DStR 2011, 2047). Eine Begrenzung auf eine bestimmte Anzahl besteht dagegen nicht; vielmehr können beliebig viele Unternehmer an einem Reihengeschäft beteiligt sein. Nach dem Wortlaut der Vorschrift können an dem Reihengeschäft nur Unternehmer beteiligt sein. Die Regeln für das Reihengeschäft gelten jedoch uneingeschränkt auch dann, wenn ein Nichtunternehmer als Abnehmer beteiligt ist (UStAE 3.14 Abs. 18). Bei innergemeinschaftlichen Warenbewegungen ist jedoch ggf. § 3c zu beachten (vgl. → § 3c Rn. 3f.). Ist jedoch einer der Unternehmer mehrfach in dieselbe Lieferkette eingeschaltet, liegen insoweit keine Lieferungen vor (BFH XI R 74/95, BStBl. II 1997, 157).

Beispiel für Reihengeschäft: Der Händler H verkauft dem Käufer K einen Pkw. H bestellt diesen bei dem Fabrikanten F. K holt den Pkw selbst bei F ab. Mit der Übergabe des Wagens von F an K vollzieht sich gleichzeitig die Lieferung von F an H und von H an K.

b) Zuordnung der Beförderung nur zu einer Lieferung. Wird bei einem Reihengeschäft der Gegenstand durch einen der Beteiligten befördert oder versendet, kann nach der Konzeption des § 3 Abs. 6 S. 5 und 6 nur für **eine** der **Lieferungen** von einer **Beförderungs- oder Versendungslieferung** ausgegangen werden. Die anderen Lieferungen sind als sog. ruhende Lieferungen zu behandeln; für sie bestimmt sich der Ort der Lieferungen nach Abs. 7 Satz 2 (vgl. → Rn. 221). Verbleibt die Ware im Inland, ergeben sich hieraus keine Konsequenzen. Denn dann sind alle Lieferungen im Inland steuerbar und grundsätzlich steuerpflichtig. Gelangt dagegen der Gegenstand bei der Beförderung oder Versendung von einem Staat in einen anderen, ist die Zuordnung von entscheidender Bedeutung (vgl. BFH V R 3/10, DStR 2011, 2047). Denn nur hinsichtlich der Beförderungslieferung kann eine Ausfuhrlieferung iSd § 6 (vgl. → Rn. 10) oder eine **innergemeinschaftliche Lieferung** iSd § 6a (vgl. → Rn. 8) oder eine **Einfuhrlieferung** iSd Abs. 8 (vgl. → Rn. 222) oder ein **innergemeinschaftlicher Erwerb** iSd § 1a (vgl. → § 1a Rn. 8) vorliegen. Der **EuGH** hat diese **deutsche Sichtweise bestätigt** und klargestellt, dass bei Reihengeschäften höchstens **eine** der **Lieferungen** als innergemeinschaftliche Lieferung bzw. als Ausfuhrlieferung **steuerfrei** sein kann (EuGH C-245/04, DStR 2006, 699 – EMAG Handel Eder; C-430/09, DStR 2011, 239 – Euro Tyre). 207

c) Zuordnung zur ersten Lieferung als (widerlegbare) Vermutungsregelung. Befördert oder versendet der mittlere Unternehmer den Liefergegenstand vom ersten Unternehmer zum letzten Abnehmer, ist gemäß **§ 3 Abs. 6 S. 6** regelmäßig **die erste Lieferung** die **bewegte Lieferung.** Die Regelung enthält die **widerlegbare Vermutungsregelung** der Zuordnung der Warenbewegung zur ersten Lieferung. Etwas anderes gilt nur dann, wenn der mittlere Unternehmer als „Lieferer" auftritt. 208

aa) Maßgeblichkeit des Transportverantwortung nach Auffassung der Finanzverwaltung. Nach der **Verwaltungsauffassung** ist die **Verantwortung für den Transport** das maßgebliche Kriterium für die Zuordnung der bewegten Waren. Entscheidend ist danach, wer den Warentransport beauftragt (Transportauftrag) oder mit eigenen Mitteln übernimmt. Die Bestimmung der bewegten Lieferung ist unproblematisch, wenn der Erstlieferant oder der Endabnehmer den Transport übernimmt. Denn der Erstlieferant ist nur an der ersten, der Endabnehmer nur an der letzten Lieferung beteiligt. Übernimmt der **mittlere Unternehmer** (Zwischenhändler) den Transport, wird nach **§ 3 Abs. 6 S. 6 vermutet,** dass der dies **„als Abnehmer"** tut. Die Lieferung an ihn ist dann die bewegte Lieferung. Der Zwischenhändler kann die **Vermutung jedoch widerlegen,** indem er nachweist, dass er die Lieferung **„als Lieferer"** durchgeführt hat. Dann ist die Lieferung von ihm die bewegte Lieferung. Aus der Formulierung lässt sich entnehmen, dass der Abnehmer, der zugleich Lieferer ist, ein **Wahlrecht** hat, welcher Lieferung er die Warenbewegung zugeordnet haben möchte. 209

Der mittlere Unternehmer führt bei innergemeinschaftlichen Reihengeschäften die Lieferung „als Lieferer" durch, wenn er unter einer **USt-IdNr. des Abgangsstaates auftritt** und **Gefahr und Kosten des Transports** aufgrund der vereinbarten Lieferkonditionen trägt (UStAE 3.14 Abs. 7 S. 3, Abs. 10 S. 1). Den Anforderungen an die Lieferkonditionen ist genügt, wenn handelsübliche Lieferklauseln (zB Incoterms) verwendet werden (UStAE 3.14 Abs. 7 S. 3). Im Fall der Versendung soll auf die Auftragserteilung an den selbstständigen Beauftragten (Spediteur) abzustellen sein (UStAE 3.14 Abs. 7 S. 4). 210

Beispiel: M aus München verkauft an N aus den Niederlanden eine Maschine. Lieferbedingung ist „ab Werk". N verwendet gegenüber M seine deutsche USt-IdNr. N verkauft die Maschine weiter an B aus Belgien. In diesem Vertrag ist als Lieferort das Fabrikgelände des B vereinbart. N beauftragt einen Spediteur S die Maschine von M zu B zu transportieren.

Die Warenbewegung ist grundsätzlich der Lieferung des M an N zuzurechnen. Hier ist es allerdings anders. Mit der Verwendung seiner deutschen USt-IdNr. (USt-IdNr. des Ausgangsstaates) und der Auftragserteilung an den Spediteur hat N nachzuweisen, dass er den Gegenstand in seiner Eigenschaft „als Lieferer" befördert hat. Mithin ist die Warenbewegung seiner Lieferung an B zuzuordnen. Die Lieferung des N an B wäre danach als innergemeinschaftliche Lieferung steuerfrei. B müsste einen innergemeinschaftlichen Erwerb in Belgien versteuern, M hätte eine der bewegten Lieferung vorangehende ruhende Lieferung im Inland zu versteuern.

Die **Verwaltungsauffassung** steht allerdings im **Widerspruch zur neuen Rspr.** des BFH (vgl. → Rn. 214 mwN).

211 **bb) Unionskonforme Auslegung des § 3 Abs. 6 S. 6.** Die **MwStSystRL enthält keine vergleichbare Regelung wie § 3 Abs. 6 S. 6.** Es sind daher die allgemeinen Grundsätze heranzuziehen. Die Beförderung ist nur einer der Lieferungen zuzuordnen (→ Rn. 207). Zwei aufeinander folgende Lieferungen sind – auch wenn sie nur zu einer Warenbewegung führten – als eine nach der anderen erfolgt anzusehen. Deshalb kann der Zwischenerwerber die Befähigung, wie ein Eigentümer über den Gegenstand zu verfügen, dem Zweiterwerber nur übertragen, wenn er sie zuvor vom Ersterwerber erhalten hat (EuGH C-430/09, DStR 2011, 239 – Euro Tyre). Daraus folgert der EuGH, dass die **Zuordnung der Warenbewegung zur ersten Lieferung der Regelfall** und die Zuordnung der Warenbewegung zur zweiten Lieferung die Ausnahme ist.

212 Entscheidend ist insbesondere die Feststellung, **ob** der **Enderwerber** bereits im **Abgangsstaat** eine **eigentümergleiche Verfügungsmacht** erlangt. Wenn dies der Fall ist, lässt sich die grenzüberschreitende Warenbewegung nicht mehr der ersten Lieferung zuordnen, weil die zweite Lieferung schon vor dem Grenzübertritt vollendet ist. **§ 3 Abs. 6 S. 6 ist dergestalt unionskonform auszulegen,** dass regelmäßig die erste Lieferung die grenzüberschreitende ist, es sei denn, der Endabnehmer erlangt bereits im Abgangsstaat die eigentümergleiche Verfügungsmacht (EuGH C-430/09, DStR 2011, 239 – Euro Tyre; C-587/10, DStR 2012, 2014 – VSTR).

213 **Man orientiert sich an folgendem Prüfungsschema** nach *Langer* NWB 2015, 1684:

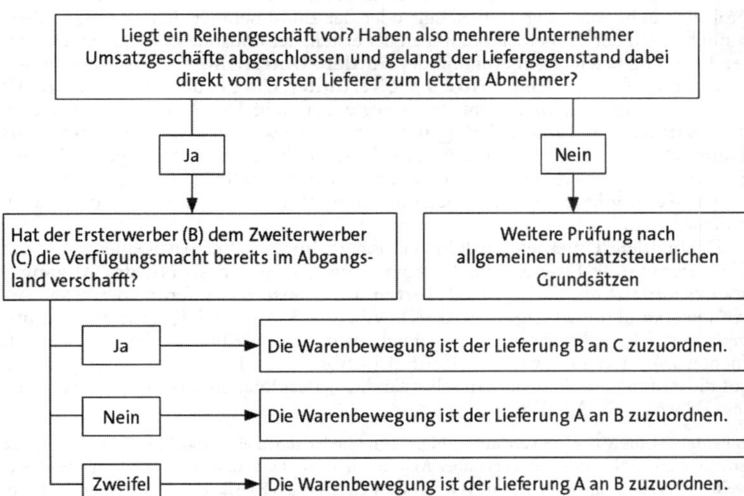

214 **cc) Maßgeblichkeit der Verschaffung der eigentümerähnlichen Verfügungsmacht.** Der **BFH** (XI R 11/09, DStR 2013, 1597) hat diese Grundsätze übernommen und seine Rechtsprechung jüngst noch einmal ausdrücklich gegen Kritik verteidigt und bestätigt (XI R 15/14, DStR 2015, 748 und XI R 30/13, DStR 2015, 825). Maßgebend für die Zuordnung der bewegten Lieferung ist daher der **Zeitpunkt der Verschaffung der Verfügungsmacht.** Dabei ist eine **Gesamtwürdigung** aller **objektiven Umstände** vorzunehmen. Subjektive Erwägungen spielen keine Rolle. Es kommt deshalb **nicht** auf Verpflichtungen und Absichtsbekundungen oder **Mitteilungen über den Weiterverkauf** an (so noch BFH V R 3/10, DStR 2011, 2046 und FG Münster 5 K 3930/10 U, MwStR 2014, 281). Es besteht daher gerade kein – auf subjektiven Erwägungen beruhendes – einseitiges Wahlrecht zugunsten des mittleren Unternehmers. Auch das von der **FVerw bislang berücksichtigte Kriterium der Transportverantwortlichkeit hat ausgedient** (*Salder* MwStR 2015, 572). Damit wird dem Grundsatz Rechnung getragen, dass auch bei Reihengeschäften eine klare Abgrenzung der Steuerhoheit der Mitgliedstaaten zu gewährleisten ist. Das steuerliche Ergebnis darf nicht zur Disposition der Unternehmer stehen. Dies wäre möglich, wenn der Ersterwerber dem Lieferanten den Weiterverkauf bewusst mitteilt oder verschweigt.

Gleichwohl soll die **übereinstimmende Behandlung** der bewegten Lieferung durch die Beteiligten ein Indiz dafür sein, dass dies auch den tatsächlichen Verhältnissen entspricht (BFH XI R 30/13, DStR 2015, 825). Ein **vereinbarter Eigentumsvorbehalt** ist ebenfalls ein wichtiges Indiz für die Verschaffung der Verfügungsmacht (FG RhPf 3 K 1364/15, EFG 2016, 1381 – Rev. XI R 17/16).

215 Bei der **Gesamtwürdigung aller objektiven Umstände** ist die **Vermutungsregelung des § 3 Abs. 6 S. 1** zum Zeitpunkt der Verschaffung der Verfügungsmacht (nämlich bei bewegten Lieferungen mit Beginn des Tranports) **unbeachtlich.** Denn der Zeitpunkt der Verschaffung der Verfügungsmacht ist nicht zwingend an den Transportbeginn geknüpft (zwei getrennte Tatbestandsmerkmale, vgl. → Rn. 201).

216 Die Verschaffung der Verfügungsmacht (§ 3 Abs. 1) bzw. die Übertragung der Befähigung, wie ein Eigentümer über die Sache zu verfügen (Art. 14 Abs. 1 MwStSystRL), erfordert, dass dem Erwerber die **wirtschaftliche Substanz, Wert** und **Ertrag** an dem **betreffenden Gegenstand übertragen** werden. Die Besitzübertragung allein ist nicht ausreichend (EuGH C-435/03, BeckRS 2005, 70557 – British American Tobacco). Die **Incoterms** regeln lediglich die Gefahrtragung und taugen nur mittelbar als Indiz für die Verschaffung der Verfügungsmacht. Diese ist regelmäßig, **aber nicht notwendigerweise mit dem zivilrechtlichen Eigentumsübergang verbunden.** Die zivilrechtlichen Vorgaben können allein und unmittelbar nicht maßgebend sein, weil das Zivilrecht in den einzelnen Mitgliedstaaten unterschiedlich ausgeprägt ist (zB kennt das französische Code civil keine Unterscheidung zwischen Kausalgeschäft und abstraktem Geschäft – Abstraktionsprinzip). Es bedarf daher einer **EU-einheitlichen autonomen umsatzsteuerlichen Auslegung** des Begriffs der Übertragung der eigentumsähnlichen Verfügungsmacht.

217 Der Zeitpunkt der Verschaffung der eigentumsähnlichen Verfügungsmacht dürfte in der Praxis weiterhin streitanfällig sein. **Rechtssicherheit** auf Basis der neuen Rechtsprechung können die Beteiligten durch eine **separate Vertragsklausel** erlangen, in welcher der Zeitpunkt der umsatzsteuerlich maßgebenden Verschaffung der eigentumsähnlichen Verfügungsmacht geregelt ist. Dies gilt natürlich nur, wenn das Vereinbarte auch **tatsächlich durchgeführt** wird.

218 Von der Rechtssicherheit aufgrund einer Vertragsklausel (→ Rn. 217) ist das **„Bestätigungsverfahren“** (vgl. BFH XI R 15/14, DStR 2015, 748 Rn. 70) zu unterscheiden. Hier lässt sich der erste Unternehmer von seinem Abnehmer bestätigen, dass dieser die Verfügungsmacht dem weiteren Abnehmer erst im Bestimmungsland und nicht schon im Abgangsland verschafft. Bei diesem „Bestätigungsverfahren“ handelt es sich um eine **Vertrauensschutzregelung** zu Gunsten des ersten Unterneh-

mers. Der Zeitpunkt der objektiv zu beurteilenden Verschaffung der Verfügungsmacht wird durch die „Absichtsbekundung" des mittleren Unternehmers nicht berührt.

219 *einstweilen frei*

220 **d) Abweichende Zuordnung der Warenbewegung bei Einfuhrlieferungen.** Die Zuordnung der Warenbewegung zu der Lieferung, bei der der Lieferer oder der Abnehmer die Ware befördert oder versendet, unterliegt jedoch Einschränkungen. Für **Einfuhrlieferungen** ergibt sich aus Abs. 8, dass im Falle eines Reihengeschäfts, bei dem der Gegenstand aus dem Drittlandsgebiet eingeführt wird, die Warenbewegung der Lieferung zuzurechnen ist, bei der der Abnehmer die EUSt schuldet (aA *Langer* DB 1997, 116). Denn danach gilt im Falle der Einfuhr eine Lieferung als im Inland ausgeführt, wenn der Lieferer oder sein Beauftragter Schuldner der EUSt ist. Schuldet dagegen der Abnehmer oder sein Beauftragter die EUSt, kann die Lieferung nicht als im Inland ausgeführt angesehen werden. Dass die Regelung des Abs. 8 die allgemeine Regel zur Zuordnung der Warenbewegung verdrängt, entsprechend auch der Praxis der anderen Mitgliedstaaten (vgl. *Ruppe,* Kommentar zum UStG, § 3 Tz. 67).

Beispiel: Der deutsche Unternehmer D bestellt beim österreichischen Unternehmer A Kaviar. Da dieser diesen nicht vorrätig hat, bestellt A seinerseits die gewünschte Menge bei dem ungarischen Großhändler H. Dieser bestellt seinerseits die gewünschte Menge Kaviar bei dem russischen Händler R. In allen Fällen ist vereinbart, dass die Lieferung an dem Sitz des D in Deutschland zu erfolgen haben. Jedoch liefern H und R unverzollt und unversteuert. R beauftragt den Spediteur S mit dem Transport, der die Waren bei R abholt und zu D nach Deutschland befördert. Die Verzollung wird jedoch durch S an der Grenze zu Deutschland im Namen und im Auftrag des A durchgeführt.

Weil A Schuldner der deutschen EUSt ist, gilt (nur) seine Lieferung als im Inland ausgeführt (Abs. 8). Dass R die Waren versendet und somit nach der Grundregel die Warenbewegung der Lieferung des R an den H zuzurechnen ist, ist nicht mehr von Bedeutung. Denn die Regel des Abs. 6 S. 5 wird durch Abs. 8 verdrängt. Die Lieferung des H an A kann deshalb nicht nach Abs. 7 S. 2 Nr. 2 als im Inland ausgeführt angesehen werden.

221 Nach Auffassung der Finanzverwaltung kommt allenfalls ein Verzicht auf die Steuererhebung für die der Einfuhrlieferung nach Abs. 8 vorangegangenen Lieferung nach § 50 UStDV in Betracht (vgl. Abschn. 31 a Abs. 15 f. UStR aF); dies wird jedoch idR zu demselben Ergebnis führen. Durch das StÄndG 2003 ist § 50 UStDV mit Wirkung zum 1.1.2004 durch **§ 4 Nr. 4b** ersetzt worden. Nunmehr sind die der Einfuhr vorangegangenen Lieferungen **steuerfrei** (UStAE 3.14 Abs. 16).

222 **e) Abweichende Zuordnung der Warenbewegung bei innergemeinschaftlichen Lieferungen/Erwerben.** Entsprechend wie bei Einfuhrlieferungen wird man eine abweichende Zuordnung der Warenbewegung in den Fällen innergemeinschaftlicher Warenbewegungen zulassen müssen, in denen der Lieferer, der den Gegenstand befördert oder versendet, in demselben Mitgliedstaat ansässig ist wie sein Abnehmer. Dies ergibt sich auch aus der Sonderregelung für sog. innergemeinschaftliche Dreiecksgeschäfte iSd § 25b, wonach in diesen Fällen bei drei Beteiligten die Vereinfachungsregelung nicht anwendbar ist (vgl. zu den Einzelheiten § 25b). In diesen Fällen wird man die Warenbewegung vielmehr der Lieferung desjenigen zurechnen müssen, der das Liefergeschäft mit dem in einem anderen Staat ansässigen Abnehmer abgeschlossen hat. Nach BMF 18.4.1997, BStBl. I 1997, 529 Rn. 17 ist eine anderweitige Zuordnung jedenfalls dann zu akzeptieren, wenn dies dem Recht des anderen Mitgliedstaates entspricht und dieser Zuordnung tatsächlich gefolgt wird (diese Ausführungen wurden jedoch nicht in die UStAE 3.14 übernommen; ob sie dennoch weiterhin anwendbar sind, ist offen).

Beispiel: Der französische Unternehmer F bestellt bei D aus Düsseldorf eine Maschine. Dieser gibt den Auftrag weiter an den Hersteller A aus Aachen. In allen Verträgen wird vereinbart, dass die Lieferung an dem Sitz des F zu erfolgen haben. A beauftragt den Spediteur S mit dem Transport, der die Waren bei A abholt und zu F befördert.

Nach der Grundregel wäre demgegenüber die Warenbewegung der Lieferung des A an den D zuzurechnen. Deshalb käme nur für die Lieferung des A die Annahme einer innergemeinschaftlichen Lieferung iSd § 6a in Betracht. D müsste einen innergemeinschaftlichen Erwerb und eine anschließende Lieferung in Frankreich versteuern. Es ist jedoch auch zulässig, die Warenbewegung der Lieferung des D an F anzuordnen, wenn dies dem französischen Recht entspricht und die Beteiligten dieser Zuordnung folgen. In diesem Fall ist die Lieferung des A grundsätzlich steuerpflichtig und die Lieferung des D an F in Deutschland steuerbar, aber als innergemeinschaftliche Lieferung grundsätzlich steuerfrei. F müsste in Frankreich einen innergemeinschaftlichen Erwerb versteuern.

Entsprechendes gilt für den Fall, dass der letzte Abnehmer und sein Lieferant in 223
demselben Mitgliedstaat ansässig sind. In diesem Fall ist die Warenbewegung an den ersten Abnehmer, der im Bestimmungsland ansässig ist und mit einem in anderem Mitgliedstaat ansässigen Lieferer das Liefergeschäft abgeschlossen hat. Dies betrifft insbesondere die sog. Abholfälle, bei denen der letzte Abnehmer die Ware beim ersten Lieferer abholt.

Beispiel: M aus München bestellt bei D aus Düsseldorf eine Maschine. D bestellt diese Maschine bei dem Hersteller B in Belgien. Weil nur M über den für den Transport der Maschine erforderlichen Lastwagen verfügt, wird in allen Verträgen als Lieferbedingung „ab Werk" vereinbart. D verwendet gegenüber B seine in Deutschland erteilte USt-IdNr. während M keine USt-IdNr. hat.

Würde in diesem Fall die Warenbewegung nach der Grundregel der Lieferung des D an M zugeordnet, wäre die Lieferung des D als innergemeinschaftliche Lieferung in B und der Erwerb des M als innergemeinschaftlichen Erwerb anzusehen. Soweit es belgischem Recht entspricht und die Beteiligten dem tatsächlich folgen, ist es aber auch zulässig, die Warenbewegung der Lieferung des B an D zuzuordnen. In diesem Fall hat D einen innergemeinschaftlichen Erwerb in Deutschland zu versteuern. Seine Lieferung an M wäre in Deutschland steuerbar und grundsätzlich steuerpflichtig.

f) Ort der Beförderungslieferung der vorangegangenen und nachfolgen- 224
den Lieferungen. Besondere Regelungen hinsichtlich des Verfahrens gelten für sog. **innergemeinschaftliche Dreiecksgeschäfte** (vgl. § 25b). Nach Abs. 7 S. 2 Nr. 1 sind die Lieferungen, die der als Beförderungs- oder Versendungslieferung anzusehenden Lieferung vorausgehen, als an dem Ort ausgeführt anzusehen, an dem die Beförderung oder Versendung beginnt. Die Lieferungen, die der als Beförderungs- oder Versendungslieferung anzusehenden Lieferung folgen, sind als an dem Ort ausgeführt anzusehen, an dem die Beförderung oder Versendung endet).

Beispiel: Der belgische Unternehmer B bestellt bei dem in den Niederlanden ansässigen Großhändler NL eine dort nicht vorrätige Ware. NL gibt die Bestellung an den österreichischen Großhändler A in Bregenz weiter. A bestellt die Ware beim Hersteller D in Köln. D befördert die Ware von Köln mit eigenem Lkw unmittelbar nach Belgien und übergibt sie dort B.

Bei diesem Reihengeschäft werden nacheinander drei Lieferungen (D an A, A an NL und NL an B) ausgeführt. Die erste Lieferung D an A ist die Beförderungslieferung. Der Ort der Lieferung liegt nach Abs. 6 S. 5 iVm S. 1 in Deutschland (Beginn der Beförderung). Die zweite Lieferung A an NL und die dritte Lieferung NL an B sind ruhende Lieferungen. Für diese Lieferung liegt der Lieferort nach Abs. 7 S. 2 Nr. 2 jeweils in Belgien (Ende der Beförderung), da sie der Beförderungslieferung folgen.

g) Ruhende Lieferung. Wird der Gegenstand weder durch den Lieferer noch 225
durch den Abnehmer befördert oder versendet, gilt die Lieferung als dort ausgeführt,

wo sich der Gegenstand im Zeitpunkt der Verschaffung der Verfügungsmacht befindet (Abs. 7 S. 1). Zur Verschaffung der Verfügungsmacht → Rn. 51f. und 214. Diese Regelung betrifft insbesondere die Lieferung (einschließlich der Werklieferung) von Gebäuden und anderen unbeweglichen Wirtschaftsgüter. In Betracht kommen aber auch die Fälle der Lieferung von Gegenständen, die sich in einem Lager befinden oder zum Zeitpunkt der Lieferung an Bord eines Schiffes befinden (siehe aber auch § 3e und die dortigen Ausführungen); in diesen Fällen erfolgt die Verschaffung der Verfügungsmacht idR durch die Vereinbarung eines Besitzkonstituts (§ 930 BGB), Abtretung des Herausgabeanspruchs (§ 931 BGB) oder Übergabe von sog. Traditionspapieren, die das Eigentum am Liefergegenstand verkörpern (zB Lagerscheine, Konossemente). Deshalb kommt es in diesen Fällen darauf an, wo sich der Liefergegenstand zu diesem Zeitpunkt befindet.

226 **h) Einfuhrlieferung.** Für die Lieferung eines Gegenstands, der aus dem Drittlandsgebiet eingeführt wird (Einfuhrlieferung), enthält Abs. 8 eine Sonderregelung. Danach gilt die Lieferung eines Gegenstands als im Inland ausgeführt, wenn der **Lieferer** oder sein Beauftragter **Schuldner der EUSt** ist. Mit dieser Regelung soll ein teilweiser steuerfreier Verbrauch verhindert werden: Wird der Gegenstand durch den Lieferer aus dem Drittland ins Inland befördert oder versendet, wäre Lieferort nach Abs. 6 im Drittland und damit nicht steuerbar. Ist er auch Schuldner der EUSt wäre es möglich, dass nur der unter dem Verkaufspreis liegende Einfuhrwert der USt unterläge; die Differenz bliebe unversteuert. Durch **Abs. 8 wird der Ort der Lieferung ins Inland verlagert,** so dass der gesamte Verkaufswert besteuert wird. Daneben wird dem Lieferer der Abzug der EUSt als Vorsteuer erleichtert (§ 15 Abs. 1 Nr. 2).

227 **Schuldner der EUSt** ist nach §§ 13 Abs. 2, 21 Abs. 2 iVm Art. 201 Abs. 3 S. 1 ZK grundsätzlich der **Anmelder** oder die Person, in deren Namen eine Zollerklärung abgegeben wird. Maßgebend hierfür sind die zivilrechtlichen Vereinbarungen zwischen Lieferer und Abnehmer. Wenn der Lieferer Schuldner der EUSt sein soll, lautet die **Lieferkondition „verzollt und versteuert"** (vgl. *Martin* in Sölch/Ringleb § 3 Rn. 514 mwN).

228 Schuldner der EUSt iSd § 3 Abs. 8 ist auch derjenige, dessen Umsätze zwar gemäß **§ 1 Abs. 1 Nr. 4 steuerbar,** jedoch nach **§ 5 steuerbefreit** sind, wo also tatsächlich keine EUSt anfällt (BFH V R 32/05, UR 2007, 768). Den Urteilsgründen ist zu entnehmen, dass dieses Ergebnis – **über § 42 AO** – auch dann gelten soll, wenn – anders als im Streitfall – der Abnehmer aufgrund wirksamer vertraglicher Abreden Schuldner der EUSt sein sollte (ebenso jüngst BFH XI R 17/13, BStBl. II 2015, 1024)

229 *einstweilen frei*

IV. Sonstige Leistung

1. Allgemeines

230 Der **Begriff der sonstigen Leistungen** ist in § 3 Abs. 9 negativ dahingehend bestimmt, dass alle Leistungen, die nicht Lieferungen sind, sonstige Leistungen darstellen. Er ist daher gleichsam im Subtraktionsverfahren zu ermitteln: Erst ist festzustellen, ob überhaupt eine Leistung vorliegt, sodann, ob es sich um eine Lieferung handelt. Ist das nicht der Fall, liegt eine sonstige Leistung vor. Zur Abgrenzung sind daher die Grundsätze über das Vorliegen einer Lieferung heranzuziehen (→ Rn. 18f.; zum Begriff der Leistung → § 1 Rn. 9ff.).

231 Der Grundsatz der **Einheitlichkeit der Leistung** (→ Rn. 19f.) gilt auch hier: Eine einheitliche Leistung liegt vor, wenn ihre Teile so ineinandergreifen, dass sie bei natürlicher Betrachtung hinter dem Ganzen zurücktreten (BFH X R 4/80, BStBl. II 1988, 744; V R 58/94, BStBl. II 1997, 160 – Pauschalreise auf Kabinenschiffen).

Diese Rechtsprechung hat der EuGH bestätigt und ausgeführt, dass Leistungsvorgänge, die sich aus der Sicht des **durchschnittlichen Verbrauchers** als einheitliche Leistung darstellen, nicht in einzelne Bestandteile zerlegt werden dürfen (EuGH C-150/99, UR 2001, 153 – Stockholm Lindöpark; ebenso BFH V R 97/98, BStBl. II 2001, 658 – Überlassung von Sportanlagen).

Bei einheitlichen gemischten Leistungen, die sowohl **Lieferungs- als auch Dienstleistungselemente** aufweisen, kommt es darauf an, ob aus Sicht des **Durchschnittsverbrauchers** die Lieferungs- oder die Dienstleistungselemente **überwiegen** (vgl. → Rn. 23). Das wird vor allem bei der Abgrenzung zwischen **Werklieferung** und **Werkleistung** deutlich (→ Rn. 183). Die **Bewirtung** in **Restaurants** ist als sonstige Leistung anzusehen (Restaurations-)Dienstleistungen können auch mit kleineren Lieferungen verbunden werden (EuGH C-231/94, UR 1996, 220 – Faaborg-Gelting Linie; zur Abgrenzung von den steuerbegünstigten Außer-Haus-Verkäufen → Rn. 238 f.). Gleiches gilt für die **Kfz-Inspektion,** die trotz kleinerer Lieferungen (zB Öl- oder Zündkerzenwechsel) eine sonstige Leistung darstellt (EuGH C-322/99 und 323/99, UR 2001, 293 – Fischer und Brandenstein, vgl. → Rn. 22). 232

Die **Baubetreuung** ist idR keine einheitliche Leistung, weil sie auf einem Bündel verschiedener Vertragstypen mit unterschiedlichen Rechtsfolgen und unterschiedlich langer Leistungsdauer beruht (vgl. BMF 27.6.1986, BStBl. I 1986, 352). Ob die **Vergütung „Kost und Logis"** eine einheitliche Leistung darstellt, ist zweifelhaft (verneinend BFH V R 99/76, BStBl. II 1986, 877, mit Anm. HFR 1986, 643; aA *Weiß* UR 1986, 291). 233

Bei freihändiger Veräußerung eines Grundstückes durch den Insolvenzverwalter im Insolvenzverfahren aufgrund einer mit dem Grundpfandgläubiger getroffenen Vereinbarung gegen vereinbarungsgemäße Einbehaltung eines Massekostenbeitrages liegt neben der Grundstückslieferung an den Erwerber eine Leistung an den Grundpfandgläubiger vor (BFH V R 28/09, DStR 2011, 1853; vgl. → Rn. 108 mwN). 233a

Typische sonstige Leistungen sind zB Vermietung und Verpachtung, Dienstleistungen aller Art (insbesondere auch die Tätigkeit der Angehörigen der freien Berufe), Beförderungs-, Spediteur- und Lagergeschäfte, Werkleistungen, Vermittlungsgeschäfte, Darlehnsgewährung usw. Neben diesen im BGB und HGB geregelten Leistungstypen kommen aber alle anderen Leistungen in Betracht, die einen **wirtschaftlichen Wert** haben und daher **Gegenstand eines Leistungsaustauschs** sind (vgl. BFH V 94/65, BStBl. II 1969, 637). Zur Abgrenzung gegenüber Betätigungen, die sich nicht als Leistungen im wirtschaftlichen Sinn darstellen, siehe BFH V R 2/70, BStBl. II 1973, 172 betrifft Unterhaltung von Sparkonten. Eine Aufzählung einer Vielzahl sonstiger Leistungen enthält § 3 a, wo der Ort der sonstigen Leistungen geregelt ist. 234

2. Dulden und Unterlassen

Duldungen und Unterlassungen stellen nach der ausdrücklichen Regelung des § 3 Abs. 9 S. 2 sonstige Leistungen dar. **Dulden** ist das Gestatten einer fremden Tätigkeit im eigenen Rechtskreis (zB Vermietung, Verpachtung, Lizenzvergabe). Bei einem **behördlich angeordneten** Gebäudeabriss (Sanierungsgebiet) gegen Entschädigung liegt kein steuerbarer Leistungsaustausch vor (BFH V R 10/00, BFH/NV 2001, 400). 235

Unterlassen ist der bewusste Verzicht auf eine Tätigkeit, dem auf Seiten des Leistungsempfängers ein wirtschaftlicher Vorteil entspricht, zB Verzicht auf Wettbewerb (RFH RStBl. 1932, 956; 1934, 589; 1937, 392), auf die Ausübung einer gewerblichen Tätigkeit (RFH RStBl. 1937, 686; 1941, 23) oder die Ausnutzung bewilligter Kontingente (RFH RStBl. 1926, 227). Der Verzicht auf Vertragserfüllung kann eine sonstige Leistung sein (EuGH C-63/92, BB 1994, 561 – Lubbock Fine; BFH V R 34/03, BFH/NV 2005, 2138). Gleiches gilt für den Verzicht auf die Ausübung des Amtes als Testamentsvollstrecker (BFH V R 40/02, UR 2004, 470). 236

237 Durch die Einfügung von Satz 3 in § 3 Abs. 9 wird klargestellt, dass in den Fällen der §§ 27 und 54 UrhG sowohl die Verwertungsgesellschaften als auch die Urheber selbstständige sonstige Leistungen ausführen. § 27 UrhG betrifft das Vermieten und Verleihen von Vervielfältigungsstücken eines geschützten Werkes, § 54 UrhG regelt die Vergütungspflicht der Hersteller von Geräten bzw. Bild- oder Tonträgern, mit denen geschützte Werke üblicherweise vervielfältigt werden. Praktische Bedeutung hat die Neuregelung insbesondere für die sog. **Bibliotheksabgabe** und die sog. **Leerkassettenvergütung** (zu den Einzelheiten siehe *Martin* in Sölch/Ringleb § 3 Rn. 535 ff.).

3. Abgabe von Speisen und Getränken zum sofortigen Verzehr

238 **a) Allgemeines.** Bei der Abgabe von Speisen und Getränken ist **umsatzsteuerlich zu unterscheiden** zwischen der begünstigten Lieferung von Speisen (§ 12 Abs. 2 Nr. 1 iVm Anlage 2 – sog. „Außer-Haus-Verkäufe“) und dem Verzehr derselben „an Ort und Stelle“, welcher als sonstige Leistung dem Regelsteuersatz unterfällt.

239 **b) Wegfall von Abs. 9 Satz 4 und 5.** Diese Unterscheidung vollzog sich **bis zum 28.12.2007** nach Abs. 9 Satz 4 und 5 (siehe 8. Auflage, § 3 Rn. 87 f.). Durch das **JStG 2008** (BGBl. 2007 I 3150) wurde die Regelung in **Abs. 9 Satz 4 und 5 aufgehoben,** nachdem der BFH (V R 55/04, BStBl. II 2007, 480) die Vorschrift zuvor als nicht in vollem Umfang EU-rechtskonform angesehen hatte. Zum einen fehle der Vorschrift eine EU-rechtliche Vorgabe; zum anderen stehe sie im Widerspruch zur Rechtsprechung des EuGH (C-231/94, UR 1996, 220 – Faarborg-Gelting Linie; C-491/03, BFH/NV Beilage 3, 2005, 210 – Hermann), wonach nicht jede Abgabe von Speisen und Getränken zum Verzehr an Ort und Stelle zwingend als sonstige Leistung anzusehen sei (BFH V R 55/04, BStBl. II 2007, 480). **EU-rechtlich allein maßgebend** sei, ob der jeweilige Umsatz bei Anwendung der allgemeinen Grundsätze (vgl. → § 3 Rn. 23) als Lieferung oder sonstige Leistung anzusehen ist. Die in Abs. 9 Satz 4 und 5 (UStG aF) genannten **Abgrenzungskriterien** können als **Beweisanzeichen** weiter herangezogen werden (BT-Drs. 544/07, 100).

240 **c) Das EuGH-Urteil Bog ua.** Die bisherige Abgrenzung zwischen Lieferungen und sonstigen Leistungen bei Restaurationsleistungen ist durch das Urteil des EuGH C-497/09, DStR 2011, 515 – Manfred Bog ua auf ein neues Fundament gestellt worden. Das Urteil ist auf vier Vorlagebeschlüsse des BFH ergangen:
- V R 35/08, BFHE 227, 268, BStBl. II 2010, 376, EuGH C-497/09 – Manfred Bog, Nachfolgeentscheidung des BFH V R 35/08, BFH/NV 2011, 1811;
- V R 3/07, BFHE 227, 259, BStBl. II 2010, 372, EuGH C-499/09 – Cinemaxx, Nachfolgeentscheidung des BFH V R 3/07, DStR 2011, 1995;
- XI R 37/08, BFHE 227, 251, BStBl. II 2010, 368, EuGH C-501/09 – Lothar Lohmeyer, Nachfolgeentscheidung des BFH XI R 37/08, BFH/NV 2011, 1976;
- XI R 6/08, BFHE 227, 242, BStBl. II 2010, 364, EuGH C-502/09 – Fleischerei Nier, Nachfolgeentscheidung des BFH XI R 6/08, DStR 2012, 183.

241 Danach sind für die Abgrenzung zwischen Lieferungen und Dienstleistungen **sämtliche Umstände zu berücksichtigen,** unter denen der Umsatz abgewickelt wird, um dessen charakteristische Bestandteile zu ermitteln und darunter die dominierenden Bestandteile zu bestimmen (→ Rn. 61). Der **dominierende Bestandteil** ist aus der Sicht des Durchschnittsverbrauchers und – im Rahmen einer Gesamtbetrachtung – mit Rücksicht auf die **qualitative und nicht nur quantitative Bedeutung der Dienstleistungselemente** im Vergleich zu den Elementen einer Lieferung von Gegenständen zu bestimmen (→ Rn. 62). Da die Vermarktung eines Gegenstands stets mit einer minimalen Dienstleistung, wie dem Darbieten der Waren in Regalen oder dem Ausstellen einer Rechnung, verbunden ist, können bei der Beurteilung des Anteils der Dienstleistung an der Gesamtheit eines komplexen Geschäfts, zu dem auch die Lieferung eines Gegenstands gehört, nur diejenigen Dienst-

leistungen berücksichtigt werden, die sich von denen unterscheiden, die notwendig mit der Vermarktung eines Gegenstands verbunden sind (→Rn. 63).

Beim **Verkauf von Würsten, Pommes frites und anderen Nahrungsmitteln an Imbisswagen** oder -ständen **zum sofortigen warmen Verzehr** sowie von **Popcorn und „Tortilla"-Chips in Kino-Foyers** beschränkt sich die Zubereitung des warmen Endprodukts im Wesentlichen auf einfache, standardisierte Handlungen, die in den meisten Fällen nicht auf Bestellung eines bestimmten Kunden, sondern entsprechend der allgemein vorhersehbaren Nachfrage ständig oder in Abständen vorgenommen werden. Diese **einfache Zubereitung** stellt nicht den überwiegenden Bestandteil des fraglichen Umsatzes dar und kann diesem **nicht den Charakter einer Dienstleistung** verleihen, wenn nicht charakteristische Dienstleistungsbestandteile von Restaurationsumsätzen hinzutreten. In derartigen Fällen besteht bei der erforderlichen Gesamtbetrachtung das überwiegende Element in der **Lieferung von Speisen oder Mahlzeiten zum sofortigen Verzehr.** 242

Gleiches gilt für die **Bereitstellung behelfsmäßiger Vorrichtungen,** dh ganz einfacher Verzehrtheken ohne Sitzgelegenheit, um einer beschränkten Zahl von Kunden den Verzehr an Ort und Stelle im Freien zu ermöglichen. Solche behelfsmäßigen Vorrichtungen erfordern nur einen geringen personellen Einsatz. Diese geringfügigen Nebenleistungen ändern nichts an dem dominierenden Charakter der als Hauptleistung anzusehenden Lieferung von Gegenständen (→Rn. 70). Zu berücksichtigen sind nur **Einzelleistungen und Handlungen „des Steuerpflichtigen".** Mobiliar oder sonstige Verzehrvorrichtungen, die von anderen Unternehmern überlassen werden (zB Sitzgelegenheiten des benachbarten Biergartens, die von Kunden des Imbissbetriebes genutzt werden dürfen), sind daher unbeachtlich (→Rn. 76; ebenso BFH XI R 33/08, BFH/NV 2011, 1927 – anders noch BFH V R 38/05, BStBl. II 2007, 482). 243

Etwas anderes gilt bei von einem **Partyservice nach Hause gelieferten Speisen.** Diese sind im Allgemeinen nicht das Ergebnis einer bloßen Standardzubereitung, sondern weisen einen deutlich größeren Dienstleistungsanteil auf und erfordern mehr Arbeit und Sachverstand. Die **Qualität der Gerichte, die Kreativität sowie die Darreichungsform** sind hier Elemente, die in den meisten Fällen für den Kunden von entscheidender Bedeutung sind. Daher stellt die Tätigkeit eines Partyservice außer in den Fällen, in denen dieser lediglich Standardspeisen ohne zusätzliches Dienstleistungselement liefert oder in denen weitere, besondere Umstände belegen, dass die Lieferung der Speisen der dominierende Bestandteil des Umsatzes ist, eine **Dienstleistung** dar (BFH V R 28/12, MwStR 2013, 592 zur Rechtslage vor Inkrafttreten der MwStVO). Ist zu der Abgabe von Speisen **ein weiteres Dienstleistungselement** hinzugetreten (zB Überlassung von Geschirr, Besteck oder Stehtischen), rechtfertigt dies auch bei der Abgabe von **Standardspeisen** die Annahme einer Dienstleistung (BFH XI R 6/08, DStR 2012, 183). Das Grillen und Tranchieren eines Spanferkels vor Ort beim Kunden ist eine Dienstleistung (FG RhPf 6 K 1120/12, DStRE 2013, 1054). 244

Das Urteil Bog hat sicher nicht alle **Abgrenzungsprobleme bei Restaurationsleistungen gelöst,** so dass die bisherigen Abgrenzungskriterien in Grenzfällen nach wie vor von Bedeutung sind. Klar ist aber, dass der Verkauf von einfachen, standardisiert hergestellten Speisen an Imbissständen und in Kinos als Lieferung betrachtet wird, die Dienste eines Partyservice hingegen idR sonstige Leistungen sind. Das beantwortet nicht alle Fragen des Einzelfalles, das unsägliche Messen der Breite der Ablagebretter an Imbissbuden dürfte sich aber erledigt haben. Vgl. zum Ganzen →§ 12 Rn. 42ff. Die Finanzverwaltung (BMF 20.3.2013, BStBl. I 2013, 444) hat die Vorgaben der Rechtsprechung unter Berücksichtigung der MwStVO inzwischen umgesetzt (→Rn. 247). 245

Für Umsätze **ab Juli 2011** ist die unmittelbar rechtsverbindliche **MwStVO zu beachten.** Nach Art. 6 Abs. 2 MwStVO gilt die Abgabe von zubereiteten oder nicht 246 zubereiteten Speisen und/oder Getränken **mit oder ohne Beförderung, jedoch ohne andere unterstützende Dienstleistungen** nicht als Restaurant- oder Verpflegungsdienstleistung. **Im Gegensatz zu der og EuGH-Rechtsprechung** (C-497/09, DStR 2011, 515 – Bog ua) unterscheidet die MwStVO nicht nach der Qualität oder Intensität der Zubereitung, sondern allein danach, ob zubereitete oder nicht zubereitete Speisen lediglich zum Abnehmer befördert werden oder ob „andere zusätzliche Dienstleistungen" hinzukommen (*Martin* in Sölch/Ringleb § 3 Rn. 546 mwN). Wenn diese „anderen zusätzlichen Dienstleistungen" nur geringfügiger Art sind (zB behelfsmäßige Verzehrvorrichtungen, Einwegbesteck und Einwegverpackungen), ändern sie nichts an dem Charakter der Lieferung von Gegenständen. Anders ist es jedoch, wenn Geschirr, Besteck oder Mobiliar überlassen und gereinigt, Personal, Dekoration, Beleuchtung oÄ gestellt oder Planungs- und Beratungsleistungen (zB Menüabfolge) erbracht werden (vgl. BFH XI R 6/08, BFH/NV 2012, 531 – Partyservice mit Überlassung von Stehtischen; V R 18/10, DStR 2011, 1614 – Imbissstand mit Tisch und Bänken; bereits zuvor V R 55/04, BStBl. II 2007, 480 – Menüdienst für Altenheim mit Nutzungsüberlassung und Reinigung von Geschirr und Besteck; V R 38/05, BStBl. II 2007, 482 – Menüdienst für Schule mit Reinigung von Tischen und Geschirr der Schule). Dies gilt auch, sofern die **Verzehrvorrichtungen einvernehmlich durch Dritte zur Verfügung gestellt werden** (FG Hmb 6 K 132/15, MwStR 2016, 728; FG Bbg 7 K 7248/14, BeckRS 2016, 95752 – Rev. V R 61/16).

247 Das **BMF hat die Vorgaben der MwStVO inzwischen umgesetzt** (BMF 20.3.2013, BStBl. I 2013, 444) und **unterscheidet:**

– Dienstleistungen, die mit der Vermarktung von Lebensmitteln notwendig zusammenhängen und damit „unschädlich" sind (zB Zubereitung, Darbietung und Transport der Speisen, Beigabe von Einweggeschirr und -besteck, behelfsmäßige Verzehrvorrichtungen).
– Dienstleistungen, die sich nicht auf die Vermarktung von Lebensmitteln beschränken und damit „schädlich" sind (zB Servieren der Speisen, Gestellung von Bedienungspersonal, Überlassung von Tischen und Stühlen, Reinigung von Geschirr und Besteck).

Insoweit bleibt es bei einem **Imbissbetrieb** dabei, dass die Überlassung von Stehtischen unschädlich ist, die Überlassung von Tischen und Bänken (Festzeltgarnitur) dagegen nicht. Auf die tatsächliche Inanspruchnahme der Sitzgelegenheit kommt es nicht an. Maßgebend ist die Absichtserklärung des Kunden, die Speisen vor Ort verzehren zu wollen. Die Aufteilung kann zB durch eine entsprechende Einstellung der Registrierkasse („zum hier Essen" oder „zum Mitnehmen") oder im Schätzungswege erfolgen, wobei die **Kundenzählung durch einen Prüfer** eine zulässige Methode ist (so ausdrücklich FG Hmb 6 K 132/15, MwStR 2016, 728). Bei einem **Partyservice** gehört die Überlassung von Platten und Warmhaltevorrichtung noch zur „unschädlichen" Vermarktung der Lebensmittel (Verpackung). Anders ist es dagegen, wenn der Partyservice die festliche Dekoration oder Anordnung der Speisen, die Überlassung/Reinigung von Geschirr und Besteck oder die Abholung und Entsorgung von Einweggeschirr und Besteck übernimmt.

Beim **„Essen auf Rädern"** unterliegt die Lieferung der Speisen in Warmhaltevorrichtungen auch dann dem ermäßigten Steuersatz, wenn das mitgelieferte Geschirr zurückgenommen und gereinigt wird. Zu Umsätzen der **Krankenhausküche** und des **Mahlzeitendienstes** in **Schule und Kindergarten** siehe BMF 20.3.2013, BStBl. I 2013, 444 – Beispiele 3 bis 8 und BFH XI R 28/11, BFH/NV 2013, 1950.

248 Jüngst hatte der BFH den Fall zu entscheiden, dass der Kläger mit seinem Partyservice lediglich die Speisen lieferte und seine Ehefrau im Rahmen eines eigenständigen Unternehmens die Gestellung von Geschirr und Besteck durchführte. Dabei stellte er zunächst klar, dass eine Zusammenfassung von Leistungselementen verschiedener Unternehmer allenfalls unter dem Gesichtspunkt eines Gestaltungsmissbrauchs (§ 42

AO) in Betracht komme (BFH V R 28/12, MwStR 2013, 592 mit Anm. *Schrader* MwStR 2013, 595). Es ist daher grundsätzlich zulässig, „schädliche" Dienstleistungen in die Nichtberücksichtigung auszulagern. Gelingen kann die Aufspaltung in ermäßigt besteuerte Speisenlieferung und regelbesteuerte Dienstleistungen jedoch nur bei strikter Trennung der Unternehmen, der geschlossenen Verträge und nicht zuletzt der Zahlungswege. Dabei ist äußerste Sorgfalt angebracht, da die FÄ ein besonderes Augenmerk auf diese Auslagerungsfälle richten werden und das Damoklesschwert des § 42 AO stets über dieser Gestaltung hängen dürfte.

Die Aufteilung eines Gesamtkaufpreises bei „Spar-Menüs" eines Schnellimbissbetriebes war Gegenstand einer AdV-Entscheidung des BFH (V B 125/12, BStBl. II 2013, 973). Der Inhaber der Fastfood-Kette hatte den Rabatt ausschließlich dem (regelbesteuerten) Getränk zugeschlagen. Dem ist der BFH nicht gefolgt. Er hat klargestellt, dass die Aufteilung des Gesamtkaufpreises nach der „einfachstmöglichen" Aufteilungsmethode zu erfolgen habe. Danach ist der Gesamtverkaufspreis grundsätzlich nach Maßgabe und im Verhältnis der Einzelverkaufspreise von Getränk (19%) und Speisen (7%) linear aufzuteilen (BFH V B 125/12, BStBl. II 2013, 973; ebenso BMF 28.11.2013, BStBl. I 2013, 1594). Ein anderer Aufteilungsmaßstab (zB nach Margen oder Kosten zuzüglich eines Gewinnaufschlags) dürfte jedoch zulässig sein, sofern dieser ausreichend begründet und dokumentiert wird (*Holota/Robisch* UR 2013, 779). **249**

einstweilen frei **250–260**

4. Unentgeltliche Leistung

a) Allgemeines. Seit dem 1.4.1999 sind auch die Verwendung zu Zwecken außerhalb des Unternehmens oder für private Zwecke des Personals und andere unentgeltliche sonstige Leistungen für unternehmensfremde Zwecke oder den privaten Bedarf des Personals den entgeltlichen sonstigen Leistungen gleichgestellt. Inhaltlich entspricht die Regelung weitgehend den Eigenverbrauchstatbeständen des § 1 Abs. 1 Nr. 2 und 3 idF bis zum 31.3.1999. Die zum Eigenverbrauch ergangene Rechtsprechung ist auf unentgeltliche Wertabgaben sinngemäß anzuwenden (UStAE 3.2 Abs. 1 Satz 4). Die bisherige Regelung entsprach jedoch nicht den Vorgaben 6. EG-RL (vgl. → Rn. 131 und *Heurmann* in Sölch/Ringleb § 3 Rn. 602). Zweck der Bestimmung ist die Vermeidung eines unbesteuerten Letztverbrauchs. **261**

b) Verwendung eines dem Unternehmen zugeordneten Gegenstands. **262**
Nach Abs. 9a Nr. 1 ist die Verwendung eines dem Unternehmen zugeordneten Gegenstands für Zwecke außerhalb des Unternehmens oder den privaten Bedarf des Personals grundsätzlich als eine unentgeltliche sonstige Leistung anzusehen, die einer entgeltlichen Leistung gleichgestellt ist. Damit wird die **zeitweilige** Verwendung von Gegenständen für unternehmensfremde Zwecke als Nutzungsentnahme erfasst, während die dauerhafte Verwendung dieser Art zu einer Entnahme nach § 3 Abs. 1b führt. Die **Verwendung des Gegenstands** muss die erbrachte unentgeltliche sonstige Leistung charakterisieren; hierfür genügt es nicht, dass dem Unternehmen zugeordnete Gegenstände im Zusammenhang mit der Leistung verwendet werden. So ist zB die unentgeltliche Abgabe in einer Betriebskantine eine sonstige Leistung, für die idR dem Unternehmen zugeordnete Gegenstände verwendet werden (zB Räume, Geräte, Geschirr, Besteck, Zutaten); dennoch bestimmt die Verwendung von Gegenständen nicht den Charakter der erbrachten Leistung, dieser ergibt sich vielmehr erst aus der Summe aller Bestandteile einschließlich des Einsatzes des Personals (vgl. EuGH C-231/94, UR 1996, 220 – Faarborg-Gelting Linie). In einem solchen Fall richtet sich die Steuerbarkeit nach Abs. 9a Satz 1 Nr. 2 (vgl. auch → Rn. 239).

Bestimmt die Verwendung des Gegenstands den Charakter der Leistung (zB zur Verfügung stellen eines Pkw, Überlassung Wohnungen und anderen Räumen vgl. **263**

UStAE 3.4 Abs. 7) ist Voraussetzung für die Steuerbarkeit, dass der verwendete Gegenstand zum **vollen oder teilweise Vorsteuerabzug** berechtigt hat. Zum **Zuordnungswahlrecht** bei gemischter Verwendung → Rn. 132f. Die Zuordnungsentscheidung muss **spätestens und mit endgültiger Wirkung in der Umsatzsteuererklärung** für das entsprechende Jahr bis zum **31.5. des Folgejahres** dokumentiert werden (BFH XI R 64/06, BFH/NV 2009, 798; V R 21/10, DStR 2011, 2754; vgl. → Rn. 134). Eine **rückwirkende Zuordnung** ist nicht möglich (vgl. → Rn. 135).

263a Das Zuordnungswahlrecht mit der Möglichkeit des vollständigen Vorsteuerabzugs gilt bei gemischter privater und unternehmerischer Nutzung. Es gilt nicht in Fällen **teilweiser hoheitlicher Nutzung.** Hier ist nur ein partieller Vorsteuerabzug möglich (BFH V R 23/10, BStBl. II 2012, 74). Gleiches dürfte für Gegenstände gelten, die **teilweise „nicht wirtschaftlichen Zwecken ieS"** dienen (→ Rn. 144a; aA *Küffner/von Streit* DStR 2012, 581). Für gemischt genutzte Grundstücke begrenzt § 15 Abs. 1b den Vorsteuerabzug im Anschluss an die Seeling-Entscheidung (EuGH C-269/00, BStBl. II 2004, 378; auch → Rn. 147 und 283) auf den Umfang der unternehmerischen Nutzung.

263b Eine Entnahmebesteuerung ist nicht anzusetzen, wenn von vornherein beabsichtigt war, den Gegenstand **ausschließlich unternehmensfremd (privat) zu verwenden** (BFH V R 12/08, BStBl. II 2012, 61 – Erschließungskosten, → Rn. 159; V R 17/10, BStBl. II 2012, 53 – Betriebsausflug, → Rn. 267). Mangels unternehmerischer Verwendung ist in diesen Fällen bereits der Vorsteuerabzug zu versagen.

263c Kontrovers diskutiert wird, ob die unentgeltliche Verwendung nur **innerhalb des Berichtigungszeitraums nach § 15a** besteuert werden kann (vgl. → Rn. 141 a). Hierfür könnte sprechen, dass die Bemessungsgrundlage für den Verwendungseigenverbrauch nach § 10 Abs. 4 Nr. 2 S. 3 an den Ablauf des Berichtigungszeitraums geknüpft ist (*Heuermann* in Sölch/Ringleb § 3 Rn. 382).

264 USt aus den Anschaffungskosten unternehmerisch genutzter Telekommunikationsgeräte (zB von Telefonanlagen nebst Zubehör, Faxgeräten, Handys) kann der Unternehmer grundsätzlich in voller Höhe als Vorsteuer abziehen. Die nichtunternehmerische Nutzung dieser Geräte unterliegt nach Abs. 9a S. 1 Nr. 1 der USt. Keine unentgeltliche Leistung iSd Abs. 9a liegt hingegen hinsichtlich der für die tatsächliche Nutzung anfallenden Gesprächsgebühren und die Grundgebühr vor; denn die mit diesen Gebühren abgegoltenen Leistungen gelten als nicht für das Unternehmen bezogen, als sie für nichtunternehmerische Zwecke verwendet werden (vgl. BFH V R 87/89, BStBl. II 1994, 200).

265 **c) Andere sonstige Leistungen.** Nach Abs. 9a S. 1 Nr. 2 ist auch die Erbringung anderer sonstiger Leistungen steuerbar, wenn sie unentgeltlich für Zwecke außerhalb des Unternehmens oder für private Zwecke des Personals erfolgt. Für unentgeltliche sonstigen Leistungen, die nicht als Verwendung eines Gegenstandes angesehen werden können, kommt es nicht darauf an, ob für die Leistung Vorleistungen verwendet werden, die zum Vorsteuerabzug berechtigt haben. Dies gilt also insbesondere für Leistungen, die durch den Unternehmer selbst oder mit dem Einsatz von Personal des Unternehmens erbracht werden (zB Einsatz von Betriebspersonal im Privatgarten oder im Haushalt des Unternehmers oder seines Angestellten vgl. BFH V R 134/89, BStBl. II 1993, 885). Eigenverbrauch liegt auch vor, wenn eine **Personengesellschaft für ihren Gesellschafter die Einkommensteuererklärung** oder die Erklärung über die einheitliche und gesonderte Feststellung von gewerblichen Einkünften erstellt (BFH XI R 55/93, BStBl. II 1994, 907; XI R 31/08, DStR 2010, 2299; *Martin* in Sölch/Ringleb § 3 Rn. 3 und *Heuermann* § 3 Rn. 664). Beauftragt sie hierfür einen Steuerberater, wäre bereits der Vorsteuerabzug zu versagen (kein Bezug für das Unternehmen der Personengesellschaft).

d) Verwendung oder sonstige Leistung für unternehmensfremde Zwecke oder privaten Bedarf des Personals. Unentgeltliche sonstige Leistungen sind nur dann steuerbar, wenn sie für unternehmensfremde Zwecke oder den privaten Bedarf des Personals des Unternehmers erbracht werden (zum Begriff des Personals und der Unentgeltlichkeit vgl. → Rn. 151 f.). Anders als unentgeltliche Lieferungen iSd Abs. 1 b sind also unentgeltliche sonstige Leistungen für **Zwecke des Unternehmens** nicht steuerbar (zB zu Werbezwecken erbrachte Leistungen, im Rahmen von Sponsoring oder zur Kundenpflege erbrachte sonstige Leistungen). 266

Sonstige Leistungen für den privaten Bedarf des Personals liegen nicht vor, wenn diese Leistungen im überwiegend eigenen unternehmerischen Interesse erbracht werden. Hierzu folgende praxisrelevante **Fälle:** 267

– Die **Arbeitnehmersammelbeförderung** ist idR privat veranlasst. Sie kann jedoch unter besonderen Umständen (zB Schwierigkeiten, andere geeignete als die vom Arbeitgeber zur Verfügung gestellten Verkehrsmittel zu benutzen und wechselnde Arbeitsstätten) unternehmerischen Zwecken dienen, vgl. EuGH C-258/94, UVR 1997, 430 – Fillibeck; zur Abgrenzung vgl. BFH V R 73/99, BStBl. II 2000, 505; V B 32/01, BStBl. II 2002, 616). Zur **Arbeitnehmerbeköstigung** siehe *Heuermann* in Sölch/Ringleb § 3 Rn. 674.
– Im unternehmerischen Interesse liegen idR **betriebsärztliche Untersuchungen,** die Zurverfügungstellung von **Betriebskindergärten** und **Parkplätzen** auf dem Betriebsgelände, Maßnahmen zur Verbesserung der Arbeitsbedingungen (zB Duschen, Bäder und Sportanlagen), betriebliche Fort- und Weiterbildungsveranstaltungen vgl. UStAE 1.8 Abs. 4. Die Parkraumüberlassung durch den Arbeitgeber an seine Arbeitnehmer **gegen Entgelt** unterliegt der Umsatzbesteuerung (FG Düsseldorf 1 K 1723/13 U, BeckRS 2014, 95981).
– Einrichtungen der **Freizeitgestaltung** fallen nicht in den unternehmerischen Bereich (vgl. BFH V R 82/77, BStBl. II 1985, 538 – Angelteich – und FG Münster 5 K 1994/13 U, BeckRS 2015, 95984 – Fitnessstudio; Gleiches gilt für das Bereitstellen von Golf- oder Tennisplätzen, nicht aber für Fußball- oder Handballsportplätzen, siehe UStAE 1.8 Abs. 4 Nr. 1).
– Die Gewährung von **Incentive-Reisen** an Arbeitnehmer unterliegt entweder als Leistungsaustausch oder nach Abs. 9a Satz 1 Nr. 2 der USt (BFH V R 128/92, BStBl. II 1995, 651).
– Zuwendungen im Rahmen von **Betriebsveranstaltungen** unterliegen Abs. 9a S. 1 Nr. 2, sofern 110 EUR je Arbeitnehmer und Veranstaltung überschritten werden, UStAE 1.8 Abs. 4 Nr. 6 und BFH V B 112/09, BFH/NV 2010, 1313. Zum **Betriebsausflug** siehe BFH V R 17/10, BStBl. II 2012, 53, wo allerdings bereits der Vorsteuerabzug versagt wurde, → Rn. 263b.
– Die **private Nutzung eines betrieblichen PC** (zB für privates Internetsurfen) durch Arbeitnehmer unterliegt grundsätzlich nach Abs. 9a S. 1 Nr. 2 der USt (BMF 11.4.2001, UR 2001, 319).

einstweilen frei 268–272

e) Nichtunternehmerische Nutzung von Fahrzeugen. aa) Fahrten Wohnung-Arbeitsstätte. Unter den Tatbestand des § 3 Abs. 9a S. 1 Nr. 1 fällt die private Nutzung eines unternehmenseigenen Fahrzeugs durch den Unternehmer. Streitig war, ob die **Fahrten des Unternehmers zwischen Wohnung und Betriebsstätte** der privaten oder der unternehmerischen Sphäre zuzurechnen sind. Die Finanzverwaltung hat die Fahrten der unternehmerischen Sphäre zugeordnet (BMF 5.6.2014, BStBl. I 2014, 896). Zweifel an dieser Auslegung wurden geäußert, nachdem der EuGH entschieden hatte, dass die **unentgeltliche Beförderung von Arbeitnehmern vom Wohnort zum Arbeitsplatz** durch den Unternehmer regelmäßig als unentgeltliche Wertabgabe zu versteuern ist (vgl. EuGH C-258/95, DStRE 1997, 930 – Fillibeck; C-118/11, DStRE 2012, 1077 – Eon Aset Menidjmunt OOD). 273

Wenn die Fahrten des Arbeitnehmers zur Arbeitsstätte grundsätzlich Privatsache seien, können für entsprechende Fahrten des Unternehmers nichts anderes gelten (*Tehler* UVR 2013, 95). Dementsprechend übertrugen einige Finanzgerichte die für **Arbeitnehmer ausgeurteilten Grundsätze auf Unternehmer** (FG Münster 5 K 3605/08 U, EFG 2013, 88 – Rev XI R 36/12; bereits zuvor NdsFG 5 K 455/00, DStRE 2005, 407). Dem **erteilte der BFH** (XI R 36/12, DStR 2014, 2386) **jüngst eine klare Absage.** Den maßgeblichen Unterschied sieht der BFH darin, dass der **Unternehmer** seinen Betrieb ausschließlich deshalb **aufsucht,** um **eigene Umsätze auszuführen,** wohingegen ein **Arbeitnehmer** schon aufgrund seines **privatrechtlichen Arbeitsvertrages verpflichtet** ist, sich in den Betrieb des Arbeitgebers zu begeben. Im Ergebnis hat der **BFH damit die Verwaltungsauffassung bestätigt,** dass die Fahrten zwischen Wohnort und Arbeitsstätte nicht als unentgeltliche Wertabgabe der Umsatzsteuer unterliegen.

274 **bb) Abgrenzung zur entgeltlichen Pkw-Überlassung beim Arbeitnehmer.** Liegt eine **Gegenleistung** in Gestalt einer **anteiligen Arbeitsleistung des Arbeitnehmers** vor, fällt der Vorgang unmittelbar unter § 1 Abs. 1 Nr. 1 (tauschähnlicher entgeltlicher Vorgang nach § 3 Abs. 12 S. 2). Die dauerhafte Überlassung eines Fahrzeugs an Arbeitnehmer (Firmenwagen) für Privatfahrten erfolgt daher regelmäßig im Rahmen eines Leistungsaustauschs (BFH V R 87/98, BStBl. II 1999, 580; XI R 26/08, BFH/NV 2009, 1155; BMF 5.6.2014, BStBl. I 2014, 896). Von § 3 Abs. 9a S. 1 Nr. 1 erfasst wird daher nur die **gelegentliche** Überlassung des Fahrzeugs sowie die Überlassung für **Fahrten zwischen Wohnung und Arbeitsstätte** (BFH XI R 66/07, BFH/NV 2009, 616). Die Eigenverbrauchsbesteuerung entfällt, wenn die Pkw-Überlassung ausnahmsweise durch **eigene betriebliche Interessen** des Unternehmers überlagert wird, zB Überlassung eines Werkstattwagens für Heimfahrten, damit der Arbeitnehmer am nächsten Morgen pünktlich beim Kunden ist (BFH V R 43/99, BFH/NV 2000, 994). Ist dem **Arbeitnehmer** die **Privatnutzung** des Pkw **ernstlich verboten,** scheidet eine steuerbare (entgeltliche oder unentgeltliche) Nutzungsüberlassung aus (BFH XI R 66/07, BFH/NV 2009, 616).

274a **cc) Abgrenzung zur entgeltlichen Pkw-Überlassung beim Geschäftsführer.** Bei einem **Gesellschafter-Geschäftsführer** kann die Privatnutzung des Pkw entweder im **Anstellungs- oder im Gesellschaftsverhältnis** begründet sein kann (grundlegend BFH XI R 2/12, DStR 2014, 2018). Zwar unterliegt die Privatnutzung dann entweder als **tauschähnlicher Umsatz** oder als **unentgeltliche Wertabgabe** der USt. Eine **Differenzierung ist dennoch erforderlich,** weil sich Unterschiede bei den Fahrten zwischen Wohnung und Arbeitsplatz und bei der Bemessungsgrundlage ergeben. In die Bemessungsgrundlage für den tauschähnlichen Umsatz sind die Fahrten zwischen Wohnung und Arbeitsstätte einzubeziehen (vgl. § 8 Abs. 2 S. 3 EStG), bei der unentgeltliche Wertabgabe sind diese Fahrten nicht zu berücksichtigen (→ Rn. 273). Auch ist beim tauschähnlichen Umsatz die pauschale Kürzung um 20% nicht zulässig, da dieser – anders als die unentgeltliche Wertabgabe – nicht vom Vorsteuerabzug abhängig ist. Zu unterscheiden ist deshalb, ob

- ein **unmittelbarer Zusammenhang** zwischen der **Nutzungsüberlassung** und der **Arbeitsleistung** des Gesellschafter-Geschäftsführers vorliegt, so dass die Gegenleistung im Rahmen eines tauschähnlichen Umsatzes in einem Teil der Arbeitsleistung des Gesellschafter-Geschäftsführers besteht oder
- ob der Gesellschafter-Geschäftsführer einen dem Unternehmen zugeordneten PKW als **Gesellschafter zu privaten Zwecken nutzt, ohne hierfür eine Gegenleistung zu erbringen,** so dass die Voraussetzungen einer unentgeltlichen Wertabgabe erfüllt sind.

Allein die Tatsache, dass die **Überlassung auf dem Dienstverhältnis beruht** oder dass **ertragsteuerlich von einem geldwerten Vorteil** und damit in gewisser Weise von einem Vergütungsbestandteil ausgegangen wird, begründet nach Ansicht des BFH (XI R 2/12, DStR 2014, 2018) keinen unmittelbaren Zusammenhang zwischen Nutzungsüberlassung und Arbeitsleistung. In der **Praxis sollten klare Regelungen getroffen** werden, aus denen ersichtlich ist, ob die Privatnutzung im Anstellungsverhältnis oder im Gesellschaftsverhältnis begründet ist. Eine **Veranlassung im Gesellschaftsverhältnis** könnte zB darin begründet sein, dass gem. Dienstvertrag nur ein Mittelklassewagen zur Überlassung vereinbart war, tatsächlich aber ein höherwertigerer Pkw überlassen wurde (so BFH XI R 2/12, DStR 2014, 2018).

dd) Überlassung durch eine Personengesellschaft an ihre Gesellschafter. 275
Bei der dauerhaften Überlassung von Pkw durch eine **Personengesellschaft an ihre Gesellschafter** für Privatfahrten ist regelmäßig von einer – die Eigenverbrauchsbesteuerung ausschließenden – **entgeltlichen** Nutzungsüberlassung auszugehen, wenn das Verrechnungskonto des Gesellschafters für die private Nutzungsmöglichkeit belastet wird (siehe OFD Karlsruhe 5.4.2011, DB 2011, 964). Dies gilt auch für Fahrten zwischen Wohnung und Arbeitsstätte (BFH V R 6/10, BFH/NV 2011, 80).

ee) Eigenverbrauch bei geleasten und gemieteten Pkw. Auch **geleaste** Fahr- 276
zeuge können dem Unternehmen zugeordnet werden mit der Folge des Verwendungseigenverbrauchs bei privater Nutzung (EuGH C-118/11, UR 2012, 230 – Eon Aset Menidjmunt; vgl. hierzu die Leasinggrundsätze unter → Rn. 76f.). Demgegenüber kommt bei **gemieteten** Fahrzeugen keine Unternehmenszuordnung und mithin auch Verwendungseigenverbrauch nach § 3 Abs. 9a S. 1 Nr. 1, sondern allenfalls eine unentgeltliche Leistung nach § 3 Abs. 9a Nr. 2 in Betracht (*Heurmann* in Sölch/Ringleb § 3 Rn. 628).

ff) Bemessungsgrundlage. Bemessungsgrundlage für die private Nutzung 277
sind die bei Ausführung der Umsätze entstandenen vorsteuerbelasteten Kosten (§ 10 Abs. 4 Nr. 2). Bei der Ermittlung der Bemessungsgrundlage kann der Unternehmer von der Vereinfachungsregelung der Verwaltung (BMF 5.6.2014, BStBl. I 2014, 896) Gebrauch machen (zuletzt BFH XI R 2/12, DStR 2014, 2018). Die **1%-Regelung** des § 6 Abs. 1 Nr. 4 S. 2 EStG findet **gegen den Willen des Steuerpflichtigen** jedoch **keine Anwendung** (BFH XI R 32/08, BStBl. II 2010, 1079; V R 78/98, DStR 1999, 848). Die Finanzverwaltung schätzt den privaten Nutzungsanteil, sofern kein Fahrtenbuch geführt wird, mit 50%, wenn sich aus den besonderen Umständen des Einzelfalls nichts Gegenteiliges ergibt (BMF 27.8.2004, DStR 2004, 1562; aA OFD Hannover 16.9.1999, DStR 2000, 158 – 35%). Eine Kombination verschiedener Methoden zur Ermittlung der umsatzsteuerlichen Bemessungsgrundlage ist nicht möglich. Wenn der Unternehmer von der 1%-Regelung Gebrauch macht, sind die **nicht mit Vorsteuern belasteten Kosten durch den pauschalen Abschlag von 20% abgegolten,** eine **abweichende Ermittlung höherer tatsächlicher Kosten ist ausgeschlossen** (BFH XI R 32/08, BStBl. II 2010, 1079). Laut BMF-Schreiben vom 5.6.2014 (BStBl. I 2014, 896) wird der ertragsteuerlich vorgesehene Abschlag für Elektro- und Hybridfahrzeuge umsatzsteuerlich nicht vorgenommen. Fahrten zwischen Wohnung und Arbeitsstätte unterliegen nicht der Besteuerung nach § 3 Abs. 9a S. 1 Nr. 1 (→ Rn. 273).

Auch im Fall eines entgeltlichen **tauschähnlichen Umsatzes** kann von den lohnsteuerlichen Werten ausgegangen werden (BMF 5.6.2014, BStBl. I 2014, 896; UStAE 15.23 Abs. 11). In die Bemessungsgrundlage für den tauschähnlichen Umsatz sind die Fahrten zwischen Wohnung und Arbeitsstätte, wie von § 8 Abs. 2 S. 3 EStG vorgesehen, mit einzubeziehen. Auch hier ist umsatzsteuerlich kein Abschlag für Elektro- und Hybridfahrzeuge vorzunehmen. Die **pauschale Kürzung um 20% ist nicht zulässig,** da der tauschähnliche Umsatz anders als die unentgeltliche Wertabgabe nicht vom Vorsteuerabzug abhängig ist.

gg) Sonderregelung des § 3 Abs. 9a S. 2 (UStG 1999) bei gemischter Pkw- 278
Nutzung. Nach Abs. 9a Satz 2 (UStG 1999) entfiel die Steuerbarkeit bei der Ver-

wendung eines Fahrzeugs, bei dessen Anschaffung, Herstellung, Einfuhr oder innergemeinschaftlichen Erwerb Vorsteuerbeträge wegen § 15 Abs. 1b (UStG 1999) nur zu 50% abziehbar waren. Durch die Vorsteuerkürzung galt die **nichtunternehmerische Nutzung als abgegolten.** Der Tatbestand des § 15 Abs. 1b (UStG 1999) ist mangels gemischter Nutzung nicht erfüllt, wenn das Fahrzeug entgeltlich einem Angestellten oder Gesellschafter überlassen wird (BFH XI R 26/08, BFH/NV 2009, 1155 – zur entgeltlichen Überlassung → Rn. 274f.).

279 Abs. 9a S. 2 und § 15 Abs. 1b (UStG 1999) wurden durch das StÄndG 2003 (BGBl. 2003 I 2645) mit **Wirkung zum 1.1.2004** aufgehoben. Damit ist die private Nutzung eines dem Unternehmen zugeordneten Fahrzeugs (wieder) als unentgeltliche Wertabgabe der Besteuerung zu unterwerfen, wobei allerdings die Übergangsvorschrift des § 27 Abs. 5 S. 1 zu beachten ist (vgl. → Rn. 281). Der Gesetzgeber kam damit der Entscheidung des EuGH zuvor. Dieser hat die auf Art. 27 6. EG-RL gestützte Ermächtigung der BReg vom 28.2.2000 zur Vorsteuerkürzung nach § 15 Abs. 1b allerdings nur wegen der zum 1.4.1999 angeordneten **Rückwirkung** für EU-rechtswidrig erachtet, im Übrigen (inhaltlich) die Ermächtigung jedoch nicht beanstandet (EuGH C-17/01, UR 2004, 315 – Sudholz).

280 § 15 Abs. 1b und § 3 Abs. 9a S. 2 wurden mit Wirkung zum 1.1.2004 aufgehoben. Für die vorherigen Zeiträume ergeben sich nach der FVerw (BMF 27.8.2004, DStR 2004, 1562) folgende Auswirkungen:

- Zeitraum vom 1.4.1999 bis 4.3.2000
  § 15 Abs. 1b und § 3 Abs. 9a S. 2 finden keine Anwendung. Bei Anschaffungen ist der volle Vorsteuerabzug möglich. Gleichzeitig ist Pkw-Eigenverbrauch gegenzurechnen.
- Zeitraum vom 5.3.2000 bis zum 31.12.2002
  § 15 Abs. 1b und § 3 Abs. 9a S. 2 sind anzuwenden. Der Pkw-Eigenverbrauch gilt aufgrund der Vorsteuerkappung als abgegolten.
- Zeitraum vom 1.1.2003 bis zum 31.12.2003
  § 15 Abs. 1b und § 3 Abs. 9a S. 2 finden zwar keine Anwendung, weil die Ausnahmegenehmigung bis zum 31.12.2002 befristet war und nicht verlängert wurde. Die Finanzverwaltung gestattete es dem Steuerpflichtigen allerdings, die genannten nationalen Vorschriften auch 2003 **wahlweise** anzuwenden (BMF 27.8.2004, DStR 2004, 1562 Rn. 6.2; ebenso OFD Mchn 20.5.2003, DStR 2003, 1076).

281 **Streitig** ist die Besteuerung der privaten Verwendung für die Fahrzeuge, die unter Anwendung der Sonderregelung des § 15 Abs. 1b, also nach dem 31.3.1999 und vor dem 1.4.2003 angeschafft wurden, in der Zeit **ab dem 1.1.2004.** Die **Finanzverwaltung** (BMF 27.8.2004, BStBl. I 2004, 864 Rn. 6.2f.; im Ergebnis ebenso SächsFG 3 V 1195/10, BeckRS 2011, 94876) räumt den Unternehmern ein **Wahlrecht** hinsichtlich der Vorsteuerberichtigung ein, fordert aber in jedem Fall eine **Besteuerung der unentgeltlichen Wertabgabe.** Dem steht allerdings der eindeutige **Wortlaut** der Übergangsvorschrift des **§ 27 Abs. 5 S. 1** entgegen, wonach sowohl **§ 3 Abs. 9a S. 2 als auch § 15 Abs. 1b** auf diese Fahrzeuge **(weiter!) anzuwenden** sind. Für diese Fahrzeuge kann daher weiterhin der hälftige Vorsteuerabzug aus den laufenden Kfz-Betriebskosten in Anspruch genommen werden, ohne dass eine Besteuerung der privaten Verwendung nach § 3 Abs. 9a S. 1 Nr. 1 vorzunehmen ist (NdsFG 5 K 180/11, EFG 2012, 563; *Nieskens* UR 2004, 105 (120); *Korn/Strahl* KÖSDI 2004, 14 055, 14 079; *Zugmaier* INF 2004, 222 (224); *Gilz* DStR 2004, 624). Anders ist es nur, wenn die Beschränkung des Vorsteuerabzuges durch § 15 Abs. 1b gemäß § 15a für einzelne Jahre des Verwendungszeitraums rückgängig gemacht wird. In einem solchen Fall der Vorsteuerberichtigung ist eine unentgeltliche Wertabgabe nach § 3 Abs. 9a S. 1 Nr. 1 entgegen § 27 Abs. 5 S. 1 gerechtfertigt (BFH V R 48/05, BStBl. II 2007, 801).

282 *einstweilen frei*

f) Nichtunternehmerische Nutzung von Gebäuden. In der Rechtssache Seeling hat der EuGH entscheiden hat, dass die **private** Wohnungsnutzung eines zum Unternehmensvermögen gehörenden Grundstücks eine unentgeltliche **steuerpflichtige** Wertabgabe begründet (EuGH C-269/00, BStBl. II 2004, 378 – Seeling; nachfolgend: BFH V R 39/99, BStBl. II 2004, 371; → Rn. 134, 147, 236). Damit war die Möglichkeit eröffnet, das gesamte Grundstück dem Unternehmensvermögen zuzuordnen und den vollen Vorsteuerabzug sofort in Anspruch zu nehmen. Unter Berücksichtigung des 10-jährigen Berichtigungszeitraums für die private Nutzung (→ Rn. 284) ergab sich für den Unternehmer ein Zinsvorteil; die spätere Entnahme ist steuerfrei (vgl. → Rn. 147). 283

Dieses sog. **„Seeling-Modell"** hat sich **zum 1.1.2011 erledigt.** Die EU-Kommission hatte dem Rat vorgeschlagen, die MwStSystRL dahingehend zu ändern, dass der Vorsteuerabzug bei gemischt genutzten Gebäuden nicht mehr zu 100%, sondern nur noch zu dem unternehmerisch genutzten Anteil möglich ist, Dem ist der Rat mit Einführung von Art. 168a MwStSystRL und der Gesetzgeber mit der **Neufassung des § 15 Abs. 1b** durch das **JStG 2010** (BGBl. 2010 I 1768) gefolgt. Danach ist der Vorsteuerabzug für Lieferungen und sonstige Leistungen im Zusammenhang mit einem Grundstück ausgeschlossen, soweit diese nicht auf die Verwendung des Grundstücks für Zwecke des Unternehmens entfallen. Als Folgeänderung regelt der zugleich neu eingeführte § 3 Abs. 9a S. 2, dass eine unentgeltliche Wertabgabe bezüglich der Lieferungen und Leistungen, die unter den Vorsteuerausschluss des § 15 Abs. 1b fallen, nicht in Betracht kommt. Die Neuregelung ist **nicht** anzuwenden auf **Wirtschaftsgüter, die vor dem 1.1.2011 fertig gestellt oder angeschafft worden sind** (§ 27 Abs. 16). Das Einreichen eines Bauantrags bzw. von Bauunterlagen gilt bei Gebäuden als Beginn der Herstellung.

Ein Anbau an ein bestehendes Gebäude, mit dessen Herstellung nach dem 31.12.2010 begonnen wird, ist dann als eigenständiges Wirtschaftsgut iSd § 15 Abs. 1b und damit als „Neufall" anzusehen, wenn er räumlich vom bestehenden Gebäude abgrenzbar ist und zu diesem in keinem einheitlichen Nutzungs- und Funktionszusammenhang steht (BFH XI R 18/08, BStBl. II 2010, 313). Entsprechendes gilt bei einer Aufstockung eines Gebäudes, siehe BFH V R 9/08, BStBl. II 2010, 651.

Im Anschluss an die Seeling-Entscheidung war die Bemessungsgrundlage für die Wertabgabe im Streit. § 10 Abs. 4 S. 1 Nr. 2 ist durch das EURLUmsG vom 9.12.2004 (BGBl. 2004 I 3310; → § 10 Rn. 87 ff. mwN) mit Wirkung zum 1.7.2004 geändert worden. Die Vorschrift orientiert sich nunmehr am Vorsteuerberichtigungszeitraum nach § 15a (10 Jahre für Grundstücke). Ab dem 1.7.2004 sind damit **10% der Anschaffungs- bzw. Herstellungskosten** nach § 3 Abs. 9a zu versteuern. Die Neuregelung ist EU-rechtskonform (EuGH C-72/05, DStR 2006, 1746 – Wollny) und verstößt nicht gegen das verfassungsrechtliche Rückwirkungsverbot (BFH XI R 6/13, DStR 2015, 2437). 284

Der von der Finanzverwaltung (BMF 13.4.2004, BStBl. I 2004, 468) angeordneten „Rückwirkung" des 10-jährigen Berichtigungszeitraums auf alle noch offenen Umsatzsteuerfestsetzungen hat der BFH unter Hinweis auf die hierfür fehlende Rechtsgrundlage eine klare Absage erteilt (BFH V R 56/04, DStR 2007, 1079). Damit bleibt es bis zum 30.6.2004 bei einer **Fortschreibung der Gebäude-AfA von 2%** (vgl. § 7 Abs. 4 EStG). Ab dem 1.7.2004 ist allerdings auch in diesen „Altfällen" eine AfA von 10% anzusetzen (siehe *Grune* AktStR 2007, 448 mwN; aA für 2004: *Küffner/Zugmaier* DStR 2007, 1082). Zur Steuerfreiheit der **Grundstücksentnahme** → Rn. 147 mwN. 285

Der Betrieb einer **Photovoltaikanlage** auf dem Dach eines Carports für den privat genutzten Pkw berechtigte – bis zum Inkrafttreten des § 15 Abs. 1b – zum vollen Vorsteuerabzug, wenn die 10%-Grenze des § 15 Abs. 1 S. 2 überschritten und der Carport insgesamt dem Unternehmen zugeordnet wurde. Im Gegenzug unterliegt 286 die private Verwendung des Carports dem Verwendungseigenverbrauch (BFH XI R 21/10, DStR 2011, 2148; XI R 26/11, BFH/NV 2012, 1192; vgl. → Rn. 149a).

287 Zur schenkungsweisen Übertragung eines **Miteigentumsanteils** an einem steuerpflichtig vermieteten Gebäude vom Unternehmer an seinen Ehegatten → Rn. 148.

288–290 *einstweilen frei*

V. Werkleistung bei Umtausch

291 Abs. 10 erklärt wegen des wirtschaftlichen Hintergrunds einen Sachverhalt zur Werkleistung, der bei rein materieller Betrachtung eine Lieferung und eine Gegenlieferung zum Gegenstand hat. Es handelt sich um einen Vorgang, der im Umsatzsteuerrecht unter dem Stichwort **„Umtauschmüllerei"** bekannt ist: Ein Landwirt will Getreide zu Mehl vermahlen lassen. Um nicht warten zu müssen, bekommt er bei Anlieferung des Getreides sofort die entsprechende Menge Mehl und Mahlrückstände gegen Zahlung des Mahllohns (vgl. BFH V 280/60 U, BStBl. III 1963, 444).

292 Unklar ist, ob diese Bestimmung mit EU-Recht vereinbar ist; die MwStSystRL enthält keine Vorschrift, die Rechtsgrundlage für diese Sonderregelung sein könnte.

293 Voraussetzung für die Anwendung des Abs. 10 ist, dass der Unternehmer, der das Fertigprodukt herstellt, die Verarbeitung selbst vornimmt. Nimmt er Getreide vom Landwirt entgegen und gibt diesem Mehl dafür, das er selbst bei einer Mühle hat mahlen lassen, müssen der Landwirt den vollen Wert des Getreides und der Unternehmer den vollen Wert des Mehls nach den Grundsätzen des § 3 Abs. 12 versteuern, auch wenn zwischen ihnen nur die Zahlung des Mahllohns durch den Landwirt vereinbart ist (vgl. BFH V 32/57 U, BStBl. III 1959, 435, zum Fall der Hingabe von Gold gegen Lieferung von Goldschmuck; ferner BFH V R 26/85, UR 1990, 217, mit Anm. *Weiß* betr. Hingabe von Zahngoldabfällen gegen Lieferung von Feingold).

294 Die Hin- und Rückgabe müssen einander auch mengenmäßig entsprechen. Andernfalls gelten bezüglich der **Differenzmengen** die gleichen Grundsätze wie bei der Gehaltslieferung (→ Rn. 189). Der zurückgegebene Gegenstand muss der Art nach aus dem hingegebenen hergestellt worden sein. Wer gegen Hingabe von Roggen eine entsprechende Menge Gerstenschrot liefert, kann den Umfang des Umsatzes nicht auf den Mahllohn beschränken; es liegen vielmehr zwei Lieferungen im Wege des Tauschs vor. Dies hat der BFH (V 173/56 U, BStBl. III 1957, 199) auch für den Fall angenommen, dass ein Elektrizitätswerk Strom, den es mit Hilfe von Dampf hergestellt hat, gegen Dampflieferungen abgibt, weil der Dampf als Substanz nicht im Strom enthalten sei. Ob dies technisch und wirtschaftlich richtig ist, ist zweifelhaft.

VI. Dienstleistungskommission

295 Die Dienstleistungskommission war im **bisherigen § 3 Abs. 11 nicht abschließend geregelt.** Vielmehr hat der **BFH** in mehreren Entscheidungen den **Anwendungsbereich dieser Vorschrift im Wege der richtlinienkonformen Auslegung ausgedehnt** (zuletzt: BFH V R 40/00 und 41/00, UR 2002, 268; V R 8/02, UR 2002, 600; ausführlich und krit. hierzu 7. und 8. Aufl.). Er hatte entschieden, dass § 3 Abs. 11 nicht nur auf Geschäftsbesorgungen Anwendung findet, bei denen der Geschäftsbesorger (Auftragnehmer) für Rechnung seines Auftraggebers Leistungen bezieht (sog. Leistungseinkauf), sondern auch auf Geschäftsbesorgungen, bei denen der Geschäftsbesorger für Rechnung seines Auftraggebers Leistungen ausführt (sog. Leistungsverkauf). Der BFH folgerte dies aus **der gemeinschaftsrechtlichen Vorgabe des** Art. 28 MwStSystRL. Danach werden Steuerpflichtige, die bei der Erbringung von Dienstleistungen im eigenen Namen, aber für Rechnung Dritter tätig

werden, so behandelt, als ob sie diese Dienstleistung selbst erhalten und erbracht hätten.

Mit der zum 1.1.2004 durch das StÄndG 2003 in Kraft getretenen **Neuregelung des § 3 Abs. 11** sind die **gemeinschaftsrechtlichen Vorgaben** für die Leistungskommission wortgetreu umgesetzt. Zur Anwendung durch die Finanzverwaltung siehe UStAE 3.15; zur Übergangsregelung siehe BMF 6.2.2004, BStBl. I 2004, 446. Nunmehr werden die Leistungseinkaufs- und die Leistungsverkaufskommission gleich behandelt. Es wird – entsprechend § 3 Abs. 3 – eine Leistungskette fingiert. Zu beachten ist, dass der Geschäftsbesorger nicht noch eine (andere) Leistung in der Form einer Vermittlungsleistung erbringt. Diese Leistung wird vielmehr durch die **fingierte Leistung absorbiert** (vgl. *Martin* in Sölch/Ringleb § 3 Rn. 723 mwN). Diese umsatzsteuerliche Konsequenz steht im (bewusst) offenen Widerspruch zum Zivilrecht. Der Geschäftsbesorger darf daher über die zivilrechtlich vereinbarte Geschäftsbesorgung gegenüber dem Auftraggeber keine Rechnung mit offen ausgewiesener Umsatzsteuer erteilen. Eine solche Rechnung wäre eine Rechnung nach § 14c Abs. 2, siehe UStAE 3.15 Abs. 4 S. 4. **296**

Noch nicht abschließend geklärt ist, ob die **Einschaltung des Geschäftsbesorgers zwingend gegen Entgelt** erfolgen muss. Das NdsFG (EFG 2007, 1041 – Rev: V R 30/07) bejaht dies unter Hinweis auf das Erfordernis eines Geschäftsbesorgungsvertrages iSd § 675 BGB. Dagegen wird vorgebracht, dass der letztlich maßgebenden Vorschrift des Art. 28 MwStSystRL die Entgeltlichkeit als zwingendes Tatbestandsmerkmal nicht zu entnehmen sei (*Meyer* EFG 2007, 1043 – UrtAnm). Der BFH konnte die Rechtsfrage im Revisionsverfahren offenlassen, weil die Klage bereits aus anderen Gründen keinen Erfolg hatte (BFH V R 30/07, DStR 2009, 2422). **297**

Die **Fiktion** des § 3 Abs. 11 bezieht sich auf die Leistungen selbst und deren Inhalt, nicht aber auf die leistenden Personen. So ist zB zu berücksichtigen, ob der Auftraggeber ein Nichtunternehmer, ein Kleinunternehmer oder ein Land- und Forstwirt mit Durchschnittsbesteuerung ist (*Huschens* INF 2004, 99 (100); siehe UStAE 3.15 Abs. 3). Auswirkungen hat die neue Sichtweise auf den **Leistungsort** und mögliche **Befreiungsvorschriften.** Sie ist auch für den möglichen **Vorsteuerabzug des Hintermanns** von Bedeutung, der nunmehr selbst (fingierte) Umsätze erbringt und damit zum vorsteuerabzugsberechtigten Unternehmer wird. **298**

Beispiel 1 (kurzfristige Vermietung/Grundfall zur Leistungsverkaufskommission): Der Bauunternehmer B errichtet für den Eigentümer E eine Ferienwohnung. Nach deren Fertigstellung beauftragt E den Verwalter V mit der Vermietung der Wohnung an Feriengäste gegen Provision in Höhe von 10% der Mieteinnahmen. V vermietet die Wohnung steuerpflichtig (§ 4 Nr. 12 S. 2) im eigenen Namen für Rechnung des E.

Lösung: Da V als Unternehmer in die Erbringung einer sonstigen Leistung – steuerpflichtige Vermietung nach § 4 Nr. 12 S. 2 – eingeschaltet ist und dabei im eigenen Namen, jedoch für fremde Rechnung handelt, gilt die kurzfristige Vermietungsleistung gem § 3 Abs. 11 als an ihn und von ihm erbracht. Beide Vermietungsleistungen (E an V und V an Feriengäste) sind im Inland steuerbar und steuerpflichtig. E ist auf Grund der fingierten Vermietungsleistung an V als Unternehmer anzusehen mit der Folge, dass ihm der Vorsteuerabzug aus den Bauleistungen des B zusteht. Entgelt ist der Betrag, den V an E aufgrund der vertraglichen Vereinbarung herauszugeben hat (Mieteinnahmen abzüglich verauslagter Kosten, Provision und USt, *Martin* in Sölch/Ringleb § 3 Rn. 728). § 25 findet keine Anwendung; aA *Henkel* UStB 2005, 61 mwN.

Beispiel 2 (Abwandlung): Abweichend vom Grundfall befindet sich das Ferienhaus nicht im Inland, sondern in Italien.

Lösung: Der Ort der Vermietungsleistung liegt nach § 3a Abs. 2 Nr. 1 Buchst. a in Italien (Belegenheitsort). Beide Vermietungsleistungen sind nicht im Inland steuerbar. Beide Vermieter müssen sich in Italien unter den dort geltenden Voraussetzungen für Zwecke der Umsatzbesteuerung registrieren lassen.

Beispiel 3 (Beförderungsleistungen/Grundfall zur Leistungseinkaufskommission): Der Spediteur S besorgt für den Unternehmer U im eigenen Namen und auf Rechnung des U die Beförderung einer Maschine von Dortmund nach München. Die Beförderung erfolgt durch die Fluggesellschaft F.

Lösung: S ist in die Erbringung einer sonstigen Leistung eingeschaltet und dabei im eigenen Namen und auf fremde Rechnung tätig geworden. Die Beförderungsleistung gilt als an ihn und von ihm erbracht. Die Fluggesellschaft F erbringt eine Beförderungsleistung an S. Die nachfolgende Besorgungsleistung des S an U wird so behandelt, als habe S die Leistung der Fluggesellschaft weitergegeben (fingierte Beförderungsleistung). Beide Beförderungsleistungen sind im Inland steuerbar (§ 3b Abs. 1) und steuerpflichtig.

299 Zur Leistungskommission bei Leistungen in der **Kreditwirtschaft** siehe UStAE 3.15 Abs. 7 Beispiel 4. Zu Betreuungsleistungen eines **Konsularservices** (Beschaffung von Einreisedokumenten) siehe BFH V R 25/03, BStBl. II 2006, 788.

Leistungen einer Personengesellschaft (Hotelbetreiber) im **Zusammenhang mit der Besorgung von Opern-Eintrittskarten für Hotelgäste** können nach § 4 Nr. 20 Buchst. a S. 1 iVm § 3 Abs. 11 steuerfrei sein, obwohl die Personengesellschaft keine begünstigte Einrichtung ist (SächsFG 8 K 337/16, EFG 2017, 158, Rev. XI R 16/16).

Zur Abgrenzung von **Eigengeschäft und Vermittlung beim Verkauf von Telefonkarten** siehe BFH V R 4/16, DStR 2016, 2589.

300–305 *einstweilen frei*

VII. Dienstleistungskommission für elektronische Dienstleistungen

1. Bedeutung und Systematik

305a Ein **neuer Abs. 11a** regelt ab dem **1.1.2015** die bislang in § 45h Abs. 4 Telekommunikationsgesetz (TKG) normierte **Dienstleistungskommission für besondere elektronische Dienstleistungen.** Danach wird für umsatzsteuerliche Zwecke eine Dienstleistungskommission iSv § 3 Abs. 11 fingiert, wenn ein Endnutzer über seinen Teilnehmernetzbetreiber Leistungen vorgelagerter Unternehmer in Anspruch nimmt. Diese als **Branchenlösung** bezeichnete Rechtskonstruktion ist notwendig, um die **Besteuerung des Letztverbrauchs im Bestimmungsland** sicherzustellen, denn nur der Teilnehmernetzbetreiber verfügt über die notwendigen Informationen zur Leistungsortbestimmung und zur Rechnungserteilung. Daher wird er nach Satz 1 der Vorschrift als im eigenen Namen und für fremde Rechnung handelnd angesehen, dh er wird wie ein **Kommissionär** behandelt.

Beispiel: Ein Privatmann in Deutschland bestellt über seinen inländischen Internetanbieter (zB Deutsche Telekom) ein neues Computerspiel (Download) bei einem Unternehmer aus den USA. Die Abrechnung erfolgt durch die Deutsche Telekom. Der Unternehmer aus den USA erbringt eine elektronische Dienstleistung an den Deutsche Telekom (gem § 3a Abs. 2 im Inland) und diese erbringt gem § 3 Abs. 11 a die nämliche Leistung an den Privatmann.

2. Rechtsentwicklung und Unionsrecht

305b Die Neuregelung ist durch das **KroatienAnpG** vom 3.7.2014 (BGBl. 2014 I 1266) eingeführt worden. Sie stützt sich unionsrechtlich auf **Art. 9a der MwStVO,** der ebenfalls ab dem **1.1.2015** gilt. Danach ist **Art. 28 MwStSystRL** (Dienstleistungskommission) mit der Maßgabe anzuwenden, dass bei **elektronisch erbrachten Dienstleistungen,** wenn sie über ein **Telekommunikationsnetz,** eine **Schnitt-**

stelle oder ein **Portal** (zB Appstore) erbracht werden, davon auszugehen ist, dass ein an dieser Erbringung beteiligter Unternehmer im eigenen Namen, aber für Rechnung des Anbieters dieser Dienstleistung tätig ist.

3. Gesetzliche Vermutung für eine Leistungskommission

§ 3 Abs. 11a **S. 1** enthält die gesetzliche – nur nach Maßgabe der Sätze 2 und 3 widerlegbare – **Vermutung** einer Leistungskommission, wenn ein Unternehmer in die Erbringung einer sonstigen Leistung eingeschaltet wird, die über ein Telekommunikationsnetz, eine Schnittstelle oder ein Portal erbracht wird. **305c**

Die unionsrechtliche Grundlage des Art. 9a MwStVO erfasst elektronisch erbrachte Dienstleistungen sowie VoIP-Dienste (Voice over Internet Protocol).

„Elektronisch erbrachte Dienstleistungen“ sind nach Art. 7 Abs. 1 MwStVO „Dienstleistungen, die über das Internet oder ein ähnliches elektronisches Netz erbracht werden, deren Erbringung aufgrund ihrer Art im Wesentlichen automatisiert und nur mit minimaler menschlicher Beteiligung erfolgt und ohne Informationstechnologie nicht möglich wäre“. Hierzu gehören nach Art. 7 Abs. 2 Buchst. c, d und e MwStVO zB:

- Internet-Service-Pakete, die neben der Gewährung des Zugangs zum Internet weitere Elemente wie zB Nachrichten, Wetterbericht, Reiseinformationen, Spielforen, Webhosting, Zugang zu Chatlines umfassen, siehe auch UStAE 3a.12 Abs. 3 Nr. 11;
- Gewährung des Zugangs zu oder Herunterladen von Musik, Filmen, Jingles, Ausschnitten, Klingeltönen und anderen Tönen;
- automatisierter Fernunterricht, dessen Funktionieren auf das Internet oder ein ähnliches elektronisches Netz angewiesen ist.

Als **„VoIP“** wird das Telefonieren über Computernetzwerke bezeichnet, die nach Internet-Standards aufgebaut sind.

§ 3 Abs. 11a betrifft – abweichend von der unionsrechtliche Grundlage – **nicht nur „elektronisch erbrachte Dienstleistungen“,** sondern alle sonstigen Leistungen, die über ein Telekommunikationsnetz, eine Schnittstelle oder ein Portal erbracht werden. Dies entspricht auch dem erklärten Ziel des Gesetzgebers, den ursprünglichen Regelungsgehalts des § 45h TKG beizubehalten (BT-Drs. 18/1529). Unter die bisherige Branchenlösung fielen Telekommunikationsdienste, Auskunftsdienste und telekommunikationsgestützte Dienste im Sinne des TKG, **reine Inhaltsleistungen** wurden **nicht** erfasst. Im Zweifel ist eine **Auslegung** anhand der **Vorgaben der MwStVO** vorzunehmen.

4. Widerlegung der gesetzlichen Vermutung für eine Leistungskommission

Der eingeschaltete Unternehmer gilt aber gem. § 3 Abs. 11a **S. 2** nicht als Kommissionär, wenn er den **Anbieter** der sonstigen Leistung **gegenüber seinem Kunden ausdrücklich benennt** und dies vertraglich zum Ausdruck kommt. **305d**

Beide Bedingungen (Benennung des Erbringers der sonstigen Leistung und Erkennbarkeit aus den vertraglichen Vereinbarungen) sind nach **Satz 3** erfüllt, wenn

- **alle Rechnungen** in der Kette der **Unternehmer,** die an der über das Telekommunikationsnetz, die Schnittstelle oder ein Portal an den Leistungsempfänger (Endkunden) erbrachten Leistung beteiligt sind, die **jeweiligen Leistungen** und deren **Erbringer** angegeben haben (§ 3 Abs. 11a S. 3 Buchst. a) **und**
- in der **Rechnung an den Leistungsempfänger,** der die sonstige Leistung über das Telekommunikationsnetz erhält, die konkreten **sonstigen Leistungen** und deren **Erbringer** angegeben werden (§ 3 Abs. 11a S. 3 Buchst. b).

Dies entspricht fast wörtlich der unionsrechtlichen Vorgabe in Art. 9a Abs. 1 S. 2 MwStVO.

5. Die Rückausnahme

305e Nach § 3 Abs. 11a **S. 4** wird stets eine **Dienstleistungskommission fingiert,** wenn der eingeschaltete Unternehmer hinsichtlich der Erbringung der sonstigen Leistung

- die Abrechnung gegenüber dem Leistungsempfänger autorisiert,
- die Erbringung der sonstigen Leistung genehmigt oder
- die allgemeinen Bedingungen der Leistungserbringung festlegt.

Die **erste Rückausnahme** ist insbesondere dann gegeben, wenn der eingeschaltete Unternehmer den Zeitpunkt der Zahlungen und die eigentliche Belastung des Kundenkontos beeinflusst. Dies ist nach der Gesetzesbegründung (BT-Drs. 18/1529) regelmäßig dann der Fall, wenn der Plattforminhaber für die Zahlung der über die Plattform bezogenen Leistung entsprechende Zahlungsmodalitäten auf elektronischem Weg zur Verfügung stellt.

Die **zweite Rückausnahme** soll immer dann greifen, wenn der eingeschaltete Unternehmer die Erbringung der sonstigen Leistung genehmigt, die Leistung selbst erbringt bzw. einen Dritten mit der Erbringung beauftragt. Hiervon ist der Gesetzesbegründung zufolge regelmäßig dann auszugehen, wenn der Unternehmer als Inhaber der Plattform, über die die Leistung bezogen werden kann, auftritt.

Die **dritte Rückausnahme** kommt dann zur Anwendung, wenn die Erbringung der sonstigen Leistung zwischen den beteiligten Unternehmen in der Kette oder an den eigentlichen Endverbraucher auf Grundlage der allgemeinen Geschäftsbedingungen des eingeschalteten Unternehmers von dessen Entscheidung abhängig wird.

6. Zahlungsabwicklung begründet keine Leistungskommission

305f § 3 Abs. 11a **S. 5** stellt klar, dass **keine Dienstleistungskommission fingiert** wird, wenn der Unternehmer lediglich **Zahlungen** in Bezug auf die erbrachte sonstige Leistung **abwickelt** (sog. Mobile Payment, beispielsweise Web-Billing oder Premium-SMS) und darüber hinaus nicht an der Leistungserbringung beteiligt ist. Eine Leistungskommission scheidet hier bereits mangels Einschaltung des Unternehmers in die Leistungskette aus. Unionsrechtliche Grundlage ist Art. 9a Abs. 3 MwStVO.

7. Mini-One-Stop-Shop

305g Nach der zum **1.1.2015** eingeführten **Ortsbestimmung des § 3a Abs. 5** sind Telekommunikationsdienstleistungen, Rundfunk- und Fernsehleistungen sowie auf elektronischem Weg erbrachte Dienstleistungen an innerhalb der EU ansässige nichtsteuerpflichtige **Privatpersonen dort steuerbar,** wo diese ihren **Wohnsitz oder gewöhnlichen Aufenthalt** haben. Dies könnte dazu führen, dass sich die leistenden Unternehmer in diversen EU-Mitgliedstaaten für umsatzsteuerliche Zwecke registrieren lassen müssten. Dies bleibt ihnen erspart, wenn sie an dem zeitgleich **eingeführten vereinfachten Besteuerungsverfahren nach § 18h** teilnehmen. Sie müssten dann die ausländische Steuer in ihrem Sitzland an die **Anlaufstelle abführen** und diese Stelle muss die Steuer an das Bestimmungsland weiterleiten. Dies ist das Prinzip des sog. **Mini-One-Stop-Shop,** abgekürzt „MOSS“.

VIII. Tausch und tauschähnliche Geschäfte

Tausch oder tauschähnliche Leistungen betreffen Lieferungen oder sonstige Leistungen, bei denen das Entgelt nicht in Geld, sondern wieder in einer Lieferung oder sonstigen Leistung besteht. Dass diese Vorgänge auf beiden Seiten der USt unterliegen, ergibt sich bereits aus dem allgemeinen Begriff des Leistungsaustauschs (→ § 1 Rn. 14). **306**

Die MwStSystRL enthält keine § 3 Abs. 12 entsprechende Bestimmung. Gleichwohl besteht kein Verstoß gegen die Richtlinie, da sich die durch § 3 Abs. 12 angeordneten Rechtsfolgen aus Art. 73 MwStSystRL ergeben. Danach ist Besteuerungsgrundlage alles, was den Wert der Gegenleistung bildet, die der Lieferer erhält oder erhalten soll. Nach der Rechtsprechung des **EuGH** ist dabei **nicht zwischen Gegenleistungen in Form von Geldzahlungen und in Form von Sachleistungen zu unterscheiden;** beide Arten von Gegenleistungen sind gleich zu behandeln, wobei es genügt, dass die Gegenleistung in Geld ausgedrückt werden kann (EuGH C-330/95, Slg. 1997, I-3801 Rn. 23 – Goldsmiths; C-283/12, HFR 2013, 1164 – Serebryannayvek). Dementsprechend kann die Gegenleistung für eine Lieferung in einer Dienstleistung bestehen und Besteuerungsgrundlage der Lieferung sein, wenn ein unmittelbarer Zusammenhang zwischen der Lieferung und der Dienstleistung besteht und wenn der Wert der Dienstleistung in Geld ausgedrückt werden kann (EuGH C-380/99, BFH/NV Beilage 01, 192 Rn. 17 – Bertelsmann). An den danach für Tausch und tauschähnlichen Umsatz erforderlichen unmittelbaren Zusammenhang sind dieselben Anforderungen zu stellen, wie an den die Steuerbarkeit nach § 1 Abs. 1 Nr. 1 begründenden Zusammenhang. Denn Tausch und Tauschähnlichkeit sind nur eine besondere Modalität der Entgeltvereinbarung, die den unmittelbaren Zusammenhang zwischen Leistung und Entgelt begründet (BFH V R 10/08, BStBl. II 2010, 879; V R 42/06, BStBl. II 2009, 493). Erforderlich ist insofern, dass **beide Umsätze** durch die **Modalität der Entgeltvereinbarung miteinander verknüpft** sind. **307**

Die **Dachsanierung** eines angemieteten Gebäudes **zur Errichtung einer Fotovoltaik-Anlage** stellt keinen tauschähnlichen Umsatz dar, sofern dem Mieter die Dachsanierung „nur" **gestattet** wurde (FG München 14 K 743/14, EFG 2016, 1369 – Rev. XI R 11/16; 14 K 2804/13, EFG 2016, 1372 – Rev. XI R 11/16). **Anders wäre zu entscheiden,** wenn der Mieter zur Dachsanierung **vertraglich verpflichtet** gewesen wäre (FG München 2 K 3435/11, BeckRS 2014, 96398). Insofern haben die Beteiligten es in der Hand, durch die vertragliche Gestaltung einen tauschähnlichen Umsatz zu begründen oder zu vermeiden. Da es sich aber um einen Grenzfall handelt, sollte vor größeren Investitionen in diesem Bereich eine verbindliche Auskunft eingeholt oder die Entscheidung des BFH abgewartet werden. **307a**

Kein Tauschgeschäft ist der **Umtausch** wegen Mängeln der gekauften Sache (→ § 1 Rn. 22; zur Abgrenzung auch → § 1 Rn. 23). Tausch und tauschähnliche Umsätze haben vor allem Bedeutung für die Höhe des Entgelts nach § 10 Abs. 2 S. 2. Einzelheiten dort → § 10 Rn. 54 ff. Vom Tausch zu unterscheiden sind die sog. **Gefälligkeitsdarlehen** bezüglich vertretbarer Sachen. **308**

Beispiel: Ein Heizölhändler, dem die Ware ausgegangen ist, beschafft sich zur Belieferung seiner Kunden Öl bei einem befreundeten Kollegen und gibt diesem nach Auffüllung seiner Vorräte die gleiche Menge des gleichen Heizöls zurück. Das Geschäft war von vornherein nicht auf einen Leistungsaustausch gerichtet (vgl. RFH RStBl. 1931, 160; *Mager* UR 1953, 124).

Die Gewährung eines unverzinslichen Darlehens gegen Einräumung eines Nießbrauchs ist als tauschähnlicher Umsatz anzusehen (BFH V R 12/85, BStBl. II 1991, 649), ebenso die **Einbringung von Wirtschaftsgütern** in eine Personengesellschaft **309** gegen Schuldübernahme (vgl. BFH V R 67/94, BStBl. II 1997, 705), **Einbringung gegen Gewährung von Gesellschaftsrechten** (BFH XI R 63/94, BStBl. II 1996, 114; V R 54/95, BFH/NV 1996, 860), **Fahrzeugüberlassung an Geschäftsführer** (BFH V R 87/98, BStBl. II 1999, 580; siehe UStAE 1.8, aber auch → Rn. 278); Geschenke an Gastgeberin bei Tupperware-Parties (BFH V R 33/95, BFH/NV 1996, 936); **Werbeprämie für Zeitungsabo** (BFH XI R 72/93, BStBl. II 1995, 518); **Sachprämien** (BFH V R 14/98, BFH/NV 2000, 159 und EuGH C-380/99, UR 2001, 346 – Bertelsmann); **Werbeflüge mit Ballon** (BFH V R 21/01, BStBl. II 2003, 438); Überlassung eines **Pkw mit Werbeaufdrucken** (BFH XI R 56/06, BStBl. II 2008, 909). **Baukostenzuschüsse** und **Arbeitsleistungen von Genossenschaftsmitgliedern** als Entgelt für steuerpflichtige Leistungen (Legen des Hausanschlusses) der Genossenschaft (FG München 2 K 3594/11, EFG 2014, 2094 rkr). Tausch bzw. tauschähnlicher Umsatz bei der **Übertragung von Gewichtsguthaben eines Silbermünzenhändlers** (HessFG 1 V 1681/15, BeckRS 2016, 95327)

310 Keine tauschähnliche Leistung ist die nichtsteuerbare sog. Personalbeistellung. Eine Beistellung ist nur gegeben, wenn der Empfänger der Leistung dem Leistenden Sachmittel nur für die Leistungserbringung an ihn zur Verfügung stellt und eine anderweitige Verwendung ausgeschlossen ist (BFH V R 10/08, BStBl. II 2010, 879; V R 42/06, UR 2008, 263). Sofern diese engen Voraussetzungen nicht vorliegen, ist von einer steuerbaren sog. **Personalgestellung** auszugehen, die auch als tauschähnlicher Umsatz erfolgen kann (BFH V R 10/08, BStBl. II 2010, 879).

311 Einen Sonderfall des Tauschgeschäfts stellt das **Austauschverfahren in der Kraftfahrzeugwirtschaft** dar (zB Lieferung eines Austauschmotors bei Entgegennahme des alten Motors). Es handelt sich dabei idR um einen sog. Tausch mit Baraufgabe (Lieferung, für die das Entgelt in einer Gegenlieferung und einem Spitzenausgleich in Geld besteht). Einzelheiten siehe BMF 10.3.1965, BStBl. I 1969, 139; ferner → § 10 Rn. 54ff. Ähnlich verhält es sich in dem Fall, in dem der **Bearbeiter wertvollen Materials** (insbesondere Edelmetall) neben dem Stücklohn den bei der Bearbeitung anfallenden Abfall behalten darf (siehe BFH V R 24/84, BStBl. II 1989, 252; *Unvericht* DStR 1989, 409). Ein tauschähnlicher Umsatz liegt ebenfalls vor bei der **Entsorgung werthaltiger Abfälle.** Beauftragt ein Abfallerzeuger einen Dritten mit der ordnungsgemäßen Entsorgung seines Abfalls, erbringt der Dritte mit der Übernahme und Erfüllung der Entsorgungspflicht eine sonstige Leistung, sofern der Entsorgung eine **eigenständige wirtschaftliche Bedeutung** zukommt. Ist dem zur Entsorgung überlassenen Abfall ein wirtschaftlicher Wert beizumessen (sog. werthaltiger Abfall), liegt ein tauschähnlicher Umsatz (Entsorgungsleistung gegen Lieferung des Abfalls) – ggf. mit Baraufgabe – vor, wenn nach den übereinstimmenden Vorstellungen der Vertragspartner der überlassene Abfall die Höhe der Barvergütung für die Entsorgungsleistung oder die übernommene Entsorgung die Barvergütung für die Lieferung des Abfalls beeinflusst hat (vgl. UStAE 3.16).

312 Die Verwendung von **Transportmitteln** (zB Euro-Paletten oder Euro-Gitterboxen) zum Warentransport gegen **Rückgabe anderer Transportmittel gleicher Art und Güte** begründet keinen Tausch sondern eine sonstige Leistung des Überlassenden an den Empfänger (vgl. *Martin* in Sölch/Ringleb, § 3 Rn. 779 mwN).

Eine (selbstständige) Lieferung und eine (selbstständige) Rücklieferung ist dagegen anzunehmen, wenn **Transportmittel gegen ein Pfand** abgegeben werden, das bei Rückgabe zurückgegeben wird (BFH XI R 46/07, BStBl. II 2009, 558 – Umzugskartons). Zur umsatzsteuerlichen Behandlung der **Hin- und Rückgabe von Transportmitteln** siehe **BMF** vom 20.10.2014, DStR 2014, 2181 und zu Vereinfachungsregelungen UStAE 10.1 Abs. 8 S. 6.

§ 3a Ort der sonstigen Leistung

(1) [1]Eine sonstige Leistung wird vorbehaltlich der Absätze 2 bis 8 und der §§ 3b, 3e und 3f an dem Ort ausgeführt, von dem aus der Unternehmer sein Unternehmen betreibt. [2]Wird die sonstige Leistung von einer Betriebsstätte ausgeführt, gilt die Betriebsstätte als der Ort der sonstigen Leistung.

(2) [1]Eine sonstige Leistung, die an einen Unternehmer für dessen Unternehmen ausgeführt wird, wird vorbehaltlich der Absätze 3 bis 8 und der §§ 3b, 3e und 3f an dem Ort ausgeführt, von dem aus der Empfänger sein Unternehmen betreibt. [2]Wird die sonstige Leistung an die Betriebsstätte eines Unternehmers ausgeführt, ist stattdessen der Ort der Betriebsstätte maßgebend. [3]Die Sätze 1 und 2 gelten entsprechend bei einer sonstigen Leistung an eine ausschließlich nicht unternehmerisch tätige juristische Person, der eine Umsatzsteuer-Identifikationsnummer erteilt worden ist, und bei einer sonstigen Leistung an eine juristische Person, die sowohl unternehmerisch als auch nicht unternehmerisch tätig ist; dies gilt nicht für sonstige Leistungen, die ausschließlich für den privaten Bedarf des Personals oder eines Gesellschafters bestimmt sind.

(3) Abweichend von den Absätzen 1 und 2 gilt:

1. [1]Eine sonstige Leistung im Zusammenhang mit einem Grundstück wird dort ausgeführt, wo das Grundstück liegt. [2]Als sonstige Leistungen im Zusammenhang mit einem Grundstück sind insbesondere anzusehen:
   a) sonstige Leistungen der in § 4 Nr. 12 bezeichneten Art,
   b) sonstige Leistungen im Zusammenhang mit der Veräußerung oder dem Erwerb von Grundstücken,
   c) sonstige Leistungen, die der Erschließung von Grundstücken oder der Vorbereitung, Koordinierung oder Ausführung von Bauleistungen dienen.
2. [1]Die kurzfristige Vermietung eines Beförderungsmittels wird an dem Ort ausgeführt, an dem dieses Beförderungsmittel dem Empfänger tatsächlich zur Verfügung gestellt wird. [2]Als kurzfristig im Sinne des Satzes 1 gilt eine Vermietung über einen ununterbrochenen Zeitraum
   a) von nicht mehr als 90 Tagen bei Wasserfahrzeugen,
   b) von nicht mehr als 30 Tagen bei anderen Beförderungsmitteln.

   [3]Die Vermietung eines Beförderungsmittels, die nicht als kurzfristig im Sinne des Satzes 2 anzusehen ist, an einen Empfänger, der weder ein Unternehmer ist, für dessen Unternehmen die Leistung bezogen wird, noch eine nicht unternehmerisch tätige juristische Person, der eine Umsatzsteuer-Identifikationsnummer erteilt worden ist, wird an dem Ort erbracht, an dem der Empfänger seinen Wohnsitz oder Sitz hat. [4]Handelt es sich bei dem Beförderungsmittel um ein Sportboot, wird abweichend von Satz 3 die Vermietungsleistung an dem Ort ausgeführt, an dem das Sportboot dem Empfänger tatsächlich zur Verfügung gestellt wird, wenn sich auch der Sitz, die Geschäftsleitung oder eine Betriebsstätte des Unternehmers, von wo aus diese Leistung tatsächlich erbracht wird, an diesem Ort befindet.
3. Die folgenden sonstigen Leistungen werden dort ausgeführt, wo sie vom Unternehmer tatsächlich erbracht werden:
   a) kulturelle, künstlerische, wissenschaftliche, unterrichtende, sportliche, unterhaltende oder ähnliche Leistungen, wie Leistungen im Zusammenhang mit Messen und Ausstellungen, einschließlich der Leistungen der jeweiligen Veranstalter sowie die damit zusammenhängenden Tätigkeiten, die für die Ausübung der Leistungen unerlässlich sind, an

einen Empfänger, der weder ein Unternehmer ist, für dessen Unternehmen die Leistung bezogen wird, noch eine nicht unternehmerisch tätige juristische Person, der eine Umsatzsteuer-Identifikationsnummer erteilt worden ist,

b) die Abgabe von Speisen und Getränken zum Verzehr an Ort und Stelle (Restaurationsleistung), wenn diese Abgabe nicht an Bord eines Schiffs, in einem Luftfahrzeug oder in einer Eisenbahn während einer Beförderung innerhalb des Gemeinschaftsgebiets erfolgt,

c) Arbeiten an beweglichen körperlichen Gegenständen und die Begutachtung dieser Gegenstände für einen Empfänger, der weder ein Unternehmer ist, für dessen Unternehmen die Leistung ausgeführt wird, noch eine nicht unternehmerisch tätige juristische Person, der eine Umsatzsteuer-Identifikationsnummer erteilt worden ist.

4. Eine Vermittlungsleistung an einen Empfänger, der weder ein Unternehmer ist, für dessen Unternehmen die Leistung bezogen wird, noch eine nicht unternehmerisch tätige juristische Person, der eine Umsatzsteuer-Identifikationsnummer erteilt worden ist, wird an dem Ort erbracht, an dem der vermittelte Umsatz als ausgeführt gilt.

5. Die Einräumung der Eintrittsberechtigung zu kulturellen, künstlerischen, wissenschaftlichen, unterrichtenden, sportlichen, unterhaltenden oder ähnlichen Veranstaltungen, wie Messen und Ausstellungen, sowie die damit zusammenhängenden sonstigen Leistungen an einen Unternehmer für dessen Unternehmen oder an eine nicht unternehmerisch tätige juristische Person, der eine Umsatzsteuer-Identifikationsnummer erteilt worden ist, wird an dem Ort erbracht, an dem die Veranstaltung tatsächlich durchgeführt wird.

(4) **[1]Ist der Empfänger einer der in Satz 2 bezeichneten sonstigen Leistungen weder ein Unternehmer, für dessen Unternehmen die Leistung bezogen wird, noch eine nicht unternehmerisch tätige juristische Person, der eine Umsatzsteuer-Identifikationsnummer erteilt worden ist, und hat er seinen Wohnsitz oder Sitz im Drittlandsgebiet, wird die sonstige Leistung an seinem Wohnsitz oder Sitz ausgeführt. [2]Sonstige Leistungen im Sinne des Satzes 1 sind:**

1. die Einräumung, Übertragung und Wahrnehmung von Patenten, Urheberrechten, Markenrechten und ähnlichen Rechten;

2. die sonstigen Leistungen, die der Werbung oder der Öffentlichkeitsarbeit dienen, einschließlich der Leistungen der Werbungsmittler und der Werbeagenturen;

3. die sonstigen Leistungen aus der Tätigkeit als Rechtsanwalt, Patentanwalt, Steuerberater, Steuerbevollmächtigter, Wirtschaftsprüfer, vereidigter Buchprüfer, Sachverständiger, Ingenieur, Aufsichtsratsmitglied, Dolmetscher und Übersetzer sowie ähnliche Leistungen anderer Unternehmer, insbesondere die rechtliche, wirtschaftliche und technische Beratung;

4. die Datenverarbeitung;

5. die Überlassung von Informationen einschließlich gewerblicher Verfahren und Erfahrungen;

6. a) Bank- und Finanzumsätze, insbesondere der in § 4 Nummer 8 Buchstabe a bis h bezeichneten Art und die Verwaltung von Krediten und Kreditsicherheiten, sowie Versicherungsumsätze der in § 4 Nummer 10 bezeichneten Art,

b) die sonstigen Leistungen im Geschäft mit Gold, Silber und Platin. [2]Das gilt nicht für Münzen und Medaillen aus diesen Edelmetallen;

7. die Gestellung von Personal;
8. der Verzicht auf Ausübung eines der in Nummer 1 bezeichneten Rechte;
9. der Verzicht, ganz oder teilweise eine gewerbliche oder berufliche Tätigkeit auszuüben;
10. die Vermietung beweglicher körperlicher Gegenstände, ausgenommen Beförderungsmittel;
11.–13. (weggefallen)
14. die Gewährung des Zugangs zum Erdgasnetz, zum Elektrizitätsnetz oder zu Wärme- oder Kältenetzen und die Fernleitung, die Übertragung oder Verteilung über diese Netze sowie die Erbringung anderer damit unmittelbar zusammenhängender sonstiger Leistungen.

(5) [1]Ist der Empfänger einer der in Satz 2 bezeichneten sonstigen Leistungen
1. kein Unternehmer, für dessen Unternehmen die Leistung bezogen wird,
2. keine ausschließlich nicht unternehmerisch tätige juristische Person, der eine Umsatzsteuer-Identifikationsnummer erteilt worden ist,
3. keine juristische Person, die sowohl unternehmerisch als auch nicht unternehmerisch tätig ist, bei der die Leistung nicht ausschließlich für den privaten Bedarf des Personals oder eines Gesellschafters bestimmt ist,

wird die sonstige Leistung an dem Ort ausgeführt, an dem der Leistungsempfänger seinen Wohnsitz, seinen gewöhnlichen Aufenthaltsort oder seinen Sitz hat. [2]Sonstige Leistungen im Sinne des Satzes 1 sind:
1. die sonstigen Leistungen auf dem Gebiet der Telekommunikation;
2. die Rundfunk- und Fernsehdienstleistungen;
3. die auf elektronischem Weg erbrachten sonstigen Leistungen.

(6) [1]Erbringt ein Unternehmer, der sein Unternehmen von einem im Drittlandsgebiet liegenden Ort aus betreibt,
1. eine in Absatz 3 Nr. 2 bezeichnete Leistung oder die langfristige Vermietung eines Beförderungsmittels,
2. eine in Absatz 4 Satz 2 Nummer 1 bis 10 bezeichnete sonstige Leistung an eine im Inland ansässige juristische Person des öffentlichen Rechts oder
3. eine in Absatz 5 Satz 2 Nummer 1 und 2 bezeichnete Leistung,

ist diese Leistung abweichend von Absatz 1, Absatz 3 Nummer 2, Absatz 4 Satz 1 oder Absatz 5 als im Inland ausgeführt zu behandeln, wenn sie dort genutzt oder ausgewertet wird. [2]Wird die Leistung von einer Betriebsstätte eines Unternehmers ausgeführt, gilt Satz 1 entsprechend, wenn die Betriebsstätte im Drittlandsgebiet liegt.

(7) [1]Vermietet ein Unternehmer, der sein Unternehmen vom Inland aus betreibt, kurzfristig ein Schienenfahrzeug, einen Kraftomnibus oder ein ausschließlich zur Beförderung von Gegenständen bestimmtes Straßenfahrzeug, ist diese Leistung abweichend von Absatz 3 Nr. 2 als im Drittlandsgebiet ausgeführt zu behandeln, wenn die Leistung an einen im Drittlandsgebiet ansässigen Unternehmer erbracht wird, das Fahrzeug für dessen Unternehmen bestimmt ist und im Drittlandsgebiet genutzt wird. [2]Wird die Vermietung des Fahrzeugs von einer Betriebsstätte eines Unternehmers ausgeführt, gilt Satz 1 entsprechend, wenn die Betriebsstätte im Inland liegt.

(8) [1]Erbringt ein Unternehmer eine Güterbeförderungsleistung, ein Beladen, Entladen, Umschlagen oder ähnliche mit der Beförderung eines Gegenstandes im Zusammenhang stehende Leistungen im Sinne des § 3b Absatz 2, eine Arbeit an beweglichen körperlichen Gegenständen oder eine Begutachtung dieser Gegenstände, eine Reisevorleistung im Sinne des § 25 Absatz 1 Satz 5 oder eine Veranstaltungsleistung im Zusammenhang mit

Messen und Ausstellungen, ist diese Leistung abweichend von Absatz 2 als im Drittlandsgebiet ausgeführt zu behandeln, wenn die Leistung dort genutzt oder ausgewertet wird. [2]Satz 1 gilt nicht, wenn die dort genannten Leistungen in einem der in § 1 Absatz 3 genannten Gebiete tatsächlich ausgeführt werden.

EU-Recht: Art. 43ff. MwStSystRL (Art. 9, Art. 28b Buchst. E und F 6. EG-RL); Art. 6a–7, 10–13, 17–41 MwStVO
UStAE: 3a.1–3a.16

Übersicht

I. Bedeutung

1. Überblick

Der Ort, an dem eine sonstige Leistung ausgeführt wird, hat entscheidende Bedeutung für die Steuerbarkeit der Leistung. Im Ausland erbrachte Leistungen sind nicht im Inland steuerbar. Im Gegensatz zu den Liefervorgängen ist die **räumliche Zuordnung** von sonstigen Leistungen schwierig, weil es oft an gegenständlichen Bezugspunkten fehlt oder verschiedene Bezugspunkte sich anbieten. Um eine einheitliche Handhabung zu gewährleisten, war der Gesetzgeber gezwungen, bestimmte Leistungsorte festzulegen. Der Weg hierzu war ihm durch die 6. EG-RL bzw. die MwStSystRL vorgegeben. Die dabei erzielte Lösung muss als missglückt bezeichnet werden, weil sie vom System her so verwirrend gestaltet ist, dass der praktische Umgang mit dieser Vorschrift erhebliche Schwierigkeiten bereitet. Das beruht auf der verzweigten **Kasuistik** des § 3a, die die scheinbare Regel des § 3a Abs. 1 zur Ausnahme macht, weil für die wichtigsten sonstigen Leistungen in § 3a Abs. 2–8, § 3b und § 3e Sonderregelungen gelten. Wegen der Bestimmung des Leistungsorts nach der Art der Leistung ist es idR erforderlich, zuvor den Inhalt der Leistung im Einzelnen zu ermitteln. Bedient sich der Unternehmer eines anderen Unternehmers als Erfüllungsgehilfen (zB Subunternehmer), der die Leistung im eigenen Namen und für eigene Rechnung ausführt, so ist der Ort der Leistung für jede dieser Leistungen gesondert zu bestimmen (UStAE 3a.15; zur Zuordnung der Leistung nach zivilrechtlichen Rechtsbeziehungen → § 3 Rn. 97 f. und → § 2 Rn. 36 ff.). Für die Frage, wo eine als sonstige Leistung geltende unentgeltliche Wertabgabe (Leistungs-Eigenverbrauch) iSv § 3 Abs. 9a stattgefunden hat, gilt § 3f. 1

einstweilen frei 2

2. Grundsatz: Empfängerortprinzip

§ 3a ist in den letzten Jahren zunehmend so umgestellt worden, dass der jeweilige Verbrauchsort für die Bestimmung des Orts einer sonstigen Leistung (Unionsrecht: Dienstleistung) maßgeblich ist. Dies ist in aller Regel der Ort des Leistungsempfängers, weshalb das sog. **Empfängerortprinzip** weite Teile des § 3a dominiert (Abs. 2, 4 und 5). In bestimmten Fällen führt das Empfängerortprinzip aber zu vom konkreten **Verbrauchsort** abweichenden Ortsbestimmungen, weshalb vor allem § 3a Abs. 3, aber auch Abs. 6–8 Sonderregelungen enthalten und den Leistungsort an den konkreten Verbrauchsort knüpfen. Der Grundsatz des § 3a Abs. 1, wonach 3 der Sitz des leistenden Unternehmers für die Ortsbestimmung maßgeblich ist **(Sitzortprinzip),** stellt mittlerweile eher die Ausnahme dar. Steuerbelastungserheblich ist die Anwendung verschiedener Ortsbestimmungsprinzipien freilich nur, wenn leistender Unternehmer, Leistungsempfänger und/oder tatsächlicher Verbrauchsort in verschiedenen Staaten belegen sind.

4 Die Ausdehnung des Empfängerortprinzips erfolgte in mehreren Schritten. Durch das **JStG 2009** (BGBl. 2009 I 2794) ist § 3a in wesentlichen Teilen auf der Basis der RL 2008/8/EG v. 12.2.2008 (ABl. 2008 L 44, 11), die zum 1.1.2010 in nationales Recht umzusetzen war (sog. **Mehrwertsteuer-Paket**), neu gefasst worden. Die Richtlinie enthält grundlegende unionsrechtliche Neuregelungen zum Ort der Dienstleistung. Dienstleistungen an Unternehmer **(B2B)** werden danach grundsätzlich am Ort des Leistungsempfängers bewirkt (Art. 44 MwStSystRL); den Unternehmern gleichgestellt werden insoweit juristische Personen, soweit sie nicht unternehmerisch tätig sind und ihnen eine USt-IdNr. erteilt wurde. Durch Gesetz zur Umsetzung steuerlicher EU-Vorgaben sowie zur Änderung steuerlicher Vorschriften **(EU-Vorgaben-Umsetzungsgesetz)** wurden weitere Änderungen in Folge des Mehrwertsteuer-Pakets vorgenommen, die insbesondere die Vorschriften zur Steuerschuldnerschaft des Leistungsempfängers in § 13b und zur Abgabe einer ZM in § 18a tangierten. Siehe zum Mehrwertsteuer-Paket *Monfort* DStR 2008, 1261; zur Umsetzung durch das JStG 2009, *Monfort* DStR 2009, 297 und zu den Anpassungen durch EU-Vorgaben-Umsetzungsgesetz *Monfort* DStR 2010, 1001.

Durch **JStG 2010** (BGBl. 2010 I 1768) wurde § 3a erneut geändert und eine Sonderregelung für Eintrittsberechtigungen zu bestimmten Veranstaltungen in § 3a Abs. 3 Nr. 5 eingefügt, die abweichend vom Empfängerortprinzip den konkreten Verbrauchsort (Ort der Veranstaltung) als Leistungsort vorschreibt. Daneben enthält die MwStVO Durchführungsvorschriften vor allem zum Dienstleistungsort, die unmittelbar geltendes Recht sind und im Zweifel die Vorschriften des nationalen UStG verdrängen (siehe zu den einzelnen Vorschriften *Korn/Robisch* DStR-Beih. 2011, 29, zu Heft 29/2011). Durch **Beitreibungsrichtlinie-Umsetzungsgesetz** (BGBl. 2011 I 2592) wurden Veranstaltungsleistungen im Zusammenhang mit Messen und Ausstellungen in den Katalog der unter bestimmten Umständen als im Drittland ausgeübten Leistungen des § 3a Abs. 8 aufgenommen. Durch **AmtshilfeRLUmsG** (BGBl. 2013 I 1809) wurde 2013 klargestellt, dass das Empfängerortprinzip nach § 3a Abs. 2 auch bei Leistungsbezug für nichtsteuerbare, aber nicht unternehmensfremde Zwecke des Unternehmers gilt (vgl. hierzu ua *Monfort* DStR 2013, 2245).

5 Bei Dienstleistungen an Nichtunternehmer **(B2C),** die keine juristischen Personen mit USt-IdNr. sind, bleibt es zwar grundsätzlich bei der Besteuerung am Ort des leistenden Unternehmers (Art. 45 MwStSystRL, § 3a Abs. 1). Durch die in Art. 46–59b MwStSystRL (§ 3a Abs. 3–5) enthaltenen Vorschriften zu bestimmten Dienstleistungen (Vermittlungsleistungen, Dienstleistungen im Zusammenhang mit einem Grundstück, Beförderungsleistungen, kulturelle, künstlerische, wissenschaftliche, unterrichtende, sportliche, unterhaltende oder ähnliche Leistungen, Verzehr an Ort und Stelle (Restaurationsleistungen), Vermietung von Beförderungsmitteln, auf elektronischem Weg erbrachte Leistungen, Dienstleistungen an im Drittlandsgebiet ansässige Nichtunternehmer) ergeben sich auch bei diesen Leistungen zunehmend Abweichungen vom Sitzortprinzip zugunsten des Empfängerortprinzips oder zugunsten einer Anknüpfung an den konkreten Verbrauchsort. Durch **KroatienAnpG** (BGBl. 2014 I 1266) wurde zum **1.1.2015** das Empfängerortprinzip auch auf Telekommunikationsleistungen, Rundfunk- und Fernsehdienstleistungen sowie elektronisch erbrachte sonstige Leistungen an Nichtunternehmer, die im Inland, in der EU oder im Drittland ansässig sind, ausgedehnt. Die Regelung soll die erheblichen Wettbewerbsverzerrungen aufgrund des Steuersatzgefälles innerhalb der EU beenden.

6 *einstweilen frei*

II. Sitz des leistenden Unternehmens als Leistungsort (§ 3a Abs. 1)

1. Allgemeines

Für sog. B2C-Leistungen, also sonstige Leistungen an Nichtunternehmer (ausgenommen solche Nichtunternehmer, die dennoch unter die B2B-Regelung in § 3a Abs. 2 fallen – hierzu → Rn. 39ff.), gilt grundsätzlich das **Sitzortprinzip** des § 3a Abs. 1. Danach liegt der Ort der sonstigen Leistung dort, wo der leistende Unternehmer sein Unternehmen betreibt. Satz 2 bestimmt eine Betriebsstätte des leistenden Unternehmers zum Leistungsort, wenn die Leistung von dort aus erbracht wird. Diese grundsätzlichen Regelungen gelten aber nur dann, wenn keine abweichenden Regelungen zum Leistungsort greifen, was jedoch häufig der Fall ist, insbesondere bei grundstücksbezogenen Leistungen (§ 3a Abs. 3 Nr. 1, → Rn. 43), bei der Vermietung von Beförderungsmitteln (§ 3a Abs. 3 Nr. 2, → Rn. 52), bei veranstaltungsbezogenen Leistungen oder Arbeiten an beweglichen Gegenständen (§ 3a Abs. 3 Nr. 3, → Rn. 56), bei bestimmten sonstigen (Katalog-)Leistungen an Drittlandsempfänger (§ 3a Abs. 4, → Rn. 80) und Telekommunikations-, Rundfunk- und Fernsehdienstleistungen sowie elektronisch erbrachte Dienstleistungen (§ 3a Abs. 5, → Rn. 114). 7

Der Grundsatz des § 3a Abs. 1 ist durch die Sonderregelungen in § 3a Abs. 2–8 sowie §§ 3b, 3e und 3f stark eingeschränkt (→ Rn. 7). § 3a Abs. 1 stellt damit lediglich eine **Auffangvorschrift** dar, die erst zum Zuge kommt, wenn die genannten Sonderregelungen auf den Fall nicht zutreffen. Bei der Handhabung des § 3a sind daher zunächst die Sonderregelungen zu prüfen, erst dann ist auf § 3a Abs. 1 zurückzugreifen. Dabei ist die Sondervorschrift der **Leistungskommission** in § 3 Abs. 11 zu beachten, der auch Bedeutung für den Ort der Leistung zukommt (vgl. → § 3 Rn. 295ff.). 8

einstweilen frei 9

2. Sitz des Unternehmens

Findet keine der zahlreichen Ausnahmen von § 3a Anwendung, bestimmt sich der Leistungsort nach dem Sitz des Unternehmens. Als Ort des Sitzes ist grundsätzlich der Ort anzusehen, von dem aus der Unternehmer das **Unternehmen betreibt** (§ 21 AO); dies ist vorrangig der Ort, an dem die Handlungen zur zentralen Verwaltung des Unternehmens vorgenommen werden (Art. 10 Abs. 1 MwStVO – der dort genannte Sitz der wirtschaftlichen Tätigkeit entspricht dem Ort, von dem aus der Unternehmer sein Unternehmen betreibt; siehe auch UStAE 3a.1 Abs. 1). Nach tradierter deutscher Auffassung ist dafür nicht maßgebend der durch Gesetz, Gesellschaftsvertrag, Satzung etc. bestimmte Sitz iSd § 11 AO (BFH V R 97/01, BStBl. II 2003, 819; ebenso UStAE 3a.1 Abs. 1). Nach Art. 10 Abs. 2 MwStVO werden allerdings zur Bestimmung des Sitzes der wirtschaftlichen Tätigkeit herangezogen: 10

- der Ort, an dem die wesentlichen Entscheidungen zur allgemeinen Leitung des Unternehmens getroffen werden,
- der Ort seines satzungsmäßigen Sitzes und
- der Ort, an dem die Unternehmensleitung zusammenkommt.

Kann anhand dieser Kriterien der Ort des Sitzes der wirtschaftlichen Tätigkeit nicht mit Sicherheit bestimmt werden, so wird der Ort, an dem die **wesentlichen Entscheidungen zur allgemeinen Leitung des Unternehmens** getroffen werden, zum vorrangigen Kriterium (Art. 10 Abs. 2 UAbs. 2 MwStVO). Die **Postanschrift** wird zwar regelmäßig den Sitz der wirtschaftlichen Tätigkeit wiedergeben, er kann aber nicht aus ihr geschlossen werden (Art. 10 Abs. 3 MwStVO).

11 Nach der Rechtsprechung des **EuGH** hat die Zuordnung einer Leistung an den **Sitz eines Unternehmers im Zweifel Vorrang** vor der Zuordnung zu einer festen Niederlassung **(Betriebsstätte);** eine Besteuerung an dem Ort einer festen Niederlassung kommt nur in Betracht, wenn die Anknüpfung an den Sitz des Unternehmens zu keiner sinnvollen Lösung führen würde oder wenn sie zu einem Besteuerungskonflikt mit einem anderen Mitgliedstaat führen würde (EuGH C-390/96, UR 1998, 343 – Lease Plan mwN; C-429/97, IStR 2001, 315 – Kommission/Frankreich; ebenso BFH V R 30/98, BStBl. II 1999, 108; V R 49/97, BFH/NV 1999, 839; kritisch *Stadie* in Rau/Dürrwächter § 3a Rn. 70ff.). Dem entspricht der Wortlaut des § 3a Abs. 1, der eine Zuordnung zur Betriebsstätte nur nachrangig vorsieht (ebenso Art. 21 MwStVO bei der Bestimmung des Orts des Leistungsempfängers).

12 Zu **doppelt ansässigen Körperschaften** (→ Rn. 15a).

3. Ort der Betriebsstätte als Leistungsort

13 **Betriebsstätte** iSd § 3a Abs. 1 S. 2 ist nicht identisch mit der Definition des § 12 AO oder den Definitionen in den DBA (zu möglichen Einflüssen der OECD-Entwicklungen beim Betriebsstättenbegriff auf die mehrwertsteuerliche Betriebsstätte siehe aber *Körner* MwStR 2013, 227). Vielmehr ist nach Art. 43 MwStSystRL von einer **festen Niederlassung** auszugehen. Die Definition des Begriffes „feste Niederlassung" oblag früher ausschließlich der Rechtsprechung (zB EuGH C-260/95, DStRE 1997, 342 – DFDS; C-390/96, UR 1998, 343 – Lease Plan; C-73/06, DStRE 2008, 827 – Planzer Luxembourg; C-605/12, DStR 2014, 2169 – Welmory), welche sie unter folgenden Voraussetzungen angenommen hat, die zwischenzeitlich in die MwStVO eingegangen sind (→ Rn. 14 „aktive Niederlassung"):

- **Unselbstständigkeit** gegenüber dem Unternehmen: Dies erfordert eine tatsächliche Abhängigkeit. Die Betriebsstätte muss daher reine „Hilfsperson" des Unternehmens sein.
- **Zureichender Mindestbestand an personellen und sachlichen Mitteln:** Die Betriebsstätte muss in der Lage sein, die Dienstleistungen autonom zu erbringen. Diese Voraussetzung liegt zB nicht vor bei Spielautomaten auf einem Seeschiff, die nur von Zeit zu Zeit gewartet werden (EuGH C-168/84, UR 1985, 226 – Berkholz) oder bei einem Leasingunternehmen, welches Fahrzeuge an Kunden in einem anderen Mitgliedstaat vermietet und dort nicht über eigenes Personal verfügt (EuGH C-390/96, UR 1998, 343 – Lease Plan). Auch ein reiner Internet-Server ist daher keine Betriebsstätte (*Stadie* in Rau/Dürrwächter § 3a Rn. 634; *Lange* UR 2000, 409). Inwieweit diese Ausstattungsmerkmale (Personal- und Sachmittel) stets gegeben sein müssen oder ob dies nur der Fall sein muss, wenn die Funktionsfähigkeit der jeweiligen wirtschaftlichen Tätigkeit dies erfordert, ist nicht abschließend geklärt (vgl. *Scholz* UR 2015, 500). So hat das FG Münster 5 K 1768/10 U, MwStR 2014, 35 mAnm *Pogodda* entschieden, dass **Windräder** auch dann eine Zweigniederlassung iSv § 13b darstellen, wenn bei den Windkraftanlagen kein eigenes Personal tätig ist. Die fehlende personelle Ausstattung werde in diesem Fall durch die stark ausgeprägte sachliche Ausstattung kompensiert. Der BFH hat das Urteil in der Revision bestätigt (BFH V R 41/13, DStR 2015, 361 mAnm *Heuermann*), musste allerdings nicht zur Frage der festen Niederlassung Stellung nehmen, da die Revision aus anderen Gründen erfolglos war.
- **Hinreichender Grad an Beständigkeit:** Der Sitz der wirtschaftlichen Tätigkeit muss eine hinreichende Verfestigung erfahren haben. Diese Verfestigung setzt grundsätzlich voraus, dass eine örtliche Anlage oder Einrichtung dauerhaft mit einem bestimmten Teil der Erdoberfläche verbunden ist. Dieser Grundsatz ist jedoch durch die Rechtsprechung des EuGH zu Art. 9 Abs. 1 6. EG-RL (feste Niederlassung) insoweit relativiert, als der EuGH den Begriff der Beständigkeit vorrangig auf das autonome ständige Zusammenwirken von personellen und

sachlichen Mitteln bezieht und weniger auf deren örtlich feste Verankerung (vgl. EuGH C-190/95, DStRE 1997, 725 – ARO Lease und C-390/96, UR 1998, 343 – Lease Plan). Eine Betriebsstätte nach § 3a Abs. 1 S. 2 kann auch an Bord eines Seeschiffes bestehen (zB Friseurhandwerk, Kosmetik, Massage, Barbetriebe und Landausflüge; siehe UStAE 3a.1 Abs. 3 S. 6, 7).

Seit **Inkrafttreten der MwStVO** existiert in Art. 11 MwStVO eine Definition **14** des Begriffs der festen Niederlassung, und zwar einmal für die Anwendung des Empfängerortprinzips (Abs. 1) und einmal für die Anwendung des Sitzortprinzips (Abs. 2):

- Für die **Anwendung des Sitzortprinzips** – also die Besteuerung beim Dienstleistungserbringer insbesondere nach § 3a Abs. 1 – enthält Art. 11 Abs. 2 letztlich eine der bisherigen Rechtsprechung entsprechende Definition, wonach eine feste Niederlassung eine Niederlassung mit Ausnahme des Sitzes der wirtschaftlichen Tätigkeit ist, die einen hinreichenden Grad an Beständigkeit sowie eine Struktur aufweist, die es von der personellen und technischen Ausstattung her erlaubt, Dienstleistungen zu erbringen (so auch UStAE 3a.1 Abs. 3). Die feste Niederlassung muss also selbst Leistungen erbringen (**„aktive Niederlassung"**, in Anlehnung an *Monfort* UR 2012, 341 (347f.)). Diese Definition entspricht der bisherigen Begriffsbestimmung durch die EuGH-Rechtsprechung (→ Rn. 13). Nur eine aktive Niederlassung in einem Mitgliedstaat ist im Übrigen auch nach Art. 3 RL 2008/9/EG für die **Vorsteuervergütung** ausländischer Unternehmer schädlich („feste Niederlassung, von der aus Umsätze bewirkt wurden"), weil der Unternehmer dann wegen der aktiven Niederlassung dem regulären Besteuerungsverfahren unterliegt. Ein ausländischer Unternehmer, der in einem Mitgliedstaat nur eine passive Niederlassung hat, fällt indessen in diesem Mitgliedstaat unter das Vorsteuervergütungsverfahren und nicht unter das reguläre Besteuerungsverfahren (so EuGH C-318/11 und C-319/11, DStRE 2013, 872 – Daimler AG und Widex A/S – siehe auch die Anm. von *Monfort* UR 2012, 936).
- Für die **Anwendung des Empfängerortprinzips** – also die Besteuerung beim Dienstleistungsempfänger insbesondere nach § 3a Abs. 2 (→ Rn. 18ff.) – enthält Art. 11 Abs. 1 MwStVO eine andere Definition. Als feste Niederlassung gilt danach jede Niederlassung mit Ausnahme des Sitzes der wirtschaftlichen Tätigkeit, die einen hinreichenden Grad an Beständigkeit sowie eine Struktur aufweist, die es ihr von der personellen und technischen Ausstattung her erlaubt, Dienstleistungen, die für den eigenen Bedarf dieser Niederlassung erbracht werden, zu empfangen und dort zu verwenden. Die feste Niederlassung muss also selbst keine Leistungen erbringen, sondern nur empfangen und verwenden können (**„passive Niederlassung"**, in Anlehnung an *Monfort* UR 2012, 341 (348)).

Der UStAE folgt dem mittlerweile, denn dort wird die aktive Niederlassung in UStAE 3a.1 Abs. 3 definiert und für die Anwendung des Empfängerortprinzips auf diese Definition mit der Einschränkung verwiesen, dass die Betriebsstätte Leistungen empfangen können muss (UStAE 3a.2 Abs. 4 S. 1; in Übernahme des Wortlauts von Art. 11 Abs. 1 MwStVO).

Hinsichtlich des Merkmals **„personelle und technische Ausstattung"** ist es **14a** nicht erforderlich, dass es sich um Personal des Unternehmers oder um Ausstattung im Eigentum des Unternehmers handelt. Es genügt vielmehr, wenn Personal und Sachmittel **wie eigene** zur Verfügung stehen. Dies erfordert vertragliche Grundlagen, die nicht kurzfristig auflösbar sind. Ein Mietvertrag über ein Büro inkl. Büroausstattung vermittelt daher eine hinreichende technische Ausstattung. Hingegen ist die bloße Mitnutzung eines bestehenden Büros zB einer Konzerngesellschaft nicht ausreichend, da diese Mitnutzung keine Verfügungsmacht über die technische Ausstattung vermittelt. Eine Muttergesellschaft verfügt folglich nicht über die erforderliche technische Ausstattung, Dienstleistungen für ihre wirtschaftliche Tätigkeit zu empfangen und zu verwenden, wenn sie die Räume und Einrichtung einer Tochtergesellschaft nutzt (EuGH C-605/12, DStR 2014, 2169 – Welmory Rn. 63, mit Anm *Mon-*

fort). Vor diesem Hintergrund dürfte die Entscheidung des FG Köln, wonach trotz fehlender rechtlicher, aber tatsächlicher Verfügungsmacht über Räumlichkeiten, Personal und Einrichtung eine feste Niederlassung zu bejahen ist, nicht (mehr) zutreffen (FG Köln 10 K 33/11, EFG 2012, 768, Rev. erledigt durch BFH XI R 29/11 (n. v.)).

Beispiel 1: Die schwedische XY AB stellt besonders langlebige gefütterte Regenmäntel her und vertreibt diese direkt über das Internet. Auf Sylt unterhält die XY AB eine permanente Repräsentanz, in der Ansichtsexemplare der Regenmäntel ausgestellt sind. Mitarbeiter stehen für Beratung und Anprobe bereit. Ein Erwerb der ausgestellten Regenmäntel ist aber nicht möglich. Stattdessen stehen Computer bereit, mit denen die Kunden die Regenmäntel unmittelbar bei der XY AB in Schweden über das Internet bestellen können. Von dort wird die Ware per Post an die Kunden verschickt.

Ein deutscher Unternehmer wartet die Computer der XY AB und erbringt damit eine sonstige Leistung an einen Unternehmer für dessen Unternehmen. Der Ort der sonstigen Leistung ist somit Schweden (§ 3a Abs. 2 S. 1), sofern die Repräsentanz keine Betriebsstätte (feste Niederlassung) ist. Nach Art 11 Abs 1 MwStVO – und nun auch UStAE 3a.2 Abs. 4 S. 1 – ist die Erbringung von Leistungen aber für die Anwendung des Empfängerortprinzips keine Voraussetzung, so dass die Repräsentanz eine Betriebsstätte (feste Niederlassung) ist und der Ort der Leistung in Deutschland liegt (§ 3a Abs. 2 S. 2). Damit schuldet nicht die schwedische AB die schwedische USt auf die Wartungsleistungen, sondern der deutsche Unternehmer schuldet die deutsche USt und stellt eine gewöhnliche Rechnung mit deutschem Steuerausweis aus.

Beispiel 2: Eine deutsche Tochtergesellschaft schließt einen Kooperationsvertrag mit ihrer luxemburgischen Muttergesellschaft, wonach Letztere eine Homepage in deutscher Sprache zur Verfügung stellt und hierfür die technische Ausstattung und die Arbeitnehmer der deutschen Tochter nutzt. Durch den Produktverkauf über die Homepage erbringt die deutsche Tochter ua Werbeleistungen an die Mutter. (Beispiel in Anlehnung an EuGH C-605/12, DStR 2014, 2169 – Welmory, mit Anm *Monfort*)

Sofern die personelle und technische Ausstattung der deutschen Tochter insoweit der luxemburgischen Mutter zuzurechnen ist, als sie diese nutzt, unterhält die Mutter in Deutschland eine feste Niederlassung, so dass die Werbeleistungen nach § 3a Abs. 2 S. 1 in Deutschland erbracht werden (Ort der festen Niederlassung); andernfalls werden die Leistungen in Luxemburg erbracht (Sitzort des Leistungsempfängers). Dies festzustellen ist Sache der nationalen Gerichte.

Angemietete **Warenlager** erfüllen die Voraussetzungen für eine feste Niederlassung in der Regel nicht, da der Mieter weder gegenüber dem Personal des Lagerhalters weisungsbefugt ist noch die Verfügungsmacht über das Lager erhält und es beispielsweise nach Belieben betreten darf; ebenso FG München 14 K 3837/06, BeckRS 2008, 26029296, NZB abgewiesen BFH V B 157/08, BFH/NV 2010, 1315. Ähnlich: FG Köln 8 K 2753/08, EFG 2013, 168 (keine feste Niederlassung wegen fehlenden Schlüssels für die Räumlichkeiten, aufgehoben aus verfahrensrechtlichen Gründen durch BFH V R 32/12, BeckRS 2013, 95602). AA *Becker* DStR 2015, 1217, wonach ein Warenlager eine feste Niederlassung sein sollte, um dem Bestimmungslandprinzip Rechnung zu tragen. Die Lagerung von Waren ist eine **grundstücksbezogene Leistung** nach § 3a Abs. 3 Nr. 1 (→ Rn. 50) und wird daher am Lagerort ausgeübt. Ein Grundstück allein stellt noch keine feste Niederlassung dar (vgl. auch Empfehlungen der Kommission, DStR-Beih. 2017, 1 Rn. 28).

15 Nach der vorstehenden Rechtsprechung des EuGH hat die **Zuordnung einer Leistung an den Sitz eines Unternehmers** auch nach Einführung des Empfängerortprinzips im Zweifel Vorrang vor der Zuordnung zu einer festen Niederlassung (siehe EuGH C-605/12, DStR 2014, 2169 – Welmory mit Anm. *Monfort* Rn. 40 ff.). Die Frage, ob Art. 11 MwStVO tatsächlich neben der aktiven festen Niederlassung auch eine passive feste Niederlassung für Zwecke der Bestimmung des Leistungsorts begründet, hat der EuGH nicht ganz eindeutig beantwortet. In der Rechtssache Welmory entschied er aber, dass eine feste Niederlassung für die Anwendung des Empfängerorts-

prinzips vorliegt, „wenn diese Niederlassung einen hinreichenden Grad an Beständigkeit sowie eine Struktur aufweist, die es von der personellen und technischen Ausstattung her ermöglicht, Dienstleistungen *für ihre wirtschaftliche Tätigkeit* zu empfangen und zu verwenden" (Hervorhebung nicht im Original). Dies ist nicht ganz der Wortlaut von Art. 11 Abs. 1 MwStVO, wonach es nötig ist, dass die Dienstleistungen für den eigenen Bedarf dieser Niederlassung erbracht dort verwendet werden (→ Rn. 14). Hieraus lassen sich zwei Schlüsse ziehen: Zum einen könnte der EuGH dem Konzept der passiven festen Niederlassung widersprochen haben, weil er eine wirtschaftliche Tätigkeit der festen Niederlassung – also eine aktive feste Niederlassung – verlangt. Zum anderen könnte der EuGH aber auch so verstanden werden, dass er sich auf die wirtschaftliche Tätigkeit des Steuerpflichtigen insgesamt bezieht, dem die – aktive oder passive – Niederlassung in irgendeiner Weise dient. Im Übrigen muss bedacht werden, dass das Empfängerortprinzip auch für nichtwirtschaftlich tätige juristische Personen mit USt-IdNr. gilt (→ Rn. 39), so dass es spätestens für diese die Voraussetzung einer eigenen wirtschaftlichen Tätigkeit nicht geben kann (so auch Art. 13a Buchst. b MwStVO). Nachdem die deutsche FVerw in UStAE 3a.2 Abs. 4 S. 1 an den Wortlaut des Art. 11 MwStVO anknüpft, dürfte sich in der Praxis zunächst das Konzept der passiven Niederlassung durchsetzen, zumal eine solche spätestens bei Verwendung einer ihr erteilen USt-IdNr. unter die Vertrauensschutzregelung fällt und die Leistung daher als an sie erbracht gilt (vgl. → Rn. 34). Vgl. zum Urteil Welmory und seinen Folgen *Haller* MwStR 2015, 7; *Monfort* DStR 2014, 2173; *Scholz* UR 2015, 501.

Bei **doppelt ansässigen Körperschaften** führt das Zusammenspiel von Art. 10 **15a**
und 11 MwStVO zu ähnlichen Ergebnissen wie im DBA-Recht. Hat eine Körperschaft, zB eine Kapitalgesellschaft, ihren Sitz im Ausland, ihre Geschäftsleitung aber im Inland, weil zB der oder die Geschäftsführer im Inland wohnen und daher auch im Inland „die wesentlichen Entscheidungen zur allgemeinen Leitung des Unternehmens" treffen, so hat das Unternehmen den Sitz seiner wirtschaftlichen Tätigkeit nach Art. 10 Abs. 2 UAbs. 2 MwStVO im Inland. Sofern die Kapitalgesellschaft keine andere feste Einrichtung betreibt, kommt als Ort der Leistungen des Unternehmens nach § 3a Abs. 1 bzw. als Ort von Leistungen, die an das Unternehmen erbracht werden (§ 3a Abs. 2), ausschließlich der Ort der wirtschaftlichen Tätigkeit (= Inland) in Frage. Auch DBA-rechtlich würde dieser Ort der Geschäftsleitung den Ausschlag für die Ansässigkeit geben. Übt das Unternehmen am Sitzort (= Ausland) die eigentliche unternehmerische Tätigkeit aus und befindet sich folglich nur der Ort der Geschäftsleitung (= Sitz der wirtschaftlichen Tätigkeit) im Inland, betreibt das Unternehmen im Ausland lediglich eine feste Niederlassung iSd Art. 11 Abs. 1 und 2 MwStVO. Auch dies deckt sich mit dem abkommensrechtlichen Ergebnis, wonach eine solche Gesellschaft als im Inland ansässig gälte und im Ausland eine Betriebsstätte betriebe. Da die Leistungen aber von der operativ tätigen Niederlassung erbracht werden, befindet sich der Leistungsort nach § 3a Abs. 1 S. 2 dort. Das Gleiche gilt für empfangene Leistungen nach § 3a Abs. 2 S. 2, wobei der Leistungsbezug durch die Geschäftsleitung ebenso denkbar wäre; in diesem Fall gilt § 3a Abs. 2 S. 1 und der Leistungsort entspricht dem Geschäftsleitungsort. Vgl. zu dieser Thematik *Peter/Peter/Butz* Ubg 2016, 27.

4. ABC der unter Abs. 1 fallenden Umsätze an Nichtunternehmer

Abfallsammlung – auch wenn für einzelne Leistungsteile Subunternehmer ein- **16**
gesetzt werden (EuGH C-429/97, UVR 2001, 142 – Kommission/Frankreich mit Anm. *Wagner* – dort auch noch im Fall der Leistungserbringung an einen Unternehmer also vor Geltung des § 3a Abs. 2 bzw. des Art. 44 MwStSystRL).

Anzahlungen auf Vermittlungsleistungen, die ggf. später unter eine der Spezialvorschriften in § 3a Abs. 3 fallen, zum Zeitpunkt der Leistung aber noch nicht unter eine solche Vorschrift subsumiert werden können (BFH V R 42/10, BStBl. II 2012, 248 – Entgelt für Hotelschecks, die im In- oder Ausland eingelöst werden können).

Bestattung Art. 28 MwStVO.

Bordbetrieb auf einem Seebäderschiff (NdsFG 16 K 4/06, BeckRS 2006, 26024092, rkr), wenn Leistungsempfänger die Gäste (Nichtunternehmer) sind und nicht der Betreiber des Schiffs (= Unternehmer, dann § 3a Abs. 2).

Einsargung des Leichnams (BFH V R 26/03, BFH/NV 2005, 1395); die anschließende Überführung ist eine Beförderungsleistung und bei Grenzüberschreitung steuerfrei (§ 4 Nr. 3 Buchst. a Doppelbuchst. aa), soweit sie überhaupt steuerbar ist (§ 3b Abs. 1 oder 3).

Gutscheine zum Bezug von Leistungen durch einen Vermittler, die unter § 3a Abs. 1 fallen können (siehe oben „Anzahlungen").

Katalogleistungen iSd § 3a Abs. 4 S. 2, wenn der Leistungsempfänger Nichtunternehmer und innerhalb der EU ansässig ist und nicht § 3a Abs. 6 zur Anwendung kommt.

Notarleistungen an Nichtunternehmer (außer Beratung und Beurkundung von Grundstückskaufverträgen, wo § 3a Abs. 3 Nr. 1 greift, siehe UStAE 3a.3 Abs. 7).

Reiseleistungen iSv § 25 Abs. 1 S. 4 (BFH V R 30/98, BStBl. II 1999, 108 – Reisebüro auf Kreuzfahrtschiff). Für Reisevorleistungen an Unternehmer für ihr Unternehmen gilt bei Drittlandsverwertung § 3a Abs. 8, im Übrigen § 3a Abs. 2.

Schiedsrichtertätigkeit eines Rechtsanwalts (EuGH C-145/96, DStRE 1997, 900 – Hoffmann; aA *Stadie* in Rau/Dürrwächter § 3a Rn. 522, wonach § 3a Abs. 4 Nr. 3 einschlägig sein soll). Regelmäßig dürfte der Leistungsempfänger aber Unternehmer sein, so dass nun § 3a Abs. 2 gilt (offen gelassen in EuGH C-145/96, DStRE 1997, 900 – Hoffmann, dort war Leistungsempfänger die Internationale Handelskammer, Paris).

Tierarztleistungen (EuGH C-167/95, DStRE 1997, 340 – Linthorst) an Nichtunternehmer.

Treuhänder – § 3a Abs. 4 Nr. 3 ist nicht einschlägig (BFH V R 67/96, BStBl. II 1998, 413), oftmals wird hier aber § 3a Abs. 2 Vorrang haben.

Übersetzung Art. 29 MwStVO (vorbehaltlich § 3a Abs. 4 Nr. 3).

Vermögensverwalter – soweit nicht § 3a Abs. 2 oder Abs. 4 Nr. 3 eingreift (BFH V R 67/96, BStBl. II 1998, 413).

17 *einstweilen frei*

III. Sitz des Leistungsempfängers als Leistungsort (§ 3a Abs. 2)

1. Grundsatz

18 Für sog. B2B-Leistungen, also sonstige Leistungen an Unternehmer und diesen gleichgestellten juristischen Personen mit USt-IdNr., gilt grundsätzlich das **Empfängerortprinzip** des § 3a Abs. 2. Dies entspricht weitgehend der Behandlung zwischenunternehmerischer Lieferungen, die schon zuvor im Bestimmungsland besteuert wurden (als innergemeinschaftlicher Erwerb oder als Einfuhr). Die Regelung in § 3a Abs. 2 soll das reibungslose Funktionieren des zwischen den Mitgliedstaaten bestehenden Binnenmarkts sicherstellen (vgl. *Wäger* in Sölch/Ringleb § 3a Rn. 28). S. 1 regelt hierfür abweichend von § 3a Abs. 1, dass sonstige Leistungen an einen Unternehmer regelmäßig an dem Ort ausgeführt werden, an dem der Leistungsempfänger sein Unternehmen betreibt. Bedeutung hat die Vorschrift somit nur, wenn Leistungsempfänger und Leistungserbringer in verschiedenen Ländern ihre Unternehmen betreiben, weil dann die Leistung des Leistungserbringers in dessen Land nicht steuerbar ist. Damit der Leistungserbringer die Steuer nicht im Bestimmungsland berechnen und abführen muss, **schuldet der Leistungsempfänger die Steuer** – in Deutschland nach § 13b Abs. 5 S. 1, Abs. 1. Nach OFD Frankfurt a. M. 16.6.2009, DStR 2009,

1699 sind Sondervermögen von Kapitalanlagegesellschaften bzw. Teilgesellschaftsvermögens von Investmentaktiengesellschaften **(„offene Fonds")** Unternehmer iSd UStG (kritisch *Krismanek* BB 2010, 471). Auch **Kleinunternehmer** sind Unternehmer und lösen die Leistungsortverlagerung nach § 3a Abs. 2 aus (→ § 19 Rn. 1).

Der **Nachweis,** dass ein Leistungsempfänger Unternehmer ist, wird bei Unterneh- **19**
mern in der EU regelmäßig durch Angabe der **USt-IdNr.** erbracht (Art. 18 Abs. 1 Buchst. a MwStVO; zum Vertrauensschutz → Rn. 34f.). Ist der Leistungsempfänger im Drittlandsgebiet ansässig, kann der Nachweis nach UStAE 3a.2 Abs. 11 durch Unternehmerbescheinigung einer Behörde des Sitzstaates geführt werden, wobei diese inhaltlich der Unternehmerbescheinigung nach § 61a Abs. 4 UStDV entsprechen soll (zur Kritik an dieser Anforderung siehe *DIHK e. V.* UR 2010, 937 (940)). Weil Art. 18 Abs. 3 MwStVO jedoch nicht nur die Unternehmerbescheinigung als Nachweis zulässt, überlässt es nunmehr auch UStAE 3a.2 Abs. 11 dem Leistungsempfänger, den Unternehmernachweis bei fehlender Bescheinigung anderweitig zu erbringen. Ist der **Ort, an dem der Leistungsempfänger sein Unternehmen betreibt** (vgl. § 21 AO), bei natürlichen Personen nicht eindeutig bestimmbar, kommen als Leistungsort der Wohnsitz des Leistungsempfängers (§ 8 AO) oder der Ort seines gewöhnlichen Aufenthalts (§ 9 AO) in Betracht; bei Körperschaften, Personenvereinigungen oder Vermögensmassen ist der Ort der Geschäftsleitung (§ 10 AO) maßgeblich (siehe UStAE 3a.2 Abs. 3; im Ergebnis auch Art. 21 MwStVO). **Leistungsempfänger** ist grundsätzlich derjenige, in dessen Auftrag die Leistung ausgeführt wird. Aus Vereinfachungsgründen gestattet es die FVerw bei steuerpflichtigen Güterbeförderungen, steuerpflichtigen selbstständigen Nebenleistungen hierzu und bei der steuerpflichtigen Vermittlung der vorgenannten Leistungen, bei denen sich der Leistungsort nach § 3a Abs. 2 UStG richtet, den **Rechnungsempfänger** auch als Leistungsempfänger anzusehen (UStAE 3a.2 Abs. 2 S. 2).

Wird die sonstige Leistung an eine **Betriebsstätte** des Leistungsempfängers für **20**
dessen Unternehmen ausgeführt, ist statt des Orts, an dem der Unternehmer sein Unternehmen („Stammhaus") betreibt, der Ort der Betriebsstätte maßgebend (§ 3a Abs. 2 S. 2). Zum **Begriff der Betriebsstätte** → Rn. 13ff. Entscheidend ist nur, dass die sonstige Leistung an die Betriebsstätte ausgeführt wird. Ohne Bedeutung ist somit, wer die Leistung in Auftrag gibt und wer das Entgelt begleicht (siehe auch UStAE 3a.2 Abs. 4 S. 3). Allerdings kann bei der Bestimmung, ob die Betriebsstätte Leistungsempfänger ist, gemäß Art. 22 MwStVO (und dem folgend gemäß UStAE 3a.2 Abs. 4 S. 4), der der Leistung zugrundeliegende Vertrag, die vereinbarten Bedingungen für die Leistungserbringung, die vom Leistungsempfänger verwendete USt-IdNr. und die Bezahlung des Entgelts als Indiz herangezogen werden, wenn sich weder anhand der Art der erbrachten Leistung noch ihrer Verwendung ermitteln lässt, ob die Leistung an die Betriebsstätte erbracht wird. Besondere Bedeutung kommt der **USt-IdNr.** zu, die nochmals in UStAE 3a.2 Abs. 6 S. 2 und 3 aufgegriffen wird. Von einem Leistungsbezug der Betriebsstätte ist demnach auszugehen, wenn der Leistungsempfänger an Stelle der USt-IdNr. des Ansässigkeitsstaats eine USt-IdNr. des Betriebsstättenstaats verwendet.

Darüber hinaus unterstellt die FVerw bei bestimmten sonstigen Leistungen, dass sie für im Ausland belegene Betriebsstätten des Leistungsempfängers bestimmt und daher im Inland nicht steuerbar sind (UStAE 3a.2 Abs. 5), nämlich bei **Werbeanzeigen** in Zeitungen und Zeitschriften und bei **Werbesendungen** in Rundfunk und Fernsehen oder im Internet in fremdsprachigen Medien oder deutschsprachigen Medien, die im Ausland verbreitet werden, oder wenn die ausländische Betriebsstätte die beworbenen Leistungen erbringen kann.

Beispiel: Eine Bank mit Sitz in Deutschland beauftragt eine niederländische Werbeagentur mit dem Drehen eines Werbespots

a) auf Englisch, um diesen in englischsprachigen Fernsehprogrammen zu senden,

b) auf Deutsch, der ausschließlich im schweizerischen Fernsehen gesendet werden soll,
c) für staatlich geförderte Alterssparpläne in Österreich, die nur von der dortigen Niederlassung der deutschen Bank angeboten werden können.

Sämtliche der vorstehend an die Bank erbrachten sonstige Leistungen werden nach UStAE 3a.2 Abs. 5 nicht in Deutschland ausführt. UStAE 3a.2 Abs. 5 Nr. 1 – fremdsprachiges Medium oder deutschsprachiges, überwiegend im Ausland vertriebenes Medium – setzt selbst nicht voraus, dass der Leistungsempfänger überhaupt eine Betriebsstätte im Ausland unterhält. Gleichwohl ist dies die Voraussetzung für die Zuordnung zu einer ausländischen Betriebsstätte, was sich sowohl aus § 3a Abs. 2 S. 2 als auch aus dem Kontext des UStAE 3a.2 Abs. 5 mit Abs. 4 ergibt. Hätte die im vorstehenden Beispiel genannte deutsche Bank keine ausländische Betriebsstätte, könnte somit die unter a) und b) genannte Leistung auch nicht von dieser bezogen worden sein, so dass die Leistungen der niederländischen Werbeagentur dann in Deutschland steuerbar wären (§ 3a Abs. 2 S. 1).

21 Seit 1.1.2015 gilt mit Art. 24a MwStVO eine **Sonderregelung** zur Vermutung der Ansässigkeit eines Leistungsempfängers beim Empfang von **Telekommunikations-, Rundfunk- und Fernsehdienstleistungen** sowie **elektronisch erbrachten Dienstleistungen.** Wird eine solche sonstige Leistung an einen Leistungempfänger iSd § 3a Abs. 2 (B2B) an Orten wie Telefonzellen, Kiosk-Telefonen, WLAN-Hot-Spots, Internetcafés, Restaurants oder Hotellobbys erbracht und muss der Leistungsempfänger an diesem Ort physisch anwesend sein, damit ihm der leistende Unternehmer die sonstige Leistung erbringen kann, gilt der Leistungsempfänger insoweit als an diesem Ort ansässig. Damit wird der Leistungsort faktisch an den Ort der Erbringung der sonstigen Leistung verlagert. Die Vermutung ist allerdings nach den Regelungen der Art. 24d–24f MwStVO widerlegbar. Werden diese Leistungen an Bord eines Schiffs, eines Flugzeugs oder in einer Eisenbahn während des innerhalb des Gemeinschaftsgebiets stattfindenden Teils einer Personenbeförderung erbracht, gilt abweichend von § 3a Abs. 2 der Abgangsort des jeweiligen Beförderungsmittels im Gemeinschaftsgebiet als Leistungsort (Art. 24a Abs. 2 MwStVO). Siehe auch UStAE 3a.2 Abs. 5a.

22 Damit die Leistungsortverlagerung des § 3a Abs. 2 greift, muss die Leistung für den **unternehmerischen Bereich** des Leistungsempfängers ausgeführt worden sein (aber → Rn. 26ff.). Hierunter fallen auch Leistungen an einen Unternehmer, wenn diese Leistungen für die Erbringung von **nichtsteuerbaren Umsätzen** (im unternehmerischen Bereich) bestimmt sind. Dies ergibt sich aus Art. 43 Nr. 1 MwStSystRL, wonach Unternehmer, die auch nicht in den Anwendungsbereich des Mehrwertsteuerrechts fallende Tätigkeiten ausüben, in Bezug auf alle an sie ausgeführten Dienstleistungen mit Blick auf die Anwendung der Ortsbestimmung als Unternehmer gelten (auch → Rn. 26ff.). Hierunter fällt der Bezug von Leistungen für Tätigkeiten, die zwar den unternehmerischen Bereich betreffen, gleichwohl aber keine steuerbare Tätigkeit darstellen. Dies sind zB:

– Tätigkeiten im Rahmen einer nichtsteuerbaren **Geschäftsveräußerung** im Ganzen iSd § 1 Abs. 1a;
– die nichtsteuerbare **Ausgabe von Aktien** und anderen Gesellschaftsanteilen oder die Aufnahme eines neuen Gesellschafters in eine Personengesellschaft (→ § 2 Rn. 80).

Eine **teilweise Zuordnung zum unternehmerischen und nichtunternehmerischen Bereich** ist ausgeschlossen. Wird eine sonstige Leistung für beide Bereiche erbracht, ist der Leistungsort gemäß Art. 19 Abs. 3 MwStVO und UStAE 3a.2 Abs. 8 S. 3 einheitlich nach § 3a Abs. 2 zu bestimmen und wird somit am Ort des Leistungsempfängers ausgeübt.

23 Im **Verhältnis zu anderen Ortsbestimmungsvorschriften** des § 3a geht § 3a Abs. 2 nur der allgemeinen Regelung des § 3a Abs. 1 vor. Alle übrigen Ortsbestim-

mungsvorschriften der §§ 3a, 3b, 3e und 3f sind aber vorrangig zu § 3a Abs. 2 anzuwenden. Einige dieser Vorschriften – wie § 3a Abs. 3 Nr. 3 Buchst. a und Nr. 4, Abs. 4 und 5 sowie § 3b Abs. 2 und 3 – gelten nur für den Leistungsbezug durch Nichtunternehmer und stehen somit in keinem Konkurrenzverhältnis zu § 3a Abs. 2. § 3a Abs. 6 gilt zwar wiederum auch für den Leistungsbezug durch Unternehmer, ist aber nicht vorrangig zu § 3a Abs. 2 anzuwenden, weil seine Anwendung ohnehin zum gleichen Ergebnis führen würde. § 3a Abs. 8 geht ab 1.1.2011 ebenso der Ortsbestimmung des § 3a Abs. 2 vor. Die Sonderregelungen zur Leistungsortbestimmung unterliegen – anders als die Steuerbefreiungsregeln – keinem Grundsatz enger Auslegung (vgl. zu Grundstückleistungen EuGH C-166/05, IStR 2007, 109 – Heger Rn. 17; allgemein EuGH C-327/94, DStR 1996, 1688 – Dudda Rn. 21 und C-167/95, DStRE 1997, 340 – Linthorst Rn. 11).

Klarstellend regelt die MwStVO, dass einige Leistungen, die an Unternehmer oder nichtunternehmerische juristische Personen mit USt-IdNr. erbracht werden, unter Art. 44 MwStSystRL (= § 3a Abs. 2) fallen, nämlich: Mitwirkung bei Vorsteuervergütungsanträgen (Art. 27 MwStVO), Bestattungsleistungen (Art. 28 MwStVO) und Textübersetzung (Art. 29 MwStVO, vorbehaltlich § 3a Abs. 4 Nr. 3). **24**

einstweilen frei **25**

2. Umsätze für den nichtunternehmerischen Bereich

Nach Art. 44 iVm dem Erwägungsgrund Nr. 4 der RL 2008/8/EG sollen Unternehmer, die Dienstleistungen nicht für ihr Unternehmen, sondern für **private Zwecke oder für Zwecke ihres Personals** beziehen, insoweit nicht als Unternehmer angesehen werden, so dass es nicht zur Anwendung der B2B-Regelung kommt (vgl. *Nieskens* UR 2008, 678 (680); *Huschens* UVR 2008, 272 (273)). Dies ist nach deutschem Recht zum einen dadurch gewährleistet, dass § 3a Abs. 2 als Voraussetzung enthält, dass die sonstige Leistung von einem Unternehmer für sein Unternehmen bezogen worden sein muss. Zum anderen stellt § 3a Abs. 2 S. 3 idF des AmtshilfeRLUmsG (BGBl. 2013 I 1809) klar, dass sonstige Leistungen an unternehmerisch tätige juristische Personen nur insoweit nicht unter die B2B-Regelung des § 3a Abs. 2 S. 1 fallen, als sie für den privaten Bedarf des Personals oder eines Gesellschafters bezogen werden (siehe auch UStAE 3a.1 Abs. 1 S. 1 und 3a.2 Abs. 1 S. 1, jeweils dritter Spiegelstrich; zum Hintergrund nachstehend → Rn. 27 ff.). Zum **Nachweis der unternehmerischen Verwendung** → Rn. 34. **26**

Der EuGH hat in seinem Urteil C-515/07, DStR 2009, 369 – VNLTO entschieden, dass die Verwendung eines Gegenstands für **nichtsteuerbare, aber nicht unternehmensfremde** Zwecke nicht zur Besteuerung einer Leistungsentnahme (in Deutschland § 3 Abs. 9a S. 1 Nr. 1) führt (auch → § 2 Rn. 156). Dies hängt damit zusammen, dass Art. 26 Buchst. a MwStSystRL – also der „Verwendungseigenverbrauch" – die Verwendung eines dem Unternehmen zugeordneten Gegenstands „für den privaten Bedarf des Steuerpflichtigen, für den Bedarf seines Personals oder allgemein für unternehmensfremde Zwecke" der MwSt unterwirft. Andere nichtunternehmerische (unionsrechtlich: nicht-wirtschaftliche) Tätigkeiten, die aber nicht unternehmensfremd sind, fallen nicht hierunter. Unionsrechtlich ist somit der unternehmensfremde Bereich (zB der Privatbereich oder der des Personals) eine Teilmenge des nicht der MwSt unterliegenden nichtunternehmerischen Bereichs (vgl. auch *Korf/Kurtz* UR 2010, 86 (94 ff.); *Lohse* IStR 2009, 486; *Reiß* UR 2010, 797 (803 ff.)). Liest man mit diesem Verständnis Art. 44 iVm Art. 43 Nr. 1 MwStSystRL, gelangt man zu dem Ergebnis, dass der **Bezug von Dienstleistungen für nicht-wirtschaftliche (nichtunternehmerische) Zwecke** dennoch zur Leistungsortverlagerung an den Ort des Leistungsempfängers führt, es sei denn diese Dienstleistung wird für unternehmensfremde Zwecke – zB private Zwecke oder für das Personal des Unternehmers – verwandt. Diese Sichtweise wird bestätigt durch den Erwägungsgrund Nr. 4 der **27**

RL 2008/8/EG, wonach die Leistungsortverlagerung nicht auf Dienstleistungen Anwendung finden soll, „die von Steuerpflichtigen für ihre persönliche Verwendung oder die Verwendung durch ihr Personal empfangen werden". Entsprechend regelt Art. 43 Nr. 1 MwStSystRL, dass als Steuerpflichtiger (Unternehmer) iSd der Leistungsortverlagerungsbestimmungen ein Steuerpflichtiger in Bezug auf alle an ihn erbrachten Dienstleistungen anzusehen ist, auch wenn er Tätigkeiten ausführt oder Umsätze bewirkt, die keine steuerbaren Lieferungen oder sonstigen Leistungen sind. Zwar sieht anschließend Art. 44 – die unionsrechtliche Grundlage von § 3a Abs. 2 – vor, dass ein Steuerpflichtiger als solcher handeln muss, um den Leistungsort zu seinem Sitz zu verlagern. Im Lichte der Einleitungsvorschrift des Art. 43 Nr. 1 MwStSystRL handelt ein Steuerpflichtiger aber eben auch als solcher, wenn er Leistungen für Tätigkeiten oder Umsätze bezieht, die nicht steuerbar sind (*Beuchert/Schell* DStR 2009, 2277 (2281 ff.); *Korf/Kurtz* UR 2010, 86 (98 ff.); *Monfort* UR 2009, 301; *von Streit/Küffner* UR 2010, 597). Zur Umsetzung im deutschem Recht → Rn. 28.

28 Mit der tradierten sog. **„Sphärentheorie"** war diese in → Rn. 27 beschriebene unionsrechtlich erforderliche Differenzierung des nichtsteuerbaren Bereichs in einen unternehmensfremden und einen nicht unternehmensfremden Bereich nicht vereinbar. Erst 2013 hat der Gesetzgeber durch das AmtshilfeRLUmsG in § 3a Abs. 2 S. 3 vorgesehen, dass die Leistungsortverlagerung auch bei Leistungsbezug für den nichtunternehmerischen, aber nicht unternehmensfremden Bereich gilt. Auch nach Art. 19 MwStVO greift die Leistungsortverlagerung nur bei Verwendung zum privaten Gebrauch und zum Gebrauch durch das Personal (siehe *Korn/Robisch* DStR-Beih 2011, 29 (zu Heft 29/2011), zu Art. 19) und dem folgend UStAE 3a.1 Abs. 1 S. 1 und 3a.2 Abs. 1 S. 1, jeweils dritter Spiegelstrich. Dass die unionsrechtlichen Vorgaben missverständlich sind, ist auch an der unterschiedlichen Umsetzung der Art. 43, 44 MwStSystRL erkennbar. So gilt zB nach dem österreichischen Recht (§ 3a Abs. 5 Nr. 1 öUStG) als Unternehmer für die Ortsbestimmungsregel allgemein nur ein Unternehmer iSd § 2 öUStG ohne dass es darauf ankäme, dass er die sonstige Leistung für sein Unternehmen bezieht. Auch dies ist keine zutreffende Umsetzung des Unionsrechts, denn Art. 44 MwStSystRL setzt für die Leistungsortverlagerung explizit voraus, dass der Steuerpflichtige „als solcher handeln muss", nur handelt er im Zusammenspiel mit Art. 43 Nr. 1 MwStSystRL eben bereits als solcher, wenn er sonstige Leistungen für seine wirtschaftlichen und für seine nicht-wirtschaftlichen, nicht aber für seine unternehmensfremden Tätigkeiten bezieht (ebenso Umkehrschluss zu Art. 19 MwStVO).

29 Die mögliche unterschiedliche Umsetzung der Art. 43, 44 MwStSystRL in das nationale Recht der Mitgliedstaaten (vorstehend → Rn. 28) kann bei grenzüberschreitenden sonstigen Leistungen zu **doppelter Besteuerung** oder **doppelter Nichtbesteuerung** führen. Missbräuchlich ist diese doppelte Nichtbesteuerung nach EuGH C-277/09, DStR 2011, 66 – RBS Deutschland wohl nicht. Aufgrund der Vertrauensschutzregelung bei Verwendung einer USt-IdNr. (→ Rn. 34) dürften diese möglichen Differenzen zwischen Unionsrecht und nationalem Recht – jedenfalls insoweit sie zu **Doppelbesteuerungen** führten – allerdings weitgehend eliminiert werden, weil die Leistungsortverlagerung dann in jedem Fall greift. Zum Missbrauch durch Ausnutzung des unionsweiten Steuersatzgefälles vgl. EuGH C-419/14, MwStR 2016, 153 mAnm *Grube* – WebMindLicenses.

30 Bei Erbringung von sonstigen Leistungen iSd § 3a Abs. 4 S. 2 (**„Katalogleistungen"**) an **Leistungsempfänger im Drittland** spielt die Unternehmereigenschaft oder die Verwendung der Leistung durch den Leistungsempfänger keine Rolle, weil der Leistungsort dann in jedem Fall – entweder nach § 3a Abs. 2 oder nach § 3a Abs. 4 S. 1 – im Drittland liegt, außer bei Verwertung oder Nutzung im Inland von Leistungen nach § 3a Abs. 4 S. 2 Nr. 11 und 12, so dass der Leistungsort dann nach § 3a Abs. 6 S. 1 Nr. 3 im Inland liegen würde, wenn der Leistungsempfänger kein Unternehmer wäre (UStAE 3a.2 Abs. 12).

31–33 *einstweilen frei*

3. Vertrauensschutz – Verwendung einer USt-IdNr.

Die Differenzierung zwischen der Leistungserbringung für das Unternehmen und für den nichtunternehmerischen Bereich (→ Rn. 26ff.) stößt in der **Praxis auf Schwierigkeiten bei der Bestimmung des Leistungsorts.** Der leistende Unternehmer wird regelmäßig nicht abschließend beurteilen können, ob der Leistungsempfänger die Dienstleistungen für seinen unternehmerischen oder nichtunternehmerischen Bereich empfängt. Diese Problematik hat der Gesetzgeber bereits gesehen und sich in der Gesetzesbegründung für eine **Vertrauensschutzregelung** ausgesprochen. Eine solche fehlt zwar im UStG, jedoch enthält Art. 18 Abs. 1 Buchst. a und Art. 19 Abs. 2 MwStVO eine entsprechende Regelung, die aufgrund der unmittelbaren Geltung der MwStVO ebenfalls Gesetzeskraft hat. Vertrauensschutz gewährt überdies auch der UStAE: „Verwendet der Leistungsempfänger gegenüber seinem Auftragnehmer eine ihm von einem Mitgliedstaat erteilte USt-IdNr., kann dieser regelmäßig davon ausgehen, dass der Leistungsempfänger Unternehmer ist und die Leistung für dessen unternehmerischen Bereich bezogen wird …" (UStAE 3a.2 Abs. 9 S. 4). Dies soll auch dann gelten, wenn sich nachträglich herausstellt, dass die Leistung vom Leistungsempfänger tatsächlich für nichtunternehmerische Zwecke verwendet worden ist, der leistende Unternehmer aber nach § 18e die Gültigkeit der USt-IdNr. durch das BZSt bestätigen lassen hat. Die Vertrauensschutzregelung erfasst auch die Zuordnung eines Leistungsbezugs durch eine Betriebsstätte, wenn der Leistungsempfänger die USt-IdNr. der Betriebsstätte verwendet und diese vom leistenden Unternehmer auf Gültigkeit überprüft wurde. **34**

Zu den Einzelheiten der „Verwendung" einer USt-IdNr. siehe UStAE 3a.2 Abs. 10. Demnach setzt die Verwendung eine **aktive Handlung** des Leistungsempfängers voraus, Letzterer muss also die USt-IdNr. vor Leistungserbringung dem Leistenden mitteilen. Für Leistungen, die ihrer Art nach aber mit hoher Wahrscheinlichkeit nicht für das Unternehmen bestimmt sind, gelten seit dem durch BMF 30.11.2012, BStBl. I 2012, 1230, eingefügten UStAE 3a.2 Abs. 11a besondere Nachweisanforderungen (→ Rn. 36). **35**

UStAE 3a.2 Abs. 11a regelt aus der Sicht der FVerw Einzelheiten zum Nachweis der unternehmerischen Verwendung von **Leistungen, die ihrer Art nach aber mit hoher Wahrscheinlichkeit nicht für das Unternehmen bestimmt sind.** Bei solchen Leistungen soll als Nachweis der unternehmerischen Verwendung nicht ausreichend sein, wenn dieser gegenüber dem leistenden Unternehmer für diesen Umsatz seine USt-IdNr. verwendet bzw. seinen Status als Unternehmer nachweist. Der leistende Unternehmer soll vielmehr über ausreichende Informationen verfügen, die eine Verwendung der sonstigen Leistung für die unternehmerischen Zwecke dieses Leistungsempfängers bestätigen. Als ausreichende Information ist nach Ansicht der FVerw eine Erklärung des Leistungsempfängers anzusehen, in der dieser bestätigt, dass die bezogene sonstige Leistung für sein Unternehmen bestimmt ist. **36**

einstweilen frei **37, 38**

4. Nicht unternehmerisch tätige juristische Personen

§ 3a Abs. 2 S. 3 stellt **nicht unternehmerisch tätige juristische Personen** hinsichtlich der Leistungsortverlagerung mit einem Unternehmer gleich, wenn ihnen eine USt-IdNr. erteilt worden ist, dh sie für umsatzsteuerliche Zwecke erfasst sind und die Erteilung einer USt-IdNr. beim BZSt beantragt haben. Diese Leistungsempfänger müssen daher ihre USt-IdNr. gegenüber dem leistenden Unternehmer verwenden, damit dieser die Leistungsortregelung des § 3a Abs. 2 anwenden kann. Verwendet die nicht unternehmerisch tätige juristische Person als Leistungsempfänger keine USt-IdNr., soll der leistende Unternehmer nach UStAE 3a.2 Abs. 7 S. 4 zur Nachfrage verpflichtet sein, ob ihr eine solche Nummer erteilt worden ist. Tatsächlich **39** verlangt sowohl § 3a Abs. 2 S. 3 als auch Art. 43 Nr. 2 MwStSystRL lediglich, dass die nichtunternehmerisch tätige juristische Person eine USt-IdNr. hat, nicht jedoch dass sie diese auch verwendet (so auch Art. 17 Abs. 2 MwStVO). Anders als beispielsweise § 3d S. 2 enthält § 3a Abs. 2 S. 3 **kein Wahlrecht,** den Ort der Leistung in das Land zu verlagern, dessen USt-IdNr. verwendet wird.

Beispiel: Um für Touristen aus den Niederlanden attraktiver zu werden, beauftragt die Stadt Köln einen in den Niederlanden ansässigen Programmierer mit der Gestaltung einer niederländischen Version ihrer Website. Obwohl der Stadt eine USt-IdNr. erteilt worden ist, teilt sie diese dem Programmier nicht mit. Die von ihm erbrachte sonstige Leistung ist dennoch nach § 3a Abs. 2 S. 3 in Deutschland erbracht, so dass der niederländische Programmierer keine niederländische USt ausweisen darf. Die deutsche USt schuldet die Stadt Köln als Leistungsempfängerin nach § 13b Abs. 5 S. 1, Abs. 1.

Für eine Übersicht zum Leistungsbezug durch eine inländische **juristische Person des öffentlichen Rechts** durch einen im Ausland ansässigen Unternehmer siehe OFD Niedersachsen 2.11.2016, BeckVerw 334054.

40 § 3a Abs. 2 gilt für den Leistungsbezug durch eine juristische Person, die entweder nicht unternehmerisch tätig ist und eine USt-IdNr. erteilt bekommen hat, oder die Unternehmer ist und die Leistung für ihr Unternehmen bezieht, wobei dies auch dann der Fall ist, wenn sie eine sonstige Leistung in ihrem nichtunternehmerischen Bereich bezieht, diese Leistung aber nicht für den privaten Bedarf des Personals oder eines Gesellschafters bestimmt ist. Dies entspricht Unionsrecht (→ Rn. 27).

41 Ebenso unter § 3a Abs. 2 S. 3 fallen gemäß Art. 17 Abs. 2 MwStVO auch nichtunternehmerische juristische Personen, wenn ihnen zwar keine USt-IdNr. erteilt worden ist, sie aber dazu verpflichtet sind, sich für MwSt-Zwecke erfassen zu lassen, weil ihre innergemeinschaftlichen Erwerbe infolge des **Überschreitens der Erwerbsschwelle** nach § 1a Abs. 3 der MwSt unterliegen.

42 *einstweilen frei*

IV. Spezialregelungen (§ 3a Abs. 3)

1. Leistungen im Zusammenhang mit einem Grundstück

43 **a) Begriff des Grundstücks.** Bei sonstigen Leistungen im Zusammenhang mit Grundstücken ist der Leistungsort stets dort, wo das Grundstück liegt (§ 3a Abs. 3 Nr. 1). Diese Regelung gilt gleichermaßen für B2B- und B2C-Leistungen. Damit sind Leistungen im Zusammenhang mit einem inländischen Grundstück steuerbar, auch wenn der Leistungsempfänger sein Unternehmen im Ausland betreibt. Ob steuerbare Leistungen auch steuerpflichtig sind, hängt bei den unter **§ 4 Nr. 9 Buchst. a oder Nr. 12** fallenden Leistungen von der (wirksamen) Ausübung einer **Option nach § 9** ab. Auch dann kann es in den Fällen des **§ 13b** dazu kommen, dass keine USt auszuweisen ist. Ein Grundstück allein stellt noch keine Betriebsstätte (feste Niederlassung) mit der Folge der Anwendung von § 3a Abs. 1 S. 2 oder Abs. 2 S. 2 dar (vgl. auch Empfehlungen der Kommission, DStR-Beih. 2017, 1 Rn. 28).

Bei der Frage, was ein Grundstück ist und wann eine Leistung in einem Zusammenhang damit steht, ist seit 2017 nicht nur § 3a Abs. 3 Nr. 1 und die dazu ergangene nationale Rechtsprechung und Verwaltungsauffassung zu beachten, sondern auch **Art. 13b, 31a und 31b MwStVO,** die unmittelbare Rechtswirkung in allen Mitgliedstaaten haben.

44 Der **Begriff des Grundstücks** richtet sich nicht nach dem bürgerlichen Recht, sondern nach EU-Recht (vgl. Art. 45 und Art. 135 Abs. 1 Buchst. l iVm Abs. 2 MwStSystRL; ebenso UStAE 3a.3 Abs. 2 S. 2). Der Begriff „Grundstück" ist danach im Gegensatz zur beweglichen Sache zu verstehen. Die Abgrenzung Mobilien/Im-

mobilien nimmt der EuGH anhand der Bauweise und des Aufwands der Verlegbarkeit vor (EuGH C-315/00, DStRE 2003, 237 – Maierhofer). Dem entspricht der **ab 2017 geltende Art. 13b MwStVO.** Danach gilt als Grundstück

a) ein bestimmter über- oder unterirdischer Teil der Erdoberfläche, an dem Eigentum und Besitz begründet werden kann;
b) jedes mit oder in dem Boden über oder unter dem Meeresspiegel befestigte Gebäude oder jedes derartige Bauwerk, das nicht leicht abgebaut oder bewegt werden kann;
c) jede Sache, die einen wesentlichen Bestandteil eines Gebäudes oder eines Bauwerks bildet, ohne die das Gebäude oder das Bauwerk unvollständig ist, wie zum Beispiel Türen, Fenster, Dächer, Treppenhäuser und Aufzüge;
d) Sachen, Ausstattungsgegenstände oder Maschinen, die auf Dauer in einem Gebäude oder einem Bauwerk installiert sind, und die nicht bewegt werden können, ohne das Gebäude oder das Bauwerk zu zerstören oder zu verändern.

Die FVerw rechnet damit übereinstimmend und abweichend vom bürgerlichen Recht auch den Meeresboden zu den Grundstücken iSv § 3a Abs. 1 (UStAE 3a.3 Abs. 2). **Wohnwagen zum stationären Gebrauch** sind entgegen der Ansicht der FVerw (UStAE 3a.3 Abs. 5) nicht als Grundstück anzusehen (ebenso EuGH C-60/96, UR 1997, 443 – Kommission/Frankreich). **Wohnschiffe** mit festem Liegeplatz stellen jedenfalls bei leichter Versetzbarkeit nach EuGH C-315/00, DStRE 2003, 237 – Maierhofer – kein Grundstück dar (aA BFH V R 29/95, BStBl. II 1996, 341 und UStAE 3a.3 Abs. 4 S. 4 Nr. 5). Das Gleiche gilt für **Fahrgeschäfte** oder Food-Trucks, es sei denn, sie werden nicht provisorisch, sondern dauerhaft an einem Ort aufgestellt. Die Passage in Art. 13b Buchst. d MwStVO ist erkennbar auch Vorbild für § 13b Abs. 2 Nr. 4 S. 2. Ausstattung, die im Bauwerk installiert ist und die nicht bewegt werden kann, ohne das Gebäude oder das Bauwerk zu zerstören oder zu verändern, liegt bereits vor, wenn zur Entfernung zB einer Maschine das Dach des Gebäudes entfernt werden muss. Einzelheiten zur Rechtslage ab 2017 siehe auch bei *Hammerl/Fietz* DStR 2016, 2881; *Langer/Mateev* DStR 2017, 809; *Scholz/Claßen* UR 2016, 81 sowie in den – rechtlich nicht bindenden – Erläuterungen der Europäischen Kommission zu Art. 13b MwStVO (DStR-Beih. 2017, 1).

Der Zusammenhang mit dem Grundstück muss nach Auffassung der FVerw **45**
(UStAE 3a.3 Abs. 3) ein **enger Zusammenhang** sein. Nicht jede Leistung, die sich auf ein Grundstück bezieht, ist folglich eine Leistung iSd § 3a Abs. 3 Nr. 1. Allerdings ist keine unmittelbare Leistung „an" einem Grundstück im Sinne einer körperlichen Tätigkeit erforderlich, sondern lediglich ein konkreter sachlicher Zusammenhang. Der EuGH hat sowohl einen „hinreichend engen Zusammenhang" gefordert (EuGH C-37/08, DStR 2009, 2003 – RCI Europe Rn. 36 und dem folgend BFH V R 42/10, BStBl. II 2012, 248 Rn. 30) als auch nur einen „ausreichend direkten Zusammenhang" (EuGH C-166/05, IStR 2007, 109 Rn. 24 – Heger GmbH – Einräumung eines Fischereirechts durch Übertragung der Fischereikarten als Leistung im Zusammenhang mit Grundstücken; EuGH C-533/09, DStR 2011, 2145 Rn. 30 – Inter-Mark – Gestaltung eines Messestands keine Leistung im Zusammenhang mit einem Grundstück). Art. 31b MwStVO sieht nun explizit vor, dass „Dienstleistungen im Zusammenhang mit einem Grundstück … nur Dienstleistungen [umfassen], die in einem hinreichend direkten Zusammenhang mit dem Grundstück stehen". Das BMF leitet hieraus ab, dass die Dienstleistung zum einen mit einem ausdrücklich bestimmten Grundstück in Zusammenhang stehen muss und zum anderen das Grundstück selbst Gegenstand der Dienstleistung sein muss (UStAE 3a.3 Abs. 1 und Abs. 3a). Unbeachtlich für die Frage des Zusammenhangs ist der Status des Leistungsempfängers als Unternehmer oder Nichtunternehmer, die Ansässigkeit des Leistenden oder des Leistungsempfängers und Ausübung der Leistung vor Ort oder aus der Ferne (Erläuterungen Kommission DStR-Beih. 2017, 1 Rn. 135–138).

46 **b) Betroffene Leistungen.** § 3a Abs. 3 Nr. 1 nennt in S. 2 selbst beispielshaft bestimmte Leistungen, die im Zusammenhang mit einem Grundstück erbracht werden (→ Rn. 46a). Problematisch ist die Anforderung an den Zusammenhang mit einem Grundstück vor allem bei **grenzüberschreitenden Umsätzen,** wenn ein Staat wie Deutschland einen möglichst engen Zusammenhang fordert, der andere Staat diese Voraussetzungen indessen weiter auslegt (siehe *Keydel/Gohlke* UStB 2011, 106). Daher regeln seit 2017 **Art. 31a und 31b MwStVO verbindlich und unionsweit,** welche Leistungen insbesondere solche im Zusammenhang mit einem Grundstück sind und welche nicht (→ Rn. 47). Darüber hinaus hat die Europäische Kommission umfassend zu Art. 13b, 31a und 31b MwStVO Stellung genommen. Diese Stellungnahmen sind nicht rechtsverbindlich, sie dürften aber als Leitlinien herangezogen werden. Zuvor hatte bereits der MwSt-Ausschuss zum 1.7.2011 Leitlinien zu Dienstleistungen im Zusammenhang mit Grundstücken beschlossen (UR 2012, 919). Diese Leitlinien sind später in die Erläuterungen der Kommission eingeflossen und waren ebenfalls rechtlich nicht bindend. Sie wurden aber gleichwohl bei der Bildung der deutschen Verwaltungsauffassung mit in die Betrachtung einbezogen (BMF 3.1.2014, BStBl. I 2014, 67). Durch Schreiben vom 18.12.2012 (BStBl. I 2012, 1272) hat die Verwaltung insbesondere UStAE 3a.3 an diese Leitlinien angepasst, so dass die Verwaltungsauffassung insoweit auch mit den Erläuterungen der Kommission in Einklang steht (Ausnahme → Rn. 49). Für detaillierte Vergleiche der Regelungen mit den Empfehlungen des MwSt-Ausschusses siehe *Jansen* UR 2013, 693 und *Weber* UVR 2013, 110. Zu den Empfehlungen der Kommission siehe *Hammerl/Fietz* DStR 2016, 2881; *Langer/Mateev* DStR 2017, 809.

46a § 3a Abs. 3 Nr. 1 S. 2 nennt beispielhaft:

– Die in § 4 Nr. 12 bezeichneten Umsätze (zB die **Vermietung und Verpachtung,** siehe auch UStAE 3a.3 Abs. 4 und die Erläuterungen der Kommission DStR-Beih. 2017, 1): Wegen der Bezugnahme auf § 4 Nr. 12 insgesamt umfasst § 3a Abs. 3 Nr. 1 Buchst. a auch die in § 4 Nr. 12 genannten Leistungen, die dort von der Steuerbefreiung ausgenommen sind (**Vermietungsleistungen der Hotels,** Vermietung von Abstellplätzen, kurzfristige Vermietung von Campingplätzen, Maschinen und Betriebsvorrichtungen). Ferienwohnrechte („Timesharing") und deren Vertrieb fallen ebenso unter § 3a Abs. 3 Nr. 1 (EuGH C-270/09, DStR 2011, 119 – MacDonald Resorts Ltd.; UStAE 3a.3 Abs. 4 S. 4 Nr. 8). Zu den von § 3a Abs. 3 Nr. 1 S. 2 Buchst. a erfassten Leistungen gehören auch die Nebenleistungen. Auch die **Verpflegung von Hotelgästen** ist eine solche Nebenleistung, die dann insgesamt unter § 3a Abs. 3 Nr. 1 fällt (so BFH V R 9/06, BStBl. II 2010, 433). Das BFH-Urteil wurde zunächst mit einem Nichtanwendungserlass belegt (BMF 4.5.2010, BStBl. I 2010, 490), wohl weil man befürchtete, die Qualifikation von Übernachtungsleistung und Verpflegungsleistung als Haupt- und Nebenleistung würde dem zum 1.1.2010 neu geschaffenen § 12 Abs. 2 Nr. 11 entgegenstehen, der die Übernachtungsleistung, nicht aber die übrigen Leistungen wie das Hotelfrühstück dem ermäßigten Steuersatz unterwirft (→ § 12 Rn. 226f.). Diese Zweifel waren nach EuGH C-94/09, DStR 2010, 977 – Kommission/Frankreich nicht begründet (siehe *Korn* DStR 2010, 979). Für den Ort der Leistung spielt die Charakterisierung als Nebenleistung seit 2010 keine Rolle. Als solche ist der Leistungsort gemäß § 3a Abs. 3 Nr. 1 dort, wo das Hotel belegen ist; nach bisheriger BMF-Auffassung wäre er gemäß § 3a Abs. 3 Nr. 3 Buchst. b dort, wo das Frühstück serviert wird. Beides läuft auf das Gleiche hinaus. Für Altfälle wäre eine selbstständig erbrachte Verpflegungsleistung indessen nach § 3a Abs. 1 am Ort des leistenden Unternehmers steuerbar. Ist der leistende Unternehmer im Inland ansässig, kann dies wiederum die Frage aufwerfen, ob die Sonderregelung für Reiseleistungen (§ 25) anzuwenden ist (siehe BFH V R 25/11, DStRE 2014, 928). Da der BFH zwischenzeitlich mehrfach an seiner Rechtsprechung gegen den Nichtanwendungserlass festgehalten hat (BFH V R 33/10, DStR 2014, 647; XI R 3/11,

BStBl. II 2014, 86; V R 25/11, DStRE 2014, 928), hat die Verwaltung den Nichtanwendungserlass aufgehoben (BMF 9.12.2014, BStBl. I 2014, 1620) und sich in UStAE 3.10 Abs. 6 Nr. 13 der BFH-Auffassung angeschlossen, wonach Verpflegungsleistungen Nebenleistungen zur Beherbergungsleistung sind. Der ermäßigte Steuersatz ist jedoch – zutreffend – auch weiterhin ausgeschlossen (UStAE 12.16 Abs. 8 S. 2 und 3);

- sonstige Leistungen im Zusammenhang mit der **Veräußerung oder dem Erwerb von Grundstücken** (zB Makler- und Notartätigkeit, auch wenn es tatsächlich nicht zur Transaktion kommt; siehe UStAE 3a.3 Abs. 7 und die Erläuterungen der Kommission DStR-Beih. 2017, 1) sowie
- Leistungen zur **Erschließung oder zur Vorbereitung oder Ausführung von Bauleistungen** (zB Architektenleistungen, Entwässerungsarbeiten, Vorbereitung der Gewinnung von Bodenschätzen); siehe UStAE 3a.3 Abs. 8 und die Erläuterungen der Kommission DStR-Beih. 2017, 1. Wird dem Leistungsempfänger **Ausrüstung zur Durchführung von Arbeiten** an einem Grundstück zur Verfügung gestellt, so ist diese Leistung nach dem ab 2017 geltenden Art. 31b MwStVO nur dann grundstücksbezogen, wenn der leistende Unternehmer für die Durchführung der Arbeiten verantwortlich ist. Letzteres wird wiederum widerlegbar vermutet, wenn der leistende Unternehmer dem Leistungsempfänger neben der Ausrüstung ausreichendes Bedienpersonal zur Durchführung der Arbeiten zur Verfügung stellt.

Soweit hiervon auch Leistungen betroffen sind, die im § 3a Abs. 2 oder Abs. 4 aufgeführt sind, geht der Leistungsort des § 3a Abs. 3 Nr. 1 vor (BFH V B 35/05, BFH/NV 2007, 1723; UStAE 3a.3 Abs. 7 S. 2; vgl. → Rn. 22).

Im Zusammenhang mit einem Grundstück steht nach BFH V R 12/05, BStBl. II 2009, 60 die Überlassung von **Wochenmarkt-Standplätzen** an Markthändler (UStAE 3a.3 Abs. 4 S. 4 Nr. 6). Gleiches gilt nach Ansicht der FVerw für die bloße Überlassung von Standflächen auf **Messen und Ausstellungen** an die Aussteller, jedoch seit der EuGH-Entscheidung C-530/09, DStR 2011, 2145 – Inter-Mark (und nun auch Art. 31a Abs. 3 Buchst. e MwStVO) nicht mehr für Planung, Aufbau und Gestaltung eines Messestands (UStAE 3a.4 Abs. 1, Abs. 2 S. 3ff. und Abs. 3 Nr. 2; → Rn. 61f.).

Nach **Art. 31a Abs. 2 MwStVO** sind insbesondere folgende Leistungen solche im Zusammenhang mit einem Grundstück: **47**

a) Erstellung von Bauplänen für Gebäude oder Gebäudeteile für ein bestimmtes Grundstück ungeachtet der Tatsache, ob dieses Gebäude tatsächlich errichtet wird oder nicht;
b) Bauaufsichtsmaßnahmen oder grundstücksbezogene Sicherheitsdienste, die vor Ort erbracht werden;
c) Errichtung eines Gebäudes an Land sowie Bauleistungen und Abrissarbeiten an einem Gebäude oder Gebäudeteil;
d) Errichtung anderer auf Dauer angelegter Konstruktionen an Land sowie Bauleistungen und Abrissarbeiten an anderen auf Dauer angelegten Konstruktionen wie Leitungen für Gas, Wasser, Abwasser und dergleichen;
e) Landbearbeitung einschließlich landwirtschaftlicher Dienstleistungen wie Landbestellung, Säen, Bewässerung und Düngung;
f) Vermessung und Begutachtung von Gefahr und Zustand von Grundstücken;
g) Bewertung von Grundstücken, auch zu Versicherungszwecken, zur Ermittlung des Grundstückswerts als Sicherheit für ein Darlehen oder für die Bewertung von Gefahren und Schäden in Streitfällen;
h) Vermietung und Verpachtung von Grundstücken mit der Ausnahme der unter Abs. 3 Buchst. c genannten Dienstleistungen, einschließlich der Lagerung von Gegenständen, wenn hierfür ein bestimmter Teil des Grundstücks der ausschließlichen Nutzung durch den Dienstleistungsempfänger gewidmet ist;

i) Zurverfügungstellen von Unterkünften in der Hotelbranche oder in Branchen mit ähnlicher Funktion, wie zum Beispiel in Ferienlagern oder auf einem als Campingplatz hergerichteten Gelände einschließlich Umwandlung von Teilzeitnutzungsrechten (Timesharing) und dergleichen für Aufenthalte an einem bestimmten Ort;
j) Gewährung und Übertragung sonstiger nicht unter den Buchst. h und i aufgeführter Nutzungsrechte an Grundstücken und Teilen davon einschließlich der Erlaubnis, einen Teil des Grundstücks zu nutzen, wie zum Beispiel die Gewährung von Fischereirechten und Jagdrechten oder die Zugangsberechtigung zu Warteräumen in Flughäfen, oder die Nutzung von Infrastruktur, für die Maut gefordert wird, wie Brücken oder Tunnel;
k) Wartungs-, Renovierungs- und Reparaturarbeiten an einem Gebäude oder an Gebäudeteilen einschließlich Reinigung, Verlegen von Fliesen und Parkett sowie Tapezieren;
l) Wartungs-, Renovierungs- und Reparaturarbeiten an anderen auf Dauer angelegten Strukturen wie Leitungen für Gas, Wasser oder Abwasser und dergleichen;
m) Installation oder Montage von Maschinen oder Ausstattungsgegenständen, die damit als Grundstück gelten;
n) Wartung und Reparatur sowie Kontrolle und Überwachung von Maschinen oder Ausstattungsgegenständen, die als Grundstück gelten;
o) Eigentumsverwaltung, mit Ausnahme von Portfolioverwaltung in Zusammenhang mit Eigentumsanteilen an Grundstücken unter Abs. 3 Buchst. g, die sich auf den Betrieb von Geschäfts-, Industrie- oder Wohnimmobilien durch oder für den Eigentümer des Grundstücks bezieht;
p) Vermittlungsleistungen beim Verkauf oder bei der Vermietung oder Verpachtung von Grundstücken sowie bei der Begründung oder Übertragung von bestimmten Rechten an Grundstücken oder dinglichen Rechten an Grundstücken (unabhängig davon, ob diese Rechte einem körperlichen Gegenstand gleichgestellt sind), ausgenommen Vermittlungsleistungen gemäß Abs. 3 Buchst. d (siehe auch UStAE 3a.3 Abs. 9 Nr. 2);
q) juristische Dienstleistungen im Zusammenhang mit Grundstücksübertragungen sowie mit der Begründung oder Übertragung von bestimmten Rechten an Grundstücken oder dinglichen Rechten an Grundstücken (unabhängig davon, ob diese Rechte einem körperlichen Gegenstand gleichgestellt sind), wie zum Beispiel die Tätigkeiten von Notaren, oder das Aufsetzen eines Vertrags über den Verkauf oder den Kauf eines Grundstücks, selbst wenn die zugrunde liegende Transaktion, die zur rechtlichen Veränderung an dem Grundstück führt, letztendlich nicht stattfindet.

48 Die **Aufzählungen** sowohl in § 3a Abs. 3 Nr. 1 als auch in Art. 31a MwStVO sind nur **beispielhaft.** Auch andere als die dort genannten Leistungen sind daher dem Belegenheitsort des Grundstücks zuzurechnen, wenn sie mit diesem in Zusammenhang stehen (zB Reparaturarbeiten, Gartenarbeiten, Fensterputzen, Feuerversicherung). Zur Einordnung der Leistungen von Gerüstbauern siehe LfSt Bayern vom 6.2.2013, DStR 2013, 918. Auch bei der **Baubetreuung** im Rahmen von Bauherrenmodellen bestimmt sich der Leistungsort nach § 3a Abs. 3 Nr. 1 (siehe OFD Kln 11.10.1984, DB 1984, 2489; das gilt allerdings nur für unmittelbar mit dem Grundstück in Zusammenhang stehende Betreuungsleistungen, nicht zB für Finanzierungsvermittlung (Umsatz iSd § 3a Abs. 4 S. 2 Nr. 6 Buchst. a, dessen Ort sich nach § 3a Abs. 1, Abs. 2 oder Abs. 4 S. 1 bestimmt), Vermietungsgarantie (Umsatz iSd § 3a Abs. 1 oder 2) und Ähnliches; zur Aufteilbarkeit siehe BMF 27.6.1986, BStBl. I 1986, 352 – weiterhin anzuwenden nach BMF 24.3.2014, BStBl. I 2014, 606, Anlage 1 Nr. 1198.

49 **Nicht im Zusammenhang mit Grundstücken** stehen nach Art. 31a Abs. 3 MwStVO:

a) Erstellung von Bauplänen für Gebäude oder Gebäudeteile, die keinem bestimmten Grundstück zugeordnet sind;
b) Lagerung von Gegenständen auf einem Grundstück, wenn dem Kunden kein bestimmter Teil des Grundstücks zur ausschließlichen Nutzung zur Verfügung steht;
c) Bereitstellung von Werbung, selbst wenn dies die Nutzung eines Grundstücks einschließt;
d) Vermittlung der Beherbergung in einem Hotel oder Beherbergung in Branchen mit ähnlicher Funktion, wie zum Beispiel in Ferienlagern oder auf einem als Campingplatz hergerichteten Gelände, wenn der Vermittler im Namen und für die Rechnung eines Dritten handelt;
e) Bereitstellung eines Standplatzes auf einem Messe- oder Ausstellungsgelände zusammen mit anderen ähnlichen Dienstleistungen, die dem Aussteller die Darbietung seines Angebots ermöglichen, wie die Aufmachung und Gestaltung des Standes, die Beförderung und Lagerung der Ausstellungsstücke, die Bereitstellung von Maschinen, die Verlegung von Kabeln, Versicherungen und Werbung;
f) Installation oder Montage, Wartung und Reparatur sowie Kontrolle und Überwachung von Maschinen oder Ausstattungsgegenständen, die kein fester Bestandteil des Grundstücks sind oder sein werden;
g) Portfolioverwaltung im Zusammenhang mit Eigentumsanteilen an Grundstücken;
h) juristische Dienstleistungen, mit Ausnahme der unter Abs. 2 Buchst. q genannten Dienstleistungen, einschließlich Beratungsdienstleistungen betreffend die Vertragsbedingungen eines Grundstücksübertragungsvertrags, die Durchsetzung eines solchen Vertrags oder den Nachweis, dass ein solcher Vertrag besteht, sofern diese Dienstleistungen nicht speziell mit der Übertragung von Rechten an Grundstücken zusammenhängen.

Nach Auffassung der FVerw zählen nicht zu den grundstücksbezogenen Leistungen zB der **Verkauf von Anteilen** an Grundstücksgesellschaften, die Veröffentlichung von Immobilienanzeigen sowie die Finanzierungsberatung im Zusammenhang mit Grundstückserwerb oder -bebauung (siehe UStAE 3a.3 Abs. 10).

Zu **juristischen Leistungen** sieht Art. 31a Abs. 2 Buchst. q und Abs. 3 Buchst. h MwStVO vor, dass diese grundstücksbezogenen Leistungen sind, wenn sie im Zusammenhang stehen mit: **49a**

– Grundstücksübertragungen, gleich aus welchem Grund (Kaufvertrag, im Rahmen von Umwandlungen, Liquidationen, güterrechtlichen oder familienrechtlichen Vereinbarungen),
– der Begründung oder Übertragung von bestimmten Rechten an Grundstücken oder dinglichen Rechten an Grundstücken (unabhängig davon, ob diese Rechte einem körperlichen Gegenstand gleichgestellt sind),
– der Begründung oder Übertragung von dinglichen Rechten an Grundstücken (unabhängig davon, ob diese Rechte einem körperlichen Gegenstand gleichgestellt sind).

Hierzu nennt die MwStVO zum Beispiel die Tätigkeiten von **Notaren,** oder das Aufsetzen eines Vertrags über den Verkauf oder den Kauf eines Grundstücks. Das gilt auch dann, wenn die zugrunde liegende Transaktion, die zur rechtlichen Veränderung an dem Grundstück führt, letztendlich nicht stattfindet. Grundsätzlich fallen juristische Dienstleistungen nur dann unter Art. 31a Abs. 2 Buchst. q, wenn sie mit einer **Veränderung des rechtlichen Status des Grundstücks** „zu tun haben". Daraus folgt nach Rn. 253 der Erläuterungen der Kommission (DStR-Beih. 2017, 1), dass juristische Dienstleistungen im Zusammenhang mit einer **früher vorgenommenen Übertragung** eines Eigentumstitels nicht als im Zusammenhang mit dem Grundstück stehend gelten können (da sie mit keiner derzeitigen oder vorgesehenen Transaktion verbunden sind). Nach den Erläuterungen der Kommission kann allerdings neben der juristischen Beratung bei Grundstücksübertragungen auch diejenige bei **Miet- oder Pachtverträgen** grundstücksbezogen sein, wenn durch den Abschluss eines solchen Vertrags bestimmte Rechte oder dingliche Rechte an dem Grundstück gewährt oder übertragen werden (Erläuterungen der Kommission, DStR-Beih. 2017, 1 Rn. 256f.). Dies ist grundsätzlich bei allen Miet- oder Pachtverträgen der Fall, da Vertragsgegenstand stets die Einräumung eines (Nutzungs- oder Fruchtziehungs-)Rechts ist (vgl. Empfehlungen der Kommission, DStR-Beih. 2017, 1 Rn. 257).

49b **Keine grundstücksbezogenen Leistungen** sind juristische Dienstleistungen, wenn sie nicht mit einer Veränderung des rechtlichen Status des Grundstücks zu tun haben. Beispiele dafür sind nach Rn. 254 der Erläuterungen der Kommission (DStR-Beih. 2017, 1)

- Beratung über Vertragsbedingungen oder über Streitbeilegung im Zusammenhang mit Eigentum;
- Steuerberatung über Abschreibungsmöglichkeiten im Zusammenhang mit einem Grundstück;
- Rechtsberatung in steuerlichen Fragen im Zusammenhang mit Grundstücksveräußerungen;
- juristische Dienstleistungen im Zusammenhang mit der Gewährung von Rechten im Zusammenhang mit Bürgschaften und Hypotheken oder Dienstleistungen bei Insolvenzverfahren;

sofern solche Dienstleistungen nicht mit dem Akt der Übertragung des Eigentumstitels an einem Grundstück, der Gewährung oder Übertragung von bestimmten Rechten oder dinglichen Rechten an Grundstücken zusammenhängen. Die FVerw hat den Wortlaut des Art. 31a Abs. 3 Buchst. h MwStVO nahezu wortgleich in UStAE 3a.3 Abs. 10 Nr. 7 übernommen und anschließend pauschal angefügt, dass „zB die **Rechts- und Steuerberatung in Grundstückssachen**" keine grundstücksbezogene Leistung ist. Vor dem Hintergrund des Wortlauts des Art. 31a Abs. 2 Buchst. q und Abs. 3 Buchst. h MwStVO wird im Schrifttum bezweifelt, dass dieser pauschale Ausschluss haltbar ist. Vielmehr wird vertreten, dass auch die steuerliche Beratung im Zusammenhang mit einer konkreten Grundstücksübertragung eine grundstücksbezogene sonstige Leistung iSd § 3a Abs. 3 Nr. 1 (vgl. *Hammerl/Fietz* DStR 2016, 2881 unter 2.3; *Scholz/Claßen* UR 2016, 704 unter III.2). ME ist das jedoch nicht zwingend. Sowohl den Wortlaut des Art. 31a MwStVO als auch die Ausführungen der Kommission lassen sich ebenso auch dahingehend verstehen, dass juristische Dienstleistungen nur dann grundstücksbezogen sind, wenn sie mit einer Veränderung des rechtlichen Status des Grundstücks „zu tun haben", dh diese zum Gegenstand haben. Für die Steuerberatung kann dies aber von vornherein nicht gelten, da diese nicht auf die Veränderung eines (zivil-)rechtlichen Status gerichtet sein kann. Selbst die im Sinne des ertragsteuerlichen Veranlassungsprinzips durch die Veräußerung oder Nutzung eines Grundstücks veranlassten Steuerberatungsleistungen (zB Prüfung eines gewerblichen Grundstückshandels, Prüfung der USt-Klausel in einem Kauf- oder Miet-/Pachtvertrag, Ermittlung des optionsfähigen Flächenanteils etc.), werden nicht zwecks Änderung des rechtlichen Status eines Grundstücks verbraucht, sondern zwecks Administration steuerlicher Pflichten oder steuerlicher Optimierung. Die Verwaltungsauffassung ist daher insoweit zutreffend, als die durch eine Grundstückstransaktion veranlasste Steuerberatung nicht unter § 3a Abs. 3 Nr. 1 fällt (so vor Inkrafttreten von Art. 31a MwStVO FG Saarl 1 K 1307/11, MwStR 2014, 309 mAnm *Winter,* rkr). Vgl. zu diesem Themengebiet, insb **Due-Diligence-Leistungen** – allerdings vor Inkrafttreten der Art. 13b, 31a und 31b MwStVO – *Wältermann* DStR 2009, 2182 und hierauf *Grambeck* DStR 2010, 1112. Nach den Empfehlungen der Kommission kann eine Due-Diligence-Leistung dann grundstücksbezogen sein, wenn die Bewertung des Grundstücks als Hauptelement der Gesamtleistung identifiziert werden kann (Empfehlungen der Kommission DStR-Beih. 2017, 1 Rn. 183f.). Zur Abgrenzung zu § 3a Abs. 3 Nr. 3 Buchst. c → Rn. 56.

50 Die **Lagerung von Waren** ist eine sonstige Leistung im Zusammenhang mit einem Grundstück (EuGH C-155/12, MwStR 2013, 405 – RR Donnelley Global

Turnkey Solutions; Art. 31a Abs. 2 Buchst. h MwStVO), allerdings nur, wenn dem Kunden ein bestimmter Teil des Grundstücks zur ausschließlichen Nutzung zur Verfügung steht (andernfalls Art. 31a Abs. 3 Buchst. b MwStVO). Dies gilt dann auch für Nebenleistungen (Entladen, Beladen, Verpacken etc), sofern die Lagerung weiterhin die Hauptleistung darstellt. Im Nachgang zu dem EuGH-Urteil RR Donnelley hat das BMF auch verfügt, dass Leistungen bei der Errichtung eines **Windparks** im Zusammenhang mit einem ausdrücklich bestimmten Grundstück unter § 3a Abs. 3 Nr. 1 fallen (UStAE 3a.3 Abs. 9 Nr. 8; Nichtbeanstandungsregel für Umsätze vor dem 1.4.2014 – BMF 28.2.2014, BStBl. I 2014, 279). **Büro-Sharing** kann ebenfalls eine grundstücksbezogene Leistung sein, wenn die Nutzung der Büroräume das zentrale und wesentliche Element des Vertrags darstellt (vgl. Empfehlungen der Kommission, DStR-Beih. 2017, 1 Rn. 210; *Hammerl/Fietz* DStR 2016, 2881).

2. Vermietung eines Beförderungsmittels

§ 3a Abs. 3 Nr. 2 enthält folgende Ortsbestimmungsregeln: 51

a) **Satz 1 und 2:** Kurzfristige Vermietung eines Beförderungsmittels an alle Leistungsempfänger (B2B und B2C) – Leistungsort ist derjenige, an dem dieses Beförderungsmittel dem Empfänger tatsächlich zur Verfügung gestellt wird (→ Rn. 52).
b) **Satz 3:** Nicht kurzfristige Vermietung eines Beförderungsmittels an einen Empfänger, der weder ein Unternehmer ist, für dessen Unternehmen die Leistung bezogen wird, noch eine nicht unternehmerisch tätige juristische Person, der eine USt-IdNr. erteilt worden ist (B2C) – Leistungsort ist derjenige, an dem der Empfänger seinen Wohnsitz oder Sitz hat (→ Rn. 53).
c) **Satz 4:** Nicht kurzfristige B2C-Vermietung eines Sportbootes – Leistungsort ist derjenige, an dem das Sportboot dem Empfänger tatsächlich zur Verfügung gestellt wird, wenn sich auch der Sitz, die Geschäftsleitung oder eine Betriebsstelle des Unternehmers, von wo aus diese Leistung tatsächlich erbracht wird, an diesem Ort befindet.

Zum **Begriff des Beförderungsmittels** siehe UStAE 3a.5 Abs. 2 und Art. 38 MwStVO. Die Definitionen stimmen weitgehend überein. Allerdings bestimmt die FVerw in UStAE 3a.3 Abs. 5 S. 2 und 3, dass das Vermieten von Wohnwagen, die auf Campingplätzen aufgestellt sind und ausschließlich zum stationären Gebrauch als Wohnung überlassen werden, als sonstige Leistung im Zusammenhang mit einem Grundstück und nicht als Vermietung eines Beförderungsmittels anzusehen sind. Dies ist wohl mit dieser Verordnungsbestimmung nicht vereinbar, da es demnach nur auf die Eignung, nicht aber auf die Nutzung als Beförderungsmittel ankommt. Nach FG Nürnberg 2 K 1991/10, EFG 2013, 244, rkr., ist ein auch Sattelschlepper inkl Anhänger („Truck"), der zu Veranstaltungszwecken vermietet wird, ein Beförderungsmittel. Ebenso ein Beförderungsmittel ist ein Rennsportfahrzeug (BFH XI B 48/13, BFH/NV 2014, 733).

§ 3a Abs. 3 Nr. 2 S. 1 legt den Leistungsort bei der **kurzfristigen Vermietung** 52
von Beförderungsmitteln fest. Danach befindet sich der Leistungsort unabhängig vom Status des Leistungsempfängers an dem Ort, an dem das Beförderungsmittel dem Leistungsempfänger zur Verfügung gestellt wird, dh physisch in Besitz genommen wird (Art. 40 MwStVO). Die Regelung gilt damit gleichermaßen für B2B- und B2C-Leistungen. Auf den Ort der **Nutzung des Fahrzeugs** kommt es nicht an. § 3a Abs. 3 Nr. 2 S. 2 definiert den Begriff der kurzfristigen Vermietung mit bis zu 90 Tagen bei Wasserfahrzeugen und bis zu 30 Tagen bei anderen Beförderungsmitteln. Zur Bestimmung, ob ein Beförderungsmittel kurzfristig oder langfristig überlassen wird, ist gemäß Art. 39 Abs. 1 MwStVO grundsätzlich auf die **vertraglich vereinbarte Überlassungsdauer** abzustellen. Dem widerspricht scheinbar UStAE 3a.5 Abs. 1 S. 2, wonach sich die Dauer der Vermietung nicht nach der vertraglichen Vereinbarung, sondern nach der tatsächlichen Dauer der Nutzungsüberlassung richtet.

Allerdings begründet die vertragliche Dauer auch nach der Verordnungsbestimmung nur eine Vermutung, maßgeblich ist auch danach die Dauer der tatsächlichen Nutzungsüberlassung. Dem entspricht auch die Zusammenrechnung aufeinanderfolgender Verträge über dasselbe Beförderungsmittel gemäß Art. 39 Abs. 2 MwStVO (und dem folgend UStAE 3a.5 Abs. 1 S. 3). Bezweifelt werden kann allerdings, ob eine einer langfristigen Überlassung folgende kurzfristige Überlassung wirklich als neue und damit kurzfristige Überlassung gewertet werden soll, wie Art. 39 Abs. 2 UAbs. 3 MwStVO es vorsieht; der Richtlinienwortlaut in Art. 56 Abs. 3 MwStSystRL gibt dies nicht her (*Korn/Robisch* DStR-Beih 2011, 29 (zu Heft 29/2011) zu Art. 39).

Die **Überlassung eines Fahrzeugs an Arbeitnehmer** für Privatfahrten ist regelmäßig eine entgeltliche Leistung (→ § 10 Rn. 40), so dass sich der Leistungsort nach § 3a Abs. 3 Nr. 2 S. 1 (kurzfristige Überlassung) bzw. § 3a Abs. 3 Nr. 2 S. 3 (langfristige Überlassung, → Rn. 53) bestimmt (so auch UStAE 3a.5 Abs. 4). Nur im seltenen Fall der tatsächlich unentgeltlichen Überlassung bestimmt sich der Ort derselben nach § 3 Abs. 9a S. 1 Nr. 1 steuerbaren Wertabgabe nach § 3f.

53 Die **langfristige B2B-Vermietung** von Beförderungsmitteln (an Unternehmer und nichtunternehmerische juristische Personen mit USt-IdNr.) ist nach der allgemeinen Regelung des § 3a Abs. 2 am Sitzort des Leistungsempfängers steuerbar.

Die **langfristige B2C-Vermietung** von Beförderungsmitteln an Nichtunternehmer (ausgenommen juristische Personen mit einer USt-IdNr.) wird nach § 3a Abs. 3 Nr. 2 S. 3 in Umsetzung von Art. 56 Abs. 2 MwStSystRL an dem Ort erbracht, an dem der Leistungsempfänger seinen Wohnsitz oder Sitz hat. Die entsprechende Anpassung des deutschen Rechts war zum 1.1.2013 geboten, erfolgte aber durch AmtshilfeRLUmsG erst ab 30.6.2013 (vgl. zur Neuregelung *Keese* UR 2013, 706). Beispiele zu § 3a Abs. 3 Nr. 2 S. 3 und 4 in UStAE 3a.5 Abs. 8 und 11. Die **Feststellungslast** liegt nach Art. 23 Abs. 1 MwStVO beim leistenden Unternehmer, den Ansässigkeitsort des Leistungsempfängers auf der Grundlage der vom Leistungsempfänger erhaltenen Sachinformationen festzustellen und mittels handelsüblicher Sicherheitsmaßnahmen, wie beispielsweise der Kontrolle von Angaben zur Person oder von Zahlungen, zu überprüfen hat. Nach Art. 24c MwStVO ist aber von der Vermutung auszugehen, dass der Leistungsempfänger an dem Ort ansässig ist, der vom leistenden Unternehmer unter Verwendung von zwei einander nicht widersprechenden Beweismitteln gemäß Art. 24e MwStVO (zB Rechnungsanschrift, Bankangaben, Zulassungsdaten des Beförderungsmittels) als solcher bestimmt wird. Bei Mehrfachansässigkeit siehe Art. 24 MwStVO.

54 Bei der langfristigen B2C-Vermietung eines **Sportbootes** wird abweichend von § 3a Abs. 3 Nr. 2 S. 3 die Vermietungsleistung an dem Ort ausgeführt, an dem das Sportboot dem Empfänger tatsächlich zur Verfügung gestellt wird, wenn sich auch der Sitz, die Geschäftsleitung oder eine Betriebsstätte des Unternehmers, von wo aus diese Leistung tatsächlich erbracht wird, an diesem Ort befindet.

Beispiel: Das Bootsvermietungsunternehmen B mit Sitz in Düsseldorf vermietet an den Nichtunternehmer N mit Wohnsitz in Salzburg eine Yacht für vier Monate. Die Übergabe der Yacht erfolgt an der Betriebsstätte des B in einem italienischen Adriahafen.

Der Leistungsort für die Vermietungsleistung des B an N ist in Italien, dem Ort, an dem das vermietete Boot tatsächlich von B an N übergeben wird, da sich an dem Übergabeort auch eine Betriebsstätte des B befindet.

Abwandlung: Wie Beispiel, B unterhält aber keine Betriebsstätte in Italien. Stattdessen fährt B zum Adriahafen in Italien, wo die Yacht derzeit anliegt, und übergibt sie N.

§ 3a Abs. 3 Nr. 2 S. 4 ist nicht anwendbar, da Übergabeort und Ort des leistenden Unternehmers nicht übereinstimmen (vgl. auch *Kemper* UR 2014, 417, 424). Ort der Leistung ist somit gemäß § 3a Abs. 3 Nr. 2 S. 3 Salzburg. B muss sich in Österreich registrieren lassen, da N als Nichtunternehmer nicht die USt schuldet.

Erweiterung zur Abwandlung: Nach 20 Tagen wird N seekrank und gibt die Yacht vorzeitig zurück, womit sich B einverstanden erklärt.

Die Vermietung erfolgt nun rückblickend kurzfristig iSd § 3a Abs. 3 Nr. 2 S. 2 (→ Rn. 52), so dass sich der Leistungsort nach § 3a Abs. 3 Nr. 2 S. 1 danach bestimmt, wo das Sportboot überlassen worden ist. Dies ist Italien. B muss sich also nun in Italien umsatzsteuerlich registrieren.

Sportboote in diesem Sinne sind nach UStAE 3a.5 Abs. 12 unabhängig von der Antriebsart sämtliche Boote mit einer Rumpflänge von 2,5 bis 24 m, die ihrer Bauart nach für Sport- und Freizeitzwecke bestimmt sind, insbesondere Segelyachten, Motoryachten, Segelboote, Ruderboote, Paddelboote oder Motorboote. Folgt man dieser Ansicht, fällt die langfristige B2C-Vermietung von Yachten mit einer Rumpflänge von mehr als 24 m wieder unter die allgemeine Regelung in § 3a Abs. 3 Nr. 2 S. 3. Ob die vielschichtige Ortsbestimmung bei der langfristigen B2C-Vermietung von Sportbooten in der Praxis tatsächlich befolgt wird, darf angesichts der Kompliziertheit des Regelungswerks und der damit einhergehenden Pflicht der umsatzsteuerlichen Registrierung in verschiedenen Ländern stark bezweifelt werden.

Abweichend von § 3a Abs. 3 Nr. 2 S. 1 wird die kurzfristige Vermietung eines **55**
Schienenfahrzeuges, eines **Kraftomnibusses** oder eines ausschließlich zur Beförderung von Gegenständen bestimmten Straßenfahrzeuges durch einen inländischen Vermieter im Drittland erbracht, wenn ein dort ansässiger Unternehmer das Fahrzeug dort für sein Unternehmen nutzt (§ 3a Abs. 7). Ebenso abweichend von § 3a Abs. 3 Nr. 2 S. 1 und 3 wird sowohl die kurzfristige als auch die langfristige Vermietung jeglichen Beförderungsmittels im Inland erbracht, wenn der Vermieter im Drittland ansässig ist und der Leistungsempfänger die Leistung im Inland nutzt oder auswertet (§ 3a Abs. 6 Nr. 1). Auch → Rn. 137 ff.

3. Leistungen nach dem Ort der tatsächlichen Leistungserbringung

§ 3a Abs. 3 Nr. 3 enthält die folgenden sonstigen Leistungen, bei denen bei der **56**
Bestimmung des Leistungsorts darauf abzustellen ist, wo die Leistung tatsächlich erbracht wird:

a) **kulturelle, künstlerische, wissenschaftliche, unterrichtende, sportliche, unterhaltende** oder ähnliche Leistungen, wie Leistungen im Zusammenhang mit Messen und Ausstellungen einschließlich der Leistungen der jeweiligen Veranstalter sowie die damit zusammenhängenden Tätigkeiten, die für die Ausübung der Leistungen unerlässlich sind, jedoch nur, wenn diese **nicht an Unternehmer** für deren Unternehmen oder an nicht unternehmerisch tätige juristische Personen mit USt-IdNr. erbracht werden,
b) die Abgabe von Speisen und Getränken zum Verzehr an Ort und Stelle **(Restaurationsleistung),** wenn diese Abgabe nicht an Bord eines Schiffs, in einem Luftfahrzeug oder in einer Eisenbahn während einer Beförderung innerhalb des Gemeinschaftsgebiets erfolgt **an Unternehmer und Nichtunternehmer,**
c) Arbeiten an **beweglichen körperlichen Gegenständen** und die Begutachtung dieser Gegenstände, wenn diese Leistungen **nicht an Unternehmer** für deren Unternehmen oder an eine nicht unternehmerisch tätige juristische Personen mit USt-IdNr. erbracht werden.

einstweilen frei **57**

a) Kulturelle, künstlerische, wissenschaftliche uä Leistungen. Bei kulturel- **58**
len, künstlerischen, wissenschaftlichen, unterrichtenden, sportlichen, unterhaltenden und ähnlichen Leistungen und den damit verbundenen Leistungen, die für die Ausübung dieser Leistungen unerlässlich sind (§ 3a Abs. 3 Nr. 3 Buchst. a), ist der Leistungsort danach zu bestimmen, wo die Tätigkeit ausgeübt wird. Dies gilt jedoch nur, wenn diese Leistungen **nicht an Unternehmer** für deren Unternehmen oder an nicht unternehmerisch tätige juristische Personen mit USt-IdNr. erbracht werden.

Für den unternehmerischen Leistungsbezug gilt grundsätzlich § 3a Abs. 2 („B2B-Regelung"), nur für die **Eintrittsberechtigung** zu den Veranstaltungen, Messen und Ausstellungen sieht § 3a Abs. 3 Nr. 5 (→Rn. 76) weiterhin vor, dass die Leistung auch beim unternehmerischen Leistungsbezug am Ort der Veranstaltung, Ausstellung oder Messe ausgeübt wird (Begründung JStG 2010, BT-Drs. 17/2249, 74).

59 § 3a Abs. 3 Nr. 3 Buchst. a betrifft die Darbietung, die **Leistung an Ort und Stelle,** nicht spätere Auswertungen. Ohne Bedeutung ist, wo der Erfolg der Leistung eintritt oder die sonstige Leistung sich auswirkt (BFH V R 161/72, BStBl. II 1974, 532). Die Vorschrift ist auch auf **Veranstalter** anzuwenden (zB wissenschaftliche Kongressveranstaltungen oder Seminare – jedoch vorbehaltlich § 3a Abs. 2 und Abs. 3 Nr. 5), sofern diese im eigenen Namen und auf eigene Rechnung tätig werden. § 3a Abs. 3 Nr. 3 Buchst. a gilt ferner auch für Unternehmer, die Eintrittskarten an Nichtunternehmer verkaufen, selbst wenn sie selbst nicht der Veranstalter sind **(Zwischenhändler);** für den Verkauf an Unternehmer gilt § 3a Abs. 3 Nr. 5. Nicht anzuwenden sind diese Vorschriften indessen auf die **Vermittlung von Eintrittskarten,** hierfür gilt § 3a Abs. 3 Nr. 4 (Nichtunternehmer) bzw. § 3a Abs. 2 (Unternehmer). Siehe UStAE 3a.6 Abs. 2 Sätze 2 und 3 sowie Abs. 13 Sätze 1 und 7 – eingeführt durch BMF 10.6.2013, BStBl. I 2013, 780 mit Wirkung ab 1.7.2013, wahlweise auch früher, auf Empfehlung des MwSt-Ausschusses (vgl. *Moldan* UStB 2013, 238).

Der Begriff der **kulturellen Leistungen** schließt die **künstlerischen** Leistungen mit ein (eigenschöpferische Leistungen). Darunter fallen nur sonstige Leistungen, nicht die Herstellung (und Lieferung) von Kunstwerken (Gemälde, Plastiken). Sie sind ferner abzugrenzen von den urheberrechtlichen Leistungen (Übertragung von Urheberrechten an Literatur oder Musikstücken, Vervielfältigungsrechten an Bildern), deren Ort bei Leistungserbringung an einen im Drittland ansässigen Nichtunternehmer nach § 3a Abs. 4 S. 1 und 2 Nr. 1 und im Übrigen nach § 3a Abs. 1 oder 2 zu bestimmen ist (siehe UStAE 3a.6 Abs. 4). **Unterhaltende** Tätigkeiten sind Leistungen, die keinen künstlerischen oder sportlichen Charakter haben (zB Karaoke-Wettbewerbe, Straßenmusikanten, Zurverfügungstellung von Bildmaterial im Internet – FG Bln-Bbg 7 K 2083/06 B, DStRE 2011, 29; offengelassen im Rahmen des Revisionsverfahrens, BFH XI R 16/10, BStBl. II 2013, 49 Rn. 37).

60 Zur Definition der **wissenschaftlichen** Tätigkeit siehe BFH IV R 27/90, BStBl. II 1992, 826 – Marktforscher; zur **unterrichtenden** Tätigkeit siehe BFH IV R 79/92, BStBl. II 1994, 362 – Fitness-Studio. Die Benutzung von **Geldspielautomaten** in Spielhallen ist eine unterhaltende oder ähnliche Tätigkeit nach § 3a Abs. 3 Nr. 3 Buchst. a (EuGH C-452/03, IStR 2005, 415 – RAL), nicht jedoch Benutzung außerhalb von Spielhallen (EuGH 168/84, Slg. 1985, 2251 – Berkholz); insoweit gilt § 3a Abs. 1 (siehe UStAE 3a.6 Abs. 6). Die Abgrenzung der wissenschaftlichen Tätigkeit von der Beratung ist bei Gutachten nach dem Zweck vorzunehmen, den der Auftraggeber mit dem Gutachten verfolgt; soll dieses eine konkrete Entscheidungshilfe darstellen, handelt es sich um eine Beratung iSv § 3a Abs. 4 S. 2 Nr. 3, deren Ort sich folglich im Regelfall nach § 3a Abs. 1 und 2 oder eben nach § 3a Abs. 4 S. 1 bestimmt (siehe UStAE 3a.6 Abs. 5; aA *Stadie* in Rau/Dürrwächter § 3a Rn. 353, demzufolge wissenschaftliche Gutachten kategorial stets unter § 3a Abs. 4 S. 2 Nr. 3 fallen). Zur **Veranstaltung sportlicher Leistungen** siehe BFH V R 7/95, BStBl. II 1997, 154 – Fallschirmsport. Nicht mehr unter die Vorschrift fällt die Ausstattung eines Sportlers (BFH XI R 27/09, BStBl. II 2011, 458 – Rennservice für Motorradrennfahrer). Unter den Begriff der **„ähnlichen"** Leistungen fallen zB Leistungen der Berg-Wanderführer, kultur- und kunsthistorische Führungen; die Reiseleitung als solche fällt nicht darunter (BFH V R 132/89, BStBl. II 1994, 272).

61 § 3a Abs. 3 Nr. 3 Buchst. a nennt ferner die Leistungen im Zusammenhang mit **Messen und Ausstellungen.** Aufgrund der Beschränkung des Anwendungsbereichs von § 3a Abs. 3 Nr. 3 Buchst. a auf den **nichtunternehmerischen Leistungsbezug**

dürfte dies jedoch die Ausnahme sein. Bevor § 3a Abs. 3 Nr. 3 Buchst. a (bzw. die Vorgängerregelung in § 3a Abs. 2 Nr. 3 Buchst. a aF) Leistungen im Zusammenhang mit Messen und Ausstellungen explizit erwähnte, qualifizierte der BFH die Überlassung von Standflächen auf Messen und Ausstellungen als Leistung im Zusammenhang mit einem Grundstück (BFH V R 30/92, BStBl. II 1995, 151 und XI R 56/94, BFH/NV 1995, 1027). Der **EuGH** hat die Leistungen eines Messeveranstalters indessen unter die § 3a Abs. 3 Nr. 3 Buchst. a zugrundeliegende unionsrechtliche Bestimmung gefasst (EuGH C-114/05, DStRE 2006, 816 – Gilian), ohne aber explizit darauf einzugehen, ob die Qualifizierung als grundstücksbezogene Leistung denkbar sein kann. Die FVerw vertrat daher weiterhin ihre Ansicht, wonach die Überlassung von Standflächen auf Messen und Ausstellungen grundsätzlich als Leistung im Zusammenhang mit einem Grundstück anzusehen ist, und trug diese Ansicht auch in einem polnischen Vorabentscheidungsersuchen vor. Erst dann entschied der EuGH entgegen der deutschen FVerw, dass auch die Präsentation von Waren oder Dienstleistungen auf Messen und die Errichtung oder Zurverfügungstellung eines Messestands unabhängig von der betrachteten Situation nicht als Leistung im Zusammenhang mit einem Grundstück gewertet werden kann (EuGH C-530/09, BStBl. II 2012, 160 – Inter-Mark Group). Der EuGH sah die Möglichkeit, solche Leistungen als Leistungen nach § 3a Abs. 4 S. 1 Nr. 2 (Leistungen auf dem Gebiet der Werbung), Leistungen nach § 3a Abs. 3 Nr. 3 Buchst. a (kulturelle, künstlerische Leistungen etc.) oder als Leistungen nach § 3a Abs. 4 S. 2 Nr. 10 (Vermietung beweglicher Gegenstände) anzusehen, er qualifizierte die Leistung somit nicht als einheitliche Leistung, weil dies nicht Gegenstand der Vorlage war. Alle die vom EuGH in Erwägung gezogenen Vorschriften gelten aber seit 2011 nicht mehr für den **Leistungsbezug durch Unternehmer** oder nichtunternehmerische juristische Person mit USt-IdNr., was wiederum der absolute Regelfall sein sollte. Für sämtliche dieser Leistungen werden die jeweiligen Ortsbestimmungsregeln im B2B-Fall von § 3a Abs. 2 verdrängt. Daher ist es nur noch nebensächlich, dass mittlerweile § 3a Abs. 3 Nr. 3 Buchst. a explizit Leistungen im Zusammenhang mit Messen und Ausstellungen nennt, und daher wohl auch die anderen Leistungen erfasst, die der EuGH im Verfahren Inter-Mark Group noch unter verschiedene Ortsbestimmungsregeln gefasst hat. Dies gilt jedenfalls dann, wenn Messeveranstalter neben der reinen Standflächenüberlassung – insoweit liegt tatsächlich eine Grundstücksleistung vor – andere Leistungen erbringen (ebenso Umkehrschluss zu Art. 31a Abs. 3 Buchst. e MwStVO).

Die FVerw hat die Rechtsprechung des EuGH und die neuen gesetzlichen Bestimmungen etwas umständlich umgesetzt: Nur die **reine Standflächenüberlassung** fällt unter § 3a Abs. 3 Nr. 1 (UStAE 3a.4 Abs. 1; ebenso Umkehrschluss zu Art. 31a Abs. 3 Buchst. e MwStVO). Bestimmte, mit der **Unterhaltung und dem Betrieb eines Messestands** bzw. der Ausstellungsfläche zusammenhängende Leistungen fallen kategorial unter § 3a Abs. 3 Nr. 3 Buchst. a, wenn es sich um eine einheitliche Leistung handelt (siehe UStAE 3a.4 Abs. 2 S. 1 und 2). Eine solche einheitliche Veranstaltungsleistung soll vorliegen, wenn neben der Überlassung der Standflächen (Grundstücksleistung) noch mindestens drei weitere Zusatzleistungen aus dem Katalog des UStAE 3a.4 Abs. 2 S. 2 erbracht werden (UStAE 3a.4 Abs. 2 S. 5). Die Ortsbestimmung richtet sich dann entweder nach § 3a Abs. 3 Nr. 3 Buchst. a – Leistungsbezug durch Nichtunternehmer – oder nach § 3a Abs. 2 – Leistungsbezug durch Unternehmer oder diesem gleichgestellte juristische Person. Sofern keine einheitliche Leistung vorliegt, richtet sich der Ort der **Einzelleistungen** nach den für die jeweilige Einzelleistung maßgeblichen Vorschriften (siehe UStAE 3a.4 Abs. 3). Der Ort für Leistungen der **Planung, Gestaltung, Aufbau, Umbau und Ausbau von Messe- und Ausstellungsständen,** wenn der Stand für eine Messe oder Ausstellung auf dem Gebiet der Kultur, Künste, des Sports, der Wissenschaften, des Unterrichts, der Unterhaltung oder einem ähnlichen Gebiet bestimmt ist, bestimmt sich aufgrund des Inter-Mark-Urteils (→ Rn. 61) ebenfalls nach § 3a Abs. 3 **62**

Nr. 3 Buchst. a – Leistungsbezug durch Nichtunternehmer – oder nach § 3a Abs. 2 – Leistungsbezug durch Unternehmer oder diesem gleichgestellte juristische Person. Die Lieferung eines ganzen Messestands fällt unter § 3 Abs. 5a. Die Leistungserbringung an Unternehmer ist damit regelmäßig nach dem Empfängerortprinzip in § 3a Abs. 2 zu beurteilen. Lediglich die reine Standflächenüberlassung (Grundstücksleistung, § 3a Abs. 3 Nr. 1) und die Lieferung eines Messestands (§ 3 Abs. 5a) wird auch bei unternehmerischem Leistungsbezug abweichend beurteilt. Vgl. zu dieser Thematik auch *Stöbener/Gach* DStR 2012, 11 und 500.

Beispiel: Die Messe Frankfurt veranstaltet die IAA und erbringt in diesem Zusammenhang den Ausstellern umfassende Dienstleistungen, wie die Einrichtung und Bereitstellung von Ständen und Kommunikationsmitteln, den Hostessendienst sowie die Überwachung der Ausstellungsflächen. Die Leistungen der Messe Frankfurt fallen als einheitliche Leistung kategorial unter § 3a Abs. 3 Nr. 3 Buchst. a. Soweit diese Leistungen aber an Unternehmer für deren Unternehmen oder an nichtunternehmerische juristische Personen mit USt-IdNr. erbracht werden – dies dürfte der Regelfall sein – bestimmt sich der Leistungsort nach § 3a Abs. 2.

Die Entgelte für die Eintrittskarten sind ebenso Entgelte für sonstige Leistungen nach § 3a Abs. 3 Nr. 3 Buchst. a. Für den unternehmerischen Leistungsbezug gilt insoweit aber die Sondervorschrift des § 3a Abs. 3 Nr. 5, so dass der Ort für die Leistung „Eintrittsberechtigung" in jedem Fall in Frankfurt liegt – entweder nach § 3a Abs. 3 Nr. 3 Buchst. a oder nach § 3a Abs. 3 Nr. 5 (siehe auch UStAE 3a.6 Abs. 13 S. 1 und 2).

Zu Veranstaltungsleistungen im Zusammenhang mit Messen und Ausstellungen an inländische Unternehmer, die **im Drittland genutzt oder ausgewertet** werden, siehe § 3a Abs. 8 S. 1 und → Rn. 147.

63 § 3a Abs. 3 Nr. 3 Buchst. a umfasst auch die Tätigkeiten, die mit den zuvor genannten Leistungen **zusammenhängen und für die Ausübung dieser Leistungen unerlässlich** sind (zB tontechnische Leistungen vgl. EuGH C-327/94, BStBl. II 1998, 313 – Dudda; Bühnenbeleuchtung, Dekoration, Ordnerdienste). Betroffen sind nur solche Leistungen, die sich unmittelbar und direkt auf die Ausübung einer der in § 3a Abs. 3 Nr. 3 Buchst. a genannten Leistung oder auf die Ausübung einer ähnlichen Tätigkeit beziehen – § 3a Abs. 3 Nr. 3 Buchst. a ist eng auszulegen (BFH XI R 19/09, BFH/NV 2013, 272). Beförderungsleistungen fallen nicht darunter (BFH V B 34/00, BFH/NV 2001, 1306).

64 **b) Restaurationsleistungen.** Die eigenständige Ortsregelung für die **Abgabe von Speisen und Getränken zum Verzehr an Ort und Stelle** wurde erstmals zum 1.1.2010 eingeführt und basiert auf Art. 55 MwStSystRL. Der Leistungsort dieser Leistungen richtete sich bislang entsprechend § 3a Abs. 1 nach dem Sitz oder der Betriebsstätte des leistenden Unternehmers. Nun richtet er sich nach dem Ort der Leistungserbringung, was in den meisten Fällen aber zum gleichen Ergebnis führen sollte. Die Regelung gilt für den Leistungsbezug durch Unternehmer und Nichtunternehmer gleichermaßen und geht damit § 3a Abs. 1 und 2 vor.

65 Die Anwendung des § 3a Abs. 3 Nr. 3 Buchst. b setzt voraus, dass die Leistung eine sonstige Leistung und damit insbesondere **keine Lieferung von Nahrungsmitteln** ist. Diese Abgrenzung hat vor allem Bedeutung wegen des in den meisten Mitgliedstaaten – so auch in Deutschland – nur für Lieferungen von Nahrungsmitteln, nicht jedoch für Restaurationsleistungen geltenden ermäßigten Steuersatzes (→ § 12 Rn. 42ff.). Nach EuGH C-497/09, DStR 2011, 515 – Bog ua und Art. 6 MwStVO führt die zumindest standardisierte Zubereitung von Speisen und deren verzehrfertige Abgabe (Imbiss, Drive-In, Nachos im Kino etc.) noch nicht zur Qualifizierung als Dienstleistung. Hierzu müssen weitere Dienstleistungselemente hinzutreten, so dass der Dienstleistungscharakter insgesamt überwiegt (ebenso die Nachfolgeentscheidungen des BFH V R 35/08, BStBl. II 2013, 244; V R 3/07, BStBl. II 2013, 241; XI R 37/08, BStBl. II 2013, 238 und XI R 6/08, BStBl. II 2013, 251 – umgesetzt in UStAE 3.6).

einstweilen frei **66, 67**

c) Arbeiten an beweglichen körperlichen Gegenständen. Für Arbeiten an beweglichen körperlichen Gegenständen und die Begutachtung dieser Gegenstände gilt gemäß § 3a Abs. 3 Nr. 3 Buchst. c der **Tätigkeitsort** als Ort der sonstigen Leistung, sofern der **Leistungsempfänger kein Unternehmer** ist, der die Leistung für sein Unternehmen bezieht, und keine nichtunternehmerische juristische Person mit USt-IdNr. – in diesen Fällen gilt § 3a Abs. 2 (siehe UStAE 3a.6 Abs. 10 S. 2). Für Leistungen an inländische Unternehmer, die im Drittland genutzt oder ausgewertet werden, gilt § 3a Abs. 8 S. 1 (→ Rn. 147). **68**

Die Vorschrift betrifft allgemein Eingriffe in bewegliche körperliche Gegenstände, die grundsätzlich nicht wissenschaftlicher oder intellektueller Natur sind (BFH V R 63/09, BStBl. II 2011, 461 Rn. 30), insbesondere Reparaturarbeiten einschließlich Wartungsarbeiten an Fahrzeugen und Maschinen (vgl. UStAE 3a.6 Abs. 11; zur Behandlung von Reparaturleistungen als Werklieferungen vgl. → § 6a Rn. 8 und → § 3 Rn. 181 f.), wobei ihr Anwendungsbereich durch die **Beschränkung auf den nichtunternehmerischen Leistungsbezug** zum 1. 1. 2010 deutlich zurückgegangen sein dürfte. Der **Begriff „Arbeiten"** umfasst sowohl Werkleistungen an beweglichen körperlichen Gegenständen als auch andere sonstige Leistungen, die an beweglichen körperlichen Gegenständen vorgenommen werden, ohne den Begriff der Werkleistung zu erfüllen, zB Verschrottung. Es muss sich um Arbeiten an Gegenständen handeln. Zu den Gegenständen in diesem Sinne zählen auch Tiere; dennoch fallen unter § 3a Abs. 3 Nr. 3 Buchst. c nicht die Leistungen der Tierärzte (vgl. EuGH C-167/95, DStRE 1997, 340 – Linthorst – ebenso nicht deren medizinische Analysen und Laboruntersuchungen an Tieren nach BFH V R 40/09, BFH/NV 2011, 1026). Die Beschränkung auf bewegliche Gegenstände grenzt die Vorschrift gegenüber § 3a Abs. 3 Nr. 1 **(Werkleistungen an Grundstücken oder Gebäuden)** ab (zum Grundstückbegriff → Rn. 44). Solange Gegenstände nicht zu Bestandteilen des Grundstücks werden, fallen sie unter § 3a Abs. 3 Nr. 3 Buchst. c (Art. 34 MwStVO). Diese Abgrenzung hat seit 1. 1. 2010 an Bedeutung gewonnen, weil Arbeiten an beweglichen Gegenständen nur dann am Tätigkeitsort steuerbar sind, wenn sie gegenüber einem Nichtunternehmer erbracht werden, Arbeiten an Grundstücken indessen stets am Ort des Grundstücks ausgeführt werden. Die Kommission hat daher Empfehlungen beschlossen, die das BMF größtenteils in UStAE 3a.3 übernommen hat (→ Rn. 46 ff.). **69**

Beispiel: Ein Bauunternehmer in Hamburg erhält den Auftrag, eine Fertigungshalle in Linz zu restaurieren. Er beauftragt mit der Durchführung einen Subunternehmer aus Rosenheim. Dabei soll auch ein außen angebrachter Lastenaufzug überholt werden.

Da der Leistungsempfänger der von dem Subunternehmer aus Rosenheim erbrachten Leistungen ein Unternehmer ist (= Bauunternehmer in Hamburg), richtet sich der Leistungsort grundsätzlich nach § 3a Abs. 2 und wäre demnach in Hamburg. Die mit dem Grundstück in Linz zusammenhängenden Leistungen haben ihren Ort aber nach § 3a Abs. 3 Nr. 1 in Österreich. Ob dies auch für die Überholung des Lastenaufzugs gilt, hängt davon ab, ob dieser als Bestandteil des Grundstücks zählt oder als beweglicher Gegenstand anzusehen ist (UStAE 3a.6 Abs. 11; Art. 34 MwStVO). In letztem Fall greift § 3a Abs. 2, denn § 3a Abs. 3 Nr. 3 Buchst. c ist für den Leistungsbezug durch Unternehmer nicht einschlägig. Nach UStAE 3a.3 Abs. 9 Nr. 6 (und den Empfehlungen der Kommission, DStR-Beih. 2017, 1) handelt es sich aber um eine Leistung im Zusammenhang mit einem Grundstück.

Die **Begutachtung** ist eine Leistung, die regelmäßig zur Ermittlung der Schadenshöhe oder zur Wertermittlung der Gegenstände dient. Bezüglich der in § 3a Abs. 3 Nr. 3 Buchst. c angesprochenen Begutachtungsfälle geht diese Vorschrift der Regelung des § 3a Abs. 4 Nr. 3 vor (UStAE 3a.6 Abs. 12). Maßgebend ist dabei nicht, wo die Begutachtung (Besichtigung) vorgenommen wird, sondern wo der Gutachter **70** die entscheidenden Bedingungen zum Erfolg setzt, also seine Auswertungen vornimmt (BFH V R 161/72, BStBl. II 1974, 532; aA *Stadie* in Rau/Dürrwächter § 3a Rn. 433 mwN). Danach wird der Sachverständige, der einen Autoschaden in Frankreich inspiziert, zum wesentlichen Teil im Inland tätig, wenn er in Deutschland die Ergebnisse seiner Besichtigung auswertet. Die Frage des BFH, ob das **Herauslösen menschlicher Zellen** (hier: Gelenkknorpelzellen) und die anschließende Zellvermehrung eine Arbeit an einem beweglichen Gegenstand ist (BFH XI R 52/07, BStBl. II 2009, 563), hat der EuGH unbeantwortet gelassen (EuGH C-156/09, BeckEuRS 2010, 531476 – Verigen Transplantation). Keine Arbeit an einem beweglichen Gegenständen ist der Ausbau und der Übernahme von Strahlenquellen (BFH V R 63/09, BStBl. II 2011, 461).

71, 72 *einstweilen frei*

4. Vermittlungsleistungen

73 § 3a Abs. 3 Nr. 4 regelt den Ort einer Vermittlungsleistung für **nichtunternehmerische Zwecke** (ausgenommen an nichtunternehmerische juristisch Personen mit USt-IdNr.). Er liegt – wie bereits nach dem bis 2009 geltenden § 3a Abs. 2 Nr. 4 aF – an dem Ort der vermittelten Leistung. Dabei ist auf den Ort abzustellen, an dem die vermittelte Leistung unter Zugrundelegung der entsprechenden Ortsregelung umsatzsteuerlich erbracht wird. Bei Vermittlungsleistungen an Unternehmer bestimmt sich der Leistungsort nach der allgemeinen Regelung in § 3a Abs. 2. § 3a Abs. 3 Nr. 4 umfasst nur die Vermittler, die **im Namen und für Rechnung Dritter** tätig werden (vgl. Art. 46 MwStSystRL). Der Geschäftsbesorger bei der Leistungskommission (vgl. → § 3 Rn. 174f.) wird im eigenen Namen tätig und unterfällt der Vorschrift daher nicht. Ferner erfasst § 3a Abs. 3 Nr. 4 nur Leistungen zur Vermittlung von Umsätzen, wie aus der Ortsbestimmung deutlich wird. Werden keine Umsätze vermittelt, liegt auch keine Vermittlungsleistung iSd § 3a Abs. 3 Nr. 4 vor, sondern eine den gewöhnlichen Vorschriften unterliegende sonstige Leistung. Daher ist die **Vermittlung von Vereinsmitgliedschaften** keine Vermittlungsleistung iSd § 3a Abs. 3 Nr. 4, da die Begründung der Mitgliedschaft in einem Verein keinen Leistungsaustausch darstellt (BFH XI R 30/10, BStBl. II 2013, 348). Der Leistungsort bestimmt sich daher nach § 3a Abs. 1 (Nichtunternehmer) bzw. § 3a Abs. 2 (Unternehmer) – so auch UStAE 3a.7 Abs. 2.

74 Eine Vermittlungsleistung liegt bei einem **Kreditvertrag** vor, wenn einer Vertragspartei (Kreditgeber oder -nehmer) die Gelegenheit zum Abschluss eines Kreditvertrages nachgewiesen wird. Der Vermittler muss **keinen Vertrag oder unmittelbaren Kontakt mit einer Partei des Kreditvertrages haben** (so EuGH C-453/05, IStR 2007, 595 – Volker Ludwig mit Anm. *Korf*). Entsprechendes gilt für die Vermittlung von Versicherungen, Bausparverträgen, Gesellschaftsanteilen etc. Damit ist klargestellt, dass auch die sog. **Untervermittlung** idR eine Vermittlungsleistung ist (anders noch BFH V R 5/03, BStBl. II 2003, 958). Früher erfasste die Vorschrift vor allem die Leistungen der **Handelsvertreter.** Diese Leistungen fallen nun aber regelmäßig unter § 3a Abs. 2, weil sie für einen Unternehmer erbracht werden. Der Anwendungsbereich des § 3a Abs. 3 Nr. 4 ist somit durch die **Beschränkung auf den nichtunternehmerischen Leistungsbezug** zum 1.1.2010 deutlich zurückgegangen.

75 *einstweilen frei*

5. Eintrittsberechtigungen für kulturelle, künstlerische, wissenschaftliche uä Veranstaltungen und Messen

76 Der durch JStG 2010 mit Wirkung zum 1.1.2011 eingefügte § 3a Abs. 3 Nr. 5 steht **im Zusammenhang** mit der ebenso zum 1.1.2011 greifenden **Beschränkung des § 3a Abs. 3 Nr. 3 Buchst. a** (kulturelle, künstlerische, wissenschaftliche uä Leistungen sowie Leistungen im Zusammenhang mit Messen und Ausstellungen) auf den nichtunternehmerischen Leistungsbezug (→ Rn. 61 ff.). Die Regelung beruht auf Art. 53 MwStSystRL in der ab 1. 1. 2011 geltenden Fassung. Bei kulturellen, künstlerischen, wissenschaftlichen, unterrichtenden, sportlichen, unterhaltenden und ähnlichen Leistungen und den damit verbundenen Leistungen ist der Leistungsort nach § 3a Abs. 3 Nr. 3 Buchst. a danach zu bestimmen, wo die Tätigkeit ausgeübt wird. Dies gilt jedoch ab 1. 1. 2011 (JStG 2010) nur noch, wenn diese Leistungen nicht an Unternehmer für deren Unternehmen oder an nicht unternehmerisch tätige juristische Personen mit USt-IdNr. erbracht werden. Für den unternehmerischen Leistungsbezug gilt grundsätzlich § 3a Abs. 2 („B2B-Regelung"). Wohl aus Praktikabilitätsgründen gilt dies aber nicht für die **Eintrittsberechtigung** zu den Veranstaltungen, Messen und Ausstellungen. Deshalb war die Neuregelung im nunmehr neu eingefügten § 3a Abs. 3 Nr. 5 nötig, der bezüglich der Eintrittsberechtigungen den bis 31. 12. 2010 geltenden Rechtsstand fortschreibt, wonach die Leistung am Ort der Veranstaltung, Ausstellung oder Messe ausgeübt wird. Die verwendeten Begriffe in § 3a Abs. 3 Nr. 5 sind identisch mit denen des § 3a Abs. 3 Nr. 3 Buchst. a (→ Rn. 61 ff.). Für einen Überblick vgl. *Grambeck* UR 2012, 45, *Langer/Budde* DStR 2011, 656 und *Meyer* UStB 2011, 378 sowie für den Sonderfall von Gegengeschäften zwischen Messebetreibern und Ausstellern *Stöbener/Gach* UR 2012, 81. Werden diese sonstige Leistungen von einem im Ausland ansässigen Unternehmer erbracht, unterliegen sie nicht der **Steuerschuldumkehr** des § 13b Abs. 5 (§ 13b Abs. 6 Nr. 4).

Die FVerw legt den **Begriff „Eintrittsberechtigung"** übereinstimmend mit **77** Art. 32 MwStVO weit aus und fasst auch **Seminare** darunter (UStAE 3a.6 Abs. 13). Nicht jedoch von der Vorschrift erfasst sein sollen Seminare mit Teilnahmebeschränkung zB Inhouse-Schulungen. Aus dem Wortlaut lässt sich diese Einschränkung nicht entnehmen (ebenso *Wäger* in Sölch/Ringleb § 3a Rn. 198). Nach den allgemeinen Grundsätzen fallen unter § 3a Abs. 3 Nr. 5 auch die mit der Hauptleistung erbrachten **Nebenleistungen** (vgl. zum Begriff allgemein *Oelmaier* in Sölch/Ringleb § 1 Rn. 21 und zu neueren Entwicklungen der EuGH-Rechtsprechung *von Streit* DStR 2012, 2575). Die Verpflegung von Seminarteilnehmern ist nur bei geringfügigen Verpflegungsleistungen eine Nebenleistung (BFH V R 12/10, BStBl. II 2011, 303).

§ 3a Abs. 3 Nr. 5 gilt auch für Unternehmer, die Eintrittskarten an Unternehmer **78** verkaufen, selbst wenn sie selbst nicht der Veranstalter sind **(Zwischenhändler);** für den Verkauf an Nichtunternehmer gilt § 3a Abs. 3 Nr. 3 Buchst. a. Nicht anzuwenden sind diese Vorschriften indessen auf die **Vermittlung von Eintrittskarten,** hierfür gilt § 3a Abs. 3 Nr. 4 (Nichtunternehmer) bzw. § 3a Abs. 2 (Unternehmer). Siehe UStAE 3a.6 Abs. 2 Sätze 2 und 3 sowie Abs. 13 Sätze 1 und 7 – eingeführt durch BMF 10.6.2013, BStBl. I 2013, 780 mit Wirkung ab 1.7.2013, wahlweise auch früher, auf Empfehlung des MwSt-Ausschusses (vgl. *Moldan* UStB 2013, 238).

einstweilen frei **79**

V. (Katalog-)Dienstleistungen an Nichtunternehmer im Drittlandsgebiet (§ 3 a Abs. 4)

1. Allgemeines

Der Leistungsort befindet sich in den Fällen des § 3a Abs. 4 S. 1 am Wohnsitz oder **80** Sitz des Leistungsempfängers, wenn dieser **kein Unternehmer** ist, der die Leistung für sein Unternehmen bezieht, und keine juristische Person mit USt-IdNr. und der Leistungsempfänger darüber hinaus **im Drittland** seinen Wohnsitz oder Sitz hat.

Der Anwendungsbereich des § 3a Abs. 4 erstreckte sich **bis 2009** sowohl auf B2B- **81** Leistungen als auch auf die nun von ihm erfassten B2C-Leistungen an Drittlandsempfänger. **Seit 2010** gilt für B2B-Leistungen ohnehin die Grundregel in § 3a Abs. 2, so dass als Anwendungsbereich für die „Katalogleistungen" nur noch der **nichtunternehmerische Leistungsbezug** eines Drittländers verbleibt. Die Bedeutung von § 3a Abs. 4 ist damit deutlich zurückgegangen, gleichwohl besteht aufgrund der langjährigen hohen Relevanz des Leistungsbezugs von „Katalogleistungen" umfangreiches Material zum Inhalt des Katalogs. Weil der Leistungsempfänger in den Fällen des § 3a Abs. 4 S. 1 kein Unternehmer ist, geht auch die **Steuerschuld** nicht nach § 13b auf diesen über, so dass der inländische Unternehmer möglicherweise im Drittland USt ausweisen muss, sofern die dortigen Regelungen vergleichbar sind. Die Vorschrift nimmt die Nichtbesteuerung der Umsätze im Empfängerstaat aber in Kauf; ihr Zweck ist nämlich die Schaffung von Wettbewerbsneutralität. EU-Leistungsanbieter sollen nicht mit den relativ hohen MwSt-Sätzen in der EU auf Drittlandsmärkten konkurrieren.

82 Zum 1.1.2015 sind aus dem Katalog des § 3a Abs. 4 S. 2 die Nr. 11–13 entfernt worden. Die dort bis 31.12.2014 enthaltenen **Telekommunikationsdienstleistungen, Rundfunk- und Fernsehdienstleistungen sowie elektronisch erbrachte Dienstleistungen** sind nun Gegenstand des § 3a Abs. 5, der auch innerhalb der EU und nicht nur im Verhältnis zum Drittland gilt.

§ 3a Abs. 4 hat Vorrang vor § 3a Abs. 1, der „vorbehaltlich der Absätze 2 bis 8" anzuwenden ist. Zu § 3a Abs. 2 steht § 3a Abs. 4 in keinem Konkurrenzverhältnis. Zum **Rangverhältnis von § 3a Abs. 4 und § 3a Abs. 3** besteht keine gesetzliche Regelung, denn § 3a Abs. 3 ist nur „abweichend von den Absätzen 1 und 2", nicht jedoch abweichend von Abs. 4 anzuwenden. Bis zum StÄndG 2003 hatte aber die Vorgängernorm von § 3a Abs. 4 S. 1 (§ 3a Abs. 3 aF) einen angeordneten Nachrang zu den speziellen Bestimmungen des § 3a Abs. 2 aF (jetzt § 3a Abs. 3). Weil diese Regelung nur klarstellend war, war unstrittig, dass § 3a Abs. 2 aF (jetzt § 3a Abs. 3) dem § 3a Abs. 3 und Abs. 4 aF (jetzt § 3a Abs. 4) vorgeht. Dies gilt nun unverändert auch nach neuem Recht. Betrifft zB die in § 3a Abs. 4 S. 2 Nr. 3 genannte Ingenieurleistung ein Gebäude, so ist § 3a Abs. 3 Nr. 1 für die Ortsbestimmung der Leistung maßgebend.

83 Wird eine einheitliche Leistung gegenüber **mehreren Leistungsempfängern** mit unterschiedlichem Leistungsort erbracht, ist sie diesen Leistungsempfängern anteilig zuzurechnen (siehe *Bunjes* UR 1992, 166, betreffend Rechtsanwaltsleistung).

Beispiel: Die Brüder A und B lassen sich bei einem in München ansässigen Rechtsanwalt R wegen einer Erbschaftsangelegenheit beraten. A wohnt in Zürich, B in Rosenheim. Die Beratungsleistung gegenüber A wird gemäß § 3a Abs. 4 S. 1 und 2 Nr. 3 im Drittlandsgebiet erbracht, denn A ist kein Unternehmer und hat seinen Wohnsitz im Drittlandsgebiet. Für B wird die Beratungsleistung gemäß § 3a Abs. 1 in München erbracht. Die einheitliche Beratungsleistung ist also bezüglich A nichtsteuerbar, bezüglich B steuerbar und steuerpflichtig; die Beratungsleistung unterliegt also nur zur Hälfte der USt.

84 **Sonderregelungen** sind bei Leistungen von **Drittlandsunternehmern** zu berücksichtigen, die im Inland ausgeführt werden, wenn sie dort genutzt oder ausgewertet werden, und zwar für:

1. **Vermietung von Beförderungsmitteln** (§ 3a Abs. 6 S. 1 Nr. 1), → Rn. 137 ff.;
2. Leistungen iSd § 3a Abs. 4 S. 2 Nr. 1–10 **an den Hoheitsbereich einer juristischen Person des öffentlichen Rechts** ohne USt-IdNr. (§ 3a Abs. 6 S. 1 Nr. 2), → Rn. 143;
3. **Telekommunikationsdienstleistungen** iSd § 3a Abs. 5 S. 2 Nr. 1 sowie **Rundfunk- und Fernsehdienstleistungen** iSd § 3a Abs. 5 S. 2 Nr. 2 (§ 3a Abs. 6 S. 1 Nr. 3), → Rn. 145;
4. **Elektronisch erbrachte Dienstleistungen** iSd § 3a Abs. 5 S. 2 Nr. 3. Nach dieser Regelung verlagert sich der Leistungsort vom Drittland in die EU, wenn der Empfänger dort seinen Wohnsitz/Sitz hat und Nichtunternehmer ist; → Rn. 128 ff.

85 *einstweilen frei*

2. Einräumung von Urheberrechten und ähnlichen Rechten

Von den in § 3a Abs. 4 S. 2 Nr. 1 aufgeführten Rechten waren die **Urheberrechte** – zur Begriffsbestimmung → § 12 Rn. 110ff. – früher wohl die wichtigsten. Eine Einräumung von Urheberrechten (bzw. Nutzungsrechten an diesen) und Einräumung und Übertragung von ähnlichen Rechten findet insbesondere auch im Rahmen der schriftstellerischen Arbeit statt: Der **Schriftsteller** räumt dem Verlag gemäß § 31 UrhG das Recht ein, das ihm zustehende Urheberrecht zu nutzen. Diese Fallkonstellationen werden zwischenzeitlich aber fast ausnahmslos von § 3a Abs. 2 erfasst, da Verlage Unternehmer sind. 86

Zu den geschützten Werken gehören auch **Computerprogramme,** wenn sie individuelle Werke in dem Sinne darstellen, dass sie das Ergebnis der eigenen geistigen Schöpfung ihres Urhebers sind (§ 69a UrhG; BFH V B 120/96, DStRE 1997, 472). Nicht unter die Vorschrift fällt der Verkauf von **Standard-Software** und sog. Updates auf Datenträger mit einem Anleitungshandbuch (BFH V B 87/00, BFH/NV 2001, 213; V R 13/96, BStBl. II 1997, 372; UStAE 3.5 Abs. 3 Nr. 8), da es sich insoweit um eine Lieferung handelt. Bei der Entwicklung und Überlassung von **Individual-Software** handelt es sich um eine sonstige Leistung (UStAE 3.5 Abs. 3 Nr. 8), wobei der BFH offen gelassen hat, ob § 3a Abs. 4 S. 2 Nr. 1 (oder Nr. 3, 4 oder 5) einschlägig ist (BFH V R 42/99, DStRE 2002, 179 und V R 17/99, BStBl. II 2002, 169 zur Anwendbarkeit des ermäßigten Steuersatzes nach § 12 Abs. 2 Nr. 7 Buchst. c). Werden solche Programme mittels Datenfernübertragung zB im Internet übermittelt, liegt stets, also auch bei **elektronischer Übermittlung** von Standard-Software, eine sonstige Leistung vor und der Ort bestimmt sich nach § 3a (vgl. UStAE 3.5 Abs. 3 Nr. 8; Art. 7 MwStVO) und zwar nach § 3a Abs. 4 S. 2 Nr. 13 oder Abs. 5 oder den allgemeinen Regeln in § 3a Abs. 1 und 2, sofern diese besonderen Regeln aufgrund der Eigenschaften von Leistenden und Leistungsempfänger nicht greifen. Zu den „ähnlichen Rechten" gehören insbesondere Verlags- und Gebrauchsmusterrechte und das Recht am eigenen Bild (zB bei Fotomodellen), wobei hier regelmäßig § 3a Abs. 2 zur Anwendung gelangen sollte. Nicht zu den Leistungen iSd § 3a Abs. 4 S. 2 Nr. 1 gehören die Leistungen eines Tätowierers (BFH V R 87/97, BStBl. II 1998, 641); Einzelheiten siehe UStAE 3a.9 Abs. 1 und 2. Vgl. auch BFH V R 127/70, BStBl. II 1979, 594 betreffend Nutzungsrecht an Schallplatten, und *Keller* DB 1983, 1790, betreffend Video-Kassetten. 87

einstweilen frei 88

3. Leistungen der Werbung und der Öffentlichkeitsarbeit

Sonstige Leistungen iSd § 3a Abs. 4 S. 2 Nr. 2 werden regelmäßig **an Unternehmer** für deren Unternehmen oder an nichtunternehmerische juristische Personen mit USt-IdNr. erbracht und fallen dann unter die allgemeine B2B-Regelung in § 3a Abs. 2. Zur Erbringung von Werbeleistungen an ausländische Betriebsstätten eines Unternehmers siehe UStAE 3a.2 Abs. 5 und → Rn. 20. 89

Werbeleistungen iSd § 3a Abs. 4 S. 2 Nr. 2 sind Leistungen, die bei den Werbeadressaten den Entschluss zum Erwerb von Gegenständen oder zur Inanspruchnahme von sonstigen Leistungen auslösen oder ein bestimmtes außerwirtschaftliches Verhalten (zB bei Wahlwerbung) herbeiführen sollen (siehe UStAE 3a.9 Abs. 3). Insbesondere handelt es sich um die Werbeberatung, die Werbevorbereitung und -planung, die Werbegestaltung, die Werbemittelherstellung, die Werbemittlung sowie vor allem die Werbedurchführung (Zeitungsanzeigen, Prospektverteilung, Abspielen von Werbefilmen, Anbringen von Plakaten usw nicht aber die Vermittlung konkreter Vertragsabschlüsse für den Auftraggeber (vgl. BFH V B 134/98, BFH/NV 1999, 990); Einzelheiten siehe UStAE 3a.9 Abs. 4–8. Der Begriff der Werbeleistung umfasst auch **mittelbare** Dienstleistungen durch Dritte (EuGH C-108/00, DStRE 2001, 90

481 – SPI). Als Werbeleistung gilt auch der Verkauf von Waren zu Sonderpreisen sowie Veranstaltungen ohne Bezahlung, die der **Absatzförderung** dienen, zB Cocktailempfänge, Essen, Pressekonferenzen, Seminare (vgl. *Stadie* in Rau/Dürrwächter § 3a Rn. 508). Die Erbringung eines Bündels von Leistungen im Rahmen sog. **„Mailingaktionen"** ist nach BFH XI R 52/06, BStBl. II 2010, 869 eine einheitliche sonstige Leistung, die nicht unter § 3a Abs. 4 S. 2 Nr. 2 fällt (aA *Stadie* in Rau/Dürrwächter § 3a Rn. 505). Leistungen bei **Messen und Ausstellungen** fallen unter § 3a Abs. 2 (an Unternehmer – ab 2011) oder unter § 3a Abs. 3 Nr. 3 Buchst. a (an Nichtunternehmer – bis 2010 auch an Unternehmer; → Rn. 61 ff.). **Öffentlichkeitsarbeit** sind Leistungen, durch die für private oder staatliche Einrichtungen um Verständnis, Wohlwollen und Vertrauen geworben wird (zB Veröffentlichung von Bilanzen, Zeitungsanzeigen – siehe UStAE 3a.9 Abs. 6).

91 *einstweilen frei*

4. Leistungen der Rechtsanwälte, Steuerberater ua

92 Bei **Beratungsleistungen** rechtlicher, wirtschaftlicher und technischer Art (§ 3a Abs. 4 S. 2 Nr. 3) an Leistungsempfänger, die keine Unternehmer sind, die die Leistung für ihr Unternehmen erhalten, und keine nichtunternehmerischen juristischen Personen mit USt-IdNr. und die im Drittland ansässig sind, bestimmt sich der Leistungsort nach § 3a Abs. 4 S. 1. Eine Leistung erfolgt **„aus der Tätigkeit als …"**, wenn sie **berufstypisch** ist (BFH V R 25/02, BStBl. II 2003, 734; zB beim Steuerberater die Erstellung von Jahresabschlüssen, beim Rechtsanwalt die Prozessführung). Auf die **Rechtsform** des Unternehmens kommt es nicht an (Grundsatz der Rechtsformneutralität). Personen- oder Kapitalgesellschaften können berufstypische Leistungen auch durch **angestellte Berufsträger** ausführen (BFH V R 54/05, BStBl. II 2008, 263).

93 Ob eine Tätigkeit „berufstypisch" ist, lässt sich oftmals unter Heranziehung der gesetzlichen Grundlagen klären (vgl. zB für Rechtsanwälte § 3 BRAO; für Steuerberater §§ 33, 57 StBerG; für Wirtschaftsprüfer § 2 WPO; das IngenieurG etc.). Bei Rechtsanwälten, Steuerberatern und Wirtschaftsprüfern zählt die **Insolvenzverwaltung** (BFH XI R 56/00, BStBl. II 2002, 202), **Zwangsverwaltung, Testamentsvollstreckung** (BFH V R 25/02, BStBl. II 2003, 734 ebenso EuGH C-401/06, DStR 2008, 27 – Kommission/Deutschland und nachfolgend BFH V R 62/05, BStBl. II 2008, 900) oder die **Vermögensverwaltung** (BFH V R 67/96, BStBl. II 1998, 413) nicht zu den berufstypischen Tätigkeiten (auch keine „ähnliche" Tätigkeit). Gleiches soll für die Leistung eines Rechtsanwalts als **Schiedsrichter** gelten (EuGH C-145/96, DStRE 1997, 900 – Hoffmann). **Notare** erbringen mit der Beurkundung keine Beratungsleistung iSd § 3a Abs. 4 S. 2 Nr. 3; sofern die Beurkundung nicht im Zusammenhang mit einem Grundstück steht (§ 3a Abs. 3 Nr. 1), bestimmt sich der Leistungsort nach § 3a Abs. 1. Ist der Leistungsempfänger Unternehmer, der die Leistung für sein Unternehmen bezieht, oder eine juristische Person mit USt-IdNr., richtet sich der Ort der Leistung ohnehin unabhängig von der Erfüllung der Kriterien in § 3a Abs. 4 S. 2 Nr. 3 nach § 3a Abs. 2; lediglich § 3a Abs. 3 Nr. 1 (Grundstücksleistung) ist auch hier vorrangig zu beachten.

94 Die Leistungen eines **Sachverständigen** iSv § 3a Abs. 4 S. 2 Nr. 3 sind nicht auf ein bestimmtes Gebiet (zB Recht, Wirtschaft oder Technik) beschränkt. Erfasst wird zB die Anfertigung von Gutachten (vgl. → Rn. 60), chemischen Untersuchungen etc. (siehe UStAE 3a.9 Abs. 12). Die Leistungen der Sachverständigen im Zusammenhang mit einem Grundstück fallen unter § 3a Abs. 3 Nr. 1; die Leistungen an Nichtunternehmer fallen vorrangig unter § 3a Abs. 3 Nr. 3 Buchst. c, sofern es sich um die Begutachtung eines beweglichen Gegenstands handelt; für den unternehmerischen Leistungsbezug ist bis auf die Fälle des § 3a Abs. 3 Nr. 1 allein § 3a Abs. 2 maßgebend.

Ähnliche Leistungen sind solche, deren Schwerpunkt auf der Beratung liegt und die irgendeiner der aufgeführten Tätigkeiten vergleichbar sind. Das ist dann der Fall, wenn beide Tätigkeiten dem gleichen Zweck dienen (vgl. BFH V R 62/05, BStBl. II 2008, 900). Eine spezielle berufliche Qualifikation ist nicht erforderlich. Hierunter fällt zB die **Unternehmensberatung** (BFH X R 17/82, BStBl. II 1988, 49), die Leistungen von **Personalberatern** (BFH V R 57/07, BStBl. II 2010, 83) oder **Ingenieur- und Übersetzungsleistungen** (siehe UStAE 3a.9 Abs. 13 und 14). Nunmehr dürften alle diese Leistungen aber regelmäßig unter § 3a Abs. 2 fallen, weil sie üblicherweise an Unternehmer für deren Unternehmen erbracht werden. **Buchhaltungsleistungen** gehören nicht zu den ähnlichen Leistungen (BFH V R 20/11, BFH/NV 2012, 1336). **95**

einstweilen frei **96**

5. Datenverarbeitung

Eine sonstige Leistung auf dem Gebiet der Datenverarbeitung dürfte regelmäßig an Unternehmer für deren Unternehmen oder an nichtunternehmerische juristische Personen mit USt-IdNr. erbracht werden, weswegen der Leistungsort dann nach § 3a Abs. 2 zu bestimmen ist. Im Übrigen fällt der nichtunternehmerische Leistungsbezug bei **elektronischer Leistungserbringung** unter § 3a Abs. 5 (→ Rn. 128). Datenverarbeitung ist die Auswertung von Eingabedaten auf Datenverarbeitungsanlagen mit anschließender Übermittlung der Ergebnisse an den Auftraggeber (siehe UStAE 3a.9 Abs. 15; *Mick/Wuemling* IStR 1997, 357). Nicht zur Datenverarbeitung gehören **Vorbereitungsleistungen,** insbesondere Programmierungsarbeiten, sofern sie selbst Hauptleistung sind. Keine Datenverarbeitung iSd § 3a Abs. 4 S. 2 Nr. 4 ist auch die Leistung des **Veranstalters eines Glückspiels** (BFH V B 24/96, BFH/NV 1997, 71); der Leistungsort richtet sich bei nichtunternehmerischem Leistungsbezug vielmehr nach § 3a Abs. 1. Die Herstellung und Überlassung individueller Software und die Übertragung der Urheberrechte ist eine einheitliche Leistung, die – bei nichtunternehmerischem Leistungsbezug durch Drittländer – unter § 3a Abs. 4 S. 2 Nr. 1 fällt (BFH V R 13/96, BStBl. II 1997, 372; auch → Rn. 87 und → § 3 Rn. 24 – Software). **97**

6. Überlassen von Informationen und Know-how

Bei Leistungen, die **Information und Know-how** zum Gegenstand haben (§ 3a Abs. 4 S. 2 Nr. 5) handelt es sich um ähnliche Leistungen wie bei den Urheberrechtsleistungen (→ Rn. 86f.), ihnen fehlt nur der strenge Schutz des Urheberrechts. Es handelt sich um die Überlassung von Erkenntnissen, die ihrer Art nach geeignet sind, technische oder wirtschaftliche Verwendung zu finden (UStAE 3a.9 Abs. 16). Das ist nicht auf eine gewerbliche Verwendung beschränkt. Es kann sich vielmehr auch um Informationen handeln, die von Freiberuflern genutzt werden (zB Leistungen einer juristischen Datenbank für deren – nichtunternehmerische – Nutzer). Unter diese Regelung fallen grundsätzlich auch die sog. Franchiseverträge, wobei hier regelmäßig Unternehmer Leistungsempfänger sind und mithin ein Fall des § 3a Abs. 2 vorliegt. Die meisten **Inhaltsleistungen im Internet** wie die Lieferung von Standardsoftware, Überlassung von Datenbanken, Videos, Musik, Zeitungen und Zeitschriften usw fallen nicht unter § 3a Abs. 4 S. 2 Nr. 5, sondern – mit den gleichen Rechtsfolgen – unter § 3a Abs. 4 S. 2 Nr. 13 bzw. § 3a Abs. 5 (jeweils bei nichtunternehmerischem Leistungsbezug – siehe auch UStAE 3a.12 Abs. 2). Zu Meinungsumfragen durch Marktforschungsinstitute vgl. BFH V R 164/72, BStBl. II 1974, 259. Keine Überlassung gewerblicher Erfahrungen sind die Übernahme der Geschäftsführung einer Firma und die Personalberatung (FG Hmb II 113/80, EFG 1984, 373, rkr) oder die Überlassung der Kundenkarte durch einen Handelsvertreter an seinen Auf- **98** traggeber (BFH V R 57/97, BStBl. II 1999, 102). Die Erstellung eines Horoskops fällt nicht unter die Vorschrift (HessFG 6 K 395/84, EFG 1990, 601, rkr).

7. Bank- und Finanzumsätze

99 Bank- und Finanzumsätze, insbesondere diejenigen iSv § 4 Nr. 8 Buchst. a–h und Nr. 10 (siehe § 4 Nr. 8, § 4 Nr. 10), die an im Drittland ansässige Leistungsempfänger erbracht werden, die keine Unternehmer sind, die die Leistung für ihr Unternehmen beziehen, und keine nichtunternehmerischen juristischen Personen mit USt-IdNr., werden nach § 3a Abs. 4 S. 1 nicht im Inland ausgeführt und sind damit nicht steuerbar. Bei diesen Leistungen handelt es sich im Wesentlichen um Umsätze in Verbindung mit Krediten, gesetzlichen Zahlungsmitteln, Forderungen, Wertpapieren, Gesellschaftsanteilen, Versicherungen, Übernahme von Verbindlichkeiten sowie Bürgschaften und ähnliche Sicherheiten und deren Vermittlung. Hinzu kommt seit dem 1.1.2007 (vgl. § 4 Nr. 8 Buchst. h) die Verwaltung von Sondervermögen nach dem InvStG und die Verwaltung von Versorgungseinrichtungen nach dem VersicherungsaufsichtsG.

100 Die unionsrechtliche Grundlage von § 3a Abs. 4 S. 2 Nr. 6 Buchst. a (Art. 56 Abs. 1 Buchst. e) erfasst nicht nur die nach § 4 Nr. 8 Buchst. a–h und Nr. 10 (Art. 135 Abs. 1 Buchst. a–f MwStSystRL) steuerbefreiten Umsätze, sondern sämtliche Bank- und Finanzumsätze ohne Verknüpfung zu den steuerbefreiten Umsätzen (EuGH C-44/11, DStR 2012, 1601 Rn. 53 – Deutsche Bank; UStAE 3a.9 Abs. 17 S. 3). Daher sieht § 3a Abs. 4 S. 2 Nr. 6 Buchst. a keine ausschließliche Anknüpfung an § 4 Nr. 8 Buchst. a–h und Nr. 10 vor, sondern erfasst sämtliche Bank- und Finanzumsätze, insbesondere die von § 4 Nr. 8 Buchst. a–h und Nr. 10 steuerbefreiten Umsätze (geändert durch ZollkodexAnpG, BGBl. 2014 I 2417). Soweit die nationale Regelung bis zum Inkrafttreten der Änderung durch das ZollkodexAnpG enger als die EU-rechtliche war, konnte sich der Steuerpflichtige direkt auf die MwStSystRL berufen (Nachfolgeentscheidung im Fall Deutsche Bank, BFH V R 9/11, BStBl. II 2013, 346, Leitsatz).

Beispiel: Eine inländische Bank erbringt als Wertpapierverwalter Leistungen an Privatpersonen, die im Drittland ansässig sind. Ort dieser Leistung ist nach Art. 56 Abs. 1 Buchst. e MwStSystRL im Drittland. Nach deutschem Recht wäre der Ort der Leistung bis zum 30.12.2014 indessen im Inland, weil die Portfolioverwaltung nicht unter die Steuerbefreiung des § 4 Nr. 8 fällt und daher auch nicht unter § 3a Abs. 4 S. 2 Nr. 6 Buchst. a aF. Die Bank konnte sich unmittelbar auf das für sie günstigere Unionsrecht berufen (BFH V R 9/11, BStBl. II 2013, 346).

101 Als sonstige Leistung iSd § 3a Abs. 4 S. 1 Nr. 6 Buchst. b (Geschäfte mit Gold, Silber und Platin) gilt nur die **Vermittlung** solcher Geschäfte sowie die **Verwaltung** von Edelmetallbeständen. Der **Verkauf** dieser **Edelmetalle** (zB als Gewichtsguthaben, Miteigentumsanteil an einem Edelmetallbestand, Goldzertifikate etc.) ist als **Lieferung** anzusehen (*Stadie* in Rau/Dürrwächter § 3a Rn. 558; aA UStAE 3a.9 Abs. 18). Gleiches gilt für **Münzen** aus Edelmetallen, sofern diese wegen ihres Metallgehalts oder Sammelwerts gehandelt und nicht als gesetzliches Zahlungsmittel verwendet werden (BFH V 94/65, BStBl. II 1969, 637). Eine sonstige Leistung ist hingegen der Tausch gesetzlicher Zahlungsmittel, da der wirtschaftliche Gehalt darin besteht, die in ihrem Bargeld verkörperte Kaufkraft in einem anderen Staat nutzen zu können (**Sortengeschäft** – BFH XI R 6/09, BStBl. II 2011, 831).

102, 103 *einstweilen frei*

8. Personalgestellung

104 Die Bestimmung des Leistungsorts bei der **Personalgestellung** dürfte nahezu immer unter § 3a Abs. 2 fallen, da die Leistungsempfänger stets Unternehmer sein dürften. § 3a Abs. 4 S. 2 Nr. 7 dürfte somit kaum noch eine Rolle spielen. Bei der Perso-

nalgestellung handelt es sich um die entgeltliche Überlassung von Arbeitskräften durch einen Unternehmer. Dabei ist es unerheblich, ob die Personalgestellung der Hauptgegenstand des Unternehmens ist oder ob sie nur gelegentlich vorkommt. Ohne Bedeutung ist auch, ob es sich um eine erlaubte oder eine unerlaubte Arbeitnehmerüberlassung handelt (BFH V R 30/88, BStBl. II 1993, 384). Die Personalgestellung ist zu unterscheiden von der nichtsteuerbaren **Personalbeistellung,** siehe BFH V R 42/06, BStBl. II 2009, 493 und → § 3 Rn. 308. Mit „Personal" sind nicht nur Arbeitnehmer gemeint, sondern auch selbstständige (freie) Mitarbeiter (EuGH C-218/10, DStRE 2012, 500 – ADV).

9. Unterlassungsleistungen

Gemäß § 3 Abs. 9 S. 2 kann eine sonstige Leistung auch im **Unterlassen einer Leistung** gegen Entgelt und sogar im **Verzicht,** ganz oder teilweise überhaupt eine gewerbliche oder berufliche Tätigkeit auszuüben (BFH V R 59/02, BStBl. II 2004, 472 – **Wettbewerbsverbot;** BFH V R 40/02, BStBl. II 2004, 854 – **Verzicht auf Testamentsvollstreckung;** V R 34/03, BStBl. II 2007, 66 – **Aufhebung eines Beratungsvertrages**), bestehen. Zur Freigabe eines **Berufsfussballspielers** gegen Ablösezahlung siehe FG Köln 15 K 4889/98, EFG 1998, 1586. Sofern die unternehmerische Tätigkeit aufgrund **gesetzlicher** oder **behördlicher Maßnahmen** gegen **Entschädigung eingeschränkt** wurde, liegt keine steuerbare Leistung vor (es fehlt bereits am Leistungsaustausch, vgl. BFH V R 12/00, BFH/NV 2001, 494). **105**

Sofern sich jemand gegenüber einem anderen, der **weder Unternehmer** ist und als solcher handelt **noch eine juristische Person mit USt-IdNr.** ist, zum Unterlassen einer Leistung zu verpflichten, ist der Ort dieser Unterlassensleistung im Drittland, wenn der andere dort ansässig ist. **Diese Fälle dürften daher sehr selten vorkommen,** weil zumeist Unternehmer ein Interesse an einer Unterlassensleistung haben und sich der Ort dieser Leistung dann nach § 3a Abs. 2 richtet. Es geht dabei um Vereinbarungen, wonach zB ein Inhaber eines Urheberrechts eine Vergütung dafür erhält, dass er das Recht wirtschaftlich nicht nutzt (zB beim Patent auf eine „ewig haltbare" Glühbirne, die den Absatz eines Industriezweigs auf lange Sicht gefährdet), sowie um Konkurrenzklauseln aller Art (zB Gebietsschutz oder Verzicht, in einer bestimmten Branche tätig zu werden). **106**

10. Vermietung beweglicher körperlicher Gegenstände

Bei der Vermietung beweglicher körperlicher Gegenstände (zum Begriff → Rn. 69) an im Drittland ansässige Leistungsempfänger, die keine Unternehmer sind, die die Leistung für ihr Unternehmen beziehen, und auch keine juristischen Personen mit USt-IdNr., liegt der Ort der Leistung nach § 3a Abs. 4 S. 1 im Drittland. Hierunter fällt auch die Vermietung eines Messestands, wenn diese wesentliches Element der Dienstleistung ist (UStAE 3a.9 Abs. 19 mit Verweis auf EuGH-Rechtsprechung). Ausgenommen von dieser Regelung ist die **Vermietung von Beförderungsmitteln.** Für die kurzfristige Vermietung von Beförderungsmitteln gilt unabhängig von Eigenschaft und Ansässigkeit des Leistungsempfängers § 3a Abs. 3 Nr. 2, für die langfristige Vermietung von Beförderungsmitteln für unternehmerische Zwecke gilt § 3a Abs. 2 und im Übrigen § 3a Abs. 1 (→ Rn. 52). Abweichend von § 3a Abs. 3 Nr. 2 S. 1 wird die kurzfristige Vermietung eines Schienenfahrzeuges, eines Kraftomnibusses oder eines ausschließlich zur Beförderung von Gegenständen bestimmtes Straßenfahrzeug durch einen inländischen Vermieter im Drittland erbracht, wenn ein dort ansässiger Unternehmer das Fahrzeug dort für sein Unternehmen nutzt (§ 3a Abs. 7). Ebenso abweichend von § 3a Abs. 3 Nr. 2 S. 1 wird sowohl die kurzfristige als auch die langfristige Vermietung jeglichen Beförderungsmittels im In- **107** land erbracht, wenn der Vermieter im Drittland ansässig ist und der Leistungsempfänger die Leistung im Inland nutzt oder auswertet (§ 3a Abs. 6 Nr. 1). → Rn. 137 ff.

108 Die FVerw zieht den Kreis der Beförderungsmittel sehr weit (UStAE 3a.5 Abs. 3; überstimmend mit Art. 38 MwStVO). Danach sind Beförderungsmittel Gegenstände, deren Hauptzweck auf die Beförderung von Personen und Gütern gerichtet ist und die sich auch tatsächlich fortbewegen (zB Transportbetonmischer, Gabelstapler, Sportboote, Wohnwagen mit eigenem Antrieb, Sportflugzeuge, Elektrocaddywagen, Ruderboote, Paddelboote). Wohnwagen sollen keine Beförderungsmittel sein, wenn sie im konkreten Fall stationär wie ein Ferienhaus vermietet werden (siehe FG Köln I K 234/83, EFG 1985, 42 – rkr; UStAE 3a.3 Abs. 5; zweifelhaft ist allerdings, ob diese Wertung mit der Entscheidung des EuGH C-315/00, DStRE 2003, 237 – Maierhofer vereinbar ist, vgl. → Rn. 44).

109 Eine Motor- oder Segelyacht stellt auch dann ein Beförderungsmittel dar, wenn sie Sport- oder Vergnügungszwecken dient (siehe EuGH C-51/88, UR 1989, 184 – Hamann; BFH V R 140/90, BStBl. II 1992, 573). Bei den Beförderungsmitteln ist aber zu unterscheiden zwischen ihrer Vermietung und der Beförderungsleistung selbst: Vercharterung einer Segelyacht ist Vermietung, Vercharterung mit Besatzung und zum Zweck einer festgelegten Rundreise ist Beförderung, vgl. UStAE 3a.5 Abs. 4. Nicht zu den Beförderungsmitteln gehören jedoch reine Arbeitsmaschinen (zB Bagger, Planierraupen, Kräne), stationäre Beförderungsmittel (zB Rohrleitungen; zur Betriebsstätteneigenschaft von Pipelines siehe BFH II R 12/92, BStBl. II 1997, 12) und militärische Kampffahrzeuge, ausgenommen Versorgungsfahrzeuge; diese Unterscheidung erscheint zumindest abgesehen von den reinen Kampffahrzeugen zweifelhaft; so sind uE auch gepanzerte Spähfahrzeuge Beförderungsmittel iSd § 3a Abs. 4 S. 2 Nr. 10.

110 *einstweilen frei*

11. Dienstleistungen im Zusammenhang mit Gas-, Wärme und Kälte sowie Stromlieferung

111 Die Aufnahme der vorläufig letzten Nummer 14 im Katalog des § 3a Abs. 4 erfolgte zum **1.1.2005.** Mit ihr wurde Art. 1 Nr. 2 der ÄnderungsRL Strom und Gas (RL 2003/92/EG) vom 7.10.2003 in nationales Recht umgesetzt. Für die Lieferung von Gas über das Erdgasnetz und Elektrizität gilt seit dem 1.1.2005 die Neuregelung des § 3g (Empfängerortprinzip, vgl. → § 3g Rn. 2 ff.). Durch JStG 2010 (BGBl. 2010 I 1768) wurde der Anwendungsbereich der Vorschrift um die Lieferung von Wärme und Kälte durch Wärme- und Kältenetze erweitert.

112 § 3a Abs. 4 S. 2 Nr. 14 gilt für bestimmte **sonstige Leistungen,** die mit der Lieferung von Gas über das Erdgasnetz, Wärme und Kälte über Wärme- und Kältenetze sowie Strom **unmittelbar verbunden** sind (zB die Nutzung des Rohrleitungs-/Kabelnetzes zur Beförderung von Gas und Strom). Auch für diese sonstigen Leistungen gilt nunmehr die Besteuerung am Verbrauchsort, jedenfalls über § 3a Abs. 4 S. 1 beim Leistungsbezug des Nichtunternehmers im Drittland und über § 3a Abs. 2 allgemein beim Leistungsbezug des Unternehmers im Rahmen seine Unternehmer und der juristischen Personen mit USt-IdNr. Mit der ursprünglichen Neuregelung sollte vermieden werden, dass ein im Gas- und Stromhandel tätiger Unternehmer ggf. in mehreren Mitgliedstaaten Vorsteuervergütungsanträge stellen muss, obwohl seine Gas- oder Stromlieferung nicht dort, sondern erst im Verbrauchsstaat zu besteuern ist. Diesem Zweck wird nun bereits die allgemeine „B2B-Regelung" des § 3a Abs. 2 gerecht; § 3a Abs. 4 S. 2 Nr. 14 dürfte somit faktisch **nicht zur Anwendung** gelangen.

113 *einstweilen frei*

VI. Telekommunikations-, Rundfunk- und Fernsehdienstleistungen sowie elektronisch erbrachte Dienstleistungen (§ 3a Abs. 5)

1. Allgemeines

Der Anwendungsbereich der Regelungen in § 3a Abs. 5 beschränkt sich auf die Erbringung solcher Leistungen an **Nichtunternehmer** (B2C), also Personen, die keine Unternehmer sind, die die Leistung für ihr Unternehmen beziehen, keine nichtunternehmerische juristische Person mit USt-IdNr. und keine teilweise unternehmerisch tätige juristische Person, die die Leistung nicht für den privaten Bedarf des Personals oder der Gesellschafter bezieht (§ 3a Abs. 5 S. 1). Der **unternehmerische Leistungsbezug** (B2B) fällt unter die allgemeine Regel in § 3a Abs. 2 (→ Rn. 18 ff., insbes. → Rn. 21). **114**

§ 3a Abs. 5 in seiner geltenden Fassung ist **zum 1.1.2015** in Kraft getreten und basiert unionsrechtlich auf Art. 58 MwStSystRL, der in seiner ab 1.1.2015 geltenden Fassung vorsieht, dass sämtliche Telekommunikations-, Rundfunk- und Fernsehdienstleistungen sowie elektronisch erbrachte Dienstleistungen an Nichtunternehmer am Ort des Leistungsempfängers erbracht werden **(Empfängerortprinzip).** Die Regelung soll die erheblichen Wettbewerbsverzerrungen aufgrund des Steuersatzgefälles innerhalb der EU beenden, traf aber über lange Zeit auf politischen Widerstand Luxemburgs, das elektronisch erbrachte Dienstleistungen mit nur 3% besteuert (vgl. *Korn* IStR 12, 707). Der Zweck der Regelung ist daher vergleichbar mit der Versandhandelsregelung in § 3c, allerdings greift die Leistungsortverlagerung nicht erst ab einem bestimmten Schwellenwert, sondern gilt grundsätzlich für jeden EU-Auslandsumsatz. Zur Umstellung auf das Empfängerortprinzip zum 1.1.2015 vgl. grundlegend *Grambeck* UR 2013, 241. Eine laufend aktualisierte Darstellung der Neuregelungen zu Telekommunikationsdienstleistungen, Rundfunk- und Fernsehdienstleistungen und elektronisch erbrachten Dienstleistungen bietet auch die EU-Kommission auf ihrer Website (http://ec.europa.eu/taxation_customs/taxation/vat/how_vat_works/telecom/index_de.htm) an. **115**

Die **praktischen Schwierigkeiten** bei der Umsetzung des Empfängerortprinzips gerade bei elektronisch erbrachten Leistungen sind – worauf *Grambeck* UR 2013, 241 hinweist – nicht unerheblich. Dem leistenden Unternehmer steht zwar mit dem One-Stop-Shop-Verfahren (→ Rn. 131) eine Vereinfachung des Besteuerungsverfahrens zur Verfügung. Dennoch muss er insbesondere die Person des Leistungsempfängers und ihre Ansässigkeit genau bestimmen (dazu aber → Rn. 117) und sich Kenntnis verschaffen über die nationalen Steuersätze, Steuerermäßigungen oder Steuerbefreiungen. Weiterführend ebenso *Grambeck* NWB 2016, 3931; *Kemper* UR 2015, 649. **116**

Zur **Bestimmung der Ansässigkeit** des Leistungsbezugs der in § 3a Abs. 5 S. 2 genannten sonstigen Leistungen sieht Art. 23 Abs. 2 MwStVO grundsätzlich vor, dass der leistende Unternehmer den Ansässigkeitsort des Leistungsempfängers auf der Grundlage der vom Leistungsempfänger erhaltenen Sachinformationen festzustellen und mittels handelsüblicher Sicherheitsmaßnahmen, wie beispielsweise der Kontrolle von Angaben zur Person oder von Zahlungen, zu überprüfen hat. Bei Mehrfachansässigkeit siehe Art. 24 MwStVO. Darüber hinaus enthält die MwStVO **Vereinfachungsregeln.** Beim Leistungsbezug durch einen Nichtunternehmer wird die Ansässigkeit des Leistungsempfängers widerlegbar wie folgt vermutet: **117**

– Leistungsbezug an Orten wie Telefonzellen, Kiosk-Telefonen, WLAN-Hot-Spots, Internetcafés, Restaurants oder Hotellobbys, an denen der Leistungsempfänger physisch anwesend sein muss: Vermutung der Ansässigkeit des Leistungsempfängers an diesem Ort (Art. 24a Abs. 1 MwStVO; UStAE 3a.9a Abs. 3).

- Leistungsbezug an Bord eines Schiffs, eines Flugzeugs oder in einer Eisenbahn während des innerhalb des Gemeinschaftsgebiets stattfindenden Teils einer Personenbeförderung: Vermutung der Ansässigkeit am Abgangsort des jeweiligen Beförderungsmittels im Gemeinschaftsgebiet (Art. 24a Abs. 2 MwStVO; UStAE 3a.9a Abs. 3).
- Leistungsbezug über Festnetz: Vermutung der Ansässigkeit am Ort des Festnetzanschlusses (Art. 24b Buchst. a MwStVO; UStAE 3a.9a Abs. 4 Nr. 1).
- Leistungsbezug über ein mobiles Telekommunikationsnetz: Vermutung der Ansässigkeit in dem Land, das durch den Ländercode der bei Inanspruchnahme dieser Leistung verwendeten SIM-Karte bezeichnet wird (Art. 24b Buchst. b MwStVO; UStAE 3a.9a Abs. 4 Nr. 2).
- Leistungsbezug mittels Decoder oder ähnlichem Gerät, Programm- oder Satellitenkarte: Vermutung der Ansässigkeit an dem Ort, an dem sich der Decoder oder das ähnliche Gerät befindet. Ist dieser Ort unbekannt, gilt der Ort, an den die Programm- oder Satellitenkarte vom leistenden Unternehmer zur Verwendung gesendet worden ist, als Ansässigkeitsort des Leistungsempfängers (Art. 24b Buchst. c MwStVO; UStAE 3a.9a Abs. 4 Nr. 3).
- Wird die Leistung unter anderen als den vorgenannten genannten Bedingungen erbracht, gilt die Vermutung, dass der Leistungsempfänger an dem Ort ansässig ist oder seinen Wohnsitz oder seinen gewöhnlichen Aufenthaltsort hat, der vom leistenden Unternehmer unter Darlegung von zwei sich nicht widersprechenden Beweismitteln als solcher bestimmt worden ist (Art. 24b Buchst. d MwStVO; UStAE 3a.9a Abs. 5).

Sämtliche Vermutungen zur Ansässigkeit sind allerdings nach den Regelungen der Art. 24d–24f MwStVO (UStAE 3a.9a Abs. 6 und 7) **widerlegbar.** Einzelheiten siehe bei *Kußmaul/Naumann* MwStR 2016, 565.

118 *einstweilen frei*

2. Telekommunikationsdienstleistungen

119 Leistungen auf dem Gebiet der Telekommunikation sind nach **Art. 6a MwStVO** insbesondere

a) Festnetz- und Mobiltelefondienste zur wechselseitigen Ton-, Daten- und Videoübertragung einschließlich Telefondienstleistungen mit bildgebender Komponente (Videofonie),
b) über das Internet erbrachte Telefondienste einschließlich VoIP-Diensten (Voice over Internet Protocol);
c) Sprachspeicherung (Voicemail), Anklopfen, Rufumleitung, Anruferkennung, Dreiwegeanruf und andere Anrufverwaltungsdienste;
d) Personenrufdienste (Paging-Dienste);
e) Audiotextdienste;
f) Fax, Telegrafie und Fernschreiben;
g) den Zugang zum Internet einschließlich des World Wide Web;
h) private Netzanschlüsse für Telekommunikationsverbindungen zur ausschließlichen Nutzung durch den Dienstleistungsempfänger.

Vgl. auch UStAE 3a.10 Abs. 1; § 3 Nr. 16 TKG. **Nicht erfasst** werden Inhaltsleistungen (vgl. auch → Rn. 122) wie Datenverarbeitung (vgl. → Rn. 97), Überlassung von Informationen im Rahmen von Datenbanken (vgl. → Rn. 98) und sonstige Dienstleistungen wie Beratung, Informationsbeschaffung, Telebanking, Wartung von Computern, auch wenn sie mittels Datenfernübertragung erbracht werden. Telekommunikationsleistungen, die an Inländer erbracht, aber im Drittland genutzt oder ausgewertet werden, gelten ebenso als im Drittland erbracht (§ 3a Abs. 8 S. 2; → Rn. 149). Handelt es sich bei Leistungen um **Rundfunk- und Fernsehdienstleistungen** (→ Rn. 125) oder **elektronisch erbrachte Dienstleistungen** (→ Rn. 128), sind die

Leistungen den für diesen Leistungen geltenden Vorschriften zuzuordnen (Art. 6a Abs. 2 MwStVO).

Der Ort von Telekommunikationsdienstleistung ist somit wie folgt zu bestimmen:

- Ist der Empfänger der Leistung ein **Unternehmer,** der die Leistung für sein Unternehmen bezieht, oder eine juristische Person mit USt-IdNr., wird die Leistung am Ort des Leistungsempfängers ausgeübt (§ 3a Abs. 2).
- Ist der Empfänger der Leistung ein **Nichtunternehmer** iSd § 3a Abs. 5 S. 1, wird die Leistung am Ort des Leistungsempfängers ausgeführt (§ 3a Abs. 5 S. 2 Nr. 1). Betreibt jedoch der leistende Unternehmer sein **Unternehmen im Drittland** und wird die Leistung vom nichtunternehmerischen Leistungsempfänger im Inland genutzt oder ausgewertet, gilt sie als im Inland erbracht, auch wenn der Leistungsempfänger nicht im Inland ansässig ist (§ 3a Abs. 6 S. 1 Nr. 3, auch → Rn. 145).

Zu den sonstigen Leistungen iSd § 3a Abs. 5 S. 2 Nr. 1 gehören neben den Art. 6a MwStVO (und UStAE 3a.10 Abs. 2) aufgeführten Leistungen (→ Rn. 119): 120

- die Vermietung und Zurverfügungstellung von Telekommunikationsanlagen im Zusammenhang mit der Einräumung von Nutzungsmöglichkeiten der verschiedenen Übertragungskapazitäten. Dagegen handelt es sich bei der Vermietung von Telekommunikationsanlagen ohne Einräumung von Nutzungsmöglichkeiten von Übertragungskapazitäten um die Vermietung beweglicher körperlicher Gegenstände iSd § 3a Abs. 4 S. 2 Nr. 10 (vgl. → Rn. 107 ff.);
- die Einrichtung von „Voice-mail-box-Systemen" (UStAE 3a.10 Abs. 2 S. 1 Nr. 5);
- die Internettelefonie (UStAE 3a.12 Abs. 6 Nr. 8).

Zu den sonstigen Leistungen der **Online-Anbieter** auf dem Gebiet der Telekommunikation iSd § 3a Abs. 5 S. 2 Nr. 1 gehören nach UStAE 3a.10 Abs. 5 und 6: 121

- die Einräumung des Zugangs zum Internet (ebenso Art. 6a Abs. 1 Buchst. g MwStVO),
- die Ermöglichung des Bewegens im Internet,
- die Übertragung elektronischer Post (E-Mail) einschließlich der Zeit, die der Anwender zur Abfassung und Entgegennahme dieser Nachrichten benötigt, sowie die Einrichtung einer Mailbox.

Alle diese Leistungen bilden idR eine einheitliche Leistung, die als Telekommunikationsdienstleistung iSd § 3a Abs. 5 S. 2 Nr. 1 zu qualifizieren ist (UStAE 3a.10 Abs. 6).

Von den Telekommunikationsdienstleistungen zu unterscheiden sind die Leistungen der **Inhaltsanbieter** (auch sog. „Online-Anbieter"). Hierunter fallen insbesondere die Tele- und Onlinedienste (Onlinebanking, Datenaustausch, Verkehrs-, Umwelt- und Börsendaten, Onlinespiele etc). Diese Dienste sind gesondert zu beurteilende Leistungen, deren Ort sich nicht nach § 3a Abs. 5 richten kann (UStAE 3a.10 Abs. 4). Diese Dienste fallen idR einheitlich unter den Begriff der **auf elektronischem Weg erbrachten sonstigen Leistungen** nach § 3a Abs. 5 S. 2 Nr. 3 (→ Rn. 126 ff.). 122

Bei der Verwendung von **Sonder- bzw. Servicerufnummern** (zB 0180- oder 0900-Nummern) erbringt der Dienstanbieter der Nummer keine Telekommunikationsleistung iSd § 3a Abs. 5, sondern eine Inhaltsleistung (siehe UStAE 3a.10 Abs. 4). Die Leistung gilt aber gemäß § 3 Abs. 11a (vor Kroatien-AnpG: § 45h Abs. 4 TKG) als vom Dienstanbieter an den Telefonnetzbetreiber (zB Deutsche Telekom) und von diesem an den Endkunden erbracht. 123

einstweilen frei 124

3. Rundfunk- und Fernsehdienstleistungen

Rundfunkdienstleistungen umfassen nach **Art. 6b MwStVO** Dienstleistungen in Form von Audio- und audiovisuellen Inhalten wie Rundfunk- oder Fernsehsendungen, die auf der Grundlage eines Sendeplans über Kommunikationsnetze durch einen 125

Mediendiensteanbieter unter dessen redaktioneller Verantwortung der Öffentlichkeit zum zeitgleichen Anhören oder Ansehen zur Verfügung gestellt werden. Darunter fallen **insbesondere:**

a) Rundfunk- oder Fernsehsendungen, die über einen Rundfunk- oder Fernsehsender verbreitet oder weiterverbreitet werden;
b) Rundfunk- oder Fernsehsendungen, die über das Internet oder ein ähnliches elektronisches Netzwerk (IP-Streaming) verbreitet werden, wenn sie zeitgleich zu ihrer Verbreitung oder Weiterverbreitung durch einen Rundfunk- oder Fernsehsender übertragen werden.

Die gleichzeitige Verbreitung über das **Internet** führt noch nicht zu einer Umqualifizierung in eine elektronisch erbrachte Dienstleistung (siehe UStAE 3a.11 Abs. 2 S. 1). Sofern die Verbreitung der Rundfunk- und Fernsehdienstleistungen aber ausschließlich oder zeitversetzt über das Internet erfolgt, handelt es sich um eine elektronisch erbrachte Dienstleistung und § 3a Abs. 5 S. 2 Nr. 3 ist – mit denselben Rechtsfolgen – einschlägig (UStAE 3a.11 Abs. 2).

126 **Keine Anwendung** findet § 3a Abs. 5 S. 2 Nr. 2 nach Art. 6b Abs. 3 MwStVO auf folgende Leistungen (ebenso UStAE 3a.11 Abs. 2a):

– Einräumung oder Übertragung von Sende- und Verwertungsrechten,
– Überlassung von technischem Gerät,
– Überlassung eines Rundfunk- oder Fernsehübertragungswagens oder eines sonstigen Beförderungsmittels,
– Überlassung von Räumlichkeiten für Aufnahme- oder Sendezwecke.

127 Der Ort von Rundfunk- und Fernsehdienstleistungen ist somit wie folgt zu bestimmen:

– Ist der Empfänger der Leistung ein **Unternehmer,** der die Leistung für sein Unternehmen bezieht, oder eine juristische Person mit USt-IdNr., wird die Leistung am Ort des Leistungsempfängers ausgeübt (§ 3a Abs. 2).
– Ist der Empfänger der Leistung ein **Nichtunternehmer** iSd § 3a Abs. 5 S. 1, wird die Leistung am Ort des Leistungsempfängers ausgeführt (§ 3a Abs. 5 S. 2 Nr. 2). Betreibt jedoch der leistende Unternehmer sein **Unternehmen im Drittland** und wird die Leistung vom nichtunternehmerischen Leistungsempfänger im Inland genutzt oder ausgewertet, gilt sie als im Inland erbracht, auch wenn der Leistungsempfänger nicht im Inland ansässig ist (§ 3a Abs. 6 S. 1 Nr. 3; auch → Rn. 145).

4. Elektronisch erbrachte Dienstleistungen

128 Bei einer elektronisch **erbrachten** Dienstleistung ist Wesensmerkmal nicht die Dienstleistung selbst, sondern dass der Leistungsweg elektronisch erfolgt. Die Leistung selbst kann folglich unter Inanspruchnahme höchstmöglicher menschlicher Beteiligung zustande kommen (zB Filme, Musik etc.), wird diese Leistung aber elektronisch erbracht (Download, Streaming), fällt sie unter den Anwendungsbereich des § 3a Abs. 5, auch wenn dieselbe Leistung auch auf nichtelektronischem Weg erbracht werden kann (Kino, Tonträger). Auf eine Definition des Begriffs haben zwar sowohl der deutsche Gesetzgeber als auch der Richtliniengeber (Art. 58 MwStSystRL) verzichtet. Die MwStSystRL beschränkt sich vielmehr auf eine **beispielhafte Aufzählung** in Anhang II MwStSystRL. Elektronische Dienstleistungen sind danach insbesondere:

– Bereitstellung von Web-Sites, Webhosting, Fernwartung von Programmen und Ausrüstung;
– Bereitstellung von Software und deren Aktualisierung;
– Bereitstellung von Bildern, Texten und Informationen sowie Bereitstellung von Datenbanken (zB die Benutzung von Suchmaschinen oder Internetverzeichnissen);

- Bereitstellung von Musik, Filmen und Spielen, einschließlich Glücksspielen und Lotterien, sowie von Sendungen und Veranstaltungen aus den Bereichen der Politik, Kultur, Kunst, Sport, Wissenschaft und Unterhaltung;
- Erbringung von Fernunterrichtsleistungen.

Eine **allgemeine Definition** enthält seit 2015 **Art. 7 Abs. 1 MwStVO.** Demnach umfassen elektronisch erbrachte Dienstleistungen solche sonstige Leistungen, die über das Internet oder ein ähnliches elektronisches Netz erbracht werden, deren Erbringung aufgrund ihrer Art im Wesentlichen automatisiert und nur mit minimaler menschlicher Beteiligung erfolgt und ohne Informationstechnologie nicht möglich wäre (übernommen in UStAE 3a.12). Sodann regelt Art. 7 Abs. 2 MwStVO, dass folgende Leistungen insbesondere darunter fallen: **128a**

a) Überlassung digitaler Produkte allgemein, zB Software und zugehörige Änderungen oder Upgrades;
b) Dienste, die in elektronischen Netzen eine Präsenz zu geschäftlichen oder persönlichen Zwecken, zB eine Website oder eine Webpage, vermitteln oder unterstützen;
c) von einem Computer automatisch generierte Dienstleistungen über das Internet oder ein ähnliches elektronisches Netz auf der Grundlage spezifischer Dateninputs des Dienstleistungsempfängers;
d) Einräumung des Rechts, gegen Entgelt eine Leistung auf einer Website, die als Online-Marktplatz fungiert, zum Kauf anzubieten, wobei die potenziellen Käufer ihr Gebot im Wege eines automatisierten Verfahrens abgeben und die Beteiligten durch eine automatische, computergenerierte E-Mail über das Zustandekommen eines Verkaufs unterrichtet werden;
e) Internet-Service-Pakete, in denen die Telekommunikations-Komponente ein ergänzender oder untergeordneter Bestandteil ist (dh Pakete, die mehr ermöglichen als nur die Gewährung des Zugangs zum Internet und die weitere Elemente wie etwa Nachrichten, Wetterbericht, Reiseinformationen, Spielforen, Webhosting, Zugang zu Chatlines usw. umfassen);
f) die in Anhang I MwStVO genannten Dienstleistungen, welche wiederum auf Anhang II der MwSystRL verweisen und die dort genannten Leistungen näher erläutern.

In UStAE 3a.12 hat die **FVerw** die Regelungen der MwStVO nahezu wortgleich übernommen. Siehe insb. zum Merkmal der minimalen menschlichen Beteiligung BFH XI R 29/14, BStBl. II 2016, 905 (übernommen in UStAE 3a.12 Abs. 1 und Abs. 3 Nr. 5) sowie Anm. von *Treiber* DStR 2016, 2101. Allgemein zu der ab 2015 geltenden Rechtslage vgl. auch *Kußmaul/Naumann* MwStR 2016, 565; *Kußmaul/Naumann* DB 2016, 2566; *Luther/Sailer* UR 2016, 81.

§ 3a Abs. 5 S. 2 Nr. 3 erfasst nicht **Offline-Umsätze,** bei denen zwar das Angebot auf elektronischem Weg erfolgt, die eigentliche Leistungserbringung aber in der physischen Lieferung eines Gegenstandes oder einer nicht auf elektronischem Weg erbrachten Dienstleistung besteht. So sind die Lieferung online gebuchter Eintrittskarten, Restaurantleistungen, Hotelübernachtungen oder andere Reiseleistungen oder die Lieferung von Büchern, CDs oder DVDs, die über das Internet bestellt werden, keine elektronischen Dienstleistungen, vgl. Art. 7 Abs. 3 MwStVO; UStAE 3a.12 Abs. 5 und 6. Gleiches gilt für Dienstleistungen, die zum wesentlichen Teil durch Menschen erbracht werden, wobei das Internet oder ein elektronisches Netz nur als Kommunikationsmittel dient, wie zB die Erstellung eines Gutachtens, das per E-Mail an den Auftraggeber übermittelt wird (BT-Drs. 15/119, 47; *Luther/Sailer* UR 2016, 81 (83); *Vellen* UR 2003, 53 (58)). Ebenfalls keine elektronisch erbrachte Dienstleitung, sondern eine Telekommunikationsdienstleistung ist die **Internettelefonie** (UStAE 3a.12 Abs. 6 Nr. 8). Eine online (anhand weniger Daten) erstellte statistische Prognose der Lebenserwartung oder ein „Sex-Check" fällt unter § 3a Abs. 5 S. 2 Nr. 3 (BFH V B 227/07, BFH/NV 2008, 1371); ebenso eine Online-Partnerver- **129** mittlung mit minimaler menschlicher Beteiligung (BFH XI R 29/14, BStBl. II 2016, 905; UStAE 3a.12 Abs. 3 Nr. 5).

130 Die Ortsregelungen für elektronisch erbrachte Dienstleistungen sind wie folgt zu bestimmen:

– Ist der Empfänger der Leistung ein **Unternehmer,** der die Leistung für sein Unternehmen bezieht, oder eine juristische Person mit USt-IdNr., wird die Leistung am Ort des Leistungsempfängers ausgeübt (§ 3a Abs. 2).
– Ist der Empfänger der Leistung ein **Nichtunternehmer** iSd § 3a Abs. 5 S. 1, wird die Leistung am Ort des Leistungsempfängers ausgeführt (§ 3a Abs. 5 S. 2 Nr. 3). Eine Sonderregelung für von Drittlandsunternehmern erbrachte Leistungen, die im Inland verwertet werden (§ 3a Abs. 6 S. 1 Nr. 3), gibt es für elektronisch erbrachte Dienstleistungen nicht.

131 Für die Anwendung von § 3 Abs. 12 S. 2 **(Leistungskommission)** gilt gemäß Art. 9a Abs. 1 MwStVO, dass wenn elektronisch erbrachte Dienstleistungen über ein Telekommunikationsnetz, eine Schnittstelle oder ein Portal wie einen **Appstore** erbracht werden, davon auszugehen ist, dass ein an dieser Erbringung beteiligter Unternehmer im eigenen Namen, aber für Rechnung des Anbieters dieser Dienstleistungen tätig ist, es sei denn, dass dieser Anbieter vom Unternehmer ausdrücklich als Leistungserbringer genannt wird und dies in den vertraglichen Vereinbarungen zwischen den Parteien zum Ausdruck kommt. Für Letzteres sind die in Art. 9a Abs. 1 UAbs. 2 MwStVO genannten Bedingungen zu erfüllen.

5. Besonderes Besteuerungsverfahren

132 Da der Leistungsempfänger im Anwendungsbereich des § 3a Abs. 5 kein Unternehmer ist, gilt § 13b nicht. Zur Sicherung des Steueraufkommens ist daher für Drittlandsunternehmer einerseits und für Unternehmer im übrigen Gemeinschaftsgebiet andererseits ein besonderes Besteuerungsverfahren der sog. einzigen Anlaufstelle (One-Stop-Shop) vorgesehen:

– Für nicht in der EU ansässige Unternehmer **(Drittlandsunternehmer),** die ausschließlich sonstige Leistungen iSd § 3a Abs. 5 an in der EU ansässige Nichtunternehmer erbringen, gewährt § 18 Abs. 4c schon seit geraumer Zeit ein vereinfachtes Besteuerungsverfahren der einzigen Anlaufstelle. Statt sich in jedem einzelnen EU-Mitgliedstaat registrieren zu lassen, kann der Drittlandsunternehmer seine gesamten EU-Umsätze aus Umsätzen iSd § 3a Abs. 5 – getrennt nach den maßgeblichen Steuersätzen der Bestimmungsländer – bei einem Mitgliedstaat seiner Wahl erklären. Wählen diese Unternehmer Deutschland als Staat, brauchen sie nur vierteljährlich Erklärungen abzugeben (§ 16 Abs. 1a). Die zustehenden Vorsteuerbeträge können sie nur im Vergütungsverfahren (§ 18 Abs. 9, § 59ff. UStDV) geltend machen (§ 16 Abs. 1a S. 3). Einzelheiten → § 18 Rn. 31ff.
– Seit 1.1.2015 gilt die sog. Mini-One-Stop-Shop-Regelung (MOSS) auch für **EU-Unternehmer,** die sonstige Leistungen iSd § 3a Abs. 5 (Telekommunikationsleistungen, Rundfunk- und Fernsehdienstleistungen sowie elektronisch erbrachte Dienstleistungen) an Nichtunternehmer erbringen. Das Verfahren gilt – anders als das für Drittlandsunternehmer geltende Verfahren – nicht nur für Unternehmer, die ausschließlich solche Umsätze erbringen. Vielmehr muss jeder EU-Unternehmer die USt für solche Leistungen, bei denen sich der Leistungsort in einem EU-Mitgliedstaat befindet, in dem der Unternehmer weder ansässig ist noch eine Betriebsstätte hat, in dem Mitgliedstaat erklären, in dem er ansässig ist. Dabei muss er jedoch den Steuersatz des jeweiligen Leistungsorts in der EU ansetzen. § 18 Abs. 4e regelt somit, dass EU-Unternehmer ihre in Deutschland steuerbaren Umsätze iSd § 3a Abs. 5 – anstelle des Regelbesteuerungsverfahrens – in ihrem Ansässigkeitsstaat erklären können. Spiegelbildlich dazu regelt § 18h, dass inländische Unternehmer, die in anderen EU-Staaten steuerbare Umsätze iSd

§ 3a Abs. 5 erbringen, diese abweichend vom Regelbesteuerungsverfahren in Deutschland erklären kann, wobei dann freilich der Steuersatz des Verbrauchsmitgliedstaates maßgeblich ist. Der Zusatz „Mini" trägt dem Umstand Rechnung, dass dieses Verfahren nach den Vorstellungen der EU-Kommission ursprünglich einen größeren Anwendungsbereich haben sollte (vgl. *Widmann* MwStR 2014, 495 (501)). Gemäß § 16 Abs. 1b S. 3 ist § 16 Abs. 2 nicht anzuwenden, dh ein Vorsteuerabzug ist bei der Sammelerklärung ausgeschlossen. Vorsteuerbeträge können somit nur im Vergütungsverfahren (§ 18 Abs. 9, § 59ff. UStDV) geltend gemacht werden. Einzelheiten → § 18 Rn. 35a und § 18h.

VII. Sonderregelungen des § 3a Abs. 6–8

1. Allgemeines

§ 3a Abs. 6 regelt den Ort der sonstigen Leistung bei bestimmten, in § 3a Abs. 4 S. 2 genannten Leistungen sowie bei der Vermietung von Beförderungsmitteln. Dieser Ort wird – aus dem Drittlandsgebiet – **in das Inland verlagert,** wenn der leistende Unternehmer im Drittlandsgebiet ansässig ist oder dort eine Betriebsstätte hat, von der aus die Leistung ausgeführt wird, und die Leistung **im Inland genutzt oder ausgewertet** wird. Die Regelung basiert unionsrechtlich auf der Ermächtigung des Art. 59a Buchst. b MwStSystRL. **133**

Nach § 3a Abs. 7 wird der Ort der **Vermietung bestimmter Fahrzeuge** an einen im Drittlandsgebiet ansässigen Unternehmer für dessen Unternehmen **in das Drittlandsgebiet verlagert,** wenn das Fahrzeug **im Drittlandsgebiet genutzt** wird. Die Regelung basiert unionsrechtlich auf der Ermächtigung des Art. 59a Buchst. a MwStSystRL. Sie betrifft allerdings nur die kurzfristige Vermietung der genannten Fahrzeuge, da der Leistungsort bei der langfristigen Vermietung der Fahrzeuge an Unternehmer und diesen gleichgestellte juristische Personen mit USt-IdNr. (B2B) nach der Grundsatzregelung des § 3a Abs. 2 bereits am Sitz des Leistungsempfängers liegt, auch wenn dieser im Drittlandsgebiet ansässig ist. **134**

Mit Wirkung zum 1.1.2011 (durch JStG 2010) wurde § 3a Abs. 8 eingefügt, der ebenso auf der entsprechenden Ermächtigung des Art. 59a Buchst. a MwStSystRL beruht. Erbringt demnach ein Unternehmer bestimmte Leistungen (Güterbeförderungsleistung und damit zusammenhängen Leistungen iSd § 3b Abs. 2, eine Arbeit an beweglichen körperlichen Gegenständen oder eine Begutachtung dieser Gegenstände oder eine Reisevorleistung iSd § 25 Abs. 1 S. 5), ist diese Leistung abweichend von § 3a Abs. 2, bei sonstigen Leistungen auf dem Gebiet der Telekommunikation abweichend von § 3a Abs. 1 **als im Drittlandsgebiet ausgeführt** zu behandeln, wenn sie **im Drittlandsgebiet genutzt oder ausgewertet** wird. **135**

einstweilen frei **136**

2. Vermietung von Beförderungsmitteln

a) Nutzung im Inland. Die **Vermietung von Beförderungsmitteln** (vgl. auch → Rn. 52ff.) durch einen im Drittland ansässigen Unternehmer oder eine im Drittland sich befindende Betriebsstätte gilt als im Inland ausgeführt, wenn dieses im Inland genutzt oder verwertet wird. Bei der **kurzfristigen Vermietung** von Beförderungsmitteln richtet sich die Vorschrift an Unternehmer wie Nichtunternehmer als Leistungsempfänger, da sie die für diese Personen geltende allgemeine Vorschrift explizit verdrängt (§ 3a Abs. 3 Nr. 2 S. 1). Bei der **langfristigen Vermietung** von Beförderungsmitteln bleibt es für Unternehmer und juristische Personen mit USt-IdNr. bei der Anwendung der Generalklausel in § 3a Abs. 2, nur Nichtunternehmer fallen unter § 3a Abs. 6 S. 1 Nr. 1, der § 3a Abs. 3 Nr. 2 S. 2, aber eben nicht § 3a Abs. 2 ver- **137**

drängt (siehe auch UStAE 3a.14 Abs. 2). Nicht erforderlich ist, dass der Leistungsempfänger **im Inland ansässig** ist. Die Vermietung von Beförderungsmitteln ist daher auch dann im Inland steuerbar, wenn der Mieter Privatperson ist. Nach dem Wortlaut des § 3a Abs. 6 genügt es für die Ortsverlagerung ins Inland, dass die Leistung im Inland, nicht jedoch, dass sie ausschließlich im Inland genutzt oder ausgewertet wird. Gemäß UStAE 3a.14 Abs. 3 S. 4 ist jedoch bei Nutzung sowohl im Inland als auch im Ausland darauf abzustellen, ob die überwiegende Nutzung im Inland erfolgt oder nicht.

Beispiel (aus UStAE 3a.14 Abs. 2): Der im Inland ansässige Privatmann P mietet bei einem in der Schweiz ansässigen Autovermieter S einen Pkw, der in der Schweiz übergeben wird, für ein Jahr und nutzt ihn im Inland.

Der Ort der Leistung bei der langfristigen Vermietung des Beförderungsmittels an einen Nichtunternehmer richtet sich grundsätzlich nach § 3a Abs. 3 Nr. 2 S. 2. Da der Pkw im Inland genutzt wird, ist die Leistung jedoch nach § 3a Abs. 6 S. 1 Nr. 1 als im Inland ausgeführt zu behandeln.

138–140 *einstweilen frei*

141 **b) Vermietung bestimmter Beförderungsmittel an im Drittland ansässige Unternehmer.** Eine weitere Sonderregelung gilt für die Vermietung bestimmter Beförderungsmittel in das Drittlandsgebiet (§ 3a Abs. 7). Danach gilt als Leistungsort bei der Vermietung von Schienenfahrzeugen, Kraftomnibussen oder eines ausschließlich zur Beförderung von Gegenständen bestimmten Straßenfahrzeugs an einen im Drittlandsgebiet ansässiger Unternehmer für dessen Unternehmen – abweichend von § 3a Abs. 3 Nr. 2 – nicht das Inland, sondern das Drittlandsgebiet, wenn das Fahrzeug dort genutzt wird. Wird das Fahrzeug sowohl im Inland als auch im Drittlandsgebiet genutzt, ist auch insoweit auf die überwiegende Nutzung abzustellen (→ Rn. 137). Eine Nutzung im übrigen Gemeinschaftsgebiet ist keine Nutzung im Drittlandsgebiet. Ausgehend vom Zweck der Regelung wird man jedoch die Nutzung in unmittelbaren Zusammenhang mit einer Beförderung aus dem Drittlandsgebiet zu einem Ort im Gemeinschaftsgebiet oder umgekehrt als unschädlich ansehen können. Zur Vorsteuervergütung siehe UStAE 18.14.

142 *einstweilen frei*

3. Leistungen an juristische Personen des öffentlichen Rechts

143 Werden die in § 3a Abs. 4 Nr. 1–10 genannten Leistungen von einem Unternehmer aus dem Drittlandsgebiet an eine im Inland ansässige juristische Person des öffentlichen Rechts erbracht und wird diese Leistung im Inland genutzt oder ausgewertet, gilt die Leistung als im Inland erbracht (§ 3a Abs. 6 S. 1 Nr. 2). Der Leistungsempfänger muss im Inland ansässig sein. Die Regelung gilt nicht, soweit die Leistung für den unternehmerischen Bereich einer juristische Personen des öffentlichen Rechts (vgl. → § 2 Rn. 177 ff.) oder an eine nichtunternehmerische juristische Person des öffentlichen Rechts mit USt-IdNr. erbracht wird; in diesen Fällen richtet sich der Ort nach § 3a Abs. 2, der von § 3a Abs. 6 nicht verdrängt wird. In den Fällen des § 3a Abs. 6 S. 1 Nr. 2 schuldet die juristische Person des öffentlichen Rechts die Steuer nach § 13b Abs. 5 S. 1, wodurch die Besteuerung gesichert ist.

144 *einstweilen frei*

4. Telekommunikations-, Rundfunk- und Fernsehdienstleistungen

145 Sonstige Leistungen auf dem Gebiet der Telekommunikation (vgl. → Rn. 119 ff.) sowie Rundfunk- und Fernsehdienstleistungen (vgl. → Rn. 125 ff.) gelten ebenfalls als im Inland ausgeführt, wenn sie von einem im Drittland ansässigen Unternehmer erbracht und im Inland genutzt oder ausgewertet werden (§ 3a Abs. 6 S. 1 Nr. 3).

Diese Vorschrift gilt – wie § 3a Abs. 6 S. 1 Nr. 1 bezüglich der langfristigen Vermietung – für B2C-Fälle, also für alle Leistungsempfänger, die weder Unternehmer sind und die Leistung für ihr Unternehmen beziehen, noch nicht juristische Personen mit USt-IdNr. Für diese Leistungsempfänger gilt die B2B-Regelung in § 3a Abs. 2, der von § 3a Abs. 6 S. 1 Nr. 3 explizit nicht verdrängt wird (siehe UStAE 3a.14 Abs. 3 S. 5).

einstweilen frei **146**

5. Im Drittland verwertete Güterbeförderungsleistungen

Die zum 1.1.2011 in Kraft getretene Regelung des § 3a Abs. 8 beruht auf Art. 59a Buchst. a MwStSystRL. **Hintergrund der Regelung** in S. 1 ist, dass die von der Norm betroffenen Leistungen (Güterbeförderungsleistungen, im Zusammenhang mit einer Güterbeförderung stehenden Leistungen wie Beladen, Entladen, Umschlagen iSd § 3b Abs. 2, Arbeiten an und Begutachtungen von beweglichen körperlichen Gegenständen iSd § 3a Abs. 3 Nr. 3 Buchst. c oder Reisevorleistungen iSd § 25 Abs. 1 S. 5 sowie zum 1.7.2011 Veranstaltungsleistungen im Zusammenhang mit Messen und Ausstellungen) **an einen Unternehmer** oder eine nichtunternehmerisch tätige juristische Person mit USt-IdNr. nach § 3a Abs. 2 am Ort des Leistungsempfängers erbracht werden. Dies würde auch gelten, wenn die genannten Leistungen tatsächlich im Drittlandsgebiet ausgeführt werden. Ist der Leistungsempfänger somit in Deutschland ansässig, wären die vorgenannten Umsätze steuerbar, wodurch der Gesetzgeber die Gefahr von Doppelbesteuerungen gesehen hat, wenn der Drittstaat eine der deutschen Umsatzsteuer entsprechende Steuer erhebt (Begründung Entwurf JStG 2010, BT-Drs. 17/2249, 74). Durch § 3a Abs. 8 S. 1 wird diese **Gefahr von Doppelbesteuerungen** generell vermieden, indem die betroffenen Leistungen bei Verwertung im Drittland nichtsteuerbar sind. Die Regelung gilt daher aber nur abweichend von § 3a Abs. 2, sie gilt nicht für Leistungen an Nichtunternehmer, da diese von vornherein nicht unter § 3a Abs. 2 fallen. Zu § 3a Abs. 8 S. 2 → Rn. 149. **147**

Beispiel: Ein inländischer Unternehmer beauftragt einen inländischen Spediteur mit einer Warenbeförderung von Moskau nach Peking.

Es greift zunächst § 3a Abs. 2. Danach läge der Ort der Beförderungsleistung in Deutschland, weil der Leistungsempfänger dort ansässig ist. Weil die Beförderungsleistung aber im Drittland genutzt bzw. ausgewertet wird, ist sie abweichend von § 3a Abs. 2 gemäß § 3a Abs. 8 S. 1 nichtsteuerbar in Deutschland.

Der Begriff der Nutzung oder Auswertung einer Leistung entstammt der unionsrechtlichen Grundlage in Art. 59a Buchst. a MwStSystRL. Bei Beförderungsleistungen stellt sich allerdings die Frage, ob die Nutzung oder Auswertung einer **Beförderungsleistung** auf der Beförderungsstrecke stattfindet, denn anders als bei den anderen in § 3a Abs. 8 S. 1 genannten Leistungen werden Beförderungsleistungen nicht an einem Ort erbracht (siehe *Duyfies/von Streit* UStB 2011, 318 (320)). Unproblematisch ist diese Frage bei Beförderungsstrecken, die sich ausschließlich im Drittland befinden (siehe das vorstehend unter → Rn. 147 angeführte Beispiel). Bei nur teilweise im Drittlandsgebiet ausgeführten Beförderungsleistungen ergeben sich aber Schwierigkeiten: **148**

Beispiel: Ein inländischer Unternehmer beauftragt einen inländischen Spediteur mit einer Warenbeförderung von Stuttgart

a) in die Schweiz
b) über die Schweiz nach Mailand.

Nach der Grundregel des § 3a Abs. 2 wären beide Beförderungsleistungen in Deutschland steuerbar. In beiden Fällen wird aber ein Teil der Beförderungsstrecke im Drittland zurückgelegt, so dass insoweit abweichend von § 3a Abs. 2 die Sonderregelung des § 3a Abs. 8 S. 1 in Frage käme. Dies gilt jedenfalls dann, wenn man als „Nutzung" oder „Auswertung" bei Beförderungsleistungen auf die Streckenabschnitte abstellt. Hierfür spricht der Wortlaut der Regelung (vgl. *Grambeck* UStB 2012, 133 (134)). In diesem Fall wäre die Beförderungsleistung a) steuerbar nach § 3a Abs. 2, soweit die Beförderungsstrecke in Deutschland belegen ist. Sie wäre aber steuerfrei nach § 4 Nr. 3 Buchst. a Doppelbuchst. aa. Im Übrigen wäre sie nichtsteuerbar nach § 3a Abs. 8 S. 1. Die Beförderungsleistung b) wäre steuerbar und steuerpflichtig, soweit die Beförderungsstrecke im Inland und in Italien (Gemeinschaftsgebiet) verläuft. Im Übrigen wäre sie nichtsteuerbar nach § 3a Abs. 8 S. 1.

Diese recht komplizierte **Zerlegung der Beförderungsleistung in einzelne Streckenabschnitte** kann nicht der Sinn und Zweck der Vorschrift sein, Doppelbesteuerung und doppelte Nichtbesteuerungen zu vermeiden. Schließlich wird die Sachlage durch ungeplante Frachtroutenänderungen zusätzlich kompliziert. Daher plädieren *Duyfies/von Streit* UStB 2011, 318 (322) zurecht dafür, § 3a Abs. 8 S. 1 nur für Beförderungsleistungen anzuwenden, bei denen die Strecke im Drittland beginnt und im Drittland endet. Bezogen auf den Beispielsfall würde diese Interpretation dazu führen, dass § 3a Abs. 8 S. 1 in keinem der beiden Unterfälle einschlägig wäre und es somit zur Steuerbarkeit nach § 3a Abs. 2 käme. Freilich bliebe es bei der Steuerfreiheit der Beförderungsleistung a) nach § 4 Nr. 3 Buchst. a Doppelbuchst. aa. Rechtssicherheit hierfür besteht wegen des insoweit unklaren Gesetzeswortlauts nicht (siehe *Grambeck* UStB 2012, 133 (138)). Nach UStAE 3a.14 Abs. 5 S. 2 wird ua eine Güterbeförderungsleistung regelmäßig im Drittlandsgebiet genutzt oder ausgewertet, wenn sie tatsächlich ausschließlich dort in Anspruch genommen werden kann. Die Verwendung des Wortes „ausschließlich" stützt die Begrenzung der Anwendung des § 3a Abs. 8 S. 1 auf reine Drittlandsbeförderungen (*Duyfies/von Streit* UStB 2011, 318 (322f.); aA *Grambeck* UStB 2012, 133 (138)), welche zudem dem unionsrechtlichen Grundsatz der Rechtssicherheit (vgl. zB EuGH C-395/11, DStR 2012, 2593 Rn. 46ff. – BLC) eher entspräche.

149 § 3a Abs. 8 S. 2 stellt seit 1.1.2015 lediglich klar, dass die Sonderregelung in S. 1 nicht gilt, wenn die Leistung zwar im Inland, aber in einem der in § 1 Abs. 3 genannten Gebiete (Freihäfen) erfolgt. Die bis 31.12.2014 geltende Sondervorschrift für Telekommunikationsdienstleitungen ist entfallen, weil der dort genannte Fall (Leistungsempfänger ist Nichtunternehmer, dessen Wohnsitz oder Sitz sich jedoch nicht im Drittland befindet), nun von § 3a Abs. 5 S. 2 Nr. 1 erfasst wird (BT-Drs. 18/1995, 118).

150 *einstweilen frei*

VIII. ABC der Leistungsorte für sonstige Leistungen

151 Um das Auffinden des maßgeblichen Leistungsorts zu erleichtern, geben wir nachfolgend eine Übersicht über die wichtigsten Leistungen. Der Klammerzusatz enthält die Rn., in der die betreffende Leistung abgehandelt ist.

Abfallsammlung (16)
Angelfahrt (→ § 3b Rn. 5)
Anzahlungen auf Vermittlungsleistungen (4)
Architektenleistungen (46a)
Aufsichtsratstätigkeit (92) – zur Unternehmereigenschaft → § 2 Rn. 103
Baubetreuung (48)
Bauleistungen (46a)
Bearbeitung (69)
Beförderungen (147, § 3b)
Beförderungsmittel (51)
Begutachtung (70)
Beratungsleistungen (92)
Besorgungsleistungen (8)
Bestattung (16, 24)
Betriebsstätte (13)
Betriebsvorrichtungen (69)
Betriebswirt (92)
Bootsvercharterung (52)
Campingplatzvermietung (48)
Computerprogramm (87)

§ 3b Ort der Beförderungsleistungen und der damit zusammenhängenden sonstigen Leistungen

(1) [1]Eine Beförderung einer Person wird dort ausgeführt, wo die Beförderung bewirkt wird. [2]Erstreckt sich eine solche Beförderung nicht nur auf das Inland, fällt nur der Teil der Leistung unter dieses Gesetz, der auf das Inland entfällt. [3]Die Sätze 1 und 2 gelten entsprechend für die Beförderung von Gegenständen, die keine innergemeinschaftliche Beförderung eines Gegenstands im Sinne des Absatzes 3 ist, wenn der Empfänger weder ein Unternehmer, für dessen Unternehmen die Leistung bezogen wird, noch eine nicht unternehmerisch tätige juristische Person ist, der eine Umsatzsteuer-Identifikationsnummer erteilt worden ist. [4]Die Bundesregierung kann mit Zustimmung des Bundesrates durch Rechtsverordnung zur Vereinfachung des Besteuerungsverfahrens bestimmen, dass bei Beförderungen, die sich sowohl auf das Inland als auch auf das Ausland erstrecken (grenzüberschreitende Beförderungen),

1. **kurze inländische Beförderungsstrecken als ausländische und kurze ausländische Beförderungsstrecken als inländische angesehen werden;**
2. **Beförderungen über kurze Beförderungsstrecken in den in § 1 Abs. 3 bezeichneten Gebieten nicht wie Umsätze im Inland behandelt werden.**

(2) Das Beladen, Entladen, Umschlagen und ähnliche mit der Beförderung eines Gegenstands im Zusammenhang stehende Leistungen an einen Empfänger, der weder ein Unternehmer ist, für dessen Unternehmen die Leistung bezogen wird, noch eine nicht unternehmerisch tätige juristische Person ist, der eine Umsatzsteuer-Identifikationsnummer erteilt worden ist, werden dort ausgeführt, wo sie vom Unternehmer tatsächlich erbracht werden.

(3) Die Beförderung eines Gegenstands, die in dem Gebiet eines Mitgliedstaates beginnt und in dem Gebiet eines anderen Mitgliedstaates endet (innergemeinschaftliche Beförderung eines Gegenstands), an einen Empfänger, der weder ein Unternehmer ist, für dessen Unternehmen die Leistung bezogen wird, noch eine nicht unternehmerisch tätige juristische Person, der eine Umsatzsteuer-Identifikationsnummer erteilt worden ist, wird an dem Ort ausgeführt, an dem die Beförderung des Gegenstands beginnt.

Umsatzsteuer-Durchführungsverordnung:

§ 2 Verbindungsstrecken im Inland

[1]Bei grenzüberschreitenden Beförderungen ist die Verbindungsstrecke zwischen zwei Orten im Ausland, die über das Inland führt, als ausländische Beförderungsstrecke anzusehen, wenn diese Verbindungsstrecke den nächsten oder verkehrstechnisch günstigsten Weg darstellt und der inländische Streckenanteil nicht länger als 30 Kilometer ist. [2]Dies gilt nicht für Personenbeförderungen im Linienverkehr mit Kraftfahrzeugen. [3]§ 7 bleibt unberührt.

§ 3 Verbindungsstrecken im Ausland

[1]Bei grenzüberschreitenden Beförderungen ist die Verbindungsstrecke zwischen zwei Orten im Inland, die über das Ausland führt, als inländische Beförderungsstrecke anzusehen, wenn der ausländische Streckenanteil nicht länger als zehn Kilometer ist. [2]Dies gilt nicht für Personenbeförderungen im Linienverkehr mit Kraftfahrzeugen. [3]§ 7 bleibt unberührt.

§ 4 Anschlussstrecken im Schienenbahnverkehr

Bei grenzüberschreitenden Personenbeförderungen mit Schienenbahnen sind anzusehen:

1. *als inländische Beförderungsstrecken die Anschlussstrecken im Ausland, die von Eisenbahnverwaltungen mit Sitz im Inland betrieben werden, sowie Schienenbahnstrecken in den in § 1 Abs. 3 des Gesetzes bezeichneten Gebieten;*
2. *als ausländische Beförderungsstrecken die inländischen Anschlussstrecken, die von Eisenbahnverwaltungen mit Sitz im Ausland betrieben werden.*

§ 5 Kurze Straßenstrecken im Inland

[1]Bei grenzüberschreitenden Personenbeförderungen im Gelegenheitsverkehr mit Kraftfahrzeugen sind inländische Streckenanteile, die in einer Fahrtrichtung nicht länger als zehn Kilometer sind, als ausländische Beförderungsstrecken anzusehen. [2]§ 6 bleibt unberührt.

§ 6 Straßenstrecken in den in § 1 Abs. 3 des Gesetzes bezeichneten Gebieten

Bei grenzüberschreitenden Personenbeförderungen mit Kraftfahrzeugen von und zu den in § 1 Abs. 3 des Gesetzes bezeichneten Gebieten sowie zwischen diesen Gebieten sind die Streckenanteile in diesen Gebieten als inländische Beförderungsstrecken anzusehen.

§ 7 Kurze Strecken im grenzüberschreitenden Verkehr mit Wasserfahrzeugen

(1) Bei grenzüberschreitenden Beförderungen im Passagier- und Fährverkehr mit Wasserfahrzeugen, die sich ausschließlich auf das Inland und die in § 1 Abs. 3 des Gesetzes bezeichneten Gebiete erstrecken, sind die Streckenanteile in den in § 1 Abs. 3 des Gesetzes bezeichneten Gebieten als inländische Beförderungsstrecken anzusehen.

(2) [1]Bei grenzüberschreitenden Beförderungen im Passagier- und Fährverkehr mit Wasserfahrzeugen, die in inländischen Häfen beginnen und enden, sind

1. *ausländische Streckenanteile als inländische Beförderungsstrecken anzusehen, wenn die ausländischen Streckenanteile nicht länger als zehn Kilometer sind, und*
2. *inländische Streckenanteile als ausländische Beförderungsstrecken anzusehen, wenn*
   a) *die ausländischen Streckenanteile länger als zehn Kilometer und*
   b) *die inländischen Streckenanteile nicht länger als 20 Kilometer sind.*

[2]Streckenanteile in den in § 1 Abs. 3 des Gesetzes bezeichneten Gebieten sind in diesen Fällen als inländische Beförderungsstrecken anzusehen.

(3) Bei grenzüberschreitenden Beförderungen im Passagier- und Fährverkehr mit Wasserfahrzeugen für die Seeschifffahrt, die zwischen ausländischen Seehäfen oder zwischen einem inländischen Seehafen und einem ausländischen Seehafen durchgeführt werden, sind inländische Streckenanteile als ausländische Beförderungsstrecken anzusehen und Beförderungen in den in § 1 Abs. 3 des Gesetzes bezeichneten Gebieten nicht wie Umsätze im Inland zu behandeln.

(4) Inländische Häfen im Sinne dieser Vorschrift sind auch Freihäfen und die Insel Helgoland.

(5) Bei grenzüberschreitenden Beförderungen im Fährverkehr über den Rhein, die Donau, die Elbe, die Neiße und die Oder sind die inländischen Streckenanteile als ausländische Beförderungsstrecken anzusehen.

EU-Recht: Art. 48–52 MwStSystRL (Art. 9 Abs. 2 Buchst. b und c, 28b Teile C, D und E, 27 Abs. 5 6. EG-RL)
UStAE: 3b.1–3b.4

Übersicht

I. Bedeutung

1 Die Vorschrift enthält eine **Sonderregelung gegenüber § 3a Abs. 1** zum Ort der Besteuerung von Beförderungsleistungen und anderen damit zusammenhängenden Leistungen. Zum **Vorrang des § 3a Abs. 2** → Rn. 2f. Eine Beförderungsleistung bezieht sich auf die Beförderungsstrecke, so dass der Ort einer Beförderungsleistung dort ist, wo sie bewirkt wird. Genau dies ist grundsätzlich auch in § 3b Abs. 1 S. 1 für die Personenbeförderung geregelt. Es liegt jedoch auf der Hand, dass eine solche streckenbezogene Betrachtung die Besteuerung verkompliziert, wenn eine grenzüberschreitende Beförderungsleistung erbracht wird. Es gelten daher besondere Bestimmungen für **innergemeinschaftliche Beförderungen von Gegenständen** und die damit zusammenhängenden sonstigen Leistungen, die auf der Abschaffung der Binnengrenzen und der damit beabsichtigten Vereinfachung des grenzüberschreitenden Austauschs von Waren und Dienstleistungen beruhen. Für eine innergemeinschaftliche Beförderung von Gegenständen gibt es demnach nur noch einen einheitlichen Leistungsort. Diese Spezialregelungen gelten aber nur für die Beförderung von Gegenständen. Bei Personenbeförderungen gilt auch für innergemeinschaftliche Beförderungen die streckenbezogene Grundregelung. Die **Steuerbefreiung** für grenzüberschreitende Beförderungen und damit zusammenhängende Nebenleistungen nach § 4 Nr. 3 ist auf Beförderungen ins oder vom Drittland beschränkt. Für Beförderungsleistungen ausländischer Unternehmer kann sich die **Steuerschuld** nach § 13b Abs. 2 Nr. 1 auf den Leistungsempfänger **verlagern,** wenn der Leistungsempfänger Unternehmer oder nichtunternehmerische juristische Person ist. Dies gilt aber nicht für die in § 13b Abs. 6 Nr. 1–3 bezeichneten Beförderungsleistungen. Im Inland erbrachte Beförderungen können im Übrigen der **Beförderungseinzelbesteuerung** nach § 16 Abs. 5 unterliegen (dort → § 16 Rn. 23ff.).

2 § 3b in seiner jetzigen Fassung gilt im Kern seit dem 1.1.2010 und trägt der zu diesem Zeitpunkt erfolgten Einführung des **Empfängerortsprinzips** bei zwischenunternehmerischen Umsätzen (sog. „B2B-Regel") Rechnung. Dienstleistungen an Unternehmer für deren Unternehmen werden danach grundsätzlich am Ort des Leistungsempfängers bewirkt (§ 3a Abs. 2); den Unternehmern gleichgestellt werden insoweit juristische Personen, wenn sie nicht unternehmerisch tätig sind und ihnen eine USt-IdNr. erteilt wurde. Für § 3b hat dies zur Folge, dass „B2B-Beförderungsleistungen" – jedoch nur Güter- und keine Personenbeförderungen – unter die Generalklausel des § 3a Abs. 2 fallen und damit aus dem Anwendungsbereich des § 3b entfallen. Beförderungsleistungen an inländische Unternehmer, die im Drittland genutzt oder ausgewertet werden, fallen unter § 3a Abs. 8 S. 1 (→ § 3a Rn. 147f.).

§ 3b Abs. 1 enthält die grundsätzliche Bestimmung des Orts der sonstigen Leistung bei Beförderungsleistungen (**Besteuerung nach zurückgelegter Strecke** – Streckenprinzip). Dieses Prinzip gilt nur für **Personenbeförderungen** und gemäß § 3b Abs. 1 S. 3 für **Güterbeförderungen an Nichtunternehmer,** die keine innergemeinschaftlichen Güterbeförderungen sind. Für **innergemeinschaftliche Güterbeförderungen an Nichtunternehmer** gilt § 3b Abs. 3, für **Güterbeförderungsleistungen an Unternehmer** für deren Unternehmen oder an juristische Personen mit USt-IdNr. gilt § 3a Abs. 2. Güterbeförderungsleistungen sowie Beladen, Entladen, Umschlagen oder Ähnliches werden wiederum ausnahmsweise nach § 3a Abs. 8 S. 1 **als im Drittlandsgebiet** ausgeführt behandelt, wenn die Leistung dort genutzt oder ausgewertet wird, selbst wenn also der Leistungsempfänger ein im Inland ansässiger Unternehmer ist und die Leistung daher nach § 3a Abs. 2 eigentlich steuerbar wäre (→ § 3a Rn. 147). **3**

einstweilen frei **4**

II. Regelfall Streckenprinzip (Abs. 1)

1. Unter das Streckenprinzip fallende Beförderungsleistungen

a) Begriff der Beförderungsleistung. Befördern ist die **räumliche Fortbewegung von Personen oder Gegenständen.** Nicht entscheidend ist, dass sie mit einem Beförderungsmittel (vgl. → § 3a Rn. 52) durchgeführt wird; eine Beförderung kann daher auch mittels stationärer Beförderungsmittel erfolgen, zB Rohrleitungen. Auch die Überlassung eines Fahrzeugs mit **Chauffeur** ist eine Beförderungsleistung (BFH V R 5/10, BStBl. II 2012, 620, hierzu auch *Leicht* SteuK 2012, 147), nicht indessen nach FG Nürnberg 2 K 1991/10, EFG 2013, 244 (NZB zurückgewiesen durch BFH XI R 142/12, nv) die Vermietung eines Sattelschleppers inkl Anhänger („Truck") mit Fahrer. Eine Beförderungsleistung liegt auch vor, wenn damit **weitere Leistungen wie zB Unterbringung und Verpflegung** verbunden sind (BFH V R 17/93, BStBl. II 1998, 523). Die Beförderungsleistung muss jedoch Hauptleistung sein. **Unselbstständige Nebenleistungen zur Beförderungsleistung** können ausschließlich die mit der Beförderung unmittelbar verbundenen Leistungen sein, zB die den Speditionsgebühren zugrunde liegenden Leistungen (BFH V R 26/03, BFH/NV 2005, 1395) oder die Unterkunft und Verpflegung bei einer mehrtägigen Hochseeangelreise (BFH XI R 25/09, BStBl. II 2011, 737). Zur Beförderung als unselbstständige Nebenleistung zur Warenlieferung bzw. sonstigen Leistung siehe BFH V 32/63 U, BStBl. III 1965, 497; V R 30/71, BStBl. II 1975, 651; EuGH C-380/99, DStRE 2001, 936 – Bertelsmann – Sachprämie und Versandkosten). Die Beförderung des Reisegepäcks der Fahrgäste ist unselbstständige Nebenleistung zur Personenbeförderung (vgl. UStAE 12.13 Abs. 11). Zur Besteuerung von Reiseleistungen siehe § 25. Keine Beförderungsleistung ist die Übermittlung von Daten (vgl. → § 3a Rn. 112). **5**

einstweilen frei **6**

b) Ort der Beförderungsleistung nach Streckenprinzip. Grundsätzlich gilt eine Beförderungsleistung als dort erbracht, wo die Beförderung tatsächlich bewirkt wird (**Besteuerung nach zurückgelegter Strecke** – Streckenprinzip), es sei denn, es handelt sich um eine innergemeinschaftliche Güterbeförderung an einen Nichtunternehmer (vgl. → Rn. 17 ff.) oder jede beliebige Güterbeförderung und eine dieser gleichgestellte Leistungen an einen Unternehmer für dessen Unternehmen oder an eine juristische Person mit USt-IdNr. (dann gilt § 3a Abs. 2, → Rn. 2 f.). Diese Sonderbestimmungen gelten jedoch nur für die Beförderung von Gegenständen. Für die Beförderung von Personen gilt stets das Streckenprinzip, auch wenn sie sich auf das Gebiet mehrerer Mitgliedstaaten erstreckt und/oder die Beförderungsleistung an **7**

einen Unternehmer erbracht wird. Siehe zum **Anwendungsbereich des § 3b Abs. 1** → Rn. 3.

8 Bei einer dem Streckenprinzip unterliegenden Beförderungsleistung ist zu unterscheiden, ob dabei die Grenze des Inlands überschritten wird oder nicht. Ist das nicht der Fall, so ist Leistungsort die zurückgelegte Beförderungsstrecke (§ 3b Abs. 1 S. 1). Die Beförderungsleistung ist bei inländischen Beförderungsstrecken im Inland erbracht, bei ausländischen Strecken nicht. Im Grundsatz gilt das auch für **grenzüberschreitende Beförderungen:** Unter das UStG fällt nur der Teil der Beförderungsleistung, der im Inland erbracht wird. Erstreckt sich die Beförderung sowohl auf das Inland als auch das Ausland, ist das Entgelt für den auf das Inland entfallenden Streckenanteil nach dem Verhältnis der dort zurückgelegten Strecken aufzuteilen (UStAE 3b.1 Abs. 6); streckenunabhängige Kostenfaktoren (zB Stand- und Wartezeiten) bleiben unberücksichtigt (EuGH C-116/96, DStRE 1997, 1013 – Reisebüro Binder; BFH V R 17/93, BStBl. II 1998, 523; UStAE 3b.1 Abs. 6).

9 *einstweilen frei*

10 **c) Sonderregelungen für Verbindungsstrecken, Anschlussstrecken im Schienenverkehr, kurze Straßenstrecken und kurze Strecken mit Wasserfahrzeugen.** Aus Gründen der Wettbewerbsgleichheit sind in §§ 2–7 UStDV, die auf der Verordnungsermächtigung in § 3b Abs. 1 S. 4 beruhen, eine Reihe von **Sonderregelungen** für die grenzüberschreitende Beförderung geschaffen worden, die bestimmte Strecken des Auslands dem Inland zuordnen und umgekehrt. Diese dürften wegen Art. 394 MwStSystRL auch unionsrechtlich gerechtfertigt sein (siehe *Wäger* in Sölch/Ringleb § 3b Rn. 28). Von praktischer Bedeutung sind diese nur für die **Personenbeförderung,** denn die innergemeinschaftliche Güterbeförderung wird ohnehin am Ort des Beförderungsbeginns ausgeführt und die grenzüberschreitende Güterbeförderung mit dem Drittland ist idR nach § 4 Nr. 3 Buchst. a steuerfrei (vgl. § 4 Nr. 3 Rn. 2). Es geht dabei um inländische **Verbindungsstrecken** zwischen zwei Orten im Ausland (vgl. § 2 UStDV) oder um ausländische Verbindungsstrecken zwischen zwei Orten im Inland mit Ausnahme der Personenbeförderung im Linienverkehr mit Kfz (also zB um Beförderungen mit der Bahn, um Busreisegesellschaften und Taxifahrten – vgl. § 3 UStDV). Diese Strecken werden unter bestimmten Voraussetzungen jeweils dem Gebiet zugeordnet, zu dem die beiden verbundenen Orte gehören. § 4 UStDV betrifft grenzüberschreitende Personenbeförderungen auf **Anschlussstrecken,** § 5 die grenzüberschreitende Personenbeförderung im **Gelegenheitsverkehr** mit Kfz (insbesondere Taxifahrten), § 6 UStDV die entsprechende Personenbeförderung von und zu Zollfreigebieten. § 7 UStDV enthält ähnliche Regelungen für die Grenzüberschreitung mit Wasserfahrzeugen. Wegen weiterer Einzelheiten siehe UStAE 3b.1 Abs. 7–18 mit zahlreichen Beispielen und Vereinfachungsregelungen, auch zur Ermittlung der Beförderungsstrecken und des anteiligen Entgelts. Zur Personenbeförderung auf dem Rhein zwischen Basel und Neuburgweier siehe UStAE 3b.1 Abs. 18; zur Steuerbarkeit im Inland siehe BFH V R 58/95, BFH/NV 1998, 229. Eine Beförderung kann auch vorliegen, wenn eine Motor- oder Segelyacht mit Besatzung verchartert wird (vgl. → § 3a Rn. 52).

11 *einstweilen frei*

2. Ort der Nebenleistung

12 § 3b Abs. 2 enthält die Ortsregelung für selbstständige Nebentätigkeiten zu Güterbeförderungen an **Nichtunternehmer.** Die Regelung gilt nur für die Beförderung von **Gegenständen.** Für die Beförderung von Personen gelten dagegen die allgemeinen Regeln des § 3b Abs. 1 und die Sonderregelungen der §§ 2–7 UStDV. Leistungen an Unternehmer für deren Unternehmen und an juristische Personen mit USt-IdNr. fallen unter § 3a Abs. 2 und haben ihren Ort entsprechend am Ort des Leis-

tungsempfängers, außer es gilt § 3a Abs. 8 (→ § 3a Rn. 147f.). Der Anwendungsbereich des § 3b Abs. 2 ist daher mit Einführen des allgemeinen Empfängerortsprinzips in § 3a Abs. 2 deutlich reduziert, da regelmäßig Unternehmer Leistungsempfänger von Güterbeförderungen und deren Nebenleistungen sein dürften.

§ 3b Abs. 2 beruht auf Art. 54 Abs. 2 Buchst. a MwStSystRL; danach gilt als Ort 13
der Nebentätigkeiten des Transportgewerbes, wie Beladen, Entladen, Umschlagen und ähnliche Tätigkeiten, der Ort, an dem diese Dienstleistungen tatsächlich bewirkt werden **(Tätigkeitsort).** Der Tätigkeitsort liegt dort, wo der Unternehmer durch seine Tätigkeit den überwiegenden Teil der vom Abnehmer gewünschten Leistung erbringt, nicht dort, wo der Erfolg der Leistung eintritt (BFH V 138/53 U, BStBl. III 1954, 63).

Die Regelung des § 3b Abs. 2 greift nur, wenn die Leistung als **selbstständige** 14
Leistung erbracht wird, denn als unselbstständige Nebenleistung teilt sie das umsatzsteuerliche Schicksal der Hauptleistung. Eine selbstständige Leistung liegt insbesondere dann vor, wenn sie von einem **anderen Unternehmer** erbracht wird als dem, der die Beförderung durchführt. Andernfalls wird es sich grundsätzlich um eine unselbstständige Nebenleistung zur Beförderungsleistung handeln, deren Ort sich nach § 3b Abs. 1 richtet (vgl. UStAE 3b.2). Eine eigenständige Leistung kommt insbesondere dann in Betracht, wenn sie auf Grund eines **gesonderten Vertrages** erbracht wird. Voraussetzung für die Anwendung der Vorschrift ist, dass die Leistung tatsächlich in Zusammenhang mit einer Beförderung des Gegenstandes steht. Andernfalls gelten die Grundsätze des § 3a.

Als **Beispiele für die unter § 3b fallenden Leistungen** nennt das Gesetz das Be- 15
laden, Entladen und Umschlagen der Gegenstände. Der Umschlag ist zu unterscheiden von der Beförderung. Umschlag ist die Bewegung von Gütern aus einem Transportmittel in einen Lagerraum und umgekehrt oder von einem Transportmittel in ein anderes (zB Entladen eines Schiffes mittels eines Krans in einen Güterwagen, Absaugen von Getreide aus einen Lkw in ein Silo). Als ähnliche mit der Beförderung eines Gegenstandes im Zusammenhang stehende Leistungen sind zB anzusehen die Lagerung, das Verwiegen, das Probeziehen (vgl. BFH V 76/57 U, BStBl. III 1959, 120), das Erwärmen von umzuschlagendem Heizöl zur Erleichterung des Pumpens (vgl. BFH, UR 1960, 40), das Erledigen von Zollformalitäten usw. Nach hM gilt diese Regelung auch für die mit dem Be- und Entladen, Umschlagen oder Lagern üblicherweise zusammenhängenden Leistungen (vgl. UStAE 3b.2 Abs. 3). Nicht hierzu gehören jedoch solche Leistungen, bei denen eine Qualitätsverbesserung und nicht lediglich die Erhaltung eindeutig im Vordergrund steht (vgl. *Weiss* UR 1965, 159). Da § 3b Abs. 2 aber mittlerweile nur noch für den Leistungsbezug durch Nichtunternehmer gilt, dürfte es auf diese Abgrenzungen regelmäßig nicht mehr ankommen.

einstweilen frei 16

III. Innergemeinschaftliche Güterbeförderung

1. Begriff der innergemeinschaftlichen Güterbeförderung

Eine **innergemeinschaftliche** Güterbeförderung liegt vor, wenn sie in einem 17
Mitgliedstaat beginnt **(Abgangsort)** und in einem anderen Mitgliedstaat endet **(Ankunftsort).** Ohne Bedeutung ist, ob die Beförderung teilweise über das Drittlandsgebiet führt. Liegt eine innergemeinschaftliche Güterbeförderung vor, gilt als Leistungsort grundsätzlich der Abgangsort.

Beispiel: Der Privatmann PD aus München beauftragt den italienischen Frachtführer I Möbel aus seinem Ferienhaus bei San Remo nach München zu befördern. Die Beförderung führt teilweise durch die Schweiz.

Es handelt sich um eine innergemeinschaftliche Güterbeförderung, weil der Abgangsort in Italien und der Ankunftsort in Deutschland liegen. Die Beförderung gilt insgesamt als in Italien ausgeführt; das vereinbarte Entgelt unterliegt daher insgesamt der italienischen USt.

18 Da die **Freihäfen** nach Art. 5, 6 MwStSystRL zum Gemeinschaftsgebiet gehören, liegt eine innergemeinschaftliche Beförderung auch dann vor, wenn die Beförderung in einem Freihafen beginnt oder endet; beginnt sie in einem Freihafen ist die Leistung jedoch nicht steuerbar, weil nach nationalem Recht die Freihäfen nicht zum Inland gehören (vgl. UStAE 3b.3 Abs. 3). Keine innergemeinschaftliche Beförderung liegt vor, wenn der Ankunftsort im **Drittlandsgebiet** liegt oder sich Abgangsort und Ankunftsort in demselben Mitgliedstaat befinden; in diesen Fällen richtet sich der Ort der Besteuerung grundsätzlich nach den allgemeinen Regeln. Dies gilt auch dann, wenn die Beförderung teilweise über das Gebiet eines anderen Mitgliedstaats führt.

19 *einstweilen frei*

2. Ort der „gebrochenen" Güterbeförderung

20 Von einer gebrochenen Güterbeförderung spricht man, wenn ein Auftraggeber zur Durchführung der Beförderung mehrere Beförderungsunternehmer beauftragt, die den Gegenstand nacheinander vom Abgangsort zum endgültigen Zielort jeweils lediglich auf einer Teilstrecke zu befördern. Liegen der erste Abgangsort und der Ankunftsort der letzten Beförderung in unterschiedlichen Mitgliedstaaten, handelt es sich um eine gebrochene innergemeinschaftliche Güterbeförderung. In diesem Fall ist jede Beförderungsleistung für sich zu beurteilen (siehe BFH V R 58/94, BStBl. II 1997, 160; UStAE 3b.4). Liegen der Abgangsort und der Ankunftsort der jeweiligen Teilstrecken in demselben Mitgliedstaat, richtet sich der Leistungsort nach § 3b Abs. 1, sofern dieser überhaupt wegen des Vorrangs von § 3a Abs. 2 bei B2B-Leistungen zur Anwendung gelangt (→ Rn. 2).

21 *einstweilen frei*

3. Sonderregelungen

22 Als Folge der Beschränkung des § 3b auf Personenbeförderungs- und auf Güterbeförderungsleistungen an Nichtunternehmer sind die bis 2009 vorhandenen **Sonderregelungen** bei der Bestimmung des Leistungsorts für innergemeinschaftliche Güterbeförderungen und selbstständige Nebentätigkeiten hierzu, nach der sich der Leistungsort in den EU-Mitgliedstaat verlagert, der dem Leistungsempfänger die von ihm für diesen Umsatz verwendete USt-IdNr. erteilt hat, **entfallen** (bisher: § 3b Abs. 3 S. 2 und 3 sowie Abs. 4 aF). Ebenso entfallen ist die bisherige Sonderregelung für die Vermittlung von innergemeinschaftlichen Güterbeförderungen und selbstständigen Nebentätigkeiten hierzu (bisher: § 3b Abs. 5 und Abs. 6 aF). Bei diesen Leistungen bestimmt sich der Leistungsort nunmehr nach den allgemeinen Regelungen für Leistungen an Unternehmer und nichtunternehmerische juristische Personen mit USt-IdNr. (§ 3a Abs. 2) bzw. für Vermittlungsleistungen an Nichtunternehmer (§ 3a Abs. 2 Nr. 4). Dies führt aber regelmäßig im Ergebnis zu keiner Änderung.

§ 3c Ort der Lieferung in besonderen Fällen

(1) [1]**Wird bei einer Lieferung der Gegenstand durch den Lieferer oder einen von ihm beauftragten Dritten aus dem Gebiet eines Mitgliedstaates in das Gebiet eines anderen Mitgliedstaates oder aus dem übrigen Gemeinschaftsgebiet in die in § 1 Abs. 3 bezeichneten Gebiete befördert oder versendet, so gilt die Lieferung nach Maßgabe der Absätze 2 bis 5 dort als ausge-**

führt, wo die Beförderung oder Versendung endet. [2]Das gilt auch, wenn der Lieferer den Gegenstand in das Gemeinschaftsgebiet eingeführt hat.

(2) **Absatz 1 ist anzuwenden, wenn der Abnehmer**
1. **nicht zu den in § 1a Abs. 1 Nr. 2 genannten Personen gehört oder**
2. **a) ein Unternehmer ist, der nur steuerfreie Umsätze ausführt, die zum Ausschluss vom Vorsteuerabzug führen, oder**
   b) ein Kleinunternehmer ist, der nach dem Recht des für die Besteuerung zuständigen Mitgliedstaates von der Steuer befreit ist oder auf andere Weise von der Besteuerung ausgenommen ist, oder
   c) ein Unternehmer ist, der nach dem Recht des für die Besteuerung zuständigen Mitgliedstaates die Pauschalregelung für landwirtschaftliche Erzeuger anwendet, oder
   d) eine juristische Person ist, die nicht Unternehmer ist oder die den Gegenstand nicht für ihr Unternehmen erwirbt,

und als einer der in den Buchstaben a bis d genannten Abnehmer weder die maßgebende Erwerbsschwelle überschreitet noch auf ihre Anwendung verzichtet. [2]Im Fall der Beendigung der Beförderung oder Versendung im Gebiet eines anderen Mitgliedstaates ist die von diesem Mitgliedstaat festgesetzte Erwerbsschwelle maßgebend.

(3) **[1]Absatz 1 ist nicht anzuwenden, wenn bei dem Lieferer der Gesamtbetrag der Entgelte, der den Lieferungen in einen Mitgliedstaat zuzurechnen ist, die maßgebliche Lieferschwelle im laufenden Kalenderjahr nicht überschreitet und im vorangegangenen Kalenderjahr nicht überschritten hat. [2]Maßgebende Lieferschwelle ist**
1. **im Fall der Beendigung der Beförderung oder Versendung im Inland oder in den in § 1 Abs. 3 bezeichneten Gebieten der Betrag von 100.000 Euro;**
2. **im Fall der Beendigung der Beförderung oder Versendung im Gebiet eines anderen Mitgliedstaates der von diesem Mitgliedstaat festgesetzte Betrag.**

(4) **[1]Wird die maßgebende Lieferschwelle nicht überschritten, gilt die Lieferung auch dann am Ort der Beendigung der Beförderung oder Versendung als ausgeführt, wenn der Lieferer auf die Anwendung des Absatzes 3 verzichtet. [2]Der Verzicht ist gegenüber der zuständigen Behörde zu erklären. [3]Er bindet den Lieferer mindestens für zwei Kalenderjahre.**

(5) **[1]Die Absätze 1 bis 4 gelten nicht für die Lieferung neuer Fahrzeuge. [2]Absatz 2 Nr. 2 und Absatz 3 gelten nicht für die Lieferung verbrauchsteuerpflichtiger Waren.**

EU-Recht: Art. 33 f. MwStSystRL (Art. 28b Teil B 6. EG-RL); Art. 14 MwStVO
UStAE: 3c.1

Übersicht

1. Bedeutung

1 Die Regelung sieht eine besondere – von § 3 Abs. 6–8 abweichende – Bestimmung des Ortes der Lieferung für die Fälle vor, in denen der Lieferer Gegenstände in einen anderen Mitgliedstaat befördert oder versendet und der Abnehmer einen innergemeinschaftlichen Erwerb nicht zu besteuern hat. Die Ortsbestimmung hat vor allem Bedeutung für innergemeinschaftliche **Versandhandelsgeschäfte mit Privatpersonen** und soll über eine Besteuerung der Lieferung eine Steuerbelastung des Letztverbrauchs im Bestimmungsstaat sicherstellen. § 3c beruht auf Art. 33f MwStSystRL und stellt auf eine bestimmte **Art der Warenbewegung** (→ Rn. 3), einen **bestimmten Abnehmerkreis** (→ Rn. 5) und das Überschreiten der sog. **Lieferschwelle** ab (→ Rn. 6f.). Auf die Anwendung der Regelung zur Lieferschwelle kann verzichtet werden (→ Rn. 11f.). Für bestimmte Waren kommt es auf die Lieferschwelle nicht an (→ Rn. 15). Zur Kritik an der Regelung und ihrer fehlenden Reform trotz entsprechender Reformbemühungen bei elektronisch erbrachten sonstigen Leistungen an Nichtunternehmer siehe *Korn* IStR 2012, 707. Vgl. für eine grundlegende Auseinandersetzung mit der Frage der Vereinbarkeit des § 3c mit dem völkerrechtlichen Grundsatz der formellen Territorialität *Heckel* MwStR 2017, 149.

2 Infolge der Versandhandelsregelung müssen Versandhandelsunternehmen bei der Lieferung in einen anderen Mitgliedstaat unterscheiden, **ob der Empfänger ein Unternehmer oder ein Nichtunternehmer** ist. Lieferungen an Unternehmer sind als innergemeinschaftliche Lieferung steuerfrei, Lieferungen an Nichtunternehmer unterliegen im anderen Staat der USt, die vom Versandhandelsunternehmer anzumelden und abzuführen ist. Um diese Unterscheidung und die damit verbundenen administrativen Aufwendungen zu vermeiden, unterhalten solche Unternehmen regelmäßig Tochtergesellschaften oder Zweigniederlassungen im anderen Mitgliedstaat. Die Lieferung oder Verbringung an diese ist einheitlich eine innergemeinschaftliche Lieferung. Die weitere Lieferung an den Endkunden ist dann – unabhängig von der Unternehmereigenschaft – eine gewöhnliche Inlandslieferung (vgl. *Slotty-Harms/van der Ham* UVR 2012, 170).

2. Innergemeinschaftliche Beförderungs- und Versendungslieferungen an bestimmte Abnehmer

3 **a) Maßgebliche Warenbewegung.** § 3c Abs. 1 geht von einer Warenbewegung in Form einer Beförderung oder Versendung von einem Mitgliedstaat in einen anderen Mitgliedstaat aus, die der liefernde Unternehmer veranlasst haben muss. Um einen unbelasteten Letztverbrauch zB in deutsche Freihäfen zu vermeiden, werden auch Warenbewegungen aus dem übrigen Gemeinschaftsgebiet in diese Zollfreigebiete in den Anwendungsbereich der Regelung einbezogen. Der Ort der Lieferung befindet sich unter den weiteren Voraussetzungen des § 3c grundsätzlich **am Ende der Beförderung oder Versendung** des Gegenstandes. Wird ein Gegenstand aus einem Drittland befördert oder versendet und im Rahmen der Beförderung oder Versendung in einen Mitgliedstaat der Gemeinschaft eingeführt, dh zum freien Verkehr abgefertigt, und endet die Beförderung oder Versendung in einem anderen Mitgliedstaat, liegt der Lieferort grundsätzlich in einem anderen Mitgliedstaat. Voraussetzung ist, dass der liefernde Unternehmer den Gegenstand befördert oder er den Auftrag zur Versendung erteilt hat. Daher gilt § 3c auch, wenn der liefernde (deutsche) Unternehmer seine Waren nicht selbst zB online vermarktet, sondern über

eine Handelsplattform eines Dritten (zB Amazon) und die Waren zur Auslieferung an die Kunden diesem Dritten vorher übergibt, wenn dieses Warenlager in einem anderen Mitgliedstaat liegt. In diesen Fällen handelt es sich zunächst um ein innergemeinschaftliches Verbringen dorthin und anschließend um eine Lieferung von dort an den Kunden. Letztere unterliegt § 3c (vgl. dazu und zu weiteren Einzelheiten *Gothmann/Speetjens* UVR 2016, 380).

Die Regelung findet dagegen **keine Anwendung,** wenn der Abnehmer den Gegenstand **abholt oder von einem Dritten abholen lässt;** in diesen Fällen richtet sich der Lieferort nicht nach § 3c, sondern nach § 3 Abs. 6. Dies gilt auch dann, wenn der Lieferer im Namen und für Rechnung des Abnehmers einen Dritten mit der Beförderung beauftragt, wenn er hierzu von dem Abnehmer bevollmächtigt wurde. Denn in diesem Fall ist nicht der Lieferer, sondern der Abnehmer Auftraggeber für die Beförderung. Auf Werklieferungen findet die Regelung nur dann Anwendung, wenn der zu liefernde Gegenstand vor der Beförderung oder Versendung fertiggestellt ist und nicht mehr montiert, fundamentiert, justiert usw. werden muss; andernfalls bestimmt sich der Lieferort nach § 3 Abs. 7. 4

b) Abnehmer iSd § 3c. Der Abnehmerkreis ergibt sich aus § 3c Abs. 2. Nr. 1 bezeichnet den bedeutendsten Abnehmerkreis; dies sind insbesondere **Privatpersonen.** Dies gilt auch dann, wenn die Abnehmer eine formularmäßige Vollmacht zur Beauftragung eines Kurierdienstes zum Transport von bei einer Internet-Apotheke bestellten Medikamenten in ihrem Namen und für ihre Rechnung erteilt haben (BFH XI R 2/13, DStR 2015, 2542; vgl. Anm. von *Rondorf* MwStR 2016, 70). Die in Nr. 2 bezeichneten Abnehmer sind im Inland mit dem Erwerberkreis identisch, der nach § 1a Abs. 3 die tatbestandsmäßigen Voraussetzungen des innergemeinschaftlichen Erwerbs nicht erfüllt und nicht für die Erwerbsbesteuerung optiert hat (vgl. → § 1a Rn. 26ff.). Da § 3c auch auf Lieferorte im übrigen Gemeinschaftsgebiet Anwendung findet, umschreibt Nr. 2 auch den entsprechenden Personenkreis in den anderen Mitgliedstaaten. 5

3. Lieferschwelle

a) Allgemeines. In § 3c Abs. 3 S. 1 wird negativ festgelegt, dass die Versandhandelsregelung keine Anwendung findet, wenn die Lieferschwelle nicht überschritten wird. Damit ist im laufenden Kalenderjahr nicht auf das voraussichtliche, sondern das tatsächliche Nicht-Überschreiten der Lieferschwelle im laufenden und vorangegangenen Kalenderjahr abzustellen (vgl. auch *Nieskens* UR 2000, 45). Wird also die Lieferschwelle im laufenden Kalenderjahr überschritten, kommt eine Nichtanwendung des § 3c Abs. 1 nicht mehr in Frage. Hat der Unternehmer nicht bereits freiwillig § 3c Abs. 1 angewandt (gemäß § 3c Abs. 4), kommt es **unterjährig** zur Umstellung auf das Empfängerortprinzip. Die Umstellung erfolgt allerdings erst mit Überschreiten der Lieferschwelle im laufenden Kalenderjahr und nicht rückwirkend. Sie gilt jedoch bereits für den Umsatz, der zur Überschreitung der Lieferschwelle führt (vgl. auch Art. 14 MwStVO; UStAE 3c.1 Abs. 3 S. 5 und 6). 6

Das Ende der Beförderung oder Versendung eines Gegenstandes gilt als Lieferort, wenn die Lieferung des Lieferanten in einen anderen Mitgliedstaat einen bestimmten Umfang – die Lieferschwelle – überschreiten. Die maßgebende Lieferschwelle (§ 3c Abs. 3 S. 2 Nr. 1) beträgt 100.000 EUR. § 3c Abs. 2 S. 2 berücksichtigt, dass andere Mitgliedstaaten von der Möglichkeit der Herabsenkung der Lieferschwelle auf 35.000 EUR Gebrauch machen können. Dies lässt Art. 34 Abs. 2 MwStSystRL ausdrücklich zu. Zu den Erwerbs- und Lieferschwellen der übrigen EU-Staaten (vgl. UStAE 3c.1 Abs. 2). 7

einstweilen frei 8

9 **b) Berechnung der Lieferschwelle.** Ebenso wie die Erwerbsschwelle knüpft auch die Lieferschwelle an die Verhältnisse des Vorjahres und des laufenden Kalenderjahrs an. Die Lieferschwelle ist für jeden Mitgliedstaat gesondert zu berechnen. Für die Berechnung sind sämtliche Lieferungen einzubeziehen, die als Versendungslieferungen iSv § 3c Abs. 1 anzusehen sind. Nicht zu berücksichtigen sind somit Lieferungen, die die Voraussetzungen einer innergemeinschaftlichen Lieferung iSv § 6a erfüllen. Dies betrifft insbesondere Lieferungen an andere Unternehmer und juristische Personen, die nicht Unternehmer sind und der Erwerbsbesteuerung in den Mitgliedstaaten unterliegen, in dem die Beförderung oder Versendung endet (aA *Rokos* UR 1992, 89).

10 Nicht mit einzubeziehen sind nach § 3c Abs. 5 die Entgelte für **neue Fahrzeuge** und für **verbrauchsteuerpflichtige Waren** iSv § 1a Abs. 5 (UStAE 3c.1 Abs. 3 S. 3).

4. Verzicht auf Lieferschwellenregelung

11 **a) Allgemeines.** § 3c Abs. 4 räumt dem Lieferer, der mit seinen Lieferungen in einen anderen Mitgliedstaat die jeweilige Lieferschwelle nicht überschreitet, das **Wahlrecht** ein, auf die Anwendung der Regelungen über die Lieferschwelle zu verzichten. Macht der Lieferer von dieser Möglichkeit Gebrauch, gilt als Lieferort ebenfalls das Ende der Warenbewegung. Es kommt also zur Besteuerung im Bestimmungsland. Optiert der Lieferer dagegen nicht, gilt die Lieferung mit Beginn der Warenbewegung als ausgeführt, mit der Folge der Besteuerung im Ursprungsland.

12 *einstweilen frei*

13 **b) Form, Frist und Bindungsdauer des Verzichts.** Die Verzichtserklärung ist für zwei Kalenderjahre bindend. Der Lieferer kann für Lieferungen in jeden einzelnen Mitgliedstaat gesondert über den Verzicht auf die Lieferschwellenregelung entscheiden. Der Verzicht ist grundsätzlich **form- und fristlos** möglich. Er ist gegenüber der Finanzbehörde zu erklären, die ohne Option für die Besteuerung der Lieferung zuständig wäre (vgl. *Widmann* UR 1992, 249). Da die Ausübung der Option unmittelbar einerseits die Steuerbarkeit im Abgangsstaat entfallen lässt und die Steuerpflicht im Bestimmungsstaat begründet, wird man die Option jedoch nur solange zulassen können, wie die Veranlagungen in beiden Staaten noch geändert werden können. Andernfalls besteht die Gefahr einer Nicht- oder einer Doppelbesteuerung der betroffenen Umsätze. Ein **Widerruf der Option** ist erst nach Ablauf des Bindungszeitraums von zwei Jahren möglich. Ohne Widerruf besteht die Option fort.

14 *einstweilen frei*

5. Sonderregelung für neue Fahrzeuge und verbrauchsteuerpflichtige Waren

15 **Neue Fahrzeuge** iSd § 1b unterliegen ausnahmslos der Erwerbsbesteuerung im Bestimmungsland – vgl. § 1b. Für diese Gegenstände gilt daher die Versandhandelsregelung nicht (§ 3c Abs. 5 S. 1). Die Lieferung **verbrauchsteuerpflichtiger Waren** unterliegt immer dann der Versandhandelsregelung des § 3c Abs. 1, wenn der Abnehmer eine Privatperson ist; auf das Überschreiten der Lieferschwelle oder den Verzicht auf die Anwendung der Lieferschwellenregelungen kommt es bei diesen Waren nicht an. Der Lieferer hat in diesen Fällen stets die Besteuerung im Bestimmungsland vorzunehmen. Der Umfang der Lieferung spielt keine Rolle, weil die Lieferschwellenregelung gemäß § 3c Abs. 5 S. 2 nicht gilt. Als verbrauchsteuerpflichtige Waren gelten ausschließlich die in § 1a Abs. 5 S. 2 genannten Waren; andere Waren fallen auch dann nicht unter diese Regelung, wenn sie in dem Abgangsstaat oder dem Bestimmungsstaat einer Verbrauchsteuer unterliegen.

Beispiel: Spirituosenhändler S in Hannover versendet drei Flaschen Birnengeist an Privatmann A in Amsterdam.

Der Ort der Lieferung liegt gemäß § 3c Abs. 1 in Amsterdam, weil dort die Versendung endet. Die Lieferung ist in Deutschland nicht steuerbar, in den Niederlanden steuerbar und steuerpflichtig.

Bei der Lieferung verbrauchsteuerpflichtiger Waren an die in § 3c Abs. 2 Nr. 2 genannten Abnehmer gilt die Versandhandelsregelung nicht; bei Lieferung an die dort aufgezählten Empfänger ist die Besteuerung dadurch gewährleistet, dass diese bei dem Erwerb verbrauchsteuerpflichtigen Waren immer der Erwerbsbesteuerung unterliegen (vgl. → § 1a Rn. 36).

§ 3d Ort des innergemeinschaftlichen Erwerbs

[1]Der innergemeinschaftliche Erwerb wird in dem Gebiet des Mitgliedstaates bewirkt, in dem sich der Gegenstand am Ende der Beförderung oder Versendung befindet. [2]Verwendet der Erwerber gegenüber dem Lieferer eine ihm von einem anderen Mitgliedstaat erteilte Umsatzsteuer-Identifikationsnummer, gilt der Erwerb so lange in dem Gebiet dieses Mitgliedstaates als bewirkt, bis der Erwerber nachweist, dass der Erwerb durch den in Satz 1 bezeichneten Mitgliedstaat besteuert worden ist oder nach § 25b Abs. 3 als besteuert gilt, sofern der erste Abnehmer seiner Erklärungspflicht nach § 18a Absatz 7 Satz 1 Nummer 4 nachgekommen ist.

EU-Recht: Art. 40–42 MwStSystRL (Art. 28b Teil A 6. EG-RL)
UStAE: 3d.1

Übersicht

1. Bedeutung

Die Vorschrift beruht auf Art. 40–42 MwStSystRL und legt für den Tatbestand des **innergemeinschaftlichen Erwerbs** (§ 1 Abs. 1 Nr. 5) den Ort fest, an dem der Umsatz als ausgeführt gilt. Ist dieser Ort im Inland, folgt hieraus die Steuerbarkeit des innergemeinschaftlichen Erwerbs nach § 1a (zur Erwerbsbesteuerung in den in § 1 Abs. 2 bezeichneten Gebieten vgl. → § 1a Rn. 7). Durch S. 1 wird die Besteuerung im Bestimmungsland sichergestellt. Dieser Mitgliedstaat nimmt seine Besteuerungskompetenz unabhängig von der umsatzsteuerlichen Behandlung des Vorgangs im Abgangsstaat wahr; etwaige Anträge auf Berichtigung einer vom Abgangsstaat fälschlicherweise festgesetzten Steuer werden von diesem Staat nach dessen nationalen Vorschriften bearbeitet (Art. 16 MwStVO; UStAE 3d.1 Abs. 2). S. 2 wurde im Hinblick auf die Neuregelung des innergemeinschaftlichen Dreiecksgeschäfts (§ 25b) zum 1.1.1997 ergänzt. 1

einstweilen frei 2

2. Ort des innergemeinschaftlichen Erwerbs

3 **a) Ort der Beendigung der Beförderung oder Versendung.** Nach S. 1 gilt ein innergemeinschaftlicher Erwerb als in dem Mitgliedstaat bewirkt, wo sich der Liefergegenstand am Ende der Beförderung oder Versendung befindet. Zum Begriff des innergemeinschaftlichen Erwerbs vgl. → § 1a Rn. 3ff. Diese Regelung gilt auch für die Fiktion eines innergemeinschaftlichen Erwerbs im Fall des Verbringens iSv § 1a Abs. 2, vgl. → § 1a Rn. 41. Maßgeblich ist das tatsächliche Ende der Beförderung zum Erwerber. Unerheblich ist, ob die Beförderung durch den Lieferer oder den Abnehmer erfolgt. Handelt es sich um eine sog. gebrochene innergemeinschaftliche Güterbeförderung (vgl. → § 3b Rn. 20) kommt es darauf an, wo die letzte Beförderungsstrecke endet. Wird der Gegenstand auf der Beförderung vom Lieferer zum Abnehmer in dem Mitgliedstaat, in dem die Beförderung beginnt, oder in einem dritten Mitgliedstaat be- oder verarbeitet, endet die Beförderung erst dann, wenn der Gegenstand nach der Be- oder Verarbeitung zum Abnehmer gelangt (vgl. auch → § 1a Rn. 8).

4 Die **Beförderung einer Yacht** nach deren Erwerb ist beendet, wenn die Yacht ihren Bestimmungsort erreicht hat (vgl. § 3d S. 1). Indizien hierfür sind die Zolldokumente sowie die Eintragung der Yacht in einem deutschen Schiffsregister (tatsächliche und damit tatrichterliche Würdigung). Die sich an das Ende der Beförderung anschließende erstmalige Verwendung durch den Abnehmer (zB Karibikkreuzfahrt) hat auf den Bestimmungsort grundsätzlich keinen Einfluss (BFH V R 11/06, BStBl. II 2007, 424; UStAE 3d.1 Abs. 1).

5 **b) Mitgliedstaat der Erteilung der USt-IdNr. als Erwerbsort.** Eine **abweichende Ortsbestimmung nach S. 2** der Vorschrift kommt dann in Betracht, wenn ein Erwerber, innergemeinschaftlich Gegenstände unter Angabe einer USt-IdNr. erwirbt, die ihm nicht der Mitgliedstaat erteilt hat, in dem die Beförderung oder Versendung endet. Der innergemeinschaftliche Erwerb gilt in diesem Fall (auch) im Gebiet des Mitgliedstaates als bewirkt, dessen USt-IdNr. der Erwerber dem Lieferer im Rahmen der Lieferung angegeben hat.

Beispiel: Der deutsche Bauunternehmer D bestellt beim belgischen Zementhersteller Zement, den dieser zu einer in den Niederlanden belegenen Baustelle transportiert. Bei der Bestellung verwendet D seine deutsche USt-IdNr. Der innergemeinschaftliche Erwerb gilt (auch) als in Deutschland bewirkt (siehe § 3d S. 2).

6 Der **Vorsteuerabzug** der USt auf den sich aus § 3d S. 2 ergebenden innergemeinschaftlichen Erwerb ist ausgeschlossen (EuGH C-536/08 und C-539/08, DStR 2010, 926 – X und Facet Trading und dem folgend BFH V R 39/08, BStBl. II 2011, 658; V R 40/08, BFH/NV 2011, 1401; XI R 40/08, BStBl. II 2011, 661 – eine entsprechende klarstellende Regelung wurde zum 30.6.2013 in § 15 Abs. 1 S. 1 Nr. 3 eingefügt). Um eine eventuell auftretende doppelte Besteuerung zu vermeiden – im Beispielsfall durch Deutschland und die Niederlande –, würde die Besteuerung in Deutschland dann rückgängig gemacht, wenn der Erwerber nachweist, dass der Erwerb in den Niederlanden besteuert worden ist. Dies wird über § 17 Abs. 2 Nr. 4 sichergestellt (vgl. → § 17 Rn. 82). Grundsätzlich ist erforderlich, dass der Erwerber die Besteuerung in dem Mitgliedstaat, in dem die Beförderung oder Versendung endet, nachweist (zur Sonderregelung im Falle von innergemeinschaftlichen Dreiecksgeschäften vgl. → Rn. 5). Es genügt daher nicht, dass die Besteuerung tatsächlich erfolgt ist. Dieser Nachweis kann nur durch die Vorlage entsprechender Aufzeichnungen über die in dem anderen Mitgliedstaat versteuerten Erwerbe des Unternehmers selbst geführt werden, da die Erwerbe idR nicht einzeln erklärt werden (kritisch auch *Martin* in Sölch/Ringleb § 3d Rn. 7). In der **Praxis** kann sich daraus für deutsche Unternehmer die Empfehlung ergeben, sich in dem EU-Staat, in dem sie tätig sind (in obigem Beispiel: Niederlande), umsatzsteuerlich registrieren zu lassen, damit sie eine USt-

IdNr. erhalten und damit eine USt-IdNr. des Staates verwenden können, in dem der tatsächliche innergemeinschaftliche Erwerb stattfindet (vgl. *Robisch* UR 2014, 561). Denn eine fälschlicherweise als Vorsteuer abgezogene Erwerbsteuer nach § 3d S. 2 wird im Falle einer Entdeckung der Betriebsprüfung in der ursprünglichen Festsetzung berichtigt. Dagegen kann die Berichtigung nach § 17 Abs. 2 Nr. 4 nicht rückwirkend erfolgen, so dass sich unterschiedliche Zinsläufe nach § 233a AO und damit Definitivbelastungen ergeben.

Der Begriff **„Verwendung"** einer USt-IdNr. erfordert eine ausdrückliche Be- 7
zugnahme im Auftrags- oder Rechnungstext; die bloße Erwähnung der USt-IdNr. im Briefvordruck reicht nicht aus (vgl. → § 3a Rn. 34). § 3d S. 2 greift aber auch bei **unzutreffender Verwendung einer USt-IdNr.** aus einem anderen Mitgliedstaat gegenüber seinem Lieferanten, so dass der Erwerber zweimal die USt schuldet, nämlich einmal in dem Mitgliedstaat des tatsächlichen innergemeinschaftlichen Erwerbs und einmal in dem Mitgliedstaat, dessen USt-IdNr. er (fälschlicherweise) verwendet hat (vgl. *Robisch* UR 2014, 561).

einstweilen frei 8

c) Sonderregelung für innergemeinschaftliche Dreiecksgeschäfte. Durch 9
§ 3d S. 2 Hs. 2 wird der Nachweis der Besteuerung des Erwerbs in den Fällen **innergemeinschaftlicher Dreiecksgeschäfte** iSv § 25b gesondert geregelt (vgl. auch → § 25b Rn. 26). Ein innergemeinschaftliches Dreiecksgeschäft iSv § 25b liegt insbesondere dann vor, wenn an einem Reihengeschäft iSd § 3 Abs. 6 S. 5 drei Unternehmer mit drei verschiedenen USt-IdNr. beteiligt sind und der Liefergegenstand durch den ersten Lieferer direkt zum letzten Abnehmer befördert oder versendet wird. In diesen Fällen hätte der erste Abnehmer grundsätzlich im Staat der Beendigung der Beförderung oder Versendung einen innergemeinschaftlichen Erwerb und eine anschließende nationale Lieferung zu versteuern. Nach dieser Vorschrift kann die Steuerschuld für die auf den Erwerb folgende Lieferung auf den letzten Abnehmer übertragen werden (zu den Einzelheiten vgl. → § 25b Rn. 18ff.). Liegen diese Voraussetzungen vor, gilt die Steuer auf den Erwerb als entrichtet (vgl. § 25b Abs. 3). Daneben besteht jedoch die Steuerschuld für den Erwerb aufgrund der Verwendung der USt-IdNr. Diese entfällt, wenn der erste Abnehmer nachweist, dass er seinen Erklärungspflichten nach § 18a Abs. 7 S. 1 Nr. 3 nachgekommen ist. Danach muss der erste Erwerber in seiner Zusammenfassenden Meldung, die er in dem Staat einzureichen hat, der ihm die von ihm verwendet USt-IdNr. erteilt hat, die Lieferung unter Angabe der USt-IdNr. seines Abnehmers und Hinweis auf die Anwendung von § 25b wie eine innergemeinschaftliche Lieferung erklären. Kommt er dieser Verpflichtung nach, entfällt auch die Steuerpflicht für den innergemeinschaftlichen Erwerb aufgrund der Verwendung der USt-IdNr. nach S. 2 Hs. 1.

§ 3e Ort der Lieferungen und Restaurationsleistungen während einer Beförderung an Bord eines Schiffs, in einem Luftfahrzeug oder in einer Eisenbahn

(1) **Wird ein Gegenstand an Bord eines Schiffs, in einem Luftfahrzeug oder in einer Eisenbahn während einer Beförderung innerhalb des Gemeinschaftsgebiets geliefert oder dort eine sonstige Leistung ausgeführt, die in der Abgabe von Speisen und Getränken zum Verzehr an Ort und Stelle (Restaurationsleistung) besteht, gilt der Abgangsort des jeweiligen Beförderungsmittels im Gemeinschaftsgebiet als Ort der Lieferung oder der sonstigen Leistung.**

(2) [1]**Als Beförderung innerhalb des Gemeinschaftsgebiets im Sinne des Absatzes 1 gilt die Beförderung oder der Teil der Beförderung zwischen dem Abgangsort und dem Ankunftsort des Beförderungsmittels im Ge-**

meinschaftsgebiet ohne Zwischenaufenthalt außerhalb des Gemeinschaftsgebiets. [2]Abgangsort im Sinne des Satzes 1 ist der erste Ort innerhalb des Gemeinschaftsgebiets, an dem Reisende in das Beförderungsmittel einsteigen können. [3]Ankunftsort im Sinne des Satzes 1 ist der letzte Ort innerhalb des Gemeinschaftsgebiets, an dem Reisende das Beförderungsmittel verlassen können. [4]Hin- und Rückfahrt gelten als gesonderte Beförderungen.

EU-Recht: Art. 37 MwStSystRL (Art. 8 Abs. 1 Buchst c 6. EG-RL); Art. 6, 15 MwStVO
UStAE: 3e.1

Übersicht

1. Bedeutung

1 Die Vorschrift regelt den Ort von Lieferungen, die an Bord eines Schiffes, in einem Luftfahrzeug oder in einer Eisenbahn während einer Beförderung innerhalb des Gemeinschaftsgebiets ausgeführt werden. Durch das JStG 2009 (BGBl. I 2794) ist die Regelung überdies ergänzt worden um **Restaurationsleistungen** an Bord von Beförderungsmitteln. Die Abgabe von Snacks, kleinen Süßigkeiten und Getränken war jedoch schon vor dieser Neuregelung von § 3e erfasst, weil es sich insoweit (noch) nicht um eine Restaurationsleistung (sonstige Leistung), sondern um eine Lieferung von Lebensmitteln handelt (BFH V R 14/13, BStBl. II 2014, 869). Die gesetzliche Regelung, die auf der RL 2008/8/EG (sog. „Mehrwertsteuer-Paket", → § 3a Rn. 4) beruhte, wäre demnach nur klarstellend.

2 § 3e ist lex specialis gegenüber § 3 Abs. 6–8 und § 3c hinsichtlich einer Lieferung und gegenüber § 3a Abs. 3 Nr. 3 Buchst. b hinsichtlich der Restaurationsleistungen. Die Vorschrift hat insbesondere Bedeutung für die Beförderungen, die sich auf **mehrere Mitgliedstaaten** erstrecken. Sie führt zu einer erheblichen Erleichterung der Besteuerung für die betroffenen Lieferer, die andernfalls für jede Lieferung erfassen müssten, in welchen Staat die Lieferung erfolgte. Darüber hinaus müssten sie sich bei Beförderungen durch mehrere Mitgliedstaaten in allen betroffenen Staaten registrieren lassen. Dies würde auch die Nachprüfung durch die Finanzbehörden erschweren und eine vollständige Besteuerung gefährden.

2. Lieferungen oder Restaurationsleistungen an Bord eines Schiffes, in einem Flugzeug oder in einer Eisenbahn während einer innergemeinschaftlichen Beförderung

3 **a) Betroffene Lieferungen und sonstige Leistungen.** Als Gegenstand einer Lieferung iSv § 3e kommen grundsätzlich **alle körperlichen Gegenstände** in Betracht (vgl. → § 3 Rn. 35). Dies können Nahrungsmittel sein, die nicht zum sofortigen Verzehr an Ort und Stelle geliefert werden. Typische nicht zum sofortigen Verzehr bestimmte Gegenstände sind zB Zigaretten, Alkoholika, Parfums und Kosmetikartikel, die an Bord eines Flugzeugs oder eines Fährschiffes angeboten werden. Darüber hinaus gilt die Vorschrift seit 1.1.2010 für die Abgabe von Speisen und Getränken, die

zum Verzehr an Ort und Stelle bestimmt sind **(Restaurationsleistungen).** Insoweit liegt keine Nebenleistung zur Beförderungsleistung vor (UStAE 3e.1 S. 5 mit Verweis auf BFH V R 14/13, BStBl. II 2014, 869). Die explizite Einbeziehung ist notwendig, da solche Restaurationsleistungen sonstige Leistungen und keine Lieferungen sind. Eine **Abgrenzung zwischen der Lieferung von Nahrungsmitteln und Restaurationsleistungen** ist somit für die Bestimmung des Orts der Leistungen nicht (mehr) notwendig, wohl aber für die Frage des Steuersatzes. Siehe EuGH C-497/09, DStR 2011, 515 – Bog ua und Art. 6 MwStVO.

Beispiel: Auf einem Flug von Frankfurt/Main nach Paris erwirbt ein Passagier einer Low-Cost-Airline eine Flasche mit einem Kakaogetränk. Die Flasche wird ungeöffnet zusammen mit einem Plastikbecher serviert. Der Ort dieser Leistung ist nach § 3e definitiv in Frankfurt/Main, womit der Verkauf in Deutschland steuerbar und steuerpflichtig ist. Fraglich ist nur, ob es sich um die ermäßigt besteuerte Lieferung eines Gegenstands iSv § 12 Abs. 2 iVm Anlage 2 Nr. 35 handelt oder um eine dem Regelsteuersatz unterliegende Restaurationsleistung.

b) Leistung während der Beförderung. Die Regelung gilt nur für Lieferungen 4
und Restaurationsleistungen während der Beförderung mit **einem der genannten Beförderungsmittel.** Auf Lieferungen und Restaurationsleistungen in anderen Beförderungsmitteln zB in einem **Omnibus** findet die Regelung dagegen keine Anwendung. Der Ort der Lieferung in diesen Fällen bestimmt sich dann nach § 3 Abs. 6–8, der Ort der Restaurationsleistungen nach § 3a Abs. 3 Nr. 3 Buchst. b. Die Vorschrift findet auch keine Anwendung, wenn die Lieferung oder Restaurationsleistung außerhalb des Beförderungsmittels erfolgt zB bei einem Zwischenhalt in einem Hafen, Flughafen oder in einem Bahnhof. Aus Abs. 1 lässt sich nicht unmittelbar entnehmen, dass die Vorschrift nur im Falle der Beförderung in bestimmten Schiffen, Luftfahrzeugen oder Eisenbahnen in Betracht kommen. Aus Abs. 2 ergibt sich aber, dass als Schiffe, Flugzeug und Eisenbahnen iS dieser Vorschrift nur solche in Betracht kommen, die **zur Beförderung von Personen bestimmt** sind. Hierfür spricht auch Art. 37 Abs. 1 MwStSystRL, der die Personenbeförderung explizit voraussetzt. Sie gilt daher nicht für Lieferungen und Restaurationsleistungen während der Beförderung in anderen Schiffen, Luftfahrzeugen und Eisenbahnen, selbst wenn ausnahmsweise auch Personen befördert werden (vgl. auch *Marschal* in Rau/Dürrwächter § 3e Rn. 10). Unerheblich ist, wer Erwerber ist. Die Vorschrift gilt auch für Lieferungen und Restaurationsleistungen **an Unternehmer.**

c) Beförderung innerhalb des Gemeinschaftsgebiets. Die Lieferung oder 5
Restaurationsleistung muss während einer Beförderung innerhalb des Gemeinschaftsgebiets erfolgen. Als Beförderung innerhalb des Gemeinschaftsgebiets gilt jede Beförderung, wenn der Abgangsort und der Ankunftsort sich innerhalb des Gemeinschaftsgebiets befinden und kein Zwischenaufenthalt außerhalb des Gemeinschaftsgebiets erfolgt. **Abgangsort** iS dieser Vorschrift ist der erste Ort innerhalb des Gemeinschaftsgebiets, an dem Reisende in das Beförderungsmittel einsteigen können. **Ankunftsort** ist der letzte Ort innerhalb des Gemeinschaftsgebiets, an dem Reisende das Beförderungsmittel verlassen können. Die Beförderung zwischen diesen beiden Orten gilt als innergemeinschaftliche Beförderung, auch wenn sie über Drittlandsgebiet führt, solange in diesem Gebiet kein Zwischenaufenthalt erfolgt. Unerheblich ist auch, ob die als Beförderung innerhalb des Gemeinschaftsgebiets anzusehende Wegstrecke lediglich Teil einer von dem Beförderungsmittel insgesamt zurückgelegten Beförderungsstrecke ist.

Beispiel: Ein Zug fährt von Belgrad über Wien, München und Konstanz nach Zürich. Der erste Haltbahnhof im Gemeinschaftsgebiet ist Wien, der letzte Konstanz. Für die Lieferungen und Restaurationsleistungen, die in dem Zug zwischen Wien und Konstanz erfolgen, kommt die Anwendung des § 3e in Betracht; denn insoweit liegt eine Beförderung innerhalb des Gemeinschaftsgebiets iS der Vorschrift vor. Als Abgangsort gilt Wien und als Ankunftsort Konstanz.

Abzustellen ist auf die Strecke, auf der das Beförderungsmittel innerhalb des Gemeinschaftsgebiets zur Beförderung von Reisenden zur Verfügung steht. Nicht erforderlich ist, dass der konkrete Reisende, der die Gegenstände erwirbt, erst innerhalb des Gemeinschaftsgebiets dem Beförderungsmittel zugestiegen ist oder dieses wieder verlässt. Hin- und Rückfahrt zwischen zwei Orten innerhalb des Gemeinschaftsgebiets gelten als gesonderte Beförderungen. Für die Rückfahrt gilt der Ankunftsort der Hinfahrt als Abgangsort.

6 **d) Ort der Lieferungen und Restaurationsleistungen.** Liegen die Voraussetzungen für eine Anwendung von § 3e vor, gelten die betreffenden Lieferungen und Restaurationsleistungen insgesamt als an dem Abgangsort ausgeführt. Dies gilt jedoch nur für die Lieferung während der Beförderung innerhalb des Gemeinschaftsgebiets.

Beispiel: Ein Zug fährt von Moskau nach Paris und wieder zurück. Der erste Aufenthalt innerhalb des Gemeinschaftsgebiets ist in Frankfurt/Oder. Auf der Rückfahrt befindet sich dort auch der letzte Aufenthalt.

Für die **Hinfahrt** gelten die nach dem Aufenthalt in Frankfurt/Oder in dem Zug durchgeführten Lieferungen und Restaurationsleistungen als in Frankfurt/Oder bewirkt. Sie unterliegen daher der deutschen USt. Dies gilt auch für Lieferungen und Restaurationsleistungen, die ausgeführt werden, nachdem der Zug Deutschland bereits verlassen hat zB in Belgien oder Frankreich. Für Lieferungen und Restaurationsleistungen, die vor der Ankunft in Frankfurt/Oder ausgeführt werden, findet § 3e dagegen keine Anwendung. Insoweit handelt es sich nicht um Lieferungen und Restaurationsleistungen während einer Beförderung innerhalb des Gemeinschaftsgebiets.

Für die **Rückfahrt** gilt Paris als Abgangsort. Lieferungen und Restaurationsleistungen, die bis Frankfurt/Oder ausgeführt werden, gelten als in Paris bewirkt. Sie unterliegen daher französischer TVA („taxe sur la valeur ajoutée", Mehrwertsteuer). Lieferungen und Restaurationsleistungen, die nach Abfahrt in Frankfurt/Oder ausgeführt werden, richtet sich der Ort der Besteuerung nach den allgemeinen Vorschriften des § 3 Abs. 6 bis 8.

§ 3f Ort der unentgeltlichen Lieferungen und sonstigen Leistungen

[1]Lieferungen im Sinne des § 3 Abs. 1b und sonstige Leistungen im Sinne des § 3 Abs. 9a werden an dem Ort ausgeführt, von dem aus der Unternehmer sein Unternehmen betreibt. [2]Werden diese Leistungen von einer Betriebsstätte ausgeführt, gilt die Betriebsstätte als Ort der Leistungen.

EU-Recht: Art. 16 und 26 MwStSystRL (Art. 5 Abs. 6 und Art. 6 Abs. 2 6. EG-RL)
UStAE: 3f.1

Übersicht

1. Bedeutung

1 Die Vorschrift regelt den Ort der mit dem StEntlG 1999/2000/2002 neu eingefügten Tatbestände der unentgeltlichen Lieferungen (§ 3 Abs. 1b) und der unentgeltlichen sonstigen Leistungen iSd § 3 Abs. 9a. Der Ort für die bis dahin als **Eigenverbrauch** bezeichneten Tatbestände richtet sich nach denselben Vorschriften, wie für entgeltliche Lieferungen und sonstige Leistungen (vgl. BFH V R 200/83, BStBl. II 1989, 163). Es erscheint zweifelhaft, ob die neue Regelung mit der MwStSystRL vereinbar ist; denn diese enthält keine § 3f entsprechende Vorschrift (siehe *Stadie* in Rau/

Dürrwächter § 3a Rn. 690; ähnlich *Heuermann* in Sölch/Ringleb § 3f Rn. 1). Vielmehr stellt die MwStSystRL in Art. 16 und 26 lediglich fest, dass bestimmte unentgeltliche Lieferungen und sonstige Leistungen entgeltlichen gleichstehen; mangels anderweitiger spezieller Regelung spricht dies dafür, dass dies auch für die Bestimmung des Leistungsorts gilt. Wegen des eindeutigen Wortlauts der Vorschrift kommt jedoch eine richtlinienkonforme Auslegung nicht in Betracht; die nationale Regelung darf jedoch nicht zu Ungunsten des Steuerpflichtigen angewandt werden (→ § Rn. 5).

einstweilen frei 2

2. Inhalt der Vorschrift

Nach § 3f wird für alle unentgeltlichen Lieferungen iSd § 3 Abs. 1b (vgl. → § 3 Rn. 130ff.) und unentgeltlichen sonstigen Leistungen iSd § 3 Abs. 9a (vgl. → § 3 Rn. 261ff.) als Ort der Leistung der **Sitz des Unternehmers** oder, wenn diese Leistungen von einer Betriebsstätte ausgeführt werden, der Ort dieser Betriebsstätte (siehe auch UStAE 3f.1). Zum Begriff des Sitzes des Unternehmens vgl. → § 3a Rn. 10f., zum Begriff der Betriebsstätte vgl. → § 3a Rn. 13f.; mE ist auch im Falle der Konkurrenz zwischen einer Zuordnung zum Sitz des Unternehmens und einer Betriebsstätte auf die zu § 3a Abs. 1 entwickelten Grundsätze, insbesondere den grundsätzlichen Vorrang der Besteuerung am Sitz des Unternehmens gegenüber der Zuordnung zu einer Betriebsstätte entsprechend anzuwenden (vgl. → § 3a Rn. 11 mwN). 3

einstweilen frei 4

3. Unionsrechtswidrigkeit

§ 3f ist nicht nur **unionsrechtswidrig,** sondern auch vollkommen **unnötig.** Die von § 3 Abs. 1b und Abs. 9a angeordnete Fiktion, wonach unentgeltliche Leistungen als entgeltliche Leistungen gelten, würde – ohne die Existenz von § 3f – diese Leistungen den allgemeinen Ortsbestimmungsregeln zuführen. Nur dieses Ergebnis ist sinnvoll und entspricht den Vorgaben der MwStSystRL. § 3f führt das Sitzortprinzip für alle Arten von (unentgeltlichen) Lieferungen oder sonstigen Leistungen ein, auch wenn für diese im Falle der Entgeltlichkeit eine andere Ortsbestimmungsregel gelten würde. 5

Beispiel: Eine GmbH betreibt in Deutschland eine Mietwagenfirma. Alleiniger Gesellschafter und angestellter Geschäftsführer G wohnt in Österreich. Weil das private Fahrzeug des G defekt ist, nutzt er einen in Deutschland auf die GmbH zugelassenen Mietwagen für zwei Monate.

a) Die GmbH berechnet G das marktübliche Entgelt für die Mietwagenüberlassung.
b) Die GmbH berechnet G kein Entgelt für die Mietwagenüberlassung.

Im vorstehenden Beispiel würde die entgeltliche Leistung (a) unter § 3a Abs. 3 Nr. 2 S. 2 fallen (nicht kurzfristige Vermietung eines Beförderungsmittels an einen Nichtunternehmer). Ort der Leistung wäre Österreich. Ohne Entgelt handelt es sich um einen Fall des § 3 Abs. 9a S. 1 Nr. 1, der Ort der sonstigen Leistung liegt nach § 3f in Deutschland, da von dort das Unternehmen der GmbH betrieben wird. In diesem Fall könnte sich die GmbH aber auf das Unionsrecht berufen.

Das vorstehende Beispiel könnte beliebig für andere Lieferungen oder sonstige Leistungen variiert werden, bei denen im Falle der Entgeltlichkeit der Ort der Leistung nicht am Sitzort des Unternehmers bzw. am Belegenheitsort der Betriebsstätte liegt, zB auch bei grundstücksbezogenen Leistungen.

§ 3g Ort der Lieferung von Gas, Elektrizität, Wärme oder Kälte

(1) [1]**Bei einer Lieferung von Gas über das Erdgasnetz, von Elektrizität oder von Wärme oder Kälte über Wärme- oder Kältenetze an einen Unternehmer, dessen Haupttätigkeit in Bezug auf den Erwerb dieser Gegenstände in deren Lieferung besteht und dessen eigener Verbrauch dieser Gegenstände von untergeordneter Bedeutung ist, gilt als Ort dieser Lieferung der Ort, an dem der Abnehmer sein Unternehmen betreibt.** [2]**Wird die Lieferung an die Betriebsstätte eines Unternehmers im Sinne des Satzes 1 ausgeführt, so ist stattdessen der Ort der Betriebsstätte maßgebend.**

(2) [1]**Bei einer Lieferung von Gas über das Erdgasnetz, von Elektrizität oder von Wärme oder Kälte über Wärme- oder Kältenetze an andere als die in Absatz 1 bezeichneten Abnehmer gilt als Ort der Lieferung der Ort, an dem der Abnehmer die Gegenstände tatsächlich nutzt oder verbraucht.** [2]**Soweit die Gegenstände von diesem Abnehmer nicht tatsächlich genutzt oder verbraucht werden, gelten sie als an dem Ort genutzt oder verbraucht, an dem der Abnehmer seinen Sitz, eine Betriebsstätte, an die die Gegenstände geliefert werden, oder seinen Wohnsitz hat.**

(3) **Auf Gegenstände, deren Lieferungsort sich nach Absatz 1 oder Absatz 2 bestimmt, sind die Vorschriften des § 1a Abs. 2 und § 3 Abs. 1a nicht anzuwenden.**

EU-Recht: Art. 38f MwStSystRL (Art. 8 Abs. 1 Buchst. d und e 6. EG-RL)
UStAE: 3g.1

Übersicht

1. Bedeutung

1 Die Regelung wurde durch das EURLUmsG (BGBl. 2004 I 3310) in das UStG mit Wirkung zum 1. 1. 2005 eingefügt und durch JStG 2010 (BGBl. 2010 I 1768) erweitert um die Lieferung von Wärme und Kälte. Durch § 3g wird der Ort der Besteuerung von Gas über das Erdgasnetz, Elektrizität oder Wärme und Kälte über Wärme- und Kältenetze vom Ort der Belieferung zum **Empfängerort** bzw. **Ort des Verbrauchs verlagert.** Ziel der Neuregelung ist es, die bestehenden Probleme der Doppelbesteuerung und der Nichtbesteuerung sowie der Verfälschung des Wettbewerbs zu beseitigen (BT-Drs. 15/3677, 27; zur Entstehungsgeschichte siehe *Nieskens* UR 2005, 57 (58)). Zur Anwendung der Vorschrift durch die FVerw siehe UStAE 3g.1 und BMF 1.8.2005, BStBl. I 2005, 849.

2 Das Empfängerortprinzip gilt – neben dem allgemeinen Empfängerortprinzip nach § 3a Abs. 2 für den unternehmerischen Leistungsbezug – auch für bestimmte **sonstige Leistungen** in Zusammenhang mit der Lieferung der von § 3g erfassten Gegenstände, zB für die **Gewährung des Zugangs** zu einem Verteilungsnetz (§ 3a Abs. 4 S. 1 und 2 Nr. 14).

3, 4 *einstweilen frei*

2. Bestimmung des Lieferungsortes

Bei der Bestimmung des Lieferungsortes von Gas über das Erdgasnetz oder Elektrizität ist zu **unterscheiden,** ob der Empfänger der Lieferung ein steuerpflichtiger **Wiederverkäufer** oder ein **sonstiger Abnehmer** ist, denn Voraussetzung für die Anwendung von § 3g ist, dass der Abnehmer ein Unternehmer ist, dessen Haupttätigkeit in Bezug auf den Erwerb von Gas, Elektrizität oder Wärme und Kälte in deren Lieferung besteht und dessen eigener Verbrauch dieser Gegenstände von untergeordneter Bedeutung ist: 5

a) Lieferung an Wiederverkäufer. Bei der Lieferung an **Wiederverkäufer** ist der Ort der Lieferung gemäß § 3g Abs. 1 dort, wo ein solcher Abnehmer sein Unternehmen betreibt oder eine Betriebsstätte unterhält (Empfängerortprinzip). 6

Wiederverkäufer im Sinne der Vorschrift ist ein Unternehmer, dessen **Haupttätigkeit** in Bezug auf den Erwerb von Gas oder Elektrizität im Wiederverkauf dieser Gegenstände besteht und dessen eigener Verbrauch dieser Erzeugnisse zu vernachlässigen ist. Maßgebend ist dabei nicht die Gesamttätigkeit des Wiederverkäufers, sondern nur dessen Tätigkeit in der Sparte „Kauf von Gas oder Elektrizität" (BT-Drs. 15/3677, 39). Nach UStAE 3g.1 Abs. 2 ist der Unternehmer Wiederverkäufer, wenn er mehr als die Hälfte der von ihm erworbenen Menge weiterveräußert. Der eigene Gas- bzw. Elektrizitätsverbrauch des Unternehmers ist nach UStAE 3g.1 Abs. 2 von untergeordneter Bedeutung, wenn nicht mehr als 5% der erworbenen Menge zu eigenen (unternehmerischen sowie nichtunternehmerischen) Zwecken verwendet wird. Daneben ist nach UStAE 3g.1 Abs. 3 weiterhin von einer untergeordneten Bedeutung auszugehen, wenn der Unternehmer zwar mehr als 5%, jedoch nicht mehr als 10% der erworbenen Menge an Gas oder Elektrizität zu eigenen Zwecken verwendet und die im Mittel der vorangegangenen drei Jahre zu eigenen Zwecken verbrauchte Menge 5% der in diesem Zeitraum erworbenen Menge nicht überschritten hat. 7

einstweilen frei **8, 9**

b) Lieferung an andere Abnehmer. Bei der Lieferung an andere Abnehmer als Wiederverkäufer ist der Ort der Lieferung gemäß § 3g Abs. 2, wo der tatsächliche Verbrauch bzw. die tatsächliche Nutzung stattfindet. Dies ist regelmäßig dort, wo sich der **Zähler des Abnehmers** befindet. 10

Liefern solche Abnehmer das an sie über das Erdgasnetz gelieferte Gas bzw. die Elektrizität bzw. die über Wärme- und Kältenetze gelieferte Wärme und Kälte weiter (zB Weiterverkauf von Überkapazitäten) gilt als Ort der Sitz des Abnehmers bzw. der Ort der Betriebsstätte des Abnehmers (§ 3g Abs. 2 S. 2). Damit gilt bei einem solchem Weiterverkauf ebenfalls das **Empfängerortprinzip.** 11

einstweilen frei **12–14**

3. Steuerschuldnerschaft

Bei Lieferungen von Gas über das Erdgasnetz, Wärme und Kälte über Wärme- und Kältenetze oder Elektrizität durch einen in Ausland ansässigen Unternehmer ist der **Leistungsempfänger Steuerschuldner,** wenn er Unternehmer ist (§ 13b Abs. 2 Nr. 5 Buchst. a iVm Abs. 5 S. 1 Halbsatz 2). Bei Lieferungen von Gas und Elektrizität gilt die Steuerschuldnerumkehr auch für Umsätze inländischer Unternehmer, wenn in den Fällen von Gaslieferungen der Leistungsempfänger Unternehmer ist und Erdgas liefert (§ 13b Abs. 2 Nr. 5 Buchst. b iVm Abs. 5 S. 3) und in den Fällen von Stromlieferungen der leistende Unternehmer und der Leistungsempfänger Wiederverkäufer iSd § 3g sind (§ 13b Abs. 2 Nr. 5 Buchst. b iVm Abs. 5 S. 4). Für **Kleinunternehmer** als leistende Unternehmer gilt dies nicht (§ 13b Abs. 5 S. 7). 15

Den Nachweis der Eigenschaft als Wiederverkäufer für Zwecke der Steuerschuldverlagerung kann der Unternehmer nach amtlichem Vordruckmuster führen (BMF 16

17.6.2015, BStBl. I 2015, 513). Für weiterführende Details siehe *Gerhards* DStZ 2014, 265.

4. Abgrenzungen

17 Mit der Einführung der speziellen Ortsbestimmungen in § 3g sind die allgemeinen Regeln für die **Lieferung von Gegenständen** ausgeschlossen. § 3g Abs. 3 stellt ausdrücklich klar, dass bei der Verbringung von Gas über das Erdgasnetz, Wärme und Kälte über Wärme- und Kältenetze und Elektrizität iSd Abs. 1 oder 2 **kein innergemeinschaftliches Verbringen** vorliegen kann.

18 Die Sonderregelung des § 3g ist auf die Lieferung von **Gas über das Erdgasnetz beschränkt.** Auf den Verkauf von **Erdgas in Flaschen** findet die Vorschrift daher keine Anwendung.

Zweiter Abschnitt. Steuerbefreiungen und Steuervergütungen

§ 4 Steuerbefreiungen bei Lieferungen und sonstigen Leistungen

Von den unter § 1 Abs. 1 Nr. 1 fallenden Umsätzen sind steuerfrei:

1. a) die Ausfuhrlieferungen (§ 6) und die Lohnveredelungen an Gegenständen der Ausfuhr (§ 7),
   b) die innergemeinschaftlichen Lieferungen (§ 6a);
2. die Umsätze für die Seeschifffahrt und für die Luftfahrt (§ 8);
3. die folgenden sonstigen Leistungen
   a) die grenzüberschreitenden Beförderungen von Gegenständen, die Beförderungen im internationalen Eisenbahnfrachtverkehr und andere sonstige Leistungen, wenn sich die Leistungen
      aa) unmittelbar auf Gegenstände der Ausfuhr beziehen oder auf eingeführte Gegenstände beziehen, die im externen Versandverfahren in das Drittlandsgebiet befördert werden, oder
      bb) auf Gegenstände der Einfuhr in das Gebiet eines Mitgliedstaates der Europäischen Union beziehen und die Kosten für die Leistungen in der Bemessungsgrundlage für diese Einfuhr enthalten sind. [2]Nicht befreit sind die Beförderungen der in § 1 Abs. 3 Nr. 4 Buchstabe a bezeichneten Gegenstände aus einem Freihafen in das Inland,
   c) die Beförderungen von Gegenständen nach und von den Inseln, die die autonomen Regionen Azoren und Madeira bilden,
   d) sonstige Leistungen, die sich unmittelbar auf eingeführte Gegenstände beziehen, für die zollamtlich eine vorübergehende Verwendung in den in § 1 Abs. 1 Nr. 4 bezeichneten Gebieten bewilligt worden ist, wenn der Leistungsempfänger ein ausländischer Auftraggeber (§ 7 Abs. 2) ist. [2]Dies gilt nicht für sonstige Leistungen, die sich auf Beförderungsmittel, Paletten und Container beziehen.

   [2]Die Vorschrift gilt nicht für die in den Nummern 8, 10 und 11 bezeichneten Umsätze und für die Bearbeitung oder Verarbeitung eines Gegenstands einschließlich der Werkleistung im Sinne des § 3 Abs. 10. [3]Die Voraussetzungen der Steuerbefreiung müssen vom Unternehmer nachgewiesen sein. [4]Das Bundesministerium der Finanzen kann mit Zustimmung des Bundesrates durch Rechtsverordnung bestimmen, wie der Unternehmer den Nachweis zu führen hat;
4. die Lieferungen von Gold an Zentralbanken;

4a. die folgenden Umsätze:
   a) die Lieferungen der in der Anlage 1 bezeichneten Gegenstände an einen Unternehmer für sein Unternehmen, wenn der Gegenstand der Lieferung im Zusammenhang mit der Lieferung in ein Umsatzsteuerlager eingelagert wird oder sich in einem Umsatzsteuerlager befindet. [2]Mit der Auslagerung eines Gegenstands aus einem Umsatzsteuerlager entfällt die Steuerbefreiung für die der Auslagerung vorangegangene Lieferung, den der Auslagerung vorangegangenen innergemeinschaftlichen Erwerb oder die der Auslagerung vorangegangene Einfuhr; dies gilt nicht, wenn der Gegenstand im Zusammenhang mit der Auslagerung in ein anderes Umsatzsteuerlager im Inland eingelagert wird. [3]Eine Auslagerung ist die endgültige Herausnahme eines Gegenstands aus einem Umsatzsteuerlager. [4]Der endgültigen Herausnahme steht gleich der sonstige Wegfall der Voraussetzungen für die

Steuerbefreiung sowie die Erbringung einer nicht nach Buchstabe b begünstigten Leistung an den eingelagerten Gegenständen,

b) die Leistungen, die mit der Lagerung, der Erhaltung, der Verbesserung der Aufmachung und Handelsgüte oder der Vorbereitung des Vertriebs oder Weiterverkaufs der eingelagerten Gegenstände unmittelbar zusammenhängen. ²Dies gilt nicht, wenn durch die Leistungen die Gegenstände so aufbereitet werden, dass sie zur Lieferung auf der Einzelhandelsstufe geeignet sind.

²Die Steuerbefreiung gilt nicht für Leistungen an Unternehmer, die diese zur Ausführung von Umsätzen verwenden, für die die Steuer nach den Durchschnittssätzen des § 24 festgesetzt ist. ³Die Voraussetzungen der Steuerbefreiung müssen vom Unternehmer eindeutig und leicht nachprüfbar nachgewiesen sein. ⁴Umsatzsteuerlager kann jedes Grundstück oder Grundstücksteil im Inland sein, das zur Lagerung der in Anlage 1 genannten Gegenstände dienen soll und von einem Lagerhalter betrieben wird. ⁵Es kann mehrere Lagerorte umfassen. ⁶Das Umsatzsteuerlager bedarf der Bewilligung des für den Lagerhalter zuständigen Finanzamts. ⁷Der Antrag ist schriftlich zu stellen. ⁸Die Bewilligung ist zu erteilen, wenn ein wirtschaftliches Bedürfnis für den Betrieb des Umsatzsteuerlagers besteht und der Lagerhalter die Gewähr für dessen ordnungsgemäße Verwaltung bietet;

4b. die einer Einfuhr vorangehende Lieferung von Gegenständen, wenn der Abnehmer oder dessen Beauftragter den Gegenstand der Lieferung einführt. ²Dies gilt entsprechend für Lieferungen, die den in Satz 1 genannten Lieferungen vorausgegangen sind. ³Die Voraussetzungen der Steuerbefreiung müssen vom Unternehmer eindeutig und leicht nachprüfbar nachgewiesen sein;

5. die Vermittlung

a) der unter die Nummer 1 Buchstabe a, Nummern 2 bis 4b und Nummern 6 und 7 fallenden Umsätze,

b) der grenzüberschreitenden Beförderungen von Personen mit Luftfahrzeugen oder Seeschiffen,

c) der Umsätze, die ausschließlich im Drittlandsgebiet bewirkt werden,

d) der Lieferungen, die nach § 3 Abs. 8 als im Inland ausgeführt zu behandeln sind.

²Nicht befreit ist die Vermittlung von Umsätzen durch Reisebüros für Reisende. ³Die Voraussetzungen der Steuerbefreiung müssen vom Unternehmer nachgewiesen sein. ⁴Das Bundesministerium der Finanzen kann mit Zustimmung des Bundesrates durch Rechtsverordnung bestimmen, wie der Unternehmer den Nachweis zu führen hat;

6. a) die Lieferungen und sonstigen Leistungen der Eisenbahnen des Bundes auf Gemeinschaftsbahnhöfen, Betriebswechselbahnhöfen, Grenzbetriebsstrecken und Durchgangsstrecken an Eisenbahnverwaltungen mit Sitz im Ausland,

b) (weggefallen)

c) die Lieferungen von eingeführten Gegenständen an im Drittlandsgebiet, ausgenommen Gebiete nach § 1 Abs. 3, ansässige Abnehmer, soweit für die Gegenstände zollamtlich eine vorübergehende Verwendung in den in § 1 Abs. 1 Nr. 4 bezeichneten Gebieten bewilligt worden ist und diese Bewilligung auch nach der Lieferung gilt. ²Nicht befreit sind die Lieferungen von Beförderungsmitteln, Paletten und Containern,

d) Personenbeförderungen im Passagier- und Fährverkehr mit Wasserfahrzeugen für die Seeschifffahrt, wenn die Personenbeförderungen

zwischen inländischen Seehäfen und der Insel Helgoland durchgeführt werden,
e) die Abgabe von Speisen und Getränken zum Verzehr an Ort und Stelle im Verkehr mit Wasserfahrzeugen für die Seeschifffahrt zwischen einem inländischen und ausländischen Seehafen und zwischen zwei ausländischen Seehäfen. [2]Inländische Seehäfen im Sinne des Satzes 1 sind auch die Freihäfen und Häfen auf der Insel Helgoland;

7. die Lieferungen, ausgenommen Lieferungen neuer Fahrzeuge im Sinne des § 1b Abs. 2 und 3, und die sonstigen Leistungen
a) an andere Vertragsparteien des Nordatlantikvertrags, die nicht unter die in §26 Abs. 5 bezeichneten Steuerbefreiungen fallen, wenn die Umsätze für den Gebrauch oder Verbrauch durch die Streitkräfte dieser Vertragsparteien, ihr ziviles Begleitpersonal oder für die Versorgung ihrer Kasinos oder Kantinen bestimmt sind und die Streitkräfte der gemeinsamen Verteidigungsanstrengung dienen,
b) an die in dem Gebiet eines anderen Mitgliedstaates stationierten Streitkräfte der Vertragsparteien des Nordatlantikvertrags, soweit sie nicht an die Streitkräfte dieses Mitgliedstaates ausgeführt werden,
c) an die in dem Gebiet eines anderen Mitgliedstaates ansässigen ständigen diplomatischen Missionen und berufskonsularischen Vertretungen sowie deren Mitglieder und
d) an die in dem Gebiet eines anderen Mitgliedstaates ansässigen zwischenstaatlichen Einrichtungen sowie deren Mitglieder.

[2]Der Gegenstand der Lieferung muss in den Fällen des Satzes 1 Buchstabe b bis d in das Gebiet des anderen Mitgliedstaates befördert oder versendet werden. [3]Für die Steuerbefreiungen nach Satz 1 Buchstabe b bis d sind die in dem anderen Mitgliedstaat geltenden Voraussetzungen maßgebend. [4]Die Voraussetzungen der Steuerbefreiungen müssen vom Unternehmer nachgewiesen sein. [5]Bei den Steuerbefreiungen nach Satz 1 Buchstabe b bis d hat der Unternehmer die in dem anderen Mitgliedstaat geltenden Voraussetzungen dadurch nachzuweisen, dass ihm der Abnehmer eine von der zuständigen Behörde des anderen Mitgliedstaates oder, wenn er hierzu ermächtigt ist, eine selbst ausgestellte Bescheinigung nach amtlich vorgeschriebenem Muster aushändigt. [6]Das Bundesministerium der Finanzen kann mit Zustimmung des Bundesrates durch Rechtsverordnung bestimmen, wie der Unternehmer die übrigen Voraussetzungen nachzuweisen hat;

8. a) die Gewährung und die Vermittlung von Krediten,
b) die Umsätze und die Vermittlung der Umsätze von gesetzlichen Zahlungsmitteln. [2]Das gilt nicht, wenn die Zahlungsmittel wegen ihres Metallgehalts oder ihres Sammlerwerts umgesetzt werden,
c) die Umsätze im Geschäft mit Forderungen, Schecks und anderen Handelspapieren sowie die Vermittlung dieser Umsätze, ausgenommen die Einziehung von Forderungen,
d) die Umsätze und die Vermittlung der Umsätze im Einlagengeschäft, im Kontokorrentverkehr, im Zahlungs- und Überweisungsverkehr und das Inkasso von Handelspapieren,
e) die Umsätze im Geschäft mit Wertpapieren und die Vermittlung dieser Umsätze, ausgenommen die Verwahrung und die Verwaltung von Wertpapieren,
f) die Umsätze und die Vermittlung der Umsätze von Anteilen an Gesellschaften und anderen Vereinigungen,
g) die Übernahme von Verbindlichkeiten, von Bürgschaften und anderen Sicherheiten sowie die Vermittlung dieser Umsätze,

[Fassung bis 31.12.2017:]
h) die Verwaltung von Investmentfonds im Sinne des Investmentsteuergesetzes und die Verwaltung von Versorgungseinrichtungen im Sinne des Versicherungsaufsichtsgesetzes,

[Fassung ab 1.1.2018:]
h) die Verwaltung von Organismen für gemeinsame Anlagen in Wertpapieren im Sinne des § 1 Absatz 2 des Kapitalanlagegesetzbuchs, die Verwaltung von mit diesen vergleichbaren alternativen Investmentfonds im Sinne des § 1 Absatz 3 des Kapitalanlagegesetzbuchs und die Verwaltung von Versorgungseinrichtungen im Sinne des Versicherungsaufsichtsgesetzes,

i) die Umsätze der im Inland gültigen amtlichen Wertzeichen zum aufgedruckten Wert;
j) (weggefallen)
k) (weggefallen)

9. a) die Umsätze, die unter das Grunderwerbsteuergesetz fallen,
b) die Umsätze, die unter das Rennwett- und Lotteriegesetz fallen. [2]Nicht befreit sind die unter das Rennwett- und Lotteriegesetz fallenden Umsätze, die von der Rennwett- und Lotteriesteuer befreit sind oder von denen diese Steuer allgemein nicht erhoben wird;

10. a) die Leistungen auf Grund eines Versicherungsverhältnisses im Sinne des Versicherungsteuergesetzes. [2]Das gilt auch, wenn die Zahlung des Versicherungsentgelts nicht der Versicherungsteuer unterliegt,
b) die Leistungen, die darin bestehen, dass anderen Personen Versicherungsschutz verschafft wird;

11. die Umsätze aus der Tätigkeit als Bausparkassenvertreter, Versicherungsvertreter und Versicherungsmakler;

11a. die folgenden vom 1. Januar 1993 bis zum 31. Dezember 1995 ausgeführten Umsätze der Deutschen Bundespost TELEKOM und der Deutsche Telekom AG:
a) die Überlassung von Anschlüssen des Telefonnetzes und des diensteintegrierenden digitalen Fernmeldenetzes sowie die Bereitstellung der von diesen Anschlüssen ausgehenden Verbindungen innerhalb dieser Netze und zu Mobilfunkendeinrichtungen,
b) die Überlassung von Übertragungswegen im Netzmonopol des Bundes,
c) die Ausstrahlung und Übertragung von Rundfunksignalen einschließlich der Überlassung der dazu erforderlichen Sendeanlagen und sonstigen Einrichtungen sowie das Empfangen und Verteilen von Rundfunksignalen in Breitbandverteilnetzen einschließlich der Überlassung von Kabelanschlüssen;

11b. Universaldienstleistungen nach Artikel 3 Absatz 4 der Richtlinie 97/67/EG des Europäischen Parlaments und des Rates vom 15. Dezember 1997 über gemeinsame Vorschriften für die Entwicklung des Binnenmarktes der Postdienste der Gemeinschaft und die Verbesserung der Dienstequalität (ABl. L 15 vom 21.1.1998, S. 14, L 23 vom 30.1.1998, S. 39), die zuletzt durch die Richtlinie 2008/6/EG (ABl. L 52 vom 27.2.2008, S. 3) geändert worden ist, in der jeweils geltenden Fassung. [2]Die Steuerbefreiung setzt voraus, dass der Unternehmer sich entsprechend einer Bescheinigung des Bundeszentralamtes für Steuern gegenüber dieser Behörde verpflichtet hat, flächendeckend im gesamten Ge-

biet der Bundesrepublik Deutschland die Gesamtheit der Universaldienstleistungen oder einen Teilbereich dieser Leistungen nach Satz 1 anzubieten. [3]Die Steuerbefreiung gilt nicht für Leistungen, die der Unternehmer erbringt

a) auf Grund individuell ausgehandelter Vereinbarungen oder

b) auf Grund allgemeiner Geschäftsbedingungen zu abweichenden Qualitätsbedingungen oder zu günstigeren Preisen als den nach den allgemein für jedermann zugänglichen Tarifen oder als den nach § 19 des Postgesetzes vom 22. Dezember 1997 (BGBl. I S. 3294), das zuletzt durch Artikel 272 der Verordnung vom 31. Oktober 2006 (BGBl. I S. 2407) geändert worden ist, in der jeweils geltenden Fassung, genehmigten Entgelten;

12. a) die Vermietung und die Verpachtung von Grundstücken, von Berechtigungen, für die die Vorschriften des bürgerlichen Rechts über Grundstücke gelten, und von staatlichen Hoheitsrechten, die Nutzungen von Grund und Boden betreffen,

b) die Überlassung von Grundstücken und Grundstücksteilen zur Nutzung auf Grund eines auf Übertragung des Eigentums gerichteten Vertrags oder Vorvertrags,

c) die Bestellung, die Übertragung und die Überlassung der Ausübung von dinglichen Nutzungsrechten an Grundstücken.

[2]Nicht befreit sind die Vermietung von Wohn- und Schlafräumen, die ein Unternehmer zur kurzfristigen Beherbergung von Fremden bereithält, die Vermietung von Plätzen für das Abstellen von Fahrzeugen, die kurzfristige Vermietung auf Campingplätzen und die Vermietung und die Verpachtung von Maschinen und sonstigen Vorrichtungen aller Art, die zu einer Betriebsanlage gehören (Betriebsvorrichtungen), auch wenn sie wesentliche Bestandteile eines Grundstücks sind;

13. die Leistungen, die die Gemeinschaften der Wohnungseigentümer im Sinne des Wohnungseigentumsgesetzes in der im Bundesgesetzblatt Teil III, Gliederungsnummer 403-1, veröffentlichten bereinigten Fassung, in der jeweils geltenden Fassung an die Wohnungseigentümer und Teileigentümer erbringen, soweit die Leistungen in der Überlassung des gemeinschaftlichen Eigentums zum Gebrauch, seiner Instandhaltung, Instandsetzung und sonstigen Verwaltung sowie der Lieferung von Wärme und ähnlichen Gegenständen bestehen;

14. a) Heilbehandlungen im Bereich der Humanmedizin, die im Rahmen der Ausübung der Tätigkeit als Arzt, Zahnarzt, Heilpraktiker, Physiotherapeut, Hebamme oder einer ähnlichen heilberuflichen Tätigkeit durchgeführt werden. [2]Satz 1 gilt nicht für die Lieferung oder Wiederherstellung von Zahnprothesen (aus Unterpositionen 9021 21 und 9021 29 00 des Zolltarifs) und kieferorthopädischen Apparaten (aus Unterposition 9021 10 des Zolltarifs), soweit sie der Unternehmer in seinem Unternehmen hergestellt oder wiederhergestellt hat;

b) Krankenhausbehandlungen und ärztliche Heilbehandlungen einschließlich der Diagnostik, Befunderhebung, Vorsorge, Rehabilitation, Geburtshilfe und Hospizleistungen sowie damit eng verbundene Umsätze, die von Einrichtungen des öffentlichen Rechts erbracht werden. [2]Die in Satz 1 bezeichneten Leistungen sind auch steuerfrei, wenn sie von

aa) zugelassenen Krankenhäusern nach § 108 des Fünften Buches Sozialgesetzbuch,

bb) Zentren für ärztliche Heilbehandlung und Diagnostik oder Befunderhebung, die an der vertragsärztlichen Versorgung nach

§ 95 des Fünften Buches Sozialgesetzbuch teilnehmen oder für die Regelungen nach § 115 des Fünften Buches Sozialgesetzbuch gelten,

cc) Einrichtungen, die von den Trägern der gesetzlichen Unfallversicherung nach § 34 des Siebten Buches Sozialgesetzbuch an der Versorgung beteiligt worden sind,

dd) Einrichtungen, mit denen Versorgungsverträge nach den §§ 111 und 111 a des Fünften Buches Sozialgesetzbuch bestehen,

ee) Rehabilitationseinrichtungen, mit denen Verträge nach *§ 21 des Neunten Buches Sozialgesetzbuch [[ab 1. 1. 2018:]* § 38 des Neunten Buches Sozialgesetzbuch] bestehen,

ff) Einrichtungen zur Geburtshilfe, für die Verträge nach § 134 a des Fünften Buches Sozialgesetzbuch gelten, oder

gg) Hospizen, mit denen Verträge nach § 39 a Abs. 1 des Fünften Buches Sozialgesetzbuch bestehen, oder

hh) Einrichtungen, mit denen Verträge nach § 127 in Verbindung mit § 126 Absatz 3 des Fünften Buches Sozialgesetzbuch über die Erbringung nichtärztlicher Dialyseleistungen bestehen,

erbracht werden und es sich ihrer Art nach um Leistungen handelt, auf die sich die Zulassung, der Vertrag oder die Regelung nach dem Sozialgesetzbuch jeweils bezieht, oder

ii) von Einrichtungen nach § 138 Abs. 1 Satz 1 des Strafvollzugsgesetzes erbracht werden;

c) Leistungen nach den Buchstaben a und b, die von

aa) Einrichtungen, mit denen Verträge zur hausarztzentrierten Versorgung nach § 73 b des Fünften Buches Sozialgesetzbuch oder zur besonderen ambulanten ärztlichen Versorgung nach § 73 c des Fünften Buches Sozialgesetzbuch bestehen, oder

bb) Einrichtungen nach § 140 b Absatz 1 des Fünften Buches Sozialgesetzbuch, mit denen Verträge zur integrierten Versorgung nach § 140 a des Fünften Buches Sozialgesetzbuch bestehen,

erbracht werden;

d) sonstige Leistungen von Gemeinschaften, deren Mitglieder Angehörige der in Buchstabe a bezeichneten Berufe oder Einrichtungen im Sinne des Buchstaben b sind, gegenüber ihren Mitgliedern, soweit diese Leistungen für unmittelbare Zwecke der Ausübung der Tätigkeiten nach Buchstabe a oder Buchstabe b verwendet werden und die Gemeinschaft von ihren Mitgliedern lediglich die genaue Erstattung des jeweiligen Anteils an den gemeinsamen Kosten fordert;

e) die zur Verhütung von nosokomialen Infektionen und zur Vermeidung der Weiterverbreitung von Krankheitserregern, insbesondere solcher mit Resistenzen, erbrachten Leistungen eines Arztes oder einer Hygienefachkraft, an in den Buchstaben a, b und d genannte Einrichtungen, die diesen dazu dienen, ihre Heilbehandlungsleistungen ordnungsgemäß unter Beachtung der nach dem Infektionsschutzgesetz und den Rechtsverordnungen der Länder nach § 23 Absatz 8 des Infektionsschutzgesetzes bestehenden Verpflichtungen zu erbringen;

15. die Umsätze der gesetzlichen Träger der Sozialversicherung, der gesetzlichen Träger der Grundsicherung für Arbeitsuchende nach dem Zweiten Buch Sozialgesetzbuch sowie der gemeinsamen Einrichtungen nach § 44 b Abs. 1 des Zweiten Buches Sozialgesetzbuch, der örtlichen und überörtlichen Träger der Sozialhilfe sowie der Verwaltungs-

behörden und sonstigen Stellen der Kriegsopferversorgung einschließlich der Träger der Kriegsopferfürsorge
a) untereinander,
b) an die Versicherten, die Bezieher von Leistungen nach dem Zweiten Buch Sozialgesetzbuch, die Empfänger von Sozialhilfe oder die Versorgungsberechtigten. [2]Das gilt nicht für die Abgabe von Brillen und Brillenteilen einschließlich der Reparaturarbeiten durch Selbstabgabestellen der gesetzlichen Träger der Sozialversicherung;

15a. die auf Gesetz beruhenden Leistungen der Medizinischen Dienste der Krankenversicherung (§ 278 SGB V) und des Medizinischen Dienstes der Spitzenverbände der Krankenkassen (§ 282 SGB V) untereinander und für die gesetzlichen Träger der Sozialversicherung und deren Verbände und für die Träger der Grundsicherung für Arbeitsuchende nach dem Zweiten Buch Sozialgesetzbuch sowie die gemeinsamen Einrichtungen nach § 44b des Zweiten Buches Sozialgesetzbuch;

15b. Eingliederungsleistungen nach dem Zweiten Buch Sozialgesetzbuch, Leistungen der aktiven Arbeitsförderung nach dem Dritten Buch Sozialgesetzbuch und vergleichbare Leistungen, die von Einrichtungen des öffentlichen Rechts oder anderen Einrichtungen mit sozialem Charakter erbracht werden. Andere Einrichtungen mit sozialem Charakter im Sinne dieser Vorschrift sind Einrichtungen,
a) die nach § 178 des Dritten Buches Sozialgesetzbuch zugelassen sind,
b) die für ihre Leistungen nach Satz 1 Verträge mit den gesetzlichen Trägern der Grundsicherung für Arbeitsuchende nach dem Zweiten Buch Sozialgesetzbuch geschlossen haben oder
c) die für Leistungen, die denen nach Satz 1 vergleichbar sind, Verträge mit juristischen Personen des öffentlichen Rechts, die diese Leistungen mit dem Ziel der Eingliederung in den Arbeitsmarkt durchführen, geschlossen haben;

15c. Leistungen zur Teilhabe am Arbeitsleben nach *§ 33 des Neunten Buches Sozialgesetzbuch* [*[ab 1.1.2018:]* § 49 des Neunten Buches Sozialgesetzbuch], die von Einrichtungen des öffentlichen Rechts oder anderen Einrichtungen mit sozialem Charakter erbracht werden. [2]Andere Einrichtungen mit sozialem Charakter im Sinne dieser Vorschrift sind Rehabilitationsdienste und -einrichtungen nach den *§§ 19 und 35 des Neunten Buches Sozialgesetzbuch* [*[ab 1.1.2018:]* §§ 36 und 51 des Neunten Buches Sozialgesetzbuch], mit denen Verträge nach *§ 21 des Neunten Buches Sozialgesetzbuch* [*[ab 1.1.2018:]* § 38 des Neunten Buches Sozialgesetzbuch] abgeschlossen worden sind;

16. die mit dem Betrieb von Einrichtungen zur Betreuung oder Pflege körperlich, geistig oder seelisch hilfsbedürftiger Personen eng verbundenen Leistungen, die von
a) juristischen Personen des öffentlichen Rechts,
b) Einrichtungen, mit denen ein Vertrag nach § 132 des Fünften Buches Sozialgesetzbuch besteht,
c) Einrichtungen, mit denen ein Vertrag nach § 132a des Fünften Buches Sozialgesetzbuch, § 72 oder § 77 des Elften Buches Sozialgesetzbuch besteht oder die Leistungen zur häuslichen Pflege oder zur Heimpflege erbringen und die hierzu nach § 26 Abs. 5 in Verbindung mit § 44 des Siebten Buches Sozialgesetzbuch bestimmt sind,
d) Einrichtungen, die Leistungen der häuslichen Krankenpflege oder Haushaltshilfe erbringen und die hierzu nach § 26 Abs. 5 in Verbindung mit den §§ 32 und 42 des Siebten Buches Sozialgesetzbuch bestimmt sind,

e) Einrichtungen, mit denen eine Vereinbarung nach *§ 111 des Neunten Buches Sozialgesetzbuch* [*[ab 1.1.2018:]* § 194 des Neunten Buches Sozialgesetzbuch] besteht,

f) Einrichtungen, die nach *§ 142 des Neunten Buches Sozialgesetzbuch* [*[ab 1.1.2018:]* § 225 des Neunten Buches Sozialgesetzbuch] anerkannt sind,

g) Einrichtungen, soweit sie Leistungen erbringen, die landesrechtlich als Angebote zur Unterstützung im Alltag nach § 45a des Elften Buches Sozialgesetzbuch anerkannt sind,

[Fassung bis 31.12.2017:]

h) Einrichtungen, mit denen eine Vereinbarung nach § 75 des Zwölften Buches Sozialgesetzbuch besteht,

[Fassung ab 1.1.2018:]

h) Einrichtungen, mit denen eine Vereinbarung nach § 123 des Neunten Buches Sozialgesetzbuch oder nach § 76 des Zwölften Buches Sozialgesetzbuch besteht,

i) Einrichtungen, mit denen ein Vertrag nach § 8 Absatz 3 des Gesetzes zur Errichtung der Sozialversicherung für Landwirtschaft, Forsten und Gartenbau über die Gewährung von häuslicher Krankenpflege oder Haushaltshilfe nach den §§ 10 und 11 des Zweiten Gesetzes über die Krankenversicherung der Landwirte, § 10 des Gesetzes über die Alterssicherung der Landwirte oder nach § 54 Absatz 2 des Siebten Buches Sozialgesetzbuch besteht,

j) Einrichtungen, die aufgrund einer Landesrahmenempfehlung nach § 2 der Frühförderungsverordnung als fachlich geeignete interdisziplinäre Frühförderstellen anerkannt sind,

k) Einrichtungen, die als Betreuer nach § 1896 Absatz 1 des Bürgerlichen Gesetzbuchs bestellt worden sind, sofern es sich nicht um Leistungen handelt, die nach § 1908i Absatz 1 in Verbindung mit § 1835 Absatz 3 des Bürgerlichen Gesetzbuchs vergütet werden, oder

[Fassung bis 31.12.2019:]

l) Einrichtungen, bei denen im vorangegangenen Kalenderjahr die Betreuungs- oder Pflegekosten in mindestens 25 Prozent der Fälle von den gesetzlichen Trägern der Sozialversicherung oder der Sozialhilfe oder der für die Durchführung der Kriegopferversorgung zuständigen Versorgungsverwaltung einschließlich der Träger der Kriegsopferfürsorge ganz oder zum überwiegenden Teil vergütet worden sind,

[Fassung ab 1.1.2020:]

l) Einrichtungen, bei denen im vorangegangenen Kalenderjahr die Betreuungs- oder Pflegekosten in mindestens 25 Prozent der Fälle von den gesetzlichen Trägern der Sozialversicherung, den Trägern der Sozialhilfe, den Trägern der Eingliederungshilfe nach § 94 des Neunten Buches Sozialgesetzbuch oder der für die Durchführung der Kriegsopferversorgung zuständigen Versorgungsverwaltung einschließlich der Träger der Kriegsopferfürsorge ganz oder zum überwiegenden Teil vergütet worden sind,

erbracht werden. [2]Leistungen im Sinne des Satzes 1, die von Einrichtungen nach den Buchstaben b bis l erbracht werden, sind befreit, soweit es sich ihrer Art nach um Leistungen handelt, auf die sich die Anerkennung, der Vertrag oder die Vereinbarung nach Sozialrecht oder die Vergütung jeweils bezieht;

17. **a) die Lieferungen von menschlichen Organen, menschlichem Blut und Frauenmilch,**

b) die Beförderungen von kranken und verletzten Personen mit Fahrzeugen, die hierfür besonders eingerichtet sind;

18. **die Leistungen der amtlich anerkannten Verbände der freien Wohlfahrtspflege und der der freien Wohlfahrtspflege dienenden Körperschaften, Personenvereinigungen und Vermögensmassen, die einem Wohlfahrtsverband als Mitglied angeschlossen sind, wenn**

a) diese Unternehmer ausschließlich und unmittelbar gemeinnützigen, mildtätigen oder kirchlichen Zwecken dienen,

b) die Leistungen unmittelbar dem nach der Satzung, Stiftung oder sonstigen Verfassung begünstigten Personenkreis zugute kommen und

c) die Entgelte für die in Betracht kommenden Leistungen hinter den durchschnittlich für gleichartige Leistungen von Erwerbsunternehmen verlangten Entgelten zurückbleiben.

[2]Steuerfrei sind auch die Beherbergung, Beköstigung und die üblichen Naturalleistungen, die diese Unternehmer den Personen, die bei den Leistungen nach Satz 1 tätig sind, als Vergütung für die geleisteten Dienste gewähren;

18a. **die Leistungen zwischen den selbständigen Gliederungen einer politischen Partei, soweit diese Leistungen im Rahmen der satzungsgemäßen Aufgaben gegen Kostenerstattung ausgeführt werden;**

19. **a) die Umsätze der Blinden, die nicht mehr als zwei Arbeitnehmer beschäftigen. [2]Nicht als Arbeitnehmer gelten der Ehegatte, der eingetragene Lebenspartner, die minderjährigen Abkömmlinge, die Eltern des Blinden und die Lehrlinge. [3]Die Blindheit ist nach den für die Besteuerung des Einkommens maßgebenden Vorschriften nachzuweisen. [4]Die Steuerfreiheit gilt nicht für die Lieferungen von Energieerzeugnissen im Sinne des § 1 Abs. 2 und 3 des Energiesteuergesetzes und** ***Branntweinen, wenn der Blinde für diese Erzeugnisse Energiesteuer oder Branntweinabgaben zu entrichten hat*** **[*[ab 1. 1. 2018:]* und von Alkohol im Sinne des Alkoholsteuergesetzes, wenn der Blinde für diese Erzeugnisse Energiesteuer oder Alkoholsteuer zu entrichten hat], und für Lieferungen im Sinne der Nummer 4a Satz 1 Buchstabe a Satz 2,**

b) die folgenden Umsätze der nicht unter Buchstabe a fallenden Inhaber von anerkannten Blindenwerkstätten und der anerkannten Zusammenschlüsse von Blindenwerkstätten im Sinne des ***§ 143 des Neunten Buches Sozialgesetzbuch*** **[*[ab 1. 1. 2018:]* § 226 des Neunten Buches Sozialgesetzbuch]:**

aa) die Lieferungen von Blindenwaren und Zusatzwaren,

bb) die sonstigen Leistungen, soweit bei ihrer Ausführung ausschließlich Blinde mitgewirkt haben;

20. **a) die Umsätze folgender Einrichtungen des Bundes, der Länder, der Gemeinden oder der Gemeindeverbände: Theater, Orchester, Kammermusikensembles, Chöre, Museen, botanische Gärten, zoologische Gärten, Tierparks, Archive, Büchereien sowie Denkmäler der Bau- und Gartenbaukunst. [2]Das Gleiche gilt für die Umsätze gleichartiger Einrichtungen anderer Unternehmer, wenn die zuständige Landesbehörde bescheinigt, dass sie die gleichen kulturellen Aufgaben wie die in Satz 1 bezeichneten Einrichtungen erfüllen. [3]Steuerfrei sind auch die Umsätze von Bühnenregisseuren und Bühnenchoreographen an Einrichtungen im Sinne der Sätze 1 und 2, wenn die**

zuständige Landesbehörde bescheinigt, dass deren künstlerische Leistungen diesen Einrichtungen unmittelbar dienen. [4]Museen im Sinne dieser Vorschrift sind wissenschaftliche Sammlungen und Kunstsammlungen,

b) die Veranstaltung von Theatervorführungen und Konzerten durch andere Unternehmer, wenn die Darbietungen von den unter Buchstabe a bezeichneten Theatern, Orchestern, Kammermusikensembles oder Chören erbracht werden;

21. a) die unmittelbar dem Schul- und Bildungszweck dienenden Leistungen privater Schulen und anderer allgemein bildender oder berufsbildender Einrichtungen,
 aa) wenn sie als Ersatzschulen gemäß Artikel 7 Abs. 4 des Grundgesetzes staatlich genehmigt oder nach Landesrecht erlaubt sind oder
 bb) wenn die zuständige Landesbehörde bescheinigt, dass sie auf einen Beruf oder eine vor einer juristischen Person des öffentlichen Rechts abzulegende Prüfung ordnungsgemäß vorbereiten,
 b) die unmittelbar dem Schul- und Bildungszweck dienenden Unterrichtsleistungen selbständiger Lehrer
 aa) an Hochschulen im Sinne der §§ 1 und 70 des Hochschulrahmengesetzes und öffentlichen allgemein bildenden oder berufsbildenden Schulen oder
 bb) an privaten Schulen und anderen allgemein bildenden oder berufsbildenden Einrichtungen, soweit diese die Voraussetzungen des Buchstabens a erfüllen;

21a. (weggefallen)

22. a) die Vorträge, Kurse und anderen Veranstaltungen wissenschaftlicher oder belehrender Art, die von juristischen Personen des öffentlichen Rechts, von Verwaltungs- und Wirtschaftsakademien, von Volkshochschulen oder von Einrichtungen, die gemeinnützigen Zwecken oder dem Zweck eines Berufsverbandes dienen, durchgeführt werden, wenn die Einnahmen überwiegend zur Deckung der Kosten verwendet werden,
 b) andere kulturelle und sportliche Veranstaltungen, die von den in Buchstabe a genannten Unternehmern durchgeführt werden, soweit das Entgelt in Teilnehmergebühren besteht;

23. die Gewährung von Beherbergung, Beköstigung und der üblichen Naturalleistungen durch Einrichtungen, wenn sie überwiegend Jugendliche für Erziehungs-, Ausbildungs- oder Fortbildungszwecke oder für Zwecke der Säuglingspflege bei sich aufnehmen, soweit die Leistungen an die Jugendlichen oder an die bei ihrer Erziehung, Ausbildung, Fortbildung oder Pflege tätigen Personen ausgeführt werden. [2]Jugendliche im Sinne dieser Vorschrift sind alle Personen vor Vollendung des 27. Lebensjahres. [3]Steuerfrei sind auch die Beherbergung, Beköstigung und die üblichen Naturalleistungen, die diese Unternehmer den Personen, die bei den Leistungen nach Satz 1 tätig sind, als Vergütung für die geleisteten Dienste gewähren. [4]Die Sätze 1 bis 3 gelten nicht, soweit eine Leistung der Jugendhilfe des Achten Buches Sozialgesetzbuch erbracht wird;

24. die Leistungen des Deutschen Jugendherbergswerkes, Hauptverband für Jugendwandern und Jugendherbergen e. V., einschließlich der diesem Verband angeschlossenen Untergliederungen, Einrichtungen und Jugendherbergen, soweit die Leistungen den Satzungszwecken unmit-

telbar dienen oder Personen, die bei diesen Leistungen tätig sind, Beherbergung, Beköstigung und die üblichen Naturalleistungen als Vergütung für die geleisteten Dienste gewährt werden. [2]Das Gleiche gilt für die Leistungen anderer Vereinigungen, die gleiche Aufgaben unter denselben Voraussetzungen erfüllen;

25. **Leistungen der Jugendhilfe nach § 2 Abs. 2 des Achten Buches Sozialgesetzbuch und die Inobhutnahme nach § 42 des Achten Buches Sozialgesetzbuch, wenn diese Leistungen von Trägern der öffentlichen Jugendhilfe oder anderen Einrichtungen mit sozialem Charakter erbracht werden. [2]Andere Einrichtungen mit sozialem Charakter im Sinne dieser Vorschrift sind**
    a) **von der zuständigen Jugendbehörde anerkannte Träger der freien Jugendhilfe, die Kirchen und Religionsgemeinschaften des öffentlichen Rechts sowie die amtlich anerkannten Verbände der freien Wohlfahrtspflege,**
    b) **Einrichtungen, soweit sie**
        aa) **für ihre Leistungen eine im Achten Buch Sozialgesetzbuch geforderte Erlaubnis besitzen oder nach § 44 oder § 45 Abs. 1 Nr. 1 und 2 des Achten Buches Sozialgesetzbuch einer Erlaubnis nicht bedürfen,**
        bb) **Leistungen erbringen, die im vorangegangenen Kalenderjahr ganz oder zum überwiegenden Teil durch Träger der öffentlichen Jugendhilfe oder Einrichtungen nach Buchstabe a vergütet wurden oder**
        cc) **Leistungen der Kindertagespflege erbringen, für die sie nach § 23 Absatz 3 des Achten Buches Sozialgesetzbuch geeignet sind.**

    [3]Steuerfrei sind auch
    c) **die Durchführung von kulturellen und sportlichen Veranstaltungen, wenn die Darbietungen von den von der Jugendhilfe begünstigten Personen selbst erbracht oder die Einnahmen überwiegend zur Deckung der Kosten verwendet werden und diese Leistungen in engem Zusammenhang mit den in Satz 1 bezeichneten Leistungen stehen,**
    d) **die Beherbergung, Beköstigung und die üblichen Naturalleistungen, die diese Einrichtungen den Empfängern der Jugendhilfeleistungen und Mitarbeitern in der Jugendhilfe sowie den bei den Leistungen nach Satz 1 tätigen Personen als Vergütung für die geleisteten Dienste gewähren,**
    e) **Leistungen, die von Einrichtungen erbracht werden, die als Vormünder nach § 1773 des Bürgerlichen Gesetzbuchs oder als Ergänzungspfleger nach § 1909 des Bürgerlichen Gesetzbuchs bestellt worden sind, sofern es sich nicht um Leistungen handelt, die nach § 1835 Absatz 3 des Bürgerlichen Gesetzbuchs vergütet werden;**
26. **die ehrenamtliche Tätigkeit,**
    a) **wenn sie für juristische Personen des öffentlichen Rechts ausgeübt wird oder**
    b) **wenn das Entgelt für diese Tätigkeit nur in Auslagenersatz und einer angemessenen Entschädigung für Zeitversäumnis besteht;**
27. a) **die Gestellung von Personal durch religiöse und weltanschauliche Einrichtungen für die in Nummer 14 Buchstabe b, in den Nummern 16, 18, 21, 22 Buchstabe a sowie in den Nummern 23 und 25 genannten Tätigkeiten und für Zwecke geistigen Beistands,**
    b) **die Gestellung von land- und forstwirtschaftlichen Arbeitskräften durch juristische Personen des privaten oder des öffentlichen Rechts für land- und forstwirtschaftliche Betriebe (§ 24 Abs. 2) mit höchs-**

tens drei Vollarbeitskräften zur Überbrückung des Ausfalls des Betriebsinhabers oder dessen voll mitarbeitenden Familienangehörigen wegen Krankheit, Unfalls, Schwangerschaft, eingeschränkter Erwerbsfähigkeit oder Todes sowie die Gestellung von Betriebshelfern an die gesetzlichen Träger der Sozialversicherung;

28. die Lieferungen von Gegenständen, für die der Vorsteuerabzug nach § 15 Abs. 1a ausgeschlossen ist oder wenn der Unternehmer die gelieferten Gegenstände ausschließlich für eine nach den Nummern 8 bis 27 steuerfreie Tätigkeit verwendet hat.

Übersicht

1. Bedeutung der Umsatzsteuerbefreiungen

1 Die Bedeutung der UStBefreiungen im System der MwSt mit Vorsteuerabzug unterscheidet sich wesentlich vom reinen Begünstigungscharakter der Befreiungsvorschriften für andere StArten (siehe *Dziadkowski* UR 2006, 87). Im Grundsatz stellt bereits der Vorsteuerabzug sicher, dass die USt im Unternehmensbereich kostenneutral bleibt. Bei systemgerechter Durchführung wären daher StBefreiungen nur für Umsätze an Letztverbraucher sinnvoll. Da aber dem leistenden Unternehmer nicht bekannt ist, ob der Abnehmer die empfangene Leistung im unternehmerischen oder im nichtunternehmerischen Bereich verwendet, beziehen sich die Befreiungsvorschriften des § 4 auf alle Umsätze iSv § 1 Abs. 1 Nr. 1, 4 und 5 (Lieferungen und sonstige Leistungen, die Einfuhr im Inland, der innergemeinschaftliche Erwerb, die der Lieferung (§ 3 Abs. 1b) und der sonstigen Leistung (§ 3 Abs. 9a Nr. 1) gleichgestellten Leistungen (unentgeltlichen Wertabgaben) und unentgeltliche Leistungen für außerhalb des Unternehmens liegende Zwecke oder für den privaten Bedarf seines Personals (§ 3 Abs. 9a Nr. 2). Dabei wird ihnen durch teilw. Kopplung mit einem **Verbot des Vorsteuerabzugs** (§ 15 Abs. 2) ein von der nominalen StBefreiung abweichendes Gewicht beigemessen. In bestimmten Fällen führt die Befreiung sogar zu einer höheren Endbelastung mit USt als bei steuerpflichtigen Umsätzen (→ Rn. 5).

2. Unionsrechtliche Auslegungsgrundsätze

2 Die Steuerbefreiungen des § 4 beruhen im Wesentlichen auf Art. 131 ff. MwStSystRL. Ausgangspunkt jeder am Unionsrecht orientierten Auslegung ist der Grundsatz der **steuerlichen Neutralität.** Dieser lässt es nicht zu, dass Wirtschaftsteilnehmer, die gleichartige Umsätze tätigen, bei der Erhebung der Mehrwertsteuer unterschiedlich behandelt werden (EuGH C-363/05, UR 2007, 727 – JP Morgan Fleming Claverhouse Investment Trust; C-472/03, UR 2005, 201 Rn. 38 – Arthur Anderson; C-382/02, UR 2004, 528 Rn. 23f. – Cimber Air; C-280/04, UR 2006, 260 Rn. 39 – Jyske Finans). Aus dem Grundsatz der steuerlichen Neutralität folgt auch, dass die Wirtschaftsteilnehmer in der Lage sein müssen, das **Organisationsmodell** zu wählen, das ihnen, rein wirtschaftlich betrachtet, am besten zusagt, ohne Gefahr zu laufen, dass ihre Umsätze von der in Art. 135 Abs. 1 Buchst. b und g der

MwStSystRL (Art. 13 Teil B Buchst. d Nr. 1 und Nr. 6 6. EG-RL) vorgesehenen Befreiung ausgeschlossen werden (EuGH C-453/05, UR 2007 617 Rn. 35 – Volker Ludwig mAnm *Philipowski;* C-472/03, UR 2005, 201 Rn. 68 – Arthur Anderson). Dieser Grundsatz dürfte auch auf andere Befreiungsvorschriften übertragbar sein.

Aus diesem Grund ist die Auslegung von Richtlinienbestimmungen, wenn die Richtlinie nichts anderes bestimmt, unabhängig von der **Rechtsform,** in der die wirtschaftliche Tätigkeit ausgeübt wird. Dh auch, die Beurteilung einer Leistung wird grundsätzlich nicht nach dem Erbringer oder Empfänger der Leistung, sondern durch die Art der Dienstleistung definiert. 3

Bei der Auslegung einer unionsrechtlichen Vorschrift sind deren **Wortlaut** sowie ihr **Zusammenhang** und die **Ziele** zu berücksichtigen, die mit der Regelung, zu der sie gehört, verfolgt werden (EuGH C-169/04, UR 2006, 352 Rn. 59 – Abbey National und Inscape Investment; C-315/00, UR 2003, 86 – Maierhofer; C-428/02, UR 2005, 458 Rn. 28 – Fonden Marselisborg Lystbadehavn; C-284/03, UR 2005, 24 Rn. 18 – Temco Europe). Das gilt insbesondere auch, wenn die verschiedenen **Sprachfassungen** voneinander abweichen (EuGH C-428/02, UR 2005, 458 – Fonden Marselisborg Lystbadehavn). Die Notwendigkeit einer einheitlichen Auslegung der Unionsrichtlinien erfordert damit eine Auslegung unter Berücksichtigung auch der Fassungen in den anderen Amtssprachen (EuGH C-455/05, UR 2007, 379 – Velvet & Steel mAnm *Grundt/Hamacher* UR 2007, 537; C-498/03, UR 2005, 453 – Kingscrest und Montecello). 4

Die Steuerbefreiungen nach Art 131 ff. MwStSystRL und demzufolge auch die des § 4 sind **eng auszulegen,** weil sie **Ausnahmen** von dem allgemeinen Grundsatz darstellen, dass jede Dienstleistung, die ein Steuerpflichtiger gegen Entgelt erbringt, der USt unterliegt (EuGH C-461/12, DStR 2014, 1282 – Granton; C-259/11, DStR 2012, 1440 – DTZ Zadelhoff; C-350/10, UR 2011, 747 – Nordea; C-116/10, UR 2011, 694 – Feltgen/Bacino; C-237/09, UR 2010, 624 – Nathalie de Fruytier; C-94/09, DStR 2010, 977 – Kommission/Frankreich; C-3/09, UR 2010, 315 Rn. 15 – Erotic Center mwN; C-473/08, DStR 2010, 218 – Eulitz GbR; C-461/08, UR 2010, 25 – Don Bosco; C-29/08, DStR 2009, 2311 – SKF; C-242/08, DStR 2009, 2245 – Swiss Re Germany; C-455/05, UR 2007, 379 – Velvet & Steel mAnm *Grundt/Hamacher* UR 2007, 537; C-453/05, UR 2007, 617 Rn. 21 – Volker Ludwig mAnm *Philipowski;* C-472/03, UR 2005, 201 – Arthur Andersen; C-415/04, UR 2006, 470 – Stichting Kinderopvang Enschede; C-89/05, UR 2006, 521 – United Utilites; C-284/03, UR 2005, 24 – Temco Europe). 5

Ausnahmen von der Steuerbefreiung sind aus demselben Grund nicht eng auszulegen (EuGH C-428/02, UR 2005, 458 – Fonden Marselisborg Lystbadehavn).

Die Auslegung muss jedoch mit den Zielen in Einklang stehen, die mit den Befreiungen verfolgt werden, und den Erfordernissen des Grundsatzes der steuerlichen Neutralität entsprechen, auf dem das gemeinsame Mehrwertsteuersystem beruht. Daher entspricht es nicht dem Sinn dieser Regel einer engen Auslegung, wenn die zur Umschreibung der in Art. 132 MwStSystL (Art. 13 der 6. EG-RL) genannten Befreiungen verwendeten Begriffe so ausgelegt werden, dass sie den Befreiungen ihre Wirkung nehmen (EuGH C-86/09, UR 2010, 540 – Future Health Technology; C-237/09, UR 2010, 624 – Nathalie de Fruytier mwN). 6

Die Tatbestandsmerkmale der Steuerbefreiungen sind **autonome Begriffe** des Unionsrechts, die eine von Mitgliedstaat zu Mitgliedstaat unterschiedliche Anwendung des Mehrwertsteuersystems vermeiden sollen und bei denen der Gesamtzusammenhang des gemeinsamen Mehrwertsteuersystems zu beachten ist (EuGH C-461/12, DStR 2014, 1282; C-259/11, DStR 2012, 1440 – DTZ Zadelhoff; C-350/10, UR 2011, 747 – Nordea; C-86/09, UR 2010, 540 – Future Health Technology; C-237/09, UR 2010, 624 – Nathalie de Fruytier; C-473/08, DStR 2010, 218 – Eulitz GbR; C-242/08, DStR 2009, 2245 – Swiss Re Germany; C-455/05, UR 2007, 379 – Velvet & Steel mAnm *Grundt/Hamacher* UR 2007, 537; C-394/04 und C-395/ 7

04, UR 2006, 171 – Ygeia; C-363/05, UR 2007, 727 Rn. 19 – JP Morgan Fleming Traverhouse; C-453/05, UR 2007, 617 Rn. 22 – Volker Ludwig mAnm *Philipowski;* C-284/03, UR 2005, 24 Rn. 16 – Temco Europe; C-472/03, UR 2005, 201 Rn. 38 – Arthur Anderson; C-428/02, UR 2005, 458 Rn. 27 – Fonden Marselisborg Lystbadehavn). Mit anderen Worten sind für die Auslegung von Tatbestandsmerkmalen in unionsrechtlichen Befreiungsvorschriften **nationale** gesetzliche **Vorschriften** ohne Belang. Diese autonomen unionsrechtlichen Begriffe können die Mitgliedstaaten nicht verändern, es sei denn, der Rat hat sie mit der Bestimmung einiger Begriffe einer Befreiungsvorschrift betraut (EuGH C-363/05, UR 2007, 727 Rn. 20 – JP Morgan Fleming Traverhouse; C-472/03, UR 2005, 201 Rn. 38 – Arthur Anderson; so geschehen für den Begriff „Sondervermögen" in Art. 135 Abs. 1 Buchst. g der MwStSystRL (Art. 13 Teil B Buchst. d Nr. 6 6. EG-RL).

3. Vollständige Umsatzsteuerbefreiung

8 Eine vollständige UStBefreiung tritt nur dort ein, wo der Vorsteuerabzug gemäß § 15 Abs. 3 in vollem Umfang erhalten bleibt. Es handelt sich insbesondere um Umsätze „über die Grenze", die aus Gründen der Wettbewerbsneutralität auf dem Weltmarkt von der USt entlastet werden sollen. Dies wird durch die Befreiung des Umsatzes bei Bestehen bleiben des Vorsteuerabzuges in vollem Umfang erreicht.

4. Teilweise Umsatzsteuerbefreiung

9 Eine nur teilweise UStBefreiung findet im Endergebnis bei allen nicht in § 15 Abs. 3 aufgeführten Befreiungsvorschriften statt. Diese Leistungen sind zwar als solche steuerfrei, sie bleiben aber mit den gemäß § 15 Abs. 2 nicht abzugsfähigen Vorsteuer belastet. Die Steuerbefreiung tritt daher materiell nur für die Wertschöpfung des befreiten Unternehmers ein. Zur unechten Steuerbefreiung vgl. *Dziadkowski* UR 2007, 408.

Beispiel: Ein blinder Unternehmer B mit einem Umsatz von 100.000 EUR wendet für Wareneinkauf 71.400 EUR auf, in denen 11.400 EUR offen ausgewiesene USt enthalten ist. Wäre sein Umsatz zum Regelsteuersatz steuerpflichtig, müsste er 19.000 EUR USt abzüglich 11.400 EUR Vorsteuer, also 7.600 EUR USt zahlen. Nur bzgl dieser Zahllast von 7.600 EUR wirkt sich die Steuerbefreiung seines Gesamtumsatzes (§ 4 Nr. 19) aus, denn B kann die Vorsteuer von 11.400 EUR nicht abziehen.

5. Steuererhöhende Wirkung der Umsatzsteuerbefreiung

10 Eine steuererhöhende Wirkung der UStBefreiung tritt in allen Fällen ein, in denen ein steuerfreier Umsatz iSv → Rn. 3 an einen nicht von der USt befreiten Unternehmer ausgeführt wird. Hier wird der Umsatz, den der Empfänger beim Weiterverkauf erzielt, in vollem Umfang von der USt erfasst, während beim steuerfreien Vorlieferer bereits die nicht abzugsfähige Vorsteuer Kostenbestandteil geworden ist.

Beispiel: Der blinde Unternehmer B kauft einen Pkw für 10.000 EUR zuzüglich 1.900 EUR USt. Er verkauft ihn steuerfrei für 15.000 EUR an den Händler H, dieser liefert ihn für 17.000 EUR zuzüglich 3.230 EUR USt an den Endverbraucher E weiter. Um die nicht abzugsfähige Vorsteuer von 1.900 EUR bei B ist die Gesamtbelastung des Pkw auf dem Weg zu E höher, als wenn der Wagen über eine Kette steuerpflichtiger Unternehmer geliefert worden wäre.

6. Verzicht auf Umsatzsteuerbefreiung

11 In einigen Fällen lässt § 9 einen Verzicht auf die UStBefreiung zu, um die in → Rn. 4 geschilderten ungünstigen Auswirkungen der Befreiungsvorschriften zu vermeiden. Einzelheiten siehe § 9.

7. Aufzeichnungspflichten

12 Aus den Aufzeichnungen des Unternehmers muss ersichtlich sein, wie sich die Entgelte auf die steuerpflichtigen und die steuerfreien Umsätze verteilen, § 22 Abs. 2 Nr. 1, 2. Einzelheiten → § 22 Rn. 6, 7ff.

8. Outsourcing

13 Insbesondere bei Finanzdienstleistungen stellt sich die Frage nach der ustlichen Behandlung sog. outgesourcter Leistungen, bei denen ein Teilbereich einer an sich steuerbefreiten Leistung an einen Dritten ausgegliedert wird. Die Grundsätze hierzu können inzwischen als geklärt gelten, auch wenn noch einzelne Fragen zu beantworten bleiben. Die outgesourcte Leistung muss ein im Großen und Ganzen eigenständiges Ganzes sein, das die spezifischen und wesentlichen Funktionen der befreiten Leistung erfüllt. Welches die spezifischen und wesentlichen Funktionen sind, ist für jede befreite Leistung gesondert zu beurteilen. Entscheidend ist aber, dass der Unternehmer auch die Verantwortung für den die spezifischen und wesentlichen Funktionen der befreiten Leistung beinhaltenden Funktionsbereich übernimmt (EuGH C-2/95, UR 1998, 64 – SDC; C-235/00, UR 2002, 84 – CSC; C-240/99, UR 2001, 157 – Skandia; vgl. auch *Menner/Herrmann* UR 2002, 112; *Hamacher/Frenzel* UR 2002, 297; *Philipowski* UR 2003, 466 (473); *Schiller* UR 2006, 500 sowie § 4 Nr. 10 Rn. 3).

§ 4 Nr. 1 (Ausfuhrlieferungen und Lohnveredelungen)

Von den unter § 1 Abs. 1 Nr. 1 fallenden Umsätzen sind steuerfrei:

1. a) die Ausfuhrlieferungen (§ 6) und die Lohnveredelungen an Gegenständen der Ausfuhr (§ 7),
b) die innergemeinschaftlichen Lieferungen (§ 6a);

EU-Recht: zu § 4 Nr. 1 Buchst. a: Art. 146 Abs. 1, Art. 147 Abs. 1 und 2 MwStSystRL (Art. 15 Nr. 1–3, Art. 16 Abs. 1 Teil B 6. EG-RL)
zu § 4 Nr. 1 Buchst. b: Art. 131, Art. 138 Abs. 1 und 2, Art. 139 Abs. 1 MwStSystRL (Art. 28c Teil A 6. EG-RL)
UStAE: 4.1.1, 4.1.2

Übersicht

1. Normzweck

1 Die Vorschrift dient iVm dem Vorsteuerabzug einer der Hauptaufgaben des MwSt-Systems, der vollständigen Entlastung der Ausfuhr von USt. Dadurch wird eine Wettbewerbsgleichheit der Exportwaren auf dem Weltmarkt erreicht. Jedes Land, in das die Waren eingeführt werden, kann die Verbrauchsabgaben auf die Waren erheben, die bei ihm üblich sind (Bestimmungslandprinzip). Für die innergemeinschaftlichen Einfuhren geschieht dies durch die Besteuerung des innergemeinschaftlichen Erwerbs (vgl. § 1 Abs. 1 Nr. 5).

2 Der bis 31.12.1995 geltende Buchst. c beinhaltete eine Steuerbefreiung für nicht als innergemeinschaftliche Lieferungen geltende Werkleistungen an beweglichen körperlichen Gegenständen und die Begutachtung dieser Gegenstände sowie in unmittelbarem Zusammenhang mit einer innergemeinschaftlichen Beförderung stehende inländische Beförderungen eines Gegenstandes und die damit verbundenen Leistungen iSd § 3b Abs. 2 (Be- und Entladen, Umschlagen uÄ). Die Steuerbefreiung der Nr. 1c ist durch das JStG 1996 (BStBl. I 1995, 1250) aufgehoben worden. Die Aufhebung ist im Zusammenhang mit den Änderungen in §§ 3a Abs. 3 Nr. 3c und 3b Abs. 3 zu sehen, durch die die Besteuerung der bisher befreiten Leistungen in den Mitgliedstaat, der dem Leistungsempfänger die USt-IdNr. erteilt hat, verlegt wird. Damit ist die Notwendigkeit der bisher als Vereinfachungsmaßnahme auf Art. 397 MwStSystRL beruhenden Befreiungsregelung entfallen.

2. Gegenstand der Befreiung

3 Der Gegenstand der Befreiung ist im Einzelnen in §§ 6, 6a und 7 geregelt. Dort sind insbesondere die Begriffe der Ausfuhrlieferung, der innergemeinschaftlichen Lieferungen und der Lohnveredelung näher erläutert. Einzelheiten siehe dort. Zur USt-Befreiung für Ausfuhrlieferungen vgl. auch BMF 3.5.2010, BStBl. I 2010, 499. Als innergemeinschaftliche Lieferung gilt auch das einer Lieferung gleichgestellte Verbringen eines Gegenstands (§§ 6a Abs. 2, 3 Abs. 1a; s. hierzu BFH V R 9/13, BFH/NV 2014, 1682).

Der steuerfreien innergemeinschaftlichen Lieferung bzw. dem innergemeinschaftlichen Verbringen gemäß § 6a Abs. 1 und 2 im Inland steht spiegelbildlich die Besteuerung des innergemeinschaftlichen Erwerbs im Bestimmungsland gegenüber (§ 1a Abs. 1 und 2). Die innergemeinschaftliche Lieferung eines Gegenstands und sein innergemeinschaftlicher Erwerb sind ein und derselbe wirtschaftliche Vorgang, auch wenn dieser sowohl für die an dem Geschäft Beteiligten als auch für die Finanzbehörden der betreffenden Mitgliedstaaten unterschiedliche Rechte und Pflichten begründet. Daher wird durch § 6a Abs. 1 S. 1 Nr. 3 iVm Abs. 2 die Steuerfreiheit des innergemeinschaftlichen Verbringens unter anderem davon abhängig gemacht, dass der Erwerb des verbrachten Gegenstands beim Abnehmer, der in diesem Fall mit dem Lieferer identisch ist, den Vorschriften der Umsatzbesteuerung unterliegt. Die Steuerbefreiung der innergemeinschaftlichen Lieferung setzt auch nicht voraus, dass der innergemeinschaftliche Erwerb in dem anderen Mitgliedstaat tatsächlich besteuert worden ist (BFH V R 9/13, BFH/NV 2014, 1682).

3. Nachweispflichten

4 Sowohl die Voraussetzungen der Ausfuhrlieferung als auch die der innergemeinschaftlichen Lieferung müssen vom Unternehmer nachgewiesen werden (§§ 6 Abs. 4, 6a Abs. 3; vgl. hierzu auch BFH XI B 77/15, BFH/NV 2016, 1181 mwN). Das Verbringen von Waren in den Transitbereich deutscher Flughäfen ist keine Beförderung ins Drittlandsgebiet, weil der Transitbereich Inland ist. Die Ausfuhrnachweise

sind deshalb auch bei Verkäufen von Duty-Free-Läden im Transitbereich deutscher Flughäfen zu führen (BFH V R 63/02, UR 2006, 274).

4a Die Befreiung einer Ausfuhrlieferung kann grds. von einer in den anwendbaren nationalen Rechtsvorschriften vorgesehenen angemessenen Frist für das Verlassen des Gemeinschaftsgebietes abhängig gemacht werden. Allerdings darf es sich dabei nicht um eine Ausschlussfrist ohne Möglichkeit der Heilung handeln (EuGH C-563/12, HFR 2014, 182 – BDV).

4. Verbotswidrige Ausfuhr

5 Ob Ausfuhrlieferungen gegen ein (zB im AußenwirtschaftsG geregeltes) gesetzliches Verbot verstoßen, ist für die Steuerbefreiung ohne Belang. Im Urteil C-111/92, UR 1994, 47 – PPC hat der EuGH zu der in Art. 146ff. MwStSystRL (Art. 15 6. EG-RL) geregelten Steuerbefreiung entschieden, dass diese nicht durch nationale Genehmigungsbestimmungen unterlaufen werden kann. Etwas anderes kann nur gelten für Waren, die auf Grund ihrer besonderen Merkmale weder in den Verkehr gebracht noch in den Wirtschaftskreislauf einbezogen werden können (zB Rauschgift, Falschgeld). Das Ergebnis lässt sich auch ohne Weiteres aus deutschem Recht herleiten, denn § 4 Nr. 1 knüpft wertfrei an den Vorgang der Ausfuhrlieferung bzw. Lohnveredelung an. Nach § 40 AO ist es für die Besteuerung unerheblich, ob ein Verhalten, das den Tatbestand eines Steuergesetzes erfüllt, gegen ein gesetzliches Verbot verstößt. Werden allerdings unrichtige Ausfuhrbelege ausgestellt, um das verbotswidrige Handeln zu verschleiern, so kann die Steuerbefreiung am fehlenden Beleg- und Buchnachweis (§§ 8ff. UStDV) scheitern.

5. Innergemeinschaftliche Lieferung

6 Die Anforderungen an den Nachweis einer steuerfreien innergemeinschaftlichen Lieferung sind durch eine Vielzahl von Entscheidungen des EuGH und des BFH aus den letzten Jahren im Wesentlichen geklärt. Einige Detailfragen sind demgegenüber bis heute noch offen.

7 **a) Unionsrecht.** Unionsrechtlich beruht die Steuerfreiheit der innergemeinschaftlichen Lieferung auf Art. 138 Abs. 1 MwStSystRL. Steuerfrei sind danach unter den Bedingungen, die die Mitgliedstaaten zur Gewährleistung einer korrekten und einfachen Anwendung der nachstehenden Befreiungen sowie zur Verhütung von Steuerhinterziehung, Steuerumgehung und Missbrauch festlegen „... die Lieferungen von Gegenständen, die durch den Verkäufer oder durch den Erwerber oder für ihre Rechnung nach Orten außerhalb ihres jeweiligen Gebietes, aber innerhalb der Gemeinschaft versandt oder befördert werden von der Steuer, wenn diese Lieferung an einen anderen Steuerpflichtigen oder an eine nichtsteuerpflichtige juristische Person bewirkt wird, der/die als solche/r in einem anderen Mitgliedstaat als dem Beginn der Versendung oder Beförderung der Gegenstände handelt".

8 Es ist Sache der Mitgliedstaaten, unter Beachtung der allgemeinen Rechtsgrundsätze der Europäischen Union zu bestimmen, welche Beweise die Steuerpflichtigen vorlegen müssen, um in den Genuss der Mehrwertsteuerbefreiung zu gelangen, eine genaue Erhebung der Steuer sicherzustellen und Steuerhinterziehungen zu vermeiden, sofern diese Pflichten im Handelsverkehr zwischen den Mitgliedstaaten nicht zu Förmlichkeiten beim Grenzübertritt führen. Dabei kann vom Lieferanten gefordert werden, dass er alle Maßnahmen ergreift, die vernünftigerweise von ihm verlangt werden können, um sicherzustellen, dass der von ihm getätigte Umsatz nicht zu seiner Beteiligung an einer Steuerhinterziehung führt (EuGH C-409/04, UR 2007, 774 – Teleos ua; C-285/09, DStR 2010, 2572 – R; BFH V R 46/10, BStBl. II 2011, 957; XI R 10/0, BStBl. II 2011, 797).

9 **b) Grundlagen der Nachweispflichten.** Der Unternehmer (Steuerpflichtige) hat die Voraussetzungen der innergemeinschaftlichen Lieferung nach § 6a Abs. 1 gemäß § 6a Abs. 3 iVm §§ 17a ff. UStDV durch **Belege** und **buchmäßige Aufzeichnungen** nachzuweisen (BFH V R 23/14, BStBl. II 2014, 914; V R 9/13, BFH/NV 2014, 1682; V R 30/10, BStBl. II 2011, 769; V R 46/10, BStBl. II 2011, 957; V R 65/06, BStBl. II 2010, 511). Der Beleg- und Buchnachweis beruht unionsrechtlich auf dem Einleitungssatz in Art. 131 MwStSystRL (Art. 28c Teil A der 6. EG-RL) und ist mit dem Unionsrecht vereinbar (EuGH C-285/09, DStR 2010, 2572 – R; BFH V R 38/14, DStR 2015, 2069; V R 59/03, BStBl. II 2009, 57; V R 3/02, BStBl. II 2003, 616; V R 41/04, BFH/NV 2007, 1059; V R 30/10, BStBl. II 2011, 769; V R 65/06, BStBl. II 2010, 511). Danach legen die Mitgliedstaaten Bedingungen „zur Gewährleistung einer korrekten und einfachen Anwendung der nachstehenden Befreiungen sowie zur Verhütung von Steuerhinterziehung, Steuerumgehung und Missbrauch" fest, wobei sie die Grundsätze der Rechtssicherheit, der Verhältnismäßigkeit und des Vertrauensschutzes zu beachten haben (EuGH C-285/09, DStR 2010, 2572 – R). Der Unternehmer hat den Beweis für die Steuerfreiheit einschließlich der von den Mitgliedstaaten aufgestellten Bedingungen zu erbringen (EuGH C-285/09, DStR 2010, 2572 – R; BFH V R 50/09, DStR 2011, 1901). Diese Bedingungen ergeben sich im nationalen Recht aus § 6a Abs. 3 iVm §§ 17a ff. UStDV (BFH V R 30/10, BStBl. II 2011, 769; V R 65/06, BStBl. II 2010, 511). Hierzu gehören auch zutreffende Angaben zur Person des Erwerbers (Abnehmers) wie Name, Anschrift und USt-IdNr. (§ 17c Abs. 1 und Abs. 2 Nr. 1 UStDV; vgl. BFH V R 28/10, UR 2011, 779).

Die Frage, ob die **Rechnungsanschrift** iSv § 14 Abs. 4 Nr. 1, Art. 226 Nr. 5 MwStSystRL die Angabe einer Anschrift des Steuerpflichtigen, unter der er seine wirtschaftlichen Tätigkeiten entfaltet, voraussetzt oder ob eine **Briefkastenadresse** ausreicht, hat der BFH dem EuGH zur Vorabentscheidung vorgelegt (BFH V R 25/15, BFHE 254, 139, Az. des EuGH: C-375/16).

10 Durch die „Zweite Verordnung zur Änderung steuerlicher Verordnungen" vom 2.12.2011 (BGBl. 2011 I 2416) wurden die §§ 9–11, 13, 17, 17a, 17b und 17c UStDV mit Wirkung vom 1.1.2012 geändert. Mit diesen Änderungen wurden die Beleg- und Buchnachweispflichten für Ausfuhrlieferungen an die seit 1.7.2009 bestehende EU-einheitliche Pflicht zur Teilnahme am elektronischen Ausfuhrverfahren (Art. 787 ZK-DVO, sog. Verfahren „ATLAS-Ausfuhr") angepasst. Außerdem wurden für die Steuerbefreiung innergemeinschaftlicher Lieferungen neue Nachweisregelungen geschaffen (vgl. BMF 9.12.2011, BStBl. I 2011, 1287, aufgehoben durch BMF 24.3.2014, BStBl. I 2014, 606 (607), sowie die Änderung des UStAE durch BMF 6.2.2012, BStBl. I 2012, 212). Für bis 30.6.2012 ausgeführte innergemeinschaftliche Lieferungen wird der Nachweis auf Grundlage der bis 31.12.2011 geltenden Rechtslage nicht beanstandet (BMF 6.2.2012, BStBl. I 2012, 211, aufgehoben durch BMF 24.3.2014, BStBl. I 2014, 606 (607)).

11 Die Nachweispflichten sind keine materiellen Voraussetzungen für die Befreiung als innergemeinschaftliche Lieferung (BFH V R 9/13, BFH/NV 2014, 1682; V R 59/03, BStBl. II 2009, 57; V R 72/05, BStBl. II 2009, 55). Die anderslautende bisherige Rechtsprechung (BFH V B 159/96, BFH/NV 1997, 629; V B 180/03, BFH/NV 2004, 988; V R 47/03, BStBl. II 2006, 634) hat der BFH aufgegeben.

12 **c) Nachweisanforderungen.** Die nach § 6a Abs. 3 iVm §§ 17a ff. UStDV beizubringenden Nachweise dienen der Prüfung, ob die Voraussetzungen der Steuerfreiheit tatsächlich vorliegen. Deshalb erbringen nur **inhaltlich richtige** Beleg- und Buchnachweise den Nachweis der innergemeinschaftlichen Lieferung/Ausfuhrlieferung. Die in ihnen bekundeten Tatsachen können mit allen dafür geeigneten Beweismitteln widerlegt oder in Zweifel gezogen werden (BFH V R 21/06, UR 2009, 27; V B 21/95, BFH/NV 1995, 1104; XI R 70/93, BStBl. II 1995, 515). Ist das gesche-

hen, so dass zumindest konkrete Anhaltspunkte für die Unrichtigkeit der Ausfuhrbelege vorliegen, so muss der Ausfuhrnachweis ggf. durch weitere Belege erbracht werden (BFH V R 21/06, UR 2009, 27). Der Unternehmer trägt dabei das Risiko einer nicht geglückten Aufklärung (BFH V R 65/06, BStBl. II 2010, 511; vgl. zur Ausfuhrlieferung BFH XI R 70/93, BStBl. II 1995, 515). Bestehende Zweifel sind durch den Unternehmer auszuräumen; dies wird nicht von der Sachaufklärungspflicht des FG (§ 76 FGO) umfasst.

Als Frachtbrief iSv § 10 Abs. 1 Nr. 1 UStDV ist auch ein CMR-Frachtbrief anzusehen (BFH V R 38/14, DStR 2015, 2069; V R 65/06, BStBl. II 2010, 511; XI R 18/10, BFH/NV 2012, 1006; V R 28/10, BFH/NV 2011, 1448). CMR-Frachtbriefe sind nur als Versendungsbeleg anzuerkennen, wenn sie die in § 10 Abs. 1 Nr. 2 UStDV bezeichneten Angaben enthalten (BFH V R 38/14, DStR 2015, 2069; XI R 8/11, BFH/NV 2013, 596; V R 28/10, BFHE 233, 331). Das umfasst den Namen und die Anschrift des Ausstellers, den Tag der Ausstellung (§ 10 Abs. 1 Nr. 2 Buchst. a UStDV), den Namen und die Anschrift des Unternehmers sowie des Auftraggebers, wenn dieser nicht der Unternehmer ist (§ 10 Abs. 1 Nr. 2 Buchst. b UStDV); vgl. BFH V R 38/14, DStR 2015, 2069.

Ist der Beleg- und/oder Buchnachweis nicht geführt oder kann er nicht mehr ge- **13**
führt werden, ist die Lieferung dennoch steuerfrei, wenn objektiv zweifelsfrei feststeht, dass die Voraussetzungen der Steuerfreiheit erfüllt sind (EuGH C-563/12, HFR 2014, 182 – BDV; C-146/05, DStR 2007, 1811 – Collée; BFH V R 65/06, BStBl. II 2010, 511). Der Unternehmer ist aber grundsätzlich nicht berechtigt, den ihm obliegenden sicheren Nachweis der materiellen Anforderungen in anderer Weise als durch Belege und Aufzeichnungen zu führen. Ein Beweis durch **Zeugen** kommt als Ersatz für den gesetzlich vorgesehenen Buch- und Belegnachweis grundsätzlich nicht in Betracht, und zwar weder von Amts wegen (§ 76 Abs. 1 FGO) noch auf Antrag. Nur wenn der Formalbeweis ausnahmsweise nicht oder nicht zumutbar geführt werden kann, gebietet es der Verhältnismäßigkeitsgrundsatz, den Nachweis auch in anderer Form zuzulassen (BFH V R 14/14, BStBl. II 2015, 912).

d) Überprüfung. Der Steuerpflichtige ist zwar aufgrund eines vollständigen Be- **14**
leg- und Buchnachweises berechtigt, die Lieferung als steuerfrei zu behandeln. Die aufgrund des Beleg- und Buchnachweises vorliegenden Angaben unterliegen jedoch der **Nachprüfung durch die Finanzverwaltung** (BFH V R 84/07, BStBl. II 2010, 509; V R 65/06, BStBl. II 2010, 511; V R 21/06, UR 2009, 27; XI R 70/93, BStBl. II 1995, 515). Ergibt sich bei einer Überprüfung der Buch- und Belegangaben nach den allgemeinen Beweisregeln und -grundsätzen deren Unrichtigkeit, ist die Ausfuhrlieferung trotz eines formal geführten Nachweises vorbehaltlich besonderer Umstände grundsätzlich steuerpflichtig.

e) Belegnachweis. Gemäß § 17a Abs. 1 UStDV muss der Unternehmer bei in- **15**
nergemeinschaftlichen Lieferungen durch Belege nachweisen (sog Belegnachweis), dass er oder der Abnehmer den Gegenstand der Lieferung in das übrige Unionsgebiet befördert oder versendet hat; dies muss sich aus den Belegen **eindeutig** und **leicht nachprüfbar** ergeben (BFH V R 71/05, BStBl. II 2009, 52; V R 26/05, BStBl. II 2009, 49; V R 46/10, DStR 2011, 1709; V R 65/06, BStBl. II 2010, 511).

Die in § 17a Abs. 2 UStDV 1999 genannten Voraussetzungen sollen kumulativ **16**
vorliegen. Zwar ist § 17a Abs. 2 UStDV eine Sollvorschrift. Das bedeutet jedoch nur, dass das Fehlen einer der in § 17 Abs. 2 UStDV aufgeführten Voraussetzungen nicht zwangsläufig zur Versagung der Steuerbefreiung führt. Der Belegnachweis nach §§ 6a Abs. 3 S. 1, 17a Abs. 1 S. 2 UStDV ist auch dann als geführt anzusehen, wenn der Unternehmer die zwingenden Grundsätze der §§ 6a Abs. 3 S. 1, 17a Abs. 1 UStDV beachtet und durch andere Belege mit einer gleichwertigen Aussagekraft die Voraussetzungen des § 6a Abs. 1 und 2 eindeutig und leicht nachprüfbar nachweist (BFH V R 71/05, BStBl. II 2009, 52; V R 47/03, BStBl. II 2006, 634; V R 52/03,

BFH/NV 2007, 634; V R 41/04, BFH/NV 2007, 1059; zum Ausfuhrnachweis BFH V R 143/79, BFH/NV 1988, 125; *Langer* in R/K/L § 6a Rn. 69; vgl. auch BR-Drs. 633/92, 39).

17 Den Belegnachweis kann der Unternehmer bis zum **Schluss der letzten mündlichen Verhandlung** vor dem FG erbringen (BFH V R 23/08, BStBl. II 2010, 517; V R 118/76, BStBl. II 1980, 415). Die unterschiedliche Behandlung von Beleg- und Buchnachweis (vgl. zu Letzterem → Rn. 18ff.) rechtfertigt sich daraus, dass dem Unternehmer die Ausfuhrbelege uU erst nach dem Abgabezeitpunkt für die Voranmeldung vorliegen und sich aus einer erst nachträglichen Beibringung des Belegnachweises, anders als bei einem vollständigen Fehlen buchmäßiger Aufzeichnungen, keine Gefährdung des Steueraufkommens ergibt (BFH V R 23/08, BStBl. II 2010, 517; V R 41/04, BFH/NV 2007, 1059; V R 47/03, BStBl. II 2006, 634; V R 59/03, BStBl. II 2009, 57; zum Ausfuhrnachweis BFH XI R 70/93, BStBl. II 1995, 515; V R 118/76, BStBl. II 1980, 415).

18 **f) Buchnachweis.** Gemäß § 17c Abs. 1 UStDV muss der Unternehmer die Voraussetzungen der Steuerbefreiung einschließlich USt-IdNr. des Abnehmers auch buchmäßig nachweisen. Die Voraussetzungen müssen eindeutig und leicht nachprüfbar aus der Buchführung zu ersehen sein. Im Gegensatz zum Belegnachweis muss der Buchnachweis bis zu dem Zeitpunkt vorliegen, zu dem der Unternehmer die **Voranmeldung** für den Voranmeldungszeitraum der Ausfuhrlieferung abzugeben hat. Denn der Unternehmer, der eine Ausfuhrlieferung als steuerfrei erklärt, muss sich unter Berücksichtigung des Ziels, die genaue Erhebung der Steuer sicherzustellen und Steuerhinterziehungen zu verhindern, sowie unter Berücksichtigung der Grundsätze der Verhältnismäßigkeit, der Neutralität und der Rechtssicherheit durch seine buchmäßigen Aufzeichnungen zumindest dem Grunde nach vergewissern, ob er die Voraussetzungen der Steuerfreiheit als gegeben ansehen kann. Im Übrigen wird mit dem Abstellen auf den Zeitpunkt der Abgabe der Voranmeldung den Erfordernissen der Rechtssicherheit Rechnung getragen (EuGH C-146/05, DStR 2007, 1811 – Collée; BFH V R 23/08, BStBl. II 2010, 517).

19 Unter einem Buchnachweis ist ein Nachweis durch Bücher oder Aufzeichnungen in Verbindung mit Belegen zu verstehen. Der Buchnachweis verlangt deshalb stets mehr als den bloßen Nachweis durch Aufzeichnungen oder Belege (BFH V R 52/03, UR 2007, 220). Belege werden durch die entsprechenden und erforderlichen Hinweise und Bezugnahmen in den stets notwendigen Aufzeichnungen Bestandteil der Buchführung und damit des Buchnachweises, so dass beide eine Einheit bilden (BFH V R 52/03, UR 2007, 220; V R 59/03, BStBl. II 2009, 57).

20 Zur Führung des Buchnachweises muss der Unternehmer die IdNr. des Abnehmers aufzeichnen (§ 17c Abs. 1 UStDV). Das ist unionsrechtlich unbedenklich. Die Steuerbefreiung darf aber dann nicht allein wegen des Fehlens dieser Aufzeichnung verwehrt werden, wenn der Lieferer redlicherweise, und nachdem er alle ihm zumutbaren Maßnahmen ergriffen hat, diese Identifikationsnummer nicht mitteilen kann und er außerdem Angaben macht, die hinreichend belegen können, dass der Erwerber ein Steuerpflichtiger ist, der bei dem betreffenden Vorgang als solcher gehandelt hat (EuGH C-587/10, HFR 2012, 1212 – VSTR). Darüber hinaus muss er den Namen und die Anschrift des Abnehmers aufzeichnen (§ 17c Abs. 2 Nr. 1 UStDV) und dessen Unternehmereigenschaft nachweisen (§ 17c Abs. 1 UStDV iVm § 6a Abs. 1 Nr. 2 Buchst. a). Die Aufzeichnung der USt-IdNr. reicht für Letzteres nicht, weil sich aus ihr nicht ergibt, wer der Leistungsempfänger ist (BFH V R 26/05, BStBl. II 2009, 49). Die Beteiligten eines Leistungsaustausches ergeben sich regelmäßig aus den zivilrechtlichen Vereinbarungen (BFH V R 9/03, BStBl. II 2006, 933). Der Unternehmer muss daher die Identität des Abnehmers nachweisen. Handelt ein Dritter im Namen des Abnehmers, muss der Unternehmer auch die Vollmacht des Vertreters nachweisen, weil beim Handeln im fremden Namen die Wirksamkeit der Vertretung davon abhängt, ob der Vertreter Vertretungsmacht hat (vgl. BFH V R 26/05, BStBl. II 2009, 49; V R 9, 10/02, BStBl. II 2004, 627).

Anders als beim Belegnachweis muss der Buchnachweis grundsätzlich bis zu dem **Zeitpunkt** vorliegen, zu dem der Unternehmer die Voranmeldung für den **Voranmeldungszeitraum** der Ausfuhrlieferung abzugeben hat. Denn der Unternehmer, der eine innergemeinschaftliche Lieferung als steuerfrei erklärt, muss sich unter Berücksichtigung des Ziels, die genaue Erhebung der Steuer sicherzustellen und Steuerhinterziehungen zu verhindern, sowie unter Berücksichtigung der Grundsätze der Verhältnismäßigkeit, der Neutralität und der Rechtssicherheit durch seine buchmäßigen Aufzeichnungen zumindest dem Grunde nach vergewissern, ob er die Voraussetzungen der Steuerfreiheit als gegeben ansehen kann. Im Übrigen wird mit dem Abstellen auf den Zeitpunkt der Abgabe der Voranmeldung den Erfordernissen der Rechtssicherheit genügt (EuGH C-146/05, DStR 2007, 1811 – Collée; BFH V R 23/08, BStBl. II 2010, 517). 21

Nach dem Abgabezeitpunkt für die Umsatzsteuer-Voranmeldung kann der Unternehmer die buchmäßigen Aufzeichnungen nicht mehr erstmals führen, sondern nur noch berichtigen oder ergänzen (EuGH C-146/05, DStR 2007, 1811 – Collée), um den Buchnachweis nach § 13 UStDV zu erbringen. Diese Korrekturen können sich zB aufgrund von Umständen, die der Steuerpflichtige nicht zu vertreten hat, als notwendig erweisen und sind unter Bedingungen, die auch für Rechnungsberichtigungen gelten, zulässig. Somit kommt es darauf an, ob die verspätete Erbringung des Buchnachweises das Steueraufkommen gefährdet oder die Steuererhebung beeinträchtigt hat (EuGH C-146/05, DStR 2007, 1811 – Collée). Verfahrensrechtlich können derartige Korrekturen bis zum Schluss der letzten mündlichen Verhandlung vor dem FG erfolgen (BFH V R 23/08, BStBl. II 2010, 517). 22

g) Folgen eines Verstoßes. Die Voraussetzungen der innergemeinschaftlichen Lieferung nach § 6a Abs. 1 sind nicht erfüllt, wenn der Unternehmer den gemäß § 6a Abs. 3 UStG iVm §§ 17a ff. UStDV bestehenden Nachweispflichten nicht nachkommt oder berechtigte und nicht durch den Unternehmer ausgeräumte Zweifel an der inhaltlichen Richtigkeit der Angaben bestehen. Die Lieferung ist in diesem Fall steuerpflichtig (BFH V R 30/10, BStBl. II 2011, 769; V R 19/10, BFH/NV 2011, 2210; V R 46/10, BStBl. II 2011, 957; V R 28/10, UR 2011, 779; V R 50/09, DStR 2011, 1901; V R 65/06, BStBl. II 2010, 511; V R 72/05, BStBl. II 2009, 55; V R 59/03, BStBl. II 2009, 57). Der Unternehmer trägt also zB das Risiko der nicht geglückten Aufklärung einer als zweifelhaft erscheinenden Beförderung zum Bestimmungsort oder einer zweifelhaften Bevollmächtigung eines Abnahmebeauftragten (BFH V R 65/06, BStBl. II 2010, 511; XI R 70/93, BStBl. II 1995, 515 zur Ausfuhrlieferung; vgl. auch EuGH C-409/04, UR 2007, 774 – Teleos ua). 23

Trotz derartiger Mängel ist die Lieferung aber steuerfrei, wenn trotz Nichterfüllung der Nachweispflichten „aufgrund der **objektiven Beweislage** feststeht", dass die Voraussetzungen der innergemeinschaftlichen Lieferung vorliegen (BFH V R 9/13, BFH/NV 2014, 1682; V R 28/10, UR 2011, 779; V R 46/10, BStBl. II 2011, 957; V R 59/03, BStBl. II 2009, 57; V R 30/10, BStBl. II 2011, 769; V R 65/06, BStBl. II 2010, 511; V R 72/05, BStBl. II 2009, 55; V R 59/03, BStBl. II 2009, 57; V R 8/09, UR 2010, 416; V R 23/08, BFH/NV 2009, 1565; XI R 11/09, BStBl. II 2011, 237; XI B 24/09, BFHE 226, 449), es sei denn, der Verstoß gegen die Nachweispflichten (die formellen Anforderungen) verhindert den sicheren Nachweis, dass die materiellen Anforderungen der Steuerfreiheit erfüllt werden (EuGH C-146/05, DStR 2007, 1811 – Collée; BFH V R 28/10, UR 2011, 779; V R 3/10, DStR 2011, 2047). Ob die Lieferungen aufgrund der objektiven Beweislage als steuerfrei anzusehen sind, unterliegt der tatrichterlichen **Würdigung** und Überzeugungsbildung. Hierfür können Feststellungen der deutschen oder einer ausländischen Finanzverwaltung (BFH V R 23/08, BFH/NV 2009, 1565; V R 59/03, BStBl. II 2009, 57; 24

V R 72/05, BStBl. II 2009, 55) berücksichtigt werden. Dabei kann auch berücksichtigt werden, wenn das FA keine begründeten Zweifel an den materiellen Voraussetzungen der Steuerfreiheit nach § 6 Abs. 1–3 äußert (BFH V R 23/08, BFH/NV 2009, 1565).

25 Ein Sonderfall, bei dem dieses Recht nicht besteht, liegt zB bei einer Täuschung über die Identität des Abnehmers vor (EuGH C-285/09, DStR 2010, 2572 – R; BFH V R 46/10, BStBl. II 2011, 957). Hierauf hat der EuGH entschieden, dass innergemeinschaftliche Lieferungen steuerpflichtig sind, wenn die Voraussetzungen einer innergemeinschaftlichen Lieferung zwar objektiv vorliegen, jedoch „bewusst sachlich falsche" Rechnungen ausgestellt werden, um „die Identität der wahren Erwerber" zu „verschleiern" (EuGH C-285/09, DStR 2010, 2572 – R; BFH V R 30/10, BStBl. II 2011, 769).

26 *einstweilen frei*

6. Sonderregelungen

27 Leistungen an ausländische Streitkräfte auf dem Gebiet der Bundesrepublik werden unter bestimmten Voraussetzungen den Ausfuhren gleichgestellt, insbesondere nach dem NATO-Truppenstatut und dem Offshore-Steuerabkommen. Einzelheiten siehe § 4 Nr. 7 und → § 26 Rn. 4ff., 9ff.

§ 4 Nr. 2 (Versorgung der Seeschifffahrt und der Luftfahrt)

Von den unter § 1 Abs. 1 Nr. 1 fallenden Umsätzen sind steuerfrei:
2. die Umsätze für die Seeschifffahrt und für die Luftfahrt (§ 8);

EU-Recht: Art. 148, 150 MwStSystRL (Art. 15 Nr. 4–9 6. EG-RL)
UStAE: 4.2.1

Übersicht

1. Normzweck

1 Es handelt sich um eine Vorstufenbefreiung zugunsten der Erwerbsseeschifffahrt und des internationalen entgeltlichen Luftverkehrs. Außerdem wird die Versorgung der Seenotrettungsschiffe und in bestimmtem Umfang auch die der Kriegsschiffe begünstigt.

2. Umfang der Steuerbefreiung

2 Der Umfang der Steuerbefreiung iE ergibt sich aus § 8. Einzelheiten siehe dort. Zu beachten ist, dass nicht nur die in § 4 Nr. 2, § 8 genannten Leistungen selbst steuerfrei sind, sondern auch deren Besorgung (§ 3 Abs. 11). Zur Vermittlung dieser Leistungen siehe § 4 Nr. 5.

3. Wirkung

3 § 4 Nr. 2 führt zu einer umfassenden Steuerbefreiung, denn sie hat gemäß § 15 Abs. 3 Nr. 1 a nicht den Verlust des Vorsteuerabzugs zur Folge (vgl. → § 4 Allg. Rn. 2).

§4 Nr. 3 (Grenzüberschreitende Beförderungen)

Von den unter § 1 Abs. 1 Nr. 1 fallenden Umsätzen sind steuerfrei:

3. die folgenden sonstigen Leistungen

a) die grenzüberschreitenden Beförderungen von Gegenständen, die Beförderungen im internationalen Eisenbahnfrachtverkehr und andere sonstige Leistungen, wenn sich die Leistungen

aa) unmittelbar auf Gegenstände der Ausfuhr beziehen oder auf eingeführte Gegenstände beziehen, die im externen Versandverfahren in das Drittlandsgebiet befördert werden, oder

bb) auf Gegenstände der Einfuhr in das Gebiet eines Mitgliedstaates der Europäischen Union beziehen und die Kosten für die Leistungen in der Bemessungsgrundlage für diese Einfuhr enthalten sind. [2]Nicht befreit sind die Beförderungen der in § 1 Abs. 3 Nr. 4 Buchstabe a bezeichneten Gegenstände aus einem Freihafen in das Inland,

b) die Beförderungen von Gegenständen nach und von den Inseln, die die autonomen Regionen Azoren und Madeira bilden,

c) sonstige Leistungen, die sich unmittelbar auf eingeführte Gegenstände beziehen, für die zollamtlich eine vorübergehende Verwendung in den in § 1 Abs. 1 Nr. 4 bezeichneten Gebieten bewilligt worden ist, wenn der Leistungsempfänger ein ausländischer Auftraggeber (§ 7 Abs. 2) ist. [2]Dies gilt nicht für sonstige Leistungen, die sich auf Beförderungsmittel, Paletten und Container beziehen.

[2]Die Vorschrift gilt nicht für die in den Nummern 8, 10 und 11 bezeichneten Umsätze und für die Bearbeitung oder Verarbeitung eines Gegenstands einschließlich der Werkleistung im Sinne des § 3 Abs. 10. [3]Die Voraussetzungen der Steuerbefreiung müssen vom Unternehmer nachgewiesen sein. [4]Das Bundesministerium der Finanzen kann mit Zustimmung des Bundesrates durch Rechtsverordnung bestimmen, wie der Unternehmer den Nachweis zu führen hat;

Umsatzsteuer-Durchführungsverordnung:

§ 19 (weggefallen)

§ 20 Belegmäßiger Nachweis bei steuerfreien Leistungen, die sich auf Gegenstände der Ausfuhr oder Einfuhr beziehen

(1) [1]Bei einer Leistung, die sich unmittelbar auf einen Gegenstand der Ausfuhr bezieht oder auf einen eingeführten Gegenstand bezieht, der im externen Versandverfahren in das Drittlandsgebiet befördert wird (§ 4 Nr. 3 Satz 1 Buchstabe a Doppelbuchstabe aa des Gesetzes), muss der Unternehmer durch Belege die Ausfuhr oder Wiederausfuhr des Gegenstands nachweisen. [2]Die Voraussetzung muss sich aus den Belegen eindeutig und leicht nachprüfbar ergeben. [3]Die Vorschriften über den Ausfuhrnachweis in den §§ 9 bis 11 sind entsprechend anzuwenden.

(2) Bei einer Leistung, die sich auf einen Gegenstand der Einfuhr in das Gebiet eines Mitgliedstaates der Europäischen Union bezieht (§ 4 Nr. 3 Satz 1 Buchstabe a Doppelbuchstabe bb des Gesetzes), muss der Unternehmer durch Belege nachweisen, dass die Kosten für diese Leistung in der Bemessungsgrundlage für die Einfuhr enthalten sind.

(3) Der Unternehmer muss die Nachweise im Geltungsbereich des Gesetzes führen.

§ 21 Buchmäßiger Nachweis bei steuerfreien Leistungen, die sich auf Gegenstände der Ausfuhr oder Einfuhr beziehen

[1]Bei einer Leistung, die sich auf einen Gegenstand der Ausfuhr, auf einen Gegenstand der Einfuhr in das Gebiet eines Mitgliedstaates der Europäischen Union oder auf einen eingeführten Gegenstand bezieht, der im externen Versandverfahren in das Drittlandsgebiet befördert wird (§ 4 Nr. 3 Satz 1 Buchstabe a des Gesetzes), ist § 13 Abs. 1 und Abs. 2 Nr. 1 bis 4 entsprechend anzuwenden. [2]Zusätzlich soll der Unternehmer aufzeichnen:

1. *bei einer Leistung, die sich auf einen Gegenstand der Ausfuhr bezieht oder auf einen eingeführten Gegenstand bezieht, der im externen Versandverfahren in das Drittlandsgebiet befördert wird, dass der Gegenstand ausgeführt oder wiederausgeführt worden ist;*
2. *bei einer Leistung, die sich auf einen Gegenstand der Einfuhr in das Gebiet eines Mitgliedstaates der Europäischen Union bezieht, dass die Kosten für die Leistung in der Bemessungsgrundlage für die Einfuhr enthalten sind.*

EU-Recht: Art. 142, 144, Art. 146 Abs. 1 Buchst. e, MwStSystRL (Art. 14 Abs. 1 Buchst. i, Art. 15 Nr. 13, Art. 16 Abs. 1 Teil B, Art. 28c Teil C 6. EG-RL)
UStAE: 4.3.1–4.3.6

Übersicht

1. Normzweck

1 Die Befreiung dient im Wesentlichen der Verwaltungsvereinfachung. Bei einer Besteuerung der grenzüberschreitenden Beförderungen und der übrigen unter § 4 Nr. 3 fallenden Leistungen würde sich bei Einfuhrvorgängen in das Unionsgebiet eine Doppelbelastung mit USt und EUSt (vgl. § 11 Abs. 3 Nr. 3) ergeben, bei Ausfuhrvorgängen eine Belastung der Exportware mit USt für die Beförderungsleistung. In beiden Fällen hätte nach Sinn und Zweck des MwSt-Systems ein Ausgleich geschaffen werden müssen. Dies wird durch die Befreiung vermieden. Sie führt zu einer vollständigen Entlastung von USt, denn sie hat nicht den Verlust des Vorsteuerabzugs zur Folge. Die in § 4 Nr. 3 genannten Leistungen sind auch nach dieser Vorschrift nur steuerfrei, wenn es sich um selbstständige Hauptleistungen handelt. Sind sie nur unselbstständige Nebenleistungen zu einer anderen selbstständigen Hauptleistung, richtet sich die steuerliche Gesamtbehandlung nach deren Beurteilung.

2. Beförderung

2 Beförderung ist jede Fortbewegung eines Gegenstands (§ 3 Abs. 6 S. 2; vgl. → § 3 Rn. 67). Zum Begriff des Gegenstands → § 3 Rn. 4. Die Art des Beförderungsmittels ist gleichgültig. Auch Gegenstände, die selbst unbeweglich sind, können zur Beförderung verwendet werden (zB Öltransport in Pipeline). Das Beförderungsmittel braucht dem Beförderungsunternehmer nicht zu gehören. Es genügt, wenn er mit seiner

Hilfe die Beförderung durchführt. Die Beförderung kann auch ohne Beförderungsmittel geschehen, etwa beim Transport selbstfahrender Gegenstände. Entscheidend ist nur, dass der Beförderungsunternehmer die Fortbewegung des Gegenstands bewirkt, dh wenn er selbst unmittelbar Einfluss darauf nimmt. Von der Beförderung zu unterscheiden ist die bloße Überlassung von Transportmitteln. Hier befördert derjenige, dem die Transportmittel zur Verfügung gestellt worden sind.

Die Beförderung muss sich als Hauptleistung darstellen. Ist sie nur Nebenleistung (zB zu einer Personenbeförderung), so unterliegt der gesamte Umsatz der Besteuerung der Personenbeförderung (→ Rn. 2). So ist zB die Gepäckbeförderung für Reisende eine unselbstständige Nebenleistung zur Personenbeförderung; das soll nach UStAE 4.3.1 sogar für den Transport des Pkw im Auto-Reisezug gelten (es ist zweifelhaft, ob das zutrifft, denn häufig ist der Fahrpreis für das Auto höher als für den Reisenden selbst). **3**

Die Beförderung ist „grenzüberschreitend", wenn sie sich sowohl auf das Inland als auch auf das Ausland erstreckt (siehe § 3b Abs. 1 S. 4 und UStAE 4.3.2). Steuerbar ist sie nur mit dem inländischen Streckenanteil (§ 3b Abs. 1 S. 2), auf den sich deshalb auch nur die Steuerbefreiung bezieht. **4**

3. Innergemeinschaftliche Beförderung

Die innergemeinschaftliche Beförderung (§ 3b Abs. 3 S. 1) ist bis zur Neufassung der Norm durch das UStÄndG 1994 in § 4 Nr. 3a S. 2 aF ausdrücklich von der Steuerbefreiung ausgenommen gewesen. Diese Regelung ist weggefallen, ohne dass sich damit eine inhaltliche Änderung verbindet. Die Steuerbefreiung erfasst die grenzüberschreitende Beförderung von Gegenständen nur, sofern sie sich auf Gegenstände der Ausfuhr, der Einfuhr in das Gebiet eines Mitgliedstaates sowie auf eingeführte Gegenstände, die im externen Versandverfahren in das Drittlandsgebiet befördert werden, erstreckt. Die innergemeinschaftliche Beförderung wird daher schon vom Tatbestand des § 4 Nr. 3a nicht mehr erfasst. Die bisherige Ausnahmeregelung ist damit entbehrlich geworden. Zur Befreiung der Beförderungen von und nach Madeira und den Azoren → Rn. 12. **5**

4. Internationaler Eisenbahnfrachtverkehr

Der internationale Eisenbahnfrachtverkehr ist im Grundsatz ein Unterfall der grenzüberschreitenden Beförderung. Er ist in § 4 Nr. 3 zur Klarstellung besonders aufgeführt, da sich anderenfalls auch die Auffassung vertreten ließe, es handele sich um eine Leistung, die wegen der Gebietsbeschränkung der nationalen Eisenbahnstrecken jeweils an der Grenze ende und als neue Leistung jenseits der Grenze wieder beginne. **6**

5. Beginn und Ende der grenzüberschreitenden Beförderung

Beginn und Ende der grenzüberschreitenden Beförderung einschließlich des internationalen Eisenbahnfrachtverkehrs richten sich nach dem Inhalt des Frachtvertrags. Dieser wird insbesondere aus den Beförderungspapieren (Frachtbrief, Konnossement, Ladeschein) deutlich. Aus ihnen muss hervorgehen, dass die Beförderung im Inland beginnt und im Ausland endet oder umgekehrt. Unterbrechungen der grenzüberschreitenden Beförderung sind unschädlich, solange es sich noch um eine einheitliche Beförderung handelt. Die Einschaltung von Unterfrachtführern ist auf die Steuerfreiheit der Leistung des Hauptfrachtführers ohne Einfluss. Für die Leistung der Unterfrachtführer ist gesondert zu entscheiden, ob sie die Voraussetzungen des § 4 Nr. 3 erfüllt. **7**

Beispiel: Der Frachtführer F übernimmt den Transport einer Maschine von Hannover nach Warschau und stellt darüber einen Frachtbrief aus. Er lässt die Maschine vom Unterfrachtführer U nach Berlin bringen; dort wird sie auf einen Lkw des polnischen Frachtführers I verladen und von diesem nach Warschau gebracht. Die gesamte Beförderungsleistung des F ist als einheitliche grenzüberschreitende Beförderung steuerfrei. Die Leistung des U ist steuerpflichtig, denn sie spielt sich nur im Inland ab; F kann die in der Rechnung des U enthaltene USt als Vorsteuer abziehen. Die Leistung des I ist als grenzüberschreitende Beförderung steuerfrei.

8 Zu Besorgungsleistungen siehe § 3 Abs. 11. Bei Spediteuren ist zwischen der Besorgung der Beförderung und der Durchführung der Beförderung durch den Spediteur selbst zu unterscheiden. Eine eigene Beförderungsleistung des Spediteurs kommt insbesondere in den Fällen des Selbsteintritts (§ 412 HGB), der Spedition zu festen Sätzen (§ 413 Abs. 1 HGB) und des Sammelladungsverkehrs (§ 413 Abs. 2 HGB) vor. Zu weiteren Einzelheiten siehe UStAE 4.3.2.

6. Andere sonstige Leistungen

9 Andere sonstige Leistungen, die sich auf Gegenstände der Ausfuhr oder auf im externen Versandverfahren beförderte Gegenstände beziehen, sind im Rahmen von § 4 Nr. 3 Buchst. a Doppelbuchst. aa steuerfrei (vgl. UStAE 4.3.4). Erforderlich ist dabei ein unmittelbarer Bezug. Unter Beachtung des Art. 15 Nr. 13 der 6. EG-RL liegen steuerfreie Leistungen iSv § 4 Nr. 3 S. 1 Buchst. a Doppelbuchst. aa vor, wenn zwischen Leistung und Ausfuhrgegenständen ein **unmittelbarer Zusammenhang** besteht, ohne dass es sich um eine handelsübliche Nebenleistung zu einer Güterbeförderung als Hauptleistung handeln muss (BFH V R 27/09, BStBl. II 2011, 557; XI R 55/07, BFH/NV 2008, 1211) Für diesen unmittelbaren Bezug muss die Leistung nicht unmittelbar der Beförderung der Ausfuhrgegenstände dienen (vgl. aber auch *Jatzke* in Sölch/Ringleb § 4 Nr. 3 Rn. 23ff.; *Schwarz* in P/M/W § 4 Nr. 3 Rn. 84; *Waza* in OSL § 4 Nr. 3 Rn. 89).

Der Wortlaut der Neufassung entspricht im Wesentlichen der des § 4 Nr. 3 Buchst. b Doppelbuchst. bb UStG 1993 aF, bezieht nunmehr aber auch die grenzüberschreitenden Beförderungen und die Beförderungen im internationalen Eisenbahnfrachtverkehr mit ein. Die Steuerbefreiung gilt insbesondere für:

- grenzüberschreitende Güterbeförderungen und Beförderungen im internationalen Eisenbahnfrachtverkehr (vgl. UStAE 4.3.2) ins Drittlandgebiet;
- inländische und innergemeinschaftliche Güterbeförderungen, die einer Beförderung nach Nr. 1 vorangehen, zB Beförderungen durch Rollfuhrunternehmer vom Absender zum Flughafen, Binnenhafen oder Bahnhof oder Beförderungen von leeren Seetransportbehältern zum Beladeort;
- den Umschlag und die Lagerung von Gegenständen vor ihrer Ausfuhr oder während ihrer Durchfuhr;
- die handelsüblichen Nebenleistungen, die bei Güterbeförderungen aus dem Inland in das Drittlandsgebiet oder durch das Inland oder bei den in den Nr. 1–3 bezeichneten Leistungen vorkommen, zB Wiegen, Messen oder Probeziehen;
- die Besorgung der in den Nr. 1–4 bezeichneten Leistungen (vgl. UStAE 4.3.4).

7. Gegenstände der Einfuhr

10 Die in § 4 Nr. 3 Buchst. a Doppelbuchst. bb getroffene Neufassung befreit Leistungen, die sich auf Gegenstände der Einfuhr in die EU beziehen. Die bisherige Regelung hatte nur Leistungen für Einfuhren in die BRD erfasst. Voraussetzung für die Steuerbefreiung ist, dass die Kosten für die Leistungen in die Bemessungsgrundlage der EUSt in einem EU-Mitgliedstaat enthalten sind. Ein mittelbarer Zusammenhang zwischen der Leistung und dem Gegenstand der Einfuhr genügt. Die Umsatzsteuerbefreiung kommt insbesondere in Betracht für

- grenzüberschreitende Güterbeförderungen und Beförderungen im internationalen Eisenbahnfrachtverkehr bis zum ersten Bestimmungsort in der Gemeinschaft sowie sich an eine solche Beförderung anschließende Beförderungen zu einem weiteren Bestimmungsort in der Gemeinschaft,
- den Umschlag und die Lagerung von eingeführten Gegenständen,
- handelsübliche Nebenleistungen zu den og Leistungen sowie die Besorgung der og Leistungen,
- Vermittlungsleistungen, für die die Steuerbefreiung nach § 4 Nr. 5 nicht in Betracht kommt (vgl. UStAE 4.3.3).

Eine Ausnahme von der Befreiung sieht § 4 Nr. 3a Doppelbuchst. bb S. 2 für die **11** Beförderung der in § 1 Abs. 3 Nr. 4 Buchst. a genannten Gegenstände aus einem Freihafen in das Inland vor. Hierbei handelt es sich um Gegenstände, die in einem zollamtlich bewilligten Freihafen-Veredelungsverkehr (§ 53 ZG) oder in einer zollamtlich besonders zugelassenen Freihafenlagerung (§ 61 Abs. 2 ZG) befinden.

8. Madeira, Azoren

Die innergemeinschaftliche Beförderung wird zwar vom Tatbestand des § 4 Nr. 3 **12** nicht mehr umfasst (vgl. → Rn. 6). Die bisher in § 4 Nr. 3 S. 2 geltende Befreiung von Beförderungen von und nach Madeira und den Azoren ist aber in § 4 Nr. 3 Buchst. b übernommen worden.

9. Zur vorübergehenden Verwendung eingeführte Gegenstände

Die in § 4 Nr. 3 Buchst. c aufgenommene Steuerbefreiung für sonstige Leistungen, **13** die sich auf zollamtlich zur vorübergehenden Verwendung eingeführte Gegenstände beziehen, ist im Wesentlichen bereits in § 4 Nr. 3 Buchst. b Doppelbuchst. cc aF enthalten gewesen. Der Wortlaut der Neufassung des Gesetzes umfasst nunmehr auch die grenzüberschreitenden Beförderungen und die Beförderungen im internationalen Eisenbahnfrachtverkehr.

10. Sachliche Einschränkung

Eine sachliche Einschränkung der Steuerbefreiung nach § 4 Nr. 3 Buchst. c enthält **14** § 4 Nr. 3 Buchst. c S. 2 für die in § 4 Nr. 8, 10 und 11 bezeichneten Umsätze (Geld- und Kapitalverkehr, Versicherungsumsätze, Umsätze der Bausparkassen- und Versicherungsvertreter) sowie für die Be- oder Verarbeitung von Gegenständen der Ein-, Aus- und Durchfuhr (vgl. auch UStAE 4.3.5). Die Be- oder Verarbeitung kann aber nach § 4 Nr. 1 Buchst. a iVm § 7 steuerfrei sein.

11. Nachweise

Die Neufassung der §§ 20, 21 UStDV regelt die Nachweispflicht des Unterneh- **15** mers. Danach ist ein Buchnachweis notwendig für Leistungen, die sich auf einen Gegenstand der Ausfuhr, einen Gegenstand der Einfuhr in das Gebiet der EU oder einen eingeführten Gegenstand, der im externen Versandverfahren in das Drittlandsgebiet befördert wird. Der damit für alle Leistungen iSd § 4 Nr. 3 Buchst. a erforderliche Buchnachweis umfasst die in § 13 Abs. 1 und 2 Nr. 1–4 UStDV sowie § 21 S. 2 Nr. 1 und 2 UStDV genannten Aufzeichnungen.

Sowohl für die in § 4 Nr. 3 Buchst. a Doppelbuchst. aa als auch für die in § 4 Nr. 3 **16** Buchst. a Doppelbuchst. bb geregelten Leistungen muss der Unternehmer ferner den Belegnachweis gemäß § 20 UStDV erbringen. Dieser umfasst bei Leistungen, die sich auf einen Gegenstand der Ausfuhr oder einen eingeführten Gegenstand, der im externen Versandverfahren in das Drittlandsgebiet befördert wird, den belegmäßigen Nachweis der Ausfuhr oder Wiedereinfuhr des Gegenstandes.

17 Bei Leistungen, die sich auf in das Gebiet der EU eingeführte Gegenstände beziehen, muss durch Belege nachgewiesen werden, dass die Kosten für die Leistungen in der Bemessungsgrundlage für die Einfuhr enthalten sind. Für die in § 4 Nr. 3 Buchst. b und c von der USt befreiten Leistungen sieht die UStDV keine besonderen Nachweise vor. Es gelten daher die allgemeinen Beweisregeln.

§ 4 Nr. 4 (Lieferung von Gold an Zentralbanken)

Von den unter § 1 Abs. 1 Nr. 1 fallenden Umsätzen sind steuerfrei:
4. die Lieferungen von Gold an Zentralbanken;

EU-Recht: Art. 152 MwStSystRL (Art. 15 Nr. 11 6. EG-RL)
UStAE: 4.4.1

1. Normzweck

1 Die Vorschrift stellt Goldkäufe der Deutschen Bundesbank im Inland den Goldeinfuhren gleich, die bzgl. Währungsgold schon bisher steuerfrei waren. Sie schließt jetzt auch Goldlieferungen an ausländische Zentralbanken ein.

2. Inhalt und Umfang

2 Alle Goldlieferungen an Zentralbanken sind steuerfrei, ohne dass dadurch der Vorsteuerabzug beeinträchtigt würde (§ 15 Abs. 3 Nr. 1 a). Bei Lieferungen an Zentralbanken mit Sitz im Ausland geht es um Gold, das im Inland verbleibt (die Ausfuhr wäre bereits nach § 4 Nr. 1 steuerfrei). Zentralbanken sind nur staatliche Institute, die von der Aufgabenstellung her der Deutschen Bundesbank vergleichbar sind. Zur Vermittlung der in § 4 Nr. 4 aufgeführten Goldgeschäfte siehe § 4 Nr. 5.

§ 4 Nr. 4a (Umsatzsteuerlagerregelung)

Von den unter § 1 Abs. 1 Nr. 1 fallenden Umsätzen sind steuerfrei:
4a. die folgenden Umsätze:
a) die Lieferungen der in der Anlage 1 bezeichneten Gegenstände an einen Unternehmer für sein Unternehmen, wenn der Gegenstand der Lieferung im Zusammenhang mit der Lieferung in ein Umsatzsteuerlager eingelagert wird oder sich in einem Umsatzsteuerlager befindet. [2]Mit der Auslagerung eines Gegenstands aus einem Umsatzsteuerlager entfällt die Steuerbefreiung für die der Auslagerung vorangegangene Lieferung, den der Auslagerung vorangegangenen innergemeinschaftlichen Erwerb oder die der Auslagerung vorangegangene Einfuhr; dies gilt nicht, wenn der Gegenstand im Zusammenhang mit der Auslagerung in ein anderes Umsatzsteuerlager im Inland eingelagert wird. [3]Eine Auslagerung ist die endgültige Herausnahme eines Gegenstands aus einem Umsatzsteuerlager. [4]Der endgültigen Herausnahme steht gleich der sonstige Wegfall der Voraussetzungen für die Steuerbefreiung sowie die Erbringung einer nicht nach Buchstabe b begünstigten Leistung an den eingelagerten Gegenständen,
b) die Leistungen, die mit der Lagerung, der Erhaltung, der Verbesserung der Aufmachung und Handelsgüte oder der Vorbereitung des Vertriebs oder Weiterverkaufs der eingelagerten Gegenstände unmit-

telbar zusammenhängen. [2]Dies gilt nicht, wenn durch die Leistungen die Gegenstände so aufbereitet werden, dass sie zur Lieferung auf der Einzelhandelsstufe geeignet sind.

[2]Die Steuerbefreiung gilt nicht für Leistungen an Unternehmer, die diese zur Ausführung von Umsätzen verwenden, für die die Steuer nach den Durchschnittssätzen des § 24 festgesetzt ist. [3]Die Voraussetzungen der Steuerbefreiung müssen vom Unternehmer eindeutig und leicht nachprüfbar nachgewiesen sein. [4]Umsatzsteuerlager kann jedes Grundstück oder Grundstücksteil im Inland sein, das zur Lagerung der in Anlage 1 genannten Gegenstände dienen soll und von einem Lagerhalter betrieben wird. [5]Es kann mehrere Lagerorte umfassen. [6]Das Umsatzsteuerlager bedarf der Bewilligung des für den Lagerhalter zuständigen Finanzamts. [7]Der Antrag ist schriftlich zu stellen. [8]Die Bewilligung ist zu erteilen, wenn ein wirtschaftliches Bedürfnis für den Betrieb des Umsatzsteuerlagers besteht und der Lagerhalter die Gewähr für dessen ordnungsgemäße Verwaltung bietet;

Anlage 1 (zu § 4 Nr. 4a)

Liste der Gegenstände, die der Umsatzsteuerlagerregelung unterliegen können

Lfd. Nr.	Warenbezeichnung	Zolltarif (Kapitel, Position, Unterposition)
1	Kartoffeln, frisch oder gekühlt	Position 0701
2	Oliven, vorläufig haltbar gemacht (z. B. durch Schwefeldioxid oder in Wasser, dem Salz, Schwefeldioxid oder andere vorläufig konservierend wirkende Stoffe zugesetzt sind), zum unmittelbaren Genuss nicht geeignet	Unterposition 0711 20
3	Schalenfrüchte, frisch oder getrocknet, auch ohne Schalen oder enthäutet	Positionen 0801 und 0802
4	Kaffee, nicht geröstet, nicht entkoffeiniert, entkoffeiniert	Unterpositionen 0901 11 00 und 0901 12 00
5	Tee, auch aromatisiert	Position 0902
6	Getreide	Positionen 1001 bis 1005, 1007 00 und 1008
7	Rohreis (Paddy-Reis)	Unterposition 1006 10
8	Ölsamen und ölhaltige Früchte	Positionen 1201 00 bis 1207
9	Pflanzliche Fette und Öle und deren Fraktionen, roh, auch raffiniert, jedoch nicht chemisch modifiziert	Positionen 1507 bis 1515
10	Rohzucker	Unterpositionen 1701 11 und 1701 12
11	Kakaobohnen und Kakaobohnenbruch, roh oder geröstet	Position 1801 00 00
12	Mineralöle (einschließlich Propan und Butan sowie Rohöle aus Erdöl)	Positionen 2709 00, 2710, Unterpositionen 2711 12 und 2711 13
13	Erzeugnisse der chemischen Industrie	Kapitel 28 und 29
14	Kautschuk, in Primärformen oder in Platten, Blättern oder Streifen	Positionen 4001 und 4002

Lfd. Nr.	Warenbezeichnung	Zolltarif (Kapitel, Position, Unterposition)
15	Chemische Halbstoffe aus Holz, ausgenommen solche zum Auflösen; Halbstoffe aus Holz, durch Kombination aus mechanischem und chemischem Aufbereitungsverfahren hergestellt	Positionen 4703 bis 4705 00 00
16	Wolle, weder gekrempelt noch gekämmt	Position 5101
17	Silber, in Rohform oder Pulver	aus Position 7106
18	Gold, in Rohform oder als Pulver, zu nicht monetären Zwecken	Unterpositionen 7108 11 00 und 7108 12 00
19	Platin, in Rohform oder als Pulver	aus Position 7110
20	Eisen- und Stahlerzeugnisse	Positionen 7207 bis 7212, 7216, 7219, 7220, 7225 und 7226
21	Nicht raffiniertes Kupfer und Kupferanoden zum elektrolytischen Raffinieren; raffiniertes Kupfer und Kupferlegierungen, in Rohform; Kupfervorlegierungen; Draht aus Kupfer	Positionen 7402 00 00, 7403, 7405 00 00 und 7408
22	Nickel in Rohform	Position 7502
23	Aluminium in Rohform	Position 7601
24	Blei in Rohform	Position 7801
25	Zink in Rohform	Position 7901
26	Zinn in Rohform	Position 8001
27	Andere unedle Metalle, ausgenommen Waren daraus und Abfälle und Schrott	aus Positionen 8101 bis 8112

Die Gegenstände dürfen nicht für die Lieferung auf der Einzelhandelsstufe aufgemacht sein.

EU-Recht: Art. 154ff. MwStSystRL (Art. 10 Abs. 1 Teil B Buchst. e, Teil D Buchst. b 6. EG-RL)
UStAE: 4.4a.1

Übersicht

1. Normzweck

§ 4 Nr. 4a ist durch das StÄndG 2003 (BGBl. 2003 I 2645) mit Wirkung ab 1.1.2004 in das UStG eingefügt worden. Die Neuregelung beruht auf Art. 157 MwStSystRL, wonach jeder Mitgliedstaat, vorbehaltlich einer Konsultation des Mehrwertsteuerausschusses nach Art. 398 MwStSystRL, die Steuerbefreiung für Lieferungen in ein UStLager festlegen darf. Es hat sich in der Vergangenheit gezeigt, dass die Abwicklung von Umsätzen, bei denen die Ware nicht bewegt wird, in bestimmten Fällen zu praktischen Schwierigkeiten führt. Diese zu beseitigen, ist Ziel der Neuregelung (BT-Drs. 15/1562, zu Art. 4 Nr. 1 vgl. auch BMF 28.1.2004, BStBl. I 2004, 242). 1

2. Der Begriff des Umsatzsteuerlagers

a) Allgemeines. UStLager kann jedes Grundstück oder jeder Grundstücksteil im Inland sein, der zur Lagerung von in der Anl. 1 zu § 4 Nr. 4a genannten Gegenständen dienen soll und von einem Lagerhalter betrieben wird. Das Lager kann mehrere Lagerorte umfassen. Dabei können UStLager auch in den Räumen oder an jedem anderen festen Ort im Inland, der als Zolllager zugelassen wurde, errichtet werden (BMF 28.1.2004, BStBl. I 2004, 242 Rn. 3). Eine gemeinsame Lagerung von Gemeinschaftswaren und Nichtgemeinschaftswaren bedarf gemäß Art. 106 ZK der Zulassung des HZA. 2

b) Der Lagerhalter. Lagerhalter kann jeder Unternehmer sein, der die in Anl. 1 zu § 4 Nr. 4a genannten Gegenstände in seinem Unternehmen lagern kann. Außerdem muss er die Gewähr für die ordnungsgemäße Verwaltung des UStLagers bieten. Die Zuverlässigkeit des Antragstellers ist daran zu überprüfen, ob er seinen steuerlichen Verpflichtungen bei der Abgabe von Steuererklärungen und der Zahlung der zu entrichtenden Steuern regelmäßig und rechtzeitig nachkommt (BMF 28.1.2004, BStBl. I 2004, 242 Rn. 8 iVm BMF 29.3.2007, BStBl. I 2007, 369 Nr. 856). 3

c) Bewilligung. Das UStLager bedarf der Bewilligung des für den Lagerhalter zuständigen FA. Einen entsprechenden Antrag hat der die Lagerhalterung anstrebende Unternehmer schriftlich zu stellen. Hierzu soll er insbesondere die folgenden Angaben machen (BMF 28.1.2004, BStBl. I 2004, 242 Rn. 3 iVm BMF 27.3.2012, BStBl. I 2012, 370 Nr. 1216): 4

- Ort und Anschrift des UStLagers sowie der dazugehörigen Lagerstätten,
- Zeitpunkt der beabsichtigten Inbetriebnahme,
- Beschreibung der Gegenstände, die in dem UStLager gelagert werden sollen,
- Angabe der Bewilligungsnr, sofern für das Lager bereits ein Zolllagerverfahren bewilligt wurde.

Die Bewilligung setzt ein wirtschaftliches Bedürfnis für den Betrieb des UStLagers voraus. Dieses ist regelmäßig anzunehmen, wenn die einzulagernden Gegenstände mehrfach ohne Warenbewegung umgesetzt werden sollen (zB an Warenterminbörsen).

3. Lieferungsgegenstände

Die Gegenstände, die unter die UStLagerregelung fallen können, sind in Anl. 1 zu § 4 Nr. 4a abschließend aufgezählt. Weitere Voraussetzung der Steuerbefreiung ist, dass die Gegenstände nicht für die Lieferung auf der Einzelhandelsstufe aufgemacht sind (vgl. BMF 28.1.2004, BStBl. I 2004, 242 Rn. 11). 5

Die Steuerbefreiung gilt sowohl für die Lieferung von Gemeinschaftsgegenständen als auch für die von Drittlandswaren, die sich in einem Zollverfahren (Nichterhebungsverfahren) befinden.

4. Die Befreiungstatbestände

6 **a) Allgemeines.** Von der Steuerbefreiung umfasst werden nur Lieferungen von Gegenständen, nicht aber sonstige Leistungen, wie zB Optionsgeschäfte mit Gegenständen und die Vermittlung derartiger sonstiger Leistungen. Derartige sonstige Leistungen können aber unter die Steuerbefreiungsregelung in § 4 Nr. 8 Buchst. e fallen. Als Lieferung sind dabei auch die folgenden Umsätze anzusehen:
- die Veräußerung von ideellen Miteigentumsanteilen an einem Edelmetallbestand,
- die Veräußerung von Gewichtsguthaben an einem Edelmetallbestand, wenn die Gewichtskonten obligatorische Rechte ausweisen,
- die Veräußerung von Edelmetallzertifikaten,
- die Abtretung von Ansprüchen auf Lieferungen von Edelmetallbeständen,
- die Veräußerung von Darlehen und Swaps von Edelmetallen, durch die ein Eigentumsrecht an diesen Edelmetallen oder ein schuldrechtlicher Anspruch auf diese Edelmetalle begründet wird,
- die Veräußerung von Terminkontrakten und im Freiverkehr getätigten Terminabschlüssen mit Edelmetallen, die zur Übertragung eines Eigentumsrechts an dem Edelmetall oder eines schuldrechtlichen Anspruchs auf dieses Edelmetall führt (vgl. BMF 28.1.2004, BStBl. I 2004, 242 Rn. 14 iVm BMF 27.3.2012, BStBl. I 2012, 370 Nr. 1219).

7 **b) Die Befreiungstatbestände im Einzelnen.** Mit der Neuregelung des § 4 Nr. 4a werden freigestellt
- die Lieferung der in der Anlage 1 bezeichneten Gegenstände an einen Unternehmer für sein Unternehmen, wenn der Gegenstand der Lieferung im Zusammenhang mit der Lieferung in ein UStLager eingelagert wird,
- die Lieferung der in der Anlage 1 bezeichneten Gegenstände an einen Unternehmer für sein Unternehmen, die sich in einem UStLager befinden,
- davon umfasst wird auch die Lieferung, bei der der Gegenstand vom liefernden Unternehmer oder seinem Abnehmer von einem in ein anderes UStLager befördert oder versendet wird,
- der vor der Einlagerung in ein UStLager liegende innergemeinschaftliche Erwerb (§ 4b Nr. 2),
- die Leistungen, die mit der Lagerung, der Erhaltung, der Verbesserung der Aufmachung und Handelsgüte oder der Vorbereitung des Vertriebs oder Weiterverkaufs der eingelagerten Gegenstände unmittelbar zusammenhängen, wobei durch die Leistungen die Gegenstände nicht so aufbereitet werden dürfen, dass sie zur Lieferung auf der Einzelhandelsstufe geeignet sind.

5. Auslagerung aus einem Umsatzsteuerlager

8 **a) Begriff.** Die Auslagerung ist der tatsächliche Vorgang der endgültigen Herausnahme eines Gegenstandes aus einem UStLager. Ein einer Auslagerung gleichstehender Vorgang liegt vor,
- wenn die übrigen Voraussetzungen für die Steuerbefreiung nicht mehr vorliegen (zB Widerruf der Bewilligung des UStLagers),
- eine nicht begünstigte Verwendung erfolgt (zB Lieferung an einen Nichtunternehmer, Entnahme für nichtunternehmerische Zwecke; vgl. BT-Drs. 15, 1562, zu Art. 4 Nr. 2, zu Nr. 4 Buchst. a),
- eine nichtbegünstigte Aufbereitung des Gegenstandes erfolgt (zB durch Leistungen, die die Eignung zur Lieferung auf der Einzelhandelsstufe bewirken).

Keine Auslagerung liegt demgegenüber vor, wenn der in einem UStLager befindliche Gegenstand im Zusammenhang mit der Herausnahme aus diesem Lager in ein anderes im Inland befindliches UStLager eingelagert wird.

b) Rechtsfolgen. Wird ein sich in einem UStLager befindlicher Gegenstand ausgelagert, entfällt die Steuerbefreiung für die der Auslagerung vorangegangene Lieferung, den der Auslagerung vorangegangenen innergemeinschaftlichen Erwerb oder die der Auslagerung vorangegangene Einfuhr (§ 4 Nr. 4a S. 1 Buchst. a S. 2). Der Besteuerung unterliegt damit der letzte vor der Auslagerung liegende – zunächst steuerfreie – Umsatz. 9

c) Steuerschuldner. Steuerschuldner ist im Falle der Auslagerung gemäß § 13a Abs. 1 Nr. 6 der Auslagerer, daneben auch der Lagerhalter als Gesamtschuldner, wenn er entgegen § 22 Abs. 4c S. 2 die inländische USt-IdNr. des Auslagerers oder dessen Fiskalvertreters nicht oder nicht zutreffend aufzeichnet. Auslagerer ist der Unternehmer, dem die Auslagerung zuzurechnen ist (§ 13a Abs. 1 Nr. 6). Das ist der Unternehmer, der im Zeitpunkt der Auslagerung die Verfügungsmacht über den Gegenstand hat. Auslagerer kann auch ein Kleinunternehmer sein oder ein blinder Unternehmer, dessen Umsätze unter die Steuerbefreiung des § 4 Nr. 19 fallen. In diesem Fall kommen § 4 Nr. 19 bzw. § 19 nach Auffassung der FVerw nicht zur Anwendung (BMF 28.1.2004, BStBl. I 2004, 242 Rn. 27, 36, 37). 10

§ 4 Nr. 4b (Lieferungen vor der Einfuhr)

Von den unter § 1 Abs. 1 Nr. 1 fallenden Umsätzen sind steuerfrei:

4b. die einer Einfuhr vorangehende Lieferung von Gegenständen, wenn der Abnehmer oder dessen Beauftragter den Gegenstand der Lieferung einführt. [2]Dies gilt entsprechend für Lieferungen, die den in Satz 1 genannten Lieferungen vorausgegangen sind. [3]Die Voraussetzungen der Steuerbefreiung müssen vom Unternehmer eindeutig und leicht nachprüfbar nachgewiesen sein;

EU-Recht: Art. 154ff. MwStSystRL (Art. 16 Abs. 1 Teil B Buchst. e 6. EG-RL)
UStAE: 4.4b.1

§ 4 Nr. 4b ist durch das StÄndG 2003 (BGBl. 2003 I 2645) mit Wirkung ab 1.1.2004 in das UStG eingefügt worden. 1

§ 4 Nr. 4b befreit steuerbare Lieferungen, die der Einfuhr nach dem neuen Einfuhrbegriff in § 1 Abs. 1 Nr. 1 (vgl. kritisch *von Streit* UStB 2004, 89) vorausgehen. Von der Steuerbefreiung erfasst werden alle steuerbaren Lieferungen von Gegenständen, die vor deren Überführung in den freien Verkehr liegen. Dabei setzt die Steuerbefreiung voraus, dass der Abnehmer oder dessen Beauftragter den Gegenstand in den freien Verkehr überführt und damit idR Schuldner der EUSt wird; vgl. auch BMF 28.1.2004, BStBl. I 2004, 242. 2

§ 4 Nr. 5 (Vermittlung steuerfreier Umsätze)

Von den unter § 1 Abs. 1 Nr. 1 fallenden Umsätzen sind steuerfrei:

5. die Vermittlung

a) der unter die Nummer 1 Buchstabe a, Nummern 2 bis 4b und Nummern 6 und 7 fallenden Umsätze,

b) der grenzüberschreitenden Beförderungen von Personen mit Luftfahrzeugen oder Seeschiffen,

c) der Umsätze, die ausschließlich im Drittlandsgebiet bewirkt werden,

d) der Lieferungen, die nach § 3 Abs. 8 als im Inland ausgeführt zu behandeln sind.

²Nicht befreit ist die Vermittlung von Umsätzen durch Reisebüros für Reisende. ³Die Voraussetzungen der Steuerbefreiung müssen vom Unternehmer nachgewiesen sein. ⁴Das Bundesministerium der Finanzen kann mit Zustimmung des Bundesrates durch Rechtsverordnung bestimmen, wie der Unternehmer den Nachweis zu führen hat;

Umsatzsteuer-Durchführungsverordnung:

§ 22 Buchmäßiger Nachweis bei steuerfreien Vermittlungen

(1) Bei Vermittlungen im Sinne des § 4 Nr. 5 des Gesetzes ist § 13 Abs. 1 entsprechend anzuwenden.

(2) Der Unternehmer soll regelmäßig Folgendes aufzeichnen:

1. *die Vermittlung und den vermittelten Umsatz;*
2. *den Tag der Vermittlung;*
3. *den Namen und die Anschrift des Unternehmers, der den vermittelten Umsatz ausgeführt hat;*
4. *das für die Vermittlung vereinbarte Entgelt oder bei der Besteuerung nach vereinnahmten Entgelten das für die Vermittlung vereinnahmte Entgelt und den Tag der Vereinnahmung.*

EU-Recht: Art. 153, 370, Anhang X MwStSystRL (Art. 15 Nr. 14 und 28 Abs. 3 Buchst. a, Anh. E 6. EG-RL)
UStAE: 4.5.1–4.5.4

Übersicht

1. Normzweck

1 Die Freistellung bestimmter Vermittlungsleistungen „über die Grenze" soll bewirken, dass die vermittelten Geschäfte auch nicht durch steuerpflichtige Kostenbestandteile indirekt mit USt belastet werden. IdR würde diese Belastung ohnehin durch den Vorsteuerabzug dessen ausgeglichen, der die Vermittlungsleistung in Anspruch nimmt. Insofern hat § 4 Nr. 5 nur erhebungstechnische Bedeutung: Die Vorschrift macht Vorsteuererstattungen entbehrlich.

2. Begriff der Vermittlung

2 Da der Begriff der Vermittlung im UStG nicht geregelt ist, herrschte bisher die Auffassung vor, der Begriffsinhalt sei § 652 BGB zu entnehmen (siehe auch BFH V R 43/84, BStBl. II 1989, 339). Diese Auffassung lässt sich nicht aufrechterhalten, weil die Tatbestandsvoraussetzungen der in der MwStSystRL (6. EG-RL) geregelten Steuerbefreiungen autonome Begriffe des Unionsrechts darstellen (EuGH C-275/01, Slg. 2003, I-5965 Rn. 22 – Sinclair Collis; C-284/03, Slg. 2004, I-0000 Rn. 16 – Temco Europe). Vermittlung ist eine Tätigkeit, die von einer Mittelsperson ausgeübt wird, die nicht den Platz einer Vertragspartei einnimmt und deren Tätigkeit sich von den typischen vertraglichen Leistungen unterscheidet, die von den Parteien solcher Verträge erbracht werden. Die Vermittlungstätigkeit ist eine Dienstleistung, die von einer Vertragspartei erbracht und von dieser als eigenständige Mittlertätigkeit vergütet

wird. Sie kann ua darin bestehen, der Vertragspartei die Gelegenheiten zum Abschluss eines solchen Vertrages nachzuweisen, mit der anderen Partei Kontakt aufzunehmen oder im Namen und für Rechnung des Kunden über die Einzelheiten der gegenseitigen Leistungen zu verhandeln. Zweck dieser Tätigkeit ist es, das Erforderliche zu tun, damit zwei Parteien einen Vertrag schließen, ohne dass der Vermittler ein Eigeninteresse am Inhalt des Vertrages hat (EuGH C-259/11, DStR 2012, 1440 – DTZ Zadelhoff; C-235/00, UR 2002, 84 – CSC Financial Services; vgl. zum Ganzen auch BFH V R 5/03, UR 2004, 30). Befreit ist nur die sog. offene Vermittlung, dh der Vermittler muss in fremdem Namen handeln (BFH XI R 62/93, BStBl. II 1994, 719; BFH XI R 107/92, UR 1995, 135). Die Befreiung ist aber nicht auf diese Berufsgruppen beschränkt, sondern jeder Unternehmer kann steuerfreie Vermittlungsleistungen erbringen. Einzelheiten → § 1 Rn. 63, 65 und → § 4 Nr. 8 Rn. 13. Der Vermittler braucht keine Abschlussvollmacht zu haben; es reicht aus, wenn er eine Vermittlungsvollmacht besitzt (siehe UStAE 4.5.1).

3. Vermittlung von Umsätzen

Die Vermittlung von Umsätzen iSv § 4 Nr. 1 Buchst. a, 2–4b, 6 und 7 (§ 4 Nr. 5 3
Buchst. a) hat in der Praxis die größte Bedeutung. Im Vordergrund steht die Vermittlung der Ausfuhrlieferungen und Lohnveredelungen (§ 4 Nr. 1 Buchst. a) sowie der Umsätze für die Seeschifffahrt und die Luftfahrt (§ 4 Nr. 2). Zu beachten ist, dass ab 1.1.1993 § 4 Nr. 1 Buchst. a auf reine Ausfuhrlieferungen beschränkt ist, also nicht mehr die jetzt nach § 4 Nr. 1 Buchst. b befreiten innergemeinschaftlichen Lieferungen umfasst. Zusätzlich befreit ist nun auch die Vermittlung der Leistungen der Bundesbahn im Grenzbereich sowie bestimmter Lieferungen eingeführter Gegenstände an Abnehmer im Drittland (§ 4 Nr. 6) und der in § 4 Nr. 7 genannten Leistungen an bestimmte Streitkräfte. Die Vermittlung der in § 4 Nr. 3 Buchst. b aufgeführten Umsätze überschneidet sich zT mit den nach § 4 Nr. 5 Buchst. c und d befreiten Vermittlungen. Die Änderung des § 4 Nr. 5 S. 1 Buchst. a durch das StÄndG 2003 (BGBl. 2003 I 2645) hat zur Folge, dass mit Wirkung ab 1.1.2004 nunmehr auch die Vermittlung der nach § 4 Nr. 4a und 4b befreiten Umsätze, also insbesondere die Vermittlung einer umsatzsteuerfreien UStLagerlieferung, in den Anwendungsbereich des § 4 Nr. 5 S. 1 Buchst. a fällt.

4. Vermittlung der grenzüberschreitenden Personenbeförderung

Die Vermittlung der grenzüberschreitenden Personenbeförderung mit Luftfahr- 4
zeugen oder Seeschiffen (§ 4 Nr. 5 Buchst. b) ist aus Gründen der Klarstellung ausdrücklich von der USt befreit worden. Soweit kurze Strecken im grenzüberschreitenden Verkehr nach § 7 UStDV dem Inland oder dem Ausland zugeordnet werden, ändert dies nichts am Merkmal der Grenzüberschreitung. Auch hier ist § 4 Nr. 5 Buchst. b daher anwendbar (siehe UStAE 4.5.1). Zur Vermittlung grenzüberschreitender Personenbeförderungen im Luftverkehr durch Reisebüros, sowie zur Behandlung von Regieerträgen und Service-Fees vgl. auch UStAE 4.5.3. und BayLfSt 6.11.2006, UR 2007, 234.

5. Vermittlung von Umsätzen im Drittlandsgebiet

Die Vermittlung von Umsätzen im Drittlandsgebiet (§ 4 Nr. 5 Buchst. c) wirkt sich 5
im wirtschaftlichen Ergebnis nicht im Inland aus und soll daher nicht mit USt belastet werden. Soweit es sich aber um die Vermittlung von Einfuhrgeschäften handelt, ist dies anders. In diesen Fällen wird die Befreiung auf dem Wege über § 11 Abs. 3 Nr. 3 wieder rückgängig gemacht. Die Kosten für die Vermittlungsleistung werden in die Bemessungsgrundlage für die EUSt einbezogen. Ob ein Umsatz im Drittlandsgebiet

stattfindet, ist – soweit es sich um sonstige Leistungen handelt – nach § 3a und bei Lieferungen nach § 3 Abs. 6–8 zu beurteilen. Es kommt nicht darauf an, dass der vermittelte Umsatz im Drittlandsgebiet von einem Unternehmer durchgeführt wird (vgl. BFH V R 118/87, UR 1992, 14). Unselbstständige Nebenleistungen zur Vermittlung sind mit befreit.

6. Vermittlung von Lieferungen

6 Die Vermittlung von Lieferungen iSv § 3 Abs. 8 ist gemäß § 4 Nr. 5 Buchst. d steuerfrei, weil sich sonst Abgrenzungsschwierigkeiten ergäben. Einzelheiten zum Anwendungsbereich → § 3 Rn. 84.

7. Vermittlungsleistungen der Reisebüros

7 Vermittlungsleistungen der Reisebüros für Reisende sind von der Steuerbefreiung ausgenommen (§ 4 Nr. 5 S. 2). Damit soll eine Besteuerung des Endverbrauchs sichergestellt werden. Reisebüro iSd § 4 Nr. 5 S. 2 ist jeder Unternehmer, der Reiseleistungen vermittelt, unabhängig davon, ob er sich als Reisebüro bezeichnet (UStAE 4.5.2).

8 Für Reisende sind Vermittlungsleistungen aber nur erbracht, wenn die Reisenden den Vermittlungsauftrag erteilt haben und das Entgelt für die Vermittlungsleistung schulden. Die Ausnahme gilt also nicht für die in der Praxis häufigsten Fälle, in denen Unternehmer (zB Reiseveranstalter, Hoteliers, Beförderungsunternehmer) die Vermittlungsleistungen in Anspruch nehmen. Hier bleibt die Steuerbefreiung erhalten. Zu Einzelheiten zum Bereich der steuerfreien Vermittlungsleistungen der Reisebüros siehe UStAE 4.5.2 und 4.5.3. Zur ustlichen Behandlung des Verkaufs von Flugscheinen durch Reisebüros oder Tickethändler (Consolidators) siehe UStAE 4.5.3; BFH XI B 177/96, UR 1997, 436; *Henkel* UR 1998, 219.

9 Bei Pauschalreisen ist zu beachten, dass sie gemäß § 25 Abs. 1 eine einheitliche Leistung des Reiseveranstalters darstellen. Ihre Vermittlung ist daher nur dann gemäß § 4 Nr. 5 Buchst. c steuerfrei, wenn der Reiseveranstalter die Reiseleistung gemäß § 3a Abs. 3 Nr. 4 im Drittlandsgebiet bewirkt, dh wenn er seinen Sitz oder seine Betriebsstätte im Drittlandsgebiet hat. Die Vermittlung von Pauschalreisen für inländische und für innergemeinschaftliche Reiseveranstalter ist steuerpflichtig.

8. Nachweis der Voraussetzungen

10 Der Nachweis der Voraussetzungen für die Steuerbefreiung ist gemäß § 22 UStDV iVm § 13 Abs. 1 UStDV buchmäßig zu führen. Der Buchnachweis muss idR die in § 22 Abs. 2 UStDV aufgeführten Angaben enthalten. Einzelheiten siehe UStAE 4.5.4.

§ 4 Nr. 6 (Leistungen der Bundesbahn im Grenzbereich, Lieferungen an Drittlandsabnehmer, Personenbeförderungen zwischen inländischen Seehäfen und der Insel Helgoland, Restaurationsumsätze auf Seeschiffen)

Von den unter § 1 Abs. 1 Nr. 1 fallenden Umsätzen sind steuerfrei:

6. a) die Lieferungen und sonstigen Leistungen der Eisenbahnen des Bundes auf Gemeinschaftsbahnhöfen, Betriebswechselbahnhöfen, Grenzbetriebsstrecken und Durchgangsstrecken an Eisenbahnverwaltungen mit Sitz im Ausland,

b) (weggefallen)

c) die Lieferungen von eingeführten Gegenständen an im Drittlandsgebiet, ausgenommen Gebiete nach § 1 Abs. 3, ansässige Abnehmer, so-

weit für die Gegenstände zollamtlich eine vorübergehende Verwendung in den in § 1 Abs. 1 Nr. 4 bezeichneten Gebieten bewilligt worden ist und diese Bewilligung auch nach der Lieferung gilt. [2]Nicht befreit sind die Lieferungen von Beförderungsmitteln, Paletten und Containern,

d) Personenbeförderungen im Passagier- und Fährverkehr mit Wasserfahrzeugen für die Seeschifffahrt, wenn die Personenbeförderungen zwischen inländischen Seehäfen und der Insel Helgoland durchgeführt werden,

e) die Abgabe von Speisen und Getränken zum Verzehr an Ort und Stelle im Verkehr mit Wasserfahrzeugen für die Seeschifffahrt zwischen einem inländischen und ausländischen Seehafen und zwischen zwei ausländischen Seehäfen. [2]Inländische Seehäfen im Sinne des Satzes 1 sind auch die Freihäfen und Häfen auf der Insel Helgoland;

EU-Recht: zu § 4 Nr. 6 Buchst. a: Art. 397 Abs. 1 MwStSystRL (Art. 27 Abs. 1 6. EG-RL)
zu § 4 Nr. 6 Buchst. b: Art. 158 Abs. 2 und 3 MwStSystRL (Art. 28k 6. EG-RL)
zu § 4 Nr. 6 Buchst. c: Art. 16 Abs. 1 Teil E 6. EG-RL
UStAE: 4.6.1, 4.6.2

Übersicht

1. Normzweck

a) Rechtsentwicklung. Die Vorschrift ist mit der Regelung in Buchst. a in das UStG 1980 aufgenommen worden. Sie gilt ab 1.1.1980. Durch das StBereinG 1986 sind mit Wirkung ab 1.1.1987 die Regelungen der Buchst. b und c hinzugefügt worden. Ab 1.1.1993 hat das UStBinnenmarktG die Regelung des alten Buchst. b in § 4 Nr. 7 (zu Einzelheiten siehe dort) übernommen und die Regelung des Buchst. c auf Lieferungen an Abnehmer im Drittland beschränkt. Die nunmehr geltende Regelung des Buchst. b ist durch das StMBG (BGBl. 1993 I 2310) eingefügt und durch das UStÄndG 1994 (BGBl. 1994 I 2058) geändert sowie um Satz 2 erweitert worden. Durch die Beschränkung auf den „Seeverkehr" ist dabei klargestellt worden, dass Umsätze bei Beförderungen mit Schiffen auf Binnengewässern nicht befreit sind. Außerdem ist eine Mengenbegrenzung auf der Grundlage der Einreise-Freimengen-Verordnung erfolgt. Buchst. d ist durch das JStG 1996 (BGBl. 1995 I 1250) mit Wirkung ab 1.1.1996 in § 4 Nr. 6 aufgenommen worden. Die neu aufgenommene Steuerbefreiung ist eine Folgeänderung zur Neufassung des § 1 Abs. 3 S. 1. Die bisherige Regelung hatte durch die Verweisung auf die inzwischen aufgehobene Anlage IV zur Seeschifffahrtsstraßen-Ordnung die sog. „Helgolandbox" vom Geltungsbereich der UStG ausgenommen. Durch das Gesetz zur Datenermittlung für den Verteilungsschlüssel des Gemeindeanteils am Umsatzsteueraufkommen und zur Änderung steuerlicher Vorschriften vom 23.6.1998 (BGBl. 1998 I 1496) ist mit Wirkung ab 1

27.6.1998 § 4 Nr. 6 Buchst. e in das UStG aufgenommen und § 4 Nr. 6 Buchst. b redaktionell angepasst worden. Die Änderungen tragen der Rechtsprechung des EuGH und des BFH zur umsatzsteuerlichen Behandlung von Restaurationsumsätzen Rechnung (vgl. → Rn. 9). § 4 Nr. 6 Buchst. b wurde durch das StEuglG vom 19.12.2000 (BGBl. 2000 I 1790) aufgehoben. § 4 Nr. 6 Buchst. e ist zuletzt durch das JStG 2008 (BGBl. 2007 I 3150) redaktionell geändert worden. Auf Grund der Aufhebung von § 3 Abs. 9 S. 4 und 5 ist der Klammerzusatz, der auf diese Regelung verwiesen hat, ins Leere gegangen und gestrichen worden.

2 **b) Systematik.** § 4 Nr. 6 Buchst. a stellt eine Vereinfachungsregelung dar, die es entbehrlich macht, die dort genannten Lieferungen und Leistungen der Eisenbahnen des Bundes steuerlich zu erfassen. Nach der amtlichen Gesetzesbegründung zu der durch das UStG 1980 eingeführten Steuerbefreiung sind als Grenzbetriebsstrecken Strecken zwischen einem Gemeinschafts- oder Betriebswechselbahnhof und der Grenze anzusehen (BT-Drs. 8/1779, 32).

3 § 4 Nr. 6 Buchst. b hat berücksichtigt, dass die Lieferungen an Bord eines Schiffs usw. durch die Neuregelung des § 3e seit dem 1.1.1994 **steuerbar** sind, wenn der Abgangsort des Fahrzeuges im Inland liegt. Mit § 4 Nr. 6b sollte weiterhin die Nichtbesteuerung gewährleistet werden. Die zeitliche Beschränkung der Steuerbefreiung hat dabei der Regelung des Art. 28k 6. EG-RL Rechnung getragen (vgl. zur amtlichen Begründung BT-Drs. 12/5630, 86). Da die Geltung von § 4 Nr. 6 Buchst. b zum 30.6.1999 ausgelaufen ist, ist die Bestimmung durch das StEuglG vom 19.12.2000 (BGBl. 2000 I 1790) aufgehoben worden.

4 § 4 Nr. 6 Buchst. c soll bewirken, dass die betreffenden Gegenstände während der vorübergehenden Verwendung steuerfrei bleiben (vgl. auch § 4 Nr. 3 Buchst. c). Die Änderung von § 4 Nr. 6 Buchst. c durch das StMBG (BGBl. 1993 I 2310) hat redaktionellen Charakter und ist durch das Außerkrafttreten der nationalen Zollvorschriften zum 1.1.1994 erforderlich geworden.

2. Leistungen der Eisenbahnen (§ 4 Nr. 6 Buchst. a)

5 Die in § 4 Nr. 6 Buchst. a genannten Leistungen der Eisenbahnen des Bundes im Grenzbereich sind aus Vereinfachungsgründen von der USt befreit. Es handelt sich insbesondere um Gestellung von Personal, Zugmaterial, Räumen und Elektrizität.

6 Der Begriff der Grenzbetriebsstrecke ist entsprechend dem allgemeinen Grundsatz enger Auslegung von Befreiungstatbeständen eng auszulegen. Daher können als Grenzbetriebsstrecke nur grenznahe Strecken angesehen werden. Die Beförderung an einer Durchgangsstrecke setzt eine Beförderung im Inland zwischen zwei ausländischen Strecken voraus (BFH V R 33/11, DStRE 2013, 1306).

3. Lieferungen an Bord von Seeschiffen und Flugzeugen (§ 4 Nr. 6 Buchst. b aF)

7 Zu dem bis 30.6.1999 geltenden Buchst. b vgl. 9. Auflage.

4. Vorübergehende Zollverwendung (§ 4 Nr. 6 Buchst. c)

8 § 4 Nr. 6 Buchst. c ergänzt die Befreiung, die bzgl. der Einfuhr von Gegenständen zur vorübergehenden Verwendung im Zollgebiet gilt. Damit werden diese Gegenstände während der vorübergehenden Verwendung im Erhebungsgebiet nicht besteuert. Als Nachweis der Voraussetzungen genügt der Verwendungsschein (siehe auch § 4 Nr. 3 Rn. 12).

5. Personenbeförderungen (§ 4 Nr. 6 Buchst. d)

Personenbeförderungen im Passagier- und Fährverkehr mit Wasserfahrzeugen für die Seeschifffahrt werden seit 1.1.1996 von der USt befreit, wenn sie zwischen inländischen Seehäfen und der Insel Helgoland durchgeführt werden. Die Regelung ist eine Folgeänderung der Neufassung des § 1 Abs. 3 S. 1 (vgl. → Rn. 1). 9

6. Steuerbefreiung für Restaurationsumsätze auf Seeschiffen (§ 4 Nr. 6 Buchst. e)

Die Notwendigkeit zur Einfügung des § 4 Nr. 6 Buchst. e durch das Gesetz zur Datenermittlung für den Verteilungsschlüssel des Gemeindeanteils am UStAufkommen und zur Änderung steuerlicher Vorschriften vom 23.6.1998 (BGBl. 1998 I 1496) hat sich aus dem Urteil des EuGH C-231/94, BStBl. II 1998, 282 ergeben. Der EuGH hat darin Restaurationsumsätze als sonstige Dienstleistungen beurteilt. Gemäß § 3a Abs. 1 werden sie damit an dem Ort ausgeführt, von dem aus der Unternehmer sein Unternehmen betreibt. Damit unterliegen die Restaurationsumsätze deutscher Unternehmer auch dann der Umsatzbesteuerung, wenn sie außerhalb inländischer Hoheitsgewässer erbracht werden. Nach der bisherigen Sicht des deutschen Umsatzsteuerrechts hat es sich bei Restaurationsumsätzen um Lieferungen gehandelt, auf die die Ortsregelung des § 3 Abs. 7 anzuwenden gewesen ist. Danach war für die Besteuerung entscheidend, wo sich das Schiff im Zeitpunkt der Abgabe der Speisen und Getränke befunden hat. Steuerbar und steuerpflichtig waren deshalb nur jene Umsätze, die innerhalb inländischer Hoheitsgewässer ausgeführt worden sind. Da Restaurationsumsätze an Bord von Schiffen im übrigen Unionsgebiet weitgehend von der USt befreit sind, soll die Neuregelung des § 4 Nr. 6 Buchst. e der Vermeidung von Wettbewerbsnachteilen für deutsche Unternehmer dienen (vgl. zur Gesetzesbegründung BT-Drs. 13/10, 635). 10

§ 4 Nr. 7 (Leistungen an NATO-Mitglieder)

Von den unter § 1 Abs. 1 Nr. 1 fallenden Umsätzen sind steuerfrei:

7. die Lieferungen, ausgenommen Lieferungen neuer Fahrzeuge im Sinne des § 1b Abs. 2 und 3, und die sonstigen Leistungen
a) an andere Vertragsparteien des Nordatlantikvertrags, die nicht unter die in § 26 Abs. 5 bezeichneten Steuerbefreiungen fallen, wenn die Umsätze für den Gebrauch oder Verbrauch durch die Streitkräfte dieser Vertragsparteien, ihr ziviles Begleitpersonal oder für die Versorgung ihrer Kasinos oder Kantinen bestimmt sind und die Streitkräfte der gemeinsamen Verteidigungsanstrengung dienen,
b) an die in dem Gebiet eines anderen Mitgliedstaates stationierten Streitkräfte der Vertragsparteien des Nordatlantikvertrags, soweit sie nicht an die Streitkräfte dieses Mitgliedstaates ausgeführt werden,
c) an die in dem Gebiet eines anderen Mitgliedstaates ansässigen ständigen diplomatischen Missionen und berufskonsularischen Vertretungen sowie deren Mitglieder und
d) an die in dem Gebiet eines anderen Mitgliedstaates ansässigen zwischenstaatlichen Einrichtungen sowie deren Mitglieder.

²Der Gegenstand der Lieferung muss in den Fällen des Satzes 1 Buchstabe b bis d in das Gebiet des anderen Mitgliedstaates befördert oder versendet werden. ³Für die Steuerbefreiungen nach Satz 1 Buchstabe b bis d sind die in dem anderen Mitgliedstaat geltenden Voraussetzungen maßgebend. ⁴Die Voraussetzungen der Steuerbefreiungen müssen vom Unternehmer

nachgewiesen sein. [5]Bei den Steuerbefreiungen nach Satz 1 Buchstabe b bis d hat der Unternehmer die in dem anderen Mitgliedstaat geltenden Voraussetzungen dadurch nachzuweisen, dass ihm der Abnehmer eine von der zuständigen Behörde des anderen Mitgliedstaates oder, wenn er hierzu ermächtigt ist, eine selbst ausgestellte Bescheinigung nach amtlich vorgeschriebenem Muster aushändigt. [6]Das Bundesministerium der Finanzen kann mit Zustimmung des Bundesrates durch Rechtsverordnung bestimmen, wie der Unternehmer die übrigen Voraussetzungen nachzuweisen hat;

EU-Recht: Art. 151 MwStSystRL (Art. 15 Nr. 10 6. EG-RL)
UStAE: 4.7.1

Übersicht

1. Normzweck

1 **a) Rechtsentwicklung.** Die Vorschrift ist mit Wirkung ab 1. 1. 1987 als § 4 Nr. 6 b in das UStG aufgenommen worden. Das UStBinnenmarktG hat sie – ohne sachliche Änderung – in § 4 Nr. 7 überstellt. Durch das StMBG (BGBl. 1993 I 2310) ist die Regelung mit Wirkung ab 30. 12. 1993 umfassend überarbeitet worden. Dabei sind Buchst. a (Steuerbefreiung für Leistungen an andere NATO-Vertragsparteien) und Buchst. b (Leistungen an NATO-Streitkräfte in anderen Mitgliedstaaten) neu gefasst worden. Die Befreiung für Leistungen an die in dem Gebiet eines Mitgliedstaates ansässigen ständigen diplomatischen Missionen, berufskonsularischen Vertretungen, zwischenstaatlichen Einrichtungen und deren Mitglieder ist in Buchst. c und d eingefügt worden. Ungeachtet des Inkrafttretens der Vorschrift konnte nach Maßgabe des BMF-Schreibens vom 30. 4. 1993 (BStBl. I 1993, 458, aufgehoben durch BMF 29. 3. 2007, BStBl. I 2007, 369) die Steuerbefreiung bereits für alle nach dem 31. 12. 1992 ausgeführten Umsätze in Anspruch genommen werden. Satz 2 ist zur Klarstellung durch das JStG 1996 (BGBl. 1995 I 1250) aufgenommen worden. Die letzte redaktionelle Änderung der Norm ist durch das JStG 2009 (BGBl. 2009 I 2794) erfolgt.

2 **b) Systematik.** Die Vorschrift ergänzt die bereits auf innerstaatlichen Abkommen beruhenden Befreiungen (vgl. → § 26 Rn. 4 ff., 14 ff.). Die Verträge mit den Leistungsempfängern müssen sicherstellen, dass die Leistungen unmittelbar gegenüber dem betreffenden NATO-Land erbracht werden, sonst kommt die Befreiung nicht in Betracht! Die Vorschrift erfasst insbesondere Leistungen im Rahmen wehrtechnischer Gemeinschaftsprojekte. Vgl. iE BMF v. 22. 7. 2011 (BStBl. I 2011, 749) und BMF v. 23. 6. 2011 (BStBl. I 2011, 677).

Die Neuregelungen des § 4 Nr. 7 Buchst. c und d beruhen auf den Änderungen des Art. 15 Nr. 10 6. EG-RL (nunmehr Art. 151 MwStSystRL) durch die Richtlinie des Rates 91/680/EWG vom 16. 12. 1991 (ABl. 1991 L 376, 1) und 92/111/EWG vom 14. 12. 1992 (sog. Vereinfachungsrichtlinie, ABl. 1992 L 384, 47), wodurch die bisherige Befreiung als innergemeinschaftliche Lieferung gemäß § 6 a nicht mehr gewährleistet war. Nach § 4 Nr. 7 S. 3 sind für die Steuerbefreiung der Umsätze an die in § 4 Nr. 7 Buchst. b–d genannten Einrichtungen und Personen die in dem Gastmitgliedstaat geltenden Voraussetzungen maßgebend. Deren Vorliegen muss der Unternehmer gemäß § 4 Nr. 7 S. 5 mittels eines amtlich vorgeschriebenen Musters nachweisen. Das Muster ergibt sich aus BMF vom 23.6.2011 (BStBl. I 2011, 677). Die Lieferung neuer Fahrzeuge iSd § 1b Abs. 2, Abs. 3 an die genannten Institutionen sind von der Befreiung ausgenommen, weil sie unter die Steuerbefreiung des § 6a fallen.

c) EU-rechtlicher Normzweck. Während die erste der beiden Bestimmungen des Art. 151 MwStSystRL unter bestimmten Voraussetzungen Lieferungen von Gegenständen und Dienstleistungen von der Mehrwertsteuer befreit, die in den Mitgliedstaaten, die Vertragsparteien des Nordatlantikvertrags sind, an die Streitkräfte anderer Vertragsparteien bewirkt werden, befreit die zweite Bestimmung unter den gleichen Voraussetzungen Lieferungen von Gegenständen und Dienstleistungen, deren Bestimmungsort in einem anderen Mitgliedstaat liegt und die für die Streitkräfte anderer Vertragsparteien des Nordatlantikvertrags als die des Bestimmungsmitgliedsstaats selbst bestimmt sind. Aus diesen beiden Bestimmungen ergibt sich, dass der Unionsgesetzgeber Lieferungen von Gegenständen und Dienstleistungen von der Mehrwertsteuerbefreiung ausschließen wollte, die für die Streitkräfte des Empfängermitgliedstaats dieser Lieferungen oder dieser Dienstleistungen bestimmt sind (EuGH C-225/11, UR 2012, 554 – Able UK Ltd). 3

2. Nachweise

Für den Nachweis der in dem anderen Mitgliedstaat geltenden Voraussetzungen beinhaltet die durch das StMBG (BGBl. 1993 I 2310) eingefügte Regelung in § 4 Nr. 7 S. 4 eine konkrete Regelung. Solange das BMF von seiner Verordnungsermächtigung keinen Gebrauch gemacht hat, bleibt es iÜ dabei, dass die Befreiungsvoraussetzungen mit allen geeigneten Beweismitteln nachgewiesen werden können. 4

§ 4 Nr. 8 (Geld- und Kapitalverkehr)

Von den unter § 1 Abs. 1 Nr. 1 fallenden Umsätzen sind steuerfrei:

8. a) die Gewährung und die Vermittlung von Krediten,

b) die Umsätze und die Vermittlung der Umsätze von gesetzlichen Zahlungsmitteln. [2]Das gilt nicht, wenn die Zahlungsmittel wegen ihres Metallgehalts oder ihres Sammlerwerts umgesetzt werden,

c) die Umsätze im Geschäft mit Forderungen, Schecks und anderen Handelspapieren sowie die Vermittlung dieser Umsätze, ausgenommen die Einziehung von Forderungen,

d) die Umsätze und die Vermittlung der Umsätze im Einlagengeschäft, im Kontokorrentverkehr, im Zahlungs- und Überweisungsverkehr und das Inkasso von Handelspapieren,

e) die Umsätze im Geschäft mit Wertpapieren und die Vermittlung dieser Umsätze, ausgenommen die Verwahrung und die Verwaltung von Wertpapieren,

f) die Umsätze und die Vermittlung der Umsätze von Anteilen an Gesellschaften und anderen Vereinigungen,

g) die Übernahme von Verbindlichkeiten, von Bürgschaften und anderen Sicherheiten sowie die Vermittlung dieser Umsätze,

[Fassung bis 31.12.2017:]

h) die Verwaltung von Investmentfonds im Sinne des Investmentsteuergesetzes und die Verwaltung von Versorgungseinrichtungen

[Fassung ab 1.1.2018:]

h) die Verwaltung von Organismen für gemeinsame Anlagen in Wertpapieren im Sinne des § 1 Absatz 2 des Kapitalanlage-

im Sinne des Versicherungsaufsichtsgesetzes, **gesetzbuchs, die Verwaltung von mit diesen vergleichbaren alternativen Investmentfonds im Sinne des § 1 Absatz 3 des Kapitalanlagegesetzbuchs und die Verwaltung von Versorgungseinrichtungen im Sinne des Versicherungsaufsichtsgesetzes,**

i) die Umsätze der im Inland gültigen amtlichen Wertzeichen zum aufgedruckten Wert;
j) (weggefallen)
k) (weggefallen)

EU-Recht: zu Buchst. a: Art. 135 Abs. 1 Buchst. b MwStSystRL (Art. 13 Teil B Buchst. d Nr. 1 und 2, Art. 27 6. EG-RL)
zu Buchst. b: Art. 135 Abs. 1 Buchst. e MwStSystRL (Art. 13 Teil B Buchst. d Nr. 4 6. EG-RL)
zu Buchst. c: Art. 135 Abs. 1 Buchst. d MwStSystRL (Art. 13 Teil B Buchst. d Nr. 3 6. EG-RL)
zu Buchst. d: Art. 135 Abs. 1 Buchst. d MwStSystRL(Art. 13 Teil B Buchst. d Nr. 3 6. EG-RL)
zu Buchst. e: Art. 135 Abs. 1 Buchst. f MwStSystRL (Art. 13 Teil B Buchst. d Nr. 5 6. EG-RL); Art. 9 MwStVO
zu Buchst. f: Art. 135 Abs. 1 Buchst. f MwStSystRL (Art. 13 Teil B Buchst. d Nr. 5 6. EG-RL); Art. 9 MwStVO
zu Buchst. g: Art. 135 Abs. 1 Buchst. c MwStSystRL (Art. 13 Teil B Buchst. d Nr. 2 6. EG-RL)
zu Buchst. h: Art. 135 Abs. 1 Buchst. g MwStSystRL (Art. 13 Teil B Buchst. d Nr. 6 6. EG-RL)
zu Buchst. i: Art. 135 Abs. 1 Buchst. h MwStSystRL (Art. 13 Teil B Buchst. e 6. EG-RL)
UStAE: 4.8.1–4.8.14

Übersicht

1. Normzweck

1 **a) Rechtsentwicklung.** Die Vorschrift wurde ab 1.1.1980 ausgedehnt auf die Vermittlung von Krediten, Geldforderungen, Gesellschaftsanteilen usw, auf die Optionsgeschäfte mit Wertpapieren und die Verwaltung von Sondervermögen. Eingeschränkt ist sie bzgl. der Umsätze von Zahlungsmitteln, die wegen ihres Metallgehalts oder Sammlerwerts umgesetzt werden. Die Änderungen beruhen auf Art. 135 Abs. 1 MwStSystRL. Ab 1.1.1987 ist die Steuerbefreiung auch auf die Optionsgeschäfte mit

Geldforderungen (§ 4 Nr. 8 Buchst. c) und auf stille Beteiligungen (§ 4 Nr. 8 Buchst. j) ausgedehnt worden. Ab 1.7.1990 sind auf Grund von EU-Vorschriften einige Einschränkungen der in § 4 Nr. 8 Buchst. c und e enthaltenen Befreiungen eingetreten (siehe die Übersicht in DB 1989, 1899), insbesondere ist die Befreiung für die Verwaltung und die Verwahrung von Wertpapieren entfallen und die Einziehung von Forderungen nicht mehr befreit. Ab 1.1.1993 sind gemäß VerbrStBinnenmarktG auch die meisten Goldgeschäfte befreit (§ 4 Nr. 8 Buchst. k). Das JStG 1996 (BGBl. 1995 I 1250) hat Nr. 8 Buchst. a neugefasst und die Verwaltung von Krediten sowie die Verwaltung von Kreditsicherheiten aus der Befreiungsvorschrift herausgenommen. Die Änderung beruht auf Art. 135 Abs. 1 MwStSystRL. Durch das StBereinG 1999 (BGBl. 1999 I 2601) ist § 4 Nr. 8 Buchst. k mit Wirkung ab 1.1.2000 aufgehoben worden. § 4 Nr. 8 Buchst. c ist durch das StÄndG 2001 vom 20.12.2001 (BGBl. 2001 I 3794) mit Wirkung ab 1.1.2002 neu gefasst worden. § 4 Nr. 8 Buchst. h ist durch das JStG 2008 (BGBl. 2007 I 3150) an das Investmentänderungsgesetz angepasst worden. Durch das Investmentsteuerreformgesetz (InvStRefG) vom 19.7.2016 (BGBl. 2016 I 1730) sind in § 4 Nr. 8 Buchst. h das EuGH-Urteil C-595/13, MwStR 2016, 109 – Fiscale Eenheid X und die Neufassung des Investmentsteuergesetzes berücksichtigt worden.

b) Systematik. Die Geldgeschäfte im weitesten Sinne, die nach § 4 Nr. 8 steuerfrei sind, erfüllen zwar den Tatbestand des Leistungsaustauschs. Sie sind aber im Vergleich zu den übrigen entgeltlichen Leistungen vom Wesen her atypisch, denn es finden eher bloße Hin- und Herbewegungen von Kapital statt als ein steuerwürdiger Endverbrauch. Darauf beruht die weitgehende Steuerfreiheit dieser Umsätze. Sie ist aber wegen des damit verbundenen **Verlustes des Vorsteuerabzugs** nur unvollkommen (Ausnahmen siehe § 15 Abs. 3 Nr. 1 Buchst. b). Das gilt auch für die Verwendung der Vorbezüge zu nicht steuerbaren Zwecken, zB für die auf Werbegeschenken lastenden Vorsteuern (siehe BFH X R 50/82, BStBl. II 1988, 1015). 2

Wo sich die betreffenden Geschäfte ganz überwiegend im Unternehmensbereich abspielen, ist ein Verzicht auf die Steuerbefreiung (§ 9) angebracht (nicht möglich für Umsätze iSv § 4 Nr. 8 Buchst. h–j); zu den für die Option anzustellenden Überlegungen siehe *Hofmann* BB 1991, 1388; zur Vorsteueraufteilung → § 15 Rn. 356ff. Statt der Option gehen Banken bei der Errichtung von Betriebsgebäuden zur Einschaltung von Personengesellschaften über; zur Zulässigkeit und den Auswirkungen vgl. → § 9 Rn. 31. 3

Zum Outsourcing bei Finanzdienstleistungen vgl. → § 4 Allg. Rn. 8.

2. Kreditgewährung (§ 4 Nr. 8 Buchst. a)

Die Befreiung in § 4 Nr. 8 Buchstabe a beruht unionsrechtlich auf Art. 135 Abs. 1 Buchst. b MwStSystRL. Die Steuerbefreiungen in Art. 135 Abs. 1 MwStSystRL sind **eng auszulegen** (EuGH C-44/11, DStR 2012, 1601 – Deutsche Bank; vgl. BMF 17.12.2012, BStBl. I 2012, 1260). Zweck der Befreiung ist ua die Vermeidung einer Erhöhung der Kosten des Verbraucherkredits (EuGH C-242/08, DStR 2009, 2245; C-455/05, UR 2007, 379 – Velvet & Steel). Kreditgewährung (§ 4 Nr. 8 Buchst. a) ist die zeitweise Überlassung von Kapital gegen Entgelt (EuGH C-306/94, Slg. 1996, I-3695 – Regie dauphinoise; C-77/01, Slg. 2004, I-4295 – EDM). Voraussetzung der steuerfreien Kreditgewährung ist, dass das Kapital zurückzuzahlen ist. In welcher Form das Kapital zur Verfügung gestellt wird, ist gleichgültig. Auch die Vorstufe zur Nutzung des Kapitals durch den Kreditnehmer, die **Bereitstellung** des Kredits, ist Kreditgewährung (vgl. BFH V R 68/67, BStBl. II 1969, 449; V R 32/76, BStBl. II 1980, 538; BFH V 246/54 U, BStBl. III 1955, 82), ebenso die Verlängerung der Rückzahlungsfrist **(Prolongation).** Zum **Treuhandkredit** vgl. BMF 29.12.1997, UR 1998, 118, und zum **Konsortialkredit** vgl. BMF 29.3.2007, BStBl. I 2007, 369. 4

5 Zur Kreditgewährung gehören auch die eng damit zusammenhängenden **Nebenleistungen** (zB Grundstücksschätzung vor Hypothekengewährung – BFH V R 32/70, BStBl. II 1970, 645; Pfandfreigabe, Rangrücktritt usw. – FG BW IX K 319/83, EFG 1988, 265, rkr; vgl. auch UStAE 4.8.1). Die mit der Kreditgewährung verbundene Verschaffung von Restschuldversicherungsschutz ist keine Nebenleistung (BFH V R 96/72, BStBl. II 1977, 744), jetzt aber nach § 4 Nr. 10 Buchst. b steuerfrei.

6 Zu beachten ist, dass der bei der Kreditgewährung zu beurteilende Umsatz nicht in der Auszahlung der Darlehnsvaluta und der späteren Rückzahlung besteht, sondern in der Überlassung des Kapitals zur Nutzung gegen Zinszahlung. Die Steuerbefreiung bezieht sich also auf das Entgelt für die Kapitalüberlassung (Zinsen, Provisionen, Zuteilungsgebühren, Verwaltungskosten, Disagio usw.). Dazu gehört auch die Vergütung für eine vorzeitige Auflösung des Darlehnsvertrags (BFH V R 32/76, BStBl. II 1980, 538). Die **Rückzahlungsverpflichtung** ist ein unverzichtbarer Bestandteil der Kreditgewährung. Deshalb schließt eine mögliche Beteiligung des Kreditgebers am Verlust die Annahme einer Kreditgewährung aus (BFH V R 137/69, BStBl. II 1970, 602).

7 Eine scheinbare Ausnahme hiervon gilt bei der **Pfandleihe:** Nach § 5 Abs. 1 Nr. 1 PfandleiherVO hat der gewerbliche Pfandleiher keinen Anspruch auf Rückzahlung des Kredits. Die Rechtsprechung nimmt dennoch zu Recht eine Kreditgewährung an, weil wirtschaftlich in erster Linie an eine Rückzahlung gedacht ist und der Pfandleiher lediglich auf die Geltendmachung seines Rückzahlungsanspruchs verzichtet hat (BFH V R 32/70, BStBl. II 1970, 645).

8 Das zur Nutzung überlassene Kapital muss nicht in Geld bestehen, es kommen auch andere vertretbare Sachen in Betracht, insbesondere Wertpapiere. Zum Factoringgeschäft → Rn. 21.

9 Der **Warenkredit,** dh die Lieferung von Waren gegen Ziel ist keine unselbstständige Nebenleistung zur Warenlieferung mit der Folge, dass die Steuerfreiheit nach § 4 Nr. 8 Buchst. a für die Zielzinsen, Teilzahlungszuschläge usw. nicht in Betracht käme. Nach BFH V B 24/80, BStBl. II 1981, 197, erbringt vielmehr der Verkäufer zwei Hauptleistungen, eine Warenlieferung und eine Kreditgewährung. Voraussetzung ist aber eine klare, von vornherein vereinbarte Trennung zwischen beiden Vorgängen, so ist zB die bloße Nichtinanspruchnahme von Skonto keine selbstständige Kreditgewährung (UStAE 3.11). Auch die Abrechnung muss getrennt erfolgen (UStAE 3.11).

10 Beim Verkauf von Waren im Versandhandel liegt hingegen keine teilweise steuerfreie Kreditgewährung, sondern eine einheitliche steuerpflichtige Warenlieferung vor, wenn der Käufer von der ihm eingeräumten Möglichkeit der Ratenzahlung Gebrauch macht und dadurch einen Barzahlungsrabatt einbüßt (BFH V R 43/89, BStBl. II 1993, 360).

11 Dass die Ausdehnung der Steuerbefreiung auf Warenkredite nicht nur Vorteile hat, zeigt sich im Rahmen der Durchschnittsbesteuerung nach § 24: Der Land- und Forstwirt darf für steuerfreie Umsätze keine USt in seinen Rechnungen ausweisen (vgl. FG BW III 151–153/82, EFG 1985, 90, rkr, für „Traubengeld-Zinsen").

12 Beim **Kreditkartengeschäft** erbringt der Kartenemittent gegenüber dem Karteninhaber eine steuerfreie Kreditgewährung, dagegen erbringt das Abrechnungszentrum steuerpflichtige Verwaltungsleistungen gegenüber dem Emittenten (siehe *Oho/Heinzerling* DB 1991, 2104; vgl. auch *Albrecht* DB 1992, 549).

13 Zum **Factoring** vgl. → Rn. 19ff. Ob beim nicht steuerbefreiten Factoring neben der Factoringleistung auch noch eine steuerfreie Kreditgewährung vorliegen kann, ist eine Frage des jeweiligen Sachverhalts. Bei der Einziehung nicht notleidender Arzthonorare durch eine GmbH sieht der BFH hierfür keinen Raum (BFH XI R 28/10, DStR 2012, 1746).

3. Vermittlung von Krediten

§ 4 Nr. 8 Buchst. a bezieht seit dem UStG 1980 auch die **Vermittlung von Krediten** in die Steuerbefreiung ein (zur Vermittlung von Finanzprodukten vgl. *Philipowski* UR 2006, 553). Da der **Begriff der Vermittlung** im UStG nicht geregelt ist, herrschte früher die Auffassung vor, der Begriffsinhalt sei § 652 BGB zu entnehmen (siehe BFH V R 43/84, BStBl. II 1989, 339). Diese Auffassung hat sich aber nicht aufrechterhalten lassen, weil die Tatbestandsvoraussetzungen der in der MwStSystRL geregelten Steuerbefreiungen autonome Begriffe des Unionsrechts darstellen (EuGH C-275/01, Slg. 2003, I-5965 Rn. 22 – Sinclair Collis; C-284/03, Slg. 2004, I-0000 Rn. 16 – Temco Europe). Vermittlung ist eine Tätigkeit, die von einer Mittelsperson ausgeübt wird, die nicht den Platz einer Vertragspartei einnimmt und deren Tätigkeit sich von den typischen vertraglichen Leistungen unterscheidet, die von den Parteien solcher Verträge erbracht werden. Die Vermittlungstätigkeit ist eine Dienstleistung, die von einer Vertragspartei erbracht und von dieser als eigenständige Mittlertätigkeit vergütet wird. Sie kann ua darin bestehen, der Vertragspartei die Gelegenheiten zum Abschluss eines solchen Vertrages nachzuweisen, mit der anderen Partei Kontakt aufzunehmen oder im Namen und für Rechnung des Kunden über die Einzelheiten der gegenseitigen Leistungen zu verhandeln. Zweck dieser Tätigkeit ist es, das Erforderliche zu tun, damit zwei Parteien einen Vertrag schließen, ohne dass der Vermittler ein Eigeninteresse am Inhalt des Vertrages hat (EuGH C-453/05, UR 2007, 617 Rn. 28 – Volker Ludwig; C-235/00, UR 2002, 84 – CSC Financial Services; vgl. zum Ganzen auch BFH V R 5/03, UR 2004, 30). Die Vermittlungstätigkeit kann in verschiedene einzelne Dienstleistungen zerfallen, die unter den Begriff „Vermittlung von Krediten“ fallen. Allerdings ist die vom Steuerpflichtigen erbrachte Dienstleistung nur dann von der Steuer befreit, wenn sie ein im Großen und Ganzen eigenständiges Ganzes ist, das die spezifischen und wesentlichen Funktionen einer Vermittlungsleistung erfüllt (EuGH C-453/05, UR 2007, 617 Rn. 34, 36 – Volker Ludwig). Befreit ist nur die sog. offene Vermittlung, dh der Vermittler muss in fremdem Namen handeln (BFH XI R 62/93, BStBl. II 1994, 719; V R 107/92, UR 1995, 135). Die Befreiung ist aber nicht auf diese Berufsgruppen beschränkt, sondern jeder Unternehmer kann steuerfreie Vermittlungsleistungen erbringen. Einzelheiten → § 1 Rn. 63, 65. Der Vermittler braucht keine Abschlussvollmacht zu haben; es reicht aus, wenn er eine Vermittlungsvollmacht besitzt (siehe UStAE 4.5.1). 14

Die Beurteilung der Leistung des **Untervermittlers** war zunächst streitig gewesen. Der BFH hatte dessen Leistung als steuerpflichtig behandelt, weil zwischen dem Vermittler und einer der Vertragsparteien des Kreditvertrages ein Geschäftsbesorgungsvertrag vorliegen müsse (BFH V R 21/05, UR 2006, 121). Das BVerfG hatte die Verfassungsbeschwerde gegen diese Entscheidung nicht zur Entscheidung angenommen (BVerfG UR 2006, 277). Diese Rechtsprechung des BFH war auf Kritik mehrerer FG gestoßen (FG Bbg 1 K 692/05, EFG 2006, 221; FG MV 2 V 40/06,BeckRS 2016, 26022104; HessFG 6 V 3312/05 und 6 V 1197/06, FG RhPf 6 V 1353/06, EFG 2006, 1376). Der BMF hatte hierzu eine Nichtbeanstandungsregelung erlassen (BMF 30.5.2005, BStBl. I 2005, 711 und BMF 25.11.2005, BStBl. I 2005, 1043). Der EuGH hat im Urteil C-453/05, UR 2007, 617 – Volker Ludwig klargestellt, dass die Anerkennung einer von der Steuer befreiten Vermittlungsleistung nicht vom Bestehen eines Vertragsverhältnisses zwischen dem Erbringer der Vermittlungsleistung und einer der Parteien des Kreditvertrages abhängt. Hierzu nun auch BMF 29.11.2007, BStBl. I 2007, 947. Art. 135 Abs. 1 Buchst. b MwStSystRL steht einer Aufteilung der Dienstleistung der Vermittlung von Krediten in zwei Leistungen nicht entgegen, von denen die eine vom Hauptvertreter an den Kreditgeber, die andere vom Untervertreter an den Kreditnehmer erbracht wird (EuGH C-453/05, UR 2007, 617 Rn. 37 – Volker Ludwig). 15

Steuerfreie **Vermittlungsleistungen** können auch arbeitsteilig dadurch erbracht werden, dass ein Hauptvertreter mit dem Kreditgeber und ein Untervertreter mit 16 dem Kreditnehmer verhandelt. Es muss kein unmittelbarer Kontakt zu beiden Parteien des zu vermittelnden Kreditvertrages bestehen (BFH V R 14/06, BFH/NV 2008, 624).

Zur Vermittlung von Finanzprodukten vgl. auch *Philipowski* UR 2006, 553.

Zum **Begriff der Vermittlung** siehe § 4 Nr. 5 Rn. 3. Auch die Hilfeleistung bei der Beschaffung staatlicher Kredite, auf die der Empfänger einen Anspruch hat, ist Kreditvermittlung (siehe SchlHFG IV 94/87, EFG 1988, 657, rkr).

17 Die **Verwaltung von Krediten** und Kreditsicherheiten ist mit Wirkung ab 1.1.1996 von der Befreiung ausgenommen. Der Gesetzgeber ist damit seinen Verpflichtungen aus der MwStSystRL nachgekommen (vgl. → Rn. 1). Steuerfrei bleiben allerdings die Verwaltung von Krediten und Kreditsicherheiten durch die **jeweiligen Kreditgeber.** Einer besonderen Regelung hierfür bedarf es nicht, weil diese Leistungen als Nebenleistungen zur Kreditgewährung anzusehen und daher ebenfalls steuerfrei sind (vgl. BT-Drs. 13/901, zu Art. 11 Nr. 3b). Zur Behandlung von Treuhand- und Gemeinschaftskrediten vgl. BMF 29.12.1997, UR 1998, 118.

17a Auch **Sale-and-lease-back**-Geschäfte können umsatzsteuerrechtlich als Kreditgewährung iSd § 4 Nr. 8 Buchst. a anzusehen sein (BFH V R 12/15, BFHE 253, 475; V R 22/03, BStBl. II 2006, 727).

4. Umsatz und Vermittlung gesetzlicher Zahlungsmittel (§ 4 Nr. 8 Buchst. b)

18 **Umsatz und Vermittlung gesetzlicher Zahlungsmittel** sind nach § 4 Nr. 8 Buchst. b grds. steuerfrei mit Ausnahme derer, die wegen ihres Metallgehaltes oder ihres Sammlerwertes umgesetzt werden. Gesetzliche Zahlungsmittel sind kursgültige Münzen und Banknoten. Sobald Zahlungsmittel außer Kurs gesetzt sind, verlieren sie die Eigenschaft als gesetzliche Zahlungsmittel. Die Befreiung erstreckt sich nicht nur auf deutsches Geld, sondern auch auf ausländisches. Kein Umsatz gesetzlicher Zahlungsmittel findet beim Betrieb von **Geldspielautomaten** statt. Der BFH sieht es neuerdings als ernsthaft zweifelhaft an, ob die Einnahmen daraus der Steuerpflichtige unterliegen (vgl. § 4 Nr. 9 Rn. 14 mwN) – zur Bemessungsgrundlage → § 10 Rn. 19. Gesetzliche Zahlungsmittel, die wegen ihres Metallgehalts oder ihres Sammlerwertes umgesetzt werden, sind von der Steuerbefreiung ausgenommen worden, weil sie im Gegensatz zu den übrigen gesetzlichen Zahlungsmitteln wie Waren gehandelt werden. Für **Goldmünzen** hat das Gesetz in § 4 Nr. 8 Buchst. k eine spezielle Steuerbefreiung geschaffen (vgl. → Rn. 36). Bei anderen Münzen und bei Banknoten geht die FVerw davon aus, dass sie wegen ihres Metallgehaltes oder ihres Sammlerwertes umgesetzt werden, wenn sie mit einem höheren Wert als ihrem Nennwert umgesetzt werden (UStAE 4.8.3). Das normale **Sortengeschäft** (Geldwechselgeschäft betrifft Fremdwährungen) gilt stets als steuerfreier Umsatz gesetzlicher Zahlungsmittel, auch wenn dabei (zB bei Münzen) Zuschläge zum Nennwert erhoben werden (UStAE 4.8.3; *Wäger* UR 2004, 602; vgl. auch BFH XI R 6/09, BStBl. II 2011, 831). Zum Begriff der Vermittlung siehe § 4 Nr. 5 Rn. 3.

5. Umsatz und Vermittlung von Geldforderungen (§ 4 Nr. 8 Buchst. c)

19 Umsätze im Geschäft mit Forderungen, Schecks und anderen Handelspapieren sowie die Vermittlung dieser Umsätze sind nach § 4 Nr. 8 Buchst. c steuerfrei, nicht aber die Einziehung von Forderungen. Der aktuelle Gesetzestext beruht auf dem StÄndG 2001 (BGBl. 2001 I 3794), mit dem die Regelung stärker an Art. 135 Abs. 1 Buchst. d MwStSystRL angeglichen worden ist. Danach befreien die Mitgliedstaaten die Umsätze – einschließlich der Vermittlung – im Einlagengeschäft und Kontokorrentverkehr, im Zahlungs- und Überweisungsverkehr, im Geschäft mit Forderungen, Schecks und anderen Handelspapieren, mit Ausnahme der Einziehung von Forderungen von der Steuer. § 4 Nr. 8 Buchst. c ist richtlinienkonform auszulegen (BFH XI R 19/10, BStBl. II 2011, 772; V R 34/99, BFHE 194, 544; XI R 54/06, BStBl. II 2008, 772). Art. 135 Abs. 1 Buchst. d MwStSystRL erfasst nach der Rechtsprechung des EuGH zu Art. 13 Teil B Buchst. d Nr. 3 der 6. EG-RL nur **Finanzgeschäfte,** auch wenn diese nicht notwendigerweise von Banken oder Finanzinstituten getätigt werden müssen (EuGH C-455/05, BFH/NV Beilage 07, 294 – Velvet & Steel; C-242/08, BFH/NV 2009, 2108 – Swiss Re Germany Holding; C-175/09, UR 2011, 265 – AXA UK).

Der Umsatz vollzieht sich durch die Abtretung oder anderweitige Übertragung **20** einer bestehenden Geldforderung. Dabei ist unerheblich, ob die Forderung verbrieft ist oder nicht. In Frage kommt insbesondere die Übertragung von Kaufpreisforderungen, Darlehnsforderungen, Bausparvorratsverträgen (siehe UStAE 4.8.4), Wechsel- oder Scheckforderungen, Hypotheken usw. Die Übertragung anderer geldwerter Rechte (zB Einfuhrkontingente) fällt nicht unter die Befreiungsvorschrift. Durch die ab 1.1.2002 in Kraft getretene Neufassung des § 4 Nr. 8 Buchst. c sollte die nationale Befreiungsvorschrift der unionsrechtlichen Regelung in Art. 135 Abs. 1 Buchst. d MwStSystRL angepasst werden. Während die bis 31.12.2001 geltende Fassung des § 4 Nr. 8 Buchst. c nur die Umsätze im Geschäft mit Geldforderungen und die Vermittlung dieser Umsätze betraf, soll durch die Änderung klargestellt werden, dass der Anwendungsbereich der Steuerbefreiung auch Umsätze von Forderungen in Form anderer Handelspapiere, insbesondere Geschäfte mit Warenforderungen (zB Optionen im Warentermingeschäft) umfasst (vgl. BT-Drs. 14/6877, zu Art. 14, zu Nr. 1 Buchst. a).

Von der Befreiung ausgenommen ist die Einziehung von Forderungen. Die frühere **21** Unterscheidung zwischen **echtem Factoring** (hier übernimmt der Factor die Forderung mit vollem Ausfallrisiko gegen ein unter dem Nennwert liegendes Entgelt) und **unechtem Factoring** (Einziehung der Forderungen eines anderen mit Bevorschussung, aber Rückbelastung bei Forderungsausfall) ist durch das Urteil des EuGH C-305/011, BStBl. II 2004, 688 – MKG mit Anm. *Wäger* UR 2003, 406; siehe dazu auch BFH V R 34/99, UR 2004, 32) im Hinblick auf die Steuerbefreiung obsolet. In dem zum echten Factoring ergangenen Urteil MKG hat der EuGH entschieden, dass ein Wirtschaftsteilnehmer, der Forderungen unter Übernahme des Ausfallrisikos aufkauft und seinen Kunden dafür Gebühren berechnet, eine wirtschaftliche Tätigkeit iSd Art. 2 und Art. 4 der 6. EG-RL ausübt, und daher gemäß Art. 17 dieser Richtlinie zum Vorsteuerabzug berechtigt ist. Für das Vorliegen einer vom Forderungskäufer erbrachten Leistung reicht es dabei aus, dass er den Forderungsverkäufer „von der Einziehung der Forderungen und dem Risiko ihrer Nichterfüllung entlastet". Der EuGH hat darüber hinaus klargestellt, dass es sich dabei um eine Einziehung von Forderungen iSd Art. 135 Abs. 1 Buchst. d MwStSystRL (Art. 13 Teil B Buchst. d Nr. 3 6. EG-RL) handelt, die von der Steuerbefreiung ausdrücklich ausgenommen ist. Der EuGH betont im Urteil MKG mehrmals, dass es im Rahmen der MwSt keinen Grund für eine unterschiedliche Behandlung der beiden Erscheinungsformen des Factorings gibt. Liegt somit eine Einziehungsleistung vor, so ist diese steuerpflichtig.

Dem Urteil MKG lag ein Vorabentscheidungsersuchen des Senats zugrunde, bei **22** dem der Forderungserwerb zu einem Kaufpreis erfolgte, der dem Nennwert der Forderungen nach Abzug einer Factoringgebühr von 2% und einer Delkrederegebühr von 1%, jeweils bezogen auf den Nennwert der Forderungen, entsprach. Die gemäß Art. 2 Nr. 1 der Richtlinie 77/388/EWG erforderliche Entgeltlichkeit der Forderungseinziehung ergab sich somit daraus, dass der Erwerber der Forderung berechtigt war, eine Factoring- und eine Delkrederegebühr in Höhe von insgesamt 3% des Nennwerts der übertragenen Forderungen einzubehalten.

23 Etwas anderes gilt für die Abtretung **notleidender Forderungen,** wenn sich der Kaufpreis für die Forderung nicht, wie im Fall MKG, nach dem Nennwert der Forderungen unter Vereinbarung eines pauschalen Abschlags für die Übernahme von Forderungseinzug und des Ausfallrisikos bemisst, sondern nach dem für die jeweilige Forderung geschätzten Ausfallrisiko richtet und dem Forderungseinzug im Verhältnis zu dem auf das Ausfallrisiko entfallenden Abschlag nur untergeordnete Bedeutung zukommt. Auf Vorlage des BFH (V R 18/08, DStR 2010, 377) hat der EuGH hierzu entschieden, dass ein Wirtschaftsteilnehmer, der auf eigenes Risiko zahlungsgestörte Forderungen zu einem unter ihrem Nennwert liegenden Preis kauft, keine entgeltliche Dienstleistung im Sinne von Art. 2 Nr. 1 dieser RL erbringt und keine in ihren Geltungsbereich fallende wirtschaftliche Tätigkeit ausübt, wenn die Differenz zwischen dem Nennwert dieser Forderungen und deren Kaufpreis den tatsächlichen wirtschaftlichen Wert der betreffenden Forderungen zum Zeitpunkt ihrer Übertragung widerspiegelt (EuGH C-93/10, DStR 2011, 93 – GFKL). Vgl. auch BFH V R 8/10, DStR 2013, 1995 u. XI R 28/10, DStR 2012, 1746. Die Forderungsverkäuferin erbringt in diesem Fall eine nach § 4 Nr. 8 Buchst. c steuerfreie Leistung an die Forderungskäuferin, nicht aber die Käuferin eine Factoring-Leistung an die Verkäuferin (BFH V R 8/10, DStR 2013, 1995).

24 **Optionsgeschäfte** mit Geldforderungen fallen unter § 4 Nr. 8 Buchst. c (UStAE 4.8.4). Sie betreffen das Recht, bestimmte Geldforderungen (auch in Fremdwährung) innerhalb einer bestimmten Frist zu einem festen Kurs zu realisieren oder zu veräußern. Zum **Begriff der Vermittlung** → § 4 Nr. 5 Rn. 3. Zu Optionsgeschäften auf Warenterminkontrakte vgl. UStAE 1.1 Abs. 9. Bei Geschäften mit Warenforderungen (zB Optionen im Warentermingeschäft) handelt es sich um Umsätze im Geschäft mit Forderungen (vgl. BFH V R 19/02, BStBl. II 2007, 68; UStAE 4.8.4). Optionsgeschäfte auf Warenterminkontrakte sind nur dann nach § 4 Nr. 8 Buchst. c steuerfrei, wenn die Optionsausübung nicht zu einer Warenlieferung führt, UStAE 4.8.4 Abs. 5.

25 Weder unter § 4 Nr. 8 Buchst. c noch unter Buchst. d fällt die Abgabe sog. **Guthabenkarten im Mobilfunkbereich** (BMF 3.12.2001, BStBl. I 2001, 1010). Zu sog. Einzweckguthabenkarten (Monofunktionskarten) vgl. BMF 24.9.2012, BStBl. I 2012, 947.

6. Einlagengeschäft und Kontokorrentverkehr (§ 4 Nr. 8 Buchst. d)

26 Einlagengeschäft und Kontokorrentverkehr sind nach § 4 Nr. 8 Buchst. d ebenso steuerfrei wie Zahlungs- und Überweisungsverkehr und Inkasso von Handelspapieren. Es handelt sich um typische Bankgeschäfte. Die Steuerfreiheit ist aber nicht auf Banken beschränkt, sondern allein auf die Art des Umsatzes bezogen. Der Zweck dieser Befreiungsvorschrift besteht darin, die Schwierigkeiten, die mit der Bestimmung der Bemessungsgrundlage dieser Umsätze und der Höhe der abzugsfähigen Mehrwertsteuer verbunden sind, zu vermeiden (EuGH C-461/12, DStR 2014, 1282 – Grantoncard).

27 Um als von der Steuer befreite Umsätze qualifiziert zu werden, müssen geleistete Dienste ein im Großen und Ganzen **eigenständiges Ganzes** sein, das die **spezifischen** und **wesentlichen** Funktionen einer in Art. 13 Teil B Buchst. d der 6. EG-RL beschriebenen Dienstleistung erfüllt. In Bezug auf die Umsätze im **Überweisungsverkehr** müssen die erbrachten Dienstleistungen eine Übertragung von Geldern bewirken und zu **rechtlichen** und **finanziellen Änderungen** führen. Die befreite Dienstleistung im Sinne der genannten Richtlinie ist von der Erbringung einer rein materiellen oder technischen Leistung, wie sie etwa vorliegt, wenn einer Bank ein EDV-System zur Verfügung gestellt wird, zu unterscheiden (EuGH C-350/10, UR 2011, 747 – Nordea; C-2/95, Slg. 1997, I-3017 – SDC; C-235/00, Slg. 2001, I-10237 – CSC).

Unter **Einlagengeschäft** ist nach § 1 Abs. 1 Nr. 1 des Gesetzes über das Kreditwesen (BGBl. 1998 I 2776) die Annahme fremder Gelder als Einlagen zu verstehen. Als Umsätze kommen dabei insbesondere Gebühren für Kontoeröffnung oder -auflösung, für Kontosperrung und für den Verkauf von Sparbüchsen in Betracht, bei Bausparkassen auch die Gebühren für die Bearbeitung von Wohnungsbauprämienanträgen (UStAE 4.8.5). **28**

Kontokorrentverkehr ist die Einstellung von Gutschriften und Belastungen in laufende Rechnung sowie die in bestimmten Abständen erfolgende Saldierung. Hier kommt es zu Umsätzen durch Buchungsgebühren, Gebühren für Schecks, Scheckkarten, Kontoauszüge und dgl. Der **Zahlungs- und Überweisungsverkehr** (vgl. BFH V R 84/97, BStBl. II 1999, 106) hängt eng mit dem Kontokorrentverkehr zusammen, zT überschneiden sich beide Bereiche. Unter die Steuerbefreiung fallen zB Überweisungsgebühren, Gebühren für Daueraufträge und Lastschriften. Dazu gehört auch die Ausgabe von Benzingutscheinen, denn sie stellt eine Annahme und Weiterleitung von Geld für Benzinlieferungen dar. **29**

Die ustliche Behandlung der Leistungen von durch **Outsourcing** entstandenen Rechenzentren ist mittlerweile im Grundsatz geklärt. Problematisch ist aber nach wie vor die Anwendung der Rechtsgrundsätze auf den konkreten Einzelfall. Die outgesourcte Leistung muss ein im Großen und Ganzen eigenständiges Ganzes sein, das die spezifischen und wesentlichen Funktionen der befreiten Leistung erfüllt. Für Umsätze im Überweisungsverkehr müssen die erbrachten Dienstleistungen eine Übertragung von Geldern bewirken und zu rechtlichen und finanziellen Änderungen führen. Entscheidend ist dabei, dass der Unternehmer auch die Verantwortung für den die spezifischen und wesentlichen Funktionen der befreiten Leistung beinhaltenden Funktionsbereich übernimmt (EuGH C-2/95, UR 1998, 64 – SDC; C-235/00, UR 2002, 84 – CSC; C-240/99, UR 2001, 157 – Skandia; BFH V R 32/06, UR 2008, 731; V R 57/04, UR 2006, 699; vgl. auch *Menner/Herrmann* UR 2002, 112; *Hamacher/Frenzel* UR 2002, 297; *Philipowski* UR 2003, 466 (473); sowie § 4 Nr. 10 Rn. 3). Nicht erforderlich ist, dass der Unternehmer dem Kontoinhaber selbst gegenüber verantwortlich ist; es reicht die Verantwortlichkeit gegenüber dem Kreditinstitut (aA anscheinend BMF 31.5.2000, UR 2000, 297).

Zum Begriff der **Handelspapiere** vgl. EuGH C-461/12, DStR 2014, 1282 – Cantoncard. **29a**

§ 4 Nr. 8 Buchst. d ist durch das UStÄndG 1994 (BGBl. 1994 I 58) erweitert worden um die Vermittlung der in der Regelung befreiten Umsätze. Damit wird Art. 135 Abs. 1 Buchst. d MwStSystRL Rechnung getragen. Zum **Begriff der Vermittlung** siehe § 4 Nr. 5 Rn. 3. **30**

einstweilen frei **31**

7. Wertpapiergeschäft (§ 4 Nr. 8 Buchst. e)

Die Regelung beruht unionsrechtlich auf Art. 135 Abs. 1 Buchst. f MwStSystRL. Geschäfte mit Wertpapieren sind Umsätze, die geeignet sind, Rechte und Pflichten der Parteien in Bezug auf Wertpapiere zu begründen, zu ändern oder zum Erlöschen zu bringen. Die Leistung muss ein im Großen und Ganzen **eigenständiges Ganzes** sein, das die **spezifischen** und **wesentlichen** Funktionen einer in Art. 13 Teil B Buchst. d der 6. EG-RL beschriebenen Dienstleistung erfüllt und ihrer Art nach zu einer **Änderung** der rechtlichen und finanziellen Situation führen. Derartige Änderungen treten zB im steuerfreien Überweisungsverkehr durch die Übertragung von Geldbeträgen zwischen verschiedenen Bankkonten ein (EuGH C-350/10, UR 2011, 747 – Nordea; C-2/95, Slg. 1997, I-3017 Rn. 53 – SDC). Umsätze, die sich auf Wertpapiere beziehen, sind dementsprechend steuerfrei, wenn sie Rechte und Pflichten der Parteien in Bezug auf Wertpapiere begründen, ändern oder zum Erlöschen bringen können (EuGH C-259/11, DStR 2012, 1440 – DTZ Zadelhoff; **32**

C-235/00, Slg. 2001, I-10237 Rn. 33 – CSC), da sich im Wertpapierhandel ähnlich dem Überweisungs- oder Zahlungsverkehr die rechtliche und finanzielle Lage zwischen den Parteien ändert (vgl. EuGH C-2/95, Slg. 1997, I-3017 Rn. 73; C-235/00, Slg. 2001, I-10237 Rn. 28 – CSC; C-29/08, DStR 2009, 2311 – SKF; C-455/05, Slg. 2007, I-3225 Rn. 21 f. – Velvet & Steel; BFH V R 31/05, UR 2007, 646 mAnm *Hahne;* V R 44/01, BStBl. II 2003, 730). Dh, Dienstleistungen administrativer, materieller oder technischer Art sowie Finanzinformationen, die nicht die rechtliche und finanzielle Lage zwischen den Parteien ändern, fallen nicht unter die Befreiung. **Swift-Dienstleistungen,** die elektronischen Nachrichtenübermittlung darstellen und deren einziger Zweck in der Übertragung von Daten besteht, erfüllen deshalb nicht die Merkmale der Steuerbefreiung (EuGH C-350/10, UR 2011, 747 – Nordea).

33 Ebenfalls nicht unter die Befreiung fällt der bloße Erwerb und der bloße Verkauf von Wertpapieren, weil es sich dabei um keine wirtschaftliche Tätigkeit iSv Art. 9 Abs. 1 Buchst. d MwStSystRL (Art 4 6. EG-RL) darstellen und damit gar nicht unter das UStRecht fallen (EuGH C-77/01, UR 2004, 292 – EDM mit zahlreichen Nachweisen aus der Rechtsprechung des EuGH). Bei der originären, **erstmaligen Begebung** von Wertpapieren (zB Ausgabe von Aktien zwecks Kapitalerhöhung) handelte es sich nicht um eine wirtschaftliche Tätigkeit (EuGH C-465/03, DStR 2005, 965 – Kretztechnik). Im Hinblick auf die Wertpapiereigenschaft ist dabei nicht zwischen Aktien und **Schuldverschreibungen** zu unterscheiden (BFH V R 29/09, BStBl. II 2010, 885).

34 Es müssen folglich Umsätze zur nachhaltigen Erzielung von Einnahmen aus Tätigkeiten vorliegen, die über den bloßen Erwerb und Verkauf von Wertpapieren hinausgehen. Im Urteil EDM (Rn. 59) nennt der EuGH als Beispiel Wertpapiergeschäfte im Rahmen einer gewerblichen Tätigkeit. Im Urteil SKF (EuGH C-29/08, DStR 2009, 2311 – SKF) hat er diese Aussage dahingehend relativiert, dass die Steuerbefreiung weit genug sei, um nicht auf den professionellen Wertpapierhandel beschränkt zu sein. Das ist ein gewisser Wertungswiderspruch, denn ein nachhaltiger gewerblicher Wertpapierhandel, der kein professioneller Wertpapierhandel ist, ist nur schwer vorstellbar.

35 Die umsatzsteuerrechtliche Beuteilung des **Portfoliomanagements,** dh die Analyse und Beaufsichtigung des Vermögens einzelner Anleger durch eine Bank und der damit verbundene An- und Verkauf von Wertpapieren im Namen und für Rechnung des Anlegers aufgrund eigener Entscheidungsbefugnis und der ihr eingeräumten Abschlussvollmacht ist durch das Urteil des EuGH C-44/11 (DStR 2012, 1601 – Deutsche Bank; vgl. BMF 17.12.2012, BStBl. I 2012, 1260) entschieden. Der BFH war im Urteil V R 22/04 (BStBl. II 2008, 993) noch von der Steuerfreiheit der Portfolioverwaltung ausgegangen, hatte an seiner Beurteilung aber Zweifel bekommen und die Frage dem EuGH zur Vorabentscheidung vorgelegt (BFH V R 9/10, BStBl. II 2011, 306).

36 Der EuGH hat im Urteil C-44/11 (DStR 2012, 1601 – Deutsche Bank; vgl. BMF 17.12.2012, BStBl. I 2012, 1260), entschieden, dass zwar der Kauf und Verkauf von Wertpapieren unter Art. 135 Abs. 1 Buchst. f MwStSystRL fallen kann, nicht aber die Analyse und Beaufsichtigung des Vermögens, weil Letztere nicht zwingend die Bewirkung von Umsätzen voraussetzt, die geeignet sind, Rechte und Pflichten der Parteien in Bezug auf Wertpapiere zu begründen, zu ändern oder zum Erlöschen zu bringen (→ Rn. 39). Die Leistungselemente Analyse/Beaufsichtigung einerseits und Kauf/Verkauf andererseits sind gleichrangig und untrennbar miteinander verzahnt (→ Rn. 27). Die Begriffe, die zur Umschreibung der in Art. 135 Abs. 1 der MwStSystRL genannten Steuerbefreiungen verwendet werden, sind eng auszulegen, da sie Ausnahmen von dem allgemeinen Grundsatz darstellen, dass jede Dienstleistung, die ein Steuerpflichtiger gegen Entgelt erbringt, der Mehrwertsteuer unterliegt. Die einheitliche Leistung, die sich aus der Verbindung dieser beiden Elemente ergibt, kann nur als Ganzes berücksichtigt werden und wird nicht von der Steuerbefreiung umfasst (→ Rn. 43). Zur Abgrenzung der Portfolioverwaltung von der Verwaltung von durch die Mitgliedstaaten als solche definierten Sondervermögen nach Art. 135 Abs. 1 Buchst. g MwStSystRL (im Inland: § 4 Nr. 8 Buchst. h) vgl. → Rn. 53 ff., 57 ff.

Der Zweck der Regelung in § 4 Nr. 8 Buchst. e bestand ursprünglich darin, eine **37** Doppelbesteuerung von Wertpapierumsätzen mit KapitalverkehrSt und USt zu vermeiden. Die Auslegung des Wertpapierbegriffes hat sich deshalb am Kapitalverkehrsteuerrecht orientiert (BFH V 317/57 U, BStBl. III 1960, 77). Mit der Aufhebung des KapitalverkehrsteuerG durch das FinanzmarktförderungsG (BStBl. I 1990, 152 (168)) zum 1.1.1992 ist die Möglichkeit, auf die Wertpapierdefinition in § 19 KapitalverkehrsteuerG zurückzugreifen, entfallen. Auch auf den iE umstrittenen zivilrechtlichen Wertpapierbegriff (vgl. *Hüffer* in MüKoBGB vor § 793 Rn. 1 ff.) kann nicht zurückgegriffen werden, weil es sich um einen autonomen unionsrechtlichen Begriff handelt. Allerdings liegt eine unionsrechtliche Definition durch den EuGH nicht vor. Das Urteil des EuGH C-235/00, UR 2002, 84 – CSC (→ Rn. 40) hat insoweit keine Klärung gebracht. Als Arbeitsgrundlage kann bis zu einer unionsrechtlichen Klärung von dem von der hM vertretenen sog. weiten Wertpapierbegriff ausgegangen werden, wonach ein Wertpapier eine Urkunde ist, in der ein subjektives Recht derart verbrieft ist, dass es nur von dem Inhaber der Urkunde ausgeübt werden kann (vgl. *Hüffer* in MüKoBGB vor § 793 Rn. 7 mwN). Wertpapiere sind demnach insbesondere Inhaberpapiere, Orderpapiere, Rektapapiere. Nicht zu den Wertpapieren gehören die Inhaberkarten nach § 807 BGB (Eintrittskarten, Fahrkarten usw.) und die Namenspapiere mit Inhaberklausel nach § 808 BGB (insbesondere Sparkassenbücher).

Neben den Wertpapierumsätzen selbst ist auch deren **Vermittlung** steuerfrei. Bei **38** der Vermittlung von Wertpapierumsätzen nach Art. 135 Abs. 1 Buchst. b und f MwStSystRL handelt es sich um die Tätigkeit einer Mittelsperson, die nicht Partei des der Finanzdienstleistung zugrunde liegenden Vertrages ist, und deren Tätigkeit sich von den durch die Vertragsparteien zu erbringenden Leistungen unterscheidet. Die Vermittlungstätigkeit wird einer Vertragspartei erbracht und von dieser als eigenständige Mittlertätigkeit vergütet (BFH XI R 13/11, BStBl. II 2014, 734). Zweck der Tätigkeit ist es, das Erforderliche zu tun, damit zwei Parteien einen Vertrag schließen, ohne dass der Vermittler ein Eigeninteresse am Inhalt des Vertrages hat. Sie kann darin bestehen, einer Vertragspartei Gelegenheiten zum Vertragsschluss nachzuweisen, mit der anderen Partei Kontakt aufzunehmen oder im Namen und für Rechnung des Kunden über die Einzelheiten der gegenseitigen Leistungen zu verhandeln (EuGH C-259/11, DStR 2012, 1440 – DTZ Zadelhoff; C-235/00, Slg. 2001, I-10237 Rn. 39 – CSC zur Vermittlung von Wertpapieren; C-453/05, Slg. 2007, I-5083 Rn. 23, 28 – Ludwig zur Vermittlung von Krediten). Da zur Vermittlung neben der Nachweistätigkeit auch die Beratung gehört (EuGH C-453/05, Slg. 2007, I-5083 Rn. 19 – Ludwig), könnte neben dem Nachweis bestimmter Wertpapiere und der Beratung bei der Auswahl von Wertpapieren als Gewährung einer Entscheidungshilfe auch die Entscheidung über den Erwerb im Rahmen der Vermögensverwaltung mit Wertpapieren als Vermittlung von Wertpapierumsätzen steuerfrei sein (vgl. Vorlagebeschluss BFH V R 9/10, BStBl. II 2011, 306) Zum Vermittlungsbegriff vgl. auch → § 4 Nr. 5 Rn. 3.

Zu Bankprovisionen von Vermögensverwaltern beim An- und Verkauf von Wert- **39** papieren (sog. **kick-back**) vgl. FG BW 11 K 16/92, EFG 2001, 999. Bei der Inhaltsbestimmung des Wertpapierbegriffs ist auch dessen Verwendung in Art. 13 Teil B Buchst. d Nr. 5 zu beachten.

Das Urteil des EuGH C-235/00, UR 2002, 84 – CSC Financial Services hat zum **40** Wertpapierbegriff als solchem keine neuen Erkenntnisse gebracht. Allerdings hat die Entscheidung Klarheit geschaffen, welche Umsätze zu den Wertpapierumsätzen zu zählen sind (vgl. auch BFH V R 44/01, UR 2003, 20); das ist insbesondere nicht der Fall für Informationstätigkeiten im finanzwirtschaftlichen Bereich. Art. 135 Abs. 1

Buchst. f MwStSystRL (Art. 13 Teil B Buchst. d Nr. 5 6. EG-RL) ist danach dahingehend auszulegen, dass der Ausdruck „Umsätze, die sich auf Wertpapiere beziehen", Umsätze betrifft, die geeignet sind, Rechte und Pflichten der Parteien in Bezug auf Wertpapiere zu begründen, zu ändern oder zum Erlöschen zu bringen, der Ausdruck „Vermittlung, die sich auf Wertpapiere bezieht", keine Dienstleistungen betrifft, die sich auf die Erteilung von Informationen über ein Finanzprodukt und ggf. die Annahme und Bearbeitung der Anträge auf Zeichnung der entsprechenden Wertpapiere beschränken und nicht deren Ausgabe umfassen (EuGH C-235/00, UR 2002, 84 – CSC Financial Services).

Im Rahmen des § 4 Nr. 8 Buchst. e stellt sich die Frage nach der Trennung der steuerpflichtigen Vermögensverwaltung von etwaigen steuerfreien Transaktionsleistungen (vgl. OFD Rheinland 26.2.2007, BeckVerw 089809; FM SchlH 28.11.2006, BeckVerw 087435). Zu **Kontinuitätsprovisionen** vgl. BFH V R 31/05, UR 2007, 646 mAnm *Hahne.*

41 Zu den steuerfreien **Optionsgeschäften** (einschließlich Vermittlung) zählt insbesondere der Börsenterminhandel in Wertpapieren, bei dem Kauf- und Verkaufsoptionen bezogen auf bestimmte Zeitpunkte gehandelt werden (vgl. UStAE 4.8.4). Die Steuerbefreiung gilt nicht für **Warentermingeschäfte** (vgl. BFH V R 169/82, BStBl. II 1986, 160; BVerfG 1 BvR 467/86, DStZ/E 1986, 222; UStAE 4.8.4). Zu **Optionen auf Warenterminkontrakte** vgl. auch BFH V R 19/02, BStBl. II 2007, 68. Zu Doppeloptionsgeschäften siehe *Blanke* UR 1988, 265; zu Termingeschäften allgemein siehe *Hundt-Eßwein* UVR 1989, 297. Zur Abgrenzung der steuerfreien Umsätze im Geschäft mit Wertpapieren zur steuerpflichtigen Verwahrung und Verwaltung von Wertpapieren vgl. UStAE 4.8.9. Während die Emission von Wertpapieren als Wertpapierumsatz steuerfrei ist, ist die Steuerfreiheit der im Zusammenhang mit der **Wertpapieremission** ausgeübten sonstigen Leistungen als Nebenleistungen zu diesem Umsatz ebenfalls gegeben. Es handelt sich insbesondere um Dienstleistungen der mit der Wertpapierausgabe betrauten Kreditinstitute, aber zB auch um die Vermittlungstätigkeit der Kreditinstitute beim Absatz von Bundesschatzbriefen (UStAE 4.8.8). Die Meldung der seit 1.1.1996 nach dem WpHG meldepflichtigen Wertpapierhandelsgeschäfte durch einen iSd § 9 Abs. 3 Nr. 3 WpHG geeigneten Dritten ist nicht von der UStBefreiung des § 4 Nr. 8 Buchst. e umfasst.

42 Von der Steuerbefreiung umfasst wird der Umsatz von Aktien auch dann, wenn sich der Umsatz im Wesentlichen auf die von den Gesellschaften, deren Aktien verkauft werden, gehaltenen Immobilien und deren (mittelbare) Übertragung bezieht (EuGH C-259/11, DStR 2012, 1440 – DTZ Zadelhoff).

8. Umsätze und Vermittlung von Gesellschaftsanteilen (§ 4 Nr. 8 Buchst. f)

43 Die Steuerfreiheit der Umsätze und Vermittlung von Gesellschaftsanteilen (§ 4 Nr. 8 Buchst. f) überschneidet sich teilweise mit der Befreiung für Wertpapiergeschäfte und rundet diese ab (vgl. auch UStAE 4.8.8 und 4.8.10 für GmbH- und KG-Anteile). Die Vorschrift setzt Art. 135 Abs. 1 Buchst. f MwStSystRL um. Danach ist die Vermittlung der Umsätze, die sich auf Anteile an Gesellschaften beziehen, steuerfrei. Durch die neuere Rechtsprechung des EuGH ist geklärt, dass der bloße Erwerb, das bloße Halten und der bloße Verkauf von Gesellschaftsanteilen keine wirtschaftliche Tätigkeit iSv Art. 9 Abs. 1 MwStSystRL (Art. 4 6. EG-RL) darstellen und damit gar nicht unter das UStRecht fallen (EuGH C-77/01, UR 2004, 292 Rn. 56ff. – EDM mit zahlreichen Nachweisen aus der Rechtsprechung des EuGH).

44 § 4 Nr. 8 Buchst. f enthält keine allgemeine Steuerbefreiung für Vertriebsleistungen, die dem Absatz von Finanzprodukten dienen. Die Steuerfreiheit beschränkt sich vielmehr auf die Vermittlung der in diesen Bestimmungen bezeichneten Finanzdienstleistungen. Eine „Vermittlung der Umsätze von Anteilen an Gesellschaften"

nimmt der BFH an, wenn eine Mittelsperson der Gesellschaft oder dem zukünftigen Gesellschafter die Gelegenheit zum Abschluss des Vertrags über den Erwerb eines Gesellschaftsanteils nachweist oder sonst das Erforderliche tut, damit der Vertrag über den Anteilserwerb zustande kommt (BFH V R 68/01, UR 2003, 78 mAnm *Wäger* UR 2003, 80; zum Vermittlungsbegriff vgl. auch → Rn. 13). Ein Unternehmer, der einem mit dem Vertrieb von Gesellschaftsanteilen betrauten Unternehmer Abschlussvertreter zuführt und diese betreut, erbringt keine solche steuerfreie Vermittlungsleistung. Auch die geschäftsführende Leitung einer Vermittlungsorganisation ist keine Vermittlung idS (BFH V R 62/06, DStR 2008, 403). Die Vermittlung muss sich auf einzelne zu vermittelnde Geschäfte beziehen. Die Erfüllung vertriebsunterstützender administrativer Aufgaben reicht nicht aus (BFH V R 44/07, BStBl. II 2009, 554; vgl. auch BMF 23.6.2009, BStBl. I 2009, 773; aA *Hahne* UR 2008, 271). Die ursprünglichen Zweifel des BFH hinsichtlich der Auslegung des Vermittlungsbegriffs (BFH V B 51/99, UR 1999, 416), sind durch das Urteil des EuGH C-235/00, UR 2002, 84 – CSC beseitigt.

Zur Frage, inwieweit Vorgänge im Zusammenhang mit der Ausgabe und Veräuße- **45**
rung von Gesellschaftsanteilen überhaupt steuerbar sind, → § 1 Rn. 46 ff. § 4 Nr. 8 Buchst. f ist nicht nur auf Anteile an Kapitalgesellschaften, sondern insbesondere auch auf die Ausgabe und Veräußerung von Anteilen an Personengesellschaften und Gemeinschaften anwendbar (vgl. zB BFH V R 131/73, BStBl. II 1976, 265; V R 43/84, BStBl. II 1989, 339; UStAE 4.8.10).

Geklärt ist durch die Rspr. des EuGH, dass die Befreiung auch Dienstleistungen **46**
umfasst, die ein Kreditinstitut in Form einer **Übernahmegarantie** und gegen eine Vergütung gegenüber einer Gesellschaft erbringt, die im Begriff steht, Aktien auszugeben, wenn diese Garantie zum Gegenstand hat, dass sich das Institut dazu verpflichtet, diejenigen Aktien zu erwerben, die möglicherweise in der für die Zeichnung der Aktien vorgesehenen Zeit **(Zeichnungsfrist)** nicht gezeichnet werden (EuGH C-540/09, DStR 2011, 766 – SEB).

Der BFH hat bisher in ständiger Rechtsprechung entschieden, dass eine **Publi-** **47**
kumsgesellschaft mit der Ausgabe von Gesellschaftsanteilen steuerbare Umsätze von Anteilen an Gesellschaften bewirkt, die nach **§ 4 Nr. 8 Buchst. f** steuerfrei sind und insoweit nach § 15 Abs. 2 den Vorsterabzug – zB aus Konzeptions- und Beratungskosten – ausschließen (BFH X R 7/81, BStBl. II 1988, 506; V 147/79, BFH/NV 1988, 196; ebenso für atypische stille Beteiligung BFH V R 11/94, BStBl. II 1996, 250 für geschlossene Immobilienfonds). Diese Rechtsprechung hat der BFH später auf die **Einbringung von Einzelunternehmen** in eine Gesellschaft und **sonstige Sacheinlagen** gegen Gesellschaftsrechte ausgedehnt (BFH V R 67/94, BStBl. II 1997, 705; XI R 63/94, BStBl. II 1996, 114; V R 9/97, BFH/NV 2000, 607; V R 24/96, BFH/NV 1999, 523).

Der BFH hat an der Steuerfreiheit der Aufnahme von Gesellschaftern und damit **48**
am Vorsteuerausschluss unionsrechtliche Zweifel bekommen und mit Beschluss vom 27.9.2001 dem EuGH die Frage zur Vorabentscheidung vorgelegt, ob eine Personengesellschaft bei der Aufnahme eines Gesellschafters gegen Zahlung einer Bareinlage an diesen überhaupt eine Leistung gegen Entgelt erbringt und ob dieser Umsatz ggf. einen den Vorsteuerabzug nicht ausschließenden Hilfsumsatz iSd Art. 174 Abs. 2 Buchst. a und b MwStSystRL (Art. 19 Abs. 2 S. 2 6. EG-RL) darstellt (BFH V R 32/00, UR 2002, 81). Der EuGH hat die Frage dahingehend beantwortet, dass die Aufnahme eines neuen Gesellschafters in eine Personengesellschaft keine Leistung der Gesellschaft darstellt (EuGH C-442/01, UR 2003, 443 – KapHag Renditefonds). Der EuGH begründet diese Entscheidung allerdings nicht mit der Überlegung des BFH, dass der neue Gesellschafter seinen Anteil möglicherweise nicht von der Gesellschaft, sondern von seinen späteren Mitgesellschaftern erhalte. Entscheidend ist für den EuGH eine Parallelüberlegung zur Beurteilung des Erwerbs von Gesellschaftsanteilen. Wenn der Erwerb von Beteiligungen als solcher keine wirtschaftliche Tätigkeit

darstelle (vgl. → § 2 Rn. 53), so müsse dasselbe auch für die Veräußerung solcher Beteiligungen gelten.

Zur ustlichen Behandlung der Ausgabe **junger Aktien** vgl. FM NRW 7.6.2001, UR 2001, 460.

49 Die Steuerfreiheit setzt jedenfalls voraus, dass der Gesellschaftsanteil als solcher (bzw. seine Vermittlung) Gegenstand des Umsatzes ist. Die Abtretung einzelner Gesellschaftsrechte ist steuerpflichtig; ebenso auch die Bestellung des Nießbrauches an einem Gesellschaftsanteil. Zu beachten ist, dass die Steuerbefreiung nur den Umsatz betrifft, durch den der Gesellschaftsanteil übertragen wird. Die Steuerpflicht der Gegenleistung (zB Einbringung von Maschinen = steuerpflichtig, Zahlung von Geld = steuerfrei) hängt von der Beurteilung des Gegenleistungsumsatzes ab. Vermittlung von Gesellschaftsanteilen betreibt nicht, wer einem Vermittler Namen von Personen nennt, die am Erwerb von Gesellschaftsanteilen interessiert sind (BFH X R 7/81, BStBl. II 1988, 506).

50 Eine Publikumsgesellschaft, an der die Kapitalanleger nicht unmittelbar als Kommanditisten, sondern mittelbar über einen Treuhandkommanditisten beteiligt sind, kann den Anlegern gegenüber nach § 4 Nr. 8 Buchst. f steuerfreie Umsätze bewirken (BFH V R 99/87, BStBl. II 1992, 637; vgl. auch BFH V R 67/96, BStBl. II 1998, 413).

51 Keine Gesellschaftsanteile sind Beteiligungen an einem Warentermin-Sammelkonto (BFH V R 105/77, BStBl. II 1988, 303). Umstritten ist, ob Mitgliedschaften in einem eV als Anteile an einer „anderen Vereinigung" zu beurteilen sind (so *Philipowski* in Rau/Dürrwächter § 4 Nr. 8 Rn. 192; aA FG BW 13 K 112/90, EFG 1993, 615). Der BFH hat die Frage offengelassen und entschieden, dass sich die Gewährung der Mitgliedschaften durch einen Verein gegenüber seinen Mitgliedern außerhalb eines Leistungsaustausches vollzieht und keinen steuerbaren Vorgang darstellt (BFH V R 40/93, BStBl. II 1995, 753). Auch die Vermittlung von Mitgliedschaften kann deshalb nicht unter die Befreiungsvorschrift fallen.

9. Übernahme von Verbindlichkeiten (§ 4 Nr. 8 Buchst. g)

52 Die Übernahme von Verbindlichkeiten, Bürgschaften und anderen Sicherheiten (§ 4 Nr. 8 Buchst. g) ist zu unterscheiden von der Eingehung dieser Verpflichtungen. § 4 Nr. 8 Buchst. g betrifft die befreiende Schuldübernahme iSv §§ 414ff. BGB bzgl. bereits bestehender Verpflichtungen ebenso wie den Schuldbeitritt. Die Vorschrift beruht auf Art. 135 Abs. 1 Buchst. c MwStSystRL. Danach befreien die Mitgliedstaaten von der Steuer „die Vermittlung und die Übernahme von Verbindlichkeiten, Bürgschaften und anderen Sicherheiten und Garantien sowie die Verwaltung von Kreditsicherheiten durch die Kreditgeber". Als übernommene Verbindlichkeiten kommen insbesondere Darlehens- und Lieferantenschulden, Pensions- und Rentenverpflichtungen, Verbindlichkeiten aus Versicherungsverträgen und Verpflichtungen aus Einlagen bei Kreditinstituten in Betracht, als „andere Sicherheiten" Kautionsverpflichtungen (vgl. UStAE 4.8.11 und 4.8.12). Zu den „anderen Sicherheiten" gehört alles, was der Bürgschaft wirtschaftlich vergleichbar ist, also auch zB Zins- oder Vermietungsgarantien im Zusammenhang mit Bauherrenmodellen (BFH V R 53/89, UR 1993, 160 mit Anm. *Philipowski; Lothmann* UR 1987, 30).

53 Der Begriff „Verbindlichkeiten" betrifft Verbindlichkeiten, die Finanzcharakter haben, dh Geldverbindlichkeiten. Andere Verbindlichkeiten, wie zB die Verpflichtung, eine Immobilie zu renovieren, fällt nicht darunter (EuGH C-455/05, UR 2007, 379 – Velvet & Steel). Der EuGH stützt dies maßgeblich auf den Charakter der Verbindlichkeitsübernahme als **Finanzgeschäft,** auf die fehlende Schwierigkeit bei der Bestimmung der Bemessungsgrundlage und auf andere Sprachfassungen der Richtlinie, die sich „klar auf Geldverbindlichkeiten beziehen". Das gilt nicht nur bei der Übernahme von Verbindlichkeiten, sondern auch bei der Übernahme von Bürgschaften und anderen Sicherheiten wie zB Garantien (BFH V R 24/10, DStR 2011, 854; XI R 49/07, BStBl. II 2010, 1109).

Ein steuerfreier Umsatz durch Übernahme einer Sicherheit iSv § 4 Nr. 8 Buchst. g ist gegeben, wenn eine Garantie dafür übernommen wird, dass ein bestimmter tatsächlich oder rechtlich möglicher Erfolg eintritt oder dass sich die Gefahr eines künftigen Schadens nicht verwirklicht (BFH V R 16/02, UR 2003, 247; V R 53/89, BStBl. II 1993, 318; V R 125/84, BStBl. II 1990, 401, zu Zins-, Liquiditäts-, Mietgarantien). Übernimmt es jemand, gegen Entgelt dafür einzustehen, dass sich für den Vertragspartner die Gefahr eines Zinsanstiegs während eines nicht sicher einschätzbaren Zeitraums nicht verwirklicht, führt er eine steuerfreie Leistung durch Übernahme von Sicherheiten auch dann aus, wenn außerdem ein Dritter abgesichert wird (siehe BFH V R 19/87, BStBl. II 1991, 539 mAnm *Philipowski* UR 1991, 202). **54**

Die Vorschrift umfasst auch die Übernahme einer Vermietungsgarantie. Eine solche liegt vor, wenn ein Garantiegeber (Garant) dafür einsteht, dass ein bestimmter Erfolg eintritt oder dass ein bestimmter Zustand fortdauert oder dass sich ein bestimmtes Risiko nicht verwirklicht (BFH V R 46/13, BStBl. II 2015, 947). Das hat unter Berücksichtigung der Grundsätze des EuGH-Urteils C-63/92, BStBl. II 1995, 480 – Lubbock Fine zur Folge, dass auch die Ablösung der Mietpreisgarantie nach § 4 Nr. 8 Buchst. g steuerfrei bleibt. Der Rückgabe einer Mietsache gegen Abstandszahlung im EuGH-Urteil Lubbock Fine entspricht die Ablösung der Vermietergarantie gegen die Entschädigungszahlung (BFH V R 46/13, BStBl. II 2015, 947).

10. Verwaltung von Investmentvermögen (§ 4 Nr. 8 Buchst. h)

Die Verwaltung von Investmentvermögen nach dem InvestmentG (InvG) ist nach § 4 Nr. 8 Buchst. h steuerfrei. Bis zum 31.12.2003 war die Verwaltung von Investmentvermögen im Gesetz über Kapitalanlagegesellschaften (KAAG vom 14.1.1970, BGBl. 1970 I 127, BStBl. I 1970, 187) geregelt. Durch Art. 5 des InvestmentmodernisierungsG (BGBl. 2003 I 2676, BStBl. I 2004, 05) ist das KAAG durch das InvG ersetzt worden. Der Wortlaut des § 4 Nr. 8 Buchst. h ist mit Wirkung vom 1.1.2004 entsprechend angepasst worden. Durch Art. 4 des Gesetzes v. 18.12.2013 (BGBl. 2013 I 4318) haben sich im Wesentlichen begriffliche Folgeänderungen an das durch das AIFM-UmsetzungsG vom 4.7.2013 (BGBl. 2013 I 1981) geschaffene Kapitalanlagegesetzbuch ergeben; vgl. → Rn. 58. Mit Wirkung ab 1.1.2018 tritt durch Art. 4 des InvSt-RefG (BGBl. 2016 I, 1730) eine Änderung in Kraft, mit der im Hinblick auf das EuGH-Urteil C-595/13, Fiscale Eenheid X (MwStR 2016, 109) die Steuerbefreiung auf bestimmte nach dem KAGB regulierte Fonds erweitert wird und um Folgeänderungen aufgrund der Neufassung des InvStG (vgl. iE BT-Drs. 18/8045, S. 141). **55**

Die Vorschrift setzt Art. 135 Abs. 1 Buchst. d MwStSystRL um. Danach ist die **Verwaltung von** durch die Mitgliedstaaten als solche definierten **Investmentvermögen durch Kapitalanlagegesellschaften** befreit. Die Regelung bezweckt ua, den Anlegern die Anlage in Wertpapieren über Organismen für gemeinsame Anlagen in Wertpapieren **(OGAW)** zu erleichtern. Nach Art. 1 Abs. 2 der RL 85/611/EWG v. 20.12.1985 zur Koordinierung der Rechts- und Verwaltungsvorschriften betreffend bestimmte OGAW, ist für diese kennzeichnend, dass es ihr ausschließlicher Zweck ist, beim Publikum beschaffte Gelder für gemeinsame Rechnung nach dem Grundsatz der Risikobetreuung in Wertpapieren anzulegen, und ihre Anteile auf Verlangen der Anteilinhaber unmittelbar oder mittelbar zu Lasten des Vermögens dieser Organismen zurückgenommen oder ausgezahlt werden. Der OGAW bedarf nach Art. 4 Abs. 1 der RL 85/611/EWG zur Ausübung seiner Geschäftstätigkeit der Zulassung durch die Stellen des Mitgliedstaats, in dem der OGAW ansässig ist. Die Tätigkeit des OGAW muss sich nach Art. 6 der RL 85/611/EWG „auf die Verwaltung von Investmentfonds und Investmentgesellschaften beschränken". Regelungen zur Definition dieser Verwaltungstätigkeit und zur Beauftragung Dritter als Subunternehmer **56** zur Übertragung eigener Verwaltungsaufgaben enthielt die RL 85/611/EWG bei ihrem Inkrafttreten nicht. Die RL 85/611/EWG wurde durch die RL 2001/107/EG und 2001/108/EG v. 21.1.2002 geändert.

57 Das Merkmal „Verwaltung" von Sondervermögen durch Kapitalanlagegesellschaften iSv Art. 135 Abs. 1 Buchst. d MwStSystRL stellt einen autonomen Begriff des Unionsrechts dar, dessen Inhalt die Mitgliedstaaten nicht verändern können. Dies gilt jedoch nicht, wenn der Gesetzgeber die Mitgliedstaaten mit der Bestimmung einiger Begriffe einer Befreiungsvorschrift betraut hat. Art. 13 Teil B Buchst. d Nr. 6 der 6. EG-RL (Art. 135 Abs. 1 Buchst. d MwStSystRL) ermächtigt die Mitgliedstaaten, den Begriff „Sondervermögen" zu definieren (EuGH C-464/12, HFR 2014, 459 Rn. 40 – ATP). Das wesentliche Kriterium eines Sondervermögens ist die Zusammenfassung der Vermögen mehrerer Begünstigter zu gemeinsamer Rechnung, die die Streuung des Risikos, das diese Begünstigten tragen, auf eine Palette von Wertpapieren erlaubt (EuGH C-464/12, HFR 2014, 459 Rn. 51 – ATP).

Die Steuerfreiheit wird nicht durch den Erbringer oder Empfänger der Leistung definiert, sondern durch die Art der erbrachten Leistung. Deshalb schließt Art. 135 Abs. 1 Buchst. d MwStSystRL es seinem Wortlaut nach nicht grundsätzlich aus, dass die Verwaltung von Sondervermögen durch Kapitalanlagegesellschaften sich in verschiedene Dienstleistungen aufteilen lässt, die dann unter den Begriff „Verwaltung von Sondervermögen durch Kapitalanlagegesellschaften" im Sinne dieser Bestimmung fallen und in den Genuss der dort vorgesehenen Befreiung gelangen können, auch wenn sie von einem außenstehenden Verwalter erbracht werden. Dabei können die Dienstleistungen der administrativen und buchhalterischen Verwaltung der Fonds, die durch einen außenstehenden Verwalter erbracht werden, nur dann als von der Steuer befreite Umsätze qualifiziert werden, wenn sie ein im Großen und Ganzen eigenständiges Ganzes sind, das die spezifischen und wesentlichen Funktionen einer in Nr. 6 beschriebenen Leistung erfüllt. Die erbrachten Dienstleistungen müssen daher die spezifischen und wesentlichen Elemente der Verwaltung von Sondervermögen durch Kapitalanlagegesellschaften betreffen (EuGH C-169/04, Slg. 2006, I-4027 – Abbey National). Da der EuGH im Urteil Abbey National im Hinblick auf die Anforderungen an eine steuerbefreite Tätigkeit einen etwas inflationären Gebrauch vom Begriff des Spezifischen macht, indem er von der spezifischen Tätigkeit (→ Rn. 63), der spezifischen Aufgabe (→ Rn. 64), der spezifischen Funktion (→ Rn. 70) und dem spezifischen Element (→ Rn. 71) spricht und damit nicht wirklich deutlich wird, welche Anforderungen an die steuerbefreite Tätigkeit konkret zu stellen sind, hat der BFH dem EuGH hierzu mit Beschluss vom 5.5.2011 (BFH V R 51/10, BStBl. II 2011, 740) um Vorabentscheidung ersucht. Der EuGH hat darauf geantwortet, dass Art. 13 Teil B Buchst. d Nr. 6 6. EG-RL (Art. 135 Abs. 1 Buchst. d MwStSystRL) seinem Wortlaut nach nicht ausschließt, dass die Verwaltung von Sondervermögen durch KAG sich in verschiedene Dienstleistungen aufteilen lässt, die unter den Begriff „Verwaltung von Sondervermögen durch Kapitalanlagegesellschaften" fallen, sofern jede dieser Dienstleistungen die spezifischen und wesentlichen Funktionen der Verwaltung eines Sondervermögens durch KAG erfüllt (EuGH C-275/11, MwStR 2013, 121 – GfbK; nachfolgend BFH V R 51/10, BStBl. II 2013, 877; vgl. auch BMF 28.10.2013, BStBl. I 2013, 1382; vgl. auch EuGH C-464/112, HFR 2014, 459 Rn. 63 – ATP). Dass die Anlageberatungsdienstleistungen von Dritten erbracht werden, steht dabei der Steuerbefreiung nicht entgegen. Auch der Umstand, dass die von einem Dritten erbrachten Beratungs- und Informationsleistungen keine Änderung der rechtlichen oder finanziellen Lage des Fonds bewirken, schließt nicht aus, dass diese Leistungen unter den Begriff der „Verwaltung" eines Sondervermögens durch eine Kapitalgesellschaft fallen.

58 Mit der Befreiung soll der Neutralitätsgrundsatz in Bezug auf die Wahl zwischen unmittelbarer Anlage in Wertpapieren und derjenigen durch Einschaltung von OGAW gewährleistet werden (EuGH C-363/05, UR 2007, 727 – JP Morgan Fleming Claverhouse Investment Trust). Die Steuerbefreiung ist weder von der Rechtsform (EuGH C-169/04, UR 2006, 352 – Abbey National) noch von der operativen Form (EuGH C-363/05, UR 2007, 727 – JP Morgan Fleming Claverhouse Investment Trust) abhängig.

Zur Abgrenzung von der **Portfolioverwaltung** für einzelne Anleger (vgl. → Rn. 35 f.) gilt Folgendes: 59

Bei den Umsätzen, für die die Befreiung in Art. 135 Abs. 1 Buchst. g MwStSystRL gilt, handelt es sich um solche, für die die Tätigkeit der OGAW spezifisch sind (EuGH C-44/11, DStR 2012, 1601 – Deutsche Bank). Hierbei handelt es sich um Organismen, deren ausschließlicher Zweck es ist, beim Publikum beschaffte Gelder für gemeinsame Rechnung nach dem Grundsatz der Risikostreuung in Wertpapiere und/oder andere liquide Finanzanlagen zu investieren, und deren Anteile auf Verlangen der Anteilinhaber unmittelbar oder mittelbar zulasten des Vermögens der Organismen zurückgenommen oder ausgezahlt werden. Es handelt sich also um gemeinsame Vermögensfonds, in denen zahlreiche Anlagen gebündelt und auf ein Spektrum von Wertpapieren verteilt sind, die sich zur Optimierung der Ergebnisse wirksam verwalten lassen und in deren Rahmen die einzelnen Anlagebeträge verhältnismäßig geringfügig sein können. Derartige Fonds verwalten ihre Anlagen im eigenen Namen und für eigene Rechnung, während der einzelne Anleger einen oder mehrere Anteile an dem Fonds, nicht aber die Anlagen des Fonds als solche besitzt. Dienstleistungen im Rahmen der **Portfolioverwaltung** beziehen sich dagegen auf das Vermögen einer Einzelperson, das einen verhältnismäßig hohen Gesamtwert haben muss, damit seine Verwaltung rentabel ist. Der Portfoliomanager kauft und verkauft Anlageprodukte im Namen und für Rechnung des Anlegers, der während der gesamten Dauer des Vertrags und auch bei dessen Beendigung Inhaber der einzelnen Wertpapiere bleibt. Dienstleistungen im Rahmen der Portfolioverwaltung fallen deshalb nicht unter den Begriff „Verwaltung von … Sondervermögen" im Sinne von Art. 135 Abs. 1 Buchst. g MwStSystRL (EuGH C-44/11, DStR 2012, 1601 Rn. 31 ff. – Deutsche Bank; vgl. BMF 17.12.2012, BStBl. I 2012, 1260).

Durch das JStG 2008 (BGBl. 2007 I 3150) ist der bisher in § 4 Nr. 8 Buchst. h verwendete Begriff „Sondervermögen" durch den Begriff „Investmentvermögen" ersetzt worden. Hintergrund hierfür ist, dass im Rahmen der Änderung des § 96 Abs. 4 InvG entsprechend Art. 13 ff. der RL 85/11/EWG (OGAW-RL) vorgesehen ist, dass eine InvestmentAG eine Kapitalanlagegesellschaft als Verwaltungsgesellschaft benennen kann. Durch die Anpassung der Begriffe in § 4 Nr. 8 Buchst. h ist auch in diesen Fällen die Verwaltung ustfrei. Vgl. auch das umfassende BMF-Schreiben 6.5.2010, BStBl. I 2010, 563. Durch Art. 4 des Gesetzes v. 18.12.2013 (BGBl. 2013 I 4318) ist der Begriff „Investmentvermögen nach dem Investmentgesetz" durch „Investmentfonds im Sinne des Investmentsteuergesetzes" ersetzt worden. Es handelt sich im Wesentlichen um sprachliche Anpassungen an die geänderten Begrifflichkeiten, die sich aus dem durch das AIFM-UmsetzungsG vom 4.7.2013 (BGBl. 2013 I 1981) geschaffenen Kapitalanlagegesetzbuch (KAGB), mit dem die RL 2011/61/EU v. 8.6.2011 umgesetzt und die Regelungen der RL 2009/65/EG v. 13.7.2009 integriert worden sind, ergeben. Der Umfang der steuerfreien Verwaltungsleistungen und der begünstigten Investmentvermögen bleibt weitgehend unverändert aufrechterhalten. Die Steuerbefreiung erstreckt sich hinsichtlich der Verwaltung von Investmentvermögen auf die Verwaltung von Investmentfonds iSd InvStG. Begünstigt sind damit OGAW iSd § 1 Abs. 2 KAGB, dh inländische und EU-OGAW iSd RL 2009/65/EG. Außerdem sind Alternative Investmentfonds (AIF), die die Voraussetzungen des § 1 Abs. 1 b S. 2 InvStG erfüllen, begünstigt. Durch die Verweisung auf das InvStG ist auch die Verwaltung von Investmentvermögen steuerfrei, soweit diese nach der Bestandsschutzregelung in § 22 Abs. 2 InvStG übergangsweise noch als Investmentfonds gelten. Vgl. auch BT-Drs. 18/68 zu Art. 4. 60

Die Kapitalanlagegesellschaften legen das bei ihnen eingelegte Geld im eigenen Namen für gemeinschaftliche Rechnung der Einleger in Wertpapieren und Grund- 61 stücken an. Die Einlagen und die damit erworbenen Vermögensgegenstände bilden ein Investmentvermögen. Für die Verwaltung dieses Vermögens erhalten die Kapitalanlagegesellschaften eine Vergütung. Auf diese bezieht sich die Steuerbefreiung. Die laufende Überwachung des Grundstücksbestandes durch die Depotbank (§ 24 Abs. 3 InvG) ist nach UStAE 4.8.13 nicht steuerfrei, weil sie keine Verwaltung des Investmentvermögens iSv § 6 Abs. 1 S. 1 InvG darstellt. Auch Leistungen Dritter können von der Befreiung des § 4 Nr. 8 Buchst. h umfasst werden, wenn es sich um ausgelagerte Dienstleistungen handelt, die ein mit spezifischen und wesentlichen Funktionen einer Verwaltung von Sondervermögen ausgestattetes eigenständiges Ganzes bilden (BFH V R 22/04, UR 2008, 215).

62 Mit dem UStÄndG 94 (BGBl. 1994 I 2058) ist auch die **Verwaltung von Versorgungseinrichtungen** iSd VersicherungsaufsichtsG in die Befreiungsvorschrift aufgenommen worden, um Wettbewerbsnachteile inländischer Unternehmer gegenüber entsprechenden Unternehmern in anderen EG-Mitgliedstaaten zu vermeiden (vgl. BMF 18.12.1997, BStBl. I 1997, 1046). Zu berufsständischen Versorgungswerken vgl. BMF 31.5.2000, DStR 2000, 1182; zu Leistungen zur Durchführung des Versorgungsausgleichs nach dem Gesetz über den Versorgungsausgleich BMF v. 2.3.2011 (BStBl. I 2011, 232).

62a Durch das Investmentsteuerreformgesetz (InvStRefG) vom 19.7.2016 (BGBl. 2016 I 1730) ist § 4 Nr. 8 Buchst. h neu gefasst worden. Es handelt sich um eine punktuelle Erweiterung der Umsatzsteuerbefreiung auf bestimmte nach dem Kapitalanlagegesetzbuch regulierte Fonds aufgrund des EuGH-Urteils C-595/13, MwStR 2016, 109 – Fiscale Eenheid X und um eine Folgeänderung aufgrund der Neufassung des InvStG. Wegen der Ausweitung des Anwendungsbereiches des InvStG kann nicht mehr auf das gesamte InvStG verwiesen werden. Steuerbefreit ist die Verwaltung von Organismen für gemeinsame Anlagen in Wertpapieren (OGAW) iSd § 1 Abs. 2 KAGB und die Verwaltung von Alternativen Investmentfonds (AIF) iSd § 1 Abs. 3 KAGB, die mit den Organismen für gemeinsame Anlagen in Wertpapieren vergleichbar sind. Die Vergleichbarkeit setzt voraus, dass

- diese Fonds einer vergleichbaren besonderen staatlichen Aufsicht wie die OGAW unterliegen;
- diese Fonds denselben Anlegerkreis wie die OGAW ansprechen;
- diese Fonds denselben Wettbewerbsbedingungen wie die OGAW unterliegen;
- diese Fonds Anteilsrechte an mehrere Anleger ausgeben;
- der Ertrag der Anlage von den Ergebnissen der Anlage abhängt, die die Verwalter im Laufe des Zeitraums, in dem die Anteilsinhaber diese Anteilsrechte innehaben, getätigt haben;
- die Anteilsinhaber Anrecht auf die vom Fonds erzielten Gewinne und auf den Gewinn infolge einer Wertsteigerung ihres Anteils haben und auch das Risiko tragen, das mit der Verwaltung des darin gesammelten Vermögens einhergeht;
- die Anlage des gesammelten Vermögens nach dem Grundsatz der Risikostreuung erfolgt (vgl. BR-Drs. 119/16, S. 163 sowie BT-Drs. 18/8045, S. 141).

Im Übrigen wird der Umfang der nach bisherigem Recht umsatzsteuerfreien Verwaltungsleistungen bzw. der begünstigten Investmentvermögen unverändert aufrechterhalten. Auch an der Steuerbefreiung der Verwaltung von Versorgungseinrichtungen im Sinne des Versicherungsaufsichtsgesetzes ändert sich nichts.

11. Umsätze amtlicher Wertzeichen (§ 4 Nr. 8 Buchst. i)

63 Die Umsätze amtlicher Wertzeichen sind gemäß § 4 Nr. 8 Buchst. i von der USt befreit, wenn die Wertzeichen im Erhebungsgebiet gültig sind und (höchstens – siehe UStAE 4.8.14) zum aufgedruckten Preis verkauft werden. Es geht dabei vor allem um Briefmarken, Stempelmarken, Steuermarken, Gebührenmarken und dgl. Ausländische Wertzeichen sind von der Befreiung ausdrücklich ausgenommen. Da die Steuerbefreiung auf die Abgabe „zum aufgedruckten Wert" beschränkt ist, sind Verkäufe durch Briefmarkenhändler zu Sammelzwecken de facto von der Befreiung ausgenommen. Andererseits gehören zum „aufgedruckten Wert" auch aufgedruckte Zuschläge bei Sondermarken (zB Wohlfahrtsmarken, Olympiamarken). Bereits gestempelte Marken haben ihre Eigenschaft als amtliche Wertzeichen verloren. Ihr Verkauf ist daher ebenfalls steuerpflichtig. Zum Briefmarkentausch siehe BFH X R 23/82, BStBl. II 1987, 744: bei Sammlern nicht steuerbar.

12. Weggefallene Vorschriften

Die Regelung über stille Beteiligung in § 4 Nr. 8 Buchst. j ist durch das EURL-UmsG (BGBl. 2004 I 3310), die über Goldgeschäfte in § 4 Nr. 8 Buchst. k durch das StBereinG 1999 (BGBl. 1999 I 2601) aufgehoben worden. Zu Einzelheiten siehe 9. Auflage Rn. 41 ff. **64**

§ 4 Nr. 9 (Verkehrsteuerpflichtige Vorgänge)

Von den unter § 1 Abs. 1 Nr. 1 fallenden Umsätzen sind steuerfrei:
9. a) die Umsätze, die unter das Grunderwerbsteuergesetz fallen,
b) die Umsätze, die unter das Rennwett- und Lotteriegesetz fallen. [2]Nicht befreit sind die unter das Rennwett- und Lotteriegesetz fallenden Umsätze, die von der Rennwett- und Lotteriesteuer befreit sind oder von denen diese Steuer allgemein nicht erhoben wird;

EU-Recht: zu Buchst. a: Art. 135 Abs. 1 Buchst. j, k, Art. 371, Anh. X Teil B Nr. 9 MwStSystRL (Art. 13 Teil B Buchst. g und h, Art. 28 Abs. 3 Buchst. b, Anh. F Nr. 16 6. EG-RL)
zu Buchst. b: Art. 135 Abs. 1 Buchst. i MwStSystRL (Art. 13 Teil B Buchst. f 6. EG-RL)
UStAE: 4.9.1, 4.9.2

Übersicht

1. Normzweck

Die Vorschrift soll eine Doppelbelastung mit USt und bestimmten anderen Verkehrsteuern, die der USt ähnlich sind, ausschließen. Sie eröffnet nicht über Art. 3 GG die Möglichkeit, die Steuerbefreiung auch auf andere Doppelbelastungen mit USt auszudehnen. Zu einer unionsrechtlich unzulässigen Doppelbesteuerung kann es nicht kommen, weil die Grunderwerbsteuer nicht die Merkmale einer Umsatzsteuer aufweist (EuGH C-156/08, BFH/NV 2009, 531 Rn. 33 – Vollkammer; BFH II R 53/06, BStBl. II 2009, 544; XI R 54/07, BStBl. II 2009, 499). Soweit wegen unrichtiger Rechtsanwendung tatsächlich eine Kollision zwischen den in § 4 Nr. 9 genannten Steuern und der USt eintritt, kann der unrichtige Steuerbescheid gemäß § 174 Abs. 1 AO aufgehoben oder geändert werden. § 4 Nr. 9 führt zum Verlust des Vorsteuerabzugs (§ 15 Abs. 2 1). Auf die Steuerbefreiung nach § 4 Nr. 9 Buchst. a mit Ausnahme der Fälle der **unentgeltlichen Wertabgabe** nach § 3 Abs. 1 b (Entnahme-Eigenverbrauch; vgl. BFH V R 91/78, BStBl. II 1987, 44) kann gemäß § 9 verzichtet **1** werden, auf nach § 4 Nr. 9 Buchst. b nicht. Verzichtet der Veräußerer auf die Steuerbefreiung, obwohl er weiß, dass er die dann entstehende USt nicht zahlen kann, ist der Verzicht möglicherweise wegen Rechtsmissbrauchs (§ 42 AO) unwirksam (→ § 9 Rn. 29ff.). Durch das Gesetz vom 28.4.2006 (BGBl. 2006 I 1095) ist die Befreiung der Umsätze zugelassener öffentlicher Spielbanken gestrichen worden.

2. Umsätze, die unter das GrEStG fallen

2 Gemäß Art. 135 Abs. 1 Buchst. j, k MwStSystRL befreien die Mitgliedstaaten die Lieferungen von Gebäuden und Gebäudeteilen und dem dazugehörigen Grund und Boden sowie die Lieferungen unbebauter Grundstücke mit Ausnahme im Einzelnen näher bezeichneter Baugrundstücke. **Umsätze, die unter das GrEStG fallen,** sind stets umsatzsteuerfrei, selbst wenn sie von der GrESt befreit sind oder die GrESt erlassen wird. Es reicht somit aus, dass sie grestbar sind. Unter das GrEStG fallen nur Rechtsvorgänge, die sich auf inländische Grundstücke beziehen.

3 Im Einzelnen handelt es sich um folgende Vorgänge:

- ein **Kaufvertrag** oder ein anderes Rechtsgeschäft, das den Anspruch auf Übereignung begründet;
- die **Auflassung,** wenn kein Rechtsgeschäft vorausgegangen ist, das den Anspruch auf Übereignung begründet;
- der **Übergang des Eigentums,** wenn kein den Anspruch auf Übereignung begründendes Rechtsgeschäft vorausgegangen ist und es auch keiner Auflassung bedarf. Ausgenommen sind
  - der Übergang des Eigentums durch die Abfindung in Land und die unentgeltliche Zuteilung von Land für gemeinschaftliche Anlagen im **Flurbereinigungsverfahren** sowie durch die entspr. Rechtsvorgänge im beschleunigten Zusammenlegungsverfahren und im Landtauschverfahren nach dem FlurbereinigungsG;
  - der Übergang des Eigentums im **Umlegungsverfahren** nach dem Baugesetzbuch, wenn der neue Eigentümer in diesem Verfahren als Eigentümer eines im Umlegungsgebiet gelegenen Grundstücks Beteiligter ist;
  - der Übergang des Eigentums im **Zwangsversteigerungsverfahren;**
- das **Meistgebot** im Zwangsversteigerungsverfahren;
- ein Rechtsgeschäft, das den **Anspruch auf Abtretung eines Übereignungsanspruchs** oder der Rechte aus einem **Meistgebot** begründet;
- ein Rechtsgeschäft, das den Anspruch auf **Abtretung** der Rechte aus einem **Kaufangebot** begründet. Dem Kaufangebot steht ein Angebot zum Abschluss eines anderen Vertrags gleich, kraft dessen die Übereignung verlangt werden kann;
- die **Abtretung** eines Übereignungsanspruches, Meistgebots oder Kaufangebots, wenn kein Rechtsgeschäft vorausgegangen ist, das den Anspruch auf Abtretung der Rechte begründet;
- Rechtsvorgänge, die es ohne Begründung eines Anspruchs auf Übereignung einem anderen rechtlich oder wirtschaftlich ermöglichen, ein inländisches Grundstück auf eigene Rechnung zu verwerten **(Verwertungsbefugnis, § 1 Abs. 2 GrEStG);**
- bei Gesellschaften mit Grundbesitz die **Vereinigung aller Gesellschaftsanteile** in einer Hand oder der Anspruch darauf (Einzelheiten siehe § 1 Abs. 3, Abs. 4 GrEStG).

4 Zu beachten ist, dass ein Teil dieser grunderwerbsteuerlichen Tatbestände sich auf **Verpflichtungsgeschäfte** bezieht. Die USt entsteht dagegen idR erst mit dem **Erfüllungsgeschäft** (Ausnahmen: Anzahlungen nach § 13 Abs. 1 Nr. 1a S. 4 und die Sondertatbestände des § 14 Abs. 2 und Abs. 3, wobei aber nur die Anzahlungen für eine Steuerbefreiung in Betracht kommen). Daher kann sich § 4 Nr. 9 Buchst. a insoweit nur auf die Erfüllungsgeschäfte beziehen, die den grunderwerbsteuerpflichtigen Vorgängen folgen.

Ist Gegenstand der zu erbringenden Leistung ein bebautes Grundstück, liegt eine einheitliche Leistung vor, die im Interesse eines funktionierenden Mehrwertsteuersystems nicht künstlich aufgespalten werden darf (EuGH C-400/98, BStBl. II 2003, 452 – Breitsohl; BFH XI R 74/07, BStBl. II 2009, 256). Gleiches gilt für die Übertragung eines durch den Grundstücksverkäufer zu bebauenden Grundstücks (BFH V R 50/07, BStBl. II 2010, 78; XI R 74/07, BStBl. II 2009, 256; V R 42/05, BStBl. II 2008, 697, zur Lieferung eines vom Verkäufer noch zu bebauenden Grundstücks mit zusätzlich vereinbarten Sonderleistungen). **5**

Unter § 1 Abs. 2 GrEStG fallen auch Rechtsvorgänge, bei denen ein sog. **atypischer Makler** aufgrund besonderer Abreden in einem Vermittlungsauftrag über Grundstückseigentum eine Rechtsstellung erhält, die ihm eine Chance zur Beteiligung an der Substanz des Grundstücks einräumt und es ihm ermöglicht, das Grundstück auf eigene Rechnung zu verwerten, weil der Grundstückseigentümer zum Abschluss von Kaufverträgen mit vom Makler benannten Käufern verpflichtet ist und dem Makler der über den festgelegten Mindestkaufpreis hinausgehende Betrag als Vermittlungsprovision zusteht (BFH V R 41/14, DStR 2015, 2550; II R 55/88, BFH/NV 1991, 556; vgl. auch BFH V B 15/15, BFH/NV 2015, 1117). Die reine Vermittlung reicht insoweit aber nicht aus (BFH V R 41/14, DStR 2015, 2550). **5a**

Aufgrund der Rechtsprechung des BFH zur GrESt bei „einheitlichen Vertragswerken", insbesondere im Rahmen von **Bauherrenmodellen** (zB BFH II R 102/81, BStBl. II 1983, 55; II R 110/88, BStBl. II 1992, 357; vgl. auch BVerfG 2 BvR 72/90, BStBl. II 1992, 212) hat sich die Frage ergeben, ob mehrere Verträge auch im ustlichen Sinne ein einheitliches, auf den Erwerb von fertigem Wohnraum gerichtetes Vertragswerk bilden können, wenn unterschiedliche Personen (zB Grundstückseigentümer, Bauunternehmer, Bauhandwerker) unmittelbare Vertragspartner des einzelnen Erwerbers sind. Das würde bedeuten, dass in solchen Fällen die betreffenden Bauleistungen umsatzsteuerfrei sind, weil sie unter das GrEStG fallen. Im Gegensatz zu einigen Stimmen im Schrifttum folgt aber die FVerw (UStAE 4.9.1) und die höchstrichterliche Rspr. dieser Auffassung nicht (BFH XI R 54/07, UR 2009, 18; II R 17/99, BStBl. II 2000, 34; V R 99/88, BStBl. II 1993, 316; V R 87/86, BStBl. II 1992, 206; V R 53/85, BStBl. II 1991, 737; vgl. auch BVerfG GrEStG 83, R.6 – StRK). Das ist unionsrechtlich nicht zu beanstanden (EuGH C-156/08, UR 2009, 136 – Vollkommer). Dem ist zuzustimmen, denn in den genannten Fällen findet ein Leistungsaustausch jeweils unmittelbar zwischen dem Bauherrn und dem betreffenden Handwerker usw. statt. Zu den praktischen Auswirkungen siehe *Bach* DStR 1992, 65. Die Problematik würde entfallen, wenn – wie im Grundsatz nach EU-Recht vorgesehen (siehe dazu *Brych* DStR 1990, 506; *Fleischmann* DStR 1990, 661) – die Lieferung von Baugrundstücken und Neubauten nicht mehr der GrESt, sondern insgesamt der USt unterläge; das aber würde wegen der unterschiedlichen Höhe der Steuersätze (3,5% GrESt, 19% USt) zu einer beträchtlichen Mehrbelastung des Endabnehmers führen. Zum Verkauf von bebauten Grundstücken durch Bauunternehmer siehe *Walkhoff* (UR 1981, 193), der verschiedene Gestaltungsmöglichkeiten je nach Veräußerungszeitpunkt abhandelt. Auch bei gleichzeitiger Übertragung eines unbebauten Grundstücks greift die UStBefreiung nicht für **bauvorbereitende Leistungen** ein (BFH V R 89/98, UR 2000, 249). **6**

Unter die Steuerbefreiung fallen auch die Bestellung und die Übertragung von Erbbaurechten (BFH II R 103/76, BStBl. II 1980, 136), die unentgeltliche Wertabgabe nach § 3 Abs. 1b (Entnahmeeigenverbrauch) von Grundstücken (BFH V R 91/78, BStBl. II 1987, 44 – in diesem Fall ist ein Verzicht auf die Steuerbefreiung gemäß § 9 nicht möglich, vgl. auch → § 1 Rn. 117), sowie die Lieferung von Gebäuden, die der Pächter errichtet hat, nach Ende der Pachtzeit an den Grundstückseigentümer (UStAE 4.9.1). Zum Umfang der Steuerbefreiung einer Grundstücksveräußerung gegen eine Entschädigung, die auch die Betriebsverlagerung betr., siehe BFH X R 52/81, BStBl. II 1989, 65; V R 60/88, BStBl. II 1992, 986. Bei der **Zwangsverstei-** **7**

gerung hat der BFH (V R 139/76, BStBl. II 1986, 500) die früher vertretene Auffassung, es handele sich um einen Doppelumsatz (Grundstückslieferung vom Vollstreckungsschuldner an das Land und von diesem an den Ersteher) aufgegeben; der Vorgang ist also als Lieferung vom Vollstreckungsschuldner an den Ersteher gemäß § 4 Nr. 9 Buchst. a steuerfrei. § 4 Nr. 9 Buchst. a umfasst nicht den entgeltlichen Verzicht auf ein **Ankaufsrecht** (BFH XI R 54/07, BStBl. II 2009, 499)

3. Grundstücke

8 Unter **Grundstücken** versteht das GrEStG nach der in § 2 GrEStG enthaltenen Legaldefinition Grundstücke iSd bürgerlichen Rechts (siehe iE § 4 Nr. 12 Rn. 7), Erbbaurechte und Gebäude auf fremdem Boden. Im Gegensatz zum bürgerlichen Recht werden jedoch nicht zu den Grundstücken gerechnet Maschinen und sonstige Vorrichtungen aller Art, die zu einer Betriebsanlage gehören sowie Mineralgewinnungsrechte und sonstige Gewerbeberechtigungen. Diese Gegenstände werden somit von der UStBefreiung nicht erfasst. Ebenfalls nicht zu den nach § 4 Nr. 9 Buchst. a befreiten Umsätzen gehört die Veräußerung eines Wasserbezugsrechts (FG BW II K 160/84, EFG 1988, 264).

Der EuGH sieht auch die Lieferung eines Grundstücks, auf dem noch ein zum Abriss vorgesehenes Gebäude steht, das abgerissen werden soll, um einen Neubau zu ermöglichen, als Lieferung eines unbebauten Grundstücks an (EuGH C-461/08, UR 2010, 25 – Don Bosco).

9 Bei den „sonstigen Vorrichtungen aller Art, die zu einer Betriebsanlage gehören", handelt es sich um die sog. **Betriebsvorrichtungen,** die insbesondere im Bewertungsrecht, aber auch im Ertragsteuerrecht eine Rolle spielen. Die zu einer Betriebsanlage gehörenden Vorrichtungen müssen von Menschenhand hergestellt sein; Pflanzen scheiden deshalb aus (BFH II R 240/85, BStBl. II 1989, 518). Das Wesen der Betriebsvorrichtungen besteht in ihrer speziell auf den Gewerbebetrieb ausgerichteten maschinenähnlichen Funktion. Betriebsvorrichtungen können nur Anlagen sein, die in besonderer und unmittelbarer Beziehung zu dem Gewerbebetrieb stehen und zu seiner Ausübung eingesetzt werden (BFH III R 90/69, BStBl. II 1971, 455; III R 18/70, BStBl. II 1971, 673). Negativ sind sie abzugrenzen gegenüber den Gebäuden und Außenanlagen; diese können niemals Betriebsvorrichtungen sein (vgl. auch → § 4 Nr. 12 Rn. 37 ff.).

10 Ein Bauwerk ist als **Gebäude** anzusehen, wenn es Menschen oder Sachen durch räumliche Umschließung Schutz gegen Witterungseinflüsse gewährt, den bestimmungsgemäßen Aufenthalt von Menschen gestattet, fest mit dem Boden verbunden, von einiger Beständigkeit und ausreichend standfest ist (BFH III 140/60 U, BStBl. III 1963, 376). So ist zB ein Getreidesilo Betriebsvorrichtung und nicht Gebäude, weil es nicht zum bestimmungsgemäßen Aufenthalt von Menschen geeignet ist. Einzelheiten zur Abgrenzung von Betriebsvorrichtungen und Gebäuden vgl. *Halaczinsky* in Rössler/Troll Bewertungsgesetz § 68 Rn. 35 ff. mit ABC-Zusammenstellung Rn. 156.

11 Bei gemischt genutzten Grundstücken ist eine Option gemäß § 9 nur für die unternehmerisch genutzten Teile möglich (vgl. auch → § 3 Rn. 5 f.); das auf den anderen Teil entfallende Entgelt bleibt steuerfrei (BFH XI R 43/90, UR 1996, 425). Zu den Voraussetzungen der Option bei tatsächlich nicht oder anders als ursprünglich geplant durchgeführten Umsätzen vgl. → § 9 Rn. 31.

4. Wett- und Spielumsätze

12 **a) Unionsrechtliche Grundlagen.** Nach Art. 135 Abs. 1 Buchst. i MwStSystRL sind von der Steuer befreit Wetten, Lotterien und sonstige Glücksspiele mit Geldeinsatz unter den Bedingungen und Beschränkungen, die von jedem Mitgliedstaat festgelegt werden. Die Regelung entfaltet **unmittelbare Wirkung** und steht nationalen

Rechtsvorschriften, die die Veranstaltung oder den Betrieb von Glücksspielen und Glücksspielgeräten in zugelassenen öffentlichen Spielbanken steuerfrei stellen, nicht aber die Ausübung der gleichen Tätigkeit durch Wirtschaftsteilnehmer, die nicht Spielbankbetreiber sind, entgegen (EuGH C-453/02 und C-462/02, UR 2005, 194 – Linneweber und Akritidis; vgl. auch BFH V R 50/01, UR 2006, 228 und BFH V R 52/01, UR 2006, 230; vgl. auch → Rn. 16). Steuerpflichtige können sich auf die unionsrechtliche Regelung berufen (EuGH C-259, 260/10, DB 2011, 2644 – Rank Group mwN). Der Grund für die Befreiung von Glücksspielumsätze ist nicht deren soziale Förderungswürdigkeit, sondern die Tatsache, dass sie sich aus praktischen Erwägungen schlecht für die Anwendung der Mehrwertsteuer eignen (EuGH C-259, 260/10, DB 2011, 2644 – Rank Group; C-58/09, DStRE 2010, 943 Rn. 24 – Leo-Libera; vgl. die Folgeentscheidung des BFH XI R 79/07, BStBl. II 2011, 311).

13 Art. 135 Abs. 1 Buchst. i MwStSystRL räumt den Mitgliedstaaten hinsichtlich der Befreiung oder Besteuerung der betreffenden Umsätze einen weiten Wertungsspielraum ein, indem er ihnen gestattet, die Bedingungen und Beschränkungen festzulegen, von denen die Gewährung der Befreiung abhängig gemacht werden kann (EuGH C-259, 260/10, DB 2011, 2644 – Rank Group). Dem steht in Anbetracht der Zielsetzung des Art. 135 Abs. 1 Buchst. i der Richtlinie 2006/112 und der allgemeinen Systematik, die dieser Richtlinie zugrunde liegt, nicht entgegen, dass der Gerichtshof wiederholt entschieden hat, dass die Veranstaltung und der Betrieb von Glücksspielen und Glücksspielgeräten grundsätzlich von der Mehrwertsteuer zu befreien sind (EuGH C-283/95, Slg. 1998, I-3369 Rn. 25 – Fischer; C-453/02 – Linneweber; C-462/02, DStR 2005, 371 Rn. 23 – Akritidis). Was nämlich erstens die Zielsetzung der fraglichen Befreiung angeht, steht es den Mitgliedstaaten im Bereich der Glücksspiele mit Geldeinsatz nicht nur frei, die Bedingungen und Beschränkungen der in Art. 135 Abs. 1 Buchst. i der MwStSystRL geregelten Befreiung festzulegen (EuGH C-283/95, Slg. 1998, I-3368 Rn. 25 – Fischer; C-453/02, und C-462/02, DStR 2005, 371 Rn. 23 – Linneweber Akritidis), sondern es ist auch ihrem Ermessen überlassen, Tätigkeiten dieser Art vollständig oder teilweise zu verbieten oder sie zu beschränken und zu diesem Zweck mehr oder weniger strenge Kontrollen vorzusehen (EuGH C-275/92, C-275/92, Slg. 1994, I-1039 Rn. 61 – Schindler; C-124/97, Slg. 1999, I-6067 Rn. 35 – Läärä ua).

14 Die Mitgliedstaaten sind nicht daran gehindert, eine Art von Glücksspiel mit Geldeinsatz von der Mehrwertsteuer zu befreien, eine andere dagegen nicht. Allerdings dürfen die beiden Arten von Spielen nicht miteinander im Wettbewerb stehen (EuGH C-259, 260/10, DB 2011, 2644 – Rank Group; C-58/09, DStRE 2010, 943 Rn. 24 – Leo-Libera; vgl. die Folgeentscheidung des BFH XI R 79/07, BStBl. II 2011, 311). Die Messlatte für die Annahme von Wettbewerb liegt dabei nach der Rechtsprechung des EuGH nicht sonderlich hoch (EuGH C-259, 260/10, DB 2011, 2644 – Rank Group).

15 Der EuGH hat auch festgestellt, dass das Unionsrecht einer kumulativen Erhebung der Mehrwertsteuer und einer anderen allgemeinen Abgabe auf Glücksspiele, die nicht den Charakter einer Umsatzsteuer hat, grundsätzlich nicht entgegensteht (EuGH C-440/12, UR 2013, 866 – Metropol).

16 Allerdings kann ein Steuerbescheid auch bei einem erst nachträglich erkannten Verstoß gegen das Unionsrecht nicht unter günstigeren Bedingungen als bei einer Verletzung innerstaatlichen Rechts geändert werden. Das Korrektursystem der §§ 172ff. AO regelt die Durchsetzung der sich aus dem Unionsrecht ergebenden Ansprüche abschließend. Die Änderung bestandskräftiger Steuerfestsetzungen kann ein Betreiber von Geldspielautomaten deshalb auch nicht im Hinblick auf das EuGH-Urteil C-453/02, C-462/02, UR 2005, 194 – Linneweber und Akritidis verlangen (BFH V R 67/05, BStBl. II 2007, 436; V R 57/09, BStBl. II 2011, 151; XI R 39/09, BFH/NV 2011, 411). Die Verfassungsbeschwerde gegen diese Rspr. wurde ge-

mäß §§ 93a, 93b BVerfGG nicht zur Entscheidung angenommen (BVerfG 2 BvR 1321/07, DStRE 2009, 60).

17 **b) Rechtsentwicklung.** Ohne Rücksicht auf die Art der veranstalteten Glücksspiele waren bis zum 5.5.2006 die Umsätze der Spielbanken nach § 4 Nr. 9 Buchst. b steuerfrei, soweit sie unmittelbar mit dem Betrieb der Spielbank zusammenhängen. Der Grund für die Steuerbefreiung war die Vermeidung einer Doppelbesteuerung, weil die zugelassenen öffentlichen Spielbanken nach Maßgabe des Spielbankrechts der einzelnen Bundesländer einer Spielbankenabgabe iHv idR 80% der Bruttoerträge unterliegen. Deshalb sind sie von den laufenden Steuern, die aufgrund von BundesG erhoben werden, befreit. Auch die **unerlaubte** Veranstaltung eines Glückspiels fiel unter die Steuerbefreiung, wenn die Veranstaltung des Glückspiels durch eine öffentlich zugelassene Spielbank steuerfrei war (EuGH C-283/95, UR 1998, 384 – Karlheinz Fischer mit Anm. *Lausterer* UR 1998, 361; vgl. auch FG Münster 5 K 6234/00 U, BeckRS 2001, 21013377 = EFG 2001, 1252; FG Düsseldorf 5 K 3255/96 U, BeckRS 2000, 21012821 = EFG 2001, 1397 – AO).

18 Aus den Entscheidungen des EuGH C-453/02 und C-462/02, UR 2005, 194 – Linneweber und Akritidis hat der Gesetzgeber im Gesetz vom 28.4.2006 (BGBl. 2006 I 1095) die Konsequenzen gezogen und die Befreiung der Umsätze zugelassener öffentlicher Spielbanken mit Wirkung ab 6.5.2006 gestrichen (zur Gesetzesbegründung vgl. BT-Drs. 16/634, 11; BR-Drs. 937/05, 10). An der Unionsrechtskonformität waren im Gesetzgebungsverfahren Zweifel geäußert worden (BR-Drs. 326/05). Zweifel äußerten auch FG Düsseldorf UR 2007, 455 mit Anm. *Jahndorf/Oellerich; Thill/Pulls* UStB 2006, 166; *Weymüller* in H/M § 4 Nr. 9 Rn. 211 ff.). *Huschens* in Vogel/Schwarz § 4 Nr. 9 Rn. 14 und *Dziadkowski* UStB 2007, 18 sowie UR 2007, 793 hielten die Einbeziehung sämtlicher sonstiger Glücksspiele mit Geldeinsatz in die UStPflicht für richtlinienkonform. Der BFH hat im Urteil XI R 79/07 (BStBl. II 2011, 311) entschieden, dass § 9 Nr. 9 Buchst. b in der ab 6.5.2006 geltenden Fassung weder verfassungswidrig ist noch gegen EU-Recht verstößt. Der EuGH hatte zuvor auf Vorlage des XI. Senats die EU-Rechtskonformität der Regelung bestätigt (EuGH C-58/09, DStRE 2010, 943).

19 Für Umsätze aus dem Betrieb von **Geldspielautomaten** und der Veranstaltungen von **Kartenspielen** hatte es der BFH als ernstlich zweifelhaft angesehen, ob sich die Steuerbefreiung nicht direkt aus Art. 135 Abs. 1 Buchst. i MwStSystRL (Art. 13 Teil B Buchst. f 6. EG-RL) ergibt und dem EuGH die Frage zur Vorabentscheidung vorgelegt, ob Art. 135 Abs. 1 Buchst. i MwStSystRL (Art. 13 Teil B Buchst. f 6. EG-RL) es den Mitgliedstaaten bereits dann verbietet, den Betrieb eines Geldspielautomaten der MwSt zu unterwerfen, wenn der Betrieb durch eine zugelassene öffentliche Spielbank steuerfrei ist oder ob zusätzlich feststehen muss, dass die außerhalb der Spielbanken betriebenen Glücksspielautomaten in wesentlichen Punkten (Höchsteinsatz, Höchstgewinn) mit den Geldspielautomaten in den Spielbanken vergleichbar sind (BFH V R 50/01, UR 2003, 81; V R 7/02, UR 2003, 83; EuGH C-453/02 – Linneweber und C-462/02, DStR 2005, 371 – Akritidis; Folgeentscheidungen des BFH V R 50/01, in UR 2006, 228 und V R 7/02, in BStBl. II 2005, 617). Zur automatischen Einbehaltung des **Tronc** beim Automatenglückspiel vgl. BFH V R 32/09, BStBl. II 2011, 300.

20 Die Bedenken des BFH (XI R 79/07, BStBl. II 2009, 434; V B 169/07, BeckRS 2007, 25012456; V B 170/07, BFH/NV 2008, 627; V B 96/07, BStBl. II 2007, 850) ob Art. 135 Abs. 1 Buchst. i MwStSystRL den Mitgliedstaaten eine Regelung gestattet, nach der nur bestimmte (Renn-)Wetten und Lotterien von der Steuer befreit und sämtliche „sonstigen Glücksspiele mit Geldeinsatz" von der Steuerbefreiung ausgenommen sind, hat der EuGH nicht geteilt und § 4 Nr. 9 Buchst. b den unionsrechtlichen Segen erteilt (EuGH C-58/09, DStRE 2010, 943 – Leo-Libera). Der BFH hat daher in der Folgeentscheidung zu diesem Urteil (BFH XI R 79/07, BStBl. II 2011,

311) entschieden, dass § 4 Nr. 9 Buchst. b in der ab 6.5.2006 geltenden Fassung weder verfassungswidrig ist noch gegen EU-Recht verstößt.

Die nach wie vor gegen die Regelung in § 4 Nr. 9 Buchst. b vorgebrachten Einwendungen hat der BFH als mittlerweile hinreichend geklärt beurteilt (BFH V B 97/15, BFH/NV 2016, 1497). Geklärt ist danach insbesondere, dass **20a**

- § 4 Nr. 9 Buchst. b mit dem Unionsrecht, insbesondere mit Art. 135 Abs. 1 Buchst. i MwStSystRL vereinbar ist (EuGH C-440/12, HFR 2013, 1166 – Metropol; C-58/09, BFH/NV 2010, 1590 – Leo-Libera; BFH XI R 79/07, BStBl. II 2011, 311),
- nach der MwStSystRL die Mehrwertsteuer und eine innerstaatliche Sonderabgabe auf Glücksspiele kumulativ erhoben werden dürfen, sofern die Sonderabgabe nicht den Charakter einer Umsatzsteuer hat (EuGH C-440/12, HFR 2013, 1166 – Metropol; C-58/09, BFH/NV 2010, 1590 – Leo-Libera),
- das Unionsrecht einer innerstaatlichen Regelung, wonach die geschuldete Mehrwertsteuer betragsgenau auf eine nicht harmonisierte Abgabe angerechnet wird, nicht entgegensteht (EuGH C-440/12, HFR 2013, 1166 – Metropol; C-58/09, BFH/NV 2010, 1590 – Leo-Libera),
- Art. 135 Abs. 1 MwStSystRL es den Mitgliedstaaten gestattet, nur bestimmte Glücksspiele mit Geldeinsatz von der Steuer zu befreien (EuGH C-58/09, BFH/NV 2010, 1590 – Leo-Libera),
- das Unionsrecht einer nationalen Vorschrift oder Praxis, wonach beim Betrieb von Spielgeräten die Höhe der Kasseneinnahmen dieser Geräte nach Ablauf eines bestimmten Zeitraums als Bemessungsgrundlage zugrunde gelegt wird, nicht entgegensteht (EuGH C-440/12, HFR 2013, 1166 – Metropol; C-58/09, BFH/NV 2010, 1590 – Leo-Libera).

c) Die Vorschrift im Einzelnen. § 4 Nr. 9 Buchst. b knüpft an das RennwLottG (v. 8.4.1922, RGBl. 1922 I 393; Neufassung vom 19.3.1964, BGBl. 1964 I 213, zuletzt geändert durch Art. 236 10. ZuständigkeitsanpassungsV v. 31.8.2015, BGBl. 2015 I 1474) an, nimmt aber die dort von der Steuer befreiten Umsätze von der UStBefreiung aus. Damit wird – im Gegensatz zu § 4 Nr. 9 Buchst. a – sichergestellt, dass der Vorgang einer der beiden Steuern unterliegt. **21**

Das RennwLottG begründet in §§ 10, 11 die **Rennwettsteuerpflicht** für Wetten am Totalisator und beim Buchmacher, in § 17 die **Lotteriesteuerpflicht** für inländische öffentliche Lotterien und Ausspielungen sowie in § 21 die LotterieStPfl für in das Inland eingebrachte ausländische Lose oder Ausweise über Spieleinlagen. Steuerpflichtig nach dem RennwLottG und damit steuerfrei nach § 4 Nr. 9 Buchst. b ist der Veranstalter der Wette oder Lotterie. Überträgt er die Durchführung der Lotterie auf ein anderes Unternehmen, ist dieses mit der Gegenleistung ustpfl (BFH V R 50/67, BStBl. II 1971, 193). Zur ustlichen Behandlung der Totalisatorumsätze siehe BMF 8.4.1970, BStBl. I 1970, 374 aufgehoben durch BMF-Positivliste v. 9.4.2013 (BStBl. I 2013, 522). Die ustliche Behandlung der **Oddset-Wette** ist durch die Novellierung des RennwLottG (BGBl. 2000 I 715) mit Wirkung ab 1.4.2000 geklärt, Danach unterliegen die Umsätze aus der Oddset-Wette der Lotteriesteuer und sind somit nach § 4 Nr. 9 Buchst. b von der USt befreit. Zu sog. **Fun-Games,** bei denen nur die Möglichkeit zur Wiedererlangung des Geldeinsatzes besteht vgl. BFH V R 7/06, UR 2008, 741. **22**

Dienstleistungen eines Call-Centers, die zugunsten eines Organisators von Telefonwetten erbracht werden und die die Annahme der Wetten im Namen des Wettorganisators umfassen, sind keine Wettumsätze iSd Art. 13 Teil B Buchst. f 6. EG-RL (Art. 135 Abs. 1 Buchst. i MwStSystRL; EuGH C-89/05, UR 2006, 521 – United Utilities). **23**

Vermittler von Wetten oder Lotterien sind nicht rennwett- und lotteriesteuerpflichtig; ihre Provision unterliegt der USt (vgl. BFH XI R 4/09, BFH/NV 2011, 1736). Das gilt insbes. für Toto- und Lottoannahmestellen (BFH II 134/50 S, **24**

BStBl. III 1951, 59). Auch Wetten, die Buchmacher zur Deckung des Risikos untereinander abschließen (sog. Ablegewetten), fallen nicht unter das RennwLottG und damit auch nicht unter § 4 Nr. 9 Buchst. b.

25 Preisausschreiben sind nicht lotteriesteuerpflichtig, daher ustpflichtig (BFH II 95/56 S, BStBl. III 1960, 176; V 262/58 U, BStBl. III 1961, 220). Zum Prämiensparen siehe BFH II 6/64, BStBl. II 1969, 46. Der Betrieb von Losbuden auf Jahrmärkten ist von der Rennwett- und LotterieSt befreit und fällt damit nicht unter § 4 Nr. 9 Buchst. b. Ebenso Geschicklichkeitsspiele und nicht öffentliche Lotterien oder Ausspielungen (zB Tombola auf Vereinsball).

26 Der Verkauf von Doppeloptionen auf Warenterminkontrakte, der sich in Wirklichkeit als die Veranstaltung eines Spiels mit Gewinnmöglichkeit darstellt, ist keine Ausspielung iSv § 17 RennwLottG und daher ustpflichtig (BGH 2 StR 315/79, HFR 1980, 255; BFH V R 169/82, BStBl. II 1986, 160). Diese gegenüber den nach § 4 Nr. 8 Buchst. e steuerfreien Wertpapieroptionsgeschäften unterschiedliche Wertung verstößt nicht gegen den Gleichheitsgrundsatz (BVerfG 1 BvR 467/86, DStZ/E 1986, 222).

§ 4 Nr. 10 (Versicherungsumsätze)

Von den unter § 1 Abs. 1 Nr. 1 fallenden Umsätzen sind steuerfrei:

10. a) die Leistungen auf Grund eines Versicherungsverhältnisses im Sinne des Versicherungsteuergesetzes. [2]Das gilt auch, wenn die Zahlung des Versicherungsentgelts nicht der Versicherungsteuer unterliegt,

b) die Leistungen, die darin bestehen, dass anderen Personen Versicherungsschutz verschafft wird;

EU-Recht: Art. 135 Abs. 1 Buchst. a MwStSystRL (Art. 13 Teil B Buchst. a 6. EG-RL)
UStAE: 4.10.1, 4.10.2

Übersicht

1. Normzweck

1 Die Vorschrift beruht unionsrechtlich auf Art. 135 Abs. 1 Buchst. a MwStSystRL. Danach sind steuerbefreit die Versicherungs- und Rückversicherungsumsätze einschließlich der dazugehörigen Dienstleistungen, die von Versicherungsmaklern und -vertretern erbracht werden. § 4 Nr. 10 enthält eine umfassende UStBefreiung für Versicherungsumsätze im weitesten Sinne. Sie führt zum Verlust des Vorsteuerabzugs (Ausnahme siehe § 15 Abs. 3 Nr. 1 Buchst. b). Auf die Befreiung kann nicht verzichtet werden.

2. Umfang der Befreiung

2 Das Wesen eines Versicherungsumsatzes besteht darin, dass der Versicherer sich verpflichtet, dem Versicherten gegen vorherige Zahlung einer Prämie beim Eintritt des Versicherungsfalles die bei Vertragsschluss vereinbarte Leistung zu erbringen (EuGH C-242/08, DStR 2009, 2245 – Swiss Re Germany; C-13/06, UR 2007, 182 – Kommission/Griechenland; C-8/01, UR 2004, 82 – Taksatorringen). Bei dieser Leistung braucht es sich nicht um die Zahlung eines Geldbetrages zu handeln, sondern sie kann auch in **Beistandsleistungen** durch Sachleistungen (zB Pannenhilfe im Straßenverkehr) bestehen (EuGH C-13/06, UR 2007, 182 – Kommission/Griechenland).

Die Definition des Versicherungsumsatzes setzt eine Vertragsbeziehung zwischen dem Erbringer der Versicherungsdienstleistung und der Person, deren Risiken von der Versicherung gedeckt werden, also dem Versicherten, voraus (EuGH C-242/08, DStR 2009, 2245 – Swiss Re Germany). 3

Es geht vor allem um das Entgelt für die Gewährung des Versicherungsschutzes (zB Abschlussgebühren, Prämien, Nebenkosten) sowie Entgeltszuschläge wie Mahngebühren und Verzugszinsen (BFH V 67/63 U, BStBl. III 1965, 543). UE sind ab 1.1.1980 auch Entgelte für **Sonderleistungen** des Versicherers (zB Ausstellung von Ersatzurkunden, Hebegebühren) steuerfrei, denn auch sie haben ihre Ursache im Versicherungsverhältnis. Die Haftungsübernahme gegen Entgelt und die sog. Bürgschaftsversicherung sind keine Versicherungsverhältnisse iSd VersStG (vgl. BFH V R 33/68, HFR 1973, 33), aber nach § 4 Nr. 8 Buchst. g stfrei. Außerdem setzt ein Versicherungsumsatz iSv Art. 135 Abs. 1 Buchst. a MwStSystRL seinem Wesen nach eine Vertragsbeziehung zwischen dem Erbringer der Versicherungsdienstleistung und der Person, deren Risiken von der Versicherung gedeckt werden, voraus. 4

Der Begriff „Versicherungsumsätze" ist weit genug, um die Gewährung von Versicherungsschutz durch einen Stpfl zu umfassen, der nicht selbst der Versicherer ist, aber im Rahmen einer **Gruppenversicherung** seinen Kunden einen solchen Schutz durch Inanspruchnahme der Leistungen eines Versicherers verschafft (EuGH C-242/08, DStR 2009, 2245 – Swiss Re Germany; C-13/06, UR 2007, 182 – Kommission/Griechenland; C-349/96, UR 1999, 254 – CPP). 5

Die Verpflichtung eines Versicherungsunternehmens, gegen eine marktübliche Vergütung die Tätigkeit eines anderen in seinem Besitz befindlichen Versicherungsunternehmens auszuüben, stellt deshalb keinen Versicherungsumsatz dar (EuGH C-240/99, UR 2001, 157 – Försäkringsaktiebolag Skandia; vgl. auch EuGH C-8/01, UR 2004, 82 – Taksatorringen mAnm *Burgmaier*). Keine zu den Versicherungsumsätzen gehörenden Dienstleistungen sind Backoffice-Tätigkeiten, die darin bestehen, gegen Vergütung Dienstleistungen für ein Versicherungsunternehmen zu erbringen (EuGH C-472/03, UR 2005, 201 – Arthur Andersen). Dem sog. ustlich zu berücksichtigenden **Outsourcing** sind damit bei Versicherungen Grenzen gesetzt (vgl. iE *Menner/Herrmann* UR 2001, 229; *Menner/Herrmann* UR 2002, 112; *Hamacher/Frenzel* UR 2002, 297). 6

Von der Steuer befreit ist auch der **Rückversicherungsumsatz.** Dabei schließt der Versicherer einen Vertrag, in dem er sich verpflichtet, gegen Zahlung einer Prämie in dem in diesem Vertrag vereinbarten Umfang die Verbindlichkeiten zu übernehmen, die sich für einen anderen Versicherer aus den Verpflichtungen ergeben, die er aufgrund von Versicherungsverträgen gegenüber den bei ihm Versicherten eingegangen ist (EuGH C-242/08, DStR 2009, 2245 – Swiss Re Germany). Nicht steuerbefreit ist die Führungsleistung bei einer offenen **Mitversicherung** (BFH XI R 7/11, BStBl. II 2013, 648). Dabei übernimmt bei der durch eine Beteiligungsklausel im Versicherungsvertrag offengelegten Mitversicherung eines Risikos durch mehrere Versicherer (sog. offene Mitversicherung) der führende Versicherer die bei Begründung und Abwicklung der Mitversicherungsverträge anfallenden Verwaltungsaufgaben (sog. Führungsleistungen) gegen einen erhöhten Anteil aus dem Versicherungsentgelt (sog. Führungsprovison). 7

Die **Verwertung versicherter Gegenstände** (zB beschädigtes Kfz oder krankes Vieh) durch den Versicherer ist keine Leistung auf Grund eines Versicherungsverhältnisses, sondern geschieht auf einer nachfolgenden Stufe. Die Überlassung des Gegenstands ist beim Versicherten gar kein Umsatz, denn es fehlt am Entgelt. 8

3. Verschaffung von Versicherungsschutz

9 Eine Verschaffung von Versicherungsschutz für andere Personen liegt vor, wenn der Unternehmer mit einem Versicherungsunternehmen einen Versicherungsvertrag zu Gunsten eines Dritten abschließt. Dieser muss das Recht haben, im Versicherungsfall die Versicherungsleistung zu fordern. Einzelheiten siehe UStAE 4.10.2. Die Verschaffung von Versicherungsschutz durch einen Kreditvermittler für seine Kunden (sog. Restschuldversicherung) fällt nicht unter § 4 Nr. 10, weil der Vermittler selbst Versicherungsnehmer ist und als solcher die Versicherungsleistung fordern kann (FG Bremen II 19/84 K, EFG 1985, 262, rkr). Auch Verträge, die einem Dritten (Arbeitnehmer, Vereinsmitglieder) lediglich die Befugnis einräumen, einen Versicherungsvertrag zu günstigeren Konditionen abzuschließen, schaffen keinen unmittelbaren Versicherungsschutz für den Dritten und fallen infolgedessen nicht unter die Steuerbefreiung (UStAE 4.10.2). Anders ist die Verschaffung von Versicherungsschutz durch einen Gebrauchtwagenhändler auf bestimmte Baugruppen des verkauften Fahrzeugs zu beurteilen; sie ist eine eigenständige, nach § 4 Nr. 10 Buchst. b steuerfreie Leistung (BFH V R 67/01, UR 2003, 21; V R 16/02, UR 2003, 247).

§ 4 Nr. 11 (Bausparkassen- und Versicherungsvertreter)

Von den unter § 1 Abs. 1 Nr. 1 fallenden Umsätzen sind steuerfrei:
11. die Umsätze aus der Tätigkeit als Bausparkassenvertreter, Versicherungsvertreter und Versicherungsmakler;

EU-Recht: Art. 135 Abs. 1 Buchst. a MwStSystRL (Art. 13 Teil B Buchst. a 6. EG-RL)
UStAE: 4.11.1

Übersicht

1. Normzweck

1 Da die Bausparkassen und Versicherungsgesellschaften idR nicht zum Vorsteuerabzug berechtigt sind, würde sich die USt als Kostenbestandteil der Leistungen der selbstständigen Versicherungsvertreter auswirken. Den dabei eintretenden Wettbewerbsnachteil gegenüber dem Einsatz unselbstständiger Vertreter soll die Steuerbefreiung vermeiden. Die Befreiung führt zum Verlust des Vorsteuerabzugs; auf sie kann nicht verzichtet werden.

2. Umfang der Befreiung

2 Die Steuerbefreiung nach § 4 Nr. 11 ist allein tätigkeitsbezogen, dh sie umfasst die Umsätze der genannten Berufsgruppen nur, soweit sie für den Beruf charakteristisch sind (BFH V B 131/93, UR 1995, 308). Andererseits folgt aus der Tätigkeitsbezogenheit, dass unter § 4 Nr. 11 auch nebenberufliche Bauspar- und Versicherungsvermittlungen durch Angehörige anderer Berufsgruppen fallen. Die Steuerbefreiung umfasst daher auch nebenberufliche Bauspar- oder Versicherungsvermittlungen durch Angehörige anderer Berufsgruppen. Es muss sich aber um konkrete Vertragsvermittlungen handeln; die allgemeine Interessentenwerbung reicht nicht aus (vgl. FG Nürnberg 5 K 1451/95 U, UR 1998, 307; FG Saarl I 336/82, EFG 1985, 91, rkr), noch weniger eine rein verwaltende Tätigkeit (BFH X R 11/81, BStBl. II 1987, 867).

Der BFH geht davon aus, dass die Befreiung auch **Strukturbetriebe** umfasst (BFH V R 52/97, HFR 1998, 670; ebenso *Rose/Rödder* DB 1988, 1564). Dabei handelt es sich um die Tätigkeit freier Vermittlungsgesellschaften für Versicherungsunternehmen und Bausparkassen, die im Anwerben, Schulen, Überwachen usw. von Vertretern besteht, die ihrerseits unmittelbar Vermittlungsleistungen iSv § 4 Nr. 11 erbringen. Zur Begründung verweist der BFH auf die Rspr. des BGH, wonach Handelsvertreter schon derjenige ist, der ständig damit betraut ist, für die Erweiterung der Umsätze des anderen Unternehmers zu wirken (BGH VII ZR 223/69, BGHZ 56, 290; VII ZR 36/71, BGHZ 59, 87 (91)). Ob die Strukturvertriebsform allerdings auch **berufstypisch** im og Sinne ist, ist zweifelhaft. 3

Für die steuerfreie Versicherungsvermittlungstätigkeit ist es wesentlich, Kunden zu suchen und diese mit dem Versicherer zusammenzubringen. Die Vermittlung kann in einer Nachweis-, einer Kontaktaufnahme- oder in einer Verhandlungstätigkeit bestehen, wobei sich die Tätigkeit auf ein einzelnes Geschäft, das vermittelt werden soll, beziehen muss (BFH V R 9/13, BFH/NV 2014, 1783; V R 7/08, BStBl. II 2010, 80; V R 44/07, BStBl. II 2009, 554; vgl. auch BMF 23.6.2009, BStBl. I 2009, 773). Steuerfrei sind nicht nur die laufenden Provisionen, sondern auch der Ausgleichsanspruch nach § 89b HGB als nachträgliches Entgelt für die Versicherungstätigkeit. Die Steuerbefreiung erstreckt sich nicht auf **Hilfsgeschäfte** (zB Pkw-Verkauf), weil diese nicht aus der begünstigten Tätigkeit resultieren. Hierfür kann aber § 4 Nr. 28 in Betracht kommen (siehe SchlHFG IV 122/89, UR 1991, 203, rkr). Von der Steuerbefreiung umfasst werden dagegen die **Bestandspflegeleistungen,** die Versicherungsmakler in Form von nachwirkender Vertragsbetreuung gegen Bestandspflegeprovision erbringen (UStAE 4.11.1; vgl. auch BFH V R 44/05, BFH/NV 2007, 1549 zu § 4 Nr. 8 Buchst. e). Die Tätigkeit muss als ein im Großen und Ganzen eigenständiges Ganzes die spezifischen und wesentlichen Funktionen einer Versicherungsvermittlungstätigkeit erfüllen (BFH V R 50/05, UR 2008, 121). Nicht steuerfrei sind hingegen Leistungen, die keinen spezifischen und wesentlichen Bezug zu einzelnen Vermittlungsgeschäften aufweisen, sondern allenfalls dazu dienen, als Subunternehmer den Versicherer bei den ihm selbst obliegenden Aufgaben zu unterstützen, ohne Vertragsbeziehungen zu den Versicherten zu unterhalten, wie zB bei der Festsetzung und Auszahlung der Provisionen der Versicherungsvertreter, das Halten der Kontakte mit diesen und die Weitergabe von Informationen an die Versicherungsvertreter (zu sog. „Backoffice"-Tätigkeiten EuGH C-472/03, DStR 2005, 467 – Arthur Andersen). Demgemäß sind nach der Rechtsprechung des BFH nicht steuerfrei die Tätigkeit eines Schadensabwicklers, der sich mit Schadensmeldungen, Kundenanfragen, der Regulierung von Schäden und Begutachtung vor Ort befasst (BFH V B 65/04, BFH/NV 2007, 114), die Tätigkeit eines Werbeagenten, der Kundendaten zur Vorbereitung eines Versicherungsabschlusses erhebt (BFH V R 50/05, BStBl. II 2008, 829), eines „Overhead-Handelsvertreters", der Betreuungs-, Schulungs- und Überwachungsleistungen erbringt (BFH V R 44/07, BFH/NV 2009, 330). 4

3. Begriff des Bausparkassenvertreters usw.

Der BFH hat dem Gebot richtlinienkonformer Auslegung des § 4 Nr. 11 und der Notwendigkeit, die Befreiungstatbestände autonom unionsrechtlich auszulegen (vgl. EuGH C-472/03, UR 2005, 201 – Arthur Andersen) Rechnung getragen und die bisherige ständige Rspr., wonach es für den Umfang der Befreiung auf die **handelsrechtlichen** Begriffe des Versicherungsvertreters und Versicherungsmaklers nach §§ 92ff. HGB ankam (zB BFH V R 10/98, BStBl. II 1999, 686) aufgegeben (BFH V R 50/05, UR 2008, 121). Entscheidend ist es, Kunden zu suchen und mit dem Versicherer zusammenzuführen. Dabei sind Leistungen von Versicherungsvertretern und -maklern nur stfr, wenn sie zugleich zum Versicherer und zum Versicherungsnehmer in Beziehung stehen (EuGH C-472/03, UR 2005, 201 – Arthur Andersen). Der 5

EuGH hat mit Urteil C-124/07 (UR 2008, 389 – Beheer mit Anm. *Wäger*) aber klargestellt, dass eine **mittelbare** Verbindung ausreicht (vgl. auch BFH V R 9/13, BFH/NV 2014, 1783). Das Halten der Kontakte zu Versicherungsvertretern, die Weitergabe von Informationen an diese sowie deren Betreuung, Schulung und Überwachung sind nur steuerfrei, wenn der Unternehmer der diese Leistungen erbringt, durch Prüfung eines jeden Vertragsangebots zumindest mittelbar auf eine der Vertragsparteien einwirken kann (BFH V R 44/07, UR 2009, 86). Nicht befreit sind die Leistungen von **Werbeagenten** (BFH V R 50/05, UR 2008, 121).

§ 4 Nr. 11a (Deutsche Bundespost TELEKOM)

Von den unter § 1 Abs. 1 Nr. 1 fallenden Umsätzen sind steuerfrei:

11a. die folgenden vom 1. Januar 1993 bis zum 31. Dezember 1995 ausgeführten Umsätze der Deutschen Bundespost TELEKOM und der Deutsche Telekom AG:

a) die Überlassung von Anschlüssen des Telefonnetzes und des dienstintegrierenden digitalen Fernmeldenetzes sowie die Bereitstellung der von diesen Anschlüssen ausgehenden Verbindungen innerhalb dieser Netze und zu Mobilfunkendeinrichtungen,

b) die Überlassung von Übertragungswegen im Netzmonopol des Bundes,

c) die Ausstrahlung und Übertragung von Rundfunksignalen einschließlich der Überlassung der dazu erforderlichen Sendeanlagen und sonstigen Einrichtungen sowie das Empfangen und Verteilen von Rundfunksignalen in Breitbandverteilnetzen einschließlich der Überlassung von Kabelanschlüssen;

EU-Recht: Art. 4 Abs. 5 iVm Anh. D Nr. 1, Art. 13 Teil A Abs. 1 Buchst. a iVm Art. 28 Abs. 3 Buchst. b und Anh. F Nr. 5 6. EG-RL.
Die zum 1.1.2007 in Kraft getretene MwStSystRL kommt für die Vorschrift nicht mehr zur Anwendung, weil § 4 Nr. 11b nur für bis zum 31.12.1995 ausgeführte Umsätze gilt.

1 Die Vorschrift ist durch das VerbrStBinnenmarktG ab 1.1.1993 eingeführt und durch das PostneuordnungsG (PTNeuOG, BGBl. 1994 I 2325) mit Wirkung ab 1.1.1995 geändert worden. Sie galt bis zum 31.12.1995.

2 Die Tätigkeit der Deutschen Bundespost TELEKOM war zunächst noch durch § 2 Abs. 3 Nr. 1 idF des § 28 Abs. 2 bis zum 31.12.1995 teilw. von der Zuordnung zum Betrieb gewerblicher Art ausgenommen worden. Art. 7 Nr. 1b des VerbrStBinnenmarktG hat diese Regelung formell zwar beseitigt, materiell aber weitgehend beibehalten: Jetzt gilt gemäß § 2 Abs. 3 Nr. 1 ab 1.1.1993 die gesamte Tätigkeit der Deutschen Bundespost TELEKOM als Betrieb gewerblicher Art; sämtliche Umsätze dieses Unternehmens sind damit steuerbar. Die Tätigkeit der Deutschen TELEKOM AG ab 1.1.1995 ist ohnehin privatwirtschaftlich (vgl. → § 2 Rn. 173). Die Entwicklung der unternehmerischen Tätigkeiten der Deutschen Bundespost/TELEKOM ist umfassend dargestellt in BFH V R 90/01, UR 2004, 418. § 4 Nr. 11a stellt aber den Teil der Umsätze, der nach der ursprünglichen Regelung bis zum 31.12.1995 nicht zum Betrieb gewerblicher Art gehören sollte (insbes. die Telefonumsätze), bis zu diesem Zeitpunkt von der USt frei. Die Befreiung ist unvollständig, denn sie führt gemäß § 15 Abs. 2 Nr. 1 zum Ausschluss des Vorsteuerabzugs. Zur Besteuerung von Telefonkarten und Chipkarten vgl. BMF 24.9.2012, BStBl. I 2012, 947; zu Guthabenkarten im Mobilfunkbereich vgl. → § 4 Nr. 8 Rn. 21.

§ 4 Nr. 11b (Deutsche Post AG)

Von den unter § 1 Abs. 1 Nr. 1 fallenden Umsätzen sind steuerfrei:

11b. Universaldienstleistungen nach Artikel 3 Absatz 4 der Richtlinie 97/67/EG des Europäischen Parlaments und des Rates vom 15. Dezember 1997 über gemeinsame Vorschriften für die Entwicklung des Binnenmarktes der Postdienste der Gemeinschaft und die Verbesserung der Dienstequalität (ABl. L 15 vom 21.1.1998, S. 14, L 23 vom 30.1.1998, S. 39), die zuletzt durch die Richtlinie 2008/6/EG (ABl. L 52 vom 27.2.2008, S. 3) geändert worden ist, in der jeweils geltenden Fassung. [2]Die Steuerbefreiung setzt voraus, dass der Unternehmer sich entsprechend einer Bescheinigung des Bundeszentralamtes für Steuern gegenüber dieser Behörde verpflichtet hat, flächendeckend im gesamten Gebiet der Bundesrepublik Deutschland die Gesamtheit der Universaldienstleistungen oder einen Teilbereich dieser Leistungen nach Satz 1 anzubieten. [3]Die Steuerbefreiung gilt nicht für Leistungen, die der Unternehmer erbringt

a) auf Grund individuell ausgehandelter Vereinbarungen oder

b) auf Grund allgemeiner Geschäftsbedingungen zu abweichenden Qualitätsbedingungen oder zu günstigeren Preisen als den nach den allgemein für jedermann zugänglichen Tarifen oder als den nach § 19 des Postgesetzes vom 22. Dezember 1997 (BGBl. I S. 3294), das zuletzt durch Artikel 272 der Verordnung vom 31. Oktober 2006 (BGBl. I S. 2407) geändert worden ist, in der jeweils geltenden Fassung, genehmigten Entgelten;

EU-Recht: Art. 132 Abs. 1 Buchst. a MwStSystRL (Art. 13 Teil A Abs. 1 Buchst. a 6. EG-RL)
UStAE: 4.11b.1

1. Normzweck

Die Regelung ist nach der Umgestaltung der Deutschen Bundespost erforderlich geworden, weil Postdienstleistungen gemäß Art. 13 Teil A S. 1a 6. EG-RL von der USt freizustellen sind (vgl. BR-Drs. 115/94, 123, 124) und durch das PostneuordnungsG (BGBl. 1994 I 2325) mit Wirkung ab 1.1.1995 in § 4 aufgenommen worden. Durch Art. 6 Nr. 2 des Gesetzes vom 8.4.2010 (BGBl. 2010 I 386) ist § 4 Nr. 11b mit Wirkung ab 1.7.2010 völlig neugefasst und an das EU-Recht sowie an das Urteil des EuGH C-357/07 (UR 2009, 348 – TNT Post) angepasst worden (BT-Drs. 17/506 zu Art. 5 zu Nr. 2). 1

2. Umfang der Befreiung

Mit der Neuregelung sollte die bislang allein für die Leistungen der Deutschen Post AG geltende Steuerbefreiungsvorschrift des § 4 Nr. 11b an die Entwicklung der Liberalisierung auf dem Postmarkt und die Vorgaben des Unionsrechts angepasst werden (BT-Drs. 17/506, zu Art. 5 zu Nr. 2). Dabei war zu berücksichtigen, dass der Begriff der öffentlichen Posteinrichtung in Art. 132 Abs. 1 Buchstabe a MwStSystRL nur solche Einrichtungen umfasst, die dem Gemeinwohl dienende Tätigkeiten verfolgen, wobei das Gemeinwohl mit dem Konzept des Universaldienstes gemäß der RL 97/67/EG (1. Post-Richtlinie) verbunden ist. Danach müssen die Mitgliedstaaten sicherstellen, dass den Nutzern ein Universaldienst zur Verfügung steht, der ständig flächendeckend postalische Dienstleistungen einer bestimmten Qualität zu tragbaren Preisen für alle Nutzer bietet. Postuniversaldienstleistungen von Unternehmern, die verpflichtet wurden oder sich verpflichtet haben, in einem Mitgliedstaat die Gesamt- 2 heit der Postuniversaldienstleistungen iSd Art. 3 der Richtlinie 97/67/EG vom 15.12.1997 sind von der Steuer zu befreien (EuGH C-357/07, UR 2009, 348 – TNT Post UK). Das EuGH-Urteil TNT geht dabei von der rechtlichen Situation in Großbritannien aus, derzufolge ein Unternehmer durch Verwaltungsakt verpflichtet wird, die Gesamtheit der Universaldienstleistungen zu erbringen. In Deutschland besteht – außer im Fall eines Marktversagens (§ 12ff. PostG) keine gesetzliche Regelung, nach der ein Unternehmen zur ständigen und flächendeckenden Erbringung der Gesamtheit von Postuniversaldienstleistungen oder eines Teils davon verpflichtet ist oder verpflichtet werden kann. Der Gesetzgeber hat deshalb in § 4 Nr. 11b eine Verpflichtung des Unternehmers geregelt. Von dieser Verpflichtung kann sich der Unternehmer einseitig lösen, was allerdings die Steuerpflicht der entsprechenden Umsätze zur Folge hat.

Von der Umsatzsteuer befreit sind Post-Universaldienstleistungen, mit denen – durch einen oder mehrere Unternehmer – eine Grundversorgung der Bevölkerung sichergestellt wird. Den Nutzern muss ein Universaldienst zur Verfügung stehen, der ständig flächendeckend postalische Dienstleistungen einer bestimmten Qualität zu tragbaren Preisen für alle Nutzer bietet. Einen tragbaren Preis stellt bei Briefen grundsätzlich das nach § 19 PostG genehmigte Entgelt dar. Bei postalischen Dienstleistungen, die nicht der Genehmigungspflicht unterliegen, ist dies das Entgelt, das der Unternehmer für die jeweiligen Leistungen an Privathaushalte allgemein festgelegt hat (BT-Drs. 17/506, zu Art. 5 zu Nr. 2). Der Umfang der begünstigten Leistungen ergibt sich aus Art. 3 Abs. 4 der Richtlinie 97/67/EG.

Der Universaldienst umfasst nach Art. 3 Abs. 4 RL 97/67/EG das dort beschriebene Angebot: Abholung, Sortieren, Transport und Zustellungen von Postsendungen bis 2 kg; Abholung, Sortieren, Transport und Zustellung von Postpaketen bis 10 kg; die Dienste für Einschreib- und Wertsendungen. Der Universaldienst soll nach Art. 3 Abs. 3 RL 97/67/EG an mindestens fünf Arbeitstagen stattfinden. § 11 Abs. 2 PostG iVm § 2 Ziff. 5 der Post-Universaldienstleistungsverordnung vom 15.12.1999 (BGBl. I 1999, 2418 – PUDLV –) regelt auf innerstaatlicher Ebene, dass die Zustellung mindestens einmal werktäglich zu erfolgen hat. Werktage sind alle Kalendertage, die nicht Sonn- oder gesetzliche Feiertage sind. Damit verlangt § 11 Abs. 2 PostG iVm § 2 Ziff. 5 PUDLV die Zustellung an sechs Tagen pro Woche (BFH V R 20/15, BStBl. II 2016, 548).

3 Nicht mehr umsatzsteuerbefreit sind Paketsendungen mit einem Gewicht von mehr als 10 kg bis zu 20 kg, adressierte Bücher, Kataloge, Zeitungen und Zeitschriften mit einem Gewicht von jeweils mehr als 2 kg, Expresszustellungen, Nachnahmesendungen, Leistungen, die individuell vereinbart werden, Leistungen, die zu Sonderkonditionen erbracht werden.

4 Nicht unter die Steuerbefreiung fallen außerdem nach § 4 Nr. 11b S. 3 Buchst. b Leistungen mit nach den AGB eines Anbieters festgelegten Qualitätsmerkmalen, die von den in den §§ 2–4 PUDLV festgelegten Qualitätsmerkmalen abweichen (zB zwingende Einlieferung beim Anbieter), und/oder zu nach AGB eines Anbieters festgelegten Tarifen, die zwar grundsätzlich für jedermann zugänglich sind, aber nicht für den durchschnittlichen Nachfrager eines Privathaushalts bestimmt sind (zB der Versand von Postvertriebsstücken ab einer Einlieferungsmenge von 1.000 Exemplaren). Die zu erfüllenden Qualitätsmerkmale benennt Art. 3 Abs. 1–3 der Richtlinie 97/67/EG (umgesetzt in deutsches Recht durch §§ 2–4 PUDLV) und der erschwingliche Preis wird durch Art. 3 Abs. 1 der Richtlinie 97/67/EG (umgesetzt in deutsches Recht durch § 6 PUDLV) normiert.

§ 4 Nr. 12 (Nutzungsüberlassung von Grundstücken und Grundstücksteilen)

Von den unter § 1 Abs. 1 Nr. 1 fallenden Umsätzen sind steuerfrei:

12. a) die Vermietung und die Verpachtung von Grundstücken, von Berechtigungen, für die die Vorschriften des bürgerlichen Rechts über Grundstücke gelten, und von staatlichen Hoheitsrechten, die Nutzungen von Grund und Boden betreffen,

b) die Überlassung von Grundstücken und Grundstücksteilen zur Nutzung auf Grund eines auf Übertragung des Eigentums gerichteten Vertrags oder Vorvertrags,

c) die Bestellung, die Übertragung und die Überlassung der Ausübung von dinglichen Nutzungsrechten an Grundstücken.

[2]Nicht befreit sind die Vermietung von Wohn- und Schlafräumen, die ein Unternehmer zur kurzfristigen Beherbergung von Fremden bereithält, die Vermietung von Plätzen für das Abstellen von Fahrzeugen, die kurzfristige Vermietung auf Campingplätzen und die Vermietung und die Verpachtung von Maschinen und sonstigen Vorrichtungen aller Art, die zu einer Betriebsanlage gehören (Betriebsvorrichtungen), auch wenn sie wesentliche Bestandteile eines Grundstücks sind;

EU-Recht: Art. 135 Abs. 1 Buchst. l, Abs. 2 MwStSystRL (Art. 13 Teil B Buchst. b 6. EG-RL)
UStAE: 4.12.1–4.12.11

Übersicht

1. Normzweck

Die Steuerbefreiung der Vermietungsumsätze hat ihre Wurzel in dem sozialpolitischen Ziel, insbesondere die Wohnungsmieten niedrig zu halten. Im MwSt-System ist diesem Ergebnis aber zumindest bzgl. der Neubauten der Boden entzogen worden, weil die Befreiung den Verlust des Vorsteuerabzugs zur Folge hat (§ 15 Abs. 2 Nr. 1) und für die Vermietungsleistungen an Nichtunternehmer nicht gemäß § 9 ausgeschlossen werden kann (bei Wohngebäuden, die nach dem 31.3.1985 fertiggestellt worden sind, gibt es die Optionsmöglichkeit auch bei Vermietung an Unternehmer nicht mehr). Dadurch verteuern sich die Baukosten um die USt, die sodann kalkulatorisch in den Mietzins einbezogen werden muss. 1

Häufig versuchten Bauherren bei vor dem 1.4.1985 fertiggestellten Wohngebäuden diesem Ergebnis durch die sog. **Zwischenvermietung** (Vermietung der Woh- 2 nungen an einen Unternehmer, dadurch Möglichkeit des Verzichts auf die Steuerbefreiung und der Erlangung des Vorsteuerabzugs; der Zwischenunternehmer vermietet steuerfrei an die Bewohner der Wohnungen) zu entgehen. Diese Gestaltungen haben steuerlich nur Anerkennung gefunden, wenn sie auf wirtschaftlich vernünftigen, der Sachlage angemessenen außersteuerlichen Gesichtspunkten beruht und nicht den Tatbestand der Steuerumgehung (§ 42 AO) erfüllt haben. Der BFH hatte hierzu eine reichhaltige Kasuistik entwickelt. Zur Problematik im Einzelnen → § 9 Rn. 19.

3 In diesen Versuchen, die Steuerfreiheit der Erstvermietung auszuschließen, wird deutlich, dass das erklärte Ziel der Mietverbilligung in sein Gegenteil umgeschlagen ist und langfristig Überlegungen angestellt werden sollten, ob die Steuerbefreiung der Vermietungsumsätze nicht besser aufgegeben wird. Auch bei Altbauten wären hiervon keine großen Nachteile für die Entwicklung der Mietzinsen zu erwarten, weil auch hier die in den Reparatur- und Modernisierungsrechnungen enthaltenen Vorsteuer erheblich zu Buche schlagen und iÜ die Vermietung des kleineren privaten Hausbesitzes idR nach § 19 begünstigt wäre.

4 Soweit der Mieter oder Pächter Unternehmer ist und den Mietgegenstand zur Ausführung von Umsätzen verwendet, die den Vorsteuerabzug nicht ausschließen (vgl. § 9 Abs. 2), wird sich bei der geltenden Rechtslage fast stets ein Verzicht auf die Steuerbefreiung empfehlen, weil der Vermieter die auf den Herstellungskosten des Gebäudes und den laufenden Grundstückskosten lastende USt als Vorsteuer abziehen kann und der Mieter bzgl. der auf die Miete entfallenden USt die gleiche Möglichkeit hat. Selbst wenn aber dem Mieter der Vorsteuerabzug gemäß § 15 Abs. 2 versagt war, ist der nach § 9 Abs. 2 aF mögliche Verzicht auf die Steuerbefreiung nach § 4 Nr. 12 idR vorteilhaft gewesen, wenn das Mietobjekt neu errichtet worden war.

Beispiel: V lässt ein ausschließlich für eine Arztpraxis bestimmtes Gebäude für netto 1.000.000 EUR errichten und muss an den Bauunternehmer 160.000 EUR USt zahlen. Er vermietet die Praxisräume für monatlich 7.500 EUR an den Arzt A. Nimmt er die Steuerbefreiung gemäß § 4 Nr. 12 in Anspruch, vereinnahmt er zwar jährlich 90.000 EUR ustfrei, verliert aber im ersten Jahr 160.000 EUR Vorsteuer. Verzichtet er auf die Steuerbefreiung, duldet er (bei gleich hoher Mietzahlung durch A) jährlich die in den 90.000 EUR enthaltene USt von 11.739 EUR, kann aber im Erstjahr 160.000 EUR Vorsteuer abziehen. Neben dem sich daraus ergebenden Zinsvorteil erzielt er also in den ersten 10 Jahren einen Überschuss von 42.610 EUR (160.000 EUR VorSt./. 10 × 11.739 EUR USt). Nach 10 Jahren kann er ohne die sonst gemäß § 15a eintretenden Nachteile die Option widerrufen und künftig die Mieten ustfrei kassieren.

Der Verzicht auf die Steuerbefreiung ist nach der Änderung des § 9 Abs. 2 durch das StMBG (BGBl. 1993 I 2310) in diesen Fällen nicht mehr möglich. Zur Frage, wann derartige Gestaltungen zwischen Ehegatten als Steuerumgehung zu beurteilen gewesen sind, vgl. BFH V R 12/95, BStBl. II 1996, 252; V R 1/91, BStBl. II 1992, 541; → § 9 Rn. 37.

2. Gegenstand der Vermietung und Verpachtung

5 Gegenstand der steuerfreien Vermietung und Verpachtung sind Grundstücke, Berechtigungen, die nach bürgerlichem Recht wie Grundstücke behandelt werden, sowie Hoheitsrechte betreffende Nutzungen von Grund und Boden.

6 Der **Begriff des Grundstücks** in § 4 Nr. 12 ist nicht wie nach überkommener deutscher Rechtsauffassung (BFH V R 89/86, BStBl. II 1992, 108) nach den Vorschriften des bürgerlichen Rechts zu bestimmen (vgl. BFH V R 41/09, DStR 2011, 1955). Auf Vorlagebeschluss des BFH (DStR 2000, 1558) hatte der EuGH mit Urteil vom 16.1.2003 (C-315/00, UR 2003, 86 – Rudolf Maierhofer) entschieden, dass die Auslegung des Begriffes der Vermietung von Grundstücken iSv Art. 135 Abs. 1 Buchst. l, Abs. 2 MwStSystRL (Art. 13 Teil B Buchst. b 6. EG-RL) nicht von der

zivilrechtlichen Auslegung in den einzelnen Mitgliedstaaten abhängen kann. Zur Begründung seiner Entscheidung weist der EuGH darauf hin, dass die in Art. 13 der 6. EG-RL (jetzt Art. 132ff. MwStSystRL) vorgesehenen Befreiungen eigenständige Begriffe des Unionsrechts darstellen und eine unionsrechtliche Definition erfordern (so schon EuGH C-358/97, Slg. 2000, I-6301 – Kommission/Irland; nunmehr auch EuGH C-269/00, UR 2003, 288 – Seeling und EuGH C-532/11, UR 2013, 30 – Leichenich/Peffekoven, Horeis).

Auch die **Vermietung einzelner Teile** (zB Zimmer, kleine Verkaufsflächen innerhalb eines Gebäudes, Wandflächen) ist Gegenstand der Steuerbefreiung (stRspr, zuletzt zB BFH V R 38/91, UR 1994, 273; BFH V R 95/89, BStBl. II 1992, 209 wohl nur haltbar unter dem Gesichtspunkt eines Vertrags besonderer Art). Ausgenommen sind die zu einem vorübergehenden Zweck mit dem Grundstück (oder Gebäude) verbundenen Sachen (§ 95 Abs. 1, Abs. 2 BGB) – hierzu können zB Baubuden, Kioske, Tribünen uä gehören (siehe UStAE 4.12.1) – sowie die Gebäude oder anderen Werke, die in Ausübung eines dinglichen Rechts (zB Erbbaurecht, Nießbrauch) an einem fremden Grundstück mit diesem verbunden werden (§ 95 Abs. 1 S. 2 BGB). 7

Zu einem vorübergehenden Zweck mit dem Grundstück verbunden sind auch **Einbauten** (einschl. ganzer Gebäude) eines Mieters oder Pächters, wenn vertraglich vereinbart ist, dass er sie nach Vertragsbeendigung wieder entfernen muss (vgl. BGH V ZR 36/51, BGHZ 8, 1; V ZR 29/67, DB 1970, 584; BFH V R 74/76, BStBl. II 1977, 886), unter bestimmten Voraussetzungen auch, wenn dem Grundstückseigentümer ein sog. Übernahmewahlrecht zusteht, wonach er bei Vertragsende bestimmen kann, ob der Mieter den alten Zustand wieder herstellen muss oder nicht (zur Abgrenzung siehe BGH VIII ZR 193/63, DB 1964, 368; VIII ZR 146/63, DB 1965, 1553). Vgl. auch → § 3 Rn. 5. Praktische Bedeutung hat dies insbes. bei Baulichkeiten, die auf den vom Mieter oder Pächter ausgeübten Gewerbebetrieb zugeschnitten sind. Zu Betriebsvorrichtungen → Rn. 37. 8

Auch eine **Wasserfläche** kann ein Grundstück iSv § 4 Nr. 12 Buchst. a darstellen. Sie muss aber genau abgegrenzt sein; das ist bei Bootsliegeplätzen an Bootsstegen idR der Fall (EuGH C-532/11, UR 2013, 30 – Leichenich/Peffekoven, Horeis; vgl. auch BMF 31.10.2012, BStBl. I 2013, 1384; EuGH C-428/02, UR 2005, 458 – Fonden Marselisborg Lystbadehavn; BFH V R 46/88, BStBl. II 1992, 368). Die Befreiung der Vermietung von Bootsliegeplätzen ist gleichwohl nicht möglich, weil es sich um das „Abstellen von Fahrzeugen" handelt (EuGH C-532/11, UR 2013, 30 – Leichenich/Peffekoven, Horeis). Im Urteil C-174/06, UR 2007, 892 – CO.GE.P erkennt der EuGH auch die Überlassung von Bereichen des Seegebietes als Vermietung von Grundstücken an. Vom Begriff der Vermietung und Verpachtung von Grundstücken kann auch umfasst sein „die Verpachtung eines **Hausbootes** einschließlich der dazugehörenden Liegefläche und Steganlage …, das mit nicht leicht zu lösenden Befestigungen, die am Ufer und auf dem Grund eines Flusses angebracht sind, ortsfest gehalten wird, an einem abgegrenzten und identifizierbaren Liegeplatz im Fluss liegt und nach den Bestimmungen des Pachtvertrages ausschließlich zur auf Dauer angelegten Nutzung als Restaurant bzw. Diskothek an diesem Liegeplatz bestimmt ist" (EuGH C-532/11, UR 2013, 30 – Leichenich/Peffekoven, Horeis). Diese Entscheidung überzeugt jedenfalls in der Begründung nicht, denn inwieweit die **Nutzung** eines Gegenstandes (als Restaurant) über seine Grundstückseigenschaft entscheidend sein kann, ist unerfindlich und wird auch vom EuGH nicht erläutert. 9

Die Einräumung des Rechts, Grundstücksteile für die Errichtung und den Betrieb von elektrischen Anlagen zu nutzen, stellt eine nach § 4 Nr. 12 Buchst. a steuerfreie Vermietung von Grundstücken dar (BFH XI R 8/10, BFH/NV 2012, 1667). Dasselbe gilt für die Überlassung von Grundstücksteilen zur Errichtung einer **Überlandleitung,** die Einräumung des Rechts zur Überspannung der Grundstücke und die Bewilligung einer beschränkten persönlichen Dienstbarkeit zur Sicherung dieser 10

Rechte. Darin ist eine einheitliche sonstige Leistung zu sehen, die nach § 4 Nr. 12 Buchst. a steuerfrei ist (BFH V R 30/04, UR 2005, 157).

11 Keine nach Art. 135 Abs. 1 Buchst. l, Abs. 2 MwStSystRL (Art. 13 Teil B Buchst. b 6. EG-RL) steuerfreie Vermietung von Grundstücken liegt bei der Gestattung der **Benutzung von Straßenanlagen** gegen eine Mautgebühr vor (EuGH C-359/97, IStR 2000, 680 – Kommission/Vereinigtes Königreich Großbritannien und Nordirland).

12 Ebenfalls keine nach Art. 135 Abs. 1 Buchst. l, Abs. 2 MwStSystRL (Art. 13 Teil B Buchst. b 6. EG-RL) steuerfreie Grundstücksvermietung liegt vor, wenn der Eigentümer von Räumlichkeiten (Lokalinhaber) dem Eigentümer eines Zigarettenautomaten entgeltlich das Recht einräumt, den **Automaten** für einen bestimmten Zeitraum an einer vom Lokalinhaber bezeichneten Stelle aufzustellen (EuGH C-275/01, UR 2003, 348 – Sinclair Collis Ltd.).

13 Als **grundstücksgleiche Berechtigungen** kommen insbesondere das Erbbaurecht und das Wohnungseigentum, ferner das Bergwerkseigentum sowie bestimmte Gewerbeberechtigungen in Betracht, wenn sie grundbuchlich erfasst sind, nicht aber die Milchquote (BFH V R 39/92, BStBl. II 1994, 538; V R 81/97, UR 1999, 212) sowie Jagd- und Fischereirechte; zum Eigenjagdrecht vgl. BFH V R 4/97, BFH/NV 1998, 1119; NdsFG V 271/96, EFG 1997, 184. Eine steuerfreie Vermietung oder Verpachtung bodenbezogener staatlicher Hoheitsrechte kommt in der Praxis kaum vor (zum Mineralgewinnungsrecht siehe BFH III 221/64, BStBl. II 1968, 303).

3. Begriffe der Vermietung und Verpachtung

14 Auch die Begriffe der Vermietung und Verpachtung stellen eigenständige Begriffe des EU-Rechts dar, deren Auslegung nicht von dem Zivilrecht eines Mitgliedstaates abhängt (EuGH C-532/11, UR 2013, 30 – Leichenich/Peffekoven, Horeis; C-269/00, UR 2003, 288 – Seeling; C-284/03, UR 2005, 24 Rn. 16 – Temco Europe mwN; BFH V R 41/09, DStR 2011, 1955; V R 48/99, DStR 2000, 1558; vgl. auch → Rn. 7). Die Steuerbefreiung ist vielmehr nach ihrem Sachzusammenhang sowie nach den Zielsetzungen und der Systematik der MwStSystRL auszulegen, wobei insbesondere der Normzweck zu berücksichtigen ist (EuGH C-174/06, UR 2007, 892 – CO.GE.P). Eine Vermietung nach § 4 Nr. 12 Buchst. a liegt aufgrund richtlinienkonformer Auslegung vor, wenn der Vermieter dem Mieter das Recht einräumt, einen Gegenstand auf bestimmte Zeit gegen Vergütung so in Besitz zu nehmen, als ob er dessen Eigentümer wäre, und jede andere Person von diesem Recht auszuschließen (BFH V R 30/14, DStR 2015, 2547; V R 27/13, BStBl. II 2014, 732; V R 7/13, BFH/NV 2013, 1952; V R 50/10, BFH/NV 2011, 1407; V R 15/12, BStBl. II 2013, 455). Auf die **Nutzungsdauer** kommt es dabei nicht an (BFH V R 30/14, DStR 2015, 2547).

15 Allerdings räumt der EuGH den Mitgliedstaaten hinsichtlich der Steuerbefreiung ein weites Ermessen ein (EuGH C-12/98, IStR 2000, 118 – Amengual Far). Die Merkmale, mit denen die Steuerbefreiung umschrieben wird, sind eng auszulegen, weil die Steuerbefreiungen Ausnahmen von dem Grundsatz darstellen, dass jede Dienstleistung, die ein Steuerpflichtiger gegen Entgelt erbringt, der Mehrwertsteuer unterliegt (EuGH C-270/09, DStR 2011, 119 – MacDonald Resorts). Die Vermietung besteht im Wesentlichen darin, dem Mieter auf bestimmte Zeit gegen eine Vergütung das Recht einzuräumen, ein Grundstück so in Besitz zu nehmen, als ob er dessen Eigentümer wäre, und jede andere Person von diesem Recht auszuschließen (EuGH C-270/09, DStR 2011, 119 – MacDonald Resorts Ltd.; C-572/07, DStR 2009, 1260 – RLRE Tellmer Property; C-174/06, UR 2007, 892 Rn. 31 – CO.GE. P mit zahlreichen Nachweisen aus der Rechtsprechung des EuGH).

16 Nicht überzeugen kann das Urteil des EuGH C-63/92 (UR 1996, 90), das die FVerw in UStAE 4.12.1 aufgenommen hat. Danach ist die **einvernehmliche Auf-**

hebung eines Mietvertrages gegen Entgelt der Vermietung eines Grundstücks gleichzusetzen. Das Urteil betrifft die Aufhebung auf Betreiben des Vermieters, der hierfür ein Entgelt an den Mieter zahlte. Die FVerw vertritt darüber hinaus die Auffassung, dass ein nach § 4 Nr. 12 Buchst. a steuerfreier Umsatz auch dann vorliegt, wenn der Vermieter auf seine Rechte aus dem Mietvertrag gegen eine Abstandszahlung des Mieters verzichtet (OFD München 18.11.1996, DStR 1997, 288). In beiden Fällen besteht aber die Leistung des Mieters bzw. Vermieters nicht in einer wie auch immer gearteten Gebrauchsüberlassung, sondern in einem **Rechtsverzicht,** der unter keinen Gesichtspunkt unter den Begriff der Vermietung von Grundstücken subsumiert werden kann. Die **Übernahme der Rechte** und Pflichten aus einem Mietvertrag gegen Entgelt stellt keine nach Art. 135 Abs. 1 Buchst. l, Abs. 2 MwStSystRL (Art. 13 Teil B Buchst. b 6. EG-RL) steuerfreie Leistung dar (EuGH C-108/99, IStR 2001, 717 – Cantor Fitzgerald International). Das hat der BFH im Urteil V R 46/13, BStBl. II 2015, 947 inzwischen für den Fall des Verzichts auf das Recht einer mietfreien Überlassung auch so entschieden. Einen Widerspruch zum EuGH-Urteil C-63/92, BStBl. II 1995, 480 – Lubbock Fine, wonach der Vermietung eines Grundstücks der Verzicht auf Rechte aus dem Mietvertrag gegen eine Abstandszahlung gleichzusetzen ist, sieht der BFH nicht, weil diese Rechtsfolge nur den Sonderfall betrifft, dass der auf seine Rechte aus dem Mietvertrag verzichtende Mieter das Grundstück gegen eine Abfindung an die Person zurückgibt, von der er seine Rechte ableitet. Der Vermieter erhält damit vorzeitig den Besitz an der Mietsache zurück, zu deren wirtschaftlicher Nutzung allein der Mieter berechtigt war. Der Mieter verzichtet in diesem Fall nicht nur auf einen schuldrechtlichen Erfüllungsanspruch, sondern auf den Besitz an der Mietsache.

Auch das Eingehen einer **Mietverpflichtung durch einen Prestigemieter** gegen Entgelt des Vermieters ist keine steuerfreie Grundstücksvermietung (EuGH C-409/98, UR 2001, 490 – Mirror Group).

Nach bisheriger Rechtsprechung und Verwaltungspraxis war die Verwendung **17** eines dem Unternehmen zugeordneten Grundstücks für unternehmensfremde Zwecke dann nach § 4 Nr. 12 steuerfrei, wenn im Falle entgeltlicher Überlassung an einen Dritten eine Grundstücksvermietung iSv § 4 Nr. 12 S. 1 Buchst. a vorgelegen hätte (BFH V R 33/92, BStBl. II 1994, 668). Diese Beurteilung lässt sich nicht mehr aufrechterhalten. Durch das Urteil des EuGH C-269/00 (UR 2003, 288 – Seeling) ist nunmehr geklärt, dass die für den privaten Bedarf des Unternehmers erfolgte Verwendung einer Wohnung in einem Gebäude, das er insgesamt seinem Unternehmen zugeordnet hat (unentgeltliche Wertabgabe, Eigenverbrauch alten Rechts), nicht unter die Steuerbefreiung des Art. 135 Abs. 1 Buchst. l, Abs. 2 MwStSystRL (Art. 13 Teil B Buchst. b 6. EG-RL) und auch nicht unter § 4 Nr. 12 fällt (vgl. auch BFH V R 39/99, UR 2003, 539 und → § 9 Rn. 9; → § 15 Rn. 271). Diese Sichtweise hat der EuGH im Urteil C-210, 211/11 (DStR 2013, 1604 – Medicom und MPA) bestätigt.

Auch die Vereinbarung einer Nutzungsüberlassung im Rahmen eines **Anstel- 18 lungsvertrages** führt zu einer Vermietung iSd § 4 Nr. 12 Buchst. a, weil eine als Vermietung anzusehende Nutzungsüberlassung auch in einem sonstigen Vertrag geregelt werden kann (EuGH C-346/95, UR 1998, 189 – Blasi; BFH XI R 9/08, DStR 2011, 690). Dabei ist es nicht erforderlich, dass die Nutzungsüberlassung dem Vertrag „das Gepräge" gibt. Wird die Überlassung einer Wohnung eines Arbeitgebers an seinen Arbeitnehmer in einem Anstellungsvertrag geregelt, ist sie nicht unentgeltlich. Der Wohnraum wird vielmehr regelmäßig als Gegenleistung für die Arbeitsleistung des Arbeitnehmers zur Verfügung gestellt (BFH V R 99/76, BStBl. II 1986, 877; V R 2/79, BStBl. II 1988, 88).

Das gilt auch bei der im Anstellungsvertrag vereinbarten Überlassung einer Woh- **19** nung durch eine GmbH an ihren Gesellschafter-Geschäftsführer (BFH XI R 9/08, DStR 2011, 690). An dieser Stelle wird die Beurteilung allerdings kompliziert. Denn einerseits entspricht dies der Rechtsprechung des EuGH, wonach ein Arbeitgeber eine Sachleistung gegen Entgelt an seine Arbeitnehmer erbringt, wenn diese anstatt ihre gesamte Vergütung in bar zu erhalten, auf einen Teil dieser Vergütung im Austausch gegen die Sachleistung verzichten müssen (EuGH C-40/09, Slg. 2010, I-7505 – Astra Zeneca UK). Das in sich widersprüchliche Urteil des EuGH C-210, 211/11 (DStR 2013, 1604 – Medicom und MPA) führt zu völliger Konfusion. Denn zum einen sagt der EuGH, dass das Fehlen der Zahlung eines Mietzinses als elementarer Bestandteil einer Vermietung nicht durch den Umstand aufgewogen werde, dass im Rahmen der Einkommensteuer die private Nutzung eines dem Unternehmen zugeordneten Gebäudes als ein quantifizierbarer geldwerter Vorteil und somit in gewisser Weise als ein Teil der Vergütung angesehen wird, auf die der Begünstigte als Gegenleistung für die Zurverfügungstellung des fraglichen Gebäudes verzichtet hat (C-210, 211/11, DStR 2013, 1604 Rn. 28). Zwar kann auch nach dem EuGH-Urteil Medicom und MPA ein Teil der vom Geschäftsführer geleisteten Arbeit als Gegenleistung für die Zurverfügungstellung des Gebäudes angesehen werden, dies muss aber „sicher" sein (C-210, 211/11, DStR 2013, 1604 Rn. 30). Wann das der Fall ist, teilt der EuGH bedauerlicherweise nicht mit, sondern beantwortet die ihm vorgelegte Frage dahingehend, dass „die Zurverfügungstellung eines Teils eines einer juristischen Person gehörenden Gebäudes für den privaten Bedarf ihres Geschäftsführers, ohne dass vom Begünstigten als Gegenleistung für die Nutzung dieses Gebäudes ein in Geld zu entrichtender Mietzins verlangt wird, keine von der Steuer befreite Vermietung eines Gebäudes darstellt" (C-210, 211/11, DStR 2013, 1604 Rn. 34).

20 Auch beim Verkauf vertraglicher Rechte, die in Rechte zur vorübergehenden **Nutzung von Ferienunterkünften** umgewandelt werden können, liegt eine Vermietung eines Grundstücks iSv Art. 13 Teil B Buchst. b der 6. EG-RL (Art. 135 Abs. 1 Buchst. l MwStSystRL) vor. Diese Vorschrift hindert die Mitgliedstaaten jedoch nicht daran, diese Leistung von der Steuerbefreiung auszunehmen (EuGH C-270/09, DStR 2011, 119 – MacDonald Resorts Ltd.).

21 **Gegenstand des Mietvertrags** ist nach nationalem Recht die zeitliche Gebrauchsüberlassung des Mietgegenstands gegen Zahlung des Mietzinses (§ 535 BGB). Über Rechte und Pflichten von Mieter und Vermieter im Einzelnen siehe §§ 536–580 BGB. Dies steht im Einklang mit dem Unionsrecht, wonach die Vermietung eines Gebäudes voraussetzt, dass der Vermieter dem Mieter gegen Zahlung eines Mietzinses für eine vereinbarte Dauer das Recht überträgt, seine Sache in Besitz zu nehmen und andere von ihr auszuschließen (EuGH C-210, 211/11, DStR 2013, 1604 – Medicom und MPA; C-409/98, Slg. 2001, I-7175 – Mirror Group; C-108/99, Slg. 2001, I-7257 – Cantor Fitzgerald International).

22 Nach Auffassung des BFH (V R 46/83, BStBl. II 1988, 1021; V R 38/91, BStBl. II 1994, 585; V R 99/76, BStBl. II 1986, 877) ist auch die im Rahmen einer Vereinbarung **„Kost und Logis frei"** vorgenommene Überlassung von Wohnräumen an Arbeitnehmer eine Vermietung iSv § 4 Nr. 12 (siehe auch *Stadie* UR 1987, 101; *Rüttinger* UR 1987, 102; kritisch *Weiß* UR 1986, 291; UR 1988, 130). Das gilt nach FG Nürnberg II 30/88, EFG 1991, 157, rkr, auch für die Unterbringung in Gemeinschaftsunterkünften. Auf die Art der Nutzung des Grundstücks durch den Mieter kommt es nicht an; deshalb ist zB auch die Grundstücksüberlassung zur Ablagerung von Abfällen steuerfrei (siehe UStAE 4.12.4). Auch die Untermiete (§ 549 BGB) stellt eine Vermietung dar. Entscheidend ist, dass dem Mieter eine bestimmte Grundstücksfläche zur Nutzung überlassen wird, die während der Mietzeit nur ihm zur Verfügung steht.

23 Dabei braucht die **vermietete Fläche** nicht von vornherein festgelegt zu sein, sie muss nur **bestimmbar** sein (BFH V R 38/91, BStBl. II 1994, 585). Die spätere Konkretisierung kann gemäß §§ 315, 317 BGB durch beide Vertragsparteien, durch eine Vertragspartei oder durch einen Dritten erfolgen (siehe BFH V R 95/89, BStBl. II 1992, 209; V R 46/88, BStBl. II 1992, 368). Unter Aufgabe früherer Rechtsprechung geht der BFH in den letztgenannten Urteilen davon aus, dass die Grenze zwi-

schen der steuerfreien Vermietung und der steuerpflichtigen Verwahrung nicht nach dem Maß der Bestimmtheit des vermieteten Gegenstands zu ziehen ist, sondern danach, ob das **Schwergewicht der Vertragspflichten** mehr auf der Obhutspflicht für die in den gemieteten Räumen untergebrachten Sachen oder mehr in der Gebrauchsüberlassung der Grundstücksfläche oder des Raumteils liegt.

Große praktische Bedeutung hatte diese Frage bislang bzgl. der Überlassung von Parkflächen auf **Parkplätzen** und in Parkhäusern. Sie ist insoweit ab 1.1.1992 belanglos geworden, weil seitdem auch die langfristige Vermietung von Plätzen für das Abstellen von Fahrzeugen gemäß § 4 Nr. 12 S. 2 von der Befreiung ausgenommen ist (siehe dazu UStAE 4.12.2; *Lohse* DStR 1992, 640; vgl. auch EuGH C-173/88, UR 1991, 42 – Henriksen). Bei Fahrzeugen handelt es sich um Mittel, die konkret zur Beförderung von Personen oder Gegenständen bestimmt sind. Es kommt auf die konkrete und gegenwärtige Funktion an; stillgelegte Fahrzeuge fallen nicht unter diesen Begriff (EuGH C-532/11, UR 2013, 30 – Leichenich/Peffekoven, Horeis). Die für die kurzfristige Parkplatzvermietung entwickelten Grundsätze bleiben weiterhin bedeutsam für die kurzfristige Vermietung von **Campingplätzen.** 24

Die Dauer der Mietzeit ist grds. belanglos. Bei sehr kurzfristigen Vermietungen ist aber zu prüfen, ob es sich tatsächlich nur um Grundstücksvermietung handelt oder ein Vertrag besonderer Art vorliegt (vgl. → Rn. 22). 25

Der **Pachtvertrag** gestattet dem Pächter auf Zeit den Gebrauch des verpachteten Gegenstands und den Genuss der Früchte, soweit sie nach den Regeln einer ordnungsmäßigen Wirtschaft als Ertrag anzusehen sind (§ 581 BGB; zu Rechten und Pflichten von Verpächter und Pächter iE siehe §§ 581–597 BGB). Zu den Früchten des Pachtgrundstücks gehören nicht nur Feldfrüchte ieS, sondern auch **Bodenschätze** (zB Torf, Kies, Ton), wenn das Grundstück mit dem Ziel der Ausbeutung verpachtet worden ist und daher der Abbau der Bodenschätze als ordnungsgemäße Bewirtschaftung des Grundstücks anzusehen ist (vgl. BFH V 166/65, BStBl. II 1970, 138). Hier ist aber die **Abgrenzung zum Kauf** schwierig. Die Rechtsprechung nimmt zu Recht Pacht an, wenn der Berechtigte das Grundstück als solches nutzen kann, und Kauf, wenn sich der Vertrag ausschließlich auf die Entnahme einer bestimmten Menge von Bodenschätzen beschränkt. Zu den Abgrenzungskriterien iE vgl. UStAE 4.12.4. 26

4. Nießbrauch, Dienstbarkeiten

Nießbrauch und Dienstbarkeiten fallen nicht unter § 4 Nr. 12 Buchst. a, denn Vermietung und Verpachtung sind rein schuldrechtliche (obligatorische) Rechtsverhältnisse. Grundstücksnutzungen auf Grund von Nießbrauch (§§ 1030ff. BGB) und Dienstbarkeiten (§§ 1018ff., 1090ff. BGB) sind daher nicht nach dieser Vorschrift steuerfrei. Ab 1.1.1985 ist die **Steuerfreiheit** der Grundstücksnutzung auf Grund von Nießbrauch, Dienstbarkeiten und anderen dinglichen Nutzungsrechten an Grundstücken aber durch die Änderung des § 4 Nr. 12 Buchst. c herbeigeführt worden (vgl. → Rn. 28). Art. 135 Abs. 1 Buchst. l, Abs. 2, Art. 137 Abs. 1 Buchst. d MwStSystRL (Art. 13 Teil B Buchst. b und Teil C Buchst. a 6. EG-RL) können dahin ausgelegt werden, dass die Mehrwertsteuerbefreiung auch die Begründung dinglicher Rechte, die ein Nutzungsrecht an einem Grundstück beinhalten, der Vermietung und Verpachtung von Grundstücken gleichgestellt werden (EuGH C-326/99, UR 2001, 484 – Stichting Goed Wonen). 27

5. Mischfälle/Nebenleistungen

Schwierig sind **Mischfälle** zu beurteilen, die sowohl Elemente der Vermietung oder Verpachtung von Grundstücken als auch Elemente der Nutzungsüberlassung an anderen Gegenständen oder auf Grund anderer Rechtsbeziehungen enthalten. Es 28 geht dabei vor allem um die Nutzung von Grundstücken einschließlich Inventar und Betriebsvorrichtungen (zB Verpachtung eines Gewerbebetriebs). Hier gelten die Grundsätze zur Abgrenzung von Haupt- und Nebenleistungen. Danach ist jeder Umsatz in der Regel als eigenständige, selbstständige Leistung zu betrachten; allerdings darf eine wirtschaftlich einheitliche Dienstleistung im Interesse eines funktionierenden Mehrwertsteuersystems nicht künstlich aufgespalten werden. Deshalb sind die charakteristischen Merkmale des fraglichen Umsatzes zu ermitteln, um festzustellen, ob der Unternehmer dem Leistungsempfänger mehrere selbstständige Leistungen oder eine einheitliche Leistung erbringt, wobei auf die Sicht des Durchschnittsverbrauchers abzustellen ist.

29 Eine einheitliche Leistung liegt danach insbesondere dann vor, wenn ein oder mehrere Teile die Hauptleistung, ein oder mehrere andere Teile dagegen Nebenleistungen sind, die das steuerrechtliche Schicksal der Hauptleistung teilen. Eine Leistung ist als **Nebenleistung** zu einer **Hauptleistung** anzusehen, wenn sie für den Leistungsempfänger keinen eigenen Zweck erfüllt, sondern das Mittel darstellt, um die Hauptleistung des Leistenden unter optimalen Bedingungen in Anspruch zu nehmen (vgl. zB EuGH C-572/07, DStR 2009, 1260 – RLRE Tellmer Property; BFH XI R 35/10, DStR 2011, 1421; XI R 49/07, BStBl. II 2010, 1109; V R 21/08, UR 2010, 263; V R 25/07, BFH/NV 2009, 1746; V R 39/05, BFH/NV 2008, 1712).

30 Das Gleiche gilt, wenn der Unternehmer für den Leistungsempfänger zwei oder mehr Handlungen vornimmt oder Elemente liefert, die so eng miteinander verbunden sind, dass sie objektiv eine einzige untrennbare wirtschaftliche Leistung bilden, deren Aufspaltung wirklichkeitsfremd wäre **(komplexe Leistung).** In der Entscheidung Tellmer Property (C-572/07, DStR 2009, 1260) hat der EuGH entschieden, dass bei Anwendung von Art. 13 Teil B Buchst. b der Richtlinie 77/388/EWG die Vermietung eines Grundstücks und die Dienstleistung der Reinigung seiner Gemeinschaftsräume als selbstständige, voneinander trennbare Umsätze anzusehen sind, so dass die Reinigung nicht steuerfrei ist. Das beruhte aber insbesondere darauf, dass für die Reinigungsleistung eine eigenständige Preisvereinbarung vorlag. Dieses Urteil hat es praktisch in das Belieben der Vertragsparteien gestellt, durch eine entsprechende Preisvereinbarung eine Trennung der Leistungselemente in selbstständige Leistungen zu bewirken.

31 Das wird nach dem Urteil des EuGH C-392/11 (UR 2012, 964) – **Field Fisher Waterhouse** nicht mehr angenommen werden können. In diesem Fall überließ der Vermieter nicht nur Geschäftsräume an die Mieter, sondern gewährte auch (durch einen Dritten) Versicherungsschutz für das Gebäude und weitere Dienstleistungen, so die Wasserversorgung, die Heizung im gesamten Gebäude, die Reparaturen von Infrastruktur und Maschinen des Gebäudes (ua der Aufzüge), die Reinigung der Gemeinschaftsräume und die Sicherheit des Gebäudes. Der Vertrag sah dafür drei Mietzahlungselemente vor, nämlich für die Raumüberlassung, den Versicherungsschutz und die übrigen Dienstleistungen. Der Mietvertrag sah ferner vor, dass der Vermieter berechtigt war, den Vertrag zu kündigen, falls der Mieter diese drei Arten von Mietzahlungen nicht leistet. Der EuGH hat im Urteil Field Fisher Waterhouse noch einmal unter Bezugnahme auf seine bisherige Rspr. hervorgehoben, dass die Frage, ob der Steuerpflichtige in einem konkreten Fall eine einheitliche Leistung erbringt, grds. durch das nationale Gericht zu beurteilen ist, das alle dafür erforderlichen Tatsachenbeurteilungen vorzunehmen hat (→ Rn. 20). Das Urteil lässt alle Türen nach allen Seiten offen, indem es feststellt, dass „… Dienstleistungen wie die im Ausgangsverfahren in Rede stehenden nach der Rechtsprechung des Gerichtshofs nicht notwendigerweise unter den Begriff der Vermietung von Grundstücken gemäß Art. 135 Abs. 1 Buchst. l der Mehrwertsteuerrichtlinie … (fallen). Doch bedeutet dies keineswegs, dass diese Dienstleistungen, die mit der Vermietung von Grundstücken zusammenhängen und deren Erbringung im Rahmen eines Mietvertrags vorgesehen ist, nicht Nebenleistungen darstellen könnten oder untrennbar mit dieser Vermietung verbunden sein könnten" (→ Rn. 24). Das Urteil C-572/07 (DStR 2009, 1260 – RLRE Tellmer Property) und die Betonung der getrennten Preisvereinbarung ist damit erfreulicherweise vom Tisch. Entscheidend ist für die Frage, ob Haupt- und Nebenleistungen oder komplexe Leistungen vorliegen auch bei Mietvertragselementen eine Gesamtschau und Würdigung aller Sachverhaltselemente durch die nationalen Gerichte. Diese sollten die ihnen obliegende Verantwortung nun auch wahrnehmen und nicht jede neue Sachverhaltsvariante dem EuGH vorlegen.

Zur Vermietung von **Sportanlagen** vgl. → Rn. 38 ff.; zur Vermietung eines **Seniorenpflegeheimes** inkl. Überlassung der gesamten Erstausrüstung und Einrichtung vgl. BFH V R 21/08, UR 2010, 263, zu Vermietungs- und **Pflegeleistungen** BFH XI R 35/10, DStR 2011, 1421; zur Lieferung von Heizwärme, **Strom,** Wasser, Überlassung von Waschmaschinen und **Reinigung** von Gemeinschaftsflächen BFH V R 12/05, BStBl. II 2009, 60; V R/07, BStBl. II 2009, 615; zur Überlassung von **Reitsportanlagen** inklusive **Pferdepensionsleistungen** BFH V R 14/15, UR 2016, 957. 32

Problematischer sind die Fälle, bei denen neben einer Vermietungs- oder Verpachtungsleistung ganz anders geartete Leistungen eine Rolle spielen (zB bei Lagerhaltung, Verwahrung, Heimpflege, Krankenhausbehandlung, Überlassung von Standplätzen auf Märkten und Messen). Hier kommt es darauf an, ob die einzelnen Leistungselemente klar voneinander trennbar sind (sog. **gemischte Verträge**) oder ob sie unauflöslich verbunden sind und damit dem ganzen Rechtsverhältnis ein eigenständiges Gepräge geben (sog. **Verträge besonderer Art**). Am deutlichsten zeigt sich die Vielfalt der Abgrenzungskriterien in der Rspr. zu der Steuerpflicht bei der **Überlassung von Standplätzen auf Messen und Märkten** (zB BFH V R 12/05, UR 2008, 308; vgl. auch BMF 15.1.2009, BStBl. I 2009, 69). 33

Ähnlich verhält es sich bei der Gegenüberstellung von Unterbringung im **Altersheim** und Behandlung im **Krankenhaus:** Bei der Heimunterbringung spielt das Merkmal des Wohnens eine bedeutsame Rolle und damit das Vermietungselement (daher gemischter Vertrag; vgl. auch UStAE 4.12.5; etwas anderes gilt für Altenpflegeheime: BFH XI 55/90, BStBl. II 1994, 266; – diese werden je nach Intensität der Pflegeleistungen ggf. dem Krankenhaus gleichkommen). Im Krankenhaus befindet sich dagegen der Patient, um ständig unter ärztlicher Kontrolle zu sein, seiner Krankheit entsprechend ernährt zu werden, er wird je nach Krankheitsverlauf in verschiedenen Zimmern untergebracht usw. Hier überlagert das Behandlungs-, Betreuungs- und Versorgungselement die Nutzungsüberlassung einer kleinen Krankenhausfläche so sehr, dass ihr keine eigenständige Bedeutung zukommt (Vertrag besonderer Art). 34

Das Vorliegen von Verträgen besonderer Art nimmt die FVerw (UStAE 4.12.6) insbesondere an bei Überlassung von Freiflächen durch Ausstellungsveranstalter an Aussteller, bei Vergabe von Standplätzen durch Schützenverein bei Schützenfest, bei Zimmerüberlassung an Prostituierte im Rahmen bestimmter Vorkehrungen zur Förderung der Prostitution, beim Lagergeschäft, bei Vermietung von Außenwandflächen zu Reklamezwecken, bei Gestattung der Errichtung von Reklametafeln, bei Gestattung der Nutzung von Sportanlagen durch Einzelpersonen (aA BFH V R 68/88, BStBl. II 1992, 758), bei Überlassung einzelner Schwimmbahnen an Vereine oder Schulen unter Aufrechterhaltung des Badebetriebes iÜ, sowie bei bestimmten Tankstellenverträgen. Ein typischer Fall eines Vertrags besonderer Art ist das Gestatten des Spiels auf einer Minigolf-Anlage (vgl. SchlHFG IV 68/81, EFG 1982, 104, rkr). 35

6. Umfang der Befreiung

Übliche Nebenleistungen zu Vermietungs- und Verpachtungsumsätzen sind wie diese steuerfrei (BFH V R 38/91, BStBl. II 1994, 585). Eine **Nebenleistung** liegt nach der Rechtsprechung des BFH vor, wenn eine Leistung in engem Zusammenhang mit einer anderen steht, im Verhältnis zu dieser nebensächlich ist und in deren 36

Gefolge üblicherweise vorkommt (BFH V R 46/88, BStBl. II 1992, 368; V R 68/88, BStBl. II 1992, 758; V R 38/91, BStBl. II 1994, 585). Das trifft ua zu auf die Lieferung von Heizwärme und Wasser, die zentrale Reinigung der Treppen und Flure, die Überlassung von Waschmaschinen und dergleichen zur Nutzung durch die Mieter; Bootsverlegungen im Zusammenhang mit der Vermietung von Land- und Wasser-Bootsliegeplätzen sowie das Bereithalten von sanitären Anlagen im Zusammenhang mit der stundenweisen Vermietung von Tennisplätzen. Den Abbruch eines Gebäudes als Voraussetzung für die vertragsgemäße Nutzung eines Grundstücks durch den Mieter hat der BFH ebenfalls noch als Nebenleistung zur Vermietung angesehen (BFH V R 129/75, BStBl. II 1987, 465; kritisch *Weiß* UR 1987, 258).

37 **Baukostenzuschüsse** des Mieters sind Teil der Gegenleistung für die Nutzungsüberlassung und daher ebenfalls nach § 4 Nr. 12 steuerfrei (BFH V R 102/83, BStBl. 1988, 848). Die Bereitstellung einer Fernmeldeanlage in vermieteten Büroräumen geht über eine übliche Nebenleistung hinaus, weil sie nicht in engem Zusammenhang mit der Raummiete steht, sondern auf den speziellen Gebrauchszweck der Räume als Büro zugeschnitten ist und damit eine eigenständige Leistung zur Bürorationalisierung darstellt (aA FG Düsseldorf V 263/81 U, EFG 1988, 209, rkr, für Benutzung der zentralen Telefonanlage in einem Heim). Aus dem gleichen Grunde ist auch die **Vermietung von Einrichtungsgegenständen** (zB bei Vermietung einer eingerichteten Wohnung oder bei der Mitvermietung von Einrichtungsgegenständen eines Büros) keine steuerfreie Nebenleistung zur Grundstücksvermietung. Prägen die Nebenleistungen das Gesamtbild des Vertrages in der Weise, dass die Vermietung und die damit verbundenen anderen Leistungen ein untrennbares Ganzes darstellen, bei dem die Grundstücksvermietung nicht deutlich überwiegt, handelt es sich um einen Vertrag besonderer Art (→ Rn. 22).

38 Zum Verwendungseigenverbrauch ist die Rspr. bisher davon ausgegangen, dass die unternehmensfremde Grundstücknutzung steuerfrei ist, wenn eine entgeltliche Nutzungsüberlassung an einen fremden Dritten als Grundstücksvermietung unter § 4 Nr. 12 fällt (BFH V R 155/78, BStBl. II 1988, 90). Diese Rechtsauffassung ist zu Recht kritisiert worden, weil sie mit Art. 26 Abs. 1 Buchst. a MwStSystRL nicht zu vereinbaren war (vgl. → § 1 Rn. 117 mwN sowie *Schüler-Täsch* in Sölch/Ringleb § 4 Nr. 12 Rn. 43 ff.). Mit der Neuregelung der Besteuerung unentgeltlicher Wertabgaben dürfte klargestellt sein, dass die private Nutzung einer dem Unternehmen zugeordneten Wohnung gemäß § 3 Abs. 9 a Nr. 1 steuerpflichtig ist. Die Befreiung des § 4 Nr. 12 greift insoweit nicht ein.

7. Auf Eigentumsübertragung gerichtete Verträge

39 Auf **Eigentumsübertragung** gerichtete Verträge als Grundlage der nach § 4 Nr. 12 Buchst. b steuerfreien Nutzungsüberlassung sind die **Kaufanwartschaftsverträge** zwischen Kaufanwärtern und Wohnungsbauunternehmen. Hier liegt zwischen dem Abschluss des Kaufvertrages und der Eigentumsübertragung häufig ein langer Zeitraum, in dem der Kaufanwärter die Wohnung bereits nutzt und dafür Gebühren zahlt, die Zinsen, Tilgung und Bewirtschaftungskosten enthalten. Die bereits nach § 4 Nr. 9 Buchst. a bestehende Steuerfreiheit für Tilgung und Zinsen (hier kommt uU auch § 4 Nr. 8 Buchst. a zum Zuge) wird durch § 4 Nr. 12 Buchst. b bzgl. der Bewirtschaftungskosten abgerundet. Soweit diese auch nach der Eigentumsübertragung weiter gezahlt werden, greift § 4 Nr. 12 Buchst. b nicht mehr ein. Die Nutzungsverträge sehen häufig vor, dass dem Kaufanwärter das Grundstück bis zur Auflassung zur Nutzung überlassen wird. Auch für die Zeit zwischen der Auflassung und der Grundbucheintragung geht die FVerw (UStAE 4.12.7) aber zutreffend davon aus, dass der Nutzungsvertrag stillschweigend verlängert worden ist, so dass § 4 Nr. 12 Buchst. b auch hier anwendbar ist.

8. Dingliche Nutzungsrechte

Die Befreiungsvorschriften des § 4 Nr. 12 Buchst. c umfasste bis zum 31.12.1984 nur die Bestellung und Veräußerung von Dauerwohnrechten und Dauernutzungsrechten. Sie ist ab 1.1.1985 auf alle dinglichen Nutzungsrechte ausgedehnt worden und umfasst nun auch Nießbrauch, Grunddienstbarkeiten und beschränkte persönliche Dienstbarkeiten. Die Änderung betrifft auch die ab 1985 geschuldeten Nutzungsentgelte bereits früher bestellter dinglicher Rechte. Befreit sind zB beschränkte persönliche Dienstbarkeiten iSv §§ 1090ff. BGB, die sich besonders häufig bei der Nutzung von Tankstellengrundstücken und bei der Gestattung der Errichtung von Hochspannungsleitungen, Erdgasleitungen uÄ finden (vgl. UStAE 4.12.8); siehe auch BFH V R 4/92, BStBl. II 1995, 610. Dient das Nutzungsrecht ausschließlich der Sicherung des Berechtigten, greift § 4 Nr. 12 nicht ein (BFH V R 11/97, BStBl. II 1998, 169). Die Gleichstellung der Einräumung dinglicher Rechte, die ein Nutzungsrecht an einem Grundstück beinhalten, mit der Vermietung und Verpachtung von Grundstücken ist unionsrechtlich unbedenklich (EuGH C-326/99, UR 2001, 484 – Stichting Goed Wonen; vgl. → Rn. 20). 40

9. Räume zur kurzfristigen Beherbergung

Die Vermietung von Wohn- und Schlafräumen zur kurzfristigen Beherbergung von Fremden ist von der Befreiung ausgenommen. Damit soll eine Abgrenzung insbesondere zu den Vermietungsumsätzen des Hotel- und Gaststättengewerbes erzielt werden, die nicht dem allgemeinen Zweck des § 4 Nr. 12 entsprechen, die Wohnungsmieten von der Belastung mit USt freizuhalten. Systematisch ist § 4 Nr. 12 S. 2 ein Ausnahmetatbestand zu § 4 Nr. 12 S. 1 Buchst. a (BFH V R 18/12, DStR 2013, 2275). Der Sinn der Befreiungsvorschrift ist bzgl. der Wohnung auf die Vermietung zur Begründung des Wohnsitzes oder dauernden Aufenthaltes beschränkt. Die Vermietung möblierter Räume oder Gebäude ist steuerfrei, wenn es sich um eine auf Dauer angelegte und nicht um eine kurzfristige Überlassung handelt (BFH V R 18/12, DStR 2013, 2275; V R 21/08, UR 2010, 263; V R 112/93, BFH/NV 1996, 182; V R 6/95, BFH/NV 1996, 583; V R 26/98, BFH/NV 1999, 84; V B 125/97, BFH/NV 1998, 1007). In Anlehnung an § 9 S. 2 AO wird man einen Aufenthalt von mehr als sechs Monaten nicht mehr als kurzfristig ansehen können (BFH XI R 69/90, UR 1995, 20; vgl. auch → Rn. 36). Das steht im Einklang mit dem Unionsrecht (EuGH C-346/95, UR 1998, 189 – Blasi). 41

Der Vermietungsunternehmer muss die Räume zur kurzfristigen Beherbergung von Fremden **bereithalten.** Darin liegt insofern ein **subjektives** Element, als es nicht auf die tatsächliche Dauer der Vermietung, sondern auf die aus den äußeren Umständen ableitbare diesbezügliche Absicht des Vermieters ankommt (BFH V R 7/13, BFH/NV 2013, 1952; V R 21/98, BFH/NV 1999, 837; V B 125/97, UR 1998, 425; V R 112/93, BFH/NV 1996, 182; V R 6/95, BFH/NV 1996, 583). Hierfür ist eine Würdigung der Gesamtumstände erforderlich. Anhaltspunkte können sein die **vereinbarte Vertragsdauer** (BFH V R 6/95, BFH/NV 1996, 583), die kurzfristige Kündbarkeit des Mietvertrages (BFH V R 6/95, BFH/NV 1996, 583; vgl. aber auch *Schröder* StBp 1980, 174) und die **tatsächliche Verweildauer** des Gastes (HessFG 6 V 23/83, EFG 1984, 524, rkr). Der Regelungsgehalt des § 4 Nr. 12 S. 2 steht, soweit er die Vermietung zur kurzfristigen Beherbergung von Fremden betr., auch in Gestalt der Auslegung durch den BFH im Einklang mit Art. 135 Abs. 2 Buchst. a MwStSystRL (Art. 13 Teil B Buchst. b Nr. 1 6. EG-RL; EuGH C-346/95, UR 1998, 189; Schlussantrag des Generalanwalts hierzu in IStR 1998, 725; Zweifel hieran hatte das FG München in seinem Vorlagebeschluss 3 K 4271/93, EFG 1996, 775). 42

Bei **Asylbewerbern** geht die Rechtsprechung für den Normalfall von einer Verweildauer von weniger als sechs Monaten aus (BFH V R 88/86, BFH/NV 1990, 810; 43

FG Nürnberg II 38/91, EFG 1992, 632 rkr; vgl. auch *Busl* UR 1989, 42; *Pflüger* UR 1991, 217). Gewährt der Unternehmer Asylbewerbern oder Aussiedlern Unterkunft auf der Grundlage von Mietverträgen, die er mit dem für diese zuständigen Bundesland geschlossen hat, so richtet sich die umsatzsteuerliche Beurteilung im Hinblick auf die Steuerbefreiung nach den Vereinbarungen mit dem Land und nicht nach der Verweildauer der Asylbewerber (BFH V R 38/91, BStBl. II 1994, 585; V R 6/95, BFH/NV 1996, 583).

44 Die Steuerbefreiung ist ausgeschlossen, wenn der Unternehmer dieselben Räume **wahlweise** zur lang- oder kurzfristigen Vermietung anbietet, weil die Räume in diesem Fall jedenfalls auch zur kurzfristigen Beherbergung bereitgehalten werden (BFH XI R 69/90, UR 1995, 20; X R 5/82, BStBl. II 1988, 795; V R 46/83, BStBl. II 1988, 1021).

45 Der **Begriff der „Fremden"** dient der Abgrenzung gegenüber Gefälligkeitsleistungen, insbesondere an Verwandte und Bekannte. Auch **Arbeitnehmer** sind keine Fremden in diesem Sinn (HessFG 6 K 2777/94, BeckRS 1997, 30906516; FG München 3 K 1023/90, BeckRS 1991, 07332, rkr unter Hinweis auf Art. 135 Abs. 2 Buchst. a MwStSystRL (Art. 13 Teil B Buchst. b Nr. 1 6. EG-RL); aA NdsFG V 41/75, EFG 1979, 103). Die Überlassung von **Werkdienstwohnungen** und **Personalunterkünften** an Arbeitnehmer des Vermieters ist deshalb ungeachtet der Dauer der Vermietung steuerfrei (BFH V R 2/79, BStBl. II 1988, 88; V R 46/83, BStBl. II 1988, 1021). Diese Auslegung lässt sich auch aus einer richtlinienkonformen Auslegung des Art. 135 Abs. 2 Buchst. a MwStSystRL herleiten. Danach wird die Vermietung und Verpachtung von Grundstücken von der USt befreit, allerdings mit Ausnahme der Gewährung von Unterkunft im Hotelgewerbe.

46 Ergeben die äußeren Umstände, dass der Schwerpunkt der Leistung nicht in der Überlassung zu Wohn- oder Schlafzwecken liegt, sondern in der Einräumung der Möglichkeit, in den Räumen sexuelle Dienstleistungen zu erbringen (BFH V R 18/12, DStR 2013, 2275) oder zu konsumieren (BFH V R 30/14, DStR 2015, 2547), fehlt es an der Beherbergung. Der Vermieter gewährt nicht Unterkunft (Beherbergung), sondern stellt Räume zur Verfügung. Dies gilt unabhängig davon, ob die Räume von der Prostituierten (BFH V R 18/12, DStR 2013, 2275) oder von deren Freier (BFH V R 30/14, DStR 2015, 2547) angemietet werden.

10. Platzvermietung

47 Von der Steuerbefreiung der Grundstücksvermietung ausgenommen sind die Vermietung von Plätzen für das Abstellen von Fahrzeugen (insbesondere **Parkplätzen**) und die **kurzfristige** Vermietung auf **Campingplätzen** (vgl. BFH V R 91/07, BStBl. II 2009, 615; V R 70/05, DStR 2009, 2308; V R 52/05, BStBl. II 2006, 731; XI R 51/06, UR 2008, 781; EuGH C-102/08, DStR 2009, 1196 – Salix). Durch die Regelung sollen Abgrenzungsschwierigkeiten und Wettbewerbsverzerrungen vermieden und den Unternehmern der Zugang zum Vorsteuerabzug aus den oft erheblichen Kosten für die Errichtung der Plätze ermöglicht werden.

48 Die langfristige Vermietung von Campingplätzen ist nach § 4 Nr. 12 S. 1 Buchst. a iVm Satz 2 steuerfrei. Das verstößt nicht gegen Art. 13 Teil B Buchst. b Nr. 1 6. EG, wonach die Vermietung von als Campingplätze erschlossenen Grundstücken nicht steuerbefreit ist, weil der nationale Gesetzgeber befugt war, diese Regelung auf kurzfristige Vermietungen zu beschränken (vgl. BFH V R 91/07, BStBl. II 2009, 615; XI R 51/06, BStBl. II 2009, 63).

49 Die Lieferung von **Strom** und **Wasser** kann unselbstständige Nebenleistung der steuerfreien Standplatzvermietung an Marktbeschicker bzw. der steuerfreien langfristigen Campingplatzvermietung sein (BFH V R 91/07, BStBl. II 2009, 615; V R 12/05, BStBl. II 2009, 60 im Gegensatz zu UStAE 4.12.3, 4.12.1).

Bis zum 31.12.1991 war auch die Vermietung von Plätzen für das Abstellen von Fahrzeugen nur steuerpflichtig, wenn sie kurzfristig erfolgte. 50

Der Begriff der „Vermietung von Plätzen für das Abstellen von Fahrzeugen" iSd Art. 135 Abs. 2 Buchst. b MwStSystRL (Art. 13 Teil B Buchst. b 6. EG-RL) umfasst die Vermietung aller für das Abstellen von Fahrzeugen bestimmten Flächen einschließlich geschlossener Garagen (vgl. EuGH C-102/08, DStR 2009, 1196 – Salix; BFH V R 70/05, DStR 2009, 2308; V R 52/05, BStBl. II 2006, 731). Die Vermietung für das Abstellen von Fahrzeugen bestimmter Flächen kann jedoch dann nicht von der Steuerbefreiung ausgeschlossen werden, wenn sie mit der steuerfreien Vermietung von Grundstücken, die für einen anderen Gebrauch bestimmt sind, eng verbunden ist. Das ist dann der Fall, wenn der Platz für das Abstellen von Fahrzeugen und das für einen anderen Gebrauch bestimmte Grundstück Teil ein und desselben Gebäudekomplexes sind und diese beiden Gegenstände von ein und demselben Vermieter an ein und denselben Mieter vermietet werden (EuGH C-173/88, UR 1991, 42 – Henriksen; BFH V B 12/06, UR 2007, 938). 51

Der Ausschluss von der Steuerbefreiung in § 4 Nr. 12 S. 2 gilt für die Vermietung eines Parkplatzgrundstückes auch dann, wenn der Mieter dort zwar nicht selbst parken will, aber entsprechend der Vereinbarung im Mietvertrag das Grundstück Dritten zum Parken überlässt (BFH V R 52/05, UR 2006, 592). 52

Als **kurzfristig** sieht die FVerw bei der Vermietung auf Campingplätzen einen Zeitraum bis zu 6 Monaten an (UStAE 4.12.3). Im Gegensatz zum Bereithalten von Räumen zur kurzfristigen Beherbergung (→ Rn. 30) kommt es hier nicht auf die Absicht des Unternehmers, sondern auf die vertraglich vereinbarte Mietdauer an. Zur langfristigen Vermietung von Campingplätzen → Rn. 17. Die Möglichkeit des Mieters, den konkreten Stellplatz auf dem Campinggelände selbst frei auszuwählen, steht der Annahme eines Mietvertrages nicht entgegen (vgl. BFH V R 46/88, BStBl. II 1992, 368; V R 95/89, BStBl. II 1992, 209; V R 89/86, BStBl. II 1992, 108). 53

11. Maschinen und Betriebsvorrichtungen

Die Vermietung von **Maschinen und Betriebsvorrichtungen** ist auch dann nicht umsatzsteuerfrei, wenn die betreffenden Gegenstände wesentliche Bestandteile eines Grundstücks sind, § 4 Nr. 12 letzter Halbsatz (zu Versorgungseinrichtungen von Mobilheimplätzen vgl. BFH V R 19/96, DStR 1998, 1385; NdsFG V 26/92, BeckRS 1996, 12663). Zum Begriff der Betriebsvorrichtungen → § 4 Nr. 9 Rn. 9. Es besteht zwar keine Bindung an die grunderwerbsteuerrechtliche Beurteilung, aber ebenso wie dort scheiden Pflanzen (Obstbäume) als Betriebsvorrichtung aus (BFH V R 50/10, BFH/NV 2011, 1407). Bei der langfristigen Vermietung einer Turnhalle an eine Schule sind die Umsätze in eine steuerfreie Grundstücksvermietung und eine steuerpflichtige Vermietung von Betriebsvorrichtungen aufzuteilen (BFH XI R 23/08, BStBl. II 2010, 208). 54

12. Sportanlagen

Der BFH hat mit Urteil V R 97/98 (BStBl. II 2001, 658 mAnm *Küffner* DStR 2001, 1422; siehe auch BMF 17.4.2003, BStBl. I 2003, 279) die damalige Unterscheidung zwischen einer steuerfreien Grundstücksvermietung und einer steuerpflichtigen Vermietung von Betriebsvorrichtungen bei der Vermietung von Sportanlagen aufgegeben (zur vorherigen Rechtsauffassung vgl. 9. Aufl. § 4 Nr. 12 Rn. 38ff.; vgl. zur Problematik einschließlich umfassender Darstellung der Rechtsprechung des EuGH hierzu *Dziadkowski* UR 2001, 242). 55

Bei der Überlassung von Sporteinrichtungen iVm weiteren Nutzungsangeboten (Überlassung von Tennis-, Squash- oder Badmintonplätzen mit der Möglichkeit Sauna, Solarium, Fitnesseinrichtungen oder Gastronomiebereiche zu nutzen) handelt 56 es sich um eine einheitliche steuerpflichtige Leistung (BFH XI R 71/07, BStBl. II 2010, 209). Der BFH stützt sich dabei auf Art. 135 Abs. 2 MwStSystRL (Art. 13 Teil B Buchst. b 6. EG-RL) und die hierzu ergangene Rechtsprechung des EuGH. Art. 135 Abs. 1 Buchst. l, Abs. 2 MwStSystRL (Art. 13 Teil B Buchst. b 6. EG-RL) sieht vor, dass die Mitgliedstaaten die Vermietung und Verpachtung von Grundstücken mit Ausnahme iE näher beschriebener Fälle von der Steuer befreien. Der EuGH hat hierzu entschieden, dass die Steuerbefreiungen der Art. 132ff. Mehrwertsteuer-System-RL (Art. 13 6. EG-RL) eng auszulegen sind. Dienstleistungen, die mit Sport und Körperertüchtigung zusammenhängen, sind dabei möglichst als Gesamtheit zu würdigen (EuGH C-150/99, UR 2001, 153 – Stockholm Lindöpark AB). Von diesen Grundsätzen ausgehend hat der BFH die künstliche Aufteilung zwischen Vermietung von Betriebsvorrichtungen und Grundstücksanteilen aufgegeben, weil in den genannten Fällen der Nutzungsüberlassung von Sporteinrichtungen die Dienstleistung nicht durch die Grundstücksüberlassung unter Ausschluss anderer Benutzer sondern durch die Möglichkeit, das Einrichtungsangebot insgesamt in Anspruch zu nehmen geprägt wird. Durch das Gesetz zur Sicherstellung einer Übergangsregelung für die Umsatzbesteuerung von Alt-Sportanlagen (BGBl. 2002 I 3441) ist eine Übergangsregelung in § 27 Abs. 6 aufgenommen worden. Danach können Umsätze aus der Nutzungsüberlassung von Sportanlagen bis zum 31.12.2003 weiterhin in eine steuerfreie Grundstücksüberlassung und in eine steuerpflichtige Überlassung von Betriebsvorrichtungen aufgeteilt werden. Diese Übergangsregelung ist durch das Gesetz vom 23.4.2004 (BGBl. 2004 I 601) bis zum 31.12.2004 verlängert worden.

13. Unionsrecht

57 Bei der Vermietung von Sportanlagen ist auch an eine unmittelbare Anwendung von Art. 132 Abs. 1 Buchst. m MwStSystRL zu denken. Danach können die Mitgliedstaaten bestimmte in engem Zusammenhang mit Sport und Körperertüchtigung stehende Dienstleistungen, die Einrichtungen ohne Gewinnstreben an Personen erbringen, die Sport oder Körperertüchtigung ausüben, von der Umsatzsteuer befreien. Dabei ist gemäß Art. 134 MwStSystRL die Steuerbefreiung ausgeschlossen, wenn die Leistungen zur Ausübung der Tätigkeiten, für die Steuerbefreiung gewährt wird, nicht unerlässlich sind (Buchst. a) oder sie im Wesentlichen dazu bestimmt sind, der Einrichtung zusätzliche Einnahmen durch Tätigkeiten zu verschaffen, die in unmittelbarem Wettbewerb mit Tätigkeiten von der Mehrwertsteuer unterliegenden gewerblichen Unternehmen durchgeführt werden (Buchst. b). Ob das der Fall ist, ist durch die nationalen Gerichte zu prüfen und zu entscheiden (EuGH C-253/07, Slg. I 2008, 7824 – Canterbury Hockey Club; vgl. auch BFH V R 14/15, UR 2016, 957; XI R 34/11, BFHE 243, 435).

58 Allerdings kommt für Tätigkeiten, die den **Kernbereich** der Befreiung nach Art. 132 Abs. 1 Buchst. m MwStSystRL betreffen, ein Ausschluss nach Art. 134 Buchst. b MwStSystRL nicht in Betracht, weil ansonsten die Befreiung in weiten Teilen leer liefe (vgl. BFH V R 14/15, UR 2016, 957; XI R 34/11, BFHE 243, 435; V R 74/07, BFHE 221, 451; XI R 21/09, BFHE 233, 269). Bei der **Kernbereichsrelevanz** handelt es sich um ein vom BFH entwickeltes Kriterium der engen Auslegung des Art. 134 Buchst. b MwStSystRL, um die Wirksamkeit der Steuerbefreiungen in Art. 132 Abs. 1 MwStSystRL zu erhalten (BFH V R 14/15, UR 2016, 957). Der Kernbereichsbegriff in diesem Sinne ist aber enger als der der Unerlässlichkeit, weil andernfalls mit der Annahme der Unerlässlichkeit iSd Art. 134 Buchst. a MwStSystRL stets die Voraussetzungen des Art. 134 Buchst. b MwStSystRL (wegen einer Kernbereichsrelevanz) zu verneinen wären. Für Art. 134 Buchst. b MwStSystRL würde danach kein Anwendungsbereich verbleiben. Der Kernbereich wird nur von Leistungen betroffen, die **direkt** und **unmittelbar** die Ausübung des Sports betreffen (BFH V R 14/15, UR 2016, 957).

§ 4 Nr. 13 (Leistungen der Wohnungseigentümergemeinschaften)

Von den unter § 1 Abs. 1 Nr. 1 fallenden Umsätzen sind steuerfrei:

13. die Leistungen, die die Gemeinschaften der Wohnungseigentümer im Sinne des Wohnungseigentumsgesetzes in der im Bundesgesetzblatt Teil III, Gliederungsnummer 403-1, veröffentlichten bereinigten Fassung, in der jeweils geltenden Fassung an die Wohnungseigentümer und Teileigentümer erbringen, soweit die Leistungen in der Überlassung des gemeinschaftlichen Eigentums zum Gebrauch, seiner Instandhaltung, Instandsetzung und sonstigen Verwaltung sowie der Lieferung von Wärme und ähnlichen Gegenständen bestehen;

EU-Recht: Protokollerklärung Nr. 7 zu Art. 13 6. EG-RL
UStAE: 4.13.1

1. Normzweck

Die Wohnungseigentümergemeinschaften sind als solche Unternehmer. Soweit sie Sonderleistungen an Wohnungs- oder Teileigentümer erbringen, handelt es sich um steuerbare Leistungen. Gegenüber Mietern wären solche Leistungen nach § 4 Nr. 12 steuerfrei. § 4 Nr. 13 soll insoweit die Wohnungs- oder Teileigentümer mit den Mietern gleichstellen. Die Vorschrift führt zum Verlust des Vorsteuerabzugs. Auf die Befreiung kann verzichtet werden (§ 9), und zwar bzgl. jeder einzelnen Leistung. Die Option erfolgt durch die Wohnungseigentümergemeinschaft auf Grund eines entsprechend gefassten Beschlusses (BayObLG 2 Z BR 28/96, UR 1997, 481). Das empfiehlt sich wegen des Vorsteuerabzugs, wenn auch nur einer der Eigentümer die Räume unternehmerisch nutzt (vgl. auch *Weimann/Randszus* UR 1997, 462; *Schelnberger* BB 1987, 1648). 1

2. Umfang der Befreiung

§ 4 Nr. 13 befreit grds. nur die Leistungen, die das gemeinschaftliche Eigentum betreffen. Soweit Leistungen für das Sondereigentum der Wohnungs- und Teileigentümer erbracht werden, bleibt die Steuerpflicht bestehen (zB bei Reparaturleistungen innerhalb der Wohnung). Einzelheiten siehe UStAE 4.13.1. Eine Ausnahme gilt bzgl. der Lieferung von Wärme und ähnlichen Gegenständen. Sie ist steuerfrei, obwohl sie sich aufteilbar auf das Sondereigentum bezieht. Zu den „ähnlichen Gegenständen" rechnet die FVerw (UStAE 4.13.1) warmes Wasser, nicht aber Kohlen, Koks, Heizöl und Gas. Bei Gas ist diese Einschränkung uE unzutreffend, denn es fließt wie die Wärme durch Gemeinschaftsleitungen in die Räume der Eigentümer und wird dort in Wärme umgesetzt. Es wird allerdings – ebenso wie Elektrizität und Wasser – nur durch die Wohnungseigentümergemeinschaft geliefert, soweit nicht für jeden einzelnen Wohnungs- oder Teileigentümer ein gesonderter Zähler besteht, mit dessen Hilfe das Versorgungsunternehmen unmittelbar mit dem Verbraucher abrechnet. Auch andere – an sich aufteilbare – Leistungen, über die die Wohnungseigentümergemeinschaft durch Umlagen abrechnet, fallen nach UStAE 4.13.1 unter § 4 Nr. 13, zB Waschmaschinenbenutzung, Flurbeleuchtung, Müllabfuhr, Straßenreinigung. 2

§ 4 Nr. 14 (Heilberufe)

Von den unter § 1 Abs. 1 Nr. 1 fallenden Umsätzen sind steuerfrei:

14. a) Heilbehandlungen im Bereich der Humanmedizin, die im Rahmen der Ausübung der Tätigkeit als Arzt, Zahnarzt, Heilpraktiker, Physiotherapeut, Hebamme oder einer ähnlichen heilberuflichen Tätigkeit durchgeführt werden. [2]Satz 1 gilt nicht für die Lieferung oder Wiederherstellung von Zahnprothesen (aus Unterpositionen 9021 21 und 9021 29 00 des Zolltarifs) und kieferorthopädischen Apparaten (aus Unterposition 9021 10 des Zolltarifs), soweit sie der Unternehmer in seinem Unternehmen hergestellt oder wiederhergestellt hat;

b) Krankenhausbehandlungen und ärztliche Heilbehandlungen einschließlich der Diagnostik, Befunderhebung, Vorsorge, Rehabilitation, Geburtshilfe und Hospizleistungen sowie damit eng verbundene Umsätze, die von Einrichtungen des öffentlichen Rechts erbracht werden. [2]Die in Satz 1 bezeichneten Leistungen sind auch steuerfrei, wenn sie von

aa) zugelassenen Krankenhäusern nach § 108 des Fünften Buches Sozialgesetzbuch,

bb) Zentren für ärztliche Heilbehandlung und Diagnostik oder Befunderhebung, die an der vertragsärztlichen Versorgung nach § 95 des Fünften Buches Sozialgesetzbuch teilnehmen oder für die Regelungen nach § 115 des Fünften Buches Sozialgesetzbuch gelten,

cc) Einrichtungen, die von den Trägern der gesetzlichen Unfallversicherung nach § 34 des Siebten Buches Sozialgesetzbuch an der Versorgung beteiligt worden sind,

dd) Einrichtungen, mit denen Versorgungsverträge nach den §§ 111 und 111 a des Fünften Buches Sozialgesetzbuch bestehen,

ee) Rehabilitationseinrichtungen, mit denen Verträge nach *§ 21 des Neunten Buches Sozialgesetzbuch* [*[ab 1.1.2018:]* § 38 des Neunten Buches Sozialgesetzbuch] bestehen,

ff) Einrichtungen zur Geburtshilfe, für die Verträge nach § 134 a des Fünften Buches Sozialgesetzbuch gelten,

gg) Hospizen, mit denen Verträge nach § 39 a Abs. 1 des Fünften Buches Sozialgesetzbuch bestehen, oder

hh) Einrichtungen, mit denen Verträge nach § 127 in Verbindung mit § 126 Absatz 3 des Fünften Buches Sozialgesetzbuch über die Erbringung nichtärztlicher Dialyseleistungen bestehen,

erbracht werden und es sich ihrer Art nach um Leistungen handelt, auf die sich die Zulassung, der Vertrag oder die Regelung nach dem Sozialgesetzbuch jeweils bezieht, oder

ii) von Einrichtungen nach § 138 Abs. 1 Satz 1 des Strafvollzugsgesetzes erbracht werden;

c) Leistungen nach den Buchstaben a und b, die von

aa) Einrichtungen, mit denen Verträge zur hausarztzentrierten Versorgung nach § 73 b des Fünften Buches Sozialgesetzbuch oder zur besonderen ambulanten ärztlichen Versorgung nach § 73 c des Fünften Buches Sozialgesetzbuch bestehen, oder

bb) Einrichtungen nach § 140 b Absatz 1 des Fünften Buches Sozialgesetzbuch, mit denen Verträge zur integrierten Versorgung nach § 140 a des Fünften Buches Sozialgesetzbuch bestehen,

erbracht werden;

d) sonstige Leistungen von Gemeinschaften, deren Mitglieder Angehörige der in Buchstabe a bezeichneten Berufe oder Einrichtungen im Sinne des Buchstaben b sind, gegenüber ihren Mitgliedern, soweit diese Leistungen für unmittelbare Zwecke der Ausübung der Tätigkeiten nach Buchstabe a oder Buchstabe b verwendet werden und die Gemeinschaft von ihren Mitgliedern lediglich die genaue Erstattung des jeweiligen Anteils an den gemeinsamen Kosten fordert;

e) die zur Verhütung von nosokomialen Infektionen und zur Vermeidung der Weiterverbreitung von Krankheitserregern, insbesondere solcher mit Resistenzen, erbrachten Leistungen eines Arztes oder einer Hygienefachkraft, an in den Buchstaben a, b und d genannte Einrichtungen, die diesen dazu dienen, ihre Heilbehandlungsleistungen ordnungsgemäß unter Beachtung der nach dem Infektionsschutzgesetz und den Rechtsverordnungen der Länder nach § 23 Absatz 8 des Infektionsschutzgesetzes bestehenden Verpflichtungen zu erbringen;

EU-Recht: Art. 132 Abs. 1 Buchst. b, c, e, Art. 370 iVm Anh. X Teil A Nr. 1 MwStSystRL (Art. 13 Teil A Abs. 1 Buchst. c, e und f, Art 28 Abs. 3 Buchst. a iVm Anh. E Nr. 2 6. EG-RL)
UStAE: 4.14.1–4.14.9

Übersicht

I. Normzweck

1. Rechtsentwicklung

1 Das UStG 1980 hat die Befreiung auf die klinischen Chemiker ausgedehnt, dagegen bzgl. der Prothetikumsätze der Zahnärzte eingeschränkt. Durch das StBereinG 1999 (BGBl. 1999 I 2601) ist eine redaktionelle Anpassung an das MPhG (BGBl. 1994 I 1084) erfolgt, indem nunmehr der Physiotherapeut (Krankengymnast) als Katalogberuf genannt wird. Durch das StÄndG 2003 (BGBl. 2003 I 2645) ist die Bezugnahme auf § 18 Abs. 1 Nr. 1 EStG mit Wirkung ab 20.12.2003 gestrichen worden. § 4 Nr. 14 S. 4 Buchst. b ist durch das JStG 2007 (BGBl. 2006 I 2878) redaktionell an die geltende Fassung des Zolltarifs angepasst worden.

2 Durch das JStG 2009 (BGBl. 2008 I 2794) ist § 4 Nr. 14 vollständig neu gestaltet worden. Dabei sind Heilbehandlungsleistungen, die bisher von § 4 Nr. 16 umfasst waren, in § 4 Nr. 14 integriert worden. Die Neuregelung soll die Umsetzung der Art. 132 Abs. 1 Buchst. b und c der MwStSystRL gewährleisten und die Befreiung im Lichte der Entwicklung im Bereich des Gesundheitswesens und der dazu ergangenen Rechtsprechung unter Bündelung mit den bisher in § 4 Nr. 16 aF enthaltenen Regelungen weiterentwickeln (BR-Drs. 545/08 zu Art. 7 Nr. 2 Buchst. b). Das BMF hat in einem umfassenden Schreiben vom 26.6.2009 (BStBl. I 2009, 756) zur Neufassung des § 4 Nr. 14 Stellung genommen. Durch das ZollkodexAnpG v. 22.12.2014 (BGBl. I 2417) ist in § 14 Buchst. b S. 2 Doppelbuchst. hh eingefügt worden; der bisherige Doppelbuchst. hh wurde Doppelbuchst. ii.

3 § 4 Nr. 14 Buchst. a behandelt die Steuerbefreiung für die einzelnen Heilberufe. Der Katalog der Heilberufe ist dabei mit Ausnahme des klinischen Chemikers aus § 4 Nr. 14 aF übernommen worden. Dessen Umsätze sollen nunmehr von § 4 Nr. 14 Buchst. b S. 2 Doppelbuchst. cc erfasst werden (BT-Drs. 16/10189, 74). Hierbei dürfte es sich um ein Redaktionsversehen handeln. Als Befreiungstatbestand dürfte insoweit wohl nur Doppelbuchst. bb in Betracht kommen.

4 In § 4 Nr. 14 Buchst. b werden die bisher in § 4 Nr. 16 Buchst. a–c behandelten Leistungen zusammengefasst und weiterentwickelt. Die Neuregelung bedient sich dabei zwar der Fassung des Art. 132 Abs. 1 Buchst. b MwStSystRL, stellt aber ausdrücklich heraus, dass zu den Krankenhausbehandlungen und ärztlichen Heilbehandlungen auch die Diagnostik, die Befunderhebung, die Vorsorge, die Rehabilitation, die Geburtshilfe und die Hospizleistungen gehören. Diese Klarstellung ist angesichts der vom EuGH herausgearbeiteten Definition der Heilbehandlung entbehrlich. Da das Unionsrecht neben Leistungen von Einrichtungen des öffentlichen Rechts auch Leistungen anderer ordnungsgemäß anerkannter Einrichtungen gleicher Art, die in

sozialer Hinsicht unter vergleichbaren Bedingungen erbracht werden, befreit, regelt § 4 Nr. 14 Buchstabe b in Doppelbuchst. aa bis ii und § 4 Nr. 14 Buchst. c ausdrücklich, welche Einrichtungen in Deutschland in diesem Sinne anerkannt sind.

5 Für die Abgrenzung der Anwendungsbereiche des § 4 Nr. 14 Buchst. a und Buchst. b ist weniger die Art der Leistung als vielmehr der Ort ihrer Erbringung maßgebend. Während § 4 Nr. 14 Buchst. a auf Leistungen anzuwenden ist, die außerhalb von Krankenhäusern und ähnlichen Einrichtungen im Rahmen eines persönlichen Vertrauensverhältnisses zwischen Patient und Behandelndem, zB in Praxisräumen des Behandelnden oder in der Wohnung des Patienten erbracht werden, betrifft § 4 Nr. 14 Buchst. b Leistungen aus einer Gesamtheit von ärztlichen Heilbehandlungen in Einrichtungen mit sozialer Zweckbestimmung (zB Krankenhäusern; vgl. EuGH C-45/01, DStRE 2004, 99 – Dornier).

5a Zu den im AmtshilfeRLUmsG v. 26.6.2013 (BGBl. 2013 I 1809) erfolgten Änderungen vgl. → Rn. 31 und → Rn. 96.

2. Bedeutung

6 Die Vorschrift soll in erster Linie der Kostensenkung bei den Sozialversicherungsträgern dienen. Sie wirkt sich aber unabhängig vom Kreis der Empfänger auf die Kosten des Gesundheitswesens insgesamt aus, weil alle entsprechenden Leistungen von der USt befreit sind. Die Befreiung ist unvollkommen, weil sie zum Verlust des Vorsteuerabzugs führt. Ein Verzicht auf die Befreiung ist nicht möglich. Bei großem Vorsteueranfall, insbesondere bei Eröffnung einer Praxis, ist die Befreiung daher nachteilig.

7 Im Gesundheitswesen sind in den vergangenen Jahren eine Vielzahl neuer Heil- oder Heilhilfsberufe entstanden, für die keine speziellen gesetzlichen Regelungen geschaffen worden sind. Das hat nicht zuletzt auch zu diversen Entscheidungen des EuGH zu diesem Problembereich geführt (vgl. → Rn. 12).

8 Die Vorschrift ist richtlinienkonform unter Berücksichtigung des Befreiungszwecks auszulegen (BFH V B 98/06, BStBl. II 2008, 35; V R 1/02, BStBl. II 2005, 675; V R 7/05, BStBl. II 2007, 412). Steuerbefreit sind nur Tätigkeiten, die zum Zweck der Vorbeugung, der Diagnose, der Behandlung, und soweit möglich, der Heilung von Krankheiten oder Gesundheitsstörungen bei Menschen vorgenommen werden. Dabei muss das Hauptziel der Behandlung der Schutz der Gesundheit sein. Leistungen, die keinen unmittelbaren Krankheitsbezug aufweisen, weil sie lediglich den allgemeinen Gesundheitszustand verbessern sollen, sind dagegen grundsätzlich steuerpflichtig (BFH V R 54/05, BStBl. II 2008, 263).

II. EU-Recht

9 Nach Art. 132 Abs. 1 Buchst. b MwStSystRL befreien die Mitgliedstaaten ua die ärztlichen Heilbehandlungen und die eng mit ihnen verbundenen Umsätze von der Steuer, die von Einrichtungen des öffentlichen Rechts oder unter Bedingungen, die mit den Bedingungen für diese Einrichtungen in sozialer Hinsicht vergleichbar sind, von Krankenanstalten, Zentren für ärztliche Heilbehandlung und Diagnostik und anderen ordnungsgemäß anerkannten Einrichtungen gleicher Art durchgeführt bzw. bewirkt werden. Mit dieser Regelung korrespondiert § 4 Nr. 16.

10 Art. 132 Abs. 1 Buchst. c MwStSystRL sieht demgegenüber die steuerliche Befreiung für Leistungen im Bereich der Humanmedizin vor, die im Rahmen der Ausübung der von dem betreffenden Mitgliedstaat definierten ärztlichen und arztähnlichen Berufe erbracht werden. Dem entspricht die Regelung in § 4 Nr. 14.

11 Der Unterschied der beiden unionsrechtlichen Regelungen besteht weniger in der Art der Leistung als vielmehr im Leistungsort. Während Art. 132 Abs. 1 Buchst. b

MwStSystRL solche Leistungen befreit, die aus einer Gesamtheit von ärztlichen Heilbehandlungen in Einrichtungen mit sozialer Zweckbestimmung wie der des Schutzes der menschlichen Gesundheit bestehen, sind nach Art. 132 Abs. 1 Buchst. c MwStSystRL steuerfrei Leistungen, die außerhalb von Krankenhäusern im Rahmen eines Vertrauensverhältnisses zwischen Patient und Behandelndem erbracht werden, sei es in den Praxisräumen des Behandelnden, in der Wohnung des Patienten oder an einem anderen Ort (EuGH C-86/09, UR 2010, 540 – Future Health Technology; C-262/08, UR 2010, 526 – CopyGene; C-106/05, DStRE 2006, 811 Rn. 22 – LuP; C-45/01, DStRE 2004, 99 Rn. 47 – Dornier jeweils zu Art. 13 Teil A Abs. 1 Buchst. c der 6. EG-RL; zur Abgrenzung zwischen § 4 Nr. 14 und § 4 Nr. 16 vgl. auch *Michels/Ketteler-Eising* UR 2006, 619). Diese vom BFH übernommene Differenzierung der Steuerbefreiung nach ärztlichen Heilbehandlungen und Leistungen von Krankenhäusern (BFH V R 53/00, BStBl. II 2004, 677) ist verfassungsrechtlich nicht zu beanstanden (BVerfG 1 BvR 1316/04, DStRE 2007, 1335).

12 Den Grundsatz, dass Steuerbefreiungen eng auszulegen sind, relativiert der EuGH für den Begriff der ärztlichen Heilbehandlung iSd Art. 132 Abs. 1 Buchst. b MwStSystRL. Dieser Begriff sei angesichts der mit der Steuerbefreiung verfolgten Zielsetzung, die Heilungskosten zu senken, „nicht besonders eng auszulegen" (EuGH C-45/01, DStRE 2004, 99 Rn. 42, 48 – Dornier). Diese Aussage des EuGH betrifft zwar Art. 132 Abs. 1 Buchst. b MwStSystRL (Art. 13 Teil A Abs. 1 Buchst. b der 6. EG-RL), also die Krankenhausbehandlung und die ärztliche Heilbehandlung, die von Einrichtungen des öffentlichen Rechts oder von ähnlichen näher beschriebenen Einrichtungen durchgeführt werden. Die Argumentation mit der beabsichtigten Senkung der Heilungskosten trifft aber im selben Umfang auf Art. 132 Abs. 1 Buchst. c MwStSystRL (Art. 13 Teil A Abs. 1 Buchst. c der 6. EG-RL) zu (EuGH C-366/12, DStR 2014, 587 Rn. 26ff. – Klinikum Dortmund).

13 EU-rechtlich muss der Steuerpflichtige im Rahmen des Art. 132 Abs. 1 Buchst. c MwStSystRL zwei Voraussetzungen erfüllen, nämlich „Heilbehandlungen im Bereich der Humanmedizin" durchführen und diese „im Rahmen der Ausübung der von dem betreffenden Mitgliedstaat definierten ärztlichen oder arztähnlichen Berufe" erbringen.

14 Die Definition der arztähnlichen Berufe obliegt den Mitgliedstaaten, denen insoweit ein Ermessen eingeräumt ist. Bei der Ausübung dieses Ermessens haben die Mitgliedstaaten aber den Grundsatz der Gleichbehandlung, der im Bereich der Mehrwertsteuer im Grundsatz der steuerlichen Neutralität zum Ausdruck kommt, zu beachten (EuGH C-443/04 und C-444/04, DStRE 2007, 377 – Solleveld; C-45/01, DStRE 2004, 99 – Dornier). Dabei können Heilbehandlungen im Bereich der Humanmedizin nur insoweit als gleichwertig angesehen werden, als sie für die Patienten eine gleichwertige Qualität aufweisen, die in der beruflichen Qualifikation des Behandelnden ihren Ausdruck findet. Ein Verstoß gegen den Grundsatz der steuerlichen Neutralität liegt nur dann vor, „wenn nachgewiesen werden kann, dass die Personen, die diesen Beruf oder diese Tätigkeit ausüben, für die Durchführung solcher Heilbehandlungen über berufliche Qualifikationen verfügen, die gewährleisten können, dass diese Behandlungen denjenigen qualitativ gleichwertig sind, die von Personen erbracht werden, die nach den betreffenden nationalen Rechtsvorschriften in den Genuss der Befreiung gelangen" (EuGH C-443/04 und C-444/04, DStRE 2007, 377 – Solleveld).

15 Eine ärztliche oder arztähnliche Leistung erfordert einen medizinischen Eingriff, der zum Zweck der Vorbeugung, Diagnose und Behandlung von Krankheiten und Gesundheitsstörungen vorgenommen wird (EuGH C-106/05, DStRE 2006, 811 – LuP; C-45/01, DStRE 2004, 99 – Dornier; C-141/00, DStRE 2002, 1196 – Kügler GmbH). Das Hauptziel der Leistung muss dabei im Schutz einschließlich der Aufrechterhaltung oder Wiederherstellung der Gesundheit bestehen (EuGH C-212/01, DStRE 2004, 44 Rn. 42 – Unterpertinger).

Leistungen im Rahmen der **Grundpflege** (Körperpflege, Zubereiten und Hilfe bei der Aufnahme der Nahrung, An- und Auskleiden, Hilfe beim Aufstehen und Zubettgehen) und **hauswirtschaftlichen Versorgung** (Einkaufen, Kochen, Wohnungsreinigung, Waschen der Kleidung) werden von der Steuerbefreiung des § 4 Nr. 14 nicht umfasst. Diese Leistungen stellen aber eng mit der Sozialfürsorge und der sozialen Sicherheit verbundene Dienstleistungen iSv Art. 132 Abs. 1 Buchst. g MwStSystRL dar (EuGH C-141/00, DStRE 2002, 1196 – Kügler GmbH; BFH V R 1/98, DStRE 2004, 1043 zu Art. 13 Teil A Abs. 1 Buchst. g 6. EG-RL). Insoweit kommt die Berufung unmittelbar auf Art. 132 Abs. 1 Buchst. g MwStSystRL (Art. 13 Teil A Abs. 1 Buchst. g 6. EG-RL) in Betracht (EuGH C-498/03, UR 2005, 453 – Kingscrest und Montecello; C-141/00, DStRE 2002, 1196 – Kügler GmbH; BFH V R 71/03, UR 2006, 166). 16

Zusammengefasst sind dies die richtungsweisenden Entscheidungen des EuGH zur ustlichen Behandlung von Heilberufen: 17
- EuGH C-86/09, UR 2010, 540 – Future Health Technology;
- EuGH C-262/08, UR 2010, 526 – CopyGene;
- EuGH C-237/09, UR 2010, 624 – Nathalie de Fruytier;
- EuGH C-473/08, DStR 2010, 218 – Eulitz GbR;
- EuGH C-444/04, DStRE 2007, 377 – Solleveld;
- EuGH C-106/05, DStRE 2006, 811 – LuP GmbH;
- EuGH C-212/01, DStRE 2004, 44 – Unterpertinger;
- EuGH C-307/01, DStRE 2004, 47 – Peter d'Ambrumenil;
- EuGH C-45/01, DStRE 2004, 99 – Christoph-Dornier-Stiftung;
- EuGH C-141/00, DStRE 2002, 1196 – Kügler GmbH;
- EuGH C-366/12, DStR 2014, 812 – Klinikum Dortmund.

einstweilen frei **18, 19**

III. § 4 Nr. 14 Buchst. a

1. Grundvoraussetzungen

§ 4 Nr. 14 Buchst. a setzt voraus, dass der Steuerpflichtige Heilbehandlungen im Bereich der Humanmedizin im Rahmen eines der dort genannten Berufe ausübt und dass der Umsatz aus einer typischen Tätigkeit des betreffenden Berufs erzielt worden ist. Es handelt sich dabei durchweg um die freie Berufstätigkeit von Angehörigen der **Heil- und der Heilhilfsberufe.** Nicht zu den Umsätzen aus einer berufstypischen Tätigkeit gehören insbes. die **Hilfsgeschäfte** (zB Verkauf des Praxis-Pkw, Veräußerung der gesamten Praxis – vgl. aber § 4 Nr. 28. Eine entsprechende Unterscheidung gilt für die **unentgeltlichen Wertabgaben** iSd § 3 Abs. 1b und § 3 Abs. 9a, die durch das StEntlG 1999/2000/2002 in das UStG aufgenommen worden sind und die Eigenverbrauchsbesteuerung abgelöst haben. So ist die ärztliche Behandlung eines Familienangehörigen stfrei, die private Nutzung des Praxis-Pkw hingegen steuerpflichtig (vgl. BFH V R 101/71, BStBl. II 1972, 102). Zu beachten können in diesem Zusammenhang die Steuerbefreiung des § 4 Nr. 28 oder die Steuervergünstigung des § 19 sein. Zu Medikamentenumsätzen der Ärzte → Rn. 17. 20

2. Begünstigter Personenkreis

Der begünstigte Personenkreis ergibt sich aus der Aufzählung des § 4 Nr. 14 Buchst. a iVm den betreffenden Berufsgesetzen (Ausnahmen → Rn. 8ff.). Es handelt sich um folgende Regelungen: 21
- Bundesärzteordnung idF vom 16. 4. 1987, BGBl. 1987 I 1218;

- Gesetz über die Ausübung der Zahnheilkunde idF vom 16.4.1987, BGBl. 1987 I 1225;
- HeilpraktikerG vom 17.2.1939, RGBl. 1939 I 251 (zuletzt geändert durch Gesetz vom 23.10.2001, BGBl. 2001 I 2702);
- Gesetz über die Ausübung der Berufe des Masseurs, des Masseurs und medizinischen Bademeisters und des Krankengymnasten vom 21.12.1958 (zuletzt geändert durch Gesetz vom 25.6.1969, BGBl. 1969 I 645) ist durch § 19 des Gesetz über die Berufe in der Physiotherapie (MPhG, BGBl. 1994 I 1084) aufgehoben worden;
- Gesetz über den Beruf der Hebamme und des Entbindungspflegers (HebG) vom 4.6.1985 (BGBl. 1985 I 902) iVm der Ausbildungs- und Prüfungsverordnung für Hebammen und Entbindungspfleger in der Bekanntmachung vom 16.3.1987 (BGBl. 1987 I 929);
- Gesetz über die Berufe in der Altenpflege (AltenpflegeG) vom 17.11.2000 (BGBl. 2000 I 1513);
- Gesetz über den Beruf der Podologin und des Podologen (BGBl. 2001 I 3320).

Den genannten Berufen ist gemeinsam, dass ihre Ausübung einer staatlichen Erlaubnis bedarf und der Überwachung durch die Gesundheitsbehörden unterliegt (vgl. BFH V R 88/72, BStBl. II 1975, 522).

22 **a) Rechtsform.** Auf die Rechtsform unter der der heilberuflich Tätige seine Leistungen erbringt, kommt es nicht an (EuGH C-141/00, DStRE 2002, 1196 – Kügler; BVerfG 2 BvR 2861/93, BStBl. II 2000, 160; BFH V R 55/03, UR 2007, 497 mAnm *Hölzer*). Steuerbefreit sind deshalb auch die Leistungen von juristischen Personen, die heilberufliche Leistungen erbringen und deren Mitglieder oder Gesellschafter Angehörige eines Heil- oder Heilhilfsberufes sind (BVerfG 2 BvR 2861/93, DStR 1999, 1984; BFH XI R 53/96, DStR 1998, 763; NdsFG V 124/95, BeckRS 1996, 12659 und V 53/95, DStRE 1997, 391). Die Steuerbefreiung hängt im Wesentlichen davon ab, ob es sich um ärztliche oder arztähnliche Leistungen handelt und dass diese von Personen erbracht werden, die die erforderlichen beruflichen Befähigungsnachweise besitzen (vgl. EuGH C-141/00, DStRE 2002, 1196 – Kügler). Die Leistungen können auch mit Hilfe von Arbeitnehmern, die die erforderliche berufliche Qualifikation aufweisen, erbracht werden (vgl. BFH V R 54/98, BStBl. II 2004, 681).

23 Diese Beurteilung war wieder in Frage gestellt. Der EuGH hatte im Urteil vom 7.9.1999 (C-216/97, IStR 1999, 599 – Gregg) entschieden, dass die meisten Steuerbefreiungen aus Art. 132 MwStSystRL (Art. 13 Teil A 6. EG-RL) festlegen, welche Wirtschaftsteilnehmer die von der Steuer befreite Leistung erbringen können. Dabei hat der EuGH weiter ausgeführt, dass in einigen der Tatbestände des Art. 132 Abs. 1 MwStSystRL (Art. 13 Teil A Abs. 1 der 6. EG-RL) der Begriff „Einrichtung" verwendet werde, während in anderen die betreffende Tätigkeit durch Berufsbezeichnungen umschrieben werde, die sich auf Einzelpersonen beziehen, wie etwa die ärztlichen und arztähnlichen Berufe. Der BFH hat diese Entscheidung zum Anlass genommen, dem EuGH die Frage vorzulegen, ob die Steuerbefreiung nach Art. 132 Abs. 1 Buchst. c MwStSystRL (Art. 13 Teil A Abs. 1 Buchst. c der 6. EG-RL – Heilbehandlungen im Bereich der Humanmedizin) nur gilt, wenn die Heilbehandlung von einer Einzelperson ausgeführt wird, oder ob die Befreiung von der Rechtsform des behandelnden Unternehmers unabhängig ist (BFH V R 1/98, IStR 2000, 361). Der EuGH hat auf die Vorlagefrage die Unabhängigkeit der Steuerbefreiung von der Rechtsform, in der der Unternehmer sein Unternehmen betreibt, ausdrücklich bestätigt (EuGH C-141/00, DStRE 2002, 1196 – Kügler GmbH; vgl. auch *Behr/Meyer* UR 2004, 52). Da die Bezugnahme in § 4 Nr. 14 auf § 18 Abs. 1 Nr. 1 EStG durch die Rechtsformunabhängigkeit der Umsatzsteuerbefreiung obsolet geworden ist, hat sie der Gesetzgeber folgerichtig durch das StÄndG 2003 (BGBl. 2003 I 2645) gestrichen.

24 **b) Tätigkeit als Arzt.** Aus der Tätigkeit als Arzt ist ein Umsatz nur dann erzielt, wenn die Tätigkeit sich auf bestimmte Personen bezieht und ein Ergebnis der ärzt-

lichen Heilkunde ist (vgl. BFH V R 27/10, BFH/NV 2011, 2214; V R 27/03, BStBl. II 2004, 862; V R 23/04, BStBl. II 2005, 904). Eine derartige Heilbehandlung umfasst Tätigkeiten, die zum Zweck der Diagnose, der Behandlung und, soweit möglich, der Heilung von Krankheiten oder Gesundheitsstörungen für bestimmte Patienten ausgeführt werden. Diese Definition hat der EuGH dahingehend präzisiert, dass die Tätigkeit der medizinischen Betreuung von Personen durch das **Diagnostizieren** und **Behandeln von Krankheiten** oder anderen Gesundheitsstörungen dienen muss (EuGH C-384/98, IStR 2000, 594; C-212/01, DStRE 2004, 44 – Unterpertinger; C-307/01, DStRE 2004, 47 – Peter d'Ambrumenil; vgl. auch BMF 8.11.2001, BStBl. I 2001, 826). Das **Hauptziel** der Leistung muss im Schutz einschließlich der Aufrechterhaltung oder Wiederherstellung der Gesundheit bestehen (EuGH C-212/01, DStRE 2004, 44 Rn. 42 – Unterpertinger; BFH V B 98/06, UR 2007, 735). Die Steuerbefreiung ist nicht auf solche Leistungen beschränkt, die unmittelbar der Diagnose, Behandlung oder Heilung einer Krankheit oder Verletzung dienen. Sie erfasst auch Leistungen, die erst als Folge solcher Behandlungen erforderlich werden, seien sie auch ästhetischer Natur (BFH V R 60/14, DStR 2015, 1001 zum sog. **Bleaching**).

Zwar müssen die Heilbehandlungen im Bereich der Humanmedizin einem therapeutischen Zweck dienen, doch folgt daraus nicht zwangsläufig, dass die therapeutische Zweckbestimmtheit einer Leistung in einem besonders engen Sinne zu verstehen ist (vgl. EuGH EuGH C-366/12, DStR 2014, 445 – Klinikum Dortmund; C-262/08, Slg 2010, I-5053 – CopyGene; C-156/09, Slg. 2010, 11746 – Verigen Transplantation Service; BFH V R 60/14, BFH/NV 2015, 939; XI R 23/13, BFH/NV 2015, 1546). Deshalb kann die (weitere) Lagerung von im Rahmen einer Fruchtbarkeitsbehandlung **eingefrorenen Eizellen** durch einen Arzt gegen ein vom Patienten gezahltes Entgelt umsatzsteuerfrei sein, wenn damit ein therapeutischer Zweck verfolgt wird, zB zur Herbeiführung einer weiteren Schwangerschaft bei einer andauernden organisch bedingten Sterilität (BFH XI R 23/13, BFH/NV 2015, 1546).

Hierzu können auch **vorbeugende Untersuchungen** gehören (EuGH C-106/ **25**
05, DStRE 2006, 811 – LuP GmbH; BFH V R 55/03, UR 2007, 497; V R 7/05, UR 2007, 17), nicht aber die Entnahme und Aufbereitung von Nabelschnurblut sowie die Lagerung der in diesem Blut enthaltenen **Stammzellen** zum Zwecke etwaiger zukünftiger therapeutischer Verwendung (EuGH C-86/09, UR 2010, 540 – Future Health Technology; C-262/08, UR 2010, 526 – CopyGene). Das Herauslösen von **Gelenkknorpelzellen** aus dem einem Menschen entnommenen Knorpelmaterial und ihre anschließende Vermehrung zur Reimplantation aus therapeutischen Zwecken ist demgegenüber eine Heilbehandlung im Bereich der Humanmedizin (EuGH C-156/09, UR 2011, 215 – Verigen Transplantation Service; BFH XI R 52/07, BFH/NV 2011, 1806).

Diese Grundsätze sind in der Fassung des § 4 Nr. 14 durch das JStG 2009 **26**
(BGBl. 2008 I 2794) aufgegriffen worden. Damit ist klargestellt, dass es sich um **Heilbehandlungen im Bereich der Humanmedizin** handeln muss. Bei folgende Tätigkeiten handelt es sich nicht um Heilbehandlungsleistungen (vgl. auch BMF 26.6.2009, BStBl. I 2009, 756 iVm BMF 27.3.2012, BStBl. I 2012, 370 Nr. 1244):

- die **schriftstellerische** oder **wissenschaftliche** Tätigkeit, auch soweit es sich dabei um Berichte in einer ärztlichen Fachzeitschrift handelt;
- die **Vortragstätigkeit,** auch wenn der Vortrag vor Ärzten im Rahmen einer Fortbildung gehalten wird;
- die **Lehrtätigkeit;**
- die Lieferungen von **Hilfsmitteln,** zB Kontaktlinsen, Schuheinlagen;
- die entgeltliche **Nutzungsüberlassung** von medizinischen Großgeräten;
- die Erstellung von Alkohol-Gutachten, Zeugnissen oder Gutachten über das Sehvermögen, über Berufstauglichkeit oder in Versicherungsangelegenheiten (vgl. zB

BFH V B 98/06, BStBl. II 2008, 35; BFH V R 32/07, BStBl. II 2009, 429), Einstellungsuntersuchungen, Untersuchungsleistungen wie zB Röntgenaufnahmen zur Erstellung eines umsatzsteuerpflichtigen Gutachtens (vgl. auch BMF 8.11.2001, BStBl. I 2001, 826 iVm BMF 27.3.2012, BStBl. I 2012, 370 Nr. 1243; BMF 4.5.2007, BStBl. I 2007, 481 iVm BMF 27.3.2012, BStBl. I 2012, 370 Nr. 1144 und EuGH C-307/01, DStRE 2004, 47);

– **kosmetische** Leistungen von Podologinnen/Podologen in der Fußpflege;
– ästhetisch-plastische Leistungen, soweit ein therapeutisches Ziel nicht im Vordergrund steht. Hierzu gehören insbesondere auch Schönheitsoperationen, die nicht medizinisch indiziert sind, deren Kosten nicht von den Sozialversicherungsträgern getragen werden und die nicht der medizinischen Behandlung einer Krankheit oder einer anderen Gesundheitsstörung dienen (BFH V R 33/12, BFHE 248, 424, Verfassungsbeschwerde eingelegt unter 1 BvR 1233/15; BFH V R 17/09, BFH/NV 2011, 865; V R 27/03, BStBl. II 2004, 862; die Verfassungsbeschwerde hiergegen hatte keinen Erfolg, BVerfG 4.7.2006 – 1 BvR 2241/04). Dasselbe gilt für anästhesistische Leistungen bei Schönheitsoperationen (BFH V B 64/11, BFH/NV 2011, 2133). Der EuGH hat dies bestätigt und entschieden, dass ästhetische Operationen und ästhetische Behandlungen unter den Begriff „ärztliche Heilbehandlungen" oder „Heilbehandlungen im Bereich der Humanmedizin" iSv Art. 132 Abs. 1 Buchst. b oder c MwStSystRL fallen, wenn diese Leistungen dazu dienen, Krankheiten oder Gesundheitsstörungen zu diagnostizieren, zu behandeln oder zu heilen oder die Gesundheit zu schützen, aufrechtzuerhalten oder wiederherzustellen (EuGH C-91/12, DStR 2013, 757). Das Urteil des EuGH beantwortet aber bei Weitem nicht alle im Rahmen dieser Problematik relevanten Fragen (vgl. im Einzelnen *Heidner* UR 2013, 17);
– Leistungen zur **Prävention** und Selbsthilfe im Sinne des § 20 SGB V, die keinen unmittelbaren Krankheitsbezug haben, weil sie lediglich „den allgemeinen Gesundheitszustand verbessern und insbesondere einen Beitrag zur Verminderung sozial bedingter Ungleichheiten von Gesundheitschancen erbringen" sollen – § 20 Abs. 1 S. 2 SGB V – (vgl. BFH V R 23/04, BStBl. II 904);
– **Supervisionsleistungen** (vgl. BFH V R 1/02, BStBl. II 675);
– die Durchführung einer **Leichenschau,** soweit es sich um die zweite Leichenschau oder weitere handelt sowie das spätere Ausstellen der Todesbescheinigung als Genehmigung zur Feuerbestattung;
– die bloße Überlassung von Praxisräumen nebst Ausstattung durch einen Arzt an andere Ärzte (BFH XI R 15/11, DStR 2015, 1501).

27 Die Erstellung von **Gutachten** kann nur unter die Steuerbefreiung fallen, wenn dabei ein **therapeutisches Ziel** im Vordergrund steht (BFH V B 98/06, UR 2007, 735). Die FVerw sieht die Erstellung von Gutachten über

– den Kausalzusammenhang zwischen einem rechtserheblichen Tatbestand und einer Gesundheitsstörung,
– die Tatsache oder Ursache des Todes (außer, wenn als letzte Maßnahme im Rahmen eines Heilbehandlung anzusehen),
– den Gesundheitszustand als Grundlage für Versicherungsabschlüsse,
– die Berufstauglichkeit,
– die Minderung der Erwerbsfähigkeit in Sozialversicherungsangelegenheiten, in Angelegenheiten der Kriegsopferversorgung und in Schadensersatzprozessen,
– das Sehvermögen,
– die Freiheit des Trinkwassers von Krankheitserregern sowie
– Alkoholgutachten

als nicht von der USt befreit an (UStAE 4.16.6).

Dasselbe gilt für die Erstellung von

– Blutgruppenuntersuchungen im Rahmen der Vaterschaftsfeststellung,
– anthropologisch-erbbiologischen Gutachten,

- psychologischen Tauglichkeitstests, die sich ausschließlich auf die Berufsfindung erstrecken,
- Gutachten im Auftrag des Medizinischen Dienstes der Krankenversicherung für Zwecke der Pflegeversicherung zur Feststellung von Art und Umfang der Pflegebedürftigkeit der Versicherten (BFH V R 32/07, BStBl. II 2009, 429),
- Gutachten über die chemische Zusammensetzung des Wassers.

Auch die dermatologische Untersuchung von kosmetischen Stoffen und die Durchführung diagnostischer Tierversuche auf dem Gebiet der übertragbaren Krankheiten sind nicht steuerbefreit. Zu weiteren Einzelfragen vgl. BMF vom 8.11.2001 (BStBl. I 2001, 826). 28

Keine ärztliche Tätigkeit sind auch allgemeine wissenschaftliche Arbeiten, Abhandlungen in Fachzeitschriften, Vorträge und dergleichen, weil es am Bezug zu bestimmten Personen fehlt. Zur Abgrenzung bei der Erstellung von Gutachten für pharmazeutische Firmen siehe NdsFG V 358/79, EFG 1982, 323, rkr. Auch die Vergütungen für die Mitarbeit in ärztlichen Standesorganisationen fallen daher nicht unter § 4 Nr. 14. Steuerfrei hingegen sind die Anpassung, nicht aber der Verkauf von **Kontaktlinsen** durch Augenärzte (vgl. dazu EuGH C-353/85, HFR 1989, 401) und Hörgeräten durch HNO-Ärzte (BMF 10.6.1998, DB 1998, 1308). 29

Bei der **Abgabe von Medikamenten** durch den Arzt ist zu unterscheiden: Ist sie untrennbar mit einer ärztlichen Verrichtung verbunden (zB Verabreichen von Spritzen), gehört sie zur steuerbefreiten Tätigkeit als Arzt. Gibt der Arzt dagegen Medikamente aus seiner Hausapotheke an den Patienten ab, ist das Entgelt steuerpflichtig (BFH V R 95/76, BStBl. II 1977, 879; siehe auch FG Münster II 4575/79 G, II 4576/79 G, II 4575/79 U, II 4576/79 U, EFG 1983, 150, rkr, bestätigt durch BVerfG 1 BvR 9/83, nicht veröffentlicht). Das ist im Kern duch das EuGH-Urteil C-366/12 (DStR 2014, 587 – Klinikum Dortmund) bestätigt worden. Der EuGH weist darin darauf hin, dass Art. 132 Abs. 1 Buchst. b und c MwStSystRL (Art. 13 Teil A Abs. 1 Buchst. b und c 6. EG-RL) zwar unterschiedliche Anwendungsbereiche haben, sie aber dennoch eine abschließende Regelung der Steuerbefreiungen für Leistungen der Heilbehandlung im engeren Sinne bezwecken. Gleichwohl umfasst Art. 132 Abs. 1 Buchst. c MwStSystRL (Art. 13 Teil A Abs. 1 Buchst. c 6. EG-RL) grds. **keine** mit ärztlichen Heilbehandlungen **eng verbundene** Umsätze (vgl. zu Krankenhausbehandlungen auch → Rn. 69), so dass eine Lieferung von Arzneimitteln und anderen Gegenständen nicht unter die Steuerbefreiung fällt (EuGH C-366/12, DStR 2014, 587 Rn. 31 ff.). Etwas anders gilt nur im Falle eines **therapeutischen Kontinuums,** das der EuGH für gegeben hält, wenn die Abgabe der Arzneimittel in tatsächlicher und in wirtschaftlicher Hinsicht von der Erbringung der ärztlichen Heilbehandlung untrennbar ist. 30

Der BFH hatte mit Urteil vom 18.8.2011 entschieden, dass zu den nach § 4 Nr. 14 steuerfreien Heilbehandlungsleistungen eines Arztes auch **infektionshygienische** Leistungen, die sicherstellen sollen, dass Ärzte und Krankenhäuser die für sie bestehenden Verpflichtungen nach dem IfSG im jeweiligen Einzelfall erfüllen, gehören (BFH V R 27/10, DStRE 2011, 1405). Der Gesetzgeber hat aus diesem Urteil die Konsequenzen gezogen und mit dem AmtshilfeRLUmsG v. 26.6.2013 (BGBl. 2013 I 1809) § 4 Nr. 14 Buchst. e eingefügt. Danach werden von der USt befreit „die zur Verhütung von nosokominalen Infektionen und zur Vermeidung der Weiterverbreitung von Krankheitserregern, insbesondere solcher mit Resistenzen, erbrachten Leistungen eines Arztes oder einer Hygienefachkraft, an in den Buchstaben a, b und d genannte Einrichtungen, die diesen dazu dienen, ihre Heilbehandlungsleistungen ordnungsgemäß unter Beachtung der nach dem Infektionsschutzgesetz und den Rechtsverordnungen der Länder nach § 23 Absatz 8 des Infektionsschutzgesetzes bestehenden Verpflichtungen zu erbringen“. Die Gesetzesänderung war bereits im Entwurf der Bundesregierung für das JStG 2013 vorgesehen (BT-Drs. 17/10000, Art. 9 Nr. 3). Die gesetzgeberische Klarstellung ist angesichts der immer größer werdenden Bedeutung der Infektionshygiene im medizinischen Bereich zu begrüßen. 31

32, 33 *einstweilen frei*

34 **c) Tätigkeit als Zahnarzt.** Die Tätigkeit als Zahnarzt ist nur teilweise steuerfrei. Die Befreiung umfasst vor allem die Zahnbehandlung in engerem Sinne (vgl. BFH V R 23/95, UR 1997, 182; UStAE 4.14.3). Dabei ist die Steuerbefreiung nicht auf solche Leistungen beschränkt, die unmittelbar der Diagnose, Behandlung oder Heilung einer Krankheit oder Verletzung dienen. Sie erfasst auch Leistungen, die erst als Folge solcher Behandlungen erforderlich werden, seien sie auch ästhetischer Natur (Folgebehandlung). Deshalb können Zahnaufhellungen (Bleaching), die ein Zahnarzt zur Beseitigung behandlungsbedingter Zahnverdunklungen vornimmt, steuerfreie Heilbehandlungen sein (BFH V R 60/14, DStR 2015, 1001 zum Bleaching).

35 Bei den Prothetikumsätzen ist zu unterscheiden zwischen den Zahnprothesen und kieferorthopädischen Apparaten, die der Zahnarzt selbst (oder durch Angestellte) in seiner Praxis hergestellt und solchen, die er erworben hat. Die Lieferung der selbst hergestellten Teile ist gemäß § 4 Nr. 14 S. 4 Buchst. b steuerpflichtig. Zahnprothesen im Sinne dieser Regelung sind auch Füllungen (Inlays), Dreiviertelkronen (Onlays) und Verblendschalen für die Frontflächen der Zähne (Veneers – BFH V R 23/95, UR 1997, 182). Die Lieferung der erworbenen Zahnprothesen ist demgegenüber steuerfrei. Im Ergebnis führt dies zu einer Steuerpflicht der gesamten **Prothetikumsätze,** weil der Zahnarzt die Vorsteuern, die in den Rechnungen der an ihn gelieferten Teile enthalten sind, nicht abziehen kann. Bei der Überlassung kieferorthopädischer Apparate ist zu beachten, dass deren Überlassung keine Lieferung, sondern Teil der steuerfreien Heilbehandlung ist, wenn die Apparate für die zahnärztliche Behandlung einer Fehlbildung unentbehrlich sind oder sie die Heilbehandlung in maßgeblichem Umfang unterstützen und nur für die Zwecke der einzelnen Behandlung von dem behandelnden Zahnarzt angefertigt werden (BFH V R 36/96, BStBl. II 1998, 584; vgl. auch Bay. Staatsministerium der Finanzen, UR 1998, 164). Einzelheiten zur Steuerbefreiung bei Prothetikumsätzen der Zahnärzte siehe UStAE 4.14.3 und BMF 26.6.2009, BStBl. I 2009, 756.

36 Die Überlassung von kieferorthopädischen Apparaten (Zahnspangen) und Vorrichtungen, die der Fehlbildung des Kiefers entgegenwirken, ist Teil der steuerfreien Heilbehandlung. Steuerpflichtige Lieferungen von kieferorthopädischen Apparaten können jedoch nicht schon deshalb ausgeschlossen werden, weil Zahnärzte sich das Eigentum daran vorbehalten haben (vgl. BFH V R 36/96, BStBl. II 1998, 584).

37 Gemäß Art. 132 Abs. 1 Buchst. e MwStSystRL sind steuerfrei die Dienstleistungen, die Zahntechniker im Rahmen ihrer Berufsausübung erbringen, sowie die Lieferungen von Zahnersatz durch Zahnärzte und Zahntechniker. Ob und inwieweit die deutsche Rechtspraxis bei der umsatzsteuerrechtlichen Behandlung von Zahnersatz und Zahnprothetik damit im Einklang steht, ist zumindest zweifelhaft.

38 **d) Gemeinschaftspraxen.** Die Umsätze der Gemeinschaftspraxen, zu denen sich Angehörige der Heil- oder Heilhilfsberufe iSv § 4 Nr. 14 zur gemeinsamen Ausübung der Berufstätigkeit zusammengeschlossen haben, fallen unter die Befreiungsvorschrift, wenn **alle** Gesellschafter die nach § 4 Nr. 14 erforderliche berufliche Qualifikation aufweisen (BFH XI R 90/92, BStBl. II 1995, 84; V R 45/89, BStBl. II 1993, 887) und die Umsätze aus der berufstypischen Tätigkeit stammen. Es kommt nicht darauf an, wie die Einkünfte einkommensteuerlich zu qualifizieren sind, sondern es ist die **Art der ausgeübten Tätigkeit** entscheidend. Deshalb steht es der Steuerbefreiung nicht entgegen, wenn die Einkünfte einer **GbR** einkommensteuerlich insgesamt als gewerbliche Einkünfte zu beurteilen sind, weil sie neben den Einkünften aus freiberuflicher Tätigkeit auch solche aus Gewerbebetrieb erzielt (BFH XI R 90/92, BStBl. II 1995, 84; so jetzt auch UStAE 4.14.7). Die Begründung des Urteils lässt erkennen, dass die Steuerbefreiung nicht nur für **Personengesellschaften,** sondern auch für **juristische Personen** in Betracht kommt. Aus diesem Grund sind auch, soweit die übrigen Voraussetzungen der Steuerbefreiung vorliegen (vgl.

→ Rn. 14), die Umsätze einer **GmbH,** an der ein Zahnarzt als alleiniger Gesellschafter beteiligt ist, von der USt befreit (BFH XI R 53/96, DStR 1998, 763; NdsFG V 124/95, BeckRS 1996, 12659 und V 53/95, DStRE 1997, 391; vgl. auch → Rn. 6). Das BVerfG geht nunmehr noch einen Schritt weiter und leitet aus Art. 3 Abs. 1 GG das Verbot einer an der **Rechtsform** orientierten unterschiedlichen umsatzsteuerrechtlichen Behandlung her (BVerfG 2 BvR 2861/93, UR 1999, 498). Danach sind auch die von einer KG mit angestellten Ärzten erbrachten Leistungen umsatzsteuerfrei.

e) Ähnliche Berufe. Der Katalog der in § 4 Nr. 14 Buchst. a aufgeführten begünstigten Berufe ist nicht abschließend, sondern die Vorschrift bezieht ausdrücklich auch die Umsätze aus einer „ähnlichen heilberuflichen Tätigkeit" in die Befreiung ein. 39

Die **bisherige Begriffsbestimmung** erforderte für die Annahme eines ähnlichen Berufs, dass der Beruf in seinen wesentlichen Merkmalen einem der Katalogberufe entsprechen musste. Dazu reichte bei Heil- und Heilhilfsberufen die Ähnlichkeit der Tätigkeit nicht aus. Erforderlich war, dass das typische Bild des Katalogberufs mit seinen wesentlichen Merkmalen dem Gesamtbild des zu beurteilenden Berufs vergleichbar war. Dazu gehörte neben der **Vergleichbarkeit** der jeweils ausgeübten **Tätigkeit** auch eine vergleichbare Regelung der **Berufserlaubnis** und der **Berufsaufsicht** (std Rechtsprechung, BFH V R 134/92, UR 1995, 309; V R 45/89, BStBl. II 1993, 887). Neue medizinische Berufe konnten deshalb erst in den Genuss der USt-Befreiung kommen, wenn der Gesetzgeber sie als Katalogberufe anerkannte oder ihnen durch entsprechende berufsrechtliche Regelungen die Ähnlichkeit mit einem der Katalogberufe verlieh (BFH V R 97/84, BStBl. II 1990, 804). Es reichte auch nicht aus, wenn die betreffende Tätigkeit einige Merkmale des einen und andere Merkmale des anderen Katalogberufs aufwies (vgl. BFH V R 88/72, BStBl. II 1975, 522; V R 102/74, BStBl. II 1975, 523; IV R 207/72, BStBl. II 1975, 576; I R 218/74, BStBl. II 1976, 621). 40

Das Erfordernis vergleichbarer berufsrechtlicher Regelungen war zunächst vom BVerfG als verfassungsrechtlich unbedenklich beurteilt worden (BVerfG 1 BvR 2341/95, UR 1998, 280; 1 BvR 695/88, BStBl. II 1988, 975). Der Beschluss des BVerfG 2 BvR 1264/90 (UR 1999, 494) hat zu einer völligen Neuorientierung bei der Begriffsbestimmung des „ähnlichen Berufs" geführt. Das BVerfG hat darin im Widerspruch zu seiner bisherigen Rspr. entschieden, dass das Bestehen berufsrechtlicher Regelungen keinen hinreichenden Differenzierungsgrund für die ustliche Beurteilung eines Berufes darstellt. Entscheidend sei demgegenüber, ob die Sozialversicherungsträger die heilberufliche Tätigkeit finanzieren. Diese in mehrfacher Hinsicht durchaus anfechtbare Beurteilung seitens des BVerfG (zur Kritik vgl. *Heidner* UR 2004, 559) hatte in der Folgezeit für eine gewisse Konfusion gesorgt, weil der EuGH davon ausgeht, dass die mit § 4 Nr. 14 korrespondierende unionsrechtliche Regelung in Art. 132 Abs. 1 Buchst. c MwStSystRL für die Annahme einer Heilbehandlung im Bereich der Humanmedizin voraussetzt, dass es sich nicht nur um ärztliche oder arztähnliche Leistungen handeln muss, sondern dass diese von Personen erbracht werden, die die **erforderlichen Befähigungsnachweise** besitzen (EuGH C-141/00, DStRE 2002, 1196 – Kügler GmbH zu Art. 13 Teil A Abs. 1 Buchst. c 6. EG-RL). 41

Der BFH hat die etwas abstrakten Entscheidungen des BVerfG zunächst einmal verdeutlicht und für die Praxis handhabbar gemacht. Da die konkrete Kostenübernahme als Abgrenzungsmerkmal ungeeignet ist, weil damit Leistungen an Personen, die nicht der gesetzlichen Krankenversicherung unterliegen, von der Steuerbefreiung ausgeschlossen wären, hat der BFH bereits in dem Folgeurteil zur Heileurythmistenentscheidung des BVerfG dessen Entscheidung präzisiert und entschieden, dass es sich um Leistungen handeln muss, die **„ihrer Art nach"** idR von den Sozialversicherungsträgern finanziert werden (BFH V R 78/99, BFHE 191, 441; ebenso V R 42

7/99, BFH/NV 2001, 651; V R 28/00, BStBl. II 2003, 532). Mit dieser Einschränkung wird mehreren Gesichtspunkten Rechnung getragen. Zum einen ist damit sichergestellt, dass auch Leistungen an Privatpatienten steuerfrei ausgeführt werden, wenn die Sozialversicherungsträger eine entsprechende Leistung für ein Mitglied bezahlen würden. Es kommt außerdem nicht darauf an, ob die Sozialversicherungsträger die konkrete Leistung tatsächlich bezahlt haben (BFH V R 78/99, BFHE 191, 441; V R 28/00, BStBl. II 2003, 532). Und schließlich ist es ohne Belang, wenn im Einzelfall aufgrund besonderer Umstände eine Behandlung erstattet wird, zu deren Erstattung der Sozialversicherungsträger nicht verpflichtet ist. Auch was den Normzweck des § 4 Nr. 14 anbelangt, hat der BFH die Begründung des BVerfG dahingehend präzisiert, dass dieser letztlich darin bestehe, „... dass Umsatzsteuer nicht auf den Endverbraucher abgewälzt wird, sei es über Beiträge an den Sozialversicherungsträger oder sei es über das Honorar an den Unternehmer, der die heilberufliche Tätigkeit ausführt" (BFH V R 78/99, BFHE 191, 441).

43 Mittlerweile hat sich bei der ustlichen Beurteilung von Heilhilfsberufen folgende Systematik herausgebildet (BFH V R 71/03, UR 2006, 166; BFH V R 18/02, UR 2005, 102; V R 44/02, BFH/NV 2005, 646; siehe auch *Heidner* UR 2004, 559, UR 2005, 210 (254) und UR 2006, 170; *Wesselbaum-Neugebauer* UR 2007, 517):

Zunächst einmal ist festzustellen, dass es Sache der Mitgliedstaaten ist, die arztähnlichen Berufe zu bestimmen, wobei sich das ihnen dabei zustehende Ermessen nicht nur auf die Festlegung der für die Ausübung dieser Berufe erforderlichen **Qualifikationen,** sondern auch auf die Festlegung der spezifischen **Heiltätigkeiten** bezieht, die zu diesen Berufen gehören (EuGH C-444/04, DStRE 2007, 377 – Solleveld).

44 Ausgangspunkt der Subsumtion bleibt auf einer ersten Stufe das Tatbestandsmerkmal „heilberufliche Tätigkeit", das in enger Anlehnung an die Rspr. des EuGH in der medizinischen Betreuung von Personen im Wege des **Diagnostizierens** und **Behandelns** von Krankheiten oder anderen Gesundheitsstörungen gesehen wird (BFH V R 72/99, DStR 2000, 1649). Es muss also eine Heilbehandlung im Bereich der Humanmedizin durch ärztliche oder arztähnliche Leistungen erbracht werden (BFH V R 8/12, DStR 2013, 2502). Fehlt es hieran, so sind die Leistungen selbst dann nicht von der USt befreit, wenn der Unternehmer Angehöriger eines Katalogberufes ist oder die von ihm ausgeführten Leistungen von den Sozialversicherungsträgern finanziert werden. So kommt die Steuerbefreiung bei **Schönheitsoperationen** auch wenn sie von einem Arzt ausgeführt werden nur in Betracht, wenn sie der medizinischen Behandlung einer Krankheit oder einer anderen Gesundheitsstörung dienen (EuGH C-91/12, DStR 2013, 757; BFH V R 33/12, BFHE 248, 424, Verfassungsbeschwerde eingelegt unter 1 BvR 1233/15; BFH V R 27/03, DStR 2004, 1602; V R 17/09, BFH/NV 2011, 865; V R 27/03, BStBl. II 2004, 862; BVerfG 1 BvR 2241/04, BFHE 206, 471). Dasselbe gilt für **anästhesistische Leistungen** bei Schönheitsoperationen (BFH V B 64/11, BFH/NV 2011, 2133). Vgl. zum Ganzen *Heidner* UR 2013, 17 und → Rn. 26.

45 Liegt eine heilberufliche Tätigkeit vor, stellt sich auf einer zweiten Prüfungsebene die Frage, ob diese Tätigkeit der der Katalogberufe „ähnlich" ist. Das ist der Fall, wenn der Unternehmer über die durch einen **Befähigungsnachweises** dokumentierte **Berufsqualifikation** verfügt (BFH V R 8/12, DStR 2013, 2502). Ausgangspunkt ist dabei die Frage nach dem Vorliegen einer **berufsrechtlichen Regelung.**

46 Liegt keine berufsrechtliche Regelung vor, kann sich der Befähigungsnachweis auch aus der **Kostenübernahme** durch die Sozialversicherungsträger ergeben. Die Kostenübernahme als solche hat aber noch nicht den Charakter eines Befähigungsnachweises. Dieser kann sich aber im Einzelfall aus den Beziehungen der Krankenkassen zu den Leistungserbringern nach dem IV. Kapitel des SGB V und damit aus den §§ 69ff. SGB V ergeben (BFH V R 47/09, DStR 2010, 2510).

So gilt als ausreichendes Indiz für das Vorliegen einer ähnlichen heilberuflichen Tätigkeit die **Zulassung** des Unternehmers bzw. die regelmäßige Zulassung seiner

Berufsgruppe gemäß **§ 124 Abs. 2 SGB V** durch die zuständigen Stellen der gesetzlichen Krankenkassen. Bei dieser Zulassung handelt es sich um eine Art Grundentscheidung, mit der der Behandelnde den Rechtsstatus „zugelassener Leistungserbringer" erwirbt. Verbunden ist damit die grundsätzliche Berechtigung, gegenüber den Krankenkassen abzurechnen.

Ist weder der Unternehmer noch seine Berufsgruppe ein zugelassener Leistungserbringer iSd § 124 Abs. 2 SGB V, ist von einem hinreichenden Qualifikationsnachweis auszugehen, wenn die von ihm ausgeführten Leistungen in die **Richtlinien der Bundesausschüsse** zur ärztlichen Versorgung **(§ 92 SGB V)** aufgenommen sind und deshalb von den Krankenkassen erstattet werden (BFH V R 47/09, DStR 2010, 2510; BFH V R 18/02, UR 2005, 102). Ähnlich wie bei der Zulassung nach § 124 Abs. 2 SGB V wird die Entscheidung über den erforderlichen Befähigungsnachweis im Ergebnis auf kompetente Gremien der medizinischen Versorgung verlagert. Zugleich führt die Aufnahme in den Leistungskatalog zu einer regelmäßigen Kostenübernahme durch die Sozialversicherungsträger, so dass auch den vom BVerfG aufgestellten Anforderungen Rechnung getragen wird. **47**

Darüber hinaus kommt eine Steuerbefreiung auch dann in Betracht, wenn eine Rehabilitationseinrichtung auf Grund eines **Versorgungsvertrages** gemäß **§§ 11 Abs. 2, 40, 111 SGB V** mit Hilfe von Fachkräften Leistungen zur medizinischen Rehabilitation erbringt. In diesem Fall sind regelmäßig sowohl die Leistungen der Rehabilitationseinrichtung als auch die Leistungen der Fachkräfte an die Rehabilitationseinrichtung steuerfrei, soweit sie die in dem Versorgungsvertrag benannte Qualifikation haben (BFH V R 30/09, BStBl. II 2012, 623; V R 44/02, BFH/NV 2005, 646). **48**

Ferner kann sich der berufliche Befähigungsnachweis auch aus einer Kostentragung nach **§ 43 SGB V** in Verbindung mit einer „Gesamtvereinbarung" ergeben. Charakteristisch für die Kostentragung in diesen Fällen ist, dass vertragliche Vereinbarungen mit gesetzlichen Krankenkassen geschlossen und zur Leistungserbringung jeweils Fachkräfte eingebunden werden, die bestimmte Qualifikationsanforderungen zu erfüllen haben (BFH V R 30/09, BStBl. II 2012, 623; V R 6/07, BStBl. II 2009, 679). **49**

Leistungen werden aber nur dann im Sinne des BVerfG-Beschlusses 2 BvR 1264/90 (BStBl. II 2000, 155) und des BFH-Urteils V R 78/99 (BFHE 191, 441) „in der Regel von den Sozialversicherungsträgern finanziert", wenn ein Großteil der Träger gesetzlicher Krankenkassen eine Kostentragung in ihrer Satzung regelt (BFH V R 30/09, BStBl. II 2012, 623). **50**

Die Steuerbefreiung nach § 4 Nr. 14 Buchst. a setzt nicht voraus, dass der Unternehmer seine Leistung gegenüber dem Patienten als Leistungsempfänger erbringt und er darüber mit ihm oder seiner Krankenkasse abrechnet (BFH V R 54/03, BStBl. II 2005, 106; V R 44/02, BFH/NV 2005, 646). Es reicht aus, wenn er seine Leistungen an einen Arzt oder eine sonstige unter § 4 Nr. 14 fallende Person oder Einrichtung erbringt, die die Leistungen ihrerseits an den Patienten weiterleitet und ihm oder seiner Krankenkasse gegenüber abrechnet. **51**

Zur Entwicklung der Rechtsprechung nach den BVerfG-Urteilen aus dem Jahr 1999 vgl. auch **52**
- BFH V R 78/99, BFHE 191, 441 (Heileurythmist);
- BFH V R 72/99, BStBl. II 2000, 554 (Gutachtentätigkeit eines Krankenpflegers);
- BFH V R 7/99, BFH/NV 2001, 651 (Familienhelferin);
- BFH V R 28/00, BStBl. II 2003, 532 (medizinischer Fußpfleger);
- BFH V B 164/02, BFH/NV 2003, 872 (Altenpflegerin);
- BFH V R 94/01, BStBl. II 2003, 954 (§ 4 Nr. 16 für Krankenhaus-Holding);
- BFH V R 24/00, BStBl. II 2004, 89 (§ 4 Nr. 16 für Altenheimbetreiber);
- BFH IV R 51/01, BStBl. II 2004, 509 (Altenpfleger, Behandlungs-/Grundpflege, § 18 EStG);

- BFH V R 53/00, BFHE 204, 503 (Heilbehandlung durch Krankenhäuser);
- BFH V R 54/98, BFH/NV 2004, 1198 (Folgeentscheidung zum Urteil des EuGH C-45/01, DStRE 2004, 99 – Christoph-Dornier-Stiftung);
- BFH V R 1/98, BFHReport 2004, 922 (Pflegeleistungen einer GmbH; Folgeentscheidung zum Urteil des EuGH C-141/00, DStRE 2002, 1196 – Kügler GmbH);
- BFH V R 27/03, DStR 2004, 1602 (Schönheitsoperation);
- BFH V R 54/03, BStBl. II 2005, 106 (Dentalhygienikerin);
- BFH V R 18/02, BStBl. II 2005, 227 (Fußreflexzonenmassage);
- BFH V R 34/02, BStBl. II 2005, 316 (Heileurythmist);
- BFH V R 44/02, BStBl. II 2005, 190 (Sporttherapeut);
- BFH V R 54/04, BStBl. II 2005, 669 und V R 23/04, BStBl. II 2005, 904 (Ernährungsberatung);
- BFH V R 99/01, BFH/NV 2005, 1392 (Behandlungspflege);
- BFH V R 64/05, BFH/NV 2007, 1203 (Heilpädagoge);
- BFH XI R 53/06, BStBl. II 2008, 647 (Hippotherapie);
- BFH V R 71/03, UR 2006, 166 und V R 34/05, UR 2007, 425 (Legasteniebehandlung);
- BFH V R 7/05, UR 2007, 17 (betriebsärztliche Leistungen nach § 3 Abs. 1 Nr. 2 ASiG);
- BFH V R 6/07, BStBl. II 2009, 679 (Funktionstraining);
- BFH V R 47/09, DStR 2010, 2510 (Kosmetiker);
- BFH V R 30/09, BStBl. II 2012, 623 (Heileurythmist);
- BFH V R 8/12, DStR 2013, 2502 (Arbeitstherapeut);
- BFH V R 33/12, BFHE 248, 424 (Schönheitsoperation).

53 **f) Tierärzte.** Auf den in § 4 Nr. 14 aF enthaltenen Hinweis, dass die Leistungen von Tierärzten nicht unter die Steuerbefreiung fallen, hat der Gesetzgeber in der Neufassung der Regelung durch das JStG 2009 (BGBl. 2008 I 2794) verzichtet, weil die Neufassung ebenso wie Art. 132 Abs. 1 Buchst. c MwStSystRL ausdrücklich nur Heilbehandlungen im Bereich der Humanmedizin freistellt (vgl. auch EuGH C-122/87, Slg. 1988, 2693 – Kommission/Italien).

54 **g) Klinische Chemiker.** Die Leistungen klinischer Chemiker sind von der Regelung in § 4 Nr. 14 Buchst. a ausgenommen worden, weil sie nicht auf einem Vertrauensverhältnis zwischen Patienten und behandelndem Arzt beruhen. Diese Leistungen werden nunmehr von dem neuen § 4 Nr. 14 Buchst. b Doppelbuchst. bb mit erfasst (vgl. → Rn. 75)

55 *einstweilen frei*

3. ABC der ähnlichen heilberuflichen Tätigkeiten

56 **Ambulante Pflegestation:** nein (NdsFG V 50/84, EFG 1985, 92 rkr; FG Hmb I 167/89, BeckRS 1989, 07103 rkr).

Analysen, medizinische: EuGH C-106/05, DStRE 2006, 811 – LuP GmbH; BFH V R 55/03, UR 2007, 497.

Altenpfleger: ja, für nach dem 31.7.2001 erbrachte heilberufliche Leistungen von Altenpflegern, denen die Erlaubnis nach § 1 Nr. 1 AltenpflegeG (AltPflG) erteilt worden ist oder nach § 29 AltPflG als erteilt gilt. Sozialpflegerische Leistungen (Grundpflege, hauswirtschaftliche Versorgung) fallen nicht unter die Steuerbefreiung nach § 4 Nr. 14. Mit dem am 1.8.2001 in Kraft getretenen AltPflG vom 17.11.2000 (BGBl. 2000 I 1513) ist eine bundeseinheitliche berufsrechtliche Regelung geschaffen worden. Sozialpflegerische Leistungen werden auch nach Inkrafttreten des AltPflG nicht von der Steuerbefreiung umfasst (vgl. zum Ganzen auch BFH V B 164/02, UR 2003, 282; UStAE 4.14.4; BMF 26.6.2009, BStBl. I 2009, 756).

Arbeitsmedizinische Untersuchungen: ja, soweit sie der Krankheitsvorbeugung und -erkennung dienen (BFH V R 7/05, UR 2007, 17). Dasselbe gilt für nach anderen Schutzvorschriften (zB Jugendarbeitsschutzgesetz) erbrachte medizinische Leistungen, sofern sie therapeutischen Zwecken dienen (BMF 4.5.2007, BStBl. I 2007, 481).

Arbeitsgemeinschaften iSd § 219 SGB V: nein.

Augenoptiker: nein (OFD Karlsruhe 25.9.2012, BeckVerw 264887).

Beschäftigungs- und Arbeitstherapeuten: ja, wenn sie über die Zulassung gemäß §§ 1, 8 des Beschäftigungs- und ArbeitstherapeutenG (BGBl. 1976 I 1246; 1994, 446) verfügen.

Betriebsarzt: siehe „arbeitsmedizinische Untersuchungen".

Dental-Hygieniker: wenn sie im Auftrag eines Zahnarztes tätig werden (vgl. BFH V R 54/03, BStBl. II 2005, 106).

Dentisten: ja (UStAE 4.14.3).

Diätassistenten: ja, soweit sie nach dem DiätAssG ausgebildet sind (BMF 26.6.2009, BStBl. I 2009, 756 iVm BMF 27.3.2012, BStBl. I 2012, 370 Nr. 1244).

Epilation: nein (HessFG 6 K 171/96, BeckRS 1998, 30906419; OFD Karlsruhe 25.9.2012, BeckVerw 264887).

Ergotherapeuten: ja, wenn ihnen die zur Ausübung ihres Berufes erforderliche Erlaubnis erteilt ist (Ergotherapeutengesetz).

Familienhelfer: nein (BFHV R 7/99, BFH/NV 2001, 651).

Funktionstraining: Funktionstraining, das von den Krankenkassen nach § 43 SGB V in Verbindung mit der „Gesamtvereinbarung über den Rehabilitationssport und das Funktionstraining" vergütet wird, kann steuerfrei sein (BFH V R 6/07, BStBl. II 2009, 679).

Fußpfleger: Eine bundeseinheitliche berufsrechtliche Regelung wurde durch das Gesetz über den Beruf der Podologin und des Podologen (BGBl. 2001 I 3320) geschaffen. Vgl. auch BMF 26.6.2009, BStBl. I 2009, 756 iVm BMF 27.3.2012, BStBl. I 2012, 370 Nr. 1244. Ein Podologe verfügt im Regelfall bereits dann über die erforderliche Berufsqualifikation zur Erbringung steuerfreier Heilbehandlungsleistungen, wenn er die staatliche Prüfung zum Podologen (§ 4 PodG) mit Erfolg abgelegt hat (BFH V R 22/12, BStBl. II 2014, 126).

Gymnastiklehrer: nein (OFD Karlsruhe 25.9.2012, BeckVerw 264887).

Haaranalytiker: nein (NdsFG V 309/91, nv; OFD Karlsruhe 25.9.2012, BeckVerw 264887).

Heileurythmisten: nein, BFH V R 30/09, BStBl. II 2012, 623; V R 34/02, BFH/NV 2005, 641; vgl. auch BFH V R 78/99, DStR 2000, 1598; BVerfG 2 BvR 1264/90, UR 1999, 494 und BMF 26.6.2009, BStBl. I 2009, 756.

Heilmagnetiseure: nein (NdsFG V 99/94, EFG 1995, 735; OFD Karlsruhe 25.9.2012, BeckVerw 264887).

Heilpädagogen: Leistungen von Heilpädagogen können Heilbehandlungen, aber auch nichtmedizinische Hilfen im Bereich der Lebensführung sein. Heilbehandlungen liegen vor, wenn sie direkt an der Krankheit und deren Ursache ansetzt und nicht nur darauf abzielt, die Auswirkungen der Erkrankung auf die Lebensgestaltung abzumildern. Liegt eine Heilbehandlung vor, setzt die Steuerbefreiung darüber hinaus das Vorliegen der erforderlichen Qualifikation voraus (BFH V R 64/05, UR 2007, 428).

Hippotherapie: BFH XI R 53/06, UR 2008, 429.

Krankenpfleger und Krankenschwestern: ja, wenn sie selbstständig tätig und nach dem KrankenpflegeG (BGBl. 1985 I 893) zugelassen sind (UStAE 4.14.4). Die Steuerbefreiung umfasst nur die im Rahmen der **Behandlungspflege** erbrachten Leistungen (BFH V R 56/97, UR 2000, 33; V B 124/93, BFH/NV 1995, 652). Für Leistungen durch **Grundpflege** (Körperpflege, Nahrungsaufnahme, Ankleiden usw.) und **hauswirtschaftliche Versorgung** (Einkaufen, Kochen, Waschen, Wohnungsreinigung usw.) wird die Steuerbefreiung nicht gewährt. Soweit diese **sozialpflegerischen** Leistungen nur einen geringen Umfang annehmen, behandelt die FVerw sie als Nebenleistungen zur Behandlungspflege (BMF 26.6.2009, BStBl. I 2009, 756; 20.7.2009, BStBl. I 2009, 774). Der BFH hat die Frage, ob neben der Behandlungspflege auch die Grundpflege und die hauswirtschaftliche Versorgung von der Steuerbefreiung erfasst wird, dem EuGH zur Vorabentscheidung vorgelegt (BFH V R 1/98, IStR 2000, 361). Der EuGH hat daraufhin die bisherige Rspr. bestätigt und entschieden, dass unter die Steuerbefreiung des Art. 132 Abs. 1 Buchst. c MwStSystRL nur die zum Zwecke der Vorbeugung, Diagnose oder Therapie erbrachten Leistungen nicht aber sonstige, die Grundpflege und die hauswirtschaftliche Versorgung betreffende Tätigkeiten fallen (EuGH C-141/00, DStRE 2002, 1196 – Ambulanter Pflegedienst Kügler GmbH zu Art. 13 Teil A Abs. 1 Buchst. c 6. EG-RL). Nicht befreit ist die **Gutachtertätigkeit** eines Krankenpflegers im Auftrag des Medizinischen Dienstes der Krankenversicherung für Zwecke der Pflegeversicherung (BFH V R 72/99, DStR 2000, 1649).

Krankenpflegehelfer: nein (BFH V R 45/89, BStBl. II 1993, 887; BMF 26.6.2009, BStBl. I 2009, 756 iVm BMF 27.3.2012, BStBl. I 2012, 370 Nr. 1244, UStAE 4.14.4).

Kunsttherapeuten: nein (OFD Niedersachsen 25.9.2012, BeckVerw 265472; *Weiß* UR 1991, 48; aA *Hardorp* BB 1985, 1064).

Kurpacker: nein (FG München XIV 166/86, EFG 1988, 330 – Aus U; OFD Karlsruhe 25.9.2012, BeckVerw 264887).

Legastheniebehandlung: nein; es kommt aber die Berufung unmittelbar auf Art. 132 Abs. 1 Buchst. g MwStSystRL in Betracht (BFH V R 71/03, UR 2006, 166 und V R 34/05, UR 2007, 425 zu Art. 13 Teil A Abs. 1 Buchst. g 6. EG-RL).

Logopäden, denen die nach §§ 1, 8 des Gesetz über den Beruf des Logopäden (BGBl. 1980 I 529; 1994, 446) zur Berufsausübung erforderliche Erlaubnis erteilt ist: ja (BMF 26.6.2009, BStBl. I 2009, 756 iVm BMF 27.3.2012, BStBl. I 2012, 370 Nr. 1244 UStAE 4.14.4).

Logotherapie: nein (BFH V R 38/04, BStBl. II 2008, 37).

Masseure: ja (Gesetz über die Berufe in der Physiotherapie – MPhG, BGBl. 1994 I 1084), soweit sie staatlich geprüft und freiberuflich tätig sind und als Heilmasseure tätig werden (vgl. auch BFH V R 19/71, BStBl. II 1972, 78; IV 60/65, BStBl. II 1971, 249; UStAE 4.14.4). Die Steuerbefreiung erfasst auch die von staatlich geprüften Masseuren durchgeführte medizinische Fußpflege sowie die Verabreichung von medizinischen Bädern, Unterwassermassagen, Fangopackungen (BFH IV R 249/82, BStBl. II 1985, 676) und Wärmebestrahlungen. Die kosmetische oder Schönheitsmassage ist nicht befreit (UStAE 4.14.4 Abs. 11). Vgl. auch BMF 26.6.2009, BStBl. I 2009, 756 iVm BMF 27.3.2012, BStBl. I 2012, 370 Nr. 1244.

Medizinische Strahlenschutzphysiker: nein (BFH XI R 59/93, UR 1995, 479; OFD Karlsruhe 25.9.2012, BeckVerw 264887).

Medizinisch-technische Assistenten: auf dem Gebiet der Humanmedizin selbstständig tätige medizinisch-technische Assistenten (Gesetz über technische Assistenten der Medizin – MTAG –, vgl. BFH V R 3/96, BStBl. II 1998, 453).

Medizinphysiker: nein (BFH XI R 59/93, BFH/NV 1995, 647).

Musiktherapeuten: nein (BFH V B 78/98, BFH/NV 1999, 528).

Oecotrophologen: (Ernährungsberatende) im Rahmen einer medizinischen Behandlung ja (BFH V R 54/04, BStBl. II 2005, 669; V R 23/04, BStBl. II 2005, 904)

Orthoptisten: ja, sofern sie selbstständig tätig sind und über die nach §§ 1, 11 und 11 a des OrthoptistenG (BGBl. 1989 I 2061; 1994 I 446) erforderliche Zulassung verfügen (UStAE 4.14.4).

Pflegegutachter: nein (NdsFG 8.7.1999 – V 245/97, nv).

Podologe: siehe Fußpfleger.

Psychagogen: ja, für sie gelten die Ausführungen über Psychotherapeuten.

Psychotherapeuten: ja; durch das Gesetz über die Berufe des Psychologischen Psychotherapeuten und des Kinder- und Jugendpsychotherapeuten vom 16.6.1998 (BGBl. 1998 I 1311) ist die erforderliche berufsrechtliche Regelung geschaffen worden. Zur vorherigen Rechtslage vgl. die Vorauflagen.

Rettungsassistenten: ja, sofern sie selbstständig sind und über die nach §§ 1, 13 des RettungsassistentenG (BGBl. 1989 I 1384; 1994 I 446) erforderliche Zulassung verfügen.

Saunabetrieb: nein, es sei denn es handelt sich um eine bloße Hilfstätigkeit zu einer heilberuflichen oder dieser ähnlichen Tätigkeit. Das kann der Fall sein, wenn die Verabreichung des Saunabades als bloße Vor- oder Nachbereitung einer medizinischen Massage dient (BFH XI R 90/92, BStBl. II 1995, 84; V R 19/71, BStBl. II 1972, 78; UStAE 4.14.4).

Schwesternhelferinnen: nein (FG Hmb UR 1990, 186; OFD Karlsruhe 25.9.2012, BeckVerw 264887).

Solariumbetrieb: nein (FM SchlH 19.12.2006, BeckVerw 093366).

Sprachheilpädagogen; Atem-, Sprech- und Stimmlehrer: ja, wenn sie staatlich anerkannt und nach § 124 Abs. 2 SGB V zugelassen sind (BMF 26.6.2009, BStBl. I 2009, 756 iVm BMF 27.3.2012, BStBl. I 2012, 370 Nr. 1244). Zu der etwas konfusen Rechtsentwicklung in diesem Bereich vgl. die 9. Auflage.

Vitalogisten: nein (BFH V R 58/09, BFH/NV 2012, 1186)

Yogalehrer: nein (OFD Karlsruhe 25.9.2012, BeckVerw 264887).

Zahntechniker: nein (FG Münster V 1847/85 U, EFG 1989, 85 – G). Diese Beurteilung ist nicht unionsrechtskonform. Gemäß Art. 132 Abs. 1 Buchst. e MwSt-SystRL (Art. 13 Teil A Abs. 1 Buchst. e der 6. EG-RL) sind steuerfrei die Dienstleistungen, die Zahntechniker im Rahmen ihrer Berufsausübung erbringen, sowie die Lieferungen von Zahnersatz durch Zahnärzte und Zahntechniker. Nicht befreit ist die Lieferung von Zahnersatz durch einen Zwischenhändler, der weder Zahnarzt noch Zahntechniker ist (EuGH C-401/05, UR 2007, 104 – VDP Dental Laboratory).

Zilgreikurse: nein (OFD Karlsruhe 25.9.2012, BeckVerw 264887).

IV. § 4 Nr. 14 Buchst. b

1. Normzweck

Mit dem durch das JStG 2009 (BGBl. 2008 I 2794) neu in § 14 aufgenommen **57** Buchst. b sind im Wesentlichen die bisher von § 4 Nr. 16 aF erfassten Befreiungen von Umsätzen, die mit dem Betrieb der Krankenhäuser, Diagnosekliniken und anderen Einrichtungen ärztlicher Heilbehandlung, Diagnostik oder Befunderhebung, sowie von Einrichtungen zur Geburtshilfe in § 4 Nr. 14 aufgenommen worden. Der Gesetzgeber hat den Versuch unternommen, die in Art. 132 Abs. 1 Buchst. b MwSt-SystRL genannten „ordnungsgemäß anerkannten Einrichtungen gleicher Art" zu definieren. Ob das tatsächlich gelungen ist, dürfte zweifelhaft sein. Eine abschließende gesetzliche Definition ist kaum möglich, weil die Anerkennung einer Einrichtung nicht nur durch eine gesetzliche Regelung erfolgen kann. So hat der BFH auch bereits entschieden, dass § 4 Nr. 14 Buchst. b S. 2 Doppelbuchst. aa iVm §§ 108, 109 SGB V unionrechtswidrig ist (BFH XI R 38/13, DStR 2015, 1382 V R 20/14, DStR 2015, 478).

Auf die Rechtsform, in der die Einrichtung betrieben wird, kommt es nicht an. **58** Das war nach dem Urteil des EuGH C-453/93, UR 1995, 476 – Bulthuis-Griffioen zweifelhaft geworden. Der EuGH hatte darin nicht nur dem Einzelunternehmer die Anerkennung als „Einrichtung" versagt, sondern schien nur juristische Personen als Einrichtung anzuerkennen (vgl. auch § 4 Nr. 23 Rn. 3). Durch das Urteil C-216/97,

Greg, UR 1999, 419) hat der EuGH nunmehr klargestellt, dass Art. 132 Abs. 1 MwStSystRL (Art. 13 Teil A Abs. 1 6. EG-RL) dahingehend auszulegen ist, dass der in den Buchst. b, g dieser Bestimmung enthaltene Begriff der „Einrichtung" natürliche Personen, die ein Unternehmen betreiben, nicht von der Steuerbefreiung ausschließt. Die Unabhängigkeit der Steuerbefreiung von der Rechtsform, in der der Unternehmer sein Unternehmen betreibt, hat der EuGH im Urteil C-151/00 (IStR 2002, 666 – Ambulanter Pflegedienst Kügler GmbH) und im Urteil C-45/01 (DStRE 2004, 99 – Dornier) nochmals bestätigt.

59 Die 40%-Grenze des § 4 Nr. 16 Buchst. b und c aF hat der EuGH im Urteil C-106/05 (DStRE 2006, 811 – LuP) bestätigt. Den FG obliegt für Streitjahre bis einschließlich 2008 aber die Aufgabe, zu prüfen, wie die 40%-Grenze vom Gesetzgeber verwendet werden kann, um das unionsrechtliche Ziel der Befreiungsnorm unter den Gesichtspunkten der Normenklarheit und der Verhältnismäßigkeit zu erreichen. Deshalb ist im Einzelfall zu klären, ob es dem Steuerpflichtigen möglich und zumutbar ist, herauszufinden, wie die Patienten versichert sind. Ist es dem Steuerpflichtigen rechtlich oder faktisch unmöglich, die Patientendaten zu erhalten, kann eine Unvereinbarkeit der 40%-Grenze mit dem Rechtsstaatsprinzip und dem Verhältnismäßigkeitsgrundsatz vorliegen (BFH V R 55/03, UR 2007, 497). Außerdem bezieht sich die 40%-Grenze nicht auf den Gesamtumsatz des Unternehmers, sondern auf die in § 4 Nr. 16 bezeichneten Umsätze (BFH V R 55/03, UR 2007, 497). Anders als der V. Senat (BFH V R 54/06, BStBl. II 2008, 643), der weder unter verfassungs- noch unter unionsrechtlichen Gründen Anlass zur Beanstandung des § 4 Nr. 16 Buchst. e aF gesehen hat, zweifelt der XI. Senat an der Unionsrechtskonformität der 40% (früher $^2/_3$)-Grenze des § 4 Nr. 16 Buchst. e und hat die Frage dem EuGH zur Vorabentscheidung vorgelegt (BFH XI R 47/07, UR 2011, 471). Der EuGH hat im Urteil C-174/11 (UR 2013, 35 – Ines Zimmermann; Nachfolgeurteil des BFH XI R 47/07, MwStR 2013, 312) die 40%-Grenze erneut akzeptiert, weil die Tatsache, dass die Kosten der zu beurteilenden Leistungen zum großen Teil von Krankenkassen oder anderen Einrichtungen der sozialen Sicherheit übernommen werden, einen Gesichtspunkt darstellt, der bei der Feststellung des „sozialer Charakter" iSv Art. 13 Teil A Abs. 1 Buchst. g 6. EG-RL zu berücksichtigen sein kann (→ Rn. 34f.; vgl. nun auch BFH XI R 8/13, BFHE 249, 369). Der EuGH hat aber auch entschieden, dass das nationale Recht keine sachlich unterschiedlichen Bedingungen für Einheiten mit Gewinnerzielungsabsicht einerseits und die unter § 4 Nr. 18 fallenden juristischen Personen ohne Gewinnerzielungsabsicht andererseits vorsehen darf (vgl. § 4 Nr. 18 Rn. 3).

60 Die FVerw hatte aus der Rechtsprechung die Konsequenzen gezogen und schon vorab bis zu einer Neufassung von § 4 Nr. 23 und § 4 Nr. 25 die **Leistungen nach dem SGB VIII,** die gegenüber dem Träger der betreffenden Sozialleistung abgerechnet werden, steuerfrei gestellt (BayLfSt 7.5.2007, UR 2007, 666). § 4 Nr. 23 und § 4 Nr. 25 sind durch das JStG 2008 (BGBl. 2007 I 3150) geändert worden (vgl. § 4 Nr. 23 und Nr. 25 jeweils → Rn. 1). **Leistungen nach dem SGB XII** behandelt die FVerw als steuerpflichtig. Eine entsprechende Anwendung von § 4 Nr. 16 Buchst. d und e aF hat die FVerw angenommen bei

- ambulanten Leistungen der Eingliederungshilfe nach §§ 53, 54 SGB XII (betreutes Wohnen),
- Leistungen, die Pflegefamilien gegenüber behinderten Menschen gemäß § 53 SGB XII erbringen – § 4 Nr. 16 Buchst. d,
- heilpädagogische Leistungen für noch nicht eingeschulte Kinder (Frühförderung behinderter oder von Behinderung bedrohter Kinder) sowie Betreuungsleistungen im Werkstattbereich an behinderte Menschen, die im Rahmen der Eingliederungshilfe gemäß §§ 53, 54 SGB XII iVm § 55 SGB IX erbracht werden – § 4 Nr. 16 Buchst. e (BayLfSt S 7181 – 2 St 34 M, UR 2007, 666).

Inwieweit die FVerw diese Beurteilung auch nach der Änderung von § 4 Nr. 14 und 16 fortführt, bleibt abzuwarten. Die entscheidende Messlatte ist aber auch nach der Neuregelung des § 4 Nr. 14, ob es sich um Leistungen handelt, die mit der Fürsorge oder der sozialen Sicherheit verbunden sind und diese Leistungen von Einrichtungen des öffentlichen Rechts oder anderen Einrichtungen, die von dem betreffenden Mitgliedstaat mit im Wesentlichen sozialen Charakter anerkannt sind, erbracht werden.

2. Krankenhausbehandlungen

Krankenhäuser sind Einrichtungen, in denen durch ärztliche und pflegerische Hilfeleistung Krankheiten, Leiden oder Körperschäden festgestellt, geheilt oder gelindert werden sollen oder Geburtshilfe geleistet wird und in denen die zu versorgenden Personen untergebracht und verpflegt werden können (§ 2 Nr. 1 KrankenhausG vom 29.6.1972, BGBl. 1972 I 1009, idF vom 23.12.1985, BGBl. 1986 I 33; vgl. auch BFH IV R 83/86, BStBl. II 1989, 506). Dazu gehören auch Fach- oder Sonderkrankenhäuser, Anstalten zur Unterbringung unheilbar Kranker unter ständiger ärztlicher Aufsicht, Entbindungsheime unter ärztlicher Leitung, Diagnosekliniken, Tages-, Nacht- und Wochenendkliniken sowie Kurkrankenhäuser (UStAE 4.14.5). Eine **Konzession** nach § 30 GewO ist nicht Voraussetzung, wohl aber wesentliches Beweisanzeichen für das Vorhandensein eines Krankenhauses. Auf die Eigentumsverhältnisse kommt es nicht an, entscheidend ist die Funktion als Krankenhaus. Daher sind auch gemietete Krankenhäuser, Belegkrankenhäuser, Erfüllungsgehilfen von Krankenhauseigentümern und dgl. befreit. **61**

Es ist für den Begriff des Krankenhauses nicht erforderlich, dass die zu versorgenden Personen tatsächlich in der Anstalt untergebracht und verpflegt werden. Maßgebend ist, dass die Einrichtung personell und sachlich dazu in der Lage wäre. Zur ustl Behandlung von Krankenhausleistungen vgl. auch FM SchlH 19.12.2006, BeckVerw 093366. **62**

3. Diagnostik, Befunderhebung, Vorsorge, Rehabilitation, Geburtshilfe, Hospizleistungen

a) Diagnostik. Die Befreiung für **Diagnose-Kliniken** und andere Einrichtungen ärztlicher Heilbehandlung oder Diagnostik erstreckt die Begünstigung auch auf Einrichtungen, die nicht zur ständigen Betreuung von Patienten eingerichtet sind, aber ebenso der Heilfürsorge dienen. Gemeinsam ist allen genannten Einrichtungen, dass sie **ärztliche Leistungen** erbringen. Es handelt sich insbesondere um Einrichtungen, in denen durch ärztliche Leistungen Krankheiten, Leiden oder Körperschäden festgestellt, geheilt oder gelindert werden sollen oder Geburtshilfe geleistet wird (siehe UStAE 4.16.2). **63**

Die in § 4 Nr. 16 Buchst. c aF genannten Leistungen waren nur steuerfrei, wenn sie sowohl nach ihrer Art als auch nach dem Empfängerkreis besondere Voraussetzungen erfüllten. **64**

Nicht befreit waren die Leistungen von Unternehmen, die auf dem Gebiet der Gesundheitsvorsorge und Sicherheitstechnik tätig waren, die diese nach § 3 ArbeitssicherheitsG (ASiG) erbrachten. Dasselbe galt für die Leistungen der arbeitsmedizinischen Dienste der Berufsgenossenschaften (OFD Hannover 23.6.2009, UR 2001, 319).

Zum anderen mussten die Leistungen der betreffenden Einrichtungen im vorangegangenen Kalenderjahr zu mindestens 40% den bei den Trägern der gesetzlichen Sozialversicherung versicherten Empfängern von Sozialhilfe oder Berechtigten von Leistungen der Kriegsopferversorgung zugute gekommen sein. Nicht erforderlich war die Übernahme der Kosten durch die Träger der Sozialversicherung (BFH XI R 47/95, DStR 1996, 1199; vgl. auch Bayer. Staatsministerium der Finanzen 36 – S 7172 – 11/21 – 55475/96, DStR 1997, 663).

65 Der Begriff der ärztlichen Leistungen wird nach dem Urteil des EuGH C-45/01 (DStRE 2004, 99 – Dornier), nicht auf die von Ärzten erbrachten Leistungen beschränkt bleiben können. Der EuGH hat vielmehr entschieden, dass der Begriff der „ärztlichen Heilbehandlung" in Art. 132 Abs. 1 Buchst. b MwStSystRL dahin auszulegen ist, dass er sämtliche Heilbehandlungen im Bereich der Humanmedizin iSv Art. 132 Abs. 1 Buchst. c MwStSystRL und insbesondere auch Leistungen von Personen umfasst, die zwar keine Ärzte sind, aber arztähnliche Leistungen erbringen. Entscheidend ist, dass die Leistungen zur Diagnose, Behandlung und Heilung von Krankheiten oder Gesundheitsstörungen dienen (EuGH C-45/01, DStRE 2004, 99 Rn. 48, 49 zu Art. 13 Teil A Abs. 1 Buchst. b der 6. EG-RL).

66 Das Tatbestandsmerkmal „unter ärztlicher Aufsicht" in § 4 Nr. 16 Buchst. c aF war bereits durch das Urteil des EuGH C-45/01 (DStRE 2004, 99 – Dornier) obsolet geworden. Danach kann ein Mitgliedstaat die Steuerbefreiung von Leistungen, die unter den og weiten Begriff der ärztlichen Leistungen fallen, nicht davon abhängig machen, dass diese Leistungen unter ärztlicher Aufsicht erbracht werden (EuGH C-45/01, DStRE 2004, 99 Rn. 64, 71).

67 **b) Befunderhebung.** Ferner sind auch **Einrichtungen ärztlicher Befunderhebung** befreit, dh Einrichtungen, in denen durch ärztliche Leistungen der Zustand menschlicher Organe, Gewebe, Körperflüssigkeiten usw. festgestellt werden soll. Die Untersuchungen brauchen nicht der Diagnostik oder Therapie zu dienen, sondern können auch für andere Zwecke (zB Blutalkoholuntersuchung zur Feststellung der Fahrtüchtigkeit) durchgeführt werden. Auch hier geht es um die Erbringung von Leistungen, die ihrer Art nach in den ärztlichen Bereich fallen. Wie bei den in → Rn. 7 genannten Einrichtungen braucht aber der Arzt nicht unmittelbar tätig zu werden, sondern eine Einrichtung ärztlicher Befunderhebung liegt zB auch vor, wenn Laborleistungen von medizinisch-technischem Personal unter ärztlicher Aufsicht durchgeführt werden. Auch gewerbliche Analyseunternehmen können daher unter § 4 Nr. 16 fallen. Siehe ferner UStAE 4.16.3.

4. Betrieb durch juristische Personen des öffentlichen Rechts

68 Soweit die begünstigten Einrichtungen von jPdöR betrieben werden, sind die Leistungen ohne Rücksicht auf den Kreis der Benutzer steuerfrei. Diese Regelung entspricht der in § 4 Nr. 16 Buchst. a aF. Das gilt auch für die Eigenbetriebe, dh für privatwirtschaftlich organisierte Einrichtungen, deren Anteile sich voll im Besitz von jPdöR befinden (vgl. auch → § 2 Rn. 141). Zum Begriff der jPdöR → § 2 Rn. 142. Die FVerw rechnet dazu auch die rechtsfähigen Anstalten und Stiftungen döR (UStAE 2.11). Hierunter fallen regelmäßig auch Krankenhäuser des Maßregelvollzugs (vgl. BR-Drs. 545/08 zu Art. 7 Buchst. b).

5. Eng verbundene Umsätze

69 Für alle in § 4 Nr. 14 Buchst. b genannten Einrichtungen gilt die Steuerbefreiung nur für die mit dem Betrieb eng verbundenen Umsätze. Hierzu gehören Leistungen nur dann, wenn sie tatsächlich als Nebenleistungen zu einer Krankenhausbehandlung oder ärztlichen Heilbehandlung, die die Hauptleistung darstellt, erbracht werden. Nebenleistungen sind dabei solche Leistungen, die ihren Zweck nicht in sich selbst tragen, sondern die als Mittel dienen, um andere (Haupt-)Leistungen unter optimalen Bedingungen in Anspruch nehmen zu können (EuGH C-394, 395/04, UR 2006, 171 – Diagnostiko & Therapeftiko Kentro AE; C-45/01, DStRE 2004, 99 – Dornier). In seiner zu Art. 13 Teil A Abs. 1 Buchst. b 6. EG-RL ergangenen Rechtsprechung ist der EuGH davon ausgegangen, dass nur *Dienstleistungen,* die naturgemäß im Rahmen von Krankenhausbehandlungen und ärztlichen Heilbehandlungen erbracht werden und im Prozess der Erbringung dieser Dienstleistungen zur Erreichung

der damit verfolgten therapeutischen Ziele unentbehrlich sind, „eng verbundene Umsätze" darstellen können, weil sich nur solche Leistungen auf die Kosten der medizinischen Behandlungen auswirken können, die dem Einzelnen durch die Steuerbefreiung zugänglich gemacht werden (EuGH C-394/04, Slg. 2005, I-10373 Rn. 25 – Ygeia). In seinem Urteil C-262/08 (Slg. 2010, I-5053 – Copy Gene) hat der EuGH zu „den ärztlichen Leistungen … festgestellt, dass angesichts des Zwecks, der mit der in Art. 13 Teil A Abs 1 Buchst b 6. EG-RL vorgesehenen Befreiung verfolgt wird, nur Leistungen, die naturgemäß im Rahmen von Dienstleistungen der Krankenhausbehandlung und ärztlichen Heilbehandlungen erbracht werden und im Prozess der Erbringung dieser Dienstleistungen zur Erreichung der damit verfolgten therapeutischen Ziele unentbehrlich sind, ‚eng verbundene Umsätze' im Sinne dieser Bestimmung darstellen können" (EuGH C-262/08, Slg. 2010, I-5053 Rn. 40 – Copy Gene).

Der BFH hat dem EuGH die Frage zur Vorabentscheidung vorgelegt, ob es sich bei dem eng verbundenen Umsatz um eine Dienstleistung handeln muss, ob ein mit einer Krankenhausbehandlung oder ärztlichen Heilbehandlung eng verbundener Umsatz nur vorliegt, wenn dieser Umsatz durch denselben Steuerpflichtigen erbracht wird, der auch die Krankenhausbehandlung oder ärztliche Heilbehandlung erbringt und ob ein eng verbundener Umsatz auch dann vorliegen kann, wenn die Heilbehandlung nicht nach Art. 132 Abs. 1 Buchst. b MwStSystRL (Art. 13 Teil A Abs. 1 Buchst. b der 6. EG-Richtlinie), sondern nach Buchst. c dieser Bestimmungen steuerfrei ist (BFH V R 19/11, BFH/NV 2012, 1556). Der EuGH hat hierüber im Urteil C-366/12 (DStR 2014, 587 – Klinikum Dortmund) entschieden. Vgl. hierzu → Rn. 30.

Zu den mit dem Betrieb der in § 4 Nr. 14 Buchst. b bezeichneten Einrichtungen **70**
eng verbundenen Umsätzen können gehören gemäß UStAE 4.16.6 (zu § 4 Nr. 16 aF):

- die stationäre oder teilstationäre Aufnahme von Patienten, deren ärztliche und pflegerische Betreuung einschließlich der Lieferung der zur Behandlung erforderlichen Medikamente;
- die Behandlung und Versorgung ambulanter Patienten. Wegen der Lieferung von Medikamenten an ambulante Patienten siehe jedoch UStAE 4.16.6;
- die Lieferung von Körperersatzstücken und orthopädischen Hilfsmitteln, soweit sie unmittelbar mit einer Heilbehandlung durch das Krankenhaus, durch die Diagnosekliniken usw. in Zusammenhang stehen;
- die Überlassung von Einrichtungen, zB Röntgenanlage, und die Gestellung von medizinischem Hilfspersonal an angestellte Ärzte für deren selbstständige Tätigkeit;
- die Überlassung von medizinisch-technischen Großgeräten und damit verbundene Gestellungen von medizinischem Hilfspersonal zB Computer-Tomograph, an angestellte Ärzte für deren selbstständige Tätigkeit, an Krankenhäuser und an niedergelassene Ärzte zur Mitbenutzung;
- die Lieferung von Gegenständen des Anlagevermögens, zB Röntgeneinrichtungen, Krankenfahrstühle und sonstige Einrichtungsgegenstände. Wegen der Veräußerung des gesamten Anlagevermögens siehe jedoch UStAE 4.16.6;
- die Lieferung von Gegenständen, die im Wege der Arbeitstherapie hergestellt worden sind, sofern kein nennenswerter Wettbewerb zu den entsprechenden Unternehmen der gewerblichen Wirtschaft besteht. Ein solcher Wettbewerb ist anzunehmen, wenn für den Absatz der im Wege der Arbeitstherapie hergestellten Gegenstände geworben wird;
- die Abgabe von ärztlichen Gutachten gegen Entgelt;
- die Gestellung von Ärzten und von medizinischem Hilfspersonal durch Krankenhäuser, Diagnosekliniken usw. an andere Einrichtungen dieser Art. Auch die Personalgestellung durch ein Krankenhaus an eine Arztpraxis kann ein mit dem Be-

trieb des Krankenhauses eng verbundener Umsatz sein, wenn die Personalgestellung für die ärztliche Versorgung der Krankenhauspatienten unerlässlich ist (BFH V R 46/04, UR 2006, 282).

71 Zu den **nicht eng verbundenen** Umsätzen gehören gemäß UStAE 4.16.6:
- die entgeltliche Abgabe von Speisen und Getränken an Besucher;
- die Lieferung von Arzneimitteln an das Personal oder Besucher sowie die Abgabe von Medikamenten gegen gesondertes Entgelt an ehemals ambulante oder stationäre Patienten zur Überbrückung;
- die Arzneimittellieferungen einer Krankenhausapotheke an Krankenhäuser anderer Träger (BFH V R 76/89, BStBl. II 1991, 268) sowie die entgeltlichen Medikamentenlieferungen an ermächtigte Ambulanzen des Krankenhauses, an Polikliniken, an Institutsambulanzen, an sozialpädiatrische Zentren – soweit es sich in diesen Fällen nicht um nicht steuerbare Innenumsätze des Trägers der jeweiligen Krankenhausapotheke handelt – und an öffentliche Apotheken. Auch die Steuerbefreiung nach § 4 Nr. 18 kommt insoweit nicht in Betracht (vgl. UStAE 4.18.1);
- die Abgabe von Medikamenten zur unmittelbaren Anwendung durch ermächtigte Krankenhausambulanzen an Patienten während der ambulanten Behandlung sowie die Abgabe von Medikamenten durch Krankenhausapotheken an Patienten im Rahmen der ambulanten Behandlung im Krankenhaus;
- die Leistungen der Zentralwäschereien (vgl. BFH V R 35/85, BStBl. II 1991, 157). Dies gilt sowohl für die Fälle, in denen ein Krankenhaus oder ein Heim in seiner Wäscherei auch die Wäsche anderer Krankenhäuser und Heime reinigt, als auch für die Fälle, in denen die Wäsche mehrerer Krankenhäuser oder Heime in einer verselbstständigten Wäscherei gereinigt wird. Auch die Steuerbefreiung nach § 4 Nr. 18 kommt nicht in Betracht (vgl. UStAE 4.18.1);
- die Veräußerung des gesamten beweglichen Anlagevermögens und der Warenvorräte nach Einstellung des Betriebes (BFH V R 37/75, BStBl. II 1978, 173). Es kann jedoch die Steuerbefreiung nach § 4 Nr. 28 in Betracht kommen (vgl. UStAE 4.28.1).

Nicht zu den eng verbundenen Umsätzen gehören auch die Zurverfügungstellung eines **Telefons,** die Vermietung eines **Fernsehgerätes** und die Unterbringung und Verpflegung einer **Begleitperson** (EuGH C-394, 395/04, UR 2006, 171 – Diagnostiko & Therapeftiko Kentro AE).

72–74 *einstweilen frei*

6. Betrieb durch andere ordnungsgemäß anerkannte Einrichtungen (§ 4 Nr. 14 Buchst. b S. 2)

75 **a) Einführung.** In § 4 Nr. 14 Buchst. b S. 2 Doppelbuchst. aa bis ii sind die Voraussetzungen geregelt, die der Gesetzgeber an andere ordnungsgemäß anerkannte Einrichtungen iSd Art. 132 Abs. 1 Buchst. b MwStSystRL stellt, also solche, die nicht von jPdöR betrieben werden. Im Wesentlichen hat der Gesetzgeber damit die bisher in § 4 Nr. 16 Buchst. a–c enthaltenen Steuerbefreiung übernommen und weiterentwickelt (vgl. BR-Drs. 545/08 Zu Art. 7 Buchst. b). Die „Sozialkriterien" sind in der Sache anders ausgerichtet als bisher in § 4 Nr. 16 aF, weil sie auf die Regelungen in den SGB Bezug nehmen.

76 **b) Zugelassene Krankenhäuser (Doppelbuchst. aa).** Als Einrichtungen anerkannt werden gemäß § 4 Nr. 14 Buchst. b S. 2 Doppelbuchst. aa die zugelassenen Krankenhäuser nach § 108 SGB V. Das sind Krankenhäuser,
- die nach landesrechtlichen Vorschriften als **Hochschulklinik** anerkannt sind,
- die in den Krankenhausplan eines Landes aufgenommen sind (Plankrankenhäuser),
- die einen **Versorgungsvertrag** mit den Landesverbänden der Krankenkassen und den Verbänden der Ersatzkassen abgeschlossen haben.

Krankenhäuser, die nicht von jPdöR betrieben werden und die weder eine Zulassung nach § 108 SGB V besitzen noch eine sonstige Einrichtung im Sinne des § 4 Nr. 14 Buchst. b S. 2 sind, sind mit ihren in § 4 Nr. 14 Buchst. b S. 1 genannten Leistungen steuerpflichtig. Auch ihre in einer Vielzahl sonstiger Krankenhausleistungen eingebetteten ärztlichen Heilbehandlungsleistungen sind demnach von der Umsatzsteuerbefreiung ausgeschlossen (vgl. BFH V R 53/00, BStBl. II 2004, 677). **77**

Private Krankenhäuser waren gemäß § **4 Nr. 16 Buchst. b aF** nur befreit, wenn sie im vorangegangenen Kalenderjahr die Voraussetzungen des § 67 Abs. 1 oder Abs. 2 AO erfüllten. Zur damaligen Rechtslage und zur Rechtsentwicklung im Einzelnen vgl. BFH V R 5/08, BeckRS 2011, 94148. Danach mussten mindestens 40% der Pflegetage auf Patienten entfallen, bei denen höchstens der allgemeine Pflegesatz nach § 3 BundespflegesatzVO oder der besondere Pflegesatz nach § 4 BundespflegesatzVO zusätzlich gesondert berechenbarer Kosten iSd §§ 5 und 7 BundespflegesatzVO berechnet wurde. Bei **Belegkrankenhäusern** setzte die Steuerbefreiung voraus, dass mindestens 40% der jährlichen Pflegetage auf Patienten entfielen, deren ärztliche Behandlung der Belegarzt über Krankenschein oder entsprechend den für Kassenabrechnungen geltenden Vergütungssätzen abrechnete (BFH V R 64/89, BStBl. II 1994, 212). **78**

Die Vorschrift ist unionrechtswidrig. Sie verstößt gegen Art. 132 Abs. 1 Buchst. b MwStSystRL (BFH XI R 38/13, BFHE 249, 380; V R 20/14, DStR 2015, 478). Danach befreien die Mitgliedstaaten von der Steuer „Krankenhausbehandlungen und ärztliche Heilbehandlungen sowie damit eng verbundene Umsätze". Handelt es sich bei dem Steuerpflichtigen, der diese Leistungen erbringt, nicht um eine Einrichtung des öffentlichen Rechts, sind diese Umsätze nur steuerfrei, wenn sie „unter Bedingungen, welche mit den Bedingungen für diese Einrichtungen in sozialer Hinsicht vergleichbar sind, von Krankenanstalten, Zentren für ärztliche Heilbehandlung und Diagnostik und anderen ordnungsgemäß anerkannten Einrichtungen gleicher Art durchgeführt beziehungsweise bewirkt werden". Ein Unternehmer, dessen Krankenhaus nach den landesrechtlichen Vorschriften weder Hochschulklinik noch Plankrankenhaus ist, kann die Steuerfreiheit nach deutschem Recht nur erlangen, wenn er für sein Krankenhaus einen Versorgungsvertrag mit den Landesverbänden der Krankenkassen und den Verbänden der Ersatzkassen (Kassenverbänden) abschließt. Sozialversicherungsrechtlich dürfen derartige Versorgungsverträge gemäß § 109 Abs. 3 S. 1 Nr. 2 SGB V aber nur abgeschlossen werden, wenn sie insbesondere für eine bedarfsgerechte Krankenhausbehandlung der Versicherten erforderlich sind. Ein **sozialversicherungsrechtlicher Bedarfsvorbehalt** wie ihn § 4 Nr. 14 Buchst. b S. 2 Doppelbuchst. aa iVm §§ 108, 109 SGB V vorsieht, ist vom Unionsrecht aber nicht umfasst. Steuerpflichtige können sich deshalb unmittelbar auf Art. 132 Abs. 1 Buchst. b MwStSystRL berufen. **78a**

c) Zentren für ärztliche Heilbehandlung und Diagnostik oder Befunderhebung (Doppelbuchst. bb). Solche Einrichtungen, die an der vertragsärztlichen Versorgung nach **§ 95 SGB V** teilnehmen oder für die Regelungen nach **§ 115 SGB V** gelten, werden als steuerbegünstigte Einrichtungen anerkannt. Hiervon können unabhängig von der Rechtsform erfasst werden: medizinische Versorgungszentren, Einrichtungen von Laborärzten oder klinischen Chemikern sowie Praxiskliniken. Außerdem werden hiervon alle Einrichtungen des Vierten Abschnitts des Vierten Kapitels des SGB V erfasst, für die eine Regelung nach § 115 SGB V gilt. Das betrifft Hochschulambulanzen nach § 117 SGB V, Psychiatrische Institutsambulanzen nach § 118 SGB V und Sozialpädiatrische Zentren nach § 119 SGB V. **79**

Zu § 4 Nr. 16 aF hatte die Auffassung bestanden, dass die Leistungen unter **ärztlicher Aufsicht** erbracht werden müssten (vgl. BFH V R 66/99, UR 2000, 377). Die Erfüllung dieser Voraussetzung unterstellte die FVerw bei den Diagnose-Kliniken und den anderen Einrichtungen ärztlicher Heilbehandlungen oder Diagnostik, sowie **80** bei Vorsorge- und Rehabilitationseinrichtungen. Bei den Einrichtungen ärztlicher Befunderhebung verlangte sie einen besonderen **Nachweis.** Eine Leistung wurde nach Auffassung der FVerw „unter ärztlicher Aufsicht" idS erbracht, wenn ein Arzt die Verantwortung für die ordnungsgemäße Durchführung der einzelnen Aufträge der Einrichtung übernahm und gewährleistet war, dass ein Arzt auf Grund seiner persönlichen Anwesenheit im die Analysen stichprobenartig überprüfen konnte und auch tatsächlich überprüfte sowie den Mitarbeitern jederzeit für Rückfragen zur Verfügung stand. Auf Vorlage des BFH (V R 54/98, UR 2001, 115) hat der EuGH entschieden, dass ein Mitgliedstaat die Steuerbefreiung von Leistungen, die unter den weit auszulegenden Begriff der ärztlichen Leistungen fallen, nicht davon abhängig machen kann, dass diese Leistungen unter ärztlicher Aufsicht erbracht werden (EuGH C-45/01, DStRE 2004, 99 – Dornier; vgl. auch →Rn. 7). Insoweit hat nach der alten Rechtslage die Möglichkeit für Steuerpflichtige bestanden, sich unmittelbar auf Art. 132 Abs. 1 Buchst. b MwStSystRL (Art. 13 Teil A Abs. 1 Buchst. b 6. EG-RL) zu berufen.

81 **Klinische Chemiker** sind in § 4 Nr. 14 Buchst. a nicht mehr genannt, weil ihre Leistungen nicht auf einem persönlichen Vertrauensverhältnis zu den Patienten beruhen. Sie werden deshalb von § 4 Nr. 14 Buchst. b S. 2 Doppelbuchst. bb erfasst. Es handelt sich um Personen, die den von der Deutschen Gesellschaft für Klinische Chemie eV entwickelten Ausbildungsgang mit Erfolg beendet haben und dies durch die von dieser Gesellschaft ausgesprochene Anerkennung nachweisen (UStAE 4.14.5). Eine Steuerbefreiung kommt nach § 4 Nr. 14 Buchst. b S. 2 Doppelbuchst. bb oder cc nur in Betracht, wenn die Leistungen im Rahmen einer Heilbehandlung erbracht werden. Erforderlich ist damit eine Teilnahme an der ärztlichen Versorgung nach § 95 SGB V, die Anwendung der Regelungen nach § 115 SGB V, ein Vertrag oder eine Beteiligung an der Versorgung nach § 34 SGB VII. Die Befreiung gilt nicht für chemische Untersuchungsämter (siehe UStAE 4.14.5).

82 **d) Einrichtungen, die von den Trägern der gesetzlichen Unfallversicherung nach § 34 SGB VII an der Versorgung beteiligt worden sind (Doppelbuchst. cc).** Hiervon erfasst werden Einrichtungen, mit denen die Unfallversicherungsträger Verträge über die Durchführung von Heilbehandlungen nach § 34 SGB VII abgeschlossen haben oder die durch Verwaltungsakt an der Durchführung der Heilbehandlung beteiligt worden sind (BMF 26.6.2009, BStBl. I 2009, 756). In § 34 SGB VII ist die Durchführung der Heilbehandlung durch Träger gesetzlicher Unfallversicherungen geregelt. Nach § 34 Abs. 3 S. 1 SGB VII schließen die Verbände der Unfallversicherungsträger sowie die Kassenärztliche Bundesvereinigung und die Kassenzahnärztliche Bundesvereinigung (Kassenärztliche Bundesvereinigungen) unter Berücksichtigung der von den Unfallversicherungsträgern getroffenen Festlegungen Verträge über die Durchführung der Heilbehandlung, die Vergütung der Ärzte und Zahnärzte sowie die Art und Weise der Abrechnung (vgl. BFH XI R 38/13, DStR 2015, 1382).

83 **e) Einrichtungen, mit denen Versorgungsverträge nach §§ 111, 111a SGB V bestehen (Doppelbuchst. dd).** Gemäß § 4 Nr. 14 Buchst. b S. 2 Doppelbuchst. dd werden die Einrichtungen erfasst, mit denen Versorgungsverträge nach §§ 111, 111a SGB V bestehen, also Versorgungsverträge mit Vorsorge- oder Rehabilitationseinrichtungen bzw. Versorgungsverträge mit Einrichtungen des Müttergenesungswerks oder gleichartigen Einrichtungen (vgl. BR-Drs. 545/08, zu Art. 7 Nr. 2 Buchst. b).

84 Vorsorge- oder Rehabilitationseinrichtungen sind fachlich-medizinisch unter ständiger ärztlicher Verantwortung und unter Mitwirkung von besonders geschultem Personal stehende Einrichtungen, die der stationären Behandlung der Patienten dienen, um eine Schwächung der Gesundheit zu beseitigen oder einer Gefährdung der gesundheitlichen Entwicklung eines Kindes entgegenzuwirken (Vorsorge) oder eine

Krankheit zu heilen, ihre Verschlimmerung zu verhüten oder Krankheitsbeschwerden zu lindern oder im Anschluss an Krankenhausbehandlung den dabei erzielten Behandlungserfolg zu sichern oder zu festigen (Rehabilitation), wobei Leistungen der aktivierenden Pflege nicht von den Krankenkassen übernommen werden dürfen (vgl. § 107 Abs. 2 SGB V). Vgl. auch BMF 26.6.2009, BStBl. I 2009, 756.

Einrichtungen des Müttergenesungswerks oder gleichartige Einrichtungen oder für Vater-Kind-Maßnahmen geeignete Einrichtungen, mit denen ein Versorgungsvertrag nach § 111 a SGB V besteht, sind mit ihren stationären medizinischen Leistungen zur Vorsorge oder Rehabilitation für Mütter und Väter nach § 4 Nr. 14 Buchst. b S. 2 Doppelbuchst. dd umsatzsteuerfrei. **85**

f) Medizinische Rehabilitationseinrichtungen (Doppelbuchst. ee). Von dieser Regelung werden medizinische Rehabilitationseinrichtungen erfasst, mit denen Verträge nach § 21 SGB IX (Rehabilitation und Teilhabe behinderter Menschen) bestehen. **86**

g) Einrichtungen zur Geburtshilfe (Doppelbuchst. ff). Durch die Neuregelung werden Einrichtungen zur Geburtshilfe erfasst, für die Verträge nach § 134a SGB V gelten. Die Steuerbefreiung umfasst auch die Leistungen der stationären Geburtshilfe, unabhängig von einer sozialversicherungsrechtlichen Abrechnungsfähigkeit dieser Leistungen. Die Befreiung von Einrichtungen zur Geburtshilfe ist nicht neu. Die durch das StÄndG 2003 (BGBl. 2003 I 2645) mit Wirkung ab 20.12.2003 in § 4 Nr. 16 aF eingefügte Ergänzung für die von Hebammen oder Entbindungshelfern geleiteten Einrichtungen zur Geburtshilfe diente bereits der Klarstellung, dass auch die mit deren Betrieb (zB Entbindungsheim, Geburtshaus) eng verbundenen Umsätze in Form von Unterkunft, Pflege und Verpflegung einer Wöchnerin sowie Versorgung des Kindes unter bestimmten weiteren Voraussetzungen umsatzsteuerfrei waren (vgl. BR-Drs. 630/03, Zu Art. 4 Nr. 4, zu Nr. 4 zu Buchst. d). **87**

h) Hospize (Doppelbuchst. gg). Mit der Regelung werden stationäre Hospizleistungen von Hospizen, mit denen Verträge nach § 39a Abs. 1 SGB V bestehen, von der USt befreit. Hospize dienen der Begleitung eines würdevolleren Sterbens. Leistungen in und von Hospizen werden sowohl ambulant als auch stationär ausgeführt. **88**

Stationäre und teilstationäre Hospizleistungen fallen unter die Befreiungsvorschrift nach § 4 Nr. 14 Buchst. b S. 2 Doppelbuchst. gg, sofern sie von Einrichtungen des Privatrechts erbracht werden, mit denen Verträge nach § 39a Abs. 1 SGB V bestehen. Diese Verträge regeln Zuschüsse zur stationären oder teilstationären Versorgung in Hospizen, in denen palliativ-medizinische Behandlungen erbracht werden, wenn eine ambulante Versorgung im eigenen Haushalt ausgeschlossen ist. **89**

Ambulante Hospizleistungen, die unter der fachlichen Verantwortung von Krankenschwestern oder anderen vergleichbar qualifizierten medizinischen Fachkräften erbracht werden, unterliegen der Steuerbefreiung nach § 4 Nr. 14 Buchst. a (vgl. BMF 26.6.2009, BStBl. I 2009, 756). **90**

i) Einrichtungen mit Verträgen nach §§ 126 Abs. 3, 127 SGB V (Doppelbuchst. hh). § 14 Buchst. b S. 2 Doppelbuchst. hh ist durch das ZollkodexAnpG v. 22.12.2014 (BGBl. 2014 I 2417) eingefügt worden; der bisherige Doppelbuchst. hh wurde Doppelbuchst. ii. Der bisherige Anwendungsbereich des § 4b Nr. 14 Buchst. b, wonach ua Krankenhausbehandlungen und ärztliche Heilbehandlungen einschließlich der Diagnostik und Befunderhebung umsatzsteuerfrei sein können, soweit diese Leistungen von zugelassenen Krankenhäusern nach § 108 SGB V oder von Einrichtungen erbracht werden, die an der vertragsärztlichen Versorgung nach § 95 SGB V teilnehmen, erfasst nunmehr auch Einrichtungen, mit denen Verträge nach § 127 iVm § 126 Abs. 2 SGB V über die Erbringung nichtärztlicher Dialyseleistungen bestehen. Damit wird eine Gleichstellung der umsatzsteuerlichen Behandlung der **90a**

Leistungen dieser Einrichtungen mit nach § 95 SGB V zugelassenen Dialysezentren erreicht (vgl. auch BR-Drs. 432/14 Zu Art. 9 zu Nr. 2 zu Doppelbuchst. cc).

91 **j) Einrichtungen nach § 138 Abs. 1 S. 1 StVollzG (Doppelbuchst. ii).** Mit der Neuregelung werden Einrichtungen nach § 138 Abs. 1 S. 1 StVollzG, denen im Wege der Beleihung die Durchführung des Maßregelvollzugs übertragen wurde, als begünstigte Einrichtungen anerkannt. Hierunter fallen insbesondere psychiatrische Krankenhäuser und Entziehungsanstalten, in denen psychisch kranke oder suchtkranke Straftäter behandelt und untergebracht werden. Die Steuerbefreiung umfasst neben den ärztlichen Behandlungsleistungen auch die Unterbringung, Verpflegung und Verwahrung der in diesen Einrichtungen untergebrachten Personen.

V. § 4 Nr. 14 Buchst. c

92 Bei den in § 4 Nr. 14 Buchst. c genannten Einrichtungen handelt es sich um Träger (zB Managementgesellschaften), die nicht selbst Versorger sind, sondern eine Versorgung durch dazu berechtigte Leistungserbringer anbieten (§ 140b Abs. 1 Nr. 4 SGB V), denen im Rahmen eines mit einer Krankenkasse geschlossenen Vertrages zur integrierten Versorgung nach §§ 140a ff. SGB V die vollständige bzw. teilweise ambulante und/oder stationäre Versorgung der Mitglieder der Krankenkasse übertragen wird. Sofern in einem Vertrag zur integrierten Versorgung lediglich Steuerungs-, Koordinierungs- und/oder Managementaufgaben von der Krankenkasse auf die Managementgesellschaft übertragen werden, sollen die Leistungen der Managementgesellschaft steuerpflichtig bleiben, weil es sich um die Auslagerung von Verwaltungsaufgaben handelt (vgl. BR-Drs. 545/08, Zu Art. 7 Nr. 2b).

93 Zu den Einrichtungen nach § 140b Abs. 1 SGB V zählen:

- zur vertragsärztlichen Versorgung zugelassene Ärzte und Zahnärzte;
- zugelassene Krankenhäuser, soweit sie zur Versorgung berechtigt sind, Träger von stationären Vorsorge- und Rehabilitationseinrichtungen, soweit mit ihnen ein Versorgungsvertrag nach § 111 SGB V besteht, Träger von ambulanten Rehabilitationseinrichtungen;
- Träger von Einrichtungen nach § 95 Abs. 1 S. 2 SGB V (medizinische Versorgungszentren);
- Träger von Einrichtungen, die eine integrierte Versorgung nach § 140a SGB V durch zur Versorgung der Versicherten nach dem Vierten Kapitel des SGB V berechtigte Leistungserbringer anbieten (sog. Managementgesellschaften);
- Pflegekassen und zugelassene Pflegeeinrichtungen auf der Grundlage des § 92b SGB XI;
- Gemeinschaften der vorgenannten Leistungserbringer und deren Gemeinschaften;
- Praxiskliniken nach § 115 Abs. 2 S. 1 Nr. 1 SGB V.

94 Im Rahmen eines Vertrages zur integrierten Versorgung nach §§ 140a ff. SGB V wird die vollständige bzw. teilweise ambulante und/oder stationäre Versorgung der Mitglieder der jeweiligen Krankenkasse auf eine Einrichtung iSd § 140b Abs. 1 SGB V übertragen mit dem Ziel, eine bevölkerungsbezogene Flächendeckung der Versorgung zu ermöglichen.

95 **Managementgesellschaften** sind Träger, die nicht selbst Versorger sind, sondern eine Versorgung durch dazu berechtigte Leistungserbringer anbieten. Sie erbringen mit der Übernahme der Versorgung von Patienten und dem „Einkauf" von Behandlungsleistungen Dritter steuerfreie Leistungen, wenn die beteiligten Leistungserbringer die jeweiligen Heilbehandlungsleistungen unmittelbar mit der Managementgesellschaft abrechnen. In diesen Fällen ist die Wahrnehmung von Managementaufgaben als unselbstständiger Teil der Heilbehandlungsleistung der Managementgesellschaften gegenüber der jeweiligen Krankenkasse anzusehen. Sofern in einem Vertrag zur in-

tegrierten Versorgung nach § 140a SGB V jedoch lediglich Steuerungs-, Koordinierungs- und/oder Managementaufgaben von der Krankenkasse auf die Managementgesellschaft übertragen werden, handelt es sich hierbei um eine Auslagerung von Verwaltungsaufgaben. Diese Leistungen gegenüber der jeweiligen Krankenkasse stellen keine begünstigten Heilbehandlungen dar und sind steuerpflichtig (vgl. BMF 26.6.2009, BStBl. I 2009, 756).

Durch das AmtshilfeRLUmsG v. 26.6.2013 (BGBl. 2013 I 1809) ist § 4 Nr. 14 **96**
Buchst. c umgestaltet worden. Die bisherige Regelung in Buchst. c ist nunmehr in § 4 Nr. 14 Buchst. c Doppelbuchst. bb übernommen worden und § 4 Nr. 14 Buchst. c Doppelbuchst. aa ist neu in das Gesetz aufgenommen worden (vgl. auch BMF 8.11.2013, BStBl. I 2013, 1389). Die Befreiung umfasst nunmehr zusätzlich auch Einrichtungen, mit denen Versorgungsverträge nach § 73b bzw. § 73c SBG V bestehen. Steuerfrei sind nunmehr zB die Leistungen der Träger von Einrichtungen, die eine nach den vorgenannten Vorschriften bestimmte Versorgungsform anbieten und denen im Rahmen eines mit einer Krankenkasse geschlossenen Vertrages die vollständige bzw. teilweise ambulante und/oder stationäre Versorgung der Mitglieder der Krankenkasse übertragen wird. Die Übernahme der Versorgung von Patienten und der Einkauf von Behandlungsleistungen Dritter ist steuerfrei, wenn die beteiligten Leistungserbringer die jeweiligen Heilbehandlungsleistungen unmittelbar mit dem Träger abrechnen. In diesen Fällen ist die Wahrnehmung von Managementaufgaben als unselbstständiger Teil der Heilbehandlungsleistung des Trägers gegenüber der jeweiligen Krankenkasse anzusehen. Sofern jedoch lediglich Steuerungs-, Koordinierungs- und/oder Managementaufgaben von der Krankenkasse auf eine Einrichtung übertragen werden, handelt es sich hierbei um eine Auslagerung von Verwaltungsaufgaben. Diese Leistungen gegenüber der jeweiligen Krankenkasse sollen steuerpflichtig bleiben (vgl. Bericht des Finanzausschusses des Deutschen Bundestages vom 25.10.2012 zum Regierungsentwurf des JStG 2013, in dem die Regelung bereits vorgesehen war; BT-Drs. 17/11220 zu 8 Art. 10 zu Nr. 3).

VI. § 4 Nr. 14 Buchst. d

In § 4 Nr. 14 Buchst. d ist im Wesentlichen die Regelung aus § 4 Nr. 14 S. 2 aF **97**
übernommen worden. Ärztliche **Praxis- und Apparategemeinschaften** betreffen im Gegensatz zur Gemeinschaftspraxis nicht eine gemeinsame Ausübung des Heilberufs, sondern nur eine gemeinschaftliche Nutzung bestimmter Gegenstände. Die Gemeinschaft als solche ist Unternehmer. Soweit ihre Mitglieder ihre Leistungen gegen Entgelt in Anspruch nehmen, handelt es sich um steuerbare Umsätze. Diese sind steuerfrei, weil es sich nur um Hilfsleistungen für die Ausübung des Heilberufs handelt. Neben der gemeinsamen Nutzung medizinischer Einrichtungen, Apparate und Geräte geht es dabei insbesondere um Laboruntersuchungen, Röntgenaufnahmen uÄ. Einzelheiten siehe UStAE 4.14.8.

In der Neuregelung werden auch die in § 4 Nr. 14 Buchst. b genannten Einrich- **98**
tungen umfasst. Die Vorschrift ist damit dahingehend erweitert worden, dass nicht nur die Leistungen der Zusammenschlüsse von Ärzten oder Angehöriger arztähnlicher Berufe an ihre Mitglieder befreit werden, sondern auch die Leistungen an Mitglieder der Zusammenschlüsse von Einrichtungen iSd § 4 Nr. 14 Buchst. b sowie von Angehörigen der in § 4 Nr. 14 Buchst. a bezeichneten Berufe und Einrichtungen iSd § 4 Nr. 14 Buchst. b. Damit soll dem Strukturwandel im Gesundheitswesen und dem Ziel der Kostendämpfung Rechnung getragen werden (BR-Drs. 545/08, zu Art. 7 Nr. 2 Buchst. b). Die Steuerbefreiung greift aber nur ein, wenn die Gemeinschaft von ihren Mitgliedern lediglich die genaue Erstattung des jeweiligen Anteils an den gemeinsamen Kosten fordert. Die Notwendigkeit dieser Regelung ergibt sich aus Art. 132 Abs. 1 Buchst. f MwStSystRL. Die Steuerbefreiung kommt ferner für die

Leistungen nicht in Betracht, die an Nichtmitglieder erbracht werden; die Steuerfreiheit der Leistungen an die Mitglieder bleibt hiervon aber unberührt (UStAE 4.14.8). Schließlich darf die Befreiung nicht zu einer Wettbewerbsverzerrung führen (Art. 132 Abs. 1 Buchst. f). Dh, sie umfasst nicht die Fälle, in denen eine Gemeinschaft für ihre Mitglieder die Buchführung, Rechtsberatung oder die Aufgaben einer ärztlichen Verrechnungsstelle übernimmt. Vgl. auch BMF 26.6.2009, BStBl. I 2009, 756.

§ 4 Nr. 15 (Gesetzliche soziale Einrichtungen)

Von den unter § 1 Abs. 1 Nr. 1 fallenden Umsätzen sind steuerfrei:

15. die Umsätze der gesetzlichen Träger der Sozialversicherung, der gesetzlichen Träger der Grundsicherung für Arbeitsuchende nach dem Zweiten Buch Sozialgesetzbuch sowie der gemeinsamen Einrichtungen nach § 44b Abs. 1 des Zweiten Buches Sozialgesetzbuch, der örtlichen und überörtlichen Träger der Sozialhilfe sowie der Verwaltungsbehörden und sonstigen Stellen der Kriegsopferversorgung einschließlich der Träger der Kriegsopferfürsorge

a) untereinander,

b) an die Versicherten, die Bezieher von Leistungen nach dem Zweiten Buch Sozialgesetzbuch, die Empfänger von Sozialhilfe oder die Versorgungsberechtigten. [2]Das gilt nicht für die Abgabe von Brillen und Brillenteilen einschließlich der Reparaturarbeiten durch Selbstabgabestellen der gesetzlichen Träger der Sozialversicherung;

EU-Recht: Art. 132 Abs. 1 Buchst. g, Abs. 2 MwStSystRL (Art. 13 Teil A Abs. 1 Buchst. g, Abs. 2 6. EG-RL)
UStAE: 4.15.1

Übersicht

1. Normzweck

1 Die Befreiung bezweckt eine Kostendämpfung im Bereich der sozialen Fürsorgeeinrichtungen. Sie ist nur unvollkommen, denn sie führt zum Verlust des Vorsteuerabzugs. Ein Verzicht auf die Befreiung ist nicht möglich.

Die in Art. 132 Abs. 1 Buchst. g MwStSystRL vorgesehene Steuerbefreiung von Leistungen, die mit der Fürsorge oder der sozialen Sicherheit verbunden sind und die von Einrichtungen des öffentlichen Rechts oder anderen Einrichtungen, die von dem betreffenden Mitgliedstaat mit im Wesentlichen sozialen Charakter anerkannt sind, erbracht werden, ist im deutschen USt-Recht nicht zutreffend umgesetzt (vgl. → § 4 Nr. 14 Rn. 12a).

2. Begünstigte Einrichtungen

2 Gesetzliche Träger der Sozialversicherung sind die Orts-, Betriebs- und Innungskrankenkassen einschließlich der gesetzlich zugelassenen Ersatzkassen, die Seekrankenkassen, die Berufsgenossenschaften, Bund, Länder und Gemeinden als Träger der Eigenunfallversicherung einschließlich der Gemeindeunfallversicherungsverbände, die Bundesanstalt für Arbeit, die Bundes- und Landesversicherungsanstalten, andere

öffentliche Invalidenversicherungsanstalten sowie die Knappschaften. Privatkrankenkassen einschließlich der Beamtenkrankenkassen gehören nicht dazu. Träger der Sozialhilfe sind die kreisfreien Städte, die Landkreise und die Landeswohlfahrtsverbände. Als begünstigte Stellen der Kriegsopferversorgung und -fürsorge kommen die Versorgungsämter und Landesversorgungsämter sowie die Fürsorgestellen für Kriegsopfer in Betracht. Dazu gehören auch Sondereinrichtungen wie zB Versorgungskrankenhäuser.

3. Befreite Leistungen

Befreite Leistungen sind nur die Umsätze der in § 4 Nr. 15 S. 1 genannten Einrichtungen untereinander oder an den von ihnen zu betreuenden Personenkreis (§ 4 Nr. 15 S. 1 Buchst. a, b), diese aber auch in vollem Umfang. Die Auffassung, die Befreiung umfasse nur die gesetzlich vorgeschriebenen oder ausdrücklich zugelassenen, nicht aber freiwillige Mehrleistungen (siehe *P/M* § 4 Nr. 15 Rn. 13), ist durch das Gesetz nicht gedeckt (siehe auch *Oelmaier* in Sölch/Ringleb § 4 Nr. 15 Rn. 8). 3

4. Ausnahme

§ 4 Nr. 15 S. 2 nimmt die Lieferung und Reparatur von Brillen und Brillenteilen durch Selbstabgabestellen der gesetzlichen Träger der Sozialversicherung von der Befreiung aus. Die Regelung entspricht der Vorschrift des § 2 Abs. 3 Nr. 3. 4

§ 4 Nr. 15a (Medizinische Dienste)

Von den unter § 1 Abs. 1 Nr. 1 fallenden Umsätzen sind steuerfrei:

15a. die auf Gesetz beruhenden Leistungen der Medizinischen Dienste der Krankenversicherung (§ 278 SGB V) und des Medizinischen Dienstes der Spitzenverbände der Krankenkassen (§ 282 SGB V) untereinander und für die gesetzlichen Träger der Sozialversicherung und deren Verbände und für die Träger der Grundsicherung für Arbeitsuchende nach dem Zweiten Buch Sozialgesetzbuch sowie die gemeinsamen Einrichtungen nach § 44b des Zweiten Buches Sozialgesetzbuch;

EU-Recht: Art. 132 Abs. 1 Buchst. f und g MwStSystRL (Art. 13 Teil A Abs. 1 Buchst. f und g 6. EG-RL)

Die Regelung ist zuletzt geändert worden durch Gesetz v. 24.3.2011 (BGBl. 2011 I 453) mit Wirkung v. 1.1.2011. Sie beruht auf Art. 132 Abs. 1 Buchst. f und g MwStSystRL. Nach Art. 132 Abs. 1 Buchst. g MwStSystRL befreien die Mitgliedstaaten die eng mit der Sozialfürsorge und der sozialen Sicherheit verbundenen Dienstleistungen und Lieferungen durch Einrichtungen, die von dem jeweiligen Mitgliedstaat als Einrichtungen mit sozialem Charakter anerkannt sind. 1

Nach Art. 132 Abs. 1 Buchst. f MwStSystRL sind von der Steuer befreit „die Dienstleistungen, die die selbstständigen Zusammenschlüsse von Personen, die eine Tätigkeit ausüben, die von der Steuer befreit ist, oder für die sie nicht Steuerpflichtige sind, an ihre Mitglieder für unmittelbare Zwecke der Ausübung dieser Tätigkeit erbringen, soweit diese Zusammenschlüsse von ihren Mitgliedern lediglich die genaue Erstattung des jeweiligen Anteils an den gemeinsamen Kosten fordern, vorausgesetzt, dass die Befreiung nicht zu Wettbewerbsverzerrungen führt". Die Steuerbefreiung soll vermeiden, „dass jemand, der bestimmte Dienstleistungen anbietet, Mehrwertsteuer entrichten muss, wenn er genötigt ist, mit anderen Berufsausübenden im Rahmen einer gemeinsamen Struktur zusammenzuarbeiten, die Tätigkeiten übernimmt, 2 die zur Erbringung dieser Dienstleistungen erforderlich sind" (EuGH C-407/07, BFH/NV 2009, 337 – Stichting; vgl. auch BFH V R 5/07, BFHE 226, 116).

3 Die Medizinischen Dienste der Krankenversicherung sowie der Medizinische Dienst der Spitzenverbände der Krankenkassen sind als Einrichtungen mit sozialem Charakter anzusehen, da sie allgemein gesetzlich geregelte Aufgaben auf dem Gebiet des Gesundheitswesens wahrnehmen (BT-Drs. 13/3084, 25). Befreit sind allerdings nur Leistungen der Medizinischen Dienste selbst (BFH V R 32/07, UR 2009, 22; V R 72/99, UR 2000, 434 zur Erstellung von Gutachten für Zwecke der Pflegeversicherung durch einem Krankenpfleger im Auftrag des Medizinischen Dienstes der Krankenversicherung).

4 Das rückwirkende Inkrafttreten der Vorschrift zum 1.1.1991 durch das JStGErG 1996 (BGBl. 1995, 1959) beruht darauf, dass die Steuerbefreiung vom Zeitpunkt der Geltung des bundesdeutschen Steuerrechts in den neuen Bundesländern wirksam werden sollte, um eine Gleichbehandlung der Leistungen der Medizinischen Dienste bundesweit sicherzustellen.

§ 4 Nr. 15b (Eingliederungsleistungen)

Von den unter § 1 Abs. 1 Nr. 1 fallenden Umsätzen sind steuerfrei:

15b. Eingliederungsleistungen nach dem Zweiten Buch Sozialgesetzbuch, Leistungen der aktiven Arbeitsförderung nach dem Dritten Buch Sozialgesetzbuch und vergleichbare Leistungen, die von Einrichtungen des öffentlichen Rechts oder anderen Einrichtungen mit sozialem Charakter erbracht werden. Andere Einrichtungen mit sozialem Charakter im Sinne dieser Vorschrift sind Einrichtungen,

a) die nach § 178 des Dritten Buches Sozialgesetzbuch zugelassen sind,
b) die für ihre Leistungen nach Satz 1 Verträge mit den gesetzlichen Trägern der Grundsicherung für Arbeitsuchende nach dem Zweiten Buch Sozialgesetzbuch geschlossen haben oder
c) die für Leistungen, die denen nach Satz 1 vergleichbar sind, Verträge mit juristischen Personen des öffentlichen Rechts, die diese Leistungen mit dem Ziel der Eingliederung in den Arbeitsmarkt durchführen, geschlossen haben;

EU-Recht: Art. 132 Abs. 1 Buchst. g MwStSystRL (Art. 13 Teil A Abs. 1 Buchst. g 6. EG-RL)

1 § 4 Nr. 15b ist durch das KroatienAnpG (BGBl. 2014 I 1266) mit Wirkung ab 1.1.2015 eingefügt worden.

2 Die Regelung dient der Umsetzung des Art. 132 Abs. 1 Buchst. g MwStSystRL im Bereich der Arbeitsförderung. Die Eingliederungsleistungen nach dem SGB II und die Leistungen der aktiven Arbeitsförderung nach dem SGB III sowie die hiermit vergleichbaren Leistungen sind „eng mit der Sozialfürsorge und der sozialen Sicherheit verbundene Leistungen" iSd Art. 132 Abs. 1 Buchst. g MwStSystRL.

3 Es handelt sich um Leistungen, die dem Grundsatz nach im SGB beschrieben werden. Mit diesen Leistungen werden soziale Zwecke verfolgt, weil sie einen spezifischen sozialrechtlichen Bedarf voraussetzen und somit einer wirtschaftlichen oder sozialen Notlage abhelfen, die sich auf Grund von Hilfebedürftigkeit oder Arbeitslosigkeit ergibt. Die Leistungen werden regelmäßig von den Agenturen für Arbeit bzw. den Trägern der Grundsicherung für Arbeitsuchende bezahlt, wobei das Verhältnis zwischen dem Sozialleistungsträger (§ 12 SGB I) und der leistungserbringenden Einrichtung im Einzelnen unterschiedlich ausgestaltet, aber ebenso wie das zwischen dem Leistungsberechtigten und dem Sozialleistungsträger öffentlich-rechtlich geprägt ist. Dementsprechend sollen durch die Neuregelung Eingliederungsleistungen, die

im Rahmen des SGB II an erwerbsfähige Leistungsberechtigte in Ausbildung oder Arbeit oder für deren Eingliederung erbracht werden, sowie Leistungen der aktiven Arbeitsförderung, die von den Agenturen für Arbeit im Rahmen des SGB III über besondere Einrichtungen an erwerbsfähige Leistungsberechtigte, Arbeitslose, von Arbeitslosigkeit bedrohte Arbeitsuchende oder Ausbildungssuchende erbracht werden, von der USt befreit werden. Zudem werden vergleichbare Leistungen von der USt befreit. Hierunter sind insbesondere Leistungen zu verstehen, die im Rahmen von Bundes- und Landesprogrammen sowie Programmen anderer Gebietskörperschaften an die genannten Personenkreise mit dem Ziel der Eingliederung in den Arbeitsmarkt (Ausbildung oder Arbeit) erbracht werden.

Die eng mit der Sozialfürsorge und der sozialen Sicherheit verbundenen Leistungen sind steuerfrei, wenn sie von juristischen Personen döR oder von anderen Einrichtungen mit sozialem Charakter iSd Art. 132 Abs. 1 Buchst. g MwStSystRL erbracht werden. Die anderen Einrichtungen mit sozialem Charakter werden in § 4 Nr. 15b S. 2 bestimmt. 4

Einrichtungen im Sinne dieser Vorschrift sind Einrichtungen, die nach § 178 SGB III durch eine fachkundige Stelle zugelassen sind. Gemäß § 176 SGB III ist die Zulassung des Trägers durch eine fachkundige Stelle grundsätzlich Voraussetzung für die Durchführung von Maßnahmen der Arbeitsförderung. Soweit eine Zulassung für einzelne nach dem SGB II zu erbringende Leistungen bzw. für vergleichbare Leistungen nicht gesetzlich vorgesehen ist, ergibt sich der soziale Charakter der Einrichtung dadurch, dass die Einrichtung für ihre Leistungen nach Satz 1 Verträge mit den gesetzlichen Trägern der Grundsicherung für Arbeitsuchende nach dem SGB II bzw. mit den juristischen Personen döR, die vergleichbare Leistungen durchführen, geschlossen hat.

Verträge iSd Buchst. b und c S. 2 der Vorschrift liegen auch vor, wenn der Leistungsaustausch auf einem Zuwendungsbescheid beruht, der die gegenseitigen Rechte und Pflichten bestimmt. Nach der Rspr. des EuGH umfasst der Begriff „Einrichtungen" unabhängig von der Rechts- oder Organisationsform des Leistungserbringers sowohl natürliche als auch juristische Personen. Für die Anerkennung eines Unternehmers als eine Einrichtung mit sozialem Charakter reicht es jedoch nicht aus, wenn der Unternehmer lediglich als Subunternehmer für eine anerkannte Einrichtung tätig wird, es sei denn der Subunternehmer erfüllt selbst die Voraussetzungen für die UStF (BFH V R 2/06, BStBl. II 2008, 634). Vgl. zum Ganzen BT-Drs. 18/1529 zu Art. 8 zu Nr. 2 zu Buchst. a (S. 76).

§ 4 Nr. 15c (Leistungen zur Teilhabe am Arbeitsleben)

Von den unter § 1 Abs. 1 Nr. 1 fallenden Umsätzen sind steuerfrei:

15c. Leistungen zur Teilhabe am Arbeitsleben nach *§ 33 des Neunten Buches Sozialgesetzbuch* [*[ab 1. 1. 2018:]* § 49 des Neunten Buches Sozialgesetzbuch, die von Einrichtungen des öffentlichen Rechts oder anderen Einrichtungen mit sozialem Charakter erbracht werden. [2]Andere Einrichtungen mit sozialem Charakter im Sinne dieser Vorschrift sind Rehabilitationsdienste und -einrichtungen nach den *§§ 19 und 35 des Neunten Buches Sozialgesetzbuch* [*[ab 1. 1. 2018:]* §§ 36 und 51 des Neunten Buches Sozialgesetzbuch], mit denen Verträge nach *§ 21 des Neunten Buches Sozialgesetzbuch* [*[ab 1. 1. 2018:]* § 38 des Neunten Buches Sozialgesetzbuch] abgeschlossen worden sind;

§ 4 Nr. 15c wurde durch das Gesetz zur Stärkung der Teilhabe und Selbstbestimmung von Menschen mit Behinderungen (Bundesteilhabegesetz – BTHG) vom 23.12.2016 (BGBl. 2016 I 3234) mit Wirkung ab 1.1.2017in das UStG eingefügt und mWz 1.1.2018 geändert. 1

2 Die Einfügung des § 4 Nr. 15c dient der Umsetzung des Art. 132 Abs. 1 Buchst. g MwStSystRL im Bereich der gesetzlichen Rentenversicherung einschließlich der Alterssicherung der Landwirte, der gesetzlichen Unfallversicherung, der Kriegsopferversorgung und Kriegsopferfürsorge sowie der Jugendhilfe. Die Leistungen zur Teilhabe am Arbeitsleben nach § 49 SGB IX sowie den spezifischen Leistungsgesetzen sind „eng mit der Sozialfürsorge und der sozialen Sicherheit verbundene Leistungen" im Sinne des Art. 132 Abs. 1 Buchst. e g MwStSystRL. Die Leistungen zur Teilhabe am Arbeitsleben werden im SGB IX legal definiert. Mit diesen Leistungen werden soziale Zwecke verfolgt, weil damit Menschen mit Behinderungen langfristig der Zugang zum Berufsleben gesichert und Arbeitslosigkeit verhindert wird. Damit wird die Selbstständigkeit und Selbstbestimmung von Menschen mit Behinderungen gesichert und das Selbstbewusstsein gestärkt. Dementsprechend sollen durch die Neuregelung Leistungen zur Teilhabe am Arbeitsleben gemäß § 49 SGB IX von der Umsatzsteuer befreit werden. Die Leistungen zur Teilhabe am Arbeitsleben umfassen insbesondere:

- Hilfen zur Erhaltung oder Erlangung eines Arbeitsplatzes einschließlich Leistungen zur Aktivierung und beruflichen Eingliederung,
- eine Berufsvorbereitung einschließlich einer wegen der Behinderung erforderlichen Grundausbildung,
- die individuelle betriebliche Qualifizierung im Rahmen unterstützter Beschäftigung,
- die berufliche Anpassung und Weiterbildung, auch soweit die Leistungen einen zur Teilhabe erforderlichen schulischen Abschluss einschließen,
- die berufliche Ausbildung, auch soweit die Leistungen in einem zeitlich nicht überwiegenden Abschnitt schulisch durchgeführt werden,
- die Förderung der Aufnahme einer selbstständigen Tätigkeit,
- sonstige Hilfen zur Förderung der Teilhabe am Arbeitsleben, um den Menschen mit Behinderungen eine geeignete Beschäftigung oder eine selbstständige Tätigkeit zu ermöglichen und zu erhalten.

Eng mit der Sozialfürsorge und der sozialen Sicherheit verbundene Leistungen sind insbesondere auch Leistungen für Unterkunft und Verpflegung, wenn sie im Zusammenhang mit den genannten Leistungen zur Teilhabe am Arbeitsleben von der begünstigten Einrichtung erbracht werden. Die Leistungen zur Teilhabe am Arbeitsleben sind steuerfrei, wenn sie von juristischen Personen des öffentlichen Rechts oder von anderen Einrichtungen mit sozialem Charakter iSd Art. 132 Abs. 1 Buchst. g MwStSystRL erbracht werden. Andere Einrichtungen mit sozialem Charakter sind die in den §§ 36 und 51 SGB IX genannten Rehabilitationsdienste und -einrichtungen, mit denen Rehabilitationsträger Verträge nach § 38 SGB IX abgeschlossen haben (vgl. BR-Drs. 428/16, S. 359).

§ 4 Nr. 16 (Krankenhäuser, Alten- und Pflegeheime)

Von den unter § 1 Abs. 1 Nr. 1 fallenden Umsätzen sind steuerfrei:

16. die mit dem Betrieb von Einrichtungen zur Betreuung oder Pflege körperlich, geistig oder seelisch hilfsbedürftiger Personen eng verbundenen Leistungen, die von

a) juristischen Personen des öffentlichen Rechts,

b) Einrichtungen, mit denen ein Vertrag nach § 132 des Fünften Buches Sozialgesetzbuch besteht,

c) Einrichtungen, mit denen ein Vertrag nach § 132a des Fünften Buches Sozialgesetzbuch, § 72 oder § 77 des Elften Buches Sozialgesetzbuch besteht oder die Leistungen zur häuslichen Pflege oder zur Heimpflege erbringen und die hierzu nach § 26 Abs. 5 in Verbindung mit § 44 des Siebten Buches Sozialgesetzbuch bestimmt sind,

d) Einrichtungen, die Leistungen der häuslichen Krankenpflege oder Haushaltshilfe erbringen und die hierzu nach § 26 Abs. 5 in Verbindung mit den §§ 32 und 42 des Siebten Buches Sozialgesetzbuch bestimmt sind,

e) Einrichtungen, mit denen eine Vereinbarung nach *§ 111 des Neunten Buches Sozialgesetzbuch* [*[ab 1. 1. 2018:]* § 194 des Neunten Buches Sozialgesetzbuch] besteht,

f) Einrichtungen, die nach *§ 142 des Neunten Buches Sozialgesetzbuch* [*[ab 1. 1. 2018:]* § 225 des Neunten Buches Sozialgesetzbuch] anerkannt sind,

g) Einrichtungen, soweit sie Leistungen erbringen, die landesrechtlich als Angebote zur Unterstützung im Alltag nach § 45 a des Elften Buches Sozialgesetzbuch anerkannt sind,

[Fassung bis 31. 12. 2017:]

h) Einrichtungen, mit denen eine Vereinbarung nach § 75 des Zwölften Buches Sozialgesetzbuch besteht,

[Fassung ab 1. 1. 2018:]

h) Einrichtungen, mit denen eine Vereinbarung nach § 123 des Neunten Buches Sozialgesetzbuch oder nach § 76 des Zwölften Buches Sozialgesetzbuch besteht,

i) Einrichtungen, mit denen ein Vertrag nach § 8 Absatz 3 des Gesetzes zur Errichtung der Sozialversicherung für Landwirtschaft, Forsten und Gartenbau über die Gewährung von häuslicher Krankenpflege oder Haushaltshilfe nach den §§ 10 und 11 des Zweiten Gesetzes über die Krankenversicherung der Landwirte, § 10 des Gesetzes über die Alterssicherung der Landwirte oder nach § 54 Absatz 2 des Siebten Buches Sozialgesetzbuch besteht,

j) Einrichtungen, die aufgrund einer Landesrahmenempfehlung nach § 2 der Frühförderungsverordnung als fachlich geeignete interdisziplinäre Frühförderstellen anerkannt sind,

k) Einrichtungen, die als Betreuer nach § 1896 Absatz 1 des Bürgerlichen Gesetzbuchs bestellt worden sind, sofern es sich nicht um Leistungen handelt, die nach § 1908i Absatz 1 in Verbindung mit § 1835 Absatz 3 des Bürgerlichen Gesetzbuchs vergütet werden, oder

[Fassung bis 31. 12. 2019:]

l) Einrichtungen, bei denen im vorangegangenen Kalenderjahr die Betreuungs- oder Pflegekosten in mindestens 25 Prozent der Fälle von den gesetzlichen Trägern der Sozialversicherung oder der Sozialhilfe oder der für die Durchführung der Kriegopferversorgung zuständigen Versorgungsverwaltung einschließlich der Träger der Kriegsopferfürsorge ganz oder zum überwiegenden Teil vergütet worden sind,

[Fassung ab 1. 1. 2020:]

l) Einrichtungen, bei denen im vorangegangenen Kalenderjahr die Betreuungs- oder Pflegekosten in mindestens 25 Prozent der Fälle von den gesetzlichen Trägern der Sozialversicherung, den Trägern der Sozialhilfe, den Trägern der Eingliederungshilfe nach § 94 des Neunten Buches Sozialgesetzbuch oder der für die Durchführung der Kriegsopferversorgung zuständigen Versorgungsverwaltung einschließlich der Träger der Kriegsopferfürsorge ganz oder zum überwiegenden Teil vergütet worden sind,

– **erbracht werden. ²Leistungen im Sinne des Satzes 1, die von Einrichtungen nach den Buchstaben b bis l erbracht werden, sind befreit, soweit es sich ihrer Art nach um Leistungen handelt, auf die sich die Anerkennung, der Vertrag oder die Vereinbarung nach Sozialrecht oder die Vergütung jeweils bezieht;**

EU-Recht: Art. 132 Abs. 1 Buchst. b und g, Abs. 2 MwStSystRL (Art. 13 Teil A Abs. 1 Buchst. b und g, Abs. 2 6. EG-RL)
UStAE: 4.16.1–4.16.6

Übersicht

1. Normzweck

1 **a) Rechtsentwicklung.** Das UStG 1980 hatte die Diagnose-Kliniken und andere Einrichtungen ärztlicher Heilbehandlung, Diagnostik oder Befunderhebung in den Katalog der begünstigten Einrichtungen aufgenommen. Das StÄndG 1992 hat die Befreiung auf Einrichtungen zur vorübergehenden Aufnahme oder ambulanten Pflege kranker und pflegebedürftiger Personen ausgedehnt. Diese sind zuvor nicht von der USt befreit gewesen (BFH V R 116/92, BStBl. II 1995, 220). Das PflegeVG (BGBl. 1994 I 1014) hat § 4 Nr. 16 Buchst. d und e geändert und die Anforderungen der Steuerbefreiung von bisher $^2/_3$ mit Wirkung ab 1.1.1995 auf nunmehr 40% der bezeichneten Leistungen herabgesetzt. Die Grenze ist damit an die bei Krankenhäusern geltende Mindestgrenze angeglichen worden (BR-Drs. 505/93). § 4 Nr. 16 S. 1 und § 4 Nr. 16 S. 1 Buchst. a sind durch das StÄndG 2003 (BGBl. 2003 I 2645) geändert worden. Durch das JStG 2009 (BGBl. 2008 I 2794) ist die Regelung vollständig neu gefasst worden. Das BMF hat in einem umfassenden Schreiben vom 20.7.2009 (BStBl. I 2009, 774 iVm BMF 27.3.2012, BStBl. I 2012, 370 Nr. 1251) zur Neufassung des § 4 Nr. 16 Stellung genommen. Nachhaltige Änderungen sind durch das AmtshilfeRLUmsG v. 26.6.2013 (BGBl. 2013 I 1809) in § 4 Nr. 16 Buchst. i, j, k und l erfolgt (vgl. → Rn. 19, 21a, 22 u. BMF 15.11.2013, BStBl. I 2013, 1477).

einstweilen frei 2, 3

b) Systematik. Die Befreiung soll nicht die Träger der genannten Einrichtungen begünstigen. Die Vorschrift dient dem Zweck, die Pflegekosten zu senken. Die Steuerbefreiung ist nur unvollkommen, denn der Vorsteuerabzug geht verloren. Ein Verzicht auf die Befreiung ist nicht möglich. Die in Art. 132 Abs. 1 Buchst. g MwStSystRL vorgesehene Steuerbefreiung von „eng mit der Fürsorge und der sozialen Sicherheit verbundenen Dienstleistungen und Lieferungen von Gegenständen, einschließlich derjenigen, die durch Altenheime, Einrichtungen des öffentlichen Rechts oder andere von dem betreffenden Mitgliedstaat als Einrichtungen mit sozialem Charakter anerkannte Einrichtungen bewirkt werden", war bisher im deutschen USt-Recht nicht zutreffend umgesetzt worden (vgl. auch → § 4 Nr. 14 Rn. 12a). Der EuGH hat aber entschieden, dass Art. 132 Abs. 1 Buchst. g MwStSystRL hinreichend genau und unbedingt die Tätigkeiten aufzählt, die steuerfrei sind, so dass sich der Steuerpflichtige hierauf berufen kann. Allerdings ist den Mitgliedstaaten ein Ermessen hinsichtlich der Anerkennung des sozialen Charakters bestimmter Einrichtungen eingeräumt (EuGH C-141/00, DStRE 2002, 1196 – Ambulanter Pflegedienst Kügler GmbH zu Art. 13 Teil A Abs. 1 Buchst. g 6. EG-RL). Art. 132 Abs. 1 Buchst. g MwStSystRL legt die Voraussetzungen und Modalitäten der Anerkennung nicht fest. Vielmehr ist es Sache des innerstaatlichen Rechts jedes Mitgliedstaats, die Regeln aufzustellen, nach denen Einrichtungen die erforderliche Anerkennung gewährt werden kann. Dabei haben die nationalen Behörden im Einklang mit dem Unionsrecht und unter der Kontrolle der nationalen Gerichte die für die Anerkennung maßgeblichen Gesichtspunkte zu berücksichtigen. Zu diesen gehören das Bestehen spezifischer Vorschriften, bei denen es sich um nationale oder regionale Rechts- oder Verwaltungsvorschriften, Steuervorschriften oder Vorschriften im Bereich der sozialen Sicherheit handeln kann, das mit den Tätigkeiten des betreffenden Steuerpflichtigen verbundene Gemeinwohlinteresse, die Tatsache, dass andere Steuerpflichtige mit den gleichen Tätigkeiten bereits in den Genuss einer ähnlichen Anerkennung kommen, und die Übernahme der Kosten der fraglichen Leistungen zum großen Teil durch Krankenkassen oder durch andere Einrichtungen der sozialen Sicherheit (EuGH C-174/11, DStRE 2013, 423 Rn. 26, 31 – Zimmermann; BFH V R 13/14, DStR 2015, 2324; V R 7/11, BStBl. II 2013, 976 Rn. 19ff.). Durch die sich daraus ergebende „Zweigleisigkeit" der Steuerbefreiung im Sozialbereich hatte die Regelung in § 4 Nr. 16 aF zunehmend an Bedeutung eingebüßt. 4

Der BFH hat zum alten Recht entschieden, dass Pflegeleistungen im Rahmen des **Bielefelder Modells** von Art. 132 Abs. 1 Buchst. g MwStSystRL umfasst werden (BFH V R 13/14, DStR 2015, 2324). § 77 Abs. 1 S. 1 SGB XI, wonach die Pflegekassen zur Sicherstellung der häuslichen Pflege und hauswirtschaftlichen Versorgung einen Vertrag mit einzelnen geeigneten Pflegekräften schließen können, soweit und solange eine Versorgung nicht durch einen zugelassenen Pflegedienst gewährleistet werden kann, stellt danach eine spezifische Vorschrift des nationalen Rechts im Bereich der sozialen Sicherheit iSd Rechtsprechung des EuGH dar.

Der Gesetzgeber hat durch die Neufassung nunmehr versucht, eine ordnungsgemäße Umsetzung des Gemeinschaftsrechts zu gewährleisten.

Dabei wird durch die Neufassung des § 4 Nr. 16 zunächst einmal die Steuerbefreiung nach § 4 Nr. 16 Buchst. a aF für die von juristischen Personen des öffentlichen Rechts betriebenen Einrichtungen fortgeführt. Daneben werden die in § 4 Nr. 16 Buchst. d und e aF genannten Einrichtungen nun in § 4 Nr. 16 S. 1 Buchst. b–j unter Verzicht auf eine ausdrückliche Benennung einzelner Einrichtungen aufgenommen. Dabei macht das nationale Recht die Anerkennung von Einrichtungen mit sozialem Charakter weitgehend davon abhängig, dass der Unternehmer einen Vertrag mit einer Sozial- oder Pflegekasse abgeschlossen hat und Leistungen erbringt, die ihrer Art nach vom Gegenstand des Vertrages erfasst werden (vgl. BFH V R 20/12, DStR 5

2013, 2509 u. UStAE 4.16.1 Abs. 8). Darüber hinaus werden in § 4 Nr. 16 S. 1 Buchst. k die Kriterien für die Anerkennung als Einrichtung mit sozialem Charakter für Einrichtungen, deren Leistungen nicht schon nach § 4 Nr. 16 S. 1 Buchst. a–j befreit sind, vereinheitlicht.

5a **c) Unionsrecht.** Nach Art. 132 Abs. 1 Buchst. g MwStSystRL befreien die Mitgliedstaaten eng mit der Sozialfürsorge und der sozialen Sicherheit verbundene Dienstleistungen und Lieferungen von Gegenständen, einschließlich derjenigen, die durch Altenheime, Einrichtungen des öffentlichen Rechts oder andere von dem betreffenden Mitgliedstaat als Einrichtungen mit sozialem Charakter anerkannte Einrichtungen bewirkt werden. In Bezug auf Pflegeleistungen durch andere Unternehmer als Einrichtungen des öffentlichen Rechts knüpft diese Bestimmung an leistungs- wie auch an personenbezogene Voraussetzungen an. Es muss sich um eng mit der Sozialfürsorge und der sozialen Sicherheit verbundene Dienstleistungen handeln, der leistende Unternehmer muss als Einrichtung mit sozialem Charakter anerkannt sein.

2. Umfang der Befreiung

6 § 4 Nr. 16 ist auch in Gestalt der Neuregelung mehrstufig aufgebaut. Voraussetzung für die Befreiung ist einmal das Vorhandensein von Einrichtungen, mit einer bestimmten Zweckbindung. Und zwar muss es sich handeln um Einrichtungen zur Betreuung oder Pflege körperlich, geistig oder seelisch hilfsbedürftiger Personen. Der Begriff der **Hilfsbedürftigkeit** ist neu. Hilfsbedürftig sind alle Personen, die aufgrund ihres körperlichen, geistigen oder seelischen Zustandes der Betreuung oder Pflege bedürfen. Der Betreuung oder Pflege bedürfen Personen, die krank, behindert oder von einer Behinderung bedroht sind. Dies schließt auch Personen mit ein, bei denen ein Grundpflegebedarf oder eine erhebliche Einschränkung der Alltagskompetenz besteht (§ 45a des Elften Buches Sozialgesetzbuch – SGB XI – Soziale Pflegeversicherung). Hilfsbedürftig sind darüber hinaus auch Personen, denen Haushaltshilfe nach dem Zweiten Gesetz über die Krankenversicherung der Landwirte (KVLG 1989), dem Gesetz über die Alterssicherung der Landwirte (ALG) oder dem Siebten Buch Sozialgesetzbuch (SGB VII – Gesetzliche Unfallversicherung) gewährt wird, etwa im Fall der Arbeitsunfähigkeit nach § 16 S. 2 KVLG 1989. Die Befreiung ist unabhängig davon, ob die Leistungen **ambulant** oder **stationär** erbracht werden. Werden sie stationär erbracht, kommt es nicht darauf an, ob die Personen vorübergehend oder dauerhaft aufgenommen werden.

7 Unter den Begriff der **Betreuung** oder **Pflege** fallen zB die in § 14 Abs. 4 SGB XI bzw. § 61 Abs. 5 SGB XII aufgeführten Leistungen für die gewöhnlichen und regelmäßig wiederkehrenden Verrichtungen im Ablauf des täglichen Lebens, bei teilstationärer oder stationärer Aufnahme auch die Unterbringung und Verpflegung. Zu den begünstigten Leistungen zählen insbesondere auch Leistungen zur Betreuung behinderter oder von Behinderung bedrohter Menschen, ua Leistungen der Rehabilitation wie zB heilpädagogische Leistungen, die der Früherkennung und Frühförderung behinderter und von Behinderung bedrohter Kinder dienen.

8 Leistungen der **Betreuung** hilfsbedürftiger Personen sind auch Leistungen zum Erwerb praktischer Kenntnisse und Fähigkeiten, die erforderlich und geeignet sind, behinderten oder von Behinderung bedrohten Menschen die für sie erreichbare Teilnahme am Leben in der Gemeinschaft zu ermöglichen, zB die Unterrichtung mit dem Langstock als Orientierungshilfe für blinde Menschen, sowie Leistungen für behinderte oder von Behinderung bedrohte Menschen zur Teilhabe am Arbeitsleben, zB Leistungen der Integrationsfachdienste oder Betreuungsleistungen in Werkstätten für behinderte Menschen und deren angegliederte Einrichtungen. Ebenso können hierzu die Leistungen zählen, die im Rahmen der Eingliederungshilfe nach § 54

SGB XII erbracht werden. Auch Pflegeberatungsleistungen nach § 7a SGB XI sind als Betreuungsleistungen anzusehen.

Weiter ist erforderlich, dass 9
- die Einrichtung von einem bestimmten Träger betrieben (vgl. → Rn. 10ff.) wird,
- dass es sich um mit dem Betrieb eng verbundene Leistungen (vgl. → Rn. 31ff.) handelt und
- es sich bei Leistungen, die nicht von jPdöR erbracht werden, um Leistungen handelt, auf die sich die Anerkennung, der Vertrag oder die Vereinbarung nach Sozialrecht oder die Vergütung bezieht.

3. Befreite Einrichtungen

a) Juristische Personen döR. Die Befreiung umfasst Einrichtungen mit der genannten Zweckbindung, wenn sie von jPdöR betrieben werden. Das gilt auch für die Eigenbetriebe, dh für privatwirtschaftlich organisierte Einrichtungen, deren Anteile sich voll im Besitz von jPdöR befinden (vgl. auch → § 2 Rn. 141). Zum Begriff der jPdöR → § 2 Rn. 142. Die FVerw rechnet dazu auch die rechtsfähigen Anstalten und Stiftungen döR (UStAE 2.11). 10

b) § 4 Nr. 16 Buchst. b. Haushaltshilfeleistungen umfasst Einrichtungen, die Leistungen der Haushaltshilfe erbringen, mit denen ein Vertrag nach § 132 SGB V besteht. Hierunter fallen insbesondere Umsätze, die eine Einrichtung durch Gestellung von Haushaltshilfen iSd § 38 SGB V erzielt (vgl. BFH XI R 61/07, BStBl. II 2009, 68). 11

c) § 4 Nr. 16 Buchst. c. Die Regelung umfasst Einrichtungen, die Leistungen zur häuslichen Krankenpflege erbringen, mit denen die Krankenkassen nach § 132a SGB V einen Vertrag geschlossen haben, 12
- ambulante und stationäre Pflegeeinrichtungen, mit denen ein Versorgungsvertrag nach § 72 SGB XI besteht,
- Einrichtungen, die Leistungen zur häuslichen Pflege und hauswirtschaftlichen Versorgung erbringen, mit denen die zuständige Pflegekasse einen Vertrag nach § 77 SGB XI geschlossen hat,
- Einrichtungen, die Leistungen zur häuslichen Pflege oder zur Heimpflege erbringen und die hierzu nach § 26 Abs. 5 iVm § 44 SGB VII bestimmt sind.

d) § 4 Nr. 16 Buchst. d. Einrichtungen, die Leistungen der häuslichen Krankenpflege oder Haushaltshilfe erbringen und die hierzu nach § 26 Abs. 5 iVm §§ 32, 42 SGB VII (Haushaltshilfe und Kinderbetreuung) bestimmt sind und mit denen ein Vertrag 13
- nach § 16 KVLG 1989 (Anstellung von Personen zur Gewährung von häuslicher Krankenpflege, Betriebs- und Haushaltshilfe),
- nach § 53 Abs. 2 Nr. 1 iVm § 10 ALG (Betriebs- und Haushaltshilfe bei medizinischer Rehabilitation der Landwirte) oder
- nach § 143e Abs. 4 Nr. 2 SGB VII (Abschluss von Verträgen mit Leistungserbringern für die landwirtschaftlichen Berufsgenossenschaften) iVm § 54 Abs. 2 SGB VII (Betriebs- oder Haushaltshilfe in der Landwirtschaft)

besteht, sind steuerfrei.

e) § 4 Nr. 16 Buchst. e. Integrationsfachdienste sind Dienste Dritter, die bei der Durchführung der Maßnahmen zur Teilhabe schwer behinderter Menschen am Arbeitsleben, um die Erwerbsfähigkeit des genannten Personenkreises herzustellen oder wiederherzustellen, beteiligt sind. Sie können unter weiteren Voraussetzungen auch zur beruflichen Eingliederung von behinderten Menschen, die nicht schwer behindert sind, tätig werden (§ 109 Abs. 1 und 4 SGB IX). Sie können zur Teilhabe 14 (schwer-)behinderter Menschen am Arbeitsleben (Aufnahme, Ausübung und Sicherung einer möglichst dauerhaften Beschäftigung) beteiligt werden, indem sie die (schwer-)behinderten Menschen beraten, unterstützen und auf geeignete Arbeitsplätze vermitteln, sowie die Arbeitgeber informieren, beraten und ihnen Hilfe leisten (§ 110 SGB IX). Anders als bei den Leistungen der Arbeitsvermittlungsagenturen steht hier die Betreuung behinderter Menschen zur Eingliederung ins Arbeitsleben im Vordergrund.

Die Steuerbefreiung setzt voraus, dass die Integrationsfachdienste im Auftrag von Integrationsämtern oder Rehabilitationsträgern tätig werden und mit ihnen eine Vereinbarung nach § 111 SGB IX besteht.

15 **f) § 4 Nr. 16 Buchst. f.** Die Regelung umfasst Werkstätten für behinderte Menschen und deren angegliederte Betreuungseinrichtungen, die nach § 142 SGB IX anerkannt sind, einschließlich deren Zusammenschlüsse. Eine Werkstatt für behinderte Menschen ist eine Einrichtung zur Teilhabe behinderter Menschen am Arbeitsleben und zur Eingliederung in das Arbeitsleben. Eine solche Werkstatt steht allen behinderten Menschen offen, sofern erwartet werden kann, dass sie spätestens nach Teilnahme an Maßnahmen im Berufsbildungsbereich wenigstens ein Mindestmaß wirtschaftlich verwertbarer Arbeitsleistungen erbringen werden (§ 136 Abs. 1 und 2 SGB IX).

Behinderte Menschen, die die Voraussetzungen für die Beschäftigung in der Werkstatt nicht erfüllen, sollen in Einrichtungen oder Gruppen betreut und gefördert werden, die der Werkstatt angegliedert sind (§ 136 Abs. 3 SGB IX). Die nach dem SGB an Werkstätten für behinderte Menschen und deren angegliederten Betreuungseinrichtungen gezahlten Pflegegelder sind als Entgelte für die Betreuungs-, Beköstigung-, Beherbergungs- und Beförderungsleistungen dieser Werkstätten anzusehen (vgl. UStAE 4.18.1). Diese Leistungen sind nach § 4 Nr. 16 S. 1 Buchst. f befreit, wenn sie von Werkstätten bzw. deren Zusammenschlüssen erbracht werden, die nach § 142 SGB IX anerkannt sind (vgl. BMF 26.6.2009, BStBl. I 2009, 774).

16 **g) § 4 Nr. 16 Buchst. g.** § 4 Nr. 16 Buchst. g ist durch das Dritte Pflegestärkungsgesetz (PSG III) vom 23.12.2016 (BGBl. 2016 I 3191) neu gefasst worden. Durch das PSG II werden die niedrigschwelligen Betreuungs- und Entlastungsangebote nach § 45b SGB XI mit Inkrafttreten zum 1.1.2017 zu Angeboten zur Unterstützung im Alltag nach § 45a SGB XI. Es handelt sich hierbei um eine rein redaktionelle Änderung der Bezeichnung. Inhaltliche Änderungen sind damit nicht verbunden (vgl. BT-Drs. 18/9518, S. 101).

Die Regelung umfasst Einrichtungen, soweit sie Leistungen erbringen, die landesrechtlich als niedrigschwellige Betreuungs- und Entlastungsangebote nach § 45b SGB XI (ab 1.1.2017: Angebote zur Unterstützung im Alltag nach § 45a SGB XI) anerkannt sind. Niedrigschwellige Betreuungs- und Entlastungsangebote bzw. Angebote zur Unterstützung im Alltag sind Angebote, in denen Helferinnen und Helfer unter pflegefachlicher Anleitung die Betreuung von Pflegebedürftigen mit erheblichem Bedarf an allgemeiner Beaufsichtigung und Betreuung in Gruppen oder im häuslichen Bereich übernehmen sowie pflegende Angehörige entlasten und beratend unterstützen (§ 45c Abs. 3 SGB XI). Das sind zB Betreuungsgruppen für Pflegebedürftige mit demenzbedingten Fähigkeitsstörungen, mit geistigen Behinderungen oder mit psychischen Erkrankungen, Helferinnen- und Helferkreise zur stundenweisen Entlastung pflegender Angehöriger im häuslichen Bereich, die Tagesbetreuung in Kleingruppen oder die Einzelbetreuung durch anerkannte Helferinnen und Helfer oder familienentlastende Dienste.

17 Solche niedrigschwelligen Betreuungs- und Entlastungsangebote werden zB von ambulanten Pflegediensten, von Wohlfahrtsverbänden, Betroffenenverbänden, Nachbarschaftshäusern, Kirchengemeinden und anderen Organisationen und Vereinen erbracht, aber auch von Einzelpersonen. Umsätze von Einrichtungen sind nach § 4 Nr. 16 S. 1 Buchst. g steuerfrei, soweit sie Leistungen erbringen, die landesrechtlich

als niedrigschwellige Betreuungsangebote nach § 45b SGB XI anerkannt oder zugelassen sind (vgl. BMF 26.6.2009, BStBl. I 2009, 774).

h) § 4 Nr. 16 Buchst. h. Befreit werden die Leistungen von Einrichtungen und Diensten, mit denen Vereinbarungen nach § 75 SGB XII mit den Trägern der Sozialhilfe bestehen. Im Bereich des SGB XII werden insbesondere Verträge für folgende Leistungsbereiche abgeschlossen: 18

- Einrichtungen für Menschen mit geistiger, körperlicher und/oder mehrfacher Behinderung nach §§ 53, 54 SGB XII,
- Einrichtungen für Menschen mit seelischer Behinderung nach §§ 53, 54 SGB XII,
- Einrichtungen und soziale Dienste für den Personenkreis nach §§ 67, 68 SGB XII (vgl. BMF 26.6.2009, BStBl. I 2009, 774).

i) § 4 Nr. 16 Buchst. i. Die Vorschrift umfasst Einrichtungen, die Leistungen der häuslichen Krankenpflege oder Haushaltshilfe erbringen, mit denen ein Vertrag nach § 8 Abs. 3 des Gesetzes zur Errichtung der Sozialversicherung für Landwirtschaft, Forsten und Gartenbau oder nach §§ 10, 11 des Zweiten Gesetzes über die Krankenversicherung der Landwirte, § 10 des Gesetzes über die Alterssicherung der Landwirte oder nach § 54 Abs. 2 des Siebten Buches Sozialgesetzbuch besteht. Die Bestimmung ist durch das AmtshilfeRLUmsG v. 26.6.2013 (BGBl. 2013 I 1809) weitgehend neu gefasst worden (vgl. auch BMF 15.11.2013, BStBl. I 2013, 1477 und 23.10.2013, BStBl. I 2013, 1303). Dennoch handelt es sich um eine redaktionelle Berichtigung. Mit dem Gesetz zur Neuordnung der Organisation der landwirtschaftlichen Sozialversicherung (LSV-NOG) wurde die in § 16 des Zweiten Gesetzes über die Krankenversicherung der Landwirte enthaltene Regelung in Artikel 1 des LSV-NOG übernommen, ohne dass der Verweis in § 4 angepasst wurde. Mit der Änderung wird nunmehr die Verweisnorm geändert und auf die inhaltsgleiche Regelung im Gesetz zur Errichtung der Sozialversicherung für Landwirtschaft, Forsten und Gartenbau verwiesen. 19

j) § 4 Nr. 16 Buchst. j. Die Regelung umfasst interdisziplinäre Frühförderstellen, die auf der Grundlage einer Landesrahmenempfehlung nach § 2 Frühförderungsverordnung als fachlich geeignet anerkannt sind. Interdisziplinäre Frühförderstellen sind familien- und wohnortnahe Dienste und Einrichtungen, die der Früherkennung, Behandlung und Förderung von Kindern dienen, um in interdisziplinärer Zusammenarbeit von qualifizierten medizinisch-therapeutischen und pädagogischen Fachkräften eine drohende oder bereits eingetretene Behinderung zum frühestmöglichen Zeitpunkt zu erkennen und die Behinderung durch gezielte Förder- und Behandlungsmaßnahmen auszugleichen oder zu mildern. Leistungen durch interdisziplinäre Frühförderstellen werden in der Regel in ambulanter, einschließlich mobiler Form erbracht (§ 3 Frühförderungsverordnung). 20

Leistungen der sozialpädiatrischen Zentren (§ 4 Frühförderungsverordnung, § 119 SGB V), die Leistungen zur Früherkennung und Frühförderung behinderter oder von Behinderung bedrohter Kinder erbringen, können unter den weiteren Voraussetzungen nach § 4 Nr. 14 Buchst. b S. 2 Doppelbuchst. bb steuerfrei sein (vgl. BMF 26.6.2009, BStBl. I 2009, 774). 21

k) § 4 Nr. 16 Buchst. k. Durch das AmtshilfeRLUmsG v. 26.6.2013 (BGBl. 2013 I 1809) ist Buchst. k neu in das UStG aufgenommen worden; der bisherige Buchst. k ist zu Buchst. l geworden (→ Rn. 24). Durch die Gesetzesänderung werden nunmehr Einrichtungen, denen die rechtliche Betreuung nach § 1896 BGB durch Betreuungsbeschluss übertragen wurde, als begünstigte Einrichtungen anerkannt. Die Steuerbefreiung umfasst künftig auch die nach §§ 1896ff. BGB erbrachten Betreuungsleistungen, insbesondere solche, die von Vereinsbetreuern und Betreuungsvereinen, aber auch solche, die von Berufsbetreuern erbracht werden. Leis- 22 tungen, die nach § 1908i Abs. 1 S. 1, § 1835 Abs. 3 BGB vergütet werden (Dienste, die zum Gewerbe oder Beruf des Betreuers gehören), sollen nicht unter die Steuerbefreiung des § 4 Nr. 16 S. 1 Buchst. k fallen, weil es sich hierbei nicht um Betreuungsleistungen im eigentlichen Sinne handele (vgl. Bericht des Finanzausschusses des Deutschen Bundestages zum Regierungsentwurf des JStG 2013, in dem die Änderung bereits vorgesehen war BT-Drs. 17/11220 zu Art. 10 zu Nr. 3 zu Buchst. b).

23 Für vor Inkraftreten des § 4 Nr. 16 Buchst. k liegende Zeiträume können sich Berufsbetreuer, die gemäß § 1896 BGB gerichtlich zur Erbringung von Betreuungsleistungen bestellt worden sind, unmittelbar auf Art. 132 Abs. 1 Buchst. g MwStSystRL (Art. 13 Teil A Abs. 1 Buchst. g 6. EG-RL) berufen, weil es sich bei ihnen um iSd Unionsrechts anerkannte Einrichtungen handelt (BFH V R 7/11, BFHE 241, 475; XI R 19/11, BFH/NV 2014, 190). Vgl. auch BMF 15.11.2013, BStBl. I 2013, 1477.

24 **l) § 4 Nr. 16 Buchst. l.** Die Regelung stellt eine Art Auffangtatbestand für Einrichtungen dar, die nicht nach Sozialrecht anerkannt sind, bei denen im vorangegangenen Kalenderjahr die Betreuungs- oder Pflegekosten aber in mindestens 25% der Fälle von den gesetzlichen Trägern der Sozialversicherung oder der Sozialhilfe oder der für die Durchführung der Kriegsopferversorgung zuständigen Versorgungsverwaltung einschließlich der Träger der Kriegsopferfürsorge ganz oder zum überwiegenden Teil vergütet worden sind. Durch das AmtshilfeRLUmsG v. 26.6.2013 (BGBl. 2013 I 1809) ist im Hinblick auf die weitere Verbreitung des Persönlichen Budgets (§ 17 SGB IX) die Sozialgrenze von zuvor 40% auf 25% herabgesetzt worden (vgl. auch UStAE 4.16.3). Die Regelung in Buchst. k wird sich auch mit einer 25%-Grenze nicht halten lassen, solange in § 4 Nr. 18 für vergleichbare Leistungen der Wohlfahrtsverbände und ihrer Mitglieder diese Voraussetzung nicht gilt. Der EuGH hat im Urteil C-174/11 (UR 2013, 35 – Ines Zimmermann) die 40%-Grenze akzeptiert, weil die Tatsache, dass die Kosten der zu beurteilenden Leistungen zum großen Teil von Krankenkassen oder anderen Einrichtungen der sozialen Sicherheit übernommen werden, einen Gesichtspunkt darstellt, der bei der Feststellung des „sozialer Charakter" iSv Art. 13 Teil A Abs. 1 Buchst. g der 6. EG-RL zu berücksichtigen sein kann (→ Rn. 34f.). Der EuGH hat aber auch entschieden, dass das nationale Recht keine sachlich unterschiedlichen Bedingungen für Einheiten mit Gewinnerzielungsabsicht einerseits und die unter § 4 Nr. 18 fallenden juristischen Personen ohne Gewinnerzielungsabsicht andererseits vorsehen darf (→ Rn. 58). Dh solange für die Wohlfahrtsverbände keine $^2/_3$-, 40%- oder 25%-Grenze gilt, darf diese auch nicht zur Bedingung für die Befreiung der Leistungen anderer privater Leistungserbringer gemacht werden.

25 Für die Ermittlung der 25%-Grenze gemäß § 4 Nr. 16 S. 1 Buchst. k müssen die Betreuungs- und Pflegekosten im vorangegangenen Kalenderjahr in mindestens 25% der Fälle von den gesetzlichen Trägern der Sozialversicherung, oder der Sozialhilfe oder der für die Durchführung der Kriegsopferversorgung zuständigen Versorgungsverwaltung einschließlich der Träger der Kriegsopferfürsorge ganz oder zum überwiegenden Teil vergütet worden sein. Für die Auslegung des Begriffs „Fälle" ist von der Anzahl der hilfsbedürftigen Personen im Laufe eines Kalendermonats auszugehen. Bei der stationären oder teilstationären Unterbringung in einer Einrichtung gilt daher die Aufnahme einer Person innerhalb eines Kalendermonats als ein „Fall". Bei der Erbringung ambulanter Betreuungs- oder Pflegeleistungen gelten alle Leistungen für eine Person in einem Kalendermonat als ein „Fall". Werden von einem Unternehmer mehrere verschiedenartige Einrichtungen iSd § 4 Nr. 16 S. 1 betrieben, sind die im Laufe eines Kalendermonats betreuten oder gepflegten Personen zur Ermittlung der Gesamtzahl der Fälle jeder Einrichtung gesondert zuzuordnen.

26 Anders als der V. Senat (BFH V R 54/06, BStBl. II 2008, 643), der weder unter verfassungs- noch unter unionsrechtlichen Gründen Anlass zur Beanstandung des § 4

Nr. 16 Buchst. e aF gesehen hat, zweifelt der XI. Senat an der Unionsrechtskonformität der 40% (früher $^2/_3$)-Grenze des § 4 Nr. 16 Buchstabe e und hat die Frage dem EuGH zur Vorabentscheidung vorgelegt (BFH XI R 47/07, UR 2011, 471). Der EuGH hat im Urteil C-174/11 (UR 2013, 35 – Ines Zimmermann; Nachfolgeentscheidung des BFH XI R 47/07, MwStR 2013, 312) die 40%-Grenze (jetzt 25%-Grenze) erneut akzeptiert, weil die Tatsache, dass die Kosten der zu beurteilenden Leistungen zum großen Teil von Krankenkassen oder anderen Einrichtungen der sozialen Sicherheit übernommen werden, einen Gesichtspunkt darstellt, der bei der Feststellung des „sozialer Charakter" iSv Art. 13 Teil A Abs. 1 Buchst. g 6. EG-RL zu berücksichtigen sein kann (→ Rn. 34f.). Der EuGH hat aber auch entschieden, dass das nationale Recht keine sachlich unterschiedlichen Bedingungen für Einheiten mit Gewinnerzielungsabsicht einerseits und die unter § 4 Nr. 18 fallenden juristischen Personen ohne Gewinnerzielungsabsicht andererseits vorsehen darf (→ § 4 Nr. 18 Rn. 3).

27 Die Kosten eines „Falls" werden von den gesetzlichen Trägern der Sozialversicherung, Sozialhilfe, Kriegsopferfürsorge oder der für die Durchführung der Kriegsopferversorgung zuständigen Versorgungsverwaltung zum überwiegenden Teil getragen, wenn sie die Kosten des Falls allein oder gemeinsam zu mehr als 50% übernehmen. Der Zeitpunkt der Kostenerstattung ist dabei ohne Bedeutung. Kostenzuschüsse oder Kostenerstattungen anderer Einrichtungen (zB private Krankenkassen, Beihilfestellen für Beamte, Wohlfahrtsverbände) sind den eigenen Aufwendungen der hilfsbedürftigen Person zuzurechnen.

28 Für die Ermittlung der 25%-Grenze sind die Verhältnisse des Vorjahres maßgebend. Nimmt der Unternehmer seine Tätigkeit im Laufe eines Kalenderjahres neu auf, ist auf die voraussichtlichen Verhältnisse des laufenden Jahres abzustellen.

29 Schulungskurse und Beratungen, die Pflegeeinrichtungen im Auftrag der Pflegekassen durchführen, sind eng mit den Pflegeleistungen verbundene Umsätze. Sie werden grundsätzlich nicht als „Fall" angesehen und bei der Berechnung der 25%-Grenze außen vor gelassen. Diese Umsätze sind danach steuerfrei, wenn im vorangegangenen Kalenderjahr mindestens 25% der Fälle der Einrichtung ganz oder zum überwiegenden Teil von der Sozialversicherung, Sozialhilfe, Kriegsopferfürsorge oder der für die Durchführung der Kriegopferversorgung zuständigen Versorgungsverwaltung getragen worden sind (vgl. BMF 26.6.2009, BStBl. I 2009, 774).

30 Der BFH hat dem EuGH zur Auslegung von Art. 132 Abs. 1 Buchst. g MwStSystRL die Frage zur Vorabentscheidung vorgelegt, ob staatlich geprüfte Pflegekräfte, die ihre Leistungen unmittelbar an Pflegebedürftige erbringen, als soziale Einrichtung anzuerkennen sind und ob sich die Anerkennung einer **Zeitarbeitsfirma,** die staatlich geprüfte Pflegekräfte an anerkannte Pflegeeinrichtungen verleiht, ihre eigene Anerkennung aus der Anerkennung des verliehenen Personals herleiten kann (BFH V R 20/12, DStR 2013, 2509). Der EuGH hat daraufhin klargestellt, dass die in Art. 132 Abs. 1 Buchst. g MwStSystRL vorgesehene Steuerbefreiung nicht unmittelbar auf das Personal eines Zeitarbeitsunternehmers angewendet werden kann. Der EuGH hat darüber hinaus entschieden, dass eine **Zeitarbeitsfirma** keine Einrichtung mit sozialem Charakter ist und sie auch keine eng mit der Sozialfürsorge und der sozialen Sicherheit verbundenen Dienstleistungen ausführt. Zudem fehlte im konkreten Sachverhalt an der nach Art. 132 Abs. 1 Buchst. g MwStSystRL erforderlichen Anerkennung der Klägerin als Einrichtung mit sozialem Charakter durch den Mitgliedstaat Deutschland (EuGH C-594/13, DStR 2015, 645 – „go fair" Zeitarbeit).

4. Altenheime, Altenwohnheime und Pflegeheime

31 Altenheime, Altenwohnheime und Pflegeheime sind Einrichtungen, die der ständigen Aufnahme und Betreuung alter, pflegebedürftiger oder behinderter Personen dienen (vgl. § 1 HeimG vom 7.8.1974, BGBl. 1974 I 1873). Sie sind erlaubnispflichtig, soweit sie nicht durch jPdöR oder Verbände der freien Wohlfahrtspflege betrieben werden (§§ 6 und 18 HeimG).

32 Beim Betrieb von **Altenheimen** und **Pflegeheimen** werden regelmäßig Leistungen gegenüber betreuungs- oder pflegebedürftigen Heimbewohnern entsprechend ihrer Hilfsbedürftigkeit in einem Umfang und einer Intensität erbracht, die die Vermietungsleistung hinter diese Leistungen zurücktreten lässt. Soweit die Voraussetzungen des § 4 Nr. 16 erfüllt sind, sind diese Leistungen steuerfrei.

33 Beim Betrieb von **Altenwohnheimen** ist grds. nur von einer nach § 4 Nr. 12 steuerfrei Vermietungsleistung auszugehen. Wird mit den Bewohnern eines Altenwohnheimes ein Vertrag über die Aufnahme in das Heim geschlossen, der neben der Wohnraumüberlassung auch Leistungen zur Betreuung oder Pflege vorsieht, wobei die Betreuungs- und Pflegeleistungen die Wohnraumüberlassung nicht überlagern, gilt dieser Vertrag als sog. gemischter Vertrag. Auch in diesem Fall ist die Wohnraumüberlassung grundsätzlich steuerfrei nach § 4 Nr. 12. Die daneben erbrachten eigenständigen Leistungen der Betreuung und Pflege sind unter den Voraussetzungen des § 4 Nr. 16 ebenfalls von der USt befreit.

5. Eng verbundene Leistungen

34 Für alle in § 4 Nr. 16 genannten Einrichtungen gilt die Steuerbefreiung nur für die mit dem Betrieb von Einrichtungen zur Betreuung oder Pflege körperlich, geistig oder seelisch hilfsbedürftiger Personen **eng verbundenen Umsätze.** Hierzu gehören Leistungen nur dann, wenn sie tatsächlich als Nebenleistungen zu einer Betreuungs- oder Pflegeleistung, die die Hauptleistung darstellt, erbracht werden. Nebenleistungen sind dabei solche Leistungen, die ihren Zweck nicht in sich selbst tragen, sondern die als Mittel dienen, um andere (Haupt-)Leistungen unter optimalen Bedingungen in Anspruch nehmen zu können (EuGH C-394, 395/04, UR 2006, 171 – Diagnostiko & Therapeftiko Kentro AE; C-45/01, DStRE 2004, 99 – Dornier). „Eng verbunden" ist jede Leistung, die für die Pflege und Versorgung dieses Personenkreises unerlässlich ist (EuGH C-174/11, UR 2013, 35 Rn. 61 – Ines Zimmermann). Dazu gehört die hauswirtschaftliche Versorgung, die insbesondere das Einkaufen, Kochen, Reinigen der Wohnung und das Waschen der Kleidung umfasst (BFH XI R 61/07, BStBl. II 2009, 68 zu § 4 Nr. 16 aF; vgl. auch BFH V R 1/98, BStBl. II 2004, 849; V R 46/04, BStBl. II 2006, 481; V R 1/98, BFHE 191, 76). Die Umsätze dürfen nicht im Wesentlichen dazu bestimmt sein, den Einrichtungen zusätzliche Einnahmen durch Tätigkeiten zu verschaffen, die in unmittelbarem Wettbewerb zu steuerpflichtigen Umsätzen anderer Unternehmer stehen (vgl. EuGH C-394/04 und C-395/04, Slg. 2005, I-10373–10406).

35 Nach dem BMF Schreiben vom 26.6.2009 (BStBl. I 2009, 774) gehören zu den **eng verbundenen Umsätzen:**

- die stationäre oder teilstationäre Aufnahme von hilfsbedürftigen Personen, deren Betreuung oder Pflege einschließlich der Lieferungen der zur Betreuung oder Pflege erforderlichen Medikamente und Hilfsmittel zB Verbandsmaterial;
- die ambulante Betreuung oder Pflege hilfsbedürftiger Personen;
- die Lieferungen von Gegenständen, die im Wege der Arbeitstherapie hergestellt worden sind, sofern kein nennenswerter Wettbewerb zu den entsprechenden Unternehmen der gewerblichen Wirtschaft besteht. Ein solcher Wettbewerb ist anzunehmen, wenn für den Absatz der im Wege der Arbeitstherapie hergestellten Gegenstände geworben wird;
- die Gestellung von Personal durch Einrichtungen nach § 4 Nr. 16 S. 1 an andere Einrichtungen dieser Art.

36 **Nicht** zu den **eng verbundenen Umsätzen** gehören insbesondere:

- die entgeltliche Abgabe von Speisen und Getränken an Besucher;

- die Telefongestellung an hilfsbedürftige Personen, die Vermietung von Fernsehgeräten und die Unterbringung und Verpflegung von Begleitpersonen (EuGH C-394/04 und C-395/04, Slg. 2005, I-10373);
- die Veräußerung des gesamten beweglichen Anlagevermögens und der Warenvorräte nach Einstellung des Betriebs (BFH V R 37/75, BStBl. II 1978, 173). Es kann jedoch die Steuerbefreiung nach § 4 Nr. 28 in Betracht kommen;
- Lieferung und Überlassung von medizinischen Pflegemitteln oder Pflegehilfsmitteln.

6. § 4 Nr. 16 S. 2

Auch wenn die Voraussetzungen des Satzes 1 erfüllt sind, greift die Steuerbefreiung **37**
nur ein, wenn es sich um Leistungen handelt, auf die sich die Anerkennung, der Vertrag oder die Vereinbarung nach Sozialrecht bezieht. Ein Unternehmer, der Leistungen in verschiedenen Bereichen erbringt, zB neben einem nach § 72 SGB XI zugelassenen Pflegeheim auch einen Integrationsfachdienst betreibt, muss die Voraussetzungen für die Steuerbefreiung für beide Bereiche gesondert nachweisen.

7. Nachweise

Wie bisher ist nachzuweisen, dass die Leistungen an hilfsbedürftige Personen er- **38**
bracht wurden. Das hat für jede betreute oder gepflegte Person beleg- und buchmäßig zu geschehen. Hierzu gehören insbesondere

- der Nachweis der Pflegebedürftigkeit und ihrer voraussichtlichen Dauer durch eine Bestätigung der Krankenkasse, der Pflegekasse, des Sozialhilfeträgers, des Gesundheitsamts oder durch ärztliche Verordnung,
- der Nachweis der Kosten des Falls durch Rechnungen und der Höhe der Kostenerstattung der gesetzlichen Träger der Sozialversicherung oder Sozialhilfe durch entsprechende Abrechnungsunterlagen,
- die Aufzeichnung des Namens und der Anschrift der hilfsbedürftigen Person,
- die Aufzeichnung des Entgelts für die gesamte Betreuungs- oder Pflegeleistung und der Höhe des Kostenersatzes durch den Träger der Sozialversicherung oder Sozialhilfe für den einzelnen Fall,
- die Summe der gesamten Fälle eines Kalenderjahres,
- die Summe der Fälle dieses Jahres mit überwiegender Kostentragung durch die Träger der Sozialversicherung oder Sozialhilfe. Übernimmt eine anerkannte und zugelassene Pflegeeinrichtung als Kooperationspartner einer anderen Einrichtung einen Teil des Pflegeauftrags für eine zu pflegende Person, kann für beide Einrichtungen die Steuerbefreiung nach § 4 Nr. 16 in Betracht kommen.

Darüber hinaus kommen auch andere Belege/Aufzeichnungen, die als Nachweis **39**
eines Betreuungs- oder Pflegebedarfs geeignet sind und oft bereits aufgrund sozialrechtlicher Vorgaben vorhanden sind, in Betracht. Das können zB Betreuungstagebücher und Pflegeleistungsaufzeichnungen sein. Der Grundpflegebedarf kann sich insbesondere aus der Anerkennung einer Pflegestufe nach §§ 14, 15 SGB XI oder aus einem diesbezgl. Ablehnungsbescheid ergeben, wenn darin ein Hilfebedarf bei der Grundpflege ausgewiesen ist. Der Nachweis der Hilfsbedürftigkeit kann auch durch eine Bescheinigung über eine erhebliche Einschränkung der Alltagskompetenz iSd § 45 a SGB XI erbracht werden.

§ 4 Nr. 17 (Lieferung von menschlichen Organen, Blut, Frauenmilch; Krankentransport)

Von den unter § 1 Abs. 1 Nr. 1 fallenden Umsätzen sind steuerfrei:

17. a) die Lieferungen von menschlichen Organen, menschlichem Blut und Frauenmilch,

b) die Beförderungen von kranken und verletzten Personen mit Fahrzeugen, die hierfür besonders eingerichtet sind;

EU-Recht: zu § 4 Nr. 17 Buchst. a: Art. 132 Abs. 1 Buchst. d MwStSystRL (Art. 13 Teil A Abs. 1 Buchst. d 6. EG-RL)
zu § 4 Nr. 17 Buchst. b: Art. 132 Abs. 1 Buchst. p MwStSystRL (Art. 13 Teil A Abs. 1 Buchst. p 6. EG-RL)
UStAE: 4.17.1, 4.17.2

1. Normzweck

1 Die Befreiung rundet die ustliche Begünstigung des Gesundheitswesens ab. Sie führt zum Verlust des Vorsteuerabzugs, ein Verzicht ist nicht möglich.

2. Liefertatbestände

2 Die Lieferung menschlicher Organe betrifft natürliche Organe, nicht Prothesen. Blut fällt in jeder Form (zB frisch, gefroren, getrocknet) unter die Befreiungsvorschrift; das Blut muss aber vom Menschen stammen. Chemisch hergestellte Blutersatzstoffe (zB Albumin, Globulin) sind nicht begünstigt (UStAE 4.17.1). Für die Lieferung von Frauenmilch gilt Entsprechendes. Bearbeitungsvorgänge (zB Reinigen, Erhitzen, Tiefkühlen) schließen die Steuerbefreiung nicht aus. Vom Lieferungsbegriff nicht umfasst ist die Beförderung von menschlichen Organen und dem menschlichen Körper entnommenen Substanzen, die von einem Unternehmer für Krankenhäuser und Laboratorien durchgeführt wird (EuGH C-273/09, UR 2010, 624 – Nathalie de Fruytier).

3. Krankentransport

3 Der Krankentransport ist steuerfrei, wenn er in Fahrzeugen durchgeführt wird, die hierfür besonders eingerichtet sind. Das können nach Auffassung der FVerw grds. auch Wasserrettungsfahrzeuge sein (FM Sachsen 11.3.1997, DStR 1997, 618). Die Fahrzeuge müssen durch die vorhandenen Einrichtungen die typischen Merkmale eines Krankenfahrzeugs aufweisen, zB mit Liegen oder Spezialsitzen ausgerüstet sein (allein die Ausrüstung mit Blaulicht und Martinshorn genügt nicht – BFH V R 9/85, BStBl. II 1990, 255). Fahrzeuge, die im allgemeinen gesunde Personen befördern und nur für den gelegentlichen Transport von Kranken bestimmt sind und hierfür besondere Vorkehrungen enthalten (zB schwenkbare Sitze in bestimmten Taxis), sind keine Kranken-Fahrzeuge (UStAE 4.17.2).

4 Begünstigt ist nicht nur die Beförderung akut kranker oder verletzter Personen, sondern auch der Transport von schwer Körperbehinderten mit Krankenfahrzeugen (UStAE 4.17.2). Es kommt weder darauf an, ob es sich bei dem der Beförderung zugrundeliegenden Vertrag um einen Beförderungsvertrag gehandelt hat noch auf die Identität zwischen ustlichen Leistungsempfänger und beförderter Person (BFH XI R 71/93, BStBl. II 1995, 559).

§ 4 Nr. 18 (Wohlfahrtsverbände)

Von den unter § 1 Abs. 1 Nr. 1 fallenden Umsätzen sind steuerfrei:

18. die Leistungen der amtlich anerkannten Verbände der freien Wohlfahrtspflege und der der freien Wohlfahrtspflege dienenden Körperschaften, Personenvereinigungen und Vermögensmassen, die einem Wohlfahrtsverband als Mitglied angeschlossen sind, wenn

a) diese Unternehmer ausschließlich und unmittelbar gemeinnützigen, mildtätigen oder kirchlichen Zwecken dienen,

b) die Leistungen unmittelbar dem nach der Satzung, Stiftung oder sonstigen Verfassung begünstigten Personenkreis zugute kommen und

c) die Entgelte für die in Betracht kommenden Leistungen hinter den durchschnittlich für gleichartige Leistungen von Erwerbsunternehmen verlangten Entgelten zurückbleiben.

[2]Steuerfrei sind auch die Beherbergung, Beköstigung und die üblichen Naturalleistungen, die diese Unternehmer den Personen, die bei den Leistungen nach Satz 1 tätig sind, als Vergütung für die geleisteten Dienste gewähren;

Umsatzsteuer-Durchführungsverordnung:

§ 23 Amtlich anerkannte Verbände der freien Wohlfahrtspflege

Die nachstehenden Vereinigungen gelten als amtlich anerkannte Verbände der freien Wohlfahrtspflege:

1. *Evangelisches Werk für Diakonie und Entwicklung e. V.;*
2. *Deutscher Caritasverband e. V.;*
3. *Deutscher Paritätischer Wohlfahrtsverband-Gesamtverband e. V.;*
4. *Deutsches Rotes Kreuz e. V.;*
5. *Arbeiterwohlfahrt Bundesverband e. V.;*
6. *Zentralwohlfahrtsstelle der Juden in Deutschland e. V.;*
7. *Deutscher Blinden- und Sehbehindertenverband e. V.;*
8. *Bund der Kriegsblinden Deutschlands e. V.;*
9. *Verband deutscher Wohltätigkeitsstiftungen e. V.;*
10. *Bundesarbeitsgemeinschaft Selbsthilfe von Menschen mit Behinderung und chronischer Erkrankung und ihren Angehörigen e. V.;*
11. *Sozialverband VdK Deutschland e. V.*
12. *Arbeiter-Samariter-Bund Deutschland e. V.*

EU-Recht: Art. 132 Abs. 1 Buchst. g, Art. 133 MwStSystRL (Art. 13 Teil A Abs. 1 Buchst. g, Abs. 2 6. EG-RL)
UStAE: 4.18.1

Übersicht

1. Normzweck

1 Die Befreiung beruht darauf, dass die freien Wohlfahrtseinrichtungen dem Staat einen Teil seiner Aufgaben auf dem Gebiet der Daseinsvorsorge abnehmen. Wegen des Verlustes des Vorsteuerabzugs bleiben sie aber mit den von ihnen bezahlten Vorsteuern belastet. Ein Verzicht auf die Befreiung nach § 9 ist nicht möglich.

2. Unionsrecht

2 Die Bestimmung setzt das Unionsrecht nicht zutreffend um (BFH XI R 22/09, DStR 2011, 1659; XI R 46/08, DStR 2011, 362; XI R 67/06, DStR 2009, 687). Gemäß Art. 132 Abs. 1 Buchst. g MwStSystRL (Art. 13 Teil A Abs. 1 Buchst. g 6. EG-RL) befreien die Mitgliedstaaten von der Steuer „die eng mit der Sozialfürsorge und der sozialen Sicherheit verbundenen Dienstleistungen und Lieferungen von Gegenständen, einschließlich derjenigen der Altenheime, durch Einrichtungen des öffentlichen Rechts oder andere von dem betreffenden Mitgliedstaat als Einrichtungen mit sozialem Charakter anerkannte Einrichtungen …". Diese Regelung zählt die Tätigkeiten, die steuerfrei sind, hinreichend genau und unbedingt auf, so dass sich der Steuerpflichtige unmittelbar auf sie berufen kann (vgl. EuGH-Urteile C-498/03, Slg. 2005, I-4427 – Kingscrest; C-141/00, DStRE 2002, 1196 Rn. 53; BFH XI R 22/09, BFHE 234, 448; XI R 46/08, DStR 2011, 362; XI R 67/06, DStR 2009, 687; XI R 68/06, BFH/NV 2009, 1464). Der BFH hat die Frage nach der Vereinbarkeit des § 4 Nr. 18 mit dem Unionsrecht dem EuGH zur Vorabentscheidung vorgelegt (XI R 47/07, UR 2011, 471). Der EuGH hat im Urteil C-174/11 (UR 2013, 35 – Ines Zimmermann; Nachfolgeentscheidung des BFH XI R 47/07, MwStR 2013, 312) zwar erneut die 40%-Grenze akzeptiert (vgl. § 4 Nr. 14 Rn. 59). Der EuGH hat aber auch entschieden, dass das nationale Recht keine sachlich unterschiedlichen Bedingungen für Einheiten mit Gewinnerzielungsabsicht einerseits und die unter § 4 Nr. 18 fallenden juristischen Personen ohne Gewinnerzielungsabsicht andererseits vorsehen darf (→ Rn. 58). Dh solange für die Wohlfahrtsverbände keine $^{2}/_{3}$-, 40%- oder 25%-Grenze gilt, darf diese auch nicht zur Bedingung für die Befreiung der Leistungen anderer privater Leistungserbringer gemacht werden.

2a Der Bericht des Finanzausschusses des Deutschen Bundestages zum Regierungsentwurf des JStG 2013 trägt der mangelnden Vereinbarkeit mit EU-Recht Rechnung und sieht eine vollständige Neuregelung der Nr. 18 vor. Ob der Vorschlag Eingang ins UStG findet, bleibt abzuwarten.

Mit der Neufassung sollen zukünftig eng mit der Sozialfürsorge und der sozialen Sicherheit verbundene Leistungen von der Umsatzsteuer befreit werden, soweit sie nicht bereits unter § 4 Nr. 15, 15a, 16, 25 oder Nr. 27 Buchst. b fallen. Voraussetzung soll sein, dass diese Leistungen von Einrichtungen des öffentlichen Rechts oder anderen Einrichtungen mit sozialem Charakter erbracht werden. Unter die Steuerbefreiung des § 4 Nr. 18 sollen zB fallen Leistungen der Schuldnerberatung im außergerichtlichen Insolvenzverfahren, der „Tafeln", der Frauenhäuser nach § 36a SGB II und die Beratung und Hilfe für Obdach- und Wohnungslose, Beratungsleistungen für Angehörige drogen- oder alkoholabhängiger Menschen, Leistungen im Zusammenhang mit Migration (zB Beratung und Hilfe für Migrantinnen und Migranten, Asylbewerberinnen und Asylbewerber, Aussiedlerinnen und Aussiedler sowie für Flüchtlinge), Leistungen der Beratungsstellen für Ehe- und Lebensfragen und Beratung und Hilfe für Strafentlassene sowie für Prostituierte. Leistungen, die aufgrund von Verträgen über die Übertragung von Aufgaben nach § 16 BFDG erbracht werden, fallen weiterhin unter die Steuerbefreiung, sofern die Einsatzstellen mit den Freiwilligen Aufgaben im sozialen Bereich erfüllen. Sofern die Freiwilligen durch die Einsatzstellen für Aufgaben in anderen Bereichen eingesetzt werden, zB in den Bereichen Umwelt- oder Naturschutz oder Landschaftspflege, Kultur- und Denkmalpflege,

Sport sowie Zivil- und Katastrophenschutz, ist eine Befreiung der Leistungen nach § 4 Nr. 18 nicht möglich. Leistungen, die in der Regel nicht speziell hilfsbedürftigen Personen angeboten werden, zB Umzugsleistungen oder allgemeine Geschäftsführungs- und Verwaltungsleistungen, sollen ebenfalls keine Leistungen der sozialen Sicherheit und der Sozialfürsorge sein. Betreuungs- und Pflegeleistungen an körperlich, geistig und seelisch hilfsbedürftige Personen würden zukünftig nicht mehr unter die Steuerbefreiung des § 4 Nr. 18, sondern ausschließlich unter § 4 Nr. 16 fallen. Damit soll gewährleistet werden, dass die Hauptaufgaben der anerkannten Verbände der freien Wohlfahrtspflege und deren Mitglieder weiterhin von der Umsatzsteuer befreit sind. Als eng mit der sozialen Sicherheit und der Sozialfürsorge sollen Leistungen anzusehen sein, wenn sie gegenüber Hilfsbedürftigen erbracht werden. Eine Vertragsbeziehung zu dem Hilfsbedürftigen muss nicht bestehen. Eng mit der Sozialfürsorge und der sozialen Sicherheit verbundene Leistungen sind nach dem Entwurf steuerfrei, wenn sie von juristischen Personen des öffentlichen Rechts oder von anderen als mit sozialem Charakter anerkannten Einrichtungen iSv Art. 132 Abs. 1 Buchst. g MwStSystRL erbracht werden. Die anderen als mit sozialem Charakter anerkannten Einrichtungen werden in § 4 Nr. 18 S. 2 bestimmt. Einrichtungen mit sozialem Charakter sind demnach Einrichtungen, deren Einnahmen im vorangegangenen Kalenderjahr ganz oder zum überwiegenden Teil aus Zahlungen der Staatskasse oder der gesetzlichen Träger der Sozialversicherung oder der Sozialhilfe oder der für die Durchführung der Kriegsopferversorgung zuständigen Versorgungsverwaltung einschließlich der Träger der Kriegsopferfürsorge oder Kirchen und Religionsgemeinschaften des öffentlichen Rechts oder Zuwendungen iSv § 10b Abs. 1 EStG oder des § 9 Abs. 1 S. 1 Nr. 2 KStG bestanden (BT-Drs. 17/11220 zu Art. 10 zu Nr. 3 zu Buchst. c).

Für die unionssrechtliche Befreiungsvorschrift genügt es, dass es sich um Leistungen handelt, die mit der Fürsorge oder der sozialen Sicherheit verbunden sind und diese Leistungen von Einrichtungen des öffentlichen Rechts oder anderen Einrichtungen, die von dem betreffenden Mitgliedstaat als Einrichtungen mit im Wesentlichen sozialem Charakter anerkannt worden sind, erbracht werden (BFH XI R 67/06, DStR 2009, 687; V R 71/03, BStBl. II 2006, 143). **3**

3. Teleologische Reduktion

Zur Vermeidung eines Verstoßes gegen den durch das EuGH-Urteil Zimmermann (C-174/11, DStRE 2013, 423) präzisierten unionsrechtlichen Grundsatz der Neutralität der Mehrwertsteuer hat der BFH den Wirkungsbereich des § 4 Nr. 18 teleologisch dahingehend eingeschränkt, dass eine andere nationale Regelung des § 4, die eine steuerbefreite Leistung genau bezeichnet (wie zB § 4 Nr. 14 und § 4 Nr. 16), der Steuerbefreiung in § 4 Nr. 18 als lex specialis vorgeht (BFH V R 13/12, DStR 2013, 2506; V R 13/14, DStR 2015, 2324). Werden Leistungen „ihrer Art nach" von einer anderen Steuerbefreiungsvorschrift erfasst, greift die Steuerbefreiung aber deshalb nicht ein, weil ein oder mehrere Merkmale dieser Vorschrift nicht erfüllt sind, kommt eine Anwendung des § 4 Nr. 18 nicht in Betracht. Die Vorschrift hat damit einen großen Teil ihrer Bedeutung verloren. **3a**

4. Kreis der begünstigten Einrichtungen

§ 4 Nr. 18 beschränkt die Steuerbefreiung auf die amtlich anerkannten Verbände der freien Wohlfahrtspflege sowie deren Mitglieder (→ Rn. 4). Die amtlich anerkannten Verbände der freien Wohlfahrtspflege sind abschließend in § 23 UStDV aufgezählt. Die Steuerbefreiung kommt auch für deren unselbstständige Untergliederungen in Betracht, zB Regionalverbände, Regiebetriebe usw. Die Beschränkung auf die amtlich anerkannten Verbände der freien Wohlfahrtspflege und deren Mitglieder hat nur noch geringe praktische Bedeutung, weil sich ein Steuerpflichtiger un- **4** mittelbar auf Art. 132 Abs. 1 Buchst. g MwStSystRL berufen kann (vgl. → Rn. 2). Für die Inanspruchnahme der Steuerbefreiung nach Art. 132 Abs. 1 Buchst. g MwStSystRL lässt der EuGH es genügen, dass zwei Voraussetzungen erfüllt sind, und zwar zum einen, dass es sich um Leistungen handelt, die mit der Sozialfürsorge oder der sozialen Sicherheit eng verbunden sind, und zum anderen, dass diese Leistungen von Einrichtungen des öffentlichen Rechts oder anderen Einrichtungen, die von dem betreffenden Mitgliedstaat als Einrichtungen mit im Wesentlichen sozialem Charakter anerkannt worden sind, erbracht werden (EuGH C-498/03, Slg. 2005, I-4427 – Kingscrest und Montecello zu Art. 13 Teil A Abs. 1 Buchst. g der 6. EG-RL).

5. Mitglieder von Wohlfahrtsverbänden

5 Mitglieder von Wohlfahrtsverbänden fallen unter § 4 Nr. 18, wenn es sich um selbstständige Körperschaften, Personenvereinigungen oder Vermögensmassen handelt, die der freien Wohlfahrtspflege dienen. Die Steuerfreiheit beginnt mit dem Erwerb der Mitgliedschaft. Diese muss aber rechtlich verbindlich bestehen; es reicht nicht aus, wenn die Tätigkeit der eines Mitglieds entspricht (siehe BFH V R 137/83, UR 1989, 241). Allerdings reicht, bei Vorliegen der übrigen Voraussetzungen des § 4 Nr. 18, die mittelbare Mitgliedschaft in einem Wohlfahrtsverband aus (UStAE 4.18.1). Mittelbare Mitgliedschaft idS ist die Mitgliedschaft bei einer der freien Wohlfahrtspflege dienenden Körperschaft oder Personenvereinigung, die ihrerseits einem amtlich anerkannten Wohlfahrtsverband als Mitglied angeschlossen ist. Zur umsatzsteuerrechtlichen Behandlung der Werkstätten für Behinderte vgl. UStAE 4.18.1 Abs. 4.

6 Die Frage, ob die betreffenden Körperschaften usw. der freien Wohlfahrtspflege dienen, ist nach § 66 Abs. 2 AO zu beurteilen. Danach ist Wohlfahrtspflege die planmäßige, zum Wohle der Allgemeinheit und nicht des Erwerbs wegen ausgeübte Sorge für notleidende oder gefährdete Mitmenschen. Die Sorge kann sich auf das gesundheitliche, sittliche, erzieherische oder wirtschaftliche Wohl erstrecken und Vorbeugung oder Abhilfe bezwecken. Eine beispielhafte Aufzählung entsprechender Einrichtungen enthält § 68 AO.

7 Nach § 4 Nr. 18 können unter bestimmten Voraussetzungen auch Umsätze von Altenheimen steuerfrei sein, ferner auch die Umsätze von Studentenwerken (zB mit Mensa- oder Cafeteriabetrieb – vgl. BFH V R 76/83, BStBl. II 1988, 908), die Mitglieder eines amtlich anerkannten Wohlfahrtsverbandes sind (siehe UStAE 4.18.1). Für Kolpinghäuser kommt die Befreiung hingegen trotz ihrer Mitgliedschaft im Deutschen Caritasverband nicht in Betracht, weil sie ihre Leistungen ohne Rücksicht auf die Bedürftigkeit der Empfänger erbringen.

Zu Behindertenwerkstätten vgl. UStAE 4.18.1 Abs. 4.

6. Zweckbestimmung der Leistungen (§ 4 Nr. 18 Buchst. a)

8 Die Steuerfreiheit ist davon abhängig, dass die betreffenden Unternehmer ausschließlich und unmittelbar gemeinnützigen, mildtätigen oder kirchlichen Zwecken dienen (§ 4 Nr. 18 Buchst. a). Ausschließlichkeit liegt vor, wenn eine Körperschaft nur ihre steuerbegünstigten satzungsmäßigen Zwecke verfolgt (§ 56 AO). Die Körperschaft verfolgt unmittelbar die begünstigten Zwecke, wenn sie sie selbst oder durch Hilfspersonen verwirklicht (§ 57 AO). Das ist auch der Fall, wenn die Leistungen gegenüber einem Empfänger erbracht werden, der seinerseits ausschließlich gemeinnützige oder wohltätige Zwecke verfolgt (BFH V R 1/68, BStBl. II 1972, 70). Zur Behandlung von Leistungen der Werkstätten für Behinderte siehe BFH V R 137/83, UR 1989, 241; vgl. auch *Diers* UR 1981, 117.

Nach Auffassung der FVerw (UStAE 4.18.1) sollen Krankenfahrten durch gemeinnützige oder wohltätige Organisationen nicht unter § 4 Nr. 18 fallen, weil diese Tätigkeit nicht die Voraussetzungen der Wohlfahrtspflege iSv § 66 Abs. 2 AO erfülle und aus Wettbewerbsgründen auch nicht als Zweckbetrieb iSv § 65 AO angesehen werden könne. Letzteres ist im Hinblick auf § 4 Nr. 18 Buchst. c bedenklich, denn dort trägt der Gesetzgeber gerade dem Wettbewerbsgedanken Rechnung, so dass dieser Gesichtspunkt nicht noch zusätzlich als Argument gegen die Anwendbarkeit des § 4 Nr. 18 dienen kann. **9**

Zur Begriffsbestimmung der gemeinnützigen, mildtätigen und kirchlichen Zwecke siehe §§ 52–55 AO. Nach Auffassung des FG Hmb (II 125/80, EFG 1985, 525) gehört ein Scientology-Verein nicht zu den gemeinnützigen Unternehmen, weil es an der erforderlichen Selbstlosigkeit der verfolgten Zwecke fehlt. **10**

7. Begrenzter Empfängerkreis (§ 4 Nr. 18 Buchst. b)

Das Merkmal der Unmittelbarkeit iSv § 4 Nr. 18 Buchst. b ist leistungsbezogen auszulegen, dh die Leistung selbst muss den nach der Satzung etc. begünstigten Personenkreis **unmittelbar** und nicht nur mittelbar zugute kommen (BFH V R 16/11, DB 2012, 97; V R 93/07, BFHE 226, 435; V R 3/08, BFHE 226, 144; V R 46/06, BStBl. II 2009, 560; V R 101/01, BStBl. II 2004, 798; V R 34/96, BStBl. II 1997, 366). Es reicht nicht aus, dass die Leistung lediglich als Vorleistung in eine vom Leistungsempfänger an den begünstigten Personenkreis erst noch zu erbringende Leistung eingeht. Auch Leistungen eines Wohlfahrtsverbandes an andere Verbände oder Behörden sind nur begünstigt, wenn die Leistung den begünstigten notleidenden und gefährdeten Mitmenschen unmittelbar zugute kommt (BFH V R 3/08, BFHE 226, 144; V R 101/01, BStBl. II 2004, 798). Das Erfordernis, dass die Leistungen dem begünstigten Personenkreis zugute kommen müssen, gilt auch für die in § 4 Nr. 18 anerkannten (Spitzen-)Verbände der freien Wohlfahrtspflege. Aus der gesonderten Nennung der (Spitzen-)Verbände neben den gemeinnützigen Körperschaften, Personenvereinigungen und Vermögensmassen, die dem (Spitzen-)Verband als Mitglied angeschlossen sind, folgt nicht, dass auch die Mitgliedsverbände eines Wohlfahrtsverbandes – oder Schwesterverbände und Behörden – zum begünstigten Personenkreis gehören. Auch insoweit bezweckt § 4 Nr. 18 nicht die Förderung mehrstufiger Wohlfahrtsorganisationen, sondern die Entlastung des nach der Satzung etc. begünstigten Personenkreises (BFH V R 3/08, BFHE 226, 144; V R 34/96, BStBl. II 1997, 366). **11**

Für die Steuerbefreiung kommt es nicht darauf an, ob die **Zweckbetriebsvoraussetzungen** nach § 66 AO vorliegen. Das Merkmal der Unmittelbarkeit wird durch die jeweiligen Leistungsbeziehungen bestimmt; Erwägungen des Gemeinnützigkeitsrechts der AO sind deshalb bei der Auslegung des § 4 Nr. 18 insoweit ohne Belang (BFH V R 13/12, DStR 2013, 2506; V R 16/11, DB 2012, 97; V R 35/85, BStBl. II 1991, 157). § 4 Nr. 18 schließt wirtschaftliche Geschäftsbetriebe nicht von der Steuerfreiheit aus, so dass es für die Steuerfreiheit, anders als für die Anwendung des ermäßigten Steuersatzes gemäß § 12 Abs. 2 Nr. 8 Buchst. a, auch nicht entsprechend § 64 Abs. 1 AO auf eine Zweckbetriebseigenschaft ankommt (BFH V R 16/11, DB 2012, 97; anders UStAE 4.18.1 Abs. 12). **12**

Eine gewisse Benachteiligung von Personen, die dieselben Leistungen erbringen, ohne die personellen Voraussetzungen zu erfüllen, ist § 4 Nr. 18 wesensimmanent. Auf eine **Wettbewerbsverzerrung** kommt es insoweit nicht an. Diese ist im Anwendungsbereich des § 4 Nr. 18 als gesetzgeberische Entscheidung hinzunehmen und im Hinblick auf das Abstandsgebot auch nicht zu beanstanden (BFH V R 16/11, DB 2012, 97). **13**

Fehlt es an der Unmittelbarkeit, kommt aber eine Berufung auf Art. 132 Abs. 1 Buchst. g MwStSystRL in Betracht, weil das EU-Recht auf die Art der Dienstleis- **14** tung, nicht aber auf die schuldrechtlichen Vertragsbeziehungen abstellt (BFH XI R 22/09, DStR 2011, 1659; vgl. auch → Rn. 2).

15 Das ist nach BFH V R 35/85, BStBl. II 1991, 157; V R 76/89, BStBl. II 1991, 268 nicht der Fall bei Leistungen der Wäscherei eines Krankenhauses für andere Krankenhäuser bzw. bei Arzneimittellieferungen einer Krankenhausapotheke an andere Krankenhäuser (siehe auch UStAE 4.18.1). An der Unmittelbarkeit fehlt es zB auch bei Verkäufen von Textilien, die aus Altkleidersammlungen stammen, bei Lieferung durch Behindertenwerkstätten (BFH V 50/60, HFR 1963, 376; vgl. auch *Diers* UR 1981, 117), bei Leistungen eines DRK-Landesverbandes an seine regionalen Untergliederungen sowie bei Leistungen an andere steuerbegünstigte Körperschaften, wenn sie dem begünstigten Personenkreis allenfalls mittelbar zugute kommen (BFH V R 34/96, BStBl. II 1997, 366; UStAE 4.18.1). Leistungen an nicht begünstigte Dritte sind steuerpflichtig, lassen aber die Steuerfreiheit der Leistungen an den begünstigten Personenkreis unberührt.

8. Entgeltbeschränkung (Abstandsgebot)

16 Die in § 4 Nr. 18 Buchst. c enthaltene Voraussetzung, dass die Entgelte hinter den durchschnittlich für gleichartige Leistungen von Erwerbsunternehmen verlangten Entgelten zurückbleiben, wirft erhebliche praktische Probleme auf, die nur von Fall zu Fall gelöst werden können. Besonderes Augenmerk ist dabei auf die Vergleichbarkeit der Leistungen zu richten (vgl. UStAE 12.9 zu Hausnotrufsystemen). Werden auf dem freien Markt vergleichbare Leistungen nicht angeboten, wird dies idR ein Indiz dafür sein, dass auf diesem Gebiet Gewinne nicht zu erwirtschaften sind, so dass die von den Wohlfahrtsverbänden oder ihren Mitgliedern vereinnahmten Entgelte unter dem Limit des § 4 Nr. 18 Buchst. c liegen. Für die Erfüllung der Entgeltbeschränkung reicht es nicht aus, wenn die Entgelte um die ersparte USt hinter den vergleichbaren Entgelten zurückbleiben (BFH XI R 67/06, DStR 2009, 687; XI R 68/06, BFH/NV 2009, 1464). Zur Entgeltsbeschränkung vgl. auch *Hüttemann* UR 2006, 441.

9. Naturalleistungen

17 Naturalleistungen (Beherbergung, Beköstigung uÄ) sind unter der Voraussetzung steuerfrei, dass sie den Personen gewährt werden, die bei der Erbringung der in § 4 Nr. 18 S. 1 genannten Leistungen tätig sind. Auf die Art des Beschäftigungsverhältnisses kommt es nicht an. Es muss sich aber um Naturalleistungen handeln, die nach den vertraglichen Vereinbarungen neben dem Barlohn zu erbringen sind. Sachleistungen, die auf den vereinbarten Barlohn angerechnet werden, fallen nicht unter die Befreiungsvorschrift; sie stellen einen besonderen nichtbegünstigten Umsatz dar (BFH V 103/58 U, BStBl. III 1960, 169; vgl. auch UStAE 4.18.1).

18 Leistungen, die nicht von § 4 Nr. 18 umfasst werden, können aber nach Art. 132 Abs. 1 Buchst. g, Art. 133 MwStSystRL steuerfrei sein. Diese Regelungen sind unbedingt und hinreichend genau mit der Folge, dass sie unmittelbar Wirkung entfalten und der Steuerpflichtige sich auf sie berufen kann (EuGH C-141/00, BFH/NV Beilage 03, 30 Leitsatz 4 – Kügler zu Art. 13 Teil A Abs. 1 Buchst. g 6. EG-RL). Die Bestimmung gilt für „die eng mit der Sozialfürsorge und der sozialen Sicherheit verbundenen Dienstleistungen und Lieferungen von Gegenständen, einschließlich derjenigen der Altenheime, durch Einrichtungen des öffentlichen Rechts oder andere von dem betreffenden Mitgliedstaat als Einrichtungen mit sozialem Charakter anerkannte Einrichtungen".

19 Während allgemeine Geschäftsführungs- und Verwaltungsleistungen steuerpflichtig sind (BFH V R 46/06, BFH/NV 2009, 867), können zu den eng mit der Sozialfürsorge oder der sozialen Sicherheit verbundene Leistungen zB die Grundpflege und die hauswirtschaftliche Versorgung körperlich oder wirtschaftlich hilfsbedürftiger

Personen (EuGH C-141/00, DStRE 2002, 1196 Rn. 44 – Kügler) oder die Kinderbetreuung durch Tageseltern (EuGH C-415/04, BFH/NV Beilage 06, 256 Rn. 17 – Kinderopvang Enschede) gehören. Darüber hinaus ist auch die Vermittlung von Tageseltern nach dieser Bestimmung steuerfrei, wenn sich die Vermittlung nicht auf eine bloße Nachweistätigkeit beschränkt, sondern aufgrund weiter gehender Prüfungstätigkeiten hinsichtlich der Geeignetheit und Qualifikation der Tageseltern eine besondere Qualität des Kinderbetreuungsdienstes gewährleistet (EuGH C-415/04, BFH/NV Beilage 2006, 256 Rn. 27 – Kinderopvang Enschede). Vgl. zum Ganzen BFH V R 93/07, BFHE 226, 435.

§ 4 Nr. 18a (Parteigliederungen)

Von den unter § 1 Abs. 1 Nr. 1 fallenden Umsätzen sind steuerfrei:

18a. die Leistungen zwischen den selbständigen Gliederungen einer politischen Partei, soweit diese Leistungen im Rahmen der satzungsgemäßen Aufgaben gegen Kostenerstattung ausgeführt werden;

EU-Recht: Art. 132 Abs. 1 Buchst. l MwStSystRL (Art. 13 Teil A Abs. 1 Buchst. l 6. EG-RL)

1. Normzweck

Die Vorschrift ist durch das StÄndG 1992 in das UStG eingefügt worden. Sie gilt 1
seit 1.1.1992. Die selbstständigen Gliederungen der politischen Parteien sind wegen der weiten Fassung des Unternehmerbegriffs (→ § 2 Rn. 5 ff.) Unternehmer, soweit sie entsprechende Umsätze erzielen. Da die Leistungen aber im Ergebnis der Partei insgesamt zugute kommen, sollen sie nicht mit USt belastet werden. Es entfällt aber der Vorsteuerabzug; eine Option gemäß § 9 ist nicht möglich.

2. Begünstigte Organisationen

Es muss sich um selbstständige Gliederungen von politischen Parteien iSv § 2 des 2
ParteienG (BGBl. 1989 I 327) handeln. Als solche Gliederungen kommen insbesondere die Landesverbände und die Kreisverbände in Betracht (Gebietsverbände iSv § 7 ParteienG).

3. Begünstigte Leistungen

Begünstigte Leistungen sind nur solche, die sich im Rahmen der satzungsgemäßen 3
Aufgaben der betreffenden Partei bewegen. Es handelt sich insbesondere um Lieferung politischen Informationsmaterials, um Personalgestellung für die Erfüllung politischer Aufgaben, Übernahme von Buchführungsarbeiten usw. Das Entgelt darf nicht über die Selbstkosten hinausgehen, dh es darf keinen Gewinnzuschlag enthalten.

§ 4 Nr. 19 (Blinde, Blindenwerkstätten)

Von den unter § 1 Abs. 1 Nr. 1 fallenden Umsätzen sind steuerfrei:

19. a) die Umsätze der Blinden, die nicht mehr als zwei Arbeitnehmer beschäftigen. [2]Nicht als Arbeitnehmer gelten der Ehegatte, der eingetragene Lebenspartner, die minderjährigen Abkömmlinge, die Eltern des Blinden und die Lehrlinge. [3]Die Blindheit ist nach den für die Besteuerung des Einkommens maßgebenden Vorschriften nachzuweisen. [4]Die Steuerfreiheit gilt nicht für die Lieferungen von Energieerzeugnissen im Sinne des § 1 Abs. 2 und 3 des Energiesteuergesetzes *und Branntweinen, wenn der Blinde für diese Erzeugnisse Energiesteuer oder Branntweinabgaben zu entrichten hat* [*[ab 1. 1. 2018:]* und von Alkohol im Sinne des Alkoholsteuergesetzes, wenn der Blinde für diese Erzeugnisse Energiesteuer oder Alkoholsteuer zu entrichten hat], und für Lieferungen im Sinne der Nummer 4a Satz 1 Buchstabe a Satz 2,

b) die folgenden Umsätze der nicht unter Buchstabe a fallenden Inhaber von anerkannten Blindenwerkstätten und der anerkannten Zusammenschlüsse von Blindenwerkstätten im Sinne des *§ 143 des Neunten Buches Sozialgesetzbuch* [*[ab 1. 1. 2018:]* § 226 des Neunten Buches Sozialgesetzbuch]:

aa) die Lieferungen von Blindenwaren und Zusatzwaren,

bb) die sonstigen Leistungen, soweit bei ihrer Ausführung ausschließlich Blinde mitgewirkt haben;

EU-Recht: Art. 371 iVm Anh. X Teil B Nr. 5 MwStSystRL (Art. 28 Abs. 3 Buchst. b iVm Anh. F Nr. 7 6. EG-RL)
UStAE: 4.19.1, 4.19.2

Übersicht

1. Normzweck

1 **a) Rechtsentwicklung.** Die Befreiung gilt im Grundsatz seit langer Zeit. In der jetzigen Fassung gilt sie seit dem UStG 1967. 1973 wurde die Einschränkung für Mineralöl- und Branntweinlieferungen (§ 4 Nr. 19 Buchst. a S. 4) eingefügt. § 4 Nr. 19 Buchst. b Doppelbuchst. aa ist durch das StEntlG 1999/2000/2002 redaktionell an den Wegfall der Regelungen über den Eigenverbrauch angepasst worden. § 4 Nr. 19 Buchst. a S. 4 ist durch das StÄndG 2003 (BGBl. 2003 I 2645) mit Wirkung ab 1.1.2004 erweitert worden. § 4 Nr. 19 Buchst. b ist durch das Zweite Gesetz zum Abbau bürokratischer Hemmnisse insbesondere in der mittelständischen Wirtschaft (BGBl. 2007 I 2246) redaktionell angepasst worden. § 4 Nr. 19 Buchst. a S. 4 ist durch das JStG 2007 (BGBl. 2006 I 2878) an die Vorschriften des EnergieStG, das die Regelungen des bisherigen MineralölStG übernommen hat, angepasst worden.

b) Systematik. Die Befreiung stellt eine Subvention zur wirtschaftlichen Förderung der Blinden und der Blindenwerkstätten dar. Sie ist unvollkommen, denn sie führt zum Verlust des Vorsteuerabzugs. Auf die Befreiung kann gemäß § 9 verzichtet werden, soweit es sich um Umsätze an andere Unternehmer für deren Unternehmen handelt. Der **Verzicht** empfiehlt sich insbesondere in Jahren, in denen wegen großer Investitionen mit einem Vorsteuerüberhang zu rechnen ist (zB bei Eröffnung des Geschäfts). Auch sonst ist er bei Lieferungen an Unternehmer, die zum Vorsteuerabzug berechtigt sind (zB Zwischenhändler), idR von Vorteil. Die Erweiterung des § 4 Nr. 19 Buchst. a S. 4 durch das StÄndG 2003 (BGBl. 2003 I 2645) verhindert die unbesteuerte Auslagerung von Gegenständen aus einem Steuerlager durch Blinde, deren Umsätze nach dieser Vorschrift steuerbefreit sind. 2

2. Umsätze der Blinden

Die Umsätze der Blinden selbst sind grds. ohne Rücksicht auf die Art des Umsatzes befreit (Ausnahme → Rn. 5). Als blind gelten nicht nur Personen, deren Sehkraft völlig fehlt. Nach den Richtlinien über Ausweise für Schwerbeschädigte und Schwerbehinderte (BGBl. 1977 I 321) sind **blind** Personen, die von Geburt an blind sind oder das Augenlicht vollständig verloren haben; als blind sind auch Personen anzusehen, deren Sehschärfe so gering ist, dass sie sich in einer ihnen nicht vertrauten Umgebung ohne fremde Hilfe nicht zurecht finden können. Dies ist im Allgemeinen der Fall, wenn auf dem besseren Auge nur eine Sehschärfe von nicht mehr als 1/50c besteht oder wenn andere Störungen des Sehvermögens von einem solchen Schweregrad vorliegen, dass sie dieser Beeinträchtigung der Sehschärfe gleich zu erachten sind. Der **Nachweis der Blindeneigenschaft** ist nach den Vorschriften des Einkommensteuerrechts zu führen. Maßgebend ist nach § 65 Abs. 1 Nr. 1 EStDV der Inhalt des Schwerbehindertenausweises. 3

3. Hilfskräfte

Sehende Hilfskräfte können nur in beschränkter Zahl zur Erzielung der befreiten Umsätze herangezogen werden. Es darf sich um nicht mehr als zwei fremde Arbeitnehmer handeln. **Arbeitnehmer** sind nur Personen, die in einem nichtselbstständigen Arbeitsverhältnis zum blinden Unternehmer stehen, nicht selbstständige Handelsvertreter (vgl. BFH V B 115–116/69, BStBl. II 1970, 127). Nach Auffassung der FVerw (UStAE 4.19.1) ist die Beschränkung auf zwei Arbeitnehmer auf **Vollzeitarbeitskräfte** zu beziehen, so dass auch die Beschäftigung von vier Halbtagskräften unschädlich ist. Dem wird man bei sinngemäßer Auslegung des Gesetzes zustimmen können. Nicht als Arbeitnehmer gelten **Lehrlinge** und enge **Familienangehörige** (Ehegatte, Abkömmlinge, Eltern des Blinden). Der Begriff der Abkömmlinge ist im UStG nicht näher definiert. Abkömmlinge sind Verwandte des Blinden in gerader absteigender Linie (§§ 1589 Abs. 1, 1924 BGB), also eheliche und nichteheliche Kinder und Enkel (vgl. *Heuermann* in Sölch/Ringleb § 4 Nr. 19 Rn. 11). Der Begriff „Lehrlinge" ist weitgehend durch den Begriff „Auszubildender" ersetzt worden. Auszubildender ist, wen der Unternehmer zur Berufsausbildung einstellt (§ 10 Abs. 1 BBiG). Volontäre und Praktikanten fallen unter den Begriff „Lehrlinge", wenn ein Vertrag nach § 26 BBiG besteht (*Heuermann* in Sölch/Ringleb § 4 Nr. 19 Rn. 11). 4

4. Ausnahme von der Befreiung

Eine Ausnahme von der Befreiung gilt für den Handel mit Mineralölen und Branntweinen, wenn der Blinde für diese Erzeugnisse Mineralölsteuer oder Branntweinabgaben zu entrichten hat (§ 4 Nr. 19 Buchst. a S. 4). Sie beruht darauf, dass hier durch den Aufschlag der Mineralölsteuer oder der Branntweinabgaben auf den reinen 5

Warenpreis eine überproportional hohe unechte Wertschöpfung zustande kommt, die mit der Leistung des Blinden nichts zu tun hat und daher nicht begünstigt werden soll. Mineralöle sind insbesondere Vergaserkraftstoffe, Dieselkraftstoffe, Flüssiggase (Autogase) und Schmierstoffe. Als Branntwein kommen nach dem BranntweinmonopolG sowohl unverarbeiteter Branntwein als auch fertige Spirituosen in Betracht (vgl. auch BFH V R 76/54 U, BStBl. III 1956, 231). **Branntweinabgaben** sind Branntweinsteuer, Branntweinaufschlag und Monopolausgleich. Die Nachsteuer, die bei Erhöhungen der Mineralölsteuer oder der Branntweinabgaben zu entrichten ist, führt nicht zur Nichtanwendbarkeit des § 4 Nr. 19 für den Blinden, weil es sich nur um einen erhebungstechnischen Vorgang handelt, der die genannte Wertschöpfung nicht zur Folge hat (vgl. auch UStAE 4.19.1).

5. Umsätze der Blindenwerkstätten

6 Blindenwerkstätten und bestimmte Zusammenschlüsse von Blindenwerkstätten sind unter den Voraussetzungen des § 4 Nr. 19 Buchst. b von der USt befreit. Es handelt sich um Unternehmen von sehenden Personen oder von Blinden, die die Voraussetzungen des § 4 Nr. 19 Buchst. a nicht erfüllen. Begünstigt sind nur die nach § 5 Abs. 1 des BlindenwarenvertriebsG vom 9.4.1965 (BGBl. 1965 I 311; zuletzt geändert durch VO vom 26.2.1993, BGBl. 1993 I 278) amtlich anerkannten Werkstätten und Zusammenschlüsse. Die **Anerkennung** als Blindenwerkstätten erhalten danach Betriebe, in denen ausschließlich Blindenwaren hergestellt werden (unschädlich ist die Beschäftigung sehender Personen mit Hilfs- oder Nebenarbeiten). Zusammenschlüsse von Blindenwerkstätten werden amtlich anerkannt, wenn ihr Zweck ausschließlich auf den Vertrieb von Blindenwaren und Zusatzwaren und den Ankauf von Rohstoffen gerichtet ist. Die zugelassenen Blindenwaren und Zusatzwaren sind in §§ 1 und 2 der BlindenwarenvertriebsVO vom 11.8.1965 (BGBl. 1965 I 807, zuletzt geändert durch VO vom 10.7.1991, BGBl. 1991 I 1491) abschließend aufgezählt. Aus dem Begriff der **Zusatzwaren** kann nicht geschlossen werden, dass ihr Anteil am Gesamtumsatz der Blindenwerkstätten nur unbedeutend sein darf. Auch die Annahme einer Höchstgrenze von 25% des Gesamtumsatzes ist durch § 4 Nr. 19 nicht gedeckt (siehe zutr. FG RhPf 5 K 28/83, EFG 1984, 204, rkr).

6. Lieferung von Blindenwaren

7 Steuerfrei ist nur die Lieferung von Blindenwaren durch die Blindenwerkstätten. Zum Begriff der Blindenwaren → Rn. 6. Alle anderen Lieferungen, insbesondere auch Hilfsumsätze, sind steuerpflichtig.

7. Sonstige Leistungen

8 Sonstige Leistungen der Blindenwerkstätten sind nur steuerfrei, soweit bei ihrer Ausführung ausschließlich Blinde mitgewirkt haben. Der praktische Anwendungsbereich ist gering. In Betracht kommen vor allem Reparaturarbeiten an Blindenwaren.

§ 4 Nr. 20 (Kulturelle Einrichtungen)

Von den unter § 1 Abs. 1 Nr. 1 fallenden Umsätzen sind steuerfrei:

20. a) die Umsätze folgender Einrichtungen des Bundes, der Länder, der Gemeinden oder der Gemeindeverbände: Theater, Orchester, Kammermusikensembles, Chöre, Museen, botanische Gärten, zoologische Gärten, Tierparks, Archive, Büchereien sowie Denkmäler der Bau- und Gartenbaukunst. [2]Das Gleiche gilt für die Umsätze gleichartiger Einrichtungen anderer Unternehmer, wenn die zuständige

Landesbehörde bescheinigt, dass sie die gleichen kulturellen Aufgaben wie die in Satz 1 bezeichneten Einrichtungen erfüllen. [3]Steuerfrei sind auch die Umsätze von Bühnenregisseuren und Bühnenchoreographen an Einrichtungen im Sinne der Sätze 1 und 2, wenn die zuständige Landesbehörde bescheinigt, dass deren künstlerische Leistungen diesen Einrichtungen unmittelbar dienen. Museen im Sinne dieser Vorschrift sind wissenschaftliche Sammlungen und Kunstsammlungen,

b) die Veranstaltung von Theatervorführungen und Konzerten durch andere Unternehmer, wenn die Darbietungen von den unter Buchstabe a bezeichneten Theatern, Orchestern, Kammermusikensembles oder Chören erbracht werden;

EU-Recht: Art. 132 Abs. 1 Buchst. n, Art. 133 MwStSystRL (Art. 13 Teil A Buchst. n, Abs. 2 6. EG-RL); Art. 32, 33 MwStVO
UStAE: 4.20.1–4.20.5

Übersicht

1. Normzweck

Die ursprünglich für Theater eingeführte Steuerbefreiung ist im Laufe der Zeit auf 1
zahlreiche andere kulturelle Einrichtungen ausgedehnt worden, zuletzt im UStG 1980 auf Kammermusikensembles und Chöre. Die Vorschrift soll die ohnehin zuschussbedürftigen kulturellen Einrichtungen der öffentlichen Hand finanziell entlasten. Die Befreiung führt zum Verlust des Vorsteuerabzugs. Auf sie kann nicht verzichtet werden.

Zu den Änderungen durch das AmtshilfeRLUmsG v. 26.6.2013 (BGBl. 2013 I 1809) vgl. → Rn. 18.

2. EU-Recht

Die Befreiung beruht auf Art. 132 Abs. 1 Buchst. n MwStSystRL (Art. 13 Teil A 2
Abs. 1 Buchst. n 6. EG-RL). Danach befreien die Mitgliedstaaten bestimmte kulturelle Dienstleistungen und eng damit verbundene Lieferungen von Gegenständen, die von Einrichtungen des öffentlichen Rechts oder anderen von dem betreffenden Mitgliedstaat anerkannten Einrichtungen erbracht. Die Mitgliedstaaten können danach entscheiden, welche kulturellen Dienstleitungen sie von der Umsatzsteuer befreien und welche von der Steuerbefreiung ausgenommen bleiben sollen (BFH XI R 44/08, DStR 2011, 1222; vgl. auch *Jacobs* UR 2007, 45).

3. Gebietskörperschaften als Träger

3 Gebietskörperschaften als Träger der betreffenden Einrichtungen fallen ohne weitere Voraussetzung unter die Befreiungsvorschrift. Die Einrichtungen als solche müssen von den Gebietskörperschaften geführt werden, dh Betriebe gewerblicher Art sein. Zum Begriff der Betriebe gewerblicher Art → § 2 Rn. 145ff. Eigengesellschaften in privatrechtlicher Form fallen unter § 4 Nr. 20 Buchst. a S. 2. Die Gebietskörperschaft muss im **Besitz der wesentlichen Grundlagen** der jeweiligen Einrichtungen sein, zB beim Theater über ein ausreichendes Ensemble, technisches Personal und technische Vorrichtungen verfügen, um aus eigenen Kräften den Betrieb durchführen zu können (vgl. BFH V 217/64, BStBl. II 1969, 274). Gelegentliche Ergänzungen durch Einschaltung fremder Kräfte sind unschädlich.

4. Andere Träger/Bescheinigung

4 Andere Träger der begünstigten Einrichtungen sind nur dann befreit, wenn eine **Bescheinigung der zuständigen Landesbehörde** über die Vergleichbarkeit mit den Einrichtungen von Gebietskörperschaften vorliegt. Das Vorliegen dieser Bescheinigung ist materiell-rechtliche Voraussetzung für die Steuerbefreiung (BFH V B 47/93, BFH/NV 1994, 278).

5 Antragsberechtigt ist nicht nur der Steuerpflichtige, sondern auch das FA (BVerwG 10 C 4/06, BeckRS 2006, 26942; 10 C 10/05, DStRE 2006, 1476; BFH XI R 101/92, BStBl. II 1995, 912; UStAE 4.20.5, 4.21.5). Die Beantragung durch das FA ist aber nicht in dessen freies Ermessen gestellt. In Fällen, in denen Anhaltspunkte dafür vorliegen, dass die Voraussetzungen des § 4 Nr. 20 Buchst. a S. 2 erfüllt sein könnten, besteht eine Verpflichtung der Finanzbehörde, die zuständige Landesbehörde um die Ausstellung einer entsprechenden Bescheinigung zu ersuchen (BVerfG 1 BvR 1673/06, UR 2007, 464).

6 Die Bescheinigung wirkt auch auf den in ihr bezeichneten Zeitraum vor der Bekanntgabe zurück (BFH V R 25/08, BStBl. II 2010, 15 zu § 4 Nr. 21; V R 3/98, BStBl. II 1999, 147; anders noch BFH XI R 101/92, UR 1995, 62). Diese rückwirkende Erteilung einer Gleichartigkeitsbescheinigung verstößt nicht gegen das Gebot des Vertrauensschutzes (BVerfG 1 BvR 1673/06, UR 2007, 464). Daraus ergibt sich eine erhebliche Rechtsunsicherheit, weil auch über die Festsetzungsfrist hinaus eine umsatzsteuerrechtliche Neubewertung theoretisch bis zum Zeitpunkt der Aufnahme der Tätigkeit möglich ist (vgl. BT-Drs. 17/2249, zu Art. 4 zu Nr. 6, S. 75). Der Gesetzgeber hat hierauf im JStG 2010 (BGBl. 2010 I 1768) mit der Einfügung des § 4 Nr. 20 Buchst. a S. 3 reagiert. Mit der entsprechenden Anwendung des § 181 Abs. 1 und 5 AO, der auf die Regelungen über die Festsetzungsverjährung (§§ 169–171 AO) verweist, soll diese Rechtsunsicherheit beseitigt werden. Die Frist für die Erteilung, Änderung oder Aufhebung von Bescheinigungen durch die zuständigen Landesbehörden beträgt künftig grundsätzlich nur noch vier Jahre (§ 181 Abs. 1 S. 1, § 169 Abs. 1 und 2 S. 1, § 170 Abs. 1 und 3 AO). Darüber hinaus kann eine Bescheinigung aber noch bis zum Eintritt der Festsetzungsverjährung der Umsatzsteuer (§ 181 Abs. 5 AO) ausgestellt oder geändert werden. Damit sind Rückabwicklungen von Vorsteuerbeträgen nur noch einen für einen begrenzten Zeitraum möglich.

7 Die Finanzbehörden sind an die Bescheinigung nur insoweit gebunden, als sie besagt, dass die betreffende Einrichtung die geforderten kulturellen Aufgaben erfüllt. Eine Bindung besteht aber insoweit nicht, als es um die Beurteilung geht, ob es sich überhaupt um eine begünstigte Einrichtung (Theater usw.) handelt (vgl. BFH XI R 44/08, DStR 2011, 1222; BVerwG 9 B 80/07, NJW 2009, 793; 10 C 4/06, NJW 2007, 714). Soweit ausländische Theater oder Orchester im Inland im Bereich verschiedener Länder gastieren, genügt die Bescheinigung der Landesbehörde, in deren

Zuständigkeitsbereich das Ensemble erstmals im Erhebungsgebiet tätig wird (UStAE 4.20.5).

Der BGH hat in einem Strafverfahren dem EuGH die Frage vorgelegt, ob der in Art. 132 Abs. 1 Buchst. n MwStSystRL (Art. 13 Teil A Abs. 1 Buchst. n 6. EG-RL) verwendete Begriff der „anderen … anerkannten Einrichtung" auch Solisten umfassen kann und ob der Steuerbefreiung ggf. entgegensteht, wenn die Solisteneinsätze vorrangig Vermarktungszwecken dienen (zur Umsatzbesteuerung der sog. „Drei Tenöre", BGH 5 StR 169/00, IStR 2000, 359). Der EuGH hat in Anlehnung an seine Entscheidung in der Rs. Gregg (EuGH C-216/97, UR 1999, 419) entschieden, dass der Begriff der Einrichtung zwar die Existenz einer abgegrenzten Einheit nahelegt, dass dieses Merkmal aber auch von einer oder mehreren natürlichen Personen, die ein Unternehmen betreiben, erfüllt wird (EuGH C-144/00, UR 2003, 248 – Hoffmann mit Anm. *Nieskens* UR 2003, 286; vgl. auch BFH XI R 44/08, DStR 2011, 1222; V R 28/08, BStBl. II 2010, 876; BGH 5 StR 169/00, UR 2003, 545). **8**

5. Theater

Theater sind Einrichtungen der unmittelbar darstellenden Kunst einschließlich Musiktheater (zum Begriff des Theaters vgl. BVerwG 9 B 80/07, UR 2009, 25). In erster Linie kommen Schauspiel, Oper, Operette, Musical, Ballett und dergleichen in Betracht. Auch Puppen- und Marionettentheater, Freilichtbühnen, Zimmertheater und literarische Kabaretts fallen darunter. Ein Theater wendet sich in der Regel an eine unbestimmte Zahl von Zuschauern und hat die Aufgabe, der Öffentlichkeit Theaterstücke in künstlerischer Form nahezubringen. Die Inszenierung einer Oper oder eines Theaterstückes durch einen selbstständigen Regisseur gegen Honorar erfüllt diese Anforderungen nicht, weil sie nur die Vorbedingung für die Aufführung ist (BFH XI R 44/08, DStR 2011, 1222). **9**

Keine **Theater** sind Lichtspielhäuser, Varietés, Zirkusunternehmen und ähnliche Veranstaltungen der **Kleinkunst.** Werden bei Theatervorführungen mehrere Veranstalter tätig, so steht jedem von ihnen die Steuerbefreiung zu, wenn er die Voraussetzungen des § 4 Nr. 20 Buchst. a erfüllt (UStAE 4.20.1).

6. Orchester, Kammermusikensembles, Chöre

Orchester, Kammermusikensembles und Chöre sind ohne Rücksicht auf die Art der Musik und die Qualität der Darbietung begünstigt (siehe UStAE 4.20.2). Kleine Musikgruppen fallen aber uE nur unter § 4 Nr. 20, soweit sie Kammermusik betreiben. Jazzgruppen kommen daher nicht in Betracht, solange sie nicht den Umfang eines Orchesters erreichen. Dagegen hat die FVerw als Orchester, Kammermusikensembles und Chöre alle Musiker- und Gesangsgruppen anerkannt, die aus zwei oder mehr Mitwirkenden bestehen. Die Mitwirkung von **Solisten** bei der Aufführung von Konzerten schloss die Steuerbefreiung nicht aus, wenn der Gesamtcharakter der Darbietung als Konzert erhalten blieb. Bisher ist im deutschen UStRecht davon ausgegangen worden, dass die Steuerbefreiung nicht die Leistungen einzelner selbstständiger Chor- oder Ensemblemitglieder umfasst. Auch beim Auftritt zweier als Einzelunternehmer zu behandelnder Musiker als Duo sind die Leistungen des einzelnen Musikers nicht als steuerfreie Leistungen eines Kammermusikensembles oder einer sonstigen in § 4 Nr. 20 Buchst. a genannten Einrichtung anerkannt worden (BFH V R 23/99, IStR 2000, 363). Das konnte nach der Entscheidung des EuGH in der Rechtssache Hoffmann nicht aufrechterhalten werden (vgl. → Rn. 4). Folgerichtig ist UStAE 4.20.2 angepasst worden. Werden bei Konzerten **mehrere Veranstalter** tätig, so steht jedem von ihnen die Steuerbefreiung zu, wenn er die Voraussetzungen des § 4 Nr. 20 Buchst. a erfüllt. **10**

7. Museen

11 Museen sind nach § 4 Nr. 20 Buchst. a letzter Satz wissenschaftliche Sammlungen und Kunstsammlungen. Es kann sich um Sammlungen aus allen Wissenschafts- und Kunstbereichen handeln (zB Geschichte, Naturwissenschaft, Schifffahrt, Heimatkunde, Technik, Musik, Malerei, Kunsthandwerk). Auf die Form der Schaustellung in den Museen kommt es nicht an, daher sind zB auch Freilichtmuseen begünstigt. **Kunstausstellungen** sind nur dann als Museen iSv § 4 Nr. 20 Buchst. a anzusehen, wenn es sich um Kunstsammlungen handelt, die ausgestellt und der Öffentlichkeit iS einer Kultur- oder Bildungsveranstaltung zugänglich gemacht werden, nicht hingegen Kunstausstellungen, die vorwiegend Verkaufszwecken dienen. Zu Einzelheiten siehe UStAE 4.20.3.

8. Botanische Gärten

12 Botanische Gärten sind nach wissenschaftlichen Gesichtspunkten zusammengestellte Anlagen, die eine große Anzahl verschiedener Pflanzen darbieten. Nicht dazu gehören Parks, gärtnerisch ausgestaltete Schlossanlagen usw, weil hier der optische Eindruck der Gesamtanlage, nicht die einzelne Pflanze im Vordergrund steht.

9. Zoologische Gärten und Tierparks

13 Für Zoologische Gärten und Tierparks gelten ähnliche Gesichtspunkte wie für Botanische Gärten. Es muss eine gewisse Vielfalt von Tieren auf dafür eingerichteten Grundstücken gehalten und gezeigt werden. Eine Spezialisierung auf Sonderformen (zB Aquarien, Vogelparks) ist möglich. Auch ausgedehnte Freigehege gehören zu den Tierparks, nicht dagegen sog. Vergnügungsparks. Ein sog. Delphinarium mit dressierten Tieren ist nicht begünstigt (BFH X R 20/82, BStBl. II 1988, 796).

10. Archive und Büchereien

14 Archive sind entsprechend dem Zweck des § 4 Nr. 20 nur befreit, soweit es sich um Sammlungen von Schriftgut von allgemeinem Interesse handelt, insbesondere zur Sicherung von Dokumenten über historische Abläufe oder Zusammenhänge. Nicht dazu gehören kommerzielle Sammlungen von Informationsmaterial (zB Datenbanken, Bild- oder Tonarchive für Presseorgane).

11. Kunstdenkmäler

15 Kunstdenkmäler können einzelne Gegenstände, aber auch ein Inbegriff von Gegenständen (zB Burg- oder Klosteranlage) sein. Bei den Denkmälern der Gartenbaukunst handelt es sich um gärtnerisch gestaltete Anlagen von historischem Interesse, insbesondere um Parks bestimmter Kulturepochen. Naturdenkmäler gehören nicht dazu (es fehlt am Merkmal der Kunst), ebenso nicht Gartenschauen (es fehlt am Merkmal der Beständigkeit).

12. Begünstigte Umsätze

16 Begünstigte Umsätze sind nur solche, die eng mit dem Betrieb der betreffenden Einrichtungen zusammenhängen, dh die für diesen Betrieb typisch sind einschl. der damit üblicherweise verbundenen Nebenleistungen (BFH XI R 44/08, DStR 2011, 1222; V R 20/03, UR 2006, 24; V R 85/97, BStBl. II 1999, 145). Nebenleistungen liegen vor, wenn sie für den Leistungsempfänger keinen eigenen Zweck haben, sondern das Mittel darstellen, um die Hauptleistung unter optimalen Bedingungen in Anspruch zu nehmen (EuGH C-349/96, UR 1999, 254 – CPP; BFH V R 20/03,

UR 2006, 24; V R 30/04, UR 2005, 157). Gastronomieumsätze, auch die Abgabe von kleinen Speisen, Getränken und Süßwaren sind keine solche Nebenleistung (BFH V R 20/03, UR 2006, 24; V R 85/87, BStBl. II 1999, 145). Die anders lautende ältere Rechtsprechung (BFH X R 11/82, BStBl. II 1988, 799) hat der BFH aufgegeben. Aus Art. 134 MwStSystRL ergibt sich, dass die Steuerbefreiung für Nebenleistungen nicht in Betracht kommt, wenn diese für die eigentliche steuerbefreite Tätigkeit nicht unerlässlich sind oder wenn sie im wesentlichen dazu bestimmt sind, der Einrichtung zusätzliche Einnahmen zu verschaffen und im unmittelbaren Wettbewerb mit gewerblichen Unternehmen ausgeführt werden (BFH V R 85/97, UR 1998, 422 zu Art. 13 Teil A Abs. 2 Buchst. b 6. EG-RL). Die FVerw erkennt zB für Theater neben den Eintrittsgeldern auch die Entgelte für die üblicherweise mit Theateraufführungen verbundenen Nebenleistungen (Garderobenaufbewahrung, Verkauf von Programmheften) als steuerfrei an, nicht dagegen den Betrieb einer Theatergaststätte (UStAE 4.20.1). Die Überlassung eines angestellten Regisseurs durch ein Theater in öffentlich-rechtlicher Trägerschaft an ein anderes Theater ist nicht nach § 4 Nr. 20 Buchst. a befreit (BFH XI R 44/08, DStR 2011, 1222). Dasselbe gilt für die entgeltliche Überlassung eines Parkplatzes an Besucher der nach § 4 Nr. 20 Buchst. a begünstigten Einrichtungen; auch sie hängt nicht eng mit deren Betrieb zusammen und fällt daher nicht unter die Steuerbefreiung (vgl. BFH V R 60/79, BStBl. II 1981, 231). Zu den begünstigten Umsätzen bei Museen siehe UStAE 4.20.3, bei Zoologischen Gärten und Tierparks siehe UStAE 4.20.4.

13. Veranstaltung von Theatervorführungen und Konzerten

Die Veranstaltung von Theatervorführungen und Konzerten durch andere als die in § 4 Nr. 20 Buchst. a genannten Unternehmer ist nach § 4 Nr. 20 Buchst. b steuerfrei, wenn die Darbietungen von den begünstigten Einrichtungen erbracht werden. Die Vorschrift betrifft insbesondere Gastspiele fremder Ensembles, die von Gemeinden oder Konzertdirektionen veranstaltet werden. **17**

Die Neuregelung durch den durch das AmtshilfeRLUmsG v. 26.6.2013 (BGBl. 2013 I 1809) eingefügten § 4 Nr. 20 Buchst. a S. 3 sieht nunmehr auch die Steuerfreiheit der Umsätze von Bühnenregisseuren und Bühnenchoreographen an Einrichtungen im Sinne der Sätze 1 und 2 vor, wenn die zuständige Landesbehörde bescheinigt, dass deren künstlerische Leistungen diesen Einrichtungen unmittelbar dienen. Die Steuerbefreiung ist geboten, weil diese Leistungen für die Inszenierung prägend und wesentlich sind. Eine erweiternde Auslegung auf weitere Berufsgruppen soll nicht in Betracht kommen (vgl. BT-Drs. 17/10000 zu Art. 9 zu Nr. 3 zu Buchst. d). **18**

§ 4 Nr. 21 (Privatschulen)

Von den unter § 1 Abs. 1 Nr. 1 fallenden Umsätzen sind steuerfrei:

21. a) die unmittelbar dem Schul- und Bildungszweck dienenden Leistungen privater Schulen und anderer allgemein bildender oder berufsbildender Einrichtungen,

aa) wenn sie als Ersatzschulen gemäß Artikel 7 Abs. 4 des Grundgesetzes staatlich genehmigt oder nach Landesrecht erlaubt sind oder

bb) wenn die zuständige Landesbehörde bescheinigt, dass sie auf einen Beruf oder eine vor einer juristischen Person des öffentlichen Rechts abzulegende Prüfung ordnungsgemäß vorbereiten,

b) die unmittelbar dem Schul- und Bildungszweck dienenden Unterrichtsleistungen selbständiger Lehrer

aa) an Hochschulen im Sinne der §§ 1 und 70 des Hochschulrahmengesetzes und öffentlichen allgemein bildenden oder berufsbildenden Schulen oder
bb) an privaten Schulen und anderen allgemein bildenden oder berufsbildenden Einrichtungen, soweit diese die Voraussetzungen des Buchstabens a erfüllen;

EU-Recht: Art. 132 Abs. 1 Buchst. i und j, Art. 133 MwStSystRL (Art. 13 Teil A Abs. 1 Buchst. i und j, Abs. 2 6. EG-RL)
UStAE: 4.21.1–4.21.5

Übersicht

1. Normzweck

1 Die Vorschrift hat im Wesentlichen unverändert seit dem UStG 1967 gegolten. Das UStG 1980 hat in § 4 Nr. 21 Buchst. b die Befreiung nicht mehr vom Nachweis durch den Steuerpflichtigen, sondern von der Bescheinigung als solcher abhängig gemacht. Mit der Neufassung durch das StEntlG 1999/2000/2002 (BGBl. 1999 I 402, 486) hat der Gesetzgeber die ehemaligen Buchst. a und b als Doppelbuchst. eines neuen Buchst. a übernommen und Buchst. b neu in das Gesetz eingefügt. Mit der Regelung des § 4 Nr. 21 Buchst. b wird die Tätigkeit selbstständiger Lehrer an Schulen und Hochschulen ausdrücklich in die Befreiungsvorschrift aufgenommen.

2 Die Vorschrift soll Privatschulen ustlich den öffentlichen Schulen gleichstellen. Die Befreiung führt zum Verlust des Vorsteuerabzugs und damit auch insoweit zu einer Gleichstellung mit den hoheitlichen Schulen. Ein Verzicht nach § 9 ist nicht möglich. Das UStG hat Art. 132 Abs. 1 Buchst. i und j, Art. 133 MwStSystRL bisher lediglich dadurch umgesetzt, dass es die bereits bei Inkrafttreten der 6. EG-RL vorhandenen, teilweise bereits im UStG 1951 enthaltenen Steuerbefreiungen im Wesentlichen unverändert weitergeführt hat. Es ist fraglich, inwieweit § 4 Nr. 21 einer richtlinienkonformen Auslegung überhaupt zugänglich ist (BFH V R 28/04, UR 2007, 687). Die Entscheidungen des EuGH C-445/05, UR 2007, 592 – Haderer und C-434/05, UR 2007, 587 – Horizon College haben deutlich gemacht, dass die deutschen Steuerbefreiungen im Erziehungs- und Bildungsbereich ganz anders gestaltet sind und auch von anderen Systemvorstellungen ausgehen als das Unionsrecht. Die Rechtsprechung leitet die Steuerbefreiung deshalb zT direkt aus dem Unionsrecht ab (vgl. BFH XI R 77/07, BFH/NV 2009, 1676).

3 Gemäß Art. 132 Abs. 1 Buchst. i MwStSystRL befreien die Mitgliedstaaten die Erziehung von Kindern und Jugendlichen, den Schul- oder Hochschulunterricht, die Ausbildung, die Fortbildung oder die berufliche Umschulung sowie die eng damit verbundenen Dienstleistungen und Lieferungen durch Einrichtungen des öffentlichen Rechts, die mit solchen Aufgaben betraut sind, oder andere Einrichtungen mit von dem betreffenden Mitgliedstaat anerkannter vergleichbarer Zielsetzung. Nach Art. 132 Abs. 1 Buchst. j MwStSystRL befreien die Mitgliedstaaten den von Privatlehrern erteilten Schul- und Hochschulunterricht. Die deutsche Fassung von Art. 132 Abs. 1 Buchst. j MwStSystRL unterscheidet sich allerdings vom Wortlaut

aller anderen Sprachfassungen. Die Regelung ist vielmehr zu verstehen als von Privatlehrern „erteilte Unterrichtseinheiten, die sich auf Schul- und Hochschulunterricht beziehen" (EuGH C-473/08, DStR 2010, 218 – Eulitz GbR).

4 Durch die Befreiung der in Art. 132 Abs. 1 Buchst. i MwStSystRL bezeichneten Leistungen sowie der mit diesen eng verbundenen Dienstleistungen und Lieferungen von Gegenständen soll gewährleistet werden, dass der Zugang zu den bezeichneten Leistungen nicht durch höhere Kosten versperrt wird, die entstünden, wenn diese Tätigkeiten oder die eng mit ihnen verbundenen Dienstleistungen und Lieferungen von Gegenständen der Mehrwertsteuer unterworfen wären (EuGH C-319/12, DB 2014, 37 – MDDP; C-287/00, UR 2002, 316 – Kommission/Deutschland; BFH V R 32/03, BStBl. II 2005, 900; V R 28/04, UR 2007, 687 zu Art. 13 Teil A Abs. 1 Buchst. i 6. EG-RL). Eng mit der Fortbildung und beruflichen Umschulung verbunden sind deshalb ausbildungsbegleitende, individuelle Hilfen, wie Maßnahmen zum Abbau von Sprach- und Bildungsdefiziten und zur sozialpädagogischen Begleitung, die im Einzelfall zur Erreichung des mit der Ausbildung und Umschulung verfolgten Zieles erforderlich sind (BFH V R 28/04, UR 2007, 687).

5 Der Gesetzentwurf der Bundesregierung zum JStG 2013 sah eine völlige Neufassung des § 4 Nr. 21 und Nr. 22 vor. Damit sollte die Regelung des Art. 132 Abs. 1 Buchst. i und j MwStSystRL übernommen werden (BT-Drs. 17/10000 zu Art. 9 zu Nr. 3 zu Buchst. e). Der Finanzausschuss des Deutschen Bundestages lehnte in seinem Bericht v. 25.10.2012 dagegen eine Änderung ab, weil zunächst die Entscheidung des EuGH in der Rechtssache C-319/12 abgewartet werden sollte (BT-Drs. 17/11220 zu Art. 10 zu Nr. 3 zu Buchst. e). Die längst überfällige Anpassung an das EU-Recht hat daher in das JStG 2013 noch keinen Eingang gefunden. Mit Urteil v. 28.11.2013 hat der EuGH in der Sache C-319/12, MwStR 2014, 15 – MDDP entschieden, so dass nunmehr einer Gesetzesänderung nichts mehr im Wege stehen dürfte. Wirklich Neues sagt das EuGH-Urteil MDDP nicht aus, es fasst aber die bisherige Rspr. des EuGH zu diesem Themenbereich noch einmal zusammen:

6 Der EuGH geht bei der Auslegung des Art. 132 MwStSystRL zunächst vom Ziel dieser Steuerbefreiung aus, die er darin erkennt, dass die Gewährleistung einer günstigeren mehrwertsteuerlichen Behandlung von Bildungsdienstleistungen den Zugang zu diesen Leistungen erleichtern soll, indem die höheren Kosten vermieden werden, die sich aus ihrer Unterwerfung unter die Mehrwertsteuer ergeben würden. Daraus zieht er die schon bekannte Schlussfolgerung, dass auch der gewerbliche Charakter einer auf Gewinnerzielung ausgerichteten Tätigkeit einer privaten Einheit es nicht ausschließt, dass es sich dabei um eine dem Gemeinwohl dienende Tätigkeit handelt.

7 Diese anderen Einrichtungen, dh private Einrichtungen, müssen aber die Voraussetzung erfüllen, dass sie eine vergleichbare Zielsetzung wie die genannten Einrichtungen des öffentlichen Rechts haben. Dabei ist es grundsätzlich Sache des nationalen Rechts der einzelnen Mitgliedstaaten, die Regeln aufzustellen, nach denen den betreffenden Einrichtungen eine solche Anerkennung gewährt werden kann; die Mitgliedstaaten verfügen dabei über ein Ermessen. Den nationalen Gerichte obliegt dabei die Prüfung, ob die Mitgliedstaaten bei der Aufstellung solcher Bedingungen die Grenzen ihres Ermessen nicht überschritten haben und die Grundsätze des Unionsrechts, insbesondere den Grundsatz der Gleichbehandlung, der im Mehrwertsteuerbereich im Grundsatz der steuerlichen Neutralität zum Ausdruck kommt, beachtet haben.

8 Art. 132 Abs. 1 Buchst. i MwStSystRL (Art. 13 Teil A Abs. 1 Buchst. i 6. EG-RL) ist vom deutschen Gesetzgeber bisher lediglich dadurch „umgesetzt" worden, dass er die schon bei Inkrafttreten der RL 77/388/EWG vorhandenen, teilweise bereits im UStG 1951 enthaltenen Steuerbefreiungstatbestände im Wesentlichen unverändert weitergeführt hat (BFH XI R 35/11, BStBl. II 2013, 879; V R 28/04, BStBl. II 2010, 999). Die Rspr. wendet § 4 Nr. 21 wegen der offenkundig mangelnden Umsetzung des Unionsrechts in Zweifelsfällen gar nicht mehr an, sondern prüft nur noch

die Frage, ob sich der klagende Unternehmer unmittelbar auf Art. 132 Abs. 1 Buchst. i MwStSystRL (Art. 13 Teil A Abs. 1 Buchst. i der 6. EG-RL) berufen kann (BFH XI R 35/11, BStBl. II 2013, 879; V R 3/05, BStBl. II 2012, 267; V R 32/03, BStBl. II 2005, 900; V R 71/03, BStBl. II 2006, 143). Der Begriff „Schul- und Hochschulunterricht" in Art. 132 Abs. 1 Buchst. i MwStSystRL beschränkt sich nicht auf Unterricht, der zu einer Abschlussprüfung zur Erlangung einer Qualifikation führt oder eine Ausbildung im Hinblick auf die Ausübung einer Berufstätigkeit vermittelt, sondern er schließt andere Tätigkeiten ein, bei denen die Unterweisung in Schulen und Hochschulen erteilt wird, um die Kenntnisse und Fähigkeiten der Schüler oder Studenten zu entwickeln, sofern diese Tätigkeiten nicht den Charakter bloßer Freizeitgestaltung haben (BFH XI R 35/11, BStBl. II 2013, 879; V R 3/05, BStBl. II 2012, 267). Die Steuerfreiheit der streitigen Leistungen hängt demnach nicht davon ab, dass die angebotenen Lehrgänge weder Teil einer gesetzlich geregelten Berufsaus- oder Berufsfortbildung sind, noch auf einen bestimmten Beruf vorbereiten. Auf die Ziele der die Einrichtung besuchenden Personen kommt es für die Steuerbefreiung nicht an. Entscheidend sind vielmehr die Art der erbrachten Leistungen und ihre generelle Eignung als Schul- oder Hochschulunterricht. Deshalb ist es auch ohne Belang, wie hoch der Anteil der Schüler ist, die die Lehrgänge des Steuerpflichtigen tatsächlich im Hinblick auf eine Berufsausbildung oder eine Prüfungsvorbereitung besuchen oder später tatsächlich den Beruf, zu dessen Vorbereitung die Leistungen des Unternehmers dienen, ergriffen haben (BFH XI R 35/11, BStBl. II 2013, 879 zur **Kampfkunstschule;** V R 3/05, BStBl. II 2012, 267 zur **Ballettschule**).

2. Befreite Einrichtungen (§ 4 Nr. 21 Buchst. a)

9 Befreite Einrichtungen sind die Ersatzschulen und die Ergänzungsschulen. Durch das Urteil des EuGH C-453/93 (UR 1995, 476), wonach nur juristische Personen als „Einrichtungen" anerkannt werden können, war fraglich geworden, welche Organisationsformen unter den Begriff der „Einrichtung" subsumiert werden können. Klar zu sein schien, dass jedenfalls **Einzelunternehmer** keine Einrichtung idS sind (ebenso BFH V R 73/97, DStR 1999, 63; XI R 68/97, UR 1999, 162 (164)).

10 Im Entwurf zum StEntlG 1999/2000/2002 vom 9.11.1998 ist folgerichtig eine konkrete Aufzählung der befreiten Organisationsformen vorgesehen gewesen (Körperschaften, Personenvereinigungen und Vermögensmassen). Dieser Änderungsentwurf hat keinen Eingang in die Neuregelung des § 4 Nr. 21 gefunden. Aus der Gesetzesbegründung (BT-Drs. 14/443) ergibt sich, dass sich der Gesetzgeber von einem vor dem EuGH anhängigen Verfahren (C-216/97) eine weitere Aufklärung des begrifflichen Inhalts der „Einrichtung" versprochen hat und davon ausgegangen ist, dass auch künftig die von Einzelunternehmern getragenen Bildungseinrichtungen unter die Steuerbefreiung fallen. Diese Annahme hat sich als berechtigt erwiesen, weil der EuGH durch das Urteil C-216/97, UR 1999, 419 – Gregg entschieden hat, dass Art. 132 Abs. 1 MwStSystRL (Art. 13 Teil A Abs. 1 6. EG-RL) dahingehend auszulegen ist, dass der in den Buchst. b, g dieser Bestimmung enthaltene Begriff der „Einrichtung" natürliche Personen, die ein Unternehmen betreiben, nicht von der Steuerbefreiung ausschließt (vgl. auch EuGH C-498/03, UR 2005, 453 – Kingscrest und Montecello). Der EuGH hat die Unabhängigkeit von Steuerbefreiungen von der Rechtsform, in der der Unternehmer sein Unternehmen betreibt, im Urteil C-141/00, DStRE 2002, 1196 – Kügler GmbH zu Art. 132 Abs. 1 Buchst. c MwStSystRL, Art. 13 Teil A Abs. 1 Buchst. c 6. EG-RL bestätigt. Dieser Begriff der Einrichtung aus Art. 132 Abs. 1 Buchst. b, g MwStSystRL (Art. 13 Teil A Abs. 1 Buchst. b, g 6. EG-RL) ist auf den Einrichtungsbegriff des § 4 Nr. 21 übertragbar. Hat der Unionsgesetzgeber die Inanspruchnahme der betreffenden Befreiungen nicht ausdrücklich vom Fehlen eines **Gewinnstrebens** abhängig gemacht, kann das Streben

nach Gewinnerzielung die Inanspruchnahme dieser Befreiungen nicht ausschließen (EuGH C-319/12, MwStR 2014, 15 – MDDP mAnm *Grube;* C-498/03, UR 2005, 453 – Kingscrest und Montecello).

Berufsbildende Schulen oder Einrichtungen sind Einrichtungen, die ihrer Art nach den Zielen der Berufsaus- oder der Berufsfortbildung dienen. Sie müssen spezielle Kenntnisse und Fertigkeiten vermitteln, die zur Ausübung bestimmter beruflicher Tätigkeiten notwendig sind (BFH V R 28/04, UR 2007, 687; V R 62/02, BStBl. II 2004, 252). **11**

a) Ersatzschulen (§ 4 Nr. 21 Buchst. a Doppelbuchst. aa). Ersatzschulen sind solche, die gleichwertig neben entsprechenden öffentlichen Schulen stehen, zB ein konfessionell gebundenes Gymnasium oder eine Internatsschule. Die Eigenschaft als Ersatzschule ergibt sich aus der staatlichen Genehmigung oder der landesrechtlichen Erlaubnis. Hierüber erteilt die Schulaufsichtsbehörde entsprechende Bescheinigungen. Zur Bindungswirkung solcher Bescheinigungen für das FA vgl. BFH V B 86/97, UR 1998, 429 sowie § 4 Nr. 20 Rn. 4. Der Begriff der Ersatzschule wird im Unionsrecht nicht verwendet. Inwieweit er überhaupt richtlinienkonform ausgelegt werden kann, ist fraglich (*Oelmaier* in Sölch/Ringleb § 4 Nr. 21 Rn. 38). **12**

b) Ergänzungsschulen (§ 4 Nr. 21 Buchst. a Doppelbuchst. bb). Ergänzungsschulen sind Bildungseinrichtungen, die aus dem Rahmen des allgemeinen öffentlichen Schulsystems herausfallen und idR engere Ziele verfolgen (zB Wochenendlehrgänge, Abendkurse). Sie müssen (im Grundsatz, nicht aber bzgl. jedes einzelnen Schülers, BFH V R 83/84, BStBl. II 1989, 815) auf einen Beruf oder eine vor einer jur. Person döR abzulegende Prüfung ordnungsgemäß vorbereiten. Beide Voraussetzungen stehen gleichberechtigt nebeneinander, überschneiden sich aber oft (zB bereitet ein Steuerberaterlehrgang auf den Beruf des Steuerberaters und auf die Steuerberaterprüfung vor dem Prüfungsausschuss der OFD vor). **Fahrschulen** sind keine Ergänzungsschulen, soweit sie auf die Erlangung der Fahrerlaubnis der Klassen 1 und 3 vorbereiten (BFH V R 54/73, BStBl. II 1974, 527), wohl aber Schulen, die auf den Beruf des Fahrlehrers vorbereiten (Fahrlehrerausbildungsstätten). Bzgl. der Lehrgänge zur Ausbildung für die Fahrerlaubnis der Klassen C, CE, D, DE, D1, D1E, T und L kann aber § 4 Nr. 21 in Betracht kommen, weil diese Leistungen idR der Berufsausbildung dienen. Einzelheiten siehe UStAE 4.21.2. Zur Beurteilung durch die FVerw nach Inkrafttreten der neuen Fahrerlaubnisklassen nach der Fahrerlaubnis-VO (BGBl. 1998 I 2214) vgl. UStAE 4.21.2. Zu Leistungen nach dem Berufskraftfahrer-Qualifikations-Gesetz **(BKrFQG)** vgl. BMF 21.11.2013, BStBl. I 2013, 1583. **Jagdschulen** sind keine steuerbefreiten allgemeinbildenden oder berufsbildenden Einrichtungen (BFH V R 62/02, UR 2004, 199). Etwas anderes kann für die von einer Sanitätsschule durchgeführten Erste-Hilfe-Kurse und Kurse zu Sofortmaßnahmen am Unfallort gelten (BFH XI R 77/07, BFH/NV 2009, 1676). **13**

Die **Vorbereitung** muss **ordnungsgemäß** sein. Damit sollen Institute von der Befreiung ausgenommen werden, die nicht die erforderliche Qualifikation aufweisen oder zu geringe Anforderungen an die Ausbildung stellen. Von besonderer Bedeutung ist diese Voraussetzung bei den Fernschulen, bei denen naturgemäß die pädagogische Betreuung schwieriger ist als bei lokalem Unterricht. Zu privaten Schularbeitskreisen siehe BVerwG VII C 73.75, BStBl. II 1977, 334; zu privatem Musikunterricht siehe BFH V R 25/08, BStBl. II 2010, 15; V R 83/84, BStBl. II 1989, 815. **14**

Bei den Ergänzungsschulen muss die ordnungsmäßige Vorbereitung auf einen Beruf oder eine Prüfung vor einer jPdöR durch die zuständige Landesbehörde **bescheinigt** werden. Zur Bindungswirkung vgl. BFH XI R 35/11, BStBl. II 2013, 879; IX R 112/88, UR 1998, 429 sowie § 4 Nr. 20 Rn. 4. Es reicht nicht aus, wenn sich aus der Bescheinigung nur ergibt, dass berufliche Bildungsmaßnahmen ordnungsgemäß durchgeführt werden (BFH V R 3/13, DStR 2014, 1160; V R 58/05, BFHE 221, 489). **15**

Bei der Bescheinigung handelt es sich um einen für die Umsatzsteuerfestsetzung bindenden **Grundlagenbescheid** iSv § 171 Abs. 10 AO, dem Rückwirkung zukommen kann und der Grundlage für eine Änderung bestandskräftiger Bescheide nach § 175 Abs. 1 S. 1 Nr. 1 AO sein kann (BFH XI R 6/14, BStBl. II 2016, 828; V R 25/08, BStBl. II 2010, 15; V R 27/11, BStBl. II 2013, 529; XI R 35/11, BStBl. II 2013, 879). Soweit Maßnahmen von Ergänzungsschulen usw. zur beruflichen Ausbildung, Fortbildung oder Umschulung nach § 33 Abs. 1 ArbeitsförderungsG (AFG) von der Bundesanstalt für Arbeit (BfA) gefördert oder von der BfA Maßnahmen nach § 53 Abs. 1 Nr. 6b AFG angeboten werden (vgl. jetzt §§ 49, 86 und 97 **SGB III**), unterstellt die FVerw die Anwendbarkeit von § 4 Nr. 21 (UStAE 4.21.2). Noch weiter geht die OFD Hannover, die auch ausbildungsbegleitende Hilfen nach § 241 SGB III einschließlich Freizeitangeboten, die das soziale Verhalten fördern sollen, von der USt freistellen will (UR 2002, 186). Das lässt sich kaum rechtfertigen, weil Steuerbefreiungen eng auszulegen sind (vgl. → § 4 Allg. Rn. 2). Vgl. zu **Integrationskursen** nach dem Zuwanderungsgesetz OFD Magdeburg 22.8.2011, BeckVerw 253050; zu Nachhilfeunterricht OFD Frankfurt a. M. 25.7.2011, StEd 2011, 638 (BeckVerw 253208).

3. Selbstständige Lehrer (§ 4 Nr. 21 Buchst. b)

16 Durch die in § 4 Nr. 21 Buchst. b aufgenommene Regelung hat der Gesetzgeber zum einen die durch Art. 132 Abs. 1 Buchst. j MwStSystRL zwingend gebotene Befreiung der Tätigkeit selbstständiger Lehrer an Schulen und Hochschulen von der USt befreit (§ 4 Nr. 21 Buchst. b Doppelbuchst. aa). Erforderlich geworden war die Regelung durch das Urteil des EuGH C-453/93, UR 1995, 476 (477) – Bulthuis-Griffioen, demzufolge nur juristische Personen als „Einrichtung“ anerkannt werden können. Die bisher vertretene Ansicht, dass auch freiberuflich tätige Dozenten als Einzelunternehmer unter den Begriff der „Einrichtung“ subsumiert werden können (BFH V R 83/84, BStBl. II 1989, 815), hatte sich damit nicht mehr aufrechterhalten lassen. Der EuGH hat aber zwischenzeitlich seine Rechtsprechung geändert und in mehreren Urteilen entschieden, dass Steuerbefreiungen unabhängig sind von der Rechtsform, in der der Unternehmer sein Unternehmen betreibt (EuGH C-498/03, UR 2005, 453 – Kingscrest und Montecello; C-141/00, DStRE 2002, 1196 – Kügler GmbH; C-216/97, UR 1999, 419 – Gregg).

17 § 4 Nr. 21 Buchst. b Doppelbuchst. aa begünstigt nur Träger privater Schulen und anderer allgemeinbildender oder berufsbildender Einrichtungen, nicht aber freie Mitarbeiter (Unternehmer), die an diesen Schulen oder ähnlichen Bildungseinrichtungen Unterricht erteilen (BFH V R 58/05, UR 2008, 581; V R 4/05, UR 2007, 852; V R 75/03, BStBl. II 2006, 147; V R 73/97, BStBl. II 1999, 376). Das steht im Einklang mit dem Unionsrecht. Diese Anerkennung einer Einrichtung iSv Art. 132 Abs. 1 Buchst. j MwStSystRL (vgl. → Rn. 2) setzt voraus, dass die Bescheinigung der zuständigen Landesbehörde dem Unternehmer selbst, nicht aber einer anderen Einrichtung, für die er selbstständig tätig ist, erteilt worden ist.

18 Der BFH geht davon aus, dass der Begriff „Schul- und Hochschulunterricht“ iSd Art. 132 Abs. 1 Buchst. j MwStSystRL auch Unterrichtsleistungen erfasst, die üblicherweise von Volkshochschulen angeboten werden (BFH V R 75/03, UR 2006, 175 zu Art. 13 Teil A Abs. 1 Buchst. j 6. EG-RL). Der EuGH hat das im Grunde bestätigt. Er hat den unionsrechtlichen Begriff „Schul- und Hochschulunterricht“ zwar ausdrücklich nicht genau definiert, aber festgestellt, dass dieser Begriff nicht besonders eng auszulegen ist und sich nicht auf Unterricht beschränkt, der zu einer Abschlussprüfung zur Erlangung Erlangung einer Qualifikation führt oder eine Ausbildung im Hinblick auf die Ausübung einer Berufstätigkeit vermittelt (BFH V R 25/08, BStBl. II 2010, 15; V R 52/06, BFHE 221, 295; vgl. auch EuGH C-434/05, UR 2007, 587 – Horizon College). Er schließt vielmehr andere Tätigkeiten ein, bei denen die Unterweisung in Schulen oder Hochschulen erteilt wird, um die Kenntnisse der Schüler oder Studenten zu entwickeln, sofern diese Tätigkeiten nicht den Charakter bloßer Freizeitgestaltung haben (EuGH C-445/05, UR 2007, 592 Rn. 24, 26 – Haderer; Folgeentscheidung des BFH V R 75/03, UR 2007, 941). Die Begriffe „Schule" und „Hochschule" können auch nicht iSd deutschen Bildungssystems definiert werden (EuGH C-445/05, UR 2007, 592 Rn. 25). Diese Erkenntnis ist im Grunde selbstverständlich, weil die Tatbestandsmerkmale der Befreiungsvorschriften autonome unionsrechtliche Begriffe sind.

Die anderen Sprachfassungen des Art. 132 Abs. 1 Buchst. j MwStSystRL stellen **19** nicht unmittelbar auf „Schul- und Hochschulunterricht" ab, sondern auf einen damit zusammenhängenden Begriff iSv „Unterrichtseinheiten, die von Unterrichtenden ... erteilt werden und sich auf Schul- und Hochschulunterricht beziehen" (EuGH C-473/08, DStR 2010, 218 – Eulitz zu Art. 13 Teil A Abs. 1 Buchst. j 6. EG-RL).

§ 4 Nr. 21 Buchst. b Doppelbuchst. bb bezieht in die Steuerbefreiung auch die **20** Unterrichtsleistungen selbstständiger Lehrer an anderen allgemein- oder berufsbildenden Einrichtungen ein, soweit diese die Voraussetzungen des § 4 Nr. 21 Buchst. a erfüllen. Hintergrund dieser Regelung ist die Annahme, dass die staatliche Genehmigung oder behördliche Bescheinigung die Gewähr dafür bietet, dass der in den genannten Einrichtungen erteilte Unterricht in seinen Anforderungen dem üblicherweise an einer Schule oder Hochschule erteilten Unterricht entspricht (BT-Drs. 14/443). Im Ergebnis haben damit die in UStAE 4.21.3 übernommenen Regelungen Eingang in die gesetzliche Befreiungsnorm gefunden. Es ist aber zweifelhaft, ob die Regelung des § 4 Nr. 21 Buchst. b Doppelbuchst. bb im Einklang mit Art. 132 Abs. 1 Buchst. j MwStSystRL steht, wonach die Tätigkeit selbstständiger Lehrer an Schulen und Hochschulen steuerfrei ist. Diese unionsrechtliche Vorschrift ist eng auszulegen (EuGH C-150/99, UR 2001, 153 – Stockholm Lindöpark AB; BFH V R 73/97, DStR 1999, 63; XI R 68/97, UR 1999, 162 (164) zu Art. 13 Teil A Abs. 1 Buchst. j 6. EG-RL). Ob die Bescheinigung der Landesbehörde nach § 4 Nr. 21 Buchst. a Doppelbuchst. bb eine Bildungseinrichtung tatsächlich mit einer Schule oder Hochschule gleichsetzen kann, darf bezweifelt werden.

Die von einer staatlichen Einrichtung mit Hilfe selbstständiger Dozenten durchge- **21** führten beruflichen Fortbildungsmaßnahmen sind vor dem Hintergrund des nach der Rechtsprechung des EuGH eng auszulegenden Art. 132 Abs. 1 Buchst. i MwStSystRL nicht von der USt befreit. Befreit sein kann nur die Leistung des selbstständigen Lehrers, der sie persönlich erbracht haben muss. Das folgt aus dem Merkmal „unmittelbar", das sich nicht auf den Inhalt der Leistungen bezieht, sondern die Art und Weise beschreibt, in der die Leistungen bei der Erfüllung des Schul- und Bildungszwecks der Einrichtung eingesetzt werden müssen (BFH V R 10/05, BFH/NV 2007, 2217).

Bei Behörden oder anderen staatlichen Einrichtungen handelt es sich nicht um all- **22** gemeinbildende oder berufsbildende Einrichtungen, weil dies nicht ihr eigentlicher Zweck ist. Befreit sein kann die Leistung des selbstständigen Lehrers daher nur an Einrichtungen des öffentlichen Rechts, die mit diesen Bildungsaufgaben betraut sind.

Die Unterrichtsleistung muss unmittelbar dem Schul- und Bildungszweck dienen. **23** Dieses Tatbestandsmerkmal bezieht sich nicht auf den Inhalt der Leistungen, sondern beschreibt die Art und Weise, in der die Leistungen bei der Erfüllung des Schul- und Bildungszeckes der Einrichtung eingesetzt werden müssen. Es dienen somit nur solche Leistungen unmittelbar dem Schul- und Bildungszweck, die ihn nicht nur ermöglichen, sondern ihn selbst bewirken (BFH V R 4/05, V R 10/05, UR 2007, 854).

Nach Art. 132 Abs. 1 Buchst. j MwStSystRL, auf den der Steuerpflichtige sich be- **24** rufen kann, kann ein von einem **Privatlehrer** erteilter **Schul-** und **Hochschulunterricht** auch dann von der Steuer zu befreien sein, wenn der Privatlehrer seine Unterrichtsleistung nicht direkt an die Schüler oder Hochschüler als Leistungsempfänger, sondern an eine Schule oder Hochschule erbringt (EuGH C-445/05, UR 2007, 592 – Haderer; BFH V R 75/03, BFHE 219, 250 zu Art. 13 Teil A Abs. 1 Buchst. j 6. EG-RL).

4. Befreite Leistungen

25 Die Steuerbefreiung umfasst nur solche Leistungen der Privatschulen, die unmittelbar dem Schul- oder Bildungszweck dienen. Das Tatbestandsmerkmal „unmittelbar" bezieht sich nicht auf den Inhalt der Leistungen, sondern beschreibt die Art und Weise, in der die Leistungen bei der Erfüllung des Schul- und Bildungszwecks der Einrichtung eingesetzt werden müssen, dh es dienen nur solche Leistungen unmittelbar dem Schul- und Bildungszweck, die ihn nicht nur ermöglichen, sondern ihn selbst bewirken (BFH V R 28/04, UR 2007, 687; V R 83/84, BStBl. II 1989, 815). Das ist in erster Linie der Unterricht selbst. Aber auch Nebenleistungen sind befreit, wenn sie unmittelbar mit dem Unterricht verbunden sind, dh dieser mit Hilfe der Nebenleistungen durchgeführt wird. Das ist bei der Lieferung von Lehr- und Lernmaterial durch die Schule an die Schüler nur der Fall, wenn es sich um unselbstständige Nebenleistungen in dem Sinne handelt, dass das Material inhaltlich den Unterricht ergänzt, von der Schule zu diesem Zweck selbst entworfen worden ist und bei Dritten nicht bezogen werden kann (BFH V R 15/80, BStBl. II 1986, 499). Leistungen, die sich auf die Unterbringung und Verpflegung von Schülern beziehen, dienen dem Schul- und Bildungszweck iSv § 4 Nr. 21 idR nur mittelbar und sind daher nicht nach dieser Vorschrift begünstigt (BFH VIII R 149/76, BStBl. II 1981, 746); soweit sie überwiegend Jugendliche betreffen, kann aber Steuerfreiheit nach § 4 Nr. 23 in Betracht kommen. Bei **Berufsförderungswerken** für Behinderte gehört nach Auffassung der FVerw (BB 1981, 1447) auch die Unterbringung und Verpflegung sowie die medizinische und soziale Betreuung unmittelbar zum Schul- und Bildungszweck iSv § 4 Nr. 21. Die Leistung muss von der Schule erbracht werden. Die Dienstleistung, die ein freiberuflicher Lehrer gegenüber der Schule erbringt (zB Steuerberater als Dozent in einem Lehrgangswerk), fällt aber nach der Neuregelung (nach Auffassung der FVerw auch schon bisher, UStAE 4.21.3) ebenfalls unter § 4 Nr. 21. Dabei wird auf die in dieser Vorschrift geforderte Bescheinigung verzichtet, wenn die Schule selbst die Voraussetzungen für die Steuerbefreiung erfüllt. Friseurleistungen, die der Inhaber einer Friseurfachschule dadurch ausführt, dass die Schüler in einem Übungsfriseursalon Kunden unter fachlicher Anleitung bedienen, fallen nicht unter § 4 Nr. 21 (BFH V R 25/84, BStBl. II 1990, 98). Dasselbe gilt für die im Rahmen eines Praktikums erfolgende Überlassung angehender Krankengymnasten durch deren Ausbilder an ein Krankenhaus (BFH V R 52/89, UR 1994, 274).

5. Bescheinigungsverfahren

26 Sofern Ergänzungsschulen oÄ Leistungen erbringen, die verschiedenen Bildungszwecken dienen, ist der Nachweis nach § 4 Nr. 21 Buchst. a Doppelbuchst. bb durch getrennte Bescheinigungen, bei Fernlehrinstituten zB für jeden Lehrgang, zu führen (UStAE 4.21.5). Im Übrigen deckt die Bescheinigung aber sämtliche Umsätze, die unmittelbar dem Schulzweck dienen, ab; sie ist insoweit für das FA bindend und hat den Charakter eines Grundlagenbescheides iSd § 171 Abs. 10 AO (BFH V R 25/08, BStBl. II 2010, 15). Die Bescheinigung kann im Rahmen des verfahrensrechtlich Zulässigen auch rückwirkend zur Steuerbefreiung führen (BFH V R 25/08, BStBl. II 1995, 913; Bedenken hiergegen BVerwG C 4/06, NJW 2007, 714). Zum Verzicht auf die Bescheinigung bei freiberuflichen Lehrern an steuerbefreiten Schulen →Rn. 11. Der Bescheinigung kommt inhaltlich **Indizwirkung** auch insoweit zu, als davon auszugehen, ist, dass Leistungen, die dem Anforderungsprofil der Bescheini-

gung entsprechen, nicht den Charakter einer bloßen Freizeitgestaltung iSd Rechtsprechung des EuGH (vgl. → Rn. 2) haben (BFH V R 3/05, UR 2008, 552).

Die mangelhafte oder fehlende Umsetzung des Unionsrechts (vgl. → Rn. 2) hat zu einer Rechtsentwicklung am deutschen UStRecht vorbei geführt. Das gilt auch für das Bescheinigungsverfahren. Zu Art Teil A Abs. 1 Buchst. g 6. EG-RL ist anerkannt, dass die Anerkennung als Einrichtung mit sozialem Charakter auch aus der Kostenübernahme durch Krankenkassen oder andere Einrichtungen der sozialen Sicherheit abgeleitet werden kann (BFH V R 71/03, BStBl. II 2006, 143; V R 1/98, BStBl. II 2004, 849). Vergleichbares gilt auch für die Frage, ob eine Einrichtung mit vergleichbarer Zielsetzung iSd Art. 132 Abs. 1 Buchst. i MwStSystRL anerkannt ist. Werden die in Art. 132 Abs. 1 Buchst. i MwStSystRL bezeichneten Leistungen von dem betreffenden Sozialversicherungsträger erstattet, kann daraus die Anerkennung des Mitgliedstaates abgeleitet werden (BFH V R 28/04, UR 2007, 687 zu Art. 13 Teil A Abs. 1 Buchst. i 6. EG-RL). 27

§ 4 Nr. 21a (weggefallen)

[bis 31. 12. 2003: § 4 Nr. 21 a Forschung an Hochschulen]

Zur Kommentierung der Vorschrift wird auf die 11. Auflage verwiesen.

§ 4 Nr. 22 (Erwachsenenbildung)

Von den unter § 1 Abs. 1 Nr. 1 fallenden Umsätzen sind steuerfrei:

22. a) die Vorträge, Kurse und anderen Veranstaltungen wissenschaftlicher oder belehrender Art, die von juristischen Personen des öffentlichen Rechts, von Verwaltungs- und Wirtschaftsakademien, von Volkshochschulen oder von Einrichtungen, die gemeinnützigen Zwecken oder dem Zweck eines Berufsverbandes dienen, durchgeführt werden, wenn die Einnahmen überwiegend zur Deckung der Kosten verwendet werden,

b) andere kulturelle und sportliche Veranstaltungen, die von den in Buchstabe a genannten Unternehmern durchgeführt werden, soweit das Entgelt in Teilnehmergebühren besteht;

EU-Recht: Art. 132 Abs. 1 Buchst. i, m, n, Art. 133 MwStSystRL (Art. 13 Teil A Abs. 1 Buchst. i, m, n, Abs. 2 6. EG-RL)
UStAE: 4.22.1, 4.22.2

Übersicht

1. Normzweck

Die Vorschrift soll die Einrichtungen der Erwachsenenbildung steuerlich entlasten. Sie ergänzt § 4 Nr. 21, überschneidet sich zT auch damit. Die Befreiung führt zum Verlust des Vorsteuerabzugs. Auf sie kann nicht verzichtet werden. Die Vorschrift 1 hat ihre unionsrechtliche Grundlage in Art. 132 Abs. 1 Buchst. i, m und o MwStSystRL.

2. Unionsrecht

2 § 4 Nr. 22 Buchst. a setzt Art. 132 Abs. 1 MwStSystRL in nationales Recht um und ist entsprechend dieser Bestimmung auszulegen (BFH V R 12/10, BStBl. II 2011, 303; V R 53/04, BStBl. II 2007, 16 zu Art. 13 Teil A Abs. 1 Buchst. i 6. EG-RL). Danach befreien die Mitgliedstaaten von der Steuer die Erziehung von Kindern und Jugendlichen, den Schul- oder Hochschulunterricht, die Ausbildung, die Fortbildung oder die berufliche Umschulung sowie die damit eng verbundenen Dienstleistungen und Lieferungen von Gegenständen durch Einrichtungen des öffentlichen Rechts, die mit solchen Aufgaben betraut sind, oder andere Einrichtungen mit von dem betreffenden Mitgliedstaat anerkannter vergleichbarer Zielsetzung. Bei richtlinienkonformer Auslegung von § 4 Nr. 22 Buchst. a sind nicht alle Vorträge, Kurse und andere Veranstaltungen zur Erlernung von Fähigkeiten oder Fertigkeiten wissenschaftlicher oder belehrender Art im Sinne dieser Vorschrift befreit, sondern nur diejenigen, die als Erziehung von Kindern und Jugendlichen, als Schul- oder Hochschulunterricht, als Ausbildung, Fortbildung oder berufliche Umschulung anzusehen sind (BFH V R 53/04, BStBl. II 2007, 16).

Zu der geplanten Änderung der Regelung im JStG 2013 → § 4 Nr. 21 Rn. 5.

§ 4 Nr. 22 Buchst. b setzt das Unionsrecht nicht zutreffend um und ist auch einer unionsrechtskonformen Auslegung entsprechend Art. 132 Abs. 1 Buchst. m MwStSystRL (Art. 13 Teil A Abs. 1 Buchst. m 6. EG-RL) nicht zugänglich, so dass diese Bestimmung im Besteuerungsverfahren nur anzuwenden ist, wenn sich der Steuerpflichtige darauf beruft (BFH V R 4/13, DStR 2014, 1539; V R 27/04, BFHE 217, 314).

3. Begünstigte Veranstalter

3 Zum Begriff der juristischen Person döR → § 2 Rn. 131. Verwaltungs- und Wirtschaftsakademien sind gehobene Aus- und Fortbildungseinrichtungen für Fachkräfte aus Verwaltung und Wirtschaft. Zu den Volkshochschulen gehören auch weltanschaulich gebundene Erwachsenenbildungsstätten, wenn der Kreis der Hörer durch die Bindung nicht eingeengt wird (BFH V 37/60 U, BStBl. III 1962, 458). Zu gemeinnützigen Einrichtungen → § 4 Nr. 18 Rn. 5. Scientology-Organisationen gehören nicht zu den begünstigten Veranstaltern, weil es an der Verfolgung gemeinnütziger Zwecke fehlt (FG Münster 15 K 5247/87 U, BeckRS 1994, 30928958, aufgehoben durch BFH V R 65/94, BFH/NV 1998, 971 wegen Verfahrensmängeln). Als Berufsverbände kommen insbesondere Gewerkschaften, Arbeitgeberverbände sowie Zusammenschlüsse von Angehörigen bestimmter Berufe (zB Anwaltsverein, Ärztebund) in Betracht. Zur Begriffsbestimmung siehe auch BFH V R 48/85, UR 1989, 245, betr. Wirtschaftsrat der CDU.

4. Begünstigte Leistungen

4 Begünstigte Leistungen sind nur Veranstaltungen wissenschaftlicher oder belehrender Art. Hierzu gehören auch Kurse zur Erlangung handwerklicher oder technischer Fertigkeiten (zB Schreibmaschinenkurse), denn auch diese Fertigkeiten werden erlernt (*Oelmaier* in Sölch/Ringleb § 4 Nr. 22 Rn. 18; aA *P/M* § 4 Rn. 596). Dementsprechend sieht die FVerw auch die Erteilung von Sportunterricht durch Sportvereine (zB Schwimm-, Tennis-, Segelunterricht) als Veranstaltung belehrender Art an (UStAE 4.22.1). Nicht dazu gehören Unterhaltungsveranstaltungen, Reisen und dgl. Der BFH sieht es als ernstlich zweifelhaft an, ob die Durchführung eines **Fahr-**

sicherheitstrainings „Schul- oder Hochschulunterricht" iSv § 4 Nr. 22 Buchst. a, Art. 132 Abs. 1 Buchst. i MwStSystRL sein kann (BFH V B 33/12, DStR 2012, 1856).

Bei richtlinienkonformer Auslegung des § 4 Nr. 22 Buchst. a sind nicht alle Kurse zur Erlernung von Fähigkeiten oder Fertigkeiten „wissenschaftlicher oder belehrender Art" iSd Vorschrift, sondern nur solche Kurse, die als Erziehung von Kindern und Jugendlichen, als Schul- oder Hochschulunterricht, als Ausbildung, Fortbildung oder berufliche Umschulung zu qualifizieren sind. Kurse, die der Freizeitgestaltung dienen, gehören nicht dazu (BFH V R 53/04, UR 2007, 70 zu Tanzkursen mit Anm. *Jacobs* UR 2007, 45). 5

Eng verbunden mit dem Unterricht und deshalb steuerfrei nach Art. 132 Abs. 1 MwStSystRL sind Dienstleistungen und Lieferungen nur dann, wenn sie tatsächlich als Nebenleistungen zum Unterricht, der die Hauptleistung ist, erbracht werden. Danach gelten für die Frage, ob ein eng verbundener Umsatz vorliegt, dieselben Grundsätze wie im Verhältnis zwischen Haupt- und Nebenleistungen. Maßgeblich für die Steuerfreiheit als eng verbundener Umsatz ist deshalb, dass der Umsatz keinen eigenen Zweck erfüllt, sondern das Mittel darstellt, um die Hauptleistung unter den bestmöglichen Bedingungen zu erhalten. Die Steuerbefreiung ist nach Art. 132 Abs. 1 Buchst. b MwStSystRL ausgeschlossen, wenn sie zur Ausübung der Tätigkeiten, für die Steuerbefreiung gewährt wird, nicht unerlässlich sind oder sie im Wesentlichen dazu bestimmt sind, der Einrichtung zusätzliche Einnahmen durch Tätigkeiten zu verschaffen, die in unmittelbarem Wettbewerb mit Tätigkeiten von der Mehrwertsteuer unterliegenden gewerblichen Unternehmen stehen (EuGH C-434/05, BFH/NV Beilage 2007, 389 – Horizon College). 6

Bei Zugrundelegung dieser Grundsätze ist die **entgeltliche Forschungstätigkeit** staatlicher Hochschulen nicht als eng mit dem Hochschulunterricht verbundene Dienstleistung steuerfrei, weil sie für den Hochschulunterricht nur nützlich, nicht aber unverzichtbar ist (EuGH C-287/00, Slg. 2002, I-5811 Rn. 47 ff. – Kommission/Deutschland). 7

Die Beherbergung und Verpflegung von Seminarteilnehmern ist im Allgemeinen nicht als mit der Aus- und Fortbildung eng verbundene Dienstleistung oder als Nebenleistung zur Aus- oder Fortbildung nach § 4 Nr. 22 Buchst. a steuerfrei. Es handelt sich nicht um eine für die Aus- oder Fortbildung unerlässliche Leistung, sondern um eine hierfür nur nützliche Maßnahme, die vorrangig dazu dient, den Komfort und das Wohlbefinden bei der Inanspruchnahme der Bildungsmaßnahme zu steigern (BFH V R 14/11, BStBl. II 2012, 630). Die **Verpflegung** von Seminarteilnehmern ist allenfalls bei geringfügigen Verpflegungsleistungen nach § 4 Nr. 22 Buchst. a steuerfrei (BFH V R 12/10, BStBl. II 2011, 303).

Ob die Erteilung von **Sportunterricht** durch Sportvereine (zB Schwimm-, Tennis- und Segelunterricht) eine Veranstaltung belehrender Art iSv § 4 Nr. 22 Buchst. a sein kann, ist noch nicht abschließend geklärt. Die Verwaltung bejaht das (vgl. UStAE 4.22.1 Abs. 4); der BFH hat die Frage, bisher offengelassen (BFH V R 53/04, BStBl. II 2007, 16; XI R 21/09, DStR 2011, 1179). 8

5. Überwiegende Kostendeckung

Überwiegende Kostendeckung bedeutet, dass die Einnahmen aus den begünstigten Veranstaltungen zu mehr als 50% zur Deckung der Kosten verwendet werden müssen. Dabei kommt es auf jede einzelne Veranstaltung bzw. Veranstaltungsreihe an (vgl. *Oelmaier* in Sölch/Ringleb § 4 Nr. 22 Rn. 26). 9

6. Andere kulturelle und sportliche Veranstaltungen (§ 4 Nr. 22 Buchst. b)

10 Andere kulturelle und sportliche Veranstaltungen durch die in → Rn. 3 genannten Träger sind nach § 4 Nr. 22 Buchst. b befreit, soweit das Entgelt in Teilnehmergebühren besteht. Es handelt sich zB um Musikwettbewerbe, Trachtenfeste und Sportwettkämpfe. Teilnehmergebühren sind nur die Entgelte, die die aktiven Teilnehmer zu entrichten haben, nicht die Eintrittsgelder der Zuschauer, auch nicht die von Sportverbänden erhobenen Gebühren für die Genehmigung von Sportveranstaltungen oder Ausstellung von Sportausweisen (UStAE 4.22.2). Zum Umfang der Teilnehmergebühren siehe auch FG München 3 K 3670/89, BeckRS 1991, 31030588 mAnm *Spetzler* UVR 1991, 276.

11 „Sportliche Veranstaltung" ist eine organisatorische Maßnahme eines Sportvereins, die es aktiven Sportlern ermöglicht, Sport zu treiben. Eine bestimmte Organisationsform oder -struktur schreibt das Gesetz nicht vor (BFH R 4/13, DStR 2014, 1539). Die untere Grenze der sportlichen Veranstaltung ist erst unterschritten, wenn die Maßnahme nur eine Nutzungsüberlassung von Sportgegenständen bzw. -anlagen oder bloß eine konkrete Dienstleistung, wie zB die Beförderung zum Ort der sportlichen Betätigung oder ein spezielles Training für einzelne Sportler, zum Gegenstand hat (BFH XI R 21/09, DStR 2011, 1179; V R 27/04, BFHE 217, 314; V R 69/06, UR 2008, 153; V R 74/07, BFH/NV 2008, 1631). Die Vermietung von Sportstätten (auf kurze Dauer) schafft lediglich die Voraussetzungen für sportliche Veranstaltungen (BFH V R 69/06, BFHE 219, 287; V B 264/07, BFH/NV 2009, 430; BFHE 181, 222, BStBl. II 1997, 154; vgl. auch BFH V R 30/99, DStR 2000, 1256 zur Benutzung einer Eisbahn sowie V R 27/04, DStR 2007, 1719 zur Nutzungsüberlassung von Flugzeugen; zur Hallenvermietung BFH V B 264/07, BFH/NV 2009, 430).

12 Der Begriff der sportlichen Veranstaltung in § 4 Nr. 22 Buchst. b knüpft an den in § 67 a AO an und setzt damit Art. 132 Abs. 1 Buchst. m MwStSystRL **nicht zutreffend** um (BFH V R 4/13, DStR 2014, 1539; V R 27/04, DStR 2007, 1719 zu Art. 13 Teil A Abs. 1 Buchst. m 6. EG-RL).

13 Nach Art. 132 Abs. 1 Buchst. m MwStSystRL sind Umsätze von Sportvereinen ohne Gewinnstreben als im öffentlichen Interesse liegende Umsätze befreit, sofern sie in engem Zusammenhang mit Sport und Körperertüchtigung stehen, zur Ausübung der steuerbefreiten Tätigkeit, dh von Sport oder von Körperertüchtigung, unerlässlich sind und an Personen erbracht werden, die Sport oder Körperertüchtigung ausüben (vgl. EuGH C-253/07, BFH/NV 2009, 108 – Canterbury Hockey Club; BFH V R 54/09, BStBl. II 2011, 191; EuGH C-246/04, UR 2006, 224 – Turn- und Sportunion Waldburg; C-150/99, UR 2001, 153 – Stockholm Lindöpark; C-174/00, UR 2002, 320 – Kennemer Golf). Der Begriff „Sport" ist ein autonomer unionsrechtlicher Begriff, der sich auf Sport und Körperertüchtigung im Allgemeinen bezieht und nicht auf bestimmte Arten von Sport beschränkt ist (EuGH C-18/12, DStR 2013, 407 – Zamberk). Die Steuerbefreiung setzt unionsrechtlich nicht voraus, dass die sportliche Betätigung auf einem bestimmten Niveau, beispielsweise auf professionellem Niveau, oder in einer bestimmten Art und Weise, nämlich regelmäßig oder organisiert oder im Hinblick auf die Teilnahme an sportlichen Wettkämpfen, ausgeübt wird, soweit die Ausübung dieser Tätigkeit nicht rein im Rahmen von Erholung oder Unterhaltung stattfindet (EuGH C-18/12, DStR 2013, 407 – Zamberk). Eine Auslegung dieser Vorschrift, die den Anwendungsbereich der in ihr vorgesehenen Steuerbefreiung auf organisiert, planmäßig oder mit dem Ziel der Teilnahme an Sportwettkämpfen ausgeübte sportliche Betätigungen beschränkt, steht nach der Rspr. des EuGH der unionsrechtlichen Zielsetzung der Steuerbefreiung entgegen.

Von der Steuerbefreiung des Art. 132 Abs. 1 Buchst. m MwStSystRL wird es auch umfasst, wenn eine ohne Gewinnstreben tätige Einrichtung, die einen Golfplatz betreibt und mitgliedschaftlich verfasst ist, Nichtmitgliedern der Einrichtung als Gast das Recht gewährt, diesen Platz gegen **Greenfee** zu benutzen (EuGH C-495/12, MwStR 2014, 61 – Bridport Golf Club mAnm *Grube*). **14**

Dabei müssen die befreiten Leistungen nicht zwingend unmittelbar an die Sportler erbracht werden. Es genügt, wenn die befreiten Leistungen an einen Sportverein ausgeführt werden (EuGH C-253/07, BFH/NV 2009, 108 – Canterbury Hockey Club; BFH V R 54/09, BStBl. II 2011, 191). Als Beispiele hierfür nennt der EuGH die Überlassung von Sportstätten oder die Zurverfügungstellung eines Schiedsrichters. Als Beispiel für Leistungen, die die genannten Voraussetzungen nicht erfüllen, nennt er Beratungen im Bereich des Marketings und der Gewinnung von Sponsoren. Die Einbeziehung solcher Leistungen in die Befreiung, die nicht ihrer Art nach als solche den Sportlern zugute kommen, sondern lediglich Voraussetzung dafür sind, dass solche Leistungen, die ihrer Art nach tatsächlich den Sportlern zugute kommen, erbracht werden können, ist deshalb, wenn sie sich nicht allein durch die spezifischen Bedingungen für die Ausübung des Sports charakterisieren lassen, nicht unerlässlich (BFH V R 54/09, BStBl. II 2011, 191). Danach wird zB die **Verwaltung** von Sporthallen nicht von der Befreiung erfasst (BFH V R 54/09, BStBl. II 2011, 191). **15**

Zur Erteilung von Sportunterricht durch Sportvereine vgl. → Rn. 8. **16**

§ 4 Nr. 23 (Versorgung von Jugendlichen zu Erziehungs- und Ausbildungszwecken)

Von den unter § 1 Abs. 1 Nr. 1 fallenden Umsätzen sind steuerfrei:

23. die Gewährung von Beherbergung, Beköstigung und der üblichen Naturalleistungen durch Einrichtungen, wenn sie überwiegend Jugendliche für Erziehungs-, Ausbildungs- oder Fortbildungszwecke oder für Zwecke der Säuglingspflege bei sich aufnehmen, soweit die Leistungen an die Jugendlichen oder an die bei ihrer Erziehung, Ausbildung, Fortbildung oder Pflege tätigen Personen ausgeführt werden. [2]Jugendliche im Sinne dieser Vorschrift sind alle Personen vor Vollendung des 27. Lebensjahres. [3]Steuerfrei sind auch die Beherbergung, Beköstigung und die üblichen Naturalleistungen, die diese Unternehmer den Personen, die bei den Leistungen nach Satz 1 tätig sind, als Vergütung für die geleisteten Dienste gewähren. [4]Die Sätze 1 bis 3 gelten nicht, soweit eine Leistung der Jugendhilfe des Achten Buches Sozialgesetzbuch erbracht wird;

EU-Recht: Art. 132 Abs. 1 Buchst. h, i, Art. 133 MwStSystRL (Art. 13 Teil A Abs. 1 Buchst. h, i, Abs. 2 6. EG-RL)
UStAE: 4.23.1

Übersicht

1. Normzweck

1 Die Vorschrift ist durch das JStG 2008 (BGBl. 2007 I 3150) geändert worden (vgl. → Rn. 3 und 7). Die Befreiungsvorschrift soll Einrichtungen im Bereich der Jugenderziehung und Ausbildung zugute kommen und ist dadurch gekennzeichnet, dass Jugendliche zu Erziehungs-, Ausbildungs- oder Fortbildungszwecken bei sich aufgenommen werden und im Rahmen dieses Unternehmens aufgrund der Aufnahme Leistungen der Beherbergung, Beköstigung und Naturalleistungen anfallen (vgl. BFH V R 47/07, BStBl. II 2009, 677; V R 66/06, BFHE 223, 381; V R 127/84, BStBl. II 1989, 912). Die Befreiung führt zum Verlust des Vorsteuerabzugs. Auf sie kann nicht nach § 9 verzichtet werden.

2 § 4 Nr. 23 setzt eine „Aufnahme bei sich" für Erziehungs-, Ausbildungs- oder Fortbildungszwecke voraus. Die Steuerbefreiung beruht im Wesentlichen auf der Neufassung des § 4 Nr. 13 durch das Zweite Gesetz zur Änderung des Umsatzsteuergesetzes vom 30.7.1952 (BGBl. 1952 I 393). Sie sollte die bereits bestehende Umsatzsteuerbegünstigung dahingehend erweitern, dass diese auch Schullandheimen und anderen mit Schul- und Erziehungsmaßnahmen in Zusammenhang stehenden Einrichtungen und damit umfassend Einrichtungen im Bereich der Jugenderziehung und -ausbildung zugute kommen (vgl. BFH V R 35/07, BStBl. II 2009, 1032; V R 66/06, BFHE 223, 381).

3 Mit der Vorschrift wird Art. 132 Abs. 1 Buchst. g–i MwStSystRL nicht zutreffend umgesetzt. Es handelt sich eigentlich um gar keine Umsetzung, weil lediglich das alte deutsche Umsatzsteuerrecht auch unter der Geltung des Unionsrechts fortgeführt wird. Es stellt sich deshalb die Frage, ob § 4 Nr. 23 überhaupt noch einer richtlinienkonformen Auslegung zugänglich ist (BFH V R 35/07, BStBl. II 2009, 1032; V R 66/06, BFHE 223, 381; V R 32/03, BStBl. II 2005, 900; V R 57/05, UR 2007, 108).

2. Begünstigte Unternehmer

4 Begünstigte Unternehmer sind nach Art. 132 Abs. 1 Buchst. h MwStSystRL Einrichtungen des öffentlichen Rechts oder andere von dem betreffenden Mitgliedstaat als Einrichtungen mit sozialem Charakter anerkannte Einrichtungen (BFH V R 35/07, BStBl. II 2009, 1032; vgl. auch BFH V R 66/06, BFHE 223, 381; BFH V R 2/06, BStBl. II 2008, 634 zu Art. 13 Teil A Abs. 1 Buchst. h 6. EG-RL).

5 Der EuGH schien zunächst nur juristische Personen als Einrichtungen idS anzusehen (EuGH C-453/93, UR 1995, 476 – Bulthuis-Griffioen mit Anm. *Lohse*). Durch das Urteil C-216/97 (UR 1999, 419 – Gregg) hat der EuGH aber klargestellt, dass Art. 132 Abs. 1 MwStSystRL (Art. 13 Teil A Abs. 1 6. EG-RL) dahingehend auszulegen ist, dass der in den Buchst. b, g dieser Bestimmung enthaltene Begriff der „Einrichtung" natürliche Personen, die ein Unternehmen betreiben, nicht von der Steuerbefreiung ausschließt. Diese nunmehr gefestigte Rspr. des EuGH hat der Gesetzgeber zum Anlass genommen, durch das JStG 2008 (BGBl. 2007 I 3150) den bisher im Gesetz verwendeten Begriff „Personen" zu streichen. Diese Auslegung des Begriffs der Einrichtung aus Art. 132 Abs. 1 Buchst. b, g MwStSystRL (Art. 13 Teil A Abs. 1 Buchst. b, g 6. EG-RL) gilt auch für den Einrichtungsbegriff des Art. 132 Abs. 1 Buchst. g und h MwStSystRL (Art. 13 Teil A Abs. 1 Buchst. g und h 6. EG-RL) und damit den des § 4 Nr. 23 (EuGH C-498/03, UR 2005, 453 – Kingscrest und Montecello; C-415/04, UR 2006, 470 – Stichting Kinderopvang Enschede).

3. Aufnahme von Jugendlichen

6 Grundvoraussetzung ist, dass der Unternehmer die Jugendlichen zum Zweck der Erziehung usw. aufgenommen hat. Der **Begriff der Aufnahme** umfasst ein Moment der Obhut und Betreuung (BFH V R 35/07, BStBl. II 2009, 1032). Deshalb

kommt § 4 Nr. 23 für Unternehmer, die lediglich eine Mensa oder eine Kantine in einer Ausbildungseinrichtung betreiben, nicht in Betracht (BFH V R 55/85, UR 1991, 54). Dem **Unternehmer selbst** muss die Erziehung, Ausbildung oder Fortbildung der aufgenommenen Jugendlichen obliegen (UStAE 4.23.1). Er muss die Erziehungs-, Ausbildungs- oder Fortbildungszwecke zwar nicht allein verfolgen; es reicht aber nicht aus, dass sie lediglich von einem Dritten verfolgt werden (BFH V R 47/07, BStBl. II 2009, 677; V R 57/05, BStBl. II 2007, 846; V R 32/03, BStBl. II 2005, 900; V R 26/99, BStBl. II 2001, 691). Es ist auch nicht erforderlich, dass die Jugendlichen Unterkunft während der Nachtzeit und volle Verpflegung erhalten (BFH V 102/61 U, BStBl. III 1964, 110).

4. Aufnahmezweck

Aufnahmezweck müssen Erziehung, Ausbildung oder Fortbildung von Jugend- 7
lichen oder Säuglingspflege sein. Dabei geht es nicht nur um den beruflichen Bereich, sondern um die gesamte geistige, sittliche und körperliche (zB auch sportliche) **Erziehung und Fortbildung** von Jugendlichen (vgl. BFH II R 107/68, BStBl. II 1975, 389). § 4 Nr. 23 schreibt zwar eine bestimmte Aufnahmedauer nicht vor. Es genügt deshalb, wenn die Aufnahme solange andauert, dass der im Gesetz vorausgesetzte Erziehungszweck erreicht werden kann. Abzugrenzen ist die Aufnahme zu Erziehungs-, Ausbildungs- oder Fortbildungszwecken aber von Leistungen der Beherbergung und Verköstigung während eines kurzfristigen Urlaubsaufenthalts mit Freizeitangebot und Freizeitgestaltung, die die im Gesetz vorausgesetzte „Aufnahme zu Erziehungs-, Ausbildungs- und Fortbildungszwecken“ jedenfalls nicht erfüllen (BFH V R 35/07, BStBl. II 2009, 1032; V R 66/06, BFHE 223, 381; V R 66/06, BFHE 223, 381). Bei Kindergärten uÄ nimmt die FVerw einen Erziehungszweck an, wenn die Aufnahmedauer mindestens einen Monat beträgt (UStAE 4.23.1). Das Gesetz zieht die Grenze der Jugendlichen sehr weit (bis 27 Jahre).

Bei der **Beurteilung des Überwiegens** ist zweistufig zu verfahren: Bzgl. des ein- 8
zelnen Jugendlichen ist auf die Summe der begünstigten Zwecke abzustellen, so dass es zB ausreicht, wenn ein Jugendlicher zu 30% zu Erziehungs- und zu 30% zu Ausbildungszwecken aufgenommen wird. Außerdem muss auch innerhalb eines Veranlagungszeitraums beim begünstigten Unternehmer die Aufnahme von Jugendlichen zu begünstigten Zwecken insgesamt überwiegen. Hat zB ein Erholungsheim in einem Jahr 10.000 Übernachtungen von Lehrlingen einer Berufsschule und 11.000 Übernachtungen von Ferienkindern, kommt § 4 Nr. 23 nicht in Betracht. Dagegen stellt der BFH (V R 127/84, BStBl. II 1989, 912) darauf ab, ob von den für Erziehungs-, Ausbildungs- oder Fortbildungszwecke aufgenommenen Personen die Mehrzahl Jugendliche sind; das wird dem Wortlaut der Vorschrift nicht gerecht.

5. Begünstigte Leistungen

Begünstigte Leistungen sind Beherbergung, Beköstigung und die üblichen Natu- 9
ralleistungen. Beherbergung ist jede Art von Unterkunftsgewährung, die die Voraussetzungen der Aufnahme iSv → Rn. 4 erfüllt. Übliche Naturalleistungen sind nicht als Nebenleistungen zu verstehen, sondern es handelt sich um alle regelmäßig vorkommenden Leistungen (BFH V 102/61 U, BStBl. III 1964, 110). Dabei ist auf das **konkrete Obhutsverhältnis** abzustellen. Die Üblichkeit von Naturalleistungen wird in dem Maße zunehmen, in dem der Jugendliche in die Obhut des Unternehmers genommen ist, zB bei ganzjährigem Heimaufenthalt wesentlich umfassender sein als beim Kindergartenbesuch (vgl. NdsFG V 87/77, BeckRS 1978, 00964, rkr, betreffend Lieferungen von Kleidung und Büchern an Heimkinder). Zur umsatzsteuerrechtlichen Behandlung von Schulspeisungen vgl. FM LSA 27.11.1996, UR 1997, 484; *Berndt* UR 1997, 449.

10 Der durch das JStG 2008 (BGBl. 2007 I 3150) eingefügte Satz 4 regelt, dass die Steuerbefreiung nicht gilt, soweit eine Leistung der Jugendhilfe des SGB VIII erbracht wird. Die Leistungen nach § 2 Abs. 2 SGB VIII und die Inobhutnahme nach § 42 SGB VIII sind unter den Voraussetzungen des § 4 Nr. 25 steuerfrei.

6. Leistungsempfänger

11 Leistungsempfänger müssen entweder die Jugendlichen selbst oder die mit deren Ausbildung beschäftigten Personen oder das zur Erbringung der begünstigten Leistungen eingesetzte Haus- oder Hilfspersonal sein. Das Personal braucht nicht in einem Arbeitsverhältnis zum Unternehmer zu stehen, so dass zB auch die Leistungen an Zivildienstleistende begünstigt sind. Vgl. auch → § 4 Nr. 18 Rn. 4.

7. Unionsrecht

12 Die Untätigkeit des Gesetzgebers hat dazu geführt, dass die Rechtsentwicklung an der Vorschrift vorbeigezogen ist. Der BFH geht von der Möglichkeit der unmittelbaren Berufung auf Art. 13 Teil A Abs. 1 Buchst. i 6. EG-RL aus und wendet im Wirkungsbereich dieser Regelung § 4 Nr. 23 praktisch nicht an (BFH V R 35/07, BStBl. II 2009, 1032; vgl. auch BFH V R 66/06, BFHE 223, 381 und V R 2/06, BStBl. II 2008, 634). Nach Art. 132 Abs. 1 Buchst. h MwStSystRL befreien die Mitgliedstaaten die eng mit der Kinder- und Jugendbetreuung verbundenen Dienstleistungen und Lieferungen von Gegenständen durch Einrichtungen des öffentlichen Rechts oder andere von dem betreffenden Mitgliedstaat als Einrichtung mit sozialem Charakter anerkannten Einrichtungen von der Mehrwertsteuer. Diese Befreiung setzt, wenn die befreiten Leistungen nicht von einer Einrichtung des öffentlichen Rechts erbracht werden, die Anerkennung durch den betreffenden Mitgliedstaat voraus.

13 Mit der unionsrechtlichen Regelung soll gewährleistet werden, dass der Zugang zum Hochschulunterricht nicht durch höhere Kosten versperrt wird, die entstünden, wenn dieser oder die mit ihm eng verbundenen Dienstleistungen und Lieferungen von Gegenständen der Mehrwertsteuer unterworfen wären (EuGH C-287/00, UR 2002, 316 – Kommission/Deutschland; BFH V R 57/05, UR 2007, 108). Eng mit dem Hochschulunterricht verbunden sind nicht nur Vermietungsleistungen an Studenten (BFH V R 32/03, BStBl. II 2005, 900), sondern auch Verpflegungsleistungen an Studenten durch Studentenwerke, denen als Anstalt des öffentlichen Rechts im Zusammenwirken mit den Hochschulen die soziale Betreuung und Förderung der Studenten obliegt. Auch Leistungen an Bedienstete, die mit dieser Aufgabe betraut sind, können unter die Befreiung fallen (BFH V R 57/05, UR 2007, 108).

§ 4 Nr. 24 (Jugendherbergswerk)

Von den unter § 1 Abs. 1 Nr. 1 fallenden Umsätzen sind steuerfrei:

24. die Leistungen des Deutschen Jugendherbergswerkes, Hauptverband für Jugendwandern und Jugendherbergen e. V., einschließlich der diesem Verband angeschlossenen Untergliederungen, Einrichtungen und Jugendherbergen, soweit die Leistungen den Satzungszwecken unmittelbar dienen oder Personen, die bei diesen Leistungen tätig sind, Beherbergung, Beköstigung und die üblichen Naturalleistungen als Vergütung für die geleisteten Dienste gewährt werden. [2]Das Gleiche gilt für die Leistungen anderer Vereinigungen, die gleiche Aufgaben unter denselben Voraussetzungen erfüllen;

EU-Recht: Art. 132 Abs. 1 Buchst. h, Art. 133 MwStSystRL (Art. 13 Teil A Abs. 1 Buchst. h, Abs. 2 6. EG-RL)
UStAE: 4.24.1

Die Befreiung dient der Jugendförderung im weiteren Sinne. Sie führt zum Verlust des Vorsteuerabzugs. Ein Verzicht ist nicht möglich. 1

Begünstigte Unternehmer sind neben dem DJH-Hauptverband sämtliche Untergliederungen (Landes-, Kreis- und Ortsverbände), angeschlossene Träger von Jugendherbergen sowie Jugendherbergspächter. Soweit angestellte Leiter von Jugendherbergen einen Teil der Leistungen auf eigene Rechnung erbringen (zB Küchenbewirtschaftung), sind sie befreit, wenn die Preise den in Jugendherbergen üblichen Rahmen nicht übersteigen. Die Steuerbefreiung gilt auch für andere Vereinigungen, die gleiche Aufgaben unter denselben Voraussetzungen erfüllen. Dabei handelt es sich insbesondere um den Touristenverein „Die Naturfreunde" und seine Untergliederungen. 2

Begünstigte Leistungen sind die Beherbergung und Beköstigung in Jugendherbergen, die Lieferung von Zusatzverpflegung (Kantinenware), die Durchführung von Wanderfahrten usw. (vgl. zu Einzelheiten BFH V R 32/03, UR 1995, 481 und UStAE 4.24.1). 3

Leistungsempfänger können insbesondere Jugendliche bis zu 27 Jahren, Leiter von Jugendgruppen und wandernde Familien mit Kindern sein. Geringfügige Abweichungen von diesem Personenkreis sind unschädlich (UStAE 4.24.1). Außerdem sind auch Sachleistungen an das Personal von Jugendherbergen befreit. Es gilt Entsprechendes wie zu § 4 Nr. 23 Rn. 8. 4

§ 4 Nr. 25 (Einrichtungen der Jugendhilfe)

Von den unter § 1 Abs. 1 Nr. 1 fallenden Umsätzen sind steuerfrei:

25. Leistungen der Jugendhilfe nach § 2 Abs. 2 des Achten Buches Sozialgesetzbuch und die Inobhutnahme nach § 42 des Achten Buches Sozialgesetzbuch, wenn diese Leistungen von Trägern der öffentlichen Jugendhilfe oder anderen Einrichtungen mit sozialem Charakter erbracht werden. ²Andere Einrichtungen mit sozialem Charakter im Sinne dieser Vorschrift sind

a) von der zuständigen Jugendbehörde anerkannte Träger der freien Jugendhilfe, die Kirchen und Religionsgemeinschaften des öffentlichen Rechts sowie die amtlich anerkannten Verbände der freien Wohlfahrtspflege,

b) Einrichtungen, soweit sie

aa) für ihre Leistungen eine im Achten Buch Sozialgesetzbuch geforderte Erlaubnis besitzen oder nach § 44 oder § 45 Abs. 1 Nr. 1 und 2 des Achten Buches Sozialgesetzbuch einer Erlaubnis nicht bedürfen,

bb) Leistungen erbringen, die im vorangegangenen Kalenderjahr ganz oder zum überwiegenden Teil durch Träger der öffentlichen Jugendhilfe oder Einrichtungen nach Buchstabe a vergütet wurden oder

cc) Leistungen der Kindertagespflege erbringen, für die sie nach § 23 Absatz 3 des Achten Buches Sozialgesetzbuch geeignet sind.

³Steuerfrei sind auch

a) die Durchführung von kulturellen und sportlichen Veranstaltungen, wenn die Darbietungen von den von der Jugendhilfe begünstigten Personen selbst erbracht oder die Einnahmen überwiegend zur Deckung der Kosten verwendet werden und diese Leistungen in engem Zusammenhang mit den in Satz 1 bezeichneten Leistungen stehen,

b) die Beherbergung, Beköstigung und die üblichen Naturalleistungen, die diese Einrichtungen den Empfängern der Jugendhilfeleistungen

und Mitarbeitern in der Jugendhilfe sowie den bei den Leistungen nach Satz 1 tätigen Personen als Vergütung für die geleisteten Dienste gewähren,

c) Leistungen, die von Einrichtungen erbracht werden, die als Vormünder nach § 1773 des Bürgerlichen Gesetzbuchs oder als Ergänzungspfleger nach § 1909 des Bürgerlichen Gesetzbuchs bestellt worden sind, sofern es sich nicht um Leistungen handelt, die nach § 1835 Absatz 3 des Bürgerlichen Gesetzbuchs vergütet werden;

EU-Recht: Art. 132 Abs. 1 Buchst. h, m, n, Art. 133 MwStSystRL (Art. 13 Teil A Abs. 1 Buchst. h, m, n, Abs. 2 6. EG-RL)
UStAE: 4.25.1, 4.25.2

Übersicht

1. Normzweck

1 **a) Rechtsentwicklung.** Das UStG 1980 hat redaktionelle Änderungen vorgenommen und sportliche Veranstaltungen mit einbezogen. Durch das StÄndG 1992 sind § 4 Nr. 25 S. 1 und 2 in Anpassung an das Kinder- und JugendhilfeG neu gefasst worden. Durch das JStG 2008 (BGBl. 2007 I 3150) ist § 4 Nr. 25 vollkommen neu gefasst worden.

2 Die Neuregelung durch das AmtshilfeRLUmsG v. 26.6.2013 (BGBl. 2013 I 1809) in § 4 Nr. 25 S. 3 Buchst. c sieht die Steuerbefreiung numehr auch für Leistungen vor, die von Einrichtungen erbracht werden, die als Vormünder nach § 1773 BGB oder als Ergänzungspfleger nach § 1909 BGB bestellt worden sind, sofern es sich nicht um Leistungen handelt, die nach § 1835 Abs. 3 BGB vergütet werden. Im Gleichklang mit der Einführung des neuen § 4 Nr. 16 S. 1 Buchst. k (vgl. → § 4 Nr. 16 Rn. 21 a) sollen aus Gründen der Gleichbehandlung auch die Leistungen, die von Einrichtungen erbracht werden, die als Vormünder nach § 1773 BGB oder als Ergänzungspfleger nach § 1909 BGB bestellt worden sind, nach § 4 Nr. 25 S. 3 Buchst. c von der Umsatzsteuer befreit werden. Keine steuerfreien Tätigkeiten werden danach bei den weiteren Pflegschaften des BGB ausgeübt. Die Abwesenheitspflegschaft (§ 1911 BGB) und die Nachlasspflegschaft (§ 1960f. BGB) sowie die Sammlungspflegschaft (§ 1914 BGB) betreffen nur das Vermögen. Die Pflegschaft für einen unbekannten Beteiligten nach § 1913 BGB dürfte in der Regel ebenfalls das Vermögen betreffen; das Gleiche gilt für die Pflegschaft für eine Leibesfrucht nach § 1912 BGB. Der Hintergrund der Wahrnehmung von sorgerechtsrelevanten Angelegenheiten schutzbedürftiger Minderjähriger und der spezifisch soziale Charakter entfallen in diesen Fällen. Für diese Tätigkeiten soll deshalb keine Umsatzsteuerbefreiung gewährt werden. Auch Verfahrenspfleger/-beistände üben keine den Betreuern oder Vormündern vergleichbare steuerbefreite Tätigkeit aus, weil sie lediglich in Gerichtsverfahren auftreten und dort die Interessen der betroffenen Personen zur Geltung bringen. Es handelt sich auch nicht um eng mit der Sozialfürsorge und sozialen Sicherheit verbundene Leistungen, weil eine Vertretung vor Gericht keine nach den SGB beschriebene Leistung darstellt (vgl. Bericht des Finanzausschuss des Deutschen Bundestages zum Regierungsentwurf des JStG, in dem die Änderung bereits vorgesehen war, BT-Drs. 17/11220 zu Art. 10 zu Nr. 3 und Buchst. f).

§ 4 Nr. 25 S. 2 Buchst. b Doppelbuchst. cc ist in der Folge der Neufassung des § 24 SGB VIII im Rahmen des Kinderförderungsgesetzes (KiföG) durch das Kroatien-AnpG (BGBl. 2014 I 1266) geändert worden.

b) Systematik. Die Befreiung dient der Förderung der freien und der öffentlichen Jugendhilfe. Sie hat den Verlust des Vorsteuerabzugs zur Folge. Ein Verzicht ist nicht möglich. Mit der Neuregelung der Vorschrift durch das JStG 2008 (BGBl. 2007 I 3150) soll der Veränderung der Leistungen und Angebote im Bereich der Kinder- und Jugendhilfe Rechnung getragen werden. Die Neuregelung soll die Vorgaben des Unionsrechts in Art. 135 Abs. 1 Buchst. g–i MwStSystRL umsetzen. 3

2. Begünstigter Personenkreis

Träger der öffentlichen Jugendhilfe nach § 69 Abs. 1 SGB VIII sind die örtlichen und überörtlichen Träger. Örtliche Träger sind die Kreise und kreisfreien Städte. Wer überörtlicher Träger ist, regelt das Landesrecht. Gemäß § 69 Abs. 3 SGB VIII errichtet jeder örtliche Träger ein Jugendamt, jeder überörtliche Träger ein Landesjugendamt. 4

Den Begriff der „anderen Einrichtung mit sozialem“ Charakter hat der Gesetzgeber unmittelbar Art. 135 Abs. 1 Buchst. h MwStSystRL entnommen. Auf der Grundlage der den Mitgliedstaaten eingeräumten Befugnis erkennt der deutsche Gesetzgeber an: 5

- von der zuständigen Jugendbehörde anerkannte Träger der freien Jugendhilfe, die Kirchen und Religionsgemeinschaften des öffentlichen Rechts sowie die amtlich anerkannten Verbände der freien Wohlfahrtspflege;

  bestimmte weitere Einrichtungen soweit sie
- für ihre Leistungen eine im SGB VIII geforderte Erlaubnis besitzen. Insoweit handelt es sich um die Erlaubnistatbestände des § 43 (Erlaubnis zur Kindertagespflege), § 44 Abs. 1 S. 1 (Erlaubnis zur Vollzeitpflege), § 45 Abs. 1 S. 1 (Erlaubnis für den Betrieb einer Einrichtung, in der Kinder oder Jugendliche ganztägig oder für einen Teil des Tages betreut werden oder Unterkunft erhalten) und § 54 (Erlaubnis zur Übernahme von Pflegschaften oder Vormundschaften durch rechtsfähige Vereine). Zur Rechtslage vor der Änderung des § 4 Nr. 25 durch das JStG 2008 vgl. BFH V R 55/14, BFHE 253, 466;
- für ihre Leistungen einer Erlaubnis gemäß SGB VIII nicht bedürfen, und zwar in bestimmten Fällen der Vollzeitpflege gemäß § 44 Abs. 1 und 2 sowie in den Fällen des Betriebs einer Einrichtung gemäß § 45, allerdings nur, wenn es sich um eine Jugendfreizeiteinrichtung, eine Jugendausbildungseinrichtung, eine Jugendherberge oder ein Landschulheim iSd § 45 Abs. 1 S. 2 Nr. 1 oder um ein landesgesetzlich der Schulaufsicht unterstehendes Schülerheim iSd § 45 Abs. 1 S. 2 Nr. 2 handelt. Ausgenommen sind somit die Einrichtungen iSd § 45 Abs. 1 Satz Nr. 3, die außerhalb der Jugendhilfe liegende Aufgaben für Kinder oder Jugendliche wahrnehmen;
- Leistungen erbringen, die im vorangegangenen Kalenderjahr ganz oder zum überwiegenden Teil durch Träger der öffentlichen Jugendhilfe (§ 69 SGB VIII) oder anerkannte Träger der freien Jugendhilfe (§ 75 SGB VIII) vergütet wurden. Eine eventuelle Kostenbeteiligung der Eltern ist insoweit nicht zu berücksichtigen. Der BFH legt § 4 Nr. 25 Buchst. b Doppelbuchst. bb unionsrechtskonform dahingehend aus, dass eine Vergütung durch Träger der öffentlichen Jugendhilfe nicht nur im Falle einer unmittelbaren, sondern auch bei einer nur mittelbaren (durchgeleiteten) Kostentragung vorliegt (BFH V R 46/15, BFHE 254, 272);
- Leistungen der Kindertagespflege erbringen, für die sie nach § 24 Abs. 5 SGB VIII vermittelt werden können. Da der Befreiungstatbestand insoweit allein darauf abstellt, dass die Einrichtung für die Kindertagespflege vermittelt werden kann, im

Einzelfall also nicht vermittelt werden muss, greift die Steuerbefreiung somit auch in den Fällen, in denen die Leistung „privat" nachgefragt wird (vgl. BT-Drs. 16/6290).

6 Zu den Leistungen eines selbstständigen **pädagogischen Leiters** und der Wirkung der Betriebserlaubnis nach § 45 SGB VIII vgl. BMF 8.7.2013, BStBl. I 2013, 860.

3. Begünstigte Leistungen

7 Abweichend vom bisherigen § 4 Nr. 25 S. 1 Buchst. c wird nunmehr in § 4 Nr. 25 S. 3 Buchst. a statt auf die „Jugendlichen" auf „die von der Jugendhilfe begünstigten Personen" abgestellt. Damit soll der Tatsache Rechnung getragen werden, dass in die Durchführung von kulturellen und sportlichen Veranstaltungen in Einzelfällen auch Eltern einbezogen sein können. Eine solche Einbeziehung soll für die Steuerbefreiung unschädlich sein, vorausgesetzt die Leistungen stehen in engem Zusammenhang mit den Leistungen der Jugendhilfe. Entsprechendes gilt für § 4 Nr. 25 S. 3 Buchst. b.

8 Die bisherige Legaldefinition von Jugendlichen als „alle Personen vor Vollendung des 27. Lebensjahres" ist weggefallen. Damit soll dem Umstand Rechnung getragen werden, dass Angebote der Jugendarbeit gemäß § 11 Abs. 4 SGB VIII in angemessenem Umfang Personen einbeziehen können, die das 27. Lebensjahr vollendet haben.

4. Unionsrecht

9 Sind die Voraussetzungen des § 4 Nr. 25 nicht erfüllt, kommt ggf. eine unmittelbare Berufbarkeit auf Art. 132 Abs. 1 Buchst. h MwStSystRL in Betracht. Danach sind eng mit der Kinder- und Jugendbetreuung verbundene Dienstleistungen und Lieferungen von Gegenständen durch Einrichtungen des öffentlichen Rechts oder andere von dem betreffenden Mitgliedstaat als Einrichtungen mit sozialem Charakter anerkannte Einrichtungen. Damit knüpft das Unionsrecht an leistungs- und an personenbezogene Voraussetzungen an: Es muss sich um eng mit der Kinder- und Jugendbetreuung verbundene Dienstleistungen handeln und der leistende Unternehmer muss als Einrichtung mit sozialem Charakter anerkannt sein (BFH V R 46/15, BFHE 254, 272 zum **Erziehungsbeistand;** vgl. auch EuGH C-174/11, DStRE 2013, 423 – Zimmermann).

§ 4 Nr. 26 (Ehrenamtliche Tätigkeit)

Von den unter § 1 Abs. 1 Nr. 1 fallenden Umsätzen sind steuerfrei:

26. die ehrenamtliche Tätigkeit,

a) wenn sie für juristische Personen des öffentlichen Rechts ausgeübt wird oder

b) wenn das Entgelt für diese Tätigkeit nur in Auslagenersatz und einer angemessenen Entschädigung für Zeitversäumnis besteht;

UStAE: 4.26.1

Übersicht

1. Normzweck

Die MwStSystRL sieht keine Steuerbefreiung für ehrenamtliche Tätigkeiten vor. 1
Damit ist fraglich, ob § 4 Nr. 26 Buchst. b im Einklang mit dem Unionsrecht steht. Nach einer Protokollerklärung zu Art. 4 der 6. EG-RL steht es den Mitgliedstaaten zwar frei, ehrenamtliche Leistungen von der Steuer zu befreien. Ob das zur Beibehaltung der Befreiung in § 4 Nr. 26 Buchst. b berechtigt, ist aber fraglich und in der Literatur umstritten (bejahend *Kraeusel* in R/K/L § 4 Nr. 26 Rn. 11; *Handzik* in OSL § 4 Nr. 26 Rn. 5; verneinend *Oelmaier* in Sölch/Ringleb § 4 Nr. 26 Rn. 4; vgl. zum Ganzen BFH V R 32/08, BStBl. II 2010, 88). Die ehrenamtliche Tätigkeit verlangt Opfer an Zeit und Arbeitskraft und soll nicht auch noch steuerlich belastet werden. Die Befreiung führt zum Verlust des Vorsteuerabzugs. Auf sie kann nicht verzichtet werden.

2. Begriff der ehrenamtlichen Tätigkeit

Der Begriff der ehrenamtlichen Tätigkeit ist gesetzlich nicht geregelt. Als ehren- 2
amtlich ist eine Tätigkeit anzusehen, die in einem Gesetz als solche bezeichnet wird, die der allgemeine Sprachgebrauch als ehrenamtlich versteht oder die vom materiellen Begriff der Ehrenamtlichkeit umfasst wird (BFH V R 31/11, BFH/NV 2012, 1831; V R 32/08, BStBl. II 2010, 88; XI R 70/07, BStBl. II 2008, 912; X R 7/82, BStBl. II 1988, 384; XI R 86/92, BStBl. II 1994, 773). Der materielle Begriff der Ehrenamtlichkeit setzt das Fehlen eines eigennützigen Erwerbsstrebens, die fehlende Hauptberuflichkeit und den Einsatz für eine fremdnützig bestimmte Einrichtung voraus (BFH V R 32/08, BStBl. II 2010, 88; XI R 70/07, BStBl. II 2008, 912). Die Tätigkeit darf daher nicht Gegenstand eines Hauptberufs sein. Zur Tätigkeit von Rechtsanwälten und pensionierten Richtern in Rechtshilfestellen siehe OFD Koblenz 31.1.1980, DB 1980, 762. Die Tätigkeit von Ruhestandsbeamten in den neuen Bundesländern auf Grund amtlicher Beraterverträge ist nicht ehrenamtlich (vgl. FM Bayern 23.5.1991, BeckVerw 052489). IdR beruht das Ehrenamt auf Wahl oder öffentlicher Bestellung. Hieran fehlt es zB bei der von Fall zu Fall ausgeübten nebenberuflichen Vortragstätigkeit eines Hochschullehrers (siehe FG Nürnberg II 191/82, BeckRS 1989, 07383, rkr). Zur Begriffsbestimmung des Ehrenamts iE siehe BFH X R 7/82, BStBl. II 1988, 384. Keine ehrenamtliche Tätigkeit üben Berufsbetreuer aus. Dasselbe gilt für Betreuungsvereine, deren Hauptzweck die Übernahme von Betreuungen ist und deren Vergütung der von Berufsbetreuern entsprechend (NdsFG 27.5.1999 – V 257/97, nv; vgl. auch NdsFG 1.11.2000 – 5 K 255/98, nv; zu Betreuungen nach dem BetreuungsG vgl. auch BMF 21.9.2000, BStBl. I 2000, 1251aufgehoben durch BMF 22.11.2013, BeckVerw 278545). Auch die Tätigkeit der Mitglieder der Kommission zur Überprüfung von DDR-Vermögen fällt nicht unter die Steuerbefreiung des § 4 Nr. 26. Zu **Nachlasspflegern** vgl. BFH V R 31/11, BFH/NV 2012, 1831.

3. Tätigkeit für juristische Personen des öffentlichen Rechts

Bei der Tätigkeit für juristische Personen döR ist nach § 4 Nr. 26 Buchst. a die Ver- 3
gütung stets steuerfrei, weil davon ausgegangen wird, dass es sich um angemessenen Ersatz für Zeitaufwand und Auslagen handelt. Das gilt aber nur bzgl. der Tätigkeit für den öffentlich-rechtlichen Bereich. Eine Tätigkeit für Betriebe gewerblicher Art ist nach § 4 Nr. 26 Buchst. b zu beurteilen. Zur Abgrenzung siehe BFH V R 70/73, BStBl. II 1974, 528; UStAE 4.26.1. Die Mitwirkung von Rechtsanwälten in Rechtsberatungsdiensten ist nach UStAE 4.26.1 keine ehrenamtliche Tätigkeit, weil sie sich im Rahmen des Hauptberufs abspielt.

4. Die übrigen ehrenamtlichen Tätigkeiten

4 Die übrigen ehrenamtlichen Tätigkeiten sind nur steuerfrei, wenn das Entgelt nur in Auslagenersatz und einer angemessenen Entschädigung für Zeitversäumnis besteht (§ 4 Nr. 26 Buchst. b). Als Auslagen kommen insbesondere Reisekosten, Porto, Telefongebühren usw. in Betracht. Für Reisekosten dürften die einkommensteuerlich anerkannten Pauschsätze die Obergrenze bilden, falls nicht höhere Aufwendungen nachgewiesen werden. Die Angemessenheit der Entschädigung für Zeitverlust richtet sich insbesondere nach der beruflichen Stellung des ehrenamtlich Tätigen (siehe UStAE 4.26.1). Für nach dem 31.12.2012 ausgeführte Umsätze geht die Finanzverwaltung davon aus, dass eine Entschädigung von bis zu 50 EUR pro Stunde als angemessen anzusehen ist, wenn die Vergütung insgesamt den Betrag von 17.500 EUR jährlich nicht übersteigt (UStAE 4.26.1 Abs. 4 in der Fassung durch BMF 2.1.2012, BStBl. I 2012, 59; vgl. auch BMF 21.3.2012, BStBl. I 2012, 344). Es wäre aber idR mit dem Wesen des Ehrenamts nicht vereinbar, eine Vergütung in Höhe des sonst durch Berufstätigkeit in der gleichen Zeit erzielbaren Verdienstes zu zahlen. Die Tätigkeit im Aufsichtsrat einer Volksbank ist nicht ehrenamtlich (BFH V R 32/08, BStBl. II 2010, 88; anders noch BFH V R 33/72, BStBl. II 1972, 844). Dasselbe gilt für **Nachlasspflegschaften,** die in einem Umfang geführt werden, der die Annahme einer beruflichen Tätigkeit rechtfertigt. Die Voraussetzungen einer beruflichen Tätigkeit liegen dabei im Regelfall vor, wenn der Vormund mehr als zehn Vormundschaften führt oder die für die Führung der Vormundschaften erforderliche Zeit voraussichtlich 20 Wochenstunden nicht unterschreitet (BFH V R 31/11, BFH/NV 2012, 1831).

§ 4 Nr. 27 (Personalgestellung durch geistliche Vereinigungen bzw für Land- und Forstwirtschaft)

Von den unter § 1 Abs. 1 Nr. 1 fallenden Umsätzen sind steuerfrei:

27. a) die Gestellung von Personal durch religiöse und weltanschauliche Einrichtungen für die in Nummer 14 Buchstabe b, in den Nummern 16, 18, 21, 22 Buchstabe a sowie in den Nummern 23 und 25 genannten Tätigkeiten und für Zwecke geistigen Beistands,

b) die Gestellung von land- und forstwirtschaftlichen Arbeitskräften durch juristische Personen des privaten oder des öffentlichen Rechts für land- und forstwirtschaftliche Betriebe (§ 24 Abs. 2) mit höchstens drei Vollarbeitskräften zur Überbrückung des Ausfalls des Betriebsinhabers oder dessen voll mitarbeitenden Familienangehörigen wegen Krankheit, Unfalls, Schwangerschaft, eingeschränkter Erwerbsfähigkeit oder Todes sowie die Gestellung von Betriebshelfern an die gesetzlichen Träger der Sozialversicherung;

EU-Recht: zu § 4 Nr. 27 Buchst. a: Art. 132 Abs. 1 Buchst. k MwStSystRL (Art. 13 Teil A Abs. 1 Buchst. k 6. EG-RL)
zu § 4 Nr. 27 Buchst. b: Art. 132 Abs. 1 Buchst. g MwStSystRL (Art. 13 Teil A Abs. 1 Buchst. g 6. EG-RL)
UStAE: 4.27.1, 4.27.2

1. Normzweck

1 § 4 Nr. 27 Buchst. a ist ab 1980 in das UStG aufgenommen worden; die Regelung des Buchst. b durch das StÄndG 1992 (vorher war die Befreiung in § 4 Nr. 7 geregelt). Buchst. a ist durch das KroatienAnpG (BGBl. 2014 I 1266) vollständig neu gefasst worden. In Buchst. b sind durch das JStG 2009 (BGBl. 2008 I 2794) die Haushaltshilfen gestrichen worden. § 4 Nr. 27 Buchst. a soll die privat-rechtlich organisierten geistlichen Genossenschaften und Mutterhäuser den entsprechenden öffentlich-rechtlichen Einrichtungen gleichstellen. § 4 Nr. 27 Buchst. b soll im Ergebnis kleinere land- und forstwirtschaftliche Betriebe, die in Notfällen Aushilfskräfte gestellt bekommen, von der USt auf deren Lohn freistellen (sie könnten diese USt wegen der Pauschalierung nach § 24 nicht als Vorsteuer abziehen). Entsprechendes gilt auch bzgl. der Sozialversicherungsträger, denen derartige Aushilfskräfte zum Einsatz bei Mitgliedern gestellt werden. Die Befreiung führt zum Verlust des Vorsteuerabzugs. Auf sie kann nicht verzichtet werden.

2. Begünstigte Leistungen zu Buchst. a

2 Die Steuerbefreiung erfasst nur die Gestellung von Mitgliedern der genannten Einrichtungen. Die Gestellung von Arbeitnehmern bleibt steuerpflichtig. Die Steuerbefreiung setzt voraus, dass die Personalgestellung für gemeinnützige, mildtätige, kirchliche oder schulische Zwecke erfolgt (vgl. §§ 52–54 AO). In Betracht kommen insbesondere die Gestellung von Schwestern an Krankenhäuser und Altersheime sowie die Gestellung von Ordensangehörigen an Kirchengemeinden, ferner die Gestellung von Lehrern an Schulen zur Erteilung von Unterricht jeder Art.

Nach Art. 132 Abs. 1 Buchst. k MwStSystRL befreien die Mitgliedstaaten die Gestellung von Personal durch religiöse und weltanschauliche Einrichtungen für die in den Buchst. b, g, h und i des Art. 132 Abs. 1 MwStSystRL genannten Tätigkeiten und für Zwecke des geistigen Beistands von der Steuer. Die Befreiung gilt danach insbesondere für die Personalgestellung der begünstigten Einrichtungen für Zwecke der Krankenhausbehandlung und der ärztlichen Heilbehandlungen in Krankenanstalten, der Sozialfürsorge und der sozialen Sicherheit, der Kinder- und Jugendbetreuung, der Erziehung, des Schul- und Hochschulunterrichts sowie der Aus- und Fortbildung. Unter den Begriff „religiöse und weltanschauliche Einrichtungen" fallen alle Einrichtungen, die den Schutz des Art. 4 Abs. 1 und 2 GG und des Art. 140 GG in Verbindung mit Art. 137 der Weimarer Reichsverfassung in Anspruch zu nehmen berechtigt sind. Hierunter fallen zB Kirchen in der Rechtsform einer juristischen Person döR, geistige Genossenschaften oder Mutterhäuser. Für die Steuerbefreiung nach § 4 Nr. 27 Buchst. a kommt es nicht darauf an, ob die Einrichtung die Verkündung oder Verbreitung bestimmter religiöser oder weltanschaulicher Ansichten zum Ziel hat oder ob der Hauptzweck der Einrichtung in unmittelbar ua mit der Religionsausübung zusammenhängenden Tätigkeiten besteht. Der Begriff „Gestellung von Personal" umfasst wie bisher die Gestellung von selbstständigem, nicht beim leistenden Unternehmer abhängig beschäftigtem Personal (EuGH C-218/10, HFR 2012, 343 – ADV-Allround), wie zB die Gestellung von Mitgliedern und Angehörigen der Einrichtungen, sowie künftig zudem auch die Gestellung abhängig beschäftigter Arbeitnehmer. Die Voraussetzung, dass die Gestellung von Personal für bestimmte unter § 4 Nr. 27 Buchst. a genannte, regelmäßig dem Gemeinwohl dienende Tätigkeiten erfolgt, ist erfüllt, wenn die Einrichtung, der das Personal gestellt wird, steuerfreie Leistungen nach § 4 Nr. 14 Buchst. b, Nr. 16, 18, 21, 22 Buchst. a sowie Nr. 23 und 25 erbringt und wenn die überlassene Person in diesem steuerbegünstigten Bereich tätig wird. In Betracht kommt daher zB die Gestellung von Gesundheits- und Krankenpflegern oder Altenpflegern an Krankenhäuser oder Altenheime oder die Gestellung von Lehrern an Schulen zur Erteilung von Unterricht.

Dies gilt für die Erteilung von Unterricht jeder Art, also nicht nur für die Erteilung von Religionsunterricht. Wird Personal für geistigen Beistand, zB für Gottesdienste, gestellt, muss die aufnehmende Einrichtung keine weiteren Voraussetzungen erfüllen. Vgl. auch BT-Drs. 18/1529 zu Art. 8 zu Nr. 2 zu Buchst. b (S. 77) sowie zur Umsatzbesteuerung der Personalgestellung durch Schwesternschaften BMF 2.4.2013, BStBl. I 2013, 454.

3. Begünstigte Leistungen zu Buchst. b

3 Begünstigte Leistungen zu Buchst. b können entweder unmittelbare Leistungen an die land- und forstwirtschaftlichen Betriebe oder aber Leistungen an die gesetzlichen Sozialversicherungsträger sein, die dann von sich aus die Hilfskräfte bei den Versicherten einsetzen. Zu den Einzelheiten siehe UStAE 4.27.2. Bei den Leistungen an die gesetzlichen Sozialversicherungsträger kommt es im Gegensatz zu den unmittelbaren Leistungen nicht darauf an, dass die Betriebshelfer in land- und forstwirtschaftlichen Betrieben eingesetzt werden. Nicht anwendbar ist die Befreiung in Fällen, in denen die Sozialversicherungsträger lediglich Kostenersatz für von den Versicherten selbst angestellte Aushilfskräfte leisten (Ausnahme: Die Voraussetzungen der 1. Alternative von § 4 Nr. 27 Buchst. b liegen in diesen Fällen vor). Durch das JStG 2009 (BGBl. 2008 I 2794) sind die Haushaltshilfen gestrichen worden. Damit ist klargestellt, dass Haushaltshilfeleistungen zukünftig nur unter den Voraussetzungen des § 4 Nr. 16 befreit werden.

§ 4 Nr. 28 (Lieferung oder Verwendung von Gegenständen, die steuerfreien Tätigkeiten dienen)

Von den unter § 1 Abs. 1 Nr. 1 fallenden Umsätzen sind steuerfrei:

28. die Lieferungen von Gegenständen, für die der Vorsteuerabzug nach § 15 Abs. 1a ausgeschlossen ist oder wenn der Unternehmer die gelieferten Gegenstände ausschließlich für eine nach den Nummern 8 bis 27 steuerfreie Tätigkeit verwendet hat.

EU-Recht: Art. 16, Art. 26, Art. 136 MwStSystRL (Art. 5 Abs. 6, Art. 6 Abs. 2, Art. 13 Teil B Buchst. c 6. EG-RL)
UStAE: 4.28.1

Übersicht

1. Normzweck

1 Die Vorschrift ist neu in das UStG 1980 aufgenommen worden. Eine ähnliche Wirkung konnte bzgl. der Lieferung von Gegenständen zuvor durch § 15a erzielt werden. Ab 1.1.1993 gilt die Vorschrift nicht mehr für steuerfreie Umsätze gemäß § 4 Nr. 7, weil das UStBinnenmarktG den Inhalt dieser Befreiungsvorschrift geändert hat. Durch das StEntlG 1999/2000/2002 (BGBl. 1999 I 402) ist die Vorschrift neu gefasst und insbesondere dem Wegfall der Eigenverbrauchsbesteuerung angepasst worden. Die Regelung ist durch das JStG 2008 (BGBl. 2007 I 3150) redaktionell an die Neufassung des § 15a Abs. 1a durch das JStG 2007 (BGBl. 2006 I 2878) angepasst worden.

Die Vorschrift soll die Doppelbelastung mit USt vermeiden, die entsteht, wenn Gegenstände, die aufgrund des Vorsteuerausschlusses in § 15 Abs. 1a, 2 nicht von der USt entlastet sind, steuerpflichtig weitergeliefert werden. Zur Lieferung vgl. EuGH C-18/05, C-155/05, HFR 2007, 85 – Salus und Villa Maria Beatrice Hospital. 2

Der Sinn und Zweck des § 4 Nr. 28 gebietet es, Veräußerungsumsätze auch dann steuerfrei zu behandeln, wenn der Abzug der Vorsteuer aus ihren Anschaffungskosten in unmittelbarer Anwendung des Art. 13 Teil B Buchst. f 6. EG-Richtlinie nach § 15 Abs. 2 S. 1 Nr. 1 ausgeschlossen war (BFH XI R 24/10, BStBl. II 2013, 52). 3

2. Lieferungen

Die Steuerbefreiung beschränkt sich auf Lieferungen. Auf **sonstige Leistungen** ist § 4 Nr. 28 weder unmittelbar noch entsprechend anwendbar (BFH XI R 75/94, BStBl. II 1995, 746). Nach der Gesetzesbegründung umfasst der Lieferungsbegriff auch die Entnahmen iSd § 3 Abs. 1b. *Leipold* in Sölch/Ringleb § 4 Nr. 28 Rn. 4 weist aber zu Recht darauf hin, dass Lieferungen iSd § 3 Abs. 1b die Berechtigung zum vollen oder teilweisen Vorsteuerabzug voraussetzen und aus diesem Grund nicht vom Tatbestand des § 4 Nr. 28 umfasst werden können. 4

3. Vorsteuerausschluss nach § 15 Abs. 1a

Steuerfrei ist die Lieferung von Gegenständen, deren Erwerb gemäß § 15 Abs. 1a Nr. 1 nicht zum Vorsteuerabzug berechtigt hat, weil der Erwerb Aufwendungen dargestellt hat, die unter das Abzugsverbot des § 4 Abs. 5 S. 1 Nr. 1–4, 7 oder des § 12 Nr. 1 EStG gefallen sind. Zweck der Regelung ist es auch insoweit, eine Doppelbelastung mit USt zu vermeiden. 5

Aufwendungen iSd § 4 Abs. 5 S. 1 Nr. 1–4, 7 oder des § 12 Nr. 1 EStG sind
- Geschenke (§ 4 Abs. 5 Nr. 1 EStG),
- Bewirtungsaufwendungen (§ 4 Abs. 5 Nr. 2 EStG),
- Aufwendungen für Gästehäuser (§ 4 Abs. 5 Nr. 3 EStG),
- Jagd- und Fischereigeräte, Segel- und Motorjachten (§ 4 Abs. 5 Nr. 4 EStG),
- andere unangemessene Aufwendungen, die die Lebensführung berühren (§ 4 Abs. 5 Nr. 7 EStG).

Zu beachten ist, dass § 4 Nr. 28 auf **sonstige Leistungen** weder unmittelbar noch entsprechend anwendbar ist (BFH XI R 75/94, BStBl. II 1995, 746). Bei Bewirtungsaufwendungen und Aufwendungen für Gästehäuser kommt § 4 Nr. 28 deshalb kaum in Betracht.

4. Ausschließliche Verwendung für steuerfreie Tätigkeit

§ 4 Nr. 28 greift in seiner zweiten Alternative ein, wenn der Vorsteuerabzug nach § 15 Abs. 2 ausgeschlossen ist, weil der Unternehmer die Gegenstände für eine nach § 4 Nr. 8–27 steuerfreie Tätigkeit verwendet hat. *Schlegel* vertritt gegen den Wortlaut der Bestimmung die Auffassung, die Befreiungsvorschrift sei auch auf die Lieferung von Gegenständen anzuwenden, die zur Ausführung nicht steuerbarer Leistungen verwendet werden (UR 2002, 118). Das Ausschließlichkeitsgebot soll noch nicht verletzt sein, wenn die anderweitige Nutzung bis zu 5% beträgt (UStAE 4.28.1). 6

Die Veräußerung gebrauchter Geldspielautomaten mit Gewinnmöglichkeit, die der Unternehmer ausschließlich zur Ausführung – nach unmittelbarer Berufung auf Art. 13 Teil B Buchst. f der RL 77/388/EWG – steuerfreier Umsätze verwendet hat, wird von der Befreiung des § 4 Nr. 28 umfasst (BFH XI R 24/10, BStBl. II 2013, 52). Das gilt auch dann, wenn sich der Unternehmer erst nach Ausführung der Verkäufe auf die Steuerfreiheit seiner Umsätze beruft (BFH XI R 9/11, BVFH/NV 2013, 1457). 7

§ 4a Steuervergütung

(1) [1]Körperschaften, die ausschließlich und unmittelbar gemeinnützige, mildtätige oder kirchliche Zwecke verfolgen (§§ 51 bis 68 der Abgabenordnung), und juristischen Personen des öffentlichen Rechts wird auf Antrag eine Steuervergütung zum Ausgleich der Steuer gewährt, die auf der an sie bewirkten Lieferung eines Gegenstands, seiner Einfuhr oder seinem innergemeinschaftlichen Erwerb lastet, wenn die folgenden Voraussetzungen erfüllt sind:

1. **Die Lieferung, die Einfuhr oder der innergemeinschaftliche Erwerb des Gegenstands muss steuerpflichtig gewesen sein.**
2. **Die auf die Lieferung des Gegenstands entfallende Steuer muss in einer nach § 14 ausgestellten Rechnung gesondert ausgewiesen und mit dem Kaufpreis bezahlt worden sein.**
3. **Die für die Einfuhr oder den innergemeinschaftlichen Erwerb des Gegenstands geschuldete Steuer muss entrichtet worden sein.**
4. **Der Gegenstand muss in das Drittlandsgebiet gelangt sein.**
5. **Der Gegenstand muss im Drittlandsgebiet zu humanitären, karitativen oder erzieherischen Zwecken verwendet werden.**
6. **Der Erwerb oder die Einfuhr des Gegenstands und seine Ausfuhr dürfen von einer Körperschaft, die steuerbegünstigte Zwecke verfolgt, nicht im Rahmen eines wirtschaftlichen Geschäftsbetriebs und von einer juristischen Person des öffentlichen Rechts nicht im Rahmen ihres Unternehmens vorgenommen worden sein.**
7. **Die vorstehenden Voraussetzungen müssen nachgewiesen sein.**

[2]Der Antrag ist nach amtlich vorgeschriebenem Vordruck zu stellen, in dem der Antragsteller die zu gewährende Vergütung selbst zu berechnen hat.

(2) Das Bundesministerium der Finanzen kann mit Zustimmung des Bundesrates durch Rechtsverordnung näher bestimmen,

1. **wie die Voraussetzungen für den Vergütungsanspruch nach Absatz 1 Satz 1 nachzuweisen sind und**
2. **in welcher Frist die Vergütung zu beantragen ist.**

Umsatzsteuer-Durchführungsverordnung:

§ 24 Antragsfrist für die Steuervergütung und Nachweis der Voraussetzungen

(1) [1]Die Steuervergütung ist bei dem zuständigen Finanzamt bis zum Ablauf des Kalenderjahres zu beantragen, das auf das Kalenderjahr folgt, in dem der Gegenstand in das Drittlandsgebiet gelangt. [2]Ein Antrag kann mehrere Ansprüche auf die Steuervergütung umfassen.

(2) Der Nachweis, dass der Gegenstand in das Drittlandsgebiet gelangt ist, muss in der gleichen Weise wie bei Ausfuhrlieferungen geführt werden (§§ 8 bis 11).

(3) [1]Die Voraussetzungen für die Steuervergütung sind im Geltungsbereich des Gesetzes buchmäßig nachzuweisen. [2]Regelmäßig sollen aufgezeichnet werden:

1. *die handelsübliche Bezeichnung und die Menge des ausgeführten Gegenstands;*
2. *der Name und die Anschrift des Lieferers;*
3. *der Name und die Anschrift des Empfängers;*
4. *der Verwendungszweck im Drittlandsgebiet;*
5. *der Tag der Ausfuhr des Gegenstands;*
6. *die mit dem Kaufpreis für die Lieferung des Gegenstands bezahlte Steuer oder die für die Einfuhr oder den innergemeinschaftlichen Erwerb des Gegenstands entrichtete Steuer.*

EU-Recht: Art. 146, Art. 370 MwStSystRL (Art. 15 Nr. 12, Art. 28 Abs. 3 Buchst. a, Anh. E Nr. 14 6. EG-RL)
UStAE: 4a.1–4a.5

Übersicht

1. Rechtsentwicklung

1 Die Vorschrift gilt für Ausfuhren, die nach dem 31.12.1979 durchgeführt worden sind. Durch das UStBinnenmarktG (BGBl. 1992 I 1548) ist § 4a mit Wirkung ab 1.1.1993 an die für den Binnenmarkt geltenden Neuregelungen angepasst worden. Ab diesem Zeitpunkt ist die Steuervergütung auf Hilfen für Drittlandsgebiete beschränkt. Steuerentlastungen in das übrige Unionsgebiet scheiden damit aus. Die Vergütungsregelung umfasst nunmehr auch die beim innergemeinschaftlichen Erwerb angefallene USt. § 4a Abs. 1 S. 1 Nr. 2 ist durch das StÄndG 2003 (BGBl. 2003 I 2645) neu gefasst worden.

2. Normzweck

2 Dem Wesen nach handelt es sich bei der Steuervergütung um einen Grenzausgleich, eine Entlastung von USt beim Verlassen des Inlands wie bei der Steuerbefreiung der Ausfuhr nach § 4 Nr. 1. Der Weg des Vorsteuerabzugs ist den begünstigten Körperschaften verschlossen, weil sie die betreffenden Gegenstände nicht für ihr Unternehmen anschaffen. Die Vergütungsregelung ist aus technischen Gründen gewählt worden, um den Kreis der Anspruchsberechtigten klein zu halten. Die Vergütung ist auf Ausfuhren beschränkt, die vorwiegend karitativen Charakter haben.

3. Anspruchsberechtigte

3 Anspruchsberechtigte sind einmal die Körperschaften, die ausschließlich und unmittelbar gemeinnützige, mildtätige oder kirchliche Zwecke verfolgen (§§ 51–68 AO). Vgl. → § 4 Nr. 18 Rn. 7. Im Vordergrund stehen dabei die in § 23 UStDV (abgedruckt zu § 4 Nr. 18) aufgeführten Verbände der freien Wohlfahrtspflege. Ferner sind juristische Personen döR anspruchsberechtigt, soweit nicht die Einschränkungen des § 4a Abs. 1 Nr. 6 in Betracht kommen. Zum Begriff der juristischen Person döR → § 2 Rn. 141 ff.

4. Anspruchsvoraussetzungen

4 Die Anspruchsvoraussetzungen stellen inhaltlich zT eine Mischung der Tatbestandsmerkmale der Ausfuhrlieferung (§ 4 Nr. 1) und des Vorsteuerabzugs (§ 15) dar, wenn auch mit gewissen Abweichungen. Die Anschaffung des Gegenstands durch den Vergütungsberechtigten muss steuerpflichtig gewesen sein, und zwar nach dem UStG. Hat der Vergütungsberechtigte den Gegenstand also von einem Nichtunternehmer oder unentgeltlich (bei Sachspenden) oder steuerfrei erlangt, besteht kein Vergütungsanspruch. Im Gegensatz zu § 15 Abs. 1 Nr. 1 muss der **Steuerbetrag** nicht nur in einer Rechnung offen ausgewiesen, sondern er muss bereits entrichtet worden sein. Auch die für die Einfuhr oder den innergemeinschaftlichen Erwerb geschuldete USt muss bereits entrichtet worden sein.

5 Da die Regelung des § 4a Abs. 1 S. 1 Nr. 2 auf § 14 verweist, ist wegen dessen Neufassung auch eine Neufassung von § 4a Abs. 1 S. 1 Nr. 2 erforderlich geworden.

Diese ist durch das StÄndG 2003 (BGBl. 2003 I 2645) erfolgt. Da § 4a Abs. 1 Nr. 2 nicht allein auf die in der Rechnung ausgewiesene, sondern auf die USt abstellt, die auf die Lieferung „entfällt", ist bei **zu hoch ausgewiesener USt** der Mehrbetrag nicht vergütungsfähig. Umgekehrt ist bei zu niedrigem Steuerausweis nur die in der Rechnung ausgewiesene USt vergütungsfähig. Bei späteren **Änderungen der USt** auf den Einkauf wird man § 17 Abs. 1 Nr. 2 entsprechend anwenden müssen, denn materiell wirkt diese Steuer beim Vergütungsverfahren wie eine Vorsteuer (vgl. auch UStAE 4a.3). Auch die Zahlung des Kaufpreises selbst ist erforderlich. Der Gegenstand muss aus dem Inland in das Drittlandsgebiet gelangt sein. Eine Vergütung kommt daher nicht in Betracht für Gegenstände, die von einer inländischen Körperschaft im Drittlandsgebiet angeschafft und dort zu den begünstigten Zwecken verwendet werden.

6 Kernstück der Anspruchsvoraussetzungen ist die **Verwendung zu humanitären, karitativen oder erzieherischen Zwecken.** Der Begriff „humanitär" ist weit auszulegen. Er umfasst nicht nur die Hilfe in besonderen Notlagen, sondern auch die Verbesserung der wirtschaftlichen und sozialen Verhältnisse und der Umweltbedingungen (siehe UStAE 4a.2), zB die Lieferung von Brunnenanlagen für Trockengebiete. Wer diese Gegenstände im Drittlandsgebiet zu den begünstigten Zwecken verwendet, ist unerheblich, insbesondere braucht er nicht die anspruchsberechtigte Körperschaft zu sein. **Beispielsfälle** für die Verwendung zu den begünstigten Zwecken sind die Lieferungen von Nahrungsmitteln, Medikamenten, Kleidung, Zelten usw. anlässlich von Naturkatastrophen, die Einrichtung von Krankenhäusern, Alten- oder Kinderheimen sowie die Ausstattung ausländischer Schulen mit Einrichtungsgegenständen, Sportgeräten usw.

5. Ausnahmen

7 Der Anspruch auf Umsatzsteuervergütung entfällt, soweit die begünstigten Körperschaften die Gegenstände im Rahmen eines wirtschaftlichen Geschäftsbetriebs bzw. eines Betriebs gewerblicher Art oder der Land- und Forstwirtschaft angeschafft haben. Für diese Fälle ist die Vergütung entbehrlich, weil idR der Vorsteuerabzug nach § 15 Abs. 1 in Betracht kommt.

6. Nachweispflichten

8 Die Voraussetzungen für die Umsatzsteuervergütung müssen buchmäßig nachgewiesen werden. Einzelheiten siehe § 24 Abs. 2 und 3 UStDV. Ein besonderer Belegnachweis wird nicht allgemein gefordert. Er muss aber für das Gelangen des Gegenstands ins Ausland vorhanden sein (§ 24 Abs. 2 iVm §§ 8–11 UStDV). Für den Einkauf der Gegenstände muss eine Rechnung vorliegen, die allen Anforderungen des § 14 Abs. 1 entspricht. Weitere Einzelheiten siehe UStAE 4a.3.

7. Antrag

9 Die Umsatzsteuervergütung wird nur auf Antrag gewährt, und zwar auf einem amtlichen Vordruck (BMF 6.9.2001, BStBl. I 2001, 595 iVm BMF 27.3.2012, BStBl. I 2012, 370 Nr. 1265). In dem Antrag ist die Vergütung vom Antragsberechtigten selbst zu berechnen. Es handelt sich um eine Steueranmeldung iSv § 167 AO (vgl. § 155 Abs. 4 AO). Ein besonderer Vergütungsbescheid ergeht daher nur, wenn das FA von der Anmeldung abweicht. Die Vergütung steht automatisch unter dem Vorbehalt der Nachprüfung (§ 168 AO). Der Antrag muss bis zum Ablauf des Kalenderjahres gestellt werden, das auf das Kalenderjahr der Ausfuhr des Gegenstands ins Ausland folgt (§ 24 Abs. 1 UStDV), und zwar bei dem FA, in dessen Bezirk der Ver-

gütungsberechtigte seinen Sitz hat (UStAE 4a.4). Bei der Antragsfrist handelt es sich um eine Ausschlussfrist, dh sie kann nicht verlängert werden.

§ 4b Steuerbefreiung beim innergemeinschaftlichen Erwerb von Gegenständen

Steuerfrei ist der innergemeinschaftliche Erwerb
1. **der in § 4 Nr. 8 Buchstabe e und Nr. 17 Buchstabe a sowie der in § 8 Abs. 1 Nr. 1 und 2 bezeichneten Gegenstände;**
2. **der in § 4 Nr. 4 bis 4b und Nr. 8 Buchstabe b und i sowie der in § 8 Abs. 2 Nr. 1 und 2 bezeichneten Gegenstände unter den in diesen Vorschriften bezeichneten Voraussetzungen;**
3. **der Gegenstände, deren Einfuhr (§ 1 Abs. 1 Nr. 4) nach den für die Einfuhrumsatzsteuer geltenden Vorschriften steuerfrei wäre;**
4. **der Gegenstände, die zur Ausführung von Umsätzen verwendet werden, für die der Ausschluss vom Vorsteuerabzug nach § 15 Abs. 3 nicht eintritt.**

EU-Recht: Art. 140f. MwStSystRL (Art. 28c Teil B 6. EG-RL)
UStAE: 4b.1

Übersicht

1. Bedeutung

Die Vorschrift enthält besondere **Befreiungen für den innergemeinschaftlichen Erwerb** bestimmter Gegenstände. Durch diese Regelungen wird zum einen der Erwerb bestimmter Gegenstände der Einfuhr solcher Gegenstände aus Drittstaaten gleichgestellt. Hierdurch wird verhindert, dass die Umsätze innerhalb der Gemeinschaft gegenüber dem Handel mit Drittstaaten schlechter behandelt werden. Zum anderen wird die Steuerfreiheit für den Erwerb bestimmter Gegenstände, deren Lieferung im Inland steuerfrei wäre, angeordnet. Auf die Steuerbefreiung kann nicht verzichtet werden (vgl. *Stadie* in Rau/Dürrwächter § 4b Rn. 6; *R/K/L* § 4b Rn. 6; aA *Rondorf* Rn. 77ff.; *Jatzke* in Sölch/Ringleb § 4b Rn. 2). Das würde auch keinen Sinn machen, weil dieser Verzicht nur zum Abzug der Erwerbssteuer als Vorsteuer führt. Nach Auffassung der Finanzverwaltung ist es jedoch nicht zu beanstanden, wenn die nach Nr. 4 befreiten Erwerbe (vgl. → Rn. 7) als steuerpflichtig behandelt werden (UStAE 4b.1 Abs. 3 Satz 2). Das muss so verstanden werden, dass dann auch der Vorsteuerabzug bzgl. der Erwerbssteuer zulässig ist. Dies vermeidet in der Praxis ggf. schwierige **Abgrenzungsfragen** zwischen steuerfreien und steuerpflichtigen innergemeinschaftlichen Erwerben, wenn dafür kein Bedürfnis ist. 1

Diese Vorschrift ist auch dann von Bedeutung, wenn für den Erwerber ein Fiskalvertreter nach den §§ 22a ff. bestellt werden soll. Denn nach § 22a Abs. 1 setzt die Bestellung eines Fiskalvertreters voraus, dass ausschließlich steuerfreie Umsätze ausgeführt werden und kein Recht auf Vorsteuerabzug besteht (vgl. § 22a). Danach würde ein innergemeinschaftlicher Erwerb eines Gegenstands die Bestellung eines Fiskalvertreters auch dann ausschließen, wenn die dadurch verursachte Umsatzsteuer in vollem Umfang als Vorsteuer abgezogen werden könnte, zB der Erwerb eines Gegenstands, der anschließend für eine innergemeinschaftliche Lieferung verwendet werden soll.

Die steuerfreien innergemeinschaftlichen Erwerbe sind gesondert zu erklären (in der UStVA unter Zeile 32, Kennziffer 91 und in der Anlage UR zur USt-Jahreserklärung unter Zeile 7, Kennziffer 791).

2. Geltungszeit

2 Die Vorschrift wurde durch das BinnenmarktG neu in das UStG mit Wirkung zum 1.1.1993 aufgenommen. Sie beruht auf Art. 28c Teil B 6. EG-RL (Art. 140f. MwStSystRL). Durch Art. 7 Nr. 2 des VerbrStBinnenmarktG vom 21.12.1992 (BGBl. 1992 I 2150) wurde die Nr. 1 um den Verweis auf § 4 Nr. 8 Buchst. k (Umsätze mit Goldbarren und Goldmünzen, die als gesetzliche Zahlungsmittel gelten, und unverarbeitetem Gold und Vermittlung dieser Umsätze) mit Wirkung zum 1.1.1993 ergänzt. Diese Ergänzung wurde durch das StBereinG mit Wirkung ab 1.1.2000 wieder aufgehoben. Durch das StÄndG 2003 (BGBl. 2003 I 2645) ist § 4b Nr. 2 erweitert worden um die in **§ 4 Nr. 4–4b** bezeichneten Gegenstände.

3. Innergemeinschaftlicher Erwerb

3 Die Anwendung der Vorschrift setzt einen steuerbaren innergemeinschaftlichen Erwerb voraus (vgl. § 1a). Sie gilt daher insbesondere nicht für den Erwerb durch Privatpersonen, durch die in § 1a Abs. 3 Nr. 1 genannten Personen, wenn die Erwerbsschwelle in § 1a Abs. 3 Nr. 2 nicht überschritten ist und auch nicht zur Erwerbsbesteuerung optiert wurde und einen Erwerb durch die in § 1c genannten Institutionen. Zumindest fraglich erscheint, ob die Befreiung auch für solche Erwerbe gelten kann, die lediglich nach § 3d S. 2 wegen der Verwendung einer deutschen USt-IdNr. als im Inland ausgeführt gelten. ME greift die Steuerbefreiung auch für diese Fälle, denn § 3d S. 2 soll lediglich ein Auffangstatbestand zur Sicherung einer zutreffenden Besteuerung sein. Die Befreiungen gelten auch für das **innergemeinschaftliche Verbringen** ins Inland, soweit dieses einem innergemeinschaftlichen Erwerb gleichgestellt ist (vgl. → § 1a Rn. 41).

Bei einer Lieferung von **Zahnersatz** nach Deutschland ist der innergemeinschaftliche Erwerb nicht von der Umsatzsteuer befreit. Das Fehlen einer entsprechenden Regelung in § 4b (gem. Art. 140 Buchst. a und b MwStSystRL müsste die Steuerfreiheit greifen) ist aber unionsrechtskonform (s. hierzu EuGH C-154/13 – X BV, und C-160/13, MwStR 2015, 300 – Nobel Biocare Nederland BV mAnm *Grube*).

4. Steuerbefreiungen für innergemeinschaftliche Erwerbe

4 **a) Erwerbe von Gegenständen, deren Lieferung im Inland steuerfrei wäre.** Durch die Nr. 1 und 2 werden die Erwerbe solcher Gegenstände befreit, deren Lieferung im Inland steuerfrei wäre. Diese Befreiung entspricht wörtlich der Vorschrift von § 5 Abs. 1 Nr. 1 und 2. Danach ist der Erwerb folgender Gegenstände befreit: **Wertpapiere,** vgl. § 4 Nr. 8 Buchst. e – wobei derartige Umsätze allerdings als Dienstleistungen zu sehen sein dürften und schon aus diesem Grund keinen innergemeinschaftlichen Erwerb auslösen (EuGH C-465/03, UR 2005, 382 Rn. 22f. – Kretztechnik; *Wäger* UR 2006, 102 (106)); zur Steuerbefreiung des innergemeinschaftlichen Erwerbs von **Anlagegold** ab 1.1.2000 vgl. § 25c Abs. 1; **menschliche Organe, menschliches Blut** und **Frauenmilch** (vgl. § 4 Nr. 17 Buchst. a), der Erwerb von **Gold durch Zentralbanken** (vgl. § 4 Nr. 4), **gesetzliche Zahlungs-**

mittel (vgl. § 4 Nr. 8 Buchst. b), gültige **amtliche Wertzeichen** (vgl. § 4 Nr. 8 Buchst. i).

Nach Nr. 1 und 2 sind auch befreit der Erwerb von **Wasserfahrzeugen,** die nach ihrer Bauart dem Erwerb durch die Seeschifffahrt oder die Rettung von Schiffbrüchigen zu dienen bestimmt sind (vgl. § 8 Abs. 1 Nr. 1), **Ausrüstungsgegenständen** für die genannten Wasserfahrzeuge (vgl. § 8 Abs. 1 Nr. 2), sowie **Luftfahrzeugen** und **Ausrüstungsgegenständen** für Luftfahrzeuge, die zur Verwendung durch Unternehmer bestimmt sind, die überwiegend im entgeltlichen Luftverkehr grenzüberschreitende Beförderungen oder Beförderungen ausschließlich auf ausländischen Strecken durchführen, die jedoch nicht nach § 4 Nr. 17 Buchst. b (Beförderung von Kranken und Verletzten) befreit sein dürfen (vgl. § 8 Abs. 2 Nr. 1 und 2). Nach Art. 28a Abs. 1 (a) UAbs. 2 iVm Abs. (1a) (a) idF der EG-RL 92/111 (EWG) (1. VereinfachungsRL) wäre für diese Erwerbe jedoch keine Befreiung, sondern (ähnlich wie bei § 1a Abs. 1) eine Ausnahme von der Erwerbsbesteuerung vorzusehen. Das nationale Recht weicht insoweit von der 6. EG-RL ab. 5

Soweit die Befreiung bei Lieferung im Inland zu einem Ausschluss des Vorsteuerabzugs führen würde (zB Lieferung von Organen), kann der Erwerb aus einem anderen Mitgliedstaat zu einer im Ergebnis geringeren Steuerbelastung führen, da dort die Lieferung als innergemeinschaftliche Lieferung nach der § 6a entsprechenden Vorschrift befreit ist, die den Vorsteuerabzug nicht ausschließt (vgl. § 15 Abs. 3 Nr. 1a; ebenso *Stadie* in Rau/Dürrwächter § 4b Rn. 10). Diese Ungleichbehandlung gilt jedoch im Falle der Einfuhr aus einem Drittstaat in gleichem Maße.

Bei der Lieferung aus einem anderen EU-Mitgliedstaat in ein Umsatzsteuerlager oder im Rahmen eines Zollverfahrens (Nichterhebensverfahren) verwirklicht der Abnehmer des gelieferten Gegenstandes einen innergemeinschaftlichen Erwerb. Dieser Erwerb ist nach Nr. 2 iVm § 4 Nr. 4a/4b steuerfrei (BT-Drs. 15/1562, 45). 6

b) Erwerb von Gegenständen, deren Einfuhr steuerfrei wäre. Nach Nr. 3 ist der Erwerb solcher Gegenstände steuerfrei, deren Einfuhr steuerfrei wäre. Dies betrifft insbesondere die nach der aufgrund von § 5 Abs. 2 ergangenen EUStBV befreiten Gegenstände (vgl. die Ausführungen zu § 5). Denn die Befreiungen nach § 5 Abs. 1 Nr. 1 und 2 ergeben sich bereits aus Nr. 1 und 2 (vgl. → Rn. 4). Die Befreiung nach § 5 Abs. 1 Nr. 3 ergibt sich auch aus Nr. 4 (vgl. → Rn. 7). Unklar ist, ob diese Verweisung nur für solche Befreiungen gilt, die sich auf die Einfuhr von Gegenständen beziehen, die zum endgültigen Verbleib bestimmt sind, oder auch Befreiungen für die vorübergehende Einfuhr von Gegenständen mit einbezieht (vgl. *R/K/L* § 4b Rn. 23 unter Verweis auf Art. 28c Teil B Buchst. b 6. EG-RL). Nach dem Wortlaut von § 4b Nr. 3 werden jedoch alle Befreiungen erfasst; deshalb erscheint eine einschränkende Auslegung auch unter Berücksichtigung des Unionsrechts nicht möglich. Eine derartige Einschränkung würde eine unzulässige unmittelbare Anwendung von Unionsrecht zu Lasten des Steuerpflichtigen darstellen (vgl. zur unmittelbaren Geltung von Unionsrecht → Einl. Rn. 10 mwN). Nr. 3 gilt jedoch nicht für die auf einer Verwaltungsanweisung beruhende Befreiung für die Einfuhr von Büchern und Zeitschriften durch wissenschaftliche Bibliotheken (BMF 17.2.1993, UR 1993, 397). 7

c) Erwerb von Gegenständen, die für Umsätze verwendet werden, die den Vorsteuerabzug nach § 15 Abs. 3 nicht ausschließen. Nach Nr. 4 ist der Erwerb solcher Gegenstände steuerbefreit, die für Umsätze verwendet werden, für die der Vorsteuerabzug nach § 15 Abs. 3 zugelassen wird. Die Befreiung erfasst jedoch nur solche Erwerbe, bei denen der Vorsteuerabzug nach § 15 Abs. 2 ausgeschlossen wäre und nach § 15 Abs. 3 ausdrücklich zugelassen wird. Die den Vorsteuerabzug nach § 15 Abs. 3 ermöglichenden Umsätze sind insbesondere Ausfuhrlieferungen (§ 6), Lohnveredelungen an Ausfuhrgegenständen (§ 7) Umsätze für die Seeschifffahrt und Luftfahrt (§ 8), Umsätze gegenüber NATO-Streitkräften (§ 26 Abs. 5) und die Umsätze der Kredit- 8 und Versicherungswirtschaft iSv § 4 Nr. 8 Buchst. a–g und Nr. 10 Buchst. a, die sich unmittelbar auf Gegenstände beziehen, die in das Drittlandsgebiet ausgeführt werden oder wenn der Empfänger dieser Leistungen im Drittlandsgebiet ansässig ist.

§ 5 Steuerbefreiungen bei der Einfuhr

(1) Steuerfrei ist die Einfuhr

1. der in § 4 Nr. 8 Buchstabe e und Nr. 17 Buchstabe a sowie der in § 8 Abs. 1 Nr. 1, 2 und 3 bezeichneten Gegenstände;

2. der in § 4 Nr. 4 und Nr. 8 Buchstabe b und i sowie der in § 8 Abs. 2 Nr. 1, 2 und 3 bezeichneten Gegenstände unter den in diesen Vorschriften bezeichneten Voraussetzungen;

3. der Gegenstände, die von einem Schuldner der Einfuhrumsatzsteuer im Anschluss an die Einfuhr unmittelbar zur Ausführung von innergemeinschaftlichen Lieferungen (§ 4 Nummer 1 Buchstabe b, § 6a) verwendet werden; der Schuldner der Einfuhrumsatzsteuer hat zum Zeitpunkt der Einfuhr

a) seine im Geltungsbereich dieses Gesetzes erteilte Umsatzsteuer-Identifikationsnummer oder die im Geltungsbereich dieses Gesetzes erteilte Umsatzsteuer-Identifikationsnummer seines Fiskalvertreters und

b) die im anderen Mitgliedstaat erteilte Umsatzsteuer-Identifikationsnummer des Abnehmers mitzuteilen sowie

c) nachzuweisen, dass die Gegenstände zur Beförderung oder Versendung in das übrige Gemeinschaftsgebiet bestimmt sind;

4. der in der Anlage 1 bezeichneten Gegenstände, die im Anschluss an die Einfuhr zur Ausführung von steuerfreien Umsätzen nach § 4 Nr. 4a Satz 1 Buchstabe a Satz 1 verwendet werden sollen; der Schuldner der Einfuhrumsatzsteuer hat die Voraussetzungen der Steuerbefreiung nachzuweisen;

5. der in der Anlage 1 bezeichneten Gegenstände, wenn die Einfuhr im Zusammenhang mit einer Lieferung steht, die zu einer Auslagerung im Sinne des § 4 Nr. 4a Satz 1 Buchstabe a Satz 2 führt, und der Lieferer oder sein Beauftragter Schuldner der Einfuhrumsatzsteuer ist; der Schuldner der Einfuhrumsatzsteuer hat die Voraussetzungen der Steuerbefreiung nachzuweisen;

6. von Erdgas über das Erdgasnetz oder von Erdgas, das von einem Gastanker aus in das Erdgasnetz oder ein vorgelagertes Gasleitungsnetz eingespeist wird, von Elektrizität oder von Wärme oder Kälte über Wärme- oder Kältenetze.

(2) Das Bundesministerium der Finanzen kann durch Rechtsverordnung, die nicht der Zustimmung des Bundesrates bedarf, zur Erleichterung des Warenverkehrs über die Grenze und zur Vereinfachung der Verwaltung Steuerfreiheit oder Steuerermäßigung anordnen

1. für Gegenstände, die nicht oder nicht mehr am Güterumsatz und an der Preisbildung teilnehmen;

2. für Gegenstände in kleinen Mengen oder von geringem Wert;

3. für Gegenstände, die nur vorübergehend ausgeführt worden waren, ohne ihre Zugehörigkeit oder enge Beziehung zur inländischen Wirtschaft verloren zu haben;

4. für Gegenstände, die nach zollamtlich bewilligter Veredelung in Freihäfen eingeführt werden;

5. für Gegenstände, die nur vorübergehend eingeführt und danach unter zollamtlicher Überwachung wieder ausgeführt werden;

6. für Gegenstände, für die nach zwischenstaatlichem Brauch keine Einfuhrumsatzsteuer erhoben wird;
7. für Gegenstände, die an Bord von Verkehrsmitteln als Mundvorrat, als Brenn-, Treib- oder Schmierstoffe, als technische Öle oder als Betriebsmittel eingeführt werden;
8. für Gegenstände, die weder zum Handel noch zur gewerblichen Verwendung bestimmt und insgesamt nicht mehr wert sind, als in Rechtsakten des Rates der Europäischen Union oder der Europäischen Kommission über die Verzollung zum Pauschalsatz festgelegt ist, soweit dadurch schutzwürdige Interessen der inländischen Wirtschaft nicht verletzt werden und keine unangemessenen Steuervorteile entstehen. [2]Es hat dabei Rechtsakte des Rates der Europäischen Union oder der Europäischen Kommission zu berücksichtigen.

(3) **Das Bundesministerium der Finanzen kann durch Rechtsverordnung, die nicht der Zustimmung des Bundesrates bedarf, anordnen, dass unter den sinngemäß anzuwendenden Voraussetzungen von Rechtsakten des Rates der Europäischen Union oder der Europäischen Kommission über die Erstattung oder den Erlass von Einfuhrabgaben die Einfuhrumsatzsteuer ganz oder teilweise erstattet oder erlassen wird.**

Einfuhrumsatzsteuer-Befreiungsverordnung 1993[1] (EUStBV):

§ 1 Allgemeines

(1) Einfuhrumsatzsteuerfrei ist, vorbehaltlich der §§ 1a bis 10, die Einfuhr von Gegenständen, die nach Kapitel I und III der Verordnung (EWG) Nr. 918/83 des Rates vom 28. März 1983 über das gemeinschaftliche System der Zollbefreiungen (ABl. EG Nr. L105 S. 1, Nr. L274 S. 40, 1984 Nr. L308 S. 64, 1985 Nr. L256 S. 47, 1986 Nr. L271 S. 31), die zuletzt durch die Verordnung (EG) Nr. 274/2008 vom 17. März 2008 (ABl. EU Nr. L85 S. 1) geändert worden ist, zollfrei eingeführt werden können, in entsprechender Anwendung dieser Vorschriften sowie der Durchführungsvorschriften dazu; ausgenommen sind die Artikel 29 bis 31, 45, 52 bis 59b, 63a und 63b der Verordnung (EWG) Nr. 918/83.

(1a) [1]Im Sinne dieser Verordnung gilt als Zollkodex die Verordnung (EWG) Nr. 2913/92 des Rates vom 12. Oktober 1992 zur Festlegung des Zollkodex der Gemeinschaften (ABl. EG Nr. L302 S. 1, 1993 Nr. L79 S. 84, 1996 Nr. L97 S. 387), zuletzt geändert durch die Verordnung (EG) Nr. 2700/2000 des Europäischen Parlaments und des Rates vom 16. November 2000 (ABl. EG Nr. L311 S. 17), in der jeweils geltenden Fassung. [2]Im Sinne dieser Verordnung gilt als Durchführungsverordnung zum Zollkodex die Verordnung (EWG) Nr. 2454/93 der Kommission vom 2. Juli 1993 mit Durchführungsvorschriften zu der Verordnung (EWG) Nr. 2913/92 des Rates vom 12. Oktober 1992 zur Festlegung des Zollkodex der Gemeinschaften (ABl. EG Nr. L253 S. 1, 1994 Nr. L268 S. 32, 1996 Nr. L180 S. 34, 1997 Nr. L156 S. 59, 1999 Nr. L111 S. 88), zuletzt geändert durch die Verordnung (EG) Nr. 1335/2003 der Kommission vom 25. Juli 2003 (ABl. EU Nr. L187 S. 16), in der jeweils geltenden Fassung.

(2) Einfuhrumsatzsteuerfrei ist, vorbehaltlich des § 11, die vorübergehende Einfuhr von Gegenständen, die
1. *nach den Artikeln 137 bis 144 des Zollkodex frei von Einfuhrabgaben im Sinne des Artikels 4 Nr. 10 des Zollkodex eingeführt werden können oder die*
2. *gelegentlich und ohne gewerbliche Absicht eingeführt werden, sofern der Verwender hinsichtlich dieser Gegenstände nicht oder nicht in vollem Umfang nach § 15 Abs. 1 Nr. 2 des Gesetzes zum Vorsteuerabzug berechtigt ist,*

---

[1] Vom 11.8.1992 (BGBl. I 1526), geändert durch VOen vom 9.2.1994 (BGBl. I 302, ber. 523), vom 22.12.2003 (BGBl. 2004 I 21), vom 24.11.2008 (BGBl. I 2232) und G vom 3.12.2015 (BGBl. I 2178).

in sinngemäßer Anwendung der genannten Vorschriften sowie der Durchführungsvorschriften dazu; ausgenommen sind die Vorschriften über die vorübergehende Verwendung bei teilweiser Befreiung von Einfuhrabgaben im Sinne des Artikels 4 Nr. 10 Zollkodex.

(2a) [1]Einfuhrumsatzsteuerfrei ist, vorbehaltlich des § 12, die Einfuhr der Gegenstände, die nach den Artikeln 185 bis 187 Zollkodex als Rückwaren frei von Einfuhrabgaben im Sinne des Artikels 4 Nr. 10 Zollkodex eingeführt werden können, in sinngemäßer Anwendung dieser Vorschriften sowie der Durchführungsvorschriften dazu. [2]Die Steuerfreiheit gilt auch für die Gegenstände, die in Artikel 185 Abs. 2 Buchstabe b Zollkodex aufgeführt sind.

(3) Einfuhrumsatzsteuerfrei ist ferner die Einfuhr der Gegenstände, die nach den §§ 12, 14 bis 22 der Zollverordnung vom 23. Dezember 1993 (BGBl. I S. 2449) in der jeweils geltenden Fassung frei von Einfuhrabgaben im Sinne des Artikels 4 Nr. 10 Zollkodex eingeführt werden können, in sinngemäßer Anwendung dieser Vorschriften.

§ 1a Sendungen von geringem Wert

Die Einfuhrumsatzsteuerfreiheit für Sendungen von Waren mit geringem Wert im Sinne des Artikels 27 der Verordnung (EWG) Nr. 918/83 ist auf Waren beschränkt, deren Gesamtwert 22 Euro je Sendung nicht übersteigt.

§ 2 Investitionsgüter und andere Ausrüstungsgegenstände

Die Einfuhrumsatzsteuerfreiheit für Investitionsgüter und andere Ausrüstungsgegenstände (Artikel 32 bis 38 der in § 1 Abs. 1 genannten Verordnung) ist ausgeschlossen für Gegenstände, die

1. *ganz oder teilweise zur Ausführung von Umsätzen verwendet werden, die nach § 15 Abs. 2 und 3 des Gesetzes den Vorsteuerabzug ausschließen,*
2. *von einer juristischen Person des öffentlichen Rechts für ihren nicht unternehmerischen Bereich eingeführt werden oder*
3. *von einem Unternehmer eingeführt werden, der die Vorsteuerbeträge nach Durchschnittssätzen (§§ 23 und 24 des Gesetzes) ermittelt.*

§ 3 Landwirtschaftliche Erzeugnisse

Die Einfuhrumsatzsteuerfreiheit für bestimmte landwirtschaftliche Erzeugnisse (Artikel 39 bis 42 der in § 1 Abs. 1 genannten Verordnung) gilt auch für reinrassige Pferde, die nicht älter als sechs Monate und im Drittlandsgebiet von einem Tier geboren sind, das im Inland oder in den österreichischen Gebieten Jungholz und Mittelberg befruchtet und danach vorübergehend ausgeführt worden war.

§ 4 Gegenstände erzieherischen, wissenschaftlichen oder kulturellen Charakters

[1]Die Einfuhrumsatzsteuerfreiheit für Gegenstände erzieherischen, wissenschaftlichen oder kulturellen Charakters im Sinne der Artikel 50 und 51 der in § 1 Abs. 1 genannten Verordnung ist auf die von den Buchstaben B der Anhänge I und II der Verordnung erfaßten Einfuhren beschränkt. [2]Die Steuerfreiheit für Sammlungsstücke und Kunstgegenstände (Artikel 51 der Verordnung) hängt davon ab, daß die Gegenstände

1. *unentgeltlich eingeführt werden oder*
2. *nicht von einem Unternehmer geliefert werden; als Lieferer gilt nicht, wer für die begünstigte Einrichtung tätig wird.*

§ 5 Tiere für Laborzwecke

Die Einfuhrumsatzsteuerfreiheit für Tiere für Laborzwecke (Artikel 60 Abs. 1 Buchstabe a und Abs. 2 der in § 1 Abs. 1 genannten Verordnung) hängt davon ab, daß die Tiere unentgeltlich eingeführt werden.

§ 6 Gegenstände für Organisationen der Wohlfahrtspflege

(1) Die Einfuhrumsatzsteuerfreiheit für lebenswichtige Gegenstände (Artikel 65 Abs. 1 Buchstabe a der in § 1 Abs. 1 genannten Verordnung) hängt davon ab, daß die Gegenstände unentgeltlich eingeführt werden.

(2) [1]Die Einfuhrumsatzsteuerfreiheit für Gegenstände für Behinderte (Artikel 70 bis 78 der in § 1 Abs. 1 genannten Verordnung) hängt davon ab, daß die Gegenstände unentgeltlich eingeführt werden. [2]Sie hängt nicht davon ab, daß gleichwertige Gegenstände gegenwärtig in der Gemeinschaft nicht hergestellt werden. [3]Die Steuerfreiheit ist ausgeschlossen für Gegenstände, die von Behinderten selbst eingeführt werden.

§ 7 Werbedrucke

(1) Die Einfuhrumsatzsteuerfreiheit für Werbedrucke (Artikel 92 Buchstabe b der in § 1 Abs. 1 genannten Verordnung) gilt für Werbedrucke, in denen Dienstleistungen angeboten werden, allgemein, sofern diese Angebote von einer in einem anderen Mitgliedstaat der Europäischen Gemeinschaften ansässigen Person ausgehen.

(2) Bei Werbedrucken, die zur kostenlosen Verteilung eingeführt werden, hängt die Steuerfreiheit abweichend von Artikel 93 Buchstabe b und c der in § 1 Abs. 1 genannten Verordnung nur davon ab, daß die in den Drucken enthaltenen Angebote von einer in einem anderen Mitgliedstaat der Europäischen Gemeinschaften ansässigen Person ausgehen.

§ 8 Werbemittel für den Fremdenverkehr

Die Einfuhrumsatzsteuerfreiheit für Werbematerial für den Fremdenverkehr (Artikel 108 Buchstabe a und b der in § 1 Abs. 1 genannten Verordnung) gilt auch dann, wenn darin Werbung für in einem Mitgliedstaat der Europäischen Gemeinschaften ansässige Unternehmen enthalten ist, sofern der Gesamtanteil der Werbung 25 vom Hundert nicht übersteigt.

§ 9 Amtliche Veröffentlichungen, Wahlmaterialien

Einfuhrumsatzsteuerfrei ist die Einfuhr der amtlichen Veröffentlichungen, mit denen das Ausfuhrland und die dort niedergelassenen Organisationen, öffentlichen Körperschaften und öffentlich-rechtlichen Einrichtungen Maßnahmen öffentlicher Gewalt bekanntmachen, sowie die Einfuhr der Drucksachen, die die in den Mitgliedstaaten der Europäischen Gemeinschaften als solche offiziell anerkannten ausländischen politischen Organisationen anläßlich der Wahlen zum Europäischen Parlament oder anläßlich nationaler Wahlen, die vom Herkunftsland aus organisiert werden, verteilen.

§ 10 Behältnisse und Verpackungen

(1) Die Einfuhrumsatzsteuerfreiheit von Verpackungsmitteln (Artikel 110 der in § 1 Abs. 1 genannten Verordnung) hängt davon ab, daß ihr Wert in die Bemessungsgrundlage für die Einfuhr (§ 11 des Gesetzes) einbezogen wird.

(2) Die Steuerfreiheit nach Absatz 1 gilt auch für die Einfuhr von Behältnissen und befüllten Verpackungen, wenn sie für die mit ihnen gestellten oder in ihnen verpackten Waren üblich sind oder unabhängig von ihrer Verwendung als Behältnis oder Verpackung keinen dauernden selbständigen Gebrauchswert haben.

§ 11 Vorübergehende Verwendung

(1) Artikel 572 Abs. 1 der Durchführungsverordnung zum Zollkodex gilt mit der Maßgabe, dass die hergestellten Gegenstände aus dem Zollgebiet der Gemeinschaft auszuführen sind.

(2) In den Fällen des § 1 Abs. 2 Nr. 2 beträgt die Verwendungsfrist längstens sechs Monate; sie darf nicht verlängert werden.

(3) Werden die in Artikel 576 der Durchführungsverordnung zum Zollkodex bezeichneten Gegenstände verkauft, so ist bei der Ermittlung der Bemessungsgrundlage von dem Kaufpreis auszugehen, den der erste Käufer im Inland oder in den österreichischen Gebieten Jungholz und Mittelberg gezahlt oder zu zahlen hat.

(4) Auf die Leistung einer Sicherheit für die Einfuhrumsatzsteuer kann verzichtet werden.

§ 12 Rückwaren

[1]Die Einfuhrumsatzsteuerfreiheit von Rückwaren (Artikel 185 bis 187 Zollkodex) ist ausgeschlossen, wenn der eingeführte Gegenstand

1. vor der Einfuhr geliefert worden ist,

2. im Rahmen einer steuerfreien Lieferung (§ 4 Nr. 1 des Gesetzes) ausgeführt worden ist oder
3. im Rahmen des § 4a des Gesetzes von der Umsatzsteuer entlastet worden ist.
²Satz 1 Nr. 2 gilt nicht, wenn derjenige, der die Lieferung bewirkt hat, den Gegenstand zurückerhält und hinsichtlich dieses Gegenstandes in vollem Umfang nach § 15 Abs. 1 Nr. 2 des Gesetzes zum Vorsteuerabzug berechtigt ist.

§ 12a ***Freihafenlagerung***

(1) ¹Einfuhrumsatzsteuerfrei ist die Einfuhr von Gegenständen, die als Gemeinschaftswaren ausgeführt und in einem Freihafen vorübergehend gelagert worden sind. ²Die Steuerfreiheit hängt davon ab, daß die nachfolgenden Vorschriften eingehalten sind.

(2) ¹Die Lagerung bedarf einer besonderen Zulassung; sie wird grundsätzlich nur zugelassen, wenn im Freihafen vorhandene Anlagen sonst nicht wirtschaftlich ausgenutzt werden können und der Freihafen durch die Lagerung seinem Zweck nicht entfremdet wird. ²Für die Zulassung ist das von der Generalzolldirektion dafür bestimmte Hauptzollamt zuständig. ³Der Antrag auf Zulassung ist vom Lagerhalter schriftlich zu stellen. ⁴Die Zulassung wird schriftlich erteilt.

(3) ¹Die Gegenstände sind vor der Ausfuhr zu gestellen und mit dem Antrag anzumelden, die Ausfuhr in den Freihafen zollamtlich zu überwachen. ²Unter bestimmten Voraussetzungen und Bedingungen kann zugelassen werden, daß die Gegenstände ohne Gestellung ausgeführt werden.

(4) ¹Für die Wiedereinfuhr der Gegenstände wird eine Frist gesetzt; dabei werden die zugelassene Lagerdauer und die erforderlichen Beförderungszeiten berücksichtigt. ²Die Zollstelle erteilt dem Antragsteller einen Zwischenschein und überwacht die Ausfuhr.

(5) ¹Die Gegenstände dürfen im Freihafen nur wie zugelassen gelagert werden. ²Die Lagerdauer darf ohne Zustimmung des Hauptzollamts nach Absatz 2 Satz 2 nicht überschritten werden. ³Die Frist für die Wiedereinfuhr der Gegenstände darf nur aus zwingendem Anlaß überschritten werden; der Anlaß ist nachzuweisen.

(6) Für die Überführung der Gegenstände in den freien Verkehr nach der Wiedereinfuhr ist der Zwischenschein als Steueranmeldung zu verwenden.

§ 12b ***Freihafen-Veredelung***

(1) ¹Einfuhrumsatzsteuerfrei ist die Einfuhr von Gegenständen, die in einem Freihafen veredelt worden sind, sofern die bei der Veredelung verwendeten Gegenstände als Gemeinschaftswaren ausgeführt worden sind. ²Anstelle der ausgeführten Gegenstände können auch Gegenstände veredelt werden, die den ausgeführten Gegenständen nach Menge und Beschaffenheit entsprechen. ³Die Steuerfreiheit hängt davon ab, daß die nachfolgenden Vorschriften eingehalten sind.

(2) ¹Die Freihafen-Veredelung bedarf einer Bewilligung; sie wird nur erteilt, wenn der Freihafen dadurch seinem Zweck nicht entfremdet wird. ²Für die Bewilligung ist die von der Generalzolldirektion dafür bestimmte Zollstelle zuständig. ³Der Antrag auf Bewilligung ist vom Inhaber des Freihafenbetriebs schriftlich zu stellen. ⁴Die Bewilligung wird schriftlich erteilt; sie kann jederzeit widerrufen werden. ⁵In der Bewilligung wird bestimmt, welche Zollstelle die Veredelung überwacht (überwachende Zollstelle), welcher Zollstelle die unveredelten Gegenstände zu gestellen sind und bei welcher Zollstelle der Antrag auf Überführung der veredelt eingeführten Gegenstände in den freien Verkehr zu stellen ist.

(3) ¹Die unveredelten Gegenstände sind vor der Ausfuhr zu gestellen und mit dem Antrag anzumelden, sie für die Freihafen-Veredelung zur Ausfuhr abzufertigen. ²Wenn die zollamtliche Überwachung anders als durch die Gestellung gesichert erscheint, kann die überwachende Zollstelle unter bestimmten Voraussetzungen und Bedingungen zulassen, daß die unveredelten Gegenstände durch Anschreibung in die Freihafen-Veredelung übergeführt werden; die Zulassung kann jederzeit widerrufen werden.

(4) ¹Die Zollstelle sichert die Nämlichkeit der unveredelten Gegenstände, sofern die Veredelung von Gegenständen, die den ausgeführten Gegenständen nach Menge und Beschaffenheit entsprechen, nicht zugelassen ist. ²Sie erteilt dem Veredeler einen Veredelungsschein, in dem die zur Feststellung der Nämlichkeit getroffenen Maßnahmen und die Frist für die Einfuhr der veredelten Gegenstände vermerkt werden.

(5) Der Antrag auf Überführung der veredelten Gegenstände in den freien Verkehr ist vom Veredeler bei der in der Bewilligung bestimmten Zollstelle zu stellen.

*§ 13 **Fänge deutscher Fischer***

(1) Einfuhrumsatzsteuerfrei ist die Einfuhr von Fängen von Fischern, die in der Bundesrepublik Deutschland wohnen und von deutschen Schiffen aus auf See fischen, sowie die aus diesen Fängen auf deutschen Schiffen hergestellten Erzeugnisse.

(2) [1]Die Steuerfreiheit hängt davon ab, daß die Gegenstände auf einem deutschen Schiff und für ein Unternehmen der Seefischerei eingeführt werden. [2]Sie ist ausgeschlossen, wenn die Gegenstände vor der Einfuhr geliefert worden sind.

*§ 14 **Erstattung oder Erlaß***

(1) Die Einfuhrumsatzsteuer wird erstattet oder erlassen in den in den Artikeln 235 bis 242 Zollkodex bezeichneten Fällen in sinngemäßer Anwendung dieser Vorschriften und der Durchführungsvorschriften dazu.

(2) [1]Die Erstattung oder der Erlaß hängt davon ab, daß der Antragsteller hinsichtlich der Gegenstände nicht oder nicht in vollem Umfang nach § 15 Abs. 1 Nr. 2 des Gesetzes zum Vorsteuerabzug berechtigt ist. [2]Satz 1 gilt nicht für die Fälle des Artikels 236 Zollkodex.

*§ 15 **Absehen von der Festsetzung der Steuer***

Die Einfuhrumsatzsteuer wird nicht festgesetzt für Gegenstände, die nur der Einfuhrumsatzsteuer unterliegen, wenn sie weniger als 10 Euro beträgt und nach § 15 Abs. 1 Nr. 2 des Gesetzes als Vorsteuer abgezogen werden könnte.

*§ 16 **Inkrafttreten, abgelöste Vorschrift***

[1]Diese Verordnung tritt am 1. Januar 1993 in Kraft. [2]Gleichzeitig tritt die Einfuhrumsatzsteuer-Befreiungsverordnung vom 5. Juni 1984 (BGBl. I S. 747, 750), zuletzt geändert durch Artikel 1 der Verordnung vom 20. Juni 1990 (BGBl. I S. 1119), außer Kraft.

EU-Recht: Art. 131, 143, 155, 157 Abs. 1 und Art. 163 MwStSystRL (Art. 14 Abs. 1 Buchst. a–h, j, Abs. 2, Art. 28c Teil D 6. EG-RL)

Übersicht

1. Bedeutung

Die Steuerbefreiung dient zur Gleichstellung eingeführter Gegenstände mit den 1
im Inland hergestellten. Sie entspricht damit dem Gebot des Art. 95 EG-Vertrag (jetzt Art. 114 AEUV). Die bis 31. 12. 1992 von der EUSt erfasste Einfuhr aus Mitgliedstaaten der EU unterliegt ab 1. 1. 1993 der Besteuerung des **innergemeinschaftlichen Erwerbs** (vgl. §§ 1 Abs. 1 Nr. 5, 1a, 1b, 4b). Dieser ist damit aus der EUSt, die seither nur noch die **Einfuhr aus Drittstaaten** regelt, ausgegliedert worden. Der Begriff der Einfuhr ist im UStG nicht definiert. Er setzt voraus, dass der betreffende Gegen-

stand aus dem Drittlandsgebiet über die Grenze des Zollgebiets der Gemeinschaft hinweg in die Gemeinschaft verbracht wird. Über § 4b Nr. 3 ist § 5 aber nach wie vor auch für den innergemeinschaftlichen Erwerb von Bedeutung, weil die Steuerbefreiungsvorschrift für innergemeinschaftliche Erwerbe an dieser Stelle Bezug auf die Steuerbefreiungsvorschrift für Einfuhren nimmt.

2 Die Vorschrift des § 5 ist mehrstufig aufgebaut. Sie enthält in Abs. 1 Nr. 1 Verweisungen auf Gegenstände, die in §§ 4 und 8 genannt sind, in Abs. 1 Nr. 2 Verweisungen auf bestimmte Befreiungsvorschriften der §§ 4 und 8, in Abs. 1 Nr. 3 die Befreiung der Einfuhr von Gegenständen zur Ausführung innergemeinschaftlicher Lieferungen, in Abs. 1 Nr. 4 die Bezugnahme auf die Einfuhr von Gegenständen, die in ein Umsatzsteuerlager eingelagert werden sollen, in Abs. 1 Nr. 5 die Bezugnahme auf bestimmte Fälle der Auslagerung einer Drittlandsware (vgl. → Rn. 7b) und in Abs. 2 Ermächtigungen zum Erlass von RechtsVO (EUSt-Befreiungsverordnung, Einreise-Freimengen-VO, VO über Kleinsendungen nichtkommerzieller Art).

3 Die Durchführung von § 5 obliegt den Zollbehörden (§ 21 Abs. 1 iVm § 13 FVG); daher finden sich Verwaltungsanweisungen zu Einzelfragen nicht im UStAE, sondern in der Vorschriftensammlung Bundesfinanzverwaltung – Zoll – (VSF Z). In der Praxis sind daher insbesondere die eingeschalteten Spediteure entsprechend zu instruieren, damit von der Befreiungsvorschrift tatsächlich Gebrauch gemacht wird und verfahrensrechtliche Besonderheiten (zB im Zusammenhang mit dem Nachweis der Nämlichkeit bei Rückwaren, Anmeldung der Einfuhr von Waren zur unmittelbaren innergemeinschaftlichen Weiterlieferung) beachtet werden. Es besteht keine Verpflichtung, die Steuerbefreiung tatsächlich zu nutzen. Bei grundsätzlicher Vorsteuerabzugsberechtigung nach § 15 Abs. 1 Nr. 2 ist das Recht auf Abzug der EuSt auch nicht dadurch eingeschränkt, dass die EuSt-Befreiung hätte genutzt werden können. Demnach hat die Vorschrift vor allem bei der Einfuhr durch private Letztverbraucher oder durch juristische Personen des öffentlichen Rechts, die bei der Einfuhr nicht unternehmerisch tätig sind, echte materielle Bedeutung. Aber selbst wenn die entrichtete EUSt als Vorsteuer abzugsfähig ist, können durch die Nutzung der Befreiung zumindest Zins- und Liquiditätsvorteile erzielt werden.

2. Geltungszeit und Entwicklung

4 Inhaltlich hat die Vorschrift seit dem UStG 1980 zunächst im Wesentlichen unverändert gegolten. Seither ist die Vorschrift mehrfach geändert worden. Zuletzt wurde durch das JStG 2010 vom 8.12.2010 (BGBl. I 1768) § 5 Abs. 1 Nr. 3 und Nr. 6 an die Vorgaben des Art. 143 MwStSystRL angepasst. Die Steuerbefreiung des § 5 Abs. 1 Nr. 6 wurde auf die Einfuhr von Erdgas, das von einem Gastanker aus in das Erdgasnetz oder ein vorgelagertes Gasleitungsnetz eingespeist wird, und auf die Einfuhr von Wärme und Kälte über Wärme- oder Kältenetze ausgedehnt. Schließlich erfolgten redaktionelle Anpassungen durch das AmtshilfeRLUmsG vom 26.6.2013 (BGBl. I 1809) die Wörter „des Rates oder der Kommission der Europäischen Gemeinschaften" wurden durch die Wörter „des Rates der Europäischen Union oder der Europäischen Kommission" ersetzt.

3. Bezugnahme auf Gegenstände (§ 5 Abs. 1 Nr. 1)

5 Die Einfuhr der Gegenstände, die in den in § 5 Abs. 1 Nr. 1 genannten Befreiungsvorschriften aufgeführt sind, ist **ohne weitere Voraussetzung** steuerfrei. Es handelt sich um Wertpapiere (welche aber gar keine Gegenstände darstellen – vgl. *Wäger* UR 2008, 102 (106)), Goldbarren usw. (bis 31.12.1999; vgl. → § 4 Nr. 8 Rn. 39), menschliche Organe (gilt nur für natürliche menschliche Organe, nicht für künstliche Organe und Gliedmaßen und auch nicht für tierische Organe, die für den menschlichen Körper bestimmt sind), menschliches Blut (nicht begünstigt sind durch chemi-

sche Verfahren gewonnene Bluterzeugnisse) und Frauenmilch (ggf. auch bearbeitete Frauenmilch, vgl. § 4 Nr. 17 Rn. 3), Seeschiffe (vgl. → § 8 Rn. 4), deren Ausrüstung (vgl. → § 8 Rn. 7) sowie Gegenstände zu ihrer Versorgung (vgl. → § 8 Rn. 8). Die EUSt-Befreiungen im Zusammenhang mit der Seeschifffahrt sind anknüpfend an die Regelungen in § 8 davon abhängig, dass die Gegenstände durch Betreiber von Seeschiffen eingeführt werden (keine Vorstufenbefreiung). Durch die Bezugnahme auf die bis 31. 12. 1999 geltende Regelung des § 4 Nr. 8 Buchst. k war bis zu diesem Zeitpunkt auch die Einfuhr von Goldbarren usw. befreit. Da § 5 Abs. 1 Nr. 1 keinen Bezug auf die durch das StBereinG 1999 in das UStG aufgenommene Regelung des § 25 c enthält, fällt die bisherige Befreiung im Rahmen des § 5 mit Wirkung ab 1. 1. 2000 weg. Die Steuerbefreiung für die Einfuhr von Anlagegold ist nunmehr unmittelbar in § 25 c Abs. 1 geregelt.

4. Bezugnahme auf USt-Befreiungen (§ 5 Abs. 1 Nr. 2)

Die Einfuhr der Gegenstände, die in den in § 5 Abs. 1 Nr. 2 genannten Befreiungs- 6
vorschriften aufgeführt sind, ist nur unter den **Voraussetzungen dieser Befreiungsvorschrift** steuerfrei. Es handelt sich um die Einfuhr von Gold für Zentralbanken (vgl. → § 4 Nr. 4 Rn. 3), von gesetzlichen Zahlungsmitteln, falls diese nicht wegen ihres Metallgehalts oder ihres Sammlerwerts umgesetzt werden (vgl. → § 4 Nr. 8 Rn. 15), von gültigen amtlichen Wertzeichen zum aufgedruckten Wert (vgl. → § 4 Nr. 8 Rn. 33), von Luftfahrzeugen unter den in § 8 Abs. 2 Nr. 1 genannten Voraussetzungen (vgl. → § 8 Rn. 12), von Ausrüstungsgegenständen für Luftfahrzeuge (vgl. → § 8 Rn. 13) sowie von Gegenständen zu deren Versorgung (vgl. → § 8 Rn. 13) – auch hier greifen die Vorgaben zum persönlichen Anwendungsbereich (Notwendigkeit, dass die Einfuhren für überwiegend im internationalen Luftverkehr tätige Unternehmen erfolgen; keine Vorstufenbefreiung).

5. Einfuhr für innergemeinschaftliche Lieferungen (§ 5 Abs. 1 Nr. 3)

Die Bestimmung des § 5 Abs. 1 Nr. 3 beruht auf Art. 143 Buchst. d MwStSystRL 7
(Art. 28 c Teil D 6. EG-RL). Sie regelt die Fälle, in denen Drittlandswaren eingeführt werden, die im Inland zum zoll- und steuerrechtlich freien Verkehr abgefertigt werden und bei denen bereits im Zeitpunkt der Einfuhr feststeht, dass sie im Anschluss an die Einfuhr vom Schuldner der EUSt in einen anderen Mitgliedstaat geliefert oder verbracht werden. Das Tatbestandsmerkmal der „unmittelbaren Anschlusslieferung" ist mE auch bei zeitlich verzögerter Lieferung erfüllt (so auch *Sterzinger* in Birkenfeld § 103 Rn. 85 und *Hillek/Roscher* in Rau/Dürrwächter § 5 Rn. 311; *v. Streit/Wrobel* UVR 2003, 9; aA *Müller/Eiselt* in R/K/L § 5 Rn. 185), sofern im Zeitpunkt der Einfuhr aber die Anschlusslieferung bereits feststeht. Es darf der eingeführte Gegenstand allerdings nicht vor der Anschlusslieferung be- oder verarbeitet werden, es sei denn dieser Vorgang ist von untergeordneter Natur (zB ein Umverpacken; vgl. *Hillek/Roscher* in Rau/Dürrwächter § 5 Rn. 315). Eine Nutzung des Gegenstandes (zB Ingebrauchnahme oder Vermietung) schließt mE die Steuerfreiheit aus. Die Regelung ist durch das UStÄndG 1997 erneut geändert worden und stellt nunmehr nicht auf den **Anmelder,** sondern auf den **Schuldner der EUSt** ab. Hintergrund der Änderung ist Art. 143 Buchst. d, Art. 138, Art. 201 MwStSystRL (Art. 28 c Teil D Abs. 1 6. EG-RL), wonach Voraussetzung der Steuerbefreiung die (innergemeinschaftliche) Lieferung der Einfuhrgegenstände durch den Importeur iSd Art. 201 MwStSystRL (Art. 21 Ziff. 2 6. EG-RL) ist. Das aber ist die Person, die vom Mitgliedstaat der Einfuhr als Steuerschuldner bezeichnet oder anerkannt wird. Das wiederum kann gem. § 13 Abs. 3, § 21 Abs. 2 S. 1 iVm Art. 201 Abs. 3 ZK neben dem Anmelder auch ein im Drittlandsgebiet ansässiger Importeur im Rahmen einer indirekten Vertretung sein. Inhaltlich führt die Neuregelung deshalb dazu, dass auch **Importeure aus**

Drittländern, die die EUSt schulden, von dieser befreit werden, sofern sie unmittelbar im Anschluss an die Einfuhr eine innergemeinschaftliche Lieferung in das Bestimmungsland ausführen oder die Ware in einen anderen Mitgliedstaat zur eigenen Verfügung verbringen und dort selbst einen entsprechenden innergemeinschaftlichen Erwerb erklären.

Die Steuerbefreiung eröffnet somit den Importeuren aus Drittländern die Möglichkeit, sich durch einen indirekten Vertreter (Art. 5 Abs. 2 ZK) oder Fiskalvertreter vertreten zu lassen (vgl. § 22a) und deren deutsche USt-IdNr. für die notwendige Anschlusslieferung in den anderen EU-Staat zu nutzen. Dadurch können die Importeure (unabhängig von ihrer Ansässigkeit) erhebliche Liquiditätsvorteile generieren, wenn sie ihre für die EU bestimmte Ware einheitlich über einen Mitgliedstaat einführen und von dort aus unmittelbar weiter in den Ziel-Mitgliedstaat transportieren. Denn dann muss die EUSt nicht vorfinanziert bzw. kein Aufschubkonto eingerichtet werden. Dies wird in der Praxis vielfach zB von Importeuren aus der Schweiz genutzt, indem sie sämtliche Waren für die EU in Deutschland zum freien Verkehr abfertigen (sog. „EU-Verzollung").

Zum **Nachweis der EUSt-Freiheit** werden in der Zollabfertigungspraxis vor allem Lieferrechnungen, Lieferscheine, Beförderungspapiere oder ähnliche Dokumente verwendet. Werden die Nachweisanforderungen nicht erfüllt, kann es zur Nacherhebung der EUSt kommen (*Zimmermann* in H/M § 5 Rn. 40; *Sterzinger* in Birkenfeld § 103 Rn. 89). Die nacherhobene EUSt kann nicht vom Spediteur als Vorsteuer geltend gemacht werden, auch wenn er in der Regel die Person ist, an die sich die Zollverwaltung bei der Nacherhebung halten wird (s. BFH V R 68/14, DStR 2015, 2775; so wohl auch unionsrechtskonform gem. EuGH C-187/14, BeckEuRS 2015, 433108 – DSV Road). In diesen Fällen ist vielmehr notwendig, dass der Unternehmer, für den eingeführt wurde und der zum Zeitpunkt der Einfuhr die Verfügungsmacht an den Waren innehatte, die EUSt mittels umsatzsteuerlicher Registrierung in Deutschland geltend macht.

6. Einfuhr zwecks Einlagerung in ein Umsatzsteuerlager (§ 5 Abs. 1 Nr. 4)

8 Mit der Regelung des § 5 Abs. 1 Nr. 4 wird sichergestellt, dass die Einfuhr von Gegenständen, die in ein Umsatzsteuerlager eingelagert werden sollen, steuerfrei ist. Dabei reicht die Absicht des Einführers, die Gegenstände einzulagern, aus (BT-Drs. 115/1562, zu Art. 4, 4. zu Nr. 7). In der Zollanmeldung sind Namen und die Anschrift des Lagerhalters, die Bewilligungsnummer des Umsatzsteuerlagers sowie das bewilligende FA anzugeben. Der Zollanmeldung ist außerdem eine Kopie der Bewilligung des Umsatzsteuerlagers oder eine schriftliche Bestätigung des Lagerhalters über die Bewilligung beizufügen. Sofern diese Angaben zum Zeitpunkt der Einfuhr noch nicht gemacht werden können, muss zumindest glaubhaft gemacht werden, dass eine entsprechende Einlagerung erfolgen wird.

7. § 5 Abs. 1 Nr. 5

9 Wird eine Drittlandsware, die sich in einem Umsatzsteuerlager befindet, im Zusammenhang mit einer Einfuhr ausgelagert, ist die der Auslagerung vorangehende Lieferung oder der innergemeinschaftliche Erwerb grundsätzlich steuerpflichtig. Da die Einfuhr zeitlich gesehen erst nach der Auslagerung erfolgt, wird zur Vermeidung einer Doppelbesteuerung die Einfuhr nach § 5 Abs. 1 Nr. 5 steuerfrei gestellt, wenn Auslagerer der Lieferer ist und dieser gleichzeitig auch die EUSt schuldet (BT-Drs. 115/1562, zu Art. 4, 4. zu Nr. 7).

8. § 5 Abs. 1 Nr. 6

Die Vorschrift bestimmt, dass die Einfuhr von **Gas** über das Erdgasnetz und von **Elektrizität** steuerfrei ist. Durch die Änderung wird die durch Art. 1 Nr. 3 der RL 2003/92/EG vom 7.10.2003 mWv 1.1.2005 eingefügte Regelung des Art. 143 Buchst. l MwStSystRL (Art. 14 Abs. 1 Buchst. k 6. EG-RL) umgesetzt, vgl. *Vellen* UR 2005, 133. Nicht steuerfrei ist demnach die Einfuhr von Gas in anderer Form als über das Erdgasnetz, zB in Gasflaschen etc. Nicht steuerfrei ist mE auch die Einfuhr von Batterien, weil es sich nicht um Einfuhr von „Elektrizität" handelt. Mit Wirkung vom 1.1.2011 ist auch die Einfuhr von **Wärme** oder **Kälte** über Wärme- oder Kältenetze steuerfrei (zu den verschiedenen technischen Verfahren bei steuerfreien Einfuhren über entsprechende Netze siehe *Sterzinger* in Birkenfeld § 103 Rn. 131 ff.). Die Besteuerung dieser Leistungen erfolgt über § 3g iVm § 13b Abs. 2 S. 1 Nr. 5 im Wege des Reverse-Charge-Verfahrens beim Leistungsempfänger. **10**

9. § 5 Abs. 2 – EUSt-Befreiungsverordnung

Bedeutend ist die auf der Ermächtigung des § 5 Abs. 2 beruhende EUStBV (siehe Abdruck vorne nach dem UStG). Sie knüpft im Wesentlichen an Zollbefreiungen an, die nach Kapitel I und III der VO (EWG) Nr. 918/83 des Rates vom 28.3.1983 (ABl. 1983 L 83, 105) über das gemeinschaftliche System der Zollbefreiungen gelten. Sie übernimmt diese – mit geringfügigen Einschränkungen – für die EUSt, und zwar in §§ 1–11. **11**

In der Praxis sind Gestaltungen bekannt geworden, mit denen Versandhändler bei Lieferungen an Nichtunternehmer von § 1a der EUStBV profitieren (EUSt-Freiheit für **Sendungen unter 22 EUR Warenwert**) und für eine Vielzahl von Kleinsendungen an Endverbraucher eine Lieferung ohne Umsatzsteuerbelastung bewirken wollen. Dagegen kann im Einzelfall sprechen, dass der Lieferant trotz der EUSt-Befreiung als Schuldner der EUSt gilt und insofern seine Lieferung gemäß § 3 Abs. 8 in Deutschland steuerpflichtig ausführt (siehe BFH XI R 17/13, MwStR 2015, 935 mAnm Vobbe sowie BFH V R 5/14, MwStR 2015, 542 mAnm *Looks/Menzel,* wonach mangels wirksamer AGB-Klausel, auf deren Grundlage für die Kunden eingeführt werden sollte, eine Einfuhr für den Lieferer und eine Besteuerung seiner Lieferung gem. § 3 Abs. 8 angenommen wurde). Darüber hinaus kommt ein Missbrauch gemäß § 42 AO in Betracht (vgl. BFH V R 32/05, BStBl. II 2008, 153). Die „Modelle", nach denen in der Praxis bislang versucht wurde, von der EUSt-Berfreiung zu profitieren, sind damit bislang höchstrichterlich gescheitert. Die Finanzverwaltung dürfte daran anknüpfend entsprechende Sachverhalte aufgreifen und Nacherhebungen festsetzen. Wenn aber der Lieferant in den Einfuhrprozess nicht eingebunden ist und auch wirtschaftliche Gründe für die gewählte Struktur erkennbar sind, sind mE dennoch entsprechende Gründe anführbar, die die Steuerfreiheit solcher Lieferungen rechtfertigen (vgl. auch BMF 1.2.2008, BStBl. I 2008, 295). Die Steuerbefreiung für Kleinsendungen führt auch nach Ansicht der EU-Kommission zu einem hohen Betrugspotenzial, da deutlich höherwertige Waren als Kleinsendung angemeldet werden. Ferner erkennt sie eine gravierende Ungleichbehandlung von Drittländern mit innerhalb der Gemeinschaft ansässigen Unternehmen, denn diese müssen die Umsatzsteuer bereits auch auf geringwertige Umsätze abführen. Aus diesen Gründen hat die Kommission vorgeschlagen, ab 2021 die Befreiung für Kleinsendungen abzuschaffen. Art. 23 und 24 der RL 2009/132/EG sollen dazu wegfallen. Flankierend dazu sollen die Drittländer die Möglichkeit erhalten, Einfuhren bis 150 EUR steuerfrei einzuführen, wenn sie als „anerkannte Steuerpflichtige" oder via Fiskalvertreter ihre nationalen Umsätze versteuern (vgl. „COM(2016) 755 Proposal Amendment of administrative cooperation VAT", „COM(2016) 756 Proposal amendment of Reg. (EU) No 282-2011 E-Commerce").

Wegen der Auswirkungen des UStBinnenmarktG ist die EUStBV gegenüber der bis Ende 1992 geltenden Fassung wesentlich gestrafft worden. Die §§ 12 und 13 EUStBV enthalten eigenständige Umsatzsteuerbefreiungen der Einfuhr. Bei den **Rückwaren** (§ 12 EUStBV) sind insbesondere die in Satz 2 enthaltenen Ausnahmen sowie zollrechtliche Nämlichkeitserfordernisse, welche grundsätzlich einen Bezug zum Ausfuhrvorgang voraussetzen, zu beachten. Die durch die VO vom 9.2.1994 (BGBl. 1994 I 302) aufgenommenen §§ 12a, 12b EUStBV enthalten unter bestimmten Voraussetzungen Steuerbefreiungen für Fälle der **Freihafenlagerung** und der **Freihafenveredelung.** Bei der Freihafenlagerung handelt es sich um die Einfuhr von Gegenständen, die als Gemeinschaftswaren ausgeführt und in einem Freihafen vorübergehend gelagert worden sind. Die Freihafenveredelung betrifft die Einfuhr von Gegenständen, die in einem Freihafen veredelt worden sind, sofern die bei der Veredelung verwendeten Gegenstände als Gemeinschaftswaren ausgeführt worden sind. § 13 EUStBV stellt die Fänge deutscher **Fischer** umsatzsteuerlich der Urproduktion der deutschen Landwirtschaft gleich – eine Umsatzsteuerbelastung entfällt. § 15 EUStBV enthält eine **Kleinbetragsregelung** für Gegenstände, die für ein Unternehmen im Inland eingeführt werden. Materiell entsteht dadurch idR kein Vorteil, denn andernfalls wäre die EUSt als Vorsteuer abzugsfähig.

10. § 5 Abs. 2 – Einreise-Freimengen-Verordnung

12 Gemäß **Einreise-Freimengen-Verordnung (EF-VO)** vom 24.11.2008 (BGBl. 2008 I 2235; ber. BGBl. 2009 I 403) können Waren innerhalb bestimmter mengen- und wertmäßiger Grenzen abgabenfrei eingeführt werden.

13 **Reisemitbringsel** sind Waren, die Reisende gelegentlich und ausschließlich zum persönlichen Ge- oder Verbrauch oder als Geschenk in ihrem persönlichen Gepäck einführen. Sie sind durch die Einreise-Freimengen-VO (EF-VO) von der EUSt befreit, wenn bestimmte Mengengrenzen nicht überschritten werden (zu den aktuellen Mengengrenzen vgl. EF-VO). Es geht im Wesentlichen um Tabakwaren, alkoholische Getränke, Arzneimittel und Kraftstoffe, die in nur sehr begrenztem Umfang EUSt-frei und unverzollt eingeführt werden dürfen. Andere Waren sind als Reisemitbringsel bis zu einem Warenwert von 430 EUR für Flug-/Seereisende über 15 Jahren (unter 15 Jahren: 175 EUR), bei auf dem Landweg Reisenden bis zu einem Warenwert von 300 EUR für Reisende über 15 Jahren (ansonsten: 175 EUR) von der EUSt befreit. Für Bewohner von grenznahen Gebieten und für Freihäfen gelten besondere Einschränkungen (vgl. § 3 Einreise-Freimengen-VO). Diese Einschränkungen sind sachlich gerechtfertigt, weil sonst grenznah wohnende Inländer übermäßige Vorteile bzgl. der Einfuhrabgaben hätten (vgl. EuGH C-54/85, HFR 1985, 391).

11. § 5 Abs. 2 – Kleinsendungen nichtkommerzieller Art

14 Kleinsendungen nichtkommerzieller Art sind nach der **Kleinsendungs-Einfuhrfreimengen-Verordnung (KF-VO)** vom 11.1.1979 (BGBl. 1979 I 73; zuletzt geändert durch Zollordnungs-ÄndVO vom 22.12.2003, BGBl. 2004 I 21) von der Umsatzsteuer befreit. Auch hier gibt es Mengenbegrenzungen, die idR unter denen für Reisemitbringsel (→ Rn. 13) liegen (zu den aktuellen Grenzen vgl. KF-VO). Außerdem muss es sich um Geschenksendungen handeln, deren Wert 45 EUR nicht übersteigen darf.

12. Sonstige Befreiungen

15 Außerhalb des UStG gibt es noch eine Reihe von Vorschriften, die eine Befreiung von der EUSt zum Gegenstand haben. Es handelt sich insbesondere um

– das Offshore-Abkommen (BGBl. 1955 II 821; 1975 I 1534),

- das NATO-Truppenstatut (BGBl. 1961 II 83, 1190; Einzelheiten → § 26 Rn. 12–14),
- das Gesetz zum Protokoll über die NATO-Hauptquartiere (BGBl. 1969 II 1997; BGBl. 2000, 2009),
- die EWG-VO Nr. 1410/74 betreffend Einfuhren aus Anlass von Katastrophenfällen (entspricht etwa § 4a)
- die VO über EUROCONTROL v. 26.7.1972 (BGBl. 1972 I 814).

Eine gesetzlich nicht geregelte EUSt-Befreiung gilt durch die Rechtsprechung des EuGH für eingeschmuggelte **Drogen** und **Betäubungsmittel** sowie für die Einfuhr von **Falschgeld** (EuGH C-343/89, UR 1991, 148; 289/86, UR 1989, 309). Der EuGH stellt dabei darauf ab, dass diese Waren auf Grund ihrer Art und ihrer besonderen Merkmale weder in den erlaubten Handel gebracht noch in den Wirtschaftskreislauf einbezogen werden können. Eine allgemeine Differenzierung zwischen erlaubten und unerlaubten Geschäften verbietet sich wegen des Grundsatzes der steuerlichen Wertneutralität (EuGH C-455/98, UR 2000, 379 – Kaupo Salumets).

§6 Ausfuhrlieferung

(1) [1]**Eine Ausfuhrlieferung (§ 4 Nr. 1 Buchstabe a) liegt vor, wenn bei einer Lieferung**
1. **der Unternehmer den Gegenstand der Lieferung in das Drittlandsgebiet, ausgenommen Gebiete nach § 1 Abs. 3, befördert oder versendet hat oder**
2. **der Abnehmer den Gegenstand der Lieferung in das Drittlandsgebiet, ausgenommen Gebiete nach § 1 Abs. 3, befördert oder versendet hat und ein ausländischer Abnehmer ist oder**
3. **der Unternehmer oder der Abnehmer den Gegenstand der Lieferung in die in § 1 Abs. 3 bezeichneten Gebiete befördert oder versendet hat und der Abnehmer**
   a) **ein Unternehmer ist, der den Gegenstand für sein Unternehmen erworben hat und dieser nicht ausschließlich oder nicht zum Teil für eine nach § 4 Nr. 8 bis 27 steuerfreie Tätigkeit verwendet werden soll, oder**
   b) **ein ausländischer Abnehmer, aber kein Unternehmer ist und der Gegenstand in das übrige Drittlandsgebiet gelangt.**

[2]**Der Gegenstand der Lieferung kann durch Beauftragte vor der Ausfuhr bearbeitet oder verarbeitet worden sein.**

(2) [1]**Ausländischer Abnehmer im Sinne des Absatzes 1 Satz 1 Nr. 2 und 3 ist**
1. **ein Abnehmer, der seinen Wohnort oder Sitz im Ausland, ausgenommen die in § 1 Abs. 3 bezeichneten Gebiete, hat, oder**
2. **eine Zweigniederlassung eines im Inland oder in den in § 1 Abs. 3 bezeichneten Gebieten ansässigen Unternehmers, die ihren Sitz im Ausland, ausgenommen die bezeichneten Gebiete, hat, wenn sie das Umsatzgeschäft im eigenen Namen abgeschlossen hat.**

[2]**Eine Zweigniederlassung im Inland oder in den in § 1 Abs. 3 bezeichneten Gebieten ist kein ausländischer Abnehmer.**

(3) **Ist in den Fällen des Absatzes 1 Satz 1 Nr. 2 und 3 der Gegenstand der Lieferung zur Ausrüstung oder Versorgung eines Beförderungsmittels bestimmt, so liegt eine Ausfuhrlieferung nur vor, wenn**
1. **der Abnehmer ein ausländischer Unternehmer ist und**
2. **das Beförderungsmittel den Zwecken des Unternehmens des Abnehmers dient.**

(3a) **Wird in den Fällen des Absatzes 1 Satz 1 Nr. 2 und 3 der Gegenstand der Lieferung nicht für unternehmerische Zwecke erworben und durch den Abnehmer im persönlichen Reisegepäck ausgeführt, liegt eine Ausfuhrlieferung nur vor, wenn**

1. **der Abnehmer seinen Wohnort oder Sitz im Drittlandsgebiet, ausgenommen Gebiete nach § 1 Abs. 3, hat und**
2. **der Gegenstand der Lieferung vor Ablauf des dritten Kalendermonats, der auf den Monat der Lieferung folgt, ausgeführt wird.**

(4) [1]**Die Voraussetzungen der Absätze 1, 3 und 3a sowie die Bearbeitung oder Verarbeitung im Sinne des Absatzes 1 Satz 2 müssen vom Unternehmer nachgewiesen sein.** [2]**Das Bundesministerium der Finanzen kann mit Zustimmung des Bundesrates durch Rechtsverordnung bestimmen, wie der Unternehmer die Nachweise zu führen hat.**

(5) **Die Absätze 1 bis 4 gelten nicht für die Lieferungen im Sinne des § 3 Abs. 1b.**

Umsatzsteuer-Durchführungsverordnung:

Ausfuhrnachweis und buchmäßiger Nachweis bei Ausfuhrlieferungen und Lohnveredelungen an Gegenständen der Ausfuhr

§ 8 Grundsätze für den Ausfuhrnachweis bei Ausfuhrlieferungen

(1) [1]Bei Ausfuhrlieferungen (§ 6 des Gesetzes) muss der Unternehmer im Geltungsbereich des Gesetzes durch Belege nachweisen, dass er oder der Abnehmer den Gegenstand der Lieferung in das Drittlandsgebiet befördert oder versendet hat (Ausfuhrnachweis). [2]Die Voraussetzung muss sich aus den Belegen eindeutig und leicht nachprüfbar ergeben.

(2) Ist der Gegenstand der Lieferung durch Beauftragte vor der Ausfuhr bearbeitet oder verarbeitet worden (§ 6 Abs. 1 Satz 2 des Gesetzes), so muss sich auch dies aus den Belegen nach Absatz 1 eindeutig und leicht nachprüfbar ergeben.

§ 9 Ausfuhrnachweis bei Ausfuhrlieferungen in Beförderungsfällen

(1) [1]Hat der Unternehmer oder der Abnehmer den Gegenstand der Lieferung in das Drittlandsgebiet befördert, hat der Unternehmer den Ausfuhrnachweis durch folgenden Beleg zu führen:

1. *bei Ausfuhranmeldung im elektronischen Ausfuhrverfahren nach Artikel 787 der Durchführungsverordnung zum Zollkodex mit der durch die zuständige Ausfuhrzollstelle auf elektronischem Weg übermittelten Bestätigung, dass der Gegenstand ausgeführt wurde (Ausgangsvermerk);*
2. *bei allen anderen Ausfuhranmeldungen durch einen Beleg, der folgende Angaben zu enthalten hat:*
   a) *den Namen und die Anschrift des liefernden Unternehmers,*
   b) *die Menge des ausgeführten Gegenstands und die handelsübliche Bezeichnung,*
   c) *den Ort und den Tag der Ausfuhr sowie*
   d) *eine Ausfuhrbestätigung der Grenzzollstelle eines Mitgliedstaates, die den Ausgang des Gegenstands aus dem Gemeinschaftsgebiet überwacht.*

[2]Hat der Unternehmer statt des Ausgangsvermerks eine von der Ausfuhrzollstelle auf elektronischem Weg übermittelte alternative Bestätigung, dass der Gegenstand ausgeführt wurde (Alternativ-Ausgangsvermerk), gilt diese als Ausfuhrnachweis.

(2) [1]Bei der Ausfuhr von Fahrzeugen im Sinne des § 1b Absatz 2 Satz 1 Nummer 1 des Gesetzes, die zum bestimmungsmäßigen Gebrauch im Straßenverkehr einer Zulassung bedürfen, muss

1. *der Beleg nach Absatz 1 auch die Fahrzeug-Identifikationsnummer im Sinne des § 6 Absatz 5 Nummer 5 der Fahrzeug-Zulassungsverordnung enthalten und*
2. *der Unternehmer zusätzlich über eine Bescheinigung über die Zulassung, die Verzollung oder die Einfuhrbesteuerung im Drittland verfügen.*

[2]Satz 1 Nummer 2 gilt nicht in den Fällen, in denen das Fahrzeug mit einem Ausfuhrkennzeichen ausgeführt wird, wenn aus dem Beleg nach Satz 1 Nummer 1 die Nummer des Ausfuhrkennzeichens ersichtlich ist, oder in denen das Fahrzeug nicht im Sinne der Fahrzeug-Zulassungsverordnung vom 3. Februar 2011

(BGBl. I S. 139), die durch Artikel 3 der Verordnung vom 10. Mai 2012 (BGBl. I S. 1086) geändert worden ist, in der jeweils geltenden Fassung auf öffentlichen Straßen in Betrieb gesetzt worden ist und nicht auf eigener Achse in das Drittlandsgebiet ausgeführt wird.

(3) [1]An die Stelle der Ausfuhrbestätigung nach Absatz 1 Satz 1 Nummer 2 Buchstabe d tritt bei einer Ausfuhr im gemeinsamen oder gemeinschaftlichen Versandverfahren oder bei einer Ausfuhr mit Carnets TIR, wenn diese Verfahren nicht bei einer Grenzzollstelle beginnen, eine Ausfuhrbestätigung der Abgangsstelle. [2]Diese Ausfuhrbestätigung wird nach Eingang des Beendigungsnachweises für das Versandverfahren erteilt, sofern sich aus ihr die Ausfuhr ergibt.

(4) Im Sinne dieser Verordnung gilt als Durchführungsverordnung zum Zollkodex die Verordnung (EWG) Nr. 2454/93 der Kommission vom 2. Juli 1993 mit Durchführungsvorschriften zu der Verordnung (EWG) Nr. 2913/92 des Rates zur Festlegung des Zollkodex der Gemeinschaften (ABl. L 253 vom 11. 10. 1993, S. 1), die zuletzt durch die Verordnung (EU) Nr. 1063/2010 (ABl. L 307 vom 23. 11. 2010, S. 1) geändert worden ist, in der jeweils geltenden Fassung.

§ 10 Ausfuhrnachweis bei Ausfuhrlieferungen in Versendungsfällen

(1) [1]Hat der Unternehmer oder der Abnehmer den Gegenstand der Lieferung in das Drittlandsgebiet versendet, hat der Unternehmer den Ausfuhrnachweis durch folgenden Beleg zu führen:

1. *bei Ausfuhranmeldung im elektronischen Ausfuhrverfahren nach Artikel 787 der Durchführungsverordnung zum Zollkodex mit dem Ausgangsvermerk;*
2. *bei allen anderen Ausfuhranmeldungen:*
   a) *mit einem Versendungsbeleg, insbesondere durch handelsrechtlichen Frachtbrief, der vom Auftraggeber des Frachtführers unterzeichnet ist, mit einem Konnossement, mit einem Einlieferungsschein für im Postverkehr beförderte Sendungen oder deren Doppelstücke, oder*
   b) *mit einem anderen handelsüblichen Beleg als den Belegen nach Buchstabe a, insbesondere mit einer Bescheinigung des beauftragten Spediteurs; dieser Beleg hat folgende Angaben zu enthalten:*
      aa) *den Namen und die Anschrift des mit der Beförderung beauftragten Unternehmers sowie das Ausstellungsdatum,*
      bb) *den Namen und die Anschrift des liefernden Unternehmers und des Auftraggebers der Versendung,*
      cc) *die Menge und die Art (handelsübliche Bezeichnung) des ausgeführten Gegenstands,*
      dd) *den Ort und den Tag der Ausfuhr oder den Ort und den Tag der Versendung des ausgeführten Gegenstands in das Drittlandsgebiet,*
      ee) *den Empfänger des ausgeführten Gegenstands und den Bestimmungsort im Drittlandsgebiet,*
      ff) *eine Versicherung des Ausstellers des Belegs darüber, dass die Angaben im Beleg auf der Grundlage von Geschäftsunterlagen gemacht wurden, die im Gemeinschaftsgebiet nachprüfbar sind, sowie*
      gg) *die Unterschrift des Ausstellers des Belegs.*

[2]Hat der Unternehmer statt des Ausgangsvermerks einen Alternativ-Ausgangsvermerk, gilt dieser als Ausfuhrnachweis.

(2) [1]Bei der Ausfuhr von Fahrzeugen im Sinne des § 1b Absatz 2 Satz 1 Nummer 1 des Gesetzes, die zum bestimmungsmäßigen Gebrauch im Straßenverkehr einer Zulassung bedürfen, muss

1. *der Beleg nach Absatz 1 auch die Fahrzeug-Identifikationsnummer enthalten und*
2. *der Unternehmer zusätzlich über eine Bescheinigung über die Zulassung, die Verzollung oder die Einfuhrbesteuerung im Drittland verfügen.*

[2]Satz 1 Nummer 2 gilt nicht in den Fällen, in denen das Fahrzeug mit einem Ausfuhrkennzeichen ausgeführt wird, wenn aus dem Beleg nach Satz 1 Nummer 1 die Nummer des Ausfuhrkennzeichens ersichtlich ist, oder in denen das Fahrzeug nicht im Sinne der Fahrzeug-Zulassungsverordnung auf öffentlichen Straßen in Betrieb gesetzt worden ist und nicht auf eigener Achse in das Drittlandsgebiet ausgeführt wird.

(3) [1]Ist eine Ausfuhr elektronisch angemeldet worden und ist es dem Unternehmer nicht möglich oder nicht zumutbar, den Ausfuhrnachweis nach Absatz 1 Satz 1 Nummer 1 zu führen, kann dieser die Ausfuhr mit den in Absatz 1 Satz 1 Nummer 2 genannten Belegen nachweisen. [2]In den Fällen nach Satz 1 muss der Beleg zusätzlich zu den Angaben nach Absatz 1 Satz 1 Nummer 2 die Versendungsbezugsnummer der Ausfuhranmeldung nach Artikel 796c Satz 3 der Durchführungsverordnung zum Zollkodex (Movement Reference Number – MRN) enthalten.

(4) Ist es dem Unternehmer nicht möglich oder nicht zumutbar, den Ausfuhrnachweis nach Absatz 1 Satz 1 Nummer 2 zu führen, kann er die Ausfuhr wie in Beförderungsfällen nach § 9 Absatz 1 Satz 1 Nummer 2 nachweisen.

§ 11 Ausfuhrnachweis bei Ausfuhrlieferungen in Bearbeitungs- und Verarbeitungsfällen

(1) Hat ein Beauftragter den Gegenstand der Lieferung vor der Ausfuhr bearbeitet oder verarbeitet, hat der liefernde Unternehmer den Ausfuhrnachweis durch einen Beleg nach § 9 oder § 10 zu führen, der zusätzlich folgende Angaben zu enthalten hat:

1. *den Namen und die Anschrift des Beauftragten,*
2. *die Menge und die handelsübliche Bezeichnung des Gegenstands, der an den Beauftragten übergeben oder versendet wurde,*
3. *den Ort und den Tag der Entgegennahme des Gegenstands durch den Beauftragten sowie*
4. *die Bezeichnung des Auftrags sowie die Bezeichnung der Bearbeitung oder Verarbeitung, die vom Beauftragten vorgenommen wurde.*

(2) Haben mehrere Beauftragte den Gegenstand der Lieferung bearbeitet oder verarbeitet, hat der liefernde Unternehmer die in Absatz 1 genannten Angaben für jeden Beauftragten, der die Bearbeitung oder Verarbeitung vornimmt, zu machen.

§ 12 Ausfuhrnachweis bei Lohnveredelungen an Gegenständen der Ausfuhr

Bei Lohnveredelungen an Gegenständen der Ausfuhr (§ 7 des Gesetzes) sind die Vorschriften über die Führung des Ausfuhrnachweises bei Ausfuhrlieferungen (§§ 8 bis 11) entsprechend anzuwenden.

§ 13 Buchmäßiger Nachweis bei Ausfuhrlieferungen und Lohnveredelungen an Gegenständen der Ausfuhr

(1) [1]Bei Ausfuhrlieferungen und Lohnveredelungen an Gegenständen der Ausfuhr (§§ 6 und 7 des Gesetzes) hat der Unternehmer im Geltungsbereich des Gesetzes die Voraussetzungen der Steuerbefreiung buchmäßig nachzuweisen. [2]Die Voraussetzungen müssen eindeutig und leicht nachprüfbar aus der Buchführung zu ersehen sein.

(2) Der Unternehmer hat regelmäßig Folgendes aufzuzeichnen:

1. *die Menge des Gegenstands der Lieferung oder die Art und den Umfang der Lohnveredelung sowie die handelsübliche Bezeichnung einschließlich der Fahrzeug-Identifikationsnummer bei Fahrzeugen im Sinne des § 1b Absatz 2 des Gesetzes,*
2. *den Namen und die Anschrift des Abnehmers oder Auftraggebers,*
3. *den Tag der Lieferung oder der Lohnveredelung,*
4. *das vereinbarte Entgelt oder bei der Besteuerung nach vereinnahmten Entgelten das vereinnahmte Entgelt und den Tag der Vereinnahmung,*
5. *die Art und den Umfang einer Bearbeitung oder Verarbeitung vor der Ausfuhr (§ 6 Absatz 1 Satz 2, § 7 Absatz 1 Satz 2 des Gesetzes),*
6. *den Tag der Ausfuhr sowie*
7. *in den Fällen des § 9 Absatz 1 Satz 1 Nummer 1, des § 10 Absatz 1 Satz 1 Nummer 1 und des § 10 Absatz 3 die Movement Reference Number – MRN.*

(3) In den Fällen des § 6 Absatz 1 Satz 1 Nummer 1 des Gesetzes, in denen der Abnehmer kein ausländischer Abnehmer ist, hat der Unternehmer zusätzlich zu den Angaben nach Absatz 2 aufzuzeichnen:

1. *die Beförderung oder Versendung durch ihn selbst sowie*
2. *den Bestimmungsort.*

(4) In den Fällen des § 6 Absatz 1 Satz 1 Nummer 3 des Gesetzes hat der Unternehmer zusätzlich zu den Angaben nach Absatz 2 aufzuzeichnen:

1. *die Beförderung oder Versendung,*
2. *den Bestimmungsort sowie*
3. *in den Fällen, in denen der Abnehmer ein Unternehmer ist, auch den Gewerbezweig oder Beruf des Abnehmers und den Erwerbszweck.*

(5) In den Fällen des § 6 Absatz 1 Satz 1 Nummer 2 und 3 des Gesetzes, in denen der Abnehmer ein Unternehmer ist und er oder sein Beauftragter den Gegenstand der Lieferung im persönlichen Reisegepäck

ausführt, hat der Unternehmer zusätzlich zu den Angaben nach Absatz 2 auch den Gewerbezweig oder Beruf des Abnehmers und den Erwerbszweck aufzuzeichnen.

(6) In den Fällen des § 6 Absatz 3 des Gesetzes hat der Unternehmer zusätzlich zu den Angaben nach Absatz 2 Folgendes aufzuzeichnen:

1. *den Gewerbezweig oder Beruf des Abnehmers sowie*
2. *den Verwendungszweck des Beförderungsmittels.*

(7) [1]In den Fällen des § 7 Absatz 1 Satz 1 Nummer 1 des Gesetzes, in denen der Auftraggeber kein ausländischer Auftraggeber ist, ist Absatz 3 entsprechend anzuwenden. [2]In den Fällen des § 7 Absatz 1 Satz 1 Nummer 3 Buchstabe b des Gesetzes ist Absatz 4 entsprechend anzuwenden.

§ 14 bis 16 (weggefallen)

§ 17 Abnehmernachweis bei Ausfuhrlieferungen im nichtkommerziellen Reiseverkehr

In den Fällen des § 6 Absatz 3a des Gesetzes hat der Beleg nach § 9 zusätzlich folgende Angaben zu enthalten:

1. *den Namen und die Anschrift des Abnehmers sowie*
2. *eine Bestätigung der Grenzzollstelle eines Mitgliedstaates, die den Ausgang des Gegenstands der Lieferung aus dem Gemeinschaftsgebiet überwacht, dass die nach Nummer 1 gemachten Angaben mit den Eintragungen in dem vorgelegten Pass oder sonstigen Grenzübertrittspapier desjenigen übereinstimmen, der den Gegenstand in das Drittlandsgebiet verbringt.*

EU-Recht: Art. 146, 370, 371 Buchst. d MwStSystRL (Art. 15 Nr. 1, 2, Art. 16 Abs. 1 Teil B, Art. 28 Abs. 3 Buchst. a, b, Anh. E Nr. 12, Anh. F Nr. 21, 22 6. EG-RL)
UStAE: 6.1–6.12

Übersicht

I. Systematik und Entwicklung

1. Grundsätzliches

1 Die Besteuerung des internationalen Warenverkehrs richtet sich zur Gewährleistung der Wettbewerbsneutralität nach dem **Bestimmungslandprinzip.** Demnach müssen Lieferungen ins Ausland von der Steuer befreit werden. Im Zielland kann dann nach den dortigen Regelungen eine Besteuerung erfolgen, die der Besteuerung lokaler Anbieter entspricht. Vor diesem Hintergrund wird deutlich, dass die wesentlichste Voraussetzung für die Steuerfreiheit darin besteht, dass der Liefergegenstand tatsächlich ins Drittland gelangt.

2 Damit eine steuerfreie Ausfuhrlieferung vorliegt, muss zunächst einmal überhaupt eine **steuerbare Lieferung** gegeben sein. Dies erfordert erstens die Verschaffung der Verfügungsmacht an einem Gegenstand. Dieser Gegenstand kann ein reines Handelsgut, ein bearbeiteter Gegenstand oder ein im Rahmen einer Werklieferung iSd § 3 Abs. 4 hergestellter Gegenstand sein (vgl. UStAE 6.6 Abs. 5). Die Steuerfreiheit der Ausfuhrlieferung erfasst ggf. auch erbrachte Nebenleistungen. Üblicherweise bestehen solche Nebenleistungen bspw. aus Transportleistungen. Ebenso kommen aber auch eigens für die Ausfuhrlieferung hergestellte **Formen, Modelle und Werkzeuge,** die für die Produktion der zu liefernden Gegenstände eingesetzt werden, als steuerfreie Nebenleistungen in Betracht (BMF 27.11.1975, BStBl. I 1975, 1126). Auch eine **Werklieferung gemäß § 3 Abs. 4** ist eine Lieferung und kann damit als steuerfreie Ausfuhrlieferung ausgeführt werden. Hierzu müssen die weiteren Voraussetzungen für Ausfuhrlieferungen, insbesondere die Warenbewegung ins Drittland, erfüllt sein. Eine Werklieferung fällt demnach nicht unter § 6, wenn sie erst als an dem Zielort im Drittland als ausgeführt anzusehen ist, an dem die Beförderung oder Versendung endet. Wenn demnach das fertige Werk versendet oder befördert wird, kann eine am Abgangsort steuerbare und steuerfreie Ausfuhrlieferung gegeben sein (zB Lieferung eines maßgefertigten Möbelstücks und Versand des fertigen Werkes von Deutschland ins Drittland). Keine Ausfuhrlieferung liegt dagegen vor, wenn der Gegenstand der Lieferung vom Lieferer erst im Zielland geliefert wird, nachdem erst dort der eigentliche Liefergegenstand entsteht und die Verfügungsmacht daran übertragen wird (zB Errichtung einer „schlüsselfertigen Anlage" im Drittland im Anschluss an den Transport der Einzelteile von Deutschland ins Drittland). Für die letztgenannten Fälle sind in der Praxis vom Lieferer auch die zoll- und umsatzsteuerrechtlichen Regelungen des Ziellandes zu beachten.

3 Zweitens muss die Lieferung **gegen Entgelt** erfolgen. Nicht erfasst vom Tatbestand der Ausfuhrlieferung ist das bloße physische Verbringen von Gegenständen aus dem In- in das Drittland (zB die Versendung von Ware im Rahmen einer Garantieverpflichtung, das bloße Anliefern von Material an einen Ort im Drittland zwecks Ausführung einer Werklieferung, Verbringen von Ware in ein Auslieferungslager). Die bei innergemeinschaftlichen Warenbewegungen ggf. greifende Fiktion einer innergemeinschaftlichen Lieferung gem. § 3 Abs. 1 a gilt nicht für Verbringensvorgänge über Drittlandsgrenzen, wenngleich insoweit aus zollrechtlicher Sicht sehr wohl eine Ausfuhr angemeldet werden muss. Die **Entnahme** eines Gegenstandes aus dem Unternehmensvermögen mit anschließender Beförderung (Ausfuhr) in ein Drittland ist nicht steuerfrei (BFH XI R 9/13, MwStR 2014, 587; auch → Rn. 41).

4 § 6 füllt den durch § 4 Nr. 1 a vorgegebenen Rahmen bzgl. der Ausfuhrlieferungen aus (zur Lohnveredelung siehe § 7). Die Vorschrift enthält die Tatbestandsmerkmale der steuerfreien Ausfuhrlieferungen im Einzelnen sowie die Verpflichtungen zum **Ausfuhr- und zum Buchnachweis.** Die unionsrechtliche Grundlage bildet Art. 146, 147 MwStSystRL. § 6 Abs. 3 a schränkt den Begriff der Ausfuhrlieferung und damit mittelbar die Steuerbefreiung nach § 4 Nr. 1 a für den **privaten Reisever-**

kehr gegenüber der bisherigen Regelung ein (vgl. OFD Erfurt 25.7.1996, DStR 1996, 1773 sowie Runderlass des Auswärtigen Amtes vom 23.8.2001 zur Steuerbefreiung für Ausfuhrlieferungen, übersandt durch BMF 25.9.2001, UR 2002, 142).

Von besonderer praktischer Bedeutung ist das nunmehr durchgängig eingeführte elektronische Verfahren **„ATLAS-Ausfuhr"**, mit dem sowohl die zollrechtlich notwendige Anmeldung zur Ausfuhr wie auch der für Umsatzsteuerzwecke notwendige Ausfuhrnachweis elektronisch erteilt wird (hierzu → Rn. 15ff.). 5

2. Beförderung oder Versendung in das Drittland bzw. Gebiete gemäß § 1 Abs. 3

Gemeinsames Tatbestandsmerkmal der verschiedenen Ausfuhrfälle ist die Notwendigkeit des **Gelangens des Gegenstands ins Drittlandsgebiet** gem. § 1 Abs. 2a. Dabei handelt es sich grundsätzlich um nicht in Staaten der EU gelegenes Hoheitsgebiet. Darüber hinaus werden bestimmte Hoheitsgebiete von EU-Mitgliedstaaten ausdrücklich vom Steuergebiet der EU ausgeschlossen (vgl. Art. 6 MwStSystRL). Ferner kann eine Ausfuhrlieferung vorliegen, wenn der Gegenstand in die in § 1 Abs. 3 bezeichneten Gebiete gelangt (Freihäfen und Gewässer und Watte zwischen Hoheitsgrenze und Strandlinie). 6

Es ist **keine feste zeitliche Frist** zu beachten, binnen derer die Gegenstände tatsächlich ins Drittland gelangen müssen (EuGH C-563/12, BeckRS 2013, 82383 – BDV Hungary Trading; auch → Rn. 37). Ein Transport der gelieferten Gegenstände ins Drittland muss allerdings bereits bei der Lieferung klar erkennbar und nach dem Gesamtbild der Verhältnisse sicher sein, damit bei zeitlich verzögerter Ausfuhr die Steuerbefreiung greifen kann (→ Rn. 36f.).

Geht die Ware noch vor Grenzübertritt unter, dürfte die Voraussetzung für die Steuerfreiheit nicht erfüllt sein, so dass entgegen der eigentlichen Absicht der Beteiligten dann eine steuerpflichtige Lieferung gegeben ist. Sofern das Transportrisiko allerdings der Lieferer zu tragen hatte, dürfte der Kunde kein Entgelt entrichten und die Steuerbarkeit aus diesem Grund gänzlich entfallen. Hat hingegen der Empfänger das Risiko des zufälligen Untergangs zu tragen und demnach das Entgelt trotz Untergangs der Ware zu entrichten, dürfte die Lieferung mit Beginn des Transports als ausgeführt und letztlich nicht als grenzüberschreitend zu würdigen sein. Ob zur Begründung der Steuerfreiheit auf die ggf. eindeutig nachweisbare ursprüngliche Absicht der Beteiligten abgestellt werden kann, ist meines Erachtens sehr zweifelhaft. Die Steuerfreiheit wäre in derartigen Fällen damit ausgeschlossen bzw. käme nur im Billigkeitsverfahren in Betracht. 7

Bei den Unterfällen von Ausfuhrlieferungen wird unterschieden, von wem der Gegenstand der Ausfuhr befördert oder versendet wird. Die **Beförderung** ist die Bewegung des Gegenstands durch den Unternehmer selbst. Die **Versendung** erfolgt demgegenüber durch die Einschaltung eines beauftragten Dritten (zB Frachtführer, Spediteur). Beförderungs- und Versendungsfälle unterscheiden sich vor allem hinsichtlich des notwendigen Ausfuhrnachweises, sofern dieser nicht über den elektronischen Ausfuhrnachweis im ATLAS-Verfahren erfolgt (zu den geänderten Nachweisanforderungen seit 1.1./1.4.2012 siehe unter V.). Zur steuerfreien Ausfuhr von Bestattungsunternehmen siehe FG Bln-Bbg 7 V 7394/11, DStRE 2012, 1148. 8

II. Transport durch den Lieferer

Die **Ausfuhr mit Transportveranlassung durch den Lieferer** (§ 6 Abs. 1 Nr. 1) ist der wohl häufigste Ausfuhrtatbestand. Er kann nur durch einen Unternehmer verwirklicht werden (vgl. BFH V R 80/86, BFH/NV 1992, 206). Soweit also Hoheitsträger (zB Bundeswehr) oder gemeinnützige Einrichtungen Gegenstände ins 9

Drittlandsgebiet schaffen, ist § 6 nicht anwendbar. Es kann aber der Vergütungstatbestand des § 4a in Betracht kommen. Einzelheiten siehe dort. Der Unternehmer muss den Gegenstand der Lieferung befördert oder versendet haben. Dadurch muss der Gegenstand ins Drittlandsgebiet gelangt sein (Ausnahme: Gebiet nach § 1 Abs. 3). Zur Lieferung von Kfz, die mit eigener Antriebskraft in das Drittlandsgebiet gelangen, siehe BMF 16.10.1997, UR 1998, 37. Weitere Sonderregelungen der Finanzverwaltung gelten für Lieferungen von Gegenständen der Schiffsausrüstung an Binnenschiffer im Drittlandsgebiet (BMF 27.11.1975, BStBl. I 1975, 1126). Auf den Wohnsitz oder Sitz des Abnehmers kommt es nicht an; auch Ausfuhrlieferungen an Inländer sind steuerfrei (zB Verkauf von Gegenständen und Rechnungsstellung an einen deutschen Kunden, der als Lieferadresse einen Ort im Drittland vorgibt). Alle genannten Tatbestandsmerkmale sind objektive Vorgänge, für die daher gem. § 6 Abs. 4 iVm §§ 8–11, 13 UStDV Nachweise zu erbringen sind.

III. Transport durch den Abnehmer

10 Die **Ausfuhr mit Transportveranlassung durch den Abnehmer** (§ 6 Abs. 1 Nr. 2) – sog. Abholfall – unterscheidet sich von der Ausfuhrlieferung durch den Lieferer dahingehend, dass die Beförderung oder Versendung des Liefergegenstands nicht vom liefernden Unternehmer, sondern vom Abnehmer durchgeführt wird. Damit die Steuerfreiheit gewährleistet ist, muss es sich um einen **ausländischen Abnehmer** handeln (zum Begriff BFH XI R 70/93, BStBl. II 1995, 515; V R 90/89, UR 1993, 258; UStAE 6.3). Abnehmer ist derjenige, mit dem der Lieferer das Umsatzgeschäft geschlossen hat. Diese Person muss nicht mit dem tatsächlichen Warenempfänger übereinstimmen. „Abholfälle" sind in der Praxis häufig zB bei Exporten nach Osteuropa anzutreffen, da in diesen Fällen die Kunden aus Kostengründen ihre lokalen Spediteure einsetzen, anstatt die oft höheren Speditionskosten des Lieferanten zu tragen.

11 Ausländische Abnehmer werden in § 6 Abs. 2 definiert. Diese Definition stimmt nicht mit der Definition für Zwecke des § 13b (Übertragung der Steuerschuldnerschaft, insbesondere § 13b Abs. 4) überein. Ausländische Abnehmer im Sinne des § 6 Abs. 2 sind einmal solche, die ihren **Wohnort oder Sitz im Ausland** mit Ausnahme der Gebiete nach § 1 Abs. 3 haben (§ 6 Abs. 2 Nr. 1). Dabei findet im Gegensatz zum bürgerlichen Recht und auch zum allgemeinen Unternehmerbegriff eine Unterscheidung zwischen dem Unternehmer selbst und seinen Zweigniederlassungen oder Organgesellschaften statt. Soweit diese das Liefergeschäft im eigenen Namen abgeschlossen haben, werden sie bzgl. des Sitzes wie eigenständige Unternehmer behandelt. Eine **Zweigniederlassung** eines ausländischen Abnehmers ist daher unter dieser Voraussetzung kein ausländischer Abnehmer, wenn sie ihren Sitz im Erhebungsgebiet oder im Gebiet nach § 1 Abs. 3 hat. Umgekehrt sind aber ausländische Zweigniederlassungen von inländischen Unternehmen ausländische Abnehmer, wenn sie das Geschäft im eigenen Namen abgeschlossen haben (§ 6 Abs. 2 Nr. 2). Angesichts der Verwendung des Begriffs „Zweigniederlassung" dürfte für die Abgrenzung auf die Eintragung ins Handelsregister bzw. ein ähnliches Register abzustellen sein und nicht auf die Abgrenzungskriterien für eine „feste Niederlassung" bzw. Betriebsstätte im umsatzsteuerlichen Sinne (vgl. hierzu UStAE 3a.1 Abs. 3 und die dort zitierte EuGH-Rechtsprechung). Allerdings kommt in Betracht, im Zuge einer richtlinienkonformen Auslegung an dem unionsrechtlichen Begriff der festen Niederlassung anzuknüpfen (so auch *Treiber* in Sölch/Ringleb § 6 Rn. 71; *Thaler* in Rau/Dürrwächter § 6 Rn. 314). Sofern dies aber zum Nachteil des Steuerpflichtigen erfolgt (zB Versagung des Vorsteuerabzugs bei einem deutschen Abholer, der im Ausland eine feste Niederlassung, aber keine Zweigniederlassung unterhält), würde dadurch mE unzulässig eine eindeutige gesetzliche Regelung gegen ihren Wortlaut zu

Lasten des Steuerpflichtigen ausgelegt, was angesichts der Formulierung in Art. 146 Abs. 1 Buchstabe b MwStSystRL mE nicht geboten erscheint. Denn in Art. 146 Abs. 1 Buchstabe b MwStSystRL wird nur vom „nicht in ihrem jeweiligen Gebiet ansässigen Erwerber" gesprochen. Ein solcher liegt nicht vor, wenn er im Inland ansässig ist – selbst dann wenn er gleichzeitig im Ausland eine feste Niederlassung unterhält.

Auf die **Staatsangehörigkeit** des Abnehmers **kommt es nicht an.** Deshalb sind ausländische Staatsbürger, die ihren Wohnort im Inland haben, nicht ausländische Abnehmer (vgl. *Lohse* UR 1976, 60), wohl aber Ausländer, die sich nur vorübergehend für kürzere Zeit im Inland aufhalten (zB Touristen, Geschäftsreisende). Zur Frage der Ausfuhr bei ausländischen Arbeitnehmern, die kurz vor der Rückreise in ihr Heimatland Waren erwerben, die zur Verwendung im Heimatland bestimmt sind, siehe OFD Köln 14.8.1984, DB 1984, 1909. Nach FG Düsseldorf V 223/86 A (U), EFG 1987, 210, rkr, wird in diesen Fällen die Eigenschaft als „ausländische Abnehmer" frühestens im Zeitpunkt der tatsächlichen Ausreise (Grenzübertritt) begründet. 12

Der Begriff des Wohnorts iSv § 6 Abs. 2 Nr. 1 stimmt nicht mit dem des Wohnsitzes gem. § 8 AO überein. Wohnort ist der Ort, an dem der Abnehmer für längere Zeit eine Wohnung hat und der nicht nur aufgrund subjektiver Willensentscheidung, sondern auch bei objektiver Betrachtung als der örtliche Mittelpunkt seines Lebens anzusehen ist (BFH V R 52/74, BStBl. II 1976, 80). Deshalb kann ein Abnehmer jeweils nur einen Wohnort iSv § 6 Abs. 2 Nr. 1 haben. Zu weiteren Abgrenzungsfragen siehe UStAE 6.3. Zu **Ausfuhren im nichtkommerziellen Reiseverkehr** (Ausfuhren durch Touristen etc.) siehe Merkblatt des BMF 12.8.2014, BStBl. I 2014, 1202 sowie → Rn. 21f. 13

IV. Ausfuhrlieferungen in die Gebiete nach § 1 Abs. 3

Gemäß § 6 Abs. 1 Nr. 3 sind Ausfuhren mittels Beförderung oder Versendung in die Gebiete nach § 1 Abs. 3 **(Freihäfen und Gewässer und Watte zwischen Hoheitsgrenze und Strandlinie)** steuerfrei, wenn der Abnehmer ein Unternehmer ist, der den Gegenstand für sein Unternehmen erworben hat, oder ein ausländischer Nichtunternehmer ist und der Gegenstand im Anschluss in das Drittlandsgebiet gelangt (weitere Details in UStAE 6.1 Abs. 3). Durch diese Regelung wird die Besteuerung eines möglichen Endverbrauchs in den Gebieten des § 1 Abs. 3 sichergestellt. Andererseits gewährleistet die Regelung, dass Lieferungen in einen Freihafen wie Lieferungen ins Drittland, also als steuerfreie Ausfuhrlieferungen behandelt werden. Wer von den beiden Lieferbeteiligten den Transport veranlasst, ist unerheblich. Die Eigenschaft „ausländischer Abnehmer" spielt nur für die Erfüllung der in § 6 Abs. 1 Nr. 3 Buchst. a und b genannten Bedingungen eine Rolle. 14

V. Sonderfälle

1. Be- oder Verarbeitung vor Ausfuhr

Eine Be- oder Verarbeitung des Ausfuhrgegenstandes durch Beauftragte beeinträchtigt gem. § 6 Abs. 1 letzter Satz die Steuerfreiheit nicht, wenn es sich um **Beauftragte des Abnehmers** handelt. Für Be- oder Verarbeitungen durch Beauftragte des Lieferers ist eine Sonderregelung nicht erforderlich. Sie ändern den Liefergegenstand, der vom Lieferer ausgeführt wird, und wirken sich lediglich auf die Nachweispflichten aus. § 6 Abs. 1 S. 2 betrifft Fälle, in denen der Abnehmer Rohmaterial oder Halbfertigprodukte im Inland einkauft, sie im Inland zu Fertigprodukten verarbeiten lässt 15 und im Anschluss eine Ausfuhr erfolgt. In solchen Fällen kann die Lieferung der Gegenstände als Ausfuhrlieferung gemäß § 6 Abs. 1 S. 2 und die Bearbeitungsleistung des Dritten als Lohnveredelung, sofern sie als Werklieferung zu würdigen ist, gemäß § 7 Abs. 1 S. 2 steuerfrei sein. Ist die Lohnveredelung hingegen eine Werkleistung (sonstige Leistung), so ist sie gem. § 3a Abs. 2 im Lohnveredelungsland nicht steuerbar, sondern im Land des Leistungsempfängers.

Aus deutscher Sicht greift § 6 Abs. 1 S. 2 auch dann, wenn die **Bearbeitung** des Dritten im Auftrag des Leistungsempfängers nicht in Deutschland, sondern in einem anderen **EU-Land** durchgeführt wird. Folglich muss sich der Empfänger der Lieferung nicht im EU-Bearbeitungsland umsatzsteuerlich registrieren lassen, um dort den innergemeinschaftlichen Erwerb zu versteuern und die Lieferung kann als Ausfuhrlieferung angemeldet werden, obwohl die Warenbewegung zunächst ins EU-Ausland führt.

16 Der Lieferer hat allerdings das **praktische Problem,** dass er den Transport nur bis zum vom Abnehmer beauftragten Bearbeiter übernimmt und entsprechend **nachweisen** kann. Voraussetzung für die Steuerfreiheit der Ausfuhr ist aber auch für Be- oder Verarbeitungsfälle, dass der Gegenstand letztlich in das Drittland bzw. Gebiete gemäß § 1 Abs. 2 gelangt. Das BMF sieht für solche Fälle einen Musternachweis vor, bei dem der Bearbeiter beim Nachweis mitwirkt (UStAE 6.8; Musterformular in BMF 17. 1. 2000, BStBl. I 2000, 179). Die entsprechenden Belege können auch auf elektronischem Weg übermittelt werden. Bei einer elektronischen Übermittlung des Belegs bzw. der Bescheinigung ist eine Unterschrift nicht erforderlich, sofern erkennbar ist, dass die elektronische Übermittlung im Verfügungsbereich des Ausstellers begonnen hat. Sofern der Lieferer zudem zollrechtlich die Ausfuhr anmeldet, sollte er zudem den ATLAS-Ausgangsvermerk als Nachweis aufbewahren.

2. Ausrüstung und Versorgung von Beförderungsmitteln

17 Für die Ausrüstung und Versorgung von Beförderungsmitteln gilt die Steuerbefreiung der Ausfuhr nur mit Einschränkungen. Zum Begriff der Beförderungsmittel → § 3a Rn. 107 ff., zum Begriff der Ausrüstung und Versorgung vgl. → § 8 Rn. 7 f. Die Steuerbefreiung setzt voraus, dass der Abnehmer ein ausländischer Unternehmer ist (→ Rn. 11 ff.) und das ausgerüstete oder versorgte **Beförderungsmittel den Zwecken seines Unternehmens** dient (§ 6 Abs. 3). Damit scheidet die Ausrüstung und Versorgung von privaten Beförderungsmitteln (zB Pkw, Sportboot, Sportflugzeug) für die Anwendung der Befreiungsvorschrift aus, auch wenn sie ausländischen Abnehmern gehören. Bei der Nutzung der Beförderungsmittel sowohl für unternehmerische als auch für andere Zwecke dürfte es auf das Überwiegen des Nutzungsanteils ankommen. Problematisch kann in diesen Fällen der notwendige Buchnachweis sein (hierzu UStAE 6.10 Abs. 7).

18 Die wichtigsten **Anwendungsfälle** des § 6 Abs. 3 sind die Ausfuhr von Ausrüstungsgegenständen zu Kfz (zB Reservekanister, Ersatzreifen, Abschleppseil) sowie von Versorgungsgegenständen wie Treibstoffe und Proviant. Dabei kommt es immer auf die Zweckbestimmung für ein **bestimmtes Beförderungsmittel** an, nicht darauf, dass der Gegenstand allgemein zur Ausrüstung oder Versorgung eines Beförderungsmittels geeignet ist. Die Ausnahmeregelung des § 6 Abs. 3 gilt nicht für Werklieferungen, bei denen Ausrüstungsgegenstände fest in ein privates Beförderungsmittel eingebaut werden (zB Einbau eines Austauschmotors oder eines Autoradios). Die Ausnahmeregelung galt bisher ferner dann nicht, wenn der ausländische Abnehmer oder sein Beauftragter die betreffenden Gegenstände im **persönlichen Reisegepäck** ausgeführt hatte. Mit der Aufhebung des § 6 Abs. 3 S. 2 durch das JStG 1996 gilt der Ausschluss der Steuerbefreiung nunmehr auch in diesen Fällen.

3. Reihengeschäfte

Bei Reihengeschäften und entsprechenden Warenbewegungen ins Drittland ist darauf zu achten, dass die gem. § 3 Abs. 6 **warenbewegte Lieferung,** welche potenziell als steuerfreie Ausfuhrlieferung in Betracht kommt, auch tatsächlich **die Voraussetzungen des § 6 Abs. 1 erfüllt.** Insbesondere muss bei Lieferketten gewährleistet sein, dass der die warenbewegte Ausfuhrlieferung tätigende Unternehmer entweder selbst den Transport der Gegenstände veranlasst oder, sofern dies sein Kunde macht, dieser ein ausländischer Unternehmer im Sinne des § 6 Abs. 1 Nr. 2 ist (vgl. UStAE 3.14 Abs. 14). Des Weiteren ist zu beachten, dass der zollrechtliche und außenwirtschaftsrechtliche Ausführer nicht unbedingt auch umsatzsteuerrechtlich der Unternehmer ist, der eine Ausfuhrlieferung im umsatzsteuerlichen Sinne deklariert. 19

Veranlasst bei **zwei hintereinander geschalteten deutschen Unternehmern** der zweite deutsche Unternehmer den Transport der Ware, ist darauf zu achten, dass in diesem Fall nur der zweite deutsche Unternehmer eine steuerfreie Ausfuhrlieferung tätigen kann, denn aus Sicht des ersten deutschen Unternehmers in der Reihe liegt ein Abholfall vor, der wiederum nur dann zu einer steuerfreien Ausfuhrlieferung führen kann, wenn der Abnehmer ein Ausländer ist. Demnach sind solche Fälle hinsichtlich der Transportbedingungen möglichst so zu gestalten und dokumentieren, dass dem zweiten Unternehmer wiederum auch umsatzsteuerrechtlich gemäß § 3 Abs. 6 die Warenbewegung zugeordnet werden kann. Nach neuerer Rechtsprechung ist die Zurechnung der Warenbewegung nicht allein von den Transportbedingungen abhängig, sondern davon, ob der erste Abnehmer noch im Inland die Verfügungsmacht an seinen Folgeabnehmer überträgt (vgl. → § 6a Rn. 31 sowie BFH V R 3/10, DStR 2011, 2047; BFH XI R 30/13, MwStR 2015, 391 mit Anm. *Ismer/Pull*). Soweit sich aus den Zuordnungsregelungen der FVerw in UStAE 3.14 Abs. 14 etwas anderes ergibt, sollte die FVerw ihre Vorgaben anpassen (siehe BFH V R 3/10, DStR 2011, 2047 Rn. 19). Das Problem ist nur, dass die genannte Rechtsprechung mE keine klaren Leitlinien bietet, wie die Verschaffung der Verfügungsmacht im Kontext von Reihengeschäften tatsächlich festgestellt werden soll. So muss man es der Finanzverwaltung nachsehen und es ist aus Sicht des Praktikers sogar zu begrüßen, wenn die bisherigen verlautbarten Grundsätze erst einmal nicht geändert werden. 20

Die entschiedenen Fälle betrafen allesamt innergemeinschaftliche Reihengeschäften. Die entwickelten Grundsätze sind jedoch mE auch bei Reihengeschäften über Drittlandsgrenzen sinngemäß anzuwenden. Wenn also in einem Reihengeschäft mit zwei deutschen Unternehmern am Anfang der Kette der zweite deutsche Unternehmer den Gegenstand zur Ausfuhr abfertigt und den Gegenstand abholt bzw. unter Einschaltung seines Abnehmers abholen lässt, ist meines Erachtens aus den Gesamtumständen erkennbar, dass er (der zweite deutsche Unternehmer) als Lieferer auftritt. Vgl. insgesamt zur Problematik der Zuordnung der Warenbewegung nach neuerer Rechtsprechung zB *Salder* MwStR 2015, 752ff.

4. Ausfuhrlieferungen im nichtkommerziellen Reiseverkehr (§ 6 Abs. 3a)

Die durch das JStG 1996 (BGBl. 1995 I 1250) eingefügte Regelung des § 6 Abs. 3a schränkt die Steuerbefreiung für Ausfuhrlieferungen im nichtkommerziellen Reiseverkehr ein. Die Notwendigkeit zur Einfügung des § 6 Abs. 3a hat sich aus der Änderung des Art. 15 Nr. 2 UAbs. 2–4 der 6. EG-RL durch Art. 3 der Richtlinie 95/7/EG vom 10.4.1995 (ABl. 1995 L 18) ergeben (nunmehr Art. 147 MwStSystRL). In den sog. Abholfällen reichte es neben den übrigen Voraussetzungen des Befreiungstatbestandes aus, wenn es sich um einen ausländischen Abnehmer iSd § 6 Abs. 2, dh um einen im Ausland, mit Ausnahme der in § 1 Abs. 3 genannten Gebiete, ansässigen Abnehmer handelte. Erwirbt der Abnehmer die Waren nicht für unternehmerische 21

Zwecke und führt sie **im persönlichen Reisegepäck** in das Drittlandsgebiet aus, liegt eine steuerfreie Ausfuhrlieferung nur vor, wenn
- der Abnehmer im Drittlandsgebiet, mit Ausnahme der Gebiete iSd § 1 Abs. 3, ansässig ist und
- der Gegenstand der Lieferung vor Ablauf des dritten Kalendermonats, der auf den Monat der Lieferung folgt, ausgeführt wird.

22 Das Vorliegen der Tatbestandsmerkmale des § 6 Abs. 3a ist vom Unternehmer **nachzuweisen.** Zu den Sonderregelungen bei der Ausfuhr im nichtkommerziellen Reiseverkehr vgl. auch § 17 UStDV, UStAE 6.11 sowie das Merkblatt des BMF zur Umsatzsteuerbefreiung für Ausfuhrlieferungen im nichtkommerziellen Reiseverkehr, BMF 12.8.2014, BStBl. I 2014, 1202. Zu Verkäufen in Duty-Free-Shops im Transitbereich von Flughäfen siehe BFH V R 63/02, DStRE 2006, 546.

VI. Nachweise

23 Die Voraussetzungen für die Steuerfreiheit müssen vom Lieferer nachgewiesen werden. Einzelheiten sind in den §§ 8–11, 13 und 17 UStDV geregelt. Dabei wird der Belegnachweis (Ausfuhrnachweis) und der Buchnachweis unterschieden.

1. Ausfuhrnachweis

24 Die UStDV regelte bis zum 31.12.2011 den notwendigen Ausfuhrnachweis in Form von Sollvorschriften. Dabei wurden Beförderungsfälle (§ 9 UStDV), Versendungsfälle (§ 10 UStDV) und Bearbeitungs- und Verarbeitungsfälle (§ 11 UStDV) unterschieden.

Zum 1.1.2012 wurden die Vorgaben zum Ausfuhrnachweis nunmehr als Mussvorschriften ausgestaltet und dabei auch punktuell neu geregelt. Gemäß BMF 9.12.2011, DStR 2012, 36 wird es für bis zum 31.3.2012 ausgeführte Ausfuhrlieferungen nicht beanstandet, wenn der beleg- und buchmäßige Nachweis der Voraussetzungen der Steuerbefreiung noch auf Grundlage der bis zum 31.12.2011 geltenden Rechtslage geführt wird.

Es wird weiterhin zwischen Beförderungsfällen (Lieferer oder Abnehmer befördern den Gegenstand, § 9 UStDV), Versendungsfällen (Lieferer oder Abnehmer beauftragen einen Dritten mit dem Transport des Gegenstandes, § 10 UStDV) und Bearbeitungs- und Verarbeitungsfällen (§ 11 UStDV) unterschieden.

25 Der Ausfuhrnachweis galt in der Vergangenheit als eine materiell-rechtliche Voraussetzung für die Steuerbefreiung (BFH V B 17/00, BFH/NV 2001, 212; V R 2/94, BFH/NV 1996, 184; XI R 70/93, BStBl. II 1995, 515; V R 118/76, BStBl. II 1980, 415; vgl. auch BGH 1 StR 765/82, NJW 1983, 1274). Nachdem allerdings zwischenzeitlich für innergemeinschaftliche Lieferungen höchstrichterlich geklärt wurde, dass die in der UStDV geregelten Nachweise **keine materiell-rechtlichen Voraussetzungen** für die Steuerfreiheit bilden, muss dies analog auch für Ausfuhrlieferungen gelten (siehe zu innergemeinschaftlichen Lieferungen BFH V R 59/03, DStR 2008, 297).

26 Daraus und auch aus der Rechtsprechung des EuGH (insbesondere C-146/05, BStBl. II 2009, 78 – Collée und C-409/04, BStBl. II 2009, 70 – Teleos) zu innergemeinschaftlichen Lieferungen folgt, dass der Unternehmer zwar grundsätzlich das Gelangen der Gegenstände ins Drittland nachweisen muss, dass für die Sicherstellung der Steuerfreiheit aber die Form des Nachweises und auch der Zeitpunkt des Nachweises nicht entscheidend sind. Allerdings hat der BFH (V R 14/14, DStR 2015, 1917) zuletzt die **Bedeutung des Belegnachweises** bei innergemeinschaftlichen Lieferungen verstärkt, indem er andere vorhandene Beweismittel, insbesondere Zeugenbeweise, zum Nachweis des Gelangens des Gegenstands ins Ausland als unzulässig verworfen hat. Grundsätzlich kann danach der misslungene Belegnachweis nicht durch andere Beweismittel ersetzt werden, denn dies würde laut BFH den gesetzlich vorgeschriebenen Belegnachweis aushöhlen. Demnach kommt ein Zeugenbeweis nur im Ausnahmefall in Betracht, dann nämlich, wenn der Belegnachweis nicht oder nicht zumutbar geführt werden kann (zB bei nicht zu vertretender Vernichtung der Belege). Solche Fälle der Unzumutbarkeit dürften wiederum den absoluten Ausnahmefall bilden. Diese Rechtsprechung ist mit der oben erwähnten EuGH-Rechtsprechung und dem Neutralitätsgrundsatz der Umsatzsteuer mE nicht durchgängig vereinbar und es bleiben viele Folgen für die Praxis offen (vgl. kritisch zB auch *Wäger* UR 2015, 702; *Meyer-Burrow/Connemann* UStB 2015, 298; zustimmend hingegen *Heidner* UR 2015, 773; *Heuermann* DStR 2015, 1919; *Heuermann* MwStR 2015, 798). So ist damit zum Beispiel nicht geklärt, ob bereits kleine Mängel am Belegnachweis die Steuerfreiheit wirklich pauschal ausschließen. Für den Rechtsanwender ist die verschärfte Rechtsprechung des BFH von erheblicher praktischer Bedeutung. Ihr angeblicher Beitrag zur Rechtssicherheit (so *Heidner* UR 2015, 773 (777)), nämlich dass ohne zutreffenden Belegnachweis keine Steuerfreiheit greift, kann durchaus auch kritisch gesehen werden, und ob damit wirklich alle praktischen Fragen geklärt und weitere Gerichtsverfahren abgewendet werden können, bleibt abzuwarten. Die Rechtsprechung dürfte vom Grundsatz her genauso für den **Belegnachweis bei Ausfuhrlieferungen** gelten und einmal mehr gilt hier die dringende Empfehlung, die formellen Nachweise der UStDV möglichst genau einzuhalten.

Zwar kann der Unternehmer auch dann steuerfreie Ausfuhrlieferungen deklarieren, wenn er den Ausfuhrnachweis zu diesem Zeitpunkt noch nicht führen kann, aber **die objektiven Tatbestandsmerkmale gemäß §6 erfüllt sind** (BFH V R 23/08, DStR 2009, 1636; so auch UStAE 6.5 Abs. 3). Nach der Ratio der BFH-Rechtsprechung (V R 14/14, DStR 2015, 1917) käme aber für den Nachweis, dass die objektiven Tatbestandsmerkmale erfüllt sind (Objektivnachweis) nicht jegliches beliebiges Beweismittel in Frage, sondern es bedürfte eines Belegnachweises iSd §§9ff. UStDV.

Der Ausfuhrnachweis muss spätestens bis zur mündlichen Verhandlung vor dem FG geführt werden können (aA *Stadie* §6 Rn. 39, wonach die Lieferung zunächst steuerpflichtig sei und dann gem. §17 die Steuerfreiheit im Zeitpunkt der Nachweisführung greife). Diese zeitliche Vorgaben haben sich meines Erachtens weder durch die neuen Mussvorschriften zum Ausfuhrnachweis zum 1.1.2012 geändert (vgl. auch UStAE 6.5 Abs. 1 Sätze 5 und 6) noch durch die aktuelle Rechtsprechung des BFH (V R 14/14, DStR 2015, 1917).

Seit 1.7.2009 besteht EU-einheitlich die Pflicht zur Teilnahme am elektronischen 27
Ausfuhrverfahren (Art. 787 ZK-DVO). Die bisherige schriftliche Ausfuhranmeldung wird durch eine **elektronische Ausfuhranmeldung** ersetzt. In Deutschland steht hierfür seit dem 1.8.2006 das **IT-System ATLAS-Ausfuhr** zur Verfügung. Die Pflicht zur Abgabe elektronischer Anmeldungen betrifft bis auf wenige Ausnahmen alle Anmeldungen unabhängig vom Beförderungsweg (Straßen-, Luft-, See-, Post- und Bahnverkehr). Der Anmelder der Ausfuhr erhält in diesem Verfahren nach Ausfuhranmeldung bei seiner zuständigen Binnenzollstelle und nach dem bei einer Ausgangszollstelle registrierten Grenzübertritt der Ware eine elektronische Ausfuhrbestätigung. Das in der Vergangenheit notwendige Sicherstellen des Ausfuhrnachweises mittels Zollstempel und physischer Rücksendung der Ausfuhrerklärung erübrigt sich damit. Die Finanzverwaltung hat zu diesem Verfahren und deren umsatzsteuerlichen Implikationen für den Ausfuhrnachweis umfassend Stellung genommen (BMF 3.5.2010, BStBl. I 2010, 499 – danach eingearbeitet in UStAE 6.2). Unabhängig von diesen Vorgaben des BMF sind allerdings im Zweifel die §§9ff. UStDV zu beachten, so dass in Versendungsfällen auch weiterhin der Ausfuhrnachweis mittels Spediteursbescheinigung geführt werden konnte. Ein für Statistikzwecke vorgesehenes Zolldokument eines im Drittland ansässigen Zollamtes/Ministeriums ist jedoch kein

ausreichender Ersatz für den Regelnachweis. Auch eine Urkunde, die die Anschrift des unterzeichnenden Spediteurs nicht benennt, kann nicht als ausreichendes Beförderungs- oder Versendungsdokument anerkannt werden (FG Hmb 5 K 190/10, BeckRS 2013, 96081, rkr)

Nach den zum 1. 1. 2012 (Übergangsregelung bis 31. 3. 2012) neu geregelten Nachweispflichten (eingehend *Huschens* UVR 2012, 72) muss nunmehr aber sowohl in Beförderungs- als auch in Versendungsfällen der Nachweis mittels elektronischem Ausgangsvermerk geführt werden (so nunmehr auch UStAE 6.7 Abs. 1 – neu gefasst durch BMF 6.2.2012, BStBl. I 2012, 212), sofern die Ausfuhr im elektronischen ATLAS-Verfahren erfolgt ist (§ 9 Abs. 1 Nr. 1 und § 10 Abs. 1 Nr. 1 UStDV). Bei zollrechtlich ordnungsgemäß erledigten Ausfuhrverfahren wird idR der Ausfuhrnachweis mittels elektronischer Ausfuhrbestätigung leicht möglich sein. Neben dem klassischen Ausgangsvermerk werden je nach Fallgestaltung auch andere Ausgangsvermerke im IT-Verfahren ATLAS erzeugt. Zu diesen Fällen (zB monatliche Sammelanmeldung, Notfallverfahren etc.) siehe BMF 23.1.2015, MwStR 2015, 110, eingearbeitet im UStAE 6.7a. In der Praxis verbleibt aber auch ein gewisser Bodensatz an nicht ordnungsgemäß erledigten Verfahren, für die dann ein Alternativnachweis zu führen ist.

Sofern die Ausfuhr nicht über ATLAS erfolgt (zB Ausfuhranmeldungen mit Warenwert unter 1.000 EUR) oder nicht erfolgen kann (Ausfall- und Sicherheitskonzept), kann weiterhin der Nachweis durch einen Versendungsbeleg oder eine Spediteursbescheinigung (Versendungsfälle) oder durch eine Ausfuhrbestätigung der Grenzzollstelle eines Mitgliedsstaates (Beförderungsfälle) geführt werden. In Fällen der Kombination von Ausfuhr- und Versandverfahren lautet bei Abwicklung über eine Binnenzollstelle der Vermerk **„Ausgangsvermerk gilt nicht für Umsatzsteuerzwecke"**. Dieser Ausgangsvermerk ist nicht als Belegnachweis ausreichend und in diesen seltenen Fällen (dies kommt nur vor, wenn die Ware von Eisenbahngesellschaften, Postdiensten, Luftverkehrsgesellschaften oder Schifffahrtsgesellschaften zur Beförderung aus dem Zollgebiet der EU übernommen wird) kann der Nachweis durch die vom Transporteur ausgestellten Frachtpapiere geführt werden.

Für die Ausfuhr von Fahrzeugen (§ 9 Abs. 2 UStDV und § 10 Abs. 2 UStDV) sowie für Bearbeitungs- und Verarbeitungsfälle (§ 11 UStDV) gelten weitere Besonderheiten. Siehe insgesamt hierzu UStAE 6.6 bis 6.9 (zum Teil neu gefasst durch BMF 6.2.2012, BStBl. I 2012, 212). Zum Ausfuhrnachweis in den Fällen der Ausfuhr von Fahrzeugen siehe UStAE 6.6 Abs. 4a, 6.7 Abs. 4. Mit der Verordnung zum Erlass und zur Änderung steuerlicher Verordnungen vom 11.12.2012 (BGBl. 2012 I 2637) wurden § 9 Abs. 2 UStDV und § 10 Abs. 2 UStDV bzgl. der Nachweispflichten bei **Ausfuhren von neuen Fahrzeugen** ergänzt, die zugelassen sind oder die ein Kurzzeitkennzeichen bzw. ein rotes Kennzeichen haben. Durch die Neufassung von §§ 9 Abs. 2 und 10 Abs. 2 UStDV wird klargestellt, dass mit den genannten Vorschriften für nicht zugelassene neue Fahrzeuge keine zusätzlichen Pflichten geschaffen werden. In diesen Fällen muss die Fahrzeug-Identifikationsnummer bereits bei der Zollanmeldung angegeben werden und ist entsprechend in dem Beleg gem. § 9 Abs. 1 UStDV bzw. § 10 Abs. 1 UStDV enthalten.

In Fällen der **Ausfuhrlieferung von Fahrzeugen ohne Ausfuhrkennzeichen** muss neben dem Ausgangsvermerk zusätzlich eine Bescheinigung über die Zulassung, die Verzollung oder die Einfuhrbesteuerung im Drittland vorgehalten werden. Das BMF hat hierzu im Einvernehmen mit den obersten Finanzbehörden der Länder mitgeteilt, dass es einer Bescheinigung über die Zulassung, die Verzollung oder die Einfuhrbesteuerung im Drittland nur dann nicht bedarf, wenn

– das Fahrzeug mit einem Ausfuhrkennzeichen ausgeführt wird und der Ausfuhrbeleg neben den nach § 9 Abs. 1 UStDV bzw. § 10 Abs. 1 UStDV erforderlichen Angaben die Fahrzeug-Identifikationsnummer und die Nummer des Ausfuhrkennzeichens enthält, oder

– das Fahrzeug nicht iSd Fahrzeug-Zulassungsverordnung auf öffentlichen Straßen in Betrieb gesetzt worden ist und nicht auf eigener Achse in das Drittlandsgebiet ausgeführt wird. Auch in diesem Fall muss der Ausfuhrbeleg neben den nach § 9 Abs. 1 UStDV bzw. § 10 Abs. 1 UStDV erforderlichen Angaben zusätzlich die Fahrzeug-Identifikationsnummer enthalten.

Die zusätzlichen Nachweisverpflichtungen neben dem Ausgangsvermerk/Alternativ-Ausgangsvermerk (Bescheinigung über die Zulassung, die Verzollung oder die Einfuhrbesteuerung im Drittland) zB in den Fällen, in denen ein bereits in Betrieb gesetztes Fahrzeug nicht mit einem Ausfuhrkennzeichen ausgeführt wird, ergeben sich aus dem eindeutigen Wortlaut des § 9 Abs. 2 S. 2 UStDV und des § 10 Abs. 2 S. 2 UStDV. Sie sind einer Interpretation der Regelungen dahingehend, dass der Ausgangsvermerk/Alternativ-Ausgangsvermerk als Ausfuhrnachweis in den beschriebenen Fällen ausreichend sei, unter keinen Umständen zugänglich (siehe FM Schleswig-Holstein, Kurzinformation vom 12.1.2016, MwStR 2016, 315).

Neben dem klassischen Ausgangsvermerk werden auch noch andere Ausgangsvermerke im IT-Verfahren ATLAS ausgegeben. Hierzu trifft die Finanzverwaltung entsprechende Regelungen, inwieweit diese Ausgangsvermerke als Ausfuhrnachweis anzuerkennen sind. Betroffen sind: **Ausgangsvermerk aufgrund einer monatlichen Sammelanmeldung nach Artikel 285a Abs. 1a ZK-DVO** (Fälle des sog. „zugelassenen Ausführers"), **Ausgangsvermerk aufgrund einer nachträglichen Ausfuhranmeldung im Notfallverfahren nach Artikel 787 Abs. 2 ZK-DVO** (Fälle, in denen zunächst in Papierform und erst nachträglich elektronisch die Ausfuhr bescheinigt wird), **Ausgangsvermerk aufgrund einer nachträglichen Ausfuhranmeldung nach Artikel 795 ZK-DVO** (Ausfuhranmeldung ist vom Ausführer nachträglich abzugeben, weil eine Ware das Zollgebiet der Gemeinschaft verlassen hat, ohne zuvor zur Ausfuhr angemeldet worden zu sein), **Ausgangsvermerk aufgrund einer nachträglichen Ausfuhranmeldung bei vorheriger ganz oder teilweise unrichtiger Ausfuhranmeldung-Korrektur für die Außenhandelsstatistik** (Einzelfälle im Zusammenhang mit der Korrektur statistischer Werte, die ursprüngliche Ausfuhranmeldung wird von der Zollstelle durch die nachträgliche Anmeldung lediglich ersetzt) und **Ausgangsvermerk aufgrund einer nachträglichen Ausfuhranmeldung nach Carnet ATA ohne Wiedereinfuhr nach Artikel 798 ZK-DVO** (Ware, die zunächst das Zollgebiet mit Carnet ATA verlassen hat und bei der Zollstelle registriert ist; hier geht es um Fälle eines nicht steuerbaren Verbringens ins Drittland; siehe UStAE 6.7a).

Zur Führung des Ausfuhrnachweises bei **Abgabe der Ausfuhranmeldung in einem Mitgliedstaat des übrigen Gemeinschaftsgebiets** erläutert die Finanzverwaltung in UStAE 6.9 Abs. 16, wie der Ausfuhrnachweis zu führen ist. Darin geht es um die Anerkennung von Ausgangsvermerken aus dem europäischen Ausland.

Soweit **nicht der elektronische ATLAS-Ausgangsvermerk als Ausfuhrnachweis** verwendet wird, also insbesondere bei Beförderungen in einen Freihafen (UStAE 6.6 Abs. 7), bei Versendungsfällen außerhalb des IT-gestützten ATLAS-Systems (UStAE 6.7 Abs. 1a und 2), in Bearbeitungs- und Verarbeitungsfällen (UStAE 6.8) sowie im Spezialfall der Ausfuhren von Büchern, Zeitungen und Zeitschriften (UStAE 6.9 Abs. 9), können die erforderlichen Belege auch auf elektronischem Weg übermittelt werden. Bei einer elektronischen Übermittlung entfällt das Erfordernis einer Unterschrift, sofern erkennbar ist, dass die Übermittlung im Verfügungsbereich des Abnehmers bzw. Übermittlers bzw. Ausstellers begonnen hat. Mit dieser per BMF-Schreiben vom 6.1.2014 (BStBl. I 2014, 152) eingefügten Regelung sorgt die FVerw für eine Gleichbehandlung mit den Nachweisen bei innergemeinschaftlichen Lieferungen, die ebenfalls elektronisch übertragen werden können (UStAE 6a.4 und 6a.5; auch → § 6a Rn. 65g).

Zum Nachweis der Versendung der Liefergegenstände bei Versendung durch **Kurierdienste und Postdienstleister** vgl. außerdem UStAE 6.9 Abs. 6 und 6.7 28

Abs. 1 a. Zum Nachweis der Ausfuhrlieferung reichen die in § 6 Abs. 4 S. 2 genannten Nachweise grundsätzlich aus. Die Anforderungen an den nach § 6 Abs. 4 iVm §§ 8 ff. UStDV beizubringenden Belegnachweis **können nicht durch die Finanzverwaltung** um weitere Voraussetzungen, wie zB das Erfordernis, die Bevollmächtigung eines für den Abnehmer handelnden Beauftragten belegmäßig nachzuweisen, **verschärft werden** (BFH V R 21/06, DStR 2008, 2418; V R 84/07, DStR 2009, 1634). Der vom Unternehmer beigebrachte Belegnachweis unterliegt der Nachprüfung durch die Finanzverwaltung. Im Rahmen dieser Prüfung ist nach den allgemeinen Beweisregeln und -grundsätzen zu entscheiden, ob eine vom Vertreter des Abnehmers behauptete Bevollmächtigung besteht. Dabei bestimmt sich die Person des Abnehmers einer Ausfuhrlieferung nach dem der Ausfuhrlieferung zugrunde liegenden Rechtsverhältnis (BFH V R 84/97, DStRE 1999, 1999). Bei nicht genehmigten oder verbotenen Ausfuhren treten besondere Schwierigkeiten bzgl. des Ausfuhrnachweises auf, weil idR die Ausfuhr nur durch Verschleierung des wahren Sachverhalts gegenüber den Grenzbehörden möglich ist. Es obliegt dem Ausfuhrunternehmer, hier für einen nachprüfbaren Ausfuhrnachweis zu sorgen (siehe NdsFG V 593/82 V, EFG 1984, 259, rkr). Bei Ausfuhrlieferungen kann – anders als bei innergemeinschaftlichen Lieferungen – mE die Steuerfreiheit auch in „Verschleierungsfällen" greifen (so wohl auch *Treiber* MwStR 2015, 634; *Sterzinger* DStR 2015, 2641).

29 Zu der Frage, inwieweit eine Anerkennung von Ausfuhrlieferungen im **Billigkeitsweg** in Betracht kommt, wenn die Ausfuhrbescheinigungen gefälscht sind, der Unternehmer dies aber nicht erkennen konnte, vgl. BFH V R 7/03, DStR 2009, 220 und EuGH C-271/06, DStR 2008, 450 – Netto Supermarkt. Zum Nachweis bei **Lieferungen in den Freihafen** siehe OFD Frankfurt a. M. 25.1.2008, UR 2008, 439. Zum Belegnachweis bei Ausfuhrlieferungen von **Kraftfahrzeugen** siehe BMF IV D 3 – S 7134/12/10002, DStR 2013, 919. Sofern der Lieferant bei Ausfuhrlieferungen mittels **„geteilter Rechnungen"** dazu **verhilft, Einfuhrabgaben oder Sondersteuern im Zielland** zu verkürzen, kann wohl nicht allein aus diesem Grund die Steuerfreiheit der Ausfuhrlieferung versagt werden (so mE zutreffend *Sterzinger* DStR 2015, 2641). Ob ein solches Gebaren allerdings aus deutscher Sicht für den Lieferanten sanktionslos bleiben muss, sollte genau geprüft werden (§ 370 Abs. 7 AO).

2. Buchnachweis

30 Der Buchnachweis wird erbracht, indem die **Voraussetzungen** der Steuerfreiheit eindeutig und leicht nachprüfbar in der Buchführung oder sonstigen Unterlagen **aufgezeichnet werden.** Der Umfang der notwendigen Aufzeichnungen ergibt sich aus § 13 UStDV. Die dort normierten aufzeichnungspflichtigen Angaben dürften bei modernen Buchhaltungssystemen regelmäßig ersichtlich sein und keine weiteren organisatorischen Maßnahmen erfordern. In diesem Sinne hat auch der BFH klargestellt: Verbucht der Unternehmer Ausfuhrlieferungen auf einem separaten Konto unter Bezugnahme auf die jeweilige Rechnung, kann dies ausreichen, um den Buchnachweis nach § 6 Abs. 4 UStG iVm § 13 UStDV dem Grunde nach zu führen (BFH V R 16/14, MwStR 2014, 834 mAnm *Mausch*).

31 Ebenso wie für den Belegnachweis gilt, dass der Buchnachweis **keine materiellrechtliche Voraussetzung** für die Steuerfreiheit ist. Steht also objektiv fest, dass die Tatbestandsmerkmale für eine steuerfreie Ausfuhrlieferung erfüllt sind, hat ein ggf. mangelhafter Buchnachweis keinen Einfluss auf die Steuerfreiheit (vgl. UStAE 6.10 Abs. 4).

32 Der Unternehmer muss den buchmäßigen Nachweis der steuerfreien Ausfuhrlieferung (§ 6 Abs. 4 iVm § 13 UStDV) bis zu dem **Zeitpunkt** führen, zu dem er die Umsatzsteuer-Voranmeldung für die Ausfuhrlieferung abzugeben hat. Fehlen also dem Unternehmer zu diesem Zeitpunkt die aufzeichnungspflichtigen Informatio-

nen, darf er die Lieferung nicht als steuerfreie Ausfuhr deklarieren, sondern muss dem Umsatz bis zum Vorliegen der Informationen als steuerpflichtig behandeln. Die Verbuchung auf einem separaten Konto kann bereits ausreichend sein, um den Buchnachweis rechtzeitig zu führen (→ Rn. 30). Der Unternehmer kann außerdem fehlende oder **fehlerhafte Aufzeichnungen** eines rechtzeitig erbrachten Buchnachweises bis zum Schluss der letzten mündlichen Verhandlung vor dem FG nach den für Rechnungsberichtigungen geltenden Grundsätzen **ergänzen oder berichtigen** (vgl. FG Bln-Bbg 5 K 5235/12, BeckRS 2014, 94976; Rev beim BFH anhängig unter V R 16/14). Wird der Buchnachweis weder rechtzeitig geführt noch zulässigerweise ergänzt oder berichtigt, kann die Ausfuhrlieferung gleichwohl steuerfrei sein, wenn aufgrund der objektiven Beweislage feststeht, dass die Voraussetzungen des § 6 Abs. 1 bis Abs. 3a vorliegen (BFH V R 23/08, DStR 2009, 1636; auch → § 6a Rn. 72).

3. Beweislast, Billigkeit

Der Steuerpflichtige ist zwar aufgrund eines vollständigen Beleg- und Buchnachweises berechtigt, die Lieferung als steuerfrei zu behandeln. Die aufgrund des Beleg- und Buchnachweises vorliegenden Angaben unterliegen jedoch der **Nachprüfung durch die Finanzverwaltung** (BFH V R 21/06, DStR 2008, 2418, unter II 2b der Gründe; BFH XI R 70/93, DStR 1995, 643, unter II 2 der Gründe). Ergibt sich bei einer Überprüfung der Buch- und Belegangaben nach den allgemeinen Beweisregeln und -grundsätzen deren Unrichtigkeit, ist die Ausfuhrlieferung trotz eines formal geführten Nachweises vorbehaltlich besonderer Umstände grundsätzlich steuerpflichtig (BFH V R 84/07, DStR 2009, 1634). Die Beweislast liegt insoweit bei der Finanzverwaltung. 33

Sollten sich die Nachweise als objektiv falsch erweisen, ist nicht im Steuerfestsetzungsverfahren zu entscheiden, ob eine Steuerfreiheit aufgrund unrichtiger Abnehmerangaben in Betracht kommt, da die Beurteilung über die für den Unternehmer nicht erkennbare Unrichtigkeit von Abnehmerangaben nach der Rechtsprechung des V. Senats bei Ausfuhrlieferungen im **Billigkeitsverfahren** nach § 163 AO zu erfolgen hat (BFH V R 7/03, DStR 2009, 220 – unter II 5 der Gründe). In einem etwaigen Billigkeitsverfahren werden die vom EuGH entwickelten Grundsätze zum Vertrauensschutz zu berücksichtigen sein (EuGH C-271/06, DStR 2008, 450 – Netto Supermarkt; C-409/04, DStRE 2008, 109 – Teleos). Allerdings ist das Billigkeitsverfahren nach § 163 AO **regelmäßig mit dem Festsetzungsverfahren zu verbinden** (BFH V R 15/07, DStR 2009, 1427). Gem. FG Bln-Bbg (5 V 5022/13, rkr, DStRE 2014, 364) muss der Grundsatz des Vertrauensschutzes aber bereits im Festsetzungsverfahren berücksichtigt werden. Dem ist mE zuzustimmen. Das BFH-Verfahren V R 17/11 zu fehlenden Nachweisen bei Lieferungen nach Altkleidersammlungen wurde mit BFH-Beschluss v. 18.7.2012 erledigt (Erledigung der Hauptsache). 34

Im Ergebnis ist der Belegnachweis zwar keine materiell-rechtliche Voraussetzung für die Steuerfreiheit. Der Steuerpflichtige kann die Steuerfreiheit demnach auch mit anderen als in den §§ 9ff. UStDV normierten Mitteln nachweisen. Einen **Vertrauensschutz bzw. gewichtige Billigkeitsgründe** kann er allerdings nur geltend machen, wenn er diese Vorgaben beachtet. Insofern ist anzuraten, sehr wohl den Nachweis nach den Vorgaben der §§ 8ff. UStDV bzw. der Verlautbarungen der FVerw zu führen. 35

VII. Häufige Praxisfragen

1. Zeitlich verzögerte Warenbewegung ins Drittland

36 Oftmals treten Fälle auf, in denen sich der **Transport** der Ware ins Ausland aus verschiedensten Gründen **verzögert.** So kann beispielsweise in Abholfällen aus logistischen Gründen der Transport erst eine gewisse Zeit nach der Verschaffung der Verfügungsmacht erfolgen. Die Ware wird bis dahin beim Lieferanten für den Kunden gelagert. In anderen Fällen (zB Abholung eines Pkw) werden die Gegenstände vom Kunden für eine gewisse Zeit erst noch im Inland genutzt, bevor die körperliche Ausfuhr erfolgt. In diesen Fällen stellt sich die Frage, ob eine steuerfreie Ausfuhrlieferung vorliegt oder eine steuerpflichtige Inlandslieferung mit anschließendem nicht steuerbarem Verbringen ins Drittland durch den Kunden. ME ist in allen Fällen, in denen der Gegenstand der Lieferung tatsächlich ins Drittland gelangt, auch bei verzögerter Warenbewegung eine steuerfreie Ausfuhrlieferung anzunehmen (vgl. *Funke* UR 2009, 433 (446)). Lediglich in Fällen, in denen der Gegenstand im Inland bereits benutzt wird, kann dies in Frage gestellt sein, weil dann ggf. ein Gegenstand anderer Art (nämlich ein gebrauchter und nicht mehr neuer Gegenstand) ausgeführt wird.

37 Nach dem EuGH-Urteil C-563/12, BeckRS 2013, 82383 – BDV Hungary Trading darf das nationale Umsatzsteuerrecht **keine starre Frist** vorsehen, binnen derer der gelieferte Gegenstand ins Drittland gelangen muss. Zwar dürfen die Mitgliedstaaten im Rahmen der gem. Art. 131 MwStSystRL eingeräumten Befugnis Bedingungen zur Gewährleistung einer korrekten und einfachen Anwendung der Befreiung und Verhinderung von Steuerhinterziehung, Steuerumgehung und Missbrauch festlegen. Dabei sind aber die Grundsätze der Verhältnismäßigkeit, Rechtssicherheit und des Vertrauensschutzes zu beachten. Die Versagung der Steuerfreiheit allein wegen des Überschreitens einer starren Frist von 90 Tagen ist gem. EuGH unverhältnismäßig, wenn der Unternehmer nachweist, dass die gelieferten Gegenstände tatsächlich ins Drittland gelangt sind. Unabhängig davon sollte der Regelfall dennoch der sein, dass „bei der Lieferung“, also im unmittelbaren sachlichen und zeitlichen Zusammenhang, die gelieferten Gegenstände auch ins Drittland gelangen. Nur dann kann auch der notwendige Nachweis reibungslos gelingen. Schon aus dem zuvor ergangenen EuGH-Urteil C-84/09 (IStR 2010, 910 – X/Skatteverket) hatte sich ergeben, dass die Einstufung eines Umsatzes als innergemeinschaftliche Lieferung oder innergemeinschaftlicher Erwerb nicht von der Einhaltung einer solchen Frist abhängig sein darf. Hinsichtlich der Absicht der Beteiligten, eine grenzüberschreitende Warenbewegung zu bewirken, seien allerdings die Gesamtumstände des Einzelfalls zu beachten. Dies dürfte auch für Ausfuhrlieferungen gelten.

2. Ausfuhren mit gebrochenen Transporten

38 In der Vergangenheit wurden Fälle des sog. gebrochenen Transports kontrovers beurteilt. Dabei ist der **Lieferer** nur für eine **Teilstrecke der Warenbewegung** verantwortlich (zB transportiert ein Lieferer aus München bis zur Übergabestelle in Cottbus), während der Kunde den Transport ab der Übergabestelle bis zum Zielort selbst übernimmt (zB ab Cottbus bis Moskau). In den aufgezeigten Szenarien stellt sich die Frage, ob die Lieferung mit Transport bis zur Übergabestelle ausgeführt ist und der anschließende **Weitertransport durch den Kunden** als kundeninterner Verbringungsvorgang zu werten ist. Die Verwaltung vertrat dem Vernehmen nach früher die Auffassung, dass bei gebrochenen Transporten nur die erste Transportstrecke der Lieferung zuzuordnen sei und in diesem Zusammenhang sämtliche Voraussetzungen für die Steuerfreiheit erfüllt sein müssen (dh auch das Gelangen des Gegenstands ins Drittland). Die zweite Transportstrecke wäre dann als unternehmensinterner Vorgang auf

Ebene des Kunden zu werten, der nicht mehr direkt mit der Lieferung zusammenhängen würde.

Demgegenüber sprechen gewichtige Argumente dafür, **beide Transportvorgänge dem Liefervorgang zuzurechnen,** sofern nach dem Gesamtbild ein einheitlicher logistischer Vorgang gegeben ist. Es erscheint allenfalls nachvollziehbar, nur die erste Transportstrecke zu berücksichtigen, wenn nach Übergabe der Gegenstände an den Kunden die Gegenstände nicht unmittelbar weiter bewegt werden (so auch SächsFG 6 K 2176/09, EFG 2011, 2112, für innergemeinschaftliche Lieferungen). Die FVerw akzeptiert im Übrigen bei Be- oder **Verarbeitungsfällen** (§ 6 Abs. 1 S. 2) schon immer eine steuerfreie Ausfuhrlieferung, wenn der Transport ins Drittland gesplittet ist – nämlich vom Lieferer bis zum Verarbeiter und von dort ins Drittland. Dies ergibt sich aus dem vom BMF entwickelten Musternachweis für diese Fälle (BMF 17.1.2000, BStBl. I 2000, 179, Anlage 3). Auch aus diesem Blickwinkel ist kein Grund für eine unterschiedliche Behandlung dieser Fälle erkennbar. Dies hat nunmehr auch die Finanzverwaltung erkannt und per BMF-Schreiben vom 7.12.2015 (BStBl. I 2015, 1014) angeordnet, dass sowohl rein tatsächliche Unterbrechungen des Transports, die lediglich dem Transportvorgang geschuldet sind, als auch eine gebrochene Beförderung oder Versendung (dh Lieferant und Kunde teilen sich den Transport) für die Annahme der „Beförderung oder Versendung des Liefergegenstands bei der Lieferung" und damit für die Entscheidung, ob eine Ausfuhrlieferung bzw. eine innergemeinschaftliche Lieferung nach § 6a vorliegt, unschädlich sind, wenn der **Abnehmer zu Beginn des Transports feststeht** (siehe dazu UStAE 3.12 Abs. 3 S. 4ff.) und der liefernde Unternehmer nachweist, dass ein **zeitlicher und sachlicher Zusammenhang zwischen der Lieferung des Gegenstands und seiner Beförderung** sowie ein kontinuierlicher Vorgang der Warenbewegung gegeben sind. Hat in diesen Fällen der Abnehmer den Gegenstand der Lieferung im Rahmen seines Teils der Lieferstrecke in das Drittlandsgebiet befördert oder versendet, müssen die Voraussetzungen des § 6 Abs. 1 S. 1 Nr. 2 erfüllt sein, dh zur Gewährleistung der Steuerfreiheit muss es sich um einen ausländischen Abnehmer handeln. 39

Insoweit stellt sich dann allerdings die Frage, welcher Zeitraum einer Zwischenlagerung dabei akzeptabel ist (→ Rn. 37). Es dürften wiederum die Gesamtumstände des Einzelfalls maßgeblich sein (vgl. EuGH C-84/09, IStR 2010, 910 – X/Skatteverket). In der Praxis sollte diese Frage schlichtweg dadurch beantwortet werden, dass die FVerw die Steuerfreiheit unabhängig von den konkreten Transportbedingungen anerkennt, sofern der Lieferer den Nachweis des Gelangens der Gegenstände ins Ausland erbringen kann (vgl. *Robisch* UR 2008, 918). Die FVerw behält sich demgegenüber allerdings offenbar vor, die Gesamtumstände entsprechend zu würdigen und verlangt einen **kontinuierlichen Ablauf dieses Vorgangs** (BMF 7.12.2015 BStBl. I 2015, 1014; nunmehr UStAE 6.1 Abs. 3a Satz 2; vgl. auch *Hiller* MwStR 2016, 290). 40

3. Ausfuhren aus einem deutschen Zolllager oder Freihafen

Die Lieferung von Waren, die sich in einem deutschen **Zolllager** befinden und noch nicht in den freien Verkehr eingeführt wurde, in das Drittland ist meines Erachtens ebenfalls ein in Deutschland steuerbarer, aber als Ausfuhrlieferung **steuerbefreiter Umsatz.** Folglich gelten die deklaratorischen und für die Rechnungstellung von sonstigen Ausfuhrlieferungen geltenden Grundsätze. Denn ein Zolllager gehört gem. § 1 Abs. 2 zum **Inland.** Die Lieferung ist somit steuerbar, jedoch werden die Voraussetzungen für die Steuerfreiheit gem. § 6 Abs. 1 Nr. 1 oder Nr. 2 erfüllt. Als Belegnachweis kommt hier die von den Zollbehörden bescheinigte Wiederausfuhr in Betracht. Lieferungen aus einem Zolllager in die EU und einer damit verbundenen Einfuhr sind gem. § 4 Nr. 4b steuerfrei. 40a

Lieferungen von Waren ab einem **Freihafen** ins Drittland sind hingegen **nicht steuerbar,** nachdem Freihäfen gem. § 1 Abs. 2 nicht als Inland gelten. Insoweit müssen auch keine normierten Vorgaben für den Nachweis der Nichtsteuerbarkeit geführt und aus deutscher Sicht keine Vorgaben für die Rechnungstellung beachtet werden,

VIII. Keine Steuerbefreiung bei Entnahmen (§ 6 Abs. 5)

41 Die Steuerfreiheit für Ausfuhrlieferungen greift nicht bei unentgeltlichen Wertabgaben gem. § 3 Abs. 1b. So ist gem. BFH XI R 9/13 (BStBl. II 2014, 597) die Entnahme eines Pkw (oder auch eines anderen Gegenstandes) in den nichtunternehmerischen Bereich nicht steuerfrei, auch wenn der Pkw (oder anderer Gegenstand) direkt im Anschluss an die Entnahme ins Drittland gebracht wird. Ein anderes Ergebnis folgt auch nicht aus den zugrundeliegenden unionsrechtlichen Bestimmungen in Art. 16, 31 f. und 146 MwStSystRL.

§ 6a Innergemeinschaftliche Lieferung

(1) [1]**Eine innergemeinschaftliche Lieferung (§ 4 Nr. 1 Buchstabe b) liegt vor, wenn bei einer Lieferung die folgenden Voraussetzungen erfüllt sind:**

1. **Der Unternehmer oder der Abnehmer hat den Gegenstand der Lieferung in das übrige Gemeinschaftsgebiet befördert oder versendet;**
2. **der Abnehmer ist**
   a) **ein Unternehmer, der den Gegenstand der Lieferung für sein Unternehmen erworben hat,**
   b) **eine juristische Person, die nicht Unternehmer ist oder die den Gegenstand der Lieferung nicht für ihr Unternehmen erworben hat, oder**
   c) **bei der Lieferung eines neuen Fahrzeugs auch jeder andere Erwerber und**
3. **der Erwerb des Gegenstands der Lieferung unterliegt beim Abnehmer in einem anderen Mitgliedstaat den Vorschriften der Umsatzbesteuerung.**

[2]**Der Gegenstand der Lieferung kann durch Beauftragte vor der Beförderung oder Versendung in das übrige Gemeinschaftsgebiet bearbeitet oder verarbeitet worden sein.**

(2) **Als innergemeinschaftliche Lieferung gilt auch das einer Lieferung gleichgestellte Verbringen eines Gegenstands (§ 3 Abs. 1a).**

(3) [1]**Die Voraussetzungen der Absätze 1 und 2 müssen vom Unternehmer nachgewiesen sein.** [2]**Das Bundesministerium der Finanzen kann mit Zustimmung des Bundesrates durch Rechtsverordnung bestimmen, wie der Unternehmer den Nachweis zu führen hat.**

(4) [1]**Hat der Unternehmer eine Lieferung als steuerfrei behandelt, obwohl die Voraussetzungen nach Absatz 1 nicht vorliegen, so ist die Lieferung gleichwohl als steuerfrei anzusehen, wenn die Inanspruchnahme der Steuerbefreiung auf unrichtigen Angaben des Abnehmers beruht und der Unternehmer die Unrichtigkeit dieser Angaben auch bei Beachtung der Sorgfalt eines ordentlichen Kaufmanns nicht erkennen konnte.** [2]**In diesem Fall schuldet der Abnehmer die entgangene Steuer.**

Umsatzsteuer-Durchführungsverordnung:

[Fassung bis 30. 9. 2013:]
§ 17a Nachweis bei innergemeinschaftlichen Lieferungen in Beförderungs- und Versendungsfällen

(1) [1]Bei innergemeinschaftlichen Lieferungen (§ 6a Absatz 1 des Gesetzes) hat der Unternehmer im Geltungsbereich des Gesetzes durch Belege nachzuweisen, dass er oder der Abnehmer den Gegenstand der Lieferung in das übrige Gemeinschaftsgebiet befördert oder versendet hat. [2]Dies muss sich aus den Belegen eindeutig und leicht nachprüfbar ergeben.

(2) Der Unternehmer hat den Nachweis nach Absatz 1 wie folgt zu führen:

1. *durch das Doppel der Rechnung (§§ 14 und 14a des Gesetzes) und*
2. *durch eine Bestätigung des Abnehmers gegenüber dem Unternehmer oder dem mit der Beförderung beauftragten selbständigen Dritten, dass der Gegenstand der Lieferung in das übrige Gemeinschaftsgebiet gelangt ist (Gelangensbestätigung). [2]Der Beleg hat folgende Angaben zu enthalten:*
   a) *den Namen und die Anschrift des Abnehmers,*
   b) *die Menge des Gegenstands der Lieferung und die handelsübliche Bezeichnung einschließlich der Fahrzeug-Identifikationsnummer bei Fahrzeugen im Sinne des § 1b Absatz 2 des Gesetzes,*
   c) *im Fall der Beförderung oder Versendung durch den Unternehmer oder im Fall der Versendung durch den Abnehmer den Ort und Tag des Erhalts des Gegenstands im übrigen Gemeinschaftsgebiet und im Fall der Beförderung des Gegenstands durch den Abnehmer den Ort und Tag des Endes der Beförderung des Gegenstands im übrigen Gemeinschaftsgebiet,*
   d) *das Ausstellungsdatum der Bestätigung sowie*
   e) *die Unterschrift des Abnehmers.*

[3]Bei einer Versendung ist es ausreichend, wenn sich die Gelangensbestätigung bei dem mit der Beförderung beauftragten selbständigen Dritten befindet und auf Verlangen der Finanzbehörde zeitnah vorgelegt werden kann. [4]In diesem Fall muss der Unternehmer eine schriftliche Versicherung des mit der Beförderung beauftragten selbständigen Dritten besitzen, dass dieser über einen Beleg mit den Angaben des Abnehmers verfügt.

(3) Wird der Gegenstand der Lieferung vom Unternehmer oder Abnehmer im gemeinschaftlichen Versandverfahren in das übrige Gemeinschaftsgebiet befördert, kann der Unternehmer den Nachweis hierüber abweichend von Absatz 2 auch durch eine Bestätigung der Abgangsstelle über die innergemeinschaftliche Lieferung führen, die nach Eingang des Beendigungsnachweises für das Versandverfahren erteilt wird, sofern sich daraus die Lieferung in das übrige Gemeinschaftsgebiet ergibt.

[Fassung ab 1. 10. 2013:]
§ 17a Nachweis bei innergemeinschaftlichen Lieferungen in Beförderungs- und Versendungsfällen

(1) [1]Bei innergemeinschaftlichen Lieferungen (§ 6a Absatz 1 des Gesetzes) hat der Unternehmer im Geltungsbereich des Gesetzes durch Belege nachzuweisen, dass er oder der Abnehmer den Gegenstand der Lieferung in das übrige Gemeinschaftsgebiet befördert oder versendet hat. [2]Die Voraussetzung muss sich aus den Belegen eindeutig und leicht nachprüfbar ergeben.

(2) [1]Als eindeutig und leicht nachprüfbar nach Absatz 1 gilt insbesondere ein Nachweis, der wie folgt geführt wird:

1. *durch das Doppel der Rechnung (§§ 14 und 14a des Gesetzes) und*
2. *durch eine Bestätigung des Abnehmers, dass der Gegenstand der Lieferung in das übrige Gemeinschaftsgebiet gelangt ist (Gelangensbestätigung), die folgende Angaben zu enthalten hat:*
   a) *den Namen und die Anschrift des Abnehmers,*
   b) *die Menge des Gegenstands der Lieferung und die handelsübliche Bezeichnung einschließlich der Fahrzeug-Identifikationsnummer bei Fahrzeugen im Sinne des § 1b Absatz 2 des Gesetzes,*
   c) *im Fall der Beförderung oder Versendung durch den Unternehmer oder im Fall der Versendung durch den Abnehmer den Ort und den Monat des Erhalts des Gegenstands im übrigen Gemeinschaftsgebiet und im Fall der Beförderung des Gegenstands durch den Abnehmer den Ort und den Monat des Endes der Beförderung des Gegenstands im übrigen Gemeinschaftsgebiet,*
   d) *das Ausstellungsdatum der Bestätigung sowie*
   e) *die Unterschrift des Abnehmers oder eines von ihm zur Abnahme Beauftragten. [2]Bei einer elektronischen Übermittlung der Gelangensbestätigung ist eine Unterschrift nicht erforderlich, sofern erkenn-*

bar ist, dass die elektronische Übermittlung im Verfügungsbereich des Abnehmers oder des Beauftragten begonnen hat.

[2]Die Gelangensbestätigung kann als Sammelbestätigung ausgestellt werden. [3]In der Sammelbestätigung können Umsätze aus bis zu einem Quartal zusammengefasst werden. [4]Die Gelangensbestätigung kann in jeder die erforderlichen Angaben enthaltenden Form erbracht werden; sie kann auch aus mehreren Dokumenten bestehen, aus denen sich die geforderten Angaben insgesamt ergeben.

(3) [1]In folgenden Fällen kann der Unternehmer den Nachweis auch durch folgende andere Belege als die in Absatz 2 Nummer 2 genannte Gelangensbestätigung führen:

1. *bei der Versendung des Gegenstands der Lieferung durch den Unternehmer oder Abnehmer:*
   a) *durch einen Versendungsbeleg, insbesondere durch*
      aa) *einen handelsrechtlichen Frachtbrief, der vom Auftraggeber des Frachtführers unterzeichnet ist und die Unterschrift des Empfängers als Bestätigung des Erhalts des Gegenstands der Lieferung enthält,*
      bb) *ein Konnossement oder*
      cc) *Doppelstücke des Frachtbriefs oder Konnossements,*
   b) *durch einen anderen handelsüblichen Beleg als den Belegen nach Buchstabe a, insbesondere mit einer Bescheinigung des beauftragten Spediteurs, der folgende Angaben zu enthalten hat:*
      aa) *den Namen und die Anschrift des mit der Beförderung beauftragten Unternehmers sowie das Ausstellungsdatum,*
      bb) *den Namen und die Anschrift des liefernden Unternehmers sowie des Auftraggebers der Versendung,*
      cc) *die Menge des Gegenstands der Lieferung und dessen handelsübliche Bezeichnung,*
      dd) *den Empfänger des Gegenstands der Lieferung und den Bestimmungsort im übrigen Gemeinschaftsgebiet,*
      ee) *den Monat, in dem die Beförderung des Gegenstands der Lieferung im übrigen Gemeinschaftsgebiet geendet hat,*
      ff) *eine Versicherung des mit der Beförderung beauftragten Unternehmers, dass die Angaben in dem Beleg auf Grund von Geschäftsunterlagen gemacht wurden, die im Gemeinschaftsgebiet nachprüfbar sind, sowie*
      gg) *die Unterschrift des mit der Beförderung beauftragten Unternehmers.*

      [2]Bei einer elektronischen Übermittlung des Belegs an den liefernden Unternehmer ist eine Unterschrift des mit der Beförderung beauftragten Unternehmers nicht erforderlich, sofern erkennbar ist, dass die elektronische Übermittlung im Verfügungsbereich des mit der Beförderung beauftragten Unternehmers begonnen hat,
   c) *durch eine schriftliche oder elektronische Auftragserteilung und ein von dem mit der Beförderung Beauftragten erstelltes Protokoll, das den Transport lückenlos bis zur Ablieferung beim Empfänger nachweist, oder*
   d) *in den Fällen von Postsendungen, in denen eine Belegnachweisführung nach Buchstabe c nicht möglich ist: durch eine Empfangsbescheinigung eines Postdienstleisters über die Entgegennahme der an den Abnehmer adressierten Postsendung und den Nachweis über die Bezahlung der Lieferung;*
2. *bei der Versendung des Gegenstands der Lieferung durch den Abnehmer durch einen Nachweis über die Entrichtung der Gegenleistung für die Lieferung des Gegenstands von einem Bankkonto des Abnehmers sowie durch eine Bescheinigung des beauftragten Spediteurs, die folgende Angaben zu enthalten hat:*
   a) *den Namen und die Anschrift des mit der Beförderung beauftragten Unternehmers sowie das Ausstellungsdatum,*
   b) *den Namen und die Anschrift des liefernden Unternehmers sowie des Auftraggebers der Versendung,*
   c) *die Menge des Gegenstands der Lieferung und die handelsübliche Bezeichnung,*
   d) *den Empfänger des Gegenstands der Lieferung und den Bestimmungsort im übrigen Gemeinschaftsgebiet,*
   e) *eine Versicherung des mit der Beförderung beauftragten Unternehmers, den Gegenstand der Lieferung an den Bestimmungsort im übrigen Gemeinschaftsgebiet zu befördern, sowie*
   f) *die Unterschrift des mit der Beförderung beauftragten Unternehmers;*
3. *bei der Beförderung im gemeinschaftlichen Versandverfahren in das übrige Gemeinschaftsgebiet durch eine Bestätigung der Abgangsstelle über die innergemeinschaftliche Lieferung, die nach Eingang des Beendi-*

gungsnachweises für das Versandverfahren erteilt wird, sofern sich daraus die Lieferung in das übrige Gemeinschaftsgebiet ergibt;

4. *bei der Lieferung verbrauchsteuerpflichtiger Waren:*
   a) *bei der Beförderung verbrauchsteuerpflichtiger Waren unter Steueraussetzung und Verwendung des IT-Verfahrens EMCS (Excise Movement and Control System – EDV-gestütztes Beförderungs- und Kontrollsystem für verbrauchsteuerpflichtige Waren) durch die von der zuständigen Behörde des anderen Mitgliedstaates validierte EMCS-Eingangsmeldung,*
   b) *bei der Beförderung verbrauchsteuerpflichtiger Waren des steuerrechtlich freien Verkehrs durch die dritte Ausfertigung des vereinfachten Begleitdokuments, das dem zuständigen Hauptzollamt für Zwecke der Verbrauchsteuerentlastung vorzulegen ist;*
5. *bei der Lieferung von Fahrzeugen, die durch den Abnehmer befördert werden und für die eine Zulassung für den Straßenverkehr erforderlich ist, durch einen Nachweis über die Zulassung des Fahrzeugs auf den Erwerber im Bestimmungsmitgliedstaat der Lieferung.*

[2]Der Beleg nach Satz 1 muss bei der Lieferung eines Fahrzeugs im Sinne des § 1b Absatz 2 des Gesetzes zusätzlich dessen Fahrzeug-Identifikationsnummer enthalten. [3]In den Fällen von Satz 1 Nummer 1 gilt Absatz 2 Nummer 2 Satz 2 bis 4 entsprechend. [4]Bestehen in den Fällen des Satzes 1 Nummer 2 begründete Zweifel, dass der Liefergegenstand tatsächlich in das übrige Gemeinschaftsgebiet gelangt ist, hat der Unternehmer den Nachweis nach Absatz 1 oder mit den übrigen Belegen nach den Absätzen 2 oder 3 zu führen.

§ 17b Nachweis bei innergemeinschaftlichen Lieferungen in Bearbeitungs- oder Verarbeitungsfällen

[1]Ist der Gegenstand der Lieferung vor der Beförderung oder Versendung in das übrige Gemeinschaftsgebiet durch einen Beauftragten bearbeitet oder verarbeitet worden (§ 6a Absatz 1 Satz 2 des Gesetzes), hat der Unternehmer dies durch Belege eindeutig und leicht nachprüfbar nachzuweisen. [2]Der Nachweis ist durch Belege nach § 17a zu führen, die zusätzlich die in § 11 Absatz 1 Nummer 1 bis 4 bezeichneten Angaben enthalten. [3]Ist der Gegenstand durch mehrere Beauftragte bearbeitet oder verarbeitet worden, ist § 11 Absatz 2 entsprechend anzuwenden.

§ 17c Buchmäßiger Nachweis bei innergemeinschaftlichen Lieferungen

(1) [1]Bei innergemeinschaftlichen Lieferungen (§ 6a Absatz 1 und 2 des Gesetzes) hat der Unternehmer im Geltungsbereich des Gesetzes die Voraussetzungen der Steuerbefreiung einschließlich der ausländischen Umsatzsteuer-Identifikationsnummer des Abnehmers buchmäßig nachzuweisen. [2]Die Voraussetzungen müssen eindeutig und leicht nachprüfbar aus der Buchführung zu ersehen sein.

(2) Der Unternehmer hat Folgendes aufzuzeichnen:

1. *den Namen und die Anschrift des Abnehmers,*
2. *den Namen und die Anschrift des Beauftragten des Abnehmers bei einer Lieferung, die im Einzelhandel oder in einer für den Einzelhandel gebräuchlichen Art und Weise erfolgt,*
3. *den Gewerbezweig oder Beruf des Abnehmers,*
4. *die Menge des Gegenstands der Lieferung und dessen handelsübliche Bezeichnung einschließlich der Fahrzeug-Identifikationsnummer bei Fahrzeugen im Sinne des § 1b Absatz 2 des Gesetzes,*
5. *den Tag der Lieferung,*
6. *das vereinbarte Entgelt oder bei der Besteuerung nach vereinnahmten Entgelten das vereinnahmte Entgelt und den Tag der Vereinnahmung,*
7. *die Art und den Umfang einer Bearbeitung oder Verarbeitung vor der Beförderung oder der Versendung in das übrige Gemeinschaftsgebiet (§ 6a Absatz 1 Satz 2 des Gesetzes),*
8. *die Beförderung oder Versendung in das übrige Gemeinschaftsgebiet sowie*
9. *den Bestimmungsort im übrigen Gemeinschaftsgebiet.*

(3) In den einer Lieferung gleichgestellten Verbringungsfällen (§ 6a Absatz 2 des Gesetzes) hat der Unternehmer Folgendes aufzuzeichnen:

1. *die Menge des verbrachten Gegenstands und seine handelsübliche Bezeichnung einschließlich der Fahrzeug-Identifikationsnummer bei Fahrzeugen im Sinne des § 1b Absatz 2 des Gesetzes,*
2. *die Anschrift und die Umsatzsteuer-Identifikationsnummer des im anderen Mitgliedstaat belegenen Unternehmensteils,*

3. den Tag des Verbringens sowie
4. die Bemessungsgrundlage nach § 10 Absatz 4 Satz 1 Nummer 1 des Gesetzes.

(4) Werden neue Fahrzeuge an Abnehmer ohne Umsatzsteuer-Identifikationsnummer in das übrige Gemeinschaftsgebiet geliefert, hat der Unternehmer Folgendes aufzuzeichnen:
1. den Namen und die Anschrift des Erwerbers,
2. die handelsübliche Bezeichnung des gelieferten Fahrzeugs einschließlich der Fahrzeug-Identifikationsnummer,
3. den Tag der Lieferung,
4. das vereinbarte Entgelt oder bei der Besteuerung nach vereinnahmten Entgelten das vereinnahmte Entgelt und den Tag der Vereinnahmung,
5. die in § 1b Absatz 2 und 3 des Gesetzes genannten Merkmale,
6. die Beförderung oder Versendung in das übrige Gemeinschaftsgebiet sowie
7. den Bestimmungsort im übrigen Gemeinschaftsgebiet.

§ 74a Übergangsvorschriften

(1)–(2) …

(3) Für bis zum 30. September 2013 ausgeführte innergemeinschaftliche Lieferungen kann der Unternehmer den Nachweis der Steuerbefreiung gemäß den §§ 17a bis 17c in der am 31. Dezember 2011 geltenden Fassung führen.

(4) …

EU-Recht: Art. 138 MwStSystRL (Art. 28c Teil A 6. EG-RL)
UStAE: 6a.1–6a.8

Übersicht

I. Bedeutung

1. Systematik und praktische Bedeutung

Die Besteuerung des internationalen Warenverkehrs richtet sich zur Gewährleistung der Wettbewerbsneutralität nach dem **Bestimmungslandprinzip.** Demnach müssen Lieferungen ins Ausland von der Steuer befreit werden. Im Zielland kann dann nach den dortigen Regelungen eine Besteuerung erfolgen, die der Besteuerung lokaler Anbieter entspricht. Mit der Einführung des Binnenmarktes wurden innerhalb der EU die **Grenzkontrollen** für den internationalen Warenverkehr **aufgehoben.** Nachdem es politisch nicht durchsetzbar erschien, in diesem Zuge auch die Besteuerung nach dem **Ursprungslandprinzip** vorzunehmen (Besteuerung einer lokalen Lieferung mit demselben Steuersatz wie eine Lieferung ins EU-Ausland), musste ein Mechanismus gefunden werden, mit dem die Besteuerung zum Steuersatz im Bestimmungsland sicher gestellt werden kann. Hierzu wurde das ursprünglich als Übergangsregelung titulierte und zwischenzeitlich als endgültiges Konzept anerkannte System der steuerfreien innergemeinschaftlichen Lieferung und des steuerpflichtigen innergemeinschaftlichen Erwerbs eingeführt. 1

Das seither angewandte System zeichnet sich dadurch aus, dass mangels Grenzkontrollen nunmehr die **Unternehmen selbst** für den **Nachweis** der Steuerfreiheit verstärkt gefordert sind – zuletzt wurden die Anforderungen an den Belegnachweis durch die Neufassung der entsprechenden Vorschriften der UStDV zum 1.10.2013 verschärft (faktisch wirksam geworden zum 1.1.2014, → § 6a Rn. 58ff.). Darüber hinaus kann das System nur funktionieren, soweit an einen Unternehmer im Ausland geliefert wird, weil dieser als umsatzsteuerlich registriertes Steuersubjekt einen entsprechenden Erwerb versteuern kann. Bei Lieferungen an EU-ausländische Nichtunternehmer ergeben sich deshalb ab Überschreiten bestimmter Schwellen für den Lieferanten umsatzsteuerliche Deklarationspflichten im Ausland, damit dort wiederum zur Gewährung der Wettbewerbsneutralität nur zum lokalen Steuersatz verkauft werden kann. 2

Das alternative Modell des **Ursprungslandprinzips mit grenzüberschreitendem Vorsteuerabzug** ist wohl endgültig **gescheitert,** weil die EU-Staaten sich offensichtlich nicht auf ein Clearing-System einigen können (vgl. *Schlienkamp* UR 1996, 326; *Hagen/Reiß* UR 2000, 106), das die Steueraufkommensverschiebungen ausgleichen könnte. Darüber hinaus stand angesichts der verschiedenen Steuersätze in den Mitgliedstaaten die gebotene Wettbewerbsneutralität der Umsatzsteuer in Frage. Zum „auf absehbare Zeit" nicht durchsetzbaren Übergang zum Ursprungslandprinzip vgl. BT-Drs. 17/1252, UR 2010, 333 Rn. 27; siehe auch *Widmann* UR 2013, 19. 3

Zuletzt ist allerdings doch wieder Bewegung in die Diskussion um die Einführung eines endgültigen Systems gekommen. Laut **Aktionsplan der EU-Kommission** vom 7.4.2016 soll geprüft werden, wie das aktuelle System der grenzüberschreitenden innergemeinschaftlichen Lieferungen geändert werden kann, insbesondere um ein weniger betrugsanfälliges System zu implementieren. Das Bestimmungslandprinzip soll erhalten bleiben, allerdings soll dies mit einer Besteuerung der Umsätze des Leistenden im Zielstaat erfolgen, anstatt der Annahme der Steuerbarkeit und Steuerfreiheit seiner Umsätze im Ursprungsland. Dazu muss der Leistende seine Umsätze im Zielstaat deklarieren, was mit entsprechendem Mehraufwand für ihn verbunden wäre. Das soll durch ein One-Stop-Shop-Verfahren abgemildert werden, also die Möglichkeit, Umsätze im EU-Ausland in seinem Heimatland zu erklären. Darüber hinaus wäre auch die Besteuerung über ein Reverse-Charge-Verfahren denkbar, das dann aber von der Wirkungsweise wieder letztlich dem schon bestehenden System entspricht. Es würde der Empfänger der Lieferung zwar keinen innergemeinschaftlichen Erwerb mehr, dafür aber eine übernommene Steuerschuld erklären. Die **Kommission plant** für das Jahr 2017 die Vorlage eines ersten entsprechenden **Richtlinienvorschlags** (vgl. *Becker* MwStR 2016, 931).

4 § 6a füllt den durch § 4 Nr. 1b vorgegebenen Rahmen bezüglich der innergemeinschaftlichen Lieferung aus. Die Vorschrift enthält die **Tatbestandsmerkmale** der steuerfreien innergemeinschaftlichen Lieferung im Einzelnen sowie die **Verpflichtung zum Nachweis.** Die Regelung ist nicht vollständig; sie enthält anders als § 1a Abs. 3 keine nähere Eingrenzung des Kreises möglicher Abnehmer iSd Abs. 1 Nr. 2. Diese Lücke wird jedoch durch eine Verweisung auf die Vorschriften über den innergemeinschaftlichen Erwerb in Abs. 1 Nr. 3 geschlossen. In §§ 17a–17c UStDV sind auf Grund der Ermächtigung in § 6a Abs. 3 S. 2 die Einzelheiten zum Beleg- und Buchnachweis geregelt und zuletzt zum 1.10.2013 neu gefasst worden. Abs. 4 enthält eine **Vertrauensschutzregelung,** die dem Unternehmer unter bestimmten Voraussetzungen die Steuerbefreiung belässt, obwohl die Voraussetzungen für die Steuerbefreiung nach Abs. 1 nicht vorliegen.

5 Um das System für die internationalen Finanzbehörden kontrollierbar zu machen, wurde flankierend zur Deklaration der innergemeinschaftlichen Lieferungen in den Umsatzsteuererklärungen die **verpflichtende Abgabe von Zusammenfassenden Meldungen** eingeführt, in denen je Kunde (also je USt-IdNr.) die innergemeinschaftlichen Lieferungen zu Kontrollzwecken gesondert zu melden sind, vgl. § 18a.

2. Rechtsentwicklung

6 Die Vorschrift wurde durch das Binnenmarktgesetz mit Wirkung zum 1.1.1993 in das UStG eingefügt. Sie beruht auf Art. 28c Teil A 6. EG-RL (jetzt Art. 138 MwStSystRL). Die Vorschrift betrifft ausschließlich **Lieferungen.** Aber auch für Dienstleistungen wurde durch das Mehrwertsteuer-Paket mit wenigen Ausnahmen das Bestimmungslandprinzip eingeführt. Durch Art. 20 Nr. 4 des Gesetzes vom 11.10.1995 (BGBl. 1995 I 1250, JStG 1996) wurde die Fiktion einer innergemeinschaftlichen Lieferung für funktionsändernde Be- und Verarbeitungsleistungen entsprechend der RL 95/7/EG vom 10.4.1995 ABl. 1995 L 102, 18 (Zweite Vereinfachungs-Richtlinie) mit Wirkung ab 1.1.1996 gestrichen. Arbeiten an beweglichen Gegenständen sind seither als Dienstleistungen einzustufen und fallen trotz der damit ggf. verbundenen Warenbewegung nicht unter die Vorschrift des § 6a.

Die **Finanzverwaltung** hat sich erstmals umfassend mit Schreiben vom 6.1.2009 (BStBl. I 2009, 60) zur Steuerfreiheit von innergemeinschaftlichen Lieferungen geäußert. Im Wesentlichen geht es darin um die weitreichenden und aus Sicht der Praxis äußerst komplexen Buch- und Belegnachweise, die vom Unternehmer zu erbringen sind. Nachdem einzelne Inhalte dieses Schreibens bereits nach kurzer Zeit von der Rechtsprechung als überzogen eingestuft wurden, hat die Finanzverwaltung ihre Vorgaben unter Verweis auf die BFH-Rechtsprechung (BFH V R 65/06, DStR 2009, 1639; V R 84/07, DStR 2009, 1634; V R 23/08, DStR 2009, 1636) mit

BMF-Schreiben vom 5.5.2010, BStBl. I 2010, 508, überarbeitet. Die entsprechenden Ausführungen sind daraufhin in den UStAE 6a.1 bis 6a.8 eingearbeitet worden. Mit der sog. MantelVO (Zweite VO zur Änderung steuerlicher Verordnungen v. 2.12.2011, BGBl. 2011 I 2416) erfolgte zum 1.1.2012 eine bedeutende Neuregelung der erforderlichen Nachweise. Hierzu erging noch vor Inkrafttreten eine Übergangsregelung, wonach die Nachweise noch bis 31.3.2012 nach den alten Regelungen akzeptiert werden (BMF 9.12.2011, DStR 2012, 36). Die Übergangsregelung wurde sodann mit BMF-Schreiben vom 6.2.2012 (BStBl. I 2012, 211) bis zum 30.6.2012 verlängert. Am 21.3.2012 hat das BMF daraufhin einen (zweiten) Entwurf eines BMF-Schreibens zu den neuen Nachweispflichten vorgelegt. Dieses BMF-Schreiben wurde allerdings nie veröffentlicht. Stattdessen wurde die Übergangsregelung, wonach der Nachweis nach alter (bis 31.12.2011 gültiger) Version der UStDV weiterhin ausreichend ist, per weiterem BMF (1.6.2012, BStBl. I 2012, 619) bis zum Ergehen einer erneuten Änderung des § 17a UStDV verlängert. Diese erneute Änderung und aktuell gültige Regelung wurde mit dem der Elften Verordnung zur Änderung der UStDV eingeführt (BGBl. 2013 I 602). Die darin vorgesehenen Änderungen treten zum 1.10.2013 in Kraft (siehe auch § 74a Abs. 3 UStDV). Per BMF-Schreiben vom 16.9.2013 (BStBl. I 2013, 1192 unter II.) wurde die Übergangsfrist, innerhalb derer der Nachweis nach den alten Vorgaben geführt werden konnte, noch einmal bis zum 31.12.2013 verlängert.

II. Innergemeinschaftliche Lieferung (§ 6a Abs. 1)

1. Im Inland steuerbare Lieferung

a) Lieferung eines Gegenstandes. Die Anwendung der Steuerbefreiung setzt eine **im Inland steuerbare Lieferung** eines Gegenstandes voraus. Die Lieferung gilt als im Inland erbracht, wenn der Liefergegenstand vom Inland aus versendet oder befördert wird. Zum Begriff der Lieferung vgl. grundsätzlich § 3. Befindet sich hingegen der Ort der Lieferung im Ausland, liegt keine steuerbare und damit auch keine potenziell steuerfreie innergemeinschaftliche Lieferung vor. 7

Auch eine **Werklieferung gemäß § 3 Abs. 4** ist eine Lieferung und kann damit als steuerfreie innergemeinschaftliche Lieferung ausgeführt werden. Hierzu müssen die weiteren Voraussetzungen für innergemeinschaftliche Lieferungen, unter anderem die Warenbewegung ins EU-Ausland, erfüllt sein. Eine Werklieferung fällt demnach nicht unter § 6a, wenn sie erst an dem EU-ausländischen Zielort als ausgeführt anzusehen ist, an dem die Beförderung oder Versendung endet. Wenn demnach das fertige Werk versendet oder befördert wird, kann eine am Abgangsort steuerbare und steuerfreie innergemeinschaftliche Lieferung gegeben sein (zB Lieferung eines maßgefertigten Möbelstücks und Versand des fertigen Werkes von Deutschland ins EU-Ausland). Keine innergemeinschaftliche Lieferung liegt dagegen vor, wenn der Gegenstand der Lieferung vom Lieferer erst im EU-Zielland geliefert wird, nachdem erst dort der eigentliche Liefergegenstand entsteht und die Verfügungsmacht daran übertragen wird (zB Errichtung einer „schlüsselfertigen Anlage" im EU-Ausland im Anschluss an den Transport der Einzelteile von Deutschland ins EU-Ausland – → Rn. 13ff.). Für die letztgenannten Fälle sind in der Praxis vom Lieferer auch die umsatzsteuerrechtlichen Regelungen des Ziellandes zu beachten. 8

Bei einer **Werkleistung** kann keine innergemeinschaftliche Lieferung vorliegen, da insoweit eine sonstige Leistung (Dienstleistung) erbracht wird. Dies gilt auch dann, wenn in deren Rahmen die Verfügungsmacht an Gegenständen verschafft wird, dies aber nur eine unselbstständige Nebenleistung darstellt (zB Konstruktionspläne und Zeichnungen sowie in die Werkleistung einfließendes Material). Die Dienstleistung ist allerdings ebenso ohne Umsatzsteuer abzurechnen, wenn der Leis- 9 tungsempfänger im Ausland ansässig ist, weil dann gem. § 3a Abs. 2 der Leistungsort als im Ausland belegen gilt.

10 Die Fiktion von Lieferungen bei **Kommissionsgeschäften** gem. § 3 Abs. 3 gilt auch für die Anwendung von § 6a. Wer bei Kommissionsgeschäften im Hinblick auf die Steuerbefreiung als Lieferer anzusehen ist, hängt wie beim Reihengeschäft davon ab, welcher der nach § 3 Abs. 3 anzunehmenden Lieferung die Warenbewegung zuzurechnen ist (siehe auch EuGH C-430/09, DStR 2011, 23 – Euro Tyre BV; BFH V R 3/10, DStR 2011, 2047; XI R 11/09, UR 2013, 756, wonach die deutschen Zuordnungsregelungen in § 3 Abs. 6 und 7 unionsrechtlich nicht in allen Punkten akzeptabel sein dürften).

11 **b) Lieferung durch Unternehmer.** Der Lieferer muss ein **Unternehmer** iSd § 2 sein, der die Lieferung im Rahmen seines Unternehmens erbringt. Für **Kleinunternehmer** iSv § 19 greifen die Regelungen zur innergemeinschaftlichen Lieferung nur, wenn sie auf die Anwendung der Sonderregelung verzichtet haben (vgl. § 19 Abs. 1 S. 4 und Art. 139 Abs. 1 MwStSystRL bzw. Art. 28c Teil A Buchst. a UAbs. 2 6. EG-RL). Nach § 24 Abs. 1 S. 2 gilt § 6a auch nicht für Land- und Forstwirte, die von der Pauschalbesteuerung nach § 24 Gebrauch machen (UStAE 24.4 Abs. 1). Eine Besonderheit gilt bei der Lieferung **neuer Fahrzeuge;** hier werden auch Nichtunternehmer als Unternehmer behandelt (vgl. § 2a). Diese Regelung gilt nach § 19 Abs. 4 auch für Kleinunternehmer, die nicht auf die Anwendung der Kleinunternehmer-Regelung gemäß § 19 verzichtet haben.

12 **c) Lieferung im Inland.** Die Lieferung muss im Inland steuerbar sein. Für die Bestimmung des Orts der Lieferung gelten die allgemeinen Vorschriften, also insbesondere § 3 Abs. 6–8. Keine innergemeinschaftliche Lieferung liegt daher vor, wenn nach §§ 3c oder 3e der Ort der Lieferung nicht im Inland liegt (vgl. *R/K/L* § 6a Rn. 18ff.; *Frye* in Rau/Dürrwächter § 6a Rn. 32), sondern im Zielland oder am Abgangsort einer Personenbeförderung. Keine Lieferung im Inland sind außerdem Lieferungen, die als in den in § 1 Abs. 3 bezeichneten Gebieten als ausgeführt anzusehen sind; denn Leistungen in diesen Gebieten werden nur in den in § 1 Abs. 3 aufgezählten Fällen wie Leistungen im Inland behandelt (vgl. *R/K/L* § 6a Rn. 21ff.).

13 Abgrenzungsschwierigkeiten hinsichtlich des Ortes der Lieferung ergeben sich häufig, wenn der **Gegenstand** der Lieferung nicht nur befördert oder versendet, sondern **am Zielort vom Lieferanten** noch **installiert oder montiert** wird. Gemäß Art. 36 MwStSystRL gilt als Ort der Lieferung bereits dann der Bestimmungsort und nicht der Abgangsort, wenn der beförderte oder versandte Gegenstand mit oder ohne probeweise Inbetriebnahme durch den Lieferer oder für dessen Rechnung installiert oder montiert wird. Nach dieser Vorgabe ist bei jeglicher Montagetätigkeit des Leistenden im Zielland keine innergemeinschaftliche Lieferung mehr, sondern eine am Zielort steuerbare (Werk-)Lieferung gegeben. Dies dürfte nicht mit der deutschen Praxis gem. UStAE 3.12 Abs. 4 übereinstimmen, wonach sich der Lieferort erst dann nicht mehr am Beginn der Beförderung oder Versendung befindet, wenn am Zielort ein Gegenstand anderer Marktgängigkeit entsteht. Der bloße Aufbau einer jederzeit wieder abzubauenden Maschine durch den Lieferer würde demnach beispielsweise dazu führen, dass im Sinne des Art. 36 MwStSystRL bereits keine innergemeinschaftliche Lieferung mehr vorliegt, während dies aus deutscher Sicht sehr wohl noch der Fall wäre, weil sich dadurch die Marktgängigkeit des Gegenstandes nicht ändert, UStAE 3.12 Abs. 4.

14 In diesen Fällen einer Lieferung am Zielort (in der EU-Terminologie: Montage- oder Installationslieferung) wird die Verschaffung der Verfügungsmacht an dem fertigen Werk (Gegenstand der Lieferung) regelmäßig erst mit der Abnahme des Werks erfolgen. Der deutsche (Werk-)Lieferer erbringt seine Lieferung daher im EU-Ausland und muss sich je nach **lokalem Umsatzsteuerrecht** vor Ort umsatzsteuerlich **registrieren** lassen. Die Besteuerung dieser Fälle ist in den EU-Staaten uneinheitlich geregelt (*H/M* § 1a Rn. 13 mwN) und muss im Einzelfall überprüft werden. In bestimm-

ten Mitgliedsstaaten gibt es Sonderregelungen, die ermöglichen, die Werklieferung wie eine innergemeinschaftliche Lieferung zu behandeln. Ebenso sehen bestimmte Mitgliedsstaaten aber auch unterschiedliche Registrierungs- und Deklarationspflichten des ausländischen Leistenden vor – häufig wird darauf durch die Anwendung des Reverse-Charge-Verfahren verzichtet. Eine Nichtbeachtung etwaiger Deklarationspflichten im Ausland kann bei Aufdeckung durch die lokalen Steuerbehörden zu entsprechenden Nachversteuerungsrisiken, Zinsen, Bußgeldern und Strafen führen. Folglich müssen inländische Leistende, die derartige Leistungen an ausländische Kunden erbringen, die landesspezifischen Besonderheiten individuell je Kundenland prüfen, um diese Risiken zu vermeiden.

einstweilen frei **15–17**

2. Warenbewegung ins EU-Ausland

Weiteres und wesentliches Tatbestandsmerkmal ist die **Warenbewegung vom Inland in einen anderen Mitgliedstaat.** Nur dann ist es nach dem Bestimmungslandprinzip gerechtfertigt, in Deutschland (Ursprungsland) die Besteuerung auszusetzen. Die Beweislast für das Gelangen des Gegenstands in das EU-Ausland liegt beim Lieferer. **18**

Demnach muss feststehen, dass der Gegenstand aufgrund des Versands oder der Beförderung **das Inland physisch verlassen hat und tatsächlich in dem anderen Mitgliedstaat angekommen** ist (§ 17a Abs. 1 UStDV). Allerdings kann im Einzelfall vom Lieferer zwar der Versand nachgewiesen werden müssen, jedoch muss dies nicht unbedingt auch für die Ankunft der Ware gelten (EuGH C-409/04, BStBl. II 2009, 70, Leitsatz 1 und Rn. 51 – Teleos). Zumindest einem gutgläubigen und mit der gebotenen Sorgfalt agierenden Lieferanten soll nicht nachträglich die Steuerfreiheit aberkannt werden, wenn aus von ihm nicht erkennbaren Gründen die Ware nicht ins EU-Ausland gelangt. Dies ist der Fall, wenn er Beweise vorgelegt hat, die dem ersten Anschein nach sein Recht auf Befreiung einer innergemeinschaftlichen Lieferung von Gegenständen belegen. Es ist nicht gerechtfertigt, ihn zu verpflichten, später Mehrwertsteuer auf diese Lieferung zu entrichten, wenn die Beweise sich als falsch herausstellen, jedoch zum einen nicht erwiesen ist, dass er an einer Steuerhinterziehung beteiligt war und er zum anderen alle ihm zur Verfügung stehenden zumutbaren Maßnahmen ergriffen hat, um sicherzustellen, dass die von ihm vorgenommene innergemeinschaftliche Lieferung nicht zu seiner Beteiligung an einer solchen Steuerhinterziehung führt (EuGH C-409/04, BStBl. II 2009, 70 Rn. 68 – Teleos – anders jedoch bei Beteiligung an Betrugsfällen, siehe EuGH C-285/09, DStR 2010, 2572 – R, wonach selbst bei Erfüllung der objektiven Voraussetzungen für die Steuerbefreiung diese aberkannt werden kann – ebenso die Nachfolgeentscheidung des BFH V R 19/10 sowie UStAE 6a.2 Abs. 3 S. 7, 6a.3 Abs. 6d S. 2). **19**

Die **Nachweispflicht** liegt damit grundsätzlich beim Lieferer. Er kann dabei nicht von der Finanzverwaltung verlangen, dass sie mit ihren Mitteln aufklärt, ob der Gegenstand in einen anderen Mitgliedsstaat gelangt ist (EuGH C-184/05, BStBl. II 2009, 83 – Twoh; BMF 5.5.2010, BStBl. I 2010, 508 Rn. 22; UStAE 6a.2 Abs. 3). Im Einzelfall kann aber insbesondere nach den Grundsätzen der Rechtssicherheit und der Verhältnismäßigkeit auch bei Nichtgelangen der Ware ins EU-Ausland eine Behandlung als steuerfreie innergemeinschaftliche Lieferung angezeigt sein (EuGH C-409/04, BStBl. II 2010, 70 Rn. 48–58 – Teleos). Mit einem (nicht regelkonformen) unvollständigen Belegnachweis kann der Steuerpflichtige den Nachweis für die Steuerfreiheit aber nicht führen und er kann sich insofern auch nicht auf den Vertrauensschutz nach § 6a Abs. 4 berufen. Ein etwaiges Besteuerungsrisiko trägt insoweit der Liefernde (s. BFH XI R 8/11, MwStR 2013, 165 mAnm *Körner*). **20**

Geht der Gegenstand während der Beförderung **unter** oder verloren, bevor er in das Gebiet eines anderen Mitgliedstaats gelangt ist, liegt somit grundsätzlich keine **21**

steuerfreie innergemeinschaftliche Lieferung vor, kann aber auf Grund der oben dargestellten allgemeinen Rechtsgrundsätze dennoch in Betracht kommen.

22 **Unerheblich ist, wer den Transport veranlasst.** Die Steuerbefreiung greift unabhängig davon, ob der Gegenstand durch den Lieferer befördert oder versendet wird oder der Abnehmer den Gegenstand abholt oder abholen lässt (anders als im Falle von Ausfuhrlieferungen, bei denen im Abholfall nur dann die Steuerfreiheit gegeben ist, wenn der Leistungsempfänger im Ausland ansässig ist; vgl. auch *Frye* in Rau/Dürrwächter § 6a Rn. 42).

23 Wie sich aus Abs. 1 S. 2 ergibt, ist die Steuerbefreiung auch dann anwendbar, wenn der Gegenstand **im Inland noch be- oder verarbeitet** wird und erst danach zum Abnehmer oder zu dessen Abnehmer befördert oder versendet wird (vgl. auch → Rn. 37 ff.). Nicht erforderlich ist mE, dass der Gegenstand unverzüglich nach dem Erwerb in das Bestimmungsland befördert wird, denn sonst würde § 6a Abs. 1 S. 2 eine Ungleichbehandlung dahin gehend bewirken, dass in Bearbeitungsfällen kein unmittelbares Gelangen ins Ausland notwendig ist, in sonstigen Fällen einer verzögerten Warenbewegung aber schon. Ein bloßes Zwischenlagern sollte demnach die Steuerbefreiung nicht ausschließen (so auch EuGH C-84/09, IStR 2010, 910 – X/Skatteverket).

24 Ob es auch unschädlich ist, wenn Abnehmer den Gegenstand vor dem endgültigen Verbringen in den Bestimmungsstaat noch **vorübergehend im Inland nutzt,** ist mE zumindest zweifelhaft (vgl. Ausführungen zu → § 6 Rn. 36). Dagegen spräche, dass es insoweit zu einem unversteuerten Letztverbrauch im Inland käme. Für gebrochene Transporte (Lieferer transportiert bis zu einem Ort im Inland, Abnehmer übernimmt den Anschlusstransport ins Zielland) gelten dieselben Grundsätze wie bei Ausfuhrlieferungen, vgl. → § 6 Rn. 38 f. Dies hat nunmehr auch die Finanzverwaltung erkannt und per BMF-Schreiben vom 7. 12. 2015 (BStBl. I 2015, 1014) angeordnet, dass sowohl rein tatsächliche Unterbrechungen des Transports, die lediglich dem Transportvorgang geschuldet sind, als auch eine gebrochene Beförderung oder Versendung (dh Lieferant und Kunde teilen sich den Transport) für die Annahme der „Beförderung oder Versendung des Liefergegenstands bei der Lieferung" und damit für die Entscheidung, ob eine Ausfuhrlieferung bzw. eine innergemeinschaftliche Lieferung nach § 6a vorliegt, unschädlich sind, wenn der **Abnehmer zu Beginn des Transports feststeht** und der liefernde Unternehmer nachweist, dass ein **zeitlicher und sachlicher Zusammenhang zwischen der Lieferung des Gegenstands und seiner Beförderung** sowie ein kontinuierlicher Vorgang der Warenbewegung gegeben sind (siehe dazu UStAE 3.12 Abs. 3 S. 4 ff.; 6.1. Abs. 3a und 6a.1 Abs. 8 S. 3 und 4).

25 Eine innergemeinschaftliche Lieferung iSv § 6a liegt auch dann vor, wenn der Gegenstand auf dem Weg von einem Mitgliedstaat in einen anderen Mitgliedstaat **durch Drittlandsgebiet bewegt** wird (vgl. *Frye* in Rau/Dürrwächter § 6a Rn. 42). Beginnt dagegen die Beförderung oder Versendung im Drittlandsgebiet, liegt eine innergemeinschaftliche Lieferung nur dann vor, wenn der Gegenstand im Inland zum freien Warenverkehr abgefertigt wurde (vgl. § 3 Abs. 8; zur in diesem Fall greifenden Steuerbefreiung der Einfuhr vgl. → § 5 Rn. 7) und im Anschluss an diese Einfuhr durch den Einführer ins EU-Ausland befördert oder versendet wird. Keine innergemeinschaftliche Lieferung liegt dagegen vor, wenn die Ware aus dem Drittland im Wege der Durchfuhr (in einem zollrechtlichen Transitverfahren) durch das Inland in einen anderen Mitgliedstaat gelangt und erst dort zum freien Verkehr abgefertigt wird.

26 Keine Beförderung oder Versendung im Rahmen der Lieferung liegt vor, wenn im Zeitpunkt der Beförderung oder Versendung ins EU-Ausland der Erwerber noch nicht feststeht bzw. die beförderte Ware noch nicht verkauft ist (insbesondere bei Lieferungen ab Auslieferungslager im EU-Ausland). Eine **Sonderregelung** gilt aus deutscher Sicht allerdings in Fällen der **Verkaufskommission.** Wird bei einer Verkaufskommission die Ware zum Kommissionär befördert, bevor dieser die Ware ver-

kauft hat, liegt noch keine Lieferung vor, denn die Lieferung an den Kommissionär gilt erst als in dem Zeitpunkt erbracht, in dem die Lieferung des Kommissionsguts an den Abnehmer erfolgt (vgl. BFH V R 3/02, BStBl. II 1987, 278). Bei der Verkaufskommission liegt daher grundsätzlich für den Kommittenten ein – der Lieferung gleichgestelltes – innergemeinschaftliches Verbringen vor. Der Kommittent hat daher an sich im Abgangsstaat ein innergemeinschaftliches Verbringen iSd § 3 Abs. 1a zu erklären und im Ankunftsstaat einen innergemeinschaftlichen Erwerb (analog § 1a Abs. 2). Im Zeitpunkt des Verkaufs der Ware durch den Kommissionär hat der Kommittent zudem einen Inlandsumsatz im Ankunftsstaat zu erklären, wobei die Steuer für den Erwerb als Vorsteuer abzugsfähig ist (analog § 15 Abs. 1 Nr. 3). Hier lässt die deutsche **Finanzverwaltung** aus **Vereinfachungsgründen** zu, dass bereits die grenzüberschreitende Übergabe der Ware an den deutschen Kommissionär als innergemeinschaftlich befreite Lieferung behandelt wird und der **Kommissionär als innergemeinschaftlicher Erwerber** (UStAE 3.1 Abs. 3 S. 7; UStAE 1a.2 Abs. 7; vgl. *Stadie* in Rau/Dürrwächter § 1a Rn. 175, die wegen der Formulierung „kann" zu Recht von der Einräumung eines Wahlrechts ausgehen).

Für die Praxis ist allerdings zu beachten, dass im Falle von Lieferungen über einen Kommissionär im Ausland das Umdeuten eines innergemeinschaftlichen Verbringens in eine innergemeinschaftliche Lieferung an den Kommissionär auch nach den **umsatzsteuerlichen Regelungen im EU-Zielland** möglich sein muss, da ansonsten zwar aus deutscher Sicht keine Registrierungspflicht des Kommittenten im Zielland besteht, im Zielland aber ggf. eben doch. Ferner ist im EU-Zielland zu prüfen, ob die ausländische Finanzverwaltung ähnlich wie die deutsche FVerw (OFD Frankfurt a. M. 4.4.2014, DStR 2014, 1340) zulässt, dass die Bemessungsgrundlage für die „vorgezogene" innergemeinschaftliche Lieferung bzw. aus Sicht der ausländischen FVerw des innergemeinschaftlichen Erwerbs des Kommissionärs anhand der voraussichtlichen Verkaufserlöse abzüglich der Kommission des Kommissionärs geschätzt wird, ohne dass bei Feststehen der davon abweichenden tatsächlichen Verkaufserlöse eine Korrektur erfolgen muss. 27

Ähnliche Schwierigkeiten bereiten **Konsignationslager im Gemeinschaftsgebiet** (siehe *Keller* UR 2000, 61 mwN; *Birkenfeld* UR 2006, 80ff., *Müller-Lee/Selera* UStB 2007, 253; *Prätzler* UStB 2010, 13). Wird die Ware durch den Lieferer zB zunächst in ein **EU-**Konsignationslager versandt oder befördert, liegt grundsätzlich kein innergemeinschaftlicher Erwerb des voraussichtlichen Abnehmers vor. Erst mit der Entnahme der Ware aus dem Lager wird dem Abnehmer die Verfügungsmacht im Rahmen einer dort steuerbaren Lieferung verschafft (ebenso *Stadie* in Rau/Dürrwächter § 1a Rn. 23; vgl. die Vorgabe in Art. 17 MwStSystRL). Hier hat der Konsignant (wie der Kommittent) ein steuerfreies innergemeinschaftliches Verbringen gemäß § 3 Abs. 1a im Ausgangsstaat zu erklären und im EU-Ankunftsstaat einen innergemeinschaftlichen Erwerb (analog § 1a Abs. 2) und bei Auslieferung ab Lager eine lokale Lieferung zu versteuern. Bei **verbindlichen Bestellungen** des Belieferten **zum Zeitpunkt der Versendung der Waren** in das Konsignationslager hat allerdings zuletzt die deutsche Rechtsprechung kein innergemeinschaftliches Verbringen, sondern direkte innergemeinschaftliche Lieferungen erkannt (NdsFG 5 K 335/14 rkr, MwStR 2015, 942 mAnm *Leonard;* HessFG 1 K 2519/10, DStRE 2016, 1047, Rev. BFH V R 31/15 (zu diesem Verfahren liegt dem Vernehmen nach bereits ein für den Steuerpflichtigen positiver Gerichtsbescheid vor, wonach direkte innergemeinschaftliche Lieferungen und keine Verbringensvorgänge erfolgt sind); beachte auch anhängiges BFH-Verfahren V R 1/16 nach FG Düsseldorf 1 K 1983/13 U, MwStR 2016, 506 mAnm *Leonard;* hier geht es um einen Fall, in dem zum Zeitpunkt der Versendung der Ware keine verbindliche Bestellung vorlag und bei dem entsprechend das FG ein innergemeinschaftliches Verbringen erkannt hat. Die bislang von der Finanzverwaltung angewandte **pauschale Sichtweise,** dass bei Konsignationslagern immer ein Verbringen der lokalen Lieferung vorausgehe (s. OFD Frankfurt 28

a. M. 15.12.2015, DStR 2016, 1032), kann somit mE **nicht aufrechterhalten** werden. Welche individuellen Tatbestände das Gesamtbild prägen, muss die Rechtsprechung allerdings erst noch deutlicher herausarbeiten. Vorliegende verbindliche Bestellungen im Zeitpunkt der Bestückung des Lagers, eine Abnahmeverpflichtung des Kunden binnen gewisser Fristen, eine faktische Unmöglichkeit der Verwendung der Konsignationsware für andere Kunden könnten Gründe zB sein, von innergemeinschaftlichen Lieferungen statt lokaler Lieferung ab Lager auszugehen. ME reicht dafür aber auch schon allein die Tatsache, dass über die Lagerware bereits ein Kaufvertrag geschlossen wurde, dh dass verbindliche Bestellungen erfolgt sind, denn insoweit kann der Belieferte bereits wie ein Eigentümer über die Ware verfügen.

In verschiedenen anderen Mitgliedstaaten wird das Verbringen der Ware in ein Konsignationslager aus Vereinfachungsgründen als innergemeinschaftliche Lieferung zwischen Konsignant und Konsignatär betrachtet mit der Folge, dass der Konsignatär – und nicht der Konsignant – die Erwerbsbesteuerung durchzuführen hat (vgl. zu EU-Staaten mit derartigen Sonderregelungen *Keller* UR 2000, 62; *Müller-Lee* UStB 2003, 238; *Langer/Zugmaier* DStR 2007, 839; OFD Frankfurt a. M. 1.9.2009, BeckVerw 236480, nunmehr OFD Frankfurt a. M. 17.3.2010, BeckVerw 237495). Gemäß OFD Frankfurt a. M. vom 15.12.2015, DStR 2016, 1032, hatten zum damaligen Zeitpunkt neben Deutschland auch Bulgarien, Dänemark, Estland, Griechenland, Luxemburg, Malta, Portugal, Schweden, Spanien und Zypern keine Vereinfachungsregelung. Belgien, Finnland, Großbritannien, Irland, Lettland, Niederlande, Rumänien, die Slowakische Republik, Slowenien, die Tschechische Republik und Ungarn gehen hingegen gemäß einer speziellen Lagerregelung nicht von einem innergemeinschaftlichen Verbringen aus, sondern von einer innergemeinschaftlichen Lieferung im Zeitpunkt der Warenverlagerung an den dortigen inländischen Abnehmer. Italien, Litauen und Frankreich haben Vereinfachungsregelungen mit zeitlicher Limitierung der Lagerdauer; Österreich wendet eine Regelung nach dem Gegenseitigkeitsprinzip an, weshalb deutsche Unternehmer mangels einer deutschen Sonderregelung für österreichische Unternehmer ausgeschlossen sind.

29 Diese Länder mit Sonderregelungen verwehren folgerichtig den deutschen Unternehmen die aus deutscher Sicht erforderliche umsatzsteuerliche Registrierung mit der Folge, dass die deutschen Konsignanten den **Buchnachweis nach § 17c Abs. 1 UStDV** nicht erbringen können, denn sie verfügen nicht über eine eigene ausländische USt-IdNr. Der Buchnachweis ist aber Voraussetzung für das steuerfreie innergemeinschaftliche Verbringen der Ware. Die Finanzverwaltung hat dieses Problem erkannt. Solange die EU-Kommission das Problem noch nicht gelöst hat, kann nach dem Ergebnis der Erörterung der obersten Finanzbehörden des Bundes und der Länder im Einzelfall zugelassen werden, dass der Unternehmer den Tatbestand der Warenentnahme aus dem ausländischen Konsignationslager – parallel zur Erwerbsbesteuerung des Leistungsempfängers im anderen Mitgliedstaat – als innergemeinschaftliche Lieferung behandelt. Damit entfällt die umsatzsteuerliche Erfassung als innergemeinschaftliches Verbringen beim Transport der Ware in das Konsignationslager. Die „innergemeinschaftlichen Lieferungen" an den Abnehmer sind dementsprechend in der Zusammenfassenden Meldung nach § 18a anzugeben (OFD Frankfurt 15.12.2015, DStR 2016,1032). In der Praxis sind allerdings Fälle bekannt geworden, in denen die Finanzverwaltung für in der zitierten OFD-Verfügung nicht genannte Länder dies nicht anerkennen wollte, so dass bei neu eingeführten Lagerregelungen die Steuerfreiheit des Verbringens verwehrt werden sollte. Nachdem in solchen Fällen aber der innergemeinschaftliche Erwerb vom Konsignatär erklärt wird und keine Besteuerungslücke auftritt, ist dies mE nicht sachgerecht. Es stellt sich überhaupt die Frage, ob ein **innergemeinschaftliches Verbringen** tatsächlich **steuerpflichtig** sein kann. Der BFH bejaht dies sehr einschränkend nur dann, wenn der Steuerpflichtige betrügerisch agiert (BFH V R 34/13, MwStR 2014, 730 Rn. 43 ff.). In diese Richtung weist auch das EuGH-Urteil in der Rs. Plöckl (C-24/15, MwStR 2016, 950). Damit dürfte auch klar sein, dass eine Behandlung der Umsätze ab ausländischem Konsignationslager, die der dort geltenden Vereinfachungsregelung folgt (also eine in Deutschland entsprechend erklärte direkte innergemeinschaftliche Lieferung), aus deutscher Sicht nicht erst beim zuständigen Finanzamt zu beantragen ist, sondern schlichtweg zulässig ist (vgl. hierzu auch *Monfort* UR 2016, 945).

Als Alternative käme die **Vorverlagerung des Lieferungszeitpunkts** entsprechend UStAE 1a.2 Abs. 7 in Betracht (siehe *Keller* UR 2000, 65). Dies gilt zumindest dann, wenn auch nach den Lagerregelungen der Zielstaaten der Konsignatär bereits beim physischen Wareneingang den innergemeinschaftlichen Erwerb deklarieren muss. In der Praxis ist allerdings festzustellen, dass die Beteiligten regelmäßig erst im Zeitpunkt des Umsatzes (dh bei Entnahme aus dem Lager) eine innergemeinschaftliche Lieferung und einen innergemeinschaftlichen Erwerb deklarieren. Dies entspricht aber nicht den Vorgaben der Finanzverwaltung im In- und Ausland (vgl. zu Kommissionslager in Deutschland: OFD Frankfurt a. M. 4.4.2014, MwStR 2014, 488), wonach bereits im Zeitpunkt des physischen Verbringens der Ware eine innergemeinschaftliche Lieferung an den Kunden zu deklarieren ist.

Bei **Auslieferungslagern,** aus denen nicht nur ein Kunde, sondern **mehrere Kunden beliefert** werden, ist idR allerdings auch im EU-Ausland keine Sonderregelung vorgesehen. In diesen Fällen ist eine umsatzsteuerliche Registrierung des Lieferanten im EU-Ausland erforderlich und ein Verbringen durch den Lieferanten von Deutschland ins entsprechende EU-Land zu erklären.

Durch die Einführung der sog. **Umsatzsteuerlagerregelung** mit Wirkung ab **30**
dem 1.1.2004 (§ 4 Nr. 4a) soll eine Gleichbehandlung von Gemeinschaftswaren mit Drittlandswaren in Zolllagern erreicht werden (RegE zum StÄndG 2003, BT-Drs. 15/1562 – Art. 4 Nr. 1). Die Steuerbefreiung nach § 4 Nr. 4a umfasst die mit der Einlagerung zusammenhängende Lieferung der Waren in einem Umsatzsteuerlager. Wird ab einem Umsatzsteuerlager ins EU-Ausland an einen Unternehmer geliefert, greift die Steuerbefreiung des § 6a (BMF 28.1.2004, BStBl. I 2004, 242, Beispiele 23 und 24).

3. Innergemeinschaftliche Lieferung bei Reihengeschäften

Bei **Reihengeschäften** hängt die Bestimmung, bei welcher Lieferung die Steuer- **31**
befreiung anzuwenden ist, davon ab, welchem der Liefergeschäfte die Warenbewegung zuzuordnen ist. Nach § 3 Abs. 6 ist die Warenbewegung grundsätzlich der Lieferung zuzuordnen, bei der der Lieferer oder der Abnehmer die Ware befördert oder versendet. Nur diese warenbewegte Lieferung kann als innergemeinschaftliche Lieferung steuerfrei sein. Die anderen Lieferungen können nicht als innergemeinschaftliche Lieferungen angesehen werden, weil bei ihnen keine Warenbewegung vom Inland in einen anderen Mitgliedstaat erfolgt; diese unterliegen entweder dort der Besteuerung, wo die Beförderung beginnt, oder dort, wo sie endet, je nachdem, ob sie der Beförderungslieferung vorangehen (§ 3 Abs. 7 Nr. 1) oder dieser folgen (§ 3 Abs. 7 Nr. 2; siehe auch UStAE 3.14). Demnach sollte in der Praxis darauf geachtet werden, dass die Transportbedingungen (Incoterms) so gestaltet sind, dass die Warenbewegung der Lieferung zugeordnet werden kann, die an einen Kunden erfolgt, der über eine USt-IdNr. im Ausland verfügt bzw. dort ansässig ist. Zur Frage der Zuordnung der Warenbewegung bei Transportveranlassung durch einen mittleren Unternehmer in der Reihe hat der EuGH mit Urteil vom 16.12.2010 entschieden (EuGH C-430/09, DStR 2011, 23 – Euro Tyre Holding BV). Demnach dürften die deutschen Zuordnungsregelungen unionsrechtlich nicht mehr unanfechtbar sein (so im Ergebnis auch BFH V R 3/10, DStR 2011, 2047 Rn. 19, mit Anm. *Meurer* SteuK 2011, 485; *Kramer* UR 2011, 912; *Maunz* UR 2011, 914 sowie BFH XI R 11/09, MwStR 2013, 549 mit Anm. *Meuerer*). Für die vom EuGH geforderte Würdigung des Gesamtbilds der Verhältnisse und für eine möglichst rechtssichere Abwick-

lung von Reihengeschäften sind aber die Regelungen der Finanzverwaltung als Anknüpfungspunkt hilfreich und sollten in der Praxis möglichst auch beachtet werden (vgl. *Tehler* EU-UStB 2011, 10). Denn ob der vom BFH herangezogene Anknüpfungspunkt für die Zuordnung der Warenbewegung, wonach diese davon abhängen soll, inwieweit der mittlere Unternehmer dem ersten Lieferer mitteilt, dass er selbst die Ware bereits verkauft hat (BFH V R 3/10, DStR 2011, 2047 Rn. 18), eine rechtssichere Zuordnung gewährleisten kann, bleibt abzuwarten. Zweifel daran hat inzwischen offenbar auch der BFH selbst (siehe insoweit abweichend vom V. Senat das Urteil des XI. Senats BFH XI R 11/09, MwStR 2013, 549 mit Anm. *Meuerer*). So hat schließlich der BFH entschieden, dass bei Reihengeschäften die Prüfung, welche von mehreren Lieferungen über ein und denselben Gegenstand in einen anderen Mitgliedstaat steuerfrei ist, anhand der **objektiven Umstände und nicht anhand der Erklärungen der Beteiligten** vorzunehmen ist; Erklärungen des Erwerbers können allerdings im Rahmen der Prüfung des Vertrauensschutzes (§ 6a Abs. 4 UStG) von Bedeutung sein (vgl. BFH XI R 15/14, DStR 2015, 748). Die geforderte Prüfung, wo und wie im Einzelfall die Verfügungsmacht übertragen wird, erlaubt mE aber keine praxissichere Handhabung. ME sollten die Hinweise der Rechtsprechung dahingehend verstanden werden, dass dann, wenn der mittlere Abnehmer gegenüber dem ersten deutschen Lieferer seine deutsche USt-IdNr. verwendet und dadurch kundtut, dass er selbst die Ware warenbewegt ins EU-Ausland liefern will, der zweiten Lieferung (also der Lieferung des mittleren Unternehmers) die Warenbewegung zuzurechnen ist, wogegen bei Verwendung einer ausländischen USt-IdNr. durch den mittleren Unternehmer der Lieferung an diesen mittleren Unternehmer die Warenbewegung zuzuordnen ist (zur Problematik vgl. auch *Nieskens* UR 2013, 817ff.; *Körner* MwStR 2014, 763; *Maunz* DStR 2015, 1025). Denn dem ersten Unternehmer in der Reihe tritt immer nur sein Kunde gegenüber. Wenn dieser ihm durch seine ausländische USt-IdNr. signalisiert und mittels Gelangensbestätigung oder anderer Belege nachweist, dass die Ware ins EU-Ausland transportiert wird, sind weitere Nachweisanforderungen, zB dass der Kunde die Verfügungsmacht nicht bereits im Inland auf einen Dritten übertragen hat oder dass der Transport tatsächlich vom Kunden und nicht von einem Letzterwerber übernommen wurde, schwer erfüllbar und sie sind auch für die Gewährleistung des gewünschten Besteuerungsergebnisses, nämlich das Steueraufkommen nach dem Bestimmungslandprinzip zu erheben, nicht notwendig.

Eine Sonderregelung für die Besteuerung des Erwerbers bei einem innergemeinschaftlichen Reihengeschäft mit lediglich drei Beteiligten **(innergemeinschaftliches Dreiecksgeschäft)** enthalten § 3d S. 2 und § 25b.

4. Erwerb durch Unternehmer oder juristische Person

32 Als weiteres Tatbestandsmerkmal für die Steuerfreiheit der innergemeinschaftlichen Lieferung muss der **Erwerber** ein **Unternehmer** sein, der den Gegenstand für sein Unternehmen erwirbt (Abs. 1 Nr. 2 Buchst. a), oder eine **juristische Person,** die nicht Unternehmer ist oder die den Gegenstand nicht für ihr Unternehmen erwirbt (§ 6a Abs. 1 Nr. 2 Buchst. b). Hierzu muss die juristische Person allerdings mit einer ausländischen USt-IdNr. auftreten. Zu den Besonderheiten für bestimmte Unternehmer und juristische Personen, die nicht Unternehmer sind, vgl. unten. Im Falle der Lieferung **neuer Fahrzeuge** kann jeder Erwerber zur Umsatzbesteuerung des Erwerbs verpflichtet sein, so dass in diesen Fällen auch bei Lieferungen an Nichtunternehmer steuerfreie innergemeinschaftliche Lieferungen vorliegen (§ 6a Abs. 1 Nr. 2 Buchst. c). Zur innergemeinschaftlichen Lieferung neuer Fahrzeuge an Nichtunternehmer beachte anhängiges EuGH-Verfahren (C-26/16 – Santogal M). Ob der Erwerber tatsächlich den Erwerb besteuert hat, ist für die Steuerfreiheit allerdings nicht entscheidend (vgl. BFH XI R 5/13, MwStR 2015, 199).

Ob der Erwerber Unternehmer ist, richtet sich nach § 2 (→ § 1a Rn. 13). Wer Erwerber ist, bestimmt sich grundsätzlich nach dem schuldrechtlichen Verhältnis, das der Lieferung zugrunde liegt (vgl. UStAE 15.2 Abs. 16). Ob der Erwerber den Gegenstand **für sein Unternehmen** erwirbt, bestimmt sich nach den Abgrenzungskriterien, die sich aus dem entsprechenden Tatbestandsmerkmal des § 15 Abs. 1 ergeben (→ § 15 Rn. 91ff.; UStAE 15.12). Danach kommt es ausschließlich auf die Zuordnungsentscheidung des Erwerbers im Zeitpunkt des Erwerbs an (EuGH C-291/92, BStBl. II 1996, 390 – Armbrecht). Verwendet der Erwerber gegenüber dem Lieferer seine USt-IdNr., bringt er damit zum Ausdruck, dass er den Gegenstand für sein Unternehmen erwirbt und sich aus der Art und Menge der gelieferten Gegenstände keine berechtigten Zweifel an der unternehmerischen Verwendung ergeben (vgl. UStAE 6a.1 Abs. 13). Die FVerw verlangt offensichtlich eine Prüfung, ob sich **Zweifel** am Erwerb des Gegenstands für das Unternehmen des Kunden ergeben. Ob dies mit den Grundsätzen der Rechtssicherheit und der Verhältnismäßigkeit in Einklang steht (vgl. EuGH C-409/04, BStBl. II 2009, 70 – Teleos), erscheint mE zweifelhaft. Beim Verkauf einzelner typischer hochwertiger Konsumgüter ist allerdings vor diesem Hintergrund für den Lieferer Vorsicht geboten. Die etwaige Überprüfung durch den Lieferer muss sich aber auf zumutbare Vorsichtsmaßnahmen beschränken (zB ausdrückliche Bestätigung des Kunden einer unternehmerischen Verwendung; vgl. EuGH C-271/06, UR 2008, 508 – Netto Supermarkt). Zur Frage ob ein „Missing Trader" als Leistungsempfänger anzusehen sein kann, siehe BFH XI R 8/11, MwStR 2013, 165; *Grünwald* MwStR 2013, 67. Mit dieser Entscheidung wiederholt der BFH darüber hinaus den Grundsatz, dass aufgrund einer unzureichenden Rechnung der Belegnachweis scheitern kann (Rn. 43–47 des Urteils).

5. Besonderheiten für bestimmte Erwerber

Weiterhin muss zur Gewährleistung der Steuerfreiheit gem. § 6a Abs. 1 Nr. 3 der Erwerb beim Abnehmer der Besteuerung des innergemeinschaftlichen Erwerbs unterliegen. Dieser Einschränkung liegt die Überlegung zugrunde, dass **juristische Personen, Kleinunternehmer, pauschal besteuerte Land- und Forstwirte** und **Unternehmer, die ausschließlich Umsätze tätigen, die den Vorsteuerabzug ausschließen,** nur dann der Erwerbsbesteuerung unterliegen, wenn sie bestimmte Erwerbsschwellen überschreiten oder zur Erwerbsbesteuerung optieren (vgl. auch → § 1a Rn. 26ff.; zu den Erwerbsschwellen in den anderen Mitgliedstaaten siehe UStAE 3c.1 Abs. 2). **33**

Nach dem Wortlaut von § 6a Abs. 1 Nr. 3 muss der Erwerb lediglich den Vorschriften der Umsatzbesteuerung im Zielland unterliegen. Es wird **nicht vorausgesetzt,** dass der Erwerber seiner Verpflichtung zur **Erwerbsbesteuerung** tatsächlich nachkommt. Eine solche Verknüpfung stände in Widerspruch zur 6. EG-RL (MwStSystRL), die bewusst auf eine solche innere Verknüpfung für die Steuerbefreiung einerseits und die Besteuerung des Erwerbs andererseits verzichtet hat (vgl. EG Dok. KOM(94) 515 endgültig vom 23.11.1994 S. 16; *Frye* in Rau/Dürrwächter § 6a Rn. 45). Diese Sichtweise hat der EuGH ausdrücklich bestätigt (EuGH C-409/04, BStBl. II 2009, 70, 3. Leitsatz – Teleos).

§ 6a Abs. 1 Nr. 3 ist daher dahin gehend auszulegen, dass die Steuerbefreiung nur dann ausgeschlossen ist, wenn der Erwerber zu den genannten besonderen Erwerbern gehört und allgemein wegen Unterschreitens der Erwerbsschwelle und mangels Verzichts auf die Erwerbsschwelle nicht der Erwerbsbesteuerung unterliegt oder als Privatperson auftritt (vgl. BMF 29.3.1996, BStBl. I 1996, 458; *Treiber* in Sölch/Ringleb § 6a Rn. 34; **aA** *Frye* in Rau/Dürrwächter § 6a Rn. 51; *R/K/L* § 6a Rn. 32). **Verwendet der Abnehmer** eine ihm von einem anderen Mitgliedstaat erteilte **USt-IdNr.,** kann der Lieferer davon ausgehen, dass der Abnehmer die Voraussetzungen für die Erwerbsbesteuerung erfüllt; auf die tatsächliche Besteuerung kommt es dagegen nicht an (EuGH 27.9.2007 C-409/04, 3. Leitsatz – Teleos). Eine innergemeinschaftliche Lieferung liegt daher zumindest dann vor, wenn der Leistungsempfänger mit seiner gültigen USt-IdNr. auftritt und für den Leistenden keine Anhaltspunkte für einen Missbrauch erkennbar sind. Zur Frage, inwieweit vor diesem Hintergrund das Nichtvorliegen einer USt-IdNr. des Kunden eine steuerfreie Lieferung ausschließt, siehe BFH XI R 11/09, MwStR 2013, 549.

34 Die Erwerbsschwelle gilt nicht für **neue Fahrzeuge und verbrauchsteuerpflichtige Waren** iSv § 1a Abs. 5. Die Lieferung dieser Waren ins EU-Ausland an Unternehmer und juristische Personen, die keine Unternehmer sind, ist immer eine innergemeinschaftliche Lieferung iSv § 6a Abs. 1. Für die Sicherstellung der Steuerfreiheit muss wiederum der Kunde mit seiner gültigen USt-IdNr. auftreten (siehe aber BFH XI R 11/09, MwStR 2013, 549). Neue Fahrzeuge sind Fahrzeuge iSv § 1b Abs. 2 und 3 (vgl. → § 1b Rn. 9ff.). Als verbrauchsteuerpflichtige Waren gelten nach § 1a Abs. 5 S. 2 nur Mineralöle, Alkohol und alkoholische Getränke sowie Tabakwaren. Andere Waren fallen nicht unter diese Regelung, auch wenn sie verbrauchsteuerpflichtig sind, wie zB Kaffee.

6. Ansässigkeit des Lieferers und des Erwerbers irrelevant

35 Ob eine innergemeinschaftliche Lieferung vorliegt, hängt nicht davon ab, wo der Lieferer und der Erwerber **ansässig** sind (vgl. *Birkenfeld* DStR 1993, 669 (672f.); *Frye* in Rau/Dürrwächter § 6a Rn. 23). Eine innergemeinschaftliche Lieferung kann daher auch vorliegen, wenn Lieferer und Abnehmer im Inland oder beide im Ausland ansässig sind. Ebenso wenig relevant ist, wer von beiden Beteiligten den Transport der Ware ins EU-Ausland übernimmt.

7. Lieferung gegen Entgelt

36 **Unentgeltliche Lieferungen** iSd § 3 Abs. 1b unterliegen keiner Erwerbsbesteuerung im EU-Ausland. Sie sind daher **nicht als innergemeinschaftliche Lieferung** anzusehen. Demnach löst die Entnahme eines Gegenstands die Umsatzbesteuerung gemäß § 3 Abs. 1b auch dann aus, wenn der Gegenstand unmittelbar im Zusammenhang mit der Entnahme ins EU-Ausland gelangt. Dies gilt selbst dann, wenn er einem EU-ausländischen Unternehmer zur Verfügung gestellt wird. Die Umsatzsteuer auf die unentgeltliche Wertabgabe kann in diesen Fällen nur verhindert werden, wenn zumindest ein geringfügiges Entgelt vereinbart wird. Zwar kommt dann die Mindestbemessungsgrundlage gemäß § 10 Abs. 5 in Betracht. Diese löst aber bei Steuerfreiheit der innergemeinschaftlichen Lieferung im Lieferstaat keine umsatzsteuerliche Belastungsfolge aus. Im Empfängerstaat ergibt sich ebenso keine Belastungsfolge, wenn der empfangende Unternehmer zum Vorsteuerabzug berechtigt ist. Unentgeltliche oder verbilligte Lieferungen an Nichtunternehmer im EU-Ausland sind hingegen im Inland steuerbar und steuerpflichtig und es kann bei unternehmensfremden Motiven die Mindestbemessungsgrundlage zur Anwendung kommen.

8. Bearbeitung vor der Beförderung ins EU-Ausland (§ 6a Abs. 1 S. 2)

37 Der Gegenstand der Lieferung kann durch Beauftragte vor der Beförderung oder Versendung ins EU-Ausland bearbeitet oder verarbeitet werden. Der Ort, an dem diese Leistungen erbracht werden, kann sich im Inland, im Drittland oder in einem anderen Mitgliedsstaat befinden. Voraussetzung ist allerdings, dass die Leistungen **vom Abnehmer** oder einem folgenden Abnehmer **beauftragt** und empfangen werden. Erteilt hingegen der Lieferer selbst den Auftrag, ist die Ausführung dieses Auftrags ein der innergemeinschaftlichen Lieferung vorgelagerter Umsatz. Gegenstand der Lieferung ist in diesem Fall der be- oder verarbeitete Gegenstand. Aus deutscher Sicht greift § 6a Abs. 1 S. 2 auch dann, wenn die **Bearbeitung** des Dritten im Auftrag des Leistungsempfängers nicht in Deutschland, sondern in einem anderen **EU-Land** durchgeführt wird. Dies dürfte auch unionsrechtlich haltbar sein. Die Rechtsprechung des EuGH zum innergemeinschaftlichen Verbringen (C-606/12 und C-607/12, MwStR 2014, 237 – Dresser Rand Sa und C-446/13, MwStR 2014, 770 – Fonderie 2A mAnm *Grube* und Anm. *Maunz/Luther* UR 2014, 931) betrifft andere Sachverhalte – nämlich die Bearbeitung im Auftrag des Lieferanten – und steht insoweit der Regelung des § 6a Abs. 1 S. 2 nicht entgegen.

Der Lieferer hat in diesen Fällen allerdings häufig das praktische Problem, dass er **38** den Warenweg nur bis zum vom Abnehmer beauftragten Bearbeiter übernimmt und entsprechend nachweisen kann. Voraussetzung für die Steuerfreiheit der innergemeinschaftlichen Lieferung ist aber auch für Be- oder Verarbeitungsfälle, dass der Gegenstand letztlich ins EU-Ausland gelangt. Das BMF sieht für solche Fälle einen Musternachweis vor, bei dem der Bearbeiter beim Nachweis mitwirkt (UStAE 6a.6; Musterformulare in BMF 17. 1. 2000, BStBl. I 2000, 179). Alternativ kommt eine Gelangensbestätigung des Kunden als Regelnachweis in Betracht (vgl. → § 6a Rn. 65 ff.).

einstweilen frei **39**

III. Innergemeinschaftliches Verbringen

1. Allgemeines

Nach Abs. 2 wird der innergemeinschaftlichen Lieferung gegen Entgelt das Ver- **40** bringen eines Gegenstandes des Unternehmens aus dem Inland in das übrige Gemeinschaftsgebiet durch einen **Unternehmer zu seiner Verfügung** gleichgestellt, es sei denn, die Verbringung erfolgt nur zur vorübergehenden Verwendung. Wie bei der innergemeinschaftlichen Lieferung nach § 6a Abs. 1 liegt ein innergemeinschaftliches Verbringen auch dann vor, wenn der Gegenstand durch den Unternehmer im Inland eingeführt wurde und erst anschließend in einen anderen Mitgliedstaat verbracht wird. Die Einfuhr ist in diesen Fällen idR gemäß § 5 Abs. 1 Nr. 3 steuerbefreit.

2. Warenbewegung ins EU-Ausland

Voraussetzung ist, dass der Gegenstand tatsächlich **vom Inland in das Gebiet** **41** **eines anderen Mitgliedstaats befördert oder versendet** wird. Unerheblich ist dagegen, ob der Unternehmer den Gegenstand selbst befördert oder die Beförderung durch einen selbstständigen Beauftragten ausführen oder besorgen lässt (UStAE 1a.2 Abs. 3). Maßgebend für die in der Zusammenfassenden Meldung zu deklarierende Ziel-USt-IdNr. ist das Land, in dem die Beförderung oder Versendung tatsächlich endet.

3. Verbringer ist Unternehmer

Der Verbringer muss ein **Unternehmer** sein. Dies ergibt sich eindeutig aus dem **42** Wortlaut der Vorschrift und der danach erfolgenden Bezugnahme auf § 3 Abs. 1a. Deshalb können **juristische Personen,** die nicht Unternehmer sind oder den Gegenstand nicht für ihren unternehmerischen Bereich verbringen, den Tatbestand des innergemeinschaftlichen Verbringens nicht erfüllen. Dagegen sind **Land- und Forstwirte** und **Kleinunternehmer** Unternehmer auch iSv Abs. 2. Bei ihnen kann eine (fiktive) innergemeinschaftliche Lieferung (Verbringen) jedoch nur dann angenommen werden, wenn sie die Erwerbsschwelle überschritten haben oder auf diese verzichtet haben oder es sich um neue Fahrzeuge oder verbrauchsteuerpflichtige

Waren handelt. Insoweit ist Abs. 1 Nr. 3 auch im Rahmen von Abs. 2 anzuwenden. Die fiktiven Erwerbe sind bei der Berechnung der Erwerbsschwelle ebenso wie andere Erwerbe mit zu berücksichtigen.

4. Gegenstand des Unternehmens

43 Es muss sich um einen **Gegenstand des Unternehmens** handeln, dh der Gegenstand muss im Inland (bzw. im Zeitpunkt der Einfuhr) dem Unternehmen zuzurechnen sein. Ein vom Unternehmer beispielsweise privat gehaltener Gegenstand oder ein im Vermögen einer Holding nicht unternehmerisch genutzter Gegenstand ist somit von der Regelung nicht erfasst. Auch unternehmerisch gemietete Gegenstände gehören insofern nicht zum Unternehmen des Mieters (vgl. BFH V R 65/89, BStBl. II 1993, 473), sondern zum Unternehmensvermögen des Vermieters. Allerdings muss auch der Vermieter für diese Fälle kein innergemeinschaftliches Verbringen deklarieren, da nur eine der Art nach vorübergehende Verwendung vorliegt (vgl. UStAE 1a.2 Abs. 10 Nr. 2; Art. 17 Abs. 2 Buchst. g MwStSystRL).

Gehört der Gegenstand nur teilweise zum Unternehmen (vgl. EuGH C-291/93, BStBl. II 1996, 390 – Armbrecht; siehe UStAE 15.2 Abs. 21), kann wohl auch nur insoweit ein innergemeinschaftliches Verbringen vorliegen.

5. Zur eigenen Verfügung des Unternehmers

44 Der Gegenstand muss **zur Verfügung des Unternehmers** verbracht werden, dh er muss sich auch bei Beendigung der Beförderung oder Versendung im Bestimmungsland weiterhin in der Verfügungsmacht des Unternehmers befinden. Diese Voraussetzung ist insbesondere dann erfüllt, wenn der Gegenstand von einem im Inland belegenen Unternehmensteil erworben, hergestellt oder eingeführt wurde, zur Verfügung des Unternehmers in das übrige Gemeinschaftsgebiet verbracht und anschließend in einem dort gelegenen Unternehmensteil auf Dauer verwendet oder verbraucht wird (UStAE 1a.2 Abs. 4). Dass der Unternehmer über einen im Inland belegenen Unternehmensteil verfügt, ist allerdings nicht Voraussetzung. So muss auch ein ausländischer Unternehmer, der ohne eigenen Unternehmensteil im Inland Ware im Inland lagert und diese Ware zur endgültigen Verwendung in einen anderen EU-Staat verbringt, ein innergemeinschaftliches Verbringen deklarieren.

Im grenzüberschreitenden Warenverkehr werden ggf. bestehende **Organschaftsverhältnisse nicht anerkannt.** Werden demnach Gegenstände einer Organgesellschaft aus dem Inland zur Verfügung einer anderen Organgesellschaft ins Ausland gegen Entgelt geliefert, liegt eine innergemeinschaftliche Lieferung gemäß § 6a Abs. 1 vor und kein innergemeinschaftliches Verbringen gemäß § 6a Abs. 2. Denn nach § 2 Abs. 2 Nr. 2 S. 2 sind die Wirkungen der Organschaft auf die im Inland gelegenen Unternehmensteile beschränkt. Deshalb sind die nicht im Inland gelegenen Teile der Organschaft als ein anderer Unternehmer anzusehen (vgl. UStAE 1a.2 Abs. 8).

45 **Kein Verbringen** zur Verfügung des Unternehmers liegt vor, wenn die Beförderung oder Versendung in Erfüllung einer **innergemeinschaftlichen Lieferung** erfolgt, insbesondere wenn der Gegenstand bereits bei Beginn der Beförderung oder Versendung verkauft war und lediglich zum Abnehmer gebracht wird. In diesem Fall gilt die Lieferung als dort ausgeführt, wo die Beförderung beginnt (vgl. § 3 Abs. 6 S. 1). Im Rahmen des Mehrwertsteuerausschusses haben sich die Mitgliedstaaten jedoch darauf verständigt, dass der Unternehmer unter bestimmten Umständen dennoch ein innergemeinschaftliches Verbringen annehmen darf (UStAE 1a.2 Abs. 14). Zweck dieser Regelung ist es, dass der Unternehmer selbst einen innergemeinschaftlichen Erwerb versteuert und anschließend die Ware mit der Umsatzsteuer des Bestimmungsstaates liefern kann; hierdurch wird vermieden, dass die Abnehmer sich

eine USt-IdNr. beschaffen müssen und den besonderen Aufzeichnungspflichten für innergemeinschaftliche Erwerbe unterliegen. Diese Vereinfachungsregel ist **nur für Beförderungsfälle** anwendbar (UStAE 1a.2 Abs. 14 S. 2; dh wenn der Lieferant selbst den Transport übernimmt und keine Versendung durch Einschaltung eines Dritten stattfindet) und kann angewandt werden, wenn alle der folgenden weiteren Voraussetzungen erfüllt werden (UStAE 1a.2 Abs. 14): (1) Lieferungen werden regelmäßig an eine größere Zahl von Abnehmern im Bestimmungsland ausgeführt. (2) Bei entsprechender Lieferung aus dem Drittland wären die Voraussetzungen für eine Verlagerung des Ortes der Lieferung in das Gemeinschaftsgebiet nach § 3 Abs. 8 erfüllt. (3) Der liefernde Unternehmer behandelt die Lieferung im Bestimmungsmitgliedstaat als steuerbar. Er wird bei einem Finanzamt für Umsatzsteuer-Zwecke geführt. Er gibt in den Rechnungen seine USt-IdNr. des Bestimmungsmitgliedstaates an. (4) Die beteiligten Steuerbehörden im Inland und im Bestimmungsmitgliedstaat erklären sich mit der Anwendung dieses Verfahrens einverstanden.

Beispiel: Der deutsche Großhändler D in Aachen beliefert im grenznahen niederländischen Raum eine Vielzahl von Kleinabnehmern (zB Imbissbuden, Gaststätten und Casinos) mit Pommes Frites. D verpackt und portioniert die Waren bereits in Aachen nach den Bestellungen der Abnehmer und liefert sie an diese mit seinem eigenem Lkw aus.

D kann die gesamte Sendung als innergemeinschaftliches Verbringen (innergemeinschaftliche Lieferung an sich selbst) nach § 6a Abs. 2 behandeln und alle Lieferungen als Inlandslieferungen bei dem zuständigen niederländischen Finanzamt versteuern, sofern er in den Rechnungen seine niederländische USt-IdNr. angibt und sein Finanzamt wie auch die zuständige niederländische Steuerbehörde dem Vorgehen zustimmen.

In der **Praxis** wird dieses Verfahren häufig auch deshalb gewünscht, um bei der gleichzeitigen Belieferung von Unternehmern und Nichtunternehmern **nicht unterschiedliche Abrechnungsprozesse** anwenden zu müssen (zB Versandhändler, die überwiegend Nichtunternehmer beliefern und deshalb im Zielland umsatzsteuerlich registriert sind, wollen im Massengeschäft ihren Abrechnungsprozess nicht ändern, wenn vereinzelt auch Unternehmer beliefert werden). Die gemäß UStAE 1a.2 Abs. 14 geltenden Voraussetzungen wurden in der Vergangenheit von den Finanzbehörden in der Regel großzügig ausgelegt. Dies erscheint auch sachgerecht, denn durch die unternehmensinterne Deklaration des Verbringens mit anschließender lokaler Lieferung, statt einer direkten Deklaration einer innergemeinschaftlichen Lieferung entsteht grundsätzlich kein Steuerausfallsrisiko. Es sind zuletzt allerdings Fälle bekannt geworden, in denen die beteiligten Finanzämter ihre bisherige Praxis offenbar verschärfen (vgl. *Dankl* UR 2011, 454).

Das Verfahren erfordert die **Zustimmung der beteiligten Finanzbehörden** und ist insofern gesondert zu beantragen. Der entsprechende schriftliche Antrag an das deutsche Finanzamt wird deshalb in der Regel unter dem Vorbehalt der Zustimmung der ausländischen Behörde positiv beschieden. Die Stellung eines entsprechenden Antrags im Fall von Lieferungen ins EU-Ausland ist dringend vor Aufnahme der Lieferungen anzuraten, da ansonsten die Gefahr besteht, dass das Finanzamt kein Verbringen erkennt und mangels Aufzeichnung der ausländischen USt-IdNr. des Kunden Umsatzsteuer festsetzt. Aber auch im Fall von Lieferungen aus der EU ins Inland sollte der Antrag vorab gestellt werden, da ansonsten die Rechnungen des Lieferanten als Rechnungen iSd § 14c Abs. 1 eingestuft und den Kunden der Vorsteuerabzug versagt werden könnte.

Mit BMF-Schreiben vom 21.11.2012, BStBl. I 2012, 1226, hat die FVerw den Anwendungsbereich dieser **Vereinfachungsregelung eingeschränkt.** Gem. UStAE 1a.2 Abs. 14 S. 2 wird die Regelung nur für **Beförderungsfälle** zugelassen – also nicht mehr wenn der Transport im Wege der Versendung erfolgt. Des Weiteren muss gem. UStAE 1a.2 Abs. 14 Nr. 4 der Unternehmer die Anwendung der Vereinfachungsregelung **beantragen** und **vor erstmaliger Anwendung** müssen die Finanzbehörden in beiden beteiligten Ländern einverstanden sein. In **Versendungsfällen,** in denen bislang mit Zustimmung der Finanzverwaltungen die Vereinfachungsregelung angewendet wurde, wurde dieses Verfahren **lediglich bis 31.3.2013** weiterhin toleriert. Danach waren die Abrechnungsprozesse anzupassen (auf „reguläre" innergemeinschaftliche Lieferungen). Alternativ könnte der Transport von Versendung auf Beförderung umgestellt und ein erneuter Antrag gestellt werden. Den betroffenen Steuerpflichtigen ist dringend anzuraten, diesen Vorgaben zu folgen, da die Finanzverwaltung ausdrücklich bei ungerechtfertigter Anwendung der Vereinfachungsregelung eine Rückabwicklung verlangt, was mit erheblichem administrativem Aufwand und mit definitiven Belastungsfolgen verbunden sein kann – sowohl für betroffene Lieferanten im „Outbound-Fall" (Aberkennung der Steuerfreiheit) als auch für Kunden im „Inbound-Fall" (Aberkennung des Vorsteuerabzugs). Mit BMF-Schreiben vom 20.3.2013, BStBl. I 2013, 335, wurde die oben genannte Übergangsregelung um weitere 6 Monate **bis zum 30.9.2013** verlängert. Seither sind die neuen strengeren Vorgaben des UStAE 1a.2 Abs. 14 S. 2 zu beachten.

6. Nicht nur zur vorübergehenden Verwendung

46 Weitere Voraussetzung für ein innergemeinschaftliches Verbringen ist, dass der Gegenstand **nicht nur zur vorübergehenden Verwendung** in das EU-Ausland verbracht wird. Das in § 3 Abs. 1a für den Erwerb geregelte Erfordernis gilt über die Bezugnahme in § 6a Abs. 2 auch für das Verbringen ins Ausland. Dass das Verbringen nicht lediglich zu einer **vorübergehenden Verwendung** erfolgen darf, entspricht nicht dem Wortlaut der MwStSystRL. Nach Art. 17 Abs. 1 UAbs. 2 und Abs. 2 MwStSystRL (Art. 28a Abs. 5 Buchst. b UAbs. 2 6. EG-RL) ist vielmehr das Verbringen zu bestimmten Zwecken von der Besteuerung generell ausgenommen. Diese Ausnahmen sind daher im Wege einer richtlinienkonformen Auslegung des Tatbestandsmerkmals der nur vorübergehenden Verwendung oder unter direkter Anwendung der Richtlinie (Anwendungsvorrang) zu berücksichtigen (UStAE 1a.2 Abs. 9; ob richtlinienkonforme Auslegung oder Anwendungsvorrang greift, hat der BFH ausdrücklich offengelassen – V R 34/13, MwStR 2014, 730 Rn. 36). Zu den Fällen, in denen von einer der Art nach nur vorübergehenden Verwendung oder einer befristeten Verwendung auszugehen ist, vgl. UStAE 1a.2 Abs. 10–13 sowie → § 1a Rn. 47ff.

Kein vorübergehendes Verbringen liegt insbesondere dann vor, wenn der Gegenstand als Anlagevermögen einem in dem anderen Mitgliedstaat gelegenen Unternehmensteil zugeführt oder als Roh-, Hilfs- oder Betriebsstoff verarbeitet oder verbraucht wird. Ein nicht nur vorübergehendes Verbringen liegt auch dann vor, wenn der Gegenstand mit der konkreten Absicht in das übrige Gemeinschaftsgebiet verbracht wird, ihn dort zu liefern. Ist der Gegenstand bereits zu Beginn der Beförderung verkauft, ist aber § 6a Abs. 1 anzuwenden, dh dann liegt eine innergemeinschaftliche Lieferung vor. Kein nur vorübergehendes Verbringen liegt demnach vor, wenn Gegenstände in ein **Auslieferungslager** gebracht werden. Dies gilt auch dann, wenn sich dieses Lager bei dem voraussichtlichen künftigen Abnehmer befindet **(Konsignationslager).** Etwas anderes könnte allenfalls dann gelten, wenn feststeht, dass der Abnehmer sämtliche Waren aus dem Konsignationslager abnehmen wird und eine anderweitige Verwendung durch den Lieferer ausgeschlossen ist. In diesem Fall könnte es akzeptabel sein, wenn von einer innergemeinschaftlichen Lieferung an den Abnehmer ausgegangen wird (vgl. *Stadie* in Rau/Dürrwächter § 1a Rn. 175; **aA** *Ruppe,* Kommentar zum UStG, Art. 1 Binnenmarktrecht Rn. 37). Inwieweit dies bei einem Konsignationslager zutreffend ist, dürfte vom Einzelfall abhängig sein (bejahend für typische Fälle in der Automobilindustrie *Böttner* UR 2010, 299. Der BFH erkennt im Fall von verbindlichen Bestellungen beim Versand der Ware ins Konsignationslager und einer Einlagerung für kurze Zeit in einem Konsignationslager eine direkte innergemeinschaftliche Lieferung (V R 31/15, DStR 2017, 147). Beachte auch anhängiges

Verfahren V R 1/16. Die von der Finanzverwaltung angewandte **pauschale Sichtweise,** dass bei Konsignationslagern immer ein Verbringen der lokalen Lieferung vorausgehe (s. OFD Frankfurt a. M. 15.12.2015, DStR 2016, 1032) kann mE **nicht aufrechterhalten** werden. Welche individuellen Tatbestände das Gesamtbild prägen, muss die Rechtsprechung allerdings erst noch herausarbeiten. Vorliegende verbindliche Bestellungen im Zeitpunkt der Bestückung des Lagers, eine Abnahmeverpflichtung des Kunden binnen gewisser Fristen, eine faktische Unmöglichkeit der Verwendung der Konsignationsware für andere Kunden könnten zB Gründe sein, von innergemeinschaftlichen Lieferungen statt lokaler Lieferung ab Lager auszugehen.

Bei der Beurteilung dieser Einzelfälle könnte aber ein Hinderungsgrund für anzunehmende direkte Lieferungen darin bestehen, dass die Gegenstände regelmäßig noch beim Lieferanten bilanziert werden und auch die Verfügungsmacht während der Lagerung noch nicht übertragen wurde. Folglich könnte der Lieferer während der Lagerung regelmäßig die Gegenstände auch – zumindest theoretisch – anderweitig verwenden als sie an den Konsignatär zu liefern. Auch das Urteil des BFH zu sog. Ship-to-hold-Fällen führt meines Erachtens zu keinem anderen Ergebnis, da hier im Gegensatz zu den typischen Lagerfällen die Ware sehr wohl bereits verkauft war und die Klausel lediglich zur Sicherung des Entgeltsanspruchs dient (BFH XI R 67/07, BStBl. II 2009, 552; ebenso *Neeser* UVR 2009, 189; aA *Böttner* DStR 2009, 624). Der BFH erkennt hingegen offensichtlich sehr wohl bei verbindlichen Bestellungen eine direkte innergemeinschaftliche Lieferung (V R 31/15, DStR 2017, 147).

Weil verschiedene andere Mitgliedstaaten das Verbringen der Ware in ein EU-Konsignationslager aus Vereinfachungsgründen aber bereits als innergemeinschaftliche Lieferung behandeln, kann für diese Fälle grundsätzlich auch aus deutscher Sicht der ausländischen Sonderregelung gefolgt werden (siehe OFD Karlsruhe 31.8.1999, UR 2000, 129; OFD Frankfurt a. M. 1.9.2009, BeckVerw 236480, OFD Frankfurt a. M. 17.3.2010, BeckVerw 237495, nunmehr OFD Frankfurt a. M. 15.12.2016, DStR 2016, 1032). Die unterschiedliche Behandlung von Konsignationslagerlieferungen durch die Mitgliedstaaten hat inzwischen auch den Rat veranlasst, in seinen Schlussfolgerungen vom 8.11.2016 die Kommission aufzufordern, zu prüfen, wie die unterschiedlichen Regelungen in den Mitgliedstaaten vereinheitlicht werden könnten (vgl. *Becker* MwStR 2017, 148).

Wird **Kommissionsware** durch den Kommittenten in ein Lager des Kommissio- 47
närs verbracht, bevor dieser die Ware verkauft hat, liegt ebenfalls grundsätzlich ein innergemeinschaftliches Verbringen des Kommittenten vor. Denn die nach § 3 Abs. 3 anzunehmende Lieferung erfolgt nach der hM erst in dem Zeitpunkt, in dem die Ware an den Abnehmer geliefert wird (BFH V R 102/78, BStBl. II 1987, 278). Dennoch lässt die deutsche Finanzverwaltung zu, dass bereits das Verbringen als innergemeinschaftliche Lieferung an den Kommissionär behandelt wird (UStAE 1a.2 Abs. 7). Ob dies auch im Zielland so gesehen wird, bleibt wiederum den dort geltenden Regelungen vorbehalten.

In allen Fällen der Einrichtung eines Lagers im Ausland sollten die dort geltenden Regelungen und deren Gleichklang mit den deutschen Regelungen unbedingt vorab geprüft und ggf. durch Anträge bei den beteiligten Finanzbehörden sicher gestellt werden. Andernfalls drohen in Deutschland das Risiko der Besteuerung eines steuerpflichtigen innergemeinschaftlichen Verbringens (wobei diese aus Gründen der Neutralität mE aber im Falle der Nachdeklaration des innergemeinschaftlichen Erwerbs im EU-Ausland aufzuheben ist) und im Ausland Sanktionen für eine zu Unrecht unterbliebene Registrierung oder die nachträgliche Besteuerung eines innergemeinschaftlichen Erwerbs (ggf. ohne Vorsteuerabzug oder mit Strafzahlungen auf deren verspätete Anmeldung) sowie steuerpflichtiger Lieferungen, verbunden mit weiteren Sanktionen wie Strafen und Zinsen.

Zu den Folgen des Verbringens bei Bearbeitung der Gegenstände im EU-Ausland beachte EuGH C-606/12 und C-607/12, MwStR 2014, 237 – Dresser Rand S (vorübergehende Verwendung und damit kein steuerbares Verbringen **nur** wenn der Gegenstand in den Ausgangsstaat zurück gelangt; ebenso EuGH C-446/13, MwStR 2014, 770 – Fonderie 2A mAnm *Grube* und Anm. *Maunz/Luther* UR 2014, 931). Wenn dies vom verbringenden Unternehmer nicht beachtet wird, droht ein steuerpflichtiges innergemeinschaftliches Verbringen im Ausgangsstaat.

7. Steuerfreiheit des Verbringens

48 Das innergemeinschaftliche Verbringen ist nur dann **steuerfrei,** wenn der verbringende Unternehmer seinen Deklarations-Verpflichtungen im Ausland nachkommt und auch seine sonstigen Aufzeichnungs- und Nachweispflichten erfüllt. Hierzu gehört die Besteuerung des innergemeinschaftlichen Erwerbs im Zielland und die Führung des Buchnachweises gem. § 17c Abs. 3 UStDV. Ferner sind die zutreffenden Angaben in der Zusammenfassenden Meldung zu machen sowie die Erklärungs- und Aufzeichnungspflichten gem. §§ 18b und 22 Abs. 2 Nr. 1. Das Verbringen ist hingegen **steuerpflichtig,** wenn der Unternehmer den innergemeinschaftlichen Erwerb im Zielland nicht der Besteuerung des innergemeinschaftlichen Erwerbs unterworfen hat (so noch FG Düsseldorf 5 K 3463/10 U, MwStR 2013, 711 mAnm *Grünwald;* einschränkend jedoch der BFH im Revisionsverfahren V R 34/13, MwStR 2014, 730). Dies kann insbesondere bei Bearbeitungsfällen im Ausland zur Steuerfalle im Inland werden (vgl. EuGH C-606/12 und C-607/12 – Dresser Rand SA sowie → § 6a Rn. 47). Die damit zunächst eintretende Definitivbelastung muss mE aber zumindest rückgängig gemacht werden können, indem nachträglich die Besteuerung im Zielland sichergestellt wird oder die Aufzeichnungspflichten erfüllt werden.

Gem. BFH (V R 34/13, BFH/NV 2014, 1682) ist aber selbst bei **fehlenden Nachweisen** gem. §§ 17a und 17c UStDV das Verbringen **nicht per se steuerpflichtig,** sondern nur, wenn Anzeichen für eine Steuerhinterziehung gegeben sind. Denn die §§ 17a ff. UStDV bilden keine materiell-rechtliche Voraussetzung für die Steuerfreiheit. Das Verbringen sei ferner nicht allein deshalb steuerpflichtig, weil im Ankunftsstaat kein innergemeinschaftlicher Erwerb erklärt wurde. Diese Entscheidung des BFH dürfte Steuerpflichtigen, bei denen die FVerw von einem angeblich steuerpflichtigen Verbringen ausgeht, gute Gegenargumente liefern. Zwar hat der BFH klargestellt, dass ein bewusstes Verschleiern eines innergemeinschaftlichen Erwerbs im Zielland mit dem Ziel, dort Steuern zu verkürzen, die Steuerfreiheit des innergemeinschaftlichen Verbringens ausschließt. Interessant ist dabei aber, dass hinsichtlich eines etwaigen Taterfolgs der BFH deutlich macht, dass nicht nur der innergemeinschaftliche Erwerb betrachtet, sondern auch das damit ggf. einhergehende Recht auf Vorsteuerabzug berücksichtigt werden muss. Bei Unternehmern mit Aktivitäten, die zum Vorsteuerabzug berechtigen, wäre damit mE im Ergebnis ein **steuerpflichtiges Verbringen ausgeschlossen.** Auf die Vorlage des FG München (DStR 2015, 538) hat auch der EuGH entschieden (C-24/15, MwStR 2016, 950 mAnm *Robisch*), dass die FVerw des Herkunftsmitgliedstaates die Steuerbefreiung des innergemeinschaftlichen Verbringens nicht allein mit der Begründung versagen kann, der Steuerpflichtige habe keine USt-IdNr. des Zielstaates mitgeteilt, wenn keine konkreten Anhaltspunkte für eine Steuerhinterziehung bestehen, der Gegenstand in das übrige Gemeinschaftsgebiet verbracht wurde und auch die übrigen Voraussetzungen für die Steuerfreiheit vorliegen. Eine unterlassene Registrierung im Zielstaat kann somit nicht durch die Besteuerung des innergemeinschaftlichen Verbringens im Herkunftsstaat sanktioniert werden. Das Besteuerungsrecht liegt allein beim Zielstaat. Nur bei einer Beteiligung an einer Steuerhinterziehung oder wenn der formale Verstoß den sicheren Nachweis der materiellen Anforderungen für die Steuerfreiheit verhindert, wäre eine Besteuerung des Verbringens im Ausgangsstaat zulässig (EuGH C-24/15, MwStR 2016, 950 Tz. 44ff. – Josef Plöckl). Um festzustellen, ob eine Beteiligung an einer Steuerhinterziehung vorlag, könnte auch geprüft werden, ob es bei der Lieferung an die Kunden im Zielland zu einer Umsatzsteuerverkürzung gekommen ist. Denn wenn die Kunden keinen innergemeinschaftlichen Erwerb deklariert hätten, könnte folglich der Lieferant an einer entsprechenden Steuerhinterziehung „beteiligt gewesen" sein. Diese Beteiligung erfordert aber ein entsprechendes subjektives Tatbestandsmerkmal beim Lieferanten, welches das vorlegende FG München bei bloßer rechtsirriger Annahme einer direkten innergemeinschaftlichen Lieferung nicht erkennt (FG München, 14 K 1511/14, MwStR 2015, 134 mAnm *Maunz/Oelmaier*).

einstweilen frei **49–52**

IV. Nachweispflichten (§ 6a Abs. 3)

1. Nachweis der Voraussetzungen des § 6a

Gemäß § 6a Abs. 3 iVm §§ 17a–17c UStDV muss der Unternehmer das Vorliegen **53**
der Voraussetzungen für die Steuerbefreiung nach § 6a Abs. 1 und 2 **beleg- und buchmäßig nachweisen.** Diese Verpflichtung entspricht dem generellen Grundsatz, dass der Unternehmer die Voraussetzungen für eine Begünstigung nachweisen muss. Eine wesentliche praktische Neuerung ergab sich diesbezüglich mit Einführung des Binnenmarktes dadurch, dass der Unternehmer beim Nachweis der Voraussetzungen für die Steuerfreiheit nicht mehr durch die Zollbehörden unterstützt wird, die den körperlichen Grenzübertritt der Ware kontrollieren und bescheinigen. Vielmehr muss er mit anderen Mitteln nachweisen, dass die Voraussetzungen der Steuerfreiheit der innergemeinschaftlichen Lieferung allesamt erfüllt sind.

Wie der Nachweis zu erfolgen hat, ergibt sich aus den auf der Grundlage von § 6a Abs. 3 S. 2 ergangenen §§ 17a–17c UStDV. Der Nachweis wurde in der Vergangenheit als **materiell-rechtliche Voraussetzung** für die Inanspruchnahme der Steuerbefreiung angesehen (vgl. zuletzt BFH V R 47/03, BStBl. II 2006, 634). Im Anschluss an die EuGH-Entscheidung Collée (EuGH C-146/05, BStBl. II 2010, 70) hat der **BFH seine Rechtsprechung geändert** und festgestellt, dass sowohl der **Buch- als auch der Belegnachweis keine materiellen Voraussetzungen für die Steuerbefreiung** sind, sondern lediglich bestimmen, dass und wie der Unternehmer seine Nachweise zu erbringen hat (BFH V R 72/05, BStBl. II 2009, 55; V R 59/03, BStBl. II 2009, 57). Allerdings hat der BFH (V R 14/14, DStR 2015, 1917) zuletzt die **Bedeutung des Belegnachweises** bei innergemeinschaftlichen Lieferungen verstärkt, indem er andere vorhandene Beweismittel, insbesondere Zeugenbeweise, zum Nachweis des Gelangens des Gegenstands ins Ausland als unzulässig verworfen hat. Grundsätzlich kann danach der misslungene Belegnachweis nicht durch jegliche andere Beweismittel ersetzt werden, denn dies würde laut BFH den gesetzlich vorgeschriebenen Belegnachweis aushöhlen. Nach der Ratio der BFH-Rechtsprechung (V R 14/14, DStR 2015, 1917) bedürfte es somit auch im Hinblick auf den Objektivnachweis eines Belegnachweises iSd § 17a UStDV. Damit erlangt der Buch- und Belegnachweis doch wieder materiell-rechtliche Bedeutung.

In den Fällen des **innergemeinschaftlichen Verbringens** ist mE **kein Belegnachweis erforderlich,** denn § 17a Abs. 1 Satz UStDV regelt den Belegnachweis ausdrücklich nur für die Fälle des § 6a Abs. 1. Es wäre im Übrigen auch nicht sinnvoll, vom Unternehmer zu verlangen, sich selbst eine Gelangensbestätigung auszustellen. Folglich ist beim innergemeinschaftlichen Verbringen lediglich der Buchnachweis gem. § 17c Abs. 3 UStDV notwendig. Die FVerw verlangt aber darüber hinaus eine Pro-forma-Rechnung (UStAE 14a.1 Abs. 5). Allein deren Fehlen kann aber die Steuerfreiheit nicht infragestellen (siehe auch EuGH C-24/15, MwStR 2016, 950 mAnm *Robisch* – Josef Plöckl). Sie könnte im Übrigen auch jederzeit nachträglich erstellt werden, denn es handelt sich lediglich um einen Eigenbeleg.

54 Die **Nachweispflichten** für innergemeinschaftliche Lieferungen in der in der UStDV vorgegebenen Form belegen und sichern für den Steuerpflichtigen die Steuerfreiheit seiner Lieferung ab. Aber auch beim Verstoß gegen diese Vorgaben kann die Steuerfreiheit dennoch gegeben sein (vgl. umfassend zum Charakter der Nachweise *Wäger* in Birkenfeld § 108 Rn. 83ff., § 110 Rn. 25ff.; *Englisch/Becker/Kurzenberger* UR 2010, 287). Zur Unionsrechtskonformität der §§ 17a ff. beachte auch BFH V R 19/10, DStRE 2011, 1533 mit Anm. *Esskandari/Bick* UStB 2011, 372.

Die grundsätzliche Verpflichtung zum Belegnachweis in § 17a Abs. 1 UStDV war schon immer als Mussvorschrift formuliert. Wie die Nachweispflicht konkret zu erfüllen ist, war hingegen in § 17a Abs. 2 UStDV als Sollvorschrift gestaltet. Zum 1.1.2012 wurden die Vorgaben zu den Nachweisen neu geregelt und nunmehr als Mussvorschriften ausgestaltet. Hierzu erging noch vor Inkrafttreten eine Übergangsregelung, wonach die Nachweise noch bis 31.3.2012 nach den alten Regelungen akzeptiert werden (BMF 9.12.2011, BStBl. I 2011, 1287). Die Übergangsregelung wurde sodann mit BMF-Schreiben vom 6.2.2012 (BStBl. I 2012, 211) bis zum 30.6.2012 verlängert. Am 21.3.2012 hat das BMF daraufhin einen (zweiten) Entwurf eines BMF-Schreibens zu den neuen Nachweispflichten vorgelegt. Dieses BMF-Schreiben wurde nie veröffentlicht. Stattdessen wurde die Übergangsregelung, wonach der Nachweis nach alter Version der UStDV weiterhin ausreichend ist, per weiterem BMF-Schreiben vom 1.6.2012 (BStBl. I 2012, 619) bis zum Ergehen einer erneuten Änderung des § 17a UStDV verlängert. Diese erneute Änderung und aktuell gültige Regelung wurde mit dem der Elften Verordnung zur Änderung der UStDV eingeführt (BGBl. 2013 I 602). Die darin vorgesehenen Änderungen treten zum 1.10.2013 in Kraft (siehe auch § 74a Abs. 3 UStDV). Per BMF-Schreiben vom 16.9.2013 (BStBl. I 2013, 864) wurde die Übergangsfrist, innerhalb derer der Nachweis nach den alten Vorgaben geführt werden konnte, noch einmal bis zum 31.12.2013 verlängert.

Ab → Rn. 58 werden die alte und neue Rechtslage getrennt dargestellt.

2. Dreistufige Nachweismöglichkeit gemäß Rechtsprechung

55 Nach der vom BFH angewandten Systematik (vgl. zB BFH V R 65/06, DStR 2009, 1639) ist in einem ersten Schritt zu prüfen, ob der Beleg- und Buchnachweis gemäß der Regelung durch die **UStDV** erbracht wird (Stufe 1). Demnach ist kein „stichhaltiger" Beweis notwendig, dass die Ware angekommen ist. Es reicht vielmehr der **Anscheinsbeweis** (siehe auch EuGH C-273/11, DStR 2012, 1917 Rn. 41 – Mecsek-Gabona, unter Hinweis auf den Grundsatz der Verhältnismäßigkeit und den Grundsatz der Rechtssicherheit). Ist dieser Anscheinsbeweis nicht erbracht, muss in einem zweiten Schritt (Stufe 2) noch im Festsetzungsverfahren geprüft werden, ob die Voraussetzungen der Steuerfreiheit aufgrund der **objektiven Beweislage** erfüllt sind. Schließlich kommt auf der Stufe 3 die Steuerfreiheit aufgrund **Vertrauensschutz** in Betracht (bei innergemeinschaftlichen Lieferungen gemäß § 6a Abs. 4 S. 1 im Festsetzungsverfahren, bei Ausfuhrlieferungen im Billigkeitsverfahren gemäß § 163 S. 3 AO). Mit Ausnahme der verfahrensrechtlichen Unterschiede bei der Berufung auf Vertrauensschutz gelten diese Grundsätze sowohl für innergemeinschaftliche Lieferungen als auch für Ausfuhrlieferungen (vgl. *Wäger* in Birkenfeld § 108 Rn. 83ff., § 110 Rn. 25ff.).

56 Durch oben zitierte Rechtsprechung **neu** hinzugekommen ist insbesondere die **Nachweismöglichkeit** aufgrund der **objektiven Beweislage** (Stufe 2). Sofern aufgrund aussagekräftiger Nachweise (zB amtliche Bescheinigung über das Vorhandensein der Gegenstände im Ausland; laut BFH V R 10/11, BFH/NV 2013, 1453, ergibt sich daraus aber lediglich das Gelangen ins Ausland, nicht aber wer Abnehmer der Lieferung war) oder durch Ermittlungen der Finanz- bzw. Fahndungsbehörden (vgl. FG RhPf 6 K 1463/08, BeckRS 2008, 26026204) feststeht, dass die Gegenstände Deutschland physisch verlassen haben und auch die sonstigen materiell-rechtlichen

Tatbestandsmerkmale erfüllt sind, können innergemeinschaftliche Lieferungen als steuerfrei behandelt werden, auch wenn die Nachweise nicht im Einklang mit der UStDV geführt werden. Die Steuerbefreiung darf dann nicht mehr unter Hinweis darauf versagt werden, dass der Belegnachweis nicht den Vorgaben der UStDV entspricht. An den Objektivnachweis werden zum Teil hohe Anforderungen gestellt. So sei gem. FG Nürnberg (2 K 1943/10, DStRE 2014, 1126) die Zulassung von gelieferten Pkw im Ausland noch kein hinreichender Objektivnachweis. Ein unzutreffend ausgefüllter CMR (falsche Angabe zum Absender, dh ein formal unzureichender Belegnachweis) führe damit zum Verlust der Steuerfreiheit (so auch BFH V R 38/14, MwStR 2015, 821 Rn. 24ff.). Der BFH (V R 14/14, DStR 2015, 1917) hat zudem die **Bedeutung des Belegnachweises** bei innergemeinschaftlichen Lieferungen verstärkt, indem er nicht jegliche andere vorhandene Beweismittel als Objektivnachweis zulässt. Insbesondere Zeugenbeweise seien nicht anzuerkennen. Zum nicht ausreichenden Zeugenbeweis siehe auch BFH V B 40/15, BFH/NV 2016, 439. Auch der Objektivnachweis müsse damit als Belegnachweis geführt werden. Andere Beweise, also zB ein Zeugenbeweis, kämen nur im Ausnahmefall in Betracht, dann nämlich, wenn der Belegnachweis nicht oder nicht zumutbar geführt werden kann (zB bei nicht zu vertretender Vernichtung der Belege). Solche Fälle der Unzumutbarkeit dürften wiederum den absoluten Ausnahmefall bilden. Diese Rechtsprechung ist mit der oben erwähnten EuGH-Rechtsprechung und dem Neutralitätsgrundsatz der Umsatzsteuer mE nicht durchgängig vereinbar und es bleiben viele Fragen für die Praxis offen (vgl. kritisch zB auch *Wäger* UR 2015, 702; *Meyer-Burrow/Connemann* UStB 2015, 298; zustimmend hingegen *Heidner* UR 2015, 773; *Heuermann* DStR 2015, 1919; *Heuermann* MwStR 2015, 798). So ist damit zum Beispiel nicht geklärt, welche Mängel am Belegnachweis die Steuerfreiheit ausschließen. Für den Rechtsanwender ist die verschärfte Rechtsprechung des BFH von erheblicher praktischer Bedeutung. Ihr angeblicher Beitrag zur Rechtssicherheit (so *Heidner* UR 2015, 773 (777)), nämlich dass ohne zutreffenden Belegnachweis keine Steuerfreiheit greift, kann durchaus auch kritisch gesehen werden. Ob damit wirklich alle praktischen Fragen geklärt und weitere Gerichtsverfahren abgewendet werden können, bleibt abzuwarten.

Die Steuerfreiheit aufgrund der objektiven Beweislage greift allerdings dann nicht mehr, wenn der Unternehmer die **Identität des wahren Erwerbers verschleiert,** um diesem zu ermöglichen, Mehrwertsteuer zu hinterziehen (EuGH C-285/09, DStR 2010, 2572 – R; BFH V R 3/10, DStR 2011, 2047 Rn. 28; V R 19/10, BStBl. II 2012, 156 = UStB 2011, 372 mit Anm. *Esskandari/Bick*). Die Steuerfreiheit für innergemeinschaftliche Lieferungen kann demnach versagt werden, wenn sich der Unternehmer wissentlich an einem „strukturierten Verfahrensablauf" beteiligt, der dazu dient, die Besteuerung im Zielland zu verdecken, zB durch Vortäuschen einer differenzbesteuerten Lieferung (UStAE 6a.2 Abs. 3).

Unabhängig davon ist jedenfalls zu beachten, dass ggf. der Lieferant das Risiko der Aussagekraft eines alternativen Belegnachweises trägt. Ferner liegt die **Beweislast** zunächst beim die Steuerfreiheit beanspruchenden Unternehmer und bei gerichtlicher Klärung ist unklar, ob eine Verpflichtung des Gerichts besteht, den Sachverhalt im Rahmen der Sachaufklärungspflicht und nach allgemeinen Beweisregeln und Beweisgrundsätzen von Amtswegen aufzuklären (vgl. BFH V R 10/11, MwStR 2013, 423). Angesichts der Entscheidung im Verfahren V R 14/15 (DStR 2015, 1917) ist davon auszugehen, dass dies laut BFH wohl nicht der Fall sein soll. Es empfiehlt sich daher, weiterhin die Einhaltung der Nachweispflichten nach Maßgabe der UStDV, zumal nur dann die Berufung auf den Vertrauensschutz nach § 6a Abs. 4 möglich ist (BFH V R 1/04, BFH/NV 2005, 81; V R 3/02, BStBl. II 2003, 616; BMF 5.5.2010, BStBl. I 2010, 508 Rn. 50; siehe auch *Küffner/Zugmaier* DStR 2007, 1807; *Sterzinger* UR 2008, 169; *Harksen/Möller* UStB 2008, 78).

Die FVerw ist berechtigt, die **Beleg- und Buchangaben zu prüfen** (BFH V R **57**
84/07, DStR 2009, 1634; V R 65/06, DStR 2009, 1639). Sie kann damit den sich

aus den Buch- und Belegangaben ergebenden Anscheinsbeweis durch den Nachweis von berechtigten Zweifeln an der Richtigkeit dieser Angaben entkräften (BFH V R 84/07, DStR 2009, 1634). Bei berechtigten Zweifeln an der Richtigkeit ist sie demnach befugt, die Steuerfreiheit zu versagen. Sofern die Tatbestandsmerkmale für die Steuerfreiheit allerdings objektiv feststehen (Stufe 2), können unrichtige oder unvollständige Buch- und Belegnachweise die Steuerfreiheit nicht erschüttern. Hat der Unternehmer außerdem mit der gebotenen Sorgfalt gehandelt und insofern insbesondere die Vorgaben der UStDV befolgt, ist die Lieferung aus Vertrauensschutzgründen steuerfrei und ein von der Finanzverwaltung aufgedeckte inhaltliche Fehlerhaftigkeit der Buch- und Belegnachweise bleibt letztlich unschädlich – Stufe 3 (BFH V R 65/06, DStR 2009, 1639; auch → Rn. 84).

3. Belegnachweis

58 Gem. § 17a Abs. 1 UStDV hat der Unternehmer bei innergemeinschaftlichen Lieferungen durch Belege nachzuweisen, dass er oder der Abnehmer den Gegenstand der Lieferung in das übrige Gemeinschaftsgebiet befördert hat. Dies muss sich aus den Belegen **eindeutig und leicht überprüfbar** ergeben (sog. Belegnachweis). In § 17a Abs. UStDV wird sodann geregelt, wie dieser Nachweis im Detail geführt werden soll.

Doppel der Rechnung: Ein erster Bestandteil des Belegnachweises ist laut § 17a Abs. 2 Nr. 1 UStDV das „Doppel der Rechnung (§§ 14 und 14a des Gesetzes)". Zwar ist die Ausstellung einer Rechnung, die den Anforderungen nach §§ 14 und 14a genügt – zB einen Hinweis auf die Steuerbefreiung enthält (§ 14 Abs. 4 Nr. 8) – nach älterer Rechtsprechung keine zwingende Voraussetzung für die Steuerbefreiung der Lieferung nach § 6a (BFH V R 47/03, DStR 2006, 768). Gem. BFH (V R 46/10, BStBl. II 2011, 957; XI R 42/10, BFH/NV 2012, 1188) ist aber eine Rechnung, die keinen Hinweis auf die Steuerfreiheit enthält, nicht als Belegnachweis ausreichend (es sei denn, es gelingt der Objektivnachweis). Dies bedeutet mE, dass bei einem eindeutigen Belegnachweis gem. § 17a Abs. 2 Nr. 2 (Gelangensbestätigung) oder § 17a Abs. 3 UStDV (alternative Belegnachweise) – siehe hierzu im nächsten Absatz und → Rn. 59ff. – die Rechnung keine materielle Voraussetzung für die Steuerfreiheit sein kann. Allerdings ist dies bislang nicht eindeutig geklärt. Insofern sollten ggf. identifizierte unzureichende Rechnungen aus der Vergangenheit ergänzt und im laufenden Betrieb darauf geachtet werden, dass formal zutreffende Rechnungen ausgestellt werden, insbesondere also die USt-IdNr. der Beteiligten und der Hinweis auf die Steuerfreiheit der innergemeinschaftlichen Lieferung aufgeführt werden. Die Rechnung kann auch aus mehreren Dokumenten bestehen. Wesentliche Pflichtangaben könnten folglich auch in einer Anlage zur Rechnung enthalten sein. Ein Verweis auf die Anlage muss in der Rechnung selbst nicht unbedingt vorhanden sein (vgl. BFH XI R 37/12, MwStR 2015, 342 mAnm *Robisch*). Mit einer korrekten Rechnung wird insbesondere auch sichergestellt, dass der Erwerber eindeutig seine Verpflichtung zur Besteuerung des innergemeinschaftlichen Erwerbs erkennen kann, was wiederum gem. § 6a Abs. 1 S. 1 Nr. 3 Voraussetzung für die Steuerfreiheit ist. Außerdem kann sich der Steuerpflichtige nur bei vollständiger Erfüllung seiner formalen Pflichten (und dazu gehört auch die korrekte Rechnungstellung) im Notfall auf die Steuerfreiheit aus Vertrauensschutzgründen gem. § 6a Abs. 4 berufen.

Nachweis zum physischen Gelangen der Liefergegenstände ins EU-Ausland: Der zweite Teil des Belegnachweises besteht darin, dass mittels Belegen das tatsächliche Gelangen der Liefergegenstände in das EU-Ausland nachzuweisen ist (Voraussetzung der Steuerfreiheit gem. § 6a Abs. 1 S. 1 Nr. 1). Außerdem beinhaltet der Belegnachweis Angaben zur Identität des Abnehmers, der insoweit im Zielland einen innergemeinschaftlichen Erwerb tätigen muss (Voraussetzung der Steuerfreiheit gem. § 6a Abs. 1 S. 1 Nr. 2 und 3). Der Nachweis zur Identität des Abnehmers wird darüber hinaus durch den Buchnachweis gem. § 17c Abs. 2 UStDV flankiert.

Zeitpunkt des Belegnachweises: Der nach § 17a UStDV erforderliche Belegnachweis kann bis zum **Schluss der mündlichen Verhandlung** vor dem FG nachgeholt werden (BFH V R 47/03, BStBl. II 2006, 634; V R 41/04, DStR 2007, 754). Dies gilt sowohl für den Belegnachweis nach altem Recht als auch für die Zeit seit Einführung der Gelangensbestätigung. Eine nachträgliche wirksame Ergänzung ist möglich (siehe BFH V R 16/14, MwStR 2014, 834, zum Buchnachweis; nichts anderes kann für den Belegnachweis gelten).

Rechtslage bis 31. 12. 2011 bzw. 31. 12. 2013 per Übergangsregelung

Beim Belegnachweis wurde zwischen Beförderungs- und Versendungsfällen unterschieden.

a) **Beförderungsfälle** (Transport ohne Einschaltung eines Dritten; siehe auch **59**
UStAE 6a.3); dazu ist in § 17a Abs. 1 UStDV geregelt, dass der Unternehmer bei innergemeinschaftlichen Lieferungen durch Belege nachweisen muss, dass er oder der Abnehmer den Gegenstand der Lieferung in das übrige Gemeinschaftsgebiet befördert hat. Nach § 17a Abs. 2 UStDV aF **soll** der Unternehmer den Nachweis hierüber durch folgende Belege führen **(Sollvorschriften):**

– Handelsüblicher Beleg, aus dem sich der Bestimmungsort der Lieferung ergibt, **60**
insbesondere **Lieferschein (§ 17a Abs. 2 Nr. 2 UStDV aF).** Der Nachweis kann auch durch andere Belege erbracht werden, zB durch die auf den Rechnungen ausgewiesene Anschrift des Leistungsempfängers (BFH V R 52/03, DStRE 2007, 485). Insbesondere in Abholfällen besteht die Gefahr, dass der endgültige Bestimmungsort nicht ausdrücklich belegmäßig festgehalten wird. In der Praxis sollte deshalb der Bestimmungsort möglichst in einem gesonderten Dokument (Lieferschein) oder ausdrücklich auf der Rechnung festgehalten werden.
– **Empfangsbestätigung des Abnehmers oder seines Beauftragten (§ 17a** **61**
Abs. 2 Nr. 3 UStDV aF). Der Abnehmer oder sein Beauftragter muss den Empfang der Ware bestätigen. Dies sollte durch Unterschrift auf den Übergabedokumenten geschehen. Die Unterschrift sollte mit amtlichen Urkunden (zB Personalausweis) und den Kaufverträgen abgeglichen werden. Sofern ein **Dritter** im Auftrag und Namen des Abnehmers auftritt, wird es sich im Beförderungsfall in aller Regel um einen Arbeitnehmer des Abnehmers handeln.

§ 17a Abs. 2 Nr. 3 UStDV aF und § 17a Abs. 2 Nr. 4 UStDV aF waren keine Rechtsgrundlage für die Forderung, dass der Unternehmer auch die Abholberechtigung des Beauftragten belegmäßig nachweist (BFH V R 65/06, DStR 2009, 1639, Leitsatz 4; zur erforderlichen Sorgfalt siehe aber BFH V R 28/11, DStR 2013, 1278). Der Unternehmer muss in der Lage sein, die ihn treffenden steuerlichen Verpflichtungen im Voraus eindeutig zu erkennen (vgl. EuGH C-409/04, UR 2007, 774 Rn. 48 – Teleos). § 17a UStDV kann das Erfordernis einer belegmäßig **nachzuweisenden Bevollmächtigung** des Beauftragten **nicht** entnommen werden. Eine steuerrechtliche Verpflichtung zum Nachweis einer Vollmacht lässt sich auch nicht aus § 174 S. 1 BGB ableiten, wonach ein von einem Bevollmächtigten abgeschlossenes einseitiges Rechtsgeschäft unwirksam ist, wenn keine Vollmacht vorliegt und der andere das Rechtsgeschäft unverzüglich zurückweist (BFH V R 65/05, UR 2009, 725).

Die Finanzverwaltung darf insofern die **Anforderungen** an den gemäß **UStDV** zu erbringenden Belegnachweis **nicht verschärfen** (BFH V R 84/07, DStR 2009, 1634, Leitsatz 1). Nur bei berechtigten Zweifeln kann die Finanzverwaltung geeignete Nachweise (zB Vollmacht) zur Abholberechtigung verlangen.

Bei dem Beauftragten des Abnehmers iSv § 17a Abs. 2 UStDV aF muss es sich um eine **für den Abnehmer unselbstständig tätige Person** handeln, da sonst keine Beförderung iSv § 3 Abs. 6 S. 2, sondern eine Versendung iSv § 3 Abs. 6 S. 3 vorliegt, für die sich der Belegnachweis nach § 17a Abs. 4 aF richtet. Für das Vorliegen einer Versendung kommt es dabei nicht darauf an, ob es sich bei dem selbstständigen Beauftragten um einen Frachtführer, Verfrachter oder Spediteur (*Nieskens* in Rau/Dürrwächter § 3 Rn. 3110) oder überhaupt um einen Unternehmer handelt. Eine Beförderung durch einen Beauftragten iSd § 17a Abs. 2 UStDV aF liegt deshalb nur vor, wenn der Beauftragte in das Unternehmen des Lieferers oder des Abnehmers eingegliedert ist (*Nieskens* in Rau/Dürrwächter § 3 Rn. 3110). Dies trifft insbesondere auf die Beförderung durch Arbeitnehmer als unselbstständig Beauftragte zu, denen im Allgemeinen keine schriftlichen Vollmachtsurkunden erteilt werden, da sie aufgrund ihrer Unternehmenszugehörigkeit als bevollmächtigt gelten. Sollte die FVerw insoweit Zweifel an der Abholberechtigung äußern, muss es ausreichend sein, das Anstellungsverhältnis nachzuweisen. Allerdings kann auch in Versendungsfällen, wenn also ein fremder Dritter (zB Spediteur) den Transport übernimmt, der Belegnachweis wie im Beförderungsfall geführt werden, so dass es letztlich irrelevant ist, ob beim Nachweis nach oben genannten Regelungen ein Versendungs- oder Beförderungsfall vorliegt (siehe BFH V R 3/10, DStR 2011, 2047 Rn. 26).

62 – **„Versicherung" des Abnehmers.** Schließlich muss der Abnehmer eine **„Versicherung"** abgeben, dass die Ware auch tatsächlich ins übrige Gemeinschaftsgebiet geliefert wird (§ 17a Abs. 2 Nr. 4 UStDV aF). Die Empfangsbestätigung (§ 17 Abs. 2 Nr. 3 UStDV aF) und die Versicherung des Abnehmers (§ 17 Abs. 2 Nr. 4 UStDV aF) sollten vom Abnehmer bzw. dessen Beauftragten **im Zeitpunkt der Lieferung,** dh bei Abholung, eingeholt werden. Hierzu war ein entsprechender Prozess einzurichten, der sicherstellt, dass die Gegenstände nur nach Unterzeichnung entsprechender Vordrucke und Feststellung der Personalien des Abholers an den Kunden ausgehändigt werden. Zwar kann die Empfangsbestätigung und Versicherung des Kunden ggf. auch nachträglich eingeholt werden, nachdem § 17a UStDV zum Zeitpunkt des Nachweises keine Regelung trifft und auch der BFH in ständiger Rechtsprechung den nachträglichen Belagnachweis anerkennt (BFH V R 47/03, BStBl. II 2006, 634; V R 41/04, DStR 2007, 754 jeweils zur innergemeinschaftlichen Lieferung und BFH V R 23/08, DStR 2009, 1636 zur Ausfuhrlieferung). Allerdings kann dies in der Praxis bei fremden Dritten als Geschäftspartnern aufwendig oder auch unmöglich sein. Nichtsdestotrotz besteht bei fehlenden Nachweisen mE zur Nachholung dieses Nachweises die Möglichkeit, die in aller Regel vorhandenen Doppel der Rechnung und Lieferscheine vorzulegen und vom Empfänger nachträglich eine Empfangsbestätigung und Versicherung, dass die Ware ins EU-Ausland verbracht wurde, einzuholen.

Die Empfangsbestätigung und die Versicherung des Abnehmers konnten in der Praxis in einen Beleg integriert werden, so dass insbesondere bei Abholung der Ware durch den Leistungsempfänger „an der Rampe" ein Beleg ausgestellt und unterzeichnet werden konnte, mit dem die Steuerfreiheit nachgewiesen werden konnte. Weitere Belege, insbesondere Nachweise über das tatsächliche Gelangen der Ware ins EU-Ausland, waren nicht erforderlich.

63 **b) Versendungsfälle** (Transport unter Einschaltung eines Dritten); im Fall der Versendung (Beförderung durch einen selbstständigen Dritten, zB einen Spediteur) **soll** der Belegnachweis durch einen Beleg nach § 10 Abs. 1 UStDV erfolgen (§ 17a Abs. 4 UStDV aF; **Sollvorschrift**). Beleg idS ist entweder ein Versendungsbeleg (zB Frachtbrief, Konnossement, Posteinlieferungsschein) oder ein sonstiger handelsüblicher Beleg. Alternativ dazu kann eine Bescheinigung des selbstständigen Beauftragen verwendet werden (Spediteursbescheinigung gemäß § 10 Abs. 1 Nr. 2 UStDV aF).

Der tatsächliche Erhalt der Ware lässt sich zwar nur mittels **Empfangsbestätigung** des Abnehmers (zB Feld 24 des CMR-Frachtbriefs) nachweisen (BMF 5.5.2010, BStBl. I 2010, 508 Rn. 38). Ohne Empfangsbestätigung beschränkt sich die Beweiswirkung des Frachtbriefs auf die Übernahme des Transportgutes durch den Frachtführer (*Hundt-Eßwein* DStR 2007, 422; *Rüth/Winter* DStR 2005, 681). Allerdings forderte § 17a Abs. 4 aF iVm § 10 Abs. 1 UStDV eben nur einen Versendungsbeleg und nicht einen Beleg über die Ankunft der Gegenstände, so dass Frachtbriefe und andere **Versendungsbelege** als Belegnachweis **ausreichend** sind. Somit war ein CMR-Frachtbrief auch dann ein hinreichender Versendungsbeleg, wenn er keine Bestätigung über den Empfang der Ware enthält (BFH V R 65/06, DStR

2009, 1639, Leitsatz 3). Bei im Feld 24 nicht abgezeichneten CMR-Frachtbriefen wird die Finanzverwaltung bei Zweifeln an der grenzüberschreitenden Warenbewegung allerdings den Nachweis durch andere geeignete Unterlagen verlangen (BMF 5.5.2010, BStBl. I 2010, 508 Rn. 38). Zum CMR-Frachtbrief beachte auch BFH-Urteil XI R 18/10, BFH/NV 2012, 1006. Die FVerw geht ferner davon aus, dass Frachtbriefe vom „Absender" (gemeint ist insofern der Auftraggeber des Frachtführers) unterschrieben sein müssen und dass Frachtbriefe ohne diese Unterschrift deshalb nicht als Belegnachweis anerkannt werden (BMF 5.5.2010, BStBl. I 2010, 508 Rn. 36). Dies hat der BFH (V R 28/10, DStRE 2011, 1024) allerdings ausdrücklich abgelehnt (vgl. *Lembke* SteuK 2011, 329). Das FG München hat wiederum entschieden, dass ein CMR-Frachtbrief zumindest dann nicht ausreichend ist, wenn er unzutreffende Angaben zum Versender enthält (3 K 2748/09, rkr, DStRE 2013, 88; ähnlich HessFG 6 K 676/08, BeckRS 2013, 95666). Laut FG Düsseldorf kann ein CMR-Frachtbrief nur bei Versendungslieferungen als Nachweis dienen, nicht jedoch bei Beförderungsabhollieferungen (1 K 3117/12 U, BeckRS 2014, 95091, Rev BFH V R 14/14). Zur Nichtanerkennung eines unrichtig ausgefüllten CMR siehe auch BFH V R 38/14, MwStR 2015, 821.

Nicht ausreichend als Belegnachweis ist aber ein ausschließlich selbst ausgestellter Beleg **(Privatbeleg)** – weder im Versendungs- noch im Beförderungsfall. Kann nur ein solcher Beleg vorgelegt werden, muss die Steuerfreiheit aufgrund objektiver Nachweise nachgewiesen werden (Stufe 2) oder der Belegnachweis gemäß UStDV nachträglich eingeholt werden.

Nach § 17a Abs. 4 S. 2 UStDV aF kann der Unternehmer den Belegnachweis **in Versendungsfällen wie im Beförderungsfall** führen, wenn es nicht möglich oder unzumutbar ist, den Belegnachweis mit Versendungsbelegen zu führen. Dies dürfte häufig bei der Abholung durch **Fremdspediteure** der Fall sein. Denn in diesen Fällen wird es dem Lieferanten schwer fallen, einen Versendungsbeleg oder eine Spediteursbescheinigung vom Spediteur zu erhalten, weil er zum Spediteur keine Geschäftsverbindung unterhält. Er war vielmehr darauf angewiesen, sich die Übernahme der Ware quittieren und deren beabsichtigten Transport ins EU-Ausland versichern zu lassen. Im Endeffekt blieb dem Lieferanten somit in diesen Fällen häufig nur der Nachweis wie im Beförderungsfall durch den Abnehmer gemäß § 17a Abs. 2 UStDV aF (siehe BFH V R 3/10, DStR 2011, 2047 Rn. 26).

Aus dem Versendungsbeleg bzw. aus der Versicherung des Abnehmers bei Beförderungsfällen muss sich grundsätzlich der zutreffende **Bestimmungsort** der Lieferung ergeben. Ist diese Angabe unzutreffend und befindet sich nach den tatsächlichen Feststellungen der zutreffende Bestimmungsort aber dennoch im übrigen Gemeinschaftsgebiet, wird durch diese unzutreffende Angabe die Steuerfreiheit nicht ausgeschlossen (BFH V R 3/10, DStR 2011, 2047 Rn. 27; auch zu → § 6a Rn. 56). Der Bestimmungsort kann sich auch aus der Rechnungsanschrift ergeben, wenn die gelieferten Gegenstände an den Unternehmenssitz des Rechnungsempfängers versendet oder befördert werden (FG München 2 K 155/12, rkr, BeckRS 2013, 96291). Es ist die Angabe des EU-Mitgliedstaates und der jeweiligen Stadt oder Gemeinde erforderlich (UStAE 6a.3 Abs. 2 S. 1). Zur Bedeutung von fehlenden Angaben zum Bestimmungsort im Frachtbrief, siehe BFH V R 14/14, BStBl. II 2015, 912.

c) Belegnachweis bei Lieferung neuer Fahrzeuge an Nichtunternehmer. 64
Wird ein neues Fahrzeug an Nichtunternehmer geliefert, reicht der auf der Basis der Bestimmungen in § 17a Abs. 2–4 UStDV aF zu führende Nachweis der Finanzverwaltung nicht aus. Der Nachweis des Gelangens des Fahrzeugs in das übrige Gemeinschaftsgebiet ist in diesen Fällen als erbracht anzusehen, wenn nachgewiesen wird, dass das Fahrzeug in einem Mitgliedstaat zum Straßenverkehr amtlich zugelassen worden ist. Alternativ lässt die Finanzverwaltung als anderweitigen Nachweis auch den Nachweis der konkreten Erwerbsbesteuerung durch den Abnehmer gelten (BMF 5.5.2010, BStBl. I 2010, 508 Rn. 40).

65 *einstweilen frei*

65a ***Rechtslage ab 1. 1. 2012 – ausgesetzt per BMF-Übergangsregelung***

Der Bundesrat hat am 25. 11. 2011 dem Entwurf der Zweiten Verordnung zur Änderung steuerlicher Verordnungen zugestimmt. Damit wurden für die Zeit ab dem 1. 1. 2012 erhebliche Änderungen der UStDV verabschiedet. Diese Änderungen betreffen die Nachweisführung bei Ausfuhrlieferungen (→ § 6 Rn. 24ff.) und bei innergemeinschaftlichen Lieferungen. Das Bundesfinanzministerium hat ein Anwendungsschreiben zur Neuregelung angekündigt und zunächst mit BMF-Schreiben vom 9. 12. 2011 (DStR 2012, 36) eine **Übergangslösung** geschaffen, wonach es bis zum 31. 3. 2012 nicht beanstandet wird, wenn der Nachweis nach den bisherigen Vorschriften der UStDV geführt wird. Die Übergangsregelung wurde zweimal per BMF-Schreiben verlängert und schließlich bis zur erneuten Änderung des § 17a UStDV ausgesetzt (→ Rn. 54). Die nachfolgend unter → Rn. 65b–65e beschriebenen Regelungen können demnach die Steuerpflichtigen fakultativ anwenden; die Finanzverwaltung toleriert aber auch den Nachweis in der alten Form (→ Rn. 58–65).

65b Neben einem Wechsel von Sollvorschriften auf **Mussvorschriften** in den §§ 17a–17b UStDV wird als neuer Standardnachweis die sog. **Gelangensbestätigung** eingeführt. Eine innergemeinschaftliche Lieferung wird demnach nur noch als steuerfrei anerkannt, wenn eine entsprechende Gelangensbestätigung vorliegt. Die Gelangensbestätigung hat

- Namen und Anschrift des Abnehmers,
- Menge und handelsübliche Bezeichnung des Liefergegenstandes,
- ein Ausstellungsdatum und eine
- Unterschrift des Abnehmers zu enthalten.

Außerdem hat sie in Fällen der Beförderung oder Versendung durch den Unternehmer oder Versendung durch den Abnehmer den **Ort und Tag** des Erhalts des Gegenstands im übrigen Gemeinschaftsgebiet und im Fall der Beförderung des Gegenstands durch den Abnehmer den Ort und Tag des Endes der Beförderung des Gegenstands im übrigen Gemeinschaftsgebiet zu enthalten. Die gem. § 17 Abs. 2 Nr. 2 Buchst. a UStDV in der Gelangensbestätigung bzw. gem. § 17a Abs. 3 Nr. 1 UStDV im Frachtbrief oder sonstigem handelsüblichen Beleg erforderliche Angabe des Bestimmungsortes erfordert zumindest die Angabe der Stadt im Zielstaat (UStAE 6a.3 Abs. 2 S. 1; BFH V R 45/15, DStR 2016, 2402).

65c In Versendungsfällen (insbesondere Beauftragung von Spediteuren, Kurierdiensten und ähnlichen Unternehmen) erkennt die Finanzverwaltung es an, wenn sich die Gelangensbestätigung nicht im unmittelbaren Besitz des Auftraggebers, sondern beim Versendungsunternehmen befindet, vorausgesetzt sie kann auf Verlangen der Finanzbehörde zeitnah vorgelegt werden.

Die zum 1. 1. 2012 eingefügten Änderungen der UStDV beinhalten eine erhebliche **Verschärfung** der Nachweisvorschriften. Während man in der Vergangenheit regelmäßig für innergemeinschaftliche Lieferungen beispielsweise CMR-Frachtbriefe oder Spediteursbescheinigungen verwenden konnte (also Versendungsbelege, die ein Dritter ausgestellt hat), wird nunmehr immer eine Gelangensbestätigung verlangt (ein Beleg, den der Kunde ausgestellt hat). Ein **Alternativnachweis** per Versendungsbeleg ist **nicht vorgesehen.**

Nur wenn die neuen Vorgaben beachtet werden, kann Vertrauensschutz nach § 6a Abs. 4 (betrügerische Abnehmer und gutgläubiger Lieferant) in Anspruch genommen werden. Die Rechtsprechung hat mehrfach bestätigt, dass zu den Voraussetzungen für den Vertrauensschutz insbesondere eine einwandfreie Belegführung entsprechend der Vorgaben der UStDV gehört (→ Rn. 81ff.).

Allerdings sind diese Regelungen **in der Praxis** per Aussetzung durch die Finanzverwaltung **nie in Kraft getreten,** da sie per BMF 1. 6. 2012, BStBl. I 2012, 619 bis zur Neufassung der UStDV ausgesetzt wurden. Die Rechtsprechung wäre allerdings in etwaigen anhängigen Fällen sehr wohl an diese Vorgaben gebunden.

Die Finanzverwaltung hat zu der Neuregelung ein **BMF-Schreiben** entworfen, das zur Stellungnahme durch die Verbände verteilt wurde. Im Zentrum der Neuregelung steht die Gelangensbestätigung. Hierzu führt das entworfene BMF-Schreiben eine Reihe von Details aus, die für die Praxis von erheblicher Bedeutung sein dürften. Auf den ersten Entwurf folgte ein zweiter. **65d**

Das BMF-Schreiben wurde aber in dieser Form nicht verabschiedet und stattdessen eine neue Version des § 17a UStDV verabschiedet. Zum neuen § 17a UStDV wurde im Juni 2013 erneut ein Entwurf eines BMF-Schreibens vorgelegt. Auch dieses BMF-Schreiben wurde nie verabschiedet. Die Neuregelung beinhaltet eine Reihe **praktischer Schwierigkeiten,** zB die Gelangensbestätigung bei Lieferungen in einem Reihengeschäft, die Vorgaben zum notwendigen Nachweis von Bevollmächtigungen und zur Angabe des Zeitpunktes des Erhalts der Ware bzw. des Endes der Beförderung. Diese praktischen Schwierigkeiten werden durch die Neuregelung, die unten dargestellt ist, weitgehend beseitigt. **65e**

Rechtslage ab 1.1.2014 – § 17a UStDV und BMF 16.9.2013, BStBl. I 2013, 1192 **65f**
Mit der Elften Verordnung zur Änderung der Umsatzsteuer-Durchführungsverordnung wurde § 17a UStDV erneut geändert. Die Neufassung tritt am 1.10.2013 in Kraft. Die FVerw akzeptiert per BMF 16.9.2013, BStBl. I 2013, 1192 eine Anwendung ab 1.1.2014.

Mit der Neufassung soll der Kritik aus der Praxis Rechnung getragen werden, die vor allem darin bestand, die Gelangensbestätigung als einzige Möglichkeit des Nachweises festzuschreiben. Deshalb sieht § 17a Abs. 2 UStDV die **Gelangensbestätigung** zwar weiterhin **als eine mögliche Form des Belegnachweises** vor. **Alternativ** werden aber verschiedene **weitere Belege,** insbesondere Versendungsbelege, als Nachweis zugelassen (§ 17a Abs. 3 UStDV), die gleichrangig neben der Gelangensbestätigung als Belegnachweis anerkannt werden (UStAE 6a.2 Abs. 6). Damit wird faktisch weitestgehend die Rechtslage aus der Zeit bis 31.12.2011 beibehalten und die Gelangensbestätigung als zusätzliche Nachweismöglichkeit geregelt. Außerdem wird bestimmten Kritikpunkten an der zum 1.1.2012 eingeführten Version der Gelangensbestätigung entgegen gekommen und diese erste Version inhaltlich entschärft (vgl. *Alefs/Geberth* DB 2012, 2544; *Trinks* NWB USt direkt digital 1/2013, 8).

Die **inhaltlichen Neuerungen bei der Gelangensbestätigung** bestehen darin, dass gem. § 17a Abs. 2 Nr. 2 **65g**
- Buchst. c UStDV in der Gelangensbestätigung nicht mehr das genaue Datum der Ankunft der Ware anzugeben ist, sondern die **Angabe des Monats** ausreichend ist.
- Buchst. e UStDV auch ein vom Abnehmer zur Abnahme des Liefergegenstands **Beauftragter** die Gelangensbestätigung **unterzeichnen** kann. Dies kann zB ein selbstständiger Lagerhalter oder der Endabnehmer im Reihengeschäft sein. Der ggf. eingeschaltete Spediteur soll hierzu jedoch nicht befugt sein (siehe Begründung der Elften Verordnung, Besonderer Teil, S. 12). Laut UStAE 6a.4 Abs. 2 S. 4 kann die FVerw bei Zweifeln an der Vertretungsberechtigung des Unterschreibenden den Nachweis der Vertretungsberechtigung verlangen. Dieser könne sich aus der Gesamtschau der vorhandenen Unterlagen ergeben. Wie der Lieferant dies im Detail sicherstellen soll, bleibt derzeit aber unklar. Denkbar wäre, dass er eine entsprechende Bevollmächtigung seines Abnehmers in seinen Unterlagen aufbewahrt.
- Buchst. e S. 2 UStDV eine **elektronische Übermittlung** der Gelangensbestätigung zulässig und in diesen Fällen keine Unterschrift erforderlich ist. Bei elektronischer Übermittlung muss allerdings erkennbar sein, dass die Übermittlung der Gelangensbestätigung tatsächlich im Verfügungsbereich des Abnehmers oder seines Beauftragen begonnen hat. Wie dies der Lieferant konkret sicherstellen muss, ist im Detail nicht geregelt. Die FVerw führt allerdings in UStAE 6a.4 Abs. 6 S. 2 und 3 hierzu aus, dass eine auf elektronischem Weg erhaltene Gelangensbestäti-

gung für umsatzsteuerliche Zwecke auch in ausgedruckter Form aufbewahrt werden kann. Sofern die Gelangensbestätigung per E-Mail übersandt wird, soll zum Nachweis der Herkunft des Dokuments auch die E-Mail archiviert werden (genügt ebenfalls in ausgedruckter Form). Gem. FM SchlH (Kurzinformation v. 21.2.2014, MwStR 2014, 249) kann die Gelangensbestätigung auf allen denkbaren elektronischen Wegen übermittelt werden. Die bloße im EDV-System dokumentierte Wareneingangsbuchung ist jedoch nicht ausreichend (siehe auch FM SchlH VI 358-S 7141-024, MwStR 2014, 249), denn die Gelangensbestätigung ist vom Leistenden zu erteilen und darüber hinaus dürfte die Wareneingangsbuchung nicht alle Angaben gem. § 17a Abs. 2 UStDV enthalten.

- S. 2 und 3 UStDV die Gelangensbestätigung als **Sammelbestätigung** ausgestellt werden und Zeiträume von **bis zu einem Quartal** umfassen kann.
- S. 4 UStDV die Gelangensbestätigung **aus mehreren Dokumenten** bestehen kann, aus denen sich die geforderten Angaben ergeben.

65h Die FVerw hat die aus ihrer Sicht **grundsätzlichen Anforderungen** an den Belegnachweis in Form der **Gelangensbestätigung** in UStAE 6a.4 niedergelegt. Demnach gelten folgende Grundsätze:

Die Gelangensbestätigung ist der **Regelnachweis** in Beförderungs- und Versendungsfällen.

Die gem. § 17a Abs. 2 S. 1 Nr. 2 Buchst. e UStDV notwendige **Unterschrift** des Abnehmers kann auch von einem vom Abnehmer beauftragten Dritten geleistet werden, zB ein Arbeitnehmer, Lagerhalter oder im Reihengeschäft ein Unternehmer weiter hinten in der Reihe. Der im Zweifel erforderliche Nachweis der Vertretungsberechtigung muss vom liefernden Unternehmer geführt werden. Ein für den Transport eingeschalteter Dritter kann die Gelangensbestätigung allerdings nicht ausstellen bzw. wirksam unterschreiben.

Bei **elektronischer Übermittlung** der Gelangensbestätigung ist keine Unterschrift erforderlich. Sie muss also nicht erst ausgedruckt, unterschrieben, eingescannt und danach elektronisch übertragen werden. Vielmehr können die inhaltlichen Angaben direkt per E-Mail oder in sonstiger elektronischer Form übermittelt werden. Die Übermittlung muss erkennbar aus dem Verfügungsbereich des Abnehmers stammen. Zu Details siehe UStAE 6a.4 Abs. 3.

Die Gelangensbestätigung muss nicht einzeln für jede Lieferung erfolgen. Sie kann als **Sammelbestätigung** ausgestellt werden. Sie kann sich auf eine oder mehrere Rechnungen beziehen, indem sie diese aufführt. In der Sammelbestätigung können Umsätze aus bis zu einem Quartal zusammengefasst werden. Das ist auch bei monatlicher Abgabe der ZM zulässig.

Es bestehen **keine Form-Vorgaben,** lediglich alle inhaltlich vorgeschriebenen Angaben müssen enthalten sein. Die Gelangensbestätigung kann in einem einzigen Dokument erfolgen, aber auch in mehreren Dokumenten, aus denen sich die geforderten Angaben insgesamt ergeben. Diese Dokumente müssen nicht aufeinander referenzieren. Denkbar sind somit beispielsweise auch Kopien von Eingangsrechnungen oder vom Lieferanten vorformulierte Aufstellungen von Lieferungen (zB durch Bezugnahme auf Rechnungen), die vom Leistungsempfänger um Angaben zum Erhalt der Gegenstände ergänzt und unterschrieben werden.

Eine wirksame **elektronische Gelangensbestätigung** setzt nicht voraus, dass der offenbare **Ausgangspunkt der Übermittlung** (zB Übermittlung von einer nicht im Bestimmungsland registrierten E-Mail-Adresse) im Zielland liegt. Zum Nachweis soll bei Übermittlung einer Gelangensbestätigung per E-Mail neben dem eigentlichen Dokument auch die E-Mail archiviert werden. Diese kann für umsatzsteuerliche Zwecke auch in ausgedruckter Form aufbewahrt werden, während ansonsten die GoBD (BMF-Schreiben vom 14.11.2014, BStBl. I 2014, 1450) unberührt bleiben.

65i Die **GOBS und GDPdU** sind **in die einheitlichen GoBD zusammengefasst** worden (Grundsätze zur ordnungsmäßigen Führung und Aufbewahrung von Büchern, Aufzeichnungen und Unterlagen in elektronischer Form sowie zum Datenzugriff, BMF 14.11.2014, BStBl. I 2014,1450; vgl. hierzu *Franz* BB 2014, 2994), woraus sich aber umsatzsteuerlich keine besonderen Auswirkungen ergeben. Denn alleine wegen eines Verstoßes gegen diese Grundsätze kann die Steuerfreiheit nicht entfallen.

Die bei der **Lieferung von Abfällen** nach Anhang VII der Abfallverbringensverordnung (VO (EG) Nr. 1013/2006 v. 14.6.2006, ABl. 2006 L 190, 1) auszustellende Bestätigung über die Verbringung bestimmter Abfälle kann als Gelangensbestätigung dienen, wenn daraus die gem. § 17a Abs. 2 UStDV geforderten Angaben hervorgehen (FM SchlH 10.1.2014, MwStR 2014, 110).

Im Falle der Abrechnung im Gutschriftswege kann die **Gutschrift** mE gleichzeitig **als Gelangensbestätigung** dienen, wenn sie redaktionell geringfügig dahingehend angepasst wird, dass sich die Angaben gem. § 17a Abs. 2 Nr. 2 Buchst. c UStDV eindeutig ergeben (Ort und Monat des Erhalts des Gegenstands). Sie müsste zudem vom Leistungsempfänger unterschrieben oder elektronisch übermittelt werden, denn dann ist die Unterschrift entbehrlich.

In § 17a Abs. 3 UStDV werden die Belege aufgeführt, die **alternativ zur Gelan- 65j
gensbestätigung** als Belegnachweis dienen können. Zugelassen sind gem. **§ 17a Abs. 3 S. 1**

a) **Nr. 1 Buchstabe a UStDV:** ein Versendungsbeleg, insbesondere ein **handelsrechtlicher Frachtbrief,** der **vom Auftraggeber des Frachtführers und vom Empfänger der Ware unterzeichnet** ist (und damit faktisch einer Gelangensbestätigung gleichkommt – die vom BFH in V R 65/06, DStR 2009, 1639, für die Altregelung noch für nicht notwendig erachtete Unterschrift ist somit aufgrund der nunmehr ausdrücklichen Regelung in der UStDV doch notwendig), oder ein Konossement oder Doppelstücke des Frachtbriefs oder Konossements. Beim sog. CMR-Frachtbrief müssen hierzu das Feld 22 vom Auftraggeber des Frachtführers und das Feld 24 vom Empfänger unterschrieben sein. Zu weiteren Details bei anderen Formen von Frachtbriefen siehe UStAE 6a.5 Abs. 2.
b) **Nr. 1 Buchstabe b UStDV:** eine **Spediteursbescheinigung** mit den bereits bis zum 31.12.2011 geforderten Angaben, nämlich:
   (aa) Name und Anschrift des mit der Beförderung Beauftragten sowie Ausstellungsdatum
   (bb) Name und Anschrift des liefernden Unternehmers sowie Auftraggebers der Versendung
   (cc) Menge und handelsübliche Bezeichnung der geleiferten Gegenstände
   (dd) den Empfänger und den Bestimmungsort im Gemeinschaftsgebiet
   (ee) den Monat der Beendigung des Transports
   (ff) eine Versicherung des Ausstellers über die Nachprüfbarkeit seiner Angaben durch im Gemeinschaftsgebiet aufbewahrte Unterlagen
   (gg) die Unterschrift des Ausstellers.

   Es wird ausdrücklich auch eine elektronische Spediteursbescheinigung zugelassen, die dann keine Unterschrift tragen muss. Bei elektronischer Übermittlung muss allerdings erkennbar sein, dass die Übermittlung der Spediteursbescheinigung tatsächlich im Verfügungsbereich des Ausstellers begonnen hat (→ Rn. 65g, Buchst. c sowie UStAE 6a.5 Abs. 3 und 4). Die Finanzverwaltung hat hierzu mit BMF 16.9.2013, BStBl. I 2013, 1192 ein Muster bereitgestellt. Es können aber auch andere Formen verwendet werden, die die geforderten Angaben enthalten.
c) **Nr. 1 Buchst. c UStDV:** einer **Auftragserteilung** an den mit der Beförderung Beauftragten und dessen **Tracking-and-Tracing-Protokoll** (betrifft vor allem Versendungsfälle unter Einschaltung sog. Kurierdienstleister). Bei Sendungen mit einem Wert unter 500 EUR ist die Auftragserteilung an den Kurierdienstleister und den Nachweis über die Entrichtung der Gegenleistung durch den Abnehmer ausreichend (UStAE 6a.5 Abs. 5). Die geforderten Inhaltsangaben in der Auftrags-

erteilung sowie die mögliche inhaltliche Verknüpfung zu den gelieferten Gegenständen (kann durch einen Verweis auf die Rechnung erfolgen; muss mE aber auch durch einen Verweis auf den Lieferschein möglich sein – siehe unten beim Posteinlieferungsschein) sind in UStAE 6a.5 Abs. 6 geregelt. Des Weiteren präzisiert die FVerw, dass sich aus dem Tracking-and-Tracing-Protokoll der Monat und der Ort des Endes des Transports im übrigen Gemeinschaftsgebiet ergeben muss.

d) **Nr. 1 Buchstabe d UStDV:** die **Empfangsbescheinigung eines Postdienstleisters.** Details zu diesem Nachweis und zur notwendigen Verknüpfung vom Beleg zu den geleiferten Gegenständen (kann durch einen Verweis auf Rechnung oder Lieferschein erfolgen) werden von der FVerw in UStAE 6a.5 Abs. 7 und 8 ausgeführt.

Zugelassen sind ferner gem. **§ 17a Abs. 3 S. 1 Nr. 2 UStDV:** bei Versendung durch den Abnehmer (Abholfall) durch eine unterschriebene **Spediteursversicherung und einem Nachweis der Bezahlung** der Lieferung durch den Abnehmer. Es müssen folgende Angaben enthalten sein:

(a) Name und Anschrift des mit der Beförderung Beauftragten sowie Ausstellungsdatum
(b) Name und Anschrift des liefernden Unternehmers sowie Auftraggebers der Versendung
(c) Menge und handelsübliche Bezeichnung der geleiferten Gegenstände
(d) den Empfänger und den Bestimmungsort im Gemeinschaftsgebiet
(e) eine Versicherung des Ausstellers, den Gegenstand an den Bestimmungsort im Gemeinschaftsgebiet zu transportieren
(f) die Unterschrift des Ausstellers.

Im Unterschied zur Spediteursbescheinigung, die bei Beauftragung des Spediteurs durch den Lieferer verwendet werden kann, muss bei der Spediteursversicherung, die bei Versendung durch den Abnehmer verwendet werden kann, keine Angabe zum Datum der tatsächlichen Ankunft der Ware gemacht werden. Die FVerw macht unter UStAE 6a.5 Abs. 9 und 10 genauere Ausführungen zu den geforderten Angaben des Belegs (es wird auch ein Muster bereitgestellt, das verwendet werden kann) und zum Nachweis der Bezahlung. Die Bezahlung soll nachweislich von einem Bankkonto des Abnehmers erfolgen – bei verbundenen Unternehmen soll ein internes Intercompany-Clearing ausreichend sein. Diese Form des Nachweises dürfte in der Praxis sehr schwierig sein, da aus Sicht des Lieferers die Mitwirkung eines (häufig) ausländischen Fremdspediteurs erforderlich ist. Im Abholfall dürfte demnach die Gelangensbestätigung der sicherere und praktischere Nachweis sein. Die Alternativen gem. § 17 Abs. 3 Nr. 1 und Nr. 2 UStDV kommen in **Versendungsfällen** in Betracht. Sie führen dazu, dass in Versendungsfällen im Wesentlichen die bereits vor 1.1.2012 geltenden Belegnachweise weiterhin verwendet werden können. Auch die **Grundsätze der hierzu ergangenen Rechtsprechung** sind damit mE **weiterhin anwendbar** (→ Rn. 63). Allerdings sind im Unterschied zur Altregelung bei Frachtbriefen die Unterschriften des Auftraggebers und des Warenempfängers notwendig.

Nr. 3 UStDV: bei Beförderung im **gemeinschaftlichen Versandverfahren** ein behördlicher Beendigungsnachweis (siehe auch UStAE 6a.5 Abs. 11).

Nr. 4 UStDV: bei der Lieferung **verbrauchsteuerpflichtiger Waren** durch ein für verbrauchsteuerpflichtige Zwecke zu verwendendes Dokument (siehe auch UStAE 6a.5 Abs. 12–15).

Nr. 5 UStDV: bei gelieferten **Straßenfahrzeugen** durch einen Nachweis der Zulassung im Zielstaat. Eine Kopie der Zulassungsbescheinigung ist ausreichend. Zudem muss bei Fahrzeugen im Beleg die Identifikationsnummer des Fahrzeugs angegeben sein (siehe UStAE 6a.5 Abs. 16 und 17).

Gem. § 17a Abs. 3 S. 3 UStDV können auch die Alternativ-Nachweisbelege wie die Gelangensbestätigung als Sammelbelege Lieferungen über einen Zeitraum von bis zu einem Quartal zusammenfassen und aus mehreren Dokumenten bestehen. Die gem. § 17 Abs. 2 Nr. 2 Buchst. a UStDV in der Gelangensbestätigung bzw. gem. § 17a Abs. 3 Nr. 1 UStDV im Frachtbrief oder sonstigem handelsüblichen Beleg erforderliche Angabe des Bestimmungsortes erfordert zumindest die Angabe der Stadt im Zielstaat (UStAE 6a.3 Abs. 2 S. 1; BFH V R 45/15, DStR 2016, 2402).

In Bearbeitungs- oder Verarbeitungsfällen im Zusammenhang mit innergemeinschaftlichen Lieferungen hat der liefernde Unternehmer den Belegnachweis durch Belege nach § 17a UStDV zu führen, die zusätzlich die in § 11 Abs. 1 Nr. 1–4 UStDV bezeichneten Angaben enthalten (§ 17b S. 2 UStDV). UStAE 6.8 ist entsprechend anzuwenden (siehe UStAE 6a.6).

4. Buchnachweis

Der Buchnachweis ist in § 17c UStDV geregelt. Demnach müssen aus der **Buchführung** die Voraussetzungen für die Steuerbefreiung einschließlich der USt-IdNr. des Abnehmers **eindeutig und leicht nachprüfbar** zu ersehen sein. **Belege** werden durch die **erforderlichen** Hinweise und Bezugnahmen in den Aufzeichnungen Bestandteil der Buchführung und damit des Buchnachweises, so dass beide eine Einheit bilden (BFH V R 52/03, DStRE 2007, 485; V R 59/03, BStBl. II 2005, 537). **66**

a) Allgemeine Aufzeichnungspflichten. Bis zum 31.12.2011 waren die vom Steuerpflichtigen im Regelfall aufzuzeichnenden Angaben in § 17c Abs. 2 UStDV als Sollvorgaben genannt (Name und Anschrift des Abnehmers etc.). Zum 1.1.2012 (Zweite VO zur Änderung steuerlicher Verordnungen v. 2.12.2011, BGBl. 2011 I 2416) wurden die bisherigen Aufzeichnungspflichten inhaltsgleich von Sollvorschriften in **Mussvorschriften** umgestaltet. **67**

Die aufzuzeichnenden Angaben sind in § 17c Abs. 3 UStDV geregelt. Die darin genannten Angaben ergeben sich in aller Regel aus den bei der Abwicklung der Lieferung ausgestellten Belegen bzw. den im Buchhaltungssystem hierzu dokumentierten Informationen sowie aus den vorhandenen Kundenstammdaten. Besonders erwähnt seien die gem. § 17a Abs. 2 Nr. 3 UStDV notwendige Aufzeichnung des **Gewerbezweigs oder Berufs des Abnehmers.** Ob diese Aufzeichnung in der Praxis immer vorhanden ist, kann bezweifelt werden. Soweit erkennbar, ist dies aber bislang nicht als praktisches Problem von der Finanzverwaltung aufgegriffen worden, zumal diese Angabe ggf. jederzeit nachgeholt werden könnte.

Gesondert erwähnt sei auch bei Lieferungen **„im Einzelhandel oder in einer im Einzelhandel gebräuchlichen Art“** die notwendige Aufzeichnung des Namen und die Anschrift des Beauftragten des Abnehmers (§ 17c Abs. 2 Nr. 2 UStDV). Dadurch soll einem Missbrauch durch Privateinkäufe vorgebeugt werden. Die Lieferung von Gebrauchtfahrzeugen an Autohändler erfolgt in einer für den Einzelhandel gebräuchlichen Art und Weise, wenn die Fahrzeuge über das Internet der Allgemeinheit zu Endverbraucherpreisen angeboten werden (HessFG 6 K 3787/05, DStRE 2007, 1036 – im Revisionsverfahren BFH V R 65/06, DStR 2009, 1636 war diese Frage nicht mehr entscheidungserheblich).

Gesonderte Aufzeichnungspflichten sind in § 17c Abs. 3 UStDV für das **innergemeinschaftliche Verbringen** geregelt sowie in § 17c Abs. 4 UStDV für die **Lieferung von neuen Fahrzeugen an Abnehmer ohne USt-IdNr.**

Von besonderer Bedeutung ist aber die Aufzeichnung von Namen und Adresse des Abnehmers sowie seiner gültigen USt-IdNr. Die Finanzverwaltung macht hierzu umfassende Ausführungen unter UStAE 6a.7.

b) USt-IdNr. des Abnehmers. Zur Führung des Buchnachweises muss der Unternehmer die ausländische USt-IdNr. des Abnehmers aufzeichnen (§ 17c Abs. 1 UStDV). Es muss sich um die gültige USt-IdNr. des Abnehmers handeln. Der Unternehmer sollte sich deshalb die USt-IdNr. seines Kunden qualifiziert bestätigen lassen **68**

(siehe § 18e sowie →Rn. 71). Der Nachweis der gültigen USt-IdNr. war früher zwingende materiell-rechtliche Voraussetzung für die Steuerbefreiung (BFH V B 159/96, UR 1997, 224 mit Anm. *Birkenfeld;* V B 180/03, BeckRS 2004, 25003368; *Frye* in Rau/Dürrwächter § 6a Rn. 96; *Treiber* in Sölch/Ringleb § 6a Rn. 6). Hiervon ist der BFH abgerückt (BFH V R 72/05, BStBl. II 2009, 55 und BFH V R 59/03, BStBl. II 2009, 57). Dem folgt nunmehr auch die Finanzverwaltung (UStAE 6a.7 Abs. 2 S. 5 und 6).

Ferner hat der BFH die Frage, inwieweit vor diesem Hintergrund das Nichtvorliegen einer USt-IdNr. des Kunden eine steuerfreie Lieferung ausschließt (siehe BFH XI R 11/09, DStR 2010, 2629), dem EuGH vorgelegt. Hierzu hat der EuGH (C-587/10, DStR 2012, 2014 – VSTR) entschieden, dass die im Unionsrecht enthaltene Bedingung, wonach der Erwerber ein Steuerpflichtiger sein müsse, der als solcher in einem anderen Mitgliedstaat handelt, für sich allein nicht verlangt, dass der Erwerber unter einer gültigen USt-IdNr. tätig werden müsse. Trotz fehlender umsatzsteuerlicher Registrierung des Kunden im EU-Ausland kann laut EuGH im Ausnahmefall eine innergemeinschaftliche Lieferung gleichwohl steuerfrei sein, wenn der Leistende redlicherweise und nach Ergreifen aller zumutbarer Maßnahmen keine gültige USt-IdNr. seines Kunden erhalten hat und er anderweitig den unternehmerischen Erwerb seines Kunden im EU-Ausland belegen kann (so zuletzt auch EuGH C-21/16, DStR 2017, 490 – Euro Tyre BV). Zur Frage, ob ein Steuerpflichtiger „redlicherweise" gehandelt hat und alle „zumutbaren Maßnahmen" zur Mitteilung der USt-IdNr. ergriffen hat siehe auch BFH XI R 5/13, MwStR 2015, 523, mAnm *Weymüller.* Genaue Vorgaben, die sich verallgemeinern lassen, macht der BFH hier nicht. Zur Frage, wie diese Begriffe auszulegen sind (siehe hierzu zB FG München 2 K 633/15, EFG 2015, 2241) und was sich im Einzelfall daraus ergibt, verbleibt für die Praxis damit eine erhebliche Unsicherheit. Jedenfalls sollte diese Rechtsprechung keineswegs dahingehend interpretiert werden, bei Lieferungen an Unternehmer deren eigener und gültiger USt-IdNr. keine Bedeutung beizumessen. Ein Bezug auf diese Rechtsprechung sollte nur in Ausnahmefällen, insbes. in „verunglückten" Fällen, in denen sich zB nachträglich die fehlende USt-IdNr. herausstellt, genommen werden. Ansonsten sollte der Grundsatz gelten, steuerfreie innergemeinschaftliche Lieferungen werden nur bei vorgelegter gültiger USt-IdNr. des Kunden ausgeführt (vgl. auch *Nieskens* EU-UStB 2012, 83; *Winter* EU-UStB 2012, 102; *Sterzinger* UR 2013, 45). Besondere Vorsicht ist bei der Lieferung von Gegenständen geboten, die auch privat verwendet werden können, denn der Nachweis der unternehmerischen Verwendung durch den Kunden dürfte bei ungültiger USt-IdNr. kaum möglich sein (vgl. *Sterzinger* UR 2013, 49f.). Der Rat der EU hat in seiner Tagung am 8.11.2016 hierzu die Kommission um Vorlage eines Gesetzgebungsvorschlags gebeten, wonach die gültige USt-IdNr. des erwerbenden Steuerpflichtigen eine zusätzliche materielle Voraussetzung für die Steuerfreiheit der innergemeinschaftlichen Lieferung sein soll (vgl. *Vellen* EU-UStB 2016, 93).

69 Die nach § 17c Abs. 1 UStDV aufzuzeichnende ausländische USt-IdNr. des Abnehmers ist die – im Zeitpunkt der Lieferung noch gültige – **richtige USt-IdNr. des wirklichen Abnehmers** (BFH V B 159/96, UR 1997, 224). Das FG Bln-Bbg hat hierzu allerdings mit Urteil vom 4.11.2015 entschieden, dass der Buchnachweis hinreichend erbracht ist, wenn die **zum Zeitpunkt des Vertragsschlusses gültige USt-IdNr.** aufgezeichnet wird. Der Leistende sei nicht verpflichtet, in der Zeit zwischen Vertragsschluss und Ausführung der Lieferung eine erneute Prüfung vorzunehmen (FG Bln-Bbg 7 K 7283/13, rkr, MwStR 2016, 594 mAnm *Sterzinger*). Die Bestimmung des wirklichen Abnehmers ergibt sich aus den **zivilrechtlichen Vereinbarungen** wie Kaufverträgen, Vollmachtsurkunden, etc. (hierzu BFH V R 26/05, DStR 2008, 819). Eine hiervon abweichende Bestimmung des Leistungsempfängers kommt nur ausnahmsweise in Betracht (zB bei vorgeschobenem und für beide Beteiligte erkennbarem Strohmannverhältnis). An dieser Stelle setzt die FVerw bei entdecktem Betrug sehr häufig an und stellt den pauschalen Vorwurf in den Raum, die ggf. sogar qualifiziert bestätigte USt-IdNr. sei nicht die USt-IdNr. des wahren Abnehmers, weil die Geschäfte nicht mit dem dahinterstehenden Unternehmen gemacht wurden, sondern mit anderen Personen. Dieser pauschale Vorwurf kann mE nicht duchgreifen. Vielmehr muss die FVerw diesen Vorwurf erst eindeutig beweisen, bevor aus diesem Grund die Steuerfreiheit versagt werden kann.

Wenn die ausländische Finanzverwaltung den Abnehmer als sog. **„missing trader“** behandelt, lässt dies noch nicht den Schluss zu, nicht der Vertragspartner, sondern eine andere Person sei Empfänger der Lieferung (BFH V B 180/03, BFH/NV 2004, 988 – zum Begriff des „missing traders“; BFH V B 44/04, BFH/NV 2006, 625). Unerheblich ist ebenfalls, ob der **Abnehmer die Besteuerung** des innergemeinschaftlichen Erwerbs **tatsächlich durchgeführt** hat (EuGH C-409/04, UR 2007, 774 – Teleos; BFH V B 44/04, BFH/NV 2007, 634). Aus der **Löschung im Unternehmerverzeichnis** lassen sich keine Rückschlüsse auf das Vorliegen der Unternehmereigenschaft vor diesem Zeitpunkt herleiten (BFH V B 44/04, BFH/NV 2007, 634). Die rückwirkende Löschung einer USt-IdNr. des Erwerbers führt nicht zum Verlust der Steuerfreiheit für den Lieferer (EuGH C-273/11, DStR 2012, 1917 – Mecsek-Gabona Kft mit Anm. *Beer/Streit*). Dies würde dem **Grundsatz der Rechtssicherheit** widersprechen (EuGH C-492/13, MwStR 2014, 795 – Traum mAnm *Grube*). 70

Die bloße **Aufzeichnung der USt-IdNr.** reicht für den Buchnachweis nicht, weil sich aus ihr nicht ergibt, wer Leistungsempfänger ist (BFH V R 26/05, DStR 2008, 819). Der Steuerpflichtige muss daher auch **Namen** und **Anschrift** des Abnehmers aufzeichnen und sollte sich die Angaben vom Bundeszentralamt für Steuern (BZSt) – Außenstelle Saarlouis – nach § 18e **bestätigen** lassen (sog. qualifizierte Bestätigungsabfrage). Dies gilt insbesondere bei Aufnahme einer neuen Geschäftsbeziehung und wenn Art und Umfang der Lieferung keinen sicheren Rückschluss auf die Unternehmereigenschaft des Abnehmers zulassen. Eine qualifizierte Bestätigung sollte bei dauerhaften Lieferverhältnissen auch regelmäßig wiederholt werden. Die Häufigkeit sollte von der Art der gelieferten Gegenstände abhängig gemacht werden. Bei hochpreisigen Gegenständen, die auch privat genutzt werden, kann unter Berücksichtigung der Gesamtumstände empfehlenswert sein, diese Abfrage vor jeder einzelnen Lieferung durchzuführen. Die Aufzeichnung der zutreffenden **USt-IdNr. des Abnehmers genügt** allerdings **nicht,** wenn es sich beim Abnehmer um eine **Scheinfirma** handelt. Stellt sich also heraus, dass es sich bei den Abnehmern um Scheinfirmen handelt, kann die Aufzeichnung deren USt-IdNr. deren Unternehmereigenschaft nicht belegen. Es kann damit nicht zur Inanspruchnahme der Steuerbefreiung auf formeller Beweisgrundlage kommen (BFH V R 45/15, DStR 2016, 2402, Tz. 18). Es kann aber eine Steuerbefreiung aus Vertrauensschutzgründen in Betracht kommen (→ Rn. 81 ff.). 71

Bei der **Lieferung von neuen Fahrzeugen** an Nichtunternehmer ist keine USt-IdNr. des Kunden aufzuzeichnen, da diese nicht über eine solche verfügen. Hierbei gelten allerdings die Meldepflichten gemäß Fahrzeuglieferungs-Meldepflichtverordnung (**FzgLiefgMeldV;** abgedruckt unter § 18c) an das Bundeszentralamt für Steuern. Diese Meldungen beinhalten eine ganze Reihe von Daten bzgl. der individuellen Transaktion (§ 2 FzgLiefgMeldV) und müssen elektronisch je Lieferung eines Fahrzeugs erfolgen. Nach Auffassung der Finanzverwaltung ist insbesondere die Aufzeichnung der Fahrzeug-Identifikationsnummer unerlässlich (UStAE 6a.7 Abs. 9 S. 2).

c) Zeitpunkt des Buchnachweises. Die für den buchmäßigen Nachweis erforderlichen Aufzeichnungen müssen **laufend und unmittelbar nach Ausführung der jeweiligen Umsätze** bis spätestens zum Zeitpunkt der Übermittlung der Umsatzsteuervoranmeldung geführt werden, in der die Umsätze als steuerfreie Umsätze deklariert werden (UStAE 6a.7 Abs. 8 S. 1). Der Unternehmer kann fehlende oder fehlerhafte Aufzeichnungen eines rechtzeitig geführten Buchnachweises bis zum 72

Schluss der letzten mündlichen Verhandlung vor dem FG ergänzen oder berichtigen (BFH V R 23/08, DStR 2009, 1636, Leitsätze 1 und 2; UStAE 6a.7 Abs. 8 S. 4). Die Inanspruchnahme der Steuerfreiheit in den Umsatzsteuervoranmeldungen setzt demnach einen sofortigen Buchnachweis voraus, wogegen der Belegnachweis zu diesem Zeitpunkt noch nicht vorliegen muss. Dies entspricht weitestgehend auch den Belangen der Praxis, da Aufzeichnungen grundsätzlich zeitnah geführt werden können, wogegen bestimmte Belege von Dritten häufig erst nach einer gewissen Zeit eingehen und aufbewahrt werden können.

Ob unter Hinweis auf den nicht rechtzeitig geführten **Buchnachweis** die Steuerfreiheit einer – unzweifelhaft vorliegenden – innergemeinschaftlichen Lieferung versagt werden kann, war Gegenstand einer **Vorlage an den EuGH** (BFH V R 59/03, DStR 2008, 297). Dieser hat entschieden, dass die FVerwg die Steuerbefreiung nicht **allein** wegen der **nicht rechtzeitigen** Vorlage des Buchnachweises versagen darf (EuGH C-146/05, BStBl. II 2009, 78 – Collée; danach BFH V R 59/03, BStBl. II 2009, 57). Vielmehr ist im Einzelfall zu prüfen, ob der verspätete/korrigierte Buchnachweis zu einer **Gefährdung des Steueraufkommens** führen kann und ob die Steuerbefreiung ggf. **rechtsmissbräuchlich** begehrt wird (EuGH und BFH verneinten dies im Fall Collée; kritisch *Sterzinger* UR 2008, 169).

Die **Wirkung der Nachholung des Buchnachweises** ist mE noch nicht vollends geklärt. Der BFH (V R 23/08, DStR 2009, 1636) spricht in Anknüpfung an den EuGH von einer Anwendung der Grundsätze zur Rechnungsberichtigung. Dies könnte bedeuten, dass erst in der Voranmeldung, welche den Voranmeldungszeitraum des nachgeholten oder berichtigten Buchnachweises betrifft, eine Berichtigung vom steuerpflichtigen zum steuerfreien Umsatz erfolgen darf. Allerdings ist es andererseits wiederum nach der Rechtsprechung geklärt, dass bei objektiv nachgewiesenen Voraussetzungen der Steuerfreiheit der Buchnachweis keine Rolle spielt (EuGH C-146/05, BStBl. II 2009, 78 – Collée; danach BFH V R 59/03, BStBl. II 2009, 57). Es wirkt somit ein Objektivnachweis unstrittig zurück, während ein Belegnachweis gemäß UStDV mit verspätetem Buchnachweis keine Rückwirkung entfalten würde. Diese Ungleichbehandlung wäre nicht begründbar. Andererseits ist eben ein rechtzeitiger Buchnachweis Bestandteil der Nachweispflichten gemäß UStDV (Stufe 1) und wenn er nicht erbracht wird, kann er nur durch einen Objektivnachweis geheilt werden (Vertrauensschutz gemäß Stufe 3 scheidet in diesem Fall aus, da dieser nur gewährt wird, wenn allen Nachweispflichten gemäß UStDV nachgekommen wird). Hat der Buchnachweis hingegen lediglich seinen Sinn und Zweck darin, die Voraussetzungen der Steuerfreiheit buchmäßig nachzuweisen, so muss mE nach dem Grundsatz der Verhältnismäßigkeit sehr wohl eine **Ergänzung oder Berichtigung mit Rückwirkung zulässig sein.** Der BFH führt demnach auch ausdrücklich aus, dass ein in seinen Grundzügen rechtzeitig geführter Buchnachweis bis zur mündlichen Verhandlung vor dem FG ergänzt oder berichtigt werden kann (BFH V R 23/08, DStR 2009, 36, 2. Leitsatz). Diese Aussage ergibt nur Sinn, wenn diese Berichtigung Rückwirkung entfaltet und nicht erst für den Voranmeldungszeitraum Wirkung entfaltet, in dem sie erfolgt.

73–80 *einstweilen frei*

V. Vertrauensschutz (§ 6a Abs. 4)

1. EU-rechtliche Grundlage und Voraussetzung

81 Nach § 6a Abs. 4 ist unter bestimmten Voraussetzungen die Steuerbefreiung nach Abs. 1 zu gewähren, obwohl die Voraussetzungen hierfür nicht vorliegen. Es handelt sich um einen besonderen Vertrauensschutz zur **Vermeidung unbilliger Härten für gutgläubige Lieferer.** Die Regelung beruht auf der Protokollerklärung in der

Ratstagung am 16.12.1991 zu Art. 28c Teil A 6. EG-RL (Art. 131 und 138 MwStSystRL; vgl. *Frye* in Rau/Dürrwächter § 6a Rn. 100) und letztlich auf den europäischen Grundsätzen der Rechtssicherheit, Verhältnismäßigkeit und steuerlichen Neutralität (EuGH C-409/04, BStBl. II 2009, 70 – Teleos; C-492/13, MwStR 2014, 795 – Traum EOOD mAnm *Grube*). Gem. § 6a Abs. 4 S. 2 **schuldet der Abnehmer die Umsatzsteuer,** wenn sich der Leistende auf die Steuerfreiheit aus Vertrauensschutzgründen berufen kann.

Tatbestandliche Voraussetzung für die Anwendung von § 6a Abs. 4 ist, dass **82**
– die unrechtmäßige Inanspruchnahme der Steuerbefreiung auf unrichtigen Angaben des Abnehmers beruht, und
– die Unrichtigkeit dieser Angaben auch bei Beachtung der Sorgfalt eines ordentlichen Kaufmanns nicht hätte erkannt werden können.

Dazu muss der Lieferer in gutem Glauben handeln und alle Maßnahmen ergreifen, die vernünftigerweise verlangt werden können, um sicherzustellen, dass der von ihm getätigte Umsatz nicht zu seiner Beteiligung an einer Steuerhinterziehung führt (BFH V R 28/11, DStR 2013, 1278; FG München 2 K 1412/11, MwStR 2015, 651, NZB unter V B 162/14 anhängig). Die **Beweislast** für die Erfüllung der Sorgfaltspflichten und die Gutgläubigkeit liegt naturgemäß beim Steuerpflichtigen, denn er beruft sich auf die Vertrauensschutzregelung und muss folglich die entsprechenden Voraussetzungen nachweisen. Der Unternehmer kann demnach die Lieferung aus Vertrauensschutzgründen nur dann als steuerfrei behandeln, wenn er die nach der UStDV bestehenden **Verpflichtungen zum Beleg- und Buchnachweis ihrer Art nach erfüllt** (BFH V R 1/04, BFH/NV 2005, 81; V R 3/02, BStBl. II 2003, 616; siehe auch UStAE 6a.8 Abs. 1) und er über diese Nachweise zum Zeitpunkt verfügt, zu dem die Umsatzsteuervoranmeldung für den Besteuerungszeitraum der Lieferung abzugeben ist (BFH V R 3/02, BStBl. II 2003, 616). Maßgeblich ist hierfür die formelle Vollständigkeit der Nachweise, nicht aber deren inhaltliche Richtigkeit (FG München 3 K 631/11, BeckRS 2014, 96201; BFH V R 45/15, DStR 2016, 2402). Fehlt beispielsweise die Angabe des Bestimmungsortes im Belegnachweis (weil dort nur das Bestimmungsland angegeben wird), scheidet damit die Inanspruchnahme der Steuerbefreiung aus Vertrauensschutzgründen aus (BFH V R 45/15, DStR 2016, 2402, Tz. 19ff.).

So entspricht es zB nicht der Sorgfalt eines ordentlichen Kaufmanns, eine Steuerbefreiung in Anspruch zu nehmen, ohne die schriftliche Versicherung des Abnehmers nach § 17a Abs. 2 Nr. 4 UStDV aF in den Händen zu halten (BFH V R 3/02, BStBl. II 2003, 616 – betrifft noch die alte Fassung der UStDV bis 31.12.2011; dies kann mE nicht sinngemäß für die mittlerweile eingeführte Gelangensbestätigung gelten, weil eine Gelangensbestätigung typischerweise erst nachträglich erteilt wird und nicht wie die im BFH-Urteil angesprochene Versicherung des Abnehmers unmittelbar bei Warenübernahme abgegeben wird). Inwieweit der Belegnachweis zur Gewährleistung von Vertrauensschutz tatsächlich bereits bei Ausführung der Lieferung vorhanden sein muss und nicht erst später beigebracht werden kann, muss mE im Einzelfall nach den Gesamtumständen beurteilt werden. Insoweit schließen mE aber wiederum im Geschäftsverkehr übliche Verzögerungen, die auch bei gebotener Sorgfalt nicht vermieden werden können, den Vertrauensschutz nicht aus. Wenn demnach zum Monatsende eine innergemeinschaftliche Lieferung getätigt wurde und der Belegnachweis vom Spediteur (UStDV bis 31.12.2011) oder die Gelangensbestätigung (UStDV ab 1.1.2012) bis zum 10. des Folgemonats noch nicht im Unternehmen vorhanden ist, dürfte dies hinreichend erklärbar sein und die ggf. notwendige Berufung auf Vertrauensschutz noch nicht ausschließen. Die **inhaltliche Unrichtigkeit des Buch- und Belegnachweises** steht wiederum jedenfalls dem Vertrauensschutz nicht entgegen, wenn die Unrichtigkeit auf Angaben des Abnehmers beruht und für den Lieferanten nicht erkennbar war (BFH V R 1/04, BFH/NV 2005, 81; siehe auch UStE 6a.8 Abs. 1). Zur Frage, inwieweit hierzu die Unterschrift auf einer Empfangsbestätigung mit der Unterschrift dieser Person im Personalausweis zu vergleichen sind, siehe BFH XI R 17/12, DStR 2013, 753. Kein Gutglaubensschutz soll bei unvollständig ausgefüllten CMR-Frachtbriefen oder CMR-Frachtbriefen mit unzutreffenden Angaben gewährt werden, zumindest wenn der Leistende diese Mängel hätte erkennen müssen (BFH V R 38/14, MwStR 2015, 821 Rn. 27, mit Anm. *Masuch*) Die zur Steuerpflicht führende Bösgläubigkeit kann sich aber auch aus Umständen ergeben, die nicht mit den Beleg- und Buchangaben zusammenhängen (FG München 2 K 1412/11, MwStR 2015, 651, NZB unter V B 162/14 anhängig). Bspw. ist eine Geschäftsanbahnung durch einen Geschäftspartner mit deutscher Telefonnummer ein Umstand, der Zweifel an der Rechtmäßigkeit der Steuerfreiheit auslöst (BFH V R 28/11, DStR 2013, 1278). Die Tatsache, dass das Finanzamt trotz unzureichender Belege zunächst unter Vorbehalt der Nachprüfung eine steuerfreie innergemeinschaftliche Lieferung festsetzt, begründet keinen Vertrauensschutz nach § 6a Abs. 4 (BFH V B 166/14, BFH/NV 2015, 1706).

83 Der Vertrauensschutz greift nicht, wenn der Lieferer lediglich **irrtümlich** annahm, dass die Voraussetzungen für die Steuerbefreiung vorlagen, ohne dass dieser Irrtum auf Angaben des Abnehmers beruht. Gleiches gilt, wenn die Unrichtigkeit auf **eigenem Verhalten des Lieferers** beruht, zB wenn dieser wusste, dass ein Teil der gelieferten Ware im Inland verblieben ist (BFH V B 140/05, UR 2006, 401). Gleiches dürfte gelten, wenn der Lieferer vermuten musste, dass die Gegenstände nicht ins EU-Ausland gelangen würden oder wenn er bewusst die wahre Identität des Abnehmers verschleiert hat (vgl. EuGH C-285/09, DStR 2010, 2572 – R). In diesen Fällen dürfte zudem Leichtfertigkeit oder Vorsatz des Lieferanten anzunehmen sein. Der Unternehmer handelt bei Inanspruchnahme der Steuerfreiheit nach § 6a dann leichtfertig iSd § 376 AO, wenn es sich ihm zumindest aufdrängen muss, dass er die Voraussetzungen dieser Vorschrift weder beleg- und buchmäßig noch objektiv nachweisen kann (BFH V R 44/13, DStR 2014, 1827). Zweifel an der Identität des Abnehmers und das Ausfüllen von CMR-Frachtbriefen ohne sichere Kenntnis über die tatsächlichen Lieferverhältnisse lassen für sich allein allerdings keinen Rückschluss auf eine Leichtfertigkeit zu (BFH V/R 44/13, DStR 2014 Rn. 18f.; s. aber BFH V R 38/14, MwStR 2015, 821 Rn. 27, mit Anm. *Masuch,* wenn etwaige Mängel vom Lieferanten hätten erkannt werden müssen). Die Beweislast für eine mögliche Leichtfertigkeit liegt bei der Finanzverwaltung (siehe auch *Winter* MwStR 2014, 775).

Im Reihengeschäft ist die Gewährung des Vertrauensschutzes nicht auf die warenbewegte Lieferung beschränkt, sondern die Steuerfreiheit aufgrund von Vertrauensschutz kann sich auch für die objektiv ruhende Lieferung ergeben (BFH V R 3/10, DStR 2011, 2047 Rn. 29). Zum Vertrauensschutz beachte auch BFH XI R 18/10, BeckRS 2012, 94930 sowie BFH V R 28/10, DStRE 2011, 1024 Rn. 37, wonach zB bei für den Lieferanten nicht erkennbaren Reihengeschäften Vertrauensschutz zu gewähren sein kann.

2. Sorgfalt eines ordentlichen Kaufmanns

84 Die Unrichtigkeit der Angaben darf auch bei Anwendung der Sorgfalt eines ordentlichen Kaufmanns nicht erkennbar gewesen sein. Der Maßstab ergibt sich aus § 347 HGB unter Berücksichtigung der besonderen Verhältnisse der einzelnen Berufs- und Gewerbezweige (vgl. BT-Drs. 226/92; kritisch *Schumann* UVR 1993, 300). Diese **Auslegung** deckt sich im Wesentlichen mit der **Rechtsprechung des EuGH,** wonach der Lieferant alle ihm **zur Verfügung stehenden zumutbaren Maßnahmen** zu ergreifen hat, um sicherzustellen, dass die von ihm vorgenommene innergemeinschaftliche Lieferung nicht zu seiner Beteiligung an einer Steuerhinterziehung des Erwerbers führt (EuGH C-409/04, BStBl. II 2009, 70 – Teleos; vgl. auch EuGH C-285/09, DStR 2010, 2572 – R; BFH V R 19/10, UStB 2011, 372 mit Anm. *Esskandari/Bick*). Buch- und Belegnachweis und die Sorgfaltspflicht sind demnach wohl gesondert zu betrachten. Somit kann trotz des Vorliegens eines vorschriftsmäßigen Buch- und Belegnachweises die Steuerfreiheit entfallen, wenn sich der Buch- und Belegnachweis als falsch herausstellt und der Steuerpflichtige nicht mit der „Sorgfalt eines ordentlichen Kaufmanns“ gehandelt hat. Nur wenn sich dem gutgläubigen Lieferer, der den Buch- und Belegnachweis gem. § 17a ff. UStDV geführt hat, keine Zweifel an der Richtigkeit dieser Nachweise hätten aufdrängen müssen, genießt er Vertrauensschutz. Die fehlende Sorgfalt bzw. die Bösgläubigkeit muss zur Aberkennung des Vertrauensschutzes mE aber ggf. von der Finanzverwaltung nachgewiesen werden (vgl. auch *Matheis/Krumes* UVR 2012, 316).

Die Sorgfalt eines ordentlichen Kaufmanns ist sicherlich dann verletzt, wenn bei **85** neuen Geschäftskontakten keine nachweisbaren Schritte zur **Überprüfung der USt-IdNr.** vorgenommen werden, denn die Aufzeichnung der richtigen USt-IdNr. des Abnehmers ist erforderlich, um den Buchnachweis für eine innergemeinschaftliche Lieferung zu führen (vgl. BFH V B 159/96, UR 1997, 224). Deshalb sollte die – inzwischen auch online mögliche – **qualifizierte Bestätigungsabfrage** bei neuen Geschäftskontakten zur Selbstverständlichkeit werden. Die Überprüfung ist im Zeitpunkt des Vertragsschlusses vorzunehmen. Bei kurzen Zeitspannen zwischen Vertragsschluss und Erfüllung (zB neun Tage) muss nicht erneut geprüft werden (siehe FG Berlin, 7 K 7283/13 rkr, DStRE 2016, 1385). Bei wiederholten Lieferungen ist eine laufend wiederholte Überprüfung anzuraten. Damit genügt der Steuerpflichtige insoweit seinen Sorgfaltspflichten regelmäßig (BMF 5.5.2010, BStBl. I 2010, 508 Rn. 55; NdsFG 5 V 84/04, DStRE 2005, 42; *Baumgartner/Stolz* UStB 2005, 267 (274)). Ebenfalls keinen Vertrauensschutz will das FG LSA (2 K 1122/11, BeckRS 2014, 96069, Rev eingelegt Az. BFH XI R 26/14) zugestehen, wenn der Lieferant von Fahrzeugen die Geschäfte nie mit dem EU-ausländischen Abnehmer selbst, sondern immer nur mit dessen angeblichen **Vertreter** verhandelt hat, ohne dessen Vertretungsmacht zu überprüfen. Kein Vertrauensschutz greift, wenn der Buch- und Belegnachweis unvollständig ist (zB CMR-Frachtbrief ist nur teilweise bzw. falsch ausgefüllt; es fehlt die Angabe des Bestimmungsortes; siehe FG Nürnberg 2 K 417/11, EFG 2014, 1244, Rev BFH unter XI R 34/14 erledigt durch Rücknahme der Revision). Nachträglich erkannte Zweifel am Vorliegen einer Geschäftsbeziehung bzw. der Identität des Abnehmers, die sich dem Steuerpflichtigen nicht hätten aufdrängen müssen, schließen den Vertrauensschutz nicht aus (vgl. BFH V R 44/13, DStR 2014, 1827).

Darüber hinaus empfiehlt sich in **Abholfällen,** dass der Verkäufer sich über den **86** **Namen,** die **Anschrift** und die behauptete **Vertretungsmacht** eines angeblichen Vertreters des Abnehmers vergewissert und entsprechende Belege vorlegen lässt (BFH V R 1/04, BFH/NV 2005, 81; V R 26/05, DStR 2008, 819). Zwar zählt die Vorlage einer schriftlichen Vollmacht nicht zu den Erfordernissen für einen im Sinne des § 17a Abs. 1 und 2 UStDV (Fassung bis 31.12.2011) ordnungsgemäßen Belegnachweis (BFH V R 84/07, UR 2009, 717, 1. Leitsatz). Die Finanzverwaltung hat jedoch beim Vorliegen konkreter Zweifel die Möglichkeit, diese Belegnachweise zu überprüfen und einen Nachweis anzufordern, dass tatsächlich im Namen des aufgezeichneten Kunden die Ware abgeholt wurde (BMF 5.5.2010, BStBl. I 2010, 508 Rn. 30). Nicht zuzumuten ist dem Verkäufer dagegen, sich vor Ort (im Erwerbsland) davon zu überzeugen, dass ein Betriebssitz tatsächlich vorhanden ist (FG Köln 10 K 1367/04, DStRE 2006, 743; aA *Pump* UStB 2007, 165 (168)). Auch für die ab 1.1.2012 bzw. 1.1.2014 notwendige **Gelangensbestätigung** stellt sich die Frage, inwieweit Vertretungsbefugnisse der Unterschreibenden nachzuweisen sind. ME liegt die Beweislast anlässlich etwaiger Zweifel an der Vertretungsmacht des Ausstellers der Gelangensbestätigung und der Tatsache, dass der Lieferant dies wusste bzw. hätte erkennen müssen, bei der Finanzverwaltung, zumal bei elektronischer Übermittlung überhaupt keine Unterschrift erforderlich ist.

Für **kriminelles Verhalten des Abnehmers** (zB gefälschte Angaben im Fracht- **87** brief bis 31.12.2011, unrechtmäßig ausgestellte Gelangensbestätigung ab 1.1.2012 bzw. 1.10.2013) haftet der Lieferant nicht, wenn er gutgläubig war und alle ihm zumutbaren Maßnahmen ergriffen hat, um sicherzustellen, dass die von ihm vorgenommene innergemeinschaftliche Lieferung nicht zu einer Beteiligung an einer Steuerhinterziehung des Erwerbers führt (EuGH C-409/04, BStBl. II 2009, 70 – Teleos). Im umgekehrten Fall kann ihm aber die Steuerfreiheit versagt werden (EuGH C-285/09, DStR 2010, 2572 – R; BFH V R 19/10, UStB 2011, 372 mit Anm. *Esskandari/Bick;* kritisch *Esskandari* UStB 2012, 139). Die ordnungswidrige Benutzung roter Kennzeichen eines anderen Händlers führt wiederum aufgrund der Branchenüblichkeit nicht zu Zweifeln an den zu der Lieferung gemachten Angaben und steht der Gewährung von Vertrauensschutz nicht entgegen (BFH XI R 37/12, MwStR 2015, 342).

3. USt-IdNr. des Abnehmers und Gutglaubensschutz

88 Der BFH hat offen gelassen, ob sich der gute Glaube auch auf die **Richtigkeit** der nach § 6a Abs. 3 iVm § 17c Abs. 1 UStDV buchmäßig aufzuzeichnenden **USt-IdNr.** bezieht (BFH V B 159/96, BFH/NV 1997, 629; BFH V R 1/04, BFH/NV 2005, 81). Unklar sei nämlich, ob es sich dabei um eine „Angabe" über die Voraussetzungen nach § 6a Abs. 1 handele (BFH V R 1/04, BFH/NV 1997, 629). Diese **Zweifel überzeugen nicht,** weil der Erwerber mit der Angabe der ausländischen USt-IdNr. konkludent erklärt, Unternehmer iSd § 6a Abs. 1 zu sein.

89 Die **Finanzverwaltung** lehnte in der Vergangenheit die Steuerbefreiung der innergemeinschaftlichen Lieferung ab, wenn sich nachträglich (zB durch Ermittlungen ausländischer Steuerbehörden) herausstellt, dass der Abnehmer ein „Scheinunternehmer" (sog. „missing trader") ist (OFD Hannover 12.2.2002, DStR 2002, 767). Dann sei der erforderliche Buchnachweis nicht erbracht, weil der Lieferer nicht die richtige USt-IdNr. des wirklichen Abnehmers aufgezeichnet habe. § 6a Abs. 4 gewähre **keinen Vertrauensschutz** für die Annahme, dass **der angebliche Abnehmer mit dem wirklichen identisch** sei (OFD Hannover 12.2.2002, DStR 2002, 767). Im **Gegensatz** dazu gewährt die Finanzverwaltung nunmehr jedoch **Vertrauensschutz** auch dann, wenn der **Unternehmer eine unrichtige USt-IdNr. aufgezeichnet hat,** dies jedoch bei Beachtung der Sorgfalt eines ordentlichen Kaufmanns nicht erkennen konnte (BMF 5.5.2010, BStBl. I 2010, 508 Rn. 54; UStAE 6a.8 Abs. 1 S. 2).

90 Die Änderung der Verwaltungsauffassung war geboten, weil die bisherige Verwaltungsmeinung (OFD Hannover 12.2.2002, DStR 2002, 767) mit der darauf folgenden **Rechtsprechung des BFH nicht vereinbar** ist. Dieser hat mehrfach klargestellt, dass auch ein **sog. „missing trader"-Vertragspartner** und damit **wirklicher Abnehmer** der innergemeinschaftlichen Lieferung sein kann (BFH V B 180/03, BFH/NV 2004, 988; BFH V B 44/04, BFH/NV 2006, 625). Die Problematik des Gutglaubensschutzes stellt sich insoweit nicht (BFH V R 1/04, BFH/NV 2005, 81). Allerdings können sich im Einzelfall aber auch anderweitige Zweifel an der Richtigkeit der Angaben des Abnehmers aufdrängen, die bei gebotener Sorgfalt die Behandlung als steuerfreie Lieferung nicht rechtfertigen.

91 In diesem Sinne hat auch der EuGH (C-273/11) in der Rs. Mecsek-Gabona, DStR 2012, 1917, klargestellt: Allein die nachträgliche **Streichung einer Steuernummer** durch die Steuerbehörden des Kunden rechtfertigt nicht, dem Lieferer die Steuerfreiheit zu versagen. Eine fehlende oder falsche USt-IdNr. allein ist **kein Ausschlussgrund für die Steuerbefreiung** (siehe auch *Maunz* UR 2012, 803; EuGH C-587/10, DStR 2012, 2014 – VSTR).

92–95 *einstweilen frei*

4. Vertragliche Absicherung des Lieferanten

Lieferant und Abnehmer können den **vorläufigen Einbehalt der Umsatzsteuer vereinbaren.** Die endgültige Erstattung der Umsatzsteuer kann insbesondere in Abholfällen abhängig gemacht werden von dem durch den Abnehmer zu erbringenden **Nachweis** der 96
- **Beförderung/Versendung** der Ware in einen anderen EU-Staat bzw. einer entsprechenden Gelangensbestätigung;
- **Erwerbsbesteuerung** (so *Pump* UStB 2007, 73f. u. 165f., der für eine Abschaffung des § 6a Abs. 4 zugunsten der Vertragslösung plädiert).

Die **vertragliche Anknüpfung** an den Nachweis der Beförderung/Versendung bzw. die Übermittlung einer Gelangensbestätigung gewährt dem Lieferanten indes **keinen Schutz** im Falle des kollusiven oder kriminellen Zusammenwirkens von Spediteur und Empfänger. Anders wäre es beim Anknüpfen an die Erwerbsbesteuerung, die in der Praxis jedoch nur schwer durchzusetzen sein dürfte. Die – von *Pump* UStB 2007, 73 geforderte – **verbindliche Einführung der Vertragslösung wäre unverhältnismäßig.** Damit würde die von der Vertrauensschutzregelung vorgesehene Risikoverteilung zwischen Lieferer und Fiskus einseitig zu Lasten des Lieferers verschoben (siehe EuGH C-409/04, BStBl. II 2009, 70 Rn. 58 – Teleos). 97

Im Übrigen erscheint es zumindest im täglichen Massengeschäft nicht praktizierbar, vom Kunden derartige Nachweise zu fordern und bis dahin die Umsatzsteuer zu vereinnahmen und erst bei Vorlage von Belegen auszuzahlen. Dies kann nur für ausgewählte einzelne Transaktionen in Betracht kommen (zB die Lieferung einzelner hochpreisiger Konsumgüter, wie Pkw, Schmuck etc.), nicht aber im Massengeschäft.

5. Vertrauensschutz bei Ausfuhrlieferungen in Drittstaaten

Der **EuGH** hat entschieden, dass die Steuerbefreiung aufgrund von Vertrauensschutz auch bei Ausfuhrlieferungen in Betracht kommt (C-271/06, DStR 2008, 450 – Netto Supermarkt) und zur Begründung angeführt, dass die für innergemeinschaftliche Lieferungen maßgeblichen allgemeinen Rechtsgrundsätze der **Verhältnismäßigkeit** und **Rechtssicherheit** (vgl. auch EuGH C-409/04, BStBl. II 2009, 70 – Teleos) auch auf **Ausfuhrlieferungen** anzuwenden sind. Dem ist der BFH in der Nachfolgeentscheidung unter Änderung seiner bisherigen Rechtsprechung gefolgt; die Voraussetzungen für einen möglichen Vertrauensschutz sind jedoch bei Ausfuhrlieferungen im Billigkeitsverfahren zu prüfen (BFH V R 7/03, DStR 2009, 220). Allerdings ist das Billigkeitsverfahren nach § 163 AO **regelmäßig mit dem Festsetzungsverfahren zu verbinden** (BFH V R 15/07, DStR 2009, 1427; siehe auch FG Bln-Bbg 5 V 5022/13, DStRE 2014, 364 rkr). Demgegenüber sind die Grundsätze des Vertrauensschutzes bei innergemeinschaftlichen Lieferungen schon gemäß § 6a Abs. 4 bereits im Veranlagungsverfahren zu beachten. 98

6. Steuerschuld des Abnehmers

Gem. **§ 6a Abs. 4 Sa. 2** schuldet der Abnehmer die Umsatzsteuer, wenn sich der Leistende auf die Steuerfreiheit aus Vertrauensschutzgründen berufen kann. Damit wird der FVerw die Möglichkeit eingeräumt, die entgangene Umsatzsteuer gegenüber dem betrügerisch handelnden Abnehmer festzusetzen. Diese Vorschrift wurde erkennbar **in der Praxis kaum angewendet.** Sie würde nur dann Bedeutung erlangen, wenn sie konsequent vollzogen würde (vgl. *Frye* in Rau/Dürrwächter, § 6a Tz. 876ff.). Allerdings ist für den Fiskus dabei in der Regel wenig aussichtsreich, von Betrügern oder unbekannten Personen wirklich Steuern einzutreiben zu können. Für das Finanzamt erscheint es vielversprechender, den Lieferanten in Haftung zu- 99 nehmen und bei ihm besonders kritisch das Vorliegen der Tatbestandsmerkmale für einen Vertrauensschutz zu prüfen.

§ 7 Lohnveredelung an Gegenständen der Ausfuhr

(1) [1]**Eine Lohnveredelung an einem Gegenstand der Ausfuhr (§ 4 Nr. 1 Buchstabe a) liegt vor, wenn bei einer Bearbeitung oder Verarbeitung eines Gegenstands der Auftraggeber den Gegenstand zum Zweck der Bearbeitung oder Verarbeitung in das Gemeinschaftsgebiet eingeführt oder zu diesem Zweck in diesem Gebiet erworben hat und**
1. **der Unternehmer den bearbeiteten oder verarbeiteten Gegenstand in das Drittlandsgebiet, ausgenommen Gebiete nach § 1 Abs. 3, befördert oder versendet hat oder**
2. **der Auftraggeber den bearbeiteten oder verarbeiteten Gegenstand in das Drittlandsgebiet befördert oder versendet hat und ein ausländischer Auftraggeber ist oder**
3. **der Unternehmer den bearbeiteten oder verarbeiteten Gegenstand in die in § 1 Abs. 3 bezeichneten Gebiete befördert oder versendet hat und der Auftraggeber**
   a) **ein ausländischer Auftraggeber ist oder**
   b) **ein Unternehmer ist, der im Inland oder in den bezeichneten Gebieten ansässig ist und den bearbeiteten oder verarbeiteten Gegenstand für Zwecke seines Unternehmens verwendet.**

[2]**Der bearbeitete oder verarbeitete Gegenstand kann durch weitere Beauftragte vor der Ausfuhr bearbeitet oder verarbeitet worden sein.**

(2) **Ausländischer Auftraggeber im Sinne des Absatzes 1 Satz 1 Nr. 2 und 3 ist ein Auftraggeber, der die für den ausländischen Abnehmer geforderten Voraussetzungen (§ 6 Abs. 2) erfüllt.**

(3) **Bei Werkleistungen im Sinne des § 3 Abs. 10 gilt Absatz 1 entsprechend.**

(4) [1]**Die Voraussetzungen des Absatzes 1 sowie die Bearbeitung oder Verarbeitung im Sinne des Absatzes 1 Satz 2 müssen vom Unternehmer nachgewiesen sein.** [2]**Das Bundesministerium der Finanzen kann mit Zustimmung des Bundesrates durch Rechtsverordnung bestimmen, wie der Unternehmer die Nachweise zu führen hat.**

(5) **Die Absätze 1 bis 4 gelten nicht für die sonstigen Leistungen im Sinne des § 3 Abs. 9a Nr. 2.**

Umsatzsteuer-Durchführungsverordnung:

§ 12 Ausfuhrnachweis bei Lohnveredelungen an Gegenständen der Ausfuhr

Bei Lohnveredelungen an Gegenständen der Ausfuhr (§ 7 des Gesetzes) sind die Vorschriften über die Führung des Ausfuhrnachweises bei Ausfuhrlieferungen (§§ 8 bis 11) entsprechend anzuwenden.

EU-Recht: Art. 146 Abs. 1 Buchst. d MwStSystRL (Art. 15 Nr. 3, Art. 16 Abs. 1 Teil B und C 6. EG-RL)
UStAE: 7.1–7.4

Übersicht

1. Bedeutung

§ 7 füllt den durch § 4 Nr. 1 vorgegebenen Rahmen bezüglich der Lohnveredelungen aus (zu Ausfuhrlieferungen siehe § 6). Die Vorschrift enthält die Tatbestandsmerkmale der steuerfreien Lohnveredelungen im Einzelnen sowie die Verpflichtungen zum Ausfuhr- und Buchnachweis. Die Lohnveredelung ist eine sonstige Leistung (= Dienstleistung), die an Gegenständen erbracht wird, die dem Auftraggeber gehören. Sofern die bearbeiteten Gegenstände ins Drittland gelangen, wird durch die Steuerbefreiung dasselbe Ergebnis geschaffen wie für Ausfuhrlieferungen, nämlich dass die Leistung im Inland steuerfrei gestellt wird und eine Umsatzsteuerbelastung nach dem **Bestimmungslandprinzip** im Zielland bei der dortigen Einfuhr erfolgt. Seit dem 1.1.2010 hat die Vorschrift durch die Einführung der neuen Ortsregelungen für Dienstleistungen an Bedeutung verloren, denn bei ausländischen unternehmerischen Auftraggebern sind Arbeiten an beweglichen Gegenständen als „Regeldienstleistung" gemäß § 3a Abs. 2 dort steuerbar, wo der Empfänger sein Unternehmen betreibt. Damit sind die Leistungen im Inland nicht steuerbar und insoweit besteht kein Bedarf bzw. Raum für die Anwendung der Steuerbefreiung gemäß § 7. Die Steuerbefreiung greift damit vor allem bei nichtunternehmerischen Auftraggebern sowie bei unternehmerischen Auftraggebern, wenn sie im Inland ansässig sind. 1

2. Geltungszeit

Die Vorschrift ist im UStG 1980 teilweise neu gefasst worden. Neu ist insbesondere, dass die Lohnveredelung nicht für einen ausländischen Abnehmer durchgeführt zu werden braucht und dass der Gegenstand der Lohnveredelung zum Zweck der Bearbeitung oder Verarbeitung eingeführt oder im Erhebungsgebiet erworben sein muss. Das UStBinnenmarktG hat eine Anpassung des § 7 an die durch den Wegfall der Zollgrenzen innerhalb der EU ab 1.1.1993 eingetretenen Änderungen herbeigeführt. Abs. 2 ist durch das StMBG (BGBl. 1993 I 2310) neu gefasst worden und definiert den Begriff des ausländischen Auftraggebers nunmehr durch Verweisung auf den des ausländischen Abnehmers iSv § 6 Abs. 2. Inhaltlich ist damit die Rechtslage vor dem 1.1.1993 wiederhergestellt. Die zwischenzeitlich geltende Einschränkung, dass der Auftraggeber im Drittlandsgebiet ansässig sein musste, ist damit aufgehoben. § 7 Abs. 5 ist durch das StEntlG 1999/2000/2002 (BGBl. 1999 I 402) in das Gesetz eingefügt worden. 2

3. Begriff der Lohnveredelung

Der Begriff der Lohnveredelung ist dem Zollrecht entnommen. § 7 versteht darunter jede Be- oder Verarbeitung eines Gegenstands, der zu diesem Zweck in das Gemeinschaftsgebiet eingeführt oder dort erworben worden ist. Für ein Bearbeiten oder Verarbeiten eines körperlichen Gegenstands im Rahmen einer Lohnveredelung reichen Dienstleistungen aller Art aus. Sie brauchen keinen bestimmten Umfang und 3 keinen bestimmten Erfolg zu erreichen (vgl. BFH V R 77/98, BStBl. II 2000, 14). Auch Wartungsleistungen an Anlagen, Maschinen und Fahrzeugen können deshalb Leistungen iSd § 7 sein. Die Be- oder Verarbeitung darf nicht dazu führen, dass der Gegenstand als solcher durch Verbindung mit anderen Gegenständen zu einem neuen Gegenstand verändert wird (zB beim Umbau einer Segeljacht zu einer Motorjacht). In einem solchen Fall kann der neue Gegenstand aber unter den Voraussetzungen des § 6 steuerfrei ausgeführt werden. Es handelt sich dann um eine Werklieferung (vgl. → § 3 Rn. 181 – siehe BFH V R 122/67, BStBl. II 1971, 355), während bei einer Lohnveredelung eine Dienstleistung (Werkleistung; → § 3 Rn. 182 ff.) vorliegt. Die Finanzverwaltung geht bei Reparaturen von Beförderungsmitteln davon aus, dass es sich um Werklieferungen handelt, wenn der auf das Material entfallende Entgeltsteil mehr als 50% beträgt (UStAE 7.4 Abs. 2). Auf diese Regelung wird in der Praxis häufig auch in anderen Fällen, in denen die Abgrenzung von Werklieferungen und Werkleistungen eine Rolle spielt, Bezug genommen.

Die Einfuhr oder der Erwerb zum **Zweck der Be- oder Verarbeitung** ist oft schwer nachweisbar. Die Finanzverwaltung hält diesen Zweck ohne weiteren Nachweis für gegeben

a) bei einer zollamtlich bewilligten aktiven Lohnveredelung (zB bei Übersendung von Garn aus dem Drittlandsgebiet zum Verweben im Inland und Rücksendung der Tuche an den Auftraggeber),
b) bei Abfertigung des Gegenstands zum freien Verkehr unter Zahlung der EUSt,
c) bei Erhebung von Eingangsabgaben für den veredelten Gegenstand durch das Bestimmungsland,
d) bei Wartung, Reinigung und Instandsetzung von gewerblichen Binnenschiffen, Eisenbahnwagen, Omnibussen, Lastkraftwagen uÄ, Seetransportbehältern (Containern),
e) beim unmittelbaren Gelangen des Gegenstands vom Lieferer an den bearbeitenden Unternehmer.

Einzelheiten siehe UStAE 7.1 Abs. 3–5. Der begünstigte Zweck ist insbesondere nicht erfüllt, wenn sich aus den Umständen ergibt, dass die Be- oder Verarbeitung nicht vorher geplant war, sondern sich zufällig ergeben hat (zB bei der Reparatur eines ausländischen Kfz im Inland nach einem Unfall).

4. Befreiungstatbestände

4 Die Befreiungstatbestände der Lohnveredelung entsprechen denen des § 6 Abs. 1 Nr. 1–3. Es gelten daher die gleichen Grundsätze wie zu § 6.

5. Werkleistungen beim Umtausch

5 Für Werkleistungen beim Umtausch des Gegenstands iSv § 3 Abs. 10 gilt ebenfalls die Steuerbefreiung für die Lohnveredelung (siehe § 7 Abs. 3). Es läge bei rein materieller Betrachtung eine Ausfuhrlieferung vor. Wirtschaftlich handelt es sich aber um einen Be- oder Verarbeitungsvorgang.

6. Ausfuhr- und Buchnachweis

6 Die Ausfuhr- und Buchnachweise für die Lohnveredelung entsprechen im Wesentlichen denen für die Ausfuhrlieferung (→ § 6 Rn. 23 ff.). Erleichterungen bzgl. des Nachweises der Einfuhr zum Zwecke der Bearbeitung gelten für die Bearbeitung von Kfz ausländischer Auftraggeber (UStAE 7.3 Abs. 3). Weitere Einzelheiten siehe §§ 8–13 UStDV und UStAE 7.2, 7.3. Es gelten auch für Lohnveredelungsfälle die Grundsätze zum Nachweis bei innergemeinschaftlichen Lieferungen und Ausfuhrlieferungen. Zum 1.1.2012 wurden die bis dato als Sollvorschriften ausgestalteten Vor-

gaben in Mussvorschriften übertragen. Sie sind **keine materiell-rechtliche Voraussetzung** für die Steuerfreiheit (siehe zur innergemeinschaftlichen Lieferung BFH V R 59/03, BStBl. II 2009, 57). Daraus und auch aus der Rechtsprechung des EuGH (insbes. EuGH C-409/04, BStBl. II 2009, 70 – Teleos) zu innergemeinschaftlichen Lieferungen folgt, dass der Unternehmer zwar grundsätzlich das Gelangen der Gegenstände ins Drittland nachweisen muss, dass für die Sicherstellung der Steuerfreiheit aber die Form des Nachweises und auch der Zeitpunkt des Nachweises nicht entscheidend sind. Der Unternehmer kann auch dann steuerfreie Lohnveredelungen deklarieren, wenn er den Ausfuhrnachweis zu diesem Zeitpunkt noch nicht führen kann, aber **die objektiven Tatbestandsmerkmale gemäß § 7 erfüllt sind** (vgl. BFH V R 23/08, DStR 2009, 1636; auch → § 6a Rn. 53ff.). Zu beachten ist aber, dass laut BFH nicht jegliches Beweismittel akzeptiert wird, sondern auch der Objektivnachweis als Belegnachweis geführt werden muss (BFH V R 14/14, DStR 2015, 1917; → § 6 Rn. 26),

7. Sonstige Leistungen iSd § 3 Abs. 9a Nr. 2

Die Regelung schließt die Steuerbefreiung für Lohnveredelungen bei den unent- 7
geltlich erbrachten sonstigen Leistungen iSd § 3 Abs. 9a Nr. 2 aus. Das entspricht der vorherigen Besteuerungspraxis beim sog. Leistungseigenverbrauch.

§ 8 Umsätze für die Seeschifffahrt und für die Luftfahrt

(1) **Umsätze für die Seeschifffahrt (§ 4 Nr. 2) sind:**

1. **die Lieferungen, Umbauten, Instandsetzungen, Wartungen, Vercharterungen und Vermietungen von Wasserfahrzeugen für die Seeschifffahrt, die dem Erwerb durch die Seeschifffahrt oder der Rettung Schiffbrüchiger zu dienen bestimmt sind (aus Positionen 8901 und 8902 00, aus Unterposition 8903 92 10, aus Position 8904 00 und aus Unterposition 8906 90 10 des Zolltarifs);**
2. **die Lieferungen, Instandsetzungen, Wartungen und Vermietungen von Gegenständen, die zur Ausrüstung der in Nummer 1 bezeichneten Wasserfahrzeuge bestimmt sind;**
3. **die Lieferungen von Gegenständen, die zur Versorgung der in Nummer 1 bezeichneten Wasserfahrzeuge bestimmt sind. [2]Nicht befreit sind die Lieferungen von Bordproviant zur Versorgung von Wasserfahrzeugen der Küstenfischerei;**
4. **die Lieferungen von Gegenständen, die zur Versorgung von Kriegsschiffen (Unterposition 8906 10 00 des Zolltarifs) auf Fahrten bestimmt sind, bei denen ein Hafen oder ein Ankerplatz im Ausland und außerhalb des Küstengebiets im Sinne des Zollrechts angelaufen werden soll;**
5. **andere als die in den Nummern 1 und 2 bezeichneten sonstigen Leistungen, die für den unmittelbaren Bedarf der in Nummer 1 bezeichneten Wasserfahrzeuge, einschließlich ihrer Ausrüstungsgegenstände und ihrer Ladungen, bestimmt sind.**

(2) **Umsätze für die Luftfahrt (§ 4 Nr. 2) sind:**

1. **die Lieferungen, Umbauten, Instandsetzungen, Wartungen, Vercharterungen und Vermietungen von Luftfahrzeugen, die zur Verwendung durch Unternehmer bestimmt sind, die im entgeltlichen Luftverkehr überwiegend grenzüberschreitende Beförderungen oder Beförderungen auf ausschließlich im Ausland gelegenen Strecken und nur in unbedeutendem Umfang nach § 4 Nummer 17 Buchstabe b steuerfreie, auf das Inland beschränkte Beförderungen durchführen;**

2. die Lieferungen, Instandsetzungen, Wartungen und Vermietungen von Gegenständen, die zur Ausrüstung der in Nummer 1 bezeichneten Luftfahrzeuge bestimmt sind;
3. die Lieferungen von Gegenständen, die zur Versorgung der in Nummer 1 bezeichneten Luftfahrzeuge bestimmt sind;
4. andere als die in den Nummern 1 und 2 bezeichneten sonstigen Leistungen, die für den unmittelbaren Bedarf der in Nummer 1 bezeichneten Luftfahrzeuge, einschließlich ihrer Ausrüstungsgegenstände und ihrer Ladungen, bestimmt sind.

(3) **[1]Die in den Absätzen 1 und 2 bezeichneten Voraussetzungen müssen vom Unternehmer nachgewiesen sein. [2]Das Bundesministerium der Finanzen kann mit Zustimmung des Bundesrates durch Rechtsverordnung bestimmen, wie der Unternehmer den Nachweis zu führen hat.**

Umsatzsteuer-Durchführungsverordnung:

§ 18 Buchmäßiger Nachweis bei Umsätzen für die Seeschifffahrt und für die Luftfahrt

[1]Bei Umsätzen für die Seeschifffahrt und für die Luftfahrt (§ 8 des Gesetzes) ist § 13 Abs. 1 und 2 Nr. 1 bis 4 entsprechend anzuwenden. [2]Zusätzlich soll der Unternehmer aufzeichnen, für welchen Zweck der Gegenstand der Lieferung oder die sonstige Leistung bestimmt ist.

EU-Recht: Art. 148, Anh. X Nr. 11, 12 MwStSystRL (Art. 15 Nr. 4–9, Art. 28 Abs. 3 Buchst. a, b, Anh. E Nr. 13, Anh. F Nr. 23, 25 6. EG-RL)
UStAE: 8.1–8.3

Übersicht

1. Normzweck

1 § 8 füllt den durch § 4 Nr. 2 vorgegebenen Rahmen aus. Die Vorschrift bezweckt eine Entlastung der Vorstufenumsätze für die See- und Luftfahrt von USt, um eine fortwährende Erstattung von Vorsteuern bei den Unternehmen der See- und Luftfahrt zu vermeiden (diese erbringen fast ausschließlich nichtsteuerbare Leistungen im Ausland, sind aber zum Vorsteuerabzug berechtigt). Hinzu kommt, dass die Umsätze zur Versorgung von Schiffen deshalb von der Steuer befreit sind, weil sie Ausfuhrumsätzen gleichgestellt sind (EuGH C-181/04 bis C-184/04, UR 2007, 268 – Elmeka NE; C-185/89, UR 1991, 352 – Velker). Es kommt daher entscheidend auf die Zweckbestimmung der Umsätze für die See- und Luftfahrt an. Die Befreiung ist umfassend; sie führt gemäß § 15 Abs. 3 Nr. 1 Buchst. a nicht zum Verlust des Vorsteuerabzugs.

Zu den Änderungen durch das AmtshilfeRLUmsG v. 26.6.2013 (BGBl. 2013 I 1809) vgl. → Rn. 12.

2. Umsätze für die Seeschifffahrt

Umsätze für die Seeschifffahrt sind alle in § 8 Abs. 1 genannten Vorgänge. Steuerfrei ist gemäß § 3 Abs. 11 auch die Besorgung dieser Leistungen. Dabei kommen nur sonstige Leistungen in Betracht, die unmittelbar an Unternehmer der Seeschifffahrt bewirkt werden (BFH V R 23/01, UR 2002, 172; vgl. auch BMF 24.7.2009, BStBl. I 2009, 822). Keine Anwendung findet die Befreiung auf Dienstleistungen, mit denen natürlichen Personen gegen Entgelt ein Schiff mit Besatzung für Hochseevergnügungsreisen überlassen wird (EuGH C-116/10, UR 2011, 694 – Feltgen/Bacino). 2

a) Begriff der Seeschiffe. Im Mittelpunkt der Steuerbefreiung nach § 8 Abs. 1 stehen die Wasserfahrzeuge für die Seeschifffahrt, die dem Erwerb durch die Seeschifffahrt oder der Rettung Schiffbrüchiger zu dienen bestimmt sind (nachfolgend kurz Seeschiffe genannt). Zur **Begriffsbestimmung** der Seeschiffe knüpft § 8 Abs. 1 Nr. 1 an den Zolltarif (ZT) an. Nach den in § 8 Abs. 1 Nr. 1 genannten ZT-Vorschriften und den dazu ergangenen rechtsverbindlichen „Anmerkungen" sind Seeschiffe insbesondere folgende Fahrzeuge: Fahrgastschiffe, Kreuzfahrtschiffe, Fährschiffe, Frachtschiffe, Lastkähne, Fischereifahrzeuge, Schlepper, Schubschiffe, Rettungsschiffe. Voraussetzung ist (mit Ausnahme der Fischerei- und der Rettungsfahrzeuge), dass die Wasserfahrzeuge ihrer Beschaffenheit nach seetüchtig sind und (ohne Berücksichtigung überragender Teile) eine Rumpflänge von mindestens 12 Metern haben. Bei Fischerei- und Rettungsfahrzeugen kommt es ohne Rücksicht auf die Länge nur auf die Seetüchtigkeit an. Unabhängig von der Erfüllung der genannten Voraussetzungen gehören nicht zu den Seeschiffen insbesondere alle Fahrzeuge, bei denen das Fahren im Vergleich zu ihrem Verwendungszweck von untergeordneter Bedeutung ist (zB Schwimmbagger, Schwimmdocks, Bohrinseln). 3

Unionsrechtlich ist demgegenüber in Art. 148 Buchst. a MwStSystRL die Rede von „Schiffen, die auf hoher See im entgeltlichen Passagierverkehr, zur Ausübung einer Handelstätigkeit, für gewerbliche Zwecke oder zur Fischerei sowie als Bergungs- oder Rettungsschiffe auf See oder zur Küstenfischerei eingesetzt sind, wobei im letztgenannten Fall Lieferungen von Proviant ausgenommen sind." Das Merkmal „auf hoher See" gilt dabei nicht nur für den Passagierverkehr, sondern auch für Handels-, Gewerbe- und Fischereischiffe. Deshalb kommt eine Befreiung nicht in Betracht, wenn die Tätigkeiten nicht auf hoher See ausgeübt werden (EuGH C-181/04 bis C-184/04, UR 2007, 268 – Elmeka NE). 4

b) Zweckbestimmung der Schiffe. Neben der materiellen Eignung der in → Rn. 4 genannten Wasserfahrzeuge zur Seefahrt ist erforderlich, dass die Schiffe dem **Erwerb durch die Seeschifffahrt** oder zur Rettung Schiffbrüchiger zu dienen bestimmt sind. Diese Zweckbestimmung muss im Zeitpunkt des Umsatzes vorliegen, für den die Steuerfreiheit begehrt wird. Der **Begriff der Seeschifffahrt** bestimmt sich nach dem öffentlichen Seerecht. Danach ist Seefahrt die Schifffahrt auf die offene See über die festgelegten Küstengrenzen hinaus (§ 1 der FlaggenrechtsVO vom 4.7.1990, BGBl. 1990 I 1389). Vgl. auch BFH V R 8/67, BStBl. II 1972, 45. Nicht zur Seeschifffahrt gehört danach die **Binnenschifffahrt.** Gelegentliche Fahrten in Binnengewässern (zB zum Erreichen des Hafens) ändern aber nichts an der Eigenschaft als Seeschiff. Wird ein Seeschiff vorübergehend nur in Binnengewässern eingesetzt, wird man je nach Art des Umsatzes unterscheiden müssen: „Kurzlebige" Leistungen (insbesondere Wartung, Versorgung und die sonstigen Leistungen iSv § 8 Abs. 1 Nr. 5) sind nicht befreit, weil sich ihre Wirkung mit der Inlandstätigkeit erschöpft, wohl aber Leistungen mit längerer Wirkungsdauer (zB Lieferung, Umbau, Reparatur des Schiffes oder seiner Ausrüstungsgegenstände). Zum **Erwerb** durch die 5

Seeschifffahrt dienen alle Schiffe, die der Eigner, Charterer oder Mieter auf See einsetzt, um Einnahmen daraus zu erzielen. Es handelt sich in erster Linie um die entgeltliche Fracht- und Passagierbeförderung, aber auch um die Hochsee- oder Küstenfischerei, die Leistung der Hochseeschlepper, Bergungsfahrzeuge usw. Nicht dazu gehören Fahrzeuge, die **hoheitlichen Zwecken** dienen (zB Kriegsschiffe, Zollfahrzeuge, Feuerschiffe), Sportfahrzeuge (siehe SchlHFG, EFG 1988, 263, rkr), Luxusjachten usw. (siehe BFH V R 140/90, BStBl. II 1992, 573; V R 141/90, BStBl. II 1992, 576), und zwar auch dann nicht, wenn der Erwerber sie unternehmerisch an Freizeitsegler verchartert (BFH V R 141/90, BStBl. II 1992, 576). Eine Ausnahme von der Voraussetzung des Erwerbszwecks gilt für den Einsatz von Seenotrettungsschiffen.

6 **c) Umsätze von oder an Seeschiffen (§ 8 Abs. 1 Nr. 1).** Bei der Lieferung von Seeschiffen muss es sich um fertige Schiffe handeln (vgl. → Rn. 4). Sie brauchen aber nicht neu zu sein, sondern auch die Lieferung gebrauchter Schiffe ist steuerfrei. Beim **Umbau** ist zu beachten, dass es auf die künftige Eignung und Zweckbestimmung ankommt. Ist das Schiff nach dem Umbau kein Seeschiff mehr, ist § 8 Abs. 1 unanwendbar. Die Abgrenzung zwischen Neu- und Umbauten, Umbauten und Instandsetzungen sowie Instandsetzungen und Wartungen könnte schwierig sein, ist aber wegen der gleichen Rechtsfolgen entbehrlich. Das Gleiche gilt auch für **Vercharterung** (Schiff mit Mannschaft) und Vermietung (Nutzungsüberlassung nur des Schiffes). Eine Vercharterung (Raumcharter) oder Vermietung eines Seeschiffes liegt idR nicht vor, wenn der Reeder einem Gastronom den Wirtschaftsbetrieb an Bord überlässt (NdsFG V 599/87, EFG 1991, 704, rkr); es wird aber auf die Umstände des Einzelfalles ankommen (zB könnte bei sog. Butterschiffen je nach Vertragslage eine andere Beurteilung angebracht sein). Bei der Vercharterung ist die Leistung des Eigners einheitlich zu sehen. Steuerfrei ist daher auch die Gestellung der Besatzung und der Ausrüstung (vgl. BFH I 50/55 U, BStBl. III 1957, 306).

7 **d) Ausrüstungsgegenstände der Seeschiffe.** Diese können nach § 8 Abs. 1 Nr. 2 steuerfrei geliefert, instandgesetzt, gewartet oder vermietet werden. Es handelt sich um die an Bord zum Gebrauch mitgeführten Gegenstände (zB optische und nautische Geräte, Werkzeug usw.), das Schiffszubehör (zB Rettungsboote, Möbel, Wäsche, nicht aber zB Geldspielautomaten) und um Teile, die in ein bestimmtes Seeschiff eingebaut werden sollen (vgl. UStAE 8.1). Es muss sich aber um ein bereits **vorhandenes Seeschiff** handeln; daher fallen Ausrüstungsgegenstände, die für den Bau eines neuen Schiffes verwendet werden sollen, nicht unter § 8 Abs. 1 Nr. 2 (UStAE 8.1).

8 **e) Versorgungsumsätze für Seeschiffe.** Diese sind nach § 8 Abs. 1 Nr. 3 steuerfrei, soweit es sich nicht um Bordproviant für Küstenfischer handelt. Versorgungsgegenstände sind die technischen Verbrauchsartikel (zB Treibstoff), die zum Verbrauch durch Besatzung und Fahrgäste bestimmten Waren (zB Verpflegung, Genussmittel), der Inhalt der Bordapotheke usw. Unter Bordproviant ist der ausschließlich zum Verbrauch durch die Besatzung bestimmte Mundvorrat zu verstehen. Küstenfischerei ist die Fischerei in den deutschen Territorialgewässern (vgl. UStAE 8.1).

Die Steuerbefreiung gilt nur für Lieferungen und Dienstleistungen an einen Betreiber von Schiffen, der die Gegenstände oder Leistungen zur Versorgung von Schiffen verwendet. Sie kann nicht auf Lieferungen oder Leistungen ausgedehnt werden. Die auf einer vorausgehenden Handelsstufe erbracht werden (EuGH C-181/04 bis C-184/04, UR 2007, 268 Rn. 22, 24 – Elmeka NE; C-185/89, UR 1991, 352 – Velker).

9 **f) Sonstige Leistungen für Seeschiffe.** Sonstige Leistungen für Seeschiffe (§ 8 Abs. 1 Nr. 5) sind unabhängig vom Beruf des Leistenden steuerfrei, wenn sie für den unmittelbaren Bedarf der Seeschiffe einschließlich ihrer Ausrüstungsgegenstände und ihrer Ladung bestimmt sind (EuGH C-168/84, UR 1985, 226 Rn. 21 – Brekholz).

Es handelt sich um Leistungen, die üblicherweise von Schiffsmaklern, Havariekommissaren (siehe dazu BFH X R 44/82, BStBl. II 1988, 801), Schiffs- und Güterbesichtigern (zur Begriffsbestimmung siehe BFH X R 44/82, BStBl. II 1988, 801) usw. durchgeführt werden, ferner die Leistungen der Hafenbetriebe, das Schleppen, Lotsen und Bergen sowie die üblicherweise mit diesen Tätigkeiten zusammenhängenden Nebenleistungen. Einzelheiten zu den genannten Tätigkeiten siehe UStAE 8.1. Zu beachten ist die **Zweckbestimmung** der Leistung **für den unmittelbaren Bedarf.** Hieran fehlt es zB bei Vermittlungsleistungen, denn den unmittelbaren Bedarf deckt hier der Unternehmer, der die vermittelte Leistung erbringt. Es kann aber Steuerfreiheit nach § 4 Nr. 5 in Betracht kommen. An der Zweckbestimmung der Leistung für den unmittelbaren Bedarf der betreffenden Seeschiffe fehlt es mE auch bei der **Beförderung von Besatzungsangehörigen** oder Passagieren zum Schiff, zB durch Taxi- oder Busunternehmer (aA *Janssen* UR 1981, 247).

g) Versorgung von Kriegsschiffen. Die Versorgung von Kriegsschiffen ist nach § 8 Abs. 1 Nr. 4 nur steuerfrei, wenn sie für Fahrten bestimmt ist, bei denen ein Hafen oder ein Ankerplatz im Außengebiet außerhalb des Küstengebiets iSd Zollrechts angelaufen werden soll. Bei ausländischen Kriegsschiffen unterstellt die Finanzverwaltung das Vorliegen dieser Voraussetzung; bei deutschen verlangt sie die Ausfüllung eines Bestellzettels nach amtlichem Muster (UStAE 8.1). Zum Begriff der Versorgung → Rn. 8. **10**

3. Umsätze für die Luftfahrt

Darunter fallen alle in § 8 Abs. 2 genannten Vorgänge, ferner auch deren Besorgung (vgl. § 3 Abs. 11). Die Umsätze brauchen nicht unmittelbar mit dem Unternehmer der Luftfahrt getätigt zu werden, sondern auch Reihengeschäfte sind befreit, wenn die in § 8 Abs. 2 geforderte Zweckbestimmung feststeht. **11**

Nach der Neufassung des § 8 Abs. 2 Nr. 1 durch das AmtshilfeRLUmsG v. 26.6.2013 (BGBl. 2013 I 1809) sollen befreit werden „die Lieferungen, Umbauten, Instandsetzungen, Wartungen, Vercharterungen und Vermietungen von Luftfahrzeugen, die zur Verwendung durch Unternehmer bestimmt sind, die im entgeltlichen Luftverkehr überwiegend grenzüberschreitende Beförderungen oder Beförderungen auf ausschließlich im Ausland gelegenen Strecken und nur in unbedeutendem Umfang nach § 4 Nummer 17 Buchstabe b steuerfreie, auf das Inland beschränkte Beförderungen durchführen“ (BT-Drs. 17/10000, Art. 9 Nr. 4). Die Neufassung der Vorschrift führt dazu, dass Luftfahrtunternehmen, die in nicht unbedeutendem Umfang rein inländische Beförderungen von kranken und verletzten Personen iSv § 4 Nr. 17 Buchst. b ausführen, hinsichtlich ihrer Vorbezüge für das Unternehmen nicht besser gestellt sind als andere Unternehmen, die nur Beförderungen von kranken und verletzten Personen iSv § 4 Nr. 17 Buchst. b zB mit Landfahrzeugen ausführen. Andererseits sollen Luftfahrtunternehmen, die neben der Beförderung von gesunden Menschen auch grenzüberschreitende Beförderungen von kranken und verletzten Personen bewirken, im Wettbewerb mit Luftfahrtunternehmen, die keinerlei Beförderung von kranken oder verletzten Personen erbringen bzw. im Wettbewerb mit im Ausland ansässigen Luftfahrtunternehmen nicht benachteiligt werden (vgl. BT-Drs. 17/10000 zu Art. 9 zu Nr. 4). Zur Änderung des UStAE vgl. BMF 13.9.2013, BStBl. I 2013, 1179. **12**

a) Begriff der Luftfahrzeuge. Begünstigt sind nur Luftfahrzeuge zur Verwendung durch Unternehmer, die im entgeltlichen Luftverkehr überwiegend grenzüberschreitende Beförderungen oder Beförderungen auf ausschließlich im Außengebiet gelegenen Strecken durchführen (nachfolgend kurz Luftfahrzeuge genannt). Der Zweck des Art. 15 Nr. 6 der 6. EG-RL besteht darin, die Lieferung usw. von Luftfahrzeugen von der Steuer zu befreien, wenn sie hauptsächlich für den internationa- **13**

len Verkehr verwendet werden sollen, dh im Rahmen von Flügen, die den Luftraum mehrerer Staaten sowie ggf. den internationalen Luftraum berühren. Ob es sich dabei um Linien- oder Charterflüge handelt, ist für die Befreiung unerheblich. Die Befreiung greift auch ein, wenn die Lieferung an einen Wirtschaftsteilnehmer erfolgt, der selbst nicht zu den Luftfahrtgesellschaften, die hauptsächlich im entgeltlichen internationalen Verkehr tätig sind, gehört, er aber das betreffende Luftfahrzeug zum Zweck der ausschließlichen Nutzung durch eine solche Gesellschaft erwirbt (EuGH C-33/11, UR 2012, 873 – A Oy).

14 Überwiegen die grenzüberschreitenden und die reinen Auslandsflüge gegenüber den ausschließlichen Inlandsflügen, so ist § 8 Abs. 2 anwendbar. Als **Maßstab für das Überwiegen** geht die Finanzverwaltung vom Verhältnis der Beförderungsentgelte in den verschiedenen Bereichen aus (UStAE 8.2). Dem wird man zustimmen können, denn ein anderer praktikabler Maßstab fehlt. Für Luftverkehrsunternehmer mit Sitz im Ausland unterstellt die Finanzverwaltung (BMF 13.9.2013, BStBl. I 2013, 1179) die Anwendbarkeit von § 8 Abs. 2, ebenso bei einer Anzahl von inländischen Unternehmen, die in einer besonderen Liste (BMF 17.1.2017, BStBl. I 2017, 105) aufgeführt sind.

15 **b) Die begünstigten Umsätze.** Die begünstigten Umsätze im Einzelnen entsprechen im Wesentlichen denen für Seeschiffe, → Rn. 5–9. Als sonstige Leistungen iSv § 8 Abs. 2 Nr. 4 kommen insbesondere die Flughafenbenutzung, die Reinigung der Flugzeuge und die Leistungen der Havariekommissare in Betracht (siehe UStAE 8.2).

16 **c) Nachweispflichten.** § 8 Abs. 3 macht die Steuerbefreiungen nach § 8 Abs. 1 und Abs. 2 von besonderen Nachweisen abhängig. Hierzu verweist § 18 UStDV im Wesentlichen auf § 13 Abs. 1, Abs. 2 Nr. 1–4 UStDV. Einzelheiten → § 6 Rn. 20f. Zusätzlich soll die Zweckbestimmung der Umsätze aufgezeichnet werden. Die Nachweise sind grundsätzlich im Inland zu führen. Bei Reihengeschäften ausländischer Unternehmer verzichtet die Finanzverwaltung hierauf aus Billigkeitsgründen (UStAE 8.3).

§ 9 Verzicht auf Steuerbefreiungen

(1) **Der Unternehmer kann einen Umsatz, der nach § 4 Nr. 8 Buchstabe a bis g, Nr. 9 Buchstabe a, Nr. 12, 13 oder 19 steuerfrei ist, als steuerpflichtig behandeln, wenn der Umsatz an einen anderen Unternehmer für dessen Unternehmen ausgeführt wird.**

(2) **[1]Der Verzicht auf Steuerbefreiung nach Absatz 1 ist bei der Bestellung und Übertragung von Erbbaurechten (§ 4 Nr. 9 Buchstabe a), bei der Vermietung oder Verpachtung von Grundstücken (§ 4 Nr. 12 Satz 1 Buchstabe a) und bei den in § 4 Nr. 12 Satz 1 Buchstabe b und c bezeichneten Umsätzen nur zulässig, soweit der Leistungsempfänger das Grundstück ausschließlich für Umsätze verwendet oder zu verwenden beabsichtigt, die den Vorsteuerabzug nicht ausschließen. [2]Der Unternehmer hat die Voraussetzungen nachzuweisen.**

(3) **[1]Der Verzicht auf Steuerbefreiung nach Absatz 1 ist bei Lieferungen von Grundstücken (§ 4 Nr. 9 Buchstabe a) im Zwangsversteigerungsverfahren durch den Vollstreckungsschuldner an den Ersteher bis zur Aufforderung zur Abgabe von Geboten im Versteigerungstermin zulässig. [2]Bei anderen Umsätzen im Sinne von § 4 Nummer 9 Buchstabe a kann der Verzicht auf Steuerbefreiung nach Absatz 1 nur in dem gemäß § 311b Absatz 1 des Bürgerlichen Gesetzbuchs notariell zu beurkundenden Vertrag erklärt werden.**

EU-Recht: Art. 137, 391 MwStSystRL (Art. 13 Teil C, Art. 28 Abs. 3 Buchst. c, Anh. G Nr. 1 Buchst. b 6. EG-RL)
UStAE: 9.1, 9.2

Übersicht

1. Normzweck

Abs. 1 gilt seit der Neufassung des UStG im Jahr 1980 unverändert. Abs. 2 wurde im Hinblick auf die „Zwischenvermietungsproblematik" (→Rn. 15) durch das StBereinG 1985 eingefügt. Die Optionsmöglichkeiten sind durch das StMBG (BGBl. 1993 I 2310) mit Wirkung ab 1.1.1994 weiter eingeschränkt worden. Zum zeitlichen Anwendungsbereich stellt § 27 Abs. 2 auf Baubeginn und Fertigstellung des betreffenden Gebäudes ab: 1

„§ 9 Abs. 2 ist nicht anzuwenden, wenn das auf dem Grundstück errichtete Gebäude

1. Wohnzwecken dient oder zu dienen bestimmt ist und **vor dem 1.4.1985** fertiggestellt worden ist,
2. anderen nicht unternehmerischen Zwecken dient oder zu dienen bestimmt ist und vor dem 1.1.1986 fertiggestellt worden ist,

3. anderen als in den Nummer 1 und 2 bezeichneten Zwecken dient oder zu diesen bestimmt ist und vor dem 1. Januar 1998 fertiggestellt worden ist,

und wenn mit der Errichtung des Gebäudes in den Fällen der Nummer 1 und 2 vor dem 1. Juni 1984 und in den Fällen der Nummer 3 vor dem 11. November 1993 begonnen worden ist."

Durch das StÄndG 2001 v 20.12.01 (BGBl. 2001 I 3794) ist § 9 Abs. 3 mit Wirkung ab 1.1.2002 angefügt worden. Das HBeglG 2004 (BGBl. 2003 I 3076) hat zur Anfügung des § 9 Abs. 3 S. 2 geführt, der durch Gesetz v 5.4.2011 (BGBl. 2011 I 554) geändert wurde.

2 Als Beginn der Errichtung wird man den Beginn der Bauarbeiten verstehen können, als Fertigstellung die Bezugsfertigkeit. Bei Eigentumswohnungen kommt es uE bzgl. des Beginns der Errichtung auf das Gesamtgebäude, bzgl. der Fertigstellung aber nur auf die einzelne Wohnung an, zumal auch § 9 Abs. 1 auf den einzelnen Vermietungsumsatz abstellt (→ Rn. 9). Zur Übergangsregelung der FVerw bzgl. der „Zwischenvermietung" → Rn. 19f. Zur Entwicklung der Novellierungen des § 9 Abs. 2 siehe *Birkenfeld* Hb II Anm. 590, 667ff.; zu den Motiven der Neuregelung → Rn. 7. Durch das StBereinG 1999 (BGBl. 1999 I 2601) ist § 9 Abs. 1 redaktionell an die Aufhebung des § 4 Nr. 8 Buchst. k angepasst worden (vgl. auch → Rn. 7). Durch das StÄndG 2001 (BGBl. 2001 I 3794) ist § 9 Abs. 3 und durch das HBeglG 2004 (BGBl. 2003 I 3076) ist § 9 Abs. 3 S. 2 eingefügt werden.

2. Systematik

3 Im Gegensatz zu allen anderen Steuerarten hat im geltenden UStSystem eine Steuerbefreiung nicht nur Vorteile, sondern sie führt (mit Ausnahme der ausfuhrbezogenen Umsätze) gemäß § 15 Abs. 2 zum Ausschluss des Vorsteuerabzugs. Dies hat eine systemwidrige UStBelastung des unternehmerischen Bereichs zur Folge (vgl. → § 4 Allg. Rn. 1–4). Dem kann der Unternehmer durch einen Verzicht auf die Steuerbefreiung (sog. **Option**) für die in § 9 genannten Umsätze entgehen (zu Ausnahmen siehe § 19 Abs. 1 S. 4 und § 24 Abs. 1 S. 2). Die Option ist stets vorteilhaft in den Fällen, in denen der Abnehmer des Leistenden zum Vorsteuerabzug berechtigt ist, denn dann kann der Leistende die USt an den Abnehmer „weiterreichen", ohne dass dieser dadurch belastet wird, denn er zieht sie als Vorsteuer wieder ab. Aber auch in Fällen, in denen der Leistungsempfänger ein nicht zum Vorsteuerabzug berechtigter Unternehmer war (zB Arzt), ist häufig die Option ratsam gewesen, weil (insbesondere bei Vermietung neu errichteter Gebäude) die dadurch abzugsfähig gewordene Vorsteuer weitaus höher gewesen ist als die in den nächsten Jahren zu zahlende USt (siehe dazu das Beispiel in → § 4 Nr. 12 Rn. 5) und die Option nach 10 Jahren ohne die sonst gemäß § 15a eintretende Vorsteuerkorrektur beendet werden konnte. Zur optimalen Nutzung der Option siehe *Gratz* DB 1981, 2148; zu Voraussetzungen und wirtschaftlichen Vorteilen der Option im Kreditgewerbe siehe *Hofmann* BB 1991, 1388.

3. Leistender: Unternehmer

4 Die Optionsmöglichkeit nach § 9 Abs. 1 besteht grundsätzlich für alle Unternehmer (zum Begriff → § 2 Rn. 5), und zwar ohne Rücksicht darauf, ob sie im Inland ansässig sind. Eine Ausnahme gilt lediglich für Kleinunternehmer in den Fällen des § 19 Abs. 1 S. 1 (siehe § 19 Abs. 1 S. 4) und für pauschalierende Land- und Forstwirte iSv § 24 Abs. 1 S. 1 (siehe § 24 Abs. 1 S. 2). Für die Angehörigen dieses Personenkreises kommt § 9 nur in Betracht, wenn sie auf die Anwendung von § 19 Abs. 1 bzw. § 24 Abs. 1 verzichten (sog. **Doppeloption,** vgl. § 19 Abs. 2 und § 24 Abs. 4).

4. Leistungsempfänger: anderer Unternehmer

Die Option nach § 9 Abs. 1 setzt weiter voraus, dass auch der Empfänger der an sich steuerfreien Leistung ein Unternehmer (zum Begriff → § 2 Rn. 5) ist. Hier gibt es im Gegensatz zu → Rn. 4 keinerlei Einschränkungen bzgl. Kleinunternehmern oder pauschalierenden Land- und Forstwirten. Die Leistung muss aber an einen „anderen" Unternehmer erbracht werden; deshalb kommt eine Option nach § 9 Abs. 1 in Fällen der unentgeltlichen Wertabgabe nach § 3 Abs. 1b Nr. 1 und 2 nicht in Betracht (siehe BFH V R 91/78, BStBl. II 1987, 44; V R 92/78, BStBl. II 1987, 655; UStAE 9.1); vgl. aber auch → Rn. 9. 5

5. Optionsfähige Leistungen

Nur bestimmte Steuerbefreiungen gemäß § 4 sind „optionsfähig" nach § 9. Ist eine Steuerbefreiung nach § 4 nicht ausdrücklich in § 9 für „optionsfähig" erklärt, so ist für eine solche Steuerbefreiung auch kein Verzicht möglich. Die Aufzählung in § 9 ist erschöpfend. 6

Im Einzelnen kann auf nachstehende **Steuerbefreiungen verzichtet** werden: 7

- § 4 Nr. 8 Buchst. a: Gewährung und Vermittlung von Krediten.
- § 4 Nr. 8 Buchst. b: Umsätze gesetzlicher Zahlungsmittel.
- § 4 Nr. 8 Buchst. c: Umsätze von Geldforderungen (vgl. zum Factoring → § 4 Nr. 8 Rn. 17b).
- § 4 Nr. 8 Buchst. d: Umsätze im Einlagengeschäft, Zahlungs-, Überweisungsverkehr usw.
- § 4 Nr. 8 Buchst. e: Umsätze von Wertpapieren, ausgenommen die Verwahrung und Verwaltung von Wertpapieren.
- § 4 Nr. 8 Buchst. f: Umsätze und die Vermittlung der Umsätze von Anteilen an Gesellschaften und anderen Vereinigungen.
- § 4 Nr. 8 Buchst. g, k: Übernahme von Verbindlichkeiten, von Bürgschaften uä Sicherheiten sowie die Vermittlung dieser Umsätze. Bis zur Neuregelung durch das StBereinG 1999 (BGBl. 1999 I 2601) konnte nach § 9 Abs. 1 auch auf die Steuerbefreiung für Goldgeschäfte verzichtet werden. Die Möglichkeit der Option zur Steuerpflicht von Geschäften mit Anlagegold ist nun unmittelbar in § 25c Abs. 3 geregelt.
- § 4 Nr. 9 Buchst. a: Umsätze, die unter das GrEStG fallen (vgl. auch → Rn. 21), und zwar ohne Rücksicht darauf, ob auch eine Befreiung des Umsatzes nach § 4 Nr. 28 in Betracht käme (FG Nürnberg II 107/89, EFG 1992, 226, rkr). Auch bei der Grundstücksveräußerung durch Zwangsversteigerung ist laut BFH V R 139/76, BStBl. II 1986, 500, eine Option möglich (aA *Weiß* UR 1990, 101). Eine Option für die steuerfreien Umsätze **nach § 4 Nr. 9 Buchst. b,** die unter das Rennwett- und LotterieG fallen, ist **nicht zulässig.**
- § 4 Nr. 12 Buchst. a: Die Vermietung und die Verpachtung von Grundstücken und von bestimmten Rechten, die Nutzungen von Grund und Boden betreffen. Von der Option erfasst werden im Zweifel auch die Mietnebenkosten (OLG D'dorf 10 U 207/94, UR 1997, 223).
- § 4 Nr. 12 Buchst. b: Die Überlassung von Grundstücken und Grundstücksteilen zur Nutzung auf Grund eines auf Übertragung des Eigentums gerichteten Vertrages oder Vorvertrages.
- § 4 Nr. 12 Buchst. c: Die Bestellung, die Übertragung und die Überlassung der Ausübung von **dinglichen Nutzungsrechten** an Grundstücken (Nießbrauch). Nicht befreit nach § 4 Nr. 12 ist die Vermietung von Wohn- und Schlafräumen zur kurzfristigen Beherbergung, die Vermietung von Plätzen zum Abstellen von Fahrzeugen, die kurzfristige Vermietung auf Campingplätzen usw. Diese Umsätze sind daher auch ohne Option stets steuerpflichtig.

– § 4 Nr. 13: Bestimmte Leistungen von Wohnungseigentümergemeinschaften.
– § 4 Nr. 19 Buchst. a und b: Umsätze von Blinden und Blindenwerkstätten.

Erfüllt ein Umsatz mehrere Steuerbefreiungstatbestände, so kann zur Steuerpflicht nur optiert werden, wenn alle verwirklichten Befreiungstatbestände die Optionsmöglichkeit vorsehen. Einen Vorrang der optionsfähigen vor der nicht optionsfähigen Vorschrift gibt es nicht (aA FG Nürnberg II 107/89, UR 1993, 259).

Zur Optionsmöglichkeit bei privater Wohnungsnutzung im Wege des **Eigenverbrauchs** bzw. bei **unentgeltlicher Wertabgabe** → Rn. 9.

6. Zweckbestimmung für das Unternehmen

8 Die in → Rn. 6 aufgeführten optionsfähigen Leistungen können nur dann Gegenstand einer Option sein, wenn sie „für das Unternehmen" des anderen Unternehmers (→ Rn. 5) ausgeführt werden. Hierfür sind die gleichen Gesichtspunkte maßgebend wie für die gleich lautende Voraussetzung in § 15 Abs. 1 Nr. 1 S. 1 (Einzelheiten → § 15 Rn. 91 ff.; vgl. auch → § 1 Rn. 101). Die Entscheidung über die Zuordnung hat der Unternehmer zu treffen, der die Leistung bezieht (BFH XI R 86/90, BStBl. II 1994, 274). Ihm steht das Wahlrecht zu, einen nur teilweise unternehmerisch genutzten Gegenstand seinem Unternehmen entweder insgesamt oder aber nur im Umfang der unternehmerischen Nutzung zuzuordnen. Auf eine bestimmte Intensität der unternehmerischen Nutzung kommt es für die Möglichkeit der Zuordnung zum Unternehmen nicht an (EuGH C-97/90, HFR 1991, 730; vgl. aber → § 15 Rn. 243 ff.).

9 Erfolgt die Zuordnungsentscheidung durch den Leistungsempfänger nur für einen **Teil** des Leistungsbezugs, so ist die Option nur möglich, **soweit** der Leistungsempfänger die Leistung für sein Unternehmen bezieht (BFH XI R 67/90, HFR 1996, 524; XI R 70/90, DStR 1996, 1124; X R 6/80, BStBl. II 1988, 915). Davon geht offenbar auch § 9 Abs. 2 aus. In dem Umfang, in dem der Leistungsempfänger den Leistungsbezug nicht seinem Unternehmen zuordnet, bleibt die darauf entfallende **Teilleistung** von der Option unberührt. Sie ist steuerfrei mit der Folge, dass die auf sie entfallenden Vorsteuern gemäß § 15 Abs. 2 vom Abzug ausgeschlossen sind (aA *Wenzel* UR 1987, 29). Die Teilbarkeit der Leistung ist entgegen der bisherigen Verwaltungsauffassung auch bei Grundstücken gewährleistet (vgl. BFH V R 46/13, BStBl. II 2015, 947 sowie → Rn. 24 ff.). Das Zuordnungswahlrecht gilt aber nur für die Herstellung und Anschaffung von **Gegenständen.** Der Bezug von sonstigen Leistungen (zB Vermietungsleistungen) ist nicht in voller Höhe zuordenbar, sondern entsprechend der (beabsichtigten) Verwendung aufzuteilen (BFH V R 10/14, DStR 2015, 2773).

10 Die **Verwendung** eines dem Unternehmen zugeordneten Grundstücks **für unternehmensfremde Zwecke** war nach bisheriger Rechtsprechung und Verwaltungspraxis dann steuerfrei und schloss gemäß § 15 Abs. 2 Nr. 1 den Vorsteuerabzug aus, wenn im Falle entgeltlicher Überlassung an einen Dritten eine Grundstücksvermietung iSd § 4 Nr. 12 S. 1 Buchst. a gegeben wäre (BFH V R 51/76, BStBl. II 1981, 228; V R 176/75, BStBl. II 1987, 350; V R 33/92, BStBl. II 1994, 668). Die Optionsmöglichkeit setzt gemäß § 9 Abs. 1 voraus, dass der Umsatz an einen anderen Unternehmer für dessen Unternehmen ausgeführt wird. Das ist weder beim **Eigenverbrauch** iSd § 1 Abs. 1 Nr. 2 S. 2 Buchst. b in der bis zum 31.9.1999 geltenden Fassung noch bei der **unentgeltlichen Wertabgabe** iSd § 3 Abs. 9a der Fall, so dass nach überkommener Auffassung in diesen Fällen die Optionsmöglichkeit ausscheiden musste. Diese Beurteilung lässt sich nicht mehr aufrechterhalten. Auf Vorlagebeschluss des BFH (V R 39/99, UR 2000, 325) hat der EuGH entschieden, dass die für den privaten Bedarf erfolgte Verwendung einer Wohnung in einem Gebäude, das der Unternehmer insgesamt seinem Unternehmen zugeordnet hat, nicht unter Art. 135 Buchst. l MwStSystRL (Art. 13 Teil B Buchst. b 6. EG-RL) fällt (EuGH C-269/00, DStR 2003, 873 – Seeling; BFH V R 39/99, BStBl. II 2004, 371; vgl. auch → § 4

Nr. 12 Rn. 14; → § 15 Rn. 271). Mit anderen Worten handelt es sich bei dieser unentgeltlichen Wertabgabe weder um eine steuerfreie Vermietung, noch kann sie als solche behandelt werden. In Ermangelung einer Steuerbefreiung stellt sich somit die Frage der Optionsmöglichkeit gar nicht.

7. Ausnahmen: Verwendung für Ausschlussumsätze

a) Allgemeines. § 9 Abs. 2 schränkt die Optionsmöglichkeit für einen Teil der in § 9 Abs. 1 genannten optionsfähigen Leistungen (→ Rn. 7) weiter ein, nämlich für die Bestellung und Übertragung von Erbbaurechten, die Vermietung und Verpachtung von Grundstücken sowie die in § 4 Nr. 12 Buchst. b und c genannten Umsätze. **11**

Die durch das StMBG (BGBl. 1993 I 2310) gestaltete Fassung des § 9 Abs. 2 schränkt die Optionsmöglichkeit ein und stellt dabei auf die **Verwendung** bzw. **Verwendungsabsicht** des Leistungsempfängers ab. Nur noch soweit dieser das Grundstück ausschließlich für Umsätze verwendet oder zu verwenden beabsichtigt, die den **Vorsteuerabzug nicht ausschließen,** ist die Option nunmehr noch möglich (vgl. UStAE 9.2 mit zahlreichen Beispielen). Diese Voraussetzung steht im Einklang mit dem Unionsrecht, denn der Neutralitätsgrundsatz erfasst zwar wirtschaftliche Tätigkeiten, steht aber unter dem Vorbehalt, dass „diese Tätigkeiten grundsätzlich selbst der Mehrwertsteuer unterliegen" (EuGH C-496/11, UR 2012, 762 – Portugal Telecom; BFH V R 27/13, BStBl. II 2014, 732). Für die Entscheidung der Frage, ob der Leistungsempfänger ein Grundstück ausschließlich für Umsätze verwendet, die den Vorsteuerabzug nicht ausschließen, ist auf die zutreffende umsatzsteuerrechtliche Beurteilung des tatsächlich verwirklichten Sachverhalts und nicht auf eine etwa davon abweichende Steuerfestsetzung gegenüber dem Leistungsempfänger abzustellen (BFH XI R 71/07, BStBl. II 2010, 209). **12**

Die Möglichkeit des Vorsteuerabzugs hängt damit nicht mehr unmittelbar von der Art der Endnutzung, sondern von der Nutzung durch den Leistungsempfänger ab. Mittelbar schlägt die Art der Endnutzung auch in einer Leistungskette durch. **13**

Beispiel: A vermietet ein Geschäftshaus an B, der es seinerseits an C weitervermietet. Vordergründig hängt die Möglichkeit des A zum Verzicht auf die Steuerbefreiung seiner Umsätze allein davon ab, ob B Umsätze ausführt, die den Vorsteuerabzug nicht ausschließen. Damit aber kommt mittelbar zwangsläufig die Nutzung auf der Endstufe durch C zum Tragen. Verwendet C die Mietleistungen zur Ausführung von Umsätzen, die den Vorsteuerabzug ausschließen, so ist B die Möglichkeit zur Option genommen. Das hat zur Folge, dass er steuerfreie Vermietungsumsätze ausführt, die den Vorsteueranzug ausschließen, was wiederum A die Möglichkeit, auf die Steuerfreiheit der von ihm ausgeführten Vermietungsumsätze zu verzichten, nimmt.

Mit dieser Regelung hat der Gesetzgeber sog. **Vorschaltmodelle** (vgl. → Rn. 37) verhindern wollen, bei denen Unternehmer mit steuerfreien Umsätzen (Banken, Versicherer, Ärzte sowie Träger von privaten Schulen, Bildungseinrichtungen, Krankenhäusern, Altenheimen und Kindergärten) zur Anschaffung oder Herstellung eines Gebäudes Dritte (Ehegatten oder beherrschte Gesellschaften) vorschalten, die das Gebäude errichten oder erwerben und unter Ausübung der Option steuerpflichtig an den Unternehmer vermieten (vgl. amtliche Begründung, BT-Drs. 12/6530, 87; zu den Vorschaltmodellen → Rn. 37 sowie Beispiel in → § 4 Nr. 12 Rn. 5). Bei Zwischenvermietungen in Fällen des § 4 Nr. 12 S. 2 ergibt sich die Optionsmöglichkeit nach der Neuregelung nunmehr aus dem Gesetz, weil der Leistungsempfänger in diesen Fällen das Grundstück zur Ausführung steuerpflichtiger Umsätze verwendet. **14**

Mieten Ehegatten Räume zum Betrieb eines Unternehmens, das aber nur von einem Ehegatten als Unternehmer geführt wird, so sind sie zu jeweils 50% Leistungsempfänger. In diesem Fall ist eine **Teiloption** des Vermieters insoweit wirksam, als die Vermietungsumsätze an den Unternehmer ausgeführt werden (BFH V R 79/99, UR 2001, 251; V R 49/99, UR 2001, 118). **15**

16 **b) Keine Optionsbeschränkung durch einen nach Leistungsbezug eintretenden Verlust des Optionsrechts.** Durch das Urteil des EuGH C-381/97, DStRE 1999, 28 – Belgocodex ist entschieden, dass ein Mitgliedstaat das seinen Steuerpflichtigen eingeräumte Optionsrecht durch ein späteres Gesetz aufheben und so die Befreiung wieder einführen kann. Es bleibt aber bei dem bereits mehrfach vom EuGH ausgeurteilten Grundsatz, dass ein Steuerpflichtiger, der die durch objektive Anhaltspunkte und in gutem Glauben gefasste Absicht hat, eine zu besteuerten Umsätzen führende wirtschaftliche Tätigkeit aufzunehmen, das **Recht zum sofortigen Vorsteuerabzug** erwirbt. Das hat zur Folge, dass eine nach der Lieferung oder Leistung, aus der der Vorsteuerabzug in Anspruch genommen wird, erfolgte Rechtsänderung, die zum Verlust des Optionsrechts – und damit mittelbar über § 15 Abs. 2 zum Verlust des Vorsteuerabzugs – führt, einem wirksamen Verzicht auf die Steuerbefreiung nicht entgegensteht (EuGH C-396/98, DStRE 2000, 877 – Schloßstraße mAnm *Widmann* UR 2000, 341; Folgeurteil des BFH V R 77/96, BStBl. II 2003, 426).

17 **c) Die Verwendung des Grundstücks für Altenheime und Altenpflegeheime.** Wird das vermietete Grundstück durch den Mieter zum Betrieb von Altenheimen, Altenpflegeheimen oÄ verwendet, so ist zu unterscheiden. Sind die Umsätze des Betreibers nach § 4 Nr. 16 Buchst. d von der USt befreit, so ist die Option schon aus diesem Grund ausgeschlossen. Nur wenn die Steuerbefreiung nach § 4 Nr. 16 Buchst. d nicht eingreift, kommt es darauf an, ob die Umsätze des Heimbetreibers steuerfreie Vermietungsumsätze oder auf der Grundlage von Verträgen besonderer Art beruhende steuerpflichtige Umsätze darstellen. Tritt das Mietelement neben anderen wesentlicheren Vertragsleistungen in den Hintergrund und stellt das Vertragsverhältnis ein einheitliches unteilbares Ganzes dar, so liegt keine Steuerbefreiung dieser Umsätze vor. Das kommt insbesondere bei Altenheimpflegeverträgen in Betracht (vgl. BFH XI R 55/90, BStBl. II 1994, 266). Handelt es sich dagegen um ein zivilrechtliches Geflecht selbstständiger Verträge, so sind die dem Mietvertrag zuzuordnenden Leistungsbestandteile steuerfrei, die übrigen – sofern keine andere Befreiungsvorschrift eingreift – nicht.

18 **d) Nutzungen im Hoheitsbereich juristischer Personen des öffentlichen Rechts.** Die Nutzungen im Hoheitsbereich der jur. Personen döR (zB die Nutzung gemieteter Räume als Rathaus einer Gemeinde oder als FA) schließen die Optionsmöglichkeit aus, weil die jur. Pers döR in diesem Rahmen überhaupt keine Umsätze ausführt.

8. „Zwischenvermietung"

19 Unter Zwischenvermietung versteht man eine Vertragsgestaltung, bei der der Grundstückseigentümer Räume nicht unmittelbar an denjenigen vermietet, der sie schließlich nutzt, sondern an einen Unternehmer, der die Räume an den Nutzer weitervermietet. Solche Fälle sind im Wirtschaftsleben durchaus üblich, zB bei der Errichtung eines großen Geschäftshauskomplexes, der im Wege des **Immobilien-Leasing** an einen Unternehmer vermietet wird, der dann die einzelnen Laden- oder Büroflächen an verschiedene Unternehmer weitervermietet. Vor der Einfügung des § 9 Abs. 2 aF durch das StBereinG 1985 sind aber viele Zwischenmietverhältnisse „künstlich", dh ohne mietwirtschaftlichen Grund allein zu dem Zweck begründet worden, die Option gemäß § 9 zu ermöglichen und die Vorsteuern aus den Herstellungskosten von Wohngebäuden abzuziehen. Eine unmittelbare Vermietung an die Bewohner hätte nicht zur Option berechtigt, weil diese die Wohnungen nicht als Unternehmer für ihr Unternehmen nutzten, sondern als private Endverbraucher. Bei der Einschaltung eines Zwischenmieters war das anders. Dieser war Unternehmer, denn er vermietete die Wohnungen nachhaltig zur Erzielung von Einnahmen (vgl. → § 2 Rn. 5 ff.); der Eigentümer vermietete also das Haus an einen Unterneh-

mer und konnte gemäß § 9 auf die Steuerbefreiung nach § 4 Nr. 12 verzichten und die gesamten Vorsteuern abziehen, die ihm bei der Errichtung des Gebäudes in Rechnung gestellt worden waren. Dies ist durch § 9 Abs. 2 aF verhindert worden, weil die Endnutzung als Wohnraum die Optionsmöglichkeit ohne Rücksicht darauf ausgeschlossen hat, ob der Mieter (Zwischenmieter) ein Unternehmer gewesen ist oder nicht. Auch die Neufassung des § 9 Abs. 2 verhindert die Optionsmöglichkeit bei derartigen Zwischenmietverhältnissen, weil der Zwischenmieter die Wohnung zur Ausführung steuerfreier Umsätze verwendet.

Die Rechtsprechung hatte für Besteuerungszeiträume, auf die § 9 Abs. 2 noch **20** keine Anwendung fand, die Zwischenvermietung von Wohnraum als Missbrauch rechtlicher Gestaltungsmöglichkeiten iSd § 42 AO angesehen und ihr die steuerliche Anerkennung versagt, wenn keine beachtlichen außersteuerlichen Gründe für die Zwischenvermietung vorgelegen haben. Der BFH hatte eine umfangreiche Kasuistik zu der Frage, welche Gründe keine steuerliche Anerkennung finden konnten, entwickelt (BFH V R 34/87, BStBl. II 1989, 1007; V B 61/87, BStBl. II 1988, 45; V B 109/86, BStBl. II 1988, 96; V R 1/79, BStBl. II 1987, 521; V B 16/87, BStBl. II 1987, 756; V B 54, 55/91, BFH/NV 1992, 347; V B 148/89, BFH/NV 1991, 277; V B 81/88, BFH/NV 1990, 466). Mit Urteil vom 14.5.1992 hat der BFH schließlich die Einschaltung eines gewerblichen Zwischenmieters in die Vermietung von Wohnungen auf Grund eines von vornherein vereinbarten **Gesamtkonzepts** grundsätzlich als Missbrauch von Gestaltungsmöglichkeiten gemäß § 42 AO beurteilt (BFH V R 12/88, BStBl. II 1992, 931). Das BVerfG hat die gegen die Rechtsprechung des BFH vorgebrachten verfassungsrechtliche Bedenken (vgl. *Wagner* DStR 1996, 609 und DStZ 1992, 295) nicht geteilt und eine hierzu erhobene Verfassungsbeschwerde nicht zur Entscheidung angenommen (Nichtannahmebeschluss vom 9.8.1994 1 BvR 854/94).

9. Ausübung des Verzichts

Der Verzicht auf die Steuerbefreiung wird wirksam durch aktives Handeln des **21** Unternehmers. Es bedarf im Gegensatz zu der früheren Rechtslage keiner besonderen Erklärung mehr gegenüber dem FA. Es genügt, wenn für die einzelne Leistung bzw. für das Entgelt daraus dadurch auf die Steuerbefreiung verzichtet wird, dass der Unternehmer die Steuer gegenüber dem Leistungsempfänger offen ausweist oder die Leistung (den Umsatz) tatsächlich der Besteuerung unterwirft (BFH XI R 7/08, BFH/NV 2010, 1497; V R 77/96; V R 23/00, DStR 2001, 788; V R 42/95, BStBl. II 1996, 338; V R 126/92, BStBl. II 1995, 426). Der Verzicht kann auch durch schlüssiges Verhalten erklärt werden, soweit der Wille zum Verzicht auf die Steuerbefreiung eindeutig erkennbar wird (BFH XI R 17/09, MwStR 2013, 51; XI R 94/96, BStBl. II 1997, 670).

Die durch das HBeglG 2004 (BGBl. 2003 I 3076) eingefügte Regelung des § 9 Abs. 3 S. 2 ordnet an, dass bei Umsätzen, die unter das GrEStG fallen (§ 4 Nr. 9 Buchst. a) und nicht im Zwangsversteigerungsverfahren erfolgen, der Verzicht auf die Steuerbefreiung nur in dem notariell beurkundeten Grundstückskaufvertrag erklärt werden kann. Die Option kann dabei in den unter die Neuregelung des § 13b Abs. 1 S. 1 Nr. 3, Abs. 2 fallenden Fällen jedenfalls nicht durch den gesonderten Ausweis der USt im Rahmen der Kaufpreisregelung erfolgen, weil danach nicht der leistende Unternehmer, sondern der Leistungsempfänger die USt schuldet. Der Leistende darf die USt nicht gesondert ausweisen und kann damit auf diesem Wege auch nicht den Verzicht auf die Steuerbefreiung erklären. Die Verzichtserklärung wird also nur durch eine ausdrückliche im Kaufvertrag niedergelegte Willenserklärung erfolgen können.

Im Fall der **Organschaft** muss der Organträger die Optionserklärung abgeben; er **22** kann sich dafür aber bei der Einzeloption (→ Rn. 23) in der Weise der Organgesellschaft bedienen, dass er diese ermächtigt, entsprechende Rechnungen mit offenem

USt-Ausweis zu erteilen, wenn er sicherstellt, dass die Umsätze als steuerpflichtig in seine UStErklärung eingehen. Bei Gesamtobjekten von **Miteigentümergemeinschaften** oÄ, die selbst nicht Unternehmer sind, muss jeder einzelne Eigentümer die Verzichtserklärung abgeben.

10. Einzeloption/Teiloption

23 Der Unternehmer kann das Optionsrecht für jede optionsfähige Leistung (→ Rn. 5–7) gesondert ausüben (vgl. UStAE 9.1). Der Verzicht gemäß § 9 Abs. 2 S. 1 kann daher auch teilweise für einzelne Flächen eines Mietobjekts wirksam sein, wenn diese Teilflächen eindeutig bestimmbar sind (BFH V R 46/13, BStBl. II 2015, 947; V R 27/13, BStBl. II 2014, 732). Einer derartigen Teiloption muss aber ein hinreichend objektiv nachprüfbarer Aufteilungsmaßstab zugrunde liegen. Teilflächen innerhalb eines Raumes sind demgegenüber im Regelfall nicht hinreichend abgrenzbar. Nach diesen Grundsätzen kann der Steuerpflichtige zB bei der **Vermietung** eines Bürohauses, das im Erdgeschoss als Arztpraxis und im Übrigen als Rechtsanwaltspraxis genutzt wird, bzgl. der Räume für die Anwaltspraxis optieren und dies bzgl. der Arztpraxis unterlassen. Die **Entscheidung** über die Option obliegt allein dem leistenden Unternehmer; der Leistungsempfänger hat keinen Anspruch auf die Ausübung der Option durch den Leistenden und damit auch nicht auf die Erteilung einer Rechnung iSv § 14 über den betreffenden Umsatz.

24 **a) Das Urteil des EuGH in der Rechtssache Armbrecht.** Durch das Urteil des EuGH in der Rechtssache Armbrecht ist klargestellt, dass der Grundsatz der Einzeloption auch bei gemischt-genutzten **einheitlichen Gegenständen** gilt (EuGH C-291/92, BStBl. II 1996, 392 – Armbrecht; mit Anm. *Klenk* DStR 1995, 1741 und *Ammann* UR 1996, 47). Der Unternehmer hat ein Wahlrecht, ob er gemischt-genutzte Investitionsgüter vollständig seinem Unternehmen zuordnet oder nur im Umfang der anteiligen unternehmerischen Nutzung. Allerdings muss der Wille, den nichtunternehmerisch genutzten Teil im Privatvermögen zu belassen, nach außen erkennbar werden. Im Zweifel gilt damit der gesamte Gegenstand als dem Unternehmen zugeordnet. Hatte jedoch der Unternehmer den Gegenstand nur teilweise seinem Unternehmen zugeordnet, so erfolgt eine spätere Veräußerung nur im Umfang dieses Teilbereichs im Rahmen des Unternehmens. Im Hinblick auf den übrigen Teil handelt es sich um einen nichtsteuerbaren Vorgang. Das Urteil des EuGH im Fall Armbrecht hat nur die Abgrenzung zwischen der Zuordnung zum unternehmerischen und nichtunternehmerischen Bereich betroffen. Der BFH hat diese Grundsätze in seinem Urteil vom 26.6.1996 fortentwickelt und entschieden, dass die Möglichkeit zur Teiloption auch bei Grundstücken besteht, die insgesamt dem unternehmerischen Bereich zugeordnet worden sind (BFH XI R 43/90, BStBl. II 1997, 98; vgl. auch BFH V R 46/13, BStBl. II 2015, 947). Eine Teiloption kommt dabei insbesondere bei unterschiedlich genutzten Gebäudeteilen (verschiedene Vermietungen oder Verpachtungen) in Betracht.

25 **b) Das Urteil des EuGH in der Rechtssache Breitsohl.** Weder durch das Urteil des EuGH C-291/92, BStBl. II 1996, 392 – Armbrecht noch durch das Urteil des BFH XI R 43/90, BStBl. II 1997, 98 ist die Frage entschieden worden, ob eine Teiloption für umsatzsteuerliche Zwecke auch in Hinblick auf eine Trennung von Grundstück und Gebäude in Betracht kommt. Der BFH hat deshalb dem EuGH die Frage vorgelegt, ob bei der Lieferung von Gebäuden oder Gebäudeteilen und dem dazugehörigen Grund und Boden die Option zur Besteuerung auf die Gebäude bzw. Gebäudeteile begrenzt werden kann (BFH V R 18/97, DStR 1998, 1870). Der EuGH hat daraufhin im Urteil C-400/98, DStRE 2000, 881 – Breitsohl (mAnm *Widmann* UR 2000, 335; *Dziadkowski* DStR 2000, 468) Grund und Boden sowie aufstehende Gebäude als Einheit betrachtet und entschieden, dass Gebäude oder Ge-

bäudeteile und der dazugehörige Grund und Boden für Zwecke der MwSt nicht voneinander getrennt behandelt werden können.

11. Zeitpunkt der Option

Die Entscheidung darüber, ob die Option ausgeübt werden soll oder nicht, kann für jeden einzelnen Umsatz zu jeder Zeit so lange getroffen werden, wie die betreffende Steuerfestsetzung noch nicht endgültig bestandskräftig geworden ist (vgl. BFH V R 34/97, BStBl. II 1998, 695; BFH V R 42/95, BStBl. II 1996, 338 zur Unwirksamkeit der Option bei Festsetzungsverjährung). Sie ist auch noch möglich, wenn die Steuerfestsetzung aufgehoben oder geändert wird (UStAE 9.1). Durch die Urteile des EuGH C-400/98, DStRE 2000, 881 – Breitsohl und C-396/98, DStRE 2000, 877 – Schloßstraße sowie das Folgeurteil des BFH V R 24/98 (DStR 2001, 700 mit Anm. *Klenk* DStR 2001, 702 und Anm. *Stadie* UR 2001, 264) ist klargestellt, dass die Möglichkeit zur Option sich danach richtet, ob der Steuerpflichtige im Zeitpunkt der Ausführung der Leistung – aus seiner Sicht idR im Zeitpunkt des Leistungsbezugs – die durch objektive Anhaltspunkte belegte und in gutem Glauben gefasste Absicht hat, eine zu besteuerten Umsätzen führende wirtschaftliche Tätigkeit aufzunehmen. Spätere Änderungen, sei es, dass die geplanten Umsätze nicht zur Ausführung gelangen, sei es, dass der Gesetzgeber die Möglichkeit zur Option beschränkt, ändern hieran nichts. Es kommt somit nicht auf die tatsächliche Ausführung des Umsatzes, auf dessen Steuerbefreiung verzichtet werden soll, sondern auf die durch **objektive Anhaltspunkte belegte Optionsabsicht** an. Vgl. nunmehr auch UStAE 9.1. 26

Die Option war auch im Zwangsversteigerungsverfahren möglich und zwar auch noch nach dessen Abschluss (BFH V R 126/92, BStBl. II 1995, 426; V R 54/92, BStBl. II 1993, 736; V R 139/76, BStBl. II 1986, 500; FG RhPf 5 K 1218/92, UR 1993, 388). Diese Möglichkeit ist durch den mit StÄndG 2001 eingefügten § 9 Abs. 3 eingeschränkt bzw. abgeschafft worden (vgl. → Rn. 41). 27

Zur Regelung in § 9 Abs. 3 S. 2 durch HBeglG 2004 → Rn. 21.

12. Wirkung der Option

Der Verzicht auf die Steuerbefreiung bewirkt, dass der betreffende Umsatz steuerpflichtig wird. Dies wiederum hat zur Folge, dass der Leistende die mit diesem Umsatz zusammenhängenden Vorsteuern abziehen kann und dass er über diesen Umsatz eine Rechnung iSv § 14 erstellen darf, die dem Leistungsempfänger den Vorsteuerabzug ermöglicht. Durch die Option des Leistenden erlangt der Leistungsempfänger einen zivilrechtlichen Anspruch auf Ausstellung einer solchen Rechnung (vgl. → § 14 Rn. 34). Andererseits kann sich aber die steuerliche Nichtanerkennung einer Option auch dahin auswirken, dass ein Vorsteuerabzug aus der betreffenden Rechnung unzulässig ist (zu Einzelheiten → Rn. 31 ff.). 28

13. Widerruf der Option

Ein Verzicht auf Steuerbefreiung kann rückgängig gemacht werden; die Rückgängigmachung wirkt auf das Jahr der Ausführung des Umsatzes zurück (BFH XI R 7/08, BFH/NV 2010, 1497; V R 23/00, BStBl. II 2003, 673; BFH V B 66/09, BFH/NV 2010, 701; vgl. auch BFH V R 23/00, DStR 2001, 788). Die Möglichkeit zum Widerruf des Verzichts besteht so lange, wie die Option selbst möglich wäre (dazu → Rn. 26). Der Widerruf ist einseitig möglich, unabhängig davon, ob sich der widerrufende Unternehmer dem Leistungsempfänger gegenüber zur Option verpflichtet hatte (BFH V R 78/88, BStBl. II 1993, 777). Die Widerrufsmöglichkeit ist auch nicht davon abhängig, dass das FA seine Ansprüche aus der gebotenen Vorsteuerberichtigung durch den Leistungsempfänger durchsetzen kann (BFH XI R 57/93, UR 29

1995, 273). Allerdings schuldet der Unternehmer den von ihm gesondert ausgewiesenen Rechnungsbetrag bis zur Rechnungsberichtigung nach § 14 Abs. 2 (BFH V R 23/00, BStBl. II 2003, 673; V B 66/09, BFH/NV 2010, 701). Der BFH leitet dieses Ergebnis letztlich aus der spiegelbildlichen Behandlung des Vorsteuerabzugs beim Leistungsempfänger ab. Ausgangspunkt ist dabei der Grundsatz, dass der Vorsteuerabzug voraussetzt, dass eine Steuer für den berechneten Umsatz **geschuldet** wird (EuGH C-342/87, UR 1991, 83 – Genius Holding; BFH V R 34/97, BStBl. II 1998, 695). Macht aber der leistende Unternehmer den Verzicht auf die Steuerbefreiung rückgängig, wird der Umsatz rückwirkend wieder steuerfrei, so dass eine Steuer für den berechneten Umsatz nicht mehr geschuldet wird. Der Leistungsempfänger verliert damit den Vorsteueranspruch rückwirkend im Zeitpunkt des Leistungsbezugs. Das Gebot der **Neutralität der MwSt** verlange, dass die Rückgängigmachung des Vorsteueranspruchs beim Leistungsempfängers der Rückgängigmachung des Verzichts auf die Steuerbefreiung durch den leistenden Unternehmer entspreche (BFH V R 23/00, DStR 2001, 788). Es ist aber fraglich, ob der Gesetzgeber mit der Regelung des § 14 Abs. 2 auch den nachträglichen aber rückwirkenden Fortfall der Steuerschuld im Auge gehabt hat. Im Zeitpunkt der Rechnungserteilung jedenfalls sind die Tatbestandsvoraussetzungen des § 14 Abs. 2 nicht erfüllt gewesen, weil die ausgewiesene Steuer mit der geschuldeten übereinstimmte. Die Möglichkeit einer rückwirkenden – nach Rechnungserteilung erfolgten – Erfüllung der Tatbestandsvoraussetzungen des § 14 Abs. 2 erscheint allein durch den Hinweis auf die Neutralität der MwSt nicht wirklich überzeugend begründet.

Nach bisher hA setzte die Rechnungsberichtigung voraus, dass der Widerrufende sich vom Leistungsempfänger die ursprüngliche **Originalrechnung** (mit offenem USt-Ausweis) zurückgeben ließ und eine neue Rechnung ohne USt erteilte (FG Düsseldorf 5 V 369/90 A (U), BeckRS 1990, 07186, rkr; *Weiß* UR 1991, 109; siehe auch die ausführliche Darstellung von *Wenzel* UStKongress-Bericht 88/89, S. 103–111). Diese Auffassung ist überholt (BFH V R 48/90, BStBl. II 1993, 251; V R 112/91, BStBl. II 1993, 643; V R 78/88, BStBl. II 1993, 777). Danach setzt die Vorsteuerberichtigung lediglich voraus, dass dem Leistungsempfänger eine **hinreichend bestimmte** schriftliche Berichtigung zugeht (kritisch zu dieser Rechtsprechung *Weiß* UR 1993, 416). Der Widerruf der Option darf nicht rechtsmissbräuchlich sein, was regelmäßig dann der Fall ist, wenn er allein den zahlungsunfähigen oder in Konkurs geratenen Kunden gegenüber erfolgt (FG RhPf 5 K 1338/92, UR 1993, 421).

14. Änderung der Verhältnisse

30 Ändern sich nachträglich die Voraussetzungen für die Optionsfähigkeit von Leistungen (→ Rn. 4 ff.), so wird die Option von diesem Zeitpunkt an unwirksam. Der Unternehmer darf über die Leistungen jetzt keine Rechnungen iSv § 14 mehr erstellen. Er muss den bereits vorgenommenen Vorsteuerabzug für die Vorbezüge im Rahmen des § 15 a rückgängig machen.

15. Fiktive Option

31 Die Problematik der fiktiven Option betrifft die Frage, ob ein Unternehmer im Rahmen einer Fehlmaßnahme zur Steuerpflicht der von ihm tatsächlich nicht ausgeführten Umsätze optieren kann, mit der Folge, dass sich ihm der Vorsteuerabzug für seine Eingangsumsätze erschließt. Durch die Urteile des EuGH C-400/98, DStRE 2000, 881 – Breitsohl und des BFH V R 24/98, UR 2001, 214 ist nunmehr geklärt, dass maßgebend ist, ob der Unternehmer im Zeitpunkt des Leistungsbezugs (zB der Bauleistungen) durchgehend die durch objektive Anhaltspunkt belegte Absicht hatte, die Eingangsleistungen zur Ausführung besteuerter Vermietungsumsätze zu verwenden. Diese durch objektive Anhaltspunkte belegte Absicht muss bei geplanten steuer-

freien, aber optionsfähigen Umsätzen auch die Voraussetzungen der Option umfassen. Dabei ist die im Zeitpunkt des Leistungsbezugs bestehende Gesetzeslage für den fiktiven Verzicht auf die Steuerbefreiung maßgebend (BFH V R 27/00, UR 2002, 603).

Für den **Leerstand** von Vermietungsflächen folgt daraus, dass der Vermieter zur Umsatzsteuer optieren kann, soweit der Leistungsempfänger das Grundstück ausschließlich für Umsätze zu verwenden beabsichtigt, die den Vorsteuerabzug nicht ausschließen (§ 9 Abs. 2 S. 1). Maßgeblich ist somit die durch objektive Anhaltspunkte belegte Verwendungsabsicht des Leistungsempfängers. War eine Fläche vor dem Leerstand gewerblich genutzt, indiziert dies wegen der auf diese Verwendung zugeschnittenen Bauweise und Ausstattung im Regelfall eine entsprechende weitere Verwendungsabsicht (BFH V R 46/13, BStBl. II 2015, 947). **31a**

16. Nachträglicher Fortfall des Optionsrechts

Während § 9 Abs. 2 in der bis 31.12.1993 geltenden Fassung das Optionsrecht in Fällen der Steuerbefreiung nach § 4 Nr. 9 Buchst. a sowie § 4 Nr. 12 Buchst. a, b und c nur ausschloss, wenn das Grundstück zu Wohnzwecken oder anderen nichtunternehmerischen Zwecken diente oder zu dienen bestimmt war, ist das Optionsrecht durch das StMBG mit Wirkung ab 1.1.1994 auf die Fälle beschränkt worden, in denen der Leistungsempfänger das Grundstück ausschließlich für Umsätze verwendet oder zu verwenden beabsichtigt, die den Vorsteuerabzug nicht ausschließen (vgl. → Rn. 12). Vor dem Hintergrund des Urteil des EuGH in der Rechtssache INZO (EuGH C-110/94, DStR 1996, 419 – INZO) stellt sich die Frage, ob die Optionsmöglichkeit und damit die Berechtigung zum Vorsteuerabzug erhalten bleibt, wenn der Steuerpflichtige zwar bereits Investitionsaufwendungen gehabt hat, mit der Errichtung des Gebäudes aber nicht vor dem 11.11.1993 begonnen worden ist (vgl. § 27 Abs. 2 Nr. 3). Der BFH hat die Frage, ob im Falle des Fortfalls des Optionsrechts auf Grund einer Gesetzesänderung das Optionsrecht erhalten bleibt, dem EuGH zur Entscheidung vorgelegt (BFH V R 77/96, DStR 1998, 1874). Der EuGH hat die Frage im Urteil C-396/98 (DStRE 2000, 877 – Schloßstraße) bejaht. **32**

17. Missglückte Option

Stellt sich bei einer Überprüfung heraus, dass die Voraussetzungen für eine ausgeübte Option gar nicht gegeben waren, so treten die gleichen Rechtsfolgen ein wie beim Widerruf einer Option (→ Rn. 29). Dies kommt vor allem in Fällen der „Zwischenvermietung" (→ Rn. 19) in Betracht, aber auch dann, wenn die Option sich sonst als Steuerumgehung iSv § 42 AO erweist (→ Rn. 20). Ob in diesen Fällen der Leistende wegen des offenen UStAusweises in der Rechnung die USt nach § 14 Abs. 2, Abs. 3 schuldet, ist streitig (verneinend HessFG VI 231/82, EFG 1987, 268, rkr; bejahend FVerw, zuletzt OFD Düsseldorf 12.10.1989, DB 1989, 2575, die aber **Rechnungsberichtigung** entsprechend § 14 Abs. 2 aF zulässt). Auch wenn der leistende Unternehmer irrtümlich angenommen hat, der Leistungsempfänger werde die Leistung für sein Unternehmen verwenden, ist die Option missglückt; einen Gutglaubensschutz gibt es insoweit nicht. Zu den bei missglückter Option auftretenden Verfahrensfragen siehe *Klever* DB 1989, 1591. **33**

18. Missbräuchliche Option

a) Missbrauch bei Illiquidität. Die Ausübung des Verzichts gemäß § 9 Abs. 1 durch den gesetzlichen Vertreter eines illiquiden Unternehmers kann die Haftung des gesetzlichen Vertreters nach §§ 34, 69 AO zur Folge haben (BFH VII R 51/96, **34**

UR 1998, 108 zum Liquidator; FG Münster 13 K 6469/944, EFG 1997, 193 rkr zum Konkursverwalter).

35 Darüber hinaus kann die Option bei Illiquidität des optierenden Unternehmers auch einen Missbrauch von Gestaltungsmöglichkeiten darstellen (vgl. zu den einzelnen Fallgruppen NdsFG V 356/88, V 119/89, V 689/88, EFG 1989, 657 (658, 659) und *Weiß* UR 1990, 101). Über die Voraussetzungen, unter denen die Ausübung des Verzichts gemäß § 9 Abs. 1 bei Notverkäufen oder Zwangsversteigerungen von Grundstücken einen Missbrauch von Gestaltungsmöglichkeiten darstellt, hat der BFH in mehreren Urteilen entschieden (BFH V R 14/95, BStBl. II 1996, 491; V R 54/92, BStBl. II 1993, 736; V R 6/91, BStBl. II 1993, 854; V R 80/92, BStBl. II 1994, 487; V R 93/89, BFH/NV 1994, 510). Kennzeichnend ist für diese Fälle, dass von vornherein klar ist, dass der Verkäufer (oft im Vorfeld von Konkursen durch einen Sequester vertreten) die UStSchuld, die er durch die Option freiwillig entstehen lässt, weder aus eigenen finanziellen Mitteln noch aus dem Veräußerungserlös begleichen kann, weil er diesen bereits an andere Gläubiger abgetreten hat. Andererseits ermöglicht er aber durch den offenen Ausweis der USt in einer dem Erwerber erteilten Rechnung diesem den Vorsteuerabzug. Folgt man den og Urteil des BFH, so ist für die Frage, ob eine rechtsmissbräuchliche Gestaltung vorliegt, allein auf die Verhältnisse in der Person des Leistungsempfängers abzustellen. Ein Missbrauch liegt danach vor, wenn der Erwerber den Kaufpreis nicht bezahlt, sondern mit eigenen notleidenden Forderungen gegen den Veräußerer verrechnet und damit wirtschaftlich selbst in den Genuss des von ihm zu zahlenden Kaufpreises kommt (BFH V R 14/95, DStR 1996, 1404; V R 6/91, UR 1994, 191; V R 70/89, BStBl. II 1991, 866). Da es sich bei der Option um ein einseitiges Gestaltungsrecht des optierenden Verkäufers handelt, ist uE die Frage des Missbrauchs aus dessen Sicht zu beurteilen. Eine Gestaltungsmöglichkeit kann nur derjenige missbrauchen, der diese Gestaltung selbst vornehmen oder zumindest maßgeblich beeinflussen kann. Zutreffender ist deshalb der Ansatz einiger FG, die darauf abstellen, ob der Verzicht auf die Steuerbefreiung für den Veräußerer wirtschaftlich sinnvoll ist. Das wird in aller Regel dann der Fall sein, wenn der Veräußerer durch die Option eine Vorsteuerberichtigung gemäß § 15 a vermeidet, die die im Falle der Option zu zahlende USt übersteigt (NdsFG V 569/87, EFG 1993, 268; FG Saarl 1 K 13/92, BeckRS 1993, 09132; FG Münster 15 K 6665/90, BeckRS 1992, 08632). Der BFH kommt demgegenüber zu dem schwer nachvollziehbaren Ergebnis, dass der Erwerber eine wirtschaftlich sinnvolle und nicht zu missbilligende Gestaltung des Veräußerers iSd § 42 AO missbraucht. Die Problematik ist durch die zum 1.1.1993 in Kraft getretene Neufassung des § 51 Abs. 1 S. 1 Nr. 3 UStDV (BGBl. 1992 I 1982) entschärft. Danach muss derjenige, der ein Grundstück im **Zwangsversteigerungsverfahren** vom Vollstreckungsschuldner ersteht, die Steuer von der Gegenleistung einbehalten und an das für ihn zuständige FA abführen. Vgl. auch → Rn. 41.

36 **b) Missbrauch bei Vorschaltmodellen.** Die Frage nach dem Missbrauch rechtlicher Gestaltungsmöglichkeiten stellt sich auch bei den sog. „Vorschaltmodellen", die durch die Neuregelung des § 9 Abs. 2 verhindert werden sollen (vgl. → Rn. 14). Der BFH hat hierzu in mehreren Urteilen zu Recht entschieden, dass ein Missbrauch von Gestaltungsmöglichkeiten vorliegt, wenn die Ehefrau eines Arztes ein Haus errichtet bzw. erwirbt und an ihren Ehemann für dessen Praxis vermietet, sie aber innerhalb eines überschaubaren Zeitraumes vom Zeitpunkt der Vermietung an nicht in der Lage ist, die laufenden Aufwendungen für das Grundstück und den Kapitaldienst aus der Miete und sonstigem eigenen Einkommen zu decken (BFH V R 9/99, UR 2000, 388; V R 12/95, BStBl. II 1996, 252; V R 104/91, BStBl. II 1993, 253; V R 33/90, BStBl. II 1993, 210; V R 1/91, BStBl. II 1992, 541; vgl. auch BFH XI R 67/93, BStBl. II 1994, 829 zum Pkw-Erwerb; kritisch *Reiß* UR 1993, 213). Kindergeldzahlungen können dabei nicht als Einnahmen des vermietenden Ehegat-

ten angesehen werden, weil sie dem Kindesunterhalt dienen (BFH V R 12/95, BStBl. II 1996, 252). Bei dem überschaubaren Zeitraum, innerhalb dessen der vermietende Ehegatte zur Finanzierung in der Lage sein muss, kann es sich nur um einen kurzen Überbrückungszeitraum handeln, in dem ein Zugriff der Grundpfandgläubiger auf die Praxisräume nicht zu erwarten ist (vgl. BFH V R 12/95, BStBl. 1996, 252).

Die Frage nach dem Vorliegen einer rechtsmissbräuchlichen Gestaltung stellt sich 37
auch beim sog. **Sparkassenmodell.**

Beispiel: Die Kreissparkasse KSK möchte ein neues Verwaltungsgebäude errichten. Da sie selbst im Wesentlichen nach § 4 Nr. 8 steuerfreie Umsätze ausführt, schaltet sie die A-GmbH & Co. KG vor, deren einzige Kommanditistin sie ist. Die KG errichtet das Gebäude, vermietet es steuerpflichtig an die KSK und nimmt die Vorsteuern in Anspruch. Da die Eigenkapitalausstattung der KG zur Errichtung des Gebäudes nicht ausreicht, stellt die KSK ihr ein unverzinsliches Darlehen zur Verfügung.

Unter entsprechender Anwendung der zu den Ehegatten-Vorschaltfällen entwi- 38
ckelten Grundsätze ist ein Rechtsmissbrauch gemäß § 42 AO anzunehmen, wenn die KG aus ihrem Eigenkapital und den Mietzinsen die Errichtung des Gebäudes nicht finanzieren kann, sondern dazu des zinslosen Darlehens bedarf (BFH XI R 27/95, HFR 1997, 815; XI R 12/96, UR 1998, 18; offen gelassen von FG Saarl, UR 1994, 405; vgl. auch BFH XI R 12/96, BStBl. II 1997, 374). Die Verwaltung nimmt demgegenüber eine missbräuchliche Gestaltung dann an, wenn innerhalb des Berichtigungszeitraumes nach § 15a die abziehbaren Vorsteuern bei der Personengesellschaft die USt für die Vermietungsleistungen an das Kreditinstitut übersteigen und etwaige Aufkommensminderungen bei der USt nicht durch Mehraufkommen bei anderen Steuerarten ausgeglichen werden (BMF 29.5.1992, BStBl. I 1992, 378; siehe auch *Salzberger* UR 1994, 453; zur Bemessungsgrundlage vgl. → § 10 Rn. 25 aE). Dabei soll die Regelung des § 12 KWG, der zufolge die nach Buchwerten berechneten dauernden Anlagen eines Kreditinstitutes insgesamt das haftende Eigenkapital nicht übersteigen dürfen, im Einzelfall als möglicher außersteuerlicher Grund einer rechtsmissbräuchlichen Gestaltung entgegenstehen (zur Höhe des Vermietungsentgeltes vgl. → § 10 Rn. 115ff.).

c) Folgen des Rechtsmissbrauchs. Ist die Option rechtsmissbräuchlich, so ent- 39
steht gemäß § 42 S. 2 AO der Steueranspruch so, wie er bei einer den wirtschaftlichen Vorgängen angemessenen rechtlichen Gestaltung entsteht. Das dürfte für die Fälle des illiquiden Veräußerers Folgendes bedeuten: Die Grundstücksveräußerung ist steuerfrei, der Erwerber hat keinen Anspruch auf eine Rechnung mit UStAusweis, die ihm dennoch mit UStAusweis erteilte Rechnung ist gemäß § 42 AO bzgl. des UStAusweises steuerlich unbeachtlich. Die **zivilrechtliche Abwicklung** ist in diesen Fällen nicht unproblematisch, da als Kaufpreis idR der Bruttopreis zu verstehen ist. Hier wird zu unterscheiden sein: Hat sich der Käufer (wegen der vermeintlichen Möglichkeit des Vorsteuerabzugs) bereit erklärt, zusätzlich zu dem eigentlich vorgesehenen Kaufpreis die USt zu zahlen, wird die steuerliche Nichtanerkennung der Option und damit auch des UStAusweises in der Rechnung eine Änderung der Geschäftsgrundlage mit der Folge darstellen, dass der Käufer nur den Nettopreis zu zahlen braucht. Hat sich umgekehrt der Verkäufer (vor allem im Fall der Zwangsversteigerung) bereit erklärt, den bereits festliegenden Preis in einen Nettopreis und die darauf entfallende USt aufzuteilen, wird der Käufer bei steuerlicher Unwirksamkeit der Option den vorher vereinbarten vollen Preis (bei der Zwangsversteigerung das Meistgebot) zu zahlen haben. Hierzu liegt – soweit ersichtlich – höchstrichterliche Rechtsprechung aber noch nicht vor.

19. Aufzeichnungspflichten

40 Die Aufzeichnungspflicht gemäß § 22 Abs. 2 Nr. 1 ist zu beachten. Dort heißt es, dass aus den Aufzeichnungen die Umsätze hervorgehen müssen, die der Unternehmer nach § 9 als steuerpflichtig behandelt hat. Bei einem einheitlichen Preis für eine Leistung, die nach den allgemeinen Vorschriften steuerpflichtig ist, und eine Leistung, die nur wegen der Option steuerpflichtig ist, verzichtet UStAE 22.2 auf eine gesonderte Aufzeichnung. Zu den **Erklärungspflichten** bei **Miteigentümergemeinschaften,** die selbst Unternehmer sind, zwecks gesonderter Feststellung, siehe § 3 der VO vom 19.12.1986, BStBl. I 1987, 2.

20. § 9 Abs. 3

41 Durch das StÄndG 2001 vom 20.12.2001 (BGBl. 2001 I 3794) ist § 9 Abs. 3 mit Wirkung ab 1.1.2002 angefügt worden. Bei der Durchführung des ebenfalls durch das StÄndG 2001 abgeschafften Abzugsverfahrens in den Fällen der Lieferung von Grundstücken im Zwangsversteigerungsverfahren (§ 51 Abs. 1 Nr. 3 UStDV; nach der gesetzlichen Neuregelung ist § 13b Abs. 1 S. 1 Nr. 3 einschlägig) waren häufig Schwierigkeiten aufgetreten. Bisher konnte die Option zur Steuerpflicht bis zur Bestandskraft der Steuerfestsetzung erfolgen. Die fehlende zeitliche Anknüpfung an den Zuschlag führte dazu, dass eine nachträgliche Option beim Meistgebot nicht berücksichtigt werden konnte. Das konnte für den Ersteher zu unerwarteten finanziellen Mehrbelastungen führen. Aus Gründen der Rechtssicherheit ist deshalb die Optionsmöglichkeit zeitlich so begrenzt worden, dass eine etwaige Belastung mit USt bereits bei der Abgabe von Geboten feststeht (zur Kritik an der Neuregelung vgl. *Nieskens* UR 2002, 53). Der BFH hat im Urteil V R 62/01 (DStR 2002, 1265) offen gelassen, ob sich die nunmehr in § 9 Abs. 3 normierte zeitliche Beschränkung der Option nicht bereits aus der bisherigen Rechtslage ergeben hat. Jedenfalls war auch bisher ein Verzicht auf die Steuerbefreiung nach dem Verteilungstermin nicht mehr wirksam.

42 Durch das HBeglG 2004 (BGBl. 2003 I 3076) ist § 9 Abs. 3 S. 2 eingefügt worden, wonach grundsätzlich bei nach § 4 Nr. 9 Buchst. a steuerfreien Grundstücksumsätzen die Option zur UStPflicht im notariellen Kaufvertrag zu erklären ist. Die Neuregelung ist in Zusammenhang mit dem Übergang der Steuerschuldnerschaft auf den Leistungsempfänger bei steuerpflichtigen Umsätzen, die unter das GrEStG fallen (§ 13b Abs. 1 S. 1 Nr. 3), zu sehen. Sie dient dem Schutz des Leistungsempfängers.

Dritter Abschnitt. Bemessungsgrundlagen

§ 10 Bemessungsgrundlage für Lieferungen, sonstige Leistungen und innergemeinschaftliche Erwerbe

(1) [1]Der Umsatz wird bei Lieferungen und sonstigen Leistungen (§ 1 Abs. 1 Nr. 1 Satz 1) und bei dem innergemeinschaftlichen Erwerb (§ 1 Abs. 1 Nr. 5) nach dem Entgelt bemessen. [2]Entgelt ist alles, was der Leistungsempfänger aufwendet, um die Leistung zu erhalten, jedoch abzüglich der Umsatzsteuer. [3]Zum Entgelt gehört auch, was ein anderer als der Leistungsempfänger dem Unternehmer für die Leistung gewährt. [4]Bei dem innergemeinschaftlichen Erwerb sind Verbrauchsteuern, die vom Erwerber geschuldet oder entrichtet werden, in die Bemessungsgrundlage einzubeziehen. [5]Bei Lieferungen und dem innergemeinschaftlichen Erwerb im Sinne des § 4 Nr. 4a Satz 1 Buchstabe a Satz 2 sind die Kosten für die Leistungen im Sinne des § 4 Nr. 4a Satz 1 Buchstabe b und die vom Auslagerer geschuldeten oder entrichteten Verbrauchsteuern in die Bemessungsgrundlage einzubeziehen. [6]Die Beträge, die der Unternehmer im Namen und für Rechnung eines anderen vereinnahmt und verausgabt (durchlaufende Posten), gehören nicht zum Entgelt.

(2) [1]Werden Rechte übertragen, die mit dem Besitz eines Pfandscheins verbunden sind, so gilt als vereinbartes Entgelt der Preis des Pfandscheins zuzüglich der Pfandsumme. [2]Beim Tausch (§ 3 Abs. 12 Satz 1), bei tauschähnlichen Umsätzen (§ 3 Abs. 12 Satz 2) und bei Hingabe an Zahlungs statt gilt der Wert jedes Umsatzes als Entgelt für den anderen Umsatz. [3]Die Umsatzsteuer gehört nicht zum Entgelt.

(3) (weggefallen)

(4) [1]Der Umsatz wird bemessen

1. bei dem Verbringen eines Gegenstands im Sinne des § 1a Abs. 2 und des § 3 Abs. 1a sowie bei Lieferungen im Sinne des § 3 Abs. 1b nach dem Einkaufspreis zuzüglich der Nebenkosten für den Gegenstand oder für einen gleichartigen Gegenstand oder mangels eines Einkaufspreises nach den Selbstkosten, jeweils zum Zeitpunkt des Umsatzes;
2. bei sonstigen Leistungen im Sinne des § 3 Abs. 9a Nr. 1 nach den bei der Ausführung dieser Umsätze entstandenen Ausgaben, soweit sie zum vollen oder teilweisen Vorsteuerabzug berechtigt haben. [2]Zu diesen Ausgaben gehören auch die Anschaffungs- oder Herstellungskosten eines Wirtschaftsguts, soweit das Wirtschaftsgut dem Unternehmen zugeordnet ist und für die Erbringung der sonstigen Leistung verwendet wird. [3]Betragen die Anschaffungs- oder Herstellungskosten mindestens 500 Euro, sind sie gleichmäßig auf einen Zeitraum zu verteilen, der dem für das Wirtschaftsgut maßgeblichen Berichtigungszeitraum nach § 15a entspricht;
3. bei sonstigen Leistungen im Sinne des § 3 Abs. 9a Nr. 2 nach den bei der Ausführung dieser Umsätze entstandenen Ausgaben. [2]Satz 1 Nr. 2 Sätze 2 und 3 gilt entsprechend.

[2]Die Umsatzsteuer gehört nicht zur Bemessungsgrundlage.

(5) [1]Absatz 4 gilt entsprechend für

1. Lieferungen und sonstige Leistungen, die Körperschaften und Personenvereinigungen im Sinne des § 1 Abs. 1 Nr. 1 bis 5 des Körperschaftsteuergesetzes, nichtrechtsfähige Personenvereinigungen sowie Gemeinschaften im Rahmen ihres Unternehmens an ihre Anteilseigner, Gesellschafter,

Mitglieder, Teilhaber oder diesen nahe stehende Personen sowie Einzelunternehmer an ihnen nahe stehende Personen ausführen;

2. Lieferungen und sonstige Leistungen, die ein Unternehmer an sein Personal oder dessen Angehörige auf Grund des Dienstverhältnisses ausführt,

wenn die Bemessungsgrundlage nach Absatz 4 das Entgelt nach Absatz 1 übersteigt; der Umsatz ist jedoch höchstens nach dem marktüblichen Entgelt zu bemessen. [2]Übersteigt das Entgelt nach Absatz 1 das marktübliche Entgelt, gilt Absatz 1.

(6) **[1]Bei Beförderungen von Personen im Gelegenheitsverkehr mit Kraftomnibussen, die nicht im Inland zugelassen sind, tritt in den Fällen der Beförderungseinzelbesteuerung (§ 16 Abs. 5) an die Stelle des vereinbarten Entgelts ein Durchschnittsbeförderungsentgelt. [2]Das Durchschnittsbeförderungsentgelt ist nach der Zahl der beförderten Personen und der Zahl der Kilometer der Beförderungsstrecke im Inland (Personenkilometer) zu berechnen. [3]Das Bundesministerium der Finanzen kann mit Zustimmung des Bundesrates durch Rechtsverordnung das Durchschnittsbeförderungsentgelt je Personenkilometer festsetzen. [4]Das Durchschnittsbeförderungsentgelt muss zu einer Steuer führen, die nicht wesentlich von dem Betrag abweicht, der sich nach diesem Gesetz ohne Anwendung des Durchschnittsbeförderungsentgelts ergeben würde.**

Umsatzsteuer-Durchführungsverordnung:

§ 25 Durchschnittsbeförderungsentgelt

Das Durchschnittsbeförderungsentgelt wird auf 4,43 Cent je Personenkilometer festgesetzt.

EU-Recht: Art. 73–78, 83, 84, 394, 397 Abs. 1 MwStSystRL (Art. 11 Teil A Abs. 1 Buchst. a–c, Art. 27 Abs. 1 und 5, Art. 28e Abs. 1 6. EG-RL); Art. 42 MwStVO
UStAE: 10.1–10.8

Übersicht

I. Bedeutung

Das Entgelt ist dem Grunde nach die Voraussetzung für die Steuerbarkeit (§ 1 Abs. 1 Nr. 1 S. 1) und für die Unternehmereigenschaft (§ 2 Abs. 1 S. 3) sowie der Höhe nach die Bemessungsgrundlage für die USt (§ 10 Abs. 1 S. 1); vgl. auch *Hummel* UR 2015, 213 (218). Seit Umstellung von der Brutto-USt zur Mehrwertsteuer ist die USt tatsächlich eine **Verbrauchsteuer** (nicht jedoch iSd der AO). Entgelt ist nicht das, was der Leistungserbringer erhält, sondern alles, was der Leistungsempfänger – letztlich der Verbraucher – aufwendet, um die Leistung zu erhalten (§ 10 Abs. 1 S. 2). Die **Angemessenheit** des Entgelts spielt grundsätzlich keine Rolle, auch wenn die Leistung grenzüberschreitend erfolgt und damit ertragsteuerlich stets unter dem Angemessenheitsvorbehalt steht (vgl. *Heber* MwStR 2015, 372). Nur in den Fällen der in § 10 Abs. 4 und 5 geregelten Ersatztatbestände wird für Leistungen ein fiktives Entgelt angesetzt, vgl. hierzu → Rn. 73ff. 1

Das Entgelt kann in einer **Geldleistung** oder in einer **Sach- oder Dienstleistung** bestehen (Tausch und tauschähnlicher Umsatz, § 10 Abs. 2 S. 2, → Rn. 45ff.). Wird für eine Wertabgabe aus dem Unternehmen entweder kein Entgelt verlangt (unentgeltliche Wertabgaben, → Rn. 73ff.) oder wird das Entgelt aufgrund besonderer Beziehungen zwischen Leistendem und Leistungsempfänger niedriger bemessen, als es im gewöhnlichen Geschäftsverkehr zu erzielen gewesen wäre (Leistungen an nahestehende Personen, → Rn. 95ff.), sieht das UStG besondere Bemessungsgrundlagen vor, nämlich den **Einkaufspreis oder die Selbstkosten** (§ 10 Abs. 4 Nr. 1) sowie die **Ausgaben** (§ 10 Abs. 4 Nr. 2, 3). Alle Bemessungsgrundlagen werden mit dem **Nettowert** angesetzt, dh die USt selbst gehört nicht zum Entgelt. Die Bemessungsgrundlage für den Steuertatbestand der Einfuhr ist in § 11 geregelt. Einzelheiten siehe dort. Zur Bemessungsgrundlage bei **Reiseleistungen** siehe § 25 und bei dem der Differenzbesteuerung unterliegenden Handel mit beweglichen körperlichen Gegenständen siehe § 25a. 2

einstweilen frei 3

II. Grundtatbestand: Entgeltliche Leistung

1. Begriff des Entgelts

Das Entgelt richtet sich entsprechend dem Charakter der USt als Verbrauchsteuer (vgl. hierzu *Hummel* UR 2015, 213 (216)) nach § 10 Abs. 1 S. 2 nach den **Aufwendungen des Leistungsempfängers** (oder eines Dritten für den Leistungsempfänger → Rn. 9) für den Erhalt der Leistung (vgl. BFH V R 15/09, BStBl. II 2011, 142). Daher ist der Begriff des Entgelts iSd UStG aus der Sicht des Leistungsempfängers zu be- 4 stimmen (BFH XI R 16/95, BStBl. II 1996, 208). Dies scheint zunächst nicht im Einklang mit dem **Unionsrecht** zu stehen. Demnach gehört zur Bemessungsgrundlage „alles, was den Wert der Gegenleistung bildet, die der Lieferer oder Dienstleistende vom Abnehmer oder einem Dritten erhält" (Art. 73 MwStSystRL). Der Wortlaut der MwStSystRL stellt damit auf die Sicht des Leistenden ab. Trotz dieser Formulierungsunterschiede führen aber beide Vorschriften nach BFH V R 15/09, BStBl. II 2011, 142 zum gleichen Ergebnis, da weder § 10 die Berücksichtigung der Sicht des Leistenden verbietet noch Art. 73 MwStSystRL eine Berücksichtigung der Aufwendungen des Leistungsempfängers ausschließt (so zB auch EuGH C-34/99, DStRE 2001, 661 – Primback). Der Leistende erhält schließlich das, was der Leistungsempfänger aufwendet. **Abweichungen** zwischen dem Aufwand des Leistungsempfängers und dem, was der Leistende erhält, basieren stets auf einem zwischengeschalteten **zweiten Rechtsverhältnis** oder einer **Wertänderung der Gegenleistung,** so dass die Differenz diesen Ursachen zuzuschreiben ist.

Beispiele: Der Leistende tritt die Entgeltforderung gegen den Leistungsempfänger an ein Inkassobüro ab und erhält hierfür 25% des Nennwerts ausgezahlt. Der Leistungsempfänger zahlt nie einen Betrag an das Inkassobüro. Seine Aufwendungen (= Entgelt) betragen null. Das vom Leistenden vereinnahmte Entgelt von 25% ist ein Entgelt aus dem Abtretungsvertrag mit dem Inkassobüro, nicht aber aus der an den Leistungsempfänger erbrachten Leistung (zur Abtretung → § 17 Rn. 62).

Der Leistungsempfänger zahlt für eine Leistung mit seiner Kreditkarte 100 EUR. Das Kreditkartenunternehmen belastet das Konto des Leistungsempfängers mit diesem Betrag, so dass das Entgelt 100 EUR beträgt und zwar unabhängig davon, welchen Betrag der Leistende vom Kreditkartenunternehmen erhält, denn dies ist Ergebnis des Vertrags zwischen dem Leistenden und dem Kreditkartenunternehmen. Dazu → § 17 Rn. 34 und Rn. 65. Ein etwaiger Zuschlag zum Verkaufspreis bei Kreditkartenzahlung gehört folglich zum Entgelt (EuGH C-276/09, BeckRS 2010, 91367 – Everything Everywhere Ltd Rn. 32; C-607/14, MwStR 2016, 530 mAnm *Grube* – Bookit Ltd. Rn. 23; Art. 42 MwStVO).

Ein Maschinenbauer verkauft einem Automobilzulieferer im Februar 10 eine Maschine mit einem Zahlungsziel von 2 Monaten für 1 Mio. US-Dollar, was zu diesem Zeitpunkt 700.000 EUR sind. Dies sind die Aufwendungen des Leistungsempfängers, weil ihm eine Verbindlichkeit in dieser Höhe entsteht. Dass der Leistungsempfänger zwei Monate später wegen eines gesunkenen Euro-Kurses 850.000 EUR aufwenden muss, um den Betrag von 1 Mio. US-Dollar zu beschaffen und an den Leistenden zu zahlen, spielt für die Höhe des Entgelts keine Rolle (→ Rn. 43, → § 16 Rn. 32ff.), denn diese Aufwendungen werden nicht für die Leistung, sondern für die Anschaffung der Fremdwährung getätigt.

Ein Reisebüro vermittelt Reisen an Reisekunden und erhält hierfür eine Provision vom Reiseveranstalter. Zur Absatzsteigerung gewährt das Reisebüro einigen Kunden Rabatte auf die vermittelten Reisen auf eigene Kosten. Der Reiseveranstalter erhält somit den ungeminderten vereinbarten Reisepreis und gewährt dem Reisebüro auch die übliche Provision. Aus dieser Provision finanziert das Reisebüro aber den Rabatt. Der Rabatt mindert aber weder die Besteuerungsgrundlage für die Reiseleistung des Reiseveranstalters an den Reisekunden noch für die Vermittlungsleistung des Reisebüros an den Reiseveranstalter, da in beiden Fällen das vereinbarte Entgelt entrichtet wird. Der Rabatt stellt somit Entgeltverwendung dar (EuGH C-300/12 BStBl. II 2015, 317 – Ibero Tours; → § 17 Rn. 44).

Ein Unternehmer verkauft Waren über eine Internethandelsplattform für insgesamt 119.000 EUR. Nach Abzug der Gebühren von 10.000 EUR wird ein Betrag von 109.000 EUR an den Unternehmer überwiesen. Die Bemessungsgrundlage beträgt 100.000 EUR. Die Verrechnung mit den Gebühren ist unbeachtlich. (Beispiel aus OFD Karlsruhe 19.2.2015, UR 2015, 323)

5 Entscheidend für die Charakterisierung als Entgelt ist das Bestehen eines **unmittelbaren Zusammenhanges** zwischen der erbrachten Leistung und der empfangenen Gegenleistung, jedoch kein innerer (synallagmatischer) Zusammenhang. Dem-

entsprechend richtet sich die Höhe des Entgelts nach dem zwischen Leistendem und Leistungsempfänger bestehenden **Rechtsverhältnis,** aus dem sich der für die Steuerbarkeit der Leistung maßgebliche unmittelbare Zusammenhang zwischen der Leistung und dem erhaltenen Gegenwert ergibt (BFH V R 9/04, BStBl. II 2007, 285; XI R 32/11, BFH/NV 2014, 626), wobei sich dieses Rechtsverhältnis auch aus gesellschaftsvertraglichen Regelungen ergeben kann (BFH V R 24/10, BStBl. II 2011, 951 Rn. 15). Dabei muss die Gegenleistung in Geld ausgedrückt werden können (BFH V R 87/98, BStBl. II 1999, 580) und für den Leistungserbringer **verfügbar** sein (→ Rn. 11 ff.). Eine Finalität des Handelns in dem Sinne, dass der Leistende leistet, *um* die Gegenleistung zu erhalten, ist nicht erforderlich (BFH V R 92/01, BStBl. II 2003, 732). Über den vertraglich vereinbarten Preis hinausgehende Überzahlungen des Leistungsempfängers gehören daher ebenfalls zum Entgelt (→ Rn. 26 ff.) wie Zahlungen Dritter (→ Rn. 9). Die Frage des unmittelbaren Zusammenhangs spielt vor allem beim Tausch (→ Rn. 45 ff.) und bei Zuschüssen (→ Rn. 60 ff.) eine Rolle.

Schadensersatz stellt kein Entgelt dar, wenn die Zahlung nicht für eine Liefe- 6
rung oder sonstige Leistung an den Zahlenden erfolgt, sondern weil der Zahlende nach Gesetz oder Vertrag für einen Schaden und seine Folgen einzustehen hat (BFH V R 36/01, DStRE 2003, 681; BFH V R 58/97, BFH/NV 1999, 987; siehe zu Schadensersatz allgemein → § 1 Rn. 45 ff.). Stellt eine Zahlung des Leistungsempfängers teils eine Gegenleistung und teils Schadensersatz dar, ist sie entsprechend aufzuteilen. Das erhöhte Beförderungsentgelt bei **Schwarzfahrern** ist kein Entgelt (UStAE 10.1 Abs. 3 S. 11 mit Verweis auf BFH V R 109/78, BStBl. II 1987, 228). Gebühren, die für gesonderte Leistungen berechnet werden, sind hingegen Entgelt, wie zB die **Umbuchungsgebühr** bei Fluggesellschaften für die Umbuchung eines Fluges (BFH V R 16/99, BStBl. II 2000, 360; UStAE 25.1 Abs. 14 S. 4). Kosten für die **Stornierung von Reservierungen** können je nach Rechtsgrund Schadensersatz oder steuerbares Entgelt sein (→ Rn. 32 ff.). Entschädigungen für das Nichtzustandekommen des Leistungsaustauschs können Schadensersatz sein (→ Rn. 32 ff.). Zahlungen zur Abgeltung einer vom Mieter übernommenen **Instandhaltungsverpflichtung** an den die Instandhaltung durchführenden Vermieter sind nach FG Köln 9 K 4447/08, DStRE 2010, 810, rkr, kein (zusätzliches) Entgelt für die Überlassung der Mietsache (kritisch *Fritz* DStR 2010, 1826, der unter Rückgriff auf die mietrechtliche Rechtsprechung eine Umsatzsteuerbarkeit bejaht und daher empfiehlt, in solchen Vergleichsvereinbarungen eine Nachzahlungspflicht für den Fall einer später anderweitigen umsatzsteuerlichen Beurteilung vorzusehen).

Ist der leistende Unternehmer zur Zahlung eines Betrags im Hinblick auf die von ihm zuvor erbrachte Leistung und das dafür vereinnahmte Entgelt verpflichtet, stellt sich umsatzsteuerlich die Frage, ob es sich um nicht **steuerbaren Schadensersatz,** um eine **Entgeltminderung** oder um ein gesondertes Entgelt für eine unabhängige, vom Leistungsempfänger der vorherigen Leistung erbrachte Leistung handelt. Hierzu → § 17 Rn. 45 ff.

Vereinzelt kann es vorkommen, dass für Güter **negative Preise** vereinbart werden. 7
Dies kommt beispielsweise im Stromhandel vor, wenn das Angebot die Nachfrage deutlich überschreitet und es keine Speicherkapazitäten gibt (vgl. *Eggers/Trinks* UR 2012, 577; *Korf* UVR 2011, 116). Die FVerw geht in diesen Fällen zutreffend davon aus, dass es sich nicht um eine Lieferung (gegen negatives Entgelt), sondern um eine sonstige Leistung des Stromabnehmers (gegen für ihn positives Entgelt) handelt (UStAE 1.7 Abs. 1 S. 3). Denn das Wesen des Stromverkaufs gegen negatives Entgelt ist letztlich eine **Entsorgungsleistung** des Abnehmers – Müllentsorgung stellt schließlich auch keine Lieferung von Müll gegen negatives Entgelt dar (*Korf* UVR 2011, 116). Zu negativen Preisen kam es in der jüngeren Vergangenheit auch bei der Fremdkapitalvergabe an einen Schuldner mit sehr guter Bonität (zur Steuerbarkeit der Fremdkapitalvergabe → § 2 Rn. 78). Wirtschaftlich lassen sich **negative Zinsen** nur dadurch begründen, dass die alternative Bargeldhaltung entweder höhere Kosten verursacht

oder mangels entsprechender Bargeldmengen nicht möglich ist. Damit dreht sich auch im Falle negativer Zinsen das Leistungsverhältnis um: Der Kapitalnehmer bewahrt das Buchgeld für den Kapitalgeber gegen Entgelt (= negativer Zins) auf. Verlangt eine Bank negative Einlagenzinsen von ihren Kunden, erbringt die Bank eine steuerbare sonstige Leistung; diese unterliegt aber trotz des nun umgekehrten Leistungsverhältnisses der Steuerbefreiung des § 4 Nr. 8 Buchst. d (Umsätze im Einlagengeschäft; vgl. *Philipowski* MwStR 2014, 823; ebenso OFD Frankfurt a. M. 27. 1. 2016, DStR 2016, 814), sofern die Bank nicht auf die Steuerfreiheit nach § 9 Abs. 1 verzichtet.

2. Leistung des Entgelts an Dritte oder von Dritten

8 Entgelt können auch **Zahlungen des Leistungsempfängers an Dritte** sein, und zwar dann, wenn sie für Rechnung des leistenden Unternehmers entrichtet werden und im Zusammenhang mit der Leistung stehen (siehe UStAE 10.1 Abs. 7; ferner FG München 3 K 1008/90, EFG 1991, 761, rkr, betreffend Zahlung an Ehefrau des Verkäufers). Beiträge, die ein Leistungsempfänger zugunsten seiner freien Mitarbeiter an eine **Pensionskasse** entrichtet, stellen im Zeitpunkt der Zahlung Entgelt dar (BFH V R 73/01, BStBl. II 2003, 217). Das gilt jedoch nicht für vom Leistungsempfänger gesetzlich geschuldete **Sozialversicherungsbeiträge** für den Leistungserbringer (BFH V R 37/08, BStBl. II 2009, 873), da diese vom Leistungsempfänger aufgrund öffentlich-rechtlicher Verpflichtung geschuldet werden (so auch Steuern, → Rn. 22 f.). Gleiches gilt auch für gesetzlich geschuldete Zuschüsse zu **privaten Kranken- und Pflegeversicherungen** (BFH XI R 35/08, BStBl. II 2010, 1082; kritisch *Wagner* UVR 2012, 116 (119 f.), weil der Arbeitgeberzuschuss dem Versicherten (Arbeitnehmer) und nicht – wie bei der gesetzlichen Krankenversicherung – der Versicherung geschuldet wird). Sind der Leistungsempfänger und der Leistende **Gesamtschuldner** des Dritten, ist die Zahlung des Leistungsempfängers an den Dritten insoweit Entgelt, wie der leistende Unternehmer davon wirtschaftlich einen Vorteil hat (zur Zahlung der Grunderwerbsteuer durch den Grundstückskäufer → Rn. 24).

9 Nach § 10 Abs. 1 S. 3 gehört zum Entgelt auch, was ein anderer als der Leistungsempfänger dem Unternehmer für die Leistung gewährt. Voraussetzung für die Zuordnung von **Zahlungen Dritter** zum Entgelt ist aber ein unmittelbarer Zusammenhang zwischen der Leistung des Unternehmers und der Zahlung des Dritten (→ Rn. 5 und BFH V R 51/02, BStBl. II 2004, 322; V R 36/01, DStRE 2003, 681; V R 93/77, BStBl. II 1986, 723; V B 22/89, BStBl. II 1991, 33 betreffend Entgelt bei **Zwischenvermietung;** BFH V R 107/87, BStBl. II 1992, 705 betreffend Zahlung eines Apothekers an Hausbesitzer für **Bereithalten einer Arztpraxis;** BFH V R 48/00, BStBl. II 2003, 210 betreffend Zahlung einer Bank an Leistenden gegen **Abtretung der Konkursforderung;** EuGH C-18/92, UR 1994, 72 – Bally betreffend **Zahlung durch Kreditkarteninstitut;** BFH XI B 74/08, DStRE 2008, 1517 betreffend **„Toilettengroschen“** von Kunden eines Kaufhauses; BFH XI R 39/12 (und dem folgend UStAE 10.2 Abs. 5 S. 7), wonach die Lieferung eines **„Gratis-Handys“** durch einen Vermittler von Mobilfunkverträgen an die Endkunden gegen Entgelt von dritter Seite erfolgt, wenn der Vermittler hierfür vom Mobilfunkanbieter gegen Mitteilung der Geräte-Identifikationsnummer eine höhere Provision erzielt (siehe ferner UStAE 10.2 Abs. 3 und *Feil/Polok* UR 2015, 340; *Pickelmann* MwStR 2015, 69) sowie **Erschließungsbeiträge,** die Grundstückserwerber dem Projektentwickler für Erschließungsbauleistungen erstattet, die dieser vorher an die Stadt erbracht hat (FG Münster 5 K 2660/12 U, Rev. BFH: XI R 17/15, EFG 2015, 1861). Ob die Zahlung des Dritten zugleich Teil eines anderen Geschäftsvorgangs ist, spielt keine Rolle, es darf sich aber nicht um ein Entgelt für eine an den Dritten erbrachte Leistung handeln (BFH V R 14/09, BStBl. II 2012, 428 Rn. 26; UStAE 10.2 Abs. 3).

Fällt die Leistung grundsätzlich unter § 13b, sieht § 13b Abs. 9 die Möglichkeit vor, das Entgelt von dritter Seite aus dem Anwendungsbereich der **Steuerschuld-**

umkehr auszuklammern. Derzeit wird die Ermächtigung nur für den Fall der unfreien Versendung durch § 30a UStDV genutzt (vgl. *Spilker* in Weymüller BeckOK § 13b Rn. 214ff.).

Knüpft die Zahlung des Dritten nicht an bestimmte Umsätze an, sondern wird sie unabhängig von einer bestimmten Leistung des Empfängers gewährt (zB um diesem die Mittel zu Maßnahmen zu verschaffen, die zwar im Interesse des Zahlenden liegen, ihm aber keinen unmittelbaren wirtschaftlichen Vorteil bringen), handelt es sich nicht um steuerbares Entgelt von dritter Seite. In der Praxis spielt diese Unterscheidung vor allem eine Rolle bei **Zuschüssen, Beihilfen, Subventionen** und ähnlichen Leistungen der öffentlichen Hand (Einzelheiten → Rn. 60ff.). Der **Vorsteuerabzug** steht auch bei von dritter Seite entrichtetem Entgelt unter den Voraussetzungen des § 15 dem Leistungsempfänger und nicht dem Dritten zu. Das Drittentgelt ist daher in der Rechnung an den Leistungsempfänger auszuweisen (→ § 14 Rn. 90; UStAE 14.10 Abs. 1). Kein Entgelt von dritter Seite ist die **Ausfuhrerstattung** nach VO (EG) 1255/1999 (BFH V R 22/11, DStRE 2013, 366) oder die Zahlung eines Arbeitgebers an einen Caterer zum Betreiben einer **Kantine** für seine Arbeitnehmer – stattdessen handelt es sich um Entgelt für die steuerbare Leistung „Kantinenbewirtschaftung" (BFH XI R 4/12, DStR 2014, 797, entgegen UStAE 1.8 Abs. 12 Beispiel 3; auch → Rn. 40f.). 10

3. Umfang des Entgelts

a) Tatsächliche verfügbare Einnahmen ohne USt. Für die Bemessung des Entgelts ist es unerheblich, ob und in welchem Umfang dem Leistenden Kosten entstanden sind, die ihm die Leistung überhaupt erst ermöglicht haben. Selbst wenn die Kosten die Gegenleistung übersteigen, das Geschäft dem Leistenden also einen **Verlust** erbracht hat, stellt die volle Gegenleistung das Entgelt dar. Das gilt auch, wenn der Leistende dem Leistungsempfänger diese Kosten gesondert in Rechnung stellt (zB für Fracht und **Verpackung;** anders ist es bei einer unfreien Versendung – vgl. UStAE 10.1 Abs. 3 S. 12 und 13). Wird eine Gegenleistung irrtümlich **ohne USt vereinbart,** ist diese Gegenleistung in Entgelt und USt aufzuteilen (BFH V R 28/95, BStBl. II 1997, 716; XI R 43/11, BStBl. II 2015, 755). Für den Fall, dass die Gegenleistung deshalb ohne USt vereinbart wird, weil die Parteien von der Anwendung des Reverse-Charge-Verfahrens ausgehen, hat das FG Münster 5 K 1120/12 U, BeckRS 2015, 95535, rkr, entschieden, dass der vereinbarte Betrag das (Netto-)Entgelt ist. In zwei Ausnahmefällen hat der EuGH allerdings die fehlende Kostendeckung des Entgelts zum Anlass genommen, die Unternehmereigenschaft einer öffentlichen Einrichtung zu verneinen (→ § 2 Rn. 189). 11

Auf die **Angemessenheit des Entgelts** kommt es nicht an, auch wenn die Leistung grenzüberschreitend erfolgt und damit ertragsteuerlich stets unter dem Angemessenheitsvorbehalt steht (vgl. *Heber* MwStR 2015, 372). Die Steuer auf den unangemessenen Mehrbetrag wird insbesondere nicht unberechtigt iSd § 14c Abs. 2 ausgewiesen (FG München 2 K 1691/12, EFG 2015, 1757, NZB BFH: XI B 68/15). Auch wenn die Gegenleistung im Verhältnis zum allgemeinen Marktpreis weit überhöht ist, stellt sie das Entgelt dar (siehe BFH X R 12/81, BStBl. II 1988, 210, betreffend **verdeckte Gewinnausschüttung;** ferner BFH V R 183/83, BStBl. II 1989, 205; V R 47/86, BStBl. II 1990, 757 mit Anm. in HFR 1990, 645; *Husmann* UR 1991, 15; kritisch *Bunjes* UR 1991, 39). Ebenso ist aber – abgesehen von den Sonderfällen des § 10 Abs. 4, Abs. 5 (→ Rn. 73ff.) – auch nur die Gegenleistung das Entgelt. Auch wenn also ein Unternehmer Ware zu einem Preis abgibt, der **unter dem fremdüblichen Wert** liegt (zB um der drohenden Zahlungsunfähigkeit zu entgehen), ist nur der tatsächlich erzielte Preis das Entgelt (siehe dazu auch BFH V R 95/86, BStBl. II 1992, 569). Auf eine Äquivalenz von Leistung und Gegenleistung kommt es grundsätzlich nicht an. Eine unangemessene Festlegung des Entgelts kann 12 nur über § 10 Abs. 5 →Rn. 95ff.) oder in seltenen Fällen über § 42 AO korrigiert werden (BFH XI R 12/96, BStBl. II 1997, 374; XI R 12/96, BStBl. II 1997, 374; zur einschränkenden Anwendbarkeit des § 42 AO auf die USt siehe aber *Wäger* DStR 2011, 49 (52)).

13 Zum Entgelt gehört alles, was der Leistungserbringer für die Gegenleistung erhält und worüber er **frei verfügen** kann. Erhält der Leistungserbringer einen geringeren Betrag als der Leistungsempfänger aufwendet, zB weil Zahlungsgebühren oder Provisionen für Vermittler zuvor abgezogen worden sind, gehören diese Beträge idR dennoch zum Entgelt, weil die Minderung des Betrags bereits auf einer Verfügung des leistenden Unternehmers basiert und damit Entgeltverwendung darstellt (vgl. →Rn. 4). Bei **Einlösung eines Gutscheins** mit einem Nennwert bestimmt dieser Nennwert abzüglich der USt die Höhe des Entgelts für die dafür erhaltene Leistung, wenn der Leistungsempfänger den Nennwert aufgewendet hat und der leistende Unternehmer den vorgelegten Nennwertgutschein als Zahlungsmittel akzeptiert, und zwar auch dann, wenn der leistende Unternehmer den Nennwert nicht (in voller Höhe) erhält (vgl. FG RhPf 6 K 1782/13, EFG 2014, 1907, rkr). Bei der ausnahmsweise steuerbaren **Aushändigung von Gutscheinen** gegen Entgelt ist der berechnete Betrag umsatzsteuerbares Entgelt (EuGH C-40/09, DStR 2010, 1623 – Astra Zeneca; → § 2 Rn. 74ff.). Bei Veranstaltung eines **Wettbewerbs** bildet der Gesamtbetrag der vom Veranstalter eingenommenen Teilnahmegebühren die Besteuerungsgrundlage, wenn der Veranstalter über diesen Betrag frei verfügen kann (EuGH C-498/99, DStRE 2002, 1326 – Town & County Factors; BFH V R 42/02, DStR 2005, 1855). Indessen ist der gesamte Geldeinsatz bei **Glückspielautomaten** kein Entgelt, soweit der Betreiber nicht über den Einsatz frei verfügen kann, weil er gesetzlich einen festgelegten Teil der Spieleinsätze an die Spieler als Gewinn auszahlen muss (→Rn. 29). Nicht zu den verfügbaren Einnahmen zählen auch **Steuern und Abgaben,** die durch die Leistung veranlasst sind und die der Leistungsempfänger schuldet (→Rn. 24).

14 Eine Vereinnahmung des Entgelts ist erst gegeben, wenn die Gegenleistung erbracht wird. Die **Umwandlung einer Entgeltforderung in ein Darlehen** stellt keine Vereinnahmung dar. Dies hat Folgen für Unternehmer, die die USt nach vereinnahmten Entgelten berechnen und für § 17. Wird eine Entgeltforderung in ein Darlehen umgewandelt und fällt das Darlehen später aus, liegt – sofern das zuvor vereinbarte Entgelt im Rahmen der Soll-Besteuerung umsatzversteuert wurde – eine Entgeltminderung nach § 17 vor. Dieser Fall ist daher zu unterscheiden von der für das Entgelt irrelevanten **Entgeltverwendung:** Wurde das vereinbarte Entgelt vereinnahmt, ist die Verwendung dieses Entgelts für die Besteuerung des Umsatzes ohne Bedeutung. Minderungen des bereits vereinnahmten Entgelts können somit nicht mehr im Wege des § 17 berücksichtigt werden. Einzelheiten und Beispiel → § 17 Rn. 65; siehe auch *Wagner* in Sölch/Ringleb § 10 Rn. 100ff.

15 Die **nachträgliche Vereinbarung** und Leistung eines Entgelts ist für den BFH offensichtlich ausreichend, um eine unentgeltliche in eine entgeltliche Leistung umzuqualifizieren, wobei dies nicht auf den ursprünglichen Besteuerungszeitraum zurückwirkt, sondern eine Erhöhung der Bemessungsgrundlage nach § 17 auslöst (vgl. BFH V R 41/08, DStRE 2010, 192; so auch *Korf* UVR 2012, 20 (21)).

Beispiel: Eine in der Gastronomie tätige Personengesellschaft bezieht im Jahr 01 ihre Waren von einem der Gesellschafter, der einen entsprechenden Getränkehandel betreibt. Die Lieferungen erfolgen unentgeltlich, weswegen sie zwar umsatzsteuerpflichtig beim Einzelunternehmer sind (§ 3 Abs. 1b), aber die Personengesellschaft nicht zum Vorsteuerabzug berechtigen. Im Jahr 02 vereinbaren der Einzelunternehmer und die Personengesellschaft, dass die Lieferungen nun entgeltlich sind, und die Personengesellschaft zahlt das Entgelt. Nach BFH V R 41/08, DStRE 2010, 192 liegt nun eine entgeltliche Lieferung vor. Beim Einzelunternehmer mindert sich die Bemessungsgrundlage für die unentgeltliche Lieferung und es erhöht sich die Bemessungsgrundlage für die entgeltliche Lieferung (§ 17). Die Personengesellschaft kann nun – bei Besitz einer entsprechenden Rechnung – den Vorsteuerabzug geltend machen.

Die **Aufteilung eines Gesamtkaufpreises** auf einzelne gelieferte Gegenstände kann bei unterschiedlichen Steuersätzen von Bedeutung sein. Sie hat grundsätzlich nach der einfachstmöglichen sachgerechten Aufteilungsmethode zu erfolgen, wobei nach BFH V B 125/12, BStBl. II 2013, 973 nicht ernstlich zweifelhaft ist, dass die Aufteilung bei Menüs aus Speisen und Getränken **nach Maßgabe der Einzelveräußerungspreise** zu erfolgen hat. Diesen Grundsätzen hat sich die Verwaltung angeschlossen (siehe UStAE 10.1 Abs. 11; dem folgend SchlHFG 4 K 59/14, BeckRS 2016, 95756, rkr.); sie gestattet aber auch **andere Aufteilungsmethoden** wie das Verhältnis des Wareneinsatzes, sofern diese gleich einfach sind und zu sachgerechten Ergebnissen führen. Die Aufteilung nach den betrieblichen Kosten ist nach UStAE 10.1 Abs. 11 S. 6 nicht zulässig, weil diese nicht gleich einfach sein soll (zur Verwaltungsauffassung vgl. auch *Feil/Grundler* UR 2014, 1; kritisch zur BFH-Entscheidung vor Ergehen der Verwaltungsauffassung *Holota/Robisch* UR 2013, 779; zu den Besonderheiten in der Verlagsbranche vgl. *Ober* MwStR 2015, 82; zur Aufteilung des Entgelts bei Handyverträgen auf die Lieferung eines „Gratis-Handys" und die Telekommunikationsdienstleistung vgl. *Feil/Polok* UR 2015, 343). Die Aufteilung ist vorrangig nach Einzelveräußerungspreisen vorzunehmen. Denn Entgelt – auch für einen Teil der Gesamtleistung – ist alles, was der Leistungsempfänger aufwendet. Die Sicht des Leistungsempfängers ist somit maßgeblich, womit vorrangig nur ihm bekannte Größen wie die Einzelverkaufspreise von Bedeutung sein können. Eine Aufteilung nach den betrieblichen Kosten, Zeitaufwand, nach betriebsinternen Verrechnungssätzen oder anderen betriebsinternen Größen ist daher ungeeignet. Nur für den Fall, dass keine Einzelveräußerungspreise – auch nicht bei anderen Anbietern derselben Leistung – existieren, wird man zwangsläufig auf eine andere Aufteilungsmethode zurückgreifen müssen. **16**

b) Auslagenersatz, Zinsen. Auslagenersatz ist in der Regel Bestandteil des Entgelts, wenn er mit einer steuerbaren Leistung des Unternehmers zusammenhängt (zB bei gesonderter Berechnung von Porto und Verpackung für die Versendung des Liefergegenstands oder bei Weiterbelastung von Reisekosten, Steuern und Gebühren, siehe zu Steuern → Rn. 22ff.). Dies entspricht dem für das Entgelt maßgebenden Bruttoprinzip (→ Rn. 11). Auslagenersatz gehört nur dann nicht zum Entgelt, wenn Verausgabung und Vereinnahmung im Namen und für Rechnung eines anderen erfolgen und es daher um **durchlaufende Posten** gemäß § 10 Abs. 1 S. 6 handelt (→ Rn. 68ff.). Zur Weiterberechnung von **Gebühren durch Notare und Rechtsanwälte** vgl. zB OFD Karlsruhe 28.2.2012, BeckVerw 258500. **17**

Pfandgelder für Warenumschließungen (zB Flaschen, Getränkekästen, Säcke) sind im Grundsatz Teil des Entgelts für die Warenlieferung, wenn ohne sie der Abnehmer die Lieferung nicht erhalten kann. Dies gilt daher nicht für die (Mit-)Veräußerung von Transporthilfsmitteln (BFH V R 56/79, BStBl. II 1987, 582). Einzelheiten → § 17 Rn. 48ff. **18**

Zinsen, die wegen zeitlich gestreckter Zahlung des Verkaufspreises an den die Leistung ausführenden Unternehmer gezahlt werden, gehören zum Entgelt für die Lieferung oder sonstige Leistung, wenn es sich um eine einheitliche Leistung handelt. Wirtschaftlich enthält jede zeitlich gestreckte Zahlung einen Zinsanteil (zB auch Mieten, Pachten oder Leasingraten). Umsatzsteuerlich kommt eine Herauslösung des Zinsanteils aber nur in Betracht, wenn es sich nach umsatzsteuerlichen Kriterien um eine gesonderte Leistung handelt (so auch UStAE 3.11 Abs. 2). Bei Ratenkaufverträgen können die Raten vollständig und nicht nach Herausrechnung des Zinsanteils umsatzsteuerpflichtiges Entgelt darstellen (so zB bei **Ratenzahlung gegen Wegfall eines Barzahlungsrabatts,** BFH V R 43/89, BStBl. II 1993, 360). Ist aber das Entgelt für die Lieferung oder sonstige Leistung von vorneherein bestimmt und **19**

zu einem Zeitpunkt fällig und wird diese Fälligkeit durch eine zusätzliche Vereinbarung gegen gesondertes Entgelt hinausgeschoben, handelt es sich um eine gesondert erbrachte sonstige Leistung, so dass die Zinsen (Teilzahlungszuschläge) nicht zum Entgelt für die ursprüngliche Lieferung oder sonstige Leistung zählen (so zur **Ratenzahlung gegen Zuschlag** zum Verkaufspreis BFH V B 24/80, BStBl. II 1981, 197). Die FVerw setzt in UStAE 3.11 Abs. 2 – noch – eine gesonderte Vereinbarung von Lieferung oder sonstiger Leistung und Kreditgewährung mit Angabe des Jahreszinses und getrennter Abrechnung der beiden Leistungen voraus. Der BFH hat allerdings entschieden, dass eine **Angabe des Jahreszinses** an sich keine Voraussetzung für die gesonderte umsatzsteuerliche Behandlung einer Kreditvereinbarung sein kann (BFH XI R 24/11, DStR 2014, 93; eine Reaktion der FVerw steht noch aus). Entscheidend ist vielmehr, dass eine eigenständige Finanzierungsleistung vereinbart und gesondert abgerechnet wird und dass die Finanzierungsleistung umsatzsteuerlich als eigenständige Leistung und nicht als Nebenleistung zur Hauptleistung zu beurteilen ist. Unfreiwillig gezahlte Zinsen, zB **Verzugszinsen** gehören nicht zum Entgelt für die bezogene Lieferung (siehe EuGH 222/81, UR 1982, 159 – Bausystem; OLG Frankfurt a. M. 17 U 22/82, NJW 1983, 394). Gleiches gilt für **Mahngebühren und Prozesszinsen.** Die FVerw behandelt diese Gebühren und Zinsen als Schadensersatz (UStAE 1.3 Abs. 3 und UStAE 10.1 Abs. 3 S. 9). Mahngebühren an ein Inkassounternehmen sind indessen Entgelt für dessen Einziehungsleistung (BFH V R 86/93, BStBl. II 1995, 613).

20 Die vom Vermieter an die Mieter abgewälzten **Mietnebenkosten** stellen Entgelt für eine Leistung des Vermieters und nicht des Versorgungsunternehmens an den Mieter dar; sie sind folglich keine durchlaufenden Posten (EuGH C-42/14, DStR 2015, 888 – Wojskowa Agencja Mieszkaniowa mAnm *Langer* und MwStR 2015, 413 mAnm *Grube*). Ob diese Leistung Teil einer einheitlichen und ggf. steuerfreien Vermietungsleistung (so UStAE 4.12.1 Abs. 5) oder eine gesonderte steuerbare und wohl auch steuerpflichtige Leistung des Vermieters darstellt, hängt im Wesentlichen davon ab, ob der Mieter die Möglichkeit hat, den Leistenden und/oder die Nutzungsmodalitäten der zusätzlichen Leistungen auszuwählen.

21 *einstweilen frei*

22 **c) Einbezug von Steuern und Abgaben.** Die **USt** selbst gehört nicht zum Entgelt (§ 10 Abs. 1 S. 2). Das gilt auch dann, wenn der Leistende die USt nicht offen ausweist, sondern die Steuer (bei Kleinbetragsrechnungen iSv § 33 UStDV) verdeckt im Entgelt enthalten ist. Sie muss dann zur Ermittlung des umsatzsteuerlichen Entgelts aus dem Rechnungsbetrag herausgerechnet werden. Ebenso wird das Entgelt nicht gemindert durch **Quellensteuereinbehalte** durch den Leistungsempfänger (zB Bauabzugsteuer, → § 17 Rn. 32).

23 **Verbrauchsteuern** und **Verkehrsteuern** (mit Ausnahme der USt), öffentliche **Gebühren** und **Abgaben,** die der Unternehmer im Zusammenhang mit steuerbaren Leistungen schuldet und (offen oder verdeckt) auf den Leistungsempfänger überwälzt, sind Bestandteil des Entgelts und keine durchlaufenden Posten (Art. 78 Buchst. a MwStSystRL). Dies gilt zB für die Biersteuer, die Schaumweinsteuer, die Branntweinsteuer, die Getränkesteuer, die Tabaksteuer, die Vergnügungsteuer (BFH II R 22/69, BStBl. II 1970, 386; V R 26/08, BStBl. II 2010, 883). Damit Steuern in die Bemessungsgrundlage einzubeziehen sind, müssen sie aber in unmittelbarem Zusammenhang mit der Leistung stehen (so EuGH C-106/10, BeckRS 2011, 81179 – Lidl & Companhia im Fall der portugiesischen Steuer auf die Kfz-Lieferung oder C-256/14, MwStR 2015, 589 – Lisboagás mAnm *Grube* im Fall einer auf die Endverbraucher vom Gasversorger abgewälzte kommunale Abgabe; anders EuGH C-433/09, BeckRS 2010, 91499 – Kommission/Österreich im Fall der österreichischen Normverbrauchsabgabe (NoVA) auf die Zulassung von Kfz). Beim **innergemeinschaftlichen Erwerb** gehören kraft ausdrücklicher Regelung (§ 10 Abs. 1 S. 4) ne-

ben dem Entgelt auch solche Verbrauchsteuern zur Bemessungsgrundlage der USt, die vom Erwerber geschuldet oder entrichtet werden. Es handelt sich dabei um Verbrauchsteuern aller Art, auch soweit sie von einem anderen Mitgliedstaat der EU erhoben werden. Das Gleiche gilt bei der **Auslagerung** gemäß § 10 Abs. 1 S. 5 auch für die vom Auslagerer geschuldeten oder entrichteten Verbrauchsteuern sowie für die Kosten für an den Auslagerer erbrachten und nach § 4 Nr. 4a S. 1 Buchst. b steuerfreien Leistungen, soweit diese nicht bereits im Entgelt enthalten sind. Diese Vorschrift trägt damit Art. 155 MwStSystRL Rechnung, wonach bei einer Auslagerung die zu erhebende USt der Höhe der Abgabe entsprechen muss, die bei der Besteuerung der Umsätze im Inland geschuldet worden wäre (vgl. BT-Drs. 15/1562 – StÄndG 2003, 44f.).

Nicht zum Entgelt gehören – neben den nicht auf die Leistung bezogenen Steuern **24** (→ Rn. 23) – öffentlich-rechtliche Abgaben, die nicht vom Leistenden an den Leistungsempfänger weiterbelastet werden, sondern die unmittelbar vom Leistungsempfänger aufgrund einer ihn treffenden Verpflichtung geschuldet werden, auch wenn sie durch die bezogene Leistung veranlasst sind (wie zB **Sozialversicherungsbeiträge,** BFH V R 37/08, BStBl. II 2009, 873). Dies gilt auch dann, wenn Leistungsempfänger und Leistender Gesamtschuldner sind und der Leistungsempfänger durch vollständige Begleichung auch eine fremde Schuld tilgt wie bei der **Grunderwerbsteuer** (§ 13 Abs. 1 GrEStG). Ist im Grundstückskaufvertrag – wie allgemein üblich – vereinbart, dass der Erwerber die gesamte Grunderwerbsteuer zu zahlen hat, so verzichtet der Erwerber damit auf den ihm gemäß § 426 Abs. 1 BGB zustehenden Ausgleichsanspruch gegenüber dem Veräußerer. Dennoch gehört der auf den Veräußerer entfallende Teil nicht zum Entgelt für die Grundstücksveräußerung (siehe BFH V R 14/04, BStBl. II 2012, 424, Anm. *Kronthaler* DStR 2006, 754; V R 9/04, BStBl. II 2007, 285 sowie UStAE 10.1 Abs. 7 S. 6; so aber noch BFH V R 23/77, BStBl. II 1980, 620; zur Steuerschuldnerschaft bei Grundstückslieferungen nach § 13b Abs. 2 Nr. 3 dort → § 13b Rn. 20ff.).

Nach den unter → Rn. 24 genannten Kriterien unterscheidet die FVerw auch bei **25** den sog. Kulturförderabgaben – **„Bettensteuer“:** Sie zählt nicht zum Entgelt, sondern stellt einen durchlaufenden Posten dar, wenn Abgabenschuldner der von der Stadt erhobenen Abgabe der jeweilige Gast ist (LFD Thür 13.12.2011, DStR 2012, 297). Ist jedoch der Beherbergungsbetrieb selbst Abgabeschuldner, gehört die vom Gast verlangte Kulturförderabgabe zum Entgelt für die Beherbergungsleistung (OFD Frankfurt a. M. 4.7.2011, DStR 2011, 1910 – so in Köln, Bingen am Rhein und Darmstadt). Bei Gesamtschuldnerschaft (so in Darmstadt) liegt nach Auffassung der OFD Frankfurt a. M. mit Verweis auf UStAE 10.4 Abs. 4 ebenso Entgelt und kein **durchlaufender Posten** nach § 10 Abs. 1 S. 6 vor (ebenso LFD Thür 13.12.2011, DStR 2012, 297). Dies widerspricht wohl der unter → Rn. 24 erläuterten Auffassung des BFH zur GrESt. Da der BFH entschieden hat, dass bei Gesamtschuldnerschaft der GrESt kein Entgelt vorliegt, wenn der Grundstückserwerber (Leistungsempfänger) die GrESt aufgrund einer Vereinbarung mit dem Grundstücksveräußerer (Lieferer) an das Finanzamt zahlt und dadurch die auch ihn treffende Verbindlichkeit unmittelbar tilgt, kann bei Zahlung der Kulturförderabgabe durch den Leistungsempfänger (Gast) an den Beherbergungsbetrieb bei Letzterem ein durchlaufender Posten vorliegen, und zwar dann, wenn der Beherbergungsbetrieb die Abgabe in seiner Buchführung als durchlaufenden Posten behandelt und sie nicht als Bestandteil seines Übernachtungspreises ausweist. Dies kann aus BFH V R 1/14, DStR 2014, 2126 geschlossen werden. Dort bejahte der BFH das Vorliegen eines durchlaufenden Postens für Gebühren, die ein Krematorium zwar auch gesamtschuldnerisch schuldet, die es aber im Namen und für Rechnung seines Auftraggebers verauslagt, in seiner Buchführung als durchlaufenden Posten behandelt und nicht in der Preisliste als Bestandteil des eigenen Entgelts ausweist (gegen UStAE 10.4 Abs. 4 S. 1). Die Qualifizierung als durchlaufender Posten hängt damit (auch) davon ab, ob der Unternehmer die im Namen und für Rechnung seiner Leistungsempfänger verauslagten Beträge als Teil der Besteuerungsgrundlage erfasst wissen will oder nicht. Ob Gesamtschuldnerschaft vorliegt oder nicht, ist demnach kein entscheidendes Kriterium. Entrichtet der Leistende (Beherbergungsbetrieb) die Steuer in eigenem Namen und auf eigene Rechnung – auch bei Gesamtschuldnerschaft – gehört die Steuer daher zum Entgelt (EuGH C-106/10, BeckRS 2011, 81179 Rn. 34 – Lidl & Companhia).

26 **d) Freiwillige Zahlungen/Überzahlungen des Leistungsempfängers.** Entsprechend der Ausführungen in → Rn. 5 ist für die Charakterisierung als Entgelt nur das Bestehen eines unmittelbaren Zusammenhanges zwischen der erbrachten Leistung und der empfangenen Gegenleistung erforderlich, nicht jedoch ein innerer Zusammenhang dergestalt, dass der leistende Unternehmer die Leistung erbringt, um die(se) Gegenleistung zu erhalten. Damit gehören auch **freiwillige Zahlungen** des Leistungsempfängers zum Entgelt, wenn und soweit sie in unmittelbarem Zusammenhang mit der Leistung des Unternehmers stehen. Hierzu zählen nach der Rechtsprechung des BFH „Trinkgelder" für einen selbstständigen Taxifahrer (BFH V R 118/71, BStBl. II 1972, 405) oder der sog. „Toilettengroschen", den Benutzer einer Toilette freiwillig für deren Benutzung dem Betreiber überlassen (BFH XI B 74/08, DStRE 2008, 1517). Auch der Gewinn einer vom Verpächter einer Markentankstelle ausgelobten Incentive-Reise durch den Pächter erhöht dessen Entgelt für seine Vermittlungsumsätze um den Wert der Reise (BFH V R 16/92, BStBl. II 1995, 274; vgl. auch BFH V R 124/92, BFH/NV 1996, 271 und V R 125/92, BFH/NV 1996, 272 sowie *Klenk* BB 1995, 2621). Auch **Überzahlungen** und **Doppelzahlungen** gehören zum Entgelt (so zB Münzrestbeträge bei (Fernsprech-)Automaten, vgl. BFH V B 39/05, UR 2007, 382). Werden sie zurückgezahlt, liegt eine Minderung der Bemessungsgrundlage vor (BFH XI R 16/95, BStBl. II 1996, 208; V R 11/05, BStBl. II 2007, 966; auch → § 17 Rn. 27).

27 **Trinkgelder an Angestellte,** zB Taxifahrer und an das Bedienungspersonal in Gaststätten, zählen nicht zum Entgelt für die Leistung des Unternehmers, weil sie auf die Person des Empfängers bezogen sind (Anerkennung für freundliche Bedienung) und damit kein unmittelbarer Zusammenhang zur unternehmerischen Leistung des Dienstherrn besteht (vgl. UStAE 10.1 Abs. 5). Anders ist es mit dem **Bedienungszuschlag** im Gaststättengewerbe, denn er gehört zur vertraglich geschuldeten Gegenleistung (EuGH C-404/99, UR 2001, 206 – Kommission/Frankreich). Er ist daher auch dann Entgelt iSv § 10 Abs. 1, wenn das Bedienungspersonal ihn nicht an den Gaststättenunternehmer abführt, sondern vereinbarungsgemäß als Entlohnung einbehält (BFH V R 74/68, BStBl. II 1972, 24; zum „Tronc" → Rn. 29).

28 *einstweilen frei*

29 **e) Glücksspiel.** Bei Geldspielautomaten sind nicht alle Geldbeträge, die in den Automaten eingeworfen werden, Entgelt (EuGH C-38/93, BStBl. II 1994, 548 – Glawe; anders aber frühere Rechtsprechung BFH V R 53/76, BStBl. II 1987, 516). Der gesetzlich zwingend festgelegte Teil der Gesamtheit der Spieleinsätze, der den **an die Spieler ausgezahlten Gewinnen** entsprechen, gehört demnach nicht zur Besteuerungsgrundlage (BFH V R 20/95, DStR 1997, 612 und BFH V R 27/95, DStR 1997, 614 mit Anm. *Klenk;* kritisch *Buob* UR 1994, 293; vgl. auch EuGH C-86/99, DStRE 2001, 722 – Freemans). Gleiches gilt beim Verkauf von Bingocoupons (EuGH C-377/11, UR 2012, 803 – International Bingo Technology). Die **Vergnügungsteuer** gehört zum Entgelt (BFH V R 26/08, BStBl. II 2010, 883; auch → Rn. 23; ebenso der beim Automatenglücksspiel einbehaltene „Tronc", BFH V R 32/09, BStBl. II 2011, 300).

30 Nach BFH XI R 4/09, BFH/NV 2011, 1736 sind von einem **Lotterieteilnahmevermittler** vereinnahmte Spieleinsätze auch insoweit Entgelt, als dieser die Einnahmen an den Lotterieveranstalter abführen muss.

31 *einstweilen frei*

f) Zahlungen für Nichterfüllung von Verträgen oder bei fehlendem Abruf der Leistung. Kommt ein Leistungsaustausch nicht zustande, weil der zugrundeliegende Vertrag vor Leistungsausführung gekündigt oder aufgehoben wird, können die Bedingungen der Kündigung oder Aufhebung die Zahlung einer Entschädigung vorsehen. Hierbei sind zwei Fälle zu unterscheiden: 32

– Der **zur Leistung Verpflichtete (Leistungserbringer)** leistet eine Zahlung aufgrund einer entsprechenden Kündigungsklausel des Vertrags oder aufgrund einer gesonderten Aufhebungsvereinbarung. In diesen Fällen liegt ein steuerbares Entgelt für eine sonstige Leistung vor. Durch den Verzicht auf die Leistungserbringung wird dem Schuldner ein Nutzen in Gestalt seiner Handlungsfreiheit zugewendet, worin der umsatzsteuerbare Verbrauch liegt (so *Reiß* UR 2008, 58 (65)). Entsprechend hat der EuGH die Zahlung eines Entgelts bei **vorzeitiger Auflösung eines Mietvertrags,** das der Vermieter an den Mieter zahlt, als steuerbar beurteilt (EuGH C-63/92, BStBl. II 1995, 480 – Lubbock Fine; im Streitfall ging es um die Anwendung einer Steuerbefreiung, was aber die Steuerbarkeit voraussetzt).
– Der **zur Gegenleistung Verpflichtete (Leistungsempfänger)** leistet eine Zahlung aufgrund einer entsprechenden Kündigungsklausel des Vertrags oder aufgrund einer gesonderten Aufhebungsvereinbarung. Um diese Zahlung als steuerbares Entgelt zu qualifizieren, müsste eine steuerbare Leistung vom zur Leistung Verpflichteten an den zur Gegenleistung Verpflichteten erfolgen, weil Letzterer die Zahlung leistet. Wie *Reiß* zutreffend anmerkt, muss dies verneint werden (*Reiß* UR 2008, 58 (65f.)). Der zur Leistung Verpflichtete kann keinen Vorteil dadurch haben, dass er von der Leistungsverpflichtung befreit wird, denn dann hätte er den Vertrag gekündigt oder aufgelöst. Er erleidet vielmehr einen Schaden daraus, dass er die Leistung nicht mehr erbringen darf (und damit den Anspruch auf die Gegenleistung verliert), weswegen der Zahlung eigentlich Schadensersatzcharakter beizumessen wäre. Dennoch hat der BFH eine Zahlung der Mandantin einer Anwaltskanzlei bei **vorzeitiger Auflösung eines Beratervertrags** als steuerbares Entgelt qualifiziert (BFH V R 34/03, BStBl. II 2007, 66, kritisch *Reiß* UR 2008, 58 (65f.)). Dies ist auch insoweit inkonsistent als Stornogebühren des zur Gegenleistung Verpflichteten in der **Hotellerie, Gastronomie und der Reisebranche** als nichtsteuerbarer Schadensersatz angesehen werden (UStAE 25.1 Abs. 14, BMF 7.4.1998, BStBl. I 1998, 380; OFD Frankfurt a. M. 5.8.2008, DStR 2008, 1833; ebenso zum Angeld eines nichtangetretenen Hotelgasts EuGH C-277/05, IStR 2007, 667 – Société thermale Eugénie-les-Bains mit Anm. *Korf;* ebenso Bereitstellungsentgelte, die ein Speditionsunternehmer bei kurzfristigem Auftragswegfall erhält, BFH XI R 22/08, BStBl. II 2010, 1084). Bei Zahlung des Angelds stellt dieses zunächst eine der Mindest-Ist-Besteuerung unterliegende Anzahlung dar. Mit Rücktritt vom Vertrag ist das Hotel zur Rückzahlung der Anzahlung verpflichtet, was eine Minderung der Bemessungsgrundlage nach § 17 Abs. 2 Nr. 2 auslöst (dort → § 17 Rn. 76ff.). Gleichzeitig erwächst dem Hotelbetreiber aus dem Vertrag ein Schadensersatzanspruch, den der EuGH nicht als steuerbares Entgelt qualifizierte. Umbuchungs- oder Änderungsgebühren sind indessen Entgelt für die Reiseleistung (BFH V R 16/99, BStBl. II 2000, 360; UStAE 25.1 Abs. 14 S. 4).

Beispiel: Ein Hotelgast leistet eine Anzahlung von 40% des Übernachtungspreises im Voraus. Einen Tag vor der Übernachtung tritt der Gast vom Vertrag zurück. Vereinbarungsgemäß behält das Hotel die Anzahlung ein.

Im Zeitpunkt der Anzahlung unterlag diese der Mindest-Ist-Besteuerung. Mit Rücktritt vom Vertrag ist die Anzahlung grundsätzlich zurückzuzahlen. In jedem Fall ist die USt nach § 17 Abs. 2 Nr. 2 zu berichtigen. Die Einbehaltung der Anzahlung als Schadensersatz ist nichtsteuerbar.

Ein anderer Fall ist derjenige des **Verzichts auf die Leistung.** In diesem Fall wird der Vertrag nicht aufgehoben oder gekündigt, so dass der Anspruch auf die Gegenleis- 33 tung bestehen bleibt. Umsatzsteuerlich wurde überlegt, ob eine solche Zahlung dann Entgelt für eine Leistungsbereitschaft sein kann (siehe *Korf* IStR 2007, 669). Dass ein Entgelt für die Möglichkeit einer Inanspruchnahme von Leistungen umsatzsteuerbar sein kann, hat der EuGH für Mitgliedsbeiträge zu einem Verein (EuGH C-174/00, DStRE 2002, 642 – Kennemer Golf & Country Club, → Rn. 35 ff.), für das Entgelt für Warengutscheine (EuGH C-40/09, DStR 2010, 1623 – Astra Zeneca; → § 2 Rn. 75 a) und für einen Abonnementvertrag (EuGH C-463/14, MwStR 2015, 855 – Asparuhovo Lake Company mAnm *Grube*) bereits entschieden. Dies entspricht auch der BFH-Rechtsprechung (vgl. *Grube* MwStR 2015, 859). Ein solcher Fall liegt jedoch nach Ansicht des BFH nicht vor bei sog. **„unflown revenues"**, also Einnahmen einer Fluggesellschaft aus verfallenen Flugtickets. Der BFH entschied vielmehr, dass es sich um ein der Mindest-Ist-Besteuerung (§ 13 Abs. 1 Nr. 1 Buchst. a S. 4) unterliegendes Entgelt handelt und es mangels Rückzahlung des Entgelts bei dieser Steuerpflicht bleibt (BFH V R 36/09, BStBl. II 2012, 365). § 13 Abs. 1 Nr. 1 Buchst. a S. 4 begründe einen eigenen Steuerentstehungstatbestand, der auch dann erfüllt sei, wenn ein Entgelt ohne Leistungserbringung vereinnahmt wird, weil die Vereinnahmung dann notwendigerweise vor der Ausführung der – unterbliebenen – Leistung erfolge (BFH V R 36/09, BStBl. II 2012, 365 Rn. 18). Die FVerw wendet das gleiche Prinzip bei Gutscheinen an (→ § 2 Rn. 74).

Beispiel: Ein Hotelgast leistet eine Anzahlung von 40% des Übernachtungspreises im Voraus. Der Gast erscheint abends nicht im Hotel. Das Hotel bucht am nächsten Tag den nach Anzahlung noch offenen Betrag von 60% des Übernachtungspreises von der Kreditkarte des Gastes ab.

Im Zeitpunkt der Anzahlung unterlag diese der Mindest-Ist-Besteuerung. Da kein Rücktritt vom Vertrag vorlag, ist auch die Abbuchung des verbleibenden Betrags von 60% ein der Mindest-Ist-Besteuerung unterliegendes Entgelt, denn in Ermangelung einer Leistungserbringung ist jedes Entgelt ein Entgelt vor Leistungserbringung, so dass auch nach der geplanten Leistungserbringung gezahlte Entgelte noch unter die Mindest-Ist-Besteuerung fallen (BFH V R 36/09, BStBl. II 2012, 365 Rn. 17). Die USt ist auch nicht nach § 17 Abs. 2 Nr. 2 zu berichtigen, weil keine Rückzahlung des Entgelts oder eine vereinbarungsgemäße Einbehaltung als Schadensersatz erfolgt, die jedoch Voraussetzung für die Berichtigung nach § 17 Abs. 2 Nr. 2 ist (BFH V R 36/09, BStBl. II 2012, 365 Rn. 21; UStAE 17.1 Abs. 7 S. 3). Dessen umgeachtet hat aber der Hotelgast den eventuell vorgenommenen Vorsteuerabzug unabhängig von der Rückzahlung der Anzahlung zu berichtigen (→ Rn. 34).

Der BFH wendet die Mindest-Ist-Besteuerung unabhängig davon an, ob – im Fall der „unflown revenues" – das Entgelt vor oder nach Durchführung des Fluges vereinnahmt worden ist, denn mangels Leistungserbringung handele es sich in jedem Fall um eine Vereinnahmung vor Leistungserbringung. Im Schrifttum wird dies kritisiert, weil in diesen Fällen keine An- oder Vorauszahlung vorliege (vgl. *Posegga* UR 2012, 737 (739)). Die Argumentation des BFH dürfte sich mit der Entscheidung des EuGH in den verbundenen Rs. C-250/14 – Air France-KLM, C-289/14 – Hop! Brit-Air SAS, DStR 2016, 118, erledigt haben, denn der EuGH erkennt im Bereithalten eines Sitzplatzes bereits eine Leistung, die gegen Entgelt von der Fluggesellschaft ausgeführt wird, so dass eine gewöhnliche sonstige Leistung gegen Entgelt vorliegt und sich die Steuerbarkeit aus dem allgemeinen Besteuerungstatbestand ohne Heranziehung der Grundsätze der Mindest-Ist-Besteuerung ergibt.

34 Nach nationaler Rechtsauffassung erfolgt im Gleichklang mit der USt-Berichtigung des Unternehmers eine etwaige **Vorsteuerberichtigung** des die Anzahlung Leistenden, sofern dieser zum Vorsteuerabzug berechtigt ist. Danach würde also auch der die Anzahlung Leistende seinen nach § 15 Abs. 1 S. 1 Nr. 1 S. 3 vorgenommenen Vorsteuerabzug „behalten" können, solange die Leistung zwar nicht erbracht, die Anzahlung aber gleichfalls nicht zurückgezahlt worden ist. Hieran ist aber nach der EuGH-Entscheidung C-107/13, DStR 2014, 650 – FIRIN nicht mehr festzuhalten (vgl. *Grube* MwStR 2014, 244). Der EuGH hatte entschieden, dass der die Anzahlung

Leistende seinen Vorsteuerabzug aus der Anzahlung berichtigen muss, wenn die Leistungserbringung ausbleibt. Auf die Rückzahlung des Entgelts kommt es indessen für die Vorsteuerberichtigung nicht an. Zu den praktischen Auswirkungen auch → § 17 Rn. 76.

g) Mitgliedsbeiträge. Schafft ein Verein die Möglichkeit für seine Mitglieder, Leistungen ohne gesonderte Entgeltberechnung in Anspruch zu nehmen, stellt sich die Frage, ob der Mitgliedsbeitrag Entgelt für diese **Leistungsbereitschaft** (allgemein zum Entgelt für die Leistungsbereitschaft → Rn. 33) ist. Die FVerw verneint diese Frage in UStAE 1.4 Abs. 1, 2.10 Abs. 1. Danach stellen sog. **echte Mitgliedsbeiträge** kein Entgelt dar, soweit sie den Empfänger lediglich in die Lage versetzen sollen, satzungsmäßige Gemeinschaftszwecke für die Gesamtbelange seiner Mitglieder zu erfüllen. Dagegen werden Zahlungen, die Vereinsmitglieder an den Verein leisten, im Rahmen eines Leistungsaustauschs erbracht, wenn sie zur Abgeltung von Leistungen dienen, die der Verein im Sonderinteresse einzelner Mitglieder ausführt (sog. **unechte Mitgliedsbeiträge**). Nach UStAE 1.4 Abs. 7 S. 2 ist für den auf die steuerbaren Leistungen der Vereinigung entfallende Anteil der Beiträge mit der **Mindestbemessungsgrundlage** nach § 10 Abs. 5 Nr. 1 iVm Abs. 4 anzusetzen (→ Rn. 95 ff.). Einzelheiten → § 1 Rn. 62 ff. 35

Im Gegensatz zur deutschen Verwaltungsauffassung (→ Rn. 35) hat der EuGH entschieden, dass die **Zurverfügungstellung von Sportanlagen** an die Mitglieder eines Vereins eine Leistung ist, die mit dem Jahresbeitrag (pauschal) entgolten wird (EuGH C-174/00, DStRE 2002, 642 – Kennemer Golf & Country Club; auch → § 1 Rn. 63). Der BFH hat sich dieser Rechtsprechung unter Aufgabe der bisherigen angeschlossen (BFH V R 27/04, DStR 2007, 1719 und BFH V R 69/06, DStRE 2008, 303). Beide Urteile sind nicht im BStBl. II veröffentlicht; der BFH hat seine Rechtsprechung jedoch erneut bestätigt (zB BFH V R 77/07, DStRE 2009, 1321; V R 4/13, DStR 2014, 1539 mAnm *Heu*). Die Steuerbarkeit der Beiträge kann zum Vorsteuerabzug der Vereinigung berechtigen, wenn die Beiträge auch steuerpflichtig sind. Bei größeren Anschaffungen mag dieser Finanzierungsvorteil die Steuerpflicht gewünscht sein. Die **Wahrnehmung der allgemeinen Interessen** der Mitglieder einer Vereinigung ist keine steuerbare Leistung gegen Entgelt (EuGH C-515/09, DStR 2009, 369 Rn. 34 – VNLTO mwN). Dasselbe gilt für die Interessensvertretung durch **Berufskammern** gegen (Zwangs-)Beiträge (vgl. *Schmitz/Möser* MwStR 2015, 120). 36

Leistungen an ihre Mitglieder gegen Entgelt erbringen auch **Arbeitsgemeinschaften** oder Genossenschaften, die gegen Übernahme von Bau-, Errichtungs- oder Arbeitskosten bestimmte Werke fertigstellen und anschließend den Mitgliedern liefern (vgl. → § 2 Rn. 24 ff.) oder **Bruchteilsgemeinschaften,** die Gegenstände erwerben und gegen Kostenübernahme den Mitgliedern zur Nutzung überlassen (vgl. → § 2 Rn. 18). 37

h) Sachzuwendungen und sonstige Leistungen an das Personal. Wendet der Unternehmer seinem Personal zur Vergütung einen **Sachlohn** neben dem Barlohn zu, bewirkt er damit eine **entgeltliche Leistung** iSd § 1 Abs. 1 Nr. 1, für die der Arbeitnehmer einen Teil seiner Arbeitsleistung als Gegenleistung aufwendet (UStAE 1.8 Abs. 1 S. 1, BFH V R 87/98, BStBl. II 1999, 580). Voraussetzung ist, dass zwischen der erbrachten Leistung und dem erhaltenen Gegenwert ein unmittelbarer Zusammenhang besteht und die Gegenleistung in Geld ausgedrückt werden kann (zB EuGH C-258/95, DStRE 1997, 930 – Fillibeck und C-40/09, DStR 2010, 1623 – Astra Zeneca). Die Höhe des Entgelts bemisst sich entsprechend § 10 Abs. 1 S. 2 nach dem Betrag, auf den die Arbeitnehmer zur Erlangung der Leistung verzichten (EuGH C-40/09, DStR 2010, 1623 – Astra Zeneca) oder der vom Arbeitgeber zusätzlich durch den Sachlohn gewährt wird. Ein solcher entgeltlicher Umsatz liegt demnach immer dann vor, wenn der Arbeitgeber dem Arbeitnehmer das Entgelt 38 zzgl. USt vom Nettolohn abzieht und einbehält oder er einen Dritten dafür bezahlt, seinen Arbeitnehmern Leistungen zu erbringen. Die gleichen Grundsätze gelten auch für **Gesellschafter einer Personengesellschaft,** wenn die Privatkonten des Gesellschafter für die Leistung belastet werden (BFH V R 6/10, BFH/NV 2011, 80). Die nicht nur gelegentliche, sondern übliche **Überlassung eines Firmenwagens** an Arbeitnehmer wird – auch ohne konkrete Entgeltvereinbarung – als entgeltliche sonstige Leistung angesehen; die Höhe des Entgelts wird gleichwohl nach den Ausgaben des Unternehmers bemessen, was im Ergebnis der für unentgeltliche Leistungen geltenden Bemessungsgrundlage nach § 10 Abs. 4 entspricht. Dies ist insoweit auch zutreffend, als § 10 Abs. 4 bei **verbilligter Leistung** gemäß § 10 Abs. 5 Nr. 2 die Mindestbemessungsgrundlage darstellt (UStAE 1.8 Abs. 6). Zur Kfz-Überlassung auch → Rn. 89, zur Mindestbemessungsgrundlage → Rn. 95 ff.

Beispiel Lohnabzug: Der Arbeitnehmer erhält einen Firmenwagen, den der Arbeitgeber least. Mit den Leasingraten sind Steuern, Versicherungen und Reparaturen abgegolten („Full-Service-Leasing"). Der Arbeitnehmer darf den Wagen auch privat nutzen. Der Privatnutzungsanteil beträgt 30%. Vom monatlichen Nettogehalt des Arbeitnehmers wird daher ein Betrag von 30% der Leasingrate einbehalten.

Es liegt eine sonstige Leistung (Fahrzeuggestellung) gegen Entgelt (30% der Leasingrate abzüglich USt) vor.

Beispiel Gehaltsumwandlung: Am Jahresende kann der Arbeitnehmer wie jedes Jahr wählen, ob er sein Weihnachtsgeld zum Bruttolohn zugeschlagen oder in Form von Artikeln aus dem Sortiment des Arbeitgebers nach Abzug eines Arbeitnehmerrabatts von 10% erhalten möchte. Der Arbeitnehmer wählt den Sachlohn.

Es liegen steuerpflichtige Lieferungen gegen Entgelt vor. Das Entgelt berücksichtigt den Arbeitnehmerrabatt und ist daher ausgehend von 90% des üblichen Verkaufspreises zu berechnen, sofern das Entgelt damit die Mindestbemessungsgrundlage nicht unterschreitet.

Beispiel Firmenwagen: Ein Arbeitnehmer erhält einen Firmenwagen, den er auch privat nutzen darf. Ein gesondertes Entgelt hierfür wird nicht berechnet. Die Gesamtkosten im Besteuerungszeitraum betragen netto 10.000 EUR, hiervon entfallen auf die durch Fahrtenbuch ermittelten Privatfahrten 4.000 EUR. Die Ausgaben enthalten nicht mit Vorsteuer belastete Kosten von 15%.

Es liegt eine entgeltliche sonstige Leistung vor (zur Abgrenzung zur unentgeltlichen Leistung → Rn. 40), das Entgelt bemisst sich von den Ausgaben für die Privatfahrten von 4.000 EUR. Da dies ein Nettobetrag ist, wird die USt hierauf bemessen. Die nicht mit Vorsteuer belasteten Kosten werden zur Ermittlung der Bemessungsgrundlage nicht herausgerechnet (→ Rn. 89).

39 Statt entgeltlicher Leistungen des Arbeitgebers an den Arbeitnehmer (→ Rn. 38) ist es auch möglich, dass der Arbeitnehmer die Leistung verbilligt erwirbt und der Leistende den Differenzbetrag zum üblichen Entgelt vom Arbeitgeber des Arbeitnehmers erhält. Diese Abgrenzung spielt insbesondere eine Rolle bei der Abgabe von Mahlzeiten an Arbeitnehmer durch **nicht vom Unternehmer betriebenen Kantinen.** Je nach Ausgestaltung können eine oder zwei entgeltliche Leistungen vorliegen. Auf die Höhe des Entgelts hat dies zwar im Ergebnis keine Auswirkungen, wohl aber auf den Vorsteuerabzug (→ Rn. 41):

Grundfall (Beispiel 1 aus UStAE 1.8 Abs. 12): Der Arbeitgeber vereinbart mit einem Gastwirt die Abgabe von Essen an seine Arbeitnehmer zu einem Preis von 3 EUR je Essen. Der Gastwirt rechnet über die ausgegebenen Essen mit dem Arbeitgeber auf der Grundlage dieses Preises ab. Die Arbeitnehmer haben einen Anteil am Essenspreis von 1 EUR zu entrichten, den der Arbeitgeber von den Arbeitslöhnen einbehält.

Der Arbeitgeber gewährt seinen Arbeitnehmern Sachlohn in Gestalt der Mahlzeiten. Zuvor kauft er diese Mahlzeiten von einem Dritten – dem Gastwirt – ein. Folglich liegen zwei Leistungsbeziehungen vor, nämlich vom Gastwirt an den Arbeitgeber und von diesem an den Arbeitnehmer. Es handelt sich je um sonstige Leistungen, deren Bemessungsgrundlage 2,52 EUR (3 EUR abzüglich 19/119 USt) beträgt. Weil der Arbeitgeber die Leistung des Gastwirts einkauft, um sie steuerpflichtig an seine Arbeitnehmer zu erbringen, steht ihm nach den allgemeinen Regeln der Vorsteuerabzug zu. Dies entspricht der unter Rn. 38 dargestellten Verfahrensweise beim Leasingwagen.

Abwandlung (Beispiel 2 aus UStAE 1.8 Abs. 12): Die Arbeitnehmer bekommen ihren Eigenanteil von 1 EUR nicht vom Lohn einbehalten, sondern zahlen diesen Betrag an den Gastwirt. Dieser erhält die Differenz von 2 EUR (meistens gegen Vorlage einer „Essensmarke") vom Arbeitgeber.

In diesem Fall erbringt der Gastwirt eine Restaurationsleistung direkt an die Arbeitnehmer. Das Entgelt beträgt erneut 2,52 EUR und setzt sich aus dem Entgelt der Leistungsempfänger (Arbeitnehmer) und dem Entgelt eines Dritten iSd § 10 Abs 1 S. 3 (Arbeitgeber) zusammen. Die Erstattung der 2 EUR durch den Arbeitgeber führt somit nicht zu einer zweiten steuerbaren Leistung zwischen Arbeitgeber und Arbeitnehmer, sondern ist Entgelt von dritter Seite für die Leistung des Gastwirts an den Arbeitnehmer. Der Arbeitgeber kann folglich keine Vorsteuer abziehen (ebenso nicht der Arbeitnehmer mangels Leistungsbezug für (s)ein Unternehmen).

Bei der **Abgrenzung** von entgeltlichen und unentgeltlichen Leistungen an das Personal neigt die FVerw zu der Betrachtung, dass grundsätzlich jede Leistung eines Arbeitgebers an den Arbeitnehmer entgeltlich, nämlich gegen seine Arbeitsleistung erfolgt (UStAE 1.8 Abs. 1 S. 1). Dies erklärt auch die Anordnung der entsprechenden Abschnitte im UStAE zu § 1. Der EuGH indessen sieht die Entgeltlichkeit nur dann als gegeben an, wenn zwischen der erbrachten Leistung und dem erhaltenen Gegenwert ein unmittelbarer Zusammenhag besteht und die Gegenleistung in Geld ausgedrückt werden kann (EuGH C-258/95, DStRE 1997, 930 – Fillibeck und C-40/09, DStR 2010, 1623 – Astra Zeneca). Dem folgt der BFH (V R 17/10, BStBl. II 2012, 53 Rn. 34; XI R 4/12, DStR 2014, 797 Rn. 51; XI R 2/12, BStBl. II 2015, 785 Rn. 19, 21). Von Bedeutung ist dieser Unterschied für die Bemessungsgrundlage nicht (mehr) bei an das Personal erbrachten Lieferungen (§ 3 Abs. 1b S. 1 Nr. 2) oder sonstigen Leistungen (§ 3 Abs. 9a Nr. 2), denn bei diesen wird die umsatzsteuerpflichtige Bemessungsgrundlage nicht um die **Eingangsleistungen ohne Vorsteuerabzug** gemindert (§ 10 Abs. 4 S. 1 Nr. 1 oder Nr. 3). Wird ein dem Unternehmen zugeordneter Gegenstand indessen für private Zwecke des Personals verwendet, fließen in die Bemessungsgrundlage nach § 10 Abs. 4 S. 1 Nr. 2 nur die Ausgaben ein, die zum Vorsteuerabzug berechtigt haben. Weil dies – nach den allgemeinen Grundsätzen – nicht der Fall ist, wenn die Leistung entgeltlich erfolgt, hat hier die Qualifizierung als entgeltliche oder unentgeltliche Leistung unmittelbare Auswirkungen auf die Höhe der Bemessungsgrundlage. 40

Beispiel: Der Arbeitnehmer eines Verlags erhält von seinem Arbeitgeber Bücher aus dessen Sortiment geschenkt. Die Selbstkosten der Bücher betragen 1.000 EUR, davon entfallen 700 EUR auf Kosten, für die der Verlag keinen Vorsteuerabzug geltend machen konnte (zB Personalkosten).

Darüber hinaus erhält der Arbeitnehmer einen Firmenwagen unentgeltlich, den er nicht privat nutzen darf. Weil drei Tage vor dem Jahresurlaub das private Fahrzeug einen Totalschaden hat, gestattet der Arbeitgeber ausnahmsweise die einmalige Privatnutzung „auf Firmenkosten". Von den Gesamtausgaben entfallen auf die Urlaubsfahrt des Arbeitnehmers 1.000 EUR. Hierin enthalten sind 200 EUR Kosten, für die der Arbeitgeber keinen Vorsteuerabzug geltend machen konnte (zB Kfz-Steuer und Versicherung).

Der Verlag bietet Kochkurse an, die von den Autoren der im Verlag erscheinenden Kochbücher geleitet werden. Der Mitarbeiter nimmt an einem solchen Kurs aus privaten Gründen teil. Der Verlag berechnet seinen Kunden für die Teilnahme an diesen Kochkursen 300 EUR. Dem liegt nach der internen Kalkulation ein Gewinnaufschlag von 100% zugrunde.

Lösung: Sämtliche Zuwendungen des Arbeitgebers erfolgen unentgeltlich; dies gilt auch für die einmalige (gelegentliche) Zurverfügungstellung des Firmenwagen (*Birkenfeld* USt-HdB, § 67

Rn. 92 und *Radeisen* USt-HdB § 125 Rn. 84). Steuerpflicht und Bemessungsgrundlage ergeben sich aus nachfolgender Tabelle:

	Steuerpflicht	Bemessungsgrundlage
Lieferung der Bücher	Ja § 3 Abs. 1b S. 1 setzt den vollen oder teilweisen VorSt-Abzug voraus.	100% (1.000 EUR) Ausgaben ohne VorSt-Abzug fließen ein (§ 10 Abs. 4 S. 1 Nr 1)
Verwendung des Pkw	Ja § 3 Abs. 9a Nr. 1 setzt den vollen oder teilweisen VorSt-Abzug voraus.	80% (800 EUR) Ausgaben ohne VorSt-Abzug fließen nicht ein (§ 10 Abs. 4 S. 1 Nr. 2)
Kochkurs-teilnahme	Ja § 3 Abs. 9a Nr. 2 setzt nicht den VorSt-Abzug voraus	100% (150 EUR) Ausgaben ohne VorSt-Abzug fließen ein (§ 10 Abs. 4 S.1 Nr. 3)

Würden die Zuwendungen als entgeltlich qualifiziert werden, hätte dies im Ergebnis nur Folgen für die Verwendung des Pkw, denn diese wäre dann nicht mehr nur iHv 80%, sondern iHv 100% des Entgelts steuerpflichtig (→ Rn. 38 „Beispiel Firmenwagen"). Bei der Steuerpflicht entgeltlicher Leistungen kommt es nämlich nicht darauf an, ob die Eingangsleistungen zum Vorsteuerabzug berechtigt haben.

41 Von erheblicher Bedeutung ist die Frage von Entgeltlichkeit oder Unentgeltlichkeit allerdings für den **Vorsteuerabzug** des Arbeitgebers. Dieser steht ihm nicht zu, wenn die von ihm bezogene Leistung ausschließlich dazu dient, als unentgeltliche Wertabgabe seinen Arbeitnehmern zugute zu kommen (BFH V R 17/10, BStBl. II 2012, 53 Rn. 34 und XI R 4/12, DStR 2014, 797 Rn. 51). Daher steht ihm kein Vorsteuerabzugsrecht zu, wenn er einen Caterer mit der Bewirtschaftung einer **Kantine** beauftragt, wobei der BFH dies mit der Verwendung der Leistung „Kantinenbewirtschaftung" für eine unentgeltliche Wertabgabe begründet (BFH XI R 4/12, DStR 2014, 797; dazu auch *Langer* MwStR 2014, 392) und das BMF damit, dass es sich um Entgelt von dritter Seite handele, Leistungsempfänger aber ausschließlich der Arbeitnehmer sei, so dass dem Arbeitgeber mangels Leistungsempfängereigenschaft kein Vorsteuerabzug zustehe (UStAE 1.8 Abs. 12 Beispiel 3).

4. Änderungen der Bemessungsgrundlage – Auswirkungen von Soll- und Ist-Besteuerung

42 Die Frage, ob der leistende Unternehmer seine Umsätze nach **vereinbarten** (§ 16 Abs. 1) oder nach **vereinnahmten** Entgelten (§ 20) versteuert, hat auf die Höhe des Entgelts grundsätzlich keinen Einfluss. Die Höhe des Entgelts bestimmt sich allerdings nach dem Zeitpunkt, in dem das Entgelt vereinbart (§ 16 Abs. 1 S. 1) bzw. vereinnahmt (§ 20 Abs. 1 S. 1) wird. Hierdurch kann es zunächst zu unterschiedlichen Entgelthöhen kommen. Für die Anpassung insbesondere von vereinbarten Entgelten an später abweichende vereinnahmte Entgelte sorgt § 17. Einzelbeispiele:

- Schadensersatz wegen Sachmängel führt zur Entgeltminderung, Schadensersatz wegen Verletzung anderer Rechtsgüter nicht, → § 17 Rn. 45 ff.
- Entgeltminderung bei Gratis-Ausgabe von Warengutscheinen, → § 17 Rn. 39 ff.
- Der Abschlag vom Entgelt bei Einschaltung von Kreditkarten- oder Finanzierungsgesellschaften ist keine Entgeltminderung, sondern Entgeltverwendung, → § 17 Rn. 34. Anders beim Wechseldiskont, → § 17 Rn. 51 ff.
- Entgeltminderungen bei Preisnachlässen, → § 17 Rn. 31 ff.
- Entgeltminderung bei der Rückgabe von Warenumschließungen, → § 17 Rn. 48 ff.
- Uneinbringlichkeit von Entgeltforderungen, → § 17 Rn. 61 ff.

– Rückgängigmachung von Umsätzen führt zur Entgeltminderung, die reine Rücklieferung indessen nicht, → § 17 Rn. 79ff.

Nur aufgrund der **Währungsumrechnung** kann es zu permanenten Differenzen zwischen der Höhe des Entgelts bei Ist- und bei Soll-Besteuerung kommen. Denn die Umrechnung erfolgt im Zeitpunkt der Steuerentstehung, Wechselkursschwankungen zwischen Vereinbarung und Vereinnahmung des Entgelts werden aber bei der Soll-Besteuerung nicht im Wege des § 17 berücksichtigt (siehe 3. Beispiel → Rn. 4 und → § 16 Rn. 32ff.; aA *Stadie* in Rau/Dürrwächter § 17 Rn. 290). 43

Beispiel:

Vereinbartes Entgelt	105.000 US-$
Kurs im Zeitpunkt der Leistungserbringung = Steuerentstehung bei Soll-Besteuerung	1 EUR = 1,00 US-$
Kurs im Zeitpunkt der Vereinnahmung = Steuerentstehung bei Ist-Besteuerung	1 EUR = 1,05 US-$
Entgelt iSv § 10 Abs. 1 bei Soll-Besteuerung	105.000 EUR
Entgelt iSv § 10 Abs. 1 bei Ist-Besteuerung	100.000 EUR

einstweilen frei 44

5. Tausch und tauschähnliche Umsätze

a) Umfang des erhaltenen Umsatzes. Das UStG unterscheidet gemäß § 3 Abs. 12 begrifflich zwischen **Tausch** (Lieferung gegen Lieferung) und **tauschähnlichem Umsatz** (sonstige Leistung gegen Lieferung oder sonstige Leistung), → § 3 Rn. 306ff. In beiden Fällen besteht das Entgelt für eine Lieferung oder sonstige Leistung nicht in Geld, sondern in einer erhaltenen Sach- oder Dienstleistung. Es stehen sich somit zwei entgeltliche Leistungen gegenüber, die lediglich durch die Modalität der Entgeltvereinbarung miteinander verknüpft sind (BFH XI R 11/11, DStR 2013, 33 Rn. 21 mwN). Auch § 3 Abs. 12 setzt nur einen unmittelbaren, jedoch keinen inneren (synallagmatischen) Zusammenhang zwischen Leistung und Entgelt voraus (→ Rn. 5). Ein Tausch oder tauschähnlicher Umsatz kann daher auch auf **gesellschaftsrechtlicher Vereinbarung** beruhen (BFH V R 10/08, BStBl. II 2010, 879 – gesellschaftsvertraglich vereinbarte Personalgestellung der Gesellschafter an die Gesellschaft zur Durchführung von Leistungen an die Gesellschafter als tauschähnlicher Umsatz, siehe 2. Beispiel unter → Rn. 54). Die erhaltene Sach- oder Dienstleistung muss selbst nicht steuerpflichtig und auch nicht von einem Unternehmer erbracht worden sein (Beispiel unter → Rn. 53). So gehört auch der Vorteil, der aus der **zinslosen oder zinsverbilligten Kapitalüberlassung** im Rahmen eines tauschähnlichen Umsatzes erwächst, zum Entgelt (UStAE 10.5 Abs. 1 S. 10). Ebenso liegt ein tauschähnlicher Umsatz vor, wenn der Eigentümer von Grundstücken diese für einen bestimmten Zeitraum **mietfrei** überlässt und der Nutzungsberechtigte dafür die **Instandsetzung** der Gebäude auf eigene Kosten übernimmt (EuGH C-283/12, HFR 2013, 1164 – Serebryannay vek). Der Zeitpunkt der Leistungserbringung des Nutzungsberechtigten ist wohl der Abschluss der Instandsetzungsarbeiten oder – falls gegeben – deren Abnahme, vgl. *Wäger* UR 2014, 81 (87). 45

Ebenso werden die Grundsätze des tauschähnlichen Umsatzes von der FVerw auch auf die **Abfallentsorgung** übertragen, sofern zum einen der Entsorgung eine eigene wirtschaftliche Bedeutung zukommt und zum anderen die Abfälle einen wirtschaftlichen Wert haben **(werthaltiger Abfall).** In diesen Fällen liegen zwei Leistungen vor, nämlich die Entsorgungsleistung einerseits und die Lieferung der werthaltigen Abfälle andererseits. Ein tauschähnlicher Umsatz setzt dann jedoch zusätzlich voraus, dass nach den übereinstimmenden Vorstellungen der Vertragspartner mindestens eine der Leistungen (Abfallentsorgung oder Abfalllieferung) die Höhe der entsprechenden Gegenleistung (Vergütung für Entsorgungsleistung oder Vergütung für Abfalllieferung) beeinflusst hat oder eine solche Beeinflussung offensichtlich ist. Es muss also beispielsweise der Wert des Abfalls bestimmt sein, so dass sich hieraus – ggf. mit zusätzlicher Baraufgabe – das Entgelt für die Entsorgungsleistung bestimmt. Kein tauschähnlicher Umsatz liegt somit vor, wenn ein Entsorgungsunternehmer eine Entsorgung für einen bestimmten Geldbetrag übernimmt und der Abfallerzeuger keine Kenntnisse von der weiteren Verwertung seines Abfalls durch den Entsorger hat, so dass er auch nicht in der Lage ist zu wissen, um welchen Betrag sein Entgelt für die Entsorgungsleistung durch den Wert seines Abfalls wirtschaftlich gemindert wurde, siehe zur Abgabe werthaltiger Abfälle UStAE 3.16 (Verweis in UStAE 10.5 Abs. 2 S. 9 hierauf) sowie die Nichtbeanstandungsregel für Altfälle in BMF 21.11.2013, BStBl. I 2013, 1584.

Der **Umtausch** von Liefergegenständen stellt idR kein Tauschgeschäft iSv § 10 Abs. 2 S. 2 dar, sondern ein Rückgängigmachen eines Leistungsaustauschs und eine erneute Lieferung. Einzelheiten auch hinsichtlich der Abgrenzung zur Lieferung → § 1 Rn. 31 ff. Dem Plädoyer für die vollständige Nichtsteuerbarkeit des Tauschs von *Stadie* UR 2009, 745 (ebenso kritisch mangels Einnahmenerzielungsabsicht *Tiedtke* UR 2009, 448) hat sich der BFH explizit nicht angeschlossen (BFH V R 10/08, BStBl. II 2010, 879 Rn. 25).

46 Die Grundsätze von Tausch und tauschähnlichem Umsatz gelten auch bei **Hingabe an Zahlungs statt** (§ 364 Abs. 1 BGB), wobei der rechtliche Unterschied lediglich darin liegt, dass der zur Geldleistung Verpflichtete statt der ursprünglich vereinbarten Geldleistung im Einvernehmen mit dem Gläubiger eine Sach- oder Dienstleistung erbringt (im Gegensatz zur Annahme erfüllungshalber – § 364 Abs. 2 BGB –, bei der der Gläubiger den Anspruch auf die Geldleistung behält). Weicht der Wert der an Zahlungs statt erbrachten Sach- oder Dienstleistung somit von der ursprünglich vereinbarten Geldleistung ab und wurde diese ursprünglich vereinbarte Geldleistung der USt im Rahmen der Soll-Besteuerung unterworfen, ist eine **Berichtigung gemäß § 17 Abs. 1** erforderlich (→ § 17 Rn. 24).

47 Ein Tausch oder tauschähnlicher Umsatz liegt auch bei **Einbringungen** oder **Sacheinlagen** oder **Umwandlungen** gegen Erhöhung oder Minderung von Gesellschaftsrechten (zB BFH XI R 63/94, BStBl. II 1996, 114; V R 155/75, BFH/NV 1986, 500) oder Schuldübernahme (BFH V R 67/94, BStBl. II 1997, 705) vor. Siehe zu dem Themenkomplex USt bei Umwandlungen *Heuermann* MwStR 2014, 597; *Pyszka* DStR 2011, 545. Der **Formwechsel** ist unentgeltlich und daher nichtsteuerbar. Ebenso nicht umsatzsteuerbar ist grundsätzlich die unentgeltliche Überführung von Gegenständen. Allerdings kann es bei Überführung aus einem Unternehmen für unternehmensfremde Zwecke zur Entnahme iSv § 3 Abs. 1 b kommen, selbst wenn ertragsteuerlich eine Buchwertüberführung vorliegt (vgl. → § 2 Rn. 171). Regelmäßig werden im Rahmen von Umwandlungen **Geschäftsbetriebe iSd § 1 Abs. 1a** übertragen, so dass der Übertragungsvorgang nichtsteuerbar ist (→ § 1 Rn. 70). § 1 Abs. 1a gilt auch bei der Übertragung aller Anteile an Gesellschaften (BFH V R 38/09, BStBl. II 2012, 68), sofern der Erwerber auch in die Rechtsverhältnisse eintritt, durch die das Halten beim Veräußerer zuvor – entgegen dem Grundsatz – unternehmerisch veranlasst war (so entgegen der BFH-Rechtsprechung UStAE 1.5 Abs. 9, mittlerweile aber bestätigt durch EuGH C-651/11, DStR 2013, 1166 Rn. 38 – X BV). Bei der Prüfung einer Geschäftsveräußerung ist darauf zu achten, dass eine möglicherweise bestehende umsatzsteuerliche **Organschaft** dazu führt, dass Erwerber oder Veräußerer umsatzsteuerlich ein Unternehmer ist, obwohl zivilrechtlich mehrere Rechtsträger beteiligt sind (Beispiel bei → § 2 Rn. 142).

48 Die im Rahmen von **Einbringungen, Sacheinlagen** oder **Umwandlungen** erfolgende Übertragung von nicht im Rahmen eines Geschäftsbetriebs gehaltenen Anteilen an einer Gesellschaft ist steuerbar (Umkehrschluss zu § 1 Abs. 1 a, → Rn. 47), aber steuerfrei nach (§ 4 Nr. 8 Buchst. f), die Übertragung von Grundstücken ist steuerfrei nach § 4 Nr. 9 Buchst. a. Bei steuerfreien Übertragungen ist aber darauf zu achten, dass bei Übertragungen innerhalb des Berichtigungszeitraums eine Vorsteuerkorrektur nach § 15a auslöst, weswegen die Option zur Steuerpflicht nach § 9 sinnvoll sein kann. Einzelheiten zu den Voraussetzungen siehe dort. Bei **Grundstückslieferungen** ist darauf zu achten, dass die Option nur im notariellen Kaufvertrag ausgeübt werden kann (§ 9 Abs. 3 S. 2). Die Lieferung ist stets ohne USt-Ausweis abzurechnen, weil – im Fall der Option – der Leistungsempfänger die Steuer schuldet (§ 13b Abs. 2 Nr. 3, Abs. 5 S. 1).

Beispiel: Kommanditist K vermietet das in seinem Eigentum stehende Betriebsgrundstück an die KG (keine Organschaft nach der BFH-Rechtsprechung zur Möglichkeit der Organschaft mit einer Personengesellschaft, → § 2 Rn. 112a–112d). K verzichtet zulässigerweise auf die Steuerfreiheit der Vermietungsumsätze nach § 9 Abs. 2. Das Gebäude wurde unter Vornahme des Vorsteuerabzugs Anfang 01 errichtet. Ertragsteuerlich liegt Sonderbetriebsvermögen vor; umsatzsteuerlich ist K Unternehmer.

Zum 31.12.03 bringt K das Grundstück gegen Erhöhung seines Kommanditanteils in die KG ein (ertragsteuerlich nach § 6 Abs. 5 S. 3 Nr. 2 EStG). Umsatzsteuerlich liegt ein Tausch vor. Die Erhöhung des Kommanditkapitals bei der KG ist nichtsteuerbar (→ § 2 Rn. 81), die Lieferung des Grundstücks an die KG ist steuerbar, aber steuerfrei nach § 4 Nr. 9 Buchst a. Die steuerfreie Grundstückslieferung löst eine Vorsteuerberichtigung in Höhe von 7/10 des ursprünglich geltend gemachten Vorsteuerabzugs aus (§ 15a Abs. 8). Zur Vermeidung dieser Berichtigung kann K auf die Steuerfreiheit verzichten, denn die KG ist Unternehmerin und erwirbt das Grundstück für ihr Unternehmen. Der Verzicht muss in der notariellen Urkunde erklärt werden (§ 9 Abs. 3 S. 2). Die Rechnung darf dennoch keine USt ausweisen, weil die KG die Steuer nach § 13b Abs. 2 Nr. 3, Abs. 5 S.1 schuldet, die sie unter den Voraussetzungen des § 15 als Vorsteuer abziehen kann.

Zur umsatzsteuerlichen Beurteilung weiterer Überführungs- und Übertragungsfälle siehe *Förster* DStR 2012, 381.

b) Wert des erhaltenen Umsatzes. Sowohl bei Tausch und tauschähnlichen Umsätzen als auch bei Hingabe an Zahlungs statt gilt der Wert jedes Umsatzes als Entgelt für den anderen Umsatz (§ 10 Abs. 2 S. 2). Das **deutsche Recht** enthält damit zwar eine Sonderregel für die Bestimmung des Entgelts bei Tausch und tauschähnlichen Umsätzen, diese definiert aber den „Wert“ nicht, welcher der Gegenleistung beizulegen ist. Die BFH-Rechtsprechung stellte daher früher auf den nach objektiven Maßstäben zu ermittelnden **gemeinen Wert** gemäß § 9 BewG ab (BFH V B 52/86, BStBl. II 1988, 156 und V R 30/83, BStBl. II 1989, 210; zur neueren Rechtsprechung → Rn. 50). Das **EU-Recht** enthält – weil überflüssig (BFH V R 10/08, BStBl. II 2010, 879 Rn. 23) – überhaupt keine besondere Vorschrift über das Entgelt bei Tausch und tauschähnlichen Umsätzen. Somit gilt auch hier die Grundregel, wonach zur Steuerbemessungsgrundlage alles zählt, was den Wert der Gegenleistung bildet, die der Leistende vom Leistungsempfänger oder einem Dritten erhält (Art. 73 MwStSystRL). Der EuGH hat daher festgestellt, dass der als Besteuerungsgrundlage dienende Gegenwert ein **subjektiver Wert** ist, da die Besteuerungsgrundlage die tatsächlich erhaltene Gegenleistung ist, nicht aber ein nach objektiven Maßstäben geschätzter Wert (EuGH 230/87, UR 1990, 30 Rn. 16 – Naturally Yours Cosmetics; bestätigt EuGH C-33/93, UR 1995, 64 Rn. 18 – Empire Stores mit Anm. *Rothenberger* und EuGH C-380/99, DStRE 2001, 936 – Bertelsmann). Die Anknüpfung an den subjektiven Wert verhindert, dass Änderungen des Werts der Gegenleistung zwischen dem Zeitpunkt der Entgeltsvereinbarung und dem Zeitpunkt der Lieferung der Gegenleistung eine Änderung nach § 17 Abs. 1 erforderlich machen. Die Verwendung eines fremdüblichen Marktpreises (**Normalwert** iSd Art. 72 MwStSystRL) ist nach EuGH C-549/11, MwStR 2013, 28 – Orfey mit Anm. *Grube* nicht richtlinienkonform. **49**

Beispiel: Ein Landhändler vereinbart mit einem Landwirt, dass dieser ihm 10 t Roggen liefert und dafür 20 t Mais erhält. Der Marktpreis Roggen beträgt zu diesem Zeitpunkt 1.000 EUR/t netto, der Marktpreis für Mais 500 EUR/t netto. Die FVerw wird daher das vereinbarte Entgelt für die beiden Lieferungen 10.000 EUR bemessen.

Liefert nun der Landhändler den Mais erst nach zwei Monaten und hat sich der Marktpreis für den Mais inzwischen auf 550 EUR/t erhöht, hätte nach der früheren Auffassung der FVerw auch das Entgelt für die Roggenlieferung des Landwirts auf insgesamt 11.000 EUR erhöht und insoweit eine Änderung nach § 17 Abs. 1 vorgenommen werden müssen.

Bemisst sich das Entgelt aber nach dem Aufwand der Tauschpartner, kommt es zu keiner Änderung der Bemessungsgrundlage nach § 17, da die Aufwendungen vom Verlauf des Marktpreises unabhängig sind.

50 Nicht nur nach dem Unionsrecht, sondern auch entsprechend dem Grundsatz, wonach Entgelt alles ist, **was der Leistungsempfänger aufwendet,** um die Leistung zu erhalten (§ 10 Abs. 1 S. 2), muss bei Tausch oder tauschähnlichen Umsätzen als Wert der Gegenleistung das gelten, was der Leistungsempfänger für die Erbringung dieser Gegenleistung aufwendet. Dem hat sich der BFH zwischenzeitlich vor dem Hintergrund der EuGH-Rechtsprechung angeschlossen und die Anknüpfung an den gemeinen Wert aufgegeben (BFH XI R 56/06, BStBl. II 2008, 909, mAnm *Wäger* DStR 2008, 1277 und XI R 11/11, DStR 2013, 33 Rn. 35; zur früheren Rechtsprechung → Rn. 49). Auch UStAE 10.5 Abs. 1 sieht nunmehr vor, dass der Wert des anderen Umsatzes durch den **subjektiven Wert** für die tatsächlich erhaltene und in Geld ausdrückbare Gegenleistung bestimmt. Subjektiver Wert ist danach derjenige, den der Leistungsempfänger der Leistung beimisst, die er sich verschaffen will und deren Wert dem Betrag entspricht, den er zu diesem Zweck aufzuwenden bereit ist. Soweit konkrete Aufwendungen des Leistungsempfängers für die Erbringung dessen Gegenleistung angefallen sind, bestimmt sich die Höhe des Entgelts danach (UStAE 10.5 Abs. 1), zB bei **Sachprämien für die Kundenvermittlung** oder bei der Überlassung von Fahrzeugen mit Werbeaufdruck für die Nutzung – **Sponsoring,** siehe auch *Röthel/Konold* DStR 2009, 15 und BMF 13.12.2012, BStBl. I 2012, 1169. Wendet der Arbeitgeber seinem Arbeitnehmer als Vergütung der geleisteten Dienste neben dem Barlohn auch einen **Sachlohn** (zB Kfz-Überlassung zur privaten Nutzung) ohne konkrete Entgeltvereinbarung (zB Lohnabzug) zu, handelt es sich dabei ebenso um einen tauschähnlichen Umsatz, der jedoch gemäß § 10 Abs. 4 mit den Aufwendungen bewertet wird (UStAE 1.8 Abs. 6; BFH V R 87/98, BStBl. II 1999, 580, → Rn. 40) und nicht etwa mit dem gemeinen Wert einer vergleichbaren Autovermietung.

51 Die **Bewertung eines Zinsvorteils** soll sich nach Ansicht der FVerw weiterhin an dem in § 15 Abs. 1 BewG festgelegten Zinssatz von 5,5% orientieren (UStAE 10.5 Abs. 1). Dies ist insoweit doppelt unzutreffend, als einerseits dies nicht dem Aufwand des Darlehensnehmers entspricht und andererseits ein Zinssatz von 5,5% – gerade derzeit – nicht dem gemeinen Wert entspricht, sondern lediglich einer Typisierung, deren Übertragbarkeit auf das UStG sich kaum mit § 10 Abs. 2 S. 2 begründen lässt. Denn auch bei Gewährung eines Zinsvorteils im Rahmen eines tauschähnlichen Umsatzes gilt der Grundsatz, dass Entgelt alles ist, was der Leistungsempfänger, der den Zinsvorteil gewährt, aufwendet, um die (Gegen-)Leistung zu erhalten. Ersparte Zinserträge sind aber keine Aufwendungen, so dass im Zweifel kein Entgelt vorliegt. Nur wenn derjenige, der den Zinsvorteil gewährt, sich selbst refinanziert und daher Aufwendungen trägt, stellen diese insoweit Entgelt dar (vgl. auch *Wagner* UVR 2013, 28).

52 Die **Heranziehung des gemeinen Werts** für Zwecke des § 10 Abs. 2 S. 2 kann ggf. in solchen Fällen angebracht bleiben, in denen sich der gemeine Wert in Ermangelung von Angaben über die Aufwendungen als plausible Schätzung des Werts der Aufwendungen des Leistungsempfängers erweist. Ggf. muss ein Abschlag für den üblicherweise im gemeinen Wert enthaltenen **Gewinnaufschlag** vorgenommen werden (analog zur retrograden Teilwertermittlung nach EStR 6.8). Darüber hinaus enthält der gemeine Wert selbst die USt, die jedoch nach § 10 Abs. 2 S. 2 ebenso herauszurechnen ist.

c) Folgen für Mindest-Ist-Besteuerung. Bei einem Tausch oder tauschähnlichen Umsatz besteht das Entgelt nicht in einer Geldzahlung, sondern in der Erbringung einer Lieferung oder sonstigen Leistung. Dies hat Konsequenzen für die Anwendung der Mindest-Ist-Besteuerung. Nach § 13 Abs. 1 Nr. 1 Buchst. a S. 4 entsteht die USt bereits vor Leistungserbringung, wenn das Entgelt oder ein Teil des Entgelts vorher vereinnahmt worden ist. Besteht die Gegenleistung – wie bei einem Tausch oder tauschähnlichen Umsatz – nicht in Geld, kann dennoch ein Entgelt vorher vereinnahmt werden. Diese Vereinnahmung ist gegeben, wenn der als Gegenleistung empfangene Umsatz bewirkt worden ist (EuGH C-549/11, MwStR 2013, 28 – Orfey mit Anm. *Grube,* insbesondere Rn. 36 des Urteils). 53

Beispiel: Der Eigentümer eines Grundstücks bestellt zugunsten eines Bauunternehmers ein Erbbaurecht. Der Bauunternehmer errichtet ein Gebäude, das er fortan nutzt. Als Gegenleistung für das Erbbaurecht überträgt der Bauunternehmer nach Fertigstellung des Gebäudes eine Eigentumswohnung an den Grundstückseigentümer.

Es liegt ein tauschähnlicher Umsatz vor, da das Entgelt für die Leistung des Bauunternehmers (Lieferung einer Eigentumswohnung) in einer sonstigen Leistung (Einräumung eines Erbbaurechts) besteht. Diese sonstige Leistung ist mit der Einräumung erbracht. Damit entsteht die USt bereits vor Lieferung der Eigentumswohnung, weil der Bauunternehmer das Entgelt (Einräumung des Erbbaurechts) vorher vereinnahmt hat (EuGH C- 549/11, Orfey, MwStR 2013, 28 mit Anm *Grube*).

d) Baraufgaben (Zuzahlungen). Bei einem Tausch oder tauschähnlichen Umsatz mit Baraufgabe (Zuzahlung) unterliegt sowohl die vom Leistungsempfänger gewährte Sach- oder Dienstleistung als auch der Wert der Geldzahlung als Entgelt der USt. Der Wert der Sach- oder Dienstleistung ist entsprechend um den Wert der Geldzahlung zu mindern (UStAE 10.5 Abs. 1 S. 8 und 9). 54

Beispiele: Ein Kfz-Händler nimmt einen Gebrauchtwagen zum Schätzwert von 10.000 EUR in Zahlung beim Verkauf eines Neuwagens zum Bruttolistenpreis von 30.000 EUR. Er erhält als Baraufzahlung also 20.000 EUR. Der USt unterliegt als Gesamtentgelt der Betrag von 30.000 EUR (10.000 EUR Altwagen + 20.000 EUR Aufgeld) abzüglich der USt, somit 100/119 von 30.000 EUR= 25.210 EUR. Da auch hier die USt nicht zum Entgelt gehört, würde sich vorstehendes Beispiel im Ergebnis nicht anders darstellen, wenn der Käufer seinerseits ein Unternehmer wäre und den Altwagen zum Schätzwert 10.000 EUR + 19% USt – dh also Endpreis 11.900 EUR – dem Händler in Rechnung stellen würde, so dass sich die Baraufzahlung auf 18.100 EUR reduzierte.

Eine KG übernimmt die Kreditsachbearbeitung ihrer Kommanditisten (zwei Banken) und erhält hierfür eine Kostenerstattung sowie das notwendige Personal ohne gesondertes Entgelt im Verhältnis der Beteiligungsquoten gestellt. Es liegt ein tauschähnlicher Umsatz mit Baraufgabe vor. Die KG erbringt eine sonstige Leistung an die Kommanditisten, deren Entgelt im Wert der Personalgestellung und der Kostenerstattung liegt (BFH V R 10/08, BStBl. II 2010, 879).

Bei den in der **Kfz-Wirtschaft** häufig vorkommenden **Austauschgeschäften** mit Motoren, Pumpen, Aggregaten, Achsen usw. wird die Geldzahlung des Kunden und die Lieferung des reparaturbedürftigen Alt-Teils zusammengerechnet als Entgelt bei der Kfz-Werkstatt angesetzt; der Kunde hat, soweit er Unternehmer ist, den gemeinen Wert des erworbenen Austauschteils abzüglich des an die Kfz-Werkstatt geleisteten Barbetrages der Besteuerung zugrunde zu legen (UStAE 10.5 Abs. 3). Da die **Wertermittlung** erhebliche Schwierigkeiten bereitet, bestimmt die FVerw in UStAE 10.5 Abs. 3, dass die Alt-Teile mit einem Durchschnittswert von 10% des sog. Bruttoaustauschentgeltes bewertet werden können; das ist der Betrag, den der Endabnehmer 55 für den Erwerb eines dem zurückgegebenen Alt-Teil entsprechenden Austauschteils abzüglich USt, jedoch ohne Berücksichtigung eines Rabattes, zu zahlen hätte.

56 Nimmt der Händler den **Gebrauchtwagen** zu einem über dem gemeinen Wert liegenden Preis in Zahlung, handelt es sich um einen **verdeckten Preisnachlass** für den Neuwagen. In einem solchen Fall besteht das Entgelt für den Neuwagen in dem (niedrigeren) Wert des Gebrauchtwagens zuzüglich der vereinbarten Barzahlung. Einzelheiten, insbesondere auch zur Wertermittlung und zur Rechnungserteilung in derartigen Fällen, siehe UStAE 10.5 Abs. 4; vgl. auch *Ammann* UR 1991, 65.

57 *einstweilen frei*

58 **e) Übertragung von Rechten aus Pfandscheinen.** Werden Rechte übertragen, die mit dem Besitz eines Pfandscheines verbunden sind, so gilt als vereinbartes Entgelt der Preis des Pfandscheines zuzüglich der Pfandsumme (§ 10 Abs. 2 S. 1). Der Sinn dieser Bestimmung ist darin zu sehen, dass man schon in der **Erfüllungsübernahme** (§ 329 BGB) die Vereinbarung eines Entgelts unterstellt. Nicht bloß die Schuldbefreiung (Schuldübernahme), sondern auch schon die Erfüllungsübernahme gilt also umsatzsteuerlich als Vereinbarung des Entgelts. Wegen der in solchen Fällen wohl eher üblichen Sicherungsübereignung dürfte die Norm unmittelbar nur noch geringe Bedeutung haben.

Beispiel: Ein Unternehmer A erhält vom Gläubiger B ein Darlehen von 1.000 EUR und verpfändet dafür eine Sache im Wert von 2.000 EUR. A verkauft den von B erhaltenen Pfandschein für 500 EUR an C. Damit hat er seinen gegen B bestehenden Anspruch auf die verpfändete Sache an C abgetreten. C hat dafür die Verpflichtung übernommen, an A 500 EUR zu bezahlen und bei Einlösung des Pfandscheines 1.000 EUR an den Pfandleiher B zu entrichten. Das Entgelt für die Lieferung der Sache durch A beträgt 1.500 EUR (500 EUR + 1.000 EUR).

59 *einstweilen frei*

6. Zuschüsse und Beihilfen

60 Die Beurteilung, ob Zuschüsse und Beihilfen zum steuerbaren Entgelt gehören, ist nach den allgemeinen Grundsätzen möglich. Zum Entgelt zählen alle Aufwendungen, die der Leistungsempfänger tätigt, **um die Leistung zu erhalten.** Gemäß § 10 Abs. 1 S. 3 gehört zum Entgelt auch, was ein anderer als der Leistungsempfänger für die Leistung gewährt (→ Rn. 9). Damit gehört zum Entgelt jede Zahlung, die für eine konkrete Leistung gewährt wird und zwar **vom Leistungsempfänger oder einem Dritten.** Nicht erforderlich ist, dass der Leistende um der Gegenleistung willen leistet; dies ist lediglich der Regelfall eines Leistungsaustauschs (so ist wohl auch UStAE 10.2 Abs. 2 S. 1 Nr. 2 zu verstehen). Es reicht aber aus, wenn zwischen dem Leistenden und dem Leistungsempfänger ein Rechtsverhältnis besteht, in dessen Rahmen gegenseitige Leistungen ausgetauscht werden, und zwischen der erbrachten Leistung und dem hierfür erhaltenen Gegenwert ein **unmittelbarer Zusammenhang** besteht (BFH V R 92/01, BStBl. II 2003, 732; V R 9/04, BStBl. II 2007, 285; → Rn. 5). Ist danach eine Zahlung kein steuerbares Entgelt, handelt es sich um einen **nichtsteuerbaren Zuschuss.** Für eine systematische Gesamtdarstellung vgl. *Lippross* DStZ 2013, 433.

61 Im Wirtschaftsleben sind Leistungen ohne konkrete Gegenleistung unüblich. Nichtsteuerbare Zuschüsse kommen daher regelmäßig nur bei **staatlichen Förderungsmaßnahmen** in Betracht, bei denen die Zahlung zur Förderung eines aus strukturpolitischen, volkswirtschaftlichen oder allgemeinpolitischen Gründen erwünschten Verhaltens des Zahlungsempfängers erfolgt (UStAE 10.2 Abs. 7 mwN). Gleichwohl werden solche Zuschüsse **nicht freigebig** zugewendet. Sie sind daher **ertragsteuerlich** regelmäßig durch den Betrieb (oder die Vermietungstätigkeit) des Zahlungsempfängers veranlasst und mithin steuerbare – ggf. steuerfreie (zB § 13

InvZulG 2010) – Einnahmen bzw. Minderungen von Anschaffungs- oder Herstellungskosten. Zur USt-Pflicht bedarf es aber nicht bloß einer Veranlassung durch das unternehmerische Handeln, sondern eines unmittelbaren Zusammenhangs zwischen Leistung und Gegenleistung.

Bei **Zahlungen aus öffentlichen Kassen** liegen nach der Rechtsprechung des BFH nichtsteuerbare Zuschüsse vor, wenn ein unmittelbarer Zusammenhang mit einer Leistung des Unternehmers fehlt. Ein solcher Zusammenhang ist regelmäßig gegeben, wenn die Zahlung auf einem **gegenseitigen Vertrag** beruht (BFH V R 38/06, BStBl. II 2009, 749 – Zahlung einer Gemeinde zur Durchführung eines Stadtfests). Ohne einen gegenseitigen Vertrag muss sich der unmittelbare Zusammenhang aus einem zwischen dem Leistenden und dem Leistungsempfänger bestehenden Rechtsverhältnis ergeben, wobei ein **identifizierbarer Leistungsempfänger** einen Vorteil erhalten muss, der zu einem **Verbrauch im Sinne der Mehrwertsteuer** führt (BFH V R 8/07, BStBl. II 2009, 397 unter II 1 b und c, jeweils mwN zur BFH- und EuGH-Rechtsprechung). Deshalb führen Zahlungen, die zB aus struktur- oder allgemeinpolitischen oder volkswirtschaftlichen Gründen erfolgen, nicht zu einem steuerbaren Entgelt, wenn diese lediglich dazu dienen, die Tätigkeit des Unternehmers allgemein zu fördern, da die Zahlungen dann nicht einem Leistungsempfänger dienen. Andererseits sind auch dem Allgemeinwohl dienende Zahlungen als Entgelt für eine Leistung zu qualifizieren, wenn die Zahlungen als Gegenwert für eine **Leistung an den Träger der öffentlichen Kasse** selbst – dann Zahlung = Entgelt iSv § 10 Abs. 1 S. 2 – oder als Gegenwert für eine Leistung **im Interesse des Trägers der öffentlichen Kasse** – dann Zahlung = Entgelt iSv § 10 Abs. 1 S. 3 (Preisauffüllung) – anzusehen sind (BFH V R 4/08, BStBl. II 2010, 310 mwN). Zahlungen der öffentlichen Hand im Rahmen der **Preisauffüllung** gehören deshalb zum Entgelt, weil der Zuschuss dem Leistungsempfänger über den geringeren Preis der Leistung zu Gute kommt und dies einen Verbrauch iSd Mehrwertsteuer darstellt (siehe auch UStAE 10.2 Abs. 5). Voraussetzung für die Steuerbarkeit ist demnach, dass der Zuschuss für eine konkrete Leistung gewährt wird, an deren Ausführung auch die Auszahlung anknüpft. Dabei ist nicht erforderlich, dass der Leistungsempfänger einen Rechtsanspruch auf die Zahlung hat; es reicht aus, dass sie in seinem Interesse erfolgt (BFH V R 51/02, BStBl. II 2004, 322). An alledem ändert sich nichts, wenn Zuschussgeber und Zuschussempfänger zueinander in einem **Gesellschaftsverhältnis** stehen (BFH V R 8/07, BStBl. II 2009, 397 – ebenso BFH V R 10/08, BStBl. II 2010, 879 Rn. 34 mwN auch zur Rechtsprechung des XI. Senats). Ebenso spielt die **haushaltsrechtliche Befugnis** für die Zahlungen keine Rolle. UStAE 10.2 Abs. 8 S. 2 steht dem nicht entgegen, weil demnach nur im Regelfall haushaltsrechtlich gewährleistete Zuschüssen nichtsteuerbar sind („grundsätzlich"), siehe OFD Frankfurt a. M. 22. 1. 2010, UR 2010, 630. 62

Nichtsteuerbare Zuschüsse aus öffentlichen Kassen sind damit Zahlungen nach **Leistungsgesetzen ohne individualisierbare Gegenleistung,** zB: 63

- Die **Investitionszulage** nach dem InvZulG, Frachthilfen nach dem ZonenRFG (BFH V R 67/89, BStBl. II 1990, 708), die Kostenlastfreistellung für Altlastensanierungen im Beitrittsgebiet (OFD Frankfurt a. M. 26. 1. 1998, UR 1998, 241), Leistungen nach dem Verkehrsfinanzgesetz (FM Bayern 10. 9. 1974, UR 1975, 46 – Gasöl-Betriebsbeihilfen), dem Verstromungsgesetz (FM NRW 29. 11. 1977, UR 1978, 74 – an Stromerzeuger gezahlte Ausgleichsbeträge).
- **Abwrackprämien** aus öffentlichen Mitteln (BMF 3. 2. 1975, UR 1975, 45; BayLfSt 31. 7. 2009, UR 2009, 823 – Umweltprämie). Ebenso der **Umweltbonus** für Elektrofahrzeuge, soweit er vom Bund an den Zuwendungsempfänger ausgezahlt wird (OFD Frankfurt a. M. 4. 1. 2017, DStR 2017, 546; zum von der Industrie finanzierten Anteil als Entgeltminderung → § 17 Rn. 31).
- Zuschüsse nach **SGB III,** sofern keine individualisierbare Leistung vorliegt (so aber in BFH V R 137/83, BFH/NV 1989, 263 und BFH V R 101/85, BFH/NV

1989, 327 in den Fällen der Förderung behinderter Menschen und BFH XI R 10/14, BStBl. II 2015, 862 bei Zuschüssen für Arbeitsförderungs- und Weiterbildungsprojekte, → Rn. 65).

- Beihilfen in der **Landwirtschaft** (UStAE 10.2 Abs. 7 S. 5, BMF 17.5.1974, BStBl. I 1974, 390), die **nicht für den Absatz eines Produkts** gezahlt werden, sondern beispielsweise für die Erntereduzierung (EuGH C-384/95, DStRE 1998, 888 – Landboden-Agrardienste), für die Aufgabe der Milcherzeugung (EuGH C-215/94, DStR 1996, 421 – Mohr) oder für die Stilllegung von Ackerflächen in den neuen Bundesländern nach dem Fördergesetz (BFH V R 133/93, BStBl. II 1997, 335; ebenso siehe FM Sachsen 18.4.1997, DStR 1997, 923 mwN).
- Bei **Zuschüssen zu Forschungsvorhaben** müssen die Vergaberichtlinien oder Ähnliches darauf geprüft werden, ob die Leistung des Unternehmers derart mit der Zahlung verknüpft ist, dass sie sich auf den Erhalt der Zahlung richtet (dann Entgelt, BFH V R 133/93, BStBl. II 1997, 335; V R 61/94, UR 1997, 432; V R 19/92, DStR 1995, 95). Auf die Zwecke, die der Zahlende mit der Zahlung verfolgt, kommt es nicht entscheidend an. Sie können allenfalls Indizien dafür sein, ob die erforderliche innere Verknüpfung zwischen Leistung und Zahlung vorliegt (BFH V R 51/96, BFH/NV 1999, 833; V R 122/91, DStR 1994, 1150; V R 84/89, UR 1993, 357; V R 141/84, BStBl. II 1989, 638). Zuschüsse an Biologische Stationen in NRW sind echte Zuschüsse gemäß OFD Münster 23.4.2009, UR 2010, 80.

64 Nichtsteuerbare Zuschüsse aus öffentlichen Kassen können ebenso **individuell** vereinbarte oder gewährte Zahlungen **ohne individualisierbare Gegenleistung** als Anerkennung oder zur Förderung der im allgemeinen Interesse liegenden Tätigkeiten eines Unternehmers sein (UStAE 10.2 Abs. 7 S. 6), zB:

- Zuschüsse des Bundesforschungsministeriums für **Windenergieanlagen** (OFD Hannover 6.4.1990, UR 1990, 226).
- Zuschüsse für die allgemeine **Tourismusförderung,** sofern dem Empfänger dadurch erst die Aufnahme der Tätigkeit ermöglicht wird (BFH V R 74/98, BFH/NV 2000, 240; V R 12/00, BFH/NV 2001, 494; zur Abgrenzung → Rn. 65 „Werbezuschüsse").
- **Preisgelder** ohne unmittelbaren Zusammenhang zwischen Leistung und Preisgeld (BFH V R 26/87, UR 1992, 178 – Bayerischer Filmpreis).
- **Investitionskostenzuschüsse** von Kommunen an Netzbetreiber zur Förderung der Breitbandversorgung (OFD Frankfurt a. M. 18.3.2009, UR 2009, 823), da diese vorrangig aus struktur- oder allgemeinpolitischen bzw. volkswirtschaftlichen Gründen gewährt werden.
- Von einem Bundesland zu zahlender Zuschuss an die Betreiber von Schienennetzwerken für die **Erneuerung von Bahnübergängen** (sog. „Staatsdrittel", BFH V R 16/10, BFH/NV 2011, 1028; BMF 1.2.2013, BStBl. I 2013, 182).
- Zuwendungen der **Bundeszentrale für politische Bildung** für Veranstaltungen der politischen Erwachsenenbildung durch gesellschaftliche Bildungseinrichtungen und -träger, soweit die Zuschüsse auf den ab 1.1.2013 geltenden Förderrichtlinien gewährt werden (OFD Frankfurt a. M. 11.10.2012, DB 2012, 2722).
- Unklar, weil vom EuGH offen gelassen, ist die Behandlung des Zuschusses einer Gemeinde an einen Unternehmer zum Betrieb eines für die Regionalentwicklung wichtigen **Freizeitweges** (vgl. EuGH C-126/14, DStR 2015, 2442 – Sveda UAB mAnm *Küffner*).

65 Als Entgelt sind zB folgende Zahlungen aus öffentlichen Kassen anzusehen, bei denen die Leistung einem konkreten Leistungsempfänger oder Leistungsempfängerkreis zu Gute kommt:

- Zahlungen für **Arbeitsförderungsmaßnahmen,** wenn nicht die Institution als solche gefördert werden soll, sondern die individuelle Förderung im Vordergrund steht (BFH V R 137/83, BFH/NV 1989, 263 und V R 101/85, BFH/NV 1989, 327 – Behindertenwerkstatt).

- Zahlungen für den Einsatz von **Betriebshelfern in der Landwirtschaft** (BFH V R 35/95, BFH/NV 1997, 155) oder an Landwirte für deren Produktion zB **Butterbeihilfen** nach Europarecht (BMF 5.6.1986, BStBl. I 1986, 305).
- Zahlungen an Unternehmen der **Wohnungswirtschaft** zum Ausgleich nicht umlagefähiger Betriebskosten (FG Bbg 1 K 1336/96 U, EFG 1999, 255) oder für die nicht kostendeckende **Beförderung bestimmter Personengruppen** (BFH V R 109/78, BStBl. II 1987, 228 – Auszubildende; BFH V R 93/77, BStBl. II 1986, 723, mit Anm. HFR 1987, 32 – Kriegsdienstbeschädigte) oder an private Tierkörperbeseitigungsanstalten (BFH V R 31/88, BFH/NV 1993, 276) sowie Zuschüsse von Kommunen oder der Bundesagentur für Arbeit für **Arbeitsförderungs- und Weiterbildungsprojekte,** auch wenn der Unternehmer ein gemeinnütziger Verein ist und damit seine satzungsmäßigen Förderzwecke verwirklicht (BFH XI R 10/14, BStBl. II 2015, 862).
- **Investitionszuschüsse,** wenn die Investition auch dem Zuschussgeber zu Gute kommt, zB der Zuschuss einer Stadt zum Bau einer Tiefgarage auch zwecks Schaffung von der Allgemeinheit zur Verfügung stehenden Parkplätzen (BFH V R 11/97, BStBl. II 1998, 169) oder Zuschuss zur Errichtung einer Kläranlage (BFH V R 81/99, BStBl. II 2003, 213) – kein steuerbarer Zuschuss gemäß FM Bayern 12.11.1981, UR 1982, 58 bei Beschaffung von Milchkühlanlagen.
- **Werbezuschüsse** zu konkreten Werbeleistungen (BFH V R 12/00, BFH/NV 2001, 494 – Tourismusförderung (Abgrenzung zu echten Zuschüssen → Rn. 64).
- **Betriebszuschüsse einer Kommune an Betreiber ehemals städtischer Einrichtungen** (BFH V R 4/08, BStBl. II 2010, 310 – Übernahme von Verlusten aus dem Betrieb von Schwimmbad, Tierpark und Sportplatz durch Gemeinde; BFH V R 29/08, BFH/NV 2010, 701 – Zuschuss zum Betrieb eines Schwimmbads; SächsFG 8 K 2518/04, BeckRS 2009, 26028308, NZB verworfen BFH XI B 109/09, BFH/NV 2011, 858 – Zuschuss an Abwasserbeseitigungsgesellschaft).
- Entgelte für Leistungen, zB der Zuschuss für die **Ausrichtung eines Stadtfests** (BFH V R 38/06, BStBl. II 2009, 749), die **Übernahme der Medienarbeit** in Rundfunk und Fernsehen (BFH V R 8/07, BStBl. II 2009, 397, kritisch *Lippross* DStR 2009, 781), die Kostenpauschale für die Übernahme von **Flugsicherungsaufgaben** (BFH V R 84/89, UR 1993, 357).

Aus **nicht-öffentlichen Kassen** sind nichtsteuerbare Zuschüsse seltener anzutref- **66**
fen. Dies liegt nicht daran, dass für solche Zahlungen andere Regeln gelten, sondern dass Zahlungen ohne unmittelbaren Zusammenhang zwischen Leistung und Gegenleistung von nicht-öffentlichen Trägern selten geleistet werden. Beispiele hierfür sind **Züchterprämien bei Pferderennen** (BFH V R 163/66, BStBl. II 1970, 111 und V R 34/68, BStBl. II 1970, 730), kein Zuschuss, sondern Entgelt ist indessen der Rennpreis für den Teilnehmer an einem Pferderennen, weil hier ein unmittelbarer Zusammenhang besteht (BFH V R 32/69, BStBl. II 1972, 556). Nichtsteuerbarer Zuschuss ist ebenso der pauschale Zuschuss, den Apotheken für ihre vollständig ausgeführten **Notdienste** nach § 20 ApoG aus dem vom Deutschen Apothekerverband errichteten und verwalteten Fonds erhalten, nicht jedoch der um 0,16 EUR erhöhte **Festzuschlag** bei der Abgabe von Fertigarzneimitteln (LfSt Bayern 5.2.2014, DStR 2014, 535). Leistungen an eine Gesellschaft zur Erfüllung ihres Gesellschaftszwecks können ebenso nichtsteuerbarer Zuschuss sein (BFH X R 3/82, BStBl. II 1988, 792 – **Absatzfonds**). Im Übrigen sind Zahlungen von nicht-öffentlichen Kassen aber regelmäßig Entgelt, zB:

- **Werbezuschüsse** (BFH V 155/59 U, BStBl. III 1961, 218 – Werbezuschüsse an Milchabsatzgenossenschaft).
- **Druckkostenzuschüsse** an Verlage (UStAE 10.2 Abs. 5 S. 4).
- Leistungsabhängige Zuschüsse an einen Verein für die Sammlung und Ablieferung von Abfall (FG Saarl 1 K 11/96, EFG 1998, 1159, rkr).

- **Essenszuschüsse** des Arbeitgebers an Gaststätte für Mahlzeiten der Arbeitnehmer (→ Rn. 38).
- Zahlung einer Bank an Leistenden gegen **Abtretung der Insolvenzforderung** (BFH V R 48/00, BStBl. II 2003, 210).
- **Investitionszuschüsse** (FG RhPf 3 K 1016/95, EFG 1998, 1096 – Anschaffung einer Maschine; NdsFG 16 K 10033/07, DStRE 2009, 934, rkr) – Errichtung einer Windkraft- und Photovoltaikanlage).
- Zuschüsse an einen Verein zur **Milchleistungsprüfung** (BFH V R 51/02, BStBl. II 2004, 322).
- Zuschüsse zur Errichtung von **Reklameanlagen,** wenn Reklame im überwiegenden Interesse des Zuschussgebers liegt (vgl. → § 1 Rn. 24).
- Zahlungen eines Fahrzeughändlers an die konzerneigene Bank zum Ausgleich für deren **verbilligten Kredit („Absatzförderung")** an den Kunden des Händlers bei Erwerb eines neuen Fahrzeugs. Solche Zahlungen erfolgen im Interesse des Händlers und sind Entgelt für die Leistung an ihn, das Entgelt ist steuerbar und steuerpflichtig (keine Steuerbefreiung nach § 4 Nr. 8 Buchst. a; siehe *Korf* UR 2010, 687; später auch BMF 28.9.2011, BStBl. I 2011, 935, jedoch mit Übergangsregelung für Altfälle bis 31.12.2011).
- Zahlungen der **Vertriebsgesellschaften von Fahrzeugherstellern** an die konzerneigene Bank zum Ausgleich verbilligter Kredite an die Fahrzeughändler zwecks Finanzierung eines verkaufsfördernden Bestands an Fahrzeugen vor Ort. Nach BMF 28.9.2011, BStBl. I 2011, 935 (mit Übergangsregelung für Altfälle bis 31.12.2011) handelt es sich um Entgelt für eine Leistung eigener Art der Bank an die Vertriebsgesellschaft.
- Verkaufsförderaktion zB durch **Warengutscheine** → § 17 Rn. 39 ff.

67 *einstweilen frei*

7. Durchlaufende Posten

68 Durchlaufende Posten gehören nach § 10 Abs. 1 S. 6 nicht zum Entgelt. Dies gilt auch dem Grunde nach, so dass die Vereinnahmung und Verausgabung durchlaufender Posten keine unternehmerische Tätigkeit iSv § 1 Abs. 1 Nr. 1 ist. Durchlaufende Posten sind Beträge, die der Unternehmer **im Namen und für Rechnung** eines anderen vereinnahmt und verausgabt. Die Qualifizierung als durchlaufender Posten setzt voraus, dass unmittelbare Rechtsbeziehungen zwischen zwei Beteiligten bestehen, in die der Unternehmer nur als vermittelnde Person (Zahlstelle) zwischengeschaltet ist (vgl. BFH XI R 4/09, BFH/NV 2011, 1736; V R 32/09, BStBl. II 2011, 300 Rn. 21; V R 26/08, BStBl. II 2010, 883). Darüber hinaus ist aus Gründen der Klarheit und Gleichmäßigkeit der Besteuerung ein eindeutiger Nachweis der Betätigung des Unternehmers als Zwischenperson bzw. Vermittler für die Beteiligten, zwischen denen die unmittelbaren Rechtsbeziehungen bestehen und für die die vermittelnde Person auftritt, erforderlich (BFH V R 1/14, DStR 2014, 2126 Rn. 25 mwN). Nach Ansicht der FVerw scheidet die Annahme eines durchlaufenden Postens aus, wenn der Unternehmer die Beträge **gesamtschuldnerisch** mit dem Empfänger seiner Leistung schuldet (UStAE 10.4 Abs. 4). Dem hat der BFH widersprochen (BFH V R 1/14, DStR 2014, 2126). Der Unternehmer, bei dem die Beträge durchlaufen, ist dann allenfalls Vermittler.

Beispiele: Amtliche Gebühren für die **Führerscheinprüfungen,** die von den Fahrschulen für die Fahrschüler ausgelegt werden (OFD Düsseldorf 6.8.1980, DB 1980, 1918; das gilt auch für die TÜV-Gebühren: FG Düsseldorf 6 K 216/81, EFG 1989, 373, rkr).

Kulturförderabgaben von Kommunen bei Hotelübernachtungen **(„Bettensteuer"),** wenn der Übernachtungsgast und nicht der Hotelbetreiber Abgabenschuldner ist (Einzelheiten → Rn. 24).

Kurtaxe, die der Zimmervermieter an die Kurverwaltung abführt (RFH V A 509/34, RStBl. 1935, 1116).

Gebühren für die zweite **Leichenschau,** wenn sie das Krematorium im Namen und für Rechnung ihrer Auftraggeber (Bestatter oder Erben) verauslagt, auch wenn das Krematorium Gesamtschuldner ist (BFH V R 1/14, DStR 2014, 2126).

Portokosten von Werbeagenturen, die die Versendung von Prospekten für ihre Kunden übernehmen, wenn Rechtsbeziehungen zwischen der Deutschen Post AG und dem Kunden zustande kommen, was die Nennung des Kunden auf dem Brief als Absender voraussetzt (Einzelheiten zB OFD Frankfurt a. M. 4.4.2014, DStR 2014, 1450; OFD Nds 24.7.2013, MwStR 2013, 527).

Spenden, die mit Warenlieferungen verbunden sind (OFD Hmb 17.5.1974, UR 1974, 218) oder **UNICEF-Grußkarten** und -Kalender, die deutlich erkennen lassen, dass der gesamte Kaufpreis der UNICEF zufließt (BMF 12.2.1980, BeckVerw 101629).

Mülldeponiegebühren, wenn dem Betreiber der Deponie der jeweilige Auftraggeber (als deponierungsberechtigter und gebührenpflichtiger Abfallerzeuger) bekannt ist (BFH V R 46/98, BStBl. II 2000, 100; siehe das durch UStAE 10.4 Abs. 2 S. 6 weiterhin anwendbare BMF 11.2.2000, BStBl. I 2000, 360).

Die vom Anbieter für **Pflegekräfte** vereinnahmten und an die Pflegekräfte weitergeleiteten Beträge sind durchlaufende Posten (BFH V R 3/15, MwStR 2016, 496 mAnm *Totsche*), denn die Pflegekräfte sind – zumindest im Rahmen des gängigen Modells, bei dem ein Anbieter (zB ein Verein und Mitglied des Verbands der Wohlfahrtspflege) Verträge über Pflegeleistungen mit den Betroffenen abschließt und diese Leistungen durch Rückgriff auf selbstständige Pflegekräfte erbringt – Unternehmer (→ § 2 Rn. 97).

Zur Qualifizierung als durchlaufender Posten ist aus Gründen der Klarheit und Gleichmäßigkeit der Besteuerung ein eindeutiger Nachweis der Betätigung des Unternehmers als Zwischenperson bzw. Vermittler für die Beteiligten, zwischen denen die unmittelbaren Rechtsbeziehungen bestehen und für die die vermittelnde Person auftritt, erforderlich, weshalb der Zahlungsverpflichtete und der Zahlungsberechtigte jeweils den Namen des anderen und die Höhe des gezahlten Betrages erfahren müssen (BFH V R 1/14, DStR 2014, 2126 Rn. 25). Ausnahmsweise kann jedoch auch ohne **Kenntnis des Namens** des Leistungserbringers ein durchlaufender Posten vorliegen, wenn der Kunde eines Ladengeschäfts ausdrücklich oder stillschweigend zustimmt, dass der Ladeninhaber in fremdem Namen und für fremde Rechnung tätig wird (BFH V R 44/99, BStBl. II 2000, 361 – **Second-hand-Shops**). Eine weitere Ausnahme machen Rechtsprechung und FVerw für Kosten (Gebühren und Auslagen), die **Rechtsanwälte oder Notare** bei Gerichten, Behörden und ähnlichen Stellen für ihre Auftraggeber auslegen, wenn dem Zahlungsempfänger die Namen der Auftraggeber nicht mitgeteilt werden und es sich um Kosten handelt, die nach Gebührenordnungen berechnet werden, die den Auftraggeber als Schuldner bestimmen (UStAE 10.1 Abs. 1 S. 4 mit Verweis auf BFH V 239/64, BStBl. III 1967, 719; OFD Karlsruhe 28.2.2012, BeckVerw 258500). Nach FG Düsseldorf V 460/76 UM, EFG 1978, 623, rkr, soll der Kaufpreis für ein Flugticket bei einem Zwischenhändler durchlaufender Posten sein, auch wenn er der Fluggesellschaft den erzielten Endpreis nicht nennt. **69**

§ 10 Abs. 1 S. 6 setzt Art. 79 Buchst. c MwStSystRL um, wonach Beträge, die ein Steuerpflichtiger vom Erwerber oder vom Dienstleistungsempfänger als Erstattung der in ihrem Namen und für ihre Rechnung verauslagten Beträge erhält und die in seiner Buchführung als durchlaufende Posten behandelt sind, nicht in die Steuerbemessungsgrundlage einzubeziehen sind. Danach ist **unionsrechtlich** zusätzliche Voraussetzung für die Behandlung als durchlaufender Posten, dass der Unternehmer die im Namen und für Rechnung eines anderen vereinnahmten Beträge in seiner **Buchführung** auch als durchlaufende Posten behandelt, was wiederum die Frage aufwirft, was eine Buchführung in diesem Sinne ist und bis wann der Unternehmer Zeit hat, die Beträge als durchlaufende Posten zu verbuchen. Liegen die Voraussetzungen für **70** eine Behandlung als durchlaufende Posten nach § 10 Abs. 1 S. 6 vor, hat der Unternehmer jedenfalls aufgrund Art. 79 Buchst. c MwStSystRL ein **Wahlrecht,** solche Beträge in der Buchführung und damit auch für die USt nicht als durchlaufende Posten zu behandeln (BFH V R 46/98, BStBl. II 2000, 100; V R 1/14, DStR 2014, 2126 Rn. 34). Dem Unternehmer steht damit nach richtlinienkonformer Auslegung des § 10 Abs. 1 S. 6 ein Wahlrecht zu, ob er die im Namen und für Rechnung seiner Leistungsempfänger verauslagten Beträge als Teil der Besteuerungsgrundlage erfasst wissen will oder nicht – siehe das durch UStAE 10.4 Abs. 2 S. 6 weiterhin anwendbare BMF-Schreiben 11.2.2000, BStBl. I 2000, 360.

71 **Kein durchlaufender Posten** liegt daher vor, wenn jemand selbst Schuldner eines Betrags ist, auch wenn er diesen Betrag an einen anderen weiterberechnet und von seinem unionsrechtlich zustehenden Wahlrecht der Behandlung als durchlaufender Posten keinen Gebrauch macht. Dies gilt zB für:

- Die Weiterberechnung von **Mautbeträgen** ist nach UStAE 10.4 Abs. 4 S. 2 weder zwischen verschiedenen Gesamtschuldnern der Maut noch durch einen Mautschuldner gegenüber einem anderen Leistungsempfänger ein durchlaufender Posten wegen der Gesamtschuldnerschaft – der BFH hat jedoch dem ausschließlichen Kriterium der Gesamtschuldnerschaft widersprochen (→ Rn. 70).
- **Auslagenersatz** (→ Rn. 17), zB Reisekosten oder Portokosten (EuGH C-380/99, DStRE 2001, 936 – Bertelsmann; FG Düsseldorf III 417/81 U, EFG 1983, 94 rkr) – Ausnahme → Rn. 68 „Portokosten";
- **Steuern, öffentliche Gebühren und Abgaben,** die vom Schuldner weitergereicht werden (UStAE 10.4 Abs. 3 Rn.), Einzelheiten → Rn. 23.
- Zahlungen im Rahmen der **Erfüllungsübernahme** (§ 329 BGB), da der Übernehmende auf eigene Rechnung leistet (vgl. RFH V 62/39, RStBl. 1941, 446).
- Zahlungen, die dem **Generalunternehmer** vom Bauherrn geschuldet werden, auch soweit er diese an Subunternehmer weiterleitet (RFH V A 774/32, V A 822/32, RStBl. 1933, 299). Dagegen ist von durchlaufenden Posten auszugehen, wenn unmittelbare Rechtsbeziehungen zwischen Bauherr und Subunternehmer zustande kommen (BFH V 7/54 U, BStBl. III 1954, 154).
- Von einem **Lotterieteilnahmevermittler** vereinnahmte Spieleinsätze auch insoweit, als dieser die Einnahmen an den Lotterieveranstalter abführen muss (→ Rn. 30).
- Die vom Vermieter an die Mieter abgewälzten **Mietnebenkosten** (EuGH C-42/14, DStR 2015, 888 – Wojskowa Agencja Mieszkaniowa mAnm *Langer* und MwStR 2015, 413 mAnm *Grube*). Sie stellen Entgelt für eine Leistung des Vermieters und nicht des Versorgungsunternehmens an den Mieter dar. Auch → Rn. 20.

72 *einstweilen frei*

III. Ersatztatbestände

1. Überblick über die Ersatztatbestände

73 Grundsätzlich unterliegen nur Lieferungen und sonstige Leistungen der USt, die gegen Entgelt ausgeführt werden (§ 1 Abs. 1 Nr. 1). Nur das tatsächliche und nicht etwa das objektiv angemessene Entgelt bildet die Besteuerungsgrundlage (→ Rn. 12). Von diesen beiden Grundsätzen gibt es jedoch Ausnahmen. Für folgende **unentgeltliche Vorgänge,** die insoweit als gegen Entgelt ausgeführt gelten und daher der USt unterliegen, regelt § 10 Abs. 4 eine Besteuerungsgrundlage (ab → Rn. 77):

- Nr. 1: Das als Lieferung geltende Verbringen eines Gegenstandes (§ 1 a Abs. 2, § 3 Abs. 1 a) bzw. die als Lieferung geltende Entnahme oder unentgeltliche Zuwendung zB an das Personal von Gegenständen (§ 3 Abs. 1 b).

- Nr. 2: Die als sonstige Leistung geltende Verwendung von Gegenständen für unternehmensfremde Zwecke oder für das Personal (§ 3 Abs. 9a Nr. 1).
- Nr. 3: Die als sonstige Leistung geltende unentgeltliche Erbringung von sonstigen Leistungen zB an das Personal (§ 3 Abs. 9a Nr. 2).

Neben den in → Rn. 73 genannten unentgeltlichen Vorgängen bestimmt § 10 Abs. 5 abweichend vom Grundsatz, wonach nur das tatsächliche Entgelt Besteuerungsgrundlage ist, dass für bestimmte entgeltliche und damit regulär steuerbare Vorgänge nicht das tatsächliche Entgelt, sondern eine **Mindestbemessungsgrundlage** anzusetzen ist, wenn das tatsächliche Entgelt unangemessen niedrig ist. Diese Mindestbemessungsgrundlage gilt gemäß § 10 Abs. 5 für (ab → Rn. 95ff.): 74

- Nr. 1: Lieferungen und sonstige Leistungen von Körperschaften und Gemeinschaften an ihre Gesellschafter, Mitglieder oder Teilhaber oder an diesen nahestehende Personen sowie von Einzelunternehmern an nahestehende Personen.
- Nr. 2: Lieferungen und sonstige Leistungen an das Personal und dessen Angehörige aufgrund des Dienstverhältnisses.
- In allen Fällen des § 10 Abs. 4 gehört die USt selbst nicht zur Bemessungsgrundlage. Sie ist, soweit sie in den jeweils bezeichneten Werten (zB Einkaufspreis) enthalten ist, herauszurechnen. Dies gilt auch dann, wenn (iVm § 10 Abs. 5) aus Vereinfachungsgründen lohnsteuerliche Werte zum Ansatz kommen. Hier handelt es sich stets um **Bruttowerte,** aus denen zur Ermittlung der Bemessungsgrundlage die USt herausgerechnet werden muss.

einstweilen frei **75, 76**

2. Bemessungsgrundlage für unentgeltliche steuerbare Vorgänge

a) Innergemeinschaftliches Verbringen und Entnahmen. Innergemeinschaftliche Verbringensumsätze gemäß § 1a Abs. 2 und § 3 Abs. 1a führen nicht zum Ausscheiden der Gegenstände aus dem Unternehmen; es gibt daher auch kein Entgelt für sie. Da sie aber der Besteuerung unterliegen, muss eine Bemessungsgrundlage geschaffen werden. Diese bestimmt § 10 Abs. 4 Nr. 1 mit dem **Einkaufspreis** zuzüglich der Nebenkosten für den entnommenen Gegenstand (oder einen gleichartigen). Ist ein Einkaufspreis nicht vorhanden (insbesondere bei selbst hergestellten Gegenständen), stellen die **Selbstkosten** die Bemessungsgrundlage dar. Für beide Arten der Bemessungsgrundlage gelten die Werte zum Zeitpunkt des Verbringungsumsatzes. Das Unionsrecht sieht für das innergemeinschaftliche Verbringen und für Entnahmen ebenso den Einkaufspreis als Bewertungsmaßstab vor (Art. 74, 76 MwStSystRL). **77**

Dieselben Grundsätze gelten für die **Entnahme von Gegenständen** (§ 3 Abs. 1b Nr. 1) und unentgeltliche **Zuwendungen** von Gegenständen gemäß § 3 Abs. 1b Nr. 2 und 3. Voraussetzung für die Steuerpflicht ist der vorherige Vorsteuerabzug (§ 3 Abs. 1b S. 2), wobei sich dieser nicht mit der Steuerpflicht der unentgeltlichen Leistung begründen lässt, sondern umgekehrt die Steuerpflicht den vollen oder teilweisen Vorsteuerabzug voraussetzt (BFH V R 12/08, BStBl. II 2012, 61). Nicht steuerpflichtig ist daher die Entnahme eines ohne Vorsteuerabzug erworbenen Gegenstands auch dann, wenn in diesen Gegenstand Leistungen eingegangen sind (zB Reparaturen), für die der Vorsteuerabzug geltend gemacht worden ist. Steuerpflichtig wird eine solche Entnahme nur, soweit Bestandteile in den Gegenstand eingegangen sind, deren Erwerb zum Vorsteuerabzug berechtigt hat (EuGH C-322/99 und C-323/99, DStRE 2001, 715 – Fischer und Brandenstein; nachfolgend BFH V R 8/98, DStR 2002; V R 106/98, DStR 2001, 2199). Zu den Voraussetzungen des § 3 Abs. 1b siehe im Einzelnen → § 3 Rn. 130ff. **78**

Der **Einkaufspreis** ist nicht der (historische) Einkaufspreis des Unternehmers, sondern der (übliche) Einkaufspreis zum Zeitpunkt der Verbringung bzw. der Entnahme (für Letzteres eindeutig in Art. 74 MwStSystRL vorgegeben). Der Einkaufs- **79** preis ist nicht der Verkaufspreis, also nicht der gemeine Wert. Es handelt sich vielmehr regelmäßig um die **Wiederbeschaffungskosten** (UStAE 10.6 Abs. 1 S. 2), was ertragsteuerlich dem **Teilwert** und damit auch dem ertragsteuerlichen Maßstab für Entnahmen nach § 6 Abs. 1 Nr. 4 EStG entspricht. Die ertragsteuerlichen Teilwertvermutungen (EStH 6.7) können indessen für die USt nicht herangezogen werden. Auch für **selbst hergestellte Gegenstände** ist der Einkaufspreis im Sinne des Marktpreises für einen gleichartigen Gegenstand anzusehen (siehe BFH XI R 3/10, BStBl. II 2014, 809 zur Entnahme von Strom aus Blockheizkraftwerk). Da die Wiederbeschaffungskosten im Zeitablauf steigen können und zudem den Gewinnaufschlag des den gleichwertigen Gegenstand anbietenden Unternehmens enthalten (vgl. *Vogler* MwStR 2013, 250), kann die Entnahme zu einer umsatzsteuerlichen Mehrbelastung im Sinne einer „Realisierung" führen, was von *Wagner* in Sölch/Ringleb § 10 Rn. 351 ff. kritisiert wird. Umgekehrt ist zu bedenken, dass der Wert des konkreten Gegenstands, der auch wirtschaftlich durch die bisherige Nutzung gemindert sein kann, heranzuziehen ist, so dass insbesondere bei **Gegenständen des Anlagevermögens** nur ein unter Berücksichtigung der Wertentwicklung dieser Gegenstände ermittelter Restwert anzusetzen ist (EuGH C-142/12, MwStR 2013, 306 Rn. 32 – Marinor und *Grube* MwStR 2013, 308 f.; ebenso BFH V R 20/13, BStBl. II 2014, 1029 zur Berücksichtigung von Wertminderungen bei der Entnahme eines selbsterstellten Gegenstands des Anlagevermögens).

Beispiel: Ein Einzelhändler erwirbt im Herbst 01 eine Palette steirisches Kürbiskernöl für netto 6 EUR die Flasche. Er verkauft das Bio-zertifizierte Öl für 12 EUR je Flasche zzgl. USt in seinem Laden. Wegen der großen Nachfrage bestellt der Einzelhändler eine weitere Palette im November. Der Einkaufspreis ist nun auf 7 EUR netto je Flasche gestiegen. Die letzte Flasche aus der alten Fuhre nimmt der Einzelhändler zu sich nach Hause und verwendet sie für private Zwecke.

Es liegt eine Gegenstandsentnahme gemäß § 3 Abs. 1 b S. 1 Nr. 1 vor, denn der innergemeinschaftliche Erwerb des Kürbiskernöls berechtigte den Unternehmer ursprünglich zum Vorsteuerabzug, da er zu diesem Zeitpunkt den Weiterverkauf beabsichtigte. Die Entnahme ist mit dem aktuellen Einkaufspreis von 7 EUR zum Zeitpunkt der Entnahme zu bewerten. Der Unternehmer muss somit aufgrund der Entnahme USt von 1,33 EUR an das FA abführen, obwohl er beim Einkauf nur 1,14 EUR (19% von 6 EUR) als Vorsteuer abgezogen hatte.

80 Kann kein Einkaufspreis bestimmt werden, sind die **Selbstkosten** heranzuziehen. Dies ist aber nicht bereits der Fall, wenn der entnommene Gegenstand im Unternehmen hergestellt wurde und es daher keinen konkreten Einkaufspreis gibt; es reicht vielmehr aus, dass ein Marktpreis für einen gleichwertigen Gegenstand ermittelt werden kann (BFH XI R 3/10, BStBl. II 2014, 809). Die Selbstkosten umfassen die tatsächlich bis zum Zeitpunkt des Umsatzes entstandenen Kosten (UStAE 10.6 Abs. 1 S. 4) und entsprechen damit im Wesentlichen den Anschaffungs- oder Herstellungskosten iSd Ertragsteuerrechts und – soweit ertragsteuerlich nichts anderes geregelt ist – damit iSd § 255 HGB (siehe EStH 6.2). **Anschaffungskosten** sind „die Aufwendungen, die geleistet werden, um einen Vermögensgegenstand zu erwerben und ihn in einen betriebsbereiten Zustand zu versetzen". Gemeinkosten gehören nicht dazu. Da es auf den Preis zum Zeitpunkt des Umsatzes ankommt, dürfen im Gegensatz zu den Anschaffungskosten nachträgliche Anschaffungskosten nicht berücksichtigt werden, es sei denn, sie stehen zu diesem Zeitpunkt schon fest. Wegen weiterer Einzelheiten siehe EStR 6.2, EStH 6.2. Bei **Herstellungskosten** handelt es sich gemäß § 255 Abs. 2 HGB um „die Aufwendungen, die durch den Verbrauch von Gütern und die Inanspruchnahme von Diensten für die Herstellung eines Vermögensgegenstande, seine Erweiterung oder für eine über seinen ursprünglichen Zustand hinausgehende wesentliche Verbesserung entstehen". Wegen weiterer Einzelheiten siehe EStR 6.3, EStH 6.3. Auch die Verwaltungsgemeinkosten gehören zu den Selbstkosten (vgl. BFH V R 138/72, BStBl. II 1980, 309), wenngleich strittig ist, ob diese zu den steuerlichen Herstellungskosten zählen (so EStR 6.3 Abs. 1; kritisch

Zwirner DStR 2013, 1199). Der Selbstkostenbegriff ist pagatorisch, dh zu den Selbstkosten gehören nicht kalkulatorische Kosten wie der Unternehmerlohn.

81 Die FVerw gestattet in Einzelfällen den Ansatz von **Pauschbeträgen** für unentgeltliche Wertabgaben. Bei der unter § 3 Abs. 1b fallenden Verwendung von **Abwärme aus Biogasanlagen** für das Beheizen des privaten Wohnhauses gestattet die FVerw mittlerweile keine pauschale Ermittlung der Bemessungsgrundlage mehr (LfSt Bayern 15.10.2009, DStR 2009, 2255). In der **Gastronomie** und im Nahrungsmittelhandel dürfen Pauschbeträge angesetzt werden:
- Für das Kalenderjahr 2016 gemäß BMF 15.12.2016, BStBl. I 2016,1424.
- Für das Kalenderjahr 2016 gemäß BMF 16.12.2015, BStBl. I 2015, 1084.
- Für das Kalenderjahr 2015 gemäß BMF 12.12.2014, BStBl. I 2014, 1575.

82 Bei der kostenlosen Abgabe von Mahlzeiten an Arbeitnehmer durch **unternehmenseigene Kantinen** ist gemäß UStAE 1.8 Abs. 11 aus Vereinfachungsgründen als Bemessungsgrundlage der Betrag anzusetzen, der auch als geldwerter Vorteil der Lohnsteuer unterworfen wird (vgl. LStR 8.1). Die Abgabe von Mahlzeiten durch **nicht vom Unternehmer betriebenen Kantinen** kann nicht unentgeltlich erfolgen, weil der fremde Kantinenbetreiber oder Gastwirt für seine Leistungen ein Entgelt verlangt. Entsprechend bemisst sich die USt nicht nach den Sachbezugswerten, sondern nach dem tatsächlichen Entgelt, das der Kantinenbetreiber oder Gastwirt von Arbeitgeber und Arbeitnehmer in der Summe erhält, jedoch abzüglich der USt (UStAE 1.8 Abs. 12; → Rn. 39). Liegt dieser Wert unterhalb der Mindestbemessungsgrundlage iSv § 10 Abs. 5, ist diese, höchstens jedoch das marktübliche Entgelt anzusetzen (FG Münster 5 K 3191/10 U, EFG 2013, 2046 rkr).

Die Anknüpfung an die lohnsteuerlichen **Sachbezugswerte** als Bemessungsgrundlage für die Gewährung freier Kost (UStAE 1.8 Abs. 9) bzw. die unentgeltliche Essensabgabe durch unternehmenseigene Kantinen steht weder mit Art. 74, 75 MwStSystRL noch mit dem UStG in Einklang, weil die Sachbezugswerte regelmäßig unter den Selbstkosten liegen (aA ThürFG III 70/96, UR 1998, 63 rkr). Folgerichtig sah der ursprüngliche Gesetzesentwurf zum StEntlG (BT-Drs. 14/23) in § 10 Abs. 4 S. 3 eine Regelung vor, die den Ansatz der lohnsteuerlichen Sachbezugswerte ausdrücklich als unzulässig wertete. Diese Regelung wurde jedoch ohne nähere Begründung (vgl. BT-Drs. 14/443) wieder aus dem Gesetzesentwurf herausgenommen. Da die Anknüpfung an die Sachbezugswerte für Unternehmer und Arbeitnehmer vorteilhaft ist, wird sich hieran wohl auch nicht durch die Rechtsprechung etwas ändern.

einstweilen frei 83

84 **b) Unternehmensfremde Verwendung eines Gegenstands.** Die Besteuerung der Verwendung eines dem Unternehmen zugeordneten Gegenstands iSd § 3 Abs. 9a Nr. 1 (unternehmensfremde Verwendung) erfolgt gemäß § 10 Abs. 4 S. 1 Nr. 2 auf der Grundlage der bei der Ausführung dieses Umsatzes entstandenen **Ausgaben,** soweit diese zum vollen oder teilweisen **Vorsteuerabzug** berechtigt haben. Zu den Voraussetzungen der Verwendungsentnahme → § 3 Rn. 130 ff. Der Begriff „Ausgaben" ersetzte den bis zum Inkrafttreten des EURLUmsG (BGBl. 2004 I 3310) verwendeten Begriff „Kosten". Damit sollte der Gesetzestext an die Formulierung im EU-Recht (nun Art. 75 MwStSystRL) angepasst werden (BR-Drs. 605/04).

85 Die vorherige **Belastung mit Vorsteuer** ist nicht nur dem Grunde nach gemäß § 3 Abs. 9a Nr. 1 Voraussetzung für die Steuerbarkeit, sondern auch der Höhe nach für die Einbeziehung in die Bemessungsgrundlage gemäß § 10 Abs. 4 S. 1 Nr. 2 (siehe das Beispiel unter → Rn. 40). Dies ist Folge der Rechtsprechung des EuGH (EuGH C-193/91, BStBl. II 1993, 812 – Mohsche). Für die Nichteinbeziehung spielt es keine Rolle, aus welchem Grund kein Recht auf Vorsteuerabzug bestand (UStAE 10.6 Abs. 3 S. 6). Nicht einzubeziehen in die Besteuerungsgrundlage nach § 10 Abs. 4 S. 1 Nr. 2 sind somit neben den nicht mit USt belasteten Ausgaben auch mit

USt belastete Ausgaben, soweit der Vorsteuerabzug hierfür nicht in Anspruch genommen werden konnte, zB weil

- die ausgewiesene USt gesetzlich nicht geschuldet wird (§ 15 Abs. 1 Nr. 1),
- keine ordnungsgemäße Rechnung vorliegt (§ 15 Abs. 1 Nr. 1) oder
- die Vorsteuer nach § 15 Abs. 1a, Abs. 1b oder Abs. 2, § 19 Abs. 1 S. 4, § 23a Abs. 1 S. 2 oder § 25 Abs. 5 S. 3 nicht abzugsfähig ist.

Die unternehmensfremde Nutzung eines Kfz das unter das **50%ige Vorsteuerabzugsverbot** des § 15 Abs. 1b aF fällt (Anschaffung vom 1.4.1999 bis 31.12.2003, § 27 Abs. 5), sind gemäß § 3 Abs. 9a S. 2 keine steuerpflichtige unentgeltliche Wertabgabe (vgl. im Einzelnen → § 15 Rn. 321ff.). Ebenso keine steuerpflichtige Nutzungsentnahme liegt bei gemischt-genutzten Grundstücken vor, deren vollständige Zuordnung zum Unternehmensvermögen und der damit verbundene Vorsteuerabzug für den unternehmensfremd verwendeten Teil nach § 15 Abs. 1b idF des JStG 2010 **(„Anti-Seeling-Regelung")** nicht möglich ist; → § 15 Rn. 313ff.

86 Bei **gemischt genutzten Gegenständen** hat der Steuerpflichtige ein Wahlrecht. Er kann nur den unternehmerisch genutzten Teil seinem Unternehmen zuordnen und den Vorsteuerabzug damit auf diesen Teil begrenzen. Eine Besteuerung nach § 3 Abs. 9a Nr. 1 für den nichtunternehmerisch genutzten Teil entfällt dann, weil insoweit kein Vorsteuerabzug vorgenommen worden ist. Er kann aber auch das gesamte Wirtschaftsgut seinem Unternehmen zuordnen und die unternehmensfremde Verwendung der Besteuerung nach § 3 Abs. 9a Nr. 1 unterwerfen („Seeling-Modell"). Siehe UStAE 15.2c Abs. 2 Nr. 2 Buchst. b und → § 15 Rn. 109ff.

86a Die vollständige Zuordnung setzt eine **unternehmerische Mindestnutzung von 10%** voraus (§ 15 Abs. 1 S. 2). Diese gesetzliche Regelung war bis 2015 nicht unionsrechtskonform (EuGH C-400/15, DStR 2016, 2219 – Landkreis Potsdam-Mittelmark und dem folgend BFH XI R 15/13, DStR 2017, 99 mAnm *Treiber*), wobei es nicht um die generelle Zulässigkeit des 10%-Kriteriums ging, sondern darum, dass vom Unionsrecht nur die Verwendung von mehr als 90% für private Zwecke des Unternehmers oder seines Personals oder allgemein für unternehmensfremde Zwecke den Vorsteuerausschluss rechtfertigt. Letzteres entspricht dem Anwendungsbereich des § 3 Abs. 9a (→ § 3 Rn. 263–263b und → § 2 Rn. 156). Eine Verwendung von mehr als 90% für den Hoheitsbetrieb einer juristischen Person des öffentlichen Rechts war danach – bis 2015 – unschädlich für die Zuordnung zum Unternehmen. Ab 2016 wurde Deutschland (und Österreich) ermächtigt, jede nichtwirtschaftliche (nichtunternehmerische) Verwendung von mehr als 90% einem vollständigen Vorsteuerabzugsausschluss zu unterwerfen (Durchführungsbeschluss (EU) 2015/2428 v. 10.12.2015). § 15 Abs. 1 S. 2 ist somit wieder mit seinem tradierten Inhalt unionsrechtskonform.

86b Die Zuordnung zum Unternehmensvermögen muss zudem **rechtzeitig** erfolgen, dh bis zur gesetzlichen Frist zur Abgabe der Steuererklärung (bis 2016: 31.5. des Folgejahres, ab 2017: 31.7. des Folgejahres; UStAE 15.2c Abs. 16 mit Verweisen auf die BFH-Rechtsprechung). Für die Besteuerung nach § 3 Abs. 9a reicht es aber nicht aus, dass diese Zuordnung tatsächlich stattgefunden hat und verfahrensrechtlich nicht mehr korrigierbar ist; sie muss vielmehr materiell-rechtlich auch möglich gewesen sein. Andernfalls liegt ein Berichtigungsgrund nach § 15a vor (BFH V R 11/12, DStR 2015, 67 mAnm *Heuermann;* vgl. hierzu *Meurer* MwStR 2015, 248).

86c Seit 2011 besteht allerdings gemäß dem auf Art. 168a MwStSystRL beruhenden § 15 Abs. 1b eine Einschränkung des Vorsteuerabzugs für dem Unternehmen zugeordnete **Grundstücke;** → § 15 Rn. 313ff. Diese Beschränkung berührt nicht die Zuordnung zum Unternehmensvermögen, sondern schließt nur den Vorsteuerabzug aus. Dies hat aber im Umkehrschluss zur Folge, dass keine steuerpflichtige unentgeltliche Wertabgabe vorliegt (§ 3 Abs. 9a S. 2) bzw. insoweit die Kosten nicht in die Bemessungsgrundlage eingehen (§ 10 Abs. 4 S. 1 Nr. 2).

87 Für die Steuerpflicht dem Grunde nach (§ 3 Abs. 9a Nr. 1) reicht es aus, dass ein Gegenstand nicht vollständig, sondern nur **teilweise für unternehmensfremde**

Zwecke verwendet wird, aber dem Unternehmen vollständig und zu Recht zugeordnet wurde. Der Höhe nach ist die Besteuerung der unentgeltlichen Wertabgabe aber beschränkt auf das Verhältnis der Dauer der tatsächlichen Verwendung des Gegenstands für unternehmensfremde Zwecke zur Gesamtdauer seiner tatsächlichen Verwendung. Leerstandszeiten werden demnach nicht vollständig der unternehmensfremden Verwendung zugerechnet, sondern anteilig der unternehmerischen und unternehmensfremden Verwendung nach Maßgabe dieses Verhältnisses in Zeiträumen der tatsächlichen Verwendung (EuGH C-230/94, DStR 1996, 1686 Rn. 37 – Enkler).

Beispiel: Der Eigentümer eines Hauses im Karwendelgebirge vermietet das Haus von Mai bis September eines Jahres. Einen Monat in diesem Zeitraum nutzt er das Gebäude für seinen Urlaub. Oktober bis April steht das Haus wegen der Winterwitterung leer.

Das Verhältnis der unternehmerischen zur privaten Verwendung wird anhand des Zeitraums ermittelt, in dem der Gegenstand tatsächlich verwendet wird. Der Privatanteil für den gesamten Besteuerungszeitraum beträgt somit 20% (ein Monat von fünf Monaten Gesamtnutzung).

§ 10 Abs. 4 S. 1 Nr. 2 beschränkt die Bemessungsgrundlage auf die „bei der Ausführung [der sonstigen Leistungen iSd § 3 Abs. 9a Nr. 1] entstandenen Ausgaben". Eine „Realisierung" eines Mehrwerts findet somit nicht statt (anders bei § 3 Abs. 1b, → Rn. 79). Zu den Ausgaben iSd § 10 Abs. 4 S. 1 Nr. 2 gehören nicht nur die laufenden Betriebskosten, sondern auch die **Anschaffungs- und Herstellungskosten des Gegenstands,** es sei denn, der Unternehmer hat den Gegenstand ohne die Möglichkeit des Vorsteuerabzugs erworben (zB von einem Nichtunternehmer, EuGH C-50/88, HFR 1989, 518 – Kühne). Dies wird in § 10 Abs. 4 S. 1 Nr. 2 klargestellt. Die umsatzsteuerliche Verteilung der Anschaffungs- und Herstellungskosten ist von der **ertragsteuerlichen AfA** entkoppelt (Regelung ist zulässig nach EuGH C-72/05, DStR 2006, 1746 – Wollny, mit Anm. *Widmann* und *Stadie* UR 2006, 638 und verfassungskonform nach BFH XI R 6/13, BStBl. II 2015,1063). Die Anschaffungs- oder Herstellungskosten sind gleichmäßig auf den für das Wirtschaftsgut maßgeblichen Berichtigungszeitraum nach § 15a und nicht auf die betriebsgewöhnliche Nutzungsdauer zu verteilen. Die vorherige Praxis, die Höhe der Ausgaben an die ertragsteuerliche AfA zu koppeln (vgl. BFH XI R 12/96, BStBl. II 1997, 374; X R 8/80, BStBl. II 1988, 1012; XI R 82/92, BFH/NV 1995, 645), war europarechtlich ebenso zulässig (EuGH C-72/05, DStR 2006, 1746 Rn. 41, 42 – Wollny). Ob die rückwirkende Umstellung des Zeitraums für die Ausgabenverteilung auf den Berichtigungszeitraum nach § 15a verfassungsrechtlich zulässig ist, bleibt auch nach BFH V R 42/09, BStBl. II 2014, 76 und BFH V R 41/09, BStBl. II 2014, 73 weiterhin ungeklärt.

Die unternehmensfremde Nutzung **gemieteter Gegenstände** unterliegt regel- **87a**
mäßig mangels Verfügungsmacht über den Gegenstand nicht der Besteuerung nach § 3 Abs. 9a Nr. 1 (BFH V R 87/89, BStBl. II 1994, 200). Eine Besteuerung der unternehmensfremden Verwendung kommt dann überhaupt nicht in Betracht, da der Leistungsbezug insoweit nicht im Unternehmen stattfindet. Zwar setzt § 3 Abs. 9a Nr. 2 nicht den Vorsteuerabzug der Eingangsleistung voraus, wohl aber setzt die Vorschrift voraus, dass die Eingangsleistung für das Unternehmen erbracht wurde, so dass die unentgeltliche Weitergabe der sonstigen Leistung aus dem unternehmerischen Bereich der Steuerpflicht unterliegt.

Beispiel: Ein Unternehmer mietet Räume an, die er teilweise nicht für sein Unternehmen verwendet. Daher steht ihm insoweit nach § 15 Abs. 1 S. 1 Nr. 1 kein Vorsteuerabzugsrecht zu. Da die Leistung hinsichtlich der unternehmensfremd verwendeten Räume von vornherein nicht in die unternehmerische Sphäre gelangt ist, liegt kein Fall des § 3 Abs. 9a Nr. 2 vor (auch → Rn. 92).

Bei der unternehmensfremden (privaten) Verwendung eines **dem Unternehmen** **88**
zugeordneten Kfz ist für die Aufteilung der Gesamtausgaben auf die unternehmeri-

schen Fahrten und die unternehmensfremden (privaten) Fahrten das für Ertragsteuerzwecke geführte Fahrtenbuch heranzuziehen. Fahrten des Unternehmers zwischen Wohnung und Betriebsstätte zählen zu den unternehmerisch veranlassten Fahrten und fließen daher nicht in die Besteuerung der unentgeltlichen Wertabgabe ein (BFH XI R 36/12, BStBl. II 2015, 43; ebenso UStAE 15.6 Abs. 1 S. 4, 15.23 Abs. 2 S. 2). Ist eine genaue Aufteilung der Kosten nicht möglich, muss sie im **Schätzungswege** erfolgen. Die sog. 1%-Regelung ist nach der BFH-Rechtsprechung kein geeigneter Aufteilungsmaßstab (BFH V R 78/98, DStR 1999, 848), wird jedoch ohne weitere Schätzgrundlagen vom BFH gebilligt (BFH XI R 32/08, BStBl. II 2010, 1079). Die FVerw gestattet es Unternehmern, die ertragsteuerlich die **1%-Methode** anwenden, aus Vereinfachungsgründen von diesem Wert auch bei der Bemessungsgrundlage für die Besteuerung der unternehmensfremden Nutzung nach § 10 Abs. 4 S. 1 Nr. 2 auszugehen. Damit wirkt sich auch die lenkungspolitische Nichtberücksichtigung der Batteriesysteme bei Elektro- und Hybridfahrzeugen nach § 6 Abs. 1 Nr. 4 S. 2 Hs. 2 EStG mittelbar auf die USt aus. Für die nicht mit Vorsteuern belasteten Kosten kann dabei ein **pauschaler Abschlag von 20%** vornehmen, jedoch nicht ein darüber hinausgehender Abschlag, der sich nach dem tatsächlichen Verhältnis von nicht mit Vorsteuer belasteten Kosten zu den Gesamtkosten ergibt (BFH XI R 32/08, BStBl. II 2010, 1079). Der ermittelte Betrag (80% von 1% des Bruttolistenneupreises pro Monat) ist ein Nettowert, auf den die USt mit dem allgemeinen Steuersatz aufzuschlagen ist (UStAE 15.2 Abs. 22 Nr. 9 mit Verweis auf BMF 27.8.2004, BStBl. I 2004, 864). In der Praxis ist diese Alternative zur Fahrtenbuchmethode üblich. Zur praktischen Besteuerung der privaten Kfz-Nutzung einschließlich vieler Berechnungsbeispiele siehe *Rüsch/Hofmann* DStR 2006, 399.

89 Bei unentgeltlicher Überlassung von Gegenständen, insbesondere **von Pkw an Arbeitnehmer** gehen FVerw und BFH davon aus, dass die Überlassung regelmäßig gegen Entgelt erfolgt, weil die Überlassung des Pkw einen Vergütungsbestandteil darstellt (UStAE 15.23 Abs. 8). Dies gilt folglich auch bei angestellten **Gesellschafter-Geschäftsführern** (so auch BFH XI R 2/12, BStBl. II 2015, 785 Rn. 20; übernommen in UStAE 3.4 Abs. 3). In diesen Fällen bemisst sich die Besteuerungsgrundlage nicht nach § 10 Abs. 4 S. 1 Nr. 2, sondern nach § 10 Abs. 1 S. 2. Als Entgelt der Überlassung wird insoweit auf die Ausgaben zurückgegriffen, die der Unternehmer tätigte, um dem Arbeitnehmer die Leistung zur Verfügung zu stellen. Das entspricht im Ergebnis der Orientierung an den Ausgaben nach § 10 Abs. 4 S. 1 Nr. 2. Allerdings werden **nicht mit Vorsteuer belastete Ausgaben** nicht herausgerechnet, sondern fließen in die steuerpflichtige Bemessungsgrundlage ein, so dass auch der pauschale Abschlag von 20% für nicht mit Vorsteuer belastete Ausgaben (→ Rn. 88) entfällt (BFH V R 87/98, BStBl. II 1999, 580). Fahrten des Arbeitnehmers zwischen Wohnung und Arbeitsstätte zählen – anders als beim Unternehmer (→ Rn. 88) – zu den Privatfahrten (UStAE 15.23 Abs. 8).

Erfolgt die Pkw-Überlassung an einen **Gesellschafter-Geschäftsführern** ausnahmsweise unentgeltlich, zB weil der Gesellschafter den Pkw in seiner Eigenschaft als Gesellschafter privat nutzt (unternehmensfremde Zwecke), handelt es sich um einen Fall des § 3 Abs. 9a S. 1 Nr. 1, so dass sich die Besteuerungsgrundlage analog zur Privatnutzung durch den Unternehmer gemäß § 10 Abs. 4 S. 1 Nr. 2 ergibt (BFH XI R 36/12, BStBl. II 2015, 43 Rn. 22f., 29; übernommen in UStAE 3.4 Abs. 3) Wird dann von der Vereinfachungsregelung der FVerw (1%-Methode, 20% Abschlag, → Rn. 88) Gebrauch gemacht, fallen auch die Fahrten zwischen Wohnung und Unternehmenssitz aus der Besteuerung der unentgeltlichen Wertabgabe heraus (BFH XI R 2/12, BStBl. II 2015, 785 Rn. 36; UStAE 3.4 Abs. 3).

90 Nach FG Hmb I 1, 2/85, EFG 1989, 354, rkr, mindern **Buchgewinne,** die bei der Veräußerung des unternehmensfremd genutzten Gegenstands entstehen, die Bemessungsgrundlage für die unternehmensfremde Verwendung nicht. Zu den Ausgaben gehören auch die (unternehmerisch oder nichtunternehmerisch veranlassten)

Unfallkosten, jedoch abzüglich der von dritter Seite erlangten und dem Unternehmen zugeführten Ersatzleistungen (BFH V R 138/72, BStBl. II 1980, 309). Die Bemessungsgrundlage umfasst bei einem Unfall während einer Privatfahrt daher nicht den gesamten Schaden. Dieser geht vielmehr in die Gesamtausgaben für das Fahrzeug ein und wirkt sich nur in Höhe des prozentualen privaten Nutzungsanteils auf die Bemessungsgrundlage aus (BFH XI R 66/94, BStBl. II 1995, 850). Der Unfall auf einer Privatfahrt führt nicht zur Entnahme (→ § 3 Rn. 145).

Beispiel: Der Unternehmer nutzt den betrieblichen Pkw zu 20% privat. Die Gesamtausgaben für den Pkw betragen jährlich netto 10.000 EUR. Durch einen Unfall auf einer Privatfahrt entsteht ein Schaden von netto 8.000 EUR. Davon trägt die Versicherung 3.000 EUR. Die das Unternehmen belastenden Gesamtausgaben für den Pkw erhöhen sich also im Unfalljahr auf 15.000 EUR. Die Bemessungsgrundlage für die unternehmensfremde Verwendung beträgt somit 20% von 15.000 EUR = 3.000 EUR.

Keine unternehmensfremde Verwendung ist der **Diebstahl** von Gegenständen, da 91
es an einer Handlung („Entnahme") des Unternehmers fehlt. Das gilt auch beim Diebstahl durch das Personal, weil die Steuerbarkeit nach § 3 Abs. 1b S. 1 Nr. 2 auch hier eine Handlung des Unternehmers („Zuwendung") voraussetzt. Der Diebstahl kann jedoch ein innergemeinschaftliches Verbringen auslösen, wenn Gegenstände zunächst nur vorübergehend in einen anderen Mitgliedstaat verbracht, dort aber gestohlen werden (FG Köln 4 K 3157/11, DStRE 2016, 409, Rev. BFH: V R 17/15). Unionsrechtlich wäre es dagegen möglich, den einmal vorgenommenen Vorsteuerabzug bei Diebstahl der Gegenstände zu berichtigen (Art. 185 Abs. 2 UAbs. 2 MwStSystRL). Deutschland hat von dieser Möglichkeit aber keinen Gebrauch gemacht; weder in § 3 Abs. 1b noch in § 17. Der Diebstahl des Entgelts ändert nichts an der Steuerbarkeit des vorausgegangenen Umsatzes (→ § 1 Rn. 58). Bestellt ein Mitarbeiter unerlaubt Gegenstände auf Kosten des Unternehmers mit der Absicht des Diebstahls nach Eintreffen der Gegenstände, liegt ebenfalls keine Entnahme bzw. Zuwendung vor. Der Unternehmer hat vielmehr von vornherein keine Verfügungsmacht über den Gegenstand erlangt; sie wurden somit nicht für sein Unternehmern geliefert. Folglich kann der Unternehmer den Vorsteuerabzug nicht geltend machen.

c) Unentgeltliche Leistungserbringung. Anwendungsfälle des § 3 Abs. 9a 92
Nr. 2 sind seltener als solche nach § 3 Abs. 1b und Abs. 9a, denn es fehlt eine Anknüpfung an einen Gegenstand. Insbesondere liegt kein Fall des § 3 Abs. 9a Nr. 2 vor, wenn der Unternehmer eine sonstige Leistung bezieht, die er bei **Leistungsbezug für unternehmensfremde Zwecke** bzw. für Zwecke seines Personals verwendet. Denn während Gegenstände zunächst für Zwecke des Unternehmens erworben werden und erst später für private Zwecke verwendet werden können, lassen sich sonstige Leistungen nicht einkaufen, lagern und anschließend entgegen der ursprünglichen Absicht privat verwenden. Sonstige Leistungen werden vielmehr bei Leistungsbezug unternehmerisch oder unternehmensfremd verwendet. Für die unternehmensfremde Verwendung steht von vornherein kein Vorsteuerabzug zu.

Beispiel: Ein Unternehmer nutzt sein betriebliches Mobiltelefon zu 20% für private Zwecke. Damit steht dem Unternehmer der Vorsteuerabzug nur bezüglich der 80% zu. Es ist somit nicht möglich, zunächst die gesamt USt als Vorsteuer abzuziehen und anschließend die Korrektur des Privatanteils über § 3 Abs. 9a Nr. 2 vorzunehmen (BMF 15.2.1994, BStBl. I 1994, 194; FG Hess 6 K 1058/03, DStRE 2006, 936, NZB zurückgewiesen durch BFH V B 1/06, BeckRS 2007, 25011999).

Ein Anwendungsfall des § 3 Abs. 9a Nr. 2 liegt nur vor, wenn die sonstige Leistung 93
aus dem Unternehmen erbracht wird. Diese unentgeltlichen sonstigen Leistungen bemessen sich wie die unternehmensfremde Verwendung von dem Unternehmen zugeordneten Gegenständen nach den bei der Ausführung des Umsatzes ent-

standenen **Ausgaben.** Im Gegensatz zu der Verwendung eines dem Unternehmen zugeordneten Gegenstandes nach § 3 Abs. 9a Nr. 1 gehören sämtliche bei der Ausführung der Umsätze nach § 3 Abs. 9a Nr. 2 entstandenen Ausgaben zur Bemessungsgrundlage, auch wenn sie nicht mit USt belastet waren und damit **nicht zum Vorsteuerabzug berechtigt haben** (§ 10 Abs. 4 S. 1 Nr. 3). Dies entspricht der Vorgabe in Art. 26 Abs. 1 Buchst. b MwStSystRL. Erfasst werden demnach sämtliche Ausgaben, also auch anteilige Personal- oder Versicherungskosten.

Beispiel: Ein Unternehmer lässt seinen privaten Garten durch den angestellten Hausmeister seines Betriebs pflegen. Diese unentgeltlich erbrachten Leistungen aus dem Unternehmen unterliegen gemäß § 3 Abs. 9a Nr. 2 der Steuerpflicht, und zwar auch dann, wenn und soweit – wie hier – die zur Leistungserbringung angefallenen Ausgaben (Lohn des Hausmeister) nicht zum Vorsteuerabzug berechtigt haben. Bemessungsgrundlage ist somit gemäß § 10 Abs. 4 S. 1 Nr. 3 der anteilige Bruttolohn des Hausmeisters einschließlich Lohnnebenkosten. Ebenso einzubeziehen sind die Ausgaben für die eingesetzten Gegenstände des Unternehmers (Rasenmäher etc). Hierfür verweist § 10 Abs. 4 S.1 Nr. 3 auf die Sätze 2 und 3 von Nr. 2 (Beispiel in Anlehnung an *Radeisen* USt-HdB § 126 Rn. 5 und 6).

Zur umsatzsteuerlichen Behandlung unentgeltlicher oder verbilligter Reisen für Betriebsangehörige vgl. UStAE 1.8 Abs. 19, UStAE 25.3 Abs. 5. Zur unentgeltlichen Arbeitnehmersammelbeförderung siehe EuGH C-258/95, DStRE 1997, 930 – Fillibeck; BFH V R 73/99, BStBl. II 2000, 505; V B 32/01, DStRE 2001, 1173; vgl. → § 3 Rn. 267 und → Rn. 39.

94 *einstweilen frei*

3. Mindestbemessungsgrundlage

95 Die Mindestbemessungsgrundlage gemäß § 10 Abs. 5 soll Entgelte, die wegen naher verwandtschaftlicher, gesellschaftsrechtlicher oder arbeitsrechtlicher Beziehungen ungewöhnlich niedrig bemessen sind, auf den Wert aufstocken, der für die betreffenden Leistungen bei Unentgeltlichkeit als Bemessungsgrundlage in Betracht käme. Die Mindestbemessungsgrundlage gilt daher für Leistungen an **nahestehende Personen** (§ 10 Abs. 5 S. 1 Nr. 1) – insbesondere Gesellschafter und Angehörige iSd § 15 AO (UStAE 10.7 Abs. 1) – und Leistungen an das **Personal** (§ 10 Abs. 5 S. 1 Nr. 2). Zum Ansatz der Mindestbemessungsgrundlage bei Vereinen → Rn. 35. Die Aufstockung geschieht in der Weise, dass das vereinbarte Entgelt mit den nach § 10 Abs. 4 zu ermittelnden Beträgen verglichen wird; sind diese höher, stellen sie statt des tatsächlichen Entgelts die Bemessungsgrundlage dar. § 10 Abs. 5 ist eine zulässige **Sondermaßnahme iSd Art. 394 MwStSystRL** (BFH V R 39/06, BStBl. II 2009, 786; andernfalls ist die Abweichung vom tatsächlichen Entgelt nicht gerechtfertigt, EuGH C-285/10, BeckRS 2011, 80950 – Campsa Estaciones), die auf einer Ermächtigung durch die Kommission beruht. Demgegenüber erlaubt auch Art. 80 MwStSystRL die Regelung einer Mindestbemessungsgrundlage, hierauf basiert allerdings die deutsche Mindestbemessungsgrundlage in § 10 Abs. 5 nicht. Vgl. zu den Einzelheiten der Ermächtigung Deutschlands zur Einführung der Mindestbemessungsgrundlage *Slapio* UR 2012, 429.

96 Die Regelung des § 10 Abs. 5 entspricht im Grundsatz der Behandlung **verdeckter Gewinnausschüttungen im Ertragsteuerrecht.** Allerdings ist der Vergleichsmaßstab nicht ein unter fremden Dritten üblicher Preis („dealing at arm's length"), sondern der Betrag der nach § 10 Abs. 4 ermittelten Ausgaben. Übersteigen die nach § 10 Abs. 4 ermittelten Ausgaben das marktübliche Entgelt für die betreffenden Leistungen, käme es nach dem Wortlaut des § 10 Abs. 5 S. 1 Hs. 1 zunächst zum Ansatz der Mindestbemessungsgrundlage trotz fremdüblichen Entgelts. Daher regelt § 10 Abs. 5 S. 1 Hs. 2 als Höchstgrenze das **marktübliche Entgelt.** Diese gesetzliche Regelung basiert auf der Rechtsprechung des EuGH, wonach eine Anwendung der

Mindestbemessungsgrundlage insoweit nicht durch die Ermächtigung des Art. 394 MwStSystRL gedeckt ist, als bei Leistungen zwischen einander nahestehenden Personen eine das marktübliche Entgelt übersteigende Bemessungsgrundlage anzusetzen ist (EuGH C-63/96, BStBl. II 1997, 841 – Skripalle; Anschluss BFH XI R 8/86, BStBl. II 1997, 840; ebenso UStAE 10.7 Abs. 1 S. 4). Das marktübliche Entgelt bildet somit bereits nach der (im BStBl. II veröffentlichten) Rechtsprechung und somit auch schon vor Inkrafttreten des § 10 Abs. 5 S. 1 Hs. 2 die Obergrenze für die Mindestbemessungsgrundlage. Daher ist es auch ausreichend, wenn der Umsatz mit dem marktüblichen Entgelt und nicht mit der Mindestbemessungsgrundlage versteuert wird, wenn ein beide Werte unterschreitender Betrag an eine nahestehende Person berechnet wird (BFH V R 4/10, BStBl. II 2016, 181).

Beispiel 1: Eine Tochtergesellschaft eines Touristik-Konzerns, betreibt ein Hotel. Die anteiligen Ausgaben liegen bei 100 EUR pro Nacht und Zimmer ohne USt. Weil das Hotel in einem strukturschwachen Gebiet liegt, werden die Zimmer für durchschnittlich 80 EUR zzgl. USt am Markt angeboten. Der Muttergesellschaft – einer nicht zum Vorsteuerabzug berechtigten Finanzholding (siehe Rn. 96a) – berechnet die Tochtergesellschaft im Jahr 01 pro Übernachtung eines ihrer Mitarbeiter 80 EUR pro Nacht. Im Jahr 02 wird dieser Satz auf 50 EUR pro Nacht gesenkt.

Gemäß § 10 Abs. 5 Nr. 1 müsste der Umsatz in beiden Jahren mit der Mindestbemessungsgrundlage von 100 EUR zu bewerten. Der Zweck der Mindestbemessungsgrundlage, Steuerhinterziehungen oder -umgehungen zu vermeiden, rechtfertigt es aber nicht, das vereinbarte marktübliche Entgelt im Jahr 01 umsatzsteuerlich zu korrigieren (§ 10 Abs. 5 S. 1 Hs 2; UStAE 10.7 Abs. 1 S. 4). Im Jahr 02 kommt die Mindestbemessungsgrundlage zum Ansatz, weil das vereinnahmte Entgelt nun auch das marktübliche Entgelt unterschreitet. Die Tochtergesellschaft kann aber statt der höheren Mindestbemessungsgrundlage auch das niedrigere marktüblichen Entgelt von 80 EUR ansetzen (BFH V R 4/10, BStBl. II 2016, 181).

Im Ergebnis ist § 10 Abs. 5 damit eine dem ertragsteuerlichen Instrument der verdeckten Gewinnausschüttung oder der Entnahme nach § 6 Abs. 1 Nr. 4 EStG vergleichbare Regelung für den Fall fremdunüblicher Vereinbarungen zwischen nahestehenden Personen, wobei der Wertmaßstab nach oben auf den Einkaufspreis bei Lieferungen bzw. die Ausgaben bei sonstigen Leistungen begrenzt ist. Eine „Realisierung" eines Mehrwerts findet somit nicht statt (anders bei § 3 Abs. 1b, → Rn. 79). Darüber hinaus besteht kein Korrektiv in die entgegengesetzte Richtung. Übersteigt also das vereinbarte Entgelt das marktübliche Entgelt, kommt das (höhere) vereinbarte zum Ansatz (§ 10 Abs. 5 S. 2).

Die Mindestbemessungsgrundlage verhindert auch Gestaltungen zur Inanspruchnahme des Vorsteuerabzugs trotz beabsichtigter steuerfreier Verwendung:

Beispiel 2: Investor I möchte für 5 Mio. EUR ein Ärztehaus errichten und an diverse Ärzte vermieten. Zur USt-Pflicht der Mieten kann er nicht optieren, weil die Ärzte ihrerseits nicht vorsteuerabzugsberechtigt sind (§ 9 Abs. 2). Daher veräußert I das Ärztehaus nach Fertigstellung an eine von ihm gegründete GmbH für einen Bruchteil des Verkehrswerts. Für diese Veräußerung optiert I zur Steuerpflicht. Damit kann er als Veräußerer die Vorsteuer aus den Herstellungskosten abziehen. Die GmbH kann dann an die Ärzte steuerfrei vermieten und hat deshalb kein Vorsteuerabzugsrecht, was aber wegen des geringen Kaufpreises (zzgl. USt) nicht stark ins Gewicht fällt. (Angelehnt an EuGH C-267/15, MwStR 2016, 660 mAnm *Grube* – Gemeente Woerden).

Der Verkauf des Ärztehauses fällt allerdings unter § 10 Abs. 5 S. 1 Nr. 1 („Einzelunternehmer an ihnen nahe stehende Personen"), denn die Bemessungsgrundlage nach § 10 Abs. 4 übersteigt das vereinbarte Entgelt; überdies übersteigt es auch das marktübliche Entgelt. Daher ist die USt-Belastung des Verkaufs zu einem Bruchteil des Verkehrswerts tatsächlich höher und kompensiert den Vorsteuerabzug, so dass diese Gestaltung – wegen der Anwendung der Mindestbemessungsgrundlage – nicht funktioniert.

Zur **Rechnungsstellung** → § 14 Rn. 92.

96a Der EuGH hat zur allgemeinen Erlaubnis zur Einführung einer Mindestbemessungsgrundlage in Art. 80 MwStSystRL in einem polnischen Verfahren entschieden, dass deren Anwendung dann ausscheide, wenn die Beteiligten **zum Vorsteuerabzug berechtigt** sind und daher keine Gefahr einer Steuerhinterziehung oder -umgehung durch Vereinbarung eines fremdunüblichen Entgelts bestehe (EuGH C-621/10, DB 2012, 1308 – Balkan and Sea Properties ADSITS und C-129/11, UR 2012, 435 – Provadinvest OOR). Obwohl § 10 Abs. 5 nicht auf Art. 80 MwStSystRL, sondern auf einer Ermächtigung der Kommission beruht (→ Rn. 95), wird im Schrifttum eine Übertragbarkeit dieser EuGH-Grundsätze auch auf deutsches Recht bejaht, da sich der EuGH nicht explizit auf Art. 80 MwStSystRL, sondern auf allgemeine Grundsätze berief (*Wagner* UVR 2012, 216 (219f.)) bzw. die Steuerpflichtigen sich ansonsten unmittelbar auf das günstigere Unionsrecht berufen könnten (*Slapio* UR 2012, 429 (434); aA *Wäger* UR 2013, 81 (97)).

96b Nachdem der BFH diese EuGH-Rechtsprechung aufgegriffen hat, fand sie auch Einzug in UStAE 10.7. Nach UStAE 10.7 Abs. 6 steht es der Anwendung der Mindestbemessungsgrundlage zunächst nicht entgegen, dass über eine ordnungsgemäß durchgeführte Lieferung an einen vorsteuerabzugsberechtigten Unternehmer abgerechnet wird, was auf den ersten Blick im Widerspruch zur EuGH-Rechtsprechung steht. Allerdings hatte der BFH die EuGH-Rechtsprechungsgrundsätze präzisiert und eingeschränkt (BFH XI R 44/12, BStBl. II 2016, 187): Die Mindestbemessungsgrundlage ist danach bei Leistungen an einen zum vollen Vorsteuerabzug berechtigten Unternehmer grundsätzlich nicht anwendbar, weil insoweit keine Gefahr einer Steuerhinterziehung oder -umgehung bestehe (BFH XI R 44/12, BStBl. II 2016, 187 Rn. 29ff.). Soweit allerdings der Vorsteuerabzug später durch eine **Vorsteuerberichtigung nach § 15a** teilweise wieder rückgängig gemacht werden kann, bestehe weiterhin die Gefahr von Steuerumgehungen. Wäre nämlich § 10 Abs. 5 S. 1 aufgrund der Berechtigung des Leistungsempfängers zum Vorsteuerabzug von vornherein nicht anwendbar, würden spätere Berichtigungen nach § 15a auf der Grundlage eines Vorsteuerbetrags vorgenommen, der auf einem verbilligten Entgelt beruhe. Dies hat der BFH bereits vor Ergeben der in → Rn. 96a genannten EuGH-Rechtsprechung entschieden (BFH V R 39/06, BStB II 2009, 786), worauf sich die FVerw in UStAE 10.7 Abs. 6 ebenso bezieht. Diese Rechtsprechung wird vom XI. Senat auch nach Ergehen der EuGH-Rechtsprechung bestätigt. UStAE 10.7 Abs. 6 regelt dementsprechend, dass es der Anwendung der Mindestbemessungsgrundlage zwar nicht grundsätzlich entgegensteht, wenn an einen vorsteuerabzugsberechtigten Unternehmer geleistet wird, nämlich dann, wenn die Lieferung oder sonstige Leistung beim Leistungsempfänger in den Anwendungsbereich von § 15a fällt. Im Übrigen aber kommt es in solchen Fällen nicht zu einer Anwendung der Mindestbemessungsgrundlage. Im Schrifttum wird kritisiert, dass der EuGH in seiner Entscheidung Balkan and Sea Properties (C-621/10, DB 2012, 1308) betont habe, dass die einzelnen Tatbestandsvoraussetzungen in Art. 80 abschließend seien. Daher verbiete die volle Vorsteuer-Abzugsberechtigung per se eine Anwendung der Mindestbemessungsgrundlage – auch in den potenziell von § 15a betroffenen Fällen (*Slapio* MwStR 2014, 665).

Bei der Frage, ob der Leistungsempfänger zum Vorsteuerabzug berechtigt ist, kommt es auf die materielle Rechtslage an, nicht auf die tatsächliche Geltendmachung oder Nichtgeltendmachung.

Abwandung Beispiel 2 → Rn. 96: Ein Sportverein möchte eine Sportanlage errichten und seinen Mitgliedern zur Verfügung stellen. Die Mitglieder zahlen einen Monatsbeitrag, kein Sonderentgelt. Nach der Rechtsprechung von EuGH und BFH ist der Verein damit Unternehmer und erbringt Leistungen gegen Entgelt an seine Mitglieder. Nach UStAE 2.10 Abs. 1 indessen wird der Verein nicht gegen (Sonder-)Entgelt und damit nicht unternehmerisch tätig.

Der Verein gründet eine GmbH, die die Sportanlage errichtet und dem Verein langfristig verpachtet. Weil der Verein nach EuGH- und BFH-Rechtsprechung die Sportanlage zur Erbringung steuerpflichtiger Leistungen verwendet, optiert die GmbH zur Steuerpflicht der Vermietung. Damit ist die GmbH für die Baukosten der Sportanlage vorsteuerabzugsberechtigt. Das mit dem Verein vereinbarte Entgelt ist in fremdunüblicher Weise zu niedrig. Zu einem Ansatz der Mindestbemessungsgrundlage kommt es aber nicht, da der Leistungsempfänger (Verein) zum Vorsteuerabzug berechtigt ist. Die Tatsache, dass sich der Verein auf die Verwaltungsauffassung stützt und die Vorsteuer tatsächlich nicht geltend macht (und im Gegenzug die Mitgliedsbeiträge nicht der Umsatzsteuer unterwirft), spielt dafür keine Rolle.

Beispiel aus FG Düsseldorf 1 K 1397/13 U, rkr., MwStR 2016, 918 mAnm *Sterzinger.*

Verbilligte **Leistungen an das Personal** des Unternehmers oder an Angehörige **97** des Personals sind mit der Mindestbemessungsgrundlage anzusetzen, wenn sie **auf dem Dienstverhältnis beruhen.** Dabei handelt es sich um eine Maßnahme zur Verhinderung der Steuerumgehung, die von der Rechtsprechung eng ausgelegt wird. Die verbilligte Leistungserbringung an das Personal unterliegt daher nur dann der Mindestbemessungsgrundlage, wenn sie auch im Fall der Unentgeltlichkeit der USt-Pflicht nach § 3 Abs. 1b oder Abs. 9a steuerpflichtig wäre und sich die Bemessungsgrundlage dann nach § 10 Abs. 4 richtete. Dies gilt beispielsweise für Zuschüsse zu Mahlzeiten („Essensmarken") oder die verbilligte Essensabgabe in fremdbewirtschafteten Kantinen, siehe UStAE 1.8 Abs. 12 und → Rn. 82. Dieselben Grundsätze gelten nach BFH XI R 8/09, BStBl. II 2016, 185 auch für die verbilligte Abgabe von Zeitungsabonnements an Verlagsmitarbeiter. Höchstgrenze bilden auch hier die marktüblichen Entgelte (§ 10 Abs. 5 S. 1 Hs. 2). Die Mindestbemessungsgrundlage ist aber nicht anzusetzen, wenn die Verbilligung nicht auf dem Dienstverhältnis beruht, sondern **im unternehmerischen Interesse** erfolgt (BFH V R 15/06, BStBl. II 2009, 423 – verbilligte Arbeitnehmerbeförderung durch den Unternehmer mangels öffentlicher Verkehrsmittel – BFH XI R 50/07, BStBl. II 2009, 426 und V R 12/07, BStBl. II 2009, 428 – Gestellung von notwendiger Arbeitskleidung; so auch UStAE 10.2).

einstweilen frei **98**

IV. Personenbeförderung im Gelegenheitsverkehr (§ 10 Abs. 6)

Diese Regelung betrifft nur Steuerpflichtige, die Personenbeförderungen im Ge- **99** legenheitsverkehr mit Kraftomnibussen durchführen, die nicht im Inland zugelassen sind. Sie betrifft ab 1. 1. 1993 nur noch die Fälle, in denen eine Beförderungseinzelbesteuerung gemäß § 16 Abs. 5 stattfindet (→ § 16 Rn. 23ff.). Für die Berechnung der Steuer bei innergemeinschaftlichen Personenbeförderungen kommt sie daher nicht mehr in Betracht, hier ist vielmehr das nach § 10 Abs. 1 maßgebende Entgelt anzusetzen. Dadurch ist der Anwendungsbereich der Sonderregelung stark eingeschränkt worden. Sie bestimmt als Bemessungsgrundlage für die USt ein **Durchschnittsbeförderungsentgelt,** das sich nach der Zahl der beförderten Personen und der Zahl der Kilometer der Beförderungsstrecke im Inland (Personenkilometer) errechnet. Es kommt dabei nicht darauf an, ob der Unternehmer ein ausländischer Beförderer ist. Maßgebend ist nur, dass der Kraftomnibus, mit dem die Personenbeförderung im Gelegenheitsverkehr durchgeführt wird, nicht im Inland zugelassen ist. Danach ist die Einzelbesteuerung auf den grenzüberschreitenden Beförderungsverkehr beschränkt. Sie ist nicht auf Personenbeförderungen anzuwenden, die mit den bezeichneten Omnibussen nur im Inland durchgeführt werden (zB Sonderfahrten während eines Aufenthaltes im Inland). Für die betreffenden Beförderungsleistungen tritt an die Stelle des vereinbarten Entgelts ein Durchschnittsbeförderungsentgelt. Nach § 10 Abs. 6 wird dieses Durchschnittsbeförderungsentgelt durch Rechtsverordnung festgesetzt. Dabei schreibt das Gesetz vor, dass das Durchschnittsbeförderungsentgelt zu einer USt führen muss, die nicht wesentlich von dem Betrag abweicht, der sich ohne Anwendung des Durchschnittsbeförderungsentgelts ergeben würde. Demgemäß bestimmt § 25 UStDV, dass das Durchschnittsbeförderungsentgelt auf 4,43 Cent **je Personenkilometer** festgesetzt wird. Auf die Bemessungsgrundlage ist der allgemeine Steuersatz anzuwenden (UStAE 10.8). Nähere Einzelheiten ergeben sich aus § 16 Abs. 5 und § 18 Abs. 5.

§ 11 Bemessungsgrundlage für die Einfuhr

(1) **Der Umsatz wird bei der Einfuhr (§ 1 Abs. 1 Nr. 4) nach dem Wert des eingeführten Gegenstands nach den jeweiligen Vorschriften über den Zollwert bemessen.**

(2) **[1]Ist ein Gegenstand ausgeführt, in einem Drittlandsgebiet für Rechnung des Ausführers veredelt und von diesem oder für ihn wieder eingeführt worden, so wird abweichend von Absatz 1 der Umsatz bei der Einfuhr nach dem für die Veredelung zu zahlenden Entgelt oder, falls ein solches Entgelt nicht gezahlt wird, nach der durch die Veredelung eingetretenen Wertsteigerung bemessen. [2]Das gilt auch, wenn die Veredelung in einer Ausbesserung besteht und an Stelle eines ausgebesserten Gegenstands ein Gegenstand eingeführt wird, der ihm nach Menge und Beschaffenheit nachweislich entspricht. [3]Ist der eingeführte Gegenstand vor der Einfuhr geliefert worden und hat diese Lieferung nicht der Umsatzsteuer unterlegen, so gilt Absatz 1.**

(3) **Dem Betrag nach Absatz 1 oder 2 sind hinzuzurechnen, soweit sie darin nicht enthalten sind:**

1. **die im Ausland für den eingeführten Gegenstand geschuldeten Beträge an Einfuhrabgaben, Steuern und sonstigen Abgaben;**
2. **die auf Grund der Einfuhr im Zeitpunkt des Entstehens der Einfuhrumsatzsteuer auf den Gegenstand entfallenden Beträge an Einfuhrabgaben im Sinne des Artikels 4 Nr. 10 der Verordnung (EWG) Nr. 2913/92 des Rates zur Festlegung des Zollkodex der Gemeinschaften vom 12. Oktober 1992 (ABl. EG Nr. L 302 S. 1) in der jeweils geltenden Fassung und an Verbrauchsteuern außer der Einfuhrumsatzsteuer, soweit die Steuern unbedingt entstanden sind;**
3. **die auf den Gegenstand entfallenden Kosten für die Vermittlung der Lieferung und die Kosten der Beförderung sowie für andere sonstige Leistungen bis zum ersten Bestimmungsort im Gemeinschaftsgebiet;**
4. **die in Nummer 3 bezeichneten Kosten bis zu einem weiteren Bestimmungsort im Gemeinschaftsgebiet, sofern dieser im Zeitpunkt des Entstehens der Einfuhrumsatzsteuer bereits feststeht.**

(4) **Zur Bemessungsgrundlage gehören nicht Preisermäßigungen und Vergütungen, die sich auf den eingeführten Gegenstand beziehen und die im Zeitpunkt des Entstehens der Einfuhrumsatzsteuer feststehen.**

(5) **Für die Umrechnung von Werten in fremder Währung gelten die entsprechenden Vorschriften über den Zollwert der Waren, die in Rechtsakten des Rates der Europäischen Union oder der Europäischen Kommission festgelegt sind.**

EU-Recht: Art. 85 MwStSystRL (Art. 11 Teil B Abs. 1 6. EG-RL), Art. 86 Abs. 1 Buchst. a MwStSystRL (Art. 11 Teil B Abs. 3 Buchst. a 6. EG-RL), Art. 86 Abs. 1 Buchst. b MwStSystRL (Art. 11 Teil B Abs. 3 Buchst. b Unterabs. 1 6. EG-RL), Art. 86 Abs. 2 MwStSystRL (Art. 11 Teil B Abs. 3 Buchst. b Unterabs. 2 6. EG-RL), Art. 87 MwStSystRL (Art. 11 Teil B Abs. 4 6. EG-RL), Art. 88 MwStSystRL (Art. 11 Teil B Abs. 5 6. EG-RL), Art. 89 Abs. 1 und 2 MwStSystRL (Art. 11 Teil B Abs. 5 6. EG-RL), Art. 91 MwStSystRL (Art. 11 Teil C Abs. 2 6. EG-RL).

Übersicht

1. Bedeutung

Die Vorschrift enthält mit dem Zollwert eine besondere Bemessungsgrundlage für die EUSt. Die unionsrechtlichen Grundlagen bilden die Art. 85 ff. MwStSystRL. 1

Der Zollwert wird ab 1.5.2016 in der Verordnung (EU) Nr. 952/2013 des Europäischen Parlaments und des Rates vom 9.10.2013 zur Festlegung des **Zollkodex der Union – UZK –** geregelt (zur Bedeutung des neuen UZK für die USt siehe *Weymüller* MwStR 2016, 487 und *Scheller/Zaczek* MwStR 2016, 604). Weitere Rechtstexte ergänzen den UZK (siehe BMF III B 1-Z 0440/13/10010:010, BeckVerw 329400), nämlich

– die Delegierte Verordnung (EU) 2015/2446 der Kommission vom 28.7.2015 zur Ergänzung der Verordnung (EU) Nr. 952/2013 des Europäischen Parlaments und des Rates mit Einzelheiten zur Präzisierung von Bestimmungen des Zollkodex der Union – UZK-DA,
– die Durchführungsverordnung (EU) 2015/2447 der Kommission vom 24.11.2015 mit Einzelheiten zur Umsetzung von Bestimmungen der Verordnung (EU) Nr. 952/2013 des Europäischen Parlaments und des Rates zur Festlegung des Zollkodex der Union – UZK-IA, und
– die Delegierte Verordnung (EU) 2016/341 der Kommission vom 17.12.2015 zur Ergänzung der Verordnung (EU) Nr. 952/2013 des Europäischen Parlaments und des Rates hinsichtlich der Übergangsbestimmungen für bestimmte Vorschriften des Zollkodex der Union, für den Fall, dass die elektronischen Systeme noch nicht betriebsbereit sind, und zur Änderung der Delegierten Verordnung (EU) 2015/2446 – UZK-TDA.

Maßgeblich für § 11 sind die **Art. 69–76 UZK einschließlich ihrer Durchführungsvorschriften** (Art. 127–146 UZK-IA). Diese Rechtsnormen gelten bei der Feststellung der Bemessungsgrundlage für die EUSt – nach dem Wortlaut des § 11 Abs. 1 und unter Berücksichtigung von Art. 288 AEUV und Art. 288 Abs. 2 UZK – **unmittelbar,** also anders als die Regelung gem. § 21 Abs. 2, wonach die Regelungen über die Zölle nur sinngemäß gelten.

Die EUSt wird ab 1.1.1993 nur noch für die Einfuhr von Nichtgemeinschaftswaren aus dem Drittlandsgebiet (§ 1 Abs. 1 Nr. 4) in den deutschen Teil des Zollgebiets erhoben, und zwar regelmäßig, wenn eine Zollschuld entsteht. Im Gegensatz zu den inländischen Umsätzen wird die EUSt ab 1.1.1993 ausschließlich nach dem Zollwert und nicht nach dem Entgelt (§ 10) berechnet, und zwar auch dann nicht, wenn der Einfuhr ein entgeltlicher Leistungsaustausch zugrunde liegt. Vielmehr erfolgt ein **Rückgriff auf die Zollwertbestimmungen.** Die im Vergleich zur Entgeltbestimmung schwieriger zu ermittelnde **Bemessungsgrundlage nach dem Zollwert** der eingeführten Ware ist für die Festsetzung der EUSt unerlässlich, insbesondere wenn der Steuerpflichtige nicht zum vollen Vorsteuerabzug berechtigt ist (zB Nichtunternehmer, Unternehmer mit steuerfreien Umsätzen, öffentliche Hand, Landwirte, die gemäß § 24 Abs. 1 besteuert werden). Für **Unternehmer,** die zum vollen Vorsteuerabzug berechtigt sind, ist die EUSt betriebswirtschaftlich ein durchlaufender Posten. Deshalb sind schwierige Ermittlungen zum Zollwert in diesen Fällen unangebracht.

Es erscheint unbedenklich, die EUSt anhand von Rechnungen über das Importgeschäft zu berechnen. Die Zollverwaltung ist angewiesen, entsprechend zu verfahren, siehe Dienstanweisung der Bundesfinanzverwaltung VSF Z 8204f (BT USt III § 11 1; siehe auch *Jatzke* in Sölch/Ringleb § 11 Rn. 12). In der Praxis werden in solchen Fällen von den Zollbehörden daher Zollwerte allein für EUSt-Zwecke weniger streng hinterfragt; anders ist dies jedoch, wenn die eingeführten Waren nicht dem Zollsatz Null unterliegen.

2. Gesetzesentwicklung

2 Die Regelung wurde bereits mit dem UStG 1951 eingeführt und ist inzwischen mehrfach angepasst worden. Die Änderungen betreffen die Vorgaben für Veredelungsverkehre und zu den Hinzurechnungsbeträgen (zur Entstehung und Entwicklung der Vorschrift siehe *Jatzke* in Sölch/Ringleb § 11 Rn. 1ff.)

3 Die letzte redaktionelle Anpassung erfolgte mit dem **AmtshilfeRLUmsG vom 26.6.2013,** BGBl. 2013 I 1809. Es wurden in § 11 Abs. 5 die Wörter „des Rates oder der Kommission der Europäischen Gemeinschaften" durch die Wörter „des Rates der Europäischen Union oder der Europäischen Kommission" ersetzt.

3. Zollwert

4 Für den Zollwert sind insgesamt sechs Methoden vorgesehen, die jeweils nachrangig nacheinander anwendbar sind. Wenn also eine Methode anwendbar ist, müssen die anderen Methoden nicht mehr geprüft werden.

Der **Zollwert** bestimmt sich gem. Art. 70 UZK vorrangig nach dem **Transaktionswert.** Nur wenn sich ein solcher Wert anhand der vorgelegten Unterlagen (Rechnungen, Lieferscheine) oder der besonderen Umstände der Transaktion (Verwendungseinschränkungen, Verbundenheit zwischen Käufer und Verkäufer) nicht feststellen lässt bzw. nicht anzuerkennen ist, kommen die anderen Methoden zur Anwendung. Auch bei Zweifeln der Zollbehörden an der Richtigkeit des Transaktionswertes, die vom Steuerpflichtigen nach entsprechend gewährter Gelegenheit durch die Zollbehörden nicht ausgeräumt werden, kann die Zollbehörde den Transaktionswert ablehnen und eine nachrangige Methode zur Bestimmung der Bemessungsgrundlage anwenden (siehe EuGH C-291/15, BeckEuRS 2016, 476370 – Euro 2004. Hungary Kft; vgl. auch *Rehberg/Kurzrock* EU-UStB 2016, 62ff.).

Der Transaktionswert ist der Preis, der für Waren bei einem Verkauf zur Einfuhr in das Zollgebiet der Gemeinschaft tatsächlich gezahlt wird oder zu zahlen ist (vgl. BFH VII R 18/83, BFHE 151, 270; BFH VII R 12/82, BFHE 146, 309). Er ist ein **Idealpreis** und beruht auf der Vorstellung, dass Käufer und Verkäufer an dem Ort, an dem die zu bewertende Ware in das Inland verbracht wird, nach den Bedingungen dieses Ortes, im Übrigen aber wie fremde Dritte „für die einzuführende Ware einen Barpreis aushandeln". Hierzu müssen Käufer und Verkäufer wirtschaftlich voneinander unabhängig sein (Art. 70 Abs. 3 Buchst. d UZK). Konzernverbindungen dürfen den Preis grundsätzlich nicht beeinflussen. Weitere Fälle des Ausschlusses der Transaktionswertmethode sind in Art. 70 Abs. 3 Buchst. a bis c UZK geregelt. Wie der Transaktionswert im Einzelfall – idR auf der Grundlage des tatsächlichen Preises unter Zu- und Abrechnungen – bestimmt wird, ist in Art. 70 UZK und Art. 128 Abs. 1 UZK-DVO (IA) eingehend beschrieben.

Sofern der Zollwert nicht auf Basis des Transaktionswertes bestimmt werden kann, ist er anhand von **fünf nachrangigen Methoden** zu ermitteln, nach denen in der Reihenfolge der Aufzählung vorzugehen ist: Transaktionswert gleicher Waren (Art. 74 Abs. 2 Buchst. a UZK), Transaktionswert gleichartiger Waren (Art. 74 Abs. 2 Buchst. b UZK), deduktive Methoden (Art. 74 Abs. 2 Buchst. c UZK; nähere Voraussetzungen dieser Methode sind in Art. 142 UZK-DVO (IA) festgelegt) oder additive Methode (Art. 74 Abs. 2 Buchst. d UZK). Ist eine Zollwertermittlung anhand der vorgenannten Methoden nicht möglich, so ist die Schlussmethode (Art. 74 Abs. 3 UZK) heranzuziehen (idR in Form einer Schätzung), zu Einzelheiten vgl. *Jatzke* in Sölch/Ringleb § 11 Rn. 18ff.

4. Bemessungsgrundlage bei Wiedereinfuhr nach Veredelung im Drittland (§ 11 Abs. 2)

Die Vorschriften des UZK und seiner Nebenbestimmungen für den passiven Veredelungsverkehr sind von einer sinngemäßen Anwendung für die EUSt ausgenommen (§ 21 Abs. 2). Für die EUSt gilt dafür die Regelung des § 11 Abs. 2. Die EUSt bemisst sich insoweit nicht nach dem Zollwert (§ 11 Abs. 1), sondern nach dem für die Veredelung zu zahlenden Entgelt oder – falls kein solches Entgelt entrichtet wird – nach der eingetretenen Wertsteigerung (Einzelheiten *Jatzke* in Sölch/Ringleb § 11 Rn. 71ff.; *Kock* UR 2008, 909ff.). Die vom Auftraggeber zur Verfügung gestellten Gegenstände werden nicht in die Bemessungsgrundlage einbezogen. Als Veredelung gelten die Bearbeitung, die Verarbeitung oder die Ausbesserung (vgl. Art. 5 Nr. 37 UZK). Die EUSt kann damit gegenüber dem Zollwert auf eine niedrigere Bemessungsgrundlage festgesetzt werden. Somit wird ohne Anwendung der zollrechtlichen Verfahrensvorschriften (passive Veredelung) die EUSt entsprechend niedriger festgesetzt (auch zB bei vorschriftswidrigem Verbringen des veredelten Gegenstandes in das Inland). Der Vorteil kann ein reiner Liquiditätsvorteil sein (wenn die EUSt beim betroffenen Steuerpflichtigen als Vorsteuer abziehbar ist), er kann aber auch in einer echten Steuerbelastungsreduzierung bestehen (wenn der betroffene Steuerpflichtige nicht vollständig zum Vorsteuerabzug berechtigt ist). **4a**

Da die Voraussetzungen des § 11 Abs. 2 nachgewiesen werden müssen, damit nur die Wertsteigerung der EUSt unterliegt, kann bei wirtschaftlichem Bedürfnis (wenn die EUSt nicht gänzlich als Vorsteuer abziehbar ist) bei der Ausfuhr ein Antrag auf Nämlichkeitssicherung gestellt werden, um diesen Nachweis bei der Wiedereinfuhr sicher zu stellen.

5. Hinzurechnungen

Durch die Hinzurechnungstatbestände sollen grenzüberschreitende Umsätze mit Vertragspartnern im Drittland mit reinen Inlandsumsätzen belastungsmäßig gleichgestellt werden. Ohne diese Hinzurechnungen würde die EUSt im Vergleich zur Umsatzsteuer auf Inlandsumsätze geringer ausfallen. Zu dem Zollwert der eingeführten Gegenstände sind die in Abs. 3 im Einzelnen aufgeführten Einfuhrabgaben, Verbrauchsteuern (Mineralöl-, Tabak-, Alkohol-, Bier- und KaffeeSt), Beförderungskosten bis zum ersten Bestimmungsort im Inland hinzuzurechnen, soweit sie nicht bereits darin enthalten sind. Zu Einzelheiten siehe *Jatzke* in Sölch/Ringleb § 11 Rn. 77ff. Kosten für die Vermittlung der Lieferung und weitere Beförderungskosten können ebenfalls hinzukommen (§ 11 Abs. 3 Nr. 4). Die Bemessungsgrundlage ist in EUR zu ermitteln. Sind die Werte in fremder Währung angegeben, ist gemäß § 11 Abs. 5 umzurechnen. Demnach sind die Vorgaben des § 16 Abs. 6 nicht anzuwenden, sondern die zollrechtlichen Vorgaben. Regelungen über die Umrechnung fremder Währungen finden sich in den unionsrechtlichen Zollwertbestimmungen in Art. 53 UZK iVm Art. 48 und Art. 146 UZK-DVO (IA). Die Umrechnungskurse werden immer Anfang des Monats für den laufenden Monat im ABl. EU veröffentlicht. Besonderheiten gibt es bei größeren Kursabweichungen im Anwendungszeitraum. Die deutsche Zollverwaltung beschreibt die Umrechnungsregelungen praxisnah unter http://www.zoll.de > Fachthemen > Zölle > Zollwert > Aktuelle Umrechnungskurse > Datenbankanwendung > Datenbankanwendung. **5**

6. Preisermäßigungen, Vergütungen und Preiserhöhungen

6 Der Zollwert ist im Regelfall der gezahlte oder zu zahlende Preis nach Abzug der Preisermäßigungen und Vergütungen, **soweit diese im Zeitpunkt der Annahme der Zollanmeldung bereits feststehen.** Folglich ist § 11 Abs. 4 nur die logische Konsequenz aus der bereits in Abs. 1 getroffenen Regelung.

Preisermäßigungen, die zum Zeitpunkt der Einfuhr bereits feststehen und sich dem Grunde und der Höhe nach im maßgebenden Zeitpunkt aus dem Kaufvertrag ergeben (zB Skonto) werden in diesem Zeitpunkt anerkannt, wenn der Zollstelle nachgewiesen werden kann, dass die Preisermäßigung in Anspruch genommen wird. Preisermäßigungen, die im maßgebenden Zeitpunkt noch nicht in Anspruch genommen werden können, aber dem Grunde und der Höhe nach feststehen, können nur im Rahmen der Vorschriften für die Erstattung und den Erlass (Art. 116 ff. UZK, für die EUSt iVm § 14 EUStBV) geltend gemacht werden. Hingegen können Preisermäßigungen auf Grund von Vertragsänderungen nach dem maßgebenden Zeitpunkt der Einfuhr nicht EUSt-mindernd wirken.

Die EUSt-Bemessungsgrundlage kann aber **nachträglich berichtigt** werden, zB bei schadhafter oder mangelhafter Ware (s. Art. 116 UZK). Eine Korrektur ist auch möglich, wenn bei vertraglichen Gewährleistungspflichten innerhalb von zwölf Monaten nach dem maßgebenden Zeitpunkt ein neuer Preis vereinbart wird (vgl. VSF Z 51 01 Abs. 20 in www.vsf-portal.de). Für eine Korrektur des Preises sind die Vorschriften über die Erstattung und Erlass gemäß Art. 116 ff. UZK anzuwenden (für die EUSt iVm § 14 EUStBV).

Für die Praxis bedeutsam ist ferner die Berichtigungspflicht bei **Preisanpassungen nach oben.** Solche können insbesondere im Konzernverbund durch nachträgliche Anpassung der Verrechnungspreise eine erhebliche Rolle spielen. Sie sind vor allem dann bedeutsam, wenn sie nicht nur als Vorsteuer abziehbare EUSt-Erhöhungen, sondern auch höhere Zölle auslösen (vgl. *Masorsky/Schoppe/Stumpf* BB 2013, 279; *Looks* in Vögele/Borstell/Engler Verrechnungspreise, 3. Aufl. 2015, Kapitel J: Zoll, Rn. 283 ff.).

Vierter Abschnitt. Steuer und Vorsteuer

§ 12 Steuersätze

(1) Die Steuer beträgt für jeden steuerpflichtigen Umsatz 19 Prozent der Bemessungsgrundlage (§§ 10, 11, 25 Abs. 3 und § 25a Abs. 3 und 4).

(2) Die Steuer ermäßigt sich auf 7 Prozent für die folgenden Umsätze:

1. die Lieferungen, die Einfuhr und der innergemeinschaftliche Erwerb der in Anlage 2 bezeichneten Gegenstände mit Ausnahme der in der Nummer 49 Buchstabe f, den Nummern 53 und 54 bezeichneten Gegenstände;
2. die Vermietung der in Anlage 2 bezeichneten Gegenstände mit Ausnahme der in der Nummer 49 Buchstabe f, den Nummern 53 und 54 bezeichneten Gegenstände;
3. die Aufzucht und das Halten von Vieh, die Anzucht von Pflanzen und die Teilnahme an Leistungsprüfungen für Tiere;
4. die Leistungen, die unmittelbar der Vatertierhaltung, der Förderung der Tierzucht, der künstlichen Tierbesamung oder der Leistungs- und Qualitätsprüfung in der Tierzucht und in der Milchwirtschaft dienen;
5. (weggefallen)
6. die Leistungen aus der Tätigkeit als Zahntechniker sowie die in § 4 Nr. 14 Buchstabe a Satz 2 bezeichneten Leistungen der Zahnärzte;
7. a) die Eintrittsberechtigung für Theater, Konzerte und Museen sowie die den Theatervorführungen und Konzerten vergleichbaren Darbietungen ausübender Künstler,
   b) die Überlassung von Filmen zur Auswertung und Vorführung sowie die Filmvorführungen, soweit die Filme nach § 6 Abs. 3 Nr. 1 bis 5 des Gesetzes zum Schutze der Jugend in der Öffentlichkeit oder nach § 14 Abs. 2 Nr. 1 bis 5 des Jugendschutzgesetzes vom 23. Juli 2002 (BGBl. I S. 2730, 2003 I S. 476) in der jeweils geltenden Fassung gekennzeichnet sind oder vor dem 1. Januar 1970 erstaufgeführt wurden,
   c) die Einräumung, Übertragung und Wahrnehmung von Rechten, die sich aus dem Urheberrechtsgesetz ergeben,
   d) die Zirkusvorführungen, die Leistungen aus der Tätigkeit als Schausteller sowie die unmittelbar mit dem Betrieb der zoologischen Gärten verbundenen Umsätze;
8. a) die Leistungen der Körperschaften, die ausschließlich und unmittelbar gemeinnützige, mildtätige oder kirchliche Zwecke verfolgen (§§ 51 bis 68 der Abgabenordnung). [2]Das gilt nicht für Leistungen, die im Rahmen eines wirtschaftlichen Geschäftsbetriebs ausgeführt werden. [3]Für Leistungen, die im Rahmen eines Zweckbetriebs ausgeführt werden, gilt Satz 1 nur, wenn der Zweckbetrieb nicht in erster Linie der Erzielung zusätzlicher Einnahmen durch die Ausführung von Umsätzen dient, die in unmittelbarem Wettbewerb mit dem allgemeinen Steuersatz unterliegenden Leistungen anderer Unternehmer ausgeführt werden, oder wenn die Körperschaft mit diesen Leistungen ihrer in den §§ 66 bis 68 der Abgabenordnung bezeichneten Zweckbetriebe ihre steuerbegünstigten satzungsgemäßen Zwecke selbst verwirklicht,
   b) die Leistungen der nichtrechtsfähigen Personenvereinigungen und Gemeinschaften der in Buchstabe a Satz 1 bezeichneten Körperschaften, wenn diese Leistungen, falls die Körperschaften sie anteilig selbst ausführten, insgesamt nach Buchstabe a ermäßigt besteuert würden;

9. **die unmittelbar mit dem Betrieb der Schwimmbäder verbundenen Umsätze sowie die Verabreichung von Heilbädern. [2]Das Gleiche gilt für die Bereitstellung von Kureinrichtungen, soweit als Entgelt eine Kurtaxe zu entrichten ist;**
10. **die Beförderungen von Personen im Schienenbahnverkehr, im Verkehr mit Oberleitungsomnibussen, im genehmigten Linienverkehr mit Kraftfahrzeugen, im Verkehr mit Taxen, mit Drahtseilbahnen und sonstigen mechanischen Aufstiegshilfen aller Art und im genehmigten Linienverkehr mit Schiffen sowie die Beförderungen im Fährverkehr**
    a) innerhalb einer Gemeinde oder
    b) wenn die Beförderungsstrecke nicht mehr als 50 Kilometer beträgt;
11. **die Vermietung von Wohn- und Schlafräumen, die ein Unternehmer zur kurzfristigen Beherbergung von Fremden bereithält, sowie die kurzfristige Vermietung von Campingflächen. [2]Satz 1 gilt nicht für Leistungen, die nicht unmittelbar der Vermietung dienen, auch wenn diese Leistungen mit dem Entgelt für die Vermietung abgegolten sind;**
12. **die Einfuhr der in Nummer 49 Buchstabe f, den Nummern 53 und 54 der Anlage 2 bezeichneten Gegenstände;**
13. **die Lieferungen und der innergemeinschaftliche Erwerb der in Nummer 53 der Anlage 2 bezeichneten Gegenstände, wenn die Lieferungen**
    a) vom Urheber der Gegenstände oder dessen Rechtsnachfolger bewirkt werden oder
    b) von einem Unternehmer bewirkt werden, der kein Wiederverkäufer (§ 25 a Absatz 1 Nummer 1 Satz 2) ist, und die Gegenstände
        aa) vom Unternehmer in das Gemeinschaftsgebiet eingeführt wurden,
        bb) von ihrem Urheber oder dessen Rechtsnachfolger an den Unternehmer geliefert wurden oder
        cc) den Unternehmer zum vollen Vorsteuerabzug berechtigt haben.

Anlage 2 (zu § 12 Abs. 2 Nr. 1 und 2)

Liste der dem ermäßigten Steuersatz unterliegenden Gegenstände

Lfd. Nr.	Warenbezeichnung	Zolltarif (Kapitel, Position, Unterposition)
1	Lebende Tiere, und zwar	
	a) (aufgehoben)	
	b) Maultiere und Maulesel,	aus Position 0101
	c) Hausrinder einschließlich reinrassiger Zuchttiere,	aus Position 0102
	d) Hausschweine einschließlich reinrassiger Zuchttiere,	aus Position 0103
	e) Hausschafe einschließlich reinrassiger Zuchttiere,	aus Position 0104
	f) Hausziegen einschließlich reinrassiger Zuchttiere,	aus Position 0104
	g) Hausgeflügel (Hühner, Enten, Gänse, Truthühner und Perlhühner),	Position 0105
	h) Hauskaninchen,	aus Position 0106
	i) Haustauben,	aus Position 0106
	j) Bienen,	aus Position 0106
	k) ausgebildete Blindenführhunde	aus Position 0106

Lfd. Nr.	Warenbezeichnung	Zolltarif (Kapitel, Position, Unterposition)
2	Fleisch und genießbare Schlachtnebenerzeugnisse	Kapitel 2
3	Fische und Krebstiere, Weichtiere und andere wirbellose Wassertiere, ausgenommen Zierfische, Langusten, Hummer, Austern und Schnecken	aus Kapitel 3
4	Milch und Milcherzeugnisse; Vogeleier und Eigelb, ausgenommen ungenießbare Eier ohne Schale und ungenießbares Eigelb; natürlicher Honig	aus Kapitel 4
5	Andere Waren tierischen Ursprungs, und zwar	
	a) Mägen von Hausrindern und Hausgeflügel,	aus Position 0504 00 00
	b) (weggefallen)	
	c) rohe Knochen	aus Position 0506
6	Bulben, Zwiebeln, Knollen, Wurzelknollen und Wurzelstöcke, ruhend, im Wachstum oder in Blüte; Zichorienpflanzen und -wurzeln	Position 0601
7	Andere lebende Pflanzen einschließlich ihrer Wurzeln, Stecklinge und Pfropfreiser; Pilzmyzel	Position 0602
8	Blumen und Blüten sowie deren Knospen, geschnitten, zu Binde- oder Zierzwecken, frisch	aus Position 0603
9	Blattwerk, Blätter, Zweige und andere Pflanzenteile, ohne Blüten und Blütenknospen, sowie Gräser, Moose und Flechten, zu Binde- oder Zierzwecken, frisch	aus Position 0604
10	Gemüse, Pflanzen, Wurzeln und Knollen, die zu Ernährungszwecken verwendet werden, und zwar	
	a) Kartoffeln, frisch oder gekühlt,	Position 0701
	b) Tomaten, frisch oder gekühlt,	Position 0702 00 00
	c) Speisezwiebeln, Schalotten, Knoblauch, Porree/Lauch und andere Gemüse der Allium-Arten, frisch oder gekühlt,	Position 0703
	d) Kohl, Blumenkohl/Karfiol, Kohlrabi, Wirsingkohl und ähnliche genießbare Kohlarten der Gattung Brassica, frisch oder gekühlt,	Position 0704
	e) Salate (Lactuca sativa) und Chicorée (Cichorium-Arten), frisch oder gekühlt,	Position 0705
	f) Karotten und Speisemöhren, Speiserüben, Rote Rüben, Schwarzwurzeln, Knollensellerie, Rettiche und ähnliche genießbare Wurzeln, frisch oder gekühlt,	Position 0706
	g) Gurken und Cornichons, frisch oder gekühlt,	Position 0707 00
	h) Hülsenfrüchte, auch ausgelöst, frisch oder gekühlt,	Position 0708
	i) anderes Gemüse, frisch oder gekühlt,	Position 0709
	j) Gemüse, auch in Wasser oder Dampf gekocht, gefroren,	Position 0710

Lfd. Nr.	Warenbezeichnung	Zolltarif (Kapitel, Position, Unterposition)
	k) Gemüse, vorläufig haltbar gemacht (z. B. durch Schwefeldioxid oder in Wasser, dem Salz, Schwefeldioxid oder andere vorläufig konservierend wirkende Stoffe zugesetzt sind), zum unmittelbaren Genuss nicht geeignet,	Position 0711
	l) Gemüse, getrocknet, auch in Stücke oder Scheiben geschnitten, als Pulver oder sonst zerkleinert, jedoch nicht weiter zubereitet,	Position 0712
	m) getrocknete, ausgelöste Hülsenfrüchte, auch geschält oder zerkleinert,	Position 0713
	n) Topinambur	aus Position 0714
11	Genießbare Früchte und Nüsse	Positionen 0801 bis 0813
12	Kaffee, Tee, Mate und Gewürze	Kapitel 9
13	Getreide	Kapitel 10
14	Müllereierzeugnisse, und zwar	Positionen 1101 00 und
	a) Mehl von Getreide,	1102
	b) Grobgrieß, Feingrieß und Pellets von Getreide,	Position 1103
	c) Getreidekörner, anders bearbeitet; Getreidekeime, ganz, gequetscht, als Flocken oder gemahlen	Position 1104
15	Mehl, Grieß, Pulver, Flocken, Granulat und Pellets von Kartoffeln	Position 1105
16	Mehl, Grieß und Pulver von getrockneten Hülsenfrüchten sowie Mehl, Grieß und Pulver von genießbaren Früchten	aus Position 1106
17	Stärke	aus Position 1108
18	Ölsamen und ölhaltige Früchte sowie Mehl hiervon	Positionen 1201 00 bis 1208
19	Samen, Früchte und Sporen, zur Aussaat	Position 1209
20	(weggefallen)	
21	Rosmarin, Beifuß und Basilikum in Aufmachungen für den Küchengebrauch sowie Dost, Minzen, Salbei, Kamilleblüten und Haustee	aus Position 1211
22	Johannisbrot und Zuckerrüben, frisch oder getrocknet, auch gemahlen; Steine und Kerne von Früchten sowie andere pflanzliche Waren (einschließlich nichtgerösteter Zichorienwurzeln der Varietät Cichorium intybus sativum) der hauptsächlich zur menschlichen Ernährung verwendeten Art, anderweit weder genannt noch inbegriffen; ausgenommen Algen, Tange und Zuckerrohr	aus Position 1212
23	Stroh und Spreu von Getreide sowie verschiedene zur Fütterung verwendete Pflanzen	Positionen 1213 00 00 und 1214
24	Pektinstoffe, Pektinate und Pektate	Unterposition 1302 20
25	(weggefallen)	

Lfd. Nr.	Warenbezeichnung	Zolltarif (Kapitel, Position, Unterposition)
26	Genießbare tierische und pflanzliche Fette und Öle, auch verarbeitet, und zwar	
	a) Schweineschmalz, anderes Schweinefett und Geflügelfett,	aus Position 1501 00
	b) Fett von Rindern, Schafen oder Ziegen, ausgeschmolzen oder mit Lösungsmitteln ausgezogen,	aus Position 1502 00
	c) Oleomargarin,	aus Position 1503 00
	d) fette pflanzliche Öle und pflanzliche Fette sowie deren Fraktionen, auch raffiniert,	aus Positionen 1507 bis 1515
	e) tierische und pflanzliche Fette und Öle sowie deren Fraktionen, ganz oder teilweise hydriert, umgeestert, wiederverestert oder elaidiniert, auch raffiniert, jedoch nicht weiterverarbeitet, ausgenommen hydriertes Rizinusöl (sog. Opalwachs),	aus Position 1516
	f) Margarine; genießbare Mischungen und Zubereitungen von tierischen oder pflanzlichen Fetten und Ölen sowie von Fraktionen verschiedener Fette und Öle, ausgenommen Form- und Trennöle	aus Position 1517
27	(weggefallen)	
28	Zubereitungen von Fleisch, Fischen oder von Krebstieren, Weichtieren und anderen wirbellosen Wassertieren, ausgenommen Kaviar sowie zubereitete oder haltbar gemachte Langusten, Hummer, Austern und Schnecken	aus Kapitel 16
29	Zucker und Zuckerwaren	Kapitel 17
30	Kakaopulver ohne Zusatz von Zucker oder anderen Süßmitteln sowie Schokolade und andere kakaohaltige Lebensmittelzubereitungen	Positionen 1805 00 00 und 1806
31	Zubereitungen aus Getreide, Mehl, Stärke oder Milch; Backwaren	Kapitel 19
32	Zubereitungen von Gemüse, Früchten, Nüssen oder anderen Pflanzenteilen, ausgenommen Frucht- und Gemüsesäfte	Positionen 2001 bis 2008
33	Verschiedene Lebensmittelzubereitungen	Kapitel 21
34	Wasser, ausgenommen	
	– Trinkwasser, einschließlich Quellwasser und Tafelwasser, das in zur Abgabe an den Verbraucher bestimmten Fertigpackungen in den Verkehr gebracht wird,	
	– Heilwasser und – Wasserdampf	aus Unterposition 2201 90 00
35	Milchmischgetränke mit einem Anteil an Milch oder Milcherzeugnissen (z. B. Molke) von mindestens 75 Prozent des Fertigerzeugnisses	aus Position 2202

Lfd. Nr.	Warenbezeichnung	Zolltarif (Kapitel, Position, Unterposition)
36	Speiseessig	Position 2209 00
37	Rückstände und Abfälle der Lebensmittelindustrie; zubereitetes Futter	Kapitel 23
38	(weggefallen)	
39	Speisesalz, nicht in wässriger Lösung	aus Position 2501 00
40	a) handelsübliches Ammoniumcarbonat und andere Ammoniumcarbonate,	Unterposition 2836 99 17
	b) Natriumhydrogencarbonat (Natriumbicarbonat)	Unterposition 2836 30 00
41	D-Glucitol (Sorbit), auch mit Zusatz von Saccharin oder dessen Salzen	Unterpositionen 2905 44 und 2106 90
42	Essigsäure	Unterposition 2915 21 00
43	Natriumsalz und Kaliumsalz des Saccharins	aus Unterposition 2925 11 00
44	(weggefallen)	
45	Tierische oder pflanzliche Düngemittel mit Ausnahme von Guano, auch untereinander gemischt, jedoch nicht chemisch behandelt; durch Mischen von tierischen oder pflanzlichen Erzeugnissen gewonnene Düngemittel	aus Position 3101 00 00
46	Mischungen von Riechstoffen und Mischungen (einschließlich alkoholischer Lösungen) auf der Grundlage eines oder mehrerer dieser Stoffe, in Aufmachungen für den Küchengebrauch	aus Unterposition 3302 10
47	Gelatine	aus Position 3503 00
48	Holz, und zwar	
	a) Brennholz in Form von Rundlingen, Scheiten, Zweigen, Reisigbündeln oder ähnlichen Formen,	Unterposition 4401 10 00
	b) Sägespäne, Holzabfälle und Holzausschuss, auch zu Pellets, Briketts, Scheiten oder ähnlichen Formen zusammengepresst	Unterposition 4401 30
49	Bücher, Zeitungen und andere Erzeugnisse des grafischen Gewerbes mit Ausnahme der Erzeugnisse, für die Beschränkungen als jugendgefährdende Trägermedien bzw Hinweispflichten nach § 15 Abs. 1 bis 3 und 6 des Jugendschutzgesetzes in der jeweils geltenden Fassung bestehen, sowie der Veröffentlichungen, die überwiegend Werbezwecken (einschließlich Reisewerbung) dienen, und zwar	
	a) Bücher, Broschüren und ähnliche Drucke, auch in Teilheften, losen Bogen oder Blättern, zum Broschieren, Kartonieren oder Binden bestimmt, sowie Zeitungen und andere periodische Druckschriften kartoniert, gebunden oder in Sammlungen mit mehr als einer Nummer in gemeinsamem Umschlag (ausgenommen solche, die überwiegend Werbung enthalten),	aus Positionen 4901, 9705 00 00 und 9706 00 00

Lfd. Nr.	Warenbezeichnung	Zolltarif (Kapitel, Position, Unterposition)
	b) Zeitungen und andere periodische Druckschriften, auch mit Bildern oder Werbung enthaltend (ausgenommen Anzeigenblätter, Annoncen-Zeitungen und dergleichen, die überwiegend Werbung enthalten),	aus Position 4902
	c) Bilderalben, Bilderbücher und Zeichen- oder Malbücher, für Kinder,	aus Position 4903 00 00
	d) Noten, handgeschrieben oder gedruckt, auch mit Bildern, auch gebunden,	aus Position 4904 00 00
	e) kartografische Erzeugnisse aller Art, einschließlich Wandkarten, topografischer Pläne und Globen, gedruckt,	aus Position 4905
	f) Briefmarken und dergleichen (z. B. Ersttagsbriefe, Ganzsachen) als Sammlungsstücke	aus Positionen 4907 00 und 9704 00 00
50	Platten, Bänder, nicht flüchtige Halbleiterspeichervorrichtungen, „Intelligente Karten (smart cards)" und andere Tonträger oder ähnliche Aufzeichnungsträger, die ausschließlich die Tonaufzeichnung der Lesung eines Buches enthalten, mit Ausnahme der Erzeugnisse, für die Beschränkungen als jugendgefährdende Trägermedien bzw. Hinweispflichten nach § 15 Absatz 1 bis 3 und 6 des Jugendschutzgesetzes in der jeweils geltenden Fassung bestehen	aus Position 8523
51	Rollstühle und andere Fahrzeuge für Behinderte, auch mit Motor oder anderer Vorrichtung zur mechanischen Fortbewegung	Position 8713
52	Körperersatzstücke, orthopädische Apparate und andere orthopädische Vorrichtungen sowie Vorrichtungen zum Beheben von Funktionsschäden oder Gebrechen, für Menschen, und zwar	
	a) künstliche Gelenke, ausgenommen Teile und Zubehör,	aus Unterposition 9021 31 00
	b) orthopädische Apparate und andere orthopädische Vorrichtungen einschließlich Krücken sowie medizinisch-chirurgischer Gürtel und Bandagen, ausgenommen Teile und Zubehör,	aus Unterposition 9021 10
	c) Prothesen, ausgenommen Teile und Zubehör,	aus Unterpositionen 9021 21, 9021 29 00 und 9021 39
	d) Schwerhörigengeräte, Herzschrittmacher und andere Vorrichtungen zum Beheben von Funktionsschäden oder Gebrechen, zum Tragen in der Hand oder am Körper oder zum Einpflanzen in den Organismus, ausgenommen Teile und Zubehör	Unterpositionen 9021 40 00 und 9021 50 00, aus Unterposition 9021 90
53	Kunstgegenstände, und zwar	
	a) Gemälde und Zeichnungen, vollständig mit der Hand geschaffen, sowie Collagen und ähnliche dekorative Bildwerke,	Position 9701

Lfd. Nr.	Warenbezeichnung	Zolltarif (Kapitel, Position, Unterposition)
	b) Originalstiche, -schnitte und -steindrucke,	Position 9702 00 00
	c) Originalerzeugnisse der Bildhauerkunst, aus Stoffen aller Art	Position 9703 00 00
54	Sammlungsstücke,	
	a) zoologische, botanische, mineralogische oder anatomische, und Sammlungen dieser Art,	aus Position 9705 00 00
	b) von geschichtlichem, archäologischem, paläontologischem oder völkerkundlichem Wert,	aus Position 9705 00 00
	c) von münzkundlichem Wert, und zwar	
	aa) kursungültige Banknoten einschließlich Briefmarkengeld und Papiernotgeld,	aus Position 9705 00 00
	bb) Münzen aus unedlen Metallen,	aus Position 9705 00 00
	cc) Münzen und Medaillen aus Edelmetallen, wenn die Bemessungsgrundlage für die Umsätze dieser Gegenstände mehr als 250 Prozent des unter Zugrundelegung des Feingewichts berechneten Metallwerts ohne Umsatzsteuer beträgt	aus Positionen 7118, 9705 00 00 und 9706 00 00

Umsatzsteuer-Durchführungsverordnung:

Zu § 12 Abs. 2 Nr. 1 des Gesetzes

§§ 26 bis 29 *(weggefallen)*

Zu § 12 Abs. 2 Nr. 7 Buchstabe d des Gesetzes

§ 30 Schausteller

Als Leistungen aus der Tätigkeit als Schausteller gelten Schaustellungen, Musikaufführungen, unterhaltende Vorstellungen oder sonstige Lustbarkeiten auf Jahrmärkten, Volksfesten, Schützenfesten oder ähnlichen Veranstaltungen.

EU-Recht: Art. 93 ff, Art. 370, Art. 371, Anh. X Teil A Nr. 1, Anh. X Teil B Nr. 10 MwStSystRL (Art. 12, Art. 13 Teil A Abs. 1 Buchst. e, Art. 28 Abs. 3 Buchst. a, b, Anh. E Nr. 2, Anh. F Nr. 17 6. EG-RL); Art. 6, Art. 32, 33 MwStVO
UStAE: 12.1–12.16

Übersicht

I. Allgemeines

1. Rechtsentwicklung

1 Gültig ist die jetzige Fassung von § 12 im Wesentlichen ab 1.1.1980. Einzelne Absätze und Formulierungen wurden seither geändert: § 12 Abs. 2 Nr. 5, 6a mit Wirkung ab 1.1.1982 durch das 2. HaushaltsstrukturG vom 22.12.1981 (BGBl. I 1523), Steuersatzerhöhungen und Anlage zu § 12 mit Wirkung ab 1.7.1983 durch das HaushaltsbegleitG 1983 vom 20.12.1983 (BGBl. I 1857), die Anlage zu § 12 nochmals mit Wirkung ab 1.1.1988 durch VO vom 7.3.1988 (BGBl. I 204). In § 12 Abs. 2 Nr. 8 ist durch das VereinsförderungsG vom 18.12.1989 (BGBl. I 2212; BStBl. I 499) die Regelung nach Buchst. b eingefügt worden. Zu § 12 Abs. 2 Nr. 10 gilt für die Zeit vom 1.1.1984 bis 31.12.2001 gemäß § 28 Abs. 4 eine Übergangsregelung. In § 12 Abs. 2 Nr. 7 Buchst. b wurde durch das Gesetz zur Umsetzung des Föderalen Konsolidierungsprogramms (BGBl. 1993 I 944) eine Beschränkung aufgenommen, die durch das UStÄndG 1994 (BGBl. 1994 I 2058) wieder modifiziert worden ist. Durch das JStG 1997 (BGBl. 1996 I 1851) ist die Tarifbegünstigung für bestimmte landwirtschaftliche Erzeugnisse entfallen, weil aus der Anlage zu § 12 Abs. 2 Nr. 1 und 2 die Nr. 5b, 20, 25, 27, 48c und d sowie Nr. 50 gestrichen und die Warenbezeichnung in Nr. 38 auf Tabakpflanzen beschränkt worden ist. Mit Wirkung ab 1.4.1998 ist durch das Gesetz zur Finanzierung eines zusätzlichen Bundeszuschusses zur gesetzlichen Rentenversicherung (BGBl. 1997 I 3121) der Regelsteuersatz in § 12 Abs. 1 auf 16% angehoben worden. Durch das Gesetz zur Datenermittlung für den Verteilungsschlüssel des Gemeindeanteils am UStAufkommen und zur Änderung steuerlicher Vorschriften vom 23.6.1998 (BGBl. 1998 I 1496) sind § 12 Abs. 2 Nr. 1 S. 2 und 3 aufgehoben worden. Eine rein redaktionelle Änderung hat § 12 Abs. 2 Nr. 1 und Nr. 6 durch das StEntlG 1999/2000/2002 (BGBl. 1999 I 402) erfahren, wobei die Vorschrift an den Wegfall der Eigenverbrauchsbesteuerung angepasst worden ist. In § 12 Abs. 2 Nr. 1 und Nr. 2 ist durch das StÄndG 2003 (BGBl. 2003 I 2645) jeweils die Angabe „Anlage" durch die Angabe „Anlage 2" ersetzt worden. Die Änderung ist redaktioneller Natur und trägt dem Umstand Rechnung, dass durch das StÄndG 2003 als Anlage 1 die Liste der Gegenstände, die der UStLagerregelung unterliegen können, eingefügt worden ist. Das StÄndG 2003 (BGBl. 2003 I 2645) hat außerdem zur Änderung des § 12 Abs. 2 Nr. 7 Buchst. b geführt. Durch das EURLUmsG (BGBl. 2004 I 3310) ist § 12 Abs. 2 Nr. 7 Buchst. a neu gefasst worden. Mit dem HBeglG 2006 (BGBl. 2006 I 1402) ist der Regelsteuersatzes auf 19% erhöht worden. Mit dem JStG 2007 (BGBl. 2007 I 2878) sind § 12 Abs. 2 Nr. 8 Buchst. a S. 3 eingefügt und die Anlage 2 zu § 12 Abs. 2 Nr. 1 und 2 redaktionell an die geltende Fassung des Zolltarifs angepasst worden. Das WachstumsbeschleunigungsG (BGBl. 2009 I 3950) hat zur Einfügung von § 12 Abs. 2 Nr. 11 geführt.

2 Durch das AmtshilfeRLUmsG v. 26.6.2013 (BGBl. 2013 I 1809) ist die Steuerermäßigung für die Lieferungen, die Einfuhr und den innergemeinschaftlichen Erwerb der in der Anlage 2 Nr. 49 Buchst. f, 53 und 54 bezeichneten Gegenstände (§ 12 Abs. 2 Nr. 1) und für die Vermietung dieser Gegenstände (§ 12 Abs. 2 Nr. 2) mit Wirkung vom 1.1.2014 aufgehoben worden. Betroffen sind damit Briefmarken und dergleichen (zB Ersttagsbriefe, Ganzsachen) als Sammlungsstücke (Nr. 49 Buchst. f), Kunstgegenstände (Nr. 53) sowie Sammlungsstücke (Nr. 54). Eine auf das unionsrechtlich zulässige Maß beschränkte Begünstigung sieht die Neuregelung in § 12 Abs. 2 Nr. 12 und 13 vor (vgl. dort sowie → § 12 Rn. 31, 32, 41, 53, 233ff.). Die bisherige Regelung hat nach Auffassung des Gesetzgebers gegen Art. 103 MwStSystRL verstoßen, weil sie auch den gewerblichen Kunsthandel sowie die Vermietung von Kunstgegenständen und Sammlungsstücken umfasste (BT-Drs. 17/12375 zu Art. 7 zu Nr. 1). Die Begrenzung war bereits im Bericht des Finanzausschusses des Deut-

schen Bundestages v. 25.10.2012 zum Gesetzesentwurf der Bundesregierung für das JStG 2013 vorgesehen (BT-Drs. 17/11190 zu Art. 10 zu Nr. 5).

2. Normzweck

3 Da die USt iS einer Verbrauchsteuer vom Unternehmer an den Endverbraucher „weitergereicht" wird (→ Vor § 1 Rn. 5), hat sie erhebliche Auswirkungen auf die Verbraucherpreise. Um diese Auswirkungen in bestimmten Bereichen aus sozialpolitischen oä Gründen möglichst gering zu halten, gibt es seit Einführung des heute geltenden UStSystems neben einem „Regelsteuersatz" (§ 12 Abs. 1) einen ermäßigten Steuersatz (§ 12 Abs. 2). Dieser gilt vor allem für die Lieferung von Grundnahrungsmitteln sowie für kulturelle Leistungen. Im Gegensatz zu Steuerbefreiungen (vgl. → § 4 Allg. Rn. 1–4) führt die Anwendung des ermäßigten UStSatzes nicht zu Nachteilen beim Vorsteuerabzug des leistenden Unternehmers. Zum Überblick über die Ermäßigungen im Einzelnen und zur historischen Entwicklung vgl. BMF 11.8.2006, BStBl. I 2006, 477.

3. Unionsrecht

3a Die Mitgliedstaaten können einen oder zwei ermäßigte Steuersätze anwenden (Art. 98 Abs. 1 MwStSystRL). Die ermäßigten Steuersätze sind aber nur auf die Lieferungen und Dienstleistungen der in Anhang III genannten Kategorien anwendbar (Art. 98 Abs. 2 MwStSystRL). Dabei handelt es sich um Nahrungs- und Futtermittel (einschließlich Getränke, alkoholische Getränke jedoch ausgenommen), lebende Tiere, Saatgut, Pflanzen und üblicherweise für die Zubereitung von Nahrungs- und Futtermitteln verwendete Zutaten sowie üblicherweise als Zusatz oder als Ersatz für Nahrungs- und Futtermittel verwendete Erzeugnisse (Nr. 1); Lieferung von Wasser (Nr. 2); Arzneimittel, die üblicherweise für die Gesundheitsvorsorge, die Verhütung von Krankheiten und für ärztliche und tierärztliche Behandlungen verwendet werden, einschließlich Erzeugnissen für Zwecke der Empfängnisverhütung und der Monatshygiene (Nr. 3); medizinische Geräte, Hilfsmittel und sonstige Vorrichtungen, die üblicherweise für die Linderung und die Behandlung von Behinderungen verwendet werden und die ausschließlich für den persönlichen Gebrauch von Behinderten bestimmt sind, einschließlich der Instandsetzung solcher Gegenstände, sowie Kindersitze für Kraftfahrzeuge (Nr. 4); Beförderung von Personen und des mitgeführten Gepäcks (Nr. 5); Lieferung von Büchern auf jeglichen physischen Trägern, einschließlich des Verleihs durch Büchereien (einschließlich Broschüren, Prospekte und ähnliche Drucksachen, Bilder-, Zeichen- oder Malbücher für Kinder, Notenhefte oder Manuskripte, Landkarten und hydrografische oder sonstige Karten), Zeitungen und Zeitschriften, mit Ausnahme von Druckerzeugnissen, die vollständig oder im Wesentlichen Werbezwecken dienen (Nr. 6); Eintrittsberechtigung für Veranstaltungen, Theater, Zirkus, Jahrmärkte, Vergnügungsparks, Konzerte, Museen, Tierparks, Kinos und Ausstellungen sowie ähnliche kulturelle Ereignisse und Einrichtungen (Nr. 7); Empfang von Rundfunk- und Fernsehprogrammen (Nr. 8); Dienstleistungen von Schriftstellern, Komponisten und ausübenden Künstlern sowie diesen geschuldete urheberrechtliche Vergütungen (Nr. 9); Lieferung, Bau, Renovierung und Umbau von Wohnungen im Rahmen des sozialen Wohnungsbaus (Nr. 10); Renovierung und Reparatur von Privatwohnungen, mit Ausnahme von Materialien, die einen bedeutenden Teil des Wertes der Dienstleistung ausmachen (Nr. 10a); Reinigung von Fenstern und Reinigung in privaten Haushalten (Nr. 10b); Lieferung von Gegenständen und Dienstleistungen, die in der Regel für den Einsatz in der landwirtschaftlichen Erzeugung bestimmt sind, mit Ausnahme von Investitionsgütern wie Maschinen oder Gebäuden (Nr. 11); Beherbergung in Hotels und ähnlichen Einrichtungen, einschließlich der Beherbergung in Ferienunterkünften, und Vermietung von Campingplätzen und Plätzen für das Abstellen von Wohnwagen (Nr. 12); Restaurant- und Verpflegungsdienstleistungen, mit der Möglichkeit, die Abgabe von (alkoholischen und/oder alkoholfreien) Getränken auszuklammern (Nr. 12a); Eintrittsberechtigung für Sportveranstaltungen (Nr. 13); Überlassung von Sportanlagen (Nr. 14); Lieferung von Gegenständen und Erbringung von Dienstleistungen durch von den Mitgliedstaaten anerkannte gemeinnützige Einrichtungen für wohltätige Zwecke und im Bereich der sozialen Sicherheit, soweit sie nicht gemäß den Art. 132, 135 und 136 von der Steuer befreit sind (Nr. 15); Dienstleistungen von Bestattungsinstituten und Krematorien, einschließlich der Lieferung von damit im Zusammenhang stehenden Gegenständen (Nr. 16); medizinische Versorgungsleistungen und zahnärztliche Leistungen sowie Thermalbehandlungen, soweit sie nicht gemäß Art. 132 Abs. 1 Buchst. b bis e von der Steuer befreit sind (Nr. 17); Dienstleistungen im Rahmen der Straßenreinigung, der Abfuhr von Hausmüll und der Abfallbehandlung mit Ausnahme der Dienstleistungen, die von Einrichtungen iSd Art. 13 erbracht werden (Nr. 18); kleine Reparaturdienstleistungen betreffend Fahrräder, Schuhe und Lederwaren, Kleidung und Haushaltswäsche (einschließlich Ausbesserung und Änderung) (Nr. 19); häusliche Pflegedienstleistungen (zB Haushaltshilfe und Betreuung von Kindern, älteren, kranken oder behinderten Personen) (Nr. 20); Friseurdienstleistungen (Nr. 21).

4. Höhe der Steuersätze

Die derzeit maßgebenden USt-Sätze gelten ab 1.1.2007 wie folgt (vgl. auch BMF 11.8.2006, BStBl. I 2006, 477): **4**

Regelsteuersatz	19%
ermäßigter Steuersatz	7%

Diese Sätze sind seit Einführung des Mehrwertsteuersystems (1.1.68) mehrfach angehoben worden.

Nachstehende Tabelle zeigt die Entwicklung:

	Allgemeiner Steuersatz	Ermäßigter Steuersatz
bis 30.6.1968	10	5
ab 1.7.1968	11	5,5
ab 1.1.1978	12	6
ab 1.7.1979	13	6,5
ab 1.7.1983	14	7
ab 1.1.1993	15	7
ab 1.4.1998	16	7
ab 1.1.2007	19	7

Neben diesen „Normal"-Steuersätzen, die grundsätzlich für alle Unternehmer gelten, gibt es einige Sonderregelungen für den Bereich der Land- und Forstwirtschaft (§ 24 Abs. 1). Zum Herausrechnen der Steuer aus Bruttowerten → Rn. 10ff. **5**

5. Anwendung der Steuersätze

Im Gegensatz zur gesetzlichen Reihenfolge (§ 12 Abs. 1 = Regelsteuersatz, § 12 Abs. 2 ermäßigter Steuersatz) ist vor der Anwendung des Steuersatzes zunächst zu prüfen, ob einer der in § 12 Abs. 2 genannten Tatbestände für die Anwendbarkeit des ermäßigten Steuersatzes vorliegt; ist das nicht der Fall, ist der Regelsteuersatz anzuwenden. Dabei ist zu beachten, dass die Tatbestände des § 12 Abs. 2 **Ausnahmeregelungen** sind; sie sind daher **eng auszulegen** (EuGH C-94/09, DStR 2010, 977 – Kommission/Frankreich; C-3/09, UR 2010, 315 – Erotic Center mwN; BFH V R 11/15, BB 2016, 2965; V R 14/11, BStBl. II 2012, 630). Die USt wird ermittelt durch Anwendung des jeweiligen Steuersatzes auf die Bemessungsgrundlage für den einzelnen Umsatz (einschließlich Nebenleistungen, vgl. → § 3 Rn. 8). Bemessungs- **6** grundlage ist stets das Entgelt ohne USt, das sog. Nettoentgelt (siehe § 10 Abs. 1 S. 2). Entsprechendes gilt auch für die Bemessungsgrundlage beim Tausch (§ 10 Abs. 2 S. 3), beim Eigenverbrauch bzw. ab 1.4.1999 bei den unentgeltlichen Wertabgaben nach § 3 Abs. 1b und § 3 Abs. 9a und dem innergemeinschaftlichen Erwerb sowie für die sog. Mindestbemessungsgrundlage (§ 10 Abs. 4).

Beispiel: Das Nettoentgelt für einen Umsatz beträgt 100 EUR; hierauf ist beim Regelsteuersatz die USt mit 19% = 19 EUR, beim ermäßigten Steuersatz die USt mit 7% = 7 EUR zu berechnen.

7 Für die Einfuhr (§ 11) und für Reiseleistungen (§ 25 Abs. 3) gelten die dort besonders definierten Bemessungsgrundlagen.

8 Es ist oft schwierig, im Einzelfall zu entscheiden, ob eine bestimmte Leistung dem **Regelsteuersatz** oder dem **ermäßigten Steuersatz** unterliegt. In solchen Fällen besteht kein gesetzliches Verbot, in Zweifelsfällen den Regelsteuersatz anzuwenden. Zu beachten ist dabei aber § 14 Abs. 2, wonach der Unternehmer, der in einer Rechnung einen höheren Steuerbetrag ausweist, als er ihn nach dem Gesetz schuldet, verpflichtet ist, diesen Mehrbetrag auch an das FA abzuführen. Im Einzelnen → § 14 Rn. 51 ff. sowie *Weiß* UR 1980, 125 und *Reiß* BB 1981, 1632.

9 Maßgeblich für die **Anwendung des jeweils gültigen Steuersatzes** ist bei der sog. Sollversteuerung nicht der Zeitpunkt der Vereinbarung der Leistung oder die Ausstellung der Rechnung, auch nicht der Zeitpunkt des Geldeinganges, sondern nach § 13 Abs. 1 Nr. 1 Buchst. a ausschließlich der **Leistungszeitpunkt,** zu dem eine Leistung ausgeführt bzw. abgeschlossen wird. Dies gilt auch in denjenigen Fällen, in denen von der sog. Ist-Versteuerung gemäß § 20 Gebrauch gemacht wird. Zur zeitlichen Abgrenzung bei Steuersatzänderungen auch → Rn. 16.

6. Herausrechnen aus Bruttowert

10 Vielfach ist es erforderlich, **aus Bruttopreisen** (Endpreisen) den Betrag der USt **herauszurechnen.** Dies gilt nicht nur dann, wenn Bruttopreise in Rechnungen ausgewiesen werden, sondern auch dann, wenn bestimmte Leistungen in Form von Gutschriften iSd §§ 14 und 15 abgerechnet werden oder wenn sich Änderungen der Bemessungsgrundlage iSv § 17 ergeben. Auch bei der Anwendung von sog. Kleinbetragsrechnungen ohne Steuerausweis (§ 33 UStDV, → § 14 Rn. 29), sowie bei der Steuerberechnung aus pauschalen Kosten (Reisekosten usw.) gemäß den §§ 34–37 UStDV ist es erforderlich, den Steuerbetrag aus bestimmten Bruttobeträgen herauszurechnen. Dann können dazu folgende Formeln und Tabellen herangezogen werden:

11 **a) Exakte Errechnung aus Bruttowerten.** Eine exakte Errechnung aus Bruttowerten ist nach folgender Formel möglich:

$$\text{Steuerbetrag} = \frac{\text{Bruttowert} \times \text{Steuersatz}}{100 + \text{Steuersatz}}$$

12 **b) Errechnung mittels eines Faktors.** Die Errechnung des Steuerbetrages aus dem Bruttowert ist auch durch Anwendung eines Faktors möglich. Der Faktor errechnet sich nach der Formel:

$$\text{Faktor} = \frac{100 \times \text{Steuersatz}}{100 + \text{Steuersatz}}$$

Einzusetzen ist bei Anwendung dieser Formel der jeweils in Frage kommende nominelle Steuersatz. Es ergeben sich dann folgende Werte:

Normaler Steuersatz		Ermäßigter Steuersatz	
Steuersatz	Faktor	Steuersatz	Faktor
15%	13,04	7%	6,54
16%	13,79		
19%	15,97		

Zu den auf andere Steuersätze anzuwendenden Faktoren vgl. UStAE 15.4.

Beispiel:

Bruttoentgelt (Endpreis; darin 19% Steuer)	EUR 1000,00
herauszurechnen mit Faktor 15,97	./. EUR 159,70
	EUR 840,30

Wird die Steuer berechnet aus 19% auf das Nettoentgelt, so ergibt sich eine geringfügige Abweichung wie folgt:

Nettoentgelt	EUR 840,30
19% Steuer	EUR 159,65
Bruttoentgelt	EUR 999,95

13 Die Berechnung unter Anwendung eines Faktors führt also, da Auf- bzw. Abrundungen vorzunehmen sind, nicht zu mathematisch exakten Ergebnissen. Sie ist aber von der FVerw zugelassen (UStAE 15.4).

14 **c) Errechnung mittels eines Divisors.** Von der FVerw zugelassen (UStAE 15.4) ist auch die Errechnung durch Anwendung eines Divisionsverfahrens. Dabei wird unter Anwendung des Divisors zunächst das auf den Rechnungspreis entfallende (Netto-)Entgelt berechnet und durch Kürzung des Entgelts vom Rechnungspreis der Steuerbetrag ermittelt. Das Entgelt wird dabei nach folgender Formel berechnet:

$$\frac{\text{Rechnungspreis}}{\text{Divisor}}$$

Normaler Steuersatz		Ermäßigter Steuersatz	
Steuersatz	Divisor	Steuersatz	Divisor
15%	1,15	7%	1,07
16%	1,16		
19%	1,19		

Beispiel:

Bruttoentgelt (Endpreis; darin 19% Steuer)	EUR 1000,00
Nettoentgelt (ermittelt mittels Divisor 1,19)	./. EUR 840,33
USt	EUR 159,67

Zu den auf andere Steuersätze anzuwenden Divisoren vgl. UStAE 15.4.

15 **d) Korrektur eines berechneten Steuersatzes.** Bei einer (zB im Rahmen einer Außenprüfung bei einem Gastwirt, der einen Teil seiner Umsätze zu Unrecht nur mit 7% versteuert hat) erfolgenden **Korrektur des** berechneten **Steuersatzes** (zB wenn versehentlich 7% statt 19% angesetzt waren) ist zu beachten, dass der tatsächlich berechnete Preis ein Bruttopreis war. Es geht also nicht an, den bisher veranlagten Umsatz statt mit 7% jetzt mit 19% der Steuer zu unterwerfen, sondern die höhere Steuer muss aus dem bisherigen Bruttoumsatz von 107 durch Anwendung der oben zu a) bis c) dargestellten Methoden betreffend den Steuersatz von 19% herausgerechnet werden.

Beispiel: Der Betriebsprüfer stellt fest, dass ein Nettoumsatz von 1.000 EUR zu Unrecht dem ermäßigten Steuersatz von 7% unterworfen worden ist. Er kann jetzt nicht einfach die USt um den Unterschiedsbetrag zwischen den beiden Steuersätzen, dh um 12% erhöhen, sondern muss die richtige Steuer zB nach der Methode a) mit dem Faktor 15,97 aus dem Bruttoentgelt von 1.070 EUR herausrechnen, so dass sich nicht eine Mehrsteuer von 90 EUR ergibt, sondern eine von 89,70 EUR (herausgerechnete USt von 159,70 EUR abzüglich bisherige USt von 70 EUR).

7. Steuersatzänderungen

16 Steuersatzänderungen machen die genaue zeitliche Abgrenzung der einzelnen Umsätze erforderlich. Um Zweifel hierüber auszuschließen, hat der Gesetzgeber den **maßgeblichen Anwendungszeitpunkt** der jeweils neu bestimmten Steuersätze geregelt. Nach § 27 Abs. 1 S. 1 sind – soweit nicht etwas anderes bestimmt ist – Änderungen des UStG, die Lieferungen, sonstige Leistungen und den Eigenverbrauch betreffen, auf Umsätze dieser genannten Art anzuwenden, die ab dem Inkrafttreten der jeweiligen Änderungsvorschrift bewirkt werden. Dies gilt für **Teilleistungen** (§ 13 Abs. 1 Nr. 1 a S. 3) entsprechend. Werden statt einer Gesamtleistung Teilleistungen erbracht, so kommt es für die Anwendung einer Änderungsvorschrift nicht auf den Zeitpunkt der Gesamtleistung, sondern darauf an, wann die einzelnen Teilleistungen erbracht werden. Die Änderungsvorschrift ist folglich auf die Teilleistungen anzuwenden, die vom Zeitpunkt des Inkrafttretens der Änderungsvorschrift an bewirkt werden. Zu beachten ist in diesem Zusammenhang allerdings noch, dass nach § 13 die **Steuer** im Allgemeinen nicht am Tage der Ausführung eines Umsatzes **entsteht,** sondern erst mit Ablauf des Voranmeldungszeitraumes, in dem die Leistung bewirkt wird.

17 Die vorstehend beschriebene Regelung ist ohne Weiteres verständlich bei der Versteuerung nach **vereinbarten Entgelten** (Soll-Versteuerung); sie ist aber nicht ganz einleuchtend bei der Versteuerung nach **vereinnahmten Entgelten** (Ist-Versteuerung). Hier gibt es demzufolge auch praktische Schwierigkeiten. Es müssen nämlich bereits anlässlich des Geldeinganges versteuerte Einnahmen (bzw. Anzahlungen) dann nachversteuert werden, wenn in den Zeitraum bis zur Beendigung der Leistung eine Steuersatzänderung fällt. Wurde zB eine Leistung am 10. 4. 1998 bewirkt, das Entgelt (oder Teile des Entgelts) bereits am 31. 12. 1997 vereinnahmt, so muss der Unterschiedsbetrag vom alten Steuersatz iHv 15% zum neuen Steuersatz iHv 16% nachberechnet und abgeführt werden (siehe auch *Geist* BB 1968, 621).

8. Aufzeichnungspflichten

18 Der Unternehmer ist gemäß § 22 Abs. 1 und Abs. 2 Nr. 1, 2 verpflichtet, seine Umsätze getrennt nach Steuersätzen aufzuzeichnen (sog. Trennung der Entgelte). Zu Einzelheiten → § 22 Rn. 4 ff.

9. Übersicht über EU-Steuersätze

19 Zzt. gelten innerhalb der EU die folgenden UStSätze (Fundstelle: Homepage der Europäische Kommission http://ec.europa.eu).

Land	Ermäßigte Sätze %	Normalsatz %
Belgien	6; 12	21
Bulgarien	9	20
Dänemark	–	25
Deutschland	7	19
Estland	9	20
Finnland	10; 14	24
Frankreich	2,1; 5,5; 10	20
Griechenland	6,5; 13	23
Irland	4,8; 9; 13,5	23
Italien	4; 10	22
Kroatien	5; 13	25

Land	Ermäßigte Sätze %	Normalsatz %
Lettland	12	21
Litauen	5; 9	21
Luxemburg	3; 8; 14	17
Malta	5; 7	18
Niederlande	6	21
Österreich	10; 12	20
Polen	5; 8	23
Portugal	6; 13	23
Rumänien	5; 9	24
Schweden	6; 12	25
Slowakische Republik	10	20
Slowenien	9,5	22
Spanien	4; 10	21
Tschechische Republik	10; 15	21
Ungarn	5; 18	27
Vereinigtes Königreich	5	20
Zypern	5; 9	19

Die Unterschiede erklären sich insbesondere aus dem unterschiedlichen Gewicht, das die einzelnen Mitgliedstaaten den direkten Steuern (insbesondere der ESt) und den indirekten Steuern (dazu zählt im Ergebnis auch die USt) beimessen. Auf längere Sicht wird eine Angleichung der Steuersätze angestrebt (sog. Steuerharmonisierung), weil sich sonst nach Öffnung der Grenzen im gemeinsamen Binnenmarkt Wettbewerbsverzerrungen ergäben. Eine Aufstellung der Steuersätze einiger anderer wichtiger Staaten und der US-Einzelstaaten findet sich im Merkblatt des BZfSt „Umsatzsteuer im In- und Ausland".

einstweilen frei **20–25**

II. Allgemeiner Steuersatz (§ 12 Abs. 1)

EU-Recht: Art. 96f. MwStSystRL (Art. 12 Abs. 3 Buchst. a 6. EG-RL)

1. Rechtsentwicklung

Der **Regelsteuersatz** von 19% gilt ab 1.1.2007. Die Erhöhung des allgemeinen UStSatzes ist verfassungsrechtlich unbedenklich (BVerfG 1 BvR 2164/98, UR 1999, 501). Zur Entwicklung siehe → § 12 Allg. Rn. 4. **26**

2. Anwendbarkeit

Der Regelsteuersatz kommt immer dann in Betracht, wenn **27**

a) der Umsatz steuerpflichtig ist (also keine Befreiungsvorschrift eingreift),
b) nicht ein ermäßigter UStSatz nach § 12 Abs. 2 anwendbar ist und
c) nicht eine Sonderbesteuerung (insbesondere für pauschalierende Land- und Forstwirte nach § 24 Abs. 1) stattfindet. Siehe auch → § 12 Allg. Rn. 3–6.

einstweilen frei **28–30**

III. Ermäßigter Steuersatz (§ 12 Abs. 2)

1. § 12 Abs. 2 Nr. 1 (Lieferungen und Einfuhr)

EU-Recht: Art. 96, Art. 97, Art. 103, Art. 122, Art. 98, Anh. III MwStSystRL (Art. 12 Abs. 3 Buchst. a, c, Art. 28 Abs. 2 Buchst. i, Anh. H Nr. 1, 2, 4, 6, 10 6. EG-RL)

31 **a) Rechtsentwicklung.** Der ermäßigte Steuersatz von derzeit 7% gilt in dieser Höhe seit 1.7.1983. Durch Art. 17 des StBereinG 1985 vom 14.12.1984 (BGBl. 1984 I 1493) wurde an § 12 Abs. 2 Nr. 1 S. 2 der Wortlaut des bisherigen § 29 UStDV bzgl. Speisen und Getränke zum Verzehr an Ort und Stelle als Satz 3 angefügt (auch → Rn. 42ff.). Wegen der Ergänzung der „Anlage" → Rn. 34. Durch das Gesetz zur Datenermittlung für den Verteilungsschlüssel des Gemeindeanteils am UStAufkommen und zur Änderung steuerlicher Vorschriften vom 23.6.1998 (BGBl. 1998 I 1496) sind § 12 Abs. 2 Nr. 1 S. 2 und 3 aufgehoben worden. Eine rein redaktionelle Änderung hat § 12 Abs. 2 Nr. 1 durch das StEntlG 1999/2000/2002 (BGBl. 1999 I 402) erfahren, wobei die Vorschrift an den Wegfall der Eigenverbrauchsbesteuerung angepasst worden ist. Durch das AmtshilfeRLUmsG v. 26.6.2013 (BGBl. 2013 I 1809) ist die Steuerermäßigung für die Lieferungen, die Einfuhr und den innergemeinschaftlichen Erwerb der in der Anlage 2 Nr. 49 Buchst. f, 53 und 54 bezeichneten Gegenstände (§ 12 Abs. 2 Nr. 1) und für die Vermietung dieser Gegenstände (§ 12 Abs. 2 Nr. 2) mit Wirkung vom 1.4.2014 aufgehoben worden. Betroffen sind damit Briefmarken und dergleichen (zB Ersttagsbriefe, Ganzsachen) als Sammlungsstücke (Nr. 49 Buchst. f), Kunstgegenstände (Nr. 53) sowie Sammlungsstücke (Nr. 54). Eine auf das unionsrechtlich zulässige Maß beschränkte Begünstigung sieht die Neuregelung in § 12 Abs. 2 Nr. 12 und 13 vor (vgl. → Rn. 235ff.).

32 **b) Bedeutung.** Verständlich und anwendbar wird die Ermäßigungsbestimmung von § 12 Abs. 2 Nr. 1 nur iVm der **Liste der dem ermäßigten Steuersatz unterliegenden Gegenstände,** die im Gesetz als „Anlage" bezeichnet wird. Die Liste ist durch VO vom 7.3.1988 (BGBl. I 204) mit Wirkung ab 1.1.1988 neu gefasst und zuletzt im UStÄndG 1997 (BGBl. 1996 I 1851) geändert worden. In ihr sind alle **Gegenstände** erschöpfend aufgeführt, **die bei Lieferungen,** bei Eigenverbrauch (bis 31.3.1999), bei unentgeltlichen Wertabgaben (ab 1.4.1999), beim innergemeinschaftlichen Erwerb und bei der Einfuhr dem ermäßigten Steuersatz unterliegen (Ausnahme: Lieferung von Speisen und Getränken zum Verzehr an Ort und Stelle, → Rn. 42ff.) sowie die in Nr. 49 Buchst. f, 53 und 54 bezeichneten Gegenstände (§ 12 Abs. 2 Nr. 1) und die Vermietung dieser Gegenstände (§ 12 Abs. 2 Nr. 2), vgl. → Rn. 2 und 31. Da die Liste nur Gegenstände enthält, kommt § 12 Abs. 2 Nr. 1 für **sonstige Leistungen nicht** in Betracht. Für diese sind Regelungen über die Anwendung des ermäßigten Steuersatzes in § 12 Abs. 2 Nr. 2–10 enthalten. Die Vermietung von Gegenständen, die in der Liste aufgeführt sind, ist zT begünstigt nach § 12 Abs. 2 Nr. 2.

33 **c) Überblick über die „Anlage".** Die Anlage zu § 12 Abs. 2 Nr. 1 gliedert sich nach verschiedenen Warengruppen, die sich teilweise allerdings auch überschneiden:
- Lebensmittel,
- land- und forstwirtschaftliche Erzeugnisse sowie Futtermittel,
- Krankenfahrstühle, Prothesen und orthopädische Hilfsmittel,
- Druckerzeugnisse, Kunstgegenstände und bestimmte Sammlungsgegenstände.

34 Bzgl. der Lebensmittel ist darauf hinzuweisen, dass mehr oder weniger alle Lebensmittel dem ermäßigten Steuersatz unterliegen mit Ausnahme der meisten Getränke; diese sind nur in geringem Umfang in der Liste enthalten – in der Hauptsache Wasser- und Milchmischgetränke. Zu Letzteren zählen nicht die „Milchersatzprodukte" pflanzlichen Ursprungs (BFH V R 49/04, UR 2006, 403). Auch Tabakwaren sind in

der Liste nicht aufgeführt. Über die Lebensmittel hinaus enthält die Liste **Erzeugnisse der Land- und Forstwirtschaft,** wie zB Grünfutter, Stalldünger, Häute usw. Unter die Steuerermäßigung gemäß der Liste fallen dann weiter **Körperersatzstücke,** Prothesen, Schwerhörigengeräte und sonstige **orthopädische Vorrichtungen** und Apparate. Dass nur bestimmte Gegenstände aus **dem kultur- bzw. bildungspolitischen Bereich** hier aufgeführt sind, ist ua auch dadurch zu erklären, dass weitere Leistungen aus diesem Bereich bereits steuerbefreit sind nach den Bestimmungen von § 4 Nr. 20–25. Im Wesentlichen besteht in diesem Bereich die Begünstigung nur für **Druckerzeugnisse,** für **Gegenstände der bildenden Kunst** sowie für **Sammlungsstücke.** Ausgenommen von der Steuerermäßigung sind aber ausdrücklich gemäß Nr. 49 der Liste Schriften, für die die Hinweispflicht nach § 4 Abs. 2 S. 2 des Gesetzes über die Verbreitung jugendgefährdender Schriften besteht. Die Anlage wird im Einzelnen ergänzt durch **Hinweise auf den ZT.** Die Auslegung der Anlage richtet sich daher allein nach zolltariflichen Vorschriften (siehe BFH VII R 172/84, BStBl. II 1990, 760; VII R 10/13, BFH/NV 2015, 1449). Soweit die Warenpositionen der Liste eine oder mehrere Zolltarifnummern (oder ein ganzes Kapitel des Zolltarifes) umfassen, sind alle zu dieser Zolltarifnummer (oder diesem Kapitel) gehörenden Waren begünstigt. Bei Expositionen aus Nummern oder aus Kapiteln des Zolltarifes unterliegen nur die ausdrücklich aufgeführten Waren der bezeichneten Tarifstelle dem ermäßigten Steuersatz. Maßgebend für die Tarifierung sind der Wortlaut der Zolltarifnummern mit ihren Anmerkungen, die Vorschriften zu den Abschnitten oder Kapiteln sowie ggf. die allgemeinen Tarifierungsvorschriften. Nach § 1 der Verordnung über Erläuterungen zum deutschen ZT gilt für die Abgrenzung der Gegenstände der Liste deshalb neben dem deutschen ZT auch die Erläuterung zum deutschen ZT in der jeweils geltenden Fassung. Zweifelsfragen über die zolltarifliche Einordnung einer Ware sind im Benehmen mit den Zolldienststellen zu klären. Insbesondere können bei der zuständigen Zolltechnischen Prüfungs- und Lehranstalt unverbindliche Zolltarifauskünfte eingeholt werden (BMF 23. 10. 2006, BStBl. I 2006, 622).

d) Anlage 2 (zu § 12 Abs. 2 Nr. 1 und 2). Die Anlage 2 ist vorn beim Gesetzes- **35**
text abgedruckt.

e) ABC der begünstigten Gegenstände. Um das Auffinden der begünstigten **36**
Gegenstände in der unübersichtlichen Anlage zu § 12 Abs. 2 Nr. 1 zu erleichtern, sind sie nachfolgend in alphabetischer Reihenfolge aufgeführt. Dabei wird idR der Oberbegriff (zB „Tiere", nicht „Hausziegen") und die laufende Nr. der Anlage bezeichnet. Wer also feststellen will, ob ein Gegenstand begünstigt ist, kann über den hier genannten Oberbegriff die entsprechende Nr. in der abgedruckten Anlage aufsuchen und dort feststellen, ob der betreffende Gegenstand dort konkret bezeichnet ist. Bei verbleibenden Zweifelsfragen gibt der ZT verbindliche Auskunft. Soweit zu einzelnen Positionen Rechtsprechung ergangen ist, wird hierauf in → Rn. 41 hingewiesen.

Ammoniumcarbonat (40)
Aromamischungen (46)
Backwaren (31)
Bienen (1)
Blindenhunde (1)
Blumen (8)
Briefmarken
(als Sammlungsstücke) (49)
Bücher (49)
Butter (4)
Druckerzeugnisse (49)
Düngemittel (45)
(tierisch oder pflanzlich)
Eier (4)
Essig (Speise-) (36)
Essigsäure (42)
Fette (26)
Fische(3)
Fischerzeugnisse (28)
Fleisch (2)
Fleischerzeugnisse (28)
Früchte (11)
Fütterungsarzneimittel (44)
(aufgehoben ab 1. 1. 2002)
Futter (23)
Futterzubereitungen (37)

Gelatine (47)
Gemüse (10)
Gemüsezubereitungen (32)
Getreide (13)
Getreidezubereitungen (31)
Gewürze (12)
Gewürzkräuter (21)
Herzschrittmacher (52)
Hörgeräte (52)
Holz (48)
Honig (4)
Hülsenfrüchte (10)
Käse (4)
Kaffee (12)
Kakaopulver (30)
Kaliumsalz des Saccharins (43)
Kartoffeln (10)
Kartoffelmehl (15)
Kerne von Früchten (22)
Knochen (5)
Körperersatzstücke (52)
Krankenrollstühle (51)
Kräutertee (21)
Kunstgegenstände (53)
Landkarten (49)
Lebensmittelabfälle (37)
Lebensmittelzubereitungen (33)
Margarine (26)
Milch (4)
Milcherzeugnisse (4)
Milchmischgetränke (35)
Milchzubereitungen (31)
Müllereierzeugnisse (14)
Münzen (als Sammlungsstücke) (54)
Natriumhydrogenkarbonat (40)
Natriumsalz (43)
Noten (49)
Öle (26)
Ölsamen (18)
Orthopädische Vorrichtungen (52)
Pektinstoffe (24)
Pflanzen (7)
Prothesen (52)
Rollstühle (51)
Samen (pflanzliche) (19)
Salz (Speise-) (39)
Sammlungsstücke (54)
Schilf (25)
Schlachterzeugnisse (2)
Schokolade (30)
Sorbit (41)
Speiseessig (36)
Speisesalz (39)
Stärke (17)
Stroh (23)
Tabakpflanzen (38)
Tee (12)
Tiere (lebend) (1)
Wasser (34)
Wassertiere (3)
Wurzelknollen (6)
Zeitungen (49)
Zucker (29)
Zuckerrüben (22)
Zuckerwaren (29)
Zweige (8)
Zwiebeln (6)

37 *einstweilen frei*

38 **f) Abgrenzungsfragen.** Wegen der Vielfalt der in der Anlage zu § 12 Abs. 2 Nr. 1 aufgeführten Gegenstände ist es nicht immer möglich, ohne Weiteres die Zuordnung vorzunehmen. So muss geprüft werden, ob es sich bei einer bestimmten Lieferung um **Nebenleistungen** handelt, die das Schicksal der Hauptleistung teilen (vgl. → § 3 Rn. 38) oder ob es sich bei bestimmten Gegenständen nur um **Zutaten und Nebensachen** oder die Hauptsache handelt (vgl. auch BFH V R 5/02, UR 2003, 143 zur Saatgutlieferung mit Einsaat).

39 Ähnliche Probleme gibt es bei **Warenumschließungen,** die nicht nur und in erster Linie Verpackungszwecken dienen, sondern einen eigenen Gebrauchswert haben (zB Senfglas, das als Wasserglas verwendbar ist). Unter Umständen kommt es einem Käufer in solchen Fällen nicht auf eine bessere Verpackung der Ware an, sondern neben der Lieferung der Ware auf den Erwerb der Sonderverpackung. Es handelt sich dann nicht um eine **Nebenleistung,** sondern um eine selbstständige Lieferung. Eine Nebenleistung ist aber anzunehmen, wenn die Warenumschließung als Umschließung für die in ihr verpackten Waren üblich ist oder unabhängig von ihrer Verwendung als Umschließung keinen dauernden selbstständigen Gebrauchswert hat. Ob der Gebrauchswert geringfügig ist oder nicht, ist dabei ohne Bedeutung. Fehlt es an

den Voraussetzungen für die Anerkennung der Warenumschließung als Nebenleistung, liegt eine Zusammenstellung von Waren vor.

Für ihre Tarifierung bzw. ustliche Behandlung gilt dann ua Folgendes: **Warenzusammenstellungen** werden einheitlich nach dem charakterbestimmenden Bestandteil tarifiert, wenn dieser ermittelt werden kann. Warenzusammenstellungen iS dieser Regelung sind Zusammenstellungen von Waren, bei denen eine Anzahl von Voraussetzungen erfüllt sein müssen, die der BMF im Schreiben v. 5.8.2004 (BStBl. I 2004, 638) in umfangreichen Beispielen anführt. Ua müssen danach die Zusammenstellungen aus Waren bestehen, die zur Befriedigung eines Bedarfs oder zur Ausübung einer bestimmten Tätigkeit zusammengestellt sind. Es ist dabei unerheblich, ob sie sich hinsichtlich ihrer Verwendung ergänzen oder voneinander unabhängig sind. Weiter müssen die Zusammenstellungen für den Einzelverkauf aufgemacht sein (zB in Schachteln, Kästchen, Klarsichtpackungen usw.). Wird eine **Sachgesamtheit** oder sonstige Warenzusammenstellung geliefert, die aus verschieden zu tarifierenden Waren besteht, die alle in der Liste aufgeführt sind, so kann der ermäßigte Steuersatz auf das gesamte Entgelt angewendet werden. Fällt aber nur ein Teil der Waren in die Aufzählung der Liste, so kann für diesen Teil der ermäßigte Steuersatz nur dann in Anspruch genommen werden, wenn in den Aufzeichnungen ersichtlich gemacht wird, wie sich das Entgelt auf die begünstigten und die nicht begünstigten Waren entsprechend ihrem jeweiligen Wert verteilt. Das Entgelt für Nebenleistungen ist entsprechend aufzuteilen. Ggf. können bezüglich der Aufzeichnungen die Erleichterungsvorschriften von § 63 Abs. 5 UStDV in Anspruch genommen werden. Warenzusammenstellungen können einheitlich nach dem charakterbestimmenden Bestandteil tarifiert werden, wenn dieser Bestandteil ermittelt werden kann (siehe auch BMF BStBl. I 1983, 567). Die Steuerermäßigung umfasst immer das gesamte Entgelt für die begünstigte Lieferung. Dazu gehört auch das Entgelt für Nebenleistungen, die das steuerliche Schicksal der Hauptleistung teilen. **Warensortimente,** die keine **Warenzusammenstellungen** in Aufmachungen für den Einzelverkauf iSd Allgemeinen Vorschrift für die Auslegung der Kombinierten Nomenklatur (AV) 3b darstellen (sog. **Kombinationsartikel**), sind getrennt einzureihen. Das kann dazu führen, dass auf die Lieferung eines Kombinationsartikels sowohl der ermäßigte als auch der allgemeine Steuersatz Anwendung finden (BMF 21.3.2006, BStBl. I 2006, 286). 40

Die Anwendung des ermäßigten Steuersatzes setzt eine **Lieferung** voraus. Zur Abgrenzung zur sonstigen Leistung vgl. BFH V R 50/02, UR 2005, 679.

g) Einzelfall-ABC. Neben den in dem oben (→ Rn. 34 letzter Satz) genannten BMF-Schreiben angesprochenen Fragen zu den einzelnen Nr. der Anlage zu § 12 Abs. 2 Nr. 1 sind von Rechtsprechung, FVerw und Schrifttum weitere Zweifelsfragen aufgegriffen worden. Diese werden nachfolgend in alphabetischer Reihenfolge aufgeführt. 41

Bildhauerarbeiten: Künstlerische Bildhauerarbeiten, die auch einem praktischen Zweck dienen, sind nicht schon deshalb als „Handelswaren" anzusehen. Ist ihr künstlerischer Eindruck vorherrschend und erscheinungsbildprägend, so stellen sie sich als – umsatzsteuerbegünstigte – „Originalerzeugnisse der Bildhauerkunst" im zolltariflichen Sinne dar (BFH VII R 54/96, DStRE 1997, 730).

Bücher auf CD-ROM fallen nicht unter Nr. 49 der Anlage, weil sie keine Erzeugnisse des graphischen Gewerbes sind. Sofern der Grundsatz der steuerlichen Neutralität nicht verletzt wird, ist diese unterschiedliche Behandlung unionsrechtlich nicht zu beanstanden (EuGH C-291/13, MwStR 2014, 725).

Brennholz: Vgl. OFD Koblenz 10.4.2012, BeckVerw 262375.

Druckschriften mit überwiegendem Anteil an kostenlos abgedruckten Kleinanzeigen sind nicht als **Zeitungen** begünstigt (BFH VII R 121/86, BStBl. II 1990, 761; BFH VII R 119/94, UR 1996, 338). Bei periodischen Druckschriften, die nicht in kartonierter oder gebundener Form vorliegen, ist es für die Beurteilung der Steuerermäßigung (vgl. Nr. 49 der Anlage) entscheidend, ob die Druckschrift überwiegend Werbung enthält. Erscheint die periodische Druckschrift in kartonierter oder gebundener Form, kommt es auf ihren Werbeinhalt hingegen nicht an (BFH VII R 26/96, UR 1998, 152). Sogenannte Mailingaktionen sind mit dem Regelsteuersatz zu besteuernde einheitliche sonstige Leistungen und keine steuerbegünstigten Lieferungen von Druckwerken iSd § 12 Abs. 2 Nr. 1 iVm Nr. 49 der Anlage zum UStG (BFH XI R 52/06, DStRE 2010, 116).

Ob ein Buch oder eine Broschüre überwiegend Werbezwecken dient, ist allein anhand der Druckschrift zu beurteilen. Nicht maßgeblich ist, wie der Begriff „Werbung" außerhalb des Zolltarifs verstanden wird. Entscheidend ist, ob ein Druck nach seiner Beschaffenheit und seiner erkennbaren Zweckbestimmung, also nach Art der Aufmachung, des Inhalts und Herausgabezwecks, soweit diese ihren Niederschlag in dem Druck gefunden haben, überwiegend Werbezwecken dient. Dies ist der Fall, wenn der Druck überwiegend darauf ausgerichtet ist, durch zwangfreie und absichtliche Beeinflussung den Adressaten zur Erfüllung des Werbeziels, dh insbesondere zur Inanspruchnahme entgeltlicher Waren oder Dienstleistungen zu veranlassen. Dabei ist nicht allein das Raumverhältnis zwischen werbendem und anderem Text bzw. Illustrationen maßgebend. Ergibt sich etwa aus der Aufmachung, dem Inhalt oder auch dem Herausgabezweck der Druckschrift, dass die Werbung im Vordergrund steht, so lässt selbst ein nennenswerter Anteil von redaktionellem Text, Suchanzeigen oÄ den Werbecharakter nicht entfallen. Bei Zweifeln kann aber das Raumverhältnis bei der Beurteilung von Beschaffenheit oder Zweck der Schrift herangezogen werden (BFH VII R 12/15, BFH/NV 2016, 1594).

Düngemittel fallen nicht unter Nr. 45 der Anlage, wenn ihnen Gips beigemischt ist (vgl. BFH VII R 172/84, BStBl. II 1990, 760).

Edelsteine sind auch dann nicht begünstigt, wenn sie zur Herstellung von **Kunstgegenständen** dienen sollen (BMF 5.8.2004, BStBl. I 2004, 638).

Fische werden auch dann nicht begünstigt geliefert, wenn sie vom Käufer selbst geangelt werden (BFH V R 41/01, UR 2003, 23).

Fotokopien sind nur dann begünstigte Druckwerke, wenn der Hersteller sie in Buchform zusammengefasst dem Kunden liefert (BFH V R 33/87, BStBl. II 1992, 313; V R 107/86, BStBl. II 1992, 449).

Fremdenverkehrsprospekte zu Werbezwecken sind keine begünstigten Druckwerke (BFH X R 49/81, BStBl. II 1989, 208; BMF 5.8.2004, BStBl. I 2004, 638).

Gehilfe-Rollatoren: vgl. BMF v. 11.8.2011 (BStBl. I 2011, 824).

Getreide iSd Nr. 13 der Anlage ist auch Saatgetreide. Zur Frage, ob die Getreidelieferung und deren Einsaat eine voneinander getrennte Lieferung und eine sonstige Leistung darstellen, vgl. BFH V R 5/02, UR 2003, 143.

Glaswaren gehobenen Gebrauchswerts mit steigendem Sammlerinteresse sind keine **Sammlungsstücke** (BFH VII R 83/89, UR 1993, 127).

Historische Wertpapiere sind idR nicht begünstigt (FG Düsseldorf 15 K 200/84 U, EFG 1989, 318 rkr; FG Münster 5 K 1201/93 U, BeckRS 1995, 30952096; BMF 5.8.2004, BStBl. I 2004, 638).

Hörgeräte: OFD Münster Kurzinformation Umsatzsteuer Nr. 3/2007, BeckVerw 094693; zu Otoplastiken vgl. BMF 20.2.2007, BeckVerw 099910, aufgehoben durch BMF-Positivliste v. 23.4.2010 (BStBl. I 2010, 391, BeckVerw 237730).

Kombinationsartikel: vgl. BMF 5.8.2004, BStBl. I 2004, 638 iVm BMF 27.3.2012, BStBl. I 2012, 370 Nr. 1305; BMF 21.3.2006, BStBl. I 2006, 286.

Kunstfotographien, die im Kunsthandel gehandelt werden, sind keine **Kunstgegenstände** (BFH VII R 45/91, UR 1993, 128).

Kunstfotografien können **Sammlungsstücke** von geschichtlichem Wert sein (Nr. 54 der Anlage), wenn es sich um einmalige und nicht reproduzierbare Fotografien handelt, die exemplarisch einen Abschnitt in der Entwicklung der Kunstfotografie veranschaulichen (BFH VII R 48/96, UR 1998, 156).

Kunstgegenstände können auch Emaillearbeiten sein (EuGH C-231/89, DB 1992, 121). Es ist verfassungsrechtlich unbedenklich, dass der Gesetzgeber durch die Verweisung auf den ZT Verwaltung und Gerichte der Notwendigkeit enthoben hat, für jeden Einzelfall zu prüfen, ob ein Gegenstand tatsächlich als Kunst einzustufen ist (BVerfG 1 BvR 1787/94, UR 1996, 97). Vgl. auch die ausführliche Liste der OFD Erfurt 24.5.2000, UR 2000, 489 sowie OFD Karlsruhe 29.2.2008 S 7229, Karte 1, UR 2008, 601. Zu den im Bericht des Finanzausschusses des Deutschen Bundestages zum Regierungsentwurf des JStG 2013 vorgesehenen Änderungen vgl. → Rn. 2.

Mailingaktionen siehe **Druckschriften.**

Malzzucker (Maltose) ist begünstigt (BMF 5.8.2004, BStBl. I 2004, 638).

Milchersatzprodukte werden von der Begünstigung nicht umfasst (BFH V R 49/04, UR 2006, 403).

Milchquote: Die Übertragung unterliegt dem Regelsteuersatz, weil es sich nicht um die Lieferung von Milch, sondern um die Übertragung eines Rechts handelt.

Münzen: Zum ermäßigten Steuersatz für Umsätze von **Sammlermünzen** vgl. BMF 16.12.2013, DStR 2013, 2765.

Nahrungsergänzungsmittel: vgl. BFH VII R 35/09, BB 2010, 1219.

Originalerzeugnis der Bildhauerkunst (Nr. 53 der Anlage): Der Einstufung einer bildhauerischen Arbeit als Originalerzeugnis der Bildhauerkunst steht nicht entgegen, dass sie ungeachtet der künstlerischen Schöpfung einem praktischen Zweck zugeführt wird (BFH VII R 54/96, UR 1998, 150). Zu in einem Reproduktionsverfahren hergestellten Skulpturen vgl. BFH VII R 11/02, UR 2003, 350.

Orthopädische Apparate: Implantate zur Behandlung von Knochenbrüchen fallen nicht unter Nr. 52 Buchst. b der Anlage (BFH V R 63/99, UR 2001, 64).

Orthopädische Schuhe: Die orthopädische Zurichtung von Konfektionsschuhen ist eine sonstige Leistung, die nicht unter die Steuerbegünstigung fällt (BFH V R 50/02, UR 2005, 679).

Palisaden aus Holz sind nicht begünstigt (BMF 5.8.2004, BStBl. I 638).

Personalverpflegung siehe 12. Aufl. Rn. 15.

Pflanzenlieferungen: Die Lieferung von Pflanzen und das Einpflanzen als sonstige Leistung stellen keine einheitliche Leistung dar. Es handelt sich um zwei selbstständige Leistungen, die getrennt zu beurteilen sind, wie das FG zu Recht entschieden hat (BFH V R 25/07, BStBl. II 2010, 239; vgl. BMF 4.2.2010, BStBl. I 2010, 214).

Prothesen: Der ermäßigte Steuersatz ist auch auf Einzelkomponenten für Hüft- und Kniegelenksprothesen für Menschen anzuwenden (BFH VII R 47/96, DStRE 1997, 569; vgl. auch BMF 5.8.2004, BStBl. I 638). Zu Zahnprothesen vgl. UStAE 12.4.

Rapsölraffinat: als Kraftstoff nicht begünstigt (OFD Hannover 20.6.2007, UR 2007, 708).

Reisewerbung siehe **Fremdenverkehrsprospekte.**

Rollator: siehe Gehhilfe-Rollator.

Saatgut: zur Saatgutlieferung mit Einsaat vgl. BFH V R 5/02, UR 2003, 143.

Sakrale Gegenstände: sind nicht begünstigt, wenn sie den Charakter einer Handelsware haben, dh wenn sie in einer zumindest potentiellen Wettbewerbssituation mit ähnlichen Erzeugnissen handwerklicher oder industrieller Fertigung stehen (FG München 14 K 1556/92, EFG 1996, 946).

Sammlermünzen sind nur begünstigt, wenn die Gegenleistung mehr als 250% des Metallwerts beträgt. Zur Bemessung bei Gold und Silber siehe BMF 16.12.2013, DStR 2013, 2765. Vgl. auch Stichwort „Münzen".

Sammlungsstücke (siehe auch **„Historische Wertpapiere"**) sind Gegenstände, die verhältnismäßig selten sind, normalerweise nicht ihrem ursprünglichen Verwendungszweck gemäß benutzt werden, Gegenstand eines Spezialhandels außerhalb des üblichen Handels sind und einen hohen Wert haben. Von **geschichtlichem** oder **völkerkundlichem** Wert ist ein solches Sammlungsstück, wenn es einen charakteristischen Schritt in der Entwicklung der menschlichen Errungenschaften dokumentiert oder einen Abschnitt dieser Entwicklung veranschaulicht (EuGH 200/84, Slg. 1985, I-3363 – Daiber; EuGH C 252/84, Slg. 1985, I-3387 – Collector Guns; BFH VII R 119/96, DStR 1998, 1627; vgl. auch BFH VII R 43/86, BFH/NV 1989, 475; VII R 16–19/89, UR 1992, 240; BMF 5.8.2004, BStBl. I 2004, 638 iVm BMF 27.3.2012, BStBl. I 2012, 370 Nr. 1305). Ein Mercedes-Benz 300 SL aus dem Jahre 1956 erfüllt diese Voraussetzungen nicht (BFH VII R 30/99, UR 2001, 212). Zu den Änderungen durch das AmtshilfeRLUmsG v. 26.6.2013 (BGBl. 2013 I 1809) vgl. → Rn. 2.

Schmuckstücke, vom Goldschmied hergestellt, sind keine begünstigten Bildhauererzeugnisse (BFH V R 89/93, UR 1995, 311; VII R 92/91, UR 1993, 127; VII R 126/89, BStBl. II 1990, 763).

Schweineohren, getrocknete, sind begünstigt (BFH VII R 33/03, BFH/NV 2004, 849; VII R 65/13, BFH/NV 2015, 1605).

Siebdrucke sind keine Originalstiche, -schnitte, oder -steindrucke (BFH VII R 104/93, BStBl. II 1994, 777).

Speisen-Lieferung → Rn. 42ff.

Telefonkarten sind keine **Sammlungsstücke** iSv Nr. 54 der Anlage (BMF 5.8.2004, BStBl. I 638; BFH VII R 60/96, UR 1998, 154).

Tiere: Für die Lieferung von lebenden Tieren gilt ein ermäßigter Steuersatz nur dann, wenn diese üblicherweise dafür bestimmt sind, für die Zubereitung von Nahrungs- und Futtermitteln verwendet zu werden (EuGH C-41/09, HFR 2011, 492 – Kommission/Niederlande; vgl. auch EuGH C-441/09, BFH/NV 2011, 1276 – Kommission/Österreich).

Wasser wird auch dann begünstigt geliefert, wenn es zur Beregnung von Feldern dient (NdsFG V 131/84, EFG 1987, 145, rkr). Auch die Rohrnetzkostenbeiträge (vgl. → § 1 Rn. 34 Stichwort „Versorgungsnetz") sind begünstigtes Entgelt für Wasserlieferungen (FM NRW 13.7.1988, DStZ/E 1988, 252; **Probst** DStR 1988, 565). Zur ustlichen Behandlung des Legens von Wasserleitungen vgl. BMF 5.8.2004, BStBl. I 638; OFD Frankfurt a. M. 11.5.2007, StEd 2007, 601, BeckVerw 100228. Die Errichtung eines Hausanschlusses durch ein Wasserversorgungsunternehmen gegen gesondert berechnetes Entgelt fällt unter den Begriff „Lieferungen von Wasser" iSv § 12 Abs. 2 Nr. 1 iVm Nr. 34 der Anlage und ist deshalb mit dem ermäßigten Steuersatz zu versteuern, wenn die Anschlussleistung an den späteren Wasserbezieher erbracht wird (EuGH C-442/05, UR 2008, 432 – Zweckverband Torgau-Westelbien; BFH V R 61/03, DStR 2008, 2312). Nicht begünstigt ist Trinkwasser, das in zur Abgabe an den Verbraucher bestimmten Fertigpackungen in den Verkehr gebracht wird. Auf die Größe der Fertigpackung kommt es nicht an (BFH V R 17/04, BStBl. II 2007, 146 zu nachfüllbaren Gallonen).

Zeitungen. Wird eine Zeitschrift zusammen mit einer CD vertrieben, ist zu entscheiden, ob der charakterbestimmende Schwerpunkt der Leistung in der Lieferung der Zeitschrift oder der Lieferung der CD besteht (BFH V R 2/13, BStBl. II 2013, 844; VII R 36/97, BStBl. II 1998, 739; vgl. auch FG München 14 K 3152/00, EFG 2003, 808; FG Hmb VI 323/03, EFG 2005, 1812). Vgl. auch „Druckschriften".

42 **h) Lieferung von Speisen und Getränken.** Nach § 12 Abs. 2 Nr. 1 gilt der ermäßigte Steuersatz ua für die Lieferungen der in der Anlage des Gesetzes bezeichneten Gegenstände, darunter zB Zubereitungen von Fleisch, Fischen usw. (Nr. 28), aus Getreide, Mehl, Stärke oder Milch sowie Backwaren (Nr. 31), Zubereitungen von Gemüse, Früchten usw. (Nr. 32) oder „verschiedene Lebensmittelzubereitungen" (Nr. 33). Die Anlage verweist auf die jeweiligen Kapitel, Positionen und Unterpositionen des Zolltarifs. Die Steuerermäßigung setzt – von der Einfuhr und dem innergemeinschaftlichen Erwerb einmal abgesehen – damit zwei Tatbestandsmerkmale voraus: Es muss eine Lieferung vorliegen und es muss sich um die Lieferung eines in der

Anlage 2 bezeichneten Gegenstandes handeln. Die Unterscheidung zwischen Lieferungen und sonstigen Leistungen bei Restaurationsumsätzen vollzog sich bis zum 28.12.2007 nach § 3 Abs. 9 S. 4 und 5, die durch das JStG 2008 (BGBl. 2007 I 3150) aufgehoben wurden. Der BFH (V R 55/04, BStBl. II 2007, 480) hatte die Vorschrift zuvor als nicht in vollem Umfang EU-rechtskonform angesehen (vgl. iE → § 3 Rn. 238ff.). Die zu § 3 Abs. 9 S. 4 und 5 UStG aF entwickelten Abgrenzungskriterien können als Beweisanzeichen weiter herangezogen werden (BT-Drs. 544/07, 100).

Unionsrechtlich beruht die Ermäßigung auf Art. 98, Anhang III Kategorie 1 **43**
MwStSystRL. Danach können die Mitgliedstaaten ermäßigte Steuersätze auf Lieferungen von Gegenständen und Dienstleistungen der in Anhang III genannten Kategorien anwenden. In Anhang III Kategorie 1 MwStSystRL sind Nahrungs- und Futtermittel (einschließlich Getränke, alkoholische Getränke jedoch ausgenommen), lebende Tiere, Saatgut, Pflanzen und üblicherweise für die Zubereitung von Nahrungs- und Futtermitteln verwendete Zutaten sowie üblicherweise als Zusatz oder Ersatz für Nahrungs- und Futtermittel verwendete Erzeugnisse genannt.

Die Unterscheidung zwischen dem Regelsteuersatz unterliegenden Restaurations- **44**
umsätzen und ermäßigt zu besteuernden Lebensmittellieferungen beruht folglich auf der Grundlage der Abgrenzung zwischen Lieferung und Dienstleistung. Diese erfolgt aus der Sicht des **Durchschnittsverbrauchers** unter Gesamtbetrachtung aller Umstände, unter denen der Umsatz erfolgt. Im Rahmen dieser Gesamtbetrachtung ist das **qualitativ überwiegende Element** des besteuerten Umsatzes zu ermitteln (EuGH C-497/09, DStR 2011, 511 – Bog ua Rn. 62; C-491/03, Slg. 2005, I-2025 – Hermann; C-231/94, BStBl. II 1998, 282 Rn. 13 und 14 – Faaborg-Gelting-Linien; BFH V R 18/10, DStR 2011, 1901 mit Anm. *Michel* HFR 2011, 1347; V R 90/07, BFHE 225, 210; V R 55/04, BStBl. II 2007, 480; V R 58, 59/04, BStBl. II 2007, 487; V R 55/06, BFHE 223, 539; V R 38/05, BStBl. II 2007, 482; V R 59/04, BStBl. II 2007, 487; V R 36/04, BStBl. II 2007, 485). Der Lieferung von Lebensmitteln zuzurechnen sind dabei nur solche Vorgänge, die mit der Vermarktung der Lebensmittel notwendig verbunden sind. Nicht notwenig mit der Vermarktung verbunden und damit dem Dienstleistungsbereich zuzurechnen sind nach der Rechtsprechung des EuGH Elemente und Handlungen, die vom „Zubereiten bis zum Darreichen der Speisen" reichen (EuGH C-231/94, BStBl. II 1998, 282 Rn. 13 – Faaborg-Gelting-Linien).

Die Abgrenzung zwischen Lebensmittellieferungen und Restaurationsumsätzen **45**
hat die Rechtsprechung in vielfältigen unterschiedlichen Sachverhaltskonstellationen beschäftigt. Der BFH hatte im Urteil V R 55/06 (DStR 2009, 527) den Dienstleistungsbereich als die Zubereitung und Darreichung von Speisen konkretisiert, die Zubereitung zu einem bestimmten Zeitpunkt in einen verzehrfertigen Gegenstand, die Beratung und Information der Kunden hinsichtlich der Zusammenstellung und Menge von Mahlzeiten für einen bestimmten Anlass, deren ansprechendes, restaurationsübliches Anrichten auf Platten und Gefäßen, die Überlassung dieser Platten und Gefäße sowie von Geschirr und/oder Besteck zur Nutzung, der Transport zum Kunden zum vereinbarten Zeitpunkt, das Abholen sowie die lebensmittelrechtlich erforderliche Reinigung der den Kunden lediglich zum Gebrauch überlassenen Gegenstände. Bemerkenswert an dieser Aufzählung war die Zuordnung der verzehrfertigen Zubereitung zum Dienstleistungsbereich, weil der BFH noch im Urteil V R 58/04 (BStBl. II 2007, 487) die Zubereitung einer Speise als notwendige Vorstufe ihrer Vermarktung angesehen und nicht in der Gesamtbetrachtung als Dienstleistungselement berücksichtigt hatte. Aus dem Urteil des BFH V R 55/06 (DStR 2009, 527) folgte, dass bei der Abgabe verzehrfertig zubereiteter Speisen nur noch ein nicht nur geringfügiges Dienstleistungselement hinzutreten musste, um den ganzen Vorgang als regelbesteuerte sonstige Leistung zu beurteilen. Diese Rechtsprechung war in der Literatur auf ein geteiltes Echo gestoßen (*Klenk* UR 2008, 20; *Flückiger* UR 2008, 799; *Martin* BFH-PR 2007, 110; *Heidner* UR 2009, 217).

46 Der BFH hatte daraufhin 4 unterschiedliche Fälle dem EuGH zur Vorabentscheidung vorgelegt. Durch das daraufhin ergangene Urteil des EuGH C-497/09, DStR 2011, 511 – Bog ua ist die bisherige Abgrenzung zwischen Lieferungen und sonstigen Leistungen bei Restaurationsleistungen auf ein neues Fundament gestellt worden. Das Urteil ist auf die og 4 Vorlagebeschlüsse des BFH ergangen:
- V R 35/08, BFHE 227, 268, BStBl. II 2010, 376, EuGH C-497/09, – Manfred Bog, Nachfolgeentscheidung des BFH V R 35/08 in BFH/NV 2011, 1811;
- V R 3/07, BFHE 227, 259, BStBl. II 2010, 372, EuGH C-499/09, – Cinemaxx, Nachfolgeentscheidung des BFH V R 3/07 in DStR 2011, 1995;
- XI R 37/08 BFHE 227, 251, BStBl. II 2010, 368, EuGH C-501/09, – Lothar Lohmeyer, Nachfolgeentscheidung des BFH XI R 37/08 in BFH/NV 2011, 1976;
- XI R 6/08, BFHE 227, 242, BStBl. II 2010, 364, EuGH C-502/09, – Fleischerei Nier, Nachfolgeentscheidung des BFH XI R 6/08 in DStR 2012, 183.

47 Bei der Abgrenzung zwischen Lieferungen und Dienstleistungen sind sämtliche Umstände zu berücksichtigen, unter denen der Umsatz abgewickelt wird, um dessen charakteristische Bestandteile zu ermitteln und darunter die dominierenden Bestandteile zu bestimmen (→ Rn. 61). Der dominierende Bestandteil ist aus der Sicht des Durchschnittsverbrauchers und – im Rahmen einer Gesamtbetrachtung – mit Rücksicht auf die qualitative und nicht nur quantitative Bedeutung der Dienstleistungselemente im Vergleich zu den Elementen einer Lieferung von Gegenständen zu bestimmen (→ Rn. 62). Da die Vermarktung eines Gegenstands stets mit einer minimalen Dienstleistung, wie dem Darbieten der Waren in Regalen oder dem Ausstellen einer Rechnung, verbunden ist, können bei der Beurteilung des Anteils der Dienstleistung an der Gesamtheit eines komplexen Geschäfts, zu dem auch die Lieferung eines Gegenstands gehört, nur diejenigen Dienstleistungen berücksichtigt werden, die sich von denen unterscheiden, die notwendig mit der Vermarktung eines Gegenstands verbunden sind (→ Rn. 63).

48 Diese Erkenntnisse sind nicht neu und entsprechen der bisherigen Rechtsprechung, auf die auch weiterhin – soweit sie nicht der EuGH-Entscheidung Bog ua entgegensteht – für die Abgrenzung zwischen Lieferung und sonstiger Leistung im Bereich der Restaurationsumsätze zurückgegriffen werden kann. Neu ist demgegenüber die weitgehende Klärung der Abgrenzung bei Imbissständen und Party-Service-Betrieben durch das Merkmal der **„standardisierten Zubereitung".** Beim Verkauf von Würsten, Pommes frites und anderen Nahrungsmitteln an **Imbisswagen** oder -ständen zum sofortigen warmen Verzehr sowie von Popcorn und „Tortilla"-Chips in Kino-Foyers beschränkt sich die Zubereitung des warmen Endprodukts im Wesentlichen auf einfache, standardisierte Handlungen, die in den meisten Fällen nicht auf Bestellung eines bestimmten Kunden, sondern entsprechend der allgemein vorhersehbaren Nachfrage ständig oder in Abständen vorgenommen werden. Diese einfache Zubereitung stellt nicht den überwiegenden Bestandteil des fraglichen Umsatzes dar und kann diesem nicht den Charakter einer Dienstleistung verleihen, wenn nicht charakteristische Dienstleistungsbestandteile von Restaurationsumsätzen hinzutreten. In derartigen Fällen besteht bei der erforderlichen Gesamtbetrachtung das überwiegende Element in der Lieferung von Speisen oder Mahlzeiten zum sofortigen Verzehr.

49 Etwas anderes gilt bei den von einem **Partyservice** nach Hause gelieferten Speisen. Diese sind im Allgemeinen nicht das Ergebnis einer bloßen Standardzubereitung, sondern weisen einen deutlich größeren Dienstleistungsanteil auf und erfordern mehr Arbeit und Sachverstand. Die Qualität der Gerichte, die Kreativität sowie die Darreichungsform sind hier Elemente, die in den meisten Fällen für den Kunden von entscheidender Bedeutung sind. Daher stellt die Tätigkeit eines Partyservice außer in den Fällen, in denen dieser lediglich Standardspeisen ohne zusätzliches Dienstleistungselement liefert oder in denen weitere, besondere Umstände belegen, dass die Lieferung der Speisen der dominierende Bestandteil des Umsatzes ist, eine Dienstleistung dar. Soweit die bisherige der Rspr. erst aufgrund zusätzlicher Dienstleistungselemente wie dem Endreinigen von Geschirr (BFH V R 55/04, BStBl. II 2007, 480), dem Abräumen und Endreinigen von Tischen und Geschirr (BFH V R 38/05, BStBl. II 2007, 482) oder der Überlassung, Abholung und Reinigung von Geschirr und Besteck (BFH V R 55/06, BFHE 223, 539) von einer sonstigen Leistung ausging, hält der BFH hieran nur für den Fall fest, dass Leistungsgegenstand lediglich Standardspeisen sind (BFH V R 66/09, DStR 2012, 71; V R 28/11, BFH/NV 2013, 1638).

Auch die in einer Großküche eines **Altenwohn- und Pflegeheims** zur Verpfle- **50**
gung der Bewohner zubereiteten Speisen sind keine Standardspeisen als Ergebnis einfacher und standardisierter Zubereitungsvorgänge (BFH V R 66/09, DStR 2012, 71). Dasselbe gilt idR für Verpflegungsleistungen für **Kindergärten** (BFH XI R 28/11, BFH/NV 2013, 1950).

Das Urteil Bog hat sicher nicht alle Abgrenzungsprobleme bei Restaurationsleis- **51**
tungen gelöst, so dass die bisherigen Abgrenzungskriterien in Grenzfällen nach wie vor von Bedeutung sind, soweit sie nicht im Widerspruch zur Rspr. des EuGH stehen. Die von Rechtsprechung und Finanzverwaltung entwickelten Abgrenzungskriterien iE sind dagegen teilweise überholt. So ist durch das EuGH-Urteil Bog ua geklärt, dass der Verkauf von einfachen, **standardisiert hergestellten Speisen** an Imbissständen und in Kinos als Lieferung, die Dienste eines **Partyservice** hingegen idR sonstige Leistungen sind. Das kurios anmutende Messen der Breite der Ablagebretter an Imbissbuden dürfte damit endlich der Vergangenheit angehören. Geklärt ist durch das EuGH-Urteil Bog ua auch, dass das bloße Vorhandensein von **Verzehrmöglichkeiten** (Mobiliar), das nicht ausschließlich dazu bestimmt ist, den Verzehr von Lebensmitteln zu erleichtern, kein hinreichendes Dienstleistungselement ist, das geeignet wäre, dem Umsatz insgesamt die Eigenschaft einer Dienstleistung zu verleihen (→ Rn. 73; BFH XI R 33/08, BFH/NV 2011, 1927). Soweit sich aus der bisherigen Rspr. (vgl. zB BFH V R 58 und 59/04, BStBl. II 2007, 467; V R 38/05, BStBl. II 2007, 482) oder der FVerw (BMF 16.10.2008, BStBl. I 2008, 949 und 29.3.2010, BStBl. I 2010, 330, aufgehoben durch BMF 20.3.2013, BStBl. I 2013, 444) noch etwas anderes ergibt, ist dies überholt. Geklärt ist ebenfalls, dass nur Handlungen „des Steuerpflichtigen" (→ Rn. 53) und somit nicht **Leistungen anderer Unternehmer** zu berücksichtigen sind. Soweit der BFH (V R 38/05, BStBl. II 2007, 482) von anderen Voraussetzungen ausgegangen ist, ist das durch das EuGH-Urteil Bog ua ebenfalls überholt (vgl. auch BFH XI R 33/08, BFH/NV 2011, 1927).

Zur Rspr. nach Ergehen des EuGH-Urteils Bog ua vgl. neben den og jeweiligen **52**
Nachfolgeentscheidungen auch BFH V R 18/10, DStR 2011, 1614 mit Anm. *Michel* HFR 2011, 1347 zu einem Imbissstand; XI R 33/08, BFH/NV 2011, 1927 zu einem Pizzastand.

2. § 12 Abs. 2 Nr. 2 (Vermietung)

EU-Recht: Art. 98, Anh. III MwStSystRL

a) Normzweck. Nach der Bestimmung ist **steuerbegünstigt** auch **die Vermie-** **53**
tung der in der Anlage 1 bezeichneten Gegenstände. Wohlgemerkt: nur die Vermietung, nicht aber die Verpachtung. Was Vermietung ist, bestimmt sich nach den Vorschriften der §§ 535 ff. BGB; was Verpachtung ist, entscheidet sich nach den §§ 581 ff. BGB. In der Hauptsache unterscheidet sich Vermietung von Pacht dadurch, dass bei Letzterer nicht nur eine Sache zum Gebrauch überlassen wird, sondern auch noch der Genuss der Früchte (§ 99 BGB).

b) Begünstigungsgegenstand. Begünstigt ist also zB die **Vermietung von le-** **54**
benden Tieren gemäß Nr. 1 der „Anlage", zB Reitpferde und Blindenführhunde oder die Vermietung von Pflanzen gemäß Nr. 6 und 7 der „Anlage", zB zu Dekora-

tionszwecken im Rahmen von Feierlichkeiten usw. Zu beachten ist dabei, dass die Vermietung nicht in größerem Umfang mit anderen unter Umständen nicht ermäßigten Leistungen verbunden sein darf (zB Ausschmückung eines Raumes im Rahmen einer Vermietung des Raumes). Dann kann es sich um eine andere Gesamtleistung handeln, bei der die Vermietung von Pflanzen nur von untergeordneter Bedeutung ist mit der Folge, dass dann eine Steuerermäßigung nicht mehr in Frage kommt. Ferner ist denkbar als begünstigte Vermietung das **Ausleihen von Büchern** mit Ausnahme von Schriften, für die die Hinweispflicht nach § 4 Abs. 2 S. 2 des Gesetzes über die Verbreitung jugendgefährdender Schriften besteht (vgl. Nr. 49 der „Anlage"), von Lesemappen durch Lesezirkel, **die Vermietung von Rollstühlen** für Körperbehinderte, die mietweise **Überlassung von Kunstgegenständen** und Sammlungsstücken (zB zu Ausstellungszwecken), das Ausleihen von Noten an Orchester usw.

55 Durch das AmtshilfeRLUmsG v. 26.6.2013 (BGBl. 2013 I 1809) ist die Steuerermäßigung nicht nur für die Lieferungen, die Einfuhr und den innergemeinschaftlichen Erwerb der in der Anlage 2 Nr. 49 Buchst. f, 53 und 54 bezeichneten Gegenstände, sondern auch für die Vermietung dieser Gegenstände mit Wirkung vom 1.4.2014 aufgehoben worden. Betroffen sind damit Briefmarken und dergleichen (zB Ersttagsbriefe, Ganzsachen) als Sammlungsstücke (Nr. 49 Buchst. f), Kunstgegenstände (Nr. 53) sowie Sammlungsstücke (Nr. 54). Eine auf das unionsrechtlich zulässige Maß beschränkte Begünstigung sieht die Neuregelung in § 12 Abs. 2 Nr. 12 und 13 vor (vgl. dort sowie → § 12 Rn. 2 und 31).

56–60 *einstweilen frei*

3. § 12 Abs. 2 Nr. 3 (Aufzucht und Halten von Vieh, Anzucht von Pflanzen)

EU-Recht: Art. 98, 99, Anhang III MwStSystRL (Art. 12 Abs. 3 Buchst. a, Anh. H Nr. 10 6. EG-RL)
UStAE: 12.2

61 **a) Normzweck.** Die Regelung ist nur verständlich, wenn man berücksichtigt, dass der Gesetzgeber möglichst alle Wettbewerbsverzerrungen durch ustliche Tatbestände im Rahmen der Land- und Forstwirtschaft verhindern wollte. Bei den drei in der Gesetzesbestimmung aufgeführten Tatbeständen handelt es sich nicht um Lieferungen, sondern durchweg um sonstige Leistungen, da Lieferungen von Vieh oder Pflanzen bereits steuerbegünstigt sind nach § 12 Abs. 2 Nr. 1 iVm der Anlage zu § 12. Es sind aber keineswegs alle denkbaren sonstigen Leistungen im Rahmen der Land- oder Forstwirtschaft steuerbegünstigt, sondern nur solche, die ausdrücklich bestimmt sind. So unterliegen zB dem allgemeinen Steuersatz Lohnfuhren, Lohnmelken, Lohnpflügen usw. Andererseits ist nicht erforderlich, dass die begünstigten Tatbestände im Rahmen land- oder forstwirtschaftlicher Betriebe verwirklicht werden; ganz abgesehen davon, dass Land- und Forstwirte vielfach nach der Sonderbestimmung von § 24 Abs. 1–3 besteuert werden, die als Spezialregelung Vorrang vor der allgemeinen Regelung des § 12 hat.

62 **b) Aufzucht und Halten von Vieh. Aufzucht und Halten von Vieh** betrifft nur das Aufziehen fremder Tiere, da die Aufzucht von Tieren im eigenen Besitz einen nichtsteuerbaren Vorgang darstellt und der Verkauf selbstgezogener eigener Tiere dann ggf. unter die Steuerbegünstigung von § 12 Abs. 2 Nr. 1 fällt. Unter „Vieh" iS dieser Bestimmung sind nach UStAE 12.2 nur solche Tiere zu verstehen, die auch in der „Anlage" zu § 12 aufgeführt sind. Danach gehören also zB Hunde und Katzen nicht zu den Tieren, deren Halten oder Aufzucht begünstigt ist. Unter „Halten von Vieh" kann man auch verstehen die Betreuung von Vieh, das anderen Personen gehört.

Das Einstellen und Betreuen von Reitpferden, die von ihren Eigentümern zur Ausübung von Freizeitsport genutzt werden **(Pensionspferdehaltung),** fällt bei richtlinienkonformer Auslegung nicht unter den Begriff „Halten von Vieh" iSd § 12 Abs. 2 Nr. 3 und ist daher nicht mit dem ermäßigten Steuersatz, sondern mit dem Regelsteuersatz zu versteuern (BFH XI R 26/09, BFH/NV 2011, 1540; V R 65/09, BStBl. II 2011, 465; V B 93/09, BFH/NV 2010, 963; V R 41/02, BStBl. II 2004, 757; V R 39/02, BStBl. II 2004, 672; V R 38/02, BFH/NV 2004, 1298; vgl. auch UStAE 12.2 und 12.3) ist. Denn nach Unionsrecht (Art. 98 Abs. 2 iVm Anhang III Nr. 11 MwStSystRL) ist der ermäßigte Steuersatz nur vorgesehen für „Dienstleistungen, die in der Regel für den Einsatz in der landwirtschaftlichen Erzeugung bestimmt sind". Dies kann der Fall sein bei der Unterstellung von Zuchtpferden eines Gestüts oder land- oder forstwirtschaftlichen Nutzpferden, nicht aber bei Reitpferden, die der Ausübung von Freizeitsport dienen.

c) Anzucht von Pflanzen. Hier kommt die Steuerbegünstigung dann in Frage, 63
wenn jemand einem Unternehmer (zB Landwirt oder Gärtner usw.) junge Pflanzen (Sämlinge) zur Anzucht übergibt mit der Maßgabe, dass er sie nach einer bestimmten Zeit wieder zurückerhält. Hier liegt nach BFH V 145/59 U (BStBl. III 1962, 543) nicht etwa Lieferung von Jungpflanzen und Rücklieferung von Pflanzen vor.

d) Leistungsprüfungen für Tiere. Das Gesetz spricht hier von „Teilnahme an 64
Leistungsprüfungen für Tiere". Begünstigt sind demnach die Entgelte, die ein Unternehmer für die Teilnahme an solchen Leistungsprüfungen erhält. Tier-Leistungsprüfungen sind solche Veranstaltungen, auf denen züchterische Leistungen oder Wettbewerbe der Tiere untereinander im Vordergrund stehen. Da das Gesetz hier nicht von Vieh, sondern von Tieren spricht, dürfte der Begriff hier auch weiter zu fassen sein und sich auch auf Hunde, Katzen usw. beziehen. Begünstigt sind danach auch Preise für die Teilnahme an Pferderennen einschließlich Ersatz von Unkosten an die Besitzer der beteiligten Tiere (siehe UStAE 12.2). Zu **Züchterprämien** vgl. BMF 1.12.1975, BStBl. I 1975, 1127. Zu beachten ist, dass die Leistung des Veranstalters von Leistungsprüfungen nach dieser Bestimmung nicht begünstigt ist; diese kann allenfalls unter die Begünstigung von § 12 Abs. 2 Nr. 4 oder 8 fallen oder es kann Steuerfreiheit nach § 4 Nr. 22 in Betracht kommen.

einstweilen frei **65–70**

4. § 12 Abs. 2 Nr. 4 (Tierzucht)

EU-Recht: Art. 98, 99, Anh. III MwStSystRL (Art. 12 Abs. 3 Buchst. a, Anh. H Nr. 10 6. EG-RL)
UStAE: 12.3

a) Rechtsentwicklung. Die Bestimmung ist **gültig ab 1.1.1980.** § 12 Abs. 2 71
Nr. 4 Buchst. b ist durch das Kultur- und StiftungsförderungsG vom 13.12.1990 (BGBl. I 2775, BStBl. I 1991, 51) gestrichen worden. Die Regelung ist in eine Befreiungsvorschrift umgewandelt worden (zunächst § 4 Nr. 7; ab 1.1.1993 § 4 Nr. 27 Buchst. b).

b) Normzweck der Nr. 4. Die Steuerermäßigung kann in Anspruch genom- 72
men werden von allen Unternehmern, die ihre Umsätze nach den allgemeinen Vorschriften versteuern (zB also nicht von Pauschalversteuerern nach § 24). Die Bestimmung Nr. 4 beschränkt sich auf Leistungen, die einer für landwirtschaftliche Zwecke geeigneten Tierzucht zu dienen bestimmt sind (siehe UStAE 12.3), begünstigt ist also zB nicht die Zucht von Rassehunden – NdsFG V 1/71, EFG 1972, 363 rkr). Man wird also davon ausgehen können, dass unter die Bestimmung nur solche Tiere fallen, die auch in der Anlage 1 (zu § 12 Abs. 2 Nr. 1) aufgeführt sind. Die entsprechenden Leistungen, die der Zucht usw. anderer Tiere zu dienen bestimmt sind – wie zB Pelztiere, Singvögel, Meerschweinchen usw. – sind also nicht begünstigt. Die einzelnen

Leistungen müssen den begünstigten Zwecken unmittelbar dienen; dh dass zB Verkäufe von Anlagegütern, die mit den begünstigten Leistungen nur mittelbar in Verbindung stehen, nicht begünstigt sind.

73 **c) Vatertierhaltung.** Nach UStAE 12.3 gelten als Leistungen, die unmittelbar der Vatertierhaltung dienen, insbesondere **Deckgelder, Umlagen** (die nach der Zahl der deckfähigen Tiere bemessen werden – Abgrenzung zu echten Mitgliedsbeiträgen beachten – → § 1 Rn. 43f.), **Zuschüsse,** die entsprechend der Zahl der gedeckten Tiere usw. bemessen werden.

74 **d) Förderung der Tierzucht.** Als Leistungen, die unmittelbar der Förderung der Tierzucht dienen, gelten nach UStAE 12.3 Gebühren für Eintragungen in Zuchtbücher, Gebühren für die Zuchtwertschätzung von Zuchttieren, Gebühren für die Ausstellung und Überprüfung von Abstammungsnachweisen, Entgelte für prophylaktische und therapeutische Maßnahmen, Entgelte für die Durchführung von Veranstaltungen, auf denen Zuchttiere mit Abstammungsnachweis abgesetzt werden, Entgelte, die von Tierzüchtern oder ihren Angestellten für die Teilnahme an Ausstellungen usw. erhoben werden, unechte Mitgliedsbeiträge von Tierzuchtvereinigungen sowie Züchterprämien. Nicht begünstigt sind dagegen Leistungen, die nur mittelbar die Tierzucht fördern, zB Maßnahmen zur besseren Belüftung von Stallanlagen, zur Förderung der Stallhygiene uÄ. Dasselbe gilt für Trächtigkeitsuntersuchungen bei Zuchttieren, Maßnahmen der Unfruchtbarkeitsbekämpfung, Kaiserschnitte und Geburtshilfe. Zum Tatbestandsmerkmal der Unmittelbarkeit vgl. BFH XI R 19/96, UR 1997, 228. Dem Regelsteuersatz unterliegen auch Lieferungen von Impfstoffen durch die Pharmaindustrie an die Tierseuchenkasse (FM Thür 20.10.1993, UR 1994, 288). Nicht in Anspruch genommen werden kann die Steuervergünstigung für Eintrittsgelder bei Pferderennen, Turnieren uä Veranstaltungen (wegen Veranstaltung von gemeinnützigen Vereinigungen siehe aber § 12 Abs. 2 Nr. 8). Zum umsatzsteuerrechtlichen Begriff der Tierzucht vgl. auch FM NRW 20.6.2007, UR 2007, 710.

Unter die Begünstigungsvorschrift fällt die künstliche Tierbesamung durch Besamungsgenossenschaften, Besamungstechniker und Tierärzte mit allen Nebenleistungen. Eine Nebenleistung ist auch anzunehmen, wenn die Besamungsstation im Rahmen der Besamungsleistung Tiersamen und Arzneimittel abgibt, die bei der künstlichen Tierbesamung erforderlich sind. Wegen der Lieferungen an Besamungsstationen, die nicht begünstigt sein sollen, siehe BMF 8.12.1982, BeckVerw 291806, formal aufgehoben durch BMF 29.3.2007, BStBl. I 2007, 369. Bzgl. künstlicher Tierbesamungen durch Besamungsgenossenschaften siehe UStAE 12.3 Abs. 4.

75 **e) Leistungs- und Qualitätsprüfung.** Nach UStAE 12.3 sind als Leistungen, die der Leistungs- und Qualitätsprüfung in der Tierzucht und in der Milchwirtschaft dienen, ua anzusehen: Milchleistungsprüfungen, Eierleistungsprüfungen, Prüfung der Aufzuchtsleistungen, Milchqualitätsprüfungen usw.

76–80 *einstweilen frei*

5. § 12 Abs. 2 Nr. 6 (Zahntechniker und Zahnärzte)

EU-Recht: Art. 98, Art. 99, Art. 370, Anh. X Teil A Nr. 1, Anh. III Nr. 17 MwStSystRL (Art. 28 Abs. 3 Buchst. a, Art. 12 Abs. 3 Buchst. a, Anh. E Nr. 2, Anh. H Nr. 16 6. EG-RL)
UStAE: 12.4

81 **a) Rechtsentwicklung.** § 12 Abs. 2 Nr. 6 wurde durch das 2. HaushaltsstrukturG mit Wirkung ab 1.1.1982 völlig neu gefasst; die vorher darin enthaltene Bestimmung für freiberufliche Leistungen allgemein wurde zusammen mit § 12 Abs. 2 Nr. 5 ersatzlos gestrichen. Durch das StEntlG 1999/2000/2002 (BGBl. 1999 I 402) ist die Vorschrift redaktionell an den Wegfall der Eigenverbrauchsbesteuerung angepasst worden.

b) Normzweck. Nachdem durch den Wegfall der Steuerbegünstigungsvorschrift für Freiberufler ganz allgemein (§ 12 Abs. 2 Nr. 5) die entsprechenden Leistungen der **Zahnärzte** voll steuerpflichtig geworden wären, wollte der Gesetzgeber klarstellen, dass nicht nur die Leistungen der **Zahntechniker,** sondern auch die entsprechenden Leistungen der Zahnärzte steuerbegünstigt bleiben sollten im Hinblick auf die in § 4 Nr. 14 erfolgte Regelung für Zahnärzte. 82

c) Zahntechnische Labore und Dentisten. § 12 Abs. 2 Nr. 6 dient der Wettbewerbsgleichheit zwischen Zahnärzten und zahntechnischen Laboren und **selbstständigen Zahntechnikern.** Einer besonderen Erwähnung der **Dentisten** bedarf es nicht, da diese nach dem Gesetz über die Ausübung der Zahnheilkunde vom 31.3.1952 idF vom 4.2.1970 (BGBl. 1970 I 241) zur dauernden Ausübung der Zahnheilkunde berechtigt und insoweit den Zahnärzten gleichgestellt sind. 83

d) Begünstigte Prothetikumsätze. Begünstigt nach dieser Regelung sind also im Grunde genommen die sog. **Prothetikumsätze,** ganz gleich, ob sie von Zahnärzten oder von Zahntechnikern ausgeführt werden. Mit ihren Praxisleistungen sind die Zahnärzte hingegen voll steuerbefreit nach § 4 Nr. 14. 84

e) Begriff Zahntechniker. Wegen des **Begriffs Zahntechniker** siehe BFH V R 54/72, BStBl. II 1973, 71. Dort meint der BFH der Begriff Zahntechniker umfasse alle Personen, die den Zahntechnikerberuf ausüben. Eine abgeschlossene Berufsausbildung genüge. Eine solche liege bereits nach bestandener Gesellenprüfung vor. 85

f) Unternehmerbegriff. Der ermäßigte Steuersatz ist auf **alle Umsätze** aus der Tätigkeit als Zahntechniker (sowie die entsprechenden Leistungen der Zahnärzte) einschließlich des **Eigenverbrauchs** (bis zu dessen Aufhebung mit Wirkung ab 1.4.1999) anzuwenden. Der Zahntechniker muss nicht als Einzelunternehmer tätig werden. Begünstigt sind auch Leistungen der **zahntechnischen Labors,** die in der Rechtsform einer Gesellschaft betrieben werden, zB OHG, KG oder GmbH. 86

g) Zahnärzte und Angestellte. Die Steuerermäßigung umfasst bei den Zahnärzten alle **entsprechenden Leistungen,** die nach § 4 Nr. 14 S. 4 Buchst. b von der Steuerbefreiung ausgeschlossen sind (→ § 4 Nr. 14 Rn. 14f.). Es ist im Übrigen aber ohne Belang, ob die Arbeiten vom Zahnarzt selbst oder von **angestellten Personen** ausgeführt werden. 87

h) Eigenverbrauch. Die Vorschrift hat bis zur Änderung der Eigenverbrauchsbesteuerung durch das StEntlG 1999/2000/2002 auch den **Eigenverbrauch** umfasst. Dies hat aber nur für Zahntechniker gegolten, da der entsprechende Eigenverbrauch des Zahnarztes nach § 4 Nr. 14 steuerfrei ist. 88

i) Hilfsgeschäfte. Nicht dem ermäßigten Steuersatz unterliegen sog. Hilfsgeschäfte wie zB der Verkauf von Anlagegegenständen (BFH V R 101/71, BStBl. II 1972, 102). 89

einstweilen frei **90–100**

6. § 12 Abs. 2 Nr. 7 (Theater, Filme, Urheberrechte ua)

EU-Recht: Art. 98, Art. 99, Anh. III MwStSystRL (Art. 12 Abs. 3 Buchst. a, Anh. H Nr. 7, 8 6. EG-RL)
UStAE: 12.5–12.8

a) Eintrittsberechtigung für Theater, Konzerte und Museen sowie die den Theatervorführungen und Konzerten vergleichbaren Darbietungen ausübender Künstler (§ 12 Abs. 2 Nr. 7 Buchst. a). aa) Normzweck. § 12 Abs. 2 Nr. 7 Buchst. a ist durch das EURLUmsG (BGBl. 2004 I 3310) völlig neu gefasst worden. Nach bisheriger Rechtsprechung des BFH zu § 12 Abs. 2 Nr. 7 Buchst. a aF 101 mussten **Solisten** dem Publikum gegenüber selbst als Veranstalter auftreten, um in den Genuss der Steuerermäßigung zu kommen (BFH V R 60/93, BStBl. II 1995, 348; XI R 20/94, BStBl. II 1995, 519). Wirkte somit ein Solist in einem fremden Orchester mit und erbrachte er diesem bzw. dem Theater gegenüber seine Leistung, fielen seine Umsätze nicht unter die Regelung des § 12 Abs. 1 Nr. 7 Buchst. a (BFH XI R 73/96, UR 1998, 159). Diese Rechtsauffassung ist durch das Urteil des EuGH C-109/02 (UR 2004, 34 – Kommission/Deutschland mAnm *Nieskens*) nicht bestätigt worden. Der EuGH hat in dieser Entscheidung festgestellt, dass Deutschland dadurch gegen seine Verpflichtungen aus Art. 12 Abs. 3 Buchst. a 6. EG-RL (jetzt Art. 98, Art. 99 MwStSystRL) verstoßen hat, dass es einen ermäßigten Steuersatz auf Leistungen, die Musikensembles direkt für die Öffentlichkeit oder für einen Konzertveranstalter erbringen sowie auf Leistungen, die von Solisten direkt für die Öffentlichkeit erbracht werden, anwendet, hingegen auf die Leistungen von Solisten, die für einen Veranstalter tätig sind, den Normalsatz anwendet (EuGH C-109/02, BStBl. II 2004, 337 – Kommission/Deutschland, Leitsatz). Die Neufassung des § 12 Abs. 2 Nr. 7 Buchst. a trägt dem Rechnung und bewirkt, dass für die Darbietungen ausübender Künstler, die mit Theatervorführungen oder Konzerten vergleichbar sind, der ermäßigte Steuersatz anzuwenden ist. Im Übrigen ist die bisherige sprachlich verunglückte Textfassung überarbeitet worden, ohne dass damit inhaltliche Veränderungen verbunden sind (vgl. BT-Drs. 15/4050, zu Art. 5 Nr. 8). Gelungen ist allerdings auch die Neufassung nicht, denn die befreite Leistung besteht nicht in der Gewährung der Eintrittsberechtigung. Das wird gerade bei den Leistungen von Solisten, die für einen Veranstalter tätig sind, deutlich.

102 **bb) Aufzählung zu § 12 Abs. 2 Nr. 7 Buchst. a.** Die Aufzählung zu § 12 Abs. 2 Nr. 7 Buchst. a deckt sich zT mit der in § 4 Nr. 20. Daran hat auch die Neufassung durch das EURLUmsG nichts geändert. Es sind aber die Begriffe „Orchester, Kammermusikensembles und Chöre" durch den Begriff „Konzerte" ersetzt worden. Begünstigt iSv § 12 Abs. 2 Nr. 7 Buchst. a sind alle musikalischen und gesanglichen Aufführungen. Auf die Art der dargebotenen Musik kommt es nicht an (→ § 4 Nr. 20 Rn. 6). Kunstausstellungen, die **Verkaufszwecken** dienen, können nicht als Museen angesehen werden.

Vom Begriff der Theatervorführungen werden nicht nur Aufführungen von Theaterstücken, Opern und Operetten, sondern auch Darbietungen der Pantomime, der Tanzkunst, der Kleinkunst, des Varietés, Puppenspiele und Eisrevuen umfasst (vgl. BFH XI R 34/12, BFHE 245, 409; XI R 20/94, BStBl. II 1995, 519; V R 86/01, BFH/NV 2004, 984; XI R 40/09, BFH/NV 2012, 798; V R 31/10, BStBl. II 2013, 352; vgl. auch UStAE 12.5 Abs. 2 S. 5). Begünstigt sein können auch Feuerwerksdarbietungen mit einer Choreographie aus Feuerwerk und Musik (BFH XI R 34/12, BFHE 245, 409).

103 **cc) Theatervorführungen und mehrere Veranstalter.** Werden bei Theatervorführungen und **Konzerten mehrere Veranstalter** tätig, so kann jeder Veranstalter die Steuerermäßigung in Anspruch nehmen (siehe auch § 4 Nr. 20 Buchst. b). Bei Tournee-Veranstaltungen steht deshalb die Steuerermäßigung sowohl dem Tournee-Veranstalter, als auch dem örtlichen Veranstalter zu.

Zu dem an moderne Erscheinungsformen angepassten **Konzertbegriff** vgl. BFH V R 50/04, UR 2006, 479.

103a **dd) Theatervorführungen als Hauptleistung.** Umfasst eine Leistung neben künstlerischen Elementen, die für sich betrachtet Theatervorführungen iSv § 12 Abs. 2 Nr. 7 Buchst. a sein können, auch andere Leistungsbestandteile, ist Voraussetzung für die Steuerermäßigung, dass die Theatervorführung Hauptbestandteil der einheitlichen Gesamtleistung ist, sie also den eigentlichen Zweck der Veranstaltung ausmacht. Hieran fehlt es, wenn sich bei einer **Dinner-Show** das Leistungsbündel aus Unterhaltung und kulinarischer Versorgung der Gäste in der Gesamtschau als einheitlicher (komplexer) Umsatz darstellt (BFH V R 31/10, BStBl. II 2013, 352; V B 92/14, BFH/NV 2015, 244).

ee) Vergleichbare Darbietungen ausübender Künstler. Die Steuervergünstigung kann in Anspruch genommen werden, wenn eine Vorführung entweder als „theaterähnlich" oder als „konzertähnlich" einzustufen ist. Begünstigt sind auch „Mischformen" von Sprech-, Musik- und Tanzdarbietungen (BFH XI R 34/12, MwStR 2014, 605). **103b**

ff) Behandlung von Nebenleistungen. Steuerbegünstigt sind die Leistungen und Veranstaltungen, wenn es sich dabei um die eigentlichen Hauptleistungen handelt. Leistungen anderer Art (Hilfsumsätze, Nebenleistungen), die iVm den Darbietungen erbracht werden, müssen von so **untergeordneter Bedeutung** sein, dass dadurch der Charakter der Veranstaltung nicht beeinträchtigt wird (vgl. *Baum* UR 1988, 338, zu Karnevalsitzungen). Zu Einzelheiten bzgl. begünstigter Nebenleistungen → § 4 Nr. 20 Rn. 12. **104**

b) Überlassung von Filmen und Filmvorführungen (§ 12 Abs. 2 Nr. 7 Buchst. b). aa) Normzweck. Nach dieser Vorschrift ist die **Überlassung von Filmen** zur Auswertung und Vorführung begünstigt. Dabei handelt es sich um Umsätze, die zugleich auch unter § 12 Abs. 2 Nr. 7 Buchst. c fallen. Begünstigt sind aber auch die Entgelte für **Filmvorführungen** (Eintrittsgelder) einschließlich untergeordneter Nebenleistungen. Nicht begünstigt ist die Vorführung von (Erotik-)Filmen in **Einzelkabinen** (EuGH C-3/09, UR 2010, 315 – Erotic Center). Tonbildschauen und Dia-Multivisionsvorführungen fallen nicht unter die Steuerbefreiung (BFH XI R 73/96, BStBl. II 1998, 222). Nicht von der Begünstigung umfasst wird das **Pay-TV** (BFH V R 70/03, UR 2006, 634). **105**

Andere Umsätze – zB die Abgabe von Speisen und Getränken oder Hilfsumsätze – fallen nicht unter die Steuerermäßigung. Werbeleistungen durch Vorführungen von Werbefilmen sowie Lichtbildervorführungen sind keine begünstigten Filmvorführungen. Durch das Gesetz zur Umsetzung des Föderalen Konsolidierungsprogramms (BGBl. 1993 I 944) ist zunächst eine Beschränkung der Steuerbegünstigung auf Filme, die für Jugendliche unter 18 Jahren freigegeben sind, in das UStG aufgenommen worden. Mit dem UStÄndG 1994 (BGBl. 1994 I 2058) hat der Gesetzgeber § 12 Abs. 2 Nr. 7 Buchst. b rückwirkend zum 1. 1. 1994 erneut geändert. Danach bleibt die Steuerermäßigung nicht nur Filmen erhalten, die für Jugendliche freigegeben sind, sondern auch Filmen, die nach § 6 Abs. 3 S. 1 Nr. 5 JÖSchG mit der Angabe „Nicht freigegeben unter achtzehn Jahren" gekennzeichnet oder die vor Einführung der Kennzeichnungspflicht zum 1. 1. 1970 uraufgeführt worden sind. Die Kennzeichnung nach § 6 Abs. 3 S. 1 Nr. 5 JÖSchG setzt nach den Grundsätzen der freiwilligen Selbstkontrolle der Filmwirtschaft voraus, dass die Filme weder pornographische noch gewaltverherrlichende Inhalte haben. Auch diese Filme sollen steuerlich begünstigt bleiben (vgl. BT-Drs. 12/7981, 13). Durch das StÄndG 2003 (BGBl. 2003 I 2645) ist die Bezugnahme auf § 14 Abs. 2 Nr. 1–5 JuSchG in § 12 Abs. 2 Nr. 7 Buchst. b aufgenommen worden. Durch die Änderung wird der Ersetzung des JÖSchG durch das JugendschutzG (JuSchG, BGBl. 2002 I 2730) ab 1. 4. 2003 Rechnung getragen. Die bisher in § 12 Abs. 2 Nr. 7 Buchst. b zitierte Kennzeichnungspflicht für Filme nach § 6 Abs. 3 JÖSchG wird nunmehr in § 14 Abs. 2 JuSchG geregelt. § 12 Abs. 2 Nr. 7 Buchst. b soll sich neben Filmen, die bereits nach § 6 Abs. 3 JÖSchG gekennzeichnet wurden, auch auf Filme erstrecken, die ab 1. 4. 2003 nach § 14 Abs. 2 JuSchG gekennzeichnet wurden. Deshalb ist die Änderung des § 12 Abs. 2 Nr. 7 Buchst. b rückwirkend zum 1. 4. 2003 erfolgt. **106**

bb) Video-Kassetten. Auch bespielte Video-Kassetten sind als Filme anzusehen (BFH V R 19/89, UR 1994, 436; UStAE 12.6). Die Vorführung von Videofilmen **107**

pornographischen Inhalts ist deshalb bis zum Inkrafttreten der Neuregelung begünstigt gewesen (BFH V R 19/89, UR 1994, 436). Näheres zur ustlichen Behandlung der Veräußerung und Vermietung bespielter Video-Kassetten iVm urheberrechtlichen Fragen siehe *Husmann* UR 1984, 25 (siehe auch *Kühnel/Grosse-Hokamp* UR 1983, 127; *Keller* DB 1983, 1790). Die entgeltliche Überlassung bespielter **Video-Kassetten an Privatpersonen** ist weder nach § 12 Abs. 2 Nr. 7 Buchst. b noch nach § 12 Abs. 2 Nr. 7 Buchst. c ustlich begünstigt. Nach BFH V R 96/84, BStBl. II 1985, 271, verleiht der Videothekar bei Videokassetten nur die Sache „Kassette" und nicht auch das urheberrechtlich geschützte Nutzungsrecht an der Kassette. Begünstigt ist also nur die Überlassung an andere Unternehmer zur Vorführung oder Weitervermietung.

108 **cc) Gemischte Leistungen.** Finden im Zusammenhang mit einer Filmvorführung Lieferungen statt, so sind diese nicht begünstigt (siehe BFH V R 183/83, BStBl. II 1989, 205 zu Schallplattenverkauf an Besucher von Pornokinos; BFH XI R 46/93, BStBl. II 1995, 429; V R 30/95, UR 1997, 102 zum Getränke- und Eisverkauf in Verzehrkinos; BFH V R 90/93, BStBl. II 1995, 914 zum Verkauf von Getränken in Lichtspieltheatern allgemein).

109 **c) Urheberrechtliche Schutzrechte (§ 12 Abs. 2 Nr. 7 Buchst. c). aa) Normzweck.** Die Vorschrift, wonach im Wesentlichen sonstige Leistungen begünstigt werden, deren Inhalt in der Einräumung, Übertragung und Wahrnehmung von **Rechten nach dem UrheberrechtsG** (UrhG) vom 9.9.1965 (BGBl. I 1273); zuletzt geändert durch das Gesetz vom 9.6.1993 (BGBl. 1993 I 910) besteht, hat eine erhöhte Bedeutung bekommen, weil freiberufliche Leistungen nicht mehr allgemein begünstigt sind. Ob eine Leistung nach dem uä geschützt ist, kann nur durch eine Beurteilung der Leistung selbst festgestellt werden; die Tatsache, dass der Urheber idR geschützte Werke herstellt (zB Künstler ist), reicht für sich gesehen dazu nicht aus (siehe FG RhPf 5 K 49/88, EFG 1989, 655, rkr).

Bei der Einräumung und Übertragung von Verwertungsrechten wird zwischen der Verwertung in körperlicher Form und der öffentlichen Wiedergabe unterschieden. Das Recht der Verwertung in körperlicher Form umfasst nach § 15 Abs. 1 UrhG insbesondere das Vervielfältigungsrecht (§ 16 UrhG), das Verbreitungsrecht (§ 17 UrhG) und das Ausstellungsrecht (§ 18 UrhG). Zum Recht der öffentlichen Wiedergabe gehören nach § 15 Abs. 2 UrhG insbesondere das Vortrags-, Aufführungs- und Vorführungsrecht (§ 19 UrhG), das Senderecht (§ 20 UrhG) das Recht der Wiedergabe durch Bild- und Tonträger (§ 21 UrhG) und das Recht der Wiedergabe von Funksendungen (§ 22 UrhG; vgl. BFH V R 8/08, BFH/NV 2010, 476).

110 **bb) Begünstigte Rechte.** Zu den Rechten, deren Einräumung, Übertragung und Wahrnehmung begünstigt sind, gehören nicht nur die Urheberrechte nach dem ersten Teil des UrhG (§§ 1–69g) sondern alle Rechte, die sich aus diesem Gesetz ergeben. Danach sind urheberrechtlich geschützt auch die Darbietungen **ausübender Künstler.** Außerdem unterliegen dem ermäßigten Steuersatz die Umsätze der **Verwertungsgesellschaften,** die **Nutzungsrechte, Einwilligungsrechte** oder **Vergütungsansprüche** aus dem UrhG wahrnehmen (→ Rn. 117 ff.).

111 **cc) Nichtbegünstigte Rechte.** Nicht begünstigt sind zB Leistungen auf dem Gebiet der **Meinungs-,** Sozial-, **Wirtschafts-,** Markt-, Verbraucher- und **Werbeforschung,** weil der Hauptinhalt dieser Leistungen nicht in einer Rechtsübertragung, sondern in der Ausführung und Auswertung demoskopischer Erhebungen usw. besteht (UStAE 12.7).

Nicht begünstigt ist auch die zustimmungs- und vergütungsfreie Übernahme von vermischten **Nachrichten** tatsächlichen Inhalts (§ 49 Abs. 2 UrhG; BFH V R 42/03, UR 2006, 26).

Die ustliche Beurteilung von **Computersoftware** ist nach der ausdrücklichen Einbeziehung von Computerprogrammen in den Urheberrechtsschutz (§ 2 Abs. 1 Nr. 1 UrhG) durch die Urheberrechtsnovelle 93 (BGBl. 1993 I 910) in die Diskussion geraten. Die Literatur geht vereinzelt davon aus, dass die Überlassung von Software nunmehr grundsätzlich der Tarifbegünstigung unterliegt (*Flore* DB 1994, 303). Teilweise wird die Steuerbegünstigung nur für die Überlassung der Software unmittelbar durch den **Urheber** an den Anwender bejaht, während die Verbreitung von Vervielfältigungsstücken durch den **Handel** dem allgemeinen Steuersatz unterliegen soll (*Hoppen/Pelzer* DStR 1993, 1778; offenbar auch *Nieskens* BB 1996, 2656). Diese Unterscheidung lässt sich kaum rechtfertigen, soweit der Handel dieselben Rechte, die ihm vom Entwickler der Software übertragen worden sind, an seine Kunden weitergibt. Die FVerw hält an ihrer Auffassung fest, dass die Vereinbarung einer urheberrechtlichen Nutzung von **Standardsoftware** nur Bestandteil einer einheitlichen wirtschaftlichen Gesamtleistung darstelle, die nicht in der Übertragung urheberrechtlicher Schutzrechte bestehe (UStAE 12.7). Der BFH hat diese Auffassung zu Recht bestätigt (BFH V R 23/97, BFH/NV 1998, 230; V R 13/96, BStBl. II 1997, 372). Der ermäßigte Steuersatz kommt auch dann nicht zur Anwendung, wenn Standardsoftware dem Anwender nicht von einem Händler, sondern vom Hersteller überlassen wird (FG Köln 7 K 1119/99, DStRE 2001, 198). In Anlehnung an die „Betriebssystementscheidung" des BGH (BGH I ZR 139/89, NJW 1991, 1231 (1234)) ist davon auszugehen, dass die bloße **Benutzung** eines Werkes als solche keinen urheberrechtlich relevanten Vorgang darstellt (so auch *Amann* UR 1994, 218). Hieran hat sich durch die Urheberrechtsnovelle nichts geändert, sondern dieser Grundsatz ist durch die Regelung über zustimmungsfreie Handlungen in § 69d UrhG bestätigt worden. Entscheidend ist deshalb, ob dem Anwender über die zur Nutzung des Programms unentbehrlichen Rechte hinaus urheberrechtlich geschützte Positionen eingeräumt werden oder ob seine Rechte auf die in § 69d UrhG genannten Rechte beschränkt bleiben. **112**

Bei der Überlassung **individuell** auf die Bedürfnisse des Anwenders **zugeschnittener Software-Programme** sind die die Voraussetzungen des § 12 Abs. 2 Nr. 7 Buchst. c erfüllt, wenn der Rechtsinhaber dem Leistungsempfänger nach dem wirtschaftlichen Gehalt des Umsatzes nicht nur die bestimmungsgemäße Nutzung des Programms gestattet, sondern ihm das **Recht zur Verwertung des Werks** durch Vervielfältigung und Verbreitung nicht nur als Nebenfolge, sondern **als Hauptbestandteil** der einheitlichen Gesamtleistung „Entwicklung und Überlassung des Programms zur Benutzung und Verbreitung" einräumt (BFH V R 4/04, UR 2005, 553; V R 25/04 und V R 26/04, UR 2005, 557; V R 42/99, BFHE 196, 335; V R 14/01, BStBl. II 2002, 114; V R 13/01, BFH/NV 2002, 821). Ist der wirtschaftliche Gehalt des Vorgangs nicht auf die Verwertung des Computerprogramms, sondern auf seine Anwendung gerichtet, unterliegt der Umsatz dem Regelsteuersatz. Ein solcher Fall liegt vor, wenn sich aus der Art der Leistung und aus den Umständen des Einzelfalles ergibt, dass sich der Leistungsempfänger die Benutzung des für seine Bedürfnisse geschaffenen Computerprogramms gesichert hat und der Leistende dem Leistungsempfänger die Vervielfältigung und Verbreitung zwar gestattet, diese aber objektiv nicht erstrebt ist. Eine Verbreitung kann dabei auch in der Weitergabe zwischen **konzerngebundenen Unternehmen** zu sehen sein (vgl. EuGH C-15/74, Slg. 1974, I-1147 – Centrafarm I; C-77/01, UR 2004, 292 – EDM). **113**

Noch zu klären sein wird, inwieweit § 12 Abs. 2 Nr. 7 Buchst. c mit Art. 98 Abs. 2 S. 2 MwStSystRL in Einklang zu bringen ist. Nach Letzterer sind die ermäßigten Steuersätze nicht anwendbar auf elektronisch erbrachte Dienstleistungen. Ob § 12 Abs. 2 Nr. 7 Buchst. c mit seiner Verweisung auf das UrhG einer richtlinienkonformen engen Auslegung zugänglich ist oder eine den Steuerpflichtigen begünstigende unionrechtswidrige Norm darstellt, die aber wegen des möglicherweise eindeutigen Wortlautes nicht richtlinienkonform ausgelegt werden kann, ist durch die Rspr. noch nicht entschieden.

114 **dd) Ermäßigung nur für sonstige Leistungen.** Die Steuerermäßigung gilt nach ihrem Begriffsinhalt nur für sonstige Leistungen, nicht aber für Rechtsübertragungen, die nach ihrem wirtschaftlichen Gehalt als **Lieferungen** anzusehen sind (wegen der Abgrenzungsproblematik zwischen Lieferung und sonstiger Leistung → § 3 Rn. 85). Den Verkauf von Standardsoftware und sog. Updates auf Datenträgern sieht die Verwaltung als Lieferung an (UStAE 3.5). Das ist angesichts des Lieferungsbegriffs des § 3 Abs. 1 kaum zu vertreten, weil auch bei Standardsoftware die Bedeutung des Datenträgers völlig hinter den geistigen Gehalt des Programms zurücktritt (offengelassen von BFH V R 13/96, BStBl. II 1997, 372). Die Tarifbegünstigung gilt nur für die Wahrnehmung der Urheberrechte selbst, nicht also zB für Ausschüttungen der GEMA an die Verleger (BFH X R 31/80, BStBl. II 1987, 648).

115 **ee) Urheber und Schöpfer des Werks.** Urheber ist nach den Bestimmungen des UrhG der Schöpfer des Werks. Dabei sind Werke iSd § 2 Abs. 2 UrhG nur persönliche geistige Schöpfungen. Dies können Werke der Literatur, der Wissenschaft und der Kunst sein (§ 2 Abs. 1 UrhG). Dazu gehören

- **Sprachwerke,** wie Schriftwerke, Reden und Computerprogramme;
- Werke der **Musik;**
- **Pantomimische Werke** einschließlich der Werke der **Tanzkunst;**
- Werke der **bildenden Künste** einschließlich der Werke der **Baukunst** und der angewandten Kunst und Entwürfe solcher Werke;
- **Lichtbildwerke** einschließlich der Werke, die ähnlich wie Lichtbildwerke geschaffen werden;
- **Filmwerke** einschließlich der Werke, die ähnlich wie Filmwerke geschaffen werden;
- Darstellungen wissenschaftlicher oder technischer Art wie **Zeichnungen,** Pläne, **Karten,** Skizzen, **Tabellen** und plastische Darstellungen.

116 Wegen weiterer Einzelheiten siehe UStAE 12.7.

117 **ff) Verwertung von Rechten.** Das ausschließliche Recht, sein Werk zu verwerten, steht dem Urheber zu. Dabei muss unterschieden werden zwischen der Verwertung in körperlicher Form und der öffentlichen Wiedergabe in unkörperlicher Form.

118 Zu der ersten Gruppe gehören nach § 15 Abs. 1 UrhG insbesondere:

- das Vervielfältigungsrecht;
- das Verbreitungsrecht;
- das Ausstellungsrecht.

Zur zweiten Gruppe der öffentlichen Wiedergabe sind nach § 15 Abs. 2 UrhG zu rechnen:

- das Vortrags-, Aufführungs- und Vorführungsrecht;
- das Senderecht;
- das Recht der Wiedergabe durch Bild- und Tonträger;
- das Recht der Wiedergabe von Funksendungen.

119 **gg) Nutzungsarten.** Nach § 31 Abs. 1 UrhG kann der Urheber einem anderen das Recht einräumen, das Werk auf einzelne oder alle Nutzungsarten zu nutzen. Räumliche oder zeitliche sowie inhaltliche **Beschränkungen** dieses Rechts sind nach § 32 UrhG möglich.

120 **hh) Veräußerung von Originalwerken.** Wird das Original des Werkes veräußert, so ist damit im Zweifel dem Erwerber ein Nutzungsrecht nicht eingeräumt (§ 44 Abs. 1 UrhG). Die Vergünstigungsbestimmung von § 12 Abs. 2 Nr. 7 Buchst. c ist dann auch nicht anwendbar (vgl. BFH V R 87/97, BStBl. II 1998, 641 zu Leistungen eines Tätowierers). Wenn es sich dabei aber um die Lieferung eines **Kunstgegenstandes** – zB eines Gemäldes – handelt, ist diese nach der Anlage zu § 12 Abs. 2 Nr. 1 iVm Nr. 53 der Anlage steuerlich begünstigt.

ii) Einzelfälle. Vgl. auch UStAE 12.7.

Schriftsteller. Für diese kommt die Steuerermäßigung in Betracht, soweit sie einem anderen Nutzungsrechte an urheberrechtlich geschützten Werken einräumen. Dazu können gehören: Romane, Epen, Erzählungen, Kurzgeschichten, Reiseberichte, Bühnenwerke aller Art, Hörspiele, Drehbücher usw. Außerdem Kommentare zu politischen und kulturellen Ereignissen sowie Reden und Predigten. Dabei ist aber zu beachten, dass, wer selbst einen **Vortrag oder** eine **Rede hält,** einem anderen keine urheberrechtlichen Nutzungsrechte einräumt. Das gilt auch für **Vorlesungen,** das Abhalten von Seminaren, die Erteilung von Unterricht und die Beteiligung an Aussprachen. Nach Meinung der Verwaltung (UStAE 12.7) soll dies auch dann gelten, wenn zB der Inhalt oder der Text eines Vortrags oder einer Rede in schriftlicher Wiedergabe dem Veranstalter oder den Teilnehmern übergeben wird. Der BFH hat diese Auffassung für Trauerredner bestätigt (BFH V R 8/08, BFH/NV 2010, 476). Dagegen soll eine steuerermäßigte Einräumung von urheberrechtlichen Nutzungsrechten dann vorliegen, wenn ein Vortrag oder eine Rede – zB in einer Fachzeitschrift oder als Sonderdruck – veröffentlicht wird. Auch hier gilt, dass mit der Veräußerung eines solchen Werkes – zB des Manuskripts eines Sprachwerks, dem Erwerber ein Nutzungsrecht nicht eingeräumt wird. Auf die bloße Lieferung eines Manuskripts ist deshalb im Zweifel grundsätzlich der allgemeine Steuersatz anzuwenden. Eine nach § 12 Abs. 2 Nr. 7 Buchst. c begünstigte sonstige Leistung ist nur dann anzunehmen, wenn zugleich mit der Veräußerung des Werkoriginals dem Erwerber auf Grund einer **besonderen Vereinbarung Nutzungsrechte** an dem Werk eingeräumt werden. 121

Journalisten, Presseagenturen. Kommentare gehören ua zu den begünstigten Leistungen, wenn und soweit sie über den bloßen Bericht hinaus eine kritische Würdigung vornehmen. Nicht urheberrechtlich geschützt sind danach Tatsachen, Nachrichten und Tagesneuigkeiten, die sich nicht durch eine individuelle Formgebung auszeichnen. Zur Vermeidung von Abgrenzungsschwierigkeiten wird aber seitens der Verwaltung (UStAE 12.7) zugelassen, dass Journalisten grundsätzlich auf ihre Leistungen insgesamt den ermäßigten Steuersatz anwenden. Dies gilt aber nicht für Journalisten, die lediglich Daten sammeln und ohne redaktionelle Bearbeitung weiterleiten. Bei den Leistungen der Pressedienste und -agenturen, die im Wesentlichen Verwertungsrechte, Vervielfältigungsrechte usw. übertragen oder einräumen, ist zu beachten, dass Bilderdienste nach § 2 Abs. 1 Nr. 5 und § 72 UrhG geschützt sind. Bei sonstigen Pressediensten – insbesondere Namensberichte, Aufsätze und sonstige Nachrichten – kann die rechtliche Würdigung unterschiedlich sein. Es gilt deshalb hier die auch für Journalisten geltende Vereinfachungsregelung entsprechend. 122

Übersetzungen und andere Bearbeitungen. Begünstigte Leistungen erbringen die Übersetzer fremdsprachiger Werke, wenn die Werke in der Übersetzung veröffentlicht, vorgeführt oder aufgeführt werden. Dabei macht es keinen Unterschied, ob ein Sprachwerk einzeln (zB als Buch) oder in Sammlungen (zB Zeitschriften, Kalendern usw.) veröffentlicht wird. Das Gleiche gilt für **andere Bearbeitungen** urheberrechtlich geschützter Werke, sofern sie persönliche geistige Schöpfungen des Bearbeiters sind (zB die Dramatisierung eines Romans oder einer Novelle, die Episierung eines Bühnenstücks, einer Ballade etc., die Verwendung einer literarischen Vorlage, zB für Comic-Strips usw.). 123

Werke der Musik. Mit der Einräumung urheberrechtlicher Nutzungsrechte an Musikwerken durch die Urheber werden begünstigte Leistungen ausgeführt. Dazu können auch gehören Klavierauszüge aus Orchesterwerken, Potpourris usw., in denen nicht nur verschiedene Musikstücke oder Melodien aneinandergereiht sind, sowie die Instrumentierung von Melodien und die Orchesterbearbeitung von Klavierstücken. 124

Werke der bildenden Künste und der angewandten Kunst. Urheberrechtliche Nutzungsrechte werden eingeräumt mit der vertraglichen Vereinbarung über die 125

Vervielfältigung und Verbreitung von Werken der bildenden Künste, zB in Büchern und Zeitschriften. Danach erbringt der **Graphiker,** der einem Galeristen oder Verleger das Recht überträgt, Originalgraphiken zu drucken und zu vertreiben, eine begünstigte Leistung. Das gilt auch für die Einräumung des Rechts zur Herstellung und zum Vertrieb künstlerischer Siebdrucke, die vom Künstler signiert und nummeriert werden. Zu den urheberrechtlich geschützten Werken gehören auch die Arbeiten der Karikaturisten, Kartoonisten und Pressezeichner. Auch Werke der **Gebrauchsgraphiker** und der **Graphikdesigner** sind urheberrechtlich geschützt, wenn sie Werke der angewandten Kunst oder Entwürfe solcher Werke darstellen. Das gilt auch für Entwürfe von **Bühnenbildern** (FG Münster 15 K 6737/89 U, EFG 1992, 95, rkr).

126 **Lichtbilder** und Erzeugnisse, die ähnlich wie Lichtbilder hergestellt werden, sind nach § 72 UrhG ebenso geschützt wie Lichtbildwerke selbst. Die Leistungen der **Bildjournalisten** (Bildberichterstatter), Bildagenturen usw. einschließlich der **Fotodesigner** unterliegen deshalb dem ermäßigten Steuersatz. Übergibt dagegen ein Fotograf seinem Auftraggeber nur die bestellten Positive, zB Passbilder, Gruppenaufnahmen usw., so liegt keine Rechtsübertragung, sondern eine nichtbegünstigte Lieferung vor; Entsprechendes gilt auch für Luftbildaufnahmen zu planerischen oder wissenschaftlichen Zwecken uÄ (UStAE 12.7).

127 **Fernsehübertragungsrechte.** Die Überlassung von Fernsehübertragungsrechten durch Sportveranstalter ist keine steuerbegünstigte Übertragung urheberrechtlicher Nutzungsrechte (UStAE 12.7; siehe auch BayLfSt 19.6.2007, UR 2007, 710).

128 **Gebärdensprache.** In die Gebärdensprache übersetzte **Nachrichtensendungen** gehören zu den geschützten **Filmwerken** (BFH V R 42/03, UR 2006, 26).

129 **jj) Zusammenhang von Hauptleistung und Nebenleistung.** Auch in diesem Zusammenhang ist jeweils das Verhältnis von Hauptleistung und Nebenleistung zu beachten. Signiert zB ein Schriftsteller im Rahmen einer Veranstaltung seine Werkausgaben oder gibt er Autogramme und erhält er dafür vom Veranstalter (zB Buchhändler) ein Entgelt, so erbringt er eine sonstige Leistung, die dem allgemeinen Steuersatz unterliegt. Es handelt sich insoweit um eine selbstständige Leistung. Das Gleiche gilt grundsätzlich auch dann, wenn der Schriftsteller aus seinen Werken liest oder mit bestimmten Personengruppen Gespräche oder Aussprachen führt. Wird dagegen die Lesung oder das Gespräch in einem Studio veranstaltet und von einer Rundfunkanstalt gesendet, so führt der Schriftsteller eine Leistung aus, deren wesentlicher Inhalt in der Einräumung urheberrechtlicher Nutzungsrechte – ua des Senderechts – besteht, so dass der ermäßigte Steuersatz zum Zuge kommt. Die Lesung selbst stellt insoweit also eine unerhebliche Nebenleistung zur Hauptleistung – Einräumung urheberrechtlicher Nutzungsrechte – dar.

130 **kk) Übergabe von Gutachten und Vervielfältigungen.** Die **Übergabe eines Gutachtens** oder einer Studie ist regelmäßig nicht mit der Einräumung urheberrechtlicher Nutzungsrechte verbunden und insoweit also auch nicht begünstigt, selbst wenn das Werk selbst urheberrechtlichen Schutz genießt. Dies wird auch dadurch nicht geändert, dass sich der Auftraggeber vorsorglich das Recht der alleinigen Verwertung und Nutzung einräumen lässt. Auch dann besteht der wesentliche Inhalt der Leistung nicht in der Übertragung urheberrechtlicher Nutzungsrechte. Wird dagegen ein Gutachten oder eine Studie entsprechend der vertraglichen Vereinbarung **vervielfältigt und verbreitet,** so ist als wesentlicher Inhalt der Leistung die Einräumung urheberrechtlicher Nutzungsrechte anzunehmen mit der Folge, dass die Leistung dann nach § 12 Abs. 2 Nr. 7 Buchst. c begünstigt ist. Zu Forschungs- und Entwicklungsarbeiten siehe UStAE 12.7.

131 **ll) Ausübende Künstler.** Auch die **Darbietungen ausübender Künstler** sind urheberrechtlich geschützt (sog. verwandtes Schutzrecht). Dies ergibt sich abschlie-

ßend aus den §§ 74ff. UrhG. Ausübender Künstler ist nach § 73 UrhG, wer ein Werk vorträgt oder aufführt oder hierbei künstlerisch mitwirkt. Es können ausübende Künstler also auch sein **Tonmeister** und unter Umständen auch **Beleuchter,** nicht aber zB ein Klavierstimmer (BFH IV R 145/88, BStBl. II 1990, 643). Keine künstlerische Darbietung ist auch die Tätigkeit eines Heileurythmisten (vgl. *Weiß* UR 1991, 48).

Begünstigte Leistungen ausübender Künstler liegen also zB vor bei Musik- 132
werken wie Opern, Sinfonien, Spirituals usw., bei Bühnenwerken, wie zB Schauspielen, Fastnachtsspielen, Kabarettszenen usw. (s. UStAE 12.7).

Nicht in jedem Fall ist mit der Darbietung eines ausübenden Künstlers eine Ein- 133
willigung zu ihrer Verwertung oder eine Abtretung urheberrechtlicher **Nutzungsrechte** verbunden. Besteht die Leistung eines ausübenden Künstlers also nur oder im Wesentlichen in seiner künstlerischen Darbietung, so scheidet die Steuerermäßigung nach § 12 Abs. 2 Nr. 7 Buchst. c aus. Für künstlerische Darbietungen, die weder von Rundfunk- und Fernsehanstalten gesendet, noch auf Bild- und Tonträger aufgenommen und vervielfältigt werden, kommt aber die Begünstigung nach § 12 Abs. 2 Nr. 7 Buchst. a in Betracht (vgl. → 101).

mm) Verschiedene Darbietungen. Mit einer künstlerischen Darbietung durch 134
einen ausübenden Künstler können zwei verschiedene Leistungen erbracht werden:
die Darbietung selbst und

die **Einwilligung zur Verwertung der Darbietung** oder die Abtretung urhe- 135
berrechtlicher Nutzungsrechte. Dies kommt zB in Frage bei der sog. **Live-Übertragung** eines Konzertes, in dem ein **Dirigent** oder Solist öffentlich auftritt, er also eine künstlerische Darbietung leistet, während das Konzert gleichzeitig von einer Rundfunk- oder Fernsehanstalt aufgenommen und gesendet wird. Die Leistung gegenüber der Rundfunk- und Fernsehanstalt oder dem Tonträgerhersteller unterliegt dann dem ermäßigten Steuersatz nach § 12 Abs. 2 Nr. 7 Buchst. c, die Leistung an den Konzertveranstalter – bei Vorliegen der übrigen Voraussetzungen – hingegen dem ermäßigten Steuersatz nach § 12 Abs. 2 Nr. 7 Buchst. a (→ Rn. 101, 133).

nn) Ort der Leistungen. Zum Problem des Orts solcher Leistungen vgl. → § 3a 136
Rn. 56ff.

d) Zirkus, Schausteller und zoologische Gärten (§ 12 Abs. 2 Nr. 7 137
Buchst. d). aa) Normzweck. Nach dieser Bestimmung wird die Steuerermäßigung gewährt für **Zirkusvorführungen,** die Leistungen aus der Tätigkeit als **Schausteller** und die unmittelbar mit dem Betrieb der **zoologischen Gärten** verbundenen Umsätze. Hierbei ist § 4 Nr. 20 Buchst. a zu beachten, wonach die Umsätze der zoologischen Gärten usw., die von Einrichtungen des Bundes, der Länder, der Gemeinden oder der Gemeindeverbände betrieben werden, **steuerfrei** sind. Die Ermäßigungsvorschrift kommt daher nur dann zum Zuge, wenn nicht bereits die Voraussetzungen für die Steuerfreiheit erfüllt sind.

bb) Zirkusunternehmen. Unter den **nach § 12 Abs. 2 Nr. 7 Buchst. d** be- 138
günstigten **Zirkusvorführungen** sind auch die von den Zirkusunternehmen veranstalteten **Tierschauen** zu verstehen. Was als Leistungen aus der Tätigkeit als **Schausteller** gilt, regelt § 30 UStDV (siehe dort). Die unmittelbar mit dem Betrieb der **zoologischen Gärten** verbundenen Umsätze sind ebenfalls steuerbegünstigt, soweit sie nicht bereits nach § 4 Nr. 20 steuerbefreit sind. Zu beachten ist, dass bei **Fernsehaufzeichnungen** und Fernsehübertragungen die **Leistung des Zirkusunternehmens** sowohl nach § 12 Abs. 2 Nr. 7 Buchst. c als auch nach § 12 Abs. 2 Nr. 7 Buchst. d begünstigt ist. Nicht begünstigt sind aber **Hilfsgeschäfte** wie zB Veräußerungen von Anlagegegenständen. Beim **Verkauf von Tieren** gemäß Nr. 1 der Anlage zum UStG kommt jedoch die Steuerermäßigung nach § 12 Abs. 2 Nr. 1 in Betracht.

139 **cc) Schausteller.** Auch die Leistungen aus der Tätigkeit als **Schausteller** sind begünstigt. Schausteller sind nur Unternehmer, die ein Reisegewerbe betreiben, also von Ort zu Ort ziehen. Nicht dazu gehören sog. Trecker-Trecks (FG Münster V 7238/83 U, BeckRS 2001, 21013618, rkr). Ortsgebundene Schaustellungsunternehmen, wie zB **Märchenwaldunternehmen** oder Betreiber von **Freizeitparks** sind mit ihren Leistungen nicht begünstigt (siehe BFH V R 67/70, BStBl. II 1971, 37; V R 36/71, BStBl. II 1972, 684; V R 46/91, BFH/NV 1995, 349). Was im Übrigen als Tätigkeit als Schausteller gilt, regelt § 30 UStDV (vgl. auch BFH V R 59/91, BStBl. II 1994, 336). **Nicht begünstigt** sind aber Warenlieferungen, sofern sie nicht unter § 12 Abs. 2 Nr. 1 S. 1 fallen, sowie Hilfsgeschäfte.

140 **dd) Zoologische Gärten.** Begünstigt sind auch die Leistungen, die unmittelbar mit dem Betrieb der **zoologischen Gärten** verbunden sind, soweit sie nicht bereits unter § 4 Nr. 20 Buchst. a fallen. Als zoologische Gärten gelten auch **Aquarien** und Terrarien. Dagegen gilt die Steuerermäßigung für **Tierparks** nicht; deren Umsätze können aber nach § 4 Nr. 20 Buchst. a steuerfrei sein. Nicht begünstigt sind auch Vorführungen dressierter Tiere durch einen Unternehmer auf dem Gelände eines von einem anderen betriebenen zoologischen Gartens (BFH X R 20/82, BStBl. II 1988, 796).

141 **Unmittelbar mit** dem Betrieb der **zoologischen Gärten verbunden** sind nur Leistungen, auf die der Betrieb eines zoologischen Gartens im eigentlichen Sinne gerichtet ist (BFH V R 60/79, BStBl. II 1981, 231). Es fallen insbesondere Umsätze darunter, bei denen die Entgelte in Eintrittsgeldern bestehen, einschließlich etwaiger Nebenleistungen (zB Abgabe von Wegweisern und Lageplänen). Dagegen gehören nicht zu den begünstigten Umsätzen **Hilfsumsätze** und die entgeltliche Überlassung von Parkplätzen. Vgl. auch → § 4 Nr. 20 Rn. 12.

142–150 *einstweilen frei*

7. § 12 Abs. 2 Nr. 8 (Gemeinnützige, mildtätige oder kirchliche Zwecke)

EU-Recht: Art. 98, 99, Anh. III MwStSystRL (Art. 12 Abs. 3 Buchst. a, Anh. H Nr. 7, 8 6. EG-RL)
UStAE: 12.9, 12.10

151 **a) Normzweck.** Steuerbegünstigt sind **nur die Leistungen von Körperschaften** oder von nichtrechtsfähigen Vereinigungen, deren Mitglieder ausschließlich begünstigte Körperschaften sind (→ Rn. 162). Gemeint sind damit Körperschaften, Personenvereinigungen und Vermögensmassen iSd KStG. Dies bestimmt § 51 AO. Die Anerkennung nach dem WohnungsgemeinnützigkeitsG reicht nicht aus, es müssen vielmehr alle Voraussetzungen der §§ 51–68 AO erfüllt sein (UStAE 12.9). Begünstigt sind nur Umsätze, nicht der Eigenverbrauch bzw. die unentgeltlichen Wertabgaben an den eigenen nichtunternehmerischen Bereich (UStAE 12.9). Vom Sinn und Zweck der Norm her muss der Ausschluss von der Steuerbefreiung auch für die unentgeltlichen Wertabgaben iSd § 3 Abs. 1 a, Abs. 9 a, die ab 1. 4. 1999 den Eigenverbrauch abgelöst haben, gelten. Ob sich das angesichts des Gesetzeswortlauts der Neuregelung noch halten lässt, ist allerdings fraglich.

151a Das Urteil des BFH V R 14/11 (BStBl. II 2012, 630) hat zu einer grundlegenden Änderung der Steuerbegünstigung von Zweckbetrieben geführt (vgl. → Rn. 163 ff.). § 12 Abs. 2 Nr. 8 Buchst. a S. 1 ist insoweit richtlinienwidrig, als die Vorschrift nicht nur die Leistungen, die steuerbegünstigte Körperschaften für wohltätige Zwecke und im Bereich der sozialen Sicherheit erbringen, erfasst, sondern alle Leistungen dieser Körperschaften (BFH V R 4/13, DStR 2014, 1539; V R 14/11, BStBl. II 2012, 630). Daher sind die Begriffe, die – unmittelbar oder mittelbar – gemäß § 12 Abs. 2 Nr. 8 Buchst. a S. 2 zur Anwendung des Regelsteuersatzes führen, weit und die Begriffe, die zur Anwendung des ermäßigten Steuersatzes führen, eng auszulegen.

Die **unionsrechtliche Harmonisierung** der Steuersatzermäßigungen ist auch bei der Auslegung der abgabenrechtlichen Begriffe zu berücksichtigen, auf die § 12 Abs. 2 Nr. 8 Buchst. a verweist (BFH V R 11/15, BFH/NV 2017, 139). Das gilt sowohl für den Begriff der **Vermögensverwaltung** nach § 14 AO iVm § 12 Abs. 2 Nr. 8 Buchst. a S. 1 (BFH V R 4/13, BFHE 245, 397) als auch für die Auslegung der **Zweckbetriebsdefinitionen** der §§ 65ff. AO und damit insbesondere bei der Bestimmung der Reichweite der Steuersatzermäßigung für Jugendherbergen nach § 12 Abs. 2 Nr. 8 Buchst. a UStG iVm § 68 Nr. 1 Buchst. b AO (BFH V R 11/15, BFH/NV 2017, 139). **151b**

b) Ausschließliche Zwecke. Die Leistungen der Körperschaften müssen ausschließlich und **unmittelbar gemeinnützige, mildtätige oder kirchliche Zwecke** verfolgen. Was im Einzelnen darunter zu verstehen ist, ergibt sich aus den einschlägigen Bestimmungen der AO; § 52 (gemeinnützige Zwecke); § 53 (mildtätige Zwecke); § 54 (kirchliche Zwecke). Die Tätigkeit muss selbstlos sein, dh sie darf nicht in erster Linie eigenwirtschaftliche Zwecke verfolgen (§ 55 AO). Deshalb ist die Tätigkeit von Unternehmern, die von Hoheitsträgern zur Ausführung hoheitlicher Aufgaben eingesetzt werden (sog. beliehene Unternehmer, zB im Bereich der Müll- und Abwasserbeseitigung), nicht begünstigt (UStAE 12.9; vgl. auch BFH X R 115/91, UR 1994, 363). Die erwähnten Zwecke müssen ausschließlich und unmittelbar verfolgt werden, was unter Ausschließlichkeit zu verstehen ist, bestimmt § 56 AO; sie liegt vor, wenn eine Körperschaft nur ihre steuerbegünstigten satzungsmäßigen Zwecke verfolgt; was Unmittelbarkeit bedeutet, bestimmt § 57 AO. Zum Steuersatz eines **Carsharing**-Vereins vgl. BFH V R 33/05, UR 2008, 706. **152**

c) Vermögensbindung. Die gesetzlich vorgeschriebene Festlegung der künftigen Vermögensverwendung hat die Funktion eines Buchnachweises. Fehlerhafte Satzungsbestimmungen können daher weder durch außerhalb der Satzung getroffene Vereinbarungen noch durch Regelungen in anderen Satzungen ergänzt werden. Daher müssen Regelungen über die Vermögensbindung sowohl bei Auflösung oder Aufhebung der Körperschaft oder bei Wegfall ihres bisherigen Zwecks in der Satzung selbst getroffen werden. Etwas anderes ergibt sich auch nicht daraus, dass die Mustersatzung (AEAO zu § 60; vgl. BMF 17.1.2012, BStBl. I 2012, 83, aufgehoben durch BMF 31.1.2014, BStBl. I 2014, 290) bei Vereinen in § 5 des Mustertextes lediglich die Auflösung und die Zweckänderung, nicht aber die Aufhebung nennt (vgl. zum Ganzen BFH V R 20/08, DStR 2009, 2047 mwN). **153**

d) Wenn Befreiung, dann keine Begünstigung. Zu beachten ist noch, dass verschiedene Körperschaften (Unternehmen), die den erwähnten Zwecken dienen, gemäß § 4 ausdrücklich steuerbefreit sind (zB nach § 4 Nr. 16 **Krankenanstalten, Pflegeheime** usw.; nach § 4 Nr. 18 **Verbände der freien Wohlfahrtspflege** usw.). Steuerbefreiung geht der Steuerbegünstigung vor, und zwar auch, wenn sie wegen des Verlusts des Vorsteuerabzugs nachteiliger ist. In der Praxis wird es oft vorkommen, dass einzelne Unternehmen (zB Studentenwerke, siehe UStAE 12.9) Teile ihres Umsatzes begünstigt versteuern können, andere Teile dagegen der Steuerbefreiung unterliegen. **154**

e) Wirtschaftliche Geschäftsbetriebe. Werden Leistungen erbracht, die im Rahmen eines wirtschaftlichen Geschäftsbetriebes ausgeführt werden, so entfällt die Steuerermäßigung; es gilt dann der Regelsteuersatz. Ein wirtschaftlicher Geschäftsbetrieb ist eine selbstständige nachhaltige Tätigkeit, durch die Einnahmen oder andere wirtschaftliche Vorteile erzielt werden und die über den Rahmen einer Vermögensverwaltung hinausgehen (vgl. BFH V R 93/07, DStRE 2009, 1455). Die Absicht, Gewinn zu erzielen, ist nicht erforderlich (§ 14 AO). Die Begünstigung bleibt aber erhalten, soweit es sich um einen Zweckbetrieb im Sinne der §§ 65–68 AO handelt (→ Rn. 156); sie ist auch möglich bei Vermögensverwaltungen (→ Rn. 161). Durch **155**

den neuen § 12 Abs. 2 Nr. 8 Buchst. a S. 3 soll klargestellt werden, dass die Anwendung des ermäßigten Steuersatzes davon abhängig ist, dass – sofern mit den im Rahmen des Zweckbetriebs ausgeführten Umsätzen die steuerbegünstigten satzungsgemäßen Zwecke der Körperschaft nicht bereits unmittelbar verwirklicht werden – der Zweckbetrieb nicht in erster Linie dazu bestimmt ist, der Körperschaft zusätzliche Einnahmen durch solche Leistungen zu verschaffen, die auch andere, nicht steuerbegünstigte Unternehmer ausführen können. In diesen Fällen gibt der steuerbegünstigte Zweck der Körperschaft dem Zweckbetrieb in seiner ustrechtlichen Gesamtausrichtung das Gepräge. Das eröffnet auch Zweckbetrieben, deren Leistungen nur mittelbar auch dem steuerbegünstigten Zweck dienen, die diesen aber zB mit der Verwendung des erwirtschafteten Gewinns oder mittels Einbindung des satzungsmäßig begünstigten Personenkreises in die Erbringung ihrer Leistungen verwirklichen, die Inanspruchnahme der Steuerermäßigung.

156 **f) Abgrenzung zu Zweckbetrieben.** Im Gegensatz zum wirtschaftlichen Geschäftsbetrieb gilt der ermäßigte UStSatz auch für den Zweckbetrieb einer Körperschaft gemäß §§ 65–68 AO. Danach ist ein Zweckbetrieb gegeben, wenn ua der wirtschaftliche Geschäftsbetrieb in seiner Gesamtrichtung dazu dient, die steuerbegünstigten satzungsmäßigen Zwecke der Körperschaft zu verwirklichen und die Zwecke nur durch einen solchen Zweckbetrieb erreicht werden können (vgl. BFH V R 93/07, DStRE 2009, 1455 mwN). Das ist beispielsweise bei der Überlassung der Anlagen eines gemeinnützigen Golfclubs an Nichtmitglieder gegen sog. Greenfee nicht der Fall (BFH V R 150/78, BStBl. II 1987, 659; aA *Kalmes* UR 1986, 198; *Prugger* Stbg 1990, 85). Die Ausführung von Leistungen außerhalb des satzungsgemäßen Zwecks ist für die Eigenschaft als Zweckbetrieb unschädlich, soweit sie nicht einen Anteil von 10% übersteigt (BFH V R 139–142/92, UR 1995, 481). Weitere Voraussetzung ist gemäß § 65 AO, dass ein Wettbewerb zu nicht begünstigten Einrichtungen nahezu ausgeschlossen ist; deshalb sind **Krankenfahrten** gemeinnütziger Organisationen nicht begünstigt (UStAE 12.9). Das Gleiche gilt auch für die Umsätze von **Krankenhauswäschereien** (BFH V R 35/85, BStBl. II 1991, 157), **Krankenhausapotheken** (BFH V R 76/89, BStBl. II 1991, 268 mAnm HFR 1991, 364) und kommunalen **Abfallbeseitigungsgesellschaften** (BFH X R 115/91, UR 1994, 362). Zu Integrationsprojekten nach § 132 Abs. 1 SGB IX vgl. UStAE 12.9, AEAO zu § 68.

157 **g) Behindertenwerkstätten.** Werkstätten für Behinderte sind Beispiele für Zweckbetriebe (siehe *Diers* UR 1981, 117). Dabei umfasst der Zweckbetrieb auch den eigentlichen Werkstattbereich. In diesem Bereich werden idR keine nach § 4 Nr. 18 steuerfreien Umsätze ausgeführt. Die den Behindertenwerkstätten in Rechnung gestellten UStBeträge, die auf Leistungen entfallen, die andere Unternehmer für den **Zweckbetrieb** ausgeführt haben, können deshalb nach § 15 Abs. 1 in vollem Umfang als Vorsteuern abgezogen werden.

158 **h) Lotterien und Ausspielungen.** Als **Zweckbetriebe** werden nach § 68 Nr. 6 AO auch die von den zuständigen Behörden genehmigten Lotterien und Ausspielungen anerkannt, die eine steuerbegünstigte Körperschaft höchstens zweimal im Jahr zu ausschließlich gemeinnützigen, mildtätigen oder kirchlichen Zwecken veranstaltet. Nach UStAE 12.9 gilt auch die Tätigkeit der **Landessportverbände** im Rahmen der Verleihung des deutschen Sportabzeichens und des deutschen Jugendsportabzeichens als Zweckbetrieb.

159 **i) Vereinsveranstaltungen.** Als **Sonderregelungen für Vereine** bestimmt UStAE 12.9 in Anlehnung an die durch §§ 67 a, 68 Nr. 7 AO eingetretenen Änderungen, dass kulturelle Einrichtungen und Veranstaltungen steuerbegünstigter Körperschaften stets und sportliche Veranstaltungen eines Sportvereins dann einen Zweckbetrieb darstellen, wenn die Einnahmen daraus einschließlich USt 30.678 EUR jährlich

nicht übersteigen. Die Lieferungen von Speisen und Getränken sowie die Werbung gehören in beiden Fällen nicht zum Zweckbetrieb. Die Verzichtsmöglichkeit gemäß § 67 a Abs. 2 AO gilt auch für die USt. Zum Verkauf von Speisen und Getränken siehe BFH I R 60/80, BStBl. II 1986, 88 und 92, zum Faschingsball eines Sportvereins siehe FG Nürnberg II 21/91, EFG 1991, 629, rkr.

j) Sportveranstaltungen. Ein Verein, der seinen Mitgliedern dauerhaft Sportanlagen und damit verbundene Vorteile zur Verfügung stellt, erbringt entgeltliche Leistungen, die die Mitglieder zB durch ihre Jahresbeiträge vergüten, ohne dass es für die Steuerbarkeit dieses Leistungsaustausches darauf ankommt, ob der Verein „auf Verlangen seiner Mitglieder gezielte Leistungen erbringt" (EuGH C-174/00, Slg. 2002, I-3293 Rn. 40 – Kennemer Golf; BFH V R 4/13, DStR 2014, 1539). Mit dieser Rechtsprechung ist die Verwaltungsauffassung, nach der es bei „echten Mitgliederbeiträgen" allgemein an einem Leistungsaustausch fehlt (UStAE 1.4 Abs. 1 S. 1), nicht vereinbar. Erbringt ein Sportverein nach diesen Grundsätzen durch die Überlassung von Sportanlagen gegenüber seinen Mitgliedern steuerbare und steuerpflichtige (vgl. hierzu → § 4 Nr. 22 Rn. 11 ff.) Umsätze, unterliegen diese Leistungen nur dann dem ermäßigten Steuersatz, wenn sie im Rahmen eines Zweckbetriebs nach §§ 65 ff. AO erbracht werden (BFH V R 4/13, DStR 2014, 1539). Das ergibt sich daraus, dass die Begriffe, die gemäß § 12 Abs. 2 Nr. 8 Buchst. a S. 2 zur Anwendung des Regelsteuersatzes führen, weit und die Begriffe, die zur Anwendung des ermäßigten Steuersatzes führen, eng auszulegen sind. Denn § 12 Abs. 2 Nr. 8 Buchst. a S. 1 ist richtlinienwidrig, weil er nicht nur die Leistungen, die steuerbegünstigte Körperschaften für wohltätige Zwecke und im Bereich der sozialen Sicherheit erbringen, sondern alle Leistungen dieser Körperschaften – wie zB bei der Förderung des Sports (§ 52 Abs. 2 Nr. 2 AO) – begünstigt erfasst (BFH V R 4/13, DStR 2014, 1539). 160

k) Vermögensverwaltung. Ebenfalls abzugrenzen vom wirtschaftlichen Geschäftsbetrieb ist die sog. Vermögensverwaltung. Vermögensverwaltung liegt idR vor, wenn Vermögen genutzt, zB Kapitalvermögen verzinslich angelegt oder unbewegliches Vermögen vermietet oder verpachtet wird (§ 14 AO). Betreibt also eine an sich begünstigte Körperschaft iSd §§ 51–68 AO Vermögensverwaltung, so wird auch insoweit die Steuerermäßigung gewährt. Dabei ist zu berücksichtigen, dass bei der Auslegung des abgabenrechtlichen Begriffs der Vermögensverwaltung die **unionsrechtliche Harmonisierung** der Steuersatzermäßigungen zu berücksichtigen ist (BFH V R 4/13, BFHE 245, 397). 161

l) Mitglieds-Vereinigungen. Ab 1.1.1990 ist die Vergünstigung auch auf nichtrechtsfähige Personenvereinigungen und Gemeinschaften ausgedehnt worden, deren Mitglieder ausschließlich die in § 12 Abs. 2 Nr. 8 Buchst. a genannten Körperschaften sind. Begünstigt sind alle Leistungen, die dem ermäßigten Steuersatz nach § 12 Abs. 2 Nr. 8 Buchst. a unterlägen, wenn die Körperschaften sie selbst erbrächten. Es müssen also die in → Rn. 151–161 genannten Voraussetzungen erfüllt sein. Die Tätigkeit der Personenvereinigungen oder Gemeinschaften muss sich auf die begünstigten Zwecke beschränken, andernfalls (insbesondere bei Unterhaltung eines wirtschaftlichen Geschäftsbetriebs, der nicht Zweckbetrieb ist) ist § 12 Abs. 2 Nr. 8 Buchst. b auf die gesamte Tätigkeit nicht anwendbar (vgl. *Thiel/Eversberg* DB 1990, 395 ff., zu V 1). 162

m) Gemeinnützige Leistungen. Die Mitgliedstaaten dürfen nicht auf alle gemeinnützigen Leistungen einen ermäßigten Mehrwertsteuersatz anwenden, sondern nur auf diejenigen, die von Einrichtungen erbracht werden, die sowohl gemeinnützig als auch für wohltätige Zwecke und im Bereich der sozialen Sicherheit tätig sind (EuGH C-492/08, Slg. 2010, I-5479 – Kommission/Frankreich). Unter Berücksichtigung des Grundsatzes der engen Auslegung der Steuersatzermäßigungen als Ausnahmetatbestand (BFH V R 14/11, BStBl. II 2012, 630) folgt hieraus, dass zumindest andere als gemeinnützige Leistungen unionsrechtlich vom Anwendungsbereich der 163

Steuersatzermäßigung für gemeinnützige Körperschaften von vornherein ausgeschlossen sind (BFH V R 11/15, BFH/NV 2017, 139).

164 **n) Keine Vereinbarkeit mit EU-Recht.** Das BFH-Urteil V R 14/11 (BStBl. II 2012, 630) dürfte zu einer nachhaltigen Änderung im Anwendungsbereich des § 12 Abs. 2 Nr. 8 führen. Der BFH hat dabei im Fall einer gemeinnützigen Körperschaft, die Seminare der politischen und arbeitsrechtlichen Erwachsenenbildung durchführte und den Teilnehmern in von ihr angemieteten Hotelräumen Unterkunft und Verpflegung gewährte, ausdrücklich entschieden, dass § 12 Abs. Nr. 8 nicht mit EU-Recht vereinbar ist und auch keine richtlinienkonforme Auslegung möglich ist. Vgl. hierzu auch BFH V R 11/15, BFH/NV 2017, 139, § 12 Abs. 2 Nr. 8 Buchst. a S. 1 ist auch insoweit richtlinienwidrig, als die Vorschrift nicht nur die Leistungen, die steuerbegünstigte Körperschaften für wohltätige Zwecke im Bereich der sozialen Sicherheit erbringen, sondern alle Leistungen dieser Körperschaften umfasst (BFH V R 14/15, UR 2016, 957).

165 Das deutsche System ist kompliziert durch eine Verschachtelung von UStG und AO mit Ausnahmen und Rückausnahmen. Der ermäßigte Steuersatz umfasst aufgrund der Verweisung auf die §§ 51 ff. AO grundsätzlich **alle Leistungen** der Körperschaften, die im Sinne der nationalen Regelung der AO gemeinnützige, mildtätige oder kirchliche Zwecke verfolgen. Fördert eine Körperschaft gemeinnützige Zwecke, ergibt sich hieraus aber kein uneingeschränkter Anspruch auf Gewährung der Steuervergünstigung durch Anwendung des ermäßigten Steuersatzes. § 12 Abs. 2 Nr. 8 Buchst. a S. 2 schließt diese Steuervergünstigung selbst bei Verfolgung gemeinnütziger Zwecke aus, wenn die Zweckverfolgung zur Erbringung von Leistungen führt, die im Rahmen eines wirtschaftlichen Geschäftsbetriebs ausgeführt werden. Allerdings bleibt auch bei Vorliegen eines wirtschaftlichen Geschäftsbetriebs (§ 14 AO) die Steuerermäßigung erhalten, wenn es sich bei dem Geschäftsbetrieb um einen Zweckbetrieb handelt (§ 64 Abs. 1 AO). Der Zweckbetrieb setzt nach § 65 AO voraus, dass er in seiner Gesamtrichtung dazu dient, die steuerbegünstigten satzungsgemäßen Zwecke der Körperschaft zu verwirklichen (§ 65 Nr. 1 AO), die Zwecke nur durch einen solchen Geschäftsbetrieb erreicht werden können (§ 65 Nr. 2 AO) und der wirtschaftliche Geschäftsbetrieb zu steuerpflichtigen Betrieben derselben oder ähnlichen Art nicht in größerem Umfang in Wettbewerb tritt, als es bei Erfüllung der steuerbegünstigten Zwecke unvermeidbar ist (§ 65 Nr. 3 AO). Dabei müssen für die Annahme eines Zweckbetriebs alle drei Voraussetzungen erfüllt werden (vgl. BFH V R 46/06, BStBl. II 2009, 560; V R 93/07, BFHE 226, 435).

166 Gemäß § 12 Abs. 2 Nr. 8 Buchst. a S. 3 unterliegen aber auch die von Zweckbetrieben ausgeführten Umsätze nur dann dem ermäßigten Steuersatz, wenn der Zweckbetrieb **nicht in erster Linie** der Erzielung zusätzlicher Einnahmen durch die Ausführung von Umsätzen dient, die in unmittelbarem Wettbewerb mit dem allgemeinen Steuersatz unterliegenden Leistungen anderer Unternehmer ausgeführt werden **oder** wenn die Körperschaft mit diesen Leistungen ihrer in den §§ 66–68 AO bezeichneten Zweckbetriebe ihre steuerbegünstigten satzungsgemäßen Zwecke selbst verwirklicht.

167 Das EU-Recht sieht demgegenüber eine ganz **einfache Regelung** vor. In Art. 98 MwStSystRL werden die Mitgliedstaaten ermächtigt einen oder zwei ermäßigte Steuersätze anzuwenden und zwar in den im Anhang III MwStSystRL geregelten Fällen. In Anhang III der MwStSystRL findet sich das „Verzeichnis der Lieferungen von Gegenständen und Dienstleistungen, auf die ermäßigte MwSt-Sätze gemäß Artikel 98 angewandt werden können". In der hier einschlägigen Kategorie 15 werden genannt:

Lieferung von Gegenständen und Erbringung von Dienstleistungen durch von den Mitgliedstaaten anerkannte gemeinnützige Einrichtungen für wohltätige Zwecke und im Bereich der sozialen Sicherheit.

Damit setzt die Anwendung eines ermäßigten Steuersatzes nach Nr. 15 der Anlage III voraus, dass
- Leistungserbringer eine von den Mitgliedstaaten anerkannte gemeinnützige Einrichtung ist **und**
- diese die Leistungen für wohltätige Zwecke und im Bereich der sozialen Sicherheit erbringt (EuGH C-492/08, Slg. 2010, I-5471 Rn. 43 – Kommission/Frankreich).

Für nicht **originär gemeinnützige** Leistungen sieht das EU-Recht keine Steuerermäßigung vor.

Der BFH hat diese Diskrepanz zum Anlass genommen, die Zweckbetriebseigenschaft iSv § 12 Abs. 2 Nr. 8 Buchst. a S. 3 Alt. 1 nicht **abgabenrechtlich,** sondern **umsatzsteuerrechtlich** zu bestimmen. Im Urteilsfall wird der gemeinnützigkeitsrechtliche Zweckbetrieb nach § 68 Nr. 8 AO, der auch die Beherbergung und Beköstigung der Teilnehmer umfasst, für Zwecke der USt in zwei ustrechtliche Zweckbetriebe aufgeteilt, und zwar zum einen in den **Kern-Zweckbetrieb,** der die Bildungsveranstaltung durchführt und zum anderen in den Zweckbetrieb **Unterbringung und Verpflegung.** Dadurch, dass die Einnahmen aus der Bildungsveranstaltung als solcher und aus der Unterbringung und Verpflegung getrennt werden, dient der Zweckbetrieb „Unterhaltung und Verpflegung" iSd § 12 Abs. 2 Nr. 8 Buchst. a S. 3 „in erster Linie der Erzielung zusätzlicher Einnahmen durch die Ausführung von Umsätzen ..., die in unmittelbarem Wettbewerb mit dem allgemeinen Steuersatz unterliegenden Leistungen anderer Unternehmer ausgeführt werden". Insoweit kommt es weder darauf an, dass die Körperschaft aus den zusätzlichen Einnahmen Gewinne erzielt, noch, dass der Körperschaft Einnahmen verbleiben. Auf diesem Weg versucht der BFH dasselbe Ziel zu erreichen wie der EuGH, nämlich nicht originär gemeinnützige Leistungen von der Steuerbegünstigung auszuschließen. **168**

einstweilen frei **169, 170**

8. § 12 Abs. 2 Nr. 9 (Schwimmbäder, Heilbäder, Kureinrichtungen)

EU-Recht: Art. 98, 99, Anh. III MwStSystRL (Art. 12 Abs. 3 Buchst. a, Anh. H Nr. 13, 16 6. EG-RL)
UStAE: 12.11

a) Unmittelbarer Betrieb von Schwimmbädern. Begünstigt sind unmittelbar mit dem Betrieb von Schwimmbädern verbundene Umsätze. Unter Schwimmbädern sind alle Arten von Einrichtungen zu verstehen, die Gelegenheit zum Schwimmen bieten; wie Freibäder, Hallenbäder und Lehrschwimmbäder; auch der konzessionierte Seebadestrand einer Kurverwaltung kann ein Schwimmbad sein (siehe SchlHFG IV 61/83, rkr). Die Umsätze müssen unmittelbar mit dem Betrieb verbunden sein. Es handelt sich insbesondere um die Benutzung von Schwimmbädern (zB durch Einzelbesucher, Gruppen oder Vereine), ergänzende Nebenleistungen, zB Gebühren für Zeitüberschreitungen und Benutzung von Einzelkabinen, die Erteilung von Schwimmunterricht sowie unmittelbar notwendige Hilfsleistungen, zB Vermietung von Schwimmgürteln und dergleichen sowie von Handtüchern und Badekleidung, Aufbewahrung der Garderobe, Einnahmen aus Haartrocknern usw. (siehe UStAE 12.11). Unmittelbar mit dem laufenden Betrieb des Schwimmbades zusammenhängen können aber auch der Aufrechterhaltung des Badebetriebes dienende Betriebsführungsleistungen (BFH V R 29/08, UR 2010, 336). **171**

b) Nicht begünstigte Leistungen. Nicht begünstigt sind die Lieferungen von Seife und Haarwaschmittel, die Abgabe von Reinigungsbädern, die Vermietung von Liegestühlen und Strandkörben, die Zurverfügungstellung von Unterhaltungseinrichtungen (Minigolf, Tischtennis und dergleichen und die Vermietung oder Verpachtung einzelner Betriebsteile (zB Parkplatz, Sauna, Reinigungsbäder); außerdem die Einnahmen aus Kiosken, Milchbars und sonstigen angegliederten Wirtschaftsbe- **172**

trieben. Bei diesen Entgelten handelt es sich nicht um Umsätze, die unmittelbar mit dem Betrieb eines Schwimmbades verbunden sind (vgl. UStAE 12.11).

173 **c) Vermietung eines Schwimmbades.** Ist die **Überlassung** eines Schwimmbads **als Vermietung** iSd § 535 BGB anzusehen, so ist auf den Teil des Entgelts, der auf die steuerpflichtige Vermietung der Betriebsvorrichtungen entfällt, der ermäßigte Steuersatz anzuwenden. Entsprechendes hat für den Eigenverbrauch nach § 1 Abs. 1 Nr. 2 Buchst. b aF gegolten. Die Steuerermäßigung scheidet aus, wenn die Überlassung des Schwimmbads eine unselbstständige Nebenleistung zu einer nicht begünstigten Hauptleistung ist. Das ist zB der Fall, wenn ein Fitness-Club eine Vielzahl von Einrichtungen gegen ein einheitliches Entgelt zur Verfügung stellt (OFD Saarbrücken 20.1.1989, UR 1989, 226).

174 *einstweilen frei*

175 **d) Begünstigung von Heilbädern.** Die FVerw vertritt eine sehr extensive Begünstigung von Heilbädern. Als Heilbäder sind nach UStAE 12.11 folgende Heilmittel anzusehen: Heilbäder aus anerkannten, natürlichen Heilquellen (Mineral-, Thermal-, Gasquellen) und Peloidbäder (Heilmoore, Fango, Schlick, Lehm, Sand). Sie werden abgegeben als Wannenbäder, Packungen, Teilbäder und Duschen (zB Wechselduschen, Nasen-, Rachen- und Vaginalduschen), als Inhalationen (Raum- und Einzelinhalationen), als Trinkkuren und in Bewegungsbädern; Heilbäder nach Kneipscher Therapie (zB Arm- und Fußbäder, Güsse, Abwaschungen, Wickel und Abbürstungen) und Heilmittel des Meeres, zu denen warme und kalte Meerwasserbäder, Meerwassertrinkkuren, Inhalationen und Meerwasserbewegungsbäder zählen; medizinische Zusatzbäder, Saunabäder, Dampf- und Heißluftraumbäder, Lichtbäder (zB Infra- oder Ultrarot, Glühlicht und UV-Licht), Physio- und Elektrotherapie (zB Hauffesche Arm- und Fußbäder, Überwärmungsbad, Heilmassage, Heilgymnastik und Stangerbad), Unterwasserdruckstrahl-Massagen, Darmbäder sowie die Behandlung in pneumatischen und Klima-Kammern. Unter Trinkkuren wird nur die regelmäßig mit dem Kurbetrieb der Heilbäder verbundene Abgabe von Heilwässern unmittelbar zur Anwendung durch den Kurgast verstanden. Begünstigt ist auch hier nur die Verabreichung unmittelbar an den Gast bzw. Patienten. Gibt also ein Kurbetrieb entsprechende Leistungen an ein Sanatorium ab, das seinerseits die Heilbäder an ihre Patienten weitergibt, so kann der Kurbetrieb die Steuerbegünstigung nicht in Anspruch nehmen.

176 **e) Grenzfälle für Heilbäder.** Diese extensive Auslegung des Begriffes des Heilbades wird sich nicht aufrechterhalten lassen. Begünstigt sind nach UStAE 12.11 auch sog. Saunabäder ohne Rücksicht darauf, ob im Einzelfall ein bestimmter Heilzweck nachgewiesen wird. Es kommt danach also nicht darauf an, aus welchen Gründen der Benutzer die Sauna aufsucht. Voraussetzung ist insbesondere auch nicht, dass die Verabreichung des Saunabades ärztlich verordnet worden ist. Handelt es sich bei der Überlassung einer Sauna jedoch nicht um eine selbstständige, ggf. neben anderen Leistungen erbrachte Hauptleistung, sondern um eine ustlich unselbstständige Nebenleistung zu einer nicht begünstigten Hauptleistung (zB eines Fitnesstrainings, einer Freizeit- oder Unterhaltungsveranstaltung), ist der Regelsteuersatz anzuwenden (BFH V R 88/92, BStBl. II 1994, 959; OFD Düsseldorf 31.10.1984, UR 1984, 286; vgl. auch HessFG 6 K 6032/84, BeckRS 1990, 07281, rkr, betr. „Sauna-Club" iVm Prostitution; kritisch bzgl. Verabreichung von Saunabädern in Fitnessclub FG BW 3 V 9/91, EFG 1991, 705). Bisher galt, dass Betreiber von Sportzentren, die den Besuchern gegen Pauschalentgelt nicht nur die Benutzung der Sauna, sondern auch anderer Einrichtungen der Anlage eröffnen, Leistungen eigener Art erbringen, die zum Regelsteuersatz besteuert werden (BFH V R 14, 15/99, UR 2000, 517; V R 88/98, BFH/NV 1999, 992). Diese einheitlichen Leistungen können auch nicht durch eine getrennte Aufzeichnung ihrer Bestandteile oder durch die kalkulatorische Aufspaltung des Entgelts in einzelne Hauptleistungen zerlegt werden. Eine Verfassungsbe-

schwerde gegen den Beschluss des BFH V B 115/00 (BFH/NV 2001, 655) ist nicht zur Entscheidung angenommen worden (BVerfG 1 BvR 230/01, IStR 2001, 688).

Der BFH hat aber nunmehr der allgemeinen Begünstigung von Saunabädern durch die FVerw (vgl. UStAE 12.11) zu Recht einen Riegel vorgeschoben. Zum einen, weil die Ermäßigungstatbestände nicht extensiv, sondern eng auszulegen sind. Zum anderen, weil die ermäßigten Steuersätze nach Art. 98 Abs. 2 MwStSystRL nur auf Lieferungen von Gegenständen und Dienstleistungen im Sinne des Anhangs III zu dieser Richtlinie angewandt werden können. Zu diesen Dienstleistungen zählen nach Kategorie 17 des Anhangs III medizinische Versorgungsleistungen und zahnärztliche Leistungen sowie Thermalbehandlungen, soweit sie nicht nach Art. 132 Abs. 1 Buchst. b bis e MwStSystRL steuerbefreit sind. Die Thermalbehandlung muss im Rahmen einer medizinischen Heilbehandlung erfolgen; sie muss Heilzwecken dienen. Das folgt aus dem Wortlaut Thermal „Behandlung" und aus deren Gleichsetzung in Kategorie 17 des Anhangs III der MwStSystRL mit „medizinischen Versorgungsleistungen und „zahnärztlichen Leistungen". Dementsprechend muss die Verabreichung eines Heilbads der Behandlung einer Krankheit oder einer anderen Gesundheitsstörung und damit dem Schutz der menschlichen Gesundheit dienen. Hiervon kann aber bei einer Sauna in einem Fitnessstudio regelmäßig keine Rede sein (BFH V R 54/02, BStBl. II 2007, 283). Das BMF hat zunächst einen Nichtanwendungserlass veröffentlicht (BMF 20.3.2007, BStBl. I 2007, 307), im BMF-Schreiben vom 28.10.2014, BStBl. I 2014, 1439 aber doch ausgeführt, dass Saunaleistungen, die nach dem 30.6.2015 erbracht werden, mit dem Regelsteuersatz zu besteuern sind (vgl. auch BMF 21.10.2015, BStBl. I 2015, 835 zu Übernachtungsleistungen mit Saunanutzung). **177**

Sog. **Bräunungsstudios** erbringen zB Leistungen, die nicht dem ermäßigten Steuersatz unterliegen, da sie nur kosmetischen Zwecken dienen und nicht als medizinische Behandlung angesehen werden können (BFH V R 1/89, BStBl. II 1993, 853; V R 101/88, BFH/NV 1994, 746; UStAE 12.11). **178**

f) Pauschalkuren mit Pension. Geben Hotels oder Pensionen sog. Pauschalkuren ab, bei denen für Unterbringung, Verpflegung, ärztliche Betreuung, einschließlich Heilbädern kein unterschiedliches Entgelt vereinbart wird, so kann trotz des einheitlichen Entgelts die Leistung in verschiedene selbstständige Teilleistungen aufgegliedert werden. Es gelten die allgemeine Grundsätze bzgl. der Aufteilbarkeit von Leistungen (vgl. → § 3 Rn. 4ff.). **179**

g) Kureinrichtungen. Die Überlassung von Kureinrichtungen gegen Kurtaxe ist eine einheitliche begünstigte Gesamtleistung. Nach UStAE 12.11 ist Voraussetzung für die Steuerermäßigung, dass die Kurtaxe als Entgelt für die einheitliche Gesamtleistung erhoben wird. Dabei ist es unbeachtlich, ob die Kurtaxe auf Grund einer besonderen gesetzlichen Regelung erhoben oder nach einer entsprechenden vertraglichen Vereinbarung entrichtet wird. Es kommt für die Steuerermäßigung nicht darauf an, dass das Entgelt ausdrücklich als Kurtaxe bezeichnet wird. Zu den Kurtaxen rechnen zB auch die nach § 11 des KommunalabgabenG für das Land Nordrhein-Westfalen vom 21.10.1969 erhobenen „Kurbeiträge". Auch der in den Kommunalbädern in Rheinland-Pfalz erhobene „Fremdenverkehrsbeitrag B" fällt unter den Begriff der Kurtaxe. Kurtaxen sind ferner die in den Kommunalbädern in Bayern und Schleswig-Holstein erhobenen „Kurabgaben". Nicht begünstigt sind aber insbesondere Einzelleistungen wie zB die Gebrauchsüberlassung einzelner Kureinrichtungen oder Anlagen oder die Veranstaltung von Konzerten, Theatervorführungen oder Festen, für die neben der Kurtaxe ein besonderes Entgelt zu zahlen ist (siehe auch BFH V R 34/76, UR 1982, 32). **180**

einstweilen frei **181–190**

9. § 12 Abs. 2 Nr. 10 (Personenbeförderung)

EU-Recht: Art. 98 Abs. 1, Anh. III MwStSystRL (Art. 12 Abs. 3 Buchst. a, Anh. H Nr. 5 6. EG-RL)
UStAE: 12.12–12.15

191 **a) Rechtsentwicklung.** Die Vorschrift ist mehrfach geändert worden. Bis zum 31.12.2011 war durch § 12 Nr. 10 Buchst. a die Beförderung von Personen mit Schiffen begünstigt. Ab 1.1.2012 ist die Begünstigung in Buchst. a entfallen (vgl. § 28 Abs. 4 idF des JStG 2008, BGBl. 2007 I 3150). Zur Kommentierung → Rn. 192.

192 **b) Personenbeförderungen mit Schiffen.** Nach § 12 Abs. 2 Nr. 10 Buchst. a unterlagen die **Beförderungen von Personen mit Schiffen** dem ermäßigten Steuersatz. Die Steuerermäßigung war – anders als in § 12 Abs. 2 Nr. 10 Buchst. b – nicht auf Beförderungen im Nahverkehr beschränkt. Dies galt aber **nicht für den Fährverkehr** gemäß § 12 Abs. 2 Nr. 10 Buchst. b, der dem ermäßigten Steuersatz nur unterliegt, soweit er im Nahverkehr ausgeführt wird. Diese Unterscheidung ist aber belanglos, weil hier grundsätzlich die Steuerermäßigung für Personenbeförderung mit Schiffen im Linienverkehr gilt (auch → Rn. 204). Die Ermäßigung sollte auslaufen und ist immer wieder verlängert worden (zuletzt durch das JStG 2008, BGBl. 2007 I 3150 bis 31.12.2011). Nach Art. 393 Abs. 2 MwStSystRL sollen derartige Beförderungen in dem EU-Mitgliedstaat besteuert werden, in dem die Beförderung beginnt (Ausgangsland). Entsprechende Richtlinienvorschläge waren von der Kommission 1992 bzw. 1994 vorgelegt, später jedoch wieder zurückgenommen worden. Eine endgültige EU-einheitliche Regelung steht noch aus. Um der Ermäßigung nicht den Charakter einer Dauerregelung zu geben, werde die Geltungszeit der Regelung immer wieder verlängert.

193 **c) Soziale Gründe.** Die Begünstigungsvorschrift geht aus von sozialen Gesichtspunkten. Nur so ist es verständlich, dass grundsätzlich nur die Beförderung von Personen begünstigt wird. Dies gilt sowohl für den Schiffsverkehr wie auch für die Beförderung mit Kfz und den Schienenbahnverkehr (mit Ausnahme der Bergbahnen). Allerdings ergibt sich nach der Rspr. des BFH kein Anhaltspunkt für die Annahme, die Ermäßigung diene allein sozialen Zwecken. Die Ermäßigung ist deshalb auch bei Beförderungen im Freizeit- und **Tourismusverkehr** nicht ausgeschlossen (BFH V R 44/10, UR 2011, 863).

194 **d) Steuerbefreiungen und Steuerermäßigungen.** Grundsätzlich unterliegen Beförderungsleistungen dem allgemeinen Steuersatz. Befreiungen kennt das Gesetz aber im Bereich des grenzüberschreitenden Beförderungsverkehrs, sowie in der Seeschifffahrt und beim Flugverkehr (§ 26 Abs. 3) sowie für bestimmte Beförderungsleistungen im Rahmen des Offshore-Steuerabkommens bzw. des Abkommens zum NATO-Truppenstatut; **Steuerermäßigung** gibt es nur für Personenbeförderungen. Erstrecken sich Beförderungsleistungen sowohl auf das Inland als auch auf das Ausland (grenzüberschreitender Beförderungsverkehr), so kommen bestimmte Aufteilungen in Frage. Im Einzelnen siehe dazu die einschlägigen Bestimmungen bei § 3b Abs. 1 und § 4 Nr. 2 bzw. § 8.

195 **e) Begünstigte Personenbeförderung im Nahverkehr.** Wie bereits erwähnt, sind begünstigt nur die Entgelte für bestimmte Leistungen der Personenbeförderung; zusätzlich muss es sich um **Leistungen im sog. Nahverkehr** (innerhalb einer Gemeinde oder innerhalb eines Umkreises von 50 km handeln (Ausnahme bei Schiffen → Rn. 192 und → Rn. 201).

196 **f) Beförderung von Gegenständen als Nebenleistung.** Abweichend von Vorstehendem ist aber auch begünstigt die Beförderung von Gegenständen, wenn es sich dabei um eine sog. **unselbstständige Nebenleistung** handelt. Als Nebenleis-

tung gilt die Beförderung von **Hand- bzw. Reisegepäck,** selbst wenn dafür ein besonderes Entgelt erhoben wird. Denn zur Annahme einer Nebenleistung ist es erforderlich, dass die Leistung im Verhältnis zur Hauptleistung nebensächlich ist, mit ihr eng zusammenhängt und in ihrem Gefolge üblicherweise vorkommt (BFH V 22/58 U, BStBl. III 1960, 147; auch → § 3 Rn. 8). Im Übrigen wegen der Nebenleistungen siehe auch UStAE 12.13.

g) Begünstigte Personenbeförderung. Begünstigt ist zunächst einmal die Beförderung von **Personen im Schienenbahnverkehr** sowie im Verkehr mit Oberleitungsbussen, im genehmigten Linienverkehr mit **Kfz** im Kraftdroschkenverkehr und im Fährverkehr. **197**

Für die Auslegung des Begriffs „im **genehmigten Linienverkehr**" ist die verkehrsrechtliche Bedeutung maßgebend (BFH V R 44/10, UR 2011, 863 mwN). Nach § 42 PBefG ist Linienverkehr eine zwischen bestimmten Ausgangs- und Endpunkten eingerichtete regelmäßige Verkehrsverbindung, auf der Fahrgäste an bestimmten Haltestellen ein- und aussteigen können.

Schienenbahnen sind sog. Vollbahnen – Haupt- und Nebenbahnen – und die Kleinbahnen der Bundesbahn und der nicht bundeseigenen Eisenbahnen sowie die sonstigen Eisenbahnen, die Straßenbahnen, die straßenbahnähnlichen Bahnen (zB Schienenschwebebahnen) und die Bahnen besonderer Bauart (zB Hoch- und Untergrundbahnen sowie Schwebebahnen). Zu den Schienenbahnen gehören auch Kleinbahnen in Tierparks und Ausstellungen (BFH II 176/51 U, BStBl. III 1952, 22). Nicht dazu gehören Seilschwebebahnen (Bergbahnen, → Rn. 198) sowie Sessellifte, Schlepplifte und Skilifte (siehe UStAE 12.13).

h) Bisherige Ausnahme: Bergbahnen. Ausgenommen von der Steuerbegünstigung waren ausdrücklich **Bergbahnen.** Nach UStAE 12.13 zählten dazu Bahnen, die Verbindungen auf Berge herstellen und wegen der Steigungsverhältnisse oder wegen eines durch den gebirgigen Charakter der Landschaft bedingten großen Bodenabstandes besonderer Sicherungseinrichtungen bedürfen (siehe BFH V R 109/72, BStBl. II 1974, 649 und V R 55/73, BStBl. II 1977, 105). Danach waren Beförderungen im Schienenbahnverkehr insoweit Beförderungen mit Bergbahnen, als auf den Fahrstrecken besondere technische Sicherungseinrichtungen für die Bergfahrt vorhanden waren. Daraus ergibt sich, dass eine Beförderung, die ausschließlich auf Fahrstrecken ohne besondere technische Sicherungseinrichtungen für die Bergfahrt bewirkt wurde, bei Vorliegen der sonstigen Voraussetzung dem ermäßigten Steuersatz unterlag. Wurde eine Beförderung sowohl auf Fahrstrecken mit besonderen Sicherungseinrichtungen, als auch auf solchen ohne solche durchgeführt, war nur der „normale Bahnverkehr" mit dem allgemeinen Steuersatz zu versteuern. Für den „besonderen Verkehr" galt dann die Steuerermäßigung. Das Entgelt war ggf. im Schätzungswege aufzuteilen. **198**

Die Ausnahme für Bergbahnen ist durch das JStG 2008 (BGBl. 2007 I 3150) aufgehoben worden. Nunmehr sind ausdrücklich auch Beförderungen von Personen „mit Drahtseilbahnen und sonstigen mechanischen Aufstiegshilfen aller Art" begünstigt. Im Hinblick auf die soziale Bedeutung der Personenbeförderung mit Bergbahnen und sonstigen Aufstiegshilfen in den Bergregionen und die Konkurrenzfähigkeit und Leistungsfähigkeit dieser Einrichtungen hat der Gesetzgeber die Ermäßigung auch auf diese Einrichtungen übertragen.

i) Verkehr mit Oberleitungsomnibussen und Linienverkehr mit Kfz. Weiter ist begünstigt der Verkehr mit Oberleitungsomnibussen. Oberleitungsomnibusse sind nach UStAE 12.13 elektrisch angetriebene, nicht an Schienen gebundene Straßenfahrzeuge, die ihre Antriebsenergie einer Fahrleitung entnehmen. Linienverkehr mit Kfz ist nur dann begünstigt, wenn er genehmigt ist. Der Beförderer muss daher im Besitz einer entsprechenden Genehmigung sein. Im Übrigen versteht man unter Li- **199**

nienverkehr mit Kfz eine zwischen bestimmten Ausgangs- und Endpunkten eingerichtete regelmäßige Verkehrsbedienung, auf der Fahrgäste an bestimmten Haltestellen ein- und aussteigen können. Er setzt nicht voraus, dass ein Fahrplan mit bestimmten Abfahrts- und Ankunftszeiten besteht oder Zwischenhaltestellen eingerichtet sind. **Als Linienverkehr gilt auch die Beförderung** von Berufstätigen zwischen Wohnung und Arbeitsstelle (Berufsverkehr), Schülern zwischen Wohnung und Lehranstalt (Schülerfahrten), Kindern zwischen Wohnung und Kindergarten (Kindergartenfahrten), Personen zum Besuch von Märkten (Marktfahrten) und von Theaterbesuchern. Linienverkehr kann sowohl mit Kraftomnibussen oder Personenkraftwagen, sowie in besonderen Ausnahmefällen auch **mit Lastkraftwagen** betrieben werden. Wegen weiterer Einzelheiten siehe UStAE 12.13.

200 **j) Begünstigter Verkehr mit Taxen.** Mit dem JStG 2007 (BGBl. 2006 I 2878) hat der Gesetzgeber den Begriff „Kraftdroschken" durch den Begriff „Taxen" ersetzt. Es handelt such um eine redaktionelle Änderung. Die Verwendung des Begriffs „Kraftdroschke" erfolgt bei Einführung der Vorschrift in Anlehnung an das PersonenbeförderungsG. Zwischenzeitlich wurde das PersonenbeförderungsG entsprechend geändert (§ 47 Abs. 1 PBefG). Begünstigter Verkehr mit Taxen liegt vor, wenn Personen mit Personenkraftwagen befördert werden, die der Unternehmer auf öffentlichen Straßen oder Plätzen bereitstellt und mit denen er Fahrten zu einem vom Fahrgast bestimmten Ziel ausführt. Personenkraftwagen sind Kfz, die nach ihrer Bauart und Ausstattung zur Beförderung von nicht mehr als 9 Personen (einschließlich Führer) geeignet und bestimmt sind (§ 4 Abs. 4 Nr. 1 PBefG). Der Kraftdroschkenverkehr bedarf einer Genehmigung.

Nicht begünstigt ist aber der Verkehr mit **Mietwagen;** diese Einschränkung ist laut BVerfG 1 BvL 29/87 (NJW 1992, 1815) verfassungsrechtlich nicht zu beanstanden. Der Mietwagenverkehr unterscheidet sich im Wesentlichen vom Kraftdroschkenverkehr dadurch, dass Mietwagen nicht auf öffentlichen Straßen oder Plätzen angeboten werden dürfen. Außerdem dürfen bei Leerfahrten Fahrgäste nicht aufgenommen werden, es sei denn, es handelt sich um eine in der Wohnung oder in den Geschäftsräumen des Mietwagenunternehmers eingegangene Bestellung auf Abholung von Fahrgästen.

Auf Vorlage des BFH (XI R 22/10, BStBl. II 2013, 291; XI R 39/10, BStBl. II 2013, 296) hat der EuGH in den Urteilen C-454/12 – Pro Med Logistik GmbH und C-455/12 (DStRE 2014, 622 – Eckard Pongratz), entschieden, dass das Unionsrecht der Anwendung unterschiedlicher Mehrwertsteuersätze auf die Beförderung von Personen und das mitgeführte Gepäck im Nahverkehr zum einen per Taxi und zum anderen per Mietwagen mit Fahrergestellung nicht entgegensteht. Es ist daher unionsrechtlich unbedenklich, dass Mietwagenumsätze nach deutschem Recht dem allgemeinen Steuersatz nach § 12 Abs. 1 unterliegen (BFH XI R 22/10, BFH/NV 2014, 2014; XI R 39/10, BStBl. II 2013, 296).

201 **k) Beförderung von Personen mit Schiffen.** Die Beförderung von Personen mit Schiffen ist nur noch bis zum 31.12.2011 begünstigt. Sie ist in UStAE 12.12, der sich auf diesen Begünstigungstatbestand bezog, nicht mehr enthalten. Die UStR 2005 sahen folgende Auslegung vor. UStR 2005 172 Abs. 1 unterteilte die Beförderungen von Personen mit Schiffen in folgende steuerbare Tatbestände:

1. Beförderungen, die sich ausschließlich auf das Inland erstrecken;
2. Beförderungen, die ausschließlich in den in § 1 Abs. 3 bezeichneten Gebieten ausgeführt werden, wenn diese Beförderungen wie Umsätze im Inland zu behandeln sind (§ 1 Abs. 3 Nr. 2), und
3. grenzüberschreitende Beförderungen, bei denen die ausländischen Streckenanteile als inländische Beförderungsstrecken anzusehen sind (§ 7 Abs. 1 und Abs. 2 Nr. 1 UStDV).

Bei **grenzüberschreitenden Beförderungen** von Personen mit Schiffen, die in UStAE 12.12 nicht bezeichnet waren, bemisst sich die Steuer nach dem Entgelt für den Teil der Beförderungsleistung, der steuerbar ist. Das ist der Fall bei demjenigen Teil einer grenzüberschreitenden Beförderung, der auf das Inland entfällt oder nach § 1 Nr. 2 wie ein Umsatz im Inland zu behandeln ist. Abweichend hiervon ist jedoch die gesamte Beförderungsleistung nicht steuerbar, wenn der inländische Streckenanteil als ausländische Beförderungsstrecke anzusehen ist und der Teil der Beförderungsleistung in den in § 1 Abs. 3 bezeichneten Gebieten nicht wie ein Umsatz im Inland zu behandeln ist (UStAE 12.12). Wird für eine grenzüberschreitende Beförderung von Personen mit Schiffen ein Preis für die gesamte Beförderung vereinbart oder vereinnahmt, so ist der auf den steuerbaren Teil der Leistung entfallende Entgeltsanteil anhand dieses Gesamtpreises zu ermitteln (vgl. UStAE 12.12). **202**

Oftmals wird die **Beförderung** von Personen mit Schiffen verbunden mit der **Unterbringung** und der **Verpflegung** (zB Pauschalreisen mit Kabinenschiffen). Hierbei handelt es sich nach UStAE 12.12 um begünstigte Nebenleistungen zur Beförderung. Bei solchen Umsätzen an Reisende, die nicht mit dem Pauschalpreis abgegolten werden (zB für Getränke, Tabakwaren, Reiseandenken usw.), liegen selbstständige Umsätze vor, die nicht unter die Steuerermäßigung für die Beförderung von Personen mit Schiffen fallen (UStAE 12.12). **203**

l) Besonderheiten beim Fährverkehr. Bis zum 31.12.1998 sind Personenbeförderungen im Fährverkehr bereits nach § 12 Abs. 2 Nr. 10 Buchst. a begünstigt. Die Bestimmung des § 12 Abs. 2 Nr. 10 Buchst. b hat deshalb bis zu diesem Zeitpunkt nur Bedeutung für Beförderungen von Gegenständen im Fährverkehr. **204**

m) Begünstigte Beförderung innerhalb der Gemeinde. Die begünstigten Beförderungsleistungen von Personen müssen ua innerhalb einer Gemeinde ausgeführt werden. Unter Gemeinde ist die politische Gemeinde zu verstehen. Innerhalb einer Gemeinde spielt die Entfernung grundsätzlich also keine Rolle. **205**

n) Beförderungsstrecke nicht mehr als 50 km. Bei einer Personenbeförderung in den begünstigten Verkehrsarten über das Gebiet mehrerer Gemeinden gilt, dass die Beförderungsstrecke nicht mehr als 50 km betragen darf. Beförderungsstrecke ist die Strecke, auf der der Beförderer einen Fahrgast oder eine Mehrzahl von Fahrgästen auf Grund eines Beförderungsvertrages befördert oder befördern lässt (zB durch einen Subunternehmer); dabei kommt es auf den Gesamtinhalt des Beförderungsvertrags an (BFH V B 60/89, BFH/NV 1991, 562, betr. Vertrag über Hin- und Rückfahrt mit Taxi). Liegt eine einheitliche Leistung vor, deren Gegenstand die Beförderung mehrerer Fahrgäste ist, kommt es nicht auf die von jedem Fahrgast individuell zurückzulegende Strecke an. Vielmehr beginnt die Beförderungsstrecke mit dem Einstieg der ersten und endet mit dem Ausstieg der letzten beförderten Person innerhalb einer Fahrtrichtung (BFH V R 35/11, BFH/NV 2012, 1834). **206**

Bei Hin- und Rückfahrten ohne vereinbarte Wartepflicht des Taxis liegt keine einheitliche Beförderungsleistung vor, so dass die Strecken nicht zusammengerechnet werden dürfen. Anders bei Fahrten mit vereinbarter Wartepflicht (BFH V R 18/05, UR 2007, 691; V R 68/05, UR 2007, 903).

Bei grenzüberschreitenden Beförderungen ist nur die Länge des inländischen Teils der Beförderungsstrecke maßgebend (siehe §§ 2–7 UStDV, abgedruckt bei § 3b).

o) Fahrausweise und Tarifentfernung. Bei Ausgabe von Fahrausweisen gilt als maßgebliche Beförderungsstrecke grundsätzlich die **im Fahrausweis ausgewiesene Tarifentfernung,** sofern die Beförderungsleistung auf inländischen Beförderungsstrecken durchgeführt wird. Bei Fahrausweisen für Beförderungen im grenzüberschreitenden Beförderungsverkehr ist die Tarifentfernung der inländischen Beförderungsstrecke maßgebend (wegen der Abgrenzung siehe §§ 2–4 und 6 UStDV zu § 3b). Unschädlich ist es, wenn ein Fahrgast **die Fahrt unterbricht** oder auf ein an- **207**

deres Verkehrsmittel desselben Beförderers umsteigt. Wird eine **Umwegkarte** gelöst, so ist der gefahrene Umweg bei der Ermittlung der Länge der Beförderungsstrecke zu berücksichtigen. Bei Bezirkskarten, Netzkarten, Streifenkarten usw. ist als maßgebliche Beförderungsstrecke die längste Strecke anzusehen, die der Fahrgast mit dem Fahrausweis zurücklegen kann. Zwei getrennte Beförderungsstrecken liegen vor, wenn ein Fahrausweis ausgegeben wird, der zur **Hin- und Rückfahrt** berechtigt.

208 **p) Wechselverkehr.** Liegt sog. **„Wechselverkehr"** vor, so bewirkt jeder Beförderungsunternehmer mit seinem Verkehrsmittel eine eigene Beförderungsleistung unmittelbar an den Fahrgast, wenn bestimmte Voraussetzungen vorliegen. Wechselverkehr liegt vor, wenn sich mehrere Verkehrsunternehmen zu einem Verkehrsverbund zusammenschließen und durchgehende Fahrausweise ausgeben, die den Fahrgast zur Inanspruchnahme von Beförderungsleistungen verschiedener – im Verkehrsverbund zusammengeschlossener – Beförderungsunternehmer berechtigen. Wegen weiterer Einzelheiten siehe UStAE 12.14.

209 **q) Nebenleistungen.** Auch hier gilt, dass sog. Nebenleistungen das ustrechtliche Schicksal der Hauptleistung teilen. Das gilt zB für **Zuschlagskarten,** IC-Zuschläge, **Platzkarten,** Übergangskarten, Liegekarten usw.

210 **r) Beförderung von Arbeitnehmern. Beförderung von Arbeitnehmern** zwischen Wohnung und Arbeitsstelle können auch unter die Begünstigungsvorschrift fallen (vgl. UStAE 12.15). Dies gilt sowohl dann, wenn der Arbeitnehmer durch den Arbeitgeber selbst befördert wird, als auch dann, wenn der Arbeitgeber einen Beförderungsunternehmer eingeschaltet hat. Es muss sich bei den Beförderungen der Arbeitnehmer verkehrsrechtlich um Beförderungen im genehmigten Linienverkehr handeln. In den Fällen, in denen der Arbeitgeber selbst seine Arbeitnehmer befördert, muss er in eigener Person diese Voraussetzungen erfüllen. Hat der Arbeitgeber mit der Beförderung seiner Arbeitnehmer zwischen Wohnung und Arbeitsstelle einen **Beförderungsunternehmer beauftragt,** müssen bei diesem die entsprechenden Voraussetzungen erfüllt sein. Bei der Prüfung dieser Frage ist davon auszugehen, dass der Beförderungsunternehmer als Genehmigungsinhaber auch dann den Verkehr in eigenem Namen, unter eigener Verantwortung und für eigene Rechnung betreibt, wenn der Arbeitgeber die allgemeine Regelung des Einsatzes usw. bestimmt. Ustrechtlich liegt dann ein **doppelter Leistungsaustausch** vor: vom Beförderungsunternehmer an den Arbeitgeber und eine Leistung des Arbeitgebers an jeden Arbeitnehmer (UStAE 12.15); die Leistung des Arbeitgebers ist aber nicht begünstigt (BFH V R 30/84, BStBl. II 1988, 643).

211 Bei der **Einschaltung eines Beförderungsunternehmers durch einen Arbeitgeber** kommt eine Steuerbegünstigung auch dann nicht in Frage, wenn der Beförderungsunternehmer – der Genehmigungsinhaber – das für den Linienverkehr genehmigte Fahrzeug an den Arbeitgeber vermietet hat und wenn dieser mit dem Kraftfahrzeug seine Arbeitnehmer befördert, ohne selbst im Besitz einer Genehmigung für diesen Verkehr zu sein. Bestehen Zweifel, ob verkehrsrechtliche Beförderungen im genehmigten Berufsverkehr vorliegen, so ist die für die Erteilung der Genehmigung zuständige Verkehrsbehörde um Stellungnahme zu bitten.

212 **s) Buchhalterische Erleichterungen.** Die FÄ können Beförderungsunternehmern, die neben steuerermäßigten Personenbeförderungen auch solche Personenbeförderungen ausführen, die dem allgemeinen Steuersatz unterliegen, bezüglich der Trennung der Entgelte auf Antrag buchhalterische Erleichterungen gewähren (siehe UStAE 22.6).

213–220 *einstweilen frei*

10. § 12 Abs. 2 Nr. 11 (Vermietung von Wohn- und Schlafräumen)

UStAE: 12.16

a) Rechtsentwicklung. Die Regelung ist durch das WachstumsbeschleunigungsG (BGBl. 2009 I 3950) eingefügt worden und mit Wirkung ab 1.1.2010 in Kraft getreten. Sie ist gemäß § 27 Abs. 1 S. 1 auf Umsätze anzuwenden, die nach dem 31.12.2009 ausgeführt werden. Der Regelung ist vielfältige Kritik widerfahren. Auf die politische Diskussion soll hier nicht eingegangen werden. Zur steuerrechtlichen Kritik vgl. zB *Beiser* DStZ 2010, 568; *Tonner* DB 2010, 585; *Neufang/Beißwenger/Treiber* BB 2010, 740; *Dudde/Zielinski* BB 2010, 603. Instruktiv ist das BMF-Schreiben vom 5.3.2010, BStBl. I 2010, 259. **221**

b) Beherbergung von Fremden (§ 12 Abs. 2 Nr. 11 S. 1 Alt. 1). Unionsrechtliche Grundlage von § 12 Abs. 2 Nr. 11 ist Art. 98 Abs. 2 MwStSystRL iVm Anhang III Nr. 12. Danach sind die Mitgliedstaaten berechtigt, auf die „Beherbergung in Hotels und ähnlichen Einrichtungen, einschließlich der Beherbergung in Ferienunterkünften" einen ermäßigten Steuersatz anzuwenden. **222**

Begünstigt sind Leistungen, die in der **Aufnahme von Personen zur Gewährung von Unterkunft** bestehen. Die Steuerermäßigung für Beherbergungsleistungen umfasst sowohl die Umsätze des klassischen Hotelgewerbes als auch kurzfristige Beherbergungen in Pensionen, Fremdenzimmern, Ferienwohnungen und vergleichbaren Einrichtungen. Für die Inanspruchnahme der Steuerermäßigung ist es jedoch nicht Voraussetzung, dass der Unternehmer einen hotelartigen Betrieb führt oder Eigentümer der überlassenen Räumlichkeiten ist. Begünstigt ist daher beispielsweise auch die Unterbringung von Begleitpersonen in Krankenhäusern, sofern diese Leistung nicht gemäß § 4 Nr. 14 Buchst. b (zB bei Aufnahme einer Begleitperson zu therapeutischen Zwecken) steuerfrei ist. Die Weiterveräußerung von eingekauften Zimmerkontingenten im eigenen Namen und für eigene Rechnung an andere Unternehmer (zB Reiseveranstalter) unterliegt ebenfalls der Steuerermäßigung. Erforderlich ist aber, dass die überlassenen Räumlichkeiten der Beherbergung von Personen dienen. Das halbstündige oder stundenweise Überlassen von Zimmern in einem „Stundenhotel" ist keine Beherbergung (BFH V R 30/14, DStR 2015, 2547). Die Steuerermäßigung greift deshalb nicht ein, wenn die Räumlichkeiten zur Ausübung gewerblicher Tätigkeiten genutzt werden (BFH V R 18/12, DStR 2013, 2275 mit Anm. *Heu* zur Vermietung von zur **Prostitution** genutzten Zimmern). **223**

Da Beherbergungsleistungen mit ihrer Beendigung ausgeführt werden, kommt es für die Bestimmung des Umsatzsteuersatzes auf das Ende der Beherbergungsleistung an, nicht auf den Zeitpunkt der Buchung, Rechnungsausstellung oder Zahlung. Soweit die jeweilige Leistung nach dem 31.12.2009 endet, unterliegt sie dem ermäßigten Umsatzsteuersatz. Haben die Beteiligten Teilleistungen iSd § 13 Abs. 1 Nr. 1 Buchst. a S. 3 vereinbart, ist der Zeitpunkt der Beendigung der jeweiligen Teilleistung maßgeblich. Beruht die nach dem 31.12.2009 ausgeführte Beherbergungsleistung auf einem vor dem 1.9.2009 geschlossenen Vertrag, kann der Leistungsempfänger unter den Voraussetzungen des § 29 Abs. 2 einen angemessenen Ausgleich der umsatzsteuerlichen Minderbelastung verlangen. **224**

Da die in Satz 1 bezeichneten Umsätze zu den nach § 4 Nr. 12 S. 2 von der Steuerbefreiung ausgenommenen Umsätzen gehören, kann hinsichtlich des zentralen Merkmals der **Kurzfristigkeit** auf die dort im Einzelnen dargestellten Grundsätze zurückgegriffen werden. **225**

Sonstige Leistungen eigener Art, bei denen die Beherbergung nicht charakterbestimmend ist (zB Leistungen des Prostitutionsgewerbes; vgl. → Rn. 222), unterliegen auch hinsichtlich ihres Beherbergungsanteils nicht der Steuerermäßigung. **226**

Aus Satz 2 folgt, dass nur **unmittelbar** der Beherbergung dienende Leistungen von der Begünstigung umfasst werden. Damit normiert Satz 2 ein Aufteilungsgebot **227** für Leistungen, die nicht unmittelbar der Vermietung dienen. Dies ist unionsrechtskonform. Der Grundsatz, dass eine (unselbstständige) Nebenleistung das Schicksal der Hauptleistung teilt, wird von diesem Aufteilungsgebot verdrängt (BFH XI R 11/14, BStBl. II 2016, 753; XI R 3/11, BStBl. II 2014, 86).

Zu den unmittelbar der Beherbergung dienenden Leistungen zählt das BMF im Schreiben vom 5.3.2010 (BStBl. I 2010, 259) folgende Leistungen, auch wenn diese gegen **gesondertes Entgelt** erbracht werden:
- Überlassung von möblierten und mit anderen Einrichtungsgegenständen (zB Fernsehgerät, Radio, Telefon, Zimmersafe) ausgestatteten Räumen,
- Stromanschluss,
- Überlassung von Bettwäsche, Handtüchern und Bademänteln,
- Reinigung der gemieteten Räume,
- Bereitstellung von Körperpflegeutensilien, Schuhputz- und Nähzeug, Weckdienst, Bereitstellung eines Schuhputzautomaten,
- Mitunterbringung von Tieren in den überlassenen Wohn- und Schlafräumen. Die Vereinbarung eines gesonderten Entgeltes ist in diesen Fällen unschädlich.

228 Nicht zu den begünstigten Leistungen hingegen zählt das BMF:
- Überlassung von Tagungsräumen,
- Überlassung von Räumen zur Ausübung einer beruflichen oder gewerblichen Tätigkeit,
- gesondert vereinbarte Überlassung von Plätzen zum Abstellen von Fahrzeugen (so auch BFH XI R 11/14, BStBl. II 2016, 753),
- Überlassung von nicht ortsfesten Wohnmobilen, Caravans, Wohnanhängern, Hausbooten und Yachten,
- Beförderungen in Schlafwagen der Eisenbahnen,
- Überlassung von Kabinen auf der Beförderung dienenden Schiffen,
- Vermittlung von Beherbergungsleistungen,
- Umsätze von Tierpensionen,
- unentgeltliche Wertabgaben (zB Selbstnutzung von Ferienwohnungen).

229 Diese Aufzählungen bieten zweifellos nützliche Anhaltspunkte bei der Rechtsanwendung. Nicht übersehen werden darf dabei allerdings, dass man sich hier im Abgrenzungsbereich von **Haupt- und Nebenleistung** befindet. Für die Frage, unter welchen Bedingungen mehrere zusammenhängende Leistungen als eine Gesamtleistung zu behandeln sind, gelten nach der Rechtsprechung des EuGH folgende Grundsätze: Jeder Umsatz ist in der Regel als eigenständige, selbstständige Leistung zu betrachten; allerdings darf eine wirtschaftlich einheitliche Dienstleistung im Interesse eines funktionierenden Mehrwertsteuersystems nicht künstlich aufgespaltet werden. Deshalb sind die charakteristischen Merkmale des fraglichen Umsatzes zu ermitteln, um festzustellen, ob der Unternehmer dem Leistungsempfänger mehrere selbstständige Leistungen oder eine einheitliche Leistung erbringt, wobei auf die Sicht des Durchschnittsverbrauchers abzustellen ist. Eine einheitliche Leistung liegt danach insbesondere dann vor, wenn ein oder mehrere Teile die Hauptleistung, ein oder mehrere andere Teile dagegen Nebenleistungen sind, die das steuerrechtliche Schicksal der Hauptleistung teilen. Eine Leistung ist als Nebenleistung zu einer Hauptleistung anzusehen, wenn sie für den Leistungsempfänger keinen eigenen Zweck erfüllt, sondern das Mittel darstellt, um die Hauptleistung des Leistenden unter optimalen Bedingungen in Anspruch zu nehmen (EuGH C-572/07, BFH/NV 2009, 1368 Rn. 17ff. – RLRE Tellmer Property). Dem hat sich der BFH angeschlossen (BFH V R 18/08, BStBl. II 2010, 654; V R 25/07, BFH/NV 2009, 1746, unter II.2. b; V R 39/05, BFH/NV 2008, 1712, unter II.2. b, mwN).

230 § 12 Abs. 2 Nr. 11 ist auf reine Vermietungs- bzw. Beherbergungsleistungen beschränkt und schließt durch § 12 Abs. 2 Nr. 11 S. 2 bloße **Nebenleistungen** (zB **Frühstücksleistungen** an Hotelgäste), die nicht unmittelbar der Vermietung dienen, vom ermäßigten Steuersatz aus (BFH XI R 3/11, DStR 2013, 2689).

c) Vermietung von Campingflächen (§ 12 Abs. 2 Nr. 11 S. 1 Alt. 2). Die kurzfristige Vermietung von Campingflächen betrifft Flächen zum Aufstellen von Zelten und Flächen zum Abstellen von Wohnmobilen und Wohnwagen. Ebenso ist die kurzfristige Vermietung von ortsfesten Wohnmobilen, Wohncaravans und Wohnanhängern begünstigt. Für die Steuerermäßigung ist es unschädlich, wenn auf der überlassenen Fläche auch das zum Transport des Zelts bzw. zum Ziehen des Wohnwagens verwendete Fahrzeug abgestellt werden kann (BMF 5.3.2010, BStBl. I 2010, 259 iVm BMF 27.3.2012, BStBl. I 2012, 370 Nr. 1304). Zur begünstigten Vermietung gehört auch die Lieferung von Strom (BFH V R 91/07, BStBl. II 2009, 615). **231**

d) Nicht unmittelbar der Vermietung dienende Leistungen (§ 12 Abs. 2 Nr. 11 S. 2). Gemäß Satz 2 gilt die Begünstigung nicht für Leistungen, die nicht unmittelbar der Vermietung dienen, auch wenn diese Leistungen mit dem Entgelt für die Vermietung abgegolten sind. **232**

Im BMF-Schreiben vom 5.3.2010, BStBl. I 2010, 259 sieht die Finanzverwaltung als nicht unmittelbar der Vermietung dienende und danach nicht begünstigte Beherbergungsleistungen an: **233**
- Verpflegungsleistungen (zB Frühstück, Halb- oder Vollpension, „all inclusive“);
- Getränkeversorgung aus der Minibar;
- Nutzung von Kommunikationsnetzen (insbesondere Telefon und Internet);
- Nutzung von Fernsehprogrammen außerhalb des allgemein und ohne gesondertes Entgelt zugänglichen Programms („pay per view“);
- Leistungen, die das körperliche, geistige und seelische Wohlbefinden steigern („Wellnessangebote“). Die Überlassung von Schwimmbädern oder die Verabreichung von Heilbädern im Zusammenhang mit einer begünstigten Beherbergungsleistung kann dagegen nach § 12 Abs. 2 Nr. 9 S. 1 dem ermäßigten Steuersatz unterliegen;
- Überlassung von Fahrberechtigungen für den Nahverkehr, die jedoch nach § 12 Abs. 2 Nr. 10 dem ermäßigten Steuersatz unterliegen können;
- Überlassung von Eintrittsberechtigungen für Veranstaltungen, die jedoch nach § 4 Nr. 20 steuerfrei sein oder nach § 12 Abs. 2 Nr. 7 Buchst. a oder d dem ermäßigten Steuersatz unterliegen können;
- Transport von Gepäck außerhalb des Beherbergungsbetriebs;
- Überlassung von Sportgeräten und -anlagen;
- Ausflüge;
- Reinigung und Bügeln von Kleidung, Schuhputzservice; Transport zwischen Bahnhof/Flughafen und Unterkunft.

Zur Anwendung der Steuerermäßigung in den Fällen des § 25 vgl. BMF 5.3.2010, BStBl. I 2010, 259. **234**

11. § 12 Abs. 2 Nr. 12 und 13 (Kunstgegenstände)

Durch das AmtshilfeRLUmsG v. 26.6.2013 (BGBl. 2013 I 1809) sind die § 12 Abs. 2 Nr. 12 und Nr. 13 eingefügt worden. Dem ermäßigten Steuersatz unterliegen nunmehr auch nach **235**

Nr. 12: die Einfuhr der in der Nummer 49 Buchstabe f, den Nummern 53 und 54 der Anlage 2 bezeichneten Gegenstände und nach

Nr. 13: die Lieferungen und der innergemeinschaftliche Erwerb der in Nummer 53 der Anlage 2 bezeichneten Gegenstände, wenn die Lieferungen
- a) vom Urheber der Gegenstände oder dessen Rechtsnachfolger bewirkt werden oder
- b) von einem Unternehmer bewirkt werden, der kein Wiederverkäufer (§ 25 a Abs. 1 Nummer 1 S. 2) ist, und die Gegenstände
  - aa) vom Unternehmer in das Gemeinschaftsgebiet eingeführt wurden,

bb) von ihrem Urheber oder dessen Rechtsnachfolger an den Unternehmer geliefert wurden oder

cc) den Unternehmer zum vollen Vorsteuerabzug berechtigt haben.

Durch das AmtshilfeRLUmsG v. 26.6.2013 (BGBl. 2013 I 1809) ist die Steuerermäßigung für die Lieferungen, die Einfuhr und den innergemeinschaftliche Erwerb der in der Anlage 2 Nr. 49 Buchst. f, Nr. 53 und 54 bezeichneten Gegenstände (§ 12 Abs. 2 Nr. 1) und für die Vermietung dieser Gegenstände (§ 12 Abs. 2 Nr. 2) mit Wirkung vom 1.1.2014 aufgehoben worden. Die bisherige Regelung hatte gegen Art. 103 MwStSystRL verstoßen, weil sie auch den gewerblichen Kunsthandel sowie die Vermietung von Kunstgegenständen und Sammlungsstücken umfasste. Eine auf das unionsrechtlich zulässige Maß beschränkte Begünstigung sieht nunmehr die Neuregelung in § 12 Abs. 2 Nr. 12 und 13 vor (vgl. auch → Rn. 2, 31, 32, 41, 53).

236 Nr. 12 regelt die Anwendung des ermäßigen Umsatzsteuersatzes auf die Einfuhr von Kunstgegenständen und Sammlungsstücken.

237 Nr. 13 regelt die Anwendung des ermäßigten Umsatzsteuersatzes auf die Lieferungen und innergemeinschaftlichen Erwerbe von Kunstgegenständen. Die Umsatzsteuerermäßigung ist demnach auf die Lieferungen und innergemeinschaftlichen Erwerbe von Kunstgegenständen anwendbar, wenn der Gegenstand vom Urheber selbst bzw. seinem Rechtsnachfolger oder – bei Vorliegen weiterer Voraussetzungen – von einem Unternehmer geliefert wird, der kein Wiederverkäufer ist. Im gewerblichen Kunsthandel (zB Galeristen und Kunsthändler) wird der ermäßigte Umsatzsteuersatz nicht mehr regelmäßig Anwendung finden.

§ 13 Entstehung der Steuer

(1) **Die Steuer entsteht**

1. für Lieferungen und sonstige Leistungen

a) bei der Berechnung der Steuer nach vereinbarten Entgelten (§ 16 Abs. 1 Satz 1) mit Ablauf des Voranmeldungszeitraums, in dem die Leistungen ausgeführt worden sind. [2]Das gilt auch für Teilleistungen. [3]Sie liegen vor, wenn für bestimmte Teile einer wirtschaftlich teilbaren Leistung das Entgelt gesondert vereinbart wird. [4]Wird das Entgelt oder ein Teil des Entgelts vereinnahmt, bevor die Leistung oder die Teilleistung ausgeführt worden ist, so entsteht insoweit die Steuer mit Ablauf des Voranmeldungszeitraums, in dem das Entgelt oder das Teilentgelt vereinnahmt worden ist,

b) bei der Berechnung der Steuer nach vereinnahmten Entgelten (§ 20) mit Ablauf des Voranmeldungszeitraums, in dem die Entgelte vereinnahmt worden sind,

c) in den Fällen der Beförderungseinzelbesteuerung nach § 16 Abs. 5 in dem Zeitpunkt, in dem der Kraftomnibus in das Inland gelangt,

d) in den Fällen des § 18 Abs. 4c mit Ablauf des Besteuerungszeitraums nach § 16 Abs. 1a Satz 1, in dem die Leistungen ausgeführt worden sind,

e) in den Fällen des § 18 Absatz 4e mit Ablauf des Besteuerungszeitraums nach § 16 Absatz 1b Satz 1, in dem die Leistungen ausgeführt worden sind;

2. für Leistungen im Sinne des § 3 Abs. 1b und 9a mit Ablauf des Voranmeldungszeitraums, in dem diese Leistungen ausgeführt worden sind;

3. in den Fällen des § 14c im Zeitpunkt der Ausgabe der Rechnung;

4. (aufgehoben)

5. im Fall des § 17 Abs. 1 Satz 6 mit Ablauf des Voranmeldungszeitraums, in dem die Änderung der Bemessungsgrundlage eingetreten ist;

6. für den innergemeinschaftlichen Erwerb im Sinne des § 1a mit Ausstellung der Rechnung, spätestens jedoch mit Ablauf des dem Erwerb folgenden Kalendermonats;
7. für den innergemeinschaftlichen Erwerb von neuen Fahrzeugen im Sinne des § 1b am Tag des Erwerbs;
8. im Fall des § 6a Abs. 4 Satz 2 in dem Zeitpunkt, in dem die Lieferung ausgeführt wird;
9. im Fall des § 4 Nr. 4a Satz 1 Buchstabe a Satz 2 mit Ablauf des Voranmeldungszeitraums, in dem der Gegenstand aus einem Umsatzsteuerlager ausgelagert wird.

(2) **Für die Einfuhrumsatzsteuer gilt § 21 Abs. 2.**

(3) **(weggefallen)**

EU-Recht: Art. 62 MwStSystRL (Art. 10 Abs. 1 6. EG-RL), Art. 63 MwStSystRL (Art. 10 Abs. 2 Unterabs. 1 Satz 1 6. EG-RL), Art. 64 MwStSystRL (Art. 10 Abs. 2 Unterabs. 1 Satz 2 und 3 6. EG-RL), Art. 65 MwStSystRL (Art. 10 Abs. 2 Unterabs. 2 6. EG-RL), Art. 66 MwStSystRL (Art. 10 Abs. 3 Unterabs. 2 6. EG-RL), Art. 69 MwStSystRL (Art. 28d Abs. 2 und 3 6. EG-RL), Art. 70 MwStSystRL (Art. 10 Abs. 3 Unterabs. 1 Satz 1 6. EG-RL)
UStAE: 13.1–13.7

Übersicht

I. Bedeutung und Systematik

1 § 13 regelt den Zeitpunkt der Entstehung der USt für Umsätze gemäß dem Grundtatbestand des § 1 Abs. 1 S. 1 Nr. 1 und der Verwirklichung der gleichgestellten Tatbestände bzw. Sondertatbestände der §§ 1a, 1b, 3 Abs. 1b und 9a, 6a Abs. 5 S. 2, 14c Abs. 1 und 2, 17 Abs. 1 S. 6 und 18 Abs. 4c. Materiellrechtlich entsteht der Steueranspruch nach den erwähnten Gesetzen, sobald deren Tatbestand verwirklicht ist. Insofern gilt § 38 AO auch für die USt (siehe Art. 63 MwStSystRL = Art. 10 Abs. 2 UAbs. 1 S. 1 6. EG-RL). Damit der Steuerpflichtige nicht für jede einzelne Steuerschuld besondere Fristen, Erklärungspflichten oÄ erfüllen muss, verlegt das Gesetz abweichend von Art. 63 MwStSystRL und § 38 AO in den Fällen der §§ 1 Abs. 1 S. 1 Nr. 1, 3 Abs. 1b und 9a, 4 Nr. 4a S. 1 Buchst. a S. 2 und 17 Abs. 1 S. 6, in denen er idR laufend und/oder mehrfach die Steuertatbestände verwirklicht, den **Entstehungszeitpunkt** für alle Steuerschulden, die im Laufe des Voranmeldungszeitraums (§ 18 Abs. 2) entstanden sind, einheitlich **auf den Ablauf des Voranmeldungszeitraums.** In den Fällen des § 18 Abs. 4c ist ein besonderer Besteuerungszeitraum – Kalendervierteljahr (§ 16 Abs. 1a S. 1) – festgelegt.

2 Für die **Sondertatbestände** Beförderungseinzelbesteuerung (§ 16 Abs. 4), § 14c Abs. 1 und 2, innergemeinschaftlicher Erwerb von Fahrzeugen (§ 1b) und § 6a Abs. 4 knüpft die Entstehung an den **jeweiligen Einzelvorgang** an.

II. Rechtsentwicklung

3 Gegenüber dem USt 80 ist § 13 wie folgt geändert: Durch das EinVertrG ist in Abs. 1 Nr. 1 Buchst. c „Erhebungsgebiet" durch Inland ersetzt worden. Durch das UStBinnenmarktG sind Abs. 1 Nr. 6–8 zusätzlich in das UStG eingefügt worden.

Gegenüber dem UStG 1993 hat sich geändert: Durch das StMBG ist mWv 1.1.1994 in Abs. 1 Nr. 1 Buchst. a Satz 5 gestrichen worden (Teilentgelte unter 10.000 DM sind nicht mehr von der Mindest-Ist-Besteuerung ausgenommen). Durch das UStÄndG 97 ist eine neue Steuerschuldnerschaft für Dreiecksgeschäfte gemäß § 25b in Abs. 2 Nr. 5 eingeführt worden.

Durch Art. 7 Nr. 9 des StEntlG 1999/2000/2002 erfährt § 13 als Folge der Neuregelung der Wertabgaben aus dem Unternehmen („Gleichstellung" unentgeltlicher Wertabgaben mit entgeltlichen Lieferungen und sonstigen Leistungen, § 3 Abs. 1b und 9a) lediglich redaktionelle Änderungen.

Durch das **StÄndG 2001** wurde § 13 formal entzerrt. Nach dem Vorbild der 6. EG-RL befinden sich die Vorschriften über die Entstehung der Steuer (Art. 10 Abs. 2; jetzt: Art. 63ff. MwStSystRL) und über den Steuerschuldner (Art. 21; jetzt: Art. 193ff. MwStSystRL) auch im UStG in getrennten Paragraphen. § 13 regelt nur noch die Entstehung der Steuer. Die Vorschrift zum Steuerschuldner befinden sich in § 13a. Dementsprechend wurde der bisherige Abs. 3 zu Abs. 2. Einen Abs. 3 gibt es nicht mehr. Durch das **StVergAbG** wurde § 13 Abs. 1 Nr. 1 Buchst. d in das Gesetz eingefügt.

Durch das **StÄndG 2003** wurden als Folgeänderung aufgrund der Einführung des § 14c in § 13 Abs. 1 Nr. 3 „§ 14 Abs. 2" gegen § 14c Abs. 1 und in § 13 Abs. 1 Nr. 4 „§ 14 Abs. 3" gegen § 14c Abs. 2 ausgetauscht. Neu ist der Zusatz „spätestens im Zeitpunkt der Ausgabe der Rechnung". Die neue Vorschrift § 13 Abs. 1 Nr. 9 regelt den Zeitpunkt der Entstehung der Steuerschuld bei der Auslagerung aus einem Umsatzsteuerlager. Durch das **EURLUmsG** wurde als Folge der Änderung des § 17 Abs. 1 in § 13 Abs. 1 Nr. 5 die Angabe „§ 17 Abs. 1 Satz 2" durch „§ 17 Abs. 1 **Satz 6**" ersetzt. Eine sachliche Änderung ist damit nicht verbunden.

Durch das **KroatienAnpG** vom 25.7.2014 (BStBl. I 2014, 1266) wurde zum 1.1.2015 das vereinfachte Besteuerungsverfahren (MOSS-Verfahren) für im Gemeinschaftsgebiet ansässige Unternehmer nach § 18 Abs. 4e eingeführt. Die entsprechende **Entstehungsregelung ist in § 13 Abs. 1 Nr. 1 Buchst. e** neu aufgenommen worden (→ Rn. 26a). **4**

Mit dem **StÄndG 2015** wurde **§ 13 Abs. 1 Nr. 3** mit Wirkung zum 6.11.2015 dahingehend geändert. dass die Steuerschuld in allen Fällen des § 14c erst mit Ausgabe der Rechnung entsteht. Zugleich wird § 13 Abs. 1 Nr. 4 aufgehoben. **5**

einstweilen frei **6**

III. Entstehung der Umsatzsteuer

1. Einordnung des § 13 in das Umsatzsteuersystem

Die Überschrift „Entstehung der Steuer" und das Tatbestandsmerkmal „Steuer" bedarf der Einordnung in das System der USt und deren Erhebung. Das Gesetz enthält den Begriff „Steuer" in mehreren Vorschriften mit unterschiedlicher Bedeutung. Die Steuer auf die Umsätze iSv § 13 und die Vorsteuer sind unselbstständige Besteuerungsgrundlagen, siehe auch *Leipold* in Sölch/Ringleb § 13 Rn. 7. Die „Steuer" im Sinne einer Zahllast – als Jahressteuer (§ 16) oder Vorauszahlung (§ 18) – ist das Ergebnis aus der Summe der Steuer auf die Umsätze und sonstiger Hinzurechnungen abzüglich der abziehbaren Vorsteuer. **7**

2. Begriff der Steuer iSv § 13 Abs. 1

§ 13 Abs. 1 regelt das Entstehen der Steuer, die bei der Verwirklichung jedes einzelnen in der Vorschrift genannten Steuertatbestandes entsteht. Die Vorschrift beruht auf Art. 62ff. MwStSystRL, der zwischen **Steuertatbestand** und **Steueranspruch** unterscheidet. Steuertatbestand ist der (Gesetzes-)Tatbestand, durch den die gesetzlichen Voraussetzungen für den Steueranspruch verwirklicht werden. Steueranspruch ist der Anspruch des Steuergläubigers auf Zahlung der Steuer. Gemäß Art. 63 MwStSystRL treten Steuertatbestand und Steueranspruch in dem Zeitpunkt ein, in dem die Lieferung von Gegenständen oder die Dienstleistung erbracht wird. Die **Steuer** iSv § 13 Abs. 1 ist ein **unselbstständiges Besteuerungsmerkmal.** Nur diese Steuer iSv § 13 Abs. 1 entsteht durch Tatbestandsverwirklichung iSv Art. 63, 62 Abs. 1 MwStSystRL, unabhängig davon, ob der leistende Unternehmer eine Rechnung gemäß § 14 erstellt hat, der Steuerpflichtige die Steuer erklärt (BFH V R 28/95, BStBl. II 1997, 716) oder das FA sie festgesetzt hat **(Steuer auf die Umsätze),** UStAE 13.1 Abs. 1; *Leipold* in Sölch/Ringleb § 13 Rn. 9. Dieser Zeitpunkt ist zB für die Steuerhinterziehung bedeutsam. **8**

Dagegen entstehen die Jahressteuer und die Vorauszahlungen nicht durch Tatbestandsverwirklichung, sondern durch Berechnung aus den oben erwähnten Besteuerungsgrundlagen, vgl. BFH V R 62/94, BStBl. II 1996, 662 **(„zu entrichtende Steuer").**

Hinsichtlich der Entstehung des **Steueranspruchs** für die Steuer iSv § 13 Abs. 1 weicht das UStG von der MwStSystRL ab, indem es als Zeitpunkt den Ablauf des Voranmeldungszeitraums, in dem die Lieferungen und Leistungen oder – bei Istversteuerung – die Zahlungen der Entgelte erbracht worden sind, festlegt.

3. Entstehen und Geltendmachung des Vorsteuerabzugsanspruchs

9 Für das Entstehen der zweiten wesentlichen Besteuerungsgrundlage – des ebenfalls unselbstständigen Anspruchs auf Vorsteuerabzug – gibt es im UStG keine ausdrückliche Regelung. Die Finanzverwaltung verlegte in ständiger Praxis den Entstehungszeitpunkt des Vorsteueranspruch entsprechend § 13 Abs. 1 Nr. 1 Buchst. a in den Veranlagungszeitraum, in dem die materiellrechtlichen Voraussetzungen des § 15 Abs. 1 Nr. 1 S. 1 (Erhalt der Leistung und der Rechnung) vorlagen. Dem folgte zunächst der BFH, vgl. BFH V R 84/92, BStBl. II 1995, 233 mwN und *Leipold* in Sölch/Ringleb § 13 Rn. 14. An dieser Verwaltungspraxis und Rechtsprechung ergaben sich aufgrund der Regelungen der 6. EG-RL Zweifel. Gemäß Art. 17 Abs. 2 6. EG-RL (jetzt: Art. 167 MwStSystRL) entsteht das Recht auf Vorsteuerabzug, wenn der Anspruch auf die abziehbare Steuer entsteht, also in dem Zeitpunkt, in dem die Lieferung des Gegenstandes oder die Dienstleistung bewirkt wird (Art. 63 MwStSystRL = Art. 10 Abs. 2 6. EG-RL), *Oelmaier* in Sölch/Ringleb § 15 Rn. 50. Die **Rechnung** war nach der 6. EG-RL und ist nach der MwStSystRL für das **Entstehen** des **Vorsteuerabzugs** nicht Voraussetzung. Um das Recht auf Vorsteuerabzug ausüben zu können, muss der Steuerpflichtige allerdings eine gemäß Art. 220ff. MwStSystRL (Art. 22 Abs. 3 6. EG-RL) ausgestellte Rechnung besitzen, Art. 178 Buchst. a MwStSystRL (Art. 18 Abs. 1 S. 1 Buchst. a 6. EG-RL). Die Frage, ob es für die **Festsetzung der Vorsteuer** auf den **Entstehenszeitpunkt** oder auf den **Zeitpunkt der Rechnungserteilung** ankommt, hat Bedeutung, wenn das Entstehen des Vorsteueranspruchs und die Erteilung der Rechnung zeitlich auseinander fallen, zB in verschiedenen Voranmeldungszeiträumen liegen. Deshalb gab es in der Literatur Stimmen, die sich für eine Rückwirkung der Rechnungserteilung auf den Entstehenszeitpunkt einsetzten, siehe *Nieskens* StB 2002, 65; *Robisch* UStB 2002, 97. Diese Bedenken teilte auch der BFH. Er legte deshalb wegen des Zeitpunkts, in dem der Unternehmer die Vorsteuer abziehen kann, dem EuGH folgende Frage zur Vorabentscheidung vor: „Kann der Steuerpflichtige das Recht auf Vorsteuerabzug nur mit Wirkung für das Kalenderjahr ausüben, in dem er gemäß Art 18 Abs. 1 Buchst. a 6. EG-RL die Rechnung besitzt, oder gilt die Ausübung des Rechts auf Vorsteuerabzug stets für das Kalenderjahr (auch rückwirkend), in dem das Recht auf Vorsteuerabzug gemäß Art. 17 Abs. 1 6. EG-RL entsteht?“ (BFH V R 33/01, UR 2002, 336). Der **EuGH** (C-152/02, UR 2004, 323 – Terra Baubedarfs Handels GmbH) hat daraufhin klar zwischen dem **Entstehen des Rechts auf Vorsteuerabzug** (Art. 17 6. EG-RL) und den **Voraussetzungen für die Ausübung** des Rechts auf Vorsteuerabzug (Art. 18) unterschieden und erkannt: Das Vorsteuerabzugsrecht ist für den Erklärungszeitraum auszuüben, in dem die Lieferung der Gegenstände oder die Dienstleistung bewirkt wurde und der Steuerpflichtige die Rechnung besitzt. Grundsätzlich gilt das auch, wenn eine zunächst unvollständige Rechnung berichtigt werden muss. Siehe dazu auch das Folgeurteil des BFH V R 33/01, BStBl. II 2004, 861; UStAE 15.2 Abs. 2 Satz 7. Für den Beginn des **Zinslaufs nach § 233 a AO** kommt es nach BFH V R 76/01, BStBl. II 2005, 236 ebenfalls auf den Zeitpunkt der Rechnungserteilung an (aA *Leonard* UR 2001, 469 (471f.) – Zeitpunkt des Leistungsbezugs maßgebend).

9a Mit **Urteil vom 20. 10. 2016** hat der **BFH seine Rechtsprechung ausdrücklich geändert** und einer **Rechnungsberichtigung** – im Anschluss an die „Senatex“-Entscheidung des EuGH – **Rückwirkung zuerkannt** (BFH V R 26/15, DStR 2016, 2967).

Die Rechtsfrage, ob einer **Rechnungsberichtigung Rückwirkung** zukommt, war zuvor im Anschluss an die **„Pannon Gép“**-Entscheidung des EuGH (C-368/09, DStR 2010, 1475) kontrovers diskutiert worden. Das **NdsFG** hatte dies zum Anlass für ein **Vorabentscheidungsersuchen** genommen und wollte vom EuGH wissen, ob und ggf. unter welchen Voraussetzungen einer Rechnungsberichtigung

Rückwirkung zukommt (5 K 40/14, DStR 2014, 2389). Der **EuGH** sorgte daraufhin für **große Entlastung zugunsten der Unternehmer,** deren (faktisch in Anspruch genommener) Vorsteuerabzug durch Rechnungsmängel bedroht wird (*Wäger* DStR 2016, 2214). Nach seinem Urteil (EuGH C-518, DStR 2016, 2211 – Senatex) stehen **Art. 167, Art. 178 Buchst. a, Art. 179 und Art. 226 Nr. 3 MwStSystRL einer nationalen Regelung entgegen,** nach der **der Berichtigung einer Rechnung** in Bezug auf eine zwingende Angabe (hier: Mehrwertsteuer-Identifikationsnummer) **keine Rückwirkung zukommt,** so dass das Recht auf Vorsteuerabzug in Bezug auf die berichtigte Rechnung **nicht für das Jahr ausgeübt werden kann,** in dem diese **Rechnung ursprünglich ausgestellt** wurde, sondern für das Jahr, in dem sie berichtigt wurde. Der **EuGH** sieht in der **Zinspflicht eine steuerliche Belastung,** die im **Widerspruch zum Neutralitätsgrundsatz** stehe.

Mit der og **Rechtsprechungsänderung stellte der** BFH zugleich noch zwei Punkte klar, die im Vorabentscheidungsersuchen des NdsFG enthalten, vom EuGH aber nicht beantwortet worden waren:

– **Zeitpunkt der Rechnungsberichtigung:** Die Rechnung kann bis zum Schluss der letzten mündlichen Verhandlung vor dem FG berichtigt werden.
– **Mindestanforderungen an die zu berichtigende Rechnung:** Eine berichtigungsfähige Rechnung liegt jedenfalls dann vor, wenn sie Angaben zum Rechnungsaussteller, zum Leistungsempfänger, zur Leistungsbeschreibung, zum Entgelt und zur gesondert ausgewiesenen Umsatzsteuer enthält.

IV. Entstehen der Steuer für Lieferungen und Leistungen

Beim Umsatzsteuergrundtatbestand § 1 Abs. 1 Nr. 1 hängt die Entstehung der Steuer davon ab, wie der Unternehmer sie berechnet. Der gesetzliche Regelfall ist die Steuer nach vereinbarten Entgelten, § 16 Abs. 1 – sog. Soll-Versteuerung. In den ausdrücklich geregelten Fällen des § 20 kann der Unternehmer die Steuer nach vereinnahmten Entgelten berechnen. **10**

1. Berechnung nach vereinbarten Entgelten

Die Steuer für Lieferungen und Leistungen der Unternehmer, die ihre Umsätze nach **vereinbarten Entgelten** berechnen, entsteht mit Ablauf des Voranmeldungszeitraums, in dem die Leistungen ausgeführt worden sind. Die Soll-Besteuerung knüpft die Entstehung der Steuer nur an die beendete Ausführung der Leistung iSv § 3 an. Es kommt weder auf das schuldrechtliche Verpflichtungsgeschäft, dessen vollständige dingliche Erfüllung (zB Verschaffung des Eigentums), die Erteilung der Rechnung, die Entrichtung des Entgelts oder gar die Festsetzung in einem Steuerbescheid an, UStAE 13.1 Abs. 1. Selbst das Entgelt braucht der Höhe nach noch nicht vollständig festzustehen. Anders bei sog. Bedingt-Geschäften im Buchhandel siehe *Leipold* in Sölch/Ringleb § 13 Rn. 26 und *Nieskens* in Rau/Dürrwächter § 13 Rn. 70. **11**

Der auf Unionsrecht (Art. 63 MwStSystRL) beruhende **Grundsatz der Soll-Besteuerung** und dessen nationale Umsetzung in § 13 Abs. 1 Nr. 1 Buchst. a können zu einem **echten Liquiditätsnachteil** des leistenden Unternehmers in den Fällen führen, in denen er das **Entgelt nicht zeitnah zur Leistungserbringung** erhält. Die Sollbesteuerung verstößt gleichwohl nicht gegen die Grundsätze der Gleichbehandlung und der Verhältnismäßigkeit (BVerfG 1 BvR 3063/10, HFR 2013, 535). Soweit sich die **Sollbesteuerung im Einzelfall als unverhältnismäßig** erweisen sollte, ist dem durch die Auslegung des **Berichtigungstatbestandes der Uneinbringlichkeit** (§ 17 Abs. 2 Nr. 1), Rechnung zu tragen (BFH V R 31/12, BStBl. II 2015, 674; NdsFG 5 K 288/15, EFG 2016, 1925 – Rev. V R 51/16, → § 17 Rn. 66 mwN). **11a**

12 **a) Bei Lieferungen.** Diese sind grundsätzlich ausgeführt, wenn der Leistungsempfänger die **Verfügungsmacht** über den gelieferten Gegenstand erhalten hat, vgl. dazu → § 3 Rn. 51ff. und UStAE 13.1 Abs. 2.

Bei **Versendungsgeschäften** und bei der **Beförderung des gelieferten Gegenstandes** durch den Lieferer gilt die Lieferung mit dem Beginn der Beförderung als ausgeführt, § 3 Abs. 6. Wenn die Lieferung an einem bestimmten Ort als ausgeführt „gilt", wird damit nicht nur der Leistungsort, sondern auch der Leistungszeitpunkt festgelegt (BFH V R 24/05, UR 2008, 334; *Heuermann* in Sölch/Ringleb § 3 Rn. 459; *Birkenfeld* Hb I Rn. 864.1; aA *H/M* § 3 Abs. 6 Rn. 4; vgl. → § 3 Rn. 193). Die Regelung ist EU-rechtskonform (vgl. Art. 8 Abs. 1 Buchst. a und b 6. EG-RL bzw. Art. 31 und 32 MwStSystRL). Eine abweichende Bestimmung des Leistungsorts nach den Regeln des Zivilrechts bzw. den gebräuchlichen Lieferklauseln (Incoterms/Tradeterms) ist nicht möglich. Zur **Werklieferung** → § 3 Rn. 181ff. Wegen der Werklieferungen in der **Bauwirtschaft,** siehe UStAE 13.2 und BMF 12.10.2009, BStBl. I 2009, 1292. Wählt der **Insolvenzverwalter** die **Erfüllung eines bei Eröffnung der Insolvenz noch nicht (vollständig) erfüllten Werkvertrages,** so wird die Werklieferung – wenn keine Teilleistungen iSd § 13 Abs. 1 Nr. 1 Buchst. a S. 2 und 3 gesondert vereinbart worden sind – erst mit der Leistungserbringung nach Verfahrenseröffnung ausgeführt (BFH V R 1/06, BStBl. II 2010, 138), vgl. auch → Rn. 17 und 40.

13 **b) Bei sonstigen Leistungen.** Die USt für **sonstige Leistungen** (§ 3 Nr. 9) entsteht bei Unternehmern, die Soll-Versteuerer sind, mit Ablauf des Voranmeldungszeitraums, in dem sie alles getan haben, damit der Leistungserfolg eingetreten ist, vgl. zum Begriff der sonstigen Leistung → § 3 Rn. 230ff. Typische sonstige Leistungen durch positives Tun wie Dienstleistungen aller Art (aufgrund von Werk- oder Dienstverträgen) sind idR erbracht, wenn die geschuldeten Dienste getan, die Werke errichtet sind, UStAE 13.1 Abs. 3. Bei der Werkleistung ist noch der Zeitpunkt der Abnahme (§ 640 BGB) zu beachten.

14 Wegen der **Sollversteuerung** der **Werkleistungen in der Bauwirtschaft** siehe UStAE 13.2, bei Architekten und Ingenieuren UStAE 13.3. Der Provisionsanspruch des Handelsvertreters entsteht grundsätzlich, nachdem der Unternehmer das vermittelte Geschäft abgeschlossen hat, § 87a Abs. 1 HGB. Abweichende Vereinbarungen sind möglich. Siehe im Übrigen *Nieskens* in Rau/Dürrwächter § 13 Rn. 80ff. Der **Ausgleichsanspruch des Handelsvertreters** gemäß § 89b HGB entsteht kraft Gesetzes, nachdem das Vertragsverhältnis mit dem Unternehmer beendet ist, obwohl der Handelsvertreter die Leistungen dafür bereits vorher erbracht hat (so auch BFH V B 29/93, UR 1994, 398 und UStAE 1.3 Abs. 12; zweifelnd *Leipold* in Sölch/Ringleb § 13 Rn. 29 und *Klenk* UR 2007, 539). Bei einem **Kauf auf Probe** (§ 454 BGB) im Versandhandel ist die Lieferung noch nicht mit dem Empfang der Ware, sondern erst nach Ablauf der vom Verkäufer eingeräumten Billigungsfrist oder mit Entrichtung des Kaufpreises ausgeführt, siehe UStAE 13.1 Abs. 6. Die gegenteilige Ansicht des FG Köln (2 K 6226/04, EFG 2005, 817) hat der BFH nicht bestätigt, BFH V R 24/05, UR 2008, 334.

15 Bei Leistungen, die in einem **Dulden** (zB Nutzungsrechte wie Miete, Pacht, Erbbaurecht oder Lizenzen) oder **Unterlassen** (zB Wettbewerbsverbote) bestehen, lässt sich in Bezug auf das Entstehen der Steuer nicht einfach auf die Beendigung des geschuldeten Verhaltens abstellen. Mangels leistungstypischer Anhaltspunkte für den Zeitpunkt der Leistung kommt es auf die Vereinbarung an, die die Partner des Leistungsaustauschs getroffen haben, zB werden häufig für Duldungsleistungen, die sich über längere Zeiträume erstrecken, Abrechnungsperioden festgelegt, an die die Umsatzsteuerentstehung anknüpfen kann, vgl. *Leipold* in Sölch/Ringleb § 13 Rn. 31ff. und *R/K/L* § 13 Rn. 23 und 24; zur Überlassung von Patent-, Urheber- und sonstigen Rechten vgl. BFH V R 127/70, BStBl. II 1979, 594 – „GEMA-Urteil". Zu Un-

terlassungsleistungen aufgrund entgeltlicher Wettbewerbsverbote siehe BFH V R 59/02, BStBl. II 2004, 472; die Steuer entsteht grundsätzlich mit Ablauf der Unterlassungsfrist.

2. Teilleistungen

Die Steuer für Teilleistungen entsteht gemäß § 13 Abs. 1 Nr. 1 Buchst. a S. 2 mit 16
Ablauf des Voranmeldungszeitraums, in dem sie ausgeführt worden sind. Die Vorschrift beruht auf Art. 64 Abs. 1 MwStSystRL, wonach Lieferungen von Gegenständen und Dienstleistungen, die zu aufeinander folgenden Abrechnungen oder Zahlungen Anlass geben, jeweils mit Ablauf des Zeitraums als bewirkt gelten, auf den sich die Abrechnung oder Zahlung bezieht. Teilleistungen iSv § 13 liegen vor, wenn für bestimmte Teile einer **wirtschaftlich teilbaren Leistung** das **Entgelt gesondert vereinbart** wird (BFH V B 77/05, BFH/NV 2006, 1530 und V R 1/06, BStBl. II 2010, 138; FG Bbg 7 K 7163/11, EFG 2014, 1247 → Rn. 17 „Bauleistungen"). Fehlt eines der beiden Tatbestandsmerkmale, handelt es sich nicht um Teilleistungen gemäß § 13 Abs. 1 Nr. 1 Buchst. a S. 2. Die Vorschrift ist eine Sonderregelung zur Entstehung der Steuerschuld, vgl. BFH V R 109/73, BStBl. II 1977, 227 (229). Ob der Unternehmer eine Teilleistung iS eines Teils einer einheitlichen Leistung wie sie § 13 Abs. 1 Nr. 1 Buchst. a S. 2 vorsieht oder mehrere selbstständige Einzelleistungen erbracht hat, entscheidet sich nach allgemeinen umsatzsteuerlichen Grundsätzen. Eine einheitliche Leistung ist teilbar, wenn sie ohne Wertminderung und ohne Beeinträchtigung des Leistungszwecks in Teilleistungen zerlegt werden kann. Die Teilleistung iSv § 13 Abs. 1 Nr. 1 Buchst. a S. 2 ist nicht mit der Haupt- und Nebenleistung iSd Einheitlichkeit der Leistung zu verwechseln. Mehrere Steuerentstehungszeitpunkte gemäß § 13 Abs. 1 Nr. 1 Buchst. a S. 1 gibt es nur für Teile der (Gesamt-)Leistung iSv § 1 Abs. 1 S. 1 Nr. 1. Das ist wichtig bei **Änderung des Steuersatzes.** Fallen Teilleistungen in Voranmeldungszeiträume mit unterschiedlichen Steuersätzen, kommt der Steuersatz zur Anwendung, der zu der Zeit gilt, in der die Teilleistung erbracht wurde, vgl. BMF 11.8.2006, BStBl. I 2006, 477 Rn. 1.2. Teil- bzw. Ratenzahlung führt nicht ohne Weiteres zur Teilleistung.

3. ABC der teilbaren/nicht teilbaren Leistungen

Anwaltsleistungen: Der Anwalt, der Mandanten in einer Sache über mehrere 17
Instanzen oder vor Gerichten verschiedener Rechtszüge und Behörden vertritt, kann jeweils Teilleistungen vereinbaren.

Architekten und Ingenieure erbringen ihre Leistungen grundsätzlich als einheitliche Leistungen, Teilleistungen nur aufgrund besonderer Vereinbarungen, siehe UStAE 13.3.

Aufsichtsratsmitglied: Die Amtszeit erstreckt sich idR über mehrere Jahre. Die Vergütung wird pro Geschäftsjahr vereinbart. Die Tätigkeit ist entweder eine einheitliche Leistung je Geschäftsjahr oder Teil einer Dauerleistung, die sich auf die gesamte Amtsperiode erstreckt. Die (Teil-)Leistung des Aufsichtsratsmitglieds ist jeweils nach Abschluss der Hauptversammlung erbracht. Die Steuer entsteht gemäß § 13 Abs. 1 Nr. 1 Buchst. a, siehe im Übrigen BMF BT USt § 13 Abs. 3 Nr. 44.

Bauleistungen: Die Bauwirtschaft führt ihre Leistungen auf dem Grund und Boden der Auftraggeber grundsätzlich nicht in Teilleistungen aus, UStAE 13.2 Satz 1. Seit Einführung der Mindest-Ist-Besteuerung spielen Probleme der Teilleistungen bei den Leistungen der Bauwirtschaft nur noch bei **Änderungen des Steuersatzes** eine Rolle (→ Rn. 16 aE). Haben sich die Parteien bei der Errichtung eines Gebäudes den **VOB/B unterworfen,** kommt es für die Abgrenzung zwischen Teilleistungen und Anzahlungen entscheidend darauf an, dass für **Einzelleistungen** (oder jedenfalls für zusammengefasste Teile davon) **gesonderte Entgelte** vereinbart wurden, **Pau-**

schalpreise iSd § 5 Nr. 1 Buchst. b VOB/A können **keine Grundlage für Teilleistungen** sein (FG Bbg 7 K 7163/11, EFG 2014, 1247). Siehe auch das Merkblatt zur Umsatzbesteuerung der Bauwirtschaft vom 12.10.2009, BStBl. I 2009, 1292.

Energie- und Wasserlieferungen: Lieferung von elektrischem Strom, Gas, Wärme und Wasser sind mit Ablauf des jeweiligen Ablesezeitraums, der sich auf ein Jahr erstreckt, erbracht. Die – im Allgemeinen monatlich – zu leistenden Abschlagszahlungen sind kein Entgelt für Teilleistungen. Sie unterliegen jedoch der Mindest-Ist-Besteuerung, UStAE 13.1 Abs. 2 Satz 3 und 4.

Erbbaurecht: Das Erbbaurecht ist eine Dauerleistung (BFH V R 4/80, BStBl. II 1988, 744), die wirtschaftlich teilbar ist. Ist die Zahlung des Erbbauzinses in Abschnitten – zB jährlich – vereinbart, liegt eine Teilleistung vor.

Fahrschule: Die Leistungen Erteilung von Fahrstunden und Vorstellung zur Prüfung, die jeweils gesondert abgerechnet werden, sind teilbar, siehe BFH V R 59/92, UR 1995, 306, nicht aber die Grundausbildung gegen Zahlung einer Grundgebühr, siehe UStAE 13.4 Beispiel 3.

Grabpflegeleistungen: Keine Teilleistungen sind einzelne **Grabpflegeleistungen** aufgrund eines langjährigen Grabpflegevertrages gegen ein einmaliges vorab geleistetes Entgelt. Jede einzelne Grabpflege – zB im Frühjahr und vor Beginn des Winters – ist eine selbstständige Leistung, die mit Abschluss der Arbeiten im Besteuerungszeitraum ausgeführt ist, BFH V R 80/99, UR 2001, 446.

Kühlhauswirtschaft: In der Kühlhauswirtschaft werden Kälte-Lieferung und Lagerhaltung in bestimmten Abrechnungszeiträumen (monatlich, 10-tägig oA) gesondert und endgültig abgerechnet, wozu aus Vereinfachungsgründen die Kosten der Auslagerung dazugerechnet werden. In den jeweiligen Abrechnungszeiträumen werden Teilleistungen bewirkt, BMF BT USt § 13 Abs. 3 Nr. 36. Gilt für den Zeitpunkt der Auslagerung ein anderer Steuersatz als für die übrigen Teilleistungen, ist dieser für die Kosten der Auslagerung anzuwenden, BMF BT USt § 13 Abs. 3 Nr. 36 a.

Leasing: Leasing einer Sache gegen monatliche Leasingraten ist nach Ansicht der Verwaltung eine Dauerleistung, die in Form von Teilleistungen bewirkt wird (vgl. UStAE 13.1 Abs. 4); aA *Leipold* in Sölch/Ringleb § 13 Rn. 38, die unter Hinweis auf Art. 64 MwStSystRL zu Recht eine Lieferung annehmen, denn die Vorschrift nimmt gemäß Art. 14 Abs. 2 Buchst. b MwStSystRL gerade die Übergabe eines Gegenstandes auf Grund eines Vertrages, der die Vermietung eines Gegenstandes während eines bestimmten Zeitraums oder den Ratenverkauf eines Gegenstandes vorsieht, der regelmäßig die Klausel enthält, dass das Eigentum spätestens mit Zahlung der letzten fälligen Rate erworben wird, von der Regelung der Teilleistungen aus.

Miete, Pacht: Die Leistungen aufgrund dieser **Dauerschuldverhältnisse** sind teilbar; BFH V R 42/91, BStBl. II 1994, 269. Es hängt von der Vereinbarung der Parteien des Schuldverhältnisses ab, welcher Leistungszeitraum für die gesondert abzurechnende Teilleistung festgelegt wird, siehe UStAE 13.4 Beispiel 1.

Vertragserfüllung des Insolvenzverwalters: Eine selbstständige Leistung ist auch der zur Zeit der Eröffnung des Insolvenzverfahrens zur Erfüllung eines zweiseitigen Vertrages erbrachte Teil der (Gesamt-)Leistung, wenn der Insolvenzverwalter gemäß § 103 InsO die weitere Vertragserfüllung ablehnt; anders, wenn der Insolvenzverwalter den Vertrag erfüllt, BFH V R 68/00, UR 2002, 29 und BFH V R 1/06, BStBl. II 2010, 138; vgl. → Rn. 40.

Wartungsleistungen für Maschinen und Heizungen sind am Ende des Wartungszeitraums erbracht und in dem Vorauszahlungszeitraum zu versteuern, in dem dieser Zeitraum endet, siehe im Einzelnen OFD Hannover BT USt § 13 Abs. 3 Nr. 36.

18 *einstweilen frei*

4. Berechnung der Steuer nach vereinnahmten Entgelten

Bei der Steuerberechnung nach vereinnahmten Entgelten (sog. Ist-Besteuerung gemäß § 20) entsteht die Steuer in dem Voranmeldungszeitraum, in dem der Unternehmer die Entgelte vereinnahmt hat, § 13 Nr. 1 Buchst. b. Für die Frage, wann die Steuer auf das tatsächlich vereinnahmte Entgelt entsteht, kommt es nicht darauf an, ob er den Betrag als vollständiges Entgelt oder nur teilweise oder als Teilentgelt für eine Teilleistung iSv § 13 Nr. 1 Buchst. a S. 2 erhalten hat. Das Entgelt ist vereinnahmt, wenn der leistende Unternehmer über die Gegenleistung in Geld oder Geldeswert verfügen kann. Das ist zB der Fall, wenn der Leistungsempfänger **bar gezahlt** hat, einen Betrag auf ein **Konto** des Unternehmers (oder ein von ihm benanntes – zB sog. Oderkonto, BFH V R 109/89, BStBl. II 1993, 728 –) **überwiesen** und die Bank diesen gutgeschrieben hat – vgl. dazu UStAE 13.6 Abs. 1 S. 3ff. Beim **Kontokorrent** ist nach Ansicht der Finanzverwaltung das eingezahlte Geld mit der Anerkennung des Saldos am Ende des Abrechnungszeitraums vereinnahmt, UStAE 13.6 Abs. 1 Satz 7. AA zu Recht *Leipold* in Sölch/Ringleb § 13 Rn. 60: Entscheidend ist die Buchung auf dem Konto. Der Saldo ist nur ein rechnungstechnischer Abschluss, der für die USt keine Bedeutung hat. 19

Als Vereinnahmung gilt es auch, wenn der Schuldner aufgrund einer Vereinbarung mit dem Gläubiger (dem leistenden Unternehmer) eine andere als die geschuldete **Leistung an Erfüllungs statt** hingegeben hat (§ 364 Abs. 1 BGB), zB eine Forderung abgetreten oder beim Tausch oder tauschähnlichen Umsatz (vgl. → § 3 Rn. 306ff.) ihm die Verfügungsmacht über die Gegenleistung verschafft hat, das geschuldete Entgelt durch **Novation** in eine andere Schuld umgewandelt wurde oder der Leistungsempfänger mit einer Forderung gegen den leistenden Unternehmer wirksam **aufgerechnet** hat (§§ 387ff. BGB), siehe UStAE 13.6 Abs. 1 Satz 10ff., *Leipold* in Sölch/Ringleb § 13 Rn. 61, 62 und 64. Die **Hingabe eines Wechsels** oder der Belastungsbelege im Rahmen des **Kreditkartensystems** erfolgen im Zweifel erfüllungshalber (§ 364 Abs. 2 BGB), so auch UStAE 13.6 Abs. 1 Satz 8. Der leistende Unternehmer hat das Geld erst vereinnahmt, wenn die aus dem Papier Verpflichteten an ihn bar gezahlt haben (vgl. dazu *Palandt* 67. Aufl. BGB § 364 Rn. 6ff.). Auch ein **Scheck** wird im Zweifel erfüllungshalber hingegeben, *Palandt* BGB § 364 Rn. 5. Nach Ansicht der Finanzverwaltung ist der Scheckbetrag bereits mit der Hingabe des Papiers zugeflossen, wenn keine zivilrechtlichen Abreden entgegenstehen und wenn davon auszugehen ist, dass die bezogene Bank den ausgewiesenen Betrag auszahlen bzw. gutschreiben wird, wenn der Scheck sofort vorgelegt wird, UStAE 13.6 Abs. 1 S. 9, siehe auch *Leipold* in Sölch/Ringleb § 13 Rn. 66. Hat der Leistungsempfänger die geschuldete Gegenleistung **hinterlegt** (§§ 372ff. BGB), hat der leistende Unternehmer damit im Zweifel das Entgelt noch nicht vereinnahmt, es sei denn, der Schuldner der Gegenleistung hat auf sein Rücknahmerecht verzichtet (vgl. § 376 BGB). Das Entgelt ist nicht vereinnahmt, wenn Sicherungen wie **Schuldscheine** oder **Bürgschaften** begeben oder **Pfandrechte** bestellt werden, siehe im Übrigen *Leipold* in Sölch/Ringleb § 13 Rn. 58.

Wegen des Entstehens der Steuer beim **Wechsel der Besteuerung** nach vereinbarten Entgelten zur Soll-Versteuerung siehe UStAE 13.6 Abs. 3 und → § 20 Rn. 35ff.

Zur Ist-Besteuerung in der Insolvenz → Rn. 38.

5. Mindest-Ist-Besteuerung

Nach § 13 Abs. 1 Nr. 1 Buchst. a S. 4 entsteht die Steuer in den Fällen, in denen das 20
Entgelt oder ein Teil des Entgelts (Anzahlungen, Abschlagszahlungen, Vorauszahlungen) vor Ausführung der (Teil-)Leistung gezahlt wird, mit Ablauf des Voranmeldungszeitraums, in dem das (Teil-)Entgelt vereinnahmt worden ist. Diese Regelung

durchbricht im Rahmen der „Soll-Versteuerung" den Grundsatz, wonach USt immer erst dann zu entrichten ist, wenn die Leistung bewirkt ist, ganz gleich, wann die Entgelte vereinnahmt werden und auch unabhängig davon, wann die Rechnung erteilt wird (so auch *Geist* StKongRep 1979, 129). Sie beruht auf Art. 65 MwStSystRL (Art. 10 Abs. 2 UAbs. 2 6. EG-RL) und enthält einen selbstständigen und abschließenden Steuertatbestand, BFH V R 68/00, UR 2002, 29 (30). Wird das Entgelt vor Ausführung der erbrachten Leistung entrichtet oder werden Teilleistungen vereinbart, **entsteht** die Umsatzsteuer im jeweiligen **Voranmeldungszeitraum der Vereinnahmung.** Eine in Vorjahren ganz oder teilweise **unterbliebene Umsatzbesteuerung von Anzahlungen** kann im Jahr der vollständigen **Ausführung der Leistung nicht korrigiert** werden (FG Münster 5 K 2409/10 U, EFG 2014, 1521). Die Bestimmung gilt allgemein für alle Unternehmer und hat nichts mit der Ist-Besteuerung gemäß § 20 zu tun. Dabei ist allerdings darauf hinzuweisen, dass die Mindest-Ist-Besteuerung für Ist-Versteuerer praktisch bedeutungslos ist, da sie schon alle Entgelte, die bei ihnen eingehen, nach dem Ist versteuern. Ein Beispiel für die Mindest-Ist-Besteuerung ist die Abgabe von **Guthabenkarten** im Mobilfunkbereich. Die Zahlung des Kunden gilt als Anzahlung. Die endgültige Leistung wird erst durch das Telefonieren bewirkt, siehe BMF 3.12.2001, BStBl. I 2001, 1010. Werden **Gutscheine** über konkret bezeichnete Leistungen ausgestellt, unterliegt der für einen solchen Gutschein gezahlte Betrag **als Anzahlung** der USt. Wird die ausgewiesene Leistung erbracht, ist ggf. der Differenzbetrag zu versteuern. Keine Anzahlungen oder Lieferung sind Gutscheine, die bloße Geldbeträge oder alternativ bezeichnete Waren ausweisen. Der Erwerb dieser Gutscheine gegen Bargeld ist ein Umtausch von Zahlungsmitteln. Anzahlungen können auch in Lieferungen und sonstigen Leistungen, die im Tausch oder in tauschähnlichen Umsätzen hingegeben werden bestehen, UStAE 13.5 Abs. 2. Für eine längerfristige Unterlassungsleistung entsteht die Steuer in dem Vorauszahlungszeitraum, in dem das Entgelt gezahlt worden ist, BFH V R 59/02, BStBl. II 2004, 472 aE.

21 Die Mindest-Ist-Besteuerung erfordert die Zuordnung des vorausgezahlten (Teil-)Entgelts zu der nachfolgenden (Teil-)Leistung (UStAE 13.5 Abs. 3). Davon hängt zB eine Steuerbefreiung (§ 4) oder die Besteuerung mit dem ermäßigten Steuersatz (§ 12 Abs. 2) ab, UStAE 13.5 Abs. 4. Fehlt bei der Vereinnahmung des (Teil-)Entgelts ein konkreter Leistungsbezug, erwägt die Verwaltung eine (steuerbefreite) Kreditgewährung, UStAE 13.5 Abs. 3 Satz 5. Eine (Teil-)Kreditgewährung ist unter Umständen denkbar, wenn für die einzelnen – zB jährlichen – Grabpflegeleistungen auf Grund eines Dauergrabpflegevertrages eine Einmalzahlung im Voraus geleistet wird, BFH V R 80/99, BStBl. II 2003, 810. Gibt es im Zeitpunkt der Vereinnahmung des (Teil-)Entgelts keinen hinreichenden Anhaltspunkt für eine Steuerbefreiung, ist eine Besteuerung durchzuführen, UStAE 13.5 Abs. 4.

22 Der Leistungsempfänger kann für Entgeltszahlungen iSv § 13 Abs. 1 Nr. 1 Buchst. a S. 4 vom leistenden Unternehmer eine Rechnung fordern, → § 14 Rn. 103. Das Recht auf den Vorsteuerabzug entsteht im Zeitpunkt der Vereinnahmung der Entgelte entsprechend dem vereinnahmten Betrag, § 15 Abs. 1 Nr. 1 S. 3. In diesem Zeitpunkt muss die Verwendungsabsicht für die zu erwerbenden Gegenstände feststehen, BFH V R 38/00, DStR 2001, 1658; → § 15 Rn. 171. Die **Bauabzugssteuer** gemäß §§ 48ff. EStG hat keinen Einfluss auf die Besteuerung gemäß UStG.

23 Gehen Anzahlungen in ausländischen Werten ein, so ist die einzelne Anzahlung nach dem im Monat der Vereinnahmung geltenden Durchschnittskurs umzurechnen (§ 16 Abs. 6). Bei dieser Umrechnung verbleibt es, auch wenn im Zeitpunkt der Leistungsausführung ein anderer Durchschnittskurs gilt, UStAE 14.8 Abs. 7.

24 Ändert sich der Steuersatz vor dem Zeitpunkt der Leistungsbewirkung, nachdem Anzahlungen bereits vereinnahmt und versteuert sind, so ist eine Nachversteuerung auf den zum Zeitpunkt der Leistungsbewirkung geltenden Steuersatz vorzunehmen (→ § 12 Allg. Rn. 8 und 16; vgl. auch BFH V R 80/99, BStBl. II 2003, 810.)

6. Beförderungseinzelbesteuerung

Nach § 13 Abs. 1 Nr. 1 Buchst. c wird für die Fälle der Beförderungsbesteuerung nach § 16 Abs. 5 (vgl. dazu UStAE 16.2) der Grundsatz der Soll-Besteuerung verlassen und festgelegt, dass in den Fällen des § 16 Abs. 5 die USt zu dem Zeitpunkt entsteht, in dem der Kraftomnibus in das Inland gelangt. Die Vorschrift gilt nur für die Personenbeförderung im Gelegenheitsverkehr mit Kraftomnibussen. Die Steuer wird für jeden einzelnen steuerpflichtigen Umsatz durch die zuständige Zollstelle berechnet. Soweit die Beförderungsleistung im Ausland beginnt und zu einem Ziel ins Inland führt oder durch das Inland hindurchführt, entsteht die USt zum Zeitpunkt des Grenzübergangs in das Inland, dh vor Bewirkung der Leistung. **25**

7. Steuer auf elektronische Dienstleistungen nicht im Gemeinschaftsgebiet ansässiger Unternehmer (§ 18 Abs. 4 c)

Die Vorschrift betrifft das Entstehen der Steuer iSv § 13 Abs. 1 auf elektronische und elektronisch erbrachte Dienstleistungen, die „nichtansässige Unternehmer" an Leistungsempfänger mit Wohnsitz oder Sitz im Gemeinschaftsgebiet erbringen (→ § 18 Rn. 33ff.), soweit sie vom Wahlrecht Gebrauch machen, diese Umsätze in Deutschland erfassen zu lassen. Diese Unternehmer haben **keine Voranmeldungen** abzugeben, sondern in jedem Besteuerungszeitraum, der für sie auf ein **Kalendervierteljahr** festgelegt ist (§ 16 Abs. 1a S. 1), eine **Umsatzsteuererklärung.** Da das UStG das Entstehen der Steuer auf die Umsätze grundsätzlich an den Ablauf des Veranlagungszeitraums knüpft, war für das Entstehen der Steuer auf Umsätze, die „nichtansässige Unternehmer" – wie oben beschrieben – ausführen und versteuern, eine Sonderregelung erforderlich. Für sie gilt der Ablauf des Besteuerungszeitraums als Entstehungszeitpunkt. Die Regelung beruht auf Art. 364 MwStSystRL. **26**

8. Steuer auf elektronische Dienstleistungen im übrigen Gemeinschaftsgebiet ansässiger Unternehmer (§ 18 Abs. 4 e)

Durch das KroatienAnpG vom 25.7.2014 (BStBl. I 2014, 1266) wurde zum 1.1.2015 das **vereinfachte Besteuerungsverfahren** für im Gemeinschaftsgebiet ansässige Unternehmer nach **§ 18 Abs. 4e** eingeführt. Dadurch wurde für Unternehmer mit Sitz im übrigen Gemeinschaftsgebiet, die im Inland an Nichtunternehmer Telekommunikations-, Rundfunk- und Fernsehdienstleistungen sowie (sonstige) Dienstleistungen auf elektronischem Weg erbringen, die Möglichkeit geschaffen, für diese Dienstleistungen lediglich im Staat ihrer Ansässigkeit Steuererklärungen abzugeben und die USt zu zahlen (Mini-One-Stop-Shop). **26a**

Die **entsprechende Entstehungsregelung ist in § 13 Abs. 1 Nr. 1 Buchst. e neu aufgenommen** worden. Rechtsgrundlage für die Entstehungsregelung ist Art. 369g MwStSystRL. Ähnlich wie Drittlandsunternehmer, die von der Sonderregelung des § 18 Abs. 4c Gebrauch machen und sich nur in einem Mitgliedsstaat erfassen lassen, haben die im übrigen Gemeinschaftsgebiet ansässigen Unternehmer nach § 16 Abs. 1b S. 1 iVm § 18 Abs. 4e S. 1 lediglich vierteljährliche Erklärungen abzugeben; dementsprechend entsteht die Steuer mit Ablauf des Kalendervierteljahrs.

V. Entstehen der Steuer in besonderen Fällen

1. Unentgeltliche Wertabgaben und Verwendungen

Für Leistungen iSv § 3 Abs. 1b und § 3 Abs. 9a entsteht die Steuer mit Ablauf des Veranlagungszeitraums, in dem der Unternehmer einen Gegenstand für nicht unternehmerische Zwecke entnommen (§ 3 Abs. 1b Nr. 1), seinem Personal einen dem **27**

Unternehmen zugeordneten Gegenstand zum privaten Gebrauch oder jemandem auf andere Weise Gegenstände aus dem Unternehmen unentgeltlich zugewandt hat (§ 3 Abs. 1b Nr. 3), einen Gegenstand, der dem Unternehmen zugeordnet war und der dem vollen oder teilweisen Vorsteuerabzug unterlegen hatte, außerunternehmerisch nutzt bzw. von seinem Personal privat nutzen lässt (§ 3 Abs. 9a Nr. 1) oder eine sonstige Leistung für Zwecke außerhalb des Unternehmens oder für den privaten Bedarf des Personals erbracht hat (§ 3 Abs. 9a Nr. 2). Der Entstehungszeitpunkt für die Steuer auf unentgeltliche Wertabgaben und unentgeltliche Verwendungen ist für Soll- und Istversteuerer gleich. Siehe UStAE 13.1 Abs. 1 S. 2.

2. Überhöhter Steuerausweis (§ 14c Abs. 1)

28 Nach § 14c Abs. 1 schuldet ein Unternehmer, der in einer Rechnung für eine Lieferung oder sonstige Leistung einen höheren Steuerbetrag gesondert ausweist, als er nach dem UStG gesetzlich schuldet, auch den ausgewiesenen Mehrbetrag. Für die Entstehung dieser Steuerschuld regelte **§ 13 Abs. 1 Nr. 3 bislang** (bis zum 5.11.2015) Folgendes: „Die Steuer entsteht in dem Zeitpunkt, in dem die Steuer für die Lieferung oder sonstige Leistung nach § 13 Abs. 1 Nr. 1 Buchst. a oder Buchst. b entsteht, spätestens jedoch im Zeitpunkt der Ausgabe der Rechnung."

Demgegenüber entschied der BFH mit Urteil vom 5.6.2014 (XI R 44/12, DStR 2014, 1673), dass die nach § 14c Abs. 1 geschuldete Steuer ebenso wie eine gemäß § 14c Abs. 2 geschuldete Steuer **immer im Zeitpunkt der Ausgabe der Rechnung entsteht.** Dazu legt er § 13 Abs. 1 Nr. 3 vor dem Hintergrund des Art. 66 Abs. 1 MwStSystRL richtlinienkonform aus. Der Steuertatbestand des überhöhten Steuerausweises sei erst im Zeitpunkt der Ausgabe der Rechnung verwirklicht und das könne – entgegen UStAE 13.7 – nicht auf den Zeitpunkt der Ausführung der Leistung zurückwirken.

Mit der **Änderung des § 13 Abs. 1 Nr. 3 zum 6.11.2015** durch das StÄndG 2015 reagiert der Gesetzgeber nunmehr auf die höchstrichterliche Rechtsprechung. Für **alle Fälle des § 14c** ist nunmehr **einheitlich geregelt,** dass die wegen unrichtigen (§ 14c Abs. 1) bzw. unberechtigten (§ 14c Abs. 2) Steuerausweis geschuldete Steuer **erst im Zeitpunkt der Ausgabe der Rechnung** entsteht. Ein rückwirkendes Entstehen der Steuer wird vermieden.

§ 13 Abs. 1 Nr. 4 ist damit überflüssig geworden. Er wurde durch das StÄndG 2015 aufgehoben.

3. Unberechtigter Steuerausweis (§ 14c Abs. 2)

29 **§ 13 Abs. 1 Nr. 4** wurde durch das **StÄndG 2015 mit Wirkung zum 6.11.2015 aufgehoben.** Er ist überflüssig geworden, nachdem der Gesetzgeber § 13 Abs. 1 Nr. 3 geändert hat und jetzt beide Fälle des unrichtigen (§ 14c Abs. 1) bzw. unberechtigten (§ 14c Abs. 2) Steuerausweises dergestalt gleich behandelt, dass die Steuer in beiden Fällen erst im Zeitpunkt der Ausgabe der Rechnung entsteht (vgl. → Rn. 28).

4. Steuer gemäß § 17 Abs. 1 S. 6

30 Die **besondere Steuerschuld** des Zentralregulierers gemäß § 17 Abs. 1 S. 6 (→ § 17 Rn. 19) entsteht mit Ablauf des Voranmeldungszeitraums, in dem die Änderung der Bemessungsgrundlage eingetreten ist, siehe auch *Leipold* in Sölch/Ringleb § 13 Rn. 89.

5. Innergemeinschaftlicher Erwerb

Die Steuerschuld für den innergemeinschaftlichen Erwerb gemäß § 1a entsteht grundsätzlich mit Ausstellung (Begebung) der Rechnung. Sie entsteht jedoch spätestens mit Ablauf des Monats, der auf den Monat, in dem der innergemeinschaftliche Erwerb bewirkt worden ist, folgt, wenn die Rechnung später oder gar nicht ausgestellt wird, vgl. dazu *Widmann* UR 1992, 249 (262); vgl. auch Art. 69 Abs. 1 MwStSystRL. 31

Beispiel:

Innergemeinschaftlicher Erwerb am 10.3.2013
Ausstellung der Rechnung am 20.2.2014
Steuerschuld entsteht mit Ablauf des 30.4.2013.

Bedenken wegen der Maßgeblichkeit der Rechnungsausstellung bei *Leipold* in Sölch/Ringleb § 13 Rn. 92.

6. Innergemeinschaftlicher Erwerb neuer Fahrzeuge

Für den innergemeinschaftlichen Erwerb neuer Fahrzeuge gemäß § 1b ist die Fahrzeugeinzelbesteuerung nach § 16 Abs. 5a durchzuführen. Die Steuerschuld entsteht am Tag des Erwerbs. Für § 13 Abs. 1 Nr. 7 fehlt bisher eine Grundlage im EU-Recht, vgl. *Leipold* in Sölch/Ringleb § 13 Rn. 94, *Widmann* UR 1992, 249 (263). Auch mit Art. 69 Abs. 1 MwStSystRL, wonach beim innergemeinschaftlichen Erwerb der Steueranspruch am 15. Tag des Monats eintritt, der auf den Monat folgt, in dem der Steuertatbestand eingetreten ist, ist die Vorschrift nicht deckungsgleich. Unseres Erachtens ist die Fahrzeugeinzelbesteuerung gemäß §§ 16 Abs. 5a, 18 Abs. 5a gemäß Art. 258 MwStSystRL zu rechtfertigen, denn danach dürfen die Mitgliedsstaaten die Einzelheiten der Erklärungspflichten in Bezug auf den innergemeinschaftlichen Erwerb neuer Fahrzeuge iSv Art. 2 Abs. 1 Buchst. b Ziff. ii MwStSystRL selbst festlegen. Gemäß §§ 15 Abs. 5a, 18 Abs. 5a hat der Erwerber die Steuererklärung innerhalb von 10 Tagen nach dem Entstehen der Steuerschuld abzugeben und die Steuer zu entrichten, Art. 258 MwStSystRL enthält somit eine Ausnahme von Art. 68. 32

7. Steuerschuld gemäß § 6a Abs. 4 S. 2

Diese Steuerschuld entsteht, wenn ein Abnehmer einem liefernden Unternehmer unrichtige Angaben macht und die innergemeinschaftliche Lieferung deshalb beim Lieferer als steuerfrei anzusehen ist (vgl. § 6a Abs. 4 S. 1). Die Steuer, die dann der Abnehmer schuldet, entsteht gemäß § 13 Abs. 1 Nr. 8 in dem Zeitpunkt, in dem die Lieferung ausgeführt wird. 33

Für diese Regelung fehlt die EU-rechtliche Grundlage, siehe auch *Leipold* in Sölch/Ringleb § 13 Rn. 95.

einstweilen frei 34

8. Auslagerung aus dem Umsatzsteuerlager

Wird ein Gegenstand endgültig aus dem Umsatzsteuerlager herausgenommen – **Auslagerung** –, § 4 Nr. 4a Buchst. a S. 2 – entsteht die USt mit Ablauf des Veranlagungszeitraums der Auslagerung. Zum Begriff der Auslagerung → § 4 Nr. 4a Rn. 9. 35

VI. Entstehung der Steueransprüche im Insolvenzverfahren

36 Die Entstehung der Steueransprüche richtet sich nach Eröffnung des Insolvenzverfahrens über das Vermögen des Schuldners weiterhin nach umsatzsteuerrechtlichen Grundsätzen. Sie ist von der **Begründetheit** einer Forderung iSv § 38 InsO zu unterscheiden, die sich nach Insolvenzrecht richtet (BFH VIII R 28/73, BStBl. II 1983, 694 und BFH V R 87/99, BStBl. II 2000, 639). So grenzt das Insolvenzrecht die Insolvenzforderung (§ 38 InsO) von der Masseverbindlichkeit (§ 55 Abs. 1 Nr. 1 InsO) danach ab, ob der Steueranspruch vor oder nach der Eröffnung des Insolvenzverfahrens begründet wurde. **Insolvenzforderungen** sind nicht mehr durch Verwaltungsakt festzusetzen, sondern vom FA zur Tabelle anzumelden (§ 174 InsO). Erst bei Bestreiten der Anmeldung zur Tabelle ist die Steuerforderung nach § 251 Abs. 3 Abs. 3 AO durch Verwaltungsakt festzustellen (BFH V R 13/11, BStBl. II 2012, 298). **Masseverbindlichkeiten** sind nach § 53 InsO vorweg aus der Insolvenzmasse zu berichtigen und gegen den Insolvenzverwalter durch Steuerbescheid geltend zu machen (BFH V R 34/09, BStBl. II 2011, 991). Als Masseverbindlichkeiten gelten auch Verbindlichkeiten, die von einem **vorläufigen starken Insolvenzverwalter** begründet worden sind (§ 55 Abs. 2 S. 1 InsO iVm § 21 Abs. 2 Nr. 2 – Fall 1). Zum 1.1.2011 wurde der Bereich der Masseverbindlichkeiten noch erweitert auf den **vorläufigen schwachen Insolvenzverwalter** (§ 55 Abs. 4 InsO iVm § 21 Abs. 2 Nr. 2 – Fall 2; vgl. *Leipold* in Sölch/Ringleb § 13 Rn. 103 mwN). Die FVerw hat jüngst ausführlich zu Anwendungsfragen des § 55 Abs. 4 InsO Stellung genommen (BMF 20.5.2015, DStR 2015, 1247, hierzu → Rn. 39a).

37 Streitig war bislang die **Bestimmung der „Begründetheit"** von Umsatzsteueransprüchen: Während der für die Umsatzsteuer zuständige V. Senat des BFH auf die bis zum Zeitpunkt der Insolvenzeröffnung vom Schuldner verwirklichten Steuertatbestände abstellt (BFH V B 70/06, BStBl. II 2007, 415; V R 64/07, BStBl. II 2009, 682; V R 24/11, BStBl. II 2012, 466), ging der VII. Senat bisher weiter und bejahte die Begründetheit bereits dann, wenn die Tatbestände (zB §§ 15, 15a, 17) nur zum Teil verwirklicht waren (BFH VII R 73/03, BStBl. II 2006, 193; VII B 96/08, BFH/NV 2009, 892, wonach entscheidend ist, ob der Rechtsgrund für den Anspruch bereits gelegt war). Dementsprechend sah der VII. Senat den Berichtigungsanspruch nach § 17 Abs. 2 noch als Ausfluss der vor Insolvenzeröffnung begründeten Umsatzsteuerverbindlichkeit und damit als Insolvenzforderung an (BFH VII R 27/06, BStBl. II 2009, 589; VII R 4/08, BStBl. II 2010, 257). Hiervon ist der **VII. Senat** jüngst unter **ausdrücklicher Aufgabe** seiner **bisherigen Rechtsprechung abgerückt** (BFH VII R 29/11, DStR 2012, 2278). Er stellt nunmehr in Übereinstimmung mit dem V. Senat darauf ab, wann der materiell-rechtliche Berichtigungsanspruch nach § 17 Abs. 2 verwirklicht und damit abgeschlossen ist. Tritt die Uneinbringlichkeit erst nach Insolvenzeröffnung ein, ist der Berichtigungsanspruch erst nach Insolvenzeröffnung verwirklicht (begründet) und damit Masseverbindlichkeit. Entsprechendes dürfte für den Anspruch auf Vorsteuerberichtigung nach § 15a gelten, wenn sich die tatsächlichen Nutzungsverhältnisse erst nach Insolvenzeröffnung geändert haben. Welche Anforderungen im Einzelnen an die konkrete Tatbestandsverwirklichung zu stellen sind, richtet sich nach der jeweiligen Vorschrift des Steuerrechts, nicht aber nach Insolvenzrecht. Ohne Bedeutung ist allerdings, ob der Voranmeldungszeitraum oder Besteuerungszeitraum erst während des Insolvenzverfahrens abläuft (BFH V R 64/07, BStBl. II 2009, 682; VII R 29/11, DStR 2012, 2278).

38 Bei der **Ist-Besteuerung** ist für den Zeitpunkt der „Begründetheit" nicht auf die Leistungserbringung, sondern auf die Vereinnahmung abzustellen. Vereinnahmt der Insolvenzverwalter nach Eröffnung des Insolvenzverfahrens im Rahmen der Ist-Besteuerung gemäß § 13 Abs. 1 Nr. 1 Buchst. b Entgelte für Leistungen, die bereits vor Verfahrenseröffnung erbracht wurden, handelt es sich bei der für die Leistung entste-

henden Umsatzsteuer um eine Masseverbindlichkeit nach § 55 Abs. 1 Nr. 1 InsO (BFH V R 64/07, BStBl. II 2009, 682).

Gleiches gilt bei der **Soll-Besteuerung.** Die Umsatzsteuer für Leistungen, die vor 39 Insolvenzeröffnung erbracht wurden, für die das Entgelt aber erst nach Insolvenzeröffnung durch den Insolvenzverwalter vereinnahmt wird, behandelt der BFH ebenfalls als Masseverbindlichkeit (V R 22/10, DStR 2011, 720; V R 13/11, BStBl. II 2012, 298 und BFH XI B 41/13, BFH/NV 2013, 1647; zustimmend *Widmann* UR 2011, 555; im Ergebnis zustimmend *Stadie* UR 2013, 158; ablehnend *Kahlert* DStR 2012, 334). Der BFH begründet dies mit der **doppelten Berichtigung nach § 17 Abs. 2 Nr. 1:** Mit der Insolvenzeröffnung gehe die Verfügungsbefugnis auf den Insolvenzverwalter über (§ 80 Abs. 1 InsO) mit der Folge, dass die Forderung rechtlich uneinbringlich werde und auf Null zu berichtigen sei. Vereinnahme der Insolvenzverwalter später das Entgelt, sei erneut zu berichtigen und zwar im Zeitpunkt der Vereinnahmung und damit nach Insolvenzeröffnung.

Der BFH (V R 48/13, DStR 2014, 2452) hat diese Rechtsprechung der „doppelten 39a Berichtigung" jüngst erweitert auf das vorläufige Insolvenzverfahren. Er bedient sich insoweit des § 55 Abs. 4 InsO. Nach dieser Vorschrift gelten Verbindlichkeiten des Insolvenzschuldners aus dem Steuerschuldverhältnis, die von einem vorläufigen Insolvenzverwalter oder vom Schuldner mit Zustimmung eines vorläufigen Insolvenzverwalters begründet worden sind, nach Eröffnung des Insolvenzverfahrens als Masseverbindlichkeit. Der BFH geht davon aus, dass die Ermächtigung eines vorläufigen Insolvenzverwalters mit Zustimmungsvorbehalt und Berechtigung zum Forderungseinzug nach § 22 Abs. 2 InsO dem Übergang der Verwaltungs- und Verfügungsbefugnis gleich stehe. Deshalb habe eine erste Berichtigung des Umsatzsteueranspruchs (und der Vorsteuern) bereits mit der Bestellung eines solchen vorläufigen Insolvenzverwalters zu erfolgen (BFH V R 48/13, DStR 2014, 2452). Die FVerw erweitert diese Rechtsprechung noch dahingehend, dass auch bei fehlender ausdrücklicher Berechtigung des vorläufigen Insolvenzverwalters zum Forderungseinzug eine Belastung der Masse eintreten soll (BMF 20.5.2015, DStR 2015, 1247 Rn. 10, 15; vgl. hierzu die Kritik von *de Weerth* NZI 2015, 885 und *Kahlert* DStR 2015, 1487).

Lehnt der Insolvenzverwalter die Erfüllung eines (teilweise erfüllten) gegenseitigen 40 Werklieferungsvertrages gemäß **§ 103 InsO** ab, so ist der bis dahin erbrachte Teil der neu bestimmte Gegenstand der Werklieferung. Diese Lieferung ist im Zeitpunkt der Eröffnung des Insolvenzverfahrens erbracht, BFH V R 128/76, BStBl. II 1978, 483. Wählt der Insolvenzverwalter dagegen die Erfüllung, wird die Werklieferung erst mit der Leistungserbringung nach Verfahrenseröffnung ausgeführt. Aus § 103 InsO folgt weder das Recht eine Leistung in Teilen zu erbringen noch eine gesonderte Entgeltvereinbarung für einzelne Teile der geschuldeten Leistung (BFH V R 1/06, BStBl. II 2010, 138; vgl. → Rn. 12 und → Rn. 17).

VII. Entstehen der Einfuhrumsatzsteuer

Gemäß §§ 13 Abs. 2, 21 Abs. 2 entsteht die Einfuhrumsatzsteuer in dem Zeit- 41 punkt, in dem die Zollschuld entsteht. Wann das im Einzelnen der Fall ist (zB Überführen der Ware in den freien Verkehr, in das Verfahren der vorübergehenden Verwendung, vorschriftswidriges Verbringen in das Zollgebiet, Entziehen der Ware aus der zollamtlichen Überwachung) ergibt sich aus Art. 202–216 ZK. Dadurch wird sichergestellt, dass die Einfuhrumsatzsteuer in dem Zeitpunkt entsteht, der für die Entstehung der Zollschuld maßgebend ist (BFH VII R 108/95, BFH/NV 2001, 133; VII R 44/08, BStBl. II 2010, 334). Keine Einfuhrumsatzsteuer entsteht bei illegaler Einfuhr von Betäubungsmitteln (zB Haschisch EuGH C-240/81, Slg. 1982, 3699 – Senta Einberger) und bei Einfuhr von Falschgeld (EuGH C-455/98, UR 2000, 379 – Saluments).

§ 13a Steuerschuldner

(1) **Steuerschuldner ist in den Fällen**
1. **des § 1 Abs. 1 Nr. 1 und des § 14c Abs. 1 der Unternehmer;**
2. **des § 1 Abs. 1 Nr. 5 der Erwerber;**
3. **des § 6a Abs. 4 der Abnehmer;**
4. **des § 14c Abs. 2 der Aussteller der Rechnung;**
5. **des § 25b Abs. 2 der letzte Abnehmer;**
6. **des § 4 Nr. 4a Satz 1 Buchstabe a Satz 2 der Unternehmer, dem die Auslagerung zuzurechnen ist (Auslagerer); daneben auch der Lagerhalter als Gesamtschuldner, wenn er entgegen § 22 Abs. 4c Satz 2 die inländische Umsatzsteuer-Identifikationsnummer des Auslagerers oder dessen Fiskalvertreters nicht oder nicht zutreffend aufzeichnet.**

(2) **Für die Einfuhrumsatzsteuer gilt § 21 Abs. 2.**

EU-Recht: Art. 141 Buchst. e und d MwStSystRL (Art. 28c Teil E Nr. 3, 4 und 5. Gedankenstrich 6. EG-RL), Art. 193 MwStSystRL (Art. 28g Abs. 1 Buchst. a Unterabs. 1 6. EG-RL), Art. 200 MwStSystRL (Art. 28g Abs. 1 Buchst. e 6. EG-RL), Art. 202 MwStSystRL (Art. 28c Teil E 1. Gedankenstrich Abs. 1 Unterabs. 2 6. EG-RL), Art. 203 MwStSystRL (Art. 28g Abs. 1 Buchst. d 6. EG-RL).

Übersicht

1. Bedeutung und Rechtsentwicklung

1 Gemäß § 43 AO bestimmen die Steuergesetze, wer Steuerschuldner oder Gläubiger einer Steuervergütung ist. Für das UStG übernimmt § 13a diese Bestimmung entsprechend Art. 193ff. MwStSystRL wie folgt:
- Steuerschuldner ist idR der (leistende) Unternehmer iSd § 2 (§ 13a Abs. 1 Nr. 1).
- Bei der Verwirklichung bestimmter umsatzsteuerlicher Tatbestände benennt das UStG auch andere Personen (auch Nichtunternehmer) als Steuerschuldner (§ 13a Abs. 1 Nr. 2–6).
- Für die Einfuhrumsatzsteuer gelten über § 21 Abs. 2 die Vorschriften für Zölle sinngemäß.

2 § 13a wurde durch das StÄndG 2001 zum 1.1.2002 neu in das UStG eingeführt. Die bisherigen Abs. 2 und 3 des § 13 wurden ohne sachliche Änderung als selbstständiger Paragraph (§ 13a) von § 13 getrennt, → § 13 Rn. 4. Zur Zeit davor auch → § 13 Rn. 1–3. Durch das **StÄndG 2003** wurde als Folgeänderung aufgrund der Einführung des § 14c in Abs. 1 Nr. 1 „§ 14 Abs. 2" durch § 14c Abs. 1 und in Abs. 1 Nr. 4 „§ 14 Abs. 3" durch § 14c Abs. 2 ersetzt. Die damals neu eingefügte Vorschrift Abs. 1 Nr. 6 regelt die Steuerschuldnerschaft im Fall der Auslagerung von Gegenständen aus dem Umsatzsteuerlager.

2. Steuerschuldner

Die Bestimmung des Steuerschuldners ist in § 13a für die Steuertatbestände § 1 Abs. 1 S. 1 Nr. 1 und 5, 14c Abs. 1 und 2, § 6a Abs. 4 sowie § 25b Abs. 2 in § 1a Abs. 1 umgesetzt worden. Besonderheiten gelten für die EUSt gemäß Abs. 2. Wer hier Schuldner ist, richtet sich nach Zollrecht. 3

a) Der Unternehmer in den Fällen des § 1 S. 1 Nr. 1. In den Fällen des § 1 Abs. 1 Nr. 1 ist der Unternehmer, der die Lieferung und Leistungen iSv § 1 Abs. 1 S. 1 Nr. 1 ausführt, der Steuerschuldner. EU-rechtliche Grundlage ist Art. 193 MwStSystRL (=Art. 28g Abs. 1 Buchst. a UAbs. 1 6. EG-RL). Zum Unternehmer auch → § 2 Rn. 5ff. Unter welcher Rechtsform der Unternehmer auftritt, spielt keine Rolle, Unternehmer und damit Steuerschuldner kann eine natürliche Person, eine Personenvereinigung oder eine juristische Person des privaten oder öffentlichen Rechts sein, Letztere, soweit sie nicht hoheitlich auftritt. Auch die Vorgründungsgesellschaft kann Steuerschuldner sein, → § 2 Rn. 169ff. **Personengesellschaften** bestehen für Zwecke der USt auch nach der gesellschaftsrechtlichen **Auflösung** fort, bis die Steuerschuld getilgt ist, → § 2 Rn. 173ff. Nach Eröffnung des Insolvenzverfahrens bleibt der Schuldner Unternehmer und damit Steuerschuldner. Dass während des Verfahrens die Steuerbescheide wegen Masseverbindlichkeiten an den Insolvenzverwalter zu richten sind, steht dem nicht entgegen, siehe BFH V R 1/06, BStBl. II 2010, 138 und *Leipold* in Sölch/Ringleb § 13a Rn. 44ff. Ähnliches gilt für den Testamentsvollstrecker, siehe *Leipold* in Sölch/Ringleb § 13a Rn. 43. Zum Beginn und Ende der Unternehmereigenschaft bei Gesellschaften siehe im Übrigen *Leipold* in Sölch/Ringleb § 13a Rn. 25ff. 4

b) Der Unternehmer in den Fällen des § 14c Abs. 1. Steuerschuldner ist der Unternehmer, der in einer Rechnung eine Steuer überhöht ausgewiesen hat bzw. eine Gutschrift des Leistungsempfängers mit überhöhtem Steuerausweis akzeptiert hat, → § 14c Rn. 10. 5

c) Der Erwerber in den Fällen des § 1 Nr. 5. Steuerschuldner eines innergemeinschaftlichen Erwerbs (§§ 1 Abs. 1 Nr. 5, 1a) ist der Erwerber. Die EU-rechtliche Grundlage ist Art. 200 MwStSystRL. 6

d) Der Abnehmer in den Fällen des § 6a Abs. 4. Im Falle einer fälschlich als steuerfrei behandelten innergemeinschaftlichen Lieferung gemäß § 6a Abs. 4 S. 2 (→ § 13 Rn. 33) trifft die Steuerschuld den Abnehmer. Zu Bedenken wegen der EU-rechtlichen Grundlage siehe *Leipold* in Sölch/Ringleb § 13a Rn. 85. 7

e) Der Aussteller der Rechnung in den Fällen des § 14c Abs. 2. Steuerschuldner ist der Aussteller der Rechnung und ab 1. 1. 2004 auch der Empfänger einer Gutschrift, dazu → § 14 Rn. 57. Die EU-rechtliche Grundlage ist Art. 203 MwStSystRL. 8

f) Der letzte Abnehmer in den Fällen des § 25b Abs. 2. Die Vorschrift **§ 13 Abs. 2 Nr. 5** steht im Zusammenhang mit **§ 25b,** der die materiell-rechtliche Übertragung der Steuerschuldnerschaft bei Dreiecksgeschäften auf den letzten Unternehmer in der Reihe regelt. § 25b bewirkt, dass im Rahmen des Dreiecksgeschäfts der innergemeinschaftliche Erwerb als nicht besteuert gilt und den mittleren Unternehmer keine Erklärungspflichten treffen. Damit diese Rechtsfolgen eintreten können, ist § 13 Abs. 2 Nr. 5 erforderlich. Mit der Übertragung der Steuerschuld gehen Erklärungs- und Aufzeichnungspflichten einher. Die Übertragung der Steuerschuld ist auch möglich, wenn tatsächlich keine USt geschuldet wird (zB bei steuerfreien Lieferungen). Siehe auch *Leipold* in Sölch/Ringleb § 13a Rn. 95. EU-rechtliche Grundlage ist Art. 141 Buchst. e und d MwStSystRL. 9

10 **g) Die Steuerschuld des Auslagerers.** § 13a Abs. 1 Nr. 6 regelt die Steuerschuldnerschaft des Auslagerers bei der Auslagerung von Gegenständen aus einem Umsatzsteuerlager. Die Steuerschuldnerschaft ergibt sich aus § 13a Abs. 1 Nr. 1, wenn der Auslagerer der leistende Unternehmer ist. Mit der Steuerschuldnerschaft des Auslagerers sind Erklärungs- und Aufzeichnungspflichten verbunden. Zeichnet der Lagerhalter die USt-IdNr. des Auslagerers nicht oder nicht richtig auf, kann zur Sicherung des Steueranspruchs neben dem Auslagerer der Lagerhalter als Gesamtschuldner in Anspruch genommen werden. Zu Bedenken, wenn die Ware gestohlen wird, siehe *Nieskens* UR 2004, 105 (110). EU-rechtliche Grundlage ist Art. 202 MwStSystRL.

3. Einfuhrumsatzsteuer

11 § 13a Abs. 2 verweist bzgl. der EUSt gemäß § 21 Abs. 2 auf die Vorschriften für Zölle. Danach entsteht die Schuld für die EUSt grundsätzlich dann, wenn eine Zollschuld entsteht oder entstehen würde. Im Regelfall entsteht die EUSt mit Bekanntgabe des EUSteuerschuldbescheides bzw. dann, wenn die zu versteuernden Waren der Überwachung durch die Zollbehörde vorenthalten werden. Im Übrigen siehe die entsprechenden Erläuterungen zu § 21 Abs. 2.

§ 13b Leistungsempfänger als Steuerschuldner

(1) **Für nach § 3a Absatz 2 im Inland steuerpflichtige sonstige Leistungen eines im übrigen Gemeinschaftsgebiet ansässigen Unternehmers entsteht die Steuer mit Ablauf des Voranmeldungszeitraums, in dem die Leistungen ausgeführt worden sind.**

(2) **Für folgende steuerpflichtige Umsätze entsteht die Steuer mit Ausstellung der Rechnung, spätestens jedoch mit Ablauf des der Ausführung der Leistung folgenden Kalendermonats:**

1. **Werklieferungen und nicht unter Absatz 1 fallende sonstige Leistungen eines im Ausland ansässigen Unternehmers;**
2. **Lieferungen sicherungsübereigneter Gegenstände durch den Sicherungsgeber an den Sicherungsnehmer außerhalb des Insolvenzverfahrens;**
3. **Umsätze, die unter das Grunderwerbsteuergesetz fallen;**
4. **Bauleistungen, einschließlich Werklieferungen und sonstigen Leistungen im Zusammenhang mit Grundstücken, die der Herstellung, Instandsetzung, Instandhaltung, Änderung oder Beseitigung von Bauwerken dienen, mit Ausnahme von Planungs- und Überwachungsleistungen. Als Grundstücke gelten insbesondere auch Sachen, Ausstattungsgegenstände und Maschinen, die auf Dauer in einem Gebäude oder Bauwerk installiert sind und die nicht bewegt werden können, ohne das Gebäude oder Bauwerk zu zerstören oder zu verändern. Nummer 1 bleibt unberührt;**
5. **Lieferungen**
   a) **der in § 3g Absatz 1 Satz 1 genannten Gegenstände eines im Ausland ansässigen Unternehmers unter den Bedingungen des § 3g und**
   b) **von Gas über das Erdgasnetz und von Elektrizität, die nicht unter Buchstabe a fallen;**
6. **Übertragung von Berechtigungen nach § 3 Nummer 3 des Treibhausgas-Emissionshandelsgesetzes, Emissonsreduktionseinheiten nach § 2 Nummer 20 des Projekt-Mechanismen-Gesetzes und zertifizierten Emissionsreduktionen nach § 2 Nummer 21 des Projekt-Mechanismen-Gesetzes;**

7. Lieferungen der in der Anlage 3 bezeichneten Gegenstände;
8. Reinigen von Gebäuden und Gebäudeteilen. [2]Nummer 1 bleibt unberührt;
9. Lieferungen von Gold mit einem Feingehalt von mindestens 325 Tausendstel, in Rohform oder als Halbzeug (aus Position 7108 des Zolltarifs) und von Goldplattierungen mit einem Goldfeingehalt von mindestens 325 Tausendstel (aus Position 7109);
10. Lieferungen von Mobilfunkgeräten, Tablet-Computern und Spielekonsolen sowie von integrierten Schaltkreisen vor Einbau in einen zur Lieferung auf der Einzelhandelsstufe geeigneten Gegenstand, wenn die Summe der für sie in Rechnung zu stellenden Entgelte im Rahmen eines wirtschaftlichen Vorgangs mindestens 5000 Euro beträgt; nachträgliche Minderungen des Entgelts bleiben dabei unberücksichtigt;
11. Lieferungen der in der Anlage 4 bezeichneten Gegenstände, wenn die Summe der für sie in Rechnung zu stellenden Entgelte im Rahmen eines wirtschaftlichen Vorgangs mindestens 5000 Euro beträgt; nachträgliche Minderungen des Entgelts bleiben dabei unberücksichtigt.

(3) **Abweichend von den Absatz 1 und 2 Nummer 1 entsteht die Steuer für sonstige Leistungen, die dauerhaft über einen Zeitraum von mehr als einem Jahr erbracht werden, spätestens mit Ablauf eines jeden Kalenderjahres, in dem sie tatsächlich erbracht werden.**

(4) **[1]Bei der Anwendung der Absätze 1 bis 3 gilt § 13 Absatz 1 Nummer 1 Buchstabe a Satz 2 und 3 entsprechend. [2]Wird in den in den Absätzen 1 bis 3 sowie in den in Satz 1 genannten Fällen das Entgelt oder ein Teil des Entgelts vereinnahmt, bevor die Leistung oder die Teilleistung ausgeführt worden ist, entsteht insoweit die Steuer mit Ablauf des Voranmeldungszeitraums, in dem das Entgelt oder das Teilentgelt vereinnahmt worden ist.**

(5) **[1]In den in den Absätzen 1 und 2 Nummer 1 bis 3 genannten Fällen schuldet der Leistungsempfänger die Steuer, wenn er ein Unternehmer oder eine juristische Person ist; in den in Absatz 2 Nummer 5 Buchstabe a, Nummer 6, 7, 9 bis 11 genannten Fällen schuldet der Leistungsempfänger die Steuer, wenn er ein Unternehmer ist. [2]In den in Absatz 2 Nummer 4 Satz 1 genannten Fällen schuldet der Leistungsempfänger die Steuer unabhängig davon, ob er sie für eine von ihm erbrachte Leistung im Sinne des Absatzes 2 Nummer 4 Satz 1 verwendet, wenn er ein Unternehmer ist, der nachhaltig entsprechende Leistungen erbringt; davon ist auszugehen, wenn ihm das zuständige Finanzamt eine im Zeitpunkt der Ausführung des Umsatzes gültige auf längstens drei Jahre befristete Bescheinigung, die nur mit Wirkung für die Zukunft widerrufen oder zurückgenommen werden kann, darüber erteilt hat, dass er ein Unternehmer ist, der entsprechende Leistungen erbringt. [3]Bei den in Absatz 2 Nummer 5 Buchstabe b genannten Lieferungen von Erdgas schuldet der Leistungsempfänger die Steuer, wenn er ein Wiederverkäufer von Erdgas im Sinne des § 3g ist. [4]Bei den in Absatz 2 Nummer 5 Buchstabe b genannten Lieferungen von Elektrizität schuldet der Leistungsempfänger in den Fällen die Steuer, in denen der liefernde Unternehmer und der Leistungsempfänger Wiederverkäufer von Elektrizität im Sinne des § 3g sind. [5]In den in Absatz 2 Nummer 8 Satz 1 genannten Fällen schuldet der Leistungsempfänger die Steuer unabhängig davon, ob er sie für eine von ihm erbrachte Leistung im Sinne des Absatzes 2 Nummer 8 Satz 1 verwendet, wenn er ein Unternehmer ist, der nachhaltig entsprechende Leistungen erbringt; davon ist auszugehen, wenn ihm das zuständige Finanzamt eine im Zeitpunkt der Ausführung des Umsatzes gültige auf längstens drei Jahre befristete Bescheinigung, die nur mit Wirkung für die Zukunft widerrufen**

oder zurückgenommen werden kann, darüber erteilt hat, dass er ein Unternehmer ist, der entsprechende Leistungen erbringt. [6]Die Sätze 1 bis 5 gelten vorbehaltlich des Satzes 10 auch, wenn die Leistung für den nichtunternehmerischen Bereich bezogen wird. [7]Sind Leistungsempfänger und leistender Unternehmer in Zweifelsfällen übereinstimmend vom Vorliegen der Voraussetzungen des Absatzes 2 Nummer 4, 5 Buchstabe b, Nummer 7 bis 11 ausgegangen, obwohl dies nach der Art der Umsätze unter Anlegung objektiver Kriterien nicht zutreffend war, gilt der Leistungsempfänger dennoch als Steuerschuldner, sofern dadurch keine Steuerausfälle entstehen. [8]Die Sätze 1 bis 6 gelten nicht, wenn bei dem Unternehmer, der die Umsätze ausführt, die Steuer nach § 19 Absatz 1 nicht erhoben wird. [9]Die Sätze 1 bis 8 gelten nicht, wenn ein in Absatz 2 Nummer 2, 7 oder 9 bis 11 genannter Gegenstand von dem Unternehmer, der die Lieferung bewirkt, unter den Voraussetzungen des § 25a geliefert wird. [10]In den in Absatz 2 Nummer 4, 5 Buchstabe b und Nummer 7 bis 11 genannten Fällen schulden juristische Personen des öffentlichen Rechts die Steuer nicht, wenn sie die Leistung für den nichtunternehmerischen Bereich beziehen.

(6) **Die Absätze 1 bis 5 finden keine Anwendung, wenn die Leistung des im Ausland ansässigen Unternehmers besteht**
1. **in einer Personenbeförderung, die der Beförderungseinzelbesteuerung (§ 16 Absatz 5) unterlegen hat,**
2. **in einer Personenbeförderung, die mit einem Fahrzeug im Sinne des § 1b Absatz 2 Satz 1 Nummer 1 durchgeführt worden ist,**
3. **in einer grenzüberschreitenden Personenbeförderung im Luftverkehr,**
4. **in der Einräumung der Eintrittsberechtigung für Messen, Ausstellungen und Kongresse im Inland,**
5. **in einer sonstigen Leistung einer Durchführungsgesellschaft an im Ausland ansässige Unternehmer, soweit diese Leistung im Zusammenhang mit der Veranstaltung von Messen und Ausstellungen im Inland steht, oder**
6. **in der Abgabe von Speisen und Getränken zum Verzehr an Ort und Stelle (Restaurationsleistung), wenn diese Abgabe an Bord eines Schiffs, in einem Luftfahrzeug oder in einer Eisenbahn erfolgt.**

(7) **[1]Ein im Ausland ansässiger Unternehmer im Sinne des Absatzes 2 Nummer 1 und 5 ist ein Unternehmer, der im Inland, auf der Insel Helgoland und in einem der in § 1 Absatz 3 bezeichneten Gebiete weder einen Wohnsitz, seinen gewöhnlichen Aufenthalt, seinen Sitz, seine Geschäftsleitung noch eine Betriebsstätte hat; dies gilt auch, wenn der Unternehmer ausschließlich einen Wohnsitz oder einen gewöhnlichen Aufenthaltsort im Inland, aber seinen Sitz, den Ort der Geschäftsleitung oder eine Betriebsstätte im Ausland hat. [2]Ein im übrigen Gemeinschaftsgebiet ansässiger Unternehmer ist ein Unternehmer, der in den Gebieten der übrigen Mitgliedstaaten der Europäischen Union, die nach dem Gemeinschaftsrecht als Inland dieser Mitgliedstaaten gelten, einen Wohnsitz, seinen gewöhnlichen Aufenthalt, seinen Sitz, seine Geschäftsleitung oder eine Betriebsstätte hat; dies gilt nicht, wenn der Unternehmer ausschließlich einen Wohnsitz oder einen gewöhnlichen Aufenthaltsort in den Gebieten der übrigen Mitgliedstaaten der Europäischen Union, die nach dem Gemeinschaftsrecht als Inland dieser Mitgliedstaaten gelten, aber seinen Sitz, den Ort der Geschäftsleitung oder eine Betriebsstätte im Drittlandsgebiet hat. [3]Hat der Unternehmer im Inland eine Betriebsstätte und führt er einen Umsatz nach Absatz 1 oder Absatz 2 Nummer 1 oder Nummer 5 aus, gilt er hinsichtlich dieses Umsatzes als im Ausland oder im übrigen Gemeinschaftsgebiet ansässig, wenn die Betriebs-**

stätte an diesem Umsatz nicht beteiligt ist. [4]Maßgebend ist der Zeitpunkt, in dem die Leistung ausgeführt wird. [5]Ist es zweifelhaft, ob der Unternehmer diese Voraussetzungen erfüllt, schuldet der Leistungsempfänger die Steuer nur dann nicht, wenn ihm der Unternehmer durch eine Bescheinigung des nach den abgabenrechtlichen Vorschriften für die Besteuerung seiner Umsätze zuständigen Finanzamts nachweist, dass er kein Unternehmer im Sinne der Sätze 1 und 2 ist.

(8) **Bei der Berechnung der Steuer sind die §§ 19 und 24 nicht anzuwenden.**

(9) **Das Bundesministerium der Finanzen kann mit Zustimmung des Bundesrates durch Rechtsverordnung bestimmen, unter welchen Voraussetzungen zur Vereinfachung des Besteuerungsverfahrens in den Fällen, in denen ein anderer als der Leistungsempfänger ein Entgelt gewährt (§ 10 Absatz 1 Satz 3), der andere an Stelle des Leistungsempfängers Steuerschuldner nach Absatz 5 ist.**

(10) **[1]Das Bundesministerium der Finanzen kann mit Zustimmung des Bundesrates durch Rechtsverordnung den Anwendungsbereich der Steuerschuldnerschaft des Leistungsempfängers nach den Absätzen 2 und 5 auf weitere Umsätze erweitern, wenn im Zusammenhang mit diesen Umsätzen in vielen Fällen der Verdacht auf Steuerhinterziehung in einem besonders schweren Fall aufgetreten ist, die voraussichtlich zu erheblichen und unwiederbringlichen Steuermindereinnahmen führen. [2]Voraussetzungen für eine solche Erweiterung sind, dass**

1. **die Erweiterung frühestens zu dem Zeitpunkt in Kraft treten darf, zu dem die Europäische Kommission entsprechend Artikel 199b Absatz 3 der Richtlinie 2006/112/EG des Rates vom 28. November 2006 über das gemeinsame Mehrwertsteuersystem (ABl. L 347 vom 11.12.2006, S. 1) in der Fassung von Artikel 1 Nummer 1 der Richtlinie 2013/42/EU (ABl. L 201 vom 26.7.2013, S. 1) mitgeteilt hat, dass sie keine Einwände gegen die Erweiterung erhebt;**
2. **die Bundesregierung einen Antrag auf eine Ermächtigung durch den Rat entsprechend Artikel 395 der Richtlinie 2006/112/EG in der Fassung von Artikel 1 Nummer 2 der Richtlinie 2013/42/EG (ABl. L 201 vom 26.7.2013, S. 1) gestellt hat, durch die die Bundesrepublik Deutschland ermächtigt werden soll, in Abweichung von Artikel 193 der Richtlinie 2006/112/EG, die zuletzt durch die Richtlinie 2013/61/EU (ABl. L 353 vom 28.12.2013, S. 5) geändert worden ist, die Steuerschuldnerschaft des Leistungsempfängers für die von der Erweiterung nach Nummer 1 erfassten Umsätze zur Vermeidung von Steuerhinterziehungen einführen zu dürfen;**
3. **die Verordnung nach neun Monaten außer Kraft tritt, wenn die Ermächtigung nach Nummer 2 nicht erteilt worden ist; wurde die Ermächtigung nach Nummer 2 erteilt, tritt die Verordnung außer Kraft, sobald die gesetzliche Regelung, mit der die Ermächtigung in nationales Recht umgesetzt wird, in Kraft tritt.**

Anlage 3 (zu § 13b Absatz 2 Nummer 7)

Liste der Gegenstände im Sinne des § 13b Absatz 2 Nummer 7

Lfd. Nr.	Warenbezeichnung	Zolltarif (Kapitel, Position, Unterposition)
1	Granulierte Schlacke (Schlackensand) aus der Eisen- und Stahlherstellung	Unterposition 2618 00 00
2	Schlacken (ausgenommen granulierte Schlacke), Zunder und andere Abfälle der Eisen- und Stahlherstellung	Unterposition 2619 00
3	Schlacken, Aschen und Rückstände (ausgenommen solche der Eisen- und Stahlherstellung), die Metalle, Arsen oder deren Verbindungen enthalten	Position 2620
4	Abfälle, Schnitzel und Bruch von Kunststoffen	Position 3915
5	Abfälle, Bruch und Schnitzel von Weichkautschuk, auch zu Pulver oder Granulat zerkleinert	Unterposition 4004 00 00
6	Bruchglas und andere Abfälle und Scherben von Glas	Unterposition 7001 00 10
7	Abfälle und Schrott von Edelmetallen oder Edelmetallplattierungen; andere Abfälle und Schrott, Edelmetalle oder Edelmetallverbindungen enthaltend, von der hauptsächlich zur Wiedergewinnung von Edelmetallen verwendeten Art	Position 7112
8	Abfälle und Schrott, aus Eisen oder Stahl; Abfallblöcke aus Eisen oder Stahl	Position 7204
9	Abfälle und Schrott, aus Kupfer	Position 7404
10	Abfälle und Schrott, aus Nickel	Position 7503
11	Abfälle und Schrott, aus Aluminium	Position 7602
12	Abfälle und Schrott, aus Blei	Position 7802
13	Abfälle und Schrott, aus Zink	Position 7902
14	Abfälle und Schrott, aus Zinn	Position 8002
15	Abfälle und Schrott, aus anderen unedlen Metallen	aus Positionen 8101 bis 8113
16	Abfälle und Schrott, von elektrischen Primärelementen, Primärbatterien und Akkumulatoren; ausgebrauchte elektrische Primärelemente, Primärbatterien und Akkumulatoren	Unterposition 8548 10

Anlage 4 (zu § 13b Abs. 2 Nr. 11)

Liste der Gegenstände für deren Lieferung der Leistungsempfänger die Steuer schuldet

Lfd. Nr.	Warenbezeichnung	Zolltarif (Kapitel, Position, Unterposition)
1	Silber, in Rohform oder als Halbzeug oder Pulver; Silberplattierungen auf unedlen Metallen, in Rohform oder als Halbzeug	Positionen 7106 und 7107
2	Platin, in Rohform oder als Halbzeug oder Pulver; Platinplattierungen auf unedlen Metallen, auf Silber oder auf Gold, in Rohform oder als Halbzeug	Position 7110 und Unterposition 7111 00 00
3	Roheisen oder Spiegeleisen, in Masseln, Blöcken oder anderen Rohformen; Körner und Pulver aus Roheisen, Spiegeleisen, Eisen oder Stahl; Rohblöcke und andere Rohformen aus Eisen oder Stahl; Halbzeug aus Eisen oder Stahl	Positionen 7201, 7205 bis 7207, 7218 und 7224
4	Nicht raffiniertes Kupfer und Kupferanoden zum elektrolytischen Raffinieren; raffiniertes Kupfer und Kupferlegierungen, in Rohform; Kupfervorlegierungen; Pulver und Flitter aus Kupfer	Positionen 7402, 7403, 7405 und 7406
5	Nickelmatte, Nickeloxidsinter und andere Zwischenerzeugnisse der Nickelmetallurgie; Nickel in Rohform; Pulver und Flitter, aus Nickel	Positionen 7501, 7502 und 7504
6	Aluminium in Rohform; Pulver und Flitter, aus Aluminium	Positionen 7601 und 7603
7	Blei in Rohform; Pulver und Flitter, aus Blei	Positionen 7801; aus Position 7804
8	Zink in Rohform; Staub, Pulver und Flitter, aus Zink	Positionen 7901 und 7903
9	Zinn in Rohform	Position 8001
10	Andere unedle Metalle in Rohform oder als Pulver	aus Positionen 8101 bis 8112
11	Cermets in Rohform	Unterposition 8113 00 20

Umsatzsteuer-Durchführungsverordnung:

§ 30a Steuerschuldnerschaft bei unfreien Versendungen

[1]Lässt ein Absender einen Gegenstand durch einen im Ausland ansässigen Frachtführer oder Verfrachter unfrei zum Empfänger der Frachtsendung befördern oder eine solche Beförderung durch einen im Ausland ansässigen Spediteur unfrei besorgen, ist der Empfänger der Frachtsendung an Stelle des Leistungsempfängers Steuerschuldner nach § 13b Absatz 5 des Gesetzes, wenn

1. *er ein Unternehmer oder eine juristische Person des öffentlichen Rechts ist,*
2. *er die Entrichtung des Entgelts für die Beförderung oder für ihre Besorgung übernommen hat und*
3. *aus der Rechnung über die Beförderung oder ihre Besorgung auch die in Nummer 2 bezeichnete Voraussetzung zu ersehen ist.*

[2]Dies gilt auch, wenn die Leistung für den nichtunternehmerischen Bereich bezogen wird.

EU-Recht: Art. 64 Abs. 1 MwStSystRL (Art. 10 Abs. 2 Unterabs. 1 Satz 2 und 3 6. EG-RL), Art. 65 MwStSystRL (Art. 10 Abs. 2 Unterabs. 2 6. EG-RL), Art. 192a MwStSystRL, Art. 194 MwStSystRL (Art. 28g Abs. 1 Buchst. a Unterabs. 2 6. EG-RL), Art. 195 MwStSystRL (Art. 28g

Abs. 1 Buchst. f 6. EG-RL), Art. 196 MwStSystRL (Art. 28g Abs. 1 Buchst. b 6. EG-RL), Art. 199 MwStSystRL (Art. 28g Abs. 2 Buchst. c Unterabs. 1–4 6. EG-RL).
UStAE: 13b.1–13b.18

Übersicht

I. Bedeutung und Systematik

Die Vorschrift regelte zunächst die Steuerschuldnerschaft des Leistungsempfängers – sog. **Reverse-Charge-Verfahren** – im Wesentlichen für die Tatbestände, die bisher unter das Abzugsverfahren gemäß §§ 18 Abs. 8, 51–58 UStDV aF fielen. Das waren in erster Linie die Werklieferungen und Leistungen ausländischer Unternehmer, außerdem Lieferung sicherungsübereigneter Gegenstände durch den Sicherungsgeber an den Sicherungsnehmer außerhalb des Insolvenzverfahrens und die Zwangsversteigerung von Grundstücken. 1

Durch die Einführung des § 13b tritt im Vergleich zur bisherigen Rechtslage eine einschneidende Änderung ein: Der **Leistungsempfänger** ist nunmehr nicht mehr bloß Haftender (§ 55 UStDV aF). Er **schuldet** selbst und allein die **Steuer** mit der Folge, dass Umsatzsteuerschuld und Vorsteuerabzugsberechtigung zusammenfallen. Für den leistenden Unternehmer entsteht keine Steuerschuld, siehe *Widmann* DB 2002, 166 (171). Er haftet auch nicht neben dem Leistungsempfänger. Nach den Vorstellungen des Gesetzgebers sollen durch die beschriebene Regelung Steuerausfälle verhindert werden, siehe BR-Drs. 399/01, BT-Drs. 14/6877, 34f. und BT-Drs. 15/1502, 31. Kritik an der Abstimmung der §§ 13a Abs. 1 Nr. 1 und 13b bei *Tehler* UR 2002, 412. 2

einstweilen frei 3

II. Rechtsentwicklung

4 § 13b ist durch das **StÄndG 2001** in das UStG eingefügt worden. Die Regelung beschränkt sich inzwischen nicht mehr auf die Ersetzung des Abzugsverfahrens. Bereits kurz nach ihrem Inkrafttreten (2002) ist die Vorschrift erheblich erweitert und anschließend immer wieder um neue Tatbestände ergänzt worden: Durch das **HBeglG** vom 29.12.2003 (BGBl. 2003 I 3076 und 04, 69) wurde die Steuerschuldnerschaft des Leistungsempfängers auf alle Umsätze, die unter das GrEStG fallen, ausgedehnt. Zudem wurden Bauleistungen ebenfalls dem Reverse-Charge-Verfahren unterworfen, § 13b Abs. 1 S. 1 Nr. 4 (nunmehr: Abs. 2 Nr. 4). Durch das **EURLUmsG** vom 9.12.2004 (BGBl. 2004 I 3310) wurden in Abs. 1 Satz 1 die Nr. 5 (nunmehr Abs. 2 Nr. 5) die Lieferung von Lieferung und Elektrizität (§ 3g) neu eingefügt. Durch das **JStG 2007** vom 13.12.2006 (BGBl. 2006 I 2979) wurde in Abs. 3 Nr. 4 und 5 (nunmehr Abs. 6 Nr. 4 und 5) die Steuerschuldnerschaft ausländischer Unternehmer und dort ansässiger Durchführungsgesellschaften im Zusammenhang von inländischen Messen neu eingefügt. Durch das **JStG 2009** vom 19.12.2009 (BGBl. 2008 I 2794) wurde die Definition des im Ausland ansässigen Unternehmens insoweit neu gefasst, als der Begriff „Zweigniederlassung" durch „Betriebsstätte" ersetzt wurde.

5 Das Gesetz zur Umsetzung steuerlicher EU-Vorgaben sowie zur Änderung steuerlicher Vorschriften vom 8.4.2010 (BGBl. 2010 I 386 – **EU-Vorgaben-UmsG**) strukturiert § 13b mWz **1.7.2010** völlig um. Während die Absätze 1 und 3 neu eingefügt werden, wird der bisherige Absatz 1 in die Absätze 2 und 4 aufgeteilt. Das Gesetz unterscheidet jetzt hinsichtlich der **Entstehung der Steuer** beim Leistungsempfänger zwischen den in § 3a Abs. 2 genannten Leistungen (§ 13b Abs. 1) und den übrigen sonstigen Leistungen (§ 13b Abs. 2). Ebenfalls neu ist die Regelung für **Dauerleistungen** in § 13b Abs. 3. Erst im Laufe der parlamentarischen Beratungen wurde der **Treibhausgas-Emissionshandel** dem Reverse-Charge-Verfahren unterworfen (§ 13b Abs. 2 Nr. 6). In § 13b Abs. 7 (bisher Abs. 4) wurde der Begriff des **„im Gemeinschaftsgebiet ansässigen Unternehmers"** neu eingeführt. § 13b Abs. 5 (bisher Abs. 2) erweitert die Anwendung des Reverse-Charge-Verfahrens auf den Bezug für den **nichtunternehmerischen Bereich bei sämtlichen juristischen Personen.**

6 Durch das **JStG 2010** vom 8.12.2010 (BGBl. 2010 I 1768) wurde die Steuerschuldnerschaft des Leistungsempfängers erweitert auf die Lieferung von **Industrieschrott, Altmetallen und sonstigen Abfällen** (§ 13b Abs. 2 Nr. 7) und gilt für die **Reinigung von Gebäuden und Gebäudeteilen** (Abs. 2 Nr. 8). Außerdem wurden **Restaurationsleistungen,** deren Abgabe an Bord eines Schiffes, in einem Flugzeug oder in der Eisenbahn erfolgen, vom Reverse-Charge-Verfahren ausgenommen (§ 13b Abs. 6 Nr. 6) und § 13b Abs. 2 Nr. 5 um die Lieferung von **Wärme und Kälte** ergänzt. Sämtliche Änderungen sind zum **1.1.2011** in Kraft getreten. Mit dem Sechsten Gesetz zur Änderung von Verbrauchsteuergesetzen (BT-Drs. 17/5127) wurde nach Beschlussempfehlung des Finanzausschusses (BT-Drs. 17/5510) das Reverse-Charge-Verfahren zum **1.7.2011** erweitert auf die Lieferung von **Mobilfunkgeräten und Computerbauteilen** (§ 13b Abs. 2 Nr. 10).

7 Zwar ist das **JStG 2013 gescheitert,** die im Gesetzentwurf zum JStG 2013 (BT-Drs. 17/10000) idF der Beschlussempfehlung des Finanzausschusses (BT-Drs. 17/11190) vorgesehenen Änderungen des § 13b sind jedoch durch das **AmtshilfeRLUmsG** (BT-Drs. 17/13722 und BR-Drs. 477/13) übernommen und umgesetzt worden. So wurde der Begriff des **im Ausland ansässigen Unternehmers** zum 1.7.2013 an das EU-Recht angepasst (§ 13b Abs. 7 S. 1–3). Das Reverse-Charge-Verfahren bei der Lieferung von **Erdgas und Elektrizität** wird erweitert auf im Inland ansässige Unternehmer (§ 13b Abs. 2 Nr. 5 Buchst. b iVm Abs. 5 Satz 2). Einge-

schränkt wird das Reverse-Charge-Verfahren zum 1.10.2013 bei **Personenbeförderungsleistungen mit Landfahrzeugen** (§ 13b Abs. 6 Nr. 2).

Mit Wirkung zum **1.10.2014** wurden durch das **KroatienAnpG** vom 25.7.2014 (BGBl. 2014 I 1266) der Anwendungsbereich des § 13b Abs. 2 Nr. 10 auf Lieferungen von **Tablet-Computern und Spielekonsolen** ergänzt. Außerdem wurde die Steuerschuldumkehr erstmals eingeführt für die Lieferung von **Edelmetallen** und **unedlen Metallen** (§ 13b Abs. 2 Nr. 11 iVm Anlage 4). Weiter hat der Gesetzgeber die frühere – vom BFH kassierte – Verwaltungsauffassung zu den **Bau- und Reinigungsleistungen** dadurch abgesichert, dass das Kriterium der **„Nachhaltigkeit"** in Abs. 5 Satz 2 und 5 ergänzt wurde. Die Nachhaltigkeit kann durch eine von der Finanzverwaltung ausgestellte **Bescheinigung** nachgewiesen werden. In § 13b Abs. 5 S. 7 wurde eine **Vertrauensschutzregelung** aufgenommen. Für die Fälle einer Differenzbesteuerung nach § 25a wurde die Steuerschuldverlagerung gesetzlich ausgeschlossen (§ 13b Abs. 5 S. 9). **8**

Mit dem zum 1.1.2015 in Kraft getreten ZollkodexAnpG (BStBl. I 2014, 2417) wurde der zum 1.10.2014 eingeführte § 13b Abs. 2 Nr. 11 angepasst. Zum einen wurde die Anlage 4 deutlich gestrafft, zum anderen wurde ein Schwellenwert von 5.000 EUR eingeführt. Außerdem wird das BMF in § 13b Abs. 10 ermächtigt, bei unvermittelt auftretenden Betrugsfällen von erheblichem Gewicht und zur Verhinderung von Steuerausfällen die Umkehr der Steuerschuldnerschaft des Leistungsempfängers kurzfristig zu erweitern (sog. Schnellreaktionsmechanismus). **9**

Durch das **StÄndG 2015** (BGBl. 2015 I 1834) wurde mit Wirkung zum **6.11.2015** klargestellt, dass Leistungen an **Betriebsvorrichtungen** weiterhin unverändert unter die Regelung des § 13b Abs. 2 Nr. 4 fallen. § 13b Abs. 5 S. 10 regelt, dass **jur. Pers döR** beim Bezug von bestimmten Leistungen für ihren **nichtunternehmerischen** Bereich nicht als Steuerschuldner anzusehen sind. **10**

einstweilen frei **11–15**

III. EU-rechtliche Vorgaben

Der Übergang der Steuerschuld auf den Leistungsempfänger bei Leistungen **inländischer** Unternehmer war bei **ihrer Einführung nicht richtlinienkonform** (Art. 21 Abs. 1 6. EG-RL). Die Bundesregierung hat daher eine Ermächtigung nach Art. 22 6. EG-RL beantragt, um von der 6. EG-RL abweichen zu dürfen. Diese Ermächtigung zur Anwendung einer von der 6. EG-RL abweichenden Regelung hat sie durch die Entscheidung des Rates vom 30.3.2004 erhalten, die am 31.3.2004 veröffentlicht worden ist, siehe ABl. 2004 L 94, 59 = UR 2004, 219. § 13b idF des HBglG ist dann am **1.4.2004** in Kraft getreten. **16**

Inzwischen sind die Mitgliedstaaten **EU-rechtlich ausdrücklich befugt,** die Steuerschuldnerschaft des Leistungsempfängers auch bei **inländischen** Unternehmern anzuordnen (Kann-Bestimmung), siehe zB **17**

- Art. 199 Abs. 1 Buchst. a bis g MwStSystRL für Bau- und Reinigungsleistungen im Zusammenhang mit Grundstücken, Lieferung von sicherungsübereigneten Gegenständen, von Abfallstoffen etc.,
- Art. 199a Abs. 1 Buchst. a MwStSystRL für betrugsanfällige Dienstleistungen wie die Übertragung von Treibhausgasemissionszertifikaten.

Der Übergang der Steuerschuldnerschaft auf den Leistungsempfänger nach § 13b verstößt **nicht** gegen das EU-Recht. Dies gilt auch insoweit, als nichtvorsteuerabzugsberechtigte Unternehmer als Steuerschulder herangezogen werden (FG RhPf EFG 2006, 532; so auch BFH V R 56/02, BFH/NV 2006, 889 zum früheren Abzugsverfahren nach § 18 Abs. 8, § 51 Abs. 2 UStDV aF). **18**

einstweilen frei **19, 20**

IV. Steuerschuldner

1. Leistungsempfänger als Steuerschuldner

21 **Leistungsempfänger** gemäß § 13b ist grundsätzlich – wie bei allen anderen Umsätzen auch – derjenige, der aus dem der Leistung zugrunde liegenden Schuldverhältnis als Auftraggeber berechtigt und verpflichtet ist (→ § 14 Rn. 67ff.) und dem gegenüber abzurechnen ist. **Steuerschuldner** für Umsätze gemäß **Abs. 1 und Abs. 2 Nr. 1–3** ist der Leistungsempfänger, wenn er Unternehmer oder eine juristische Person ist (§ 13b Abs. 5 S. 1). Die frühere Einschränkung, wonach – neben den Unternehmern – nur jur. Pers döR Steuerschuldner sein können, ist durch das EU-Vorgaben-UmsG (BGBl. 2010 I 386) aufgehoben. Ab dem **1.7.2010** können damit auch **juristische Personen des Privatrechts,** die keine Unternehmer sind (zB Holdinggesellschaften), als Leistungsempfänger zur Umsatzsteuer herangezogen werden.

22 Steuerschuldner für Umsätze gemäß **Abs. 2 Nr. 5 Buchst. a, 6, 7, 9–11** ist der Leistungsempfänger nur, wenn er **Unternehmer** ist (§ 13b Abs. 5 S. 1 Hs. 2). Steuerschuldner für Umsätze gemäß **Abs. 2 Nr. 4** ist der Leistungsempfänger nur, wenn er ein **Unternehmer** ist, der **selbst nachhaltig Bauleistungen erbringt** (§ 13b Abs. 5 S. 2). In Reaktion auf die Rechtsprechung des BFH (V R 37/10, BStBl. II 2014, 128) hat der **Gesetzgeber** durch **Einfügung des Merkmals „nachhaltig"** in § 13b Abs. 5 S. 2 die frühere Verwaltungspraxis (10%-Grenze) ab dem **1.10.2014** gesetzlich abgesichert. Eine den Bauleistungen entsprechende Regelung hat der Gesetzgeber für **Reinigungsleistungen** umgesetzt, wo die Nachhaltigkeit ebenfalls Tatbestandsmerkmal geworden ist (§ 13b Abs. 5 S. 8). Bei den Lieferungen von **Erdgas und Elektrizität** an einen im Inland ansässigen Unternehmer ist die Steuerschuldnerschaft des Leistungsempfängers daran geknüpft, dass dieser Wiederverkäufer iSd § 3g ist (Abs. 2 Nr. 5 Buchst. b iVm Abs. 5 Satz 4).

23 Steuerschuldner nach § 13b sind auch **Kleinunternehmer** (§ 19), so ausdrücklich BFH XI R 14/11, DStR 2013, 2622, **pauschalierende Landwirte** (§ 24) und Unternehmer, die ausschließlich **steuerfreie Umsätze** – zB gemäß § 4 Nr. 14 – tätigen. Entsprechendes gilt auch, wenn der **Leistungsempfänger im Ausland ansässig** ist, aber die Leistung im Inland empfangen hat, so BFH XI B 1/09, BFH/NV 2010, 2131 und UStAE 13b.1 Abs. 1 S. 2. Der **Leistungsempfänger** wird **nicht Steuerschuldner,** wenn der **leistende Unternehmer Kleinunternehmer** ist und bei ihm die Steuer nach § 19 Abs. 1 nicht erhoben wird, § 13b Abs. 5 S. 7. Andernfalls könnte die Steuerschuldnerschaft des Leistungsempfängers dazu führen, dass beim Leistungsempfänger eine ungewollte Mehrbelastung entsteht, wenn dieser selbst Kleinunternehmer ist. Die Regelung dient der Klarstellung.

2. Leistungen für den nichtunternehmerischen Bereich

24 Der Leistende kann häufig nicht zweifelsfrei feststellen, ob der Empfänger die Leistung für sein Unternehmen bezieht. Um diese Zweifel zu beseitigen, findet die Umkehr der Steuerschuldnerschaft auch statt, wenn der **Leistungsempfänger die Leistung für den nichtunternehmerischen Bereich** bezogen hat (§ 13b Abs. 5 S. 6).

Beispiel: Ein Bauunternehmer, der selbst nachhaltig Bauleistungen erbringt, lässt in seinem Privathaus eine neue Heizung einbauen.

Der Einbau der Heizung stellt eine Bauleistung nach § 13b dar, für die der Bauunternehmer als Leistungsempfänger (Bauleister) die Umsatzsteuer schuldet. Die Verwendung für das Privathaus ist unbeachtlich.

Der Begriff der „nichtunternehmerischen" Tätigkeit umfasst die nicht wirtschaftliche Tätigkeit ieS und die unternehmensfremde (private) Tätigkeit (vgl. → § 3 Rn. 144a mwN).

Bei **Leistungen an jur. Pers döR** ist aufgrund der Art der Einrichtung (Behörde oder Betrieb gewerblicher Art) für den Leistenden regelmäßig erkennbar ist, ob die Leistung für den **hoheitlichen oder den unternehmerischen Bereich** bezogen wird. Aus **Vereinfachungsgründen** entbindet die FVerw die jur. Pers döR von der Steuerschuldnerschaft beim Empfang von Bauleistungen sowie von Strom- und Gaslieferungen (UStAE 13b.3 Abs. 12 S. 2). Für diese – bislang nicht vom Gesetzeswortlaut abgebildete – Verwaltungspraxis schafft **§ 13b Abs. 5 S. 10** nunmehr die erforderliche **gesetzliche Grundlage.** Die Neuregelung wurde durch das **StÄndG 2015** mit Wirkung zum **6. 11. 2015** eingeführt. 25

Der **BFH** (V R 37/10, BStBl. II 2014, 128) hat ausdrücklich **offengelassen,** ob die Regelung in § 13b Abs. 5 S. 6 **unionsrechtskonform** ist. Zweifel könnten sich insofern ergeben, als nach EU-Recht (Art. 199 MwStSystRL) nur der „steuerpflichtige Empfänger" die Steuer schuldet. Die Zweifel greifen aber wohl nur für die bis zum 1.10.2014 anzuwendende „bauwerksbezogene Sichtweise" des BFH (vgl. → Rn. 62). Mit der Neuregelung der Steuerschuldumkehr in § 13b Abs. 5 S. 2 und 5 und der Rückkehr zur „globalen" Sichtweise kommt es nicht mehr auf die konkrete Verwendung des jeweiligen Eingangsumsatzes an (vgl. → Rn. 67). 26

einstweilen frei 27–30

V. Die einzelnen Tatbestände des § 13b Abs. 2

1. Werklieferungen eines im Ausland ansässigen Unternehmers (§ 13b Abs. 2 S. 1 Nr. 1 Alternative 1)

Hier ist besonders auf die **Abgrenzung** zwischen Lieferung (innergemeinschaftlicher Erwerb gemäß § 1a) und Werklieferungen (§ 13b Abs. 2 Nr. 1) eines ausländischen Unternehmers zu achten. Wird der Gegenstand erst im Inland hergestellt, liegt der Ort der **Werklieferung** im Inland mit der Folge, dass § 13b anzuwenden ist. Wird der fertige Gegenstand im Ausland hergestellt und ins Inland verbracht, gilt nicht § 13b sondern § 1a. Zu den Werklieferungen gehören in erster Linie solche der Bauunternehmer, Montagefirmen und sonstiger Handwerksbetriebe. 31

Beispiele siehe BMF-Schreiben vom 5.12.01, BStBl. I 2001, 1013, Tz. 2; UStAE 13b.1 Abs. 2 Nr. 2.

Das **EU-Recht** kennt den Begriff der Werklieferung (§ 3 Abs. 4) nicht. Es behandelt diese Umsätze idR als sonstige Leistungen (vgl. → § 3 Rn. 183ff.), die nach § 3a Abs. 2 im Inland steuerbar wären und damit unter § 13b Abs. 2 S. 1 Nr. 1 Alternative 2 fielen.

2. Sonstige Leistungen eines im Ausland oder im übrigen Gemeinschaftsgebiet ansässigen Unternehmers (§ 13b Abs. 1 und Abs. 2 S. 1 Nr. 1 Alternative 2)

§ 13b unterscheidet ab dem 1.7.2010 die sonstigen Leistungen der im übrigen Gemeinschaftsgebiet ansässigen Unternehmer (Abs. 1) von denen der im Ausland ansässigen (Abs. 2 Nr. 1). Diese Unterscheidung hat indes nur Bedeutung für die Entstehung der Steuer (vgl. → Rn. 151). Sie führt nicht zur Erweiterung des Anwendungsbereichs von § 13b, weil der Begriff des „im Ausland ansässigen Unternehmers" den „im übrigen Gemeinschaftsgebiet ansässigen Unternehmer" einschließt (§ 13b Abs. 7 32

S. 1; § 1 Abs. 2 S. 2, Abs. 2a). § 13b Abs. 1 und Abs. 2 Nr. 1 erfassen daher als Einheit alle sonstigen Leistungen der im Ausland ansässigen Unternehmer, unabhängig davon, ob diese im Gemeinschaftsgebiet oder im Drittland (§ 1 Abs. 2 S. 3) ansässig sind. Dazu gehören neben den in § 3a Abs. 2 genannten sonstigen Leistungen die in § 3a Abs. 3 Nr. 1, Nr. 3 Buchst. a und c und Abs. 4 erwähnten sonstigen Leistungen, die innergemeinschaftlichen Güterbeförderungen gemäß § 3b Abs. 3 S. 2 sowie die unfreie Versendung und die Besorgung einer solchen, §§ 453 HGB, § 30a UStDV.

33–35 *einstweilen frei*

3. Lieferung sicherungsübereigneter Gegenstände vom Sicherungsgeber an den Sicherungsnehmer (§ 13b Abs. 2 S. 1 Nr. 2)

36 Bei der Lieferung sicherungsübereigneter Gegenstände durch den Sicherungsgeber (Kreditnehmer) an den Sicherungsnehmer (Kreditgeber/Bank) ist der **Sicherungsnehmer als Lieferungsempfänger Schuldner der Umsatzsteuer.** Der Zweck der Regelung liegt in der Sicherung des Steueranspruchs, der gegenüber dem Sicherungsgeber im Verwertungsfall regelmäßig nicht durchzusetzen wäre (*Stadie* § 13b Rn. 71).

37 **a) Lieferung eines sicherungsübereigneten Gegenstands.** Im Zeitpunkt der Sicherungsübereignung liegt noch keine Lieferung vor. Erst wenn der Sicherungsnehmer – zB eine Bank – den zur Sicherheit von einem Kreditnehmer übereigneten Gegenstand an einen Dritten veräußert, kommt es zum sog. Doppelumsatz. Der Sicherungsgeber liefert an den Sicherungsnehmer und der Sicherungsnehmer an den dritten Erwerber, → § 3 Rn. 82ff. Der Sicherungsnehmer schuldet als Leistungsempfänger die Umsatzsteuer für die Lieferung des Sicherungsgebers, UStAE 13b.1 Abs. 2 Nr. 4 iVm 1.2 Abs. 1. Dasselbe gilt, wenn der Sicherungsgeber im Namen und für Rechnung des Sicherungsnehmers oder im eigenen Namen, aber für Rechnung des Sicherungsnehmers (Dreifach-Umsatz, BFH V R 20/04, BStBl. II 2006, 931; V R 28/09, DStR 2011, 1853; UStAE 13b.1 Abs. 2 Nr. 4 iVm 1.2 Abs. 1a) das Sicherungsgut verwertet. Vgl. *Heuermann* in Sölch/Ringleb § 13b Rn. 13 mit Beispielen zum Doppel- und Dreifachumsatz.

38 **b) Lieferung außerhalb des Insolvenzverfahrens.** Die Lieferung des sicherungsübereigneten Gegenstands muss **außerhalb des Insolvenzverfahrens** erfolgen. Außerhalb des Insolvenzverfahrens erfolgt die Lieferung des Sicherungsgebers, wenn die daraus resultierende Umsatzsteuer nicht zu Massekosten führt. § 13b Abs. 2 Nr. 2 erfasst insbesondere die Veräußerung von Sicherungsgut an den Sicherungsnehmer, nachdem der **Insolvenzverwalter durch Freigabe des Sicherungsguts an den Schuldner die Massezugehörigkeit** beendet hat. Die Vorschrift findet keine Anwendung, wenn ein sicherungsübereigneter Gegenstand vom Sicherungsgeber unter den Voraussetzungen der Differenzbesteuerung (§ 25a) geliefert wird (UStAE 13b.1 Abs. 2 Nr. 4 S. 2).

39 Das Insolvenzeröffnungsverfahren zählt nicht zum Insolvenzverfahren. Das gilt auch, wenn ein vorläufiger Insolvenzverwalter bestellt wurde. Durch die Fiktion des § 55 Abs. 2 InsO bzw. des § 55 Abs. 4 InsO werden die Lieferungen des starken bzw. schwachen Insolvenzverwalter vor Insolvenzeröffnung nicht zu Umsätzen „innerhalb" des Insolvenzverfahrens (BMF 20.5.2015, DStR 2015, 1247 Rn. 23). Die vormalige Unterscheidung danach, welche Verfügungsberechtigung dem vorläufigen Insolvenzverwalter zukommt, erübrigt sich damit (*de Weerth* NZI 2015, 884 (886); anders noch 14. Aufl.).

40 § 13b Abs. 2 S. 1 Nr. 2 ist **nicht** anzuwenden, wenn der **Sicherungsnehmer** das Sicherungsgut **noch vor Insolvenzeröffnung beim Insolvenzverwalter abge-**

holt und erst **nach Insolvenzeröffnung selbst verwertet** hat. Die Lieferung des Sicherungsgebers an den Sicherungsnehmer erfolgt erst im Zeitpunkt der Verwertung (Doppellieferung) und damit außerhalb des Insolvenzverfahrens. Dementsprechend hat der BFH (V B 222/06, UR 2007, 820; XI B 34/09, BFH/NV 2010, 721) die unmittelbare sowie die entsprechende Anwendung des § 13b Abs. 2 S. 1 Nr. 2 für diesen Fall verneint. Gleichwohl ist der **Sicherungsnehmer in analoger Anwendung des § 170 Abs. 2 InsO zur Abführung der Umsatzsteuer an die Masse verpflichtet.** Die gesetzgeberische Lücke ergibt sich aus dem bei einer Gesamtschau von §§ 170 Abs. 2, 171 Abs. 2 S. 3 InsO und § 13b Abs. 2 S. 1 Nr. 2 erkennbaren gesetzgeberischen Plan, die Masse nicht mit Umsatzsteuer zu belasten (BGH IX ZR 27/06, UR 2007, 583; *Stadie* § 13b Rn. 77).

einstweilen frei **41–43**

4. Umsätze, die unter das GrEStG fallen (§ 13b Abs. 2 S. 1 Nr. 3)

Zweck der Vorschrift ist die **Sicherstellung der Besteuerung der Grundstücksumsätze.** Nicht nur bei Grundstücksübertragungen im Rahmen von Zwangsversteigerungen, sondern auch bei freihändigen Verkäufen durch einen illiquiden Eigentümer besteht die Gefahr, dass das FA mit seiner Umsatzsteuerforderung ausfällt. Wenn nämlich der gesamte Kaufpreis – wie in diesen Fällen üblich – aufgrund einer Vorausabtretung oder Zahlungsanweisung an den Kreditgeber abgeführt wird, verbleibt dem Verkäufer keinerlei Liquidität zur Begleichung der Umsatzsteuerschuld (*Stadie* § 13b Rn. 79). **44**

a) Unter das GrEStG fallende Umsätze. Bei steuerpflichtigen Umsätzen, die unter das GrEStG fallen, ist der Erwerber stets Steuerschuldner. Unter das GrEStG fallen insbesondere **Kaufverträge** oder **andere Rechtsgeschäfte,** die **den Anspruch auf Übereignung eines Grundstücks begründen,** sowie das **Meistgebot im Zwangsversteigerungsverfahren** (siehe § 1 GrEStG). Das sind in erster Linie Umsätze von Grundstücken (bebaut und unbebaut), die Bestellung von Erbbaurechten und die Übertragung von Miteigentumsanteilen an Grundstücken (UStAE 13b.1 Nr. 5 iVm 4.9.1 mwN). Zum **weiten EU-rechtlichen Begriff des „Zwangsversteigerungsverfahren"** siehe EuGH C-125/12, UR 2013, 510 – Promociones y Construcciones BJ 200. Kein steuerbarer Vorgang liegt vor, wenn die **Grundstückslieferung eine Geschäftsveräußerung im Ganzen** (§ 1 Abs. 1 a) darstellt. **45**

b) Verzicht auf die Steuerbefreiung. Die Verlagerung der Steuerschuldnerschaft auf den Erwerber (Leistungsempfänger) tritt nur ein, wenn der **Veräußerer auf die Steuerbefreiung dieser Umsätze nach § 4 Nr. 9 Buchst. a verzichtet.** Durch den Verzicht auf die Steuerbefreiung nach § 9 Abs. 1 und 3 werden die Umsätze steuerpflichtig (zum Zeitpunkt der Steuerentstehung). Der Ersteher im Zwangsversteigerungsverfahren (Leistungsempfänger) schuldet die Umsatzsteuer, wenn der **Vollstreckungsschuldner auf die Steuerfreiheit gemäß § 4 Nr. 9 Buchst. a verzichtet** und damit eine steuerpflichtige Grundstückslieferung an den Ersteher erbringt. Voraussetzung für den Verzicht ist nach § 9 Abs. 1, dass der **Leistungsempfänger ein Unternehmer** ist und die **Leistung für den Unternehmensbereich** bezieht. § 13b Abs. 5 S. 6 läuft insoweit ins Leere. Der Verzicht kann **auf Teile des zum Unternehmen gehörenden Grundstücks begrenzt** werden, wobei eine isolierte Verzichtserklärung für das Gebäude bei einem bebauten Grundstück nicht zulässig ist (EuGH C-400/98, UR 2000, 329 – Breitsohl). **46**

c) Form und Zeitpunkt des Verzichts. Der **Verzicht auf die Steuerbefreiung** bringt für den **nicht vorsteuerabzugsberechtigten Leistungsempfänger erhebliche Gefahren.** Wenn der Leistende einseitig auf die Steuerbefreiung verzichten kann, dann könnte der Leistenden nachträglich eine Steuerschuld des Leistungs- **47**

empfängers begründen. Dieser müsste die Steuer an das FA abführen, unabhängig davon, ob er sie als Vorsteuer abziehen kann (*Heuermann* in Sölch/Ringleb § 13b Rn. 94). Bei **Form** und **Zeitpunkt** ist zu **unterscheiden** zwischen Umsätzen im **Zwangsversteigerungsverfahren** und **freihändigen Umsätzen:**

– Bei Umsätzen im **Zwangsversteigerungsverfahren** ist der Verzicht durch **einseitige öffentlich-rechtliche Erklärung des Leistungserbringers** (Vollstreckungsschuldner) möglich und gemäß § 9 Abs. 3 S. 1 **bis zur Aufforderung zur Abgabe von Geboten im Versteigerungstermin** (vgl. § 66 Abs. 2 ZVG) zulässig.
– Bei allen **anderen Grundstücksumsätzen** ist der Verzicht ***nur*** in **dem gemäß § 311b BGB notariell zu beurkundenden Vertrag** möglich und dort zwingend zu erklären. Ein **späterer Verzicht** auf die Umsatzsteuerbefreiung ist **unwirksam,** auch wenn er notariell beurkundet wird (BFH XI R 40/13, BeckRS 2015, 96123; aA BMF 31.3.2004, BStBl. I 2004, 453 Rn. 4).

48–50 *einstweilen frei*

5. Bauleistungen an Bauunternehmer (§ 13b Abs. 2 S. 1 Nr. 4)

51 Mit dem am 1.4.2004 in Kraft getretenen § 13b Abs. 1 S. 1 Nr. 4 (nunmehr: § 13b Abs. 2 S. 1 Nr. 4) durchbricht der Gesetzgeber für einen erheblichen Teil der **Bauleistungen inländischer Unternehmer an Bauunternehmer** ein weiteres Mal das MwSt-System, indem er den Leistungsempfänger zum Steuerschuldner macht. Weitere Voraussetzung für die Steuerschuldumkehr ist ab dem 1.10.2014, dass der Leistungsempfänger selbst **nachhaltig** Bauleistungen erbringt (Abs. 5 Satz 2 idF des KroatienAnpG vom 25.7.2014, → Rn. 67).

52 **a) Bauleistungen an einem Bauwerk.** Betroffen sind Werklieferungen und sonstige Leistungen, die sich unmittelbar auf die **Substanz des Bauwerkes auswirken,** also der Herstellung, Instandsetzung, Instandhaltung, Änderung oder Beseitigung von Bauwerken dienen, zB auch Einbau von Fenstern, Türen, Rolltreppen, Einrichtungsgegenständen, die mit dem Bauwerk fest verbunden sind und ohne großen Aufwand nicht getrennt werden können (Gaststätteneinrichtungen), Hausanschlüsse für Telekommunikations- und Versorgungsleitungen, siehe UStAE 13b.2 Abs. 5 Nr. 6 und Abs. 8. Eine **Tabelle der Bauleistungen** nach § 13b enthält OFD Frankfurt a. M. 10.10.2012, DStR 2013, 363 sowie das Merkblatt zur USt in der Bauwirtschaft (BMF 12.10.2009, BStBl. I 2009, 1292). Nach der Finanzverwaltung ist der Begriff der „Bauleistung" nach Abs. 2 Satz 1 Nr. 4 und § 48 EStG weitgehend gleich entsprechend den Vorgaben in §§ 1 und 2 der Baubetriebe-Verordnung auszulegen (UStAE 13b.2 Abs. 2 S. 2; aA BFH V R 7/14, DStR 2014, 2290).

53 Von Gesetzes wegen sind von den Bauleistungen **ausgenommen** Planungs- und Überwachungsleistungen wie Architekten- und Bauleiteraufgaben. Bloße Materiallieferungen oder Leistungen wie zB solche von Wasser und Energie zur Durchführung der Bauleistungen, Zurverfügungstellung von Baugeräten, Entsorgung von Bauschutt uÄ führen ebenfalls nicht zur Verlagerung der Steuerschuldnerschaft, UStAE 13b.2 Abs. 7. Bei gemischten Leistungen gilt § 13b Abs. 2 S. 1 Nr. 4, wenn die Bauleistung der Gesamtleistung das Gepräge gibt. Die gesamte Leistung fällt unter § 13b Abs. 2 S. 1 Nr. 4 S. 1, wenn die Bauleistung die Hauptleistung ist. Sind in einem Vertrag mehrere selbstständige Leistungen enthalten, sind diese ggf. aufzuteilen, UStAE 13b.2 Abs. 4. Reparatur- und Wartungsarbeiten an Bauwerken fallen nur unter § 13b Abs. 1 S. 1 Nr. 4, wenn das Nettoentgelt mehr als **500 EUR** beträgt und wenn durch diese Arbeiten Teile verändert, bearbeitet oder ausgetauscht werden, UStAE 13b.2 Abs. 7 Nr. 15.

54 **b) Betriebsvorrichtungen als Bauwerksbestandteile.** Der Einbau von **Betriebsvorrichtungen** (zB Ladeneinbauten, Schaufensteranlagen und Gaststättenein-

des § 27 Abs. 19 für verfassungskonform, ebenso *Widmann* MwStR 2014, 495; *Sterzinger* UR 2014, 276; *Habammer/Schneider* BB 2015, 1108 (1110); *Heuermann* DB 2015, 572 (576)).

Aufgrund der widerstreitenden AdV-Beschlüsse der Finanzgerichte hat der **BFH** zunächst **ernstliche Zweifel an der Rechtsmäßigkeit von gemäß § 27 Abs. 19 geänderten Umsatzsteuerbescheiden** geäußert (XI B 84/15, DStR 2016, 239; ebenso V B 87/15, DStR 2016, 470). Inzwischen hat er mit **Grundsatzurteil** vom **23.2.2017** (V R 16/16, V R 24/16, DStR 2017, 777) klargestellt, dass selbst eine **etwaige Rückwirkung der Änderungsvorschrift verfassungsrechtlich unbedenklich** sei im Hinblick auf die von ihm (BFH) **zusätzlich angenommene Änderungsvoraussetzung,** dass dem leistenden Unternehmer ein (zivilrechtlicher) Zahlungsanspruch gegenüber dem Leistungsempfänger zustehen müsse (vgl. → Rn. 78b).

Der **BFH** (V B 87/15, DStR 2016, 470 und V B 20/16, BFH/NV 2016, 1308) **78a**
hielt es zudem zwischenzeitlich (vgl. → Rn. 78b aE) für möglich, dass der Anspruch des Bauhandwerkers auf Nachbelastung der USt **entsprechend § 17 Abs. 2 Nr. 1 S. 1 uneinbringlich** geworden sei. Dies gelte insbesondere bei „Erstbescheiden", da die Korrekturvorschrift des § 27 Abs. 19 nur bei „Änderungsbescheiden" anwendbar sei. Die **Uneinbringlichkeit** beruhe darauf, dass der **Leistende wegen der Verwaltungsauffassung keine Umsatzsteuer in Rechnung stellen** konnte. Die Lösung über § 17 UStG habe „den Charme, wirtschaftlich zu passen" (*Heuermann* DStR 2016, 473). Zunächst wäre nichts zu veranlassen:

- **Heranziehung des Bauleistenden** erst, wenn dieser die **USt vom Bauträger erstattet** bekommt.
- **Erstattungsanträge der Bauträger wären unbegründet,** solange **keine Zahlung der USt** an den Bauleistenden erfolgt (FG BW 1 K 3504/15, EFG 2016, 1829).

Die Lösung über § 17 UStG erscheint aber **dogmatisch zweifelhaft:** Hier ist zum einen zu bedenken, dass das **Nettoentgelt voll bezahlt** wurde, nur eben die Steuer nicht. Uneinbringlich kann daher nur der **rechnerisch im Nachforderungsanspruch enthaltene USt-Betrag** geworden sein. Zudem wäre beim Leistungsempfänger die **Berichtigung** einer an sich gar **nicht bestehenden Steuerschuld** vorzunehmen (ebenso kritisch *Kessens* MwStR 2016, 226; *Reiß* MwStR 2016, 361). Es besteht wohl auch **keine Regelungslücke bei der erstmaligen Festsetzung,** da § 27 Abs. 19 Satz 3, 4 unabhängig von Satz 1 und 2 ist (FG Münster 15 K 1553/15 U, EFG 2016, 855 – V R 16/16).

Mit **Grundsatzurteil** vom **23.2.2017** (V R 16/16, V R 24/16, DStR 2017, 777) **78b**
hat der **BFH** nunmehr für **Rechtssicherheit gesorgt.** Er hat klargestellt, dass die Übergangsregelung des **§ 27 Abs. 19 als besondere Vertrauensschutzregelung** die allgemeine Vertrauensschutzregelung nach § 176 Abs. 2 AO ausschließe. Voraussetzung für die Umsatzsteuerfestsetzung gegenüber dem leistenden Unternehmer sei allerdings, dass **diesem** ein **abtretbarer Anspruch auf Zahlung** der gesetzlich entstandenen **Umsatzsteuer gegen den Leistungsempfänger** zustehe. Diese **zusätzliche Änderungsvoraussetzung** ergebe sich aus dem Zweck, dem Sinnzusammenhang und dem Wortlaut des § 27 Abs. 19, wobei zudem der Grundsatz der **richtlinienkonformen Auslegung** zu berücksichtigen sei. Die so verstandene Vorschrift des § 27 Abs. 19 sei **verfassungs- und unionsrechtskonform.** Eines **Rückgriffs auf § 17** (vgl. → Rn. 78a) bedürfe es daher **nicht.**

Das **Urteil des BFH ist sachgerecht.** Der **Bauhandwerker** (Leistende) wird auf **78c**
diese Weise **vollständig von der Umsatzsteuer** auf seine Leistungen **entlastet;** er steht im Ergebnis so, wie er stünde, wenn alles von vornherein richtig beurteilt worden wäre. Auch der **Bauträger steht nun so, wie er stünde, wenn alles von Anfang an korrekt verlaufen wäre:** Das Finanzamt muss ihm zwar die Umsatzsteuer erstatten, kann aber sofort mit seiner Forderung auf Werklohn (in Höhe der Umsatz-

steuer), die ihm vom Bauhandwerker abgetreten wurde, aufrechnen. Das Ganze stellt sich so als **Nullsummenspiel** dar.

78d Die Änderungsbefugnis nach § 27 Abs. 19 ist damit abhängig vom **Bestehen eines abtretbaren Anspruchs des Leistenden.** Der **BFH** (V R 16/16, V R 24/16, DStR 2017, 777) **leitet einen entsprechenden (Nachforderungs-)Anspruch** des Bauhandwerkers gegen den Bauträger **aus § 313 Abs. 1 BGB** (Anspruch auf Vertragsanpassung) **ab.**

Der **Nachforderungsanspruch** ist **nicht verjährt,** weil die **dreijährige Verjährungsfrist** erst mit dem **Urteil des BFH vom 22.8.2013** (V R 37/10) bzw. der entsprechenden **Änderung der Verwaltungsanweisung zum 15.2.2014** zu laufen beginnt (NdsFG 5 K 80/15, EFG 2016, 338 mAnm *Leonard;* LG Köln 7 O 103/15, BeckRS 2015, 18284, bestätigt durch OLG Köln I-7 U 177/15, NZBau 2017, 44; aA LG Düsseldorf 33 O 86/15, UR 2016, 720 mAnm *Widmann;* FG Bln-Bbg 5 V 5026/15, UR 2015, 592; NdsFG 16 V 132/15, BeckRS 2016, 94038). **Erst zu diesem Zeitpunkt** konnte der Leistende wissen, dass er die auf den Umsatz entfallende Steuer schuldet und gleichzeitig gegenüber seinem Vertragspartner einen zivilrechtlichen Anspruch auf Zahlung der Umsatzsteuer hat. Erst zu diesem Zeitpunkt hatte er mithin Kenntnis von den anspruchsbegründenden Tatsachen iSd § 199 Abs. 1 Nr. 2 BGB.

78e Die **Abtretung** des zivilrechtlichen Nachforderungsanspruchs **wirkt an Erfüllungs Statt** (vgl. § 364 BGB), wenn die Voraussetzungen des § 27 Abs. 19 S. 4 vorliegen. Das FA hat insoweit **kein Ermessen** (BFH V R 16/16, V R 24/16, DStR 2017, 777). Das **FA trägt auch das Risiko,** dass **die abgetretene Forderung nicht durchgesetzt werden kann, zB wegen Insolvenz des Leistungsempfängers.** Der Leistende (Abtretende) haftet nur für den Bestand der Forderung (§ 27 Abs. 19 S. 4 Nr. 2).

Aus **§ 27 Abs. 19 S. 3** ergibt sich außerdem eine **Ersetzungsbefugnis des Steuerpflichtigen** (Erfüllung durch Abtretung). Die Ersetzungsbefugnis des Leistenden kann auch **nach Erlöschen des Steueranspruchs** (Zahlung, Umbuchung, Vollstreckung) ausgeübt werden und führt dann zum Wiederaufleben desselben (FG Münster 15 K 1553/15 U, EFG 2016, 855 und 15 K 3669/15 U, EFG 2016, 849, bestätigt durch BFH V R 16/16, V R 24/16, DStR 2017, 777). Dabei hat der BFH klargestellt, dass der **Schutz des Bauhandwerkers** aufgrund der unionsrechtlichen Prinzipien der Rechtssicherheit und des Vertrauensschutzes **nicht erst auf der Erhebungsebene** (so FG Münster, aaO), **sondern bereits auf der Festsetzungsebene** stattzufinden hat.

79, 80 *einstweilen frei*

81 **i) Übergangsregelung für Bauleistungen vom 15.2.2014 bis 30.9.2014.** Für Bauleistungen zwischen dem **15.2.2014 und dem 30.9.2014** ist die **frühere Verwaltungspraxis nicht anzuwenden.** Stattdessen ist die vom BFH entwickelte „bauwerksbezogene Betrachtungsweise" anzuwenden. In der Praxis bedeutet dies, dass das Reverse-Charge-Verfahren nur dann rechtssicher angewandt werden kann, wenn der **Leistungsempfänger schriftlich bestätigt,** dass er die von ihm bezogene Bauleistung selbst zur Erbringung von eigenen Bauleistungen verwendet (zur Nachweisführung siehe BMF 8.5.2014, BStBl. I 2014, 823; UStAE 13b.3 Abs. 2). Der Leistungsempfänger bleibt in diesem Fall auch dann Steuerschuldner, wenn er gegenüber dem Leistenden falsche Angaben macht. Dieser **Vertrauensschutz** greift jedoch nicht, wenn der Leistende Kenntnis von der Unrichtigkeit der Bestätigung hatte oder hätte haben müssen.

82 Maßgebend für die Frage, ob eine Bauleistung unter die Übergangsregelung fällt, ist der **Zeitpunkt der Leistungsausführung.** Für den Fall, dass bereits **Anzahlungen** vor dem 15.2.2014 geleistet wurden für Bauvorhaben, die nach dem 14.2.2014 fertiggestellt sind, hat die Finanzverwaltung aus **Vereinfachungsgründen umfang-**

b) Leistungen einer Durchführungsgesellschaft an im Ausland ansässige Unternehmer, die im Zusammenhang mit der Veranstaltung von Messen u. Ausstellungen im Inland stehen, § 13b Abs. 6 Nr. 5. Durchführungsgesellschaften sind Unternehmer, die Gemeinschaftsausstellungen mehrerer ausländischer Unternehmer, die im selben ausländischen Staat ansässig sind, organisieren. Der Veranstalter einer inländischen Messe erbringt eine Reihe von Dienstleistungen (zB Überlassung von Ständen, Lieferung von Energie uÄ, siehe UStAE 3a.4 Abs. 4) an die Durchführungsgesellschaft. Diese leistet an die ausländischen Unternehmer, UStAE 13b.10 Abs. 3. Die Ausschaltung des Reverse-Charge-Verfahrens dient auch hier der Verwaltungsvereinfachung, → Rn. 143. Somit sind die im Ausland ansässigen Durchführungsgesellschaften Steuerschuldner für ihre im Inland erbrachten Leistungen; dies gilt auch für die Organisation dieser Gemeinschaftsausstellungen von ausländischen staatlichen Stellen (UStAE 3a.4 Abs. 5). Die im Ausland ansässigen Leistungsempfänger (Aussteller) können die von der Durchführungsgesellschaft in Rechnung gestellte deutsche USt im Rahmen des Vergütungsverfahrens nach § 18 Abs. 9 geltend machen. 144

3. Restaurationsleistungen ausländischer Unternehmer, § 13b Abs. 6 Nr. 6

Noch während der Beratungen zum **JStG 2010** (BStBl. I 2010, 1768) wurde durch Anfügung der Nr. 6 eine neue Ausnahme vom Reverse-Charge-Verfahren eingeführt. Bei **Restaurationsleistungen ausländischer Unternehmer** waren bislang Unternehmer oder juristische Personen als Leistungsempfänger nach § 13b Abs. 2 Nr. 1, Abs. 5 Satz 1, 3 Steuerschuldner, auch wenn die Leistung an den nichtunternehmerischen Bereich erbracht wurde. Nunmehr sind diese Restaurationsleistungen vom Reverse-Charge-Verfahren ausgenommen, wenn die Abgabe an Bord eines Schiffes, in einem Luftflugzeug oder in der Eisenbahn erfolgt. Die Regelung dient der Verwaltungsvereinfachung: Statt des einzelnen Gastes hat der Unternehmer als Leistungserbringer die Steuer anzumelden (zum Leistungsort bei Restaurationsleistungen siehe § 3e). Die Neuregelung trat einen Tag nach der Verkündung des JStG 2010 und damit am 14.12.2010 in Kraft (vgl. Art. 32 Abs. 1, 5 JStG 2010). 145

4. Differenzbesteuerung nach § 25a, § 13b Abs. 5 S. 9

§ 13b Abs. 5 S. 9 (eingefügt durch das **KroatienAnpG** vom 25.7.2014, BGBl. 2014 I 1266) stellt klar, dass das **Reverse-Charge-Verfahren keine Anwendung** findet, wenn die Lieferungen der **Differenzbesteuerung nach § 25a** unterliegen. Die Steuerschuldnerschaft des Leistungsempfängers scheidet hier aus Praktikabilitätsgründen aus, weil dieser regelmäßig den Einkaufspreis der an ihn gelieferten Gegenstände nicht kennt und deshalb die Bemessungsgrundlage für die Umsatzbesteuerung (Marge) nicht ermitteln kann. 146

einstweilen frei **147–149**

VIII. Entstehung der Steuer

1. Allgemeiner Entstehungszeitpunkt

Die Steuer für die in § 13b Abs. 2 Nr. 1–11 genannten Umsätze entsteht mit **Ausstellung** der Rechnung gemäß § 14a Abs. 5 spätestens mit Ablauf des der **Ausführung der Leistung folgenden Kalendermonats.** Damit ist die Erteilung der Rechnung grundsätzlich nicht Voraussetzung für die Begründung der Steuerschuld 150 beim Leistungsempfänger, die mit dem Recht auf Vorsteuerabzug einhergeht, so auch *Robisch* UR 2002, 307.

Beispiel: Errichtung einer Montagehalle durch U aus Mailand für

E in Köln	am 10.1.2002
Rechnung von U an E	am 10.5.2002
USt entsteht	mit Ablauf des Monats Februar 02

Ausnahmen von diesem allgemeinen Entstehungszeitpunkt hat der Gesetzgeber durch das EU-Vorgaben-UmsG (BGBl. 2010 I 386) vorgesehen für:
– im Inland nach **§ 3a Abs. 2 steuerpflichtige Leistungen** eines im übrigen Gemeinschaftsgebiet ansässigen Unternehmers (§ 13b Abs. 1);
– **Dauerleistungen** (§ 13b Abs. 3).

2. Entstehungszeitpunkt bei Leistungen nach § 3a Abs. 2

151 Durch das EU-Vorgaben-UmsG (BGBl. 2010 I 386) wurde **§ 13b Abs. 1** mWz 1.7.2010 **neu gefasst.** Für nach § 3a Abs. 2 im Inland steuerpflichtige Leistungen eines im übrigen Gemeinschaftsgebiet ansässigen Unternehmers entsteht die Steuer nunmehr mit Ablauf des Voranmeldungszeitraums, in dem die **Leistungen ausgeführt** worden sind (§ 13b Abs. 1). Für die übrigen – nicht unter Abs. 1 fallenden – Reverse-Charge-Umsätze bleibt es bei der bisherigen Regel zur Entstehung der Steuer (§ 13b Abs. 2, → Rn. 150).

Die Neuregelung setzt die **Vorgaben in Art. 66 UAbs. 2 MwStSystRL** um. Da die grenzüberschreitenden Leistungen nach **§ 3a Abs. 2** in das **Mehrwertsteuer-Informationsaustauschsystem** (MIAS, vgl. → § 18a Rn. 1) der Mitgliedstaaten aufgenommen wurden, muss sichergestellt sein, dass Leistender und Leistungsempfänger diese Leistungen im gleichen Meldezeitraum (Zeitpunkt der Leistungsausführung) erfassen. In der Praxis dürfte die Pflicht zur Meldung dieser sonstigen Leistungen im Voranmeldungszeitraum der Leistungsausführung nur schwer erfüllbar sein, weil der Unternehmer kaum in der Lage sein dürfte, diese Umsätze vor Erhalt der entsprechenden Rechnungen in seiner USt-Voranmeldung anzugeben (*Monfort* DStR 2010, 1001).

3. Entstehungszeitpunkt bei Dauerleistungen

152 Durch das EU-Vorgaben-UmsG (BGBl. 2010 I 386) wurde **§ 13b Abs. 3** mWz 1.7.2010 **neu gefasst.** Abweichend von Abs. 1 und 2 entsteht die Steuer für sonstige Leistungen, die dauerhaft über einen Zeitraum von mehr als einem Jahr erbracht werden, **spätestens mit Ablauf eines jeden Kalenderjahres, in dem sie tatsächlich erbracht werden.** Nach bisheriger Rechtslage wurden derartige Dauerleistungen erst dann besteuert, wenn die Leistung insgesamt erbracht war. Soweit eine Abrechnung nach festen Zeiträumen (zB monatlich, vierteljährlich, jährlich, Ablauf von fünf Jahren) festgelegt ist, erfolgte die Besteuerung mit Ablauf dieses Zeitraums. Ab 1.7.2010 muss bei Dauerleistungen **zumindest eine jährliche Besteuerung** vorgenommen werden, wenn der Leistungsempfänger für diese Steuerschuldner ist (*Huschens* NWB 2010, 1976 (1980)).

4. Besteuerung nach vereinbarten Entgelten

153 Bei dem Abzugsverfahren hatte der Leistungsempfänger die USt in dem Veranlagungszeitraum abzuführen, in dem er das Entgelt an den leistenden Unternehmer gezahlt hatte, § 54 Abs. 1 UStDV aF. Gemäß § 13b Abs. 2 gilt grundsätzlich das Sollprinzip. Für Leistungsempfänger, die für die empfangenen Leistungen iSv § 13b Abs. 2 Nr. 1–10 zum vollständigen Vorsteuerabzug berechtigt sind, tritt damit im Ergebnis

keine Änderung ein, denn gemäß § 15 Abs. 1 S. 1 Nr. 4 können sie die Steuer als Vorsteuer im selben Voranmeldungszeitraum abziehen, in dem die Steuer entstanden ist.

5. Entstehungszeitpunkt bei Teilleistungen

Die Besteuerung nach vereinbarten Entgelten gilt grundsätzlich auch für Teilleistungen (→ § 13 Rn. 16), die im Rahmen des § 13b Abs. 2 Nr. 1–9 erfolgen, § 13b Abs. 4 S. 1. Hier dürften hauptsächlich Teilleistungen gemäß Nr. 1, 2, 4, 5, 7–10 in Betracht kommen. **154**

6. Mindest-Ist-Besteuerung

Wie bei Umsätzen mit inländischen Unternehmern gilt auch im Rahmen des § 13b eine modifizierte Mindest-Ist-Besteuerung (→ § 13 Rn. 20ff.) und zwar sowohl, wenn der Leistungsempfänger das volle (Netto-)Entgelt als auch einen Teil des (Netto-)Entgelts an den leistenden Unternehmer gezahlt hat, bevor dieser die Leistung erbracht hat, § 13b Abs. 4 S. 2. Siehe UStAE 13b.12 Abs. 3. **155**

einstweilen frei **156–158**

IX. Vereinfachungsregelung nach § 13b Abs. 5 S. 7

Der Gesetzgeber hat die bislang in UStAE 13b.8 geregelte **Nichtbeanstandungsregelung** nunmehr **ins Gesetz geschrieben.** Die **Neuregelung in Abs. 5 S. 7** (KroatienAnpG vom 25.7.2014, BGBl. 2014 I 1266) gilt ab dem **1.10.2014.** Der Gesetzgeber reagiert damit auf ein Urteil des BFH (V R 37/10, BStBl. II 2014, 128), wonach – bezogen auf Bauleistungen – die frühere Vereinfachungsregelung der FVerw nicht mit dem Grundsatz der Rechtssicherheit vereinbar war (keine Disposition der Beteiligten über die Steuerschuldumkehr). Die **gesetzliche Nichtbeanstandungsregelung** gilt nicht nur für Bauleistungen (Abs. 2 Nr. 4), sondern auch für Lieferung von Gas, Elektrizität und Kälte (Abs. 2 Nr. 5), für die Lieferung von Industrieschrott (Abs. 2 Nr. 7), für Gebäudereinigungsleistungen (Abs. 2 Nr. 8), für die Lieferung von Feingold (Abs. 2 Nr. 9) sowie für die Lieferung von Mobilfunkgeräten, integrierten Schaltkreisen, Tablets und Spielekonsolen (Abs. 2 Nr. 11). **159**

Nach § 13b Abs. 5 S. 7 wird die Abrechnung ohne USt mit Übergang der Steuerschuld auf den Kunden (Leistungsempfänger) **nicht beanstandet,** wenn die **Parteien übereinstimmend** von einer der dort genannten Leistungen (zB Bauleistung) ausgegangen sind, obwohl dies unter Anlegung objektiver Kriterien nicht zutreffend war. Weitere Voraussetzung für die Anwendung der Nichtbeanstandungsregelung ist, dass dadurch **keine Steuerausfälle** entstehen. Dies ist dann der Fall, wenn der Leistungsempfänger den an ihn erbrachten Umsatz in voller Höhe versteuert hat. Die Nichtbeanstandung nach Abs. 5 S. 7 stellt auf die **Art des Umsatzes** ab, also ob es sich inhaltlich zB um eine Bauleistung handelt. Mit der Nichtbeanstandungsregelung sollen aufwendige Rückabwicklungen bei unverschuldeten Fehlern vermieden werden. Die **Nichtbeanstandungsregelung** kommt daher nur bei **zweifelhaften Bauleistungen zur Anwendung.** In diesen Fällen sollten die Parteien eine **schriftliche Vereinbarung** darüber treffen, dass sie einvernehmlich von einer Bauleistung ausgehen und damit die Übereinstimmung gegenüber den Finanzbehörden dokumentieren können. **160**

einstweilen frei **161–163**

X. Bemessungsgrundlage und Berechnung der Steuer

1. Bemessungsgrundlage

164 Die Steuer ist vom **Nettoentgelt,** das in der Rechnung iSv § 14 auszuweisen ist (§ 14 Abs. 4 S. 1 Nr. 7) zu berechnen. Die Vermutung, dass der leistende Unternehmer im Zweifel das Bruttoentgelt ausweist (→ § 14 Rn. 89) gilt hier nicht. Beim Tausch und beim tauschähnlichen Umsatz sind § 10 Abs. 2 S. 2 und 3 zu beachten, bei Umsätzen mit nahe stehenden Personen die Mindestbemessungsgrundlage gemäß § 10 Abs. 5, vgl. UStAE 13b.13 Abs. 1 S. 3 und 4. Bei den Umsätzen, die unter das GrEStG fallen, gehört die **Grunderwerbsteuer** grundsätzlich nicht zur Bemessungsgrundlage, und zwar auch dann nicht, wenn der Erwerber die Grunderwerbsteuer allein zu tragen hat. Dasselbe gilt für die Kosten der Beurkundung des Grundstückkaufvertrages und der Eintragung des Erwerbers im Grundbuch, die diesem obliegen, UStAE 13b.13 Abs. 1 S. 1 iVm 10.1 Abs. 7 S. 6 und 7. Im **Zwangsversteigerungsverfahren** ist das Meistgebot die Bemessungsgrundlage, UStAE 13b.13 Abs. 2. Bei der Differenzbesteuerung nach **§ 25a** findet das Reverse-Charge-Verfahren keine Anwendung (§ 13b Abs. 5 S. 9). Der 15%ige Steuerabzug gemäß § 48 EStG für Bauleistungen ausländischer Unternehmer **(Bauabzugssteuer)** hat keinen Einfluss auf die Bemessungsgrundlage, OFD Cottbus 12.12.2001, UR 2002, 187.

2. Berechnung der Steuer

165 Die Umsätze sind mit dem Regelsteuersatz (§ 12 Abs. 1) oder dem ermäßigten Satz (§ 12 Abs. 2) zu besteuern. §§ 19 und 24 sind nicht anzuwenden, § 13b Abs. 8. Wegen der Ausstellung der Rechnung → § 14a Rn. 19f. und UStAE 13b.14. Zum **30.6.2013** ist § 14a Abs. 5 zu beachten, wonach die Angabe **„Steuerschuldnerschaft des Leistungsempfängers“** in der Rechnung aufzunehmen und USt **nicht gesondert ausgewiesen** werden darf. Der Leistungsempfänger kann **keinen Vorsteuerabzug** nach § 15 Abs. 1 Nr. 4 geltend machen, wenn die Rechnung zu Unrecht einen MwSt-Ausweis enthält und der Leistungsempfänger die Steuer tatsächlich an den Leistenden bezahlt hat (EuGH C-424/12, MwStR 2014, 125 – Fatori). Dies gilt unabhängig davon, ob der Leistende die Rechnung berichtigt hat und anschließend insolvent wird, so dass der Leistungsempfänger letztlich mit der von ihm entrichteten Steuer belastet bleibt.

3. Aufzeichnungs- und Anmeldepflichten

166 Wegen der besonderen Aufzeichnungs- und Anmeldepflichten des inländischen Leistungsempfängers als Steuerschuldner vgl. § 22 Abs. 1 S. 2 Nr. 8 und § 18 Abs. 4a S. 1. Danach muss er Aufzeichnungen gemäß § 22 Abs. 2 Nr. 1 und 2 machen (vgl. dazu → § 22 Rn. 30; UStAE 13b.17), vor allem die vereinbarten Entgelte für Lieferungen und Leistungen des Unternehmers und die (Teil-)Entgelte für noch nicht ausgeführte Leistungen festhalten. Entsprechendes gilt für den leistenden Unternehmer. Unternehmer und (nichtunternehmerisch tätige) juristische Personen müssen Voranmeldungen in den Voranmeldungszeiträumen abgeben, in denen sie die Steuer gemäß § 13b schulden, auch wenn sie nur diese Steuer schulden. Jahreserklärungen sind grundsätzlich abzugeben, § 18 Abs. 4a S. 1 und 2; UStAE 13b.16. Der im Ausland ansässige Unternehmer, der wegen der Umsätze nach § 13b eine Jahreserklärung abzugeben hat, kann auch alle in diesem Jahr entstandenen Vorsteuern in der Jahreserklärung geltend machen; dies gilt auch für Vorsteuerbeträge, für die der Unternehmer einen unterjährigen Vergütungsantrag stellen könnte (BFH V R 14/10, DStR 2011, 1514, vgl. → § 18 Rn. 37).

einstweilen frei 167–169

XI. Verordnungsermächtigung für den Schnellreaktionsmechanismus

Mit dem **neuen § 13 b Abs. 10** wird das **BMF ermächtigt,** mit Zustimmung des Bundesrates **durch Rechtsverordnung** den **Anwendungsbereich der Steuerschuldnerschaft des Leistungsempfängers auf weitere Umsätze zu erweitern.** Bedingung dafür ist, dass „im Zusammenhang mit diesen Umsätzen in vielen Fällen der Verdacht auf Steuerhinterziehung in einem besonders schweren Fall aufgetreten ist, die voraussichtlich zu erheblichen und unwiederbringlichen Steuermindereinnahmen führen". 170

1. Unionsrechtlicher Hintergrund

Derzeit kann der in § 13b geregelte Anwendungsbereich der Steuerschuldnerschaft des Leistungsempfängers ohne unionsrechtliche Beschränkungen nur auf die **Umsätze erweitert** werden, für die **unionsrechtlich eine solche optionale Regelung festgelegt worden** ist (vgl. Art. 199 und 199 a MwStSystRL). Liegen für andere Umsätze in Deutschland konkrete Hinweise vor, die den Verdacht für erhebliche Steuerhinterziehungen rechtfertigen, oder liegen Informationen über bereits verwirklichte Steuerhinterziehungen in Deutschland vor, kann **derzeit kurzfristig nicht schnell gesetzgeberisch reagiert** werden. Vielmehr bedarf es eines entsprechenden Antrags nach Art. 395 MwStSystRL auf eine Abweichungsmöglichkeit vom Unionsrecht und einer entsprechenden einstimmigen Genehmigung durch den EU-Ministerrat. Dieses Verfahren dauert derzeit rund acht Monate. 171

Mit der **unionsrechtlichen Regelung des Art. 199 b MwStSystRL** ist ein Instrument geschaffen worden, das es den EU-Mitgliedstaaten ermöglicht, in den vorgenannten Fällen **kurzfristig für einen Zeitraum von maximal neun Monaten** eine Steuerschuldnerschaft des Leistungsempfängers vorzusehen, wenn konkrete Hinweise für den Verdacht von unvermittelt schwerwiegenden Betrugsfällen auftreten, die voraussichtlich zu erheblichen und unwiederbringlichen finanziellen Verlusten führen. 172

2. Verordnungsermächtigung nach Abs. 10

Mit dem in § 13b neu angefügten Absatz 10 wurde mit Wirkung vom 1.1.2015 die nationale Rechtsgrundlage für diesen auf EU-Ebene eingeführten sog. Schnellreaktionsmechanismus geschaffen. § 13b Abs. 10 schafft hierfür eine Ermächtigung für das BMF, mit Zustimmung des Bundesrates den Anwendungsbereich der Steuerschuldnerschaft des Leistungsempfängers auf weitere Umsätze im Verordnungsweg zu erweitern. Entsprechend der Vorgabe im Unionsrecht ist Bedingung dafür, dass „im Zusammenhang mit diesen Umsätzen in vielen Fällen der Verdacht auf Steuerhinterziehung in einem besonders schweren Fall aufgetreten ist, die voraussichtlich zu erheblichen und unwiederbringlichen Steuermindereinnahmen führen". 173

Eine derartige Erweiterung darf frühestens zu dem Zeitpunkt in Kraft treten, zu dem die **Europäische Kommission** mitgeteilt hat, dass sie **keine Einwände gegen die Erweiterung** hat. Eine Entscheidung im Alleingang ist also ausgeschlossen. Zusätzlich muss die Bundesregierung einen **Antrag auf Ermächtigung durch den Europäischen Rat** entsprechend Art. 395 MwStSystRL **gestellt** haben; sie muss **allerdings nicht auf die Entscheidung zur Inkraftsetzung der Verordnung warten.** Wird die Ermächtigung vom Rat nicht erteilt, tritt die Verordnung jedoch nach neun Monaten ersatzlos außer Kraft. Wird die Ermächtigung erteilt, tritt die Verord- 174 nung außer Kraft, sobald die gesetzliche Regelung, mit der die Ermächtigung in nationales Recht umgesetzt wird, in Kraft tritt.

3. Kritik an der Verordnungsermächtigung

175 **Fraglich** ist, ob der mit dem **Schnellreaktionsmechanismus beabsichtigte Zugewinn an Betrugsbekämpfungseffizienz wirklich gelingen kann** (ebenso *Widmann* MwStR 2015, 48). Eine Beschleunigung kann sich nur ergeben, wenn die **Europäische Kommission keine Einwände** erhebt. Für diesen Fall bringt die Antragstellung durch die Bundesregierung bereits die vorläufige Ermächtigung. **Erhebt sie aber Einwände** – und das ist bei der durch Art. 199b Abs. 2 MwStSystRL vorgegebenen umfangreichen Begründungspflicht des antragstellenden EU-Mitgliedstaates sicher leicht möglich –, müssen diese erst ausgeräumt werden. Ob der Schnellreaktionsmechanismus daher tatsächlich einen spürbareren Zeitgewinn bei der Betrugsbekämpfung im Vergleich zu einer entsprechenden gesetzgeberischen Maßnahme bringt, wird die Zukunft zeigen.

176 **Verfassungsrechtlich problematisch** ist, dass der **deutsche Gesetzgeber** sich mit der Verordnungsermächtigung seiner **originären Aufgabe entledigt, selbst zu regeln, wer Steuerschuldner bei der Umsatzsteuer** ist (ebenso *Widmann* MwStR 2015, 48). Das erscheint im Hinblick auf die **Gewaltenteilung problematisch.** Auch wenn die Ermächtigung einige Formulierungen aus Art. 199b MwStSystRL übernimmt, erscheint es nicht sicher, ob damit den **Anforderungen des Art. 80 GG für gesetzliche Verordnungsermächtigungen** genügt wird. Dazu nur einige Fragen: Was ist unter „vielen Fällen" zu verstehen? Was sind „erhebliche und unwiederbringliche Steuermindereinnahmen"? Wie konkret muss der „Verdacht auf Steuerhinterziehung in einem besonders schweren Fall" sein? Müssen diese Voraussetzungen in Deutschland erfüllt sein oder genügt es, dass entsprechende Erkenntnisse in anderen EU-Mitgliedstaaten vorliegen? Das Gesetz arbeitet hier mit Blanketbegriffen, die den Inhalt, den Zweck und das Ausmaß der Verordnungsregelung nur sehr allgemein beschreiben.

§ 13c Haftung bei Abtretung, Verpfändung oder Pfändung von Forderungen

(1) **[1]Soweit der leistende Unternehmer den Anspruch auf die Gegenleistung für einen steuerpflichtigen Umsatz im Sinne des § 1 Abs. 1 Nr. 1 an einen anderen Unternehmer abgetreten und die festgesetzte Steuer, bei deren Berechnung dieser Umsatz berücksichtigt worden ist, bei Fälligkeit nicht oder nicht vollständig entrichtet hat, haftet der Abtretungsempfänger nach Maßgabe des Absatzes 2 für die in der Forderung enthaltene Umsatzsteuer, soweit sie im vereinnahmten Betrag enthalten ist. [2]Ist die Vollziehung der Steuerfestsetzung in Bezug auf die in der abgetretenen Forderung enthaltene Umsatzsteuer gegenüber dem leistenden Unternehmer ausgesetzt, gilt die Steuer insoweit als nicht fällig. [3]Soweit der Abtretungsempfänger die Forderung an einen Dritten abgetreten hat, gilt sie in voller Höhe als vereinnahmt. [4]Die Forderung gilt durch den Abtretungsempfänger nicht als vereinnahmt, soweit der leistende Unternehmer für die Abtretung der Forderung eine Gegenleistung in Geld vereinnahmt. [5]Voraussetzung ist, dass dieser Geldbetrag tatsächlich in den Verfügungsbereich des leistenden Unternehmers gelangt; davon ist nicht auszugehen, soweit dieser Geldbetrag auf ein Konto gezahlt wird, auf das der Abtretungsempfänger die Möglichkeit des Zugriffs hat.**

(2) **[1]Der Abtretungsempfänger ist ab dem Zeitpunkt in Anspruch zu nehmen, in dem die festgesetzte Steuer fällig wird, frühestens ab dem Zeitpunkt der Vereinnahmung der abgetretenen Forderung. [2]Bei der Inanspruchnahme nach Satz 1 besteht abweichend von § 191 der Abgabenordnung kein Ermessen. [3]Die Haftung ist der Höhe nach begrenzt auf die im Zeitpunkt der Fälligkeit nicht entrichtete Steuer. [4]Soweit der Abtretungsempfänger auf die nach Absatz 1 Satz 1 festgesetzte Steuer Zahlungen im Sinne des § 48 der Abgabenordnung geleistet hat, haftet er nicht.**

(3) **[1]Die Absätze 1 und 2 gelten bei der Verpfändung oder der Pfändung von Forderungen entsprechend. [2]An die Stelle des Abtretungsempfängers tritt im Fall der Verpfändung der Pfandgläubiger und im Fall der Pfändung der Vollstreckungsgläubiger.**

EU-Recht: Art. 138 MwStSystRL (Art. 28c Teil A 6. EG-RL)
UStAE: 13c.1

Übersicht

1. Bedeutung und Systematik

§ 13c Abs. 1 begründet einen neuen **umsatzsteuerlichen Haftungstatbestand zulasten des Empfängers einer abgetretenen Forderung.** Die in der abgetretenen Forderung enthaltene USt ist vom Abtretungsempfänger zu entrichten, wenn der leistende Unternehmer die USt bei Fälligkeit nicht oder nicht vollständig entrichtet. Entsprechendes gilt bei Verpfändung und Pfändung von Forderungen (§ 13c Abs. 3). 1

Die Neuregelung soll nach der **Gesetzesbegründung** Umsatzsteuerausfälle verhindern, die dadurch entstehen, dass der abtretende Unternehmer häufig finanziell nicht in der Lage ist, die von ihm geschuldete USt zu entrichten, weil der Abtretungsempfänger die (Brutto-)Forderung eingezogen hat (RegE zum StÄndG 2003, BT-Drs. 15/1562, 46). Hintergrund der Neuregelung war ein **Bericht des Bundesrechnungshofes** vom 3.9.2003. Hier wurden jährliche Umsatzsteuerausfälle in dreistelliger Millionenhöhe im Zusammenhang mit der **Sicherungsabtretung von Forderungen** mittels der sog. Globalzession beanstandet und die Einführung einer entsprechenden Haftung des Abtretungsempfängers empfohlen. 2

3 **Auch** – aber nicht nur – zur Umsetzung dieses Berichts ist § 13c in das UStG eingefügt worden; vgl. UStAE 13c.1 Abs. 3. Dies verkennt ein Teil der Literatur, der mit Blick auf die Stellungnahme des Bundesrechnungshofes eine **teleologische Reduktion** der Vorschrift für bestimmte Fälle (zB für das sog. echte Factoring, vgl. → Rn. 18) einfordert (*Hahne* BB 2003, 2720; *ders.* DStR 2004, 210 (211); *Nieskens* UR 2004, 105 (125)). Der Bundesrechnungshof ist jedoch nicht der Gesetzgeber, so dass dessen Telos nicht maßgebend sein kann (*Weßling/Romswinkel* UStB 2004, 95). In der **Gesetzesbegründung** wird ausdrücklich darauf hingewiesen, dass auch der echte Factor als Unternehmer iSd § 2 qualifiziert und damit von § 13c erfasst wird (BT-Drs. 15/1562, 46; siehe *Slotty-Harms/Jansen* UR 2004, 221 (224) mwN).

4 Die Haftung des Abtretungsempfängers greift auch **außerhalb des eröffneten Insolvenzverfahrens** ein (ausführlich und zutreffend *Siebert* UStG 2004, 279 (280); aA *Hahne* DStR 2004, 210 (213) unter Hinweis darauf, dass die Insolvenzfälle der Anlass für § 13c gewesen seien).

5–7 *einstweilen frei*

2. Rechtsentwicklung

8 Durch das **StÄndG 2003** (BGBl. 2003 I 2645) wurde die Neuregelung des § 13c (Haftungstatbestand) in das UStG eingefügt. Die Regelung ist zum 1.1.2004 in Kraft getreten. § 27 Abs. 7 (idF des StÄndG 2003) regelt, dass § 13c auf Forderungen anzuwenden ist, die nach dem **7.11.2003** (Tag des Gesetzesbeschlusses des Deutschen Bundestages) abgetreten, verpfändet oder gepfändet worden sind. Das **BMF** hat zur Neuregelung des § 13c mit Schreiben vom 24.5.2004 (DStR 2004, 1000) und 30.1.2006 (BStBl. I 2006, 207) Stellung bezogen. Die Verwaltungsauffassung ist inzwischen auch in UStAE 13c.1 dargelegt.

9 Durch das „Zweite Bürokratieentlastungsgesetz" in der Beschlussfassung des Wirtschaftsausschusses vom 29.3.2017 (BT-Drs. 18/11778) wurde die vom BFH kassierte Verwaltungsregelung (UStAE 13c.1 Abs. 27 S. 1–3) als **gesetzliche Neuregelung in § 13c Abs. 1 S. 4 u. 5 fortgeschrieben** (vgl. → Rn. 18a mwN).

3. EU-rechtliche Grundlagen

10 Nach der amtlichen Begründung zum StÄndG 2003 beruht § 13c auf Art. 21 Abs. 3 6. EG-RL (Art. 205 MwStSystRL). Hiernach können die Mitgliedstaaten bestimmen, „dass eine andere Person als der Steuerschuldner die Steuer gesamtschuldnerisch zu entrichten hat".

11 Ein Teil der Literatur folgert aus dem Verweis des Art. 21 Abs. 3 auf die Abs. 1 und 2, dass die gesamtschuldnerische Haftung nur in Bezug auf einzelne konkrete Leistungen (Umsätze) angeordnet werden dürfe (*Hahne* BB 2003, 2720, 2273; *Nieskens* UR 2004, 105 (127)). Im Gegensatz zu dieser **umsatzbezogenen Haftung** könne die Haftung nach § 13c auch dann eintreten, wenn die auf die abgetretene Forderung entfallende USt an das FA entrichtet und eine verbleibende Umsatzsteuerschuld aus einem anderen Vorgang resultiere (vgl. → Rn. 20). Die Anordnung dieser **betragsmäßig gesamtschuldnerischen Haftung** sei von Art. 21 6. EG-RL (Art. 205 MwStSystRL) nicht gedeckt (*Hahne* BB 2003, 2720; *Nieskens* UR 2004, 105 (127); kritisch *Giehl/Vana* UR 2004, 357 (358); *Leipold* in Sölch/Ringleb § 13c Rn. 2 und *Wiese/Gradl* DB 2004, 844).

12 Dem ist Folgendes entgegenzuhalten: Selbst wenn man von einer umsatzbezogenen gesamtschuldnerischen Haftung nach Art. 21 Abs. 3 6. EG-RL (Art. 205 MwStSystRL) ausgehen wollte, würde § 13c diesen Anforderung genügen. Denn der Abtretungsempfänger haftet für die USt aus **einzelnen konkreten Leistungen** (Umsätzen) des Abtretenden (ebenso FG Düsseldorf 1 K 3492/11 H(U), EFG 2013, 1077 und FG München 14 K 1707/07, EFG 2010, 1937). Dass Teilzahlungen des

Abtretenden auf dessen Umsatzsteuerschuld nicht speziell (im Sinne einer Verwendungsreihenfolge) den abgetretenen Forderungen zugeordnet werden können, ändert hieran nichts, weil die nähere **Ausgestaltung der Haftungsnorm,** insbesondere die Sicherstellung der Steuererhebung allein in den **Verantwortungsbereich** der **Mitgliedstaaten** fällt.

13 Unter Bezugnahme auf die Rechtssache „Federation of Technical Industries" (EuGH C-384/04, DStR 2006, 897) sind **erneut Zweifel an der EU-Rechtskonformität** des § 13c geäußert worden (siehe *H/M* § 13c Rn. 21; *R/K/L* § 13c Rn. 7; *de Weerth* DStR 2006, 1071 und *Hahne* UR 2006, 416). In der og Entscheidung hat der EuGH eine § 25d entsprechende Haftungsnorm im englischen Recht als mit Art. 21 Abs. 3 6. EG-RL (Art. 205 MwStSystRL) vereinbar erachtet für Personen, die offensichtlich Kenntnis von einem Mehrwertsteuerbetrug (Karussellgeschäfte) haben mussten. Hieraus folgert *de Weerth,* dass die in § 13c angeordnete verschuldensunabhängige Haftung nicht vom EU-Recht gedeckt sei. Dem kann mE nicht gefolgt werden: Berücksichtigt man den Charakter der Umsatzsteuer als indirekte Steuer, die der leistende Unternehmer nur für Rechnung des Steuergläubigers vereinnahmt und die infolge dessen keinen Vermögenswert des Unternehmers darstellt, rechtfertigt sich § 13c in seiner Ausgestaltung als **verschuldensunabhängige Haftungsnorm** ohne Ermessensspielraum aus bereicherungsrechtlichen Erwägungen. Der **BFH** hat jüngst **ausdrücklich klargestellt,** dass die Haftung nach § 13c **weder gegen höherrangiges Recht noch gegen allgemeine Rechtsgrundsätze verstößt;** die Vorschrift entspricht dem Unionsrecht und ist auch im Fall der stillen Zession anzuwenden (BFH XI R 11/12, BFH/NV 2013, 1361; V R 21/12, DStR 2014, 528).

einstweilen frei **14, 15**

4. Voraussetzungen der Haftung

§ 13c enthält folgende **Voraussetzungen** für die Haftung: 16
(Schaubild nach *Hahne* BB 2003, 2720 (2723))

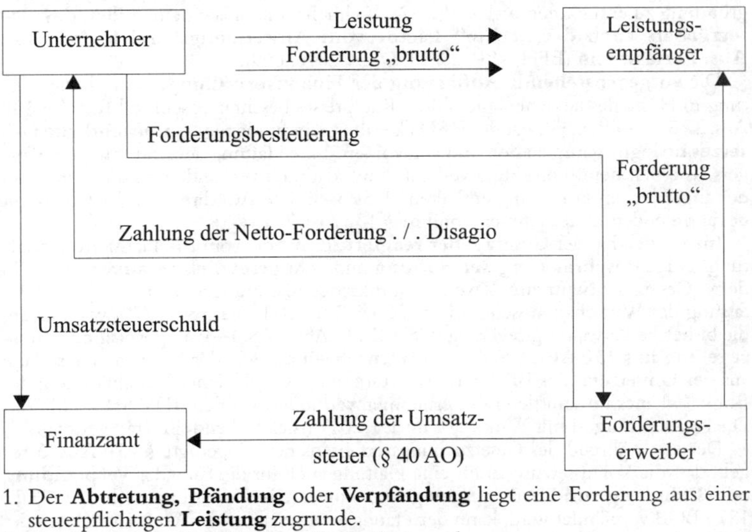

1. Der **Abtretung, Pfändung** oder **Verpfändung** liegt eine Forderung aus einer steuerpflichtigen **Leistung** zugrunde.
2. Der Abtretende oder Pfandbesteller ist **Unternehmer.**

3. Der Abtretungsempfänger, Pfandgläubiger oder Vollstreckungsgläubiger ist ebenfalls **Unternehmer.**
4. Der leistende Unternehmer hat die **festgesetzte** Steuer im Zeitpunkt der Fälligkeit (teilweise) **nicht entrichtet.** In der festgesetzten Steuer muss die in der abgetretenen Forderung enthaltene USt berücksichtigt sein.
5. Der Abtretungsempfänger **vereinnahmt** die abgetretene Forderung ganz oder teilweise.

17 **a) Abtretung, Pfändung oder Verpfändung von Forderungen.** § 13c erfasst nur die Abtretung von Forderungen aus steuerpflichtigen Umsätzen. Der steuerpflichtige Umsatz kann an einen Unternehmer oder Nichtunternehmer erbracht worden sein.

Der Haftungstatbestand umfasst grundsätzlich **alle Formen der Abtretung** (so ausdrücklich BFH XI R 11/12, DStRE 2013, 1002). Hauptfälle sind die **Sicherungsabtretung** zugunsten eines Kreditgebers einschließlich der sog. **Globalzession** und das **Factoring** einschließlich des sog. echten Factoring (zur Unternehmereigenschaft des Faktors → Rn. 25). § 13c ist auch im Fall der **stillen Zession** anzuwenden (BFH XI R 11/12, DStRE 2013, 1002; V R 21/12, DStR 2014, 528). Fällt der Schuldner (Abtretende) in Insolvenz, unterliegen der **Gobalzession nur die Forderungen bis zum Übergang der Verfügungsbefugnis auf den Insolvenzverwalter** (FG Münster 5 K 815/12 U, BeckRS 2015, 95431). Zur Haftungsinanspruchnahme bei **Anfechtung** der Abtretung → Rn. 37.

18 Die Einbeziehung von Forderungsverkäufen unter Übernahme des Ausfallrisikos (sog. **echtes Factoring**) in § 13c wird von **Teilen der Literatur abgelehnt** (*Hahne* BB 2003, 2720 (2721); *ders.* DStR 2004, 210 (212); *Nieskens* UR 2004, 105 (125)). Als Begründung wird angeführt, dass der Regelungszweck der Vorschrift ausschließlich auf die Sicherungsabtretung von Forderungen abziele, nicht aber auf den Verkauf von Forderungen. Diese **Auffassung überzeugt nicht.** Ihr ist entgegenzuhalten, dass sie den Regelungszweck der Vorschrift verkürzt; die Beschränkung der Haftung auf die Fälle der Sicherungsabtretung ist weder dem Gesetz noch der gesetzlichen Begründung zu entnehmen (vgl. → Rn. 2). Vielmehr sollte nach dem **Willen des Gesetzgebers auch der „echte" Factor vom Anwendungsbereich des § 13c Abs. 1 erfasst sein** (BFH XI R 28/13, DStR 2016, 669).

Die **entgegenstehende Auffassung der Finanzverwaltung,** wonach die Haftung in Höhe des tatsächlich gezahlten Kaufpreises beschränkt sein soll (UStAE 13c Abs. 27 S. 1, → Rn. 35), hat der **BFH** als – ihn nicht bindende – **unbeachtliche Gesetzesauslegung angesehen** und **verworfen.** Eine Haftung des Abtretungsempfängers lasse sich beim Forderungsverkauf „nur" dadurch vermeiden, dass dieser die in der abgetretenen Forderung enthaltene USt nach § 48 AO direkt an das Finanzamt des abtretenden Unternehmers abführe, § 13c Abs. 2 S. 4.

18a Inzwischen hat der **Gesetzgeber reagiert.** Er hat die vom BFH kassierte verwaltungsseitige **Beschränkung der Haftung** nunmehr **gesetzlich verankert.** So ist in dem „Gesetzesentwurf zum Zweiten Bürokratieentlastungsgesetz" in der Beschlussfassung des Wirtschaftsausschusses vom 29.3.2017 (BT-Drs. 18/11778) vorgesehen, die bisherige Verwaltungsregelung (UStAE 13c Abs. 27 S. 1–3) als **gesetzliche Neuregelung in § 13c Abs. 1 S. 4 u. 5 fortzuschreiben.** Mit der Neuregelung soll die aus der Umsetzung des BFH-Urteils resultierende Gefahr einer Einschränkung der Bonität kleiner und mittlerer Unternehmen verhindert werden (BT-Drs. 18/11778). Die Neuregelung ist mit Wirkung zum 1.1.2017 (rückwirkend) in Kraft getreten.

19 Der erst während des Gesetzgebungsverfahrens neu eingefügte **§ 13c Abs. 3** regelt, dass die Voraussetzungen für eine Haftung auch für die Fälle der **Verpfändung** oder **Pfändung von Forderungen** gelten. Soweit eine Forderung nach §§ 1273 ff., 1279 BGB verpfändet wird, kann der Pfandgläubiger unter den Voraussetzungen des § 13c Abs. 1 und 2 in Anspruch genommen werden. Ähnlich wie bei der Sicherungs-

abtretung kann der Pfandgläubiger die Forderung bei Pfandreife einziehen und damit seine eigene Forderung gegen den Gläubiger befriedigen (§§ 1282, 1288 Abs. 2 BGB). Die vorgesehene Haftung des Vollstreckungsgläubigers bei der Pfändung von Forderungen ist sachgerecht, weil es keinen Unterschied macht, ob der leistende Unternehmer eine Forderung freiwillig anbietet oder ob dessen Gläubiger in eine Forderung vollstreckt (Bericht des Finanzausschusses, BT-Drs. 15/1945, 31). Dabei ist in Fällen der Verpfändung von Forderungen zu berücksichtigen, dass Pfandrechte an Forderungen in der Praxis wegen der Pflicht zu Anzeige an den Schuldner nur selten bestellt werden.

Die Abtretung, Verpfändung oder Pfändung von Forderungen kann auf einen Teilbetrag beschränkt werden. Die Haftung kann allerdings nicht dadurch ausgeschlossen werden, dass die Abtretung, Verpfändung oder Pfändung auf den jeweiligen **Netto-Betrag** beschränkt wird. Die USt ist zivilrechtlich ein unselbstständiger Teil der abgetretenen, verpfändeten oder gepfändeten Forderung. Jeder Teilbetrag einer Forderung enthält damit eine anteilige USt, die aus dem abgetretenen, verpfändeten oder gepfändeten Forderungsbetrag heraus zu rechnen ist (BFH XI R 11/12, DStRE 2013, 1002; UStAE 13c.1 Abs. 7; ebenso *Hahne* BB 2003, 2720 (2722); *Haunhorst* UVR 2004, 377 (378); aA *Siebert* UStB 2004, 279 (284)). 20

einstweilen frei 21–23

b) Abtretender oder Pfandbesteller ist Unternehmer. Kleinunternehmer nach § 19 sowie land- und forstwirtschaftliche Unternehmer nach § 24 kommen als Abtretende oder Pfandbesteller iSd § 13c nicht in Betracht. Zwar sind sie Unternehmer iSd § 2; ihnen gegenüber ist jedoch keine USt festzusetzen. 24

c) Abtretungsempfänger, Pfandgläubiger oder Vollstreckungsgläubiger ist Unternehmer. Kleinunternehmer nach § 19 sowie land- und forstwirtschaftliche Unternehmer nach § 24 sind Unternehmer iSd § 2. Als solche können sie auch Haftungsschuldner gemäß § 13c sein. 25

Nach dem Factoring-Urteil des EuGH (C-305/01, DStR 2003, 1253 – MKG-Fahrzeuge-Factoring GmbH; nachfolgend BFH V R 34/99, DStR 2003, 1925) ist auch der **Abtretungsempfänger** (Faktor), der das Ausfallrisiko für die an ihn abgetretene Forderung übernimmt (sog. echtes Factoring), **Unternehmer** (vgl. → Rn. 10).

Für die Haftungsbegründung nach § 13c ist es unbeachtlich, ob der Abtretungsempfänger, Pfandgläubiger oder Vollstreckungsgläubiger die abgetretene, verpfändete oder gepfändete Forderung für seinen unternehmerischen oder seinen **nichtunternehmerischen Bereich** erworben hat. Pfändet zB ein Unternehmer eine Forderung für seinen nichtunternehmerischen Bereich, kann er als Haftungsschuldner nach § 13c in Anspruch genommen werden (UStAE 13c.1 Abs. 9 S. 3; aA *Siebert* UStB 2004, 279 (280)).

d) Nichtentrichtung der festgesetzten Steuer. Eine Haftung tritt nach § 13c Abs. 1 S. 1 ein, wenn „die **festgesetzte** Steuer, bei deren Berechnung dieser Umsatz berücksichtigt worden ist", bei Fälligkeit nicht vollständig entrichtet wurde. Als Steuerfestsetzungszeitraum kommen zwei Zeiträume in Betracht: der **Voranmeldungszeitraum** (vgl. § 18 Abs. 2 S. 1 und 2) **und** der **Jahreszeitraum** (§ 18 Abs. 2 S. 3 und Abs. 3). Eine **Begrenzung der Haftungsschuld** auf den **Voranmeldungszeitraum** ist dem Gesetz nicht zu entnehmen. Bei der „festgesetzten" Steuer iSd § 13c ist daher zunächst auf die im **Vorauszahlungsbescheid** festgesetzte Steuer abzustellen, die bei Fälligkeit nicht entrichtet wird. Dabei kann es aber **nicht bleiben,** wenn sich die Steuerfestsetzung aufgrund eines **späteren Jahressteuerbescheides** ändert (BFH V R 21/12, DStR 2014, 528; V B 47/13, BFH/NV 2014, 827). Der Vorauszahlungsbescheid hat für die Steuerfestsetzung des Kalenderjahres nur „vorläufigen Charakter". Er wird ersetzt durch den Jahressteuerbescheid. Dieser ist ab dem Zeitpunkt seines Ergehens alleinige Grundlage für die Steuerfestsetzung, 26

Mit dem späteren Erlass eines **Jahressteuerbescheides** erledigt sich der Vorauszahlungsbescheid nach § 124 Abs. 2 AO. Dementsprechend führt **die Minderung der Steuerschuld** im Jahressteuerbescheid auch zu einer **Minderung der Haftung.** Die Haftung geht nicht weiter als die Steuerschuld (*Heuermann* DStR 2014, 532).

Beispiel 1: U verkauft im Januar 2014 Waren im Wert von 10.000 EUR netto zzgl. 19% USt. Die entstehende Forderung in Höhe von 11.900 EUR tritt er an die Bank B ab. U hat den Umsatz in seiner Voranmeldung Januar 2014 erklärt, die geschuldete USt aber nicht an das FA abgeführt. Bank B vereinnahmt die Forderung in voller Höhe. Im April 2014 stellt U einen Insolvenzantrag. In der Jahreserklärung 2014 werden die Umsätze aus Januar 2014 erklärt und Vorsteuern in Höhe von 1.500 EUR, so dass eine Zahllast von 400 EUR verbleibt.

Lösung: Eine Haftung der Bank nach § 13c beschränkt sich auf die im Jahressteuerbescheid festgesetzte Steuer von 400 EUR.

27 Die **Maßgeblichkeit der Jahressteuer** gilt aber auch **im umgekehrten Fall.** Wenn der leistende Unternehmer zwar die festgesetzte Steuer für den Voranmeldungszeitraum entrichtet hat, nicht aber die sich aus der Jahresfestsetzung ergebende abweichende (höhere) Steuer, ist **die Haftung nicht auf die vorangemeldete Steuer beschränkt.** Wegen des „vorläufigen Charakters" des Vorauszahlungsverfahrens steht der Haftung auf Grundlage des Jahressteuerbescheids nicht entgegen, dass die Steuerschuld und mithin die Haftung für den Voranmeldungszeitraum zwischenzeitlich durch Tilgung erloschen war (*Leipold* in Sölch/Ringleb § 13c Rn. 28; *Weßling/Romwinkel* UStB 2004, 95; aA *Hahne* DStR 2004, 210 (212); *Haunhorst* UVR 2004, 377 (379f.); *Küffner/Stöcker/Zugmaier* § 13c Rn. 24; UStAE 13c.1 Abs. 13). Die abweichende Auffassung in der Voraufl. (14. Aufl. – § 13c Rn. 26) wird aufgegeben.

Beispiel 2: U verkauft im Januar 2014 Waren im Wert von 10.000 EUR netto zzgl. 19% USt. Die entstehende Forderung in Höhe von 11.900 EUR tritt er an die Bank B ab. U hat den Umsatz in seiner Voranmeldung Januar 2014 erklärt und die geschuldete USt an das FA abgeführt. Bank B vereinnahmt die Forderung in voller Höhe. Im April 2014 stellt U einen Insolvenzantrag. In der Jahreserklärung 2014 erklärt U zusätzliche Umsätze für Februar und März in Höhe von jeweils 5.000 EUR. Die Steuerschuld für diese Voranmeldungszeiträume in Höhe von 1.190 EUR zahlt U nicht.

Lösung: Die Bank haftet nach § 13c für die nicht entrichtete Jahressteuer 2014 in Höhe von 1.190 EUR. Unerheblich ist, dass U die Steuer für den Voranmeldungszeitraum Januar 2014 in gleicher Höhe bereits beglichen hat.

28 Die **Maßgeblichkeit der Jahressteuer** gilt auch im Insolvenzverfahren. Eine Festsetzung der Jahressteuer durch Steuerbescheid ist aber nach Eröffnung des Insolvenzverfahrens nicht mehr zulässig (§ 251 Abs. 2 AO). Dementsprechend tritt im Insolvenzfall die **Eintragung in die Insolvenztabelle** oder der Erlass eines **Feststellungsbescheides** nach § 251 Abs. 3 AO an die Stelle des Jahressteuerbescheides (BFH V R 21/12, DStR 2014, 528). Beide Instrumente wirken ähnlich wie eine Steuerfestsetzung und haben daher die nämliche Erledigungswirkung. Alles Weitere ergibt sich aus dem Insolvenzrecht. Der Haftende kann seinen Regressanspruch aus der Gesamtschuld zur Tabelle anmelden und einen etwaigen Übererlös der FVerw für sich beanspruchen (BFH V R 21/12, DStR 2014, 528 mwN).

29 Für die Begründung der Haftung reicht es aus, wenn der der abgetretenen, verpfändeten oder gepfändeten Forderung zugrunde liegende Umsatz bei der festgesetzten Steuer berücksichtigt wurde. Eine weitere Zuordnung der in der abgetretenen Forderung enthaltenen USt ist nicht erforderlich; entscheidend ist vielmehr, dass die festgesetzte USt nicht vollständig entrichtet wurde. Deshalb wird die **Haftung nicht dadurch ausgeschlossen,** dass der leistende Unternehmer **Teilzahlungen** auf die betreffende Umsatzsteuerschuld erbringt und diese (im Sinne einer Verwendungsreihenfolge) speziell den **abgetretenen Forderungen** zuordnet (UStAE 13c.1 Abs. 16).

Die vom Insolvenzverwalter für Zeiträume vor Eröffnung des Insolvenzverfahrens über das Vermögen des leistenden Unternehmers angemeldete USt, für die eine Haftung in Betracht kommt, gilt gemäß § 41 Abs. 1 InsO als fällig iSd § 13c (UStAE 13c.1 Abs. 17; aA *Haunhorst* UVR 2004, 377 (379)). 30

e) **Vereinnahmung der abgetretenen, verpfändeten oder gepfändeten Forderung.** Der Abtretungsempfänger muss die abgetretene Forderung ganz oder teilweise vereinnahmt haben. Hat er sie **teilweise** vereinnahmt, erstreckt sich die Haftung nur auf die USt, die in dem **tatsächlich vereinnahmten** Betrag enthalten ist. 31

Beispiel (in Anlehnung an *Weßling/Romswinkel* UStB 2004, 95, 96): Der Unternehmer U verkauft im Januar 2014 Waren im Wert von 10.000 EUR zzgl. 19% USt. Die entstehende Forderung von 11.900 EUR tritt er an A ab. Dieser zieht lediglich einen Teil der Forderung in Höhe 5.950 EUR ein. U hat die am 13.2.2014 fällige Umsatzsteuerzahllast für Januar 2014 in Höhe von 1.600 EUR netto nicht entrichtet.

Lösung: Die Haftung des A beschränkt sich auf die anteilig vereinnahmte USt in Höhe von 950 EUR.

§ 13c Abs. 1 S. 3 enthält eine Sonderregelung für die sog. **Kettenabtretung,** bei der der erste Abtretungsempfänger die Forderung weiter abtritt. In diesen Fällen **gilt** (Fiktion) die weitere Abtretung als Vereinnahmung, dh der Abtretungsempfänger kann für die im Gesamtbetrag der weitergeleiteten Forderung enthaltene USt in Haftung genommen werden. Dies gilt unabhängig davon, welche Gegenleistung er für die (weitere) Übertragung der Forderung erhalten hat. Eine Uneinbringlichkeit der Forderung nach der Inanspruchnahme ist unerheblich *Leipold* in Sölch/Ringleb § 13c Rn. 44f. mwN). Die für den (ersten) Abtretungsempfänger angeordnete Fiktion der Vereinnahmung bewirkt zugleich einen **Haftungsausschluss** des nachfolgenden Abtretungsempfängers. 32

Beispiel (in Anlehnung an *Weßling/Romswinkel* UStB 2004, 95, 96): Der Unternehmer U verkauft im Januar 2014 Waren im Wert von 10.000 EUR zzgl. 19% USt. Die entstehende Forderung von 11.900 EUR tritt er an die von ihm selbst gegründete U-Finanzierungs-GmbH ab. Diese tritt die Forderung an die Bank B zum Preis von 5.950 EUR ab. U hat die am 13.2.2014 fällige Umsatzsteuerzahllast für Januar 2014 in Höhe von 1.900 EUR nicht entrichtet.

Lösung: Die U-Finanzierungs-GmbH kann in voller Höhe (1.900 EUR) in Haftung genommen werden. Die Forderung gilt bei ihr als in voller Höhe vereinnahmt, obwohl sie nur den hälftigen Kaufpreis bekommen hat. Die Bank B haftet nicht.

In den Fällen der **Sicherungsabtretung** (stille Abtretung) gilt die Forderung nach der **Finanzverwaltung** auch dann als durch den Abtretungsempfänger vereinnahmt, wenn der leistende Unternehmer die Forderung selbst einzieht und den Geldbetrag anschließend an den Abtretungsempfänger weiterleitet oder soweit der Abtretungsempfänger die Möglichkeit des Zugriffs auf den Geldbetrag hat (UStAE 13c.1 Abs. 19; aA *Hahne* UR 2004, 633 (636); *Haunhorst* UVR 2004, 377 (381)). 33

Dabei geht die FVerw davon aus, dass **nicht bereits jeder Geldeingang** auf einem bei dem Abtretungsempfänger geführten Konto des leistenden Unternehmers zur Vereinnahmung des Forderungsbetrages durch den Abtretungsempfänger führt (UStAE 13c.1 Abs. 24–26 mit Beispielen; krit. *Hahne* UR 2006, 433). Selbst wenn sich das Konto des leistenden Unternehmers **im Debet** befinde, erhalte der **Abtretungsempfänger** (kontoführendes Unternehmen) die für die Vereinnahmung erforderliche **Verfügungsbefugnis** an den auf das Konto des leistenden Unternehmers eingehenden Geldbeträgen nur in folgenden Fällen: 34

- keine Kreditvereinbarung (siehe hierzu FG München 14 V 921/10, BeckRS 2010, 26029230),
- ein bereits ausgeschöpfter und um mindestens 15% überschrittener Kreditrahmen (Kreditlinie),

- Kreditrahmen ist noch nicht ausgeschöpft, wird aber im unmittelbaren Zusammenhang mit dem Geldeingang eingeschränkt,
- Abtretungsempfänger separiert den eingehenden Geldbetrag auf ein anderes Konto (zB Sicherheitenerlöskonto),
- bei geduldeter Überziehung nur insoweit, als die Überziehung insgesamt zu einer Verringerung des Kredits führt.

Demgegenüber ist mE wie folgt zu unterscheiden:

- Zieht der leistende Unternehmer die Forderung trotz Abtretung, Verpfändung oder Pfändung weiterhin im eigenen Namen und für **eigene Rechnung** ein, ist § 13c **nicht** anwendbar. Voraussetzung ist allerdings, dass die Forderung tatsächlich in den ausschließlichen Verfügungsbereich des leistenden Unternehmers gelangt. Die anschließende Weiterleitung des Betrages an den Abtretungsempfänger begründet keine Haftung, weil dieser den Betrag nicht aufgrund der Abtretung vereinnahmt.
- Zieht der leistende Unternehmer die Forderung weiterhin im eigenen Namen aber **für Rechnung** des Abtretungsempfängers, Pfandgläubigers oder Vollstreckungsgläubigers ein, ist § 13c **anwendbar.**

Beispiel 1: Der Unternehmer U verkauft im Januar 2014 Waren im Wert von 100.000 EUR zzgl. 19% USt. Die entstandene Forderung von 119.000 EUR hat er zur Absicherung eines Kontokorrentkredits an die Bank B abgetreten. Die Abtretung wird den Schuldnern nicht offengelegt. U zieht die Forderungen selbst ein. Er kassiert bar und übergibt den Betrag anschließend der Bank B. Die am 13.2.2014 fällige Umsatzsteuerzahllast für Januar 2014 in Höhe von 19.000 EUR wird von U nicht entrichtet.

Lösung: U hat die Forderungen auf eigene Rechnung eingezogen. Die Bank B haftet nicht, weil sie den Betrag nicht aufgrund der Abtretung, sondern aufgrund eines eigenen Rechtsgeschäfts mit U vereinnahmt hat.

Beispiel 2 (Abwandlung): Wie Beispiel 1, die Schuldner zahlen allerdings nicht bar, sondern überweisen die Forderungsbeträge auf das Kontokorrentkonto des U.

Lösung: U hat die Forderungen auf Rechnung der Bank B eingezogen. Die Bank B haftet, weil sie das Geld aufgrund der Abtretung vereinnahmt hat. Zwar sind die Zahlungen dem Konto des U gutgeschrieben worden. Mit der Gutschrift hat sich jedoch zugleich die Kontokorrentverbindlichkeit verringert, so dass die Bank zumindest wirtschaftlich die Forderung vereinnahmt hat.

35 In den Fällen des **Forderungsverkaufs** gilt die Forderung nach der Finanzverwaltung nicht durch den Abtretungsempfänger als vereinnahmt, soweit der leistende Unternehmer für die Abtretung der Forderung eine **Gegenleistung** in Geld vereinnahmt (zB bei entsprechend gestalteten ABS-Transaktionen; hierzu ausführlich: *Giehl/Vana* UStB 2004, 357; *Siebert* UStB 2004, 279 (281); *Hahne* BB 2003, 2720 (2721)). Voraussetzung ist, dass der Geldbetrag tatsächlich in den ausschließlichen Verfügungsbereich des leistenden Unternehmers gelangt (ebenso UStAE 13c.1 Abs. 27).

Die Regelung ist ihrem Wortlaut nach nicht auf Spezialfälle wie zB ABS-Transaktionen beschränkt. Sie umfasst vielmehr **alle Fälle des Forderungsverkaufs** einschließlich des sog. echten Factorings, die folglich von der Haftungsinanspruchnahme ausgeschlossen sind, wenn

- der leistende Unternehmer eine **Gegenleistung** (Geldbetrag) erhält und
- darüber **frei verfügen** kann.

Hiervon ist nicht auszugehen, wenn der Geldbetrag auf ein Konto gezahlt wird, auf das der Abtretungsempfänger zugreifen kann.

35a Nachdem der BFH (XI R 28/13, DStR 2016, 669) diese **verwaltungsseitige Beschränkung der Haftung verworfen hatte,** hat der **Gesetzgeber** die bisherige Verwaltungsauffassung **als gesetzliche Neuregelung in § 13c Abs. 1 S. 4 u. 5 fortgeschrieben** (vgl. → Rn. 18a mwN).

36 Zum Spannungsverhältnis zwischen der zivilrechtlichen Abwicklung eines Forderungskaufs und der umsatzsteuerlichen Haftungsinanspruchnahme des Abtretungsempfängers siehe BGH VIII ZR 171/06, BB 2007, 850 mit Anm. *Hahne* UR 2007, 509. Dieser entschied, dass die Haftungsinanspruchnahme des Faktors nach § 13c grundsätzlich **kein Zurückbehaltungsrecht** für Teile der Forderung begründe. Anders sei es nur, wenn der Faktor darlege, dass die Kaufpreisforderungen des Kunden und die Umsatzsteuerforderung des FA dieselben abgetretenen Forderungen betreffen und sich daher hinsichtlich der in den vereinnahmten Beträgen eingeschossenen Umsatzsteueranteile decken (→Rn. 20).

37 Inzwischen ist das Verhältnis zwischen der Anfechtung nach § 131 InsO und der Haftung nach § 13c höchstrichterlich klargestellt (BFH V R 21/12, DStR 2014, 528): Die Anfechtung hat grundsätzlich keinen Einfluss auf die Haftung nach § 13c, wenn die Beteiligten das wirtschaftliche Ergebnis der Rechtshandlung nach § 41 Abs. 1 AO bestehen lassen. Eine Minderung der Haftsumme kann allein die tatsächliche Rückzahlung an die Insolvenzmasse nach § 143 Abs. 1 S. 1 InsO bewirken, wobei die wirtschaftliche Zielrichtung eines etwaig geschlossenen Vergleiches außer Betracht bleibt. Vertragliche Absprachen zwischen Insolvenzverwalter und Haftungsschuldner (idR: Bank) sind damit grundsätzlich unbeachtlich. Dies sollten Insolvenzverwalter und potenziell nach § 13c Haftende wie beispielsweise Banken bei Abschluss von Vergleichen im Insolvenzverfahren berücksichtigen, insbesondere wenn es um die „Abkürzung von Zahlungswegen" geht.

38 Hat ein **vorläufiger Insolvenzverwalter** eine zur **Sicherheit abgetretene Forderung eingezogen** und den **Erlös an den Abtretungsempfänger weitergeleitet,** haftet der Abtretungsempfänger nach § 13c (BFH XI R 11/12, DStRE 2013, 1002; FG Münster 5 K 815/12 U, BeckRS 2015, 95431). § 13c ist bei **Insolvenz** des leistenden Unternehmers auch dann anzuwenden, wenn der Insolvenzverwalter die abgetretene Forderung einzieht oder verwertet (§ 166 Abs. 2 InsO). Der Abtretungsempfänger vereinnahmt den vom Insolvenzverwalter eingezogenen Geldbetrag aufgrund seines durch die Abtretung begründeten **Absonderungsrechts** (UStAE 13c.1 Abs. 21).

5. Begrenzung der Haftung

39 Die Haftung ist der Höhe nach begrenzt auf die im Fälligkeitszeitpunkt nicht entrichtete Steuer (§ 13c Abs. 2 S. 3) und den in der abgetretenen, verpfändeten oder gepfändeten Forderung enthaltenen Umsatzsteuerbetrag (§ 13c Abs. 1 S. 1).

a) Begrenzung auf die nicht entrichtete Steuer.

Beispiel 1: Der Unternehmer U verkauft im Januar 2014 Waren im Wert von 10.000 EUR zzgl. 19% USt. Die entstehende Forderung von 11.900 EUR tritt er an A ab, der die Forderung in voller Höhe einzieht. Die Umsatzsteuerzahllast für Januar 2014 in Höhe von 1.900 EUR ist am 13.2.2014 fällig. U entrichtet nur einen Teilbetrag in Höhe von 900 EUR an das FA.

Lösung: Die Haftung des A beschränkt sich auf den noch verbleibenden Steueranspruch (die nicht entrichtete Steuer) in Höhe von 1.000 EUR.

b) Begrenzung auf den in der betreffenden Forderung enthaltenen Umsatzsteuerbetrag.

Beispiel 2: Der Unternehmer U verkauft im Januar 2014 Waren im Wert von 10.000 EUR zzgl. 19% USt. Die entstehende Forderung von 11.900 EUR tritt er an A ab, der die Forderung in voller Höhe einzieht. U entrichtet die am 13.2.2014 fällige Umsatzsteuerzahllast für Januar 2014 in Höhe von 2.000 EUR nicht.

Lösung: Die Haftung des A beschränkt sich auf den der abgetretenen Forderung zugrunde liegenden Umsatzsteuerbetrag von 1.900 EUR.

6. Inanspruchnahme des Haftenden

40 **a) Zeitpunkt.** Nach § 13c Abs. 2 S. 1 ist der Abtretungsempfänger, Pfandgläubiger oder Vollstreckungsgläubiger in dem Zeitpunkt in Haftung zu nehmen, in dem die festgesetzte Steuer fällig wird, frühestens jedoch im Zeitpunkt der Vereinnahmung der abgetretenen Forderung.

41 *einstweilen frei*

42 **aa) Fälligkeit.** Voranmeldungen sind am **10. Tag** nach Ablauf des Voranmeldungszeitraums fällig (Vorauszahlung, § 220 AO iVm § 18 Abs. 1 S. 4). Dies gilt auch dann, wenn die Vorauszahlung wegen Nichtabgabe der Voranmeldung oder wegen Abweichung von der Voranmeldung nach § 167 Abs. 1 S. 1 AO festgesetzt wird (*Treiber* in Sölch/Ringleb § 18 Rn. 31). Zur Fälligkeit der Jahressteuer siehe § 18 Abs. 4.

Eine Haftung nach § 13c kommt nicht in Betracht, wenn die festgesetzte Steuer innerhalb der **Zahlungsschonfrist** nach § 240 Abs. 3 AO entrichtet wird (UStAE 13c.1 Abs. 41). Dabei ist zu beachten, dass die Zahlungsschonfrist für nach dem 31.12.2003 fällig werdende Steuern von **fünf auf drei Tage verkürzt** worden ist (StÄndG 2003, BGBl. 2003 I S. 2645).

Ist die umsatzsteuerliche Behandlung des der Forderung zugrunde liegenden Umsatzes streitig und die diesbezügliche Steuerfestsetzung gegenüber dem leistenden Unternehmer **von der Vollziehung ausgesetzt,** gilt die festgesetzte Steuer nicht als fällig, § 13c Abs. 1 S. 2.

Zur Fälligkeit in der Insolvenz → Rn. 28.

43 **bb) Vereinnahmung der Forderung nach Fälligkeit.** Hat der Abtretungsempfänger, Pfandgläubiger oder Vollstreckungsgläubiger die Forderung im Zeitpunkt der Fälligkeit noch nicht vereinnahmt, ist der Zeitpunkt der nachfolgenden Vereinnahmung maßgebend.

Beispiel (in Anlehnung an *Weßling/Romswinkel* UStB 2004, 95, 96): Der Unternehmer U verkauft im Januar 2014 Waren im Wert von 10.000 EUR zzgl. 19% USt. Die entstehende Forderung von 11.900 EUR tritt er an A ab. U entrichtet die am 13.2.2014 fällige Umsatzsteuerzahllast für Januar 2014 in Höhe von 1.900 EUR nicht. A vereinnahmt die Forderung am 1.3.2014 in voller Höhe.

Lösung: Die festgesetzte Steuer war am 13.2.2014 fällig. Die Vereinnahmung der Forderung erfolgte erst am 1.3.2014, so dass A frühestens ab diesem Zeitpunkt in Haftung zu nehmen ist.

44 **b) Haftungsbescheid.** Liegen die Voraussetzungen für eine Inhaftungsnahme sowohl dem Grunde als auch der Höhe und dem Zeitpunkt nach vor, ist der Abtretungsempfänger, Pfandgläubiger oder Vollstreckungsgläubiger in Haftung zu nehmen. Nach § 13c Abs. 2 S. 2 besteht insoweit – abweichend von § 191 AO – **kein Ermessen** (kritisch *Nieskens* UR 2004, 105 (127), demzufolge zunächst der ursprüngliche Steuerschuldner für die von ihm ausgelöste Steuerschuld in Anspruch zu nehmen ist). Für die Rechtmäßigkeit eines Haftungsbescheides als gebundenen Bescheid ist auf die Verhältnisse im Zeitpunkt der letzten mündlichen Verhandlung abzustellen.

Mit der Festsetzung der Haftungsschuld wird ein **Gesamtschuldverhältnis iSd § 44 AO** begründet.

Der Haftungsbescheid ist durch das **Finanzamt** zu erlassen, welches für die Umsatzbesteuerung des leistenden Unternehmers örtlich zuständig ist.

Der Haftungsschuldner kann auch **nach Ergehen des Umsatzsteuer-Jahresbescheids** gegenüber dem Steuerschuldner durch Haftungsbescheid für **rückständige Umsatzsteuer-Vorauszahlungen** in Anspruch genommen werden, wenn die **Haftungsvoraussetzungen (nur) bezüglich der Umsatzsteuer-Vorauszahlungen** vorliegen. Die Höhe der Haftung bestimmt sich aber unter Berücksichtigung der im Jahresbescheid festgesetzten Steuerschuld (BFH V B 47/13, BFH/NV 2014, 827).

Stellt das FA fest, dass der **leistende Unternehmer** die festgesetzte Steuer bei Fälligkeit nicht entrichtet hat, hat es diesen oder dessen steuerlichen Vertreter **zu befragen,** ob in der festgesetzten Steuer auch Steuerbeträge aus abgetretenen, verpfändeten oder gepfändeten Forderungen enthalten sind. Die Befragung soll in schriftlicher Form erfolgen. Der leistende Unternehmer oder dessen steuerlicher Vertreter ist **nach § 93 AO verpflichtet, Auskunft** über den der Abtretung, Verpfändung oder Pfändung zu Grunde liegenden Umsatz sowie über den Antretungsempfänger, Pfandgläubiger oder Vollstreckungsgläubiger zu geben. Sofern keine oder keine hinreichende Antwort erteilt wird, kann diese mit Zwangsmitteln (§ 328ff. AO) durchgesetzt werden oder eine Außenprüfung oder eine USt-Nachschau nach § 27b durchgeführt werden (UStAE 13c.1 Abs. 37). 45

Dasselbe FA hat anschließend den **Abtretungsempfänger, Pfandgläubiger oder Vollstreckungsgläubiger** über den Zeitpunkt und die Höhe der vereinnahmten abgetretenen, verpfändeten oder gepfändeten Forderung (schriftlich) **zu befragen.** Die genannten potentiellen Haftungsschuldner sind nach § 93 AO zur Auskunft verpflichtet. Sofern keine oder keine hinreichende Antwort erteilt wird, kann auch hier eine Außenprüfung oder eine USt-Nachschau nach § 27b durchgeführt werden (UStAE 13c.1 Abs. 38).

Die Rechtmäßigkeit des Haftungsbescheides richtet sich nach den Verhältnissen im Zeitpunkt seines Erlasses bzw. der entsprechenden Einspruchsentscheidung (zum Gegenstand der gerichtlichen Kontrolle siehe *Gräber* FGO § 100 Rn. 18). **Nach Ergehen der Einspruchsentscheidung eingehende Zahlungen** des Steuerschuldners berühren daher die Rechtmäßigkeit des Haftungsbescheides nicht. Wegen des Regelungszwecks der Haftungsvorschrift (Vermeidung von endgültigen Steuerausfällen) ist der **Haftungsbescheid** in diesen Fällen aber nach **§ 131 AO zu widerrufen** (vgl. UStAE 13c.1 Abs. 40). Bei Teilzahlungen ist ein entsprechender Teilwiderruf auszusprechen, wobei die Teilzahlungen auf die Umsatzsteuerschuld allerdings nicht speziell den abgetretenen Forderungen zugeordnet werden können (vgl. → Rn. 20). 46

Beispiel: Der Unternehmer U verkauft im Januar 2014 Waren im Wert von 10.000 EUR zzgl. 19% USt. Die entstehende Forderung von 11.900 EUR tritt er an A ab, der die Forderungen in voller Höhe vereinnahmt. U entrichtet die am 13.2.2014 fällige Umsatzsteuerzahllast für Januar 2014 in Höhe von 1.900 EUR nicht fristgerecht. Das FA nimmt den A mit Bescheid vom 1.4.2014 in Haftung; der Einspruch des A wird mit Einspruchsbescheid vom 1.6.2014 zurückgewiesen. Nachdem A dem U mit der Kündigung der Geschäftsbeziehung gedroht hat, begleicht U im Juli 2014 seine Umsatzsteuerzahllast für Januar 2014.

Lösung: Sämtliche Haftungsvoraussetzungen lagen im Zeitpunkt der letzten behördlichen Entscheidung (Einspruchsbescheid) vor. Die anschließende Zahlung berührt die Rechtmäßigkeit des Haftungsbescheids nicht. Das FA wird den Haftungsbescheid nach der Zahlung des U (Juli 2014) jedoch widerrufen.

7. Ausschluss der Haftung

§ 13c Abs. 2 S. 4 beinhaltet einen Haftungsausschluss. Danach kann sich der Abtretungsempfänger, Pfandgläubiger oder Vollstreckungsgläubiger der Inhaftungsnahme entziehen, wenn er **als Dritter Zahlungen iSv § 48 AO** zugunsten des leistenden Unternehmers bewirkt. Nach § 48 Abs. 2 AO kann sich ein Dritter – hier der Abtretungsempfänger, Pfandgläubiger oder Vollstreckungsgläubiger – vertraglich verpflichten, für Leistungen aus dem Steuerschuldverhältnis einzustehen. Leistet er die Zahlungen nach § 48 Abs. 2 AO, kann er nicht mehr für die in der abgetretenen Forderung enthaltene USt in Anspruch genommen werden (UStAE 13c.1 Abs. 42f.). 47

Die Möglichkeit des Haftungsausschlusses bietet sich insbesondere beim **Forderungsverkauf** (Factoring) an, weil der Abtretungsempfänger (Factor) hier Gefahr läuft, als Haftungsschuldner in Anspruch genommen zu werden, obwohl er die USt als 48

Teil des (Brutto-)Kaufpreises bereits an den Abtretenden gezahlt hat. Dies kann dadurch vermieden werden, dass der Abtretungsempfänger die in der abgetretenen (Brutto-)Forderung enthaltene USt gemäß § 48 AO direkt an das FA des leistenden Unternehmers abführt. Dabei sollte der Name des Steuerschuldners, dessen Steuernummer und der Anlass der Zahlung angegeben werden. Die Notwendigkeit, von § 13c Abs. 2 S. 4 Gebrauch zu machen, hat sich allerdings dadurch entschärft, dass beim Factoring eine Haftungsinanspruchnahme nach Auffassung der Finanzverwaltung ausscheidet, soweit der leistende Unternehmer eine Gegenleistung erhält (→ Rn. 25).

Zahlungen des Abtretenden fallen nicht unter den Haftungsausschluss des § 13c Abs. 2 S. 4; aA *Hahne* DStR 2004, 210; *Haunhorst* UVR 2004, 377 (381).

§ 13d *(aufgehoben)*

[bis 31. 12. 2007: § 13d Haftung bei Änderung der Bemessungsgrundlage]

Zur letztmaligen Kommentierung der Vorschrift wird auf die 8. Auflage verwiesen.

§ 14 Ausstellung von Rechnungen

(1) [1]Rechnung ist jedes Dokument, mit dem über eine Lieferung oder sonstige Leistung abgerechnet wird, gleichgültig, wie dieses Dokument im Geschäftsverkehr bezeichnet wird. [2]Die Echtheit der Herkunft der Rechnung, die Unversehrtheit ihres Inhalts und ihre Lesbarkeit müssen gewährleistet werden. [3]Echtheit der Herkunft bedeutet die Sicherheit der Identität des Rechnungsausstellers. [4]Unversehrtheit des Inhalts bedeutet, dass die nach diesem Gesetz erforderlichen Angaben nicht geändert wurden. [5]Jeder Unternehmer legt fest, in welcher Weise die Echtheit der Herkunft, die Unversehrtheit des Inhalts und die Lesbarkeit der Rechnung gewährleistet werden. [6]Dies kann durch jegliche innerbetriebliche Kontrollverfahren erreicht werden, die einen verlässlichen Prüfpfad zwischen Rechnung und Leistung schaffen können. [7]Rechnungen sind auf Papier oder vorbehaltlich der Zustimmung des Empfängers elektronisch zu übermitteln. [8]Eine elektronische Rechnung ist eine Rechnung, die in einem elektronischen Format ausgestellt und empfangen wird.

(2) [1]Führt der Unternehmer eine Lieferung oder eine sonstige Leistung nach § 1 Abs. 1 Nr. 1 aus, gilt Folgendes:

1. **führt der Unternehmer eine steuerpflichtige Werklieferung (§ 3 Abs. 4 Satz 1) oder sonstige Leistung im Zusammenhang mit einem Grundstück aus, ist er verpflichtet, innerhalb von sechs Monaten nach Ausführung der Leistung eine Rechnung auszustellen;**
2. **führt der Unternehmer eine andere als die in Nummer 1 genannte Leistung aus, ist er berechtigt, eine Rechnung auszustellen. [2]Soweit er einen Umsatz an einen anderen Unternehmer für dessen Unternehmen oder an eine juristische Person, die nicht Unternehmer ist, ausführt, ist er verpflichtet, innerhalb von sechs Monaten nach Ausführung der Leistung eine Rechnung auszustellen. [3]Eine Verpflichtung zur Ausstellung einer Rechnung besteht nicht, wenn der Umsatz nach § 4 Nr. 8 bis 28 steuerfrei ist. [4]§ 14a bleibt unberührt.**

[2]Unbeschadet der Verpflichtungen nach Satz 1 Nr. 1 und 2 Satz 2 kann eine Rechnung von einem in Satz 1 Nr. 2 bezeichneten Leistungsempfänger für eine Lieferung oder sonstige Leistung des Unternehmers ausgestellt werden,

sofern dies vorher vereinbart wurde (Gutschrift). [3]Die Gutschrift verliert die Wirkung einer Rechnung, sobald der Empfänger der Gutschrift dem ihm übermittelten Dokument widerspricht. [4]Eine Rechnung kann im Namen und für Rechnung des Unternehmers oder eines in Satz 1 Nr. 2 bezeichneten Leistungsempfängers von einem Dritten ausgestellt werden.

(3) **Unbeschadet anderer nach Absatz 1 zulässiger Verfahren gelten bei einer elektronischen Rechnung die Echtheit der Herkunft und die Unversehrtheit des Inhalts als gewährleistet durch**

1. **eine qualifizierte elektronische Signatur oder eine qualifizierte elektronische Signatur mit Anbieter-Akkreditierung nach dem Signaturgesetz vom 16. Mai 2001 (BGBl. I S. 876), das zuletzt durch Artikel 4 des Gesetzes vom 17. Juli 2009 (BGBl. I S. 2091) geändert worden ist, in der jeweils geltenden Fassung oder**
2. **elektronischen Datenaustausch (EDI) nach Artikel 2 der Empfehlung 94/820/EG der Kommission vom 19. Oktober 1994 über die rechtlichen Aspekte des elektronischen Datenaustausches (ABl. L 338 vom 28. 12. 1994 S. 98), wenn in der Vereinbarung über diesen Datenaustausch der Einsatz von Verfahren vorgesehen ist, die die Echtheit der Herkunft und die Unversehrtheit der Daten gewährleisten.**

(4) **[1]Eine Rechnung muss folgende Angaben enthalten:**

1. **den vollständigen Namen und die vollständige Anschrift des leistenden Unternehmers und des Leistungsempfängers,**
2. **die dem leistenden Unternehmer vom Finanzamt erteilte Steuernummer oder die ihm vom Bundeszentralamt für Steuern erteilte Umsatzsteuer-Identifikationsnummer,**
3. **das Ausstellungsdatum,**
4. **eine fortlaufende Nummer mit einer oder mehreren Zahlenreihen, die zur Identifizierung der Rechnung vom Rechnungsaussteller einmalig vergeben wird (Rechnungsnummer),**
5. **die Menge und die Art (handelsübliche Bezeichnung) der gelieferten Gegenstände oder den Umfang und die Art der sonstigen Leistung,**
6. **den Zeitpunkt der Lieferung oder sonstigen Leistung; in den Fällen des Absatzes 5 Satz 1 den Zeitpunkt der Vereinnahmung des Entgelts oder eines Teils des Entgelts, sofern der Zeitpunkt der Vereinnahmung feststeht und nicht mit dem Ausstellungsdatum der Rechnung übereinstimmt,**
7. **das nach Steuersätzen und einzelnen Steuerbefreiungen aufgeschlüsselte Entgelt für die Lieferung oder sonstige Leistung (§ 10) sowie jede im Voraus vereinbarte Minderung des Entgelts, sofern sie nicht bereits im Entgelt berücksichtigt ist,**
8. **den anzuwendenden Steuersatz sowie den auf das Entgelt entfallenden Steuerbetrag oder im Fall einer Steuerbefreiung einen Hinweis darauf, dass für die Lieferung oder sonstige Leistung eine Steuerbefreiung gilt,**
9. **in den Fällen des § 14b Abs. 1 Satz 5 einen Hinweis auf die Aufbewahrungspflicht des Leistungsempfängers, und**
10. **in den Fällen der Ausstellung der Rechnung durch den Leistungsempfänger oder durch einen von ihm beauftragten Dritten gemäß Absatz 2 Satz 2 die Angabe „Gutschrift".**

[2]In den Fällen des § 10 Abs. 5 sind die Nummern 7 und 8 mit der Maßgabe anzuwenden, dass die Bemessungsgrundlage für die Leistung (§ 10 Abs. 4) und der darauf entfallende Steuerbetrag anzugeben sind. [3]Unternehmer, die § 24 Abs. 1 bis 3 anwenden, sind jedoch auch in diesen Fällen nur zur Angabe des Entgelts und des darauf entfallenden Steuerbetrags berechtigt.

(5) [1]Vereinnahmt der Unternehmer das Entgelt oder einen Teil des Entgelts für eine noch nicht ausgeführte Lieferung oder sonstige Leistung, gelten die Absätze 1 bis 4 sinngemäß. [2]Wird eine Endrechnung erteilt, sind in ihr die vor Ausführung der Lieferung oder sonstigen Leistung vereinnahmten Teilentgelte und die auf sie entfallenden Steuerbeträge abzusetzen, wenn über die Teilentgelte Rechnungen im Sinne der Absätze 1 bis 4 ausgestellt worden sind.

(6) Das Bundesministerium der Finanzen kann mit Zustimmung des Bundesrates zur Vereinfachung des Besteuerungsverfahrens durch Rechtsverordnung bestimmen, in welchen Fällen und unter welchen Voraussetzungen

1. Dokumente als Rechnungen anerkannt werden können,
2. die nach Absatz 4 erforderlichen Angaben in mehreren Dokumenten enthalten sein können,
3. Rechnungen bestimmte Angaben nach Absatz 4 nicht enthalten müssen,
4. eine Verpflichtung des Unternehmers zur Ausstellung von Rechnungen mit gesondertem Steuerausweis (Absatz 4) entfällt oder
5. Rechnungen berichtigt werden können.

(7) [1]Führt der Unternehmer einen Umsatz im Inland aus, für den der Leistungsempfänger die Steuer nach § 13b schuldet, und hat der Unternehmer im Inland weder seinen Sitz noch seine Geschäftsleitung, eine Betriebsstätte, von der aus der Umsatz ausgeführt wird oder die an der Erbringung dieses Umsatzes beteiligt ist, oder in Ermangelung eines Sitzes seinen Wohnsitz oder gewöhnlichen Aufenthalt im Inland, so gelten abweichend von den Absätzen 1 bis 6 für die Rechnungserteilung die Vorschriften des Mitgliedstaats, in dem der Unternehmer seinen Sitz, seine Geschäftsleitung, eine Betriebsstätte, von der aus der Umsatz ausgeführt wird, oder in Ermangelung eines Sitzes seinen Wohnsitz oder gewöhnlichen Aufenthalt hat. [2]Satz 1 gilt nicht, wenn eine Gutschrift gemäß Absatz 2 Satz 2 vereinbart worden ist.

Umsatzsteuer-Durchführungsverordnung:

§ 31 Angaben in der Rechnung

(1) [1]Eine Rechnung kann aus mehreren Dokumenten bestehen, aus denen sich die nach § 14 Abs. 4 des Gesetzes geforderten Angaben insgesamt ergeben. [2]In einem dieser Dokumente sind das Entgelt und der darauf entfallende Steuerbetrag jeweils zusammengefasst anzugeben und alle anderen Dokumente zu bezeichnen, aus denen sich die übrigen Angaben nach § 14 Abs. 4 des Gesetzes ergeben. [3]Die Angaben müssen leicht und eindeutig nachprüfbar sein.

(2) Den Anforderungen des § 14 Abs. 4 Satz 1 Nr. 1 des Gesetzes ist genügt, wenn sich auf Grund der in die Rechnung aufgenommenen Bezeichnungen der Name und die Anschrift sowohl des leistenden Unternehmers als auch des Leistungsempfängers eindeutig feststellen lassen.

(3) [1]Für die in § 14 Abs. 4 Satz 1 Nr. 1 und 5 des Gesetzes vorgeschriebenen Angaben können Abkürzungen, Buchstaben, Zahlen oder Symbole verwendet werden, wenn ihre Bedeutung in der Rechnung oder in anderen Unterlagen eindeutig festgelegt ist. [2]Die erforderlichen anderen Unterlagen müssen sowohl beim Aussteller als auch beim Empfänger der Rechnung vorhanden sein.

(4) Als Zeitpunkt der Lieferung oder sonstigen Leistung (§ 14 Abs. 4 Satz 1 Nr. 6 des Gesetzes) kann der Kalendermonat angegeben werden, in dem die Leistung ausgeführt wird.

(5) [1]Eine Rechnung kann berichtigt werden, wenn
a) sie nicht alle Angaben nach § 14 Abs. 4 oder § 14a des Gesetzes enthält oder
b) Angaben in der Rechnung unzutreffend sind.
[2]Es müssen nur die fehlenden oder unzutreffenden Angaben durch ein Dokument, das spezifisch und eindeutig auf die Rechnung bezogen ist, übermittelt werden. [3]Es gelten die gleichen Anforderungen an Form und Inhalt wie in § 14 des Gesetzes.

§ 32 Rechnungen über Umsätze, die verschiedenen Steuersätzen unterliegen

Wird in einer Rechnung über Lieferungen oder sonstige Leistungen, die verschiedenen Steuersätzen unterliegen, der Steuerbetrag durch Maschinen automatisch ermittelt und durch diese in der Rechnung angegeben, ist der Ausweis des Steuerbetrags in einer Summe zulässig, wenn für die einzelnen Posten der Rechnung der Steuersatz angegeben wird.

§ 33 Rechnungen über Kleinbeträge

[1]Eine Rechnung, deren Gesamtbetrag 250 Euro nicht übersteigt, muss mindestens folgende Angaben enthalten:
1. den vollständigen Namen und die vollständige Anschrift des leistenden Unternehmers,
2. das Ausstellungsdatum,
3. die Menge und die Art der gelieferten Gegenstände oder den Umfang und die Art der sonstigen Leistung und
4. das Entgelt und den darauf entfallenden Steuerbetrag für die Lieferung oder sonstige Leistung in einer Summe sowie den anzuwendenden Steuersatz oder im Fall einer Steuerbefreiung einen Hinweis darauf, dass für die Lieferung oder sonstige Leistung eine Steuerbefreiung gilt.

[2]Die §§ 31 und 32 sind entsprechend anzuwenden. [3]Die Sätze 1 und 2 gelten nicht für Rechnungen über Leistungen im Sinne der §§ 3c, 6a und 13b des Gesetzes.

§ 34 Fahrausweise als Rechnungen

(1) [1]Fahrausweise, die für die Beförderung von Personen ausgegeben werden, gelten als Rechnungen im Sinne des § 14 des Gesetzes, wenn sie mindestens die folgenden Angaben enthalten:
1. den vollständigen Namen und die vollständige Anschrift des Unternehmers, der die Beförderungsleistung ausführt. [2]§ 31 Abs. 2 ist entsprechend anzuwenden,
2. das Ausstellungsdatum,
3. das Entgelt und den darauf entfallenden Steuerbetrag in einer Summe,
4. den anzuwendenden Steuersatz, wenn die Beförderungsleistung nicht dem ermäßigten Steuersatz nach § 12 Abs. 2 Nr. 10 des Gesetzes unterliegt, und
5. im Fall der Anwendung des § 26 Abs. 3 des Gesetzes einen Hinweis auf die grenzüberschreitende Beförderung von Personen im Luftverkehr.

[2]Auf Fahrausweisen der Eisenbahnen, die dem öffentlichen Verkehr dienen, kann an Stelle des Steuersatzes die Tarifentfernung angegeben werden.

(2) [1]Fahrausweise für eine grenzüberschreitende Beförderung im Personenverkehr und im internationalen Eisenbahn-Personenverkehr gelten nur dann als Rechnung im Sinne des § 14 des Gesetzes, wenn eine Bescheinigung des Beförderungsunternehmers oder seines Beauftragten darüber vorliegt, welcher Anteil des Beförderungspreises auf die Strecke im Inland entfällt. [2]In der Bescheinigung ist der Steuersatz anzugeben, der auf den auf das Inland entfallenden Teil der Beförderungsleistung anzuwenden ist.

(3) Die Absätze 1 und 2 gelten für Belege im Reisegepäckverkehr entsprechend.

EU-Recht: Art. 217 MwStSystRL (Art. 28h (ersetzend Art. 22) Abs. 3 Buchst. a UAbs. 1 6. EG-RL); Art. 218 MwStSystRL (Art. 28h Abs. 4 Buchst. a S. 1 und 2 6. EG-RL); Art. 219 MwStSystRL (Art. 28h Abs. 3 Buchst. a UAbs. 5 S. 1 6. EG-RL); Art. 219a MwStSystRL; Art. 220 MwStSystRL (Art. 28h Abs. 3 Buchst. a UAbs. 1 S. 1 und 2 und UAbs. 2 6. EG-RL); Art. 220a MwStSystRL; Art. 222 MwStSystRL (Art. 28h Abs. 3 Buchst. a UAbs. 6 6. EG-RL); Art. 224 MwStSystRL (Art. 28h Abs. 3 Buchst. a UAbs. 8 S. 1 und 2; UAbs. 9 S. 1–3 6. EG-RL); Art. 226 MwStSystRL (Art. 28h Abs. 3 Buchst. b UAbs. 1 1. bis 14. Gedankenstrich 6. EG-RL); Art. 226a MwStSystRL; Art. 226b MwStSystRL; Art. 227 MwStSystRL (Art. 28h Abs. 3 Buchst. b UAbs. 2 6. EG-RL); Art. 228 MwStSystRL (Art. 28h Abs. 3 Buchst. a UAbs. 5 S. 2 6. EG-RL); Art. 229 MwStSystRL (Art. 28h Abs. 3 Buchst. b UAbs. 3 6. EG-RL); Art. 230 MwStSystRL (Art. 28h Abs. 3 Buchst. b UAbs. 4 6. EG-RL); Art. 231 MwStSystRL (Art. 28h Abs. 3 Buchst. b UAbs. 5 6. EG-RL); Art. 232 MwStSystRL (Art. 28h Abs. 3 Buchst. c UAbs. 1 6. EG-RL); Art. 233 MwStSystRL (Art. 28h Buchst. c UAbs. 2 einleitender Satzteil, 1. Gedan-

kenstrich S. 1 und 2; 2. Gedankenstrich S. 1 und 2; UAbs. 3 S. 1 6. EG-RL); Art. 234 MwStSystRL (Art. 28h Abs. 3 Buchst. c UAbs. 4 S. 1 und 2 5. EG-RL); Art. 238 MwStSystRL (Art. 28h Abs. 9 Buchst. d UAbs. 1 1. und 2. Gedankenstrich; UAbs. 2 1. bis 4. Gedankenstrich; UAbs. 3 6. EG-RL); Art. 273 Abs. 2 MwStSystRL (Art. 28h UAbs. 2 6. EG-RL)
UStAE: 14.1–14.11

Übersicht

I. Bedeutung

1 Seit der Einführung des Mehrwertsteuersystems hat die Rechnung eine über den Buchungsbeleg hinausgehende (umsatzsteuer-)rechtliche Bedeutung. Um das **Recht auf Vorsteuerabzug** ausüben zu können, muss der Unternehmer über die abziehbare Steuer eine nach Art. 226 MwStSystRL ausgestellte Rechnung besitzen (Art. 178 MwStSystRL), siehe EuGH C-152/02, DStRE 2004, 830 – Terra Baubedarf Handel GmbH und EuGH C-368/09, DStR 2010, 1475 – Pannon Gép mit Anm. *Wäger.* Es handelt sich aber nicht um eine materielle, sondern um eine formelle Voraussetzung für das Vorsteuerabzugsrecht, so dass eine fehlerhafte Rechnung nachträglich berichtigt werden kann und dadurch den Vorsteuerabzug im Besteuerungszeitraum der ursprünglichen Rechnungserteilung ermöglicht (EuGH C-518/14, DStR 2016, 2211 mAnm *Wäger* – Senatex; Einzelheiten → Rn. 109 ff.). Mit der Ausstellung der Rechnung verschafft der Leistende dem Empfänger gegenüber dem Finanzamt die Möglichkeit, die Steuer als Vorsteuer von seiner Steuerschuld abzuziehen (§§ 15, 16 Abs. 2). Es ist daher folgerichtig, dass Richtlinien- und Gesetzgeber zum einen genau definieren, welche **Ordnungsmerkmale** sie an eine zum Vorsteuerabzug berechtigende Rechnung stellen, und zum anderen eine **Verpflichtung zur Ausstellung einer Rechnung** kodifizieren, wenn Leistungen an andere Unternehmer erbracht werden und die Rechnung dort der Geltendmachung des Rechts auf Vorsteuerabzug dient. Genau dies regelt § 14. Die Vorschrift befasst sich mit dem **Begriff** der Rechnung (→ Rn. 5 ff.), der Verpflichtung zu ihrer **Ausstellung** (→ Rn. 13 ff.), ihrer **Form** (→ Rn. 35 ff.), ihrem **Inhalt** bei Lieferungen und sonstigen Leistungen (→ Rn. 62 ff.) bzw. bei Anzahlungen (→ Rn. 103 ff.) und – über § 31 UStDV – den Möglichkeiten der **Berichtigung** einer fehlerhaften Rechnung (→ Rn. 106 ff.). Die große Bedeutung der Ordnungsmäßigkeit von Rechnungen in **Betriebs- oder USt-Sonderprüfungen** hat durch die Entscheidung des EuGH, wonach zumindest fehlerhafte (nicht fehlende) Rechnungen mit umsatzsteuerlicher Rückwirkung berichtigt werden können (→ Rn. 109 ff.), abgenommen. Das Gleiche könnte sich aufgrund der derzeit anhängigen EuGH-Vorlagen zur Frage der Anschrift des leistenden Unternehmers und des Leistungsempfängers (→ Rn. 63 a) und der im Raum stehenden Möglichkeit der Gewährung von Vertrauensschutz bereits im Festsetzungsverfahren (→ Rn. 4) ergeben.

2 Die Verpflichtung zur Ausstellung einer Rechnung ergab sich bis 2003 nur „auf Verlangen" des Leistungsempfängers, wenn dieser Unternehmer war (§ 14 Abs. 1 aF). Damit war klar, dass die Verpflichtung eine **zivilrechtliche Nebenpflicht** aus dem Schuldverhältnis war. Seit 2004 sieht § 14 Abs. 2 die bedingungslose Verpflichtung zur Ausstellung einer Rechnung vor. Diese Verpflichtung hat damit zunächst **öffentlich-rechtlichen Charakter.** Der Steuergesetzgeber zwingt leistende Unternehmer zur Ausstellung einer Rechnung und knüpft an das Unterlassen eine Sanktion (Ordnungswidrigkeit, § 26 a Abs. 1 Nr. 1, → Rn. 22). Denn die Rechnung erfüllt auch eine Kontrollfunktion für die Finanzämter. Aus diesem Grund verpflichtet das UStG in Sonderfällen auch dann zur Ausstellung einer Rechnung, wenn diese nicht zum Vorsteuerabzug berechtigt, weil keine USt auszuweisen ist. Diese **Sonderfälle** sind Gegenstand von § 14 a. Zur Vervollständigung der Kontrollfunktion der Rechnung gehört schließlich auch die Pflicht zu deren **Aufbewahrung** gemäß § 14 b. Weil eine Rechnung mit **zu Unrecht ausgewiesener Steuer** vom Inhaber der Rechnung möglicherweise zur Vornahme des Vorsteuerabzugs ge- bzw. missbraucht werden kann, enthält § 14 c eine faktische Sanktion, nämlich das Schulden der zu Unrecht ausgewiesenen Steuer gegenüber dem Fiskus trotz fehlenden materiellen Steuertatbestands und damit auch fehlenden Vorsteuerabzugs beim Empfänger der Rechnung (siehe § 14 c). Die Nichtabführung ist eine Ordnungswidrigkeit (§ 26 b);

das vorsätzliche Ausstellen falscher Rechnungen mit USt-Ausweis mit dem Ziel der Steuerhinterziehung eine Straftat (zusätzlich verschärft durch § 26c in den Fällen gewerbs- oder bandenmäßiger Schädigung des Steueraufkommens). Ungeachtet der sich aus § 14 ergebenden öffentlich-rechtlichen Verpflichtung zur Ausstellung von Rechnungen bleibt der **zivilrechtliche Anspruch** des Leistungsempfängers auf Erteilung einer Rechnung von § 14 unberührt (BT-Drs. 15/1562, 48). Die Durchsetzung des Anspruchs des Leistungsempfängers gegen den Leistenden auf Erteilung einer Rechnung ist daher auch gegenwärtig nur auf dem Zivilrechtsweg möglich (→ Rn. 24ff.).

3 Die Grundstruktur des deutschen Rechts – Rechnungen im allgemeinen Fall § 14, in besonderen Fällen § 14a, Aufbewahrung § 14b und zu Unrecht ausgewiesene Steuer § 14c – entstammt nicht dem Unionsrecht. Die **MwStSystRL** definiert vielmehr zunächst die elektronische Übermittlung einer Rechnung (Art. 217 MwStSystRL), anschließend den Begriff der Rechnung (Art. 218–219 MwStSystRL) sowie die Frage, nach welchem Recht die Rechnung auszustellen ist (Art. 219a), und schließlich die Pflicht zur Rechnungsausstellung (Art. 220–225 MwStSystRL). Art. 220 MwStSystRL ist damit die Grundlage sowohl für die allgemeine deutsche Vorschrift in § 14 Abs. 2 als auch für die besonderen Verpflichtungen zur Ausstellung einer Rechnung in § 14a. Art. 220 Nr. 1 verpflichtet aber Steuerpflichtige (Unternehmer) allgemein zur Ausstellung einer Rechnung, wenn sie Leistungen an andere Steuerpflichtige oder juristische Personen erbringen. Diese Vorschrift ist damit sowohl die Grundlage für § 14 Abs. 2 als auch zB für § 14a Abs. 1. Art. 226–231 MwStSystRL enthalten die Rechnungsangaben, wobei nur die in Art. 226 MwStSystRL obligatorisch sind. Sie bilden erneut die Grundlage sowohl für die allgemeine Vorschrift in § 14 Abs. 4 als auch die Sonderanforderungen an Rechnungen in § 14a (zB die Angabe der USt-IdNr. bei sonstigen Leistungen mit Steuerschuldnerschaft des Leistungsempfängers nach § 13b Abs. 5 S. 1 = Art. 226 Nr. 4 bzw. § 14a Abs. 1). Art. 232–237 MwStSystRL regeln schließlich die Einzelheiten der elektronischen Rechnungsübermittlung und Art. 238–240 MwStSystRL erlauben den Mitgliedstaaten Vereinfachungsregeln für Kleinbetragsrechnungen, die Deutschland mit § 14 Abs. 6 Nr. 3 und 4 iVm § 33 UStDV umgesetzt hat. Durch RL 2010/45/EU wurden die unionsrechtlichen Vorschriften überarbeitet. Die Umsetzung in deutsches Recht musste eigentlich zum 1.1.2013 erfolgen und war im JStG 2013 vorgesehen, das jedoch nach Vermittlungsverfahren zwischen Bundestag und Bundesrat nicht zustande kam (siehe BR-Drs. 33/13 (Beschluss)). Die Anpassungen wurden zeitlich verspätet durch das AmtshilfeRLUmsG (BGBl. 2013 I 1809) vorgenommen. Sie sind am 30.6.2013 in Kraft getreten.

4 Liegt keine ordnungsgemäße Rechnung vor und kommt eine Berichtigung (→ Rn. 109) nicht in Frage, so dass damit die Tatbestandsmerkmale des Vorsteuerabzugs nicht erfüllt sind, kann dieser nach bisheriger Rechtsprechung des BFH im Festsetzungsverfahren auch dann nicht gewährt werden, wenn der Leistungsempfänger hinsichtlich des Vorliegens dieser Merkmale **gutgläubig** war (zuletzt BFH V R 23/14, BStBl. II 2015, 914; vgl. zu dieser Entscheidung *Heuermann* MwStR 2015, 798, *Neeser* UVR 2015, 331, *von Streit/Luther* UStB 2016, 51 und *Weymüller* MwStR 2015, 820). Anders als es zB § 6a Abs. 4 für die Steuerbefreiung der innergemeinschaftlichen Lieferung regelt, gibt es beim Vorsteuerabzug keinen im UStG geregelten Vertrauensschutz im Festsetzungsverfahren. Der gute Glaube des Unternehmers wird derzeit daher nur im **Billigkeitsverfahren** (§§ 163, 227 AO) geschützt. Ob diese Praxis **unionsrechtskonform** ist, liegt dem EuGH auf Vorlage des XI. Senats des BFH vor (BFH XI R 20/14, DStR 2016, 1532 mAnm *Treiber;* vgl. dazu *Neeser* UVR 2016, 337 (339ff.); *Spatscheck/Stenert* DStR 2016, 2313). Der V. Senat des BFH ist indes von der Unionsrechtskonformität bzw. der Unzuständigkeit des EuGH für diese Verfahrensfrage weiterhin überzeugt (BFH V R 25/15, DStR 2016, 1527 mAnm *Heuermann* Rn. 46). Der deutschen Praxis, wonach der gutgläubige Rechnungsempfänger im

Festsetzungsverfahren keinen Vertrauensschutz genießt, hält *Stadie* (MwStR 216, 895) allgemeine Verfassungsgrundsätze entgegen, so dass es eines Rückgriffs auf das Unionsrecht nicht bedürfe. Der Vertrauensschutz ergebe sich bereits aus dem nationalen Verfassungsrecht durch verfassungskonforme Auslegung des § 15 Abs. 1 S. 1 Nr. 1. Auf diesen berechtigten Einwand wird es möglicherweise wieder ankommen, sollte der EuGH der Auffassung des V. Senats des BFH bezüglich der Gewährung von Vertrauensschutz nur im Billigkeitsverfahren folgen.

II. Begriff der Rechnung

1. Rechnung im UStG

Die Rechnung ist die **Abrechnung über das Entgelt für eine Lieferung oder sonstige Leistung,** die der liefernde Unternehmer an den Leistungsempfänger sendet. Sie erscheint im Geschäftsverkehr auch als Gutschrift, die der Leistungsempfänger an den leistenden Unternehmer richtet. Im Handelsverkehr dienen Rechnung und Gutschrift den Geschäftspartnern als Buchungsbelege. Im Zivilrecht spielen beide keine rechtsbegründende oder rechtsgestaltende Rolle. Eine Rechnung im umsatzsteuerlichen Sinne ist jedes Dokument, mit dem über eine Lieferung oder sonstige Leistung abgerechnet wird, gleichgültig wie dieses Dokument im Geschäftsverkehr bezeichnet wird (§ 14 Abs. 1). Die Verwendung des Begriffs **Dokument** (bis 2003 „Urkunde") soll erforderlich sein, weil Rechnungen auch auf elektronischem Weg übermittelt werden können (siehe *Kraeusel* UVR 2004, 2 (9)). Die Passivform iVm dem Verzicht auf die Erwähnung des Urhebers der Abrechnung bedeutet: Jedes Papier, in dem nach den Vorschriften des UStG abgerechnet wird, ist eine **Rechnung,** also auch die **Gutschrift** und das Abrechnungspapier, das ein Nichtunternehmer erstellt hat. Zum abweichenden Rechnungsbegriff nach § 14c dort → § 14c Rn. 5f. 5

Unionsrechtlich bestimmt Art. 218 MwStSystRL, dass die Mitgliedstaaten als Rechnung alle auf Papier oder elektronisch vorliegenden Dokumente oder Mitteilungen anerkennen, die den Anforderungen der Art. 219ff. genügen. Die Definition des UStG entspricht den europarechtlichen Vorgaben.

Der Charakter der Rechnung als materiell-rechtliche Voraussetzung zum Vorsteuerabzug unterscheidet die USt von den Ertragsteuern, wo eine Rechnung als Beleg lediglich ein Beweismittel für eine Betriebsausgabe, jedoch nicht materiell-rechtliche Voraussetzung für deren Abzug darstellt. Allerdings berechtigt die Rechnung nicht zum **Abzug** der ausgewiesenen, sondern nur **der gesetzlich geschuldeten USt** (Art. 167 und 63 MwStSystRL, § 15 Abs. 1 Nr. 1), siehe EuGH C-566/07, DStR 2009, 1366 Rn. 28f. – Stadeco BV mwN; BFH V R 3/06, BStBl. II 2009, 203 mwN; → § 15 Rn. 158ff. Der Unternehmer, der das Recht auf Vorsteuerabzug ausüben will, muss im Besitz der **Originalrechnung** (gewesen) sein, siehe EuGH C-141/96, IStR 1997, 592 – Langhors; FG München 14 K 2093/08, DStRE 2010, 299, rkr. Den Nachweis, dass er das Abrechnungspapier im Original hatte, kann und muss er mit allen zulässigen Beweismitteln erbringen, BFH XI R 63/93, BStBl. II 1997, 582; V R 23/13, BStBl. II 2015, 313; UStAE 15.11 Abs. 1 S. 3. Ist der Vorsteuerabzug wegen unzutreffender Rechnungsangaben nicht gegeben, kommt unter Berücksichtigung des Grundsatzes des Vertrauensschutzes ein Vorsteuerabzug nicht im Festsetzungsverfahren, sondern nur im **Billigkeitsverfahren** in Betracht (BFH V R 15/07, BStBl. II 2009, 744; → § 15 Rn. 20). Siehe *Braun/Matheis* UVR 2009, 310. 6

Die Rechnung kann darüber hinaus ein Indiz für die **Zuordnung eines Gegenstands zum Unternehmen** sein, auf die es im Rahmen des § 3 Abs. 1b und Abs. 9a sowie § 15 Abs. 1 Nr. 1 S. 1 ankommt (BFH V R 44/94, BStBl. II 1995, 853; kritisch *Stadie* UR 2004, 597), wenn diese Zuordnung aus den Rechnungsangaben ersichtlich wird (zB Lieferung an Geschäfts- statt an Privatadresse). Die Zuordnungsentschei- 7 dung des Unternehmers muss bis spätestens zum 31.5. des auf den entsprechenden Besteuerungszeitraum folgenden Jahres gegenüber dem Finanzamt dokumentiert sein; Fristverlängerung ist ausgeschlossen (BFH V R 42/09, BStBl. II 2014, 77; V R 21/10, BStBl. II 2014, 81). Die Rechnung mit USt-Ausweis einer grundsätzlich steuerfreien Leistung ist – sofern nach § 9 zulässig – eine konkludente **Optionserklärung,** → § 9 Rn. 21.

8 *einstweilen frei*

2. Wirksamkeit

9 In einer Rechnung werden nach der Rechtsprechung des BFH **keine rechtserheblichen Willenserklärungen** abgegeben und im Regelfall keine Rechtsfolgen ausgelöst, sondern lediglich dem Käufer gegenüber bereits bekannte Fakten festgehalten und mitgeteilt. Einer solchen Rechnung fehlt jeder rechtsgeschäftliche oder rechtsgeschäftsähnliche Charakter, weil der Aussteller keinen auf die Herbeiführung eines Rechtserfolgs gerichteten Willen hat und eine solche Rechnung weder zivilrechtliche noch andere Rechtsfolgen auslöst. Rechnungen sind daher keine Willenserklärungen, sondern lediglich **realaktähnliche Mitteilungen** der vom Fakturierenden durchgeführten Leistungs- und Preisberechnung. Anders liegt es ggf. nur, soweit dem Leistenden ein Leistungs- oder Preisbestimmungsrecht eingeräumt worden ist, das er mit der Fakturierung ausübt (BFH V R 107/79, BStBl. II 1982, 309 und V R 59/81, BStBl. II 1982, 315). Damit unterliegen Rechnungen nicht unmittelbar den zivilrechtlichen Anforderungen an die Wirksamkeit einer Willenserklärung (zB den Vorschriften über die Geschäftsfähigkeit, §§ 104ff. BGB sowie die Vertretung, §§ 164ff. BGB, und Genehmigung, §§ 182ff. BGB). Allerdings lehnt der BFH die Anwendung der für Willenserklärungen geltenden zivilrechtlichen Vorschriften auf Realakte nicht grundsätzlich ab (BFH V R 98/01, BStBl. II 2003, 498).

10 Die **umsatzsteuerliche Wirksamkeit** – Vorsteuerabzugsrecht des Inhabers, möglicherweise Steuerschuld des Ausstellers nach § 14c – wird entfaltet, wenn sie der Aussteller in den Verkehr bringt (begibt), vgl. BFH V R 146/73, BStBl. II 1980, 283. Dies folgt dem Sinn und Zweck von § 14c, Missbräuche durch Ausstellung von Rechnungen mit USt-Ausweis zu verhindern. Im Einzelnen → § 14c Rn. 5ff. Obwohl grundsätzlich die für Willenserklärungen geltenden zivilrechtlichen Vorschriften auf Realakte nicht grundsätzlich unanwendbar sind (→ Rn. 9), entfalten auch nach diesen Regeln unwirksame Rechnungen (zB wegen Geschäftsunfähigkeit) steuerlich Wirksamkeit wegen § 41 AO, wonach die **Unwirksamkeit eines Rechtsgeschäfts unbeachtlich** ist, wenn die Beteiligten das wirtschaftliche Ergebnis eintreten und bestehen lassen (BFH V R 98/01, BStBl. II 2003, 498). Insoweit ist die alte Rechtsprechung (BFH I R 14/77, BStBl. II 1980, 498) überholt (*Wagner* in Sölch/Ringleb § 14 Rn. 19). Die geänderte Rechtsprechung ist wesentlich durch die Möglichkeit der Rechnungsberichtigung gemäß § 14c Abs. 2 S. 3 beeinflusst (→ § 14c Rn. 46ff.). § 117 BGB (Scheingeschäft) und die Anfechtungsvorschriften sind durch umsatzsteuerrechtliche Sonderbestimmungen (§§ 14c, 17) ausgeschlossen.

11 **Einwendungen aus dem schuldrechtlichen Vertrag** zwischen leistendem Unternehmer und Leistungsempfänger, der dem Leistungsaustausch zugrunde liegt (zB Anfechtung, Rücktritt vom Vertrag), erfassen die Rechnung nicht. Die Rechtsfolgen der nach Ausstellung der Rechnung sich ergebenden materiell-rechtlichen Änderung der Bemessungsgrundlage gegenüber der ursprünglichen Rechnung ergeben sich aus § 17 (→ § 17 Rn. 10ff.).

12 *einstweilen frei*

III. Berechtigung und Verpflichtung zur Erteilung von Rechnungen

1. Berechtigte und Nichtberechtigte

Gemäß Art. 220 MwStSystRL stellt jeder Steuerpflichtige für Lieferungen von Gegenständen oder Dienstleistungen, die er an einen anderen Steuerpflichtigen bewirkt, eine Rechnung entweder selbst aus, oder er trägt dafür Sorge, dass eine Rechnung von seinem Kunden oder in seinem Namen und für seine Rechnung von einem Dritten ausgestellt wird. Diese Vorschrift hat der deutsche Gesetzgeber in § 14 Abs. 2 umgesetzt. Gemäß § 14 Abs. 2 S. 1 Nr. 2 ist der **Unternehmer** berechtigt, für steuerbare Leistungen gemäß § 1 Abs. 1 Nr. 1 S. 1, die keine steuerpflichtigen Werklieferungen (§ 3 Abs. 4 S. 1) oder sonstige Leistungen im Zusammenhang mit einem Grundstück sind, eine Rechnung auszustellen. An wen der Unternehmer leistet, ist für die Berechtigung (nicht aber für die Verpflichtung, → Rn. 18 ff.) unerheblich. 13

Unternehmer in diesem Sinne sind auch Kleinunternehmer und Landwirte, die ihre Umsätze gemäß § 24 versteuern, und der **Insolvenzverwalter,** soweit er für seine Tätigkeit gegenüber dem Insolvenzschuldner eine Vergütung erhält (BFH V R 16/81, BStBl. II 1986, 579). Die Gebührenfestsetzung durch das Gericht ersetzt die Rechnung nicht und berechtigt mithin nicht zum Vorsteuerabzug (BFH V R 9/11, BStBl. II 2013, 346). Der **Zwangsverwalter** darf nach Aufhebung der Zwangsverwaltung im Nachgang zu seinen Pflichten noch eine Rechnung mit gesondertem Steuerausweis erteilen (BFH XI R 94/96, BStBl. II 1997, 670). **Nichtunternehmer** (Privatleute, Unternehmer in Bezug auf den Privatbereich, juristische Personen des öffentlichen Rechts im Rahmen hoheitlicher Tätigkeit) und **Kleinunternehmer** (§ 19 Abs. 1 S. 4), die nicht für die Regelbesteuerung optiert haben (§ 19 Abs. 2), dürfen keine Rechnungen mit offenem Steuerausweis erteilen, aber Rechnungen mit allen übrigen Angaben nach § 14 Abs. 4. **Wiederverkäufer** iSv § 25a dürfen beim Wiederverkauf keine Rechnung mit gesondertem Steuerausweis erteilen (14a Abs. 6 S. 2). Sie können jedoch auf die Anwendung der Differenzbesteuerung verzichten (siehe § 25a Abs. 8). 14

Eine Rechnung kann auch der **Leistungsempfänger** (= Gutschrift, → Rn. 57 ff.) oder im Namen und für Rechnung des Unternehmers oder eines in § 14 Abs. 2 S. 1 Nr. 2 bezeichneten Leistungsempfängers **ein Dritter** ausstellen. Diese Dritten sind in erster Linie beauftragte andere Unternehmer wie Inkassobüros oder Angestellte des Unternehmers, grundsätzlich jedoch nicht der Leistungsempfänger, dieser allenfalls als Schreibhilfe (BFH V R 139/79, BStBl. II 1983, 525; V B 99/89, BFH/NV 1995, 842). Der Dritte muss die Rechnung stets im Auftrag und für Rechnung des Leistenden erteilen. Soweit Dritte eine Rechnung erteilen, muss der Auftrag dazu aus der Rechnung oder anderen Dokumenten, auf die die Rechnung Bezug nimmt, erkennbar sein. Eigenmächtig dürfen Dritte – zB Steuerberater – die Rechnung nicht ergänzen. Zur Rechnungsausstellung durch Vertreter ohne Vertretungsmacht → § 14c Rn. 11. Staatliche Organe, wie Gerichte, die Leistungsvergütungen mit USt in Ausübung durch Gesetz zugewiesener hoheitlicher Befugnisse festsetzen, handeln nicht als Dritte, so dass deren Festsetzung weder zum Vorsteuerabzug berechtigt noch eine Steuerschuld nach § 14c auslöst (BFH V R 9/11, BStBl. II 2013, 346). Zur Beauftragung Dritter bei der Erstellung **elektronischer Rechnungen** → Rn. 53 f. 15

Belege zwischen Abteilungen desselben Unternehmens sind keine Rechnungen iSv § 14, auch wenn sie die Angaben des § 14 Abs. 4 aufweisen (UStAE 14.1 Abs. 4). § 14c Abs. 2 ist somit nicht anzuwenden. Dies kann jedoch dann nicht gelten, wenn Leistungen, die gegen Entgelt zwischen **Stammhaus und Niederlassung** grenzüberschreitend erbracht werden, wegen der Einbeziehung in eine Mehrwertsteuer- 16 gruppe (Organschaft) steuerbar und steuerpflichtig sind; in diesen Fällen müssen Rechnungen ausgestellt werden, die aber wegen Anwendung des Reverse-Charge-Verfahrens (§ 13b) in aller Regel keine Steuer ausweisen dürfen (→ § 2 Rn. 147). Keine Rechnungen mit der Folge des § 14c sind nach der zutreffenden Ansicht der FVerw Rechnungen über Innenumsätze im **Organkreis** (→ § 14c Rn. 38). Zum gleichen Ergebnis kommt auch der BFH, wohl aber mit einer anderen Begründung (BFH V R 7/10, BStBl. II 2011, 391, Einzelheiten → § 14c Rn. 38). Für Leistungen an außerhalb des Organkreises stehende Leistungsempfänger sind Organgesellschaften aber zum Steuerausweis berechtigt (→ Rn. 28).

17 *einstweilen frei*

2. Verpflichtung zur Ausstellung von Rechnungen

18 Die Verpflichtung, eine Rechnung mit dem Inhalt gemäß § 14 Abs. 4 Nr. 1–10 innerhalb von **sechs Monaten** zu erteilen, besteht für den dazu berechtigten Unternehmer, wenn er die steuerpflichtigen Lieferungen oder Leistungen an einen anderen Unternehmer für dessen Unternehmen oder an eine juristische Person ausführt (§ 14 Abs. 2 Nr. 2 S. 2). Bei juristischen Personen (des Privatrechts und des öffentlichen Rechts) spielt die Unternehmereigenschaft mithin keine Rolle. Eine generelle Verpflichtung zur Rechnungserteilung für die Ausführung steuerfreier Umsätze gibt es nicht (mehr); eine solche besteht somit nur in den Sonderfällen des § 14a (zum Überblick → § 14a Rn. 1). Zum Charakter der Verpflichtung als öffentlich-rechtliche oder zivilrechtliche Verpflichtung → Rn. 2. Neben der umsatzsteuerlichen Rechnungserteilungspflicht besteht ab 2020 eine **allgemeine Belegausgabepflicht** nach § 146a AO, wenn ein elektronisches Aufzeichnungssystem verwendet wird. Einzelheiten werden durch Rechtsverordnung auf der Basis der Verordnungsermächtigung in § 146a Abs. 3 Nr. 2 Buchst. f AO geregelt werden.

Gemäß Art. 219a Nr. 1 MwStSystRL gilt der **Grundsatz,** dass sich die Rechnungsstellung nach den Vorschriften des Mitgliedstaats richtet, in dem der Umsatz steuerbar ist. Eine explizite Umsetzung dieses Grundsatzes im deutschen Recht fehlt, er gilt aber gleichwohl, weil § 14 Abs. 1 S. 1 die Abrechnung „über eine Lieferung oder sonstige Leistung" regelt und dies – im Kontext des § 1 Abs. 1 Nr. 1 – nur eine steuerbare Lieferung oder sonstige Leistung sein kann (vgl. *Duyfjes/von Streit* UStB 2013, 233 (235)). Art. 219 Nr. 2 Buchst. a enthält eine **Ausnahme** von diesem Grundsatz, wonach die Rechnungsvorschriften des Mitgliedstaats des leistenden Unternehmers maßgeblich sind, wenn der leistende Unternehmer nicht in dem Mitgliedstaat ansässig ist, in dem der Ort der Leistung liegt und der Leistungsempfänger nach den Regelungen des Reverse-Charge-Verfahrens die USt schuldet. Dies sind im Kern die innergemeinschaftlichen B2B-Umsätze. Daher entlässt § 14 Abs. 7 alle Unternehmer in anderen Mitgliedstaaten, die in Deutschland steuerbare Umsätze tätigen, für die der Leistungsempfänger die Steuer schuldet („Inbound-Leistungen"), aus der Verpflichtung, eine Rechnung nach § 14 auszustellen. Umgekehrt verpflichtet § 14a Abs. 1 inländische Unternehmer zur Ausstellung von Rechnung nach deutschem Recht, obwohl die Umsätze in einem anderen Mitgliedstaat steuerbar sind, wenn die Steuer dort vom Leistungsempfänger geschuldet wird („Outbound-Leistungen"). Einzelheiten → § 14a Rn. 5 ff.

19 Unternehmer, die eine steuerpflichtige Werklieferung (§ 3 Abs. 4) oder sonstige Leistung **im Zusammenhang mit einem Grundstück** ausführen, sind grundsätzlich verpflichtet, innerhalb von sechs Monaten nach Ausführung der Leistung eine Rechnung auszustellen (§ 14 Abs. 2 S. 1 Nr. 1). Diese Verpflichtung gilt auch für Umsätze an Nichtunternehmer oder Unternehmer für ihren nichtunternehmerischen Bereich, gleichgültig, ob sie als Grundstückseigentümer, Mieter, Pächter oder sonst Nutzungsberechtigte die Leistung erhalten haben. Diese Rechnungen sollen helfen, die sog. „Ohne-Rechnung-Geschäfte" im Umfeld des Eigenheims und der

Privatwohnung, die zu Steuerausfällen führen, einzudämmen, siehe BT-Drs. 15/2573, 33.

Zum Begriff der Werklieferung → § 3 Rn. 181 ff. Werklieferungen (§ 3 Abs. 4) 20
oder sonstige Leistung **im engen Zusammenhang mit einem Grundstück** sind solche, die sich auf die Bebauung, Verwertung, Nutzung oder Unterhaltung eines Grundstücks beziehen. Das sind zB Abbruch- und Erdarbeiten, die Erstellung des Rohbaus, die Installation von Strom-, Gas- und Wasserleitungen, der Einbau von Fenstern, Türen, Fußböden, Aufzügen, Malerarbeiten, Dacheindeckung, Schuttabfuhr, Architekten- und andere Planungsleistungen, Überlassung von Baugeräten, Gartenarbeiten sowie alle weiteren **Bauleistungen,** bei denen die Steuerschuld gemäß § 13b Abs. 5 S. 2 auf den Leistungsempfänger übergehen kann, sowie die Kosten der Beurkundung von Grundstückskaufverträgen und Maklergebühren. Einzelheiten siehe UStAE 14.2 iVm 13b.1 Abs. 3–22.

Gemäß § 14 Abs. 2 S. 3 können die Partner eines steuerpflichtigen oder steuer- 21
freien Leistungsaustauschs grundsätzlich frei vereinbaren, wer die Rechnung ausstellt und dabei auch die Befugnis dem **Leistungsempfänger** übertragen, der mit Gutschrift abrechnet, → Rn. 57 ff. Dieser Leistungsempfänger kann auch eine juristische Person sein, soweit sie nicht Unternehmer ist. Auch Kleinunternehmer (§ 19 Abs. 1) und juristische Personen, soweit sie nicht Unternehmer sind, können Gutschriften erteilen und über steuerfreie Umsätze abrechnen.

Wer die Verpflichtungen aus § 14 Abs. 2 S. 1 Nr. 1 oder Abs. 2 S. 2 nicht oder nicht 22
rechtzeitig erfüllt, handelt **ordnungswidrig** und kann mit einer Geldbuße bis zu 5.000 EUR belegt werden, § 26a Abs. 1 Nr. 1 und Abs. 2. Einzelheiten bei § 26a. Darüber hinaus führt der Verstoß gegen die Verpflichtung zur Rechnungsausstellung zur Qualifizierung der zugrundeliegenden Leistung als **Schwarzarbeit** (§ 1 Abs. Nr. 2 SchwarzArbG); zu den zivilrechtlichen Folgen siehe BGH VII ZR 6/13, NJW 2013, 3167.

einstweilen frei 23

3. Anspruch auf die Erteilung einer Rechnung

a) Anspruchsberechtigter. Der Leistungsempfänger hat einen **zivilrechtlichen** 24
Anspruch gegen den leistenden Unternehmer auf Rechnungserteilung, der vor den ordentlichen Gerichten geltend zu machen ist, siehe BGH VIII ZR 186/73, NJW 1975, 310; II ZR 76/79, NJW 1980, 2710; VIII ZR 64/87, NJW 1988, 2042; VII ZR 137/87, NJW 1989, 302. Das gilt auch unverändert nach der seit 2004 in § 14 geregelten unbedingten Ausstellungspflicht (BT-Drs. 15/1562, 48). Der Anspruch des Leistungsempfängers gegen den Leistenden auf Erteilung einer Rechnung ist daher auch weiterhin nur auf dem Zivilrechtsweg möglich (Einzelheiten siehe *Dodos* MwStR 2015, 329). Folglich richtet sich auch die **Verjährung** des Anspruchs nach der dreijährigen zivilrechtlichen Verjährung nach § 195 BGB (→ Rn. 33).

Nach BGH ist die Erfüllung des Anspruchs auf Rechnungserteilung bei zweifel- 25
hafter Rechtslage für den Leistenden unzumutbar, solange das Finanzamt den Umsatz, über den der Unternehmer abrechnen soll, nicht in einem **bestandskräftigen Bescheid der USt** unterworfen hat (BGH VII ZR 247/13, DStR 2014, 1887). Ein Zivilurteil, das dem Leistungsempfänger zu der begehrten Rechnung verhilft, bindet das Finanzamt bei der Veranlagung des leistenden Unternehmers jedoch nicht. Das würde auch gelten, wenn die Zivilgerichte die Frage der Steuerbarkeit und Steuerpflicht des Umsatzes mitentschieden, bevor das Finanzamt die USt des Leistenden festgesetzt hat. Der Unternehmer setzt sich andererseits der Gefahr aus, gemäß § 14c Abs. 1 in Anspruch genommen zu werden.

Der V. Senat des BFH will die Schwierigkeit, in die der Leistungsempfänger, der 26
beim zuständigen Finanzamt einen Vorsteuerabzug geltend machen möchte, aber vom leistenden Unternehmer keine dazu taugliche Rechnung erhält, im Anschluss

an das FG Bbg 1 K 1228/94 U, EFG 1995, 991, rkr, siehe dazu *Klein* BB 1996, 135ff., *Rößler* DStZ 1996, 301 und *Weiß* UR 1996, 164, mit Hilfe einer **Klage** gemäß § 41 FGO gegen das für den leistenden Unternehmer zuständige Finanzamt **auf Feststellung,** dass ein bestimmter Umsatz steuerbar und steuerpflichtig ist, lösen, BFH V R 94/96, BStBl. II 1997, 707 mit Anm. HFR 1998, 46 und – kritisch vor allem zur Rechtsprechung des BGH: *Rößler* DStR 1998, 174 und *Stadie* UR 1997, 476. Dies ist zumindest dann der einzig gangbare Weg, wenn das Finanzamt des Leistungserbringers die Auffassung vertritt, es liege keine steuerpflichtige Leistung vor, so dass der Leistungserbringer nicht zum Steuerausweis berechtigt sei. Die Zivilgerichte würden den Leistungserbringer unter diesen Umständen wohl nicht zur Ausstellung einer Rechnung mit Steuerausweis verpflichten können. Daher bleibt nur, das Finanzamt des leistenden Unternehmers mit einer Feststellungsklage vor den Finanzgerichten zu zwingen, diese Rechtsauffassung aufzugeben. Nach **Ansicht des XI. Senats des BFH** soll dies aber auf den Ausnahmefall begrenzt zu sein, dass zu klären ist, ob überhaupt eine steuerbare Leistung vorliegt. Daher hat er eine Feststellungsklage als unzulässig zurückgewiesen, wenn über Steuerbarkeit, Steuerpflicht und Steuersatz kein Streit besteht (BFH XI R 12/08, BStBl. II 2011, 819), weil die Leistung ohnehin steuerpflichtig sei, nur die Frage, wer umsatzsteuerlicher Leistungsempfänger war, blieb offen. Wäre dem zuzustimmen, hätte der mögliche Leistungsempfänger aber keine rechtliche Möglichkeit, eine Rechnung einzuklagen, und die Rechtsauffassung des Finanzamt des leistenden Unternehmers unterläge überdies keiner finanzgerichtlichen Kontrollmöglichkeit (daher zu Recht kritisch zu dem Urteil des XI. Senats *von Eichborn* DStR 2011, 1249). Diese Konstellation erschwert es jedenfalls dem Leistungsempfänger unverhältnismäßig, seinen Anspruch auf Erteilung einer Rechnung gerichtlich durchzusetzen (siehe für eine ausführliche Kritik *Weymüller* BeckOK UStG § 14 Rn. 168ff.; *Wagner* in Sölch/Ringleb § 14 Rn. 196ff.).

Für den Leistenden, der aufgrund eines **Zivilurteils** eine Rechnung erteilen muss, dürfte es eine **Berichtigungsmöglichkeit** geben, wenn das Finanzamt später den Umsatz nicht für steuerbar und steuerpflichtig hält und diese Auffassung nicht erfolgreich bestritten wird. Der BGH (V ZR 224/00, UR 2002, 91) lässt immerhin den Anspruch auf Rechnungserteilung nicht verjähren, solange die Unzumutbarkeit der Erfüllung besteht. Mit der Feststellungsklage nach § 41 FGO kann der Leistungsempfänger nicht klären lassen, ob in einem vereinbarten Preis die USt enthalten ist oder zusätzlich entrichtet werden muss. Diese Frage gehört in den Zivilrechtsstreit zwischen den Beteiligten des Leistungsaustauschs.

27 Den Anspruch auf Rechnungserteilung kann jeder Leistungsempfänger einklagen. Auch eine **GbR** kann vor den Zivilgerichten klagen (BGH II ZR 331/00, DStR 2002, 686). Kein Anspruch auf Rechnungserteilung besteht bei Schwarzgeschäften (OLG Hamm 7 WF 855/97, NJW 1997, 2247). Gegenüber einem **Strohmann** besteht weder zivilrechtlich, noch aus § 14 ein Anspruch auf Erteilung einer Rechnung (BGH VIII ZR 65/09, DStR 2010, 1183), wenn er nicht als leistender Unternehmer anzusehen ist (→ § 2 Rn. 40). Unternehmer haben bei Einkäufen in **Warenhäusern** und **Supermärkten** Anspruch auf Erteilung einer Rechnung mit Vorsteuerausweis, OFD Berlin 22.2.1999, UR 1999, 344. Ein Anspruch auf Erteilung einer Rechnung mit den Bestandteilen des § 14 Abs. 4 Nr. 1–10 besteht nicht, wenn der leistende Unternehmer Kleinbetragsrechnungen gemäß §§ 33, 34 UStDV erteilt hat.

28 Der Schuldner darf während des **Insolvenzverfahrens** keine Rechnungen erteilen (§ 80 InsO), obwohl er die Unternehmereigenschaft nicht verliert. Hier geht Insolvenzrecht vor USt-Recht. Nach Eröffnung des Insolvenzverfahrens richtet sich der Anspruch gegen den **Insolvenzverwalter,** auch wenn die Lieferung oder Leistung vorher erfolgt ist (siehe BGH VIII ZR 45/80, UR 1982, 55). Nach Beendigung des Insolvenzverfahrens geht er wieder auf den ursprünglichen Schuldner über. Für eine aufgelöste Personengesellschaft handeln die **Liquidatoren,** § 146 HGB. Besteht **Or-**

ganschaft, richtet sich der Anspruch aus § 14 Abs. 2 Nr. 1 und Nr. 2 S. 2 gegen das Organ als selbstständiges Rechtssubjekt, falls es die Leistung erbracht hat (→ Rn. 65).

einstweilen frei 29

b) Durchsetzbarkeit des Anspruchs. Da die Rechnung eine Willenserklärung enthält oder zumindest eine realaktähnliche Handlung ist, auf die die Vorschriften über Willenserklärungen Anwendung finden (→ Rn. 9), ist der Anspruch – zumindest, wenn der Inhalt unstreitig ist – gemäß § 894 ZPO zu vollstrecken, bestritten, wenn die Steuerpflicht des Leistenden bestandskräftig festgestellt ist, ebenso *Wagner* in Sölch/Ringleb § 14 Rn. 394; aA *Peusquens* NJW 1974, 685 und BB 1976, 84, der die Erteilung der Rechnung als unvertretbare Handlung ansieht und den Anspruch gemäß § 887 ZPO vollstrecken will; zur Anwendung des § 888 ZPO siehe OFD Saarbrücken 11.5.1987, UR 1987, 309. 30

Der Leistungsempfänger darf das Entgelt gemäß § 273 BGB – nicht gemäß § 320 BGB – zurückbehalten, solange der liefernde Unternehmer ihm die Rechnung vorenthält, Näheres siehe *Peusquens* NJW 1974, 683, *Langel* StbJb 1981/1982, 313 (331 f.); dem folgend FG Hmb 3 V 247/13, BeckRS 2014, 94908, rkr. Ein eingeschränktes **Zurückbehaltungsrecht** in Höhe des auf das Entgelt entfallenden Steuerbetrages ist aus steuerlichen Gründen nicht zu empfehlen, weil das entrichtete (Teil-)Entgelt bei der Sollbesteuerung (§ 16) als Bruttoentgelt anzusehen und deshalb in Nettoentgelt und darin enthaltene USt aufzuteilen wäre. 31

einstweilen frei 32

c) Verjährung des Anspruchs. Der Anspruch auf Rechnungserteilung unterliegt, da er ein zivilrechtlicher Anspruch ist, den Verjährungsvorschriften des BGB, somit einer **Verjährungsfrist von drei Jahren** (§ 195 BGB). Sie beginnt mit dem Schluss des Jahres, in dem der Anspruch entstanden ist und der Gläubiger von den Anspruch begründenden Umständen und der Person des Schuldners Kenntnis erlangt oder ohne grobe Fahrlässigkeit erlangen müsste (§ 199 Abs. 1 S. 1 BGB). Die Höchstdauer der Verjährungsfrist beträgt zehn Jahre ab Entstehen des Anspruchs (§ 199 Abs. 4 BGB). Die erheblich verkürzte allgemeine Verjährungsfrist beeinträchtigt das Recht des Leistungsempfängers, vom leistenden Unternehmer zum Zweck des Vorsteuerabzugs eine Rechnung zu verlangen, in den meisten Fällen wohl nicht. Drei Jahre ab Kenntnis bzw. Kennen müssen der Notwendigkeit, eine erstmalige bzw. vervollständigte oder berichtigte Rechnung zu verlangen, dürften ausreichen, um diese Rechnung zu erhalten. Zudem ist die Verjährungsfrist gehemmt, wenn es wegen der Erteilung der Rechnung zu einem Prozess kommt (§§ 201 Abs. 1 S. 1, 209 BGB). Auch gegen die Höchstfrist von zehn Jahren bestehen in diesem Zusammenhang keine Bedenken. Das Verjährungsproblem dürfte jedoch entschärft sein, weil der deutsche Gesetzgeber gemäß Art. 222 MwStSystRL für Rechnungen, die zum Vorsteuerabzug erforderlich sind (§ 14 Abs. 2 Nr. 2 S. 2 und ggf. auch Nr. 1), die Verpflichtung festgelegt hat, innerhalb von **sechs Monaten** nach Ausführung der Leistung eine Rechnung zu erstellen (→ Rn. 18). Einzelheiten siehe auch *Dodos* MwStR 2015, 329 (330). 33

einstweilen frei 34

IV. Form der Rechnung

1. Regeln für alle Rechnungsformen

Die Rechnung braucht nicht ausdrücklich als Rechnung bezeichnet zu sein (§ 14 Abs. 1 S. 1; Gutschriften indessen müssen als solche bezeichnet werden, § 14 Abs. 4 Nr. 10 → Rn. 98). Sie besteht entweder **aus einem Dokument** oder aus **mehreren Dokumenten,** aus denen sich die nach § 14 Abs. 4 geforderten Angaben insgesamt 35 ergeben müssen, § 14 Abs. 6 Nr. 2 UStG, § 31 Abs. 1 S. 1 UStDV. Besteht die Rechnung aus mehreren Dokumenten, müssen in einem davon das Entgelt und der darauf entfallende Steuerbetrag zusammengefasst angegeben werden und alle anderen Dokumente bezeichnen, aus denen sich die übrigen Angaben nach § 14 Abs. 4 ergeben (§ 31 Abs. 1 S. 2 UStDV; Zweifel an der Unionsrechtskonformität des Zwangs, in einem Dokument Entgelt und Steuerbetrag zu nennen und auf die übrigen Dokumente zu verweisen, äußert *Neeser* UVR 2016, 337 (341) unter Verweis auf EuGH C-516/14, DStR 2016, 2216 – Barlis 06). Alle Dokumente müssen nach UStAE 14.5 Abs. 1 S. 8ff. von ein und demselben (Rechnungs- oder Gutschriften-)Aussteller stammen. Dabei brauchen nicht sämtliche Dokumente in derselben Form übermittelt zu werden. Es ist nicht zu beanstanden, wenn für einige die Papierform und für andere der elektronische Weg gewählt wird. Die Angaben müssen insgesamt nur leicht und eindeutig nachprüfbar sein (§ 31 Abs. 1 S. 3 UStDV). Beispiele für Rechnungen aus mehreren Dokumenten sind zB Kaufvertrag und Quittung über den Kaufpreis mit Nummer und Datum des Vertrages, siehe auch BFH V R 49/99, BStBl. II 2008, 493 (Pachtvertrag und **monatliche Kontoauszüge** → Rn. 88) und OFD Hannover 2.5.2002, DStR 2002, 1222 (Rechnungserteilung bei Dauerschuldverhältnissen); *Wagner* in Sölch/Ringleb § 14 Rn. 43ff.; UStAE 14.1 Abs. 2.

36 Bei **Zahlungen mit Kreditkarte** erstellt der leistende Unternehmer neben dem Beleg, den der Leistungsempfänger unterschreibt und der zur Abrechnung mit dem Kreditkartenunternehmen dient, einen als Kopie bezeichneten identischen Beleg. Diesen erkennt die Verwaltung als Rechnung iSv § 14 Abs. 1 an, wenn die erforderlichen Inhalte enthalten sind (OFD Erfurt 29.4.1996, DStR 1996, 1204). Zur Rechnungsstellung bei Einsatz einer **Purchasing-Card,** OFD Berlin 17.2.1999, BB 1999, 1312. Keine Rechnungen iSv § 14 sind Finanzierungspläne, vorläufige Rechnungen und Voraus- oder Pro-forma-Rechnungen, die im Außenhandel (insbesondere zur Beschaffung von Devisen und Einfuhrlizenzen) vorkommen (siehe BFH V R 65/97, BStBl. II 1998, 415) sowie Mahnungen und Kontoauszüge, die ausschließlich der Darstellung des Zahlungsverkehrs dienen (UStAE 14.1 Abs. 1 S. 4). **Kontoauszüge** sind jedoch insoweit Rechnungen, als ein Kreditinstitut darin über erbrachte Leistungen formgerecht abrechnet (UStAE 14.1 Abs. 1 S. 5). Zur Rechnungserteilung in besonderen Fällen wie Fleurop-Blumenliefergeschäfte siehe OFD Magdeburg 10.2.2000, UR 2000, 353; zu Briefmarkenversteigerung, Garantieleistungen der Reifenindustrie und in der Kraftfahrzeugwirtschaft siehe UStAE 14.10 Abs. 2.

37 Der **Schriftform** ist genügt, wenn die Rechnung in der Schrift einer allgemeinverständlichen Sprache abgefasst ist. Die Unterschrift des Ausstellers (§ 126 BGB) ist für die Rechnung als solche nicht erforderlich (Art. 229 MwStSystRL). Allerdings kann sie auf den Aussteller hinweisen (BFH XI R 103/90, BStBl. II 1993, 531; V R 45/91, BStBl. II 1994, 131) oder erforderlich sein, wenn die Rechnung zB in einem Vertrag enthalten ist, der aus zivilrechtlichen Gründen unterschrieben sein muss. Die Rechnung kann in deutscher Sprache oder in einer Fremdsprache verfasst werden. Auch Abkürzungen, Buchstaben, Zahlen oder Symbole sind erlaubt, wenn ihre Bedeutung in der Rechnung oder in anderen Unterlagen festgelegt ist (§ 31 Abs. 3 UStDV). Eine Geheimsprache, geheime Zeichen oder Codes zur Bezeichnung insbesondere der gelieferten Gegenstände kommen nicht in Betracht, wohl aber handelsübliche Bezeichnungen, auch wenn diese technisch und der Allgemeinheit nicht verständlich sind.

2. Elektronische Rechnung

38 **a) Grundlagen.** Eine elektronische Rechnung ist eine Rechnung, die in einem elektronischen Format ausgestellt und empfangen wird (§ 14 Abs. 1 S. 8). Für elektronische Rechnungen gelten seit 1.7.2011 die **gleichen Anforderungen** an Authentizität und Integrität **wie für Papierrechnungen;** § 14 Abs. 1 trifft insoweit keine

hängen auf einer nicht überschreibbaren CD und archiviert diese zusammen mit seinen anderen Papierunterlagen.

Lösung: Es liegt eine Rechnungsübermittlung auf elektronischem Wege vor. Die gespeicherte E-Mail verrät jederzeit, dass der Absender die Fluggesellschaft ist. Die Links in den PDF-Dokumenten verweisen zudem auf die Website der Fluggesellschaft. Die Echtheit der Herkunft im Sinne der Sicherheit der Identität des Rechnungsausstellers (§ 14 Abs. 1 S. 3) ist somit gewährleistet. Gleiches gilt für die Unversehrtheit ihres Inhalts, denn die einer E-Mail eines bestimmten Tages angehängte PDF-Datei kann weder vom Rechnungsaussteller (mangels Zugriff auf den Posteingang) noch vom Rechnungsempfänger (mangels Zugriff auf die PDF) geändert werden (§ 14 Abs. 1 S. 4). Die beigefügte Bordkarte – Rechnung und Bordkarte sind über die Ticketnummer eindeutig miteinander verknüpft – kann zudem ein verlässlicher Prüfpfad zwischen der erbrachte Leistung und der Rechnung iSd § 14 Abs. 1 S. 6 geschaffen werden. Dem entspricht bei Rechnungen über Flugtickets in Papierform das Anheften der Bordkartenabschnitte.

Beispiel 2: Unternehmen A stellt auf einem zentralen Server der Muttergesellschaft M eine Rechnung an die Schwestergesellschaft S für eine an diese erbrachte umsatzsteuerpflichtige Leistung ein. S hat – wie alle weiteren Gesellschaften des Konzerns – unmittelbaren Zugriff auf den Server und veranlasst die Buchung der betreffenden Eingangsrechnung unter Geltendmachung des Vorsteuerabzugs.

Lösung: Auch in diesem Beispiel ist von einer elektronischen Rechnungsübermittlung auszugehen. Für die Inrechnungstellung konzerninterner Leistungen gelten generell keine anderen Anforderungen als für die Rechnungsstellung gegenüber konzernfremden Unternehmen. Ob die Rechnungen zum Vorsteuerabzug berechtigen, hängt davon ab, ob S die Echtheit der Herkunft und die Unversehrtheit der Inhalte nach § 14 Abs. 1 S. 2 gewährleisten kann. Mangels elektronischer Signatur kann jedenfalls auf den Nachweis nicht nach § 14 Abs. 3 verzichtet werden.

Bei beidseitigem Zugriff auf den Bestand elektronischer Rechnungen dürfte zwar die Gewährleistung der Echtheit der Herkunft der Rechnung kein Problem darstellen, weil diese Information bei jeder Datei leicht einsehbar ist. Die Unversehrtheit des Inhalts kann aber ohne ein innerbetriebliches Kontrollverfahren nicht ohne Weiteres sichergestellt werden, denn Rechnungsaussteller und Rechnungsempfänger können jederzeit auf die Rechnungen zugreifen. Es müsste somit sichergestellt sein, dass die Dateien nach ihrem Ablegen auf dem Server von keiner Seite mehr verändert werden können.

Keine elektronische Übermittlung nach § 14 Abs. 1 S. 8 ist die Übermittlung von 52
Rechnungen per Telefax von Standard-Telefax zu Standard-Telefax (UStAE 14.4 Abs. 2 S. 4). Bis zum 30.6.2011 betrachtete die FVerw diese Faxe als elektronisch übermittelte Rechnungen, forderte jedoch keine Signatur, sondern lediglich, dass der Aussteller einen Ausdruck in Papierform aufbewahrt und der Rechnungsempfänger die Telefax-Rechnung in ausgedruckter Form aufbewahrt. Seit dem 1.7.2011 ist ein solches Fax eine Papierrechnung, für die jedoch die gleichen Anforderungen hinsichtlich Echtheit der Herkunft, Unversehrtheit des Inhalts und Lesbarkeit gelten. Ein **Telefax auf Thermopapier** muss daher auf Papier kopiert werden, damit es für den Aufbewahrungszeitraum gemäß § 14b Abs. 1 lesbar ist; die Aufbewahrung des Thermopapierausdrucks ist nicht erforderlich (UStAE 14b.1 Abs. 5 S. 4). Die Aufbewahrung in Papierform ist bei einer **elektronischen Aufbewahrung nach § 147 Abs. 2 AO** nicht erforderlich. Alle anderen Übertragungsformen (Standard-Telefax an Computer, Telefax/Fax/Server und Übermittlung auf aufgekehrtem Weg sowie von Computer, Telefax/Fax/Server) sind elektronische Rechnungen. Zur Prüfung im Rahmen einer USt-Nachschau siehe UStAE 27b.1 Abs. 5.

e) Erstellung elektronischer Rechnungen durch Dritte. Es ist zulässig, dass 53
Signatur-Dienstleister die Erstellung und Versendung signierter elektronischer Rechnungen für leistende Unternehmer übernehmen. Am Markt hat sich zwischenzeitlich eine größere Anzahl professioneller Dienstleister etabliert, die ein breites

Spektrum von Dienstleistungen – von der reinen Erzeugung und/oder Prüfung elektronischer Signaturen bis hin zur Archivierung – anbieten (eine Übersicht über Informationen und Dienstleister bieten *Groß/Lamm* BC 2009, 514 und *Schäfer* BC 2010, 164). Rechtsgrundlage ist § 14 Abs. 2 S. 4, Art. 220 MwStSystRL, wonach eine Rechnung im Namen und für Rechnung des leistenden Unternehmers von einem Dritten ausgestellt werden kann (→ Rn. 15). Leistender Unternehmer und Leistungsempfänger können daher in den für die Zustimmung zur elektronischen Übermittlung vorgesehenen Formen (→ Rn. 40) die **Signierung durch Dritte** (siehe auch UStAE 14.4 Abs. 10; *Groß/Lindgens* UVR 2008, 107 (111 ff.)) und ebenso die Inempfangnahme und **Verifikation der Signatur durch Dritte** wählen. Zur Kombination von beidem, also Signierung durch einen Signatur-Dienstleister für Unternehmer A und Empfang der elektronischen Rechnung durch denselben oder einen anderen Signatur-Dienstleister für Unternehmer B – **„Roaming"**, siehe *Groß/Hallermann/Lindgens* UVR 2009, 138 (141).

54 Grundsätzlich ist zu unterscheiden, ob der Dritte die Signierung für den Auftraggeber mit dessen Signatur (Fremdsignierungsmodell) oder als Vertreter des Auftraggebers mit der eigenen Signatur (Vertretungsmodell) übernimmt. Das **Fremdsignierungsmodell** ist umsatzsteuerlich kritisch. Denn dabei übergibt der Unternehmer dem Dienstleister seine sichere Signaturerstellungseinheit nebst Zugangsdaten (PIN), so dass der Dienstleister im Namen des Unternehmers auftritt, ohne dass dies nach außen erkennbar wird. Damit ist eine der wesentlichen Voraussetzungen der elektronischen Übermittlung von Rechnungen, nämlich die Echtheit der Herkunft (Sicherheit der Identität des Ausstellers der Rechnung) nicht erfüllt und der Vorsteuerabzug in Gefahr (*Groß/Lindgens* UVR 2008, 107 (111 f.)). Demgegenüber basiert das **Vertretungsmodell** auf der Möglichkeit des § 14 Abs. 2 S. 4, Art. 220 MwStSystRL, Rechnungen durch Dritte ausstellen zu lassen. Erforderlich ist aber die Erkennbarkeit der Vertretungssituation nach außen. Damit stößt das sog. „echte Vertretungsmodell", bei dem der Dienstleister die Erstellung und Signierung der Rechnungen mit Wirkung für den Leistenden übernimmt, an Grenzen; pragmatischer ist das sog. „Botenmodell", bei dem der Signatur-Dienstleister nur mit der Signierung beauftragt wird (Näheres siehe *Groß/Lindgens* UVR 2008, 107 (112 f.)).

55, 56 *einstweilen frei*

3. Die Gutschrift

57 Die Gutschrift ist eine Rechnung, mit der der Leistungsempfänger gegenüber dem leistenden Unternehmer über Lieferungen oder sonstige Leistungen, die er von diesem für sein Unternehmen bezogen hat, abrechnen kann, sofern dies vorher vereinbart wurde (§ 14 Abs. 2 S. 3). Grundlage dieser Regelung ist Art. 224 MwStSystRL. Es gelten alle Vorschriften des UStG über Rechnungen auch für Gutschriften – zB für die Übermittlung von Rechnungen –, sofern es keine Sondervorschriften dafür gibt (wie zB § 14 Abs. 2 S. 3). Das hat Konsequenzen vor allem für § 14c, → § 14c Rn. 6. **Keine Gutschriften iSd UStG** sind Mitteilungen über Skonti, Boni, Rabatte oder die im allgemeinen Sprachgebrauch so bezeichnete Korrektur einer zuvor ergangenen Rechnung (siehe UStAE 14.3 Abs. 1 und Abs. 2 S. 5). Durch das AmtshilfeRLUmsG (BGBl. 2013 I 1809) wurde die Angabe „Gutschrift" in den Pflichtangabenkatalog des § 14 Abs. 4 aufgenommen (→ Rn. 98). Dies folgt der Verpflichtung in Art. 226 Nr. 10a MwStSystRL, die deutsche Umsetzung ist aber erst zum 30. 6. 2013 in Kraft getreten und damit ein halbes Jahr nach Ablauf der an die Mitgliedstaaten gerichteten Umsetzungsfrist.

58 § 14 Abs. 2 S. 3 verlangt in Übereinstimmung mit Art. 224 MwStSystRL eine **vorherige Vereinbarung.** Diese Vereinbarung ist an keine Form gebunden. Sie kann schriftlich, mündlich oder konkludent abgeschlossen werden oder sich aus den Lieferverträgen oder sonstigen Geschäftsunterlagen ergeben (UStAE 14.3 Abs. 2). Die Partner des Leistungsaustauschs müssen vorher, dh vor Ausstellung der Rechnung, vereinbaren, dass der Leistungsempfänger die Rechnung ausstellt. Unterbleibt dies und akzeptiert der leistende Unternehmer eine Rechnung des Leistungsempfängers ohne Widerspruch (→ Rn. 60), ist der Mangel geheilt (so auch im Ergebnis *Weber* DB 2004, 337 (338)). Wer zivilrechtlich die Abrechnungslast trägt, ist nur insoweit relevant, als dies als Vereinbarung iSd § 14 Abs. 2 S. 3 verstanden werden kann. Eine solche „Vereinbarung" ist aber auch dann zu unterstellen, wenn **zwingende gesetzliche Regelungen** die Abrechnungslast dem Leistungsempfänger aufbürden (zB § 87 c HGB für den Handelsvertreter oder § 24 VerlagsG für Verleger) und dieser daher Gutschriften erteilt (so auch *Nieskens* UR 2004, 105 (117)).

Die Gutschrift kann für **steuerfreie Umsätze** und auch für Umsätze von **Nichtunternehmern und Kleinunternehmern** ausgestellt werden. Das hat Folgen für § 14c, → § 14c Rn. 6. Das Recht auf Ausstellung von Gutschriften haben neben Unternehmern auch juristische Personen, soweit diese nicht Unternehmer sind (§ 14 Abs. 2 S. 3 iVm S. 2). Für **elektronisch übermittelte Gutschriften** gelten die gleichen Regelungen wie für elektronisch übermittelte Rechnungen (UStAE 14.4 Abs. 10 S. 1; siehe zu elektronischen Rechnungen → Rn. 38ff.). Die Durchführung des innerbetrieblichen Kontrollverfahrens (→ Rn. 42) obliegt dem leistenden Unternehmer als Empfänger der Gutschrift (kritisch *Groß/Lamm/Lindgens* DStR 2012, 1413 (1419), sofern hieraus eine Gefährdung des Vorsteuerabzugsrechts beim Leistungsempfänger resultieren sollte, was aber bei nur fehlerhafter Anwendung des Kontrollverfahrens nach BMF 2.7.2012, BStBl. I 2012, 726 ohnehin ausgeschlossen ist, so auch *Robisch* UR 2012, 550 (554)). 59

Die **Gutschrift verliert die Wirkung einer Rechnung,** sobald der leistende Unternehmer dem ihm übermittelten Dokument **widerspricht,** § 14 Abs. 2 S. 3 (Art. 224 Abs. 1 MwStSystRL). Der Widerspruch dient der Möglichkeit der Berichtigung durch den leistenden Unternehmer, der bei Abrechnung durch Gutschrift nicht selbst die Rechnung erstellt. Er sollte daher nur zulässig sein zur **Berichtigung von Fehlern;** der Widerspruch gegen eine zutreffende Gutschrift wäre dann ohne Rechtswirkung (so zutreffend *Hummel* UR 2012, 497 (502); *Weymüller* BeckOK UStG § 14 Rn. 218ff.). Der BFH hat allerdings entschieden, dass der Widerspruch gegen eine Gutschrift uneingeschränkt möglich ist, selbst wenn die Gutschrift keine Fehler aufweist und der Widerspruch womöglich sogar mit der Absicht, dem Leistungsempfänger durch Wegfall des Vorsteuerabzugs zu schaden (BFH XI R 25/11, BStBl. II 2013, 417 – übernommen in UStAE 14.3 Abs. 4). Diese Rechtsprechung wird zurecht kritisiert, weil sie einem Leistungsempfänger bei Vorliegen sämtlicher Voraussetzungen des § 15 Abs. 1 S. 1 Nr. 1 den Vorsteuerabzug auf Basis eines auch schikanösen Widerspruchs des leistenden Unternehmers versagt (siehe für eine ausführliche Kritik *Stadie* UR 2013, 365; aA *Kraeusel* UR 2013, 609; *Wagner* MwStR 2013, 534). Ungeachtet der rechtlichen Kritik ist das Ergebnis der Entscheidung für alle Unternehmen, die mit Gutschriften über die von ihnen bezogenen Leistungen abrechnen, ein Ärgernis, denn es setzt sie dem Risiko jederzeitiger und willkürlicher Widersprüche durch die leistenden Unternehmer aus. Offensichtlich scheint aber der V. Senat des BFH **Zweifel an dieser Rechtsprechung des XI. Senats** zu haben, da er in einem obiter dictum dahingestellt ließ, ob er dieser Entscheidung folgt (BFH V R 2/13, BStBl. II 2013, 844 Rn. 28 – siehe *Stadie* UR 2013, 971). Dies sollte zumindest für die Zulassung der Revision gegen ein mögliches FG-Urteil, das dem XI. Senat folgt, reichen, sofern dann der V. Senat zuständig ist. 60

Der Widerspruch ist eine einseitige zugangsbedürftige Erklärung (BFH XI R 56/93, BStBl. II 1995, 275). Er ist form- und fristfrei und bedarf keiner Begründung. Zu Beweiszwecken empfiehlt sich jedoch die Schriftform. Der Widerspruch wirkt **ex nunc,** dh erst im Besteuerungszeitraum, in dem er erklärt wird (siehe UStAE 14.3 Abs. 4 S. 2). Bis dahin schuldet der leistende Unternehmer die ausgewiesene Steuer, unter Umständen gemäß § 14c Abs. 1 (mit entsprechender Berichtigungsmöglich- 61 keit). In den Fällen der Abrechnung mittels Gutschrift über eine Leistung iSd § 13b führt der Widerspruch nicht zum Wegfall des Vorsteuerabzugs beim Leistungsempfänger, denn dieser kann die nach § 13b geschuldete USt gemäß § 15 Abs. 1 S. 1 Nr. 4 unabhängig vom Vorliegen einer Rechnung abziehen (vgl. *Kraeusel* UR 2013, 609 (613f.)). Für den Widerspruch gilt wohl nicht die dreijährige **Verjährungsfrist** gemäß § 195 BGB, weil das Widerspruchsrecht in § 14 Abs. 2 S. 3 letztlich unionsrechtskonform auszulegen ist und daher nicht auf nationales Zivilrecht abgestellt werden kann (vgl. *Hummel* UR 2012, 497 (504)).

V. Inhalt der Rechnung

62 Die **Pflichtangaben** für Rechnungen, die zum Vorsteuerabzug berechtigen, wurden in den letzten Jahren kontinuierlich erweitert und sind in § 14 Abs. 4, der auf Art. 226 MwStSystRL beruht, geregelt. Grundsätzlich berechtigt nur eine Rechnung mit diesen „vollständigen und richtigen" Angaben zum Vorsteuerabzug (UStAE 15.2 Abs. 2 Nr. 4). Bei Verstößen kann die unrichtige Rechnung berichtigt werden (→ Rn. 106ff.). Wenn die **Steuernummer und die USt-IdNr.** unrichtig sind und der Rechnungsempfänger das nicht erkennen konnte, versagt die FVerw deshalb den Vorsteuerabzug idR nicht (UStAE 15.2a Abs. 6 S. 4ff.). Die große Bedeutung der Ordnungsmäßigkeit der Rechnungsangaben in **Betriebs- oder USt-Sonderprüfungen** hat durch die Entscheidung des EuGH C-518/14, DStR 2016, 2211 mAnm *Wäger* – Senatex GmbH, wonach zumindest fehlerhafte (nicht fehlende) Rechnungen mit umsatzsteuerlicher Rückwirkung berichtigt werden können (→ Rn. 109ff.) abgenommen. Darüber hinaus könnte sich aufgrund der derzeit anhängigen EuGH-Vorlagen zur Frage der Anschrift des leistenden Unternehmers und des Leistungsempfängers (→ Rn. 63a) und der im Raum stehenden Möglichkeit der Gewährung von Vertrauensschutz bereits im Festsetzungsverfahren (→ Rn. 4) ergeben, dass dem gutgläubigen Rechnungsempfänger der Vorsteuerabzug auch dann zuzugestehen ist, wenn bestimmte Rechnungsangaben unzutreffend sind, er dies aber nicht wusste und nicht hätte wissen können.

1. Der vollständige Name und die vollständige Anschrift des leistenden Unternehmers

63 Name und Anschrift des leistenden Unternehmers sind gemäß § 14 Abs. 4 Nr. 1 (entsprechend Art. 226 Nr. 5 MwStSystRL) **vollständig** anzugeben. Leistender Unternehmer ist der zivilrechtlich zur Leistung Verpflichtete (BFH V R 72/84, BStBl. II 1989, 677 mwN). Zum Begriff des leistenden Unternehmers → § 2 Rn. 5ff. Grundsätzlich sind der richtige Name und die richtige Anschrift anzugeben (BFH V R 41/89, BStBl. II 1993, 205). Maßgebend ist nach bisheriger Rechtsprechung die Anschrift, unter der der leistende Unternehmer seine wirtschaftlichen Aktivitäten (kein **„Briefkastensitz"**) entfaltet (BFH V R 23/14, BStBl. II 2015, 914; siehe aber zu anhängigen EuGH-Vorlagen → Rn. 63a). Nach § 31 Abs. 2 S. 1 UStDV genügt jedoch jede Bezeichnung, unter der der leistende Unternehmer (also nach bisheriger Rechtsprechung der Ort, wo er seine wirtschaftlichen Tätigkeiten entfaltet) ohne Schwierigkeiten ausfindig gemacht werden kann, zB bürgerlicher Name, Künstlername, Pseudonym, Firma, Straße, Bezeichnung für ein bestimmtes Gebäude („Altes Rathaus"); siehe aber zur zusätzlichen Nennung des falschen Firmeninhabers oder zur Nennung des Rechtsvorgängers → Rn. 69. Eine Postfach-Nummer reicht danach nicht aus (UStAE 14.5 Abs. 2 S. 3 erlaubt sie nur beim Leistungsempfänger; siehe aber → Rn. 63a). Die Nennung eines früheren Namens nach Eheschließung dürfte in aller Regel unproblematisch sein, weil sich der leistende Unternehmer eindeutig feststellen lässt (vgl. *Hummel* UR 2011, 531 (536)). Der abrechnende leistende

Lösungsalternative 1 (BFH V R 79/99, BStBl. II 2008, 495): Der BFH gestattet den hälftigen Vorsteuerabzug, weil Leistungsempfänger die Ehegattengemeinschaft ist, an der der Ehemann zu 50% beteiligt ist, und eine ordnungsgemäße Rechnung, die den Leistungsempfänger (Ehegattengemeinschaft) benennt, vorliegt.

Lösungsalternative 2 (BMF 9.5.2008, BStBl. I 2008, 675): Das BMF hält die Option gemäß § 9 für unwirksam, weil diese nur möglich ist, wenn der Leistungsempfänger ein Unternehmer ist, was jedoch nicht der Fall ist, denn Leistungsempfänger ist die nichtunternehmerische Ehegattengemeinschaft. Die ausgewiesene USt schuldet der Vermieter somit nach § 14c, ein Vorsteuerabzug ist ausgeschlossen wegen § 15 Abs. 1 Nr. 1 (Abziehbarkeit nur der gesetzlich geschuldeten USt). Das BMF wendet mithin das BFH-Urteil V R 79/99 insoweit nicht an (BMF 9.5.2008, BStBl. I 2008, 675).

Der sehr **formalen Betrachtungsweise bei Ehegattengemeinschaften** kann auch das BFH-Urteil V R 40/01, BStBl. II 2007, 13 – nach Vorabentscheidung des EuGH C-25/03, DStR 2005, 775 – HE, mit Anm. *Küffner/Zugmaier* UR 2005, 324 mit Anm. *Widmann* – nicht entgegengehalten werden. Denn diese Entscheidung erging zur alten Rechtslage, als zwar das deutsche Recht bereits vorsah, den Leistungsempfänger in der Rechnung zu benennen, nicht jedoch das Europarecht (Art. 22 Abs. 3 Buchst. b 6. EG-RL). Daher haben EuGH und BFH entschieden, dass es zur Bezeichnung des Leistungsempfängers ausreicht, wenn der leistende Unternehmer eine Rechnung auf beide Ehegatten ausgestellt hat, obwohl nur einer vor ihnen als Unternehmer tätig ist. Mittlerweile enthält aber Art. 226 Nr. 5 MwStSystRL die Voraussetzung der Nennung des Leistungsempfängers in der Rechnung. Zur **Vermeidung des Verlusts des Vorsteuerabzugs** sollte daher stets der unternehmerische Ehegatte alleine Leistungsempfänger sein oder die Ehegattengemeinschaft durch die entgeltliche Weitergabe der Leistung an diesen unternehmerisch tätig und damit vorsteuerabzugsberechtigt werden (siehe Lösung Beispiel → Rn. 72). Ob eine aus Eheleuten bestehende GbR nur durch Angabe des Zusatzes „GbR" eindeutig bezeichnet werden kann, ist eine Frage des Einzelfalls, BFH V B 26/96, BStBl. II 1997, 443. Beim gemeinschaftlichem **Erwerb eines Grundstücks und Weitervermietung** eines Büroraums durch den einen an den anderen Ehegatten muss jedoch darauf geachtet werden, dass diese Vermietung umsatzsteuerlich auch eine Lieferung sein kann mit der Folge, dass die Option zur Steuerpflicht der Vermietungsumsätze unwirksam und folglich der Vorsteuerabzug des vermietenden Ehegatten ausgeschlossen ist (so BFH V R 41/09, BStBl. II 2014, 73).

einstweilen frei **74**

3. Die Angabe der USt-IdNr. oder der Steuernummer des leistenden Unternehmers

Gemäß § 14 Abs. 4 S. 1 Nr. 2 muss die Rechnung die dem leistenden Unterneh- **75**
mer vom Bundeszentralamt für Steuern erteilte USt-IdNr. oder seine Steuernummer enthalten. Art. 226 MwStSystRL erwähnt nur die USt-IdNr. und sieht auch kein **Wahlrecht** vor. Will der leistende Unternehmer seine Steuernummer nicht angeben, muss er die USt-IdNr. wählen. Die Angabe des Aktenzeichens, das ein Finanzamt gegenüber dem Unternehmer in seinen Anschreiben unter „SteuerNr/Aktenzeichen" aufführt, genügt nicht (BFH V R 55/09, BStBl. II 2011, 235). Das Wahlrecht zur Angabe der Steuernummer besteht mangels anderweitiger Regelung für jede einzelne Rechnung gesondert. Rechnen die Parteien des Leistungsaustauschs mit **Gutschriften** ab, hat der Aussteller die USt-IdNr. oder die Steuernummer des Leistenden anzugeben, die dieser dem Aussteller mitzuteilen hat. Diese Pflicht folgt aus der Vereinbarung, mit Gutschriften abzurechnen. Dies gilt auch für ausländische Unternehmer mit inländischer Steuernummer oder deutsche USt-IdNr. Siehe auch UStAE 14.5 Abs. 5 S. 6–8. Die Angabe der USt-IdNr. oder der Steuernummer ist auch erforder-

lich, wenn der leistende Unternehmer **Kleinunternehmer** gemäß § 19 Abs. 1 ist (→ § 19 Rn. 18), ausschließlich über steuerfreie Umsätze abgerechnet wird (UStAE 14.5 Abs. 8) oder der Leistungsempfänger gemäß § 13b Abs. 2 Steuerschuldner ist (§ 14a Abs. 5). Ausnahmen gelten gemäß §§ 33 und 34 UStDV für Kleinbetragsrechnungen und Fahrausweise. Bei Angabe der USt-IdNr. des **Betriebsstättenstaats** gilt die widerlegbare Vermutung, dass die Leistung von der Betriebsstätte erbracht wurde (Art. 53 MwStVO). Bei **Organschaft** muss jede Organgesellschaft ihre oder die dem Organträger erteilte USt-IdNr. oder die Steuernummer des Organträgers angeben (UStAE 14.5 Abs. 7). Dies erscheint im Hinblick auf die Indizwirkung der USt-IdNr. bei der Leistungsortbestimmung zB nach § 3a Abs. 1 nicht mehr angemessen (so auch *Weymüller* BeckOK UStG § 14 Rn. 329.1), zumal die Organgesellschaft auch als leistender Unternehmer abrechnen darf (UStAE 14.5 Abs. 4, → Rn. 64), so dass es keinen Grund gibt, dann die USt-IdNr. des Organträgers zu verwenden. Gemäß § 27a Abs. 1 S. 3 wird den Organgesellschaften auch auf Antrag eine eigene USt-IdNr. erteilt.

76 Besitzt der leistende Unternehmer keine USt-IdNr., ist die Angabe seiner Steuernummer zwingendes Erfordernis. Für die zwingende und wahlweise Angabe der Steuernummer gilt: Es ist jeweils die neueste (zB nach Verlagerung des Unternehmenssitzes) und ggf. die gesonderte gemäß § 21 AO ohne weitere Zusätze (zB Bezeichnung des Finanzamts) in der Rechnung aufzuführen (UStAE 14.5 Abs. 5 S. 2–4). Für die USt gilt noch die Steuernummer alter Art, nicht die **Identifikationsnummer** gemäß § 139b AO, die das Bundeszentralamt für Steuern für die Einkommensteuer erteilt. Für „wirtschaftlich Tätige" ist eine **Wirtschaftsidentifikationsnummer** vorgesehen (§§ 139a Abs. 1 S. 3, 139c AO), die die jetzige Steuernummer ersetzen soll, aber zurzeit noch nicht vergeben wird. Aus der Ordnungsvorschrift des § 14 Abs. 4 S. 1 Nr. 2 ergibt sich nach BFH II R 66/07, BStBl. II 2010, 712; II B 6/08, DStRE 2008, 764 ein **Anspruch auf Erteilung einer deutschen Steuernummer.**

77 Wird über einen **vermittelten Umsatz** abgerechnet (zB Tankstellenbetreiber oder Reisebüro), ist die USt-IdNr. oder Steuernummer des leistenden Unternehmers (zB Mineralölgesellschaft, Reiseunternehmen) anzugeben. Werden Umsätze aus Eigengeschäften und aus vermittelten Geschäften in einer Rechnung aufgeführt, gestattet die FVerw aus Vereinfachungsgründen, den jeweiligen Umsatz durch Kennziffern oder Symbole der jeweiligen USt-IdNr. oder der Steuernummer, die beide in dieser Rechnung enthalten sein müssen, zuzuordnen. § 31 UStDV ist zu beachten (UStAE 14.5 Abs. 6).

78 Leistet der Unternehmer aufgrund eines Vertrages, der die Rechnung oder Teile des Rechnungsdokuments enthält, muss er die USt-IdNr. oder **die Steuernummer in dem Vertrag** angeben. Erhält der leistende Unternehmer eine neue Steuernummer, muss er diese dem leistenden Unternehmer mitteilen. Die leichte Nachprüfbarkeit muss dort gewährleistet sein. Die anzugebende Nr. muss auf den Zahlungsbelegen oder ähnlichen Dokumenten nicht enthalten sein. Vgl. im Übrigen UStAE 14.5 Abs. 9.

79 *einstweilen frei*

4. Das Ausstellungsdatum

80 Gemäß § 14 Abs. 4 S. 1 Nr. 1, Art. 226 MwStSystRL ist das Ausstellungsdatum Pflichtangabe. Diese Vorschrift dürfte keine besonderen Probleme aufwerfen, denn Rechnungen enthalten bereits aus buchhalterischen Gründen ein Datum. Eine Monatsangabe („im September") ist unzulässig. Das Rechnungsdatum ist auf Kleinbetragsrechnungen und Fahrausweisen anzugeben, §§ 33 Nr. 2, 34 Nr. 2 UStDV.

5. Die Rechnungsnummer

Gemäß Art. 226 Nr. 2 MwStSystRL, § 14 Abs. 4 Nr. 4 muss jede Rechnung eine fortlaufende Nummer mit einer oder mehreren Zahlenreihen tragen, die zur Identifizierung der Rechnung vom Rechnungsaussteller nur einmal vergeben wird. Dadurch soll sichergestellt werden, dass jede **Rechnung einmalig** ist. Fortlaufend bedeutet nicht fortlaufend ohne Unterbrechung nummeriert, UStAE 14.5 Abs. 10 S. 4; EuGH C-368/09, DStR 2010, 1475 – Pannon Gép mit Anm. *Wäger;* wohl teilweise aA *Stadie* in Rau/Dürrwächter § 14 Rn. 363. Der Aussteller darf für die Rechnungsnummer eine oder mehrere Zahlen – oder Buchstabenreihen oder eine Kombination beider verwenden. Das erlaubt die FVerw auch für Konzerngesellschaften, die in unterschiedlichen Ländern angesiedelt sind. Der Rechnungsaussteller kann bestimmen, wie viele und welche separaten Nummernkreise er bei der Erstellung seiner Rechnungen einsetzt. So kann er zB für jede Betriebsstätte, Filiale oder Organgesellschaft bzw. für jeden Tag, jede Woche, jeden Monat oder jedes Jahr gesonderte Nummernkreise vergeben, siehe UStAE 14.5 Abs. 10 und 11; Bedenken bei *Weber* DB 2004, 337 (340). Voraussetzung ist stets, dass die Nummer kein weiteres Mal existiert und die Rechnung leicht und eindeutig zugeordnet werden kann. Bei Verträgen über Dauerschuldverhältnisse reicht es aus, dass die Verträge eine einmalige Nummer enthalten. Die zugehörigen Zahlungsbelege (zB Kontoauszüge über monatliche Mietzahlungen) brauchen diese Nummer nicht auszuweisen (UStAE 14.5 Abs. 12). Dasselbe gilt für Kleinbetragsrechnungen und Fahrausweise (UStAE 14.5 Abs. 14). Bei Abrechnung mit **Gutschriften** muss der Aussteller der Gutschrift die Rechnungsnummer vergeben (UStAE 14.5 Abs. 13). 81

einstweilen frei 82

6. Die Leistungsbeschreibung

§ 14 Abs. 4 S. 1 Nr. 5 beruht auf Art. 226 Nr. 6 MwStSystRL. Die Leistungsbeschreibung ist Grundlage für die Aufzeichnungspflicht des Leistenden (§ 22). Die FVerw kann anhand der Leistungsbeschreibung die Umsätze des Leistungsempfängers überprüfen und Anhaltspunkte dafür bekommen, ob er die empfangene Lieferung **für sein Unternehmen** verwendet hat. Deshalb muss die Beschreibung genau und leicht nachprüfbar sein (UStAE 14.5 Abs. 15) sein. Nach der Rechtsprechung des BFH genügen Angaben tatsächlicher Art, aus denen sich ergibt, dass der Rechnungsaussteller bestimmte Lieferungen und Leistungen an den Rechnungsempfänger ausgeführt und dafür Vorsteuer gesondert ausgewiesen hat. Die Identifizierung des Leistungsgegenstandes muss anhand der Angaben im Abrechnungspapier möglich sein, siehe die Urteile des BFH zur Leistungsbeschreibung bei **Arbeitnehmerüberlassung** BFH V R 50/85, BStBl. II 1988, 688; V R 125/86, BStBl. II 1988, 694; V B 54/85, BStBl. II 1988, 700 und V S 9/85, BStBl. II 1988, 702 sowie BFH V R 30/88, BStBl. II 1993, 384 (es ist grundsätzlich zulässig, statt der Leistungshandlung den Erfolg zu bezeichnen; kritisch zu dieser Auffassung *Stadie* in Rau/Dürrwächter § 14 Rn. 395). Grundsätzlich können aber zur Identifizierung einer Leistung **andere Geschäftsunterlagen** herangezogen werden, wenn das Abrechnungsdokument selbst darauf verweist und diese eindeutig bezeichnet, wobei es nicht nötig ist, dass die jeweiligen Unterlagen der Rechnung beigefügt sind (BFH V R 28/13, BStBl. II 2014, 867; ebenso BFH XI B 29/14, MwStR 2014, 836 mit Anm. *Weymüller*). Ein bloßer und pauschaler **Verweis in der Rechnung auf einen Vertrag,** der für mehrere Leistungen abgeschlossen wurde, ist daher nicht ausreichend (BFH V B 48/11, BFH/NV 2012, 802). Die Angabe des jeweiligen Liefergegenstandes ist erforderlich, siehe BFH V B 119/02, UR 2003, 300. ZB kann über die Lieferung von teuren Armbanduhren nicht mit einer **Gattungsbezeichnung** abgerechnet werden. Ebenso reicht nach BFH V R 59/07, BStBl. II 2009, 218 eine **Sammelbezeichnung für Dienstleistungen** (im 83

Sachverhalt „für technische Beratung und Kontrolle im Jahr 1996") mangels Bestimmtheit nicht aus (kritisch *Englisch* UR 2009, 181); zu Gerüstbauarbeiten siehe FG Hmb 2 V 154/15, rkr, BeckRS 2015, 95746). Das Gleiche gilt nach BFH XI B 31/09, BFH/NV 2010, 962 bei zu allgemein beschriebenen Handwerkerleistungen („Trockenbauarbeiten", „Fliesenarbeiten" und „Außenputzarbeiten") bzw. für die zu unbestimmte Angabe „Renovierungsarbeiten" (BFH XI R 40/10, BFH/NV 2013, 182). Ähnlich allgemeine Bezeichnungen in der **Beratung** oder anderen Bereichen dürften daher ebenso nicht ausreichen, so zB „Personalgestellung – Schreibarbeiten" (BFH XI R 32/10, BFH/NV 2012, 1836 – Verfassungsbeschwerde nicht zur Entscheidung angenommen BVerfG 1 BvR 1411/13). Zur Bezeichnung von Leistungen, die in **Gebührenordnungen** erfasst sind, genügt jedoch die Angabe der gesetzlichen Vorschrift (zB bei Rechtsanwälten oder Steuerberatern).

84 Als **Mengenangaben** kommen alle inländischen und international üblichen Maße und Gewichte in Betracht (siehe auch OFD Saarbrücken 28.2.1995, UR 1995, 354). Handelsübliche Bezeichnungen sind außer der eigentlichen Bezeichnung des gelieferten Gegenstandes (Fahrrad, Schreibtischlampe) allgemein bekannte Markenzeichen (VW Passat, Persil) und eindeutige Sammelbezeichnungen (Obst, Spielwaren). Sammelbezeichnungen, die den gelieferten Gegenstand nicht erkennen lassen (Einrichtungsgegenstände, Fachbücher, elektrische Geräte), sind ungeeignet. **Sachgesamtheiten** (Warenlager, Büroinventar) sind aufzugliedern. Unter den Voraussetzungen des § 31 Abs. 3 UStDV darf der Unternehmer die Lieferung mit Hilfe von Abkürzungen, Symbolen usw. beschreiben. Das Gebot, die Lieferung so genau wie möglich zu beschreiben, gilt für die technischen Erleichterungen ebenso wie für Rechnungen, die in Vollschrift abgefasst sind. Eine einzige Schlüsselzahl für eine Warengruppe genügt daher idR nicht; siehe jedoch BFH V R 138/78, BStBl. II 1986, 581 für Rechnungen der Großmärkte.

85 Die FVerw sieht einige Erleichterungen vor. ZB besteht keine generelle Pflicht zur Angabe einer **Geräteidentifikationsnummer bei Mobilfunkgeräten** nach UStAE 14.5 Abs. 15 S. 5 iVm BMF 1.4.2009, BStBl. I 2009, 525, die Nichtaufzeichnung kann aber ein Indiz dafür sein, dass tatsächlich keine Lieferung erfolgt ist. Bei Rechnungen über **Beherbergungsleistungen** gestattet es die FVerw, bestimmte Leistungen (Frühstück, Reinigung, Transport etc.) nicht genau zu benennen, sondern als Sammelposten „Business-Package" oder „Servicepauschale" auszuweisen (UStAE 12.16 Abs. 12). Auf eine Aufgliederung der gelieferten Gegenstände verzichtete die FVerw früher beim **Präsentkorb,** kritisch *Wagner* in Sölch/Ringleb § 14 Rn. 301. Zur Angabe von Teilleistungen → Rn. 88.

86 *einstweilen frei*

7. Der Zeitpunkt der Lieferung oder der sonstigen Leistung oder der Vereinnahmung des Entgelts

87 § 14 Abs. 4 S. 1 Nr. 6 entspricht Art. 226 Nr. 7 MwStSystRL. Demnach ist der Zeitpunkt der Lieferung oder sonstigen Leistung stets anzugeben und zwar auch dann, wenn dieser Zeitpunkt **mit dem Rechnungsdatum übereinstimmt.** Die von § 14 Abs. 3 S. 1 Nr. 6 vorgesehene Ausnahme gilt nur für den 2. Halbsatz nach dem Semikolon. Nur bei Anzahlungsrechnungen muss somit der Zeitpunkt der Zahlung nicht genannt werden, wenn er mit dem Ausstellungsdatum übereinstimmt. Die vorherige Fassung des § 14 Abs. 3 S. 1 Nr. 6 ließ Zweifel, ob sich diese Ausnahme nur auf Anzahlungsrechnungen oder auch auf Rechnungen über Lieferungen und sonstige Leistungen bezog (vgl. *Nieskens* UR 2007, 125 (130)). Dies war aber auch schon nach der vorherigen Fassung nicht der Fall (BFH XI R 62/07, BStBl. II 2009, 432). Wird über eine noch nicht ausgeführte Lieferung oder sonstige Leistung abgerechnet, handelt es sich ebenfalls um eine Rechnung über eine Anzahlung, in der die Angabe des Zeitpunkts der (Teil-)Entgeltvereinnahmung nur dann erforderlich ist, wenn die-

förderung ausführt (→ Rn. 63ff.), das Ausstellungsdatum (→ Rn. 80), das Entgelt und den darauf entfallenden Steuerbetrag in einer Summe und den anzuwendenden Steuersatz (→ Rn. 89ff.), wenn nicht der ermäßigte Steuersatz § 12 Abs. 2 Nr. 10 gilt – enthalten. Das gilt auch für im **Online-Verfahren** erworbene Karten (noch zum damaligen „Surf & Rail"-Ticket, OFD Hannover 10.4.2001, UR 2001, 321). Bei solchen Fahrausweisen muss sichergestellt sein, dass eine Belastung auf einem Kunden- oder Kreditkartenkonto erfolgt und der Rechnungsempfänger einen Papierausdruck des im Online-Verfahren abgerufenen Dokuments mit den Angaben des § 34 UStDV aufbewahrt. Siehe im Übrigen UStAE 14.4 Abs. 5 S. 2 Nr. 2. Wird die Steuer für **grenzüberschreitende Beförderungen** von Personen im Luftverkehr niedriger festgesetzt oder erlassen, ist ab 1.1.2004 im Flugticket darauf hinzuweisen (§ 34 Abs. 1 S. 2 UStDV). Auf Eisenbahnfahrkarten reicht statt des Steuersatzes die Tarifentfernung (§ 34 Abs. 1 UStDV). Für die Ausnahmeregelungen besteht die unionsrechtliche Ermächtigung in Art. 238 MwStSystRL. Einzelheiten über Fahrausweise siehe UStAE 14.7 und *Wagner* in Sölch/Ringleb § 14 Rn. 472ff. **Keine Fahrausweise** sind Taxiquittungen und Rechnungen von Reisebüros (UStAE 14.7 Abs. 1 S. 4). Der Beförderungsunternehmer kann unter den Voraussetzungen des § 31 UStDV in Buchstaben, Symbolen usw. erscheinen.

einstweilen frei 102

VI. Rechnungen für Anzahlungen

Die Verpflichtung zur Ausstellung der Rechnung (und Gutschriften) für Anzahlungen im Sinne der **Mindest-Ist-Besteuerung** besteht gemäß § 14 Abs. 5 (Art. 220 Nr. 4 und 5 MwStSystRL) iVm § 14 Abs. 2 S. 1 Nr. 1 und Nr. 2 S. 2, die Berechtigung gemäß § 14 Abs. 2 Nr. 2. Die Rechnung kann bzw. muss erteilt werden, sobald der Besteller der Lieferung die Anzahlung geleistet hat. Der Inhalt der Rechnung für Anzahlungen richtet sich nach § 14 Abs. 4 Nr. 1–10 (Näheres → Rn. 62ff.). Statt des Entgeltes muss der Aussteller die Anzahlung – deutlich als solche gekennzeichnet – ausweisen. Der Gegenstand der künftigen Lieferung muss im Zeitpunkt der Anzahlung bekannt und genau bestimmt sein (BFH V R 16/05, BStBl. II 2007, 340). Der Rechnungsaussteller kann mehrere Vorauszahlungen in einer Rechnung zusammenfassen. Wird die Rechnung nach Erhalt der Anzahlung geleistet, ist der Zeitpunkt der **Vereinnahmung des (Teil-)Entgelts** anzugeben, sofern der Zeitpunkt der Vereinnahmung feststeht und vom Rechnungsdatum abweicht. In Rechnungen über Voraus- und Anzahlungen, bei denen der Leistungszeitpunkt noch unbekannt ist, ist auf diese Tatsache hinzuweisen. § 31 Abs. 4 UStDV (Kalendermonat der Leistung ist ausreichend) ist anzuwenden (UStAE 14.5 Abs. 16 S. 5 Nr. 5). Bei Dauerleistungen reicht die Angabe des Leistungszeitraums in den jeweiligen Zahlungsbelegen aus (UStAE 14.5 Abs. 17). 103

Erteilt der liefernde Unternehmer nach Ausführung der Lieferung eine **Endrechnung,** so muss er die **Teilentgelte,** über die er bereits abgerechnet hat und die auf sie entfallenden Steuerbeträge vom Gesamtentgelt **absetzen** (§ 14 Abs. 5 S. 2). Die Vorschrift soll verhindern, dass es zu einem doppelten Vorsteuerabzug – aus den Rechnungen für Teilleistungen und aus der Endrechnung – kommt (BFH V R 68/00, BStBl. II 2002, 255). Setzt der Rechnungsaussteller in der Endrechnung die Anzahlungen nicht ab, schuldet er die zu viel ausgewiesene Steuer nach § 14c Abs. 1. Wird die Lieferung, für die der Empfänger eine Anzahlung geleistet und eine Rechnung mit deutlicher Kennzeichnung der Anzahlung erhalten hat, nicht durchgeführt, so gilt § 17 (→ § 17 Rn. 76ff.). Ist dagegen die Rechnung nicht deutlich als Anzahlungsrechnung gekennzeichnet, ist § 14c Abs. 2 S. 2 anzuwenden, denn der Unternehmer hat in einer Rechnung einen Steuerbetrag gesondert ausgewiesen und die Leistung nicht ausgeführt (→ § 14c Rn. 42). § 17 ist nicht anzuwenden (siehe BFH V R 65/ 104

97, BStBl. II 1998, 415 für den Fall, dass der Rechnungsaussteller die in der Rechnung beschriebene Leistung nicht mehr ausführen wird; siehe auch *Kottke* UVR 1999, 174f.). Nach Ansicht der FVerw ist § 14c Abs. 2 nicht anzuwenden, wenn abgerechnete Voraus- oder Anzahlungen nicht geleistet werden oder der Unternehmer die Leistung nicht ausführt, es sei denn diese Leistung war von vornherein nicht beabsichtigt (UStAE 14.8 Abs. 2); zu Recht zweifelnd *Wagner* in Sölch/Ringleb § 14 Rn. 395ff. Statt der Endrechnung in dem oben beschriebenen Sinn kann der liefernde Unternehmer eine **Restrechnung** über den verbliebenen Preis erteilen (siehe UStAE 14.8 Abs. 11). Beispiele für diese Rechnungserteilung siehe UStAE 14.8 Abs. 7 und 8. Bei **Änderung des Steuersatzes** (BMF 11.8.2006, BStBl. I 2006, 477) zwischen der Anzahlung gemäß § 13 Abs. 1 Nr. 1 Buchst. a S. 4 und der Erteilung der Endrechnung unterliegt der „Reststeuerbetrag" dem neuen Steuersatz. Eine Verpflichtung zur Erteilung der Endrechnung besteht nicht (§ 14 Abs. 5 S. 2).

105 *einstweilen frei*

VII. Berichtigung von Rechnungen

106 Gemäß §§ 14 Abs. 6 Nr. 5, 31 Abs. 5 UStDV kann eine Rechnung berichtigt werden, wenn sie nicht **alle Angaben nach § 14 Abs. 4** enthält oder wenn Angaben in der Rechnung unzutreffend sind. Eine Rechnungsberichtigung setzt voraus, dass zuvor eine erstmalige, wenn auch unvollständige oder unrichtige Rechnung erteilt wurde (BFH XI B 33/12, BFH/NV 2013, 783). Die Regelung erlaubt neben der unproblematischen Ergänzung die Berichtigung der Rechnung **im Sinne einer Richtigstellung** von technischen Fehlern oder offenbaren Unrichtigkeiten, siehe auch *Wagner* DStR 2004, 477 (480). **Keine Berichtigung** iSv § 31 Abs. 5 UStDV liegt vor, wenn sich der materielle Inhalt der Rechnung durch diesen Vorgang ändern würde, zB die Bezeichnung eines bewusst falsch angegebenen leistenden Unternehmers in den richtigen geändert wird. In diesen Fällen ist ggf. § 14c Abs. 2 einschlägig. Näheres siehe *Zeuner* UR 2004, 228. Nach EuGH C-368/09, DStR 2010, 1475 mAnm *Wäger* – Pannon Gép, ist eine **Stornierung und Neuausstellung** eine zulässige Form der Berichtigung. Die Berichtigung einer Rechnung mittels sog. kaufmännischer „Gutschrift" ist auch nach Einfügung von § 14 Abs. 4 Nr. 10 – jedenfalls aus Sicht der Verwaltung – nicht problematisch und löst insbesondere **keine Steuerschuld nach § 14c** aus (siehe UStAE 14.3 Abs. 2 S. 5; ebenso *Meyer-Burow/Connemann* UStB 2014, 59 (61); *Rathke/Ritter* NWB 2013, 2534; *Sauer/Underberg* MwStR 2013, 366). Bei Abrechnung durch Gutschrift kann der Leistende durch Widerspruch nach § 14 Abs. 2 S. 3 eine Berichtigung herbeiführen (→ Rn. 60).

107 Die Berichtigung kann auf dem ursprünglichen Dokument oder in einem neu erstellten erfolgen. Wann und von wem die Rechnung berichtigt wurde, muss aus dem berichtigten Abrechnungspapier selbst hervorgehen. Ungeeignet als Berichtigungen sind zB Überkleben des Anschriftenfeldes (FG RhPf 1 K 2193/91, EFG 1994, 808) oder nachträglich geschriebene Zusätze (zB zu Heini Meyer „GbR"), ohne dass erkennbar ist, wer wann berichtigt hat. Wird zwecks Berichtigung ein neues Dokument erstellt, muss dieses eindeutig auf das ursprüngliche Dokument Bezug nehmen, am besten durch Angabe der ursprünglichen Rechnungsnummer. Das neue Dokument muss die Anforderungen des § 14 in jeder Hinsicht erfüllen (UStAE 14.11 Abs. 1).

108 Berichtigen kann nach UStAE 14.11 Abs. 2 **nur der Rechnungs-/Gutschriftaussteller** und ein **Dritter,** wenn er die Rechnung gemäß § 14 Abs. 2 S. 4 erstellt hat. Eine Ausnahme soll nach UStAE 14.11 Abs. 2 S. 6 für eine Berichtigung oder Ergänzung durch den Rechnungsempfänger gelten, wenn sich der Abrechnende die Änderung zu eigen macht und dies aus dem Abrechnungspapier oder anderen Unterlagen hervorgeht, auf die im Abrechnungspapier hingewiesen ist (mit Verweis auf die BFH-Rechtsprechung). Die Vereinbarung über die Erstellung der Rechnung bindet die Parteien nicht für die Berichtigung, sofern sie das nicht vereinbart haben, siehe auch *Weber* DB 2004, 337 (341). Auch die Ermächtigung für einen Dritten, die Rechnung zu ergänzen oder richtig zu stellen ist möglich, obwohl der Dritte an der Ausstellung nicht beteiligt war. Für die jeweiligen Sondervereinbarungen ist stets § 31 Abs. 1 UStDV zu beachten. Nach *Bosche* UR 2015, 693 ist die vorstehende **Auffassung der FVerw überholt.** Die BFH-Rechtsprechung erging ausschließlich zu Streitjahren vor 2004. Da seither aber die Möglichkeit der vorherigen Vereinbarung der Abrechnung durch Gutschrift existiert (§ 14 Abs. 2 S. 2, → Rn. 57 ff.), erkenne das UStG an, dass nicht ausschließlich der leistende Unternehmer die Abrechnungslast trage. Daher sei auch die Rechnungsberichtigung nicht mehr nur ihm (oder dem von ihm beauftragten Dritten) möglich, sondern auch dem Leistungsempfänger, und zwar nicht nur in Gutschriftsfällen. Voraussetzung sei lediglich, dass – analog zur Gutschrift – die Rechnungsberichtigung durch den Leistungsempfänger vorher – dh nach Rechnungserteilung, aber vor Berichtigung – vereinbart worden ist. Denn der leistende Unternehmer sei stets Herr über das Abrechnungsverfahren und gelte als Aussteller der Rechnung, denn es steht ihm das Widerspruchsrecht nach § 14 Abs. 2 S. 3 zu. Eine Rechnungsberichtigung sei daher nicht nur in dem Ausnahmefall des UStAE 14.11 Abs. 2 S. 6 möglich, sondern generell bei entsprechender Vereinbarung. Diese muss zwar nicht schriftlich erfolgen, es empfiehlt sich aber die Schriftform zu Nachweiszwecken.

Nach früherer Rechtsprechung des BFH (bis 2016) ist der Besitz einer ordnungs- **109** gemäßen Rechnung **materielle Voraussetzung für den Vorsteuerabzug** (zuletzt BFH V R 16/05, BStBl. II 2007, 340 unter II.3.c). Daher wirkte danach eine Rechnungsberichtigung nicht auf den Voranmeldezeitraum zurück, in dem die ursprüngliche Rechnung vorgelegen und – höchstwahrscheinlich – der Vorsteuerabzug geltend gemacht wurde. Stellt sich später zB im Rahmen einer Betriebsprüfung heraus, dass die ursprüngliche Rechnung fehlerhaft war, war nach dieser Rechtsprechung der ursprünglich geltend gemachte Vorsteuerabzug in jedem Fall zu versagen. Wurde die Rechnung später berichtigt, stand der Vorsteuerabzug dann erst im Zeitpunkt der Berichtigung zu. Dies wirkt sich zwar nicht auf die USt aus, ist aber wegen der **Verzinsung nach § 233 a AO** für den Unternehmer belastend, weil die später berichtigte Steuer für den Besteuerungszeitraum der Rechnungsausstellung geschuldet wird, der Vorsteuerabzug aus einer berichtigten Rechnung aber erst im Besteuerungszeitraum der Berichtigung möglich wäre (bestätigt durch BFH V B 48/10, DStR 2011, 514).

Die frühere Rechtsprechung des BFH stützte sich auf EuGH C-152/02, DStRE 2004, 830 – Terra Baubedarfs-Handels GmbH. Der EuGH hatte dort allerdings entschieden, dass das Vorsteuerabzugsrecht erstmals geltend gemacht werden kann, wenn einer der Leistungsempfänger eine ordnungsmäßige Rechnung besitzt, was bei einer erstmaligen Rechnungsausstellung Jahre nach Leistungsbezug zum erst dann möglichen Vorsteuerabzug führt. 2010 hat der EuGH aber entschieden, dass eine **Berichtigung für den Vorsteuerabzug zurückwirken** kann (EuGH C-368/09, DStR 2010, 1475 mAnm *Wäger* – Pannon Gép). Der BFH bestätigte in einem Aussetzungsverfahren zunächst Aussetzung der Vollziehung, weil die bisherige Verneinung der Möglichkeit einer rückwirkenden Rechnungskorrektur vor dem Hintergrund des EuGH-Urteils Pannon Gép ernstlich zweifelhaft sei (BFH V B 82/11, BStBl. II 2012, 809), wenn die ursprüngliche Rechnung gewisse **Mindestanforderungen an eine Rechnung** enthält. Nach EuGH-Vorlage des NdsFG 5 K 40/14, DStR 2014, 2389 hat der EuGH entschieden, dass die bisherige deutsche Praxis, der Berichtigung einer Rechnung in Bezug auf eine zwingende Rechnungsangabe keine Rückwirkung zukommen zu lassen, **nicht richtlinienkonform** ist (EuGH C-518/14, DStR 2016, 2211 mAnm *Wäger* – Senatex GmbH; krit. *Stadie* MwStR 2016, 934, wonach die EuGH-Entscheidung im Widerspruch zu Art. 178, 179 MwStSystRL stehe). Der BFH hat daraufhin seine Rechtsprechung entsprechend geändert (BFH V R 26/15, DStR 2016, 2967 mAnm *Heuermann* → Rn. 110).

110 Wird zunächst eine Rechnung ausgestellt, die den Anforderungen der §§ 14, 14a nicht entspricht, und wird diese Rechnung später nach § 31 Abs. 5 UStDV berichtigt, kann **nach aktueller Rechtsprechung** (→ Rn. 109 aE) das Recht auf Vorsteuerabzug aufgrund der berichtigten Rechnung für den Besteuerungszeitraum ausgeübt werden, in dem die Rechnung ursprünglich ausgestellt wurde. Voraussetzung für eine solche rückwirkende Rechnungsberichtigung ist, dass die ursprüngliche Rechnung gewisse Mindestanforderungen erfüllt und damit eine **berichtigungsfähige Rechnung** ist. Ein Dokument ist nach der BFH-Rechtsprechung jedenfalls dann eine berichtigungsfähige Rechnung, wenn es Angaben zum Rechnungsaussteller, zum Leistungsempfänger, zur Leistungsbeschreibung, zum Entgelt und zur gesondert ausgewiesenen USt enthält. Insoweit knüpft der BFH an seinen Aussetzungsbeschluss aus dem Jahr 2012 an (BFH V B 82/11, BStBl. II 2012, 809 → Rn. 109). Eine Rechnung ist demnach berichtigungsfähig, wenn sie diese Angaben enthält und die Angaben nicht in so hohem Maße unbestimmt, unvollständig oder offensichtlich unzutreffend sind, dass sie fehlenden Angaben gleichstehen. **Berichtigungsfähige Mängel** sind damit vor allem Mängel bei der Leistungsbeschreibung (→ Rn. 83 ff., so der Streitfall in BFH V R 26/15, DStR 2016, 2967 mAnm *Heuermann*), der Angabe der Steuernummer oder USt-IdNr. (→ Rn. 75 ff., so ua der Streitfall in EuGH C-518/14, DStR 2016, 2211 mAnm *Wäger* – Senatex GmbH sowie in BFH V R 64/14, BeckRS 2017, 94265), der Angabe des Leistungszeitraums (→ Rn. 87, so ua der Streitfall in EuGH C-516/14, DStR 2016, 2216 – Barlis 06) oder der Anschriften und Namenseinzelheiten von leistendem Unternehmer und Leistungsempfänger (so in BFH V R 54/14, BeckRS 2017, 94283). Ob eine berichtigungsfähige Rechnung vorliegt, ist eine im Einzelfall zu klärende Frage. Ein **spätestmöglicher Berichtigungszeitpunkt,** bis zu dem eine Rechnung mit Rückwirkung für den Vorsteuerabzug berichtigt werden kann, lässt sich weder aus der EuGH-Rechtsprechung entnehmen, noch ist ein solcher im deutschen USt-Recht enthalten. Daher gelten nach Ansicht des BFH die allgemeinen Grundsätze, wonach eine Berichtigung bis zum Schluss der letzten mündlichen Verhandlung vor dem FG möglich ist (vgl. hierzu auch *Matheis* UVR 2017, 56; *Sikorski* NWB 2017, 564; *von Streit/Streit* UStB 2017, 57). Damit ist die **Verzinsungsproblematik** (→ Rn. 109), welche das eigentliche Motiv ist, sich mit der Frage der zeitlichen Wirkung der Rechnungsberichtigung überhaupt auseinanderzusetzen, eliminiert. Selbst wenn – wofür wenig spricht (*Langer/Zugmaier* DStR 2016, 2249 (2253 f.); *Reiß* MwStR 2016, 972 (981 f.)) – die Berichtigung der Rechnung mit umsatzsteuerlicher Rückwirkung verfahrensrechtlich ein rückwirkendes Ereignis iSd § 175 Abs. 1 S. 1 Nr. 2 AO wäre und dadurch der Zinslauf abweichend von den allgemeinen Grundsätzen erst mit Eintritt des Ereignisses anliefe (§ 233a Abs. 2a AO), so steht nach dem EuGH-Urteil Senatex das Unionsrecht einer nationalen Regelung entgegen, nach der im Fall einer Rechnungsberichtigung Nachzahlungszinsen entstehen (so BFH V R 26/15, DStR 2016, 2967 mAnm *Heuermann* Rn. 26). Diese Frage braucht also letztlich nicht geklärt werden. Eine generelle Verzinsung, wie sie bislang praktiziert wurde, wäre – egal auf welcher nationalen Rechtsgrundlage – unionsrechtswidrig.

111 Die **FVerw** hat sich bislang noch nicht zur neuen BFH-Rechtsprechung (→ Rn. 110) geäußert, daher folgt der UStAE bislang noch der früheren Rechtsprechung (→ Rn. 109). Die Vorgaben des EuGH und die umfassende und schnelle Änderung der Rechtsprechung durch den BFH noch vor der eigentlichen Nachfolgeentscheidung des NdsFG in der Rs. Senatex lassen der FVerw mE wenig Spielraum. Selbst dem „verfahrensrechtlichen Strohhalm", die Rechnungsberichtigung zu einem rückwirkenden Ereignis zu machen und damit die Betriebsprüfungsmehrergebnisse aus der Verzinsung zu retten, hat der BFH von vornherein eine Absage erteilt. Auch am Zeitraum der Rechnungsberichtigung – bis zur letzten mündlichen Verhandlung vor dem FG – wird die FVerw wenig ändern können. Möglicherweise bleibt aber dem **Gesetzgeber** ein gewisser Spielraum, diesen Zeitraum gesetzlich zu

verkürzen. Der EuGH hat in seinen bisherigen Entscheidungen zur Rechnungsberichtigung stets betont, dass eine Berichtigung möglich sein muss bis zum Erlass einer Entscheidung der Finanzbehörde (EuGH C-368/09, DStR 2010, 1475 mAnm *Wäger* – Pannon Gép Rn. 43; C-271/12, DStRE 2013, 1310 – Petroma Transports Rn. 34). Der Ansicht von *Ismer,* wonach dies unionsrechtlich der spätestmögliche Zeitpunkt für eine Rechnungsberichtigung ist (*Ismer* MwStR 2016, 302 und *Ismer* MwStR 2016, 796), hat der BFH explizit widersprochen (BFH V R 26/15, DStR 2016, 2967 mAnm *Heuermann* Rn. 22). Das heißt aber nicht, dass der BFH eine gesetzliche Regelung, die die umsatzsteuerliche Rückwirkung einer Berichtigung zeitlich begrenzt, von vornherein ausgeschlossen hat. So wäre es denkbar, dass eine solche Berichtigung gesetzlich bei im Rahmen einer Außenprüfung beanstandeten Rechnungen nur innerhalb einer von der Finanzbehörde gesetzten Frist ermöglicht wird. Darüber hinaus wäre es freilich denkbar, dass die MwStSystRL geändert wird, sofern sich alle Mitgliedstaaten darauf verständigen, die EuGH-Rechtsprechung zur rückwirkenden Rechnungsberichtigung einzudämmen, so wie einst durch die Einfügung des Art. 168a MwStSystRL die Seeling-Rechtsprechung des EuGH (dies fordernd *Stadie* MwStR 2016, 934 (941)).

§ 14a Zusätzliche Pflichten bei der Ausstellung von Rechnungen in besonderen Fällen

(1) [1]**Hat der Unternehmer seinen Sitz, seine Geschäftsleitung, eine Betriebsstätte, von der aus der Umsatz ausgeführt wird, oder in Ermangelung eines Sitzes seinen Wohnsitz oder gewöhnlichen Aufenthalt im Inland und führt er einen Umsatz in einem anderen Mitgliedstaat aus, an dem eine Betriebsstätte in diesem Mitgliedstaat nicht beteiligt ist, so ist er zur Ausstellung einer Rechnung mit der Angabe „Steuerschuldnerschaft des Leistungsempfängers" verpflichtet, wenn die Steuer in dem anderen Mitgliedstaat von dem Leistungsempfänger geschuldet wird und keine Gutschrift gemäß § 14 Absatz 2 Satz 2 vereinbart worden ist.** [2]**Führt der Unternehmer eine sonstige Leistung im Sinne des § 3a Absatz 2 in einem anderen Mitgliedstaat aus, so ist die Rechnung bis zum fünfzehnten Tag des Monats, der auf den Monat folgt, in dem der Umsatz ausgeführt worden ist, auszustellen.** [3]**In dieser Rechnung sind die Umsatzsteuer-Identifikationsnummer des Unternehmers und die des Leistungsempfängers anzugeben.** [4]**Wird eine Abrechnung durch Gutschrift gemäß § 14 Absatz 2 Satz 2 über eine sonstige Leistung im Sinne des § 3a Absatz 2 vereinbart, die im Inland ausgeführt wird und für die der Leistungsempfänger die Steuer nach § 13b Absatz 1 und 5 schuldet, sind die Sätze 2 und 3 und Absatz 5 entsprechend anzuwenden.**

(2) **Führt der Unternehmer eine Lieferung im Sinne des § 3c im Inland aus, ist er zur Ausstellung einer Rechnung verpflichtet.**

(3) [1]**Führt der Unternehmer eine innergemeinschaftliche Lieferung aus, ist er zur Ausstellung einer Rechnung bis zum fünfzehnten Tag des Monats, der auf den Monat folgt, in dem der Umsatz ausgeführt worden ist, verpflichtet.** [2]**In der Rechnung sind auch die Umsatzsteuer-Identifikationsnummer des Unternehmers und die des Leistungsempfängers anzugeben.** [3]**Satz 1 gilt auch für Fahrzeuglieferer (§ 2a).** [4]**Satz 2 gilt nicht in den Fällen der §§ 1b und 2a.**

(4) [1]**Eine Rechnung über die innergemeinschaftliche Lieferung eines neuen Fahrzeugs muss auch die in § 1b Abs. 2 und 3 bezeichneten Merkmale enthalten.** [2]**Das gilt auch in den Fällen des § 2a.**

(5) [1]**Führt der Unternehmer eine Leistung im Sinne des § 13b Absatz 2 aus, für die der Leistungsempfänger nach § 13b Absatz 5 die Steuer schuldet,**

ist er zur Ausstellung einer Rechnung mit der Angabe „Steuerschuldnerschaft des Leistungsempfängers“ verpflichtet; Absatz 1 bleibt unberührt. [2]Die Vorschrift über den gesonderten Steuerausweis in einer Rechnung nach § 14 Absatz 4 Satz 1 Nummer 8 wird nicht angewendet.

(6) **[1]In den Fällen der Besteuerung von Reiseleistungen nach § 25 hat die Rechnung die Angabe „Sonderregelung für Reisebüros“ und in den Fällen der Differenzbesteuerung nach § 25a die Angabe „Gebrauchtgegenstände/Sonderregelung“, „Kunstgegenstände/Sonderregelung“ oder „Sammlungsstücke und Antiquitäten/Sonderregelung“ zu enthalten. [2]In den Fällen des § 25 Abs. 3 und des § 25a Abs. 3 und 4 findet die Vorschrift über den gesonderten Steuerausweis in einer Rechnung (§ 14 Abs. 4 Satz 1 Nr. 8) keine Anwendung.**

(7) **[1]Wird in einer Rechnung über eine Lieferung im Sinne des § 25b Abs. 2 abgerechnet, ist auch auf das Vorliegen eines innergemeinschaftlichen Dreiecksgeschäfts und die Steuerschuldnerschaft des letzten Abnehmers hinzuweisen. [2]Dabei sind die Umsatzsteuer-Identifikationsnummer des Unternehmers und die des Leistungsempfängers anzugeben. [3]Die Vorschrift über den gesonderten Steuerausweis in einer Rechnung (§ 14 Abs. 4 Satz 1 Nr. 8) findet keine Anwendung.**

EU-Recht: Art. 220 Nr. 2 und 3 MwStSystRL (Art. 22 (28h) Abs. 3 Buchst a UAbs. 1 S. 2 6. EG-RL), Art. 226 Nr. 4 MwStSystRL (Art. 22 (28h) Abs. 3 Buchst. b UAbs. 1 4. Gedankenstrich 6. EG-RL), Art. 226 Nr. 11 bis 14 MwStSystRL (Art. 22 (28h) Abs. 3 Buchst. b UAbs. 1 11. bis 13. Gedankenstrich 6. EG-RL), Art. 325 MwStSystRL (Art. 26a Teil B Abs. 9 6. EG-RL).
UStAE: 14a.1

Übersicht

I. Überblick

1. Bedeutung

1 Die Vorschrift ergänzt § 14 und erweitert teilweise den Kreis der zur Ausstellung einer Rechnung Verpflichteten; im Übrigen erweitert oder reduziert sie die sich aus § 14 ergebenden Pflichtangaben auf den Rechnungen für die einzelnen in § 14a geregelten Leistungen. Gemeinsam ist allen von § 14a erfassten Leistungen, dass es sich entweder um **grenzüberschreitende** Lieferungen oder sonstige Leistungen handelt oder um Leistungen, die einem **besonderen Besteuerungsregime** unterliegen.

Unionsrechtliche Grundlagen sind ua Art. 220 Nr. 2 und 3 sowie Art. 226 Nr. 4 und 11–14 MwStSystRL. Zu den Unterschieden zwischen den Strukturen im UStG und der MwStSystRL → § 14 Rn. 3.

Durch das JGStG 2009 (Umsetzung des sog. **Mehrwertsteuer-Pakets** – RL 2008/8/EG vom 12.2.2008 (ABl. 2008 L 4, 11) – in deutsches Recht) wurde § 14a Abs. 1 infolge der Änderung der §§ 3a ff. mit Wirkung vom 1.1.2010 neu gefasst. An Stelle der bisher in der Vorschrift aufgeführten einzelnen Leistungen tritt nunmehr ein Verweis auf § 3a Abs. 2 nF, wonach eine sonstige Leistung, die an einen Unternehmer für dessen Unternehmer ausgeführt wird, vorbehaltlich der §§ 3a Abs. 3–8, 3b, 3e und 3f an dem Ort ausgeführt wird, von dem aus der Empfänger sein Unternehmen betreibt. Ist der Ort einer solchen sonstigen Leistung nach § 3a Abs. 2 demnach im Inland und schuldet der inländische Leistungsempfänger die Steuer nach § 13b Abs. 1 und Abs. 5 S. 1, besteht eine Verpflichtung zur Rechnungsausstellung und zur Angabe der USt-IdNr. des Leistenden und des Leistungsempfängers. Betroffen sind nur leistende Unternehmer im übrigen Gemeinschaftsgebiet (§ 13b Abs. 1). Die Angabe der USt-IdNr. ist erforderlich, weil der leistende Unternehmer die USt-IdNr. für die Angabe seiner **Zusammenfassenden Meldung** (§ 18a) benötigt (BT-Drs. 16/11108, 39). Die Vorschrift ist insoweit etwas unglücklich, weil die Abgrenzung zu § 14a Abs. 5 auf den ersten Blick nicht so leicht fällt (→ Rn. 8). 2

einstweilen frei 3

2. Rechnungsbegriff

Die Rechnung iSv § 14a ist grundsätzlich eine **Rechnung** gemäß § 14, dh sie kann als Rechnung im engeren Sinne oder als **Gutschrift** (§ 14 Abs. 2 S. 2) von leistenden Unternehmer, vom Leistungsempfänger oder von einem Dritten ausgestellt werden (§ 14 Abs. 2 S. 4), – siehe UStAE 13b.14 – aus mehreren Dokumenten bestehen und auf Papier oder vergleichbaren Druckunterlagen sowie elektronisch erteilt werden (→ § 14 Rn. 35 ff.). 4

II. Anwendungsbereich

1. Allgemeines

Sämtliche Verpflichtungen zur Rechnungserteilung galten bis 2013 nur für im Inland steuerbare Lieferungen und sonstige Leistungen; war die Leistung in einem anderen Staat steuerbar, waren die dort geltenden Vorschriften zu beachten (siehe hierzu den Überblick über die Mehrwertsteuervorschriften in den EU-Staaten auf http://ec.europa.eu, Suchbegriff „Vademecum zu den MwSt-Pflichten“). Dies änderte sich innerhalb der EU nach RL 2010/45/EU ab 2013 (Umsetzung durch AmtshilfeRLUmsG (BGBl. 2013 I 1809). Zwar enthält Art. 219a Nr. 1 MwStSystRL auch weiterhin den **Grundsatz,** wonach sich die Rechnungsstellung nach den Vorschriften des Mitgliedstaats richtet, in dem der Umsatz steuerbar ist (eine explizite Umsetzung dieses Grundsatzes im deutschen Recht fehlt, er gilt aber gleichwohl, vgl. *Duyfjes/von Streit* UStB 2013, 233 (235)). Art. 219 Nr. 2 regelt aber sodann zwei **Ausnahmen,** wonach die Rechnungsvorschriften des Mitgliedstaats des leistenden Unternehmers maßgeblich sind: 5

- Der leistende Unternehmer ist nicht in dem Mitgliedstaat ansässig, in dem der Ort der Leistung liegt und der Leistungsempfänger nach den Regelungen des Reverse-Charge-Verfahrens die USt schuldet. Dies sind im Kern die **innergemeinschaftlichen B2B-Umsätze** (Einzelheiten → Rn. 6). Werden solche Leistungen nach Deutschland erbracht („Inbound-Leistungen“), muss der leistende Unternehmer daher keine Rechnung nach deutschem Recht erstellen (§ 14 Abs. 7, → § 14 Rn. 4) – Art. 219a Nr. 2 Buchst. a MwStSystRL. Umgekehrt gilt für „Outbound-Leistungen", die im anderen Mitgliedstaat steuerbar sind, § 14a Abs. 1 (→ Rn. 6).

- Die Dienstleistung gilt als im **Drittland** erbracht – Art. 219a Nr. 2 Buchst. b MwStSystRL. Diese Richtlinienvorschrift wurde allerdings nicht in deutsches Recht transformiert (vgl. *Duyfjes/von Streit* UStB 2013, 233 (237)). Damit gilt für „Outbound-Leistungen" ins Drittland nicht deutsches Recht, sondern allenfalls Drittlandsrecht. „Inbound-Leistungen" aus dem Drittland werden von Art. 219a Nr. 2 Buchst. b MwStSystRL nicht erfasst, weil nach dem Einleitungssatz der leistende Unternehmer in einem EU-Mitgliedstaat ansässig sein muss. Für diese gilt somit nach dem allgemeinen Grundsatz des Art. 219a Nr. 1 bzw. § 14 Abs. 1 S. 1 deutsches Recht, also § 14 und in aller Regel – weil die Steuerschuld beim Leistungsempfängers nach § 13b Abs. 2 Nr. 1 entsteht – § 14a Abs. 5 (→ Rn. 19).

Die Nichtbeachtung der Verpflichtung zur Ausstellung einer Rechnung mit den besonderen Merkmalen des § 14a führt regelmäßig nicht zum Verlust der Befreiung bzw. der Wahlmöglichkeiten für die in § 14a aufgeführten Umsätze. Auch der **fehlende Hinweis** auf den **Übergang der Steuerschuldnerschaft** verhindert weder deren Übergang auf den Leistungsempfänger (vgl. UStAE 13b.14 Abs. 1 S. 4) noch den Vorsteuerabzug der geschuldeten Steuer (EuGH C-424/12, MwStR 2014, 125 Rn. 33 – SC Fatorie). Lediglich für die **innergemeinschaftlichen Dreiecksgeschäfte** iSv § 25b ist die Erteilung einer dieser Vorschrift genügenden Rechnung materielle Voraussetzung für den Übergang der Steuerschuld (siehe UStAE 25b.1 Abs. 8).

2. Anwendungsbereich nach § 14a Abs. 1

6 Mit § 14a Abs. 1 will der Gesetzgeber offensichtlich – in Übereinstimmung mit Art. 219a Abs. 2 Buchst. a MwStSystRL – inländische Unternehmer zur Erteilung einer Rechnung nach den deutschen Vorschriften verpflichten, wenn der Leistungsort im anderen Mitgliedstaat liegt und dort die Steuer vom Leistungsempfänger geschuldet wird – im Regelfall also bei **innergemeinschaftlichen B2B-Umsätzen.** *Duyfjes/von Streit* UStB 2013, 233 (236) weisen aber darauf hin, dass § 14a Abs. 1 nur zur Ausstellung einer Rechnung mit dem Hinweis zur Umkehr der Steuerschuldnerschaft verpflichtet. Die Ordnungsmerkmale des § 14 gelten damit aber nicht automatisch. Denn nach dem Grundsatz des § 14 Abs. 1 haben sich nur solche Rechnungen nach deutschem Recht zu richten, die über in Deutschland steuerbare Umsätze ausgestellt werden, was bei den von § 14a Abs. 1 genannten **„Outbound-Leistungen"** gerade nicht der Fall ist. Es bedürfte daher eigentlich in § 14 einer Vorschrift, die Rechnungen über solche Umsätze zunächst einmal dem Anwendungsbereich des deutschen Rechts unterwirft, so wie § 14 Abs. 7 Lieferungen oder sonstigen Leistungen von einem ausländischen Unternehmer an einen inländischen Leistungsempfänger **(„Inbound-Leistungen")** den Vorschriften über die Rechnungserteilung des Mitgliedstaates, in dem der leistende Unternehmer ansässig ist, überlässt. Allerdings muss auch gesehen werden, dass der Wille des Gesetzgebers (Umsetzung des Art. 219a Nr. 2 Buchst. a MwStSystRL) klar erkennbar und die unionsrechtlichen Vorgaben eindeutig sind. § 14a Abs. 1 verpflichtet zum Ausstellen einer „Rechnung". Vor dem Hintergrund des Art. 219a Nr. 2 Buchst. a MwStSystRL ist diese Verpflichtung mE richtlinienkonform dahingehend auszulegen, dass damit eine Rechnung iSd § 14 – mit den zusätzlichen Anforderungen des § 14a Abs. 1 – zu verstehen ist.

Von § 14a Abs. 1 werden folgende **„Outbound-Leistungen"** erfasst:

- **Lieferungen oder sonstige Leistungen** („Umsatz") die von einem **im Inland** ansässigen Unternehmer an einen **im übrigen Gemeinschaftsgebiet** ansässigen Unternehmer oder eine nichtunternehmerische juristische Person mit USt-IdNr. erbracht werden, für die der Leistungsempfänger nach dem jeweiligen Recht des anderen Mitgliedstaats die USt in diesem anderen Mitgliedstaat schuldet und die

Abrechnung über die Leistung per **Rechnung** durch den leistenden Unternehmer erfolgt (§ 14a Abs. 1 S. 1 und 3),

– **sonstige Leistungen iSd § 3a Abs. 2,** die von einem **im Inland** ansässigen Unternehmer an einen **im übrigen Gemeinschaftsgebiet** ansässigen Unternehmer oder eine nichtunternehmerische juristische Person mit USt-IdNr. erbracht werden, für die der Leistungsempfänger analog zu § 13b Abs. 1 nach dem jeweiligen Recht des anderen Mitgliedstaats die USt in diesem anderen Mitgliedstaat schuldet und die Abrechnung über die Leistung per **Rechnung** durch den leistenden Unternehmer erfolgt (§ 14a Abs. 1 S. 2 und 3).

Daneben erfasst § 14a auch **sonstige Leistungen iSd § 3a Abs. 2,** die von einem **im übrigen Gemeinschaftsgebiet** ansässigen Unternehmer an einen **im Inland** ansässigen Unternehmer oder eine nichtunternehmerische juristische Person mit USt-IdNr. erbracht werden, für die der Leistungsempfänger nach zu § 13b Abs. 1 die USt in Deutschland schuldet, und die Abrechnung über die Leistung per **Gutschrift** durch den Leistungsempfänger erfolgt (§ 14a Abs. 1 S. 4). Insoweit gilt die Vorschrift also für **„Inbound-Leistungen“,** weil aber mit Gutschrift abgerechnet wird, wäre es unsinnig, den deutschen Leistungsempfänger nun zu verpflichten, diese Gutschrift nach dem Recht des Mitgliedstaates des leistenden Unternehmers auszustellen.

Nicht erfasst von § 14a Abs. 1 sind **„Outbound-Leistungen“ ins Drittland,** 7
obwohl Art. 219a Nr. 2 Buchst. b MwStSystRL dies vorschreibt (→ Rn. 5). Nicht ganz klar ist außerdem, ob § 14a Abs. 1 im Outbound-Fall bzw. § 14 Abs. 7 im Inbound-Fall auch für **steuerfreie Leistungen** gilt, da beide Vorschriften – in Übereinstimmung mit Art. 219a Nr. 2 Buchst. a MwStSystRL – die Steuerschuldnerschaft des Leistungsempfängers voraussetzen. Da eine Ausnahme solcher Rechnungen über steuerfreie Leistungen aber alles andere als überzeugend wäre, sollte davon auszugehen sein, dass auch steuerfreie Umsätze von § 14 Abs. 7, § 14a Abs. 1 erfasst werden und das Merkmal der Steuerschuldnerschaft insoweit auch eine potenzielle Steuerschuldnerschaft einschließt (so auch *Duyfjes/von Streit* UStB 2013, 233 (236)).

Ist eine Rechnung nach § 14a Abs. 1 vom die Rechnung ausstellenden leistenden 8
Unternehmer – also von dem im Inland ansässigen Unternehmer – zu erteilen, ist in der Rechnung neben den in § 14 Abs. 4 Nr. 1–10 (für Gutschriften gilt bei „Outbound-Leistungen“ ohnehin nicht deutsches Recht, § 14a Abs. 1 S. 1 letzter Hs.) aufgezählten Angaben die **USt-IdNr.** sowohl des Leistenden als auch des Leistungsempfängers sowie der **Hinweis „Steuerschuldnerschaft des Leistungsempfängers“** anzugeben. Die FVerw erlaubt zutreffend auch Bezeichnungen in den anderen Sprachfassungen des Art. 226 Nr. 11a MwStSystRL (UStAE 14a.1 Abs. 2 S. 3 iVm Abs. 6 S. 2); eine Übersicht über die Rechnungsangaben in allen Amtssprachen der EU enthält das Schreiben des BMF 25.10.2013, BStBl. I 2013, 1305 (Verweis hierauf in UStAE 14a.1 Abs. 6 S. 2). Bei Fehlen des Hinweises handelt sich aber nicht um eine Ordnungswidrigkeit iSd § 26a (UStAE 14a.1 Abs. 3 S. 4). Das Wahlrecht zwischen deutscher Steuernummer und USt-IdNr. des leistenden Unternehmers (→ § 14 Rn. 75ff.) besteht in den Fällen des § 14a Abs. 1 jedoch nicht, siehe auch UStAE 14a.1 Abs. 3 S. 3. Seit 2013 sieht § 14a Abs. 1 S. 2 zudem vor, dass die Rechnung über sonstige Leistungen nach § 3a Abs. 2 in einem anderen Mitgliedstaat **bis zum 15. Tag** nach dem der Leistungserbringung folgenden Monat auszustellen ist (gemäß Art. 222 MwStSystRL). Diese zeitliche Vorgabe gilt somit nur für Leistungen iSd § 3a Abs. 2, für die der im übrigen Gemeinschaftsgebiet ansässige Unternehmer die USt schuldet. Sie gilt nicht für andere Lieferungen oder sonstige Leistungen, für die der Leistungsempfänger nach dem Recht seines Mitgliedstaats die Steuer schuldet, zB die Lieferung von Gold iSd § 13b Abs. 2 Nr. 9 durch einen deutschen Unternehmer an einen Unternehmer in einem anderen Mitgliedstaat.

Die Verpflichtung zur Rechnungsausstellung nach § 14a Abs. 1 S. 1 betrifft Leis- 9
tungen, für die die Steuer analog zu § 13b Abs. 1 oder Abs. 2 iVm Abs. 5 vom Leistungsempfänger **in seinem Mitgliedstaat** (bzw. bei Gutschrift vom inländischen

Leistungsempfänger nach § 13b Abs. 1, 5) geschuldet wird (insbesondere innergemeinschaftliche B2B-Dienstleistungen, aber auch zB die Lieferung von Gold analog zu § 13b Abs. 2 Nr. 9 durch einen deutschen Unternehmer an einen Unternehmer in einem anderen Mitgliedstaat). § 14a Abs. 1 S. 2 gilt indessen nur für innergemeinschaftliche B2B-„Outbound-Leistungen" nach § 3a Abs. 2. „Inbound-Leistungen", für die die Steuer nach § 13b Abs. 2 vom Leistungsempfänger **im Inland** geschuldet wird, fallen unter § 14a Abs. 5 (→Rn. 19f.).

10, 11 *einstweilen frei*

3. Lieferungen im sog Versandhandel

12 Bei Lieferung im sog. Versandhandel iSv § 3c, die nach dieser Vorschrift als im Inland steuerbar zu behandeln sind, ist der Lieferer immer verpflichtet, eine Rechnung auszustellen, in der die (deutschen) USt gesondert auszuweisen ist. Die Verpflichtung trifft entsprechend der Intention des § 3c Lieferer aus den übrigen Mitgliedstaaten, die eine Lieferschwelle von 100.000 EUR überschreiten und die Gegenstände ins Inland an Privatpersonen, Kleinunternehmer oder pauschalierende Landwirte, die allesamt die Erwerbsschwelle nicht überschreiten, versenden (vgl. → § 3c Rn. 3ff.). Es ist weder vorgeschrieben, auf die Anwendung von § 3c hinzuweisen, noch in der Rechnung die – ohnehin selten vorhandene – USt-IdNr. des Leistungsempfängers aufzunehmen. Die Verpflichtung beschränkt sich auf die **Ausstellung einer Rechnung mit den nach § 14 Abs. 4 Nr. 1–10 vorgeschriebenen Angaben.** Die Vorschrift gilt nicht für Lieferungen aus dem Inland in einen anderen Mitgliedstaat, wenn die Lieferung nach der dort geltenden, § 3c entsprechenden Vorschriften der Besteuerung unterliegen. In diesem Fall sind aber für die Rechnungsstellung die dort geltenden entsprechenden Vorschriften zu beachten (siehe hierzu den Überblick über die Mehrwertsteuervorschriften in den EU-Staaten auf http://ec.europa.eu, Suchbegriff „Vademecum zu den MwSt-Pflichten"). **Kleinbetragsrechnungen** gemäß § 33 UStDV sind für Leistungen gemäß § 3c nicht zugelassen (§ 33 S. 3 UStDV). Zur Währungsumrechnung → § 16 Rn. 32ff.

13 *einstweilen frei*

4. Innergemeinschaftliche Lieferungen

14 Die Verpflichtung zur Ausstellung einer Rechnung nach § 14a Abs. 3 bei innergemeinschaftlicher Lieferung gilt nur, wenn die Lieferung nach § 4 Nr. 1 Buchst. b iVm § 6a steuerfrei ist. Fehlt es an einer der für die Steuerbefreiung erforderlichen Voraussetzungen, ergibt sich die Verpflichtung zur Ausstellung einer Rechnung nicht aus § 14a. In den Fällen des **innergemeinschaftlichen Verbringens** besteht keine Verpflichtung zur Erteilung einer Rechnung, weil überhaupt kein Rechtsgeschäft zwischen zwei Parteien vorliegt. Gleichwohl hat der Unternehmer zur Abwicklung von Verbringungsfällen einen Beleg anzufertigen **(„Pro-forma-Rechnung"),** siehe UStAE 14a.1 Abs. 3 S. 2. Besonderheiten gelten für die innergemeinschaftliche Lieferung neuer Fahrzeuge (→Rn. 18).

15 In der Rechnung gemäß § 14a Abs. 3 ist neben den Angaben nach § 14 Abs. 4 Nr. 1–10 die **USt-IdNr.** des Lieferers und des Abnehmers aufzunehmen. Die Verpflichtung zum **Hinweis auf die Steuerbefreiung** ergibt sich aus § 14 Abs. 4 Nr. 8. Diese Angaben dienen zum einen der Klarstellung, dass es sich zumindest nach nationalem Recht um eine innergemeinschaftliche Lieferung handelt, was grundsätzlich die Verpflichtung für den Abnehmer beinhaltet, einen innergemeinschaftlichen Erwerb zu versteuern. Zum anderen erleichtern die Angaben eine Überprüfung durch die zuständigen Behörden, ob die Beteiligten ihren jeweiligen Verpflichtungen nachgekommen sind. Mit einer Rechnung ohne Hinweis auf die Steuerfreiheit der innergemeinschaftlichen Lieferung kann der **Belegnachweis** nach § 17a Abs. 2 Nr. 1 und Nr. 4 UStDV nicht geführt werden (BFH V R 46/10, BStBl. II 2011, 957). Damit ist grundsätzlich die Steuerfreiheit zu versagen; trotz derartiger Mängel ist die Lieferung nur steuerfrei, wenn objektiv zweifelsfrei feststeht, dass die Voraussetzungen der Steuerfreiheit erfüllt sind (BFH V R 65/06, BStBl. II 2010, 511).

Der Lieferer hat die USt-IdNr. des Erwerbers überdies in seiner Zusammenfassenden Meldung anzugeben und kann auch insoweit auf die Angaben in seinen Ausgangsrechnungen zugreifen. Darüber hinaus ist in einigen Mitgliedstaaten das Vorliegen der Rechnung Voraussetzung dafür, dass der Erwerber die Steuer auf den Erwerb als Vorsteuer geltend machen kann (vgl. Art. 178 Buchst. c MwStSystRL). Bei innergemeinschaftlichen Lieferungen in Beförderungs- und Versendungsfällen kann ein Doppel der Rechnung gemäß § 14a Abs. 3 zum Nachweis dieser Lieferung dienen, → § 6a Rn. 59 und 63. Die Hinweispflicht sieht ab 2013 auch § 14a Abs. 1 vor (Umsetzung RL 2010/45/EU, siehe auch UStAE 14a.1 Abs. 4).

Der Nachweis der **USt-IdNr.** des Leistungsempfängers ist seit BFH V R 72/05, BStBl. II 2009, 55 und V R 59/03, BStBl. II 2009, 57 keine zwingende materiellrechtliche Voraussetzung mehr für die Steuerfreiheit innergemeinschaftlicher Lieferungen (vgl. → § 6a Rn. 68ff.). Es handelt sich auch nicht um eine Ordnungswidrigkeit iSd § 26a (UStAE 14a.1 Abs. 3 S. 4). 16

Hiervon bleibt jedoch die Pflicht zur Rechnungsangabe nach § 14a Abs. 3 S. 2 unberührt. Reicht der Erwerber eine USt-IdNr. nach, kann der Lieferer eine bereits ohne USt-IdNr. erteilte Rechnung gemäß § 14 Abs. 6 Nr. 5, § 31 Abs. 5 S. 1 UStDV berichtigen. Hatte der Lieferer wegen des Fehlens der USt-IdNr. USt unrichtig in Rechnung gestellt, kann er seine Rechnung berichtigen, § 14c Abs. 1. **Kleinbetragsrechnungen** gemäß § 33 UStDV sind für Leistungen gemäß § 6a **nicht zugelassen** (§ 33 S. 3 UStDV).

einstweilen frei 17

5. Lieferung neuer Fahrzeuge

Bei der Lieferung neuer Fahrzeuge (vgl. § 1b) an die nicht in § 1a Abs. 1 Nr. 2 genannten Erwerber, muss eine Rechnung nach § 14a Abs. 4 erteilt werden. Der Lieferer kann **Unternehmer oder fiktiver Unternehmer** iSv § 2a (vgl. → § 2a Rn. 3) sein. Die Regelung greift insbesondere bei Lieferung an Privatpersonen und an natürliche Personen, die Unternehmer sind, das Fahrzeug aber nicht für ihr Unternehmen erwerben. Die Rechnung muss die Angaben gemäß § 14 Abs. 4 Nr. 1–10 sowie die in § 1b Abs. 2 und Abs. 3 bezeichneten Merkmale (zB Fahrzeugart und km-Leistung) enthalten (§ 14a Abs. 3 S. 1 und Abs. 4). Die in § 1b Abs. 2 und 3 bezeichneten Merkmale sollen die Prüfung ermöglichen, ob das Fahrzeug „neu" iSd UStG ist. Wegen der Besteuerung siehe §§ 16 Abs. 5a und 18 Abs. 5a. In den Fällen des § 2a entfällt die Angabe der USt-IdNr. gemäß § 14a Abs. 4 Nr. 2, weil keine „echten" Unternehmer an dem Leistungsaustausch beteiligt sind. 18

6. Umsätze gemäß § 13b Abs. 2

Führt ein Unternehmer eine Leistung iSv § 13b Abs. 2 aus, für die der inländische Leistungsempfänger gemäß § 13b Abs. 5 die Steuer schuldet, ist er zur **Ausstellung einer Rechnung verpflichtet** (§ 14a Abs. 5). Die Rechnung muss grundsätzlich die Voraussetzungen des § 14 erfüllen. Das gilt sowohl für den Inhalt gemäß § 14 Abs. 4 Nr. 1–7 und 9 (→ § 14 Rn. 62ff.) als auch für die Form und Übermittlung der Rechnung, → § 14 Rn. 35ff. **Leistungen iSv § 13b Abs. 2** sind **Werklieferungen und sonstige Leistungen eines im Ausland ansässigen Unternehmers,** soweit sie nicht bereits unter § 13b Abs. 1 fallen (→ § 13b Rn. 16f.), Lieferung sicherungsübereigneter Gegenstände durch den Sicherungsgeber an den Sicherungsnehmer 19 außerhalb des Insolvenzverfahrens (→ § 13b Rn. 18f.), Umsätze, die unter das GrEStG fallen (→ § 13b Rn. 20ff.), Werklieferungen und sonstige Leistungen, die der Herstellung Instandsetzung, Instandhaltung, Änderung oder Beseitigung von Bauwerken dienen, mit Ausnahme der Planungs- und Überwachungsleistungen (→ § 13b Rn. 24ff.), Lieferung von Gas und Elektrizität eines im Ausland ansässigen Unternehmers unter den Bedingungen des § 3g (→ § 13b Rn. 27), Umsätze im Handel mit Emissionsrechten (→ § 13b Rn. 31f.), Umsätze im Handel mit Schrott, Altmetallen und Abfällen (→ § 13b Rn. 33), Reinigung von Gebäuden und Gebäudeteilen (→ § 13b Rn. 34), bestimmte Lieferungen von Gold (→ § 13b Rn. 35) sowie Lieferungen von Mobilfunkgeräten und bestimmten integrierten Schaltkreisen (→ § 13b Rn. 36).

Nicht zu den von § 13b Abs. 2 erfassten Umsätzen gehören die im Inland **nach § 3a Abs. 2 steuerbaren sonstigen Leistungen,** also sonstige Leistungen an inländische Unternehmer oder nichtunternehmerische juristische Personen mit USt-IdNr., die von **im übrigen Gemeinschaftsgebiet** ansässigen Unternehmern ausgeführt werden. Diese **„Inbound-Leistungen“** fallen unter § 13b Abs. 1; Rechnungen über diese Leistungen sind nach dem Recht des Mitgliedstaats des leistenden Unternehmers auszustellen (§ 14 Abs. 7 S. 1, → Rn. 7), so dass § 14a Abs. 5 nicht greifen kann, es sei denn, es wird mittels Gutschrift abgerechnet (§ 14 Abs. 7 S. 2). Für solche sonstigen Leistungen eines inländischen Unternehmers an einen im übrigen Gemeinschaftsgebiet ansässigen Unternehmer mit Umkehr der Steuerschuldnerschaft **(„Outbound-Leistungen“)** ist die Rechnung nach § 14a Abs. 1 auszustellen (→ Rn. 6), dessen Rechtsfolgen – bis auf die zeitliche Frist zur Rechnungsausstellung – mit denen des § 14a Abs. 5 übereinstimmen.

20 In der Rechnung nach § 14a Abs. 5 (und auch nach § 14a Abs. 1, → Rn. 8) ist auf die **Steuerschuldnerschaft des Leistungsempfängers** hinzuweisen. Seit 30.6.2013 ist der wörtliche Hinweis „Steuerschuldnerschaft des Leistungsempfängers“ vorgesehen. Die FVerw erlaubt jedoch zutreffend auch Bezeichnungen in den anderen Sprachfassungen des Art. 226 Nr. 11a MwStSystRL (UStAE 14a.1 Abs. 6 S. 2). Der fehlende Hinweis auf die Steuerschuldnerschaft des Leistungsempfängers in der Rechnung hat keine materiell-rechtliche Wirkung. Die Verlagerung der Steuerschuld auf den Leistungsempfänger tritt trotzdem ein (UStAE 13b.14 Abs. 1 S. 4). Das Fehlen der Angabe stellt auch keine Ordnungswidrigkeit nach § 26a dar (UStAE 14a.3 S. 4 regelt dies für Rechnungen nach § 14a Abs. 1 und 3, es gibt keinen Grund, dies nicht auf Rechnungen nach § 14a Abs. 5 zu übertragen).

21 Der Aussteller darf die auf das Entgelt entfallende **Steuer nicht gesondert ausweisen** (§ 14a Abs. 5 S. 2). Weist der Rechnungsaussteller unzulässigerweise die USt gesondert aus, schuldet er die Steuer, solange die Rechnung nicht berichtigt wird. Die FVerw gibt als Rechtsgrundlage dafür § 14c Abs. 1 an (UStAE 13b.14 Abs. 1 S. 5), obgleich einiges auch für § 14c Abs. 2 spricht (→ § 14c Rn. 18 und 35). Die Rechnung kann wie in den anderen in § 14a geregelten Fällen sowohl als Gutschrift – siehe UStAE 14a.1 Abs. 1 S. 5 – als auch durch Dritte erteilt werden. Ob der Leistungsempfänger, wenn er den Vorsteuerabzug geltend machen will, eine Rechnung besitzen muss (verneinend EuGH C-90/02, DStRE 2004, 1172 – Gerhard Bockemühl mit Anm. *Philipp*), ist für die Verpflichtung zur Ausstellung der Rechnung nicht entscheidend. **Kleinbetragsrechnungen** gemäß § 33 UStDV sind für Umsätze gemäß § 13b nicht zugelassen (§ 33 S. 3 UStDV).

7. Besteuerung von Reiseleistungen

22 In Rechnungen über die Besteuerung von Reiseleistungen gemäß § 25 ist der Hinweis „Sonderregelung für Reisebüros“ anzubringen (§ 14a Abs. 6 S. 1). Die FVerw erlaubt zutreffend auch Bezeichnungen in den anderen Sprachfassungen der europarechtlichen Grundlage des § 14 Abs. 6 S. 1 – Art. 226 Nr. 13 MwStSystRL –;

eine Übersicht über die Rechnungsangaben in allen Amtssprachen der EU enthält das Schreiben des BMF 25.10.2013, BStBl. I 2013, 1305 (Verweis hierauf in UStAE 14a.1 Abs. 10 S. 2). In den Fällen des § 25 Abs. 3 ist der Rechnungsaussteller nicht zum gesonderten Steuerausweis gemäß § 14 Abs. 4 S. 1 Nr. 8 berechtigt (§ 14a Abs. 6 S. 2).

einstweilen frei 23

8. Differenzbesteuerung

Wie bei Reiseleistungen (→ Rn. 22) ist in Rechnungen über Lieferungen, die der 24 Differenzbesteuerung unterliegen, der Hinweis „Gebrauchsgegenstände/Sonderregelung", „Kunstgegenstände/Sonderregelung" oder „Sammlungsstücke und Antiquitäten/Sonderregelung" hinzuweisen (§ 14a Abs. 6 S. 1). Die FVerw erlaubt zutreffend auch Bezeichnungen in den anderen Sprachfassungen der europarechtlichen Grundlage des § 14 Abs. 6 S. 1 – Art. 226 Nr. 14 MwStSystRL – (UStAE 14a.1 Abs. 10 S. 2). In den Fällen des § 25a Abs. 3 ist der Rechnungsaussteller nicht zum gesonderten Steuerausweis gemäß § 14 Abs. 4 S. 1 Nr. 8 berechtigt (§ 14a Abs. 6 S. 2).

einstweilen frei 25

9. Innergemeinschaftliche Dreiecksgeschäfte

Nach § 25b kann bei sog. innergemeinschaftlichen Dreiecksgeschäften unter den 26 dort genannten Voraussetzungen die Steuerschuld des ersten Erwerbers in der Reihe, der zugleich Lieferer ist (im folgenden **Zwischenhändler**), für die von ihm ausgeführte Lieferung auf seinen Abnehmer verlagert werden. Liegen die Voraussetzungen vor, geht nicht nur die Steuerschuld für die Lieferung von dem Zwischenhändler auf den Erwerber über, sondern es gilt zugleich die Steuer auf den Erwerb als bezahlt (vgl. § 25b Abs. 3), so dass auch die Steuerschuld wegen der Verwendung der USt-IdNr. (vgl. § 3d S. 2) entfällt (wegen der Einzelheiten vgl. § 25b). Die Regelung ist jedoch nur anwendbar, wenn der Erwerb im Inland steuerpflichtig und die anschließende Lieferung im Inland steuerbar sind. Dementsprechend findet auch § 14a nur Anwendung, wenn der Vorgang der deutschen Steuer unterliegt. Ist der Erwerb und die anschließende Lieferung in einem anderen Mitgliedstaat steuerbar, richtet sich sowohl die Verlagerung der Steuerschuld als auch der Inhalt der zu erteilenden Rechnung nach den dort geltenden Vorschriften.

Liegen die Voraussetzungen für die Übertragung der Steuerschuld auf den Abneh- 27 mer nach § 25b vor und haben die Parteien die Anwendung dieser Regelung vereinbart, muss der Zwischenhändler eine Rechnung nach § 14a Abs. 7 erteilen; denn gemäß § 25b Abs. 2 Nr. 3 gehört zu den **Voraussetzungen für den Übergang der Steuerschuld,** dass der Erwerber, der zugleich Lieferer ist, an seinen Abnehmer eine Rechnung iSv § 14a Abs. 7 erteilt (vgl. UStAE 25b.1 Abs. 8). Genügt die Rechnung nicht sämtlichen Anforderungen des § 14a, geht die Steuerschuld nicht auf den Abnehmer über, so dass der Zwischenhändler die Steuer sowohl auf den Erwerb als auch die Steuer auf seine Lieferung an seine Abnehmer schuldet. Darüber hinaus schuldet er die Steuer auf den Erwerb in dem Staat, der die von ihm verwendete USt-IdNr. erteilt hat, ohne Vorsteuerabzugsmöglichkeit (EuGH C-536/08 und C-539/08, DStR 2010, 926 – X und Facet Trading und dem folgend BFH XI R 40/08, BStBl. II 2011, 661 und V R 39/08, BStBl. II 2011, 658), bis er die Versteuerung des Erwerbs in dem anderen Staat nachweist (vgl. § 3d S. 2).

In der Rechnung des ersten Abnehmers für den letzten gemäß § 25b Abs. 2 Nr. 3 28 darf die **Steuer** für die Lieferung **nicht gesondert ausgewiesen** werden (§ 14a Abs. 7 S. 3). In der Rechnung sind die USt-IdNr. des Zwischenhändlers und die USt-IdNr. des Abnehmers anzugeben (§ 14a Abs. 7 S. 2). Darüber hinaus ist in der Rechnung auf das Vorliegen eines innergemeinschaftlichen Dreiecksgeschäfts und auf die Steuerschuldnerschaft des letzten Abnehmers (§ 25b Abs. 2) ausdrücklich hinzuweisen, § 14a Abs. 7 S. 1. Als Hinweis genügt zB „Innergemeinschaftliches Dreiecksgeschäft" gemäß § 25b UStG/Art. 141 MwStSystRL. Der letzte am Dreiecksgeschäft beteiligte Abnehmer soll durch den Hinweis auf seine Steuerschuldnerschaft wissen, dass die Steuerschuld auf ihn übertragen wurde (UStAE 25b.1 Abs. 6 und 8).

§ 14b Aufbewahrung von Rechnungen

(1) [1]Der Unternehmer hat ein Doppel der Rechnung, die er selbst oder ein Dritter in seinem Namen und für seine Rechnung ausgestellt hat, sowie alle Rechnungen, die er erhalten oder die ein Leistungsempfänger oder in dessen Namen und für dessen Rechnung ein Dritter ausgestellt hat, zehn Jahre aufzubewahren. [2]Die Rechnungen müssen für den gesamten Zeitraum die Anforderungen des § 14 Absatz 1 Satz 2 erfüllen. [3]Die Aufbewahrungsfrist beginnt mit dem Schluss des Kalenderjahres, in dem die Rechnung ausgestellt worden ist; § 147 Abs. 3 der Abgabenordnung bleibt unberührt. [4]Die Sätze 1 bis 3 gelten auch

1. für Fahrzeuglieferer (§ 2a);

2. in den Fällen, in denen der letzte Abnehmer die Steuer nach § 13a Abs. 1 Nr. 5 schuldet, für den letzten Abnehmer;

3. in den Fällen, in denen der Leistungsempfänger die Steuer nach § 13b Absatz 5 schuldet, für den Leistungsempfänger.

[5]In den Fällen des § 14 Abs. 2 Satz 1 Nr. 1 hat der Leistungsempfänger die Rechnung, einen Zahlungsbeleg oder eine andere beweiskräftige Unterlage zwei Jahre gemäß den Sätzen 2 und 3 aufzubewahren, soweit er

1. nicht Unternehmer ist oder

2. Unternehmer ist, aber die Leistung für seinen nichtunternehmerischen Bereich verwendet.

(2) [1]Der im Inland oder in einem der in § 1 Abs. 3 bezeichneten Gebiete ansässige Unternehmer hat alle Rechnungen im Inland oder in einem der in § 1 Abs. 3 bezeichneten Gebiete aufzubewahren. [2]Handelt es sich um eine elektronische Aufbewahrung, die eine vollständige Fernabfrage (Online-Zugriff) der betreffenden Daten und deren Herunterladen und Verwendung gewährleistet, darf der Unternehmer die Rechnungen auch im übrigen Gemeinschaftsgebiet, in einem der in § 1 Abs. 3 bezeichneten Gebiete, im Gebiet von Büsingen oder auf der Insel Helgoland aufbewahren. [3]Der Unternehmer hat dem Finanzamt den Aufbewahrungsort mitzuteilen, wenn er die Rechnungen nicht im Inland oder in einem der in § 1 Abs. 3 bezeichneten Gebiete aufbewahrt. [4]Der nicht im Inland oder in einem der in § 1 Abs. 3 bezeichneten Gebiete ansässige Unternehmer hat den Aufbewahrungsort der nach Absatz 1 aufzubewahrenden Rechnungen im Gemeinschaftsgebiet, in den in § 1 Abs. 3 bezeichneten Gebieten, im Gebiet von Büsingen oder auf der Insel Helgoland zu bestimmen. [5]In diesem Fall ist er verpflichtet, dem Finanzamt auf dessen Verlangen alle aufzubewahrenden Rechnungen und Daten oder die an deren Stelle tretenden Bild- und Datenträger unverzüglich zur Verfügung zu stellen. [6]Kommt er dieser Verpflichtung nicht oder nicht rechtzeitig nach, kann das Finanzamt verlangen, dass er die Rechnungen im Inland oder in einem der in § 1 Abs. 3 bezeichneten Gebiete aufbewahrt.

(3) Ein im Inland oder in einem der in § 1 Abs. 3 bezeichneten Gebiete ansässiger Unternehmer ist ein Unternehmer, der in einem dieser Gebiete einen Wohnsitz, seinen Sitz, seine Geschäftsleitung oder eine Zweigniederlassung hat.

(4) [1]**Bewahrt ein Unternehmer die Rechnungen im übrigen Gemeinschaftsgebiet elektronisch auf, können die zuständigen Finanzbehörden die Rechnungen für Zwecke der Umsatzsteuerkontrolle über Online-Zugriff einsehen, herunterladen und verwenden.** [2]**Es muss sichergestellt sein, dass die zuständigen Finanzbehörden die Rechnungen unverzüglich über Online-Zugriff einsehen, herunterladen und verwenden können.**

(5) **Will der Unternehmer die Rechnungen außerhalb des Gemeinschaftsgebiets elektronisch aufbewahren, gilt § 146 Abs. 2a der Abgabenordnung.**

EU-Recht: Art. 244 MwStSystRL (Art. 22 (28g) Abs. 3 Buchst. d UAbs. 1 6. EG-RL)
Art. 245 MwStSystRL (Art. 22 (28g) Abs. 3 Buchst. d UAbs. 2 6. EG-RL)
Art. 246 MwStSystRL (Art. 22 (28g) Abs. 3 Buchst. d UAbs. 3 6. EG-RL)
Art. 247 MwStSystRL (Art. 22 (28g) Abs. 3 Buchst. d UAbs. 4 und 5 6. EG-RL)
Art. 248 MwStSystRL (Art. 22 (28g) Abs. 3 Buchst. d UAbs. 7 6. EG-RL)
Art. 249 MwStSystRL (Art. 22a 6. EG-RL)
UStAE: 14b.1

Übersicht

1. Bedeutung

§ 14b setzt Art. 244–248 MwStSystRL um. Die Aufbewahrungspflicht erfasst sowohl die Ausgangs- als auch die Eingangsrechnungen. Soweit Unternehmer buchführungspflichtig sind, entfaltet § 14b keine über die ohnehin nach § 147 AO geltenden Aufbewahrungspflichten hinausgehenden Verpflichtungen. § 14b wirkt sich daher vor allem für nichtbuchführungspflichtige Unternehmer oder Unternehmer, die ertragsteuerlich keine Gewinneinkünfte erzielen (zB Vermietung und Verpachtung), aus. Das Gleiche gilt für die Aufbewahrungspflichten für Nichtunternehmer gemäß § 14b Abs. 1 S. 4 Nr. 1 (Fahrzeuglieferer) sowie für die von § 14b Abs. 1 S. 5 erfassten Nichtunternehmer (Leistungsempfänger einer Leistung im Zusammenhang mit einem Grundstück). 1

einstweilen frei 2

2. Aufbewahrungspflicht des Unternehmers

a) Betroffene Unternehmer. Die Aufbewahrungsverpflichtung trifft **alle Unternehmer** iSv § 2 Abs. 1 und zwar sowohl die im Inland ansässigen (§ 14b Abs. 2 S. 1) als auch die im Ausland ansässigen Unternehmer (§ 14b Abs. 2 S. 4) – zur Ansässigkeit → Rn. 15ff. Unternehmer sind mangels entgegenstehender Vorschriften **auch Kleinunternehmer** gemäß § 19 – siehe auch *Wagner* in Sölch/Ringleb § 14b Rn. 10 – und Landwirte sowie gemäß § 14b Abs. 1 S. 4 Nr. 1–4 Fahrzeuglieferer iSv § 2a, in Fällen innergemeinschaftlicher Dreiecksgeschäfte der letzte Abnehmer, der gemäß § 13a Abs. 1, 25b Abs. 2 die Steuer schuldet und Leistungsempfänger, wenn 3 sie Leistungen für den unternehmerischen und den nichtunternehmerischen Bereich bezogen haben und deshalb gemäß § 13b Abs. 5 die Steuer schulden (UStAE 14b.1 Abs. 3).

4 **b) Aufzubewahrende Unterlagen.** Der Unternehmer hat ein Doppel der Rechnung, die er selbst oder ein Dritter in seinem Namen und für seine Rechnung ausgestellt hat und die Originale aller Rechnungen und Gutschriften, die er erhalten hat, zehn Jahre aufzubewahren. Aufzubewahren sind somit die **Durch-, Ab- oder Zweitschriften aller Ausgangsrechnungen,** die der leistende Unternehmer, der Leistungsempfänger unter den Voraussetzungen des § 14 Abs. 2 (→ § 14 Rn. 62ff.) oder ein Dritter im Namen und für Rechnung des Unternehmers bzw. des Leistungsempfängers ausgestellt haben. Das gilt auch für die **Originale aller Eingangsrechnungen,** die der Unternehmer für Leistungen erhalten hat, die andere Unternehmer für sein Unternehmen geliefert haben. Haben Gesellschaften/Gemeinschaften Leistungen bezogen, bei denen die einzelnen Gesellschafter/Gemeinschafter zum Vorsteuerabzug berechtigt sind (→ § 14 Rn. 70ff.), hat einer von ihnen das Original, alle übrigen haben eine Kopie der Rechnung aufzubewahren (UStAE 14b.1 Abs. 1 S. 3). **Elektronisch übermittelte Rechnungen** iSd § 14 Abs. 1 S. 8 (→ § 14 Rn. 38ff.) sind in dem elektronischen Format der Ausstellung bzw. des Empfangs (zB digital als E-Mail ggf. mit Anhängen in Bildformaten wie PDF, digital als Computer-Telefax, digital als Web-Download oder in EDI-Formaten) aufzubewahren (BMF 26.7.2011, BeckVerw 253247; *Hudasch/Hönik* UStB 2013, 355 (360f.)). Es genügt daher nicht den Anforderungen des § 14b, wenn elektronisch übermittelte Rechnungen **ausgedruckt und in Papierform** aufbewahrt werden (zur Kritik hieran siehe ua *Schmitz/Trinks* UR 2012, 781 (783)). Das bei der Aufbewahrung angewendete Verfahren und die Prozesse müssen den Grundsätzen ordnungsgemäßer Buchführung und DV-gestützter Buchführungssysteme und den Grundsätzen zum Datenzugriff und zur Prüfbarkeit digitaler Unterlagen entsprechen (UStAE 14b.1 Abs. 6). Die aufbewahrten Rechnungen müssen während der Dauer der Aufbewahrungsfrist jederzeit die Anforderungen des § 14 Abs. 1 S. 2 erfüllen, also die Echtheit der Herkunft, die Unversehrtheit des Inhalts und die Lesbarkeit der Rechnung (UStAE 14b.1 Abs. 5). Auch die Nachweise über die Echtheit und Unversehrtheit der Daten sind aufzubewahren (zB die qualifizierte elektronische Signatur), Art. 247 Abs. 2 S. 2 MwStSystRL, denn nur im Zusammenhang mit diesen Unterlagen wird die elektronische Rechnung akzeptiert. Die Aufbewahrungspflicht der qualifizierten elektronischen Signatur besteht gemäß § 14b unabhängig von anderen (zeitlichen) Vorschriften über die Gültigkeit dieser Nachweise (siehe UStAE 14b.1 Abs. 6 S. 2).

5 Die Aufbewahrungspflicht gilt für sämtliche Dokumente, die die Rechnung bilden (→ § 14 Rn. 5ff.) – und grundsätzlich auch für **Kleinbetragsrechnungen** gemäß § 33 UStDV und **Fahrausweise** gemäß § 34 UStDV. Erstellt ein Unternehmer Kleinbetragsrechnungen mit Hilfe elektronischer Registrierkassen, reicht es nach Ansicht der FVerw aus, wenn er die Tagessummenbons aufbewahrt, die den Namen des Geschäfts, das Ausstellungsdatum sowie die Tagesendsumme enthalten und die Gewähr der Vollständigkeit bieten müssen, siehe im Übrigen UStAE 14b.1 Abs. 1 S. 2. Die aufbewahrten Rechnungen müssen nach § 14b Abs. 1 S. 2, Art. 233 Abs. 1 MwStSystRL während des gesamten Aufbewahrungszeitraums die Anforderungen des § 14 Abs. 1 S. 2 erfüllen, dh sowohl der Rechnungsaussteller als auch der Rechnungsempfänger müssen die Echtheit der Herkunft der Rechnung, die Unversehrtheit ihres Inhalts und ihre Lesbarkeit während des gesamten Aufbewahrungszeitraums gewährleisten (siehe BT-Drs. 17/5125, 53; UStAE 14b.1 Abs. 5). **Papierrechnungen** müssen somit – wie es die frühere Fassung des § 14b Abs. 1 S. 2 explizit forderte – **lesbar** sein. Darauf ist vor allem bei Dokumenten, die per Telefax auf Thermopapier übermittelt worden sind, zu achten. Hier ist die Rechnung durch Kopie zu konservieren; das Original ist aber nicht mehr aufzubewahren (UStAE 14b.1 Abs. 5 S. 3 und 4).

Nachträgliche Berichtigungen der unleserlich gewordenen Dokumente sind nicht erlaubt (siehe UStAE 14a.1 Abs. 5 S. 2). Rechnungen können auch auf Bild- und Datenträgern (Mikrofilm, Diskette, CD-ROM, Magnetband) aufbewahrt werden, wenn das dabei angewandte Verfahren den GoBD und den Anforderungen des § 14b Abs. 1 S. 2 entspricht (siehe im Einzelnen UStAE 14a.1 Abs. 6).

einstweilen frei 6

3. Aufbewahrungspflicht des Nichtunternehmers

Nichtunternehmer, die steuerpflichtige Werklieferungen oder sonstige **Leistungen im Zusammenhang mit einem Grundstück** iSv § 14 Abs. 2 S. 1 Nr. 1 (→ § 14 Rn. 19f.) empfangen haben, sind nach § 14b Abs. 1 S. 5 verpflichtet, Rechnungen, Zahlungsbelege oder andere beweiskräftige Unterlagen über diese Leistungen **zwei Jahre** lang aufzubewahren. Die Aufbewahrungspflicht des Nichtunternehmers soll eine umfassende Kontrolle der Versteuerung der Umsätze iSv § 14 Abs. 2 S. 1 Nr. 1 ermöglichen, siehe BT-Drs. 15/2573, 34. Die Verletzung der Aufbewahrungspflicht ist eine Ordnungswidrigkeit (§ 26a Abs. 1 Nr. 3). 7

Aufzubewahren sind neben Rechnungen und Zahlungsbelegen **„andere beweiskräftige Unterlagen".** Was unter Letzteren zu verstehen ist, erläutern weder das Gesetz noch dessen Begründung. Nach Ansicht der FVerw sind das neben Rechnungen zB Kontoauszüge, Quittungen, Bauverträge, Abnahmeprotokolle nach der Vergabe- und Vertragsordnung für Bauleistungen (VOB) oder Unterlagen zu Rechtsstreiten im Zusammenhang mit der abgerechneten Bauleistung (UStAE 14b.1 Abs. 4 S. 2 und 3). Zulässig ist die Aufbewahrungspflicht allenfalls für Dokumente, die inhaltlich die für Rechnungen vorgesehenen Angaben enthalten und vom leistenden Unternehmer stammen. Angebote (siehe *Schmidt* DB 2004, 1699), weil sie über die Ausführung der Leistung nichts aussagen, oder gar anonyme Schreiben reichen nicht aus. Schließlich sieht auch Art. 247 Abs. 1 MwStSystRL nur eine Aufbewahrungspflicht für Rechnungen vor. 8

Die Aufbewahrungspflicht soll auch gelten, wenn der entsprechende **Hinweis auf die Aufbewahrungspflicht des Leistungsempfängers** (§ 14 Abs. 4 S. 1 Nr. 9) **in der Rechnung fehlt** (UStAE 14b.1 Abs. 4 S. 4). Das ist zumindest in Bezug auf Nichtunternehmer, die keinerlei Buchführungspflichten unterliegen, zweifelhaft, weil ihnen keine Kenntnis der Aufbewahrungspflicht unterstellt werden kann. Ggf. ist im Einzelfall zu entscheiden, ob der Rechnungsempfänger mangels Hinweis in der Rechnung an die Aufbewahrungspflicht gebunden ist. 9

Für **Unternehmer, die selbst Bauleistungen erbringen,** solche Leistungen für den nichtunternehmerischen Bereich bezogen haben und daher trotzdem die Steuer nach § 13b Abs. 5 S. 2 schulden, gilt die Aufbewahrungspflicht des § 14b Abs. 1 S. 5 Nr. 2 nicht, sondern die des § 14b Abs. 1 S. 4 von **zehn Jahren;** § 14b Abs. 1 S. 4 Nr. 3 geht § 14b Abs. 1 S. 5 vor (UStAE 14b.1 Abs. 4 S. 6). 10

einstweilen frei 11

4. Aufbewahrungsdauer

Die Rechnungen müssen grundsätzlich **zehn Jahre** aufbewahrt werden, § 14b Abs. 1 S. 1. Gemäß Art. 247 Abs. 1 MwStSystRL legen die Mitgliedstaaten diesen Zeitraum fest. Der deutsche Gesetzgeber hat sich mit der Zehnjahresfrist an der Aufbewahrungsdauer für Buchungsbelege gemäß § 147 Abs. 3 iVm Abs. 1 Nr. 4 AO und § 14a Abs. 5 S. 1 aF orientiert. Die gemäß § 14 Abs. 2 S. 1 Nr. 1 zu erteilenden Rechnungen sind **zwei Jahre** aufzubewahren, aber → Rn. 10. 12

Die Aufbewahrungsfrist beginnt mit dem Schluss des Kalendervierteljahres, in dem die Rechnung ausgestellt worden ist. Bei Gutschriften ist das der Zeitpunkt der Übermittlung, → § 14 Rn. 9ff. Die Aufbewahrungsfrist läuft jedoch nicht ab, soweit 13 und solange die Unterlagen für Steuern von Bedeutung sind, für welche die Festsetzungsfrist noch nicht abgelaufen ist (§ 147 Abs. 3 S. 3 AO).

14 *einstweilen frei*

5. Aufbewahrungsort der Rechnungen

15 **a) Für inländische Unternehmer.** Die Aufbewahrungspflicht nach § 14b Abs. 2 S. 1 richtet sich nur an den im Inland (oder in den in § 1 Abs. 3 genannten Gebieten) ansässigen Unternehmer. Ein in **Inland** oder in einem der in § 1 Abs. 3 bezeichneten Gebiete ansässiger Unternehmer ist nach deutschem Recht ein Unternehmer, der in einem dieser Gebiete einen Wohnsitz (§ 8 AO), seinen Sitz (§ 11 AO), seine Geschäftsleitung (§ 10 AO) oder eine Zweigniederlassung (§ 12 S. 1 Nr. 2 AO) hat. Auf Vorlage des BFH XI R 5/08, BStBl. II 2011, 144 hat der EuGH allerdings entschieden, dass für Zwecke des Reverse-Charge-Verfahrens ein Steuerpflichtiger mit Wohnsitz in einem Mitgliedstaat dort keine Ansässigkeit begründet, wenn er seine wirtschaftliche Tätigkeiten ausschließlich in einem anderen Mitgliedstaat ausübt (EuGH C-421/10, DStR 2011, 1947 – Stoppelkamp/Raab). Auch nach Art. 245 Abs. 2 UAbs. 2 MwStSystRL können die Mitgliedstaaten (nur) von den in ihrem Gebiet ansässigen Steuerpflichtigen verlangen, Unterlagen im Inland aufzubewahren. Hieraus ergibt sich wohl, dass sich die Aufbewahrungspflicht des § 14b Abs. 2 S. 1 auch nur an Unternehmer richten kann, die **im Inland ein Unternehmen** betreiben. Ein im Inland wohnhafter Unternehmer mit Unternehmen im Ausland ist danach nicht im Inland ansässig iSd § 14b Abs. 2 S. 1. Durch AmtshilfeRLUmsG, BGBl. 2013 I 1809 erhielt § 13b Abs. 7 eine an die EuGH-Entscheidung angepasste Formulierung, die insoweit auch für die Frage der Ansässigkeit nach § 14b heranzuziehen ist.

16 Der inländische Unternehmer hat alle Rechnungen und sonstigen Dokumente (→ Rn. 4f.) **grundsätzlich im Inland** oder in den in § 1 Abs. 3 bezeichneten Gebieten aufzubewahren (§ 14b Abs. 2 S. 1). Werden die Dokumente **elektronisch aufbewahrt** (nicht zu verwechseln mit elektronischer Übermittlung) und ist die vollständige Fernabfrage (Online-Zugriff) der Daten und deren Herunterladen und Verwendung im Inland gewährleistet, darf der Unternehmer auch zwischen einem Aufbewahrungsort im übrigen Gemeinschaftsgebiet, in einem der in § 1 Abs. 3 bezeichneten Gebiete, im Gebiet von Büsingen oder auf Helgoland wählen (§ 14b Abs. 2 S. 2, Art. 249 MwStSystRL). Wählt der Unternehmer einen solchen Ort, hat er diesen dem für die Umsatzbesteuerung zuständigen Finanzamt („unaufgefordert und schriftlich" – siehe UStAE 14a.1 Abs. 8 S. 2) mitzuteilen.

17 Seit 1.1.2009 kann der Unternehmer Rechnungen auch **außerhalb des Gemeinschaftsgebietes elektronisch aufbewahren.** Das gilt jedoch gemäß § 14b Abs. 5 nur unter den Voraussetzungen des § 146 Abs. 2a AO (UStAE 14b.1 Abs. 8 S. 3). Der Unternehmer muss somit den Standort des DV-Systems mitteilen, den Verpflichtungen aus den §§ 90, 93, 97, 140–147 und 200 AO nachkommen, den Datenzugriff nach § 147 Abs. 6 AO ermöglichen und sicherstellen, dass die Besteuerung nicht beeinträchtigt wird. Die Zustimmung zur Durchführung des Zugriffs auf elektronische Rechnungen der zuständigen Stelle des anderen Staates ist nicht (mehr) erforderlich.

18 Bewahrt ein inländischer oder ausländischer Unternehmer die Rechnungen im übrigen Gemeinschaftsgebiet elektronisch auf, gewährt § 14b Abs. 4 für Zwecke der USt-Kontrolle einen staatsübergreifenden Zugriff auf diese Dokumente. Dieser Zugriff ist im Hinblick auf die Wahlmöglichkeit des Unternehmers gemäß Art. 245 MwStSystRL unverzichtbar, siehe BT-Drs. 15/1562, 84. Für die **Ertragsteuern** bleibt es bei § 146 Abs. 2a AO.

19 *einstweilen frei*

b) Für ausländische Unternehmer. Der im Ausland ansässige Unternehmer hat den Aufbewahrungsort für die gemäß § 14b Abs. 1 aufzubewahrenden Rechnungen **im Gemeinschaftsgebiet,** in den in § 1 Abs. 3 bezeichneten Gebieten, in Büsingen oder auf Helgoland zu bestimmen (§ 14b Abs. 2 S. 4; siehe zur Ansässigkeit → Rn. 15). Er muss dem Finanzamt, wenn es danach verlangt, alle aufzubewahrenden Rechnungen und Daten oder die an deren Stelle tretenden Bild- und Datenträger unverzüglich zur Verfügung stellen, § 14b Abs. 2 S. 5, Art. 245 MwStSystRL. Erfüllt der ausländische Unternehmer diese Verpflichtung nicht rechtzeitig, kann das Finanzamt verlangen, dass er den Aufbewahrungsort in das Inland oder in eines der in § 1 Abs. 3 bezeichneten Gebiete verlagert. Ist ein **nicht im Gemeinschaftsgebiet ansässiger Unternehmer** nach den Bestimmungen des Staates, in dem er ansässig ist, verpflichtet, die Rechnungen dort aufzubewahren, hält es die FVerw für ausreichend, wenn im Gemeinschaftsgebiet Ablichtungen der Rechnungen aufbewahrt werden (siehe UStAE 14b.1 Abs. 9). 20

einstweilen frei 21

6. Verstoß gegen die Aufbewahrungspflichten

Wer gegen die Aufbewahrungspflicht gemäß § 14b Abs. 1 S. 1 verstößt, begeht eine **Ordnungswidrigkeit,** die mit einer Geldbuße bis zu 5.000 EUR geahndet werden kann, § 26a Abs. 1 Nr. 1 und Abs. 2. 22

§ 14c Unrichtiger oder unberechtigter Steuerausweis

(1) [1]Hat der Unternehmer in einer Rechnung für eine Lieferung oder sonstige Leistung einen höheren Steuerbetrag, als er nach diesem Gesetz für den Umsatz schuldet, gesondert ausgewiesen (unrichtiger Steuerausweis), schuldet er auch den Mehrbetrag. [2]Berichtigt er den Steuerbetrag gegenüber dem Leistungsempfänger, ist § 17 Abs. 1 entsprechend anzuwenden. [3]In den Fällen des § 1 Abs. 1a und in den Fällen der Rückgängigmachung des Verzichts auf die Steuerbefreiung nach § 9 gilt Absatz 2 Satz 3 bis 5 entsprechend.

(2) [1]Wer in einer Rechnung einen Steuerbetrag gesondert ausweist, obwohl er zum gesonderten Ausweis der Steuer nicht berechtigt ist (unberechtigter Steuerausweis), schuldet den ausgewiesenen Betrag. [2]Das Gleiche gilt, wenn jemand wie ein leistender Unternehmer abrechnet und einen Steuerbetrag gesondert ausweist, obwohl er nicht Unternehmer ist oder eine Lieferung oder sonstige Leistung nicht ausführt. [3]Der nach den Sätzen 1 und 2 geschuldete Steuerbetrag kann berichtigt werden, soweit die Gefährdung des Steueraufkommens beseitigt worden ist. [4]Die Gefährdung des Steueraufkommens ist beseitigt, wenn ein Vorsteuerabzug beim Empfänger der Rechnung nicht durchgeführt oder die geltend gemachte Vorsteuer an die Finanzbehörde zurückgezahlt worden ist. [5]Die Berichtigung des geschuldeten Steuerbetrags ist beim Finanzamt gesondert schriftlich zu beantragen und nach dessen Zustimmung in entsprechender Anwendung des § 17 Abs. 1 für den Besteuerungszeitraum vorzunehmen, in dem die Voraussetzungen des Satzes 4 eingetreten sind.

EU-Recht: Art. 184 MwStSystRL (Art. 20 I Buchst. b S. 1 6. EG-RL)
Art. 203 MwStSystRL (Art. 21 (28g) Abs. 1 Buchst. d 6. EG-RL)
UStAE: 14c.1, 14c.2

Übersicht

I. Bedeutung

1 § 14c dient der **Sicherung des Steueraufkommens.** Rechnungen mit USt-Ausweis, denen keine Leistungen zugrunde liegen, die einen überhöhten Steuerausweis enthalten oder von nicht dazu Berechtigten ausgestellt wurden, bieten die Möglichkeit, den Vorsteuerabzug in Anspruch zu nehmen, ohne dass die ausgewiesene Steuer in voller Höhe oder überhaupt an das Finanzamt entrichtet wird. Deshalb schuldet der Aussteller einer solchen Rechnung bzw. im Falle der Gutschrift der Empfänger (siehe aber die Einschränkungen unter → Rn. 5) die darin ausgewiesene Steuer. Die Anmeldung erfolgt im **Regelverfahren,** so dass ein ausländischer Unternehmer, der Steuern nach § 14c schuldet, nicht mehr auf das Vorsteuervergütungsverfahren angewiesen ist (BFH V R 41/13, DStR 2015, 361 mAnm *Heuermann*).

2 § 14c regelt zwei Fälle der zu Unrecht ausgewiesenen Steuer, nämlich § 14c Abs. 1 (**unrichtiger** Steuerausweis, → Rn. 13ff.) und § 14c Abs. 2 (**unberechtigter** Steuerausweis, → Rn. 34ff.). Für diese im Unionsrecht nicht vorkommende Unterscheidung (→ Rn. 3) gibt es keinen zwingenden Grund, vgl. BFH V R 26/01, BStBl. II 2004, 317; *Wagner* UR 2003, 483 (485); *Nieskens* UR 2004, 105 (118), weswegen übergreifend – in Anlehnung an die EuGH-Rechtsprechung – auch von der **zu Unrecht** ausgewiesenen Steuer gesprochen wird. In der Auslegung des EuGH ist die Steuerschuld der zu Unrecht ausgewiesenen Steuer nicht endgültig und unabänderlich. Gemäß EuGH C-454/98, DStRE 2000, 1166 – Schmeink & Cofreth und Manfred Strobel verlangt der **Grundsatz der Neutralität der Mehrwertsteuer** (vgl. → Einl. Rn. 14), dass zu Unrecht in Rechnung gestellte Mehrwertsteuer berichtigt werden kann, wenn eine Gefährdung des Steueraufkommens rechtzeitig und vollständig ausgeschlossen ist. Der deutsche Gesetzgeber hat sich 2003 dieser Rechtsprechung des EuGH angeschlossen und eine Berichtigungsmöglichkeit vorgesehen. Der Trennung zwischen der Steuerschuld aus Rechnungen mit unrichtigem und unberechtigtem Steuerausweis folgend sieht das UStG aber auch unterschiedliche Berichtigungsverfahren vor.

3 **Unionsrechtliche Grundlage** von § 14c ist Art. 203 MwStSystRL, wonach „die Mehrwertsteuer … von jeder Person geschuldet [wird], die diese Steuer in einer

Rechnung ausweist." Das Unionsrecht unterscheidet also nicht nach dem Grund des zu Unrechten Ausweises. Auch verlangt es nicht den Ausweis eines Steuerbetrags in Euro, sondern nur der „Steuer". Daher genügt auch eine Steuersatzangabe zB in Kleinbetragsrechnungen („inkl X % USt"; hierzu → Rn. 36).

Die nach § 14c geschuldete zu Unrecht ausgewiesene Steuer ist **nicht als Vorsteuer abzugsfähig,** da nur die gesetzlich für Umsätze geschuldete Steuer nach § 15 Abs. 1 abzugsfähig ist (UStAE 15.2 Abs. 1 S. 2). Dies gilt auch für Umsätze, die unter das Reverse-Charge-Verfahren (§ 13b) fallen und zu Unrecht mit Steuerausweis abgerechnet werden (→ Rn. 18). Sofern der Empfänger der Rechnung eine Nettopreisvereinbarung mit dem Aussteller getroffen hat, kann er die zu Unrecht ausgewiesene USt aber zivilrechtlich vom Aussteller zurückfordern. Einen ersatzweisen Anspruch gegen das Finanzamt bei Ausfall des Rechnungsausstellers hat das FG Münster 6 K 939/11 AO, MwStR 2015, 25 mit Anm. *Marchal* (bestätigt durch BFH VII R 42/14, BeckRS 2015, 96066) zu Recht nicht aus dem EuGH-Urteil C-35/05, DStRE 2007, 570 – Reemtsma abgeleitet. Die Frage wurde allerdings vom V. Senat des BFH im Falle der Insolvenz der Aussteller von Anzahlungsrechnungen dem EuGH vorgelegt (BFH V R 29/15, DStR 2017, 27 mAnm *Heuermann,* 3. Vorlagefrage). 4

II. Rechnungsbegriff und Steuerentstehung

1. Rechnung iSd § 14c

Eine Rechnung iSv § 14c ist ein **Dokument,** das wegen des Ausweises der USt abstrakt die Gefahr begründet, vom Empfänger oder einem Dritten zur Inanspruchnahme des Vorsteuerabzugs gebraucht zu werden (BFH V R 39/09, BStBl. II 2011, 734; zu den Hintergründen → Rn. 5a). Damit handelt es sich nicht um eine Rechnung iSd § 14, also eine solche, die sämtliche Ordnungsmerkmale des § 14 Abs. 4 enthält (→ Rn. 6), wohl aber um ein Dokument, das den Eindruck erwecken kann, eine Rechnung iSd § 14 zu sein. Danach reicht es aus, wenn es sich um ein Dokument handelt, das den Rechnungsaussteller, den (vermeintlichen) **Leistungsempfänger,** eine **Leistungsbeschreibung** sowie das **Entgelt** und die **gesondert ausgewiesene USt** ausweist (ebenso BFH XI R 4/15, DStR 2017, 361). Auf der Grundlage der BFH-Entscheidung V R 39/09, BStBl. II 2011, 734 urteilte das NdsFG, dass keine Rechnung iSd § 14c vorliegt, wenn die Rechnung keine ausreichende Leistungsbeschreibung enthält (NdsFG 5 K 160/13, BeckRS 2014, 96401). Der BFH hob das Urteil auf, weil die Leistungsbeschreibung wegen des Verweises auf andere, der Rechnung nicht beigefügte Unterlagen ausreichend war (BFH V R 29/14, BFH/NV 2015, 706). Nicht explizit entschieden hat der BFH die Frage, ob eine Rechnung zwingend eine Leistungsbeschreibung enthalten muss, um eine Steuerschuld nach § 14c auszulösen. Zumindest für den Fall des § 14c Abs. 2 sollten die Anforderungen daran aber nicht so hoch sein – vgl. *von Harenne* UR 2015, 169. Zu Kleinbetragsrechnungen eines Kleinunternehmers → Rn. 36. 5

§ 14c enthielt nach der **früheren Rechtsprechung** keinen eigenständigen Rechnungsbegriff; es galt insoweit der Rechnungsbegriff iSd § 14, so dass eine in einer Rechnung zu Unrecht ausgewiesene Steuer nur geschuldet wurde, wenn die „Rechnung" nach ihrem Inhalt zum Vorsteuerabzug geeignet war und somit alle hierfür erforderlichen Angaben enthielt (vgl. BFH V R 113/91, BStBl. II 1994, 342; zuletzt BFH V R 98/01, BStBl. II 2003, 498). Der BFH schloss sich jedoch im Revisionsverfahren V R 39/09 (→ Rn. 5) der Kritik an dieser früheren Auffassung (siehe *Frye* UR 2011, 1) an und änderte seine Rechtsprechung. Nach BFH V R 39/09, BStBl. II 2011, 734 setzt ein unberechtigter Steuerausweis iSd § 14c Abs. 2 nicht mehr voraus, dass die Rechnung alle in § 14 Abs. 4 aufgezählten Pflichtangaben aufweist. § 14c ist 5a als Gefährdungstatbestand in das Gesetz aufgenommen worden. Dem Missbrauchsbekämpfungszweck könnte § 14c aber nicht erfüllen, wenn sich Rechnungsaussteller durch Weglassen auch nur eines Merkmals des § 14 Abs. 4 ihrer Inanspruchnahme entziehen könnten (BFH V R 39/09, BStBl. II 2011, 734 Rn. 25). Für die Anwendung des § 14c reicht es deshalb aus, dass „das Dokument als Abrechnung über eine (angebliche umsatzsteuerpflichtige) Leistung durch einen (angeblichen) Unternehmer wegen des Ausweises der USt abstrakt die Gefahr begründet, vom Empfänger oder einem Dritten zur Inanspruchnahme des Vorsteuerabzugs gebraucht zu werden. Danach reicht es aus, wenn es sich um ein Dokument handelt, das den Rechnungsaussteller, den (vermeintlichen) Leistungsempfänger, eine Leistungsbeschreibung, sowie das Entgelt und die gesondert ausgewiesene USt ausweist" (BFH V R 39/09, BStBl. II 2011, 734 Rn. 25). Der BFH folgt damit der Auffassung der FVerw (UStAE 14c.1 Abs. 1 S. 2 und 3). Zwischenzeitlich hat sich auch der XI. Senat dem angeschlossen und bejahte eine Steuerentstehung nach § 14c Abs. 2 auch, wenn die Rechnung ein „Gebührenbescheid" einer öffentlich-rechtlichen Einrichtung ist, die bei den Empfängern daher nicht den Eindruck erwecken sollte, einen Vorsteuerabzug zu gewähren, denn auf die Bezeichnung der Rechnung oder die Wahrscheinlichkeit oder gar Absicht ihrer Verwendung für den Vorsteuerabzug kommt es nicht an (BFH XI R 4/15, DStR 2017, 361)

6 Die fehlende Verknüpfung zwischen dem Rechnungsbegriff nach § 14 und nach § 14c führt daher auch dazu, dass der Empfänger einer **Gutschrift** nicht ohne Weiteres die darin ausgewiesene Steuer nach § 14c schulden kann. Sowohl nach § 14c Abs. 1 als auch nach § 14c Abs. 2 schuldet nur derjenige die Steuer, der sie unrichtig oder unberechtigt in einer Rechnung ausgewiesen hat. Der Empfänger einer Gutschrift kommt als „Aussteller" grundsätzlich nicht in Frage. Etwas anderes gilt aber, wenn der Empfänger einer Gutschrift der Abrechnung mittels Gutschrift – wie es § 14 Abs. 2 S. 2 auch vorsieht – zugestimmt und damit dem Aussteller der Gutschrift die Vollmacht erteilt hat, über seine Leistungen abzurechnen. In den Fällen des unrichtigen Steuerausweises, wenn also über eine tatsächlich erbrachte Leistung eines Unternehmers abgerechnet wird, muss sich daher der Empfänger der Gutschrift die vom Aussteller der Gutschrift **unrichtig ausgewiesene Steuer** zurechnen lassen, wenn er der Abrechnung mittels Gutschrift zugestimmt und der ihm übermittelten Gutschrift mit zu hohem Steuerausweis nicht widersprochen hat (so auch *Leipold* in Sölch/Ringleb § 14c Rn. 31; *Weymüller* BeckOK UStG § 14c Rn. 90ff. und *Pogodda/von Itter* MwStR 2013, 18 (21)). In den Fällen des **unberechtigten Steuerausweises** setzt die Inanspruchnahme des Empfängers einer Gutschrift voraus, dass er an der Erstellung der Gutschrift unter Einbeziehung der Grundsätze der Stellvertretung mitgewirkt hat (so auch UStAE 14.2 Abs. 4 S. 4 und zu Rechnungen auf Blankogeschäftsbriefbögen BFH V R 44/09, BStBl. II 2011, 954, → Rn. 7). Ohne jede Mitwirkung des Gutschriftsempfängers kommt es nicht zur Entstehung einer Steuerschuld nach § 14c Abs. 2 bei ihm, siehe nachstehend Beispiel 1 sowie bei *Pogodda/von Itter* MwStR 2013, 18 die Beispiele „Variante a" (Unternehmer beauftragt Subunternehmer, dieser beauftragt Nichtunternehmer, Gutschrift wird vom Unternehmer an Letzteren mit USt erteilt) und „Variante c" (Gutschrift über nicht erbrachte Leistungen).

Beispiel 1: Der Inhaber einer Gärtnerei weist einen seiner Angestellten an, am Wochenende den Garten seiner Mutter winterfest zu machen. Der Angestellte erhält hierfür 200 EUR in einem Umschlag zusammen mit einer Gutschrift, die einen Gutschriftsbetrag von 200 EUR „inklusive 31,93 EUR USt" ausweist.

Der angestellte Gärtner ist kein Unternehmer (§ 2 Abs. 2 Nr. 1), so dass er für seine Leistungen keine USt schuldet. Er schuldet die Steuer auch nicht nach § 14c Abs. 2. Zwar wird in der Gutschrift unberechtigt Steuer ausgewiesen, die auch die Gefahr begründet, zu Unrecht vom Arbeitgeber als Vorsteuer abgezogen zu werden. Jedoch ist der angestellte Gärtner weder der Aussteller der Gutschrift noch hat er der Ausstellung einer Gutschrift durch seinen Arbeitgeber zugestimmt.

Nach *Pogodda/von Itter* MwStR 2013, 18 (Beispiel „Variante b") schuldet der Gutschriftsempfänger auch dann nicht die in einer Gutschrift ausgewiesene USt, wenn er **Kleinunternehmer** ist und daher nicht erwartet werden kann, dass er die Gutschrift unter umsatzsteuerlichen Gesichtspunkten überprüft, obwohl er der Abrechnung mittels Gutschrift zugestimmt hat. Ob der BFH dem folgen würde, ist mE zu bezweifeln, denn der Kleinunternehmer ist Unternehmer und kann die Pflichten des UStG nicht völlig außer Acht lassen, schließlich muss er jährlich prüfen, ob er die Umsatzgrenze des § 19 überschreitet. Stimmt er – anders als der Arbeitnehmer in obigem Beispiel 1 – der Abrechnung mittels Gutschrift zu, wird er sich vor dem Hintergrund der rigiden BFH-Rechtsprechung zum Steuerausweis in Blankogeschäftsbriefbögen (BFH V R 44/09, BStBl. II 2011, 954, → Rn. 7) wohl auch die dort unberechtigt ausgewiesene USt zurechnen lassen müssen. Das FG Münster hat die Steuerschuld des Kleinunternehmers aus Gutschriften zumindest für den Fall bejaht, dass der Kleinunternehmer den Gutschriften nicht nur widersprochen hat, sondern vielmehr sämtliche Gutschriften unterzeichnet und an den Leistungsempfänger zurückgesandt hat (FG Münster 15 K 2469/13 U, EFG 2014, 2180, rkr).

Wer darüber hinaus zulässt, dass ein Dritter **Scheingutschriften** an ihn ausstellt, die abstrakt die Gefahr begründen, dass der Aussteller den Vorsteuerabzug hieraus geltend macht, wird sich der Inanspruchnahme durch § 14c Abs. 2 ebenso nicht entziehen können (dem folgend NdsFG 5 K 319/12, DStRE 2014, 1328, rkr.).

Beispiel 2: Autohändler A kauft gestohlene Pkw zum Zweck des Weiterverkaufs an. Er vereinbart mit dem ohnehin bald insolventen Autohändler B, dass er diesem Gutschriften für die angekauften gestohlenen Pkw ausstellt, weil er andernfalls keinen Beleg über die Pkw in der Buchhaltung hat. Autohändler B kann wiederum mit diesen Scheinumsätzen seine drohende Insolvenz ein wenig hinauszögern.

Es liegt ein Fall des § 14c Abs. 2 vor. Autohändler A kann die Vorsteuer aus den ausgestellten Gutschriften nicht abziehen, weil keine Lieferungen von Autohändler B erbracht wurden. Autohändler B wiederum schuldet die von Autohändler A in den Gutschriften ausgewiesene USt nach § 14c Abs. 2, weil er bei der Ausstellung der Gutschriften mitgewirkt hat (aA *Pogodda/von Itter* MwStR 2013, 18, Beispiel „Variante d").

Im Zusammenhang mit der Einführung des § 14 Abs. 4 Nr. 10 (Bezeichnung „Gutschrift" in einer Gutschrift) ist die Frage aufgekommen, ob **Rechnungsberichtigungen,** die als „Gutschrift" bezeichnet werden, eine Steuerschuld nach § 14c auslösen. Dies wird zu Recht – auch von der FVerw – verneint (UStAE 14.3 Abs. 2 S. 5; ebenso *Rathke/Ritter* NWB 2013, 2534; *Sauer/Unterberg* MwStR 2013, 366).

Die unrichtig bzw. unberechtigt ausgestellte Rechnung entfaltet im Rahmen des 7
§ 14c Wirkungen, wenn sie der Aussteller in den Verkehr bringt (begibt). Die Begebung ist die **körperliche Übergabe** der Rechnung vom Aussteller an den Adressaten bzw. ihre elektronische Übermittlung. Damit erklärt der Aussteller seinen Willen, die Rechnung in den Verkehr zu bringen. Es genügt, wenn der Aussteller in Kauf nimmt, dass der Empfänger die Rechnung zum Vorsteuerabzug benutzt (siehe BFH V R 146/73, BStBl. II 1980, 283), ebenso, wenn der Käufer dem Verkäufer ein blanko unterschriebenes Blatt zum Einsetzen des Kaufvertragstextes übergibt (siehe BFH X R 66/82, BStBl. II 1988, 1019). Eine Rechnung kann auch durch Aushändigung an einen Dritten in Verkehr gebracht werden (BFH XI R 99/90, BStBl. II 1994, 277). Die Begebung ist ein **Vertrag,** für den grundsätzlich die zivilrechtlichen Vorschriften gelten (→ § 14 Rn. 9f.), zB auch § 105 BGB (so BFH XI R 99/90, BStBl. II 1994, 277). Er kann nach bzw. mit der körperlichen Übergabe der Rechnung konkludent geschlossen werden (BFH V R 146/73, BStBl. II 1980, 283). Der Begebung einer Rechnung steht es nicht entgegen, wenn der Aussteller **geschäftsunfähig** ist (BFH V R 98/01, BStBl. II 2003, 498; auch → § 14 Rn. 10). Die in der Rechnung als Aussteller bezeichnete Person muss an der Ausstellung und Begebung des Dokumentes mitgewirkt haben (BFH XI R 103/90, BStBl. II 1993, 531), zB in-

dem sie einem Dritten ein mit **Blankounterschrift** versehenes Papier überlässt, der darauf eine Rechnung erstellt, BFH V B 53/98, V B 65/98, V S 8/983, BFH/NV 1999, 526. Entgegen der früheren Rechtsprechung (BFH V R 18/98, BFH/NV 1999, 525) reicht es dafür aus, wenn die in der Rechnung als leistender Unternehmer bezeichnete Person ein Gewerbe angemeldet hat, was tatsächlich ein Dritter betreibt und dieser unter dem Namen des angemeldeten Gewerbetreibenden Rechnungen ausstellt (BFH V R 44/09, BStBl. II 2011, 954).

Beispiel (BFH V R 44/09, BStBl. II 2011, 954): Mutter M meldet auf Bitten ihres Sohnes S ein Gewerbe an. Sohn S stellt anschließend für nicht erbrachte Leistungen Scheinrechnungen mit (unberechtigtem) Steuerausweis aus. Nach Ansicht des BFH schuldet M die zu Unrecht ausgewiesene Steuer nach § 14c Abs. 2. Es könne dahinstehen, ob M bekannt war, dass von Anfang an geplant war, Scheinrechnungen zu erstellen. Die Voraussetzungen einer Anscheinsvollmacht seien gegeben, weil die Rechnungsempfänger davon ausgehen durften, dass die angeblichen Leistungen der auf den Rechnungen aufgeführten M zuzurechnen waren, und weil M bei pflichtgemäßer Sorgfalt hätte erkennen und verhindern müssen, dass Scheinrechnungen unter ihrer Firma erstellt werden.

8 Aus strafrechtlicher Sicht ist die **Steuerhinterziehung** im Zeitpunkt der (mit der Absicht der Steuerverkürzung erfolgten) Begebung der § 14c-Rechnung vollendet. Die spätere Berichtigungsmöglichkeit (→ Rn. 46 ff.) hat darauf keinen Einfluss, siehe BGH 5 StR 516/01, NJW 2002, 3036 mit Anm. *Widmann* UR 2002, 465.

9 *einstweilen frei*

2. Entstehung und Steuerschuldner

10 Die Entstehung der zu Unrecht ausgewiesenen Steuer nach § 14c knüpft seit StÄndG 2015 sowohl für die unrichtig als auch für die unberechtigt ausgewiesene Steuer an die Ausgabe der Rechnung an. Die Steuer wird unabhängig von einem etwaigen Leistungsort **in dem Staat** geschuldet, dessen Steuer auf der Rechnung zu Unrecht ausgewiesen wird (EuGH C-566/07, DStR 2009, 1366 – Stadeco BV). Beim **unrichtigen Steuerausweis** existiert möglicherweise eine steuerbare und steuerpflichtige Leistung, deren Steuer nur zu hoch ausgewiesen wird. Früher regelte § 13 Abs. 1 Nr. 3 daher, dass die unrichtig ausgewiesene Steuer in demselben Zeitpunkt wie die Steuer für den in der Rechnung ausgewiesenen Umsatz entsteht, spätestens jedoch im Zeitpunkt der Ausgabe der Rechnung. Sofern auf die Leistung keine Steuer entsteht – zB unrichtiger Steuerausweis auf eine nichtsteuerbare Geschäftsveräußerung – bleibt es bei bei der **Steuerentstehung** im Zeitpunkt der Ausstellung der Rechnung (siehe BFH V R 5/10, BStBl. II 2012, 620 Rn. 25; UStAE 13.7 Beispiel 2 und → Rn. 19 sowie → § 13 Rn. 28). Im Fall des Ausweises einer zu hohen Steuer (zB 19% statt der gesetzlich geschuldeten 7%) sah UStAE 13.7 Beispiel 1 – entsprechend § 13 Abs. 1 Nr. 3 – indessen vor, dass auch die zu hoch ausgewiesenen Steuer im Voranmeldezeitraum der Leistungserbringung entsteht, sofern die Rechnung später ausgestellt wurde (aA *Wäger* UR 2013, 81 (102)). Dem hat der BFH widersprochen (BFH XI R 44/12, BStBl. II 2016, 187), was vor allem für den Beginn des Zinslaufs nach § 233a AO vorteilhaft sein dürfte (vgl. *Slapio* MwStR 2014, 665). Die FVerw hat sich der Rechtsprechung später angeschlossen (BMF 2.4.2015, BStBl. I 2015, 272; Neufassung Beispiel 2 in UStAE 13.7), beanstandet aber weiterhin eine Anmeldung der Mehrsteuer im Voranmeldezeitraum der Leistungserbringung nicht. Beim **unberechtigten Steuerausweis** entsteht die Steuer seit jeher in Ermangelung eines steuerbaren Umsatzes im Zeitpunkt der Ausgabe der Rechnung (früher § 13 Abs. 1 Nr. 4 aF, → § 13 Rn. 29). Durch StÄndG 2015 wurde die Steuerentstehung einheitlich in § 13 Abs. 1 Nr. 3 geregelt. Zu Begriff und Wirksamkeit einer Rechnung → Rn. 5 ff. Der Anspruch aus § 14c ist konkurs- bzw. **insolvenzfähig** (BFH V R 3/75, BStBl. II 1982, 229).

Im Rahmen des § 14c – insbesondere auch des § 14c Abs. 2 – haben **juristische Personen** für die Handlungen ihrer Organe einzustehen. Auch schuldet eine GmbH die Steuer aus einer Rechnung, die ein nur zur Gesamtvertretung berechtigter Geschäftsführer allein – also **ohne Vertretungsmacht** – für die GmbH ausgestellt hat, gemäß § 14c Abs. 2 S. 1 (siehe BFH V R 75/88, BStBl. II 1993, 357 und *Wagner* StuW 1993, 266). Dies müsste auch für den **Fiskalvertreter** gelten, wenn er seine Befugnisse überschreitet (Näheres siehe *Wagner* in Sölch/Ringleb § 14 Rn. 195 und § 22c Rn. 2). Die allgemeinen Haftungsregeln – insbesondere die Haftung des Vertreters (§ 69 AO) oder des Steuerhinterziehers (§ 71 AO) – bleiben hiervon unberührt. 11

einstweilen frei 12

III. Unrichtiger Steuerausweis

1. Anwendungsbereich

a) Fälle unrichtigen Steuerausweises. § 14c Abs. 1 betrifft **Unternehmer,** die persönlich berechtigt sind, Rechnungen iSv § 14 Abs. 4 auszustellen (→ § 14 Rn. 13ff.), darin jedoch für eine Lieferung oder sonstige Leistung einen höheren als nach dem Gesetz geschuldeten Steuerbetrag ausweisen. Der richtige Steuerbetrag ergibt sich ungeachtet von Vereinbarungen oder Bezeichnungen („Preise enthalten keine USt", oder „USt wird zusätzlich berechnet") ausschließlich nach dem UStG und dort nach § 10 (siehe auch *Leipold* in Sölch/Ringleb § 14c Rn. 90ff.). Rechnungsaussteller und Gutschriftempfänger schulden den **Mehrbetrag,** obwohl der Leistungsempfänger die Vorsteuer nur in der gesetzlich geschuldeten Höhe abziehen kann, BFH V R 34/97, BStBl. II 1998, 695. 13

Ein Unternehmer, der steuerbare und steuerpflichtige Umsätze ausführt und der in einer Rechnung über einen solchen Umsatz die Steuer zu hoch ausweist, fällt unter § 14c Abs. 1, denn dieser **Unternehmer** ist **sowohl grundsätzlich als auch bezogen auf diesen Umsatz** berechtigt, Steuer offen auszuweisen. Aus welchen Gründen die höhere Steuer in der Rechnung steht, ist für die Rechtsfolge gleichgültig, vgl. BFH XI R 69/95, BStBl. II 1997, 579. In der Regel wird es sich um die **unrichtige Gesetzanwendung** handeln (Steuerberechnung nach dem Regelsteuersatz des § 12 Abs. 1 statt nach dem ermäßigten gemäß § 12 Abs. 2 oder niedrigeren Durchschnittssätzen gemäß § 24 – siehe UStAE 24.9 –, die Angabe eines zu hohen Steuerbetrages in Rechnungen über Kleinbeträge (§ 33 UStDV) oder eines zu hohen Steuersatzes bzw. einer Tarifentfernung von mehr als 50 km in Fahrausweisen (§ 34 UStDV), vgl. UStAE 14c.1 Abs. 2. Auch wenn das **Entgelt zu hoch** angegeben ist, zB unter unrichtiger Einbeziehung echter Zuschüsse, enthält die Rechnung eine überhöhte, nicht „gesetzlich geschuldete" Steuer, sieheBFH V B 28/78, BStBl. II 1979, 274; UStAE 14c.1 Abs. 4. Beruht der überhöhte Steuerausweis offensichtlich auf schlichten **Schreib- oder Rechenfehlern,** ist die Berichtigung gemäß § 14 Abs. 6 Nr. 5, § 31 Abs. 5 UStDV möglich, → § 14 Rn. 76ff. Aufgrund der Finanzbuchführungspraxis, Bruttobeträge zu erfassen und durch Angabe eines USt/Vorsteuer-Schlüssels die automatische USt/Vorsteuer-Buchung auszulösen, führen solche Rechenfehler allerdings regelmäßig nicht zu einem höheren Vorsteuerabzug. 14

§ 14c Abs. 1 ist anzuwenden, wenn ein Unternehmer nach **Ablauf der Festsetzungsfrist** (§§ 169ff. AO) in einer Rechnung für den festsetzungsverjährten Besteuerungszeitraum USt gesondert ausweist (siehe UStAE 14c.1 Abs. 1 S. 5 Nr. 4 mit Verweis auf BFH V R 79/01, BStBl. II 2004, 375; siehe auch *Neeser* UVR 2009, 349; *Rau/Dürrwächter* § 14c Rn. 162), weil die Steuer für die Leistung wegen des Ablaufs der Festsetzungsfrist nicht mehr erhoben werden kann. Allerdings wird in diesen Fällen die USt nicht nach dem UStG nicht geschuldet – wie § 14c Abs. 1 es voraus- 15 setzt –, sondern nach den Verjährungsvorschriften der AO (siehe *Leipold* in Sölch/Ringleb § 14c Rn. 66).

16 § 14c Abs. 1 ist anzuwenden, wenn der leistende Unternehmer in einer **Endrechnung** gemäß § 14 Abs. 5 S. 2 bei der Steuer die zuvor in Teilrechnungen ausgewiesene Steuer nicht absetzt (vgl. UStAE 14.8 Abs. 10 S. 3; BFH XI R 54/93, BStBl. II 1994, 718). Ebenso gilt § 14c Abs. 1 – und nicht Abs. 2 –, wenn ein Unternehmer für denselben Umsatz **mehrere Rechnungen** erteilt, ohne dass sie als Duplikat oder Kopie gekennzeichnet wurden (siehe UStAE 14c.1 Abs. 4 S. 4; BFH XI R 54/93, BStBl. II 1994, 718; *Meier* UR 1986, 76). Rechnet ein Unternehmer indessen über eine **nicht ausgeführte Leistung** mit Steuerausweis ab, fällt dies unter § 14c Abs. 2 S. 2). ME müsste daher auch der Fall der doppelten Abrechnung unter § 14c Abs. 2 fallen, weil insoweit über eine nicht ausgeführte Leistung (doppelt) abgerechnet wird. Hiervon zu unterscheiden ist der Fall der Übersendung von **mehreren Ausfertigungen derselben Rechnung,** was nach mE zutreffender Ansicht von *Korf* UVR 2012, 109 (111) keine Steuerschuld nach § 14c auslöst (so auch mittlerweile in UStAE 14c.1 Abs. 4 S. 5, OFD Frankfurt a. M. 3.12.2012, DStR 2013, 1190). Keine Steuerschuld nach § 14c Abs. 1 entsteht damit mE auch zutreffend nach *Schmitz/Trinks* UR 2012, 781 (783) bei **mehrfachem Download** einer elektronisch übermittelten Rechnung. Die feinsinnige Unterscheidung zwischen doppelter Rechnung (§ 14c) und Mehrfachausfertigung derselben Rechnung (kein § 14c) dürfte allerdings in der Praxis nicht immer zweifelsfrei gelingen (vgl. *Hudasch/Hönik* UStB 2013, 355 (357f.)). Zur Anwendung des § 14c Abs. 1 bei Ausstellung mehrerer Rechnungen über dieselbe Leistung (zB USt in Fahrausweisen und Rechnungen eines Reisebüros; Abschlagsrechnungen und Gesamtabrechnungen von Zahnlabors oder im Baugewerbe) vgl. OFD Frankfurt a. M. 3.12.2012, DStR 2013, 1190.

17 Ein Fall des § 14c Abs. 1 lieg auch vor, wenn der Unternehmer **grundsätzlich zum Steuerausweis berechtigt** ist, ihm aber dieses **Recht für die konkrete Rechnung fehlt.** Dabei spielt es keine Rolle, warum die ausgewiesene Steuer zu hoch ist (BFH V R 79/01, BStBl. II 2004, 375). Ein solcher Fall des unrichtigen Steuerausweises iSd § 14c Abs. 1 ist die Erteilung einer Rechnung iSv § 14 Abs. 1 S. 1 für **nichtsteuerbare und steuerfreie** Lieferungen und Leistungen (siehe BFH V R 126/75, BStBl. II 1981, 547 und V R 78/88, BStBl. II 1993, 777; UStAE 14c.1 Abs. 1 S. 5; ebenso *Weiß* UR 1980, 125 (126); aA *Leipold* in Sölch/Ringleb § 14c Rn. 51, der den Steuerausweis über steuerfreie Leistungen § 14c Abs. 2 zuweist). Die Nichtsteuerbarkeit der Leistung muss sich aber aus Eigenschaften ergeben, die nicht mit der Person des Unternehmers zusammenhängen (zB Steuerausweis in Rechnung über nichtsteuerbaren echten Schadensersatz, BFH XI B 24/11, BFH/NV 2012, 277). So ist nach UStAE 14c.2 Abs. 2 Nr. 4 die nichtsteuerbare Leistung eines Unternehmers, die nicht im Rahmen seines Unternehmens erfolgt, ein Fall des § 14c Abs. 2, obwohl der Unternehmer grundsätzlich zum Steuerausweis berechtigt ist (ebenso FG BW 7 K 88/96, EFG 1998, 847, rkr; → Rn. 35).

18 § 14c Abs. 1 ist wiederum anzuwenden bei Rechnungen über Leistungen gemäß § 13b Abs. 1 und 2, für die der **Leistungsempfänger Steuerschuldner** ist, und für Rechnungen über **innergemeinschaftliche Dreiecksgeschäfte** gemäß § 25b Abs. 2, wenn darin – entgegen § 14a Abs. 5 und Abs. 7 S. 3 – die Steuer offen ausgewiesen wird (siehe UStAE 13b.14 Abs. 1 S. 5 – bestätigt für den Reverse-Charge-Fall durch EuGH C-424/12, DStRE 2014, 994 – SC Fatorie und BFH V R 41/13, DStR 2015, 361 mAnm *Heuermann;* XI R 43/14, DStR 2017, 258). Diese Zuordnung zu § 14c Abs. 1 statt Abs. 2 wird von *Leipold* in Sölch/Ringleb § 14c Rn. 70ff. und Rn. 175 kritisiert. § 14a Abs. 5 und Abs. 7 S. 3 sprechen dem Unternehmer in gleicher Weise das Recht zum Steuerausweis ab wie § 19 Abs. 1 S. 4 oder § 14a Abs. 6 S. 2 iVm § 25 Abs. 3 und § 25a Abs. 3 und Abs. 4. Dennoch ordnet die FVerw den Kleinunternehmer und den Unternehmer, der die Differenzbesteuerung anwendet, § 14c Abs. 2 zu, wenn dieser USt in Rechnungen ausweist (→ Rn. 35). Das hierzu

verwendete Abgrenzungskriterium der **„persönlichen Berechtigung"** dient vermutlich dazu, Unternehmer, die grundsätzlich keine USt ausweisen, wie Nichtunternehmer dem § 14c Abs. 2 zu unterwerfen, und Unternehmer, die nur in bestimmten Rechnungen keine USt ausweisen dürfen – zB wegen Anwendung des § 136 – der „milderen" Regel des § 14c Abs. 1 zu unterstellen. Da es die Unterscheidung zwischen unrichtigem und unberechtigtem Steuerausweis im Unionsrecht nicht gibt und in beiden Fällen die Steuer geschuldet wird, sind die Auswirkungen dieser Unterscheidung auf die Wahl des Berichtigungsverfahrens begrenzt (→ Rn. 2).

Ebenso ist die **Rückgängigmachung des Verzichts auf die Steuerbefreiung** 19
gemäß § 9 und die Erteilung einer Rechnung mit offenem Steuerausweis über eine **nichtsteuerbare Geschäftsveräußerung** gemäß § 1 Abs. 1a ein Fall des unrichtigen Steuerausweises (zur Rückgängigmachung der Option siehe BFH V R 23/00, BStBl. II 2003, 673; zur Geschäftsveräußerung siehe UStAE 14c.1 Abs. 1 S. 5 Nr. 3). Gemäß § 14c Abs. 1 S. 3 gelten jedoch für diese Fälle die Berichtigungsvorschriften für den unberechtigten Steuerausweis. Für die Frage der **Entstehung der Steuerschuld** spielt die Differenzierung zwischen unrichtig und unberechtigt ausgewiesener Steuer seit StÄndG 2015 keine Rolle mehr (§ 13 Abs. 1 Nr. 3). Dies galt aber letztlich schon vorher, da die unrichtig ausgewiesene Steuer auch nach § 13 Abs. 1 Nr. 3 aF mit Ausgabe der Rechnung entstand (siehe BFH V R 5/10, BStBl. II 2012, 620 Rn. 25; UStAE 13.7, Beispiel 2 und → Rn. 10). Die bisherige Rechtsprechung, welche eine Steuerentstehung im Zeitpunkt der Leistung vorsah und deshalb ein **rückwirkendes Ereignis** nach § 175 Abs. 1 S. 1 Nr. 2 AO bejahte (für die Geschäftsveräußerung BFH V R 79/01, BStBl. II 2004, 375; für die Rückgängigmachung der Option BFH V R 23/00, BStBl. II 2003, 673) ist damit überholt (auch → § 13 Rn. 28). Ebenso überholt ist damit AEAO zu § 175 Tz. 2.4 „USt", der auf die vorstehende BFH-Rechtsprechung verweist.

einstweilen frei 20

b) Keine Anwendung von § 14c Abs. 1. Fehlt bereits die grundsätzliche Be- 21
rechtigung zum Steuerausweis, wird eine dennoch ausgewiesene Steuer nach § 14c Abs. 2 geschuldet. Dies gilt damit auch für Unternehmer, die unter eine persönliche Steuerbefreiung oder ein besonderes Besteuerungsregime fallen, zB für den **Kleinunternehmer,** der nach § 19 Abs. 1 S. 4 nicht zum gesonderten Ausweis von USt berechtigt sind (UStAE 14c.2 Abs. 1 S. 2; BFH X R 7/80, UR 1989, 382), oder für Fälle der **Differenzbesteuerung** (UStAE 25a.1 Abs. 16), in denen ebenso der gesonderte Steuerausweis gemäß § 14a Abs. 6 S. 2 untersagt ist. Das Urteil des BFH XI R 69/95, BStBl. II 1997, 579 erging noch zur alten Rechtslage und ordnete diesen Fall daher § 14 Abs. 2 aF – unrichtiger Steuerausweis – zu, wohl um eine Berichtigung zu ermöglichen, die seinerzeit beim unberechtigten Steuerausweis nicht möglich war. Zur zu Unrecht ausgewiesenen Steuer im Zusammenhang mit der Berechnung von **Reiseleistungen** nimmt der UStAE nicht Stellung. Da für diese der Steuerausweis ebenso nach § 14a Abs. 6 S. 2 untersagt ist – also die gleiche Norm, auf die auch das Verbot des Steuerausweises bei Differenzbesteuerung gestützt wird, ist zumindest damit zu rechnen, dass die FVerw diesen Fall auch unter § 14c Abs. 2 fasst. Siehe zum unberechtigten Steuerausweise im Übrigen → Rn. 34ff.

Kein Fall des § 14c Abs. 1 ist die nachträgliche **Entgeltsminderung** durch Ra- 22
batte, Boni usw, denn hier ist der Steuerausweis im Zeitpunkt der Rechnungsstellung korrekt (vgl. UStAE 14c.1 Abs. 4 S. 3). Es gilt vielmehr § 17 (→ § 17 Rn. 30ff.). Ebenso kein Fall des § 14c Abs. 1 ist es, wenn ein zum Steuerausweis berechtigter Unternehmer über eine nicht steuerpflichtige Leistung abrechnet und die Rechnung lediglich einen Gesamtpreis einschließlich USt – jedoch ohne den Hinweis „XX % USt" enthält (UStAE 14c.1 Abs. 4 S. 3). Zu Bruttorechnungen mit Steuersatzangabe durch Kleinunternehmer → Rn. 36.

einstweilen frei 23

2. Berichtigungsrecht gemäß § 14c Abs. 1 S. 2

24 **a) Recht des leistenden Unternehmers.** Der leistende Unternehmer hat gegenüber dem Leistungsempfänger ein Recht zur Berichtigung des Steuerbetrages in der Rechnung mit unrichtigem Steuerausweis gemäß § 14c Abs. 1 S. 2 (UStAE 14c.1 Abs. 5 S. 1). Leistet eine Organgesellschaft, steht ihr dieses Recht zu (UStAE 14c.1 Abs. 6). Ob der Unternehmer davon Gebrauch macht, steht ihm frei, die Berichtigung der Rechnung gegenüber dem Leistungsempfänger ist aber Voraussetzung für die Berichtigung des unrichtigen Steuerausweises gegenüber dem FA (UStAE 14c.1 Abs. 5 S. 2), wobei die Berichtigung durch jedes hinreichend bestimmte Schriftstück ausreichend ist und nicht die Ausstellung einer „berichtigten Rechnung" erfordert (BFH XI R 43/14, DStR 2017, 258), wonach auch die Übersendung einer Abtretungsanzeige gegenüber dem FA ausreichend sein kann. Dass das deutsche Recht die Berichtigung der USt an die Erteilung einer berichtigten Rechnung anknüpft, ist **unionsrechtskonform** (EuGH C-566/07, DStR 2009, 1366 – Stadeco BV – zur niederländischen Regelung). Der Leistungsempfänger hat ggf. einen **zivilrechtlichen Anspruch** auf Erteilung einer Rechnung mit der richtigen Steuer (→ § 14 Rn. 24ff.). Die Berichtigung eines höheren als nach dem UStG geschuldeten Steuerbetrages erfordert nicht die Angabe eines besonderen Berichtigungsgrundes wie etwa die Beseitigung der Gefährdung des Steueraufkommens in § 14c Abs. 2 S. 3. Auch eine besondere **Form** ist im UStG für die Berichtigung nicht vorgesehen, insbesondere keine nach Zivilrecht erforderliche (siehe BFH V R 27/05, BStBl. II 2008, 438 mit Anm. *Englisch* UR 2008, 466 betreffend die Änderung einer im notariell beurkundeten Kaufvertrag enthaltene Rechnung durch schriftliche Mitteilung). Wurde ein zu hoch ausgewiesener Rechnungsbetrag bereits vereinnahmt, wendet die FVerw die BFH-Rechtsprechung zur Berichtigung nach § 17 auch auf diese Fälle an und gestattet die Berichtigung erst, wenn nach der Rechnungsberichtigung zusätzlich der zu viel vereinnahmte Betrag zurückerstattet worden ist (UStAE 14c.1 Abs. 5 S. 4; vom BFH jedoch explizit offengelassen, BFH XI R 43/14, DStR 2017, 258).

25 Da die Berichtigung einen Steuertatbestand, der an das Rechnungsdokument anknüpft, aufhebt bzw. ändert, ist die Berichtigung **auf Papier oder in elektronischer Form** (→ § 14 Rn. 39ff.) vorzunehmen, denn gemäß Art. 219 MwStSystRL ist jedes Dokument oder jede Mitteilung, die zu Veränderungen der ursprünglichen Rechnung führt und spezifisch und eindeutig auf sie bezogen ist, einer Rechnung gleichgestellt. UStAE 14c.1 Abs. 5 S. 4 verweist insoweit auf UStAE 14.11 und damit auf die Berichtigungsvorschrift des § 31 Abs. 6 UStDV, in der die gleichen Anforderungen an Form und Inhalt der Berichtigung wie in § 14 für die Rechnung gelten.

26 Laut BFH V R 73/90, BStBl. II 1993, 383 und V R 112/91, BStBl. II 1993, 643 geschieht die **Berichtigung** durch Erklärung des Leistenden **gegenüber dem Leistungsempfänger,** aus der hervorgeht, dass der Leistende nunmehr nur mit dem berichtigten Steuerausweis abrechnen will. Die Erklärung muss dem Leistungsempfänger tatsächlich zugehen, UStAE 14c.1 Abs. 7 S. 2. Bei einer eventuell nötig werdenden Auslegung der Erklärung sind die Bedürfnisse des Rechtsverkehrs zu beachten (siehe dazu *Weiß* UR 1993, 407). Die **Rückgabe der Originalrechnung** an den leistenden Unternehmer ist nach BFH V R 73/90, BStBl. II 1993, 383; V R 78/88, BStBl. II 1993, 777; V R 41/94, BStBl. II 1999, 249 – auch bei nichtsteuerbaren Auslandssachverhalten; kritisch *Weiß* UR 1993, 415; siehe auch *Völkel* UR 1993, 407 – nicht nötig. Die FVerw folgt dem BFH. Beispiele für Rechnungsberichtigungen siehe UStAE 14c.1 Abs. 5.

27 *einstweilen frei*

28 **b) Recht des Gutschriftausstellers.** Der Wortlaut des § 14c Abs. 1 S. 1 und 2 spricht nur für ein Berichtigungsrecht des leistenden Unternehmers. Bei diesem als Steuerschuldner liegt zwar in erster Linie das Interesse. Allerdings dürfte auch dem

Aussteller der Gutschrift ein Berichtigungsrecht zustehen, insbesondere, wenn er im Besitz der Abrechnungsunterlagen ist und eventuell aus zivilrechtlichen Gründen, um Schadensersatzansprüche auszuschließen, an der Berichtigung interessiert ist. Statt der Berichtigung gemäß §§ 14c Abs. 1 S. 1, 17 kommt auch der **Widerspruch** (§ 14 Abs. 2 S. 4) in Betracht, um die Steuerschuld des leistenden Unternehmers zu beseitigen, solange er noch möglich ist (→ § 14 Rn. 60).

einstweilen frei 29

c) Rechtsfolgen der Berichtigung. Gemäß § 14c Abs. 1 S. 2 ist § 17 Abs. 1 entsprechend anzuwenden, wenn der Unternehmer den Steuerbetrag in der Rechnung berichtigt. Danach wirkt die Berichtigung **ex nunc** (§ 17 Abs. 1 S. 7), dh die Steuerschuld entfällt im Zeitpunkt der wirksamen Berichtigung, jedoch nicht mit Rückwirkung auf den Zeitpunkt der Rechnungserteilung (BFH V R 18/08, BStBl. II 2015, 962; XI R 43/14, DStR 2017, 258; krit. *von Streit* MwStR 2017, 287 unter 2.). Des Weiteren folgt aus der entsprechenden Anwendung des § 17 Abs. 1, dass der Unternehmer den geschuldeten Steuerbetrag berichtigen muss, und zwar **in dem Besteuerungszeitraum, in dem die Berichtigung der Rechnung vorgenommen worden ist** (siehe BFH V R 48/90, BStBl. II 1993, 251; V R 23/00, BStBl. II 2003, 673). Der Unternehmer mindert somit seine für den Besteuerungszeitraum der Berichtigung abzuführende USt. Aufgrund der nicht vorgesehenen Rückwirkung der Berichtigung unterliegt die Steuerschuld nach § 14c Abs. 1 der **Verzinsung** nach § 233a AO; ein Erlass aus sachlichen Billigkeitsgründen ist ausgeschlossen (BFH V R 48/07, BStBl. II 2010, 92). Die FVerw hat daraufhin die vormals bestehende Billigkeitsregelung in den AEAO aufgehoben, jedoch eine Übergangsregelung bis 22.12.2009 geschaffen (AEAO zu § 233a Nr. 70.2.3 S. 2). 30

Die Berichtigung der Rechnung gemäß § 14c Abs. 1 S. 2 und 3 hat **für den Leistungsempfänger keine Bedeutung** (BFH V R 3/06, BStBl. II 2009, 203), dieser darf die nicht gesetzlich geschuldete USt ohnehin nicht als Vorsteuer abziehen (BFH V R 34/97, BStBl. II 1998, 695). Eine etwaige Korrektur ist nach den allgemeinen Vorschriften der (§§ 164, 172ff. AO) **ex tunc** vorzunehmen, sofern noch keine Verjährung eingetreten ist. Die auch tatsächlich vorgenommene Berichtigung des Vorsteuerabzugs beim Leistungsempfänger oder jede andere Form der Beseitigung der **Gefährdung des Steueraufkommens** ist für die Berichtigung nach § 14c Abs. 1 S. 2 beim Aussteller der Rechnung – anders als bei der Berichtigung nach § 14c Abs. 2 (→ Rn. 46) keine Voraussetzung. Dies ist eine Folge der ohnehin unnötigen Trennung von unrichtigem und unberechtigtem Steuerausweis. Der EuGH verlangt von den Mitgliedstaaten eine Berichtigung nur, wenn eine Gefährdung des Steueraufkommens ausgeschlossen ist, was damit eigentlich auch für die in Deutschland von § 14c Abs. 1 erfassten Fälle gilt, nur dass Deutschland diese Voraussetzung dort nicht vorsieht. 31

Der Leistungsempfänger kann (nur) eine zivilrechtliche Klage gegen den leistenden Unternehmer auf Rückzahlung der mit dem Kaufpreis zu viel bezahlten Steuer erheben. Einen direkten Rückforderungsanspruch des Leistungsempfängers gegen das für den leistenden Unternehmer zuständigen FA gibt es nicht (BFH VII R 30/14, DStRE 2015, 1318). Einzelheiten dazu und zu den Folgen der Insolvenz des Rechnungsausstellers → Rn. 53. 32

einstweilen frei 33

IV. Unberechtigter Steuerausweis

1. Anwendungsbereich

34 Wer in einer Rechnung einen Steuerbetrag gesondert ausweist, obwohl er zum gesonderten Ausweis der Steuer nicht berechtigt ist, schuldet den ausgewiesenen Betrag (§ 14c Abs. 2 S. 1). § 14c Abs. 2 S. 1 gilt für alle, die persönlich nicht berechtigt sind, USt gesondert in Rechnungen auszuweisen. Dies gilt für

- **Unternehmer,** die unter ein **besonderes Besteuerungsregime** fallen, das ihnen den Ausweis der USt persönlich untersagt (§ 14c Abs. 2 S. 1; → Rn. 35),
- **Nichtunternehmer,** die wie Unternehmer abrechnen (§ 14c Abs. 2 S. 2 Alternative 1; → Rn. 37 ff.), und
- Unternehmer, die für **nicht erbrachte Leistungen** abrechnen (§ 14c Abs. 2 S. 2 Alternative 2; → Rn. 41 ff.).

Stellt eine **Organgesellschaft** eine Rechnung unberechtigt aus, soll nach UStAE 14c.2 Abs. 4 S. 2 der Organträger die ausgewiesene Steuer schulden. Dies erscheint zweifelhaft. Die Steuerschuldnerschaft des Organträgers ergibt sich gewöhnlich aus § 13a Abs. 1 Nr. 1, weil der Organträger der Unternehmer ist (§ 2 Abs. 2 Nr. 2). In den Fällen des unberechtigten Steuerausweises schuldet aber nicht der Unternehmer die Steuer, sondern der „Aussteller der Rechnung" (§ 13a Abs. 1 Nr. 4). Dies ist aber die Organgesellschaft. Kein Fall des unberechtigten Steuerausweises liegt vor, wenn ein Unternehmen des Organkreises eine Rechnung über einen nichtsteuerbare Innenumsatz mit Steuerausweis ausstellt (→ Rn. 38).

35 **a) Steuerausweis durch unberechtigte Unternehmer.** Die fehlende Berechtigung zum Steuerausweis muss den Aussteller der Rechnung grundsätzlich betreffen. Soweit Unternehmer grundsätzlich berechtigt sind, USt in Rechnungen auszuweisen, sie aber für den konkreten Umsatz keine Berechtigung haben, unterliegen diese Rechnungen § 14c Abs. 1. Dies sind Rechnungen von der Regelbesteuerung unterliegenden Unternehmern über

- **nichtsteuerbare und steuerfreie** Umsätze – nach UStAE 14c.2 Abs. 2 Nr. 4 allerdings nicht solche Umsätze, bei denen die Nichtsteuerbarkeit daraus resultiert, dass der Unternehmer nicht im Rahmen seines Unternehmens handelte (→ Rn. 17),
- Leistungen gemäß § 13b Abs. 1 und 2, für die der **Leistungsempfänger Steuerschuldner** ist (UStAE 13b.14 Abs. 1 S. 5), und über **innergemeinschaftliche Dreiecksgeschäfte** gemäß § 25b Abs. 2, wenn darin entgegen § 14a Abs. 5 und Abs. 7 S. 3 die Steuer offen ausgewiesen wird (→ Rn. 18; zu den Folgen für den Vorsteuerabzug → Rn. 4).

Grundsätzlich nicht zum Steuerausweis berechtigt und damit Gegenstand von § 14c Abs. 2 sind damit **Kleinunternehmer,** auch soweit nachträglich der Verzicht auf die Anwendung des § 19 Abs. 1 widerrufen wird (BFH V R 29/02, BStBl. II 2003, 904), Unternehmer, die die **Differenzbesteuerung** unterliegen und wohl auch für Unternehmer, die **Reiseleistungen** erbringen (→ Rn. 21).

36 **Kleinbetragsrechnungen eines Kleinunternehmers** mit Angabe eines Bruttoentgelts und dem USt-Satz führen trotz Fehlens des gesonderten Ausweises eines Steuerbetrags nach BFH XI R 41/12, BStBl. II 2014, 135 zur Steuerschuldnerschaft nach § 14c Abs. 2. Dies entspricht – hierauf stützt sich der BFH – dem Sinn und Zweck des § 14c Abs. 2, schließlich ist die Kleinunternehmereigenschaft des Leistenden der Rechnung nicht anzusehen, so dass mit der unrechtmäßigen Inanspruchnahme des Vorsteuerabzugs geradezu gerechnet werden muss. Der Wortlaut, wonach explizit der Ausweis eines Steuerbetrags gefordert ist, stellt somit keine Schranke für eine Inanspruchnahme des Rechnungsausstellers dar. Dies widerspricht nicht dem

Unionsrecht, da nach Art. 203 MwStSystRL der Ausweis der „Steuer" und nicht des „Steuerbetrags" verlangt wird (vgl. *Korn* MwStR 2013, 493 und 786).

b) Steuerausweis durch Nichtunternehmer. Wer wie ein leistender Unter- 37
nehmer abrechnet, obwohl er nicht Unternehmer ist, schuldet den ausgewiesenen Betrag (§ 14c Abs. 2 S. 2 Alternative 1). Die Vorschrift erfasst in erster Linie **Privatpersonen** und hoheitlich (nichtunternehmerisch) handelnde **juristische Personen des öffentlichen Rechts.** Nichtunternehmer in diesem Sinne ist auch ein Unternehmer, der über eine Leistung, die außerhalb seines Unternehmens (Privatbereich) liegt, abrechnet, FG BW 7 K 88/96, EFG 1998, 847, rkr, UStAE 14c.2 Abs. 2 Nr. 4 (→ Rn. 14). Ebenso ist jemand Nichtunternehmer, soweit seine **Unternehmereigenschaft aberkannt** wird und er vormals im Vertrauen hierauf Rechnungen mit USt-Ausweis ausgestellt hat (BFH V R 9/96, DStRE 1997, 564). Keine Steuerschuld nach § 14c Abs. 2 entsteht, wenn **staatliche Organe,** wie Gerichte, Leistungsvergütungen mit USt in Ausübung durch Gesetz zugewiesener hoheitlicher Befugnisse festsetzen, weil es sich insoweit nicht um Rechnungen handelt (BFH V R 9/11, BStBl. II 2013, 346). Zu innerorganschaftlichen Umsätzen → Rn. 38.

Keine Nichtunternehmer sind **Betriebsabteilungen,** wenn sie innerhalb des 38
Unternehmens für erbrachte Lieferungen und sonstige Leistungen abrechnen. Entsprechende Belege werden nicht als Rechnungen in den Verkehr gebracht (siehe UStAE 14.1 Abs. 4). Erst recht liegt kein Fall des § 14c Abs. 2 vor, wenn Leistungen, die gegen Entgelt zwischen **Stammhaus und Niederlassung** grenzüberschreitend erbracht werden, wegen der Einbeziehung in eine Mehrwertsteuergruppe (Organschaft) steuerbar und steuerpflichtig sind. In diesen Fällen müssen Rechnungen ausgestellt werden, die aber wegen Anwendung des Reverse-Charge-Verfahrens (§ 13b) in aller Regel keine Steuer ausweisen dürfen (→ § 2 Rn. 147), so dass ein Fall des § 14c Abs. 1 vorliegen kann (→ Rn. 18).

Keine Rechnungen mit der Folge des § 14c sind nach UStAE 14.1 Abs. 4 auch Abrechnungen über Umsätze innerhalb eines **Organkreises,** denn die Organe sind umsatzsteuerlich nichtselbstständige Unternehmensteile des Organträgers (§ 2 Abs. 2 Nr. 2). Umsatzsteuerlich gibt es somit keinen Unterschied zwischen Betriebsabteilungen eines Unternehmens und einzelnen Rechtsträgern eines vom Organträger betriebenen Unternehmens. Dies hat der BFH zwar im Ergebnis genauso gesehen und die Inanspruchnahme einer Organgesellschaft für Rechnungen mit Steuerausweis an ihren Organträger aus § 14c Abs. 2 abgelehnt (BFH V R 7/10, BStBl. II 2011, 391). Die Begründung des BFH war allerdings, dass eine Organgesellschaft deshalb nicht unter § 14c Abs. 2 falle, weil sie – trotz fehlender Unternehmereigenschaft – als Teil des Unternehmens des Organträgers zum Steuerausweis berechtigt sei. Rechnungen von Organgesellschaften an Dritte sind nämlich – obwohl nur der Organträger Unternehmer ist – keine Rechnungen eines Nichtunternehmers, weil die Organgesellschaft Leistende ist und daher abrechnen darf (→ § 14 Rn. 28). Das umsatzsteuerlich unselbstständige Organ ist daher als Teil des Organkreises Unternehmer und zum Steuerausweis berechtigt, weswegen es nicht unter § 14c Abs. 2 fallen könne. Wie *von Streit/Duyfjes* UR 2011, 257 zutreffend anmerken, ist diese Begründung etwas irritierend, denn dann könnte ein Unternehmer niemals nach § 14c Abs. 2 in Anspruch genommen werden, weil er stets als Unternehmer persönlich zum Ausstellen von Rechnungen mit Steuerausweis berechtigt ist. § 14c Abs. 2 greift aber eben auch dann, wenn eine grundsätzlich zum Steuerausweis berechtigte Person über eine Leistung oder Nichtleistung abrechnet, für die sie nicht zum Steuerausweis berechtigt ist (→ Rn. 35).

Gemäß § 18 Abs. 4b und Abs. 4a müssen auch Nichtunternehmer für die gemäß 39
§ 14c geschuldete Steuer **Steuererklärungen** und **Voranmeldungen** abgeben.

einstweilen frei 40

41 **c) Steuerausweis ohne Leistung.** Wer einen Steuerbetrag gesondert ausweist, obwohl er eine Lieferung oder sonstige Leistung nicht ausführt, schuldet den ausgewiesenen Betrag nach § 14c Abs. 2 S. 2 Alternative 2. Die Vorschrift greift nicht schon ein, wenn der liefernde Unternehmer die **Rechnung begibt, bevor er die Lieferung ausführt.** Grundsätzlich ist es zulässig, die Rechnung vor dem Umsatz zu erteilen. Der Unternehmer muss jedoch, wenn er die Rechnung begibt, „willens und in der Lage" sein, die darin beschriebene Leistung zu erbringen (siehe BFH V R 146/73, BStBl. II 1980, 283 und V R 131/74, BStBl. II 1980, 287). § 14c Abs. 2 S. 2 Alternative 2 greift, wenn für den Rechnungsaussteller feststeht, dass er die in der Rechnung beschriebene Leistung nicht mehr ausführen wird (BFH V R 65/97, BStBl. II 1998, 415). Die Leistung muss der Abrechnung zeitnah folgen, vgl. dazu *Weiß* UR 1980, 125 (128). Erfolgt die Leistung später und erteilt der leistende Unternehmer eine zweite Rechnung, gilt für die erste § 14c Abs. 2 S. 2 Alternative 2 (FG Bbg 1 K 529/93 U, EFG 1994, 1022 rkr und 1 K 1550/97 U, EFG 1998, 603 – aufgehoben aber nicht hinsichtlich dieser Feststellung durch BFH V R 11/98, BStBl. II 2004, 313).

42 Auf **Scheinrechnungen** (BFH XI R 47/90, UR 1994, 318), **Gefälligkeits- und Pro-forma-Rechnungen,** die nicht deutlich als solche gekennzeichnet sind, ist grundsätzlich § 14c Abs. 2 S. 2 Alternative 2 anzuwenden (UStAE 14c.2 Abs. 2 Nr. 2; siehe *Leipold* in Sölch/Ringleb § 14c Rn. 207ff.; BFH V R 65/97, BStBl. II 1998, 415 und *Kottke* UVR 1999, 174). Das gilt auch für **Zweitrechnungen** mit einem gegenüber der ursprünglichen Vereinbarung erhöhten Entgelt, um unerlaubt (höhere) Fördermittel zu erlangen (BFH V R 11/98, BStBl. II 2004, 313) oder für Rechnungen eines **Strohmannes** für nicht ausgeführte Leistungen (FG München 14 S 4536/06, DStRE 2010, 297, rkr). **Rechnungen für Anzahlungen** gemäß § 14 Abs. 5 (→ § 14 Rn. 103ff.) sind keine Rechnungen ohne Leistung. Hier knüpft die Befugnis zur Rechnungserteilung nicht an die Leistung, sondern an das Entgelt an (siehe *Weiß* UR 1980, 125 (129)). Diese Rechnungen müssen eindeutig als Vorausrechnungen erkennbar sein (vgl. BFH V R 65/97, BStBl. II 1998, 415; UStAE 14c.2 Abs. 2 Nr. 2).

43 § 14c Abs. 2 S. 2 Alternative 2 ist anwendbar, wenn die **erbrachte Leistung mit der abgerechneten nicht übereinstimmt.** Ein Unternehmer, der Umsätze zum Regelsteuersatz (zB Bierlieferungen) ausführt, aber über Umsätze, die ermäßigt zu besteuern sind (zB Süßwaren), abrechnet, schuldet die in Rechnung gestellte Steuer – neben der tatsächlich entstandenen – gemäß § 14c Abs. 2 S. 2 (siehe BFH V R 70/91, BStBl. II 1995, 32 mit Anm. *Weiß* UR 1995, 70). Das Gleiche gilt für die Berechnung einer Leistung, obwohl es sich tatsächlich um **Schmiergelder** handelt (FG Köln 10 K 535/96, EFG 2002, 56, rkr).

44 Wer in der Rechnung für den Leistungsempfänger eine **„c/o-Adresse"** angibt, erstellt keine Abrechnung ohne Leistung (→ § 14 Rn. 68 und *Neeser* UVR 2006, 272 (275)). Aus einer Rechnung eines gewerkschaftlichen Bildungszentrums an den Arbeitgeber über Seminarleistungen für dessen Betriebsratsmitglieder schuldet das Bildungszentrum die Steuer aus § 14c Abs. 2 S. 2 Alternative 2 (siehe *Wagner* HFR 2000, 413; aA *Stadie* UR 2001, 259 (260)).

45 Weist jemand unberechtigt USt in einer **Anzahlungsrechnung** aus und vereinnahmt er die Anzahlung, so schuldet auch er die Steuer nach § 14c Abs. 2 und nicht nach § 13 Abs. 1 Nr. 1 Buchst. a S. 4. Dies ist dann der Fall, wenn der Rechnungsaussteller die Anzahlung vereinnahmen möchte, die Leistungserbringung jedoch von vornherein nicht beabsichtigt (zB im Rahmen eines betrügerischen Schneeballsystems – so zutreffend FG Münster 5 K 383/12 U, EFG 2014, 877, Rev BFH: V R 21/14 und 5 K 3875/12 U, MwStR 2015, 314 mAnm *Schuska,* rkr). Das FG München (14 K 277/12, Rev BFH: V R 29/15, MwStR 2016, 85), das FG BW (9 K 2914/12, BeckRS 2015, 94558, Rev BFH: XI R 44/14) und das SächsFG (2 K 325/15, EFG 2015, 1652, rkr) vertreten demgegenüber die Auffassung, die USt sei – obwohl nach § 14c geschuldet – als Vorsteuer abzugsfähig, wenn der Anzahlende nicht wusste oder nicht hätte wissen müssen, dass er in ein betrügerisches Verhalten

eingebunden ist (zur EuGH-Vorlage im Folgenden). Diese Urteile bemühen das EuGH-Urteil C-107/13, DStR 2014, 650 – FIRIN, basieren aber mE auf einer Fehlinterpretation. In den Schlussanträgen zur Rs. FIRIN wird der Vorsteuerabzug einer zu Unrecht ausgewiesenen Steuer (Art. 203 MwStSystRL) verneint; nur für den Fall, dass keine zu Unrecht ausgewiesene Steuer vorliegt, prüfte die Generalanwältin das Vorsteuerabzugsrecht und stellte es unter den Vorbehalt der allgemeinen Missbrauchsbekämpfungsrechtsprechung des EuGH (Schlussanträge, BeckRS 2013, 82392 Rn. 30). Der EuGH hat dies – jedoch nur implizit – übernommen. Gleichwohl bietet die Entscheidung damit mE keine Grundlage für eine Auslegung des § 15 Abs. 1 Nr. 1 gegen seinen Wortlaut, der den Vorsteuerabzug auf die gesetzlich geschuldete Steuer beschränkt und damit § 14c-Steuern vom Vorsteuerabzug ausschließt. Einzelheiten siehe *Korn* MwStR 2016, 62. Zu Berichtigung der – mE nicht abziehbaren – Vorsteuer → § 17 Rn. 76a.

Der BFH hat die anhängigen Revisionsverfahren V R 29/15 (FG München) und XI R 44/14 (FG BW) zwischenzeitlich dem **EuGH** zur Vorabentscheidung vorgelegt. Beide Senate vertreten jedoch nicht dieselbe Auffassung. Der XI. Senat stützt sich auf die Aussage des EuGH in der Rs. FIRIN (dort Rn. 39), wonach ein Vorsteuerabzug auf geleistete Anzahlungen ausgeschlossen ist, wenn die (spätere) Leistungserbringung unsicher ist. Er versteht den EuGH so, dass es auf die objektive Unsicherheit ankommen muss, die bei einem betrügerischen Schneeballsystem zu bejahen ist. Sollte es allerdings auf die Sicht des Anzahlenden ankommen, wäre die Unsicherheit zu verneinen, denn der Anzahlende war sich im Zeitpunkt der Anzahlung nicht unsicher über die künftige Lieferung. Der V. Senat vertritt die Ansicht, dass es auf die Sichtweise des Anzahlenden und damit die für diesen erkennbaren Umstände ankommt. Diese Frage haben daher beide Senate dem EuGH vorgelegt. Sollte der Vorsteuerabzug – mit der Ansicht des V. Senats und gegen die Ansicht des XI. Senats – möglich sein, bejaht der XI. Senat in der Folge eine Berichtigung nach § 17 Abs. 2 Nr. 2. Der Rechtsprechung des V. Senats des BFH, wonach diese Berichtigung die tatsächliche Rückzahlung der Anzahlung voraussetze, widerspricht der XI. Senat. Auch diese Frage wurde dem EuGH vorgelegt. Schließlich wurde die Frage dem EuGH vorgelegt, ob Deutschland in § 17 Abs. 1 S. 2 die Berichtigung des Vorsteuerabzugs an die Berichtigung der USt knüpfen durfte. Falls ja, scheidet eine Berichtigung des Vorsteuerabzugs des Anzahlenden aus, weil die USt beim Anzahlungsempfänger mangels Rückzahlung der Anzahlung nicht berichtigt werden kann. Der V. Senat hat schließlich dem EuGH zusätzlich noch die Frage vorgelegt, ob – für den Fall der Versagung des Vorsteuerabzugs – das FA die USt an den Anzahlenden erstatten muss, weil der Fiskus die USt auf die Anzahlung vereinnahmt hat, die nach § 14c geschuldet wird, und eine Berichtigung mangels Rückzahlung nicht möglich ist.

2. Berichtigung des Steuerbetrags

Die Möglichkeit zur Berichtigung zu Unrecht ausgewiesener Steuer basiert auf der EuGH-Rechtsprechung. Hiernach ist zu unterscheiden: **46**

- Nach der EuGH-Rechtsprechung verlangt der Grundsatz der Neutralität der Mehrwertsteuer, dass zu Unrecht in Rechnung gestellte Mehrwertsteuer berichtigt werden kann, wenn „der Aussteller der Rechnung die **Gefährdung des Steueraufkommens** rechtzeitig und vollständig beseitigt" hat und zwar, ohne dass eine solche Berichtigung vom guten Glauben des Rechnungsausstellers abhängig gemacht werden darf (EuGH C-454/98, DStRE 2000, 1166 – Schmeink & Cofreth und Manfred Strobel), → Rn. 47.
- Der Aussteller der Rechnung befindet sich im Zeitpunkt der Rechnungsausstellung im **guten Glauben,** dass er die Steuer nicht zu Unrecht ausweist. Hierzu hatte der EuGH entschieden, dass es Sache der Mitgliedstaaten sei, in ihrem innerstaatlichen Recht vorzusehen, „daß jede zu Unrecht in Rechnung gestellte Steuer berichtigt

werden kann, wenn der Aussteller der Rechnung seinen guten Glauben nachweist" (EuGH C-165/88, UR 1991, 81 Rn. 18 – Genius Holding). Später entschied er aber einschränkend: „Wurde … die Gefährdung des Steueraufkommens nicht vollständig beseitigt, so können die Mitgliedstaaten die Möglichkeit der Berichtigung … davon abhängig machen, dass der Aussteller der Rechnung seinen guten Glauben nachweist." Es ist aber auch zulässig, hiervon abzusehen, denn „wenn sich herausstellt, dass die Rückabwicklung eines gewährten Vorsteuerabzugs beim Rechnungsempfänger nicht mehr möglich ist, [kommt] zur Herstellung der Steuerneutralität eine Ausfallhaftung des Ausstellers der Rechnung in Betracht" (EuGH C-454/98, DStRE 2000, 1166 Rn. 61 – Schmeink & Cofreth und Manfred Strobel; ebenso EuGH C-566/07, DStR 2009, 1366 – Stadeco BV), → Rn. 48.

47 Der Gesetzgeber hat im Anschluss an die EuGH-Rechtsprechung (→ Rn. 46, 1. Spiegelstrich) eine Berichtigungsmöglichkeit in § 14c Abs. 2 geschaffen. Demnach hat der Aussteller der Rechnung das Recht, den Steuerbetrag zu berichtigen, soweit die **Gefährdung des Steueraufkommens** beseitigt worden ist (§ 14c Abs. 2 S. 3). Ist eine Organgesellschaft Aussteller einer Rechnung, steht ihr das Berichtigungsrecht zu (UStAE 14c.2 Abs. 3 S. 2). Die Gefährdung des Steueraufkommens ist beseitigt, wenn ein Vorsteuerabzug beim Empfänger nicht durchgeführt oder die geltend gemachte Vorsteuer an die Finanzbehörde zurückgezahlt ist (§ 14c Abs. 2 S. 4). Dabei ist es unbedeutend, wer die Rückzahlung veranlasst (ebenso *Leipold* in Sölch/Ringleb § 14c Rn. 239). Auf den **guten Glauben des Rechnungsausstellers** kommt es für die Berichtigung nicht an (siehe UStAE 14c.2 Abs. 3 S. 4). Auch der bösgläubige Rechnungsaussteller hat somit ein Berichtigungsrecht unter der Voraussetzung der Beseitigung der Gefährdung des Steueraufkommens (wie vom EuGH C-454/98, DStRE 2000, 1166 – Schmeink & Cofreth und Manfred Strobel gefordert). Nach EuGH C-78/02 bis C-80/02, DStRE 2004, 108 – Karageorgou, Petrova und Vlachos (mit Anm. *Stadie* UR 2003, 595) liegt ein solcher Fall auch vor, wenn der zu Unrecht ausgewiesene Steuerbetrag „in keinem Fall Mehrwertsteuer sein kann" und somit eine Gefährdung des Steueraufkommens niemals in Betracht kommt. Aufgrund der Besonderheiten des dortigen Sachverhalts sollte dies aber die absolute Ausnahme sein. Die zu Unrecht ausgewiesene Steuer ist niemals als Vorsteuer abzugsfähig (EuGH C-165/88, UR 1991, 81 – Genius Holding), so dass die Gefährdung des Steueraufkommens stets einen unrechtmäßigen Vorsteuerabzug voraussetzt. Wohl nur in den seltensten Fällen kann aber davon ausgegangen werden, dass die versehentliche oder vorsätzliche Inanspruchnahme eines unrechtmäßigen Vorsteuerabzugs von vorneherein ausgeschlossen ist und es daher niemals zu einer Gefährdung des Steueraufkommens kommen kann. Grundsätzlich kann das nationale Recht auch die **zusätzliche Voraussetzung der Rechnungsberichtigung** – neben der Beseitigung des Steueraufkommens – enthalten, weil das Verfahren den Mitgliedstaaten obliegt (EuGH C-566/07, DStR 2009, 1366 – Stadeco BV – zur niederländischen Regelung). Die FVerw verlangt beim unberechtigten Steuerausweis gem. § 14c Abs. 2, dass der Rechnungsaussteller gegenüber dem Belegempfänger den unberechtigten Steuerausweis für ungültig erklärt und damit die Rechnung berichtigt (UStAE 14c.2 Abs. 3). Ist die Rechnungsberichtigung nach nationalem Recht nicht möglich, kann es darauf nicht mehr ankommen; die Berichtigung der zu Unrecht ausgewiesenen Steuer ist dann auch ohne Rechnungsberichtigung zu gewähren, wenn die Gefährdung des Steueraufkommens beseitigt ist (EuGH C-138/12, DStR 2013, 857 – Rusedespred – zur bulgarischen Regelung).

48 Der **gutgläubige Rechnungsaussteller** – zB weil er glaubt, im Zeitpunkt der Rechnungsausstellung Unternehmer zu sein – hat weiterhin keine in § 14c Abs. 2 geregelte Möglichkeit zur Berichtigung, wenn er den Nachweis der Nichtgefährdung des Steueraufkommens nicht erbringen kann. Der EuGH hat es den Mitgliedstaaten überlassen, ob sie die Berichtigung vom **guten Glauben** des Rechnungsausstellers abhängig machen wollen, wenn die rechtzeitige und vollständige Beseitigung der Gefährdung des Steueraufkommens nicht gelungen ist (→ Rn. 46, 2. Spiegelstrich). Der

deutsche Gesetzgeber hat den guten Glauben in den neuen Berichtigungsvorschriften nicht berücksichtigt. Besondere – vor allem persönliche – Erlassgründe nach den §§ 163, 227 AO bleiben davon unberührt (*Leipold* in Sölch/Ringleb § 14c Rn. 249). Ein Erlass aus sachlichen Unbilligkeitsgründen wird hingegen kaum in Betracht kommen, da der EuGH selbst in diesem Zusammenhang auf die **Ausfallhaftung** zur Herstellung der Steuerneutralität verweist. Auch der gute Glaube des Ausstellers einer Rechnung an seine Unternehmereigenschaft oder in den Fällen des Verzichts auf eine Steuerbefreiung nach § 9 an die Unternehmereigenschaft des Leistungsempfängers und Ähnliches rechtfertigt keine Berichtigung im Billigkeitsweg (so auch im Fall der Rückgängigmachung einer Option nach § 9, siehe FG München 14 K 1808/08, DStRE 2011, 1466, rkr).

einstweilen frei 49

3. Das Berichtigungsverfahren

Die Ausgestaltung des Berichtigungsverfahrens hatte der EuGH im Urteil C-454/98, DStRE 2000, 1166 – Schmeink & Cofreth und Manfred Strobel dem nationalen Gesetzgeber überlassen. Der deutsche Gesetzgeber hat für den unrichtigen und den unberechtigten Steuerausweis unterschiedliche Verfahren mit unterschiedlichem Schwierigkeitsgrad geschaffen, ohne dass dies unionsrechtlich erforderlich wäre. Diese unnötige Zweiteilung schafft neuen Streitstoff, weil die Versuchung bestehen wird, möglichst in das leichtere Verfahren gemäß § 14c Abs. 1 zu kommen (siehe *Wagner* UR 2003, 483 (485); *Nieskens* UR 2004, 105 (118f.)). 50

Die Berichtigung gemäß § 14c Abs. 2 S. 3–5 erfolgt in einem **speziellen Verwaltungsverfahren gemäß AO.** Die Berichtigung des geschuldeten Steuerbetrages ist bei dem für die Besteuerung des Schuldners zuständigen Finanzamt (siehe UStAE 14c.2 Abs. 5 S. 1) gesondert, dh nicht in der für den Zeitpunkt der Berichtigung abzugebenden Voranmeldung oder Jahreserklärung, schriftlich zu beantragen. Die FVerw verlangt dazu ausreichende Angaben über die Identität des Rechnungsempfängers. Das dürfte allerdings nur erforderlich sein, wenn die Rechnung insoweit nicht aussagefähig ist. Das Finanzamt hat bei dem für den Rechnungsempfänger zuständigen Finanzamt eine Auskunft einzuholen, in welcher Höhe und wann der Rechnungsempfänger einen zu Unrecht beanspruchten Vorsteuerabzug zurückgezahlt hat. Ist diese Auskunft positiv, entscheidet das Finanzamt des Schuldners in einem gesonderten Bescheid, in welchem Besteuerungszeitraum und in welcher Höhe die Berichtigung vorgenommen werden kann. Sie ist gemäß § 14c Abs. 2 S. 5, § 17 Abs. 1 für den Besteuerungszeitraum vorzunehmen, in dem die Gefährdung des Steueraufkommens beseitigt worden ist. Im Übrigen gilt das Gleiche wie für die Berichtigung unrichtig ausgewiesener Steuer (→ Rn. 24ff.). Ist es beim Leistungsempfänger nicht zum Vorsteuerabzug gekommen, ist die Berichtigung **abweichend davon ex tunc,** also für den Zeitraum vorzunehmen, in dem die unberechtigt ausgewiesene Steuer entstanden ist (UStAE 14c.2 Abs. 5 S. 6). Diese Verwaltungsauffassung zugunsten der Steuerpflichtigen steht möglicherweise nicht im Einklang mit der Auffassung des BFH. Nach BFH V R 48/07, BStBl. II 2010, 92 widerspricht eine rückwirkende Berichtigung von unrichtig ausgewiesener Steuer dem Regelungszweck des § 14c Abs. 1 (→ Rn. 30). Wenn dies bereits für § 14c Abs. 1 gilt, ist es kaum vorstellbar, dass der BFH für den unberechtigten Steuerausweis eine weniger strenge Handhabung gestattet. 51

Besteht die **Gefährdung weiter,** ist der Antrag auf Berichtigung abzulehnen. Er kann erneut gestellt werden, wenn neue Berichtigungsgründe vorliegen. Der Bescheid über die Zulässigkeit der Berichtigung ist ein selbstständiger rechtsmittelfähiger Verwaltungsakt. Eine **zeitliche Begrenzung** für die Berichtigung ist im Gesetz nicht vorgesehen. Die Berichtigung ist grundsätzlich so lange möglich, wie der Bescheid des Leistungsempfängers, in dem dieser die Vorsteuer aus der zu berichtigenden Rechnung geltend gemacht hat, noch anfechtbar ist. 52

53 Wird über den Aussteller der Rechnung das **Insolvenzverfahren** eröffnet, gehört der Anspruch auf Erstattung der zuvor unrichtig oder unberechtigt ausgewiesenen und an das FA abgeführten Steuer der Insolvenzmasse, sofern sämtliche Voraussetzungen für die Entstehung des Berichtigungsanspruchs nach Eröffnung des Insolvenzverfahrens erfüllt werden. In den Fällen des § 14c Abs. 2 setzt dies auch die Beseitigung der Gefährdung des Steueraufkommens voraus (BFH VII R 34/15, DStR 2017, 544). Der Rechnungsempfänger hat keinen Anspruch gegenüber dem FA auf Auszahlung der Steuer; er muss sich an den Insolvenzverwalter des Rechnungsausstellers halten (BFH VII R 30/14, DStRE 2015, 1318; zur Berichtigung nach § 14c Abs. 1, § 17). Zuvor waren Zweifel aufgekommen, ob sich ein unmittelbares Erstattungsrecht aus der EuGH-Entscheidung Reemtsma (C-35/05, DStRE 2007, 570) ergibt. Der EuGH hatte entschieden, dass der Leistungsempfänger ausnahmsweise einen unmittelbaren Anspruch auf Rückzahlung von nicht geschuldeter USt gegen das FA hat, wenn die Durchsetzung seines zivilrechtlichen Rückzahlungsanspruchs gegen den Leistenden unmöglich oder übermäßig erschwert sein sollte. Der BFH lehnte dies aber ab, denn nach dem Grundsatz der Verfahrensautonomie der Mitgliedstaaten überlasse es der EuGH diesen, die Modalitäten, die den Schutz der dem Bürger aus dem Unionsrecht erwachsenden Rechte gewährleisten sollen, autonom zu regeln (BFH VII R 30/14, DStRE 2015, 1318 Rn. 19). Nach diesen innerstaatlichen Modalitäten in Gestalt von § 37 Abs. 2 AO ergebe sich aber kein Erstattungsrecht, da dies nur demjenigen zustehe, auf dessen Rechnung die Zahlung bewirkt worden ist. Vgl. hierzu die Anmerkungen von *Kortz/Reitz* MwStR 2015, 941 und *Schmittmann* NZI 2015, 953 sowie *Sterzinger* UStB 2015, 193. Für einen Vergleich mit der britischen Rechtslage vgl. *Lang-Horgan* MwStR 2015, 922.

§ 15 Vorsteuerabzug

(1) [1]**Der Unternehmer kann die folgenden Vorsteuerbeträge abziehen:**

1. **die gesetzlich geschuldete Steuer für Lieferungen und sonstige Leistungen, die von einem anderen Unternehmer für sein Unternehmen ausgeführt worden sind. [2]Die Ausübung des Vorsteuerabzugs setzt voraus, dass der Unternehmer eine nach den §§ 14, 14a ausgestellte Rechnung besitzt. [3]Soweit der gesondert ausgewiesene Steuerbetrag auf eine Zahlung vor Ausführung dieser Umsätze entfällt, ist er bereits abziehbar, wenn die Rechnung vorliegt und die Zahlung geleistet worden ist;**
2. **die entstandene Einfuhrumsatzsteuer für Gegenstände, die für sein Unternehmen nach § 1 Absatz 1 Nummer 4 eingeführt worden sind;**
3. **die Steuer für den innergemeinschaftlichen Erwerb von Gegenständen für sein Unternehmen, wenn der innergemeinschaftliche Erwerb nach § 3d Satz 1 im Inland bewirkt wird;**
4. **die Steuer für Leistungen im Sinne des § 13b Absatz 1 und 2, die für sein Unternehmen ausgeführt worden sind. [2]Soweit die Steuer auf eine Zahlung vor Ausführung dieser Leistungen entfällt, ist sie abziehbar, wenn die Zahlung geleistet worden ist;**
5. **die nach § 13a Abs. 1 Nr. 6 geschuldete Steuer für Umsätze, die für sein Unternehmen ausgeführt worden sind.**

[2]**Nicht als für das Unternehmen ausgeführt gilt die Lieferung, die Einfuhr oder der innergemeinschaftliche Erwerb eines Gegenstands, den der Unternehmer zu weniger als 10 Prozent für sein Unternehmen nutzt.**

(1a) [1]**Nicht abziehbar sind Vorsteuerbeträge, die auf Aufwendungen, für die das Abzugsverbot des § 4 Abs. 5 Satz 1 Nr. 1 bis 4, 7 oder des § 12 Nr. 1 des Einkommensteuergesetzes gilt, entfallen. [2]Dies gilt nicht für Bewirtungsaufwendungen, soweit § 4 Abs. 5 Satz 1 Nr. 2 des Einkommensteuerge-**

setzes einen Abzug angemessener und nachgewiesener Aufwendungen ausschließt.

(1b) [1]**Verwendet der Unternehmer ein Grundstück sowohl für Zwecke seines Unternehmens als auch für Zwecke, die außerhalb des Unternehmens liegen, oder für den privaten Bedarf seines Personals, ist die Steuer für die Lieferungen, die Einfuhr und den innergemeinschaftlichen Erwerb sowie für die sonstigen Leistungen im Zusammenhang mit diesem Grundstück vom Vorsteuerabzug ausgeschlossen, soweit sie nicht auf die Verwendung des Grundstücks für Zwecke des Unternehmens entfällt.** [2]**Bei Berechtigungen, für die die Vorschriften des bürgerlichen Rechts über Grundstücke gelten, und bei Gebäuden auf fremdem Grund und Boden ist Satz 1 entsprechend anzuwenden.**

(2) [1]**Vom Vorsteuerabzug ausgeschlossen ist die Steuer für die Lieferungen, die Einfuhr und den innergemeinschaftlichen Erwerb von Gegenständen sowie für die sonstigen Leistungen, die der Unternehmer zur Ausführung folgender Umsätze verwendet:**
1. **steuerfreie Umsätze;**
2. **Umsätze im Ausland, die steuerfrei wären, wenn sie im Inland ausgeführt würden.**
3. **(aufgehoben)**

[2]**Gegenstände oder sonstige Leistungen, die der Unternehmer zur Ausführung einer Einfuhr oder eines innergemeinschaftlichen Erwerbs verwendet, sind den Umsätzen zuzurechnen, für die der eingeführte oder innergemeinschaftlich erworbene Gegenstand verwendet wird.**

(3) **Der Ausschluss vom Vorsteuerabzug nach Absatz 2 tritt nicht ein, wenn die Umsätze**
1. **in den Fällen des Absatzes 2 Satz 1 Nr. 1**
   a) **nach § 4 Nr. 1 bis 7, § 25 Abs. 2 oder nach den in § 26 Abs. 5 bezeichneten Vorschriften steuerfrei sind oder**
   b) **nach § 4 Nummer 8 Buchstabe a bis g, Nummer 10 oder Nummer 11 steuerfrei sind und sich unmittelbar auf Gegenstände beziehen, die in das Drittlandsgebiet ausgeführt werden;**
2. **in den Fällen des Absatzes 2 Satz 1 Nr. 2**
   a) **nach § 4 Nr. 1 bis 7, § 25 Abs. 2 oder nach den in § 26 Abs. 5 bezeichneten Vorschriften steuerfrei wären oder**
   b) **nach § 4 Nummer 8 Buchstabe a bis g, Nummer 10 oder Nummer 11 steuerfrei wären und der Leistungsempfänger im Drittlandsgebiet ansässig ist oder diese Umsätze sich unmittelbar auf Gegenstände beziehen, die in das Drittlandsgebiet ausgeführt werden.**

(4) [1]**Verwendet der Unternehmer einen für sein Unternehmen gelieferten, eingeführten oder innergemeinschaftlich erworbenen Gegenstand oder eine von ihm in Anspruch genommene sonstige Leistung nur zum Teil zur Ausführung von Umsätzen, die den Vorsteuerabzug ausschließen, so ist der Teil der jeweiligen Vorsteuerbeträge nicht abziehbar, der den zum Ausschluss vom Vorsteuerabzug führenden Umsätzen wirtschaftlich zuzurechnen ist.** [2]**Der Unternehmer kann die nicht abziehbaren Teilbeträge im Wege einer sachgerechten Schätzung ermitteln.** [3]**Eine Ermittlung des nicht abziehbaren Teils der Vorsteuerbeträge nach dem Verhältnis der Umsätze, die den Vorsteuerabzug ausschließen, zu den Umsätzen, die zum Vorsteuerabzug berechtigen, ist nur zulässig, wenn keine andere wirtschaftliche Zurechnung möglich ist.** [4]**In den Fällen des Absatzes 1b gelten die Sätze 1 bis 3 entsprechend.**

(4a) **Für Fahrzeuglieferer (§ 2a) gelten folgende Einschränkungen des Vorsteuerabzugs:**

1. Abziehbar ist nur die auf die Lieferung, die Einfuhr oder den innergemeinschaftlichen Erwerb des neuen Fahrzeugs entfallende Steuer.

2. Die Steuer kann nur bis zu dem Betrag abgezogen werden, der für die Lieferung des neuen Fahrzeugs geschuldet würde, wenn die Lieferung nicht steuerfrei wäre.

3. Die Steuer kann erst in dem Zeitpunkt abgezogen werden, in dem der Fahrzeuglieferer die innergemeinschaftliche Lieferung des neuen Fahrzeugs ausführt.

(4b) **Für Unternehmer, die nicht im Gemeinschaftsgebiet ansässig sind und die nur Steuer nach § 13b Absatz 5 schulden, gelten die Einschränkungen des § 18 Abs. 9 Sätze 4 und 5 entsprechend.**

(5) **Das Bundesministerium der Finanzen kann mit Zustimmung des Bundesrates durch Rechtsverordnung nähere Bestimmungen darüber treffen,**

1. in welchen Fällen und unter welchen Voraussetzungen zur Vereinfachung des Besteuerungsverfahrens für den Vorsteuerabzug auf eine Rechnung im Sinne des § 14 oder auf einzelne Angaben in der Rechnung verzichtet werden kann,

2. unter welchen Voraussetzungen, für welchen Besteuerungszeitraum und in welchem Umfang zur Vereinfachung oder zur Vermeidung von Härten in den Fällen, in denen ein anderer als der Leistungsempfänger ein Entgelt gewährt (§ 10 Abs. 1 Satz 3), der andere den Vorsteuerabzug in Anspruch nehmen kann, und

3. wann in Fällen von geringer steuerlicher Bedeutung zur Vereinfachung oder zur Vermeidung von Härten bei der Aufteilung der Vorsteuerbeträge (Absatz 4) Umsätze, die den Vorsteuerabzug ausschließen, unberücksichtigt bleiben können oder von der Zurechnung von Vorsteuerbeträgen zu diesen Umsätzen abgesehen werden kann.

Umsatzsteuer-Durchführungsverordnung:

§ 35 Vorsteuerabzug bei Rechnungen über Kleinbeträge und bei Fahrausweisen

(1) Bei Rechnungen im Sinne des § 33 kann der Unternehmer den Vorsteuerabzug in Anspruch nehmen, wenn er den Rechnungsbetrag in Entgelt und Steuerbetrag aufteilt.

(2) [1]Absatz 1 ist für Rechnungen im Sinne des § 34 entsprechend anzuwenden. [2]Bei der Aufteilung in Entgelt und Steuerbetrag ist der Steuersatz nach § 12 Abs. 1 des Gesetzes anzuwenden, wenn in der Rechnung

1. dieser Steuersatz oder

2. eine Tarifentfernung von mehr als 50 Kilometern

angegeben ist. [3]Bei den übrigen Rechnungen ist der Steuersatz nach § 12 Abs. 2 des Gesetzes anzuwenden. [4]Bei Fahrausweisen im Luftverkehr kann der Vorsteuerabzug nur in Anspruch genommen werden, wenn der Steuersatz nach § 12 Abs. 1 des Gesetzes im Fahrausweis angegeben ist.

§§ 36 bis 39a (weggefallen)

§ 40 Vorsteuerabzug bei unfreien Versendungen

(1) [1]Lässt ein Absender einen Gegenstand durch einen Frachtführer oder Verfrachter unfrei zu einem Dritten befördern oder eine solche Beförderung durch einen Spediteur unfrei besorgen, so ist für den Vorsteuerabzug der Empfänger der Frachtsendung als Auftraggeber dieser Leistungen anzusehen. [2]Der Absender darf die Steuer für diese Leistungen nicht als Vorsteuer abziehen. [3]Der Empfänger der Frachtsendung kann diese Steuer unter folgenden Voraussetzungen abziehen:

1. *Er muss im Übrigen hinsichtlich der Beförderung oder ihrer Besorgung zum Abzug der Steuer berechtigt sein (§ 15 Abs. 1 Satz 1 Nr. 1 des Gesetzes).*
2. *Er muss die Entrichtung des Entgelts zuzüglich der Steuer für die Beförderung oder für ihre Besorgung übernommen haben.*
3. *[1]Die in Nummer 2 bezeichnete Voraussetzung muss aus der Rechnung über die Beförderung oder ihre Besorgung zu ersehen sein. [2]Die Rechnung ist vom Empfänger der Frachtsendung aufzubewahren.*

(2) Die Vorschriften des § 22 des Gesetzes sowie des § 35 Abs. 1 und § 63 dieser Verordnung gelten für den Empfänger der Frachtsendung entsprechend.

§§ 41 bis 42 (weggefallen)

§ 43 Erleichterungen bei der Aufteilung der Vorsteuern

Die den folgenden steuerfreien Umsätzen zuzurechnenden Vorsteuerbeträge sind nur dann vom Vorsteuerabzug ausgeschlossen, wenn sie diesen Umsätzen ausschließlich zuzurechnen sind:
1. *Umsätze von Geldforderungen, denen zum Vorsteuerabzug berechtigende Umsätze des Unternehmers zugrunde liegen;*
2. *Umsätze von Wechseln, die der Unternehmer von einem Leistungsempfänger erhalten hat, weil er den Leistenden als Bürge oder Garantiegeber befriedigt. [2]Das gilt nicht, wenn die Vorsteuern, die dem Umsatz dieses Leistenden zuzurechnen sind, vom Vorsteuerabzug ausgeschlossen sind;*
3. *sonstige Leistungen, die im Austausch von gesetzlichen Zahlungsmitteln bestehen, Lieferungen von im Inland gültigen amtlichen Wertzeichen sowie Einlagen bei Kreditinstituten, wenn diese Umsätze als Hilfsumsätze anzusehen sind.*

EU-Recht: Art. 167 ff. MwStSystRL (Art. 17–18 6. EG-RL); Art. 52 MwStVO
UStAE: 15.1–15.23

Übersicht

I. Allgemeines

1. Rechtsentwicklung

Der Kernbereich der Regelung des § 15 Abs. 1, nämlich die Umstellung der alten Allphasen-Brutto-USt auf eine Netto-Allphasen-USt mit Vorsteuerabzug, ist mit Wirkung ab 1.1.1968 durch § 33 vom 29.5.1967 (BGBl. 1967 I 545) in das UStG aufgenommen worden. Seitdem hat die Bestimmung eine Vielzahl, teilweise grundlegender Änderungen erfahren. Die wichtigsten Änderungen sind durch die folgenden Gesetze erfolgt: 1

- StÄndG 1973 vom 26.6.1973 (BGBl. 1973 I 676),
- Gesetz vom 24.6.1975 (BGBl. 1975 I 1509),
- UStG 1980 vom 26.11.1979 (BGBl. 1979 I 1953, berichtigt in BGBl. 1980 I 137),

- Gesetz vom 18.8.1980 (BGBl. 1980 I 1537),
- WoBauG vom 22.12.1989 (BGBl. 1989 I 2408),
- UStBinnenmarktG vom 25.8.1992 (BGBl. 1992 I 1548),
- StEntlG 1999/2000/2002 vom 24.3.1999 (BGBl. 1999 I 402),
- StSenkG 2000 vom 23.10.2000 (BGBl. 2000 I 1433),
- StÄndG 2001 vom 20.12.2001 (BGBl. 2001 I 3794),
- StÄndG 2003 vom 15.12.2003 (BGBl. 2003 I 2645),
- HaushaltsbegleitG (HBeglG) 2004 vom 29.12.2003 (BGBl. 2003 I 3076),
- JStG 2007 vom 13.12.2006 (BGBl. 2006 I 2878),
- JStG 2009 vom 19.12.2008 (BGBl. 2008 I 2974),
- AmtshilfeRLUmsG vom 26.6.2013 (BGBl. 2013 I 1809).

2 Durch das WoBauG ist ab 1.1.1990 die Regelung über die Aufteilung von Vorsteuerbeträgen nach dem Umsatzschlüssel (§ 15 Abs. 5–7) ersatzlos weggefallen; § 15 Abs. 8 ist zu Abs. 5 geworden. Das UStBinnenmarktG hat zum 1.1.1993 den Vorsteuerabzug auf den innergemeinschaftlichen Erwerb und die einschränkende Vorsteuerabzugsberechtigung für Fahrzeuglieferer (§ 15 Abs. 4a) eingefügt. Die Regelungen beruhen auf Art. 178 MwStSystRL (Art. 28f innergemeinschaftlichen Erwerb) bzw. Art. 172 MwStSystRL (Art. 28a Abs. 4, UAbs. 2 – Fahrzeuglieferer – 6. EG-RL). Weitreichende und zT heftig umstrittene Änderungen sind durch das StEntlG 1999/2000/2002 zum 1.4.1999 erfolgt. Die Regelungen haben zu einem Zuordnungsverbot für nur geringfügig (weniger als 10%) unternehmerisch genutzte Gegenstände geführt (§ 15 Abs. 1 S. 2). Außerdem ist ein Vorsteuerausschluss auf Repräsentationsaufwendungen (§ 15 Abs. 1a Nr. 1), bestimmte Reisekosten (§ 15 Abs. 1a Nr. 2), Umzugskosten (§ 15 Abs. 1a Nr. 3) sowie ein hälftiger Vorsteuerausschluss für Fahrzeuge (§ 15 Abs. 1b) eingeführt worden. Zugleich ist durch die Aufhebung der §§ 36–39 UStDV die Möglichkeit des Vorsteuerabzugs nach Pauschbeträgen bei Reisekosten entfallen. Durch das StÄndG 2001 (BGBl. 2001 I 3794) sind § 15 Abs. 1 S. 1 Nr. 4 und § 15 Abs. 4b mit Wirkung ab 1.1.2002 eingefügt worden. Das StÄndG 2003 (BGBl. 2003 I 2645) hat § 15 Abs. 1 Nr. 1 und 2 sowie § 15 Abs. 5 Nr. 2 neu gefasst. Zugleich sind § 15 Abs. 1a Nr. 2 und § 15 Abs. 1b aufgehoben sowie § 15 Abs. 1 Nr. 5 und § 15 Abs. 4 S. 3 neu in das UStG eingefügt worden. Durch das JStG 2007 (BGBl. 2006 I 2878) ist § 15 Abs. 1a neu gefasst und § 15 Abs. 2 S. 1 Nr. 3 aufgehoben worden.

3 Durch das AmtshilfeRLUmsG v. 26.6.2013 (BGBl. 2013 I 1809) ist § 15 Abs. 1 S. 1 Nr. 2 dahingehend geändert worden, dass die Einfuhrumsatzsteuer für Gegenstände, die für das Unternehmen nach § 1 Abs. 1 Nr. 4 eingeführt worden sind, bereits mit ihrer Entstehung abzugsfähig ist. Damit soll dem EuGH-Urteil C-414/10 (DStR 2012, 697 – Société Véleclair), wonach das Recht auf Abzug der Einfuhrumsatzsteuer nicht davon abhängig gemacht werden kann, dass die Mehrwertsteuer zuvor tatsächlich gezahlt worden ist, Rechnung getragen werden (vgl. BT-Drs. 17/11190 zu Art. 10 zu Nr. 10). Darüber hinaus ist § 15 Abs. 1 S. 1 Nr. 3 geändert worden. Damit wird dem EuGH-Urteil C-536/08, C-539/08, DStR 2010, 926 – X und den BFH-Urteilen V R 39/08, BStBl. II 2011, 658 und XI R 40/08, BStBl. II 2011, 661 Rechnung getragen und der Vorsteuerabzug auf die Fälle eingeschränkt, in denen der innergemeinschaftliche Erwerb nach § 3d S. 1 in Deutschland bewirkt wird, da in Deutschland die Beförderung oder Versendung tatsächlich endet (vgl. BT-Drs. 17/10000 zu Art. 9 zu Nr. 9). Mit der Änderung des § 15 Abs. 3 Nr. 1 Buchst. b und Nr. 2 Buchst. b durch das AmtshilfeRLUmsG soll das Unionsrecht vollständig in das nationale Recht umgesetzt werden, wobei berücksichtigt wird, dass Art. 169 Buchst. c MwStSystRL dem Steuerpflichtigen das Recht auf Vorsteuerabzug für die nach Art. 135 Abs. 1 Buchst. a bis f MwStSystRL befreiten Versicherungs- und Finanzumsätze einräumt, wenn der Dienstleistungsempfänger außerhalb der Gemeinschaft ansässig ist oder diese Umsätze unmittelbar mit Gegenständen zusammenhängen, die zur Ausfuhr aus der Gemeinschaft bestimmt sind (vgl. BT-Drs. 17/11190 Art. 10 Nr. 10).

2. Wirkungsweise des Mehrwertsteuersystems

Jeder Unternehmer, der Lieferungen oder sonstige Leistungen aus seinem Unternehmen an Dritte erbringt, schuldet die hierauf entfallende USt. Der Gesetzgeber hat damit an jeden Umsatz innerhalb einer Liefer- oder Leistungskette einen Besteuerungstatbestand geknüpft. Insoweit handelt es sich bei der USt um eine Allphasensteuer. Das Nettoumsatzsystem mit Vorsteuerabzug (Mehrwertsteuersystem) bewirkt innerhalb der Unternehmerkette eine Entlastung durch die offene **Steuerüberwälzung** und das Recht zum **Vorsteuerabzug.** 4

Jeder Unternehmer ermittelt die Vorumsätze, die zur Ausführung seiner Leistungen erforderlich gewesen sind und die Steuer, die ihm seine Lieferanten (Vor-Unternehmer) dafür in Rechnung gestellt haben (Vorsteuer). Seinerseits unterwirft er seine Leistung der USt und erfasst damit neben den Vorleistungen insbesondere auch die eigene Wertschöpfung. Diesem Vorgang verdankt der Begriff „Mehrwertsteuer" seine Existenz, weil theoretisch auf jeder Produktionsstufe nur die jeweilige Wertschöpfung (der Mehrwert) erfasst wird. Die Steuerüberwälzung gelingt hinsichtlich dieses Mehrwertes auch, wenn der Abnehmer ein zum Vorsteuerabzug berechtigter Unternehmer ist. In diesem Fall belastet ihn die ihm in Rechnung gestellte USt nicht, so dass sie auch auf die Preisbildung keinen Einfluss nimmt. Im Regelfall führt deshalb das Mehrwertsteuersystem tatsächlich zu der angestrebten ausschließlichen Belastung auf der Endverbraucher- oder Konsumstufe. Das gilt nur dann nicht, wenn es dem letzten Unternehmer innerhalb der Unternehmerkette, also dem Lieferanten des Endverbrauchers, auf Grund individueller Marktbedingungen nicht gelingt, die USt auf den Endabnehmer abzuwälzen. 5

Grundsätzlich soll durch die Regelung über den Vorsteuerabzug der Unternehmer vollständig von der im Rahmen seiner wirtschaftlichen Tätigkeit geschuldeten oder entrichteten MwSt entlastet werden (EuGH C-271/12, DStRE 2013, 1310 – Martens; C-324/11, UR 2012, 851 – Gábor Tóth; C-257/11, DB 2012, 2851 – GVM; C-37/95, Slg. 1998, I-1 – Ghent Coal Terminal; C-32/03, Slg. 2005, I-1599 – Fini H; BFH XI R 25/10, DStR 2013, 1544). Das Recht auf Vorsteuerabzug ist dabei als integrierender Bestandteil des Mechanismus der Mehrwertsteuer ein grundlegendes Prinzip des gemeinsamen Mehrwertsteuersystems und kann grundsätzlich nicht eingeschränkt werden (EuGH C-388/11, HFR 2013, 961 – LCL; C-118/11, DStRE 2012, 1077 – Eon Aset; C-504/10, BFH/NV 2011, 2220 – Tanoarch; C-368/09, DStR 2010, 1475 – Pannon Gép; C-25/07, Slg. 2008, I-5129 Rn. 15 – Sosnowska; C-74/08, IStR 2009, 392 Rn. 15 – PARAT). Diese **Belastungsneutralität** bezieht sich auf alle wirtschaftlichen Tätigkeiten unabhängig von ihrem Zweck und ihrem Ergebnis (EuGH C-504/10, BFH/NV 2011, 2220 – Tanoarch; C-435/05, UR 2007, 225 – Investrand; C-255/02, UR 2006, 232 Rn. 78 – Halifax; C-16/00, UR 2001, 500 – Cibo Participations mAnm *Wäger* UR 2001, 505; C-408/98, UR 2001, 164 – Abbey National mit Anm. *Wäger* UR 2001, 168; C-98/98, UR 2000, 342 – Midland Bank). Das Recht auf Vorsteuerabzug ist integraler Bestandteil des Mechanismus der Mehrwertsteuer, kann grundsätzlich nicht eingeschränkt werden und kann für die gesamte Steuerbelastung der vorausgehenden Umsatzstufen sofort ausgeübt werden (EuGH C-257/11, DB 2012, 2851 – GVM; C-118/11, DStRE 2012, 1077 – Eon Aset; C-255/02, UR 2006, 232 Rn. 83 – Halifax mwN aus der Rechtsprechung des EuGH). 6

Darauf, ob die Mehrwertsteuer durch den Leistenden an den Fiskus tatsächlich entrichtet wurde, kommt es für die Berechtigung zum Vorsteuerabzug nicht an (EuGH C-285/11, DB 2012, 2851 – Bonik EOOD; C-80/11, C-142/11, DStRE 2012, 1336 – Mahagében und Dávid).

Zu missbräuchlichen Gestaltungen vgl. → Rn. 184 ff.

Diese mit dem Schlagwort **Neutralität der MwSt** beschriebene Funktionsweise 7
(vgl. *Lange* UVR 1999, 71 (72); *Dziadkowski* DStZ 1999, 625; *Lohse* Die Zuordnung

im Mehrwertsteuerrecht, S. 103ff.) ist aber nicht umfassend durchgeführt. Insbesondere die nur unecht befreiten Umsätze, die auf Grund der in § 15 Abs. 2 getroffenen Regelung zur Versagung des Vorsteuerabzugs führen, können zu einer systemwidrigen Mehrwertsteuerkumulation führen (vgl. EuGH C-400/98, UR 2000, 329 – Breitsohl).

8 Der Begriff der **Mehrwertsteuer** findet zwar im deutschen USt-Recht seit dem UStG 1973 keine Verwendung mehr. Da aber die MwStSystRL von diesem Begriff ausgeht (vgl. Art. 2 MwStSystRL), kommt es in Rechtsprechung und Literatur zu einer Verwendung beider Begriffe.

9, 10 *einstweilen frei*

3. Zweck der Norm

11 § 15 ist die zentrale Bestimmung im Rahmen einer **Netto-Allphasen-USt** mit Vorsteuerabzug. Aus der gesetzlichen Regelung des § 15 Abs. 1 ergibt sich unmittelbar, dass der Vorsteuerabzug nur dem **Unternehmer** zusteht. Das ist systemgerecht und trägt der Grundidee des **Mehrwertsteuersystems** Rechnung. Danach soll der Unternehmer vollständig von der im Rahmen seiner gesamten wirtschaftlichen Tätigkeit geschuldeten oder entrichteten Mehrwertsteuer entlastet werden. Das gemeinsame Mehrwertsteuersystem gewährleistet somit die völlige Neutralität hinsichtlich der steuerlichen Belastung aller wirtschaftlichen Tätigkeiten unabhängig von ihrem Zweck oder ihrem Ergebnis, sofern diese Tätigkeiten selbst grundsätzlich der MwSt unterliegen (EuGH C-435/05, UR 2007, 225 – Investrand; C-255/02, UR 2006, 232 Rn. 78 – Halifax). Die wirtschaftliche Belastung durch die USt soll nur den Endverbraucher treffen (EuGH C-317/94, UR 1997, 265 – Elida Gibbs).

12 Gewährleistet wird diese Zielsetzung durch den sog. Vorsteuerabzug. Als grundsätzlich abziehbare Vorsteuerbeträge definiert § 15 Abs. 1 S. 1 Nr. 1–4

- die gesetzlich geschuldete Steuer für Lieferungen und sonstige Leistungen, die von einem anderen Unternehmer für sein Unternehmen ausgeführt worden sind,
- die entrichtete EUSt für Gegenstände, die für sein Unternehmen nach § 1 Abs. 1 Nr. 4 eingeführt worden sind,
- die Steuer für den innergemeinschaftlichen Erwerb von Gegenständen für sein Unternehmen,
- die Steuer für Leistungen iSd § 13b Abs. 1, die für sein Unternehmen ausgeführt worden sind,
- die nach § 13a Abs. 1 Nr. 6 geschuldete Steuer für Umsätze, die für sein Unternehmen ausgeführt worden sind.

13 Dieser Aufzählung der grds. abziehbaren Vorsteuerbeträge stehen die Regelungen über nicht oder nur teilweise abziehbare Vorsteuerbeträge in § 15 Abs. 1a Nr. 1–3, Abs. 1b und § 15 Abs. 2 gegenüber. § 15 Abs. 2 und 3 stehen dabei in einem Regel-/Ausnahmeverhältnis, indem die in § 15 Abs. 3 genannten Vorsteuern wieder zum Abzug zugelassen werden, obwohl sie an sich unter den Vorsteuerausschlusstatbestand des § 15 Abs. 2 fallen.

14 Sowohl gesetzessystematisch fragwürdig als auch problematisch hinsichtlich der Vereinbarkeit mit dem Unionsrecht sind die durch das StEntlG 1999/2000/2002 eingefügten Neuregelungen. Bei § 15 Abs. 1 S. 2 handelt es sich um eine Zuordnungsfiktion für nur geringfügig unternehmerisch genutzte Gegenstände zum nichtunternehmerischen Bereich (vgl. im Einzelnen → Rn. 103ff.). Der Vorsteuerausschluss nach § 15 Abs. 1a bezieht sich auf nichtabziehbare Betriebsausgaben, Reisekosten und Umzugskosten, wobei sich insbesondere die Regelung über die Reisekosten kaum mit der MwStSystRL in Einklang bringen lässt. Besonders umstritten hinsichtlich der Entstehungsgeschichte und des Regelungsinhalts ist der hälftige Vorsteuerausschluss in § 15 Abs. 1b für Fahrzeuge, die auch nichtunternehmerischen Zwecken dienen.

4. Verhältnis zwischen nationaler und unionsrechtlicher Regelung des Rechts zum Vorsteuerabzug

Die Berechtigung zum Vorsteuerabzug ist im deutschen UStG und in Art. 167ff. MwStSystRL unterschiedlich geregelt. Teilweise handelt es sich dabei nur um begriffliche Diskrepanzen ohne inhaltliche Auswirkungen, zT ergeben sich aber auch ganz unterschiedliche Rechtsfolgen. Der sich aus den Einzelregelungen ergebende Normenkonflikt kann nur jeweils konkret gelöst werden. Die Bedeutung der unionsrechtlichen Normen beruht auf deren Anwendungsvorrang gegenüber innerstaatlichen Rechtsnormen. Das gilt sowohl für die im EWGV bzw. EGV getroffenen Regelungen als auch für die in den Steuerrichtlinien der EU enthaltenen Vorschriften (BVerfG 2 BvR 225/69, BVerfGE 31, 145 für den EWGV; 2 BvR 197/83, BVerfGE 73, 339 (375) für EWG-VO; vgl. auch 2 BvR 687/85, BVerfGE 75, 223). Die Bedeutung der Rechtsprechung des EuGH ergibt sich daraus, dass sich der Anwendungsvorrang unionsrechtlicher Normen auf deren durch die Auslegung des EuGH ermittelten Inhalt erstreckt (BVerfG 2 BvR 687/85, UR 1987, 355). 15

Ein Normenkonflikt zwischen § 15 und den jeweils einschlägigen Bestimmungen der MwStSystRL kann durch die richtlinienkonforme Auslegung der nationalen Rechtsnorm gelöst werden. Die richtlinienkonforme Auslegung leitet sich aus der Verpflichtung der Mitgliedstaaten zur Umsetzung der MwStSystRL ab. Diese Verpflichtung beruht auf Art. 5 und Art. 249 S. 3 EGV. Gemäß Art. 249 S. 3 EGV ist die Richtlinie für jeden Mitgliedstaat, an den sie gerichtet wird, hinsichtlich des zu erreichenden Ziels verbindlich. Dabei sind staatliche Organe im Rahmen ihrer Zuständigkeit berechtigt und verpflichtet, zur Anwendung und Umsetzung von EU-Recht beizutragen. Für die Gerichte ergibt sich daraus das Gebot, die einschlägigen nationalen Bestimmungen im Licht des Unionsrecht auszulegen (vgl. im Einzelnen *Heidner* UR 2001, 517 (520ff.)). 16

Außerdem können die Richtlinienbestimmungen der EU im Einzelfall **unmittelbare Wirkung** entfalten. Grundsätzlich wenden sich EG-RL an die einzelnen Mitgliedstaaten; sie gelten nicht unmittelbar für den Steuerpflichtigen. Für die MwStSystRL ist das in Art. 414 ausdrücklich festgelegt. Nach der Rechtsprechung des EuGH kann aber der Steuerpflichtige die Bestimmungen der MwStSystRL, die **hinreichend klar und genau und nicht an Bedingungen geknüpft** sind, vor den nationalen Gerichten in zweckdienlicher Weise geltend machen (EuGH C-62/93, UR 1995, 404 – Soupergaz; C-193/91, UR 1993, 309 – Mohsche). Aus dieser sog. unmittelbaren Wirkung der RL ergibt sich ein **Anwendungsvorrang** gegenüber anderslautenden nationalen Bestimmungen. Der Anwendungsvorrang setzt aber voraus, dass die Richtlinienbestimmung für den Steuerpflichtigen günstiger ist als die nationale Vorschrift. Nach der Rechtsprechung des EuGH und des BFH kommt der Anwendungsvorrang im Regelungsbereich des Vorsteuerabzugs in folgenden Fällen zum Tragen: 17

- Um das Recht auf Vorsteuerabzug zu erhalten, kann sich der Steuerpflichtige darauf berufen, dass ein nach nationalem Recht nicht steuerbarer oder steuerfreier Umsatz steuerpflichtig ist (EuGH C-62/93, UR 1995, 404 – Soupergaz).
- Auf Art. 167, Art. 135 Abs. 1 MwStSystRL (Art. 17 Abs. 1 und 2 und Art. 13 Teil B Buchst. d Nr. 1 6. EG-RL) kann sich der Steuerpflichtige unmittelbar berufen (EuGH C-150/99, UR 2001, 153 (156) – Stockholm Lindöpark).
- Auf die Grenzen des Begriffs „Investitionsgut" kann sich der Steuerpflichtige berufen (EuGH C-51/76, Slg. 1977, I-113 – Verbond van Nederlandse Ondernemingen).
- Art. 17 Abs. 2 6. EG-RL gegenüber § 15 Abs. 1a hinsichtlich der Übernachtungskosten des Personals (BFH V R 49/00, DStR 2001, 23; vgl. → Rn. 306); vgl. im Einzelnen *Klenk* in Sölch/Ringleb vor § 1 Rn. 16ff.

Zum Anwendungsvorrang des Art. 17 6. EG-RL gegenüber § 15 Abs. 1b hinsichtlich des hälftigen Vorsteuerausschlusses bei auch nichtunternehmerisch genutzten Pkw vgl. EuGH C-17/01, DStR 2004, 860 – Sudholz.

5. Direkter Zusammenhang zwischen Eingangs- und Ausgangsumsätzen

18 Damit der Steuerpflichtige zum Vorsteuerabzug berechtigt ist und der Umfang dieses Rechts bestimmt werden kann, muss ein **direkter** und **unmittelbarer Zusammenhang zwischen** einem bestimmten **Eingangsumsatz** und einem oder mehreren **Ausgangsumsätzen,** die das Recht auf Vorsteuerabzug eröffnen, bestehen (EuGH C-204/13, DStR 2014, 592 – Malburg; C-118/11, DStRE 2012, 1077 – Eon Aset; C-496/11, DStR 2012, 1859 – Portugal Telecom; C-29/08, DStR 2009, 2311 – SKF; C-98/98, UVR 2000, 348 1. Leitsatz – Midland Bank; BFH XI R 25/10, DStR 2013, 1544; V R 51/06, BStBl. II 2009, 213; BFH V R 6/14, BFHE 253, 456; V R 40/10, BStBl. II 2012, 844; V R 17/10, BStBl. II 2012, 53; XI R 8/10, BFH/NV 2012, 1667). Das Recht auf Abzug der für den Erwerb von Gegenständen oder Dienstleistungen entrichteten MwSt ist nur gegeben, wenn die hierfür getätigten Aufwendungen zu den **Kostenelementen** der versteuerten, zum Abzug berechtigenden Ausgangsumsätze gehören (EuGH C-496/11, DStR 2012, 1859 – Portugal Telecom; C-437/06, BFH/NV Beilage 08, 207 Rn. 27, 37 – Securenta; C-435/05, UR 2007, 225 – Investrand; C-98/98, UR 2000, 342 – Midland Bank; C-408/98, UR 2001, 164 – Abbey National). Der vom Steuerpflichtigen verfolgte endgültige Zweck ist dabei unerheblich (EuGH C-98/98, UR 2000, 342 – Midland Bank). Vgl. zum Ganzen auch BFH V R 51/06, BStBl. II 2009, 213. Zu welchem Ausgangsumsatz der für den Vorsteuerabzug maßgebliche direkte und unmittelbare Zusammenhang besteht und ob insoweit Kostenelemente eines Umsatzes vorliegen, richtet sich nach den „objektiven Umständen“ (EuGH C-98/98, UR 2000, 342 – Midland Bank; BFH XI R 26/11, BFH/NV 2012, 1192). Es ist auf die „objektive Natur des betreffenden Umsatzes“ abzustellen (EuGH C-4/94, Slg. 1995, I-983 – BLP).

19 Bei **Fehlen eines direkten** und unmittelbaren **Zusammenhangs** zwischen einem Eingangsumsatz und bestimmten Ausgangsumsätzen wird ein Recht auf Vorsteuerabzug gleichwohl angenommen, wenn die **Kosten** für die fraglichen Dienstleistungen zu seinen **allgemeinen Aufwendungen** gehören und – als solche – Bestandteile des Preises der von ihm ausgeführten Lieferungen oder Leistungen sind. Derartige Kosten hängen direkt und unmittelbar mit der wirtschaftlichen Tätigkeit des Steuerpflichtigen zusammen (EuGH C-204/13, DStR 2014, 592 – Malburg; C-104/12, DStR 2013, 411 – Becker; C-496/11, DStR 2012, 1859 – Portugal Telecom; C-29/08, DStR 2009, 2311 – SKF; C-435/05, UR 2007, 225 – Investrand; C-98/98, UR 2000, 342 – Midland Bank; C-465/03, UR 2005, 382 – Kretztechnik; BFH XI R 25/10, DStR 2013, 1544). Das Recht auf Vorsteuerabzug wird somit anhand der Ausgangsumsätze bestimmt, auf die sich die Eingangsumsätze beziehen. Der direkte und unmittelbare Zusammenhang setzt dabei voraus, dass die Kosten der Eingangsleistungen Eingang in den Preis der Ausgangsumsätze finden (EuGH C-29/08, DStR 2009, 2311 – SKF).

20 Zu dem Erfordernis eines direkten und unmittelbaren Zusammenhangs zwischen Eingangs- und Ausgangsumsatz vgl.

- BFH V R 6/14, BFHE 253, 456; XI R 25/10, DStR 2013, 1544; V R 40/10, BStBl. II 2012, 844; V R 17/10, BStBl. II 2012, 53; V R 23/10, BFHE 233, 274; V R 12/08, BFH/NV 2011, 721; V R 38/09, BFH/NV 2011, 727; XI R 8/10, BFH/NV 2012, 1667; XI R 26/11, BFH/NV 2012, 1192; V R 51/06, BStBl. II 2009, 213;
- EuGH C-204/13, DStR 2014, 592 – Malburg; C-4/94, Slg. 1995, I-983 – BLP; C-98/98, Slg. 2000, I-4177 – Midland Bank; C-408/98, Slg. 2001, I-1361 – Ab-

bey National; C-437/06, Slg. 2008, I-1597 – Securenta; C-29/08, Slg. 2009, I-10413 – SKF; C-496/11, DStR 2012, 1859 – Portugal Telecom.

Besteht der direkte und unmittelbare Zusammenhang zu einem einzelnen Ausgangsumsatz, der steuerpflichtig ist (gleichgestellt: Umsatz iSv § 15 Abs. 3), kann der Unternehmer den Vorsteuerabzug in Anspruch nehmen. Die für den Leistungsbezug getätigten Aufwendungen gehören dann zu den Kostenelementen dieses Ausgangsumsatzes (EuGH C-29/08, Slg. 2009, I-10413 – SKF; BFH V R 12/08, DStR 2011, 465; V R 38/09, DStR 2011, 454; V R 29/09, BStBl. II 2010, 885).

Bei einem direkten und unmittelbaren Zusammenhang zu einem Ausgangsumsatz, der mangels wirtschaftlicher Tätigkeit nicht dem Anwendungsbereich der Steuer unterliegt oder – ohne Anwendung von § 15 Abs. 3 – steuerfrei ist, besteht keine Berechtigung zum Vorsteuerabzug (EuGH C-204/13, DStR 2014, 592 – Malburg; C-437/06, Slg. 2008, I-1597 – Securenta; C-29/08, Slg. 2009, I-10413 – SKF; BFH V R 12/08, DStR 2011, 465; V R 38/09, DStR 2011, 454; V R 29/09, BStBl. II 2010, 885; vgl. auch BMF 2.1.2012, BStBl. I 2012, 60). **21**

Das gilt auch, wenn der Unternehmer eine Leistung für einen steuerfreien Ausgangsumsatz bezieht, um **mittelbar** seine zum Vorsteuerabzug berechtigende wirtschaftliche Gesamttätigkeit zu stärken, da der von ihm verfolgte **endgültige Zweck** unerheblich ist (EuGH C-496/11, DStR 2012, 1859 – Portugal Telecom; C-4/94, Slg. 1995, I-983 – BLP; C-98/98, Slg. 2000, I-4177 – Midland Bank; C-408/98, Slg. 2001, I-1361 – Abbey National). **22**

Fehlt ein direkter und unmittelbarer Zusammenhang zwischen einem bestimmten Eingangsumsatz und einem oder mehreren Ausgangsumsätzen, kann der Unternehmer zum Vorsteuerabzug berechtigt sein, wenn die Kosten für die Eingangsleistung zu seinen allgemeinen Aufwendungen gehören und Bestandteile des Preises der von ihm erbrachten Leistungen sind. Derartige Kosten hängen direkt und unmittelbar mit seiner wirtschaftlichen Gesamttätigkeit zusammen und berechtigen nach Maßgabe dieser Gesamttätigkeit zum Vorsteuerabzug (EuGH C-29/08, Slg. 2009, I-10413 – SKF; BFH V R 12/08, DStR 2011, 465; V R 38/09, DStR 2011, 454; XI R 8/10, BFH/NV 2012, 1667; vgl. auch BMF 2.1.2012, BStBl. I 2012, 60). **22a**

Beabsichtigt der Unternehmer eine von ihm bezogene Leistung zugleich für seine wirtschaftliche und seine nichtwirtschaftliche Tätigkeit zu verwenden, kann er den Vorsteuerabzug grundsätzlich nur insoweit in Anspruch nehmen, wie die Aufwendungen hierfür seiner wirtschaftlichen Tätigkeit zuzurechnen sind. Beabsichtigt der Unternehmer daher eine teilweise Verwendung für eine nichtwirtschaftliche Tätigkeit, ist er insoweit nicht zum Vorsteuerabzug berechtigt (BFH V R 17/10, BFH/NV 2011, 717; V R 12/08, DStR 2011, 465; vgl. auch BMF 2.1.2012, BStBl. I 2012, 60). **23**

Etwas anderes gilt, wenn es sich bei der nichtwirtschaftlichen Tätigkeit um eine Privatentnahme iSv Art. 16, 26 MwStSystRL handelt. Beabsichtigt der Unternehmer bereits bei Leistungsbezug, die bezogene Leistung nicht für seine wirtschaftliche Tätigkeit, sondern **ausschließlich** und **unmittelbar** für eine unentgeltliche Entnahme iSv von § 3 Abs. 1b S. 1 Nr. 1–3 zu verwenden, ist er nicht zum Vorsteuerabzug berechtigt (BFH V R 56/13, DStR 2014, 2447; V R 12/08, DStR 2011, 465; vgl. auch BMF 2.1.2012, BStBl. I 2012, 60). **24**

Handelt es sich im Fall einer gemischten Verwendung (für die wirtschaftliche und für eine nichtwirtschaftliche Tätigkeit) bei der nichtwirtschaftlichen Tätigkeit um den Sonderfall einer **Entnahme für private Zwecke** iSv Art. 16 MwStSystRL, kann er die bezogene Leistung insgesamt seiner wirtschaftlichen Tätigkeit zuordnen. Er kann dann aufgrund dieser Unternehmenszuordnung berechtigt sein, den Vorsteuerabzug auch für die Privatverwendung in Anspruch zu nehmen, muss dann aber insoweit eine Entnahme versteuern (EuGH C-434/03, Slg. 2005, I-7037 – Charles und Charles-Tijmens; C-515/07, UR 2009, 199 – VNLTO zu Verwendungsentnahmen; BFH V R 12/08, DStR 2011, 465; V R 23/10, BFHE 233, 274; V R 17/10, **25**

BFH/NV 2011, 717; vgl. auch BMF 2.1.2012, BStBl. I 2012, 60). Die Unterscheidung zwischen (allgemein) nichtwirtschaftlicher und (privater) nichtwirtschaftlicher Verwendung beruht darauf, dass nur in den Fällen einer privaten Verwendung das Erfordernis erfüllt, dass das – durch eine Zuordnungsentscheidung entstandene – Recht auf einen vollständigen Vorsteuerabzug mit der (späteren) Verpflichtung zur (teilweisen) Versteuerung einer unentgeltlichen Wertabgabe korrespondiert (vgl. BFH XI R 9/08, DStR 2011, 570; BMF 2.1.2012, BStBl. I 2012, 60).

26 Als zum Vorsteuerabzug berechtigender Eingangsumsatz reicht eine **wirtschaftliche Tätigkeit** aus, dh es kommen alle Tätigkeiten eines Erzeugers, Händlers oder Dienstleistenden in Betracht. Das beruht darauf, dass der Unternehmer durch den Vorsteuerabzug vollständig von der im Rahmen seiner wirtschaftlichen Tätigkeit geschuldeten oder entrichteten Mehrwertsteuer entlastet werden soll. Dabei haben die Begriffe Lieferungen und Dienstleistungen objektiven Charakter und sind unabhängig vom Zweck und Ergebnis der betroffenen Umsätze. Für die Frage, ob eine wirtschaftliche Tätigkeit vorliegt, kommt es nicht darauf an, ob sie ausschließlich zur Erlangung eines steuerlichen Vorteils getätigt wird. Die Frage des Rechtsmissbrauchs ist davon unabhängig zu beurteilen (EuGH C-504/10, BFH/NV 2011, 2220 – Tanoarch; C-223/03, Slg. 2006, I-1751 – University of Huddersfield). Die unentgeltliche Überlassung eines **Mandantenstammes** an eine Steuerberatungsgesellschaft fällt nicht in den Anwendungsbereich der Mehrwertsteuer und ist nicht als wirtschaftliche Tätigkeit anzusehen (EuGH C-204/13, DStR 2014, 592 – Malburg; BFH XI R 26/10, DStR 2014, 2810).

6. Nachweispflichten

27 Der Steuerpflichtige, der den Vorsteuerabzug in Anspruch nehmen will, trägt die objektive Beweislast (Feststellungslast) für alle Tatsachen, die den Vorsteuererstattungsanspruch begründen (EuGH C-85/95, UR 1997, 144 – Reisdorf; EuGH C-230/94, UR 1996, 418 (420) – Enkler mit Anm. *Widmann;* C-102/08, UR 1999, 489 – Salix; BFH V B 33/93, BFH/NV 1994, 133). Das umfasst

- die eigene Unternehmereigenschaft (→ Rn. 39 ff.),
- die Unternehmereigenschaft des Leistenden (→ Rn. 39 ff.),
- den Leistungsbezug für das eigene Unternehmen (→ Rn. 91 ff.),
- die ordnungsgemäße Abrechnung (→ Rn. 131 ff.),
- die Identität zwischen Leistungsempfänger und Rechnungsadressat (→ Rn. 164 ff.) sowie
- die Identität zwischen Rechnungsaussteller und leistendem Unternehmer (→ Rn. 161 ff.).

28 § 15 sieht keinen Schutz des guten Glaubens an die Voraussetzungen des Vorsteuerabzugs vor (BFH V R 23/14, BStBl. II 2015, 914; V R 63/07, BFH/NV 2009, 1473; V R 15/07, BStBl. II 2009, 744; XI R 51/07, BFH/NV 2010, 256; XI B 202/06, BFH/NV 2008, 1216; XI B 180/07, BFH/NV 2008, 1169; XI B 206/06, BFH/NV 2008, 1212; vgl. aber auch *Wagner* Stbg 2001, 56; *Stadie* in Rau/Dürrwächter Einf. Rn. 109; *Klenk* DStR 1998, 934; *Heidner* UR 2002, 445). Tendenzen in der älteren Rechtsprechung (BFH V R 8/99, BFH/NV 2000, 353; V B 16/99, V B 198/00, BFH/NV 2000, 611) und Literatur (*Wagner* Stbg 2001, 56 (62); *Stadie* in Rau/Dürrwächter Einf. Rn. 109) sind damit zunächst einmal erledigt. Allerdings hat der BFH inzwischen dem EuGH ua die Frage zur Vorabentscheidung vorgelegt, ob für den Fall, dass die formellen Rechnungsanforderungen nicht erfüllt sind, der Vorsteuerabzug bereits immer dann zu gewähren ist, wenn keine Steuerhinterziehung vorliegt oder der Steuerpflichtige die Einbeziehung in einen Betrug weder kannte noch kennen konnte oder ob der Vertrauensschutzgrundsatz in diesem Fall voraussetzt, dass der Steuerpflichtige alles getan hat, was von ihm zumutbarer Weise verlangt werden kann, um die Richtigkeit der Rechnungsangaben zu überprüfen (BFH V R

25/15, BFHE 254, 139: Az. beim EuGH: C-375/16). In diesem Zusammenhang hat der XI. Senat auch die Frage vorgelegt, ob die Berücksichtigung von Gutglaubengesichtspunkten im Billigkeitsverfahren dem Unionsrecht entspricht (BFH XI R 20/14, BFHE 254, 152, Az. beim EuGH: C-374/16).

29 Die Frage ist schon durch die Urteile des EuGH C-324/11 (UR 2012, 851 – Gábor Tóth) und C-80/11, C-142/11 (DStRE 2012, 1336 – Mahagében und Dávid) wieder in den Blickpunkt geraten. Der Vorsteuerabzug kann danach auch dann nicht versagt werden, wenn der Leistende ein Steuerpflichtiger ist, der nicht mehr für mehrwertsteuerliche Zwecke registriert ist (EuGH C-324/11, UR 2012, 851 – Gábor Tóth). Das Urteil C-80/11, C-142/11, DStRE 2012, 1336 – Mahagében und Dávid geht darüber noch hinaus, indem der EuGH darin entschieden hat, dass von dem den Vorsteuerabzug geltend machenden Unternehmer nicht generell die Prüfung verlangt werden kann, ob der Aussteller der Rechnung Steuerpflichtiger ist. Daraus lässt sich aber nur scheinbar ein Gutglaubensschutz herleiten, denn der EuGH widerspricht sich insoweit selbst, als er das Recht zum Vorsteuerabzug zugleich vom **tatsächlichen Vorliegen** der materiellen und formellen Voraussetzungen für die Entstehung und die Ausübung des Vorsteuerabzugs abhängig macht. Zu diesen Voraussetzungen gehört aber auch die Unternehmereigenschaft (Steuerpflichtigeneigenschaft) des Leistenden. Das hat der EuGH ausdrücklich im Urteil C-285/11, DB 2012, 2851 – Bonik EOOD noch einmal bestätigt. Der BFH hat auch unter dem Eindruck der og EuGH-Urteile noch einmal eindeutig klargestellt, dass ein Gutglaubensschutz im Festsetzungsverfahren nicht in Betracht kommt (BFH V R 23/14, BStBl. II 2015, 914). Einen Widerspruch zum Unionsrecht sieht der BFH zu Recht nicht, weil der EuGH in den og Entscheidungen das Recht auf Vorsteuerabzug nicht durch Vertrauensschutzgesichtspunkte erweitert, sondern vielmehr begrenzt, indem er den Vorsteuerabzug selbst dann versagt, wenn dessen Voraussetzungen zwar tatsächlich vorliegen, jedoch aufgrund objektiver Umstände feststeht, dass der Steuerpflichtige wusste oder hätte wissen müssen, dass er sich mit seinem Erwerb an einem Umsatz beteiligt, der in eine vom Lieferer oder von einem anderen Wirtschaftsteilnehmer auf einer vorhergehenden oder nachfolgenden Umsatzstufe der Lieferkette begangene Steuerhinterziehung einbezogen ist.

30 Liegen die materiellen Voraussetzungen des Vorsteuerabzugs nicht vor, wie zB bei unzutreffenden Rechnungsangaben, kommt unter Berücksichtigung des Grundsatzes des Vertrauensschutzes aber ggf. ein Vorsteuerabzug im Billigkeitsverfahren in Betracht. Vgl. hierzu aber die Vorlagen des BFH XI R 20/14 (BFHE 254, 152) und V R 25/15 (BFHE 254, 139) sowie →Rn. 28. Macht der Steuerpflichtige im Festsetzungsverfahren geltend, ihm sei der Vorsteuerabzug trotz Nichtvorliegens der materiell-rechtlichen Voraussetzungen zu gewähren, ist die Entscheidung über die Billigkeitsmaßnahme nach § 163 S. 3 AO regelmäßig mit der Steuerfestsetzung zu verbinden (BFH V R 63/07, BFH/NV 2009, 1473; V R 15/07, BStBl. II 2009, 744). Unionsrechtlichen Belangen wird dabei dadurch Rechnung getragen, dass das dem FA in § 163 AO eingeräumte Ermessen auf Null reduziert ist, wenn unionsrechtliche Regelungen eine Billigkeitsmaßnahme erfordern. Macht der Steuerpflichtige Gesichtspunkte des Vertrauensschutzes im Festsetzungsverfahren geltend, wird die Entscheidung über die Billigkeitsmaßnahme gemäß § 163 S. 3 AO regelmäßig mit der Steuerfestsetzung zu verbinden sein (BFH V R 23/14, BStBl. II 2015, 914; V R 7/03, BStBl. II 2010, 1075).

31 Den Nachweis des Vorliegens der Tatbestandsvoraussetzungen des § 15 kann der Unternehmer mit allen verfahrensrechtlich zulässigen Beweismitteln führen (EuGH C-85/95, UVR 1997, 144 – Reisdorf; BFH XI R 87/96, BStBl. II 1997, 585; X R 55/81, BStBl. II 1989, 120). Das heißt zB für die Abrechnung mit gesondertem Steuerausweis aber nicht, dass diese nicht vorzuliegen braucht. Die Berechtigung zum Vorsteuerabzug setzt den Nachweis voraus, dass eine Rechnung tatsächlich vorgelegen hat. Der Unternehmer kann lediglich im Falle des Verlustes auch ohne Vorlage der Originalrechnung durch andere Beweismittel nachweisen, dass eine ordnungsgemäße Abrechnung stattgefunden hat.

II. Voraussetzungen des Vorsteueranspruchs (§ 15 Abs. 1 S. 1 Nr. 1)

1. Änderungen durch das Steueränderungsgesetz 2003

32 Die Neufassung des § 15 Abs. 1 S. 1 stellt nunmehr klar, dass nur die vom Leistenden gesetzlich geschuldete Steuer zum Vorsteuerabzug beim Leistungsempfänger führen kann (vgl. auch → Rn. 153ff.).

Der neu gefasste § 15 Abs. 1 S. 1 Nr. 1 S. 2 setzt ausdrücklich den Besitz einer nach §§ 14, 14a ausgestellten Rechnung voraus. Da es sich bei dem Rechnungsbegriff um einen autonomen Begriff des Unionsrechts handelt, kommt es allerdings nicht auf den sachenrechtlichen Besitz nach §§ 854ff. BGB an (BFH V B 90/15, BFH/NV 2016, 1498). Diese Regelung legt die Vermutung nahe, dass der Leistungsempfänger auch im Zeitpunkt der Geltendmachung des Vorsteueranspruchs über die Originalrechnung noch verfügen muss. Das wäre eine Verschärfung gegenüber den bisherigen Anforderungen, wonach es ausreichte, dass die Rechnung einmal vorgelegen hatte und der Nachweis hierüber mit allen verfahrensrechtlich zulässigen Beweismitteln geführt werden konnte (vgl. → Rn. 173). Eine inhaltliche Änderung ist mit der Neufassung des Gesetzestextes aber gleichwohl nicht verbunden, weil nicht erkennbar ist, dass der Gesetzgeber eine Änderung gegenüber der auf der Rechtsprechung des EuGH beruhenden bisherigen Rechtspraxis bewirken wollte.

Die Anforderungen an eine zum Vorsteuerabzug berechtigende Rechnung sind durch die Neuregelung gewachsen. Die Rechnung muss nunmehr den Vorgaben der §§ 14, 14a, insbesondere den Mindestanforderungen des § 14 Abs. 4 genügen. Die darüber hinausgehende Voraussetzung, dass die Angaben in der nach §§ 14, 14a ausgestellten Rechnung auch vollständig und richtig sein müssen, hat keinen Eingang in den Gesetzestext gefunden. Diese Voraussetzung ist im ursprünglichen Gesetzentwurf noch vorgesehen gewesen (BT-Drs. 15/1562, Art. 4 Nr. 18a aa).

2. Leistender und Leistungsempfänger

33 Die Berechtigung zum Vorsteuerabzug setzt gemäß § 15 Abs. 1 voraus, dass der Unternehmer eine Leistung für sein Unternehmen von einem anderen Unternehmer bezogen hat und der andere Unternehmer ihm gegenüber unter gesondertem Ausweis der USt abgerechnet hat. Um diese Voraussetzungen beurteilen zu können, muss zunächst einmal geklärt sein, wer die Leistung bezogen hat (Leistungsempfänger), wer sie erbracht hat (Leistender) und worin die Leistung bestanden hat.

34 Zum Vorsteuerabzug berechtigt ist nur der Leistungsempfänger. Er bestimmt sich – ebenso wie der Leistende – grundsätzlich aus dem der Lieferungen oder sonstigen Leistung zugrundeliegenden schuldrechtlichen Vertragsverhältnis (BVerfG 1 BvR 1747/11, BeckVerw 2013, 46030; EuGH C-653/11, UR 2013, 628 – Newey; BFH XI R 33/11, BFH/NV 2014, 1239; V R 82/07, BStBl. II 2009, 876 mit zahlreichen Nachweisen aus der Rechtsprechung; BFH V R 16/05, BStBl. II 2007, 340; XI R 14/08, BStBl. II 2010, 243). Nicht maßgeblich ist, wem die empfangene Leistung wirtschaftlich zuzuordnen ist oder wer sie bezahlt hat (BFH XI R 33/11, BFH/NV 2014, 1239; EuGH C-104/12, UR 2013, 220 – Becker).

Bei der Bestimmung des Leistungsempfängers ist zu berücksichtigen, ob ein Handeln gegenüber Dritten im eigenen Namen oder berechtigterweise im Namen eines anderen vorliegt. Nur wenn ausnahmsweise unter Missachtung des schuldrechtlichen Vertrages die Leistung tatsächlich gegenüber einem Dritten erbracht wird, ist der

Dritte Leistungsempfänger (BFH V R 72/84, BStBl. II 1989, 677; vgl. auch BFH V R 70/99, UR 2001, 26). Aus dem Vertrag werden grundsätzlich die nach außen als Vertragsparteien in Erscheinung tretenden Beteiligten berechtigt und verpflichtet. Ggf. muss durch objektive Beweisanzeichen der schuldrechtliche Leistungsempfänger bestimmt werden, etwa dann, wenn schriftliche Schuldverträge nicht bestehen. Wird unter Missachtung des sich aus dem schuldrechtlichen Vertragsverhältnis ergebenden Anspruchs die Leistung tatsächlich an einen Dritten erbracht, so kann der Dritte unabhängig der zugrundeliegenden Rechtsbeziehungen Leistungsempfänger sein (BFH V R 72/84, BStBl. II 1989, 677). Steht der Leistungsempfänger jedoch fest, so kann er nicht mittels anderslautender Abrechnung ausgewechselt werden (BFH V R 85/83, BStBl. II 1988, 158). Die Bestimmung des Leistungsempfängers folgt nicht dem Prinzip einer wirtschaftlichen Zuordnung (BFH V R 96/92, BFH/NV 1995, 459). Ein Vorsteuerabzug eines **Profifußballvereins** aus ihm von **Spielervermittlern** erteilten Rechnungen setzt voraus, dass der Verein und nicht der betreffende Spieler Empfänger der in Rechnung gestellten Leistungen ist (BFH XI R 4/11, DStRE 2013, 1501).

Beziehen **mehrere Personen gemeinsam** eine Leistung, ist entscheidend, ob die Personenmehrheit als solche eine umsatzsteuerrechtlich eigenständige Person ist oder ob die natürlichen Personen lediglich gemeinschaftlich verbunden sind (BFH V R 40/01, UR 2006, 481; V R 49/99, UR 2001, 118; V R 79/99, UR 2001, 251; vgl. auch BFH V R 67/00, UR 2002, 213 sowie → Rn. 165). Beim Erwerb eines Investitionsgutes kann der Vorsteuerabzug einem einzelnen Gemeinschafter zustehen, soweit der anteilige Abzugsbetrag nicht über den Miteigentumsanteil des Gemeinschafters hinausgeht (EuGH C-25/03, UR 2005, 324 – HE; BFH V R 40/01, UR 2006, 481). Vgl. auch → Rn. 165 sowie BMF 1.12.2006, BStBl. I 2007, 90. **35**

Bei **Treuhandverhältnissen** und Strohmanngeschäften ist die Bestimmung des Leistungsempfängers eng verbunden mit der Feststellung der Unternehmereigenschaft und der Feststellung des Rechnungsempfängers. Dennoch sind beide Fragen voneinander zu trennen. Die Berechtigung zum Vorsteuerabzug setzt beides kumulativ voraus: Leistungsbezug und Unternehmereigenschaft (vgl. auch → Rn. 60 ff.). **36**

Die Bestimmung des **Leistenden** richtet sich – ebenso wie die des Leistungsempfängers – grundsätzlich nach den schuldrechtlichen Vertragsverhältnissen. Leistender ist danach idR derjenige, der die Lieferungen oder sonstigen Leistungen im eigenen Namen gegenüber einem anderen selbst oder durch einen Beauftragten ausführt (BFH V R 17/14, nv). Ob eine Leistung dem Handelnden oder einem anderen zuzurechnen ist, hängt grds. davon ab, ob der Handelnde gegenüber Dritten im eigenen Namen oder berechtigterweise im Namen eines anderen aufgetreten ist (BFH V R 82/07, BStBl. II 2009, 876; V R 9, 10/02, UR 2004, 27; V B 108/01, UR 2002, 275; V R 8/99, BFH/NV 2000, 353; V R 16/99, BFH/NV 2000, 611; V R 4/98, BStBl. II 1999, 628). Die Feststellung des Leistenden ist aus einer Vielzahl von Gründen für die Berechtigung des Leistungsempfängers zum Vorsteuerabzug von Bedeutung. Zum einen muss es sich bei dem Leistenden um einen Unternehmer handeln. Das Vorliegen dieser Voraussetzung lässt sich nur beurteilen, wenn die Identität des Leistenden bekannt ist. Auch die Frage, ob der Leistende Kleinunternehmer ist oder die von ihm erbrachte Leistung aus personenbezogenen Gründen steuerbefreit ist, setzt die Kenntnis der Identität des Leistenden voraus. Schließlich muss die zum Vorsteuerabzug berechtigende Rechnung von dem leistenden Unternehmer ausgestellt sein. **37**

Probleme bereitet die Bestimmung des Leistungsempfängers und/oder des Leistenden immer dann, wenn **38**

- die Vertragslage unklar ist (zB bei nur mündlich getroffenen Vereinbarungen),
- die an dem Leistungsaustausch wirtschaftlich Interessierten nach außen nicht in Erscheinung treten wollen (Strohmanngeschäfte, Domizilgesellschaften, vgl. → Rn. 60 ff.; *Wagner* StuW 1995, 154),

- die tatsächlich Handelnden nicht für sich, sondern in fremdem oder unter fremden Namen auftreten und dieser Umstand für den Vertragspartner nicht erkennbar ist,
- mehrere in einem Näheverhältnis zueinander stehende Personen wirtschaftlich betroffen sind (Ehepartner, Gesellschafter, Erben-, Bauherren-, Arbeitsgemeinschaften, vgl. → Rn. 46),
- das Leistungsverhältnis von besonderen rechtlichen Konstruktionen überlagert ist (Leistungskommission, vgl. → § 3 Rn. 3, 11; *Heidner* UR 2001, 517).

3. Unternehmereigenschaft von Leistungsempfänger und Leistendem

39 **a) Der Begriff des Steuerpflichtigen.** Das Unionsrecht kennt den umsatzsteuerrechtlichen Begriff des Unternehmers nicht. Art. 9 MwStSystRL geht vom Begriff des Steuerpflichtigen aus. Als solcher ist gemäß Art. 9 Abs. 1 MwStSystRL anzusehen, wer bestimmte wirtschaftliche Tätigkeiten selbstständig und unabhängig von ihrem Ort ausübt, gleichgültig zu welchem Zweck und mit welchem Ergebnis (vgl. im Einzelnen EuGH C-354, 355/03 und C-484/03, UR 2006, 157 – Optigen ua). Bei den in Art. 9 Abs. 1 MwStSystRL genannten Tätigkeiten handelt es sich um die eines Erzeugers, Händlers oder Dienstleistenden einschließlich der Tätigkeiten der Urproduzenten, der Landwirte sowie der freien Berufe und der diesen gleichgestellten Berufe. Als wirtschaftliche Tätigkeit gilt dabei auch eine Leistung, die die Nutzung von körperlichen oder nicht körperlichen Gegenständen zur nachhaltigen Erzielung von Einnahmen umfasst.

40 Von den Entscheidungen des EuGH, die die Auslegung des Steuerpflichtigen-Begriffs maßgeblich geprägt haben, sind die folgenden hervorzuheben:
- zum Halten von Gesellschaftsanteilen: EuGH C-16/00, UR 2001, 500 – Cibo Participations; C-102/00, UR 2001, 533 – Welthgrove BV; C-142/99, UR 2000, 530 – Floridienne und Berginvest; C-60/90, BeckRS 2004, 77614 – Polysar Investments; C-333/91, UR 1994, 73 – Sofitam/Satam;
- zum **erfolglosen Unternehmer** ohne Ausgangsumsätze: EuGH C-110/94, DStR 1996, 419 – Inzo; C-37/95, IStR 1998, 112 – Ghent Coal Terminal NV; C-110/98 bis C-147/98, UR 2000, 208 Rn. 47 – Gabalfrisa ua; C-400/98, IStR 2000, 466 – Breitsohl; C-396/98, UR 2000, 336 – Schloßstraße;
- zur gelegentlichen **Vermietung** auch **privat genutzter Wirtschaftsgüter** (Wohnmobil): EuGH C-230/94, UR 1996, 418 – Enkler; C-219/12, DStRE 2013, 1378 – Fuchs zur **Fotovoltaikanlage;**
- zur **treuhänderischen Verwaltung** (einschließlich Erwerb und Veräußerung) von Aktien und Wertpapieren: EuGH C-155/94, UR 1996, 423 – Wellcome Trust;
- zum Erwerb und Besitz von **Schuldverschreibungen:** EuGH C-8095, UR 1997, 141 – Harnas;
- zur **Unternehmereigenschaft von Einrichtungen des öffentl. Rechts:** EuGH C-231/87, C-129/88, UR 1991, 77 – Carpaneto Piacentino, Rivergaro;
- zum **Karussellbetrug:** EuGH C-354, 355/03 und C-484/03, UR 2006, 157 – Optigen ua.

41 **b) Der Unternehmerbegriff des UStG.** § 15 Abs. 1 eröffnet den Vorsteuerabzug nur dem Unternehmer iSd § 2. Der ustliche Unternehmerbegriff erschließt sich aus § 2 (vgl. im Einzelnen → § 2 Rn. 5 ff.). Geprägt wird der Unternehmerbegriff des deutschen UStG von der **Nachhaltigkeit** einer auf Einnahmeerzielung ausgerichteten Tätigkeit und von der **Selbstständigkeit** ihrer Ausübung. Bei richtlinienkonformer Auslegung muss dabei eine wirtschaftliche Tätigkeit (Art. 9 Abs. 1 MwStSystRL) ausgeübt werden (BFH V R 19/04, BFH/NV 2005, 725). Als Steuerpflichtiger (Unternehmer) gilt, wer die durch objektive Anhaltspunkte belegte Absicht hat, eine

derartige Tätigkeit auszuüben, und erste Investitionsausgaben für diese Zwecke tätigt (EuGH C-400/98, Slg. 2000, I-4321 – Breitsohl). Dabei kommt es auf die Verhältnisse im Zeitpunkt des Leistungsbezugs an (BFH XI R 64/06, BFH/NV 2009, 798 mwN).

aa) Nachhaltigkeit der Tätigkeit. Grundsätzlich ist eine Tätigkeit als nachhaltig anzusehen, wenn sie – ohne Rücksicht auf ihr Motiv – auf Wiederholung angelegt ist und iS einer geschäftsmäßigen Tätigkeit auf den Erwerb von Einnahmen ausgerichtet ist (vgl. BFH V B 136/93, UR 1995, 395; V R 32/74, BStBl. II 1985, 173; V R 41/76, BStBl. II 1986, 874; V R 3/77, BStBl. II 1987, 512; V R 9/79, BStBl. II 1987, 653). Ob dies der Fall ist, ist in erster Linie nach dem **Gesamtbild der Verhältnisse** zu beurteilen (BFH V R 10/07, BStBl. II 2009, 741; Grundsatzentscheidung hierzu BFH V R 86/87, BStBl. II 1991, 776). Es kommt somit darauf an, wie sich der Geschehensablauf auf Grund objektiver Merkmale nach außen darstellt. Hierfür hat die Rechtsprechung eine Anzahl maßgebender Kriterien herausgearbeitet, die je nach Einzelfall in unterschiedlicher Gewichtung für und gegen die Nachhaltigkeit der (beabsichtigten) Einnahmeerzielung sprechen können. Dies sind die Dauer und die Intensität des Tätigwerdens, die Höhe der Erlöse, die Beteiligung am Markt durch Werbung, die Zahl der ausgeführten Umsätze, das planmäßige Tätigwerden, das Unterhalten eines Geschäftslokals (BFH V R 21/09, BStBl. II 2011, 524; V R 23/93, BStBl. II 1997, 368; V R 86/87, BStBl. II 1991, 776). Kann ein Gegenstand seiner Art nach sowohl zu wirtschaftlichen als auch zu privaten Zwecken verwendet werden, so sind alle Umstände seiner Nutzung zu prüfen, um festzustellen, ob er tatsächlich zur nachhaltigen Erzielung von Einnahmen verwendet wird (EuGH C-219/12, DStRE 2013, 1378 – Fuchs; C-230/94, Slg. 1996, I-4517 – Enkler; BFH V R 21/09, BStBl. II 2011, 524; V R 10/06, BFH/NV 2009, 230; V R 10/07, BStBl. II 2009, 741). Vgl. auch → § 2 Rn. 62; zu den einzelnen bei der Frage der Nachhaltigkeit auftretenden Problemen vgl. → § 2 Rn. 51 ff. 42

bb) Selbstständigkeit der Tätigkeit. § 2 Abs. 2 enthält – getrennt nach natürlichen und juristischen Personen – eine Negativdefinition der **Selbstständigkeit.** Danach werden **natürliche Personen** nicht selbstständig tätig, wenn sie einem Unternehmen so eingegliedert sind, dass sie den Weisungen des Unternehmers zu folgen verpflichtet sind. Dabei kommt es darauf an, ob die Tätigkeit als solche weisungsgebunden ist. Ob der Handelnde im Einzelfall tatsächlich auch weisungsgemäß verfährt, ist grds. unbeachtlich. Da diese formelartige Definition nur geringe Aussagekraft im Hinblick auf die Vielfalt möglicher wirtschaftlicher und rechtlicher Beziehungen zwischen natürlichen Personen und Unternehmern aller Art entfaltet, hat die Rechtsprechung eine Reihe von Merkmalen herausgearbeitet, deren Gesamtbild über das Vorliegen der Selbstständigkeit entscheidet (vgl. → § 2 Rn. 82 ff., → Rn. 91). 43

Die Frage nach der Selbstständigkeit der Tätigkeit **juristischer Personen** wird in § 2 Abs. 2 Nr. 2 durch die Rechtsfigur der **Organschaft** beantwortet (vgl. im Einzelnen → § 2 Rn. 101 ff.). Die juristische Person wird danach nicht selbstständig tätig, wenn sie nach dem Gesamtbild der tatsächlichen Verhältnisse **finanziell, wirtschaftlich** und **organisatorisch** in das Unternehmen des Organträgers eingegliedert ist. 44

cc) Rechtsform. Der umsatzsteuerrechtliche Unternehmerbegriff stellt nicht auf die Rechtsform ab (vgl. BFH V R 105/91, BStBl. II 1994, 671). Mit der Formulierung „Unternehmer ist, wer eine gewerbliche oder berufliche Tätigkeit selbstständig ausübt", legt sich § 2 Abs. 1 S. 1 bewusst nicht auf bestimmte Rechtspersönlichkeiten fest. Neben natürlichen und juristischen Personen kommen daher auch **Personenzusammenschlüsse aller Art** als Unternehmer in Betracht, wenn sie als solche erkennbar am Wirtschaftsleben teilnehmen. Auf die zivilrechtliche Rechtsfähigkeit kommt es dabei nicht an (BFH V R 67/00, UR 2002, 213; V R 105/91, BStBl. II 1994, 671; V R 42/89, UR 1994, 44; V R 38/89, UR 1994, 45). 45

46 **dd) Auftreten nach außen.** Wegen des äußeren Erscheinungsbildes einer auf Einnahmeerzielung gerichteten Tätigkeit ist als Unternehmer in erster Linie derjenige anzusehen, der nach außen als solcher auftritt (BFH V R 31/85, BStBl. II 1991, 381; FG Münster 15 K 5555/92 U, UR 1995, 188; vgl. auch → § 2 Rn. 14f.). Hierfür gibt es eine Reihe von Beweisanzeichen (vgl. → § 2 Rn. 12). Das Problem wird meist in Fällen aktuell, in denen ein **Näheverhältnis** zwischen mehreren Personen besteht, wie zB bei Ehegatten, GbR und Erbengemeinschaften. Auch bei Arbeitsgemeinschaften kann die Feststellung, ob die einzelnen beteiligten Unternehmer oder die Arbeitsgemeinschaft als Unternehmer aufgetreten sind, Schwierigkeiten bereiten (vgl. → § 2 Rn. 32).

47 **ee) Beginn der Unternehmereigenschaft.** Die Unternehmereigenschaft beginnt bereits mit den ersten nach außen, auf die Ausführung entgeltlicher Leistungen gerichteten Handlungen. Hierzu gehören auch Vorbereitungshandlungen, wie der Waren- und Materialeinkauf, die Anmietung von Räumen, Investitionen oder Werbemaßnahmen vor Geschäftseröffnung. Entscheidend ist dabei die durch **objektive Anhaltspunkte belegte Absicht,** eine unternehmerische Tätigkeit auszuüben (BFH XI R 26/11, BFH/NV 2012, 1192; XI R 64/06, BFH/NV 2009, 798; vgl. im Einzelnen → Rn. 292).

48 **ff) Ende der Unternehmereigenschaft.** Das Ende der Unternehmereigenschaft (vgl. im Einzelnen → Rn. 70ff.) ist gekommen, sobald nach außen erkennbar endgültig keine auf Einnahmeerzielung gerichtete Tätigkeit mehr ausgeübt wird (BFH V R 18/89, BStBl. II 1993, 561). Das zwischenzeitliche Ruhen der unternehmerischen Tätigkeit führt noch nicht zu deren Beendigung. Dazu ist vielmehr die Abwicklung aller mit dem aufgegebenen Betrieb in Zusammenhang stehender Rechtsbeziehungen erforderlich (BFH XI R 50/90, BStBl. II 1993, 696; V R 18/89, BStBl. II 1993, 561; V R 37/84, BStBl. II 1989, 913; zur Rechtslage bei **vermögenslos gewordenen Gesellschaften** vgl. → Rn. 72 sowie *Heidner* DStR 1992, 201). Sofern Vermögensgegenstände vorhanden sind, die dem Unternehmen gedient haben, endet die Unternehmereigenschaft daher frühestens mit deren Veräußerung oder Überführung in den nichtunternehmerischen Bereich. Auch der Vorsteuerabzug aus Rechnungen, die nach Beendigung der werbenden Tätigkeit eingehen, sowie Vorsteuer-Korrekturen bei später eintretenden Entgeltsveränderungen iSv § 17 sind noch möglich, weil sie noch zur Abwicklung der Rechtsbeziehungen gehören. Eine nur unbestimmte Fortführungsabsicht des Unternehmers allein lässt das Unternehmen allerdings nicht fortbestehen (FG Nürnberg II 258/92, EFG 1996, 39).

49 **gg) Juristische Personen des öffentlichen Rechts.** Auch juristische Personen des öffentlichen Rechts können gemäß **§ 2 Abs. 3** im Rahmen ihrer **Betriebe gewerblicher Art** iSd § 1 Abs. 1 Nr. 6 und § 4 KStG und ihrer land- und forstwirtschaftlichen Betriebe unternehmerisch tätig und damit zum Vorsteuerabzug hinsichtlich der für diesen Bereich bezogenen Leistungen berechtigt sein. Bei diesen Betrieben handelt es sich nach § 1 Abs. 1 Nr. 6 iVm § 4 KStG um alle Einrichtungen, die einer nachhaltigen wirtschaftlichen Tätigkeit zur Erzielung von Einnahmen dienen und die sich innerhalb der Gesamtbetätigung der juristischen Person wirtschaftlich herausheben. Die Absicht, Gewinn zu erzielen, und eine Beteiligung am allgemeinen wirtschaftlichen Verkehr sind nicht erforderlich (§ 4 Abs. 1 KStG). Betriebe, die überwiegend der Ausübung der öffentlichen Gewalt dienen (Hoheitsbetriebe), gehören nach § 4 Abs. 5 KStG nicht hierzu. Diese Vorschriften sind unter Berücksichtigung von Art. 13 MwStSystRL richtlinienkonform auszulegen. Danach gelten Staaten, Länder, Gemeinden und sonstige Einrichtungen des öffentlichen Rechts nicht als Steuerpflichtige, soweit sie die Tätigkeiten ausüben oder Leistungen erbringen, die ihnen im Rahmen der öffentlichen Gewalt obliegen, auch wenn sie im Zusammenhang mit diesen Tätigkeiten oder Leistungen Zölle, Gebühren, Beiträge oder

sonstige Abgaben erheben. Falls sie jedoch solche Tätigkeiten ausüben oder Leistungen erbringen, gelten sie hierfür als Steuerpflichtige, sofern eine Behandlung als Nicht-Steuerpflichtige zu größeren Wettbewerbsverzerrungen führen würde.

Danach ist eine juristische Person des öffentlichen Rechts bei richtlinienkonformer Auslegung von § 2 Abs. 3 S. 1 iVm § 4 KStG entsprechend Art. 13 MwStSystRL Unternehmer, wenn sie eine wirtschaftliche und damit eine nachhaltige Tätigkeit zur Erbringung entgeltlicher Leistungen (wirtschaftliche Tätigkeit) ausübt, die sich innerhalb ihrer Gesamtbetätigung heraushebt. Handelt sie dabei auf **privatrechtlicher Grundlage** durch Vertrag, kommt es auf weitere Voraussetzungen nicht an. Erfolgt ihre Tätigkeit auf öffentlich-rechtlicher Grundlage zB durch Verwaltungsakt, ist sie demgegenüber nur Unternehmer, wenn eine Behandlung als Nichtunternehmer zu größeren **Wettbewerbsverzerrungen** führen würde (BFH V R 23/10, DStR 2011, 1077; V R 10/09, BFHE 229, 416; vgl. auch BMF 2.1.2012, BStBl. I 2012, 60). **50**

§ 2 Abs. 3 gilt dabei nur für die unmittelbare Tätigkeit der juristischen Person des öffentlichen Rechts selbst. Nicht unter diese Regelung fallen die sog. Eigengesellschaften der juristischen Person des öffentlichen Rechts (vgl. → § 2 Rn. 145) und beliehene Unternehmer, dh privatrechtliche Gesellschaften, denen vertraglich Pflichtaufgaben der öffentlichen Gewalt übertragen werden (vgl. → § 2 Rn. 145). **51**

einstweilen frei **52–55**

c) Einzelprobleme der Unternehmereigenschaft beim Vorsteuerabzug. **56**
aa) Erfolgloser (umsatzloser) Unternehmer. Die lange Zeit umstrittene Frage, ob auch dem erfolglosen (umsatzlosen) Unternehmer die Berechtigung zum Abzug der Vorsteuer aus den Leistungsbezügen für sein geplantes Unternehmen zusteht, ist inzwischen durch zahlreiche Entscheidungen des EuGH und des BFH geklärt. Ob es tatsächlich zu Ausgangsumsätzen kommt, ist für die Unternehmereigenschaft ohne Bedeutung. Als zum Vorsteuerabzug Berechtigter Unternehmer gilt bereits, wer die durch **objektive Anhaltspunkte belegte Absicht** hat, eine zu steuerbaren Umsätzen führende wirtschaftliche Tätigkeit aufzunehmen (EuGH C-257/11, DB 2012, 2851 – GVM; C-396/98, UR 2000, 336 – Schloßstraße; C-400/98, UR 2000, 329 – Breitsohl; C-110/98 bis C-147/98, UR 2000, 208 – Gabalfrisa; C-37/05, IStR 1998, 112 – Ghent Coal Terminal NV; C-110/94, DStR 1996, 419 – Inzo; BFH V R 24/98, DStR 2001, 700; V R 77/96, DStR 2001, 785; V R 77/96, UR 2001, 260; V R 24/98, UR 2001, 214; vgl. zum Ganzen → § 2 Rn. 66ff.).

bb) Vorgründungsgesellschaft. Problematisch ist die Berechtigung zum Vorsteuerabzug im **Gründungsstadium juristischer Personen** (vgl. im Einzelnen → § 2 Rn. 36; NdsFG 5 K 99/99, DStRE 2001, 1048; *Grett* DStR 2001, 968; *Zugmaier* DStR 2000, 2176). Es handelt sich dabei um ein Problem des Beginns der Unternehmereigenschaft und der Identität verschiedener Entwicklungsstufen im Gründungsstadium. Bei der Gründung einer juristischen Person ist zu unterscheiden zwischen **57**

- der Gesellschaft vor Abschluss des GmbH-Gesellschaftsvertrags **(Vorgründungsgesellschaft),**
- der Gesellschaft nach Abschluss des notariell beurkundeten Gesellschaftsvertrags, aber vor Eintragung der GmbH im Handelsregister **(Vorgesellschaft),**
- der **eingetragenen juristischen Person.**

Die Rechtsprechung geht gesellschaftsrechtlich und ertragstrechtlich von einer Identität zwischen der **Vorgesellschaft** und der später eingetragenen **Kapitalgesellschaft** jedenfalls dann aus, wenn die Eintragung im Handelsregister tatsächlich erfolgt (BGH II ZR 276/83, BGHZ 1991, 148ff.; BFH I R 174/86, BStBl. II 1990, 91; I R 98/87, BStBl. II 1990, 1073). Auf das UStRecht übertragen folgt hieraus die Berechtigung der GmbH zum Vorsteuerabzug auch aus Leistungsbezügen, die bereits die Vorgesellschaft bezogen und in Rechnung gestellt bekommen hat. Kommt es nicht zur Eintragung der GmbH, steht der Vorgesellschaft der Vorsteuerabzug für die von ihr für das geplante Unternehmen bezogenen Leistungen unter den zum sog. erfolglosen Unternehmer entwickelten Rechtsgrundsätzen zu (vgl. → Rn. 56 sowie → § 2 Rn. 36).

58 Umstritten ist die Berechtigung der **Vorgründungsgesellschaft** zum Vorsteuerabzug aus Leistungen, die sie für das Unternehmen der noch zu gründenden GmbH bezieht. Gesellschaftsrechtlich wird die Vorgründungsgesellschaft als verselbstständigte GbR behandelt, bei der keine Identität zu der später errichteten und eingetragenen Kapitalgesellschaft besteht (BGH II ZR 276/83, BGHZ 91, 148). Der Vorgründungsgesellschaft wäre der Vorsteuerabzug zu versagen, weil sie die Leistungen nicht für eine eigene wirtschaftliche Tätigkeit bezieht und der Kapitalgesellschaft stünde der Vorsteuerabzug ebenfalls nicht zu, weil sie die Leistungen nicht bezogen hat.

59 Dass dieses Ergebnis nicht mit dem **Neutralitätsgrundsatz** zu vereinbaren ist, liegt auf der Hand. Der EuGH hat daher entschieden, dass ein Steuerpflichtiger, dessen einziger Gesellschaftszweck die Vorbereitung der wirtschaftlichen Tätigkeit eines anderen Steuerpflichtigen ist und der selbst keinen steuerbaren Umsatz bewirkt, als Steuerpflichtiger (Unternehmer) anzusehen ist und in Anwendung des Grundsatzes der Neutralität der Mehrwertsteuer ein Recht auf Vorsteuerabzug im Zusammenhang mit steuerbaren Umsätzen, die von dem zweiten Steuerpflichtigen bewirkt werden, geltend machen kann (EuGH C-137/02, UR 2004, 362 – Faxworld). Im Urteil C-280/10 (DStRE 2012, 893 – Polski Trawertyn) hat der EuGH diesen Grundsatz bestätigt. Ganz stringent ist die Rspr. des EuGH dabei nicht. Der EuGH sagt im Urteil Polski Trawertyn über den Fall Faxworld hinausgehend, dass der Kapitalgesellschaft der Vorsteuerabzug dann zusteht, wenn die Gesellschafter (die Vorgründungsgesellschaft), obwohl sie als Steuerpflichtige anzusehen sind, nach den nationalen Vorschriften den Vorsteuerabzug nicht geltend machen können. Im Grunde ist es dem EuGH gleichgültig, wem der Vorsteuerabzug zusteht, denn er antwortet im Fall Polski Trawertyn auf die Vorlagefrage, dass Art. 9, 168 und 169 MwStSystRL „dahin auszulegen sind, dass sie einer nationalen Regelung entgegenstehen, wonach weder die Gesellschafter einer Gesellschaft noch die Gesellschaft selbst ein Recht auf Vorsteuerabzug für Investitionskosten geltend machen dürfen, die vor Gründung und Eintragung dieser Gesellschaft von den Gesellschaftern für die Zwecke und im Hinblick auf die wirtschaftliche Tätigkeit der Gesellschaft getragen wurden". Der Berechtigung der Kapitalgesellschaft zum Vorsteuerabzug steht auch nicht entgegen, dass die Rechnungen auf die Gesellschafter ausgestellt sind. Der EuGH wertet das als rein formalen Mangel, der nicht zum Ausschluss des Vorsteuerabzugs führt, weil dessen materielle Voraussetzungen erfüllt sind. Diese Argumentation ist sehr ergebnisorientiert geprägt und auch nicht ganz ungefährlich, weil sie die Bedeutung der Rechnungsanforderungen in schwer greifbarer Weise aufweicht. Das Urteil C-280/10, (DStRE 2012, 893 – Polski Trawertyn) ist auch in anderer Hinsicht unklar. Im Sachbericht wird von zwei Rechnungen berichtet, wobei eine auf die Gesellschafter, die andere auf „eine noch nicht existierende Gesellschaft" ausgestellt wurde (→ Rn. 21). In der zweiten Vorlagefrage (→ Rn. 25) ist aber nur noch von einer „auf die Gesellschafter und nicht auf die Gesellschaft" ausgestellten Rechnung die Rede. Auch die Antwort des EuGH bezieht sich, insoweit folgerichtig, nur auf die auf die Gesellschafter ausgestellte Rechnung. Welche Bedeutung aber der auf die Gesellschaft ausgestellten Rechnung zukommt bleibt im Dunkeln.

Um den sowohl wirtschaftlich als auch unter dem EU-rechtlichen **Neutralitätsgrundsatz** nicht zu rechtfertigenden Ausfall der Vorsteuer zu vermeiden, hat das HessFG der Vorgründungsgesellschaft den Vorsteuerabzug für Leistungen zugebilligt, die der Vorbereitung des Unternehmens der zu gründenden Kapitalgesellschaft gedient haben (HessFG 6 K 2426/98, DStRE 2000, 763). Der BFH neigt dieser Auffassung zu und hat in dem Revisionsverfahren gegen das Urteil des HessFG dem EuGH die Frage nach Berechtigung der Vorgründungsgesellschaft zum Vorsteuerabzug zur Vorabentscheidung vorgelegt (BFH V R 84/99, UR 2002, 265). Die Vorsteuerberechtigung der Vorgründungsgesellschaft ist zweifelhaft, denn sie übt weder eine wirtschaftliche Tätigkeit iSd Art. 9 MwStSystRL aus noch handelt es sich um eine eigene nachhaltige Tätigkeit iSv § 2 Abs. 1. Auch die Grundsätze zum erfolglosen Unternehmer führen nicht weiter, weil die Vorgründungsgesellschaft keine Investitionen für ihr Unternehmen tätigt. Das NdsFG leitet deshalb aus einer richtlinienkonformen Auslegung des Unternehmerbegriffs die steuerrechtliche Identität zwischen der Vorgründungsgesellschaft, der Vorgesellschaft und der Kapitalgesellschaft her und kommt damit zur Vorsteuerabzugsberechtigung der Kapitalgesellschaft (NdsFG 5 K 99/99, DStRE 2001, 1048). Der EuGH hat gleichwohl im Urteil C-137/02 (UR 2004, 362 – Faxworld) mit einer nicht überzeugenden Begründung die Unternehmereigenschaft der Vorgründungsgesellschaft bejaht (vgl. im Einzelnen → § 2 Rn. 83).

cc) Strohmann (verdeckter Treuhänder). Die Einschaltung von Strohmännern in Leistungsbeziehungen führt zu vielschichtigen ustrechtlichen Problemen bei nahezu allen Tatbestandsmerkmalen des § 15 Abs. 1. Umstritten ist die Unternehmereigenschaft des Strohmannes, der nach außen im eigenen Namen auftritt und damit eigene schuldrechtliche Verpflichtungen und Rechte begründet, dabei aber nicht eigene wirtschaftliche Interessen verfolgt, sondern Interessen eines im Hintergrund wirkenden Auftraggebers wahrnimmt. **60**

Die Frage nach der Unternehmereigenschaft des Strohmannes kann nicht allg. beantwortet werden. Insbesondere kann auch ein Strohmann Unternehmer iSd § 2 Abs. 1 sein (BFH V R 17/14, BFH/NV 2016, 80; V B 198/00, UR 2002, 31). Letztlich kommt es darauf an, ob der Strohmann selbstständig und nachhaltig tätig wird. Dabei führt die für verdeckte Treuhandverhältnisse typische Weisungsgebundenheit gegenüber dem Hintermann allein noch nicht zur Unselbstständigkeit im ustrechtlichen Sinn (vgl. im Einzelnen → § 2 Rn. 38, 39; *Wagner* StuW 1995, 154; *Heidner,* Treuhandverhältnisse im Steuerrecht, Rn. 689 ff.; *Heidner* UR 2002, 445). Entscheidend ist vielmehr, ob der Strohmann in das Unternehmen des Hintermannes eingegliedert ist. Die Rechtsprechung ist uneinheitlich (vgl. BFH V R 4/98, UR 1999, 283; V B 107/98, BFH/NV 1999, 1649, selbstständiger Strohmann; BFH XI R 97, 92, UR 1995, 96 und XI R 56/93, UR 1995, 183, unselbstständiger Strohmann). **61**

Strikt von der Frage der Unternehmereigenschaft zu trennen ist die Feststellung zwischen welchen Personen sich im Falle des Auftretens eines Strohmannes die Leistungsbeziehungen vollziehen (vgl. → Rn. 33 ff. sowie *Heidner,* Treuhandverhältnisse im Steuerrecht, Rn. 699 ff.; *Heidner* UR 2002, 445). Das Problem dabei ist, dass die Unternehmereigenschaft meist nach dem **Innenverhältnis** der Beteiligten beurteilt wird, während sich die Beteiligten des Leistungsaustausches aus den schuldrechtlichen Vertragsbeziehungen, also aus dem **Außenverhältnis** ergeben. **62**

dd) Domizilgesellschaften/Scheinunternehmen. Die FVerw tendiert dazu, den Vorsteuerabzug aus Rechnungen einer Gesellschaft, die als sog. Domizilgesellschaft angesehen wird, zu versagen. Der ertragsteuerlich geprägte Begriff der Domizilgesellschaft hat aber für das UStRecht allenfalls insofern eine mittelbare Bedeutung, als es bei solchen Gesellschaften häufig an der selbstständigen und nachhaltigen Entfaltung einer wirtschaftlichen Tätigkeit und damit an der Unternehmereigenschaft fehlt (vgl. BFH V R 9, 10/02, UR 2004, 27; V B 143/97, UR 1999, 489; NdsFG 5 K 237/96, UR 2002, 33 (35)). Umsatzsteuerlich von Bedeutung ist – neben der Feststellung der Beteiligten des Leistungsaustauschs – allein die Unternehmereigenschaft. Diese ist anhand der Tatbestandsvoraussetzungen des Art. 9 MwStSystRL und des § 2 zu beurteilen. Es gibt keinen allgemeinen Rechtssatz, demzufolge Domizilgesellschaften keine Unternehmereigenschaft aufweisen können (BFH V R 68/00, UR 2002, 31; vgl. zum Ganzen auch *Schlenker* IStR 2000, 645). **63**

Allerdings ist der Vorsteuerabzug nur möglich, wenn der in der Rechnung angegebene **Sitz** des Leistenden tatsächlich bestanden hat (BFH V R 48/04, UR 2007, 693; V R 51/93, BStBl. II 1996, 620). Zur Verwendung von **Deckadressen** und sog. **Servicediensten** vgl. auch → Rn. 135 und 161.

64 **ee) Erwerb von Freizeitgegenständen.** Die Beurteilung des Vorsteuerabzugs aus dem Erwerb von Gegenständen, die typischerweise für private Zwecke Verwendung finden (Wohnmobil, Segelyacht uÄ), knüpft am Tatbestandsmerkmal der **Nachhaltigkeit** an. Dabei tritt eine mangelnde Abstimmung zwischen dem deutschen UStRecht und dem Unionsrecht zu Tage. Das Unionsrecht stellt die **Absicht** des Unternehmers zur nachhaltigen Erzielung von Einnahmen in den Vordergrund. Demgegenüber setzt § 2 Abs. 1 die **Nachhaltigkeit der Tätigkeit,** also ein objektiv ausgerichtetes Tatbestandsmerkmal, für die Berechtigung zum Vorsteuerabzug voraus.

Gemäß Art. 9 Abs. 1 S. 3 MwStSystRL gilt die Vermietung eines körperlichen Gegenstandes als dessen Nutzung iSd Art. 9 Abs. 1 S. 3 MwStSystRL und somit als wirtschaftliche Tätigkeit, wenn sie **zur nachhaltigen Erzielung** von Einnahmen erfolgt. Ob das der Fall ist, muss unter Berücksichtigung aller Gegebenheiten, die für den Einzelfall charakteristisch sind, ermittelt werden. Eine der Methoden, mit denen geprüft werden kann, ob die betreffende Tätigkeit zur nachhaltigen Erzielung von Einnahmen ausgeübt wird, ist der Vergleich zwischen den Umständen, unter denen der Betreffende den Gegenstand tatsächlich nutzt, und den Umständen, unter denen die entsprechende wirtschaftliche Tätigkeit gewöhnlich ausgeübt wird. Ferner sind die tatsächliche Dauer der Vermietung des Gegenstands, die Zahl der Kunden und die Höhe der Einnahmen Gesichtspunkte, die zur Gesamtheit der Gegebenheiten des Einzelfalls gehören und daher neben anderen Gesichtspunkten bei dieser Prüfung berücksichtigt werden können (EuGH C-230/94, DStR 1996, 1686 – Enkler; vgl. auch C-219/12, DStRE 2013, 1378 – Fuchs; BFH V R 10/06, BFH/NV 2009, 230). Die **Nebenberuflichkeit** einer Betätigung schließt nicht aus, dass es sich um eine nachhaltige Betätigung in Einnahmeerzielungsabsicht handelt (BFH V R 10/06, BFH/NV 2009, 230).

65 Im Ergebnis gilt für den Vorsteuerabzug beim Erwerb sog. Freizeitgegenstände Folgendes: Kann ein Gegenstand, wie es bei Freizeitgegenständen typischerweise der Fall ist, seiner Art nach sowohl einer wirtschaftlichen als auch einer privaten Nutzung dienen, so sind alle Umstände seiner Nutzung zu prüfen. Dabei kann der Vergleich zwischen den Umständen, unter denen der Gegenstand im konkreten Einzelfall tatsächlich genutzt wird mit den Umständen, unter denen die entsprechende Tätigkeit gewöhnlich ausgeübt wird, eine Methode darstellen, anhand derer ermittelt werden kann, ob die Tätigkeit zur nachhaltigen Erzielung von Einnahmen dient. Auch die tatsächliche Dauer der Vermietung, die Zahl der Kunden und die Höhe der Einnahmen können neben anderen Gesichtspunkten als Indizien in diesem Zusammenhang herangezogen werden. Der BFH hat die vom EuGH entwickelten Grundsätze in seinem Urteil V R 23/93 (UR 1997, 172) übernommen. Vgl. auch BFH V R 17/94, UR 1998, 144 und V R 66/85, BFHE 167, 221. Zur unternehmerischen Vermietung von Freizeitgegenständen im Einzelnen vgl. → § 2 Rn. 56 „Wohnmobilvermietung".

66 **ff) Folgen der Kleinunternehmerregelung des § 19 für Leistenden und Leistungsempfänger.** Nicht zum Vorsteuerabzug berechtigt ist gemäß § 19 Abs. 1 S. 4 der Kleinunternehmer, dessen Umsatz die Grenzen des § 19 Abs. 1 S. 1 nicht überschreitet. Die Möglichkeit des Vorsteuerabzugs eröffnet sich ihm allerdings, wenn er nach § 19 Abs. 2 auf die Sonderregelung für Kleinunternehmer verzichtet und zur Regelbesteuerung optiert.

67 Spiegelbildlich darf der leistende Kleinunternehmer USt nicht gesondert ausweisen. Das hat zur Folge, dass der Leistungsempfänger aus dem Leistungsbezug von

einem Kleinunternehmer keinen Vorsteuerabzug in Anspruch nehmen kann. Das gilt selbst dann, wenn der Kleinunternehmer zu Unrecht USt in einer Rechnung gesondert ausweist. Die Berechtigung zum Vorsteuerabzug eröffnet sich dem Leistungsempfänger nur bei einer vom leistenden Unternehmer **geschuldeten** Steuer, wobei nicht die Steuerschuld auf Grund der Sanktionsvorschriften des § 14 Abs. 2, Abs. 3 gemeint ist (BFH XI R 2/10, BStBl. II 2012, 653; vgl. auch → Rn. 158 ff.).

gg) Leistungsaustausch zwischen Gesellschaftern und Gesellschaften. Die Berechtigung zum Vorsteuerabzug ist häufig zweifelhaft bei Leistungsbeziehungen zwischen Gesellschaften und den an ihnen beteiligten Gesellschaftern. Dabei kommt es sowohl auf die Unternehmereigenschaft des Leistenden und/oder des Leistungsempfängers als auch auf das Vorliegen eines Leistungsaustausches an. Zur Frage, ob mit der Ausgabe von Gesellschaftsanteilen an **Publikumsgesellschaften** steuerbare Umsätze von Anteilen an Gesellschaften bewirkt, die nach § 4 Nr. 8 Buchst. f steuerfrei sind und insoweit nach § 15 Abs. 2 den Vorsteuerabzug – zB aus Konzeptions- und Beratungskosten – ausschließen, vgl. → Rn. 265. **68**

Zu Abgrenzungsproblemen führen meist Leistungen von Gesellschaftern an die Gesellschaft, an der sie beteiligt sind. Für die Frage, ob im Verhältnis zwischen Gesellschaft und Gesellschafter eine entgeltliche Leistung vorliegt, kommt es darauf an, ob ein Leistungsaustausch vorliegt (BFH V R 43/01, BStBl. II 2003, 36; V R 123/93, BStBl. II 1996, 387; V R 18/01, UR 2003, 242; V R 66/99, UR 2000, 377). Maßgebend ist, ob die Personenvereinigung dem Mitglied eine Leistung zuwendet, für die sie ein (Sonder-)Entgelt erwartet und erhält (BFH V R 18/01, UR 2003, 242; V R 37/01, BFH/NV 2002, 378; V B 129/00, BFH/NV 2001, 940). Für die Annahme eines Leistungsaustausches ist aber Voraussetzung, dass einer konkreten Leistung eine konkrete Gegenleistung gegenübersteht, dh dass ein unmittelbarer Zusammenhang zwischen Leistung und Gegenleistung besteht (BFH V R 18/01, UR 2003, 242; V R 43/01, BStBl. II 2003, 36). Dieselben Grundsätze gelten umgekehrt für Leistungen der Gesellschafter an die Gesellschaft. **69**

Dabei ist es gleichgültig, ob die Leistung auf gesellschaftsrechtlicher Verpflichtung beruht (BFH XI R 44/90, BStBl. II 1993, 529). Erbringt demgegenüber ein Gesellschafter eine Leistung, die durch die Beteiligung am Gewinn und Verlust abgegolten wird, so liegt ein **nicht steuerbarer Gesellschafterbeitrag** vor (BFH XI R 63/94, BStBl. II 1996, 114; V R 8/94, BStBl. II 1996, 176). Grundsätzlich kann jeder Gesellschafter frei entscheiden, ob er gegenüber der Gesellschaft als Gesellschafter oder als gesellschaftsfremder Dritter (Leistender) handelt (BFH XI R 45/90, BStBl. II 1993, 530).

Beispiel (nach NdsFG vom 7.2.2002 5 K 104/98 nv): A und B erwerben jeweils für sich 2 Etagen eines 4-geschossigen Bürogebäudes. Um den Verwaltungsaufwand gering zu gestalten, verwalten und vermieten sie das Gebäude gemeinsam im Rahmen einer von ihnen gegründeten GbR. Die Mietverträge werden durch die GbR geschlossen; die Mieter verwenden die Räume zur Ausführung steuerpflichtigen Umsätze. A und B machen jeweils den Vorsteuerabzug aus den von ihnen erworbenen Etagen geltend. **70**

Vermieten A und B ihre Etagen an die GbR gegen ein **Sonderentgelt,** sind sie selbst (Vermietungs-)Unternehmer und haben – bei Vorliegen der übrigen Tatbestandsvoraussetzungen des § 15 Abs. 1 – das Recht zum Vorsteuerabzug. Werden stattdessen die von der GbR eingezogenen Mieten im Rahmen einer **Gewinnverteilungsvereinbarung** verteilt, liegen nicht steuerbare **Gesellschafterbeiträge** vor. A und B werden in diesem Fall nicht als Unternehmer tätig und haben infolgedessen auch keinen Anspruch auf den Abzug von Vorsteuer. **71**

Vgl. zu diesem Problemkreis auch

– BFH V B 48/88, BStBl. II 1989, 580; V R 116/86, BStBl. II 1992, 269; XI R 52/90, BStBl. II 1993, 562; XI R 44/90, BStBl. II 1993, 529; XI R 45/90, BStBl. II 1993, 530 zur Pkw-Vermietung eines Gesellschafters an die Gesellschaft;

– BFH V R 39/92, BStBl. II 1994, 538 zur Übertragung einer Milchquote gegen Vorabgewinn;
– BFH XI R 63/94, BStBl. II 1996, 114 zur Einbringung einer Milchquote gegen Gewährung von Gesellschaftsrechten;
– BFH XI R 44/90, BStBl. II 1993, 529 zur Überlassung eines Pkw gegen eine jährliche Pauschalvergütung;
– BFH XI R 52/90, BStBl. II 1993, 562 zur Überlassung eines Pkw gegen Gutschriften auf dem Eigenkapitalkonto;
– BFH V R 18/01, UR 2003, 242 zur Errichtung und Unterhaltung einer Lagerhalle durch eine GbR für die in den landwirtschaftlichen Betrieben ihrer Gesellschafter erzeugten Kartoffeln.

Zur umsatzsteuerrechtlichen Behandlung von Geschäftsführungsleistungen vgl. *Heidner* DStR 2002, 1890.

72 **hh) Inländischer/ausländischer Unternehmer.** § 15 unterscheidet seit dem UStG 1980 hinsichtlich der Berechtigung zum Vorsteuerabzug nicht mehr zwischen inländischen und ausländischen Unternehmern. Das entspricht der Regelung in Art. 17 Abs. 2 S. 1 der Art. 168 MwStSystRL. Grundsätzlich kann auch ein im Ausland ansässiger Unternehmer, der nur dort Umsätze ausführt, den Vorsteuerabzug aus Leistungsbezügen im Inland in Anspruch nehmen. Das kann zB bei Leistungsbezügen anlässlich von Geschäftsreisen oder Messebesuchen in Betracht kommen. Dabei müssen aber die übrigen Voraussetzungen des § 15 Abs. 1 erfüllt sein, dh die Leistung muss von einem anderen Unternehmer für das eigene Unternehmen bezogen worden sein und sie darf nicht für Umsätze verwendet werden, die bei Ausführung im Inland zum Vorsteuerausschluss führen würden.

73 Führt der im Ausland ansässige Unternehmer im Inland keine Umsätze aus, so besteht die Möglichkeit des Vorsteuerabzugs iS eines Abzugs von der geschuldeten USt nicht. Die Vorsteuerbeträge werden in diesem Fall in einem besonderen **Vergütungsverfahren** nach §§ 59ff. UStDV erstattet (vgl. im Einzelnen → Rn. 421ff.).

74 **ii) Organschaft.** Bei der Organschaft ist nur der Organträger, nicht aber das Organ ustlicher Unternehmer (vgl. zur Organschaft → § 2 Rn. 111ff.). **Innenumsätze** innerhalb des Organkreises berechtigen deshalb nicht zum Vorsteuerabzug, auch wenn hierüber mit gesondertem Steuerausweis abgerechnet wird. Die rechtsirrtümliche Abrechnung mit gesondertem Steuerausweis innerhalb des Organkreises führt nicht zur USt-Schuld nach § 14c (*Treiber* in Sölch/Ringleb § 2 Rn. 90; UStAE 14.1 Abs. 4).

75 Der **Vorsteuerabzug aus Leistungsbezügen der Organgesellschaft** steht dem Organträger zu. Das ist eine umsatzsteuerrechtliche Besonderheit, weil der Organträger nicht an dem schuldrechtlichen Leistungsaustausch beteiligt ist und auch die Rechnung nicht auf ihn ausgestellt ist. Das Recht zum Vorsteuerabzug verbleibt auch dann beim Organträger, wenn die Rechnung erst nach Beendigung der Organschaft bei der Organgesellschaft eingeht und von dieser beglichen wird (BFH XI R 84/07, BStBl. II 2009, 868; OFD Hannover 11.10.2004, DStR 2005, 157; aA *Flückiger* in *P/M* § 2 Abs. 2 Rn. 336; *Stadie* in Rau/Dürrwächter § 2 Rn. 723.1 und 725). Dasselbe gilt beim **Wechsel des Organträgers** (BFH XI R 84/07, BStBl. II 2009, 868). Entscheidend sind die Verhältnisse im Zeitpunkt des Leistungsbezugs durch die Organgesellschaft, weil mit dem Leistungsbezug die Entstehung des Rechts auf Vorsteuerabzug verknüpft ist.

76 Der Organträger ist StSchuldner für die von der Organgesellschaft ausgeführten Umsätze. Gleichwohl steht dem Leistungsempfänger einer solchen Leistung der Vorsteuerabzug aus der von der Organgesellschaft ausgestellten Rechnung zu.

77 **jj) Vorsteuerabzug aus der Tätigkeit einer juristischen Person des öffentlichen Rechts.** Die Interessenlage juristischer Personen des öffentlichen Rechts

führt einerseits zu dem Versuch, Tätigkeiten mit unternehmerischem Charakter, dem nichtunternehmerischen (hoheitlichen) Bereich zuzuordnen, um den Wettbewerbsvorteil der fehlenden Umsatzsteuerbarkeit zu nutzen. Andererseits ist die Beurteilung einer Tätigkeit als unternehmerisch von Nutzen, wenn es auf Grund hoher Investitionen zu Vorsteuerüberhängen kommen würde. Zu den juristischen Personen des öffentlichen Rechts, für die sich diese Frage stellt, gehören

- die **Gebietskörperschaften** (BRD, Bundesländer, Landkreise, Gemeinden),
- die hoheitlichen **Berufsorganisationen** (zB IHK, Innungen, Handwerkskammer, Landwirtschaftskammer, Anwaltskammer, Ärztekammer, Steuerberaterkammer),
- die **öffentlich-rechtlichen Anstalten** (zB Bundesbank, Landeszentralbank, öffentliche Sparkassen, Rundfunkanstalten, Bundes- und Landesversicherungsanstalten),
- die öffentlich-rechtlichen **Religionsgemeinschaften** (BFH III R 54/74, BStBl. II 1975, 746), insbesondere die evangelische und die katholische Kirche sowie die israelitischen Gemeinden (zu kirchlichen Orden s. BFH V R 1/68, BStBl. II 1972, 70),
- zahlreiche andere öffentlich-rechtlich organisierte Gebilde (zB Universitäten, Studentenwerke, Wasser- und Bodenverbände, Jagdgenossenschaften).

Die umsatzsteuerrechtliche Behandlung der juristischen Person des öffentlichen Rechts im deutschen UStRecht steht nicht im Einklang mit den unionsrechtlichen Regeln über die Einrichtungen des öffentlichen Rechts in der MwStSystRL. Zu den Folgen der Diskrepanz zwischen § 2 Abs. 3 und Art. 13 Abs. 1 MwStSystRL vgl. → § 2 Rn. 154ff.

Nach § 2 Abs. 3 sind juristische Personen des öffentlichen Rechts nur im Rahmen **78** ihrer **Betriebe gewerblicher Art** iSd § 1 Abs. 1 Nr. 6 und § 4 KStG und ihrer land- und forstwirtschaftlichen Betriebe unternehmerisch tätig. Bzgl. der Begriffsbestimmung der **Betriebe gewerblicher Art** von juristischen Personen des öffentlichen Rechts verweist § 2 Abs. 3 auf § 1 Abs. 1 Nr. 6 und § 4 KStG. Nach der Legaldefinition des § 4 KStG sind mit Ausnahme der Hoheitsbetriebe und der land- und forstwirtschaftlichen Betriebe alle **Einrichtungen** der juristischen Person des öffentlichen Rechts, die einer nachhaltigen wirtschaftlichen Tätigkeit zur Erzielung von Einnahmen dienen und sich innerhalb der Gesamtbetätigung der juristischen Person des öffentlichen Rechts **wirtschaftlich herausheben,** Betriebe gewerblicher Art (§ 4 Abs. 1 KStG).

Das Unionsrecht geht demgegenüber von einem völlig anderen Ansatz aus. Ge- **79** mäß Art. 13 Abs. 1 MwStSystRL gelten Staaten, Länder, Gemeinden und sonstige Einrichtungen des öffentl. Rechts nicht als Steuerpflichtige, soweit sie Tätigkeiten ausüben oder Leistungen erbringen, die ihnen im Rahmen der **öffentlichen Gewalt** obliegen, auch wenn sie im Zusammenhang mit diesen Tätigkeiten oder Leistungen Zölle, Gebühren, Beiträge oder sonstige Abgaben erheben. Das Unionsrecht geht damit von dem Grundsatz aus, dass die juristischen Personen des öffentlichen Rechts **grundsätzlich** Steuerpflichtige iSd Art. 9 Abs. 1 MwStSystRL sind, es sei denn, dass sie im Rahmen der öffentlichen Gewalt tätig werden. Nach der Rechtsprechung des EuGH richtet sich die Beantwortung der Frage, ob eine Einrichtung des öffentlichen Rechts im Rahmen der öffentlichen Gewalt tätig wird, nicht nach dem Gegenstand oder der Zielsetzung der Tätigkeit (EuGH C-446/98, UR 2001, 108 Rn. 18 – Câmara Municipal do Porto; C-231/87, C-129/88, UR 1991, 77 – Carpaneto Piacentino). Entscheidend ist, ob die juristische Person des öffentlichen Rechts im Rahmen der eigens für sie geltenden **öffentlich-rechtlichen Sonderregelungen** tätig wird (vgl. im Einzelnen → § 2 Rn. 151).

kk) Factoring. Die bisherige deutsche Rechtspraxis ist beim **echten Factoring,** **80** bei dem der Factor die Forderung mit dem vollen Risiko des Forderungsausfalls gegen ein unter dem Nennwert liegendes Entgelt übernimmt, davon ausgegangen, dass der Factor nichtunternehmerisch tätig wird, weil er keine Leistungen gegen Entgelt ausführt (BFH V R 57/88, UR 1993, 354; V R 75/76, BStBl. II 1982, 200). Die Folge war, dass ihm als Nichtunternehmer auch kein Vorsteuerabzug zustand.

Für das **unechte Factoring,** bei dem der Factor Forderungen eines anderen mit Bevorschussung, aber Rückbelastung bei Forderungsausfall einzieht, war dies unproblematisch. Der unechte Factor erbringt nach überkommener dt. Rechtsauffassung ein Bündel unterschiedlicher Leistungen, die teils steuerbar, teils nicht steuerbar sind und durch den steuerbaren Teil zu unternehmerischer Tätigkeit führen. Allerdings setzen sich die steuerbaren Leistungen zusammen aus steuerpflichtigen Dienstleistungen (zB Bonitätsprüfung, Forderungseinziehung) und einer nach § 4 Nr. 8 Buchst. a steuerfreien Kreditgewährung (BFH V R 75/76, BStBl. II 1982, 200, mit Anm. *Weiß* UR 1982, 29; vgl. auch FM NRW 31. 1. 1983, DB 1983, 1021; *Reiter* BB 1982, 1718 (1780); kritisch *Schuhmann* UR 1983, 205). Für die Kreditgewährung konnte der Factor gemäß § 9 Abs. 1 zur Steuerpflicht seiner Umsätze optieren. Tat er das nicht, musste festgestellt wurde, ob die Leistungsbezüge, aus denen der Vorsteueranspruch geltend gemacht wird, in die steuerpflichtigen oder in die steuerfreien Umsätze eingeflossen waren.

81 Durch das Urteil des EuGH C-305/01 (UR 2003, 399 – MKG-Kraftfahrzeuge-Factoring GmbH mit Anm. *Wäger* UR 2003, 406) ist nunmehr geklärt, dass das echte Factoring eine wirtschaftliche Tätigkeit iSd Art. 9 Abs. 1 MwStSystRL (Art. 2 und 4 6. EG-RL) darstellt und dass der sie ausübende Wirtschaftsteilnehmer Steuerpflichtiger ist. Zugleich hat der EuGH klargestellt, dass es sich beim echten Factoring um eine Einziehung von Forderungen iSd Art. 135 Abs. 1 Buchst. d MwStSystRL (Art. 13 Teil B Buchst. d Nr. 3 6. EG-RL) handelt, die von der Steuerbefreiung ausdrücklich ausgenommen ist. Das echte Factoring ist mit anderen Worten eine umsatzsteuerpflichtige unternehmerische Tätigkeit. Auch die Beurteilung des unechten Factoring wird sich angesichts des Urteils des EuGH C-305/01 (UR 2003, 399 – MKG-Kraftfahrzeuge-Factoring GmbH) nicht aufrechterhalten lassen. Die Entscheidung des EuGH, dass der Ankauf von Forderungen unter Übernahme des Ausfallrisikos eine stpfl Einziehung von Forderungen iSv Art. 135 Abs. 1 Buchst. d MwStSystRL ist, ist zwar ausdrücklich nur zum echten Factoring ergangen. Der EuGH betont aber mehrmals, dass es im Rahmen der MwSt keinen Grund für eine unterschiedliche Behandlung der beiden Erscheinungsformen des Factorings gibt. Die Annahme eines Leistungsbündels, zu dem auch eine steuerfreie Kreditgewährung gehört, wird sich danach kaum aufrechterhalten lassen.

82 **ll) Holdinggesellschaften.** Nach ständiger Rechtsprechung des EuGH ist eine Holding, deren einziger Zweck der Erwerb von Beteiligungen an anderen Unternehmen ist, ohne dass sie – unbeschadet ihrer Rechte als Aktionärin oder Gesellschafterin – unmittelbar oder mittelbar in die Verwaltung dieser Gesellschaften eingreift, nicht zum Vorsteuerabzug gemäß Art. 167 ff. MwStSystRL berechtigt, weil sie nicht Steuerpflichtige iSd Art. 9 MwStSystRL ist (EuGH C-496/11, DStR 2012, 1859 – Portugal Telecom; C-16/00, UR 2001, 500 – Cibo Participations; C-142/99, UR 2000, 530 – Floridienne und Berginvest; C-60/90, UR 1993, 119 – Polysar Investments Netherlands zu Art. 9, 17 der 6. EG-RL). Das hat zur Folge, dass sie aus Leistungsbezügen im Zusammenhang mit dem Erwerb und Halten ihrer Tochtergesellschaften keinen Vorsteuerabzug geltend machen kann. Diese Rechtsfolge ergibt sich daraus, dass der Erwerb und das Halten von Gesellschaftsanteilen keine wirtschaftliche Tätigkeit iSd Art. 9 Abs. 1 MwStSystRL darstellt.

82a Die Aktienveräußerung, die auf die Übertragung eines Gesamtvermögens hinausläuft, ist keine der Mehrwertsteuer unterliegende wirtschaftliche Tätigkeit iSv § 1 Abs. 1 a (EuGH C-29/08, Slg. 2009 I-10413 – SKF). Die Veräußerung der Anteile an einer Gesellschaft, die der Übertragung des Gesellschaftsvermögens der Gesellschaft gleichgesetzt werden kann, ist aber nur dann als Geschäftsveräußerung im Ganzen iSv § 1 Abs. 1a nicht steuerbar, wenn alle Anteile der Gesellschaft Gegenstand der Veräußerung sind, dh auch eine Anteilsveräußerung von 99% reicht nicht aus (BFH V R 38/09, DStR 2011, 454).

Eine wirtschaftliche Tätigkeit iSd Art. 9 Abs. 1 MwStSystRL kann vorliegen, wenn **83** die Beteiligung mit unmittelbaren oder mittelbaren Eingriffen in die Verwaltung der Gesellschaften, an denen die Beteiligung besteht, einhergeht (EuGH C-496/11, DStR 2012, 1859 – Portugal Telecom; C-16/00, UR 2001, 500 – Cibo Participations; C-102/00, UR 2001, 533 – Welthgrove BV; C-142/99, UR 2000, 530 – Floridienne und Berginvest; BFH V R 6/14, BFHE 253, 456; V R 38/09, DStR 2011, 454; vgl. auch *Robisch* UR 2001, 100). Das ist zB der Fall bei administrativen, finanziellen, kaufmännischen und technischen Dienstleistungen. Allerdings müssen diese Eingriffe die Ausübung von Tätigkeiten einschließen, die gemäß Art. 9 Abs. 1 MwStSystRL der Mehrwertsteuer unterliegen. Das setzt Lieferungen und Leistungen voraus, die ein Steuerpflichtiger als solcher **gegen Entgelt** ausführt. Die **Dividenden** stellen kein solches Entgelt dar, weil sie ihrem Wesen nach Ertrag der Beteiligung und Ausfluss der bloßen Gesellschafterstellung sind (EuGH C-16/00, UR 2001, 500 – Cibo Participations). Ein Vorsteuerabzug kommt deshalb nur in Betracht, wenn für die von der Holding an ihre Tochtergesellschaften erbrachten Dienstleistungen eine **gesonderte Vergütung** vereinbart ist.

Selbst wenn das der Fall ist, stehen Vorsteuer aus den anlässlich des Erwerbs einer **84** Beteiligung bezogenen Dienstleistungen nicht in direkten und unmittelbaren Zusammenhang (vgl. → Rn. 364) mit den zum Vorsteuerabzug berechtigenden Ausgangsumsätzen, weil die für diese Dienstleistungen getätigten Ausgaben die Kostenelemente der Ausgangsumsätze nicht unmittelbar belasten. Die Kosten aus dem Erwerb der Beteiligung gehören deshalb zu den allgemeinen Kosten. Führt die Holding sowohl Umsätze aus, die den Vorsteuerabzug eröffnen, als auch solche, die ihn ausschließen, muss eine Aufteilung der Vorsteuer aus den Erwerbskosten erfolgen.

mm) Karussellbetrug. Da jeder Umsatz für sich zu betrachten ist und weder vo- **85** rausgehende noch nachfolgende Ereignisse etwas am Charakter eines bestimmten Umsatzes ändern, steht der Umstand, dass ein Händler in einer Lieferkette seine umsatzsteuerlichen Pflichten in betrügerischer Absicht verletzt, dem Vorsteuerabzug eines anderen gutgläubigen Steuerpflichtigen (der den betrügerischen Zweck weder kannte noch kennen konnte) in der Lieferkette nicht entgegen (EuGH C-354, 355/03 und C-484/03, UR 2006, 157 – Optigen ua; vgl. auch *Rolletschke* UR 2006, 189). Vgl. im Einzelnen → Rn. 184.

einstweilen frei **86–90**

4. Leistungsbezug für das Unternehmen

a) Abgrenzung des unternehmerischen vom nichtunternehmerischen **91** **Bereich.** Eine positive Definition des nichtunternehmerischen Bereichs gibt es im UStRecht nicht. Er bestimmt sich vielmehr negativ durch das Fehlen der Voraussetzungen unternehmerischer Tätigkeit. Unionsrechtlich gilt nichts anderes. Der nichtunternehmerische Bereich ist betroffen, wenn es an einem **Handeln als Steuerpflichtiger** iSd Art. 9 Abs. 1 MwStSystRL fehlt (EuGH C-60/90, UR 1993, 119 – Polysar; C-333/91, DB 1994, 25 – Sofitam).

Jeder Unternehmer kann neben seinem unternehmerischen Bereich auch einen **92** nichtunternehmerischen Bereich haben. Für den Einzelunternehmer als **natürliche Person** ist das offensichtlich in Gestalt seines Privatbereichs (vgl. EuGH C-20/91, UR 1994, 309 – de Jong).

Ein nichtunternehmerischer Bereich ist aber auch für **Erwerbsgesellschaften** **93** (Personengesellschaften, Kapitalgesellschaften) anerkannt (BFH V R 25/76, BStBl. II 1985, 176; XI R 55/93, BStBl. II 1994, 907).

94 Vereine werden nichtunternehmerisch tätig, soweit sie Mitgliedsbeiträge vereinnahmen, um in Erfüllung ihres Satzungszweckes die Gesamtbelange ihrer Mitglieder wahrzunehmen (UStAE 2.10; vgl. auch BFH V R 25/76, BStBl. II 1985, 176). Das Gleiche gilt für Einrichtungen, deren Aufgaben ausschließlich durch Zuschüsse finanziert werden, wie zB Forschungsbetriebe (UStAE 2.10 Abs. 1).

95 Führt ein Verein oder eine andere Einrichtung entgeltliche Leistungen an Mitglieder oder Nichtmitglieder aus, so liegt auch ein unternehmerischer Bereich vor (BFH V R 46/92, BStBl. II 1994, 957).

96 Besondere Schwierigkeiten bietet die Abgrenzung des unternehmerischen vom nichtunternehmerischen Bereich bei **juristischen Personen des öffentlichen Rechts** die mit ihrem hoheitlichen Bereich zwangsläufig auch einen nichtunternehmerischen Bereich haben. Bei kostenintensiven Investitionen (Hallenschwimmbäder, Abfall-/Abwasserentsorgungsanlagen oÄ) besteht die Tendenz, diese dem unternehmerischen Bereich zurechnen zu wollen.

97 Die umsatzsteuerrechtliche Abgrenzung des unternehmerischen vom nichtunternehmerischen Bereich ist weniger durch eine stringente Dogmatik als vielmehr durch eine Vielzahl von Einzelentscheidungen geprägt. Von besonderer Bedeutung sind dabei die bereits in → Rn. 91 ff. genannten Entscheidungen sowie BFH V B 81/99, BFH/NV 2000, 403 zur Abfallentsorgung durch eine Kommune.

98 **b) Unionsrechtliche Regelung.** Die Berechtigung des Unternehmers zum Vorsteuerabzug setzt nach § 15 Abs. 1 S. 1 Nr. 1 voraus, dass Lieferungen oder sonstige Leistungen „für sein Unternehmen ausgeführt worden sind“. Damit korrespondiert die Regelung in Art. 168 MwStSystRL die den Vorsteuerabzug eröffnet, „soweit die Gegenstände und Dienstleistungen für Zwecke seiner besteuerten Umsätze verwendet werden“. Während die nationale Regelung vom Begriff des Unternehmens ausgeht, knüpft die unionsrechtliche Bestimmung an die Ausgangsumsätze an. Hieraus ergibt sich ein nur scheinbarer Widerspruch. Nach der Rechtsprechung des EuGH hängt die Berechtigung zum Vorsteuerabzug „vom Bezug der Gegenstände oder Dienstleistungen durch einen als solchen handelnden Steuerpflichtigen ab“ (EuGH C-334/10, DStR 2012, 1551; C-153/11, DStR 2012, 653 – Klub; C-257/11, DB 2012, 2851 – GVM; C-118/11, DStRE 2012, 1077 – Eon Aset; C-234/11, UR 2012, 921 – TETS Haskovo; C-396/98, UR 2000, 336 Rn. 39 – Schloßstraße). Ein Steuerpflichtiger handelt als solcher, wenn er für die Zwecke seiner wirtschaftlichen Tätigkeit iSv Art. 9 Abs. 1 UAbs. 2 MwStSystRL handelt. Ob das der Fall ist, ist unter Berücksichtigung aller Gegebenheiten des Sachverhaltes zu beurteilen. Hierbei kommt es insbesondere auf die durch objektive Anhaltspunkte belegte Absicht des Steuerpflichtigen, einen Gegenstand oder eine Dienstleistung für den Bedarf seines Unternehmens zu verwenden, an (EuGH C-334/10, DStR 2012, 1551). Dazu gehören auch die Art des betreffenden Gegenstandes, der zwischen seinem Erwerb und seiner Verwendung für Zwecke der wirtschaftlichen Tätigkeit des Steuerpflichtigen liegende Zeitraum, das Ergreifen aktiver Maßnahmen, um die für die unternehmerische Nutzung des Gegenstandes erforderlichen Umbauten und Genehmigungen durchzuzuführen bzw. zu erlangen (EuGH C-153/11, DStR 2012, 653 – Klub).

Die tatsächliche oder beabsichtigte Verwendung eines Gegenstandes oder einer Dienstleistung bestimmt nur den Umfang des ursprünglichen Vorsteuerabzugs, zu dem der Steuerpflichtige befugt ist (EuGH C-334/10, DStR 2012, 1551; C-257/11, DB 2012, 2851 – GVM). Wer einen Gegenstand ausschließlich für seinen privaten Bedarf erwirbt, handelt als Privatperson, aber nicht als Steuerpflichtiger (EuGH C-334/10, DStR 2012, 1551). Das aber bedeutet nach der Diktion des deutschen UStG, dass der Unternehmer beim Leistungsbezug als solcher handeln muss, was wiederum nichts anders heißt, als dass die Eingangsumsätze für sein Unternehmen ausgeführt sein müssen.

c) Zuordnungsentscheidung bei gemischt genutzten Leistungsbezügen. **99**
aa) Allgemeines. Ist ein Gegenstand sowohl für unternehmerische Zwecke als auch für nichtunternehmerische Zwecke vorgesehen (gemischte Nutzung), hat der Steuerpflichtige (Unternehmer) ein **Zuordnungswahlrecht** (EuGH C-210, 211/11, DStR 2013, 1604 – Medicom und MPA; C-153/11, DStR 2012, 653 – Klub; C-118/11, DStRE 2012, 1077 – Eon Aset; C-97/90, Slg. 1991, I-3795 – Lennartz; BFH XI R 14/10, BFH/NV 2012, 1828; V R 61/96, BStBl. II 2003, 813; V R 25/96, BStBl. II 2003, 815). Das Zuordnungswahlrecht gilt nur für **Gegenstände,** nicht aber für Dienstleistungen (EuGH C-118/11, DStRE 2012, 1077 – Eon Aset; BFH V R 10/14, DStR 2015, 2773). Der Steuerpflichtige kann den Gegenstand insgesamt seinem Unternehmen zuordnen oder ihn in vollem Umfang in seinem Privatvermögen belassen, wodurch er dem Mehrwertsteuersystem vollständig entzogen wird, oder ihn auch nur im Umfang der tatsächlichen unternehmerischen Verwendung in sein Unternehmen einbeziehen (EuGH C- 153/11, DStR 2012, 653 – Klub; C-118/11, DStRE 2012, 1077 – Eon Aset; C-25/03, Slg. 2005, I-3123 Rn. 46 – HE; EuGH C-434/03, Slg. 2005, I-7037 Rn. 23 – Charles und Charles-Tijmens; BFH XI R 14/10, BFH/NV 2012, 1828; V R 21/10, BFHE 234, 531; XI R 29/09, BFHE 234, 556). Die Zuordnung eines Gegenstands zum Unternehmen erfordert eine durch Beweisanzeichen gestützte **Zuordnungsentscheidung** des Unternehmers bei Anschaffung oder Herstellung des Gegenstands. Die Geltendmachung des Vorsteuerabzugs ist dabei regelmäßig ein gewichtiges Indiz für die Zuordnung eines Gegenstands zum Unternehmen, die Unterlassung des Vorsteuerabzugs ein ebenso gewichtiges Indiz dagegen (BFH XI R 14/10, BFH/NV 2012, 1828; V R 61/96, BStBl. II 2003, 813; V R 25/96, BStBl. II 2003, 815). Gibt es keine Beweisanzeichen für eine Zuordnung zum Unternehmen, kann diese nicht unterstellt werden (BFH XI R 14/10, BFH/NV 2012, 1828; XI R 14/08, BStBl. II 2010, 243; V R 10/07, BStBl. II 2009, 741). Die FVerw hat sich dieser Rechtsprechung angeschlossen (vgl. BMF 30.3.2004, BStBl. I 2004, 451, und BMF 13.4.2004, BStBl. I 2004, 469 jeweils iVm BMF 27.3.2012, BStBl. I 2012, 370 Nr. 1361 und 1362). Die Zuordnungsentscheidung ist bereits bei Anschaffung oder Herstellung des Gegenstands zu treffen (BFH V R 10/07, BFH/NV 2008, 1773). Das folgt aus dem Grundsatz des Sofortabzugs der Vorsteuer (BFH XI R 64/06, BFH/NV 2009, 798). Die Grundsätze der Zuordnungsentscheidung geltend für alle Unternehmer, unabhängig von der Rechtsform, in der das Unternehmen betrieben wird, und unabhängig davon, ob es sich bei dem Unternehmer um eine natürliche oder eine juristische Person handelt (BFH V R 27/12, BFH/NV 2014, 1097; XI R 9/08, BFHE 232, 254). Zur Dokumentation der Zuordnungsentscheidung vgl. → Rn. 125 ff.

Die Zuordnung eines Leistungsbezuges zum Unternehmen ist nicht möglich, **100**
wenn der Unternehmer einen Gegenstand oder eine Dienstleistung ausschließlich für seinen **nichtunternehmerischen Bereich** verwendet. In diesem Fall eröffnet sich ihm nicht das Recht zum Vorsteuerabzug (EuGH C-97/90, UR 1991, 291 – Lennartz). Etwas anderes kann gelten, wenn der Unternehmer im Zeitpunkt des Leistungsbezuges eine unternehmerische Nutzung geplant hatte, diese sich aber nicht verwirklichen ließ, so dass es tatsächlich zu einer nichtunternehmerischen Verwendung gekommen ist (vgl. → Rn. 56).

Eng verbunden mit der Problematik der Abgrenzung des unternehmerischen vom **101**
nichtunternehmerischen Bereich ist die Frage, ob und ggf. in welchem Umfang ein Gegenstand, der sowohl unternehmerisch als auch nichtunternehmerisch genutzt wird, „für das Unternehmen" iSd § 15 Abs. 1 bezogen sein kann. Diese Frage entscheidet sich nach dem Innenverhältnis beim Leistungsempfänger (BFH V R 52/91, BStBl. II 1994, 335), dh nach der Zuordnungsentscheidung des Unternehmers.

Einer Entscheidung über die Zuordnung zum Unternehmen bedarf es nur bei ge- **102**
mischt (unternehmerisch/nichtunternehmerisch) genutzten Leistungsbezügen. Diese **Zuordnungsentscheidung** trifft grundsätzlich der Unternehmer, nicht das FA

(EuGH C-97/90, UR 1991, 291 – Lennartz; C-291/92, BStBl. II 1996, 392 – Armbrecht; BFH V R 52/91, BStBl. II 1994, 335). Die Zuordnung eines Leistungsbezuges zum Unternehmen ist möglich, wenn der Gegenstand der bezogenen Leistung im Umfang des vorgesehenen Einsatzes für unternehmerische Zwecke in einem objektiven und erkennbaren **wirtschaftlichen Zusammenhang** mit der unternehmerischen Tätigkeit steht und diese fördern soll (BFH V R 33/08, UR 2010, 368; XI R 64/06, BFH/NV 2009, 798).

103 Allerdings ist weder in § 15 Abs. 1 S. 1 Nr. 1 noch in Art. 168 MwStSystRL unmittelbar von einer Zuordnung des Leistungsbezuges die Rede. Während § 15 Abs. 1 S. 1 Nr. 1 dieses Tatbestandsmerkmal mit Leistungen, die **„für sein Unternehmen"** ausgeführt worden sind umschreibt, verlangt Art. 168 MwStSystRL, dass „Gegenstände und Dienstleistungen für **Zwecke seiner besteuerten Umsätze** verwendet werden". Gleichwohl ist die Zuordnungsentscheidung sowohl nach nationalem UStRecht als auch nach EU-Recht Voraussetzung der Berechtigung zum Vorsteuerabzug. Für § 15 Abs. 1 S. 1 Nr. 1 ergibt sich das aus dem finalen Charakter des Tatbestandsmerkmals „für sein Unternehmen". Hinsichtlich des Unionsrechts lässt sich diese Voraussetzung aus dem Normenzusammenhang insbes. aus Art. 26 MwStSystRL herleiten.

104 **bb) Grenzen der Zuordnungsentscheidung nach dem Umfang unternehmerischer Nutzung.** Ein Mindestmaß unternehmerischer Verwendung gibt es nach der Rechtsprechung des EuGH grundsätzlich nicht (EuGH C-97/90, UR 1991, 291 – Lennartz).

105 Mit der durch das StEntlG 1999 (BGBl. 1999 I 402) zum 1.4.1999 eingeführten Neuregelung des § 15 Abs. 1 S. 2 knüpft der Gesetzgeber an die frühere Verwaltungspraxis (bis UStR 1988: UStR 192 Abs. 17 Nr. 2) an und versagt den Vorsteuerabzug aus dem Erwerb von Gegenständen, die der Unternehmer zu weniger als 10% für sein Unternehmen nutzt.

106 Bei der Vermietung von sog. **Freizeitgegenständen** ist der Frage nach einer Zuordnung zum Unternehmen die Frage nach der Unternehmereigenschaft iSd § 2 bzw. nach der Steuerpflichtigen-Eigenschaft iSd Art. 9 Abs. 1 S. 3 MwStSystRL logisch vorgeschaltet. Nur der Unternehmer bzw. der Steuerpflichtige kann einen Gegenstand seinem Unternehmen zuordnen. Die Vermietung eines körperlichen Gegenstandes gilt als dessen Nutzung iSd Art. 9 Abs. 1 S. 3 MwStSystRL und somit als wirtschaftliche Tätigkeit, wenn sie zur nachhaltigen Erzielung von Einnahmen erfolgt. Ob Letzteres der Fall ist, muss unter Berücksichtigung aller Gegebenheiten, die für den Einzelfall charakteristisch sind, ermittelt werden (EuGH C-219/12, DStRE 2013, 1378 – Fuchs; C-230/94, DStR 1996, 1686 – Enkler; vgl. im Einzelnen → Rn. 64). Handelt es sich um einen Gegenstand, der seiner Art nach sowohl für unternehmerische als auch für private Zwecke verwendet werden kann (Wohnmobil, Segelyacht oÄ), sind alle Umstände des Einzelfalles zu berücksichtigen. Dabei kann die Nachhaltigkeit auch anhand eines Vergleichs zwischen den Umständen, unter denen die tatsächliche Nutzung erfolgt und den Umständen, unter denen die entspr. unternehmerische Tätigkeit gewöhnlich ausgeübt wird, beurteilt werden (BFH V R 17/94, BFH/NV 1997, 719). Liegt nach diesen Grundsätzen die Steuerpflichtigen-Eigenschaft iSd Art. 9 Abs. 1 S. 3 MwStSystRL bzw. die Unternehmereigenschaft iSv § 2 Abs. 1 vor, so gelten für die Frage der Zuordnung die allgemeinen Zuordnungsgrundsätze, wie bei anderen gemischt (unternehmerisch/nichtunternehmerisch) genutzten Gegenständen.

107 **cc) Zuordnungsentscheidung bei ungewisser Verwendung des Leistungsbezuges.** Als Steuerpflichtiger handelt bereits, wer die durch objektive Anhaltspunkte belegte Absicht hat, iSv Art. 9 Abs. 1 MwStSystRL eine wirtschaftliche Tätigkeit selbstständig auszuüben und erste Investitionsausgaben für diese Zwecke tätigt. Nimmt er diese Investitionen für Zwecke seiner beabsichtigten, das Abzugsrecht eröffnenden Umsätze vor, so steht ihm nach Art. 167 ff. MwStSystRL hieraus das Recht zum Vorsteuerabzug zu. Dabei ist allerdings zu prüfen, ob die Erklärung, zu besteuerten Umsätzen führende wirtschaftliche Tätigkeiten aufnehmen zu wollen, in gutem Glauben abgegeben worden ist (EuGH C-37/95, UR 1998, 149 – Ghent Coal Terminal NV; C-110 bis C-147/98, UR 2000, 208 – Gabalfrisa; C-396/98, UR 2000, 336 – Schloßstraße; BFH XI R 17/09, MwStR 2013, 51; V R 24/98, UR 2001, 214). Die tatsächliche oder beabsichtigte Verwendung der Gegenstände oder Dienstleistungen bestimmt nur den Umfang des Vorsteuerabzugs, zu dem der Steuerpflichtige befugt ist, und den Umfang etwaiger Berichtigungen nach § 15a bzw. Art. 184ff. MwStSystRL (Art. 20 6. EG-RL, EuGH C-396/98, UR 2000, 336 – Schloßstraße; C-400/98, UR 2000, 329 – Breitsohl; C-97/90, UR 1991, 291 – Lennartz). Die Entscheidung darüber, ob eine den Vorsteuerabzug eröffnende Verwendung des Leistungsbezugs vorliegt, ist durch eine **abschließende Prognose im Zeitpunkt des Leistungsbezugs** auf der Grundlage der durch objektive Anhaltspunkte belegten Absicht des Unternehmers zu treffen (zB BFH XI R 58/07, BStBl. II 2009, 394). Das danach bestehende Recht zum Vorsteuerabzug steht nicht unter einem verfahrensmäßigen Vorbehalt iSd §§ 164 Abs. 2, 165 Abs. 2 oder 168 AO. Zur Unzulässigkeit verfahrensrechtlicher Einschränkungen des Rechts auf Vorsteuerabzug vgl. auch EuGH C-110/98 bis C-147/98, UVR 2000, 219 – Gabalfrisa.

Der Berechtigung zum Vorsteuerabzug besteht auch dann, wenn **108**

- es überhaupt nicht zur Ausführung der vom Unternehmer geplanten Umsätze kommt (EuGH C-257/11, DB 2012, 2851 – GVM; C-110/94, DStR 1996, 419 – Inzo; C-400/98, UR 2000, 329 – Breitsohl; C-37/95, UR 1998, 149 – Ghent Coal Terminal NV);
- tatsächlich nicht die im Zeitpunkt des Leistungsbezugs geplanten steuerpflichtigen, sondern den Vorsteuerabzug ausschließende steuerfreie Umsätze ausgeführt werden (BFH V R 24/98, UR 2001, 214);
- der vom Unternehmer beabsichtigte Verzicht auf die Steuerbefreiung seiner Umsätze gemäß § 9 ins Leere geht, weil es tatsächlich nicht zur Ausführung der geplanten Umsätze kommt (EuGH C-400/98, UR 2000, 329 – Breitsohl; sog. **„fiktive Option"** nach § 9 Abs. 1; vgl. → § 9 Rn. 31);
- der Unternehmer auf Grund einer nach dem Leistungsbezug, aber vor Aufnahme der Umsatztätigkeit eingetretenen Gesetzesänderung nicht mehr zum Verzicht auf die Steuerbefreiung seiner Umsätze berechtigt ist (EuGH C-396/98, UR 2000, 336 – Schloßstraße);
- der Unternehmer beim Bezug steuerpflichtiger Leistungen im Zusammenhang mit dem Erwerb eines land- und forstwirtschaftlichen Betriebes beabsichtigt, die Verwendungsumsätze gemäß § 24 Abs. 4 der Regelbesteuerung zu unterwerfen (BFH V R 39/00, UR 2001, 361; **„fiktive Option"** nach § 24 Abs. 4).

d) Die Zuordnungswahlrechte des Unternehmers. Die Frage, welche Zuordnungsalternativen sich dem Unternehmer bei gemischt genutzten Gegenständen eröffnen, ist in den vergangenen Jahren durch mehrere Entscheidungen des EuGH und des BFH weitgehend geklärt worden. Der Unternehmer kann bei einem **gemischt genutzten** Gegenstand **109**

- diesen in vollem Umfang, also auch hinsichtlich des nicht unternehmerisch genutzten Teils seinem Unternehmen zuordnen (EuGH C-97/90, UR 1991, 291 – Lennartz);
- diesen in vollem Umfang, also auch hinsichtlich des unternehmerisch genutzten Teils seinem Privatbereich zuordnen (EuGH C-415/98, UR 2001, 149 – Bakcsi; BFH XI R 17/09, MwStR 2013, 51);
- nur den unternehmerisch genutzten Teil seinem Unternehmen zuordnen (EuGH C-291/92, BStBl. II 1996, 392 – Armbrecht; zu den Zuordnungswahlrechten vgl. auch BFH V R 25/96, BFH/NV 2002, 885 sowie BFH V R 10/14, DStR 2015, 2773);

– sofern es sich um ein bebautes Grundstück handelt, **nicht** für Zuordnungszwecke zwischen Grundstück und aufstehendem Gebäude unterscheiden (EuGH C-400/98, UR 2000, 329 – Breitsohl).

Vgl. auch BFH V R 42/09, DStR 2011, 1949; XI R 9/08, BFHE 232, 254; V R 23/10, BFH/NV 2011, 1261; BMF 2.1.2012, BStBl. I 2012, 60.

Die gemischte Nutzung kann im Einzelfall problematisch sein. Vgl. zum Anbau eines ausschließlich privat genutzten Einfamilienhauses an eine Werkhalle BFH XI R 18/08, BStBl. II 2010, 313.

110 **aa) Zuordnung des gesamten Gegenstandes zum Unternehmen (EuGH-Urteile Lennartz und Seeling).** Durch die Entscheidung des EuGH in der Rechtssache **Lennartz** ist geklärt, dass ein Unternehmer einen nur teilweise unternehmerisch genutzten Gegenstand in vollem Umfang seinem Unternehmen zuordnen kann (EuGH C-97/90, UR 1991, 291 – Lennartz; C-269/00, UR 2003, 288 – Seeling; C-515/07, UR 2009, 199 – VNLTO; C-210, 211/11, DStR 2013, 1604 – Medicom und MPA; BFH XI R 18/08, BStBl. II 2010, 313). Auf den Umfang der unternehmerischen Nutzung kommt es dabei nicht an. Dieses Ergebnis folgt aus Art. 168 Abs. 2 iVm 26 Abs. 1 MwStSystRL. Gemäß Art. 168 Abs. 2 MwStSystRL ist der Steuerpflichtige zum Vorsteuerabzug befugt, „soweit die Gegenstände und Dienstleistungen für Zwecke seiner besteuerten Umsätze verwendet werden". Da aber nach Art. 26 Abs. 1 Buchst. a MwStSystRL die Verwendung eines dem Unternehmen zugeordneten Gegenstands für den privaten Bedarf einer Dienstleistung gegen Entgelt gleichgestellt wird, wird auch für den privaten Nutzungsanteil eine Verwendung für besteuerte Umsätze fingiert. Auch bei einer teilweise nichtunternehmerischen Nutzung gilt deshalb ein Gegenstand als in vollem Umfang für Zwecke besteuerter Umsätze iSv Art. 168 MwStSystRL verwendet (EuGH C-97/90, UR 1991, 291 Rn. 26 – Lennartz zu Art. 17 Abs. 2 6. EG-RL).

Mit dem Urteil C-269/00 (UR 2003, 288 – **Seeling**) – Nachfolgeentscheidung des BFH V R 39/99, BStBl. II 2004, 371 – hat der EuGH verdeutlicht, dass die Möglichkeit vollumfänglicher Zuordnung zum Unternehmen auch besteht, wenn ein bebautes Grundstück teilweise unternehmerisch und teilweise zu **privaten** (Wohn-) Zwecken genutzt wird. Der Unternehmer kann in diesem Fall sofort und in vollem Umfang den Vorsteuerabzug aus den Anschaffungs-/Herstellungskosten in Anspruch nehmen, muss in der Folge aber die unentgeltliche Wertabgabe mit den sich aus § 10 Abs. 4 Nr. 2 ergebenden Kosten versteuern. Dieser Gestaltungsmöglichkeit hat der Gesetzgeber durch die Einfügung des § 15 Abs. 1b durch das JStG 2010 (BGBl. 2010 I 1768) einen Riegel vorgeschoben (→ Rn. 303 ff.).

111 Hat ein Unternehmer einen Gegenstand, den er sowohl unternehmerisch als auch privat genutzt hat, in vollem Umfang seinem Unternehmen zugeordnet, so unterliegt die Veräußerung dieses Gegenstandes auch in vollem Umfang der Umsatzsteuer (EuGH C-415/98, UR 2001, 149 Rn. 38 – Bakcsi).

112 **bb) Zuordnung nur des unternehmerisch genutzten Teils des Gegenstandes zum Unternehmen (EuGH-Urteil Armbrecht).** Der Unternehmer kann aber auch den nichtunternehmerisch genutzten Teil dem Mehrwertsteuersystem entziehen, dh er kann die Zuordnung des gemischt-genutzten Leistungsbezugs zum Unternehmen auf den Umfang der **anteiligen unternehmerischen** Nutzung beschränken. Das gilt auch bei gemischt-genutzten **einheitlichen Gegenständen,** die – wie zB Grundstücke – zivilrechtlich als ein Gegenstand zu beurteilen sind.

113 Die Teilbarkeit solcher Gegenstände für Zwecke der Umsatzbesteuerung leitet der EuGH daraus her, dass das Ziel einer einheitlichen Definition der steuerbaren Umsätze nicht zu erreichen sei, wenn deren Tatbestandsvoraussetzungen von Mitgliedstaat zu Mitgliedstaat unterschiedlich wäre (EuGH C-291/92, BStBl. II 1996, 392 Rn. 13 – Armbrecht). Der BFH hat diese Entscheidung für das nationale Recht in weiteren Entscheidungen fortentwickelt (BFH XI R 43/90, BStBl. II 1997, 98).

Die Berechtigung des Steuerpflichtigen, die Zuordnung auf den unternehmerisch genutzten Teil zu beschränken, ergibt sich aus Art. 2 Abs. 1 MwStSystRL (Art. 2 Nr. 1 6. EG-RL). Danach unterliegt ein Umsatz nur dann der Mehrwertsteuer, wenn ein Steuerpflichtiger „als solcher" handelt. Diese Voraussetzung aber ist bei einem Steuerpflichtigen, der einen Umsatz für private Zwecke ausführt, nicht der Fall (EuGH C-291/92, BStBl. II 1996, 392 Rn. 16 ff. – Armbrecht). **114**

Allerdings muss der Wille des Steuerpflichtigen, einen Teil des Gegenstandes in seinem Privatvermögen zu behalten, während der gesamten Dauer seines Besitzes nach außen erkennbar sein (EuGH C-291/92, BStBl. II 1996, 392 Rn. 21 – Armbrecht). **115**

In diesem Fall besteht für den Steuerpflichtigen das Recht zum Vorsteuerabzug nur hinsichtlich des dem Unternehmen zugeordneten Teils. Der nicht dem Unternehmen zugeordnete Teil wird nicht für die Erbringung steuerbarer unternehmerischer Leistungen verwendet und fällt damit nicht in den Regelungsbereich der Mehrwertsteuerregelung (EuGH C-291/92, BStBl. II 1996, 392 – Armbrecht). Eine etwaige Berichtigung des Vorsteuerabzugs ist deshalb auf den dem Unternehmen zugeordneten Teil des Grundstücks zu beschränken. Andererseits unterliegt im Falle der Veräußerung nur der unternehmerisch genutzte Teil der USt (EuGH C-415/98, UR 2001, 149 – Bakcsi, Rn. 39 f.). **116**

Da das Urteil in der Rs. Armbrecht (EuGH C-291/92, BStBl. II 1996, 392) zu einem Fall unterschiedlich genutzter **Gebäudeteile** ergangen ist, hat es jedenfalls keine unmittelbare Aussage zu einer Trennung von **Gebäude und Grundstück** für Zuordnungszwecke beinhaltet. Durch das Urteil des EuGH in der Rechtssache Breitsohl ist geklärt, dass eine unterschiedliche Zuordnung von Grundstück einerseits und aufstehendem Gebäude andererseits nicht möglich ist. Der EuGH hat darin entschieden, dass gemäß Art. 12 Abs. 1 Buchst. a MwStSystRL „Gebäude oder Gebäudeteile und der dazugehörige Grund und Boden für die Zwecke der MwSt nicht voneinander getrennt behandelt werden können" (EuGH C-400/98, UR 2000, 329 – Breitsohl zu Art. 4 Abs. 3 Buchst. a 6. EG-RL). **117**

cc) Zuordnung des gesamten Gegenstandes zum nichtunternehmerischen Bereich (EuGH-Urteil Bakcsi). Durch das Urteil des EuGH zur Zuordnungsproblematik in der Rechtssache Bakcsi ist geklärt, dass der Unternehmer ein gemischt-genutztes, also auch unternehmerisch verwendetes Wirtschaftsgut in vollem Umfang seinem nichtunternehmerischen Bereich zuordnen kann (EuGH C-415/98, UR 2001, 149 Rn. 27, 31 – Bakcsi). Die Zuordnungsfrage orientiert sich letztlich an der Inanspruchnahme des Vorsteuerabzugs beim Erwerb des Investitionsguts. Ist der Vorsteuerabzug nicht geltend gemacht worden, geht der EuGH davon aus, dass der Gegenstand im Privatvermögen belassen worden ist. Das gilt auch, wenn der Vorsteuerabzug notgedrungenermaßen, etwa weil der Erwerb von einem Privaten erfolgt ist, nicht abgezogen worden ist. **118**

Eine Zuordnung zum Unternehmen kann auch nicht darin gesehen werden, dass der Unternehmer den Vorsteuerabzug auf **Reparatur- und Wartungskosten** für den Gegenstand in Anspruch nimmt. Die Zuordnung eines Investitionsguts bestimmt die Anwendung des Mehrwertsteuersystems auf das Gut selbst und nicht auf Gegenstände und Dienstleistungen für seine Nutzung oder Wartung. Das Recht auf Abzug der Vorsteuer für diese Gegenstände und Dienstleistungen ist eine gesonderte Frage, die unter Art. 167 ff. MwStSystRL fällt (EuGH C-415/98, UR 2001, 149 – Bakcsi; → Rn. 33 zu Art. 17 6. EG-RL). **119**

dd) Späterer Zuordnungswechsel. Der Wechsel der Zuordnung vom unternehmerischen in den nichtunternehmerischen Bereich führt zu einer unentgeltlichen Wertabgabe iSd § 3 Abs. 1 b. Umgekehrt kann auch ein Leistungsbezug, der zunächst nicht dem Unternehmen zugeordnet gewesen ist, nachträglich dem Unternehmen zugeordnet werden. Diese **Einlage** in das Unternehmen führt damit nicht – auch **120**

nicht anteilig – zum Vorsteuerabzug (vgl. auch → Rn. 123). Der Umstand, dass ein für unternehmerische Zwecke erworbener Gegenstand nicht sofort für diese Zwecke verwendet werden soll und verwendet wird, steht dem Recht auf Vorsteuerabzug aber nicht entgegen. Eine ursprünglich ausschließlich privaten Zwecken dienende Verwendung eines dem Unternehmen zugeordneten Gegenstands, auf die eine ausschließlich unternehmerische Nutzung folgt, hat keine Auswirkungen auf das Recht zum Vorsteuerabzug (EuGH C-334/10, DStR 2012, 1551 – X).

121 **ee) Der nicht wirtschaftliche, aber nicht unternehmensfremde Bereich (EuGH-Urteil VNLTO).** Neben der unternehmerischen und der nichtunternehmerischen Sphäre hat der EuGH im Urteil C-515/07 (DStR 2009, 369 – VNLTO) durch einen Akt juristischer Hochseilakrobatik eine dritte Ebene geschaffen, deren Sinn sich nur in der Gesamtschau mit dem Recht der unentgeltlichen Wertabgaben erschließt (*Pull* Die Spärentheorie im Mehrwertsteuerrecht, Köln 2014 Diss.). Der EuGH unterscheidet wie folgt:

1. Wirtschaftlicher/unternehmerischer Bereich:
   a) steuerpflichtige Umsätze,
   b) steuerfreie Umsätze.
2. Nicht wirtschaftlicher/nichtunternehmerischer Bereich (nicht vom Anwendungsbereich der MwSt erfasste Tätigkeiten iSv Art. 2 Abs. 1 MwStSystRL):
   a) völlig unternehmensfremder, privater Bereich,
   b) nicht völlig unternehmensfremder, aber dennoch nicht wirtschaftlicher Bereich.

122 Die Verwendung von Leistungsbezügen im Bereich 1 a führt zum Vorsteuerabzug, im Bereich 1 b grundsätzlich nicht, weil Art. 168 MwStSystRL eine Verwendung für „Zwecke seiner besteuerten Umsätze" voraussetzt. Von den insbesondere in Art. 169 MwStSystRL vorgesehenen Ausnahmen soll an dieser Stelle einmal abgesehen werden. Problematisch wird die Sache im Bereich 2.

Der Bereich 2 a führt zwar grundsätzlich ebenfalls zum Vorsteuerausschluss. Der Unternehmer kann aber einen Leistungsbezug, den er nur zum Teil privat nutzt, in vollem Umfang seinem Unternehmen zuordnen mit der Folge der Berechtigung zum vollen Vorsteuerabzug. Dem steht dann aber die Besteuerung der unentgeltlichen Wertabgabe gegenüber. Der Gegenstand wird insoweit vom gedanklichen Konzept her auch hinsichtlich des privaten Nutzungsanteils in den wirtschaftlichen Bereich aufgenommen. Der private Endverbrauch erfolgt dann durch den Unternehmer als Privatmann in seiner Eigenschaft als Empfänger der unentgeltlichen Wertabgabe.

Der Bereich 2 b führt zum Vorsteuerausschluss. Der Hinweis des EuGH, „… dass die VNLTO den Bezug von Gegenständen und Dienstleistungen bei den allgemeinen Kosten verbucht hat, ohne diese Vorgänge ausschließlich ihren nachgeschalteten besteuerten Tätigkeiten zuzuordnen" (→ Rn. 30), scheint die Möglichkeit einer Zuordnung auch in diesem Bereich zu eröffnen. Dem steht aber entgegen, dass hier keine unentgeltliche Wertabgabe möglich ist. Art. 6 Abs. 2 Buchst. a der RL, umfasst nur unternehmensfremde Zwecke mit der Folge, dass die Nutzung für nicht unternehmensfremde Zwecke Dienstleistungen nicht gleichgestellt werden kann.

123 Im Kern führt das Urteil des EuGH in der Rechtssache VNLTO zu dem zwar unter Neutralitätsgesichtspunkten nachvollziehbaren, aber systematisch nur schwer verständlichen Ergebnis, dass ein (teilweise) privat genutzter Leistungsbezug dem Unternehmen zugeordnet werden kann, weil spiegelbildlich die Möglichkeit der Besteuerung der privaten Nutzung besteht, bei einem (teilweise) zwar nicht wirtschaftlich, aber nicht völlig unternehmensfremd genutzten Leistungsbezug die Möglichkeit der Zuordnung zum Unternehmen aber nicht besteht, weil diese Nutzung nicht von der Wertabgabenbesteuerung erfasst werden kann.

124 **e) Zuordnungsentscheidung bei sonstigen Leistungen.** Die zur Nutzung von Gegenständen, also zu Lieferungen ergangenen Entscheidungen gelten grds.

auch für den Bezug sonstiger Leistungen. Es sind weder nach der MwStSystRL noch nach deutschem USt-Recht Rechtsgrundlagen für eine insoweit unterschiedliche Behandlung ersichtlich.

f) Zeitpunkt und Ausübung der Zuordnungsentscheidung. Gemäß **125**
Art. 167 MwStSystRL entsteht das Recht auf Vorsteuerabzug in dem Zeitpunkt, in dem der Anspruch des Fiskus auf die abziehbare Steuer entsteht. Das ist der Zeitpunkt, in dem die Lieferungen erfolgt oder die Dienstleistung bewirkt wird (Art. 63 MwStSystRL). Aus der Sicht des Leistungsempfängers ist es der Zeitpunkt des Leistungsbezugs. Aus dem Prinzip des **Sofortabzugs der Vorsteuer** (vgl. → Rn. 176) folgt, dass das Recht auf Vorsteuererstattung sofort nach seiner Entstehung ausgeübt werden kann. Der Unternehmer muss deshalb die Zuordnungsentscheidung spätestens bis zur Entstehung des Rechts auf Vorsteuererstattung, maW bis zum **Zeitpunkt des Leistungsbezugs** getroffen haben. Auch hinsichtlich der Frage, ob ein Leistungsbezug für steuerfreie oder steuerpflichtige Umsätze verwendet werden soll, muss sich der Unternehmer sofort entscheiden (BFH V R 10/07, UR 2008, 750; V R 51/01, UR 2003, 197; vgl. auch → Rn. 176, 292). Gibt es keine Beweisanzeichen für die Zuordnung zum Unternehmen, kann diese nicht unterstellt werden (BFH XI R 17/09, MwStR 2013, 51; V R 10/07, UR 2008, 750; V R 25/96, BStBl. II 2003, 815; vgl. auch BMF 30.3.2004, BStBl. I 2004, 451).

Aus dem Grundsatz des Sofortabzugs der Vorsteuer folgt, dass die Zuordnung eines **126**
Gegenstands zum Unternehmen eine durch Beweisanzeichen gestützte Zuordnungsentscheidung des Unternehmers **bei Anschaffung oder Herstellung** des Gegenstands erfordert (EuGH C-334/10, DStR 2012, 1551; BFH XI R 14/10, BFH/NV 2012, 1828). Weder die **tatsächliche Ausführung** von Umsätzen (EuGH C-100/98 bis C-147/98, UR 2000, 208 – Gabalfrisa) noch die **Rechnungserteilung** (vgl. auch → Rn. 176ff.) sind für den Zeitpunkt der Zuordnungsentscheidung maßgebend. Hieraus ergeben sich tatsächliche Schwierigkeiten. Unmittelbar im Zeitpunkt des Leistungsbezugs wird die Zuordnungsentscheidung idR aber nicht nach außen zu Tage treten, sondern erst später dokumentiert. Dabei ist die **Geltendmachung des Vorsteuerabzugs** regelmäßig ein gewichtiges Indiz für, die Unterlassung des Vorsteuerabzugs ein ebenso gewichtiges Indiz gegen die Zuordnung eines Gegenstands zum Unternehmen (BFH V R 42/09, DStR 2011, 1949; V R 21/10, DStR 2011, 2754 jeweils mwN; XI R 64, 06, BFH/NV 2009, 798; V B 34/08, BFH/NV 2009, 2011). Auch die bilanzielle und **ertragsteuerrechtliche** Behandlung kann ein Indiz für die umsatzsteuerrechtliche Behandlung sein. Gibt es keine Beweisanzeichen für eine Zuordnung zum Unternehmen, kann diese nicht unterstellt werden (BFH XI R 14/10, BFH/NV 2012, 1828). Die Zuordnungsentscheidung muss aber spätestens und mit endgültiger Wirkung in einer „zeitnah" erstellten Umsatzsteuererklärung für das Jahr, in das der Leistungsbezug fällt, nach außen dokumentiert werden (BFH V R 42/09, DStR 2011, 1949; V R 21/10, DStR 2011, 2754 jeweils mwN; XI R 64/06, BFH/NV 2009, 798).

Eine „zeitnahe" Dokumentation der Zuordnungsentscheidung liegt allerdings nur dann vor, wenn diese bis zur **gesetzlichen Abgabefrist für Steuererklärungen** (also bis zum 31.5. des Folgejahres) dem FA gegenüber abgegeben wurde. Eine erst nach diesem Zeitpunkt erfolgte Dokumentation der Zuordnungsentscheidung ist demnach ausgeschlossen (BFH V R 27/12, BFH/NV 2014, 1097; V R 42/09, DStR 2011, 1949; V R 21/10, DStR 2011, 2754; V R 48/10, BFH/NV 2012, 808; BFH XI R 14/10, BFH/NV 2012, 1828; XI R 17/09, MwStR 2013, 51).

Eine **rückwirkende Zuordnung** eines Leistungsbezuges zum Unternehmen ist **127**
nicht möglich. Wird eine Lieferungen oder sonstige Leistung für den nichtunternehmerischen Bereich bezogen, führt die spätere Zuordnung zum Unternehmen nicht zum Vorsteuerabzug. Auch eine anteilige Berücksichtigung nach § 15a ist insoweit nicht mehr möglich (EuGH C-97/90, UR 1991, 291 – Lennartz; BFH V R 10/07,

UR 2008, 750; V R 101/83, BStBl. II 1988, 649; V R 46/72, BStBl. II 1979, 530). Nachweisprobleme ergeben sich in jenen Fällen, in denen die Nutzung nicht sogleich im Anschluss an den Leistungsbezug erfolgt. Wird die Eingangsleistung tatsächlich nichtunternehmerisch genutzt, muss der Unternehmer darlegen und beweisen, dass er die Lieferungen oder sonstige Leistung im Zeitpunkt ihres Bezuges für sein Unternehmen hat nutzen wollen.

128–130 *einstweilen frei*

5. In Rechnungen iSd §§ 14, 14a gesondert ausgewiesene Steuer

131 **a) Unionsrechtliche Anforderungen an eine Rechnung.** Unionsrechtlich hat sich das Erfordernis einer Rechnung für die Berechtigung zum Vorsteuerabzug aus Art. 18 Abs. 1 Buchst. a, 28h iVm Art. 22 Abs. 3 6. EG-RL (nun Art. 217 ff. MwStSystRL) ergeben. Danach musste die Rechnung ua getrennt den Preis ohne Steuer und den auf die einzelnen Steuersätze entfallenden Steuerbetrag sowie ggf. die Steuerbefreiung ausweisen. Durch die RL 2001/115/EG vom 20.12.2001 (ABl. 2001 L 15, 24 ff.) hat der Rat umfangreiche **Regelungen zum Mindestinhalt** einer Rechnung getroffen (vgl. im Einzelnen → § 14 Rn. 3 ff.). Diese ist durch die Neufassung der §§ 14, 14a durch das StÄndG 2003 (BGBl. 2003 I 2645) im deutschen UStG umgesetzt worden. Geklärt ist durch die Rechtsprechung des EuGH, dass eine zum Vorsteuerabzug berechtigende Rechnung grundsätzlich alle von Art. 226 der MwStSystRL aufgestellten Anforderungen erfüllen muss (EuGH C-368/09, DStR 2010, 1475 – Pannon Gép).

132 **b) Der Rechnungsbegriff des § 15 Abs. 1 S. 1.** Rechnung ist gemäß § 14 Abs. 1 jedes Dokument, mit dem über eine Lieferungen oder sonstige Leistung abgerechnet wird, gleichgültig, wie dieses Dokument im Geschäftsverkehr bezeichnet wird. Dabei sind Rechnungen auf Papier oder vorbehaltlich der Zustimmung des Empfängers auf elektronischem Weg zu übermitteln.

Die Ausübung des Rechts auf Vorsteuerabzug setzt gemäß § 15 Abs. 1 S. 1 den Besitz einer nach §§ 14, 14a ausgestellten Rechnung voraus. Die Rechnung ist damit **materiell-rechtliche** Voraussetzung für den Vorsteuerabzug (BFH XI R 31/10, BFH/NV 2013, 95; V R 15/07, BStBl. II 2009, 744; V B 156/06, BFH/NV 2008, 416).

Frühere Rechtslage. § 15 Abs. 1 S. 1 aF hat nicht auf die Voraussetzungsliste in § 14 Abs. 1 aF verwiesen, sondern auf den **allgemeinen Rechnungsbegriff** in § 14 Abs. 4 aF (BFH XI R 63/93, BStBl. II 1997, 582), der in etwa dem jetzigen § 14 Abs. 1 entsprochen hat.

133 Materiell-rechtlich hat sich aus der Unterscheidung zwischen § 14 Abs. 1 aF und Abs. 4 aF für den Vorsteuerabzug die Frage gestellt, ob alle 6 Erfordernisse einer Rechnung iSv § 14 Abs. 1 aF erfüllt sein mussten oder ob die Bezugnahme auf § 14 Abs. 4 aF geringere Anforderungen mit sich brachte. Letztlich hat sich die Problematik auf die **Konkretisierung der Leistungsbeschreibung** und auf § 14 Abs. 1a aF (vgl. → Rn. 138) beschränkt. Das Erfordernis einer hinreichend bestimmten Bezeichnung des Leistenden und des Leistungsempfängers folgte aus dem Rechnungsbegriff des § 14 Abs. 4 aF, das Erfordernis der Angabe des Entgeltes und des Steuerbetrages ergab sich aus Art. 22 Abs. 3 6. EG-RL (vgl. auch BFH V R 55/99, BStBl. II 2001, 426; *Lange* UR 2001, 412 ff.; *Wagner* HFR 2001, 421).

134 **c) Die Anforderungen an eine Rechnung. aa) Bezeichnung des leistenden Unternehmers und des Leistungsempfängers.** Aus dem Unionsrecht hat sich bisher nicht herleiten lassen, wie detailliert die Bezeichnung des Leistenden und des Leistungsempfängers in der Rechnung sein muss. Art. 22 Abs. 3 Buchst. c 6. EG-RL hat es den Mitgliedstaaten überlassen, die Kriterien festzulegen, nach denen ein Dokument als Rechnung betrachtet werden kann. Der durch die RL 2001/115/EG vom 20.12.2001 (ABl. 2001 L 15, 24ff.) geänderte Art. 28h iVm Art. 22 Abs. 3 Buchst. b 6. EG-RL (Art. 226 Nr. 5 MwStSystRL) verlangt nunmehr die Angabe des vollständigen Namens und der vollständigen Anschrift des Leistenden und des Leistungsempfängers. Diese Anforderung hat der durch das StÄndG 2003 neu gefasste § 14 Abs. 4 Nr. 1 übernommen. Zu den **unionsrechtlichen** Anforderungen an eine Rechnung vgl. auch EuGH C-271/12, DStRE 2013, 1310 – Martens.

Der BFH hat inzwischen entschieden, dass eine zum Vorsteuerabzug berechtigende Rechnung den Anforderungen des § 14 Abs. 4 entsprechen muss (BFH V R 17/14, BFH/NV 2016, 80; V R 28/13, BStBl. II 2014, 867) und dass das Merkmal „vollständige Anschrift" in § 14 Abs. 4 Nr. 1 nur durch die Angabe der zutreffenden Anschrift des leistenden Unternehmers, unter der er seine wirtschaftlichen Aktivitäten entfaltet, erfüllt wird (BFH V R 23/14, BStBl. II 2015, 914). Die Angabe einer Anschrift, an der im Zeitpunkt der Rechnungstellung keinerlei geschäftliche Aktivitäten stattfinden, insbesondere ein sog. **Briefkastensitz,** reicht als zutreffende Anschrift nicht aus (BFH V R 23/14, BStBl. II 2015, 914). An der hiervon abweichenden Äußerung im Urteil V R 48/04, BStBl. II 2009, 315 hält der BFH ausdrücklich nicht mehr fest. Mit zwei Vorlagebeschlüssen haben sowohl der V. als auch der XI. Senat dem EuGH die Frage vorgelegt, ob diese Beurteilung dem Unionsrecht entspricht (BFH V R 25/15 BFHE 254, 139, Az. beim EuGH: C-375/16; XI R 20/14, BFHE 254, 152, Az. beim EuGH: C-374/16).

Leistender und Leistungsempfänger müssen **eindeutig und leicht nachprüfbar** 135
aus der Rechnung ersichtlich sein (vgl. BFH V R 15/07, BStBl. II 2009, 744; XI R 62/07, BStBl. II 2009, 432; V B 25/02, BFH UR 2002, 522; V B 81/00, BFH/NV 2002, 553; V R 50/99, IStR 2001, 511; § 31 Abs. 2 UStDV). Die Rechnung muss grundsätzlich den richtigen Namen (Firma) und die richtige Anschrift des leistenden Unternehmers angeben; die Angabe eines **Scheinsitzes** reicht nicht aus (BFH V R 23/14, BStBl. II 2015, 914; V R 51/93, BStBl. II 1996, 620; vgl. auch → Rn. 63, 161). Dabei genügt allerdings jede Bezeichnung, unter der der leistende Unternehmer ohne Schwierigkeiten festgestellt werden kann, zB Künstlername, Pseudonym usw. (vgl. zu Einzelheiten → § 14 Rn. 20). Die Verwendung von **falschen Anschriften** schließt nach Auffassung des FG MV den Vorsteuerabzug auch bei Gutgläubigkeit des Leistungsempfängers aus (1 K 40/99, EFG 2001, 395; vgl. auch FG Düsseldorf 5 V 7603/00 A (U), EFG 2001, 1626). Abkürzungen, Schlüsselzahlen (Datenverarbeitung), Symbole usw. sind erlaubt, wenn die Bedeutung in der Rechnung oder anderen Unterlagen (Lieferlisten, AGB oÄ) eindeutig festgelegt ist und die erforderlichen ergänzenden Unterlagen bei dem Aussteller der Rechnung und dem Empfänger der Rechnung vorhanden sind (§ 31 Abs. 3 UStDV).

Schwierigkeiten ergeben sich oft bei der Frage, ob Leistungen an Gesellschaften 136
(Gemeinschaften) oder an die an ihnen beteiligten Gesellschafter (Gemeinschafter) erbracht worden sind und ob die Abrechnung hiermit übereinstimmt (vgl. im Einzelnen auch → Rn. 68ff.).

Probleme treten darüber hinaus meist in Fällen auf, in denen die Vertragslage un- 137
sicher ist oder der Rechtsverkehr über die am Leistungsaustausch Beteiligten im Unklaren gelassen werden soll. Auch bei Leistungsbezügen im Gründungsstadium von Kapitalgesellschaften ist eine stringente Prüfung der Voraussetzungen des Vorsteuerabzugs schwierig (vgl. → Rn. 57ff.).

- Zur Abrechnung durch einen Vermittler BFH V R 59/81, BStBl. II 1982, 315.
- Zur unzutreffenden Angabe des Sitzes einer GmbH BFH V R 51/93, BStBl. II 1996, 620.
- Zur leichten Nachprüfbarkeit bei Verwendung eines Scheinnamens BFH X R 60/82, BStBl. II 1988, 34; V R 39/75, BStBl. II 1979, 345.
- Zum Auftreten unter fremden Namen (zur Scheinfirma BFH V R 41/89, BStBl. II 1993, 205).
- Zur Abrechnung eines Strohmannes BFH XI R 56/93, BStBl. II 1995, 275.

- Zur Deckadresse HessFG VI B 333/82, EFG 1983, 314.
- Zur Bezeichnung des leistenden Unternehmers durch Code-Nr. FG Münster 15 K 2082/94 U, EFG 1995, 861.
- Zur Angabe eines vom leistenden Unternehmer beauftragten Büroservices in der Rechnung BFH V B 171/98, BFH/NV 1999, 1652.
- Zur Bezeichnung des leistenden Unternehmers bei Rechtsanwalts-/Steuerberatersozietäten OFD Hannover 17.11.1998, DB 1999, 179.

138 **bb) Steuer-Nr. oder USt-IdNr. des leistenden Unternehmers.** Durch das StVBG vom 19.12.2001 (BGBl. 2001 I 3922) war § 14 Abs. 1a in das UStG eingefügt worden. Danach musste in der Rechnung die Steuer-Nr. des leistenden Unternehmers enthalten sein. Entsprechendes galt durch den Hinweis in § 14 Abs. 5 auf § 14 Abs. 1a für die Gutschrift. Diese Regelung galt für Rechnungen, die nach dem 30.6.2002 erteilt wurden (§ 27 Abs. 4). Allein das Fehlen der Steuer-Nr. auf der Rechnung führte nicht zum Vorsteuerausschluss (BT-Drs. 14/7471).

Der durch das StÄndG 2003 (BGBl. 2003 I 2645) neu gefasste § 14 Abs. 4 Nr. 2 eröffnet dem Leistenden die Wahlmöglichkeit, entweder seine Steuer-Nr. oder seine USt-IdNr. anzugeben. Demgegenüber verlangt der durch die Richtlinie 2001/115/EG vom 20.12.2001 (ABl. 2001 L 15, 24ff.) geänderte Art. 28h iVm Art. 22 Abs. 3 Buchst. b 6. EG-RL (Art. 226 Nr. 3 und 4 MwStSystRL),
- die Angabe der USt-IdNr. ohne die Alternativmöglichkeit der Steuernummer,
- die Angabe der USt-IdNr. unter der der Leistungsempfänger die Lieferungen von Gegenständen oder Dienstleistungen, für die er Steuerschuldner ist oder unter der er die Lieferungen von Gegenständen gemäß Art. 138 MwStSystRL (Art. 28c Teil A 6. EG-RL) erhalten hat.

139 **cc) Rechnungsdatum.** § 14 Abs. 4 Nr. 3 verlangt ausdrücklich das **Ausstellungsdatum** der Rechnung.

140 **dd) Fortlaufende Nummer.** Der Gesetzgeber hat durch das StÄndG 2003 (BGBl. 2003 I 2645) Art. 22 Abs. 3 Buchst. b UAbs. 1 Spiegelstrich 2 6. EG-RL (nun Art. 226 Nr. 2 MwStSystRL) unverändert in das deutsche UStG übernommen und verlangt in § 14 Abs. 4 Nr. 4 eine Rechnungsnummer. Zu Einzelheiten vgl. BMF vom 29.1.2004 (BStBl. I 2004, 258).

141 **ee) Leistungsbeschreibung.** Schon nach bisherigem deutschen Umsatzsteuerrecht mussten die Angaben in der Rechnung eine **eindeutige und leicht nachprüfbare** Feststellung der Leistung ermöglichen (BFH XI R 62/07, BStBl. II 2009, 432; V B 119/02, BFH UR 2003, 300; V B 55/98, BFH/NV 1999, 683; V R 16/96, BFH/NV 1997, 717; V R 45/93, BStBl. II 1995, 395). Der durch die durch die RL 2001/115/EG vom 20.12.2001 (ABl. 2001 L 15, 24ff.) geänderte Art. 28h iVm Art. 22 Abs. 3 Buchst. b 6. EG-RL Art. 226 Nr. 6 MwStSystRL) verlangt die Angabe der Menge und die Art der gelieferten Gegenstände oder den Umfang und die Art der erbrachten Dienstleistungen. Diese Regelung hat durch das StÄndG 2003 (BGBl. 2003 I 2645) Eingang in die Neufassung des § 14 Abs. 4 Nr. 5 gefunden.

Das Abrechnungspapier muss folglich Angaben tatsächlicher Art enthalten, die die Identifizierung der abgerechneten Leistung ermöglichen. Der Aufwand zur Identifizierung der Leistung muss dahin gehend begrenzt sein, dass die Rechnungsangaben eine **eindeutige und leicht nachprüfbare** Feststellung der Leistung ermöglichen, über die abgerechnet worden ist. Was zur Erfüllung dieser Voraussetzungen erforderlich ist, richtet sich nach den Umständen des Einzelfalls. In der Abrechnung kann auf andere Geschäftsunterlagen verwiesen werden; diese müssen aber eindeutig bezeichnet sein (BFH XI R 31/10, BFH/NV 2013, 95; V R 59/07, BStBl. II 2009, 218).

142 Bei Lieferungen werden diese Voraussetzungen üblicherweise durch die Angabe der handelsüblichen Bezeichnung der Liefergegenstände gewährleistet. Handelsübliche Bezeichnungen sind außer der eigentliche Bezeichnung des eigentlichen gelieferten Gegenstandes allg. bekannte **Markenzeichen** (VW Passat, Persil) und eindeutige **Sammelbezeichnungen** (Obst, Spielwaren). Sammelbezeichnungen, die den gelieferten Gegenstand nicht erkennen lassen, sind nicht geeignet (Einrichtungsgegenstände, Fachbücher, elektrische Geräte). **Sachgesamtheiten** (Warenlager, Büroinventar) sind aufzugliedern (vgl. im Einzelnen → § 14 Rn. 25). In Einzelfällen können die gelieferten Waren auch in Warengruppen zusammengefasst werden (BFH V R 138/78, BStBl. II 1986, 581). Bei sonstigen Leistungen muss der Rechnungsaussteller tatsächliche Angaben über seine Leistungshandlung machen. Ausreichen kann auch die Bezeichnung des beim Leistungsempfänger eintretenden Erfolges der Leistungshandlung (BFH V R 30/88, BStBl. II 1993, 384; V R 50/85, BStBl. II 1988, 688; V R 125/86, BStBl. II 1988, 694; V B 54/85, BStBl. II 1988, 700 zur Arbeitnehmerüberlassung).

Bei **Dauerschuldverhältnissen** (Miete, Pacht oÄ) wird üblicherweise nicht für jeden Leistungsabschnitt eine gesonderte Rechnung mit USt-Ausweis erstellt. In diesen Fällen reicht es aus, wenn die USt im Vertrag gesondert ausgewiesen ist und die einzelnen Teilleistungen (zB monatliche Nutzungsüberlassung) durch sie betreffende (Zahlungs-)Belege konkretisiert werden (BFH V R 49/99, DStR 2001, 212; V B 72/86, BStBl. II 1988, 913). **143**

ff) Übrige Voraussetzungen. § 14 Abs. 4 Nr. 6–8 verlangt darüber hinaus **144**
- den Zeitpunkt der Lieferungen oder sonstigen Leistung (BFH XI R 62/07, BStBl. II 2009, 432, vgl. auch → § 14 Rn. 50),
- das nach Steuersätzen und einzelnen Steuerbefreiungen aufgeschlüsselte Entgelt für die Lieferungen oder sonstige Leistung (vgl. → § 14 Rn. 51 f.),
- den anzuwendenden Steuersatz sowie den auf das Entgelt entfallenden Steuerbetrag (vgl. → § 14 Rn. 53).

gg) Gutschriften. Auch die Neuregelung der Gutschrift in § 14 Abs. 2 lässt die grundsätzlich Berechtigung zum Vorsteuerabzug des Leistungsempfängers daraus unberührt. Die Anforderungen an die Gutschrift haben sich durch den durch das StÄndG 2003 (BGBl. 2003 I 2645) geänderten Gesetzestext aber teilweise nicht unerheblich verändert. **145**

Bisherige Rechtslage. Als Rechnung galt gemäß § 14 Abs. 5 auch eine Gutschrift, mit der ein Unternehmer über eine steuerpflichtige Lieferung oder sonstige Leistung, die an ihn ausgeführt worden ist, abrechnet. Da die Mitgliedstaaten gem. Art. 22 Abs. 3 Buchst. c 6. EG-RL die Kriterien festlegen konnten, nach denen ein Dokument als Rechnung anerkannt werden konnte, hat die Abrechnung mittels Gutschrift schon bisher grundsätzlich nicht im Widerspruch zum Unionsrecht gestanden (EuGH C-141/96, UR 1997, 471 – Langhorst). Durch die RL 2001/115/EG vom 20.12.2001 (ABl. 2001 L 15, 24 ff.) ist nunmehr die Abrechnung mittels Gutschrift ausdrücklich zugelassen (Art. 224 MwStSystRL). Die Anerkennung einer Gutschrift setzte dabei voraus, dass **146**
- der leistende Unternehmer (Gutschriftempfänger) zum gesonderten Ausweis der Steuer berechtigt war,
- zwischen Aussteller und Empfänger der Gutschrift Einvernehmen über die Abrechnung mittels Gutschrift bestand,
- die Gutschrift die in § 14 Abs. 1 S. 2 aF vorgeschriebenen Angaben enthielt,
- die Gutschrift dem leistenden Unternehmer zugeleitet worden war,
- der Empfänger der Gutschrift dieser nicht widersprochen hatte.

Den Beteiligten eines Leistungsaustausches stand grundsätzlich kein Wahlrecht hinsichtlich der Abrechnungsmodalitäten zu (BFH V R 107/79, BStBl. II 1982, 309). Die Frage, ob durch Rechnung oder Gutschrift abzurechnen war, war danach zu beantworten, wer die **Abrechnungslast** trug. Unter Abrechnungslast war die zivilrechtliche Rechtszuständigkeit zur Abrechnung zu verstehen. Diese traf grundsätzlich denjenigen, der über die Abrechnungsgrundlagen verfügte. Das war idR der **147** leistende Unternehmer, so dass die Rechnung das übliche Abrechnungspapier war (vgl. im Einzelnen → § 14 Rn. 50ff.).

148 Gesetzlich übertragen ist die Abrechnungslast dem Leistungsempfänger durch § 24 VerlG (Abrechnung Verleger–Verfasser), § 87c HGB (Provisionsabrechnung Geschäftsherr–Handelsvertreter), § 315 BGB (Preisbestimmungsrecht des Leistungsempfängers). Hierbei handelt es sich im Grunde nur um gesetzlich normierte Einzelfälle, in denen der Leistungsempfänger über die Abrechnungsgrundlagen verfügt. Zu weiteren Fällen, in denen die Abrechnungslast beim Leistungsempfänger liegt vgl. → § 14 Rn. 50f.

149 Nach früherer Rechtsprechung war der Vorsteuerabzug auch dann in voller Höhe möglich, wenn der Aussteller die Steuer in der Gutschrift zu hoch ausgewiesen hatte (BFH V R 110/88, BStBl. II 1993, 779; V R 56/84, 1990, 253, mit Anm. *Schwakenberg* UR 1990, 155). Diese Rechtsprechung hat der BFH im Anschluss an das Urteil des EuGH C-165/88 (UR 1991, 81 – Genius Holding) aufgegeben. Nunmehr ist nur noch die gesetzlich geschuldete Steuer abziehbar (BFH V R 34/97, BStBl. II 1998, 695; vgl. im Einzelnen → Rn. 153f.).

150 Die Berechtigung des Gutschriftenempfängers zum gesonderten Steuerausweis war gemäß § 14 Abs. 5 S. 1 Nr. 1 materiell-rechtliche Voraussetzung für die Anerkennung der Gutschrift als Rechnung. Das diesbezügliche Risiko trug der Aussteller der Gutschrift; sein guter Glaube an die Befugnis des Gutschriftenempfängers zum gesonderten Steuerausweis wurde nicht geschützt (BFH V R 60/74, BStBl. II 1980, 369; V R 107/79, BStBl. II 1982, 312; V S 19/80, BStBl. II 1981, 543).

Zu den einzelnen Tatbestandsmerkmalen des § 14 Abs. 5 aF vgl. → § 14 Rn. 50ff.

151 **Die Neuregelung der Gutschrift durch das StÄndG 2003.** Die relativ ausführliche Regelung in § 14 Abs. 5 aF ist durch zwei Sätze in § 14 Abs. 2 S. 3 und 4 ersetzt worden. Die augenfälligsten Unterschiede zur bisherigen Regelung bestehen darin, dass es für die Abrechnung mittels Gutschrift nicht mehr auf die Abrechnungslast, sondern nur noch auf die Vereinbarung der Beteiligten ankommt, und dass der Leistungsempfänger auch dann mittels Gutschrift abrechnen kann, wenn der leistende Unternehmer unter die Kleinunternehmerregelung des § 19 Abs. 1 fällt oder eine steuerfreie Leistung erbringt. In den beiden letztgenannten Fällen kann es nunmehr zu einem unberechtigten Steuerausweis nach § 14c kommen (siehe auch BT-Drs. 15/1562, zu Art. 4 Nr. 2, zu Nr. 14, zu Abs. 2). Vgl. zum Ganzen → § 14 Rn. 28ff. Eine Berechtigung des Leistungsempfängers zum Vorsteuerabzug ergibt sich gleichwohl nicht, weil die unberechtigt ausgewiesene Steuer nicht iSd § 15 Abs. 1 geschuldet wird (BFH XI R 2/10, BStBl. II 2012, 653).

152 **hh) Elektronische Abrechnungen.** Bis 31.12.2001 sind elektronische Abrechnungen, die über das Internet (E-Mail) oder durch Übersendung von maschinell lesbaren Datenträgern (Magnetband, Diskette, CD-ROM) übermittelt wurden, nicht als Rechnungen anerkannt worden. Die Abrechnung durch Datenfernübertragung bzw. Datenträgeraustausch genügte nach Ansicht der FVerw den Anforderungen des § 14 nur, wenn zusätzlich eine schriftliche Abrechnung des leistenden Unternehmers gegenüber dem Leistungsempfänger vorlag. Die Rechnungserteilung per Telex und Telefax ließ die FVerw demgegenüber zu (vgl. im Einzelnen → § 14 Rn. 13; BMF 25.5.1992, BStBl. I 1992, 376, ersetzt durch BMF 29.1.2004, BStBl. I 2004, 258).

153 Durch das StSenkG 2000 vom 26.10.2000 (BGBl. 2000 I 1433) sollte mit Wirkung zum 1.1.2002 § 14 Abs. 4 S. 2 in das UStG eingefügt werden. Danach sollte unter Bezugnahme auf das SignaturG vom 22.7.1997 (BGBl. 1997 I 1870) als Rechnung auch eine mit einer digitalen Signatur versehene **elektronische Abrechnung** gelten. Da noch vor Inkrafttreten dieser Neuregelung das SignaturG vom 16.5.2001 (BGBl. 2001 I 876) in Kraft getreten ist, ist der geplante § 14 Abs. 4 S. 2 durch das StÄndG 2001 vom 20.12.2001 (BGBl. 2001 I 3794) an diese neuere Entwicklung angepasst worden. Zunächst war danach in § 14 Abs. 4 die qualifizierte elektronische

Signatur mit Anbieter-Akkreditierung nach § 15 SignaturG zur Sicherung vorgesehen. Da Art. 233 Abs. 1 Buchst. a MwStSystRL (Art. 22 Abs. 3 Buchst. c UAbs. 2 6. EG-RL) nur die fortgeschrittene elektronische Signatur verlangt, gestattet § 14 Abs. 4 S. 2 idF des 5. Gesetz zur Änderung des StBeamten-AusbildungsG nunmehr wahlweise auch die qualifizierte elektronische Signatur (vgl. im Einzelnen → § 14 Rn. 15ff. sowie zu den unionsrechtlichen Anforderungen die RL 2001/115/EG vom 20.12.2001, ABl. 2001 L 15, 24ff.).

d) Die gesondert ausgewiesene Steuer. Hinsichtlich des Entgeltes und des Steuerbetrages war die Vorgabe in Art. 22 Abs. 3 Buchst. b 6. EG-RL schon eindeutig gewesen. Die Rechnung muss das Nettoentgelt und den Steuerbetrag ausweisen. Der durch die RL 2001/115/EG vom 20.12.2001 (ABl. 2001 L 15, 24ff.) geänderte Art. 28h iVm Art. 22 Abs. 3 Buchst. b 6. EG-RL (Art. 226 Nr. 8–10 MwStSystRL) ändert hieran nichts, sondern verlangt darüber hinaus den Ausweis des anzuwendenden Steuersatzes. Auch der BFH hat diese Anforderungen im Urteil vom 27.7.2000 (V R 55/99, BStBl. II 2001, 426 mit Anm. *Wagner* HFR 2001, 700) ausdrücklich bestätigt (vgl. auch *Lange* UR 2001, 257; *Lange* DB 2001, 179; *Lange* HFR 2001, 160; kritisch *Stadie* UR 2001, 259; *Widmann* BB 2001, 345). Die bisherige deutsche Verwaltungspraxis, die Angabe des Bruttopreises und des Entgeltes ausreichen zu lassen, war danach nicht mehr aufrechtzuerhalten. Mit dem StÄndG 2001 vom 20.12.2001 (BGBl. 2001 I 3794) ist § 14 Abs. 1 S. 1 Nr. 6 an Art. 22 Abs. 3 Buchst. b 6. EG-RL (nunmehr Art. 226 MwStSystRL) angepasst worden. Auch die nationale Regelung stellt nunmehr klar, dass der Ausweis des Nettoentgeltes unverzichtbar ist (UStAE 14.5). Für Kleinbetragsrechnungen iSd § 33 UStDV ändert sich nichts; Rechtsgrundlage hierfür ist Art. 238 Abs. 1 MwStSystRL (zu Einzelheiten der Ermittlung des Nettoentgeltes vgl. → § 14 Rn. 32). 154

Wird in einer Rechnung über Lieferungen oder sonstige Leistungen, die verschiedenen Steuersätzen unterliegen, abgerechnet, so sind die Entgelte und Steuerbeträge nach Steuersätzen zu trennen. Wird der Steuerbetrag durch Maschinen automatisch ermittelt, ist der Ausweis des Steuerbetrages in einer Summe zulässig, wenn für die einzelnen Posten der Rechnung der Steuersatz angegeben wird (§ 32 UStDV). Diese Regelung hat die FVerw schon bisher auch auf Rechnungen angewandt, die neben steuerpflichtige auch nicht steuerbare oder steuerfreie Umsätze enthielten (UStR 2000 185 Abs. 2 Satz 1; nun UStAE 14.5). Gemäß § 14 Abs. 1 S. 1 Nr. 6 in der durch das StVBG geänderten Fassung ist nunmehr auch gesetzlich klargestellt, dass steuerfreie Umsätze in der Rechnung besonders bezeichnet werden müssen. Durch die Neuregelung wird Art. 226 MwStSystRL umgesetzt. 155

Bei Rechnungen an Gesellschaften/Gemeinschaften, aus denen einzelne Gesellschafter/Gemeinschafter die Vorsteuer abziehen können (vgl. → Rn. 68ff.), genügt der Vorsteuerausweis in einer Summe verbunden mit den Anteilen an der Gesellschaft/Gemeinschaft. 156

Landwirte, die der Durchschnittsbesteuerung nach § 24 Abs. 1 unterliegen, müssen gemäß § 24 Abs. 1 S. 5 in der Rechnung den gesondert ausgewiesenen Steuerbetrag und den für den jeweiligen Umsatz anzuwendenden Steuersatz angeben. 157

e) Die geschuldete Steuer. Durch § 15 Abs. 1 S. 1 in der Fassung des StÄndG 2003 (BGBl. 2003 I 2645) ist klargestellt, dass nur die für den Umsatz gesetzlich **geschuldete** Steuer zum Vorsteuerabzug berechtigt. Die gemäß § 14c (§ 14 Abs. 2, Abs. 3 aF) unzutreffend oder unberechtigt ausgestellte Steuer berechtigt nicht zum Vorsteuerabzug berechtigt (BFH XI R 2/10, BStBl. II 2012, 653). Ein Fall überhöhten Steuerausweises liegt auch vor, wenn ein Unternehmer in einer Endrechnung UStBeträge gesondert ausweist, die er zuvor bereits in Abschlagsrechnungen ausgewiesen hatte (BFH V R 26/01, UR 2002, 338). 158

Die Fassung des § 15 Abs. 1 Satz aF war missverständlich und entsprach nicht der unionsrechtlichen Vorgabe in Art. 168 MwStSystRL (vgl. EuGH C-165/88, UR 159

1991, 81 – Genius Holding; C-454/98, BFH/NV Beilage 01, 33 – Schmeink & Cofreth und Strobel zu Art. 17 Abs. 1, Art. 10 Abs. 2 6. EG-RL). Der BFH hatte deshalb auch § 15 Abs. 1 S. 1 aF richtlinienkonform dahingehend ausgelegt, dass die Berechtigung zum Vorsteuerabzug das Schulden einer Steuer für den berechneten Umsatz voraussetzt. Absetzbar war deshalb nicht die nach § 14 Abs. 3 aF (BFH V R 34/97, BStBl. II 1998, 695) oder nach § 14 Abs. 2 aF (BFH V R 26/01, UR 2002, 338; V R 23/00, BStBl. II 2003, 673) geschuldete Steuer (vgl. auch BFH XI R 2/10, BStBl. II 2012, 653).

160 Diese Grundsätze gelten auch für das **Rückgängigmachen der Option.** Mit der Rückgängigmachung des Verzichts auf die Steuerbefreiung wird der in der ursprünglichen Rechnung ausgewiesene Steuerbetrag rückwirkend nicht mehr geschuldet; die Rückgängigmachung wirkt auf das Jahr der Ausführung des Umsatzes zurück (BFH V R 21/07, BStBl. II 2009, 254; V R 23/00, BStBl. II 2003, 673). Macht der leistende Unternehmer den Verzicht auf die Steuerbefreiung rückgängig, so verliert der Leistungsempfänger den Vorsteuerabzug rückwirkend im Jahr des Leistungsbezugs und nicht erst im Zeitpunkt der Rückgängigmachung des Verzichts auf die Steuerbefreiung (im Zeitpunkt der Rechnungsberichtigung; BFH XI R 7/08, BFH/NV 2010, 1497).

161 Die Veräußerung gebrauchter Geldspielautomaten mit Gewinnmöglichkeit, die der Unternehmer (Automatenaufsteller) ausschließlich zur Ausführung – nach unmittelbarer Berufung auf Art. 13 Teil B Buchst. f der 6. EG-RL (Art. 135 Abs. 1 Buchst. i MwStSystRL) – steuerfreier Umsätze verwendet hat, ist gemäß § 4 Nr. 28 steuerfrei und führt zum Verlust des Vorsteuerabzugs beim Erwerber. Dies gilt auch für die Veräußerung solcher Geräte, bei denen sich der Automatenaufsteller gegenüber dem FA auf die unmittelbare Anwendung des Art. 13 Teil B Buchst. f der 6. EG-RL (Art. 135 Abs. 1 Buchst. i MwStSystRL) für die Steuerfreiheit seiner Umsätze aus dem Betreiben der Geldspielgeräte erst berufen hat, nachdem er die Geräte veräußert hatte. Der Erwerber verliert den Vorsteuerabzug in diesem Fall rückwirkend im Jahr des Leistungsbezugs und nicht erst in dem Zeitpunkt, in dem der Automatenaufsteller sich auf die Steuerbefreiung nach dem Unionsrecht beruft (BFH XI R 9/11, BFH/NV 2013, 1457; Verfassungsbeschwerde 1 BvR 1940/13 wurde nicht zur Entscheidung angenommen).

162 Die Stellungnahme des Bundesrates zum Entwurf des StÄndG 2001 hatte bereits eine Neufassung des § 15 Abs. 1 S. 1 Nr. 1 vorgesehen, in der ausdrücklich nur die geschuldete Steuer als abzugsfähig behandelt wurde (BT-Drs. 14/6877, 61 zu Art. 14 Nr. 7). Der Vorschlag hatte aber in das StÄndG 2001 noch keinen Eingang gefunden.

163 Die og Grundsätze führen zB zur gänzlichen Versagung des Vorsteuerabzugs, wenn der Umsatz wegen Vorliegens einer **Geschäftsveräußerung** im Ganzen (§ 1 Abs. 1 a) nicht steuerbar ist (vgl. BFH V R 3/06, BStBl. II 2009, 203) oder über einen steuerfreien Umsatz abgerechnet wurde. Wird dagegen eine Steuer für den Umsatz geschuldet, statt der geschuldeten aber eine **höhere Steuer** ausgewiesen, steht dem Leistungsempfänger der darin enthaltene gesetzlich geschuldete Betrag für den Vorsteuerabzug zu (BFH V R 41/08, DStR 2010, 159). Auch eine **zu niedrig** ausgewiesene Umsatzsteuer ist eine gesetzlich geschuldete Steuer und führt, sofern die übrigen Voraussetzungen vorliegen, zum Vorsteuerabzug (BFH V R 49/13, DStR 2014, 2386).

164, 165 *einstweilen frei*

166 **f) Identität von Leistendem und Rechnungsaussteller.** Die Berechtigung zum Vorsteuerabzug setzt voraus, dass die USt in einer vom leistenden Unternehmer ausgestellten Rechnung gesondert ausgewiesen ist (BFH V R 17/14, nv; V R 9, 10/02, UR 2004, 27; V B 25/02, UR 2002, 522; V R 8/99, BFH/NV 2000, 353; V R 4/98, UR 1999, 283; V B 114/97, BFH/NV 1998, 1532). Die Verwendung von falschen Anschriften **(Deckadressen)** schließt den Vorsteuerabzug deshalb auch bei

Gutgläubigkeit des Leistungsempfängers aus (FG MV 1 K 40/99, EFG 2001, 395; vgl. aber auch BFH V R 45/01, BFH/NV 2003, 948; FG Münster 15 K 7089/99 U, EFG 2001, 1397; vgl. auch → Rn. 63 und 135). Dasselbe gilt für die Pro-forma-Einbeziehung des Rechnungsausstellers in die Leistungsbeziehung. Soweit sich die Funktion des Rechnungsausstellers auf sog. **„Servicedienste"** beschränkt, nämlich Dritten gegen Provision zu ermöglichen, unter fremdem Namen Verträge abzuschließen, Rechnungen zu erstellen und Gelder zu vereinnahmen, ist der Vorsteuerabzug mangels Identität zwischen Rechnungsaussteller und tatsächlich leistendem Unternehmer zu versagen (FG Düsseldorf 5 V 7603/00 A (U), EFG 2001, 1626).

Auf die Identität von Leistendem und Rechnungsaussteller wird im **Abzugsverfahren** (§ 18 Abs. 8, §§ 51 ff. UStDV), das durch das StÄndG 2001 vom 20.12.2001 (BGBl. 2001 I 3794) abgeschafft worden ist, vereinzelt verzichtet, wenn der Leistungsempfänger die USt angemeldet, einbehalten und abgeführt hat (FG Münster 15 K 6920/98 U, EFG 2001, 714; BFH V R 45/01, BFH/NV 2003, 948). Auch aus den Reihen des BFH scheint einem zumindest partiellen Verzicht auf einzelne Tatbestandsmerkmale des § 15 Abs. 1 im Abzugsverfahren gewisse Sympathie entgegengebracht zu werden (*Wagner* Stbg 2001, 56 (62); *Klenk* DStR 1998, 934). Dagegen bestehen Bedenken, weil es für einen Verzicht auf einzelne Tatbestandsmerkmale des § 15 Abs. 1 weder im Auslegungswege noch im Wege richterlicher Rechtsfortbildung einem dogmatischen Anhaltspunkt gibt. Das gilt umso mehr als auch Art. 178 Buchst. a, 220 MwStSystRL voraussetzen, dass die zum Vorsteuerabzug berechtigende Rechnung vom leistenden Unternehmer ausgestellt ist (NdsFG 5 K 237/96, UR 2002, 33 mit Anm. *Heidner* UR 2002, 36 (37)). Der BFH hatte mit Beschluss V R 61/00, DStR 2002, 851 dem EuGH die Frage zur Vorabentscheidung vorgelegt, ob der Empfänger von Dienstleistungen, der Steuerschuldner ist und als solcher in Anspruch genommen wird, eine Rechnung iSv Art. 22 Abs. 3 6. EG-RL (Art. 168 MwStSystRL) besitzen muss, um das Recht auf Vorsteuerabzug in Anspruch nehmen zu können (vgl. auch → Rn. 412). Der EuGH hat diese Frage im Urteil C-90/02, DStRE 2004, 1172 – Bockemühl verneint. **167**

Der BFH geht im Abzugsverfahren hinsichtlich der Identität zwischen Leistendem und Rechnungsaussteller faktisch von einer **Beweislastumkehr** zu Lasten des FA aus (BFH V R 28/97, BStBl. II 1998, 521; V R 17/97, BFH/NV 1999, 220). Das vermag nicht zu überzeugen, weil der BFH die Gründe, von denen er sich bei der Annahme einer Beweislastumkehr hat leiten lassen, nicht mitteilt. Außerdem geht der EuGH, was die Beurteilung der Beweislast beim Vorsteuerabzug anbelangt, von den allgemeinen Beweislastregeln aus (EuGH C-85/95, UR 1997, 144 – Reisdorf; C-230/94, UR 1996, 418 – Enkler). Da das Abzugsverfahren – von der allgemeinen Ermächtigungsgrundlage für Sondermaßnahmen in Art. 397 Abs. 1 MwStSystRL einmal abgesehen – in der MwStSystRL nicht vorgesehen ist, dürften sich mit dessen Besonderheiten auch kaum von der Rechtsprechung des EuGH abweichende Beweislastregeln begründen lassen. Die Problematik hat sich durch die Aufhebung des Abzugsverfahrens und die Einführung der Steuerschuldnerschaft des Leistungsempfängers nach § 13b durch das StÄndG 2001 in den Bereich der Auslegung des ebenfalls neu eingefügten § 15 Abs. 1 S. 1 Nr. 4 verlagert (vgl. → Rn. 236 ff.). **168**

g) Identität von Leistungsempfänger und Rechnungsadressat. Die Berechtigung zum Vorsteuerabzug setzt grundsätzlich die Identität von Leistungsempfänger (vgl. → Rn. 34) und Rechnungsadressat voraus. Der Vorsteuerabzug steht nur dem Unternehmer zu, der sowohl **schuldrechtlicher Leistungsempfänger** ist als auch eine auf ihn lautende Rechnung mit gesondertem Steuerausweis besitzt (BFH XI R 14/08, BStBl. II 2010, 243; V R 113/92, BStBl. II 1996, 111). Hat zB der Ehemann den Kaufvertrag über einen Pkw abgeschlossen, den die Ehefrau für ihr Unternehmen nutzt, steht der Ehefrau der Vorsteuerabzug auch dann nicht zu, wenn es ihr gelingt, vom Autohaus eine auf ihren Namen lautende Rechnung zu erhalten. Ein Vor- **169**

steuerabzug eines **Profifußballvereins** aus ihm von **Spielervermittlern** erteilten Rechnungen setzt voraus, dass der Verein und nicht der betreffende Spieler Empfänger der in Rechnung gestellten Leistungen ist (BFH XI R 4/11, DStRE 2013, 1501).

170 Für sog. **Gemeinschaftserwerbe** hatte der BFH bereits durch seine Entscheidung V R 31/98 (UR 1999, 36) seine früher anders lautende Rechtsprechung im Urteil V R 35/87, BFH/NV 1992, 569 aufgegeben und den einzelnen Gemeinschaftern oder Gesellschaftern den ihrer prozentualen Beteiligung an der Bruchteilsgemeinschaft oder GbR entsprechenden anteiligen Vorsteuerabzug aus einer auf die Bruchteilsgemeinschaft oder GbR lautenden Rechnung zugebilligt (ebenso wohl auch BFH V R 49/99, UR 2001, 118; V R 79/99, UR 2001, 251; V R 15/00, BFH/NV 2002, 1346; vgl. auch →Rn. 35). Zur Begründung seiner Entscheidung berief sich der BFH auf den vom EuGH bestätigten Grundsatz, dass der Unternehmer durch den Vorsteuerabzug vollständig von der im Rahmen seiner wirtschaftlichen Tätigkeit geschuldeten oder entrichteten USt entlastet werden soll (EuGH C-291/91, BStBl. II 1996, 392 – Armbrecht; C-37/95, UR 1998, 149 – Ghent Coal). Die Verwaltung wendete die Rechtsprechung des BFH über den Einzelfall hinaus zunächst nicht an (OFD Berlin 4.5.2000, UR 2001, 129). Durch das Urteil des EuGH C-25/03, UR 2005, 324 – HE und die Folgeentscheidung des BFH V R 40/01, UR 2006, 481 ist die Frage endgültig entschieden. Bei der Bestellung eines Investitionsgutes durch eine Gemeinschaft, die keine Rechtspersönlichkeit besitzt und selbst keine wirtschaftliche Tätigkeit ausübt, sind die Miteigentümer als Leistungsempfänger anzusehen (BFH V R 49/13, DStR 2014, 2386). Einem Gemeinschafter steht deshalb das Recht auf Vorsteuerabzug für die gesamte MwStBelastung des von ihm für unternehmerische Zwecke verwendeten Teils des Gegenstands zu, sofern der Abzugsbetrag nicht über seinen Miteigentumsanteil hinausgeht (BFH V R 41/09, DStR 2011, 1955).

Soweit die Finanzverwaltung nach UStAE 15.2 Abs. 16 S. 6 und 7 (zuvor BMF-Schreiben in BStBl. I 2007, 90) das EuGH-Urteil C-25/03, Slg. 2005, I-3132, und das BFH-Urteil V R 40/01, BStBl. II 2007, 13 dahingehend verstanden hat, dass es bei gemeinschaftlicher Auftragserteilung durch mehrere Personen für die Annahme einer Leistungsempfängerschaft durch die Gemeinschaft bereits ausreiche, wenn die Gemeinschaft einem Gemeinschafter den Gegenstand oder Teile des Gegenstands unentgeltlich überlasse, ist der BFH dieser Auffassung ausdrücklich nicht gefolgt (BFH V R 49/13, DStR 2014, 2386).

Soweit ein Grundstücksteil allein an den unternehmerisch tätigen Gemeinschafter geliefert wird, kann dieser Grundstücksteil umsatzsteuerrechtlich nicht mehr Gegenstand einer Vermietung an diesen Gemeinschafter sein. Ihm kann daher aus umsatzsteuerrechtlicher Sicht vom zivilrechtlichen Vermieter kein Vorteil mehr zugewandt werden, der zu einem Verbrauch im Sinne des Mehrwertsteuerrechts führt (BFH V R 41/09, DStR 2011, 1955). Zumindest bei spezifischen Arten von Gemeinschaften (im Fall HE: Ehegattengemeinschaft) berechtigt auch eine auf alle Gemeinschafter ausgestellte Rechnung den einzelnen Gemeinschafter zum Vorsteuerabzug, wenn ein anderweitiger Abzug aus der Rechnung ausgeschlossen ist. Vgl. auch BMF vom 1.12.2006, BStBl. I 2007, 90. Der XI. Senat des BFH scheint dies nun auf Gemeinschaften zu beschränken, die selbst nicht als Leistungsempfänger auftreten können (BFH XI R 14/08, BStBl. II 2010, 243 Rn. 28). Das wird sich wohl kaum halten lassen.

171 Bei Leistungsbezügen im Gründungsstadium von Kapitalgesellschaften werden die Anforderungen an die Abrechnung nach der Rechtsprechung des EuGH etwas nebulös. Klar ist, dass Art. 9, 168 und 169 MwStSystRL „einer nationalen Regelung entgegenstehen, wonach weder die Gesellschafter einer Gesellschaft noch die Gesellschaft selbst ein Recht auf Vorsteuerabzug für Investitionskosten geltend machen dürfen, die vor Gründung und Eintragung dieser Gesellschaft von den Gesellschaftern für die Zwecke und im Hinblick auf die wirtschaftliche Tätigkeit der Gesellschaft getragen wurden“ (EuGH C-280/10, DStRE 2012, 893 – Polski Trawertyn). Wem in diesem Falle der Vorsteuerabzug zusteht, wird daraus nicht ganz deutlich (vgl. auch EuGH C-137/02, UR 2004, 362 – Faxworld). Der Berechtigung der Kapitalgesellschaft zum Vorsteuerabzug steht jedenfalls in einem solchen Fall nicht entgegen, dass die Rechnungen auf die Gesellschafter ausgestellt sind. Der EuGH wertet das als rein formalen Mangel, der nicht zum Ausschluss des Vorsteuerabzugs führt, weil dessen materielle Voraussetzungen erfüllt sind (vgl. auch → Rn. 59, 137).

h) Rechnungen für Anzahlungen. Gemäß § 15 Abs. 1 S. 1 Nr. 1 S. 2 kann der Unternehmer bereits vor Leistungsbezug den Vorsteueranspruch geltend machen, wenn er eine entsprechende Anzahlung geleistet hat und die Rechnung vorliegt (vgl. auch → Rn. 157). Die Berechtigung zum Vorsteuerabzug richtet sich dabei nach der Verwendungsabsicht im Zeitpunkt der Anzahlung (BFH V R 38/00, UVR 2001, 427). **172**

Der liefernde Unternehmer kann für Anzahlungen auf das Entgelt für noch nicht ausgeführte Lieferungen Rechnungen erteilen. Dabei muss in der Rechnung statt des Entgeltes die Anzahlung ausgewiesen und deutlich als solche gekennzeichnet werden. Statt des Zeitpunktes der Lieferungen oder sonstigen Leistung ist der voraussichtliche Leistungszeitpunkt anzugeben (vgl. im Einzelnen → § 14 Rn. 60). Erteilt der leistende Unternehmer nach Ausführung der Leistung eine Endrechnung, so muss er Anzahlungen, über die er bereits abgerechnet hat, gemäß § 14 Abs. 1 S. 6 vom Gesamtentgelt absetzen. Mit dieser Regelung soll verhindert werden, dass es zu einem doppelten Vorsteuerabzug aus Vorausrechnungen und aus der Endrechnung kommt (BFH V R 68/00, UR 2002, 29). Hat der leistende Unternehmer in einer Endrechnung die vor Ausführung der Lieferungen oder sonstigen Leistung vereinnahmten Teilentgelte und die auf sie entfallenden Steuerbeträge nicht nach § 14 Abs. 1 S. 6 abgesetzt, ist die zu hoch ausgewiesene USt nicht als Vorsteuer abziehbar (BFH V R 26/01, UR 2002, 338). **173**

Problematisch ist der Entstehungszeitpunkt des Vorsteuerabzugs aus einer **Vorausrechnung.** Gemäß § 15 Abs. 1 S. 1 Nr. 1 S. 2 ist ein auf eine Zahlung vor Ausführung des zugrunde liegenden Umsatzes entfallender gesondert ausgewiesener Steuerbetrag bereits abziehbar, wenn die Rechnung vorliegt und die Zahlung geleistet ist. Ob das Erfordernis der Rechnung mit dem Unionsrecht in Einklang steht, ist fraglich, weil Art. 65 MwStSystRL im Falle der Leistung von Anzahlungen das Entstehen des Steueranspruchs im Zeitpunkt der Vereinnahmung der Anzahlung vorsieht. Mit dem Entstehen des Steueranspruchs aber entsteht gemäß Art. 167 MwStSystRL auch das Recht zum Vorsteuerabzug. **174**

i) Die Verpflichtung zur Erteilung einer Rechnung. Der Leistungsempfänger hat einen **zivilrechtlichen Anspruch** auf Rechnungserteilung, der vor den ordentlichen Gerichten geltend zu machen ist (BGH VII ZR 137/87, NJW 1989, 302; VIII ZR 64/87, NJW 1988, 2042). Das Zivilgericht muss dabei inzidenter darüber mitentscheiden, ob ein Umsatz steuerbar und steuerpflichtig ist. Da das FA an diese Entscheidung aber nicht gebunden ist, lässt der BFH eine **Feststellungsklage** des Leistungsempfängers gem. § 41 FGO gegen das für den leistenden Unternehmer zuständige FA auf Feststellung, dass ein bestimmter Umsatz steuerbar und steuerpflichtig ist, zu (BFH V R 94/96, BStBl. II 1997, 707 mit Anm. HFR 1998, 46; vgl. im Einzelnen → § 14 Rn. 42). **175**

j) Die Berichtigung fehlerhafter Rechnungen. Eine fehlerhafte oder formal unvollständige Rechnung kann nachträglich berichtigt bzw. ergänzt werden. Die Berichtigung ist vom Rechnungsaussteller vorzunehmen. Der Leistungsempfänger hat hierauf einen Anspruch, darf von sich aus die Berichtigung oder Ergänzung aber nicht vornehmen (BFH V R 78/73, BStBl. II 1980, 228; V S 18/79, BStBl. II 1980, 540; *Weiß* UR 1980, 158). Die Ermächtigung des Ausstellers an den Empfänger, fehlende Angaben zu ergänzen, kann als Ergänzung durch den Aussteller angesehen werden (vgl. im Einzelnen → § 14 Rn. 35 f.). **176**

Durch das EuGH-Urteil C-518/14, DStR 2016, 2211 – Senatex ist inzwischen die bislang streitige Frage, ob eine Rechnungsberichtigung für die Berechtigung zum Vorsteuerabzug rückwirkende Wirkung entfaltet, geklärt. Der EuGH hat dies bejaht; der BFH hat sich dem bereits angeschlossen (BFH V R 26/15, BFHE 255, 348). Vgl. im Einzelnen → § 14 Rn. 109ff.

177 Keine Berichtigung, sondern eine neue Rechnung liegt vor, wenn statt eines zivilrechtlich nicht berechtigten Leistungsempfängers der richtige Leistungsempfänger in der Rechnung benannt wird. Durch eine Rechnungsberichtigung kann auch kein **Austausch des Leistungsempfängers** erfolgen. In dem zu → Rn. 169 genannten Beispiel wird die Ehefrau, die nicht schuldrechtlicher Vertragspartner des Autohauses ist, nicht nachträglich durch eine auf sie ausgestellte Rechnung zur Leistungsempfängerin.

178 **k) Nachweispflichten.** Dem Unternehmer, der den Vorsteuerabzug in Anspruch nehmen will, muss die **Originalrechnung** vorgelegen haben (EuGH C-141/96, UR 1997, 471 – Langhorst). Hierfür trägt er die objektive Beweislast (Feststellungslast). Den Nachweis, dass diese Voraussetzung erfüllt gewesen ist, kann er allerdings mit allen verfahrensrechtlich zulässigen Beweismitteln führen (BFH XI R 63/93, BStBl. II 1997, 582; X R 55/81, BStBl. II 1989, 120). Das ist im Einzelfall schwierig. Der **Zeugenbeweis** dürfte im Regelfall ausscheiden, weil kaum anzunehmen ist, dass sich ein Zeuge nach ggf. mehreren Jahren an alle Einzelheiten der Rechnung, die für die Berechtigung zum Vorsteuerabzug erforderlich sind, zuverlässig und glaubhaft erinnern kann. Deshalb wird ein Beweis nur durch andere **Urkunden** wie Rechnungskopien oÄ in Betracht kommen. Dabei reicht die Kopie eines Vorsteuerkontos nicht aus (BFH V B 157/99, BFH/NV 2000, 1373). Eine Änderung dieser Rechtslage ist auch durch die durch das StÄndG 2003 (BGBl. 2003 I 2645) erfolgte Neufassung des § 15 Abs. 1 S. 1 Nr. 1 S. 2 nicht eingetreten (vgl. → Rn. 31).

Bei Zweifeln über die Identität des Rechnungsausstellers trägt der Unternehmer die **Feststellungslast** für das Vorliegen der den Rechtsanspruch auf Vorsteuerabzug begründenden Tatsachen (BFH V B 73/07, UR 2007, 944).

6. Entstehung und Ausübung des Vorsteueranspruchs

179 Das Recht auf Vorsteuererstattung entsteht nach überkommener Auffassung zum deutschen UStRecht in dem Besteuerungszeitraum, in dem **alle Tatbestandsvoraussetzungen des § 15 Abs. 1** vorgelegen haben, dh es muss die Lieferungen oder sonstige Leistung ausgeführt und die Abrechnung mit gesondertem Steuerausweis erfolgt sein (BFH V R 98/71, BStBl. II 1977, 448).

180 Diese Ansicht lässt sich nicht aufrechterhalten, weil das Recht auf Vorsteuerabzug gemäß Art. 167 MwStSystRL in dem Zeitpunkt entsteht, in dem der Anspruch des Fiskus auf die abziehbare Steuer entsteht. Das ist der Zeitpunkt, in dem die Lieferungen erfolgt oder die Dienstleistung bewirkt wird (Art. 63 MwStSystRL). Der Vorsteueranspruch entsteht somit im **Zeitpunkt des Leistungsbezugs.**

181 Aus dem Grundsatz des **Sofortabzugs der Vorsteuer** ergibt sich, dass das Recht zum Vorsteuerabzug sogleich nach seiner Entstehung ausgeübt werden kann (BFH XI R 14/10, BFH/NV 2012, 1828). Sind noch nicht alle Tatbestandsmerkmale der Vorsteuerberechtigung verwirklicht, müssen sie nach der durch objektive Anhaltspunkte erkennbaren **Absicht des Steuerpflichtigen** im Zeitpunkt des Leistungsbezugs beurteilt werden (EuGH C-110/98 bis C-147/98, UR 2000, 208 – Gabalfrisa; C-62/93, UR 1995, 404 – BP Soupergaz; BFH XI R 26/11, BFH/NV 2012, 1192; XI R 64/06, BFH/NV 2009, 798; vgl. auch → Rn. 121, 292).

182 Problematisch ist der Sofortabzug der Vorsteuer hinsichtlich des Vorliegens einer Rechnung, weil die Abrechnung oftmals nicht bereits mit Ausführung der Leistung sondern erst später erfolgt. Dasselbe Problem tritt auf bei der Berichtigung einer nicht zum Vorsteuerabzug berechtigenden Rechnung. Um das Recht auf Vorsteuerabzug ausüben zu können, muss der Steuerpflichtige gemäß Art. 178 Buchst. a MwStSystRL eine Rechnung besitzen. Hierzu wird die Auffassung vertreten, die Ausübung des Rechts auf Vorsteuerabzug wirke auf den Voranmeldungszeitraum der Entstehung zurück (*Leonard* UR 2001, 291). Die Vorsteuer ist damit bereits im Voranmeldungszeitraum der Entstehung des Steueranspruchs (idR des Leistungsbezugs) abzuziehen, auch wenn die (ordnungsgemäße) Rechnung erst später erteilt wird. Das führt zu verfahrensrechtlichen Problemen, weil gerade im Falle der Rechnungsberichtigung oftmals nicht nur die Bestandskraft des Steuerbescheides sondern bereits Festsetzungsverjährung eingetreten sein wird. In diesen Fällen würde auch die Annahme eines rückwirkenden Ereignisses iSv § 175 Abs. 1 Nr. 2 AO nicht weiterhelfen.

Das NdsFG hat deshalb zu Recht entschieden, dass die Rechtsausübung des Vor- **183**
steuerabzugs nicht auf den Entstehungszeitpunkt des Abzugsrechts zurückwirkt (NdsFG 5 K 310/00, UR 2001, 217 mit Anm. *Leonard*). Für eine solche Rückwirkung gibt es auch unionsrechtlich keinen zwingenden Grund. Vielmehr schreibt Art. 178 Buchst. a MwStSystRL lediglich vor, dass der Steuerpflichtige zur Ausübung des Rechts auf Vorsteuerabzug über eine bestimmten Anforderungen entsprechende Rechnung verfügen muss. Über die Folgen eines Auseinanderfallens von **Rechtsentstehung** und **Rechtsausübung** trifft die 6. EG-RL keine Aussage. Art. 180 MwStSystRL besagt vielmehr, dass die Mitgliedstaaten die Bedingungen und Einzelheiten festlegen, nach denen es einem Steuerpflichtigen gestattet werden kann, einen Vorsteuerabzug vorzunehmen, den er nach Abs. 1 und 2 nicht vorgenommen hat. Mit Beschluss vom 21.3.2002 hat der BFH dem EuGH die Frage, ob die Ausübung des Rechts auf Vorsteuerabzug rückwirkend für das Kalenderjahr gilt, in dem das Recht auf Vorsteuerabzug entstanden ist, zur Vorabentscheidung vorgelegt (BFH V R 33/01, UR 2002, 336 mit Anm. *Klenk* DStR 2002, 804). Der EuGH hat das im Urteil C-152/02, (UR 2004, 323 – Terra Baubedarf-Handel GmbH) verneint. Der EuGH geht dabei von Art. 18 Abs. 1 Buchst. a iVm Art. 22 Abs. 3 6. EG-RL (Art. 168, 178 MwStSystRL) aus, wonach die Ausübung des Rechts auf Vorsteuerabzug idR an den Besitz der Originalrechnung geknüpft ist. Einen Widerspruch zum Grundsatz der Neutralität sieht der EuGH nicht, weil er von der Annahme ausgeht, dass Steuerpflichtige grundsätzlich keine Zahlungen vornehmen und auch keine USt abführen, bevor sie eine Rechnung erhalten haben. Das Korrespondieren von Steuerschuld und Vorsteueranspruch beurteilt der EuGH damit auf der Grundlage dieser eher praktischen Erwägung. Die Entscheidung des EuGH ist zu begrüßen, weil eine Rückwirkung der Rechnung zu kaum lösbaren praktischen Problemen geführt hätte. Das Vorsteuerabzugsrecht setzt damit voraus, dass sowohl die Lieferung der Gegenstände oder die Dienstleistung bewirkt wurde und der Steuerpflichtige die Rechnung hierüber besitzt; erst in dem Erklärungszeitraum, in dem beide Voraussetzungen erfüllt sind, ist der Vorsteuerabzug gegeben (BFH XI R 41/10, DStR 2013, 2329).

7. Kein Vorsteuerabzug bei Rechtsmissbrauch

Eine betrügerische oder missbräuchliche Berufung auf das Unionsrecht ist nicht **184**
erlaubt. Das grundsätzliche Verbot missbräuchlicher Praktiken gilt auch auf dem Gebiet der MwSt. Die Bekämpfung von Steuerhinterziehungen, Steuerumgehungen und etwaigen Missbräuchen ist nämlich ein Ziel, das von der MwStSystRL (6. EG-RL) anerkannt ist (EuGH C-80/11, C-142/11, DStRE 2012, 1336 – Mahagében und Dávid; C-285/11, MwStR 2013, 37 – Bonik EOOD; C-504/10, BFH/NV 2011, 2220 – Tanoarch; C-255/02, UR 2006, 232 Rn. 68ff. – Halifax). Das Recht auf Vorsteuerabzug bleibt deshalb nur erhalten, wenn kein Fall von Betrug oder Missbrauch vorliegt. Die Feststellung einer dem Vorsteuerabzug entgegenstehenden missbräuchlichen Praxis erfordert zum einen, dass die Umsätze trotz formaler Anwen-

dung der Bedingungen der einschlägigen unionsrechtlichen Bestimmungen und des zu ihrer Umsetzung erlassenen nationalen Rechts einen Steuervorteil zum Ergebnis haben, dessen Gewährung dem mit diesen Bestimmungen verfolgten Ziel zuwiderlaufen würde. Zum anderen muss auch aus einer Reihe objektiver Anhaltspunkte ersichtlich sein, dass mit den fraglichen Umsätzen **vom Steuerpflichtigen** selbst im Wesentlichen ein Steuervorteil bezweckt wird (EuGH C-255/02, UR 2006, 232 – Halifax).

185 Sind die materiellen und formellen Voraussetzungen für die Entstehung und die Ausübung des Vorsteuerabzugs erfüllt, kann einem Steuerpflichtigen, der weder wusste noch wissen konnte, dass der Umsatz, aus dem er den Vorsteuerabzug geltend macht, in eine vom Liefernden begangene Steuerhinterziehung einbezogen war oder dass in der Lieferkette bei einem anderen Umsatz, der dem vom Steuerpflichtigen getätigten Umsatz vorausgeht oder nachfolgt, Mehrwertsteuer hinterzogen wurde, nicht das Recht auf Vorsteuerabzug verwehrt werden. Dabei obliegt es der Steuerbehörde, die Kenntnis oder das Kennenmüssen des Steuerpflichtigen von der Einbeziehung in eine Steuerhinterziehung hinreichend nachzuweisen (EuGH C-80/11, C-142/11, DStRE 2012, 1336 – Mahagében und Dávid; C-285/11, MwStR 2013, 37 – Bonik EOOD).

186 Allerdings verstößt es nicht gegen das Unionsrecht, wenn von einem Wirtschaftsteilnehmer gefordert wird, dass er alle Maßnahmen ergreift, die vernünftigerweise von ihm verlangt werden können, um sicherzustellen, dass der von ihm getätigte Umsatz nicht zu seiner Beteiligung an einer Steuerhinterziehung führt (EuGH C-80/11, C-142/11, DStRE 2012, 1336 – Mahagében und Dávid; C-324/11, UR 2012, 851 – Gábor Tóth).

187 Der Vorsteuerabzug kann auch dann nicht versagt werden, wenn der Leistende ein Steuerpflichtiger ist, der nicht mehr für mehrwertsteuerliche Zwecke registriert ist (EuGH C-324/11, UR 2012, 851 – Gábor Tóth). Das Urteil C-80/11, C-142/11, DStRE 2012, 1336 – Mahagében und Dávid geht darüber noch hinaus, indem der EuGH darin entschieden hat, dass von dem den Vorsteuerabzug geltend machenden Unternehmer nicht generell die Prüfung verlangt werden kann, ob der Aussteller der Rechnung Steuerpflichtiger ist. Das allerdings ist unschlüssig, denn die Unternehmereigenschaft des Leistenden gehört zu den materiellen und formellen Voraussetzungen für die Entstehung und die Ausübung des Vorsteuerabzugs, deren Vorliegen der EuGH selbst für die Berechtigung zum Vorsteuerabzug fordert. Zu diesen Voraussetzungen gehört aber auch die Unternehmereigenschaft (Steuerpflichtigeneigenschaft) des Leistenden. Das hat der EuGH ausdrücklich im Urteil C-285/11, MwStR 2013, 37 – Bonik EOOD entschieden.

188 Bei der Einbindung in sog. **Karussellgeschäfte** gilt, dass Steuerpflichtige, die alle Maßnahmen treffen, die vernünftigerweise von ihnen verlangt werden können, um sicherzustellen, dass ihre Umsätze nicht in einen Betrug einbezogen sind, auf die Rechtmäßigkeit der Umsätze vertrauen können, ohne Gefahr zu laufen, ihr Recht auf Vorsteuerabzug zu verlieren (EuGH C-80/11, C-142/11, DStRE 2012, 1336 – Mahagében und Dávid; C-384/04, UR 2006, 410 – FTI; C-439/04 und C-440/04, UR 2006, 594 – Kittel und Recolta; vgl. auch EuGH C-354/03, C-355/03, C-484/03, UR 2006, 157 – Optigen ua). Dem Leistungsempfänger steht deshalb der Vorsteuerabzug nicht zu, wenn er bei Bezug der Eingangsleistung Kenntnis von einer Steuerhinterziehung des Leistenden oder die Möglichkeit zur Kenntnisnahme hiervon hatte (BFH V R 48/04, UR 2007, 693).

189 Trotz Vorliegens sämtlicher materiell-rechtlicher Voraussetzungen kann der Vorsteuerabzug wegen Missbrauchs rechtlicher Gestaltungsmöglichkeiten (§ 42 AO) auch bei sog. **Vorschaltmodellen** ausgeschlossen sein. Der BFH nimmt derartige Fälle an, wenn ein Unternehmer, der einen Gegenstand für sein Unternehmen benötigt, die hierzu erforderlichen Mittel seinem Ehegatten zur Verfügung stellt, damit dieser den Gegenstand erwirbt, um ihn anschließend an den Unternehmer-Ehegatten zu vermieten. Hierin liege eine Vorschaltung des Vermieter-Ehegatten, die als missbräuchlich eingestuft werden müsse, wenn der Vermieter-Ehegatte in einem überschaubaren Zeitraum vom Zeitpunkt der Vermietung an die Aufwendungen für Zins und Tilgung der aufgenommenen Fremdmittel und für die Erhaltung des vermieteten Gegenstandes nicht aus der Miete und aus sonstigem eigenen Einkommen decken könne und deshalb auf zusätzliche Zuwendungen des Ehegatten angewiesen sei. Der BFH wendet diese Grundsätze sowohl beim Erwerb von beweglichen Anlagegütern (BFH XI R 67/93, BStBl. II 1994, 829 betr. Kfz) als auch Immobilien (BFH V R 30/88, BStBl. II 1993, 384 betr. Arztpraxis) an. Keine derartige missbräuchliche Vorschaltung liegt vor, wenn ein Unternehmer, der selbst zum Vorsteuerabzug berechtigt ist, auf das ihm zustehende Nutzungsrecht an einem von seiner Ehefrau auf dem gemeinsamen Grundstück errichteten Gebäude verzichtet und das Gebäude von der Ehefrau anmietet (BFH V R 75/93, BFH/NV 1995, 931).

Rechtsmissbrauch kann auch beim sog. **Banken- oder Sparkassenmodell** vorliegen (BFH V R 43/04, UR 2007, 111 mwN). Dabei schaltet ein (nicht zum Vorsteuerabzug berechtigtes) Kreditinstitut bei der Errichtung eines Betriebsgebäudes eine Personengesellschaft vor, die das Gebäude errichtet und anschließend unter Verzicht auf die Steuerbefreiung an das Kreditinstitut vermietet. Die Gestaltung kann aber auch durch wirtschaftliche oder sonst beachtliche Gründe gerechtfertigt sein. Ertragsteuerliche Gründe gehören nicht dazu (BFH V R 43/04, UR 2007, 111).

Der Vorsteuerabzug aus einem durch Option nach § 9 **steuerpflichtig** gestalteten **190**
Grundstückserwerb ist für den Erwerber dann wegen Rechtsmissbrauch zu versagen, wenn der Erwerber als Gläubiger des Veräußerers in den vollen Genuss des von ihm geschuldeten Kaufpreises kommt, ohne dass die UStSchuld des Veräußerers getilgt wird (BFH V R 70/89, BStBl. II 1991, 866). Dies ist dann der Fall, wenn der Erwerber den Kaufpreis nicht auszahlt, sondern mit eigenen Gegenforderungen verrechnet. Entrichtet aber der Erwerber den Kaufpreis, liegt auch dann kein Rechtsmissbrauch vor, wenn der Veräußerer die geschuldete USt nicht abführt bzw. nicht abführen kann (BFH V R 54/92, BStBl. II 1993, 736; V R 6/91, BStBl. II 1993, 854). Einen weiteren Fall des Missbrauchs nimmt der BFH an, wenn die Gegenleistung für die Grundstückslieferung nachträglich erhöht wird, dabei die Option zur Steuerpflicht ausgeübt wird und der Erwerber mit dem zusätzlichen Kaufpreis etwas bezahlt, was er an die Gläubiger des insolventen Veräußerers auf Grund Bürgschaft oÄ hätte entrichten müssen (BFH V R 14/95, BStBl. II 1996, 491). Mit dem Vorsteuerabzug geht dann ggfs das Abzugsverfahren nach § 51 Abs. 1 UStDV einher (vgl. → § 18 Rn. 47). Das Abzugsverfahren ist durch das StÄndG 2001 vom 20.12.2001 (BGBl. 2001 I 3794) abgeschafft worden.

III. Die Einfuhrumsatzsteuer (EUSt) als Vorsteuer (§ 15 Abs. 1 S. 1 Nr. 2)

1. Allgemeines

Nach dem Inkrafttreten des UStBinnenmarktG (BGBl. 1992 I 1548) zum **191**
1.1.1993 unterliegt gemäß § 1 Abs. 1 Nr. 4 nur noch die Einfuhr aus dem Drittlandsgebiet der EUSt. Im innergemeinschaftlichen Warenverkehr wird die EUSt seit diesem Zeitpunkt nicht mehr erhoben.

Bei der Ausfuhr wird der ausgeführte Gegenstand grundsätzlich von der ausländi- **192**
schen USt entlastet (vgl. § 4 Nr. 1, § 6). Um gleiche Wettbewerbsbedingungen sicherzustellen, erfolgt die Angleichung an die USt-Belastung inländischer Produkte durch die Anwendung eines der USt entsprechenden Steuersatzes bei der EUSt. Im Rahmen des Mehrwertsteuersystems folgt hieraus die Notwendigkeit, dem Leistungsempfänger auch hinsichtlich der EUSt das Recht zum Vorsteuerabzug einzuräu-

men, wenn die Einfuhr für sein Unternehmen erfolgt ist (vgl. EuGH C-62/93, IStR 1995, 385 – BP Soupergaz).

193 Zu den Vorsteuerbeträgen, die vom Unternehmer abgezogen werden können, gehört deshalb gemäß § 15 Abs. 1 Nr. 2 auch die entrichtete EUSt für Gegenstände, die für sein Unternehmen nach § 1 Abs. 1 Nr. 4 eingeführt worden sind. Die Legaldefinition der EUSt findet sich in § 1 Abs. 1 Nr. 4. Danach unterliegt der EUSt die Einfuhr von Gegenständen im Inland oder in den österreichischen Gebieten Jungholz und Mittelberg. Betroffen sind damit nur Einfuhren aus dem **Drittlandsgebiet,** also aus Staaten, die nicht zu den Mitgliedstaaten der EG gehören.

194 Da sich die EUSt nur auf die Einfuhr von **Gegenständen** erstreckt, unterliegen sonstige Leistungen nicht der EUSt. Bei sonstigen Leistungen muss deren Empfänger den Vorsteuerabzug im Staat des Leistungsorts vorzunehmen.

195 Das StÄndG 2003 (BGBl. 2003 I 2645) hat zu einer an der Neuregelung des § 1 Abs. 1 Nr. 4 orientierten Neufassung des § 15 Abs. 1 S. 2 Nr. 2 geführt. Für den Vorsteuerabzug aus der EUSt kommt es nunmehr darauf an, wer im Zeitpunkt der Abfertigung der Ware zum zoll- und steuerrechtlich freien Verkehr die Verfügungsmacht hat (vgl. BR-Drs. 630/03, 85; sa *Kraeusel* UVR 2004, 2).

2. Unionsrechtliche Grundlage

196 Unionsrechtlich ergibt sich diese Rechtsfolge aus Art. 168 Buchst. e MwStSystRL (Art. 17 Abs. 2 Buchst. b 6. EG-RL). Danach besteht für den Steuerpflichtigen das Recht auf Vorsteuerabzug hinsichtlich der Mehrwertsteuer, die für eingeführte Gegenstände im Inland **geschuldet** oder **entrichtet** worden ist. Hieraus wird deutlich, dass das Recht auf Abzug der EUSt nicht von der tatsächlichen vorherigen Zahlung der EUSt durch den Steuerpflichtigen abhängig gemacht werden darf, wenn dieser auch der zum Abzug Berechtigte ist (EuGH C-414/10, DStR 2012, 697 – Société Véleclair).

3. Die Tatbestandsvoraussetzungen des § 15 Abs. 1 S. 1 Nr. 2

197 **a) Unternehmereigenschaft.** Ebenso wie § 15 Abs. 1 S. 1 Nr. 1 setzt auch § 15 Abs. 1 S. 1 Nr. 2 die Unternehmereigenschaft des Berechtigten voraus. Das ist hervorzuheben, weil die EUSt gemäß § 1 Abs. 1 Nr. 4 auch die Einfuhr durch Nichtunternehmer erfasst. Zur Unternehmereigenschaft vgl. → Rn. 41 sowie → § 2 Rn. 5ff. Im Gegensatz zu § 15 Abs. 1 erfordert die Regelung in § 15 Abs. 1 S. 1 Nr. 2 nicht, dass der Gegenstand von einem anderen Unternehmer geliefert worden ist.

198 *einstweilen frei*

199 **b) Entrichtete EUSt.** Anders als die Regelung des § 15 Abs. 1 S. 1 Nr. 1 setzte § 15 Abs. 1 S. 1 Nr. 2 für den Abzug der EUSt voraus, dass diese **tatsächlich entrichtet** worden ist (zu bestimmten Ausnahmen vgl. § 16 Abs. 2 S. 4; UStAE 15.8 Abs. 1). Nach § 16 Abs. 2 S. 3 konnte sie jedoch bereits von der USt desjenigen Besteuerungszeitraums abgesetzt werden, in dem sie entstanden war, wenn sie bis zum 15. Tag des folgenden Monats zu entrichten ist (→ § 16 Rn. 5). Es war nicht erforderlich, dass der abzugsberechtigte Unternehmer die bei der Einfuhr angefallene EUSt selbst entrichtet hatte. Ein Abzug war auch dann möglich, wenn die EUSt von einem Beauftragten (Frachtführer, Handelsvertreter, Spediteur usw.) entrichtet wurde, weil dieser Schuldner der EUSt war und sie für ihn bezahlt hatte. Es musste dann allerdings zum Nachweis der Bezahlung der zollamtliche Zahlungsbeleg vorgelegt werden.

200 Durch das AmtshilfeRLUmsG v. 26.6.2013 (BGBl. 2013 I 1809) ist § 15 Abs. 1 S. 1 Nr. 2 mW v. 30.6.2013 dahingehend geändert worden, dass die Einfuhrumsatzsteuer für Gegenstände, die für das Unternehmen nach § 1 Abs. 1 Nr. 4 eingeführt worden sind, bereits mit ihrer Entstehung abzugsfähig ist. Der Gesetzgeber hat damit dem EuGH-Urteil C-414/10 (DStR 2012, 697 – Société Véleclair) Rechnung getra-

gen, wonach das Recht auf Abzug der Einfuhrumsatzsteuer nicht davon abhängig gemacht werden kann, dass die MwSt zuvor tatsächlich gezahlt worden ist. Zu den Motiven des Gesetzgebers vgl. auch BT-Drs. 17/11190 Art. 10 Nr. 10.

c) Einfuhr für das Unternehmen im Inland. Während § 15 Abs. 1 S. 1 Nr. 2 **201** aF auf die Einfuhr **in das Inland** abgestellt hat, kommt es nach der Neufassung der Regelung durch das StÄndG 2003 (BGBl. 2003 I 2645) auf die **Einfuhr im Inland** an. Damit ist über das Verbringen eines Gegenstandes aus dem Drittland in das Inland hinaus erforderlich, dass dieser Vorgang hier steuerbar ist, also EUSt auslöst (UStAE 15.8 Abs. 2). Keine ustrechtliche Einfuhr liegt deshalb vor, wenn sich die Drittlandsware in einem zollrechtlichen Versandverfahren befindet (BT-Drs. 15/1562, zu Art. 4 Nr. 2, zu Nr. 2 Buchst. a).

Eine Einfuhr für das Unternehmen ist gegeben, wenn der Unternehmer den ein- **202** geführten Gegenstand in seinen im Inland gelegenen Unternehmensbereich eingliedert, um ihn hier im Rahmen seiner unternehmerischen Tätigkeit zur Ausführung von Umsätzen einzusetzen. Diese Voraussetzung ist bei dem Unternehmer gegeben, der im Zeitpunkt der **Abfertigung der Ware** zum zoll- und steuerrechtlich freien Verkehr die Verfügungsmacht (vgl. BR-Drs. 630/03, 85; *Kraeusel* UVR 2004, 2). Bis zur Änderung des § 15 Abs. 1 S. 1 Nr. 2 durch das StÄndG 2003 (BGBl. 2003 I 2645) war darauf abgestellt worden, wer im Zeitpunkt der Einfuhr die Verfügungsmacht innehatte (BFH V R 52/73, BStBl. II 1980, 615). Die Einfuhr für das Unternehmen setzt voraus, dass der Unternehmer tatsächlich und rechtlich im Rahmen seines Unternehmens über den entsprechenden Gegenstand – und zwar innerhalb des Inlands – verfügen kann. Daran fehlt es zB, wenn ein ausländischer Unternehmer einem inländischen Unternehmer einen Gegenstand zur Nutzung überlässt, ohne ihm die **Verfügungsmacht** an dem Gegenstand zu verschaffen (BFH V R 68/14, DStR 2015, 2775). Das Merkmal der Verfügungsmacht ist unter Berücksichtigung des EuGH-Urteils C-187/14 (BeckRS 2015, 80830 – DSV Road A/S) dahingehend zu präzisieren, dass die für den Vorsteuerabzug aus Einfuhrumsatzsteuer gemäß § 15 Abs. 1 S. 1 Nr. 2 maßgebliche Einfuhr für das Unternehmen des Abzugsberechtigten dann vorliegt, wenn die Einfuhrumsatzsteuer Eingang in den Preis der Ausgangsumsätze oder in den Preis der Gegenstände oder Dienstleistungen findet, die der Steuerpflichtige im Rahmen seiner wirtschaftlichen Tätigkeiten liefert bzw. erbringt (BFH V R 68/14, DStR 2015, 2775). Beim **Reihengeschäft** trifft diese Voraussetzung nur für den letzten Abnehmer in der Reihe zu (siehe BFH V R 52/73, BStBl. II 1980, 615).

Demzufolge steht der Abzug der EUSt dem Lieferer zu, wenn er den Gegenstand zur eigenen Verfügung in das Inland verbringt und ihn erst hier an seinen Abnehmer liefert. Andererseits kann nur der Abnehmer von der Abzugsberechtigung Gebrauch machen, wenn er den Gegenstand im Ausland im Rahmen einer Lieferung selbst abholt oder von seinem Beauftragten abholen lässt.

Werden eingeführte Gegenstände sowohl für unternehmerische als auch für un- **203** ternehmensfremde Zwecke verwendet, so gelten die Zuordnungsgrundsätze entsprechend (UStAE 15.2 Abs. 21, 15.8 Abs. 13).

Bei der Einfuhr eines Gegenstandes, den ein Unternehmer **im Inland vermietet,** **204** ist nicht der Mieter, sondern der Vermieter zum Abzug der EUSt berechtigt (BFH V R 52/73, BStBl. II 1980, 615; UStAE 15.8 Abs. 9).

d) EUSt bei Nichtannahme durch den Empfänger. Zu der Frage, wie die **205** EUSt zu behandeln ist, wenn eingeführte Gegenstände vom Empfänger nicht angenommen werden, vgl. UStAE 15.8 Abs. 11.

4. Zeitpunkt der Entstehung des Vorsteueranspruchs nach § 15 Abs. 1 S. 1 Nr. 2

206 Die EUSt entsteht gemäß Art. 70, 167 MwStSystRL in dem Zeitpunkt, in dem die Einfuhr des Gegenstandes erfolgt. Damit korrespondieren die Regelungen des deutschen UStG in §§ 13 Abs. 2, 21 Abs. 2, nach denen die Zollvorschriften sinngemäß gelten. Entscheidend ist damit nicht der Leistungsaustausch, sondern das **körperliche Verbringen der Ware** in das Zollgebiet der Gemeinschaft (vgl. → § 21 Rn. 5).

5. Zollamtliche Belege

207 Zollamtliche Belege haben für den Abzug der EUSt als Vorsteuer besondere Bedeutung. Es können aber auch Ersatzbelege bei Verlust des Zollbelegs ausgestellt werden. Siehe dazu Erl. NRW vom 7.9.1981 (StEK UStG 1980 § 15 Abs. 1 Nr. 17) sowie *Schütz* Zollamtliche Belege und Ersatzbelege für den Abzug der EUSt als Vorsteuer, UR 1981, 4.

208 Ein vor Entrichtung der EUSt für den Importeur ausgestellter **Ersatzbeleg** zum Zwecke des Vorsteuerabzugs kann für ungültig erklärt werden, wenn bei Inanspruchnahme eines Zahlungsaufschubs im Rahmen des Anschreibeverfahrens bei der Zollbehandlung ohne Abfertigung die EUSt am Fälligkeitstag nicht entrichtet wird (FG Düsseldorf IV 333/78 SZ, EFG 1982, 542).

209–220 *einstweilen frei*

IV. Steuer für den innergemeinschaftlichen Erwerb (Erwerbsteuer) als Vorsteuer (§ 15 Abs. 1 S. 1 Nr. 3)

221 § 15 Abs. 1 S. 1 Nr. 3 ist durch das UStBinnenmarktG vom 25.8.1992 (BGBl. 1992 I 1548) in das UStG aufgenommen worden. Die bis Ende 1992 ebenfalls von der EUSt erfasste Einfuhr aus den Mitgliedstaaten der EG unterliegt seit 1.1.1993 der Besteuerung des innergemeinschaftlichen Erwerbs (§ 1 Abs. 1 Nr. 5, § 1 a). Die Ausgliederung der bis dahin der EUSt unterliegenden Einfuhren aus den EU-Mitgliedstaaten aus dem Tatbestand der EUSt war wegen des Wegfalls der Steuergrenzen innerhalb der EU erforderlich.

222 Statt der an der Grenze erhobenen EUSt muss der Importeur die auf den innergemeinschaftlichen Erwerb entfallende USt in seinen USt-Voranmeldungen und Jahreserklärungen angeben. Das Recht auf Vorsteuererstattung entsteht im selben Voranmeldungszeitraum, in dem der Unternehmer den steuerpflichtigen innergemeinschaftlichen Erwerb erklärt. Eine Steuerbelastung tritt deshalb regelmäßig nicht ein, es sei denn, der Vorsteuerabzug ist durch § 15 Abs. 2–4 ganz oder teilweise ausgeschlossen.

223 Eine Besonderheit gegenüber der in § 15 Abs. 1 S. 1 Nr. 1 geregelten Vorsteuerabzugsberechtigung besteht darin, dass der Steuerpflichtige über **keine Rechnung mit gesonderten Steuerausweis** verfügt, weil die dem innergemeinschaftlichen Erwerb korrespondierende innergemeinschaftlichen Lieferungen steuerfrei ist (§§ 4 Nr. 1 Buchst. b, 6 a).

224 § 15 Abs. 1 Nr. 3 ist im Fall der vorläufigen doppelten Steuerschuld in § 3 d S. 2 einschränkend auszulegen. Art. 28 b Teil A Abs. 2 UAbs. 2 der 6. EG-RL, der durch § 3 d umgesetzt wird, ist eine Sonderregelung, die zur Folge hat, dass die in Art. 17 der 6. EG-RL vorgesehene allgemeine Vorsteuerabzugsregelung, die zum sofortigen Abzug der Vorsteuer berechtigt, in dem in Art. 28 b Teil A Abs. 2 UAbs. 1 genannten Fall nicht eingreift (EuGH C-536/08 und C-539/08, BFH/NV 2010, 1225 Rn. 42,

43 – X und Facet). Art. 28b Teil A Abs. 2 UAbs. 2 der 6. EG-RL sieht einen eigenen **Korrekturmechanismus** für den Fall, dass der Erwerb nach Art. 28b Teil A Abs. 1 der 6. EG-RL im Mitgliedstaat der Beendigung des Versands oder der Beförderung der Gegenstände besteuert wird, nachdem er nach Maßgabe des Art. 28b Teil A Abs. 2 UAbs. 1 der 6. EG-RL besteuert worden ist. Dieser Korrekturmechanismus besteht darin, die **Besteuerungsgrundlage** im Mitgliedstaat der Identifizierung entsprechend zu verringern (→ Rn. 34). Verwendet der Unternehmer für einen innergemeinschaftlichen Erwerb in einem Mitgliedstaat eine Umsatzsteuer-Identifikationsnummer eines anderen Mitgliedstaates, kommt daher nur die Verringerung der Besteuerungsgrundlage in Betracht, wenn der Unternehmer nachweist, dass der Erwerb im Mitgliedstaat der Beendigung des Versands oder der Beförderung besteuert wurde; ein Vorsteuerabzug scheidet aus.

Dasselbe gilt – entgegen *Wagner* in UVR 2010, 220 – für die Regelungen in § 3d **225**
S. 2 iVm § 17 Abs. 2 Nr. 4, die die Regelung in Art. 28b Teil A Abs. 2 UAbs. 2 umsetzen. Die Entlastung des Unternehmers von der Steuer auf den innergemeinschaftlichen Erwerb erfolgt in diesem speziellen Fall nicht durch die Gewährung des Vorsteuerabzugs, sondern durch eine Verminderung der Bemessungsgrundlage, wenn der Unternehmer die Besteuerung im Mitgliedstaat der Beendigung der Beförderung nachweist.

einstweilen frei **226–235**

V. Steuer für Leistungen iSd § 13b Abs. 1 und Abs. 2 (§ 15 Abs. 1 S. 1 Nr. 4)

§ 15 Abs. 1 S. 1 Nr. 4 ist durch das StÄndG vom 20.12.2001 (BGBl. 2001 I 3794) **236**
eingefügt worden. Die Neuregelung korrespondiert mit dem ebenfalls durch das StÄndG 2001 aufgenommenen § 13b Abs. 1, Abs. 2 (vgl. → § 13b Rn. 1ff.; BMF 5.12.2001, BStBl. I 2001, 1013; *Birkenfeld* UR 2002, 153).

Gemäß § 13b Abs. 1, Abs. 2 schuldet der **Leistungsempfänger,** sofern er Unter- **237**
nehmer oder eine juristische Person des öffentlichen Rechts ist, die Steuer für
- Werklieferungen und sonstige Leistungen eines im Ausland ansässigen Unternehmers (§ 13b Abs. 1 Nr. 1);
- Lieferungen sicherungsübereigneter Gegenstände durch den Sicherungsgeber an den Sicherungsnehmer außerhalb des Insolvenzverfahrens (§ 13b Abs. 1 Nr. 2);
- Umsätze, die unter das GrEStG fallen (§ 13b Abs. 1 Nr. 3);
- Werklieferungen und sonstige Leistungen, die der Herstellung, Instandsetzung, Änderung oder Beseitigung von Bauwerken dienen, mit Ausnahme von Planungs- und Überwachungsleistungen (§ 13b Abs. 1 Nr. 4);
- Lieferungen von Gas und Elektrizität eines im Ausland ansässigen Unternehmers unter den Bedingungen des § 3g (§ 13b Abs. 1 Nr. 5);
- Übertragung von Berechtigungen nach § 3 Abs. 4 des Treibhausgas-Emissionshandelsgesetzes, Emissionsreduktionseinheiten iSv § 3 Abs. 5 des Treibhausgas-Emissionshandelsgesetzes und zertifizierten Emissionsreduktionen iSv § 3 Abs. 6 des Treibhausgas-Emissionshandelsgesetzes (§ 13b Abs. 1 Nr. 6).

Mit der Einführung der **Steuerschuldnerschaft** des Leistungsempfängers wurden zunächst im Wesentlichen die Anwendungsbereiche des Abzugsverfahren (§§ 51–58 UStDV) erfasst, das zugleich mit der Neuregelung aufgehoben worden ist. Der BFH hat mit Beschluss vom 22.11.2001 (V R 61/00, UR 2002, 226) dem EuGH die Frage zur Vorabentscheidung vorgelegt, ob im Abzugsverfahren der Empfänger von Dienstleistungen, der Steuerschuldner ist und als solcher in Anspruch genommen wird, eine Rechnung iSv Art. 226 MwStSystRL (Art. 22 Abs. 3 6. EG-RL) besitzen muss, um das Recht auf Vorsteuerabzug in Anspruch nehmen zu können.

Die Frage hat auch für die Neuregelung der Steuerschuldnerschaft Bedeutung. Der EuGH hat die Frage im Urteil C-90/02, UR 2004, 367 – Bockemühl verneint.

Durch das HBeglG 2004 (BGBl. 2003 I 3076) ist der Anwendungsbereich des § 13b Abs. 1 und damit mittelbar der des § 15 Abs. 1 Nr. 4 mit Wirkung ab 1.4.2004 enorm ausgedehnt worden. Die zuvor nur bei Lieferungen von Grundstücken im Zwangsversteigerungsverfahren durch den Vollstreckungsschuldner an den Erwerber eingreifende Steuerschuldnerschaft in § 13b Abs. 1 und ist nunmehr auf alle Umsätze, die unter das GrEStG fallen, ausgeweitet worden. Außerdem erfasst der durch das HBeglG 2004 neu eingefügte § 13b Abs. 1 Nr. 4 iVm § 13b Abs. 2 nunmehr auch Bauleistungen, wenn sie an bestimmte Unternehmer erbracht werden (vgl. im Einzelnen → § 13b Rn. 21).

238 § 15 Abs. 1 Nr. 4 ermöglicht dem Leistungsempfänger den Vorsteuerabzug für die Steuer, die er als Leistungsempfänger nach § 13b Abs. 2 schuldet. Die auf Anzahlungen entfallende Steuer kann bereits in dem Voranmeldungszeitraum als Vorsteuer abgezogen werden, in dem die Zahlung geleistet worden ist. Damit wird eine Entlastung des Unternehmers in dem Voranmeldungszeitraum erreicht, in dem die geschuldete Steuer vom Leistungsempfänger angemeldet wird.

239 Zu beachten ist die **Übergangsregelung in § 27 Abs. 4.** Danach gelten die Regeln über die Steuerschuldnerschaft bei Umsätzen, die schon vor dem 1.1.2002 ausgeführt worden sind, wenn das Entgelt erst nach dem 31.12.2001 gezahlt wird. Auch der Vorsteueranspruch aus § 15 Abs. 1 S. 1 Nr. 4 greift in diesen Fällen bereits durch.

240 Soweit auf das Entgelt oder Teile des Entgelts für nach dem 31.12.2001 ausgeführte Umsätze vor dem 1.1.2002 das Abzugsverfahren nach § 18 Abs. 8 in der bis zum 31.12.2001 geltenden Fassung angewandt worden ist, mindert sich die vom Leistungsempfänger nach § 13b geschuldete Steuer um die bisher im Abzugsverfahren vom leistenden Unternehmer geschuldete Steuer. Der Vorsteueranspruch beschränkt sich in diesen Fällen auf die anteilig geschuldete Steuer.

241 Die gemäß § 13b geschuldete Steuer ist nicht als Vorsteuer bei Anwendung der **Differenzbesteuerung nach § 25a** abziehbar. Das wird durch die Neuformulierung des § 25a Abs. 5 S. 7 sichergestellt.

242 Zur Vorsteuerbeschränkung nach **§ 15 Abs. 4b** für **nicht im Unionsgebiet** ansässige Unternehmer vgl. → Rn. 325.

243–260 *einstweilen frei*

VI. Vorsteuerabzug für die vom Auslagerer geschuldete Umsatzsteuer (§ 15 Abs. 1 S. 1 Nr. 5)

261 Der durch das StÄndG 2003 (BGBl. 2003 I 2645) mit Wirkung ab 1.1.2004 in das UStG eingefügte § 15 Abs. 1 S. 1 Nr. 5 regelt den Vorsteuerabzug für die vom Auslagerer geschuldete USt, für die er nach § 13a Abs. 1 Nr. 6 Steuerschuldner ist. Der Vorsteuerabzug ist unter den übrigen Voraussetzungen des § 15 auch ohne gesonderten Ausweis der Steuer in einer Rechnung möglich (vgl. BR-Drs. 630/03, 86; vgl. auch BMF 28.1.2004, BStBl. I 2004, 242 iVm BMF).

VII. Ausschluss vom Vorsteuerabzug/Beschränkung des Vorsteuerabzugs

1. Der Ausschluss vom Vorsteuerabzug nach § 15 Abs. 1 S. 2

a) Entstehung. Ein **Mindestmaß unternehmerischer Verwendung** als 262 Zuordnungsvoraussetzung gibt es nach der Rechtsprechung des EuGH grundsätzlich nicht (EuGH C-97/90, UR 1991, 291 – Lennartz). Die frühere (bis UStR 1988 192 Abs. 17 Nr. 2) deutsche Verwaltungspraxis, einen Mindestanteil von 10% unternehmerischer Verwendung für die Vorsteuerabzugsberechtigung zu verlangen, ist daraufhin ab UStR 1992 aufgegeben worden. Mit der durch das StEntlG 1999 (BGBl. 1999 I 402) zum 1.4.1999 eingeführten Neuregelung des § 15 Abs. 1 S. 2 knüpft der Gesetzgeber an die frühere Verwaltungspraxis an und versagt den Vorsteuerabzug aus dem Erwerb von Gegenständen, die der Unternehmer zu weniger als 10% für sein Unternehmen nutzt.

b) Unionsrechtliche Ermächtigung. § 15 Abs. 1 S. 2 steht im Widerspruch zur 263 Regelung des Art. 168 MwStSystRL (Art. 17 Abs. 2 6. EG-RL), die in der Auslegung, die sie durch die Rechtsprechung des EuGH gefunden hat (EuGH C-97/90, UR 1991, 291 – Lennartz) gerade kein Mindestmaß unternehmerischer Nutzung voraussetzt. Die Berechtigung zu der gesetzgeberischen Sondermaßnahme ergab sich zunächst aus einer auf Art. 27 6. EG-RL (Art. 397 MwStSystRL) beruhenden Entscheidung des Rates der EU (2000/186/EG vom 28.2.2000, ABl. 2000 L 59, 12). Die Ermächtigung galt gemäß Art. 3 der Entscheidung **rückwirkend zum 1.4.1999** und endete am Tage des Inkrafttretens der RL über die Ausgaben, die kein Recht auf Abzug der MwSt eröffnen, spätestens jedoch am **31.12.2002.** Die Ermächtigung ist mehrfach verlängert worden, zuletzt durch den Durchführungsbeschluss des Rates vom 13.11.2012 (ABl. 2012 L 319, 8). Vgl. → Rn. 264.

Das gesetzgeberische Vorgehen war bemerkenswert, denn der Gesetzgeber hatte 264 im StEntlG 1999/2000/2002 sehenden Auges eine richtlinienwidrige Vorschrift erlassen, für die er zwar eine Ausnahmeermächtigung beantragt, aber noch nicht erhalten hatte. Es bestanden Zweifel, ob die Ratsermächtigung vom 28.2.2000 rückwirkenden Charakter haben konnte. Auf Vorlage des BFH (V R 30/00, DStR 2001, 126) zu der Parallelermächtigung in § 15 Abs. 1b hat der EuGH mit Urteil C-17/01 (UR 2004, 315 – Sudholz) entschieden, dass die am 4.3.2000 veröffentlichte Genehmigung des Rates vom 28.2.2000 (ABl. 2000 L 59, 12ff.) im Hinblick auf den hälftigen Vorsteuerausschluss bei nicht ausschließlich unternehmerisch genutzten Pkw keine Rückwirkung entfaltet. Insoweit war die Genehmigung ungültig. Damit war zwar noch keine konkrete Aussage zur Rückwirkung des Art. 1 der Ratsgenehmigung vom 28.2.2000 getroffen, der Deutschland zu der in § 15 Abs. 1 S. 2 getroffenen Regelung berechtigt. Die Erwägungen, die den EuGH in der Rechtssache Sudholz zur Annahme der Unwirksamkeit der Rückwirkung veranlasst haben, gelten für Art. 1 der Genehmigung aber gleichermaßen.

Ab 1.1.2003 ist die Regelung in § 15 Abs. 1 S. 2 nicht mehr durch die Ratsermächtigung vom 28.2.2000 gedeckt gewesen. Erst eine erneute Entscheidung des Rates vom 13.5.2003 hat wieder zu einer Ermächtigungsgrundlage geführt (ABl. 2003 L 123, 47). Die Ermächtigung ist bis zum **30.6.2004** befristet gewesen und durch die Ermächtigung des Rates vom 19.11.2004 (UR 2005, 19) bis zum 31.12.2009 verlängert worden. Da weder die Ermächtigung vom 13.5.2003 noch die vom 19.11.2004 eine Rückwirkung angeordnet hat, stellt sich die Frage, was in der Zeit vom **1.1.2003 bis 12.5.2003** und vom **1.7.2004 bis 18.11.2004** gilt (vgl. *Nieskens* UR 2003, 522). Die Ermächtigung ist durch die Entscheidung des Rates vom 20.10.2009 (ABl. 2009 L 283, 55) für die Zeit vom 1.1.2010 bis 31.12.2012 und durch den Durchführungsbeschluss des Rates vom 13.11.2012 (ABl. 2012 L 319, 8) für die Zeit vom 1.1.2013 bis 31.12.2015 verlängert worden.

265 **c) Regelungscharakter.** Bei § 15 Abs. 1 S. 2 handelt es sich um eine **Zuordnungsfiktion.** Der Gesetzgeber fingiert eine Zuordnung zum nichtunternehmerischen Bereich bei nur geringfügig unternehmerisch genutzten Gegenständen. Damit wird das grundsätzlich anerkannte Zuordnungswahlrecht des Unternehmers beschnitten. Der Begriff des **Zuordnungsverbots** (*Lohse* IStR 2000, 232) spiegelt den Inhalt der gesetzlichen Regelung nicht zutr. wieder, weil § 15 Abs. 1 S. 2 die Zuordnung zum unternehmerischen Bereich nicht verbietet, sondern umgekehrt die Zuordnung zum nichtunternehmerischen Bereich unmittelbar fingiert. Auch die Annahme, dass es sich bei „ermächtigungskonformer Auslegung" des § 15 Abs. 1 S. 2 um ein **Vorsteuerabzugsverbot** handeln soll (so *Lohse* IStR 2000, 232), findet weder im Zweck der Ermächtigung noch in der Regelung selbst eine Grundlage (so wohl auch *Oelmaier* in Sölch/Ringleb § 15 Rn. 445 ff.). Die Frage, wie sich eine „ermächtigungskonforme Auslegung" rechtstechnisch überhaupt herleiten lässt, kann deshalb an dieser Stelle dahingestellt bleiben.

266 Die Beurteilung der in § 15 Abs. 1 S. 2 getroffenen Regelung als Zuordnungsfiktion/Zuordnungsverbot oder als Vorsteuerabzugsverbot ist keineswegs nur akademischer Natur. Liegt eine Zuordnungsfiktion vor, so ist der Gegenstand für den nichtunternehmerischen Bereich erworben. Übersteigt in einem Folgejahr die unternehmerische Nutzung den Grenzwert von 10%, ist weder eine zum Vorsteuerabzug berechtigende Einlage noch eine Vorsteuerberichtigung nach § 15 a möglich (vgl. → § 15 a Rn. 14). Ein bloßes Vorsteuerabzugsverbot verhindert demgegenüber nicht die Zuordnung zum Unternehmen. Eine entspr. Nutzungsänderung könnte deshalb zu einer Vorsteuerkorrektur nach § 15 a führen.

266a Der EuGH hat auf Vorlage des BFH (XI R 15/13, BStBl. II 2015, 865) entschieden, dass die Ermächtigung in Art. 1 der Entscheidung 2004/817/EG (vgl. → Rn. 264) dahin auszulegen ist, dass sie nicht für den Fall gilt, dass ein Unternehmen Gegenstände oder Dienstleistungen erwirbt, die es zu mehr als 90% für nichtwirtschaftliche – nicht in den Anwendungsbereich der Mehrwertsteuer fallende – Tätigkeiten nutzt (EuGH C-400/15, DStR 2016, 2219 – Landkreis Potsdam-Mittelmark; Nachfolgeentscheidung des BFH XI R 15/13, BFHE 255, 555).

267 **d) Regelungsinhalt.** Der Gesetzgeber hat von der Ratsermächtigung vom 28.2.2000, die sich auf Gegenstände und Dienstleistungen erstreckt, nur hinsichtlich des Erwerbs von Gegenständen Gebrauch gemacht (vgl. *Widmann* DB 2000, 1145). Weshalb bei Gegenständen ein unternehmerischer Mindestgebrauchsumfang geboten erscheint, der bei dem Bezug von Dienstleistungen als entbehrlich angesehen wird, ist weder rechtlich nachzuvollziehen noch erschließen sich die Hintergründe dieser Entscheidung aus den Gesetzesmaterialien. Dem Gesetzgeber hat offenbar die Vereitelung unangemessener Steuervorteile insbes. beim Erwerb von Pkw vorgeschwebt (BT-Drs. 14/443 zu Art. 7 Allgemeines und zu Nr. 11 b). Das aber lässt die Frage unbeantwortet, weshalb § 15 Abs. 1 S. 2 alle Gegenstände erfasst und sich nicht auf eine Regelung für Kfz beschränkt. Auch andere Ungereimtheiten sind offenkundig: Kauft zB der Unternehmer das Fahrzeug nicht, sondern least er es, so nimmt er eine sonstige Leistung in Anspruch, die nicht von § 15 Abs. 1 S. 2 erfasst wird.

268 Auch bei der Auslegung des § 15 Abs. 1 S. 2 ist von den Zuordnungsentscheidungen des EuGH (EuGH C-415/98, UR 2001, 149 – Bakcsi; C-396/98, UR 2000, 336 – Schloßstraße; C-400/98, UR 2000, 329 – Breitsohl; C-291/92, BStBl. II 1996, 392 – Armbrecht; C-9/90, UR 1991, 291 – Lennartz) auszugehen. Das hat zur Folge, dass es für die Anwendbarkeit des § 15 Abs. 1 S. 2 nicht auf die tatsächliche, sondern auf die durch objektive Anhaltspunkte belegte Nutzungsabsicht ankommt (vgl. *Oelmaier* in Sölch/Ringleb § 15 Rn. 461).

269–280 *einstweilen frei*

2. Der Vorsteuerausschluss nach § 15 Abs. 2, Abs. 3

a) Regelungsinhalt. Die Berechtigung zum Vorsteuerabzug setzt voraus, dass die bezogenen Lieferungen und sonstigen Leistungen nicht zur Ausführung der in § 15 Abs. 2 genannten Umsätze verwendet werden. Hierbei handelt es sich in erster Linie um **steuerfreie Umsätze** iSd § 4. Gemäß § 15 Abs. 3 tritt der Ausschluss vom Vorsteuerabzug nicht ein, wenn die Leistungsbezüge für bestimmte, im Einzelnen näher geregelte steuerfreie Umsätze verwendet werden. Gestaltungsmöglichkeiten bieten sich dem Steuerpflichtigen im Hinblick auf die Steuerfreiheit seiner Umsätze und damit mittelbar für seine Berechtigung zum Vorsteuerabzug in den Fällen, in denen § 9 Abs. 1 ihm die Möglichkeit zum Verzicht auf die Steuerbefreiung (Option zur Steuerpflicht) eröffnet. Das sind im Wesentlichen bestimmte Geldgeschäfte, Grundstücksumsätze sowie Umsätze aus der Vermietung und Verpachtung von Grundstücken. 281

b) Unionsrechtliche Grundlage. Der Ausschluss vom Vorsteuerabzug in § 15 Abs. 2 korrespondiert mit der Regelung des Art. 168 MwStSystRL. Danach besteht die Berechtigung des Steuerpflichtigen zum Vorsteuerabzug, „soweit die Gegenstände und Dienstleistungen für Zwecke seiner besteuerten Umsätze verwendet werden". Durch die Regelung über den Vorsteuerabzug soll der Unternehmer vollständig von der im Rahmen seiner wirtschaftlichen Tätigkeit geschuldeten oder entrichteten MwSt entlastet werden. Das in Art. 167ff. MwStSystRL vorgesehene Recht auf Vorsteuerabzug besteht nur, wenn die Leistungsbezüge **direkt und unmittelbar** mit Ausgangsumsätzen zusammenhängen, die das Recht zum Vorsteuerabzug eröffnen (EuGH C-16/00, UR 2001, 500 – Cibo Participations; C-408/98, UR 2001, 164 – Abbey National mit Anm. *Wäger* UR 2001, 168; C-98/98, UR 2000, 342 – Midland Bank; C-4/94, UR 1996, 427 – BLP Group zu Art. 17 Abs. 2 6. EG-RL). Der dabei vom Steuerpflichtigen letztlich verfolgte Zweck ist insoweit unerheblich. 282

c) Funktionsweise/Verhältnis von § 15 Abs. 2 zu § 15 Abs. 3. § 15 Abs. 3 führt im Wege eines **Regel-/Ausnahmeverhältnisses** jene Verwendungsumsätze auf, die nicht zum Vorsteuerausschluss führen, obwohl sie steuerfrei sind. 283

d) Die einzelnen Ausschlusstatbestände des § 15 Abs. 2 S. 1. aa) Verwendung für steuerfreie Umsätze (§ 15 Abs. 2 S. 1 Nr. 1). § 15 Abs. 2 S. 1 Nr. 1 versagt die Berechtigung zum Vorsteuerabzug grundsätzlich für alle Leistungsbezüge, die zur Ausführung steuerfreier Umsätze verwendet werden. Betroffen sind damit sowohl die Steuerbefreiungen in § 4 Nr. 1–28 und § 25 Abs. 2 als auch die in § 26 Abs. 5 in Bezug genommen Steuerbefreiungen für die Stationierungsstreitkräfte. Zu den Umsätzen gehören die unentgeltlichen Wertabgaben gemäß § 3 Abs. 1b, Abs. 9a. Die unionsrechtliche Grundlage dieser Regelung ist Art. 168 MwStSystRL. Danach setzt die Berechtigung des Unternehmers zum Vorsteuerabzug voraus, dass die Gegenstände und Dienstleistungen für Zwecke seiner besteuerten Umsätze verwendet werden. 284

Der BFH hatte früher entschieden, dass eine **Publikumsgesellschaft** mit der Ausgabe von Gesellschaftsanteilen steuerbare Umsätze von Anteilen an Gesellschaften bewirkt, die nach § 4 Nr. 8 Buchst. f steuerfrei sind und insoweit nach § 15 Abs. 2 den Vorsteuerabzug – zB aus Konzeptions- und Beratungskosten – ausschließen (BFH X R 7/81, BStBl. II 1988, 506; V R 147/79, BFH/NV 1988, 196; ebenso für atypische stille Beteiligung BFH V R 11/94, BStBl. II 1996, 250). Demgegenüber ist durch das Urteil des EuGH C-442/01 (UR 2003, 443 – KapHag Renditefonds) geklärt, dass die Aufnahme eines neuen Gesellschafters in eine Personengesellschaft keine Leistung der Gesellschaft darstellt. Der EuGH begründet diese Entscheidung mit der Überlegung, dass auch die Veräußerung von Beteiligungen keine wirtschaftliche Tätigkeit darstellen könne, wenn dies auch für deren Erwerb gelte. 285

Der Neutralitätsgrundsatz gebietet es, das Recht auf Vorsteuerabzug auch bei der von der Steuer befreiten Veräußerung von Aktien zu gewähren, wenn zwischen den mit den hierfür bezogenen Eingangsleistungen (zB Beratungsleistungen) verbundenen Ausgaben und der **wirtschaftlichen Gesamttätigkeit** des Steuerpflichtigen ein direkter und unmittelbarer Zusammenhang besteht. Erfolgt der Aktienverkauf durch eine Holding, die nicht in die Geschäfte ihrer Tochtergesellschaften eingreift, außerhalb der Mehrwertsteuer, muss das auch für eine Muttergesellschaft gelten, die einen Konzern leitet (EuGH C-29/08, DStR 2009, 2311 Rn. 69 – SKF).

Nimmt die Holdinggesellschaft Eingriffe in die Verwaltung von Gesellschaften, an denen sie Beteiligungen erworben hat, vor, zB durch das Erbringen von administrativen, finanziellen, kaufmännischen oder technischen Dienstleistungen, übt sie insoweit eine wirtschaftliche Tätigkeit iSv Art. 9 MwStSystRL aus. Kosten, die im Zusammenhang mit dem Erwerb von Beteiligungen an ihren Tochtergesellschaften von einer solchen Holdinggesellschaft getragen werden, eröffnen hinsichtlich der für diese Kosten bezahlten Mehrwertsteuer gemäß Art. 168 MwStSystRL grundsätzlich ein Recht auf vollständigen Vorsteuerabzug, es sei denn, dass bestimmte nachgelagerte Umsätze steuerfrei sind (EuGH C-108/14 und C-109/14, Larentia + Minerva und Marenave, DStR 2015, 1673; BFH V R 6/14, BFH/NV 2016, 1236; XI R 17/11, BFH/NV 2016, 1410). Kosten, die im Zusammenhang mit dem Erwerb von Beteiligungen an ihren Tochtergesellschaften von einer Holdinggesellschaft getragen werden, die nur bei einigen von ihnen an der Verwaltung teilnimmt, hinsichtlich der übrigen dagegen keine wirtschaftliche Tätigkeit ausübt, sind nur zum Teil als Teil der allgemeinen Aufwendungen der Holdinggesellschaft anzusehen, so dass die für diese Kosten bezahlte Mehrwertsteuer nur im Verhältnis zu den der wirtschaftlichen Tätigkeit inhärenten Kosten abgezogen werden kann (EuGH C-108/14 und C-109/14, Larentia & Minerva und Marenave, DStR 2015, 1673; XI R 17/11, BFH/NV 2016, 1410).

286 **aaa) Kein Vorsteuerausschluss bei Verwendung für bestimmte steuerfreie Umsätze (§ 15 Abs. 3 Nr. 1 Buchst. a).** Mit § 15 Abs. 2 S. 1 Nr. 2 korrespondiert § 15 Abs. 3 Nr. 1 Buchst. a und b, indem die Regelung die Verwendungsumsätze benennt, die, obwohl sie von der USt befreit sind, gleichwohl nicht den Ausschluss vom Vorsteuerabzug nach sich ziehen. Hierbei handelt es sich um:

- Ausfuhrlieferungen (§ 4 Nr. 1 Buchst. a, § 6),
- Lohnveredelungen an Gegenständen der Ausfuhr (§ 4 Nr. 1 Buchst. a, § 7),
- innergemeinschaftliche Lieferungen (§ 4 Nr. 1 Buchst. b, § 6a),
- Umsätze für die Seeschifffahrt und für die Luftfahrt (§ 4 Nr. 2, § 8),
- bestimmte Leistungen im Zusammenhang mit der Einfuhr, Ausfuhr und Durchfuhr (§ 4 Nr. 3),
- Goldlieferungen an Zentralbanken (§ 4 Nr. 4),
- die Vermittlung bestimmter Umsätze (§ 4 Nr. 5),
- bestimmte Umsätze der Eisenbahnen des Bundes (§ 4 Nr. 6 Buchst. a),
- bestimmte Lieferungen an Bord von Seeschiffen und Flugzeugen in der Zeit vom 1.1.1994–30.6.1999 (§ 4 Nr. 6 Buchst. b),
- Lieferungen im Rahmen der vorübergehenden Zollverwendung (§ 4 Nr. 6 Buchst. c),
- bestimmte Personenbeförderungen zwischen inländischen Seehäfen und der Insel Helgoland (§ 4 Nr. 6 Buchst. d),
- Restaurationsumsätze auf Seeschiffen (§ 4 Nr. 6 Buchst. e),
- Leistungen an NATO-Mitglieder (§ 4 Nr. 7),
- steuerfreie Reiseleistungen (§ 25 Abs. 2),
- Umsätze, die nach dem Offshore-Abkommen, dem Zusatzabkommen zum NATO-Truppenstatut oder dem Ergänzungsabkommen zum Protokoll über die NATO-Hauptquartiere steuerfrei sind (§ 26 Abs. 5).

bbb) Kein Vorsteuerausschluss bei Verwendung für bestimmte Bank- und Versicherungsumsätze (§ 15 Abs. 3 Nr. 1 Buchst. b). Nach § 4 Nr. 8 Buchst. a–g, § 4 Nr. 10 Buchst. a oder § 4 Nr. 11 steuerfreie Finanz- und Versicherungsumsätze, die sich **unmittelbar** auf Gegenstände beziehen, die in das **Drittlandsgebiet** ausgeführt werden, führen ebenfalls nicht zum Vorsteuerausschluss. Die Unmittelbarkeit des Bezugs ist nur dann gewährleistet, wenn der Umsatz in direktem Zusammenhang mit dem Gegenstand der Ausfuhr steht. Nicht ausreichend ist es, wenn die Umsätze iVm solchen betrieblichen Vorgängen des Unternehmers stehen, die ihrerseits erst dazu dienen, die Ausfuhr zu bewirken. Durch das AmtshilfeRLUmsG v. 26.6.2013 (BGBl. 2013 I 1809) ist die Bezugnahme auf § 4 Nr. 11 ausgedehnt worden, weil das Unionsrecht gemäß Art. 135 Abs. 1 Buchst. a MwStSystRL die Umsätze der Versicherungsmakler und -vertreter von der Steuer befreit und Art. 169 Buchst. c MwStSystRL dem Steuerpflichtigen das Recht auf Vorsteuerabzug für die nach Art. 135 Abs. 1 Buchst. a bis f MwStSystRL befreiten Versicherungs- und Finanzumsätze auch einräumt, wenn der Dienstleistungsempfänger außerhalb der Gemeinschaft ansässig ist oder diese Umsätze unmittelbar mit Gegenständen zusammenhängen, die zur Ausfuhr aus der Gemeinschaft bestimmt sind. Mit der Änderung des § 15 Abs. 3 Nr. 1 Buchst. b und Nr. 2 Buchst. b durch das AmtshilfeRLUmsG v. 26.6.2013 (BGBl. 2013 I 1809) soll das Unionsrecht vollständig in das nationale Recht umgesetzt werden (zu den Motiven des Gesetzgebers vgl. BT-Drs. 17/11190 Art. 10 Nr. 10). 287

Ausfuhr iSv § 15 Abs. 3 Nr. 1 Buchst. b liegt vor, wenn der Gegenstand endgültig in ein Gebiet **außerhalb der EU** gelangt. Es braucht keine Ausfuhrlieferung nach § 6 vorzuliegen. Außerdem kann der Gegenstand vor der Ausfuhr bearbeitet oder verarbeitet werden. Die Ausflaggung eines Schiffes ist keine Ausfuhr, gleichgültig in welcher Form sich dieser Vorgang vollzieht. 288

ccc) Mehrfachbefreiungen. Problematisch wird die Beurteilung, wenn der Unternehmer den Leistungsbezug für einen Umsatz, der sowohl unter die im § 15 Abs. 3 genannten Befreiungsnormen, als auch unter andere Steuerbefreiungen fällt, verwendet. 289

Beispiel 1 (nach BFH V R 30/12, DStR 2013, 2392): Unternehmer U liefert Blutplasma in das übrige Gemeinschaftsgebiet. Der Umsatz wird sowohl von der in § 15 Abs. 3 genannten Steuerbefreiung für innergemeinschaftliche Lieferungen (§ 4 Nr. 1 Buchst. b) als auch von der nicht in § 15 Abs. 3 genannten Befreiung für die Lieferung menschlichen Blutes (§ 4 Nr. 17 Buchst. a) umfasst.

Beispiel 2: Arzt A mit steuerfreien Umsätzen nach § 4 Nr. 14 veräußert den Praxis-Pkw in das Ausland. Bei Erwerb des Pkw stand ihm wegen steuerfreier Ausgangsumsätze nach § 4 Nr. 14 kein Vorsteuerabzug zu. Die Veräußerung des Pkw fällt tatbestandlich sowohl unter § 4 Nr. 1 (Ausfuhr) als auch unter § 4 Nr. 28.

Im **Beispielsfall 1** hat der BFH (V R 30/12, DStR 2013, 2392) unter Bezugnahme auf das EuGH-Urteil (C-240/05, Slg. 2006, I-11479 – Eurodental) entschieden, dass ein Unternehmer, der Leistungen für die **innergemeinschaftliche Lieferung** von Gegenständen bezieht, deren Lieferung im Inland aber steuerfrei ist, kein Recht auf Vorsteuerabzug hat. Maßgeblich hierfür war die Entscheidung des EuGH, dass, wenn die innergemeinschaftliche Lieferung von Gegenständen ein Recht auf Vorsteuerabzug im Abgangsmitgliedstaat eröffnen würde, obwohl die Inlandslieferung dieses Gegenstandes steuerfrei ist, derartige Gegenstände in der Gemeinschaft unter vollständiger Befreiung von der Mehrwertsteuer geliefert werden könnten, weil im Hinblick auf die Steuerfreiheit der Inlandslieferung auch der innergemeinschaftliche Erwerb im Bestimmungsmitgliedstaat gemäß Art. 28c Teil B Buchst. a der RL 77/388/EWG (im Inland: § 4b Nr. 1 und 2) steuerfrei wäre und daher ein Vorsteuerabzug ohne Besteuerung auf der folgenden Stufe erfolgen würde (EuGH 290

C-240/05, Slg. 2006, I-11479 Rn. 40 – Eurodental). Nach der Zielsetzung des gemeinsamen Mehrwertsteuersystems und der durch die RL 77/388/EWG eingeführten Regelung für die Besteuerung des Handels zwischen den Mitgliedstaaten kann aber ein Steuerpflichtiger, dem eine Steuerbefreiung zugute kommt und der folglich nicht zum Abzug der innerhalb eines Mitgliedstaats gezahlten Vorsteuer berechtigt ist, dieses Recht auch dann nicht haben, wenn der betreffende Umsatz innergemeinschaftlichen Charakter hat (EuGH C-240/05, Slg. 2006, I-11479 Rn. 41 – Eurodental).

Ob die Beurteilung des **Beispielfalls 2** in der 12. Aufl. aufrechterhalten werden kann, wonach die in § 15 Abs. 3 genannte Steuerbefreiungsnorm des § 4 Nr. 1 Vorrang hat mit der Folge, dass eine Vorsteuerberichtigung nach § 15a Abs. 1 und Abs. 4 in Betracht kommt, ist fraglich. Der BFH hat die Frage offen gelassen, ob die für innergemeinschaftliche Lieferungen maßgeblichen Grundsätze des EuGH-Urteils Eurodental auch auf Ausfuhrlieferungen übertragen werden können (kritisch *Reiß* UR 2007, 565ff. (573f.)).

291 **ddd) Eigenverbrauch/unentgeltliche Wertabgabe als steuerfreier Umsatz.** Die Verwendung eines dem Unternehmen zugeordneten Grundstücks für unternehmensfremde Zwecke war nach bisheriger deutscher Rechtsauffassung steuerfrei, wenn im Falle entgeltlicher Überlassung an einen Dritten eine Grundstücksvermietung iSd § 4 Nr. 12 S. 1 Buchst. a gegeben gewesen wäre (BFH V R 33/92, BStBl. II 1994, 668). Eine Optionsmöglichkeit schied in diesem Fall aus, weil weder beim Eigenverbrauch iSd § 1 Nr. 2 S. 2 Buchst. b (bis 31.9.1999) noch bei der unentgeltlichen Wertabgabe iSd § 3 Abs. 9a ein Umsatz an einen anderen Unternehmer ausgeführt wird. Das aber fordert § 9 Abs. 1. Auf Vorlagebeschluss des BFH V R 39/99 (UR 2000, 325) hat der EuGH entschieden, dass die für den privaten Bedarf erfolgte Verwendung einer Wohnung in einem Gebäude, das der Unternehmer insgesamt seinem Unternehmen zugeordnet hat, nicht unter Art. 135 Abs. 1 Buchst. l, Abs. 2 MwStSystRL fällt (EuGH C-269/00, UR 2003, 288 – Seeling zu Art. 13 Teil B Buchst. b 6. EG-RL; BFH V R 39/99, UR 2003, 539; vgl. auch → § 4 Nr. 12 Rn. 14; → § 9 Rn. 9). MaW handelt es sich bei dieser unentgeltlichen Wertabgabe weder um eine steuerfreie Vermietung noch kann sie als solche behandelt werden. Sie führt infolgedessen auch nicht zum Vorsteuerausschluss nach § 15 Abs. 2 Nr. 1.

292 **bb) Verwendung für Umsätze im Ausland (§ 15 Abs. 2 S. 1 Nr. 2).** Die Berechtigung zum Vorsteuerabzug wird auch ausgeschlossen durch Verwendungsumsätze, die steuerfrei wären, wenn sie im Inland ausgeführt würden. Die unionsrechtliche Ermächtigungsgrundlage für diese Bestimmung ist Art. 169 Buchst. a MwStSystRL; zur Kritik an der Regelung s. *Oelmaier* in Sölch/Ringleb § 15 Rn. 631f; *Reiß* in R/K/L Einführung Rn. 29. Mit dieser seit dem UStG 1980 geltenden Regelung soll erreicht werden, dass die Berechtigung zum Vorsteuerabzug grundsätzlich immer dann entfällt, wenn sie auch bei einem entsprechenden entgeltlichen Umsatz im Inland nicht in Betracht käme. Der Ausschluss vom Vorsteuerabzug entfällt unabhängig von der ustlichen Behandlung des maßgeblichen Umsatzes durch den Staat, in dem der Umsatz ausgeführt wird. Der Ausschluss vom Vorsteuerabzug tritt auch für solche Umsätze ein, die bei Ausführung im Inland nach § 9 als steuerpflichtig behandelt werden könnten; eine **fiktive Option** zur USt-Pflicht gibt es im Rahmen des § 15 Abs. 2 S. 1 Nr. 2 nicht (vgl. demgegenüber zur Verwendungsabsicht → Rn. 292f.). Die Vermietung eines im Ausland gelegenen Grundstücks schließt daher den Vorsteuerabzug auch dann aus, wenn für den entsprechenden Vermietungsumsatz im Inland auf die Steuerbefreiung des § 4 Nr. 12 verzichtet werden könnte.

293 § 15 Abs. 3 Nr. 2 Buchst. a sieht für Umsätze im Ausland, die steuerfrei wären, wenn sie im Inland ausgeführt würden, dieselbe Ausnahme vom Vorsteuerausschluss vor, wie § 15 Abs. 3 Nr. 1 Buchst. a für steuerfreie Inlandsumsätze. Vgl. deshalb im Einzelnen → Rn. 266.

Im Ausland ausgeführte Finanz- und Versicherungsumsätze, die im Inland gemäß § 4 Nr. 8 Buchst. a–g und Nr. 10 Buchst. a steuerfrei wären, führen nicht zum Vorsteuerausschluss, wenn der Empfänger im Drittlandsgebiet ansässig ist (§ 15 Abs. 3 Nr. 2 Buchst. b). Die Vorschrift korrespondiert mit Art. 169 Buchst. c MwStSystRL. Ist der Leistungsempfänger ein Unternehmer und die Leistung für das Unternehmen bestimmt, ist für die Ansässigkeit der Ort maßgebend, von dem aus der Leistungsempfänger sein Unternehmen betreibt. Ist die Leistung ausschließlich oder überwiegend für eine Betriebsstätte bestimmt, ist auf den Ort der Betriebsstätte abzustellen. Ist der Leistungsempfänger kein Unternehmer oder ist die Leistung für den nichtunternehmerischen Bereich eines Unternehmers bestimmt, richtet sich die Ansässigkeit nach dem Wohnsitz oder Sitz des Leistungsempfängers (vgl. § 3a Abs. 4 Nr. 6 iVm § 3 Abs. 3). **294**

cc) Verwendung für unentgeltliche Lieferungen und Leistungen (§ 15 Abs. 2 S. 1 Nr. 3, aufgehoben durch das JStG 2007, BGBl. 2006 I 2878). Die Regelung war durch das UStG 1980 in § 15 aufgenommen worden und verfolgte das Ziel, Vorsteuerbeträge, die mit unentgeltlichen Leistungen des Unternehmers in Zusammenhang stehen, vom Abzug auszuschließen, wenn die Leistungen im Falle der Entgeltlichkeit steuerfrei wären. § 15 Abs. 1 S. 1 Nr. 3 ist durch die im Zuge der Umsetzung der Art. 16, 26 MwStSystRL (Art. 5 Abs. 6 und 6 Abs. 2 6. EG-RL) durch das StEntlG 1999/2000/2002 (BGBl. 1999 I 402) eingeführte Besteuerung der unentgeltlichen Wertabgaben (§ 3 Abs. 1b und Abs. 9a) entbehrlich geworden. § 3 Abs. 1b und Abs. 9a stellen die dort genannten unentgeltlichen Wertabgaben entgeltlichen Lieferungen oder sonstigen Leistungen gleich. Damit liegt ein entgeltlicher, steuerbefreiter Umsatz vor, für den § 15 Abs. 2 S. 1 Nr. 1 eingreift. § 15 Abs. 2 S. 1 Nr. 3 kommt deshalb nur noch zur Anwendung, wenn eine unentgeltliche Lieferungen oder sonstige Leistung vorliegt, die nicht von § 3 Abs. 1b oder Abs. 9a erfasst wird. Das kann nur Lieferungen oder Leistungen für Zwecke des Unternehmens betreffen, die aber bei Unentgeltlichkeit nur in Ausnahmefällen denkbar erscheinen. Der Gesetzgeber sollte deshalb prüfen, ob es für die Bestimmung noch einen regelungsbedürftigen Anwendungsbereich gibt und die Norm ggf. aufheben. Soweit eine Anwendung von § 15 Abs. 2 S. 1 Nr. 3 noch möglich erscheint, sind die in § 15 Abs. 3 Nr. 2 genannten Verwendungsumsätze vom Abzugsverbot ausgenommen. **295**

Mit Urteil V R 48/02 (UR 2004, 203) hat der BFH entschieden, dass sich der Unternehmer bei einer unentgeltlichen Lieferungen oder sonstigen Leistung im unternehmerischen Interesse, die steuerfrei wäre, wenn sie gegen Entgelt ausgeführt würde, abweichend von § 15 Abs. 2 S. 1 Nr. 3 darauf berufen kann, dass ihm der Vorsteuerabzug nach Art. 17 Abs. 2 6. EG-RL zusteht. Der Gesetzgeber hat im JStG 2007 (BGBl. 2006 I 2878) die Konsequenzen gezogen und die Regelung aufgehoben.

einstweilen frei **296–300**

e) Maßgeblichkeit der Verwendungsabsicht (EuGH-Urteile Breitsohl und Schloßstraße). Der Gesetzeswortlaut des § 15 Abs. 2 S. 1 legt die Annahme nahe, dass es für die Beurteilung des Vorsteuerausschlusses auf die **tatsächliche Verwendung** der Leistungsbezüge ankommt. Diese Auslegung hat auch der überkommenen Auffassung zum deutschen UStRecht entsprochen (zB BFH V R 12/93, BStBl. II 1995, 88). **301**

Inzwischen ist durch mehrere Urteile des EuGH und des BFH geklärt, dass es für den Vorsteuerausschluss nach § 15 Abs. 1 auf die durch **objektive Anhaltspunkte belegte Verwendungsabsicht des Leistungsempfängers im Zeitpunkt des Leistungsbezugs** ankommt (EuGH C-396/98, UR 2000, 336 – Schloßstraße; C-400/98, UR 2000, 329 – Breitsohl; C-110/98, UR 2000, 208 – Gabalfrisa; C-62/93, UR 1995, 404 – BP Soupergaz; BFH V R 38/00, BFH/NV 2001, 1513; V R 24/98, DStR 2001, 700; V R 77/96, DStR 2001, 785; V R 27/00, UR 2002, 603; V R 18/01, UR 2003, 241). Dieses Ergebnis wird unionsrechtlich aus den Re- **302** gelungen in Art. 167, 63 MwStSystRL abgeleitet. Danach entsteht das Recht auf Vorsteuerabzug im Zeitpunkt des Leistungsbezuges. Kommt es nicht zu einer sofortigen tatsächlichen Verwendung, kann für die Berechtigung zum Vorsteuerabzug nur auf die vom Leistungsempfänger beabsichtigte Verwendung abgestellt werden. Eingang in das deutsche UStRecht findet dieses Ergebnis nach der Rechtsprechung des BFH durch eine entsprechende richtlinienkonforme Auslegung des § 15 Abs. 2. Dabei reicht es nicht aus, wenn sich der Leistungsempfänger die Art der Verwendung gleichsam offenhält, indem er gleichermaßen eine den Vorsteuerabzug ermöglichende als auch eine abzugsschädliche Verwendung für möglich hält (FG Bln EFG 2001, 793). Wegen der gleichzeitigen Entstehung von Steueranspruch und Vorsteuerabzugsberechtigung muss sich der Unternehmer sofort entscheiden, für welche Ausgangsumsätze er die empfangenen Eingangsleistungen verwenden will (BFH V R 51/01, UR 2003, 197; vgl. auch → Rn. 121, → Rn. 176). Die beabsichtigte Verwendung des Leistungsbezugs bestimmt auch den **Umfang des Vorsteuerabzugs** (BFH V R 56/00, UR 2002, 472).

303 Handelt es sich bei den ins Auge gefassten Umsätzen um steuerfreie, aber **optionsfähige** Umsätze, reicht es aus, wenn der Unternehmer die ebenfalls durch objektive Anhaltspunkte belegte Absicht hat, auf die Steuerfreiheit der Verwendungsumsätze zu verzichten (BFH V R 77/96, DStR 2001, 785; V R 24/98, DStR 2001, 700; V R 46/00, BFH UR 2001, 360; V R 27/00, UR 2002, 603). Eine tatsächliche Ausführung der Verwendungsumsätze ist nicht erforderlich; es ist also eine **fiktive Option** zur Steuerpflicht möglich (vgl. → § 9 Rn. 31). Es müssen aber sowohl die Absicht, mit den Leistungsbezügen entgeltliche Leistungen auszuführen, als auch die Absicht, auf die Steuerfreiheit zu verzichten, so konkret sein, dass sie objektiv nachweisbar sind (BFH V R 18/01, UR 2003, 241; BFH V R 56/00, UR 2002, 472; V R 27/00, UR 2002, 603). Dabei ist die im Zeitpunkt des Leistungsbezugs bestehende Gesetzeslage für den fiktiven Verzicht auf die Steuerbefreiung maßgebend (BFH V R 27/00, UR 2002, 603). Zu den möglichen Folgen einer **Änderung der Verwendungsabsicht** vor Leistungsbezug vgl. BFH V R 24/98, DStR 2001, 700.

3. Der Vorsteuerausschluss nach § 15 Abs. 1a

304 Mit der mit Wirkung ab 1.4.1999 geltenden Einführung des § 15 Abs. 1a durch das StEntlG 1999/2000/2002 (BGBl. 1999 I 402) wurde der eigentlich nach § 15 Abs. 1 mögliche Vorsteuerabzug ausgeschlossen bzw. eingeschränkt für

- Aufwendungen, für die das Abzugsverbot des § 4 Abs. 4 S. 1 Nr. 1–4, 7, Abs. 7 oder des § 12 Nr. 1 EStG gilt (§ 15 Abs. 1a Nr. 1 aF),
- Reisekosten des Unternehmers oder seines Personals, soweit es sich um Verpflegungskosten, Übernachtungskosten oder um Fahrtkosten für Fahrzeuge des Personals handelt (§ 15 Abs. 1a Nr. 2 aF),
- Umzugskosten für einen Wohnungswechsel (§ 15 Abs. 1a Nr. 3 aF).

§ 15 Abs. 1a wurde durch das JStG 2007 (BGBl. 2006 I 2878) mWv 19.12.2006 neu gefasst.

305 **a) Unionsrechtliche Ermächtigungsgrundlage.** Art. 176 MwStSystRL sieht vor, dass der Rat der EU festlegt, bei welchen Ausgaben die MwSt nicht abziehbar ist. Auf jeden Fall sollen vom Vorsteuerabzug Ausgaben ausgeschlossen sein, die keinen **streng geschäftlichen** Charakter haben. Als Beispiel nennt Art. 176 MwStSystRL Luxusausgaben, Ausgaben für Vergnügungen und Repräsentationsaufwendungen. Diese geplante Regelung ist bislang noch nicht in Kraft getreten. Bis dahin können die Mitgliedstaaten alle Ausschlüsse beibehalten, die in ihren zum Zeitpunkt des Inkrafttretens der 6. EG-RL innerstaatlichen Rechtsvorschriften vorgesehen gewesen sind (sog. Stillhalteklausel; Art. 176 MwStSystRL). Neue Ausschlussnormen können durch die einzelnen Mitgliedstaaten nur mit Genehmigung nach Art. 394, 397

MwStSystRL eingeführt werden (EuGH C-409/99, Slg. 2002, I-81 – Metropol und Stadler; C-97/90, UR 1991, 291 – Lennartz zu Art. 27 Abs. 2–5 6. EG-RL).

Für die Regelungen in § 15 Abs. 1a ist eine Genehmigung nach Art. 27 Abs. 2–5 **306** 6. EG-RL weder beantragt noch erteilt worden. § 15 Abs. 1a steht daher nur insoweit im Einklang mit dem Unionsrecht, wie die darin getroffenen Regelungen inhaltlich bereits im Zeitpunkt des Inkrafttretens 6. EG-RL am 17. 5. 1977 im deutschen UStG normiert gewesen sind. § 15 Abs. 1a steht dennoch im Einklang mit dem Unionsrecht, weil die darin getroffene Regelung inhaltlich bereits bei Inkrafttreten der RL 77/388/EWG im deutschen UStG verankert gewesen ist (BFH V R 34/13, BStBl. II 2014, 914). Bei Inkrafttreten der RL 77/388/EWG, also zum 1. 1. 1979 (vgl. EuGH C-177/99 und C-181/99, Slg. 2000, I-7013 Rn. 5 – Ampafrance und Sanofi), war der Vorsteuerabzug für die Aufwendungen für Segelyachten zwar nicht unmittelbar durch das UStG 1973 ausgeschlossen, wenn ansonsten die allgemeinen Voraussetzungen des § 15 UStG 1973 erfüllt waren. Der einem Unternehmer zustehende Vorsteuerabzug wurde aber durch eine ebenso hohe Besteuerung der Aufwendungen als Eigenverbrauch nach § 1 Abs. 1 Nr. 2 S. 2 Buchst. c UStG 1973 ausgeglichen. Nach dieser Vorschrift lag Eigenverbrauch vor, soweit ein Unternehmer im Inland Aufwendungen tätigte, die nach § 4 Abs. 5 EStG bei der Gewinnermittlung ausschieden. Die Regelung in § 1 Abs. 1 Nr. 2 S. 2 Buchst. c UStG 1973 wirkte wie eine **mittelbare Einschränkung** des Vorsteuerabzugs (BFH V R 34/13, BStBl. II 2014, 914; XI R 60/06, BStBl. II 2009, 167; XI R 61/06, HFR 2009, 278; XI R 70/06, BFH/NV 2009, 223; V R 49/02, BStBl. II 2004, 1090; vgl. auch *Oelmaier* in Sölch/Ringleb § 15 Rn. 480ff.; *Lohse* IStR 2000, 232).

Der Vorsteuerausschluss gemäß § 15 Abs. 1a stellt deshalb, jedenfalls soweit er **laufende Aufwendungen** iSv § 4 Abs. 5 S. 1 Nr. 4 EStG betrifft, nur eine Ersatzregelung für einen bereits bestehenden Ausschlusstatbestand dar und ist damit keine dem Unionsrecht widersprechende Erweiterung oder erstmalige Einfügung eines Ausschlusstatbestands. **307**

Das Abzugsverbot für laufende Aufwendungen (BFH XI R 70/06, BFH/NV 2009, 223; V R 66/85, BFHE 167, 221) gilt auch für die Vorsteuerbeträge aus den **Anschaffungskosten.** Obschon sich die Versagung des Vorsteuerabzugs für die Erwerbsaufwendungen nach § 15 Abs. 1a in zeitlicher Hinsicht bei der Lieferung von abnutzbaren Wirtschaftsgütern, wie im Streitfall der Yacht B, von der Eigenverbrauchsbesteuerung nach § 1 Abs. 1 Nr. 2 S. 2 Buchst. c UStG 1973 unterscheidet, ist sie mit Art. 176 MwStSystRL (Art. 17 Abs. 6 UAbs. 2 der RL 77/388/EWG) vereinbar. Deshalb liegt in der Einführung des § 15 Abs. 1a kein Verstoß gegen Unionsrecht (so auch *Stadie* in Rau/Dürrwächter § 15 Rn. 952, 956; aA wohl *Wagner* in Sölch/Ringleb § 15 Rn. 513; *Lippross* Umsatzsteuer, 22. Aufl., 7.8.2.1.2c, S. 838, 842f.).

b) § 15 Abs. 1a Nr. 1 aF. Für § 15 Abs. 1a Nr. 2 aF ist eigentlich von vornherein offenkundig gewesen, dass sich die Regelung jedenfalls nicht hinsichtlich aller dort genannten Aufwendungen auf Art. 17 Abs. 6 UAbs. 2 6. EG-RL stützen lässt. Zwar mag die „Philosophie der meisten EU-Mitgliedstaaten" dahin gehen, dass Verpflegung und Übernachtung in erster Linie der Befriedigung persönlicher Bedürfnisse dienen (Finanzausschuss, BT-Drs. 14/443, zu Nr. 11 Buchst. b – § 15 Abs. 1a –). Darauf hat sich die Regelung aber nicht stützen lassen, weil nach deutschem USt-Recht jedenfalls Übernachtungskosten zum Vorsteuerabzug berechtigt haben. Der BFH hat deshalb folgerichtig entschieden, dass sich der Steuerpflichtige insoweit unmittelbar auf Art. 17 Abs. 2 6. EG-RL (jetzt Art. 168 MwStSystRL) berufen kann (BFH V R 49/00, DStR 2001, 23 mit Anm. *Müller* UVR 2001, 79; *Birkenfeld* HFR 2001, 158; *Huschens* RIW 2001, 232; *Nieskens* UR 2001, 68; *Dziadkowski* IStR 2001, 122; *Schilling* ua, DStR 2001, 1053). Zur Kritik vgl. auch *Lohse* IStR 2000, 232; *Widmann* DB 2000, 1145; *Birkenfeld* NWB Fach 7, S. 5091; *Nieskens* BB 1998, 2562; Stellungnahme der Umsatzsteuervereinigung, UR 1999, 111. **308**

Mit dem StÄndG 2003 (BGBl. 2003 I 2645) hat der Gesetzgeber für eine Rechtsbereinigung (BR-Drs. 630/03, 86) gesorgt und den faktisch nicht mehr zur Anwendung gekommenen § 15 Abs. 1a Nr. 2 mit Wirkung **ab 20.12.2003 aufgehoben.** Die früheren Pauschalierungsmöglichkeiten nach §§ 36–38 UStDV aF sind nicht wieder eingeführt worden. Hierfür hat auch kein unionsrechtliches Bedürfnis bestanden.

Für die sonstigen in § 15 Abs. 1a genannten Aufwendungen (Nr. 1 und Nr. 3) muss im Einzelfall geprüft werden, ob im Zeitpunkt des Inkrafttretens der 6. EG-RL ein Vorsteuerabzugsverbot im deutschen UStRecht bestanden hat.

309 *einstweilen frei*

310 **c) § 15 Abs. 1a Nr. 1 aF, bis 18.12.2006: Nr. 1 (nichtabziehbare Betriebsausgaben).** Vorsteuerbeträge, die auf die ertragsteuerlich **nichtabziehbaren Betriebsausgaben** iSd § 4 Abs. 5 Nr. 1–4, 7 (und bis 18.12.2006: Abs. 7) EStG oder auf **Lebenshaltungskosten** iSd § 12 Nr. 1 EStG entfallen, sind vom Vorsteuerabzug ausgeschlossen (§ 15 Abs. 1a). Deshalb sind zB Vorsteuerbeträge, die auf laufende Aufwendungen für Segeljachten entfallen, gemäß § 15 Abs. 1a Nr. 1 UStG 1999 iVm § 4 Abs. 5 S. 1 Nr. 4 EStG nicht abziehbar, wenn der Unternehmer die Segeljachten zwar nachhaltig und zur Erzielung von Einnahmen, jedoch ohne Gewinnerzielungsabsicht/Überschusserzielungsabsicht vermietet (BFH XI R 60/06, BStBl. II 2009, 167).

Das deutsche UStG hatte sich mit der durch das StEntlG 1999/2000/2002 eingeführten Regelung der Vorgabe des Art. 176 MwStSystRL (Art. 17 Abs. 6 6. EG-RL) im Grundsatz angepasst. Allerdings stand die Neuregelung zum Ausschluss des Vorsteuerabzugs für **30%** (für Wirtschaftsjahre, die bis zum 31.12.2003 endeten: 20%) der angemessenen Bewirtungsaufwendungen nicht im Einklang mit den Vorschriften des Unionsrechts. Sie ist durch das JStG 2007 vom 13.12.2006 (BGBl. 2006 I 2878) insoweit **aufgehoben** worden. Der Vorsteuerabzug aus Bewirtungsaufwendungen ist unter den allgemeinen Voraussetzungen des § 15 voll zu gewähren, soweit es sich um angemessene und nachgewiesene Aufwendungen des Unternehmers handelt. Somit bleiben hinsichtlich der Bewirtungsaufwendungen nur die nach der allgemeinen Verkehrsanschauung unangemessenen Aufwendungen vom Vorsteuerabzug ausgeschlossen.

Außerdem hatte der BFH (V R 49/02, BStBl. II 2004, 1090) entschieden, dass die Einschränkung des Vorsteuerabzugs wegen nicht eingehaltener ertragsteuerlicher Formvorschriften für den Nachweis als Betriebsausgaben (§ 4 Abs. 7 EStG) mit Art. 17 Abs. 2 6. EG-RL nicht zu vereinbaren ist. Der Gesetzgeber hat mit der durch das JStG 2007 (BGBl. 2006 II 2878) eingeführten Änderung auch hierauf reagiert und die bisher in § 15 Abs. 1a Nr. 1 enthaltene Einschränkung aufgehoben.

311 Im Einzelnen werden von § 15 Abs. 1a folgende Leistungsbezüge erfasst:

- Aufwendungen für Geschenke im Entgeltswert von über 35 EUR (§ 4 Abs. 5 Nr. 1 EStG);
- Aufwendungen für Bewirtungen aus geschäftlichem Anlass in Höhe des ertragsteuerlich unangemessenen oder nicht nachgewiesenen Teils (§ 4 Abs. 5 Nr. 2 EStG);
- Aufwendungen für Einrichtungen des Steuerpflichtigen, soweit sie der Bewirtung, Beherbergung oder Unterhaltung von Personen, die nicht Arbeitnehmer des Unternehmers sind, dienen (Gästehäuser; § 4 Abs. 5 Nr. 3 EStG);
- Aufwendungen für Jagd oder Fischerei, für Segeljachten oder Motorjachten sowie für ähnliche Zwecke und für die hiermit zusammenhängenden Bewirtungen (§ 4 Abs. 5 Nr. 4 EStG);
- sonstige Aufwendungen, die die Lebensführung des Steuerpflichtigen oder anderer Personen berühren, soweit sie nach allgemeiner Verkehrsauffassung als unangemessen anzusehen sind (§ 4 Abs. 5 Nr. 7 EStG – siehe H 4.10 (12) EStH 2007);

– Repräsentationsaufwand nach § 12 Nr. 1 EStG.

d) § 15 Abs. 1a Nr. 3 aF (Umzugskosten, aufgehoben durch das JStG 2007, BGBl. 2006 I 2878). Für § 15 Abs. 1a Nr. 3 aF wird man annehmen können, dass **Umzugskosten** auch schon vor Inkrafttreten 6. EG-RL vom Vorsteuerabzug ausgeschlossen gewesen sind, weil sie dem privaten Wohnbedürfnis und damit dem nichtunternehmerischen Bereich zuzuordnen waren.

Der Gesetzgeber hat die Regelung durch das JStG 2007 (BGBl. 2006 I 2878) aufgehoben, weil sie mit Art. 17 Abs. 2 der 6. EG-RL nicht zu vereinbaren war. **312**

4. Der Vorsteuerausschluss nach § 15 Abs. 1b in der durch das JStG 2010 eingefügten Fassung

§ 15 Abs. 1b ist durch das JStG 2010 (BGBl. 2010 I 1768) mit Wirkung ab 1.1.2011 eingefügt worden. Die Regelung beruht auf Art. 168a Abs. 1 MwStSystRL, der durch die RL 2009/162/EU des Rates zur Änderung verschiedenen Bestimmungen der MwStSystRL vom 22.12.2009 (ABl. 2010 L 10, 1) eingefügt worden ist. Interessant ist dabei, dass Art. 168a Abs. 2 MwStSystRL den Mitgliedstaaten die Möglichkeit eröffnet, Abs. 1 auch auf Ausgaben im Zusammenhang mit von ihnen definierten sonstigen Gegenständen, die dem Unternehmen zugeordnet sind, anzuwenden. Denkbar wäre das zB für PKW. Der deutsche Gesetzgeber hat hiervon im JStG 2010 aber keinen Gebrauch gemacht. **313**

Das Zuordnungswahlrecht des Unternehmers, gemischt genutzte Grundstücke seinem Unternehmen zuzuordnen, bleibt unberührt (BR-Drs. 318/10 zu Art. 4 zu Nr. 9 zu Buchst. a, S. 125). Die Regelung stellt aber einen neuen Vorsteuerausschlusstatbestand dar. Dem Vorsteuerausschluss unterliegen auch die wesentlichen Bestandteile des Grundstückes, nicht aber Gegenstände, die umsatzsteuerrechtlich keine Bestandteile des Grundstückes oder Gebäudes sind (zB Fotovoltaikanlage). Der Vorsteuerausschluss nach § 15 Abs. 1b ist entsprechend für Berechtigungen, für die die Vorschriften des bürgerlichen Rechts über Grundstücke gelten, und für Gebäude auf fremden Grund und Boden, weil diese Grundstücken gleich zu stellen sind. Durch den ebenfalls durch das JStG 2010 (BGBl. 2010 I 1768) eingefügten § 15 Abs. 4 S. 4 ist klargestellt, dass bei der Aufteilung von Vorsteuerbeträgen für Zwecke des § 15 Abs. 1b die Grundsätze des § 15 Abs. 4 gelten. **314**

Die Regelung ist eine Reaktion des Gesetzgebers auf das sog. **Seeling-Modell,** das damit sein Ende findet. Der EuGH hatte mit dem Urteil C-269/00 (BStBl. II 2004, 378 – Seeling; Folgeentscheidung des BFH: V R 39/99, BStBl. II 2004, 371) entschieden, dass ein Steuerpflichtiger berechtigt ist, ein Grundstück mit Gebäude, das teilweise unternehmerisch und teilweise für den privaten Bedarf genutzt wird, insgesamt dem Unternehmen zuzuordnen. Das hatte die Berechtigung zum vollen Vorsteuerabzug aus den Anschaffungs-/Herstellungskosten zur Folge. Die private Verwendung war in diesem Fall als unentgeltliche Wertabgabe iSv § 3 Abs. 9a Nr. 1 der USt zu unterwerfen. Finanzverwaltung (BMF 10.8.2007, BStBl. I 2007, 690; vgl. auch BMF 13.4.2004, BStBl. I 2004, 468) und Gesetzgeber haben auf das Seeling-Modell reagiert und bei der Ermittlung der nach § 10 Abs. 4 S. 1 Nr. 2 bei der Versteuerung der privaten Nutzung zugrunde zu legenden Kosten nicht die ertragsteuerrechtliche AfA von idR 2% zugrunde gelegt, sondern 10%, die sich aus dem Berichtigungszeitraum des § 15a ergeben. Diese Verteilung hat der EuGH im Urteil C-72/05 (BStBl. II 2007, 32 – Wollny) bestätigt. Dennoch verbleibt dem Unternehmer ein erheblicher Liquiditätsvorteil (vgl. *Gerhards* DStZ 2010, 584; *Hiller* DStR 2005, 809; *Krumenacker* UR 2007, 473). **315**

Gemäß § 27 Abs. 16 idF des JStG 2010 (BGBl. 2010 I 1768) ist § 15 Abs. 1b nicht auf Wirtschaftsgüter anzuwenden, die aufgrund eines vor dem 1.1.2011 rechtswirksam abgeschlossenen obligatorischen Vertrages oder gleichstehenden Rechtsaktes an- **316** geschafft worden sind oder mit deren Herstellung vor dem 1.1.2011 begonnen worden ist. Als Beginn der Herstellung gilt bei Gebäuden, für die eine Baugenehmigung erforderlich ist, der Zeitpunkt, in dem der Bauantrag gestellt wird; bei baugenehmigungsfreien Gebäuden, für die Bauunterlagen einzureichen sind, der Zeitpunkt, in dem die Bauunterlagen eingereicht werden.

317–320 *einstweilen frei*

5. Der Vorsteuerausschluss nach § 15 Abs. 1b aF, in der bis 31.12.2003 geltenden Fassung

(1b) *Nur zu 50 vom Hundert abziehbar sind Vorsteuerbeträge, die auf die Anschaffung oder Herstellung, die Einfuhr, den innergemeinschaftlichen Erwerb, die Miete oder den Betrieb von Fahrzeugen im Sinne des § 1b Abs. 2 entfallen, die auch für den privaten Bedarf des Unternehmers oder für andere unternehmensfremde Zwecke verwendet werden.* ***[Abs. 1b ab 1.1.2004 weggefallen]***

321 **a) Unionsrechtliche Ermächtigungsgrundlage.** Die durch das StEntlG 1999/2000/2002 (BGBl. 1999 I 402) mit Wirkung ab 1.4.1999 in das UStG aufgenommene Regelung ist durch das StÄndG 2003 (BGBl. 2003 I 2645) mit Wirkung ab 1.1.2004 wieder aufgehoben worden. Die Bestimmung hat in der 6. EG-RL keine Grundlage gefunden, sondern ist in offenem Widerspruch zu Art. 17 Abs. 2 6. EG-RL gestanden. Nach dieser gemeinschaftsrechtlichen Bestimmung ist der Steuerpflichtige zum Vorsteuerabzug befugt, soweit die Gegenstände und Dienstleistungen für Zwecke seiner besteuerten Umsätze verwendet werden.

322 Allerdings ist der BRD vom Rat der EU am **28.2.2000** eine Ermächtigung für eine Sondermaßnahme nach Art. 27 6. EG-RL erteilt worden (ABl. 2000 L 59, 12ff.). Die Ermächtigung hat rückwirkend gegolten und endete am **31.12.2002.**

323 Das NdsFG hatte im Urteil vom 10.2.2000 (5 K 515/99, DStRE 2000, 314), also noch vor Erteilung der Ermächtigung durch den Rat der EU, entschieden, dass sich der Steuerpflichtige nicht auf die Vorsteuerbeschränkung in § 15 Abs. 1b verweisen lassen muss, sondern sich unmittelbar auf die ihm günstigere Vorschrift des Art. 17 6. EG-RL (jetzt Art. 168 MwStSystRL) berufen kann. Der BFH hat im Revisionsverfahren gegen das Urteil des NdsFG vom 10.2.2000 (5 K 515/99, DStRE 2000, 314) dem EuGH die Frage zur Vorabentscheidung vorgelegt, ob

- die vom Rat erteilte Ermächtigung ungültig ist, weil das der Ermächtigung vorangegangene Verfahren nicht den Vorgaben des Art. 27 6. EG-RL (Art. 394f MwStSystRL) entsprochen hat,
- die Entscheidung des Rates den an eine derartige Ermächtigung zu stellenden inhaltlichen Anforderungen entsprechen und sich hieraus Bedenken gegen die Gültigkeit ergeben,
- die Rückwirkung der Ermächtigung auf den 1.1.1999 gültig ist

(BFH V R 30/00, DStR 2001, 126; Az. des EuGH C-17/01, DStRE 2000, 314). Obwohl Generalanwalt Geelhoed in seinen Schlussanträgen vom 24.10.2002 und 13.3.2003 (www.curia.eu.int, C-17/01) zu dem Ergebnis gekommen ist, dass die Ermächtigung insgesamt ungültig ist, hat der EuGH im Urteil C-17/01 (UR 2004, 315 – Sudholz) nur die Rückwirkung der Ermächtigung wegen des Verstoßes gegen den Grundsatz des Vertrauensschutzes für ungültig erklärt. Im Übrigen geht der EuGH davon aus, dass die pauschale Vorsteuerbeschränkung weder gegen die Ziele noch gegen die Grundsätze 6. EG-RL (MwStSystRL) verstößt und den Verhältnismäßigkeitsgrundsatz beachtet.

Vgl. zu der Problematik im Einzelnen auch *Nieskens* UR 2004, 105 (120); *Grett* DB 2000, 639; *Lohse* IStR 2000, 232 mwN; *Grett* UR 2000, 181; *Eder/Burgmaier* BB 2001, 281; *Dziadkowski* IStR 2001, 118; *Spetzler* UVR 2001, 122; *Leonard* UVR 2001, 241; *Leonard/Szczekalla* UR 2000, 195.

b) Geltungszeit. § 15 Abs. 1b ist erstmals auf Fahrzeuge anzuwenden gewesen, 324
die nach dem 31.3.1999 angeschafft oder hergestellt, eingeführt, innergemeinschaftlich erworben oder gemietet wurden (§ 27 Abs. 5). Durch das Urteil des EuGH C-17/01 (UR 2004, 315 – Sudholz) ist klar, dass die am 4.3.2000 veröffentlichte Genehmigung des Rates vom 28.2.2000 (ABl. 2000 L 59, 12ff.) keine Rückwirkung entfaltet. Insoweit ist die Genehmigung ungültig. Dadurch wird die nationale Vorschrift des § 15 Abs. 1b zwar nicht obsolet, aber in der Zeit vom **1.4.1999 bis 3.3.2000** können sich die Steuerpflichtigen unmittelbar auf die ihnen günstigere unionsrechtliche Regelung in Art. 17 6. EG-RL berufen.

Vom 4.3.2000 bis 31.12.2002 (Art. 3 der Entscheidung des Rates vom 28.2.2000, 2000/186/EG, ABl. 2000 L 59, 13) bietet die Genehmigung des Rates die unionsrechtliche Grundlage für § 15 Abs. 1b. Die pauschale Vorsteuerbeschränkung ist in diesem Zeitraum wirksam und gilt zwingend (BFH XI R 26/08, BFH/NV 2009, 1155).

Für das **Jahr 2003,** in dem zwar keine Ermächtigung für die Regelung des § 15 Abs. 1b mehr bestanden hat, in dem sie aber dennoch in Kraft gewesen ist, kann sich der Unternehmer wiederum unmittelbar auf die für ihn günstigere Regelung in Art. 17 6. EG-RL berufen. Davon ist auch der Gesetzgeber des StÄndG 2003 ausgegangen (BR-Drs. 630/03, 86). Dem Unternehmer steht damit für das Jahr 2003 ein **Wahlrecht** zu. Beruft er sich auf Art. 17 6. EG-RL, steht ihm der Vorsteuerabzug unbegrenzt zu. Zur Mindestnutzung des § 15 Abs. 1 S. 2 vgl. → Rn. 243ff. Im Gegenzug muss er die private Nutzung als unentgeltliche Wertabgabe iSd § 3 Abs. 9a Nr. 1 der Besteuerung unterwerfen; § 3 Abs. 9a S. 2 kommt dann nicht zur Anwendung.

Übt der Unternehmer sein Wahlrecht zugunsten des § 15 Abs. 1b aus, so wird die Sache kompliziert. Zunächst einmal hat er nur den hälftigen Vorsteuerabzug, braucht aber die Privatnutzung nicht als unentgeltliche Wertabgabe zu versteuern. Die Neuregelung des § 27 Abs. 5 führt dazu, dass der Unternehmer ab 1.1.2004 die Vorsteuer aus Miet- und Leasingraten und aus dem Betrieb des Fahrzeugs in Anspruch nehmen kann.

Der deutsche Gesetzgeber hat die Regelung durch das StÄndG 2003 (BGBl. 2003 I 2645) mit Wirkung ab 1.1.2004 aufgehoben. Ab diesem Zeitpunkt besteht wieder die Möglichkeit zum unbegrenzten Vorsteuerabzug. Da auch § 3 Abs. 9a S. 2 aufgehoben worden ist, ist im Gegenzug die private Nutzung des Pkw als unentgeltliche Wertabgabe nach § 3 Abs. 9a Nr. 1 zu versteuern. Zur Frage der Wirksamkeit der nach § 15 Abs. 1 S. 2 erforderlichen 10%-igen unternehmerischen Mindestnutzung vgl. → Rn. 243ff.

c) Regelungsinhalt. aa) Die von § 15 Abs. 1b aF erfassten Rechtsgeschäfte. 325
§ 15 Abs. 1b hat die Anschaffung, die Herstellung, die Einfuhr, den innergemeinschaftlichen Erwerb, die Miete und den Betrieb von Fahrzeugen erfasst. Die sich hieraus ergebenden Vorsteuern sind bei Fahrzeugen, die auch privat oder für andere unternehmensfremde Zwecke verwendet wurden, zu 50% vom Abzug ausgeschlossen gewesen. Zur inhaltlichen Bestimmung des Fahrzeugbegriffs hat § 15 Abs. 1b auf die in § 1b Abs. 2 im Einzelnen genannten Fahrzeuge verwiesen. Parallel mit der Einschränkung des Vorsteuerabzugs war die Besteuerung der privaten Nutzung gemäß § 3 Abs. 9a entfallen.

Die Einschränkung des Vorsteuerabzugs hat sich sowohl auf den **Anschaffungs-** 326
vorgang als auch auf die **laufende Unterhaltung** des betreffenden Fahrzeugs bezogen. Die Verwaltung sah eine geringfügige unternehmensfremde Verwendung als unschädlich an. Das BMF ist dabei entsprechend UStR 122 Abs. 2 von einer Grenze von 5% ausgegangen (vgl. BMF 29.5.2000, BStBl. I 2000, 819 sowie BMF 8.6.1999, BStBl. I 1999, 581). Die Unschädlichkeitsgrenze von 5% ergab sich unmittelbar aus Abs. 2 der Ermächtigung des Rates vom 28.2.2000 (ABl. 2000 L 59, 12). Danach galt die Ermächtigung weder für Fahrzeuge, die Umlaufvermögen des StPfl darstel-

len, noch für solche Fahrzeuge, die höchstens bis zu 5% für private Zwecke genutzt wurden.

327 **bb) Die von § 15 Abs. 1b aF erfassten Fahrzeuge.** Von der Regelung nicht betroffen waren Fahrzeuge, die **ausschließlich unternehmerisch** genutzt wurden. Die Frage, ob eine private oder anderen unternehmensfremden Zwecken dienende Teilnutzung vorliegt, stellte sich insbes. bei Fahrzeugen,

- die als sog. Dienst- oder Firmenwagen Arbeitnehmern überlassen wurden (vgl. OFD Niedersachsen 22.8.2012, DStR 2012, 2388, BeckVerw 264669),
- die auch zu Fahrten des Unternehmers zwischen Wohnung und Betriebsstätte eingesetzt wurden,
- die der Beförderung von Arbeitnehmern zur Arbeitsstätte dienten.

Vgl. im Einzelnen *Wagner* in Sölch/Ringleb § 15 Rn. 559ff.

328 Die Anwendung von § 15 Abs. 1b kam ferner nur in Betracht, wenn der Unternehmer im Zeitpunkt der Anschaffung usw. eine Nutzung zu **mindestens 10% für unternehmerische Zwecke** beabsichtigt hatte. War das nicht der Fall oder konnte er diese Absicht nicht auf Grund objektiver Anhaltspunkte belegen, schied der Vorsteuerabzug gemäß § 15 Abs. 1 S. 2 in vollem Umfang aus (vgl. BMF 29.5.2000, BStBl. I 2000, 819).

329 Unbeantwortet ließ § 15 Abs. 1b die Frage, wie die Anschaffung usw. von gemischt-genutzten Fahrzeugen, die der Unternehmer nur im Umfang der unternehmerischen Nutzung seinem Unternehmen zugeordnet hatte, zu behandeln war. Seit dem Urteil des EuGH in der Rechtssache Armbrecht (EuGH C-291/92, BStBl. II 1996, 390 – Armbrecht) ist klargestellt, dass auch **einheitliche Gegenstände** nicht nur insgesamt für den unternehmerischen oder insgesamt für den nichtunternehmerischen Bereich bezogen werden können. Dieser Erkenntnis hatte sich auch die Verwaltung in UStR 192 Abs. 21 Nr. 2 Buchst. c angeschlossen. Danach sollte zwar bei beweglichen Wirtschaftsgütern regelmäßig von einer vollständigen Zuordnung zum Unternehmen auszugehen sein. Bei Fahrzeugen, deren Anschaffung usw. der Vorsteuerkürzung nach § 15 Abs. 1b unterlag, waren bei einer nur teilweisen Zuordnung zum Unternehmen nach Ansicht der Verwaltung die insoweit anteiligen Vorsteuer um 50% zu kürzen. Nutzte ein Unternehmer sein Fahrzeug nur zu 70% unternehmerisch und ordnete er es auch nur in diesem Umfang seinem Unternehmen zu, so waren die anteiligen Vorsteuer von 70% um 50% zu kürzen, so dass ein Vorsteuerabzug von 35% verblieb. Denkbar und mit der Aufteilung einheitlicher Gegenstände durch die Rechtsprechung des EuGH eher vereinbar war die Annahme, der für das Unternehmen genutzte und diesem zugeordnete Teil von 70%, diene in vollem Umfang dem Unternehmen und berechtige folglich auch in vollem Umfang (also zu 70% der gesamten Vorsteuer) zum Abzug (so *Nieskens* UR 1999, 137; vgl. zum Ganzen auch *Widmann* DB 2000, 1145; *Wagner* in Sölch/Ringleb § 15 Rn. 554ff.).

6. Vorsteuerbeschränkung für Fahrzeuglieferer iSd § 2a (§ 15 Abs. 4a)

330 Seit 1.1.1993 besteht für Fahrzeuglieferer iSv § 2a ein eingeschränkter Vorsteuerabzug gemäß § 15 Abs. 4a. Die Vorschrift beruht auf Art. 172 MwStSystRL. Sie bewirkt wegen gleichzeitiger Steuerbefreiung der Fahrzeuglieferung über § 6a Abs. 1 die Entlastung eines neuen Fahrzeugs von inländischer USt. Gleichzeitig wird jedoch die Belastung mit der USt des Bestimmungslandes erreicht (entspricht § 1b), für die der Fahrzeugerwerber einstehen muss.

331 Vorsteuerabzugsberechtigt sind nach § 15 Abs. 4a die gelegentlichen Fahrzeuglieferer iSv § 2a, nämlich der Nichtunternehmer oder der Unternehmer, der nicht im Rahmen seines Unternehmens leistet; ebenfalls diejenigen Unternehmer, die sich für die besonderen Besteuerungsformen der §§ 23, 23a und 24 entschieden haben.

Auch für Kleinunternehmer nach § 19 besteht auf Grund der Ausnahmeregelung in § 19 Abs. 4 der Vorsteuerabzug in Zusammenhang mit Fahrzeuglieferungen.

Voraussetzung für den Vorsteuerabzug ist, dass eine Lieferungen eines neuen Fahrzeugs iSv § 1b Abs. 2 im Inland erfolgt und die Lieferungen in das übrige Unionsgebiet gelangt. Der Vorsteuerabzug ist durch § 15 Abs. 4a Nr. 1 beschränkt. Er besteht nur hinsichtlich der auf den Kauf, die Einfuhr oder den innergemeinschaftlichen Erwerb des neuen Fahrzeugs entfallenden USt. Ein weiterer Vorsteuerabzug, etwa aus Nebenkosten der Anschaffung oder Treibstoffbezug, scheidet aus. **332**

Wird das Fahrzeug unter den Anschaffungskosten weiterveräußert, ist nach § 15 Abs. 4a Nr. 2 der Vorsteuerabzug auf den Betrag begrenzt, der sich bei steuerpflichtiger Inlandslieferung als USt ergeben würde. **333**

Der Zeitpunkt des Vorsteuerabzugs ist in § 15 Abs. 4 Nr. 3 geregelt. Er kann erst **im Zeitpunkt der Weiterlieferung** des neuen Fahrzeugs in Anspruch genommen werden. Gegenüber dem FA ist der Fahrzeuglieferer zur Abgabe einer Voranmeldung für den Kalendermonat der Lieferungen verpflichtet (§ 18 Abs. 4a). Mit der zum 1.7.2010 in Kraft getretenen FzgLiefgMeldV (abgedruckt bei § 18c) hat der BMF von der Ermächtigung des § 18c Gebrauch gemacht. Die FzgLiefgMeldV verpflichtet nunmehr alle Unternehmer und Fahrzeuglieferer nach § 2a, für Lieferungen neuer Fahrzeuge an Abnehmer ohne USt-IdNr. eine Fahrzeug-Einzelmeldung beim BZSt abzugeben (zu Einzelheiten vgl. → § 18c Rn. 2ff. und → § 2a Rn. 13). **334**

7. Vorsteuerbeschränkung für nicht im Unionsgebiet ansässige Unternehmer (§ 15 Abs. 4b)

§ 15 Abs. 4b ist durch das StÄndG 2001 vom 20.12.2001 (BGBl. 2001 I 3794) in das UStG aufgenommen worden. Soweit an nicht im Unionsgebiet ansässige Unternehmer Umsätze ausgeführt werden, für die diese Steuerschuldner nach § 13b Abs. 2 sind, haben sie die für Vorleistungen in Rechnung gestellte Steuer im allgemeinen Besteuerungsverfahren und nicht im **Vorsteuervergütungsverfahren** geltend zu machen. Die Vorschrift stellt sicher, dass für die nicht im Unionsgebiet ansässigen Unternehmer, soweit sie keine inländischen Umsätze bewirken, die im Vorsteuervergütungsverfahren geltenden Beschränkungen und Ausschlüsse auch im allgemeinen Besteuerungsverfahren Anwendung finden. **335**

VIII. Besteuerung nach Durchschnittssätzen (§§ 23, 23a, 24)

Vorsteuer, die von einem Unternehmer in Rechnung gestellt werden, der seinerseits seine Vorsteuer nach Durchschnittssätzen gemäß §§ 23, 23a ermittelt, sind vom Rechnungsempfänger wie Vorsteuer anderer Unternehmer abziehbar. **336**

Wird dem Rechnungsempfänger von einem nach § 24 pauschaliert versteuernden Landwirt gemäß § 24 Abs. 1 S. 5 und 6 USt in Rechnung gestellt, so ist nur der Durchschnittssatz, nicht aber der nach § 15 mögliche oder sonst in Rechnung gestellte Satz als Vorsteuer iSd § 9b Abs. 1 EStG zu behandeln (vgl. § 24 Abs. 1 S. 8). **337**

Der Steuerpflichtige, der seine Vorsteuer nach Durchschnittssätzen gemäß §§ 23, 23a, 24 ermittelt, kann gleichwohl die ihm in Rechnung gestellte Vorsteuer im Rahmen des § 9b Abs. 1 EStG uneingeschränkt als BA abziehen. Die §§ 23ff. schränken das Recht auf Vorsteuerabzug nicht ein, sie vereinfachen nur die Ermittlung des Gesamt-Vorsteuerbetrags. **338**

einstweilen frei **339–354**

IX. Die Aufteilung von Vorsteuerbeträgen (§ 15 Abs. 4)

1. Allgemeines

355 § 15 Abs. 4 betrifft die Aufteilung von Vorsteuern, die auf Eingangsbezügen beruhen, die für steuerbare steuerpflichtige und für steuerbare steuerfreie Umsätze verwendet worden sind. Davon zu unterscheiden ist die Frage, wie die Aufteilung zu erfolgen hat, wenn Eingangsbezüge für eine nichtwirtschaftliche, also nichtunternehmerische Tätigkeit verwendet werden (vgl. → Rn. 19ff.). Die Vorsteuer auf derartige Aufwendungen berechtigt nicht zum Vorsteuerabzug. Die Regelungen in Art. 173–175 MwStSystRL bieten hierfür keine Aufteilungsmaßstäbe, weil sie die Aufteilung von Besteuerungsbeträgen im Zusammenhang mit wirtschaftlichen (steuerfreien oder steuerpflichtigen) Tätigkeiten betreffen. Die Aufteilung der Vorsteuerbeträge zwischen wirtschaftlichen und nichtwirtschaftlichen Tätigkeiten steht im Ermessen der Mitgliedstaaten. Sie können einen Investitionsschlüssel, einen Umsatzschlüssel oder jeden anderen Schlüssel anwenden, der den Grundsatz der steuerlichen Neutralität beachtet und den wirtschaftlichen Realitäten Rechnung trägt (EuGH C-437/06, UR 2008, 344 – Securenta). Durch den durch das JStG 2010 (BGBl. 2010 I 1768) eingefügten § 15 Abs. 4 S. 4 ist klargestellt, dass bei der Aufteilung von Vorsteuerbeträgen für Zwecke des § 15 Abs. 1b die Grundsätze des § 15 Abs. 4 gelten.

356 Unter dem Gesichtspunkt der Vorsteueraufteilung nach § 15 Abs. 4 ist zu unterscheiden zwischen
- Vorsteuer, die in voller Höhe abziehbar sind, weil sie ausschließlich Umsätzen zuzurechnen sind, die zum Vorsteuerabzug berechtigen,
- Vorsteuer, die in voller Höhe vom Abzug ausgeschlossen sind, weil sie ausschließlich Umsätzen zuzurechnen sind, die nicht zum Vorsteuerabzug berechtigen und
- Vorsteuer, die sowohl mit Umsätzen, die zum Vorsteuerabzug berechtigen, als auch mit Umsätzen, die den Vorsteuerabzug ausschließen, in wirtschaftlichem Zusammenhang stehen.

Einer Vorsteueraufteilung zugänglich sind nur die zuletzt genannten Leistungsbezüge, die der Unternehmer sowohl zur Ausführung steuerpflichtiger oder steuerfreier Umsätze mit Vorsteuerabzug (§ 15 Abs. 3) als auch zur Ausführung steuerfreier Umsätze ohne Vorsteuerabzug (§ 15 Abs. 2) verwendet **(gemischte Verwendung).** Die bezogene Leistung kann dabei im Besteuerungszeitraum des Vorsteuerabzugs entweder gleichzeitig oder zeitlich aufeinander folgend zur Ausführung von Umsätzen mit und ohne Berechtigung zum Vorsteuerabzug verwendet werden. Einer Vorsteueraufteilung nicht zugänglich ist die gemischte Nutzung eines Gebäudes durch steuerfreie Vermietung und Nutzung für private Wohnzwecke, weil hierbei überhaupt keine Verwendung für besteuerte Umsätze erfolgt (BFH XI R 21/08, BFH/NV 2009, 1154).

Der Begriff der „wirtschaftlichen Zurechnung" iSv § 15 Abs. 4 S. 1 ist richtlinienkonform auszulegen. Dementsprechend ist bei **richtlinienkonformer Auslegung** als „sachgerecht" iSd § 15 Abs. 4 S. 2 ein den Vorgaben des Art. 173 MwStSystRL entsprechendes Aufteilungsverfahren anzuerkennen, das objektiv nachprüfbar nach einheitlicher Methode die beiden „Nutzungsteile" eines gemischt verwendeten Gegenstandes oder einer sonstigen Leistung den damit ausgeführten steuerfreien und steuerpflichtigen Umsätzen zurechnet (BFH V R 36/10, DStR 2011, 2095; V R 1/01, BStBl. II 2002, 833; V R 16/03, BStBl. II 2005, 503; XI R 4/10, DStR 2013, 2334).

357 Die Regelung über das Aufteilungsverfahren betrifft den Besteuerungszeitraum, in den der Vorsteuerabzug fällt. Das Recht zum Vorsteuerabzug entsteht gemäß Art. 167 MwStSystRL in dem Zeitpunkt, in dem der Anspruch auf die abziehbare Steuer entsteht, was nach Art. 63 MwStSystRL mit Bewirken der Lieferungen oder Dienstleis-

tung der Fall ist. Spiegelbildlich aus Sicht des Leistungsempfängers handelt es sich idR um den Zeitpunkt des Leistungsbezugs. Aus dem Grundsatz des Sofortabzugs der Vorsteuer folgt, dass das Recht zum Vorsteuerabzug sogleich nach seiner Entstehung ausgeübt werden kann. Sind noch nicht alle Tatbestandsmerkmale der Vorsteuerberechtigung verwirklicht, müssen sie nach mittlerweile gefestigter Rechtsprechung des EuGH auf der Grundlage der durch objektive Anhaltspunkte erkennbaren Absicht des Steuerpflichtigen im Zeitpunkt des Leistungsbezugs beurteilt werden (EuGH C-396/98, UR 2000, 336 – Grundstücksgemeinschaft Schloßstraße; C-400/98, UR 2000, 330 – Breitsohl; C-110/98, UR 2000, 208 – Gabalfrisa; C-62/93, UR 1995, 404 – BP Soupergaz; BFH V R 38/00, BFH/NV 2001, 1513; V R 24/98, DStR 2001, 700; V R 77/96, DStR 2001, 785; vgl. auch → Rn. 292).

Häufig wird der Besteuerungszeitraum, in dem die Leistung bezogen wird und der **358** Vorsteuerabzug entsteht, einhergehen mit dem der erstmaligen Verwendung. Maßgebend ist dabei die Verwendung während des gesamten Besteuerungszeitraums. Das gilt sowohl bei einer gleichzeitigen Verwendung des Wirtschaftsguts für zum Vorsteuerabzug berechtigende und nicht zum Vorsteuerabzug berechtigende Umsätze als auch bei einer späteren, aber noch innerhalb des Besteuerungszeitraums der erstmaligen Verwendung liegenden Änderung des Verwendungszwecks. Die tatsächliche erstmalige Verwendung muss aber keineswegs sogleich im Besteuerungszeitraum des Leistungsbezugs erfolgen. Insbesondere bei Immobilien ist das oft nicht der Fall. Der Grundsatz des Sofortabzugs der Vorsteuer gebietet es, auch in diesem Fall abschließend über die Entstehung des Vorsteuerabzugs zu entscheiden. Ändern sich in einem späteren Besteuerungszeitraum die Verhältnisse, die für den Vorsteuerabzug maßgebend gewesen sind, so kommt eine Vorsteueraufteilung nicht in Betracht. Eine Berichtigung kann insoweit nur über § 15a erfolgen.

Zu unterscheiden ist zwischen der Verwendung eines Gegenstandes selbst und der **359** Verwendung von Gegenständen und Dienstleistungen zur Erhaltung oder zum Gebrauch des Gegenstands zB für seine Nutzung und Wartung. Für den Vorsteuerabzug aus den Anschaffungs- und Herstellungskosten solcher Gegenstände (auch aus deren nachträglichen Anschaffungs- oder Herstellungskosten) gilt die Vorsteuerberichtigungsregelung des § 15a. Für die Erhaltungsaufwendungen an diesen Wirtschaftsgütern greift § 15a nicht ein. Vorsteuerbeträge auf derartige Erhaltungsaufwendungen sind nach Maßgabe der Besonderheiten der Verwendung sofort abziehbar. Betreffen zB die Erhaltungsaufwendungen nur den zur steuerfreien Vermietung vorgesehenen Wohnteil, scheidet der Vorsteuerabzug in vollem Umfang aus (BFH V R 43/03, BStBl. II 2007, 417).

Bei Anschaffung oder Herstellung eines Gegenstandes als solchem sind die Vor- **360** steuerbeträge auf die Aufwendungen für den Gegenstand abziehbar, soweit der Gegenstand für Zwecke besteuerter Umsätze verwendet wird. Wird zB ein Gebäude angeschafft oder hergestellt, das gemischt für steuerfreie und steuerpflichtige Umsätze verwendet werden soll, kann nicht darauf abgestellt werden, welche Aufwendungen in bestimmte Teile des Gebäudes eingehen. Die Zurechnung der Vorsteuerbeträge ist weder nach einem sog. **Investitionsschlüssel** (vgl. BFH V R 16/03, BStBl. II 2005, 503) noch nach einer räumlichen Anbindung zulässig. Maßgebend ist die **prozentuale Aufteilung** der Verwendung des **gesamten Gebäudes** zu steuerfreien und steuerpflichtigen Umsätzen. Daraus folgt regelmäßig eine Ermittlung der nicht abziehbaren Vorsteuerbeträge im Wege einer sachgerechten Schätzung. Sachgerechte Aufteilungsmaßstäbe können der **Umsatzschlüssel** oder der **Flächenschlüssel** sein (BFH V R 43/03, BStBl. II 2007, 417). FA und FG können dabei nachprüfen, ob die Schätzung sachgerecht ist (BFH XI R 17/09, MwStR 2013, 51; BFH V B 200/04, BFH/NV 2005, 1641; XI B 60/08, BFH/NV 2009, 431; XI R 82/07, BStBl. II 2010, 247).

Hat der Steuerpflichtige in einer Steuererklärung für das Kalenderjahr des Leistungsbezugs einen sachgerechten Maßstab für die Aufteilung von Vorsteuern gewählt und wird diese als Steuerfestsetzung formell **bestandskräftig,** ist er sowohl für das Erstjahr als auch für die Folgejahre an diese Wahl **gebunden** (BFH V R 13/08, BFH/NV 2010, 960; V R 35/06, BFH/NV 2008, 628; V R 49/05, BStBl. II 2006, 729; V R 43/03, BStBl. II 2007, 417).

2. Rechtsentwicklung

361 In § 15 Abs. 3 UStG 1967/1973 war als **Regelaufteilungsmethode** ein **Umsatzschlüssel** in Gestalt eines Pro-rata-Satzes nach dem Verhältnis der zum Vorsteuerabzug berechtigenden zu den nicht zum Vorsteuerabzug berechtigenden Umsätzen vorgesehen (vgl. zur Rechtsentwicklung im Einzelnen *Heuermann* UR 2014, 505; *Wäger* UR 2014, 724; *Heidner* UR 2002, 193).

362 Das UStG 1980 behandelte in § 15 Abs. 4 als Regelaufteilungsmethode bereits das Prinzip der wirtschaftlichen Zurechnung. § 15 Abs. 5 UStG 1980 ließ daneben eine **gemischte Aufteilungsmethode** aus wirtschaftlicher Zurechnung und Umsatzschlüssel zu.

363 Nach dem Fortfall von § 15 Abs. 5–7 UStG 1980 durch das WoBauG vom 22. 12. 1989 (BGBl. 1989 I 2408) hat § 15 Abs. 4 seit 1. 1. 1990 als alleinige Aufteilungsmethode die **wirtschaftliche Zurechnung** der Eingangsumsätze zu Ausgangsumsätzen, die den Vorsteuerabzug ermöglichen oder solchen, die ihn ausschließen, vorgesehen.

Der durch das StÄndG 2003 (BGBl. 2003 I 2645) angefügte § 15 Abs. 4 S. 3 schreibt nunmehr ausdrücklich vor, dass ein **Umsatzschlüssel** nur zulässig ist, wenn keine andere **wirtschaftliche Zurechnung** möglich ist. Der Gesetzgeber hat damit auf die neuere Rechtsprechung des BFH zur Vorsteueraufteilung bei Grundstücken reagiert (zur amtl. Begründung siehe BT-Drs. 15/1562, zu Art. 4 Nr. 2, zu Nr. 18, zu Buchst. d; vgl. auch → Rn. 393 ff.).

3. Unionsrechtliche Grundlage

364 § 15 Abs. 4 korrespondiert mit der unionsrechtlichen Regelung in Art. 173 ff MwStSystRL. Vgl. BFH V R 36/10, DStR 2011, 2095; V R 1/01, BStBl. II 2002, 833; V R 16/03, BStBl. II 2005, 503. Soweit Gegenstände oder Dienstleistungen von einem Steuerpflichtigen sowohl für Umsätze verwendet werden, für die ein Recht auf Vorsteuerabzug besteht, als auch für Umsätze, für die dieses Recht nicht besteht, ist der Vorsteuerabzug nach Art. 173 MwStSystRL nur für den Teil der MwSt zulässig, der auf den Betrag der erstgenannten Umsätze entfällt. Dieser Pro-rata-Satz wird nach Art. 173 ff MwStSystRL für die Gesamtheit der vom Steuerpflichtigen bewirkten Umsätze auf der Grundlage eines Umsatzschlüssels festgelegt **(Gesamtumsatzschlüssel).** Aus der Fassung der Richtlinie wird die Diskrepanz zur Regelung in § 15 Abs. 4 deutlich. Während § 15 Abs. 4 die Aufteilung nach einer **wirtschaftlichen Zurechnung** der Eingangsumsätze zu den unterschiedlichen Ausgangsumsätzen vornimmt, stellt das Unionsrecht auf den früher auch im deutschen UStG verankerten **Umsatzschlüssel** ab.

365 Allerdings eröffnet Art. 173 Abs. 2 Buchst. c MwStSystRL den Mitgliedstaaten die Möglichkeit, dem Steuerpflichtigen zu **gestatten** oder ihn zu **verpflichten,** den Abzug je nach der Zuordnung der Gesamtheit oder eines Teils der Gegenstände oder Dienstleistungen vorzunehmen. Damit ist das Prinzip der wirtschaftlichen Zuordnung auch EU-rechtlich abgesichert. Dabei fällt auf, dass § 15 Abs. 4 von **Zurechnung,** Art. 173 Abs. 2 Buchst. c MwStSystRL demgegenüber von **Zuordnung** spricht. Zu dieser begrifflichen Abweichung vgl. *Lohse* Die Zuordnung im Mehrwertsteuersystem, 1999, 15.

366 Mit Urteil C-437/06 (DStR 2008, 762 – **Securenta**) hat der EuGH entschieden, dass der Vorsteuerabzug nur zulässig ist, soweit die Aufwendungen der wirtschaft-

lichen Tätigkeit des Steuerpflichtigen zuzurechnen ist. Vorsteuer, die dem nichtwirtschaftlichen Bereich zuzurechnen sind, berechtigten nicht zum Vorsteuerabzug. Die Kriterien für die Aufteilung zwischen dem wirtschaftlichen und nichtwirtschaftlichen Bereich stehen dabei im Ermessen der Mitgliedstaaten.

Eine Gesellschaft, deren Hauptniederlassung in einem Mitgliedstaat ansässig ist, **367**
darf für die Bestimmung des für sie geltenden Pro-rata-Satzes des Vorsteuerabzugs weder den Umsatz, den ihre in anderen Mitgliedstaaten noch den Umsatz, den ihre in Drittstaaten ansässigen Zweigniederlassungen erzielt haben, berücksichtigen (EuGH C-388/11, HFR 2013, 961 – LCL).

4. Das Prinzip der wirtschaftlichen Zurechnung

a) Regelungsinhalt. Die wirtschaftliche Zurechnung ist vom Grundsatz her eine **368**
Einzelzurechnung. Für jeden einzelnen Leistungsbezug, sei es eine Lieferung, sei es eine sonstige Leistung, muss die wirtschaftliche Zurechnung zu bestimmten Ausgangsumsätzen erfolgen. Das ergibt sich unionsrechtlich daraus, dass das in Art. 167, 168 MwStSystRL vorgesehene Recht auf Vorsteuerabzug nur entsteht, wenn die bezogenen Gegenstände oder Dienstleistungen **direkt und unmittelbar** mit Ausgangsumsätzen, die das Recht zum Vorsteuerabzug eröffnen, zusammenhängen (EuGH C-29/08, DStR 2009, 2311 – SKF; C-16/00, UR 2001, 500 – Cibo Participations; C-408/98, UR 2001, 164 – Abbey National; C-98/98, UR 2000, 342 – Midland Bank). Werden durch Leistungsbezüge die Kostenelemente einzelner Ausgangsumsätze nicht unmittelbar belastet, so gehören solche Leistungsbezüge zur wirtschaftlichen Gesamttätigkeit des Steuerpflichtigen. Für diese Leistungsbezüge kommt es zur Vorsteueraufteilung, wenn der Steuerpflichtige nicht nur zum Vorsteuerabzug berechtigende, sondern auch diesen ausschließende Umsätze ausführt (EuGH C-16/00, UR 2001, 500 – Cibo Participation; C-408/98, UR 2001, 164 – Abbey National mit zahlreichen Nachweisen aus der Rechtsprechung des EuGH). Auch die Übertragungskosten bei einer **Geschäftsveräußerung im Ganzen** gehören zu den allgemeinen Kosten des Übertragenden und müssen ggf. im Verhältnis der von ihm ausgeführten Umsätze aufgeteilt werden (vgl. → § 1 Rn. 135).

Voraussetzung für eine Aufteilung von Vorsteuerbeträgen ist dabei die grundsätz- **369**
liche Berechtigung zum Vorsteuerabzug hinsichtlich des betreffenden Leistungsbezugs. Dh die Tatbestandsvoraussetzungen des § 15 Abs. 1 müssen in vollem Umfang erfüllt sein; ist das nicht gewährleistet, stellt sich die Frage der Vorsteueraufteilung nicht.

Als weiterer logisch vorgeschalteter Schritt ist die Frage nach dem Vorsteueraus- **370**
schluss (§ 15 Abs. 1 S. 2; § 15 Abs. 1a und Abs. 1b; § 15 Abs. 2, Abs. 3) zu beantworten. Lässt sich der Leistungsbezug ausschließlich Umsätzen zurechnen, die zum Vorsteuerabzug berechtigen, kommt eine Vorsteueraufteilung nicht in Betracht. Das entspricht der Rechtsprechung des EuGH. Danach kann ein Steuerpflichtiger, der sowohl zum Vorsteuerabzug berechtigende als auch diesen ausschließende Umsätze tätigt, die MwSt aus Eingangsleistungen abziehen, sofern diese Leistungen mit den zum Vorsteuerabzug berechtigenden Ausgangsumsätzen des Steuerpflichtigen **direkt und unmittelbar** zusammenhängen (EuGH C-98/98, UR 2000, 342 – Midland Bank). Dasselbe gilt für Gemeinkosten, die für einen **klar abgegrenzten** Teil der wirtschaftlichen Tätigkeit eines Steuerpflichtigen entstehen, wenn sämtliche Umsätze dieses Teilbereichs der MwSt unterliegen (EuGH C-408/98, UR 2001, 164 – Abbey National; vgl. zum Ganzen auch *Wagner* UVR 2000, 348; *Wagner* UVR 2001, 232; *Birkenfeld* UStB 2001, 309).

Ebenso wenig kommt eine Vorsteueraufteilung in Betracht bei der ausschließ- **371**
lichen Zurechnung der Eingangsleistungen zu Umsätzen, die den Vorsteuerabzug ausschließen. Für eine Vorsteueraufteilung kommen daher nur Leistungsbezüge in Betracht, die unter wirtschaftlichen Zurechnungsgesichtspunkten Eingang sowohl in

zum Vorsteuerabzug berechtigende als auch in diesen ausschließende Umsätze gefunden haben (BFH V R 82/91, BStBl. II 1994, 271; V R 70/87, BStBl. II 1992, 755).

372 **b) Schätzung.** Letztlich beruht die Aufteilung auf einer Schätzung. Dieser Erkenntnis hat sich auch der Gesetzgeber nicht verschlossen, indem er in § 15 Abs. 4 S. 2 dem Unternehmer die Möglichkeit einräumt, die nicht abziehbaren Teilbeträge im Wege einer sachgerechten Schätzung zu ermitteln. Dabei ist es Sache des Unternehmers, welche Schätzungsmethode er wählt (BFH V S 24/00, UR 2001, 450; vgl. auch BFH V R 50/97, BStBl. II 1998, 525; V R 101/96, BStBl. II 1998, 492). Das FA kann lediglich nachprüfen, ob die Schätzung sachgerecht ist. Als Unterlagen für die Aufteilung können betriebliche Kostenrechnungen, Betriebsabrechnungsbögen, Kostenträgerrechnungen, Aufwands- und Ertragsrechnungen usw. herangezogen werden.

Hat der Steuerpflichtige in einer Steuererklärung für das Kalenderjahr des Leistungsbezugs einen sachgerechten Maßstab für die Aufteilung von Vorsteuern gewählt und wird diese als Steuerfestsetzung formell **bestandskräftig,** ist er sowohl für das Erstjahr als auch für die Folgejahre an diese Wahl **gebunden** (BFH V R 13/08, BFH/NV 2010, 960; V R 35/06, BFH/NV 2008, 628; V R 49/05, BStBl. II 2006, 729; V R 43/03, BStBl. II 2007, 417).

373 **c) Zeitpunkt der wirtschaftlichen Zurechnung.** Die Regelung über das Aufteilungsverfahren betr. den Besteuerungszeitraum, in den der Vorsteuerabzug fällt. Das ist gemäß Art. 167 MwStSystRL der Zeitpunkt, in dem der Anspruch auf die abziehbare Steuer entsteht. Das wiederum ist der Zeitpunkt der Ausführung des Umsatzes; spiegelbildlich aus Sicht des Leistungsempfängers ist es idR der **Zeitpunkt des Leistungsbezugs.** Das charakterisiert den Grundsatz des **Sofortabzugs** der Vorsteuer (vgl. → Rn. 176, 357).

374 Meist wird dieser Besteuerungszeitraum einhergehen mit dem der erstmaligen Verwendung. Maßgebend ist dabei die Verwendung während des gesamten Besteuerungszeitraums. Das gilt sowohl bei einer **gleichzeitigen** Verwendung des Wirtschaftsguts für zum Vorsteuerabzug berechtigende und nichtberechtigende Umsätze als auch bei einer **späteren,** aber noch innerhalb des Besteuerungszeitraums der erstmaligen Verwendung liegenden Änderung des Verwendungszwecks.

375 Die tatsächliche erstmalige Verwendung muss aber keineswegs sogleich im Besteuerungszeitraum des Leistungsbezugs erfolgen. Insbesondere bei Immobilien ist das häufig nicht der Fall. Der Grundsatz des Sofortabzugs der Vorsteuer gebietet es, auch in diesem Fall abschließend über die Entstehung des Vorsteuerabzugs zu entscheiden. Es entspricht inzwischen gefestigter Rechtsprechung des EuGH, die im Zeitpunkt der Entstehung des Vorsteueranspruchs noch nicht verwirklichten Tatbestandsmerkmale nach der **Absicht** des Steuerpflichtigen **im Zeitpunkt des Leistungsbezugs** zu beurteilen (EuGH C-396/98, UR 2000, 336 – Schloßstraße; C-400/98, UR 2000, 330 – Breitsohl; C-110/98 bis C-147/98, UR 2000, 208 – Gabalfrisa; C-62/92, UR 1995, 404 – BP Soupergaz; BFH V R 24/98, UR 2001, 214).

376 Ändern sich in einem späteren Besteuerungszeitraum die Verhältnisse, die für den Vorsteuerabzug maßgebend waren, so ist für die Berichtigung § 15 a maßgebend.

5. Unterschiedliche Ansätze im Unionsrecht und im UStG

377 Das Unionsrecht und das deutsche UStG regeln die Aufteilung von Vorsteuerbeträgen unterschiedlich. Die deutlichste Diskrepanz besteht darin, dass Art. 173 ff. MwStSystRL als Regelaufteilungsmethode von einem Pro-rata-Satz **(Umsatzschlüssel)** ausgeht, und die in § 15 Abs. 4 vorgesehene wirtschaftliche Zurechnung nur als eine von mehreren den Mitgliedstaaten eröffneten Optionsmöglichkeiten behandelt.

Darüber hinaus regelt Art. 173 Abs. 1 MwStSystRL positiv den **abziehbaren** Teilbetrag der Vorsteuer, während § 15 Abs. 4 negativ den **nicht abziehbaren** Vorsteuerteilbetrag definiert. Dieser unterschiedliche Ansatz kann auch zu sachlichen Unterschieden führen, zB bei der Beurteilung der Abzugsfähigkeit von Vorsteuer, die im Zusammenhang mit nicht steuerbaren Ausgangsleistungen stehen (vgl. EuGH C-408/98, UR 2001, 164 – Abbey National; *Birkenfeld* UStB 2001, 309). **378**

Eine bemerkenswerte Variante hat durch den durch das StÄndG 2003 (BGBl. 2003 I 2645) eingefügten § 15 Abs. 4 S. 3 Eingang in das deutsche UStRecht gefunden. Die Regelung lässt zwar den Umsatzschlüssel als Aufteilungsmaßstab zu, brandmarkt ihn aber zugleich als schlechteste aller denkbaren Aufteilungsmethoden, die nur dann Anwendung finden darf, wenn keine andere wirtschaftliche Zurechnung möglich ist. Der Gesetzgeber hat mit dieser Neuregelung auf die neuere Rechtsprechung des BFH zur Vorsteueraufteilung bei Grundstücken reagiert (zur amtl. Begründung siehe BT-Drs. 15/1562, zu Art. 4 Nr. 2, zu Nr. 18, zu Buchst. d; vgl. auch → Rn. 393 ff.).

einstweilen frei **379–384**

6. Richtlinienkonforme Aufteilung von Vorsteuerbeträgen

a) Allgemeines. Aus der grds. unterschiedlichen Regelung der Aufteilung von Vorsteuerbeträgen im deutschen und im Unionsrecht ergeben sich die bereits aus anderen Bereichen bekannten Probleme. Es wäre wünschenswert gewesen, wenn der deutsche Gesetzgeber die Reform des § 15 durch das StÄndG 2003 (BGBl. 2003 I 2645) genutzt hätte, um auch die Regelung über die Vorsteueraufteilung in § 15 Abs. 4 dem Unionsrecht anzupassen. Der in das Gesetz eingefügte § 15 Abs. 4 S. 3 hat zur Lösung der Probleme nicht beitragen können, sondern zu weiteren Auslegungsfragen geführt (zu unionsrechtlichen Zweifeln vgl. *Schuck/Frenzel* UR 2004, 180). **385**

Auf Vorlage des BFH (V R 19/09, DStR 2010, 2237) hat der EuGH entschieden, dass Art. 17 Abs. 5 UAbs. 3 es den Mitgliedstaaten erlaubt, zum Zweck der Berechnung des Pro-rata-Satzes für den Abzug der Vorsteuern aus einem **bestimmten Umsatz** vorrangig einen anderen Aufteilungsschlüssel als den in Art. 19 Abs. 1 der 6. EG-RL vorgesehenen Umsatzschlüssel vorzuschreiben, vorausgesetzt, die herangezogene Methode gewährleistet eine **präzisere Bestimmung** dieses Pro-rata-Satzes (EuGH C-511/10, DStR 2012, 2333 – **BLC**-Baumarkt). Der EuGH hat den nationalen Gerichten damit eigentlich alle Freiheiten gelassen, denn weder der „bestimmte Umsatz" noch die „präzisere Bestimmung" sind autonome unionsrechtliche Begriffe. Diese Freiheit wird bestätigt durch das EuGH-Urteil C-388/11, HFR 2013, 961 – LCL. Danach ist es „… Sache der Steuerbehörden jedes Mitgliedstaates, die Methode für die Berechnung des Rechts auf Vorsteuerabzug festzulegen, wozu sie durch Art. 17 Abs. 5 UAbs. 3 der Sechsten Richtlinie ermächtigt sind, der ihnen erlaubt, für jeden Tätigkeitsbereich einen besonderen Pro-Rata-Satz, einen Vorsteuerabzug nach der Gesamtheit oder eines Teils der Gegenstände und Dienstleistungen zu einer bestimmten Tätigkeit oder unter bestimmten Voraussetzungen sogar den Ausschluss des Rechts auf Vorsteuerabzug vorzusehen" (→ Rn. 31). Noch einmal bestätigt hat der Gerichtshof diese Auffassung im Urteil C-183/13, MwStR 2014, 508 – Banco Mais. **386**

Das letzte Wort ist in Sachen Vorsteueraufteilung aber noch nicht gesprochen. Im Gegenteil: Der BFH hat in der Folgeentscheidung v. 22.8.2013 (V R 19/09, DStR 2013, 2757) zum EuGH-Urteil C-511/10, DStR 2012, 2333 – BLC zunächst entschieden, dass § 15 Abs. 4 S. 1 insoweit unionsrechtskonform ist, als die darin vorgesehene Aufteilung von Vorsteuerbeträgen im Wege einer teleologischen Reduktion nur für nach § 15a berichtigungspflichtige Vorsteuerbeträge gilt. Diese kreative Verknüpfung von § 15 Abs. 4 und § 15a ist auf Kritik gestoßen (vgl. *Heuermann* UR 2014, 505; *Grune* AktStR 14, 137; *Heuermann* DStR 2013, 2762; *Raab* MwStR **387**

2014, 70; *Filtzinger* UR 2014, 293; *Kessler/Haller* DStR 2014, 553). Im Urteil v. 7.5.2014 – V R 1/10 (BFHE 245, 416) ist der V. Senat zurückgerudert, hält an dieser teleologischen Reduktion nicht mehr fest und stellt die Auslegung des § 15 Abs. 4 auf ein ganz neues Fundament:

388 Der V. Senat geht nunmehr davon aus, dass § 15 Abs. 4 S. 1 vollumfänglich richtlinienkonform ist, weil die Regelung den Teil der jeweiligen nicht abziehbaren Vorsteuerbeträge den zum Ausschluss vom Vorsteuerabzug führenden Umsätzen wirtschaftlich zurechnet, aber offen lässt, auf welche Art und Weise diese wirtschaftliche Zurechnung erfolgen soll. Deshalb ist auch die Vorsteueraufteilung nach den Gesamtumsätzen des Unternehmens gemäß Art. 173 Abs. 1 MwStSystRL (Art. 17 Abs. 5 UAbs. 1 und 2 iVm Art. 19 Abs. 1 der 6. EG-RL – **Gesamtumsatzschlüssel** –) als Methode wirtschaftlicher Zurechnung iSv § 15 Abs. 4 S. 1 anzusehen. Da der EuGH in der Entscheidung BLC davon ausgeht, dass die Mitgliedstaaten von dem in der RL vorgesehenen Gesamtumsatzschlüssel abweichen dürfen, wenn in **bestimmten Fällen** die Möglichkeit besteht, durch eine andere Aufteilungsmethode zu **präziseren Ergebnissen** zu gelangen, ergänzt der BFH in richtlinienkonformer Auslegung § 15 Abs. 4 S. 3 um das Merkmal „präziser". Es ist folglich nicht entscheidend, ob eine andere wirtschaftliche Zurechnung möglich ist, sondern ob eine andere präzisere Zurechnung möglich ist. Erst wenn dies der Fall ist, kann von dem allgemeinen (Gesamt-)Umsatzschlüssel abgewichen werden.

389 Wann eine präzisere Zurechnung möglich ist, beantwortet der BFH nicht. Dies ist auch letztlich eine Entscheidung des Einzelfalles, die den nationalen Gerichten obliegt; und das ist wohl auch das Ergebnis, auf das die EuGH-Urteile C-511/10, DStR 2012, 2333 – BLC-Baumarkt; C-388/11, HFR 2013, 961 – LCL; C-183/13, MwStR 2014, 508 – Banco Mais hinauslaufen sollten. Immerhin kann man der Entscheidung des BFH entnehmen, dass bei Umsätzen aus der Vermietung von **Gebäuden** der **Flächenschlüssel** als im Regelfall präzisere mögliche Zurechnung die Umsatzschlüssel ausschließt, und zwar sowohl den gesamtunternehmensbezogenen als auch den objektbezogenen. Das gilt allerdings dann nicht, wenn die Ausstattung der Räumlichkeiten, die verschiedenen Zwecken dienen (zB wegen der Höhe der Räume, der Dicke der Wände und Decken oder in Bezug auf die Innenausstattung) **erhebliche Unterschiede** aufweist.

390 In diesem Fall ist ein **objektbezogener Umsatzschlüssel** präziser als ein Gesamtumsatzschlüssel, wenn ein direkter und unmittelbarer Zusammenhang zu den Ausgangsumsätzen durch Verwendung (Nutzung) des Gebäudes besteht (zB durch Vermietung) besteht. Der **Gesamtumsatzschlüssel** kommt demgegenüber zum Tragen, wenn es um die Verwendung des Gebäudes für Umsätze des gesamten Unternehmens (wie zB bei einem Verwaltungsgebäude, vgl. dazu UStAE 15.17. Abs. 3 S. 4 iVm Abs. 1 S. 2 Nr. 3) geht.

391 Das ist eine nachvollziehbare Systematik, die im Regelfall zu vernünftigen Lösungen führen dürfte und die Entscheidung letztlich in die Hand der nationalen Gerichte legt. Der XI. Senat des BFH hat diese Lösung aber durch seinen Vorlagebeschluss v. 5.6.2014 (XI R 31/09, BFHE 245, 447; Az. des EuGH C-332/14, BFH/NV 2016, 1245) wieder in Frage gestellt, indem er ua anfragt, ob „... bei der Anschaffung oder Errichtung eines gemischt genutzten Gebäudes Eingangsleistungen, deren Bemessungsgrundlage zu den Anschaffungs- oder Herstellungskosten gehören, zur präziseren Bestimmung der abziehbaren Vorsteuerbeträge zunächst den (steuerpflichtigen oder steuerfreien) Verwendungsumsätzen des Gebäudes zugeordnet und lediglich die danach verbliebenen Vorsteuern nach einem Flächen- oder Umsatzschlüssel aufgeteilt werden (müssen)". Die Frage zielt darauf ab, ob auf die frühere Rspr., wonach Gebäude für Zwecke der Vorsteueraufteilung nicht als einheitliche Aufteilungsobjekte angesehen wurden (zB BFH V R 70/87, BStBl. II 1992, 755; V R 1/01, BStBl. II 2002, 833), zurückgekehrt werden muss und ist vom EuGH im Urteil C-332/14

(DStR 2016, 1370 – Wolfgang und Dr. Wilfried Rey Grundstücksgemeinschaft GbR) beantwortet worden (vgl. → Rn. 392a).

Die Schätzung zum Zwecke der Vorsteueraufteilung kann bei richtlinienkonformer Auslegung des § 15 Abs. 4 S. 2 durch Anwendung der in Art. 173ff. MwStSystRL vorgesehenen Regelaufteilungsmethode, also durch Anwendung eines Umsatzschlüssels erfolgen. Andernfalls käme man zu dem unionsrechtlich kaum vertretbaren Ergebnis, dass der durch die MwStSystRL vorgegebene Regelaufteilungsmaßstab nach nationalem Recht als nicht sachgerecht behandelt werden kann. Daneben steht es dem Unternehmer frei, die Vorsteueraufteilung auf der Grundlage der wirtschaftlichen Zurechnung vorzunehmen, weil Art. 173 Abs. 2 Buchst. c MwStSystRL den Mitgliedstaaten die Möglichkeit dieser Aufteilungsmethode ermöglicht und das UStG hiervon in § 15 Abs. 4 S. 1 Gebrauch gemacht hat (vgl. auch → Rn. 394). **392**

In diesem Sinn hat der EuGH die Frage im Urteil vom 9.6.2016 (C-332/14, BFH/NV 2016, 1245 – Wolfgang und Dr. Wilfried **Rey Grundstücksgemeinschaft GbR;** Folgeentscheidung des BFH XI R 31/09, BFHE 254, 461) beantwortet: Grundsätzlich müssen die auf der Eingangsstufe erworbenen Gegenstände und Dienstleistungen zunächst den verschiedenen Ausgangsumsätzen, zu deren Ausführung sie bestimmt waren, zugeordnet werden (C-332/14, BFH/NV 2016, 1245 – Wolfgang und Dr. Wilfried Rey Grundstücksgemeinschaft GbR, Rn. 26). Allerdings können die Mitgliedstaaten den Steuerpflichtigen gestatten, von der Zuordnung dieser Gegenstände und Dienstleistungen unabhängig von deren Verwendung abzusehen, wenn diese Gegenstände und Dienstleistungen die **Anschaffung** oder die **Errichtung** eines gemischt genutzten **Gebäudes** betreffen und die Zuordnung in der Praxis **zu komplex** und somit **schwer durchführbar** ist (Rn. 27f. des Urteils). Bei der Zuordnung der für die **Nutzung, Erhaltung oder Unterhaltung** eines gemischt genutzten Gebäudes erworbenen Gegenstände und Dienstleistungen zu den unter Verwendung dieses Gebäudes ausgeführten verschiedenen Ausgangsumsätzen geht der EuGH dabei davon aus, dass die Zuordnung in der Praxis regelmäßig leicht durchzuführen und damit eine Zuordnung unverzichtbar ist (Rn. 29 des Urteils). Die Prüfung, ob das im Einzelfall so ist, obliegt aber den nationalen Gerichten. Vereinfacht kann deshalb gesagt werden, dass grds. Anschaffungskosten den einzelnen Ausgangsumsätzen zugeordnet werden müssen. Da das für einzelne Gebäudeteile aber kaum möglich und damit nach der Diktion des EuGH zu komplex und somit schwer durchführbar ist, bleibt es im Regelfall dabei, dass die Anschaffungskosten aufzuteilen sind. **392a**

Als **Aufteilungsmaßstab,** der bei der Aufteilung der nicht zuordnungsfähigen Leistungsbezüge anzulegen ist, ist ein Pro-rata-Satz, der für die **Gesamtheit der** vom Steuerpflichtigen bewirkten **Umsätze** unter Anwendung des **Umsatzschlüssels** festgelegt wird. Die Mitgliedstaaten können aber eine andere Berechnungsmethode anwenden, wenn diese eine **präzisere** Bestimmung des Pro-rata-Satzes des Vorsteuerabzugs als die Bestimmung anhand des Umsatzschlüssels gewährleistet, auch wenn die gewählte Methode nicht zwingend die genauestmögliche sein muss. **392b**

b) Die Vorsteueraufteilung bei Gebäuden. Bei gemischt genutzten Gebäuden beschränkt sich die Aufteilung nach § 15 Abs. 4 nicht auf tatsächlich gemischt genutzte Gebäudeteile (Treppenhaus, Dach, Fernwärmeanschluss). Vielmehr ist vorgreiflich zu entscheiden, ob es sich bei den Umbaumaßnahmen um **Erhaltungsaufwand** am Gebäude oder um **anschaffungsnahen Aufwand** zur Gebäudeanschaffung handelt oder ob insgesamt die **Herstellung** eines neuen Gebäudes anzunehmen ist (BFH V R 9/08, BStBl. II 2010, 651; V R 13/08, BFH/NV 2010, 960; XI R 53/07, DStR 2008, 2262). **393**

Bei **Herstellungskosten** und anschaffungsnahem Aufwand ist für den Vorsteuerabzug unter Berücksichtigung von § 15 Abs. 4 auf die Verwendungsverhältnisse des gesamten Gebäudes abzustellen. Bei diesen Grundsätzen kann es auch auf der Grundlage des EuGH-Urteils C-332/14 (BFH/NV 2016, 1245 – Wolfgang und Dr. Wilfried **Rey Grundstücksgemeinschaft GbR;** Folgeentscheidung des BFH XI R 31/09, BFHE 254, 461) bleiben. Grundsätzlich sind auch Herstellungskosten und anschaffungsnaher Aufwand zunächst bestimmten Ausgangsumsätzen zuzuordnen. Da dies aber in der Regel schwer durchführbar sein dürfte, wird in der Regel eine Aufteilung vorzunehmen sein (vgl. Rn. 392a f.).

Der Umfang der abziehbaren Vorsteuerbeträge auf **Erhaltungsaufwendungen** an dem Gebäude kann sich danach richten, für welchen Nutzungsbereich des gemischt genutzten Gebäudes die Aufwendungen vorgenommen werden (BFH V R 43/03, BStBl. II 2007, 417; V R 43/06, BStBl. II 2008, 770). Das BMF wendet die Grundsätze der Rechtsprechung nunmehr zwar im Wesentlichen an (BMF 30.9.2008, BStBl. I 2008, 896). Nicht nachzuvollziehen ist die eher beiläufige Äußerung im BMF-Schreiben, dass als sachgerechter Aufteilungsmaßstab in der Regel nur ein Flächenschlüssel in Betracht komme und ein Umsatzschlüssel nur dann angewandt werden könne, wenn keine andere wirtschaftliche Zurechnung möglich sei. Diese Ansicht ist vor dem Hintergrund der im Folgenden dargestellten Rechtsentwicklung unverständlich.

Vorsteuerbeträge, die den Gegenstand selbst (Gebäude) oder die Erhaltung, Nutzung oder Gebrauch des Gegenstands betreffen, sind gesondert zu beurteilen. Handelt es sich insgesamt um Aufwendungen für das Gebäude selbst, kommt nur eine Aufteilung der gesamten Vorsteuerbeträge nach einem sachgerechten Aufteilungsmaßstab in Betracht (§ 15 Abs. 4). Dieser kann ein Flächenschlüssel oder ein Umsatzschlüssel sein.

394 Die Aufteilung der Vorsteuer aus Leistungsbezügen für Mietobjekte ist früher nach dem **Flächenverhältnis** zwischen den steuerfreien und den steuerpflichtig vermieteten Gebäudeteilen erfolgt (BFH V R 70/87, BStBl. II 1992, 755; V R 141/83, UR 1988, 284). Von dem Flächenschlüssel ist nur dann abgewichen worden, wenn die Ausstattung der unterschiedlich genutzten Gebäudeteile erheblich voneinander abwich, wenn also zB der steuerpflichtig vermietete Teil nachvollziehbar einen erheblich höheren Bauaufwand erforderte (vgl. BFH V S 11/85, BFH/NV 1987, 536; X R 8/80, UR 1989, 61).

An dieser Beurteilung waren Zweifel aufgekommen und einige FG hatten die Aufteilung der Vorsteuer nach dem Verhältnis der steuerpflichtigen zu den steuerfreien Umsätzen zugelassen (zB ThürFG II 375/98, EFG 2001, 533; FG Münster 15 K 1865/98 U, EFG 2001, 113; 15 K 1004/00 U, EFG 2001, 1575). Der BFH hatte es im Urteil V R 50/97 (BStBl. II 1998, 525) als nicht zu beanstanden angesehen, wenn der Unternehmer die nicht abziehbaren Vorsteuer-Teilbeträge nach dem Verhältnis ermittelt, das sich aus den **Kaufpreisanteilen** für die unterschiedlich genutzten Flächen ergibt. In einem ADV-Verfahren war der BFH noch deutlicher geworden und hatte es als ernstlich zweifelhaft bezeichnet, ob die im Zusammenhang mit der Herstellung eines teilweise zur Ausführung steuerpflichtiger, teilweise zur Ausführung steuerfreier Vermietungsumsätze verwendeten Gebäudes angefallenen Vorsteuerbeträge sachgerecht regelmäßig nur im Verhältnis der den verschiedenen Zwecken dienenden Nutzflächen aufgeteilt werden können oder ob als eine von mehreren sachgerechten Aufteilungsmethoden auch das Verhältnis der kalkulierten bzw. tatsächlich erzielten Mieteinnahmen in Betracht zu ziehen ist (BFH V S 24/00, UR 2001, 450).

395 Endgültiger Wendepunkt dieser Entwicklung in der Rechtsprechung ist das Urteil des BFH V R 1/01 (BFH/NV 2001, 1685) gewesen. Der BFH ist darin zu dem Ergebnis gekommen, dass sich die Beschränkung auf den Flächenschlüssel jedenfalls auf der Grundlage des § 15 Abs. 4 aF unionsrechtlich nicht aufrechterhalten lässt, weil Art. 173 ff. MwStSystRL (Art. 17 Abs. 5, Art. 19 6. EG-RL) den Umsatzschlüssel als Regelaufteilungsmethode kodifiziert hat. Der BFH hat daher entschieden, dass eine richtlinienkonforme Auslegung von § 15 Abs. 4 aF dazu führen muss, ein den Vorgaben der Art. 173 ff. MwStSystRL (Art. 17 Abs. 5, Art. 19 6. EG-RL) entsprechendes Aufteilungsverfahren anzuerkennen. Ein solches Verfahren muss **objektiv nachprüfbar** sein und nach **einheitlicher Methode** vorgehen. Sind diese Voraussetzungen erfüllt, kann das Aufteilungsverfahren die beiden „Nutzungsteile" eines gemischt verwendeten Gegenstandes bzw. einer sonstigen Leistung den damit ausgeführten steuerfreien und steuerpflichtigen Umsätzen zurechnen (BFH V R 1/01, BFH/NV 2001, 1685). Der BFH macht dabei deutlich, dass es für die zulässige Aufteilungsmethode nicht darauf ankommt, ob der Unternehmer den Gegenstand **angeschafft** oder selbst **hergestellt** hat. An seiner Entscheidung V R 70/87 (BStBl. II 1992, 755) hält der BFH ausdrücklich nicht mehr fest. Auf den ersten Blick überrascht die Entscheidung des BFH weil Art. 173 Abs. 2 Buchst. c MwStSystRL (Art. 17 Abs. 5 UAbs. 3 Buchst. c 6. EG-RL), den Mitgliedstaaten die Option eröffnet, den Steuerpflichtigen zu verpflichten, den Vorsteuerabzug je nach der Zuordnung der Gesamtheit oder eines Teils der Gegenstände oder Dienstleistungen vorzunehmen. Eine auf wirtschaftliche Zuordnungsgesichtspunkte beschränkte nationale Regelung der Vorsteueraufteilung ist danach grundsätzlich möglich. Eine solche eindeutige gesetzliche Regelung hat mit § 15 Abs. 4 aF aber nicht vorgelegen. Durch die in § 15 Abs. 4 S. 2 zugelassene sachgerechte Schätzung der nicht abziehbaren Vorsteuerteilbeträge hat der Gesetzgeber die ausschließliche Aufteilung auf der Grundlage einer wirtschaftlichen Zurechnung relativiert. Deshalb hat der BFH § 15 Abs. 4 zu Recht richtlinienkonform dahin gehend ausgelegt, dass als sachgerechte Schätzung auch ein den Vorgaben der Art. 173 ff. MwStSystRL (Art. 17 6. EG-RL) entsprechenden Aufteilungsverfahren anzuerkennen ist (vgl. zu dieser Problematik auch *Heidner* UR 2002, 193; aA *Lübke/Georgy* UR 2003, 265).

Die FVerw hatte demgegenüber an dem Flächenschlüssel als Aufteilungsmaßstab **396**
durchgängig festgehalten (UStR 2000 und 2005 208 Abs. 2 Satz 8 und 11 sowie UStR 208 Abs. 2 Satz 15; OFD Kiel 27.10.1998, DStR 1999, 323; OFD Koblenz 22.1.1999, UR 1999, 345; Koblenz 6.8.2002, DStR 2002, 1531) und hinsichtlich des Urteils des BFH V R 1/01 (BFH/NV 2001, 1685) einen Nichtanwendungserlass verfügt (BMF 19.11.2002, BStBl. I 2002, 1368, aufgehoben durch BMF 24.11.2004, BStBl. I 2004, 1125, BeckVerw 60087). Der BFH hat gleichwohl an seiner Beurteilung in mehreren Entscheidungen festgehalten (BFH XI R 53/07, BFH/NV 2009, 228; V R 1/01, BStBl. II 2002, 833; V B 170/02, BFH/NV 2004, 234; V B 156/02 nv). Zu den teilweise unterschiedlichen Ergebnissen des Umsatzschlüssels und der wirtschaftlichen Zurechnung vgl. *Birkenfeld* UStB 2001, 309 (313 ff.)

Diese Rechtslage hat der Gesetzgeber zum Anlass genommen, mit dem StÄndG 2003 (BGBl. 2003 I 2645) § 15 Abs. 4 S. 3 in das UStG einzufügen (zur amtl. Begründung siehe BT-Drs. 15/1562, zu Art. 4 Nr. 2, zu Nr. 18 Buchst. d). Ob die damit beabsichtigte Klärung tatsächlich gelungen ist, erscheint zweifelhaft (zu unionsrechtlichen Zweifeln vgl. *Schuck/Frenzel* UR 2004, 180). Mit BMF-Schreiben vom 24.11.2004 (UR 2005, 48) hat die FVerw den Nichtanwendungserlass vom 19.11.2002 (BStBl. I 2002, 1368) aufgehoben und wendet nunmehr für Zeiträume vor dem 1.1.2004 die Rechtsprechung des BFH an. Ausführliche Anmerkungen zum BMF-Schreiben vom 24.11.2004 finden sich bei *von Streit,* UR 2006, 254. Der BFH hat dem EuGH die Frage der Vereinbarkeit des § 15 Abs. 4 S. 3 mit dem EU-Recht zur Vorabentscheidung vorgelegt (BFH V R 19/09, DStR 2010, 1412). Der EuGH hat inzwischen entschieden, dass Art. 17 Abs. 5 UAbs. 3 es den Mitgliedstaaten erlaubt, zum Zweck der Berechnung des Pro-rata-Satzes für den Abzug der Vorsteuern aus einem bestimmten Umsatz vorrangig einen anderen Aufteilungsschlüssel als den in Art. 19 Abs. 1 der 6. EG-RL vorgesehenen Umsatzschlüssel vorzuschreiben, vorausgesetzt, die herangezogene Methode gewährleistet eine präzisere Bestimmung dieses Pro-rata-Satzes (EuGH C-511/10, DStR 2012, 2333 – BLC-Baumarkt).

Diese Beurteilung entspricht zumindest im Ergebnis dem Unionsrecht (EuGH- **396a**
Urteil C-332/14 (BFH/NV 2016, 1245 – Wolfgang und Dr. Wilfried **Rey Grund-**

stücksgemeinschaft GbR; Folgeentscheidung des BFH XI R 31/09, BFHE 254, 461). Danach ist als **Aufteilungsmaßstab,** der bei der Aufteilung der nicht zuordnungsfähigen Leistungsbezüge anzulegen ist, ein Pro-rata-Satz anzuwenden, der für die **Gesamtheit der** vom Steuerpflichtigen bewirkten **Umsätze** unter Anwendung des **Umsatzschlüssels** festgelegt wird. Die Mitgliedstaaten können aber eine andere Berechnungsmethode anwenden, wenn diese eine **präzisere** Bestimmung des Pro-rata-Satzes des Vorsteuerabzugs als die Bestimmung anhand des Umsatzschlüssels gewährleistet, auch wenn die gewählte Methode nicht zwingend die genauestmögliche sein muss. Vereinfacht formuliert gilt damit: Grundsätzlich gilt der (Gesamt-)Umsatzschlüssel, es sei denn, ein anderer Aufteilungsmaßstab ist präziser.

Vgl. zur **neueren Entwicklung** in der Rspr. → Rn. 386–392b.

397 **c) Einzelfälle.** Eine Vorsteueraufteilung nach einem Flächenschlüssel ist nicht sachgerecht, wenn der Unternehmer einzelne Standflächen einer Spielhalle teilweise für den Betrieb ustpflichtiger und teilweise für den Betrieb ustfreier Spielgeräte verwendet (BFH XI R 4/10, DStR 2013, 2334; V R 36/10, DStR 2011, 2095). Dient ein Insolvenzverfahren sowohl der Befriedigung von Verbindlichkeiten des zum Vorsteuerabzug berechtigten Unternehmers wie auch der Befriedigung von Privatverbindlichkeiten des Unternehmers, ist der Unternehmer aus der Leistung des Insolvenzverwalters nur im Verhältnis der unternehmerischen zu den privaten Verbindlichkeiten, die im Insolvenzverfahren jeweils als Insolvenzforderungen geltend gemacht werden, zum anteiligen Vorsteuerabzug berechtigt (BFH V R 44/14, DStR 2015, 1239).

398–400 *einstweilen frei*

7. Aufteilungserleichterungen

401 **a) Aufteilungserleichterungen nach § 43 UStDV.** Die Regelung in § 43 UStDV beruht auf der Ermächtigung in § 15 Abs. 5 Nr. 3 und lässt Erleichterungen bei der Aufteilung von Vorsteuer in solchen Fällen zu, in denen bestimmte steuerfreie Umsätze bewirkt werden. Dabei handelt es sich im um

- Umsätze von Geldforderungen, denen zum Vorsteuerabzug berechtigende Umsätze des Unternehmers zugrunde liegen,
- Umsätze von Wechseln unter bestimmten Voraussetzungen,
- Lieferungen von gesetzlichen Zahlungsmitteln und im Inland gültigen amtlichen Wertzeichen sowie Einlagen bei Kreditinstituten, wenn diese Umsätze als Hilfsumsätze anzusehen sind.

Hier kann auf eine Aufteilung verzichtet werden, weil die in Betracht kommenden Beträge im Allg. so niedrig sind, dass sich eine Aufteilung nicht lohnt bzw. mit einem unverhältnismäßig großen Arbeitsaufwand verbunden wäre. Die Vorsteuern können dann voll abgezogen werden, wenn sie nicht **ausschließlich** den bezeichneten Umsätzen zuzuordnen sind. Vorsteuern, die ausschließlich den bezeichneten steuerfreien Finanzumsätzen zuzurechnen sind, bleiben dagegen vom Vorsteuerabzug ausgeschlossen. Zu Einzelheiten vgl. UStAE 15.18.

402 **b) Aufteilung bei Verwaltungsgemeinkosten.** Nach UStAE 15.18 können Vorsteuerbeträge, die sich auf Verwaltungsgemeinkosten (Büromaterial oÄ) beziehen, nach einem einheitlichen Verhältnis, ggf. schätzungsweise aufgeteilt werden, auch wenn einzelne Vorsteuerbeträge dieses Bereichs an sich bestimmten Umsätzen ausschließlich zuzurechnen wären. Als einheitlicher Aufteilungsmaßstab bietet sich der Umsatzschlüssel an.

403, 404 *einstweilen frei*

8. Aufzeichnungspflichten und Verfahren

Die Aufteilung von Vorsteuern ist bereits im **Voranmeldungsverfahren** zu beachten und nicht erst bei der Jahreserklärung. Dabei gelten die allgemeinen Grundsätze des § 18 Abs. 1, wonach der Unternehmer die USt für den Voranmeldungszeitraum selbst zu berechnen hat (sa § 16 Abs. 2, wonach bei der Berechnung der USt auch die abziehbaren Vorsteuerbeträge abzusetzen sind). Nicht zulässig ist der Abzug der vollen Vorsteuer im Voranmeldungsverfahren mit nachfolgender Vorsteueraufteilung in der Jahressteuererklärung. **405**

Aus dem Grundsatz des Sofortabzugs der USt (vgl. → Rn. 176, 357, 401) folgt, dass der Unternehmer den anteiligen Vorsteueranspruch auch dann bereits im Voranmeldungszeitraum des Leistungsbezugs geltend machen kann, wenn die tatsächliche erstmalige Verwendung erst später erfolgt. Die Vorsteueraufteilung erfolgt in diesem Fall auf der Grundlage des **beabsichtigten Verwendungszwecks** (EuGH C-400/98, UR 2000, 329 – Breitsohl). Die beabsichtigte Verwendung muss sich anhand objektiver Anhaltspunkte überprüfen lassen; außerdem muss der Unternehmer gutgläubig hinsichtlich des beabsichtigten Verwendungszwecks gewesen sein. Sind diese Voraussetzungen erfüllt, kommt eine spätere Korrektur nicht mehr für den Voranmeldungszeitraum des Leistungsbezugs sondern nur im Rahmen des § 15a in Betracht. **406**

Die Aufzeichnungspflichten gem. § 22 Abs. 1 bzw. Abs. 3 sind auch bei der Aufteilung von Vorsteuerbeträgen zu beachten (→ Rn. 356ff. sowie → § 22 Rn. 25–37). **407**

einstweilen frei **408–420**

X. Besondere Vorsteuerabzugsverfahren/Erleichterungen beim Vorsteuerabzug

1. Vorsteuerabzug im Vergütungsverfahren (§ 18 Abs. 9 UStG, §§ 59ff. UStDV)

Die auf der Verordnungsermächtigung in § 18 Abs. 9 beruhenden Regelungen in §§ 59ff. UStDV sehen für **im Ausland ansässige** Unternehmer ein besonderes Verfahren für die Vergütung von Vorsteuer vor, wenn der Unternehmer im Vergütungszeitraum **421**

- im Inland keine oder nur steuerfreie Umsätze iSd § 4 Nr. 3 (grenzüberschreitende Beförderungen) ausgeführt hat,
- nur Umsätze ausgeführt hat, für die der Leistungsempfänger die Steuer schuldet (§ 13b) oder die der Beförderungseinzelbesteuerung (§§ 16 Abs. 5, 18 Abs. 5) unterlegen haben,
- im Inland nur innergemeinschaftliche Erwerbe und daran anschließende Lieferungen iSd § 25b Abs. 2 ausgeführt hat oder
- im Inland als Steuerschuldner nur Umsätze iSd § 3a Abs. 3a erbracht hat und von dem Wahlrecht nach § 18 Abs. 4c Gebrauch gemacht hat oder diese Umsätze in einem anderen Mitgliedstaat erklärt sowie die darauf entfallende Steuer entrichtet hat.

Das Vergütungsverfahren ist sehr formal. Der Antrag ist nach einem amtlichen Muster abzugeben und muss wenn kein amtlicher Vordruck verwendet wird dem amtlichen Vordruck in allen Einzelheiten entsprechen. Fehlen in dem nicht amtlichen Vordruck Angaben, die der amtliche Vordruck vorsieht, und erklärt sich der Antragsteller innerhalb der Antragsfrist nicht zu solchen Angaben, ist der Antrag abzulehnen (BFH V R 9/14, DStRE 2015, 1444). Zum Vergütungsverfahren im Einzelnen vgl. → § 18 Rn. 36ff.

422 Soweit an nicht im Unionsgebiet ansässige Unternehmer Umsätze ausgeführt werden, für die sie **Steuerschuldner** nach § 13b Abs. 2 sind, haben sie die für Vorleistungen in Rechnung gestellte Steuer im allgemeinen Besteuerungsverfahren und nicht im Vorsteuervergütungsverfahren geltend zu machen. Zur Regelung in § 15 Abs. 4b vgl. → Rn. 335.

2. Beförderungseinzelbesteuerung (§ 16 Abs. 5)

423 Die Beförderungseinzelbesteuerung betrifft im Ausland ansässige Unternehmer, die **im Inland keine** oder nur die in § 59 UStDV genannten **Umsätze** ausgeführt haben. Hat der Unternehmer andere Umsätze ausgeführt, so ist der Vorsteuerabzug im allgemeinen Besteuerungsverfahren in Anspruch zu nehmen.

424 § 16 Abs. 5 betrifft die Beförderung von Personen im Gelegenheitsverkehr mit Kraftomnibussen, die nicht im Inland zugelassen sind. In diesen Fällen wird die Steuer nicht in dem von § 16 Abs. 1 vorgesehenen Verfahren, sondern für jeden einzelnen steuerpflichtigen Umsatz durch die zuständige Zolldienststelle berechnet. Gemäß § 16 Abs. 5 S. 4 iVm § 16 Abs. 2 können bei dieser Beförderungseinzelbesteuerung Vorsteuern nicht unmittelbar von der USt abgesetzt werden (vgl. zum Ganzen § 59 UStDV).

3. Vorsteuerabzug bei allgemeinen Durchschnittssätzen (§ 23)

425 § 23 Abs. 1 Nr. 1 beinhaltet eine Ermächtigung für das BMF, zur Vereinfachung des Besteuerungsverfahrens für Gruppen von Unternehmern, bei denen hinsichtlich der Besteuerungsgrundlagen annähernd gleiche Verhältnisse vorliegen, unter bestimmten weiteren Voraussetzungen Durchschnittssätze für die nach § 15 abziehbaren Vorsteuerbeträge oder die Grundlagen ihrer Berechnung festzusetzen.

426 Das BMF hat in §§ 69, 70 UStDV sowie in der hierzu erlassenen Anlage von der Ermächtigung Gebrauch gemacht. Von den Durchschnittssätzen können nur Unternehmer Gebrauch machen, deren Umsätze im vorangegangenen Kalenderjahr 61.356 EUR nicht überstiegen haben (§ 69 Abs. 3 UStDV).

427 § 70 Abs. 1 UStDV sieht die sog. **Vollpauschalierung** für alle Vorsteuern vor. In Abschn. A der Anlage zu §§ 69, 70 UStDV sind die einzelnen Gewerbezweige aus Handwerk und Einzelhandel sowie sonstige Gewerbebetriebe mit dem jeweiligen auf den Umsatz bezogenen Prozentsatz, der als Vorsteuerabzug pauschal abgezogen werden kann, aufgeführt. Bei Inanspruchnahme der Vollpauschalierung ist gemäß § 70 Abs. 1 S. 2 UStDV ein **weiterer Vorsteuerabzug ausgeschlossen.**

428 § 70 Abs. 2 UStDV ermöglicht daneben eine sog. **Teilpauschalierung.** Diese wird Architekten, Hausbandwebern, Patentanwälten, Rechtsanwälten und Notaren, Schornsteinfegern sowie Wirtschaftsprüfern, vereidigten Buchprüfern, Steuerberatern und Steuerbevollmächtigten eingeräumt. Bei der Teilpauschalierung können die Vorsteuern aus den in § 70 Abs. 2 UStDV genannten Leistungsbezügen nach dem allgemeinen Verfahren abgezogen werden. Die übrigen Vorsteuern (im Wesentlichen solche aus **Gemeinkosten**) können nach den in Abschn. B der Anl. zu §§ 69, 70 UStDV genannten Sätzen geltend gemacht werden.

4. Vorsteuerdurchschnittssätze nach § 23a

429 § 23a sieht für Körperschaften, Personenvereinigungen und Vermögensmassen iSd § 5 Abs. 1 Nr. 9 KStG (gemeinnützigen, mildtätigen oder kirchlichen Zwecken dienende Gebilde) unter bestimmten weiteren Voraussetzungen eine pauschale Vorsteuer iHv 7% des steuerpflichtigen Umsatzes mit Ausnahme der Einfuhr und des innergemeinschaftlichen Erwerbs vor. Der pauschale Vorsteuersatz entspricht dem

ermäßigten Steuersatz nach § 12 Abs. 2, dem die genannten Gebilde idR unterliegen. Damit entsteht letztlich **keine Steuerzahllast.**

Der Durchschnittssatz kann nur beansprucht werden, wenn der steuerpflichtige Umsatz mit Ausnahme der Einfuhr und des innergemeinschaftlichen Erwerbs im vorangegangenen Kalenderjahr **35.000 EUR** nicht überstiegen hat. Durch das Gesetz zur weiteren Stärkung des bürgerschaftlichen Engagements vom 10.10.2007 (BGBl. 2007 I 2332) wurde der Betrag mWv 1.1.2008 angehoben. **430**

5. Durchschnittssatzbesteuerung für land- und forstwirtschaftliche Betriebe (§ 24)

Der Vorsteuerabzug bei land- und forstwirtschaftlichen Betrieben (§ 24) ist in § 24 für solche Unternehmer gesondert geregelt, die unter diese Bestimmung fallen. Optiert ein solcher Unternehmer gemäß § 24 Abs. 4 für die Regelbesteuerung, so gelten für ihn die allgemeinen Vorschriften des Gesetzes. **431**

Die Besteuerung land- und forstwirtschaftlicher Betriebe nach Durchschnittssätzen erfolgt gem. § 24 Abs. 1 nach **besonderen Steuersätzen.** Bei Steuerbeträgen, die für die in § 24 Abs. 1 bezeichneten Umsätze gesondert ausgewiesen wurden, steht dem Leistungsempfänger der Vorsteuerabzug nur bis zur Höhe der für den maßgeblichen Umsatz geschuldeten Steuer zu (§ 24 Abs. 1 S. 3 und 4). **432**

Bei nur **teilweiser Verwendung** eines einheitlichen Gegenstandes in einem land- und forstwirtschaftlichen Betrieb ist die Vorsteuer aus dem Erwerb im Verhältnis der Verwendung aufzuteilen (BFH V R 79/91, BStBl. II 1994, 339). Unterhält ein Unternehmer neben einem gewerblichen Landhandel einen landwirtschaftlichen Betrieb, so ist beim Bezug teilbarer Leistungen (zB Futter- und Düngemittel) die Aufteilung der Vorsteuerbeträge in dem Verhältnis vorzunehmen, in dem die Teilmengen der einzelnen Leistungsbezüge je einem Unternehmensbereich zuzuordnen sind. Dies gilt auch dann, wenn die für den landwirtschaftlichen Unternehmensteil angeschaffte Warenmenge relativ gering ist. **433**

Wechselt der Unternehmer von der Durchschnittssatzbesteuerung zur Regelbesteuerung oder von der Regelbesteuerung zur Durchschnittssatzbesteuerung, so kommt es für den Vorsteuerabzug darauf an, welche Besteuerungsform im Zeitpunkt des Leistungsbezugs angewandt worden ist (vgl. BFH V R 87/72, BStBl. II 1980, 279). **434**

6. Vorsteuer bei Reisevorleistungen (§ 25 Abs. 4)

Gemäß § 25 Abs. 4 sind Unternehmer, die Reiseleistungen ausführen, nicht berechtigt, die ihnen für die Reisevorleistungen gesondert in Rechnung gestellten Steuerbeträge als Vorsteuer abzuziehen. Die Regelung beruht darauf, dass bei der Ermittlung der Bemessungsgrundlage nach § 25 Abs. 3 die Reisevorleistungen abgezogen werden (vgl. → § 25 Rn. 11). **435**

7. Vorsteuer bei Kleinbeträgen (§§ 33, 35 UStDV)

Abweichend vom Grundsatz, dass die USt auf Rechnungen immer gesondert ausgewiesen sein muss, regelt § 33 UStDV, dass bei Rechnungen über Kleinbeträge auf dieses Erfordernis verzichtet werden kann. Rechnungen idS sind solche, deren Gesamtbetrag **150 EUR** nicht übersteigt. Die Kleinbetragsrechnung muss dann aber neben dem Gesamtentgelt (Entgelt + Steuerbetrag) den **Steuersatz** enthalten, damit dem Empfänger eine Herausrechnung des Vorsteuerbetrages möglich wird. Außerdem verlangt § 33 UStDV, dass auch bei Kleinbetragsrechnungen der Name und die Anschrift des leistenden Unternehmers sowie die Menge und die handelsübliche Bezeichnung des Gegenstandes der Lieferungen oder die Art und der Umfang der sons- **436** tigen Leistung ersichtlich sein müssen. **Kassenbons,** die lediglich einen Entgeltsbetrag und einen Steuersatz enthalten, genügen daher nicht. Liegen dem Unternehmer sog. Kleinbetragsrechnungen vor, so kann er die Vorsteuer selbst nach folgenden Hundertsätzen aus dem Bruttobetrag herausrechnen:

– beim Steuersatz von 19% mit 15,97%
– beim Steuersatz von 7% mit 6,54%

(im Einzelnen siehe → § 12 Allg. Rn. 11). Es genügt nicht, wenn es auf einer Kleinbetragsrechnung heißt: „Der Endbetrag enthält den halben (bzw. vollen) **Steuersatz**". Es muss der genaue Prozentsatz angegeben werden. Im Übrigen können Kleinbetragsrechnungen bis zu einem Gesamtbetrag von 150 EUR für die Berechnung des Steuerbetrages innerhalb eines Voranmeldungszeitraums zusammengefasst werden, soweit derselbe Steuersatz anzuwenden ist (UStAE 15.4).

437 Die Erleichterungen für Kleinbetragsrechnungen gelten gemäß des durch das StÄndG 2001 vom 20.12.2001 (BGBl. 2001 I 3794) eingefügten § 33 S. 3 UStDV nicht für die Fälle der **Steuerschuldnerschaft** iSv § 13b und damit nicht für den Vorsteuerabzug nach § 15 Abs. 1 S. 1 Nr. 4.

8. Vorsteuer bei Fahrausweisen (§§ 34, 35 UStDV)

438 Nach §§ 34, 35 UStDV gelten auch Fahrausweise, die für die Beförderung von Personen ausgegeben werden, als Rechnungen, wenn bestimmte Voraussetzungen erfüllt sind. Sie müssen den Namen und die Anschrift des Unternehmers, der die Beförderung ausführt, enthalten; Entgelt und Steuerbetrag können in einer Summe aufgeführt sein. Es muss dann aber der Steuersatz aufgedruckt sein, wenn die Beförderungsleistung nicht dem ermäßigten Steuersatz nach den Bestimmungen des § 12 Abs. 2 Nr. 10 unterliegt (siehe dort). Bei **Fahrausweisen der Bundesbahn** und der nicht bundeseigenen Eisenbahnen genügt es, wenn anstelle des Steuersatzes die Tarifentfernung angegeben wird (damit die „Begünstigungsgrenze" von 50 km gemäß § 12 Abs. 2 Nr. 10 festgestellt werden kann). Vgl. auch UStAE 15.5 Abs. 3.

439 Bei **Fahrausweisen für eine grenzüberschreitende Beförderung im Personenverkehr** muss noch eine Bescheinigung des Beförderungsunternehmers oder seines Beauftragten darüber vorliegen, welcher Anteil des Beförderungspreises auf die Strecke im Inland entfällt. Auch in dieser Bescheinigung muss der Steuersatz angegeben werden, der auf den auf das Inland entfallenden Teil der Beförderungsleistung anzuwenden ist. Die Erleichterungen bzgl. Fahrausweisen gelten für **Belege im Reisegepäckverkehr** entsprechend (UStAE 15.5 Abs. 6). Auch aus Fahrausweisen kann der Vorsteuerbetrag nach § 35 UStDV vom Unternehmer selbst herausgerechnet werden, indem er den Fahrpreis in Entgelt und Steuer aufteilt. Dabei kommt der Steuersatz von 19% (Multiplikator 15,97) in Frage, wenn im Fahrausweis dieser Satz oder eine Tarifentfernung von mehr als 50 km angegeben ist. Ist ein Steuersatz von 7% angegeben oder beträgt die Tarifentfernung weniger als 50 km, so kommt der Steuersatz von 7% (Multiplikator 6,54) in Frage (siehe § 12 Abs. 2 Nr. 10).

440 Im **Flugverkehr** kommt für inländische Flüge die Zugrundelegung des ermäßigten Steuersatzes nicht in Betracht (UStAE 15.5 Abs. 5). Der Steuersatz muss im Flugschein vermerkt sein (§ 35 Abs. 2 UStDV). Bei grenzüberschreitenden Flügen kommt ein Vorsteuerabzug nicht in Frage (siehe § 26 Abs. 3). Zum Vorsteuerabzug bei Fahrausweisen siehe im Übrigen auch UStAE 15.5.

9. Vorsteuerabzug bei unfreien Versendungen (§ 40 UStDV)

441 Der Vorsteuerabzug bei unfreien Versendungen (§ 40 UStDV) beruht auf der Ermächtigungsbestimmung des § 15 Abs. 5 Nr. 2 Buchst. a. Sie umfasst unfreie Versendungen, die dann vorliegen, wenn die Frachtkosten nicht vom Auftraggeber (Absender), sondern vom Empfänger übernommen werden. Die Vornahme des Vor-

steuerabzuges stößt hier auf Schwierigkeiten, weil der Absender als der abzugsberechtigte Unternehmer nicht im Besitz der Frachtrechnung ist. Sie geht dem Empfänger der Frachtsendung zu, da er auch die Frachtkosten schuldet. Die Ermächtigung des § 15 Abs. 5 Nr. 2 Buchst. a schafft die Möglichkeit, dass die Berechtigung zum Vorsteuerabzug vom Absender auf den Empfänger der Frachtsendung übergeht. Als Voraussetzung für den Vorsteuerabzug müssen dann die in § 40 Abs. 1 Nr. 1–3 UStDV aufgeführten Voraussetzungen erfüllt sein.

- **§ 40 Abs. 1 Nr. 1 UStDV:** Der Empfänger der Frachtsendung muss hinsichtlich der Beförderung oder ihrer Besorgung zum Abzug der Steuer berechtigt sein. Die Beförderungs- oder Besorgungsleistung darf also nicht im Zusammenhang mit Umsätzen stehen, die den Vorsteuerabzug ausschließen.
- **§ 40 Abs. 1 Nr. 2 UStDV:** Der Empfänger der Frachtsendung muss die Entrichtung des Entgelts zzgl. der Steuer für die Beförderung oder für ihre Besorgung übernommen haben. Es ist nicht erforderlich, dass der Empfänger der Frachtsendung die Frachtkosten auch wirtschaftlich trägt. Es ist also nicht schädlich, wenn der Empfänger die Frachtkosten später vom Absender zurückfordert oder verrechnet.
- **§ 40 Abs. 1 Nr. 3 UStDV:** Es muss aus der Frachtrechnung ersichtlich sein, dass die Frachtkosten durch den Empfänger übernommen werden. Es reicht aus, wenn in der Frachtrechnung zum Ausdruck kommt, dass eine unfreie Versendung vorliegt. § 40 UStDV kommt also nicht zum Zuge, wenn die Frachtkosten zwar vom Empfänger getragen werden, aber die Versendungsart „frei Haus" gewählt wurde. Im Übrigen hat der Empfänger die Frachtrechnung aufzubewahren und das Entgelt und die USt aufzuzeichnen. § 40 UStDV kann auch im Zusammenhang mit Werkleistungen oder Materialbeistellungen in Anspruch genommen werden bzgl. der zu verarbeitenden Stoffe, die an den Auftraggeber versandt werden.

einstweilen frei **442–460**

XI. Aufzeichnungspflichten

Der Unternehmer ist gemäß § 22 Abs. 1 verpflichtet, zur Feststellung der Steuer **461**
und der Grundlagen ihrer Berechnung Aufzeichnungen zu machen. Für den Vorsteuerabzug müssen aus den Aufzeichnungen zu ersehen sein:

- die Entgelte für steuerpflichtige Lieferungen und sonstige Leistungen, die an den Unternehmer für sein Unternehmen ausgeführt worden sind, und die vor Ausführung dieser Umsätze gezahlten Entgelte und Teilentgelte, soweit für diese Umsätze nach § 13 Abs. 1 Nr. 1 Buchst. a S. 4 die Steuer entsteht, sowie die auf die Entgelte und Teilentgelte entfallenden Steuerbeträge (§ 22 Abs. 2 Nr. 5; vgl. im Einzelnen → § 22 Rn. 25);
- die Bemessungsgrundlagen für die Einfuhr von Gegenständen, die für das Unternehmen des Unternehmers eingeführt worden sind, sowie die dafür entrichtete oder in den Fällen des § 16 Abs. 2 S. 4 zu entrichtende EUSt (§ 22 Abs. 2 Nr. 6; vgl. im Einzelnen → § 22 Rn. 26);
- die Bemessungsrundlagen für den innergemeinschaftlichen Erwerb von Gegenständen sowie die hierauf entfallenden Steuerbeträge (§ 22 Abs. 2 Nr. 7; vgl. im Einzelnen → § 22 Rn. 27).

§ 15a Berichtigung des Vorsteuerabzugs

(1) [1]**Ändern sich bei einem Wirtschaftsgut, das nicht nur einmalig zur Ausführung von Umsätzen verwendet wird, innerhalb von fünf Jahren ab dem Zeitpunkt der erstmaligen Verwendung die für den ursprünglichen**

Vorsteuerabzug maßgebenden Verhältnisse, ist für jedes Kalenderjahr der Änderung ein Ausgleich durch eine Berichtigung des Abzugs der auf die Anschaffungs- oder Herstellungskosten entfallenden Vorsteuerbeträge vorzunehmen. [2]Bei Grundstücken einschließlich ihrer wesentlichen Bestandteile, bei Berechtigungen, für die die Vorschriften des bürgerlichen Rechts über Grundstücke gelten, und bei Gebäuden auf fremdem Grund und Boden tritt an die Stelle des Zeitraums von fünf Jahren ein Zeitraum von zehn Jahren.

(2) **[1]Ändern sich bei einem Wirtschaftsgut, das nur einmalig zur Ausführung eines Umsatzes verwendet wird, die für den ursprünglichen Vorsteuerabzug maßgebenden Verhältnisse, ist eine Berichtigung des Vorsteuerabzugs vorzunehmen. [2]Die Berichtigung ist für den Besteuerungszeitraum vorzunehmen, in dem das Wirtschaftsgut verwendet wird.**

(3) **[1]Geht in ein Wirtschaftsgut nachträglich ein anderer Gegenstand ein und verliert dieser Gegenstand dabei seine körperliche und wirtschaftliche Eigenart endgültig oder wird an einem Wirtschaftsgut eine sonstige Leistung ausgeführt, gelten im Fall der Änderung der für den ursprünglichen Vorsteuerabzug maßgebenden Verhältnisse die Absätze 1 und 2 entsprechend. [2]Soweit im Rahmen einer Maßnahme in ein Wirtschaftsgut mehrere Gegenstände eingehen oder an einem Wirtschaftsgut mehrere sonstige Leistungen ausgeführt werden, sind diese zu einem Berichtigungsobjekt zusammenzufassen. [3]Eine Änderung der Verhältnisse liegt dabei auch vor, wenn das Wirtschaftsgut für Zwecke, die außerhalb des Unternehmens liegen, aus dem Unternehmen entnommen wird, ohne dass dabei nach § 3 Abs. 1b eine unentgeltliche Wertabgabe zu besteuern ist.**

(4) **[1]Die Absätze 1 und 2 sind auf sonstige Leistungen, die nicht unter Absatz 3 Satz 1 fallen, entsprechend anzuwenden. [2]Die Berichtigung ist auf solche sonstigen Leistungen zu beschränken, für die in der Steuerbilanz ein Aktivierungsgebot bestünde. [3]Dies gilt jedoch nicht, soweit es sich um sonstige Leistungen handelt, für die der Leistungsempfänger bereits für einen Zeitraum vor Ausführung der sonstigen Leistung den Vorsteuerabzug vornehmen konnte. [4]Unerheblich ist, ob der Unternehmer nach den §§ 140, 141 der Abgabenordnung tatsächlich zur Buchführung verpflichtet ist.**

(5) **[1]Bei der Berichtigung nach Absatz 1 ist für jedes Kalenderjahr der Änderung in den Fällen des Satzes 1 von einem Fünftel und in den Fällen des Satzes 2 von einem Zehntel der auf das Wirtschaftsgut entfallenden Vorsteuerbeträge auszugehen. [2]Eine kürzere Verwendungsdauer ist entsprechend zu berücksichtigen. [3]Die Verwendungsdauer wird nicht dadurch verkürzt, dass das Wirtschaftsgut in ein anderes einbezogen wird.**

(6) **Die Absätze 1 bis 5 sind auf Vorsteuerbeträge, die auf nachträgliche Anschaffungs- oder Herstellungskosten entfallen, sinngemäß anzuwenden.**

(6a) **Eine Änderung der Verhältnisse liegt auch bei einer Änderung der Verwendung im Sinne des § 15 Absatz 1b vor.**

(7) **Eine Änderung der Verhältnisse im Sinne der Absätze 1 bis 3 ist auch beim Übergang von der allgemeinen Besteuerung zur Nichterhebung der Steuer nach § 19 Abs. 1 und umgekehrt und beim Übergang von der allgemeinen Besteuerung zur Durchschnittssatzbesteuerung nach den §§ 23, 23a oder 24 und umgekehrt gegeben.**

(8) **[1]Eine Änderung der Verhältnisse liegt auch vor, wenn das noch verwendungsfähige Wirtschaftsgut, das nicht nur einmalig zur Ausführung eines Umsatzes verwendet wird, vor Ablauf des nach den Absätzen 1 und 5 maßgeblichen Berichtigungszeitraums veräußert oder nach § 3 Abs. 1b ge-**

liefert wird und dieser Umsatz anders zu beurteilen ist als die für den ursprünglichen Vorsteuerabzug maßgebliche Verwendung. [2]Dies gilt auch für Wirtschaftsgüter, für die der Vorsteuerabzug nach § 15 Absatz 1b teilweise ausgeschlossen war.

(9) **Die Berichtigung nach Absatz 8 ist so vorzunehmen, als wäre das Wirtschaftsgut in der Zeit von der Veräußerung oder Lieferung im Sinne des § 3 Abs. 1b bis zum Ablauf des maßgeblichen Berichtigungszeitraums unter entsprechend geänderten Verhältnissen weiterhin für das Unternehmen verwendet worden.**

(10) **[1]Bei einer Geschäftsveräußerung (§ 1 Abs. 1a) wird der nach den Absätzen 1 und 5 maßgebliche Berichtigungszeitraum nicht unterbrochen. [2]Der Veräußerer ist verpflichtet, dem Erwerber die für die Durchführung der Berichtigung erforderlichen Angaben zu machen.**

(11) **Das Bundesministerium der Finanzen kann mit Zustimmung des Bundesrates durch Rechtsverordnung nähere Bestimmungen darüber treffen,**

1. **wie der Ausgleich nach den Absätzen 1 bis 9 durchzuführen ist und in welchen Fällen er zur Vereinfachung des Besteuerungsverfahrens, zur Vermeidung von Härten oder nicht gerechtfertigten Steuervorteilen zu unterbleiben hat;**
2. **dass zur Vermeidung von Härten oder eines nicht gerechtfertigten Steuervorteils bei einer unentgeltlichen Veräußerung oder Überlassung eines Wirtschaftsguts**
   a) **eine Berichtigung des Vorsteuerabzugs in entsprechender Anwendung der Absätze 1 bis 9 auch dann durchzuführen ist, wenn eine Änderung der Verhältnisse nicht vorliegt,**
   b) **der Teil des Vorsteuerbetrags, der bei einer gleichmäßigen Verteilung auf den in Absatz 9 bezeichneten Restzeitraum entfällt, vom Unternehmer geschuldet wird,**
   c) **der Unternehmer den nach den Absätzen 1 bis 9 oder Buchstabe b geschuldeten Betrag dem Leistungsempfänger wie eine Steuer in Rechnung stellen und dieser den Betrag als Vorsteuer abziehen kann.**

Umsatzsteuer-Durchführungsverordnung:

§ 44 Vereinfachungen bei der Berichtigung des Vorsteuerabzugs

(1) Eine Berichtigung des Vorsteuerabzugs nach § 15a des Gesetzes entfällt, wenn die auf die Anschaffungs- oder Herstellungskosten eines Wirtschaftsguts entfallende Vorsteuer 1000 Euro nicht übersteigt.

(2) [1]Haben sich bei einem Wirtschaftsgut in einem Kalenderjahr die für den ursprünglichen Vorsteuerabzug maßgebenden Verhältnisse um weniger als 10 Prozentpunkte geändert, entfällt bei diesem Wirtschaftsgut für dieses Kalenderjahr die Berichtigung des Vorsteuerabzugs. [2]Das gilt nicht, wenn der Betrag, um den der Vorsteuerabzug für dieses Kalenderjahr zu berichtigen ist, 1000 Euro übersteigt.

(3) [1]Übersteigt der Betrag, um den der Vorsteuerabzug bei einem Wirtschaftsgut für das Kalenderjahr zu berichtigen ist, nicht 6000 Euro, so ist die Berichtigung des Vorsteuerabzugs nach § 15a des Gesetzes abweichend von § 18 Abs. 1 und 2 des Gesetzes erst im Rahmen der Steuerfestsetzung für den Besteuerungszeitraum durchzuführen, in dem sich die für den ursprünglichen Vorsteuerabzug maßgebenden Verhältnisse geändert haben. [2]Wird das Wirtschaftsgut während des maßgeblichen Berichtigungszeitraums veräußert oder nach § 3 Abs. 1b des Gesetzes geliefert, so ist die Berichtigung des Vorsteuerabzugs für das Kalenderjahr der Lieferung und die folgenden Kalenderjahre des Berichtigungszeitraums abweichend von Satz 1 bereits bei der Berechnung der Steuer für den Voranmeldungszeitraum (§ 18 Abs. 1 und 2 des Gesetzes) durchzuführen, in dem die Lieferung stattgefunden hat.

(4) Die Absätze 1 bis 3 sind bei einer Berichtigung der auf nachträgliche Anschaffungs- oder Herstellungskosten und auf die in § 15a Abs. 3 und 4 des Gesetzes bezeichneten Leistungen entfallenden Vorsteuerbeträge entsprechend anzuwenden.

§ 45 Maßgebliches Ende des Berichtigungszeitraums

[1]Endet der Zeitraum, für den eine Berichtigung des Vorsteuerabzugs nach § 15a des Gesetzes durchzuführen ist, vor dem 16. eines Kalendermonats, so bleibt dieser Kalendermonat für die Berichtigung unberücksichtigt. [2]Endet er nach dem 15. eines Kalendermonats, so ist dieser Kalendermonat voll zu berücksichtigen.

§ 74a Übergangsvorschriften

(1) …
(2) Für Wirtschaftsgüter, die vor dem 1. Januar 2012 angeschafft oder hergestellt worden sind, ist § 44 Absatz 3 und 4 in der am 31. Dezember 2011 geltenden Fassung weiterhin anzuwenden.
(3), (4) …

EU-Recht: Art. 184 ff. MwStSystRL (Art. 20 6. EG-RL)
UStAE: 15a.1–15a.12

Übersicht

I. Allgemeines

1. Rechtsentwicklung

Eine Berichtigungsregelung für Anlagegüter enthielt bereits § 15 Abs. 7 UStG 1967, der allerdings gemäß § 27 Abs. 1 UStG 1967 erst zum 1.1.1973 in Kraft getreten ist und nicht mehr auf Wirtschaftsgüter anzuwenden war, die vom Unternehmer nach dem 8.5.1973 erstmalig zur Ausführung von Umsätzen verwendet wurden. Durch das StÄndG 1973 vom 26.6.1973 (BGBl. 1973 I 676) ist § 15a in das UStG eingefügt worden. Durch das StMBG ist zum 1.1.1994 Abs. 6a eingefügt worden. Das StEntlG 1999/2000/2002 hat zu Folgeänderungen in Abs. 3 und 4 geführt, die sich aus der Vorsteuerabzugsbegrenzung des § 15 Abs. 1b und aus der Neuregelung der Eigenverbrauchsbesteuerung ergeben haben. Durch das StÄndG 2001 vom 20.12.2001 (BGBl. 2001 I 3794) sind § 15a Abs. 1 S. 1 und Abs. 4 S. 1 neu gefasst und § 15a Abs. 5 aufgehoben worden (vgl. zur Neuregelung *Dziadkowski* DStR 2002, 486). Das StÄndG 2003 (BGBl. 2003 I 2645) hat zur Aufhebung des bisherigen § 15a Abs. 4 S. 2 und zu einer Änderung des § 15a Abs. 3 geführt. Mit dem EURLUmsG (BGBl. 2004 I 3310) ist § 15a vollständig neu gefasst worden. Durch das Gesetz vom 22.8.2006 (BGBl. 2006 I 1970) ist § 15a Abs. 3 S. 2 eingefügt und § 15a Abs. 4 S. 2–4 angefügt worden. Mit dem JStG 2010 (BGBl. 2010 I 1768) sind § 15a Abs. 6a und Abs. 8 S. 2 eingefügt worden. 1

2. Neufassung durch das EURLUmsG

a) Allgemeines. § 15a ist durch das EURLUmsG (BGBl. 2004 I 3310) umfassend neu gestaltet worden. Die FVerw hat hierzu umfassende Erläuterungen herausgegeben (BMF 6.12.2005, BStBl. I 2005, 1068). Soweit die Neufassung bereits in § 15a aF enthaltene Regelungen übernommen hat, befinden sich diese nunmehr an einer anderen Stelle der auf 11 Absätze angewachsenen Bestimmung. Zur besseren Orientierung mag folgende Gegenüberstellung den Zusammenhang von Alt- und Neuregelung verdeutlichen: 2

Abs. 1 alt	→ Abs. 1 neu
Abs. 2 alt	→ Abs. 5 neu
Abs. 3 alt	→ Abs. 6 neu
Abs. 4 alt	→ Abs. 8 neu
Abs. 6 alt	→ Abs. 9 neu
Abs. 6a alt	→ Abs. 10 neu
Abs. 7 alt	→ Abs. 11 neu

Völlig neu sind damit die Regelungen in § 15a Abs. 2, 3, 4 und 7.

b) Die Neuregelungen im Überblick. § 15a Abs. 1 entspricht der Regelung in § 15a Abs. 1 aF. Allerdings ist nunmehr im Gesetzestext festgelegt, dass die Bestimmung nur für Anlagevermögen gilt. 3

§ 15a Abs. 2 beinhaltet eine neue Regelung der Vorsteuerberichtigung bei Umlaufvermögen.

§ 15a Abs. 3, Abs. 4 sind Reaktionen des Gesetzgebers auf das Urteil des EuGH in den Rechtssachen Fischer und Brandenstein (C-322/99 und C-323/99, UR 2001,

293) und bringen vor allem eine Einbeziehung von Dienstleistungen in die Vorsteuerberichtigung mit sich.

§ 15a Abs. 5 entspricht der bisherigen Regelung in § 15a Abs. 2 aF.

§ 15a Abs. 6 entspricht der Regelung in § 15a Abs. 3 aF. Weggefallen ist dabei die Regelung über Anschaffungs- und Herstellungskosten für Fahrzeuge iSd § 1b Abs. 2.

Neu ist die gesetzliche Klarstellung in **§ 15a Abs. 7,** dass auch ein Wechsel der Besteuerungsform eine Änderung der Verhältnisse darstellt.

§ 15a Abs. 8 entspricht im Wesentlichen der Regelung des § 15a Abs. 4 aF. Neu ist, dass die Regelung nunmehr ausdrücklich nur für Investitionsgüter gilt. Außerdem ist mit dem Wegfall des Satz 2 der Aufhebung des § 15 Abs. 1b Rechnung getragen worden.

§ 15a Abs. 9 entspricht der Regelung in § 15a Abs. 6 aF.

§ 15a Abs. 10 entspricht der Regelung in § 15a Abs. 6a aF.

§ 15a Abs. 11 entspricht der Regelung des § 15a Abs. 7 aF. Allerdings ist die Regelung über den Wechsel der Besteuerungsform in § 15a Abs. 7 Nr. 2 aF weggefallen, weil das Gesetz in § 15a Abs. 7 hierfür nun selbst eine Regelung bereithält.

3. Normzweck

4 § 15a setzt einen dem Grunde nach bestehenden Vorsteueranspruch voraus, dh es muss sowohl ein Leistungsbezug für das Unternehmen des Steuerpflichtigen (vgl. auch → Rn. 10) als auch eine Abrechnung mit gesondertem Steuerausweis vorliegen. Nicht unter den Regelungsbereich des § 15a fällt die spätere Zuführung einer zunächst nicht für den unternehmerischen Bereich bezogenen Lieferung zum Unternehmen (**Einlage;** vgl. auch → Rn. 12 sowie → § 15 Rn. 119). Auch die unzutreffende Beurteilung der Berechtigung zum Vorsteuerabzug im Besteuerungszeitraum des Leistungsbezuges kann nicht über § 15a korrigiert werden. Die Notwendigkeit der in § 15a getroffenen Regelung ergibt sich vielmehr aus der Unterscheidung in § 15 Abs. 2–4 zwischen abziehbaren und nicht abziehbaren Vorsteuern. Bei Wirtschaftsgütern, die ihrer Natur nach dem Unternehmen über einen längeren Zeitraum hinweg zu dienen bestimmt sind, kommt es häufig zu unterschiedlichen Verwendungen, die jeweils für sich betrachtet eine andere Beurteilung der Vorsteuerabzugsberechtigung zur Folge hätten. Diesem Umstand trägt die Regelung des § 15a innerhalb bestimmter Berichtigungszeiträume Rechnung. Aus dieser gesetzgeberischen Zielsetzung folgte auch schon bisher, dass § 15a nur auf Gegenstände des **Anlagevermögens,** nicht aber auf solche des **Umlaufvermögens** Anwendung findet (BFH V R 8/98, UR 2002, 179). Das ergibt sich nunmehr unmittelbar aus der Formulierung in § 15a Abs. 1 S. 1.

Beispiel (nach *Tehler* UVR 2002, 33): Unternehmer U erwirbt im Januar 01 ein Grundstück für 500.000 EUR zzgl. 95.000 EUR gesondert ausgewiesener USt. U beabsichtigt das Grundstück mit einer Tiefgarage zu bebauen. Wegen der Änderung des Bebauungsplanes kann U diese Absicht nicht realisieren. Im Januar 03 vermietet er deshalb das Grundstück steuerfrei nach § 4 Nr. 12 Buchst. a.

5 Zu beachten ist aber nunmehr die Neuregelung über Umlaufvermögen in § 15a Abs. 2 (vgl. → Rn. 44 f.).

4. Unionsrechtliche Grundlage

6 Mit der Neufassung des § 15a durch das EURLUmsG (BGBl. 2004 I 3310) soll Art. 187 MwStSystRL umgesetzt werden. Danach wird eine Berichtigung des Vorsteueranspruchs aus dem Bezug von Investitionsgütern vorgenommen, die sich auf einen Zeitraum von fünf Jahren einschließlich des Jahres, in dem die Güter erworben oder hergestellt wurden, erstreckt. Hiervon abweichend können die Mitgliedstaaten

gemäß Art. 187 Abs. 1 MwStSystRL für die Berichtigung einen Zeitraum von fünf vollen Jahren festlegen, der mit der erstmaligen Verwendung der Güter beginnt. Bei Grundstücken kann der Zeitraum für die Berichtigung auf bis zu 20 Jahre verlängert werden. Eine dem Art. 185 MwStSystRL entsprechende materiell-rechtliche Vorsteuerberichtigung fehlte zuvor im UStG. Diese ist nunmehr in § 15a Abs. 3 und Abs. 4 in der Fassung des EURLUmsG (BGBl. 2004 I 3310) geschaffen worden. Vgl. zur früheren Rechtslage auch BFH V R 8/98, UR 2002, 179 (181). Die in Art. 187, 188 MwStSystRL getroffene Sonderregelung für Investitionsgüter erklärt sich durch deren lang dauernde Nutzung und die gleichzeitige Abschreibung ihrer Anschaffungskosten (EuGH C-63/04, UR 2006, 418 – Centralan Property Ltd.).

II. Die Tatbestandsvoraussetzungen des § 15a Abs. 1 im Einzelnen

1. Wirtschaftsgüter, die nicht nur einmalig zur Ausführung von Umsätzen verwendet werden

Durch das EURLUmsG (BGBl. 2004 I 3310) ist die Beschränkung des Regelungsumfangs des § 15a Abs. 1 auf Wirtschaftsgüter, die **nicht nur einmalig** zur Ausführung von Umsätzen verwendet werden, neu in das Gesetz aufgenommen worden (vgl. aber → Rn. 44f. zur Neufassung des § 15a Abs. 2). Der Gesetzgeber wollte damit das ihm in Art. 189 MwStSystRL eingeräumte Recht zur Bestimmung des Begriffs „Investitionsgut" wahrnehmen. Der Regelungsgehalt der Vorschrift beschränkt sich damit auf Wirtschaftsgüter des **Anlagevermögens.** Das ist nichts Neues, denn auch § 15a aF fand nur auf Gegenstände des Anlagevermögens Anwendung (BFH V R 106/98, BFH/NV 2002, 298; V R 8/98, BFH/NV 2002, 598). 7

2. Die für den ursprünglichen Vorsteuerabzug maßgebenden Verhältnisse

Durch das StÄndG 2001 (BGBl. 2001 I 3794) sind die Voraussetzungen der Berichtigung des Vorsteuerabzugs der Rechtsprechung des EuGH zur Entstehung des Vorsteueranspruchs (vgl. → § 15 Rn. 174ff.) angepasst worden. Zu den Motiven hierfür vgl. BT-Drs. 14/7341, zu Art. 14 zu Nr. 7a. Der BFH hatte die Unvereinbarung der früheren Gesetzesfassung, die auf die „Verhältnisse, die im Kalenderjahr der erstmaligen Verwendung für den Vorsteuerabzug maßgebend waren" abstellte, festgestellt (BFH V R 58/00, BFH/NV 2002, 1059). 8

War der Vorsteuerabzug aufgrund einer beabsichtigten steuerpflichtigen Verwendung eines Wirtschaftsguts gewährt worden, erfolgte die tatsächliche erstmalige Verwendung aber steuerfrei, so war nach § 15a Abs. 1 aF keine Korrektur möglich. § 15a Abs. 1 aF setzte nämlich eine Änderung der Verhältnisse voraus, die im Kalenderjahr der erstmaligen Verwendung für den Vorsteuerabzug maßgebend waren. Auch eine richtlinienkonforme Auslegung des § 15a Abs. 1 aF zu Lasten des Steuerpflichtigen schied aus (BFH V B 166/02, UR 2003, 454). Eine Berichtigungsmöglichkeit bestand in diesen Fällen erst seit Inkrafttreten der Änderung durch das StÄndG 2001. 9

a) Der ursprüngliche Vorsteuerabzug. Gemäß Art. 167 MwStSystRL entsteht das Recht auf Vorsteuerabzug in dem Zeitpunkt, in dem auch der Anspruch des Fiskus auf die abziehbare Steuer entsteht. Das ist gemäß Art. 63 MwStSystRL der Zeitpunkt, in dem die Lieferung erfolgt oder die Dienstleistung bewirkt wird (vgl. → § 15 Rn. 175ff.). Aus diesem Grundsatz des **Sofortabzugs der Vorsteuer** folgt, dass in dem durch Art. 63 MwStSystRL definierten Zeitpunkt endgültig über den Vorsteuerabzug zu entscheiden ist und spätere Änderungen hinsichtlich der Verwen- 10 dungsabsicht oder der tatsächlichen Verwendung nur im Rahmen des § 15a Berücksichtigung finden können.

11 **b) Die maßgebenden Verhältnisse.** Die Bezugnahme auf die ursprünglichen für den Vorsteuerabzug maßgebenden Verhältnisse ist insofern missverständlich, als sie die unzutreffende Annahme nahe legt, dass damit alle den Tatbestand des Vorsteuerabzugs erfüllenden Sachverhaltselemente gemeint sind. Dabei ist zu beachten, dass die **Verwendung** des Investitionsgutes nur den Umfang, nicht jedoch die Entstehung des Vorsteuerabzugs bestimmt. Deshalb ist die sofortige Verwendung für steuerpflichtige Umsätze keine Voraussetzung für eine etwaige Berichtigung (EuGH C-184/04, UR 2006, 530 – Uudenkaupungin mwN). Eine Berichtigung des Vorsteuerabzugs kommt deshalb auch in Betracht, wenn der Steuerpflichtige das Investitionsgut zunächst für steuerfrei, später im Laufe des Berichtigungszeitraumes dann für steuerpflichtige Umsätze verwendet. Die dem entgegenstehende frühere Rechtsprechung (BFH XI R 51/90, BStBl. II 1994, 582) ist überholt. Der Berichtigungsmöglichkeit steht auch nicht entgegen, dass die Änderung des Abzugsrechts von einer Entscheidung des Steuerpflichtigen, wie der Ausübung eines Optionsrechts abhängt.

12 Hiervon zu unterscheiden ist die **Zuordnung** des Leistungsbezugs, also die Frage, ob die Eingangsleistung für das Unternehmen bezogen worden ist, gehört nicht zu den maßgebenden Verhältnissen. Während die Wertabgabe aus dem unternehmerischen in den nichtunternehmerischen Bereich zu einer im Rahmen des § 15a zu berücksichtigenden Änderung der Verhältnisse führt, ist das bei der Überführung eines zunächst nichtunternehmerisch genutzten Wirtschaftsgutes in die Unternehmenssphäre **(Einlage)** nicht der Fall. Diese Rechtsfolge ergibt sich auch aus einem Umkehrschluss aus § 15a Abs. 8, der in diesem Zusammenhang nur die Veräußerung und Lieferung nach § 3 Abs. 1b, nicht aber die Einlage als Veränderung der Verhältnisse behandelt. Das steht auch mit dem Unionsrecht im Einklang, denn Art. 184ff. MwStSystRL setzt voraus, dass das Investitionsgut zunächst vom Steuerpflichtigen als solchem erworben und den Zwecken seiner wirtschaftlichen Tätigkeit zugeordnet worden ist. Zu Bedenken gegen diese Rechtslage vgl. *Dziadkowski* DStR 2002, 486.

13–15 *einstweilen frei*

3. Änderung der Verhältnisse

16 **a) Allgemeines.** Da es auf die (beabsichtigten) Verwendungsumsätze ankommt, liegt grundsätzlich eine Änderung vor, wenn sich die Verwendung des Leistungsbezuges ändert und die geänderte Verwendung im Hinblick auf die Frage, ob ein steuerfreier oder ein steuerpflichtiger Umsatz vorliegt, anders zu beurteilen ist, als die tatsächliche oder beabsichtigte Verwendung im Zeitpunkt des Leistungsbezuges. Eine Änderung der Verhältnisse liegt somit vor, wenn sich im Berichtigungszeitraum nach § 15a Abs. 2, Abs. 3 ein höherer oder niedrigerer Vorsteuerabzug ergäbe, als er ursprünglich zulässig war.

17 Regelfälle der Verwendungsänderung sind daher
- der Übergang von steuerpflichtigen zu steuerfreien Verwendungsumsätzen und umgekehrt (§ 15 Abs. 2, Abs. 3),
- die Änderung der Verwendungsanteile bei gemischter steuerpflichtiger und steuerfreier Verwendung iSd § 15 Abs. 4.

18 Auch die Veräußerung und Lieferung iSd § 3 Abs. 1b können zu einer nach § 15a berücksichtigungsfähigen Änderung der Verhältnisse führen. Voraussetzung ist jedoch, dass das Wirtschaftsgut im Zeitpunkt dieser Umsätze objektiv noch verwendungsfähig ist. Veräußerung und Lieferung iSd § 3 Abs. 1b sind hierbei so anzusehen, als ob das Wirtschaftsgut bis zum Ablauf des maßgeblichen Berichtigungszeitraumes entsprechend der ustlichen Behandlung dieser Umsätze weiterhin innerhalb des Unternehmens verwendet worden wäre.

Beispiel: Ein Betriebsgrundstück wird vom 1.1.2001 bis 31.10.2001 zur Ausführung steuerpflichtiger Umsätze verwendet. Es wird am 1.11.2001 steuerfrei veräußert (§ 4 Nr. 9). Hier ist davon auszugehen, dass das Grundstück vom Zeitpunkt der Veräußerung an bis zum Ablauf des Berichtigungszeitraums wie zur Ausführung steuerfreier Umsätze verwendet wird.

Im Übrigen liegt eine Änderung der Verhältnisse nur dann vor, wenn sich in den 19
auf das Kalenderjahr der erstmaligen Verwendung folgenden Kalenderjahr des jeweils maßgeblichen Berichtigungszeitraums ein höherer oder niedrigerer Vorsteuerabzug ergeben würde, als er nach den Verhältnissen im Zeitpunkt des Leistungsbezuges zulässig war. Hierbei sind die Verhältnisse in den einzelnen Kalenderjahren für sich getrennt zu beurteilen.

Stellt ein Unternehmer die Nutzung eines Wirtschaftsguts zur Ausführung steuer- 20
pflichtiger Umsätze ein und bietet er das Wirtschaftsgut zum Verkauf an, liegt hierin noch keine Änderung der Verhältnisse. Da die bloße Nichtnutzung eines WG nicht zum Vorsteuerausschluss nach § 15 Abs. 2 führt (BFH V R 141/83, BStBl. II 1988, 468), kann darin auch keine Änderung der Verhältnisse liegen. Entscheidend ist die Verwendung, die nach der Zeit der Nichtnutzung erfolgt. Diese Verwendung wirkt unter Kostenzurechnungsgesichtspunkten auf die Zeit der Nichtnutzung zurück (BFH XI R 64, 65/90, BStBl. II 1993, 849).

Keine Änderung der Verhältnisse liegt vor, 21

- bei einem Wechsel des Schätzungsverfahrens zur Ermittlung der nichtabziehbaren Teilbeträge iSd § 15 Abs. 4,
- Wechsel von steuerpflichtiger Grundstücksvermietung zu privater Wohnungsnutzung, weil die private Verwendung eines dem Unternehmen zugeordneten Gebäudes ein steuerpflichtiger Umsatz ist (EuGH C-269/00, UR 2003, 288 – Seeling).

b) Änderung der Verhältnisse durch Gesetzesänderung. Eine Änderung der 22
Verhältnisse lag nach bisheriger Rechtsprechung auch dann vor, wenn sich auf Grund einer Gesetzesänderung die Verwendung des Wirtschaftsgutes aus der Sicht des Vorsteuerabzugs ändert (BFH V R 79/87, BStBl. II 1992, 983):

Beispiel 1: Ein Unternehmer, der der Regelbesteuerung unterliegt, hat in 1990 ein Parkhaus errichtet und die Einstellplätze langfristig an eine Kommune nach § 4 Nr. 12 Buchst. a steuerfrei vermietet. Ab 1.1.1992 ist die Vermietung nach § 4 Nr. 12 S. 2 steuerpflichtig. – Der Vorsteuerabzug ist zu berichtigen. Die auf den restlichen Berichtigungszeitraum entfallende Vorsteuer ist zu erstatten.

Beispiel 2: Ein Unternehmer hat in 1978 eine Diagnoseklinik errichtet, die er bis zum 31.12.1979 zur Ausführung steuerpflichtiger Umsätze verwendet hat. Ab 1.1.1980 sind die Leistungen nach § 4 Nr. 16 steuerfrei. – Nach bisheriger Rechtsprechung war der Vorsteuerabzug zu berichtigen und die anteiligen Vorsteuern mussten an das FA erstattet werden.

Diese Beurteilung lässt sich für das Beispiel 2 nach der Entscheidung des EuGH 23
C-396/98, UR 2000, 336 – Schloßstraße nicht mehr aufrechterhalten. Danach bleibt das Recht eines Steuerpflichtigen, die Mehrwertsteuer, die er für Gegenstände oder Dienstleistungen entrichtet hat, die im Hinblick auf die Ausführung bestimmter Vermietungsumsätze geliefert bzw. erbracht wurden, als Vorsteuer abzuziehen, erhalten, wenn der Steuerpflichtige auf Grund einer nach dem Bezug dieser Gegenstände oder Dienstleistungen, aber vor Aufnahme der Umsatztätigkeit eingetretenen Gesetzesänderung nicht mehr zum Verzicht auf die Steuerbefreiung dieser Umsätze berechtigt ist. Entscheidend ist für den EuGH dabei das Vertrauensschutzprinzip, das es nicht zulasse, dass dem Steuerpflichtigen das einmal entstandene Recht auf Vorsteuererstattung durch eine nach dem Leistungsbezug eingetretene Gesetzesänderung rückwirkend wieder genommen wird. Diese zur Option angestellte Überlegung wird auch

für die nur anteilige Rückerstattung der Vorsteuern im Rahmen des § 15a zur Anwendung kommen müssen.

24 In der Änderung der **rechtlichen Beurteilung** der Verhältnisse liegt kein Berichtigungsgrund (BFH V R 106/86, BStBl. II 1991, 860, mwN; BFH V R 11/12, DStR 2015, 67). Für den Fall, dass die Voraussetzungen für den Vorsteuerabzug nach § 15 Abs. 1 **unrichtig beurteilt** worden sind, trifft § 15a keine Regelung. Die Fehlbeurteilung des Vorsteuerabzugs ist allenfalls unter den Voraussetzungen von Änderungsvorschriften der AO änderbar. Nachdem der BFH diese Rechtssätze im Urteil V R 87/90 (BStBl. II 1993, 411) bestätigte, „begrenzte" er mit Urteil V R 65/92 (BStBl. II 1994, 485) dies dahingehend, dass bei einer **unanfechtbaren** und nicht mehr änderbaren Steuerfestsetzung für das Erstjahr die zugrunde liegende Beurteilung des Vorsteuerabzugs selbst dann maßgebend sei, wenn sie unzutreffend war. Eine rechtliche Begründung für diese Begrenzung ist dem Urteil nicht zu entnehmen. Deshalb ist diese Rechtsprechung zutreffend kritisiert worden (*Heidner* UR 1994, 298). Auch das FG Köln 10 K 5317/94, EFG 1995, 862 hat gegenteilig geurteilt. Dennoch hat sich diese BFH-Rechtsprechung durchgesetzt (XI R 51/93, DStR 1997, 738). Daher ist auch ein Vorsteuerabzug nach § 15a in den Folgejahren zu berichtigen, der wegen **verspäteter Zuordnung** materiell-rechtlich unrichtig vorgenommen wurde (BFH V R 11/12, DStR 2015, 67; vgl. auch V R 42/09, BStBl. II 2014, 76; V R 21/10, BStBl. II 2014, 81).

25 **c) Änderungen durch Wechsel der Besteuerungsform (§ 15a Abs. 7).** Der Gesetzgeber hat in § 15a Abs. 7 idF durch das EURLUmsG (BGBl. 2004 I 3310) klargestellt, dass auch ein Wechsel der Besteuerungsform, also beim Übergang von der allgemeinen Besteuerung zur

– Nichterhebung der Steuer nach § 19 Abs. 1 und umgekehrt,
– Durchschnittssatzbesteuerung nach §§ 23, 23a oder 24 und umgekehrt

vorliegt. Zum Zeitpunkt der Vorsteuerberichtigung beim Wechsel von der Durchschnittssatz- zur Regelbesteuerung vgl. BFH V R 22/06, BStBl. II 2009, 165.

26 Zu dem Meinungsstand, ob und inwieweit, ein Wechsel der Besteuerungsform auch bereits nach der aF des § 15a unter die Berichtigungsvorschrift fallen konnte, vgl. BFH V R 31/02, UR 2004, 652.

27 **d) Änderungen innerhalb eines Kalenderjahrs.** Bei Änderungen innerhalb eines Kalenderjahrs ist maßgebend, wie das Wirtschaftsgut während des gesamten Kalenderjahres verwendet wurde. Das gilt auch bei einer Änderung der Verhältnisse in den einzelnen Folgejahren.

Beispiel (nach UStAE 15a.2): Ein Unternehmer erwirbt am 1.3.01 eine neue Maschine. Er beabsichtigt, sie bis zum 30.6.01 nur zur Ausführung von zum Vorsteuerabzug berechtigenden Umsätzen und ab 1.7.01 ausschließlich zur Ausführung von Umsätzen, die den Vorsteuerabzug ausschließen, zu verwenden. Am 1.10.03 veräußert der Unternehmer die Maschine steuerpflichtig.

Im Jahr 01 kann der Unternehmer im Zeitpunkt des Leistungsbezugs 40% der auf die Anschaffung der Maschine entfallenden Vorsteuern abziehen (von den 10 Monaten des Jahres 01 soll die Maschine 4 Monate, dh zu 40%, für zum Vorsteuerabzug berechtigende und 6 Monate, dh zu 60%, für den Vorsteuerabzug ausschließende Umsätze verwendet werden. Da die Maschine im Jahr 01 planmäßig verwendet wurde, ist der Vorsteuerabzug nicht zu berichtigen.

Im Jahr 02 wird die Maschine nur für Umsätze verwendet, die den Vorsteuerabzug ausschließen. Damit liegt eine Änderung der Verhältnisse um 40 Prozentpunkte vor.

Im Jahr 03 wird die Maschine 9 Monate für Umsätze verwendet, die den Vorsteuerabzug ausschließen. Die Veräußerung am 1.10.03 ist so zu behandeln, als ob die Maschine vom 1.10. bis 31.12.03 für zum Vorsteuerabzug berechtigende Umsätze verwendet worden wäre. Auf das ganze Kalenderjahr bezogen sind 25% der Vorsteuern abziehbar. Gegenüber dem ursprünglichen Vorsteuerabzug haben sich somit die Verhältnisse um 15 Prozentpunkte geändert.

Für die restlichen Kalenderjahre des Berichtigungszeitraums ist die Veräußerung ebenfalls wie eine Verwendung für zum Vorsteuerabzug berechtigende Umsätze anzusehen. Die Änderung der Verhältnisse gegenüber dem ursprünglichen Vorsteuerabzug beträgt somit für diese Kalenderjahre jeweils 60 Prozentpunkte. Der Unternehmer hat einen entsprechenden nachträglichen Vorsteuerabzug. **28**

Wegen dieses Beispiels und wegen weiterer Beispiele siehe UStAE 15a.2.

e) Änderung der Verhältnisse bei Änderung der Verwendung (§ 15a Abs. 6a). Bei dem durch das JStG 2010 (BGBl. 2010 I 1768) eingefügten § 15a Abs. 6a handelt es sich um eine Folgeanpassung zu den Änderungen in § 15 Abs. 1b. Eine Änderung der Verhältnisse iSd § 15a liegt auch bei einer Änderung der Verwendung iSd § 15 Abs. 1b vor. Eine Verringerung des unternehmerischen Nutzungsanteils innerhalb des Berichtigungszeitraums führt daher zu einer negativen Vorsteuerkorrektur. Die positive Vorsteuerberichtigung bei Erweiterung des unternehmerischen Nutzungsanteils setzt demgegenüber eine entsprechende Zuordnung zum Unternehmen voraus, die bereits im Zeitpunkt des Leistungsbezugs erfolgt sein muss (vgl. BT-Drs. 17/2249, zu Art. 4 Nr. 10 Buchst. a). **28a**

f) Sonderprobleme bei „Änderung". Im Rahmen einer **Gesamtrechtsnachfolge** (zB Erbfall) ist davon auszugehen, dass der Rechtsnachfolger in die Rechtsstellung des Rechtsvorgängers eintritt. Die Verhältnisse beim Vorgänger sind deshalb auch beim Nachfolger maßgebend. In gleicher Weise gilt dies, wenn eine **zweigliedrige Gesellschaft** durch Ausscheiden eines Gesellschafters zu einer Einzelfirma wird. Auch im Falle einer **Geschäftsveräußerung** im Ganzen bedarf es keiner Vorsteuerkorrektur beim Veräußerer, weil der erwerbende Unternehmer gemäß § 1 Abs. 1a S. 3 an die Stelle des Veräußerers tritt und deshalb auch hinsichtlich der Pflicht zur Berichtigung des Vorsteuerabzugs in die Rechtsposition des Veräußerers eintritt (vgl. BFH V R 23/06, UR 2009, 528; V R 4/07, BStBl. II 2009, 863). Deshalb kommt es zu keiner Vorsteuerberichtigung bei der Übertragung eines Miteigentumsanteils an einem vermieteten Grundstück an den Ehepartner bei anschließender Weitervermietung durch die entstandene Bruchteilsgemeinschaft (BFH V R 41/05, UR 2007, 858). Die genannten Fallgestaltungen führen somit nicht zu Vorsteuerberichtigungen. **29**

Etwas anderes kann bei **Organschaftsverhältnissen** gelten. So greift die Vorsteuerberichtigung nach § 15a ein, wenn eine Gesellschaft mit steuerpflichtigen Umsätzen für ein Wirtschaftsgut den vollen Vorsteuerabzug erhalten hat und später aufgrund der Regeln über die Organschaft ihre Selbstständigkeit zugunsten eines Organträgers mit steuerfreien Umsätzen verliert (BFH V B 211/02, V B 220/02, UR 2003, 453). Änderungen der Verhältnisse können auch in Zusammenhang mit der **Umwandlung und Verschmelzung** von Personen- bzw. Kapitalgesellschaften eintreten, soweit diese Vorgänge ustlich als Leistungsaustausch anzusehen sind. **30**

Auch die **unentgeltliche Übertragung** des Miteigentums an einem Betriebsgrundstück auf den Ehegatten unter Weiterverwendung des Gesamtgrundstücks führt zum steuerfreien Eigenverbrauch bzgl. dieses Miteigentumsanteils (BFH XI R 85/92, BStBl. II 1995, 30). Anders hingegen wäre zu beurteilen, wenn das Grundstück die wesentliche Betriebsgrundlage des Unternehmens wäre. Dann läge eine **Geschäftsveräußerung** nach § 1 Abs. 1a vor. Der Erwerber würde an die Stelle des bisherigen Unternehmers treten (§ 1 Abs. 1a S. 3). Der Übertragungsvorgang selbst würde keine Vorsteuerberichtigung auslösen. Für den Erwerber würde der maßgebliche Berichtigungszeitraum nicht unterbrochen (§ 15a Abs. 10). **31**

Auch Verwertungshandlungen des **Insolvenzverwalters** können Änderungen der Verhältnisse bewirken (BFH XI R 35/09, BFHE 233, 86; XI B 18/11, BFH/NV 2011, 1931). Beruht die Berichtigung nach § 15a auf einer steuerfreien Veräußerung durch den Insolvenzverwalter im Rahmen der Verwaltung und Verwertung der Masse, ist der Berichtigungsanspruch eine Masseverbindlichkeit iSv § 55 Abs. 1 Nr. 1 **32**

InsO. Veräußert der Insolvenzverwalter ein Wirtschaftsgut steuerpflichtig, das aufgrund einer beabsichtigten Verwendung für überwiegend steuerfreie Umsätze nur teilweise mit Recht auf Vorsteuerabzug erworben wurde, ergibt sich für die Masse ein Berichtigungsanspruch aus § 15a, der bei Fehlen anderer Umsatztatbestände für den Besteuerungszeitraum zu einem Steuervergütungsanspruch für die Masse führt (BFH V R 24/11, DB 2012, 724).

33–35 *einstweilen frei*

4. Maßgeblicher Berichtigungszeitraum

36 **a) Allgemeines.** Grundsätzlich geht das Gesetz von vollen **5 Jahren** ab dem Beginn der Verwendung aus. Bei **Grundstücken,** einschließlich ihrer wesentlichen Bestandteile, bei grundstücksgleichen Rechten und bei Gebäuden auf fremdem Grund und Boden gilt ein Berichtigungszeitraum von **10 Jahren.** Bei Wirtschaftsgütern mit einer kürzeren Verwendungsdauer ist der entsprechend kürzere Berichtigungszeitraum anzusetzen (§ 15a Abs. 5 S. 2). Ob dies zutrifft, beurteilt sich nach Auffassung der Verwaltung nach der betriebsgewöhnlichen Nutzungsdauer, die nach den einkommensteuerrechtlichen Grundsätzen maßgebend ist (UStAE 15a.3). Ist die tatsächliche Verwendung jedoch länger als die betriebsgewöhnliche Nutzungsdauer, so dürfte diese maßgeblich sein. Dies folgt aus § 15a Abs. 8, der auf die **Verwendungsfähigkeit** des Wirtschaftsgutes abstellt und damit auf tatsächliche Zustände.

37 **b) Beginn und Ende des Berichtigungszeitraums.** Der maßgebliche Berichtigungszeitraum beginnt auch nach der Fassung des § 15a Abs. 1 S. 1 durch das StÄndG 2001 (BGBl. 2001 I 3794) mit dem Zeitpunkt der erstmaligen Verwendung eines Wirtschaftsgutes. Erstmalige Verwendung ist die erstmalige tatsächliche Nutzung des Wirtschaftsgutes. Damit wird die Regelung in Art. 187 Abs. 1 UAbs. 2 MwStSystRL umgesetzt. Der Vorteil dieser Regelung liegt im einheitlichen Beginn des Berichtigungszeitraumes, auch wenn Leistungsbezüge bei komplexen Wirtschaftsgütern, wie zB bei der Errichtung eines Gebäudes, zu unterschiedlichen Zeitpunkten erfolgt sein können.

38 Solange eine tatsächliche erstmalige Nutzung noch nicht erfolgt ist, bleibt die bei Leistungsbezug belegbare Verwendungsabsicht für den Vorsteuerabzug maßgebend. Bloße Absichtsänderungen führen nicht zu einer Berichtigung nach § 15a (vgl. auch BFH V R 24/98, BFH/NV 2001, 876; V R 58/00, BFH/NV 2002, 1059; V R 56/00, BFH/NV 2002, 1265).

39 Bei einer vorsteuerabzugsschädlichen Nutzung während des gesamten Berichtigungszeitraumes wird der gesamte Vorsteuerabzug pro rata temporis nachträglich wieder rückgängig gemacht. Im Beispiel in →Rn. 4 läuft der Berichtigungszeitraum vom 1.1.2003 bis 31.12.2013. Erfolgt die steuerfreie Vermietung während des gesamten Zeitraumes, ist im Endeffekt der volle Vorsteuerbetrag zurückzuzahlen. In der Literatur wird dieses Ergebnis als nicht im Einklang mit der Rechtsprechung des EuGH angesehen (*Tehler* UVR 2002, 33). Dem kann nicht gefolgt werden. Art. 187 Abs. 1 UAbs. 2 MwStSystRL räumt den Mitgliedstaaten ausdrücklich das Recht ein, den Berichtigungszeitraum mit der erstmaligen Verwendung beginnen zu lassen.

40 Wird ein Wirtschaftsgut (zB ein Gebäude) bereits entsprechend dem Baufortschritt in Verwendung genommen, noch bevor es insgesamt fertiggestellt ist, so ist für jeden gesondert in Verwendung genommenen Teil des Wirtschaftsgutes ein besonderer Berichtigungszeitraum anzunehmen. Diese Berichtigungszeiträume beginnen jeweils zu dem Zeitpunkt, in dem der einzelne Teil des Wirtschaftsguts erstmalig verwendet wird. Der einzelnen Berichtigung sind jeweils die Vorsteuern zugrunde zu legen, die auf den entsprechenden Teil des Wirtschaftsguts entfallen.

Wird ein fertiges Wirtschaftsgut nur **teilweise in Gebrauch** genommen oder nicht voll genutzt, so besteht hier trotzdem ein einheitlicher Berichtigungszeitraum für das ganze Wirtschaftsgut, der mit dessen erstmaliger Verwendung beginnt (UStAE 15a.3). **41**

Kann ein Wirtschaftsgut vor Ablauf der betriebsgewöhnlichen Benutzungsdauer wegen **Unbrauchbarkeit** nicht mehr verwendet werden, so endet der Berichtigungszeitraum mit dem Eintritt dieses Ereignisses. Eine Veräußerung des nicht mehr verwendungsfähigen Wirtschaftsgutes als Altmaterial bleibt für die Berichtigung des Vorsteuerabzugs unberücksichtigt (UStAE 15a.3). **42**

Aufteilungsprobleme treten auf, wenn der Berichtigungszeitraum innerhalb eines Kalenderjahres endet, was wohl die Regel sein dürfte. In solchen Fällen ist für das letzte Kalenderjahr nicht der volle Jahresanteil der Vorsteuerbeträge, sondern nur derjenige Anteil anzusetzen, der den jeweiligen Kalendermonaten entspricht. § 45 UStDV bestimmt hierfür eine zusätzliche Erleichterungsregel bzgl. der Umrechnung auf volle Kalendermonate, wonach ein voller Kalendermonat zu berücksichtigen ist, wenn der Berichtigungszeitraum nach dem 15. eines Kalendermonats endet. **43**

III. Wirtschaftsgüter des Umlaufvermögens (§ 15a Abs. 2)

Durch das EURLUmsG (BGBl. 2004 I 3310) eingefügt worden ist die Regelung in § 15a Abs. 2, die alle Wirtschaftsgüter erfasst, die nur einmalig zur Ausführung von Umsätzen verwendet werden. Das sind zwar insbesondere die Wirtschaftsgüter, die einkommensteuerrechtlich Umlaufvermögen darstellen; auf die einkommensteuerrechtliche Beurteilung als Umlauf- oder Anlagevermögen kommt es aber nicht an (BFH V R 6/08, BStBl. II 2010, 315). Nach der Neuregelung ist der Vorsteuerabzug zu berichtigen, wenn die tatsächliche Verwendung von der beim Erwerb des Wirtschaftsguts gegebenen Verwendungsabsicht abweicht. Anders als bei der Berichtigung des Vorsteuerabzugs bei Investitionsgütern gibt es bei Wirtschaftsgütern, die nur einmalig zur Erzielung von Umsätzen verwendet werden, keinen begrenzten Berichtigungszeitraum (keine Berichtigung pro rata temporis). Die Frage der Berichtigung ist erst im Zeitpunkt der tatsächlichen Verwendung (Veräußerung) zu beurteilen. Die Berichtigung des Vorsteuerabzugs ist für den Besteuerungszeitraum vorzunehmen, in dem das Wirtschaftsgut verwendet wird. Der Berichtigungszeitraum für Wirtschaftsgüter spielt keine Rolle. **44**

Die Vorsteuerberichtigung bei Wirtschaftsgütern, die nur einmalig zur Erzielung von Umsätzen verwendet werden, ist auf Vorsteuerbeträge anzuwenden, deren zugrunde liegende Umsätze erst nach dem 31. 12. 2004 ausgeführt wurden. Vorher ergibt sich ein Anspruch auf Vorsteuerberichtigung auch nicht aus dem Unionsrecht (BFH V R 85/07, BStBl. II 2010, 1110; V R 85/07, BFHE 224, 473; V R 6/08, BStBl. II 2010, 315). **45**

Mit der Neuregelung hat der Gesetzgeber auf eine Regelungslücke bei Wirtschaftsgütern des Umlaufvermögens reagiert, die bestand, falls die Verwendungsabsicht des Unternehmers im Zeitpunkt des Erwerbs nicht mit der späteren tatsächlichen Verwendung übereinstimmte. Das hatte zu Einbußen des Fiskus vor allem bei Grundstücken im Umlaufvermögen geführt. Hatte der Unternehmer Grundstücke in der Absicht steuerpflichtiger Veräußerung erworben, so konnte er, sofern der Verkäufer seinerseits zur Steuerpflicht optiert hatte, den Vorsteuerabzug aus dem Erwerb geltend machen. Änderten sich später die Dispositionen des Unternehmers und es kam tatsächlich zu einem steuerfreien Verkauf, war eine Berichtigung des Vorsteuerabzugs nicht möglich. **46**

IV. Einbau von Gegenständen und sonstige Dienstleistungen (§ 15a Abs. 3, Abs. 4)

47 Durch das EURLUmsG (BGBl. 2004 I 3310) neu in das UStG eingefügt worden sind die Regelungen in § 15a Abs. 3 und 4. Mit ihnen soll Art. 185 MwStSystRL umgesetzt werden. Danach wird der ursprüngliche Vorsteuerabzug nach den von den Mitgliedstaaten festgelegten Einzelheiten auch berichtigt, wenn sich die Faktoren, die bei der Festsetzung des Vorsteuerabzugsbetrags berücksichtigt werden, nach Abgabe der Erklärung geändert haben. Durch das Gesetz vom 22.8.2006 (BGBl. 2006 I 1970) ist § 15a Abs. 3 S. 2 eingefügt und § 15a Abs. 4 S. 2–4 angefügt worden.

48 Der EuGH hatte im Urteil C-322/99, C-323/99 (UR 2001, 293 Rn. 70 – Fischer und Brandenstein) entschieden, dass die Entnahme eines Gegenstandes, der ohne Berechtigung zum Vorsteuerabzug erworben wurde, zu einer Besteuerung nach Art. 16 MwStSystRL (Art. 5 Abs. 6 6. EG-RL) führt, wenn nach dem Erwerb an dem Gegenstand ausgeführte Arbeiten zum Einbau von Bestandteilen geführt haben und hierfür der Vorsteuerabzug in Anspruch genommen worden ist. Bei Pkw sind danach **Bestandteile** die Gegenstände, die

- durch den Einbau ihre körperliche und wirtschaftliche Eigenart endgültig verloren haben und
- zu einer dauerhaften Werterhöhung des Gegenstandes geführt haben, die im Zeitpunkt der Entnahme noch nicht vollständig verbraucht gewesen ist.

Der Besteuerung unterliegen im Fall der Entnahme aber nur diese Bestandteile, nicht der Gegenstand, in den sie eingebaut worden sind. Mit anderen Worten kommt eine **Entnahmebesteuerung nicht** in Betracht für

- die Lieferung von Gegenständen, die nicht unter den Begriff „Bestandteile" iSd Art. 16 MwStSystRL fallen und für
- Dienstleistungen, die an einem Gegenstand ausgeführt worden sind.

Der EuGH hat im Urteil Fischer und Brandenstein aber auch entschieden, dass der Vorsteuerabzug für Arbeiten an Gegenständen zu berichtigen ist, soweit die Entnahme nicht der Besteuerung nach Art. 16 MwStSystRL unterliegt und der Wert der Arbeiten nicht im Rahmen der unternehmerischen Tätigkeit vor der Überführung der Gegenstände in das Privatvermögen vollständig verbraucht ist.

49 Dieser Rechtsprechung soll die Regelung in § 15a Abs. 3 Rechnung tragen, zumal insbesondere für **Dienstleistungen** bisher nach § 15a aF keine Vorsteuerberichtigungsmöglichkeit bestanden hat. Die im ursprünglichen Gesetzesentwurf vorgesehene, dem Urteil Fischer und Brandenstein (EuGH C-322/99 und 323/99, UR 2001, 293) entnommene Voraussetzung, dass der eingegangene Gegenstand oder die sonstige Leistung zu einer Werterhöhung geführt haben muss, hat in der endgültigen Gesetzesfassung ebenso wenig Berücksichtigung gefunden wie die der Vereinfachung dienende Regelung, dass mehrere in einem Kalenderjahr ausgeführte Leistungen für Zwecke der Berichtigung zusammenzufassen sind (vgl. BT-Drs. 15/3677). Der Gesetzgeber hat auf diese Regelungen letztlich verzichtet, allerdings ohne die Überlegungen, die ihn dabei geleitet haben, mitzuteilen (vgl. BT-Drs. 15/4050, zu Art. 5 Nr. 11).

Vgl. zu der Neuregelung des **§ 15a Abs. 3 S. 2** durch das Gesetz vom 22.8.2006 (BGBl. 2006 I 1970), der zufolge mehrere Lieferungen oder sonstige Leistungen, die im Rahmen einer Maßnahme bezogen werden, zu einem Berichtigungsobjekt zusammenzufassen sind, BMF 12.4.2007, BStBl. I 2007, 466 mit zahlreichen Beispielen.

50 Mit der Regelung in § 15a Abs. 4 geht der Gesetzgeber über die unmittelbaren Aussagen des EuGH im Urteil Fischer und Brandenstein (EuGH C-322/99 und 323/99, UR 2001, 293) hinaus und sieht auch für sonstige Leistungen, die **nicht an**

einem anderen Wirtschaftsgut ausgeführt werden, eine Berichtigung des Vorsteuerabzugs nach Maßgabe von § 15a Abs. 1 und 2 in Abhängigkeit davon vor, ob die sonstige Leistung **einmalig** oder **mehrmalig** zur Ausführung von Umsätzen verwendet wird. Bei der Beurteilung der Frage, ob die sonstige Leistung einmalig oder mehrmalig zur Erzielung von Umsätzen verwendet wird, ist dabei im Einzelfall darauf abzustellen, wann die bezogene sonstige Leistung verbraucht ist.

Das betrifft der Gesetzesbegründung zufolge zB EDV-Programme (Berichtigung nach § 15a Abs. 1 pro rata temporis), Reinigungsleistungen (Berichtigung nach § 15a Abs. 2), Beratungsleistungen für ein Unternehmenskonzept (Berichtigung nach § 15a Abs. 1 oder 2), eine Anzahlung für längerfristiges Mietleasing (Berichtigung nach § 15a Abs. 1). Vgl. zum Ganzen BR-Drs. 605/04, zu Art. 5 Nr. 11 Abs. 4; BT-Drs. 15/3677 zu Art. 5 Nr. 11 Abs. 4. 51

Der Regelungsgehalt des § 15a Abs. 4 erschließt sich jedenfalls insoweit nicht, als er sich auf einmalig verwendete Leistungen bezieht. Insoweit ist eine Änderung der Verhältnisse nur schwer vorstellbar. Die Vorschrift stellt insoweit eine auf Dienstleistungen zugeschnittene Parallelregelung zu § 15a Abs. 2 dar. Während die für den Vorsteuerabzug maßgebliche Verwendungsabsicht bei Leistungsbezug und die tatsächliche Verwendung bei Wirtschaftsgütern des Umlaufvermögens (§ 15a Abs. 2) auseinanderfallen können, ist das bei einmalig genutzten Dienstleistungen, die nicht an einem anderen Wirtschaftsgut ausgeführt werden, nur schwer vorstellbar. Der Leistungsbezug dürfte hier in aller Regel mit der Verwendung zusammen fallen. Danach aber ist bei einmalig genutzten Dienstleistungen kein Raum mehr, gerade weil sie genutzt und damit verbraucht sind. Ein Fortwirken dieser Leistung ist dann regelmäßig nur in Gestalt eines anderen Wirtschaftsgutes denkbar, womit man aber in den Regelungsbereich des § 15a Abs. 3 gelangt. Auch das in den Materialien (→ Rn. 50) genannte Beispiel der Reinigungsleistungen bringt kein Licht in den Anwendungsbereich der Vorschrift, weil Reinigungsleistungen, die nicht an einem anderen Wirtschaftsgut ausgeführt werden, die Frage aufwerfen, was denn da gereinigt werden soll. 52

Durch die Einfügung von **§ 15a Abs. 4 S. 2–4** wird klargestellt, welche sonstigen Leistungen der Berichtigung des Vorsteuerabzugs unterliegen. Die Verpflichtung zur Berichtigung des Vorsteuerabzugs wird grundsätzlich auf solche sonstigen Leistungen beschränkt, für die steuerrechtlich ein Bilanzierungsgebot besteht. Dabei kommt es nicht darauf an, ob der Unternehmer nach §§ 140, 141 AO selbst zur Buchführung verpflichtet ist. Die Regelung gilt damit auch für Unternehmer, die ihren Gewinn nach § 4 Abs. 3 EStG ermitteln oder die das Einkommen als Überschuss der Einnahmen über die Werbungskosten ermitteln (vgl. BR-Drs. 302/06, 25). 53

V. Verfahren der Berichtigung (§ 15a Abs. 5, Abs. 9)

a) § 15a Abs. 5 setzt Art. 187 MwStSystRL um und ist deckungsgleich mit der Regelung in § 15a Abs. 2 aF. Die Berichtigung des Vorsteuerabzugs ist jeweils für das Kalenderjahr des Berichtigungszeitraums vorzunehmen, in dem sich die für den Vorsteuerabzug maßgebenden Verhältnisse im Vergleich zum Kalenderjahr der Entstehung des Vorsteuererstattungsanspruchs geändert haben. Die Berichtigung ist bei der Berechnung der Steuer für das betreffende Kalenderjahr durchzuführen. Bei der Berichtigung ist auszugehen von den in § 15a Abs. 1 bezeichneten Anteilen der Vorsteuerbeträge von einem Fünftel bzw. einem Zehntel bzw. bei einer kürzeren Verwendungsdauer von dem entsprechenden Anteil. Der **Berichtigungszeitraum** umfasst stets volle Jahre ab dem Beginn der erstmaligen Verwendung eines Wirtschaftsguts im Unternehmen, es sei denn, die Verwendung des Wirtschaftsgutes endet **unvorhergesehen** bereits vorher wegen Unbrauchbarkeit. Infolgedessen ist im letzten Kalenderjahr nicht der volle Jahresanteil der Vorsteuerbeträge, sondern nur derje- 54 nige Anteil anzusetzen, der den jeweiligen Kalendermonaten entspricht (wegen der vollen Kalendermonate s. § 45 UStDV).

Beispiel: Für ein Wirtschaftsgut, mit einem Berichtigungszeitraum von 5 Jahren sind Vorsteuern in Höhe von 10.000 EUR abgezogen worden. Das Wirtschaftsgut ist am 1.4.01 (Beginn des Berichtigungszeitraums) erstmalig verwendet worden. Infolgedessen endet der Berichtigungszeitraum am 31.3.06.

Bei einer Berichtigung in den Folgejahren ist jeweils von einem Fünftel der vollen Vorsteuer von 2.000 EUR auszugehen. Bei einer Berichtigung im Kalenderjahr 06 ist jedoch nicht der volle Jahresanteil von 2.000 EUR zugrunde zu legen, sondern nur $^3/_{12}$ davon = 500 EUR, weil sich der Berichtigungszeitraum nicht auf das volle Kalenderjahr 06 erstreckt, sondern nur auf den Zeitraum bis 31.3.06.

55 Im Übrigen enthält § 15a keine weiteren Anweisungen, wie technisch die Steueranmeldung bzw. Steuerberechnung durchzuführen ist. Lediglich § 16 Abs. 2, in dem von den abziehbaren Vorsteuerbeträgen gemäß § 15 die Rede ist, weist darauf hin, dass auch § 15a zu berücksichtigen ist. Daraus ist zu folgern, dass bei der Berechnung der insgesamt abziehbaren Vorsteuerbeträge auch die Berichtigungsbeträge gemäß § 15a abzuziehen sind. Gemäß UStAE 15a.1 ist der Ausgleich des Vorsteuerabzugs grundsätzlich bei der Steuerfestsetzung für den Voranmeldungszeitraum vorzunehmen, in dem sich die Verhältnisse gegenüber den für den ursprünglichen Vorsteuerabzug maßgebenden Verhältnissen geändert haben. Wird aber das Wirtschaftsgut während des maßgeblichen Berichtigungszeitraums veräußert oder nach § 3 Abs. 1b geliefert, so stehen damit die Verhältnisse bis zum Ablauf des Berichtigungszeitraums fest. Daher ist die **Berichtigung in solchen Fällen** bereits für den **Voranmeldungszeitraum** durchzuführen, in dem die Veräußerung oder Lieferung nach § 3 Abs. 1b stattgefunden hat (§ 44 Abs. 4 UStDV). Hierbei sind die Berichtigungen für das Kalenderjahr der Veräußerung oder Lieferung nach § 3 Abs. 1b und die Berichtigungen für die noch folgenden Kalenderjahre des Berichtigungszeitraums gleichzeitig vorzunehmen. In den Fällen des § 44 Abs. 3 UStDV (1.000 EUR-Grenze) sind außerdem die Berichtigungen für die vorausgegangenen Folgejahre durchzuführen. Siehe im Übrigen wegen weiterer Beispiele UStAE 15a.4.

56 **b)** Nach UStAE 15a.1 ist es für die Berichtigung ohne Bedeutung, wie die Anschaffungs- oder Herstellungskosten **einkommensteuerrechtlich anzusetzen** sind. Deshalb sind auch solche Vorsteuerbeträge in die Berichtigung einzubeziehen, die auf Kosten entfallen, für die einkommensteuerrechtlich bzgl. der Aktivierung, Bilanzierung oder Abschreibung besondere Regelungen gelten, zB sofort absetzbare Beträge, Zuschüsse, die der Unternehmer erfolgsneutral behandelt, AfA, die auf die Zeit bis zur tatsächlichen Ingebrauchnahme entfällt.

57 **c)** Führt die Berichtigung nach § 15a in einem späteren Kalenderjahr zu einem erstmaligen Vorsteuerabzug, weil der Vorsteuerabzug im Erstjahr nach § 15 Abs. 2 oder 3 ausgeschlossen war, so dürfen auch nur die Vorsteuerbeträge angesetzt werden, für die die allgemeinen Voraussetzungen des § 15 Abs. 1 vorliegen. Daher sind in diesen Fällen Vorsteuerbeträge, für die der Abzug zu versagen ist, weil keine ordnungsgemäße Rechnung iSd § 14 Abs. 1 oder kein zollamtlicher Einfuhrbeleg vorliegt, von der Berichtigung ausgenommen. Werden zum Vorsteuerabzug berechtigende ordnungsgemäße Rechnungen erteilt, nachdem bereits eine Änderung der Verhältnisse eingetreten ist, so ist sowohl der Vorsteuerabzug als auch die Vorsteuerberichtigung im Jahr der Rechnungserteilung vorzunehmen (s. auch UStAE 15a.1, 15a.4).

VI. Nachträgliche Anschaffungs- oder Herstellungskosten (§ 15a Abs. 6)

§ 15a Abs. 6 entspricht der bisherigen Regelung in § 15a Abs. 3. Für nachträgliche Anschaffungs- oder Herstellungskosten gilt ein eigener Berichtigungszeitraum (UStAE 15a.8). Er beginnt zu dem Zeitpunkt, zu dem der Unternehmer das in seiner Form geänderte Wirtschaftsgut erstmalig zur Ausführung von Umsätzen verwendet. Seine Dauer bemisst sich nach der Art des betreffenden Wirtschaftsgutes, sofern nicht im Einzelfall eine kürzere Verwendungsdauer in Betracht kommt. Der Begriff der nachträglichen Anschaffungs- oder Herstellungskosten ist nach einkomensteuerrechtlichen Grundsätzen zu beurteilen. Aufwendungen, die nach den einkomensteuerrechtlichen Vorschriften Erhaltungsaufwand sind, bleiben auch dann unberücksichtigt, wenn sich die jeweiligen Erhaltungsmaßnahmen über das betreffende Kalenderjahr hinaus auswirken. Es ist dann aber immer zu prüfen, ob die nachträglichen Kosten in ein bereits vorhandenes Wirtschaftsgut eingehen oder ob selbstständiger Herstellungsaufwand iSv EStR 21.1 vorliegt. 58

Beispiel: Ein am 1.7.01 erstmals verwendeter Pkw hat eine betriebsgewöhnliche Nutzungsdauer von 4 Jahren. Am 31.1.03 fällt im Rahmen einer größeren Reparatur nachträglicher Herstellungsaufwand an. Die betriebsgewöhnliche Nutzungsdauer des Pkw wird dadurch nicht verlängert. Der Berichtigungszeitraum für den Pkw selbst beträgt 4 Jahre und endet am 30.6.05. Für den nachträglichen Herstellungsaufwand beginnt der Berichtigungszeitraum am 1.2.03. Er endet aber zusammen mit dem „Berichtigungszeitraum" des Pkw am 30.6.05 und beträgt also nur 2 Jahre und 5 Monate.

Vorsteuern, die auf Kosten entfallen, die im Jahr der Anschaffung oder Herstellung ertragsteuerlich als sofort abzugsfähige Werbungskosten behandelt werden, bilden keine Anschaffungs- oder Herstellungskosten und sind deshalb auch nicht in die Berichtigung des Vorsteuerabzugs nach § 15a einzubeziehen. 59

Durch die Einbeziehung von Wirtschaftsgütern, die nur einmalig zur Erzielung von Umsätzen verwendet werden (§ 15a Abs. 2), Gegenständen, die unter Aufgabe ihrer körperlichen und wirtschaftlichen Eigenart in einen anderen Gegenstand eingehen (§ 15a Abs. 3 S. 1 Alt. 1) und von sonstigen Leistungen (§ 15a Abs. 3 S. 1 Alt. 2) in die Berichtigung des Vorsteuerabzugs muss die Verpflichtung zur Berichtigung des Vorsteuerabzugs bei nachträglichen Anschaffungs- oder Herstellungskosten auch auf diese Leistungsbezüge ausgeweitet werden. 60

VII. Veräußerung oder Lieferung nach § 3 Abs. 1b (§ 15a Abs. 8, Abs. 9)

§ 15a Abs. 8, 9 setzt Art. 188 MwStSystRL um. Dabei entspricht § 15a Abs. 8 der bisherigen Regelung in § 15a Abs. 4 aF und § 15a Abs. 9 der bisherigen Regelung in § 15a Abs. 6. Durch § 15a Abs. 8, 9 wird das Ausscheiden des Wirtschaftsguts aus dem Unternehmen durch **Veräußerung** oder **Lieferung nach § 3 Abs. 1b** als Verwendungsfall für den restlichen Berichtigungszeitraum fingiert. Dh, die jährliche Berichtigung wird durch eine einzige, auf die vermutete Nutzung des fraglichen Investitionsgutes während der Restlaufzeit gestützte Berichtigung ersetzt (EuGH C-63/04, UR 2006, 418 – Centralan Property Ltd.). Zum Begriff der Lieferung idS vgl. ebenfalls EuGH C-63/04, UR 2006, 418 61

§ 15a Abs. 8 regelt nur die Fälle, in denen ein Wirtschaftsgut innerhalb des Berichtigungszeitraums und der betriebsgewöhnlichen Nutzungsdauer veräußert oder entnommen wird und zu diesem Zeitpunkt tatsächlich objektiv noch verwendbar ist. Ist 62 die betriebsgewöhnliche Nutzungsdauer kürzer als der (Regel-)Berichtigungszeitraum, verkürzt sich aufgrund der Regelung in § 15a Abs. 5 S. 2 auch der Berichtigungszeitraum.

62a § 15a Abs. 8 S. 2 ist eine Folgeregelung zur Einführung des § 15 Abs. 1b. Bei der Veräußerung oder Entnahme kann ein Wirtschaftsgut, für das der Vorsteuerabzug nach § 15 Abs. 1b teilweise ausgeschlossen war, bei wirksamem Verzicht auf die Steuerbefreiung mit der vollen USt belastet sein. Daher ist eine Vorsteuerberichtigung auch bei diesen Wirtschaftsgütern durchzuführen.

63 Mit der auf der Ermächtigung in § 15a Abs. 11 Nr. 1 beruhenden Regelung in § 44 Abs. 4 S. 3 UStDV wird vermieden, dass der Unternehmer für die nicht mehr im Unternehmen vorhandenen Wirtschaftsgüter Berichtigungen bis zum Ende des Berichtigungszeitraums vornehmen muss. Die Berichtigung ist danach für das Kalenderjahr der Lieferung und die folgenden Kalenderjahre des Berichtigungszeitraums bereits bei der Berechnung der Steuer für den Voranmeldungszeitraum durchzuführen, in dem die Lieferung stattgefunden hat. Die Berichtigung für den gesamten verbleibenden Berichtigungszeitraum wird gleichsam vorgezogen.

64 Zur mit Wirkung vom 1.1.2004 aufgehobenen Regelung in § 15a Abs. 4 S. 2 UStG aF für die Veräußerung von Fahrzeugen mit 50%-Vorsteuerabzug vgl. die 7. Aufl. § 15a Rn. 24.

VIII. Vorsteuerberichtigung und Geschäftsveräußerung (§ 15a Abs. 10)

65 Die Geschäftsveräußerung ist gemäß § 1 Abs. 1a seit 1.1.1994 nicht mehr steuerbar. Deshalb war eine Ergänzung der Vorsteuerberichtigungspflichten erforderlich, um einen teilweise unversteuerten Endverbrauch zu verhindern.

Beispiel: U vermietet Büros steuerpflichtig und nimmt den Vorsteuerabzug aus der Errichtung der Büros in Anspruch. Während des Berichtigungszeitraums veräußert er das Gebäude im Wege der Geschäftsveräußerung.

66 Die Geschäftsveräußerung führt beim Veräußerer nicht zu einer Berichtigung, weil sie kein Umsatz iSv § 15a Abs. 8 ist. Dafür wird nach § 15a Abs. 10 der maßgebliche Berichtigungszeitraum durch die Veräußerung nicht unterbrochen. Der Berichtigungszeitraum gilt vielmehr für den Erwerber fort, mit der Folge, dass dieser die Vorsteuerberichtigung als Rechtsnachfolger vorzunehmen hat, wenn die Verwendung durch ihn von der erstmaligen Verwendung beim Veräußerer abweicht (vgl. BFH V R 23/06, UR 2009, 528; V R 4/07, BStBl. II 2009, 1804; V R 5/06, BStBl. II 2008, 448).

67 Für die erforderlichen Informationen steht dem Erwerber nach § 15a Abs. 10 S. 2 ein zivilrechtlicher Anspruch auf Auskunft durch den Veräußerer zu. Eine Berichtigung **zugunsten** des Erwerbers setzt voraus, dass dem Veräußerer zum Vorsteuerabzug berechtigende Rechnungen vorgelegen haben.

IX. Vereinfachungsregelungen (§ 15a Abs. 11 iVm §§ 44 und 45 UStDV)

68 Von der gesetzlichen Ermächtigung des § 15a Abs. 11, für verschiedene Problemkreise iRv § 15a Vereinfachungsregeln aufzustellen, hat der BMF mit den §§ 44, 45 UStDV Gebrauch gemacht. Danach gilt Folgendes:

69 **1. Eine Berichtigung entfällt (§ 44 Abs. 1 UStDV),** wenn die auf die Anschaffungs- bzw. Herstellungskosten eines Wirtschaftsguts entfallenden Vorsteuern

1.000 EUR nicht übersteigt. Diese Regelung gilt für den gesamten Berichtigungszeitraum und unabhängig davon, in welchem Umfang sich die für den Vorsteuerabzug maßgebenden Verhältnisse in den Folgejahren ändern. Die Grenze von **1.000 EUR** gilt sinngemäß auch für nachträgliche Anschaffungs- oder Herstellungskosten. Dabei sind diejenigen Vorsteuerbeträge maßgebend, die einer Berichtigung jeweils im Einzelfall zugrundezulegen wären. Es ist also jeder einzelne Berichtigungszeitraum für sich zu betrachten. Vgl. im Einzelnen UStAE 15a.11.

2. Greift die Vereinfachungsregelung des § 44 Abs. 1 UStDV nicht ein, so kommt 70
eine **prozentuale Regelung (§ 44 Abs. 2 UStDV)** in Betracht. Danach entfällt das Erfordernis der Berichtigung für dasjenige Kalenderjahr, in dem sich die für den Vorsteuerabzug maßgebenden Verhältnisse gegenüber den Verhältnissen im Erstjahr um weniger als 10 Prozentpunkte geändert haben und der Betrag, um den der Vorsteuerabzug für dieses Kalenderjahr zu berichtigen wäre, **1.000 EUR** nicht übersteigt. Die prozentuale Grenze ist in der Weise zu berechnen, dass das Aufteilungsverhältnis, das sich für das betreffende Jahr des Berichtigungszeitraumes ergibt, dem Verhältnis gegenübergestellt wird, das für den ursprünglichen Vorsteuerabzug für das Berichtigungsobjekt nach § 15 maßgebend war.

Beispiel: Unternehmer U erwirbt im Jahr 2001 ein Wirtschaftgut mit einem Berichtigungszeitraum von 5 Jahren. Es fallen Vorsteuerbeträge iHv 10.000 EUR an, die U in vollem Umfang geltend macht, weil er das Wirtschaftsgut ausschließlich zur Ausführung steuerpflichtiger Umsätze zu verwenden beabsichtigt. Im Jahr 2002 verwendet er das WG zu 95% steuerpflichtig, zu 5% steuerfrei, im Jahr 03 zu 70% steuerpflichtig, zu 30% steuerfrei und im Jahr 04 zu 40% steuerpflichtig und zu 60% steuerfrei.

Für das Jahr 02 erfolgt keine Berichtigung. Die Änderung der Verhältnisse liegt unter 10% und der Berichtigungsbetrag unter der 1.000 EUR-Grenze (5% von 2.000 EUR = 100 EUR). Für die Jahre 03 und 04 sind dagegen Berichtigungen durchzuführen. In 03 liegt zwar der Berichtigungsbetrag mit 30% von 2.000 EUR = 600 EUR unter der 1.000 EUR-Grenze, die Änderung liegt aber über 10%. In 04 werden beide Grenzen überschritten.

einstweilen frei **71, 72**

3. Gemäß § 44 Abs. 3 S. 1 UStDV erfolgt abweichend von der durch § 18 **73**
Abs. 1 iVm § 16 Abs. 2 vorgegebenen Rechtslage die Vorsteuerberichtigung nicht bereits im Voranmeldungsverfahren, sondern erst im Rahmen der Steuerfestsetzung für das Kalenderjahr, wenn der Jahresberichtigungsbetrag bei einem Wirtschaftsgut 6.000 EUR nicht übersteigt. Diese Regelung soll sowohl zugunsten als auch zu Lasten des Steuerpflichtigen gelten. Es bestehen Bedenken, ob diese Regelung tatsächlich der gesetzlichen Ermächtigungsnorm des § 15a Abs. 11 Nr. 1 entsprechen, also zu einer Vereinfachung des Besteuerungsverfahrens führt.

4. § 44 Abs. 3 S. 3 UStDV regelt die Fälle des **vorzeitigen Ausscheidens von** **74**
Wirtschaftsgütern durch Veräußerung oder Lieferung nach § 3 Abs. 1b. In solchen Fällen ist die Berichtigung des Vorsteuerabzugs bereits bei der Berechnung der Steuer für den Voranmeldungszeitraum (§ 18 Abs. 1 und Abs. 2) durchzuführen, in dem die Veräußerung oder Entnahme zum Eigenverbrauch stattgefunden hat. Dies ist konsequent, weil zu diesem Zeitpunkt ja feststeht, welcher „Verwendung" das Wirtschaftsgut endgültig zugeführt wird.

5. § 44 Abs. 4 UStDV bestimmt, dass die vorstehenden Vereinfachungsregelun- **75**
gen sinngemäß auch immer anzuwenden sind auf **nachträgliche** Anschaffungs- oder Herstellungskosten und auf die in § 15a Abs. 3 und Abs. 4 bezeichneten Leistungen bzw. die darauf entfallenden Vorsteuerbeträge.

6. Um **komplizierte Berechnungen** beim Ablauf des Berichtigungszeitraums **76**
nach Tagen zu vermeiden, bestimmt **§ 45 UStDV,** dass beim Ablauf des Berichtigungszeitraums vor dem 16. eines Kalendermonats dieser außer Betracht bleibt; endet der Berichtigungszeitraum nach dem 15. eines Kalendermonats, so ist dieser Kalendermonat voll zu berücksichtigen.

X. Aufzeichnungspflichten

77 Die Aufzeichnungspflichten des § 22 Abs. 4 sind erfüllt, wenn der Unternehmer die folgenden Angaben eindeutig und leicht nachprüfbar aufzeichnet:
– die Anschaffungs- und Herstellungskosten für das betreffende Wirtschaftsgut und die darauf entfallenden Vorsteuerbeträge. Falls es sich hierbei um mehrere Einzelbeträge handelt, ist auch jeweils die Gesamtsumme aufzuzeichnen. Insoweit sind auch die Vorsteuerbeträge aufzuzeichnen, die den nicht zum Vorsteuerabzug berechtigenden Umsätzen zuzurechnen sind;
– den Zeitpunkt der erstmaligen Verwendung des Wirtschaftsguts;
– die Verwendungsdauer (betriebsgewöhnliche Nutzungsdauer) iSd einkommensteuerrechtlichen Vorschriften und den maßgeblichen Berichtigungszeitraum für das Wirtschaftsgut;
– die Anteile, zu denen das Wirtschaftsgut in den einzelnen Kalenderjahr des Berichtigungszeitraums zur Ausführung der den Vorsteuerabzug ausschließenden Umsätze und zur Ausführung der zum Vorsteuerabzug berechtigenden Umsätze verwendet wurde;
– bei einer Veräußerung oder unentgeltlichen Wertabgabe nach § 3 Abs. 1b des Wirtschaftsguts während des maßgeblichen Berichtigungszeitraums den Zeitpunkt und die ustrechtliche Behandlung dieses Umsatzes;
– bei einer Verkürzung des Berichtigungszeitraums wegen vorzeitiger Unbrauchbarkeit des Wirtschaftsguts die Ursache unter Angabe des Zeitpunkts und unter Hinweis auf die entsprechenden Unterlagen.

78 Für nachträgliche Anschaffungs- oder Herstellungskosten gelten die Aufzeichnungspflichten entsprechend. Die erforderlichen Angaben sind für jeden einzelnen Berichtigungsvorgang aufzuzeichnen. Vgl. im Einzelnen UStAE 15a.12.

XI. Besonderheiten

1. § 15a und das Abzugsverfahren gemäß § 18 Abs. 8 aF

79 Zum bis zum 31.12.2001 geltenden **Abzugsverfahren** vgl. 7. Aufl. § 18 Rn. 47 ff.

2. Vorsteuerberichtigung und Insolvenz

80 Wird im Insolvenzverfahren ein zur Masse gehörendes Grundstück zwangsversteigert und ergibt sich wegen dieses steuerfreien Umsatzes ein Vorsteuerberichtigungsanspruch des FA, so ist dieser den Massekosten iSd § 54 InsO zuzurechnen (BFH V R 115/87, BStBl. II 1991, 817 zu § 58 Nr. 2 KO). Der Anspruch ist als Masseanspruch vorweg aus der Masse zu berichtigen § 53 InsO und vom FA mit einem gegen den Insolvenzverwalter gerichteten Steuerbescheid geltend zu machen (BFH V R 23/80, BStBl. II 1987, 527 zu § 57 KO). Gleiches gilt, wenn ein Kfz-Leasingvertrag nach §§ 103, 109 InsO gekündigt und die vom Gemeinschuldner geleistete Leasingsonderzahlung zT an den Insolvenzverwalter zurückgezahlt wird. Der dabei zu berichtigende Vorsteuerabzug wird durch einen Schadensersatz, den der Leasingnehmer zu leisten hat, nicht gemindert (BFH V R 55/94, BStBl. II 1995, 808 zu § 19 KO).

3. Privat genutzte Fahrzeuge (§ 15a Abs. 3 Nr. 2 aF)

81 Die Vorschrift in § 15a Abs. 3 Nr. 2 aF ist durch das EURLUmsG (BGBl. 2004 I 3310) nicht in § 15a Abs. 6 übernommen worden. Die Vorschrift galt seit 1.4.1999

und nur für Fahrzeugerwerbe nach dem 31.3.1999 bis 31.12.2003 (§ 27 Abs. 5). Sie regelte die Fälle, in denen

- Fahrzeuge, die zunächst ausschließlich für unternehmerische Zwecke genutzt wurden und deshalb der vollständige Vorsteuerabzug nach § 15 Abs. 1 möglich war, später auch privat genutzt wurden und deshalb wegen § 15 Abs. 1b nur ein Vorsteuerabzug von 50% bestand;
- Fahrzeuge, die zunächst auch für den privaten Bedarf des Unternehmers angeschafft wurden und deshalb nur abziehbare Vorsteuerbeträge von 50% bestanden, später ausschließlich unternehmerisch genutzt wurden.

In beiden Fällen war bei Eintritt der geänderten Verhältnisse die Vorsteuerberichtigung durchzuführen.

Fünfter Abschnitt. Besteuerung

§ 16 Steuerberechnung, Besteuerungszeitraum und Einzelbesteuerung

(1) [1]Die Steuer ist, soweit nicht § 20 gilt, nach vereinbarten Entgelten zu berechnen. [2]Besteuerungszeitraum ist das Kalenderjahr. [3]Bei der Berechnung der Steuer ist von der Summe der Umsätze nach § 1 Abs. 1 Nr. 1 und 5 auszugehen, soweit für sie die Steuer in dem Besteuerungszeitraum entstanden und die Steuerschuldnerschaft gegeben ist. [4]Der Steuer sind die nach § 6a Abs. 4 Satz 2, nach § 14c sowie nach § 17 Abs. 1 Satz 6 geschuldeten Steuerbeträge hinzuzurechnen.

(1a) [1]Macht ein nicht im Gemeinschaftsgebiet ansässiger Unternehmer von § 18 Abs. 4c Gebrauch, ist Besteuerungszeitraum das Kalendervierteljahr. [2]Bei der Berechnung der Steuer ist von der Summe der Umsätze nach § 3a Abs. 5 auszugehen, die im Gemeinschaftsgebiet steuerbar sind, soweit für sie in dem Besteuerungszeitraum die Steuer entstanden und die Steuerschuldnerschaft gegeben ist. [3]Absatz 2 ist nicht anzuwenden.

(1b) [1]Macht ein im übrigen Gemeinschaftsgebiet ansässiger Unternehmer (§ 13b Absatz 7 Satz 2) von § 18 Absatz 4e Gebrauch, ist Besteuerungszeitraum das Kalendervierteljahr. [2]Bei der Berechnung der Steuer ist von der Summe der Umsätze nach § 3a Absatz 5 auszugehen, die im Inland steuerbar sind, soweit für sie in dem Besteuerungszeitraum die Steuer entstanden und die Steuerschuldnerschaft gegeben ist. [3]Absatz 2 ist nicht anzuwenden.

(2) [1]Von der nach Absatz 1 berechneten Steuer sind die in den Besteuerungszeitraum fallenden, nach § 15 abziehbaren Vorsteuerbeträge abzusetzen. [2]§ 15a ist zu berücksichtigen.

(3) Hat der Unternehmer seine gewerbliche oder berufliche Tätigkeit nur in einem Teil des Kalenderjahres ausgeübt, so tritt dieser Teil an die Stelle des Kalenderjahres.

(4) Abweichend von den Absätzen 1, 2 und 3 kann das Finanzamt einen kürzeren Besteuerungszeitraum bestimmen, wenn der Eingang der Steuer gefährdet erscheint oder der Unternehmer damit einverstanden ist.

(5) [1]Bei Beförderungen von Personen im Gelegenheitsverkehr mit Kraftomnibussen, die nicht im Inland zugelassen sind, wird die Steuer, abweichend von Absatz 1, für jeden einzelnen steuerpflichtigen Umsatz durch die zuständige Zolldienststelle berechnet (Beförderungseinzelbesteuerung), wenn eine Grenze zum Drittlandsgebiet überschritten wird. [2]Zuständige Zolldienststelle ist die Eingangszollstelle oder Ausgangszollstelle, bei der der Kraftomnibus in das Inland gelangt oder das Inland verlässt. [3]Die zuständige Zolldienststelle handelt bei der Beförderungseinzelbesteuerung für das Finanzamt, in dessen Bezirk sie liegt (zuständiges Finanzamt). [4]Absatz 2 und § 19 Abs. 1 sind bei der Beförderungseinzelbesteuerung nicht anzuwenden.

(5a) Beim innergemeinschaftlichen Erwerb neuer Fahrzeuge durch andere Erwerber als die in § 1a Abs. 1 Nr. 2 genannten Personen ist die Steuer abweichend von Absatz 1 für jeden einzelnen steuerpflichtigen Erwerb zu berechnen (Fahrzeugeinzelbesteuerung).

(5b) [1]Auf Antrag des Unternehmers ist nach Ablauf des Besteuerungszeitraums an Stelle der Beförderungseinzelbesteuerung (Absatz 5) die Steuer nach den Absätzen 1 und 2 zu berechnen. [2]Die Absätze 3 und 4 gelten entsprechend.

(6) [1]**Werte in fremder Währung sind zur Berechnung der Steuer und der abziehbaren Vorsteuerbeträge auf Euro nach den Durchschnittskursen umzurechnen, die das Bundesministerium der Finanzen für den Monat öffentlich bekannt gibt, in dem die Leistung ausgeführt oder das Entgelt oder ein Teil des Entgelts vor Ausführung der Leistung (§ 13 Abs. 1 Nr. 1 Buchstabe a Satz 4) vereinnahmt wird.** [2]**Ist dem leistenden Unternehmer die Berechnung der Steuer nach vereinnahmten Entgelten gestattet (§ 20), so sind die Entgelte nach den Durchschnittskursen des Monats umzurechnen, in dem sie vereinnahmt werden.** [3]**Das Finanzamt kann die Umrechnung nach dem Tageskurs, der durch Bankmitteilung oder Kurszettel nachzuweisen ist, gestatten.** [4]**Macht ein nicht im Gemeinschaftsgebiet ansässiger Unternehmer von § 18 Absatz 4c Gebrauch, hat er zur Berechnung der Steuer Werte in fremder Währung nach den Kursen umzurechnen, die für den letzten Tag des Besteuerungszeitraums nach Absatz 1a Satz 1 von der Europäischen Zentralbank festgestellt worden sind; macht ein im übrigen Gemeinschaftsgebiet (§ 13b Absatz 7 Satz 2) ansässiger Unternehmer von § 18 Absatz 4e Gebrauch, hat er zur Berechnung der Steuer Werte in fremder Währung nach den Kursen umzurechnen, die für den letzten Tag des Besteuerungszeitraums nach Absatz 1b Satz 1 von der Europäischen Zentralbank festgestellt worden sind.** [5]**Sind für die in Satz 4 genannten Tage keine Umrechnungskurse festgestellt worden, hat der Unternehmer die Steuer nach den für den nächsten Tag nach Ablauf des Besteuerungszeitraums nach Absatz 1a Satz 1 oder Absatz 1b Satz 1 von der Europäischen Zentralbank festgestellten Umrechnungskursen umzurechnen.**

(7) **Für die Einfuhrumsatzsteuer gelten § 11 Abs. 5 und § 21 Abs. 2.**

Umsatzsteuer-Durchführungsverordnung:

§§ 46–62 UStDV (abgedruckt bei § 18 UStG)

EU-Recht: Art. 91 MwStSystRL (Art. 11 Teil C Abs. 2 UAbs. 1 u. 2 S. 1 u. 2 6. EG-RL),
Art. 179 MwStSystRL (Art. 18 Abs. 2 UAbs 1 u. 2 6. EG-RL),
Art. 210 MwStSystRL (Art. 22 (28h) Abs. 11 6. EG-RL),
Art. 211 MwStSystRL (Art. 23 Abs. 2 6. EG-RL),
Art. 252 MwStSystRL (Art. 22 (28h) Abs. 4 Buchst. a S. 1 bis 4 6. EG-RL),
Art. 258 MwStSystRL (Art. 22 (28h) Abs. 11 6. EG-RL),
Art. 260 MwStSystRL (Art. 23 Abs. 1 6. EG-RL),
Art. 364 MwStSystRL (Art. 26c Teil B Abs. 5 Buchst. a bis d 6. EG-RL),
Art. 365 MwStSystRL (Art. 26c Teil B Abs. 5 UAbs. 2 6. EG-RL),
Art. 366 MwStSystRL (Art. 26c Teil B Abs. 6 S. 1 bis 4 6. EG-RL),
Art. 369f MwStSystRL,
Art. 369j MwStSystRL,
Art. 393 Abs. 2 MwStSystRL (Art. 28 Abs. 4 u. 5 6. EG-RL).
UStAE: 16.1–16.4

Übersicht

I. Bedeutung

1 Die Vorschrift regelt die **Berechnung der Steuer** und den **Besteuerungszeitraum.** Die Berechnung der Steuer setzt sowohl deren **Entstehung** als auch die **Steuerschuldnerschaft** voraus. Beides ist aber nicht Gegenstand von § 16, sondern von § 13 (Entstehung der USt) sowie hinsichtlich der Steuerschuldnerschaft allgemein von § 13a und in besonderen Fällen von § 13b Abs. 5 (Steuerschuldnerschaft des Leistungsempfängers) und § 25b Abs. 2 (innergemeinschaftliches Dreiecksgeschäft). Die **Festsetzung und Erhebung der Steuer** für den Voranmeldezeitraum und den Besteuerungszeitraum wird von § 18 geregelt, der an die Berechnungsvorschrift des § 16 anknüpft und um die Erfassung von Berichtigungen nach § 17 ergänzt (§ 18 Abs. 1 S. 3).

2 § 16 Abs. 1 S. 1 normiert den Regelfall der Berechnung der Steuer nach vereinbarten Entgelten (sog. **Soll-Besteuerung,** zur Kritik an der Soll-Besteuerung → § 20 Rn. 7). Ebenso legt die Vorschrift den **Besteuerungszeitraum** allgemein (§ 16 Abs. 1 S. 1, → Rn. 19) und in den Einzelfällen des nichtansässigen Unternehmers (§ 16 Abs. 1a und Abs. 1b, → Rn. 20), des Unternehmers, der nicht im gesamten Kalenderjahr gewerblich oder beruflich tätig war (§ 16 Abs. 3, → Rn. 21), der Beförderungseinzelbesteuerung (§ 16 Abs. 5 und Abs. 5b, → Rn. 23ff.) und der Fahrzeugeinzelbesteuerung (§ 16 Abs. 5a, → Rn. 30) fest. § 16 Abs. 6 regelt die **Währungsumrechnung** für die Steuerberechnung (→ Rn. 32ff.).

3 *einstweilen frei*

II. Berechnung der Steuer im Regelfall

1. Allgemeines

4 Im Regelfall geht § 16 von der **getrennten Berechnung** der Steuer (Abs. 1) und der Vorsteuer (Abs. 2) aus und sieht danach die Saldierung der beiden Besteuerungsgrundlagen vor. „Der Vorsteuerabzug wird von dem Steuerpflichtigen global vorgenommen, in dem er von dem Steuerbetrag, den er für den Steuerzeitraum schuldet, den Betrag der Mehrwertsteuer absetzt, für die während des Zeitraums das Abzugsrecht entstanden ist und gemäß Art 178 ausgeübt wird" (Art. 179 MwStSystRL).

5 *einstweilen frei*

2. Berechnung der Steuer gemäß § 16 Abs. 1

6 Die Steuer ist grundsätzlich nach **vereinbarten Entgelten** zu berechnen, wenn der Unternehmer nicht die Berechnung nach vereinnahmten Entgelten (§ 20) anwendet und soweit nicht eine andere Vorschrift die Besteuerung nach vereinnahmten Entgelten regelt (zB die Mindest-Ist-Besteuerung nach § 13 Abs. 1 Nr. 1 Buchst. a S. 4 und § 13b Abs. 4 S. 2). Zu berechnen ist die USt vom Steuerschuldner, somit

regelmäßig vom Unternehmer, in den Fällen des § 6a Abs. 4 vom Abnehmer und in den Fällen des § 14c Abs. 2 vom Aussteller der Rechnung.

Bei der Berechnung der Steuer ist von der Summe der Umsätze nach § 1 Abs. 1 7
S. 1 Nr. 1 und 5 auszugehen, soweit für diese Umsätze die Steuer im Besteuerungszeitraum entstanden (§ 13) und die Steuerschuldnerschaft gegeben ist. Auszugehen ist somit zunächst von den steuerpflichtigen **Lieferungen und sonstigen Leistungen** (§ 1 Abs. 1 S. 1 Nr. 1) und den **innergemeinschaftlichen Erwerben** (§ 1 Abs. 1 S. 1 Nr. 5). Die Einschränkung, dass die Steuerschuldnerschaft gegeben sein muss, bewirkt, dass der Unternehmer nur die von ihm erbrachten Umsätze einzubeziehen hat, für die er die Steuer schuldet. Dies ist der Regelfall bei von ihm erbrachten Lieferungen und sonstige Leistungen (§ 13a Abs. 1 Nr. 1) und beim innergemeinschaftlichen Erwerb durch ihn (§ 13a Abs. 1 Nr. 2). Umgekehrt muss der Unternehmer aber auch die nicht von ihm erbrachten Umsätze einbeziehen, für die er die Steuer schuldet, was bei der **Verlagerung der Steuerschuldnerschaft** auf den Leistungsempfänger nach § 13b Abs. 5 bzw. auf den letzten Abnehmer beim innergemeinschaftlichen Dreiecksgeschäft nach § 25b Abs. 2 (iVm § 13a Abs. 1 Nr. 5) der Fall sein kann. Zur entstandenen Steuer zählt auch die USt auf Anzahlungen/Vorauszahlungen im Sinne der **Mindest-Ist-Besteuerung** gemäß § 13 Abs. 1 Nr. 1 Buchst. a S. 4, § 13b Abs. 4 S. 2. Die Berechnung der geschuldeten **EUSt** wird von § 16 nicht angesprochen, da für die Erhebung der EUSt die Vorschriften des Zollrechts gelten (§ 21 Abs. 2).

Der Summe der entstandenen und geschuldeten Steuer ist nach § 16 Abs. 1 S. 2 die 8
USt hinzuzurechnen, die sich aufgrund von **Sonderregelungen** ergibt. Hierzu zählt die USt nach § 6a Abs. 4 S. 2 (Steuerschuld des Abnehmers bei vermeintlich steuerfreier innergemeinschaftlicher Lieferung und Beibehaltung der Steuerfreiheit der Lieferung wegen Vertrauensschutzes) und § 14c (unrichtiger bzw. unberechtigter Steuerausweis) sowie die nach § 17 Abs. 1 S. 6 (sog. Zentralregulierung, → § 17 Rn. 36ff.) geschuldeten Steuerbeträge. Die Berücksichtigung von **Steuer- und Vorsteuerberichtigungen** wird jenseits der besonderen Fälle der Zentralregulierung von § 16 nicht angesprochen, sondern gesondert in § 17 geregelt. § 18 Abs. 1 S. 3 knüpft daher an § 16 Abs. 1 und 2 sowie § 17 an.

einstweilen frei 9

3. Die abziehbaren Beträge gemäß § 16 Abs. 2

Von der gemäß § 16 Abs. 1 berechneten Steuer sind die in den Besteuerungszeit- 10
raum fallenden, **nach § 15 abziehbaren Vorsteuerbeträge** abzusetzen (§ 16 Abs. 2 S. 1). Analog zur USt-Schuld setzt § 16 Abs. 2 S. 1 somit die Entstehung des Rechts auf Vorsteuerabzug und die Erfüllung der Bedingungen zur Ausübung des Rechts auf Vorsteuerabzug durch den Unternehmer voraus. Das UStG enthält keine Regelung zur **Entstehung des Rechts auf Vorsteuerabzug,** siehe aber Art. 167 MwStSystRL (Entstehung im Zeitpunkt der Entstehung des USt-Anspruchs). Abziehbare Vorsteuerbeträge iSv § 16 Abs. 2 S. 1 sind jedenfalls – dies gilt auch im Rahmen der sog. Ist-Besteuerung (→ § 20 Rn. 9) – nach § 15 abziehbare Vorsteuerbeträge und damit solche, bei denen alle Bedingungen zur **Ausübung des Vorsteuerabzugsrechts** iSv Art. 178 MwStSystRL erfüllt sind. Der Leistungsempfänger muss somit die Leistung erhalten haben und eine Rechnung iSv § 14 mit Steuerausweis besitzen (EuGH C-152/02, DStRE 2004, 830 – Terra Baubedarf-Handel GmbH) – ist die Leistung erbracht und liegt eine Rechnung vor, die nicht alle Ordnungsmerkmale des Art. 226 MwStSystRL enthält, und wird diese nachträglich berichtigt, begründet die Berichtigung nach EuGH C-368/09, DStR 2010, 1475 – Pannon Gép Centrum kft – entgegen der bisherigen Handhabung durch den BFH – rückwirkend und nicht erst im Zeitpunkt der Berichtigung das Vorsteuerabzugsrecht. Diese Auswirkungen der Pannon-Gép-Entscheidung auf das deutsche Recht waren umstritten, sind aber nun

durch die Vorlage des NdsFG 5 K 40/14, DStR 2014, 2389 geklärt und bestätigt (EuGH C-518/14, DStR 2016, 2211 – Senatex GmbH; ebenso auch EuGH C-516/14, DStR 2016, 2216 – Barlis 06; dem folgend BFH V R 26/15, DStR 2016, 2967 mAnm *Heuermann;* Einzelheiten dazu → § 14 Rn. 109ff.). Darüber hinaus darf kein Abzugsausschluss nach §§ 15 Abs. 1a, Abs. 1b, und Abs. 2 greifen. Entsprechendes gilt auch im Rahmen der sog. **Mindest-Ist-Besteuerung** für Vorauszahlungen, Anzahlungen usw. Hier sind die Voraussetzungen erfüllt, wenn die Rechnung vorliegt und die Zahlung geleistet ist. Zu den Voraussetzungen des Vorsteuerabzugs im Einzelnen → § 15 Rn. 32ff.

11 **Unterlässt der Unternehmer den Abzug von Vorsteuer** in dem entsprechenden Besteuerungszeitraum, so hat er die Möglichkeit, dies zu korrigieren oder nachzuholen; allerdings nur solange, bis die Festsetzung der Jahres-USt nicht unanfechtbar geworden ist. Danach kommt eine Korrektur allenfalls unter Beachtung der Bestimmungen der AO (§§ 129, §§ 164, 165, §§ 172ff. AO) in Frage. Die nachträgliche Berücksichtigung **vergessener Vorsteuerbeträge** kommt nach § 173 Abs. 1 Nr. 2 AO unter den danach geltenden Voraussetzungen in Betracht (vgl. BFH V R 110/85, BStBl. II 1991, 124).

12 Der Vorsteuerabzug richtet sich nach der **Verwendungsabsicht im Zeitpunkt des Leistungsbezugs** (siehe EuGH C-396/98, DStRE 2000, 887 – Schloßstraße GbR; BFH V R 58/00, BStBl. II 2003, 435). Eine spätere Entnahme oder teilweise Nutzung zu privaten oder unternehmensfremden Zwecken führt zur Besteuerung nach § 3 Abs. 1b bzw. Abs. 9a; eine abzugsschädliche Veräußerung oder Verwendung führt zu Änderungen nach § 15a. Mit der tatsächlichen Vornahme des Vorsteuerabzugs nach § 16 Abs. 2 signalisiert der Unternehmer seine Verwendungsabsicht der erhaltenen Leistung für unternehmerische und nicht abzugsschädliche Umsätze und nimmt damit zB die **Zuordnung von erworbenen Wirtschaftsgütern** iSv UStAE 15.2c Abs. 2 Nr. 2 Buchst. b vor (→ § 15 Rn. 99). Aus dem Grundsatz des Sofortabzugs der Vorsteuer folgt zwar, dass die Zuordnungsentscheidung schon bei Anschaffung oder Herstellung des Gegenstands zu treffen ist. Sie kann aber nach BFH V R 42/09, BStBl. II 2014, 76 (mit Anm. *Küffner/Zugmaier* DStR 2011, 1949) später dokumentiert werden. Maßgeblich hierfür sind nicht die USt-Voranmeldungen, sondern die USt-Jahreserklärung. Allerdings liegt eine für die steuerliche Anerkennung der Zuordnungsentscheidung notwendige zeitnahe Dokumentation nur vor, wenn die USt-Jahreserklärung fristgemäß – also **bis zum 31.5.** des Folgejahres (§ 149 AO) – abgegeben worden ist. Hieran ändern gewährte Fristverlängerungen zur Abgabe der USt-Jahreserklärung nichts. Einzelheiten → § 15 Rn. 126f.

13 Beträge aus der **Berichtigung des Vorsteuerabzugs nach § 15a** sind gemäß § 16 Abs. 2 S. 2 bei der Berechnung der Steuer zu berücksichtigen. Obwohl § 16 Abs. 2 S. 1 nur von Beträgen spricht, die von der nach § 16 Abs. 1 ermittelten Steuer abzusetzen sind, betrifft die Berücksichtigung von § 15a nicht nur die Berichtigung des Vorsteuerabzugs zugunsten, sondern auch die Berichtigung zulasten des Unternehmers; insoweit kann es auch zu Hinzurechnungen im Rahmen des § 16 Abs. 2 kommen, siehe *Leipold* in Sölch/Ringleb § 16 Rn. 56. Die **Änderung der Verhältnisse innerhalb eines Besteuerungszeitraums** führt nicht zu einer Berichtigung nach § 15a, sondern zu einem von vorneherein niedrigeren Vorsteuerabzug für den gesamten Besteuerungszeitraum. Denn nach § 16 Abs. 2 S. 1 sind die „in den Besteuerungszeitraum fallenden, nach § 15 abziehbaren Vorsteuerbeträge abzusetzen". § 15a ordnet die Berichtigung demgegenüber für jedes „Kalenderjahr" nach der erstmaligen Verwendung bei Änderung der für den ursprünglichen Vorsteuerabzug maßgebenden Verhältnisse an. Wurde der Vorsteuerabzug in der USt-Voranmeldung für den Voranmeldezeitraum des Erwerbs geltend gemacht, ist die spätere unterjährige Änderung der Verhältnisse durch Berichtigung dieser USt-Voranmeldung oder nach Ablauf des Besteuerungszeitraums durch abweichende Geltendmachung des Vorsteuerabzugs in der USt-Jahreserklärung zu berichtigen.

Die **EUSt** war bislang nach § 15 Abs. 1 S. 1 Nr. 2 aF als Vorsteuer abzugsfähig, wenn sie im Besteuerungszeitraum entrichtet worden ist; Entsprechendes sah § 16 Abs. 2 S. 3 aF vor. Darüber hinaus war sie auch dann abzugsfähig, wenn die EUSt bis zum 16. Tag nach Ablauf dieses Zeitraums entrichtet werden muss (§ 16 Abs. 2 S. 4 aF). Seit EuGH C-414/10, DStR 2012, 697 – Véleclair war jedoch klar, dass die Voraussetzung der Entrichtung der EUSt nicht unionsrechtskonform ist. Durch AmtshilfeRLUmsG (BGBl. 2013 I 1809) wurde dies in § 15 Abs. 1 S. 1 Nr. 2 geändert; als Vorsteuer abzugsfähig ist nun bereits die entstandene EUSt. Die Sonderregelungen in § 16 Abs. 2 S. 3 und 4 aF waren daher entbehrlich und wurden ebenfalls durch AmtshilfeRLUmsG aufgehoben. **14**

einstweilen frei **15**

4. Die Entstehung der Jahres-USt

Die Steuer entsteht mit Verwirklichung der einzelnen Tatbestände des § 13 – steuerpflichtige Lieferung oder sonstige Leistung, Anzahlung, § 14c-Steuer etc. Hieran ändert die Zusammenfassung der einzelnen Steuerforderungen unter Berücksichtigung der abziehbaren Vorsteuer zu einem positiven oder negativen Steuerschuld nach § 16 Abs. 1 und 2 nichts (BFH V R 53/09, BStBl. II 2012, 256, mit Anm. *Martin* DStR 2011, 2396). Bezüglich der Jahressteuer (USt iSv § 16 Abs. 1, → Rn. 6ff., abzüglich Vorsteuer iSv § 16 Abs. 2, → Rn. 10ff.) enthält das UStG somit keine eigene Regelung über das Entstehen. Soweit die AO Rechtfolgen an das Entstehen der Steuer knüpft (zB Zinslauf, Festsetzungsverjährung) entsteht die Jahres-USt indessen, sobald sie nach § 16 Abs. 1 und 2 berechenbar ist, dh **mit Ablauf des Besteuerungszeitraums** (BFH V R 62/94, BStBl. II 1996, 662). Steuer und Vorsteuer sind nicht gesondert anfechtbare **besondere Besteuerungsgrundlagen** der Jahres-USt iSv § 157 Abs. 2 AO. Früher war streitig, ob diese umsatzsteuerliche Zwangsverrechnung eine (anfechtbare) **Rechtshandlung iSd § 96 Abs. 1 Nr. 3 InsO** darstellt und damit unter das Aufrechnungsverbot fällt oder ob die umsatzsteuerliche Zwangsverrechnung Vorrang genießt (so BFH V R 13/11, BStBl. II 2012, 298 und *Wäger* DStR 2011, 1925 dort 4.1); zwischenzeitlich hat sich der VII. Senat des BFH nun insoweit dem V. Senat angeschlossen (BFH VII R 44/10, BStBl. II 2013, 33), als dass der von § 16 Abs. 2 angeordneten Saldierung von USt und Vorsteuer § 96 Abs. 1 InsO nicht entgegensteht (siehe auch *Kahlert* DB 2012, 2556 – kritisch zur Begründung der Rechtsprechung des V. Senats *Stadie* UR 2013, 158 (164ff.)). **16**

Die Jahres-USt entsteht für das gesamte Unternehmen des Unternehmers. Die Berechnung der Steuer nach § 16 Abs. 1 und 2 hat daher für die **gesamte unternehmerische Tätigkeit** des Unternehmers iSv § 2 Abs. 1 S. 2 zu erfolgen (UStAE 16.1 Abs. 1 S. 1). Sofern für einzelne Betriebe und Tätigkeiten die Besteuerung nach vereinnahmten Entgelten gemäß § 20 Abs. 1 S. 1 Nr. 2 und 3 erfolgt (→ § 20 Rn. 19ff.), ist die Steuer zwar nur für das „Rest-Unternehmen" nach vereinbarten Entgelten gemäß § 16 Abs. 1 S. 1 („soweit") zu berechnen. Dennoch entsteht die Jahres-USt als Saldo der Steuer nach § 16 Abs. 1 und der abzuziehenden Beträge nach § 16 Abs. 2 nicht nach Betrieben getrennt und ist auch **nicht getrennt zu berechnen** und nach § 18 anzumelden. Unterliegen mehrere Grundstücke der **Zwangsverwaltung,** ist die USt indessen für jedes Grundstück gesondert zu berechnen und anzumelden (UStAE 18.6 Abs. 4 mit Verweis auf BFH V R 44/00, BStBl. II 2002, 171). **17**

einstweilen frei **18**

III. Die Besteuerungszeiträume

1. Grundsatzregelung

19 Besteuerungszeitraum für die Steuerberechnung ist grundsätzlich das **Kalenderjahr,** also nicht **ein Jahr,** sondern die Zeit vom 1.1. bis 31.12. (§ 16 Abs. 1 S. 2). Diese Regelung beruht auf Art. 252 MwStSystRL, wonach die Mitgliedstaaten die Besteuerungszeiträume festlegen können, sofern sie ein Jahr nicht überschreiten. Durch die Eröffnung des **Insolvenzverfahrens** teilt sich das Unternehmen in einen vorinsolvenzrechtlichen und nachinsolvenzrechtlichen Teil, wodurch abgekürzte Besteuerungszeiträume vor und nach Insolvenzeröffnung entstehen (BFH V R 22/10, BStBl. II 2011, 996; → § 17 Rn. 68ff.). Ein kürzerer Besteuerungszeitraum als das Kalenderjahr ist ansonsten nur zulässig nach § 16 Abs. 1a, Abs. 3 und Abs. 4. Für die Ermittlung des Gesamtumsatzes des Kalenderjahrs zwecks Anwendung der **Kleinunternehmer-Regelung** nach § 19 Abs. 1 oder der **Ist-Besteuerung** nach § 20 Abs. 1 S. 1 Nr. 1 hat ein verkürzter Besteuerungszeitraum allerdings keine Bedeutung.

2. Kürzere Besteuerungszeiträume

20 **a) Für nichtansässige Unternehmer.** Nicht in der EU ansässige Unternehmer, die ausschließlich **sonstige Leistungen iSd § 3a Abs. 5** (Telekommunikationsleistungen, Rundfunk- und Fernsehdienstleistungen sowie elektronisch erbrachte Dienstleistungen) an in der EU ansässige Nichtunternehmer erbringen und von dem Wahlrecht der Erfassung in nur einem EU-Mitgliedstaat Gebrauch machen (**One-Stop-Shop-Regelung,** siehe § 18 Abs. 4c), brauchen nur vierteljährlich Erklärungen abzugeben. Da sie keine USt-Voranmeldungen abgeben müssen, legt § 16 Abs. 1a für diese Zwecke das **Kalendervierteljahr** als Besteuerungszeitraum fest. Die nichtansässigen Drittlandsunternehmer melden in ihrer Steuererklärung die Umsätze und die darauf entfallende Steuer an. Die zustehenden **Vorsteuerbeträge** können sie nur im **Vergütungsverfahren** (§ 18 Abs. 9, § 59ff. UStDV) geltend machen. Die Steuerberechnung für Zwecke des § 18 Abs. 4c darf deshalb keinen Abzug von Vorsteuerbeträgen enthalten (§ 16 Abs. 1a S. 3).

Seit 1.1.2015 gilt die sog. **Mini-One-Stop-Shop-Regelung** (MOSS) auch für **EU-Unternehmer,** die sonstige Leistungen iSd § 3a Abs. 5 (Telekommunikationsleistungen, Rundfunk- und Fernsehdienstleistungen sowie elektronisch erbrachte Dienstleistungen) an Nichtunternehmer erbringen. Das Verfahren gilt aber – anders als das für Drittlandsunternehmer geltende Verfahren – nicht nur für Unternehmer, die ausschließlich solche Umsätze erbringen. Vielmehr muss jeder EU-Unternehmer die USt für solche Leistungen, bei denen sich der Leistungsort in einem EU-Mitgliedstaat befindet, in dem der Unternehmer weder ansässig ist noch eine Betriebsstätte hat, in dem Mitgliedstaat erklären, in dem er ansässig ist. Dabei muss er jedoch den Steuersatz des jeweiligen Leistungsorts in der EU ansetzen. § 18 Abs. 4e regelt somit, dass EU-Unternehmer ihre in Deutschland steuerbaren Umsätze iSd § 3a Abs. 5 – anstelle des Regelbesteuerungsverfahrens – in ihrem Ansässigkeitsstaat erklären können. Spiegelbildlich dazu regelt § 18h, dass inländische Unternehmer, die in anderen EU-Staaten steuerbare Umsätze iSd § 3a Abs. 5 erbringen, diese abweichend vom Regelbesteuerungsverfahren in Deutschland erklären können, wobei dann freilich der Steuersatz des Verbrauchsmitgliedstaates maßgeblich ist. Der Zusatz „Mini" trägt übrigens dem Umstand Rechnung, dass dieses Verfahren nach den Vorstellungen der EU-Kommission ursprünglich einen größeren Anwendungsbereich haben sollte (vgl. *Widmann* MwStR 2014, 495 (501)). Unterwirft sich ein Unternehmer aus einem anderen Mitgliedstaat dem MOSS-Verfahren und erklärt seine in Deutschland steuerbaren Umsätze nach § 18 Abs. 4e in seinem Ansässigkeitsstaat, regelt § 16

Abs. 1b, dass Besteuerungszeitraum das Kalendervierteljahr ist. Gemäß § 16 Abs. 1b S. 3 ist § 16 Abs. 2 nicht anzuwenden, dh ein Vorsteuerabzug ist bei der Sammelerklärung ausgeschlossen. **Vorsteuerbeträge** können somit nur im Vergütungsverfahren (§§ 18 Abs. 9, 59ff. UStDV) geltend gemacht werden; unionsrechtliche Grundlage hierfür ist Art. 369f MwStSystRL.

b) Für nicht im gesamten Kalenderjahr tätige Unternehmer. Hat der Unternehmer seine gewerbliche oder berufliche Tätigkeit nur in einem Teil des Kalenderjahrs ausgeübt, verkürzt sich der Besteuerungszeitraum nach § 16 Abs. 3 auf diesen **Teil des Kalenderjahrs.** Die Regelung gilt nur für Unternehmer, die ihre gewerbliche oder berufliche, mithin ihre unternehmerische Tätigkeit während des Kalenderjahrs aufnehmen bzw. einstellen. § 16 Abs. 3 gilt hingegen nicht für Fälle des zeitweiligen **Ruhens der unternehmerischen Tätigkeit** oder der **Aufnahme bzw. Einstellung nur eines Teils des Unternehmens** zB durch Erwerb oder Veräußerung eines Betriebs des Gesamtunternehmens. Wegen des Beginns und des Endes des Unternehmens → § 2 Rn. 163ff. und 173ff. 21

c) Bei Gefährdung des Eingangs der USt oder Zustimmung. Abweichend von den Absätzen 1, 2 und 3 kann das Finanzamt einen kürzeren Besteuerungszeitraum anordnen, wenn der Eingang der USt gefährdet erscheint oder der Unternehmer damit einverstanden ist. Für nichtansässige Unternehmer ist aufgrund zwingenden Unionsrechts ein kürzerer Besteuerungszeitraum als das Kalendervierteljahr gemäß Abs. 1a nicht möglich, siehe Art. 364 MwStSystRL. Eine **Gefährdung des Eingangs der USt** kann zB vorliegen, wenn ein Insolvenzverfahren droht. Die Bestimmung ist ähnlich ausgestaltet wie § 221 AO. Bei der Entscheidung gemäß § 16 Abs. 4 handelt es sich um einen Verwaltungsakt mit Ermessensausübung des Finanzamts. Dieses hat dabei die Grenzen von § 5 AO zu beachten und seine Entscheidung gemäß § 122 AO bekannt zu geben. Ist der Eingang der USt gefährdet, so kann das Finanzamt einen kürzeren Besteuerungszeitraum auch ohne Einverständnis des Unternehmers anordnen. Die Fälligkeit darf aber nicht auf einen Zeitpunkt vor der Entstehung der USt iSv § 13 verfügt werden. **Mit Zustimmung des Unternehmers** kann auch ein kürzerer Besteuerungszeitraum bestimmt werden. Dies kann unter Umständen in Frage kommen, wenn ein Steuerpflichtiger seine Steuersache erledigt haben will, etwa weil er eine Rechtsfrage klären lassen will. Wird ein kürzerer Besteuerungszeitraum bestimmt, dürfen für die Steuerberechnung nur die in diesen Zeitraum fallenden Beträge gemäß § 16 Abs. 1 und Abs. 2 berücksichtigt werden. 22

3. Die Beförderungseinzelbesteuerung gemäß § 16 Abs. 5

Bei der Beförderung von Personen im **Gelegenheitsverkehr mit Kraftomnibussen, die nicht im Inland zugelassen sind,** wird die USt für jeden einzelnen steuerpflichtigen Umsatz berechnet. Die Einzelbesteuerung erfasst im Gegensatz zur Abschnittsbesteuerung jeden einzelnen steuerpflichtigen Umsatz. Die hierauf entfallene Steuer wird einzeln von den **Zolldienststellen** erhoben (§ 18 Abs. 5). Sinn und Zweck der Beförderungseinzelbesteuerung ist die **Sicherung des Steueranspruchs.** Personenbeförderungsleistungen unterliegen im Inland der Steuerpflicht, soweit die Beförderung im Inland bewirkt wird (§ 3b Abs. 1 S. 1 und 2). Werden solche Leistungen von Unternehmern bewirkt, die im Drittlandsgebiet ansässig sind, dürfte die Erhebung der USt im regulären Besteuerungsverfahren oftmals ins Leere laufen. Zur Sicherung des Steueranspruchs wird die USt daher zeitnah erhoben, wenn sich das jeweilige Fahrzeug noch im Inland befindet. Daher wurden mit der Erhebung die Zolldienststellen betraut. Allerdings ist es für die Zolldienststellen an den Grenzübergängen nicht möglich, die Ansässigkeit des Beförderungsunternehmers zu prüfen. Daher knüpft § 16 Abs. 5 an das einfach nachprüfbare Kriterium der **Zulassung des Kraftomnibusses** an. Auf den Sitz des Beförderungsunternehmers kommt 23 es somit für die Anwendung der Beförderungseinzelbesteuerung nicht an. Ebenso wenig spielt es eine Rolle, ob dem Beförderungsunternehmer der Kraftomnibus gehört oder ob er ihn gemietet an.

24 Die Beförderungseinzelbesteuerung wird nur durchgeführt, wenn der Beförderer mit dem Kraftomnibus eine Grenze zu einem Drittlandsgebiet und somit seit der Erweiterung der EU am 1.5.2004 nur noch zur **Schweiz oder an den Seehäfen** überschreitet. Die Einzelbesteuerung selbst ist aber nicht auf den grenzüberschreitenden Beförderungsverkehr beschränkt. Sie ist auch auf Personenbeförderungen anzuwenden, die mit den bezeichneten Omnibussen nur im Inland durchgeführt werden, zB auf Sonderfahrten während eines Aufenthalts im Inland, UStAE 16.2 Abs. 2. **Kraftomnibusse** sind Kfz, die nach ihrer Bauart und Ausstattung zur Beförderung von mehr als neun Personen (einschließlich Führer) geeignet und bestimmt sind (§ 4 Abs. 4 Nr. 2 PBefG). Der **Gelegenheitsverkehr** mit Kraftomnibussen umfasst die Ausflugsfahrten, die Ferienziel-Reisen und den Verkehr mit Mietomnibussen. Was im Einzelnen darunter zu verstehen ist, siehe §§ 46, 48 und 49 PBefG sowie UStAE 16.2 Abs. 4. Gelegenheitsverkehr ist auch der sog. „Pendelverkehr" mit Drittstaaten, der in bilateralen Abkommen geregelt ist (UStAE 16.2 Abs. 4 S. 6). Der Besteuerung gemäß § 16 Abs. 5 unterliegen nur die **inländischen Streckenteile** der Fahrtroute. Dazu gehören auch Verbindungsstrecken zwischen zwei inländischen Orten, die über das Ausland führen, wenn dieser Abschnitt nicht länger als 10 km ist, § 3 bzw. § 6 UStDV (für Strecken von und zu den in § 1 Abs. 3 bezeichneten Gebieten). Umgekehrt gehören entsprechende inländische Strecken nicht zum Inland und unterliegen nicht der Besteuerung gemäß § 16 Abs. 5, §§ 2 und 5 UStDV.

25 Die Bemessungsgrundlage für die USt gemäß § 16 Abs. 5 ist ein **Durchschnittsbeförderungsentgelt,** das sich nach der Zahl der beförderten Personen und der Zahl der im Inland gefahrenen Kilometer (Personenkilometer) bemisst (§ 10 Abs. 6 S. 1 und 2, im Einzelnen → § 10 Rn. 99). Die **maßgebliche Zahl der Personenkilometer** ergibt sich durch Vervielfachung der Anzahl der beförderten Personen mit der Anzahl der Kilometer der im Inland zurückgelegten Beförderungsstrecke. Dabei bleiben bestimmte Personen außer Betracht, zB Fahrer, Beifahrer und Begleitpersonen, die Angestellte des Beförderers sind, wie Reiseleiter, Dolmetscher und Kleinkinder unter 4 Jahren. Personen, die der Beförderer aus privaten Gründen unentgeltlich mitnimmt, sind mitzuzählen (ggf. Umsatz gemäß § 3 Abs. 9a Nr. 2); Näheres siehe UStAE 16.2 Abs. 7. Das Durchschnittsbeförderungsentgelt beträgt 4,43 Cent je Personenkilometer (§ 25 UStDV).

26 Nach Ablauf des Besteuerungszeitraums, in dem die durch die Beförderungseinzelbesteuerung bedingte Steuer entstanden ist, kann der Unternehmer die **Neuberechnung nach den Grundsätzen der Regelbesteuerung** beantragen (§ 16 Abs. 5b). Die Antragstellung ist bis zur Unanfechtbarkeit der Steuerfestsetzung möglich. Ein derartiger Antrag bewirkt, dass an Stelle des Durchschnittsbeförderungsentgelts das tatsächlich vereinbarte Entgelt Bemessungsgrundlage wird. Die Steuer, die der Unternehmer bei den Zolldienststellen entrichtet hat, ist auf die veranlagte Steuer anzurechnen (UStAE 16.2 Abs. 9 und 18.8 Abs. 3). Siehe auch das **Merkblatt** zur Umsatzbesteuerung von grenzüberschreitenden Personenbeförderungen mit Omnibussen, die nicht in Deutschland zugelassen sind, BMF 4.2.2014, BStBl. I 2014, 220.

27 Zuständige Zolldienststelle ist die Eingangszollstelle oder Ausgangszollstelle, bei der der Kraftomnibus in das Inland gelangt oder das Inland verlässt. Dabei handelt eine solche Zolldienststelle bei der Beförderungseinzelbesteuerung für das Finanzamt, in dessen Bezirk sie liegt (zuständiges Finanzamt). Ein Verwaltungsakt der zuständigen Zollstelle gilt als Verwaltungsakt des zuständigen Finanzamts. Im Einzelnen ist das Erklärungsverfahren in § 18 Abs. 5 geregelt (→ § 18 Rn. 26). Die **Eingangszollstelle** kommt in Betracht, wenn die Fahrt im Ausland beginnt; die **Ausgangszollstelle** ist zuständig für entsprechende Fahrten vom Inland in das Ausland. Ändern sich die Ver-

hältnisse während der Fahrt, so kommt ggf. das in zweiter Linie zuständige Zollamt für etwa notwendige Berichtigungen der Berechnung in Frage.

Im Rahmen der Einzelbesteuerung ist der Vorsteuerabzug ausgeschlossen (§ 16 Abs. 5 S. 4). Der ausländische Unternehmer kann den Vorsteuerabzug gemäß § 18 Abs. 9 nach dem Vergütungsverfahren erhalten, §§ 59ff. UStDV. Inländische Unternehmer können diese Vorsteuerbeträge bei der Besteuerung nach § 16 und § 18 Abs. 1–4 geltend machen. § 19 ist nicht anzuwenden. **28**

einstweilen frei **29**

4. Fahrzeugeinzelbesteuerung

Die Besteuerung des innergemeinschaftlichen Erwerbs neuer Fahrzeuge durch Erwerber, die nicht in § 1a Abs. 1 Nr. 2 genannt sind, wird im Wege einer Fahrzeugeinzelbesteuerung durchgeführt. Betroffen sind von dieser Einzelbesteuerung diejenigen, die das **Fahrzeug nicht als Unternehmer erwerben** und deshalb regelmäßig in kein umsatzsteuerliches Besteuerungsverfahren eingebunden sind (Privatpersonen, Unternehmer für den nichtunternehmerischen Bereich, nicht unternehmerisch tätige Personenvereinigungen). Die Bemessungsgrundlage ist das Entgelt (§ 10 Abs. 1). Die Steuer entsteht am Tag des Erwerbs (§ 13 Abs. 1 Nr. 7). Ein Vorsteuerabzug kommt nicht in Betracht, weil die Steuerpflichtigen keine Unternehmer sind. Die USt ist für jeden einzelnen Erwerb zu berechnen. Zum Verfahren siehe § 18 Abs. 5a, vgl. → § 18 Rn. 28, im Übrigen UStAE 16.3 und OFD Niedersachsen 5.9.2013, BeckVerw 276604. **30**

einstweilen frei **31**

IV. Umrechnung ausländischer Werte (§ 16 Abs. 6)

Der grenzüberschreitende Waren- und Dienstleistungsverkehr löst regelmäßig keine beim Leistungserbringer abzuführende USt und beim Leistungsempfänger abzugsfähige Vorsteuer aus. Damit ist ein bedeutender Teil der umsatzsteuerbaren Leistungen, die in fremder Währung abgewickelt werden, regelmäßig nicht umsatzsteuer- und vorsteuerabzugsrelevant. Allenfalls schuldet der Leistungsempfänger bei Lieferungen die Steuer auf die Einfuhr bzw. den innergemeinschaftlichen Erwerb und bei sonstigen Leistungen nach den Vorschriften zur Umkehr der Steuerschuldnerschaft. Da sich der Vorsteuerabzug dann allerdings nach genau dieser geschuldeten USt richtet, spielt die Fremdwährungsumrechnung im Ergebnis keine Rolle. **Hauptanwendungsfall der Fremdwährungsumrechnung bei der USt** ist somit der Leistungsbezug aus dem Ausland durch einen nicht vorsteuerabzugsberechtigten Leistungsbezieher, der die Steuer auf den Leistungsbezug nach § 13a Abs. 1 Nr. 2 (innergemeinschaftlicher Erwerb) oder nach § 13b (Reverse Charge) schuldet, zB ein Unternehmer, der die Leistung für seinen nichtunternehmerischen Bereich bezieht. Daneben können Unternehmer auch bei reinen Inlandstransaktionen Entgelt und USt in ihren Rechnungen in fremder Währung ausweisen. Auch für diese Fälle bedarf es einer Fremdwährungsumrechnung von Entgelt und USt beim Leistungserbringer bzw. Vorsteuer beim Leistungsempfänger. **32**

Für die Berechnung der Steuer und der abziehbaren Vorsteuer sind nach § 16 Abs. 6 Fremdwährungsbeträge in Euro nach den **Durchschnittskursen** umzurechnen, die das BMF für jeden Monat öffentlich bekannt gibt – und im BStBl. I veröffentlicht. Die Vorschrift beruht auf Art. 91 Abs. 2 MwStSystRL. Die Richtlinienvorschrift ist Bestandteil von Titel VII „Steuerbemessungsgrundlage", was ihrem Wesen besser Rechnung trägt als die Umsetzung im deutschen Recht als Teil der Vorschrift über die Steuerberechnung. Im Rahmen der **Soll-Besteuerung** (nach vereinbarten Entgelten) hat die Umrechnung nach dem Durchschnittskurs des Monats, in dem die **33**

Leistung ausgeführt wurde, zu erfolgen; in gleicher Weise im Rahmen der **Mindest-Ist-Besteuerung** (§ 13 Abs. 1 Nr. 1 Buchst. a S. 4, § 13b Abs. 5 S. 2) dann, wenn das Entgelt oder ein Teil des Entgelts vor Ausführung der Leistung vereinnahmt wird. Bei Anwendung der **Ist-Besteuerung** gemäß § 20 sind die Entgelte nach den Durchschnittskursen des Monats umzurechnen, in dem sie vereinnahmt werden (§ 16 Abs. 5 S. 2). Allgemein ist also jeweils der Monat entscheidend, in dem die USt entstanden ist. Da die Durchschnittskurse für den Monat der Steuerentstehung allerdings erst mit Ablauf dieses Monats vom BMF bekanntgemacht werden, gestattet UStAE 16.4 Abs. 2 S. 2 auch die Verwendung der **für den Vormonat bekanntgegebenen Durchschnittskurse.** Umgekehrt soll bei Meldung eines Umsatzes in der ZM der Durchschnittskurs für den dem Meldezeitraum folgenden Monat verwendet werden, wenn erst dann die Rechnung gestellt wird (UStAE 18a.3 Abs. 2 S. 2).

34 Die Währungsumrechnung nach Durchschnittskursen widerspricht der für Zwecke der **handelsrechtlichen Rechnungslegung** und der **Steuerbilanz** vorzunehmenden Fremdwährungsumrechnung. Für die Zugangsbewertung sind dort nach dem Anschaffungskostenprinzip die jeweiligen Anschaffungskurse, also die Tageskurse zu verwenden (vgl. *Grottel/Leistner* in Beck'scher Bilanzkommentar, 9. Aufl. 2014, HGB § 256a Rn. 31, 34 und EStH 6.2). Das Finanzamt kann daher auch für Zwecke der USt die **Umrechnung nach dem Tageskurs** gestatten, der durch Bankmitteilung oder Kurszettel nachzuweisen ist. In der Praxis dürfte dies **wegen des Gleichklangs mit der Finanzbuchhaltung zweckmäßig** und oftmals auch der einzig gangbare Weg sein. Die USt-Voranmeldung wird in der Praxis aus der Finanzbuchhaltung generiert. Es wäre daher zu aufwendig, die zunächst zu Tageskursen erfolgte Verbuchung eines Geschäftsvorfalls auf den GuV- und USt-Konten nachträglich bezüglich der USt-Buchung an die Durchschnittskurse anzupassen und den Differenzbetrag ergebniswirksam zu erfassen („Aufwand/Ertrag aus der umsatzsteuerlichen Fremdwährungsumrechnung"). Die tagesgenaue Währungsumrechnung trägt außerdem dem Grundsatz, wonach Bemessungsgrundlage der USt das Entgelt ist (§ 10 Abs. 1 S. 1 und 2), besser Rechnung als die Umrechnung zu monatlichen Durchschnittskursen. ME ist das **Ermessen der Finanzbehörde,** die Währungsumrechnung auch zu Tageskursen zu gestatten, auf null reduziert. Auch UStAE 16.4 Abs. 2 nennt keine Einschränkungen. Damit steht dem Unternehmer ein Wahlrecht zu, das er regelmäßig zu Gunsten der Umrechnung zu Tageskursen ausüben wird. Das **Wahlrecht** ist allerdings **einheitlich für den gesamten Besteuerungszeitraum** auszuüben; es ist somit nicht möglich, teilweise die Durchschnittskurse und teilweise die Tageskurse zu verwenden. Dies ergibt sich daraus, dass § 16 Abs. 6 die Währungsumrechnung für die Berechnung der Steuer nach Abs. 1 regelt und damit die Berechnung der Steuer für den gesamten Besteuerungszeitraum.

35 **Währungskursänderungen** zwischen dem Zeitpunkt der Entstehung der Steuer und der Vereinnahmung des Entgelts – also in den Fällen der Soll-Besteuerung – haben nach UStAE 16.4 Abs. 1 S. 2 auf die umgerechnete Bemessungsgrundlage keinen Einfluss. Dies ist systemkonform (aA *Stadie* in Rau/Dürrwächter § 17 Rn. 290). Bemessungsgrundlage für die USt ist das Entgelt und damit alles, was der Leistungsempfänger aufwendet, um die Leistung zu erhalten (§ 10 Abs. 1 S. 1 und 2). Der Leistungsempfänger wendet den Fremdwährungsbetrag und nicht den in Euro umgerechneten Gegenwert auf, denn der Leistungsempfänger rechnet offensichtlich in dieser Währung. Andernfalls würde er eine Berechnung in Euro verlangen. Die Höhe des vereinbarten Entgelts in Fremdwährung ändert sich bei vollständiger Zahlung nicht, auch wenn sich der Gegenwert in Euro zwischenzeitlich verändert hat (→ § 10 Rn. 4, Beispiel 3). Weicht das vereinnahmte Entgelt indessen vom vereinbarten Entgelt in Fremdwährung ab, liegt ein Fall des § 17 vor. Die **Änderung der Bemessungsgrundlage** ist dann ebenso nach Maßgabe des für die ursprüngliche Umrechnung maßgeblichen Umrechnungskurses in Euro umzurechnen, so dass sich die zwischenzeitlich eingetretenen Wechselkursänderungen nicht auf die USt auswirken.

Weil die Steuer bei Ist-Besteuerung erst mit Vereinnahmung entsteht, wirken sich Wechselkursdifferenzen zwischen dem Zeitpunkt der Vereinbarung und der Vereinnahmung umsatzsteuerlich aus, so dass es in Fremdwährungsfällen zu abweichenden Steuerbemessungsgrundlagen zwischen Soll- und Ist-Besteuerung kommen kann (→ § 10 Rn. 43).

Nicht in der EU ansässige Unternehmer, die ausschließlich **elektronische** 36 **Dienstleistungen** an in der EU ansässige Nichtunternehmer erbringen und von dem Wahlrecht der Erfassung in nur einem EU-Mitgliedstaat – in diesem Fall Deutschland – Gebrauch machen **(One-Stop-Shop-Regelung)** und daher dem Besteuerungsverfahren nach § 18 Abs. 4c unterliegen, müssen bei der Umrechnung von Werten in fremder Währung einheitlich den Umrechnungskurs des letzten Tages des Besteuerungszeitraums iSv § 16 Abs. 1a (→ Rn. 20), und falls für diesen Tag kein Umrechnungskurs festgelegt wurde, den für den nächsten Tag festgelegten Umrechnungskurs anwenden (§ 16 Abs. 6 S. 4 und 5, Art. 366 MwStSystRL). Die Anwendung eines monatlichen Durchschnittskurses entsprechend § 16 Abs. 6 ist nicht möglich. Andernfalls könnte es zu Abweichungen bei der Zahlung und Überweisung an sowie bei Prüfung durch die anderen Mitgliedstaaten kommen (UStAE 16.4 Abs. 3 iVm UStAE 3a.16 Abs. 10).

Für die **EUSt** gelten die Vorschriften des § 16 Abs. 6 nicht. Anzuwenden ist gemäß 37 § 16 Abs. 7 (beruht auf Art. 211 MwStSystRL) § 11 Abs. 5. Danach gelten die Vorschriften über den Zollwert der Waren, die in Rechtsakten des Rates oder der Kommission der EU festgelegt sind. Das sind Art. 35 ZK und Art. 168–172 ZKDV. Werden Waren für das Unternehmen eines vorsteuerabzugsberechtigten Unternehmers eingeführt, kann die Zolldienststelle von dem Umrechnungskurs ausgehen, den der Anmelder angegeben hat (siehe Dienstanweisung der BFinVerw (VSF) Z 8204, BT USt III § 11 1, BeckVerw 031942).

§ 17 Änderung der Bemessungsgrundlage

(1) **[1]Hat sich die Bemessungsgrundlage für einen steuerpflichtigen Umsatz im Sinne des § 1 Abs. 1 Nr. 1 geändert, hat der Unternehmer, der diesen Umsatz ausgeführt hat, den dafür geschuldeten Steuerbetrag zu berichtigen. [2]Ebenfalls ist der Vorsteuerabzug bei dem Unternehmer, an den dieser Umsatz ausgeführt wurde, zu berichtigen. [3]Dies gilt nicht, soweit er durch die Änderung der Bemessungsgrundlage wirtschaftlich nicht begünstigt wird. [4]Wird in diesen Fällen ein anderer Unternehmer durch die Änderung der Bemessungsgrundlage wirtschaftlich begünstigt, hat dieser Unternehmer seinen Vorsteuerabzug zu berichtigen. [5]Die Sätze 1 bis 4 gelten in den Fällen des § 1 Abs. 1 Nr. 5 und des § 13b sinngemäß. [6]Die Berichtigung des Vorsteuerabzugs kann unterbleiben, soweit ein dritter Unternehmer den auf die Minderung des Entgelts entfallenden Steuerbetrag an das Finanzamt entrichtet; in diesem Fall ist der dritte Unternehmer Schuldner der Steuer. [7]Die Berichtigungen nach den Sätzen 1 und 2 sind für den Besteuerungszeitraum vorzunehmen, in dem die Änderung der Bemessungsgrundlage eingetreten ist. [8]Die Berichtigung nach Satz 4 ist für den Besteuerungszeitraum vorzunehmen, in dem der andere Unternehmer wirtschaftlich begünstigt wird.**

(2) **Absatz 1 gilt sinngemäß, wenn**

1. **das vereinbarte Entgelt für eine steuerpflichtige Lieferung, sonstige Leistung oder einen steuerpflichtigen innergemeinschaftlichen Erwerb uneinbringlich geworden ist. [2]Wird das Entgelt nachträglich vereinnahmt, sind Steuerbetrag und Vorsteuerabzug erneut zu berichtigen;**

2. für eine vereinbarte Lieferung oder sonstige Leistung ein Entgelt entrichtet, die Lieferung oder sonstige Leistung jedoch nicht ausgeführt worden ist;
3. eine steuerpflichtige Lieferung, sonstige Leistung oder ein steuerpflichtiger innergemeinschaftlicher Erwerb rückgängig gemacht worden ist;
4. der Erwerber den Nachweis im Sinne des § 3 d Satz 2 führt;
5. Aufwendungen im Sinne des § 15 Abs. 1 a getätigt werden.

(3) [1]**Ist Einfuhrumsatzsteuer, die als Vorsteuer abgezogen worden ist, herabgesetzt, erlassen oder erstattet worden, so hat der Unternehmer den Vorsteuerabzug entsprechend zu berichtigen.** [2]**Absatz 1 Satz 7 gilt sinngemäß.**

(4) **Werden die Entgelte für unterschiedlich besteuerte Lieferungen oder sonstige Leistungen eines bestimmten Zeitabschnitts gemeinsam geändert (z. B. Jahresboni, Jahresrückvergütungen), so hat der Unternehmer dem Leistungsempfänger einen Beleg zu erteilen, aus dem zu ersehen ist, wie sich die Änderung der Entgelte auf die unterschiedlich besteuerten Umsätze verteilt.**

EU-Recht: Art. 41 Abs. 2 MwStSystRL (Art. 28b Teil A Abs. 2 UAbs. 2 6. EG-RL),
Art. 90 Abs. 1 MwStSystRL (Art. 11 Teil C Abs. 1 6. EG-RL),
Art. 184 MwStSystRL (Art. 20 Abs. 1 Buchst. a 6. EG-RL),
Art. 185 MwStSystRL (Art. 20 Abs. 1 Buchst. b 6. EG-RL).
UStAE: 17.1, 17.2

Übersicht

I. Bedeutung

1. Nationales Recht

§ 17 enthält – neben § 15a – eine Regelung für die Änderung von in vergangenen 1
Besteuerungszeiträumen der Festsetzung zugrundeliegenden Steuer- oder Vorsteuerbeträgen. Die Vorschrift findet Anwendung, weil bestimmte Tatbestandsvoraussetzungen für Steuerpflicht und Vorsteuerabzug der Höhe nach nicht abschließend im Zeitpunkt oder im Besteuerungszeitraum der Leistungserbringung bzw. des Leistungsverbrauchs verwirklicht werden. Ob ein Unternehmer im Rahmen seines Unternehmens im Inland eine Lieferung oder sonstige Leistung gegen Entgelt ausführt, kann im Zeitpunkt der Leistungserbringung abschließend geprüft werden. Dies gilt aber nicht für die Bemessungsgrundlage zur USt, also die **Höhe des Entgelts.** Dieses ist gemäß § 10 Abs. 1 S. 2 alles, was der Leistungsempfänger aufwendet, um die Leistung zu erhalten, jedoch abzüglich der USt (→ § 10 Rn. 4). Die in § 16 vorgesehenen Prinzipien zur Steuerberechnung – das **Soll-Prinzip** (Besteuerung nach vereinbarten Entgelten) und das **Prinzip der Abschnittsbesteuerung** (→ § 16 Rn. 6 und 19ff.) – tragen dem in zeitlicher Hinsicht unbeschränkten Entgeltbegriff nur unzureichend Rechnung und müssen daher durch § 17 ergänzt werden. § 17 stellt somit sicher, dass sich die USt trotz der auf einen Besteuerungszeitraum begrenzten und im Grundsatz dem Soll-Prinzip folgenden Berechnung der Steuer nach dem besteuerungszeitraumübergreifenden, tatsächlich vom Leistungsempfänger aufgewendeten Entgelt bemisst. Daneben ist § 17 analog in den Fällen der Rechnungsberichtigungen nach § 14c Abs. 1 und 2 anzuwenden (→ § 14c Rn. 30ff. und → Rn. 46ff.). Technisch erfolgt die Änderung nicht als rückwirkende Ersetzung der bisherigen durch die nunmehr materiell zutreffende Besteuerungsgrundlage, sondern durch Änderung in dem **Besteuerungszeitraum, in den die Änderung fällt.** § 17 lässt somit die ursprünglichen Steuerfestsetzungen unberührt.

Im Einzelnen behandelt § 17 zunächst die Änderungen der Bemessungsgrund- 2
lage für den liefernden Unternehmer und den Leistungsempfänger (§ 17 Abs. 1, → Rn. 24ff.) sowie sinngemäß gleichgestellt die Uneinbringlichkeit des Entgelts (§ 17 Abs. 2 Nr. 1, → Rn. 61ff.), den Wegfall der Leistung trotz bereits entrichteten Entgelts (§ 17 Abs. 2 Nr. 2, → Rn. 76ff.), den rückgängig gemachten Umsatz (§ 17 Abs. 2 Nr. 3), die Vermeidung der doppelten Erwerbsbesteuerung in zwei Mitgliedstaaten (§ 17 Abs. 2 Nr. 4, → Rn. 79ff.) und die nachträgliche Charakterisierung von Aufwendungen, für die der Unternehmer zunächst den Vorsteuerabzug in Anspruch genommen hat, als Aufwendungen iSv § 15 Abs. 1a bzw. die nachträgliche Änderung von ursprünglichen Eingangsleistungen gemäß § 15 Abs. 1a in solche die im Unternehmen zur Ausführung steuerpflichtiger Umsätze verwendet worden sind (§ 17 Abs. 2 Nr. 5, → Rn. 84ff.).

einstweilen frei 3

2. Unionsrecht

4 Das **System von Änderungsvorschriften im deutschen USt-Recht** – Änderung von Steuer und Vorsteuer aufgrund der Änderung der Entgelte durch § 17 und Änderung der Vorsteuer aufgrund der Änderung der Verwendung eines Gegenstands durch § 15a – unterscheidet sich vom Unionsrecht, was wohl historische Gründe hat. Die Grundsätze, auf denen § 17 beruht, sind älter als das gemeinsame Mehrwertsteuersystem. Da bis 1967 die Steuer grundsätzlich nach vereinnahmten Entgelten berechnet wurde, beschränkten sich die Fälle eine Änderung der Bemessungsgrundlage auf die Rückgewähr bereits vereinnahmter Entgelte. Hierfür sah bereits das UStG 1934 eine Berichtigungsregelung in § 12 vor. Mit dem Wechsel von der Ist- zur Soll-Besteuerung musste der Anwendungsbereich der seither in § 17 enthaltenen Regelung erweitert werden. Die nur auf den Vorsteuerabzug beschränkte Berichtigung bei Änderung der Verwendung eines Wirtschaftsguts wurden zunächst in der für den Vorsteuerabzug zentralen Vorschrift des § 15 geregelt und erst später in § 15a ausgelagert. Die vorsteuerabzugsrelevanten Bestandteile von § 17 blieben jedoch dort. Das **System der Berichtigungsvorschriften im Europarecht** sieht Regelungen jeweils in den Vorschriften über die USt und die Vorsteuer vor. In der 6. EG-RL war die Änderung der Besteuerungsgrundlage für die USt Teil der Vorschrift, die die Besteuerungsgrundlage insgesamt regelt (Art. 11 6. EG-RL). Die entgeltbedingten und verwendungsbedingten Vorsteuerberichtigungen fanden sich hingegen in der für die Berichtigung des Vorsteuerabzugs zentralen Regelung (Art. 20 6. EG-RL). Diese Zweiteilung nach den Bestandteilen USt und Vorsteuer findet nun ihren Niederschlag in der MwStSystRL.

5 Gemäß Art. 90 Abs. 1 MwStSystRL wird die Steuerbemessungsgrundlage zur **USt** im Fall der Annullierung, der Rückgängigmachung, der Auflösung, der vollständigen oder teilweisen Nichtbezahlung oder des Preisnachlasses nach der Bewirkung des Umsatzes entsprechend vermindert. Die Mitgliedstaaten legen die Bedingungen dafür fest. Im Fall der vollständigen oder teilweisen Nichtbezahlung (Uneinbringlichkeit) können sie von dieser Regel gem. Art. 90 Abs. 2 MwStSystRL abweichen; hierzu genügt es, wenn die Mitgliedstaaten den Fall der Nichtbezahlung (Uneinbringlichkeit) nicht regeln (EuGH C-337/13, DStRE 2014, 1439 Rn. 24 – Almos). Deutschland hat davon keinen Gebrauch gemacht und die Uneinbringlichkeit in § 17 Abs. 2 Nr. 1 als Berichtigungsgrund aufgenommen.

6 Gemäß Art. 184 MwStSystRL wird der **Vorsteuerabzug** berichtigt, wenn er höher oder niedriger ist als der, zu dessen Vornahme der Steuerpflichtige berechtigt war. Gemäß Art. 185 Abs. 1 MwStSystRL erfolgt die Berichtigung insbesondere dann, wenn sich die Faktoren, die bei der Bestimmung des Vorsteuerabzugsbetrages berücksichtigt werden, nach Abgabe der Erklärung geändert haben, zB bei rückgängig gemachten Käufen oder erlangten Rabatten. Die Berichtigung unterbleibt jedoch bei Umsätzen, bei denen keine oder keine vollständige Zahlung geleistet wurde. Davon abweichend können die Mitgliedstaaten eine Berichtigung verlangen (Art. 185 Abs. 2 MwStSystRL). Die von § 15a aufgegriffenen verwendungsbedingten Vorsteuerberichtigungen finden sich in Art. 187 ff. MwStSystRL.

II. Voraussetzungen und Wirkungen von § 17

1. Sachlicher Geltungsbereich

7 Ist eine Lieferung oder sonstige Leistung steuerbar iSv § 1 Abs. 1 S. 1 Nr. 1 und nicht steuerfrei, bemisst sich die USt nach dem Entgelt (§ 10 Abs. 1 S. 1). Die **Höhe des Entgelts** kann jedoch im Zeitpunkt der Leistungserbringung nicht abschließend feststehen. Denn Entgelt ist gemäß § 10 Abs. 1 S. 2 alles, was der Leistungsempfänger

aufwendet, um die Leistung zu erhalten, jedoch abzüglich der USt. Wann der Leistungsempfänger die Gegenleistung erbringt, ist für die Höhe des Entgelts ohne Bedeutung. Analog verhält es sich mit dem **Vorsteuerabzug,** der auf die Höhe der gesetzlich geschuldeten Steuer und damit ebenso durch die Höhe des Entgelts begrenzt ist. § 17 bewirkt im Zusammenspiel mit § 16, dass ein Unternehmer nur das Entgelt zu versteuern hat, das der Leistungsempfänger bzw. ein Dritter letztendlich aufwendet, um die Leistung zu erhalten (BFH V R 72/01, BStBl. II 2003, 620). Hierzu wäre § 16 alleine unzureichend, da er die Berechnung der USt dem **Grundsatz der Abschnittsbesteuerung** und dem **Soll-Prinzip** (vereinbarte Entgelte) unterwirft (→ § 16 Rn. 6 und 19ff.). § 17 beschränkt sich damit auf Fälle, in denen sich die Bemessungsgrundlage zur USt (Entgelt) bzw. die Höhe des Vorsteuerabzugs (gesetzlich geschuldete Steuer) nachträglich ändert. Der Grundtatbestand erfasst Änderungen des Entgelts aufgrund von rechtlichen oder tatsächlichen Gründen (→ Rn. 24ff.). Er wird übertragen auf weitere Tatbestände wie zB die Uneinbringlichkeit des Entgelts (→ Rn. 61ff.), die Vorauszahlung für eine nicht erbrachte Leistung (→ Rn. 76ff.) und die Rückgängigmachung einer Leistung (→ Rn. 79ff.). Daneben ist § 17 analog in den Fällen der Rechnungsberichtigungen nach § 14c Abs. 1 und 2 anzuwenden (→ § 14c Rn. 30ff. und 46ff.).

§ 17 erfordert den **Eintritt der Änderung nach Entstehung der USt** auf das ursprünglich vorgesehene Entgelt. Allgemein erfasst § 17 somit nur solche Änderungen, die zum Zeitpunkt des Entstehens der USt nicht eingetreten und damit auch nicht zu berücksichtigen waren. Nicht von § 17 erfasst werden somit **Fehler bei der ursprünglichen Bemessung des Entgelts oder des Vorsteuerabzugs,** die erst später bekannt werden. Hat sich die Höhe des Entgelts zwar nach Ausführung des Umsatzes, jedoch vor Entstehung der USt (§ 13) geändert, muss der Unternehmer in seiner Voranmeldung bzw. Steuererklärung von vornherein die geänderte (richtige) Bemessungsgrundlage berücksichtigen (BFH V R 53/76, BStBl. II 1987, 516 (520)). Hieraus ergibt sich, dass eine Änderung nach § 17 nur vorliegen kann bei **Eintritt der Änderung nach Ablauf des Voranmeldezeitraums,** in dem die Steuer auf das ursprüngliche Entgelt entstanden ist. Denn die Steuer entsteht mit Ablauf des Voranmeldezeitraums (§ 13 Abs. 1 Nr. 1 Buchst. a S. 1), nicht etwa mit Ablauf des Kalenderjahrs. Daher fallen auch **unterjährige Änderungen** unter § 17 (UStAE 17.1 Abs. 2 S. 2), wenn Steuerentstehung und Änderung der Bemessungsgrundlage in unterschiedliche Voranmeldezeiträume fallen. Technisch erfolgt die Änderung nicht durch gesonderte Angaben in der Voranmeldung, sondern durch Abzug von den in diesem Voranmeldezeitraum erklärten, dem entsprechenden Steuersatz unterliegenden Entgelten; der **amtliche Vordruck** sieht daher keine gesonderte Erklärungszeile vor (Ausnahme: Beträge nach § 17 Abs. 1 S. 6, → Rn. 36). 8

einstweilen frei 9

2. Verhältnis zu anderen Änderungs- und Berichtigungsverfahren

In Rechtsprechung und Schrifttum finden sich regelmäßig Aussagen, wonach § 17 einen eigenen **materiell-rechtlichen Berichtigungstatbestand** gegenüber den Änderungsvorschriften der AO regelt (zB BFH V B 70/06, BStBl. II 2007, 415 mwN). Der VII. BFH-Senat sieht überdies den Charakter von § 17 als vereinfachungsbedingte Korrekturnorm dadurch bestätigt, dass nachträgliche Änderungen der Bemessungsgrundlage ohne die Existenz von § 17 zu einem **rückwirkenden Ereignis** iSv § 175 Abs. 1 S. 1 Nr. 2 AO führten und § 17 damit lediglich verhindere, dass eine verfahrensrechtliche Korrekturnorm greife (BFH VII R 36/07, BStBl. II 2009, 90 mit Anm. *Oenings* DStRE 2008, 1468). Zu Recht weist *Stadie* aber darauf hin, dass eine materiell-rechtliche Norm niemals in Konkurrenz zu Änderungsvorschriften der AO treten kann (*Stadie* UR 2007, 117 (119)). Wie unter → Rn. 7 ausgeführt, würde das in § 16 enthaltene Soll-Prinzip für sich dem Entgeltbegriff in § 10 10 nicht gerecht werden. § 17 gleicht diese „Unzulänglichkeit des Soll-Prinzips" aus. Er ist daher ausschließlich eine materiell-rechtliche Norm. Insoweit besteht **Gleichklang mit dem Ertragsteuerrecht.** Die ertragsteuerliche Erfassung der finanziellen Leistungsfähigkeit stellt letztlich auch auf die tatsächlich bewirkte, also zugeflossene Vermögensmehrung im Rahmen der Einkunftsarten ab. Bei Gewinneinkünften führt die Gewinnermittlung durch Bestandsvergleich – vergleichbar mit dem Soll-Prinzip bei der USt – zu einer Berücksichtigung von Betriebseinnahmen, wenn die Leistung erbracht und damit der Anspruch auf die Gegenleistung realisiert ist. Der Eintritt eines Ereignisses nach dem Abschlussstichtag, das zur Änderung der Höhe dieser Betriebseinnahmen führt – zB der Ausfall einer Forderung –, wird im Ertragsteuerrecht nicht aufgrund einer Sondervorschrift, sondern aufgrund der Gewinnermittlungsmethode des § 4 Abs. 1 S. 1 EStG im laufenden Veranlagungszeitraum berücksichtigt. Nur wenn eine steuerliche Berücksichtigung im Veranlagungszeitraum des Eintritts der Änderung materiell-rechtlich nicht möglich ist, ist § 175 Abs. 1 S. 1 Nr. 2 AO verwirklicht (BFH GrS 2/92, BStBl. II 1993, 897), wie dies bei Veräußerungsgewinnen nach den §§ 16, 17 EStG der Fall ist. Bei regulären Gewinneinkünften scheidet daher eine Rückwirkung aus, weil aufgrund des Gewinnbegriffs des § 4 Abs. 1 S. 1 EStG eine nachträgliche Berücksichtigung möglich ist. Dem UStG fehlt eine Grundnorm wie § 4 Abs. 1 S. 1 EStG. Stattdessen werden Entgelte zunächst selektiv nach dem Soll-Prinzip erfasst und sodann Korrekturen über § 17 vorgenommen. Dieser „Berichtigungscharakter" macht § 17 aber genauso wenig zu einer Verfahrensvorschrift, wie § 4 Abs. 1 S. 1 EStG eine Verfahrensvorschrift ist. Von Bedeutung ist die Frage des Charakters von § 17 vor allem in **Insolvenzfällen,** → Rn. 68 ff.

11 Entsprechend der vorstehenden Ausführungen kann eine von vorneherein **unzutreffende USt-Festsetzung** nicht durch eine Änderung nach § 17 (oder auch § 15 a) berichtigt werden. Solche Korrekturen können nur durch Erlass, Aufhebung oder Änderung der ursprünglichen Steuerfestsetzung unter Beachtung insbesondere der §§ 129, 164, 169, 172 AO berücksichtigt werden. Gründe hierfür können zB Rechenfehler, Fehler bei der Bewertung des Entgelts im Rahmen von Fremdwährungs- oder Tauschgeschäften, Fehler bei der Bestimmung der Mindestbemessungsgrundlage nach § 10 Abs. 4, nicht deklarierte Entgelte oder vergessene Vorsteuerbeträge (→ § 16 Rn. 11) sein. Die **in Rechnungen gesondert ausgewiesene USt** wird allerdings bei rückwirkendem Wegfall der regulären Steuerschuldnerschaft insoweit nach § 14 c geschuldet (→ § 14 c Rn. 10 ff.), so dass es in solchen Fällen keiner Änderung der ursprünglichen Steuerfestsetzung bedarf.

12 § 17 hat Vorrang gegenüber § 15 a. Gleichwohl wird es selten zu Überschneidungen kommen, so aber im Zusammenhang mit § 17 Abs. 2 Nr. 5 (→ Rn. 84 ff.), den *Stadie* als Fremdkörper bezeichnet und ohnehin besser in § 15 a aufgehoben sieht (in Rau/Dürrwächter § 17 Rn. 509).

13 Eine faktische Berichtigung des Vorsteuerabzugs ist auch in den Fällen des § 3 Abs. 1 a und 9 a gegeben, indem die unentgeltliche **Entnahme, Zuwendung oder Verwendung** von Eingangsleistungen, die zum Vorsteuerabzug berechtigt haben, eine USt-Pflicht auslösen. Eine Berichtigung des ursprünglichen Vorsteuerabzugs wäre allerdings auf diesen begrenzt, während sich die USt-Pflicht der Umsätze nach § 3 Abs. 1 b und 9 a nach der Beurteilung im Zeitpunkt der Entstehung der Steuer richtet, so dass zB Steuersatzerhöhungen den einstmals vorgenommenen Vorsteuerabzug überkompensieren können. Kein Fall des § 17 oder des § 3 Abs. 1 b ist der **Diebstahl** von Gegenständen, obwohl Art. 185 Abs. 2 UAbs. 2 MwStSystRL dies gestattet (vgl. auch → § 10 Rn. 91).

3. Folgen für die Ansprüche aus § 17

14 Gemäß § 17 Abs. 1 S. 7 ist die Berichtigung in dem Besteuerungszeitraum vorzunehmen, in dem die Änderung der Bemessungsgrundlage eingetreten ist. Die sich

aufgrund der Berichtigung ergebende Minderung oder Erhöhung der Steuer geht als unselbstständige besondere Besteuerungsgrundlage in den Vorauszahlungsbescheid bzw. den Jahressteuerbescheid des leistenden Unternehmers für den Zeitraum, in den die Berichtigung fällt, ein. Entsprechendes gilt für die geminderten oder erhöhten Vorsteuerabzüge beim Leistungsempfänger. Aus seiner Eigenschaft als **materiellrechtlicher Tatbestand** schließt der V. BFH-Senat zutreffend, dass Ansprüche aus der USt-Festsetzung für den Zeitraum einer Änderung nach § 17 in voller Höhe in diesem Zeitpunkt entstehen und folglich auch nicht auf vergangene Festsetzungen zurückwirken (BFH V B 70/06, BStBl. II 2007, 415). Zu den insolvenzrechtlichen Auswirkungen → Rn. 68ff.

Eine andere Auffassung vertrat der VII. BFH-Senat (BFH VII R 36/07, BStBl. II 2009, 90 mAnm *Oenings* DStRE 2008, 1468; aA *Gotthardt/Kubaczyńska* DStR 2009, 1015). Der VII. Senat widersprach damit explizit der Auffassung des V. Senats, der im selben Verfahren zuvor die Aussetzung der Vollziehung gewährt hatte (BFH V B 70/06, BStBl. II 2007, 415). 15

Beispiel: A liefert an T einen Kran. Zur teilweisen Erfüllung der Zahlungsverpflichtung aus dem Kaufvertrag tritt T seinen Vorsteuervergütungsanspruch aus dem Kranerwerb an A ab. Das Finanzamt zahlt den Betrag an A aus bzw verrechnet ihn mit Steuerschulden des A. Später mindert sich die Bemessungsgrundlage für die Kranlieferung, so dass die USt des A und die Vorsteuer des T gemäß § 17 Abs. 1 gemindert wird. Weil über das Vermögen des T zwischenzeitlich das Insolvenzverfahren eröffnet wurde, verlangt das Finanzamt die an A ausgezahlte Vorsteuer des T von A zurück.

Nach BFH V B 70/06, BStBl. II 2007, 415 ist ernstlich zweifelhaft, dass diese Rückforderung rechtens ist, weil die Minderung nach § 17 Abs. 1 nicht zu einer rückwirkenden Änderung der ursprünglichen Vorsteuerfestsetzung führe. Der VII. Senat bestätigte allerdings die Rechtmäßigkeit der Rückforderung des Finanzamts (BFH VII R 36/07, BStBl. II 2009, 90).

Zwischenzeitlich hat der VII. Senat seine **Rechtsprechung geändert** und der des V. Senats angepasst (BFH VII R 29/11, BStBl. II 2013, 36). Danach ist eine nach Berichtigung entstehende Umsatzsteuerforderung auch erst im Zeitpunkt der Berichtigung begründet, so dass eine rückwirkende Teilerledigung auf andere Weise iSv § 124 Abs. 2 AO nicht mehr in Frage kommt. Überholt sind damit auch entsprechende Verweise der FVerw auf die bisherige Rechtsprechung des VII. Senats (zB OFD Frankfurt a. M. 4.11.2009, BeckVerw 241514 Rn. 48). 16

einstweilen frei 17

III. Berichtigungspflicht

1. Allgemeines

Wenn sich die Bemessungsgrundlage für einen steuerpflichtigen Umsatz iSv § 1 Abs. 1 Nr. 1 geändert hat, haben der leistende Unternehmer den geschuldeten Steuerbetrag und – wegen des systembedingten Gleichgewichts zwischen geschuldeter USt und abziehbarer Vorsteuer – der Leistungsempfänger den beanspruchten Vorsteuerabzug zu berichtigen. Entsprechendes gilt für die Tatbestände des § 17 Abs. 2. Die **Vorschrift begründet eine Berichtigungspflicht** (BFH V R 59/79, BStBl. II 1987, 226). Hat der Leistungsempfänger die USt als Vorsteuer abgezogen, muss er den Vorsteuerabzug entsprechend berichtigen. Erhöht sich die Bemessungsgrundlage, erhöhen sich die Steuerschuld des leistenden Unternehmers und – unter der weiteren Voraussetzung einer Rechnungskorrektur – der Vorsteuerabzug des Leistungsempfängers. Bei verminderter Bemessungsgrundlage verringert sich die Steuerschuld des leistenden Unternehmers und entsprechend der Vorsteuerabzug des Leistungsempfängers. Die Berichtigungspflichten des Leistenden und des Leistungsempfängers sind selbst- 18 ständig und unabhängig voneinander, auch wenn sie sich im Ergebnis ausgleichen (UStAE 17.1 Abs. 3 S. 1). Eine **Ausnahme** von der Berichtigungspflicht für die Partner eines Leistungsaustauschs innerhalb der Leistungskette besteht gemäß § 17 Abs. 1 S. 3 und 4 bei der **Ausgabe von Gutscheinen,** → Rn. 39ff.

2. Zur Berichtigung Verpflichtete

19 Gemäß § 17 hat zunächst der **leistende Unternehmer** die USt zu berichtigen, wenn ein Berichtigungsgrund eintritt. Das Finanzamt kann von Amts wegen berichtigen, wenn der Steuerpflichtige die Berichtigungspflicht nicht erfüllt hat (vgl. BFH V B 46/80, BStBl. II 1983, 389). Die Berichtigungspflicht betrifft nur steuerpflichtige Umsätze. Damit sind Unternehmer, die **steuerfreie Umsätze** ausführen, von der Berichtigungspflicht insoweit befreit. Dies betrifft neben solchen Unternehmern, die nur Umsätze iSv § 4 ausführen auch **Kleinunternehmer** iSv § 19 Abs. 1, wobei auch Letztere weiterhin zur Berichtigung der Steuer für Umsätze verpflichtet sind, die sie vor dem Übergang von der Regelbesteuerung zur Anwendung des § 19 Abs. 1 ausgeführt haben (→ § 19 Rn. 35). Gleiches gilt auch hinsichtlich der vor einem Wechsel zur Anwendung von Durchschnittsätzen (§§ 23, 24) oder der Ist-Besteuerung (§ 20) der Regelbesteuerung unterliegende Umsätze. Bei **Verzicht auf Steuerbefreiungen** nach § 9 oder § 19 Abs. 2 besteht Berichtigungspflicht für die als steuerpflichtig behandelten Umsätze (so im Fall BFH V R 13/04, BStBl. II 2007, 22).

20 **Leistungsempfänger** sind zur Berichtigung verpflichtet, soweit sie zum Vorsteuerabzug berechtigt sind. In den Fällen des § 17 Abs. 1 S. 6 entfällt die Berichtigungspflicht (→ Rn. 37). Beim **innergemeinschaftlichen Erwerb** (§ 1 Abs. 1 Nr. 5) und bei Leistungen, die dem **Reverse-Charge-Verfahren** (§ 13b) unterliegen, sind nur die Leistungsempfänger als Steuerschuldner verpflichtet, Steuer und Vorsteuer zu berichtigen, soweit sich die Bemessungsgrundlage ändert (§ 17 Abs. 1 S. 5). Der leistende Unternehmer führt in diesen Fällen eine nichtsteuerbare Leistung aus, so dass er von der Berichtigungspflicht nach § 17 nicht betroffen ist. Daneben können die **Aussteller von Rechnungen** die zu Unrecht ausgewiesene und nach § 14c geschuldete Steuer unter den Voraussetzungen des § 14c Abs. 1 S. 2 und 3 bzw. Abs. 2 S. 3–5 berichtigen, sie sind jedoch nicht hierzu verpflichtet.

21 Art. 90 MwStSystRL schreibt allgemein vor, dass die USt bei Änderung der Steuerbemessungsgrundlage zu berichtigen ist, er schreibt nicht vor, wer zur Berichtigung verpflichtet ist. Daraus ergibt sich aber, dass stets derjenige zur Berichtigung verpflichtet ist, der ursprünglich die Steuer geschuldet hat, deren Höhe nun zu berichtigen ist. § 17 gilt demnach auch für **ehemalige Unternehmer** und nach Gesellschaftsrecht **aufgelöste Personengesellschaften,** die insoweit noch nicht „voll beendet" sind (siehe OFD Saarbrücken 25.11.1977, BeckVerw 027218), soweit sich die Bemessungsgrundlage für steuerpflichtige Umsätze aus der Zeit als Steuerschuldner geändert hat. Gehen die umsatzsteuerlichen Verpflichtungen auf einen anderen über, trifft ihn die Berichtigungspflicht des § 17. Dies betrifft den **Erben** (Gesamtrechtsnachfolger) eines Unternehmers, auch, wenn er das Unternehmen des Rechtsvorgängers nicht weiterführt. Auch der Rechtsnachfolger nach § 1 Abs. 1a übernimmt die Berichtigungspflicht für die vom Veräußerer ursprünglich geschuldete Steuer bzw. abgezogene Vorsteuer (zB BFH V R 2/05, BStBl. II 2007, 848 unter II 1b). Dies gilt für **Umwandlungen** im Wege der **Gesamtrechtsnachfolge** nach dem UmwG genauso wie für Einbringungen oder andere Übertragungen von Geschäftsbetrieben im Wege der **Einzelrechtsnachfolge,** die unter § 1 Abs. 1a fallen (→ § 1 Rn. 140ff.). Ein **Formwechsel** ist ein unentgeltlicher Vorgang ohne Rechtsträgerwechsel, so dass die Berichtigungspflicht beim formgewechselten Rechtsträger verbleibt. Die **Anwachsung** gemäß § 738 BGB, die ebenso nicht unter § 1 Abs. 1a fällt (→ § 1 Rn. 72), führt wie der Erbfall zum Übergang der sich aus § 17 ergebenden Pflichten.

Der **Insolvenzverwalter** ist weder Rechtsnachfolger, noch Vertreter, sondern Verwalter des Vermögens des Schuldners iSv § 34 Abs. 3 AO, der zur Berichtigung nach § 17 bezüglich der Umsätze des Schuldners aus der Zeit vor Eröffnung des Insolvenzverfahrens verpflichtet ist (bei Verfahrenseröffnung offene Entgeltforderungen und -verbindlichkeiten führen allerdings stets zur Berichtigungspflicht nach § 17 Abs. 2 Nr. 1, → Rn. 68). Wird das Entgelt für eine während des Bestehens einer **Organschaft** bezogene Leistung nach Beendigung der Organschaft uneinbringlich, ist der Vorsteuerabzug gegenüber dem im Zeitpunkt des Uneinbringlichwerdens bestehenden Unternehmen zu berichtigen. Wurde die Organschaft vor diesem Zeitpunkt beendet, ist dies die Organgesellschaft (BFH V R 2/05, BStBl. II 2007, 848; aA *Stadie* in Rau/Dürrwächter § 17 Rn. 85), andernfalls der Organträger (BFH V R 14/08, BStBl. II 2011, 988). Diese Rechtsprechung des BFH kann allgemein auf Änderungen der Bemessungsgrundlage nach § 17 übertragen werden und ist nicht nur auf die Fälle der Uneinbringlichkeit beschränkt. Wird eine Forderung abgetreten (echtes Factoring) und danach uneinbringlich, ist § 17 nur im Verhältnis **Zedent**/Schuldner anwendbar. Der **Zessionar** (zB ein Inkassobüro) war nicht am ursprünglichen Leistungsaustausch beteiligt. Der vom Zessionar tatsächlich vereinnahmte Betrag stellt zwar das Entgelt dar (→ Rn. 62), die Besteuerung und damit auch eine etwaige Berichtigung nach § 17 erfolgt aber beim Zedent und ursprünglichen Leistungserbringer (siehe Beispiel in UStAE 17.1 Abs. 6; BFH V R 15/09, BStBl. II 2011, 142; BGH VIII ZR 128/96, DStRE 1997, 604). 22

einstweilen frei 23

IV. Änderung der Bemessungsgrundlage (Abs. 1)

1. Änderung der Bemessungsgrundlage allgemein

Änderungen der Bemessungsgrundlage gemäß § 17 Abs. 1 sind Minderungen und Erhöhungen des **Entgelts iSv § 10** für eine Lieferung und sonstige Leistung gemäß § 1 Abs. 1 Nr. 1 sowie für einen innergemeinschaftlichen Erwerb gemäß § 1 Abs. 1 Nr. 5 und eine sonstige Leistung, für die der Leistungsempfänger die Steuer nach § 13b Abs. 5 schuldet. Auch der Wegfall des Entgelts ist eine Änderung der Bemessungsgrundlage im weiteren Sinne. Eine Änderung der Bemessungsgrundlage liegt auch vor, wenn die Gegenleistung an Zahlungs statt in einer Sach- oder Dienstleistung erbracht wird und dieser Wert vom Wert des vereinbarten Entgelts abweicht (→ § 10 Rn. 46). **Wechselkursänderungen** hingegen bleiben im Rahmen des § 17 unberücksichtigt, vgl. → § 10 Rn. 43 und → § 16 Rn. 35; aA *Stadie* in Rau/Dürrwächter § 17 Rn. 590. Änderungen der Bemessungsgrundlage waren früher nur im Rahmen des § 17 zu beachten, wenn sie sich **unmittelbar zwischen leistendem Unternehmer und Leistungsempfänger** abgespielt haben (BFH XI R 24/09, BStBl. II 2013, 712). Nach der Rechtsprechung des EuGH C-317/94, BStBl. II 2004, 324 – Elida Gibbs und der darauf beruhenden Änderung des § 17 Abs. 1 sind auch Änderungen der Bemessungsgrundlage und des Vorsteuerabzugs auf verschiedenen Stufen der Leistungskette möglich (→ Rn. 39ff.). 24

Auch bei den Lieferungen und sonstigen Leistungen gleichgestellten **unentgeltlichen Wertabgaben** (§ 3 Abs. 1b Nr. 1), ist eine nachträgliche Änderung der Bemessungsgrundlage denkbar (BFH V R 41/08, DStR 2010, 159), zB wenn der Unternehmer den entnommenen Gegenstand dem Unternehmen wieder zuführt (nur möglich, wenn die Wertabgabe aus dem Unternehmen noch rückgängig zu machen ist, wenn sich der Wert einer sonstigen Leistung für unternehmensfremde Zwecke iSv § 3 Abs. 9a Nr. 1 ändert oder das Finanzamt als Betriebsausgaben geltend gemachte Aufwendungen gemäß § 4 Abs. 5 Nr. 1–7 und Abs. 6 EStG (§ 17 Abs. 2 Nr. 5) nicht zum Abzug zulässt). Werden **unentgeltlich Leistungen zwischen verbundenen** 25

Unternehmen erbracht, die im Rahmen einer **Betriebsprüfung** später als Entnahme bzw. verdeckte Gewinnausschüttung (sowohl ertragsteuerlich als auch iSv § 3 Abs. 1 b und Abs. 9 a) bei dem einen und Einlage bei dem anderen Unternehmen charakterisiert werden, kommt ein Vorsteuerabzug beim Leistungsempfänger nur in Betracht, wenn Rechnungen mit Steuerausweis ausgestellt werden und gleichzeitig eine Vereinbarung getroffen wird, dass für die vormals unentgeltliche Leistung nunmehr eine Gegenleistung geschuldet wird. Nur dann liegt eine Erhöhung der Bemessungsgrundlage iSv § 17 Abs. 1 vor mit der Folge, dass der leistende Unternehmer die Steuer nicht mehr auf der Grundlage einer unentgeltlichen Wertabgabe, sondern einer entgeltlichen Leistung schuldet und der Leistungsempfänger dann das **Vorsteuerabzugsrecht** hat (BFH V R 41/08, DStR 2010, 159). Weitere Voraussetzung ist, dass das erhöhte Entgelt auch tatsächlich geleistet wurde (→ Rn. 56).

26 *einstweilen frei*

2. Erhöhung der Bemessungsgrundlage

27 Erhöhungen der Bemessungsgrundlage sind nachträglich vereinbarte, freiwillig geleistete oder – falls die Bedingung eintritt – zunächst bedingt vereinbarte Entgelterhöhungen (zB Bindung des Kaufpreises an allgemeine Lohnerhöhungen zu einem bestimmten Zeitpunkt; zu nachträglich vereinbarter Entgeltlichkeit → Rn. 25). Das können auch nachträglich gezahlte Entgelte von dritter Seite sein (§ 10 Abs. 1 S. 3), ebenso **Rückvergütungen einer Genossenschaft** an Mitglieder als nachträgliche Entgeltserhöhungen für erbrachte Lieferungen, BFH V R 59/00, BStBl. II 2003, 215, sowie **Überzahlungen bzw. Doppelzahlungen,** die im Zusammenhang mit einer Leistung stehen, BFH XI R 16/95, BStBl. II 1996, 208 und V R 11/05, BStBl. II 2007, 966 mit kritischer Anm. *Neeser,* UVR 2008, 186. Dagegen gehören Fehlüberweisungen, also Zahlungen ohne irgendeinen Bezug zu einer erhaltenen Leistung, nicht zum Entgelt (BFH V R 11/05, BStBl. II 2007, 966). **Zinsen** (Teilzahlungszuschläge), die wegen zeitlich gestreckter Zahlung des Verkaufspreises an den die Leistung ausführenden Unternehmer gezahlt werden, können zum Entgelt der Lieferung oder sonstigen Leistung gehören, wenn sie nicht als gesonderte Leistung anzusehen sind (Näheres → § 10 Rn. 19).

28 **Schadensersatz** gehört nicht zum Entgelt (UStAE 1.3 Abs. 1; → § 1 Rn. 45 ff. und → Rn. 45 f,); ebenso wenig Verzugszinsen, Mahngebühren und Prozesszinsen (→ § 10 Rn. 6 und → Rn. 19).

29 *einstweilen frei*

3. Minderung der Bemessungsgrundlage

30 Die nachträgliche **Minderung des ursprünglich vereinbarten oder gezahlten Entgelts** kann auf vertraglicher Vereinbarung, Minderung des Kaufpreises wegen eines Mangels des gelieferten Gegenstandes (§§ 441, 478, 638 BGB), Vergünstigungen infolge vorzeitiger Zahlung oder Mengenrabatts (Skonti, Boni) oder Rücknahme der zunächst berechneten Warenumschließung beruhen. Die Minderung kann auch eintreten, wenn der Leistungsempfänger oder für ihn ein Dritter das ursprünglich vereinbarte Entgelt schon entrichtet hatte. Damit dem Gebot des § 10, wonach sich die USt vom Entgelt bemisst, entsprochen wird, regelt § 17 Abs. 1, dass in den Fällen der Minderung des vereinbarten und bei Soll-Besteuerung somit bereits versteuerten Entgelts die Steuer zu berichtigen ist. Dies gilt gleichermaßen für die **USt** des leistenden Unternehmers wie für den etwaigen **Vorsteuerabzug.** Die Verpflichtung zur Berichtigung der Vorsteuer trifft nicht zwingend den Leistungsempfänger, sondern stets den durch die Minderung der Bemessungsgrundlage wirtschaftlich Begünstigten (§ 17 Abs. 1 S. 3 und 4). Voraussetzung einer Berichtigung nach § 17 infolge der Minderung des Entgelts ist ein **konkreter Bezug zu einem früheren Umsatz** (BFH V

R 1/13, MwStR 2014, 697 mit Anm. *Slapio*). Im Vorhinein gewährte Vergütungen (Antrittsprämien) rechtfertigen daher in aller Regel keine Entgeltminderung nach § 17. Darüber hinaus kommt eine Minderung nach § 17 nur bei einem **steuerpflichtigen Umsatz** in Frage (BFH XI R 25/12, DStRE 2014, 1235). Schadensersatzleistungen des Leistenden mindern das Entgelt nicht (→ Rn. 45f.).

a) Preisnachlässe. aa) Rabatte, Boni und Skonti. Preisnachlässe (Rabatte) sind in Form von Preisabschlägen oder Mengenzuschlägen üblich. Im Zusammenhang mit § 17 interessieren nur Erstere, weil die Hingabe von mehr als der vereinbarten Ware für den vereinbarten Preis keinen Einfluss auf die Bemessungsgrundlage hat. Preisabschläge werden bei Abnahme bestimmter Mengen einer Ware, einem ausgewählten Kundenkreis (zB Vertragshändlern), langjährigen Kunden (Treuerabatt) oder als Barzahlungsrabatt (Skonto) gewährt. Ebenso Entgeltminderung ist nach OFD Frankfurt a. M. 4.1.2017, DStR 2017, 546 der Industrieanteil des **Umweltbonus** für Elektroautos, der dem Händler gewährt wird und dessen Einkaufspreis mindert (zum Bundesanteil als Zuschuss → § 10 Rn. 63). Die Zuwendung eines Preises (zB einer Reise) im Rahmen eines Verkaufswettbewerbs, den ein Lieferant für seine unternehmerisch tätigen Abnehmer durchführt, kann ein (Gesamt-)Preisnachlass auf alle Lieferungen bestimmter Waren in einem bestimmten Zeitabschnitt sein (BFH XI R 81/92, BStBl. II 1995, 277 und XI R 66/94, BStBl. II 1995, 850). Zur Umsatzbesteuerung von Rabatten bei **Payback-Karten** → Rn. 40. 31

Rabatte der Deutsche Post AG an Unternehmer, die für andere Unternehmer im eigenen Namen Briefe bündeln und vorsortiert der Deutsche Post AG übergeben (sog. Konsolidierer) und die diese an ihre Auftraggeber (teilweise) weitergeben, ändern die Bemessungsgrundlage des Umsatzes zwischen dem Konsolidierer und seinem Auftraggeber (BMF 13.12.2006, BStBl. I 2007, 119). Durch die Neuregelung des § 4 Nr. 11b hat das BMF-Schreiben aber an Bedeutung verloren, da nun nicht mehr nur die Umsätze der Deutsche Post AG steuerbefreit sind. Eine Entgeltsminderung ist der **„Zwangsrabatt"**, den Pharmahersteller und Apotheken den **gesetzlichen Krankenkassen** gewähren müssen (UStAE 10.3 Abs. 7; Näheres siehe BMF 14.11.2012, BStBl. I 2012, 1170; OFD Karlsruhe 12.12.2013, MwStR 2014, 147 und *Ammann* UR 2005, 180). Leistungsempfänger bei der Lieferung von Medikamenten ist nämlich die gesetzliche Krankenkasse, nicht der Patient. Daher mindert der an die gesetzlichen Krankenkassen zu gewährende Zwangsrabatt das Entgelt. Der „Zwangsrabatt" ist trotz der Bemessung vom Nettoabgabepreis (§ 130a Abs. 1 SGB V) in Entgelt und USt aufzuteilen (BFH V R 2/08, BStBl. II 2009, 870 mit Anm. *Marchal* UR 2009, 655). Der nach § 1 des Gesetzes über Rabatte für Arzneimittel den **privaten Krankenkassen** zu gewährende Rabatt ist nach Ansicht der FVerw keine Entgeltminderung, weil Leistungsempfänger bei der Lieferung der Medikamente nicht die private Krankenkasse, sondern der versicherte Patient ist (UStAE 10.3 Abs. 7 S. 7 und FG Bln-Bbg 7 K 7323/12, Rev BFH: XI R 14/15, EFG 2015, 1484). AA *Winter/Kapeller* MwStR 2013, 109 und FG RhPf 6 K 1251/14, MwStR 2016, 80 mAnm *Wüst,* Rev BFH: V R 42/15, weil Entgeltminderungen als logische Folge von § 10 Abs. 1 S. 3 auch an einen Dritten gewährt werden können. Das Verfahren V R 42/15 ist zwischenzeitlich ausgesetzt und dem EuGH vorgelegt (BFH V R 42/15, DStR 2016, 1919). Definitiv keine Entgeltminderung ist ein im Vorgriff auf einen Zwangsrabatt geleisteter Solidarbeitrag an die gesetzlichen Kassen, der keinem konkreten Umsatz zugerechnet werden kann (BFH V R 1/13, MwStR 2014, 697 mit Anm. *Slapio*). Bei der Hingabe eines **Werbegeschenks** von einem gewissen Wert gegen einen Werbegutschein entsteht kein Preisnachlass in Höhe der gesamten Kosten dieses Gegenstandes, sondern ein Umsatz gemäß Art. 6 MwStSystRL (§ 3 Abs. 1b Nr. 1), EuGH C-48/97, UR 1999, 278 – Kuwait Petroleum, kritisch dazu *Lippross* UR 2006, 143 (147). Keine Minderung der Bemessungsgrundlage tritt ein, wenn der Leistungsempfänger die **Bauabzugssteuer** gemäß § 48a EStG von dem 32

Entgelt, das er dem leistenden Unternehmer schuldet, einbehält, aber pflichtwidrig nicht an das Finanzamt abführt, OFD Cottbus 12.12.2001, UR 2002, 187.

33 Die Bedeutung der **Rückvergütungen** und **Boni** wegen der Menge der bezogenen Waren für das umsatzsteuerliche Entgelt richtet sich nach den Vereinbarungen zwischen den Geschäftspartnern. Rabatte, die auf den Katalogpreis einer Ware gewährt und zunächst auf einem beim Lieferanten für den Kunden geführten Konto gutgeschrieben werden, mindern erst die Bemessungsgrundlage für den Umsatz des Lieferanten, wenn der Rabatt an den Kunden ausgezahlt wird, EuGH C-86/99, DStRE 2001, 722 – Freemans mit Anm. *Wagner* UVR 2001, 420. Entsprechendes gilt für die Ausgabe von Rabattmarken bzw. die Speicherung der Einkäufe auf **Rabattkarten.** Die Minderung der Bemessungsgrundlage tritt bei Einlösung ein. Keine Entgeltminderung liegt bei **verbilligten Krediten in der Automobilindustrie** („Absatzförderung") vor, wenn die Fahrzeughändler die Differenz zwischen Marktzins und dem mit dem Kunden vereinbarten Zins an die konzerneigene Bank zu entrichten haben (→ § 10 Rn. 66).

34 **Skonto** ist ein Nachlass auf den Kaufpreis, den der Käufer nach Handelsbrauch erhält, wenn er vor Fälligkeit zahlt. In der Regel werden Skonti vom Bruttoentgelt berechnet. Die Vertragspartner sind jedoch bei ihren Vereinbarungen frei. Sie können einige Preisbestandteile (zB Verpackungs- und Versendungskosten) von der Berechnungsgrundlage ausnehmen oder den Nettowert (§ 10) wählen. Nach *Stadie* sind nicht in Anspruch genommene Skontoabzüge Entgelt für eine Kreditgewährung (in Rau/Dürrwächter § 17 Rn. 282). Diese Ansicht ist wirtschaftlich zutreffend; gleichwohl wäre aber der nicht in Anspruch genommene Skontobetrag weiterhin Bestandteil einer einheitlichen Leistung und demnach keine gesonderte Leistung, die nach § 4 Nr. 8 steuerfrei wäre (BFH V R 43/89, BStBl. II 1993, 360 zu Ratenzahlung gegen Wegfall eines Barzahlungsrabatts, → § 10 Rn. 19). Keine Entgeltminderung liegt dagegen vor, wenn der Leistende **Kreditkarten- oder Finanzierungsgesellschaften** einschaltet und diese nicht den vollen Preis an den Leistenden zahlen. In solchen Fällen liegt keine Entgeltminderung sondern eine Entgeltverwendung durch den Leistenden vor (siehe EuGH C-18/92, UR 1994, 72 – Bally – Kreditkarteninstitut behält einen bestimmten Prozentsatz ein – und EuGH C-34/99, DStRE 2001, 661 – Primback – Kunde bekommt zinslosen Kredit von Finanzierungsgesellschaft, die ihrerseits nicht den vollem Kaufpreis an den Händler zahlt (siehe auch UStAE 10.1 Abs. 3 S. 14 sowie → § 10 Rn. 4 Beispiel 2).

35 Die an Privatpatienten gezahlten Aufwandsentschädigungen einer **Internet-Apotheke** im EU-Ausland für die Mitwirkung dieser Patienten an ihrer von der Apotheke berufsrechtlich geschuldeten Beratung mindert die Bemessungsgrundlage der steuerpflichtigen Versandhandelsumsätze. Liefert eine Internetapotheke an Privatpatienten, ist diese Lieferung im Inland steuerbar, da der Patient kein Unternehmer ist und deshalb der Ort der Lieferung nach der Versandhandelsregelung – bei Überschreiten der dortigen Schwellen – im Inland liegt (§ 3c Abs. 1 und 2 Nr. 1). Daher mindert die Entschädigung nach § 17 Abs. 1 S. 1 die Bemessungsgrundlage. Anders ist es bei gesetzlich versicherten Patienten: Die Internet-Apotheke liefert umsatzsteuerrechtlich an die Krankenkasse (= Körperschaft nach § 1a Abs. 1 Nr. 2), so dass die Versandhandelsregelung nicht anwendbar ist und eine innergemeinschaftliche Lieferung vorliegt. Mangels Steuerpflicht kann die Bemessungsgrundlage für diese Umsätze nicht um etwaige Aufwandsentschädigungen gemindert werden. Sie mindern auch nicht die steuerpflichtigen Umsätze mit Privatpatienten (BFH V B 147/14, DStR 2015, 756 mAnm *Heuermann;* MwStR 2015, 469 mAnm *Gres*).

36 **bb) Zentralregulierung.** Ein **Sonderfall des Skontoabzugs** ist die Zentralregulierung. Einkaufsvereinigungen bezahlen Rechnungen, die ihre Mitglieder von Lieferanten innerhalb bestimmter Zeiträume (zB bis zu jedem 15. Tag des Monats) erhalten haben, gemeinsam und ziehen die angebotenen Skonti vom Kaufpreis ab.

Für die Lieferanten folgt daraus eine Entgeltsminderung mit der Pflicht zur Berichtigung der geschuldeten USt nach den allgemeinen Grundsätzen zum Skonto (→ Rn. 31 ff.). Die Forderungen der Lieferanten gegen die Mitglieder der Einkaufsvereinigung gehen auf die Einkaufsvereinigung über, sobald sie an die Lieferanten gezahlt hat. Die Mitglieder bezahlen ihre Schulden an die Einkaufsvereinigung in der Regel zu unterschiedlichen Zeitpunkten, entweder unmittelbar nach Übergang auf die Einkaufsvereinigung, zu dem vom Lieferanten bestimmten Fälligkeitszeitpunkt oder danach. Vom Zeitpunkt der Zahlung hängt der Skontoabzug des Leistungsempfängers ab. Er kann denselben wie der Zentralregulierer oder keinen erhalten oder verpflichtet sein, zusätzliche (Kredit-)Kosten an die Einkaufsvereinigung zu zahlen. Zu den Anforderungen an den elektronischen Austausch von **Rechnungen** → § 14 Rn. 38; *Groß/Heinrichshofen* UVR 2015, 315.

Da die Lieferanten wegen des Skontoabzugs der Einkaufsvereinigung die geschul- **37**
dete USt stets berichtigen müssten, die Leistungsempfänger jedoch infolge abweichender und uneinheitlicher Zahlungen zur jeweils entsprechenden Berichtigung des Vorsteuerabzugs nicht berechtigt und verpflichtet wären, wäre das Gleichgewicht zwischen geschuldeter USt und Vorsteuerabzug gestört. § 17 Abs. 1 S. 6 erlässt den Leistungsempfängern die Berichtigung des Vorsteuerabzugs, wenn der **Zentralregulierer** den auf den Skonto entfallenden USt-Betrag als **eigene Steuerschuld** an das Finanzamt zahlt (auch → § 16 Rn. 8). Diese Zahlung soll die Minderung des Vorsteuerabzugs ersetzen. Die Leistungsempfänger behalten die auf den ungeminderten Kaufpreis entfallende Vorsteuer. Der Zentralregulierer braucht dann gegenüber dem Leistungsempfänger nicht darzulegen, welchen Skonto er dem Lieferer abgezogen hat. Der Zentralregulierer hat die nach § 17 Abs. 1 S. 6 geschuldeten Beträge im **amtlichen Vordruck** gesondert zu erklären. Soweit dem Zentralregulierer ein Teil des Skontoabzugs verbleibt, kann es steuerpflichtiges Entgelt für seine Tätigkeit oder gemäß § 4 Nr. 8 steuerfreies Entgelt für eine Kreditgewährung sein. Für Letztere kann der Zentralregulierer gemäß § 9 optieren. Soweit er steuerfreie und steuerpflichtige Umsätze hat, erlaubt die Verwaltung ein vereinfachtes Verfahren zum Vorsteuerabzug (vgl. UStAE 17.1 Abs. 4). Wegen weitergehender **Preisnachlässe des Zentralregulierers** an seine Mitglieder → Rn. 43 f.

einstweilen frei **38**

cc) Gutscheine und Herstellerrabatt. Ohne eigenes Entgelt ausgegebene Gut- **39**
scheine können zur **Minderung der Bemessungsgrundlage** führen. Das war schon immer möglich, wenn die mit einem Gutschein gewährte Vergütung vom Hersteller bis zum Endverbraucher auf allen Stufen der Leistungskette durchgereicht wurde. Seit EURLUmsG (BGBl. 2004 I 3310) kann sie innerhalb der Leistungskette **auf unterschiedlichen Stufen** eintreten. Der EuGH hatte zuvor entschieden, dass sich die Bemessungsgrundlage für die MwSt innerhalb der Lieferkette grundsätzlich nach dem Entgelt, das der Letztverbraucher tatsächlich aufwendet, richtet (EuGH C-317/94, BStBl. II 2004, 324 – Elida Gibbs). Für Unternehmer, die innerhalb der Lieferkette vor der Endverbrauchstufe Umsätze tätigen, muss die Besteuerung neutral sein. Der deutsche Gesetzgeber und die FVerw nahmen diese Rechtsprechung lange Zeit nicht zur Kenntnis. Erst nachdem Deutschland in einem Vertragsverletzungsverfahren unterlegen war (EuGH C-427/98, BStBl. II 2004, 328 – Kommission/Deutschland) zog der Gesetzgeber mit dem EURLUmsG im geänderten § 17 Abs. 1 die Konsequenzen. Gemäß § 17 Abs. 1 S. 3 und 4 können zB durch Berücksichtigung eines Gutscheins Steuer und Vorsteuer auf unterschiedlichen Stufen berichtigt werden. Die Gesetzesänderung erfolgte nicht klarstellend, sondern war rechtsbegründend (BFH XI R 24/09, BStBl. II 2013, 712). Zu entgeltlich ausgegebenen Wertgutscheinen als sonstige Leistung → § 2 Rn. 74 ff.

Gutscheine, die den Inhaber berechtigen, eine Leistung um den Nennwert des **40**
Gutscheins verbilligt zu erwerben, und die ohne gesondertes Entgelt ausgegeben wer-

den, können zur Minderung der Bemessungsgrundlage führen. Solche Gutscheine werden als **Preisnachlassgutscheine** oder als **Preiserstattungsgutscheine** ausgegeben. Bei Preisnachlassgutscheinen wird der Nennwert des Gutscheins auf den Endpreis angerechnet, Preiserstattungsgutscheine löst der ausgebende Unternehmer zugunsten des Letztverbrauchers bar ein (UStAE 17.2 Abs. 3; *Beiser* UVR 2003, 160). Voraussetzung für die Minderung des Entgelts ist, dass der ausgebende Unternehmer mit eigenen Umsätzen im Inland an der Fördermaßnahme beteiligt ist, dh der Unternehmer Gutscheine zum verbilligten Erwerb oder zur Preiserstattung angesichts des Erwerbs seiner eigenen Leistungen ausgibt. Ein solcher Fall liegt nach UStAE 17.2 Abs. 1 Beispiel 1 vor, wenn ein an Zwischenhändler liefernder Hersteller von Gütern Gutscheine zum verbilligten Erwerb der eigenen Güter ausgibt **(Herstellerrabatt).** In diesem Fall kann der Hersteller die Bemessungsgrundlage seiner Lieferung an einen Zwischenhändler mindern. Dabei ist der Nennbetrag des Gutscheins ein Bruttobetrag (UStAE 17.2 Abs. 2). Zum **Zeitpunkt der Berichtigung** der Bemessungsgrundlage → Rn. 87.

Bei Bonusprogrammen **(Payback)** erhält der Kunde mit dem Einkauf Bonuspunkte gutgeschrieben, zahlt aber den regulären Preis, weswegen zu diesem Zeitpunkt keine Minderung der Bemessungsgrundlage vorliegt. Die Entgeltminderung tritt erst dann ein, wenn die Punkte eingelöst werden und das entsprechende Guthaben entweder ausgezahlt oder zum verbilligten Erwerb einer bestimmten Ware verwendet wird – der Verfall der Punkte hat folglich keine umsatzsteuerlichen Folgen. Nach Ansicht der FVerw ist Voraussetzung für eine Entgeltminderung die vollständige Wahlfreiheit des Kunden hinsichtlich der Form der Rabattgewährung (OFD Frankfurt a. M. 5.11.2012, DStR 2013, 863). Keine Entgeltminderung liegt danach vor, wenn die Punkte nur gegen Sachprämien eingetauscht werden können. Dies sieht wohl auch der EuGH so, weil Lieferung der ursprünglich erworbenen Ware und Lieferung der Sachprämie umsatzsteuerlich zwei getrennte Vorgänge darstellen (EuGH C-53/09 und C-55/09, DStRE 2010, 1392 Rn. 54 – Loyalty und Baxi). Ein Bonusprogramm mit Wahlfreiheit zwischen Barauszahlung und Sachprämien lag dem EuGH bislang nicht vor. ME sollte dann aber eine Entgeltminderung analog zur Auffassung der FVerw möglich sein (so auch *Robisch* DStR 2011, 9 (12); für möglich gehalten auch von *Huschens* UVR 2012, 220 (224)).

41 Ist der Gutschein das Entgelt für eine **Werbemaßnahme** oder geschieht die Hingabe aus allgemeinem Werbeinteresse, ist die Minderung der Bemessungsgrundlage ausgeschlossen, zB wenn ein Kaufhaus Gutscheine für den verbilligten Erwerb anderer Leistungen in örtlicher Nähe ausgibt, deren Verbrauch möglicherweise zu vermehrten Kaufhausbesuchen führt (UStAE 17.2 Abs. 1 Beispiel 2). Dasselbe gilt, wenn der Verkäufer einer Ware einen Gutschein oder Chip beilegt, der zum verbilligten Bezug von Leistungen eines Dritten berechtigt (zB verbilligtes Parken im Parkhaus eines anderen Unternehmers) und der Kunde, der den Gutschein oder Chip verwertet, den selben Kaufpreis für eine Ware zahlt wie ein Kunde, der Gutschein oder Chip nicht bekommt oder nicht einlöst (UStAE 17.2 Abs. 1 S. 5 unter Verweis auf BFH V R 33/03, BStBl. II 2006, 699). Denn in allen Fällen wird das Entgelt für die bezogene Leistung nicht gemindert.

42 Der Unternehmer, der den Gutschein ausgegeben und den darin enthaltenen Wert – entweder dem Endverbraucher unmittelbar oder über den Einzelhändler – vergütet hat, hat gemäß § 17 Abs. 1 S. 1 die Bemessungsgrundlage um den Nettowert des vergüteten Betrages zu vermindern. Der unmittelbare Partner des Leistungsaustauschs muss im Gegensatz zur grundsätzlichen Regelung gemäß § 17 Abs. 1 S. 2 den Vorsteuerabzug nicht berichtigen. Die Berichtigung erfolgt beim wirtschaftlich begünstigten Unternehmer, § 17 Abs. 1 S. 4. Dabei ergibt es keinen Unterschied, ob der Endabnehmer vorsteuerabzugsberechtigt ist oder nicht (UStAE 17.2 Abs. 4).

Beispiel: A liefert an B eine Uhr für 100 EUR und fügt einen Gutschein über 10 EUR bei. Er stellt an B eine Rechnung über 100 EUR + 19% USt = 119 EUR aus. B liefert die Uhr für 120 EUR zzgl des Gutscheins an C. Er berechnet 120 EUR + 22,80 EUR USt = 142,80 EUR. C löst den Gutschein bei A ein. A berichtigt die Bemessungsgrundlage wie folgt: 100./. 8,40 (= Nettowert des Gutscheins) = 91,60 EUR. A zahlt dafür 17,40 EUR USt. B zahlt 22,80 EUR USt abzüglich 16 EUR VorSt = 3,80 EUR. C zahlt im Ergebnis einen Kaufpreis von 132,80 EUR. Darin sind 21,20 EUR USt enthalten. Das entspricht dem Betrag, den A nach Berichtigung und B an das FA abführen.

Voraussetzung für die Berichtigung des Vorsteuerabzugs ist freilich, dass das damit geminderte Entgelt **steuerpflichtig** war und somit zum Vorsteuerabzug berechtigte. Dies ist nach BFH XI R 25/12, DStRE 2014, 1235 nicht der Fall, wenn der Hersteller zunächst steuerfrei (zB **innergemeinschaftlich**) an einen Distributor liefert, der die Ware dann steuerpflichtig an den Endkunden liefert. Gewährt nun der Hersteller dem Endkunden einen Rabatt, mindert sich damit nicht das steuerpflichtige Entgelt für die zweite Lieferung, sondern das steuerfreie für die erste Lieferung, so dass der Endkunde keine Berichtigung seines Vorsteuerabzugs vorzunehmen hat. Der gegenteiligen Auffassung des SächsFG 3 K 590/10, MwStR 2013, 416 mit Anm. *Vobbe,* wonach der Endkunde sehr wohl zu einer Berichtigung seines Vorsteuerabzugs verpflichtet sei, dafür aber der Distributor seine Steuer auf den innergemeinschaftlichen Erwerb – bei gleichbleibendem Vorsteuerabzug – reduzieren kann, hat sich der V. Senat des BFH nicht angeschlossen, der damit dem XI. Senat (s. o.) folgt (BFH V R 6/13, DStR 2015, 296). Vgl. für Einzelheiten zu Preisnachlässen bei grenzüberschreitenden Lieferketten *Wüst* MwStR 2015, 157.

Die Anwendung des § 17 Abs. 1 S. 3 und 4 gilt in den Fällen des **Herstellerrabatts,** also der Rabattgewährung innerhalb einer Vertriebskette; dieser Fall lag auch **43**
der EuGH-Entscheidung C-317/94, BStBl. II 2004, 324 – Elida Gibbs zugrunde (→ Rn. 40). Nach der **früheren Rechtsprechung des BFH** (siehe aber nachstehend → Rn. 44) waren diese Grundsätze allerdings auch anzuwenden, wenn ein **Vermittler** dem Endabnehmer der vermittelten Leistung Preisnachlässe gewährt, insbesondere bei Preisnachlässen, die ein **Reisebüro** dem Kunden auf das Entgelt für eine vermittelte Reise gewährt (BFH V R 3/04, BStBl. II 2006, 479 mAnm *Kronthaler* DStR 2006, 508 und *Stadie* UR 2006, 287). Ebenso hat der BFH eine Übertragbarkeit der Grundsätze zu Herstellerrabatten auf **Vermittler eines Telefonanbietervertrages,** der dem Telefonkunden einen Preisnachlass gewährt, übertragen (BFH V R 46/05, BStBl. II 2007, 186, UStAE 17.2 Abs. 10 S. 4). Darüber hinaus wurden auf der Basis der bisherigen Rechtsprechung auch die Preisnachlässe, die der **Zentralregulierer** seinen Mitgliedern neben dem von Warenlieferanten an die Mitglieder (Abnehmer der Waren) auf den Kaufpreis gewährten Skonto (→ Rn. 36 f.) zusätzlich einräumt, als Minderung der Bemessungsgrundlage des Umsatzes zwischen Zentralregulierer und Warenlieferant (das sind Übernahme des Abrechnungsverkehrs, Bürgschaft, Verkaufsförderung oder Waren der Lieferanten) charakterisiert (BFH V R 70/06, BStBl. II 2008, 997; siehe dazu *Specker* UR 2009, 1).

Der **EuGH** hat der Rechtsprechung des BFH zur Übertragung der Grundsätze zu **44**
Herstellerrabatten auf von Vermittlern gewährten Rabatten nach Vorlage des BFH **widersprochen** (EuGH C-300/12, BStBl. II 2015, 317 – Ibero Tours, vgl. hierzu *Gissel* UR 2014, 222; *Meurer* MwStR 2014, 467), so dass der BFH seine Rechtsprechung zu Preisnachlässen durch Reisebüros geändert hat (BFH V R 18/11, BStBl. II 2015, 306). Ein Vermittler kann folglich das Entgelt für seine Vermittlungsleistung nicht mehr mindern, wenn er dem Kunden der von ihm vermittelten Leistung einen Preisnachlass gewährt. Folgerichtig hat der BFH auch zu den Preisnachlässen der Zentralregulierer an die Anschlusskunden seine frühere Rechtsprechung zwischenzeitlich aufgegeben und eine Entgeltminderung verneint (BFH V R 3/12, BStBl. II

2015, 307). UStAE 17.2 Abs. 10 S. 3ff. wurde durch BMF 27.2.2015, BStBl. I 2015, 232 an diese Rspr. angepasst.

Nach Art. 73 MwStSystRL umfasst die Besteuerungsgrundlage alles, was den Wert der Gegenleistung bildet, die der Unternehmer vom Leistungsempfänger oder Dritten für die Leistung erhält. Bei Zwischenschaltung eines Vermittlers – im EuGH-Verfahren ein Reisebüro – liegen **zwei getrennt voneinander zu beurteilende Leistungen** vor: Zum einen erbringt der Reiseveranstalter eine Reiseleistung an den Reisekunden. Für diese Leistung erhält der Reiseveranstalter den von vornherein vereinbarten Preis ohne Abzüge. Damit kommt eine Minderung der Besteuerungsgrundlage für die Reiseleistung nicht in Betracht. Zum anderen erbringt das Reisebüro Vermittlungsleistungen an den Reiseveranstalter. Auch hierfür erhält das Reisebüro die vom Reiseveranstalter zugesagte Provision ohne Abzüge, so dass es auch für diese Leistung nicht zu einer Minderung der Besteuerungsgrundlage kommt. Die Tatsache, dass das Reisebüro einen Teil dieser Provision dafür verwendet, den Reisekunden auf eigene Kosten einen Rabatt zu gewähren, hat keinen Einfluss auf die Höhe des Entgelts, das Reiseveranstalter und Reisebüro für ihre Leistungen erhalten, weshalb sich die Rabattgewährung umsatzsteuerlich nicht auswirkt. Diese Rechtsgrundsätze sind auch auf andere Rabattgewährungen von Vermittlern übertragbar.

Beispiel: Ein Zentralregulierer erhält von Warenlieferanten 3% Skonto und zusätzlich eine Provision von 4% für seine Zahlungsregulierungstätigkeit. Die Mitglieder des Zentralregulierers, die die Waren beziehen, zahlen dem Zentralregulierer 96% des Kaufpreises. Der Zentralregulierer gibt somit die von den Warenlieferanten erhaltenen 3% Skonti weiter und gewährt zusätzlich einen Rabatt von 1%, den er letztlich aus seinen Provisionseinnahmen finanziert.

Nach BFH V R 70/06, BStBl. II 08, 997 (und auch UStAE 17.2 Abs 10 S. 5) kann der Zentralregulierer seine steuerpflichtigen Provisionsumsätze von 4% nach § 17 Abs 1 S. 1 um den zusätzlich den Mitgliedern eingeräumten Rabatt von 1% mindern. Nach BFH V R 3/12, BStBl. II 2015, 307 ist dies ausgeschlossen, denn der Zentralregulierer hat von den Warenlieferanten 4% Provision erhalten, die nicht dadurch gemindert werden können, dass er Teile dieser Provision verwendet, um einem Dritten einen Rabatt einzuräumen.

Die Regelungen über den **Skontoabzug bei Zentralregulierung** – im vorstehenden Beispiel die weitergereichten 3% – gemäß § 17 Abs. 1 S. 6 bleiben von der EuGH-Rechtsprechung zur Behandlung eines weitergehenden Rabatts unberührt; → Rn. 36f.

45 **b) Schadensersatz wegen Sachmängeln.** Ob Schadensersatz, Vertragsstrafen oder vergleichbare auf anderen Rechtsgründen basierende Beträge, die der liefernde Unternehmer leisten muss, Minderungen des Kaufpreises sein können, hängt davon ab, ob zwischen der Zahlung und der eigentlichen Leistung ein unmittelbarer Zusammenhang besteht (BFH V R 36/01, DStRE 2003, 681). Dies ist allgemein der Fall, wenn ein Kaufpreis nachträglich herabgesetzt wird, weil das Geleistete eine Eigenschaft hat oder gerade keine Eigenschaft hat, die bei der ursprünglichen Bemessung der Gegenleistung berücksichtigt worden ist. **Schadensersatz wegen Sachmängeln** mindert daher das Entgelt (BFH V R 72/01, BStBl. II 2003, 620; V R 1/09, BFH/NV 2010, 1869, siehe *Vellen* UStB 2010, 263). Auf die Zivilrechtsgrundlage kommt es nicht an (BFH V R 1/09, BFH/NV 2010, 1869). Daher sind auch Zahlungen des Lieferers eines Grundstücks wegen vereinbarter **Mietgarantien** Minderungen des Entgelts für die Grundstückslieferung (BFH V R 2/09, BStBl. II 2010, 765; vgl. → § 1 Rn. 53 „Mietgarantie"). Das Fehlen von beim Kauf erwarteten Mieterträgen ist wirtschaftlich ein Sachmangel, der aber zivilrechtlich nicht auf § 434 BGB gestützt werden kann; aus diesem Grund gibt es das Instrument der Mietgarantie.

46 Kein Sachmangel liegt indessen bei gesondertem Abschluss eines **Mietgarantievertrags** gegen Entgelt vor (BFH X R 16/82, BStBl. II 1988, 640); dabei handelt es

sich vielmehr um eine Art Versicherungsgeschäft, vgl. → § 1 Rn. 53 „Versicherungsleistungen". Auch hat der BFH eine **Vertragsstrafe wegen Nichteinhaltung des Bautermins** nicht als Minderung des Werklohns (Entgelts) angesehen (BFH XI R 58/93, BStBl. II 1994, 589), denn die Strafe basiert auf dem Verzug und nicht auf einem Mangel des Bauwerks. Das Gleiche gilt bei Verletzung anderer Rechtsgüter, zB Verletzung des Benutzers bei Verwendung der gekauften Sache wegen Materialfehlers (vgl. *Martin* BFH/PR 2010, 307). Zu Rückzahlungen von Über- oder Doppelzahlungen als Minderung der Bemessungsgrundlage → Rn. 27.

Die Zahlung eines **Minderwertausgleichs** wegen Schäden am **Leasingfahrzeug** erfolgt nach BFH XI R 6/11, BStBl. II 2014, 206 (hierzu auch *Slotty-Harms* UVR 2013, 347; *Vogler* MwStR 2014, 6) nicht für die Nutzungsüberlassung, sondern weil der Zahlende nach den vertraglichen Vereinbarungen für den Schaden und seine Folgen einzustehen hat. Insbesondere liegt keine eigenständige Leistung des Leasinggebers darin, dass dieser die Nutzung des Leasingfahrzeuges über den vertragsgemäßen Gebrauch hinaus geduldet hat. Der BFH schließt sich damit der Zivilrechtsprechung (BGH VIII ZR 68/06, DStRE 2008, 177) an, so dass sich die bisherige Problematik, wonach zivilrechtlich – trotz möglicherweise gegebener USt-Pflicht – kein Anspruch auf Erteilung einer Rechnung mit USt-Ausweis besteht (vgl. *de Weerth* DStR 2008, 392; *Göckel* DStR 2011, 1305), erübrigt. Denn zwischenzeitlich hat sich auch die FVerw in UStAE 1.3 Abs. 17 angeschlossen – die bislang entgegenstehende Auffassung hat die FVerw durch BMF 6.2.2014, BStBl. I 2014, 267 aufgegeben. Davon unberührt bleiben **Vergütungen für Mehr- und Minderkilometer;** sie sind nach zutreffender Ansicht des BMF zusätzliches Entgelt (Mehrkilometer) oder Entgeltminderung (Minderkilometer) für die Nutzungsüberlassung. Dies gilt entsprechend für Vergütungen zum Ausgleich von Restwertdifferenzen in Leasingverträgen mit Restwertausgleich und Nutzungsentschädigungen wegen verspäteter Rückgabe des Leasinggegenstands. 47

c) Warenumschließungen und Transporthilfsmittel. Art. 92 MwStSystRL gestattet den Mitgliedsstaaten, die Kosten von zurückgegebenen Warenumschließungen bei der Ermittlung der Steuerbemessungsgrundlage entweder zu berücksichtigen oder unberücksichtigt zu lassen. Die Mitgliedsstaaten müssen aber die erforderlichen Vorkehrungen treffen, damit die Steuerbemessungsgrundlage berichtigt wird, wenn die Umschließungen zurückgegeben bzw. nicht zurückgegeben werden. Die Umsetzung dieser Vorschrift ist im UStG nicht explizit erfolgt. Die umsatzsteuerliche Behandlung der Rückgabe von Warenumschließungen und Transporthilfsmitteln ergibt sich vielmehr aus der Anwendung umsatzsteuerlicher Grundsätze. Danach sind drei Fälle denkbar: 48

1. Die ursprüngliche Lieferung der Ware zusammen mit der Warenumschließung stellt umsatzsteuerlich eine **einheitliche Leistung** dar: In diesem Fall führt die Rückgabe des Transporthilfsmittels gegen Pfandgelderstattung zu einer **Minderung des Entgelts** iSv § 17 Abs. 1 S. 1 für diese einheitliche Leistung. Der Steuersatz orientiert sich am Steuersatz für die ursprüngliche Lieferung der Ware (→ Rn. 49).
2. Die ursprüngliche Lieferung der Ware zusammen mit dem Transporthilfsmittel stellt umsatzsteuerlich keine einheitliche Leistung dar. Die (Mit-)Lieferung des Transporthilfsmittels ist somit eine **getrennte Lieferung,** die (im Inland) dem Regelsteuersatz unterliegt.
   a) Die Rückgabe des Transporthilfsmittels gegen Pfandgelderstattung führt zu einer **Minderung des Entgelts** iSv § 17 Abs. 1 S. 1 für die Lieferung des Transporthilfsmittels. Der Steuersatz orientiert sich am Steuersatz für die ursprüngliche Lieferung des Transporthilfsmittels (→ Rn. 50).
   b) Die Rückgabe des Transporthilfsmittels gegen Pfandgelderstattung ist eine eigenständig zu beurteilende **Rücklieferung.** Diese ist umsatzsteuerlich getrennt von der ursprünglichen Lieferung zu beurteilen und ist steuerbar, wenn der

Rücklieferer Unternehmer ist und die Rücklieferung im Rahmen seines Unternehmens ausführt (→ Rn. 50 a).

49 Sowohl nach der Rechtsprechung des BFH als auch nach Verwaltungsauffassung liegt eine einheitliche Leistung vor, wenn aufgrund der Eigenart einer Ware eine bestimmte Umschließung erforderlich ist, um diese verkaufs- und absatzfähig zu machen (BFH XI R 46/07, BStBl. II 2009, 558; BMF 20.10.2014, BStBl. I 2014, 1372 Rn. I.1.). In diesen Fällen verwendet die Verwaltung den Begriff der **Warenumschließung.** Die Rückgabe der Warenumschließung führt zu einer Minderung des Entgelts für die ursprüngliche Lieferung. Maßgeblich ist folglich der Steuersatz für die ursprüngliche Lieferung.

50 Die **Hingabe eines Transporthilfsmittels** gegen Pfandgeld stellt – anders als die Hingabe einer Warenumschließung – eine eigenständige Lieferung dar, die dem Regelsteuersatz nach § 12 Abs. 1 unterliegt. Transporthilfsmittel dienen der Vereinfachung des Warentransports und der Lagerung und werden uU auch im Einzelhandel zur Warenpräsentation genutzt. Transporthilfsmittel sind nach BMF 20.10.2014, BStBl. I 2014, 1372 Rn. I.1 zB Getränke-Paletten, H1-Kunststoffpaletten, Kisten (zB Ernteboxen), Steigen und Container für Blumen, Obst und Gemüse, Rollcontainer, Fleischkästen, Fischtransportkisten, Shipper-Boxen für Kartoffeln und Zwiebeln, Quattro-Boxen etc. Diesen Transporthilfsmitteln ist gemeinsam, dass sie für logistische Aktivitäten innerhalb des Unternehmens, aber auch beim Durchlaufen von Handelsstufen, an denen mehrere Unternehmer beteiligt sind, eingesetzt werden. Sie werden grundsätzlich nicht an den Endverbraucher geliefert. Der BFH hat noch nicht explizit zu diesen Transporthilfsmitteln entschieden, angesichts seiner Definition der Warenumschließung ist aber davon auszugehen, dass er der von der Verwaltung vorgenommenen Würdigung, wonach die Hingabe des Transportmittels gegen Pfandgelt eine getrennt zu beurteilende Lieferung ist, die dann mangels Ermäßigungstatbestands dem Regelsteuersatz unterliegt, zustimmen dürfte. Für die **Rückgabe dieser Transporthilfsmittel** ist die FVerw von ihrer früheren Auffassung in BMF 5.11.2013, BStBl. II 2013, 1386 unter I. abgerückt und spricht sich nun nicht mehr dafür aus, dass es sich um eine gesonderte Rücklieferung handelt (iSv Rn. 49 Nr. 2b), sondern um die Minderung des Entgelts für die ursprüngliche Lieferung des Transporthilfsmittels (iSv Rn. 49 Nr. 2a). Diese Auffassung der FVerw ist idR vorteilhaft, da sie die konkrete USt-Belastung bei Hingabe des Transporthilfsmittels beseitigt und nicht – wie bei einer Qualifizierung als Rücklieferung – eine Steuerbarkeit der Rückgabe von der Unternehmereigenschaft des Rückgebers abhängig macht (so die Kritik an der früheren Verwaltungsauffassung, vgl. *Ammann* UR 2014, 681 (688)).

Die Einordnung des Transportbehältnisses hat nach BMF 20.10.2014, BStBl. I 2014, 1372 auf **allen Handelsstufen** (Pfandbetreiber – Hersteller – Großhändler – Einzelhändler) einheitlich zu erfolgen. Wird danach das Transportbehältnis als Transporthilfsmittel eingeordnet und dieses gegen ein Pfandgeld überlassen, handelt es sich bei der Hingabe um eine entgeltliche Lieferung. Eine spätere Umqualifizierung in der Lieferkette als (unselbstständige) Warenumschließung oder umgekehrt findet nicht statt. Dem steht nicht entgegen, dass das Transporthilfsmittel beispielsweise in der ersten Stufe gegen ein Pfandgeld (entgeltliche Lieferung) überlassen und in einer späteren Stufe der Lieferkette in ein **Tauschsystem** integriert wird. Insoweit gelten die Grundsätze des BMF-Schreibens v. 5.11.2013, BStBl. II 2013, 1386 unter II weiter. Danach liegt dem Palettentausch zivilrechtlich ein Sachdarlehensvertrag nach § 607 BGB zugrunde und somit umsatzsteuerrechtlich keine Lieferung und Rücklieferung, sondern eine sonstige Leistung in Gestalt der Nutzungsüberlassung des Sachwertes (so auch BFH V 16/64, BStBl. III 1966, 615). Erhebt der Darlehensgeber ein Entgelt, ist der Vorgang steuerbar und regelmäßig auch steuerpflichtig. Andernfalls ist der Palettentausch im Rahmen von Palettentauschsystemen nach Auffassung der FVerw nicht steuerbar. Es liegt mangels unternehmensfremder Verwendung auch keine unentgeltliche Wertabgabe vor. Siehe hierzu auch *Slapio* MwStR 2014, 55.

Zur (Nicht-)Steuerbarkeit des Palettentauschs → § 1 Rn. 119. Da andere Mitgliedstaaten den Tausch nicht als nichtsteuerbaren Vorgang werten, kommt es bei grenzüberschreitendem Palettentausch zu unterschiedlichen Wertungen desselben Vorgangs (vgl. zum Beispiel Deutschland/Österreich *Scheller/Moser* UR 2016, 784).

Die Auffassung der Verwaltung, wonach es sich bei der Rückgabe von Transporthilfsmitteln um die Entgeltminderung für die ursprüngliche entgeltliche Lieferung der Transporthilfsmittel handelt (→ Rn. 50), findet in der Rechtsprechung des BFH keine unmittelbare Stütze, weil ein derartiger Fall bislang nicht entschieden worden ist. Nach BFH XI R 46/07, BStBl. II 2009, 558 liegen Lieferung und **Rücklieferung** (nicht Entgeltminderung) vor, wenn Umzugskartons verkauft und später wieder gegen Entgelt zurückgenommen werden. Darüber hinaus nimmt der BFH bei Getränkelieferungen, bei denen für das Leergut an dessen Wiederbeschaffungskosten orientierte „Sicherheitsleistungen" in Rechnung gestellt werden, ebenso eine gesonderte Lieferung an, weil der Lieferer unabhängig von seiner Rechtsstellung keinerlei Einfluss auf die Rückgabe des Leerguts hat und im Zusammenwirken mit der Bemessung der „Sicherheitsleistungen" an den Wiederbeschaffungskosten faktisch die Verfügungsmacht am Leergut gegen (entsprechendes) Entgelt iSv § 3 Abs. 1 verschafft (BFH V R 56/79, BStBl. II 1987, 582; kritisch *Weiß* UR 1987, 230). **50a**

Beispiel: In einem Münchner Biergarten wird für das ausgeschenkte Bier in Maßkrügen ein Pfand von 1 EUR verlangt. Die Wiederbeschaffungskosten im Fachhandel für Gastronomiebedarf liegen bei 2 EUR pro Maßkrug. Damit liegt keine gesonderte Lieferung des Krugs vor, sondern eine einheitliche Leistung. Die Rückgabe des Maßkrugs führt zur Minderung des Entgelts.

Ein anderer Biergarten verlangt ein Pfand von 2 EUR pro Maßkrug. Da dies dem Wiederbeschaffungskosten entspricht, läge nach BFH V R 56/79, BStBl. II 1987, 582 eine gesonderte Lieferung von Maßkrügen vor.

Die Praxis folgt dieser Auffassung bislang allerdings nicht (vgl. *Rau/Dürrwächter* § 10 Rn. 75 „Pfandgeld für Warenumschließungen"). Auch die FVerw hat diesen Sonderfall trotz Veröffentlichung des Urteils im BStBl. II in ihrem Schreiben vom 20.10.2014 (BStBl. II 2014, 1372) nicht erwähnt und scheint daher die allgemeinen Grundsätze zu Warenumschließungen anzuwenden. Inwieweit der BFH der FVerw bei der Rückgabe von Transportverhältnissen folgt und keine Rücklieferung, sondern eine Rückgängigmachung der ursprünglichen Lieferung (→ Rn. 50) akzeptiert, muss abgewartet werden. Da die Regelung der Verwaltung in aller Regel günstig für die betroffenen Unternehmer ist, dürfte es allerdings nicht zu Streitfällen kommen.

d) Wechseldiskont. Wenn der Leistungsempfänger dem leistenden Unternehmer zur Erfüllung des Rechnungsbetrages (Entgelt zuzüglich USt) einen Wechsel hingibt und der leistende Unternehmer den Wechsel der Bank zur Zahlung vorlegt, bevor er fällig ist (diskontiert), berechnet die Bank einen **Diskont,** den sie von der Wechselsumme abzieht. Dadurch mindert sich das Entgelt iSv § 17 (UStAE 10.3 Abs. 6 S. 1, BFH V 206/64, BStBl. II 1968, 128). Diese Ansicht wird in der Literatur bestritten (*Weiß* UR 1996, 83; *Völkel/Karg* UR 1983, 101), weil die BFH-Entscheidung zur früheren Rechtslage ergangen ist. Unstreitig ist wohl, dass der Diskont ein Entgelt für die Kreditgewährung der Bank ist, fraglich jedoch, an wen. In der Literatur wird angeführt, dass der Lieferer den Diskont für die Vorfinanzierung an die Bank zahlt. Unter diesen Umständen darf der Diskont nicht das Entgelt mindern, da er Aufwand des Lieferers ist und nicht Aufwandsminderung des Leistungsempfängers. Der BFH führt in seiner Entscheidung indessen an, dass der um den Diskont geminderte Preis das Entgelt für die Lieferung sei. Der Diskont sei das Entgelt des Leistungsempfängers für die Finanzierungsleistung der Bank an ihn. So betrachtet kann das Entgelt nur in dem um den Diskont geminderten Betrag erblickt werden (so auch beim Skonto, → Rn. 34). Allerdings ist *Stadie* in Rau/Dürrwächter § 17 Rn. 254f. zuzustimmen, dass dann auch die Abtretung einer Forderung zu einem unter dem Nenn- **51**

wert liegenden Betrag zur Entgeltminderung führen müsste. Dies ist aber nicht der Fall, → Rn. 62.

52 Die FVerw wendet § 14c Abs. 1 an, wenn der Unternehmer, der den Wechsel diskontiert und die USt um den auf den Diskont entfallenden Betrag gemindert hat, der Leistungsempfänger aber hierüber nicht informiert wird und daher die Vorsteuer nicht berichtigt hat (UStAE 10.3 Abs. 6 S. 4). Sobald jedoch der Leistungsempfänger eine berichtigte Rechnung erhält, muss er seiner Berichtigungspflicht nachkommen und den Vorsteuerabzug korrigieren. Dann kann (muss) auch der leistende Unternehmer die USt berichtigen.

53 *einstweilen frei*

54 **e) Weitere Entgeltminderungen.** Bei der **Verwertung von Sicherungsgut** durch den Sicherungsnehmer stellen die Verwertungskosten eine Entgeltminderung dar, wenn sie vereinbarungsgemäß der Sicherungsgeber zu tragen hat (BFH V R 121/71, BStBl. II 1972, 809; V R 57/79, BStBl. II 1987, 741; siehe auch *Probst* BB 1991, 1390).

55 Bei **Abgaben in der Landwirtschaft** handelt es sich nicht um eine Entgeltminderung, wenn Schuldner der Abgabe der Landwirt ist (zur früheren Milch-Garantiemengen-VO vgl. BMF 6.9.1984, UR 1984, 242; zur Mitverantwortungsabgabe Getreide BMF 11.8.1986, BStBl. I 1986, 501 – beide zwischenzeitlich nicht mehr in Kraft gemäß BMF 4.4.2011, BStBl. I 2011, 356). Umgekehrt verhielt es sich bei der Beteiligung des Landwirts an der Tilgungsabgabe der Zuckerfabriken: Hier war die Zuckerfabrik Schuldner der Abgabe; sie durfte nur einen Teil davon auf den Landwirt überwälzen, dh bei diesem mindert sich das Entgelt für die Rübenlieferung (vgl. BMF 12.10.1987, UR 1987, 339 – zwischenzeitlich aufgehoben durch BMF 29.3.2007, BStBl. I 2007, 369). Ebenso verhält es sich bei einer privatrechtlichen „Ausgleichsabgabe" an eine Genossenschaft wegen Mehranlieferung (vgl. FG RhPf 3 K 191/86, EFG 1988, 138, rkr). Zu Beiträgen nach dem 2011 ausgelaufenen Absatzfondsgesetz siehe OFD Saarbrücken 14.3.1991, UR 1991, 209.

Die seit 2011 mögliche **Teilerstattung von Stromsteuer** für Land- und Forstwirte nach § 9b StromStG führt nach OFD Niedersachsen 23.11.2012, DStR 2013, 1239 nicht zu einer Minderung der Bemessungsgrundlage, da die Erstattung nicht von einem in der Leistungskette beteiligten Unternehmer erfolgt.

56 **f) Zeitpunkt der Minderung.** Nach BFH V R 56/06, BStBl. II 2009, 250 (Änderung der Rechtsprechung) mindert sich die Bemessungsgrundlage nach § 17 Abs. 1 im Besteuerungszeitraum der Rückgewähr im Umfang der tatsächlichen Rückzahlung des Entgelts (bestätigt durch BFH V B 36/10, BFH/NV 2011, 2131). Die bloße Vereinbarung der (vollständigen oder teilweisen) **Entgeltrückgewähr** reicht nicht mehr aus, UStAE 17.1 Abs. 2 S. 3. Dies gilt auch für die Berichtigung nach § 17 Abs. 2 Nr. 2 bei der Rückgewähr vereinnahmter Anzahlungsbeträge (BFH V R 34/09, BStBl. II 2011, 991; UStAE 17.1 Abs. 7 S. 3) sowie nach UStAE 14c.1 Abs. 5 S. 4 auch im Zusammenhang mit der Berichtigung von unrichtig ausgewiesener Steuer nach § 14c Abs. 1 (vgl. → § 14c Rn. 24). Wird die Leistung nicht erbracht und der Zahlungsempfänger behält das vorab geleistete Entgelt ein, bleibt es somit bei der Steuerbelastung dieser Anzahlung (so zu sog. „unflown revenues" einer Fluggesellschaft BFH V R 36/09, BStBl. II 2012, 365 sowie → § 10 Rn. 33) Für den Zeitpunkt der Änderung der Bemessungsgrundlage nach § 17 Abs. 1 gilt damit das **Ist-Prinzip.** Dies gilt zB für **Boni, Skonti** und **Rabatte** (EuGH C-86/99, DStRE 2001, 722 – Freemanns). Wurde das ursprüngliche Entgelt noch nicht vereinnahmt und basiert dessen Besteuerung auf der Soll-Besteuerung, führt auch weiterhin die Vereinbarung einer Entgeltminderung zum Eintritt eines die Berichtigung des § 17 Abs. 1 auslösenden Ereignisses (so zutreffend *Robisch* UR 2009, 343). Bei **Abschlagszahlungen** wendet die FVerw § 17 nur an für den Fall, dass die Abschlagszahlungen den bei Endabrechnung ermittelten Betrag überschreiten und somit ein Guthaben entsteht;

in den Fällen einer Nachzahlung liegt danach indessen keine Erhöhung der Bemessungsgrundlage, sondern das insoweit erstmalige Entstehen einer Steuer vor (nicht amtlich veröffentlichte Schreiben: BMF 22.6.2010, BeckVerw 267356 und 12.1.2011, BeckVerw 267357; vgl. auch *Hafner* UR 2012, 261).

Der Unternehmer, der einen **Gutschein** ausgegeben und eingelöst bzw. sonst Preisnachlässe gegeben hat, kann die Bemessungsgrundlage in dem Besteuerungszeitraum berichtigen, in dem er die Vergütung gewährt hat. Das muss nicht der Besteuerungszeitraum sein, in dem der Endabnehmer den Gutschein in Zahlung gegeben bzw. die Preisnachlässe erhalten hat. Dieser Unternehmer darf die Rechnung, die er seinem Abnehmer erteilt hat, nicht berichtigen, damit diesem der Vorsteuerabzug erhalten bleibt, siehe UStAE 17.2 Abs. 7 und Abs. 8. § 14c ist nicht anzuwenden, siehe UStAE 17.2 Abs. 6. Wegen des Nachweises der Voraussetzungen für die Minderung der Bemessungsgrundlage siehe UStAE 17.2 Abs. 5ff. **57**

einstweilen frei **58**

V. Die Tatbestände nach Abs. 2

Während § 17 Abs. 1 den **Grundtatbestand** enthält – Berichtigung von USt und Vorsteuer bei Minderung oder Erhöhung des Entgelts für eine erbrachte Lieferung oder sonstige Leistung – enthält § 17 Abs. 2 **weitere Tatbestände,** bei denen die gleichen Rechtsfolgen eintreten, nämlich eine Berichtigung von USt oder Vorsteuer oder beidem, und zwar bei: **59**

– **Uneinbringlichkeit** des vereinbarten Entgelts (Nr. 1). Diese Berichtigungsform kommt nur bei der **Soll-Besteuerung** in Betracht, da bei Berechnung der Steuer nach vereinnahmten Entgelten die USt ohnehin erst mit Zufluss der Gegenleistung entsteht (BFH V R 15/09, BStBl. II 2011, 142). Die Uneinbringlichkeit des vereinbarten Entgelts ist letztlich eine Unterform der Minderung der Bemessungsgrundlage. Die Besonderheit besteht allerdings darin, dass sie nicht auf Gegenseitigkeit, sondern auf einer Pflichtverletzung des zur Gegenleistung Verpflichteten beruht.
– **Vorauszahlung ohne Leistungserbringung** (Nr. 2). Eine Berichtigung ist nicht nur vorzunehmen, wenn das vereinbarte Entgelt nicht erbracht wird, sondern umgekehrt auch wenn die vereinbarte Leistung nicht ausgeführt wird. In diesen Fällen ist die Berichtigung jedoch nur nötig, soweit bereits Vorauszahlungen geleistet worden sind, die unter die **Mindest-Ist-Besteuerung** fielen.
– **Rückgängigmachung** der erbrachten Leistung (Nr. 3). Die Rückgängigmachung einer Leistung ist streng genommen unmöglich, denn eine bereits erbrachte Leistung kann nicht ungeschehen gemacht werden; lediglich die Folgen der Leistungserbringung können nachträglich rückabgewickelt werden. Eine dieser Folgen ist die Mehrwertsteuerpflicht. Will man sämtliche Folgen einer Leistungserbringung rückgängig machen, muss dies folglich auch für die einst ausgelöste Mehrwertsteuerpflicht gelten. Zu unterscheiden ist die Rückgängigmachung einer Leistung daher von der bloßen **Rücklieferung.** Belastungserheblich wird diese Unterscheidung bei Leistungen an Nichtunternehmer. Die Rückgängigmachung nach § 17 Abs. 2 Nr. 3 führt auch zur Rückgängigmachung der USt. Die bloße Rücklieferung indessen unterliegt mangels Unternehmereigenschaft des Rücklieferers nicht der USt, so dass es bei der einst entstandenen USt-Belastung bleibt.
– Nachweis nach § 3d S. 2. Verwendet der Erwerber im Rahmen eines **innergemeinschaftlichen Erwerbs** eine von einem anderen Mitgliedstaat erteilte USt-IdNr., gilt der Erwerb vorläufig als in diesem Staat bewirkt, bis der Erwerber den Nachweis erbringt, dass der erworbene Gegenstand in einem anderen Mitgliedstaat am Ende der Beförderung oder Versendung verbleibt. § 17 Abs. 2 Nr. 4 bietet

die Möglichkeit, die Berichtigung in den Fällen der Nachweiserbringung vorzunehmen.
- Tätigen von Aufwendungen, die der **Vorsteuerabzug nach § 15 Abs. 1a ausgeschlossen** ist. Wird der Vorsteuerabzug zunächst geltend gemacht, weil die Voraussetzungen hierfür vorlagen – insbesondere die Absicht zur Verwendung für die Erzielung besteuerter Umsätze – und liegen die Voraussetzungen später nicht mehr vor, muss der Vorsteuerabzug nach § 17 Abs. 2 Nr. 5 berichtigt werden. Die Berichtigung erstreckt sich somit ausschließlich auf die Vorsteuer, nicht auf die USt. Zur Kritik → Rn. 12.

60 *einstweilen frei*

1. Uneinbringliche Entgelte

61 **a) Uneinbringlichkeit allgemein.** Forderungen sind uneinbringlich, wenn sie der Schuldner (Leistungsempfänger) nicht erfüllt und bei objektiver Betrachtung damit zu rechnen ist, dass der Gläubiger (leistender Unternehmer) die Entgeltsforderung (ganz oder teilweise) jedenfalls auf absehbare Zeit nicht durchsetzen kann, BFH in ständiger Rechtsprechung siehe BFH V B 46/80, BStBl. II 1983, 389; V R 72/03, BStBl. II 2004, 684; V R 13/04, BStBl. II 2007, 22; V B 76/06, BFH/NV 2007, 2151). Die frühere Rechtsprechung (BFH V R 42/74, BStBl. II 1975, 755), eine Forderung sei nach umsatz- und ertragsteuerrechtlichen Grundsätzen uneinbringlich, wenn sie unter kaufmännischen Gesichtspunkten keinen Wert mehr habe und nach den Grundsätzen des Bilanzsteuerrechts ausgebucht werden könne, hat keine eigenständige Bedeutung mehr, siehe auch UStAE 17.1 Abs. 5 S. 8. Die Forderung ist nicht erst dann uneinbringlich iSv § 17 Abs. 2 Nr. 1 S. 1, wenn sie schlechthin keinen Wert mehr hat, sondern schon, wenn sie **eine Zeit lang nicht durchsetzbar** ist, BFH V R 59/79, BStBl. II 1987, 226. Denn die USt bemisst sich letztlich vom vereinnahmten Entgelt. Die Besteuerung nach dem Soll-Prinzip ist insoweit nur vorläufig, die Anpassungen erfolgen durch § 17 (→ Rn. 1). Eine solche ist notwendig, wenn das vereinbarte Entgelt über einen längeren Zeitraum nicht vereinnahmt wird, was nach FG Bln-Bbg 7 K 7250/13, rkr, DStRE 2015, 1185 bei einem Ausstand von mehr als sechs Monaten der Fall ist. Das ist auch dann der Fall, wenn der Leistungsempfänger das Bestehen der Forderung substantiiert **bestreitet** und damit erklärt, dass er die Entgeltforderung insoweit nicht bezahlen werde (BFH V R 49/10, BFH/NV 2012, 1665 Rn. 22). Darüber hinaus hat der BFH die Uneinbringlichkeit auch bejaht, soweit ein der Soll-Besteuerung unterliegender Unternehmer seinen Entgeltanspruch aufgrund eines **vertraglichen Sicherungseinbehalts** wegen Gewährleistungsansprüchen über einen Zeitraum von zwei bis fünf Jahren nicht verwirklichen kann (BFH V R 31/12, BStBl. II 2015, 674; dem folgend NdsFG 5 K 288/15, MwStR 2017, 82 mAnm *Marchal,* Rev. BFH V R 51/16). Der Leistungsempfänger hat entsprechend seinen **Vorsteuerabzug** zu berichtigen. Die FVerw hat auf dieses Urteil bislang noch nicht reagiert. Offen ist ua, ob Uneinbringlichkeit auch vorliegt, wenn der Unternehmer auch eine Bürgschaft stellen könnte, es aber aus welchen Gründen auch immer unterlässt und daher der Kunde den Sicherungseinbehalt vornimmt (vgl. *Heuermann* DStR 2014, 265). Ferner stellt sich die Frage, ob diese Grundsätze auch auf Ratenzahlungsgeschäfte übertragbar sind (so *Tehler* UVR 2014, 275; tendenziell bejahend *Wäger* BFH/PR 2014, 139). Schließlich ist offen, ab welchem Zeitraum der Einbehaltung von Entgelt Uneinbringlichkeit vorliegt. Bis zur Klärung dieser Frage wird man im Zweifel davon ausgehen müssen, dass Uneinbringlichkeit bereits dann vorliegt, wenn der Sicherungseinbehalt zu einer Vereinnahmung des Entgelts in einem späteren Voranmeldezeitraum als dem der Leistungserstellung führt. Die **Feststellungslast** trägt der leistende Unternehmer (BFH XI R 4/08, BFH/NV 2010, 393). Der bloße Nichteingang des Entgelts berechtigt daher erst dann zu einer Berichtigung wegen Uneinbringlichkeit, wenn der leistende Unternehmer die Gründe dafür dargestellt hat (dies fehlte zB in FG Sachsen-Anhalt 3 K 1301/11, NZB BFH: V B 112/16, MwStR 2017, 38 mAnm *Vobbe*).

Beim **echten Factoring** tritt keine Entgeltminderung dadurch ein, dass der leistende Unternehmer eine Forderung unter dem Nennwert an den Factor verkauft, denn gegenüber dem Schuldner bleibt die Forderung in voller Höhe bestehen (vgl. BFH X R 2/81, BStBl. II 1987, 739; UStAE 17.1 Abs. 6). Werden später nur Teile der Forderung vom Zessionar beigetrieben, kann eine Entgeltminderung vorliegen, denn Entgelt ist alles, was der Leistungsempfänger aufwendet, um die Leistung zu erhalten (→ § 10 Rn. 4). Aufgrund entsprechenden Nachweises hat der leistende Unternehmer die Bemessungsgrundlage zu berichtigen. Entsprechendes gilt für den Leistungsempfänger wegen der Berichtigung der ggf. zunächst voll abgezogenen Vorsteuer, siehe das Beispiel UStAE 17.1 Abs. 6. Wegen der Weiterleitung der „erstatteten" Vorsteuer an den Zessionar siehe *Klenk* DB 2005, 743. Auch beim echten Factoring haftet der Factor unter den Voraussetzungen des § 13c für die USt (BFH XI R 28/13, DStR 2016, 669). Bei **Ist-Versteuerung** bedingt die Abtretung der Forderung keine Vereinnahmung, so dass es auch zu keiner Berichtigung nach § 17 kommen kann; vielmehr findet die Vereinnahmung des Entgelts erst mit Zahlung an den Forderungserwerber statt (BFH V R 15/09, BStBl. II 2011, 142; V B 123/09, BFH/NV 2011, 663). Ist dem abtretenden Unternehmer nicht bekannt, welchen Betrag das Inkassounternehmen vereinnahmt, muss die Besteuerungsgrundlage – regelmäßig unter 100% des vereinbarten Entgelts – notfalls geschätzt werden (OFD Frankfurt a. M. 8.2.2011, DStR 2011, 675). Kein Fall eines Forderungskaufs, sondern **Entgelt von dritter Seite** liegt vor, wenn der Forderungskäufer neben der Forderung auch Rechte aus dem der Forderung zugrunde liegenden Leistungsverhältnis erwirbt und damit das Entgelt unmittelbar für den Erhalt der Leistung aufwendet, → Rn. 70. Zur Frage, ob der echte Factor eine unternehmerische, steuerpflichtige Tätigkeit ausübt, → § 2 Rn. 71. 62

Hauptfälle mangelnder **Durchsetzbarkeit** sind die Zahlungsunfähigkeit und der mangelnde Zahlungswille des Schuldners. **Zahlungseinstellung** des Schuldners ist nicht erforderlich. Der Gläubiger kann das vereinbarte Entgelt bereits als uneinbringlich ansehen, wenn der Forderungsausfall mit einiger Wahrscheinlichkeit droht, zB allgemein bekannte, schlechte wirtschaftliche Lage des Schuldners, der Schuldner konnte Wechsel nicht einlösen oder wenn der Leistungsempfänger Grund und Höhe des vereinbarten Entgelts substantiiert bestreitet, BFH V R 71/99, BStBl. II 2003, 206 und V R 72/03, BStBl. II 2004, 685. Bloße **Zweifel an der Zahlungsfähigkeit** des Leistungsempfängers genügen nicht. Uneinbringlichkeit liegt indessen vor, wenn der Leistungsempfänger zwar nicht die Forderung selbst bestreitet, allerdings mit einer Forderung aufrechnet, die der leistende Unternehmer substantiiert bestreitet, so dass abzusehen ist, dass die Forderung auf absehbare Zeit nicht durchsetzbar ist (BFH V R 13/04, BStBl. II 2007, 22). Gleiches gilt, wenn der Forderung eine Einrede entgegensteht, zB **Einrede der Verjährung** (*Straub* DStR 2009, 1303) und – pactum de non petendo – vertragliche Zusicherung des Gläubigers gegenüber dem Schuldner, er werde die Forderung nur noch im Rahmen eines festgelegten Nachbesserungsfalles geltend machen (BFH V B 46/80, BStBl. II 1983, 389) oder wenn sie eine sog. tilgungsfähige Naturalobligation geworden ist (zB im Vergleich). Sicherungsrechte machen solche Forderungen nicht durchsetzbar, so dass auch besicherte Entgeltforderungen uneinbringlich werden können (vgl. *Weiß* UR 1983, 93 und Anm. HFR 1983, 482). Nach *Stadie* kann es für die Uneinbringlichkeit indessen nicht darauf ankommen, aus welchen Gründen der Leistungsempfänger das Entgelt nicht entrichtet (in *Rau/Dürrwächter* § 17 Rn. 368). Er wendet gegen Rechtsprechung und FVerw ein, dass der Unternehmer als Steuereinnehmer für den Fiskus eigentlich nur die USt einzubehalten und abzuführen hat. Die durch das Soll-Prinzip ebenso von ihm kritisierte Vorfinanzierung könne nicht so weit gehen, dass bei auch nur zeitlich begrenztem Zahlungsausfall nur bestimmte Ursachen hierfür den Unter- 63 nehmer von seiner Vorfinanzierungspflicht entbinden können. Der Auffassung ist grundsätzlich zuzustimmen, wobei auch dann die Feststellungslast beim leistenden Unternehmer verbleiben muss (→ Rn 61).

64 Uneinbringlichkeit setzt voraus, dass die Forderung rechtlich besteht. Sie darf noch nicht durch Erfüllung oder ein Erfüllungssurrogat (Aufrechnung, Leistung an Erfüllungs statt) erloschen sein. Das ist nicht der Fall, wenn der Käufer Erfüllungs halber anstelle der Zahlung des Kaufpreises einen **Wechsel** hingibt und diesen mehrfach durch Prolongationswechsel ablöst, vgl. BFH V R 134/85, BStBl. II 1990, 1098; anders beim Akzeptantenwechsel, BGHZ 97, 197 und BFH XI R 81/90, BStBl. II 1994, 338. Gibt der Leistungsempfänger, statt den Kaufpreis bar zu zahlen, einen Scheck hin und stellt der leistende Unternehmer einen **Akzeptantenwechsel** aus, den der Leistungsempfänger bei der Bank diskontieren lässt, um die Einlösung des Schecks zu gewährleisten, wird die Kaufpreisforderung bei Inanspruchnahme des leistenden Unternehmers aus dem Wechsel nur uneinbringlich, wenn die Kaufpreisforderung vereinbarungsgemäß erst beim Einlösen des Wechsels durch den leistenden Unternehmer erlöschen sollte.

65 Wird die Forderung für eine Lieferung oder sonstige Leistung **in ein Darlehen umgewandelt** oder geht sie in ein Kontokorrent (§ 355 HGB) ein, erlischt die Entgeltforderung umsatzsteuerlich nicht (so zutreffend FG München 14 V 2772/08, DStRE 2009, 1211, rkr). Nach BFH V R 5/09, BFH/NV 2011, 77 kann auch ein vereinnahmtes Entgelt wieder uneinbringlich werden, wenn ein Warenlieferer den vom Kunden geschuldeten Kaufpreis von einer Konzernfinanzierungsgesellschaft erhält, die mit dem Kunden einen entsprechenden Darlehensvertrag abschließt und bei Ausfall des Darlehens auf den Lieferer zurückgreift. Dieser Rückgriff führt zur Uneinbringlichkeit iSv § 17, weil der Warenlieferer weiterhin das Bonitätsrisiko des Kunden getragen hat und damit so gestellt ist, als ob er selbst dem Kunden das Darlehen eingeräumt hätte. Damit ist auch entschieden, dass die Umwandlung einer Forderung aus eine steuerpflichtigen Lieferung oder sonstigen Leistung in ein Darlehen noch keine (endgültige) Vereinnahmung des Entgelts darstellt und Ausfälle des Darlehens daher zur Uneinbringlichkeit iSv § 17 führen (so bereits FG BW X K 46/87, UR 1989, 348, rkr). Dieser Fall ist zu unterscheiden von der für das Entgelt irrelevanten **Entgeltverwendung:** Wurde das vereinbarte Entgelt vereinnahmt, ist die Verwendung dieses Entgelts für die Besteuerung des Umsatzes ohne Bedeutung. Minderungen des vereinnahmten Entgelts können somit nicht mehr im Wege des § 17 berücksichtigt werden (→ § 10 Rn. 14).

Beispiel 1: Ein Unternehmer liefert eine Waschmaschine an Kunde A. A erhält eine Rechnung über das vereinbarte Entgelt zuzüglich USt. Der Unternehmer unterliegt der Soll-Besteuerung und schuldet die USt auf die vereinbarten Entgelte. Nach zwei Wochen kommt A der Zahlung nicht nach und vereinbart mit dem Unternehmer die Umwandlung seiner Entgeltverbindlichkeit in ein Darlehen, das in 24 Monatsraten zu tilgen ist. Nach der 12. Rate wird über das Vermögen des Kunden A das Insolvenzverfahren eröffnet und er stellt die Zahlungen ein.

Lösung: Mit der Umwandlung der Entgeltforderung in das Darlehen hat der Unternehmer das Entgelt noch nicht vereinbart. Die Uneinbringlichkeit der letzten 12 Monatsraten ist daher die Uneinbringlichkeit eines bislang nur vereinbarten Entgelts und löst eine Berichtigung nach § 17 Abs. 2 Nr. 1 aus.

Beispiel 2: Der Unternehmer aus Beispiel 1 liefert einen Wäschetrockner an Kunde B. Kunde B zahlt den Rechnungsbetrag für den Wäschetrockner mit seiner griechischen Kreditkarte. Die Kreditkartengesellschaft belastet das Konto des B, leitet jedoch keinen Geldbetrag an den Unternehmer weiter, da die Kreditkartengesellschaft vermögenslos und überschuldet ist.

Lösung: Der Unternehmer hat die Zahlung mit Kreditkarte akzeptiert und das Entgelt des Kunden B vereinnahmt. Die Forderung gegen die Kreditkartengesellschaft ist Entgeltverwendung, der Forderungsausfall führt nicht zu einer Berichtigung nach § 17. Dass keine Entgeltminderung stattfand ist auch dadurch eindeutig, dass Entgelt alles ist, was der Leistungsempfänger aufwendet (§ 10 Abs. 1 S. 2). Leistungsempfänger ist Kunde B, der den Betrag in voller Höhe aufgewendet hat.

Der BFH hat in einem Aussetzungsverfahren einen weiteren Anwendungsbereich **66**
des § 17 Abs. 2 Nr. 1 für möglich gehalten (BFH V B 87/15, DStR 2016, 470). Es ging um die sog. **Bauträger-Problematik,** also allgemein darum, dass zwei Parteien bei einem Leistungsaustausch in Übereinstimmung mit der damaligen Auffassung der Verwaltung von der Anwendbarkeit des § 13b ausgingen, so dass die Rechnung keine USt enthielt, sondern der Leistungsempfänger die Steuer an das FA abführte. Später verneinte der BFH die Anwendbarkeit von § 13b, die FVerw folgte und die betroffenen Leistungsempfänger (hier: Bauträger) fordern die USt von den Finanzämtern zurück. Diese wiederum setzen USt in Anwendung des § 13a Abs. 1 Nr. 1 gegen die leistenden Unternehmer (hier: Handwerker und andere Bauleistende) fest. Verfahrensrechtliche Änderungsnorm inkl. Verdrängung des Vertrauensschutzes nach § 176 Abs. 2 AO ist § 27 Abs. 19, gegen den aber verfassungsrechtliche Bedenken bestehen, weshalb der BFH Aussetzung der Vollziehung gewährt (vgl. dazu → § 27 Rn. 36). Nach Ansicht des V. Senats des BFH komme in diesen Fällen aber auch eine ganz andere Verfahrensweise in Betracht: Danach soll § 17 Abs. 2 Nr. 1 analog anwendbar sein, weil für den Handwerker bei Rechnungstellung der gesetzlich entstandene **Steuerbetrag uneinbringlich** war. Denn wegen der eindeutigen Auffassung der FVerw hätte er selbst bei – im Nachhinein – zutreffender Berechnung der USt den Anspruch hierauf gegenüber dem Leistungsempfänger (Bauträger) zivilrechtlich nicht durchsetzen können. Daher komme unmittelbar nach Entstehung der USt beim Leistenden eine Berichtigung nach § 17 Abs. 2 Nr. 1 in Betracht, so dass das FA die USt vom Leistenden erst wieder fordern kann, wenn aufgrund einer späteren Vereinnahmung des Steuerbetrags eine erneute Berichtigung nach § 17 Abs. 2 Nr. 1 S. 2 nötig wird. Umgekehrt soll dies auch für den Leistungsempfänger gelten, so dass keine Steuerausfälle drohen. Denn der Leistungsempfänger verhalte sich widersprüchlich, wenn er einerseits die zu Unrecht an das FA abgeführte USt zurückfordert, andererseits nicht bereit ist, den zivilrechtlich geschuldeten Steuerbetrag an den Bauleistenden zu zahlen. Daher könne ihm die Auszahlung der zu Unrecht abgeführten Steuer verweigert werden, so lange er den Steuerbetrag nicht an den leistenden Unternehmer gezahlt hat, was bei Letzterem die Berichtigung nach § 17 Abs. 2 Nr. 1 S. 2 auslösen würde (zur BFH-AdV-Entscheidung siehe *Schulze* DStR 2016, 561; krit. *Hummel* UR 2016, 289; *Kessens* MwStR 2016, 226 [229]; *Lippross* DStR 2016, 993; *Reiß* MwStR 2016, 361 und *Stadie* MwStR 2016, 481, der ua anführt, dass sich die Uneinbringlichkeit auf das Entgelt zzgl. USt und nicht isoliert auf den Steuerbetrag bezieht).

Der innovative Ansatz des V. Senats des BFH kommt zu einem wünschenswerten Ergebnis. Er ließe sich auch auf andere Fälle ausdehnen. Zu denken ist beispielsweise an eine vom FA festgestellte und so veranlagte Organschaft, die später durch die Rechtsprechung verneint wird. Die USt auf die vermeintlich innerorganschaftlichen Umsätze wäre ebenfalls uneinbringlich gewesen. Eine andere Frage ist, ob der Ansatz rechtlich tragfähig ist und die Auslegung durch den BFH nicht die Wortlautgrenze überschreitet. Erstinstanzlich bejaht hat eine Berichtigung mittlerweile das FG BW 1 K 3504/15, EFG 2016, 1826 (rkr.); gegen eine Berichtigung FG Münster 15 K 1553/15 U, EFG 2016, 855 (Rev. zurückgewiesen durch BFH V R 16/16, DsTR 2017, 777 mAnm *Heuermann* – siehe nachfolgend); offen gelassen, da die Ausführungen angeblich zu vage seien, FG Düsseldorf 10 K 2772/15, BeckRS 2016, 95731 (Rev. BFH V R 57/16). In seiner ersten Entscheidung in einem Bauträger-Fall im Hauptsacheverfahren hat der BFH diesen Ansatz nicht weiter verfolgt, sondern stattdessen die (verfahrensrechtliche) Berichtigung nach § 27 Abs. 19 im Grundsatz gebilligt (BFH V R 16/16, V R 24/16, DStR 2017, 777 mAnm *Heuermann*).

67 Die Berichtigung der USt für eine als uneinbringlich bewertete Forderung wird der Unternehmer dem Leistungsempfänger häufig nicht mitteilen, so dass es an der entsprechenden Berichtigung des Vorsteuerabzugs fehlt. Er ist dazu auch nicht verpflichtet. In diesen Fällen darf das für den Unternehmer zuständige Finanzamt den Leistungsempfänger mit Hilfe von **Kontrollmitteilungen** (§ 194 Abs. 3 AO) an dessen Finanzamt zur Erfüllung seiner Berichtigungspflicht anhalten, siehe UStAE 17.1 Abs. 5 S. 9 und 10; *Janssen* UR 1981, 195). Das Finanzamt kann auch durch Hinzuziehung bzw. das FG durch Beiladung des Leistungsempfängers, die Vorsteuerberichtigung sicherstellen, BFH V R 72/03, BStBl. II 2004, 684. Hat der leistende Unternehmer das zunächst als uneinbringlich behandelte Entgelt tatsächlich erhalten, sind USt und Vorsteuer erneut zu berichtigen (§ 17 Abs. 2 Nr. 1 S. 2, vgl. UStAE 17.1 Abs. 5). Entsprechendes gilt für Teilleistungen auf das Entgelt. Ein **Erlass** der Berichtigungspflicht wegen der Vorsteuer aus § 17 Abs. 2 gemäß § 227 AO ist weder aus sachlichen noch persönlichen Gründen möglich, vgl. BFH V R 125/78, BStBl. II 1984, 71, und Anm. *Weiß* UR 1984, 13.

68 **b) Insolvenz.** Mit der Eröffnung des Insolvenzverfahrens über das Vermögen des Unternehmers geht die **Verwaltungs- und Verfügungsbefugnis über das Unternehmensvermögen** auf den Insolvenzverwalter über (§ 80 Abs. 1 InsO). Hierauf aufbauend hat der V. Senat des BFH mit Urteil vom 9.12.2010 (BFH V R 22/10, BStBl. II 2011, 996) und darauf aufbauend in zwischenzeitlich ständiger Rechtsprechung ein Besteuerungssystem zu den Auswirkungen der Eröffnung des Insolvenzverfahrens auf die USt entwickelt, dem sich auch die FVerw angeschlossen hat (UStAE 17.1 Abs. 11–15; zur Übersicht vgl. auch *Wäger* DStR 2011, 1925 und DB 2012, 1460; *Welte/Friedrich-Vache* UR 2012, 740; *Jaffé/Friedrich-Vache* MwStR 2013, 75; *Feldgen* DStZ 2017, 172). Demnach führt die Eröffnung des Insolvenzverfahrens zur **Uneinbringlichkeit** sämtlicher Entgeltforderungen und Entgeltverbindlichkeiten des Unternehmers iSd § 17 Abs. 2 Nr. 1:

- Bezüglich der **Entgeltverbindlichkeiten** ist dies nichts Neues: Die Eröffnung eines Insolvenzverfahrens offenbart, dass der Insolvenzschuldner zahlungsunfähig oder in bestimmten Fällen überschuldet ist. Forderungen gegen den Insolvenzschuldner (Entgeltverbindlichkeiten des Insolvenzschuldners) werden daher im Augenblick der Eröffnung des Insolvenzverfahrens unbeschadet einer möglichen Insolvenzquote in voller Höhe uneinbringlich (siehe BFH V R 14/08, BStBl. II 2011, 988 (zur InsO) und zB BFH V R 45/99, BStBl. II 2000, 703 (noch zur Konkursordnung) sowie UStAE 17.1 Abs. 15). Dies gilt allerdings nicht, soweit die Entgeltverbindlichkeiten nicht ohnehin schon Masseverbindlichkeiten nach § 55 Abs. 2 oder 4 InsO sind, weil sie von einem vorläufigen Insolvenzverwalter begründet worden sind (siehe BMF 17.1.2012, BStBl. I 2012, 120 Rn. 14 und → Rn. 72). Die Berichtigungspflicht ergibt sich auch für den **Gläubiger** der uneinbringlich gewordenen Entgelte.
- **Entgeltforderungen** des Insolvenzschuldners werden nach BFH V R 22/10, BStBl. II 2011, 996 ebenso mit Eröffnung des Insolvenzverfahrens in voller Höhe uneinbringlich. Der BFH begründet dies mit dem Übergang der Verwaltungs- und Verfügungsbefugnis auf den Insolvenzverwalter gemäß § 80 Abs. 1 InsO: Aus der Sicht des Insolvenzschuldners werden die Entgeltforderungen uneinbringlich, weil die Vereinnahmung fortan Sache des Involvenzverwalters ist **(rechtliche Uneinbringlichkeit).** Der BFH hält zwar am Grundsatz der Unternehmereinheit fest, wonach der Insolvenzschuldner Unternehmer bleibt, er unterscheidet aber zwischen einem vorinsolvenzrechtlichen und nachinsolvenzrechtlichen Unternehmensteil. Letzterer ist die Insolvenzmasse, über die der Insolvenzschuldner nicht verfügen kann (BFH V R 22/10, BStBl. II 2011, 996 Rn. 30; siehe ebenso *Wäger* DStR 2011, 1925 unter 2.3). Ob sich diese Berichtigungspflicht auch für den **Schuldner** der Entgelte ergibt, hat der BFH offen gelassen (BFH V R 22/10,

BStBl. II 2011, 996 Rn. 33); mE ist dies nicht der Fall, da dessen Verpflichtung zur Zahlung der Entgelte unverändert fortbesteht – diese Auffassung vertritt auch die FVerw in UStAE 17.1 Abs. 14.

Die Eröffnung des Insolvenzverfahrens führt dazu, dass bei Unternehmern, die der **Soll-Besteuerung** unterliegen, sämtliche Entgeltverbindlichkeiten und -forderungen **auf null zu berichtigen** sind (*Wäger* DStR 2011, 1925 unter 2). Die sich aus dieser Berichtigung nach § 17 Abs. 2 Nr. 1 ergebenden Steueransprüche entstehen noch vor der Eröffnung des Insolvenzverfahrens (BFH V R 59/79, BStBl. II 1987, 226). Daher ist eine aus der Berichtigung einer Entgeltverbindlichkeit resultierende USt-Schuld eine Insolvenzverbindlichkeit bzw. eine USt-Forderung eine Insolvenzforderung. Zu beachten ist dabei, dass die USt zwar mit Verwirklichung der einzelnen Tatbestände des § 13 entsteht, sich aber eine Steuerschuld nicht für einzelne Umsätze ergibt, sondern USt und Vorsteuer einschließlich der Berichtigungen nach § 17 saldiert werden. Nur dieser **Saldo** kann (auch insolvenzrechtlich) einen Vergütungsanspruch oder eine Steuerschuld begründen (siehe BFH V R 13/11, BStBl. II 2012, 298 und *Wäger* DStR 2011, 1925 dort unter 4.1; kritisch zur Begründung der Entscheidung *Stadie* UR 2013, 158 (164ff.) sowie BFH VII R 44/10, BStBl. II 2013, 33; Bestätigung der Rechtsprechung des V. Senats durch BFH VII R 30/11, BFH/NV 2013, 603 (Änderung der Rechtsprechung des VII. Senats) – aA jedoch vor der vorgenannten Rechtsprechungsänderung ua *Kahlert* DStR 2011, 1973 dort unter 3.1.1. Insolvenzverbindlichkeiten sind vom Finanzamt zur Tabelle anzumelden, Insolvenzforderungen sind an den Insolvenzverwalter auszuzahlen oder können mit (meistens vorhandenen) Steuerschulden des Insolvenzschuldners aufgerechnet werden.

Die Rechtsprechung des V. Senats zur Berichtigung nach § 17 unterschied sich zu- **68a**
nächst von der **Auffassung des VII. Senats zur Aufrechnung** von Ansprüchen aus dem Steuerschuldverhältnis. Nach § 96 Abs. 1 Nr. 1 InsO darf das Finanzamt eine Steuerforderung gegen den Insolvenzschuldner nicht mehr mit einer Verbindlichkeit gegen diesen aufrechnen, wenn die Verbindlichkeit nach Eröffnung des Insolvenzverfahrens zugunsten der Masse entstanden ist. Nach Ansicht des V. Senats des BFH ist genau dies aber der Fall, wenn der Insolvenzverwalter eine zuvor uneinbringlich gewordene Entgeltforderung (teilweise) begleicht, denn dies löst eine erneute Vorsteuerkorrektur nach § 17 Abs. 2 Nr. 1 S. 2 aus, die zu einer Masseforderung führt. Damit muss das Aufrechnungsverbot greifen, das Finanzamt darf somit diese (wertvolle) Masseforderung nicht gegen (wertgeminderte) Insolvenzverbindlichkeiten aus dem Steuerschuldverhältnis aufrechnen. Nach Auffassung des VII. Senats des BFH griff aber in solchen Fällen das Aufrechnungsverbot nicht (BFH VII B 253/09, BFH/NV 2010, 2019). Der Anspruch sei bereits mit einer vor Insolvenzeröffnung erhaltenen Lieferung oder sonstigen Leistung begründet mit der Folge, dass der Fiskus zur Aufrechnung mit Forderungen gegen den Insolvenzschuldner befugt sei. Diese Rechtsprechung, dass eine aufgrund Berichtigung gemäß § 17 Abs. 2 entstehende steuerliche Forderung bereits mit Begründung der zu berichtigenden Steuerforderung im insolvenzrechtlichen Sinne des § 96 Abs. 1 Nr. 1 InsO begründet ist, hat der VII. Senat mittlerweile aufgegeben. Entscheidend dafür war die Wahrung der Einheitlichkeit der Rechtsprechung, womit es nur schwer vereinbar wäre, wenn im umsatzsteuerlichen Festsetzungsverfahren andere Grundsätze gälten als bei der Erhebung der USt (BFH VII R 29/11, BStBl. II 2013, 36).

Eine **spätere Vereinnahmung** von Entgeltforderungen **bzw. Verausgabung** **69**
von Entgeltverbindlichkeiten durch den Insolvenzverwalter führt zu einer erneuten Berichtigung nach § 17 Abs. 2 Nr. 1 S. 2; die hieraus resultierende USt-Schuld oder USt-Forderung ist der Masse zuzurechnen (UStAE 17.1 Abs. 11; daher auch **Doppelberichtigungs-Rechtsprechung**). Dies gilt auch für die mit Abschluss des Insolvenzverfahrens zu zahlenden Beträge im Rahmen einer Insolvenzquote. § 17 Abs. 2 Nr. 1 S. 2 ist auch auf **Entgelt von dritter Seite** anzuwenden, zB wenn eine

Forderung des leistenden Unternehmers mit Eröffnung des Insolvenzverfahrens uneinbringlich geworden war und eine Bank an den leistenden Unternehmer gegen Abtretung der Insolvenzforderung zahlt, der im Gegenzug auch gegenüber der Bank für die von ihm ursprünglich an den Insolvenzschuldner erbrachten Bauleistungen die Gewährleistung übernimmt, BFH V R 48/00, BStBl. II 2003, 210 mit Anm. *Martin* HFR 2002, 237 und *Klenk* DStR 2001, 2158. Denn in diesem Fall liegt nicht nur ein bloßer Forderungskauf vor, sondern der Dritte (die Bank) entrichtet ein Entgelt für die konkrete Bauleistung (einschließlich Gewährleistung). Der Insolvenzschuldner behält den Vorsteuerabzug auch soweit der Dritte das Entgelt entrichtet (siehe Anm. *Klenk* DStR 2001, 2158).

70 Unternehmer, die der **Ist-Besteuerung** unterliegen, haben umsatzsteuerlich keine Entgeltverbindlichkeiten und -forderungen, so dass es bei ihnen auch nicht zu einer Berichtigung nach § 17 Abs. 2 Nr. 1 kommen kann. Vereinnahmt oder verausgabt der Insolvenzverwalter Entgelte, entsteht die USt erst in diesem Zeitpunkt, so dass diese USt auf der Basis des tatsächlichen Entgelts eine Masseverbindlichkeit bzw. -forderung auslöst (BFH V R 64/07, BStBl. II 2009, 682). Die Rechtsprechung zur Berichtigung auf null bei Soll-Besteuerung führt somit im Ergebnis zu einer insolvenzrechtlichen **Gleichstellung von Ist- und Soll-Besteuerung** (so explizit BFH V R 22/10, BStBl. II 2011, 996 Rn. 32; zustimmend *Widmann* UR 2011, 555 unter 4).

71 Nach § 55 Abs. 4 InsO begründet bereits der **vorläufige Insolvenzverwalter** Masseverbindlichkeiten und keine Insolvenzverbindlichkeiten, wenn durch seine Handlungen oder durch Handlungen des Insolvenzschuldners mit dessen Zustimmung Steuerschulden begründet werden. Diese Regelung wurde durch HBeglG 2011 (BGBl. 2010 I 1885) eingeführt und sollte die „Anreicherung der Insolvenzmasse zulasten des Fiskus" verhindern, denn durch „die Umsatztätigkeit eines schwachen vorläufigen Insolvenzverwalters entstehen im Insolvenzeröffnungsverfahren … Steuerrückstände, ohne dass das Finanzamt hierauf Einfluss nehmen kann", was zu einer Benachteiligung des Fiskus gegenüber anderen Gläubigern führe, „die im Eröffnungsverfahren Vorkehrungen gegen drohende Verluste durchsetzen können" (BT-Drs. 17/3030, 43). Verbindlichkeiten, die von einem sog. starken vorläufigen Insolvenzverwalter begründet werden (vorläufiger Insolvenzverwalter mit Verfügungsbefugnis über das Vermögen), waren schon vorher Masseverbindlichkeiten, wenn das Verfahren eröffnet wird (§ 55 Abs. 2 InsO), und zwar alle Verbindlichkeiten einschließlich der Verbindlichkeiten aus dem Steuerschuldverhältnis (BMF 17.1.2012, BStBl. I 2012, 120 Rn. 5). Die USt, die von einem vorläufigen Insolvenzverwalter zB durch Veräußerung von dem Unternehmen des Insolvenzschuldners zugeordneten Gegenständen entstehen kann, stellt daher nun in jedem Fall – beim schwachen wie beim starken vorläufigen Insolvenzverwalter – eine Masseverbindlichkeit dar. Der Unterschied besteht allerdings – jedenfalls nach UStAE 17.1 Abs. 12 und 13 – darin, dass vom starken Insolvenzverwalter Masseverbindlichkeiten bereits mit dessen Bestellung (und dem damit verbundenen Übergang der Verwaltungs- und Verfügungsbefugnis), beim schwachen Insolvenzverwalter indessen erst dann begründet werden, wenn später das Insolvenzverfahren tatsächlich eröffnet wird (aber → Rn. 72). Der Wortlaut des § 55 Abs. 4 InsO erfasst nur „Verbindlichkeiten des Insolvenzschuldners aus dem Steuerschuldverhältnis" und erstreckt sich damit nicht auf andere Verbindlichkeiten. Er schließt aber nicht nur die USt, sondern auch andere Steuern ein.

Die analoge Anwendung des § 55 Abs. 4 InsO auf Fälle **vorläufiger Eigenverwaltung** wird im Schrifttum abgelehnt (vgl. ua *Hobelsberger* DStR 2013, 2545; *Jaffé/Friedrich-Vache* MwStR 2014, 86 mwN). Zu den Besonderheiten im **Insolvenzplanverfahren** siehe *Liebgott* UR 2014, 141.

71a Zur Frage, welche USt-Verbindlichkeiten vom vorläufigen Insolvenzverwaltung begründet werden, vertrat die FVerw bis 2015 die Auffassung, dass grundsätzlich sämtliche USt-Verbindlichkeiten, die nach der Bestellung eines vorläufigen Insolvenzverwalters begründet werden, in den Anwendungsbereich des § 55 Abs. 4 InsO fallen, weil der vorläufige Insolvenzverwalter mangels Widerspruchs gegen die die USt auslösenden Handlungen (implizit) seine Zustimmung erteilt (BMF 17.1.2012, BStBl. I 2012, 120 Rn. 11). Dem hat der BFH widersprochen: Ob eine umsatzsteuerrechtliche Verbindlichkeit Masseverbindlichkeit nach § 55 Abs. 4 InsO ist, entscheide sich vielmehr nach der **Entgeltvereinnahmung** durch den vorläufigen Insolvenzverwalter. Auf das Erbringen steuerbarer Leistungen iSv § 1 Abs. 1 Nr. 1 kann nicht abgestellt werden, weil der vorläufige Insolvenzverwalter (auch mit Zustimmungsvorbehalt) selbst keine Leistungen erbringt (BFH V R 48/13, BStBl. II 2015, 506 Rn. 18, 22; ebenso XI R 21/14, BStBl. II 2016, 756). Mittlerweile hat sich die FVerw angeschlossen für Bestellungen ab 1.1.2015 (BMF 20.5.2015, BStBl. I 2015, 476 Rn. 9ff.; Übergangsregelung in Rn. 54 – angefügt durch BMF 18.11.2015, BStBl. I 2015, 886). Widersprochen hat das FG Bln-Bbg 5 K 5182/13, Rev BFH: V R 9/15, MwStR 2015, 695 mAnm *Kruth*.

Aus dieser Rechtsprechung folgt aber Weiteres: Wird ein vorläufiger Insolvenzverwalter **mit allgemeinem Zustimmungsvorbehalt** und mit **Recht zum Forderungseinzug** bestellt, sind Steuerbetrag und Vorsteuerabzug für die Leistungen, die der Unternehmer bis zur Verwalterbestellung erbracht und bezogen hat, nach § 17 Abs. 2 Nr. 1 zu berichtigen. Es gilt insoweit also nichts anderes als für die Eröffnung des (endgültigen) Insolvenzverfahrens (→ Rn. 68); der BFH übertrug somit seine Doppelberichtigungs-Rechtsprechung auch auf das vorläufige Verfahren: Die Entgelte für Leistungen, die der Unternehmer bis zur Eröffnung des Insolvenzverfahrens erbracht hat und die der Unternehmer bis zu diesem Zeitpunkt noch nicht vereinnahmt hat, werden im Augenblick vor der Eröffnung des Insolvenzverfahrens uneinbringlich, weil die Empfangszuständigkeit für alle Leistungen, die auf die zur Insolvenzmasse gehörenden Forderungen erbracht werden, auf den Insolvenzverwalter übergeht (§ 80 Abs. 1 InsO) und der Unternehmer somit aus rechtlichen Gründen nicht mehr in der Lage ist, rechtswirksam Entgeltforderungen in seinem eigenen vorinsolvenzrechtlichen Unternehmensteil selbst zu vereinnahmen. So verhält es sich nach Ansicht des BFH auch im Insolvenzeröffnungsverfahren, wenn das Insolvenzgericht entsprechend § 23 Abs. 1 S. 3 InsO bei der Bestellung eines vorläufigen Insolvenzverwalters mit Zustimmungsvorbehalt das Verbot an Drittschuldner, an den Schuldner zu zahlen, erlässt und es den vorläufigen Insolvenzverwalter ermächtigt, Forderungen des Schuldners einzuziehen sowie eingehende Gelder entgegenzunehmen. Damit werde das Rechtsverhältnis zwischen dem Schuldner und dem vorläufigen Insolvenzverwalter gegenüber Drittschuldnern gemäß in einer Weise geregelt, die § 80 Abs. 1 InsO entspricht (BFH V R 48/13, BStBl. II 2015, 506 Rn. 27, 28; ebenso XI R 21/14, BStBl. II 2016, 756). Ebenso werden die Entgelte für Leistungen uneinbringlich, die der Unternehmer nach Bestellung des vorläufigen Insolvenzverwalters mit allgemeinem Zustimmungsvorbehalt und Recht zum Forderungseinzug bis zur Beendigung des Insolvenzeröffnungsverfahrens erbringt. Dem folgt die FVerw für Bestellungen nach dem 31.12.2014 (UStAE 17.1 Abs. 12; BMF 20.5.2015, BStBl. I 2015, 476 Rn. 13ff.; Übergangsregelung in Rn. 54 – angefügt durch BMF 18.11.2015, BStBl. I, 15, 886). Danach reicht es aus, dass der vorläufige Insolvenzverwalter mit allgemeinem Zustimmungsvorbehalt ausgestattet ist; ein explizites **Recht zum Forderungseinzug ist nicht nötig** (BMF 20.5.2015, BStBl. I 2015, 476 Rn. 15).

Eine **spätere Vereinnahmung** von Entgeltforderungen **bzw. Verausgabung** von Entgeltverbindlichkeiten durch den Insolvenzverwalter im eröffneten Insolvenzverfahren führt nach den allgemeinen Grundsätzen zu einer erneuten Berichtigung nach § 17 Abs. 2 Nr. 1 S. 2 (BMF 20.5.2015, BStBl. I 2015, 476 Rn. 17ff.); die hieraus resultierende USt-Schuld oder USt-Forderung ist der Masse zuzurechnen (vgl. → Rn. 69).

Zu dieser Rechtsprechung des BFH vgl. *Heuermann* UR 2015, 74 und *Kruth* MwStR 2015, 77. Zur (erneuten) Kritik vgl. *Omnuseit* ZIP 2016, 452; *Seer* DStR

2016, 1289 (der allerdings die Rechtsprechung zumindest vom Beihilfeverbot unionsrechtlich gerechtfertigt sieht). Zu den zusätzlichen Implikationen dieser Rechtsprechung für den Fall, dass ein vorläufiger Insolvenzverwalter bei einer Organgesellschaft bestellt wird, vgl. → § 2 Rn. 135.

72 Aus der unter → Rn. 71 a dargestellten Rechtsprechung ergaben sich umfangreiche Folgeänderungen, die bis zur Übernahme dieser Grundsätze durch die FVerw im BMF-Schreiben vom 20.5.2015 (BStBl. I 2015, 476) im Widerspruch zum vorherigen BMF-Schreiben 17.1.2012, BStBl. I 2012, 120 standen, das aber weiterhin für alle Steuerfällen anzuwenden ist, bei denen die Sicherungsmaßnahmen vom Insolvenzgericht vor dem 1.1.2015 angeordnet wurden (BMF 20.5.2015, BStBl. I 2015, 476 Rn. 54 – angefügt durch BMF 18.11.2015, BStBl. I 2015, 886). Nach der früheren Auffassung hatte nämlich die gesetzliche Neuregelung in § 55 Abs. 4 InsO – wie schon die bestehende Regelung in § 55 Abs. 2 InsO – keine wesentlichen Auswirkungen auf die unter → Rn. 68 dargestellten Rechtsprechungsgrundsätze zur Uneinbringlichkeit nach § 17 Abs. 2 Nr. 1 im Zeitpunkt der Eröffnung des Insolvenzverfahrens. Zu dieser früheren Auffassung vgl. Vorauflage § 17 Rn. 72.

Nach BFH V R 48/13 (BStBl. II 2015, 506) und in der Folge nach BMF 20.5.2015, BStBl. I 2015, 476 bzw. UStAE 17.1 Abs. 13 gilt nun für alle Steuerfälle, bei denen die Sicherungsmaßnahmen vom Insolvenzgericht nach dem 31.12.2014 angeordnet wurden, Folgendes:

– **Entgeltforderungen und -verbindlichkeiten bis zur Bestellung** des vorläufigen Insolvenzverwalters mit allgemeinem Zustimmungsvorbehalt (und mit Forderungseinzugsrecht – so der BFH-Fall –, jedoch nicht nötig nach BMF 20.5.2015, BStBl. I 2015, 476 Rn. 15) werden im Zeitpunkt der Bestellung uneinbringlich nach § 17 Abs. 2 Nr. 1. Der dadurch ausgelöste USt-Anspruch ist dem Unternehmensbereich vor Bestellung zuzurechnen und damit auch im Falle eines später eröffneten Insolvenzverfahrens nicht nach § 55 Abs. 4 InsO der Masse zuzuordnen, sondern Insolvenzforderung.
– **Entgeltforderungen und -verbindlichkeiten nach Bestellung** des vorläufigen Insolvenzverwalters mit allgemeinem Zustimmungsvorbehalt (und mit Forderungseinzugsrecht – so der BFH-Fall –, jedoch nicht nötig nach BMF 20.5.2015, BStBl. I 2015, 476 Rn. 15) werden im Moment ihrer Entstehung uneinbringlich nach § 17 Abs. 2 Nr. 1, weil auch insoweit die Befugnis der Vereinnahmung der Forderungen auf den vorläufigen Insolvenzverwalter übergegangen ist. Weil USt-Schuld (Entstehung der Entgeltforderung) und USt-Forderung (Berichtigung wegen Uneinbringlichkeit der Forderung nach § 17) im selben Voranmeldezeitraum entstehen, kommt es faktisch zu keiner Entstehung von USt während des vorläufigen Insolvenzverfahrens aus getätigten Lieferungen oder sonstigen Leistungen ohne Entgeltzahlung; Gleiches gilt analog für den Vorsteuerabzug. Diese Grundsätze ergeben sich aus BFH V R 48/13, BStBl. II 2015, 506 Rn. 31 und nicht aus § 55 Abs. 4 InsO, so dass nicht zwischen Verbindlichkeiten und Forderungen zu unterscheiden ist. Die Rechtsprechung des BFH führt damit letztlich zu einer Transformation von der Soll- zur Istbesteuerung mit Bestellung des vorläufigen Insolvenzverwalters (*Heuermann* DStR 2014, 2458).
– Die **Vereinnahmung von Entgeltforderungen und Verausgabung von Entgeltverbindlichkeiten** durch den vorläufigen Insolvenzverwalters mit allgemeinem Zustimmungsvorbehalt (und mit Forderungseinzugsrecht – so der BFH-Fall –, jedoch nicht nötig nach BMF 20.5.2015, BStBl. I 2015, 476 Rn. 15) löst – analog zur Rechtsprechung des BFH zum eröffneten Insolvenzverfahren (→ Rn. 69) – eine erneute Berichtigung nach § 17 Abs. 2 Nr. 1 S. 2 aus. Diese zweite Berichtigung führt – im Gegensatz zur ersten Berichtigung – bei späterer Eröffnung des Insolvenzverfahrens zu einer Masseverbindlichkeit nach § 55 Abs. 4 InsO. Ebenso führt die durch den vorläufigen Insolvenzverwalter – im Rahmen seines Zustimmungsvorbehalts – veranlasste Zahlung von Entgelten aus vor oder

nach seiner Bestellung bezogenen Leistungen zu einer zweiten Berichtigung des Vorsteuerabzugs. Sie mindert den Steueranspruch und ist im Fall einer nachfolgenden Insolvenzeröffnung bei der Berechnung der Masseverbindlichkeit anspruchsmindernd zu berücksichtigen (BFH V R 48/13, BStBl. II 2015, 506 Rn. 34–36). Ob danach auch Vorsteuerüberschüsse zur Masse zu rechnen sind, ließ der BFH offen. Mit dem Wortlaut des § 55 Abs. 4 InsO, der nur Verbindlichkeiten erfasst, ist das jedoch nicht zu vereinbaren (so auch BMF 20.5.2015, BStBl. I 2015, 476 Rn. 5 und 33).

Forderungen gegen den Insolvenzschuldner aus **nicht erfüllten Verträgen** (§ 103 **73**
InsO) wurden schon nach der früheren Rechtsprechung uneinbringlich im Zeitpunkt der Eröffnung des Insolvenzverfahrens über das Vermögen des Unternehmers und führten zur USt-Berichtigung beim leistenden Unternehmer bzw. Vorsteuerberichtigung beim Insolvenzschuldner (BFH V R 59/79, BStBl. II 1987, 226 mit Anm. *Weiß* UR 1987, 40). Dies galt auch ungeachtet dessen, dass der Insolvenzverwalter ein Wahlrecht hat, den Vertrag zu erfüllen (§ 103 InsO). Nach der unter → Rn. 68 dargestellten Rechtsprechung des V. Senats des BFH allgemein für sämtliche Entgeltforderungen und -verbindlichkeiten und stellt folglich keine Besonderheit der nicht erfüllten Verträge dar. Fällt ein **zur Sachleistung verpflichteter Unternehmer** vor Vertragserfüllung in Insolvenz, hat das Erfüllungswahlrecht des Insolvenzverwalters mithin folgende umsatzsteuerliche Konsequenzen:

- Vertragserfüllung: Der Umsatz ist nach Eröffnung des Insolvenzverfahrens ausgeführt. Die USt ist **Masseverbindlichkeit** gemäß § 55 Abs. 1 Nr. 1 InsO, es sei denn, der Leistungsempfänger ist ein Unternehmer, der die USt nach § 13b schuldet (vor allem von Bedeutung für Bauleistungen). Hat der Insolvenzschuldner vor Eröffnung des Insolvenzverfahrens **Anzahlungen** vereinnahmt und hieraus USt abgeführt, handelt es sich bei der USt auf die Leistung nur insoweit um eine Masseverbindlichkeit, als das vereinbarte Entgelt nicht bereits vor Verfahrenseröffnung vereinnahmt wurde (BFH V R 1/06, BStBl. II 2010, 138). Dem steht das BFH-Urteil V R 22/10, BStBl. II 2011, 996 nicht entgegen. Danach werden zwar sämtliche Ansprüche des Insolvenzschuldners im Zeitpunkt der Verfahrenseröffnung uneinbringlich (→ Rn. 68). Dennoch kann nicht argumentiert werden, dass demnach auch der Anspruch auf Rückzahlung der noch vom Insolvenzschuldner geleisteten Anzahlung uneinbringlich wird, denn einen solchen Anspruch gibt es nicht. Ein Rückzahlungsanspruch auf die geleistete Anzahlung entsteht erst, wenn die Sach- oder Dienstleistung nicht erbracht wird und daher die vorab gewährte Gegenleistung zurückgewährt werden muss. Dies wäre aber eine Handlung des Insolvenzverwalters und somit der Masse zuzurechnen.
- Keine Vertragserfüllung: Die bis zur Verfahrenseröffnung vom Insolvenzschuldner erbrachten Teilleistungen werden neuer Leistungsgegenstand, die im Zeitpunkt der Eröffnung des Insolvenzverfahrens als bewirkt gelten (UStAE 3.9 Abs. 1 S. 1). Die USt auf diese vorinsolvenzrechtlich erbrachten Leistungen ist **Insolvenzverbindlichkeit.** Sofern das Entgelt für diese Leistungen noch nicht entrichtet wurde, sind Entgeltforderung oder Entgeltverbindlichkeit in voller Höhe uneinbringlich und die USt oder Vorsteuer nach den allgemeinen Grundsätzen gemäß § 17 Abs. 2 Nr. 1 zu berichtigen (→ Rn. 68). Soweit wegen der Ablehnung der Vertragserfüllung bereits gelieferte Gegenstände rückgeliefert werden, liegt ein Berichtigungsgrund nach § 17 Abs. 2 Nr. 3 (→ Rn. 79) vor (BFH V R 20/02, BStBl. II 2003, 953 mit Anm. *Klenk* DStR 2003, 1750 und *Hettler* HFR 2003, 1079), der der Masse zuzurechnen ist.

Fällt ein **zur Geldleistung verpflichteter Unternehmer** vor Vertragserfüllung – dh Zahlung – in Insolvenz, kann der Insolvenzverwalter im Rahmen der Erfüllungswahl die Begleichung der Forderung gegen den Insolvenzschuldner wählen. Dies ändert aber – entgegen der früheren Rechtsprechung (BFH V R 45/99, BStBl. II 2000, 703) – nichts an den unter → Rn. 68 dargestellten allgemeinen Grundsätzen, wonach die Geldforderung gegen den Insolvenzschuldner im Zeitpunkt der Insolvenzeröffnung in voller Höhe uneinbringlich wird, so dass die Vorsteuer beim leistenden Unternehmer und die USt beim Insolvenzschuldner zu berichtigen ist (→ Rn. 68). Die spätere Erfüllung (Zahlung) durch den Insolvenzverwalter löst eine erneute Berichtigung gemäß § 17 Abs. 2 Nr. 1 S. 2 in die Gegenrichtung aus (BFH V R 14/08, BStBl. II 2011, 988; zustimmend *de Weerth* DStR 2010, 591).

74 Die vorstehenden Aussagen gelten sinngemäß für andere USt-Tatbestände, insbesondere die Steuer auf den **innergemeinschaftlichen Erwerb,** die Steuerschuldnerschaft nach § 13b **(„Reverse Charge").** Die Entstehung der Steuer auf den innergemeinschaftlichen Erwerb und der vom Leistungsempfänger nach § 13b Abs. 5 geschuldeten Steuer ist abhängig von der Rechnungsstellung bzw. Ausführung der Leistung (§ 13 Abs. 1 Nr. 6, § 13b Abs. 1 und 2), so dass es auf die Verausgabung des Entgelts – auch bei Ist-Besteuerung – nicht ankommt (Ausnahme Mindest-Ist-Besteuerung gemäß § 13b Abs. 4). Daher führt die Eröffnung des Insolvenzverfahrens bei Soll- und Ist-Besteuerung zur Uneinbringlichkeit vereinbarter Entgelte für Leistungen, deren Bezug als innergemeinschaftlicher Erwerb oder nach § 13b zu einer Steuerschuld des Leistungsempfängers führt. Da die allgemeinen Grundsätze des § 17 auch auf diese Fälle zu übertragen sind (§ 17 Abs. 1 S. 4), sind die entsprechenden bereits abgeführten Steuern **auf Null zu berichtigen** (→ Rn. 68), jedenfalls insoweit die geschuldete Steuer nicht als **Vorsteuer** abzugsfähig ist. Spätere Zahlungen führen zur erneuten Berichtigung nach § 17 Abs. 2 Nr. 1 S. 2; die entsprechende nicht als Vorsteuer abzugsfähige USt auf den innergemeinschaftlichen Erwerb oder nach § 13b ist Masseverbindlichkeit. Gleiches gilt auch, wenn vor Fertigstellung einer Leistung das Insolvenzverfahren über das Vermögen des Leistungsempfängers eröffnet wird und sich der Insolvenzverwalter gemäß § 103 InsO für die Fertigstellung durch den leistenden Unternehmer entscheidet, denn in diesem Fall findet der Leistungsbezug erst nach Eröffnung des Insolvenzverfahrens statt, so dass die Steuer auf den innergemeinschaftlichen Erwerb oder nach die nach § 13b geschuldete und nicht als Vorsteuer abziehbare USt eine Masseverbindlichkeit ist. Ebenso Masseverbindlichkeit ist der vom Insolvenzverwalter verursachte **Vorsteuerberichtigungsanspruch** des Finanzamts nach § 15a, weil der Insolvenzverwalter einen Gegenstand innerhalb des Berichtigungszeitraums abweichend von den für den ursprünglichen Vorsteuerabzug maßgeblichen Verhältnissen verwendet. Dabei kommt es nicht auf den Zeitpunkt der Absicht zur abweichenden Verwendung, sondern auf den Zeitpunkt der tatsächlichen abweichenden Verwendung an (BFH XI R 35/09, BStBl. II 2011, 1000 und V R 24/11, BStBl. II 2012, 466; zur Übertragbarkeit dieser Grundsätze auf den Zwangsverwalter eines Grundstücks siehe BFH XI B 18/11, BFH/NV 2011, 1931).

Beispiel aus BFH XI R 35/09, BStBl. II 2011, 1000: Der Insolvenzschuldner vermietete ein Grundstück zu 79% umsatzsteuerpflichtig und zu 21% umsatzsteuerfrei. Entsprechend machte er die Vorsteuer auf die Errichtungskosten zu 79% geltend. Vor Eröffnung des Insolvenzverfahrens änderte der Insolvenzschuldner die Mietverträge so, dass sich der Anteil der steuerpflichtigen Vermietungsumsätze auf 75% reduzierte. Die Änderungen wurden nach Eröffnung des Insolvenzverfahrens wirksam.

Der Vorsteuerberichtigungsanspruch iHv 4%-Punkten des ursprünglichen Vorsteuerabzugs stellt eine Masseverbindlichkeit dar, weil die tatsächliche abweichende Verwendung nach Eröffnung des Insolvenzverfahrens erfolgte, obwohl die zugrunde liegenden Vereinbarungen – auf die es aber im Rahmen des § 15a nicht ankommt – vor Insolvenzeröffnung geändert wurden.

Nicht zu Masseverbindlichkeiten führt die auch **unberechtigte Nutzung** von zur Insolvenzmasse gehörendem Vermögen durch den Insolvenzschuldner für eine von ihm nach Insolvenzeröffnung neu aufgenommene unternehmerische Tätigkeit, wenn die Umsätze im Wesentlichen auf dem Einsatz der persönlichen Arbeitskraft des Insolvenzschuldners und nicht auf der Nutzung des Vermögens beruhen (BFH V R 38/10, BStBl. II 2012, 270).

Durch die Eröffnung des Insolvenzverfahrens über das Vermögen einer Organgesellschaft werden die Forderungen gegen die Organgesellschaft uneinbringlich. Gleichzeitig wird die **Organschaft** beendet, da die organisatorische Eingliederung in das Unternehmen des Organträgers nicht mehr besteht (→ § 2 Rn. 132). Die Berichtigung des Vorsteuerabzug hat noch der Organträger vorzunehmen (BFH V R 14/08, BStBl. II 2011, 988). Nur für den Fall, dass der Grund für eine Berichtigung nach dem Wegfall der Organschaft eintritt, hat die ehemalige Organgesellschaft die Berichtigung vorzunehmen (BFH V R 2/05, BStBl. II 2007, 848). Auch → Rn. 22 sowie *Ruiner/Pfeifer* GmbHR 2011, 1134. Dasselbe gilt mittlerweile auch für die Bestellung eines vorläufigen Insolvenzverwalters mit allgemeinem Zustimmungsvorbehalt für die Organgesellschaft (→ § 2 Rn. 135). **75**

2. Vorauszahlungen für nicht ausgeführte Leistungen

§ 17 Abs. 2 Nr. 2 steht in Zusammenhang mit der **Mindest-Ist-Besteuerung** gemäß § 13 Abs. 1 Nr. 1 Buchst. a S. 4, → § 13 Rn. 20ff. Hat der Besteller einer Lieferung oder sonstigen Leistung vor Ausführung derselben eine Vorauszahlung entrichtet und war diese bereits der USt unterworfen bzw. der Vorsteuerabzug gewährt worden, ist beides rückgängig zu machen, wenn die Lieferung oder sonstige Leistung nicht ausgeführt wird, siehe das Beispiel in UStAE 17.1 Abs. 7. Dies gilt auch bei (Teil-)Rückzahlung einer **Leasingsonderzahlung** wegen vorzeitiger Aufhebung des Leasingverhältnisses durch den Insolvenzverwalter (BFH V R 55/94, BStBl. II 1995, 808). Analog zur Entgeltminderung (→ Rn. 56) verlangen BFH und FVerw derzeit auch für die Berichtigung nach § 17 Abs. 2 Nr. 2 die **tatsächliche Rückzahlung der geleisteten Anzahlung** als Voraussetzung für die Berichtigung des Anzahlungsempfängers (BFH V R 34/09, BStBl. II 2011, 991 und V R 36/09, BStBl. II 2012, 365; UStAE 17.1 Abs. 7 S. 3) und damit für die Pflicht zur Berichtigung des Vorsteuerabzugs beim Anzahlenden, aber → Rn. 76a. § 17 Abs. 2 Nr. 2 ist auch anzuwenden, wenn der die Leistung Schuldende nicht leistet, die erhaltene Anzahlung aber als Schadensersatz einbehält (→ § 10 Rn. 32ff.). Denn in diesen Fällen wird lediglich der Zahlungsweg – Rückzahlung der Anzahlung und Vereinnahmung des Schadensersatzes – abgekürzt. **76**

Dafür, dass die **Vorsteuerberichtigung** im Gleichklang mit der USt-Berichtigung des Anzahlungsempfängers die Rückzahlung der geleisteten Anzahlung voraussetzt (→ Rn. 76), fehlt nach der EuGH-Entscheidung C-107/13, DStR 2014, 650 – FIRIN die unionsrechtliche Grundlage. Der EuGH hatte entschieden, dass der die Anzahlung Leistende seinen Vorsteuerabzug aus der Anzahlung berichtigen muss, wenn die Leistungserbringung ausbleibt. Auf die Rückzahlung des Entgelts kommt es nicht an. Bei einer richtlinienkonformen Auslegung darf daher die Korrektur des Vorsteuerabzugs nicht mehr an die vorherige Rückgewähr der Anzahlungen geknüpft werden (ebenso *Grube* MwStR 2014, 244). Ob eine solche richtlinienkonforme Auslegung gegen den Wortlaut des § 17 Abs. 1 S. 2 (iVm § 17 Abs. 2 Nr. 2) möglich ist, wird vom FG München 14 K 277/12, MwStR 2016, 85 verneint (ebenso *Wäger* UVR 2014, 318 (320) – im Streitfall des FG München ist allerdings mE der Vorsteuerabzug von vornherein zu versagen, vgl. → § 14c Rn. 45). Gegen das Urteil des FG München ist die Revision anhängig und derzeit ausgesetzt sowie dem EuGH vorgelegt, BFH V R 29/15, DStR 2017, 27 mAnm *Heuermann*. Sofern der Vorsteuerabzug im ersten Schritt zu gewähren ist, weil aus der Sicht des Anzahlenden nicht abzusehen war, dass keine Lieferung erfolgen wird, ist er nach Ansicht des XI. Senats – nicht jedoch des V. Senats – nach § 17 Abs. 2 Nr. 2 zu berichtigen. Die fehlende Rückzahlung der Anzahlung hindere dies nicht, weil das deutsche Recht insoweit richtlinienkonform auszulegen sei. Sollte der EuGH dem folgen und der bisherigen Rechtsprechung (des V. Senats des BFH) entgegentreten, dürfte dies insbesondere **erhebliche Auswirkungen auf Geschäftsreisende** haben, die dann den **76a**

Vorsteuerabzug aus geleisteten Anzahlungen für Übernachtungen, Bahn- oder Flugtickets (Inlandsflüge) nicht mehr geltend machen können, wenn sie die Reise nicht antreten, eine Rückzahlung der Anzahlung aber nach den jeweiligen Bedingungen mit dem Hotel bzw. dem Transportunternehmen nicht mehr in Frage kommt. Zum **belegmäßigen Nachweis** des Vorsteuerabzugsrecht aus einer Rechnung für eine solche Leistung gehört daher auch ein Nachweis über die tatsächliche Leistungserbringung, zB die Bordkarte bei einer Rechnung über ein Flugticket oder die abgestempelte Bahnkarte.

77 Zahlt ein Unternehmer vor Eröffnung des Insolvenzverfahrens eine Vorauszahlung für ein Dauerschuldverhältnis und erreicht der Insolvenzverwalter später eine teilweise **Erstattung der Vorauszahlung** wegen Aufhebung des zugrundeliegenden Schuldverhältnisses, handelt es sich bei dem aus der entsprechenden Vorsteuerberichtigung geschuldeten Betrag um eine **Masseverbindlichkeit** (so zur Leasingsonderzahlung BFH V R 55/94, BStBl. II 1995, 808). Auch → Rn. 72.

78 § 17 Abs. 2 Nr. 2 ist entsprechend anzuwenden, wenn eine Anzahlung der USt unterworfen wurde, die **später erbrachte Leistung steuerfrei oder nicht steuerbar** ist (BFH V R 42/10, BStBl. II 2012, 248; UStAE 17.1 Abs. 7 S. 5; UStAE 13.5 Abs. 4 S. 3).

3. Rückgängig gemachte Umsätze

79 Die Berichtigungspflicht nach § 17 Abs. 2 Nr. 3 iVm Abs. 1 besteht, wenn die Partner des Leistungsaustausches den Umsatz (oder den innergemeinschaftlichen Erwerb) rückgängig gemacht, dh einander die empfangenen Leistungen zurückgewährt haben (§ 346 BGB). Die Rückabwicklung kann auf verschiedenen Gründen beruhen, zB Vereinbarung, Anfechtung (§§ 119ff. BGB), Nichtigkeit, Rücktritt (§§ 323ff. BGB), Wandlung wegen Sachmangels (§ 437 Nr. 2 BGB) oder Ablehnung des Insolvenzverwalters, einen zum Zeitpunkt der Eröffnung des Insolvenzverfahrens noch nicht vollständig erfüllten Vertrag zu erfüllen, BFH V R 20/02, BStBl. II 2003, 953 mit Anm. *Klenk* DStR 2003, 1750 und *Hettler* HFR 2003, 1079. § 17 greift ein, wenn die danach begründete **Rückabwicklung** vollzogen ist.

80 Keine Rückgängigmachung sind **Rücklieferungen** (zB Wiederkauf gemäß § 456 BGB) und Umtausch. Ob eine Rückgängigmachung oder eine Rücklieferung vorliegt, ist aus der Sicht des Empfängers zu beurteilen. Eine Rückgängigmachung ist anzunehmen, wenn der Liefernde oder der Lieferungsempfänger das Umsatzgeschäft beseitigt oder sich auf dessen Unwirksamkeit beruft, die zuvor begründete Erwartung des Lieferers auf ein Entgelt dadurch entfällt und der Lieferungsempfänger den empfangenen Gegenstand in Rückabwicklung des Umsatzgeschäftes zurückgibt. Bei der Rücklieferung ist der Gegenstand der Lieferung bestimmungsgemäß in den Verfügungsbereich des Erwerbers übergegangen und gelangt erst aufgrund neuer Kaufentschlüsse an den Verkäufer zurück (siehe BFH XI R 46/07, BStBl. II 2009, 558 und V R 75/77, BStBl. II 1982, 233 sowie UStAE 17.2 Abs. 8; Näheres → § 1 Rn. 31ff.). Beim **Umtausch** können aber die umsatzsteuerlichen Folgen des § 17 Abs. 1 eintreten, wenn die Partner des Leistungsaustauschs den gelieferten Gegenstand nicht nur gegen einen anderen auswechseln, sondern auch das Entgelt erhöhen oder herabsetzen.

81 *einstweilen frei*

4. Erwerbsbesteuerung in einem anderen Mitgliedstaat

82 Für den **innergemeinschaftliche Erwerb** gilt gemäß § 17 Abs. 2 Nr. 4 folgende Besonderheit: Grundsätzlich wird er in dem Mitgliedstaat bewirkt, in dem sich der erworbene Gegenstand am Ende der Beförderung usw (vgl. § 3d S. 1) befindet. Verwendet der Erwerber jedoch gegenüber dem Lieferer eine ihm von einem anderen

Mitgliedstaat erteilte USt-IdNr., so gilt der Erwerb in diesem Mitgliedstaat als bewirkt, solange der Erwerber nicht nachweist, dass der Erwerb am Ort des Verbleibens besteuert worden ist. Danach ist die **Erwerbsbesteuerung in zwei verschiedenen Mitgliedstaaten** möglich. Um dies zu verhindern, muss zB der französische Erwerber, der gegenüber einem dänischen Lieferer eine ihm erteilte deutsche USt-IdNr. verwendet hat, nachweisen, dass er den Erwerb in Frankreich versteuert hat. Dann wird die deutsche Erwerbsteuer gemäß § 17 Abs. 2 Nr. 4 auf 0 EUR gestellt. Wie der Nachweis erfolgen soll, ist nicht geregelt. Deshalb sind alle Beweismittel möglich, anhand derer nachvollziehbar ist, dass der Umsatz in eine vom Erwerber im Mitgliedstaat der Beendigung der Beförderung oder Versendung abgegebene Steuererklärung oder -anmeldung eingeflossen ist (vgl. UStAE 3d.1 Abs. 4). Der **Vorsteuerabzug** der USt auf den sich aus § 3d S. 2 ergebenden innergemeinschaftlichen Erwerb ist ausgeschlossen (EuGH C-536/08 = C-539/08, DStR 2010, 926 – X und Facet Trading und dem folgend BFH XI R 40/08, BStBl. II 2011, 661 und V R 39/08, BStBl. II 2011, 658 sowie UStAE 15.10 Abs. 2 S. 2), so dass die Berichtigung die einzige Möglichkeit der Neutralisierung ist.

einstweilen frei 83

5. Vorsteuerberechtigung im Zusammenhang mit Aufwendungen gemäß § 15 Abs. 1a

§ 17 Abs. 2 Nr. 5 steht im Zusammenhang mit der **Abschaffung des Aufwandseigenverbrauchs** zum 1.4.1999 durch StEntlG 1999/2000/2002. Vormals berechtigten erhaltene Leistungen unabhängig davon zum Vorsteuerabzug, ob die damit verbundenen Aufwendungen ertragsteuerlich abzugsfähig sind. Allerdings wurde bei bestimmten ertragsteuerlich nichtabziehbaren Ausgaben der Vorsteuerabzug faktisch berichtigt, indem ein betragsmäßig gleich hoher Aufwendungseigenverbrauch versteuert wurde. Seit 1.4.1999 wurde dieses System insoweit geändert, als nunmehr der Vorsteuerabzug für diese bestimmten Aufwendungen von vorneherein ausgeschlossen ist (§ 15 Abs. 1a). In zwei Fällen funktioniert dies aber nicht: 84

- Zum Zeitpunkt der Vornahme des Vorsteuerabzug ist § 15 Abs. 1a **zeitlich nicht anzuwenden,** weil die Leistung vor dem 1.4.1999 erbracht wird, die entsprechenden Aufwendungen – vor allem AfA – fallen aber erst nach dem 31.3.1999 an und können somit nicht mehr zu einem Aufwendungseigenverbrauch führen. Nach BFH XI R 60/06, BStBl. II 2009, 167 (mit Anm. *Meßbacher-Hönsch* DStR 2008, 2159) führen daher Abschreibungen auf eine vor dem 1.4.1999 angeschaffte Segeljacht, die unter das Abzugsverbot des § 4 Abs. 5 S. 1 Nr. 4 EStG fallen, nach dem 31.3.1999 zu einer Vorsteuerberichtigung nach § 17 Abs. 2 Nr. 5, welche im Ergebnis dem Aufwendungseigenverbrauch entspricht.
- Zum Zeitpunkt der Vornahme des Vorsteuerabzugs ist § 15 Abs. 1a **sachlich nicht anzuwenden,** weil die Verwendungsabsicht des Unternehmers ertragsteuerlich nicht das Abzugsverbot auslöst. Verwendet der Unternehmer später die erhaltene Leistung so, dass die von § 15 Abs. 1a genannten ertragsteuerlichen Abzugsverbote nunmehr greifen, ist der Vorsteuerabzug nach § 17 Abs. 2 Nr. 5 zu berichtigen, zB wenn der Unternehmer Gegenstände mit Vorsteuerabzug erwirbt, die er später als Gastgeschenke verwendet. Auch in diesen Fällen führt § 17 Abs. 2 Nr. 5 zum Ergebnis des Aufwendungseigenverbrauchs. Die Berichtigung nach § 17 Abs. 2 Nr. 5 geht insoweit der Berichtigung nach § 15a vor.

Eine Vorsteuerberichtigung **zugunsten des Unternehmers** nach § 17 Abs. 2 Nr. 5 – zB der Unternehmer erwirbt Gegenstände ohne Vorsteuerabzug als Gastgeschenke, die er später für seine besteuerten Umsätze verwendet – ist nach dem Wortlaut der Vorschrift ausgeschlossen, wonach eine Berichtigung nach § 17 Abs. 2 Nr. 5 erfolgt, wenn Aufwendungen iSv § 15 Abs. 1a getätigt werden. Genau hieran mangelt es, wenn zunächst als Gastgeschenke qualifizierte Gegenstände schließlich nicht 85 als solche verwendet werden. Eine Berichtigung zugunsten des Unternehmers widerspricht mE auch dem Sinn und Zweck des § 17 Abs. 2 Nr. 5, der die Ersetzung des Aufwendungseigenverbrauchs durch § 15 Abs. 1a lediglich dahingehend ergänzt, dass eine Berichtigung auch in dem Besteuerungszeitraum möglich sein soll, in dem die Aufwendungen getätigt werden, sofern dies eben nicht in den Besteuerungszeitraum der Leistungserbringung fällt (siehe BT-Drs. 14/23, 199). Ein „negativer Aufwendungseigenverbrauch" zugunsten des Unternehmers sollte mithin nicht geschaffen werden. Gleichwohl wird die Ansicht vertreten, § 17 Abs. 2 Nr. 5 sei auch zugunsten des Unternehmers möglich (*Stadie* in Rau/Dürrwächter § 17 Rn. 510; *Widmann* UR 1999, 20 (24)).

86 *einstweilen frei*

VI. Durchführung der Berichtigung

1. Zeitpunkt

87 Berichtigungen wegen Änderungen der Bemessungsgrundlage sind in dem Besteuerungszeitraum (Kalenderjahr bzw. Voranmeldungszeitraum) vorzunehmen, in dem sie eingetreten sind (§ 17 Abs. 1 S. 7). Entsprechendes gilt für die Berichtigung gemäß § 17 Abs. 1 S. 4 (§ 17 Abs. 1 S. 8). Da § 17 ein eigener Besteuerungstatbestand ist, spielt es für seine Anwendung keine Rolle, ob die ursprüngliche Festsetzung unanfechtbar oder gar verjährt ist. Bei **Minderung der Bemessungsgrundlage** ist der Eintritt der Änderung im Zeitpunkt der tatsächlichen Gewährung der Minderung nach dem Ist-Prinzip gegeben (→ Rn. 56). Das Gleiche muss sinngemäß auch für eine **Erhöhung der Bemessungsgrundlage** gelten. Wird für die Erhöhung eine Rechnung mit Steuerausweis ausgestellt, schuldet der Aussteller die USt jedoch auch vor Vereinnahmung. Zum Zeitpunkt der Berichtigung bei der Einlösung von Gutscheinen → Rn. 57. Die **Berichtigungen nach § 17 Abs. 2** erfolgen in dem Zeitpunkt, in dem diese Tatbestände verwirklicht werden, → Rn. 59 ff.

2. Das für die Berichtigung geltende materielle Recht

88 Die Besteuerung des „berichtigten" Umsatzes richtet sich nach dem materiellen USt-Recht, das für den leistenden Unternehmer bzw. den Leistungsempfänger zu der Zeit galt, als der Umsatz getätigt wurde. Darauf ist zu achten, wenn sich die **Steuersätze** – siehe BMF 10.2.1998, BStBl. I 1998, 177 – oder die Besteuerungsform (Regelbesteuerung, Besteuerung gemäß § 24 oder § 19 Abs. 1) im Besteuerungszeitraum der Berichtigung gegenüber dem Besteuerungszeitraum der Umsatzausführung geändert haben. Hat sich zB die Bemessungsgrundlage für einen Umsatz geändert, den ein **Kleinunternehmer** vor der Option zur Regelbesteuerung ausgeführt hat, entfällt die Berichtigung, wenn die Voraussetzungen des § 17 zum Zeitpunkt der Option eintreten. Im umgekehrten Fall ist § 17 auf Umsätze aus der Optionszeit auch noch anzuwenden, wenn der liefernde Unternehmer wieder als Kleinunternehmer zu behandeln ist, Einzelheiten siehe UStAE 19.5 Abs. 9 sowie → § 19 Rn. 35.

3. Form

89 Bei der **Form der Berichtigung** ist zwischen dem Verhältnis der Partner des Leistungsaustauschs untereinander und ihrem Verhältnis zum Finanzamt zu unterscheiden. Gegenüber dem Finanzamt brauchen leistender Unternehmer und Leistungsempfänger die Änderungen nicht besonders zu kennzeichnen. Sie müssen sie nur in die Summen der USt bzw. der Vorsteuer aufnehmen, die sie in den Steuererklärungen des maßgebenden Veranlagungszeitraums angeben.

Für die Partner des Leistungsaustauschs kann sich eine **Pflicht zur Belegerteilung** ergeben. Die Berichtigungspflicht ist aber nicht von einer Korrektur der zuvor erteilten Rechnung abhängig (UStAE 17.1 Abs. 3 S. 3; *Martin* BFH/PR 2012, 250). Eine solche Voraussetzungen wäre aber grundsätzlich unionsrechtskonform (EuGH C-588/10, DStRE 2012, 1151 – Kraft Foods Polska). Soweit sie die Entgelte für unterschiedlich besteuerte Lieferungen und sonstige Leistungen gemeinsam ändern (zB durch Jahresboni), besteht diese Pflicht kraft Gesetzes (§ 17 Abs. 4). Aus dem Beleg muss hervorgehen, wie sich die Änderungen der Entgelte auf den Regelsteuersatz und den ermäßigten Steuersatz verteilen. Soweit sich das Entgelt und damit USt und Vorsteuer vermindert haben, bedarf es für die Berichtigung wohl keines neuen Abrechnungspapiers oder eines sonstigen Belegs. Wenn sich Entgelt, USt und Vorsteuer erhöht haben, braucht der Leistungsempfänger über den Unterschiedsbetrag zwischen ursprünglicher und erhöhter Steuer ein Abrechnungspapier, um diesen Betrag als Vorsteuer abziehen zu können. Die Verpflichtung zur Rechnungserteilung kann in diesem Fall aus § 17 iVm § 14 Abs. 2 S. 1 hergeleitet werden. Aus § 14 Abs. 2 S. 1 unmittelbar lässt sich die Pflicht nicht herleiten, weil der Änderung kein Umsatz iSv § 1 zugrunde liegt. **90**

einstweilen frei **91**

VII. Berichtigung der Einfuhrumsatzsteuer, die als Vorsteuer abgezogen war

Die **EUSt,** die ein Unternehmer als Vorsteuer abgezogen hat, kann nur berichtigt werden, wenn sie herabgesetzt, erlassen oder erstattet worden ist, § 17 Abs. 3. § 17 Abs. 1 ist nicht anzuwenden. **92**

§ 18 Besteuerungsverfahren

(1) [1]**Der Unternehmer hat bis zum 10. Tag nach Ablauf jedes Voranmeldungszeitraums eine Voranmeldung nach amtlich vorgeschriebenem Datensatz durch Datenfernübertragung [*bis 31.12.2016: nach Maßgabe der Steuerdaten-Übermittlungsverordnung*] zu übermitteln, in der er die Steuer für den Voranmeldungszeitraum (Vorauszahlung) selbst zu berechnen hat. [2]Auf Antrag kann das Finanzamt zur Vermeidung von unbilligen Härten auf eine elektronische Übermittlung verzichten; in diesem Fall hat der Unternehmer eine Voranmeldung nach amtlich vorgeschriebenem Vordruck abzugeben. [3]§ 16 Abs. 1 und 2 und § 17 sind entsprechend anzuwenden. [4]Die Vorauszahlung ist am 10. Tag nach Ablauf des Voranmeldungszeitraums fällig.**

(2) [1]**Voranmeldungszeitraum ist das Kalendervierteljahr. [2]Beträgt die Steuer für das vorangegangene Kalenderjahr mehr als 7500 Euro, ist der Kalendermonat Voranmeldungszeitraum. [3]Beträgt die Steuer für das vorangegangene Kalenderjahr nicht mehr als 1000 Euro, kann das Finanzamt den Unternehmer von der Verpflichtung zur Abgabe der Voranmeldungen und Entrichtung der Vorauszahlungen befreien. [4]Nimmt der Unternehmer seine berufliche oder gewerbliche Tätigkeit auf, ist im laufenden und folgenden Kalenderjahr Voranmeldungszeitraum der Kalendermonat. [5]Satz 4 gilt entsprechend in folgenden Fällen:**

1. **bei im Handelsregister eingetragenen, noch nicht gewerblich oder beruflich tätig gewesenen juristischen Personen oder Personengesellschaften, die objektiv belegbar die Absicht haben, eine gewerbliche oder berufliche**

Tätigkeit selbständig auszuüben (Vorratsgesellschaften), und zwar ab dem Zeitpunkt des Beginns der tatsächlichen Ausübung dieser Tätigkeit, und

2. bei der Übernahme von juristischen Personen oder Personengesellschaften, die bereits gewerblich oder beruflich tätig gewesen sind und zum Zeitpunkt der Übernahme ruhen oder nur geringfügig gewerblich oder beruflich tätig sind (Firmenmantel), und zwar ab dem Zeitpunkt der Übernahme.

(2a) **[1]Der Unternehmer kann an Stelle des Kalendervierteljahres den Kalendermonat als Voranmeldungszeitraum wählen, wenn sich für das vorangegangene Kalenderjahr ein Überschuss zu seinen Gunsten von mehr als 7500 Euro ergibt. [2]In diesem Fall hat der Unternehmer bis zum 10. Februar des laufenden Kalenderjahres eine Voranmeldung für den ersten Kalendermonat abzugeben. [3]Die Ausübung des Wahlrechts bindet den Unternehmer für dieses Kalenderjahr.**

(3) **[1]Der Unternehmer hat für das Kalenderjahr oder für den kürzeren Besteuerungszeitraum eine Steuererklärung nach amtlich vorgeschriebenem Datensatz durch Datenfernübertragung** [*bis 31.12.2016: nach Maßgabe der Steuerdaten-Übermittlungsverordnung*] **zu übermitteln, in der er die zu entrichtende Steuer oder den Überschuss, der sich zu seinen Gunsten ergibt, nach § 16 Absatz 1 bis 4 und § 17 selbst zu berechnen hat (Steueranmeldung). [2]In den Fällen des § 16 Absatz 3 und 4 ist die Steueranmeldung binnen einem Monat nach Ablauf des kürzeren Besteuerungszeitraums zu übermitteln. [3]Auf Antrag kann das Finanzamt zur Vermeidung von unbilligen Härten auf eine elektronische Übermittlung verzichten; in diesem Fall hat der Unternehmer eine Steueranmeldung nach amtlich vorgeschriebenem Vordruck abzugeben und eigenhändig zu unterschreiben.**

(4) **[1]Berechnet der Unternehmer die zu entrichtende Steuer oder den Überschuss in der Steueranmeldung für das Kalenderjahr abweichend von der Summe der Vorauszahlungen, so ist der Unterschiedsbetrag zugunsten des Finanzamts einen Monat nach dem Eingang der Steueranmeldung fällig. [2]Setzt das Finanzamt die zu entrichtende Steuer oder den Überschuss abweichend von der Steueranmeldung für das Kalenderjahr fest, so ist der Unterschiedsbetrag zugunsten des Finanzamts einen Monat nach der Bekanntgabe des Steuerbescheids fällig. [3]Die Fälligkeit rückständiger Vorauszahlungen (Absatz 1) bleibt von den Sätzen 1 und 2 unberührt.**

(4a) **[1]Voranmeldungen (Absätze 1 und 2) und eine Steuererklärung (Absätze 3 und 4) haben auch die Unternehmer und juristischen Personen abzugeben, die ausschließlich Steuer für Umsätze nach § 1 Abs. 1 Nr. 5, § 13b Absatz 5 oder § 25b Abs. 2 zu entrichten haben, sowie Fahrzeuglieferer (§ 2a). [2]Voranmeldungen sind nur für die Voranmeldungszeiträume abzugeben, in denen die Steuer für diese Umsätze zu erklären ist. [3]Die Anwendung des Absatzes 2a ist ausgeschlossen.**

(4b) **Für Personen, die keine Unternehmer sind und Steuerbeträge nach § 6a Abs. 4 Satz 2 oder nach § 14c Abs. 2 schulden, gilt Absatz 4a entsprechend.**

(4c) **[1]Ein nicht im Gemeinschaftsgebiet ansässiger Unternehmer, der als Steuerschuldner ausschließlich Umsätze nach § 3a Abs. 5 im Gemeinschaftsgebiet erbringt und in keinem anderen Mitgliedstaat für Zwecke der Umsatzsteuer erfasst ist, kann abweichend von den Absätzen 1 bis 4 für jeden Besteuerungszeitraum (§ 16 Abs. 1a Satz 1) eine Steuererklärung auf amtlich vorgeschriebenem Vordruck bis zum 20. Tag nach Ablauf jedes Besteue-**

rungszeitraums abgeben, in der er die Steuer selbst zu berechnen hat; die Steuererklärung ist dem Bundeszentralamt für Steuern elektronisch zu übermitteln. [2]Die Steuer ist am 20. Tag nach Ablauf des Besteuerungszeitraums fällig. [3]Die Ausübung des Wahlrechts hat der Unternehmer auf dem amtlich vorgeschriebenen, elektronisch zu übermittelnden Dokument dem Bundeszentralamt für Steuern anzuzeigen, bevor er Umsätze nach § 3a Abs. 5 im Gemeinschaftsgebiet erbringt. [4]Das Wahlrecht kann nur mit Wirkung vom Beginn eines Besteuerungszeitraums an widerrufen werden. [5]Der Widerruf ist vor Beginn des Besteuerungszeitraums, für den er gelten soll, gegenüber dem Bundeszentralamt für Steuern auf elektronischem Weg zu erklären. [6]Kommt der Unternehmer seinen Verpflichtungen nach den Sätzen 1 bis 3 oder § 22 Abs. 1 wiederholt nicht oder nicht rechtzeitig nach, schließt ihn das Bundeszentralamt für Steuern von dem Besteuerungsverfahren nach Satz 1 aus. [7]Der Ausschluss gilt ab dem Besteuerungszeitraum, der nach dem Zeitpunkt der Bekanntgabe des Ausschlusses gegenüber dem Unternehmer beginnt.

(4d) **Die Absätze 1 bis 4 gelten nicht für nicht im Gemeinschaftsgebiet ansässige Unternehmer, die im Inland im Besteuerungszeitraum (§ 16 Abs. 1 Satz 2) als Steuerschuldner ausschließlich Umsätze nach § 3a Abs. 5 erbringen und diese Umsätze in einem anderen Mitgliedstaat erklären sowie die darauf entfallende Steuer entrichten.**

(4e) **[1]Ein im übrigen Gemeinschaftsgebiet ansässiger Unternehmer (§ 13b Absatz 7 Satz 2), der als Steuerschuldner Umsätze nach § 3a Absatz 5 im Inland erbringt, kann abweichend von den Absätzen 1 bis 4 für jeden Besteuerungszeitraum (§ 16 Absatz 1b Satz 1) eine Steuererklärung nach amtlich vorgeschriebenem Datensatz durch Datenfernübertragung bis zum 20. Tag nach Ablauf jedes Besteuerungszeitraums übermitteln, in der er die Steuer für die vorgenannten Umsätze selbst zu berechnen hat; dies gilt nur, wenn der Unternehmer im Inland, auf der Insel Helgoland und in einem der in § 1 Absatz 3 bezeichneten Gebiete weder seinen Sitz, seine Geschäftsleitung noch eine Betriebsstätte hat. [2]Die Steuererklärung ist der zuständigen Steuerbehörde des Mitgliedstaates der Europäischen Union zu übermitteln, in dem der Unternehmer ansässig ist; diese Steuererklärung ist ab dem Zeitpunkt eine Steueranmeldung im Sinne des § 150 Absatz 1 Satz 3 und des § 168 der Abgabenordnung, zu dem die in ihr enthaltenen Daten von der zuständigen Steuerbehörde des Mitgliedstaates der Europäischen Union, an die der Unternehmer die Steuererklärung übermittelt hat, dem Bundeszentralamt für Steuern übermittelt und dort in bearbeitbarer Weise aufgezeichnet wurden. [3]Satz 2 gilt für die Berichtigung einer Steuererklärung entsprechend. [4]Die Steuer ist am 20. Tag nach Ablauf des Besteuerungszeitraums fällig. [5]Die Ausübung des Wahlrechts nach Satz 1 hat der Unternehmer in dem amtlich vorgeschriebenen, elektronisch zu übermittelnden Dokument der Steuerbehörde des Mitgliedstaates der Europäischen Union, in dem der Unternehmer ansässig ist, vor Beginn des Besteuerungszeitraums anzuzeigen, ab dessen Beginn er von dem Wahlrecht Gebrauch macht. [6]Das Wahlrecht kann nur mit Wirkung vom Beginn eines Besteuerungszeitraums an widerrufen werden. [7]Der Widerruf ist vor Beginn des Besteuerungszeitraums, für den er gelten soll, gegenüber der Steuerbehörde des Mitgliedstaates der Europäischen Union, in dem der Unternehmer ansässig ist, auf elektronischem Weg zu erklären. [8]Kommt der Unternehmer seinen Verpflichtungen nach den Sätzen 1 bis 5 oder § 22 Absatz 1 wiederholt nicht oder nicht rechtzeitig nach, schließt ihn die zuständige Steuerbehörde des Mitgliedstaates der Europäischen Union, in dem der Unternehmer ansässig ist, von dem Besteuerungsverfahren** nach Satz 1 aus. [9]Der Ausschluss gilt ab dem Besteuerungszeitraum, der nach dem Zeitpunkt der Bekanntgabe des Ausschlusses gegenüber dem Unternehmer beginnt. [10]Die Steuererklärung nach Satz 1 gilt als fristgemäß übermittelt, wenn sie bis zum 20. Tag nach Ablauf des Besteuerungszeitraums (§ 16 Absatz 1b Satz 1) der zuständigen Steuerbehörde des Mitgliedstaates der Europäischen Union übermittelt worden ist, in dem der Unternehmer ansässig ist, und dort in bearbeitbarer Weise aufgezeichnet wurde. [11]Die Entrichtung der Steuer erfolgt entsprechend Satz 4 fristgemäß, wenn die Zahlung bis zum 20. Tag nach Ablauf des Besteuerungszeitraums (§ 16 Absatz 1b Satz 1) bei der zuständigen Steuerbehörde des Mitgliedstaates der Europäischen Union, in dem der Unternehmer ansässig ist, eingegangen ist. [12]§ 240 der Abgabenordnung ist mit der Maßgabe anzuwenden, dass eine Säumnis frühestens mit Ablauf des 10. Tages nach Ablauf des auf den Besteuerungszeitraum (§ 16 Absatz 1b Satz 1) folgenden übernächsten Monats eintritt.

(5) In den Fällen der Beförderungseinzelbesteuerung (§ 16 Abs. 5) ist abweichend von den Absätzen 1 bis 4 wie folgt zu verfahren:
1. Der Beförderer hat für jede einzelne Fahrt eine Steuererklärung nach amtlich vorgeschriebenem Vordruck in zwei Stücken bei der zuständigen Zolldienststelle abzugeben.
2. [1]Die zuständige Zolldienststelle setzt für das zuständige Finanzamt die Steuer auf beiden Stücken der Steuererklärung fest und gibt ein Stück dem Beförderer zurück, der die Steuer gleichzeitig zu entrichten hat. [2]Der Beförderer hat dieses Stück mit der Steuerquittung während der Fahrt mit sich zu führen.
3. [1]Der Beförderer hat bei der zuständigen Zolldienststelle, bei der er die Grenze zum Drittlandsgebiet überschreitet, eine weitere Steuererklärung in zwei Stücken abzugeben, wenn sich die Zahl der Personenkilometer (§ 10 Abs. 6 Satz 2), von der bei der Steuerfestsetzung nach Nummer 2 ausgegangen worden ist, geändert hat. [2]Die Zolldienststelle setzt die Steuer neu fest. [3]Gleichzeitig ist ein Unterschiedsbetrag zugunsten des Finanzamts zu entrichten oder ein Unterschiedsbetrag zugunsten des Beförderers zu erstatten. [4]Die Sätze 2 und 3 sind nicht anzuwenden, wenn der Unterschiedsbetrag weniger als 2,50 Euro beträgt. [5]Die Zolldienststelle kann in diesen Fällen auf eine schriftliche Steuererklärung verzichten.

(5a) [1]In den Fällen der Fahrzeugeinzelbesteuerung (§ 16 Abs. 5a) hat der Erwerber, abweichend von den Absätzen 1 bis 4, spätestens bis zum 10. Tag nach Ablauf des Tages, an dem die Steuer entstanden ist, eine Steuererklärung nach amtlich vorgeschriebenem Vordruck abzugeben, in der er die zu entrichtende Steuer selbst zu berechnen hat (Steueranmeldung). [2]Die Steueranmeldung muss vom Erwerber eigenhändig unterschrieben sein. [3]Gibt der Erwerber die Steueranmeldung nicht ab oder hat er die Steuer nicht richtig berechnet, so kann das Finanzamt die Steuer festsetzen. [4]Die Steuer ist am 10. Tag nach Ablauf des Tages fällig, an dem sie entstanden ist.

(5b) [1]In den Fällen des § 16 Abs. 5b ist das Besteuerungsverfahren nach den Absätzen 3 und 4 durchzuführen. [2]Die bei der Beförderungseinzelbesteuerung (§ 16 Abs. 5) entrichtete Steuer ist auf die nach Absatz 3 Satz 1 zu entrichtende Steuer anzurechnen.

(6) [1]Zur Vermeidung von Härten kann das Bundesministerium der Finanzen mit Zustimmung des Bundesrates durch Rechtsverordnung die Fristen für die Voranmeldungen und Vorauszahlungen um einen Monat verlängern und das Verfahren näher bestimmen. [2]Dabei kann angeordnet werden, dass der Unternehmer eine Sondervorauszahlung auf die Steuer für das Kalenderjahr zu entrichten hat.

(7) [1]Zur Vereinfachung des Besteuerungsverfahrens kann das Bundesministerium der Finanzen mit Zustimmung des Bundesrates durch Rechtsverordnung bestimmen, dass und unter welchen Voraussetzungen auf die Erhebung der Steuer für Lieferungen von Gold, Silber und Platin sowie sonstige Leistungen im Geschäft mit diesen Edelmetallen zwischen Unternehmern, die an einer Wertpapierbörse im Inland mit dem Recht zur Teilnahme am Handel zugelassen sind, verzichtet werden kann. [2]Das gilt nicht für Münzen und Medaillen aus diesen Edelmetallen.

(8) **(weggefallen)**

(9) [1]Zur Vereinfachung des Besteuerungsverfahrens kann das Bundesministerium der Finanzen mit Zustimmung des Bundesrates durch Rechtsverordnung die Vergütung der Vorsteuerbeträge (§ 15) an im Ausland ansässige Unternehmer, abweichend von § 16 und von den Absätzen 1 bis 4, in einem besonderen Verfahren regeln. [2]Dabei kann auch angeordnet werden,
1. dass die Vergütung nur erfolgt, wenn sie eine bestimmte Mindesthöhe erreicht,
2. innerhalb welcher Frist der Vergütungsantrag zu stellen ist,
3. in welchen Fällen der Unternehmer den Antrag eigenhändig zu unterschreiben hat,
4. wie und in welchem Umfang Vorsteuerbeträge durch Vorlage von Rechnungen und Einfuhrbelegen nachzuweisen sind,
5. dass der Bescheid über die Vergütung der Vorsteuerbeträge elektronisch erteilt wird,
6. wie und in welchem Umfang der zu vergütende Betrag zu verzinsen ist.

[3]Einem Unternehmer, der im Gemeinschaftsgebiet ansässig ist und Umsätze ausführt, die zum Teil den Vorsteuerabzug ausschließen, wird die Vorsteuer höchstens in der Höhe vergütet, in der er in dem Mitgliedstaat, in dem er ansässig ist, bei Anwendung eines Pro-rata-Satzes zum Vorsteuerabzug berechtigt wäre. [4]Einem Unternehmer, der nicht im Gemeinschaftsgebiet ansässig ist, wird die Vorsteuer nur vergütet, wenn in dem Land, in dem der Unternehmer seinen Sitz hat, keine Umsatzsteuer oder ähnliche Steuer erhoben oder im Fall der Erhebung im Inland ansässigen Unternehmern vergütet wird. [5]Von der Vergütung ausgeschlossen sind bei Unternehmern, die nicht im Gemeinschaftsgebiet ansässig sind, die Vorsteuerbeträge, die auf den Bezug von Kraftstoffen entfallen. [6]Die Sätze 4 und 5 gelten nicht für Unternehmer, die nicht im Gemeinschaftsgebiet ansässig sind, soweit sie im Besteuerungszeitraum (§ 16 Abs. 1 Satz 2) als Steuerschuldner ausschließlich elektronische Leistungen nach § 3a Abs. 5 im Gemeinschaftsgebiet erbracht und für diese Umsätze von § 18 Abs. 4c Gebrauch gemacht haben oder diese Umsätze in einem anderen Mitgliedstaat erklärt sowie die darauf entfallende Steuer entrichtet haben; Voraussetzung ist, dass die Vorsteuerbeträge im Zusammenhang mit elektronischen Leistungen nach § 3a Abs. 5 stehen.

(10) Zur Sicherung des Steueranspruchs in Fällen des innergemeinschaftlichen Erwerbs neuer motorbetriebener Landfahrzeuge und neuer Luftfahrzeuge (§ 1b Abs. 2 und 3) gilt Folgendes:
1. Die für die Zulassung oder die Registrierung von Fahrzeugen zuständigen Behörden sind verpflichtet, den für die Besteuerung des innergemeinschaftlichen Erwerbs neuer Fahrzeuge zuständigen Finanzbehörden ohne Ersuchen Folgendes mitzuteilen:
   a) bei neuen motorbetriebenen Landfahrzeugen die erstmalige Ausgabe von Zulassungsbescheinigungen Teil II oder die erstmalige Zuteilung eines amtlichen Kennzeichens bei zulassungsfreien Fahrzeugen. [2]Gleichzeitig sind die in Nummer 2 Buchstabe a bezeichneten Daten

und das zugeteilte amtliche Kennzeichen oder, wenn dieses noch nicht zugeteilt worden ist, die Nummer der Zulassungsbescheinigung Teil II zu übermitteln,

b) bei neuen Luftfahrzeugen die erstmalige Registrierung dieser Luftfahrzeuge. [2]Gleichzeitig sind die in Nummer 3 Buchstabe a bezeichneten Daten und das zugeteilte amtliche Kennzeichen zu übermitteln. [3]Als Registrierung im Sinne dieser Vorschrift gilt nicht die Eintragung eines Luftfahrzeugs in das Register für Pfandrechte an Luftfahrzeugen.

2. In den Fällen des innergemeinschaftlichen Erwerbs neuer motorbetriebener Landfahrzeuge (§ 1b Absatz 2 Satz 1 Nummer 1 und Absatz 3 Nummer 1) gilt Folgendes:

a) [1]Bei der erstmaligen Ausgabe einer Zulassungsbescheinigung Teil II im Inland oder bei der erstmaligen Zuteilung eines amtlichen Kennzeichens für zulassungsfreie Fahrzeuge im Inland hat der Antragsteller die folgenden Angaben zur Übermittlung an die Finanzbehörden zu machen:

aa) den Namen und die Anschrift des Antragstellers sowie das für ihn zuständige Finanzamt (§ 21 der Abgabenordnung),

bb) den Namen und die Anschrift des Lieferers,

cc) den Tag der Lieferung,

dd) den Tag der ersten Inbetriebnahme,

ee) den Kilometerstand am Tag der Lieferung,

ff) die Fahrzeugart, den Fahrzeughersteller, den Fahrzeugtyp und die Fahrzeug-Identifizierungsnummer,

gg) den Verwendungszweck.

[2]Der Antragsteller ist zu den Angaben nach den Doppelbuchstaben aa und bb auch dann verpflichtet, wenn er nicht zu den in § 1a Absatz 1 Nummer 2 und § 1b Absatz 1 genannten Personen gehört oder wenn Zweifel daran bestehen, dass die Eigenschaften als neues Fahrzeug im Sinne des § 1b Absatz 3 Nummer 1 vorliegen. [3]Die Zulassungsbehörde darf die Zulassungsbescheinigung Teil II oder bei zulassungsfreien Fahrzeugen, die nach § 4 Absatz 2 und 3 der Fahrzeug-Zulassungsverordnung ein amtliches Kennzeichen führen, die Zulassungsbescheinigung Teil I erst aushändigen, wenn der Antragsteller die vorstehenden Angaben gemacht hat.

b) [1]Ist die Steuer für den innergemeinschaftlichen Erwerb nicht entrichtet worden, hat die Zulassungsbehörde auf Antrag des Finanzamts die Zulassungsbescheinigung Teil I für ungültig zu erklären und das amtliche Kennzeichen zu entstempeln. [2]Die Zulassungsbehörde trifft die hierzu erforderlichen Anordnungen durch schriftlichen Verwaltungsakt (Abmeldungsbescheid). [3]Das Finanzamt kann die Abmeldung von Amts wegen auch selbst durchführen, wenn die Zulassungsbehörde das Verfahren noch nicht eingeleitet hat. [4]Satz 2 gilt entsprechend. [5]Das Finanzamt teilt die durchgeführte Abmeldung unverzüglich der Zulassungsbehörde mit und händigt dem Fahrzeughalter die vorgeschriebene Bescheinigung über die Abmeldung aus. [6]Die Durchführung der Abmeldung von Amts wegen richtet sich nach dem Verwaltungsverfahrensgesetz. [7]Für Streitigkeiten über Abmeldungen von Amts wegen ist der Verwaltungsrechtsweg gegeben.

3. In den Fällen des innergemeinschaftlichen Erwerbs neuer Luftfahrzeuge (§ 1b Abs. 2 Satz 1 Nr. 3 und Abs. 3 Nr. 3) gilt Folgendes:

a) [1]Bei der erstmaligen Registrierung in der Luftfahrzeugrolle hat der Antragsteller die folgenden Angaben zur Übermittlung an die Finanzbehörden zu machen:

aa) den Namen und die Anschrift des Antragstellers sowie das für ihn zuständige Finanzamt (§ 21 der Abgabenordnung),
bb) den Namen und die Anschrift des Lieferers,
cc) den Tag der Lieferung,
dd) das Entgelt (Kaufpreis),
ee) den Tag der ersten Inbetriebnahme,
ff) die Starthöchstmasse,
gg) die Zahl der bisherigen Betriebsstunden am Tag der Lieferung,
hh) den Flugzeughersteller und den Flugzeugtyp,
ii) den Verwendungszweck.

[2]Der Antragsteller ist zu den Angaben nach Satz 1 Doppelbuchstabe aa und bb auch dann verpflichtet, wenn er nicht zu den in § 1a Abs. 1 Nr. 2 und § 1b Abs. 1 genannten Personen gehört oder wenn Zweifel daran bestehen, ob die Eigenschaften als neues Fahrzeug im Sinne des § 1b Abs. 3 Nr. 3 vorliegen. [3]Das Luftfahrt-Bundesamt darf die Eintragung in der Luftfahrzeugrolle erst vornehmen, wenn der Antragsteller die vorstehenden Angaben gemacht hat.

b) [1]Ist die Steuer für den innergemeinschaftlichen Erwerb nicht entrichtet worden, so hat das Luftfahrt-Bundesamt auf Antrag des Finanzamts die Betriebserlaubnis zu widerrufen. [2]Es trifft die hierzu erforderlichen Anordnungen durch schriftlichen Verwaltungsakt (Abmeldungsbescheid). [3]Die Durchführung der Abmeldung von Amts wegen richtet sich nach dem Verwaltungsverfahrensgesetz. [4]Für Streitigkeiten über Abmeldungen von Amts wegen ist der Verwaltungsrechtsweg gegeben.

(11) **[1]Die für die Steueraufsicht zuständigen Zolldienststellen wirken an der umsatzsteuerlichen Erfassung von Personenbeförderungen mit nicht im Inland zugelassenen Kraftomnibussen mit. [2]Sie sind berechtigt, im Rahmen von zeitlich und örtlich begrenzten Kontrollen die nach ihrer äußeren Erscheinung nicht im Inland zugelassenen Kraftomnibusse anzuhalten und die tatsächlichen und rechtlichen Verhältnisse festzustellen, die für die Umsatzsteuer maßgebend sind, und die festgestellten Daten den zuständigen Finanzbehörden zu übermitteln.**

(12) **[1]Im Ausland ansässige Unternehmer (§ 13b Absatz 7), die grenzüberschreitende Personenbeförderungen mit nicht im Inland zugelassenen Kraftomnibussen durchführen, haben dies vor der erstmaligen Ausführung derartiger auf das Inland entfallender Umsätze (§ 3b Abs. 1 Satz 2) bei dem für die Umsatzbesteuerung zuständigen Finanzamt anzuzeigen, soweit diese Umsätze nicht der Beförderungseinzelbesteuerung (§ 16 Abs. 5) unterliegen. [2]Das Finanzamt erteilt hierüber eine Bescheinigung. [3]Die Bescheinigung ist während jeder Fahrt mitzuführen und auf Verlangen den für die Steueraufsicht zuständigen Zolldienststellen vorzulegen. [4]Bei Nichtvorlage der Bescheinigung können diese Zolldienststellen eine Sicherheitsleistung nach den abgabenrechtlichen Vorschriften in Höhe der für die einzelne Beförderungsleistung voraussichtlich zu entrichtenden Steuer verlangen. [5]Die entrichtete Sicherheitsleistung ist auf die nach Absatz 3 Satz 1 zu entrichtende Steuer anzurechnen.**

Umsatzsteuer-Durchführungsverordnung:

Dauerfristverlängerung

§ 46 Fristverlängerung

[1]Das Finanzamt hat dem Unternehmer auf Antrag die Fristen für die Übermittelung der Voranmeldungen und für die Entrichtung der Vorauszahlungen (§ 18 Abs. 1, 2 und 2a des Gesetzes) um einen Monat zu

verlängern. [2]Das Finanzamt hat den Antrag abzulehnen oder eine bereits gewährte Fristverlängerung zu widerrufen, wenn der Steueranspruch gefährdet erscheint.

§ 47 Sondervorauszahlung

(1) [1]Die Fristverlängerung ist bei einem Unternehmer, der die Voranmeldungen monatlich zu übermitteln hat, unter der Auflage zu gewähren, dass dieser eine Sondervorauszahlung auf die Steuer eines jeden Kalenderjahres entrichtet. [2]Die Sondervorauszahlung beträgt ein Elftel der Summe der Vorauszahlungen für das vorangegangene Kalenderjahr.

(2) [1]Hat der Unternehmer seine gewerbliche oder berufliche Tätigkeit nur in einem Teil des vorangegangenen Kalenderjahres ausgeübt, so ist die Summe der Vorauszahlungen dieses Zeitraums in eine Jahressumme umzurechnen. [2]Angefangene Kalendermonate sind hierbei als volle Kalendermonate zu behandeln.

(3) Hat der Unternehmer seine gewerbliche oder berufliche Tätigkeit im laufenden Kalenderjahr begonnen, so ist die Sondervorauszahlung auf der Grundlage der zu erwartenden Vorauszahlungen dieses Kalenderjahres zu berechnen.

§ 48 Verfahren

(1) [1]Der Unternehmer hat die Fristverlängerung für die Übermittelung der Voranmeldungen bis zu dem Zeitpunkt zu beantragen, an dem die Voranmeldung, für die die Fristverlängerung erstmals gelten soll, nach § 18 Abs. 1, 2 und 2a des Gesetzes zu übermitteln ist. [2]Der Antrag ist nach amtlich vorgeschriebenem Datensatz durch Datenfernübertragung [bis 31. 12. 2016: nach Maßgabe der Steuerdaten-Übermittlungsverordnung] zu übermitteln. [3]Auf Antrag kann das Finanzamt zur Vermeidung von unbilligen Härten auf eine elektronische Übermittlung verzichten; in diesem Fall hat der Unternehmer einen Antrag nach amtlich vorgeschriebenem Vordruck zu stellen. [4]In dem Antrag hat der Unternehmer, der die Voranmeldungen monatlich zu übermitteln hat, die Sondervorauszahlung (§ 47) selbst zu berechnen und anzumelden. [5]Gleichzeitig hat er die angemeldete Sondervorauszahlung zu entrichten.

(2) [1]Während der Geltungsdauer der Fristverlängerung hat der Unternehmer, der die Voranmeldungen monatlich zu übermitteln hat, die Sondervorauszahlung für das jeweilige Kalenderjahr bis zum gesetzlichen Zeitpunkt der Übermittelung der ersten Voranmeldung zu berechnen, anzumelden und zu entrichten. [2]Absatz 1 Satz 2 und 3 gilt entsprechend.

(3) Das Finanzamt kann die Sondervorauszahlung festsetzen, wenn sie vom Unternehmer nicht oder nicht richtig berechnet wurde oder wenn die Anmeldung zu einem offensichtlich unzutreffenden Ergebnis führt.

(4) Die festgesetzte Sondervorauszahlung ist bei der Festsetzung der Vorauszahlung für den letzten Voranmeldungszeitraum des Besteuerungszeitraums anzurechnen, für den die Fristverlängerung gilt.

Verzicht auf die Steuererhebung

§ 49 Verzicht auf die Steuererhebung im Börsenhandel mit Edelmetallen

Auf die Erhebung der Steuer für die Lieferungen von Gold, Silber und Platin sowie für die sonstigen Leistungen im Geschäft mit diesen Edelmetallen wird verzichtet, wenn

1. *die Umsätze zwischen Unternehmern ausgeführt werden, die an einer Wertpapierbörse im Inland mit dem Recht zur Teilnahme am Handel zugelassen sind,*
2. *die bezeichneten Edelmetalle zum Handel an einer Wertpapierbörse im Inland zugelassen sind und*
3. *keine Rechnungen mit gesondertem Ausweis der Steuer erteilt werden.*

§ 50 (weggefallen)

Besteuerung im Abzugsverfahren

§§ 51 bis 58 (weggefallen)

Vergütung der Vorsteuerbeträge in einem besonderen Verfahren

§ 59 Vergütungsberechtigte Unternehmer

[1]Die Vergütung der abziehbaren Vorsteuerbeträge (§ 15 des Gesetzes) an im Ausland ansässige Unternehmer ist abweichend von den §§ 16 und 18 Abs. 1 bis 4 des Gesetzes nach den §§ 60 bis 61a durchzuführen, wenn der Unternehmer im Vergütungszeitraum

1. *im Inland keine Umsätze im Sinne des § 1 Abs. 1 Nr. 1 und 5 des Gesetzes oder nur steuerfreie Umsätze im Sinne des § 4 Nr. 3 des Gesetzes ausgeführt hat,*
2. *nur Umsätze ausgeführt hat, für die der Leistungsempfänger die Steuer schuldet (§ 13b des Gesetzes) oder die der Beförderungseinzelbesteuerung (§ 16 Abs. 5 und § 18 Abs. 5 des Gesetzes) unterlegen haben,*
3. *im Inland nur innergemeinschaftliche Erwerbe und daran anschließende Lieferungen im Sinne des § 25b Abs. 2 des Gesetzes ausgeführt hat,*
4. *im Inland als Steuerschuldner nur Umsätze im Sinne des § 3a Abs. 5 des Gesetzes erbracht hat und von dem Wahlrecht nach § 18 Abs. 4c des Gesetzes Gebrauch gemacht hat oder diese Umsätze in einem anderen Mitgliedstaat erklärt sowie die darauf entfallende Steuer entrichtet hat oder*
5. *im Inland als Steuerschuldner nur Umsätze im Sinne des § 3a Absatz 5 des Gesetzes erbracht hat und von dem Wahlrecht nach § 18 Absatz 4e des Gesetzes Gebrauch gemacht hat.*

[2]Ein im Ausland ansässiger Unternehmer im Sinne des Satzes 1 ist ein Unternehmer, der im Inland, auf der Insel Helgoland und in einem der in § 1 Absatz 3 des Gesetzes bezeichneten Gebiete weder einen Wohnsitz, seinen gewöhnlichen Aufenthalt, seinen Sitz, seine Geschäftsleitung noch eine Betriebsstätte hat; ein im Ausland ansässiger Unternehmer ist auch ein Unternehmer, der

1. *ausschließlich einen Wohnsitz oder seinen gewöhnlichen Aufenthalt im Inland hat,*
2. *ausschließlich eine Betriebsstätte im Inland hat, von der aus keine Umsätze ausgeführt werden,*

aber im Ausland seinen Sitz, seine Geschäftsleitung oder eine Betriebsstätte hat, von der aus Umsätze ausgeführt werden. [3]Maßgebend für die Ansässigkeit ist der jeweilige Vergütungszeitraum im Sinne des § 60, für den der Unternehmer eine Vergütung beantragt.

§ 60 Vergütungszeitraum

[1]Vergütungszeitraum ist nach Wahl des Unternehmers ein Zeitraum von mindestens drei Monaten bis zu höchstens einem Kalenderjahr. [2]Der Vergütungszeitraum kann weniger als drei Monate umfassen, wenn es sich um den restlichen Zeitraum des Kalenderjahres handelt. [3]Hat der Unternehmer einen Vergütungszeitraum von mindestens drei Monaten nach Satz 1 gewählt, kann er daneben noch einen Vergütungsantrag für das Kalenderjahr stellen. [4]In den Antrag für den Zeitraum nach Satz 2 können auch abziehbare Vorsteuerbeträge aufgenommen werden, die in vorangegangene Vergütungszeiträume des betreffenden Jahres fallen.

§ 61 Vergütungsverfahren für im übrigen Gemeinschaftsgebiet ansässige Unternehmer

(1) Der im übrigen Gemeinschaftsgebiet ansässige Unternehmer hat den Vergütungsantrag nach amtlich vorgeschriebenem Datensatz durch Datenfernübertragung [bis 31. 12. 2016: nach Maßgabe der Steuerdaten-Übermittlungsverordnung] über das in dem Mitgliedstaat, in dem der Unternehmer ansässig ist, eingerichtete elektronische Portal dem Bundeszentralamt für Steuern zu übermitteln.

(2) [1]Die Vergütung ist binnen neun Monaten nach Ablauf des Kalenderjahres, in dem der Vergütungsanspruch entstanden ist, zu beantragen. [2]Der Unternehmer hat die Vergütung selbst zu berechnen. [3]Dem Vergütungsantrag sind auf elektronischem Weg die Rechnungen und Einfuhrbelege als eingescannte Originale beizufügen, wenn das Entgelt für den Umsatz oder die Einfuhr mindestens 1000 Euro, bei Rechnungen über den Bezug von Kraftstoffen mindestens 250 Euro beträgt. [4]Bei begründeten Zweifeln an dem Recht auf Vorsteuerabzug in der beantragten Höhe kann das Bundeszentralamt für Steuern verlangen, dass die Vorsteuerbeträge durch Vorlage von Rechnungen und Einfuhrbelegen im Original nachgewiesen werden.

(3) [1]Die beantragte Vergütung muss mindestens 400 Euro betragen. [2]Das gilt nicht, wenn der Vergütungszeitraum das Kalenderjahr oder der letzte Zeitraum des Kalenderjahres ist. [3]Für diese Vergütungszeiträume muss die beantragte Vergütung mindestens 50 Euro betragen.

(4) [1]Der Bescheid über die Vergütung von Vorsteuerbeträgen ist in elektronischer Form zu übermitteln. [2]§ 87a Abs. 4 Satz 2 der Abgabenordnung ist nicht anzuwenden.

(5) [1]Der nach § 18 Abs. 9 des Gesetzes zu vergütende Betrag ist zu verzinsen. [2]Der Zinslauf beginnt mit Ablauf von vier Monaten und zehn Werktagen nach Eingang des Vergütungsantrags beim Bundeszentral-

amt für Steuern. ³Übermittelt der Antragsteller Rechnungen oder Einfuhrbelege als eingescannte Originale abweichend von Absatz 2 Satz 3 nicht zusammen mit dem Vergütungsantrag, sondern erst zu einem späteren Zeitpunkt, beginnt der Zinslauf erst mit Ablauf von vier Monaten und zehn Tagen nach Eingang dieser eingescannten Originale beim Bundeszentralamt für Steuern. ⁴Hat das Bundeszentralamt für Steuern zusätzliche oder weitere zusätzliche Informationen angefordert, beginnt der Zinslauf erst mit Ablauf von zehn Werktagen nach Ablauf der Fristen in Artikel 21 der Richtlinie 2008/9/EG des Rates vom 12. Februar 2008 zur Regelung der Erstattung der Mehrwertsteuer gemäß der Richtlinie 2006/112/EG an nicht im Mitgliedstaat der Erstattung, sondern in einem anderen Mitgliedstaat ansässige Steuerpflichtige (ABl. EU Nr. L 44 S. 23). ⁵Der Zinslauf endet mit erfolgter Zahlung des zu vergütenden Betrages; die Zahlung gilt als erfolgt mit dem Tag der Fälligkeit, es sei denn, der Unternehmer weist nach, dass er den zu vergütenden Betrag später erhalten hat. ⁶Wird die Festsetzung oder Anmeldung der Steuervergütung geändert, ist eine bisherige Zinsfestsetzung zu ändern; § 233 a Abs. 5 der Abgabenordnung gilt entsprechend. ⁷Für die Höhe und Berechnung der Zinsen gilt § 238 der Abgabenordnung. ⁸Auf die Festsetzung der Zinsen ist § 239 der Abgabenordnung entsprechend anzuwenden. ⁹Bei der Festsetzung von Prozesszinsen nach § 236 der Abgabenordnung sind Zinsen anzurechnen, die für denselben Zeitraum nach den Sätzen 1 bis 5 festgesetzt wurden.

(6) Ein Anspruch auf Verzinsung nach Absatz 5 besteht nicht, wenn der Unternehmer einer Mitwirkungspflicht nicht innerhalb einer Frist von einem Monat nach Zugang einer entsprechenden Aufforderung des Bundeszentralamtes für Steuern nachkommt.

§ 61a Vergütungsverfahren für nicht im Gemeinschaftsgebiet ansässige Unternehmer

(1) ¹Der nicht im Gemeinschaftsgebiet ansässige Unternehmer hat den Vergütungsantrag nach amtlich vorgeschriebenem Datensatz durch Datenfernübertragung an das Bundeszentralamt für Steuern zu übermitteln. ²Auf Antrag kann das Bundeszentralamt für Steuern zur Vermeidung von unbilligen Härten auf eine elektronische Übermittlung verzichten. ³In diesem Fall hat der nicht im Gemeinschaftsgebiet ansässige Unternehmer die Vergütung nach amtlich vorgeschriebenem Vordruck beim Bundeszentralamt für Steuern zu beantragen und den Vergütungsantrag eigenhändig zu unterschreiben.

(2) ¹Die Vergütung ist binnen sechs Monaten nach Ablauf des Kalenderjahres, in dem der Vergütungsanspruch entstanden ist, zu beantragen. ²Der Unternehmer hat die Vergütung selbst zu berechnen. ³Die Vorsteuerbeträge sind durch Vorlage von Rechnungen und Einfuhrbelegen im Original nachzuweisen.

(3) ¹Die beantragte Vergütung muss mindestens 1000 Euro betragen. ²Das gilt nicht, wenn der Vergütungszeitraum das Kalenderjahr oder der letzte Zeitraum des Kalenderjahres ist. ³Für diese Vergütungszeiträume muss die beantragte Vergütung mindestens 500 Euro betragen.

(4) Der Unternehmer muss der zuständigen Finanzbehörde durch behördliche Bescheinigung des Staates, in dem er ansässig ist, nachweisen, dass er als Unternehmer unter einer Steuernummer eingetragen ist.

Sondervorschriften für die Besteuerung bestimmter Unternehmer

§ 62 Berücksichtigung von Vorsteuerbeträgen, Belegnachweis

(1) Ist bei den in § 59 genannten Unternehmern die Besteuerung nach § 16 und § 18 Abs. 1 bis 4 des Gesetzes durchzuführen, so sind hierbei die Vorsteuerbeträge nicht zu berücksichtigen, die nach § 59 vergütet worden sind.

(2) Die abziehbaren Vorsteuerbeträge sind in den Fällen des Absatzes 1 durch Vorlage der Rechnungen und Einfuhrbelege im Original nachzuweisen.

§ 74a Übergangsvorschriften

(1) Die §§ 59 bis 61 in der Fassung des Artikels 8 des Gesetzes vom 19. Dezember 2008 (BGBl. I S. 2794) und § 61 a sind auf Anträge auf Vergütung von Vorsteuerbeträgen anzuwenden, die nach dem 31. Dezember 2009 gestellt werden.

(2)–(4) …

EU-Recht: Art. 20 MwStSystRL (Art. 28 a Abs. 3 UAbs. 1 und 2 6. EG-RL),
Art. 170 MwStSystRL (Art. 28 f Abs. 3 Buchst. a, b und c 6. EG-RL),

Art. 171 MwStSystRL (Art. 28f Abs. 4 UAbs. 1 1. und 2. Gedankenstrich UAbs. 2 Buchst. a bis c 6. EG-RL),
Art. 206 MwStSystRL (Art. 22 (28h) Abs. 5 6. EG-RL),
Art. 209 MwStSystRL (Art. 22 (28h) Abs. 10 6. EG-RL),
Art. 210 MwStSystRL (Art. 22 (28h) Abs. 11 6. EG-RL),
Art. 250 MwStSystRL (Art. 22 (28h) Abs. 4 Buchst. a Satz 5 und Buchst. b 6. EG-RL),
Art. 252 MwStSystRL (Art. 22 (28h) Abs. 4 Buchst. a Satz 1 bis 4 6. EG-RL),
Art. 254 MwStSystRL (Art. 22 (28h) Abs. 6 Buchst. d 6. EG-RL),
Art. 256 MwStSystRL (Art. 22 (28h) Abs. 7 erster Teil des Satzes 6. EG-RL),
Art. 257 MwStSystRL (Art. 22 (28h) Abs. 10 6. EG-RL),
Art. 258 MwStSystRL (Art. 22 (28h) Abs. 11 6. EG-RL),
Art. 259 MwStSystRL (Art. 22 (28h) Abs. 5 Buchst. e UAbs. 2 6. EG-RL),
Art. 261 MwStSystRL (Art. 22 (28h) Abs. 6 Buchst. a Satz 1 bis 3 6. EG-RL),
Art. 273 MwStSystRL (Art. 22 (28h) Abs. 8 UAbs. 1 und 2 6. EG-RL),
Art. 364 MwStSystRL (Art. 26c Teil B Abs. 5 Buchst. a bis d 6. EG-RL),
Art. 365 MwStSystRL (Art. 26c Teil B Abs. 5 UAbs. 2 6. EG-RL),
Art. 367 MwStSystRL (Art. 26c Teil B Abs. 7 Satz 1 bis 3 6. EG-RL),
Art. 368 MwStSystRL (Art. 26c Teil B Abs. 8 6. EG-RL),
Art. 393 MwStSystRL (Art. 28 Abs. 4 und 5 6. EG-RL),
Achte RL 79/1072 EWG vom 6. 12. 1979 (ABl. Nr. L 331 Satz 11, zuletzt geändert durch die MwStSystRL – bis 31. 12. 2009)
RL 2008/9/EG des Rates vom 12. 2. 2008 (ABl. EU Nr. L 44 Satz 23 – ab 1. 1. 2010)
UStAE: 18.1–18.17

Übersicht

I. Überblick

1 Während in § 16 bestimmt wird, wie die Steuer im Einzelnen für den Besteuerungszeitraum Kalenderjahr und bei der Einzelbesteuerung zu berechnen ist, regelt § 18 das Verfahren für die Abgabe von Steuererklärungen, deren Form und Inhalt, die Modalitäten der Selbstberechnung der USt, der Entrichtung der Umsatzsteuer (einschl. der Auszahlung eines etwaigen Überschusses und zwar sowohl für den Besteuerungszeitraum Kalenderjahr als auch für das monatliche oder vierteljährliche sog. Voranmeldungsverfahren) und die Beförderungseinzelbesteuerung im Sinne § 16 Abs. 5. § 18 Abs. 4c und 4d enthält Sonderregelungen für „nichtansässige Unternehmer.“ Ergänzend hierzu gelten auf Grund der Ermächtigungsvorschrift des § 18 Abs. 6, 7 und 9 die Vorschriften der §§ 46–49 und 59–62 UStDV. § 18 Abs. 10 enthält detaillierte Regelungen zur Sicherung der Besteuerung innergemeinschaftlicher Erwerbe neuer Fahrzeuge. § 18 Abs. 12 soll Wettbewerbsnachteile deutscher Unternehmer bei der Personenbeförderung und Steuerausfälle vermeiden.

II. Rechtsentwicklung

2 Die Bestimmung ist im Wesentlichen **gültig ab 1.1.1980.** Gänzlich neu seit diesem Zeitpunkt waren die Bestimmungen über das Abzugsverfahren und das Vergütungsverfahren. Ab 2002 erfolgte für neu gegründete Unternehmen die Pflicht zur Abgabe monatlicher Voranmeldungen. Das Abzugsverfahren hat ab 2002 eine eigenständige gesetzliche Regelung in § 13b erfahren. Durch das StVergAbG wurden im Rahmen der Umsetzung der E-Commerce-Richtlinie die Abs. 4c und 4d und in Abs. 9 Satz 8 eingefügt. Durch das **StÄndG 2003** wurde in Abs. 1 Satz 1 ab 1.1.2005 die **Abgabe der Voranmeldung auf elektronischem Weg** eingeführt. Durch das **SteuerbürokratieabbauG** wurde in § 18 Abs. 1 S. 1 statt des amtlich vorgeschriebenen Vordrucks der amtlich vorgeschriebene Datensatz durch Datenfernübertragung vorgeschrieben. Darüber hinaus wurde (→ Einl. Rn. 8) in § 18 Abs. 2 S. 2 der Betrag 6.136 EUR durch 7.500 EUR ersetzt. In § 18 Abs. 3 S. 3 wurde der Betrag 512 EUR durch 1.000 EUR und in § 18 Abs. 2a S. 1 der Betrag 6.136 EUR durch 7.500 EUR ersetzt.

Weitere Änderungen erfolgen ab **1.1.2010** durch das **JStG 2009.** In § 18 Abs. 9 wird die VO-Ermächtigung zur Regelung des Vergütungsverfahrens dem EU-Recht wie folgt angepasst: Gemäß § 18 Abs. 9 S. 2 ist es Sache des VO-Gebers festzulegen, innerhalb welcher Frist der Vergütungsantrag zu stellen ist (§ 18 Abs. 9 S. 2 Nr. 2), in welchen Fällen der Antragsteller den Antrag eigenhändig zu unterschreiben hat (§ 18 Abs. 9 S. 2 Nr. 3), wie und in welchem Umfang Vorsteuerbeträge durch Vorlage von Rechnungen und Einfuhrbelegen nachzuweisen sind (§ 18 Abs. 9 S. 2 Nr. 4). **Neu** ist die Ermächtigung, dass der **Vergütungsbescheid elektronisch** zu erfolgen hat (§ 18 S. 2 Nr. 5) und die **Verzinsung** der Vergütung (§ 18 Abs. 9 S. 2 Nr. 9). Gemäß § 18 Abs. 9 S. 2 wurden die §§ 59 und 61 UStDV geändert und § 61 a UStDV neu geschaffen.

Durch das **JStG 2010** (BGBl. 2010 I 1768) wurde **§ 18 Abs. 3** geändert. Ab dem 1.1.2011 sind **Umsatzsteuerjahreserklärungen ausschließlich elektronisch** abzugeben (→ Rn. 4). § 18 Abs. 10 Nr. 1 Buchst. a und Abs. 10 Nr. 2 wurden an die neue verkehrsrechtliche Regelung angepasst (→ Rn. 65).

Durch das **KroatienAnpG** vom 25.7.2014 (BGBl. 2014 I 1266) wurde das vereinfachte Besteuerungsverfahren nach **§ 18 Abs. 4c** für nicht im Gemeinschaftsgebiet ansässige Unternehmer, das bislang nur für elektronische Dienstleistungen galt, zum **1.1.2015** erweitert auf Telekommunikations-, Rundfunk- und Fernsehdienstleistungen (→ Rn. 31 a). Ab dem **1.1.2015** können auch im Gemeinschaftsgebiet ansässige Unternehmer von dem vereinfachten Besteuerungsverfahren (Mini-One-Stop-Shop, MOSS) Gebrauch machen. Wenn Deutschland als „einzige Anlaufstelle" gewählt wird, gilt § 18h; wird die „einzige Anlaufstelle" eines übrigen EU-Landes gewählt, **gilt § 18 Abs. 4e** (→ Rn. 35 a).

Mit dem zum **1.1.2015** in Kraft getretenen **ZollkodexAnpG** (BStBl. I 2014, 2417) wurde die Verpflichtung zur Abgabe von monatlichen Voranmeldungen in Neugründungsfällen erweitert auf Vorratsgesellschaften und Firmenmäntel (§ 18 Abs. 2 S. 5).

III. Besteuerungsverfahren

1. Abgabe von Steuererklärungen

3 Grundsätzlich gelten auch die Umsatzsteuererklärungen als Steuererklärungen iSv § 150 AO. Dies gilt sowohl für die Voranmeldung, als auch für die Jahreserklärungen; die Erklärung für einen kürzeren Zeitraum (§ 16 Abs. 1 a, 3 und 4) sowie für Einzel-

steuererklärungen (§ 18 Abs. 5). Zur Abgabe der Erklärungen sind die Unternehmer verpflichtet (§ 149 AO). Die **Steuererklärungspflicht** besteht unabhängig davon, ob nach Auffassung des Steuerpflichtigen steuerbare und steuerpflichtige Umsätze vorliegen (*Treiber* in Sölch/Ringleb § 18 Rn. 9). Von der Erklärungspflicht kann nur im Einzelfall abgewichen werden (zB Bindung der Verwaltung nach Treu und Glauben, vgl. FG München 2 K 1993/10, BeckRS 2013, 96705). „Nichtunternehmer", die Umsatzsteuer zu entrichten haben (Beispiel: § 14c Abs. 2) sind gemäß § 18 Abs. 4b ebenfalls zur Abgabe einer Erklärung verpflichtet. Für „nichtansässige Unternehmer" besteht gemäß § 18 Abs. 4c eine Erklärungspflicht. Im Rahmen des § 13b hat der Leistungsempfänger die Steuererklärung abzugeben. Auch ein Kleinunternehmer (§ 19) muss eine Umsatzsteuer-Jahreserklärung abgeben, damit die Finanzverwaltung prüfen kann, ob der Kleinunternehmerstatus zu Recht in Anspruch genommen wird. (BFH XI R 14/11, DStR 2013, 2622).

Im Falle der **Zwangsverwaltung** eines Grundstücks bleibt Träger der Umsätze und Schuldner der USt der Grundstückseigentümer. Zugleich ist der Zwangsverwalter gemäß § 34 AO verpflichtet, die durch seine Verwaltungstätigkeit begründeten Besteuerungsgrundlagen dem FA mitzuteilen und die entsprechende USt zu entrichten (BFH V R 203/83, BStBl. II 1988, 920). Unterliegen mehrere Grundstücke der Zwangsverwaltung, ist die Umsatzsteuer grundsätzlich für jedes Grundstück gesondert zu ermitteln und anzumelden (BFH V R 44/00, BStBl. II 2002, 171). Zwangsverwaltungen für Unternehmensteilbereiche werden unter einer besonderen Steuernummer geführt (BMF 19.2.1992, BStBl. I 1992, 397).

Der **Insolvenzverwalter** hat in Bezug auf die seiner Verwaltung unterliegenden Masse der Erklärungspflicht nachzukommen (BFH V R 87/99, BStBl. II 2000, 639; VII B 104/07, BFH/NV 2008, 334). Dies gilt auch für den **„starken" vorläufigen Insolvenzverwalter** (BFH VIII B 346/04, BFH/NV 2010, 56), nicht aber für den **„schwachen" vorläufigen Insolvenzverwalter** (BFH VII B 156/08, BFH/NV 2009, 1591).

Ein **„Strohmann"**-Geschäftsführer ist als Verfügungsberechtigter iSd § 35 AO ebenso erklärungspflichtig wie ein **„faktischer Geschäftsführer"** (BGH 1 StR 105/10, BeckRS 2010, 10699 und BFH V R 13/09, BFH/NV 2011, 81).

2. Form der Steuererklärungen

4 Ab dem 1.1.2005 ist für **Umsatzsteuervoranmeldungen** die **elektronische Übermittlung** nach Maßgabe der Steuerdaten-Übermittlungsverordnung (StDÜV) gemäß § 18 Abs. 1 S. 1 verpflichtend vorgeschrieben. Ab dem 1.1.2011 gilt die Pflicht zur **elektronischen Übermittlung** auch für die **Umsatzsteuerjahreserklärung** (§ 18 Abs. 3 S. 1). Die Verpflichtung eines Unternehmers, seine Umsatzsteuer-Voranmeldungen und Jahreserklärungen dem Finanzamt grundsätzlich durch Datenfernübertragung elektronisch zu übermitteln, ist trotz der Problematik der Datensicherheit im Internet (NSA-Affäre) verfassungsgemäß (BFH V B 158/14, BFH/NV 2015, 1115).

Die elektronische Übermittlung hat durch **amtlich vorgeschriebenen Datensatz** zu erfolgen. Maßgebend war insoweit bis zum 31.12.2016 die Steuerdaten-Übermittlungsverordnung (StDÜV). Ab dem **1.1.2017** enthalten die **§§ 72a Abs. 1–3, 87a Abs. 6, 87b–87d AO entsprechende Regelungen.** Die Finanzverwaltung stellt für die Übermittlung das Programm „ElsterFormular" und das **„ElsterOnline"-Portal zur Verfügung** (www.elsteronline.de). Bei der **Datenübertragung** ist **nach § 150 Abs. 6 S. 3 AO** ein **sicheres Verfahren** zu verwenden. Die Authentifizierung kann zB durch den **elektronischen Personalausweis** oder eine **elektronische Signatur** des Steuerpflichtigen erfolgen. Daneben bietet die Finanzverwaltung eine Autorisierung mittels einer **Signaturkarte,** eines **Sicherheitssticks** oder eines **Software-Zertifikats mit persönlicher Identifikations-**

nummer (PIN) an. Zur **Vermeidung unbilliger Härten** kann das FA nach § 18 Abs. 1 S. 2 auf Antrag im Einzelfall auf die **elektronische Übermittlung verzichten.** Wann eine „unbillige Härte" anzunehmen ist, regelt seit dem 1.1.2009 § 150 Abs. 8 AO. Voraussetzung ist danach, dass die elektronische Übermittlung für den Steuerpflichtigen **wirtschaftlich oder persönlich unzumutbar** ist. Hiervon ist auszugehen,

- wenn der Unternehmer nicht im Besitz entsprechender technischer Einrichtungen ist und eine Anschaffung derselben mit einem nicht unerheblichen finanziellen Aufwand verbunden wäre, oder
- der Unternehmer nach seinen individuellen Kenntnissen und Fähigkeiten die Möglichkeiten der Datenfernübertragung nicht nutzen kann.

Zumindest bei der Erzielung von nicht unerheblichen Gewinnen erscheint es **wirtschaftlich zumutbar,** dem Steuerpflichtigen die Herstellung und Nutzung eines Internetanschlusses aufzugeben (BFH XI R 33/09, BStBl. II 2012, 477; FG Bremen 2 K 12/14 (2), EFG 2014, 1732). Beachtet man die doch recht geringen Kosten für einen solchen Internetanschluss (nicht für die Herstellung eines unternehmensinternen Netzwerkes), so erscheint es sogar im Regelfall heute grundsätzlich wirtschaftlich vertretbar, eine wirtschaftliche Unzumutbarkeit insoweit zu verneinen (*Nöcker* jurisPR-SteuerR 26/2012 Rn. 6). Die Rechtsprechung des FG Hmb (II 51/05, EFG 2005, 992) und des NdsFG (5 K 303/08, EFG 2009, 1069) ist mit der Einfügung des § 150 Abs. 8 AO zum 1.1.2009 überholt.

3. Selbstberechnung der Steuer

Grundsätzlich hat der Unternehmer nicht nur alle besteuerungserheblichen Fakten 5
in der jeweiligen Steuererklärung anzugeben, sondern er muss auch die Umsatzsteuer **selbst berechnen** (§ 18 Abs. 1, 3) und zwar sowohl den auf seine Umsätze entfallenden Steuerbetrag als auch die anzurechnende Vorsteuer und die sich danach ergebende Zahlungsschuld oder den Überschuss. Ausgenommen hiervon sind **Einzelsteuererklärungen** gemäß § 18 Abs. 5, wonach der Beförderer lediglich eine Steuererklärung nach amtlich vorgeschriebenem Vordruck in zwei Stücken bei der zuständigen Zolldienststelle abzugeben hat. Diese setzt sodann die Steuer fest (→ Rn. 26).

4. Festsetzung der Steuer

Sowohl die Abgabe einer Voranmeldung als auch die Anmeldung im Vergütungs- 6
verfahren gelten jeweils als Steuererklärung und entsprechen mit Einreichung an das FA einer Steuerfestsetzung unter Vorbehalt iSv § 168 AO. Ergibt sich nach der Erklärung ein Steuerüberschuss (Vorsteuerüberhang), so bedarf es zur Auszahlung der Zustimmung des FA. Die **Zustimmung** ist ein VA (BFH V R 42/01, BStBl. II 2002, 642), der keiner besonderen Form bedarf (§ 168 S. 3 AO), sie kann schriftlich, (fern-) mündlich oder in anderer Form, aber auch stillschweigend (zB durch Auszahlung des Erstattungsbetrages) erfolgen (BFH V R 29/02, BStBl. II 2003, 904). Mit dem Bekanntwerden der Zustimmung beginnt die Einspruchsfrist (§ 355 Abs. 1 S. 2 AO). Wird die Zustimmung schriftlich oder elektronisch erteilt, muss eine Rechtsbehelfsbelehrung erfolgen, andernfalls gilt die Jahresfrist nach § 356 Abs. 2 AO (BFH V R 29/02, BStBl. II 2003, 904). Ist die Zustimmung nicht erforderlich, beginnt die Monatsfrist für den Einspruch mit dem Bekanntwerden der Zustimmung (Auszahlung des Erstattungsbetrages oÄ). Einer Rechtsbehelfsbelehrung bedarf es in diesen Fällen nicht, wegen § 164 Abs. 2 AO kann die Steuerfestsetzung jederzeit geändert werden (BFH V B 104/97, BFH/NV 1998, 1548).

5. Entrichtung der Steuer

7 Die selbst berechnete Steuer (→ Rn. 5) ist im Falle von Voranmeldungen am **10. Tag** nach Ablauf des Voranmeldungszeitraums **fällig** (§ 18 Abs. 1 S. 4). Dies gilt auch dann, wenn die Vorauszahlung vom FA wegen Nichtabgabe der Voranmeldung oder wegen Abweichung von der Voranmeldung festgesetzt wird (*Treiber* in Sölch/Ringleb § 18 Rn. 30; *Klein* AO § 220 Rn. 14; BFH VII R 3/97, BStBl. II 2000, 46; offengelassen: BFH VII R 45/03, BFH/NV 2004, 1127; aA *Birkenfeld* HdB II § 210 Rn. 172 und *Stadie* in Rau/Dürrwächter § 18 Rn. 1303 – keine Fälligkeit vor Bekanntgabe des USt-Vorauszahlungsbescheids). Die FVerw gewährt bei einer von der Voranmeldung abweichenden höheren Steuerfestsetzung für den nachzuzahlenden Differenzbetrag allerdings eine Zahlungsfrist iSd § 220 Abs. 2 AO (Einführungserlass zu § 168 AO). Berechnet der Unternehmer die zu entrichtende Steuer oder den Überschuss in der Steueranmeldung für das Kalenderjahr abweichend von der Summe der Vorauszahlungen, so ist der Unterschiedsbetrag zugunsten des FA einen Monat nach dem Eingang der Steueranmeldung fällig (§ 18 Abs. 4 S. 1). Setzt das FA die zu entrichtende Umsatzsteuer oder den Vorsteuerüberschuss abweichend von der Steueranmeldung für das Kalenderjahr fest, so ist der Unterschiedsbetrag zugunsten des FA einen Monat nach der Bekanntgabe des Steuerbescheids fällig (Satz 2). Die Fälligkeit der Vorauszahlungen (= rückständige Vorauszahlungen) wird durch die Abgabe der Jahressteuererklärung bzw. die Festsetzung der Jahressteuer indes nicht aufgehoben (§ 18 Abs. 4 S. 3; siehe BFH VII R 144/92, BStBl. II 1995, 862 und VII B 107/95, BStBl. II 1995, 916).

Gemäß § 18 Abs. 3 hat der Unternehmer nicht nur für das Kalenderjahr, sondern auch für den evtl. kürzeren Besteuerungszeitraum eine Steuererklärung nach amtlich vorgeschriebenem Vordruck abzugeben, in der er die zu entrichtende USt- oder den Vorsteuerüberschuss, der sich zu seinen Gunsten ergibt, gemäß § 16 Abs. 1–4 und § 17 zu berechnen hat. In den Fällen des kürzeren Besteuerungszeitraums ist die Steueranmeldung binnen eines Monats nach Ablauf des kürzeren Besteuerungszeitraums (§ 16 Abs. 3 und 4) abzugeben. Seit dem 1.1.2005 ist für Voranmeldungen und seit dem 1.1.2011 für USt-Jahreserklärungen die elektronische Übermittlung vorgeschrieben (vgl. → Rn. 4 mwN).

Die pflichtwidrige Nichtabgabe (oder unrichtige Abgabe) einer Umsatzsteuervoranmeldung führt zu einer **Steuerverkürzung auf Zeit;** die Nichtabgabe (oder unrichtige Abgabe) einer Umsatzsteuerjahreserklärung bewirkt die **endgültige Steuerverkürzung** (BGH 5 StR 686/97, HFR 1998, 932 und BGH 1 StR 859/82, UR 1983, 193 – zum Zeitpunkt der Verfolgungsverjährung).

6. Festsetzung von Verspätungs- und Säumniszuschlägen

8 Bei nicht fristgerechter Abgabe von USt-Anmeldungen kann das FA einen **Verspätungszuschlag** festsetzen (§ 152 AO), wenn die Vorauszahlung mehr als 0 EUR beträgt (BFH VIII R 73/84, BStBl. II 1989, 955). Der Verspätungszuschlag ist auf der **Grundlage der festgesetzten Jahressteuer** und nicht nach Maßgabe des Unterschiedsbetrages nach § 18 Abs. 4 festzusetzen (BFH XI B 50/13, BFH/NV 2014, 295). Wenn sowohl die USt-Voranmeldungen als auch die USt-Jahreserklärung verspätet abgegeben werden, kann für jedes Verfahren ein Verspätungszuschlag festgesetzt werden (BFH XI R 73/94, BStBl. II 1996, 259). Wegen der Verpflichtung zur elektronischen Abgabe der Voranmeldungen kann ein Verspätungszuschlag auch festgesetzt werden, wenn die Voranmeldung auf Papier eingereicht wird, ohne dass hierfür die Voraussetzungen der Härtefallregelung nach § 150 Abs. 8 AO vorliegen (FG Nürnberg 2 V 676/14, EFG 2014, 1846; FG Bln-Bbg 7 V 7195/15, BeckRS 2015, 95943 – bestätigt durch BFH V B 102/15, BFH/NV 2016, 373). Die Anmeldung der **USt-Sondervorauszahlung** nach § 47 UStDV (→ Rn. 20) ist eine Steueran-

meldung. Daher kann das FA als Sanktion gegen die verspätete Erfüllung der Verpflichtung zur Berechnung, Anmeldung und Entrichtung einer Umsatzsteuersondervorauszahlung einen Verspätungszuschlag festsetzen (BFH V R 63/03, BStBl. II 2005, 813). Für einen verspätet gestellten Antrag auf **Dauerfristverlängerung** (vgl. § 18 Abs. 6 iVm § 46 UStDV; auch → Rn. 18ff.) kann kein Verspätungszuschlag festgesetzt werden, weil der Antrag keine „Steuererklärung" iSd § 152 AO darstellt (BFH V R 9/01, DStR 2001, 1252).

Wird die **USt nicht fristgerecht** (bis zum Ablauf des Fälligkeitstages) **entrichtet,** ist für jeden angefangenen Monat der Säumnis ein Säumniszuschlag von 1% auf den rückständigen Betrag zu entrichten. Säumnis tritt nach § 240 Abs. 1 S. 3 AO nicht bereits ab Fälligkeit, sondern erst nach Eingang der Voranmeldung bzw. der Jahreserklärung bei der Finanzbehörde ein. Berichtigt der Unternehmer seine USt-Voranmeldung später und erhöht sich dadurch die Vorauszahlung oder setzt das FA die USt höher fest, so gilt Entsprechendes für den Differenzbetrag. Im Übrigen gelten bzgl. Stundung, Zahlungsaufschub, AdV usw. die einschlägigen Paragraphen der AO (§§ 222, 223, 361 usw.). Bei einer Säumnis bis zu drei Tagen ab Fälligkeit wird kein Säumniszuschlag erhoben, § 240 Abs. 3 AO (sog. Schonfrist, die bei Barzahlung oder Scheckhingabe nicht gilt).

7. Erstattung eines Überschusses

Errechnet der Unternehmer einen Überschuss der Steuer oder setzt das FA einen **9**
Überschuss fest (zB Vorsteuerüberhang), so ist dieser vom FA zu erstatten. Es handelt sich um einen **Steuervergütungsanspruch** iSv § 37 Abs. 1 AO. Ein solcher entsteht mit Ablauf des jeweiligen Voranmeldungszeitraums und wird gemäß § 168 S. 2 AO iVm § 220 Abs. 2 S. 2 AO mit der Bekanntgabe der Steuerfestsetzung fällig (zB durch Auszahlung des Erstattungsbetrages, vgl. BFH XI R 42/94, BStBl. II 1996, 660 und → Rn. 6). Ab 2002 kommt die Anwendung von **§ 18f** in Betracht. Die Auszahlung kann von der Gestellung von Sicherheiten abhängig gemacht werden.

Auch hier gelten bzgl. etwaiger **Aufrechnungsansprüche** des FA usw. die einschlägigen Vorschriften der AO. Wegen der Problematik sog. **Vorsteuerabtretungen** hat der BFH (V R 8/81, BStBl. II 1983, 612) darauf hingewiesen, dass der dem Unternehmer aus § 15 erwachsende **Vorsteuerabzugsanspruch** in die Steuerberechnung gemäß § 16 Abs. 2 eingeht und deshalb **kein eigenständig** abtretbarer **Anspruch** ist. Über den nach Verrechnung verbleibenden **Vorsteuerüberschuss** für den jeweiligen Voranmeldungszeitraum kann durch **Abtretung, Pfändung** oder **Aufrechnung** verfügt werden (vgl. BFH VII R 144/92, BStBl. II 1995, 862 und BFH VII R 98/98, BStBl. II 2000, 486). Die **Fälligkeit** von Vorauszahlungen und die dadurch entstandene Aufrechnungslage werden durch den Jahressteuerbescheid nicht berührt (BFH VII R 144/92, BStBl. II 1995, 862; VII B 107/95, BStBl. II 1995, 916). Allerdings ist die **Aufrechnung aus Vorsteueranmeldungen** nach Erlass des Jahressteuerbescheides nur noch nach Maßgabe der dort festgestellten (endgültigen) Umsatzsteuerschuld möglich (BFH VII B 107/95, BStBl. II 1995, 916; V B 137/89, BFH/NV 1991, 633).

8. Voranmeldungsverfahren (§ 18 Abs. 1)

Eine Voranmeldung ist jeweils für einen Voranmeldungszeitraum abzugeben. Vo- **10**
ranmeldungszeitraum ist grundsätzlich das Kalendervierteljahr (§ 18 Abs. 2 S. 1). Die Voranmeldung ist vom Unternehmer bis zum 10. Tag des darauf folgenden Kalendermonats nach amtlich vorgeschriebenem Vordruck abzugeben. Ab dem 1.1.2005 ist die elektronische Übermittlung der USt-Voranmeldungen nach den Vorgaben der StDÜV grundsätzlich zwingend vorgeschrieben, siehe § 18 Abs. 1 S. 1. Sie hat nach

amtlich vorgeschriebenen Datensatz durch Datenfernübertragung zu erfolgen, → Rn. 4.

Dabei muss die USt unter Berücksichtigung der Bestimmungen des § 16 Abs. 1 und 2 und des § 17 selbst berechnet werden. Umsätze, für die der Leistungsempfänger die USt nach § 13b Abs. 5 S. 1 und 2 schuldet, bleiben unberücksichtigt, UStAE 18.2 Abs. 1 Satz 2. Das Ergebnis dieser Berechnung ist die **Vorauszahlung.** Gibt der Unternehmer eine Voranmeldung nicht ab oder hat er die Vorauszahlung nicht richtig berechnet, so kann das FA die Vorauszahlung festsetzen (§ 18 Abs. 4 S. 2). Die Vorauszahlung ist am 10. Tag nach Ablauf des Voranmeldungszeitraums fällig (vgl. → Rn. 7). Die **Einreichung der Voranmeldung** hat grundsätzlich binnen 10 Tagen nach Ablauf des jeweiligen Voranmeldungszeitraums zu erfolgen. Ist dieser 10. Tag ein Feiertag, Sonntag oder Samstag, so endet die 10-Tages-Frist mit dem Ablauf des nächsten Werktages. Die „Abgabe-Schonfrist" (5 Tage) ist für die ab dem 1.1.2004 endenden Veranlagungszeiträume aufgehoben, BMF 1.4.2003, BStBl. I 2003, 239.

Mit Wirksamkeit der **Jahressteuerfestsetzung erledigen** sich die **Voranmeldungen** (bzw. Vorauszahlungsbescheide) gemäß § 124 Abs. 2 AO („auf andere Weise"). Die Erledigung hat **keine Rückwirkung;** die Voranmeldungen werden nicht aufgehoben, sondern lediglich für die Zukunft durch die Jahressteuerfestsetzung abgelöst (zu den Abgrenzungen siehe BFH VII R 38/08, BStBl. II 2009, 953). Die Fälligkeit von Vorauszahlungen und eine dadurch entstandene Aufrechnungslage werden durch die Jahressteuerfestsetzung ebenso wenig berührt wie eine auf den Vollstreckungstitel des Vorauszahlungsbescheides in der Vergangenheit gestützte Vollstreckungsmaßnahme (BFH VII R 3/97, BStBl. II 2000, 46; vgl. → Rn. 7 und § 18 Abs. 4 S. 3).

Der Jahressteuerbescheid, der während des Einspruch- oder Klageverfahrens gegen einen Vorauszahlungsbescheid ergeht, wird automatisch **Gegenstand des Einspruchs- bzw. Klageverfahrens** (§ 365 Abs. 3 S. 1 bzw. 68 S. 1 AO; siehe BFH V R 35/98, BStBl. II 2000, 454 und BFH V B 103/02, BFH/NV 2004, 502). Das Verfahren über den Vorauszahlungsbescheid kann grundsätzlich nicht auf Antrag in ein **Fortsetzungsfeststellungsverfahren** gemäß § 100 Abs. 1 S. 4 FGO überführt werden (BFH VII B 267/96, BFH/NV 1997, 723; *Wüllenkemper* DStZ 1998, 458). Das **berechtigte Interesse an der Feststellung der Rechtswidrigkeit eines Umsatzsteuer-Vorauszahlungsbescheids** nach Ergehen des ihn erledigenden USt-Jahresbescheids liegt nur in wenigen Fällen vor, insbesondere bei einer Aussetzung der Vollziehung des Vorauszahlungsbescheids, bei einer noch bestehenden Pfändung aufgrund dieses Bescheids, ferner wenn sich bei der Beurteilung der Rechtmäßigkeit des Vorauszahlungsbescheids Fragen stellen, die im Rahmen der Anfechtung des Jahresbescheids nicht geklärt werden können und an deren Klärung ein berechtigtes Interesse des Klägers besteht (BFH XI R 3/09, BFH/NV 2010, 1450).

Die vom Finanzamt gewährte **Aussetzung der Vollziehung** (AdV) von **Vorauszahlungsbescheiden** fällt mit der Jahreserklärung regelmäßig weg, weil die AdV der Jahressteuer nach § 69 Abs. 2 S. 8 FGO (ebenso § 361 Abs. 2 S. 4 AO) auf den Betrag beschränkt ist, der sich nach Anrechnung der festgesetzten Vorauszahlungen ergibt. Diese Beschränkung des vorläufigen Rechtsschutzes erscheint **verfassungsrechtlich (Art. 19 Abs. 4 GG) problematisch** (*Leonard* DB 1999, 2280; *Gräber* FGO § 69 Rn. 48; ebenso *Prätzler* BB 2013, 1825 mwN), ist aber vom BFH ausdrücklich für zulässig erachtet worden (BFH V B 100/01, BFH/NV 2002, 519). Die infolge der Nichtentrichtung der zuvor ausgesetzten Beträge entstehenden **Säumniszuschläge** sind wegen sachlicher Unbilligkeit nach § 227 AO zu erlassen (BFH V R 42/08, BStBl. II 2010, 955).

9. Monatliche Abgabe der Voranmeldungen

Beträgt die Steuer für das vorangegangene Kalenderjahr mehr als 7.500 EUR, so ist der Unternehmer zur monatlichen Abgabe von Voranmeldungen verpflichtet (§ 18 Abs. 2 S. 2). Beginnt der Unternehmer seine Betätigung **erst im laufenden Jahr („Neugründung"),** ist in diesem Jahr und im folgenden Kalenderjahr der Kalendermonat der Voranmeldungszeitraum (§ 18 Abs. 2 S. 4), siehe UStAE 18.7 Abs. 1. Ausreichend ist insoweit der Bezug von Eingangsleistungen zur Ausführung späterer Ausgangsumsätze. Als „Neugründungen" gelten auch die Verschmelzung (§ 2 UmwG), Spaltung (§ 123 UmwG) (→ § 1 Rn. 74f.), Vermögensübertragung (§ 174 UmwG) und Betriebsaufspaltung, soweit durch die Betriebsaufspaltung keine Organschaft begründet wird. **Keine Neugründungsfälle** iSv § 18 Abs. 2 S. 4 sind gewerbliche und berufliche Tätigkeiten, für die keine Umsatzsteuer festzusetzen ist (zB Kleinunternehmer und Landwirte) und die Fälle des Formwechsels (§ 190 UmwG) und des Gesellschafterwechsels, siehe UStAE 18.7 Abs. 1 und 2. **11**

Mit dem zum **1.1.2015** in Kraft getreten **§ 18 Abs. 2 S. 5** (vgl. → Rn. 2) wurde die Verpflichtung zur **Abgabe von monatlichen Voranmeldungen** in Neugründungsfällen erweitert auf **Vorratsgesellschaften** und **Firmenmäntel.** Der Gesetzgeber will damit die insbesondere bei betrügerischen Umsatzsteuerkarussellen festgestellte Gestaltung treffen, durch die bisher die monatliche Abgabeverpflichtung durch die Aktivierung von sog. „schlafenden" Unternehmen (Vorratsgesellschaften und Firmenmäntel) in den beiden Erstjahren vermieden werden konnte (vgl. *Widmann* MwStR 2015, 48 mwN). Zur Abgrenzung von Neugründungsfällen siehe *Treiber* in Sölch/Ringleb § 18 Rn. 58a mwN). **11a**

Um die zeitnahe Vorsteuererstattung zu erreichen, räumt § 18 Abs. 2a die Möglichkeit zur monatlichen Voranmeldungsabgabe auch dann ein, wenn sich für den Unternehmer im Vorjahr ein Überschuss zu seinen Gunsten von mehr als 7.500 EUR ergeben hat. Der Unternehmer muss zur Ausübung dieser Option dann bis zum 10.2. des laufenden Jahres eine Voranmeldung für den ersten Kalendermonat abgeben. Diese Frist ist nicht verlängerbar, § 110 AO ist anwendbar, UStAE 18.2 Abs. 1 Satz 7. An die Ausübung des Wahlrechts ist er für das gesamte Jahr gebunden. **12**

10. Besonderheiten des Voranmeldungsverfahrens

Beträgt die Umsatzsteuer für das vorangegangene Kalenderjahr **nicht mehr als 1.000 EUR,** so kann das FA den Unternehmer von der Verpflichtung zur Abgabe der Voranmeldungen und Entrichtung der Vorauszahlungen befreien, § 18 Abs. 2 S. 3. In Sonderfällen kann das FA einen Steuerpflichtigen auch dann von der Verpflichtung zur Abgabe von monatlichen Voranmeldungen (oder Quartalsmeldungen) entbinden, wenn die Grenze von 1.000 EUR überschritten wird. Das kommt besonders in Frage zB bei einem Aufsichtsrat, der nur einmal im Jahr eine umsatzsteuerpflichtige Vergütung erhält. Dann genügt es, wenn nur für diese eine Voranmeldung abgegeben wird (im Monat des Bezugs bzw. zum 10. des folgenden Monats) und in den anderen 11 Monaten eben nicht, UStAE 18.6 Abs. 1 S. 1 mit Beispiel. **13**

Eine Befreiung von der Verpflichtung zur Abgabe der Voranmeldungen kommt in den Fällen des § 18 Abs. 2 S. 4 nicht in Betracht, UStAE 18.6 Abs. 1 S. 2. **Sonderregelungen** gibt es für Unternehmer, die **gemäß § 24** von der Durchschnittsbesteuerung Gebrauch machen (Land- und Forstwirte). Diese haben Voranmeldungen nur in besonderen Fällen abzugeben (siehe UStAE 18.6 Abs. 2). Dies gilt zB, wenn Umsätze von Sägewerkserzeugnissen bewirkt werden, für die der Durchschnittssatz von 19% gilt oder wenn Umsätze ausgeführt werden, auf die die Durchschnittssätze des § 24 nicht anzuwenden sind usw.; wenn Steuerbeträge nach § 14c geschuldet werden. **14**

Für **Einzelhändler** und **Handwerker,** die § 20 (Ist-Besteuerung) nicht in Anspruch nehmen können, die aber von der vereinfachten Verbuchung ihrer **Kredit-** **15**

verkäufe iSv R 5.2 Abs. 1 S. 7 Buchst. b EStR zulässigerweise Gebrauch machen, gilt nach UStAE 18.5 eine erleichternde Sonderregelung, wonach bei der Berechnung der Umsatzsteuer für einen Voranmeldungszeitraum die ausstehenden Entgelte für ausgeführte steuerpflichtige Lieferungen und sonstige Leistungen zunächst unberücksichtigt bleiben können. Die Zahlungseingänge aus diesen Kreditgeschäften sind wie Zahlungseingänge aus Bargeschäften erst in dem Voranmeldungszeitraum zu versteuern, in dem sie vereinnahmt worden sind. Dies ist aber zum Stichtag 31.12. eines jeden Jahres festzuhalten und auszugleichen. Ändern sich aber die Steuersätze im Laufe eines Kalenderjahr, so sind die Außenstände am Tage vor dem Inkrafttreten der geänderten Steuersätze zu ermitteln und in der nächsten Voranmeldung den Entgelten zuzurechnen, auf die die bisherigen Steuersätze Anwendung finden.

11. Besonderheiten für die Erwerbsbesteuerung, für Fahrzeuglieferer (§ 13b Abs. 2 und § 25b Abs. 2)

16 Durch § 18 Abs. 4a sind die Erklärungspflichten für natürliche und juristische Personen, die ausschließlich Steuer auf innergemeinschaftliche Erwerbe zu entrichten haben, § 1 Abs. 1 Nr. 5, Leistungsempfänger gemäß § 13b Abs. 5 und die letzten Abnehmer beim innergemeinschaftlichen Dreiecksgeschäft, § 25b Abs. 2, geregelt. Der betroffene Personenkreis ist zur Abgabe von Voranmeldungen nur für diejenigen Kalendermonate verpflichtet, in denen die erwähnten Umsätze zu erklären sind. Ebenfalls erklärungspflichtig sind Fahrzeuglieferer iSv § 2a, die im Ergebnis nur Vorsteuerbeträge nach § 15 Abs. 4a geltend machen, da die Lieferung eines neuen Fahrzeugs in das übrige Gemeinschaftsgebiet steuerfrei nach § 6a ist.

12. Erklärungspflichten nach § 18 Abs. 4b

17 Für Nichtunternehmer, die Umsatzsteuer auf Grund § 14c Abs. 2 (unberechtigter Steuerausweis in Abrechnungspapieren) oder § 6a Abs. 4 S. 2 (Abnehmer einer nur vermeintlich steuerfreien innergemeinschaftlichen Lieferung) schulden, besteht eine Voranmeldungs- und Erklärungspflicht auf Grund von § 18 Abs. 4a. Diese Regelung bewirkt zugunsten der Finanzverwaltung, dass der Beginn der Festsetzungsfrist nach Maßgabe des § 170 Abs. 2 Nr. 1 AO bei Verstößen gegen die gesetzliche Erklärungspflicht durch Anlaufhemmung hinausgeschoben wird.

13. Dauerfristverlängerung (§ 18 Abs. 6)

18 Grundsätzlich hat der Unternehmer die USt-Voranmeldungen innerhalb einer Frist von 10 Tagen nach Ablauf eines Voranmeldungszeitraums abzugeben, also spätestens am 10. des darauf folgenden Kalendermonats bzw. Kalendervierteljahres. Die Anwendung dieser Bestimmung hat in der Praxis zu erheblichen Schwierigkeiten geführt, besonders in solchen Fällen, in denen die Buchhaltung extern geführt wird. Zur Vermeidung dieser Schwierigkeiten enthält § 18 Abs. 6 die Ermächtigung durch Rechtsverordnung eine sog. **Dauerfristverlängerung** zuzulassen, durch die die **Abgabefristen** um einen **Monat verlängert** werden. Dabei kann angeordnet werden, dass der Unternehmer eine Sondervorauszahlung auf die Steuer für das Kalenderjahr zu entrichten hat. Diese Ermächtigung ist durch §§ 46–48 UStDV umgesetzt worden.

14. Fristverlängerung gemäß § 46 UStDV

19 Nach dieser Bestimmung hat das FA dem Unternehmer auf Antrag die Frist für die Abgabe der Voranmeldungen und für die Entrichtung der Vorauszahlung um einen Monat zu verlängern. Der Unternehmer hat also einen **Rechtsanspruch** auf diese

begünstigende Regelung. Das gilt auch für Unternehmer, die ausschließlich Steuern für Umsätze gemäß §§ 1 Abs. 1 Nr. 5, 13b Abs. 5, 25b Abs. 2 und 2a zu entrichten haben. Das FA kann den Antrag lediglich dann ablehnen oder eine bereits gewährte Fristverlängerung widerrufen, wenn der Umsatzsteueranspruch gefährdet erscheint (zB wenn der Unternehmer seine Voranmeldungen nicht oder nicht rechtzeitig abgibt oder angemeldete Vorauszahlungen nicht entrichtet, UStAE 18.4 Abs. 1; siehe auch FG BW 9 K 513/98, BeckRS 2002, 21012140). Die Gewährung der Dauerfristverlängerung kann auch **stillschweigend erfolgen** (BFH V B 38/93, BFH/NV 1994, 589). Für einen verspätet gestellten Antrag auf Dauerfristverlängerung kann **kein Verspätungszuschlag** festgesetzt werden (BFH V R 9/01, DStR 2001, 1252; vgl. → Rn. 8).

15. Sondervorauszahlung gemäß § 47 UStDV

Durch diese Bestimmung wird die Verpflichtung zur Entrichtung von Sondervorauszahlungen eingeführt in solchen Fällen, in denen ein Unternehmer von der Fristverlängerung (Dauerfristverlängerung) gemäß § 46 UStDV Gebrauch machen will. Dies gilt jedoch nur für Unternehmer, die Voranmeldungen monatlich abzugeben haben. Machen „Quartalszahler" von der Dauerfristverlängerung Gebrauch, so entfällt bei ihnen die Verpflichtung zur Entrichtung einer Sondervorauszahlung. 20

Die Sondervorauszahlung beträgt $^{1}/_{11}$ der Summe der Vorauszahlungen für das vorangegangene Kalenderjahr. Hat der Unternehmer seine gewerbliche oder berufliche Tätigkeit nur in einem Teil des vorangegangenen Kalenderjahrs ausgeübt, so ist die Summe der Vorauszahlungen dieses Zeitraums in eine Jahressumme umzurechnen. Angefangene Kalendermonate sind dabei als volle Kalendermonate zu behandeln. Hat der Unternehmer seine gewerbliche oder berufliche Tätigkeit im laufenden Kalenderjahr begonnen, so ist die Sondervorauszahlung auf der Grundlage der zu erwartenden Vorauszahlungen dieses Kalenderjahrs zu berechnen. Für Unternehmer, die den monatlichen Voranmeldungszeitraum auf Grund § 18 Abs. 2a wählen, entfällt eine Sondervorauszahlung, weil keine positive Steuerschuld im vorangegangenen Kalenderjahr bestanden haben kann.

Auf die Sondervorauszahlung finden die für die Steuern geltenden Vorschriften der AO Anwendung, wie zB die Vorschriften über die Verwirkung von Säumniszuschlägen gemäß § 240 AO usw. Bei verspäteter Sondervorauszahlung kann ein **Verspätungszuschlag** festgesetzt werden (BFH V R 63/03, BStBl. II 2005, 813, vgl. → Rn. 8).

Während der Geltungsdauer der Fristverlängerung muss der Unternehmer die Sondervorauszahlung für das jeweilige Kalenderjahr anmelden und entrichten (BFH V B 38/93, BFH/NV 1994, 589; zum Verfahren → Rn. 22). Die Dauerfristverlängerung gilt so lange, bis der Unternehmer seinen Antrag zurücknimmt oder die Finanzverwaltung die Fristverlängerung widerruft. Der **Widerruf** der Genehmigung wirkt nur für die Zukunft (§ 131 Abs. 2 Nr. 1 AO). Der Widerruf (Ermessensentscheidung) erfolgt bei Gefährdung des Steueranspruchs (vgl. → Rn. 19 und UStAE 18.4 Abs. 3). 21

16. Verfahren zur Dauerfristverlängerung gemäß § 48 UStDV

Für den Antrag auf Dauerfristverlängerung und für die Anmeldung der Sondervorauszahlung hatte der Unternehmer bisher den amtlich bestimmten bundeseinheitlichen Vordruck (USt 1 H) zu verwenden. **Ab 1.1.2011** ist gemäß § 48 Abs. 1 S. 2 UStDV **der Antrag nach amtlich vorgeschriebenem Datensatz nach** Maßgabe **der StDÜV** zu übermitteln; ab 1.1.2017 enthalten die §§ 72a Abs. 1–3, 87a Abs. 6, 87a–d AO entsprechende Regelungen. In Härtefällen gilt dasselbe wie bei der Voranmeldung, → Rn. 4. Ist der Antrag auf Dauerfristverlängerung einmal gestellt, so gilt er so lange, bis er widerrufen wird; er braucht nicht jährlich wiederholt zu werden. Dagegen ist die Sondervorauszahlung der Monatszahler in jedem Jahr neu bis zum 22

10.2. eines Kalenderjahres zu berechnen, anzumelden und zu entrichten. Dies ist eine logische Folge der Anwendung des Verfahrens, weil die Sondervorauszahlung des vorangegangenen Kalenderjahrs gewissermaßen in der Jahressteuerschuld aufgeht.

Das FA kann nach allgemein üblichen Regeln auch die Sondervorauszahlung den jeweiligen Verhältnissen entsprechend ganz oder teilweise **stunden,** wenn die fristgerechte Entrichtung im Einzelfall zu einer erheblichen Härte führen sollte. Weiter kann das FA die **Sondervorauszahlung** im Einzelfall auch abweichend von § 47 UStDV **niedriger festsetzen,** wenn infolge von Rechtsänderungen die vorgeschriebene Berechnung zu einem offensichtlich unzutreffenden Ergebnis führt oder die Vorauszahlung des Vorjahres durch außergewöhnliche Umsätze beeinflusst worden sind, mit deren Wiederholung nicht zu rechnen ist.

IdR ist die **Sondervorauszahlung** bei der Festsetzung der Umsatzsteuervorauszahlung für den Monat Dezember **anzurechnen** (UStAE 18.4 Abs. 5). Dafür ist in den amtlich vorgeschriebenen Voranmeldungsvordrucken auch eine besondere Zeile vorgesehen. Erklärt der Unternehmer in diesem Zusammenhang nicht gleichzeitig, dass er die Fristverlängerung nicht mehr in Anspruch nehmen will, ist eine neue Sondervorauszahlung bis zum 10.2. des folgenden Kalenderjahr erneut zu entrichten. Mit der **Änderung des § 48 Abs. 4 UStDV durch das JStG 2007** (BGBl. 2006 I 2878) wurde klargestellt, dass in den Fällen, in denen der Unternehmer im Laufe eines Kalenderjahrs auf die Dauerfristverlängerung verzichtet, seine berufliche oder gewerbliche Tätigkeit einstellt oder das FA eine Dauerfristverlängerung widerruft, die Sondervorauszahlung einheitlich in dem letzten Voranmeldungszeitraum des Besteuerungszeitraums anzurechnen ist, für den die Dauerfristverlängerung noch in Anspruch genommen werden kann. Ist die Sondervorauszahlung auch dann noch nicht verbraucht, hat der Unternehmer einen Erstattungsanspruch (BFH V R 56/01, BStBl. II 2002, 705). Dies gilt auch für den Fall der Insolvenz (BFH V R 21/02, BStBl. II 2003, 39).

17. Jahreserklärung (§ 18 Abs. 3 und 4)

23 Als Besteuerungszeitraum gilt gemäß § 16 Abs. 1, 2 grundsätzlich das Kalenderjahr. **Abweichende Wirtschaftsjahre gibt es** bei der Umsatzsteuer **nicht.** Hat ein Unternehmer im Rahmen seiner steuerlichen Gewinnermittlung ein **abweichendes Wirtschaftsjahr,** so muss er für die Umsatzsteuer entsprechende **Umrechnungen** auf das Kalenderjahr vornehmen. Dieser Grundsatz gilt auch dann, wenn ein **kürzerer Besteuerungszeitraum** in Frage kommt (§ 16 Abs. 3 bzw. 4), in Fällen des Beginns oder der Beendigung der unternehmerischen Tätigkeit während eines Kalenderjahrs oder dann, wenn der Eingang der Steuer gefährdet erscheint. Allerdings bestimmt hier das Gesetz, dass in solchen Fällen die Steueranmeldung binnen einem Monat nach Ablauf des kürzeren Besteuerungszeitraums abzugeben ist. Der BMF will aber hier offenbar großzügig verfahren (→ Rn. 25).

Bis zum 31.12.2010 waren USt-Jahreserklärungen auf amtlichen Vordrucken abzugeben und eigenhändig zu unterschreiben. Seit dem **1.1.2011** ist – wie bei den Voranmeldungen – die **elektronische Übermittlung** vorgesehen, die seit dem **1.1.2013 in authentifizierter Form** zu erfolgen hat, vgl. → Rn. 4 mwN. Das „Jahresverfahren" läuft selbstständig und parallel zum „Voranmeldungsverfahren". Die Abgabe einer Jahreserklärung entbindet keinesfalls von der Verpflichtung, die Voranmeldungen (monatlich oder vierteljährlich) abzugeben. Zum Verhältnis Jahreserklärung und Voranmeldung → Rn. 10.

24 Ergibt sich aus einer Umsatzsteuervoranmeldung ein **Überschuss** zugunsten des Unternehmers, so ist dieser Überschuss nach der erforderlichen Zustimmung des FA (§ 168 AO) ohne besonderen Antrag auszuzahlen, soweit nicht eine Verrechnung mit Umsatzsteuerschulden vorgenommen werden kann. Ab 2002 kann jedoch die Zustimmung des FA von einer Sicherheitsleistung abhängig gemacht werden, vgl. § 18f. Keinesfalls ist der Überschuss auf die „Jahreserklärung" vorzutragen. Sinngemäß das

Gleiche gilt für eine Zahlungspflicht des Unternehmers aus einer Voranmeldung, die selbstständig neben einer etwaigen Restschuld oder Überzahlung aus der Jahreserklärung besteht. Ergibt sich bei der **Festsetzung der Umsatzsteuer** für das Kalenderjahr ein **Unterschiedsbetrag** gegenüber der Summe der Vorauszahlung **zugunsten des Unternehmers,** so ist dieser Betrag gemäß § 37 AO zu erstatten oder zu verrechnen. Ergibt sich ein **Guthaben zugunsten des FA** in einer Jahreserklärung – abweichend von der Summe der Vorauszahlungen –, so ist dieser Unterschiedsbetrag innerhalb eines Monats nach dem Eingang der Steueranmeldung fällig. Das Gleiche gilt dann, wenn das FA die zu entrichtende USt oder den Überschuss abweichend von der Steueranmeldung für das Kalenderjahr festsetzt. Dann ist der Unterschiedsbetrag zugunsten des FA einen Monat nach Bekanntgabe des Steuerbescheids fällig. Die USt-Erklärung für das Kalenderjahr ist idR bis zum 31.5. des folgenden Kalenderjahrs abzugeben (§ 149 AO), siehe auch UStAE 18.1 Abs. 4 S. 1.

Beginnt der Unternehmer seine gewerbliche oder berufliche Tätigkeit **im** 25
Laufe des Kalenderjahrs, so wird die Abgabefrist (abweichend von § 18 Abs. 3 S. 2) bis zum 31.5. des folgenden Kalenderjahr verlängert (UStAE 18.1 Abs. 4 S. 2).

18. Verfahren zur Beförderungseinzelbesteuerung (§ 18 Abs. 5)

Das Verfahren zur Beförderungseinzelbesteuerung (§ 18 Abs. 5) ergänzt die ent- 26
sprechenden Bestimmungen von § 16 Abs. 5, § 10 Abs. 6 iVm § 25 UStDV (siehe auch UStAE 16.2). Es handelt sich um die Einzelbesteuerung der Personenbeförderungen im **Gelegenheitsverkehr mit Kraftomnibussen,** die nicht im Inland zugelassen sind. Es kommt dabei nicht darauf an, ob der Unternehmer ein ausländischer Beförderer ist. Die **Beförderungseinzelbesteuerung** kommt nur für Kraftomnibusse in Betracht, die **im Ausland** (§ 1 Abs. 2 S. 2) zugelassen sind und keine innergemeinschaftliche Beförderungsleistung erbringen. Wegen weiterer Einzelheiten zur Einzelbesteuerung und zum Begriff der Beförderung von Personen im Gelegenheitsverkehr → § 10 Rn. 99 sowie → § 16 Rn. 19ff. § 18 Abs. 5 regelt in den Fällen der Einzelbesteuerung das **Verfahren** abweichend von § 18 Abs. 1–4. Danach hat der Beförderer für jede einzelne Fahrt eine Steuererklärung nach amtlich vorgeschriebenem Vordruck in zwei Stücken bei der zuständigen Zolldienststelle abzugeben; die zuständige Zolldienststelle hat die USt auf beiden Stücken der Steuererklärung festzusetzen und ein Stück dem Beförderer zurückzugeben, der die USt sogleich entrichten muss. Dieses Stück hat der Beförderer mit der Steuerquittung während der Fahrt bei sich zu führen. Überschreitet der Beförderer die Grenze zum Drittlandsgebiet, so muss er bei der zuständigen Zolldienststelle eine weitere Steuererklärung in zwei Stücken abgeben, wenn sich die Zahl der beförderten Personen und die Zahl der Kilometer (§ 10 Abs. 6), von der bei der Steuerfestsetzung (siehe oben) ausgegangen worden ist, geändert hat. Die Zolldienststelle setzt dann die USt neu fest. Ein entsprechender **Unterschiedsbetrag zugunsten des FA** ist sofort zu entrichten; ein **Unterschiedsbetrag zugunsten des Beförderers** ist zu erstatten. Eine Erstattung unterbleibt allerdings, wenn der Unterschiedsbetrag weniger als 2,50 EUR beträgt. Die Zolldienststelle kann in solchen Fällen auch auf eine schriftliche Steuererklärung verzichten. Stellt der Unternehmer gemäß § 16 Abs. 5b den Antrag an Stelle der Beförderungseinzelbesteuerung die Besteuerung nach allgemeinen Vorschriften durchzuführen, so hat er nach § 18 Abs. 5b S. 1 eine Umsatzsteuerjahreserklärung abzugeben und dabei die Steuer selbst zu berechnen. Auf die hiernach zu entrichtende Steuer ist die bereits durch die Beförderungseinzelbesteuerung entrichtete Steuer anzurechnen (§ 18 Abs. 5b S. 2). Auf das vom BMF herausgegebene Merkblatt vom 15.12.2010, BStBl. I 2010, 1504 und auf UStAE 18.8 wird hingewiesen.

19. Beförderungseinzelbesteuerung und Vorsteuerabzug

27 Nicht im Inland ansässige Unternehmer können Vorsteuerbeträge, die den der Einzelbesteuerung unterliegenden Beförderungsleistungen zuzurechnen sind, in einem besonderen Verfahren geltend machen mit der Folge, dass sie ihnen dann zu vergüten sind (§§ 59–61 UStDV Vergütungsverfahren). Wegen weiterer Einzelheiten des Vergütungsverfahrens → Rn. 36. Hat der Unternehmer jedoch nach § 16 Abs. 5b S. 1 zum allgemeinen Besteuerungsverfahren optiert, kann er die Vorsteuern auch in diesem Verfahren beanspruchen.

20. Fahrzeugeinzelbesteuerung (§ 18 Abs. 5a)

28 Für bestimmte Personen, die keine Unternehmer sind und durch innergemeinschaftlichen Erwerb ein neues Fahrzeug erwerben, wird die auf den Erwerb zu leistende Umsatzsteuer für jeden einzelnen Erwerb gesondert berechnet (§ 16 Abs. 5a). Hiermit korrespondiert die entsprechende Erklärungspflicht des Fahrzeugerwerbers nach § 18 Abs. 5a. Der Erwerber hat spätestens am 10. Tag, nachdem die Steuer entstanden ist, eine eigenhändig unterschriebene Steuererklärung abzugeben, in der die Steuer selbst zu berechnen ist. Dabei ist der Vordruck USt 1 B zu verwenden (BMF 9.10.2006, BStBl. I 2006, 616). Die Steuer ist am 10. Tag nach ihrer Entstehung fällig. Das FA ist zur Steuerfestsetzung befugt, wenn der Steuerschuldner seiner Erklärungspflicht nicht oder nicht ausreichend nachkommt. Dies geschieht ggf. im Schätzungswege, wobei der Schätzung regelmäßig die Mitteilungen zugrunde zu legen sind, die dem FA von den für die Zulassung oder Registrierung der Fahrzeuge zuständigen Behörden (§ 18 Abs. 10 Nr. 1) zugehen. Die örtliche Zuständigkeit des FA richtet sich nach § 21 AO. Siehe im Übrigen UStAE 18.9.

21. Verzicht auf Steuererhebung (§ 18 Abs. 7)

29 Nach § 18 Abs. 7 iVm § 49 UStDV kann auf die Erhebung der USt verzichtet werden. Dabei handelt es sich nicht um eine Steuerbefreiung iSv § 4, sondern allenfalls um eine Aussetzung von USt; infolgedessen bleibt auch dem Grunde nach der Vorsteuerabzug erhalten. Betroffen sind von dieser Bestimmung Unternehmer, die untereinander Umsätze an **Wertpapierbörsen im Inland** ausführen und die die Berechtigung zur Teilnahme am Börsenhandel haben. Bei diesen Unternehmen wird auf die Erhebung der Umsatzsteuer für die **Lieferungen von Gold, Silber und Platin** sowie für die sonstigen Leistungen im Geschäft mit diesen Edelmetallen verzichtet, wenn die bezeichneten Edelmetalle zum Handel an einer Wertpapierbörse im Inland zugelassen sind und wenn keine Rechnungen mit gesondertem Ausweis der USt erteilt werden.

22. Gesonderte Feststellung von Besteuerungsgrundlagen auf Grund § 180 Abs. 2 AO

30 Aufgrund § 1 Abs. 2 der VO über die gesonderte Feststellung von Besteuerungsgrundlagen nach § 180 Abs. 2 AO vom 19.12.1986 (BStBl. I 1987, 2), können für die Umsatzsteuer die Besteuerungsgrundlagen dann gesondert festgestellt werden, wenn mehrere Unternehmer im Rahmen eines Gesamtobjekts Umsätze ausführen oder empfangen. Insbesondere können festgestellt werden die Höhe der Vorsteuer aus Umsätzen, die Hersteller oder Erwerber im Rahmen eines Gesamtobjekts empfangen haben, soweit ein Vorsteuerabzug nach § 15 oder eine Berichtigung des Vorsteuerabzugs nach § 15a in Betracht kommt, sowie die Optionsfähigkeit der Umsätze, die durch Vermietung oder Verpachtung des Objekts (§ 4 Nr. 12) bewirkt werden. Wegen weiterer Einzelheiten vgl. BMF 27.3.1992, UStKartei S. 7532 K.4. Zur **ge-**

sonderten Feststellung von Vorsteuer bei Landwirten, die als GbR eine Halle gebaut und anschließend für den eigenen Betrieb genutzt haben siehe BFH V R 53/03, BFH/NV 2006, 841.

23. Sonderregelung für „nicht im Gemeinschaftsgebiet ansässige Unternehmer", § 18 Abs. 4c und 4d

Die Vorschrift enthält ein besonderes Besteuerungsverfahren für **nicht im Gemeinschaftsgebiet** ansässige Unternehmer, die auf **elektronischem Weg** sonstige Leistungen an Leistungsempfänger (Nichtunternehmer) mit Wohnsitz oder Sitz im Gemeinschaftsgebiet erbringen. § 18 Abs. 1–4 gelten für diese Unternehmer nicht. Die Sonderregelung beruht auf Art. 359ff. der MwStSystRL (Art. 26c 6. EG-RL). Der „nichtansässige Steuerpflichtige" (iSv Art. 358 Nr. 1 MwStSystRL = Art. 26c Teil A Buchst. a 6. EG-RL) kann einen Mitgliedstaat auswählen, in dem er seine im gesamten Gemeinschaftsgebiet ausgeführten elektronischen und elektronisch erbrachten Dienstleistungen (Art. 358 Nr. 2 MwStSystRL Art. 26c Teil A Buchst. b 6. EG-RL) erfassen lassen will. Wählt er Deutschland, muss er sich, bevor er mit der Ausführung dieser Umsätze beginnt, beim Bundeszentralamt für Steuern identifizieren lassen. Er hat die Ausübung des Wahlrechts auf einem amtlich vorgeschriebenen Dokument dem Bundeszentralamt für Steuern elektronisch zu übermitteln und dabei seinen **Namen,** die **Postanschrift, elektronische Anschriften einschließlich Websites,** die **nationale Steuernummer,** falls vorhanden, und eine **Erklärung, wonach die zu identifizierende Person nicht für Zwecke der MwSt in der Gemeinschaft erfasst ist,** Art. 361 Abs. 1 MwStSystRL (Art. 26c Teil B Abs. 2 6. EG-RL), anzugeben. Das Bundeszentralamt für Steuern teilt dem „nichtansässigen Steuerpflichtigen" eine **Identifizierungsnummer,** zu Art. 362 MwStSystRL (Art. 26c Teil B Abs. 3 der 6. EG-RL). 31

Durch das **KroatienAnpG** vom 25.7.2014 (BGBl. 2014 I 1266) wurde der **sachliche** Anwendungsbereich der Sonderregelung des § 18 Abs. 4c – den unionsrechtlichen Vorgaben entsprechend – zum **1.1.2015** erweitert auf **Telekommunikationsdienstleistungen, Rundfunk- und Fernsehleistungen** und/oder auf **elektronischem Weg erbrachte Dienstleistungen.** Die Vorschrift steht in Zusammenhang mit der Änderungen des § 3a Abs. 5 zum 1.1.2015, wonach diese Umsätze nunmehr dort zu versteuern sind, wo der **Nichtunternehmer** seinen **Wohnsitz oder gewöhnlichen Aufenthalt** hat (Bestimmungslandprinzip). Zu beachten ist, dass § 18 Abs. 4c nur für Unternehmer aus dem Drittland gilt. EU-Unternehmer können für Umsätze nach § 3a Abs. 5 das vereinfachte Besteuerungsverfahren nach dem Prinzip des sog. Mini-One-Stop-Shop (MOSS-Verfahren) wählen (hierzu → Rn. 35a und → § 18h Rn. 1ff.). 31a

Sind diese Voraussetzungen erfüllt, hat der „nichtansässige Unternehmer" in jedem **Kalendervierteljahr** eine **Steuererklärung** bis zum **20. Tag** nach Ablauf des Besteuerungszeitraums auf elektronischem Weg abzugeben (§ 18 Abs. 4c S. 1 und 2). Diese Erklärung ist nicht mit der vierteljährlich abzugebenden Umsatzsteuervoranmeldung gemäß § 18 Abs. 2 S. 1 zu verwechseln. Das Kalendervierteljahr iSv § 18 Abs. 4c ist Besteuerungszeitraum, § 16 Abs. 1a S. 1. Der Unternehmer hat die Steuer selbst zu berechnen. Sie ist am 20. Tag nach Ablauf des jeweiligen Kalendervierteljahres fällig, § 18 Abs. 4c S. 2. Der Unternehmer hat die besondere Steuererklärung auch abzugeben, wenn er im Besteuerungszeitraum keine elektronischen Umsätze erbracht hat, Art. 364 MwStSystRL (Art. 26c Teil B Abs. 5 UAbs. 1 6. EG-RL), siehe auch *Treiber* in Sölch/Ringleb § 18 Rn. 67. 32

Der Unternehmer kann das **Wahlrecht** mWv Beginn eines Besteuerungszeitraums **widerrufen,** § 18 Abs. 4c S. 4. Er muss den Widerruf vor Beginn des Kalendervierteljahres, für das die Identifizierung in Deutschland nicht mehr gelten soll, dem Bundeszentralamt für Steuern auf elektronischem Weg erklären, § 18 Abs. 4c S. 5. Rückwir- 33 kend oder für einen Teil des Besteuerungszeitraums ist der Widerruf ausgeschlossen. Dadurch wird vermieden, dass der Unternehmer für ein Kalendervierteljahr neben der Steuererklärung gemäß § 18 Abs. 4c auch eine Umsatzsteuervoranmeldung gemäß § 18 Abs. 1 abgeben und die abzugsfähigen Vorsteuer zT im allgemeinen Besteuerungsverfahren und zT im Vorsteuervergütungsverfahren (→Rn. 36ff.) geltend machen muss.

34 Das Bundeszentralamt für Steuern schließt den Unternehmer von dem besonderen Besteuerungsverfahren gemäß § 18 Abs. 4c S. 1 aus, wenn dieser die oben erwähnten Voraussetzungen für die Zulassung zu dem Verfahren wiederholt nicht oder nicht rechtzeitig erfüllt, § 18 Abs. 4c S. 6. Der **Ausschluss** gilt ab dem Besteuerungszeitraum, der nach dem Zeitpunkt der Bekanntgabe gegenüber dem Unternehmer beginnt, § 18 Abs. 4c S. 7.

35 § 18 Abs. 4d legt fest, dass nicht im Gemeinschaftsgebiet ansässige Unternehmer, die im Inland als Steuerschuldner nur Umsätze nach § 3a Abs. 5 an Nichtunternehmer erbringen, die Umsatzbesteuerung aber in einem dem Besteuerungsverfahren nach § 18 Abs. 4c entsprechenden Verfahren in einem anderen EU-Mitgliedstaat erfolgt, von der Verpflichtung zur Abgabe von Voranmeldungen und der Steuererklärung für das Kalenderjahr befreit sind. Die Regelung vermeidet eine durch Gemeinschaftsrecht bei Inanspruchnahme der Sonderregelung nach Art. 359ff. der MwStSystRL (Art. 26c der 6. EG-RL) ausgeschlossene mehrfache umsatzsteuerliche Erfassung der vorgenannten Unternehmer.

24. Sonderregelung für „im Gemeinschaftsgebiet ansässige Unternehmer", § 18 Abs. 4e

35a **EU-Unternehmer** können für Umsätze nach § 3a Abs. 5 das **vereinfachte Besteuerungsverfahren** nach dem Prinzip des sog. Mini-One-Stop-Shop (MOSS-Verfahren) wählen (hierzu → § 18h Rn. 1ff.). Weil das MOSS-Verfahren EU-weit gilt, bedarf es auch Regelungen dazu, wie die im übrigen Gemeinschaftsgebiet ansässigen Unternehmer, die im deutschen Inland gemäß § 3a Abs. 5 steuerbare Umsätze ausführen, hier aber nicht ansässig sind, ihren Erklärungspflichten bei Option zum MOSS-Verfahren nachkommen können. Das regelt der umfängliche § 18 Abs. 4e, der ab dem **1.1.2015** gilt. Er ist gleichsam die **Spiegelung der Regelungen des § 18h** (so zutreffend *Widmann* MwStR 2014, 495). Die **Anlaufstellen** der **anderen Mitgliedstaaten** agieren hier für Deutschland als zuständige Behörde, so dass von einer Art **grenzüberschreitender Organleihe** auszugehen ist. Da es sich um die Entgegennahme einer für Deutschland bestimmten Steuererklärung handelt, gelten dafür die Vorschriften der AO. Besteuerungszeitraum ist das Kalendervierteljahr. Wegen der Einzelheiten zum Verfahren kann auf die Kommentierung des ebenfalls zum 1.1.2015 eingeführten § 18h Bezug genommen werden.

IV. Vergütungsverfahren

1. Entstehung und Bedeutung

36 Zum Vorsteuerabzug nach § 15 ist auch jeder ausländische Unternehmer berechtigt, unabhängig davon, ob er Umsätze im Inland zu versteuern hat. Zur **Vereinfachung und Beschleunigung** des Verfahrens erfolgt die Vergütung von Vorsteuern an diese Unternehmer in **einem besonderen Verfahren.** Aufgrund der Ermächtigung des § 18 Abs. 9 bestimmen §§ 59–61 UStDV für die Vergütung von Vorsteuerbeträgen an im Ausland ansässige Unternehmer ein von § 16 und § 18 Abs. 1–4 abweichendes Verfahren. Das bis 31.12.2009 geltende Vergütungsverfahren beruht auf den Vorgaben der **8. EG-RL** vom 6.12.1979 (ABl. 1979 L 331, 11, zuletzt geändert

durch die RL 2006/98/EG vom 20.11.2006 (ABl. 2006 363, 129) und der **13. EG-RL** vom 17.11.1986 (ABl. 1986 L 326, 40).

Da sich das **Vergütungsverfahren in der Praxis nicht bewährt** hatte (überlange Verfahrensdauern und erheblicher Verwaltungsaufwand), hat die **EU** mit der RL 2008/09/EG vom 12.2.2008 (ABl. 2008 L 44, 23) – **9. EG-RL** – das **Verfahren zum 1.1.2010 grundlegend reformiert.** Vom gleichen Zeitpunkt an hat der deutsche Gesetzgeber in § 18 Abs. 9 und §§ 59 und 61 UStDV die Vorgaben der 9. EG-RL durch das JStG 2009 vom 19.12.2008 (BStBl. I 2008, 2794) umgesetzt. Die Neuregelung gilt für Vergütungsanträge nach dem 31.12.2009 (§ 27 Abs. 14).

Das Vergütungsverfahren nach § 18 Abs. 9 betrifft nur die **nach deutschem Recht entstandene Vorsteuer.** Die Vergütung von Vorsteuer aus anderen Staaten richtet sich nach deren Vorschriften und vollzieht sich durch die dort zentral zuständigen Erstattungsbehörden (vgl. § 18g).

2. Vergütungsverfahren und allgemeines Besteuerungsverfahren

Die Vergütung von Vorsteuern erfolgt ausschließlich in dem **besonderen Verfahren,** wenn der ausländische Unternehmer im Vergütungszeitraum entweder keine Umsätze oder nur die in § 59 Abs. 1 Nr. 1–4 UStDV bezeichneten Umsätze im Inland ausgeführt hat. Sofern die Voraussetzungen für das Vergütungsverfahren vorliegen, sind die Vorsteuerbeträge zwingend in dem besonderen Verfahren zu vergüten; **eine alternative Geltendmachung im allgemeinen Besteuerungsverfahren ist ausgeschlossen** (kein Wahlrecht: BFH V R 14/10, DStR 2011, 1514 und V R 12/12, MwStR 2013, 342; UStAE 18.15 Abs. 1 S. 1). Allerdings ist ein Unternehmer, der eine **Umsatzsteuererklärung für das Kalenderjahr abzugeben hat** (zB wegen unrichtigen Umsatzsteuerausweises nach § 14c oder wegen Umsätzen als Leistungsempfänger nach § 13b) berechtigt, auch alle in diesem Jahr **entstandenen Vorsteuerbeträge in der Jahreserklärung** geltend zu machen (BFH V R 12/12, MwStR 2013, 342 zu § 13b-Umsätzen und BFH XI R 5/11, MwStR 2013, 700 zu § 14c-Umsätzen; kritisch *Sterzinger* Anm. zu XI R 5/11, UR 2013, 878 unter Hinweis darauf, dass durch die Erteilung einer Rechnung nach § 14c ein faktisches Wahlrecht bestehe, die Vorsteuern im Vergütungs- oder im Regelbesteuerungsverfahren geltend zu machen). Dies gilt auch für Vorsteuerbeträge, für die der Unternehmer einen unterjährigen Vergütungsantrag stellen könnte (BFH V R 14/10, DStR 2011, 1514 entgegen UStAE 18.15 Abs. 1 S. 4 Nr. 2 und Nr. 3). Die **Subsidiarität des Vergütungsverfahrens** erklärt sich damit, dass eine kumulative Anwendung von Regelbesteuerungs- und Vergütungsverfahren für denselben Besteuerungszeitraum mit dem sich aus § 18 Abs. 9 ergebenden Normzweck der **Vereinfachung des Besteuerungsverfahrens** nicht zu vereinbaren ist. Hieraus ergeben sich für den im Ausland ansässigen Unternehmer keine Nachteile. Geht er zB irrtümlich von der Anwendung des Regelbesteuerungsverfahrens aus, ist seine Steueranmeldung als Vergütungsantrag auszulegen (*Wäger* UR 2013, 81 (118)). 37

Für die Vorsteuervergütung müssen **sämtliche materiell-rechtlichen Voraussetzungen** des Vorsteuerabzugs vorliegen, es darf insbesondere **kein Ausschlusstatbestand nach § 15 Abs. 2** greifen. Bei teilweiser Verwendung des Leistungsbezugs für Umsätze, die sowohl nach dem Recht des Staates des Leistungsbezugs, als auch nach dem Recht des Staates der Ansässigkeit (dort, wo die Verwendungsumsätze erfolgen) steuerbefreit sind, sind die Vorsteuern nach dem Umsatzschlüssel aufzuteilen (EuGH C-136/99, UR 2000, 390 – Monte Dei Paschi Di Siena; vgl. § 18 Abs. 9 S. 3).

Da **Reiseveranstalter** gemäß § 25 Abs. 4 nicht berechtigt sind, die ihnen für Reisevorleistungen gesondert in Rechnung gestellten Steuerbeträge als Vorsteuer abzuziehen, entfällt insoweit auch das Vorsteuervergütungsverfahren. Auch werden Vorsteuerbeträge, die mit Umsätzen im Ausland in Zusammenhang stehen, nicht vergütet, wenn sie – angenommen im Inland ausgeführt – den Vorsteuerabzug ausschließen würden.

Beispiel: Ein französischer Arzt besucht einen Ärztekongress im Inland. Da ärztliche Leistungen steuerfrei sind und den Vorsteuerabzug ausschließen, können die angefallenen Vorsteuerbeträge nicht vergütet werden.

3. Vergütungsberechtigte Unternehmer (§ 59 UStDV)

38 Vergütungsberechtigt ist ein im **Ausland ansässiger Unternehmer.** Das ist nach der für das **Vergütungsverfahren festgelegten Definition** ein Unternehmer, der weder im Inland noch auf der Insel Helgoland oder in einem der in § 1 Abs. 3 bezeichneten Gebiete einen Wohnsitz, seinen Sitz, seine Geschäftsleitung oder eine Betriebsstätte hat, § 59 Abs. 2 1. Hs. UStDV.

Der Begriff der **Ansässigkeit** ist nicht anhand der §§ 10ff. AO zu bestimmen, sondern **richtlinienkonform** auszulegen (BFH V R 97/01, BStBl. II 2003, 819 und V R 56/03, HFR 2005, 1208). Entscheidend ist der Sitz der **wirtschaftlichen Tätigkeit oder einer festen Niederlassung** (vgl. Art. 43 und Art. 56 MwStSystRL). Der Sitz der wirtschaftlichen Tätigkeit ist der Ort, an dem die wesentlichen Entscheidungen zur allgemeinen Leitung dieser Gesellschaft getroffen und die Handlungen zu deren zentraler Verwaltung vorgenommen werden (so EuGH C-73/06, IStR 2007, 637 – Pflanzer Luxembourg Sàrl mit Anm. *Korf*). Die Annahme einer festen Niederlassung erfordert einen hinreichenden Grad an Beständigkeit sowie eine Struktur, die eine Erbringung von Umsätzen ermöglicht (EuGH C-190/95, UR 1998, 185 – ARO Lease BV). Eine Eintragung der „Zweigstelle" im Handelsregister ist nicht erforderlich (BFH XI R 15/08, BFH/NV 2011, 661). Voraussetzung für eine „feste Niederlassung" ist auch **nicht,** dass der betreffende Unternehmer **rechtlich** die alleinige Verfügungsmacht über Räumlichkeiten, Personal und Einrichtung hat, abzustellen ist vielmehr auf die **tatsächlichen Gegebenheiten** (FG Köln 10 K 33/11, EFG 2012, 768).

Das **Unionsrecht stellt vorrangig auf den Sitz oder die feste Niederlassung** und nur in Ermangelung eines solchen (subsidiär) auf den Wohnsitz oder gewöhnlichen Aufenthalt des Steuerpflichtigen ab. Deshalb ist ein Unternehmer mit Sitz oder Niederlassung im Ausland auch dann vergütungsberechtigt, wenn er im **Inland seinen privaten Wohnsitz** hat (EuGH C-421/10, BFH/NV 2011, 2219 – Stoppelkamp). Der Verordnungsgeber hat darauf reagiert **und § 59 Abs. 1 S. 2 Hs. 2 UStDV** mit Wirkung zum **20. 11. 2012** entsprechend geändert.

Eine weitere Anpassung des **§ 59 Abs. 2 UStDV** erfolgte mWz **30. 12. 2014.** Zuvor hatte der **BFH entschieden,** dass 59 UStDV aF **richtlinienkonform** dahingehend **auszulegen** ist, dass das Vergütungsverfahren erst dann ausgeschlossen ist, wenn von der inländischen Zweigniederlassung oder Betriebsstätte aus **Umsätze bewirkt** werden (BFH V R 50/13, DStRE 2014, 1238). Sofern es ausländische Unternehmer im Vertrauen auf die deutsche Vorschrift (§ 59 UStDV aF) unterlassen haben, rechtzeitig einen Vergütungsantrag zu stellen, können sie die Vorsteuern im Billigkeitsverfahren nach §§ 163, 227 AO geltend machen.

Wenn ein ausländischer Unternehmer Umsätze über eine **feste Niederlassung (Betriebsstätte) im Inland ausführt** und für diese Umsätze die Umsatzsteuer schuldet, kann er die Vorsteuern auch dann im allgemeinen Besteuerungsverfahren geltend machen, wenn die Leistung nicht über die inländische feste Niederlassung, sondern direkt von der ausländischen Hauptniederlassung bezogen wurde (EuGH C-244/08, EU-UStB 2009, 42 – Kommission/Italien).

Nach UStAE 13b.11 Abs. 2 Satz 2 sind Unternehmer, die **ein im Inland gelegenes Grundstück** besitzen und steuerpflichtig oder steuerfrei vermieten, hinsichtlich ihrer Vermietungsumsätze als im Inland ansässig zu behandeln. Sie unterliegen insoweit nicht dem Vergütungsverfahren, sondern dem normalen Besteuerungsverfahren (vgl. → § 13b Rn. 45 mwN).

4. Weitere Voraussetzungen des Vergütungsverfahren

a) Bestimmte Umsätze erforderlich. Das Vergütungsverfahren setzt voraus, dass der nicht im Inland ansässige Unternehmer in einem Vergütungszeitraum (→ Rn. 42) entweder keine Umsätze oder nur die in § 59 Abs. 1 Nr. 2–5 UStDV bezeichneten Umsätze im Inland ausgeführt hat. 39

Beispiel: Ein nicht im Inland ansässiger Beförderungsunternehmer hat im Inland in den Monaten Januar bis April nur steuerfreie Beförderungen iSd § 4 Nr. 3 ausgeführt. In denselben Monaten ist ihm für empfangene Leistungen, zB für Kraftstofflieferungen, Unterbringung und Verpflegung sowie Autoreparaturen, Umsatzsteuer in Höhe von 600,– EUR in Rechnung gestellt worden. – Die Vergütung der Vorsteuerbeträge ist im Vorsteuervergütungsverfahren durchzuführen.

Weitere Beispiele siehe UStAE 18.10 Abs. 2 Satz 2.

Sind **keine Umsätze oder nur die in § 59 Abs. 1 Nr. 2–5 UStDV bezeichneten Umsätze** ausgeführt, kann die Vergütung der Vorsteuerbeträge nur im Vergütungsverfahren durchgeführt werden. Das Vergütungsverfahren ist gegenüber dem allgemeinen Besteuerungsverfahren subsidiär (vgl. → Rn. 37). Das Vergütungsverfahren ist nur anzuwenden, wenn der Steuerpflichtige nicht aus anderen Gründen verpflichtet ist, eine Steuererklärung abzugeben. Die **Steuerschuldnerschaft** des im Ausland ansässigen **Leistungsempfängers nach § 13b** führt daher zum Ausschluss des Vorsteuervergütungsverfahrens (BFH V R 12/12, MwStR 2013, 342).

b) Gegenseitigkeitserfordernis bei Drittlandsunternehmern. Für Unternehmer, die **nicht im Gemeinschaftsgebiet ansässig sind,** ist die Möglichkeit der Vorsteuervergütung nach § 18 Abs. 9 S. 4 davon abhängig, dass zwischen dem betreffenden Staat und Deutschland eine **Gegenseitigkeit** in der Gewährung der Vergütung gegeben ist. Eine Aufstellung dieser Drittstaaten (zB Schweiz) enthält das Schreiben des BMF vom 17.10.2014, BStBl. I 2014, 1369. Das **Gegenseitigkeitserfordernis** verstößt weder gegen das Diskriminierungsverbot (vgl. § 2 AO) noch gegen das GG (BFH V R 35/01, BStBl. II 2003, 782); die Regelung ist auch gemeinschaftsrechtskonform (EuGH C-582/08, UR 2010, 704 – Kommission/UK). 40

5. Vergütungszeitraum (§ 60 UStDV)

Der Unternehmer kann den Vergütungszeitraum selbst wählen. Er muss aber mindestens 3 aufeinander folgende Kalendermonate in einem Kalenderjahr umfassen und darf höchstens ein Kalenderjahr betragen. Eine Ausnahme gilt für den restlichen Zeitraum eines Kalenderjahrs: hier können ggf. auch die Monate November **und** Dezember oder auch nur der Monat Dezember Vergütungszeitraum sein (UStAE 18.12 Satz 3). Als Vergütungszeiträume kommen nur volle Kalendermonate in Betracht. 41

Die Vorsteuern sind grds. in dem gewählten Vergütungszeitraum geltend zu machen, in dem alle für den Vorsteuerabzug erforderlichen Voraussetzungen (insb. Rechnung) vorliegen. Abweichend hiervon lässt § 60 S. 4 UStDV es zu, in dem Antrag für den letzten Vergütungszeitraum des Kalenderjahres **auch Vorsteuern aus vorangegangenen Vergütungszeiträumen des jeweiligen Kalenderjahres aufzunehmen.**

In der Rechtssache **Senatex** hat der **EuGH** entschieden, dass eine **Rechnungsberichtigung Rückwirkung** entfaltet (EuGH C-518/14, DStR 2016, 2211). Damit stellt sich die Frage, ob dem Steuerpflichtigen bei einer Rechnungsberichtigung entgegen gehalten werden kann, dass diese einen bereits abgelaufenen Vergütungszeitraum betrifft und die Frist für den Vergütungsantrag bereits abgelaufen ist (Rechnungsberichtigung als rückwirkendes Ereignis?, vgl. *Langer/Zugmaier* DStR 2016, 2249). M. E. dürfen die Besonderheiten im Vergütungsverfahren im Ergebnis nicht zum Verlust der Abzugsberechtigung bei einer Rechnungsberichtigung führen.

6. Vergütungsverfahren für Antragsteller aus dem übrigen Gemeinschaftsgebiet

42 Ab dem **1.1.2010** verläuft das Vergütungsverfahren für **ausländische Unternehmer, die in einem anderen Mitgliedsstaat ansässig sind** und für solche, die **nicht in einem anderen Mitgliedsstaat** ansässig sind, unterschiedlich. Für die erste Gruppe – Vergütungsanträge innerhalb der EU – regelt die RL 2008/9/EG (9. EG-RL) das Verfahren einheitlich, so dass eine **elektronische Abwicklung zwischen den Mitgliedstaaten** möglich ist (vgl. auch §§ 59 Abs. 1, 60 und 61 UStDV). Für nicht in einem anderen Mitgliedsstaat ansässige Unternehmer (Drittlandsunternehmer) bleibt es weitgehend bei der bisherigen Regelung, § 61 a UStDV.

43 **a) Antrag.** Unternehmer aus dem EU-Ausland müssen ihre Anträge zwingend nach amtlich vorgeschriebenem Datensatz durch **Datenfernübertragung** (bis 31.12.2016 nach Maßgaben der StDÜV, danach nach §§ 72a Abs. 1–3, 87a Abs. 6, 87b–87d AO, → Rn. 4) über das in **ihrem Ansässigkeitsstaat für sie eingerichtete elektronische Portal einreichen** (§ 61 Abs. 1 UStDV) und die **Vergütung selbst berechnen** (§ 61 Abs. 2 S. 2 UStDV). Der Antrag darf auf **Deutsch oder Englisch** ausgefüllt werden. Ein **Antrag auf Papier** ist auch in Härtefällen **nicht vorgesehen.**

Dem **Ansässigkeitsstaat** kommt dabei nicht nur die Funktion eines Briefkastens, sondern einer **Vor- und Teilprüfungsstelle** zu: Er prüft den Antrag auf **Vollständigkeit** und übermittelt binnen 15 Kalendertagen den Vergütungsantrag elektronisch dem Bundeszentralamt für Steuern (BZSt) und **bescheinigt damit, dass der Antragsteller Unternehmer** ist und die von ihm angegebene Steuernummer/USt-IdNr. gültig ist (Art. 34a Abs. 1 VO 148/2008/EG). Eine schriftliche **„Unternehmerbescheinigung“** ist – anders als bei Drittlandsunternehmern (→ Rn. 56) – **nicht mehr erforderlich** (UStAE 18.13 Abs. 3 S. 3). Zuständig für die Bearbeitung und Bescheidung der Anträge ist ausschließlich das BZSt (§ 5 Abs. 1 Nr. 8 FVG nF).

44 **b) Antragsfrist.** Der Antrag ist spätestens **neun Monate** – statt bisher sechs – nach Ablauf des Kalenderjahrs, auf das er sich bezieht, zu stellen, § 61 Abs. 2 S. 1 UStDV, Art. 7 und 15 Abs. 1 9. EG-RL. Die Frist ist gewahrt, wenn der Antrag innerhalb der Frist beim Portal des Ansässigkeitsstaats eingereicht wird (Art. 15 Abs. 1 S. 1 9. EG-RL). Dies gilt allerdings nur dann, wenn der **Antrag** die in Art. 8, 9 und 11 9. EG-RL genannten **Pflichtangaben** enthält. Ein unvollständiger Antrag wahrt die Frist nicht. Bei der Frist handelt es sich um eine **Ausschlussfrist,** so dass Wiedereinsetzung nach § 110 AO möglich ist (UStAE 18.13 Abs. 3 S. 2).

45 **c) Rechnungen.** Dem Antrag sind **Rechnungen und Einfuhrbelege** in Kopie **auf elektronischem Weg** beizufügen, wenn das Entgelt für Umsatz und Einfuhr mindestens 1.000 EUR, bei Rechnungen über den Bezug von Kraftstoffen mindestens 250 EUR beträgt. Dieser Wortlaut kann nur dahingehend verstanden werden, dass die Rechnungen mit dem Antrag einzureichen sind, denn sie sind ihm ausdrücklich „beizufügen“. Die **Frist für die Antragseinreichung** gilt folglich auch für die **Einreichung der elektronischen Rechnungen** (BFH V B 5/16, BFH/NV 2016, 1594; FG Köln 2 K 3594/11, EFG 2015, 2247). Ausgangspunkt muss dabei nicht das Original der Rechnung sein, vielmehr ist auch die **elektronische Übersendung der Kopie einer Rechnung** ausreichend (FG Köln 2 K 2807/12, EFG 2016, 419 – Rev. V R 54/16).

Nach Art. 8 Abs. 2 Buchst. d) der 9. EG-RL sind in dem Erstattungsantrag für jede Rechnung die „Nummer der Rechnung" anzugeben. Statt der Rechnungsnummer soll auch die Angabe einer **Referenznummer** ausreichen (FG Köln 2 K 195/14, BC 2016, 544, NZB XI B 88/16). Ob ein **„Briefkastensitz"** die „Anschrift des Leistenden" ausreichend bezeichnet, ist Gegenstand eines Vorabentscheidungsersuchens (BFH V R 25/15, DStR 2016, 1527, C-375/16 und XI R 20/14, DStR 2016, 1532, C- 374/16).

Das BZSt kann die Originalbelege anfordern, wenn es wegen der Höhe der beantragten Vergütung Zweifel hat, § 61 Abs. 2 S. 3 und 4 UStDV, Art. 10 der 9. EG-RL. Die **bisher geltende Pflicht zur Vorlage der Originalbelege entfällt.**

d) Mindestvergütungsumme. Die **Wertgrenze,** die für die Antragstellung überschritten sein muss, beträgt ab 1.1.2010 pro Quartal **400 EUR** (vorher 200 EUR). Wird der Vergütungsantrag für das Kalenderjahr oder dessen letzten Zeitraum gestellt, beträgt die Antragssumme mindestens **50 EUR** (bis 31.12.2009: 25 EUR), § 61 Abs. 3 UStDV. Zu den Einzelheiten siehe UStAE 18.13 Abs. 3–5. 46

e) Bescheid. Der **Vergütungsantrag** ist eine **Steueranmeldung iSd § 150 Abs. 1 Satz 2 AO** (BFH V R 41/06, BStBl. II 2009, 2; aA *Stadie* in Rau/Dürrwächter § 18 Rn. 690) Gemäß §§ 18 Abs. 9 S. 2 Nr. 5, 61 Abs. 4 UStDV ist der – positive oder negative – **Bescheid** über den Vergütungsantrag **in elektronischer Form** zu erteilen (vgl. UStAE 18.13 Abs. 8). Die Bekanntgabe des Vergütungsbescheides **mittels einfacher E-Mail ohne qualifizierte elektronische Signatur** ist rechtmäßig und genügt dem Schriftlichkeitserfordernis (FG Köln 2 K 2040/12, BeckRS 2016, 94086). Eine Abweichung vom Vergütungsantrag oder eine Ablehnung desselben ist mit Gründen zu versehen, Art. 23 9. EG-RL. Dagegen gibt es ggf. den Einspruch und die Klage, wie nach deutschem Recht üblich. 47

Über die **Vergütung** ist **innerhalb von 4 Monaten** nach Eingang des Antrages zu entscheiden. Die **Erstattung** ist nach Ablauf von 10 weiteren Arbeitstagen zu gewähren (vgl. Art. 19 und 22 9. EG-RL und UStAE 18.13 Abs. 7). Die Fristen verlängern sich entsprechend, wenn das BZSt zusätzliche Unterlagen anfordert und dafür Fristen setzt. Bei Nichteinhaltung der genannten Fristen kann Untätigkeitseinspruch (§ 347 Abs. 1 S. 2 AO) erhoben werden.

Die **Höhe der zu vergütenden Vorsteuer** wird auf den Betrag beschränkt, den ein nicht zum vollen Vorsteuerabzug berechtigter Antragsteller in dem Mitgliedsstaat, in dem er ansässig ist, erhalten würde, wenn zur Berechnung der abziehbaren Vorsteuerbeträge ein Pro-rata-Satz angewendet wird, § 18 Abs. 9 S. 3 (siehe UStAE 18.13 Abs. 6).

f) Verzinsung. Im Unterschied zum bisherigen Recht gibt es gemäß § 61 Abs. 5 S. 1 UStDV, Art. 26 9. RL eine gesetzliche Verpflichtung, die **Vergütung zu verzinsen.** Zu den Einzelheiten siehe UStAE 18.13 Abs. 9. Der Zinslauf beginnt grundsätzlich mit Ablauf von 4 Monaten und 10 Werktagen nach Eingang des Vergütungsantrages beim BZSt. Die Frist verlängert sich, wenn das Amt Unterlagen anfordert und dafür neue Fristen setzt, § 61 Abs. 5 S. 2 und 3 UStDV. Der Zinslauf endet mit der Zahlung (§ 61 Abs. 5 S. 5 Hs. 1 UStDV) 48

Bezüglich der Änderung der Zinsfestsetzung und der Höhe, Berechnung und Festsetzung der Zinsen gelten §§ 233a Abs. 5, 238 und 239 AO. Der Anspruch auf Verzinsung entfällt, wenn der Antragsteller Mitwirkungspflichten verletzt.

einstweilen frei **49–52**

7. Vergütungsverfahren für Antragsteller aus dem Drittland

53 Für Unternehmer, die **nicht im Gemeinschaftsgebiet ansässig** sind, enthalten **sowohl § 18 Abs. 9 S. 4ff. als auch § 61a UStDV Einschränkungen.** Diese beruhen auf den ebenfalls strengeren Vorgaben in der 13. RL 86/560/EWG.

Für Unternehmer, die **nicht im Gemeinschaftsgebiet ansässig sind,** ist die Möglichkeit der Vorsteuervergütung nach **§ 18 Abs. 9 S. 4** zunächst davon abhängig, dass zwischen dem betreffenden Staat und Deutschland eine **Gegenseitigkeit** in der Gewährung der Vergütung gegeben ist (Wahrung der Gegenseitigkeit, → Rn. 40 mwN).

54 **a) Antrag.** Nicht im Gemeinschaftsgebiet ansässige Unternehmer müssen ab **1.7.2016** (§ 74a Abs. 4 UStDV) ihre Anträge nach amtlich vorgeschriebenem Datensatz durch **Datenfernübertragung** (bis 31.12.2016 nach Maßgaben der StDÜV, danach nach §§ 72a Abs. 1–3, 87a Abs. 6, 87b–87d AO, → Rn. 4) an das BZSt übermitteln (61a Abs. 1 S. 1 UStDV). Die Antragstellung kann allerdings ausnahmsweise – zur Vermeidung von unbilligen Härten – in Papierform zugelassen werden (§ 61a Abs. 1 S. 2). In diesen Ausnahmefällen ist der Vergütungsantrag – wie früher – eigenhändig zu unterschreiben (→ Rn. 57 mwN).

55 **b) Antragsfrist.** Unterschiede zu dem im Gemeinschaftsgebiet ansässsigen Unternehmen ergeben sich auch hinsichtlich der Frist und der dem Antrag beizufügenden Unterlagen. Der Vergütungsantrag muss **spätestens 6 Monate** nach Ablauf des Kalenderjahres, auf das er sich bezieht, gestellt werden (§ 18 Abs. 9 Satz 2 Nr. 2 iVm. § 61a Abs. 2 S. 1 UStDV). Die Frist ist eine **Ausschlussfrist,** die nicht rückwirkend verlängert werden kann. Wiedereinsetzung ist möglich (UStAE 18.14 Abs. 5 S. 2). Die Frist wird nur durch einen **vollständigen, dem amtlichen Muster in allen Einzelheiten entsprechenden Antrag gewahrt** (BFH V R 9/14, BStBl. II 2015, 1067).

56 **c) Rechnungen.** Im Unterschied zu Antragstellern aus dem EU-Ausland (→ Rn. 45) haben Drittlandsunternehmer die **Vorsteuerbeträge von vornherein** durch die **Vorlage von Rechnungen und Einfuhrbelegen nachzuweisen,** § 61a Abs. 2 S. 3 UStDV. Die dem Vorsteuerabzug zugrunde liegenden **Rechnungen** hat der Unternehmer daher **bereits mit dem Vergütungsantrag im Original vorzulegen** (BFH V R 39/13, BStBl. II 2015, 352; V R 23/05, BStBl. II 2007, 430). **Zweitschriften oder Kopien** sind ausnahmsweise zugelassen, wenn der Unternehmer das Abhandenkommen der Originalbelege nicht zu vertreten hat (zB Brand, Hochwasser) und nicht die Gefahr besteht, dass ein weiterer Erstattungsantrag für den konkreten Vorgang gestellt wird (BFH V R 17/08, BFH/NV 2011, 658; V R 39/13, BStBl. II 2015, 352). Das unverschuldete Abhandenkommen der Originalrechnung ist vom Steuerpflichtigen nachzuweisen (FG Köln 2 K 1815/11, EFG 2015, 2248).

57 **d) Unterschrift.** Vergütungsanträge mussten **bis zum 29.12.2014** (§ 61 Abs. 1 UStDV aF) eigenhändig **unterschrieben werden** (§ 61a Abs. 2 S. 4 UStDV aF). Zwar hat **EuGH** dies **Erfordernis der eigenhändigen Unterschrift** für Vergütungsanträge von **einem im übrigen Gemeinschaftsgebiet ansässigen Unternehmer für EU-rechtswidrig** erachtet (EuGH C-433/08, DStR 2009, 2593 – Yaesu Europa BV; ebenso BFH V R 17/08, BFH/NV 2011, 658). Bei Anträgen von **nicht in einem anderen Mitgliedsstaat ansässigen Unternehmern ist die eigenhändige Unterschrift aber weiterhin erforderlich.** Zwar werden die dem Anwendungsbereich der 13. EG-RL unterliegenden Unternehmer in Drittländern hinsichtlich des Unterschriftserfordernisses anders behandelt als die dem Anwendungsbereich der 8. EG-RL unterliegenden Unternehmer im Unionsgebiet. Dies **verstößt** aber **nicht gegen das Verbot der Diskriminierung** (Art. 12 EGV), weil

das Verbot im Falle einer Ungleichbehandlung zwischen Angehörigen der Mitgliedstaaten und Drittstaatsangehörigen keine Anwendung findet (ausführlich BFH V R 3/11, BStBl. II 2014, 46; kritisch *Prätzler* jurisPR-SteuerR 3/2014 Anm. 6). Die eigenhändige Unterschrift des Unternehmers kann durch die Unterschrift des Bevollmächtigten nicht ersetzt werden (FG Köln K 2193/14, EFG 2015, 1866).

Für Vergütungsanträge vom **30.12.2014 bis 30.6.2016** ist § 61 a Abs. 1 UStDV **weiterhin entsprechend anzuwenden,** weil die Neufassung kraft ausdrücklicher Regelung in § 74 a Abs. 4 UStDV **erst ab 1.7.2016** anzuwenden ist. Dies gilt **allerdings nicht für das Erfordernis der eigenhändigen Unterschrift,** weil eine Fortgeltung des alten Rechts im Wege der Analogie **zu Lasten des Steuerpflichtigen** nicht möglich ist (*Treiber* in Sölch/Ringleb § 18 Rn. 239 mwN)

Ab dem **1.7.2016** sind die Vergütungsanträge **elektronisch** abzugeben (→ Rn. 54). Das Unterschriftserfordernis gilt nur, sofern von der Härtefallregelung des § 61 a Abs. 1 S. 2 und 3 UStDV Gebrauch gemacht wurde.

e) Einzelaufstellung der Vorsteuerbeträge. Der Unternehmer hat die Vorsteuerbeträge, deren Vergütung er beantragt, **einzeln aufzuführen.** Er hat eine **Einzelaufstellung anzufertigen und diese dem Antrag beizufügen** (vgl. Abschn. 18.14 Abs. 2 S. 6 UStAE). 58

Für bestimmte Umsätze lässt die **Finanzverwaltung** aus Gründen der Arbeitsvereinfachung die **folgenden Vereinfachungen** zu:

(1) **Rechnungen bis maximal 150 Euro** ohne separaten Steuerausweis (vgl. UStAE 18.14 Abs. 3 Nr. 1).
- Die Rechnungen dürfen getrennt nach Kostenarten mit laufenden Nummern versehen werden und mit diesen Nummern, den Nummern der Rechnungen und den Bruttorechnungsbeträgen in einer gesonderten Aufstellung zusammengefasst werden.
- Anschließend sind die zusammengefassten Bruttorechnungsbeträge aufzurechnen. Die Umsatzsteuer ist aus dem jeweiligen Endbetrag herauszurechnen und in den Antrag zu übernehmen, in dem auf die gesonderte Aufstellung hinzuweisen ist.
- Je nach Steuersatz sind gesonderte Aufstellungen zu erstellen.

(2) Dasselbe Verfahren ist zugelassen bei **Fahrausweisen** ohne separaten Steuerausweis (vgl. UStAE 18.14 Abs. 3 Nr. 2).

(3) Folgendes Prozedere ist bei **Einfuhrumsatzsteuerbelegen** zugelassen (vgl. UStAE 18.14 Abs. 3 Nr. 3):
- Die Belege dürfen getrennt mit laufenden Nummern versehen werden und mit diesen Nummern, den Nummern der Belege und den in den Belegen angegebenen Steuerbeträgen in einer gesonderten Aufstellung zusammengefasst werden.
- Aufrechnung der zusammengefassten Steuerbeträge und Übernahme der Beträge im Vergütungsantrag.

f) Unternehmerbescheinigung. Nach **§ 61 Abs. 4 UStDV** hat der Drittlandsunternehmer durch **behördliche Bescheinigung des Staates, in dem er ansässig** ist, nachzuweisen, dass er im Ansässigkeitsstaat als Unternehmer registriert ist. Der Nachweis ist nach dem Muster USt 1 TN zu führen (UStAE 18.14 Abs. 7 iVm BMF 14.5.2010, BStBl. I 2010, 517). Diese sog. **„Unternehmerbescheinigung"** muss den Vergütungszeitraum abdecken und bestätigen, dass der Antragsteller Unternehmer iSd Umsatzsteuerrechts ist (BFH V R 22/05, BStBl. II 2007, 426). Zu den einzelnen Anforderungen an eine „Unternehmerbescheinigung" siehe FG Köln 2 V 3334/14, MwStR 2015, 733. 59

Die Bescheinigung ist **materiell-rechtliche Voraussetzung** für die Vergütung (FG Köln 2 K 5219/01, EFG 2005, 913). Sie darf **nicht älter als ein Jahr sein** (FG Köln 2 K 1496/01, EFG 2004, 381) und sich nicht auf die Vergangenheit erstrecken (FG Köln 2 K 2695/10, BeckRS 2012, 94244). Die Bescheinigung begründet grundsätzlich die Vermutung, dass der Inhaber in dem Staat, der die Bescheinigung ausgestellt hat, ansässig und mehrwertsteuerpflichtig ist. Der Bescheinigung kommt daher **keine Bindungswirkung,** sondern eine **widerlegbare tatsächliche Vermutung** für die Frage der Ansässigkeit zu. Diese ist widerlegt, sofern gewichtige Anhaltspunkte gegen die Richtigkeit der Bescheinigung vorliegen (BFH V R 71/01, BStBl. II 2004, 630 und BFH XI R 58/06, BStBl. II 2008, 831; ebenso im Ergebnis EuGH C-73/06, IStR 2007, 637 – Pflanzer Luxembourg).

60 **g) Mindestvergütungsumme.** Nach § 18 Abs. 9 S. 2 Nr. 1 kann die Vergütung vom Erreichen einer bestimmten Mindesthöhe abhängig gemacht werden. Zum **1.1.2010 sind die Wertgrenzen verdoppelt** worden. Gemäß § 61a Abs. 3 S. 1 UStDV muss die beantragte Vergütung **mindestens 1.000 Euro** betragen. Umfasst der Vergütungszeitraum das gesamte Jahr oder den letzten Zeitraum des Kalenderjahres, muss mindestens eine Vergütung von 500 Euro beantragt werden, § 61a Abs. 3 S. 2 und 3 UStDV.

61 **h) Kraftstoffe.** Für Drittlandsunternehmer ist die Vergütung von Vorsteuerbeträgen aus dem **Bezug von Kraftstoffen** in jedem Fall ausgeschlossen, § 18 Abs. 9 S. 5. Rechtsgrundlage hierfür ist Art. 4 Abs. 2 13. EG-RL; vgl. auch FG Köln 2 K 1877/14, BeckRS 2016, 95051.

Dieser Ausschluss gilt ab dem 1.7.2003 nicht mehr für „nichtansässige Unternehmer“, die als Steuerschuldner nur sonstige Leistungen auf elektronischem Weg (§ 3a Abs. 5) an in der EU ansässige Nichtunternehmer erbringen und von dem Wahlrecht der Erfassung in nur einem EU-Mitgliedstaat (§ 18 Abs. 4c) Gebrauch machen, soweit die den Vorsteuerbeträgen zu Grunde liegenden Eingangsumsätze im Zusammenhang mit den vorgenannten Ausgangsumsätzen stehen.

62 **i) Bescheid.** Der **Vergütungsantrag** ist eine **Steueranmeldung iSd § 150 Abs. 1 S. 2 AO** (BFH V R 41/06, BStBl. II 2009, 2; aA *Stadie* in Rau/Dürrwächter § 18 Rn. 690). Nach Zustimmung durch das BZSt steht sie einer Steuerfestsetzung unter dem Vorbehalt der Nachprüfung gleich (§ 168 S. 2 AO). Während die Zustimmung keiner Form bedarf (§ 168 S. 3 AO), ist der ablehnende Bescheid schriftlich zu erteilen und zu begründen (§ 157 Abs. 1 S. 1 AO). Von der Möglichkeit der elektronischen Bescheiderteilung (§ 18 Abs. 9 S. 2 Nr. 5) hat der Verordnungsgeber keinen Gebrauch gemacht.

Im Übrigen sind die für eine Steuerfestzung geltenden Vorschriften entsprechend heranzuziehen. Gegen den ablehnenden Bescheid oder eine Untätigkeit des BZSt kann somit Einspruch eingelegt und ggf. Klage erhoben werden.

63 **j) Verzinsung.** Der Vergütungsanspruch ist nach § 233a AO zu verzinsen (BFH V R 41/06, BStBl. II 2009, 2). § 61a UStDV enthält keine gesonderte Regelung zum Zinslauf, obwohl dies zulässig wäre (§ 18 Abs. 9 S. 2 Nr. 6). Es gelten daher die allgemeinen Grundsätze.

V. Zwangsabmeldung bei Nichtentrichtung der Steuer für innergemeinschaftlich erworbene neue Fahrzeuge

64 Verfahrensvorschriften bei der Zulassung neuer Fahrzeuge, die durch innergemeinschaftlichen Erwerb erworben werden, enthält der durch das BinnenmarktG zum 1.1.1993 in das UStG aufgenommene § 18 Abs. 10. Einerseits bestehen umfangreiche Angabepflichten für denjenigen, der ein neues Land- oder Luftfahrzeug zugelassen haben will, andererseits haben die Zulassungsbehörden Mitteilungspflichten gegenüber den Finanzbehörden. Sichergestellt werden soll, dass die Finanzbehörden vom Besteuerungstatbestand des innergemeinschaftlichen Erwerbs neuer Fahrzeuge Kenntnis erlangen. Bei Nichtentrichtung der Steuer auf den Fahrzeugerwerb haben

die Zulassungsbehörden auf Antrag des FA bereits zugelassene Fahrzeuge durch Abmeldebescheid aus dem Verkehr zu ziehen. Für Streitigkeiten über Abmeldungen von Amts wegen ist der Verwaltungsrechtsweg gegeben. § 18 Abs. 10 gilt in allen Fällen des innergemeinschaftlichen Erwerbs neuer Fahrzeuge.

Durch das **JStG 2010** (BGBl. 2010 I 1768) wurde **§ 18 Abs. 10 Nr. 2 Buchst. b** an die neue verkehrsrechtliche Regelung (Fahrzeug-ZulassungsVO – FZV – statt StVZO) angepasst. Die bisher in Abs. 10 Nr. 2 Buchst. b S. 1 vorgesehene Möglichkeit, den Fahrzeugschein einzuziehen, wurde gestrichen, da die entsprechende Einziehung nicht mehr zulässig ist. Die diesbezügliche Alternativregelung im bisherigen Abs. 10 Nr. 2 Buchst. b S. 2 ist nunmehr inhaltlich als Regelfall in Buchst. b S. 1 übernommen worden. Durch die neue Fahrzeuglieferungs-Meldeverordnung (FzgLiefgMeldV, abgedruckt unter § 18c) wurde die Rechtsgrundlage für eine Weitergabe dieser Daten an die EU geschaffen (→ § 18c Rn. 2). **65**

VI. Steuerliche Erfassung von im Ausland ansässigen Unternehmern, die grenzüberschreitende Personenbeförderung mit nicht im Inland zugelassenen Kraftomnibussen betreiben

Durch die Regelung des § 18 Abs. 12 die ab 1.1.2005 anzuwenden ist, sollen Wettbewerbsnachteile deutscher Unternehmer und Steuerausfälle vermieden werden. Die Vorschrift ist die gesetzliche Grundlage dafür, dass im Ausland ansässige Unternehmer (§ 13b Abs. 7; bis 30.6.2010: § 13b Abs. 4), die grenzüberschreitende Personenbeförderung mit nicht im Inland zugelassenen Kraftomnibussen durchführen, diese Tätigkeit bei dem gemäß § 21 AO zuständigen FA anzeigen müssen (siehe Vordruck USt 1 T U), soweit sie erstmalig diese Umsätze ausführen und diese Umsätze nicht unter § 16 Abs. 5 fallen oder der Leistungsempfänger die Steuer für derartige Umsätze nicht nach § 13b Abs. 4 S. 1 oder 3 (bis 30.6.2010: § 13b Abs. 2 S. 1 oder 3) schuldet. Das FA erteilt hierüber eine **Bescheinigung,** die während jeder Fahrt mitzuführen und auf Verlangen den für die Steueraufsicht zuständigen Zolldienststellen vorzulegen ist. Legen die Unternehmer diese Bescheinigung nicht vor, können die Zolldienststellen eine Sicherheitsleistung nach den abgabenrechtlichen Vorschriften in Höhe der für die einzelne Beförderungsleistung voraussichtlich zu entrichtenden Steuer verlangen. Diese Steuer ist auf die Jahressteuer anzurechnen. Wegen der Einzelheiten des Verfahrens, Vereinfachungsregelungen, den zuständigen FA und Vordrucken siehe das **Merkblatt** zur Umsatzbesteuerung von grenzüberschreitenden Personenbeförderungen mit Omnibussen, die nicht in der BRD zugelassen sind (BMF 4.2.2014, BStBl. I 2014, 220). **66**

§ 18a Zusammenfassende Meldung

(1) [1]**Der Unternehmer im Sinne des § 2 hat bis zum 25. Tag nach Ablauf jedes Kalendermonats (Meldezeitraum), in dem er innergemeinschaftliche Warenlieferungen oder Lieferungen im Sinne des § 25b Absatz 2 ausgeführt hat, dem Bundeszentralamt für Steuern eine Meldung (Zusammenfassende Meldung) nach amtlich vorgeschriebenem Datensatz durch Datenfernübertragung [*bis 31.12.2016: nach Maßgabe der Steuerdaten-Übermittlungsverordnung*] zu übermitteln, in der er die Angaben nach Absatz 7 Satz 1 Nummer 1, 2 und 4 zu machen hat.** [2]**Soweit die Summe der Bemessungsgrundlagen für innergemeinschaftliche Warenlieferungen und für Lieferungen im Sinne des § 25b Absatz 2 weder für das laufende Kalendervierteljahr noch für eines der vier**

vorangegangenen Kalendervierteljahre jeweils mehr als 50.000 Euro beträgt, kann die Zusammenfassende Meldung bis zum 25. Tag nach Ablauf des Kalendervierteljahres übermittelt werden. [3]Übersteigt die Summe der Bemessungsgrundlage für innergemeinschaftliche Warenlieferungen und für Lieferungen im Sinne des § 25b Absatz 2 im Laufe eines Kalendervierteljahres 50.000 Euro, hat der Unternehmer bis zum 25. Tag nach Ablauf des Kalendermonats, in dem dieser Betrag überschritten wird, eine Zusammenfassende Meldung für diesen Kalendermonat und die bereits abgelaufenen Kalendermonate dieses Kalendervierteljahres zu übermitteln. [4]Nimmt der Unternehmer die in Satz 2 enthaltene Regelung nicht in Anspruch, hat er dies gegenüber dem Bundeszentralamt für Steuern anzuzeigen. [5]Vom 1. Juli 2010 bis zum 31. Dezember 2011 gelten die Sätze 2 und 3 mit der Maßgabe, dass an die Stelle des Betrages von 50.000 Euro der Betrag von 100.000 Euro tritt.

(2) **[1]Der Unternehmer im Sinne des § 2 hat bis zum 25. Tag nach Ablauf jedes Kalendervierteljahres (Meldezeitraum), in dem er im übrigen Gemeinschaftsgebiet steuerpflichtige sonstige Leistungen im Sinne des § 3a Absatz 2, für die der in einem anderen Mitgliedstaat ansässige Leistungsempfänger die Steuer dort schuldet, ausgeführt hat, dem Bundeszentralamt für Steuern eine Zusammenfassende Meldung nach amtlich vorgeschriebenem Datensatz durch Datenfernübertragung [*bis 31. 12. 2016: nach Maßgabe der Steuerdaten-Übermittlungsverordnung*] zu übermitteln, in der er die Angaben nach Absatz 7 Satz 1 Nummer 3 zu machen hat. [2]Soweit der Unternehmer bereits nach Absatz 1 zur monatlichen Übermittlung einer Zusammenfassenden Meldung verpflichtet ist, hat er die Angaben im Sinne von Satz 1 in der Zusammenfassenden Meldung für den letzten Monat des Kalendervierteljahres zu machen.**

(3) **[1]Soweit der Unternehmer im Sinne des § 2 die Zusammenfassende Meldung entsprechend Absatz 1 bis zum 25. Tag nach Ablauf jedes Kalendermonats übermittelt, kann er die nach Absatz 2 vorgesehenen Angaben in die Meldung für den jeweiligen Meldezeitraum aufnehmen. [2]Nimmt der Unternehmer die in Satz 1 enthaltene Regelung in Anspruch, hat er dies gegenüber dem Bundeszentralamt für Steuern anzuzeigen.**

(4) **Die Absätze 1 bis 3 gelten nicht für Unternehmer, die § 19 Absatz 1 anwenden.**

(5) **[1]Auf Antrag kann das Finanzamt zur Vermeidung unbilliger Härten auf eine elektronische Übermittlung verzichten; in diesem Fall hat der Unternehmer eine Meldung nach amtlich vorgeschriebenem Vordruck abzugeben. [2]§ 150 Absatz 8 der Abgabenordnung gilt entsprechend. [3]Soweit das Finanzamt nach § 18 Absatz 1 Satz 2 auf eine elektronische Übermittlung der Voranmeldung verzichtet hat, gilt dies auch für die Zusammenfassende Meldung. [4]Für die Anwendung dieser Vorschrift gelten auch nichtselbständige juristische Personen im Sinne des § 2 Absatz 2 Nummer 2 als Unternehmer. [5]Die Landesfinanzbehörden übermitteln dem Bundeszentralamt für Steuern die erforderlichen Angaben zur Bestimmung der Unternehmer, die nach den Absätzen 1 und 2 zur Abgabe der Zusammenfassenden Meldung verpflichtet sind. [6]Diese Angaben dürfen nur zur Sicherstellung der Abgabe der Zusammenfassenden Meldung verwendet werden. [7]Das Bundeszentralamt für Steuern übermittelt den Landesfinanzbehörden die Angaben aus den Zusammenfassenden Meldungen, soweit diese für steuerliche Kontrollen benötigt werden.**

(6) **Eine innergemeinschaftliche Warenlieferung im Sinne dieser Vorschrift ist**

1. eine innergemeinschaftliche Lieferung im Sinne des § 6a Absatz 1 mit Ausnahme der Lieferungen neuer Fahrzeuge an Abnehmer ohne Umsatzsteuer-Identifikationsnummer;
2. eine innergemeinschaftliche Lieferung im Sinne des § 6a Absatz 2.

(7) [1]**Die Zusammenfassende Meldung muss folgende Angaben enthalten:**
1. für innergemeinschaftliche Warenlieferungen im Sinne des Absatzes 6 Nummer 1:
a) die Umsatzsteuer-Identifikationsnummer jedes Erwerbers, die ihm in einem anderen Mitgliedstaat erteilt worden ist und unter der die innergemeinschaftlichen Warenlieferungen an ihn ausgeführt worden sind, und
b) für jeden Erwerber die Summe der Bemessungsgrundlagen der an ihn ausgeführten innergemeinschaftlichen Warenlieferungen;
2. für innergemeinschaftliche Warenlieferungen im Sinne des Absatzes 6 Nummer 2:
a) die Umsatzsteuer-Identifikationsnummer des Unternehmers in den Mitgliedstaaten, in die er Gegenstände verbracht hat, und
b) die darauf entfallende Summe der Bemessungsgrundlagen;
3. für im übrigen Gemeinschaftsgebiet ausgeführte steuerpflichtige sonstige Leistungen im Sinne des § 3a Absatz 2, für die der in einem anderen Mitgliedstaat ansässige Leistungsempfänger die Steuer dort schuldet:
a) die Umsatzsteuer-Identifikationsnummer jedes Leistungsempfängers, die ihm in einem anderen Mitgliedstaat erteilt worden ist und unter der die steuerpflichtigen sonstigen Leistungen an ihn erbracht wurden,
b) für jeden Leistungsempfänger die Summe der Bemessungsgrundlagen der an ihn erbrachten steuerpflichtigen sonstigen Leistungen und
c) einen Hinweis auf das Vorliegen einer im übrigen Gemeinschaftsgebiet ausgeführten steuerpflichtigen sonstigen Leistung im Sinne des § 3a Absatz 2, für die der in einem anderen Mitgliedstaat ansässige Leistungsempfänger die Steuer dort schuldet;
4. für Lieferungen im Sinne des § 25b Absatz 2:
a) die Umsatzsteuer-Identifikationsnummer eines jeden letzten Abnehmers, die diesem in dem Mitgliedstaat erteilt worden ist, in dem die Versendung oder Beförderung beendet worden ist,
b) für jeden letzten Abnehmer die Summe der Bemessungsgrundlagen der an ihn ausgeführten Lieferungen und
c) einen Hinweis auf das Vorliegen eines innergemeinschaftlichen Dreiecksgeschäfts.

[2]**§ 16 Absatz 6 und § 17 sind sinngemäß anzuwenden.**

(8) [1]**Die Angaben nach Absatz 7 Satz 1 Nummer 1 und 2 sind für den Meldezeitraum zu machen, in dem die Rechnung für die innergemeinschaftliche Warenlieferung ausgestellt wird, spätestens jedoch für den Meldezeitraum, in dem der auf die Ausführung der innergemeinschaftlichen Warenlieferung folgende Monat endet.** [2]**Die Angaben nach Absatz 7 Satz 1 Nummer 3 und 4 sind für den Meldezeitraum zu machen, in dem die im übrigen Gemeinschaftsgebiet steuerpflichtige sonstige Leistung im Sinne des § 3a Absatz 2, für die der in einem anderen Mitgliedstaat ansässige Leistungsempfänger die Steuer dort schuldet, und die Lieferungen nach § 25b Absatz 2 ausgeführt worden sind.**

(9) [1]**Hat das Finanzamt den Unternehmer von der Verpflichtung zur Abgabe der Voranmeldungen und Entrichtung der Vorauszahlungen befreit (§ 18 Absatz 2 Satz 3), kann er die Zusammenfassende Meldung abweichend von den Absätzen 1 und 2 bis zum 25. Tag nach Ablauf jedes Kalenderjahres**

abgeben, in dem er innergemeinschaftliche Warenlieferungen ausgeführt hat oder im übrigen Gemeinschaftsgebiet steuerpflichtige sonstige Leistungen im Sinne des § 3 a Absatz 2 ausgeführt hat, für die der in einem anderen Mitgliedstaat ansässige Leistungsempfänger die Steuer dort schuldet, wenn

1. **die Summe seiner Lieferungen und sonstigen Leistungen im vorangegangenen Kalenderjahr 200.000 Euro nicht überstiegen hat und im laufenden Kalenderjahr voraussichtlich nicht übersteigen wird,**
2. **die Summe seiner innergemeinschaftlichen Warenlieferungen oder im übrigen Gemeinschaftsgebiet ausgeführten steuerpflichtigen Leistungen im Sinne des § 3 a Absatz 2, für die der in einem anderen Mitgliedstaat ansässige Leistungsempfänger die Steuer dort schuldet, im vorangegangenen Kalenderjahr 15.000 Euro nicht überstiegen hat und im laufenden Kalenderjahr voraussichtlich nicht übersteigen wird und**
3. **es sich bei den in Nummer 2 bezeichneten Warenlieferungen nicht um Lieferungen neuer Fahrzeuge an Abnehmer mit Umsatzsteuer-Identifikationsnummer handelt.**

[2]**Absatz 8 gilt entsprechend.**

(10) **Erkennt der Unternehmer nachträglich, dass eine von ihm abgegebene Zusammenfassende Meldung unrichtig oder unvollständig ist, so ist er verpflichtet, die ursprüngliche Zusammenfassende Meldung innerhalb eines Monats zu berichtigen.**

(11) **Auf die Zusammenfassende Meldung sind mit Ausnahme von § 152 der Abgabenordnung ergänzend die für Steuererklärungen geltenden Vorschriften der Abgabenordnung anzuwenden.**

(12) [1]**Zur Erleichterung und Vereinfachung der Abgabe und Verarbeitung der Zusammenfassenden Meldung kann das Bundesministerium der Finanzen durch Rechtsverordnung mit Zustimmung des Bundesrates bestimmen, dass die Zusammenfassende Meldung auf maschinell verwertbaren Datenträgern oder durch Datenfernübertragung übermittelt werden kann.** [2]**Dabei können insbesondere geregelt werden:**

1. **die Voraussetzungen für die Anwendung des Verfahrens;**
2. **das Nähere über Form, Inhalt, Verarbeitung und Sicherung der zu übermittelnden Daten;**
3. **die Art und Weise der Übermittlung der Daten;**
4. **die Zuständigkeit für die Entgegennahme der zu übermittelnden Daten;**
5. **die Mitwirkungspflichten Dritter bei der Erhebung, Verarbeitung und Übermittlung der Daten;**
6. **der Umfang und die Form der für dieses Verfahren erforderlichen besonderen Erklärungspflichten des Unternehmers.**

[3]**Zur Regelung der Datenübermittlung kann in der Rechtsverordnung auf Veröffentlichungen sachverständiger Stellen verwiesen werden; hierbei sind das Datum der Veröffentlichung, die Bezugsquelle und eine Stelle zu bezeichnen, bei der die Veröffentlichung archivmäßig gesichert niedergelegt ist.**

EU-Recht: Art. 262–271 MwStSystRL (Art. 22 Abs. 6b und 12b 6. EG-RL, VO Nr. 904/2010/EU)
UStAE: 18a.1–18a.5

Übersicht

1. Bedeutung und Systematik

Die Zusammenfassende Meldung ist die Grundlage für die Überwachung des innergemeinschaftlichen Warenverkehrs nach der Einführung des Binnenmarktes und der damit verbundene Wegfall der Grenzkontrollen innerhalb der Gemeinschaft. Die so gesammelten Daten werden ebenso wie die von den anderen Mitgliedstaaten nach den dort geltenden entsprechenden Vorschriften erhobenen Daten elektronisch erfasst und auf Anfrage den anfragenden Steuerbehörden im Rahmen des sog. Mehrwertsteuer-Informationsaustausch-System (MIAS) unmittelbar übermittelt; siehe VO (EWG) Nr. 218/92 des Rates vom 27.1.1992, ersetzt durch die VO 1798/2003/EG des Rates über die Zusammenarbeit der Verwaltungsbehörden auf dem Gebiet der MwSt und zur Aufhebung der VO (EWG) Nr. 218/92 vom 7.10.2003 (ABl. 2003 L 264, 1). Auf Grundlage der in der ZM anzugebenden Daten in den jeweiligen Mitgliedstaaten ist es den Steuerbehörden möglich, festzustellen, in welchem Umfang der von ihr zu prüfende Steuerpflichtige steuerfreie Lieferungen unter Verwendung seiner in dem jeweiligen Staat erteilten USt-IdNr. bezogen hat. Die deutschen FA können die entsprechenden Daten bei der jeweiligen zentralen Behörde der anderen Mitgliedstaaten in Bezug auf die in Deutschland erteilten USt-IdNr. abfragen. 1

Dieses Kontrollsystem ist durch das JStG 2009 (BGBl. 2008 I 2794) auf **„innergemeinschaftliche" sonstige Leistungen erweitert** worden. Entsprechend der Vorgabe in Art. 2 der RL 2008/8/EG vom 12.2.2008 (ABl. 2008 L 44, 11) müssen Unternehmer ab dem **1.1.2010** auch sonstige Leistungen iSd § 3a Abs. 2, die in einem anderen Mitgliedstaat ausgeführt werden und für die der dort ansässige Leistungsempfänger die Umsatzsteuer schuldet, in der Zusammenfassenden Meldung aufnehmen. Dadurch erhalten die Mitgliedstaaten die Möglichkeit zu prüfen, ob die bei ihnen ansässigen Unternehmer ihre Steuerschuld als Leistungsempfänger richtig erklärt und abgeführt haben. 2

Um eine Beschleunigung des Informationsaustausches zwischen den Mitgliedstaaten und eine damit einhergehende Verbesserung der Kontrollmöglichkeiten zu erreichen, wurde § 18a – bedingt durch die Vorgabe in Art. 1 der RL 2008/117/EG vom 16.12.2008 (ABl. 2009 L 14, 7) – mit Wirkung ab **1.7.2010** durch das EU-Vorgaben-UmsetzungsG (BGBl. 2010 I 386) erneut geändert: Für innergemeinschaftliche Lieferungen wird der reguläre Zeitraum der **Monat statt des Quartals,** die Abgabefrist wird bei gleichzeitiger Abschaffung der Dauerfristverlängerung auf den **25. des Folgemonats** bzw. bei „innergemeinschaftlichen" sonstigen Leistungen auf den **25.** 3

des Folgevierteljahres festgelegt. Die **Finanzverwaltung** hat hierzu jüngst mit Schreiben vom 15.6.2010 (BStBl. I 2010, 569; siehe auch UStAE 18a Abs. 1–5) Stellung genommen.

4 Der Verweis in Abs. 1S. 1 und Abs. 2 S. 1 auf die StDÜV wurde durch das Gesetz zur Modernisierung des Besteuerungsverfahrens (BGBl. I 16, 1679) gestrichen, maßgebend sind jetzt die §§ 72a Abs. 1–3, 87a Abs. 6, 87a–87d AO. Zudem wurde Abs. 11 neu gefasst und klargestellt, dass § 152 AO nicht gilt, also keine Verspätungszuschläge wegen Nichtabgabe der ZM erhoben werden dürfen.

2. Rechtsentwicklung

5 Die Vorschrift wurde durch das BinnenmarktG neu in das UStG mit Wirkung zum 1.1.1993 eingefügt. Sie beruht auf Art. 22 Abs. 6b und 12b 6. EG-RL (nunmehr Art. 262–271 MwStSystRL) und Art. 4 Abs. 1 S. 3 der EG-ZusammenarbeitsVO. Durch JStG 1996 vom 11.10.1995 (BGBl. I 1250) wurde § 18a an die Neuregelung der innergemeinschaftlichen Lohnveredelung mit Wirkung ab 1.1.1996 angepasst. Mit Wirkung ab 1.1.1997 wurden auf Grund der Neuregelung innergemeinschaftliche Dreiecksgeschäfte in § 25b durch das UStÄndG 1997 vom 12.12.1996 (BGBl. I 1851) Abs. 1 und 2 jeweils um Satz 2 ergänzt und Abs. 4 Nr. 3 neu eingefügt. Durch das StÄndG 2003 (BGBl. 2003 I 2645) wurde Abs. 1 Satz 5 aufgehoben. Abs. 9 Satz 2 ist durch eine neue Nr. 5 ergänzt worden; die bisherige Nr. 5 ist nunmehr Nr. 6. Seit dem 1.1.2007 **ist** die **ZM elektronisch abzugeben** (JStG 2007, BGBl. 2006 I 2878: siehe Änderungen in § 18a Abs. 1 S. 2, 5 und 6. Die **Meldung sonstiger „innergemeinschaftlicher" Leistungen** ist durch § 18a Abs. 1 S. 2 idF des JStG 2009 (BGBl. I 2794) zum 1.1.2010 eingeführt worden (→ Rn. 2). Mit dem EU-Vorgaben-UmsetzungsG (BGBl. 2010 I 386) wurden ua die **Abgabefristen** und die **Meldezeiträume** ab 1.7.2010 geändert.

6 *einstweilen frei*

3. Meldepflichtiger

7 Meldepflichtig sind alle Unternehmer iSv § 2, die in dem jeweiligen Zeitraum

- steuerfreie innergemeinschaftliche Warenlieferungen im Inland ausgeführt haben,
- von der Möglichkeit Gebrauch gemacht haben, nach § 25b die Steuerschuld auf den Abnehmer zu verlagern,
- „innergemeinschaftliche" sonstige Leistungen iSd § 3a Abs. 2 erbracht haben.

Ausgenommen sind **Kleinunternehmer** iSv § 19 Abs. 1, die nicht auf die Anwendung dieser Vorschrift verzichtet haben (§ 18a Abs. 4). Pauschalversteuernde **Land- und Forstwirte** sind dagegen zur Abgabe von ZM verpflichtet, wenn sie der Meldepflicht unterliegenden Umsätze tätigen, obwohl sie nach § 24 Abs. 1 S. 2 die Steuerbefreiung nach § 4 Nr. 1b nicht in Anspruch nehmen können (vgl. UStAE 18a.1 Abs. 3). Ebenfalls der Meldepflicht unterliegen Organgesellschaften iSv § 2 Abs. 2 Nr. 2 (UStAE 18a.1 Abs. 2). Nicht der Meldepflicht unterliegen **Fahrzeuglieferer** iSv § 2a (vgl. *R/K/L* § 18a Rn. 121). Die Meldepflicht besteht nur für die Zeiträume, in denen meldepflichtige Vorgänge durchgeführt wurden.

4. In die Meldung aufzunehmende Vorgänge

8 **a) Innergemeinschaftliche Lieferungen.** Nach § 18a Abs. 1 iVm Abs. 6 Nr. 1 und 2 sind ZM abzugeben, wenn innergemeinschaftliche Lieferungen iSv § 6a Abs. 1 (vgl. → § 6a Rn. 7) oder ein **innergemeinschaftliches Verbringen** iSv § 6a Abs. 2 (vgl. → § 6a Rn. 40) durchgeführt wurden. Nicht Voraussetzung ist, dass die Lieferung auch steuerfrei war. Deshalb unterliegen auch Land- und Forstwirte der Meldepflicht (vgl. → Rn. 3). Dies ist auch dann von Bedeutung, wenn die Steuerbe-

freiung deshalb nicht in Anspruch genommen werden konnte, weil der Erwerber seine USt-IdNr. nicht nennen konnte oder wollte. Ausgenommen von der Meldepflicht sind **Lieferungen neuer Fahrzeuge** an Abnehmer ohne USt-IdNr., unabhängig davon, ob sie der Erwerbsteuer unterliegen oder nicht. Unterliegt der Erwerber der Erwerbsbesteuerung, verfügt er aber über keine USt-IdNr., besteht bei Lieferung neuer Fahrzeuge deshalb keine Pflicht zur Meldung (**aA** *R/K/L* § 14a Rn. 196f.); auch wenn dies dem Sinn und Zweck der ZM widersprechen mag, erscheint eine erweiternde Interpretation nicht zuletzt auch im Hinblick auf die bei einer Verletzung der Verpflichtung zur Abgabe einer vollständigen ZM drohenden Sanktionen (→ Rn. 10) nicht möglich.

b) Innergemeinschaftliche Dreiecksgeschäfte iSv § 25b Abs. 2. Durch das UStÄndG 1997 wurde auch die Verpflichtung zur Abgabe bei innergemeinschaftlichen Dreiecksgeschäften nach § 25b eingefügt. Diese Regelung ist missverständlich. § 18a Abs. 1 und 2 Nr. 3 sind dahingehend auszulegen, dass die Meldepflicht dann entsteht, wenn ein Zwischenhändler sich unter Verwendung seiner deutschen USt-IdNr. an einem innergemeinschaftlichen Dreiecksgeschäft beteiligt, für das die in dem Mitgliedstaat der Beendigung der Beförderung oder Versendung § 25b entsprechende Vorschriften gelten. Sie gelten dagegen nicht für innergemeinschaftliche Dreiecksgeschäfte, die im Inland steuerbar sind und somit § 25b selbst unterliegen. Denn im Falle eines innergemeinschaftlichen Dreiecksgeschäfts nach § 25b liegen zwei Lieferungen vor, nämlich die Lieferung des ersten Lieferers an den Zwischenhändler und die Lieferung des Zwischenhändlers an seinen Abnehmer. Die Lieferung des ersten Lieferers ist eine innergemeinschaftliche Lieferung; für diese ergibt sich die Meldepflicht bereits aus Abs. 1 S. 1 und Abs. 2 Nr. 1. Diese fällt nicht unter die Regelung des Abs. 1 S. 2 und Abs. 2 Nr. 3. Gemeint sein kann daher nur die Lieferung des Zwischenhändlers an seinen Abnehmer. Diese unterliegt grundsätzlich § 25b Abs. 2, wenn sie als im Inland ausgeführt anzusehen ist, weil die Warenbewegung im Inland endet (wegen der Einzelheiten vgl. → § 25b Rn. 7). In diesen Fällen verfügt der Zwischenhändler jedoch idR über keine USt-IdNr., unter der er eine ZM einreichen könnte; jedenfalls hat er sie bei dem Geschäft nicht verwandt, da andernfalls die Voraussetzungen von § 25b nicht vorliegen (vgl. § 25b Abs. 2 Nr. 2). Die Begründung einer Pflicht zur Abgabe einer ZM für den Zwischenhändler im Inland stünde auch in Widerspruch zu Art. 22 Abs. 6 Buchst. b UAbs. 5 6. EG-RL. Denn danach hat der Zwischenhändler die erforderlichen Angaben in der ZM aufzunehmen, die er in dem Staat einzureichen hat, die ihm die von ihm verwandte USt-IdNr. erteilt hat. 9

c) „Innergemeinschaftliche" sonstige Leistungen nach § 3a Abs. 2. Im Vergleich zu § 18a Abs. 1 S. 2 idF des JStG 2009 (vgl. → Rn. 2) enthält die – durch das EU-Vorgaben-UmsetzungsG erfolgte – Neufassung von § 18a Abs. 2 eine inhaltliche Klarstellung dergestalt, dass nur die grenzüberschreitenden sonstigen Leistungen **„iSd § 3a Abs. 2"** meldepflichtig sind. Damit ist geklärt, dass für andere sonstige Leistungen (zB Leistungen iSd § 3a Abs. 3) keine Meldepflicht besteht. 10

§ 18a Abs. 2 betrifft seinem Wortlaut zufolge ausschließlich die Anzeige **steuerpflichtiger** sonstiger Leistungen. Folglich kommt die Abgabe einer Zusammenfassenden Meldung für steuerfreie sonstige Leistungen nicht in Betracht. Dabei ist allerdings zu beachten, dass die sonstigen Leistungen iSd § 3a Abs. 2 im Ansässigkeitsstaat des Leistungsempfängers steuerbar sind und mithin nach den dortigen Regeln dieses Mitgliedstaates einer möglichen Steuerpflicht unterfallen können. Die Kenntnis des ausländischen Rechts sämtlicher 28 Mitgliedstaaten gehört damit zur Standardausstattung eines jeden Unternehmers, zumindest seines steuerlichen Beraters (*Thoma/Klinker* UStB 2010, 186 (188)).

einstweilen frei **11, 12**

5. Inhalt der Meldung

13 Bei **innergemeinschaftlichen Lieferungen** sind in der Meldung für jeden Erwerber gesondert die von ihm verwandte, von einem anderen Mitgliedstaat erteilte USt-IdNr. und die Summe der unter dieser Nummer an ihn ausgeführten innergemeinschaftlichen Lieferungen anzugeben (§ 18a Abs. 7 Nr. 1). Sog. **Nullmeldungen** sind nicht abzugeben. Verwendet der Abnehmer mehrere USt-IdNr., sind die jeweiligen Lieferungen gesondert zu erfassen. Im Falle von **innergemeinschaftlichem Verbringen** iSv § 6a Abs. 2 ist die von dem Bestimmungsstaat erteilte USt-IdNr. sowie die Summe der auf diese Verbringensfälle entfallenden Bemessungsgrundlagen anzugeben (§ 18a Abs. 7 Nr. 2).

14 Im Falle von **innergemeinschaftlichen Dreiecksgeschäften,** für die die Steuerschuld des Zwischenerwerbers entsprechend der in dem Staat der Beendigung der Beförderung geltenden Vorschriften auf den Abnehmer übergegangen ist, ist anzugeben die USt-IdNr. des letzten Abnehmers, die diesem in dem Mitgliedstaat erteilt wurde, in dem die Beförderung oder Versendung endet, die Summe der Bemessungsgrundlagen der an diesen unter Anwendung der genannten Vorschriften ausgeführten Lieferungen sowie der Hinweis darauf, dass von der Regelung für innergemeinschaftliche Dreiecksgeschäfte Gebrauch gemacht wurde (§ 18a Abs. 7 Nr. 4).

15 Seit dem **1. 1. 2010** besteht eine Meldepflicht für „innergemeinschaftliche" sonstige Leistungen iSd § 3a Abs. 2. Hier sind in der Meldung für jeden Erwerber gesondert die von ihm verwandte, von einem anderen Mitgliedstaat erteilte USt-IdNr. und die Summe der unter dieser Nummer an ihn erbrachten steuerpflichtigen sonstigen Leistungen anzugeben. Zudem ist ein Hinweis auf das Vorliegen einer im übrigen Gemeinschaftsgebiet ausgeführten steuerpflichtigen sonstigen Leistung iSd § 3a Abs. 2 aufzunehmen (§ 18a Abs. 7 Nr. 3).

Eine Rechtsanwaltsgesellschaft, die gegenüber im Gemeinschaftsgebiet ansässigen Unternehmen (im Inland nicht steuerbare) rechtsberatende Tätigkeiten erbringt, hat auch im Hinblick auf ihr **Berufsgeheimnis bzw. ihre Verschwiegenheitspflicht als Rechtsanwaltsgesellschaft** gemäß § 102 Abs. 1 Nr. 3 Buchst. b AO in der ZM über gemeinschaftliche sonstige Leistungen gem. § 18a Abs. 7 Nr. 3 Buchst. a die USt-IdNr. der Mandanten aufzuführen (FG Köln 2 K 3593/11, EFG 2015, 1657 – Rev. XI R 15/15).

6. Meldezeitraum

16 Mit Wirkung zum **1. 7. 2010** wurden die Abgabenfristen für die Zusammenfassende Meldung den EU-rechtlichen Vorgaben angepasst (→ Rn. 3). Dabei ist zwischen innergemeinschaftlichen Lieferungen und „innergemeinschaftlichen" sonstigen Leistungen zu unterscheiden.

17 **a) Innergemeinschaftliche Lieferungen und Lieferungen nach § 25b Abs. 2.** Innergemeinschaftliche Lieferungen sind seit dem 1. 7. 2010 bis zum **25. Tag nach Ablauf des Kalendermonats,** in dem die entsprechenden Warenbewegungen ausgeführt wurden, dem Bundeszentralamt für Steuern (BZSt) anzuzeigen (Abs. 1 S. 1). Damit erfährt die Meldung innergemeinschaftlicher Lieferungen zwei wichtige Neuerungen: Erstens wird der reguläre Meldezeitraum der Monat anstelle des Quartals. Zweitens wird die Abgabefrist auf den 25. (statt den 10.) des Folgemonats festgelegt. Die Möglichkeit einer **Dauerfristverlängerung** ist seit dem 1. 7. 2010 entfallen. Im Ergebnis bewirkt die Reform damit eine Verkürzung der Abgabefrist für Unternehmer, die bisher von der Dauerfristverlängerung Gebrauch gemacht haben.

Führt der Unternehmer im Quartal lediglich innergemeinschaftliche Warenlieferungen und Lieferungen nach § 25b Abs. 2 mit einer Bemessungsgrundlage bis zu 100.000 EUR aus, darf er weiterhin eine quartalsweise Meldung abgeben (Abs. 1 S. 2). Der **Grenzbetrag** von 100.000 EUR vermindert sich ab **1.1.2012** auf **50.000 EUR.** Wird im Laufe eines Kalendervierteljahres die Bagatellgrenze überschritten, hat der Unternehmer bis zum 25. nach Ablauf des Monats, in dem der Betrag überschritten wird, eine Zusammenfassende Meldung für den entsprechenden Monat und zusätzlich für die bereits abgelaufenen Monate des Kalendervierteljahres abzugeben (Abs. 1 S. 2). Dabei kann der Unternehmer die Angaben für die bereits abgelaufenen Kalendermonate in einer Meldung zusammenfassen oder für jeden der abgelaufenen Monate des Quartals eine Meldung abgeben (siehe BMF 15.6.2010, BStBl. I 2010, 569 Rn. 6 mwN und UStAE 18a.2 Abs. 2 S. 3 – Beispiel). 18

Kommt die Bagatellregelung zur Anwendung, ist die Zusammenfassende Meldung vierteljährlich abzugeben. Soweit der Unternehmer weiterhin monatliche Meldungen abgeben möchte, hat er dies dem BZSt anzuzeigen (Abs. 1 S. 4). Dieser Anzeigepflicht kommt der Unternehmer nach, wenn er bei der erstmaligen Inanspruchnahme das auf dem amtlich vorgeschriebenen Vordruck vorgesehene Feld ankreuzt. Die Ausübung dieses Wahlrechts bindet den Unternehmer bis zu einem Widerruf, mindestens aber für die Dauer von 12 Monaten (BMF 15.6.2010, BStBl. I 2010, 569 Rn. 7; UStAE 18a.2 Abs. 3 S. 4). Nur in besonders zu begründenden Einzelfällen lässt die Finanzverwaltung einen Widerruf vor der 12-Monats-Frist zu (UStAE 18a.2 Abs. 3 S. 6; aA *Nieskens* UR 2010, 713 (726), der für einen monatsweisen Widerruf plädiert). 19

Daneben besteht ausnahmsweise auch die Möglichkeit einer **jährlichen Anzeige,** wenn der Unternehmer von der Verpflichtung zur Abgabe von Voranmeldungen/Vorauszahlungen befreit ist und bestimmte Betragsgrenzen nicht überschritten werden (Abs. 9). Die Zusammenfassende Meldung hat dann bis zum 25. Tag nach Ablauf des Kalenderjahrs zu erfolgen, ansonsten ergeben sich keine sachlichen Änderungen zu Abs. 6 aF. 20

Nach Abs. 8 S. 1 ist bei **innergemeinschaftlichen Lieferungen** für den Zeitpunkt, für den der jeweilige Vorgang in die ZM aufzunehmen ist, grundsätzlich auf den **Zeitpunkt der Rechnungserteilung** abzustellen. Wird keine Rechnung erteilt oder wird diese erst später als in dem ersten Monat, der auf die Lieferung folgt, erteilt, ist die Lieferung in der Meldung für den Monat zu erfassen, der auf den Monat der Lieferung folgt. Für das **innergemeinschaftliche Verbringen** iSv § 6a Abs. 2 werden keine Rechnungen iSd § 14a Abs. 3 ausgestellt (vgl. → § 14a Rn. 14; siehe UStAE 14a.1 Abs. 3 S. 2 – sog. Pro-forma-Rechnung). Sie sind daher immer in der Meldung für den Monat zu erfassen, der auf die Ausführung des Verbringens folgt (Abs. 8 S. 1). **Innergemeinschaftliche Dreiecksgeschäfte** sind in der Meldung für den Anmeldezeitraum zu erfassen, in dem die Lieferung ausgeführt wurde (Abs. 8 S. 2). 21

b) „Innergemeinschaftliche" sonstige Leistungen nach § 3a Abs. 2. Bei der zum 1.1.2010 eingeführten Meldepflicht für „innergemeinschaftliche" sonstige Leistungen iSd § 3a Abs. 2 bleibt es im Grundsatz ab **1.7.2010** bei der vierteljährlichen Anzeigepflicht. Allerdings hat auch hier die Abgabe der Zusammenfassenden Meldung bis zum **25.** nach Ablauf des vierteljährlichen Meldezeitraums zu erfolgen. Die Möglichkeit zur Nutzung der Dauerfristverlängerung ist auch hier weggefallen, so dass für die Unternehmer, die bislang eine Dauerfristverlängerung nutzten, eine Verkürzung der Abgabefrist eingetreten ist (vgl. → Rn. 17). 22

Soweit der Unternehmer zur **monatlichen Anzeige innergemeinschaftlicher Warenbewegungen** verpflichtet ist, **kann** er nach Abs. 3 S. 2 auch die „innergemeinschaftlichen" sonstigen Leistungen nach § 3a Abs. 2 in die monatliche Anzeige mit aufnehmen. Dies hat er dem BZSt anzuzeigen. Eine **monatliche Meldung für** 23

sonstige Leistungen ist nur möglich, wenn eine monatliche Übermittlung im Zusammenhang mit innergemeinschaftlichen Warenlieferungen erfolgt. Daneben besteht ausnahmsweise auch hier die Möglichkeit einer **jährlichen Anzeige** unter den in Abs. 9 genannten Voraussetzungen, vgl. → Rn. 20.

24 Hinsichtlich der **zeitlichen Zuordnung** der sonstigen Leistungen zu den Meldezeiträumen ist wie folgt zu differenzieren:

- **Rechtslage bis zum 30.6.2010:** § 18a Abs. 5 idF des JStG 2009 sah vor, dass die Angaben in der Zusammenfassenden Meldung für den Zeitraum zu machen sind, in dem die Rechnung ausgestellt wird, spätestens jedoch für den Meldezeitraum, in dem der auf die Verwirklichung der Transaktion folgende Monat endet.
- **Rechtslage ab dem 1.7.2010:** Der neue § 18a Abs. 8 S. 2 sieht für Umsätze, die nach dem 30.6.2010 bewirkt worden sind, vor, dass die Angaben zu den sonstigen Leistungen iSd § 3a Abs. 2 **für den Meldezeitraum zu machen sind, in dem diese Leistungen tatsächlich erbracht worden sind.** Insofern korrespondiert die Zuordnungsnorm des Abs. 8 Satz 2 mit der Entstehung der Steuerschuld nach 13b Abs. 1 (vgl. → § 13b Rn. 59). Sichergestellt ist damit, dass die Meldung dieser sonstigen Leistungen durch den leistenden Unternehmer (Zusammenfassende Meldung) und den ausländischen Leistungsempfänger (Umsatzsteuer-Voranmeldung) im **identischen Zeitraum** erfolgen (*Thoma/Klinker* UStB 2010, 186 (189)).

25, 26 *einstweilen frei*

7. Form der Meldung

27 Die ZM ist dem Bundeszentralamt für Steuern nach dem dafür vorgeschriebenen amtlichen Datensatz durch Datenfernübertragung nach Maßgabe der Steuerdatenübermittlungs-Verordnung (StDÜV – seit dem 1.1.2017 gelten die §§ 72a Abs. 1–3, 87a Abs. 6, 87a–87d AO, → Rn. 4) bis zum **25. Tag nach Ablauf des jeweiligen Meldezeitraums** (Monat bzw. Kalendervierteljahr, vgl. → Rn. 17 und 22) zu übermitteln. Zur Vermeidung unbilliger Härten kann das FA (wie bei der Abgabe der Umsatzsteuervoranmeldungen, vgl. → § 18 Rn. 4) die Abgabe in Papierform gestatten; eine **Ausnahmegenehmigung** für die Umsatzsteuervoranmeldung gilt auch für die ZM. Die ZM ist keine Steuererklärung. Gemäß § 18a Abs. 11 finden jedoch die für Steuererklärungen geltenden Vorschriften der AO Anwendung. So kann zB die Abgabe der ZM nach § 328 AO erzwungen werden. Die **Festsetzung eines Verspätungszuschlags** ist seit dem **1.1.2017 ausdrücklich ausgeschlossen,** § 18a Abs. 1 S. 1 (→ Rn. 4). Davor war die Festsetzung eines Verspätungszuschlags zwar gesetzlich erlaubt, die Verwaltung hat jedoch von dieser Möglichkeit keinen Gebrauch gemacht.

8. Berichtigung falscher Meldungen

28 **Falsche Meldungen** sind von dem Unternehmer ab dem **30.6.2010** innerhalb **eines Monats** nach Erkennen des Fehlers zu **berichtigen** (§ 18a Abs. 10). Nach der bis zum 30.6.2010 geltenden Gesetzesfassung musste die Berichtigung innerhalb von drei Monaten erfolgen. Eine **unrichtige** oder **unvollständige ZM** muss für den Meldezeitraum berichtigt werden, in dem die **unrichtigen oder unvollständigen Angaben erklärt wurden** (UStAE 18a.5 Abs. 1 S. 1).

29 **Keine Fehler** idS sind die nachträglichen Änderungen der Bemessungsgrundlage. Auf sie ist § 17 entsprechend anzuwenden (§ 18a Abs. 7 S. 2). Hat sich die umsatzsteuerliche Bemessungsgrundlage für die anzuzeigenden Umsätze nachträglich geändert, sind diese Änderungen in dem Zeitraum zu berücksichtigen, in dem sie **eingetreten** sind (BMF 15.6.2010, BStBl. I 2010, 569).

9. Sanktionen

Werden ZM nicht eingereicht oder unrichtige Angaben nicht berichtigt, kann dies als Ordnungswidrigkeit nach § 26a Abs. 1 Nr. 5 mit einem Bußgeld von bis zu 5.000 EUR geahndet werden. Werden ZM vorsätzlich falsch oder unvollständig eingereicht, kommt auch eine Steuerhinterziehung iSv § 370 AO oder eine Beihilfe hierzu und im Fall der Leichtfertigkeit eine leichtfertige Steuerverkürzung iSv § 378 AO in Betracht, wenn hierdurch die zutreffende Besteuerung in einem anderen Mitgliedstaat vereitelt oder zumindest verzögert wird. Denn nach § 370 Abs. 6 S. 2 ist auch die Hinterziehung von Umsatzsteuer anderer Mitgliedstaaten ebenso strafbar, wie die Hinterziehung inländischer Steuern. Für die verspätete Einreichung einer ZM kann nach Abs. 11 Satz 2 ein Verspätungszuschlag von 1 % der Summe der anzumeldenden Bemessungsgrundlagen höchstens jedoch 2.500 EUR festgesetzt werden. 30

§ 18b Gesonderte Erklärung innergemeinschaftlicher Lieferungen und bestimmter sonstiger Leistungen im Besteuerungsverfahren

[1]Der Unternehmer im Sinne des § 2 hat für jeden Voranmeldungs- und Besteuerungszeitraum in den amtlich vorgeschriebenen Vordrucken (§ 18 Abs. 1 bis 4) die Bemessungsgrundlagen folgender Umsätze gesondert zu erklären:

1. seiner innergemeinschaftlichen Lieferungen,

2. seiner im übrigen Gemeinschaftsgebiet ausgeführten steuerpflichtigen sonstigen Leistungen im Sinne des § 3a Absatz 2, für die der in einem anderen Mitgliedstaat ansässige Leistungsempfänger die Steuer dort schuldet, und

3. seiner Lieferungen im Sinne des § 25b Abs. 2.

[2]Die Angaben für einen in Satz 1 Nummer 1 genannten Umsatz sind in dem Voranmeldungszeitraum zu machen, in dem die Rechnung für diesen Umsatz ausgestellt wird, spätestens jedoch in dem Voranmeldungszeitraum, in dem der auf die Ausführung dieses Umsatzes folgende Monat endet. [3]Die Angaben für Umsätze im Sinne des Satzes 1 Nummer 2 und 3 sind in dem Voranmeldungszeitraum zu machen, in dem diese Umsätze ausgeführt worden sind. [4]§ 16 Abs. 6 und § 17 sind sinngemäß anzuwenden. [5]Erkennt der Unternehmer nachträglich vor Ablauf der Festsetzungsfrist, dass in einer von ihm abgegebenen Voranmeldung (§ 18 Abs. 1) die Angaben zu Umsätzen im Sinne des Satzes 1 unrichtig oder unvollständig sind, ist er verpflichtet, die ursprüngliche Voranmeldung unverzüglich zu berichtigen. [6]Die Sätze 2 bis 5 gelten für die Steuererklärung (§ 18 Abs. 3 und 4) entsprechend.

EU-Recht: Art. 251 Buchst. a MwStSystRL (Art. 22 Abs. 4 Buchst. c 6. EG-RL)

Übersicht

1. Bedeutung und Systematik

1 Die Vorschrift steht in Zusammenhang mit der Überwachung des innergemeinschaftlichen Warenverkehrs nach der Einführung des Binnenmarktes und dem damit verbundenen Wegfall der Grenzkontrollen innerhalb der Gemeinschaft. Sie soll eine Überprüfung der Angaben in den ZM ermöglichen. Deshalb korrespondieren die nach § 18b in die Erklärung aufzunehmenden Angaben mit den nach § 18a für die ZM vorgeschriebenen Angaben im Regelfall. Anzugeben sind die innergemeinschaftlichen Lieferungen sowie Lieferungen nach § 25b Abs. 2. Ab dem **1.1.2010** müssen auch **grenzüberschreitende sonstige Leistungen nach § 3a Abs. 2** gesondert gemeldet werden, § 18b S. 1 Nr. 2 idF des JStG 2009 (BGBl. 2008 I 2794). Ab dem **1.7.2010** sind diese Umsätze für den Voranmeldungszeitraum anzumelden, in dem die sonstigen Leistungen tatsächlich ausgeführt wurden (§ 18b S. 2, 3 idF des EU-Vorgaben-UmsetzungsG, BGBl. 2010 I 386).

Abweichungen ergeben sich aber ua im Falle von Organgesellschaften, die nach § 18a Abs. 5 S. 4 zwar zur Abgabe von ZM verpflichtet sind, aber nach § 18 Abs. 1–4 keine Erklärungen einreichen müssen.

2. Rechtsentwicklung

2 Die Vorschrift wurde durch das BinnenmarktG neu in das UStG mit Wirkung zum 1.1.1993 eingefügt. Sie beruht auf Art. 22 Abs. 4 Buchst. c 6. EG-RL. Nach Art. 1 Nr. 9 des UStÄndG vom 9.8.1994 (BGBl. 1994 I 2058) wurden mit Wirkung ab dem 17.8.1994 Satz 1 neu gefasst und die Sätze 3 und 5 eingefügt. Durch JStG 1996 vom 11.10.1995 (BGBl. I 1250) wurde § 18b an die Neuregelung der innergemeinschaftlichen Lohnveredelung mit Wirkung ab 1.1.1996 angepasst. Mit Wirkung ab 1.1.1997 wurde S. 1 ergänzt und S. 2 neu hinzugefügt aufgrund der Neuregelung innergemeinschaftlichen Dreiecksgeschäfte in § 25b durch das UStÄndG 1997 vom 12.12.1996 (BGBl. I 1851). § 18b S. 1 Nr. 2 wurde durch das JStG 2009 eingefügt, § 18b S. 2 und 3 durch das EU-Vorgaben-UmsetzungsG geändert (→ Rn. 1).

3. Persönlicher Anwendungsbereich

3 **Meldepflichtig** sind alle Unternehmer iSv § 2, die zur Abgabe von Steuervoranmeldungen und Steuererklärungen verpflichtet sind, wenn sie in dem jeweiligen Zeitraum

- innergemeinschaftliche Warenlieferungen im Inland ausgeführt haben,
- oder als Zwischenhändler von der Möglichkeit Gebrauch gemacht haben, die Steuerschuld nach § 25b auf den Abnehmer zu verlagern, oder
- „innergemeinschaftliche" sonstige Leistungen nach § 3a Abs. 2 ausgeführt haben.

Ist der Unternehmer von der Verpflichtung zur Abgabe von Voranmeldungen befreit, gilt dies auch dann, wenn er innergemeinschaftliche Lieferungen getätigt hat. Nicht der Meldepflicht unterliegen Organgesellschaften iSv § 2 Abs. 2 Nr. 2; deren innergemeinschaftliche Lieferung und Lieferung nach § 25b Abs. 2 sind in die Erklärungen des Organträgers aufzunehmen. **Fahrzeuglieferer** iSv § 2a müssen ihre Lieferungen nach § 18 Abs. 4a ebenfalls in einer Voranmeldung und zusätzlich in einer Jahreserklärung melden (vgl. *R/K/L* § 18b Rn. 22).

4. Sachlicher Anwendungsbereich

a) Innergemeinschaftliche Lieferungen als meldepflichtige Vorgänge. Zu melden sind die Bemessungsgrundlagen der innergemeinschaftlichen Lieferungen iSv § 6a Abs. 1 (vgl. → § 6a Rn. 7) und das den Lieferungen gleichgestellte **innergemeinschaftliche Verbringen** iSv § 6a Abs. 2 (vgl. → § 6a Rn. 40). Nicht Voraussetzung ist, dass die Lieferung auch steuerfrei war. Die Meldepflicht besteht auch dann, wenn die Steuerbefreiung deshalb nicht in Anspruch genommen werden konnte, weil der Erwerber seine USt-IdNr. nicht nennen konnte oder wollte (vgl. *R/K/L* § 18b Rn. 21), obwohl in den amtlichen Vordrucken nur die Meldung von steuerfreien innergemeinschaftlichen Lieferungen vorgesehen ist. Liefert ein Unternehmer im Rahmen seines Unternehmens **neue Fahrzeuge** an Abnehmer ohne USt-IdNr., sind diese Lieferungen gesondert zu erfassen (vgl. Zeile 22 des amtlichen Vordrucks). Lieferungen an Abnehmer mit USt-IdNr. werden dagegen nicht gesondert erfasst. 4

b) Innergemeinschaftliche Dreiecksgeschäfte iSv § 25b Abs. 2 als meldepflichtige Vorgänge. Durch das UStÄndG 1997 wurde auch die Verpflichtung zur Meldung bei innergemeinschaftlichen Dreiecksgeschäften nach § 25b Abs. 2 eingefügt. Diese Regelung ist missverständlich. Denn sie könnte so verstanden werden, dass ein im Inland nicht ansässiger Zwischenhändler dann eine Steuererklärung einreichen muss, wenn er für seine Lieferung von der Möglichkeit der Verlagerung der Steuerschuld nach § 25b Abs. 2 Gebrauch gemacht hat. Dies stünde jedoch in Widerspruch zu der mit dieser Regelung bezweckten Vereinfachung für den Zwischenhändler; denn dieser soll durch die Regelung des § 25b gerade von der Verpflichtung zur Abgabe von Steuererklärungen in dem Staat der Lieferung befreit werden (vgl. → § 25b Rn. 24, 27). Bei diesem Verständnis würde sie auch gegen Art. 22 Abs. 4 Buchst. c 6. EG-RL verstoßen. Denn danach hat derjenige den Umsatz zu melden, auf den die Steuerschuld übergegangen ist. Dem entspricht auch § 18 Abs. 4a, wonach der Schuldner der Steuer zur Abgabe einer Steuererklärung verpflichtet ist. Die Regelung ist daher dahingehend zu verstehen, dass die Meldepflicht dann besteht, wenn ein im Inland zur Abgabe von Steuererklärungen verpflichteter Zwischenhändler sich unter Verwendung seiner deutschen USt-IdNr. in einem anderen Mitgliedstaat an einem innergemeinschaftlichen Dreiecksgeschäft beteiligt, für das die in diesem Mitgliedstaat § 25b entsprechenden Vorschriften gelten. Sie begründet also die Meldepflicht für die nicht im Inland steuerbare Lieferung des Zwischenhändlers. Zur entsprechenden Verpflichtung zur Meldung in der vom Zwischenhändler einzureichenden ZM vgl. → § 18a Rn. 5. 5

c) „Innergemeinschaftliche" sonstige Leistungen als meldepflichtige Vorgänge. Meldepflichtig sind ab dem **1. 1. 2010** auch die im übrigen Gemeinschaftsgebiet ausgeführten (dort) **steuerpflichtigen sonstigen Leistungen nach § 3a Abs. 2,** für die der in einem anderen Mitgliedstaat ansässige Leistungsempfänger die Steuer dort schuldet, § 18b Abs. 1 S. 2 (→ Rn. 1). Die Neuregelung beruht auf der RL 2008/8/EG zur Neuregelung des Orts der sonstigen Leistung. 6

5. Verfahren

a) Zeitpunkt der Meldung. Nach Satz 2 sind bei **innergemeinschaftlichen Lieferungen** die Angaben in dem Voranmeldungszeitraum zu machen, in dem die Rechnung für die innergemeinschaftliche Lieferung erteilt wurde. Wird keine Rechnung erteilt oder wird diese erst später als in dem ersten Monat, der auf die Lieferung folgt, ausgestellt, ist die Lieferung in der Voranmeldung für den Monat zu erfassen, der auf den Monat der Lieferung folgt. Für das **innergemeinschaftliche Verbringen** iSv § 6a Abs. 2 werden keine Rechnungen ausgestellt (vgl. → § 14a Rn. 14; siehe UStAE 14a.1 Abs. 3 S. 2 – sog. Pro-forma-Rechnung). Sie sind daher immer in der 7

Meldung für den Monat zu erfassen, der auf die Ausführung des Verbringens folgt. **Innergemeinschaftliche Dreiecksgeschäfte** sind in der Meldung für den Anmeldezeitraum zu erfassen, in dem die Lieferung ausgeführt wurde.

8 Bei den „innergemeinschaftlichen" sonstigen Leistungen nach § 3a Abs. 2 ist zu unterscheiden: Für die **bis zum 30. 6. 2010 erbrachten Umsätze** sah § 18b S. 2 idF des JStG 2009 vor, dass die Angaben zu den sonstigen Leistungen im Voranmeldungszeitraum der Rechnungsstellung, spätestens jedoch in dem auf den Monat der Leistungsausführung folgenden Monat zu machen sind. Für **die nach dem 30. 6. 2010 erbrachten Umsätze** legt § 18b S. 2, 3 nunmehr fest, dass die Angaben in der Meldung für den Anmeldezeitraum zu erfassen sind, in dem die sonstigen Leistungen tatsächlich ausgeführt wurden (vgl. → § 18a Rn. 24).

9 Diese Ausführungen gelten auch für Unternehmer, die der sog. **Ist-Besteuerung** nach § 20 unterliegen. Insoweit kommt es auch für diese Unternehmer nicht auf den Zeitpunkt der Vereinnahmung des Entgelts an. Für die Zuordnung im Rahmen der Jahreserklärung gelten die gleichen Grundsätze.

10 **b) Form der Meldung.** Die Meldungen sind grundsätzlich auf den für Voranmeldungen und Jahreserklärungen vorgeschriebenen amtlichen Datensätzen durch Datenfernübertragung nach Maßgabe der Steuerdatenübermittlungs-Verordnung (StDÜV) dem zuständigem Finanzamt zu übermitteln (§ 18 Abs. 1 S. 1). Die Jahreserklärung mit Ausnahme der Fälle des § 150 AO musste bislang von dem Unternehmer **eigenhändig** unterschrieben werden (vgl. § 18 Abs. 3 S. 3 aF). **Ab dem 1. 1. 2011** ist die **elektronische Übermittlung** nach Maßgabe der StDÜV auch für die **Umsatzsteuerjahreserklärung** grundsätzlich verpflichtend (**§ 18 Abs. 3 S. 1** idF des **JStG 2010,** BGBl. 2010 I 1768, vgl. → § 18 Rn. 4).

11 **c) Berichtigungspflicht. Falsche Meldungen** sind von dem Unternehmer unverzüglich nach Erkennen des Fehlers zu berichtigen (§ 18b S. 5, 6). Insoweit sollte es aber nicht zu beanstanden sein, wenn die Berichtigung innerhalb der auch für die ZM geltenden Frist erfolgt (vgl. *R/K/L* § 18b Rn. 44). Dabei ist allerdings zu berücksichtigen, dass die bisherige Drei-Monats-Frist ab dem **1. 7. 2010 auf einen Monat verkürzt wurde,** vgl. → § 18a Rn. 28).

Zu berichtigen ist die ursprüngliche Erklärung. Deshalb gelten für die Berichtigung hinsichtlich der Form dieselben Regeln wie für die Meldung selbst (vgl. → Rn. 10). Eine Berichtigung der Voranmeldung kann auch über die Abgabe der Jahreserklärung erfolgen (vgl. *Treiber* in Sölch/Ringleb § 18b Rn. 3). Die Berichtigungspflicht endet, wenn Festsetzungsverjährung eingetreten ist.

§ 18c Meldepflicht bei der Lieferung neuer Fahrzeuge

[1]Zur Sicherung des Steueraufkommens durch einen Austausch von Auskünften mit anderen Mitgliedstaaten kann das Bundesministerium der Finanzen mit Zustimmung des Bundesrates durch Rechtsverordnung bestimmen, dass Unternehmer (§ 2) und Fahrzeuglieferer (§ 2a) der Finanzbehörde ihre innergemeinschaftlichen Lieferungen neuer Fahrzeuge an Abnehmer ohne Umsatzsteuer-Identifikationsnummer melden müssen. [2]Dabei können insbesondere geregelt werden:

1. die Art und Weise der Meldung;
2. der Inhalt der Meldung;
3. die Zuständigkeit der Finanzbehörden;
4. der Abgabezeitpunkt der Meldung.
5. (weggefallen)

Fahrzeuglieferungs-Meldepflichtverordnung (FzgLiefgMeldV)

Auf Grund des § 18c Satz 1 und 2 Nr. 1 bis 4 des Umsatzsteuergesetzes in der Fassung der Bekanntmachung vom 21. Februar 2005 (BGBl. I S. 386) verordnet das Bundesministerium der Finanzen:

§ 1 Gegenstand, Form und Frist der Meldung

(1) [1]Die in § 3 genannten Verpflichteten haben die innergemeinschaftliche Lieferung (§ 6a Abs. 1 und 2 des Umsatzsteuergesetzes) eines neuen Fahrzeuges im Sinne des § 1b Abs. 2 und 3 des Umsatzsteuergesetzes bis zum zehnten Tag nach Ablauf des Kalendervierteljahres, in dem die Lieferung ausgeführt worden ist (Meldezeitraum), dem Bundeszentralamt für Steuern nach § 2 zu melden, sofern der Abnehmer der Lieferung keine Umsatzsteuer-Identifikationsnummer eines anderen Mitgliedstaates der Europäischen Union verwendet. [2]Die Meldung erfolgt nach amtlich vorgeschriebenem Datensatz für jedes gelieferte Fahrzeug jeweils gesondert. [3]Sind einem Unternehmer die Fristen für die Abgabe der Voranmeldungen um einen Monat verlängert worden (§§ 46 bis 48 der Umsatzsteuer-Durchführungsverordnung) gilt diese Fristverlängerung auch für die Anzeigepflichten im Rahmen dieser Verordnung.

(2) Für die Form der Mitteilung gilt:

1. *Unternehmer im Sinne des § 2 des Umsatzsteuergesetzes haben die Meldungen nach Absatz 1 nach amtlich vorgeschriebenem Datensatz durch Datenfernübertragung [bis 31. 12. 2016: nach Maßgabe der Steuerdaten-Übermittlungsverordnung] zu übermitteln; auf Antrag kann das Finanzamt zur Vermeidung unbilliger Härten auf eine elektronische Übermittlung verzichten;*
2. *Fahrzeuglieferer nach § 2a des Umsatzsteuergesetzes können die Meldung nach Absatz 1 auf elektronischem Weg [bis 31. 12. 2016: nach Maßgabe der Steuerdaten-Übermittlungsverordnung] übermitteln oder in Papierform abgeben.*

§ 2 Inhalt der Meldung

Die abzugebende Meldung muss folgende Angaben enthalten:

1. *den Namen und die Anschrift des Lieferers,*
2. *die Steuernummer und bei Unternehmern im Sinne des § 2 des Umsatzsteuergesetzes zusätzlich die Umsatzsteuer-Identifikationsnummer des Lieferers,*
3. *den Namen und die Anschrift des Erwerbers,*
4. *das Datum der Rechnung,*
5. *den Bestimmungsmitgliedstaat,*
6. *das Entgelt (Kaufpreis),*
7. *die Art des Fahrzeugs (Land-, Wasser- oder Luftfahrzeug),*
8. *den Fahrzeughersteller,*
9. *den Fahrzeugtyp (Typschlüsselnummer),*
10. *das Datum der ersten Inbetriebnahme, wenn dieses vor dem Rechnungsdatum liegt,*
11. *den Kilometerstand (bei motorbetriebenen Landfahrzeugen), die Zahl der bisherigen Betriebsstunden auf dem Wasser (bei Wasserfahrzeugen) oder die Zahl der bisherigen Flugstunden (bei Luftfahrzeugen), wenn diese am Tag der Lieferung über Null liegen,*
12. *die Kraftfahrzeug-Identifizierungs-Nummer (bei motorbetriebenen Landfahrzeugen), die Schiffs-Identifikations-Nummer (bei Wasserfahrzeugen) oder die Werknummer (bei Luftfahrzeugen).*

§ 3 Meldepflichtiger

Zur Meldung verpflichtet ist der Unternehmer (§ 2 des Umsatzsteuergesetzes) oder Fahrzeuglieferer (§ 2a des Umsatzsteuergesetzes), der die Lieferung des Fahrzeugs ausführt.

§ 4 Ordnungswidrigkeit

Ordnungswidrig im Sinne des § 26a Abs. 1 Nr. 6 des Umsatzsteuergesetzes handelt, wer vorsätzlich oder leichtfertig entgegen § 1 Abs. 1 Satz 1 eine Meldung nicht, nicht richtig, nicht vollständig oder nicht rechtzeitig macht.

§ 5 Inkrafttreten

Diese Verordnung tritt am 1. Juli 2010 in Kraft.

EU-Recht: Art. 254 MwStSystRL (Art. 22 Abs. 6 Buchst. d 6. EG-RL)
UStAE: 18c.1

1. Rechtsentwicklung und Bedeutung

1 § 18c wurde durch das BinnenmarktG neu in das UStG mit Wirkung zum 1.1.1993 eingefügt. Sie beruht auf Art. 22 Abs. 6 Buchst. d 6. EG-RL Die Vorschrift schafft die Rechtsgrundlage für den Erlass einer Verordnung, durch die Unternehmer iSv § 2 und Fahrzeuglieferer iSv § 2a verpflichtet werden können, die Lieferung neuer Fahrzeuge an Abnehmer ohne USt-IdNr. melden zu müssen, um diese Daten mit anderen Mitgliedstaaten austauschen zu können. Der BMF hatte von dieser Ermächtigung bisher **nicht** Gebrauch gemacht. Die Umsetzung scheiterte in der Vergangenheit daran, dass die Meldepflicht nach § 18c aF einen **gegenseitigen regelmäßigen** (automatischen) Auskunftsverkehr zwischen den EU-Mitgliedstaaten vorausgesetzt hat (vgl. 8. Auflage). Um Fortschritte in der Zusammenarbeit der EU-Mitgliedstaaten zu erreichen, wird die Meldepflicht seit der Änderung des § 18c durch das **StVBG** (BGBl. 2001 I 3922) **nicht** mehr von der **Gegenseitigkeit** und dem **regelmäßigen** Informationsaustausch abhängig gemacht.

2. Fahrzeuglieferungs-Meldepflichtverordnung

2 Nunmehr hat der **BMF** reagiert. Er hat von der Ermächtigung des § 18c Gebrauch gemacht und mit Wirkung zum **1.7.2010 die Fahrzeuglieferungs-Meldepflichtverordnung** (FzgLiefgMeldV) **erlassen.** Zuvor hatte der Bundesrechnungshof bereits mehrfach die Umsatzsteuerausfälle auf diesem Gebiet bemängelt (vgl. Nachweise bei *Raudszus/Wagner* UStB 2010, 272).

3 Die FzgLiefgMeldV verpflichtet alle Unternehmer und Fahrzeuglieferer nach § 2a, für Lieferungen neuer Fahrzeuge an Abnehmer ohne USt-IdNr. eine Fahrzeug-Einzelmeldung beim BZSt abzugeben. Meldezeitraum ist das Kalendervierteljahr, in dem die Lieferung ausgeführt wurde. Die Meldung ist bis zum 10. Tag nach Ablauf des Meldezeitraums abzugeben (§ 1 Abs. 1 S. 1 FzgLiefgMeldV). Für jedes Fahrzeug ist eine gesonderte Meldung abzugeben (§ 1 Abs. 1 S. 2 FzgLiefgMeldV). Unternehmer haben die Meldung elektronisch zu übermitteln, Fahrzeuglieferer nach § 2a können die Meldung auch in Papierform abgeben (vgl. § 1 Abs. 2 FzgLiefgMeldV). Zum notwendigen Inhalt der Meldung siehe § 2 FzgLiefgMeldV und UStAE 18c.1 Abs. 4. Bei fehlender, unrichtiger, unvollständiger oder verspäteter Meldung droht nach § 26a Abs. 1 Nr. 6 eine Geldbuße von bis zu 5.000 EUR.

§ 18d Vorlage von Urkunden

[1]Die Finanzbehörden sind zur Erfüllung der Auskunftsverpflichtung nach der Verordnung (EU) Nr. 904/2010 des Rates vom 7. Oktober 2010 über die Zusammenarbeit der Verwaltungsbehörden und die Betrugsbekämpfung auf dem Gebiet der Mehrwertsteuer (ABl. L 268 vom 12.10.2010, S. 1) berechtigt, von Unternehmern die Vorlage der jeweils erforderlichen Bücher, Aufzeichnungen, Geschäftspapiere und anderen Urkunden zur Einsicht und Prüfung zu verlangen. [2]§ 97 Absatz 2 der Abgabenordnung gilt entsprechend. [3]Der Unternehmer hat auf Verlangen der Finanzbehörde die in Satz 1 bezeichneten Unterlagen vorzulegen.

EU-Recht: VO Nr. 904/2010/EU vom 7.10.2010
UStAE: 18d.1

Übersicht

1. Bedeutung und Systematik

Aus § 18d ergibt sich zum einen die **Berechtigung** der Finanzbehörden, die jeweiligen Informationen weiterzugeben und zum anderen die **Verpflichtung,** von den Unternehmern die Vorlage der für die Auskunft erforderlichen Unterlagen zu verlangen. Die **Rechtmäßigkeit** eines **Auskunfts- und Vorlageverlangens** an den Unternehmer hängt in erster Linie davon ab, ob das Auskunftsersuchen des anderen Mitgliedstaates rechtsmäßig war (vgl. → Rn. 7 ff.). Dies war bislang anhand der Verordnung EG Nr. 1798/2003 (EG-VO) zu überprüfen. Diese EG-VO ist durch die **Verordnung (EU) Nr. 904/2010/EU** ersetzt worden. Durch das **AmtshilfeRLUmsG** (BGBl. 2013 I 1809) ist eine redaktionelle Anpassung des § 18d an das neue EU-Recht erfolgt. Die EU-VO ist aber bereits seit dem **1.1.2012 als unmittelbar geltendes Recht** zu beachten. 1

Ziel der EU-VO ist die **Verbesserung und Intensivierung der Zusammenarbeit der Verwaltungsbehörden** der EU-Mitgliedstaaten, insbesondere zur Betrugsbekämpfung auf dem Gebiet der Mehrwertsteuer (vgl. Punkte 3, 4 und 18 der Präambel zur EU-VO). Da die EU-VO **unmittelbare Wirkung** hat, folgt daraus die Verpflichtung der Unternehmer zur Mitwirkung in der ausländischen Umsatzsteuersache, wie wenn es um die Erhebung deutscher Umsatzsteuer ginge (*Stadie* § 18d Rn. 1; vgl. § 117 Abs. 4 S. 1 AO – zwischenstaatliche Amtshilfe in Steuersachen). 2

Die EU-VO sieht die Zusammenarbeit der mitgliedstaatlichen Verwaltungsbehörden durch folgende **Maßnahmen** vor: 3
- Informationsaustausch auf Ersuchen (Art. 7–12 EU-VO),
- Informationsaustausch ohne vorheriges Ersuchen (Art. 13–16 EU-VO),
- Speicherung und Austausch bestimmter Informationen (Art. 17–24 EU-VO),
- Ersuchen um Zustellung durch die Verwaltung (Art. 25–27 EU-VO),
- Anwesenheit in den Amtsräumen der Behörden und Teilnahme an behördlichen Ermittlungen (Art. 28 EU-VO),
- gleichzeitige Prüfungen (Art. 28, 29 EU-VO),
- Aufbau von Eurofisc (Art. 33–37 EU-VO – Frühwarnsystem zur Bekämpfung des Mehrwertsteuerbetruges).

einstweilen frei 4

2. Auskunftsersuchen

Die **Vorlagepflicht** nach § 18d setzt zunächst ein **Auskunftsersuchen** eines **anderen EU-Mitgliedstaates** voraus. Nach **Art. 7 EU-VO** sind die zuständigen Behörden der Mitgliedstaaten verpflichtet, den zuständigen Behörden anderer Mitgliedstaaten auf Antrag Auskünfte zu erteilen. Unter bestimmten Umständen (Betrug oder 5

Gefahr eines Steuerverlustes) ist auch ein Informationsaustausch ohne vorheriges Ersuchen zulässig (Art. 13ff. der EU-VO).

6 **a) Zuständige Behörde.** Die Ersuchen anderer Mitgliedstaaten werden von der **Finanzbehörde** (FA) durchgeführt, die nach § 21 AO für eine **Umsatzbesteuerung des Vorgangs zuständig** ist, auf den sich das **Ersuchen bezieht** (UStAE 18d.1 Abs. 1 S. 1). Wenn diese Behörde nicht festgestellt werden kann, ist die Finanzbehörde zuständig, in deren Bezirk die Ermittlungshandlungen vorzunehmen sind (§ 24 AO – siehe UStAE 18d.1 Abs. 1 S. 2).

7 **b) Umfang des Ersuchens.** Der **Umfang** des Ersuchens ist **sehr weitreichend.** Vom Ersuchen umfasst sind alle Auskünfte, die für die korrekte Festsetzung der Mehrwertsteuer, die Kontrolle der richtigen Anwendung der Mehrwertsteuer insbesondere auf grenzüberschreitende Umsätze (Lieferungen und Dienstleistungen) sowie die Bekämpfung des Mehrwertsteuerbetrugs geeignet sind (Art. 7 iVm Art. 1 der EU-VO).

3. Vorlagepflicht

8 Aufgrund des Ersuchens kann die Finanzbehörde von Unternehmern (aA *Stadie* § 18d Rn. 2, der auch Nichtunternehmer einbezieht) die **Vorlage** von Büchern, Aufzeichnungen, Geschäftspapieren und anderen Urkunden an Amtsstelle verlangen (§ 18d S. 3; UStAE 18d.1 Abs. 2 S. 1). Die Pflicht zur Vorlage ergibt sich zudem aus der EU-VO und § 117 Abs. 4 AO (zum Verhältnis der Vorschriften siehe *Stadie* § 18d Rn. 2).

9 Mit **Einverständnis** des Vorlagepflichtigen oder wenn die Unterlagen für eine **Vorlage an Amtsstelle ungeeignet** sind, können die Unterlagen auch beim Vorlagepflichtigen eingesehen werden (UStAE 18d.1 Abs. 2 S. 2). Sind die Unterlagen auf einem Datenträger gespeichert, so hat der Unternehmer für die Lesbarmachung zu sorgen (§ 97 Abs. 2 AO iVm § 147 Abs. 5 AO).

4. Durchführung von Ermittlungsmaßnahmen

10 Zu klären ist, ob die Finanzbehörden **weitergehende Prüfungen anordnen kann** (zB Umsatzsteuersonderprüfung oder -Nachschau), wenn Zweifel bestehen, ob die vorgelegten Unterlagen vollständig und schlüssig sind. Zwar ist der Unternehmer nach dem Wortlaut des § 18d **nur** zur Vorlage von Unterlagen verpflichtet. Dass er darüber hinaus weitere Auskünfte erteilen oder gar Ermittlungen wie bei einer Außenprüfung dulden müsse, lässt sich der Vorschrift nicht entnehmen. Eine **entsprechende Duldungspflicht** lässt sich mE aber aus der **EU-VO ableiten,** die als EU-Rechtsverordnung **unmittelbare Rechtswirkungen auch zu Lasten des Steuerpflichtigen anordnen** kann. Nach **§ 7 Abs. 5 EU-VO** verfährt die Finanzbehörde bei der Durchführung der beantragten Ermittlungen so, wie sie **in Erfüllung eigener Aufgaben handeln würde.** Es gelten insoweit **keine Einschränkungen** hinsichtlich der in Betracht kommenden Ermittlungsmaßnahmen.

11 Im Einvernehmen zwischen der ersuchenden und der ersuchten Behörde dürfen Beamte der ersuchenden Behörde bei behördlichen **Ermittlungen der ersuchten Behörde zugegen** sein. Die Ermittlungen werden im Inland ausschließlich von den Beamten der zuständigen Finanzbehörden geführt (Art. 28 EU-VO).

12 Nach Art. 29f. EU-VO kommt auch eine **gleichzeitige Prüfung** von Steuerpflichtigen in den Hoheitsgebieten mehrerer Mitgliedstaaten in Betracht, wenn dies im Hinblick auf die gegenseitige Erteilung von Auskünften für wirksamer erachtet wird als eine Prüfung durch einen einzigen Mitgliedstaat.

5. Verfahren

Das Ersuchen um Auskunft und behördliche Ermittlungen soll unter Verwendung eines **Standardformulars** übermittelt werden (Art. 7 iVm Art. 58 Abs. 2 EU-VO). Die Auskunftserteilung hat möglichst rasch zu erfolgen, spätestens jedoch **drei Monate** nach dem Zeitpunkt des Eingangs des Ersuchens (Art. 10 Abs. 1 EU-VO). Sofern der ersuchten Behörde die angeforderten Informationen bereits vorliegen, beträgt die Frist höchstens einen Monat (Art. 10 Abs. 2 EU-VO). 13

Ist die Vorlage bestimmter Unterlagen durch einen Unternehmer erforderlich, wird eine entsprechende **schriftliche** Aufforderung mit Fristsetzung zur Vorlage dieser Unterlagen an den betroffenen Unternehmer erlassen. In der Aufforderung ist im Einzelnen anzugeben, welche Unterlagen vorzulegen sind. Die **Aufforderung** (Verwaltungsakt) ist mit einer **Rechtsmittelbelehrung** zu versehen. **Einspruch und Klage** (einschließlich AdV) dagegen sind **zulässig.** Gegen die Aufforderung kann insbesondere eingewandt werden, dass das Auskunftsersuchen rechtswidrig ist und dass die Vorlage der angeforderten Unterlagen zur Beantwortung nicht erforderlich ist. 14

6. Sanktionen

Ein **Verstoß** gegen die Verpflichtung zur Vorlage nach § 18d stellt eine **Ordnungswidrigkeit iSd § 26a Abs. 1 Nr. 7 iVm Abs. 2** dar, die mit einem Bußgeld von bis zu 5.000 EUR geahndet werden kann. Werden vorsätzlich Unterlagen nicht oder nicht vollständig vorgelegt, kommt eine Steuerhinterziehung iSv § 370 AO, eine Beihilfe hierzu oder eine leichtfertige Steuerverkürzung iSv § 378 AO in Betracht, wenn hierdurch die zutreffende Besteuerung in einem anderen Mitgliedstaat vereitelt oder zumindest verzögert wird (vgl. → § 18a Rn. 30). Darüber hinaus kann die Vorlage mit Zwangsgeldern von bis zu 25.000 EUR durchgesetzt werden (§§ 328f. AO). 15

§ 18e Bestätigungsverfahren

Das Bundeszentralamt für Steuern bestätigt auf Anfrage

1. **dem Unternehmer im Sinne des § 2 die Gültigkeit einer Umsatzsteuer-Identifikationsnummer sowie den Namen und die Anschrift der Person, der die Umsatzsteuer-Identifikationsnummer von einem anderen Mitgliedstaat erteilt wurde;**
2. **dem Lagerhalter im Sinne des § 4 Nr. 4a die Gültigkeit der inländischen Umsatzsteuer-Identifikationsnummer sowie den Namen und die Anschrift des Auslagerers oder dessen Fiskalvertreters.**

EU-Recht: Art. 31 VO Nr. 904/2010/EU vom 7. 10. 2010
UStAE: 18e.1, 18e.2

Übersicht

1. Bedeutung und Systematik

1 Durch die Vorschrift des § 18e **Nr. 1** wird der bereits nach Art. 31 der EU-VO Nr. 904/2010 vom 7.10.2010 bestehende Anspruch auf Bestätigung der Gültigkeit von USt-IdNr. durch das BZSt geregelt. Das Bestätigungsverfahren dient insbesondere dazu, es dem Unternehmer im Falle von Zweifeln an der Richtigkeit der Angaben seines Abnehmers oder dessen Identität zu ermöglichen, dessen Angaben zu überprüfen. Dies gilt insbesondere bei Aufnahme einer **neuen Geschäftsbeziehung** und wenn Art und Umfang der Lieferung keinen sicheren Rückschluss auf die Unternehmereigenschaft des Abnehmers zulassen. Werden die Angaben des Abnehmers durch eine **qualifizierte Bestätigungsabfrage** (→ Rn. 4) des Lieferanten bestätigt, kann diesem jedenfalls insoweit eine Verletzung seiner Sorgfaltspflicht nach § 6a Abs. 4 nicht vorgeworfen werden (BFH V B 180/03, BFH/NV 2004, 988; vgl. → § 6a Rn. 85f.). Die Verwendung einer USt-IdNr. ist zum anderen für die Ortsbestimmung bestimmter sonstiger Leistungen (vgl. § 3a Abs. 2 S. 3, Abs. 3 Nr. 3 Buchst. a und c, Abs. 3 Nr. 4 und § 3b) von Bedeutung. Mit der Regelung des § 18e **Nr. 2** (vgl. → Rn. 1) erhält der Lagerhalter ab dem 1.1.2004 die Möglichkeit, sich vom Bundeszentralamt für Steuern die Gültigkeit der inländischen USt-IdNr. des Auslagerers oder dessen Fiskalvertreters sowie Namen und Anschrift bestätigen zu lassen (zum Lagerhalter vgl. → § 4 Nr. 4a Rn. 4).

2. Rechtsentwicklung

2 Die Vorschrift wurde durch das BinnenmarktG neu in das UStG mit Wirkung zum 1.1.1993 eingefügt. Sie beruht auf Art. 6 Abs. 4 der VO (EWG) Nr. 218/92 des Rates vom 27.1.1992, ersetzt durch Art. 27 Abs. 4 der EGVO 1798/2003 vom 7.10.2003 über die Zusammenarbeit der Verwaltungsbehörden auf dem Gebiet der MwSt und zur Aufhebung der VO (EWG) Nr. 218/92 (EG-VO). Durch das StÄndG 2003 (BGBl. 2003 I 2645) ist die Vorschrift mit Wirkung zum 1.1.2004 um die Neuregelung des § 18e **Nr. 2** ergänzt worden. Der bisherige § 18e ist in einen neuen § 18e Nr. 1 eingeflossen. Die EG-VO 1798/2003 wurde durch **Art. 31 VO Nr. 904/2010/EU** vom 7.10.2010 ersetzt, vgl. → § 18d Rn. 1.

3. Antragsberechtigte Unternehmer

3 Nach dem Wortlaut der Vorschrift des § 18e Nr. 1 sind nur Unternehmer iSv § 2 berechtigt, eine Bestätigung nach § 18e zu beantragen. Bestätigt werden nur die von **anderen Mitgliedstaaten** erteilten USt-IdNr. Wie sich aus UStAE 18e.1 Abs. 1 S. 2 ergibt, ist weitere Voraussetzung, dass dieser Unternehmer zumindest für umsatzsteuerliche Zwecke registriert ist. Nach Art. 31 Abs. 1 EU-VO haben dagegen alle Personen, die an innergemeinschaftliche Warenlieferungen und Dienstleistungen beteiligt sind, einen Anspruch auf Bestätigung der USt-IdNr. einer anderen bestimmten Person. In Betracht kommen daher auch juristische Personen, die keine Unternehmer sind und Fahrzeuglieferer iSv § 2a. Einer Begründung bedarf die Anfrage nicht, es bedarf insbesondere keines berechtigten Interesses (vgl. *R/K/L* § 18e Rn. 24). Der Unternehmer hat einen **Anspruch auf Bestätigung.** Der Lagerhalter ist nach § 18e Nr. 2 berechtigt, sich eine **inländische** USt-IdNr. bestätigen zu lassen (vgl. → Rn. 1).

4. Umfang der Bestätigung

4 Zu unterscheiden ist zwischen der einfachen und der qualifizierten Bestätigungsabfrage. Bei der **einfachen** Anfrage wird nur die ausländische USt-IdNr. angegeben (für Vertrauensschutz nach § 6a Abs. 4 nicht ausreichend). Bei der **qualifizierten** Abfrage werden neben der ausländischen USt-IdNr. mindestens der Firmenname und

der Ort des Abnehmers angegeben (vgl. UStAE 18e.1 Abs. 4 und Art. 31 Abs. 2 EU-VO). Bestätigt werden die entsprechenden Angaben dann vom Bundeszentralamt für Steuern (BZSt). Die Bestätigung beschränkt sich aber auf die Mitteilung, ob die in dem Antrag gemachten Angaben bestätigt werden können oder nicht. Sind nicht alle Angaben richtig, teilt das BZSt mit, welche Angaben (Name, Ort, Postleitzahl, Straße) nicht bestätigt werden können (vgl. UStAE 18e.1 Abs. 4 Satz 2, 3). Eine Fehlermeldung muss jedoch nicht bedeuten, dass die Angaben falsch sind. Denn bestätigt werden können nur die Angaben entsprechend dem Datenbestand bei der in dem anderen Mitgliedstaat zuständigen Behörde. Dieser Datenbestand kann jedoch auch veraltet oder von Anfang an unzutreffend gewesen sein.

5. Verfahren

Der Antrag auf Bestätigung kann schriftlich, telefonisch, per Telekopie oder online **5**
gestellt werden. Die Anfrage muss die USt-IdNr. des anfragenden Unternehmers oder, wenn eine solche nicht vorliegt, seine Steuernummer, unter der er umsatzsteuerlich geführt wird, sowie die von einem anderen Mitgliedstaat erteilte USt-IdNr., die bestätigt werden soll, enthalten (einfache Bestätigungsabfrage UStAE 18e.1 Abs. 3). Sollen auch Name und Anschrift des Inhabers der Nummer bestätigt werden, sind auch diese im Einzelnen anzugeben (qualifizierte Bestätigungsabfrage, UStAE 18e.1 Abs. 4). Eine Begründung, weshalb die Bestätigung begehrt wird, ist nicht erforderlich. Zuständig für das Bestätigungsverfahren ist das Bundeszentralamt für Steuern – Außenstelle Saarlouis – 66738 Saarlouis (Telefon: 0228/4060 1222; Telefax: 0228/406-3801 und -3753). Das **Onlinebestätigungsverfahren** erfolgt über die Internetseite des Bundeszentralamts für Steuern (http://www.bzst.de). Unter dieser Internet-Adresse sind auch Informationen zum Aufbau der USt-IdNr. in den EU-Mitgliedstaaten abrufbar. Lehnt das Bundeszentralamt für Steuern die Bestätigung ab, kann hiergegen **Einspruch** (vgl. § 347 AO) eingelegt werden. Hat dieser keinen Erfolg, kann Verpflichtungsklage (vgl. § 40 FGO) erhoben werden. Vorläufiger Rechtsschutz kann durch eine **einstweilige Anordnung** (vgl. § 114 FGO) erlangt werden.

§ 18f Sicherheitsleistung

[1]Bei Steueranmeldungen im Sinne von § 18 Abs. 1 und 3 kann die Zustimmung nach § 168 Satz 2 der Abgabenordnung im Einvernehmen mit dem Unternehmer von einer Sicherheitsleistung abhängig gemacht werden. [2]Satz 1 gilt entsprechend für die Festsetzung nach § 167 Abs. 1 Satz 1 der Abgabenordnung, wenn sie zu einer Erstattung führt.

UStAE: 18f.1

Übersicht

1. Bedeutung und Systematik

1 Um zu vermeiden, dass Vorsteuerbeträge zu Unrecht ausgezahlt werden, hielt es der Gesetzgeber für angebracht, die abgabenrechtlich bislang nicht geklärte Frage, ob die Auszahlung von Vorsteuerüberschüssen von einer Sicherheitsleistung abhängig gemacht werden darf, nunmehr klar und positiv im UStG zu regeln. § 18f erlaubt der Finanzbehörde, die Zustimmung zu der Erstattung von Vorsteuerüberhängen im Einvernehmen mit dem Unternehmen von einer **Sicherheitsleistung** abhängig zu machen.

2. Rechtsentwicklung

2 Durch das SteuerverkürzungsbekämpfungsG – **StVBG** – (BGBl. 2001 I 3922; BStBl. I 2002, 32) wurde die Neuregelung des § 18f in das UStG eingefügt. Die Regelung ist zum 1.1.2002 in Kraft getreten. Das BMF hat mit Schreiben vom 8.10.2002 (DStR 2002, 1864) und UStAE 18f.1 Stellung genommen.

3. Vereinbarkeit mit dem EU-Recht

3 § 18f verstößt nicht gegen den **EU-rechtlichen Grundsatz des Sofortabzugs** der Vorsteuer (krit. *Nieskens* UR 2002, 53 (71)). Die 6. EG-RL gewährt dem Steuerpflichtigen zwar das Recht, die mit dem Bezug der Leistung entstandene Vorsteuer (vgl. Art. 17 Abs. 1 iVm mit Art. 10 Abs. 2 S. 1) sofort durch Vorlage der Rechnung auszuüben (Art. 18). Dabei unterstellt das EU-Recht allerdings die Richtigkeit der Angaben des Steuerpflichtigen zur Abzugsberechtigung. Denn die 6. EG-RL geht von einem **rechtmäßigen Verhalten** im Rahmen des gemeinsamen Mehrwertsteuersystems aus und betrifft gerade keine Maßnahmen zur **Sicherung des Steueraufkommens.** Diese obliegen vielmehr den Mitgliedstaaten (vgl. Art. 18 Abs. 3 und Art. 22 Abs. 8 6. EG-RL).

Bei der Ausgestaltung des Systems zur Sicherung des Mehrwertsteueraufkommens ist „nur" die Einhaltung des **Grundsatzes der Verhältnismäßigkeit** insbesondere bei solchen Maßnahmen sicherzustellen, die sich auf das Recht zur sofortigen Erstattung der Vorsteuer auswirken (EuGH C-286/94, UR 1998, 470 – Molenheide; hierzu im Einzelnen → Rn. 16ff.).

4–7 *einstweilen frei*

4. Inhalt und Anwendungsbereich der Regelung

8 **a) Sachlicher Anwendungsbereich.** Gemäß § 18f kann die Zustimmung nach § 168 S. 2 AO bei Steueranmeldungen im Einvernehmen mit dem Unternehmer von einer Sicherheitsleistung abhängig gemacht werden. Gleiches gilt auch für die Festsetzung nach § 167 Abs. 1 S. 1 AO, wenn sie zu einer nachträglichen Erstattung führt.

Der Zustimmung nach § 168 S. 2 AO unterliegen zum einen Steueranmeldungen in Form der **Voranmeldungen** (§ 18 Abs. 1) als auch in Form der **Jahreserklärung** (§ 18 Abs. 3), soweit die Steueranmeldung zu einer **Herabsetzung** der bisher entrichteten USt („Soll"-Minderung) oder zu einer Vergütung angemeldeter Vorsteuerbeträge (Vorsteuererstattung) führt. § 18f S. 2 lässt die Möglichkeit einer Sicherheitsleistung auch dann zu, wenn die Finanzbehörde nach § 167 Abs. 1 S. 1 AO von der Voranmeldung abweicht.

9 **b) Einvernehmen des Steuerpflichtigen.** § 18f setzt das **„Einvernehmen"** mit dem Steuerpflichtigen voraus. Der Steuerpflichtige wird der Sicherheitsleistung insbesondere dann zustimmen, wenn die Prüfung der Vorsteuerberechtigung umfangreiche Prüfungsmaßnahmen erfordert (zB Umsatzsteuersonderprüfung). In diesen Fällen hat die FVerw bislang wegen der Zweifel an der Richtigkeit des Vorsteuer-

überschusses die Zustimmung gemäß § 168 S. 2 AO verweigert, dh der Unternehmer bekam nichts ausgezahlt. Nunmehr kann er bis zur Klärung dieser Fragen das Geld behalten, wenn er dem FA eine Sicherheit anbietet.

einstweilen frei **10–15**

c) Voraussetzung für Sicherheitsleistung. Der Unternehmer kann die Auszahlung möglicher Vorsteuerüberhänge durch das Angebot einer Sicherheitsleistung nicht erzwingen. Vielmehr steht der Finanzbehörde ein **Ermessen** zu, ob sie diese gegen Sicherheitsleistung erstatten will oder nicht. **16**

Der gesetzlichen Regelung sind keine Anhaltspunkte für die Ausübung dieses Ermessens zu entnehmen. Erhellend ist insoweit die amtliche Begründung des RegE (BT-Drs. 14/6883), die wie folgt lautet:

> *„Deshalb kann das Finanzamt in Ausübung seines pflichtgemäßen Ermessens künftig mit Zustimmung des Steuerpflichtigen die Auszahlung von Erstattungsbeträgen von Sicherheitsleistungen abhängig machen, wenn unklar ist, ob die Voraussetzungen für den Vorsteuerabzug vorliegen. Nach bisherigem Recht konnte die Erstattung in diesen Fällen zunächst nicht erfolgen. Das bedeutet: Die notwendige Prüfung muß nunmehr nicht mehr zulasten der Liquidität des zu prüfenden Unternehmens gehen. Der Erstattungsbetrag wird ausbezahlt; der Unternehmer ist lediglich mit den Kosten z. B. einer Bürgschaft belastet.*
>
> *Aufgrund der Neuregelung kann das Finanzamt im Einvernehmen mit dem Unternehmer die Zustimmung gegen Sicherheitsleistung erteilen, ohne das Risiko eines Steuerausfalls einzugehen. Die Sicherheitsleistung kann längstens für die Dauer der notwendigen Prüfung verlangt werden (Grundsatz der Verhältnismäßigkeit).“*

Bei der Ausübung des pflichtgemäßen Ermessens ist das **Gebot der Verhältnismäßigkeit** besonders zu beachten (vgl. → Rn. 3).

Der Grundsatz der Verhältnismäßigkeit erfordert **keine zeitliche Grenze,** innerhalb derer bei erhaltener Sicherheitsleistung die Prüfung vorzunehmen ist (aA *Nieskens* UR 2002, 53 (71)). Die Zeitdauer der Überprüfung ist abhängig von den Besonderheiten des Einzelfalls. So wird zB die Überprüfung von Vorsteuer in Zusammenhang mit (vermuteten) Karussellgeschäften sicherlich länger dauern dürfen als die Überprüfung einer „normalen" Abzugsberechtigung. Eine klare zeitliche Vorgabe ist nicht möglich; die Beschränkung auf die **„Dauer der notwendigen Prüfung"** (BT-Drs. 14/6883) ist sowohl ausreichend als auch geboten. **17**

Das **BMF-Schreiben** vom 8.10.2002 (DStR 2002, 1864; so auch UStAE 18f.1 Abs. 3) enthält zur „Dauer der notwendigen Prüfung" folgende Anweisung: **18**

> *„In Fällen, in denen die bestehenden Zweifel mit einer Umsatzsteuer-Nachschau oder einer Umsatzsteuer-Sonderprüfung kurzfristig ausgeräumt werden können, ist eine Sicherheitsleistung grundsätzlich nicht angezeigt. Die Vorschrift ist daher regelmäßig nur in Fällen anzuwenden, in denen die erforderliche Prüfung der Rechtmäßigkeit der geltend gemachten Erstattungsbeträge wegen der besonderen Schwierigkeiten des zu beurteilenden Sachverhalts voraussichtlich länger als sechs Wochen in Anspruch nimmt. Die Anwendung der Regelung darf nicht zu einer Verzögerung bei der Prüfung des Erstattungsanspruchs führen.“*

Der vorgesehene Prüfungszeitraum von **sechs Wochen** ist nicht **unproblematisch:** Zum einen besteht die Gefahr, dass die FÄ die Zustimmung regelmäßig erst nach sechs Wochen erteilen. Zum anderen kann der Unternehmer an einer Erstattung gegen Sicherheit auch vor Ablauf der Sechs-Wochen-Frist interessiert sein (vgl. *Treiber* in Sölch/Ringleb § 18f Rn. 5).

Untätigkeit der Finanzverwaltung: Unverhältnismäßig und damit ermessensfehlerhaft wäre es, wenn der Fiskus die Prüfung von der Leistung einer Sicherheit **abhängig machen** oder die Sicherheit vereinnahmen würde, ohne die **erforderlichen Prüfmaßnahmen zeitnah einzuleiten.** *Nieskens* (UR 2002, 53 (71)) äußert einen **19**

entsprechenden „Generalverdacht" unter Hinweis auf die knappe Personallage in den Finanzämtern. Unseres Erachtens begründet erst die im Einzelfall tatsächlich nachgewiesene, sachlich nicht zu rechtfertigende Untätigkeit der Finanzverwaltung einen Ermessensfehler.

20 Wenn der Steuerpflichtige kein Angebot zur Sicherheitsleistung nach § 18f macht, ist eine Frist von sechs Monaten (vgl. § 46 Abs. 1 FGO) zur Entscheidung über die **Zustimmung nach § 168 S. 2 AO** idR angemessen, unter Umständen können die konkreten Umstände des Einzelfalls (zB Prüfung von steuerfreien innergemeinschaftlichen Lieferungen) eine längere Untätigkeit rechtfertigen (BFH V B 140/05, BFH/NV 2006, 473).

21–23 *einstweilen frei*

24 **d) Art und Höhe der Sicherheitsleistung.** Die **Finanzverwaltung** favorisiert „wegen der einfacheren Handhabung" die Bankbürgschaft als Sicherheit (vgl. BMF 8.10.2002, DStR 2002, 1864; UStAE 18f.1 Abs. 4 S. 2). Dem ist **entgegenzuhalten,** dass der Steuerpflichtige unter den **in § 241 AO genannten Sicherheiten wählen** kann. Nur die Annahme anderer als der in § 241 AO genannten Sicherheiten steht im Ermessen des FA (§ 245 AO; vgl. BFH VII B 123/70, BStBl. II 1972, 573; *Treiber* in Sölch/Ringleb § 18f Rn. 8 mwN).

25 Der **Wert** der Sicherheitsleistung richtet sich nicht zwingend nach der Höhe des zu sichernden Steueranspruchs. Vielmehr sind bei der Festlegung der Höhe der Sicherheitsleistung sowohl das Ausfallrisiko zu Lasten des Fiskus als auch die Liquidität des Unternehmers zu berücksichtigen (BMF 8.10.2002, DStR 2002, 1864; UStAE 18f.1 Abs. 5).

26 Der Unternehmer wird zwar mit den **Kosten der Sicherheit** (zB Bereitstellungsprovision für Bankbürgschaft) belastet. Darin ist jedoch **keine unverhältnismäßige Belastung** zu sehen, weil der Unternehmer gleichzeitig den finanziellen Vorteil der Liquidität hat, also keinen Bankkredit in Anspruch nehmen muss. Die Kosten für die Bankbürgschaft begründen daher kein „finanzielles Risiko" iSd EuGH-Rechtsprechung (vgl. EuGH C-78/00, UR 2001, 541 – Kommission/Italien; aA *Mende/Huschens* INF 2002, 65 (68)).

27 § 18f benennt keine **betragsmäßige Mindestgröße** für die Sicherheit. Hieraus folgt aber nicht die Rechtswidrigkeit der Vorschrift (aA *Nieskens* UR 2002, 53 (71)). Vielmehr wird die Finanzverwaltung im Rahmen der pflichtgemäßen und verhältnismäßigen Ermessensausübung nur dann Sicherheiten verlangen dürfen, wenn der Betrag nicht unerheblich ist. Diese Einschränkung folgt bereits daraus, dass der Fiskus bei **Bagatellbeträgen** regelmäßig keine umfangreichen Prüfmaßnahmen durchführen wird, so dass sich die Notwendigkeit der Sicherheit in diesen Fällen überhaupt nicht stellt.

28–30 *einstweilen frei*

31 **e) Rechtsschutz.** Der Unternehmer kann die Entscheidung der Finanzverwaltung gerichtlich überprüfen lassen. Die Prüfung ist allerdings auf Ermessensfehler beschränkt (vgl. § 102 FGO).

Das Verlangen nach einer Sicherheitsleistung ist eine **nicht selbstständig anfechtbare** aufschiebende Bedingung (§ 120 Abs. 1, Abs. 2 Nr. 3 AO) zur Zustimmung nach § 168 S. 2 AO (*Birkenfeld* UR 2002, 153 (159)). Deshalb hat sich der Einspruch und ggf. die Klage gegen die Zustimmung unter der aufschiebenden Bedingung der Sicherheitsleistung zu richten.

Bei **ermessensfehlerhaftem Sicherheitsverlangen** (zB Untätigkeit des Fiskus, Sicherheit bei Bagatellbeträgen, vgl. → Rn. 19 und 27) ist die Sicherheit dem Steuerpflichtigen **zurückzugewähren.** Dies folgt bereits aus der amtlichen Begründung, wonach „die Sicherheitsleistung längstens für die Dauer der notwendigen Prüfung verlangt werden kann". Zum anderen gebietet die EU-rechtliche Abzugsberechtigung eine entsprechende Auslegung zu Gunsten des Unternehmers (hierzu *Leonard* UR 2002, 241 (243)).

§ 18g Abgabe des Antrags auf Vergütung von Vorsteuerbeträgen in einem anderen Mitgliedstaat

[1]Ein im Inland ansässiger Unternehmer, der Anträge auf Vergütung von Vorsteuerbeträgen entsprechend der Richtlinie 2008/9/EG des Rates vom 12. Februar 2008 zur Regelung der Erstattung der Mehrwertsteuer gemäß der Richtlinie 2006/112/EG an nicht im Mitgliedstaat der Erstattung, sondern in einem anderen Mitgliedstaat ansässige Steuerpflichtige (ABl. EU Nr. L 44 S. 23) in einem anderen Mitgliedstaat stellen kann, hat diesen Antrag nach amtlich vorgeschriebenem Datensatz durch Datenfernübertragung [*bis 31.12.2016: nach Maßgabe der Steuerdaten-Übermittlungsverordnung*] dem Bundeszentralamt für Steuern zu übermitteln. [2]In diesem hat er die Steuer für den Vergütungszeitraum selbst zu berechnen.

EU-Recht: Art. 7, 15, 18 EG-RL 2008/9/EG
VO Nr. 904/2010/EU
UStAE: 18g.1

1. Rechtsentwicklung und Bedeutung

1 § 18g ist durch das JStG 2009 (BGBl. 2009 I 2794) neu in das UStG aufgenommen worden. Die Neufassung **gilt ab dem 1.1.2010.** Sie betrifft alle nach dem 31.12.2009 gestellten Erstattungsanträge. Die Regelung setzt Art. 7 der RL 2008/9/EG zur **Neuregelung des Vorsteuervergütungsverfahrens** in deutsches Recht um. Anders als bisher sind Anträge auf Vergütung der MwSt nicht mehr unmittelbar im Mitgliedstaat der Vergütung einzureichen. Vielmehr muss der nicht im Mitgliedstaat der Vergütung ansässige Steuerpflichtige entsprechend Art. 7 der EG-RL 2008/9/EG einen – elektronischen – Vergütungsantrag über das vom Ansässigkeitsstaat einzurichtende elektronische Portal an den Mitgliedstaat der Vergütung richten.

Die Vergütung der Vorsteuer in Deutschland für im übrigen EU-Gebiet ansässige Unternehmer ist durch § 18 Abs. 9 iVm § 61 UStDV mit Wirkung zum 1.1.2010 neu geregelt. Als Pendant dazu normiert **§ 18g** das Verfahren auf **Erstattung von Vorsteuer in einem anderen Mitgliedstaat** (Erstattungsstaat) für im **Inland ansässige Unternehmer.**

2 *einstweilen frei*

2. Verfahrensablauf

3 Satz 1 regelt die Abgabe von Vergütungsanträgen im Inland ansässiger Unternehmer auf elektronischem Weg an die zentrale Erstattungsbehörde in einem anderen Mitgliedstaat. Die Anträge sind über ein **elektronisches Portal** (ELSTER-Portal oder BZSt Online Portal) zunächst dem **Bundeszentralamt für Steuern (BZSt) zu übermitteln.** Der Antragsteller muss sich dort zunächst **registrieren** lassen; Bevollmächtigte müssen sich nur einmal registrieren lassen und können anschließend über ihre Registrierung Anträge für ihre Mandanten stellen (BMF 3.12.2009, BStBl. I 2009, 1520 Rn. 35). Das BZSt fungiert insoweit als elektronischer Briefkasten. **Frist zur Abgabe des Antrags** ist der 30.9. des Folgejahres (Eingang beim BZSt, vgl. UStAE 18g.1 Abs. 3 S. 1, 2). Der Unternehmer hat den Antrag vollständig auszufüllen, sonst wahrt er die Antragsfrist nicht (Art. 15 S. 2 EG-RL 2008/9/EG).

Satz 2 regelt die **Selbstberechnung** der Vergütungssumme durch den Unternehmer (mindestens 50 EUR für Jahresantrag und 400 EUR für Quartalsantrag, siehe

BMF 3.12.2009, BStBl. I 2009, 1520 Rn. 36; UStAE 18.g.1 Abs. 3 Satz 3, 4). Die in dem Vergütungsantrag enthaltenen **Pflichtangaben** (zB Mitgliedstaat der Erstattung, Name und Anschrift des Antragstellers und des Lieferers/Leistenden, Angaben zu den einzelnen Rechnungen etc) sind in UStAE 18g.1 Abs. 4 und 5 abschließend aufgeführt (vgl. Art. 8 Abs. 1 und 2 EG-RL 2008/9/EG).

4 Das **BZSt beschränkt seine Prüfung** auf die **Vollständigkeit und Zulässigkeit des Antrags** (vgl. Art. 18 EG-RL 2008/9/EG). Die Weiterleitung des Antrags an den Erstattungsstaat erfolgt nicht, wenn der Antragsteller
- kein Unternehmer iSd Umsatzsteuerrechts oder Kleinunternehmer ist,
- nur Gegenstände liefert oder Dienstleistungen erbringt, die den Vorsteuerabzug ausschließen, oder
- nach den Durchschnittssätzen für land- und forstwirtschaftliche Betriebe besteuert wird.

5 Das BZSt übermittelt dem Antragsteller unverzüglich nach Eingang des Vergütungsantrages eine Empfangsbestätigung (UStAE § 18g.1 Abs. 12). Zudem teilt es dem Antragsteller elektronisch mit, wenn es sich gegen die Weiterleitung des Antrags an den Erstattungsstaat entschieden hat (zB wegen fehlender Unternehmereigenschaft, vgl. Art. 18 EG-RL 2008/9/EG). Die Entscheidung des BZSt, den Antrag nicht weiterzuleiten, ist **nicht als Steuerbescheid** iSd § 155 Abs. 1 S. 3, Abs. 4 AO, wohl aber als **Verwaltungsakt** (VA) iSd § 118 AO anzusehen (vgl. *Treiber* in Sölch/Ringleb § 18g Rn. 15 mwN; zur vergleichbaren VA-Qualität der Zuteilung einer USt-IdNr. → § 27a Rn. 1). Ansonsten leitet es den Antrag innerhalb von **15 Tagen** nach Eingang an den Erstattungsstaat weiter (UStAE 18g.1 Abs. 11), der dann wiederum dem Antragsteller eine Empfangsbestätigung auf elektronischem Weg übermittelt.

6 Die anschließende Bearbeitung und Prüfung des Antrags richtet sich nach dem Recht des jeweiligen Erstattungsstaats. Dieses hat sich aber an der EU-rechtlichen Vorgabe (RL 2008/9/EG) zu orientieren. Die RL 2008/9/EG sieht eine **Verzinsungspflicht für den Vorsteuervergütungsantrag** vor (vgl. BFH V R 41/06, DStR 2008, 2162). Erfolgt die Vergütung erst nach Ablauf der Erstattungsfrist (grundsätzlich 4 Monate, bei Nachfragen der Finanzbehörden bis zu 8 Monate) ist der Erstattungsantrag zu verzinsen. Die Zinshöhe richtet sich nach den jeweiligen nationalen Verzinsungsbestimmungen (vgl. § 61 Abs. 5 UStDV).

§ 18h Verfahren der Abgabe der Umsatzsteuererklärung für einen anderen Mitgliedstaat

(1) [1]**Ein im Inland ansässiger Unternehmer, der in einem anderen Mitgliedstaat der Europäischen Union Umsätze nach § 3a Absatz 5 erbringt, für die er dort die Steuer schuldet und Umsatzsteuererklärungen abzugeben hat, hat gegenüber dem Bundeszentralamt für Steuern nach amtlich vorgeschriebenem Datensatz durch Datenfernübertragung [*bis 31.12.2016: nach Maßgabe der Steuerdaten-Übermittlungsverordnung*] anzuzeigen, wenn er an dem besonderen Besteuerungsverfahren entsprechend Titel XII Kapitel 6 Abschnitt 3 der Richtlinie 2006/112/EG des Rates in der Fassung des Artikels 5 Nummer 15 der Richtlinie 2008/8/EG des Rates vom 12. Februar 2008 zur Änderung der Richtlinie 2006/112/EG bezüglich des Ortes der Dienstleistung (ABl. L 44 vom 20.2.2008, S. 11) teilnimmt. [2]Eine Teilnahme im Sinne des Satzes 1 ist dem Unternehmer nur einheitlich für alle Mitgliedstaaten der Europäischen Union möglich, in denen er weder einen Sitz noch eine Betriebsstätte hat. [3]Die Anzeige nach Satz 1 hat vor Beginn des Besteuerungszeitraums zu erfolgen, ab dessen Beginn der Unternehmer von dem besonderen Besteuerungsverfahren Gebrauch macht. [4]Die Anwendung des**

besonderen Besteuerungsverfahrens kann nur mit Wirkung vom Beginn eines Besteuerungszeitraums an widerrufen werden. [5]Der Widerruf ist vor Beginn des Besteuerungszeitraums, für den er gelten soll, gegenüber dem Bundeszentralamt für Steuern nach amtlich vorgeschriebenem Datensatz auf elektronischem Weg zu erklären.

(2) **Erfüllt der Unternehmer die Voraussetzungen für die Teilnahme an dem besonderen Besteuerungsverfahren nach Absatz 1 nicht, stellt das Bundeszentralamt für Steuern dies durch Verwaltungsakt gegenüber dem Unternehmer fest.**

(3) **[1]Ein Unternehmer, der das in Absatz 1 genannte besondere Besteuerungsverfahren anwendet, hat seine hierfür abzugebenden Umsatzsteuererklärungen bis zum 20. Tag nach Ablauf jedes Besteuerungszeitraums nach amtlich vorgeschriebenem Datensatz durch Datenfernübertragung [*bis 31.12.2016: nach Maßgabe der Steuerdaten-Übermittlungsverordnung*] dem Bundeszentralamt für Steuern zu übermitteln. [2]In dieser Erklärung hat er die Steuer für den Besteuerungszeitraum selbst zu berechnen. [3]Die berechnete Steuer ist an das Bundeszentralamt für Steuern zu entrichten.**

(4) **[1]Kommt der Unternehmer seinen Verpflichtungen nach Absatz 3 oder den von ihm in einem anderen Mitgliedstaat der Europäischen Union zu erfüllenden Aufzeichnungspflichten entsprechend Artikel 369k der Richtlinie 2006/112/EG des Rates in der Fassung des Artikels 5 Nummer 15 der Richtlinie 2008/8/EG des Rates vom 12. Februar 2008 zur Änderung der Richtlinie 2006/112/EG bezüglich des Ortes der Dienstleistung (ABl. L 44 vom 20.2.2008, S. 11) wiederholt nicht oder nicht rechtzeitig nach, schließt ihn das Bundeszentralamt für Steuern von dem besonderen Besteuerungsverfahren nach Absatz 1 durch Verwaltungsakt aus. [2]Der Ausschluss gilt ab dem Besteuerungszeitraum, der nach dem Zeitpunkt der Bekanntgabe des Ausschlusses gegenüber dem Unternehmer beginnt.**

(5) **Ein Unternehmer ist im Inland im Sinne des Absatzes 1 Satz 1 ansässig, wenn er im Inland seinen Sitz oder seine Geschäftsleitung hat oder, für den Fall, dass er im Drittlandsgebiet ansässig ist, im Inland eine Betriebsstätte hat.**

(6) **Auf das Verfahren sind, soweit es vom Bundeszentralamt für Steuern durchgeführt wird, die §§ 30, 80 und 87a und der Zweite Abschnitt des Dritten Teils und der Siebente Teil der Abgabenordnung sowie die Finanzgerichtsordnung anzuwenden.**

EU-Recht: Art. 369a–369k MwStSystRL,
Art. 57a–63c MwStVO
UStAE: 18h.1

Übersicht

1. Bedeutung und Systematik

1 Nach der zum **1.1.2015** eingeführten **Ortsbestimmung des § 3a Abs. 5** sind Telekommunikationsdienstleistungen, Rundfunk- und Fernsehdienstleistungen sowie auf elektronischem Weg erbrachte Dienstleistungen an innerhalb der EU ansässige nichtsteuerpflichtige **Privatpersonen dort steuerbar,** wo diese ihren **Wohnsitz oder gewöhnlichen Aufenthalt** haben. Dies könnte dazu führen, dass sich die leistenden Unternehmer in diversen EU-Mitgliedstaaten für umsatzsteuerliche Zwecke registrieren lassen müssten. Um diesen erheblichen bürokratischen und mit nicht zu vernachlässigenden Kosten verbundenen Aufwand einzudämmen, wurde zeitgleich zum **1.1.2015** ein **vereinfachtes Besteuerungsverfahren** eingeführt, die sog. „kleine einzige Anlaufstelle" (KEA) oder **Mini-One-Stop-Shop** (MOSS). Danach können die Unternehmer die ausländische Steuer in ihrem Sitzland an die **Anlaufstelle abführen** und diese Stelle muss dann die Steuer an das Bestimmungsland weiterleiten. Die Teilnahme am MOSS-Verfahren ist **freiwillig.**

2 **§ 18h** regelt die Teilnahme am **MOSS-Verfahren** mit Deutschland als Mitgliedstaat für im **Inland ansässige Unternehmer.** Weil dieses Vereinfachungsverfahren **EU-weit** gilt, bedarf es auch Regelungen dazu, wie die im übrigen Gemeinschaftsgebiet ansässigen Unternehmer, die im deutschen Inland gemäß § 3a Abs. 5 steuerbare Umsätze ausführen, ihren Erklärungspflichten bei Option zum MOSS-Verfahren nachkommen können. Das regelt der umfängliche **§ 18 Abs. 4e** (eingefügt durch KroatienAnpG mWv 1.1.2015).

3 Eine **ähnliche Regelung** (§ 18 Abs. 4c und 4d) gibt es bereits seit dem 1.7.2003 für **nicht im Gemeinschaftsgebiet** ansässige Unternehmer, die ausschließlich auf elektronischem Weg sonstige Leistungen an in der EU ansässige Nichtunternehmer (insbes. Privatpersonen) erbringen und in keinem anderen Mitgliedstaat für Zwecke der Umsatzsteuer erfasst sind.

2. Rechtsentwicklung, Anwendbarkeit und Unionsrecht

4 Das **vereinfachte Besteuerungsverfahren** nach **§ 18h** ist durch das **KroatienAnpG** vom 25.7.2014 (BGBl. 2014 I 1266) **eingeführt** worden. Weil die notwendigen Vorbereitungen sowohl seitens der Verwaltung als auch der Unternehmer schon vor dem 1.1.2015 stattfinden mussten, tritt § 18h zwar schon zum **1.10.2014 in Kraft.** Gemäß der **neuen Übergangsregelung nach § 27 Abs. 20** sind die Absätze 3 und 4 des § 18h aber **erstmals auf Besteuerungszeiträume anzuwenden,** die **nach dem 31.12.2014** enden. Damit ist sichergestellt, dass die übrigen Vorschriften des § 18h bereits vor dem 1.1.2015 angewendet werden können. Dementsprechend hat das BZSt das Online-Portal, in dem sich Unternehmen für die Teilnahme an diesem Verfahren registrieren können, bereits ab dem 1.10.2014 zur Verfügung gestellt (www.bzst.de).

5 Hintergrund der Einführung des § 18h ist eine **Änderung der Ortsregelungen für sonstige Leistungen im Unionsrecht:** Nach Art. 58 MwStSystRL (§ 3a Abs. 5) werden mWv 1.1.2015 sämtliche Telekommunikationsdienstleistungen, Rundfunk- und Fernsehdienstleistungen und elektronisch erbrachte Dienstleistungen an Nichtsteuerpflichtige an dem Ort erbracht, an dem der Endverbraucher seinen Wohnsitz oder gewöhnlichen Aufenthalt hat. Diese Regelung setzt in einem Teilbereich den **Grundsatz der Besteuerung am Ort des Verbrauchs** durch, der Endziel der Änderungen bei den Ortsregelungen war (3. Erwägungsgrund der RL 2008/8/EG). Um zu vermeiden, dass sich die Unternehmer im Extremfall in je-

dem der derzeit 28 Mitgliedstaaten registrieren lassen müssen, wurden zwei Regelungen eingeführt, durch die sie über eine **einzige elektronische Anlaufstelle** für Zwecke der Mehrwertsteuererfassung und -erklärung verfügen (8. Erwägungsgrund der RL 2008/8/EG): Art. 358a ff. MwStSystRL iVm § 18 Abs. 4c f für nicht in der EU ansässige Unternehmer und **Art. 369a ff. MwStSystRL iVm § 18 Abs. 4e, § 18h für in der EU ansässige Unternehmer.**

Die **Europäische Kommission** hat zu dem neuen Verfahren am 23.10.2013 einen **Leitfaden veröffentlicht** (elektronisch abrufbar unter http://ec-europa.eu). Das mag hilfreich sein, ist aber für die Gerichte nicht verbindlich (*Widmann* MwStR 2014, 495 mwN).

einstweilen frei **6–8**

3. Materielle Voraussetzungen für das MOSS-Verfahren

a) Im Inland ansässige Unternehmer. Das vereinfachte Besteuerungsverfahren kann gemäß § 18h Abs. 1 S. 1 von Unternehmern in Anspruch genommen werden, die im Inland iSd Abs. 5 ansässig sind und gegenüber dem BZSt ihre Teilnahme an dem besonderen Verfahren angezeigt haben (Satz 1). Im Fall der Organschaft zeigt der Organträger die Teilnahme am MOSS-Verfahren an. Die Teilnahme an dem besonderen Verfahren ist nur einheitlich für alle Mitgliedstaaten möglich, in denen der Unternehmer keine Betriebsstätte/feste Niederlassung hat und in denen er derartige Umsätze erbringt (Satz 2). Der Unternehmer kann nicht für manche Mitgliedstaaten das MOSS-Verfahren nutzen und sich in anderen Mitgliedstaaten registrieren lassen. **9**

Am MOSS-Verfahren teilnehmen können die Unternehmer, die im Inland ihren **Sitz** oder ihre **Geschäftsleitung** haben. Ist der Unternehmer im Drittlandsgebiet ansässig, kann er das vereinfachte Verfahren in Anspruch nehmen, wenn er im Inland eine **Betriebsstätte** unterhält (vgl. § 18h Abs. 5). Die deutsche Regelung **weicht in den Begrifflichkeiten vom Unionsrecht** ab. Maßgebend ist danach, ob der Unternehmer im Inland den Sitz seiner **wirtschaftlichen Tätigkeit** hat bzw. dort eine **feste Niederlassung** vorliegt (Art. 369b iVm Art. 369a Abs. 1 Nr. 1 MwStSystRL). Im Zweifel ist **§ 18h Abs. 5 unionskonform auszulegen.** **10**

Ebenfalls nicht ordnungsgemäß umgesetzt wurden die **Absätze 1 und 5** insoweit, als eine Registrierung in Deutschland auch dann möglich sein soll, wenn der Unternehmer sich zuvor bereits in einem anderen Mitgliedsstaat hat registrieren lassen. Eine solche (weitere) Registrierung steht aber im Widerspruch zum Unionsrecht (Art. 369a Abs. 2 MwStSystRL, Art. 57b Abs. 2 MwStVO). **11**

Beispiel: Ein Unternehmer mit Sitz in Japan führt Umsätze nach § 3a Abs. 5 in der gesamten EU aus. Es hat sich zunächst (Januar 15) für seine italienische Niederlassung und anschließend (März 15) auch für seine deutsche Niederlassung registrieren lassen.

Während der Wortlaut der deutschen Regelung auch eine (weitere) Registrierung in Deutschland zulässt, untersagt das Unionsrecht wegen der Registrierung des U in Italien jede weitere Registrierung des U für diese Umsätze in einem anderen Mitgliedstaat. U ist daher – bei unionskonformer Auslegung – vom MOSS-Verfahren nach § 18h ausgeschlossen.

b) Umsätze nach § 3a Abs. 5. Die Vereinfachungsregelung gilt im Fall der Erbringung von **Telekommunikationsdienstleistungen, Rundfunk- und Fernsehdienstleistungen** und **elektronischen Dienstleistungen.** Diese muss der Unternehmer in einem anderen Mitgliedstaat erbringen. Dies ist dann der Fall, wenn diese Leistungen an Nichtunternehmer in anderen Mitgliedstaaten erbracht werden, weil Ort der Leistung für diese Fälle ab dem 1.1.2015 dort ist, wo der Nichtunternehmer (Endverbraucher) seinen Wohnsitz oder gewöhnlichen Aufenthalt hat. Der Unternehmer muss in den anderen Mitgliedstaat die Steuer schulden und dort einer Pflicht zur Abgabe von Umsatzsteuererklärungen unterliegen. **12**

einstweilen frei **13–16**

4. Formelle Voraussetzungen für das MOSS-Verfahren

17 **a) Anzeige und Widerruf beim BZSt.** Der Unternehmer hat nach § 18h Abs. 1 S. 1 gegenüber dem **BZSt anzuzeigen,** wenn er an dem besonderen Besteuerungsverfahren teilnimmt. Die Registrierung hat **elektronisch nach Maßgabe der StDÜV** über das Portal des BZSt zu erfolgen. Der **Inhalt** die Anzeige lässt sich der deutschen Regelung nicht entnehmen. Aus dem EU-Recht (Art. 57e MwStVO) folgt, dass eine **Identifizierung anhand der USt-IdNr.** vorzunehmen ist. Mithin ist diese in der Anzeige zwingend anzugeben. **Weitere (zwingende) Angaben** bestimmen sich nach Art. 3 Abs. 1 der VO 815/2012/EU (ZusammenarbeitsDVO, ABl. 2012 L 249, 3).

18 Diese **Anzeige** muss **vor Beginn des Besteuerungszeitraums** erfolgen, ab dessen Beginn der Unternehmer von dem besonderen Besteuerungsverfahren Gebrauch machen möchte (§ 18h Abs. 1 S. 3). Das MOSS-Verfahren gilt dann ab dem 1. Tag des folgenden Kalendervierteljahres (Art. 57d Abs. 1 MwStVO). Das **Unionsrecht** enthält **Sonderregelungen** für die erstmalige Ausführung von Umsätzen, die unter das MOSS-Verfahren fallen (Art. 57d Abs. 2 MwStVO) sowie beim Wechsel des Mitgliedstaats der Registrierung (Art. 57f MwStVO). Zu den Einzelheiten siehe *Treiber* in Sölch/Ringleb § 18h Rn. 17f.

19 Die Teilnahme am MOSS-Verfahren ist freiwillig und kann durch **Widerruf beendet** werden. Der **Widerruf** ist nur bis zum **Beginn eines neuen Besteuerungszeitraums** mit Wirkung ab diesem Zeitraum möglich (§ 18h Abs. 1 S. 4). Das **Unionsrecht** enthält zwei weitere **praxisrelevante Sonderregelungen** für den Widerruf:

- Der Widerruf muss mindestens **15 Tage vor Ablauf des Quartals** (Besteuerungszeitraum) erklärt werden (§ 57g Abs. 1 S. 2 MwStVO).
- Der Widerruf hat eine **Sperrfrist von zwei Folgequartalen für alle Mitgliedstaaten** zur Folge (Art. 57g Abs. 3 MwStVO).

20 **b) Feststellungsbescheid des BZSt.** Erfüllt der Unternehmer die **Voraussetzungen für die Teilnahme** am besonderen Besteuerungsverfahren nicht, wird dies vom BZSt **gesondert festgestellt** (§ 18h Abs. 2). Aus der Regelung lässt sich ableiten, dass ein **positiver** Bescheid über die Zulassung **nicht** ergeht. Der Unternehmer ist daher mit Zugang der Registrierung beim BZSt befugt, ab dem folgenden Besteuerungszeitraum Steuererklärungen im vereinfachten Verfahren abzugeben.

Die Formulierung in Abs. 2 deutet auf einen **lediglich feststellenden Verwaltungsakt** hin. Das **EU-Recht** (Art. 369e MwStSystRL, Art. 58 MwStVO) spricht hingegen davon, dass der Unternehmer in diesen Fällen **von der Sonderregelung** (MOSS-Verfahren) **auszuschließen** ist. Der **Bescheid nach Abs. 2** beinhaltet daher bei **unionskonformer Auslegung** nicht nur eine Feststellung, sondern einen **unmittelbar rechtsgestaltenden Verwaltungsakt,** nämlich den **Ausschluss vom MOSS-Verfahren** (*Treiber* in Sölch/Ringleb § 18h Rn. 32f.). Es besteht insoweit kein Ermessen des BZSt.

Zwar enthält das nationale Recht **keine Formvorschriften** für den Feststellungsbescheid. Art. 58 Abs. 4 MwStVO ist jedoch zu entnehmen, dass die **Entscheidung** über den **Ausschluss** vom MOSS-Verfahren dem Unternehmer **elektronisch zu übermitteln** ist.

Gegen die Ausschluss vom MOSS-Verfahren (Verwaltungsakt) ist Einspruch und anschließende Klage zulässig (siehe auch Abs. 6).

21 **c) Beendigung des Vereinfachungsverfahrens.** Wenn der Unternehmer seinen Verpflichtungen nach § 18h Abs. 3 nicht nachkommt oder die nach Art. 369k MwStSystRL zu erfüllenden Aufzeichnungspflichten wiederholt nicht oder nicht rechtzeitig beachtet, **schließt** ihn das BZSt vom **besonderen Besteuerungsverfahren für künftige Besteuerungszeiträume aus** (§ 18h Abs. 4).

Bemerkenswert ist, dass das **UStG** hier durch **bloße Verweisung auf unionsrechtliche Richtlinienregelungen** keinen eigenen Norminhalt mehr anbietet. Der Normadressat muss also den Text des Unionsrechts heranziehen, um seine Pflichten erfüllen zu können. Durch diese Verweisungstechnik erhalten EU-Richtlinien tatsächlich entgegen Art. 288 AEUV doch unmittelbare Wirkung. Dadurch wird sichergestellt, dass kein abweichender Wortlaut des UStG zu Zweifeln an der korrekten Umsetzung des Richtlinienziels führen kann (*Widmann* MwStR 2014, 495).

Unionsrechtlich sind folgende – zum Ausschluss führende – **vier Fallgruppen** zu unterscheiden (siehe *Treiber* in Sölch/Ringleb § 18h Rn. 42f.): 22

- Der Unternehmer erbringt **keine Leistungen mehr nach § 3a Abs. 5** (Art. 58 Abs. 1 MwStVO iVm Art. 369e Buchst. a MwStSystRL). Zu der entsprechenden Mitteilung an das BZSt ist der Unternehmer bis zum 10. Tag des Folgemonats verpflichtet (Art. 57h MwStVO iVm Art. 369c MwStSystRL);
- Beendigung der Sonderregelung **aus anderen Gründen** (Art. 58 Abs. 1 MwStVO iVm Art. 369e Buchst. b MwStSystRL). Ein wichtiger Fall dürfte die **Fiktion des Art. 58a MwStVO** sein: Wenn in **acht Quartalen** hintereinander keine unter die Sonderregelung fallenden Umsätze ausgeführt werden, gilt die Sonderregelung als beendet;
- der Unternehmer erfüllt die **Voraussetzungen für die Anwendung der Sonderregelung nicht mehr** (Art. 58 Abs. 1 MwStVO iVm Art. 369e Buchst. c MwStSystRL), zB weil er seine Niederlassung im Inland aufgegeben hat. Auch zu dieser Mitteilung ist der Unternehmer verpflichtet (Art. 57h MwStVO iVm Art. 369c MwStSystRL);
- der Unternehmer **verstößt wiederholt gegen** die **Vorschriften der Sonderregelung** (Art. 58 Abs. 1 MwStVO iVm Art. 369e Buchst. d MwStSystRL. Dieser Ausschlussgrund ist in § 18h Abs. 4 ausdrücklich genannt. Als Maßstab dafür, **wann** von einem **„wiederholten Verstoß"** auszugehen ist, kann **Art. 58b Abs. 2 MwStVO** herangezogen werden. So ist zB von einem „wiederholten Verstoß" auszugehen, wenn für **drei Quartale** in Folge trotz Erinnerung (vgl. Art. 60a MwStVO) die Mehrwertsteuererklärungen verspätet abgegeben wurden.

einstweilen frei 23–25

5. Abgabe der Steuererklärungen und Entrichtung der Steuer

Die **Steuererklärung** in dem besonderen Verfahren hat der Unternehmer **bis zum 20. Tag nach Ablauf jedes Besteuerungszeitraums** elektronisch dem BZSt zu übermitteln (§ 18h Abs. 3). Danach ist **erstmalig** zum 20.4.2015 eine entsprechende Erklärung abzugeben. Besteuerungszeitraum ist das **Kalendervierteljahr.** Es ist **keine Jahreserklärung** abzugeben. Die vierteljährlichen Steuererklärungen sind daher keine Voranmeldungen. 26

§ 18h Abs. 3 enthält eine **starre Abgabefrist.** Eine Dauerfristverlängerung ist nicht vorgesehen.

Die **elektronische Übermittlung** erfolgt über das elektronische Portal (Elster-Portal oder BZSt Online Portal). Das BZSt übermittelt die Erklärungen an die zuständigen Steuerbehörden in den Mitgliedstaaten weiter.

Die Steuererklärung nach Abs. 3 ist **keine Anmeldung** iSd § 150 Abs. 1 S. 2, § 168 AO und daher auch **keine Steuerfestsetzung unter Vorbehalt der Nachprüfung** (vgl. Art. 61 Abs. 2 UAbs. 2 MwStVO). Für die Steuerfestsetzung sind allein die Mitgliedstaaten des Verbrauchs zuständig, so dass sich der Unternehmer ggfs gegen deren Bescheide nach deren Rechtsordnung wehren muss.

Den **Inhalt** der Steuererklärungen legen Art. 369g MwStSystRL, Art. 59a MwStVO sowie Art. 4 iVm Anhang III der VO 815/2012/EU (ZusammenarbeitsDVO) **unionseinheitlich** fest. Wegen der Einzelheiten siehe *Treiber* in Sölch/Ringleb § 18h Rn. 70f.

27 In der Steuererklärung hat der Unternehmer die Steuer selbst zu berechnen und die berechnete Steuer an das BZSt zu entrichten (§ 18h Abs. 3 S. 2 und 3). Die Zahlung ist mit Einreichung der Steuererklärung, spätestens aber mit Ablauf der Frist zur Abgabe der Steuererklärung zu entrichten (§ 369i MwStSystRL). Zahlt der Unternehmer die angemeldete Steuer nicht oder nicht in voller Höhe, erfolgt die erste Mahnung noch vom BZSt. Für weitere Mahnungen und ggf. Vollstreckungsmaßnahmen sind dann die Mitgliedstaaten des Verbrauchs zuständig. Bei wiederholter Nichtzahlung kann der Ausschluss vom MOSS-Verfahren drohen.

6. Anwendbarkeit von AO und FGO

28 **§ 18h Abs. 6** ordnet die Geltung der dort genannten Vorschriften der AO und FGO im MOSS-Verfahren an. Die Regelung ist erforderlich, da § 18h **ausländische** Umsatzsteuer betrifft (Gesetzesbegründung, siehe BT-Drs. 18/1995, 126). **Anzuwenden** sind danach die folgenden Vorschriften der AO:

- Steuergeheimnis (§ 30 AO),
- Bevollmächtigte und Beistände (§ 80 AO),
- Elektronische Kommunikation (§ 87a AO),
- Verwaltungsakte (§§ 118–133 AO),
- Außergerichtliches Rechtsbehelfsverfahren (347 bis 368 AO).

Nicht anwendbar sind dagegen die Regelungen zur Durchführung der Besteuerung (§§ 134–217 AO), zum Erhebungsverfahren (§§ 218ff. AO), zur Vollstreckung (§§ 249ff. AO) und zum Strafverfahren (§§ 369ff. AO).

29 Mit der Verweisung auf die FGO ist klargestellt, dass auch **gerichtlicher Rechtschutz** gegen Bescheide des BZSt zulässig ist. Da der „Feststellungsbescheid" nach Abs. 2 – bei unionskonformer Auslegung – den Ausschluss des Unternehmers vom Vereinfachungsverfahren anordnet, dürfte die **Anfechtungsklage** zulässig und statthaft sein. Einstweiliger Rechtsschutz wäre dann im Wege der **Aussetzung der Vollziehung** des Bescheids zu gewähren.

§ 19 Besteuerung der Kleinunternehmer

(1) [1]**Die für Umsätze im Sinne des § 1 Abs. 1 Nr. 1 geschuldete Umsatzsteuer wird von Unternehmern, die im Inland oder in den in § 1 Abs. 3 bezeichneten Gebieten ansässig sind, nicht erhoben, wenn der in Satz 2 bezeichnete Umsatz zuzüglich der darauf entfallenden Steuer im vorangegangenen Kalenderjahr 17.500 Euro nicht überstiegen hat und im laufenden Kalenderjahr 50.000 Euro voraussichtlich nicht übersteigen wird.** [2]**Umsatz im Sinne des Satzes 1 ist der nach vereinnahmten Entgelten bemessene Gesamtumsatz, gekürzt um die darin enthaltenen Umsätze von Wirtschaftsgütern des Anlagevermögens.** [3]**Satz 1 gilt nicht für die nach § 13a Abs. 1 Nr. 6, § 13b Absatz 5, § 14c Abs. 2 und § 25b Abs. 2 geschuldete Steuer.** [4]**In den Fällen des Satzes 1 finden die Vorschriften über die Steuerbefreiung innergemeinschaftlicher Lieferungen (§ 4 Nr. 1 Buchstabe b, § 6a), über den Verzicht auf Steuerbefreiungen (§ 9), über den gesonderten Ausweis der Steuer in einer Rechnung (§ 14 Abs. 4), über die Angabe der Umsatzsteuer-Identifikationsnummern in einer Rechnung (§ 14a Abs. 1, 3 und 7) und über den Vorsteuerabzug (§ 15) keine Anwendung.**

(2) [1]**Der Unternehmer kann dem Finanzamt bis zur Unanfechtbarkeit der Steuerfestsetzung (§ 18 Abs. 3 und 4) erklären, dass er auf die Anwendung des Absatzes 1 verzichtet.** [2]**Nach Eintritt der Unanfechtbarkeit der Steuerfestsetzung bindet die Erklärung den Unternehmer mindestens für fünf Kalenderjahre.** [3]**Sie kann nur mit Wirkung vom Beginn eines Kalenderjahres an**

widerrufen werden. [4]Der Widerruf ist spätestens bis zur Unanfechtbarkeit der Steuerfestsetzung des Kalenderjahres, für das er gelten soll, zu erklären.

(3) **[1]Gesamtumsatz ist die Summe der vom Unternehmer ausgeführten steuerbaren Umsätze im Sinne des § 1 Abs. 1 Nr. 1 abzüglich folgender Umsätze:**

1. **der Umsätze, die nach § 4 Nr. 8 Buchstabe i, Nr. 9 Buchstabe b und Nr. 11 bis 28 steuerfrei sind;**
2. **der Umsätze, die nach § 4 Nr. 8 Buchstabe a bis h, Nr. 9 Buchstabe a und Nr. 10 steuerfrei sind, wenn sie Hilfsumsätze sind.**

[2]Soweit der Unternehmer die Steuer nach vereinnahmten Entgelten berechnet (§ 13 Abs. 1 Nr. 1 Buchstabe a Satz 4 oder § 20), ist auch der Gesamtumsatz nach diesen Entgelten zu berechnen. [3]Hat der Unternehmer seine gewerbliche oder berufliche Tätigkeit nur in einem Teil des Kalenderjahres ausgeübt, so ist der tatsächliche Gesamtumsatz in einen Jahresgesamtumsatz umzurechnen. [4]Angefangene Kalendermonate sind bei der Umrechnung als volle Kalendermonate zu behandeln, es sei denn, dass die Umrechnung nach Tagen zu einem niedrigeren Jahresgesamtumsatz führt.

(4) **[1]Absatz 1 gilt nicht für die innergemeinschaftlichen Lieferungen neuer Fahrzeuge. [2]§ 15 Abs. 4a ist entsprechend anzuwenden.**

EU-Recht: Art. 281–292 MwStSystRL (Art. 24 6. EG-RL)
UStAE: 19.1–19.5

Übersicht

I. Bedeutung

Die Vorschrift nimmt Kleinunternehmer von der Erhebung der USt aus und behandelt sie insoweit **wie Nichtunternehmer,** sie sind aber Unternehmer (zB für die Anwendung des § 3a Abs. 2). Die Regelung dient der Verwaltungsvereinfachung. Daher werden nur solche Umsätze befreit, die nach der Vorstellung des Gesetzgebers 1 bei einem typischen Kleinunternehmer anfallen, nämlich Umsätze iSv § 1 Abs. 1 Nr. 1. Dennoch müssen auch Kleinunternehmer eine **Umsatzsteuer-Jahreserklärung** nach § 18 Abs. 3 abgeben (BFH XI R 14/11, BStBl. II 2014, 210). Theoretisch sind sie auch zur Abgabe vierteljährlicher USt-Voranmeldungen verpflichtet, wegen der Befreiungsmöglichkeit nach § 18 Abs. 2 S. 3 sind Kleinunternehmer aber in der Praxis – sofern nicht USt in größerem Maße zB nach § 13b Abs. 5 schulden – von der Abgabe von Voranmeldungen befreit (vgl. *Korn* MwStR 2014, 232 (233); *Schüler-Täsch* in Sölch/Ringleb § 19 Rn. 43; *Schilcher/Weymüller* BeckOK § 19 Rn. 37.1). Hierfür spricht auch UStAE 18.7 Abs. 1 S. 4, wonach in Neugründungsfällen für Kleinunternehmer nicht die Pflicht zur monatlichen Abgabe von Voranmeldungen gemäß § 18 Abs. 2 S. 4 besteht.

Von der Nichterhebung der USt ausgenommen sind die EUSt, die nach § 13b Abs. 5 geschuldete Steuer als Leistungsempfänger – § 3a Abs. 2 gilt auch bei Leistungsbezug durch einen Kleinunternehmer –, die nach § 25b Abs. 2 geschuldete Steuer als letzter Abnehmer eines innergemeinschaftlichen Dreiecksgeschäfts und die vom Kleinunternehmer als Auslagerer oder Lagerhalter geschuldete USt aus dem Wegfall der Steuerbefreiung nach § 4 Nr. 4a Buchst. a S. 2. Ebenso schuldet der Kleinunternehmer wie jeder Nichtunternehmer die Steuer bei zu Unrecht ausgewiesener USt nach § 14c Abs. 2 (→ § 14c Rn. 35). Der Unternehmer kann auf die Anwendung der Kleinunternehmerbesteuerung verzichten (§ 19 Abs. 2).

2 Ein Unternehmer ist Kleinunternehmer, wenn sein **Gesamtumsatz** im Gesamtunternehmen im Vorjahr die Grenze von 17.500 EUR nicht überstiegen hat, im laufenden Kalenderjahr 50.000 EUR voraussichtlich nicht übersteigen wird und er im Inland oder in den Zollfreigebieten iSv § 1 Abs. 3 ansässig ist. Ist eine der Voraussetzungen nicht erfüllt, so unterliegt der Unternehmer den allgemeinen Vorschriften des UStG. Die Grenze von 17.500 EUR gilt seit 2003, zuvor waren es 16.620 EUR. Dieser Höchstbetrag unterliegt der unionsrechtlichen Begrenzung nach Art. 286 MwStSystRL und kann nur an die Kaufkraftentwicklung angepasst werden.

3 Kleinunternehmer haben wie Nichtunternehmer **kein Vorsteuerabzugsrecht.** Sie sind auch nicht berechtigt, USt in ihren Rechnungen offen auszuweisen. Für Leistungen von Kleinunternehmern schuldet der Leistungsempfänger nicht die Steuer nach § 13b Abs. 5 (S. 4). Innergemeinschaftliche Lieferungen von Kleinunternehmern sind steuerfrei nach § 19 und nicht nach § 4 Nr. 1 Buchst. b (§ 19 Abs. 1 S. 4), weswegen sie auch keine ZM abzugeben haben. **Innergemeinschaftliche Erwerbe** eines Kleinunternehmers werden den innergemeinschaftlichen Erwerben von Nichtunternehmern gleichgestellt, dh der Erwerb ist nur steuerpflichtig, wenn die Erwerbsschwelle gemäß § 1a Abs. 3 Nr. 2 überschritten oder auf deren Anwendung gemäß § 1a Abs. 4 verzichtet wurde (siehe auch *Neeser* UVR 2011, 301 (306)). Für die Fälle der innergemeinschaftlichen Lieferung neuer Fahrzeuge werden Kleinunternehmer wegen § 19 Abs. 4 im Ergebnis ebenso wie Nichtunternehmer behandelt.

4 *einstweilen frei*

II. Voraussetzungen und Umfang der Steuerbefreiung

1. Ansässigkeit im Inland und inländische Umsätze

5 Nach § 19 Abs. 1 S. 1 muss der Unternehmer im Inland oder in den Zollfreigebieten iSv § 1 Abs. 3 **ansässig** sein. Dies entspricht der Vorgabe in Art. 283 Abs. 1 Buchst. c MwStSystRL und ist auch mit den europäischen Grundfreiheiten vereinbar (EuGH C-97/09, DStR 2010, 2186 – Schmelz). Der Rechtssache Schmelz lag der mit der deutschen Regelung vergleichbare Inlandsbezug der österreichischen Vorschrift (§ 6 Abs. 1 Nr. 27 öUStG) zugrunde. Der Inlandsbezug ist nach EuGH zwar

grundsätzlich eine Beschränkung der Dienstleistungsfreiheit, die Beschränkung ist aber durch das Erfordernis der Wirksamkeit der Steueraufsicht gerechtfertigt, denn Kleinunternehmer sind von Steuerverwaltungsmodalitäten weitgehend befreit, so dass im Nicht-Ansässigkeitsstaat keine Daten über sie vorliegen. Den Vorgaben des EuGH folgend wurde die Ansässigkeit in § 13b Abs. 7 kodifiziert, der auch für § 19 gilt. Danach kommen für die Ansässigkeitsbestimmung zwar weiterhin alle Merkmale in Betracht. Die in der Privatsphäre verankerten Merkmale treten aber hinter die in der unternehmerischen Sphäre – insbesondere den Sitz der wirtschaftlichen Tätigkeit – zurück. Ansässig ist ein (Klein-)Unternehmer somit in aller Regel dort, wo er sein Unternehmen betreibt (vgl. *Korn* MwStR 2014, 232).

Die Steuerbefreiung des § 19 ist auf im Inland Ansässige und auf deren **inländische Umsätze** beschränkt. In anderen Staaten steuerbare Umsätze eines deutschen Kleinunternehmers sind daher in dem anderen Staat nach den allgemeinen Vorschriften steuerfrei oder steuerpflichtig; sie können aber nicht nach dessen Kleinunternehmerregelung steuerfrei sein (vgl. auch *Korn* MwStR 2014, 232 (233); *Rolfes* UStB 2013, 177 (179)). Eine **mehrfache Anwendung von Steuerbefreiungsvorschriften für Kleinunternehmer** in verschiedenen Mitgliedstaaten durch denselben Steuerpflichtigen (→ Rn. 26) ist somit wegen der zwingenden Voraussetzung der Ansässigkeit in dem Mitgliedstaat, dessen Kleinunternehmer-Regelung in Anspruch genommen werden soll, ausgeschlossen.

2. Die Umsatzgrenzen des Kleinunternehmers

Der Umsatz darf – zzgl. der darauf entfallenden USt – im vorangegangenen Kalenderjahr 17.500 EUR nicht überstiegen haben und im laufenden Kalenderjahr 50.000 EUR voraussichtlich nicht übersteigen. Beide Voraussetzungen müssen gemeinsam erfüllt sein (FG Bln 2 K 5490/05, BeckRS 2006, 26024599). Wurde die Grenze von 17.500 EUR im Vorjahr überschritten, tritt Steuerpflicht auch dann ein, wenn feststeht, dass der Umsatz im laufenden Jahr unter 17.500 EUR liegen wird (BFH V B 164/06, BStBl. II 2008, 263). Bei der Ermittlung beider Grenzen ist auszugehen vom **Gesamtumsatz** iSv § 19 Abs. 3 (→ Rn. 24 ff.). Es ist bei der Umsatzermittlung nicht auf die Bemessungsgrundlage iSv § 10 abzustellen, sondern auf die tatsächlich vereinnahmten Bruttobeträge, selbst wenn darin Steuern enthalten sein sollten (UStAE 19.1 Abs. 2). Die **Mindestbemessungsgrundlage** gemäß § 10 Abs. 4 und Abs. 5 ist zu beachten (zB bei der Ermittlung des Werts eines entnommenen Gegenstandes im Rahmen der Besteuerung nach § 3 Abs. 1b S. 1 Nr. 1). Es ist der maßgebliche Wert zzgl. der darauf entfallenden USt anzusetzen. 6

Bei der **Grenze von 50.000 EUR** kommt es auf die **„Voraussicht"** an. Die Verhältnisse zu Beginn des Kalenderjahres sind entscheidend für die Umsatzprognose und zwar auch dann, wenn der Unternehmer seine bisherige Umsatztätigkeit während des laufenden Jahres erweitert (UStAE 19.1 Abs. 3 S. 4 unter Verweis auf BFH XI R 51/94, BStBl. II 1995, 562). Ist danach ein voraussichtlicher Umsatz zzgl. der Steuer von nicht mehr als 50.000 EUR zu erwarten, so ist dieser Betrag auch dann maßgebend, wenn der tatsächliche Umsatz zzgl. der USt im Laufe des Kalenderjahres die Grenze von 50.000 EUR dann doch überschreitet. Der Unternehmer hat dem Finanzamt auf Verlangen die Verhältnisse darzulegen. 7

Bei der Ermittlung der Umsatzgrenzen von 17.500 EUR bzw. 50.000 EUR bleiben die **Umsätze von Wirtschaftsgütern des Anlagevermögens** unberücksichtigt (§ 19 Abs. 1 S. 2, UStAE 19.1 Abs. 6). Dabei spielt es keine Rolle, ob der Umsatz aus einer Veräußerung oder einer Entnahme bzw. Zuwendung iSv § 3 Abs. 1b resultiert. Ob ein Wirtschaftsgut des Anlagevermögens vorliegt, ist im Zweifel nach einkommensteuerrechtlichen Maßstäben zu beurteilen, wobei nicht entscheidend ist, dass die Wirtschaftgüter auch einkommensteuerrechtlich einem Betriebsvermögen zuzurechnen sind (zB Einrichtungsgegenstände in einer vermieteten Ferienwohnung, 8

UStAE 19.1 Abs. 6 S. 4). Entscheidend ist nur, dass sie umsatzsteuerlich dem Unternehmensvermögen angehören und kategorial zum Anlagevermögen (§ 247 Abs. 2 HGB) zählen. Unabhängig von der bilanzsteuerrechtlichen Frage der Eigenschaft als Wirtschaftsgut ist der Umsatz aus der Veräußerung eines **Firmen- bzw. Praxiswertes** ebenso ein Umsatz aus der Veräußerung eines Wirtschaftsgutes des Anlagevermögens und deshalb aus dem Gesamtumsatz zu kürzen (so zum Praxisverkauf eines Arztes OFD Düsseldorf 10. 2. 1984, UR 1984, 266). Der Umsatz aus einer **Geschäftsveräußerung** iSv § 1 Abs. 1 a ist nichtsteuerbar und fällt damit ohnehin nicht unter § 19.

9 Die Steuerbefreiung nach § 19 ist eine subjektive Steuerbefreiung und gilt daher für den Unternehmer, nicht für einzelne Unternehmensteile. Unterhält der Kleinunternehmer **mehrere Betriebe,** kommt eine Anwendung des § 19 nur in Betracht, wenn der Umsatz der „gesamten gewerblichen oder beruflichen Tätigkeit des Unternehmers" (§ 2 Abs. 1 S. 2) die maßgeblichen Grenzen nicht überschreitet (so auch zutreffend angewandt durch NdsFG 16 K 315/09, BeckRS 2011, 95841, rkr). Analog hierzu setzt die Steuerbefreiung nach § 19 Abs. 1 bei **Organschaft** die Einhaltung der Grenzen durch den Organträger einschließlich aller Organgesellschaften voraus.

3. Neugründung, Erwerb und Beendigung eines Unternehmens

10 Bei **Neugründung eines Unternehmens** gibt es keinen Vorjahresumsatz. In solchen Fällen ist daher allein auf den voraussichtlichen Umsatz des laufenden Kalenderjahres abzustellen (BFH V R 170/83, BStBl. II 1985, 142). Maßgebend ist nach BFH dann aber nur die Grenze von 17.500 EUR und nicht die von 50.000 EUR (BFH V B 164/06, BStBl. II 2008, 263 mwN, so auch UStAE 19.1 Abs. 4 S. 2). Werden 17.500 EUR also voraussichtlich überschritten, so tritt Steuerpflicht ein. Erfolgt die Neugründung im laufenden Kalenderjahr, ist entsprechend § 19 Abs. 3 S. 3 u. 4 der voraussichtlich erzielbare Umsatz in einen Jahresumsatz umzurechnen. Wird **kein Umsatz im Jahr der Neugründung** erzielt, reicht es nach OFD Frankfurt a. M. 21. 4. 2010, DStR 2010, 1741, wenn im Folgejahr die Grenze von 50.000 EUR eingehalten wird (Anschluss an FG München 3 K 4787/01, DStRE 2003, 1283, rkr). Das erste Jahr der Umsatzerzielung (hier das Jahr nach der Gründung) gilt in diesen Fällen mithin nicht als Erstjahr mit der Folge, dass nicht die Grenze von 17.500 EUR, sondern die Grenze von 50.000 EUR anzuwenden ist. Anzahlungen auf Leistungen im Erstjahr von über 17.500 EUR sind aber schädlich. Dasselbe gilt auch beim Erwerb eines bestehenden Unternehmens, denn der (erwerbende) Unternehmer nimmt seine Tätigkeit im Jahr des Erwerbs auf, so dass es auch bei ihm keinen Vorjahresumsatz gibt. Zu weiteren Beispielen siehe OFD Frankfurt a. M. 21. 4. 2010, DStR 2010, 1741, zum Erwerb im Wege der Erbfolge → Rn. 14 f.

11 Die **Beendigung des Unternehmens** liegt nach allgemeinen Grundsätzen vor, wenn die Umsatztätigkeit eingestellt worden ist. Zur unternehmerischen Tätigkeit gehören damit auch die Umsätze aus der Abwicklung eines Unternehmens. Die Kleinunternehmer-Regelung kann hierbei im Rahmen von **Gestaltungsüberlegungen** vorteilhaft sein. Wurde im Vorjahr die Umsatzgrenze möglicherweise auch erstmals überschritten, kann im Jahr der Abwicklung eines Unternehmens das voraussichtliche Unterschreiten der Umsatzgrenze von 50.000 EUR leichter erreicht werden, da die Umsätze mit Wirtschaftsgütern des Anlagevermögens nicht in die Umsatzgrenze einzubeziehen sind. Vorteilhaft ist die Inanspruchnahme der Kleinunternehmer-Regelung vor allem dann, wenn die Wirtschaftsgüter des Unternehmens überwiegend an nicht vorsteuerabzugsberechtigte Personen veräußert werden und der Berichtigungszeitraum iSd § 15 a für diese Wirtschaftsgüter beim veräußernden Unternehmen bereits abgelaufen ist.

12 Nach NdsFG V 3/88, EFG 1989, 85, rkr kommt es im Jahr der **Beendigung des Unternehmens** auf den Zeitpunkt an, in dem die unternehmerische Tätigkeit tatsächlich eingestellt wurde. Danach vereinnahmte Entgelte verlängern diesen Zeit-

raum nicht. Die Einstellung im Januar bedingt demnach zwecks Prüfung der Umsatzgrenze von 50.000 EUR die Verzwölffachung des Januar-Umsatzes einschließlich der nach der Einstellung vereinnahmten Umsätze, selbst wenn diese erst nach Januar vereinnahmt werden.

einstweilen frei 13

4. Erbfolge

Die **Unternehmereigenschaft ist nicht vererblich** (BFH V R 14/67, BStBl. II 1971, 121); ebenso die Kleinunternehmereigenschaft. Führt der Gesamtrechtsnachfolger die wirtschaftliche Tätigkeit des Erblassers nicht fort, ist das Unternehmen im Zeitpunkt des Übergangs beendet. Verkauft der Erbe im Rahmen der **Liquidation** des Unternehmens die Gegenstände des ererbten Unternehmensvermögens, handelt er insoweit dennoch als Unternehmer (BFH V R 24/07, BStBl. II 2011, 241) und damit auch als Kleinunternehmer, sofern der Erblasser Kleinunternehmer war. Mangels eigener unternehmerischer Tätigkeit kann der Erbe aber kein Kleinunternehmer sein, wenn der Erblasser der Regelbesteuerung unterlag. Zur Bindung des Erben an den Verzicht des Erblassers auf die Anwendung der Kleinunternehmer-Regelung → Rn. 21. 14

Geht ein Unternehmen eines Kleinunternehmers im Wege der **Erbfolge auf einen anderen Unternehmer** über, kann dieser die Kleinunternehmer-Regelung eigentlich nur dann fortführen, wenn der Umsatz des Gesamtunternehmens des Erben die Grenzen nicht übersteigt. Allerdings gestattet die FVerw zur Vermeidung von Härten, dass der Gesamtrechtsnachfolger im laufenden Kalenderjahr des Übergangs die Besteuerungsart des Rechtsvorgängers selbst dann fortführen kann, wenn er in seinem schon vorher ihm gehörenden Unternehmen die Regelbesteuerung angewendet hat (UStAE 19.1 Abs. 5). Bei der Ermittlung des Gesamtumsatzes nach § 19 Abs. 3 werden die durch den Rechtsnachfolger vereinnahmten Beträge aus den ausstehenden Forderungen berücksichtigt. Er kann selbstverständlich auch für die „beiden Unternehmen", die durch den Erbfall zu „einem Unternehmen" geworden sind, die Regelbesteuerung anwenden. 15

5. Rechtsfolgen der Kleinunternehmerbesteuerung

Der Kleinunternehmer hat für seine an sich steuerpflichtigen Umsätze keine USt abzuführen. Das UStG spricht davon, dass die geschuldete USt nicht erhoben wird für Umsätze iSv § 1 Abs. 1 Nr. 1. Daraus ergibt sich praktisch die volle Steuerfreiheit für alle Lieferungen und sonstigen Leistungen einschließlich aller unentgeltlichen Wertabgaben mit entsprechendem Ausschluss des Vorsteuerabzugsrechts. § 19 Abs. 1 führt damit im Ergebnis zu einer **unechten Steuerbefreiung.** Abzuführen aber hat auch der Kleinunternehmer die **EUSt** gemäß § 1 Abs. 1 Nr. 4 und die Steuer auf den **innergemeinschaftlichen Erwerb** gemäß § 1 Abs. 1 Nr. 5, sofern hier nicht die Besteuerung im Ursprungsland greift (§ 1a Abs. 3 und 4, → Rn. 3) sowie ggf. USt, die nach § 16 Abs. 5 im Rahmen der sog. Einzelbesteuerung erhoben wird, da nach dieser Bestimmung § 19 ausdrücklich ausgeschlossen ist. Ebenfalls abzuführen hat der Kleinunternehmer auf Grund der Klarstellung in § 19 Abs. 1 S. 3 diejenigen Steuern, die er aus der Verwirklichung von Sondertatbeständen schuldet, nämlich die als Leistungsempfänger im **Reverse-Charge-Verfahren** nach § 13b Abs. 5 und als letzter Abnehmer im **innergemeinschaftlichen Dreiecksgeschäft** nach § 25b Abs. 2 geschuldete Steuer. Daneben schuldet der Kleinunternehmer wie jeder Nichtunternehmer die **zu Unrecht ausgewiesene USt** nach § 14c Abs. 2 (→ § 14c Rn. 35). 16

Der Kleinunternehmer hat **keinen Vorsteuerabzug.** Dies gilt sinngemäß auch für die EUSt sowie für die Anwendung von § 15a (→ § 15a Rn. 25). Auch die Be- 17 stimmungen von § 9 **(Verzicht auf Steuerbefreiung)** finden keine Anwendung. Verzichtet der Unternehmer aber zunächst im Rahmen der Regelbesteuerung wirksam auf die Steuerbefreiung, so sind die als steuerpflichtig behandelten Umsätze in die Gesamtumsätze iSv § 19 Abs. 3 einzubeziehen, so dass es dann infolge der Überschreitung der Umsatzgrenzen möglicherweise nicht zur Anwendung der Kleinunternehmer-Regelung kommt (BFH V R 91/87, BStBl. II 1993, 209).

18 Kleinunternehmer sind nicht zum **offenen Ausweis von USt** berechtigt. Geschieht dies doch, wird die Steuer nach § 14c Abs. 2 geschuldet (→ § 14c Rn. 35). Dies gilt auch dann, wenn der Kleinunternehmer zwar keinen Steuerbetrag in einer Rechnung unberechtigt ausweist, aber **Kleinbetragsrechnungen** iSv § 33 UStDV ausstellt und dort unberechtigt den im Rechnungsbetrag enthaltenen Steuersatz („inkl. 19% MwSt") ausweist. Denn bei Kleinbetragsrechnungen reicht diese Angabe grundsätzlich für die Inanspruchnahme des Vorsteuerabzugs durch den Leistungsempfänger aus, so dass § 14c Abs. 2 als Gefährdungstatbestand über seinen zu engen Wortlaut hinaus eine Steuerschuld des Kleinunternehmers entstehen lässt (BFH XI R 41/12, BStBl. II 2014, 135 – auch → § 14c Rn. 6). Wird gegenüber dem Kleinunternehmer mit **Gutschriften** abgerechnet, so kann der in einer solchen Gutschrift gesondert ausgewiesene USt-Betrag vom Leistungsempfänger nicht als Vorsteuer abgezogen werden. Die Steuerbefreiung für innergemeinschaftliche Lieferungen (§ 4 Nr. 1b, § 6a) findet keine Anwendung. Hierdurch wird vermieden, dass ein Kleinunternehmer für seine innergemeinschaftlichen Lieferungen eine **ZM** abgeben muss, wovon er explizit nach § 18a Abs. 4 befreit ist. Ein Kleinunternehmer darf in seinen Rechnungen **keine USt-IdNr.** angeben. Gleichwohl sind Kleinunternehmer verpflichtet, Rechnungen auszustellen, (a) wenn sie steuerpflichtige Werklieferungen oder sonstige Leistungen im Zusammenhang mit einem Grundstück erbringen (§ 14 Abs. 2 Nr. 1; so auch UStAE 14.1 Abs. 3 S. 4) und (b) wenn sie Lieferungen und sonstigen Leistungen an einen anderen Unternehmer für dessen Unternehmen ausführen (§ 14 Abs. 2 Nr. 2 S. 2), denn auch Kleinunternehmer sind Unternehmer (*Korn* MwStR 2014, 232 (235)). § 19 Abs. 1 S. 4 schließt nur Anwendung der „Vorschriften über den gesonderten Ausweis der Steuer" aus, so dass die übrigen Ordnungsmerkmale des § 14 Abs. 4 zu erfüllen sind. Die Rechnungen haben somit wohl auch einen **Hinweis auf die Steuerbefreiung nach § 19** zu enthalten (§ 14 Abs. 4 Nr. 8). Das Fehlen des Hinweises führt freilich nicht zur Steuerpflicht. Auch für Kleinunternehmer gelten die **Aufbewahrungspflichten** des § 14a, → § 14a Rn. 3.

19 *einstweilen frei*

III. Verzicht auf die Kleinunternehmer-Regelung

1. Formen und Fristen des Verzichts

20 Besondere Formen und Fristen für den Verzicht auf die Anwendung der Kleinunternehmer-Regelung schreibt das UStG nicht vor. Der Verzicht kann ausgesprochen werden bis zur Unanfechtbarkeit der Steuerfestsetzung (§ 18 Abs. 3 und 4). Eine entsprechende **Verzichtserklärung** gilt vom Beginn des Kalenderjahres an, für das der Unternehmer sie abgegeben hat; bei Beginn der Unternehmereigenschaft während eines Jahres gilt dies vom Beginn dieser Tätigkeit an. Als Verzichtserklärung genügt auch die Abgabe einer entsprechenden **USt-Voranmeldung** oder **Jahreserklärung,** in der die USt nach den allgemeinen Regeln berechnet wird, wobei es nicht darauf ankommt, ob die Abgabe zum Zweck des Verzichts oder im Glauben auf den Wegfall der Voraussetzungen der Steuerbefreiung nach § 19 Abs. 1 erfolgt. Entscheidend ist somit **nicht der Optionswille,** sondern dass das Finanzamt das Verhalten des Steuerpflichtigen als Willenserklärung und Ausübung des Verzichtsrechts auffassen durfte (BFH XI R 14/11, BStBl. II 2014, 210). Der gesonderte Ausweis von USt in einer Rechnung stellt daher keine Verzichtserklärung dar (FG Nürnberg II 364/2004, DStRE 2006, 682, rkr). In Zweifelsfällen hat das Finanzamt den Unternehmer zu fragen (UStAE 19.2 Abs. 1 Nr. 2; BFH XI R 14/11, BStBl. II 2014, 210). Sind die Angaben in der Steuererklärung **nicht eindeutig,** weil zwar Angaben zur Kleinunternehmerregelung gemacht werden, gleichzeitig aber die Steuer nach dem Regelverfahren berechnet wird, geht das FG München 14 K 2293/13, rkr (MwStR 2016, 133 mAnm *Dodos,* rkr) von der Unwirksamkeit der Option zur Regelbesteuerung, mithin von der Anwendung der Kleinunternehmerregelung aus. Mit einer nur für einen **Unternehmensteil** erstellten Umsatzsteuererklärung kann ein Kleinunternehmer nicht rechtswirksam auf die Anwendung des § 19 Abs. 1 verzichten, denn es gilt auch für den Kleinunternehmer der Grundsatz der **Unternehmenseinheit** (UStAE 19.2 Abs. 1 Nr. 2; BFH XI R 31/12, BStBl. II 2014, 214). Nach **Eröffnung des Insolvenzverfahrens** steht das Verzichtsrecht dem Insolvenzverwalter zu, und zwar auch für den Teil des Unternehmens, der nicht unter dessen Verwaltungs- und Verfügungsrecht fällt (BFH V R 23/11, BStBl. II 2013, 334; UStAE 19.2 Abs. 1 a).

Als **Steuerfestsetzung** iSv § 19 Abs. 2, bis zu deren **Unanfechtbarkeit** der Kleinunternehmer auf die Anwendung des § 19 verzichten kann, gilt nach § 18 Abs. 3 auch – ggf. nach Zustimmung der Behörde – die abgegebene Steuererklärung (§ 168 AO). Eine Steuerfestsetzung ist ferner die Festsetzung der USt durch Steuerbescheid (§ 155 AO). Keine Steuerfestsetzungen in diesem Zusammenhang sind die USt-Voranmeldung und die Festsetzung einer USt-Vorauszahlung. Durch ihre Unanfechtbarkeit wird deshalb die Möglichkeit, eine Erklärung nach § 19 Abs. 2 S. 1 abzugeben, nicht ausgeschlossen.

Unter **Unanfechtbarkeit** ist die **formelle Bestandskraft** der erstmaligen 21
Steuerfestsetzung zu verstehen. Diese kann auch in einer Steuerfestsetzung unter Vorbehalt der Nachprüfung oder in einer Steueranmeldung bestehen (BFH V R 167/82, BStBl. II 1986, 420). Ist die Steuerfestsetzung demgegenüber **noch anfechtbar,** kann der Unternehmer die Erklärung mit Wirkung für die Vergangenheit widerrufen. In diesen Fällen kann er die Rechnungen, in denen er die USt gesondert ausgewiesen hat, entsprechend § 14c Abs. 2 S. 3 berichtigen. Ist die Steuerfestsetzung aber **unanfechtbar** geworden, **bindet die Erklärung** den Unternehmer **mindestens für 5 Kalenderjahre.** Dabei ist vom Beginn des 1. Kalenderjahres an zu rechnen, für das die entsprechende Erklärung gilt. Nach Ablauf der 5-Jahres-Frist kann die Erklärung mit Wirkung vom Beginn eines Kalenderjahres an widerrufen werden (§ 19 Abs. 2 S. 3); auch hier ist der Widerruf spätestens bis zur Unanfechtbarkeit der Steuerfestsetzung desjenigen Kalenderjahres zu erklären, für das er gelten soll (§ 19 Abs. 2 S. 4); auch in diesem Fall können Rechnungen, in denen die USt gesondert ausgewiesen wurde, in entsprechender Anwendung von § 14c Abs. 2 S. 3 berichtigt werden. Der Erbe ist als Gesamtrechtsnachfolger an die Option des Erblassers nach § 19 Abs. 2 zur Regelbesteuerung gebunden.

2. Vorteilhaftigkeit des Verzichts

Der Verzicht auf die Steuerbefreiung nach § 19 Abs. 1 ist immer dann vorteilhaft, 22
wenn die Lieferungen oder sonstigen Leistungen des Kleinunternehmers gegenüber anderen **vorsteuerabzugsberechtigten Unternehmern** erbracht werden. Der Kleinunternehmer „verteuert" dann seine Leistung um die USt, ohne dass dies seinen Abnehmer wirtschaftlich belastet. Dafür erhält der verzichtende Kleinunternehmer die volle Vorsteuerabzugsberechtigung für die an ihn erbrachten Leistungen, vorausgesetzt er erfüllt die übrigen Voraussetzungen von § 15.

Beispiel:

Gesamtumsatz	EUR 12.000,–
(Vorsteuerbeträge sollen vorhanden sein iHv 1.000,–)	
Es ergibt sich dann folgendes Schema:	
Gesamtumsatz	EUR 12.000,–
Steuer für Umsätze 19% =	EUR 2.280,–
./. Vorsteuerbeträge	EUR 1.000,–
Verbleibende Steuer	EUR 1.280,–

Wenn dieser Unternehmer nun die USt iHv 2.280 EUR zusätzlich in Rechnung stellen kann, weil seine Abnehmer diese wiederum als Vorsteuer abziehen können, so erhält er von seinen Abnehmern insgesamt 14.280 EUR, also 2.280 EUR mehr; an das Finanzamt muss er davon aber nur 1.280 EUR abführen, weil die Vorsteuerbeträge abgezogen werden können. Durch den Verzicht auf die Steuerbefreiung nach § 19 Abs. 1 wird der Unternehmer mithin um 1.000 EUR bessergestellt. — Gegenzurechnen ist freilich der **administrative Mehraufwand** durch die Regelbesteuerung, insbesondere durch die regelmäßige Abgabe von USt-Voranmeldungen.

23 *einstweilen frei*

IV. Gesamtumsatz

1. Der Gesamtumsatz nach § 19 Abs. 3

24 Zum Gesamtumsatz nach § 19 Abs. 3 gehören alle steuerbaren Umsätze iSv § 1 Abs. 1 Nr. 1 abzüglich verschiedener steuerfreier Umsätze wie

- § 4 Nr. 8 Buchst. i: Umsätze verschiedener Wertzeichen,
- § 4 Nr. 9 Buchst. b: Wett- und Lotterieumsätze,
- § 4 Nr. 11–28: alle Tatbestände des § 4 von Umsätzen der Vertreter über die Umsätze der Heilberufe usw.

Nicht abzuziehen sind aber solche an sich nach dem UStG steuerfreien Umsätze, für die gemäß § 9 optiert wurde (BFH V R 91/87, BStBl. II 1993, 209). Außerdem sind noch bestimmte steuerfreie Umsätze dann abzuziehen, wenn sie **Hilfsumsätze** sind und zwar:

- § 4 Nr. 8 Buchst. a–h: Geld- und Kapitalumsätze,
- § 4 Nr. 9 Buchst. a: Umsätze, die unter das GrEStG fallen,
- § 4 Nr. 10: Versicherungsumsätze.

Dadurch, dass die oben genannten steuerfreien Umsätze nur dann abgezogen werden dürfen, wenn sie „Hilfsumsätze" sind, soll sichergestellt werden, dass Banken, Sparkassen, Grundstücksunternehmen, Versicherungsunternehmen usw. im Allgemeinen nicht unter die Regelung des § 19 fallen, da die angesprochenen Umsätze bei diesen Unternehmern keine Hilfsumsätze sein können. **Hilfsumsätze** sind solche, die nicht dem eigentlichen Inhalt der Tätigkeit eines Unternehmens entsprechen, sondern lediglich gewissermaßen „nebenher" in Frage kommen, zB die Veräußerung eines Grundstücks durch einen elektrotechnischen Fabrikationsbetrieb oder die Gewährung und Vermittlung von Krediten im Zusammenhang mit Warenlieferungen durch einen Möbelhändler. Positiv ausgedrückt gehören zum Gesamtumsatz also alle steuerbaren Umsätze, einschließlich aller steuerfreien Umsätze nach § 4 Nr. 1–7 (Ausfuhrtatbestände) und der steuerfreien Umsätze nach § 4 Nr. 8 Buchst. a–h, Nr. 9 Buchst. a und Nr. 10, wenn es sich bei Letzteren nicht um Hilfsumsätze handelt. Zum Gesamtumsatz gehören nicht die **Entgelte im Rahmen einer Geschäftsveräußerung** wegen der Regelung in § 1 Abs. 1 a. Im Übrigen ist für die Ermittlung des Gesamtumsatzes die für die Besteuerung in Betracht kommende Bemessungsgrundlage

(§§ 10 und 25 Abs. 3) heranzuziehen. Änderungen des Entgelts nach § 17 sind zu berücksichtigen.

Zu den steuerbaren Umsätzen iSv § 1 Abs. 1 Nr. 1 gehören auch Umsätze, die gemäß § 1 Abs. 3 wie Umsätze im Inland zu behandeln sind, sowie Umsätze, für die der Leistungsempfänger gemäß § 13b Abs. 5 die Steuer schuldet (UStAE 19.3 Abs. 1). Nach UStAE 19.3 Abs. 1 S. 5 ist auch in den Fällen der Besteuerung von **Reiseleistungen** (§ 25) und der **Differenzbesteuerung** auf die vereinnahmten Entgelte und nicht auf den Differenzbetrag nach § 25 Abs. 3 bzw. § 25a Abs. 3 abzustellen. Ob dies unionsrechtlich haltbar ist, liegt dem BFH vor, denn Art. 288 Nr. 1 MwStSystRL ordnet für die Berechnung des Gesamtumsatzes die Einbeziehung der Entgelte an, „soweit diese besteuert werden", was für den Ansatz nur der steuerpflichtigen Marge spricht (so FG Köln 9 K 667/14, EFG 2016, 1305; ebenso *Tehler* UVR 2016, 345). Nach BFH V R 12/11, BFH/NV 2012, 457 sind **unentgeltliche Wertabgaben** gemäß § 3 Abs. 1b und Abs. 9a nicht zu berücksichtigen, wenn diese nichtsteuerbar sind, weil zB infolge der Kleinunternehmerregelung kein Vorsteuerabzugsrecht bestand. Denn der volle oder teilweise Vorsteuerabzug ist Tatbestandsvoraussetzung für die Steuerbarkeit nach § 3 Abs. 1b und Abs. 9a, so dass das Fehlen des Vorsteuerabzugsrechts – gleich aus welchen Gründen – die Nichtsteuerbarkeit und damit auch die Nichtberücksichtigung im Rahmen des § 19 Abs. 3 zur Folge hat. Dem hat sich zwischenzeitlich auch die FVerw angeschlossen (BMF 28.3.2012, BStBl. I 2012, 481). Aus Vereinfachungsgründen werden die vor der Verpachtung landwirtschaftlicher Flächen erzielten Umsätze, die der **Durchschnittsbesteuerung** nach § 24 unterlagen, bei der Ermittlung des Gesamtumsatzes nicht berücksichtigt (UStAE 19.1 Abs. 4a). 25

Nichtsteuerbare Auslandsumsätze zählen nicht zum Gesamtumsatz und können daher in beliebiger Höhe erzielt werden, ohne die Kleinunternehmer-Besteuerung im Inland zu gefährden. Insbesondere sonstige Leistungen des Kleinunternehmers, deren Leistungsort nach § 3a Abs. 2 nicht im Inland ist, haben daher auf die Anwendung des § 19 Abs. 1 keinen Einfluss. Eine **Mehrfachanwendung** von Kleinunternehmer-Regelungen in verschiedenen Staaten ist somit theoretisch möglich. **Innerhalb der EU** ist eine Mehrfachanwendung allerdings ausgeschlossen, da nach Art. 283 Abs. 1 Buchst. c MwStSystRL die Steuerbefreiung für Kleinunternehmer auf in dem jeweiligen Mitgliedstaat ansässige Unternehmer begrenzt ist (→ Rn. 5). **Mit Drittstaaten** kann es aber unter den Voraussetzungen der dortigen Regelungen zu einer Mehrfachbefreiung kommen. So wird die Steuerbefreiung für Kleinunternehmer in der Schweiz (Art. 10 Abs. 2 Buchst. a MWSTG) unabhängig vom Sitzort des Unternehmers gewährt, wenn der in der Schweiz erzielte steuerbare Umsatz die maßgebliche Grenze nicht überschreitet. Für einen in Deutschland ansässigen Unternehmer, der auch Dienstleistungen an Unternehmer in der Schweiz erbringt, kommt somit für seine deutschen Umsätze die Steuerbefreiung nach § 19 und für seine Umsätze in der Schweiz die Steuerbefreiung nach Art. 10 Abs. 2 Buchst. a MWSTG in Betracht. 26

Ob auch solche Umsätze aus dem Gesamtumsatz herauszurechnen sind, die zwar nicht nach § 4 steuerfrei sind, jedoch **unter unmittelbare Berufung auf Unionsrecht** (Art. 132 MwStSystRL) steuerfrei zu stellen sind, weil Deutschland die entsprechenden Vorgaben nicht umgesetzt hat, verneint das FG München 14 K 2293/13, rkr, MwStR 2016, 133 (aA *Dodos* MwStR 2016, 134), das aber wiederum eine unmittelbare Berufung auf Art. 288 MwStSystRL erlaubt und damit im Ergebnis zu einer Anwendung der Kleinunternehmerregelung kommt. 27

2. Berechnung des Gesamtumsatzes

Die Definition des **Gesamtumsatzes** iSv § 19 Abs. 3 gilt auch für andere Vorschriften des USt-Rechts (§ 20 Abs. 1) und ist daher in § 19 Abs. 3 zunächst **allgemein geregelt** (aber → Rn. 29). Demnach ist der Gesamtumsatz nach vereinbarten 28

Entgelten zu berechnen (§ 16 Abs. 1). Lediglich dann, wenn der Unternehmer die Steuer nach vereinnahmten Entgelten berechnet (§ 20) bzw. soweit die Steuer nach vereinnahmten Entgelten zu berechnen ist (Mindest-Ist-Besteuerung, § 13 Abs. 1 Nr. 1 Buchst. a S. 4), ist auch der Gesamtumsatz iSv § 19 Abs. 3 nach vereinnahmten Entgelten zu ermitteln (§ 19 Abs. 3 S. 2).

29 Der im Allgemeinen geltende Grundsatz der Ermittlung des Gesamtumsatzes nach vereinbarten Entgelten (→ Rn. 28) gilt nicht für die Frage, ob die Kleinunternehmerbesteuerung nach § 19 Abs. 1 in Betracht kommt. Denn hierfür folgt aus § 19 Abs. 1 S. 2, dass stets der **Gesamtumsatz nach vereinnahmten Entgelten** zu ermitteln ist. Allerdings hat diese Anordnung keine Auswirkungen auf die Entstehung der Steuer. Der Grenzbetrag für Zwecke der Anwendung des § 19 Abs. 1 wird somit stets nach vereinnahmten Entgelten berechnet, die Steuer selbst wird aber deshalb nicht notwendigerweise nach der gleichen Methode berechnet, sondern nur bei Vorliegen der Voraussetzungen des § 20 (siehe auch NdsFG 16 K 303/10, EFG 2011, 749, rkr).

3. Hochrechnung auf einen Jahres-Gesamtumsatz

30 Die Hochrechnung auf einen Gesamtumsatz kommt dann in Frage, wenn ein Unternehmer seine Tätigkeit während eines Kalenderjahres beginnt oder beendet. Maßgeblich ist dabei der Zeitraum, in dem der Unternehmer seine **unternehmerische Tätigkeit tatsächlich ausübt.** Vorbereitungshandlungen aus zum Vorsteuerabzug berechtigenden Leistungsbezügen zählen mit zum Zeitraum der gewerblichen und beruflichen Tätigkeit (BFH V R 22/99, BStBl. II 2000, 241). Nach NdsFG V 3/88, EFG 1989, 85, rkr erweitert die spätere Vereinnahmung von ausstehenden Entgelten den Zeitraum nicht (→ Rn. 12). Dann ist der tatsächliche Umsatz in einen Jahresumsatz umzurechnen, wobei angefangene Kalendermonate voll dem Zeitraum zuzurechnen sind, in dem die unternehmerische Tätigkeit bestanden hat. **Betriebs- und saisonbedingte Unterbrechungen (Schwankungen)** bleiben aber unberücksichtigt (früher BMF 10.10.1980, BStBl. I 1980, 738 Rn. 34 (aufgehoben); zum gleichen Ergebnis bei **Krankheit des Unternehmers** aber FG Düsseldorf 8 K 367/84 U, EFG 1988, 496, rkr). Führt die Umrechnung nach Tagen zu einem niedrigeren Gesamtumsatz, so kann die **Umrechnung nach Tagen** anstatt nach Kalendermonaten erfolgen. Beim Umrechnungsverfahren auf einen Gesamtumsatz ist UStAE 19.3 Abs. 3 zu beachten, wonach die Umsätze aus der Veräußerung oder Entnahme des Anlagevermögens nicht auf einen Jahresgesamtumsatz umzurechnen sind (→ Rn. 8). Sie sind deshalb vor der Umrechnung aus dem tatsächlichen Gesamtumsatz auszuscheiden und nach der Umrechnung des restlichen Umsatzes dem ermittelten Betrag hinzuzurechnen. Aus Vereinfachungsgründen kann beim Beginn der **Verpachtung landwirtschaftlicher Flächen** – diese fällt nicht mehr unter die Durchschnittsbesteuerung nach § 24, so dass eine Nichtbesteuerung nur noch nach § 19 in Betracht kommt – auf den voraussichtlichen Gesamtumsatz des Kalenderjahres abgestellt werden (UStAE 19.1 Abs. 4a).

4. Nachträgliche Änderung des maßgebenden Umsatzes

31 Das Unterschreiten der Umsatzgrenzen nach § 19 unterliegt keinem Bestandsschutz. Wird nachträglich, beispielsweise durch eine Betriebsprüfung festgestellt, dass der maßgebende Umsatz tatsächlich höher war, kann dies **rückwirkend zur Regelbesteuerung** führen. Die Feststellung eines verringerten Gesamtumsatzes kann indessen nicht rückwirkend zur Anwendung der Steuerbefreiung führen, wenn der Unternehmer seine Umsätze der Regelbesteuerung unterworfen hatte, da dies als Verzicht iSv § 19 Abs. 2 zu beurteilen ist.

Beispiel:

	vor BP in EUR	§ 19	nach BP in EUR	§ 19
Umsatz Jahr 01	12.000,–	Ja	18.000,–	Ja
Umsatz Jahr 02	20.000,–	Ja	14.000,–	Nein
Umsatz Jahr 03	15.000,–	Nein	30.000,–	Verz.

Im **Jahr 01,** dem Jahr der Unternehmensgründung, gibt es keinen Vorjahrsumsatz, so dass es ausschließlich auf die Einhaltung der Umsatzgrenze von 17.500 EUR ankommt (→ Rn. 10). Allerdings kommt es auch hier auf die Voraussicht an. Das nachträgliche Überschreiten der Umsatzgrenze durch die Betriebsprüfung ist somit unschädlich für die Anwendung der Kleinunternehmer-Regelung im Jahr 01. Sie ist allerdings schädlich für dessen Anwendung im **Jahr 02,** weil der Umsatz des Jahres 01 für das Jahr 02 den Umsatz des Vorjahres darstellt und die Grenze von 17.500 EUR überschritten worden ist. Dass der Umsatz des Jahres 02 selbst sowohl unter 50.000 EUR als auch unter 17.500 EUR liegt, ändert hieran nichts, denn für die Anwendung der Kleinunternehmer-Regelungen müssen sämtliche Voraussetzungen erfüllt sein. Im **Jahr 03** war vor der BP die Anwendung der Kleinunternehmer-Regelung ausgeschlossen. Nunmehr ist sie möglich. Allerdings wurde für das Jahr 03 in der Annahme der Nichtanwendbarkeit von § 19 USt angemeldet und festgesetzt. Dies gilt nunmehr als Verzicht iSd § 19 Abs. 2.

Die **Änderung der Bemessungsgrundlage nach § 17** führt nicht zu einer Än- 32
derung des maßgebenden Umsatzes für die Anwendung der Kleinunternehmer-Regelung, denn die Berichtigungen nach § 17 sind in dem Besteuerungszeitraum vorzunehmen, in dem die Änderung der Bemessungsgrundlage eingetreten ist (UStAE 19.5 Abs. 4, Abs. 9).

einstweilen frei 33

V. Besonderheiten

1. Land- und forstwirtschaftliche Betriebe

Die Sonderregelung von § 24 hat Vorrang vor den anderen Vorschriften des Geset- 34
zes. Hat ein Unternehmer iSd § 24 also nicht für die Regelbesteuerung optiert, dann bleibt es für ihn bei diesen Sonderregelungen auch dann, wenn es sich der Größenordnung nach sonst um einen Kleinunternehmer iSv § 19 handelt. Im Falle des Übergangs von der Anwendung des § 19 Abs. 1 zur Besteuerung nach § 24 gelten die nachfolgend beschriebenen Regelungen sinngemäß. UStAE 19.1 Abs. 4a enthält jedoch Vereinfachungsregelungen hinsichtlich der Anwendbarkeit des § 19 (→ Rn. 25 und 30). Der Vorsteuerabzug regelt sich vom Zeitpunkt des Übergangs an ausschließlich nach § 24 Abs. 1 S. 3 und 4.

2. Wechsel der Besteuerungsart

Der Übergang der Besteuerung von § 19 zur Regelbesteuerung oder umgekehrt 35
ist im UStG nicht geregelt. Analog zur gesetzlichen Regelung in § 20 Abs. 1 S. 3 ist darauf zu achten, dass Umsätze nicht doppelt erfasst werden oder unversteuert bleiben (→ § 20 Rn. 35). Für die endgültige Besteuerung ist nach Verwaltungsauffassung immer diejenige Vorschrift maßgebend, die im **Zeitpunkt der Ausführung der Umsätze** anzuwenden ist. Wechselt ein Kleinunternehmer zur Regelbesteuerung, so ist entscheidend, wann die Umsätze bewirkt wurden (§ 13). Für Umsätze, die vor dem Übergang ausgeführt wurden, gilt dann § 19 Abs. 1 auch dann noch, wenn die Entgelte erst nach dem Übergang vereinnahmt werden (UStAE 19.3 Abs. 2 und 6). Andererseits unterliegen Umsätze, die nach dem Übergang bewirkt werden, der Regelbesteuerung auch dann, wenn etwa Entgelte **(Anzahlungen)** vor dem Übergang

ohne USt vereinnahmt wurden (zu Anzahlungen siehe auch OFD Frankfurt a. M. 21.4.2010, DStR 2010, 1741). Sinngemäß gilt das Gleiche für die Berechtigung zum Vorsteuerabzug (BFH V R 76/75, BStBl. II 1982, 198). Näheres siehe UStAE 19.3. Ändert sich nach einem Übergang von § 19 zur Regelbesteuerung die Bemessungsgrundlage für Umsätze, die vor dem Übergang ausgeführt worden sind, ist keine **Berichtigung nach § 17** durchzuführen, da die Umsätze zum Zeitpunkt der Steuerpflicht unter die Steuerbefreiung nach § 19 Abs. 1 fielen. Entsprechend ist beim Wechsel von der Regelbesteuerung zu § 19 eine Berichtigung von vor dem Übergang entstandener USt bzw. abgezogener Vorsteuer auch nach dem Übergang nach § 17 geboten (UStAE 19.3 Abs. 9). Auf die ursprünglich für die Anwendung oder Nichtanwendung des § 19 maßgebenden Umsätze hat eine Berichtigung nach § 17 keine Auswirkungen (→ Rn. 32).

3. Berichtigung des Vorsteuerabzuges gemäß § 15a

36 Der **Wechsel zur Kleinunternehmerbesteuerung** ist nach § 15a Abs. 7 eine schädliche Änderung der Verhältnisse. Die erstmalige Anwendung der Kleinunternehmerbesteuerung führt damit zu einer Vorsteuerberichtigung für die Wirtschaftsgüter, die der Unternehmer vor Beginn des Zeitraums der Steuerbefreiung nach § 19 Abs. 1 unter Inanspruchnahme des Vorsteuerabzugs erworben hat und deren Berichtigungszeitraums noch nicht abgelaufen ist. Auch → § 15a Rn. 25. Die Vorsteuer ist bei weiterer Verwendung des Wirtschaftsguts für jedes Jahr, in dem Unternehmer § 19 unterliegt und nicht auf dessen Anwendung verzichtet, anteilig zu berichtigen. Sie ist für den gesamten verbleibenden Berichtigungszeitraum zu berichtigen, soweit Wirtschaftsgüter im Rahmen des § 19 Abs. 1 steuerfrei veräußert werden.

37 Ein Berichtigungsgrund liegt auch vor, wenn der Unternehmer ein Wirtschaftsgut mit Vorsteuerabzug erworben hat, das er nach dem Wechsel zur Besteuerung nach § 19 einer **Verwendung nach § 3 Abs. 1b oder Abs. 9a** zuführt. Denn die steuerbare Verwendung selbst fällt unter die Steuerfreiheit des § 19, so dass eine schädliche Verwendung iSd § 15a vorliegt.

4. Innergemeinschaftliche Lieferungen neuer Fahrzeuge

38 Soweit Kleinunternehmer derartige Umsätze ausführen, unterliegen sie nicht der Kleinunternehmerregelung des § 19 Abs. 1. Dies hat zur Folge, dass sie – wie Nichtunternehmer über § 2a – insoweit als regelversteuernde Unternehmer anzusehen sind, die eine **steuerfreie innergemeinschaftliche Lieferung** iSv § 4 Nr. 1b, § 6a erbringen. Gleichzeitig steht ihnen aus dem Erwerbsvorgang der **Vorsteuerabzug** gemäß § 15 Abs. 4a zu. Die Fahrzeuglieferung wird somit von inländischer USt entlastet. Zu den Voraussetzungen der Lieferung neuer Fahrzeuge vgl. § 1b.

§ 20 Berechnung der Steuer nach vereinnahmten Entgelten

[1]Das Finanzamt kann auf Antrag gestatten, dass ein Unternehmer,

1. **dessen Gesamtumsatz (§ 19 Abs. 3) im vorangegangenen Kalenderjahr nicht mehr als 500.000 Euro betragen hat, oder**
2. **der von der Verpflichtung, Bücher zu führen und auf Grund jährlicher Bestandsaufnahmen regelmäßig Abschlüsse zu machen, nach § 148 der Abgabenordnung befreit ist, oder**
3. **soweit er Umsätze aus einer Tätigkeit als Angehöriger eines freien Berufs im Sinne des § 18 Abs. 1 Nr. 1 des Einkommensteuergesetzes ausführt,**

die Steuer nicht nach den vereinbarten Entgelten (§ 16 Abs. 1 Satz 1), sondern nach den vereinnahmten Entgelten berechnet. [2]Erstreckt sich die Be-

freiung nach Satz 1 Nr. 2 nur auf einzelne Betriebe des Unternehmers und liegt die Voraussetzung nach Satz 1 Nr. 1 nicht vor, so ist die Erlaubnis zur Berechnung der Steuer nach den vereinnahmten Entgelten auf diese Betriebe zu beschränken. [3]Wechselt der Unternehmer die Art der Steuerberechnung, so dürfen Umsätze nicht doppelt erfasst werden oder unversteuert bleiben.

EU-Recht: Art. 66 MwStSystRL (Art. 10 Abs. 2 6. EG-RL)
UStAE: 20.1

Übersicht

I. Bedeutung

1. Geltungszeit

Durch das HBeglG v. 26.4.2006 (BGBl. 2006 I 1091) wurde die allgemeine Umsatzgrenze mit Wirkung vom 1.7.2006 auf 250.000 EUR und durch das BürgerEntlG KV (BGBl. 2009 I 1959) schließlich auf 500.000 EUR angehoben. Bis zum 1.7.2009 war die in Abs. 2 enthaltene erhöhte Umsatzgrenze von 500.000 EUR auf Betriebe im Beitrittsgebiet beschränkt. Durch BürgerEntlG KV wurde die Befristung auf den 31.12.2011 verlängert und die Beschränkung auf das Beitrittsgebiet aufgehoben. Für alle Betriebe galt daher zunächst vom 1.7.2006 bis 31.12.2011 die erhöhte Umsatzgrenze von 500.000 EUR. Schließlich wurde die Entfristung dieser Regelung mit BeitrRLUmsG (BGBl. 2011 I 2592) beschlossen. Damit gilt nun für Betriebe in **ganz Deutschland zeitlich unbefristet** eine Umsatzgrenze von 500.000 EUR. 1

einstweilen frei 2

2. Überblick

3 Die Vorschrift regelt die Voraussetzung für die Besteuerung kleinerer Unternehmer nach vereinnahmten Entgelten (sog. **Ist-Besteuerung**) als Ausnahme zu dem in § 16 Abs. 1 enthaltenen Grundsatz der Besteuerung nach vereinbarten Entgelten (sog. **Soll-Besteuerung**). Sie regelt nur die Berechnung der USt des leistenden Unternehmers, nicht aber den Vorsteuerabzug, dort bleibt es beim Abzug mit Leistungsbezug und Vorliegen einer Rechnung iSd § 14. Die Besteuerung nach vereinnahmten Entgelten ist **antragsgebunden** und greift nicht automatisch bei Erfüllung der Voraussetzungen. Das Gesetz gestattet die Besteuerung nach vereinnahmten Entgelten in drei Fällen, nämlich:
- wenn die **Umsatzgrenze unterschritten** wird (§ 20 S. 1 Nr. 1),
- soweit für Betriebe **Befreiung von der Buchführungspflicht** nach § 148 AO besteht (§ 20 S. 1 Nr. 2 und S. 2) oder
- soweit Einkünfte aus **freiberuflicher Tätigkeit** nach § 18 EStG erzielt werden (§ 20 S. 1 Nr. 3).

Die Umsatzgrenze muss der Unternehmer mit seinem gesamten Unternehmen einhalten. Die Befreiung von der Buchführungspflicht nach § 148 AO ermöglicht indessen auch eine nur auf den entsprechenden Betrieb beschränkte Anwendung der Ist-Besteuerung (§ 20 S. 2). Auch freiberufliche Betriebe können isoliert zur Ist-Besteuerung optieren, wenn sie zusammen mit ihren nicht freiberuflichen Betrieben die Umsatzgrenze überschreiten (§ 20 S. 1 Nr. 3 „soweit").

4 § 20 beruht auf **Art. 66 MwStSystRL** (Art. 10 Abs. 2 UAbs. 3 der 6. EG-RL), wonach die Mitgliedstaaten regeln können, dass der Steueranspruch für „bestimmte Umsätze" oder für „Gruppen von Steuerpflichtigen" entweder spätestens bei der Ausstellung der Rechnung entsteht oder spätestens bei der Vereinnahmung des Preises. Deutschland hat mit § 20 nur von einem Teil des Wahlrechts Gebrauch gemacht. Zum einen richtet sich der Zeitpunkt der Steuerentstehung nur nach der Vereinnahmung des Entgelts und nicht nach der Ausstellung der Rechnung. Zum anderen erfasst § 20 nur Gruppen von Steuerpflichtigen, nämlich die von § 20 S. 1 erfassten Unternehmer. Von einer Einbeziehung bestimmter Umsätze in die Ist-Besteuerung hat der deutsche Gesetzgeber somit keinen Gebrauch gemacht. Nach der **Rechtsprechung des EuGH** ist das Kriterium „bestimmte Umsätze" sehr weit auszulegen und erlaubt sogar die Ausdehnung der Besteuerung nach vereinnahmten Entgelten beispielsweise auf alle Dienstleistungen in Abgrenzung zu den Lieferungen (EuGH C-144/94, UR 1996, 19 – Italittica). Weil die Richtlinie die Anzahl der Gruppen von Steuerpflichtigen oder der bestimmten Umsätze nicht beschränkt, vertritt *Stadie* die Auffassung, dass die Mitgliedstaaten auch generell die Ist-Besteuerung anwenden könnten (*Stadie* UR 2004, 136 (137); aA wohl zu Recht *Widmann* UR 2004, 177 (179), denn eine Ausnahme bedarf einer Regel).

II. Besteuerungsarten

1. Besteuerung nach vereinbarten Entgelten

5 Die Besteuerung nach vereinbarten Entgelten **(Soll-Besteuerung)** ist der gesetzliche Regelfall und anzuwenden, soweit der Steuerpflichtige nicht die Anwendung des § 20 gewählt und das Finanzamt sie gestattet hat. Bei der Besteuerung nach vereinbarten Entgelten entsteht die Steuer gemäß § 13 Abs. 1 Nr. 1 Buchst. a, wenn der Unternehmer die Leistungen ausgeführt hat. Auf den Empfang des Entgeltes kommt es nicht an. Oft muss der Unternehmer daher die Steuer entrichten, bevor er das Entgelt vereinnahmt hat. Umgekehrt kann er den Vorsteuerabzug auch vor Begleichung des Entgelts geltend machen, allerdings müssen sowohl die **Leistung erbracht** sein

als auch eine **ordnungsgemäße Rechnung** vorliegen (→ § 15 Rn. 32). Durch das Soll-Prinzip folgt das UStG dem Zeitpunkt, in dem Erträge und Aufwendungen in der Buchführung erfasst werden.

2. Besteuerung nach vereinnahmten Entgelten

6 Bei der Besteuerung nach vereinnahmten Entgelten **(Ist-Besteuerung)** entsteht die USt mit Ablauf des Voranmeldungszeitraums, in dem ein Entgelt vom Unternehmer vereinnahmt worden ist (§ 13 Abs. 1 S. 1 Buchst. b). Auf den Zeitpunkt, in dem er die dazugehörige Leistung erbracht hat, kommt es nicht an. Zum **Zeitpunkt der Vereinnahmung** → § 13 Rn. 19. Die Ist-Besteuerung ist als gesetzliche Ausnahmeregelung nur in den dafür vorgesehenen Fällen möglich. Die nach Eröffnung eines **Insolvenzverfahrens** vom Insolvenzverwalter vereinnahmte USt für Leistungen, die vor Eröffnung des Insolvenzverfahrens erbracht worden sind, sind demnach **Masseverbindlichkeiten,** denn der Steueranspruch ist nach Verfahrenseröffnung entstanden (BFH V R 64/07, BStBl. II 2009, 682). Dessen ungeachtet ist der USt- bzw. Vorsteueranspruch nach BFH V R 22/10, BStBl. II 2011, 996 bei Vereinnahmung durch den Insolvenzverwalter auch beim Soll-Versteuerer der Masse zuzurechnen, dies wird allerdings damit begründet, dass die Eröffnung des Insolvenzverfahrens zur Uneinbringlichkeit nach § 17 Abs. 2 Nr. 1 führt und die anschließende Vereinnahmung die erneute Berichtigung nach § 17 Abs. 2 Nr. 1 S. 2 auslöst (→ § 17 Rn. 68).

7 Das Soll-Prinzip löste 1968 das bis dahin im USt-Recht geltende Ist-Prinzip ab (nach *Stadie* UR 2010, 241 (242ff.) ohne sachlichen Grund). In der Praxis führt dies regelmäßig zu erheblichem **Vorfinanzierungsaufwand** bei den Unternehmen sowie zu **Steuerausfällen** beim Fiskus aufgrund erstatteter Vorsteuer, die vom Unternehmer aus welchen Gründen auch immer nicht mehr gezahlt wird. Für die **generelle Einführung der Ist-Besteuerung** als Regelbesteuerung plädieren daher ua *Kirchhof* DStR 2008, 1 (8) sowie *Stadie* UR 2004, 136 und UR 2004, 398. *Widmann* führt allerdings zu Recht an, dass auch bei einer generellen Ist-Besteuerung der USt-Betrug nicht eingedämmt werden kann, da hierfür eine tatsächliche Kontrolle jeder Zahlung durch die Finanzbehörden notwendig wäre (*Widmann* UR 2005, 14 (17)). *Wesselbaum/Neugebauer* weisen zutreffend darauf hin, dass die Ist-Besteuerung im Gegensatz zur Soll-Besteuerung wenigstens finanzierungsneutral ist (*Wesselbaum/Neugebauer* UR 2004, 401; auch *Kirchhof* DStR 2008, 1 (8)). In seinem Reformvorschlag sieht *Kirchhof* schließlich auch die Umstellung auf das Ist-Prinzip vor (*Kirchhof* Umsatzsteuergesetzbuch, Schriftenreihe des Instituts für Finanz- und Steuerrecht – Forschungsstelle Bundessteuergesetzbuch, Bd. 3, Heidelberg 2008). Da im Kirchhof'schen Konzept die zwischenunternehmerischen Umsätze allerdings nicht mehr besteuert werden sollen, kommt der Unterscheidung zwischen Ist- und Soll-Prinzip nur untergeordnete Bedeutung zu (vgl. *Widmann* UR 2009, 9 (12)). Der Koalitionsvertrag zwischen CDU, CSU und FDP vom 26.10.2009 sah zwar eine Prüfung im Laufe der 17. Legislaturperiode vor, „ob und in welchem Umfang das Prinzip der Ist-Besteuerung der Umsätze ausgeweitet werden kann." Diese Prüfung erschöpfte sich aber in der Entfristung der erhöhten Umsatzgrenze von 500.000 EUR (→ Rn. 1).

8 *einstweilen frei*

3. Vorteile der Besteuerung nach vereinnahmten Entgelten

9 Soll- und Ist-Besteuerung führen im Ergebnis zu gleich hoher USt-Belastung, nämlich der Steuerberechnung auf der Grundlage des tatsächlich vereinnahmten Entgelts. Bemessungsgrundlage der USt ist stets das tatsächlich vereinnahmte Entgelt. Die Soll-Besteuerung, die zunächst an die vereinbarten Entgelte anknüpft, erreicht das über § 17. Die Ist-Besteuerung folgt von vornherein nur den letztlich vereinnahmten Entgelten, so dass insoweit **keine Berichtigungen nach § 17** notwendig sind. Der

Gesetzgeber wollte mit der Regelung des § 20 den „kleineren" Unternehmern Erleichterungen bei der Organisation ihrer Buchführung und finanzielle Vorteile bringen. Sie müssen die USt nicht entrichten, bevor die Entgelte geflossen sind. Beim **Vorsteuerabzug** bleibt es indessen dabei, dass diese gem. § 15 Abs. 1 S. 1 Nr. 1 abziehbar ist, wenn die Leistung bezogen wurde und eine ordnungsmäßige Rechnung vorliegt, denn die Berechnung nach § 20 ersetzt lediglich die Berechnung der USt nach dem Soll-Prinzip gemäß § 16 Abs. 1 S. 1, nicht aber die Berechnung der Vorsteuer nach dem Soll-Prinzip gemäß § 16 Abs. 2. In der Praxis wird allerdings bei Ist-Besteuerung oftmals auch der Vorsteuerabzug erst mit Entrichtung des Entgelts geltend gemacht, weil die Ist-Besteuerung meistens mit der Gewinnermittlung nach § 4 Abs. 3 EStG einhergeht (nachfolgend → Rn. 10) und daher keine Verbindlichkeiten gebucht, sondern die Betriebsausgaben zusammen mit dem Vorsteuerabzug erst bei Zahlung erfasst werden.

4. Wahlmöglichkeiten

10 Die in § 20 genannten Unternehmer können zwischen der Besteuerung ihrer Umsätze nach vereinbarten und vereinnahmten Entgelten wählen. Regelfall ist die Soll-Besteuerung, die Ist-Besteuerung ist **antragsgebunden** und greift nicht automatisch bei Erfüllung der Voraussetzungen des § 20. Grundsätzlich ist die Ist-Besteuerung stets vorteilhafter, weil die USt-Zahlung zeitlich verschoben werden kann, während es beim Sofortabzug der Vorsteuer bleibt (→ Rn. 9). Einzubeziehen ist allerdings der erhöhte Verwaltungsaufwand, wenn die Berechnung der USt von der Behandlung in der Buchführung abweicht. Für Unternehmer, die ihren Gewinn durch **Bilanzierung** gemäß § 4 Abs. 1 EStG ermitteln, ist die Sollbesteuerung einfacher und daher regelmäßig auch empfehlenswert. Aus denselben Erwägungen bietet sich für die Unternehmer, die den **Gewinn nach § 4 Abs. 3 EStG** ermitteln, die Ist-Besteuerung an.

III. Voraussetzungen der Besteuerung nach vereinnahmten Entgelten

1. Allgemeines

11 § 20 beruht auf **Art. 66 Buchst. b MwStSystRL,** wonach die Mitgliedsstaaten vorsehen können, dass der Steueranspruch für bestimmte Umsätze oder bestimmte Gruppen von Steuerpflichtigen spätestens bei der Vereinnahmung des Preises entsteht. Der deutsche Gesetzgeber hat sich nur für die Möglichkeit zur Ist-Besteuerung für bestimmte Gruppen von Steuerpflichtigen entschieden, nämlich Unternehmer unterhalb einer bestimmten Umsatzgrenze, Unternehmer, die von der Buchführungspflicht gem. § 148 AO befreit sind, und Freiberufler iSv § 18 EStG (§ 20 S. 1 Nr. 1–3). Antragsberechtigt ist jeder Unternehmer, der diese Voraussetzungen erfüllt. Dazu gehören die **Land- und Forstwirte** (§ 24) und die Unternehmer, die § 23a **(gemeinnützige Körperschaften)** und § 25a **(Differenzbesteuerung)** anwenden. Ausnahme ist die Beförderungseinzelbesteuerung gem. § 16 Abs. 5, denn die Ist-Besteuerung tritt nach § 20 S. 1 nur an die Stelle der Besteuerung nach § 16 Abs. 1 S. 1 und damit nicht an die Stelle der Beförderungseinzelbesteuerung.

2. Gesamtumsatz bis 500.000 EUR

12 Das Finanzamt kann einem Unternehmer, dessen Gesamtumsatz bis zu 500.000 EUR im vorangegangenen Jahr betragen hat, die Ist-Besteuerung gestatten. Der **Gesamtumsatz** ist gemäß § 19 Abs. 3 zu berechnen und damit grundsätzlich

nach vereinbarten Entgelten (→ § 19 Rn. 28). Das gilt auch, wenn der Antragsteller nur in einem **Teil des Kalenderjahres** unternehmerisch tätig war. Dann ist der in diesem Abschnitt erzielte Umsatz auf einen Jahresgesamtumsatz umzurechnen (§ 19 Abs. 3 S. 3). Ist ein Gesamtumsatz des vorangegangenen Kalenderjahrs nicht vorhanden (weil zB der Unternehmer seine **Tätigkeit erst im laufenden Kalenderjahr begonnen** hat), muss der voraussichtliche Gesamtumsatz des laufenden Kalenderjahrs anhand der Umsätze des laufenden Kalenderjahres geschätzt werden, vgl. UStAE 20.1 Abs. 4. Seit 2016 stimmt die Umsatzgrenze in § 20 nicht mehr mit der nun höheren Umsatzgrenze für die Buchführungspflicht in § 141 Abs. 1 Nr. 1 AO von 600.000 EUR überein.

Beim **Erwerb eines bestehenden Unternehmens** beginnt der Unternehmer seine Tätigkeit, weswegen nicht die Vorjahresumsätze des erworbenen Unternehmens herangezogen werden können, sondern der voraussichtliche Gesamtumsatz des laufenden Kalenderjahres zu schätzen ist (so *Wagner* in Sölch/Ringleb § 20 Rn. 59f; zur gleichen Problematik im Rahmen des § 19 *Schüler-Täsch* in Sölch/Ringleb § 19 Rn. 10; ähnlich → § 1 Rn. 140, wonach § 1 Abs. 1a zwar eine weitgehende Rechtsnachfolge auslöst, die Unternehmereigenschaft als solche aber nicht übergeht, sondern vom Erwerber neu begründet wird – danach kann der Vorjahresumsatz des erworbenen Unternehmens dem Erwerber iSv § 20 S. 1 Nr. 1 nicht zurechnet werden). Zur Diskussion um den Charakter von § 1 Abs. 1a als allgemeine Rechtsnachfolgeklausel vgl. *Wagner/Gallert* DStR 2010, 2017, die dies verneinen. Praktisch dürfte bei Erwerb eines Unternehmens, dessen Umsätze bislang nach § 20 berechnet wurden, das Finanzamt dem Erwerber selten die Ist-Besteuerung verweigern, denn die Schätzung dürfte auf der Basis des Vorjahresumsatzes des Veräußerers erfolgen. Allerdings muss der Erwerber – sieht man in § 1 Abs. 1a keine Rechtsnachfolgeklausel – einen **erneuten Antrag** stellen, was in der Praxis in jedem Fall empfehlenswert ist. Zur Form der Antragstellung → Rn. 26. 13

Erwirbt ein **Unternehmer ein weiteres Unternehmen,** ist ebenso nur sein Vorjahresumsatz, also der Vorjahresumsatzes seines bisherigen Unternehmens von Bedeutung. Überschreitet er mit seinem bisherigen Unternehmen die Umsatzgrenzen, kommt ab dem Erwerbszeitpunkt auch für das Gesamtunternehmen die Ist-Besteuerung nicht auf der Basis von § 20 S. 1 Nr. 1 in Betracht. Wurde dem Unternehmer indessen die Ist-Besteuerung bereits erlaubt, ist der Hinzuerwerb eines weiteren Unternehmens kein Grund, die Erlaubnis für den laufenden Besteuerungszeitraum zu widerrufen, selbst wenn die Umsatzgrenzen mit an Sicherheit grenzender Wahrscheinlichkeit überschritten werden. 14

Wer als **Gesamtrechtsnachfolger** ein Unternehmen erwirbt und es weiterführt, erbt nicht die Unternehmereigenschaft, wird aber durch die Unternehmensfortführung selbst Unternehmer. Es besteht somit zunächst kein Unterschied zu einem Unternehmensgründer oder dem Erwerber eines Unternehmers durch Einzelrechtsnachfolge. Eine Billigkeitsregel wie zu § 19 in UStAE 19.1 Abs. 5 S. 4 wäre zwar zweckmäßig, ist aber im UStAE nicht enthalten und auch nicht zwingend. Der Gesamtrechtsnachfolger kann damit einen Antrag auf Besteuerung nach vereinnahmten Entgelten auf der Basis einer Schätzung seiner Umsätze im Jahr des Erwerbs stellen. 15

Der **Gesamtrechtsnachfolger, der bereits Unternehmer war,** kann im Übergangsjahr die Ist-Besteuerung für das erworbene Unternehmen nach dem Gesetzeswortlaut nicht mehr mit § 20 S. 1 Nr. 1 begründen, wenn er mit seinem bisherigen Unternehmen die maßgebliche Umsatzgrenze überschreitet, denn die auf § 20 S. 1 Nr. 1 beruhende Erlaubnis zur Ist-Besteuerung ist nicht betriebsbezogen. Gleichwohl gestattet die FVerw zweckmäßigerweise im Übergangsjahr für beide Teile des Unternehmens die Fortführung der bisherigen Besteuerungsart (*Wagner* in Sölch/Ringleb § 20 Rn. 63). Erst im folgenden Besteuerungszeitraum ist für das Gesamtunternehmen die Besteuerung einheitlich nach vereinbarten oder vereinnahmten Entgelten 16 vorzunehmen, wobei für § 20 S. 1 Nr. 1 der Umsatz des Gesamtunternehmens des Vorjahres (Übergangsjahr) maßgeblich ist.

17 Maßgebend für die **Berechnung des Umsatzes** im vorangegangen Kalenderjahr ist auch die Besteuerungsart. Wurden die Umsätze im Vorjahr nicht nach vereinbarten, sondern nach vereinnahmten Entgelten berechnet und versteuert, so ist auch der Gesamtumsatz nach diesen Regeln zu ermitteln (§ 19 Abs. 3 S. 2). Bei Erhöhungen der Umsatzgrenze wird idR eine Übergangsregelung getroffen. Zuletzt konnte nach der Übergangsregelung zum BürgerEntlG KV (BMF 10.7.2009, DStR 2009, 1477) die Ist-Besteuerung ab dem 1.7.2009 auch dann genehmigt werden, wenn der Gesamtumsatz im Kalenderjahr 2008 nicht mehr als 500.000 EUR betragen hat. Die Anwendung der Ist-Besteuerung für das gesamte Kalenderjahr 2009 setzte aber für Unternehmer, die nicht im Beitrittsgebiet ansässig waren, voraus, dass der Vorjahresumsatz unter 250.000 EUR lag, denn die erhöhte Umsatzgrenze galt in den alten Bundesländern erst seit 1.7.2009. Liegt die Schätzung bzw. Hochrechnung unter der Umsatzgrenze gemäß § 20 S. 1 Nr. 1 und ergibt sich später **tatsächlich ein höherer Umsatz,** bleibt die genehmigte Ist-Besteuerung im laufenden Kalenderjahr bestehen. Liegt der Gesamtumsatz danach weiter über der maßgeblichen Umsatzgrenze, sind die Voraussetzung des § 20 S. 1 Nr. 1 nicht mehr erfüllt und die erteilte Erlaubnis muss widerrufen werden.

18 *einstweilen frei*

3. Befreiung von der Buchführungspflicht

19 Gemäß § 20 S. 1 Nr. 3 kann das FA auf Antrag die Ist-Besteuerung gestatten, wenn ein Unternehmer, der von der Verpflichtung, Bücher zu führen und aufgrund jährlicher Bestandsaufnahmen regelmäßig Abschlüsse zu machen gem. § 148 AO befreit ist. Nach dieser Vorschrift kommt die Ist-Besteuerung nur bei Befreiung von der Buchführungspflicht nach § 148 AO in Betracht. **Fehlende Buchführungspflicht** nach den §§ 140, 141 AO begründet für sich keine Möglichkeit zur Ist-Besteuerung nach § 20 S. 1 Nr. 3, sondern nur die Befreiung von einer bestehenden Buchführungspflicht (BFH V R 38/08, BStBl. II 2010, 873). Die **Befreiung nach § 148 AO** kommt für einzelne Fälle oder für bestimmte Gruppen von Fällen in Betracht, wenn die Einhaltung der durch die Steuergesetze begründeten Buchführungs-, Aufzeichnungs- und Aufbewahrungspflichten Härten mit sich bringen und die Besteuerung durch die Erleichterung nicht beeinträchtigt wird. Werden freiwillig Bücher geführt, kommt eine Genehmigung zur Ist-Besteuerung nach § 20 S. 1 Nr. 3 nicht in Betracht (BFH V R 4/09, BStBl. II 2013, 590; UStAE 20.1 Abs. 1 S. 6 und 7; OFD Niedersachsen 17.12.2013, DStR 2014, 750).

20 Ist einem Unternehmer nach § 148 AO Befreiung von der Buchführungspflicht erteilt, so kann er die Ist-Besteuerung nach § 20 beantragen; wird die Genehmigung nach § 148 AO widerrufen, so entfällt auch die Voraussetzung für die Ist-Besteuerung, es sei denn, der Gesamtumsatz des Vorjahres hat die Umsatzgrenze nach § 20 S. 1 Nr. 1 nicht überschritten oder es handelt sich um einen Freiberufler (§ 20 S. 1 Nr. 3).

21 *einstweilen frei*

4. Freiberufler

22 **Angehörige eines freien Berufes** iSv § 18 Abs. 1 Nr. 1 EStG können grundsätzlich ihre Umsätze nach vereinnahmten Entgelten versteuern, soweit sie Umsätze aus einer solchen Tätigkeit erzielen. Tätigkeiten, die nicht zu den Tätigkeiten iSv § 18 Abs. 1 Nr. 1 EStG gehören, fallen nicht unter die Vorschrift, **zB Vermietung und Verpachtung,** selbst wenn diese nach einkommensteuerlichen Grundsätzen zu den Einkünften aus selbstständiger Arbeit zählen. Ebenso fallen Einkünfte aus Tätigkeiten

nach § 18 Abs. 1 Nr. 2–4 EStG nicht unter § 20 S. 1 Nr. 3. Insbesondere Unternehmer mit **Tätigkeiten aus sonstiger selbstständiger Arbeit** (§ 18 Abs. 1 Nr. 2 EStG) können demnach die Ist-Besteuerung nicht nach § 20 S. 1 Nr. 3 beanspruchen.

Eine **Kapitalgesellschaft** (zB GmbH), deren Gesellschafter Angehörige freier Berufe iSv § 18 Abs. 1 Nr. 1 EStG sind (zB Steuerberater), ist kein Unternehmer iSv § 20 S. 1 Nr. 3, vgl. BFH V R 51/98, BStBl. II 1999, 630 und UStAE 20.1 Abs. 1 S. 3. Die hieran geäußerte Kritik (vgl. *Flore/Burmann* UR 2000, 193; *Stadie* UR 2010, 241) veranlasste den BFH nicht zu einer Rechtsprechungsänderung. In BFH V R 4/09, BStBl. II 2013, 590 (und V R 36/08, BFH/NV 2011, 316) verneint der BFH erneut die Ist-Besteuerung für Kapitalgesellschaften und führt aus, dass eine GmbH keine Angehörige eines freien Berufs sei; sie übe demzufolge keine Tätigkeit als Angehörige eines freien Berufs aus; ihre Tätigkeit gelte vielmehr stets und in vollem Umfang als Gewerbebetrieb (erneut kritisch *Stadie* UR 2011, 45). Die Verfassungsbeschwerde gegen BFH V R 4/09 wurde zwischenzeitlich nicht zur Entscheidung angenommen (BVerfG 1 BvR 3063/10, UR 2013, 468 mit Anm. *Stadie*). Fraglich ist, ob **Personengesellschaften** unter § 20 S. 1 Nr. 3 fallen können. Auch sie sind wie Kapitalgesellschaften selbst nicht Angehörige eines freien Berufs, allerdings gelten ihre Tätigkeiten nicht als Gewerbebetrieb. Der BFH begründet seine Entscheidung zur Freiberufler-GmbH auch mit der Entstehungsgeschichte, wonach die Ist-Besteuerung vor Inkrafttreten der AO 1977 den nichtbuchführungspflichtigen Steuerpflichtigen gestattet war und § 20 Abs. 1 S. 1 Nr. 3 (nunmehr: § 20 S. 1 Nr. 3) diese Möglichkeit für die Freiberufler fortführen sollte. Daher können Personengesellschaften nach § 20 S. 1 Nr. 3 die Ist-Besteuerung anwenden, wenn sie Einkünfte nach § 18 Abs. 1 Nr. 1 EStG erzielen und nicht buchführungspflichtig sind. Dies gilt somit für die GbR und die PartG. Nicht unter § 20 S. 1 Nr. 3 fallen demnach aber **Personengesellschaften, die in vollem Umfang gewerbliche Einkünfte** nach § 15 Abs. 3 Nr. 1 (Abfärbewirkung) oder Nr. 2 (gewerbliche Prägung) erzielen, oder **Handelsgesellschaften** (OHG, KG), die kraft Rechtsform zur Buchführung verpflichtet sind. 23

einstweilen frei 24

5. Mehrere Betriebe

Die Umsatzgrenze muss der Unternehmer mit seinem gesamten Unternehmen einhalten. Die **Befreiung von der Buchführungspflicht nach § 148 AO** ermöglicht indessen auch eine nur auf den entsprechenden Betrieb beschränkte Anwendung der Ist-Besteuerung, wenn sich die Befreiung nach § 148 AO nur auf einzelne Betriebe des Unternehmers beschränkt und sein Gesamtumsatz im vorangegangenen Kalenderjahr die maßgebliche Umsatzgrenze überschritten hat (§ 20 S. 2). Ist ein Unternehmer **nur zum Teil als Freiberufler** iSv § 18 Abs. 1 Nr. 1 EStG tätig, kann er für diesen Bereich isoliert die Ist-Besteuerung nach § 20 S. 1 Nr. 3 wählen, selbst wenn die Umsatzgrenze mit dem Gesamtunternehmen überschritten wird (§ 20 S. 1 Nr. 3 „soweit“). 25

IV. Erlaubnis des Finanzamts zur Ist-Besteuerung

1. Antrag des Steuerpflichtigen

Voraussetzung für die Besteuerungsart des § 20 ist ein **Antrag des Unternehmers** an das Finanzamt. An Formen und Fristen ist der Antrag nicht gebunden. Er kann auch konkludent, zB in der Steuererklärung, in der für das Finanzamt erkennbar nur die vereinnahmten Entgelte enthalten sind, gestellt werden (BFH V B 93/10, BFH/NV 2011, 1406). Auch eine **rückwirkende Einbeziehung von Besteuerungszeiträumen** ist möglich, soweit die betreffenden Steuerfestsetzungen noch nicht 26 durchgeführt wurden oder noch nicht formell bestandskräftig sind (OFD Karlsruhe 28.2.2012, BeckVerw 258522 unter Berufung auf UStAE 19.2 Abs. 6). Für zurückliegende Besteuerungszeiträume, in denen der Unternehmer nach vereinbarten Entgelten versteuert hat, kommt eine **rückwirkende Genehmigung** nach OFD Karlsruhe indessen nicht in Betracht. Zum umgekehrten Fall (Wechsel zur Soll-Besteuerung) → Rn. 37. Wegen der Abschnittsbesteuerung muss der Antrag sich wenigstens auf ein Kalenderjahr beziehen (UStAE 20.1 Abs. 1 S. 4).

2. Ermessensentscheidung des Finanzamts

27 Das Finanzamt kann, wenn eine der drei Voraussetzungen des § 20 erfüllt ist, gestatten, dass ein Unternehmer die Steuer nach vereinnahmten Entgelten berechnet. Insoweit besteht ein **Rechtsfolgeermessen.** Sind die Voraussetzungen des § 20 nicht erfüllt, ist die Genehmigung/Erlaubnis zu versagen. Ist die gesetzliche Voraussetzung dafür vorhanden, hat das Finanzamt sein Ermessen im Rahmen von Sinn, Zweck und Ziel des § 20 auszuüben und wenn keine zwingenden Gründe – zB wegen Gefährdung des Steueranspruchs – entgegenstehen, die Genehmigung zu erteilen. Nach OFD Karlsruhe 28.2.2012, BeckVerw 258522 (ebenso schon OFD München 21.12.1995, DStR 1996, 223 und OFD Niedersachsen 17.12.2013, DStR 2014, 750) liegt eine solche **Gefährdung des Steueraufkommens** unter Berufung auf eine Entscheidung des FG München 3 K 4102/91, nv, vor, wenn ein Unternehmer, der Ist-Besteuerung beantragt, einem nahestehenden Unternehmer, der seine Umsätze nach vereinbarten Entgelten berechnet, Leistungen erbringt und USt in den Rechnungen ausweist, das Entgelt aber unverhältnismäßig lange Zeit nicht vereinnahmt wird (ähnlich auch FG Bln-Brdb 2 K 2149/11, BeckRS 2015, 94153 im Fall der Leistungserbringung durch eine GbR an einen liquiditätsschwachen Gesellschafter; das Urteil wurde aber aufgehoben und die Sache zurückverwiesen durch BFH XI R 38/14, UR 2016, 487, weil das FG bzgl. der Gefährdung des Steueraufkommens sein eigenes Ermessen an die Stelle des Ermessens der Finanzbehörde gesetzt hat).

28 Eine besondere Form der Entscheidung des FA ist nicht vorgesehen. Sowohl der Antrag als auch dessen Genehmigung können konkludent erfolgen. Allein das Fehlen einer Ablehnung des Antrags reicht daher nicht, um auf die Genehmigung zu schließen (FG Nürnberg 2 K 917/14, EFG 2015, 2043). Im Allgemeinen dürfte das FA die beantragte Ist-Besteuerung genehmigen, indem es der entsprechend abgegebenen Steuererklärung folgt, sofern aus den dort gemachten Angaben die Ist-Besteuerung erkennbar wird. Dies ist der Fall, wenn ein den **Gewinn nach § 4 Abs. 3 EStG** ermittelnder Unternehmer eine USt-Erklärung abgibt, in der die Umsätze den Betriebseinnahmen in der Gewinnermittlung entsprechen und das FA dies erkannt hat und der Erklärung folgt (BFH V R 47/14, DStR 2015, 2493 mAnm *Heuermann*). Umgekehrt ist dies nicht der Fall, wenn die Umsätze in der USt-Erklärung denen der **handelsrechtlichen GuV** entsprechen; dies spricht nämlich eher für die Soll-Besteuerung (SächsFG 6 K 1768/11, BeckRS 2014, 94200, rkr). Auch die Versagung der begehrten Ist-Besteuerung ist als solche nicht formgebunden. Als Ermessensentscheidung ist sie jedoch zu begründen. Nach SächsFG 6 K 1768/11, BeckRS 2014, 94200, rkr, ist es ermessensfehlerhaft, wenn das FA den Antrag mit der Begründung ablehnt, für die Antragstellerin trete kein Vereinfachungseffekt ein, da sie ohnehin Bücher führe.

3. Dauer der Erlaubnis

29 Grundsätzlich kann der Unternehmer die gestattete Besteuerung nach vereinnahmten Entgelten durchführen, solange das Finanzamt sie nicht widerruft oder zurücknimmt oder der Unternehmer die Aufhebung beantragt. Die Wirksamkeit der Erlaubnis endet nicht automatisch bei **Wegfall der Voraussetzungen zur Ist-Besteuerung**

nach §20 S. 1 (vgl. *Wagner* in Sölch/Ringleb §20 Rn. 39; aA OFD Niedersachsen 17.12.2013, DStR 2014, 750), es sei denn, die Genehmigung zur Ist-Besteuerung enthält eine „automatische Wegfallklausel" bei Wegfall der Voraussetzungen.

a) Rücknahme. Die Rücknahme der Erlaubnis, die ein **begünstigender Verwaltungsakt** ist, kann gemäß §130 Abs. 2 AO mit Wirkung für die Zukunft oder für die Vergangenheit erfolgen, wenn eine sachlich unzuständige Behörde entschieden hat, sie durch unlautere Mittel (arglistige Täuschung, Drohung oder Bestechung) oder im Wesentlichen unrichtige oder unvollständige Angaben erwirkt worden ist oder dem Unternehmer die Rechtswidrigkeit des Verwaltungsaktes bekannt war oder hätte bekannt sein müssen. Aus praktischen Gründen wird im Allgemeinen nur die Rücknahme für die Zukunft in Betracht kommen. 30

b) Widerruf. Der Widerruf kommt unter den Voraussetzungen des §131 Abs. 2 AO (Widerrufsvorbehalt, nicht erfüllte Auflage, nachträglich eingetretene Tatsachen, die das Finanzamt berechtigt hätten, die Erlaubnis nicht zu erteilen) mit Wirkung für die Zukunft in Betracht. Ein Widerrufsgrund liegt bei **Gefährdung des Steueraufkommens** iSv →Rn. 27 vor. Unter den Voraussetzungen des §130 Abs. 2 AO ist auch ein Widerruf für die Vergangenheit zulässig, also insbesondere wenn der Unternehmer die Genehmigung zur Ist-Besteuerung auf unlautere Weise erlangt hat (OFD Niedersachsen 17.12.2013, DStR 2014, 750; →Rn. 30). 31

c) Verzicht des Unternehmers auf die Ist-Besteuerung. Die Rückkehr von der einmal genehmigten Besteuerung nach vereinnahmten Entgelten zur Besteuerung nach vereinbarten Entgelten ist gesetzlich nicht geregelt. Sie ist für **zukünftige Besteuerungszeiträume** jederzeit möglich und beispielsweise empfehlenswert, wenn der Unternehmer erstmals nach §141 Abs. 2 AO zur Buchführung verpflichtet wird. Ein **unterjähriger Wechsel** zur Soll-Besteuerung ist ebenso zulässig (*Wagner* in Sölch/Ringleb §20 Rn. 40). Der Wechsel bezieht sich dann aber auf den gesamten laufenden Besteuerungszeitraum, weswegen auch die bislang nach den Grundsätzen der Ist-Besteuerung abgegebenen USt-Voranmeldungen berichtigt werden müssen. 32

Der Wechsel durch Rücknahme des Antrags auf Berechnung der Steuer nach vereinnahmten Entgelten ist auch **mit Wirkung für die Vergangenheit** möglich, soweit die betreffenden Steuerfestsetzungen noch nicht durchgeführt wurden oder noch **nicht formell bestandskräftig** sind (BFH XI R 1/08, BStBl. II 2009, 1026; UStAE 20.1 Abs. 3 S. 3). Dabei kommt es nur auf die Festsetzung für den gesamten Besteuerungszeitraum und nicht auf die Unanfechtbarkeit der USt-Voranmeldungen an (BFH XI R 1/08, BStBl. II 2009, 1026 unter II.3. c) cc)). Die Einschränkungen für den umgekehrten Fall des Antrags auf rückwirkende Ist-Besteuerung (→Rn. 27) greifen hier nicht, denn die Soll-Besteuerung ist der gesetzliche Regelfall: Sie ist weder antragsgebunden noch steht dem Finanzamt ein Ermessen zu; einer Erlaubnis des Finanzamts bedarf es ebenso nicht (BFH XI R 1/08, BStBl. II 2009, 1026). 33

Nach FG München 14 K 289/96, DStRE 2000, 719 (Rev. wegen Klageunzulässigkeit zurückgewiesen, BFH V R 20/00, BFH/NV 2001, 914) ist die Rückkehr zur Soll-Besteuerung nicht mehr möglich, soweit ein Umsatz dann in einem anderen bereits formell bestandskräftigen Besteuerungszeitraum **doppelt erfasst** wird oder **unversteuert** bleibt. Die Versagung der Rückkehr zur Sollbesteuerung zur Verhinderung nach §20 S. 3 unzulässiger Doppelerfassungen oder doppelter Nichterfassungen hat nach FG München somit Vorrang vor einer Änderung der anderen Besteuerungszeiträume nach §§164, 174 AO. Ob des nach BFH XI R 1/08, BStBl. II 2009, 1026 noch haltbar ist, kann bezweifelt werden. Denn der BFH entschied, dass §20 S. 3 lediglich die Art und Weise des Übergangs regelt und damit einen Wechsel der Besteuerungsform voraussetzt, ihn aber folglich nicht verhindert. Ausgeschlossen ist der rückwirkende Wechsel zur Soll-Besteuerung daher nur, soweit betroffene Besteuerungszeiträume **festsetzungsverjährt** sind und deshalb auftretende Doppelerfas- 34 sungen oder doppelte Nichterfassungen nur noch durch Versagung der Rückkehr zur Soll-Besteuerung verhindert werden können. Bejaht man – wie das NdsFG 16 K 303/10, EFG 2011, 749, rkr –, dass die Rücknahme des Antrags auf Ist-Besteuerung für die Vergangenheit ein **rückwirkendes Ereignis** iSd § 175 Abs. 1 S. 1 Nr. 2 AO darstellt, dürfte die Verjährung wegen der Anlaufhemmung des § 175 Abs. 1 S. 2 AO allerdings kaum eine Rolle spielen. Folgeänderungen in anderen Besteuerungszeiträumen wären nach § 174 AO möglich.

4. Wechsel der Besteuerungsart

35 Beim Übergang von der Soll- zur Ist-Besteuerung und umgekehrt dürfen gem. § 20 S. 3 Umsätze nicht **doppelt erfasst** werden oder **unversteuert** bleiben. Dies bedeutet, dass zB Außenstände, die bereits der Soll-Besteuerung unterlegen haben, bei einer späteren Versteuerung nach dem Ist-Prinzip nicht nochmals versteuert werden müssen (dürfen!). Dies ist in den Voranmeldungen zu vermerken. Umgekehrt ist zu beachten, dass Außenstände, die bei vorheriger Ist-Besteuerung noch nicht erfasst wurden, beim Wechsel zur Soll-Besteuerung im Zeitpunkt der Vereinnahmung zusätzlich zu den vereinbarten Entgelten des jeweiligen Voranmeldungszeitraums erfasst und versteuert werden müssen.

36 § 20 S. 3 enthält keine von § 13 Abs. 1 Nr. 1 Buchst. b abweichende Regelung über die **Entstehung der Steuer.** Beim Wechsel zur Soll-Besteuerung ist somit die USt für erbrachte Leistungen weiterhin nicht abzuführen, soweit das Entgelt noch nicht vereinnahmt worden ist (BFH V R 58/01, BStBl. II 2003, 817). Dies gilt analog auch für die Vorsteuer, wenn diese aus Vereinfachungsgründen auch zeitlich verzögert nach dem Ist-Prinzip geltend gemacht wird (→ Rn. 9). § 20 S. 3 ermöglicht somit nur dann eine Erfassung von USt, wenn eine anderweitige Erfassung im Rahmen des Besteuerungsverfahrens nicht möglich ist und dies zu einer doppelten Erfassung oder einer Nichterfassung führen würde.

37 Die nach Eröffnung eines **Insolvenzverfahrens** vereinnahmte USt für vor Verfahrenseröffnung erbrachte Leistungen sind Masseverbindlichkeiten (BFH V R 64/07, BStBl. II 2009, 682, → Rn. 6). Stellt der Insolvenzverwalter nach Eröffnung eines Insolvenzverfahrens einen Antrag auf **rückwirkenden Wechsel zur Soll-Besteuerung,** kann darin nach FM Bbg 15.10.2009, BeckVerw 234038, auch der gezielte Versuch gesehen werden, die Belastung der Insolvenzmasse mit USt-Verbindlichkeiten zu vermeiden (aber nachstehend → Rn. 38). In diesen Fällen soll der „Antrag auf Soll-Besteuerung“ nicht genehmigt werden. Einen solchen „Antrag auf Soll-Besteuerung“ gibt es allerdings nicht (→ Rn. 33). Entgegen FM Bbg kann dem „Antrag“ somit auch nicht die Genehmigung verweigert werden. Auf § 20 S. 3 lässt sich eine solche Verweigerung der Rückkehr zur Soll-Besteuerung ebenso nicht stützen, da durch Qualifikation der USt-Schuld als Insolvenzverbindlichkeit der Umsatz nicht „unversteuert“ iSv § 20 S. 3 ist. Die USt-Schuld wird möglicherweise nur nicht oder nur teilweise beglichen. Eine Verweigerung des rückwirkenden Wechsels zur Soll-Besteuerung kann sich daher nur auf **Missbrauchsfälle** beschränken.

38 Vor dem Hintergrund der neueren BFH-Rechtsprechung sind die vorstehenden Überlegungen des FM Bbg überholt, denn auch bei **Soll-Besteuerung** liegt – so BFH V R 22/10, BStBl. II 2011, 996 – eine **Masseverbindlichkeit** vor, wenn der Insolvenzverwalter das Entgelt für eine vor Insolvenzeröffnung erbrachte Leistung vereinnahmt. Der BFH begründet dies damit, dass die Eröffnung des Insolvenzverfahrens zur Uneinbringlichkeit nach § 17 Abs. 2 Nr. 1 führt und die anschließende Vereinnahmung die erneute Berichtigung nach § 17 Abs. 2 Nr. 1 S. 2 auslöst (→ § 17 Rn. 68). Diese Rechtsprechung ist nach BMF 9.12.2011, BStBl. I 2011, 1273 auf nach dem 31.12.2011 eröffnete Insolvenzverfahren anzuwenden. Für Altfälle bleiben die Ausführungen in → Rn. 37 daher noch relevant.

§21 Besondere Vorschriften für die Einfuhrumsatzsteuer

(1) **Die Einfuhrumsatzsteuer ist eine Verbrauchsteuer im Sinne der Abgabenordnung.**

(2) **Für die Einfuhrumsatzsteuer gelten die Vorschriften für Zölle sinngemäß; ausgenommen sind die Vorschriften über den aktiven Veredelungsverkehr nach dem Verfahren der Zollrückvergütung und über den passiven Veredelungsverkehr.**

(2a) **[1]Abfertigungsplätze im Ausland, auf denen dazu befugte deutsche Zollbedienstete Amtshandlungen nach Absatz 2 vornehmen, gehören insoweit zum Inland. [2]Das Gleiche gilt für ihre Verbindungswege mit dem Inland, soweit auf ihnen einzuführende Gegenstände befördert werden.**

(3) **Die Zahlung der Einfuhrumsatzsteuer kann ohne Sicherheitsleistung aufgeschoben werden, wenn die zu entrichtende Steuer nach §15 Abs. 1 Satz 1 Nr. 2 in voller Höhe als Vorsteuer abgezogen werden kann.**

(4) **[1]Entsteht für den eingeführten Gegenstand nach dem Zeitpunkt des Entstehens der Einfuhrumsatzsteuer eine Zollschuld oder eine Verbrauchsteuer oder wird für den eingeführten Gegenstand nach diesem Zeitpunkt eine Verbrauchsteuer unbedingt, so entsteht gleichzeitig eine weitere Einfuhrumsatzsteuer. [2]Das gilt auch, wenn der Gegenstand nach dem in Satz 1 bezeichneten Zeitpunkt bearbeitet oder verarbeitet worden ist. [3]Bemessungsgrundlage ist die entstandene Zollschuld oder die entstandene oder unbedingt gewordene Verbrauchsteuer. [4]Steuerschuldner ist, wer den Zoll oder die Verbrauchsteuer zu entrichten hat. [5]Die Sätze 1 bis 4 gelten nicht, wenn derjenige, der den Zoll oder die Verbrauchsteuer zu entrichten hat, hinsichtlich des eingeführten Gegenstands nach §15 Abs. 1 Satz 1 Nr. 2 zum Vorsteuerabzug berechtigt ist.**

(5) **Die Absätze 2 bis 4 gelten entsprechend für Gegenstände, die nicht Waren im Sinne des Zollrechts sind und für die keine Zollvorschriften bestehen.**

EU-Recht: Art. 2 Abs. 1 Buchst. d MwStSystRL,
Art. 30 MwStSystRL,
Art. 32 Abs. 2 MwStSystRL,
Art. 70 MwStSystRL,
Art. 71 Abs. 1 UAbs. 1 MwStSystRL,
Art. 71 Abs. 1 UAbs. 2 MwStSystRL,
Art. 71 Abs. 2 MwStSystRL,
Art. 85–89 MwStSystRL,
Art. 164 Abs. 1 MwStSystRL,
Art. 166 MwStSystRL,
Art. 211 MwStSystRL,
Art. 260 MwStSystRL,
Art. 274 MwStSystRL,
Art. 275 MwStSystRL,
Art. 276 MwStSystRL,
Art. 277 MwStSystRL.

Übersicht

1. Bedeutung

1 Die Vorschrift enthält **Besonderheiten der EUSt,** die vor allem das Erhebungsverfahren und die Zuordnung betreffen. Durch die EUSt werden Waren aus dem Drittland einer USt-Besteuerung unterworfen, die dem Niveau inländischer Waren entspricht und damit im internationalen Handel eine wettbewerbsneutrale Besteuerung nach dem Bestimmungslandprinzip sicherstellt.

Die EUSt wird ab 1.1.1993 nur noch für die Einfuhr von Gegenständen aus Drittländern erhoben. Die EUSt ist keine eigenständige Steuer, sondern ein Bestandteil der USt. § 21 regelt vor allem die **Erhebung** der EUSt. Neben § 21 gibt es auch eine Reihe weiterer Vorschriften im UStG, die Spezialregelungen zur EUSt beinhalten (zB §§ 5, 11, 15 Abs. 1 S. 1 Nr. 2). Die unionsrechtlich erforderliche enge Anbindung der EUSt an das Zollrecht wurde insbesondere in § 21 Abs. 2 durch die angeordnete sinngemäße Geltung des Zollrechts umgesetzt.

2. Entwicklung der Vorschrift

2 Die Vorschrift gilt in der aktuellen Fassung seit 1.1.2004. Zuletzt wurde durch das **StÄndG 2003** Abs. 2 aufgrund der Änderung des Einfuhrbegriffs in § 1 Abs. 1 Nr. 4 redaktionell angepasst.

3. Verbrauchsteuer (§ 21 Abs. 1)

3 Die **EUSt** ist eine **Verbrauchsteuer** iSd AO. Das bedeutet: Das Steueraufkommen fließt dem **Bund** zu (Art. 106 Abs. 1 Nr. 2 GG). Der Bund verwaltet die Steuer (Art. 108 Abs. 1 GG). Für die Steuererhebung sind **sachlich** die HZA einschließlich ihrer Nebenstellen (zB ZA) zuständig (§ 16 AO und §§ 1, 12 FVG), **örtlich** die HZA, in deren Bezirk sich der steuerbegründende Tatbestand (Einfuhr von Gegenständen in das Zollgebiet, § 1 Nr. 4) verwirklicht, an den das Gesetz die Steuerpflicht knüpft und das HZA, von dessen Bezirk aus der Steuerpflichtige sein Unternehmen betreibt (§§ 17, 23 AO). Trotz der Regelung in § 21 Abs. 1 sind auf die EUSt nicht alle Vorschriften der AO, die die Verbrauchsteuern betreffen, anwendbar. Das gilt insbesondere für die einjährige Festsetzungsfrist gemäß § 169 Abs. 2 S. 1 Nr. 1 AO. Hier hat Art. 103 Abs. 1 UZK, der eine dreijährige Festsetzungsfrist bestimmt, Vorrang. Die zehnjährige Festsetzungsfrist ist gem. Art. 103 Abs. 2 UZK bei Steuerhinterziehung anwendbar. Die Änderungsvorschriften der §§ 172ff. AO werden ebenfalls durch die Vorgaben des UZK verdrängt (Art. 173 UZK).

4 Die **Sachhaftung** beginnt mit der Einfuhr (§ 76 Abs. 2 AO). § 76 AO ist anwendbar, wenn der Abgabenbetrag nicht fristgerecht entrichtet wird. Das HZA kann die

eingeführte Ware zur Sicherung der EUSt mit Beschlag belegen. Einzelheiten siehe *Tipke/Kruse* AO § 76 Rn. 5; *Rüsken* in Klein, AO 13. Aufl., 2016, Rn. 5.

4. Anwendung der Zollvorschriften

Die sinngemäße Anwendung der Zollvorschriften, die nicht schon auf Grund des UStG unmittelbar gelten (zB Zollgebiet § 1 Abs. 2, Zollwert § 11) soll die Festsetzung von Zoll und EUSt in einem einheitlichen Verfahren von ein- und derselben Behörde in einem Bescheid aufgrund einheitlicher Feststellungen einfach und zweckmäßig ermöglichen. Dieser Zweck wird nur erreicht, wenn es regelmäßig zur Anwendung der Zollvorschriften auf die EUSt kommt. Allerdings ist im Einzelfall zu prüfen, ob die Zollvorschriften auch auf die EUSt zugeschnitten sind (BFH VII R 124/85, BFHE 153, 463 (464); so im Ergebnis auch EuGH, verbundene Rechtsachen C-226/14, C-228/14, MwStR 2016, 660 – Eurogate Distribution und DHL Hub Leipzig mit Anm. *Vobbe*). Auf die EUSt als Eingangsabgabe sind die – passenden – Zollvorschriften auch anzuwenden, wenn keine Zölle entstehen, Art. 71 Abs. 2 MwStSystRL. Die „sinngemäß" anzuwendenden Vorschriften sind vor allem der Zollkodex bzw. der ab 1.5.2016 geltende Zollkodex der EU **(Unionszollkodex – UZK).** Wegen weiterer VO und Verwaltungsanweisungen siehe *Hamster* in BeckOK UStG, § 21 Rn. 27ff.; grundsätzlich zur Bedeutung des neuen UZK für die Umsatzsteuer siehe *Weymüller* MwStR 2016, 487. 5

Besteuert wird das körperliche Verbringen der Ware in das Zollgebiet der Gemeinschaft. Auf den Leistungsaustausch wie bei der Umsatzsteuer kommt es nicht an. Es genügt für die EUSt der bloße physische Vorgang des Gelangens in das Zollgebiet. **Gemeinsam** sind der **Umsatzsteuer und EUSt** die Bemessungsgrundlage **Entgelt** (bei der EUSt zumindest als erster Anknüpfungspunkt, Einzelheiten → § 11 Rn. 1ff.), der **Steuersatz** und der Abzug als **Vorsteuer.** Es gibt eine besondere EUSt-Befreiungsordnung, BGBl. 1992 I 1526; 1994, 302 und 2004, 21, zuletzt geändert durch das Gesetz zur Neuorganisation der Zollverwaltung (BGBl. 2015 I 2178, Art. 9 Abs. 4).

Ausgeschlossen ist die Anwendung der Vorschriften über den **aktiven Veredelungsverkehr** und den **passiven Veredelungsverkehr.** Bei diesen Veredelungsverkehren wird aber für die EUSt dasselbe materielle Ergebnis wie für die Zölle erzielt, nämlich dass keine EUSt bei der aktiven Veredelung entsteht und dass EUSt nur auf die Werterhöhung bei der passiven Veredelung anfällt (s. § 11 Abs. 2), selbst bei vorschriftswidrigem Verbringen von veredelten Gegenständen in das Inland.

Ist für die **Einfuhr nur EUSt** zu erheben (zB wegen präferenzrechtlicher oder zolltariflicher Vorgaben), hat dies trotzdem unter sinngemäßer Anwendung der Zollvorschriften zu erfolgen.

Bei Verstößen entsteht unter den Voraussetzungen des Art. 79 UZK eine Einfuhrzollschuld und durch sinngemäße Anwendung gem. § 21 Abs. 2 eine Einfuhrumsatzsteuerschuld. Die EUSt entsteht nach älterer Rechtsprechung in sinngemäßer Anwendung der Zollvorschriften selbst dann, wenn eine Ware aus der zollamtlichen Überwachung entzogen wird und anschließend nicht im Inland verbleibt, sondern wieder in ein Drittland ausgeführt wird (BFH VII B 17/11, ZfZ 2012, 134). Dies kann aber durch die neuere Rechtsprechung des EuGH nicht mehr aufrechterhalten werden.

Denn **keine mehrwertsteuerbare Einfuhr** liegt laut EuGH vor, wenn eine **Zollschuld** nach Art. 204 ZK lediglich **infolge von Pflichtverletzungen** entsteht (EuGH verbundene Rechtsachen C-226/14, C-228/14, MwStR 2016, 660 – Eurogate Distribution und DHL Hub Leipzig mit Anm. *Vobbe*) und die Ware aber nachweislich wieder ausgeführt wurde. Entscheidend für den EuGH ist, dass die Zollverwaltung die Pflichtenverletzung nach der Wiederausfuhr erkennt. Damit wäre eine Erhebung von EUSt systemwidrig, weil die Ware damit nachweislich die EU wieder verlassen hat. ME kann aber nicht allein der Zeitpunkt des Erkennens der Pflichtverletzung entscheidend sein. Auch in anderen Konstellationen, in denen trotz Zollschuldentstehung nach Art. 204 ZK ebenfalls kein Verbrauch der Ware im Inland sichergestellt ist, besteht zumindest aus systematischer Sicht kein Raum für die Erhebung der EUSt. Betroffen von der Erhebung der Einfuhrabgaben infolge von Pflichtverletzungen sind iS Logistikdienstleister, die die ggf. entstandene EUSt nicht als eigene abziehbare EUSt wieder geltend machen können. Dazu darf jedoch nachweislich die Ware nicht in den Wirtschaftskreislauf der Zollunion gelangt sein. Diese Rechtsprechung muss auch nach nunmehr ergangenem neuen UZK angewendet werden (zur Zollschuld bei Verstößen siehe Art. 79 Abs. 1 UZK). Maßgeblich sind außerdem die Umstände des Einzelfalls. Solange bei Verstößen gem. Art. 79 Abs. 1 Buchst. a UZK eine abstrakte Gefahr besteht, dass die Ware in den Wirtschaftskreislauf der EU gelangt sind, dürfe damit auch unter Berücksichtigung der EuGH-Rechtsprechung eine EUSt entstehen (so auch *Rehberg/Kurzrock* EU-UStB 2016, 65).

5. Erfassung und Behandlung der einfuhrumsatzsteuerpflichtigen Waren

6 Die eingeführten Waren werden zollrechtlich erfasst. Sie dürfen nur über **Zollstraßen,** Zolllandungsplätze und Zollflughäfen eingeführt werden, § 2 ZollVG. Zollstraßen müssen öffentlich bekannt gemacht werden. Zollstraßen sind Landstraßen, Wasserstraßen, Rohrleitungen und sonstige Beförderungswege, auf denen Waren in das oder aus dem Zollgebiet der Gemeinschaft sowie in die oder aus den Freizonen zu verbringen sind, § 2 Abs. 4 ZollVG. Für die Einfuhr über Zollstraßen bestehen Öffnungszeiten (§§ 3, 18 ZollVG). Bei der Einfuhr von Waren in das Unionsgebiet ist eine **summarische Eingangsanmeldung** (Art. 5 Nr. 9 UZK) und eine **Zollanmeldung** (Art. 5 Nr. 12 UZK) erforderlich (Art. 127 Abs. 1 UZK; bis 30.4.2016 Art. 36a Abs. 1 ZK; Art. 158 Abs. 1 UZK; bis 30.4.2016 Art. 59 Abs. 1 ZK). Die summarische Eingangsanmeldung informiert die Zollbehörden über eingehende Waren. Sollen die Waren in ein Zollverfahren (Art. 5 Nr. 16 UZK; bis 30.4.2016 Art. 4 Nr. 16 ZK) übergeführt werden, sind sie zu dem betreffenden Zollverfahren anzumelden (Art. 158 Abs. 1 UZK; bis 30.4.2016 Art. 59 Abs. 1 ZK). Die Zollanmeldung darf erst nach Gestellung der Waren angenommen werden (Art. 171 UZK; bis 30.4.2016 Art. 63 ZK; BFH VII B 254/08, BFH/NV 2010, 266). Für die Gestellung können Vereinfachungen gewährt werden, die ein körperliches Vorführen der Waren vermeiden.

Im neunen UZK gibt es drei Zollverfahren: die Überlassung zum zollrechtlich freien Verkehr, die besonderen Verfahren und die Ausfuhr. Dabei wurden alle bisherigen Verfahren mit wirtschaftlicher Bedeutung zusammengefasst. Zu den besonderen Verfahren gehören nach Art. 210 UZK

– der Versand (umfasst den externen und internen Versand),
– die Lagerung (umfasst das Zolllager und Freizonen),
– die Verwendung (umfasst die vorübergehende Verwendung und die Endverwendung),
– die Veredelung (umfasst die aktive und passive Veredelung).

Solange sich die Ware in einem der besonderen Verfahren befindet, werden noch keine Einfuhrabgaben erhoben (vgl. überblicksartige Darstellung bei *Scheller/Zaczek* MwStR 2016, 604).

Waren, die in ein Zollverfahren übergeführt werden sollen, sind zu den betreffenden Verfahren anzumelden, Art. 158 Abs. 1 UZK, siehe im Einzelnen *Hamster* in BeckOK UStG, § 21 Rn. 38ff. Die Zoll/EUSt-Anmeldung ist eine Handlung, mit der eine Person in der vorgeschriebenen Form nach den vorgeschriebenen Bestimmungen die Absicht bekundet, eine Ware in ein bestimmtes Zollverfahren überführen zu lassen Die **Zollanmeldung** erfolgt zugleich **für Zwecke der EUSt.** Insoweit muss sie Angaben über die Bemessungsgrundlage (§ 11) und über die Art des eingeführten Gegenstandes (für Zwecke des Steuersatzes) enthalten, siehe im Einzelnen *Jatzke* in Sölch/Ringleb § 21 Rn. 31 ff.

Die **Anmeldung** zur Einfuhr erfolgt in der Regel **elektronisch mittels ATLAS-Einfuhr.** Ab dem 1.1.2011 ist vor dem Verbringen der Ware in das Zollgebiet bei der Eingangszollstelle eine summarische elektronische Vorabanmeldung abzugeben (Art. 182 UZK-IA). Für deren Abgabe ist eine gültige EORI-Nummer erforderlich (Art. 9 UZK iVm Art. 1 Nr. 18 UZK-DA; EORI steht für „Economic Operator Registration and Identification"). Die EORI-Nummer kann unter Verwendung des Internetbeteiligten-Antrages (IBA) oder des Formulars 0870 kostenlos bei der Generalzolldirektion – Dienstort Dresden – Stammdatenmanagement beantragt werden (vgl. hierzu die Rubrik EORI-Nummer unter www.zoll.de). Nur noch in Ausnahmefällen erfolgt die Zollanmeldung schriftlich via das sog. Einheitspapier (zur Zollanmeldung s. ausführlich *Hamster* in BeckOK UStG § 21 Rn. 38 ff.).

6. Einzelheiten der Zollbehandlung

Gestellte Waren haben die Rechtsstellung von Waren in vorübergehender Verwahrung, bis sie eine zollrechtliche Bestimmung erhalten haben. Die für Zwecke der EUSt wichtigste ist die Überführung in den **zollrechtlich freien Verkehr.** Dabei entsteht die EUSt im Zeitpunkt der Annahme der Zollanmeldung (Art. 77 Abs. 1 Buchst. a, Abs. 2 UZK). Schuldner der EUSt ist der Anmelder, bei indirekter Vertretung auch die Person, in deren Auftrag die Zollanmeldung abgegeben wird (Art. 77 Abs. 3 UAbs. 1 UZK). Die EUSt-Schuld ist buchmäßig zu erfassen, siehe Art. 105 UZK und dem Steuerschuldner durch einen Steuerbescheid gemäß §§ 155 ff., 122 ff. AO und den Vorschriften des VwZG bekannt zu geben (Art. 102 UZK). Die EUSt wird spätestens zehn Tage nach Bekanntgabe des Bescheides fällig, sofern die Zollbehörde keine kürzere Frist gesetzt, Zahlungsaufschub (Art. 110 UZK) oder sonstige Zahlungserleichterungen gewährt hat, Art. 108 UZK. Ist die EUSt gezahlt, gibt die Zollstelle die Ware frei. EUStpflichtige Waren dienen als Sicherheit für die EUSt, solange die Steuerschuld besteht (zur Entstehung und Festsetzung der EUSt s. ausführlich *Hamster* in Weymüller BeckOK UStG § 21 Rn. 39 ff.). 7

7. EUSt auf abschöpfungspflichtige Waren

Für die Erhebung der EUSt auf abschöpfungspflichtige Waren – das sind idR landwirtschaftliche Produkte – galt nicht das Zollrecht, sondern bis 31.12.1996 das AbschöpfungserhebungsG vom 25.7.1962 (BGBl. 1962 I 453 = BZBl. 1962, 650). Seitdem sind die bisherigen Abschöpfungen in Zölle umgewandelt worden, vgl. *Witte* Art. 4 Rn. 2. 8

8. Abfertigungsplätze außerhalb des Inlandes (§ 21 Abs. 2a)

§ 21 Abs. 2a berücksichtigt die Änderung des Einfuhrbegriffs in § 1 Abs. 1 Nr. 4. 9
Die Vorschrift ist eine umsatzsteuerliche Spezialregelung gegenüber den Zollvorschriften. Deutsche Zollbeamte dürfen gemäß § 21 Abs. 2a auf bestimmten Plätzen im Ausland (zB in Gemeinschaftszollämtern, die durch internationale Abkommen dazu bestimmt sind) Amtshandlungen, die die EUSt betreffen, vornehmen. Diese Befugnis ergibt sich bereits zollrechtlich aus den Art. 1, 2 und 135 Abs. 4 UZK. Als weitere Abfertigungsplätze außerhalb des Inlandes gelten die Freihäfen. Diese zählen als Gebiet der Bundesrepublik Deutschland zum Zollgebiet der Union (vgl. Art. 4 Gedankenstrich 4 UZK), weshalb die Art. 1 Abs. 2, Art. 135 Abs. 4 UZK nicht einschlägig und somit nicht gemäß § 21 Abs. 2 sinngemäß auf die EUSt anwendbar sind. Außerdem gelten die deutschen Freihäfen umsatzsteuerrechtlich als Ausland (vgl. § 1

Abs. 2). Um eine einfuhrumsatzsteuerrechtliche Behandlung (Freihafenlagerung, -veredelung nach § 12a, § 12b EUStBV) in diesen Gebieten vornehmen zu können, ermöglicht § 21 Abs. 2a die zollrechtliche Überwachung der dorthin verbrachten Waren.

9. Zahlungsaufschub (§ 21 Abs. 3)

10 Zoll- und Verbrauchsteuer-Schuldner können die Fälligkeit der Abgaben durch den sog. Zahlungsaufschub (§ 223 AO, Art. 110 UZK) hinausschieben. Entsprechendes gilt gemäß § 21 Abs. 3, Art. 110 UZK für die EUSt. Der Zahlungsaufschub wird auf Antrag gegen **Sicherheitsleistung** gewährt. Behörden und Anstalten des öffentlichen Rechts, die mit Privatunternehmern nicht im Wettbewerb stehen, brauchen idR keine Sicherheit zu leisten. Die Sicherheitsleistung dient der Sicherung der gestundeten Abgaben. Dieser Zweck entfällt bei Unternehmern, die zum Vorsteuerabzug berechtigt sind. Deshalb gewährt der Gesetzgeber diesen Unternehmen für die EUSt Zahlungsaufschub ohne Sicherheitsleistung (§ 21 Abs. 3). Die übrigen Eingangsabgaben bleiben davon unberührt. Unternehmer können auch ein Aufschubkonto eines Dritten nutzen (zB eines Spediteurs). Dafür dürfte der Dritte jedoch entsprechende Gebühren verlangen, die dann vom Unternehmer gegenüber den erzielten Zinsvorteilen bzw. den Kosten eines eigenen Aufschubkontos abzuwägen sind.

10. Weitere EUSt (§ 21 Abs. 4)

11 § 21 Abs. 4 knüpft an § 11 Abs. 3 Nr. 2 an, der Zölle und Verbrauchsteuern, die im Zeitpunkt der Wareneinfuhr entstehen, zur Bemessungsgrundlage für die EUSt rechnet. Die Vorschrift soll verhindern, dass Einfuhrabgabenbeträge (Zoll und Verbrauchsteuern), die nach dem erstmaligen Entstehen der EUSt entstehen, nicht in die Bemessungsgrundlage für die EUSt einbezogen werden. Wenn die Ware zunächst in einem besonderen Zoll- oder Verbrauchsteuer-Verkehr verbleibt, bleibt die **Abgabenschuld aufschiebend bedingt.** Die Schuld wird **unbedingt,** wenn der Steuerpflichtige die Ware zweckwidrig in den freien Verkehr entnimmt, dh wenn die durch das besondere Verfahren ermöglichte Begünstigung nicht eingehalten wird. In diesem Zeitpunkt entsteht auf der Grundlage der entstandenen Abgabe eine weitere EUSt. Schuldner ist der Zoll- bzw. Verbrauchsteuer-Schuldner (§ 21 Abs. 4 S. 4), weitere Fälle siehe Art. 79 UZK. Die weitere EUSt entsteht nicht, wenn der Steuerschuldner zum Vorsteuerabzug berechtigt ist, weil die Nacherhebung in diesen Fällen das Umsatzsteuer-Aufkommen nicht beeinflusst.

11. EUSt auf Gegenstände, die keine Waren iSd Zollrechts sind (§ 21 Abs. 5)

12 § 21 Abs. 5 regelt die Anwendung der Zollvorschriften auf Gegenstände wie Elektrizität, Gas, Wasser, Kälte, Dampf und Ähnliches. Diese Regelung soll Zweifel und Besteuerungslücken ausschließen, wenn sich der umsatzsteuerliche Begriff des Verbringens von Gegenständen und die zollrechtliche Erfassung der Waren nicht decken sollten, siehe *Jatzke* in Sölch/Ringleb § 21 Rn. 105.

§ 22 Aufzeichnungspflichten

(1) [1]**Der Unternehmer ist verpflichtet, zur Feststellung der Steuer und der Grundlagen ihrer Berechnung Aufzeichnungen zu machen.** [2]**Diese Verpflichtung gilt in den Fällen des § 13a Abs. 1 Nr. 2 und 5, des § 13b Absatz 5 und des § 14c Abs. 2 auch für Personen, die nicht Unternehmer sind.** [3]**Ist ein**

land- und forstwirtschaftlicher Betrieb nach § 24 Abs. 3 als gesondert geführter Betrieb zu behandeln, so hat der Unternehmer Aufzeichnungspflichten für diesen Betrieb gesondert zu erfüllen. [4]In den Fällen des § 18 Abs. 4c und 4d sind die erforderlichen Aufzeichnungen auf Anfrage des Bundeszentralamtes für Steuern auf elektronischem Weg zur Verfügung zu stellen; in den Fällen des § 18 Absatz 4e sind die erforderlichen Aufzeichnungen auf Anfrage der für das Besteuerungsverfahren zuständigen Finanzbehörde auf elektronischem Weg zur Verfügung zu stellen.

(2) Aus den Aufzeichnungen müssen zu ersehen sein:

1. die vereinbarten Entgelte für die vom Unternehmer ausgeführten Lieferungen und sonstigen Leistungen. [2]Dabei ist ersichtlich zu machen, wie sich die Entgelte auf die steuerpflichtigen Umsätze, getrennt nach Steuersätzen, und auf die steuerfreien Umsätze verteilen. [3]Dies gilt entsprechend für die Bemessungsgrundlagen nach § 10 Abs. 4, wenn Lieferungen im Sinne des § 3 Abs. 1b, sonstige Leistungen im Sinne des § 3 Abs. 9a sowie des § 10 Abs. 5 ausgeführt werden. [4]Aus den Aufzeichnungen muss außerdem hervorgehen, welche Umsätze der Unternehmer nach § 9 als steuerpflichtig behandelt. [5]Bei der Berechnung der Steuer nach vereinnahmten Entgelten (§ 20) treten an die Stelle der vereinbarten Entgelte die vereinnahmten Entgelte. [6]Im Fall des § 17 Abs. 1 Satz 6 hat der Unternehmer, der die auf die Minderung des Entgelts entfallende Steuer an das Finanzamt entrichtet, den Betrag der Entgeltsminderung gesondert aufzuzeichnen;
2. die vereinnahmten Entgelte und Teilentgelte für noch nicht ausgeführte Lieferungen und sonstige Leistungen. [2]Dabei ist ersichtlich zu machen, wie sich die Entgelte und Teilentgelte auf die steuerpflichtigen Umsätze, getrennt nach Steuersätzen, und auf die steuerfreien Umsätze verteilen. [3]Nummer 1 Satz 4 gilt entsprechend;
3. die Bemessungsgrundlage für Lieferungen im Sinne des § 3 Abs. 1b und für sonstige Leistungen im Sinne des § 3 Abs. 9a Nr. 1. [2]Nummer 1 Satz 2 gilt entsprechend;
4. die wegen unrichtigen Steuerausweises nach § 14c Abs. 1 und wegen unberechtigten Steuerausweises nach § 14c Abs. 2 geschuldeten Steuerbeträge;
5. die Entgelte für steuerpflichtige Lieferungen und sonstige Leistungen, die an den Unternehmer für sein Unternehmen ausgeführt worden sind, und die vor Ausführung dieser Umsätze gezahlten Entgelte und Teilentgelte, soweit für diese Umsätze nach § 13 Abs. 1 Nr. 1 Buchstabe a Satz 4 die Steuer entsteht, sowie die auf die Entgelte und Teilentgelte entfallenden Steuerbeträge;
6. die Bemessungsgrundlagen für die Einfuhr von Gegenständen (§ 11), die für das Unternehmen des Unternehmers eingeführt worden sind, sowie die dafür entstandene Einfuhrumsatzsteuer;
7. die Bemessungsgrundlagen für den innergemeinschaftlichen Erwerb von Gegenständen sowie die hierauf entfallenden Steuerbeträge;
8. in den Fällen des § 13b Absatz 1 bis 5 beim Leistungsempfänger die Angaben entsprechend den Nummern 1 und 2. [2]Der Leistende hat die Angaben nach den Nummern 1 und 2 gesondert aufzuzeichnen;
9. die Bemessungsgrundlage für Umsätze im Sinne des § 4 Nr. 4a Satz 1 Buchstabe a Satz 2 sowie die hierauf entfallenden Steuerbeträge.

(3) [1]Die Aufzeichnungspflichten nach Absatz 2 Nr. 5 und 6 entfallen, wenn der Vorsteuerabzug ausgeschlossen ist (§ 15 Abs. 2 und 3). [2]Ist der Unternehmer nur teilweise zum Vorsteuerabzug berechtigt, so müssen aus

den Aufzeichnungen die Vorsteuerbeträge eindeutig und leicht nachprüfbar zu ersehen sein, die den zum Vorsteuerabzug berechtigenden Umsätzen ganz oder teilweise zuzurechnen sind. [3]Außerdem hat der Unternehmer in diesen Fällen die Bemessungsgrundlagen für die Umsätze, die nach § 15 Abs. 2 und 3 den Vorsteuerabzug ausschließen, getrennt von den Bemessungsgrundlagen der übrigen Umsätze, ausgenommen die Einfuhren und die innergemeinschaftlichen Erwerbe, aufzuzeichnen. [4]Die Verpflichtung zur Trennung der Bemessungsgrundlagen nach Absatz 2 Nr. 1 Satz 2, Nr. 2 Satz 2 und Nr. 3 Satz 2 bleibt unberührt.

(4) **In den Fällen des § 15a hat der Unternehmer die Berechnungsgrundlagen für den Ausgleich aufzuzeichnen, der von ihm in den in Betracht kommenden Kalenderjahren vorzunehmen ist.**

(4a) **Gegenstände, die der Unternehmer zu seiner Verfügung vom Inland in das übrige Gemeinschaftsgebiet verbringt, müssen aufgezeichnet werden, wenn**
1. **an den Gegenständen im übrigen Gemeinschaftsgebiet Arbeiten ausgeführt werden,**
2. **es sich um eine vorübergehende Verwendung handelt, mit den Gegenständen im übrigen Gemeinschaftsgebiet sonstige Leistungen ausgeführt werden und der Unternehmer in dem betreffenden Mitgliedstaat keine Zweigniederlassung hat oder**
3. **es sich um eine vorübergehende Verwendung im übrigen Gemeinschaftsgebiet handelt und in entsprechenden Fällen die Einfuhr der Gegenstände aus dem Drittlandsgebiet vollständig steuerfrei wäre.**

(4b) **Gegenstände, die der Unternehmer von einem im übrigen Gemeinschaftsgebiet ansässigen Unternehmer mit Umsatzsteuer-Identifikationsnummer zur Ausführung einer sonstigen Leistung im Sinne des § 3a Abs. 3 Nr. 3 Buchstabe c erhält, müssen aufgezeichnet werden.**

(4c) **[1]Der Lagerhalter, der ein Umsatzsteuerlager im Sinne des § 4 Nr. 4a betreibt, hat Bestandsaufzeichnungen über die eingelagerten Gegenstände und Aufzeichnungen über Leistungen im Sinne des § 4 Nr. 4a Satz 1 Buchstabe b Satz 1 zu führen. [2]Bei der Auslagerung eines Gegenstands aus dem Umsatzsteuerlager muss der Lagerhalter Name, Anschrift und die inländische Umsatzsteuer-Identifikationsnummer des Auslagerers oder dessen Fiskalvertreters aufzeichnen.**

(4d) **[1]Im Fall der Abtretung eines Anspruchs auf die Gegenleistung für einen steuerpflichtigen Umsatz an einen anderen Unternehmer (§ 13c) hat**
1. **der leistende Unternehmer den Namen und die Anschrift des Abtretungsempfängers sowie die Höhe des abgetretenen Anspruchs auf die Gegenleistung aufzuzeichnen;**
2. **der Abtretungsempfänger den Namen und die Anschrift des leistenden Unternehmers, die Höhe des abgetretenen Anspruchs auf die Gegenleistung sowie die Höhe der auf den abgetretenen Anspruch vereinnahmten Beträge aufzuzeichnen. [2]Sofern der Abtretungsempfänger die Forderung oder einen Teil der Forderung an einen Dritten abtritt, hat er zusätzlich den Namen und die Anschrift des Dritten aufzuzeichnen.**

[2]Satz 1 gilt entsprechend bei der Verpfändung oder der Pfändung von Forderungen. [3]An die Stelle des Abtretungsempfängers tritt im Fall der Verpfändung der Pfandgläubiger und im Fall der Pfändung der Vollstreckungsgläubiger.

(4e) **[1]Wer in den Fällen des § 13c Zahlungen nach § 48 der Abgabenordnung leistet, hat Aufzeichnungen über die entrichteten Beträge zu führen.**

[2]Dabei sind auch Name, Anschrift und die Steuernummer des Schuldners der Umsatzsteuer aufzuzeichnen.

(5) **Ein Unternehmer, der ohne Begründung einer gewerblichen Niederlassung oder außerhalb einer solchen von Haus zu Haus oder auf öffentlichen Straßen oder an anderen öffentlichen Orten Umsätze ausführt oder Gegenstände erwirbt, hat ein Steuerheft nach amtlich vorgeschriebenem Vordruck zu führen.**

(6) **Das Bundesministerium der Finanzen kann mit Zustimmung des Bundesrates durch Rechtsverordnung**

1. **nähere Bestimmungen darüber treffen, wie die Aufzeichnungspflichten zu erfüllen sind und in welchen Fällen Erleichterungen bei der Erfüllung dieser Pflichten gewährt werden können, sowie**
2. **Unternehmer im Sinne des Absatzes 5 von der Führung des Steuerhefts befreien, sofern sich die Grundlagen der Besteuerung aus anderen Unterlagen ergeben, und diese Befreiung an Auflagen knüpfen.**

Umsatzsteuer-Durchführungsverordnung:

§ 63 Aufzeichnungspflichten

(1) Die Aufzeichnungen müssen so beschaffen sein, dass es einem sachverständigen Dritten innerhalb einer angemessenen Zeit möglich ist, einen Überblick über die Umsätze des Unternehmers und die abziehbaren Vorsteuern zu erhalten und die Grundlagen für die Steuerberechnung festzustellen.

(2) [1]Entgelte, Teilentgelte, Bemessungsgrundlagen nach § 10 Abs. 4 und 5 des Gesetzes, nach § 14c des Gesetzes geschuldete Steuerbeträge sowie Vorsteuerbeträge sind am Schluss jedes Voranmeldungszeitraums zusammenzurechnen. [2]Im Fall des § 17 Abs. 1 Satz 6 des Gesetzes sind die Beträge der Entgeltsminderungen am Schluss jedes Voranmeldungszeitraums zusammenzurechnen.

(3) [1]Der Unternehmer kann die Aufzeichnungspflichten nach § 22 Abs. 2 Nr. 1 Satz 1, 3, 5 und 6, Nr. 2 Satz 1 und Nr. 3 Satz 1 des Gesetzes in folgender Weise erfüllen:

1. *Das Entgelt oder Teilentgelt und der Steuerbetrag werden in einer Summe statt des Entgelts oder des Teilentgelts aufgezeichnet.*
2. *Die Bemessungsgrundlage nach § 10 Abs. 4 und 5 des Gesetzes und der darauf entfallende Steuerbetrag werden in einer Summe statt der Bemessungsgrundlage aufgezeichnet.*
3. *Bei der Anwendung des § 17 Abs. 1 Satz 6 des Gesetzes werden die Entgeltsminderung und die darauf entfallende Minderung des Steuerbetrags in einer Summe statt der Entgeltsminderung aufgezeichnet.*

[2]§ 22 Abs. 2 Nr. 1 Satz 2, Nr. 2 Satz 2 und Nr. 3 Satz 2 des Gesetzes gilt entsprechend. [3]Am Schluss jedes Voranmeldungszeitraums hat der Unternehmer die Summe der Entgelte und Teilentgelte, der Bemessungsgrundlagen nach § 10 Abs. 4 und 5 des Gesetzes sowie der Entgeltsminderungen im Fall des § 17 Abs. 1 Satz 6 des Gesetzes zu errechnen und aufzuzeichnen.

(4) [1]Dem Unternehmer, dem wegen der Art und des Umfangs des Geschäfts eine Trennung der Entgelte und Teilentgelte nach Steuersätzen (§ 22 Abs. 2 Nr. 1 Satz 2 und Nr. 2 Satz 2 des Gesetzes) in den Aufzeichnungen nicht zuzumuten ist, kann das Finanzamt auf Antrag gestatten, dass er die Entgelte und Teilentgelte nachträglich auf der Grundlage der Wareneingänge oder, falls diese hierfür nicht verwendet werden können, nach anderen Merkmalen trennt. [2]Entsprechendes gilt für die Trennung nach Steuersätzen bei den Bemessungsgrundlagen nach § 10 Abs. 4 und 5 des Gesetzes (§ 22 Abs. 2 Nr. 1 Satz 3 und Nr. 3 Satz 2 des Gesetzes). [3]Das Finanzamt darf nur ein Verfahren zulassen, dessen steuerliches Ergebnis nicht wesentlich von dem Ergebnis einer nach Steuersätzen getrennten Aufzeichnung der Entgelte, Teilentgelte und sonstigen Bemessungsgrundlagen abweicht. [4]Die Anwendung des Verfahrens kann auf einen in der Gliederung des Unternehmens gesondert geführten Betrieb beschränkt werden.

(5) [1]Der Unternehmer kann die Aufzeichnungspflicht nach § 22 Abs. 2 Nr. 5 des Gesetzes in der Weise erfüllen, dass er die Entgelte oder Teilentgelte und die auf sie entfallenden Steuerbeträge (Vorsteuern) jeweils in einer Summe, getrennt nach den in den Eingangsrechnungen angewandten Steuersätzen, aufzeichnet. [2]Am Schluss jedes Voranmeldungszeitraums hat der Unternehmer die Summe der Entgelte und Teilentgelte und die Summe der Vorsteuerbeträge zu errechnen und aufzuzeichnen.

§ 64 Aufzeichnung im Fall der Einfuhr

Der Aufzeichnungspflicht nach § 22 Absatz 2 Nummer 6 des Gesetzes ist genügt, wenn die entstandene Einfuhrumsatzsteuer mit einem Hinweis auf einen entsprechenden zollamtlichen Beleg aufgezeichnet wird.

§ 65 Aufzeichnungspflichten der Kleinunternehmer

[1]Unternehmer, auf deren Umsätze § 19 Abs. 1 Satz 1 des Gesetzes anzuwenden ist, haben an Stelle der nach § 22 Abs. 2 bis 4 des Gesetzes vorgeschriebenen Angaben Folgendes aufzuzeichnen:

1. *die Werte der erhaltenen Gegenleistungen für die von ihnen ausgeführten Lieferungen und sonstigen Leistungen;*
2. *die sonstigen Leistungen im Sinne des § 3 Abs. 9a Nr. 2 des Gesetzes. [2]Für ihre Bemessung gilt Nummer 1 entsprechend.*

[2]Die Aufzeichnungspflichten nach § 22 Abs. 2 Nr. 4, 7, 8 und 9 des Gesetzes bleiben unberührt.

§ 66 Aufzeichnungspflichten bei der Anwendung allgemeiner Durchschnittssätze

Der Unternehmer ist von den Aufzeichnungspflichten nach § 22 Abs. 2 Nr. 5 und 6 des Gesetzes befreit, soweit er die abziehbaren Vorsteuerbeträge nach einem Durchschnittssatz (§§ 69 und 70) berechnet.

§ 66a Aufzeichnungspflichten bei der Anwendung des Durchschnittssatzes für Körperschaften, Personenvereinigungen und Vermögensmassen im Sinne des § 5 Abs. 1 Nr. 9 des Körperschaftsteuergesetzes

Der Unternehmer ist von den Aufzeichnungspflichten nach § 22 Abs. 2 Nr. 5 und 6 des Gesetzes befreit, soweit er die abziehbaren Vorsteuerbeträge nach dem in § 23a des Gesetzes festgesetzten Durchschnittssatz berechnet.

§ 67 Aufzeichnungspflichten bei der Anwendung der Durchschnittssätze für land- und forstwirtschaftliche Betriebe

[1]Unternehmer, auf deren Umsätze § 24 des Gesetzes anzuwenden ist, sind für den land- und forstwirtschaftlichen Betrieb von den Aufzeichnungspflichten nach § 22 des Gesetzes befreit. [2]Ausgenommen hiervon sind die Bemessungsgrundlagen für die Umsätze im Sinne des § 24 Abs. 1 Satz 1 Nr. 2 des Gesetzes. [3]Die Aufzeichnungspflichten nach § 22 Abs. 2 Nr. 4, 7 und 8 des Gesetzes bleiben unberührt.

§ 68 Befreiung von der Führung des Steuerhefts

(1) Unternehmer im Sinne des § 22 Abs. 5 des Gesetzes sind von der Verpflichtung, ein Steuerheft zu führen, befreit,

1. *wenn sie im Inland eine gewerbliche Niederlassung besitzen und ordnungsmäßige Aufzeichnungen nach § 22 des Gesetzes in Verbindung mit den §§ 63 bis 66 dieser Verordnung führen;*
2. *soweit ihre Umsätze nach den Durchschnittssätzen für land- und forstwirtschaftliche Betriebe (§ 24 Abs. 1 Satz 1 Nr. 1 und 3 des Gesetzes) besteuert werden;*
3. *soweit sie mit Zeitungen und Zeitschriften handeln;*
4. *soweit sie auf Grund gesetzlicher Vorschriften verpflichtet sind, Bücher zu führen, oder ohne eine solche Verpflichtung Bücher führen.*

(2) In den Fällen des Absatzes 1 Nr. 1 stellt das Finanzamt dem Unternehmer eine Bescheinigung über die Befreiung von der Führung des Steuerhefts aus.

EU-Recht: Art. 242ff MwStSystRL (Art. 22 Abs. 2 6. EG-RL)
UStAE: 22.1–22.6

Übersicht

I. Allgemeines

1. Rechtsentwicklung

1 Gültig ist die Bestimmung mit dem jetzigen Text im Wesentlichen ab 1.1.1980. Zum 1.1.1993 sind auf Grund BinnenmarktG § 22 Abs. 2 Nr. 7 und § 22 Abs. 4a–b neu eingefügt worden. Letztere Vorschrift ist zum 1.1.1996 an den geänderten § 3 Abs. 1a Nr. 2 angepasst worden. Durch das StBereinG 1999 (BGBl. 1999 I 2601) ist eine redaktionelle Klarstellung in § 22 Abs. 2 Nr. 3 erfolgt. Das StÄndG 2001 (BGBl. 2001 I 3794) hat zu einer Neufassung des § 22 Abs. 1 S. 2 sowie zur Anfügung des § 22 Abs. 2 Nr. 8 geführt. Mit dem StVergAbG (BGBl. 2003 I 660) ist § 22 Abs. 1 S. 2 in das UStG aufgenommen worden. Durch das StÄndG 2003 (BGBl. 2003 I 2645) sind Änderungen in § 22 Abs. 1 S. 2 und § 22 Abs. 2 Nr. 3 und 4 erfolgt sowie § 22 Abs. 2 Nr. 9 und § 22 Abs. 4c eingefügt worden. Durch das EURLUmsG (BGBl. 2004 I 3310) sind § 22 Abs. 4d und Abs. 4e in das Gesetz aufgenommen worden. Mit Gesetz vom 22.9.2005 (BGBl. 2005 I 2809) hat die Umbenennung des Bundesamtes für Finanzen in „Bundeszentralamt für Steuern" Berücksichtigung gefunden. Die in § 22 Abs. 4e S. 1 enthaltene Regelung zu den Aufzeichnungspflichten in den Fällen von Zahlungen nach § 13d ist nach dessen Aufhebung durch das JStG 2008 (BGBl. 2007 I 3150) entbehrlich und ebenfalls aufgehoben worden. § 22 ist durch das KroatienAnpG (BGBl. 2014 I 1266) in der Folge einer Änderung durch das AmtshilfeRLUmsG vom 26.6.2013 (BGBl. 2013 I 1809) im Bereich des Vorsteuerabzugs geändert worden.

2. Systematik

2 Die Umsatzbesteuerung knüpft im Wesentlichen an tatsächlichen Vorgänge des Wirtschaftsverkehrs an: Leistungen des Unternehmers, Letztverbrauch innerhalb des Geltungsbereichs des Gesetzes, Vorleistungen anderer Unternehmer und vom Unternehmer getätigte Einfuhren. Die geschuldete USt, die hiervon abziehbaren Vorsteuern und die letztlich vom Unternehmer an das FA zu entrichtende USt könnten ohne Aufzeichnungen des Unternehmers, die alle ustrechtlich relevanten Vorgänge innerhalb seines Unternehmens (wie Leistungen, Eigenverbrauch uÄ auf der einen Seite sowie Vorleistungen und Einfuhren auf der anderen Seite) umfassen müssen, nicht ermittelt werden. Der Gesetzgeber hat deshalb in § 22 den Unternehmer verpflichtet, zur Feststellung der USt und der Grundlagen ihrer Berechnung Aufzeichnungen zu machen. Ebenso wie bei den in § 18 geregelten Pflichten des Unternehmers zur Abgabe von USt-Voranmeldungen und USt-Erklärungen handelt es sich bei der Aufzeichnungspflicht in § 22 um eine gesondert geregelte Mitwirkungspflicht des Unternehmers im Verfahren zur Umsatzbesteuerung, ohne die sich eine objektiv zutreffende Besteuerung der Umsätze – von den relativ unbedeutenden Fällen der Einzelbesteuerung und der Besteuerung der Einfuhren abgesehen – nicht verwirklichen ließe. Seine Rechtsgrundlage hat § 22 dabei in Art. 242 MwStSystRL (Art. 22 Abs. 2 6. EG-RL). Der unbestimmte Rechtsbegriff „Aufzeichnungen" darf nicht mit dem Begriff „Buchführung" gleichgesetzt werden. Der Begriff „Aufzeichnungen" ist vielmehr die übergeordnete Bezeichnung für alle Arten von Anschreibungen des Unternehmers bis hin zur kaufmännischen Buchführung. Demzufolge steht es dem Unternehmer grundsätzlich frei, die Aufzeichnungspflichten getrennt von der kaufmännischen Buchführung oder innerhalb dieser zu erfüllen. Es besteht deshalb auch keine Bindung der Aufzeichnungspflicht an handelsrechtliche oder ertragsteuerliche Buchführungspflichten (vgl. jedoch → Rn. 4). Die im Wesentlichen in § 22 Abs. 2–5 geregelten Aufzeichnungspflichten des Unternehmers erfahren durch die §§ 63–68 UStDV eine detailliertere Regelung. Das System der USt als „Mehrwertsteuer" erfordert, dass sich die Auf-

zeichnungen des Unternehmers sowohl auf die **Leistungsausgangsseite (Output)** – einschließlich Eigenverbrauch und unentgeltlicher oder verbilligter Leistungen – als auch auf die **Leistungseingangsseite (Input)** – Leistungsbezüge und Einfuhren für das Unternehmen – erstrecken.

3. Kreis der aufzeichnungspflichtigen Unternehmer

Der Kreis der nach § 22 aufzeichnungspflichtigen Unternehmer umfasst grundsätzlich jeden, der Umsätze iSv § 1 tätigt oder einen Vorsteuerabzug geltend machen will. 3
Damit sind auch solche Unternehmer zur Führung von Aufzeichnungen verpflichtet, die nur steuerfreie, den Vorsteuerabzug gemäß § 15 Abs. 2 und Abs. 3 ausschließende Umsätze tätigen wollen. Zur teilweisen Befreiung von der Aufzeichnungspflicht in den Fällen des Vorsteuerausschlusses und der nur anteiligen Vorsteuerabzugsberechtigung vgl. → Rn. 28. Von der Aufzeichnungspflicht nach § 22 sind diejenigen nicht im Inland ansässigen Unternehmer befreit, die im Inland keine Umsätze iSv § 1 Abs. 1 Nr. 1 oder nur steuerfreie Umsätze iSv § 4 Nr. 3 ausführen oder die nur solche Umsätze bewirken, die dem bis 31.12.2001 gültigen Abzugsverfahren (§§ 51–56 UStDV aF) oder der Einzelbesteuerung (§ 16 Abs. 5 und § 18 Abs. 5) unterliegen. Die diesen Umsätzen zuzurechnenden Vorsteuerbeträge werden in einem besonderen Vergütungsverfahren nach §§ 59–61 UStDV geltend gemacht und sind durch Vorlage der den Vorsteuerabzug belegenden Rechnungen und Einfuhrpapiere nachzuweisen. Unternehmer mit Sitz im Inland, die ausschließlich nichtsteuerbare Umsätze tätigen, sind dann zu Aufzeichnungen verpflichtet, wenn sie einen Vorsteuerabzug geltend machen wollen. Zu der erleichterten Aufzeichnungspflicht im Einzelfall: Kleinunternehmer iSv § 19 vgl. → Rn. 40; Unternehmer, die Durchschnittsätze iSv § 23 in Anspruch nehmen, vgl. → Rn. 35 f.; Land- und Forstwirte vgl. → Rn. 41 f.; Unternehmer des sog. Straßenhandels vgl. → Rn. 43–47. Aus § 22 Abs. 2 Nr. 4 ergibt sich aber, dass auch **Nichtunternehmer** die von ihnen gemäß § 14c Abs. 2 geschuldete USt aufzuzeichnen haben. Ebenso sind Nichtunternehmer dann zu Aufzeichnungen verpflichtet, wenn sie Erwerber im innergemeinschaftlichen Erwerb, letzter Abnehmer im innergemeinschaftlichen Dreiecksgeschäft oder Leistungsempfänger im Abzugsverfahren sind.

Die Fassung des § 22 Abs. 1 S. 2 durch das StÄndG 2001 (BGBl. 2001 I 3794) regelt ausdrücklich, dass Aufzeichnungen auch beim innergemeinschaftlichen Erwerb von Gegenständen durch den Erwerber, bei innergemeinschaftlichen Dreiecksgeschäften durch den letzten Abnehmer und in den Fällen der Steuerschuldnerschaft des Leistungsempfängers durch diesen geführt werden müssen.

Der durch das StÄndG 2001 (BGBl. 2001 I 3794) eingefügte § 22 Abs. 3 Nr. 8 legt besondere Aufzeichnungen für den Leistungsempfänger fest, die dieser zu erfüllen hat, soweit er als Leistungsempfänger Steuerschuldner nach § 13b Abs. 1, Abs. 2 ist. Wie beim bisherigen Abzugsverfahren muss der Leistungsempfänger Aufzeichnungen über den leistenden Unternehmer, dessen Leistung (Art, Umfang, Zeitpunkt), die Bemessungsgrundlage, die darauf entfallende Steuer sowie den Zeitpunkt der Vereinnahmung des Entgelts führen. Darüber hinaus hat der Leistende zusätzlich zu den allgemeinen Aufzeichnungen die Bemessungsgrundlage für seine Leistung gesondert aufzuzeichnen (vgl. BT-Drs. 14/6877, 38).

Der durch das StÄndG 2003 (BGBl. 2003 I 2645) eingefügte § 22 Abs. 2 Nr. 9 verpflichtet den Auslagerer, die Bemessungsgrundlage einschließlich etwaiger Hinzurechnungen nach § 10 Abs. 1 S. 5 und den hierauf entfallenden Steuerbetrag für den der Auslagerung vorangehenden Umsatz aufzuzeichnen.

Zu den Aufzeichnungspflichten des Lagerhalters aus § 22 Abs. 4c vgl. → Rn. 5 aE.

II. Die einzelnen Aufzeichnungspflichten

1. Form und Umfang der umsatzsteuerlichen Aufzeichnungspflichten

4 Die Form und den Umfang der ustlichen Aufzeichnungspflichten regelt § 63 Abs. 1 UStDV. Danach müssen die Aufzeichnungen so beschaffen sein, dass es einem sachverständigen Dritten innerhalb angemessener Zeit möglich ist, einen Überblick über die Umsätze des Unternehmers und die abziehbare Vorsteuer zu erhalten und die Grundlagen für die Steuerberechnung festzustellen. Dieser allgemeine Grundsatz für die Aufzeichnungspflicht ist weitgehend der für die ordnungsgemäße Buchführung geltenden Vorschrift des § 145 Abs. 1 AO nachgestaltet und dieser angepasst worden, so dass ihr im Grunde nur deklaratorische Bedeutung zukommt. Demzufolge gelten die in den **§§ 146 und 147 AO** festgelegten allgemeinen „Ordnungsvorschriften für die Buchführung und für Aufzeichnungen" unmittelbar auch im Rahmen des § 22. Für die Gewährung eines ermäßigten Steuersatzes sind die Aufzeichnungspflichten gemäß § 22 aber keine materiell-rechtliche Voraussetzung. So jedenfalls FG Köln vom 24. 2. 1987 (EFG 1987, 384).

5 **Insbesondere ist deshalb bei Aufzeichnungen zu beachten:**

– Die Aufzeichnungen müssen vollständig sein, dh die Bemessungsgrundlagen für die steuerbaren Umsätze und – bei Vorsteuerabzugsberechtigung des Unternehmers – die ganz oder teilweise abziehbaren Vorsteuerbeträge sind lückenlos aufzuzeichnen (§ 146 Abs. 1 AO).
– Die Eintragungen müssen richtig sein, dh es muss eindeutig festgestellt werden können, dass die Aufzeichnungen alle sachlich zutreffenden Angaben enthalten (§ 146 Abs. 1 AO). Unrichtige Eintragungen berechtigen das FA zur Schätzung der Grundlagen für die Umsatzbesteuerung (§ 162 AO) bzw. bei leichtfertiger Steuerverkürzung (§ 378 AO) oder Steuergefährdung (§ 379 AO) zur Verhängung einer Geldbuße gegen den Unternehmer.
– Die Aufzeichnungen müssen zeitgerecht erfolgen. Nach Auffassung der Verwaltung müssen Kasseneinnahmen und Kassenausgaben grundsätzlich täglich aufgezeichnet werden, was sicherlich etwas überspitzt ist; die Aufzeichnungen der übrigen ustlich relevanten Geschäftsvorfälle darf der Unternehmer nicht schuldhaft hinauszögern.
– Die Aufzeichnungen sollen geordnet sein, dh einem (vom Unternehmer bestimmbaren) Ordnungsprinzip folgen.
– Grundlage aller Aufzeichnungen müssen Belege sein, die unverzichtbarer Bestandteil der Aufzeichnungen sind und innerhalb der steuerlichen Aufbewahrungsfristen des § 147 Abs. 3 AO auch bleiben. Belege dieser Art sind allen kaufmännischen Gepflogenheiten entsprechende oder sonstige ustliche Tatbestände erhellende Urkunden sowie sonstige Unterlagen (Verträge, Rechnungen oder deren Zweitschriften uÄ).
– Die Aufzeichnungen sind im Geltungsbereich des UStG zu führen (§ 146 Abs. 2 AO). Für die Führung der Aufzeichnungen bei Betriebsstätten und Organgesellschaften außerhalb des Geltungsbereichs des UStG gilt § 146 Abs. 2 S. 2ff. AO, dh die Ergebnisse der nach dortigem Recht geführten Buchführung müssen unter Anpassung an die Vorschriften des UStG in die Aufzeichnungen des hiesigen Unternehmens übernommen werden, soweit sie für die Besteuerung von Bedeutung sind.
– Der Unternehmer hat die Aufzeichnungen in einer lebenden Sprache vorzunehmen (§ 146 Abs. 3 AO). Bei Verwendung einer anderen als der deutschen Sprache kann die FVerw Übersetzungen verlangen. Werden Abkürzungen, Ziffern, Buch-

staben oder Symbole verwendet, muss im Einzelfall deren Bedeutung eindeutig festliegen.

- Eine Aufzeichnung darf nicht so verändert werden, dass der ursprüngliche Inhalt nicht mehr feststellbar ist (§ 146 Abs. 4 AO).
- Die Aufzeichnungen können auch in Form der systematischen Ablage von Belegen geführt werden (§ 146 Abs. 5 AO), sofern dabei die Grundsätze zur ordnungsmäßigen Führung und Aufbewahrung von Büchern, Aufzeichnungen und Unterlagen in elektronischer Form sowie zum Datenzugriff (GoBD) beachtet werden.
- Der Unternehmer muss die Aufzeichnungen und die zugehörigen Belege geordnet aufbewahren, wobei die Aufbewahrungsfrist für die Aufzeichnungen 10 Jahre und für die Belege 6 Jahre beträgt (§ 147 Abs. 1 und Abs. 3 AO). Hierzu gehören auch Arbeitsanweisungen und Organisationsunterlagen sowie ggf. Verfahrensdokumente für die Datenverarbeitung und die Mikroverfilmung.
- Die Aufzeichnungen und Belege können auch als Wiedergabe auf einem Bildträger (zB Mikrofilm) oder auf anderen Datenträgern (zB Lochkarten, Magnetbänder, Magnetspeicher) aufbewahrt werden, wenn dies den GoBD entspricht und die inhaltliche Übereinstimmung der gespeicherten Daten mit den Belegen sichergestellt ist. Außerdem müssen die Wiedergabe oder die Daten während der Dauer der Aufbewahrungsfrist verfügbar sein und jederzeit innerhalb angemessener Frist lesbar gemacht werden können. Im Falle der Mikroverfilmung können die Originale der verfilmten Schriftstücke vernichtet werden (BMF 1.2.1984, BStBl. I 1984, 155, Anl., Rn. 8). Allerdings ist zu beachten, dass die Mikrofilm-Grundsätze nur für die herkömmliche Schriftgutverfilmung und nicht für andere Aufzeichnungs- und Speicherverfahren (zB EDV) gelten. Deshalb finden sie auch keine unmittelbare Anwendung auf das COM-Verfahren (Computer-Output-Microfilm), bei dem die Daten aus dem Computer direkt auf Mikrofilm ausgegeben werden; eine Verfilmung des Originals, von der die Mikrofilm-Grundsätze ausgehen, findet bei diesem Verfahren nicht statt.
- Mit dem durch das StVergAbG (BGBl. 2003 I 660) eingefügten § 22 Abs. 1 S. 4 soll die Regelung des Art. 369 MwStSystRL (Art. 26c Teil B Abs. 9 6. EG-RL) umgesetzt werden, indem die leistenden Unternehmer verpflichtet werden, dem jeweiligen Mitgliedstaat die Aufzeichnungen auf Anforderung auf elektronischem Weg zur Verfügung zu stellen (BR-Drs. 866/02, 79). Der nicht im Gemeinschaftsgebiet ansässige Steuerpflichtige hat über die im Rahmen der Regelung nach § 18 Abs. 4c und Abs. 4d getätigten Umsätze Aufzeichnungen mit ausreichenden Angaben zu führen, damit das Bundesamt für Finanzen feststellen kann, ob im Inland oder in einem anderen Mitgliedstaat abgegebene Steuererklärungen zutreffend sind. Diese Aufzeichnungen sind dem Bundesamt für Finanzen auf Anfrage auf elektronischem Weg zur Verfügung zu stellen.
- Der durch das StÄndG 2003 (BGBl. 2003 I 2645) eingefügte § 22 Abs. 4c verpflichtet den Lagerhalter, Aufzeichnungen zu führen über
  1. die in das UStLager eingelagerten Gegenstände;
  2. die im Zusammenhang mit den eingelagerten Gegenständen erbrachten Leistungen; werden Leistungen im Zusammenhang mit den eingelagerten Gegenständen nicht im Auftrag des Lagerhalters erbracht, hat er die Leistungen nur dem Grund und der Art nach aufzuzeichnen;
  3. die ausgelagerten Gegenstände und die Identität des Auslagerers oder dessen Fiskalvertreters sowie deren inländische USt-IdNr. (vgl. BT-Drs. 15/1562, 53) der Aufzeichnungen.

2. Inhalt der Aufzeichnungen über die vereinbarten Entgelte in den Fällen der Sollversteuerung der Umsätze

6 Der Unternehmer ist nach § 22 Abs. 2 Nr. 1 S. 1 verpflichtet, Aufzeichnungen zu führen, aus denen die **vereinbarten** Entgelte für die von ihm ausgeführten Lieferungen und sonstigen Leistungen zu ersehen sind. Diese Pflicht obliegt jedoch nur solchen Unternehmern, die ihre Umsätze nach dem „Soll" versteuern. „Ist"-Versteuerer, dh Unternehmer, die zulässigerweise gemäß § 20 ihre **vereinnahmten** Entgelte der USt unterwerfen, sind nach § 22 Abs. 2 Nr. 1 S. 4 von der Pflicht zur Aufzeichnung der vereinbarten Entgelte befreit (auch → Rn. 10). Nach dem Wortlaut des Gesetzes geht § 22 Abs. 2 Nr. 1 über den Rahmen steuerbarer Tatbestände hinaus, umfasst also grundsätzlich auch Entgelte für nichtsteuerbare Lieferungen und sonstige Leistungen. Außerdem wird mit Wirkung ab 1.1.1990 festgestellt, dass eine solche Verpflichtung auch für Personen gilt, die nicht Unternehmer sind, die aber nach § 14c Steuerbeträge in Rechnungen ausgewiesen haben; außerdem gilt die Verpflichtung jetzt auch ausdrücklich für solche Unternehmer, die nach § 24 Abs. 3 (land- und forstwirtschaftliche Betriebe) ihr entsprechendes Unternehmen als gesondert geführten Betrieb behandelt haben. Da das UStG in § 1 die steuerbaren Umsätze von den nichtsteuerbaren abgrenzt und nur dann eine zutreffende Umsatzbesteuerung durchgeführt werden kann, wenn sichergestellt ist, dass nichtsteuerbare Umsätze schon in den Aufzeichnungen von steuerbaren Umsätzen abgegrenzt werden, wird in der Praxis auch entsprechend verfahren. Bei der Besteuerung nach den allgemeinen Grundsätzen des UStG kommt der Aufzeichnung der nichtsteuerbaren Umsätze im Übrigen nur geringe Bedeutung im Rahmen des teilweisen Vorsteuerausschlusses nach § 15 Abs. 2 und Abs. 3 und einer ggf. erforderlichen Vorsteueraufteilung gemäß § 15 Abs. 4 zu.

7 Ausdrücklich geregelt ist in § 22 Abs. 2 Nr. 1 S. 2, dass der Unternehmer in den Aufzeichnungen ersichtlich zu machen hat, wie sich die **Entgelte verteilen** auf die steuerpflichtigen Umsätze (hier auch getrennt nach Steuersätzen) und auf die steuerfreien Umsätze, §§ 4 und 26 Abs. 5. Dies gilt entsprechend auch für die Bemessungsgrundlagen nach § 10 Abs. 4, wenn Lieferungen und sonstige Leistungen iSv § 3 Abs. 1b und § 3 Abs. 9a sowie von § 10 Abs. 5 ausgeführt werden. Außerdem müssen aus den Aufzeichnungen des Unternehmers auch die an sich steuerfreien Umsätze hervorgehen, die der Unternehmer zulässigerweise **nach § 9 als steuerpflichtig behandelt** hat. Das bedeutet, dass die Aufzeichnungen des Unternehmers über steuerpflichtige Umsätze zunächst in ohne Option nach § 9 allgemein steuerpflichtig einerseits und in Optionsumsätze andererseits unterteilt werden müssen und innerhalb dieser zwei Hauptgruppen steuerbarer Umsätze eine weitere Unterteilung nach Steuersätzen erforderlich ist. Es genügt jedoch die besondere Kenntlichmachung der Optionsumsätze ohne Trennung von den übrigen steuerpflichtigen Umsätzen (zB durch einen Zusatz wie: Option, § 9 oÄ). Weiter ist zugelassen, dass im Falle der Ausführung eines Optionsumsatzes zusammen mit einem allgemeinen steuerpflichtigen Umsatz (zB nach Option gemäß § 9 steuerpflichtige Grundstücksvermietung zusammen mit der Vermietung von Betriebsvorrichtungen, die wesentlichen Bestandteile des Grundstücks sind), das beide Entgeltsteile umfassende Gesamtentgelt in einer Summe aufzuzeichnen (UStAE 22.2). Von Bedeutung ist, dass **nur Entgelte aufzuzeichnen** sind, also die Beträge, die Bemessungsgrundlage iSd § 10 sind. Deren Umfang ist dort näher bestimmt. Beträge, die nach § 10 nicht zum Entgelt gehören, brauchen demnach auch nicht aufgezeichnet werden, zB die USt (vgl. Ausnahme bei → Rn. 9) und die durchlaufenden Posten. Maßgeblich für den Zeitpunkt der Vornahme der Aufzeichnungen ist der Zeitpunkt der Entstehung des Geschäftsvorfalls im Rahmen eines Umsatzgeschäfts (parallel zum Buchungszeitpunkt nach den GoBD). Das bedeutet, dass das vereinbarte Entgelt aufzuzeichnen ist, sobald die Leis-

tung bzw. Teilleistung des Unternehmers ausgeführt worden ist (Ausnahme: Mindest-Ist-Versteuerung, auch → Rn. 13). Der Zeitpunkt, in dem die Lieferung oder sonstige Leistung des Unternehmers bewirkt wird, bleibt im Falle der Sollversteuerung seiner Umsätze für den Zeitpunkt der Aufzeichnung auch dann maßgeblich, wenn die Rechnung über die Leistung oder Teilleistung erst später erstellt wird und die Zahlung für die Leistung erst später eingeht.

3. Nettoaufzeichnungen

Aufzuzeichnen ist nach dem Wortlaut des § 22 Abs. 2 Nr. 1 stets das Netto-Leis- 8
tungsentgelt **ohne USt.** Zur Bruttoaufzeichnung der Entgelte → Rn. 9. Eine ausdrückliche Verpflichtung zur Aufzeichnung der auf die Entgelte entfallenden USt besteht für den Unternehmer grundsätzlich nicht. Aus ertragsteuerlicher Sicht wird der Unternehmer jedoch vielfach gezwungen sein, im Rahmen seiner kaufmännischen Buchführung neben den vereinbarten Entgelten auch die USt aufzuzeichnen. Die Trennung der Entgelte in solche für steuerpflichtige und für steuerfreie Umsätze bereitet in der Praxis weit weniger Schwierigkeiten als die Trennung nach Steuersätzen. Wegen der insoweit möglichen Erleichterungen auch → Rn. 18.

4. Bruttoaufzeichnungen

Aus Vereinfachungsgründen ist in § 63 Abs. 3 UStDV zugelassen worden, dass der 9
Unternehmer statt der Nettobemessungsgrundlagen für die USt (→ Rn. 8) die jeweiligen Bruttobeträge (Entgelt oder Teilentgelt zzgl. der darauf entfallenden USt) aufzeichnet. Auch bei Anwendung des Bruttoprinzips gilt die Verpflichtung zur Trennung der Bemessungsgrundlagen nach Steuersätzen entsprechend, dh auch die Bruttobemessungsgrundlagen sind in den Aufzeichnungen nach Steuersätzen zu trennen. Am Schluss jedes Voranmeldungszeitraums hat der Unternehmer nach § 63 Abs. 3 S. 3 UStDV aus den Summen der aufgezeichneten Bruttobeträge die Gesamtbeträge der Bemessungsgrundlagen zu errechnen und aufzuzeichnen. Zu den Berechnungsmethoden siehe → § 12 Allgemein Rn. 9ff.

5. Aufzeichnung der vereinnahmten Entgelte in den Fällen der Istversteuerung

Unternehmer, denen auf Antrag nach § 20 durch das FA gestattet worden ist, die 10
USt nach vereinnahmten statt nach vereinbarten Entgelten zu berechnen, haben nach der ausdrücklichen Bestimmung in § 22 Abs. 2 Nr. 1 S. 5 statt der vereinbarten Entgelte (Solleinnahmen) die Isteinnahmen aufzuzeichnen. Für diese Unternehmer entfällt dabei die Pflicht zur (zusätzlichen) Aufzeichnung der vereinbarten Entgelte. Am sachlichen Inhalt der Aufzeichnungen (auch → Rn. 6f.) und an der Möglichkeit, statt der Nettoeinnahmen die Bruttoeinnahmen aufzuzeichnen (auch → Rn. 9) ändert sich dabei nichts. IdR ist die Aufzeichnung der Bruttoeinnahmen für Istversteuerer vorteilhafter, weil beim Zahlungseingang von Rechnungsbeträgen, die vom Leistungsempfänger gekürzt worden sind (zB bei Inanspruchnahme von Skonto oder auf Grund einer Mängelrüge), bei Teilzahlungen und bei Sammelüberweisungen die Aufteilung des vereinnahmten Entgelts in Entgelt und USt nicht ohne Weiteres anhand der Durchschriften der Ausgangsrechnungen vorgenommen werden kann. Das gilt insbesondere bei Zahlungen der Leistungsempfänger, die sowohl für steuerpflichtige als auch für steuerfreie oder für verschiedene Steuersätze unterliegende Umsätze geleistet werden.

6. Aufzeichnungen über Entgeltsänderungen

11 Vor allem bei der Besteuerung nach vereinbarten Entgelten, aber auch bei der Istversteuerung der Umsätze können sich die aufgezeichneten Entgelte beim Unternehmer nachträglich durch Preiserhöhungen oder Preisabschläge ändern. Da der ustliche Entgeltsbegriff wirtschaftlich auszulegen ist und Bemessungsgrundlage für die USt stets nur das tatsächlich aufgewendete Entgelt ohne USt ist, müssen auch die Entgeltskorrekturen vom Unternehmer aufgezeichnet werden. Eine besondere Bestimmung dazu fehlt in § 22, eine solche erübrigt sich jedoch im Hinblick auf § 17 Abs. 1 Nr. 1. Grundlage der Aufzeichnung über Entgeltsänderungen sind im Allgemeinen besondere Belege, da es im Wirtschaftsleben weitgehend üblich ist, über nachträgliche Preiserhöhungen oder -minderungen einen zusätzlichen Beleg zu erteilen. Regelmäßig vorkommende Zahlungsabzüge (zB Skonti) ergeben sich idR aus den Zahlungsbelegen (zB Überweisungsträgern). Nur wenn Entgelte für unterschiedlich besteuerte Leistungen eines bestimmten Zeitabschnitts gemeinsam geändert werden (zB Jahresboni, Rückvergütungen), besteht für den leistenden Unternehmer die Pflicht, dem Leistungsempfänger einen Beleg zu erteilen, aus dem zu ersehen ist, wie sich die Entgeltsänderung auf die unterschiedlich besteuerten Umsätze verteilt. Vom FA ggf. gewährte Erleichterungen bei der Trennung der Entgelte (auch →Rn. 19–22) sind bei Entgeltsänderungen entsprechend anzuwenden.

7. Aufzeichnung von Entgeltsminderungsbeträgen durch in den Abrechnungsverkehr eingeschaltete Dritte

12 Die Vorschrift des § 22 Abs. 2 Nr. 1 S. 5 hat Bedeutung vor allem für die Zentralregulierungsunternehmer. Sie wurde korrespondierend zu § 17 Abs. 1 S. 2 geschaffen und besagt, dass immer dann, wenn ein Unternehmer die Bezahlung einer Kaufpreisforderung für einen anderen Unternehmer unter eigener Inanspruchnahme von Entgeltsminderungen (zB Skonti) übernimmt, während er sich vom Schuldner den vollen Betrag der Verbindlichkeiten erstatten lässt (also bei bloßer Einschaltung in den Zahlungsverkehr zwischen zwei anderen Vertragspartnern), er den Betrag der Entgeltsminderung gesondert aufzuzeichnen hat, wenn er den auf die Entgeltsminderung entfallenden UStBetrag an das FA entrichtet. In diesen Fällen zeichnet der leistende Unternehmer, der die Entgeltsminderung wirtschaftlich zu tragen hat, diese idR auf und mindert so gemäß § 17 Abs. 1 Nr. 1 seine eigene USt, während der Leistungsempfänger, der in den meisten Fällen die Höhe der vom Dritten (zB Zentralregulierer) ausgehandelten Entgeltsminderung überhaupt nicht erfährt, die korrespondierende Vorsteuerminderung nicht vornehmen kann. Ohne die gesonderte Aufzeichnung der Entgeltsminderungsbeträge beim Dritten und Entrichtung der darauf entfallenden USt an das FA gemäß § 17 Abs. 1 S. 2 würden sonst Steuerausfälle eintreten. Zudem handelt es sich bei § 17 Abs. 1 S. 2 um einen Steuertatbestand, der die eigentlichen Umsätze des Zentralregulierungsunternehmens nicht berührt.

8. Aufzeichnung vereinnahmter Vorauszahlungen vor Ausführung der Leistung – Mindest-Ist-Besteuerung

13 In § 22 Abs. 2 Nr. 2 ist bestimmt, dass der ansonsten nach vereinbarten Entgelten versteuernde Unternehmer (Soll-Versteuerer) auch vereinnahmte Anzahlungen oder Vorauszahlungen für noch nicht ausgeführte Leistungen oder Teilleistungen aufzuzeichnen hat. Es handelt sich hier um die Fälle der Versteuerung nach § 13 Abs. 1 Nr. 1 Buchst. a S. 4, die besondere Aufzeichnungen sowohl auf der Leistungsausgangsseite als auch auf der Leistungseingangsseite erfordert. Beim leistenden Unternehmer schreibt § 22 Abs. 2 Nr. 2 in den Aufzeichnungen der Ausgangsumsätze (Output) eine Trennung der Entgelte oder Teilentgelte, die er vor Ausführung der

Leistung vereinnahmt hat vor, und zwar in zu versteuernde Vorauszahlungen und in nicht zu versteuernde Vorauszahlungen für steuerfreie Umsätze. Auch bei diesen Aufzeichnungen müssen Optionsumsätze iSv § 9 besonders kenntlich gemacht werden (auch → Rn. 6f.). Auch muss eine Trennung nach Steuersätzen erfolgen.

9. Aufzeichnung der Bemessungsgrundlagen für unentgeltliche oder verbilligte Leistungen

Soweit Unternehmer an ihre Arbeitnehmer oder aber Vereinigungen (zB Gesellschaften aller Art) an ihre Mitglieder unentgeltliche Leistungen (zB Sachzuwendungen) erbringen, die nach § 3 Abs. 1b Nr. 2 oder § 3 Abs. 9a steuerbar sind, sind die Bemessungsgrundlagen dafür (§ 10 Abs. 4) gemäß § 22 Abs. 2 Nr. 1 S. 3 aufzuzeichnen. Ebenfalls aufzuzeichnen sind die verbilligten Lieferungen und sonstigen Leistungen, die **Körperschaften und Personenvereinigungen** iSv § 1 Abs. 1 Nr. 1–5 KStG, nichtrechtsfähige Personenvereinigungen sowie Gemeinschaften im Rahmen ihres Unternehmens an ihre Anteilseigner, Gesellschafter, Mitglieder, Teilhaber oder diesen nahestehenden Personen ausführen und für welche die **Mindestbemessungsgrundlage** des § 10 Abs. 5 anzusetzen ist. Auch in diesen Fällen ist eine Trennung nach steuerfreien und steuerpflichtigen Umsätzen, ggf. auch nach Steuersätzen, erforderlich. 14

10. Aufzeichnungen der Bemessungsgrundlagen für unentgeltliche Wertabgaben

Entsprechend § 22 Abs. 2 Nr. 3 sind vom Unternehmer auch die **Bemessungsgrundlagen für unentgeltliche Wertabgaben** aufzuzeichnen. Bei der Entnahme von Gegenständen aus dem Unternehmen für außerunternehmerische Zwecke (Lieferungen nach § 3 Abs. 1b Nr. 1) ist das der **Einkaufspreis** zzgl. der Nebenkosten des Gegenstandes oder (in besonderen Fällen), wenn ein solcher nicht vorhanden ist, die Selbstkosten (§ 10 Abs. 4 Nr. 1). Bei der Ausführung von sonstigen Leistungen iSv § 3 Abs. 9 für außerunternehmerische Zwecke im Rahmen des Unternehmens (Leistungen iSv § 3 Abs. 9a) ist Bemessungsgrundlage der Wert der bei der Ausführung der Umsätze entstandenen Kosten (§ 10 Abs. 4 Nr. 2). § 22 Abs. 2 Nr. 3 S. 2 regelt durch die dortige Verweisvorschrift zudem ausdrücklich, dass die Bemessungsgrundlagen gesondert für steuerpflichtige und steuerfreie Umsätze und ggf. getrennt nach Steuersätzen aufzuzeichnen sind. 15

11. Zusammenrechnung der Bemessungsgrundlagen

§ 63 Abs. 2 UStDV verpflichtet die Unternehmer ausdrücklich, die aufgezeichneten Bemessungsgrundlagen für die Umsätze und die Vorsteuerbeträge (vgl. → Rn. 25f.) am Schluss jedes Voranmeldungszeitraums und dann nochmals am Schluss jedes Besteuerungszeitraums zusammenzurechnen. Die Zusammenrechnungspflicht erstreckt sich dabei auf alle Bemessungsgrundlagen für die USt: Entgelte, Teilentgelte, An-, Abschlags- oder Vorauszahlungen und die Bemessungsgrundlagen für den Eigenverbrauch. Ausdrücklich wird festgehalten, dass die **von Dritten** (zB Zentralregulierern) aufzuzeichnenden Entgeltsminderungen, für die sie die USt gemäß § 17 Abs. 1 S. 2 an das FA zu entrichten haben, gesondert zusammenzurechnen sind. Die Vorschrift hat weitgehend nur deklaratorische Bedeutung, denn ohne Zusammenrechnung der Bemessungsgrundlagen zum Schluss eines jeden Voranmeldungszeitraums bzw. Besteuerungszeitraums könnte von den Unternehmern die darauf entfallende USt nicht berechnet und daher nicht vorangemeldet werden (vgl. § 18 Abs. 1). 16

12. Aufzeichnung und Zusammenrechnung der gemäß § 14c Abs. 2 geschuldeten Umsatzsteuerbeträge

17 In § 22 Abs. 1 ist bestimmt, dass der Unternehmer die gemäß § 14c Abs. 2 wegen eines **unberechtigten Steuerausweises** in einer Rechnung geschuldeten UStBeträge gesondert aufzuzeichnen und am Schluss des jeweiligen Voranmeldungszeitraums zusammenzurechnen hat. Von Bedeutung ist hierbei, dass auch **Nichtunternehmer,** die eine gemäß § 14c Abs. 2 entstandene USt schulden, zur Aufzeichnung dieser Steuerbeträge verpflichtet sind.

13. Allgemeine Grundsätze zur Trennung der Entgelte

18 Im UStG werden steuerbare von nichtsteuerbaren Umsätzen abgegrenzt und die steuerbaren in steuerpflichtige und nicht steuerpflichtige Umsätze aufgeteilt. Die steuerpflichtigen Umsätze können wiederum verschiedenen Steuersätzen unterliegen. Der Unternehmer kann seine geschuldete USt deshalb nur dann zutreffend errechnen, wenn er bereits in seinen Aufzeichnungen eine entsprechende Trennung der Bemessungsgrundlagen vorgenommen hat (vgl. → Rn. 6–11, 13–15). Auf die jeweiligen gesetzlichen Grundlagen hierzu ist bereits eingegangen worden. Es ist grundsätzlich **Sache des Unternehmers, zu entscheiden,** wie er die Trennung der Bemessungsgrundlagen für die USt in seinen Aufzeichnungen am zweckmäßigsten vornimmt. Es muss jedoch gewährleistet sein, dass die gewählte Methode eine weitgehend zutreffende Berechnung der USt ermöglicht. Unterlässt der Unternehmer die Trennung der Bemessungsgrundlagen, so berechtigt dies die FVerw zur Aufteilung im Schätzungswege von Amts wegen. Schwierigkeiten bereitet den Unternehmern weniger die Trennung der Entgelte in solche, die steuerpflichtig und solche, die steuerfrei sind. Weit mehr Schwierigkeiten bereitet oft vor allem bei Einzelhandelsunternehmen die exakte Trennung der Entgelte nach Steuersätzen. Hinzuweisen ist in diesem Zusammenhang auf Supermärkte mit Non-food-Handel, Lebensmittel- und Gemischtwarenhandlungen, Bäckereien, Gastwirtschaften mit Außer-Haus-Verkauf, Imbissstände sowie Buchhandlungen, die auch Bücher vertreiben, die wegen ihres jugendgefährdenden Inhalts nicht dem ermäßigten Steuersatz unterliegen (auch → Rn. 19–22).

14. Erleichterungen zur Trennung der Bemessungsgrundlagen

19 Den Unternehmern, denen es nach Art oder Umfang ihres Betriebes nicht zuzumuten ist, die Bemessungsgrundlagen für ihre Umsätze getrennt nach Steuersätzen aufzuzeichnen, kann das FA **auf Antrag** gemäß § 63 Abs. 4 UStDV Erleichterungen für die Trennung der Bemessungsgrundlagen nach Steuersätzen gewähren. Dabei darf das FA für die erleichterte Trennung der Entgelte nur ein Verfahren zulassen, dessen steuerliches Ergebnis nicht wesentlich von dem Ergebnis einer (genauen) Aufzeichnung der Entgelte – getrennt nach Steuersätzen – abweicht. Die Genehmigung eines vereinfachten Verfahrens muss dabei stets bei dem zuständigen FA und grundsätzlich vor Anwendung des Verfahrens durch den Unternehmer beantragt werden. IdR werden aber die FA zulässige Vereinfachungen auch nachträglich gewähren. Die Genehmigung wird vom FA schriftlich erteilt unter Vorbehalt des jederzeitigen Widerrufs. In der Genehmigungsverfügung wird das zugelassene Verfahren im Einzelnen bezeichnet, um sicherzustellen, dass zum einen nur denjenigen Unternehmern Erleichterungen bei der Trennung der Bemessungsgrundlagen genehmigt werden, die eine exakte Trennung nicht oder nur mit unzumutbarem Arbeits- und Kostenaufwand vornehmen können und dass zum anderen nur ein Verfahren zugelassen wird, dessen steuerliches Ergebnis nicht wesentlich von dem Ergebnis einer nach Steuersätzen getrennten Aufzeichnung der Entgelte, Teilentgelte und sonstigen Bemessungsgrundla-

gen abweicht (§ 63 Abs. 4 UStDV). Die Anwendung des Verfahrens kann dabei auf entsprechenden Antrag des Unternehmers auf einen in der Gliederung des Unternehmens **gesondert geführten Betrieb beschränkt** werden.

Die Erleichterungen für die Trennung nach Steuersätzen können für alle Arten 20 von Bemessungsgrundlagen zugelassen werden, dh auch für die vor Ausführung der Leistung vom Unternehmer vereinnahmten Entgelte (Anzahlungen, Vorauszahlungen, Abschlagszahlung uä), für die Bemessungsgrundlagen gemäß § 10 Abs. 4, die für alle **Eigenverbrauchstatbestände** und unentgeltlichen Leistungen iSv § 3 Abs. 1b und § 3 Abs. 9a gelten, für die **Mindestbemessungsgrundlagen** gemäß § 10 Abs. 5 für verbilligte Leistungen von Körperschaften und Personenvereinigungen an ihre Gesellschafter usw.; weiter für die von Einzelunternehmern an ihnen nahestehende Personen unter Wert abgegebenen Leistungen sowie für verbilligte Leistungen von Arbeitgebern an ihre Arbeitnehmer. Der hauptsächlichste Anwendungsfall für eine vereinfachte (und daher erleichterte) Trennung der Entgelte, Teilentgelte und andere Bemessungsgrundlagen ist in § 63 Abs. 4 UStDV wörtlich angesprochen: die **nachträgliche Trennung aufgrund der Wareneingänge** des Unternehmers.

Diese Trennung kann grundsätzlich nur rechnerisch erfolgen. Dabei sind bei Ver- 21 fahrensumstellungen die Warenbestände zu berücksichtigen (BFH XI R 18/96, BStBl. II 1997, 633). Ist eine Trennung der Bemessungsgrundlage nach Wareneingängen nicht möglich, kann stattdessen auch eine rechnerische Trennung auf Grund der **Wareneinsätze** erfolgen. Auch Entgeltminderungen können vereinfacht rechnerisch berücksichtigt werden. Die Erleichterung für die Trennung der Entgelte ist in UStAE 22.6 geregelt.

Für die Bereiche **Handel und Handwerk** sind vom BMF **drei Verfahren** ent- 22 wickelt worden, die sich in der Praxis bewährt haben und daher häufig vor allem von Lebensmittel- und Gemischtwarenhändlern, Drogisten und Buchhändlern angewendet werden:

a) die rechnerische Ermittlung der begünstigten oder der nichtbegünstigten Umsätze auf Grund der **Wareneingänge unter Hinzurechnung der tatsächlichen oder üblichen Aufschläge** (die Errechnung nur einer Umsatzgruppe genügt also);
b) die rechnerische Ermittlung der begünstigten oder der nichtbegünstigten Umsätze **unter Hinzurechnung eines gewogenen Durchschnittsaufschlags,** der auf der Grundlage des tatsächlichen Wareneingangs für 3 aufeinander folgende Monate ermittelt wird und den der Unternehmer für 5 Jahre der Trennung der Bemessungsgrundlagen zugrundelegen kann. Siehe dazu UStAE 22.6. **Nach Ablauf von 5 Jahren** muss eine erneute Ermittlung des gewogenen Durchschnittsaufschlages vorgenommen werden; das Gleiche gilt, wenn sich die Unternehmensstruktur innerhalb des 5-Jahres-Zeitraumes ändert;
c) bei **Filialunternehmern** kann die rechnerische Ermittlung der begünstigten oder der nicht begünstigten Umsätze durch gesonderte Aufzeichnung der tatsächlichen Verkaufsentgelte einer Warengruppe im Zeitpunkt der Auslieferung an den einzelnen Zweigbetrieb erfolgen. Auf der Grundlage des Wareneingangs hat der BFH für rechnerisch ermittelte Entgelte auch einen **Verlustabschlag** für zulässig gehalten (BFH V R 85/71, BStBl. II 1972, 202). Im Allgemeinen hat der Unternehmer die Trennung der Bemessungsgrundlagen nach Steuersätzen **für jeden Voranmeldungszeitraum** vorzunehmen. Die FÄ sind grundsätzlich ermächtigt, auch **andere Verfahren** zur Trennung der Bemessungsgrundlagen nach Steuersätzen zuzulassen, sofern das Ergebnis des zugelassenen anderen Verfahrens nicht wesentlich von dem Ergebnis exakter Aufzeichnung getrennt nach Steuersätzen abweicht. Es können dies beispielsweise sein: bei **Verkehrsbetrieben** die Ergebnisse repräsentativer Verkehrszählungen und bei **Gastwirtschaften** die repräsentative Ermittlung der Außer-Haus-Verkäufe über einen begrenzten Zeitraum hinweg. Das Gleiche wird für **Eisdielen** und für **Imbissstände** zu gelten haben (DB 1974, 703). Besitzt ein Unternehmer mehrere gesondert geführte Betriebe, so ist

ausdrücklich zugelassen, dass für jeden gesondert geführten Betrieb ein eigenes Verfahren zur Trennung der Bemessungsgrundlagen gewählt und beim FA beantragt wird.

23, 24 *einstweilen frei*

15. Aufzeichnungen für Zwecke des Vorsteuerabzugs bei Leistungsbezügen für das Unternehmen

25 Notwendigerweise erfordert die USt als MwSt auch die **Erfassung der Leistungseingangsseite** (Input) des Unternehmers, da nur so der dem Unternehmer zustehende Vorsteuerabzug iSv § 15 ermittelt werden kann. § 22 Abs. 2 Nr. 5 fordert folgerichtig vom Unternehmer, dass er die Entgelte für an ihn bewirkte steuerpflichtigen Lieferungen und sonstige Leistungen, die für sein Unternehmen bestimmt sind, aufzeichnet. Die Entgelte (Preise) für nichtsteuerbare oder steuerfreie Leistungen für sein Unternehmen braucht der Unternehmer dagegen nicht aufzuzeichnen. **Gesondert** ist daneben **aufzuzeichnen** die auf die Entgelte entfallende **USt (die Vorsteuern)** des Unternehmers. Grundlage der Aufzeichnungen bei Leistungsbezügen sind idR Eingangsrechnungen oder auch, wenn auf eine Rechnungserteilung verzichtet wird, Verträge mit Lieferern uÄ, wenn diese alle Merkmale einer Rechnung iSv § 14 erfüllen. Von Bedeutung ist, dass auch vom Unternehmer geleistete **Vorauszahlungen, Anzahlungen** oder **Abschlagszahlungen** (Entgelte und Teilentgelte) und die darauf entfallende USt aufgezeichnet werden müssen, wenn beim leistenden Unternehmer gemäß § 13 Abs. 1 Nr. 1 a S. 4 für die Vorauszahlungen UStPflicht entstanden ist. In der Praxis bedeutet dies, dass er spätestens im Zeitpunkt des Ablaufs des Voranmeldungszeitraums, in dem gezahlt wird, das Entgelt und die darauf entfallende USt aufzeichnen muss. Dies geschieht unabhängig davon, ob die Leistung an den empfangenden Unternehmer bereits bewirkt worden ist oder nicht. Der Abzug der so aufgezeichneten USt als Vorsteuern ist jedoch nach § 15 Abs. 1 Nr. 1 S. 2 nur dann möglich, wenn eine Rechnung mit gesondertem Steuerausweis vorliegt. Ohne dass dies in § 22 ausdrücklich geregelt ist, hat der Unternehmer auch die sich aus § 17 Abs. 1 Nr. 2 ergebenden nachträglichen Entgeltminderungen (zB bei Inanspruchnahme von Skonti, Rabatten und anderen Preisnachlässen) und die sich daraus errechnende USt aufzuzeichnen. Die Trennung in Entgeltänderungsbetrag und USt ist hier zweckmäßigerweise unter Anwendung der in → § 12 Allg. Rn. 9 beschriebenen Verfahren vorzunehmen. Die auf der **Leistungsausgangsseite** mögliche Anwendung des Bruttoprinzips (Aufzeichnung von Entgelt und USt (Vorsteuern) in einer Summe, auch → Rn. 9), ist nach § 63 Abs. 5 UStDV auch auf der Leistungseingangsseite für die Vorbezüge des Unternehmers möglich. Das gilt für Entgelte, Teilentgelte und geleistete Vorauszahlungen. Diese Beträge müssen dabei ggf. **nach den in den Eingangsrechnungen angewandten Steuersätzen getrennt** werden. Am Schluss jedes Voranmeldungszeitraums hat der Unternehmer die Summe der Entgelte und Teilentgelte für empfangene Leistungen und die Summe der Vorsteuerbeträge zu errechnen (vgl. → Rn. 9) und aufzuzeichnen. Grundsätzlich muss der Unternehmer die ihm tatsächlich gesondert in Rechnung gestellte USt aufzeichnen. Ist er der Meinung, die USt sei zu niedrig, weil zB der Lieferant einen zu niedrigen Steuersatz angewendet hat, so darf er dennoch nicht die seiner Meinung nach „richtige" – höhere – Vorsteuern errechnen und aufzeichnen, weil dies zu einem echten Steuerausfall führen würde. Aus Rechnungen, in denen die USt zulässigerweise nicht gesondert ausgewiesen wurde (zB über Kleinbeträge, Fahrausweise, §§ 33 und 34 UStDV) muss der Unternehmer die aufzuzeichnende Vorsteuer selbst errechnen (siehe auch → § 12 Allg. Rn. 9).

16. Aufzeichnungen für Zwecke des Vorsteuerabzugs in Einfuhrfällen

Jede Einfuhr unterliegt **einzeln** der EUSt, die von den Zollbehörden erhoben wird. Wenn ein Unternehmer ganz oder teilweise zum Vorsteuerabzug berechtigt ist, kann er gemäß § 15 Abs. 1 Nr. 2 die (an den Zoll) **entrichtete EUSt** für Gegenstände, die für sein Unternehmen in das Inland eingeführt worden sind oder die er zur Ausführung der in § 1 Abs. 3 bezeichneten Umsätze verwendet, **als Vorsteuer abziehen.** Neben der entrichteten EUSt ist der Unternehmer nach § 15 Abs. 2 Nr. 2, § 16 Abs. 2 jedoch auch berechtigt, noch nicht entrichtete, aber bereits **entstandene EUSt als Vorsteuer abzuziehen.** Es sind dies vor allem die EUStBeträge, für deren Entrichtung die Zollbehörden dem Einführer Zahlungsaufschub gewährt haben und die vergleichbaren Fälle der Entnahme von Gegenständen aus offenen Zolllagern (§ 46 ZG) und des Sammelzollverfahrens bei der Einfuhr (Sammelzollanmeldung nach § 12 Abs. 2 S. 2 ZG und Zollbehandlung ohne Abfertigung nach § 40a ZG). Hierzu bestimmt § 22 Abs. 2 Nr. 6, dass der Unternehmer zum Zwecke des Vorsteuerabzugs die Bemessungsgrundlagen von Gegenständen, die für sein Unternehmen eingeführt worden sind, und die darauf entfallende EUSt aufzeichnet. Nicht erforderlich ist die Aufzeichnung der Menge der jeweils eingeführten Gegenstände. In § 64 UStDV ist vereinfachend zugelassen worden, die entstandene EUSt mit einem Hinweis auf einen entsprechenden zollamtlichen Beleg aufzuzeichnen. Die Bemessungsgrundlagen für die Einfuhren von Gegenständen brauchen dann grundsätzlich **nicht zusätzlich** aufgezeichnet zu werden. Der Nachweis bezahlter EUSt zwecks Vorsteuerabzuges kann mit anderen Beweismitteln als Zollbescheid oder zollamtlichem Ersatzbeleg auch dann geführt werden, wenn diese im Besitz Dritter sind. So jedenfalls FG RhPf vom 23.9.1985 (EFG 1986, 147). 26

17. Aufzeichnungen bei innergemeinschaftlichem Erwerb

Bei innergemeinschaftlichem Erwerb nach § 1 Abs. 1 Nr. 5 hat der Unternehmer nach § 22 Abs. 2 Nr. 7 die Bemessungsgrundlagen sowie die hierauf entfallenden Steuerbeträge aufzuzeichnen. Die Aufzeichnung ist erforderlich, weil insoweit ein steuerbarer Umsatz verwirklicht wird. Auch dient die Aufzeichnung für Zwecke des Vorsteuerabzugs nach § 15 Abs. 1 Nr. 3. 27

18. Befreiung von der Verpflichtung zur Vorsteueraufzeichnung in den Fällen des vollen oder teilweisen Vorsteuerausschlusses

Wenn bei Unternehmen der **Vorsteuerabzug gemäß § 15 Abs. 2 und Abs. 3 ganz oder teilweise ausgeschlossen** ist, müssen nach § 22 Abs. 3 nur die Vorsteuerbeträge für Leistungsbezüge oder Einfuhren für das Unternehmen aufgezeichnet werden, die den zum Vorsteuerabzug berechtigenden Umsätzen ganz oder teilweise zuzurechnen sind. Das bedeutet, dass der Unternehmer von der Pflicht zur Aufzeichnung der Vorumsätze und der darauf entfallenden USt einschließlich EUSt **befreit ist, wenn er den Vorsteuerabzug nicht beanspruchen kann.** Diese ustrechtliche Erleichterung lässt jedoch die Verpflichtung zur Aufzeichnung auf Grund anderer Vorschriften (zB § 38 Abs. 1 HGB, §§ 149 Abs. 2, 151, 152 AktG und § 143 AO) unberührt. 28

19. Aufzeichnungen im Falle der Vorsteueraufteilung

In den Fällen der **Vorsteueraufteilung** wird nur der unmittelbare Nachweis der abziehbaren Vorsteuerbeträge verlangt. Allerdings hat dann der Unternehmer die (Ausgangs-)Umsätze, die den Vorsteuerabzug ausschließen, getrennt von den Bemes- 29 sungsgrundlagen für die übrigen Umsätze (mit Ausnahme der Einfuhren und der innergemeinschaftlichen Erwerbe) auszuzeichnen.

20. Aufzeichnungen in den Fällen des § 13b

30 In den Fällen, in denen der Leistungsempfänger nach § 13b alleiniger Steuerschuldner für bestimmte an ihn ausgeführte Umsätze ist, hat dieser nach § 22 Abs. 2 Nr. 8 für diese Umsätze diejenigen Aufzeichnungen zu machen, die sich aus § 22 Abs. 2 Nr. 1 und 2 ergeben. Insbesondere sind die vereinbarten Entgelte darzustellen, ggf. getrennt nach Steuersätzen. Gleiche inhaltliche Verpflichtung ergibt sich für den Leistenden mit der Besonderheit, dass er die Bemessungsgrundlage für diese Umsätze gesondert und damit getrennt von seinen steuerbaren Umsätzen aufzeichnet.

21. Aufzeichnungspflichten nach § 22 Abs. 4d

31 Im Fall der Abtretung, Verpfändung oder Pfändung einer Forderung kann der Abtretungsempfänger bei Vorliegen der Tatbestandsmerkmale des § 13c für Steuerschulden des leistenden Unternehmers in Haftung genommen werden. Die aufzeichnungspflichtigen Angaben dienen der Nachvollziehung des Forderungsübergangs sowie der Bestimmung der Haftungsschuld des Abtretungsempfängers.

32 Der **leistende Unternehmer** hat aufzuzeichnen: Namen und Anschrift des Abtretungsempfängers und Höhe des abgetretenen Anspruchs auf die Gegenleistung. Auf die im ursprünglichen Gesetzesentwurf (BR-Drs. 605/04, zu Art. 5 Nr. 15) vorgesehene Verpflichtung zur nach Steuersätzen getrennten Aufzeichnung des in der Gegenleistung enthaltenen Entgelts und des Betrags der USt ist verzichtet worden, weil diese Angaben bereits nach § 22 Abs. 2 Nr. 1 aufzeichnungspflichtig oder aus der Buchführung des leistenden Unternehmers ersichtlich sind (BT-Drs. 15/4050 zu Art. 5 Nr. 15).

33 Der **Abtretungsempfänger** hat aufzuzeichnen: den Namen und die Anschrift des leistenden Unternehmers, die Höhe des abgetretenen Anspruchs auf die Gegenleistung und die Höhe der auf den abgetretenen Anspruch vereinnahmten Beträge. Auf die im ursprünglichen Gesetzesentwurf (BR-Drs. 605/04, zu Art. 5 Nr. 15) vorgesehene Verpflichtung, auch das in der Gegenleistung enthaltene Entgelt, getrennt nach Steuersätzen, den Betrag der USt und die in den vereinnahmten Beträgen enthaltenen UStBeträge aufzuzeichnen, hat der Gesetzgeber verzichtet. Zu den Gründen hierfür vgl. BT-Drs. 15/4050 zu Art. 5 Nr. 15. Sofern der Abtretungsempfänger die Forderung oder einen Teil der Forderung an einen Dritten abtritt, hat er zusätzlich den Namen und die Anschrift des Dritten aufzuzeichnen. Die ursprünglich vorgesehene Verpflichtung, auch die Höhe des abgetretenen Betrages aufzuzeichnen, hat keinen Eingang in den Gesetzestext gefunden.

22. Aufzeichnungspflichten nach § 22 Abs. 4e

34 Durch das EURLUmsG (BGBl. 2004 I 3310) ist in § 22 Abs. 4e für denjenigen, der in den Fällen der §§ 13c und 13d Zahlungen nach § 48 AO leistet, die Verpflichtung zur Aufzeichnung der Höhe der entrichteten Beträge, des Namens und der Anschrift des Schuldners der USt und der Steuernummer des Steuerschuldners eingeführt worden.

III. Erleichterungen von Aufzeichnungspflichten

1. Volle oder partielle Befreiung von den Aufzeichnungspflichten über Vorsteuerbeträge bei der Anwendung allgemeiner Durchschnittsätze

Nach § 66 UStDV sind Unternehmer, die gemäß § 23 iVm §§ 69 und 70 UStDV die abziehbaren Vorsteuerbeträge nach Durchschnittsätzen berechnen, von den Aufzeichnungspflichten nach § 22 Abs. 2 Nr. 5 und 6 voll oder partiell befreit. Das bedeutet, dass diese Unternehmer die Entgelte und Teilentgelte für empfangene Leistungen (Input) und die darauf entfallenden Vorsteuerbeträge sowie die EUSt samt ihrer Bemessungsgrundlagen nicht aufzuzeichnen brauchen. In § 70 Abs. 1 UStDV ist dazu festgestellt, dass die in der **Anlage A zur UStDV** bezeichneten Berufs- und Gewerbezweige (und damit weitaus die Mehrheit aller zur Inanspruchnahme von Durchschnittsätzen berechtigten Unternehmer) ihre abziehbare Vorsteuerbeträge **voll pauschalieren** können. 35

Sie sind damit auch in vollem Umfang von der Aufzeichnungspflicht auf der Unternehmenseingangsseite (zumindest ustrechtlich) befreit. Die wenigen in der **Anlage B zur UStDV** bezeichneten Berufs- oder Gewerbezweige sind von der Aufzeichnung der Vorsteuern und ihrer Bemessungsgrundlagen **partiell** befreit und zwar soweit die Pauschalierung reicht. Diese Unternehmer müssen danach nur noch die Bemessungsgrundlagen und die darauf entfallende USt sowie die Bemessungsgrundlagen und damit im Zusammenhang stehende EUSt aufzeichnen 36

a) für Gegenstände aller Art, die der Unternehmer zur Weiterveräußerung (im weitesten Sinne) erworben oder eingeführt hat,
b) für die steuerpflichtige Lieferung von Gebäuden, Grundstücken und Grundstücksteilen (ohne Maschinen und Vorrichtungen, die zu einer Betriebsanlage gehören),
c) für Ausbauten, Einbauten, Umbauten und Instandsetzungen der in Ziff. b) bezeichneten Grundstücke (oder -teile),
d) für steuerpflichtige Leistungen der in § 4 Nr. 12 bezeichneten Art (zB für die nach Option gemäß § 9 steuerpflichtige Anmietung von Geschäftsräumen).

Zu beachten ist jedoch, dass von der Voll- oder Teilpauschalierung der Vorsteuer und damit auch von der vollen oder partiellen Befreiung von der Aufzeichnungspflicht nur Unternehmer Gebrauch machen können, bei denen hinsichtlich der Besteuerungsgrundlagen annähernd gleiche Verhältnisse vorliegen, die nicht zur Buchführung verpflichtet sind (§ 23 Abs. 1) und deren Umsatz im vorangegangenen Kalenderjahr 61.356 EUR nicht überstiegen hat (§ 69 Abs. 3 UStDV). In den Genuss der Vergünstigung können somit nur kleinere Unternehmen kommen.

2. Zusammenrechnen der Vorsteuerbeträge

Die aufgezeichneten **Vorsteuerbeträge** müssen vom Unternehmer nach § 63 Abs. 2 UStDV am Schluss jedes Voranmeldungszeitraums **zusammengerechnet** werden. 37

3. Aufzeichnung der Berechnungsgrundlagen für Ausgleichsbeträge iSv § 15a

Bei einem Wirtschaftsgut, das der Unternehmer zur Verwendung in seinem Unternehmen angeschafft oder hergestellt hat, können sich die Verhältnisse, die aus der Sicht des § 15 Abs. 2 für die Beurteilung des Vorsteuerabzugs im Kalenderjahr 38 der Anschaffung oder der Herstellung maßgebend waren, in Folgejahren ändern. Geschieht diese Änderung der Verhältnisse innerhalb von 5 Jahren seit Beginn der Verwendung des WG (bei Grundstücken und Gebäuden auf fremdem Grund und Boden innerhalb von 10 Jahren), so ist für jedes Jahr der Änderung eine entsprechende Änderung des einmal vorgenommenen Vorsteuerabzuges durch Ausgleichsbeträge vorzunehmen (§ 15a). Nach § 22 Abs. 4 ist der Unternehmer verpflichtet, die Berechnungsgrundlagen für den Ausgleich aufzuzeichnen, der von ihm in den in Betracht kommenden Kalenderjahren zu berücksichtigen ist.

Im Einzelnen sind aufzuzeichnen:

a) die Anschaffungs- und Herstellungskosten für das betreffende Wirtschaftsgut und die darauf entfallenden Vorsteuerbeträge (bei mehreren Einzelbeträgen auch deren Summe),
b) der Zeitpunkt der erstmaligen Verwendung des Wirtschaftsgutes,
c) die Anteile, zu denen das Wirtschaftsgut in den einzelnen Kalenderjahren des Berichtigungszeitraums zur Ausführung steuerfreier Umsätze (§ 4 Nr. 6ff.) und zur Ausführung anderer Umsätze verwendet wurde,
d) bei einer Veräußerung oder Entnahme des Wirtschaftsgutes innerhalb des maßgeblichen Berichtigungszeitraums sind der Zeitpunkt und die ustliche Behandlung des Umsatzes festzuhalten,
e) bei einer Verkürzung des Berichtigungszeitraums der Zeitpunkt, unter Hinweis auf die entsprechenden Unterlagen.

4. Besondere Aufzeichnungspflichten nach § 22 Abs. 4a–b

39 Durch die auf Grund BinnenmarktG zum 1.1.1993 eingefügten Abs. 4a und 4b werden Unternehmer verpflichtet, den Erhalt bestimmter Gegenstände aus anderen Mitgliedstaaten bzw. das Verbringen bestimmter Gegenstände in andere Mitgliedstaaten aufzuzeichnen. § 22 Abs. 4a behandelt Vorgänge, bei denen Gegenstände unternehmensintern und vorübergehend vom Inland in das übrige Gemeinschaftsgebiet gelangen. Die Aufzeichnungspflicht besteht lediglich darin, die Gegenstände zu bezeichnen. Nach § 22 Abs. 4b hat der Unternehmer die Gegenstände aufzuzeichnen, die ihm von einem im übrigen Gemeinschaftsgebiet ansässigen Unternehmer mit USt-IdNr. zur Ausführung einer sonstigen Leistung auf Grund eines Werkvertrags iSv § 3 Abs. 1a Nr. 2 überlassen sind, also Gegenstände, an denen er eine Lohnveredelung vornimmt.

5. Aufzeichnungspflichten der Kleinunternehmer

40 Kleinunternehmer, welche die in § 19 Abs. 1 bezeichneten Umsatzgrenzen überschreiten (Umsätze **zzgl.** der darauf entfallenden USt: im **vorangegangenen** Kalenderjahr mehr als 17.500 EUR und im **laufenden** Kalenderjahr voraussichtlich über 50.000 EUR), haben grundsätzlich die gleichen Aufzeichnungspflichten wie andere Unternehmer. Lediglich sog. Kleinunternehmer iSv § 19 Abs. 1, die die festgesetzten Umsatzgrenzen nicht überschreiten und bei denen die USt deshalb nicht erhoben wird, haben besonders **erleichterte Aufzeichnungspflichten gemäß § 65 UStDV.** Sie haben nur die Werte der erhaltenen Gegenleistungen für von ihnen ausgeführte Lieferungen und sonstige Leistungen (= Bruttowerte, die auch eine bei der Kalkulation ggf. berücksichtigte, aber in der Rechnung nicht ausgewiesene und dem FA nicht geschuldete USt einschließen können = Preise) sowie ihren Eigenverbrauch, der entsprechend zu berechnen ist, aufzuzeichnen. Zusätzlich aufzuzeichnen sind die UStBeträge, die von Kleinunternehmern nach § 14 Abs. 2 und 3 geschuldet werden, sowie die innergemeinschaftlichen Erwerbe, soweit sie hierfür die Erwerbsbesteuerung vorzunehmen haben.

6. Aufzeichnungspflichten bei der Anwendung der Durchschnittssätze für LuF-Betriebe

Unternehmer, die der **Durchschnittsbesteuerung des § 24 für LuF-Betriebe** unterliegen, sind mit ihren der Besteuerung nach § 24 unterliegenden Betrieben ustrechtlich weitgehend von den Aufzeichnungspflichten des § 22 befreit. Diese Unternehmer brauchen grundsätzlich nur die Lieferungen und den Eigenverbrauch der in der Anlage zum UStG nicht aufgeführten Sägewerkerzeugnisse, Getränke und alkoholischen Flüssigkeiten aufzuzeichnen, die gemäß § 24 Abs. 1 S. 1 Nr. 2 dem Regelsteuersatz (19%) unterliegen **(§ 67 UStDV),** außerdem noch die gemäß § 14 Abs. 2 und Abs. 3 geschuldeten UStBeträge und die innergemeinschaftlichen Erwerbe nach Bemessungsgrundlagen und darauf entfallenden Steuerbeträgen. 41

Bewirkt ein Land- und Forstwirt neben den in § 24 Abs. 1 bezeichneten Umsätzen auch andere, nicht unter die Durchschnittsbesteuerung fallende Umsätze (zB im Rahmen einer Gastwirtschaft oder einer Metzgerei = sog. **„Mischbetriebe"**), muss, sofern die USt gemäß § 19 Abs. 1 nicht erhoben wird, der Gesamtumsatz des vorangegangenen bzw. des laufenden Kalenderjahres unter Einschluss der Umsätze aus LuF ermittelt werden. Führt der Unternehmer, was die Regel sein dürfte, über die LuF-Umsätze keine Aufzeichnungen, sind diese nach den Betriebsmerkmalen und unter Berücksichtigung der besonderen Verhältnisse des Unternehmens zu schätzen. Obwohl dazu keine besonders geregelte Verpflichtung besteht, empfiehlt es sich für den Unternehmer, auch die Schätzungsgrundlagen für den von ihm selbst ermittelten LuF-Umsatz aufzuzeichnen. Zu beachten ist in diesem Zusammenhang aber die neue Regelung in § 22 Abs. 1 S. 3, wonach ein Unternehmer, der einen land- und forstwirtschaftlichen Betrieb nach § 24 Abs. 3 als gesondert geführten Betrieb behandelt Aufzeichnungspflichten für diesen Betrieb gesondert zu erfüllen hat. **Verpächter von LuF-Betrieben** können die Durchschnittsbesteuerung des § 24 nicht anwenden, weil die Verpachtung keine Tätigkeit „im Rahmen eines LuF-Betriebs", sondern „Vermögensverwaltung" ist (BFH V R 113/73, BStBl. II 1980, 613). Sie sind deshalb, wenn § 19 nicht greift, Regelversteuerer. Das idR einheitlich vereinbarte Pachtentgelt ist in einen gemäß § 4 Nr. 12a steuerfreien Pachtanteil für den Grund und Boden und in einen steuerpflichtigen Anteil für die mitverpachteten Betriebsvorrichtungen und sonstigen Wirtschaftsgüter (ohne Feldinventar und Feldfrüchte als wesentliche Grundstücksbestandteile iSv § 94 BGB) aufzuteilen. Die Aufteilung geschieht zweckmäßig nach den ortsüblichen Pachten unter Berücksichtigung einer angemessenen Verzinsung für die mitverpachteten Betriebsvorrichtungen und anderen Wirtschaftsgüter. Zur Form der erforderlichen Aufzeichnungen gelten → Rn. 6f. sinngemäß. 42

7. Führung eines Steuerheftes für Unternehmer des sog. „Straßenhandels"

Eine Sonderregelung der Aufzeichnungspflichten gilt gemäß § 22 Abs. 5 für Unternehmer, die keine gewerbliche Niederlassung begründet haben oder die außerhalb einer solchen (vorhandenen Niederlassung) entweder von Haus zu Haus oder an öffentlichen Straßen oder anderen öffentlichen Orten (zB auf einem der Öffnung zugänglichen Privatgrundstück) Umsätze ausführen oder auch nur Gegenstände erwerben (sog. **„Straßenhändler"** oder **„Reisegewerbetreibende"**). Diese Unternehmer sind von den Aufzeichnungspflichten nach § 22 **weitgehend befreit.** Sie haben stattdessen ein Steuerheft nach amtlich vorgeschriebenem Vordruck zu führen, dieses bei der Gewerbeausübung bei sich zu tragen und auf Verlangen Vertretern oder zuständigen Behörden (FVerw, Ordnungsämtern, Polizei) vorzuzeigen (zur Führung des Steuerheftes durch **Schausteller** vgl. OFD Koblenz 16.8.2006, UR 2007, 203). 43

Beschäftigt der Unternehmer Hilfskräfte, so haben diese ebenfalls ein Steuerheft (Nebenheft) zu führen. Zu **Form und Inhalt** des Steuerheftes vgl. UStAE 22.2 Abs. 12 Nr. 4; BMF 30.4.1981, BStBl. I 1981, 312; BMF 17.1.1983, BStBl. I 1983, 105; BMF 30.4.2012, BStBl. I 2012, 579. Auch Kleinunternehmer, von denen die USt nach § 19 Abs. 1 nicht erhoben wird, müssen ggf. ein Steuerheft führen. Auf der **Leistungseingangsseite** des Steuerheftes (Abschn. 2) sind grundsätzlich mit Datumsangabe einzutragen:

(a) sämtliche an den Unternehmer für sein Unternehmen ausgeführten Lieferungen und sonstigen Leistungen und, getrennt nach Steuersätzen, das dafür berechnete Entgelt (ohne USt) oder der Preis (mit USt), der Steuersatz und die abziehbare Vorsteuer sowie die Belegnummer;

(b) sämtliche Einfuhren von Gegenständen für das Unternehmen, insbesondere auch Einfuhren durch den Unternehmer selbst oder durch seine Hilfskräfte, wobei das Datum des Zollbelegs, die Abfertigungsstelle und die abziehbare EUSt anzugeben ist.

44 In Abschn. 3 sind die innergemeinschaftlichen Erwerbe für das Unternehmen aufzuzeichnen. – Auf der **Leistungsausgangsseite** des Steuerheftes (Abschn. 1) sind täglich einmal nach Geschäftsschluss mit dem Datum entweder die vereinbarten oder die vereinnahmten Entgelte brutto (einschließlich USt) oder netto (ohne USt) getrennt nach Steuersätzen einzutragen. Das FA kann verlangen, dass bestimmte Umsätze des Unternehmers oder solche an ihn gesondert aufgezeichnet werden. Andererseits brauchen, wenn der Unternehmer die abziehbaren Vorsteuerbeträge nach § 23 iVm §§ 69 und 70 UStDV berechnet, nach § 66 UStDV die empfangenen Leistungen und Einfuhren nicht aufgezeichnet zu werden, dh Abschn. 2 des Steuerheftes ist nicht auszufüllen. Das Gleiche gilt für Kleinunternehmer, von denen die USt nach § 19 Abs. 1 nicht erhoben wird. Erleichterungen zur Trennung der Entgelte kann das FA genehmigen (vgl. →Rn. 19–22). Schließlich sind in Abschn. 4 die steuerfreien innergemeinschaftlichen Lieferungen aufzunehmen.

45 Durch die Führung des Steuerheftes werden **sämtliche Aufzeichnungspflichten** nach § 22 Abs. 2 iVm §§ 63–67 UStDV erfüllt, bei Aufzeichnung der Wareneingänge außerdem die Aufzeichnungspflicht nach § 143 AO (BMF 30.4.1981, BStBl. I 1981, 312). Das Steuerheft wird von dem gemäß § 21 AO für den Unternehmer zuständigen FA bei Beginn einer Tätigkeit ausgestellt, wobei gleichzeitig festgelegt wird, wann das Steuerheft dem FA spätestens wieder vorgelegt werden muss (monatlich oder vierteljährlich zusammen mit einer UStVoranmeldung, bei jährlicher Vorlagefrist zusammen mit einer UStErklärung). Das FA prüft dabei die ordnungsmäßige Führung des Steuerheftes und die richtige Berechnung der zu zahlenden USt und verlängert die Gültigkeit des Steuerheftes entsprechend. Das Steuerheft kann vom Unternehmer jedoch auch einem örtlich nicht zuständigen FA vorgelegt werden (einschließlich UStVoranmeldung), wenn der Unternehmer zum spätesten Vorlagezeitpunkt auf Reisen ist und das zuständige FA nicht erreichen kann. Diese Erleichterung gilt jedoch nicht bei jährlicher Vorlegungsfrist. Bei Verlust des alten stellt das zuständige FA auf Antrag ein neues Steuerheft aus. Um Schwierigkeiten zu vermeiden, die entstehen können, weil der Unternehmer einerseits verpflichtet ist, das Steuerheft bei der Gewerbeausübung ständig mitzuführen und andererseits das Steuerheft regelmäßig dem FA vorzulegen, kann das FA für den Unternehmer selbst und für jede Hilfskraft zwei selbstständige Steuerhefte ausstellen (BMF 17.1.1983, BStBl. I 1983, 105 iVm BMF 27.3.2012, BStBl. I 2012, 370 Nr. 1409), wobei das Steuerheft 1 zB für die Abrechnungszeiträume Januar und März und das Steuerheft 2 für die Abrechnungszeiträume Februar und April usw. gültig ist. Besonderheiten gelten für im Ausland ansässige Händler.

46 *einstweilen frei*

8. Befreiung von der Führung des Steuerheftes

Die in → Rn. 43 genannten Unternehmer sind nach § 68 Abs. 1 UStDV dann von der Verpflichtung, ein Steuerheft zu führen, befreit, wenn sie im Inland eine gewerbliche Niederlassung besitzen und ordnungsmäßige Aufzeichnungen nach § 22 iVm §§ 63–66 UStDV führen. Diese Bestimmung hat Bedeutung vor allem für die Unternehmer, die trotz einer gewerblichen Niederlassung im Inland ausschließlich außerhalb des Inlands Umsätze bewirken oder Gegenstände erwerben. Diesen Unternehmern erteilt das FA auf Antrag eine Bescheinigung zur Vorlage bei Prüfern von Steuer- und Ordnungsbehörden (zB der Polizei), dass sie von der Pflicht zur Führung eines Steuerheftes befreit sind (§ 68 Abs. 2 UStDV). Das Gleiche gilt für Unternehmer, soweit sie pauschalierende Land- und Forstwirte iSv § 24 Abs. 1 Nr. 1 und 3 sind. 47

9. Erleichterungen für kleinere Vereine (§ 66a UStDV)

Mit dem sog. VereinsförderungsG vom 18.12.1989 (BStBl. I 1989, 499) wurde in das Gesetz neu aufgenommen der § 23a, wonach kleinere Vereine unter bestimmten Voraussetzungen ihre Vorsteuerbeträge pauschalieren können. 48

Konsequenterweise wurde für solche Fälle auch eine Aufzeichnungserleichterung festgelegt, wie sich aus dem ab 1.1.1990 neu eingefügten und geltenden § 66a der UStDV ergibt. Danach sind die genannten Körperschaften, Personenvereinigungen und Vermögensmassen, die von dem Vorsteuerdurchschnittssatz nach § 23a Gebrauch machen, von den Aufzeichnungspflichten nach § 22 Abs. 2 Nr. 5 und 6 des Gesetzes befreit.

§ 22a Fiskalvertretung

(1) **Ein Unternehmer, der weder im Inland noch in einem der in § 1 Abs. 3 genannten Gebiete seinen Wohnsitz, seinen Sitz, seine Geschäftsleitung oder eine Zweigniederlassung hat und im Inland ausschließlich steuerfreie Umsätze ausführt und keine Vorsteuerbeträge abziehen kann, kann sich im Inland durch einen Fiskalvertreter vertreten lassen.**

(2) **Zur Fiskalvertretung sind die in § 3 Nr. 1 bis 3 und § 4 Nr. 9 Buchstabe c des Steuerberatungsgesetzes genannten Personen befugt.**

(3) **Der Fiskalvertreter bedarf der Vollmacht des im Ausland ansässigen Unternehmers.**

EU-Recht: Art. 204f MwStSystRL (Art. 21 Abs. 2 6. EG-RL)
UStAE: (bisher nicht, vgl. BMF 11.5.1999, BStBl. I 1999, 515)

Übersicht

1. Bedeutung

1 Die Vorschrift wurde in das UStG mit Wirkung zum 1.1.1997 eingefügt (UStÄndG 1997 v. 12.12.1996, BGBl. 1996 I 1851) und beruht mittlerweile auf Art. 204 MwStSystRL. Durch sie sollte auch in Deutschland die Möglichkeit der Bestellung eines Fiskalvertreters eingeführt werden (vgl. *Lange* UR 1996, 401). Durch die Regelung soll vermieden werden, dass sich auch solche Unternehmer im Inland für umsatzsteuerliche Zwecke registrieren lassen müssen, für die sich aufgrund der Art ihrer Tätigkeit weder eine Steuerzahllast noch ein Steuererstattungsanspruch ergibt. Es besteht jedoch **keine Pflicht** zur Bestellung eines Fiskalvertreters, auch wenn die Voraussetzungen hierfür vorliegen. Der ausländische Unternehmer soll nach der Gesetzesbegründung auch **mehrere Fiskalvertreter** bestellen können, wenn er mehrere Umsätze tätigt; danach kann er für jeden Umsatz einen anderen Fiskalvertreter – auch gleichzeitig – bestellen (vgl. BT-Drs. 13/4839, 85). In diesem Fall ist der Fiskalvertreter grundsätzlich nur zur Erfüllung der steuerlichen Pflichten bestellt, die sich aus einem einzelnen Umsatz ergeben (vgl. aber zur Verpflichtung Aufzeichnungen zu führen → § 22b Rn. 8). Hieraus ergibt sich, dass der Fiskalvertreter grundsätzlich nur zur **Abwicklung einzelner Umsätze** und nicht, wie ein gesetzlicher Vertreter, zur umfassenden Vertretung bestellt wird. Dies schließt selbstverständlich nicht aus, dass der ausländische Unternehmer auf Dauer einen Fiskalvertreter bestellen muss. Die Möglichkeit zur Bestellung mehrerer Fiskalvertreter schließt es auch aus, diesen als gesetzlichen Vertreter iSv §§ 34, 69 AO anzusehen.

2 In den UStR wurden die Vorschriften der §§ 22a–22e nie erwähnt; dies gilt auch für den 2010 die UStR ablösenden UStAE. Die FVerw hatte nach Einführung des Fiskalvertreters einen Anwendungserlass herausgegeben (BMF 11.5.1999, BStBl. I 1999, 515), der bis heute anwendbar ist (ergänzend OFD Frankfurt a. M. 21.12.2016, BeckVerw 337260). Der **Anwendungsbereich** der gesamten Regelung wird in der Praxis gering sein (vgl. *Klein* UStB, 01, 117), denn die Bestellung eines Fiskalvertreters hängt entgegen der Gesetzesbegründung nicht davon ab, ob sich eine Zahllast oder ein Erstattungsanspruch ergibt, sondern davon, dass ausschließlich **steuerbefreite Umsätze** getätigt werden (→ Rn. 4; BMF 11.5.1999, BStBl. I 1999, 515 Rn. 5ff., 8) **und kein Anspruch auf Vorsteuer** besteht (→ Rn. 5). Soweit im Einzelfall die Bestellung eines Fiskalvertreters in Betracht kommt, sollte in jedem Fall für einen Veranlagungszeitraum nur ein Fiskalvertreter bestellt werden. Wegen des Beginns und des Endes der Fiskalvertretung vgl. → § 22b Rn. 7. Entgegen BMF 11.5.1999, BStBl. I 1999, 515 Rn. 5 ist der Ort der Leistungen des Fiskalvertreters wegen § 3a Abs. 2 seit 2010 stets am Ort des (unternehmerischen) Leistungsempfängers.

3 *einstweilen frei*

2. Voraussetzungen für die Bestellung eines Fiskalvertreters

4 **a) Ausländischer Unternehmer.** Ein Fiskalvertreter kann nur durch einen im Ausland ansässigen Unternehmer bestellt werden. Die Definition der **Ansässigkeit** im Inland ist weitestgehend identisch mit der Definition in § 13b Abs. 2 Nr. 1 iVm Abs. 7); für die Anwendung des § 22a Abs. 1 sind jedoch auch die auf der Insel Helgoland ansässigen Unternehmer als ausländische Unternehmer anzusehen, da Helgoland gem. § 1 Abs. 2 nicht zum Inland gehört. Nicht ausreichend für die Ansässigkeit im Inland ist danach eine inländische Betriebsstätte; deshalb kann trotz Vorliegens einer im Inland gelegenen Betriebsstätte ein Fiskalvertreter bestellt werden. Auch soweit der Unternehmer bereits im Inland für umsatzsteuerliche Zwecke registriert ist, bleibt die Bestellung eines Fiskalvertreters möglich. Unternehmer, die ein im Inland belegenes Grundstück besitzen und steuerfrei vermieten, werden von der FVerw als im Inland ansässig behandelt (BMF 11.5.1999, BStBl. I 1999, 515 Rn. 5 iVm UStAE

18.10 Abs. 1 S. 3). Dies deckt sich mit der jüngeren EuGH-Rechtsprechung zur Ansässigkeit im Rahmen des Reverse-Charge-Verfahrens, wonach der Ort des Unternehmens (Sitz der wirtschaftlichen Tätigkeit) primär die Ansässigkeit bestimmt, und zwar auch dann, wenn sich der Wohnsitz des Steuerpflichtigen in einem anderen Staat befindet (siehe EuGH C-421/10, DStR 2011, 1947 – Stoppelkamp/Raab).

b) Ausschließlich steuerfreie Umsätze. Voraussetzung für die Bestellung eines Fiskalvertreters ist, dass der Unternehmer – im maßgebenden Zeitraum (→ Rn. 6) – **ausschließlich steuerfreie Umsätze** tätigt. Als steuerfreie Umsätze kommen insbesondere in Betracht (BMF 11.5.1999, BStBl. I 1999, 515 Rn. 5f. mit Beispiel): 5

- steuerfreie Einfuhren (§ 5 Abs. 1 Nr. 3) oder steuerfreie innergemeinschaftliche Erwerbe (§ 4b Nr. 4) an die sich unmittelbar steuerfreie Ausfuhrlieferungen (§ 4 Nr. 1 Buchst. a iVm § 6), steuerfreie innergemeinschaftliche Lieferungen (§ 6a) oder steuerfreie, den Vorsteuerabzug nicht ausschließende Inlandslieferungen (zB § 4 Nr. 2 iVm § 8) anschließen,
- steuerfreie grenzüberschreitende Beförderung von Gegenständen (§ 4 Nr. 3), wenn mit ihnen keine Leistungsbezüge verbunden sind, für die der Unternehmer Vorsteuerbeträge abziehen kann.

Von der Fiskalvertretung kann der im Ausland ansässige Unternehmer nicht Gebrauch machen, wenn er neben den genannten steuerfreien Umsätzen **auch steuerpflichtige Umsätze** im Inland ausführt. Zu diesen zählen nach der FVerw (BMF 11.5.1999, BStBl. I 1999, 515 Rn. 7) auch:

- steuerpflichtige Werklieferungen oder sonstige Leistungen, für die der Leistungsempfänger die Steuer nach § 13b Abs. 5 schuldet,
- innergemeinschaftliche Erwerbe im Rahmen von innergemeinschaftlichen Dreiecksgeschäften, die nach § 25b Abs. 3 als besteuert gelten, sowie steuerpflichtige Leistungen im Rahmen von innergemeinschaftlichen Dreiecksgeschäften, für die die Steuer vom letzten Abnehmer gem. § 25b Abs. 2 geschuldet wird.

einstweilen frei 6

c) Kein Anspruch auf Vorsteuer. Der ausländische Unternehmer darf einen Fiskalvertreter nur dann bestellen, wenn er – im maßgebenden Zeitraum (→ Rn. 6) – **entweder nicht berechtigt** ist, Vorsteuer geltend zu machen oder keine abziehbaren Vorsteuerbeträge **angefallen** sind. Dies bedeutet nach der FVerw (BMF 11.5.1999, BStBl. I 1999, 515 Rn. 7), dass er 7

- für den gleichen Zeitraum nicht am Vorsteuer-Vergütungsverfahren nach § 18 Abs. 9 teilnehmen kann,
- kein Empfänger einer steuerpflichtigen Werklieferung oder sonstigen Leistung eines im Ausland ansässigen Unternehmers ist, für die der Leistungsempfänger Steuerschuldner (ggf. mit Vorsteuerabzugsberechtigung) nach § 13b Abs. 5 ist.

Es genügt nicht, den Vorsteuerabzug nicht geltend machen zu wollen; es ist vielmehr erforderlich, dass **objektiv kein Anspruch** auf Vorsteuerabzug besteht (vgl. BMF 11.5.1999, BStBl. I 1999, 515 Rn. 5; *Lange* UR 1996, 401; *Ketter* DStR 1997, 99). Die Fiskalvertretung ist daher auch dann ausgeschlossen, wenn der ausländische Unternehmer keinen Vergütungsantrag stellt oder wegen Nichterreichen der Mindestbeträge gem. § 61 Abs. 2 UStDV keine Vergütungsantrag stellen kann (*Mößlang* in Sölch/Ringleb § 22a Rn. 7).

einstweilen frei 8

3. Beendigung der Fiskalvertretung

a) Möglichkeiten der Beendigung. Die Fiskalvertretung ist beendet, wenn sie von dem Fiskalvertreter gekündigt, von dem Vertretenen widerrufen oder von der zuständigen Finanzbehörde nach § 22e untersagt wird. Hier stellt sich die Frage, wie zu verfahren ist, wenn zunächst über eine Fiskalvertreter steuerfreie und anschließend 9 vom Unternehmer im Ausland steuerpflichtige Umsätze bewirkt bzw. Vorsteuerbeträge abgezogen werden. Maßgebender Zeitraum für das Vorliegen der die Fiskalvertretung ausschließenden Sachverhalte (steuerpflichtige Umsätze, Vorsteuerabzugsberechtigung) ist idR das **Kalenderjahr** (§ 18 Abs. 3). Der steuerpflichtige Umsatz oder der Abzug der Vorsteuerbeträge kann sich in diesen Fällen nicht mehr **rückwirkend** auf die Berechtigung zur Fiskalvertretung auswirken. Die Fiskalvertretung **endet** jedoch ab diesem Zeitpunkt (*Püschner* UVR 2000, 279). Die Fiskalvertretung endet auch, wenn nach einer Einfuhr von Waren eine beabsichtigte innergemeinschaftliche Lieferung fehlschlägt (BMF 11.5.1999, BStBl. I 1999, 515 Rn. 9).

10 **b) Verfahren bei Beendigung.** Bei Beendigung der Fiskalvertretung bleiben die Wirkungen der Fiskalvertretung für alle bis zu diesem Zeitpunkt getätigten Umsätze bestehen mit der Folge, dass der Fiskalvertreter für die getätigten Umsätze sämtliche umsatzsteuerrechtlichen Pflichten zu erfüllen hat. Gleichzeitig treffen ab diesem Zeitpunkt die umsatzsteuerlichen Pflichten wieder den im Ausland ansässigen Unternehmer selbst (→ § 22d Rn. 5f.).

4. Zur Fiskalvertretung befugte Personen

11 Zum Kreis der als **Fiskalvertreter** in Betracht kommenden **Personen und Vereinigungen** verweist § 22a Abs. 2 auf die §§ 3 Nr. 1–3 und 4 Nr. 9 Buchst. c StBerG. In Betracht kommen danach (§ 3 Nr. 1–3 StBerG) Steuerberater, Steuerbevollmächtigte, Rechtsanwälte, niedergelassenen europäische Rechtsanwälte, Wirtschaftsprüfer und vereidigte Buchprüfer, Partnergesellschaften, deren Partner die Voraussetzungen des § 3 StBerG erfüllen, Steuerberatungsgesellschaften, Rechtsanwaltsgesellschaften, Wirtschaftsprüfungsgesellschaften und Buchführungsgesellschaften; außerdem (§ 4 Nr. 9 Buchst. c StBerG) Speditionsunternehmer und sonstige gewerbliche Unternehmen, soweit sie im Zusammenhang mit der Zollhandlung Hilfe in Eingangsabgabesachen leisten, im Inland ansässig und keine Kleinunternehmer nach § 19 sind und nicht gemäß § 22e von der Fiskalvertretung ausgeschlossen sind (siehe dort).

5. Verfahren

12 Der Fiskalvertreter benötigt eine **Vollmacht.** Auf Verlangen hat er diese schriftlich nachzuweisen (vgl. § 80 Abs. 1 S. 3 AO). Es bedarf also keiner vorherigen ausdrücklichen Zulassung zur Fiskalvertretung (zur Notwendigkeit der Erteilung einer besonderen Steuernummer vgl. § 22d). Die Bevollmächtigung muss in dem Zeitpunkt vorliegen, in dem der Fiskalvertreter die ihm übertragenen Pflichten erfüllt.

§ 22b Rechte und Pflichten des Fiskalvertreters

(1) [1]**Der Fiskalvertreter hat die Pflichten des im Ausland ansässigen Unternehmers nach diesem Gesetz als eigene zu erfüllen.** [2]**Er hat die gleichen Rechte wie der Vertretene.**

(2) [1]**Der Fiskalvertreter hat unter der ihm nach § 22d Abs. 1 erteilten Steuernummer eine Steuererklärung (§ 18 Abs. 3 und 4) abzugeben, in der er die Besteuerungsgrundlagen für jeden von ihm vertretenen Unternehmer zusammenfasst.** [2]**Dies gilt für die Zusammenfassende Meldung entsprechend.**

(3) [1]**Der Fiskalvertreter hat die Aufzeichnungen im Sinne des § 22 für jeden von ihm vertretenen Unternehmer gesondert zu führen.** [2]**Die Aufzeichnungen müssen Namen und Anschrift der von ihm vertretenen Unternehmer enthalten.**

Übersicht

I. Bedeutung

§ 22b wurde mit Wirkung zum 1.1.1997 in das UStG eingefügt (UStÄndG 1997 v. 12.12.1996, BGBl. I 1851) und regelt die **Rechte** und **Pflichten** eines nach § 22a bestellten Fiskalvertreters. Zur Bedeutung von § 22a dort → § 22a Rn. 1ff. 1

II. Rechte und Pflichten des Fiskalvertreters

1. Umfang der Pflichten des Fiskalvertreters

Nach Abs. 1 S. 1 der Vorschrift hat der Fiskalvertreter die Pflichten des ausländischen Unternehmers als eigene zu erfüllen. Dies sind insbesondere die Abgabe von Jahressteuererklärungen und Zusammenfassenden Meldungen sowie das Führen von Aufzeichnungen und die Aufbewahrung der Rechnungsdoppel nach § 14b Abs. 1 (siehe auch BMF 11.5.1999, BStBl. I 1999, 515 Rn. 17ff., weiterhin anzuwenden gemäß BMF 24.3.2014, BStBl. I 2014, 606, Anlage 1 Nr. 1537). 2

a) Erklärungs- und Meldepflichten. Nach § 22b Abs. 2 S. 1 hat der Fiskalvertreter unter der ihm nach § 22d erteilten Steuernummer eine **Jahressteuererklärung** abzugeben. Aus der Verweisung auf § 18 Abs. 3 und 4 folgt, dass keine Verpflichtung zur Abgabe von USt-Voranmeldungen besteht. In der Jahressteuererklärung hat der Fiskalvertreter „die Besteuerungsgrundlagen für jeden von ihm vertretenen Unternehmer" zusammenzufassen. Diese Regelung ist so zu verstehen, dass die Besteuerungsgrundlagen für **alle vom Fiskalvertreter vertretenen Unternehmer zusammengefasst** werden (*Püschner* UVR 2000, 242; *Mößlang* in Sölch/Ringleb § 22b Rn. 5); Einzelaufstellungen sind nicht erforderlich (BMF 11.5.1999, BStBl. I 1999, 515 Rn. 18; aA *Nieskens* in Rau/Dürrwächter § 22b Rn. 7). Wenn das Finanzamt nachvollziehen will, wie sich diese Summe auf die einzelnen vertretenen Unternehmer verteilt, muss es eine entsprechende Aufstellung beim Fiskalvertreter anfordern oder eine USt-Sonderprüfung anordnen. 3

Ferner ist der Fiskalvertreter nach § 22b Abs. 2 S. 2 verpflichtet, **Zusammenfassende Meldungen** (§ 18a) einzureichen. Die ZM ist seit 1.7.2010 grundsätzlich monatlich (zuvor vierteljährlich) abzugeben. Die FVerw gestattete früher, dass der Fiskalvertreter von der vierteljährlichen Abgabe gem. § 18a Abs. 4 aF befreit wird, wenn die Summe der Umsätze der von ihm Vertretenen (insgesamt) die dort bezeichneten Beträge im vorangegangenen Jahr nicht überstiegen hat und im laufenden Jahr voraussichtlich nicht übersteigen wird (BMF 11.5.1999, BStBl. I 1999, 515 Rn. 18). Mittlerweile sieht § 18a Abs. 9 eine Befreiung von der monatlichen Abgabe vor und gestattet analog zur früheren Regelung die jährliche Abgabe bei Unterschreiten bestimmter Umsatzgrenzen. Diese Vorschrift ist daher nunmehr entsprechend BMF 11.5.1999, BStBl. I 1999, 515 Rn. 18 auf den Fiskalvertreter übertragbar. Analog 4 zur Steuererklärung genügt auch bei der ZM die Einreichung einer ZM, in der die Besteuerungs- und Bemessungsgrundlagen für alle vertretenen Unternehmer zusammengefasst sind (→ Rn. 3).

5 **b) Aufzeichnungspflichten.** Der Fiskalvertreter hat die allgemeinen Aufzeichnungspflichten nach § 22 zu erfüllen. Gem. § 22b Abs. 3 hat er diese Aufzeichnungen für **jeden von ihm Vertretenen gesondert zu führen und festzuhalten.** In Betracht kommen insbesondere die in § 17c UStDV vorgesehenen Angaben bei innergemeinschaftlichen Lieferungen. Diese Aufzeichnungen müssen Namen und Anschriften der vertretenen ausländischen Unternehmer enthalten. Die Regelung wurde eingeführt, damit die Finanzbehörden die Besteuerungsgrundlagen der einzelnen vertretenen Unternehmer nachvollziehen und sich ggf. zur weiteren Sachaufklärung an diese direkt wenden können. Dass sich hierbei Probleme bei der Bestellung mehrerer Fiskalvertreter ergeben können, ist offensichtlich. In diesem Fall sollte jedoch nicht zu verlangen sein, dass die Aufzeichnungen aller Fiskalvertreter sämtliche inländischen Umsätze des ausländischen Unternehmers in dem jeweiligen Veranlagungsjahr enthalten müssen. Weil es zulässig ist, für jeden Umsatz einen (anderen) Fiskalvertreter zu bestellen, kann sich die Aufzeichnungspflicht des Fiskalvertreters auch **nur** auf die Umsätze beziehen, für die er vom **vertretenen Unternehmer** bestellt worden ist.

6 **c) Rechnungspflicht und sonstige Pflichten.** Nach § 22b Abs. 1 S. 1 hat der Fiskalvertreter alle Pflichten des von ihm vertretenen Unternehmers zu übernehmen. Neben der Abgabeverpflichtung nach § 22b Abs. 2 und der Aufzeichnungspflicht nach § 22b Abs. 3 sind die Pflichten im Hinblick auf den **Beleg- und Buchnachweis** zu erfüllen (siehe *Nieskens* in Rau/Dürrwächter § 22b Rn. 12). Die Erstellung von Rechnungen ist nach § 14 Abs. 2 weiterhin Sache des leistenden Unternehmers (ebenso *Mößlang* in Sölch/Ringleb § 22b Rn. 2). Allerdings besteht offenkundig ein Wahlrecht, dass der Fiskalvertreter die Rechnung – im Zweifel als Dritter iSd § 14 Abs. 2 S. 4 – erstellt, denn andernfalls gäbe es § 22c nicht. Im Falle der Rechnungsausstellung durch den Fiskalvertreter sind nach § 22c zusätzliche Angaben erforderlich. Diese Auslegung steht auch im Einklang mit der FVerw. Zwar bezieht sich die Verpflichtung des Fiskalvertreters, die Pflichten des Vertretenen als eigene zu erfüllen, grundsätzlich nur auf die Erklärungspflichten (BMF 11.5.1999, BStBl. I 1999, 515 Rn. 20). Das Wort „grundsätzlich" schließt jedoch nicht aus, dass der Fiskalvertreter die Rechnungsausstellung vornehmen kann. Zu den Pflichten, die auf den Fiskalvertreter übergehen, gehört auch die **Verpflichtung zur Vorlage von Urkunden nach § 18d.** Zur Ausstellung von Rechnungen vgl. § 22c. Da der Fiskalvertreter sämtliche genannte Pflichten als eigene zu erfüllen hat, kann er insoweit auch eine **Ordnungswidrigkeit iSv § 26a** begehen.

7 *einstweilen frei*

2. Fiskalvertreter ist kein Steuer- oder Haftungsschuldner

8 Weil die Fiskalvertretung nach dem eindeutigen Wortlaut des § 22a Abs. 1 nur für steuerfreie Umsätze ausländischer Unternehmen in Betracht kommen kann, scheidet eine **Inanspruchnahme** des Fiskalvertreters **als Steuer- und Haftungsschuldner** für steuerpflichtige Umsätze des im Inland ansässigen Unternehmers aus (vgl. aber zur Steuerschuldnerschaft bei unberechtigtem Steuerausweis § 22c). Sofern der Fiskalvertreter steuerpflichtige Umsätze versehentlich als steuerfrei behandelt hat oder den für die Steuerfreiheit erforderlichen Beleg- oder Buchnachweis nicht beibringen kann, **haftet** er lediglich zivilrechtlich im Innenverhältnis dem Vertretenen für den hieraus entstandenen Schaden (*Püschner* UVR 2000, 282). Missverständlich – und nicht näher konkretisiert – ist die Formulierung im BMF-Schreiben (BMF 11.5.1999, BStBl. I 1999, 515 Rn. 20), wonach der Fiskalvertreter „nur nach den all-

gemeinen Vorschriften in Haftung genommen werden kann". Denn der Fiskalvertreter ist gerade **kein Vertreter** iSv §§ 34, 69 AO (vgl. → § 22a Rn. 2).

einstweilen frei 9

3. Rechte des Fiskalvertreters

Der Fiskalvertreter hat nach § 22b Abs. 1 S. 2 die **gleichen Rechte** wie der **Vertretene.** Dies gilt insbesondere für das Recht, Anträge an das Finanzamt zu stellen und gegen eventuelle Steuerverwaltungsakte Einspruch einzulegen und ggf. Klage zu erheben. Er nimmt diese Rechte als **eigene Rechte** wahr. Er ist insoweit nicht lediglich Vertreter, sondern selbst Beteiligter. Dies ist jedoch beschränkt auf die Steuerverwaltungsakte, die sich auf den oder die Umsätze beziehn, für die er als Fiskalvertreter bestellt wurde. 10

4. Rechte und Pflichten des Vertretenen

Durch die Bestellung eines Fiskalvertreters gehen die Pflichten des ausländischen Unternehmers auf diesen über, soweit die Pflichten des Fiskalvertreters reichen (vgl. → Rn. 2ff.). Danach ist er **weder verpflichtet, Steuererklärungen** und **ZM einzureichen,** noch **Bücher zu führen.** Dies ergibt sich zwar nicht eindeutig aus dem Gesetz, entspricht aber dem Sinn und Zweck der gesamten Regelung (vgl. → § 22a Rn. 2). Dies gilt aufgrund der Umsätze aber nur für Pflichten, für die er einen Fiskalvertreter bestellt hat. Tätigt er weitere Umsätze, bleiben seine Pflichten insoweit bestehen; die Umsätze, für die ein Fiskalvertreter bestellt war, bleiben dabei jedoch außer Betracht. Tätigte der ausländische Unternehmer in dem jeweiligen Besteuerungszeitraum jedoch vor der Bestellung eines Fiskalvertreters Umsätze oder hatte er einen Anspruch auf Vorsteuer, die eine Bestellung ausgeschlossen hätten, bleiben die Pflichten des ausländischen Unternehmens in vollem Umfang bestehen. Aus der Gesetzesformulierung des § 22b Abs. 1 S. 2 folgt, dass der Fiskalvertreter nicht an die Stelle des Vertretenen, **sondern nur neben ihn tritt.** Der im Ausland ansässige Unternehmer kann also **weiterhin Rechte** gegenüber der deutschen FVerw wahrnehmen. 11

§ 22c Ausstellung von Rechnungen im Fall der Fiskalvertretung

Die Rechnung hat folgende Angaben zu enthalten:

1. **den Hinweis auf die Fiskalvertretung;**
2. **den Namen und die Anschrift des Fiskalvertreters;**
3. **die dem Fiskalvertreter nach § 22d Abs. 1 erteilte Umsatzsteuer-Identifikationsnummer.**

1. Bedeutung

§ 22c wurde mit Wirkung zum 1.1.1997 in das UStG eingefügt (UStÄndG 1997 v. 12.12.1996, BGBl. 1996 I 1851) und ergänzt die **Bestimmungen über die Rechnungsstellung** (§§ 14 und 14a). Zweck der Vorschrift ist, die Fiskalvertretung nach außen erkennbar werden zu lassen. Zu den Pflichten des Fiskalvertreters nach § 22b Abs. 1 S. 1 kann auch die Rechnungsausstellung gehören (→ § 22b Rn. 6). In der Praxis wird der Fiskalvertreter selten Rechnungen ausstellen, weil er idR die vertraglichen Vereinbarungen nicht kennt und im Interesse des Vertretenen von diesem auch keinen Auftrag zur Erteilung einer Rechnung erhalten dürfte. 1

2. Angaben in den Rechnungen

2 Bei steuerfreien innergemeinschaftlichen Lieferungen, dem Hauptanwendungsfall der Fiskalvertretung, sind folgende Angaben in der gemäß § 14a Abs. 3 iVm § 14 Abs. 4 zu erteilenden Rechnung erforderlich (vgl. *Püschner* UVR 2000, 278):

- Name und Anschrift des leistenden Unternehmers und des Leistungsempfängers (§ 14 Abs. 4 Nr. 1),
- fortlaufende Rechnungsnummer (§ 14 Abs. 4 Nr. 4),
- Menge und handelsübliche Bezeichnung des Gegenstandes der Leistung (§ 14 Abs. 4 Nr. 5),
- Zeitpunkt der Lieferung (§ 14 Abs. 4 Nr. 6),
- Entgelt für die Lieferung (§ 14 Abs. 4 Nr. 7),
- Hinweis auf die Steuerfreiheit der innergemeinschaftlichen Lieferung (§ 14 Abs. 4 Nr. 8),
- USt-IdNr. des Leistenden und des Leistungsempfängers (§ 14a Abs. 3 S. 1),
- Angaben zur Fiskalvertretung nach § 22c.

Im Falle der Fiskalvertretung kann nur über steuerfreie Umsätze abgerechnet werden. Es kann jedoch auch den Fall geben, dass der ausländische Unternehmer oder der Fiskalvertreter einen Steuerbetrag in der Rechnung ausweist. In diesem Fall wird die ausgewiesene Steuer nach **§ 14c Abs. 2** geschuldet, weil der Fiskalvertreter nur für steuerfreie Umsätze eingeschaltet werden darf und somit nicht berechtigt ist, in Rechnungen USt-Beträge gesondert auszuweisen (→ § 14c Rn. 11; ebenso *Püschner* UVR 2000, 278; *Leipold* in Sölch/Ringleb § 14c Rn. 195). Die Steuerschuld trifft wegen § 22b Abs. 1 S. 1 dann allein den Fiskalvertreter.

3 § 22c gilt nicht für die Rechnung, die der Fiskalvertreter für seine Leistung an den Auftraggeber stellt. Denn insoweit handelt er nicht in seiner Eigenschaft als Fiskalvertreter. Für den Fiskalvertreter gelten auch die Aufbewahrungspflichten nach § 14b.

§ 22d Steuernummer und zuständiges Finanzamt

(1) **Der Fiskalvertreter erhält für seine Tätigkeit eine gesonderte Steuernummer und eine gesonderte Umsatzsteuer-Identifikationsnummer nach § 27a, unter der er für alle von ihm vertretenen im Ausland ansässigen Unternehmen auftritt.**

(2) **Der Fiskalvertreter wird bei dem Finanzamt geführt, das für seine Umsatzbesteuerung zuständig ist.**

Übersicht

1. Bedeutung

1 § 22d wurde mit Wirkung zum 1.1.1997 in das UStG eingefügt (UStÄndG 1997 v. 12.12.1996, BGBl. 1996 I 1851) und schafft die Grundlage dafür, dass der Unternehmer zusätzlich zu seiner bereits bestehenden Steuernummer eine weitere Steuernummer für einen bestimmten Teil seiner Tätigkeit erhält. Dies wäre andernfalls wegen des Grundsatzes der Einheitlichkeit des Unternehmens (§ 2 Abs. 1 S. 2) ausgeschlossen. Sie begründet einen **Rechtsanspruch** auf Erteilung einer gesonderten

Steuernummer. Das Finanzamt wird vor Erteilung prüfen, ob der Antragsteller die Voraussetzungen für die Tätigkeit als Fiskalvertreter erfüllt und ob ihm die Tätigkeit als Fiskalvertreter nach § 22e untersagt wurde. Dabei ist jedoch zu berücksichtigen, dass das UStG keine Prüfung der Eignung für die Tätigkeit als Fiskalvertreter vorsieht. Es erscheint daher zumindest zweifelhaft, ob das Finanzamt die Zuteilung einer Nummer wegen Unzuverlässigkeit versagen dürfte, wenn die Voraussetzungen des § 22a Abs. 2 vorliegen und bisher keine Untersagung nach § 22e erfolgt ist. Im Falle der **Ablehnung** kann hiergegen Einspruch (vgl. § 347 AO) und ggf. Verpflichtungsklage (vgl. § 40 FGO) erhoben werden. Vorläufiger Rechtsschutz kann durch eine einstweilige Anordnung erlangt werden (vgl. § 114 FGO). Dies gilt entsprechend für die Erteilung der zusätzlichen USt-IdNr. beim BZSt. UStAE 27a.1 Abs. 1 S. 4, der die Erteilung von nur einer Nummer für einen Unternehmer vorsieht, ist insoweit unzutreffend.

2. Verfahren

a) Gesonderte Steuernummer und USt-IdNr. Der Unternehmer erhält für seine Tätigkeit als Fiskalvertreter eine gesonderte Steuernummer. Die Erteilung mehrerer Steuernummern ist danach nicht möglich. Das zuständige Finanzamt wird die zusätzliche Steuernummer nur auf ausdrücklichen Antrag erteilen. In dem Antrag sind die Voraussetzungen für die Zulässigkeit der Aufnahme der Tätigkeit als Fiskalvertreter aufzunehmen. Eine besondere Form ist für den Antrag nicht vorgeschrieben. Der Antrag kann daher auch **mündlich** gestellt werden. Nicht erforderlich ist, dass der Unternehmer bereits als Fiskalvertreter tätig ist; der Gesetzeswortlaut ist insoweit missverständlich. Denn die Nummer ist erforderlich, um die ebenfalls gesondert zu erteilende USt-IdNr. beantragen zu können (vgl. → § 27a Rn. 4). Letztere wird aber bereits bei Beginn der Tätigkeit benötigt, wenn die vertretenen Unternehmer innergemeinschaftliche Lieferung unter dieser Nummer auszuführen beabsichtigen. Es wird daher als ausreichend anzusehen sein, dass der Antragsteller glaubhaft machen kann, dass er die Voraussetzungen für die Bestellung zum Fiskalvertreter erfüllt (vgl. → § 22a Rn. 11) und ernsthaft beabsichtigt, als Fiskalvertreter tätig zu werden. Obwohl das Gesetz dies nicht ausdrücklich vorschreibt, wird man die Tätigkeit als Fiskalvertreter vor Erteilung einer gesonderten Steuernummer als unzulässig ansehen müssen. Denn andernfalls ist eine sinnvolle Überprüfung der durch einen Fiskalvertreter getätigten Umsätze nicht möglich. Hat das Finanzamt die gesonderte Nummer erteilt, kann der Unternehmer auch die Erteilung einer gesonderten USt-IdNr. beim BZSt beantragen. Dieses wird die USt-IdNr. idR ohne weitere Prüfung erteilen, wenn die gesonderte Steuernummer nachgewiesen werden kann. Alternativ kann der Fiskalvertreter bei der steuerlichen Neuaufnahme beim zuständigen Finanzamt gleichzeitig die Erteilung einer USt-IdNr. beantragen. Dieser Antrag wird dann, zusammen mit den erforderlichen Angaben über die umsatzsteuerliche Erfassung, an das BZSt weitergeleitet (UStAE 27a.1 Abs. 1 S. 5). 2

Der Unternehmer ist verpflichtet, sämtliche Umsätze der von ihm vertretenen ausländischen Unternehmer unter dieser Steuernummer zu tätigen. Er darf sie aber nur für solche Umsätze verwenden, für die er als Fiskalvertreter bestellt ist. Seine eigenen Umsätze muss er unter der ihm als Unternehmer erteilten Steuernummer ausführen. Er darf die unterschiedlichen Tätigkeitsbereiche nicht miteinander vermengen. 3

einstweilen frei 4

b) Verfahren bei Beendigung der Fiskalvertretung. Bei der Beendigung der Fiskalvertretung (wegen der Beendigungsgründe → § 22a Rn. 9ff.) ist wie folgt zu verfahren (BMF 11.5.1999, BStBl. I 1999, 515 Rn. 23ff.): **Der Fiskalvertreter** hat die Beendigung der Fiskalvertretung bezüglich eines jeden von ihm Vertretenen dem 5

Finanzamt formlos mitzuteilen. Die bis zum Zeitpunkt der Beendigung der Fiskalvertretung getätigten Umsätze sind vom Fiskalvertreter in der USt-Erklärung für das Kalenderjahr zu erfassen und in die ZM des entsprechenden Zeitraums zu übernehmen. Die allgemeinen Erklärungs- und Aufzeichnungspflichten sind für die Zeit der Bestellung bis zur Beendigung der Fiskalvertretung von ihm zu erfüllen.

6 **Der im Ausland ansässige Unternehmer** muss sich nach der Beendigung der Fiskalvertretung unter einer eigenen Steuernummer registrieren lassen und ggf. eine eigene USt-IdNr. beantragen. Er hat unter dieser Steuernummer alle Umsätze anzugeben. Hierzu zählen auch die über die Fiskalvertretung getätigten Umsätze. Außerdem ist eine ZM abzugeben. In dieser sind nur die innergemeinschaftlichen Warenbewegungen nach § 18a Abs. 2 zu erklären, die in die Zeit nach Beendigung der Fiskalvertretung fallen.

7 *einstweilen frei*

8 **c) Örtlich zuständiges Finanzamt.** Zuständig für die Erteilung der Steuernummer ist das **für den Fiskalvertreter zuständige Finanzamt** (vgl. BMF 11.5.1999, BStBl. I 1999, 515 Rn. 16). Wegen der speziellen Zuständigkeitsregelung in § 22d Abs. 2 werden die allgemeinen Zuständigkeitsregelungen für im Ausland ansässige Unternehmer nach § 21 Abs. 1 S. 2 und 3 AO ausgeschlossen. Damit findet insbesondere die Verordnung über die örtliche Zuständigkeit für im Ausland ansässige Unternehmer (USt-ZuständigkeitsV, BGBl. 1996 I 700) keine Anwendung. Auf die Zuständigkeit für den vertretenen Unternehmer kommt es daher nicht an.

§ 22e Untersagung der Fiskalvertretung

(1) **Die zuständige Finanzbehörde kann die Fiskalvertretung der in § 22a Abs. 2 mit Ausnahme der in § 3 des Steuerberatungsgesetzes genannten Person untersagen, wenn der Fiskalvertreter wiederholt gegen die ihm auferlegten Pflichten nach § 22b verstößt oder ordnungswidrig im Sinne des § 26a handelt.**

(2) **Für den vorläufigen Rechtsschutz gegen die Untersagung gelten § 361 Abs. 4 der Abgabenordnung und § 69 Abs. 5 der Finanzgerichtsordnung.**

Übersicht

1. Bedeutung

1 Die Vorschrift schafft die Grundlage dafür, **ungeeigneten Personen** die Tätigkeit als Fiskalvertreter zu untersagen. Durch die Einführung des Fiskalvertreters soll die Sicherheit und Effizienz des Kontrollverfahrens zur ordnungsgemäßen Besteuerung unterstützt werden (BT-Drs. 13/4839, 86). Deshalb muss die Möglichkeit bestehen, Personen auszuschließen, die erwiesenermaßen nicht über die erforderliche Zuverlässigkeit verfügen. Dies erscheint insbesondere auch deshalb erforderlich, nachdem das Gesetz keine Überprüfung der für die Tätigkeit notwendigen Eignung vor der Erteilung der Steuernummer vorsieht (vgl. → § 22d Rn. 2). Es erscheint wegen der stark eingeschränkten Voraussetzungen für die Untersagung zweifelhaft, ob die Vorschrift diesem Ziel gerecht werden kann. Die Entscheidung über die Untersagung der Fiskalvertretung ist eine **Ermessensentscheidung** (→ Rn. 4). Für sie gelten die allge-

meinen Grundsätze von § 5 AO. Zu berücksichtigen ist jedoch, dass es sich um eine Einschränkung der Berufsfreiheit handelt.

2. Verfahren zur Untersagung

a) Adressat der Untersagung. Zur Fiskalvertretung sind die Angehörigen der steuerberatenden Berufe iSd § 3 Nr. 1–3 StBerG sowie die in § 4 Nr. 9 Buchst. c StBerG genannten Unternehmer befugt (vgl. → § 22a Rn. 11). Das **Untersagungsverfahren** kann nur gegen die in § 4 Nr. 9 Buchst. c StBerG genannten Unternehmer durchgeführt werden. Ausgenommen von der Untersagungsmöglichkeit sind die in § 3 Nr. 1–3 StBerG genannten Angehörigen der steuerberatenden Berufe; für sie gelten ausschließlich die Vorschriften des jeweiligen Berufsrechts über die Rücknahme und den Widerruf der Zulassung nach dem jeweiligen Berufsrecht (vgl. insbesondere § 55 StBerG, § 14 BRAO, § 20 WPO). Diese sind bis zur Rechtskraft des Widerrufs oder der Rücknahme der Zulassung auch zur Fiskalvertretung befugt. 2

b) Voraussetzungen für Untersagung. Voraussetzung für eine Untersagung ist die wiederholte Verletzung der Pflichten nach § 22b oder eine Ordnungswidrigkeit nach § 26a. Danach kann ein einmaliger Verstoß gegen die Pflichten nach § 22b, unabhängig von der Schwere des Verstoßes, die Untersagung nicht rechtfertigen. Demgegenüber genügt bei den Ordnungswidrigkeiten iSv § 26a bereits ein einmaliger Verstoß. Dies gilt nicht nur für die Verstöße, die er in seiner Eigenschaft als Fiskalvertreter begangen hat. Daher kommt die Untersagung auch dann in Betracht, wenn er die Ordnungswidrigkeiten in seinen eigenen Angelegenheiten begangen hat. Dies wird im Rahmen der Ermessensentscheidung über die Untersagung zu berücksichtigen sein. 3

c) Zuständigkeit und Verfahren. Zuständig für die Untersagung ist das Finanzamt, das die für die Fiskalvertretung erforderliche Steuernummer erteilt hat, oder das Bundeszentralamt für Steuern (vgl. BT-Drs. 13/4839, 86). Die Zuständigkeit beider Behörden ergibt sich daraus, dass beide Behörden für die Überwachung der dem Fiskalvertreter obliegenden Verpflichtungen zuständig sind. 4

Obwohl dies nicht ausdrücklich vorgeschrieben ist, wird man idR verlangen müssen, dass die Untersagung **schriftlich** erfolgt und **begründet** wird (vgl. § 121 AO). Denn andernfalls besteht die Gefahr von Unsicherheiten. Dem Schreiben ist eine Rechtsmittelbelehrung beizufügen. Zum pflichtgemäßen Ermessen (vgl. → Rn. 2 und 4) gehört auch, dass die Untersagung der Fiskalvertretung **angedroht** wird, bevor sie tatsächlich vollzogen wird (siehe *Püschner* UVR 2000, 281). Außerdem sollten vor der Einleitung des Untersagungsverfahrens zunächst weniger einschneidende Maßnahmen geprüft werden. Als Beispiele seien hier die Festsetzung von Verspätungszuschlägen (§ 152 AO) sowie die Androhung und Festsetzung von Zwangsmitteln (§§ 328 ff. AO) genannt. Bei Ordnungswidrigkeiten iSv § 26a ist zunächst die Festsetzung einer Geldbuße (§ 26a Abs. 2) zu prüfen. § 22e Abs. 2 regelt iVm § 361 Abs. 4 AO und § 69 Abs. 5 FGO die **Hemmung der Vollziehung** des angefochtenen Verwaltungsakts (Untersagungsverfügung) im Falle des Einspruchs und der Klage. Das bedeutet, dass der Fiskalvertreter während des Einspruchs- bzw. Klageverfahrens seine Tätigkeit als Fiskalvertreter weiter ausüben darf. 5

Sechster Abschnitt. Sonderregelungen

§ 23 Allgemeine Durchschnittssätze

(1) **Das Bundesministerium der Finanzen kann mit Zustimmung des Bundesrates zur Vereinfachung des Besteuerungsverfahrens für Gruppen von Unternehmern, bei denen hinsichtlich der Besteuerungsgrundlagen annähernd gleiche Verhältnisse vorliegen und die nicht verpflichtet sind, Bücher zu führen und auf Grund jährlicher Bestandsaufnahmen regelmäßig Abschlüsse zu machen, durch Rechtsverordnung Durchschnittssätze festsetzen für**

1. die nach § 15 abziehbaren Vorsteuerbeträge oder die Grundlagen ihrer Berechnung oder

2. die zu entrichtende Steuer oder die Grundlagen ihrer Berechnung.

(2) **Die Durchschnittssätze müssen zu einer Steuer führen, die nicht wesentlich von dem Betrag abweicht, der sich nach diesem Gesetz ohne Anwendung der Durchschnittssätze ergeben würde.**

(3) **[1]Der Unternehmer, bei dem die Voraussetzungen für eine Besteuerung nach Durchschnittssätzen im Sinne des Absatzes 1 gegeben sind, kann beim Finanzamt bis zur Unanfechtbarkeit der Steuerfestsetzung (§ 18 Abs. 3 und 4) beantragen, nach den festgesetzten Durchschnittssätzen besteuert zu werden. [2]Der Antrag kann nur mit Wirkung vom Beginn eines Kalenderjahres an widerrufen werden. [3]Der Widerruf ist spätestens bis zur Unanfechtbarkeit der Steuerfestsetzung des Kalenderjahres, für das er gelten soll, zu erklären. [4]Eine erneute Besteuerung nach Durchschnittssätzen ist frühestens nach Ablauf von fünf Kalenderjahren zulässig.**

Umsatzsteuer-Durchführungsverordnung:

§ 69 Festsetzung allgemeiner Durchschnittssätze

(1) [1]Zur Berechnung der abziehbaren Vorsteuerbeträge nach allgemeinen Durchschnittssätzen (§ 23 des Gesetzes) werden die in der Anlage bezeichneten Prozentsätze des Umsatzes als Durchschnittssätze festgesetzt. [2]Die Durchschnittssätze gelten jeweils für die bei ihnen angegebenen Berufs- und Gewerbezweige.

(2) Umsatz im Sinne des Absatzes 1 ist der Umsatz, den der Unternehmer im Rahmen der in der Anlage bezeichneten Berufs- und Gewerbezweige im Inland ausführt, mit Ausnahme der Einfuhr, des innergemeinschaftlichen Erwerbs und der in § 4 Nr. 8, 9 Buchstabe a, Nr. 10 und 21 des Gesetzes bezeichneten Umsätze.

(3) Der Unternehmer, dessen Umsatz (Absatz 2) im vorangegangenen Kalenderjahr 61.356 Euro überstiegen hat, kann die Durchschnittssätze nicht in Anspruch nehmen.

§ 70 Umfang der Durchschnittssätze

(1) [1]Die in Abschnitt A der Anlage bezeichneten Durchschnittssätze gelten für sämtliche Vorsteuerbeträge, die mit der Tätigkeit der Unternehmer in den in der Anlage bezeichneten Berufs- und Gewerbezweigen zusammenhängen. [2]Ein weiterer Vorsteuerabzug ist insoweit ausgeschlossen.

(2) [1]Neben den Vorsteuerbeträgen, die nach den in Abschnitt B der Anlage bezeichneten Durchschnittssätzen berechnet werden, können unter den Voraussetzungen des § 15 des Gesetzes abgezogen werden:

1. die Vorsteuerbeträge für Gegenstände, die der Unternehmer zur Weiterveräußerung erworben oder eingeführt hat, einschließlich der Vorsteuerbeträge für Rohstoffe, Halberzeugnisse, Hilfsstoffe und Zutaten;

2. die Vorsteuerbeträge

a) für Lieferungen von Gebäuden, Grundstücken und Grundstücksteilen,

b) für Ausbauten, Einbauten, Umbauten und Instandsetzungen bei den in Buchstabe a bezeichneten Gegenständen,

c) für Leistungen im Sinne des § 4 Nr. 12 des Gesetzes.

[2]Das gilt nicht für Vorsteuerbeträge, die mit Maschinen und sonstigen Vorrichtungen aller Art in Zusammenhang stehen, die zu einer Betriebsanlage gehören, auch wenn sie wesentliche Bestandteile eines Grundstücks sind.

Anlage (zu den §§ 69 und 70)

Abschnitt A.
Durchschnittssätze für die Berechnung sämtlicher Vorsteuerbeträge (§ 70 Abs. 1)

I. Handwerk

1. ***Bäckerei:*** *5,4%* des Umsatzes
Handwerksbetriebe, die Frischbrot, Pumpernickel, Knäckebrot, Brötchen, sonstige Frischbackwaren, Semmelbrösel, Paniermehl und Feingebäck, darunter Kuchen, Torten, Tortenböden, herstellen und die Erzeugnisse überwiegend an Endverbraucher absetzen. Die Caféumsätze dürfen 10 Prozent des Umsatzes nicht übersteigen.
2. ***Bau- und Möbeltischlerei:*** *9,0%* des Umsatzes
Handwerksbetriebe, die Bauelemente und Bauten aus Holz, Parkett, Holzmöbel und sonstige Tischlereierzeugnisse herstellen und reparieren, ohne dass bestimmte Erzeugnisse klar überwiegen.
3. ***Beschlag-, Kunst- und Reparaturschmiede:*** *7,5%* des Umsatzes
Handwerksbetriebe, die Beschlag- und Kunstschmiedearbeiten einschließlich der Reparaturarbeiten ausführen.
4. ***Buchbinderei:*** *5,2%* des Umsatzes
Handwerksbetriebe, die Buchbindearbeiten aller Art ausführen.
5. ***Druckerei:*** *6,4%* des Umsatzes
Handwerksbetriebe, die folgende Arbeiten ausführen:
   1. *Hoch-, Flach-, Licht-, Sieb- und Tiefdruck;*
   2. *Herstellung von Weichpackungen, Bild-, Abreiß- und Monatskalendern, Spielen und Spielkarten, nicht aber von kompletten Gesellschafts- und Unterhaltungsspielen;*
   3. *Zeichnerische Herstellung von Landkarten, Bauskizzen, Kleidermodellen u. ä. für Druckzwecke.*
6. ***Elektroinstallation:*** *9,1%* des Umsatzes
Handwerksbetriebe, die die Installation von elektrischen Leitungen sowie damit verbundener Geräte einschließlich der Reparatur- und Unterhaltungsarbeiten ausführen.
7. ***Fliesen- und Plattenlegerei, sonstige Fußbodenlegerei und -kleberei:*** *8,6%* des Umsatzes
Handwerksbetriebe, die Fliesen, Platten, Mosaik und Fußböden aus Steinholz, Kunststoffen, Terrazzo und ähnlichen Stoffen verlegen, Estricharbeiten ausführen sowie Fußböden mit Linoleum und ähnlichen Stoffen bekleben, einschließlich der Reparatur- und Instandhaltungsarbeiten.
8. ***Friseure:*** *4,5%* des Umsatzes
Damenfriseure, Herrenfriseure sowie Damen- und Herrenfriseure.
9. ***Gewerbliche Gärtnerei:*** *5,8%* des Umsatzes
Ausführung gärtnerischer Arbeiten im Auftrage anderer, wie Veredeln, Landschaftsgestaltung, Pflege von Gärten und Friedhöfen, Binden von Kränzen und Blumen, wobei diese Tätigkeiten nicht überwiegend auf der Nutzung von Bodenflächen beruhen.
10. ***Glasergewerbe:*** *9,2%* des Umsatzes
Handwerksbetriebe, die Glaserarbeiten ausführen, darunter Bau-, Auto-, Bilder- und Möbelarbeiten.
11. ***Hoch- und Ingenieurhochbau:*** *6,3%* des Umsatzes
Handwerksbetriebe, die Hoch- und Ingenieurhochbauten, aber nicht Brücken- und Spezialbauten, ausführen, einschließlich der Reparatur- und Unterhaltungsarbeiten.
12. ***Klempnerei, Gas- und Wasserinstallation:*** *8,4%* des Umsatzes
Handwerksbetriebe, die Bauklempnerarbeiten und die Installation von Gas- und Flüssigkeitsleitungen sowie damit verbundener Geräte einschließlich der Reparatur- und Unterhaltungsarbeiten ausführen.

13. ***Maler- und Lackierergewerbe, Tapezierer:*** *3,7% des Umsatzes*
Handwerksbetriebe, die folgende Arbeiten ausführen:
1. *Maler- und Lackiererarbeiten, einschließlich Schiffsmalerei und Entrostungsarbeiten. Nicht dazu gehört das Lackieren von Straßenfahrzeugen;*
2. *Aufkleben von Tapeten, Kunststofffolien und Ähnlichem.*

14. ***Polsterei- und Dekorateurgewerbe:*** *9,5% des Umsatzes*
Handwerksbetriebe, die Polsterer- und Dekorateurarbeiten einschließlich Reparaturarbeiten ausführen. Darunter fallen auch die Herstellung von Möbelpolstern und Matratzen mit fremdbezogenen Vollpolstereinlagen, Federkernen oder Schaumstoff- bzw. Schaumgummikörpern, die Polsterung fremdbezogener Möbelgestelle sowie das Anbringen von Dekorationen, ohne Schaufensterdekorationen.

15. ***Putzmacherei:*** *12,2% des Umsatzes*
Handwerksbetriebe, die Hüte aus Filz, Stoff und Stroh für Damen, Mädchen und Kinder herstellen und umarbeiten. Nicht dazu gehört die Herstellung und Umarbeitung von Huthalbfabrikaten aus Filz.

16. ***Reparatur von Kraftfahrzeugen:*** *9,1% des Umsatzes*
Handwerksbetriebe, die Kraftfahrzeuge, ausgenommen Ackerschlepper, reparieren.

17. ***Schlosserei und Schweißerei:*** *7,9% des Umsatzes*
Handwerksbetriebe, die Schlosser- und Schweißarbeiten einschließlich der Reparaturarbeiten ausführen.

18. ***Schneiderei:*** *6,0% des Umsatzes*
Handwerksbetriebe, die folgende Arbeiten ausführen:
1. *Maßfertigung von Herren- und Knabenoberbekleidung, von Uniformen und Damen-, Mädchen- und Kinderoberbekleidung, aber nicht Maßkonfektion;*
2. *Reparatur- und Hilfsarbeiten an Erzeugnissen des Bekleidungsgewerbes.*

19. ***Schuhmacherei:*** *6,5% des Umsatzes*
Handwerksbetriebe, die Maßschuhe, darunter orthopädisches Schuhwerk, herstellen und Schuhe reparieren.

20. ***Steinbildhauerei und Steinmetzerei:*** *8,4% des Umsatzes*
Handwerksbetriebe, die Steinbildhauer- und Steinmetzerzeugnisse herstellen, darunter Grabsteine, Denkmäler und Skulpturen einschließlich der Reparaturarbeiten.

21. ***Stukkateurgewerbe:*** *4,4% des Umsatzes*
Handwerksbetriebe, die Stukkateur-, Gipserei- und Putzarbeiten, darunter Herstellung von Rabitzwänden, ausführen.

22. ***Winder und Scherer:*** *2,0% des Umsatzes*
In Heimarbeit Beschäftigte, die in eigener Arbeitsstätte mit nicht mehr als zwei Hilfskräften im Auftrag von Gewerbetreibenden Garne in Lohnarbeit umspulen.

23. ***Zimmerei:*** *8,1% des Umsatzes*
Handwerksbetriebe, die Bauholz zurichten, Dachstühle und Treppen aus Holz herstellen sowie Holzbauten errichten und entsprechende Reparatur- und Unterhaltungsarbeiten ausführen.

II. Einzelhandel

1. ***Blumen und Pflanzen:*** *5,7% des Umsatzes*
Einzelhandelsbetriebe, die überwiegend Blumen, Pflanzen, Blattwerk, Wurzelstücke und Zweige vertreiben.

2. ***Brennstoffe:*** *12,5% des Umsatzes*
Einzelhandelsbetriebe, die überwiegend Brennstoffe vertreiben.

3. ***Drogerien:*** *10,9% des Umsatzes*
Einzelhandelsbetriebe, die überwiegend vertreiben:
Heilkräuter, pharmazeutische Spezialitäten und Chemikalien, hygienische Artikel, Desinfektionsmittel, Körperpflegemittel, kosmetische Artikel, diätetische Nahrungsmittel, Säuglings- und Krankenpflegebedarf, Reformwaren, Schädlingsbekämpfungsmittel, Fotogeräte und Fotozubehör.

4. ***Elektrotechnische Erzeugnisse, Leuchten, Rundfunk-, Fernseh- und Phonogeräte:*** *11,7% des Umsatzes*
Einzelhandelsbetriebe, die überwiegend vertreiben:
Elektrotechnische Erzeugnisse, darunter elektrotechnisches Material, Glühbirnen und elektrische Haushalts- und Verbrauchergeräte, Leuchten, Rundfunk-, Fernseh-, Phono-, Tonaufnahme- und -wiedergabegeräte, deren Teile und Zubehör, Schallplatten und Tonbänder.

5. ***Fahrräder und Mopeds:*** *12,2% des Umsatzes*
Einzelhandelsbetriebe, die überwiegend Fahrräder, deren Teile und Zubehör, Mopeds und Fahrradanhänger vertreiben.
6. ***Fische und Fischerzeugnisse:*** *6,6% des Umsatzes*
Einzelhandelsbetriebe, die überwiegend Fische, Fischerzeugnisse, Krebse, Muscheln und ähnliche Waren vertreiben.
7. ***Kartoffeln, Gemüse, Obst und Südfrüchte:*** *6,4% des Umsatzes*
Einzelhandelsbetriebe, die überwiegend Speisekartoffeln, Gemüse, Obst, Früchte (auch Konserven) sowie Obst- und Gemüsesäfte vertreiben.
8. ***Lacke, Farben und sonstiger Anstrichbedarf:*** *11,2% des Umsatzes*
Einzelhandelsbetriebe, die überwiegend Lacke, Farben, sonstigen Anstrichbedarf, darunter Malerwerkzeuge, Tapeten, Linoleum, sonstigen Fußbodenbelag, aber nicht Teppiche, vertreiben.
9. ***Milch, Milcherzeugnisse, Fettwaren und Eier:*** *6,4% des Umsatzes*
Einzelhandelsbetriebe, die überwiegend Milch, Milcherzeugnisse, Fettwaren und Eier vertreiben.
10. ***Nahrungs- und Genussmittel:*** *8,3% des Umsatzes*
Einzelhandelsbetriebe, die überwiegend Nahrungs- und Genussmittel aller Art vertreiben, ohne dass bestimmte Warenarten klar überwiegen.
11. ***Oberbekleidung:*** *12,3% des Umsatzes*
Einzelhandelsbetriebe, die überwiegend vertreiben:
Oberbekleidung für Herren, Knaben, Damen, Mädchen und Kinder, auch in sportlichem Zuschnitt, darunter Berufs- und Lederbekleidung, aber nicht gewirkte und gestrickte Oberbekleidung, Sportbekleidung, Blusen, Hausjacken, Morgenröcke und Schürzen.
12. ***Reformwaren:*** *8,5% des Umsatzes*
Einzelhandelsbetriebe, die überwiegend vertreiben:
Reformwaren, darunter Reformnahrungsmittel, diätetische Lebensmittel, Kurmittel, Heilkräuter, pharmazeutische Extrakte und Spezialitäten.
13. ***Schuhe und Schuhwaren:*** *11,8% des Umsatzes*
Einzelhandelsbetriebe, die überwiegend Schuhe aus verschiedenen Werkstoffen sowie Schuhwaren vertreiben.
14. ***Süßwaren:*** *6,6% des Umsatzes*
Einzelhandelsbetriebe, die überwiegend Süßwaren vertreiben.
15. ***Textilwaren verschiedener Art:*** *12,3% des Umsatzes*
Einzelhandelsbetriebe, die überwiegend Textilwaren vertreiben, ohne dass bestimmte Warenarten klar überwiegen.
16. ***Tiere und zoologischer Bedarf:*** *8,8% des Umsatzes*
Einzelhandelsbetriebe, die überwiegend lebende Haus- und Nutztiere, zoologischen Bedarf, Bedarf für Hunde- und Katzenhaltung und dergleichen vertreiben.
17. ***Unterhaltungszeitschriften und Zeitungen:*** *6,3% des Umsatzes*
Einzelhandelsbetriebe, die überwiegend Unterhaltungszeitschriften, Zeitungen und Romanhefte vertreiben.
18. ***Wild und Geflügel:*** *6,4% des Umsatzes*
Einzelhandelsbetriebe, die überwiegend Wild, Geflügel und Wildgeflügel vertreiben.

III. Sonstige Gewerbebetriebe

1. ***Eisdielen:*** *5,8% des Umsatzes*
Betriebe, die überwiegend erworbenes oder selbst hergestelltes Speiseeis zum Verzehr auf dem Grundstück des Verkäufers abgeben.
2. ***Fremdenheime und Pensionen:*** *6,7% des Umsatzes*
Unterkunftsstätten, in denen jedermann beherbergt und häufig auch verpflegt wird.
3. ***Gast- und Speisewirtschaften:*** *8,7% des Umsatzes*
Gast- und Speisewirtschaften mit Ausschank alkoholischer Getränke (ohne Bahnhofswirtschaften).
4. ***Gebäude- und Fensterreinigung:*** *1,6% des Umsatzes*
Betriebe für die Reinigung von Gebäuden, Räumen und Inventar, einschließlich Teppichreinigung, Fens-

terputzen, Schädlingsbekämpfung und Schiffsreinigung. Nicht dazu gehören die Betriebe für Hausfassadenreinigung.

5. ***Personenbeförderung mit Personenkraftwagen:** 6,0% des Umsatzes*
   Betriebe zur Beförderung von Personen mit Taxis oder Mietwagen.
6. ***Wäschereien:** 6,5% des Umsatzes*
   Hierzu gehören auch Mietwaschküchen, Wäschedienst, aber nicht Wäscheverleih.

IV. Freie Berufe

1. *a)* ***Bildhauer:*** *7,0% des Umsatzes*
   b) ***Grafiker*** *(nicht Gebrauchsgrafiker): 5,2% des Umsatzes*
   c) ***Kunstmaler:*** *5,2% des Umsatzes*
2. ***Selbständige Mitarbeiter bei Bühne, Film, Funk, Fernsehen und Schallplattenproduzenten:** 3,6% des Umsatzes*
   Natürliche Personen, die auf den Gebieten der Bühne, des Films, des Hörfunks, des Fernsehens, der Schallplatten-, Bild- und Tonträgerproduktion selbständig Leistungen in Form von eigenen Darbietungen oder Beiträge zu Leistungen Dritter erbringen.
3. ***Hochschullehrer:** 2,9% des Umsatzes*
   Umsätze aus freiberuflicher Tätigkeit zur unselbständig ausgeübten wissenschaftlichen Tätigkeit.
4. ***Journalisten:** 4,8% des Umsatzes*
   Freiberuflich tätige Unternehmer, die in Wort und Bild überwiegend aktuelle politische, kulturelle und wirtschaftliche Ereignisse darstellen.
5. ***Schriftsteller:** 2,6% des Umsatzes*
   Freiberuflich tätige Unternehmer, die geschriebene Werke mit überwiegend wissenschaftlichem, unterhaltendem oder künstlerischem Inhalt schaffen.

Abschnitt B.
Durchschnittssätze für die Berechnung eines Teils der Vorsteuerbeträge (§ 70 Abs. 2)

1. ***Architekten:** 1,9% des Umsatzes*
   Architektur-, Bauingenieur- und Vermessungsbüros, darunter Baubüros, statische Büros und Bausachverständige, aber nicht Film- und Bühnenarchitekten.
2. ***Hausbandweber:** 3,2% des Umsatzes*
   In Heimarbeit Beschäftigte, die in eigener Arbeitsstätte mit nicht mehr als zwei Hilfskräften im Auftrag von Gewerbetreibenden Schmalbänder in Lohnarbeit weben oder wirken.
3. ***Patentanwälte:** 1,7% des Umsatzes*
   Patentanwaltspraxis, aber nicht die Lizenz- und Patentverwertung.
4. ***Rechtsanwälte und Notare:** 1,5% des Umsatzes*
   Rechtsanwaltspraxis mit und ohne Notariat sowie das Notariat, nicht aber die Patentanwaltspraxis.
5. ***Schornsteinfeger:** 1,6% des Umsatzes*
6. ***Wirtschaftliche Unternehmensberatung, Wirtschaftsprüfung:** 1,7% des Umsatzes*
   Wirtschaftsprüfer, vereidigte Buchprüfer, Steuerberater und Steuerbevollmächtigte. Nicht dazu gehören Treuhandgesellschaften für Vermögensverwaltung.

EU-Recht: Art. 192, Art. 281 MwStSystRL (Art. 20 Abs. 6, Art. 24 Abs. 1 6. EG-RL)
UStAE: 23.1–23.4

Übersicht

I. Allgemeines

1. Rechtsentwicklung

Gültig ist die Bestimmung seit 1.1.1980. Die den derzeit gültigen Steuersätzen angepasste Anlage zu § 70 UStDV gilt seit 1.4.1998 (Art. 6 des Gesetzes vom 9.12.1997, BGBl. 1997 I 3121). In der Zeit vom 1.1.1993–31.3.1998 ergaben sich die Steuersätze auf Grund der 9. VO zur Änderung der UStDV vom 3.12.1992, BStBl. I 1993, 49. 1

2. Systematik

§ 23 Abs. 1 ermächtigt den BMF, zur Vereinfachung des Besteuerungsverfahrens Durchschnittssätze für die Berechnung der nach § 15 abziehbaren Vorsteuerbeträge festzusetzen. Die Regelung ist anwendbar nur für bestimmte Gruppen von Unternehmern, bei denen hinsichtlich der Besteuerungsgrundlagen annähernd gleiche Verhältnisse vorliegen und die nicht verpflichtet sind, Bücher zu führen und auf Grund jährlicher Bestandsaufnahmen regelmäßig Abschlüsse zu machen. Nach § 23 Abs. 2 müssen die Durchschnittssätze zu einer USt führen, die nicht wesentlich von dem Betrag abweicht, der sich ohne Anwendung der Durchschnittssätze ergeben würde. Dabei ist zu beachten, dass diese Einschränkung lediglich für die **Bemessung der Durchschnittssätze** durch den Verordnungsgeber von Bedeutung ist. Sie stellt nicht etwa eine Auslegungsregel in dem Sinne dar, dass im Einzelfall von den Durchschnittssätzen abgewichen werden könnte, wenn sich gegenüber den tatsächlich angefallenen Vorsteuerbeträgen eine beträchtliche Abweichung ergibt (siehe BFH V R 189/84, BStBl. II 1990, 405, zur Anwendung der Durchschnittssätze bei Geschäftsveräußerung zu Beginn eines Jahres; siehe auch UStAE 23.1). Der BMF hat von dieser Ermächtigung Gebrauch gemacht und in den **§§ 69 und 70 UStDV** die näheren Einzelheiten bestimmt und im Übrigen in einer **Anlage** zu den genannten §§ die einzelnen Berufs- und Gewerbezweige festgelegt, für die die Durchschnittssatzregelung in Frage kommt. 2

3. Überblick zur Anlage zu §§ 69 und 70 UStDV

Die Anlage gliedert sich in einen Teilabschn. A bzw. B. **Abschn. A** umfasst die Durchschnittssätze für die Berechnung sämtliche Vorsteuerbeträge gemäß § 70 Abs. 1 UStDV; **Abschn. B** legt die Durchschnittssätze für die Berechnung eines Teils der Vorsteuerbeträge gemäß § 70 Abs. 2 UStDV fest. Die in Abschn. A aufgeführten Vorsteuerdurchschnittssätze gelten für sämtliche Vorsteuerbeträge, die mit den Umsätzen des betreffenden Berufs- und Gewerbezweiges zusammenhängen. Man spricht von **Vollpauschalierung.** Ein darüber hinausgehender weiterer Vorsteuerabzug ist aus- 3 geschlossen (→ Rn. 8). Die **Durchschnittssätze** beziehen sich jeweils auf den Umsatz, der in **§ 69 Abs. 2 UStDV** näher bestimmt ist (→ Rn. 6).

			In % des Umsatzes 1.1.1993– 31.3.1998	ab 1.4.1998
I.	**Handwerk**			
	1.	Bäckerei	5,2	5,4
	2.	Bau- und Möbeltischlerei	8,4	9,0
	3.	Beschlag-, Kunst- und Reparaturschmiede	7,0	7,5
	4.	Buchbinderei	4,9	5,2
	5.	Druckerei	6,0	6,4
	6.	Elektroinstallation	8,5	9,1
	7.	Fliesen- und Plattenlegerei, sonstige Fußbodenlegerei und -kleberei	8,1	8,6
	8.	Friseure	4,2	4,5
	9.	Gewerbliche Gärtnerei	5,6	5,8
	10.	Glasergewerbe	8,6	9,2
	11.	Hoch- und Ingenieurhochbau	5,9	6,3
	12.	Klempnerei, Gas- und Wasserinstallation	7,9	8,4
	13.	Maler- und Lackierergewerbe, Tapezierer	3,5	3,7
	14.	Polsterei- und Dekorateurgewerbe	8,9	9,5
	15.	Putzmacherei	11,4	12,2
	16.	Reparatur von Kraftfahrzeugen	8,5	9,1
	17.	Schlosserei und Schweißerei	7,4	7,9
	18.	Schneiderei	5,6	6,0
	19.	Schuhmacherei	6,1	6,5
	20.	Steinbildhauerei und Steinmetzerei	7,9	8,4
	21.	Stukkateurgewerbe	4,1	4,4
	22.	Winder und Scherer	1,9	2,0
	23.	Zimmerei	7,6	8,1
II.	**Einzelhandel**			
	1.	Blumen und Pflanzen	5,5	5,7
	2.	Brennstoffe	11,7	12,5
	3.	Drogerien	10,2	10,9
	4.	Elektrotechnische Erzeugnisse, Leuchten, Rundfunk-, Fernseh- und Phonogeräte	11,0	11,7
	5.	Fahrräder und Mopeds	11,4	12,2
	6.	Fische und Fischerzeugnisse	6,4	6,6
	7.	Kartoffeln, Gemüse, Obst und Südfrüchte	6,3	6,4
	8.	Lacke, Farben und sonstiger Anstrichbedarf	10,5	11,2
	9.	Milch, Milcherzeugnisse, Fettwaren und Eier	6,3	6,4
	10.	Nahrungs- und Genussmittel	8,1	8,3
	11.	Oberbekleidung	11,5	12,3
	12.	Reformwaren	8,2	8,5
	13.	Schuhe und Schuhwaren	11,1	11,8
	14.	Süßwaren	6,4	6,6
	15.	Textilwaren verschiedener Art	11,5	12,3
	16.	Tiere und zoologischer Bedarf	8,6	8,8
	17.	Unterhaltungszeitschriften und Zeitungen	6,2	6,3
	18.	Wild und Geflügel	6,3	6,4
III.	**Sonstige Gewerbebetriebe**			
	1.	Eisdielen	5,6	5,8
	2.	Fremdenheime und Pensionen	6,3	6,7

		In % des Umsatzes 1.1.1993– 31.3.1998	ab 1.4.1998
	3. Gast- und Speisewirtschaften	8,3	8,7
	4. Gebäude- und Fensterreinigung	1,5	1,6
	5. Personenbeförderung mit Personenkraftwagen	5,6	6,0
	6. Wäschereien	6,1	6,5
IV.	**Freie Berufe**		
	1. a) Bildhauer	6,6	7,0
	b) Grafiker (nicht Gebrauchsgrafiker)	4,9	5,2
	c) Kunstmaler	4,9	5,2
	2. Selbstständige Mitarbeiter bei Bühne, Film, Funk, Fernsehen und Schallplattenproduzenten	3,4	3,6
	3. Hochschullehrer	2,7	2,9
	4. Journalisten	4,5	4,8
	5. Schriftsteller	2,4	2,6

Abweichend von Abschn. A werden in Abschn. B mit den dort bestimmten Durchschnittssätzen im Wesentlichen nur die auf die Gemeinkosten entfallenden Vorsteuerbeträge im Wege der **Teilpauschalierung** abgegolten (→Rn. 9). **Neben diesen Durchschnittssätzen** können insbesondere die Vorsteuern für Wareneinkäufe, für den Erwerb von Grundstücken (einschließlich Ausbauten, Einbauten, Umbauten und Instandsetzungen) sowie für die Anmietung von Grundstücken und Räumen abgezogen werden. Diese Regelung gilt für die nachstehend aufgeführten Berufsgruppen: 4

	In % des Umsatzes 1.1.1993– 31.3.1998	ab 1.4.1998
1. Architekten	1,8	1,9
2. Hausbandweber	3,0	3,2
3. Patentanwälte	1,6	1,7
4. Rechtsanwälte und Notare	1,4	1,5
5. Schornsteinfeger	1,5	1,6
6. Wirtschaftliche Unternehmensberatung, Wirtschaftsprüfung	1,6	1,7

Wegen näherer Einzelheiten zu den Berufs- und Gewerbezweigen siehe im Einzelnen die Anlage zu §§ 69 und 70 UStDV. Nach UStAE 23.2 liegt der Abgrenzung der einzelnen Berufs- und Gewerbezweige die „Systematik der Wirtschaftszweige" (Ausgabe 1961, herausgegeben vom Statistischen Bundesamt) zu Grunde. Diese Systematik kann bei Zweifelsfragen zur Abgrenzung herangezogen werden. 5

II. Voraussetzungen und Verfahren

1. Der Umsatz gemäß § 69 Abs. 2 UStDV

Die Anwendung der Durchschnittssätze ist nicht unternehmens-, sondern berufsbezogen. Deshalb ist nicht der gesamte Umsatz eines Unternehmers maßgebend, sondern nur derjenige Umsatz, der im Rahmen des jeweiligen, in der Anlage näher bezeichneten Berufs- oder Gewerbezweiges ausgeführt wird. Dabei sind nicht mit zu erfassen die Einfuhren, der innergemeinschaftliche Erwerb, die Geld- und Kreditumsätze iSv § 4 Nr. 8 sowie die nach § 4 Nr. 9 a und Nr. 10 steuerfreien Umsätze, die an- 6 deren Verkehrsteuern unterliegen und die unmittelbar Schul- und Bildungszwecken dienenden Umsätze nach § 4 Nr. 21. Nach UStAE 23.2 wird die Anwendung der Durchschnittssätze nicht dadurch ausgeschlossen, dass Unternehmer der in der Anlage bezeichneten Berufs- und Gewerbezweige auch Umsätze ausführen, die üblicherweise in das Gebiet **anderer Berufs- bzw. Gewerbezweige** fallen. Bei den **Handelsbetrieben** müssen jedoch die Umsätze der in der „Anlage" jeweils bezeichneten Gegenstände überwiegen. In allen anderen Fällen können die Durchschnittssätze eines Berufs- oder Gewerbezweiges auch dann angewendet werden, wenn die Umsätze aus der zusätzlichen Tätigkeit 25% des gesamten Umsatzes aus dem jeweiligen Berufs- oder Gewerbezweig (einschließlich des Umsatzes aus der zusätzlichen Tätigkeit) nicht übersteigen. Überschreitet der Umsatzanteil der zusätzlichen Tätigkeit die genannten 25%, so können trotzdem die in Betracht kommenden Durchschnittssätze auf die Umsätze aus der Haupttätigkeit, nicht aber auf die Umsätze aus der Nebentätigkeit angewendet werden. Fällt die **Nebentätigkeit** auch unter eine der in der Anlage bezeichneten Berufs- und Gewerbezweige, so kann ggf. auch hierfür ein Durchschnittssatz in Frage kommen. Aus der Tatsache, dass nur bestimmte steuerfreie Umsätze aus dem gesamten Umsatz des berechtigten Unternehmers ausgeschieden werden, kann geschlossen werden, dass im Übrigen die **steuerfreien Umsätze** zum Umsatz und damit auch zur Bemessungsgrundlage für die Anwendung der Durchschnittssätze gehören.

Beispiel: Ein Einzelhändler ist ehrenamtlich tätig im Rahmen seines Berufsverbandes und bezieht daraus steuerfreie Einnahmen gemäß § 4 Nr. 26. Diese Einnahmen sind bei der Errechnung der Durchschnittssätze zu berücksichtigen.

2. Umsatzgrenze von 61.356 EUR gemäß § 69 Abs. 3 UStDV

7 Danach kann ein Unternehmer, dessen Umsatz iSv § 69 Abs. 3 UStDV im vorangegangenen Kalenderjahr 61.356 EUR überstiegen hat, Durchschnittssätze nicht in Anspruch nehmen. Auch hier wird **nicht auf den Gesamtumsatz** des einzelnen Unternehmers abgestellt, da dieser Umsatz in ganz unterschiedlichen Unternehmenszweigen erzielt sein kann, sondern eben nur auf die besonderen Umsätze der einschlägigen Berufs- oder Gewerbezweige. Hat der Unternehmer, der einen Durchschnittssatz in Anspruch nehmen will, seine gewerbliche oder berufliche Tätigkeit nur in einem **Teil des** vorangegangenen **Kalenderjahres** ausgeübt, so ist der tatsächliche Umsatz in einen Jahresumsatz umzurechnen, wobei § 19 Abs. 3 entsprechend anzuwenden ist. Bei Betriebseröffnung innerhalb des laufenden Kalenderjahres ist der voraussichtliche Umsatz dieses Jahres maßgebend. Das gilt auch dann, wenn sich nachträglich herausstellen sollte, dass der tatsächliche Umsatz vom voraussichtlichen Umsatz abweicht (UStAE 23.1). Erwirbt ein Unternehmer ein anderes Unternehmen im Wege der **Gesamtrechtsnachfolge,** kann für die Berechnung des Umsatzes des vorangegangenen Kalenderjahres von einer Zusammenrechnung der Umsätze des Unternehmers und seines Rechtsvorgängers abgesehen werden. Unabhängig von der Höhe des Umsatzes in dem betr. Gewerbezweig können buchführungspflichtige Unternehmen die Vorsteuerpauschalierung nicht in Anspruch nehmen (zur Buchführungspflicht siehe §§ 140 und 141 AO).

3. Vollpauschalierung gemäß § 70 Abs. 1 UStDV

8 Der wesentliche Teil der festgesetzten Durchschnittssätze dient der Berechnung der **gesamten abziehbaren Vorsteuern,** die mit der Tätigkeit der Unternehmer in den in der Anlage Abschn. A bezeichneten Berufs- und Gewerbezweigen zusammenhängen. Ein weiterer Vorsteuerabzug ist insoweit ausgeschlossen. Zu beachten ist aber, dass dies nicht für die Vorsteuern gilt, die auf Vorbezügen in einem Zeitraum

beruhen, in dem der Unternehmer noch nicht von der Pauschalierungsmöglichkeit Gebrauch gemacht hat (UStAE 23.3).

Beispiel: Ein Bäckermeister ermittelt seine Vorsteuern ab 2013 nach Durchschnittssätzen. Er hat im November 2012 seine Ladeneinrichtung erneuern lassen und bekommt die Rechnung dafür im 2013. Die in der Rechnung ausgewiesene USt ist nicht als Vorsteuern bei der UStVeranlagung 2012 abzugsfähig, weil ihm die Rechnung 2012 noch nicht vorlag. Er kann diese Vorsteuern aber in voller Höhe neben dem für 2013 ermittelten Durchschnittssatz bei der UStVeranlagung 2013 abziehen.

4. Teilpauschalierung gemäß § 70 Abs. 2 UStDV

Abweichend von der Vollpauschalierung (→Rn. 3, 8) bestimmt **§ 70 Abs. 2 UStDV** für die in Abschn. B der Anlage bezeichneten Berufsgruppen, dass neben den dort bezeichneten Durchschnittssätzen und unter den Voraussetzungen des § 15 noch weiterhin abgezogen werden können die Vorsteuerbeträge für Gegenstände, die der Unternehmer zur Weiterveräußerung erworben oder eingeführt hat, einschließlich der Vorsteuerbeträge für Rohstoffe, Halberzeugnisse, Hilfsstoffe und Zutaten; sowie die Vorsteuerbeträge für **a)** Lieferung von Gebäuden, Grundstücken und Grundstücksteilen, **b)** Ausbauten, Einbauten, Umbauten und Instandsetzungen bei den in Buchst. a bezeichneten Gegenständen, und **c)** Leistungen iSd § 4 Nr. 12. Das gilt allerdings nicht für Vorsteuerbeträge, die mit Maschinen und sonstigen Vorrichtungen aller Art im Zusammenhang stehen, die zu einer Betriebsanlage gehören, auch wenn sie wesentliche Bestandteile eines Grundstückes sind. Es können also nebenher insbesondere die Vorsteuern auf den **Wareneingang** abgezogen werden, wozu auch die mit dem Wareneingang zusammenhängenden Kosten wie Frachten, Porti usw. gehören. Ebenfalls gehören dazu die Vorsteuern aus **Energielieferungen** wie Kohle, Strom, Gas, Wasser usw., soweit sie unmittelbar für die Produktion bestimmt sind. Gesondert abziehbar sind auch die Vorsteuern auf **Raumkosten** (§ 4 Nr. 12). Dabei kann es sich besonders um Vorsteuern aus Vermietungs- und Verpachtungsleistungen handeln, wobei die Frage auftaucht, ob nur die sog. **Kaltmieten,** oder auch die damit verbundenen **zusätzliche Leistungen** wie zB Heizung, Beleuchtung, Reinigung usw. zur Berechnungsgrundlage zählen. UE ist Letzteres der Fall. Beim Wechsel der Besteuerungsform ist zu beachten, dass Vorsteuern ggf. ausgeglichen werden müssen. Näheres dazu →Rn. 11. 9

5. Abgrenzungsprobleme bei einzelnen Berufsgruppen

Es kann im Rahmen dieser Kurzkommentierung nicht auf die einzelnen Berufs- bzw. Gewerbezweige eingegangen werden. Zu einigen Abgrenzungsfragen nimmt UStAE 23.2 Stellung. Danach gilt Folgendes: 10

a) Die Grenzen zwischen den Berufen der **Journalisten** und **Schriftsteller** (Abschn. A Abs. 4 Nr. 4 und 5 der Anlage) sind nicht immer eindeutig, da auch die Grundlage des Journalistenberufs eine schriftstellerische oder dieser ähnliche Betätigung ist. Zu Einzelheiten der Abgrenzung siehe UStAE 23.2. Die für Schriftsteller festgesetzten Durchschnittssätze können auch von Komponisten, Liederdichtern und Librettisten angewendet werden. Zur Abgrenzung von **Übersetzern** und **Dolmetschern** vgl. BFH V R 66/07, BStBl. II 2010, 86.

b) Bei den unter Abschn. A Abs. 4 Nr. 2 der Anlage genannten Berufen bedeutet die Aufnahme in die VO nicht, dass die **Angehörigen dieses Berufskreises** stets als **selbstständige Unternehmer** iSd UStRechts anzusehen sind. Diese Frage ist vielmehr nach den allgemeinen Grundsätzen zu entscheiden. Zu den **selbstständigen Mitarbeitern bei Bühne, Film, Funk** usw. können gehören: Aufnahmeleiter, Bühnenarchitekt, Bühnenbildner, Choreographen, Chorleiter, Conferenciers, Cutter, Dirigenten, Dramaturgen, Graphiker, Kabarettisten, Kameraleute, Kapellmeister,

Kostümbildner, Lektoren, Maskenbildner, Musikarrangeure, Musikberater, Musiker, Produktionsassistenten, Produktionsleiter, Regisseure, Sänger, Schauspieler, Souffleusen, Sprecher, Standfotografen, Tänzer und Tonmeister.

c) Der für **Patentanwälte** (Abschn. B Nr. 3 der Anlage) festgesetzte Durchschnittssatz kann auch von Erlaubnisscheininhabern (Patentingenieure) in Anspruch genommen werden. Es handelt sich dabei um Personen, die eine freiberufliche Tätigkeit als Rechtsberater und -vertreter auf dem Gebiet des gewerblichen Rechtsschutzes auf Grund eines Erlaubnisscheins ausüben, den ihnen der Präsident des Deutschen Patentamts erteilt hat.

6. Wechsel der Besteuerungsform

11 Wechselt ein Unternehmer von der Regelbesteuerung zur Durchschnittsbesteuerung, so kann er Vorsteuern, die auf vor Beginn der Durchschnittsbesteuerung bewirkte Leistungen entfallen, unter den Voraussetzungen des § 15 trotzdem noch gesondert abziehen, selbst wenn sie ihm erst nach Eintritt in die Durchschnittsbesteuerung in Rechnung gestellt wurden oder/und wenn er die entsprechenden Vorleistungen auch dann erst bezahlt (siehe das Beispiel in → Rn. 8). Die Abgrenzung richtet sich ausschließlich nach dem Zeitpunkt der Leistung (Stichtag der Bewirkung) iSv § 13. Sinngemäß gilt dies auch beim **Wechsel von der Durchschnittsbesteuerung zur Regelbesteuerung.** Auf den Zeitpunkt des Eingangs der Rechnung oder die Entrichtung der EUSt kommt es nicht an. Der Unternehmer kann deshalb die bezeichneten Vorsteuern zusätzlich zu den nach Durchschnittssätzen berechneten Vorsteuern von seiner Steuer absetzen. Der Vorsteuerabzug ist immer demjenigen Besteuerungszeitraum zuzuordnen, in dem die Lieferung oder sonstige Leistung an den Unternehmer bewirkt worden ist (so auch BFH V R 87/72, BStBl. II 1980, 279). Sinngemäß gilt dies auch für **Teilleistungen** iSv § 13 Abs. 1 Nr. 1 Buchst. a. Auch bei einer **einheitlichen sonstigen Leistung,** die sich sowohl auf einen Zeitraum der Regelbesteuerung, als auch auf einen solchen der Durchschnittsbesteuerung erstreckt, ist der Leistungszeitpunkt maßgebend; das ist der Zeitpunkt, an dem die einheitliche Leistung insgesamt erbracht ist.

7. Verfahren gemäß § 23 Abs. 3

12 Unternehmer, bei denen die Voraussetzungen für eine Besteuerung nach Durchschnittssätzen gegeben sind, müssen einen Antrag stellen, wenn sie von dem Verfahren Gebrauch machen wollen. Der **Antrag** kann bis zur Unanfechtbarkeit der Steuerfestsetzung gestellt werden. Eine Steuerfestsetzung ist unanfechtbar, wenn auf die Einlegung eines Rechtsbehelfs wirksam verzichtet oder ein Rechtsbehelf wirksam zurückgenommen worden ist, wenn die Rechtsbehelfsfrist ohne Einlegung eines förmlichen Rechtsbehelfs abgelaufen oder wenn gegen den Verwaltungsakt oder die gerichtliche Entscheidung kein Rechtsbehelf mehr gegeben ist. Dabei ist unter Unanfechtbarkeit die formelle Bestandskraft der erstmaligen Steuerfestsetzung zu verstehen, die auch in der Steuerfestsetzung unter Vorbehalt der Nachprüfung oder in einer Steueranmeldung bestehen kann (vgl. BFH V R 167/82, BStBl. II 1986, 420 und V R 50/94, BStBl. II 1998, 420). Eine besondere **Form** ist für den Antrag nicht vorgeschrieben. Schlüssiges Verhalten genügt, so zB wenn der Unternehmer in den USt-Voranmeldungen oder in der Jahreserklärung die Vorsteuern nach einem Durchschnittssatz berechnet und erklärt. Auch darin ist ein Antrag zu sehen. Eines besonderen Bescheides seitens des FA bedarf es nur bei Ablehnung des Antrags (UStAE 23.4). Der Antrag auf Anwendung von Durchschnittssätzen kann nur mWv Beginn eines Kalenderjahres an **widerrufen** werden. Der Widerruf ist spätestens bis zur Unanfechtbarkeit der Steuerfestsetzung des Kalenderjahres, für das er gelten soll, zu erklären. Hat ein Unternehmer widerrufen, so ist die Stellung eines erneuten Antrags auf

Anwendung von Durchschnittssätzen erst **nach Ablauf von 5 Kalenderjahren** zulässig. Ein Widerruf iS dieser Vorschrift liegt jedoch nicht vor, wenn der Antrag auf Besteuerung nach Durchschnittssätzen zurückgenommen wird, bevor die Steuerfestsetzung zumindest eines Kalenderjahres, für das ein Durchschnittssatz in Anspruch genommen wurde, unanfechtbar geworden ist. Der **Wegfall von Voraussetzungen** für die Anwendung von Durchschnittssätzen (zB Wechsel der Betriebsart, Eintritt in die Buchführungspflicht, Überschreiten der 61.356 EUR-Grenze) gilt nicht als Widerruf, wenn der Unternehmer die Durchschnittssätze für dasjenige Kalenderjahr wieder in Anspruch nimmt, bei dessen Beginn die Voraussetzungen erstmals wieder vorliegen. Macht der Unternehmer davon aber keinen Gebrauch, so gilt dies als Widerruf mit Wirkung von Beginn des Kalenderjahres ab, für das die Durchschnittssätze zuerst nicht mehr angewendet werden durften.

8. Aufzeichnungspflichten gemäß § 66 UStDV

Die Regelung des § 23 soll besonders die Besteuerung bei kleineren Unternehmern vereinfachen. 13
Deshalb bestimmt **§ 66 UStDV,** dass der Unternehmer von den Aufzeichnungspflichten nach § 22 Abs. 2 Nr. 5 und 6 befreit ist, soweit er die abziehbaren Vorsteuerbeträge nach einem Durchschnittssatz gemäß §§ 69 und 70 UStDV berechnet. Nicht aufgezeichnet werden müssen danach die Entgelte für steuerpflichtige Leistungen, die an den Unternehmer ausgeführt worden sind, die im Rahmen der Mindest-Ist-Besteuerung (§ 13) vor Ausführung dieser Umsätze bezahlten Entgelte und Teilentgelte, soweit für diese die USt entsteht, sowie die auf die Entgelte und Teilentgelte entfallenden Steuerbeträge; das Gleiche gilt hinsichtlich der Bemessungsgrundlagen für den innergemeinschaftliche Erwerb und die Einfuhr von Gegenständen sowie die dafür entrichtete EUSt. Kommt nur die **Teilpauschalierung** gemäß § 70 Abs. 2 UStDV in Frage, so müssen die zusätzlich abziehbaren Vorsteuerbeträge **aufgezeichnet werden.** Auch die **Aufzeichnungspflicht für** die sog. **Ausgangsleistungen** (eigene Umsätze und Eigenverbrauch) iSv § 22 Abs. 2 Nr. 1–4 bleibt bestehen.

9. Keine Durchschnittssätze beim Vorsteuer-Vergütungsverfahren (§§ 59–61 UStDV)

Hat ein Unternehmer gemäß §§ 59–61 UStDV (siehe § 18) das Vorsteuer-Vergü- 14
tungsverfahren beantragt, so sind in diesem Fall nach Meinung der UStReferenten der Länder die allgemeinen Durchschnittssätze nach § 23 nicht anzuwenden (Besprechung mit den Umsatzsteuerreferenten der Länder v. 9.–11.12.1981, BB 1982, 1038).

§ 23a Durchschnittssatz für Körperschaften, Personenvereinigungen und Vermögensmassen im Sinne des § 5 Abs. 1 Nr. 9 des Körperschaftsteuergesetzes

(1) [1]**Zur Berechnung der abziehbaren Vorsteuerbeträge (§ 15) wird für Körperschaften, Personenvereinigungen und Vermögensmassen im Sinne des § 5 Abs. 1 Nr. 9 des Körperschaftsteuergesetzes, die nicht verpflichtet sind, Bücher zu führen und auf Grund jährlicher Bestandsaufnahmen regelmäßig Abschlüsse zu machen, ein Durchschnittssatz von 7 Prozent des steuerpflichtigen Umsatzes, mit Ausnahme der Einfuhr und des innergemeinschaftlichen Erwerbs, festgesetzt.** [2]**Ein weiterer Vorsteuerabzug ist ausgeschlossen.**

(2) **Der Unternehmer, dessen steuerpflichtiger Umsatz, mit Ausnahme der Einfuhr und des innergemeinschaftlichen Erwerbs, im vorangegangenen Kalenderjahr 35.000 Euro überstiegen hat, kann den Durchschnittssatz nicht in Anspruch nehmen.**

(3) **[1]Der Unternehmer, bei dem die Voraussetzungen für die Anwendung des Durchschnittssatzes gegeben sind, kann dem Finanzamt spätestens bis zum 10. Tag nach Ablauf des ersten Voranmeldungszeitraums eines Kalenderjahres erklären, dass er den Durchschnittssatz in Anspruch nehmen will. [2]Die Erklärung bindet den Unternehmer mindestens für fünf Kalenderjahre. [3]Sie kann nur mit Wirkung vom Beginn eines Kalenderjahres an widerrufen werden. [4]Der Widerruf ist spätestens bis zum 10. Tag nach Ablauf des ersten Voranmeldungszeitraums dieses Kalenderjahres zu erklären. [5]Eine erneute Anwendung des Durchschnittssatzes ist frühestens nach Ablauf von fünf Kalenderjahren zulässig.**

Übersicht

1. Rechtsentwicklung

1 § 23a wurde mit Wirkung ab 1.1.1990 in das Umsatzsteuergesetz eingefügt durch das sog. VereinsförderungsG vom 18.12.1989 (Gesetz zur Verbesserung und Vereinfachung der Vereinsbesteuerung – BStBl. I 1989, 499). Enthalten ist die Bestimmung in Art. 6 des genannten Gesetzes; der neue § 66a der UStDV in Art. 7. Durch das USt-BinnenmarktG ist ab 1.1.1993 neben der Einfuhr auch der innergemeinschaftliche Erwerb von der Anwendung des Durchschnittssatzes ausgeschlossen worden. Eine sachliche Änderung ergibt sich dadurch nicht, weil die betreffenden Erwerbe vorher zur Einfuhr gehörten. In § 23a Abs. 2 ist mit Gesetz vom 10.10.2007 (BGBl. 2007 I 2332) die Grenze des zulässigen Vorjahresumsatzes auf 35.000 EUR erhöht worden.

2. Normzweck

2 Mit der Einfügung des § 23a wird kleineren Körperschaften – besonders Vereinen – die Möglichkeit eingeräumt, ihre abziehbaren Vorsteuern durch Anwendung eines Pauschalsatzes von 7% auf ihre steuerpflichtigen Umsätze zu ermitteln. Dabei können alle Körperschaften, Personenvereinigungen und Vermögensmassen im Sinne des § 5 Abs. 1 Nr. 9 KStG (also solche, die ausschließlich und unmittelbar gemeinnützigen, mildtätigen oder kirchlichen Zwecken dienen) von dieser Vereinfachung Gebrauch machen, wenn und soweit sie nicht zur Buchführung verpflichtet sind und ihr steuerpflichtiger Umsatz (ohne Einfuhren iwS) im Vorjahr nicht höher als 35.000 EUR war. Bei der Anwendung des Durchschnittssatzes von 7% können sich die Vereine die Aufteilung der Vorsteuern zum unternehmerischen Bereich sowie zu den steuerpflichtigen und steuerfreien Umsätzen ersparen, wobei ein weiterer Vorsteuerabzug dann allerdings ausgeschlossen ist.

3. Zielsetzung

Nach der Zielsetzung des VereinsförderungsG soll das Gemeinnützigkeitsrecht verbessert und vereinfacht werden. Schwerpunkte sollen die Abgrenzung zwischen begünstigten und nicht begünstigten Zwecken im Freizeitbereich, die steuerliche Behandlung sportlicher Veranstaltungen und die Besteuerung wirtschaftlicher Betätigungen von gemeinnützigen Körperschaften sein. Dabei soll darauf geachtet werden, dass keine unzumutbaren Wettbewerbsnachteile für mittelständische Unternehmen entstehen (siehe Begründung zum Gesetzentwurf der Bundesregierung; BT-Drs. 11/4176). Die ganze Regelung wird dort als eine umsatzsteuerliche Vereinfachungsmaßnahme bezeichnet, die denjenigen Vereinen zugute kommen soll, deren steuerpflichtiger Umsatz im Vorjahr nicht höher als 35.000 EUR war, so dass sich bei Anwendung der Vereinfachungsregelung die Vereine die Zuordnung ihrer Vorsteuern zu den steuerpflichtigen und den steuerfreien Umsätzen ersparen können. Begründet wird der Satz von 7% besonders damit, dass erfahrungsgemäß bei Gaststätten auch nur ein Vorsteuersatz von 7,9% angenommen wird. Im Ergebnis wird für die betroffenen Unternehmer eine Null-Regelung erreicht. Denn die anfallende USt rührt im Regelfall nur aus steuerpflichtiger Umsatztätigkeit im Rahmen eines Zweckbetriebes (§ 65 AO) her und ist gemäß § 12 Abs. 2 Nr. 8 mit dem ermäßigten Steuersatz 7% zu besteuern. In gleicher Höhe ergibt sich der Vorsteuerabzug bei Anwendung des § 23a. 3

4. Wahlrecht

Die Vereine haben ein Wahlrecht (gem. § 23a Abs. 3), die abziehbaren Vorsteuerbeträge im Einzelnen oder nach dem Durchschnittsteuersatz von 7% zu ermitteln. Entscheidet sich der Verein für die Anwendung des Durchschnittsteuersatzes, so ist er daran 5 Kalenderjahre gebunden. 4

5. Erklärungspflicht

Macht ein Verein von seinem Wahlrecht Gebrauch und liegen die entsprechenden Voraussetzungen auch vor, so muss er spätestens bis zum 10. Tage nach Ablauf des ersten Voranmeldungszeitraums eines Kalenderjahres dem Finanzamt gegenüber erklären, dass er den Durchschnittssatz in Anspruch nehmen will. Dieser Zeitpunkt ist wegen der Regelung des § 18 Abs. 2 S. 1 regelmäßig der 10.4. eines Jahres (vgl. auch BFH V R 22/94, BStBl. II 1995, 567), jedoch bei Neugründung wegen § 18 Abs. 2 S. 4 ab 2002 der 10.2. Eine solche Erklärung bindet den Unternehmer mindestens für 5 Kalenderjahre. 5

6. Widerruf

Macht ein Verein von seinem Recht des Widerrufs (frühestens nach Ablauf von 5 Kalenderjahren) Gebrauch, so hat er auch dies spätestens bis zum 10. Tage nach Ablauf des ersten Voranmeldungszeitraums des entsprechenden Kalenderjahres gegenüber dem Finanzamt zu erklären. Er ist auch dann wieder mindestens 5 Jahre an diese Erklärung gebunden und kann demzufolge frühestens nach Ablauf von wiederum 5 Kalenderjahren erneut die Anwendung des Durchschnittssatzes beantragen. Damit soll ein dauernder Wechsel zwischen den verschiedenen Methoden der Vorsteuerberechnung vermieden werden. Andererseits wird dadurch auch der Spielraum der Vereine (zB bei größeren Investitionen), die jeweils günstigste Methode anzuwenden, stark eingeengt. 6

7. Aufzeichnungs-Erleichterung (§ 66a UStDV)

7 Nach § 66a UStDV (abgedruckt bei der Kommentierung zu § 22 UStG) werden Unternehmer (Vereine), die für den Vorsteuerabzug den Durchschnittssatz nach § 23a geltend machen, von der Pflicht befreit, die den Vorsteuern zugrundeliegenden Entgelte für die an sie erbrachten Lieferungen und sonstigen Leistungen aufzuzeichnen. Damit wird dem Grundsatz der Vereinfachung, der § 23a zu Grunde liegt, Rechnung getragen.

§ 24 Durchschnittssätze für land- und forstwirtschaftliche Betriebe

(1) [1]**Für die im Rahmen eines land- und forstwirtschaftlichen Betriebs ausgeführten Umsätze wird die Steuer vorbehaltlich der Sätze 2 bis 4 wie folgt festgesetzt:**
1. **für die Lieferungen von forstwirtschaftlichen Erzeugnissen, ausgenommen Sägewerkserzeugnisse, auf 5,5 Prozent,**
2. **für die Lieferungen der in der Anlage 2 nicht aufgeführten Sägewerkserzeugnisse und Getränke sowie von alkoholischen Flüssigkeiten, ausgenommen die Lieferungen in das Ausland und die im Ausland bewirkten Umsätze, und für sonstige Leistungen, soweit in der Anlage 2 nicht aufgeführte Getränke abgegeben werden, auf 19 Prozent,**
3. **für die übrigen Umsätze im Sinne des § 1 Abs. 1 Nr. 1 auf 10,7 Prozent**

der Bemessungsgrundlage. [2]Die Befreiungen nach § 4 mit Ausnahme der Nummern 1 bis 7 bleiben unberührt; § 9 findet keine Anwendung. [3]Die Vorsteuerbeträge werden, soweit sie den in Satz 1 Nr. 1 bezeichneten Umsätzen zuzurechnen sind, auf 5,5 Prozent, in den übrigen Fällen des Satzes 1 auf 10,7 Prozent der Bemessungsgrundlage für diese Umsätze festgesetzt. [4]Ein weiterer Vorsteuerabzug entfällt. [5]§ 14 ist mit der Maßgabe anzuwenden, dass der für den Umsatz maßgebliche Durchschnittssatz in der Rechnung zusätzlich anzugeben ist.

(2) [1]**Als land- und forstwirtschaftlicher Betrieb gelten**
1. **die Landwirtschaft, die Forstwirtschaft, der Wein-, Garten-, Obst- und Gemüsebau, die Baumschulen, alle Betriebe, die Pflanzen und Pflanzenteile mit Hilfe der Naturkräfte gewinnen, die Binnenfischerei, die Teichwirtschaft, die Fischzucht für die Binnenfischerei und Teichwirtschaft, die Imkerei, die Wanderschäferei sowie die Saatzucht;**
2. **Tierzucht- und Tierhaltungsbetriebe, soweit ihre Tierbestände nach den §§ 51 und 51a des Bewertungsgesetzes zur landwirtschaftlichen Nutzung gehören.**

[2]**Zum land- und forstwirtschaftlichen Betrieb gehören auch die Nebenbetriebe, die dem land- und forstwirtschaftlichen Betrieb zu dienen bestimmt sind. [3]Ein Gewerbebetrieb kraft Rechtsform gilt auch dann nicht als land- und forstwirtschaftlicher Betrieb, wenn im Übrigen die Merkmale eines land- und forstwirtschaftlichen Betriebs vorliegen.**

(3) **Führt der Unternehmer neben den in Absatz 1 bezeichneten Umsätzen auch andere Umsätze aus, so ist der land- und forstwirtschaftliche Betrieb als ein in der Gliederung des Unternehmens gesondert geführter Betrieb zu behandeln.**

(4) [1]**Der Unternehmer kann spätestens bis zum 10. Tag eines Kalenderjahres gegenüber dem Finanzamt erklären, dass seine Umsätze vom Beginn des vorangegangenen Kalenderjahres an nicht nach den Absätzen 1 bis 3, sondern nach den allgemeinen Vorschriften dieses Gesetzes besteuert werden**

sollen. [2]Die Erklärung bindet den Unternehmer mindestens für fünf Kalenderjahre; im Fall der Geschäftsveräußerung ist der Erwerber an diese Frist gebunden. [3]Sie kann mit Wirkung vom Beginn eines Kalenderjahres an widerrufen werden. [4]Der Widerruf ist spätestens bis zum 10. Tag nach Beginn dieses Kalenderjahres zu erklären. [5]Die Frist nach Satz 4 kann verlängert werden. [6]Ist die Frist bereits abgelaufen, so kann sie rückwirkend verlängert werden, wenn es unbillig wäre, die durch den Fristablauf eingetretenen Rechtsfolgen bestehen zu lassen.

Umsatzsteuer-Durchführungsverordnung:

§ 71 Verkürzung der zeitlichen Bindungen für land- und forstwirtschaftliche Betriebe

[1]Der Unternehmer, der eine Erklärung nach § 24 Abs. 4 Satz 1 des Gesetzes abgegeben hat, kann von der Besteuerung des § 19 Abs. 1 des Gesetzes zur Besteuerung nach § 24 Abs. 1 bis 3 des Gesetzes mit Wirkung vom Beginn eines jeden folgenden Kalenderjahres an übergehen. [2]Auf den Widerruf der Erklärung ist § 24 Abs. 4 Satz 4 des Gesetzes anzuwenden.

EU-Recht: Art. 295–305 MwStSystRL (Art. 25 6. EG-RL)
UStAE: 24.1–24.9

Übersicht

I. Bedeutung, Grundlage und Rechtsentwicklung

1. Bedeutung

1 Der Begriff „land- und forstwirtschaftlicher Betrieb" ist als Sammelbegriff zu verstehen; das Gesetz unterscheidet jedoch die Landwirtschaft von der Forstwirtschaft (§ 24 Abs. 2). Die Vorschrift hat Erleichterungen finanzieller und organisatorischer Art für die Land- und Forstwirtschaft zum Ziel. Der finanzielle Vorteil besteht für einen Großteil der land- und forstwirtschaftlichen Umsätze in der Pauschalierung der Vorsteuer in gleicher Höhe wie die der Umsatzsteuer. Infolgedessen gleichen sich Umsatzsteuer und Vorsteuer aus, so dass **keine Zahllast** entsteht.

2 Auf der Abnehmerseite treten dadurch keine Nachteile ein (wie etwa bei der Steuerbefreiung mit Wegfall des Vorsteuerabzugs), denn die Land- und Forstwirte dürfen die Umsatzsteuer offen in ihren Rechnungen ausweisen; die Abnehmer haben den vollen Vorsteuerabzug. Der **steuerliche Vorteil** ist für den Land- und Forstwirt umso größer, je höher die **Wertschöpfung** in seinem Betrieb ist; bei geringer Wertschöpfung kann die in den Einkaufsrechnungen der Land- und Forstwirte enthaltene Vorsteuer im Einzelfall höher sein als die (regelmäßig nach dem ermäßigten Steuersatz des § 12 Abs. 2 Nr. 1 zu bemessende) Umsatzsteuer auf die Lieferungen des Land- und Forstwirts. In einem solchen Fall kann der Land- oder Forstwirt auf die Pauschalierung verzichten (§ 24 Abs. 4).

3 Der **organisatorische Vorteil** besteht darin, dass – ähnlich wie bei der Einkommensteuer – für die meisten land- und forstwirtschaftlichen Unternehmen eine Aufzeichnung der Betriebseinnahmen und -ausgaben mit genauer Belegführung entbehrlich ist. Voraussetzung für die Anwendung des § 24 ist, dass die betreffenden Umsätze im Rahmen eines land- und forstwirtschaftlichen Betriebs erzielt werden. Inwieweit der Betrieb Landwirtschaft und inwieweit er Forstwirtschaft betreibt, ist unerheblich. Für die Umsätze aus beiden Erwerbsarten gelten aber unterschiedliche Regelungen (→ Rn. 96–105).

4 Es ist zu beachten, dass § 24 im Wesentlichen **nur die Erhebungsform** der Umsatzsteuer für die pauschalierenden Land- und Forstwirte betrifft. Die Grundzüge des Umsatzsteuerrechts (zB Leistungsaustausch, Unternehmereigenschaft, Entgelt) bleiben davon unberührt. Insoweit ist also ebenso auf die entsprechenden Erläuterungen zurückzugreifen wie bei der Besteuerung der Land- und Forstwirte, die nicht von § 24 Gebrauch machen, sondern ihre Umsätze nach den allgemeinen Vorschriften des UStG versteuern.

5 Verwirklichte innergemeinschaftliche Erwerbe fallen nicht unter die Durchschnittsbesteuerung, gleichwohl schließt die in § 24 Abs. 1 enthaltene Vorsteuerpauschalierung jeden weiteren Vorsteuerabzug aus (BFH V R 17/98, BStBl. II 1999, 39 und FG Saarl 1 K 1609/08, EFG 2011, 2209).

6–10 *einstweilen frei*

2. EU-rechtliche Grundlage

11 Mit Art. 295 f. MwStSystRL (Art. 25 6. EG-RL) ist eine Pauschalregelung für landwirtschaftliche Erzeuger geschaffen worden. Im Anh. VII und VIII (Anh. A und B zu Art. 25 6. EG-RL) der Vorschrift sind listenmäßig die **Tätigkeiten der landwirtschaftlichen Erzeugung und Dienstleistungen** genannt.

12 § 24 begünstigte die Pauschallandwirte zT über die Vorgaben des Art. 25 hinaus. So fallen zB die Veräußerung von gebrauchten Maschinen (ebenso nunmehr UStAE 24.2 Abs. 6 S. 2 (anders noch UStR 265 Abs. 3 S. 2)), die Verpachtung von Grundstücken (BFH V R 64/00, BStBl. II 2006, 212) und die Beherbergung und Beköstigung von Feriengästen auf dem Bauernhof (ebenso nunmehr BMF 28.11.2005, BStBl. I

2005, 1065) **nicht** unter die Pauschalregelung der MwStSystRL. Das Tatbestandmerkmal des § 24 Abs. 1 S. 1 „die im Rahmen des land- und forstwirtschaftlich Betriebes ausgeführten Umsätze" ist **EU-rechtskonform restriktiv** dahin auszulegen, dass darunter nur die in Art. 25 Abs. 5 6. EG-RL (Art. 300 MwStSystRL) genannten Lieferungen landwirtschaftlicher Erzeugnisse und landwirtschaftliche Dienstleistungen fallen (BFH V R 28/03, BStBl. II 2006, 280 im Anschluss an EuGH C-43/04, UR 2005, 397 – Stadt Sundern; BFH V R 56/05, DStR 2007, 1862).

einstweilen frei **13–15**

3. Rechtsentwicklung

Im Grundsatz gilt die Sonderregelung für die Umsätze der land- und forstwirtschaftlichen Betriebe unverändert seit dem UStG 1967. Häufige Änderungen haben sich in Zusammenhang mit Erhöhungen der allgemeinen Steuersätze und bei der Höhe der Pauschsätze für Umsatzsteuer und Vorsteuer ergeben. Die Umsätze im Rahmen der Betriebsveräußerung unterliegen nicht mehr der Steuer. Die frühere Sonderregelung für Hilfsgeschäfte (§ 24 Abs. 1 S. 2 alt) ist entfallen. **16**

Durch StMBG ist ab 1994 die Regelung über die Nichtsteuerbarkeit der Betriebsveräußerung wieder entfallen, weil die in § 1 Abs. 1a neu eingefügte allgemeine Regelung über die Geschäftsveräußerung auch für land- und forstwirtschaftliche Betriebe gilt. Die Bindungsfrist der Optionserklärung nach § 24 Abs. 4 wird auf den Rechtsnachfolger des Veräußerers ausgedehnt. Außerdem wird ab 1.1.1994 der Steuersatz nach § 24 Abs. 1 Nr. 3 sowie die Vorsteuerpauschale auf 9% erhöht. **17**

Weitere Erhöhungen ergaben sich hier seit 1.4.1996 auf jeweils 9,5% durch Gesetz zur Änderung des UStG vom 22.3.1996 (BGBl. 1996 I 526), seit 1.7.1998 auf jeweils 10% durch Gesetz vom 29.6.1998 (BGBl. 1998 I 1692). Durch das StEntlG 1999/2000/2002 ist erstmals eine Minderung auf 9% erfolgt. **18**

Durch StÄndG 2001 ist ab 2002 infolge Änderung des § 24 Abs. 1 Nr. 2 eine 3 Jahre andauernde Panne behoben worden. Da Restaurationsumsätze seit 1999 nach § 3 Abs. 9 als sonstige Leistung definiert sind, konnten alkoholhaltige Getränke in Zusammenhang mit Restaurationsleistungen im Rahmen eines landwirtschaftlichen Betriebes (zB Straußwirtschaft) mit Steuersatz 9% abgegeben werden. **19**

Infolge der Anhebung des allgemeinen Steuersatzes auf 19% in § 24 Abs. 1 S. 1 Nr. 2 durch das HBeglG 2006 (BGBl. 2006 I 1402) wurde auch der Steuersatz in § 24 Abs. 1 S. 1 Nr. 1 von 5% auf 5,5% und in § 24 Abs. 1 S. 1 Nr. 3 von 9% auf 10,7% angehoben. Zum Ausgleich wurde die Vorsteuerpauschale entsprechend erhöht. **20**

einstweilen frei **21–23**

II. Die Durchschnittssatzbesteuerung

1. Landwirtschaftliche Betriebe

Landwirtschaftliche Betriebe sind nach der Legaldefinition des § 24 Abs. 2 neben der Landwirtschaft selbst der Wein-, Garten-, Obst- und Gemüsebau, die Baumschulen, alle Betriebe, die Pflanzen und Pflanzenteile mit Hilfe der Naturkräfte gewinnen, die Binnenfischerei, die Teichwirtschaft, die Fischzucht für die Binnenfischerei und Teichwirtschaft, die Imkerei, die Wanderschäferei sowie die Saatzucht, ferner unter bestimmten Voraussetzungen die Tierzucht und Tierhaltung sowie die landwirtschaftlichen Nebenbetriebe. Die Regelung lehnt sich eng an **§ 13 EStG** an. Wie dort (R 15.5 Abs. 1 EStR) ist auch hier unter Landwirtschaft (und Forstwirtschaft) die planmäßige Nutzung der natürlichen Kräfte des Bodens und die Verwertung der dadurch gewonnenen Erzeugnisse zu verstehen (vgl. für den Beispielsfall der Teich- **24** wirtschaft BFH V R 55/77, BStBl. II 1987, 467 und NdsFG 5 K 614/99, EFG 2002, 871 rkr – Aalzucht in Betonbecken). Die Vergabe von **Angelberechtigungen** fällt nicht unter § 24 (BFH V B 60/09, ZSteu 2010, R167).

25 Besondere **Abgrenzungsschwierigkeiten zu anderen Erwerbszweigen** (zB Gewerbebetrieben) entstehen, wenn zwar die planmäßige Nutzung der natürlichen Kräfte des Bodens und die Verwertung der Erzeugnisse stattfindet, gleichzeitig aber auch Elemente einer Handelstätigkeit vorhanden sind. Zu beachten ist hier, dass die ertragsteuerlichen Abgrenzungskriterien nur dann angewendet werden dürfen, wenn sie **nicht im Widerspruch zum EU-Recht** stehen (vgl. → Rn. 12, 27f. und 30).

26 **a) Zukauf landwirtschaftlicher Erzeugnisse.** Die Eigenschaft als Landwirtschaft wurde bislang bejaht, solange der Zukauf fremder landwirtschaftlicher Erzeugnisse eine bestimmte Grenze (sog. Zukaufsgrenze) nicht übersteigt. Diese **unschädliche Zukaufsgrenze** ist nach der Rechtsprechung des BFH zum Ertragsteuerrecht (erst dann) überschritten, wenn der Umsatz aus dem Zukauf über 20% (unter besonderen Umständen über 30%) des Gesamtumsatzes liegt (BFH VIII R 254/71, BStBl. II 1975, 118 und BFH IV R 31/76, BStBl. II 1981, 518).

27 Die **Übernahme** dieser (ertragsteuerlichen) Abgrenzungskriterien (Zukaufsgrenzen) für umsatzsteuerliche Zwecke wurde vom BFH erstmals im **Hofladenurteil** in Frage gestellt (BFH V R 43/00, BStBl. II 2002, 701). Hier entschied er, dass jedenfalls die Veräußerung **zugekaufter nicht betriebstypischer Produkte** (sog. Handelswaren, zB Wurst, Wein, Spätzle, Tee, Körbe) **nicht** unter die Pauschalregelung fällt.

28 Anschließend ging der BFH noch einen Schritt weiter und entschied zu Recht, dass auch die **Veräußerung zugekaufter landwirtschaftlicher Produkte** – unabhängig von der Zukaufsgrenze – nach den allgemeinen Regeln des UStG zu besteuern sei (BFH V B 56/05, DStR 2007, 1862 und XI B 30/09, BFH/NV 2010, 72; ebenso UStAE 24.2 Abs. 1 Satz 3). § 24 betreffe – so der BFH – bei richtlinienkonformer Auslegung die Lieferung landwirtschaftlicher Erzeugnisse (vgl. → Rn. 12). Hierunter fielen nur die in dem jeweiligen landwirtschaftlichen Betrieb **selbst erzeugten** Produkte. Umsätze mit selbst erzeugten Produkten, die der **Landwirt als Organträger im Rahmen einer Organschaft über die Organgesellschaft tätigt,** unterliegen § 24 (FG Köln 11 K 1694/11, BeckRS 2016, 95643 – Rev. V R 64/16). Die Organschaft bewirkt nämlich nicht nur die Zurechnung von Umsätzen, sondern beeinflusst auch deren steuerrechtliche Qualifikation.

29 **b) Verarbeitung landwirtschaftlicher Produkte.** Der für Ertragsteuern zuständige IV. Senat des BFH ist den Vorgaben der Finanzverwaltung in R 15 Abs. 3 EStR (Unterscheidung nach Bearbeitungsstufen) nicht gefolgt. Wenn sich die Weiterverarbeitung der eigenen landwirtschaftlichen Produkte **nicht wesentlich von der üblichen Produktionsweise in Handwerks- und Gewerbebetrieben unterscheide,** könne nicht mehr von einem landwirtschaftlichen Nebenbetrieb gesprochen werden (BFH IV R 78/95, BStBl. II 1997, 427 – Herstellung und Verkauf von Schinken und Dauerwurst).

30 Diese im Ertragsteuerrecht angelegte Unterscheidung zwischen landwirtschaftlichen Nebenbetrieben (Verarbeitungsbetrieben) und Gewerbebetrieben ist für die **Umsatzsteuer ungeeignet,** da nur die Lieferung landwirtschaftlicher Erzeugnisse und landwirtschaftliche Dienstleistungen der Pauschalbesteuerung gem. Art. 295f. MwStSystRL (Art. 25 6. EG-RL) unterliegen. Nach **Anh. A V 6. EG-RL** gelten als „landwirtschaftliche Erzeugung auch Verarbeitungstätigkeiten, die ein Landwirt bei im Wesentlichen aus seiner Produktion stammenden Erzeugnissen mit normalerweise in land-, forst-, oder fischwirtschaftlichen Betrieben verwendeten Mitteln ausübt." Die Produkte eines gewerblichen Verarbeitungsbetriebs wie zB **Schinken, Wurst, Backwaren und Brot** werden regelmäßig nicht mit „normalerweise in land-, forst- und fischwirtschaftlichen Betrieben verwendeten Mitteln" erzeugt und sind deshalb

keine landwirtschaftlichen Erzeugnisse (*Klenk* in Sölch/Ringleb § 24 Rn. 275; FG München 14 K 1312/04, EFG 2007, 1200).

Bei **Milcherzeugnissen** ist zu unterscheiden zwischen der einfachen Verarbeitung von Milch zu Butter, Quark, Sauermilcherzeugnissen oder Käse (landwirtschaftliche Verarbeitung) und der weitergehenden – landwirtschaftsuntypischen – Bearbeitung zu höherwertigen Milchprodukten wie zB Joghurt oder Milchmixgetränke (*Klenk* in Sölch/Ringleb § 24 Rn. 311). **31**

Die Herstellung und der Verkauf von **Sauerkraut** durch einen Landwirt unterliegt nicht der Pauschalbesteuerung (vgl. FG Köln 11 K 4183/95, StE 2002, 139; FG Münster VI 267/77 G, EFG 1977, 496). Zur Herstellung von **Gurkensticks** (Waschen, Vierteln und Verpacken) siehe FG München 14 K 1312/04, EFG 2007, 1200. **32**

Zur Erzeugung von **Biogas** aus im eigenen Hauptbetrieb anfallender Biomasse siehe EStR 15.5 Abs. 3 S. 1 Nr. 2. **Energieversorgung durch Wind-, Solar- oder Wasserkraft** ist gewerblich, wenn die Energieanlage an ein Versorgungsnetz angeschlossen ist und die Erzeugung für den eigenen Betrieb nicht überwiegt (EStR 15.5 Abs. 11). **33**

Die **Gewinnung und Verwertung von Torf** fällt grundsätzlich nicht unter den Begriff der Landwirtschaft (BFH V R 62/00, BFH/NV 2002, 680). **34**

einstweilen frei **35–40**

c) Landwirtschaftliche Dienstleistungen. Das **EU-Recht** (Art. 295 Abs. 1 Nr. 5 MwStSystRL) definiert diese als Dienstleistungen, die landwirtschaftlichen Zwecken dienen und von einem landwirtschaftlichen Erzeuger mit Hilfe seiner Arbeitskräfte und/oder der normalen Ausrüstung seines land-, forst- oder fischwirtschaftlichen Betriebes vorgenommen werden. Anh. VIII zur MwStSystRL enthält eine – nicht abschließende – Liste der landwirtschaftlichen Dienstleistungen. **41**

Der **BFH** (XI R 13/13, BeckRS 2015, 94469) hat **jüngst klargestellt,** dass die Anwendung der Durchschnittsbesteuerung auf Dienstleistungen eines Landwirts **entgegen der Auffassung der FVerw** (UStAE 24.3 Abs. 5 und Abs. 11 Satz 2) nicht schon deshalb ausgeschlossen ist, weil der **Leistungsempfänger kein Land- und Forstwirt** ist. Demzufolge unterfallen landwirtschaftliche Dienstleistungen **in vollem Unfang** und **ohne betragsmäßige Begrenzung** der Durchschnittbesteuerung unabhängig davon, ob sie an **Landwirte oder Nichtlandwirte** erbracht werden. **Nicht der Durchschnittsbesteuerung** unterliegen Dienstleistungen, die **41a**

- **keinen landwirtschaftlichen Zwecken** dienen (zB Abholung und Ausbringung von Klärschlamm, Abholung und Entsorgung von Speiseabfällen, Pflege von Grünplätzen; vgl. → Rn. 53) **oder**
- mithilfe von Wirtschaftsgütern erbracht werden, die **nicht mehr dem betriebsgewöhnlichen Ausrüstungsbestand des landwirtschaftlichen Betriebs zuzurechnen** sind (vgl. → Rn. 53 a).

Im Gegensatz zum Einkommensteuerrecht betreibt der **Verpächter eines landwirtschaftlichen Betriebes** keine Landwirtschaft mehr; auf seine Umsätze ist daher § 24 nicht anwendbar (BFH V R 113/73, BStBl. II 1980, 613 und BFH X R 33/82, BStBl. II 1988, 922; UStAE 24.3 Abs. 7 Satz 4). Dies gilt auch, wenn der gesamte landwirtschaftliche Teil des Betriebs verpachtet wird und weiterhin geringfügig im Forstbetrieb Umsatztätigkeit ausgeübt wird (BFH V R 6/01, BFH/NV 2002, 739). Zur sog. **„eisernen" Verpachtung** siehe 8. Auflage § 24 Rn. 24 mwN. **42**

Verpachtet der Landwirt nur einen Teil seines Betriebes (zB die Milchwirtschaft) und bewirtschaftet er die verbleibenden Flächen weiter, fallen die **Verpachtungsumsätze nicht unter § 24** (EuGH C-321/02, UR 2004, 543 – Harbs; nachf. BFH V R 8/01, UR 2005, 264 und BFH V R 64/00, BStBl. II 2006, 212). Dies folge – so der EuGH – aus Art. 25 Abs. 2 5. Gedankenstrich 6. EG-RL iVm Anh. B, wonach eine Verpachtung/Vermietung nur dann der Pauschalbesteuerung unterfalle, wenn sie Mittel betreffe, die der landwirtschaftliche Erzeuger gewöhnlich zum Be- **43**

trieb der **eigenen Landwirtschaft** verwende. Dies sei bei einer langfristigen Gebrauchsüberlassung von Wirtschaftsgütern nicht der Fall. Die **langfristige Überlassung von Vieheinheiten,** die es einer Empfänger-KG ermöglicht, als landwirtschaftlicher Betrieb zu agieren, unterliegt daher nicht der Besteuerung nach Durchschnittssätzen (SchlHFG 4 K 84/14 – Rev. V R 68/16). Als **langfristige Gebrauchsüberlassung** ist eine Mietdauer von **mindestens 12 Monaten** anzusehen (UStAE 24.3 Abs. 6 S. 2f.).

44 Auch die **langfristige Vermietung und Verpachtung einzelner Grundstücke** unterliegt nicht der Pauschalbesteuerung, unabhängig davon, ob die Vermietung landwirtschaftlichen oder nichtlandwirtschaftlichen Zwecken dient (BFH V R 48/98, BStBl. II 99 150; *Klenk* in Sölch/Ringleb § 24 Rn. 94). Damit ist für den Pauschallandwirt die **Option zur Steuerpflicht und zum Vorsteuerabzug** eröffnet (§ 9 iVm § 4 Nr. 12); § 24 Abs. 1 S. 2 hindert die Option nicht. Dies gilt nach der FVerw auch, wenn der Leistungsempfänger pauschalierender Landwirt ist (UStAE 9.2 Abs. 2 Satz 1), aA jüngst FG München 2 K 1767/13, EFG 2016, 1385 unter Hinweis auf die gegenteilige Intention des § 9 Abs. 2 (Verhinderung von Vorschaltmodellen).

45 Bei der **Verpachtung** von Betrieben oder Betriebsteilen an **nahe Angehörige** wendet die Verwaltung oftmals die **Mindestbemessungsgrundlage** nach § 10 Abs. 5 an, um den Pachtpreis auf das „marktübliche Entgelt" hochzuschleusen. Dem ist der **BFH** (XI R 44/12, DStR 2014, 1673) **jüngst entgegengetreten.** Er entschied im Anschluss an den EuGH (C-621/10 und C-129/11, HFR 2012, 675 – Balkan and Sea Properties), dass § 10 Abs. 5 **nicht** anzuwenden ist, wenn der **Leistungsempfänger zum vollen Vorsteuerabzug berechtigt** ist und keiner Vorsteuerberichtigung iSd § 15a unterliegt. Zudem stellt sich bei **Angehörigen** oftmals die Problematik des Gestaltungsmissbrauchs nach **§ 42 AO** (FG München 2 K 1767/13, EFG 2016, 1385; → Rn. 114).

46 Die **Pensionspferdehaltung** unterliegt nicht der Pauschalbesteuerung, sofern es sich weder um Zucht- noch um Arbeitspferde, sondern um Sportpferde handelt, die von ihren Eigentümern zur **Ausübung des Freizeitsports** genutzt werden (BFH V R 65/09, BStBl. II 2011, 465; im Wesentlichen inhaltsgleich mit XI R 9/10, BFH/NV 2011, 1405 und XI R 26/09, BFH/NV 2011, 1540; ebenso UStAE 24.3 Abs. 12 Satz 1). Gleiches gilt für die Erteilung von **Reitunterricht** (UStAE 24.3 Abs. 12 Satz 2). Der ermäßigte Steuersatz nach § 12 Abs. 2 Nr. 3 ist nicht anwendbar (BFH V R 65/09, BStBl. II 2011, 465; V B 93/09, BFH/NV 2010, 963). Eine **Aufteilung der Pensionspferdehaltung** in eine steuerfreie Boxenvermietung und eine steuerpflichtige sonstige Leistung (Lieferung von Futter und Einstreu, Nutzung der Reitanlagen) ist nicht möglich (FG Münster 24.5.2012 – 5 K 3632/09, nv). Eine überwiegend aus **Fohlen** und **Gnadenbrotpferden** bestehende **Pensionspferdehaltung** unterliegt ebenfalls nicht der Durchschnittssatzbesteuerung, weil die „Freizeitpferde" keiner landwirtschaftlichen Nutzung dienen (BFH XI R 33/13, MwStR 2015, 264). Anders ist es nur, wenn die Pensionspferde unmittelbar dem landwirtschaftlichen Produktionsprozess dienen, zB **Arbeits- oder Zuchtpferde.** Die Durchschnittsbesteuerung ist nicht bereits dadurch ausgeschlossen, dass der **Dienstleistungsempfänger kein Land- oder Forstwirt** ist (BFH XI R 13/13, BeckRS 2015, 94469; vgl. → Rn. 46a/b).

46a Die **Pensionspferdehaltung zu Zuchtzwecken** dürfte regelmäßig der Durchschnittsbesteuerung unterfallen. Der vom NdsFG (5 K 281/11, EFG 2013, 817; ebenso UStAE 24.3 Abs. 5 und Abs. 11 Satz 2) vorgenommenen Differenzierung danach, ob die Pferdeeinsteller selbst Landwirte sind, ist der BFH nicht gefolgt (BFH XI R 13/13, MwStR 2015, 264; vgl. → Rn. 46). Entscheidend ist allein, ob die Pensionspferde (Stuten und Fohlen) von den Einstellern zu land- oder forstwirtschaftlichen Zwecken gehalten werden. Hiervon ist regelmäßig auszugehen. Anders ist es nur, wenn die Pensionspferdehaltung mithilfe von Wirtschaftsgütern erbracht wird, die **nicht mehr dem betriebsgewöhnlichen Ausrüstungsbestand des landwirtschaftlichen Betriebs zuzurechnen** sind (so ausdrücklich BFH XI R 13/13, MwStR 2015, 264).

Die BFH-Entscheidung (XI R 13/13, MwStR 2015, 264) erscheint insofern widersprüchlich, als der **Leistungsempfänger kein Land- und Forstwirt** sein muss, die empfangene Leistung aber gleichwohl von ihm **zu land- oder forstwirtschaftlichen Zwecken genutzt** werden muss. Die **FVerw** versteht die Entscheidung des BFH so, dass der Leistungsempfänger zwar keine Land- und Forstwirt sein, aber eine **Tätigkeit mit Bodenbewirtschaftung** ausüben muss, die dem Grunde nach als urproduktiv anzusehen ist (BMF 27.8.2015, BStBl. I 2015, 656; UStAE 24.3 Abs. 5 und Abs. 11 S. 2). Demgegenüber hat das **NdsFG** (5 K 85/15, EFG 2016, 1388 m Anm *Leonard* – Rev. XI R 12/16) entschieden, dass eine Pferdepension zu Zuchtzwecken auch der Durchschnittsbesteuerung unterfallen kann, wenn die **Einsteller über keine landwirtschaftlichen Flächen** verfügen. Entscheidend sei vielmehr, dass der **Pensionswirt die Voraussetzung einer landwirtschaftlichen Erzeugung mit eigener Bodenbewirtschaftung** erfülle. **46b**

Die **Beherbergung und Beköstigung von Fremden** (Ferien auf dem Bauernhof) ist keine landwirtschaftliche Dienstleistung (BMF 28.11.2005, BStBl. I 2005, 1065). Gleiches gilt für die entgeltliche Gewährung von **Unterkunft an Erntehelfer** und deren **Verköstigung** (HessFG 6 K 1612/11, EFG 2014, 1729 rkr). **47**

Grabpflegeleistungen sind keine landwirtschaftlichen Dienstleistungen iSv Art. 25 Abs. 2 iVm Anh. B 6. EG-RL (BFH V R 5/05, DStR 2007, 1815). **48**

Die **Jagdausübung** gehört nur dann zur Land- und Forstwirtschaft, wenn sie von Land- oder Forstwirten im **eigenen Jagdrevier ausgeübt wird.** Insoweit ist § 24 anwendbar (vgl. BFH IV R 19/00, BStBl. II 2002, 692). Das gilt aber nicht für die **Verpachtung eines Jagdbezirks** durch einen Land- oder Forstwirt, denn sie ist ihrem Wesen nach nicht eine land- und forstwirtschaftliche Tätigkeit (so bereits BFH V R 27/97, BStBl. II 1999, 378) und auch keine landwirtschaftliche Dienstleistung iSv Art. 25 Abs. 2 iVm Anh. B 6. EG-RL (EuGH C-43/04, UR 2005, 397 – Stadt Sundern; nachf. BFH V R 28/03, BStBl. II 2006, 280). Zur Eigennutzung von Jagdrechten und Verpachtung von Jagdausübungsrechten siehe OFD Niedersachsen 2.11.2012, BeckVerw 266089. Die Teilnahme Dritter an Treibjagden oder sonst die Möglichkeit des Einzelabschusses von Wildtieren gegen Entgelt fällt nicht unter § 24 (BFH XI R 8/08, DStRE 2008, 1526). Zu **Jagdgenossenschaften** siehe *Klenk* in Sölch/Ringleb § 24 Rn. 302. Die Vergabe von **Angelberechtigungen** ist als sonstige Leistung zu würdigen, die nicht der Durchschnittssatzbesteuerung nach § 24 unterliegt (BFH V B 60/09, ZSteu 2010, R167). **49**

Die Gestattung der **Ausbeutung** von Sand, Kies, Steinen und Erde durch einen Landwirt unterliegt nicht der Pauschalbesteuerung. Gleiches gilt für die **Gestattung von Erdaufschüttungen** (BFH V R 62/00, BFH/NV 2002, 680). **50**

Die **Veräußerung der Milchquote** unterliegt nicht der Durchschnittsbesteuerung. Sie stellt weder eine Lieferung landwirtschaftlicher Erzeugnisse noch eine landwirtschaftliche Dienstleistung dar (FG Münster 15 K 1473/14 U, EFG 2016, 840; BFH V R 81/97, DStR 1999, 234). Die **Veräußerung von Zahlungsansprüchen** (ohne Fläche), die einem Landwirt aufgrund der Reform der Gemeinsamen Agrarpolitik der EU (GAP-Reform) zugewiesen worden waren, unterliegen ebenfalls der Regelbesteuerung; eine Steuerbefreiung nach § 4 Nr. 8 Buchst. c scheidet aus (BFH XI R 19/10, BStBl. II 2011, 772; XI B 123/12, BFH/NV 2013, 1273). Die Veräußerung ist auch kein unter **§ 24 fallender Hilfsumsatz,** wobei der BFH in der Entscheidung angekündigt hat, an seiner Rechtsprechung zu den sog. **Hilfsumsätzen nicht mehr festhalten zu wollen** (BFH XI R 19/10, BStBl. II 2011, 772; vgl. → Rn. 59). **51**

Die Vermietung von Flächen an Betreiber von **Mobilfunknetzen** zur Errichtung einer Funkfeststation ist keine landwirtschaftliche Dienstleistung, aber nach § 4 Nr. 12 **52**

Buchst. a steuerbefreit (BMF 28.11.2005, BStBl. I 2005, 1065). Gleiches gilt für die Überlassung von Flächen zum Bau von **Überlandleitungen** (BMF 11.11.2004, BStBl. I 2005, 997; BFH V R 30/04, UR 2005, 157) oder die **Verpachtung von Dachflächen** zum Betrieb einer **Photovoltaikanlage** (BayLfSt 17.12.2009, UR 2010, 193).

53 Die **Abnahme und Ausbringung von Klärschlamm** auf eigenbewirtschafteten Feldern ist eine **Entsorgungsleistung,** die nicht unter § 24 fällt (BFH XI R 27/11, BFH/NV 2013, 877). Die positive Nebenwirkung, dass der Klärschlamm als Dünger zur landwirtschaftlichen Produktion eingesetzt werden kann, macht die Entsorgungsleistung ihrem Wesen nach nicht zu einer landwirtschaftlichen Dienstleistung. **Gleiches gilt** im Ergebnis für die **Abholung und Entsorgung von Speiseabfällen** aus Restaurants und Großküchen, wenn die Speisereste – nach Aufarbeitung – in einem Schweinemastbetrieb verwendet werden (BFH V R 34/11, BFH/NV 2013, 1044). Auch die **Pflege von Sportplätzen** und der **Winterdienst** für Gemeinden fallen nicht unter die Pauschalbesteuerung (vgl. OFD Karlsruhe 12.12.2013, MwStR 2014, 219).

53a **Lohnarbeiten** und **Maschinenleistungen** (zB Fuhrleistungen, Holzrücken, Landschaftspflege) werden von der FVerw als landwirtschaftliche Dienstleistungen behandelt, sofern sie gelegentlich und mit bereits vorhandenen Arbeitskräften und Maschinen durchgeführt werden (vgl. UStAE 24.3 Abs. 3 – Umsatzgrenze: 51.500 EUR). **Weitergehende** NdsFG (16 K 450/07, EFG 2009, 1071), wonach Lohnarbeiten bzw. Maschinenleistungen für **andere Land- und Forstwirte unbeschränkt** in den Anwendungsbereich der Durchschnittssatzbesteuerung fallen, sofern dabei bereits vorhandene Maschinen eingesetzt werden (bestätigt durch BFH XI B 30/09, BFH/NV 2010, 72). Dementsprechend hat das FG Düsseldorf (1 K 257/14 U, EFG 2016, 1209 – NZB V B 101/16) zu Recht entschieden, dass **Dienstleistungen, die ein landwirtschaftlicher Erzeuger allein mit seiner eigenen Arbeitskraft erbringt** und die in einem anderen Betrieb zur landwirtschaftlichen Erzeugung beitragen, der Pauschalbesteuerung gem. § 24 unterliegen.

53b **Noch weitergehend** FG Münster (15 K 2845/13 U, EFG 2015, 782 – Rev. V R 5/16), wonach auch **landwirtschaftlichen Dienstleistungen an Dritte** (Nichtlandwirte) **in vollem Umfang** und **ohne betragsmäßige Begrenzung** der Durchschnittsbesteuerung unterliegen. Das Urteil dürfte Bestand haben. Es liegt auf der Linie der aktuellen Entscheidung des BFH, wonach § 24 nicht bereits deshalb ausgeschlossen ist, weil der Leistungsempfänger kein Landwirt ist. Anders dürfte die Beurteilung erst dann ausfallen, wenn die Dienstleistung mithilfe von Wirtschaftsgütern erbracht wird, die **nicht mehr dem betriebsgewöhnlichen Ausrüstungsbestand des landwirtschaftlichen Betriebs zuzurechnen** sind (vgl. BFH XI R 13/13, BeckRS 2015, 94469 und → Rn. 46 a). So dürfte zB das Holzrücken für Dritte mittels eines hierfür angeschafften und speziell hergerichteten Schleppers nicht unter § 24 fallen, sofern keine eigene Forstwirtschaft unterhalten wird.

54 Bei Leistungen gegen **Zuschüsse** oder **EG-Prämien** fehlt es häufig bereits an einem **Leistungsaustausch** mit der Folge, dass die Leistungen des Landwirts nicht steuerbar sind (zB EuGH C-215/94, UR 1996, 119 – Mohr – Milchaufgabevergütung; EuGH C-384/95, UR 1998, 102 – Landboden-Agrardienste – Kartoffelanbauprämie; BFH V R 133/93, BStBl. II 1997, 335 – Zuschuss bei Brachlegung von Ackerflächen).

55 Die **Zurverfügungstellung eines landwirtschaftlichen Grundstücks** an eine **Stadt** zur Schaffung **ökologischer Ausgleichsmaßnahmen** gegen Entgelt begründet dagegen einen **steuerpflichtigen Leistungsaustausch,** der weder unter die Steuerbefreiung des § 4 Nr. 12 Buchst. a noch unter die Pauschalbesteuerung fällt (BFH V R 15/12, MwStR 2013, 284; V R 10/12, BFH/NV 2013, 1635).

56 Der sog. **Verkauf von Ackerstatusrechten,** also das Vorhalten von Dauergrünland eines Landwirts zugunsten eines anderen zur Umbruchsgenehmigung nach § 2

der Dauergrünland-Erhaltungsverordnung Schleswig-Holstein (DGL-VO SH), fällt nicht unter § 24 (SchlHFG 4 K 16/14, EFG 2017, 84 – Rev. V R 55/16).

einstweilen frei 57, 58

d) Landwirtschaftliche Hilfsumsätze. Nach der bisherigen Rechtsprechung des BFH fallen auch die sog. Hilfsumsätze unter die Durchschnittssatzbesteuerung (BFH V R 24/92, BFH/NV 1995, 928; V R 87/03, BStBl. II 1995, 218). Hieran scheint der **BFH angesichts der gebotenen richtlinienkonformen Auslegung des § 24 zu Recht nicht mehr festhalten zu wollen** (BFH XI R 27/11, BStBl. II 2013, 458; XI R 19/10, BStBl. II 2011, 772; vgl. → Rn. 51 und 118). 59

Der **Verkauf** von **gebrauchten landwirtschaftlichen Geräten und Maschinen** unterliegt daher der Regelbesteuerung. Die auf den Anlagegütern lastende Vorsteuer wurde durch den Pauschalausgleich vergütet (vgl. § 24 Abs. 1 S. 3 bzw. Art. 301 Abs. 1 MwStSystRL), eine weitere Entlastung bei der Veräußerung sieht die MwStSystRL nicht vor (*Klenk* in Sölch/Ringleb § 24 Rn. 57); die Finanzverwaltung gewährt aus Vereinfachungsgründen unter bestimmten Voraussetzungen die Pauschalbesteuerung (UStAE 24.2 Abs. 6 S. 3); vgl. → Rn. 118. 60

Der **Verkauf** von **landwirtschaftlich genutzten Flächen als Bauland** durch einen Landwirt fällt ebenfalls unter die Regelbesteuerung (EuGH C-180/10 und 181/10, EU-UStB 2011, 77 – Jaroslaw Slaby, Emilian Kuć und Halina Jeziorska-Kuć mit Anm. *Huschens*). Der EuGH hat dabei ausgeführt, dass die Veräußerung der Grundstücke unabhängig von dem bestehenden „Landwirtschaftsbetrieb" zu beurteilen sei. Die Anwendung der Regelbesteuerung auf diese Umsätze setze daher voraus, dass der Grundstücksverkauf überhaupt unternehmerisch erfolgt sei. Für die diesbezügliche Unternehmereigenschaft sei nicht die Anzahl der Umsätze bzw. der Zeitraum, in dem die Verkäufe stattfinden, maßgebend. Vielmehr sei darauf abzustellen, ob der Betroffene aktive Schritte zur Vermarktung und dem Vertrieb der Grundstücke unternommen habe (zB Erschließung der Grundstücke, vgl. EuGH C-180/10 und 181/10, EU-UStB 2011, 77). Der unternehmerisch erfolgte Grundstücksverkauf ist ist nach § 4 Nr. 9 Buchst. a steuerbefreit. Einer Option zur Steuerpflicht steht § 24 Abs. 1 S. 2 nicht entgegen. 61

e) Umsätze nach Betriebsaufgabe. Der **BFH** hat **unter Aufgabe seiner bisherigen Rechtsprechung** (BFH XI R 50/90, BStBl. II 1993, 696) entschieden, dass die **Lieferung** von selbst erzeugten landwirtschaftlichen Erzeugnissen auch dann noch der Besteuerung nach Durchschnittssätzen unterliegt, wenn sie **nach Aufgabe des landwirtschaftlichen Betriebs** erfolgt (BFH V R 16/08, BStBl. II 2010, 319 – sog. Abverkauf der „letzten Ernte"; ebenso nunmehr UStAE 24.1 Abs. 4 S. 3). 62

einstweilen frei 63–65

2. Tierzucht- und Tierhaltungsbetriebe

Tierzucht- und Tierhaltungsbetriebe gehören nur unter den einschränkenden Voraussetzungen des § 24 Abs. 2 Nr. 2 zur Landwirtschaft. § 51 BewG (vgl. EStR 13.2) macht die Zuordnung von Tierbeständen zur Landwirtschaft davon abhängig, dass ein bestimmtes Verhältnis der Anzahl der Tiere zu der landwirtschaftlich genutzten Fläche nicht überschritten wird, zB dürfen für die ersten 20 ha nicht mehr als 10 Vieheinheiten vorhanden sein (dabei ist der letzte angefangene nicht als voller Hektar zu berücksichtigen – BFH V R 110–112/84, BStBl. II 1989, 1036). Die **Vieheinheiten** sind eine Bezugsgröße je nach dem Futterbedarf der Tiere. So entsprechen Kühe einer Vieheinheit, Mastschweine 0,16 und Legehennen 0,02 Vieheinheiten. Bei Masttieren ist nicht die wirkliche Stückzahl eines Jahres anzusetzen, sondern ein nach Maßgabe der Mastdauer reduzierter Wert (BFH V R 110–112/84, BStBl. II 1989, 1036). 66

67 Das **EU-Recht** enthält dagegen einen **abschließenden** Katalog der Tätigkeiten, die als „Tierzucht und Tierhaltung in Verbindung mit der Bodenwirtschaft" und damit als landwirtschaftliche Erzeugung anzusehen sind (siehe Anh. VII Nr. 2a–f zur MwStSystRL bzw. Anh. A II Nr. 1–6 zur 6. EG-RL). Bei Auslegungszweifeln ist nicht das BewG, sondern EU-Recht maßgebend.

68 Der **Strukturwandel** von der Landwirtschaft hin zum Gewerbebetrieb kann nicht allein von der Überschreitung der Tierbestandsgrenzen abhängig gemacht werden. Hierzu bedarf es vielmehr eines Entschlusses des Unternehmers den erhöhten Viehbestand dauerhaft zu halten, der anhand objektiver Kriterien nachprüfbar sein muss (vgl. BFH V R 118/92, BStBl. II 1996, 550).

69 Bei Tierzuchtbetrieben dürfen nur solche Flächen in die Berechnung einbezogen werden, die dem Unternehmer konkret für die Tierhaltung zur Verfügung stehen (BFH X R 33/82, BStBl. II 1988, 922). Übersteigt die Zahl der Vieheinheiten nachhaltig die in § 51 BewG festgelegten Grenzen, so gehören nur die Zweige des Tierbestands zur landwirtschaftlichen Nutzung, deren Vieheinheiten zusammen diese Grenze nicht überschreiten. Das Gesetz unterscheidet zwischen mehr flächenabhängigen und weniger flächenabhängigen Zweigen des Tierbestands und stellt eine bestimmte Rangordnung auf. Einzelheiten siehe § 51 BewG mit den Anl. 1 und 2 und EStR 13.2.

69a Für die Annahme eines landwirtschaftlichen Betriebs iSd § 24 Abs. 1 ist zwingend die Feststellung erforderlich, dass die Unternehmerin **auf eigenen oder zugepachteten Grundstücken eine eigene landwirtschaftliche Urproduktion** betrieben hat. Eine Besteuerung nach Durchschnittssätzen kommt nicht in Betracht, wenn die Unternehmerin kein „landwirtschaftlicher Erzeuger" ist, weil sie lediglich die entgeltliche Bewirtschaftung der von einer anderen Person an eine Agrargenossenschaft verpachteten Flächen übernommen hat (SächsFG 4 K 1720/13, BeckRS 2015, 95871).

70 Zur Landwirtschaft gehören die Aufzucht und das Halten von Tieren nur dann, wenn diese **herkömmlicher- und typischerweise** in landwirtschaftlichen Betrieben gezüchtet und gehalten werden. Dazu zählen nicht nur die in der Anl. 1 zur BewG aufgeführten Tiere, sondern zB auch sonstige landwirtschaftliche Nutztiere wie Esel, Maultier etc. (*Klenk* in Sölch/Ringleb § 24 Rn. 228).

71 Keine landwirtschaftliche sondern gewerbliche Tätigkeit ist daher die **Hundezucht** (BFH VIII R 22/79, BStBl. II 1981, 210), die **Katzenzucht** (BFH IV R 47/01, BStBl. II 2003, 507) und die Zucht von **Kleintieren** wie Meerschweinchen, Zwergkaninchen, Hamster, Ratten und Mäuse (BFH IV R 4/04, BStBl. II 2005, 347). Gleiches gilt für die **Pelztierzucht** (BFH IV R 47/01, BStBl. II 2003, 507; anders noch BFH VIII R 272/83, BStBl. II 1988, 264). Zur Brüterei (ohne Geflügelhaltung) siehe BFH IV R 88/88, BStBl. II 1990, 152.

72 Die **Ausbildung von** (eigenen) **Pferden** zu Renn-, Turnier- und Dressurpferden ist der Landwirtschaft zuzurechnen, wenn der Betrieb eine ausreichende Futtergrundlage bietet (BFH I R 71/03, BStBl. II 2004, 742; NdsFG 16 K 105/03, BeckRS 2005, 26017709). Anders ist es dagegen, wenn Reitunterricht und die Überlassung der Reitanlagen im Vordergrund stehen (BFH V R 22/78, BStBl. II 1988, 83).

73 § 51 a BewG enthält zusätzliche Einschränkungen für die **gemeinschaftliche Tierhaltung** durch Erwerbs- und Wirtschaftsgenossenschaften, Personengesellschaften und Vereine. Dadurch sollen insbesondere Nichtlandwirte von der Zuordnung der Tierhaltung zur Landwirtschaft ausgeschlossen werden. Einzelheiten siehe § 51 a BewG, BFH V R 90/87, BStBl. II 1990, 802.

74–78 *einstweilen frei*

3. Landwirtschaftliche Nebenbetriebe und Nebenleistungen

Zur Landwirtschaft gehören auch die landwirtschaftlichen Nebenbetriebe, die dem landwirtschaftlichen Betrieb zu dienen bestimmt sind (§ 24 Abs. 2 S. 2). Voraussetzung ist also stets, dass der **Unternehmer des Nebenbetriebs identisch** mit dem Unternehmer des landwirtschaftlichen Hauptbetriebes ist (BFH V R 55/88, BStBl. II 1992, 982; V B 12/00, BFH/NV 2001, 352). Daher können Nebenbetriebe, zu denen sich einzelne Landwirte zusammengeschlossen haben (zB Maschinenringe), nicht landwirtschaftliche Nebenbetriebe sein. **79**

Nebenbetriebe sind dem landwirtschaftlichen Betrieb zu dienen bestimmt, wenn sie unmittelbar auf dessen Bedürfnisse ausgerichtet sind und überwiegend dessen Erzeugnisse be- oder verarbeiten (sog. **Verarbeitungsbetriebe,** zB Mühlen, Obstkeltereien, Brennereien) oder dessen Bedarf an bestimmten Rohstoffen decken (sog. **Substanzbetriebe,** zB Kiesgrube zur Ausbesserung der Wirtschaftswege zur Torfgewinnung siehe BFH V B 12/00, BFH/NV 2001, 352). Soweit sie nicht die genannten Voraussetzungen erfüllen, handelt es sich um Gewerbebetriebe, auf die § 24 nicht anwendbar ist (vgl. zB BFH V R 129/84, BStBl. II 1989, 432, bzgl. Nebeneinander von Baumschule und Landschaftspflege). **80**

Die von der Ertragsteuer (EStR 15.5 Abs. 3 Satz 1 Nr. 1) kommende **Unterscheidung** zwischen landwirtschaftlichen Nebenbetrieben und gewerblichen Betrieben ist **wenig ergiebig,** weil umsatzsteuerlich ohnehin nur die **Lieferung landwirtschaftlicher Erzeugnisse und landwirtschaftliche Dienstleistungen** der Pauschalregelung unterfallen (*Klenk* in Sölch/Ringleb § 24 Rn. 274). Insofern kann hier auf die obigen Ausführungen unter 1a–c (→ Rn. 24–56) Bezug genommen werden. **81**

einstweilen frei **82–84**

4. Forstwirtschaftliche Betriebe

Forstwirtschaftliche Betriebe haben die Bewirtschaftung von Hoch-, Mittel- und Niederwald zum Gegenstand, aber auch nichtbewirtschaftete Flächen (zB Wald im Naturschutzgebiet) gehören dazu (vgl. UStAE 24.2 Abs. 4). Die Bewirtschaftung von Sonderkulturen (zB Weihnachtsbäume und Ballenpflanzen) gilt nicht als Forst-, sondern als Landwirtschaft (UStAE 24.2 Abs. 4 S. 3). Für forstwirtschaftliche Nebenbetriebe (zB Sägerei, Forstbaumschule) gilt Entsprechendes wie für landwirtschaftliche Nebenbetriebe (→ Rn. 79 f.). **85**

5. Unternehmer der Land- und Forstwirtschaft

Unternehmer der Land- und Forstwirtschaft kann grundsätzlich jeder sein, der überhaupt für das Umsatzsteuerrecht als Unternehmer in Betracht kommt (→ § 2 Rn. 5 ff.). **Gewerbebetriebe kraft Rechtsform** (§ 2 Abs. 2 S. 1, 2 GewStG: Personen- und Kapitalgesellschaften) sind zwar gem. § 24 Abs. 2 letzter Satz von der Behandlung als land- und forstwirtschaftlicher Betrieb ausgeschlossen. Der BFH hat diese **Beschränkung** jedoch **als unionswidrig** angesehen (BFH XI R 73/07, DStR 2008, 1375; nunmehr auch BFH V B 28/14, BFH/NV 2014, 1916). Nunmehr haben alle in § 2 Abs. 2 S. 2 GewStG genannten Betriebe kraft Rechtsform einen Anspruch auf Anwendung der Pauschalbesteuerung, sofern sie im Übrigen die Merkmale eines land- und forstwirtschaftlichen Betriebs erfüllen. Ebenso BMF 1.12.2009, BStBl. I 2009, 1611, wonach ein Wahlrecht besteht, sich auf § 24 Abs. 2 S. 3 oder das entgegenstehende Urteil des BFH zu berufen. **86**

Entscheidend ist die **tatsächliche Tätigkeit.** Es ist nicht erforderlich, dass der land- und forstwirtschaftliche Betrieb demjenigen gehört, der ihn betreibt. Auch der Pächter eines land- und forstwirtschaftlichen Betriebs erzielt Umsätze aus Land- und Forstwirtschaft, die nach § 24 zu besteuern sind, der Verpächter jedoch nicht (→ Rn. 42 f.). **87**

Steht ein landwirtschaftlicher Betrieb im Eigentum eines Ehegatten, tritt aber der andere Ehegatte nach außen hin als Unternehmer auf, so sind diesem die Umsätze zuzurechnen (NdsFG V 5/83, EFG 1985, 42; vgl. auch → § 2 Rn. 14). Die ertragsteuerliche Nichtanerkennung einer **Betriebsteilung** unter Eheleuten hat für die umsatzsteuerliche Zurechnung der Umsätze keine Bedeutung (BFH V B 179/93, BFH/NV 1995, 552). Die Frage, wer Unternehmer der Land- und Forstwirtschaft ist, ist von besonderer Bedeutung auch für die **Zurechnung von Nebenbetrieben** (→ Rn. 74f.).

88–90 *einstweilen frei*

6. Verhältnis zu Umsätzen mit Regelbesteuerung

91 Übt ein Land- und Forstwirt noch andere, der Regelbesteuerung unterliegende Tätigkeiten aus (zB Gewerbebetrieb), so bildet die Land- und Forstwirtschaft zusammen mit diesen anderen Tätigkeiten ein einheitliches Unternehmen (§ 2 Abs. 1 S. 2). Zur Vermeidung der Schwierigkeiten, die sich dabei bzgl. des Vorsteuerabzugs ergeben könnten, bestimmt § 24 Abs. 3, dass der land- und forstwirtschaftliche Betrieb als **gesondert geführter Betrieb** zu behandeln ist (vgl. zur Vorsteueraufteilung → Rn. 115f.). Dies hat zur Folge, dass auf ihn die Sonderregelungen des § 24 insgesamt anwendbar sind. Wegen der Einheit des Unternehmens sind aber **Innenumsätze** zwischen der Land- und Forstwirtschaft und den übrigen Unternehmensteilen nicht steuerbar.

92 Bei der Prüfung der Umsatzgrenze für **Kleinunternehmer** (§ 19 Abs. 1) sind die Umsätze aus beiden Betriebsteilen zusammenzurechnen. Sofern dabei die Grenze von 17.500 EUR überschritten ist, sind die Umsätze aus dem gewerblichen Betriebsteil der Regelbesteuerung und die aus dem land- und forstwirtschaftlichen Betriebsteil der Pauschalbesteuerung zu unterwerfen.

93 Der – ertragsteuerlich orientierten – Abgrenzung zwischen verschiedenen Betriebsteilen nach § 24 Abs. 3 kommt umsatzsteuerlich kein gesonderter Erkenntniswert zu, weil nur die **Lieferung landwirtschaftlicher Erzeugnisse und landwirtschaftliche Dienstleistungen** der Pauschalregelung unterfallen (vgl. die Ausführungen zu → Rn. 81 bzw. → Rn. 24–56). Zur Problematik der **Vorsteueraufteilung** bei Eingangsumsätzen, die sowohl die Landwirtschaft als auch den Gewerbebetrieb betreffen → Rn. 115f.

94, 95 *einstweilen frei*

7. Besteuerung der landwirtschaftlichen Umsätze

96 Soweit der Landwirt nicht die Besteuerung nach den allgemeinen Vorschriften des UStG beantragt hat (→ Rn. 129f.), unterliegen seine gesamten Umsätze aus dem landwirtschaftlichen Betrieb der Besteuerung mit Durchschnittssätzen (§ 24 Abs. 1 Nr. 2, 3). Für alle Umsätze gilt einheitlich, dass die **Befreiungsvorschrift** des § 4 Nr. 1–7 unanwendbar und die des § 4 Nr. 8–28 zwingend anwendbar sind; auf sie kann nicht gem. § 9 verzichtet werden.

97 Das hat insbesondere Bedeutung für den Verkauf und die Verpachtung landwirtschaftlicher Grundstücke (§ 4 Nr. 9 Buchst. a, Nr. 12 Buchst. a). Zu beachten ist jedoch, dass der Verkauf landwirtschaftlicher Flächen (→ Rn. 61) und die **langfristige Vermietung oder Verpachtung** landwirtschaftlicher Wirtschaftsgüter (→ Rn. 43f.) nicht der Pauschalbesteuerung unterfallen und eine Option zur Steuerpflicht deshalb möglich ist.

98 Die Besteuerung der landwirtschaftlichen Umsätze erfolgt mit dem allgemeinen Regelsteuersatz von **19%** für Getränke und alkoholische Flüssigkeiten (ausgenommen: Lieferungen in das Ausland und Umsätze im Ausland). Nach der seit dem 1.1.2002 geltenden Fassung des § 24 Abs. 1 Nr. 2 (vgl. → Rn. 4) gilt der Regelsteuersatz nicht nur für Lieferungen, sondern **auch für sonstige Leistungen nach § 3 Abs. 9 S. 4** (UStG aF) (Restaurationsumsätze → § 3 Rn. 240f.), soweit in der Anl. 2 zu § 12 **nicht aufgeführte Getränke** abgegeben werden. Zu den betroffenen **Getränken** gehören insbesondere Frucht- und Gemüsesäfte, Mineralwasser, Eis und Schnee, Limonade und andere nichtalkoholische Getränke (außer Milch und Milchmischgetränken mit einem Milchanteil von mindestens 75%), Bier, Traubenmost, Wein, Obstwein, Äthylalkohol und Sprit, Branntwein, Likör uä alkoholische Getränke. Die Lieferung **alkoholischer Flüssigkeiten** unterliegt grundsätzlich der Regelbesteuerung. Denn § 24 Abs. 1 S. 1 Nr. 2 stellt nur für die beiden Warenkategorien der Sägewerkserzeugnisse und Getränke, nicht aber auch für alkoholische Flüssigkeiten darauf ab, ob es sich um Gegenstände handelt, die in der Anlage zum UStG aufgeführt sind (so BFH XI R 65/06, BStBl. II 2008, 532 zu vergorener Kirsch-Maische).

Sofern im Rahmen des landwirtschaftlichen Betriebes auch der Regelbesteuerung **99**
unterliegende Umsätze ausgeführt werden (zB Lieferung zugekaufter Erzeugnisse oder Umsätze mit Getränken und alkoholischen Flüssigkeiten) können diese aus **Vereinfachungsgründen** in die Durchschnittsbesteuerung einbezogen werden, wenn sie insgesamt nicht mehr als 4.000 EUR im Kalenderjahr betragen (UStAE 24.6).

Alle übrigen landwirtschaftlichen Umsätze (das sind die **Hauptumsätze,** zB Lie- **100**
ferungen von Getreide, Vieh, Obst, Gemüse, Eiern) sowie die Lieferungen der oben genannten Getränke und alkoholischen Flüssigkeiten im oder in das Ausland unterliegen einem Umsatzsteuersatz von **10,7%** (dieser Betrag wird durch die Vorsteuerpauschale des § 24 Abs. 1 S. 5 wieder ausgeglichen). Ebenfalls mit 10,7% werden die sonstigen Leistungen besteuert, die der Landwirt im Rahmen seines Betriebes erbringt. Die **Entnahme** dieser Gegenstände und Leistungen für nichtunternehmerische Zwecke unterfällt **ebenfalls der Pauschalbesteuerung** nach § 24 Abs. 1 Nr. 1 und 3 mit der Folge, dass keine Zahllast entsteht (Scheinbesteuerung). Eine **Besteuerung nach § 3 Abs. 1b bzw. § 3 Abs. 9a** scheidet aus, weil infolge der Pauschalbesteuerung keine **echte Vorsteuerentlastung** stattgefunden hat (vgl. *Klenk* in Sölch/Ringleb § 24 Rn. 56).

Die Umsätze im Rahmen einer **Betriebsveräußerung** unterliegen § 1 Abs. 1a **101**
(Nichtsteuerbarkeit von Umsätzen im Rahmen einer Geschäftsveräußerung). Eine **Geschäftsveräußerung** iSd § 1 Abs. 1a liegt selbst dann vor, wenn einzelne wesentliche Betriebsgrundlagen (zB Grundstücke) **nicht mit übertragen,** sondern dem **Übernehmer langfristig zur Nutzung überlassen werden** (BFH V R 69/97, BStBl. II 1999, 41; V R 10/01, DStR 2002, 1988; vgl. → § 1 Rn. 91f.); wobei allein die Möglichkeit der kurzfristigen Kündbarkeit des Mietvertrages kein Grund ist, die Anwendung des § 1 Abs. 1a abzulehnen (BFH XI R 27/08, DStR 2012, 516). Die Vermietung der zurückbehaltenen Wirtschaftsgüter fällt nicht unter § 1 Abs. 1a (BFH V R 10/01, DStR 2002, 1988); sie unterliegt auch nicht der Durchschnittssatzbesteuerung, da die Vermietung nicht mehr im Rahmen eines LuF-Betriebs erfolgt.

Der **ertragsteuerliche Entnahmewert** ist bei einem **Landwirt,** der die **private** **102**
PKW-Nutzung nach der 1%-Regelung ermittelt und die USt pauschaliert, **nicht** um eine fiktive USt zu erhöhen (BFH IV R 45/07, BStBl. II 2010, 689). Die Regelung des **§ 6 Abs. 1 Nr. 4 S. 2 EStG,** wonach Bemessungsgrundlage der 1%-Regelung der inländische Listenpreis des Pkw einschließlich der Umsatzsteuer ist, greift bei einem nach **§ 24** pauschalierenden Landwirt nicht ein. Denn anders als ein Regelversteuerer, der bei betrieblichen Ausgaben wegen des Vorsteuerabzugs mit der gezahlten Umsatzsteuer nicht belastet ist, kann ein pauschalierender **Landwirt den Vorsteuerabzug nicht in Anspruch nehmen.**

einstweilen frei **103, 104**

8. Besteuerung der forstwirtschaftlichen Umsätze

105 Für die Besteuerung der forstwirtschaftlichen Umsätze gilt mit Ausnahme der Höhe der Durchschnittssätze das Gleiche wie in → Rn. 13. Es gibt hier **drei Durchschnittssätze:** Für Lieferungen und Eigenverbrauch von forstwirtschaftlichen Erzeugnissen (außer Sägewerkserzeugnissen) 5,5% (§ 24 Abs. 1 Nr. 1 – Einzelheiten siehe UStAE 24.2 Abs. 4), für sonstige Leistungen, für Hilfsumsätze sowie für Lieferungen und Eigenverbrauch bestimmter Sägewerkserzeugnisse (in der Anl. 2 zu § 12 aufgeführt) 10,7% (§ 24 Abs. 1 Nr. 3), für alle anderen Lieferungen von Sägewerkserzeugnissen (außer Lieferungen im oder in das Ausland) 19% (§ 24 Abs. 1 Nr. 2; vgl. auch UStAE 24.2 Abs. 5) und für die entsprechende Lieferung im oder in das Ausland wiederum 10,7%. Die in der Anl. 2 zu § 12 aufgeführten Sägewerkserzeugnisse finden sich dort unter Nr. 48. Es handelt sich insbesondere um Brennholz, Rohholz außer tropischen Hölzern, zwei- oder vierseitig grob zugerichtetes Holz, Pfähle gespalten, Pfähle und Pflöcke gespitzt. Weitere Einzelheiten siehe die Übersicht BStBl. I 1993, 45. Die Umsätze aus der Bewirtschaftung von Sonderkulturen (Weihnachtsbäume, Ballenpflanzen und Schmuckreisig) fallen als eigenständige LuF-Umsätze unter § 24 Abs. 1 Nr. 3 (vgl. → Rn. 79 und UStAE 24.2 Abs. 4 Satz 3).

9. Offener Steuerausweis in Rechnungen

106 Die Land- und Forstwirte sind berechtigt, die sich auf Grund der Durchschnittssätze ergebende Umsatzsteuer in Rechnungen offen auszuweisen. Das hat zur Folge, dass diese Beträge den Land- und Forstwirten zufließen, ohne den Abnehmer zu belasten, denn er kann diese Umsatzsteuer als Vorsteuer wieder abziehen. Im Gegensatz zur Besteuerung nach den allgemeinen Vorschriften des UStG ist der offene Steuerausweis auch in Rechnungen zulässig, die **steuerfreie Umsätze** iSv § 4 Nr. 1–7 betreffen, denn diese Steuerbefreiungen gelten im Rahmen der Durchschnittssatzbesteuerung nicht (§ 24 Abs. 1 S. 2). Dies gilt auch für **nichtsteuerbare Umsätze** im **Ausland** (UStAE 24.5 Satz 1; *Klenk* in Sölch/Ringleb § 24 Rn. 205).

107 Die Rechnungen müssen die in § 14 Abs. 4 aufgeführten Angaben enthalten, zusätzlich auch noch den **Durchschnittssatz aufführen** (§ 24 Abs. 1 S. 5). Es genügt also nicht die Angabe: „USt = 190 EUR“, sondern es muss heißen: „USt zum Durchschnittssatz von 19% = 190 EUR“. Das **Fehlen dieser Rechnungsangabe** führt allerdings nicht zur Versagung des Vorsteuerabzugs, weil die Angabe des maßgeblichen Durchschnittssatzes keine materiell-rechtliche Voraussetzung für den Vorsteuerabzug ist.

108 Die Regelung des § 24 Abs. 1 S. 5 dient dem Schutz des Leistungsempfängers, weil der Abzug der nach Durchschnittssätzen berechneten USt nur bis zur Höhe des nach dem Gesetz zutreffenden Betrags zugelassen war (§ 24 Abs. 1 S. 6 aF – galt bis 1.4.1999). Nachdem der BFH (V R 37/94, BStBl. II 1998, 695; ebenso inzwischen UStAE 15.2 Abs. 1 Satz 1) unter **richtlinienkonformer Auslegung** des § 15 Abs. 1 entschieden hat, dass die in einer Rechnung gesondert ausgewiesene USt nur dann abgezogen werden kann, wenn sie vom leistenden Unternehmer **geschuldet** wird, ist § 24 Abs. 1 S. 6 entbehrlich und zum 1.4.1999 gestrichen worden.

109 Für einen Umsatzsteuerausweis durch einen Land- und Forstwirt gelten uneingeschränkt § 14c Abs. 1 und 2. Hat der Landwirt einen Steuersatz **über** dem zutreffenden Durchschnittssatz ausgewiesen, so schuldet er den Mehrbetrag nach **§ 14c Abs. 1** (UStAE 24.9 Satz 3). Dies gilt unabhängig davon, dass der Abnehmer die geschuldete Vorsteuer nur in Höhe des zutreffenden Durchschnittssatzes abziehen kann. Der Landwirt kann die unrichtige Rechnung entsprechend § 17 Abs. 1 berichtigen. Im Bereich der Land- und Forstwirtschaft kommt es besonders häufig vor, dass nicht der Leistende eine Rechnung ausstellt, sondern der Leistungsempfänger ihm eine **Gutschrift** erteilt. Das ist unter den Voraussetzungen des § 14 Abs. 2 S. 3 zulässig. Auch

bei der **Gutschrift** kommt eine **Haftung nach § 14c Abs. 1 und 2** in Betracht, UStAE 24.9 S. 4, 5.

einstweilen frei **110, 111**

10. Vorsteuer

Die Vorsteuer, die die Land- und Forstwirte nach § 24 Abs. 1 S. 3 abziehen können, sind ebenfalls pauschaliert. Sie betragen ab dem 1.1.2007 für die in § 24 Abs. 1 S. 1 Nr. 1 bezeichneten Umsätze 5,5% und in den übrigen Fällen 10,7%. Ein **darüber hinausgehender** Vorsteuerabzug aus Lieferantenrechnungen ist unzulässig (§ 24 Abs. 1 S. 4); er kommt nur in Betracht, wenn der Land- und Forstwirt auf die Anwendung des § 24 verzichtet und die Besteuerung nach den allgemeinen Vorschriften des UStG wählt (§ 24 Abs. 4, → Rn. 129). Ausreichend ist bereits die **Absicht,** die landwirtschaftlichen Umsätze nach § 24 Abs. 4 der Regelbesteuerung unterwerfen zu wollen (BFH V R 39/00, UR 2001, 361). **112**

Bei einem **gemeinsamen Erwerb** von landwirtschaftlichen Maschinen (zB Mähdrescher) durch mehrere Landwirte als **Bruchteilsgemeinschaft** steht jedem Landwirt ein anteiliger Vorsteuerabzug zu (BFH V R 31/98, DStR 1998, 2007 und BFH V R 53/03, DStRE 2006, 626). Dies gilt wegen § 24 Abs. 1 S. 4 allerdings nicht für den pauschalierenden Landwirt. Die **einzelnen Gesellschafter** erwerben den Miteigentumsanteil. Daraus folgt, dass sie ihren Anteil am Gegenstand ohne Zwischenerwerb durch die Gemeinschaft und damit **ohne vorherige Entnahme** des Miteigentumsanteils übertragen können (BFH V R 49/13, DStR 2014, 2386 entgegen UStAE 15.2 Abs. 16 Sätze 6 und 7). **113**

Der Ausschluss des Vorsteuerabzugs nach § 24 Abs. 1 S. 4 wird bisweilen durch Vorschaltung nichtpauschalierender Personen oder Gesellschaften zu umgehen versucht. Zum **Gestaltungsmissbrauch** gem. **§ 42 AO** bei Vermietung landwirtschaftlicher Grundstücke an Ehepartner zum Zweck der Erlangung des Vorsteuerabzugs siehe FG München 2 K 1767/13, EFG 2016, 1385; HessFG 6 V 1599/88, EFG 1989, 87. Zur Errichtung und Vermietung eines Gebäudes durch eine – mit der Mieterin personenidentische – **Vorschaltgesellschaft** siehe BFH V B 184/00, BFH/NV 2002, 681 sowie FG RhPf 6 K 2993/96, EFG 2005, 461; FG BW 12 K 493/00, EFG 2005, 761 und 12 K 4855/09, EFG 2013, 731 sowie zu Vorschaltverhältnissen allgemein BFH V R 43/04, BStBl. II 2007, 344). Die Errichtung eines **arbeitsteiligen Systems in der Ferkelerzeugung,** wonach ein Unternehmer mehrfach in Liefervorgänge als Leistungsempfänger (Vorsteuerabzug: 9%, § 24 Abs. 1 Nr. 3 aF) und Leistender (Steuersatz: 7%, § 12 Abs. 2) eingeschaltet ist, ist **nicht rechtsmissbräuchlich** (NdsFG 16 K 437/03, BeckRS 2007, 26025461). **Ferkellieferungen** eines Ferkelaufzuchtbetriebs an einen Schweinemastbetrieb können auch **über einen Zwischenhändler und Vermarkter** abgewickelt werden (kein Gestaltungsmissbrauch: FG BW 9 K 1572/13 – NZB XI B 76/16; aA FG Münster 15 V 2563/16 U, BeckRS 2017, 94243). Die Vereinbarung eines **über dem Marktpreis** liegenden Entgelts zwischen Gesellschaft und Gesellschafter ist kein Fall von § 42 AO (BFH V R 47/86, BStBl. II 1990, 757 (760); NdsFG 5 K 642/98, BeckRS 2004, 26017643). Bei der Verpachtung an nahe Angehörige findet die **Mindestbemessungsgrundlage nach § 10 Abs. 5 keine Anwendung,** wenn der Leistungsempfänger zum vollen Vorsteuerabzug berechtigt ist und keiner Vorsteuerberichtigung iSd § 15a unterliegt (BFH XI R 44/12, DStR 2014, 1673; → Rn. 45a mwN). **114**

Bei einem **Nebeneinander von Durchschnittssatzbesteuerung und Regelbesteuerung** ist der Ausschluss des Vorsteuerabzugsrechts (§ 24 Abs. 1 S. 4) bzw. die Vorsteueraufteilung (§ 15 Abs. 4) nicht **„betriebsbezogen“**, sondern **„tätigkeitsbezogen“** bzw. **„umsatzbezogen“** auszulegen (BFH V R 1/15, DStR 2017, 101; BFH XI R 2/11, MwStR 2014, 99). **115**

Beispiel: Im Fall des BFH-Urteils XI R 2/11 (BStBl. I 2014, 543) betrieb der Kläger neben seinem landwirtschaftlichen Betrieb eine der Regelbesteuerung unterliegende Schweinemast. Beide Betriebe sind organschaftlich verbunden. Im Rahmen des landwirtschaftlichen Betriebs sind ua Vorsteuern für die Aufzucht der Ferkel angefallen. Diese wurden an die Organgesellschaft geliefert (nicht steuerbarer Innenumsatz) und später durch die Organgesellschaft zum Regelsteuersatz veräußert.

Das FG Düsseldorf (1 K 1245/09 U, EFG 2011, 932) nahm eine betriebsbezogene Sichtweise ein und gewährte wegen § 24 Abs. 1 S. 4 keinen (weiteren) Vorsteuerabzug. Demgegenüber ließ der BFH wegen des direkten und unmittelbaren Zusammenhangs zu den regelbesteuerten Ausgangsumsätzen den Vorsteuerabzug in voller Höhe zu.

116 Seine frühere – noch betriebsbezogene – Rechtsprechung (zB XI B 194/07, BFH/NV 2008, 1548) hat der BFH damit ausdrücklich aufgegeben. **Dieser Rechtsprechungsänderung ist zuzustimmen.** Der Anwendungsbereich des § 24 definiert sich nicht nach ertragsteuerlichen Grundsätzen sondern aufgrund der unionsrechtlichen Vorgaben anhand der Lieferungen und Leistungen, die nach Art. 295–305 MwStSystRL der Pauschalbesteuerung unterliegen (vgl. → Rn. 12). Der pauschale Vorsteuerabzug bestimmt sich allein auf Grundlage dieser Ausgangsumsätze (*Klenk* in Sölch/Ringleb § 24 Rn. 169 mwN). Die entgegenstehende Entscheidung des FG Köln (8 K 2094/10, EFG 2013, 1448 – Rev. V R 31/13) beruhte noch auf der betriebsbezogenen Sichtweise. Dementsprechend erfolgte im Revisionsverfahren die Abhilfe durch das FA. Bei noch ungewisser Verwendung der Eingangsleistung kommt es auf die **Verwendungsabsicht** an.

117 Wegen § 24 Abs. 1 S. 4 entfällt ein Vorsteuerabzug nach § 15 für die Umsätze, die der Durchschnittsbesteuerung unterliegen. Verwendet der Pauschallandwirt einen **einheitlich genutzten Gegenstand** (zB Mähdrescher oder Traktor) sowohl für pauschalbesteuerte als auch für regelbesteuerte Umsätze, ist die Vorsteuer **analog § 15 Abs. 4 nach dem Umsatzschlüssel** aufzuteilen.

Beispiel: Der Unternehmer erwirbt zum 1.1.2013 einen Mähdrescher, den er zu 20% in seinem Gewerbebetrieb und zu 80% in seiner Landwirtschaft einsetzen will. Das Entgelt für den Mähdrescher beträgt netto 100.000 EUR zuzüglich 19.000 EUR USt. Die Umsätze aus Landwirtschaft und Gewerbebetrieb betragen in 13 jeweils 200.000 EUR (Gesamtumsatz 400.000 EUR).

Bislang werden die Vorsteuern entsprechend dem **Nutzungsanteil** aufgeteilt (vgl. UStAE 24.7 Abs. 2; BFH V R 79/91, BStBl. II 1994, 339 – Mähdrescher I). Dementsprechend wären nur 3.800 EUR (20%) der Vorsteuern abzugsfähig. Diese betriebsbezogene Betrachtung dürfte sich mit der og Rechtsprechungsänderung erledigt haben. Nunmehr sind die Vorsteuern analog § 15 Abs. 4 aufzuteilen mit der Folge, dass 9.500 EUR (50%) als Versteuern abzugsfähig wären.

Bei vertretbaren Sachen iSv § 91 BGB (Düngemittel, Futtermehl, Getreide), die sowohl für einen landwirtschaftlichen Betrieb als auch für einen Gewerbebetrieb (zB Landhandel) genutzt werden können, wird die Aufteilung bislang anhand des voraussichtlichen Umfangs ihres bestimmungsmäßigen Gebrauchs für die Landwirtschaft bzw. den Gewerbebetrieb – ggf. im Schätzungswege – vorgenommen (BFH V R 71/77, BStBl. II 1987, 685). Konsequenterweise wird man auch hier eine **umsatzbezogene Aufteilung der Vorsteuern** zulassen müssen.

117a Die Aufteilung der **Vorsteuerbeträge für ein Blockheizkraftwerk,** welches sowohl landwirtschaftlich (Wämeerzeugung) als auch gewerblich (Stromeinspeisung) genutzt wird, richtet sich nach dem Verhältnis der Marktpreise der produzierten Strom- und Wärmemenge (BFH V R 1/15, DStR 2017, 101; aA FVerw in UStAE Abschn. 2.5 Abs. 20 S. 1 iVm. Abs. 12 S. 3).

118 Die **Veräußerung** von einheitlichen Gegenständen des Anlagevermögens, die sowohl dem land- und forstwirtschaftlichen Betrieb als auch dem gewerblichen Betrieb gedient haben, soll nach dem „Mähdrescher II-Urteil“ des BFH als **Hilfsgeschäft unter die Durchschnittssatzbesteuerung** fallen, wenn der Gegenstand bei An-

schaffung dem landwirtschaftlichen Betrieb zugeordnet war (BFH V R 87/93, BStBl. II 1995, 218. Dieses Urteil steht allerdings im **Widerspruch** zu Art. 295 f. MwStSystRL (Art. 25 6. EG-RL), wonach die Pauschalbesteuerung auf landwirtschaftliche Erzeugnisse beschränkt ist (ebenso im Erg. *Klenk* in Sölch/Ringleb § 24 Rn. 187; vgl. → Rn. 11 f.). Vor dem Hintergrund der gebotenen richtlinienkonformen Auslegung scheint der **BFH** nunmehr an seiner Rechtsprechung zu den sog. **Hilfsumsätzen nicht mehr festhalten zu wollen** (BFH XI R 19/10, BStBl. II 2011, 772, → Rn. 59). Der **Verkauf** von gebrauchten landwirtschaftlichen Geräten und Maschinen dürfte daher auch nach dem BFH der Regelbesteuerung unterfallen. In Betracht kommt in diesen Fällen lediglich eine **Vorsteuerberichtigung** nach § 15 a Abs. 7 (*Klenk* in Sölch/Ringleb § 24 Rn. 57 mwN). Die **Verwaltung** beanstandet die Anwendung der Durchschnittssatzbesteuerung auf die Verkäufe jedoch nicht, wenn die Gegenstände zuvor zu mindestens **95 % für landwirtschaftliche Umsätze verwendet** wurden (UStAE 24.2 Abs. 6 S. 3).

Der **Übergang** von der Pauschalbesteuerung zur Regelbesteuerung und umgekehrt führt zur Vorsteuerberichtigung (§ 15 a Abs. 7, → Rn. 143 mwN). 119

einstweilen frei 120–123

11. Aufzeichnungs- und Erklärungspflichten

Die Aufzeichnungs- und Erklärungspflichten der nach § 24 besteuerten Land- und Forstwirte sind durch § 67 UStDV auf ein Mindestmaß beschränkt worden. Sie gelten nur noch für die Fälle, in denen sich Durchschnittssätze und Vorsteuer nicht ausgleichen, sowie für die gem. § 14 c Abs. 1, 2 geschuldete Umsatzsteuer. 124

Außerdem müssen die Bemessungsgrundlagen für den innergemeinschaftlichen Erwerb von Gegenständen sowie die hierauf entfallenden Steuerbeträge aufgezeichnet werden. Insoweit gilt die Aufzeichnungspflicht unseres Erachtens auch dann, wenn der nach Durchschnittssätzen besteuerte Land- und Forstwirt die Erwerbsschwelle des § 1 a Abs. 3 Nr. 2 von 12.500 EUR nicht überschreitet. Denn die Aufzeichnungen bilden die Grundlage zur Überprüfung, ob die Erwerbsschwelle tangiert ist. 125

Da Landwirte auch **Steuerschuldner iSd § 13b** sein können, gelten insoweit die allgemeinen Aufzeichnungspflichten (UStAE 24.1 Abs. 7 iVm UStAE 13b.1 Abs. 1; → § 13b Rn. 77). 126

einstweilen frei 127, 128

III. Wechsel der Besteuerungsart

1. Übergang zur Regelbesteuerung

Der Übergang zur Regelbesteuerung durch Verzicht auf die Durchschnittssatzbesteuerung (Option) ist gem. **§ 24 Abs. 4** durch eine bis zum 10. Tag eines Kalenderjahrs gegenüber dem FA abzugebende Erklärung mWv Beginn des abgelaufenen Kalenderjahr an möglich. Die Frist für die Abgabe der Optionserklärung kann nicht verlängert werden **(Ausschlussfrist).** 129

Nach hM (vgl. UStAE 24.8 Abs. 2) gehört zu den allgemeinen Vorschriften des UStG idS auch § 19. Wer also **Kleinunternehmer** ist, nach Option gem. § 24 Abs. 4 die Besteuerung nach § 19 aber ausschließen will, muss zusätzlich auch noch die Optionserklärung nach § 19 Abs. 2 abgeben. 130

Der Verzicht auf die Besteuerung nach § 24 ist nur in den Fällen sinnvoll, in denen hohe Vorsteuer in Rechnungen der Lieferanten ausgewiesen sind, zB bei großen Investitionen eines landwirtschaftlichen Betriebs (vgl. die Berechnungsbeispiele bei *Flock* INF 82, 102; 88, 437; 93, 516, und *Biedermann* INF 82, 557). Wegen der fünf- 131 jährigen Bindung an den Verzicht müssen auch die kommenden Jahre in die Berechnung mit einbezogen werden, ob die Option vorteilhaft ist.

Beispiel: Ein Landwirt mit einem jährlichen Nettoumsatz von 100.000 EUR baut ausschließlich Getreide an, das gem § 12 Abs. 2 1 iVm Nr. 13 der Anlage 2 zum UStG dem Steuersatz von 7% unterliegt. Seine jährliche Steuerlast beträgt somit bei Regelbesteuerung 7.000 EUR. Seine Vorsteuer aus laufenden Betriebskosten belaufen sich auf jährlich 5.000 EUR, so dass eine Zahllast von 2.000 EUR verbleibt. Im laufenden Betrieb ist daher die Anwendung des § 24 für ihn günstiger. Errichtet er ein Wirtschaftsgebäude für netto 200.000 EUR, auf das Vorsteuer von 30.000 EUR entfallen, ist die Option sinnvoll: Im Bindungszeitraum von fünf Jahren entsteht eine Ausgangssteuer von 5 × 7.000 EUR = 35.000 EUR sowie eine Vorsteuer von 5 × 5.000 EUR = 25.000 EUR auf die laufenden Betriebskosten und 30.000 EUR auf die Baukosten, insgesamt 55.000 EUR; es ergibt sich bei Option ein Vorsteuerüberhang von 20.000 EUR.

132 Das Gesetz sieht **keine besondere Form** für die Option vor. Diese kann auch durch schlüssige Handlung (insbesondere Abgabe einer entsprechenden Umsatzsteuererklärung) abgegeben werden (NdsFG EFG 1986, 631); der gesonderte Ausweis der USt und Vorsteuer in der Gewinnermittlung reicht jedoch nicht aus (NdsFG 5 K 96/01, EFG 2003, 656).

133 Eine „Option" zur Regelbesteuerung nach § 24 Abs. 4 ist auch bereits **vor** Aufnahme der Umsatztätigkeit möglich (BFH V R 39/00, UR 2001, 361 – Vorsteuerabzug für den Erwerb eines land- und forstwirtschaftlichen Betriebs).

134 Hat ein Unternehmer mehrere land- und forstwirtschaftliche Betriebe, kann die Option nach § 24 Abs. 4 nur einheitlich ausgeübt werden (BFH V R 64/96, BStBl. II 1998, 494; UStAE 24.8 Abs. 1 S. 3).

2. Rückkehr zur Durchschnittssatzbesteuerung

135 Die Rückkehr zur Durchschnittssatzbesteuerung ist frühestens nach Ablauf von fünf Jahren möglich. Dies gilt im Falle der Geschäftsveräußerung (§ 1 Abs. 1 a) gem. Abs. 4 S. 2 auch für den Erwerber. Hierzu muss die Optionserklärung spätestens bis zum 10. Tage nach Beginn des Kalenderjahrs **widerrufen** werden, von dem an der Land- und Forstwirt wieder zur Besteuerung nach § 24 zurückkehren will.

136 Diese Frist kann grundsätzlich **verlängert** werden, nach ihrem Ablauf aber nur aus **Billigkeitsgründen** (§ 24 Abs. 4 S. 5 und 6). Solche dürften insbesondere vorliegen, wenn der Unternehmer durch unvorhersehbare Umstände (zB Krankheit) zu außerordentlich umfangreichen Verkäufen (zB auch von Maschinen und Geräten) gezwungen ist (vgl. BFH V R 68/87, BFH/NV 1992, 208).

137 Hat die Option zur Anwendung des **§ 19** geführt, besteht die Bindung nur für ein Jahr (§ 71 UStDV; vgl. UStAE 24.8 Abs. 3 S. 3).

138 Für den Fall des **Ausscheidens eines Gesellschafters** aus einer zweigliedrigen Personengesellschaft nimmt OFD Nürnberg S 7416 – 22/St 43, UR 1991, 211 eine Fortgeltung der Bindungsfrist an (mE sehr zweifelhaft, denn es ist keine Unternehmeridentität gegeben).

139–142 *einstweilen frei*

3. Vorsteuerberichtigung beim Wechsel der Besteuerungsart

143 Beim **Übergang** von der Durchschnittssatzbesteuerung zur Regelbesteuerung und umgekehrt ist von einer Änderung der für den Vorsteuerabzug maßgebenden Verhältnisse iSd § 15 a hinsichtlich der Wirtschaftsgüter auszugehen, deren Berichtigungszeitraum noch nicht abgelaufen ist (BFH V R 6/01, BStBl. II 2002, 555; vgl. → § 15 a Rn. 25 f.). Dies hat der **Gesetzgeber** durch **§ 15 a Abs. 7** idF durch das EURLUmsG (BGBl. 2004 I 3310) **klargestellt.** Die **Vorsteuerberichtigung** kann

sich **zugunsten** des Steuerpflichtigen (Wechsel zur Regelbesteuerung) oder zu Ungunsten des Steuerpflichtigen (Wechsel zur Pauschalbesteuerung) auswirken.

Eine Vorsteuerberichtigung kommt auch bei **Gesamtrechtsnachfolge** in Betracht, zB wenn der Rechtsvorgänger nach allgemeinen Vorschriften besteuerte und der Rechtsnachfolger seine Umsätze pauschalbesteuert (BFH V R 37/04, BStBl. II 2006, 466). 144

Die **Finanzverwaltung** gewährt beim Übergang von der Regelbesteuerung zur Pauschalbesteuerung **Vertrauensschutz** im Wege einer **Übergangsregelung.** Danach ist eine Vorsteuerberichtigung **zuungunsten** des Steuerpflichtigen nur für die Wirtschaftgüter vorzunehmen, die nach dem 31.12.1995 erstmals verwendet werden (BMF 6.12.2005, BStBl. I 2005, 1068). Diese **Billigkeitsregelung beschränkt** sich allerdings auf die im BMF-Schreiben genannten Fälle, wobei das **FG die Verwaltungsanweisung nicht selbst auslegen,** sondern nur darauf überprüfen darf, ob die Auslegung durch die Behörde möglich ist (BFH V R 37/04, BStBl. II 2006, 466). Wechselt ein Landwirt von der Durchschnittssatzbesteuerung zur Regelbesteuerung und später wieder von der Regelbesteuerung zur Durchschnittssatzbesteuerung und führen diese Wechsel im Ergebnis zu Vorsteuerrückzahlungen, besteht ein **Anspruch auf Erlass nach der oben genannten Übergangsregelung nur dann,** wenn der Steuerpflichtige nachträglich (nach § 172 Abs. 1 S. 1 Nr. 2 Buchst. a AO) wirksam darauf **verzichtet, Vorsteuererstattungen geltend zu machen** (BFH V R 43/09, BStBl. II 2011, 610). 145

Im umgekehrten Fall (Wechsel zur Regelbesteuerung) können die Vorsteuerbeträge, die vor dem Wechsel angefallen sind, erst **ab dem Zeitpunkt der erstmaligen Verwendung** nach § 15a (anteilig) geltend gemacht werden (BFH V R 22/06, UR 2009, 66). 146

§ 25 Besteuerung von Reiseleistungen

(1) [1]Die nachfolgenden Vorschriften gelten für Reiseleistungen eines Unternehmers, die nicht für das Unternehmen des Leistungsempfängers bestimmt sind, soweit der Unternehmer dabei gegenüber dem Leistungsempfänger im eigenen Namen auftritt und Reisevorleistungen in Anspruch nimmt. [2]Die Leistung des Unternehmers ist als sonstige Leistung anzusehen. [3]Erbringt der Unternehmer an einen Leistungsempfänger im Rahmen einer Reise mehrere Leistungen dieser Art, so gelten sie als eine einheitliche sonstige Leistung. [4]Der Ort der sonstigen Leistung bestimmt sich nach § 3a Abs. 1. [5]Reisevorleistungen sind Lieferungen und sonstige Leistungen Dritter, die den Reisenden unmittelbar zugute kommen.

(2) [1]Die sonstige Leistung ist steuerfrei, soweit die ihr zuzurechnenden Reisevorleistungen im Drittlandsgebiet bewirkt werden. [2]Die Voraussetzung der Steuerbefreiung muss vom Unternehmer nachgewiesen sein. [3]Das Bundesministerium der Finanzen kann mit Zustimmung des Bundesrates durch Rechtsverordnung bestimmen, wie der Unternehmer den Nachweis zu führen hat.

(3) [1]Die sonstige Leistung bemisst sich nach dem Unterschied zwischen dem Betrag, den der Leistungsempfänger aufwendet, um die Leistung zu erhalten, und dem Betrag, den der Unternehmer für die Reisevorleistungen aufwendet. [2]Die Umsatzsteuer gehört nicht zur Bemessungsgrundlage. [3]Der Unternehmer kann die Bemessungsgrundlage statt für jede einzelne Leistung entweder für Gruppen von Leistungen oder für die gesamten innerhalb des Besteuerungszeitraums erbrachten Leistungen ermitteln.

(4) [1]Abweichend von § 15 Abs. 1 ist der Unternehmer nicht berechtigt, die ihm für die Reisevorleistungen gesondert in Rechnung gestellten sowie

die nach § 13b geschuldeten Steuerbeträge als Vorsteuer abzuziehen. [2]Im Übrigen bleibt § 15 unberührt.

(5) **Für die sonstigen Leistungen gilt § 22 mit der Maßgabe, dass aus den Aufzeichnungen des Unternehmers zu ersehen sein müssen:**
1. **der Betrag, den der Leistungsempfänger für die Leistung aufwendet,**
2. **die Beträge, die der Unternehmer für die Reisevorleistungen aufwendet,**
3. **die Bemessungsgrundlage nach Absatz 3 und**
4. **wie sich die in den Nummern 1 und 2 bezeichneten Beträge und die Bemessungsgrundlage nach Absatz 3 auf steuerpflichtige und steuerfreie Leistungen verteilen.**

Umsatzsteuer-Durchführungsverordnung:

§ 72 Buchmäßiger Nachweis bei steuerfreien Reiseleistungen

(1) Bei Leistungen, die nach § 25 Abs. 2 des Gesetzes ganz oder zum Teil steuerfrei sind, ist § 13 Abs. 1 entsprechend anzuwenden.

(2) Der Unternehmer soll regelmäßig Folgendes aufzeichnen:
1. *die Leistung, die ganz oder zum Teil steuerfrei ist;*
2. *den Tag der Leistung;*
3. *die der Leistung zuzurechnenden einzelnen Reisevorleistungen im Sinne des § 25 Abs. 2 des Gesetzes und die dafür von dem Unternehmer aufgewendeten Beträge;*
4. *den vom Leistungsempfänger für die Leistung aufgewendeten Betrag;*
5. *die Bemessungsgrundlage für die steuerfreie Leistung oder für den steuerfreien Teil der Leistung.*

(3) Absatz 2 gilt entsprechend für die Fälle, in denen der Unternehmer die Bemessungsgrundlage nach § 25 Abs. 3 Satz 3 des Gesetzes ermittelt.

EU-Recht: Art. 306–310 MwStSystRL (Art. 26, 28 Abs. 3 Buchst. a, Anh. E Nr. 15 6. EG-RL)
UStAE: 25.1–25.5

Übersicht

I. Bedeutung und Rechtsentwicklung

1. Bedeutung

1 Die Leistungen der Reiseveranstalter setzen sich oft aus vielen Einzelleistungen (zB Organisation, Beförderung, Unterkunft, Verpflegung) zusammen, die zT von anderen Unternehmern an verschiedenen Orten erbracht werden. Bei Anwendung der allgemeinen Grundsätze der §§ 3 und 3a würden je nach Art und Ort dieser Leistungen unterschiedliche umsatzsteuerliche Rechtsfolgen eintreten. Dieser Aufsplitterung wirkt § 25 entgegen. Die Vorschrift legt einen **einheitlichen Leistungsort** (§ 3a

Abs. 1) fest und behandelt die Leistungen des Reiseveranstalters im Ergebnis **wie Vermittlungsleistungen.** Eine umfassende Darstellung gibt *Hässel* Die Besteuerung und Buchführung der Reisebüros, 1988; vgl. auch *Wilke* DStZ/A 1981, 155 und *Schwend/Hall* DStR 1986, 361. Auf die Probleme bei der Kalkulation der Margensteuerbelastung weist *Kausemann* DB 1989, 1366, mit aufschlussreichen Berechnungsbeispielen hin.

Reine Vermittlungsleistungen grenzüberschreitender Beförderungen können 2
unter den Voraussetzungen von § 4 Nr. 5 steuerbefreit sein. Sie fallen nicht unter § 25 (→ § 4 Nr. 5 Rn. 7 ff.).

Die von der EG-Kommission geplante **Änderung des Art. 26 6. EG-RL** 3
(Art. 306 f. MwStSystRL) zur Harmonisierung der Reiseleistungen **ist gescheitert** (vgl. *Henkel* UStB 2004, 360 mwN und Gestaltungshinweisen).

2. Rechtsentwicklung

Die Vorschrift ist neu in das UStG 1980 aufgenommen worden. § 25 Abs. 2 ist neu 4
gefasst durch StandOG v. 13.9.1993 (BGBl. 1993 I 1569) und gilt seit dem 1.11.1993. Durch das EURLUmsG (BGBl. 2004 II 3310) ist § 25 Abs. 4 S. 1 klarstellend geändert worden (Vorsteuerabzugsverbot auch für die nach § 13b geschuldete USt, vgl. → Rn. 47).

einstweilen frei 5, 6

II. Besteuerung der Reiseleistung

1. Beteiligter Personenkreis

§ 25 regelt unmittelbar die Besteuerung der Reiseveranstalter. Dabei ist es gleich- 7
gültig, ob diese Einzelleistungen (zB Vermietung von Ferienhäusern) oder Pauschalleistungen (zB zwei Wochen Hotelaufenthalt mit Fahrt und Verpflegung) anbieten. Sie müssen die Leistungen **im eigenen Namen** – als Reiseveranstalter – erbringen (also nicht nur als Vermittler auftreten – zur Abgrenzung vgl. BFH V R 138/73, BStBl. II 1976, 307; V B 42/07, BFH/NV 2008, 1894 und NdsFG 5 K 59/09, EFG 2015, 2003, wonach die Ausgabe von Sicherungsscheinen nach § 651k Abs. 3 BGB ein Auftreten als Reiseveranstalter indiziert, und FG Nürnberg 2 K 261/13, BeckRS 2015, 95783, NZB BFH V B 81/15) und dabei **Reisevorleistungen** in Anspruch nehmen. Auf einen Reiseveranstalter, der eigene Ferienhäuser vermietet, trifft § 25 daher nicht zu.

§ 25 erfordert **nicht,** dass der Unternehmer für **eigene Rechnung** handeln muss. 8
Reiseleistungen liegen daher auch vor, wenn der Steuerpflichtige als Kommissionär iSd § 3 Abs. 11 im eigenen Namen und auf **fremde Rechnung** gegenüber dem **Endkunden** tätig wird (Vermietung von Ferienwohnung der Muttergesellschaft durch Tochtergesellschaft, BFH V R 79 und 80/98, BStBl. II 2004, 308; siehe auch BFH V R 25/03, BStBl. II 2006, 788 und FG Düsseldorf 1 K 5925/04, EFG 2007, 717). Der **entgegenstehenden Verwaltungsauffassung** (UStAE 3.15 Abs. 4 S. 5) hat der BFH noch einmal eine Absage erteilt (BFH XI B 71/10, BFH/NV 2011, 1929).

§ 25 stellt allein auf das Erbringen von Reiseleistungen durch einen Unternehmer 9
ab, es kommt daher nicht darauf an, dass diese Leistungen der Hauptgegenstand des Unternehmens sind. Die Vorschrift ist daher zB auch auf **Reiseleistungen eines Warenhauses** anwendbar.

Leistungsempfänger ist derjenige, der in unmittelbare Vertragsbeziehungen zu 10
dem Reiseveranstalter tritt (vgl. auch → § 15 Rn. 34). Der Leistungsempfänger braucht die Leistung nicht selbst in Anspruch zu nehmen, **Reisender** kann auch ein

Dritter sein. Bucht zB ein Familienvater eine Pauschalreise für die ganze Familie, so ist er der Leistungsempfänger, Reisende sind die einzelnen Familienmitglieder.

11 Aufgrund des eindeutigen Wortlauts des § 25 Abs. 1 S. 1 „Reiseleistungen eines Unternehmers, die **nicht** für das Unternehmen des Leistungsempfängers bestimmt sind" gingen Rechtsprechung und Verwaltung bislang davon aus, dass die Reiseleistung für einen **Endkunden** (Reisenden) bestimmt sein muss (BFH V R 9/06, BStBl. II 2010, 433; zuvor bereits BFH V R 25/03, BFH/NV 2007, 1765; UStAE 25.1 Abs. 2; aA *Henkel* UStB 2000, 59). Diese **Beschränkung der Vorschrift auf Reisende** hat der **EuGH** (EuGH C-189/11, UR 2014, 835 – Kommission/Spanien) jüngst für **unionsrechtswidrig** erachtet. Er entschied im Gegensatz zur Rechtsauffassung der EU-Kommission, dass die „Sonderregelung für Reisebüros" nach Art. 306 ff. MwStSystRL nicht nur für Leistungen an Reisende („Reisendenmaxime"), sondern **allgemein für Leistungen an Kunden** („Kundenmaxime") gilt. Als maßgeblich sieht der EuGH die mit der **Sonderregelung verbundenen Ziele** an, die Besteuerung der Reisebüros zu vereinfachen und die Einnahmen zwischen den einzelnen Mitgliedstaaten ausgewogen zu verteilen. Diese Ziele ließen sich besser mit der Kundenmaxime erreichen. Der BFH (V R 11/11, DStR 2014, 200) ist dem EuGH inzwischen gefolgt; die og frühere Rechtsprechung des BFH hat sich damit erledigt.

12 Der Rechtsprechungsänderung **ist zuzustimmen.** Die Anwendung der Margenbesteuerung auf alle Kunden **vermeidet** auch die bislang bestehende Gefahr einer Doppel- oder Nichtbesteuerung von Reiseleistungen im EU-Gebiet.

Beispiel nach *Sterzinger* (Anm zu EuGH C-189/11, UR 2014, 843):
Reiseveranstalter (A) in Hannover bietet eine Rundreise in Spanien (Übernachtung und Beförderung) mit Kosten von 2.000 EUR zzgl. USt pro Person an. A verkauft die Reise an einen Berliner Reiseveranstalter (B) zum Preis von 2.500 EUR zzgl. USt. B verkauft die Reise schließlich an einen Endkunden zum Preis von 3.500 EUR zzgl. USt.

Die Übernachtungs- und Beförderungsleistung gilt nach deutschem Recht als in Spanien erbracht und wäre dort steuerbar. Demgegenüber handelt es sich nach spanischem Recht (Kundenmaxime) um eine Reiseleistung, die am Sitz von B in Deutschland als ausgeführt gilt. Im Ergebnis würde daher weder in Deutschland noch in Spanien eine Besteuerung des A stattfinden. Lediglich die Marge des B (1.000 EUR) wäre in Deutschland nach § 25 zu versteuern.

Problematisch erscheint allerdings das **Vorgehen der EU-Kommission.** Nachdem diese bereits 2002 den Mitgliedstaaten (EU-Rat) vergeblich vorgeschlagen hatte, Art. 26 der 6. EG-RL zu ändern und das Wort „Reisender" in allen Sprachfassungen durchweg durch „Kunde" zu ersetzen, ersetzt nun die Entscheidung des EuGH die fehlende Einigung der Mitgliedstaaten. Im Ergebnis hat die EU-Kommission durch dieses **„Spiel über Bande"** die Kundenmaxime erreicht, auf die sich die Mitgliedstaaten gerade nicht einigen konnten oder wollten (*Sterzinger* UR 2014, 843 mwN). **Deutschland** und die übrigen Mitgliedstaaten, die bislang auf die Reisendenmaxime gesetzt haben, werden vor dem Hintergrund der og EuGH-Entscheidung ihre **Margenbesteuerung entsprechend anzupassen** haben. Bis dahin haben die **Reiseunternehmen ein Wahlrecht** und können sich entweder auf die im nationalen Recht geregelte Reisendenmaxime oder die im Unionsrecht verankerte Kundenmaxime berufen (BFH V R 25/11, MwStR 2014, 473).

13 Nach Auffassung des **NdsFG** (16 K 53/15, EFG 2016, 1307 – NZB Az. XI R 4/16) soll die Berufung auf das Unionsrecht auch für den **Bezug von Reisevorleistungen aus dem EU-Ausland** gelten. Nach nationalem Verständnis läge dagegen – mangels Margenbesteuerung – ein Fall der Steuerschuldnerschaft nach § 13b Abs. 1 und 5 vor. **Das Urteil des NdsFG erscheint problematisch.** Es billigt dem Leistungsempfänger zu, durch unmittelbare Berufung auf das Unionsrecht im Rahmen der Prüfung seiner Steuerschuldnerschaft den Ort der Leistung zu seinen Gunsten zu bestimmen, ohne eine korrespondierende Behandlung beim leistenden Unterneh-

mer sicherzustellen. Dies könnte im Ergebnis dazu führen, dass die Leistungen weder in Deutschland noch im anderen Mitgliedstaat steuerbar wären. Diese **Problematik der faktischen Nichtbesteuerung** lässt sich mE nur über eine einheitliche Anwendung des Unionsrechts lösen. So könnte die Berufung auf das Unionsrecht von Seiten des Leistungsempfängers vom Nachweis abhängig gemacht werden, dass der Leistende damit einverstanden ist.

einstweilen frei 14

2. Begriff und Beurteilung der Reiseleistung

Reiseleistung ist alles, was der Reiseveranstalter auf Grund des mit dem Leistungsempfänger abgeschlossenen Vertrags leistet, sofern die in → Rn. 7f. aufgeführten Voraussetzungen vorliegen. Die Beförderung des Reisenden muss nicht Bestandteil der Leistung sein (EuGH C-163/91, UR 1995, 302 – Van Gin-Mel). Eine Reiseleistung liegt deshalb auch vor, wenn der Reiseveranstalter seine Leistung darauf beschränkt, dem Reisenden lediglich eine **Ferienwohnung** zur Verfügung zu stellen (BFH V B 95/92, BFH/NV 1994, 346 und BFH V R 79 und 80/98, UR 2000, 26; FG Nürnberg 2 K 261/13, BeckRS 2015, 95783, NZB BFH V B 81/15). Daraus folgt, dass auch **eine einzige** gegenüber einem Reisenden erbrachte Reiseleistung der Margenbesteuerung unterliegen kann. Noch ungeklärt ist, ob es sich bei dieser einzigen Leistung um eine **Kernleistung** (Beförderungs- oder Unterbringungsleistung) handeln muss. Der BFH hat hieran Zweifel und dem EuGH die Frage vorgelegt, ob der **isolierte Verkauf von Veranstaltungskarten** (zB Opernbesuche) ebenfalls der Margenbesteuerung unterfällt (BFH XI R 39/08, BStBl. II 2010, 321). Der **EuGH hat dies verneint** und unter Hinweis auf den Wortlaut des Art. 26 Abs. 1 der 6. EG-RL klargestellt, dass eine Leistung eines Reisebüros nur dann unter diese Sonderregelung fällt, wenn sie die **Durchführung einer Reise** betrifft (EuGH C 31/10, DStR 2010, 2576 – Minerva Kulturreisen GmbH). 15

§ 25 ist nur anwendbar, wenn der Reiseveranstalter Reisevorleistungen (→ Rn. 28f.) in Anspruch nimmt. Alle Reiseleistungen, die der Reiseveranstalter bzgl. einer Reise erbringt, gelten als eine **einheitliche sonstige Leistung.** Ort dieser sonstigen Leistung ist der Ort, von dem aus der Reiseveranstalter sein Unternehmen betreibt, bzw. die Betriebsstätte, die die Reiseleistung erbringt (§ 3a Abs. 1, vgl. → § 3a Rn. 5). 16

Die Durchführung von **Sprachreisen** (zB Auslandsaufenthalte von Schülern während der Schulferien) und **Sprachstudienaufenthalten** (sog. High-School- oder College-Programme) einschließlich Beförderung und Betreuung im Ausland unterliegen als Reiseleitungen § 25. Auf den Zweck und die Dauer des Auslandaufenthalts der Teilnehmer kommt es nicht an (BFH V R 104/01, BStBl. II 2007, 142; zuvor EuGH C-200/04, DStRE 2005, 1481 – IST). 17

Bei sog. **Kaffeefahrten** (Busfahrten mit Verkaufsveranstaltungen) handelt es sich nicht um Reiseleistungen, wenn der Busunternehmer gegenüber den Teilnehmern als Veranstalter auftritt (FM NRW DB 1982, 929). Anders ist es aber, wenn der Verkaufsveranstalter auch als Veranstalter der Reise nach außen hin auftritt; dann stehen idR die touristischen Leistungen dermaßen im Vordergrund, dass es sich insgesamt um eine Reiseleistung iSv § 25 handelt (FM NRW DB 1986, 2412). Besteht der einzige Zweck der von einem Verkaufsveranstalter durchgeführten Reiseleistungen darin, den **Warenverkauf bei den Verkaufsveranstaltungen** zu fördern, schließt dies die Anwendung des § 25 in Bezug auf die zur Durchführung der Tagesausflüge erbrachten Leistungen in Gestalt der Busfahrten, Bewirtungen und Besichtigungen nicht aus (FG Bremen 2 K 220/07 (1), EFG 2008, 1493; sa FG Bln-Bbg 7 K 15090/13, EFG 2016, 317). 18

Ein **Hotelier,** der gegen Zahlung eines **Pauschalpreises** seinen Kunden neben der Unterkunft regelmäßig auch die Beförderung von weit entfernten Abholstellen 19 zum Hotel anbietet, erbringt Reiseleistungen bzgl. der von Dritten bezogenen Transportdienstleistung (EuGH C-308/96, IStR 1998, 665 – Arret).

20 Die **Vercharterung einer Segelyacht** unterliegt nicht der Besteuerung nach § 25, weil keine Beförderung- und Unterbringungsleistungen ausgeführt werden, sondern den Charterern ermöglicht wird, mit der überlassenen Yacht eine selbst organisierte Reise durchzuführen (FG München 14 K 265/05, EFG 2006, 1374).

21 Erwirbt ein Tickethändler oder ein Reisebüro ein **„Paket" von Flugtickets,** um hieraus durch **Verbindung** mit anderen Leistungen (zB Unterkunft und Verpflegung) **eine Pauschalreise zusammenzustellen,** liegt eine Reiseleistung iSd § 25 vor (UStAE 25.1 Abs. 5 Nr. 1 Satz 3). Zu Reiseleistungen im Zusammenhang mit **Verkaufsveranstaltungen** und bei sog. **Gewinnreisen** siehe OFD Koblenz 8.4.2003, DStR 2004, 92.

22 Eine vom Reiseveranstalter obligatorisch angebotene **Reiserücktrittsversicherung** stellt keine unselbstständige Nebenleistung zur Reiseleistung, sondern eine selbstständige steuerfreie Versicherungsleistung gem. § 4 Nr. 10 Buchst. b dar (BFH V R 24/02, BStBl. II 2006, 935).

23 Die Betreuungsleistungen eines Konsularservices (Beschaffung der Visa, Bestätigung durch Kontaktaufnahme zu Referenzunternehmen vor Ort) sind gegenüber der bloßen Beschaffung des Touristenvisums als selbstständige sonstige (Reise-)Leistung anzusehen (BFH V R 25/03, BStBl. II 2006, 788).

24 Bei der Einlösung von sog. **„Campingschecks"** kommt die Margenbesteuerung weder direkt noch analog zur Anwendung (FG RhPf 6 K 1782/13, EFG 2014, 1907).

25–27 *einstweilen frei*

3. Reisevorleistungen

28 Die Inanspruchnahme von Reisevorleistungen ist Voraussetzung für die Anwendung des § 25. Reisevorleistungen sind alle Reiseleistungen, die dem Reisenden unmittelbar zugute kommen und von einem anderen als dem Reiseveranstalter erbracht werden, insbesondere die Leistungen der Beförderungsunternehmer und der Hotels. Die Inanspruchnahme von Reisevorleistungen liegt vor, wenn der **Dritte** – der eigentliche Leistungsträger – auf **Veranlassung des Reiseunternehmers gegenüber dem Reisenden** tatsächlich tätig wird.

29 Für die Frage, ob Leistungen Dritter dem Reisenden unmittelbar zugute kommen, sind die umsatzsteuerrechtlichen Leistungsbeziehungen sowie die ihnen zugrunde liegenden zivilrechtlichen Rechtsverhältnisse zwischen dem Dritten und dem Unternehmer bzw. zwischen dem Unternehmer und dem Leistungsempfänger ohne Bedeutung (BFH V B 95/92, UR 1993, 263). Bei der Vermietung von Ferienhäusern ist deshalb entscheidend, ob die Zuweisung des Objekts vor Ort in die tatsächliche Verfügungsmacht des Vermieters (Dritten) gestellt ist (dann Reisevorleistung) oder durch den Reiseveranstalter selbst erfolgt (dann Eigenleistung). Zum Problem auch *Henkel* DStR 1995, 1329.

30 Soweit der Reiseveranstalter Reiseleistungen mit eigenen Mitteln erbringt (zB Beförderung in eigenen Autobussen), ist § 25 unanwendbar (vgl. UStAE 25.1 Abs. 8). Hierfür gelten die allgemeinen Vorschriften für sonstige Leistungen. Bei einem einheitlichen Reisepreis muss das Entgelt aufgeteilt werden in Eigen- und Fremdleistung. Nur für den auf die **Fremdleistung** (= Reisevorleistung) entfallenden Anteil gilt § 25. Die Aufteilung soll grundsätzlich in dem prozentualen Verhältnis erfolgen, in dem die Eigenleistungen zu den Fremdleistungen stehen, aber auch andere Aufteilungsmaßstäbe sind zugelassen, wenn sie zu einem sachgerechten Ergebnis führen (UStAE 25.3 Abs. 2 und 3). Zur Aufteilung bei Pauschalreisen mit eigenen Bussen siehe FG Münster 5 K 6965/99 U, EFG 2003, 1743 – Aufteilung nach tatsächlichen Kosten. Eigenleistungen sind auch dann keine Reisevorleistungen, wenn sie **Nebenleistungen** sind (FG RhPf 6 K 2092/13, MwStR 2015, 28).

einstweilen frei 31, 32

4. Steuerfreie Reiseleistungen

Steuerfreie Reiseleistungen sind nach § 25 Abs. 2 gegeben, soweit die ihr zuzurechnenden Reisevorleistungen **im Drittlandsgebiet** (zur Definition des Drittlandsgebiets siehe § 1 Abs. 2a) bewirkt werden. Die Reiseleistung ist daher insgesamt steuerfrei, wenn sowohl die übrigen Reisevorleistungen als auch die mit der Reise verbundenen Beförderungsleistungen ausschließlich im Drittlandsgebiet erbracht werden. 33

Werden die Reisevorleistungen nur **zT im Drittlandsgebiet, im Übrigen aber im Gemeinschaftsgebiet** erbracht, so ist die Reiseleistung nur insoweit steuerfrei, als die Reisevorleistungen auf das Drittlandsgebiet entfallen. Dies gilt auch für Reisevorleistungen, die in der Beförderung von Personen mit Flugzeugen und Schiffen bestehen. Erstreckt sich somit eine Beförderung sowohl auf das Drittlandsgebiet als auch auf das Gemeinschaftsgebiet, so hat der Reiseveranstalter die gesamte Beförderungsleistung nach Maßgabe der zurückgelegten Strecken erforderlichenfalls im Schätzungswege aufzuteilen, Wird der **Bustransfer im Gemeinschaftsgebiet** bewirkt und die Kreuzfahrtschiffsreise im Drittlandsgebiet erbracht, unterliegt (nur) der Bustransfer der Margenbesteuerung (BFH XI R 18/09, DStRE 2012, 756). Die **Visabeschaffung** eines Reiseveranstalters für Russlandreisen erfolgt im Inland und stellt damit keine steuerfreie Reisevorleistung dar (FG Hmb 1 K 52/10, EFG 2013, 410). 34

Der **BMF** (UStAE 25.2 Abs. 4) lässt jedoch eine **Vereinfachungsregel** zu: Liegt der Zielort der Personenbeförderung im Drittlandsgebiet, gilt die Beförderungsleistung insgesamt als im Drittlandsgebiet erbracht, mit der Folge der Steuerbefreiung. Liegt der Zielort der Personenbeförderung im Gemeinschaftsgebiet, gilt die Beförderungsleistung insgesamt als im Gemeinschaftsgebiet erbracht. Diese Vereinfachungsregel entspricht nicht dem Gesetzeswortlaut. Ob es sich dabei um eine Maßnahme zur Vereinfachung der Steuererhebung iSv Art. 395 MwStSystRL handelt, ist fraglich. Die EG-Kommission ist einem entsprechendem Antrag Deutschlands entgegengetreten (vgl. *Rädler/Lausterer* UR 1995, 285). 35

Zur Nachweispflicht der steuerbefreiten Reiseleistungen vgl. § 72 UStDV. Die Steuerbefreiung nach § 25 Abs. 2 führt nicht zum Verlust des Vorsteuerabzugs (§ 15 Abs. 3 Nr. 2). Soweit § 25 Abs. 2 keine Anwendung findet, können für einheitliche Reiseleistungen die allgemeinen Steuerbefreiungsvorschriften (zB § 4 Nr. 25) in Betracht kommen (vgl. UStAE 25.1 Abs. 12). 36

einstweilen frei 37, 38

5. Bemessungsgrundlage

Die Regelung der Bemessungsgrundlage für die Reiseleistungen (§ 25 Abs. 3) ist das Kernstück der Vorschrift. Sie führt dazu, dass nur der **Aufschlag,** den der Reiseveranstalter auf die Reisevorleistungen erhebt, der Umsatzsteuer unterliegt. Diese Marge ist durch Gegenüberstellung der Kosten für die Reisevorleistungen (einschließlich USt) und des gesamten Reisepreises (einschließlich USt) zu ermitteln; aus der sich so ergebenden Bruttomarge ist die USt herauszurechnen. 39

Beispiel: Ein Reiseveranstalter in Hannover bietet eine Pauschalreise in den Schwarzwald an. Es nehmen 50 Personen teil. Der Einzelpreis für die Reise (Fahrt, Unterkunft, Verpflegung) beträgt 500 EUR. Der Busunternehmer, der die Beförderung durchführt, erhält 3.000 EUR, das Hotel für Unterkunft und Verpflegung 17.000 EUR. Der Gesamteinnahme von 25.000 EUR stehen somit Kosten von 20.000 EUR gegenüber. Die Marge von 5.000 EUR ist das Bruttoentgelt. Nach Herausrechnen der USt (15,96% von 5.000 EUR) verbleibt die umsatzsteuerliche Bemessungsgrundlage von 4.202 EUR.

40 Die Errechnung der Marge für die einzelne Leistung kann bei Pauschalreisen mit erheblichen Schwierigkeiten verbunden sein. Eine Zuordnung der Reisevorleistungen wird vielfach abrechnungstechnische Probleme aufwerfen. **§ 25 Abs. 3 S. 3** sieht deshalb **Erleichterungen** vor. Der Unternehmer hat danach die Möglichkeit, die Marge für bestimmte **Gruppen von Reiseleistungen** (zB sämtliche Reiseleistungen einer Kreuzfahrt oder Studienfahrt; alle Reisen in ein bestimmtes Gebiet) oder für **sämtliche Reisen während des Besteuerungszeitraums** zu ermitteln (vgl. UStAE 25.3 Abs. 4). Diese Erleichterungen sind durch Art. 308 MwStSystRL nicht vorgegeben. Dementsprechend hat der **EuGH klargestellt,** dass eine **pauschale Bestimmung** der Marge unionsrechtlich nicht zulässig sei (C-189/11, UR 2014, 835 – Kommission/Spanien, vgl. → Rn. 11). Vielmehr sei die Besteuerungsgrundlage für jede einzelne Dienstleistung zu ermitteln. Die Gruppenbesteuerung nach § 25 Abs. 3 S. 3 dürfte mit diesen Vorgaben nicht vereinbar sein (*Wäger* UR 2014, 81 (119)).

41 Soweit in der **Gesamtleistung** neben der nach § 25 zu versteuernden Reiseleistung auch nach allgemeinen Grundsätzen zu versteuernde Eigenleistungen enthalten sind, ist eine Aufteilung des Gesamtentgelts erforderlich. Diese Aufteilung kann im Verhältnis der Kosten erfolgen. Nach EuGH C-308/96, IStR 98, 665 = UR 1999, 38 – Arret mit Anm. *Vellen* wäre es aber auch zulässig, dass der der Eigenleistung entsprechende Teil des Pauschalpreises nach Marktpreisen ermittelt wird.

42 Zu den Aufwendungen für **Reisevorleistungen** gehören auch **Kosten,** die einer **einzelnen Reiseleistung nicht unmittelbar zuordnungsfähig** sind. Mietet beispielsweise der Reiseveranstalter Räumlichkeiten an, die mangels Teilnehmerzahl nicht vollständig belegt werden, beeinflusst dieser Aufwand die Marge. Entsteht dabei eine negative Marge (Verlust), kann diese im Rahmen der Anwendung von § 25 Abs. 3 S. 3 mit positiven Margen verrechnet werden. Eine Verrechnung negativer Margen mit anderen steuerpflichtigen Umsätzen (zB Provisionen von Reisebüros) ist gesetzlich nicht zugelassen (aA *Hässel* UR 1986, 255; 1988, 341).

43 Der Unternehmer ist nicht verpflichtet, seine **Verdienstmarge** in der Rechnung gegenüber dem Kunden **offenzulegen** (FG Münster 15 K 4373/99 U, StBT 2005, Nr. 12, 3). Mit der Regelung des § 25 sollte die Offenlegung der Verdienstmargen gerade vermieden werden (*Schüler-Täsch* in Sölch/Ringleb § 25 Rn. 7 mwN).

44 Nach der **bisherigen Rechtsprechung des BFH mindern Preisnachlässe,** die dem Abnehmer von Reiseleistungen vom Reisebüro (Vermittler) gewährt werden, **die Bemessungsgrundlage** der vom Reisebüro dem Reiseveranstalter gegenüber erbrachten **Vermittlungsleistung;** die Bemessungsgrundlage für die Reiseleistungen bleibt dagegen unberührt (BFH V R 3/04, DStR 2006, 508; vgl. UStAE 17.2 Abs. 10). Als Begründung führte der BFH an, dass die Grundsätze des Urteils „Elida Gibbs" (EuGH C-317/94, BStBl. II 2004, 324) auch dann zu beachten seien, wenn nicht ein Hersteller für die von ihm gelieferten Ware, sondern ein Vermittler einen Preisnachlass für die von ihm vermittelte Leistung gewähre.

Beispiel: Das Reisebüro R erhält für die Vermittlung von Skireisen (Allgäu) des Veranstalters V eine Provision von 20%. R gewährt einem Kunden einen Frühbucher-Rabatt von 10% auf den Katalogpreis der Reise von 2.000 EUR, so dass der Kunde nur 1.800 EUR an R zu zahlen hat. R selbst hat an V den Katalogpreis von 2.000 EUR zu zahlen, erhält aber von diesem die Provision von 400 EUR.

Wegen des Preisnachlasses hat R nur 200 EUR (statt 400 EUR) zu versteuern. Die Provisionsrechnung gegenüber V in Höhe von 400 EUR ist nicht zu berichtigen.

Als der BFH die Frage zu entscheiden hatte, ob die Minderung der Bemessungsgrundlage durch **Preisnachlässe** bei Vermittlungsleistungen auch dann eintritt, wenn die vermittelte Leistung beim Endverbraucher gem. § 25 Abs. 2 **steuerfrei** ist (FG Düsseldorf 5 K 3298/08, EFG 2011, 2022 bejahte dies als Vorinstanz entgegen UStAE 17.2 Abs. 10 S. 5 Nr. 3 und S. 14), kamen ihm Zweifel an der Anwendbarkeit der Grundsätze der „Elida Gibbs“-Rechtsprechung auf Vermittlungsleistungen (Vorabentscheidungsersuchen BFH V R 18/11, DStR 2012, 1337). Der **EuGH** (C-300/12, MwStR 2014, 129 – Ibero Tours) hat entschieden, dass die Gewährung eines Rabatts durch einen Reisevermittler an den Reisenden **nicht zu einer Minderung der Bemessungsgrundlage des Vermittlers führt.** Der Grund hierfür ist jedoch nicht die Steuerfreiheit der Reiseleistung. Entscheidend ist vielmehr, dass „Elida Gibbs“ nur bei echten Leistungsketten (zB Warenlieferungen vom Hersteller bis Endkunden) **nicht jedoch auf Vermittlungsleistungen** anwendbar ist. Der EuGH hat damit das Ende des Agentenrabatts eingeläutet (*Vobbe* Anm. zu EuGH C-300/12, MwStR 2014, 131). Der BFH ist dem EuGH inzwischen unter Aufgabe seiner früheren Rechtsprechung gefolgt (BFH V R 18/11, DStR 2014, 1166). Die **Finanzverwaltung** wird daher **UStAE 17.2 Abs. 10 anzupassen haben.**

Nach § 13 Abs. 1 Buchst. a S. 4 entsteht die Steuer für die Reiseleistung bereits **45** dann und insoweit, als vor der Leistungserbringung Anzahlungen vereinnahmt werden. Probleme **bereitet dieser frühe Entstehungszeitpunkt der Steuer** insbesondere, wenn gemischte Reiseleistungen aufzuteilen sind oder **wenn die Marge nach § 25 Abs. 3 S. 3** (vgl. → Rn. 40) ermittelt wird. Deshalb lässt die Verwaltung zu, dass für solche Reiseleistungen vereinnahmte Anzahlungen nur mit einem sachgerecht geschätzten Anteil vorangemeldet werden (UStAE 25.1 Abs. 15 und 25.3 Abs. 7).

einstweilen frei **46**

6. Vorsteuer für Reisevorleistungen

Die Vorsteuer für Reisevorleistungen kann vom Reiseveranstalter **nicht** abgezo- **47** gen werden (§ 25 Abs. 4). Dies gilt auch in den Fällen, in denen diese Unternehmer als Leistungsempfänger die Steuer nach **§ 13b** schulden (vgl. → Rn. 1). In diesem Zusammenhang ist zu beachten, dass Reisevorleistungen nur solche sind, die dem Reisenden unmittelbar zugute kommen. Für alle anderen Kosten, die der Reiseveranstalter im Zusammenhang mit der Reise hat, bleibt der Vorsteuerabzug erhalten.

Der Wegfall des Vorsteuerabzugs für die Reisevorleistungen entspricht dem Um- **48** stand, dass bei der Ermittlung der Bemessungsgrundlage nach § 25 Abs. 3 die Reisevorleistungen abgezogen werden. Bliebe der Vorsteuerabzug bestehen, so führte dies im Ergebnis zu einer doppelten Minderung der USt.

Zum Vorsteuerabzug für steuerfreie Reisevorleistungen → Rn. 33, 36 und UStAE **49** 25.4 Abs. 4.

Zum **Vorsteuerabzug** der Reiseveranstalter **bei Personenbeförderungsleis- 50 tungen** mit Flugzeugen vgl. BMF 6.2.2014, BStBl. I 2014, 269, mit Omnibussen vgl. BMF 7.12.2000, BStBl. I 2001, 98.

einstweilen frei **51–53**

7. Rechnungs-Aufzeichnungspflichten

In der **Rechnung** ist auf die Anwendung der **Sonderregelung des § 25 hinzu- 54 weisen** (§ 14a Abs. 6 S. 1). Ein gesonderter Steuerausweis ist nicht zulässig (§ 14a Abs. 6 S. 2).

§ 25 Abs. 5 verweist bzgl. der Aufzeichnungspflichten überwiegend auf § 22. Ein- **55** zelheiten siehe dort. Die Vorschrift begründet wegen der Besonderheiten des § 25 zusätzliche Aufzeichnungspflichten für die Gegenleistung des Leistungsempfängers, die Aufwendungen des Reiseveranstalters für die Reisevorleistungen, die Bemessungsgrundlage nach § 25 Abs. 3 und die Aufteilung auf steuerpflichtige und steuerfreie Leistungen. § 72 UStDV verlangt einen entsprechenden buchmäßigen Nachweis. Weitere Einzelheiten siehe UStAE 25.5.

§ 25a Differenzbesteuerung

(1) Für die Lieferungen im Sinne des § 1 Abs. 1 Nr. 1 von beweglichen körperlichen Gegenständen gilt eine Besteuerung nach Maßgabe der nachfolgenden Vorschriften (Differenzbesteuerung), wenn folgende Voraussetzungen erfüllt sind:

1. [1]Der Unternehmer ist ein Wiederverkäufer. [2]Als Wiederverkäufer gilt, wer gewerbsmäßig mit beweglichen körperlichen Gegenständen handelt oder solche Gegenstände im eigenen Namen öffentlich versteigert.
2. [1]Die Gegenstände wurden an den Wiederverkäufer im Gemeinschaftsgebiet geliefert. [2]Für diese Lieferung wurde
   a) Umsatzsteuer nicht geschuldet oder nach § 19 Abs. 1 nicht erhoben oder
   b) die Differenzbesteuerung vorgenommen.
3. Die Gegenstände sind keine Edelsteine (aus Positionen 7102 und 7103 des Zolltarifs) oder Edelmetalle (aus Positionen 7106, 7108, 7110 und 7112 des Zolltarifs).

(2) [1]Der Wiederverkäufer kann spätestens bei Abgabe der ersten Voranmeldung eines Kalenderjahres gegenüber dem Finanzamt erklären, dass er die Differenzbesteuerung von Beginn dieses Kalenderjahres an auch auf folgende Gegenstände anwendet:

1. Kunstgegenstände (Nummer 53 der Anlage 2), Sammlungsstücke (Nummer 49 Buchstabe f und Nummer 54 der Anlage 2) oder Antiquitäten (Position 9706 00 00 des Zolltarifs), die er selbst eingeführt hat, oder
2. Kunstgegenstände, wenn die Lieferung an ihn steuerpflichtig war und nicht von einem Wiederverkäufer ausgeführt wurde.

[2]Die Erklärung bindet den Wiederverkäufer für mindestens zwei Kalenderjahre.

(3) [1]Der Umsatz wird nach dem Betrag bemessen, um den der Verkaufspreis den Einkaufspreis für den Gegenstand übersteigt; bei Lieferungen im Sinne des § 3 Abs. 1 b und in den Fällen des § 10 Abs. 5 tritt an die Stelle des Verkaufspreises der Wert nach § 10 Abs. 4 Satz 1 Nr. 1. [2]Lässt sich der Einkaufspreis eines Kunstgegenstandes (Nummer 53 der Anlage 2) nicht ermitteln oder ist der Einkaufspreis unbedeutend, wird der Betrag, nach dem sich der Umsatz bemisst, mit 30 Prozent des Verkaufspreises angesetzt. [3]Die Umsatzsteuer gehört nicht zur Bemessungsgrundlage. [4]Im Fall des Absatzes 2 Satz 1 Nr. 1 gilt als Einkaufspreis der Wert im Sinne des § 11 Abs. 1 zuzüglich der Einfuhrumsatzsteuer. [5]Im Fall des Absatzes 2 Satz 1 Nr. 2 schließt der Einkaufspreis die Umsatzsteuer des Lieferers ein.

(4) [1]Der Wiederverkäufer kann die gesamten innerhalb eines Besteuerungszeitraums ausgeführten Umsätze nach dem Gesamtbetrag bemessen, um den die Summe der Verkaufspreise und der Werte nach § 10 Abs. 4 Satz 1 Nr. 1 die Summe der Einkaufspreise dieses Zeitraums übersteigt (Gesamtdifferenz). [2]Die Besteuerung nach der Gesamtdifferenz ist nur bei solchen Gegenständen zulässig, deren Einkaufspreis 500 Euro nicht übersteigt. [3]Im Übrigen gilt Absatz 3 entsprechend.

(5) [1]Die Steuer ist mit dem allgemeinen Steuersatz nach § 12 Abs. 1 zu berechnen. [2]Die Steuerbefreiungen, ausgenommen die Steuerbefreiung für innergemeinschaftliche Lieferungen (§ 4 Nr. 1 Buchstabe b, § 6 a), bleiben unberührt. [3]Abweichend von § 15 Abs. 1 ist der Wiederverkäufer in den Fällen des Absatzes 2 nicht berechtigt, die entstandene Einfuhrumsatzsteuer, die

gesondert ausgewiesene Steuer oder die nach § 13b Absatz 5 geschuldete Steuer für die an ihn ausgeführte Lieferung als Vorsteuer abzuziehen.

(6) [1]**§ 22 gilt mit der Maßgabe, dass aus den Aufzeichnungen des Wiederverkäufers zu ersehen sein müssen**
1. die Verkaufspreise oder die Werte nach § 10 Abs. 4 Satz 1 Nr. 1,
2. die Einkaufspreise und
3. die Bemessungsgrundlagen nach den Absätzen 3 und 4.

[2]**Wendet der Wiederverkäufer neben der Differenzbesteuerung die Besteuerung nach den allgemeinen Vorschriften an, hat er getrennte Aufzeichnungen zu führen.**

(7) **Es gelten folgende Besonderheiten:**
1. Die Differenzbesteuerung findet keine Anwendung
   a) auf die Lieferungen eines Gegenstands, den der Wiederverkäufer innergemeinschaftlich erworben hat, wenn auf die Lieferung des Gegenstands an den Wiederverkäufer die Steuerbefreiung für innergemeinschaftliche Lieferungen im übrigen Gemeinschaftsgebiet angewendet worden ist,
   b) auf die innergemeinschaftliche Lieferung eines neuen Fahrzeugs im Sinne des § 1b Abs. 2 und 3.
2. Der innergemeinschaftliche Erwerb unterliegt nicht der Umsatzsteuer, wenn auf die Lieferung der Gegenstände an den Erwerber im Sinne des § 1a Abs. 1 die Differenzbesteuerung im übrigen Gemeinschaftsgebiet angewendet worden ist.
3. Die Anwendung des § 3c und die Steuerbefreiung für innergemeinschaftliche Lieferungen (§ 4 Nr. 1 Buchstabe b, § 6a) sind bei der Differenzbesteuerung ausgeschlossen.

(8) [1]**Der Wiederverkäufer kann bei jeder Lieferung auf die Differenzbesteuerung verzichten, soweit er Absatz 4 nicht anwendet.** [2]**Bezieht sich der Verzicht auf die in Absatz 2 bezeichneten Gegenstände, ist der Vorsteuerabzug frühestens in dem Voranmeldungszeitraum möglich, in dem die Steuer für die Lieferung entsteht.**

EU-Recht: Art. 312–332 MwStSystRL (Art. 26a, Art. 28o 6. EG-RL)
UStAE: 25a.1

Übersicht

I. Bedeutung, Rechtsentwicklung und Überblick

1. Bedeutung

1 Die Vorschrift soll die Wettbewerbsnachteile vermeiden, die der gewerbsmäßige Handel mit Gebrauchtgegenständen bisher im Vergleich zu Verkäufen von privat an privat hatte. Während diese wegen fehlender Unternehmereigenschaft des Verkäufers nicht mit USt belastet sind, musste der Händler die Verkäufe der Gegenstände voll versteuern, die er von Privatleuten und damit ohne die Möglichkeit des Vorsteuerabzugs erworben hatte. Das führte insbesondere auch bei der Inzahlungnahme von Gebrauchtwagen durch Neuwagenhändler zu erheblichen Schwierigkeiten (Einzelheiten → § 1 Rn. 94). Der Händler braucht nunmehr – ähnlich wie bei § 25 – nur noch die sog. Marge zu versteuern, dh den Unterschiedsbetrag zwischen dem Einkaufs- und dem Verkaufspreis.

2. Rechtsentwicklung

2 Die Neufassung der Vorschrift gilt ab 1.1.1995. Sie beruht auf dem Gesetz zur Änderung des UStG und anderer Gesetze v. 8.8.1994 (BGBl. 1994 I 2058). Sie löst den für die Zeit v. 1.7.1990–31.12.1994 geltenden § 25a aF ab, indem sie die bis dahin geltende Differenzbesteuerung, die nur für die Umsätze von gebrauchten Kfz galt, erweitert.

3 Wegen der Änderung der Eigenverbrauchsbesteuerung durch das StEntlG 1999/2000/2002 (BGBl. 1999 I 402) sind die Abs. 1, 3 und 7 redaktionell angepasst worden.

4 Mit dem StÄndG 2001 (BGBl. 2002 I 4) ist in Abs. 5 Satz 3 an Stelle des Abzugsverfahrens (§§ 51 ff. UStDV) die Steuerschuldnerschaft des Leistungsempfängers nach § 13b getreten.

5 Durch das StÄndG 2003 (BGBl. 2003 I 2645) ist eine redaktionelle Anpassung des § 25a Abs. 2 S. 2 Nr. 1 erfolgt. Aufgrund der Einfügung der neuen Anl. 1 (§ 4 Nr. 4a) wird die bisherige „Anl zu § 12 Abs. 2 Nr. 1 und 2" zu „Anlage 2". § 25a Abs. 6 S. 1 ist durch das StÄndG 2003 (BGBl. 2003 I 2645) aufgehoben worden; die Regelung ist nunmehr in § 14a Abs. 6 enthalten.

6 Durch das AmtshilfeRLUmsG (BT-Drs. 17/13722 und BR-Drs. 477/13) wurde eine Vereinfachungsregelung für nicht zu ermittelnde Einkaufspreise bei Kunstgegenständen eingeführt (Neuregelung in § 25a Abs. 3 S. 2, → Rn. 41).

7, 8 *einstweilen frei*

3. Überblick über die Bestimmung

9 Abs. 1 beschränkt die Anwendung der Differenzbesteuerung auf die Lieferung und den Entnahmeeigenverbrauch beweglicher körperlicher Gegenstände. Der leistende Unternehmer muss dabei ein **Wiederverkäufer** sein. An ihn müssen die verkauften Gegenstände im Gemeinschaftsgebiet geliefert worden sein. Bzgl. der erhaltenen Lieferung darf der Unternehmer im Ergebnis nicht zum Vorsteuerabzug berechtigt gewesen sein (§ 25a Abs. 1 Nr. 2).

10 Nach Abs. 2 kann die Differenzbesteuerung vom Unternehmer auf Kunstgegenstände, Sammlungsstücke oder Antiquitäten auch dann angewendet werden, wenn er diese Gegenstände steuerpflichtig von anderen Unternehmern erworben hat.

11 Abs. 3 der Vorschrift regelt die Bemessungsgrundlage, die im Regelfall in **der Marge** zwischen Einkaufs- und Verkaufspreis besteht. Für Gegenstände, deren Einkaufspreis jeweils unter 500 EUR liegt, kann nach Abs. 4 die Besteuerung zusammen-

gefasst erfolgen, indem die Gesamtdifferenz innerhalb des Besteuerungszeitraums für sämtliche derartige Verkäufe gebildet wird.

Nach Abs. 5 ist auf die Bemessungsgrundlage stets der **allgemeine Steuersatz** anzuwenden. **Steuerbefreiungen,** mit Ausnahme von § 6a, **bleiben erhalten.** Der **Vorsteuerabzug** aus dem Erwerb der Gegenstände **ist ausgeschlossen.** Es gelten besondere Aufzeichnungspflichten (Abs. 6). Ausgeschlossen ist die Differenzbesteuerung für bestimmte innergemeinschaftliche Leistungsbeziehungen, insbesondere dem innergemeinschaftlichen Erwerb neuer Fahrzeuge (Abs. 7). Der Unternehmer kann auf die Anwendung der Differenzbesteuerung verzichten und zwar für jeden einzelnen Umsatz (Abs. 8). 12

einstweilen frei 13–15

II. Voraussetzungen der Differenzbesteuerung

1. Der Unternehmer als Wiederverkäufer

Der Anwendungsbereich der Differenzbesteuerung ist auf **Wiederverkäufer** beschränkt. Als Wiederverkäufer gilt, wer gewerbsmäßig mit beweglichen körperlichen Gegenständen handelt oder solche Gegenstände im eigenen Namen öffentlich versteigert (§ 25a Abs. 1 Nr. 1 S. 2). Nach UStAE 25a.1 Abs. 2 gelten als **Wiederverkäufer** die Unternehmer, die im Rahmen ihrer gewerblichen Tätigkeit **üblicherweise Gebrauchtgegenstände** erwerben und wieder verkaufen. 16

Der Gesetzgeber hat die Differenzbesteuerung durch § 25a Abs. 1 Nr. 1 S. 2 auf sämtliche beweglichen Gegenstände erstreckt. Dies schließt aber nicht aus, den Begriff des **Wiederverkäufers** in § 25a Abs. 1 Nr. 1 S. 2 im Wege der **richtlinienkonformen Auslegung** auf die Lieferung von **Gebrauchtgegenständen zu beschränken** (BFH V R 35/04, BStBl. II 2006, 675; V R 73/07, BStBl. II 2009, 612; V R 15/10, DStR 2011, 1618). Nach Art. 311 Abs. 1 Nr. 5 MwStSystRL ist **„steuerpflichtiger Wiederverkäufer"** jeder Steuerpflichtige, der im Rahmen seiner gewerblichen Tätigkeit **zum Zwecke des Wiederverkaufs Gebrauchtgegenstände** kauft oder einführt. Danach sei § 25a Abs. 1 dahin zu verstehen, dass der Unternehmer bei der **konkreten Lieferung** des **einzelnen Gebrauchtgegenstandes** als **Wiederverkäufer** gehandelt haben müsse (BFH XI R 15/10, DStR 2011, 1618). 17

Der – alle ein bis zwei Jahre verwirklichte – **An- und Verkauf von Pkw** (Anlagevermögen) durch einen Kioskbetreiber gehört nicht zu dessen „normaler Tätigkeit" (BFH XI R 15/10, DStR 2011, 1618; vgl. UStAE 25a.1 Abs. 4 Satz 3). Gleiches hatte der BFH bereits zuvor für den Verkauf eines – zum Anlagevermögen gehörenden – Pkw durch eine Steuerberatungsgesellschaft festgestellt (BFH V R 65/04, BStBl. II 2006, 675). 18

Diese Auslegung steht im Einklang mit der **Rechtsprechung des EuGH.** Dieser hatte den Wiederverkauf gebraucht gekaufter Fahrzeuge durch eine Leasinggesellschaft zu beurteilen und entschied, dass ein Steuerpflichtiger als **„Wiederverkäufer"** iSd Art. 311 Abs. 1 Nr. 5 MwStSystRL anzusehen sei, der im Rahmen seiner **normalen Tätigkeit** Fahrzeuge weiterverkaufe, die er für seine Leasingtätigkeit als Gebrauchtwagen erworben habe. Dies gelte auch für den Fall, dass der Wiederverkauf im Augenblick der Anschaffung nicht das Hauptziel, sondern nur ein **zweitrangiges** und dem der **Vermietung untergeordnetes Ziel** darstelle (EuGH C-280/04, IStR 2006, 58 – Jyske Finans). 19

Danach braucht der Steuerpflichtige als Wiederverkäufer **kein typischer gewerbsmäßiger Händler** zu sein. Erforderlich ist lediglich, dass die Veräußerung noch zu seinem **normalen Tätigkeitsfeld gehört** und von **vorneherein beabsichtigt** war. Diese Voraussetzungen sah der EuGH im og Fall des Wiederverkaufs gebrauchter Fahrzeuge durch ein Leasingunternehmers als erfüllt an. 20

21 Die **Bedeutung des EuGH-Urteils** dürfte sich auch für die **Leasingwirtschaft** in Grenzen halten, da hier nicht der Ankauf gebrauchter Pkw von Privaten, sondern der Erwerb neuer Fahrzeuge von Unternehmen mit Berechtigung zum Umsatzsteuerausweis die Regel sein dürfte (*Korf* Anm. zu EuGH C-280/04, IStR 2006, 58 – Jyske Finans).

22 Wer bewegliche Gegenstände **im eigenen Namen öffentlich versteigert,** gilt nach dem Gesetz als **Wiederverkäufer.** Hierunter fallen Versteigerer, die regelmäßig als Kommissionär tätig werden, dh im eigenen Namen und für Rechnung des Kommittenten handeln. Wird der Versteigerer in fremden Namen tätig, so ist er umsatzsteuerlicher Agent, mit der Folge, dass die Differenzbesteuerung nicht anwendbar ist, aber auch nur die erzielte Provision der USt unterliegt.

23–27 *einstweilen frei*

2. Voraussetzungen an die eigene Leistung

28 Die Leistung des Unternehmers muss in einer entgeltlichen Lieferung oder aber in einer unentgeltlichen Lieferung zwischen Personenvereinigungen und ihren Mitgliedern bestehen. Gegenstand der Lieferung müssen bewegliche körperliche Gegenstände sein. Hierunter fallen auch Kunstgegenstände, Sammlungsstücke oder Antiquitäten, sofern für diese Gegenstände kein Recht zum Vorsteuerabzug bestand. Ausgenommen sind nach § 25 a Abs. 1 Nr. 3 Edelsteine oder Edelmetalle aus bestimmten Positionen des Zolltarifs Bei den Gegenständen, die unter die Differenzbesteuerung fallen, braucht es sich im Gegensatz zur EU-rechtlichen Vorgabe des Art. 311 Abs. 1 Nr. 1 MwStSystRL nicht um Gebrauchtgegenstände zu handeln. § 25 a sieht eine derartige Beschränkung nicht vor.

29 Bei dem weiterveräußerten Gegenstand muss es sich um den **Nämlichen** handeln. Daher kommt § 25 a nicht in Betracht bei einer über das übliche Maß der Instandsetzung hinausgehenden technischen Veränderung des erworbenen Gegenstands (FG Bbg 1 K 271/00, EFG 2003, 127). Gleiches gilt, wenn der Unternehmer aus erworbenen Gegenständen einen „neuen" einheitlichen Gegenstand herstellt oder wenn er einen erworbenen Gegenstand zum Verkauf in seine Bestandteile zerlegt (zB Ausschlachten eines Pkw, FG Münster 15 K 7988/98 U, EFG 1999, 1000 und jüngst FG Bln-Bbg 7 K 7183/13, EFG 2015, 2249, ebenso UStAE 25 a.1 Abs. 4 S. 5).

29a Ein **aktuelles Urteil des EuGH** dürfte zu einer **Änderung der deutschen Rechtslage** („Nämlichkeit") führen. Denn dieser entschied, dass ein Verwerter aus **von Privat angekauften Alt- und Schrottfahrzeugen ausgebaute Gebrauchtteile differenzbesteuert** verkaufen darf (EuGH C-471/15, MwStR 2017, 197 – Sjelle Autogenbrug).

30 Die Verschaffung von **Versicherungsschutz** durch einen Gebrauchtwagenverkäufer (sog. Car-Garantie) ist keine unselbstständige Nebenleistung zur Fahrzeuglieferung, sondern eine eigenständige, nach § 4 Nr. 10 Buchst. b steuerfreie Leistung (BFH V R 67/01, UR 2003, 21).

31, 32 *einstweilen frei*

3. Voraussetzungen an die Vorleistung

33 Diese Voraussetzungen sind je nach Art der gelieferten Gegenstände unterschiedlich. Wendet der Wiederverkäufer die Differenzbesteuerung nach § 25 a Abs. 1 an, so muss die Vorleistung (= Lieferung) an ihn im Gemeinschaftsgebiet erfolgt sein. Dabei darf für diese Lieferung USt nicht geschuldet oder wegen Anwendung des § 19 Abs. 1 vom Liefernden nicht erhoben worden sein oder es wurde die Differenzbesteuerung vorgenommen. Weitere Voraussetzung für die Anwendung der Differenzbesteuerung ist nach § 25 a Abs. 1 S. 2, dass der Wiederverkäufer die Gebrauchtgegenstände im Rahmen einer **entgeltlichen** Lieferung erworben hat (BFH V R 73/07, BStBl. II

2009, 612). Diese Voraussetzung ist bei der Einlage von Gegenständen oder beim Erwerb derselben im Rahmen einer unentgeltlichen Lieferung (§ 3 Abs. 1b S. 1) nicht erfüllt (UStAE 25a.1 Abs. 4 S. 2).

Der Wortlaut des § 25a Abs. 1 Nr. 2 S. 2 Buchst. b ist missverständlich. Es reicht nicht aus, dass der **Vorlieferant die Differenzbesteuerung** in seiner Abrechnung **tatsächlich vorgenommen hat.** Entscheidend ist vielmehr, ob er hierzu auch **berechtigt** gewesen ist. Dies folgert der BFH aus Art. 26a Teil B Abs. 2 4. UAbs. 6. EG-RL (Art. 314 Buchst. d MwStSystRL), wonach die Lieferung eines Wiederverkäufers nur dann der Differenzbesteuerung unterfällt, sofern die (Vor-)Lieferung des Gegenstandes durch einen **anderen Wiederverkäufer** ihrerseits gem. dieser **Sonderregelung umsatzsteuerpflichtig** ist (BFH V R 52/07, BStBl. II 2009, 860; so auch UStAE 25a.1 Abs. 5 Nr. 5 S. 2). Wer die Differenzbesteuerung in Anspruch nehmen will, trägt die **Feststellungslast** dafür, dass sein Vorlieferant die Voraussetzungen des § 25 Abs. 1 Nr. 2 S. 2 objektiv-rechtlich erfüllt (FG Bln-Bbg 7 K 7189/15, EFG 2016, 237). 34

Die Lieferung muss für das Unternehmen des Wiederverkäufers erfolgt sein. Der Ort der Lieferung bestimmt sich nach § 3 Abs. 6 (→ § 3 Rn. 190 f.). Anwendungsfälle für die Differenzbesteuerung liegen vor, wenn der Erwerb erfolgt von 35

- einer Person, die nicht Unternehmer ist,
- einem Unternehmer, der aus seinem nichtunternehmerischen Bereich heraus liefert,
- einem Unternehmer, der umsatzsteuerfrei liefert – Ausnahme: § 25a Abs. 7 Nr. 1 –,
- einem Kleinunternehmer, der nach dem Recht des für die Besteuerung zuständigen Mitgliedstaates von der Steuer befreit oder auf andere Weise von der Besteuerung ausgenommen ist,
- von einem Wiederverkäufer, der die Differenzbesteuerung (berechtigt!) angewendet hat (vgl. → Rn. 34).

Der Erwerb von einem § 24 anwendenden Land- und Forstwirt erfüllt nicht die Voraussetzung des § 25a Abs. 1 Nr. 2, denn dieser schuldet für die Lieferung USt, unabhängig davon, ob sich für ihn eine Steuerzahllast ergibt. 36

Für Kunstgegenstände, Sammlungsstücke oder Antiquitäten ergeben sich weitere Besonderheiten. Nach § 25a Abs. 2 Nr. 1 kann der Wiederverkäufer auf diese Gegenstände die Differenzbesteuerung auch dann anwenden, wenn er sie selbst eingeführt hat. Dies bedeutet, dass er bei Erwerb den Steuertatbestand des § 1 Abs. 1 Nr. 4 verwirklicht haben muss, mithin eine Einfuhr des Gegenstands aus dem Drittlandsgebiet erfolgt sein muss. Auf **Kunstgegenstände** ist die Differenzbesteuerung zusätzlich auch dann anwendbar, wenn die Vorlieferung steuerpflichtig war und nicht von einem Wiederverkäufer erfolgte. Somit ergibt sich für erworbene Kunstgegenstände stets die Anwendbarkeit der Differenzbesteuerung. Die Anwendung des § 25a Abs. 2 setzt eine formlose Erklärung gegenüber dem FA voraus, die spätestens bei Abgabe der ersten Voranmeldung für das betreffende Kalenderjahr erfolgen muss. Dabei kann der Unternehmer die Anwendung der Differenzbesteuerung auf die einzelnen Gruppen der aufgeführten Gegenstände („Kunstgegenstände" oder „Sammlungsstücke" oder „Antiquitäten") beschränken. Die Erklärung bindet ihn für 2 Kalenderjahre. Der Verzicht auf die Anwendung der Differenzbesteuerung im Einzelfall (§ 25a Abs. 8) bleibt jedoch bestehen. Bei Anwendung des § 25a Abs. 2 ist das Recht zum Vorsteuerabzug aus dem Erwerb der betreffenden Gegenstände ausgeschlossen (§ 25a Abs. 5 S. 2). 37

einstweilen frei **38–40**

4. Bemessungsgrundlage

Bei Lieferung ist als Bemessungsgrundlage der Betrag anzusetzen, um den der **Verkaufspreis den Einkaufspreis für den Gegenstand übersteigt** (§ 25a Abs. 3 Nr. 1). Für den Fall, dass der **Einkaufspreis eines Kunstgegenstandes** nicht zu er- 41 mitteln oder unbedeutend ist, können 30% des Verkaufspreises angesetzt werden (§ 25 Abs. 3 S. 2 idF des AmtshilfeRLUmsG, → Rn. 6 und *Unverdorben* MwStR 2014, 191). Da die USt selbst nicht zur Bemessungsgrundlage gehört, ist sie aus diesem Unterschiedsbetrag herauszurechnen. Für die selbst eingeführten Gegenstände, auf die die Differenzbesteuerung gem. § 25 a Abs. 2 S. 1 angewendet wird, tritt an die Stelle des Einkaufspreises der nach den Vorschriften über den Zollwert ermittelte Wert des eingeführten Gegenstandes zzgl. der EUSt. Bei der **unentgeltlichen Wertabgabe** nach § 3 Abs. 1 b sowie in Fällen der Anwendung der Mindestbemessungsgrundlage (§ 10 Abs. 5) tritt an die Stelle des Verkaufspreises der Wert nach § 10 Abs. 4 Nr. 1. In derartigen Lieferungsfällen hat der Unternehmer im Ergebnis lediglich USt auf die Nebenkosten zu entrichten, die in Zusammenhang mit dem veräußerten Gegenstand stehen.

42 Die Bemessungsgrundlage ist grundsätzlich für jeden Leistungsvorgang einzeln zu ermitteln **(Einzeldifferenz).** Ist die zu bildende Differenz negativ, so fällt keine USt an. Eine Saldierung mit positiven Differenzen aus anderen Umsatzgeschäften ist nicht zulässig. Zur Ausnahmeregelung der Gesamtdifferenz → Rn. 43.

42a Für die Ermittlung des **Gesamtumsatzes nach § 19** ist ebenfalls nur die **Handelsspanne/Marge** heranzuziehen (FG Köln 9 K 667/14, EFG 2016, 1305 – Rev BFH: XI R 7/16). Das folgt aus **Art. 288 MwStSystRL.** Nach dieser Vorschrift setzt sich der Umsatz, der bei der Anwendung der Kleinunternehmerregelung nach der MwStSystRL zu Grunde zu legen ist, „nur" aus dem Betrag der Lieferungen von Gegenständen und Dienstleistungen zusammen, **soweit diese besteuert werden.**

5. Gesamtdifferenz

43 Bei Gegenständen, deren jeweiliger Einkaufspreis den Betrag von **500 EUR** nicht übersteigt, kann die **Bemessungsgrundlage** nach der **Gesamtdifferenz** ermittelt werden. Dabei wird für sämtliche Gegenstände, die in einem Besteuerungszeitraum veräußert werden, die Summe der Verkaufspreise ermittelt und der Summe der entsprechenden Einkaufspreise dieses Zeitraums gegenübergestellt (§ 25 a Abs. 4). Bei der Anwendung dieser Vereinfachungsregelung sind Saldierungen zwischen Gewinn- und Verlustgeschäften systembedingt zulässig. Ergibt sich für den Besteuerungszeitraum insgesamt eine negative Gesamtdifferenz, kann diese jedoch nicht mit Differenzen aus anderen Besteuerungszeiträumen ausgeglichen werden.

44 Wendet der Unternehmer die Gesamtdifferenzregelung an, ist er hieran für den gesamten Besteuerungszeitraum gebunden. Ein Verzicht auf die Anwendung der Differenzbesteuerung hinsichtlich einzelner Umsätze, die unter die Gesamtdifferenzregelung fallen, ist ausgeschlossen (§ 25 a Abs. 8 S. 1). Ein Wechsel zur Einzeldifferenzbesteuerung ist aber für den folgenden Besteuerungszeitraum möglich. Derartige Wechsel können zu Steuerersparnissen führen, wie das von *Kraeusel* (BB 1996, 294 (302)) gebildete Beispiel aufzeigt.

6. Steuerbefreiungen, Steuersatz

45 Mit Ausnahme für die innergemeinschaftliche Lieferung bleiben die Steuerbefreiungen gem. § 4 unberührt (§ 25 a Abs. 5 S. 2). Die Steuer für die steuerpflichtigen Differenzgeschäfte ist stets nach dem **allgemeinen Steuersatz** zu berechnen. Dieser gilt auch dann, wenn der Umsatz außerhalb der Anwendung der Differenzbesteuerung dem ermäßigten Steuersatz unterläge.

7. Vorsteuerabzug, Rechnungserteilung

46 Ein **Vorsteuerabzug aus dem Erwerb der Gegenstände,** die der Differenzbesteuerung unterliegen, ist für den **Wiederverkäufer ausgeschlossen.** Dies ergibt sich für Differenzgeschäfte, die unter § 25a Abs. 1 fallen, schon aus den dortigen Tatbestandsmerkmalen. Für Differenzgeschäfte nach § 25a Abs. 2 ist der Vorsteuerabzug ausdrücklich in § 25a Abs. 5 S. 3 ausgeschlossen. Gleiches gilt seit dem 1.1.2002 für die vom Wiederverkäufer als Leistungsempfänger geschuldete USt nach § 13b Abs. 2. Unberührt bleibt jedoch das Recht zum Vorsteuerabzug aus anderen bezogenen Leistungen, die in wirtschaftlichem Zusammenhang anfallen, wie Reparaturen, Transportkosten, Gemeinkosten.

Für **Differenzgeschäfte** darf eine **Rechnung mit gesondert ausgewiesener** 47
Steuer nicht erteilt werden. In der Rechnung ist seit dem 1.1.2004 zusätzlich auf die Anwendung der Sonderregelung hinzuweisen (§ 14a Abs. 6). Die bisherige Regelung des § 25a Abs. 6 S. 1 ist durch das StÄndG 2003 aufgehoben (vgl. → Rn. 4). Wird dennoch eine solche Rechnung erteilt, ist darin der Verzicht auf die Differenzbesteuerung im Einzelfall zu sehen. Ein solcher Verzicht ist nach § 25a Abs. 8 möglich, jedoch bei Anwendung der Gesamtdifferenzregelung (→ Rn. 44) ausgeschlossen. In diesem Fall schuldet der **Wiederverkäufer die ausgewiesene USt** neben der Besteuerung der Marge nach **§ 14c Abs. 2** (UStAE 25a.1 Abs. 16 S. 2) bzw. nach **§ 14c Abs. 1** (BFH XI R 69/95, BStBl. II 1997, 579). Der **Meinungsstreit** hat **keine Bedeutung** mehr, seitdem die **Unterscheidung** zwischen dem **unrichtigen** und dem **unberechtigten Steuerausweis bei der Rechnungsberichtigung aufgehoben wurde** (BFH V R 11/98, BStBl. II 2004, 313). Die Anwendung der Differenzbesteuerung ist auch dann möglich, wenn in den Rechnungen **nicht auf die Anwendung des § 25a hingewiesen** wurde (FG Düsseldorf 1 K 2537/12 U, EFG 2014, 1542 – AO).

einstweilen frei **48–50**

8. Aufzeichnungspflichten

Besondere Aufzeichnungspflichten ergeben sich aus § 25a Abs. 6 S. 2. Der 51
Wiederverkäufer muss für jeden Gegenstand getrennt Verkaufspreis, Einkaufspreis und die Bemessungsgrundlage aufzeichnen. Es reicht aus, wenn sich diese Angaben aus den Buchführungsunterlagen entnehmen lassen. Die Aufzeichnungen für die Differenzbesteuerung sind getrennt von den übrigen Aufzeichnungen zu führen. Die Verwaltung lässt folgende Vereinfachung zu: Liegt ein Gesamteinkaufspreis für mehrere Gegenstände vor, so muss nur dieser aufgezeichnet werden, wenn er 500 EUR nicht übersteigt oder soweit er nach Abzug der Einkaufspreise einzelner Gegenstände 500 EUR nicht übersteigt (UStAE 25a.1 Abs. 17). § 25a erfordert **keine zeitnahen** Aufzeichnungen (FG Bln 7 K 5176/98, EFG 2000, 522).

9. Besonderheiten im innergemeinschaftlichen Warenverkehr

Diese ergeben sich aus § 25a Abs. 7. Dessen Nr. 1a schließt die Differenzbesteue- 52
rung aus, wenn der Wiederverkäufer den veräußerten Gegenstand innergemeinschaftlich erworben hat und für seinen Vorlieferer die Steuerbefreiung für innergemeinschaftliche Lieferungen (analog § 6a) angewendet wurde. Der Grund für die Nichtanwendung der Differenzbesteuerung in diesen Fällen liegt darin, dass der Liefergegenstand durch die Steuerbefreiung auf der Vorstufe in vollem Umfang von USt entlastet wurde. Deshalb muss der Veräußerungsvorgang durch den Wiederverkäufer der Regelbesteuerung unterworfen werden, um eine vollständige Belastung herzustellen. Nr. 1b schließt die Differenzbesteuerung aus, wenn der Wiederverkäufer ein neues Fahrzeug iSv § 1b Abs. 2 und 3 in das übrige Gemeinschaftsgebiet liefert. Dies ist für den Wiederverkäufer deshalb vorteilhaft, weil seine Lieferung unter den Voraussetzungen des § 4 Nr. 1b, § 6a im Rahmen der Regelbesteuerung steuerfrei zu stellen ist. Die Steuerbelastung hat dann der Erwerber im Erwerbsland im Wege der Fahrzeugeinzelbesteuerung vorzunehmen.

53 Nach Nr. 2 entfällt eine Erwerbsbesteuerung für den Wiederverkäufer im Inland, wenn bei der Lieferung an ihn sein Vorlieferer seinerseits die Differenzbesteuerung im übrigen Gemeinschaftsgebiet angewendet hat. Dies gilt selbstverständlich nur dann, wenn der Wiederverkäufer seine Leistungsabgabe der Differenzbesteuerung unterwirft.

54 Für Lieferungen vom Inland in das übrige Gemeinschaftsgebiet kann der Wiederverkäufer die Differenzbesteuerung anwenden (Ausnahme: neue Fahrzeuge). Die Besteuerung ist dann stets im Inland vorzunehmen, weil § 25a Abs. 7 Nr. 3 die Regelung des § 3c und die Steuerbefreiung nach § 4 Nr. 1b ausschließt.

10. Verzicht

55 § 25a Abs. 8 eröffnet die Möglichkeit, bei **jedem einzelnen Liefervorgang** auf die Differenzbesteuerung zu verzichten. Dies gilt allerdings nicht, wenn von der Gesamtdifferenzregelung Gebrauch gemacht wird (→ Rn. 11). Der Verzicht kann sich auch auf diejenigen Gegenstände beziehen, für die der Wiederverkäufer nach § 25a Abs. 2 die Anwendung der Differenzbesteuerung erklärt hat. Für letztere Fälle ergibt sich eine Verschiebung hinsichtlich des Zeitpunkts des Vorsteuerabzugs. Dieser kann frühestens in dem Besteuerungszeitraum vorgenommen werden, in dem die Steuer für die Lieferung entsteht.

56 Der Verzicht ist an **keine besondere Form und Frist** gebunden. Er kann bis zur Unanfechtbarkeit der Steuerfestsetzung erklärt werden und auch bis dahin wieder rückgängig gemacht werden. In der Erteilung einer Rechnung mit gesondertem Steuerausweis in Höhe der auf das Entgelt nach § 10 Abs. 1 entfallenden USt ist ein Verzicht zu sehen.

§ 25b Innergemeinschaftliche Dreiecksgeschäfte

(1) [1]**Ein innergemeinschaftliches Dreiecksgeschäft liegt vor, wenn**

1. **drei Unternehmer über denselben Gegenstand Umsatzgeschäfte abschließen und dieser Gegenstand unmittelbar vom ersten Lieferer an den letzten Abnehmer gelangt,**
2. **die Unternehmer in jeweils verschiedenen Mitgliedstaaten für Zwecke der Umsatzsteuer erfasst sind,**
3. **der Gegenstand der Lieferungen aus dem Gebiet eines Mitgliedstaates in das Gebiet eines anderen Mitgliedstaates gelangt und**
4. **der Gegenstand der Lieferungen durch den ersten Lieferer oder den ersten Abnehmer befördert oder versendet wird.**

[2]**Satz 1 gilt entsprechend, wenn der letzte Abnehmer eine juristische Person ist, die nicht Unternehmer ist oder den Gegenstand nicht für ihr Unternehmen erwirbt und die in dem Mitgliedstaat für Zwecke der Umsatzsteuer erfasst ist, in dem sich der Gegenstand am Ende der Beförderung oder Versendung befindet.**

(2) **Im Fall des Absatzes 1 wird die Steuer für die Lieferung an den letzten Abnehmer von diesem geschuldet, wenn folgende Voraussetzungen erfüllt sind:**

1. **Der Lieferung ist ein innergemeinschaftlicher Erwerb vorausgegangen,**
2. **der erste Abnehmer ist in dem Mitgliedstaat, in dem die Beförderung oder Versendung endet, nicht ansässig. [2]Er verwendet gegenüber dem ersten Lieferer und dem letzten Abnehmer dieselbe Umsatzsteuer-Identifikationsnummer, die ihm von einem anderen Mitgliedstaat erteilt worden ist als dem, in dem die Beförderung oder Versendung beginnt oder endet,**

3. der erste Abnehmer erteilt dem letzten Abnehmer eine Rechnung im Sinne des § 14a Abs. 7, in der die Steuer nicht gesondert ausgewiesen ist, und

4. der letzte Abnehmer verwendet eine Umsatzsteuer-Identifikationsnummer des Mitgliedstaates, in dem die Beförderung oder Versendung endet.

(3) **Im Fall des Absatzes 2 gilt der innergemeinschaftliche Erwerb des ersten Abnehmers als besteuert.**

(4) **Für die Berechnung der nach Absatz 2 geschuldeten Steuer gilt die Gegenleistung als Entgelt.**

(5) **Der letzte Abnehmer ist unter den übrigen Voraussetzungen des § 15 berechtigt, die nach Absatz 2 geschuldete Steuer als Vorsteuer abzuziehen.**

(6) **[1]§ 22 gilt mit der Maßgabe, dass aus den Aufzeichnungen zu ersehen sein müssen**

1. beim ersten Abnehmer, der eine inländische Umsatzsteuer-Identifikationsnummer verwendet, das vereinbarte Entgelt für die Lieferung im Sinne des Absatzes 2 sowie der Name und die Anschrift des letzten Abnehmers;

2. beim letzten Abnehmer, der eine inländische Umsatzsteuer-Identifikationsnummer verwendet:

a) die Bemessungsgrundlage der an ihn ausgeführten Lieferung im Sinne des Absatzes 2 sowie die hierauf entfallenden Steuerbeträge,

b) der Name und die Anschrift des ersten Abnehmers.

[2]Beim ersten Abnehmer, der eine Umsatzsteuer-Identifikationsnummer eines anderen Mitgliedstaates verwendet, entfallen die Aufzeichnungspflichten nach § 22, wenn die Beförderung oder Versendung im Inland endet.

EU-Recht: Art. 42, 141, 197 MwStSystRL (Art. 28c Teil E Abs. 3 6. EG-RL)
UStAE: 25b.1

Übersicht

I. Grundsätzliches

1. Geltungszeit

1 Die Vorschrift wurde durch das UStÄndG 1997 vom 12.12.1996 (BGBl. I 1851) neu in das UStG mit Wirkung zum 1.1.1997 eingefügt. Sie beruht auf der durch die Erste Vereinfachungs-RL vom 14.12.1992 (ABl. 1992 L 384, 47) in Art. 28c Teil E Abs. 3 6. EG-RL eingefügten Regelung. Auf Grund der Neufassung des § 14a durch das StÄndG 2003 (BGBl. 2003 I 2645) wurden die Zitate in § 25b Abs. 2 Nr. 3 redaktionell neu gefasst.

2. Bedeutung

2 **a) Allgemeines.** Durch § 25b wurde die in der 6. EG-RL bereits seit dem 1.1.1993 vorgesehene Regelung für bestimmte Dreiecksgeschäfte in das deutsche Recht umgesetzt. Bis zuletzt hatte die Bundesregierung gehofft, eine allgemeine Regelung für innergemeinschaftliche Reihengeschäfte durchsetzen zu können, wonach die Warenbewegung entsprechend dem Rechnungsweg und der dabei verwendeten USt-IdNr. fingiert wird. Da dies nicht möglich war, musste die bis dahin geltende nationale Regelung aufgegeben werden (vgl. *Widmann* DB 1996, 2404; zur Rechtslage bis 31.12.1996 vgl. BMF 15.3.1993, BStBl. I 1993, 291).

3 Die Regelung des § 25b setzt im Wesentlichen die unionsrechtlichen Vorgaben der Art. 42, 141 und 197 MwStSystRL um. Zwar kennt das EU-Recht den Begriff des „Reihengeschäfts" nicht. Der **EuGH** gelangte jedoch unter Zuordnung der einzelnen Leistungsbeziehungen ebenfalls zu der Erkenntnis, dass **aufeinanderfolgende Lieferungen** desselben Gegenstandes nur zu einer **einzigen innergemeinschaftlichen Versendung oder Beförderung** des Gegenstandes führen (EuGH C-254/04, DStR 2006, 699 – EMAG; C-430/09, DStR 2011, 23 – Euro Tyre Holding BV; C-587/10, DStR 2012, 2014 – VSTR). Zur Vereinbarkeit der Regelung mit dem EU-Recht siehe auch *Wäger* UR 2001, 1 ff.; *v. Streit* UR 2001, 89 ff. Zu Gestaltungshinweisen bei innergemeinschaftlichen Dreieckslieferungen siehe *v. Wallis* UStB 2001, 316; kritisch zum Gesamtkonstrukt *Nieskens* R/D § 25b Rn. 4 ff.

4 Es gilt für Reihengeschäfte der vom EuGH bestätigte Grundsatz, dass **nur eine Lieferung** im Rahmen eines innergemeinschaftlichen Reihengeschäfts die **warenbewegte** steuerfreie innergemeinschaftliche Lieferung sein kann und dass alle anderen Lieferungen demnach entweder im Ausgangsstaat oder im Empfangsstaat steuerbar sind. Dies hat zur Folge, dass die beteiligten Unternehmer entweder im Ausgangsstaat

oder im Empfangsstaat umsatzsteuerlichen Verpflichtungen nachkommen müssen. Sofern sie dort aber nicht ansässig sind, ergeben sich somit umsatzsteuerliche **Registrierungs- und Deklarationsverpflichtungen** als ausländischer Unternehmer im Ausgangs- oder Empfangsstaat. Dies ist für den Unternehmer mit erheblichem Aufwand verbunden (Sprachprobleme, unterschiedliche Deklarationspflichten, Formulare, Aufzeichnungspflichten etc.). Für einen Sonderfall, nämlich das innergemeinschaftliche Dreiecksgeschäft, werden diese Nachteile, die ohne eine solche Sonderregelung für den mittleren Unternehmer in der Reihe entstehen würden, **vermieden.** Denn ohne Sonderregelung müsste sich der mittlere Unternehmer entweder im Abgangs- oder Empfangsstaat umsatzsteuerlich erfassen lassen und dort seinen Deklarationspflichten nachkommen. § 25b ist aber nicht nur für solche Dreiecksgeschäfte von Bedeutung, bei denen die Warenbewegung im Inland endet; sie hat vielmehr auch dann Bedeutung, wenn ein Erwerber (mittlerer Unternehmer) sich unter Verwendung einer in Deutschland erteilten USt-IdNr. an einem innergemeinschaftlichen Dreiecksgeschäft beteiligt (vgl. → Rn. 9 und 24f.).

Durch die gem. § 3d S. 2 iVm § 15 Abs. 1 S. 1 Nr. 3 eintretende Definitivbelastung mit Umsatzsteuer bei unberechtigter Verwendung der deutschen USt-IdNr. hat die korrekte Anwendung der Dreiecksregelung an Bedeutung gewonnen. Denn soweit ein in einem Reihengeschäft beteiligter Unternehmer seine deutsche USt-IdNr. verwendet, um die Dreiecksregelung anzuwenden, und sich herausstellt, dass die tatbestandlichen Voraussetzungen dafür nicht erfüllt sind, schuldet er gem. § 3d S. 2 die Erwerbsteuer, ohne zum Vorsteuerabzug berechtigt zu sein.

b) Innergemeinschaftliches Dreiecksgeschäft. Unter **Dreiecksgeschäft** ist 5
ein Reihengeschäft (vgl. → § 3 Rn. 206ff.) zu verstehen, bei dem drei Personen beteiligt sind: der Lieferer, der Erwerber (Art. 141 Buchst. a MwStSystRL bzw. Art. 22 Abs. 6 Buchst. b 6. EG-RL = erster Abnehmer) und der Empfänger (Art. 141 Buchst. d MwStSystRL bzw. Art. 28c Teil E Abs. 3 Spiegelstrich 4 6. EG-RL).

Seit der **Neufassung** von Abschn. 276 Abs. 2 S. 2 in den UStR 2005 kann nach Auffassung der FVerw ein innergemeinschaftliches Dreiecksgeschäft auch bei einem Reihengeschäft von **mehr als drei Beteiligten** vorliegen, wenn drei unmittelbar nacheinander liefernde Unternehmer am Ende der Lieferkette stehen (siehe hierzu *Schaefer* UStB 2003, 216 mwN; *Weimann* UStB 2004, 68; so auch aktuell UStAE 25b.1 Abs. 2). Dieses mögliche Abschneiden eines innergemeinschaftlichen Dreiecksgeschäfts von einem Vier- oder Mehrecksgeschäft ermöglicht somit noch weitere Konstellationen, in denen die Teilnahme an einem Reihengeschäft mit Zielort in Deutschland für einen ausländischen Unternehmer ohne umsatzsteuerliche Registrierungspflicht im Inland abgewickelt werden kann. Die Finanzverwaltung erlaubt das Abschneiden eines Dreiecksgeschäfts nicht ausdrücklich auch für Reihengeschäfte aus Deutschland heraus. Gemäß UStAE 25b.1 Abs. 2 kann nur aus dem Reihengeschäft nach Deutschland aus der beispielhaften Lieferkette ES1→ES2→LUX→DE das innergemeinschaftliche Dreiecksgeschäft ES2→LUX→DE herausgeschnitten werden. Aus deutscher Sicht dürfte es auch zulässig sein, für die Konstellation eines Reihengeschäfts aus Deutschland in einen anderen Staat, zB aus DE1→DE2→LUX→ES das Dreiecksgeschäft DE2→LUX→ES herauszuschneiden, sofern dafür die sonstigen Bedingungen des § 25b erfüllt sind. Maßgeblich ist hier aber nicht die deutsche Sicht, sondern das Recht des Zielstaates. Ob aus dem Reihengeschäft EU1→EU2→DE1→DE2 auch das Dreiecksgeschäft EU1→EU2→DE1 gebildet werden kann, ist unklar. Ebenso unklar ist, ob aus dem Reihengeschäft EU1→DE→EU2→EU2 das Dreiecksgeschäft EU1→DE→EU2 herausgeschnitten werden kann (bejahend *Stadie* in Rau/Dürrwächter § 25b Rn. 129). Mangels ausdrücklicher Vereinfachungsregelung dürfte bei Aufdeckung des letztgenannten Falles für DE das Risiko bestehen, dass gegen ihn eine USt gem. § 3d S. 2 festgesetzt wird.

6 Gelangt bei einem Dreiecksgeschäft der Gegenstand der Lieferung von einem Mitgliedstaat in einen anderen, sind diese Geschäfte **ohne die Vereinfachungsregelung** grundsätzlich umsatzsteuerlich wie folgt zu behandeln: (1) Der Lieferer führt eine innergemeinschaftliche Lieferung aus, die steuerfrei ist; (2) der Erwerber hat entsprechend einen innergemeinschaftlichen Erwerb in dem Staat zu versteuern, in dem die Beförderung oder Versendung endet; (3) darüber hinaus hat er in diesem Staat eine anschließende Inlands-Lieferung an den Empfänger zu versteuern; die Steuer auf den Erwerb kann er als Vorsteuer abziehen, da sie unmittelbar seiner steuerpflichtigen Anschlusslieferung zuzuordnen ist. (4) Verwendet er eine USt-IdNr., die von einem anderen Mitgliedstaat erteilt wurde als dem, in dem die Warenbewegung endet, schuldet er darüber hinaus bis zum Nachweis der Versteuerung des Erwerbs in dem Staat, der die Nummer erteilt hat, ebenfalls die Steuer (vgl. § 3d S. 2; UStAE 25b.1 Abs. 1) und wäre insoweit nicht zum Vorsteuerabzug berechtigt.

In der Praxis wurde lange Zeit die ggf. **doppelt anfallende Umsatzsteuer auf den innergemeinschaftlichen Erwerb** nicht weiter problematisiert, da man davon ausgegangen ist, dass auch die Steuer gemäß § 3d S. 2 als Vorsteuer abgezogen werden kann, wenn die gekauften Gegenstände nicht für steuerfreie Ausschlussumsätze verwendet werden. Hierzu hat jedoch der EuGH im Urteil vom 22.4.2010 entschieden (EuGH C-539/08, und C-536/08, DStR 2010, 926 – X und Facet BV; vgl. auch *Maunz* UR 2010, 422), dass der Erwerber nicht zum sofortigen Abzug der auf einen solchen innergemeinschaftlichen Erwerb entrichteten Mehrwertsteuer als Vorsteuer berechtigt ist. Nach dieser Rechtsprechung kann der betroffene Unternehmer die nachteilige Belastungswirkung im Staat der verwendeten USt-IdNr. nur durch den Nachweis der Besteuerung des innergemeinschaftlichen Erwerbs im tatsächlichen Ankunftsstaat aufheben. Sofern also ein Unternehmer in einem innergemeinschaftlichen Reihengeschäft zu Unrecht seine deutsche USt-IdNr. verwendet, muss er die Steuer auf den innergemeinschaftlichen Erwerb erklären und darf sie nicht als Vorsteuer abziehen. Der innergemeinschaftliche Erwerb nach § 3d S. 2 ist auch nicht nach § 4b steuerfrei (LfSt Bayern 2.4.2012, DStR 2012, 861). Die Neutralität kann der Unternehmer nur dadurch erlangen, dass er den Erwerb im Zielstaat versteuert und dann gemäß § 17 Abs. 2 Nr. 4 den innergemeinschaftlichen Erwerb korrigiert (dem folgend BFH V R 39/08, BStBl. II 2011, 658; XI R 40/08, DStR 2011, 170 Rn. 17; XI R 40/08, BStBl. II 2011, 661 und die Finanzverwaltung in UStAE 15.10 Abs. 2 S. 2 – eingefügt durch BMF-Schreiben 7.7.2011, BStBl. I 2011, 739 und nunmehr auch ausdrücklich gesetzlich geregelt in § 15 Abs. 1 Nr. 3 – per 30.6.2013 eingefügt mit AmtshilfeRLUmsG; aA zur Situation vor der gesetzgeberischen Klarstellung *Wagner* UVR 2010, 220; *Prätzler* jurisPR-SteuerR 27/2010, Anm. 6). Die Erwerbsbesteuerung nach § 3d S. 2 kann demnach rückgängig gemacht werden, wenn nachgewiesen wird, dass der Erwerb der Erwerbsbesteuerung im Ankunftsstaat unterworfen wurde. Dies gilt dann als nachgewiesen, wenn sich aus den Aufzeichnungen ergibt, dass der Umsatz in die Steuererklärung des Ankunftsstaats eingeflossen ist (UStAE 3d.1 Abs. 4). Die Rückgängigmachung wirkt mE für jenen Zeitpunkt bzw. Voranmeldungszeitraum, für den im Ausland der (korrekte) innergemeinschaftliche Erwerb erklärt wurde (so auch § 17 Abs. 2 Nr. 4).

Durch die Regelung des **§ 25b** wird vermieden, dass in diesen Fällen der Erwerber sich wegen der Beteiligung an einem Dreiecksgeschäft in dem Staat registrieren lassen muss, in dem die Beförderung oder Versendung endet (vgl. *Widmann* DB 1996, 2404). Ebenso wird dadurch vermieden, dass es zu einer Definitivbelastung aufgrund der Verwendung der USt-IdNr. aus seinem Heimatland kommt (vgl. EuGH C-539/08 und C-536/08, DStR 2010, 926 – X und Facet BV, vgl. auch *Maunz* UR 2010, 422), denn für diese Konstellation wird in § 25b Abs. 3 ausdrücklich geregelt, dass der **innergemeinschaftliche Erwerb als besteuert gilt** und insofern nicht zu deklarieren ist. Damit der mittlere Unternehmer sichergehen kann, dass sein Erwerb als besteuert gilt (§ 25b Abs. 3), sollte er **unbedingt seinen Deklarations- und Rech-**

nungsstellungspflichten genügen (Erklärung der Lieferung in der Voranmeldung und der Zusammenfassenden Meldung sowie Hinweis in der Rechnung auf das Vorliegen eines Dreiecksgeschäftes; § 14a Abs. 7). Ohne Erfüllung dieser Verpflichtungen droht das Risiko einer Besteuerung des innergemeinschaftlichen Erwerbs gem. § 3d S. 2 bzw. einer lokalen Lieferung im Zielstaat (so auch *Stadie* in Rau/Dürrwächter § 25b Rn. 79). Sofern aber der dritte Unternehmer in der Reihe nachweisbar im Ankunftsland einen innergemeinschaftlichen Erwerb oder eine übernommene Steuerschuld angemeldet hat, ist mE keine Notwendigkeit gegeben mittels einer Strafbesteuerung die Nichterfüllung der formalen Pflichten des mittleren Unternehmers zu sanktionieren. Dies widerspräche den Grundsätzen der Verhältnismäßigkeit und der Neutralität der Umsatzsteuer. Einer etwaigen gegenläufigen Sichtweise der Finanzverwaltung (so zB insbesondere die österreichische Finanzverwaltung) sollte in einem Rechtsbehelfsverfahren entgegengetreten werden.

Durch die Vorschrift wird der **Übergang der Steuerschuld** vom mittleren 7
Unternehmer auf den Empfänger (dritter Unternehmer in der Reihe) bewirkt. Diese Übertragung der Steuerschuld entspricht prinzipiell dem innergemeinschaftlichen Erwerb, der Empfänger muss die übernommene Steuer allerdings in der Voranmeldung gesondert deklarieren. Liegen die Voraussetzungen für den Übergang der Steuerschuld vor, ist diese Rechtsfolge zwingend. Jedoch können die Beteiligten das Vorliegen der Voraussetzungen bei Bedarf leicht vermeiden: Der mittlere Unternehmer muss lediglich seine ggf. vorhandene USt-IdNr. des Zielstaates verwenden – in Deutschland besteht hierzu eine Pflicht, wenn er in Deutschland ansässig ist; in anderen EU-Ländern besteht zum Teil für den mittleren Unternehmer bereits eine Pflicht zur Verwendung der lokalen USt-IdNr., wenn er dort registriert ist – hierzu müssen die landesspezifischen Regelungen beachtet werden; auch → Rn. 13 und 19.

c) Anwendung des § 25b kein Gestaltungsmissbrauch iSd § 42 AO. Aus 8
dem Ziel der Vereinfachung ist zu entnehmen, dass die Vermeidung der Registrierung nicht als Gestaltungsmissbrauch iSv § 42 AO angesehen werden kann. Auch der Einsatz von ggf. mehreren vorhandenen USt-IdNr. des mittleren Unternehmers ist ohne Weiteres möglich. So kann beispielsweise ein im Ausland ansässiger Unternehmer, der auf Grund bestimmter Transaktionen über eine deutsche USt-IdNr. verfügt, durchaus als mittlerer Unternehmer seine ausländische USt-IdNr. verwenden und die Sonderregelung des § 25b anwenden (siehe aber zum EU-Ausland → Rn. 7).

d) Keine Anwendung des § 25b bei Beginn der Warenbewegung im In- 9
land. § 25b hat keine Bedeutung für die Lieferung, die als warenbewegte Lieferung im Inland beginnt. Der erste Lieferer tätigt unabhängig davon, ob sein Kunde (der mittlere Unternehmer) im Zielland die Sonderregelung für Dreiecksgeschäfte anwendet oder nicht, eine innergemeinschaftliche Lieferung. Insofern muss es den Erbringer einer warenbewegten Lieferung ab Deutschland auch nicht verwundern, wenn sein Kunde ihm eine USt-IdNr. eines anderen Landes mitteilt als aus dem des bekannten Ziellandes (auch → Rn. 10).

Eine Verlagerung der Steuerschuld im Sinne des § 25b ist nur dann möglich, wenn die Warenbewegung im Inland endet, weil sich dann die Besteuerung des Erwerbers nach deutschem Recht richtet. Auf die **Besteuerung eines innergemeinschaftlichen Erwerbs wird verzichtet** (§ 25b Abs. 3). Der Erwerber (mittlerer Unternehmer) hat in Deutschland keine Deklarationspflichten zu erfüllen.

Darüber hinaus ist die Regelung von Bedeutung, wenn der Erwerber (mittlerer Unternehmer) eine deutsche USt-IdNr. verwendet. Denn dann unterliegt der Erwerber insoweit deutschem Recht (vgl. → Rn. 24f.) und er muss im Inland seinen **Deklarationspflichten** nachkommen (gesonderte Erfassung der Umsätze in den Voranmeldungen und in den Zusammenfassenden Meldungen) sowie seiner **Verpflichtung zur korrekten Rechnungstellung** (§ 14a Abs. 7); aber → Rn. 6.

§ 25b ist daher nur anwendbar, wenn die **Warenbewegung im Inland endet** oder bei einem innergemeinschaftlichen Dreiecksgeschäft der Gegenstand von einem anderen Mitgliedstaat in einen weiteren anderen Mitgliedstaat gelangt und der Erwerber (mittlerer Unternehmer) eine **in Deutschland erteilte USt-IdNr.** verwendet.

II. Innergemeinschaftliches Dreiecksgeschäft

1. Beteiligte Personen

An einem Dreiecksgeschäft sind drei Personen beteiligt: der Lieferer, der Erwerber und der Empfänger.

10 **a) Lieferer muss Unternehmer sein.** Der **Lieferer** muss ein **Unternehmer** sein, der die Lieferung im Rahmen seines Unternehmens erbringt. Endet die Warenbewegung im Inland, bestimmt sich die Unternehmereigenschaft nach § 2. Andernfalls sind die Vorschriften des Mitgliedstaates maßgeblich, in dem die Beförderung oder Versendung endet. Ob der Lieferer **Kleinunternehmer** iSv § 19 oder **pauschalversteuernder Land- oder Forstwirt** iSv § 24 ist, ist für die Annahme eines innergemeinschaftlichen Dreiecksgeschäft grundsätzlich ohne Bedeutung; sie müssen aber **für umsatzsteuerliche Zwecke erfasst** sein. Dies setzt idR voraus, dass sie auf die Anwendung der Sonderregelung verzichtet haben. Darüber hinaus können diese ohne Verzicht andernfalls nicht die Steuerbefreiung nach § 6a in Anspruch nehmen (vgl. → § 6a Rn. 11). Unternehmer, die ausschließlich Umsätze tätigen, die den Vorsteuerabzug ausschließen, sind zumindest in Deutschland dennoch idR für umsatzsteuerliche Zwecke erfasst, auch wenn sie keine Voranmeldungen einreichen müssen. Auch **Fahrzeuglieferer iSv § 2a** kommen als Lieferer iSv § 25b in Betracht, soweit neue Fahrzeuge iSv § 1b Abs. 2 Gegenstand der Lieferung sind; denn insoweit wird ihre Unternehmereigenschaft fingiert und sie werden als Unternehmer auch erfasst (vgl. → § 2a Rn. 2).

Der **Lieferer** selbst erbringt bei Erfüllung aller Voraussetzungen eines innergemeinschaftlichen Dreiecksgeschäfts eine **„normale" innergemeinschaftliche Lieferung,** für deren Steuerfreiheit er die üblichen Nachweise führen muss. Einziger Unterschied zum Regelfall einer innergemeinschaftlichen Lieferung ist, dass ihm sein Kunde eine USt-IdNr. angibt, die nicht aus dem Zielland der Ware stammt.

11 **b) Erwerber ebenfalls Unternehmer.** Der **Erwerber** muss ebenfalls ein **Unternehmer** sein, der den Gegenstand für sein Unternehmen erwirbt. Ob der Erwerber Unternehmer ist, richtet sich ebenfalls nach § 2, wenn die Warenbewegung im Inland endet; andernfalls bestimmt sich auch für ihn die Unternehmereigenschaft nach dem Recht des Staates, in dem die Beförderung oder Versendung endet. Denn soweit § 25b Auswirkungen auf die Besteuerung in Deutschland haben soll, ist darauf abzustellen, dass die entsprechenden Vorschriften des Bestimmungsstaates tatsächlich Anwendung finden (vgl. → Rn. 24). **Kleinunternehmer** iSv § 19 und **Land- und Forstwirte** oder **Unternehmer mit ausschließlich steuerfreien Umsätzen** können nur dann Erwerber iSv § 25b sein, wenn sie über eine gültige USt-IdNr. verfügen. Dies setzt idR den Verzicht auf die Anwendung der Sonderregelung voraus (vgl. → § 27a Rn. 3). Unternehmerisch tätige **Organgesellschaften** sind Unternehmer im Sinne der Regelung und erhalten eine eigene USt-IdNr.

12 **c) Empfänger = Unternehmer oder Steuersubjekt mit USt-IdNr.** Der **Empfänger** kann entweder Unternehmer oder eine juristische Person sein, die kein Unternehmer ist oder den Gegenstand nicht für ihr Unternehmen erwirbt. Ob der Empfänger Unternehmer ist, richtet sich nach § 2, wenn die Warenbewegung im In-

land endet. Ist der Empfänger Unternehmer, muss die Lieferung für sein Unternehmen erfolgen. Dies ergibt sich zwar nicht ausdrücklich aus dem Gesetz, lässt sich aber dem Erfordernis entnehmen, dass der Empfänger seine USt-IdNr. verwenden muss; diese darf jedoch nur für Umsätze für das Unternehmen verwandt werden. Ob der Empfänger den Gegenstand **für sein Unternehmen** erwirbt, bestimmt sich nach den Abgrenzungskriterien, die sich aus dem entsprechenden Tatbestandsmerkmal des § 15 Abs. 1 ergeben (→ § 15 Rn. 91 ff.). Danach kommt es ausschließlich auf die Zuordnungsentscheidung des Empfängers an (EuGH C-291/92, BStBl. II 1996, 390 – Armbrecht; siehe UStAE 15.2 Abs. 2 Nr. 2). Durch die nach Abs. 2 Nr. 4 vorgeschriebene Verwendung der USt-IdNr. bringt der Empfänger zum Ausdruck, dass er den Gegenstand für sein Unternehmen erwirbt. Nur wenn anhand objektiver Umstände eindeutig erkennbar ist, dass der Gegenstand nicht für das Unternehmen des Empfängers bestimmt ist, wird man trotz Verwendung einer USt-IdNr. keinen Erwerb für das Unternehmen (oder einen nur teilweisen Erwerb für das Unternehmen) annehmen können. Ist der Empfänger eine **juristische Person, die nicht Unternehmer ist oder den Gegenstand nicht für ihr Unternehmen erwirbt,** oder **Kleinunternehmer** oder **pauschalbesteuerter Land- und Forstwirt** oder ein **Unternehmer, der ausschließlich Umsätze tätigt, die den Vorsteuerabzug ausschließen,** ist § 25 b nur dann anwendbar, wenn er über eine USt-IdNr. verfügt. Dies tun sie nur dann, wenn sie bestimmte Erwerbsschwellen überschreiten oder freiwillig zur Erwerbsbesteuerung optiert haben (zu den Erwerbsschwellen in den anderen Mitgliedstaaten siehe UStAE 3 c.1 Abs. 2). Dass dies ggf. der Fall ist, ergibt sich daraus, dass sie über eine USt-IdNr. verfügen und diese verwenden (vgl. UStAE 25 b.1 Abs. 3). Dies gilt jedoch nur dann, wenn diese auch noch gültig ist. Bei allen neu aufgenommenen Geschäftsbeziehungen und auch regelmäßig wiederkehrend sollte hierüber eine Bestätigung nach § 18 e eingeholt werden.

2. Umsatzsteuerliche Erfassung in unterschiedlichen Mitgliedstaaten

Ein innergemeinschaftliches Dreiecksgeschäft liegt nur dann vor, wenn alle beteiligten Personen in **unterschiedlichen Mitgliedstaaten** für umsatzsteuerliche Zwecke registriert sind. Nicht Voraussetzung ist, dass sie in diesen Staaten auch ansässig sind (UStAE 25 b.1 Abs. 3 Satz 2). Nach § 25 b gelten Einschränkungen hinsichtlich der Ansässigkeit nur für den Erwerber (vgl. → Rn. 19). Für die übrigen Beteiligten gilt dagegen, dass sie in jedem Mitgliedstaat oder auch im Drittlandsgebiet ansässig sein können. Nach Abs. 2 Nr. 4 muss der Empfänger aber (auch) in dem Staat für Umsatzsteuerzwecke registriert sein, in dem die Warenbewegung endet; denn die Erteilung der erforderlichen USt-IdNr. setzt die umsatzsteuerliche Erfassung voraus (vgl. → § 27 a Rn. 3). Im Übrigen enthält § 25 b keine Bestimmungen darüber, in welchen Staaten die Beteiligten erfasst sein dürfen oder müssen, solange sie (auch) in unterschiedlichen Staaten erfasst sind. **13**

In manchen anderen Mitgliedstaaten dürfen umsatzsteuerlich registrierte ausländische Unternehmer die Sonderregelung für den mittleren Unternehmer nicht mehr anwenden (so wohl in Österreich, Bulgarien, Kroatien, Zypern, Tschechien, Dänemark, Estland, Griechenland, Luxemburg, Malta, Portugal, der Slowakei, Spanien und dem Vereinigten Königreich). Wenn man dort also als ausländischer Unternehmer umsatzsteuerlich registriert ist, kann man als mittlerer Unternehmer in einem Dreiecksgeschäft die Steuerschuld nicht mehr auf den Endabnehmer übertragen. Die Registrierung zwingt den ausländischen Unternehmer, seine vorhandene lokale USt-IdNr. zu verwenden **(„force of attraction“).** Diese Einschränkung **gilt in Deutschland nicht.**

Der österreichische Verwaltungsgerichtshof fragt mit Vorlagebeschluss vom 19.10.2016 nunmehr den EuGH (anhängig unter C-580/16 – Firma Hans Bühler

KG), ob die Dreiecksregelung nicht anwendbar sei, wenn der **Erwerber** (also der zweite Unternehmer in der Reihe) **im Ausgangsmitgliedstaat ansässig** ist, auch wenn er gegenüber dem Lieferanten eine andere ausländische USt-IdNr. verwendet. Zudem soll der EuGH beurteilen, ob eine verspätet abgegebene bzw. ohne Hinweis auf das Dreiecksgeschäft abgegebene ZM für die Anwendbarkeit der Dreiecksregelung schädlich ist. Es bleibt abzuwarten, ob der EuGH der sehr formalistischen Sichtweise der österreichischen Finanzbehörde eine Absage erteilt.

3. Gegenstand des innergemeinschaftlichen Dreiecksgeschäfts; Lieferung beweglicher körperlicher Gegenstände

14 Die Annahme eines innergemeinschaftlichen Dreiecksgeschäfts setzt voraus, dass der Gegenstand der Umsatzgeschäfte ein beweglicher körperlicher Gegenstand ist. Dass er beweglich sein muss, ergibt sich daraus, dass der Gegenstand der Lieferung von einem Mitgliedstaat in einen anderen gelangen muss (vgl. → Rn. 15). Dies ist bei unbeweglichen Gegenständen ausgeschlossen. Auch eine **Werklieferung** ist eine Lieferung (§ 3 Abs. 4 – zur umsatzsteuerlichen Definition der Werklieferung siehe BFH V R 37/10, BStBl. II 2014, 128); eine Werklieferung fällt jedoch nur dann unter § 25b, wenn die Lieferung nicht als an dem Ort ausgeführt anzusehen ist, an dem die Beförderung oder Versendung endet. Dies ist regelmäßig nur dann der Fall, wenn das fertige Werk versendet oder befördert wird. Ausgeschlossen ist damit aber wohl die Anwendung des § 25b in Fällen der Lieferung samt Installation vor Ort (Art. 36 MwStSystRL). Dies gilt zumindest in Fällen der Lieferung in einem anderen Mitgliedstaat, denn aus deutscher Sicht lassen die Vorgaben der Finanzverwaltung in 3.12 Abs. 4 UStAE auch in diesen Fällen eine warenbewegte Lieferung und damit ein vereinfachtes Dreiecksgeschäft möglich erscheinen.

Ob die Lieferung eines Gegenstandes vorliegt oder nicht, ist nach innerstaatlichem Recht zu beurteilen, wenn die Warenbewegung im Inland endet. Zum Begriff der Lieferung vgl. → § 3 Rn. 18, zum Begriff des Gegenstands der Lieferung vgl. → § 3 Rn. 35. Endet die Warenbewegung im Inland, liegt eine Lieferung auch dann vor, wenn nach innerstaatlichem Recht von einer Lieferung, nach dem Recht des Abgangsstaates jedoch von einer sonstigen Leistung auszugehen ist. Keine Lieferung liegt dagegen vor, wenn nach innerstaatlichem Recht Gegenstand der Leistung eine sonstige Leistung ist. Dies gilt auch dann, wenn dem Leistungsempfänger zwar Gegenstände überlassen werden, die Übergabe der Gegenstände aber lediglich **unselbstständige Nebenleistung** einer sonstigen Leistung ist (zB Konstruktionszeichnungen, Pläne, Manuskripte oder andere Datenträger, die lediglich die sonstige Leistung des Verfassers dokumentieren; vgl. *Heuermann* in Sölch/Ringleb § 1a Rn. 10 und *Martin* in Sölch/Ringleb § 3 Rn. 40ff.). Bei einer **Werkleistung** liegt **keine Lieferung** vor, auch wenn in deren Rahmen die Verfügungsmacht an Gegenständen verschafft wird, dies aber nur eine unselbstständige Nebenleistung darstellt. Die Fiktion von Lieferungen bei **Kommissionsgeschäften** gemäß § 3 Abs. 3 gilt auch für § 25b. Wird bei einer **Verkaufskommission** die Ware zum Kommissionär befördert, bevor dieser die Ware verkauft hat, liegt nach hM noch keine Lieferung vor, denn die Lieferung an den Kommissionär gilt erst als in dem Zeitpunkt erfolgt, in dem die Lieferung des Kommissionsguts an den Abnehmer erfolgt (BFH V R 102/78, BStBl. II 1987, 278). Die Finanzverwaltung lässt es in diesen Fällen dennoch zu, eine innergemeinschaftliche Lieferung an den Kommissionär anzunehmen (vgl. UStAE 1a.2 Abs. 7). Unabhängig davon greift in einem solchen Fall aber nicht die Sonderregelung des § 25b. Denn es findet keine unmittelbare Beförderung oder Versendung vom ersten Unternehmer an den letzten Unternehmer in der Reihe statt.

§ 25b gilt auch nicht für die Fälle des **innergemeinschaftlichen Verbringens;** denn in diesen Fällen fehlt es an der erforderlichen Beteiligung von drei Personen. Kein innergemeinschaftliches Dreiecksgeschäft liegt daher vor, wenn im Zeitpunkt der Beförderung oder Versendung der Erwerber oder Empfänger noch nicht feststeht. Zum Erfordernis der **Warenbewegung von einem Mitgliedstaat in einen anderen** vgl. → Rn. 15.

4. Warenbewegung von einem Mitgliedstaat in einen anderen Mitgliedstaat

Der Gegenstand der Lieferung muss tatsächlich aus dem Gebiet eines Mitgliedstaates in das Gebiet eines anderen Mitgliedstaates gelangen (vgl. → § 1 a Rn. 6 f.). Geht der Gegenstand während der Beförderung unter oder verloren, bevor er in das Gebiet eines anderen Mitgliedstaats gelangt ist, kommt die Anwendung von § 25 b nicht in Betracht. Der Gegenstand muss **bei der Lieferung** des ersten Lieferers an den Erwerber von einem Mitgliedstaat **in einen anderen Mitgliedstaat gelangen.** Nach der Logik, dass nur eine Lieferung die warenbewegte Lieferung ist und dieser eine ruhende Lieferung folgt, der ein innergemeinschaftlicher Erwerb vorangeht, auf dessen Besteuerung aber verzichtet wird, heißt dies, dass **die erste Lieferung (des Lieferanten an den Erwerber) als warenbewegte Lieferung einzustufen sein muss,** damit die Sonderregelung des § 25 b zur Anwendung kommen kann. Dies ist nach Ansicht der Finanzverwaltung der Fall, wenn der Gegenstand durch den ersten Lieferer oder den ersten Abnehmer (= Erwerber = mittlerer Unternehmer) befördert oder versendet wird (vgl. UStAE 25 b.1 Abs. 5 S. 1). Dass die Transportbedingungen wirklich entscheidend sind, hat der EuGH im Verfahren Euro Tyre Holding BV nicht bestätigt (C-430/09, DStR 2011, 23). Allerdings dürften sie im Rahmen der vom EuGH geforderten Gesamtbetrachtung der Verhältnisse relevant sein. Jedenfalls ist die Zurechnung der Warenbewegung nicht allein von den Transportbedingungen abhängig, sondern vom Verhalten des mittleren Unternehmers gegenüber dem ersten Lieferer, nämlich inwieweit er dem ersten Lieferer offenlegt, dass er den Gegenstand selbst bereits verkauft und demnach warenbewegt liefern will (vgl. → § 6 a Rn. 31 sowie EuGH C-430/09, DStR 2011, 23 – Euro Tyre Holding BV; BFH V R 3/10, DStR 2011, 2047 mit Anm. *Meurer* SteuK 2011, 485; *Kramer* UR 2011, 912; *Maunz* UR 2011, 914; *Vobbe/Winter* DStR 2011, 2135; *Walkenhorst* UStB 2011, 369; *Nieskens* UR 2012, 17). Der BFH hat ferner entschieden, dass bei Reihengeschäften die Prüfung, welche von mehreren Lieferungen über ein und denselben Gegenstand in einen anderen Mitgliedstaat steuerfrei ist, anhand der objektiven Umstände und nicht anhand der Erklärungen der Beteiligten vorzunehmen ist; Erklärungen des Erwerbers können allerdings im Rahmen der Prüfung des Vertrauensschutzes (§ 6 a Abs. 4) von Bedeutung sein (vgl. BFH XI R 15/14, DStR 2015, 748). Zur Verschaffung der Verfügungsmacht in einem Reihengeschäft siehe zuletzt auch FG Rheinland-Pfalz 3 K 1364/15, EFG 2016, 1381. Soweit sich aus den Zuordnungsregelungen der Finanzverwaltung aus UStAE 3.14 Abs. 8 S. 2 etwas anderes ergibt, sollte die FVerw ihre Vorgaben anpassen (siehe BFH V R 3/10, DStR 2011, 2047 Rn. 19; auch → § 6 a Rn. 31). 15

Der Gegenstand der Lieferung kann von Beauftragten des Lieferers vor der Versendung **noch be- oder verarbeitet** und erst danach zum Empfänger befördert oder versendet werden. Liefergegenstand des Dreiecksgeschäfts ist dann der bearbeitete Gegenstand (UStAE 25 b.1 Abs. 4 Sätze 4 und 5). Die Be- oder Verarbeitung kann mE aber auch vom Empfänger (dritter Unternehmer in der Reihe) beauftragt werden, denn es wird dann vom Lieferer und dem Erwerber derselbe Gegenstand in das Land des Empfängers versendet. Eine Be- oder Verarbeitung durch den Erwerber dürfte jedoch die Anwendung des § 25 b ausschließen, weil dann nicht mehr derselbe Gegenstand zweimal geliefert wird (so auch *Stadie* in Rau/Dürrwächter § 25 b Rn. 36).

Eine Beförderung oder Versendung von einem Mitgliedstaat in einen anderen Mitgliedstaat iSv § 25 b liegt auch dann vor, wenn der Gegenstand auf dem Weg von einem Mitgliedstaat in einen anderen Mitgliedstaat durch Drittlandsgebiet bewegt wird (vgl. → § 6a Rn. 25). Beginnt dagegen die Beförderung oder Versendung im Drittlandsgebiet, liegt eine innergemeinschaftliche Warenbewegung nur dann vor, wenn der Gegenstand in einem Mitgliedstaat zum freien Warenverkehr abgefertigt wurde und anschließend in einen anderen Mitgliedstaat befördert wird (vgl. UStAE 25b.1 Abs. 4 Satz 2).

16 Keine innergemeinschaftliche Lieferung liegt dagegen vor, wenn die **Ware aus dem Drittland** im Wege der Durchfuhr durch das Inland in einen anderen Mitgliedstaat gelangt und erst dort zum freien Verkehr abgefertigt wird (vgl. UStAE 1a.1 Abs. 1 S. 5). Umgekehrt ist kein innergemeinschaftliches Dreiecksgeschäft gegeben, wenn der Gegenstand unmittelbar ins Drittlandsgebiet gelangt (zur Ausfuhrlieferung vgl. → § 6 Rn. 1 ff.). Keine Beförderung oder Versendung im Rahmen der Lieferung liegt vor, wenn im Zeitpunkt der Beförderung oder Versendung der konkrete Erwerber noch nicht feststeht. Wird daher zB der Gegenstand durch den Lieferer zunächst in ein **Auslieferungslager** in einem anderen Mitgliedstaat versandt oder befördert und erst anschließend an einen Erwerber verkauft, der den Gegenstand an einen Empfänger weiterverkauft, handelt es sich nicht um eine innergemeinschaftliche Lieferung im Rahmen eines Dreiecksgeschäfts nach § 25b.

5. Beförderung oder Versendung durch ersten Lieferer oder Erwerber

17 Der Gegenstand der Lieferung muss von dem **Lieferer oder dem Erwerber** aus dem Gebiet eines Mitgliedstaates in das Gebiet eines anderen Mitgliedstaates **befördert oder versendet** werden (vgl. → § 3 Rn. 190). Die **Warenbewegung muss** jedoch der **Lieferung des Lieferers** an den Erwerber **zuzuordnen** sein. Befördert oder versendet der Erwerber den Gegenstand der Lieferung, darf die Warenbewegung daher nicht der Lieferung des Erwerbers an den Empfänger zugeordnet werden. Um Kollisionen hinsichtlich der abweichenden Zuordnungen in anderen Mitgliedstaaten zu vermeiden, ist in UStAE 3.14 Abs. 19 (seit BMF 7.12.2015, BStBl. I 2015, 1014, zuvor UStAE 3.14 Abs. 11) eine **Nichtbeanstandungsregelung** vorgesehen. Dort ist aber nicht geregelt, wie der Nachweis zu führen ist, dass in einem anderen Land die Zuordnung der Warenbewegung unterschiedlich erfolgt. Meines Erachtens muss hierzu der Nachweis der entsprechenden Deklaration in diesem Land ausreichend sein. Wenn also beispielsweise in Italien die Dreiecksregelung auch bei einem Transport durch den Empfänger der Ware zulässig ist, muss dem mE aus deutscher Sicht gem. UStAE 3.14 Abs. 19 gefolgt werden. Außerdem sind auch diesbezüglich die unionsrechtlichen Vorgaben einschlägig.

Dass die Transportbedingungen entscheidend sein sollen, hat der EuGH im Verfahren Euro Tyre Holding BV nicht bestätigt (C-430/09, DStR 2011, 23), → Rn. 15. Nach der Rechtsprechung des EuGH (C-430/09, DStR 2011, 23 – Euro Tyre Holding BV) und dem folgend des BFH (V R 3/10, DStR 2011, 2047) kommt in Betracht, § 25b auch anzuwenden, wenn der Empfänger (also der dritte Unternehmer in der Reihe) den Transport übernimmt, obwohl in diesem Fall gem. § 25b Abs. 1 Nr. 4 die Anwendung der Regelung ausgeschlossen wäre, denn Art. 141 MwStSystRL enthält diese Einschränkung nicht und auch aus der zitierten Rechtsprechung lässt sich dies so nicht ableiten. Auch der BFH hat mit Urteil vom 25.2.2015 (XI R 30/13, DStR 2015, 825) ausdrücklich ausgeführt, dass eine Beförderung oder Versendung des Gegenstands durch den dritten Unternehmer eine Zuordnung der Warenbewegung zur ersten Lieferung nicht ausschließt. Es müsse vielmehr anhand der Gesamtumstände geprüft werden, wo der zweite an den dritten Unternehmer die Verfügungsmacht überträgt. An welchen konkreten Umständen dies festzumachen ist, lässt der BFH allerdings offen. In der Praxis sollten aber die Fälle natürlich möglichst so gestaltet werden, dass die gesetzlichen Vorgaben erfüllt sind, dh der Transport sollte entweder vom Lieferer oder vom Erwerber, nicht aber vom Empfänger übernommen werden. Zuletzt erging aus Österreich ein weiteres Vorabentscheidungsersuchen an den EuGH (anhängig unter C-628/16 – Kurzmayr GmbH) zur Frage der Zuordnung der Warenbewegung. Im zugrunde liegenden Fall hat in einem Dreiecksgeschäft der **dritte Unternehmer** den **Transport** der Ware übernommen und trotz dieses Transportarrangements der erste Unternehmer eine innergemeinschaftliche (warenbewegte) Lieferung erklärt. Das war aus österreichischer und wäre auch aus deutscher Sicht der Finanzverwaltung nicht richtig, weil bei **Abholfällen** erst die letzte Lieferung als warenbewegte Lieferung eingestuft wird (siehe UStAE 3.14 Abs. 8 S. 2).

III. Übergang der Steuerschuld

1. Innergemeinschaftlicher Erwerb und anschließende Lieferung des Erwerbers

Der Übergang der Steuerschuld setzt nach Abs. 2 Nr. 1 voraus, dass der Erwerber einen innergemeinschaftlichen Erwerb in dem Staat tätigt, in dem die Beförderung oder Versendung endet. Endet die Warenbewegung in Deutschland, gilt § 1 a. Endet die Warenbewegung in einem anderen Mitgliedstaat, gelten die dort anzuwendenden Vorschriften zum innergemeinschaftlichen Erwerb. **Kein** innergemeinschaftliches **Dreiecksgeschäft** liegt daher vor, **wenn** der Gegenstand durch den **Empfänger** (letzter Unternehmer in der Reihe) **befördert oder versendet** wird (vgl. UStAE 25b.1 Abs. 5); denn in diesem Fall tätigt nicht der Erwerber, sondern der Empfänger einen innergemeinschaftlichen Erwerb (zum Erfordernis der Beförderung oder Versendung durch den Lieferer oder den Erwerber **vgl. aber → Rn. 17**). 18

Endet die Beförderung im Inland, ist die daran anschließende Lieferung im Inland steuerbar (vgl. § 3 Abs. 7 Nr. 2). Endet die Warenbewegung in einem anderen Mitgliedstaat, ist die anschließende Lieferung dort steuerbar. Der mittlere Unternehmer muss dann aber bei Erfüllung aller Voraussetzungen des § 25 b nicht selbst im Zielland die Steuer deklarieren, sondern die Steuerschuld geht auf den Empfänger (dritter Unternehmer in der Reihe) über. Nicht erforderlich ist, dass die Lieferung steuerpflichtig ist. Die Regelung (und damit vor allem die Vermeidung der Registrierung des mittleren Unternehmers) gilt daher auch dann, wenn die Lieferung auf Grund der allgemeinen Vorschriften **steuerfrei** ist (vgl. *Kraeusel* UVR 1996, 353).

2. Erwerber nicht im Bestimmungsstaat ansässig

Nach Abs. 2 Nr. 2 darf der **Erwerber nicht in dem Staat ansässig** sein, in dem die **Warenbewegung endet.** Ist er dort ansässig, geht die Steuerschuld nicht auf den Empfänger über. Endet die Beförderung oder Versendung im Inland, bestimmt sich die Ansässigkeit nach denselben Kriterien wie in § 22 a Abs. 1 (vgl. → § 22 a Rn. 4). In den anderen Fällen muss auf die im Staat der Beendigung der Warenbewegung geltenden Vorschriften abgestellt werden; dabei können sich insbesondere bei Vorliegen einer Betriebsstätte oder umsatzsteuerlichen Registrierung andere Ergebnisse ergeben als dies aus deutscher Sicht der Fall wäre. Insbesondere schließen eine Reihe von Mitgliedstaaten für den mittleren Unternehmer die Anwendung der Dreiecksregelung bereits dann aus, wenn er im Zielstaat umsatzsteuerlich erfasst ist (also nicht ansässig, sondern lediglich im Besitz einer dort erteilten USt-IdNr. ist – „force of attraction", → Rn. 13, so wohl in Österreich, Bulgarien, Kroatien, Zypern, Tschechien, Dänemark, Estland, Griechenland, Luxemburg, Malta, Portugal, der Slowakei, Spanien und dem Vereinigten Königreich). Es kann zur Erlangung von Zins- und Liquiditätsvorteilen für einen Lieferanten vorteilhaft sein, wenn er für seine Lieferungen keine Umsatzsteuer in Rechnung stellen und abführen muss, insbesondere bei langen 19

Zahlungszielen des Käufers. So ist die deutsche Regelung des § 25b Abs. 2 Nr. 2, wonach die ggf. bestehende umsatzsteuerliche Registrierung eines ausländischen Unternehmers diesem die Anwendung der Dreiecksregelung in Deutschland nicht verwehrt, vorteilhaft gegenüber der Praxis in anderen Ländern, die die Dreiecksregelung in diesen Fällen ausschließen.

Nach Art. 141 Buchst. c der MwStSystRL (Art. 28c Teil E Abs. 3 Gedankenstrich 3 6. EG-RL) darf der **Erwerber** auch **nicht** in dem Staat umsatzsteuerlich **erfasst** sein, in dem die **Beförderung oder Versendung beginnt.** Diese Voraussetzung wurde nicht ausdrücklich in das deutsche Recht übernommen. In anderen Ländern ist dies aber zum Teil der Fall, so dass im Falle einer bereits bestehenden umsatzsteuerlichen Registrierung des mittleren Unternehmers im Startland für Lieferungen in dieses Land – also jenes Land, das die Vorgabe des Art. 141 Buchst. c der MwStSystRL streng umsetzt – der mittlere Unternehmer nicht mehr die Dreiecksregelung anwenden darf. Siehe hierzu nunmehr anhängiges Verfahren am EuGH C-580/16 – Firma Hans Bühler (vgl. → Rn. 13).

3. Verwendung einer USt-IdNr. eines dritten Mitgliedstaates durch den Erwerber

20 Nach Abs. 2 Nr. 2 muss der Erwerber eine USt-IdNr. verwenden, die weder von dem Mitgliedstaat erteilt wurde, in dem die Warenbewegung beginnt, noch von dem Mitgliedstaat, in dem die Warenbewegung endet. Dies wird dann unproblematisch sein, wenn der Erwerber in einem anderen Mitgliedstaat als dem des Beginns oder der Beendigung ansässig ist (zur Unanwendbarkeit der Vereinfachungsregelung, wenn er in einem dieser Staaten ansässig ist, vgl. → Rn. 13 und 19). Ist der **Erwerber in einem Drittstaat** ansässig und verfügt er über keine geeignete USt-IdNr., muss er sich eine entsprechende USt-IdNr. beschaffen. Aus dem Gesetz lässt sich nicht entnehmen, dass der Erwerber bereits vor der Durchführung der Lieferung über eine entsprechende Nummer verfügen müsste. Man wird es daher auch für zulässig ansehen, dass er sich die entsprechende Nummer beschafft, bevor seine eigene Veranlagung wie auch die Veranlagung des Empfängers bestandskräftig werden. In diesem Fall geht die Steuerschuld aber erst in diesem Zeitpunkt auf den Empfänger über; denn davor ist er nicht in der Lage, die weiteren Voraussetzungen für den Übergang der Steuerschuld zu schaffen (vgl. → Rn. 23).

Des Weiteren dürfte es für den **drittländischen Unternehmer** nicht ohne Weiteres möglich sein, sich eine USt-IdNr. „zu beschaffen", um einzig und allein damit als Mittelmann in innergemeinschaftlichen Dreiecksgeschäften aufzutreten. Nach Erfahrungen in der Praxis erteilen weder deutsche noch ausländische Finanzämter zu diesem Zweck eine USt-IdNr. Der drittländische Unternehmer müsste sich vielmehr entweder an ein Finanzamt im Ausgangs- oder im Zielstaat wenden. Mit einer von einem dieser beiden Finanzämter erteilten USt-IdNr. kann er aber wiederum nicht die Dreiecksregelung in Anspruch nehmen. Ausweg könnte die „Beschaffung" einer USt-IdNr. in einem dritten EU-Staat durch dort bewusst generierte Umsätze sein.

4. Verwendung einer USt-IdNr. des Bestimmungsstaates durch den Empfänger

21 Der Empfänger muss eine USt-IdNr. verwenden, die von dem Mitgliedstaat erteilt wurde, in dem die Beförderung oder Versendung endet (Abs. 2 Nr. 2). Dies ist erforderlich, damit überwacht werden kann, ob dieser seiner Verpflichtung zur Versteuerung der Lieferung des Erwerbers im Rahmen der Übernahme der Steuerschuld nachkommt (zur Zusammenfassenden Meldung des Erwerbers vgl. → Rn. 27). Der Empfänger muss die Nummer tatsächlich „verwenden". Dh er muss die Nummer seinem Lieferer, dem Erwerber, willentlich mitteilen. Hierzu ist er jedoch **nicht ver-**

pflichtet. Somit kann er verhindern, dass die Steuerschuld auf ihn übergeht, indem er auf die Verwendung der Nummer verzichtet, auch wenn er über eine solche verfügt. Der Erwerber darf die Nummer nicht von sich aus als verwendet ansehen, selbst wenn sie ihm bekannt ist, zB weil sie sich aus dem Briefpapier des Empfängers ergibt. Zur Klarheit sollte die Verwendung der USt-IdNr. zB aus den Verträgen oder Bestellungen hervorgehen. ME kann sie sich aber auch konkludent aus der Akzeptanz der Rechnung ergeben, in der sie aufgeführt ist und in der auch auf die Sonderregelung für innergemeinschaftliche Dreiecksgeschäfte hingewiesen wird. Widerspricht der Empfänger gegenüber dem Erwerber ausdrücklich der Verwendung seiner USt-IdNr. im Rahmen eines innergemeinschaftlichen Dreiecksgeschäfts, kann nicht davon ausgegangen werden, er habe seine USt-IdNr. verwendet; dann bleibt es bei der Steuerschuld des Erwerbers in dem Staat der Beendigung der Warenbewegung. Hat der Empfänger in den Übergang der Steuerschuld durch Verwendung seiner USt-IdNr. eingewilligt, kann er dies nicht mehr rückgängig machen. Einen „Rückfall" der Steuerschuld an den Erwerber sieht das Gesetz nicht vor und wäre auch nicht praktikabel. In der Praxis besteht aber idR keine Veranlassung für den Empfänger, die Steuerschuld nicht zu übernehmen und deshalb seine USt-IdNr. nicht zu verwenden, denn für den Empfänger ergeben sich daraus keine Nachteile.

5. Rechnung iSv § 14a

Des Weiteren muss der Erwerber über die Lieferung an den Empfänger eine 22
Rechnung nach § 14a Abs. 7 ausstellen, in der die Steuer nicht gesondert ausgewiesen ist. § 14a gilt allerdings nur dann, wenn die Beförderung oder Versendung im **Inland** endet. Andernfalls gelten die entsprechenden Vorschriften des Mitgliedstaates der Beendigung der Warenbewegung. In der Rechnung ist ausdrücklich auf das Vorliegen eines innergemeinschaftlichen Dreiecksgeschäfts und die Steuerschuldnerschaft des letzten Abnehmers hinzuweisen. Diese Vorschrift dient ua dazu, dass den Beteiligten, insbesondere dem Empfänger, klar ist, dass die Steuerschuld auf den Empfänger übergeht. In der Rechnung darf die Steuer auf die Lieferung nicht gesondert ausgewiesen sein. Zum weiteren notwendigen Inhalt der Rechnung vgl. UStAE 25b.1 Abs. 8 und → § 14a Rn. 26ff. mwN. Liegt keine ordnungsgemäße Rechnung vor, geht die Steuerschuld nicht über. Wegen der bedeutenden Folge des Schuldübergangs und der Warnfunktion der Rechnung wird man insoweit strenge Anforderungen stellen müssen und die Rechnung als **materiell-rechtliche Voraussetzung** für den Schuldübergang anzusehen haben (*R/K/L* § 25b Rn. 87; *Stadie* in Rau/Dürrwächter § 25b Rn. 79; siehe auch UStAE 25b.1 Abs. 1 und 3). Dies steht jedoch nicht einer späteren Erstellung oder Vervollständigung einer zuvor noch nicht hinreichend ordnungsgemäßen Rechnung entgegen; lediglich die Steuerschuld geht dann erst im Zeitpunkt der Erstellung bzw. Vervollständigung der Rechnung auf den Empfänger über (ob mit oder ohne Rückwirkung ist mE nicht geklärt; hierzu → Rn. 26).

Aus der Praxis sind Fälle bekannt geworden, in denen deutsche oder österreichische Finanzämter **Kontrollmitteilungen an ausländische Finanzämter** erteilt haben, dass die Rechnungen eines deutschen Mittelmanns im Dreiecksgeschäft nicht die notwendigen Hinweise enthalten haben. Die ausländischen Finanzämter gehen derartigen Hinweisen nach und verlangen daraufhin von den betroffenen Unternehmern eine Registrierung und Versteuerung der lokalen Umsätze. Es kann sodann aber wiederum gelingen, durch nachträgliche Berichtigungen bzw. Ergänzungen der Rechnungen den gewünschten Zustand herzustellen, nämlich dass die Lieferungen als Lieferungen des mittleren Unternehmers im innergemeinschaftlichen Dreiecksgeschäfts angesehen werden. Ob dies in jedem Mitgliedstaat gelingen kann und ob nicht doch nachteilige Folgen verbleiben, ist aber fraglich.

IV. Rechtsfolgen für den Empfänger

1. Steuerschuld für Lieferung des Erwerbers

23 Liegen die Voraussetzungen der Abs. 1 und 2 vor, geht die Steuerschuld für die Lieferung des Erwerbers auf den Empfänger über. Diese Rechtsfolge ist **zwingend** (vgl. § 13a Abs. 1 Nr. 5 und UStAE 25b.1 Abs. 6 S. 2 und 3). Es geht nur die Steuerschuld des Erwerbers auf den Empfänger über; ist diese Lieferung steuerfrei, bleibt die Steuerbefreiung bestehen, auch wenn diese von persönlichen Merkmalen des Lieferers abhängt (zB § 4 Nr. 19), die zwar der Erwerber, nicht aber der Empfänger erfüllt. Dies gilt auch dann, wenn die Anwendung des ermäßigten Steuersatzes von den persönlichen Merkmalen des Leistenden abhängt (zB § 12 Nr. 8). Denn auf den Empfänger geht die Steuerschuld des Erwerbers über, aber nur dann und insoweit, wie die Lieferung durch den Erwerber der Steuer unterliegt. Dies gilt jedoch auch umgekehrt, wenn die Lieferung durch den Empfänger steuerbefreit wäre oder dem ermäßigten Steuersatz unterliegen würde. Auch in diesem Fall richtet sich die Besteuerung nach den Verhältnissen beim Erwerber. Dies wird dadurch bestätigt, dass der Empfänger auch eine juristische Person sein kann, die nicht Unternehmer ist; wäre auf die Verhältnisse beim Empfänger abzustellen, müsste bei Abstellen auf die Merkmale des Empfängers eine Besteuerung unterbleiben.

Nach Abs. 4 bestimmt sich die Bemessungsgrundlage nach dem Entgelt, das der Empfänger an den Erwerber entrichtet (vgl. *Kraeusel* UVR 1996, 353). Etwaige Änderungen der Bemessungsgrundlage sind gem. den Vorgaben des § 17 zu berücksichtigen, dh die übernommene Steuerschuld kann sich erhöhen oder mindern.

2. Aufzeichnungs- und Erklärungspflichten des Empfängers

24 Der Empfänger muss die Steuer auf die Lieferung des Erwerbers im Rahmen seiner **Umsatzsteuervoranmeldung** und seiner **Umsatzsteuerjahreserklärung** zusammen mit seinen eigenen Umsätzen erklären (vgl. §§ 16 Abs. 1 S. 3, 18 Abs. 4a, 18b). Nach § 25b Abs. 6 Nr. 2 müssen aus seinen **Aufzeichnungen** die Bemessungsgrundlage sowie der Name und die Anschrift des Erwerbers so ersichtlich sein, dass sich ohne Weiteres erkennen lässt, für welche Lieferung durch welchen Erwerber die Steuerschuld übergegangen ist. Dies erfordert, dass diese Umsätze gesondert und einzeln aufgezeichnet werden. Die gesonderte Aufzeichnung wird in der Praxis mittels gesonderter Steuerschlüssel bei der Verbuchung bewirkt, wodurch auch die gesonderte Deklaration in den Voranmeldungen sichergestellt werden kann. Denn nur so lässt sich überprüfen, ob der Empfänger seiner Verpflichtung zur Versteuerung nachgekommen ist. Diese Bestimmung gilt jedoch nur dann, wenn die Beförderung oder Versendung im **Inland** endet (vgl. *Kraeusel* UVR 1996, 353). Andernfalls gelten die entsprechenden Vorschriften des Staates, in dem die Warenbewegung endet. Die Erfüllung dieser Verpflichtung kann jedoch **nicht** als **Voraussetzung für den Übergang** der Steuerschuld oder auch der Abziehbarkeit der übernommenen Steuer als Vorsteuer angesehen werden; sie ist vielmehr eine Folge davon.

3. Vorsteuerabzug

25 Der Empfänger kann nach § 25b Abs. 5 die von ihm geschuldete Steuer nach den allgemeinen Voraussetzungen des § 15 als Vorsteuer abziehen. Dh der Empfänger muss ein Unternehmer sein, der den Gegenstand für sein Unternehmen erwirbt und für keine Umsätze verwendet, die den Vorsteuerabzug nach § 15 Abs. 2 ausschließen. Keine Voraussetzung ist, dass eine Rechnung mit gesondertem Steuerausweis vorliegt; denn eine solche Rechnung darf vom Erwerber gerade nicht ausgestellt werden

(vgl. Abs. 2 Nr. 3). Ebenso wenig ist es aber eine Voraussetzung für den Vorsteuerabzug, dass die Rechnung den sonstigen formalen Vorgaben entspricht. Keine Voraussetzung ist auch, dass die Steuer tatsächlich deklariert wird; nach dem klaren Gesetzeswortlaut genügt der Übergang der Steuerschuld nach Abs. 2. Der Anspruch wird jedoch in aller Regel mit der Steuerschuld verrechnet werden können, da die Steuerschuld und der Vorsteueranspruch in der gleichen Steueranmeldung zu erklären sind. Der Anspruch auf Vorsteuer ergibt sich unmittelbar aus Abs. 5; § 15 enthält hierzu keine eigene Bestimmung.

Wenn demnach der Empfänger die Deklaration der Übernahme der Steuerschuld nicht zeitnah, sondern verspätet durchführt, ergeben sich mE für ihn keine umsatzsteuerlichen Belastungsfolgen und auch keine Zinsbelastungen gem. § 233a AO, sofern er zum vollen Vorsteuerabzug gem. § 15 berechtigt ist. Nur wenn dies nicht der Fall sein sollte, würde durch die unterbleibende oder verspätete Deklaration Umsatzsteuer verkürzt und es müssten entsprechende Sanktionen eingreifen. Ob dies so auch im Ausland gilt, sollte gesondert geprüft werden.

V. Rechtsfolgen für den Erwerber

1. Fiktion der Besteuerung des innergemeinschaftlichen Erwerbs

Geht die Steuerschuld über, fingiert § 25b Abs. 3, dass die Steuer auf den Erwerb entrichtet wurde. Endet die Beförderung oder Versendung im Inland, wird dadurch erreicht, dass der **Erwerber sich nicht** für die Versteuerung des Erwerbs im Inland **registrieren lassen** muss. Auch insoweit gelten seine Pflichten im Inland als erfüllt. Endet die Beförderung oder Versendung in einem anderen Mitgliedstaat, ist die Regelung für die Besteuerung im Inland dann von Bedeutung, wenn der Erwerber eine deutsche USt-IdNr. verwendet. Denn in diesem Fall erlischt nach § 3d S. 2 die auf Grund der Verwendung der USt-IdNr. im Inland entstandene Steuerschuld. Insoweit ist die Regelung nicht ganz exakt; denn ob die Steuerschuld auf den Empfänger übergegangen ist oder nicht, richtet sich in diesem Fall nicht nach § 25b Abs. 2, sondern den in dem Mitgliedstaat der Beendigung der Beförderung geltenden, § 25b entsprechenden Regelungen. Nur wenn nach diesen Vorschriften die Steuerschuld als übergegangen anzusehen ist, kann die **Steuerschuld nach § 3d S. 2 als erloschen** angesehen werden. Dies ist dann von Bedeutung, wenn dieser Mitgliedstaat die entsprechenden Regelungen der MwStSystRL nicht oder nicht so wie in § 25b umgesetzt hat. Unterschiede können sich insbesondere hinsichtlich des Verbots der Ansässigkeit des Erwerbers im Abgangsstaat und des Ausschlusses der Regelung im Fall einer umsatzsteuerlichen Registrierung des mittleren Unternehmers im Zielstaat ergeben (vgl. → Rn. 13). Liegen danach die Voraussetzungen für einen Übergang der Steuerschuld auf den Empfänger in dem Staat der Beendigung der Warenbewegung nicht vor, kann auch die Steuerschuld nach § 3d S. 2 nicht als erloschen angesehen werden. 26

Nur wenn alle Voraussetzungen des § 25b erfüllt sind, droht dem Erwerber auch nicht das Risiko gemäß EuGH-Entscheidung C-539/08, DStR 2010, 926 – Facet (ebenso EuGH C-536/08, DStR 2010, 926 – X und UR 2010, 418 mit Anm. *Maunz;* dem folgend BFH V R 39/08, BStBl. II 2011, 658; XI R 40/08, DStR 2011, 170 Rn. 17; XI R 40/08, BStBl. II 2011, 661), wonach der Erwerber nicht zum sofortigen Abzug der auf einen innergemeinschaftlichen Erwerb gemäß § 3d S. 2 anfallenden Mehrwertsteuer als Vorsteuer berechtigt ist (→ Rn. 6). Sofern der Erwerber seine Rechnungsstellungs-, Aufzeichnungs- und Erklärungs**pflichten** erst nachträglich erfüllt (auch → Rn. 27) – zB weil er das Lieferszenario zunächst falsch einschätzt – und damit erst **zeitlich verzögert** die Bedingungen für die Übertragung der Steuerschuld und das Entfallen der Steuer gem. § 3d S. 2 sicherstellt, wirkt dies mE auf den Zeitpunkt der Ausführung der Umsätze zurück – so wie auch das Führen der formellen Nachweise bei innergemeinschaftlichen Lieferungen auf den Zeitpunkt der Ausführung des Umsatzes zurückwirkt.

2. Aufzeichnungs- und Erklärungspflichten des Erwerbers

27 Nach § 25b Abs. 6 S. 1 Nr. 1 muss sich aus den Aufzeichnungen des Erwerbers das mit dem Empfänger vereinbarte Entgelt sowie Name und Anschrift des Empfängers ergeben. Daneben muss er die Lieferung in seiner Zusammenfassenden Meldung angeben (vgl. → § 18a Rn. 9) und die Bemessungsgrundlage seiner Lieferung in seinen Steuererklärungen gesondert anmelden (vgl. → § 18b Rn. 5). Nach § 25b Abs. 6 S. 2 gilt dies jedoch nur dann, wenn der Erwerber eine **inländische USt-IdNr.** verwendet hat. § 25b Abs. 6 Nr. 1 betrifft also Fälle, in denen die Beförderung oder Versendung im EU-Ausland endet; denn dann kann die Steuerschuld auf den Empfänger übergehen (vgl. → Rn. 26).

Endet die Beförderung oder Versendung im Inland, gelten für die Aufzeichnungspflichten des Erwerbers die Vorschriften des Mitgliedstaates, der die vom Erwerber verwendete USt-IdNr. erteilt hat.

Auch der Erwerber hat besondere Erklärungspflichten (insbesondere im Rahmen der ZM). Der EuGH muss hierzu in einem aus Österreich stammenden Entscheidungsersuchen klären, ob die nicht fristgerechte korrekte Abgabe einer ZM für den mittleren Unternehmer die Anwendung der Dreiecksregelung unumkehrbar ausschließt (anhängig unter C-580/16 – Firma Hans Bühler).

3. Vorsteuervergütungsanspruch des Erwerbers

28 Endet die Beförderung oder Versendung im Inland und geht die Steuerschuld auf den Empfänger nach § 25b über, tätigt der Erwerber im Inland steuerbare Umsätze. Dennoch bleibt der nicht im Inland ansässige Erwerber berechtigt, die ihm aus anderen Sachverhalten entstandenen Vorsteuern im Vergütungsverfahren geltend zu machen (vgl. § 59 Abs. 1 Nr. 3 UStDV). Wegen der Einzelheiten vgl. → § 18 Rn. 36ff.

§ 25c Besteuerung von Umsätzen mit Anlagegold

(1) **[1]Die Lieferung, die Einfuhr und der innergemeinschaftliche Erwerb von Anlagegold, einschließlich Anlagegold in Form von Zertifikaten über sammel- oder einzelverwahrtes Gold und über Goldkonten gehandeltes Gold, insbesondere auch Golddarlehen und Goldswaps, durch die ein Eigentumsrecht an Anlagegold oder ein schuldrechtlicher Anspruch auf Anlagegold begründet wird, sowie Terminkontrakte und im Freiverkehr getätigte Terminabschlüsse mit Anlagegold, die zur Übertragung eines Eigentumsrechts an Anlagegold oder eines schuldrechtlichen Anspruchs auf Anlagegold führen, sind steuerfrei. [2]Satz 1 gilt entsprechend für die Vermittlung der Lieferung von Anlagegold.**

(2) **Anlagegold im Sinne dieses Gesetzes sind:**
1. **Gold in Barren- oder Plättchenform mit einem von den Goldmärkten akzeptierten Gewicht und einem Feingehalt von mindestens 995 Tausendstel;**
2. **Goldmünzen, die einen Feingehalt von mindestens 900 Tausendstel aufweisen, nach dem Jahr 1800 geprägt wurden, in ihrem Ursprungsland gesetzliches Zahlungsmittel sind oder waren und üblicherweise zu einem Preis verkauft werden, der den Offenmarktwert ihres Goldgehalts um nicht mehr als 80 Prozent übersteigt.**

(3) **[1]Der Unternehmer, der Anlagegold herstellt oder Gold in Anlagegold umwandelt, kann eine Lieferung, die nach Absatz 1 Satz 1 steuerfrei ist, als**

steuerpflichtig behandeln, wenn sie an einen anderen Unternehmer für dessen Unternehmen ausgeführt wird. [2]Der Unternehmer, der üblicherweise Gold zu gewerblichen Zwecken liefert, kann eine Lieferung von Anlagegold im Sinne des Absatzes 2 Nr. 1, die nach Absatz 1 Satz 1 steuerfrei ist, als steuerpflichtig behandeln, wenn sie an einen anderen Unternehmer für dessen Unternehmen ausgeführt wird. [3]Ist eine Lieferung nach den Sätzen 1 oder 2 als steuerpflichtig behandelt worden, kann der Unternehmer, der diesen Umsatz vermittelt hat, die Vermittlungsleistung ebenfalls als steuerpflichtig behandeln.

(4) **Bei einem Unternehmer, der steuerfreie Umsätze nach Absatz 1 ausführt, ist die Steuer für folgende an ihn ausgeführte Umsätze abweichend von § 15 Abs. 2 nicht vom Vorsteuerabzug ausgeschlossen:**
1. **die Lieferungen von Anlagegold durch einen anderen Unternehmer, der diese Lieferungen nach Absatz 3 Satz 1 oder 2 als steuerpflichtig behandelt;**
2. **die Lieferungen, die Einfuhr und der innergemeinschaftliche Erwerb von Gold, das anschließend von ihm oder für ihn in Anlagegold umgewandelt wird;**
3. **die sonstigen Leistungen, die in der Veränderung der Form, des Gewichts oder des Feingehalts von Gold, einschließlich Anlagegold, bestehen.**

(5) **Bei einem Unternehmer, der Anlagegold herstellt oder Gold in Anlagegold umwandelt und anschließend nach Absatz 1 Satz 1 steuerfrei liefert, ist die Steuer für an ihn ausgeführte Umsätze, die in unmittelbarem Zusammenhang mit der Herstellung oder Umwandlung des Goldes stehen, abweichend von § 15 Abs. 2 nicht vom Vorsteuerabzug ausgeschlossen.**

(6) **Bei Umsätzen mit Anlagegold gelten zusätzlich zu den Aufzeichnungspflichten nach § 22 die Identifizierungs-, Aufzeichnungs- und Aufbewahrungspflichten des Geldwäschegesetzes mit Ausnahme der Identifizierungspflicht in Verdachtsfällen nach § 6 dieses Gesetzes entsprechend.**

EU-Recht: Art. 344 ff. MwStSystRL (Art. 26b 6. EG-RL)
UStAE: 25c.1

Übersicht

1. Bedeutung

Seit Aufhebung der Steuerbefreiung für Goldgeschäfte in § 4 Nr. 8 Buchst. k zum 31. 12. 1999 regelt § 25 c die Besteuerung von Umsätzen mit Anlagegold völlig neu. Die in § 4 Nr. 8 Buchst. k vorgesehene Steuerbefreiung konnte aus unionsrechtlichen Gründen in dieser Form nicht aufrechterhalten werden. Die 6. EG-RL enthielt bislang keine entsprechende Umsatzsteuerbefreiung und die Europäische Kommission hatte wegen der deutschen Regelung den EuGH angerufen (UR 1997, 386; Az. des EuGH C-432/97; vgl. zum Ganzen auch *Vellen* UR 1999, 185). Mit Art. 1 der Richtlinie 98/80/EG (ABl. 1998 L 281, 31) ist Art. 26b in die 6. EG-RL aufgenommen worden, der die umsatzsteuerliche Behandlung von Umsätzen mit Anlagegold **1**

EU-einheitlich regelt. § 25c setzt die Richtlinienbestimmung des Art. 26b 6. EG-RL in das deutsche Umsatzsteuerrecht um. Dabei hat der Gesetzgeber die Systematik des deutschen Umsatzsteuerrechts unbeachtet gelassen, indem er in § 25c Regelungen über Steuerbefreiung, Option, Vorsteuerabzug und Aufzeichnungspflichten zusammengefasst hat, statt sie in die dafür einschlägigen Normen des UStG einzugliedern (vgl. zum Ganzen auch *Nieskens* UR 2000, 45).

2. Geltungszeit

2 Die Regelung des § 25c ist durch das StBereinG 1999 (BGBl. 1999 I 2601) mit Wirkung ab 1.1.2000 in das UStG aufgenommen worden. Die Finanzverwaltung hat sich hierzu grundlegend mit BMF-Schreiben vom 16.3.2000 (BStBl. I 2000, 456) geäußert.

3. Die Steuerbefreiung durch § 25c Abs. 1

3 Steuerbefreit sind gemäß § 25c Abs. 1 S. 1 die Lieferung, die Einfuhr sowie der innergemeinschaftliche Erwerb von Anlagegold. Als Lieferung von Anlagegold wird in Anlehnung an Art. 26b Teil B Abs. 1 Hs. 2 6. EG-RL (Art. 346 MwStSystRL) auch der Handel mit Anlagegold in Form von Zertifikaten über sammel- oder einzelverwahrtes Gold und über Goldkonten gehandeltes Gold behandelt, der bisher im deutschen Umsatzsteuerrecht als sonstige Leistung iSd § 3 Abs. 9 beurteilt worden ist. Gegenstände dieser nunmehr als Lieferungen anzusehenden Umsätze können auch sein:

- Golddarlehen und Goldswaps, durch die ein Eigentumsrecht an Anlagegold oder ein schuldrechtlicher Anspruch auf Anlagegold begründet wird,
- Terminkontrakte und im Freiverkehr getätigte Terminabschlüsse mit Anlagegold, die zur Übertragung eines Eigentumsrechts an Anlagegold oder eines schuldrechtlichen Anspruchs auf Anlagegold führen.

4 Soweit Leistungen, insbesondere Optionsgeschäfte mit Goldbarren, nicht unter die Regelung des § 25c Abs. 1 fallen, kommt eine Steuerbefreiung dieser Umsätze gemäß § 4 Nr. 8 Buchst. e in Betracht. Der Rat und die Kommission haben in einer Protokollerklärung zu Art. 1 der RL 98/80/EG erklärt, dass die nicht von der in Art. 26b 6. EG-RL aufgenommenen Regelung erfassten Umsätze mit Anlagegold nach Art. 13 Teil B Buchst. der 6. EG-RL steuerfrei sein können, soweit es sich um Dienstleistungen (sonstige Leistungen) handelt. Über § 4 Nr. 8 Buchst. e, der Art. 13 Teil B Buchst. der 6. EG-RL (Art. 135 Abs. 1 Buchst. d MwStSystRL) in deutsches Recht umsetzt, wird damit eine weitgehende Beibehaltung der Steuerbefreiung im Geschäft mit Goldumsätzen ermöglicht.

5 Den „Lieferungen von Anlagegold" gleichgestellt werden die in § 25c Abs. 1 aufgeführten Goldumsätze, die nach deutschem Verständnis sonstige Leistungen sind. Die Steuerbefreiung gilt auch für die **Vermittlung** der Lieferung von Anlagegold. Diese Regelung beruht auf Art. 26b Teil B Abs. 2 6. EG-RL (Art. 347 MwStSystRL).

6 Die bis zur Neuregelung durch das StBereinG 1999 in § 5 Abs. 1 Nr. 1 geregelte Steuerbefreiung für die Einfuhr von Goldbarren usw. ist durch § 25c Abs. 1 abgelöst worden, der die Befreiung der Einfuhr von Anlagegold vorsieht.

4. Definition des Anlagegoldes (§ 25c Abs. 2)

7 § 25 Abs. 2 definiert den Begriff des Anlagegoldes in Anlehnung an Art. 344 MwStSystRL. Die Steuerbefreiung für Gold in Barren- oder Plättchenform gilt unabhängig davon, ob es durch Wertpapiere verbrieft ist oder nicht.

Hinsichtlich der Steuerbefreiung für Goldmünzen wird die Kommission vor dem 1.12. eines jeden Jahres ein Verzeichnis der Münzen, die die Kriterien für die Steuerbefreiung erfüllen, in der Reihe C des Amtsblattes der Europäischen Gemeinschaften veröffentlichen. Die in diesem Verzeichnis aufgeführten Münzen gelten während des gesamten Kalenderjahres, für das das Verzeichnis gilt, als Anlagegold iSd § 25c Abs. 2 Nr. 2. Siehe hierzu BMF 8.11.2001, UR 2002, 21 und BMF 30.12.2002, UR 2003, 237 sowie OFD Frankfurt a. M. 13.9.2006 (BeckVerw 080613). Die Europäische Kommission hat die Liste

- für 2000 im ABl. 1999 C 342, 13, vgl. UR 2000, 66;
- für 2001 im ABl. 2000 C 321, 2, vgl. UR 2001, 18;
- für 2002 im ABl. 2001 C 302, 12, vgl. UR 2002, 21;
- für 2003 im ABl. 2002 C 279, 4 vgl. UR 2003, 237, mit Berichtigung in ABl. 2002 C 309, 20, vgl. UR 2003, 238;
- für 2004 im ABl. 2003 C 272, 3, vgl. UR 2004, 196,
- für 2005 im ABl. 2004 C 285, 6, vgl. UR 2005, 21, mit Berichtigung in ABl. 2005 C 22, 22, vgl. UR 2005, 193;
- für 2007 im ABl. 2006 C 291, 21, vgl. UR 2007, 56;
- für 2009 im ABl. 2008 C 306, 6, vgl. UR 2009, 123;
- für 2010 im ABl. 2009 C 289, 12, vgl. UR 2010, 134;
- für 2011 im ABl. 2010 C 322, 13, vgl. BMF-Schreiben 7.12.2010, BeckVerw 244836;
- für 2012 im ABl. 2011 C 351, 17, vgl. BMF-Schreiben 12.12.2011, BeckVerw 255947;
- für 2013 siehe BMF-Schreiben 31.1.2013 (UR 2013, 375) zur einstweiligen Anwendung der Liste aus dem Vorjahr;
- für 2014 im ABl. 2013 C 138, 4 (vgl. BMF 26.5.2014, BeckVerw 0463759);
- für 2015 im ABl. 2014 C 396, 6 (vgl. BMF 25.11.2014, BeckVerw 292329);
- für 2016 im ABl. 2015 C 393, 3 (vgl. BMF 2.12.2015, BeckVerw 321018);
- für 2017 im ABl. 2016 C 385, 6 (vgl. BMF 31.10,2016, BeckVerw 333860) veröffentlicht.

Darüber hinaus steht es den Unternehmern frei, die Voraussetzungen für die Steuerbefreiung der Goldmünzen, die nicht in den Listen enthalten sind, im Einzelfall in geeigneter Form nachzuweisen.

Sofern Goldmünzen zu einem Preis von über 180% des Offenmarktwertes gehandelt werden, ist die Lieferung steuerpflichtig. Es kommt jedoch der ermäßigte Steuersatz für Sammlermünzen (§ 12 Nr. 12 iVm Nr. 54 Buchst. c Doppelbuchst. cc der Anlage 2 zum UStG) in Betracht.

5. Optionsberechtigung (§ 25c Abs. 3)

Die Regelung der Möglichkeit zur Option zur Steuerpflicht für die in § 25c Abs. 3 8
genannten Umsätze beruht auf Art. 26b Teil C Abs. 1–3 6. EG-RL (Art. 348–351 MwStSystRL). Für den Leistenden kann dadurch ein umfassendes Recht auf Vorsteuerabzug sichergestellt werden. Der Vorsteuerabzug des Leistungsempfängers ist dabei stets – also unabhängig von einer von ihm angewandte Option – möglich (§ 25c Abs. 4 Nr. 1).

Im Falle der Option zur Steuerpflicht greift die Übertragung der Steuerschuldnerschaft (§ 13b Abs. 2 Nr. 9; s. auch UStAE 13b.1 Abs. 2 Nr. 11).

6. Erhalt des Vorsteuerabzugs

Die Steuerbefreiung des § 25c Abs. 1 führt gemäß § 15 Abs. 2 Nr. 1 grundsätzlich 9
zum Vorsteuerausschluss. Damit die Vorteile der Sonderregelung gewahrt bleiben und Wettbewerbsverzerrungen im Hinblick auf eingeführtes Anlagegold vermieden werden, ist in den in § 25c Abs. 4 und 5 geregelten Fällen abweichend von § 15 Abs. 2 Nr. 1 der Vorsteuerabzug möglich.

7. Identifizierungs-, Aufzeichnungs- und Aufbewahrungspflichten

10 Um der Geldwäsche entgegenzuwirken, führt § 25c Abs. 6 bei Umsätzen mit Anlagegold zusätzlich zu den umsatzsteuerlichen Aufzeichnungspflichten die Verpflichtung zur Beachtung der Identifizierungs-, Aufzeichnungs- und Aufbewahrungspflichten des Geldwäschegesetzes (GwG) ein. Zu den Identifizierungs-, Aufzeichnungs- und Aufbewahrungspflichten vgl. insbesondere die §§ 2, 4, 6 und 8 GwG. Vorschriften, die sich mit der Identifizierungspflicht in Verdachtsfällen befassen, sind nicht anzuwenden.

§ 25d Haftung für die schuldhaft nicht abgeführte Steuer

(1) [1]**Der Unternehmer haftet für die Steuer aus einem vorangegangenen Umsatz, soweit diese in einer nach § 14 ausgestellten Rechnung ausgewiesen wurde, der Aussteller der Rechnung entsprechend seiner vorgefassten Absicht die ausgewiesene Steuer nicht entrichtet oder sich vorsätzlich außer Stande gesetzt hat, die ausgewiesene Steuer zu entrichten und der Unternehmer bei Abschluss des Vertrags über seinen Eingangsumsatz davon Kenntnis hatte oder nach der Sorgfalt eines ordentlichen Kaufmanns hätte haben müssen.** [2]**Trifft dies auf mehrere Unternehmer zu, so haften diese als Gesamtschuldner.**

(2) [1]**Von der Kenntnis oder dem Kennenmüssen ist insbesondere auszugehen, wenn der Unternehmer für seinen Umsatz einen Preis in Rechnung stellt, der zum Zeitpunkt des Umsatzes unter dem marktüblichen Preis liegt.** [2]**Dasselbe gilt, wenn der ihm in Rechnung gestellte Preis unter dem marktüblichen Preis oder unter dem Preis liegt, der seinem Lieferanten oder anderen Lieferanten, die am Erwerb der Ware beteiligt waren, in Rechnung gestellt wurde.** [3]**Weist der Unternehmer nach, dass die Preisgestaltung betriebswirtschaftlich begründet ist, finden die Sätze 1 und 2 keine Anwendung.**

(3) [1]**Örtlich zuständig für den Erlass des Haftungsbescheides ist das Finanzamt, das für die Besteuerung des Unternehmers zuständig ist.** [2]**Im Fall des Absatzes 1 Satz 2 ist jedes Finanzamt örtlich zuständig, bei dem der Vorsteueranspruch geltend gemacht wird.**

(4) [1]**Das zuständige Finanzamt hat zu prüfen, ob die Voraussetzungen für den Erlass des Haftungsbescheides vorliegen.** [2]**Bis zum Abschluss dieser Prüfung kann die Erteilung der Zustimmung im Sinne von § 168 Satz 2 der Abgabenordnung versagt werden.** [3]**Satz 2 gilt entsprechend für die Festsetzung nach § 167 Abs. 1 Satz 1 der Abgabenordnung, wenn sie zu einer Erstattung führt.**

(5) **Für den Erlass des Haftungsbescheides gelten die allgemeinen Grundsätze, mit Ausnahme des § 219 der Abgabenordnung.**

UStAE: 25d.1

Übersicht

1. Entstehung und Bedeutung

Der neu eingeführte Haftungstatbestand des § 25d ist zur **Bekämpfung des Umsatzsteuerbetrugs** in Form der **sog. Karussellgeschäfte** eingeführt worden vgl. UStAE 25d.1 Abs. 1. Bei Karussellgeschäften werden die Regelungen für die Umsatzbesteuerungen der innergemeinschaftliche Lieferungen und Erwerbe durch die beteiligten Unternehmen derart genutzt, dass sie durch den Aufbau von grenzüberschreitenden Lieferketten in den Genuss des Vorsteuerabzugs gelangen, ohne die in der Kette entstehende USt anzumelden oder zu entrichten (siehe *Merk* UR 2001, 97; *Kemper* UR 2005, 1ff.; *Widmann* UR 2005, 14ff.; *Weimann/Lang* § 25d Rn. 1.1.2). Hierdurch soll allein dem deutschen Fiskus jährlich ein Schaden iHv 10 Mrd. EUR entstehen. 1

Beispiel für Karussellgeschäft:

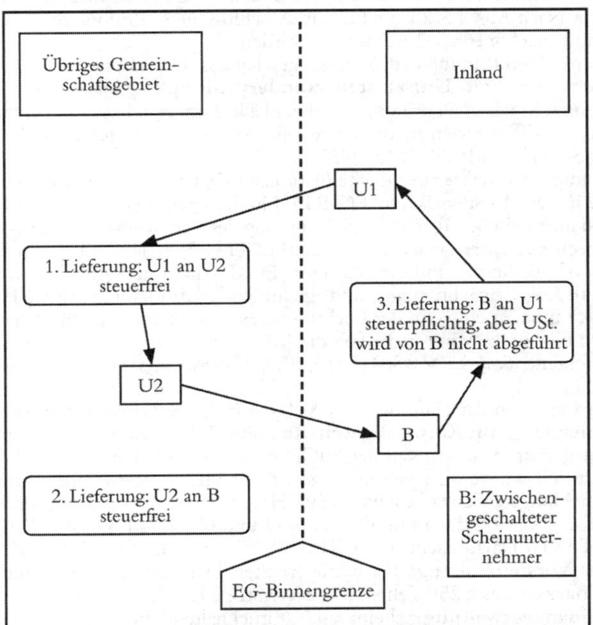

Quelle: Bundesrechnungshof: Stellungnahme an den Finanzausschuß des Deutschen Bundestages über notwendige gesetzgeberische Maßnahmen im Bereich der Betrugsbekämpfung bei der USt.

- U1 liefert Ware umsatzsteuerfrei an den EU-Ausländer U2 für 100.000 EUR.
- U2 liefert umsatzsteuerfrei an den EU-Inländer B für 100.000 EUR.
- B liefert wiederum an den EU-Inländer U1 für

Netto-Verkaufspreis	84.034 EUR
zzgl. 19% USt	15.966 EUR
Bruttoverkaufspreis	100.000 EUR

- B führt die USt nicht ab (sog. „Phönix"-Unternehmer oder „missing trader"). Er verschwindet vom Markt. U1 macht jedoch aus der Rechnung des B Vorsteuer geltend.
- U1 kann nunmehr die Ware günstiger an Dritte weiterveräußern.

Dieses „Karussell" kann **mehrmals „gedreht"** werden, wobei der Verkaufspreis dann jeweils um 19% **„heruntergeschleust"** wird. Oft werden auch **„Buffer"-Firmen zwischengeschaltet,** um die Aufdeckung des Karussells zu erschweren. „Buffer"-Firmen sind Zwischenglieder in der Lieferkette, die regelmäßig ihre steuerlichen Pflichten erfüllen und auch „normale" Geschäfte ausführen. Im Ergebnis soll damit eine Warenbewegung vorgetäuscht werden, Zu diesem Zweck wird häufig auch eine Warenbewegung vorgetäuscht, die es tatsächlich nicht oder jedenfalls nicht in dem erklärten Umfang gibt.

2 § 25d bezweckt, jeden Unternehmer in Haftung zu nehmen, der in Karussellgeschäfte verwickelt ist und Kenntnis davon hat, dass die USt schuldhaft nicht abgeführt worden ist. Nach Abs. 3 S. 2 kann bis zum Abschluss dieser Prüfung die Erteilung der Zustimmung nach § 168 S. 2 AO versagt werden.

Zur verstärkten Prüfung evtl. Karussellgeschäfte ist beim Bundesamt für Finanzen eine **„Arbeitseinheit Umsatzsteuersonderprüfung"** gebildet worden. Diese nimmt zentral Meldungen prüfungswürdiger Fälle entgegen. Es ist eine umfangreiche Liste von Aufgriffskriterien zusammengestellt worden (siehe *Stahl* KÖSDI 02, 13205; *Hillmann-Stadtfeld* DStR 2002, 434 (435)).

3 § 25d folgt als verfahrensrechtliche (nationale) Vorschrift **keiner EU-rechtlichen Vorgabe** in der MwStSystRL (6. EG-RL). Ein dem § 25d vergleichbarer Haftungstatbestand im englischen Recht zur Bekämpfung des Karussellbetruges ist vom EuGH für **EU-rechtskonform** erachtet worden (EuGH C-384/04, DStR 2006, 897 – Federation of Technical Industries). Der EuGH hat ausgeführt, dass Art. 205 MwStSystRL als Ermächtigungsgrundlage für eine gesamtschuldnerische Haftung in Betracht kommt. Auch wenn der Richtlinientext von Steuerschuldnerschaft spricht, ergibt sich hieraus als Minus jedenfalls die Möglichkeit, einen Haftungstatbestand zu schaffen (ebenso *Schuska* MwStR 2015, 323; *Nieskens* in Rau/Dürrwächter § 25d Rn. 5).

4 Unabhängig von der Haftung lassen sich die Fälle des **Umsatzsteuerbetrugs in Zusammenhang mit Karussellgeschäften** oftmals über die **Vorsteuerabzugsberechtigung** lösen. Diese versagt der EuGH dem Unternehmer, der Glied einer Lieferkette ist und wusste oder wissen musste, dass andere Unternehmer ihre Umsatzsteueranmeldungen nicht entrichten (EuGH verb C-354/03, 355/03 und 484/03, DStR 2006, 133 – Optigen Ltd. ua; C-80/11 und C-142/11, DStRE 2012, 1336 – Mahagében und Dávid nachf. BFH XI R 78/07, DStRE 2010, 1263). Zur **Versagung des Vorsteuerabzugs** bei betrügerischen Lieferketten **und gleichzeitigen Anwendbarkeit des § 25d** siehe *Schuska* MwStR 2015, 323 mwN.

Die **Finanzverwaltung** scheint eher zurückhaltend bei der Anwendung des § 25d. Die **Gerichte** haben bislang erst **zwei Fälle** entschieden: In dem einen Fall wurde bei einem Kaufvertrag **lediglich die USt** gegen Quittung **bar** bezahlt. Dieser Umstand reichte dem FG LSA 1 K 437/05, BeckRS 2008, 26025543) zur Annahme, dass der Käufer Kenntnis von der Nichtabführung der USt durch den Verkäufer gehabt haben müsse. Der andere Fall ist zum Insolvenzverfahren ergangen (siehe BFH V R 44/06, BStBl. II 2008, 586 und → Rn. 21).

2. Rechtsentwicklung

Durch das **StVBG** (BGBl. 2001 I 3922; BStBl. I 2002, 32) wurde die Neurege- 5
lung des § 25d in das UStG eingefügt. Die Regelung ist zum 1.1.2002 in Kraft getreten. **Mit dem StÄndG 2003** (BGBl. 2003 I 2645) wurde der Haftungstatbestand **verschärft.** § 25d idF des StÄndG 2003 ist zum 1.1.2004 in Kraft getreten. Zum **Anwendungszeitpunkt** → Rn. 28. Die **Finanzverwaltung** hat zur Anwendung des § 25d mit BMF-Schreiben vom 29.3.2004 (BStBl. I 2004, 450) und UStAE 25d.1 Stellung genommen.

3. Voraussetzungen der Haftung (§ 25d Abs. 1 S. 1, Abs. 2)

a) Vorangegangener Umsatz. Als **„vorangegangener"** Umsatz iSd Vorschrift 6
gilt nach der Begründung des Finanzausschusses (BT-Drs. 14/7471) nicht nur der unmittelbare Eingangsumsatz des Unternehmers, sondern auch der Umsatz auf der **vorangegangen Vorstufe.** Für eine Begrenzung der Haftung auf den unmittelbar vorangegangenen Umsatz (letzten Eingangsumsatz) plädieren *Kühn/Winter* UR 2001, 478. Diese Begrenzung ist abzulehnen, weil sie dem Zweck des § 25d (Bekämpfung der Karussellgeschäfte) zuwiderliefe: Durch die Zwischenschaltung eines weiteren inländischen „missing trader"-Unternehmers mit geringer Zahllast könnte die Haftung leicht umgangen werden.

b) Rechnung mit gesondertem Steuerausweis. Gehaftet wird für die Steuer, 7
die „in einer nach § 14 ausgestellten Rechnung" ausgewiesen ist. Hierunter ist eine Rechnung iSd § 14 Abs. 4 zu verstehen, in der das **Nettoentgelt** gesondert ausgewiesen sein muss. Außerdem muss in der Rechnung die Steuernummer/USt-IdNr. des Ausstellers und eine fortlaufende Rechnungsnummer enthalten sein (zu den Rechnungsanforderungen → § 14 Rn. 36ff.).

Unklar ist, ob die **Haftung** auch für nicht abgeführte Steuer nach **§ 14c Abs. 1 und 2** gilt. Bejahend *Mende/Huschens* INF 2002, 65 (69); ebenso *Stahl* KÖSDI 2002, 13 205, die bei Rechnungsberichtigung die Berichtigung des Haftungsbescheides fordern. **Dagegen** spricht allerdings § 25d Abs. 3 S. 2: Dieser Vorschrift ist zu entnehmen, dass die Geltendmachung eines Vorsteueranspruchs Vorausaussetzung für die Haftung sein soll (vgl. *Widmann* DB 2002, 166 (168)). Hiervon geht offensichtlich auch der Gesetzgeber (BT-Drs. 14/7471) aus:

> *„... Die Regelung (§ 25d) ist notwendig, um dem systematischen Missbrauchs des Vorsteuerabzugsrechts zu begegnen. Die neue Vorschrift soll in diesen Fällen verhindern, dass der Staat gezwungen ist, Steuerbeträge auszuzahlen, die er nicht erhalten hat."*

Vor diesem Hintergrund ist eine **Haftung** gemäß 25d **für Rechnungen nach 14c Abs. 1 und 2 zu verneinen.** Ein Vorsteuerabzug aus diesen Rechnungen scheitert bereits daran, dass nicht „jede in der Rechnung ausgewiesene Steuer", sondern nur die für den Umsatz „gesetzlich geschuldete Steuer" als Vorsteuer abziehbar ist (EuGH C-342/87, UR 1991, 83 – Genius Holding; BFH V R 34/97, BStBl. II 1998, 695; ebenso UStAE 15.2 Abs. 1 S. 3 und UStAE 25d.1 Abs. 3).

einstweilen frei **8–12**

c) Vorsätzliches Nichtentrichten der Umsatzsteuer. Der Aussteller der 13
Rechnung muss mit der **vorgefassten Absicht** gehandelt haben, die ausgewiesene Steuer nicht zu entrichten, oder sich **vorsätzlich** außer Stande gesetzt haben, die ausgewiesene Steuer zu entrichten. Die geltende Gesetzesregelung ist insofern ent-

schärft als der RegE (BT-Drs. 14/6883) noch das „sich vorsätzliche oder leichtfertige außer Stande gesetzt haben" ausreichen ließ.

Das Nichtentrichten der USt wird nunmehr als Ordnungswidrigkeit nach § 26b bzw. bei gewerbs- oder bandenmäßigem Vorgehen als Straftat nach § 26c geahndet.

14 **d) Kenntnis oder Kennenmüssen des Haftenden bei Vertragsschluss.** Nach dem **Gesetzestext der Ursprungsfassung** (StVBG – BGBl. 2001 I 3922) setzte die Haftung **positive Kenntnis** voraus. Der als Haftungsschuldner in Anspruch zu nehmende Leistungsempfänger musste bei Abschluss des Vertrages über seinen Eingangsumsatz Kenntnis davon gehabt haben, dass ein Rechnungsaussteller in der Lieferkette entsprechend seiner vorgefassten Absicht die ausgewiesene USt nicht entrichtet oder sich vorsätzlich außer Stande gesetzt hat, die ausgewiesene USt zu entrichten.

15 Mit der **Neufassung** des **§ 25d Abs. 1 S. 1** durch das **StÄndG 2003** (BGBl. 2003 I 2645) ist eine **Verschärfung der Haftung** eingetreten. Nunmehr (ab dem 1.1.2004) reicht es aus, wenn der potentielle Haftungsschuldner von der Nichtentrichtung der USt eines vorangegangenen Umsatzes nach der Sorgfalt eines ordentlichen Kaufmanns **Kenntnis hätte haben müssen.**

16 Durch den **neu eingefügten § 25d Abs. 2 S. 1 und 2** begründet der Gesetzgeber eine (widerlegbare) **Fiktion** für den subjektiven Tatbestand. Danach ist von der Kenntnis oder dem Kennenmüssen insbesondere dann auszugehen, wenn

- der Unternehmer für seinen Umsatz einen Preis in Rechnung stellt, der zum Zeitpunkt des Umsatzes unter dem marktüblichen Preis liegt, oder
- der dem Unternehmer in Rechnung gestellte Preis unter dem marktüblichen Preis liegt, oder
- der dem Unternehmer in Rechnung gestellte Preis unter dem Preis liegt, der seinem Lieferanten oder anderen Lieferanten, die am Erwerb der Ware beteiligt waren, in Rechnung gestellt wurde.

Als **„marktüblich"** ist der Preis anzusehen, der im gewöhnlichen Geschäftsverkehr unter fremden Dritten unter Berücksichtigung der Handelsstufe üblicherweise realisiert wird (UStAE 25d.1 Abs. 5 S. 2). Weist der Unternehmer nach, dass die **Preisgestaltung betriebswirtschaftlich begründet** ist, gilt die og Fiktion nicht (§ 25d Abs. 2 S. 3).

17 Die Neufassung des § 25d Abs. 1 S. 1 und 2 erfolgte erst während des Gesetzgebungsverfahrens. Nach der **amtlichen Begründung** (Beschlussempfehlung des Finanzausschusses, BT-Drs. 15/1945, 33/34) orientiert sie sich an den Haftungstatbeständen, die in den Niederlanden und in dem Vereinigten Königreich mit gutem Erfolg eingeführt worden seien, um dem Karussellbetrug wirksam zu begegnen. Die bis zum 31.12.2003 geltende Fassung der Vorschrift (Haftung nur bei Kenntnis) sei nach den Erfahrungen der FVerw und den sich damit deckenden Feststellungen des Bundesrechnungshofes ins Leere gelaufen. Die vorgeschlagene Ergänzung der Haftungsnorm sei zielführender. Sie beachte auch den Grundsatz der Verhältnismäßigkeit, weil der potenzielle Haftungsschuldner die Möglichkeit habe, die Fiktion zu widerlegen, wenn seine Preisgestaltung sachgerecht sei.

18 Ob § 25d durch die **Ergänzung tatsächlich zielführender geworden ist, erscheint zweifelhaft.** Gerade vor dem Hintergrund der in jüngster Zeit anzutreffenden **Rabatt- und Preisschlachten** dürfte es in der Praxis nicht selten vorkommen, dass die Ware unterhalb des marktüblichen Preises abgegeben wird (*Nieskens* UR 2004, 105 (130)). Hier dürfte ein Streit zwischen der FVerw und dem beanspruchten Unternehmer vorprogrammiert sein. Dem Unternehmer ist zu raten, eine **Dokumentation** der betriebswirtschaftlichen Gründe vorzuhalten, warum Ware unter Marktpreis an Dritte verkauft oder eingekauft worden ist (*Küffner* DStR 2004, 766 (769)).

19 Weist der Unternehmer nach, dass die Preisgestaltung wirtschaftlich begründet ist, ist dessen ungeachtet von der FVerw zu prüfen, ob die Tatbestandsmerkmale Kenntnis oder Kennenmüssen auf Grund **anderer Tatsachen als der Preisgestaltung** vorlie-

gen (UStAE 25d.1 Abs. 6 S. 3). In diesen Fällen hat die FVerw die Haftungsvoraussetzungen des § 25d Abs. 1 S. 1 darzulegen und nachzuweisen. Dabei bezieht sich die Kenntnis oder das Kennenmüssen des Haftenden bei Abschluss des Vertrages über seinen Eingangsumsatz darauf, dass ein Rechnungsaussteller auf den Vorstufen entsprechend seiner vorgefassten Absicht die ausgewiesene Steuer nicht entrichtet. Insoweit muss es ausreichen, dass der Vorunternehmer bei Vertragsschluss die **Absicht** hatte, die USt nicht zu entrichten und dann später entsprechend dieser Absicht gehandelt hat. Der Leistungsempfänger kann nämlich im Zeitpunkt des Vertragsabschlusses noch **keine Kenntnis** (oder fahrlässige Unkenntnis iSd Kennenmüssens) davon haben, dass sein Vertragspartner seine – noch nicht entstandene – USt nicht entrichtet hat (*Jatzke* in Sölch/Ringleb § 25d Rn. 15; vgl. *Widmann* DB 2002, 165 (168), der zu Recht von einer missglückten Gesetzesformulierung spricht).

§ 25d ist entsprechend seiner **Zielrichtung** (Bekämpfung der Umsatzsteuerbe- 20
trugs in Form von Karussellgeschäften) eng auszulegen. Dementsprechend verbietet sich eine Haftung desjenigen Leistungsempfängers, der zB aus der Zeitung erfahren hat, dass einer seiner Vorlieferanten einen Insolvenzbetrug begangen hat (ebenso *Forster/Schorer* UR 2002, 361 (363) mwN). Der Wortlaut des § 25d ist insoweit zu weit gefasst; eine zielführendere gesetzliche Formulierung wäre hilfreich gewesen (vgl. *Nieskens* UR 2002, 53 (73)).

Ohne die Problematik der og Zielrichtung des § 25d näher zu erörtern, hat der 21
BFH jüngst entschieden, dass die Vorschrift im vorläufigen Insolvenzverfahren zwar anwendbar, die Haftungsvoraussetzungen aber regelmäßig nicht erfüllt sein dürften (BFH V R 44/06, BStBl. II 2008, 586; vgl. → Rn. 4). Der vom FA vorgenommenen Haftungsinanspruchnahme des Erwerbers bei Bestellung eines sog. schwachen vorläufigen Insolvenzverwalters (§ 21 Abs. 2 Nr. 2 Alt. 2 InsO) mit der Begründung, dass die vom Insolvenzschuldner ausgewiesene USt mangels Zustimmung des Insolvenzverwalters üblicherweise nicht zur Entrichtung gelange, erteilte der BFH eine Absage; es gebe hierfür keinen allgemeinen Erfahrungssatz (BFH VR 44/06, BStBl. II 2008, 586; *Farr* DStR 2007, 706 mwN).

Die **Barzahlung** (nur) der USt gegen Quittung bei einem Kaufvertrag genügte 22
dem FG LSA 1 K 437/05, BeckRS 2008, 26025543 für die Feststellung, dass der Käufer Kenntnis von der Nichtabführung der USt durch den Verkäufer gehabt haben müsse.

4. Haftung als Gesamtschuldner (§ 25d Abs. 1 S. 2)

§ 25d Abs. 1 S. 2 ordnet bei mehreren Haftenden die **Gesamtschuldnerschaft** an. 23
Dies ist wegen der Haftung für alle vorangegangenen Umsatzstufen konsequent. Gleichzeitig dürfte die Gesamtschuldnerschaft den FÄ in der Praxis erhebliche Problem bereiten (vgl. *Mende/Huschens* INF 2002, 65 (69)): Wenn mehrere Haftungsschuldner als Gesamtschuldner in Anspruch genommen werden sollen, ist die **Aufzählung aller in Betracht kommenden Haftungsschuldner erforderlich.** Ein Unterlassen dieser (abschließenden) Aufzählung bewirkt idR die Rechtswidrigkeit des Haftungsbescheids (NdsFG XI 484/87, EFG 1992, 498). Das Auffinden und die Benennung aller in Betracht kommenden Gesamtschuldner ist gerade bei der Aufdeckung von Karussellgeschäften äußerst schwierig und wohl nur durch übergreifende Zusammenarbeit der FÄ in der Praxis zu bewerkstelligen (vgl. UStAE 25d.1 Abs. 8 S. 3, wo insoweit ein abgestimmtes Vorgehen der zuständigen FÄ angeraten wird).

5. Örtliche Zuständigkeit (§ 25d Abs. 3)

Örtlich zuständig für den **Erlass des Haftungsbescheids** ist nach § 25d Abs. 3 24
S. 1 das FA, das für die Besteuerung des Unternehmers zuständig ist, gegen den sich die Haftung richten soll.

Bei Vorliegen einer Gesamtschuldnerschaft ist jedes FA zuständig, bei dem die Vorsteuer beantragt wurde. Dadurch wird jedes FA ermächtigt, in eigener Zuständigkeit einen Haftungsbescheid zu erteilen, sofern ihm gegenüber ein Vorsteueranspruch geltend gemacht wird.

6. Prüfung der Haftung bei Zurückstellung der Vorsteuererstattung (§ 25 d Abs. 4)

25 Nach § 25d Abs. 4 S. 1 hat das **zuständige FA** zu prüfen, ob die Voraussetzungen für den Erlass eines Haftungsbescheides vorliegen. Diese – sich aus allgemeinen Vorschriften ergebende – Selbstverständlichkeit hätte eigentlich keiner besonderen Normierung bedurft.

26 Nach § 25d Abs. 4 S. 2 kann bis zum **Abschluss dieser Prüfung** die Erteilung der **Zustimmung nach § 168 S. 2 AO versagt** werden. Dies gilt auch für die Festsetzung nach § 167 Abs. 1 S. 1 AO, wenn sie zu einer Erstattung führt. Damit wird dem örtlich zuständigen FA ermöglicht, die Erstattung der Vorsteuer zurückzustellen, bis mit dem Haftungsanspruch aufgerechnet werden kann.

27 Unseres Erachtens ist die **Zurückstellung der Vorsteuererstattung EU-rechtswidrig:**

§ 25d regelt – anders als § 18f – nicht die (erlaubte) Überprüfung der Abzugsberechtigung. Denn die 6. EG-RL und das UStG machen die Inanspruchnahme des Vorsteuerabzugs nicht zusätzlich davon abhängig, dass der leistende Unternehmer – oder gar ein Vorlieferer in der Kette – die geschuldete USt auch **tatsächlich entrichtet** hat (*Nieskens* UR 2002, 53 (73)). Daraus folgt die EU-Rechtswidrigkeit der Vorschrift, wenn diese keine **verhältnismäßige Maßnahme** zur Sicherung des Steueraufkommens beinhaltet (vgl. Art. 22 Abs. 8 6. EG-RL und → § 18f Rn. 3). Zwar ist die Sicherung des Steueraufkommens nicht nur dann gefährdet, wenn der geltend gemachte Vorsteueranspruch in Wirklichkeit nicht besteht, sondern auch dann, wenn der Fiskus Vorsteuer zu erstatten hätte, obwohl gleichzeitig eine Steuerschuld gegenüber dem Leistungsempfänger besteht (vgl. GA *Fennelly* Schlussanträge C-286/94, Slg. 1997, I-7283 Rn. 40 – Molenheide und *Leonard* UR 2002, 241 (244)). **Im Falle des § 25d Abs. 4 S. 2** stehen sich jedoch **keine gleichberechtigten aufrechenbaren Ansprüche** gegenüber: Der Anspruch des Abzugsberechtigten ist bereits mit Erhalt der Leistung entstanden und kann durch die Vorlage der Rechnung sofort ausgeübt werden. Demgegenüber ist der Haftungsanspruch mangels Festsetzung noch nicht fällig. Der Fiskus trägt zudem die Darlegungs- und Beweislast für die vielen subjektiven Tatbestandsmerkmale des § 25d S. 1 und die abschließende Aufzählung potenziell Haftender bei der Gesamtschuldnerschaft nach Satz 2.

Die EU-Rechtswidrigkeit des § 25d Abs. 4 S. 2 führt jedoch nicht zur Unanwendbarkeit der Vorschrift. Diese ist vielmehr **EU-rechtskonform** (Grundsatz der Verhältnismäßigkeit) dahingehend auszulegen, dass eine **Erstattung der Vorsteuer gegen Sicherheit** bis zum Abschluss der Prüfung eines Haftungsbescheids zu erfolgen hat (vgl. *Leonard* UR 2002, 241).

28 **Voraussetzung und Umfang für das Sicherheitsverlangen:** Voraussetzung für das Sicherheitsverlangen ist, dass dem Fiskus **konkrete Anhaltspunkte** (vergleichbar einem strafrechtlichen Anfangsverdacht) für eine Haftung des Leistungsempfängers nach § 25d vorliegen. Aus Gründen des Übermaßverbots ist das **Sicherheitsverlangen** zu **beschränken** auf die **Höhe der Haftungssumme** nach § 25d.

7. Keine Subsidiarität der Haftung (§ 25 d Abs. 5)

29 § 25d Abs. 5 ordnet an, dass für den Erlass des Haftungsbescheides die allgemeinen Grundsätze gelten mit Ausnahme des **§ 219 AO.** Als allgemeine Vorschriften sind die §§ 118–133 AO zu nennen.

Nach § 219 AO kann der Haftungsschuldner auf Grund des Haftungsbescheides nur in Anspruch genommen werden, soweit zuvor die Vollstreckung in das bewegliche Vermögen des Steuerschuldners ohne Erfolg geblieben ist oder aussichtslos erscheint. Diese **Einschränkung** soll für Haftungsbescheide nach § 25d **nicht gelten.**

8. Anwendungszeitpunkt

§ 25d idF des StVBG (→ Rn. 1) findet Anwendung auf Fälle, in denen der potenzielle Haftungsschuldner den Vertrag über seinen Eingangsumsatz nach dem 31.12.2001 abgeschlossen hat. **30**

§ 25d idF des StÄndG 2003 (→ Rn. 1) findet Anwendung auf Fälle, in denen der potenzielle Haftungsschuldner den Vertrag über seinen Eingangsumsatz nach dem 31.12.2003 abgeschlossen hat.

Siebenter Abschnitt. Durchführung, Bußgeld-, Straf-, Verfahrens-, Übergangs- und Schlussvorschriften

§ 26 Durchführung, Erstattung in Sonderfällen

(1) [1]Die Bundesregierung kann mit Zustimmung des Bundesrates durch Rechtsverordnung zur Wahrung der Gleichmäßigkeit bei der Besteuerung, zur Beseitigung von Unbilligkeiten in Härtefällen oder zur Vereinfachung des Besteuerungsverfahrens den Umfang der in diesem Gesetz enthaltenen Steuerbefreiungen, Steuerermäßigungen und des Vorsteuerabzugs näher bestimmen sowie die zeitlichen Bindungen nach § 19 Abs. 2, § 23 Abs. 3 und § 24 Abs. 4 verkürzen. [2]Bei der näheren Bestimmung des Umfangs der Steuerermäßigung nach § 12 Abs. 2 Nr. 1 kann von der zolltariflichen Abgrenzung abgewichen werden.

(2) Das Bundesministerium der Finanzen kann mit Zustimmung des Bundesrates durch Rechtsverordnung den Wortlaut derjenigen Vorschriften des Gesetzes und der auf Grund dieses Gesetzes erlassenen Rechtsverordnungen, in denen auf den Zolltarif hingewiesen wird, dem Wortlaut des Zolltarifs in der jeweils geltenden Fassung anpassen.

(3) [1]Das Bundesministerium der Finanzen kann unbeschadet der Vorschriften der §§ 163 und 227 der Abgabenordnung anordnen, dass die Steuer für grenzüberschreitende Beförderungen von Personen im Luftverkehr niedriger festgesetzt oder ganz oder zum Teil erlassen wird, soweit der Unternehmer keine Rechnungen mit gesondertem Ausweis der Steuer (§ 14 Abs. 4) erteilt hat. [2]Bei Beförderungen durch ausländische Unternehmer kann die Anordnung davon abhängig gemacht werden, dass in dem Land, in dem der ausländische Unternehmer seinen Sitz hat, für grenzüberschreitende Beförderungen im Luftverkehr, die von Unternehmern mit Sitz in der Bundesrepublik Deutschland durchgeführt werden, eine Umsatzsteuer oder ähnliche Steuer nicht erhoben wird.

(4) [1]Die Umsatzsteuer wird einem Konsortium, das auf der Grundlage der Verordnung (EG) Nr. 723/2009 des Rates vom 25. Juni 2009 über den gemeinschaftlichen Rechtsrahmen für ein Konsortium für eine europäische Forschungsinfrastruktur (ABl. L 206 vom 8.8.2009, S. 1) durch einen Beschluss der Kommission gegründet wurde, vom Bundeszentralamt für Steuern vergütet, wenn

1. das Konsortium seinen satzungsgemäßen Sitz im Inland hat,
2. es sich um die gesetzlich geschuldete Umsatzsteuer handelt, die in Rechnung gestellt und gesondert ausgewiesen wurde,
3. es sich um Umsatzsteuer für Lieferungen und sonstige Leistungen handelt, die das Konsortium für seine satzungsgemäße und nichtunternehmerische Tätigkeit in Anspruch genommen hat,
4. der Steuerbetrag je Rechnung insgesamt 25 Euro übersteigt und
5. die Steuer gezahlt wurde.

[2]Satz 1 gilt entsprechend für die von einem Konsortium nach § 13b Absatz 5 geschuldete und von ihm entrichtete Umsatzsteuer, wenn diese je Rechnung insgesamt 25 Euro übersteigt. [3]Die Sätze 1 und 2 sind auf ein Konsortium mit satzungsgemäßem Sitz in einem anderen Mitgliedstaat sinngemäß anzuwenden, wenn die Voraussetzungen für die Vergütung durch die in § 4 Nummer 7 Satz 5 genannte Bescheinigung nachgewiesen wird. [4]Mindert sich die Bemessungsgrundlage nachträglich, hat das Konsortium das Bun-

deszentralamt für Steuern davon zu unterrichten und den zu viel vergüteten Steuerbetrag zurückzuzahlen. [5]Wird ein Gegenstand, den ein Konsortium für seine satzungsgemäße Tätigkeit erworben hat und für dessen Erwerb eine Vergütung der Umsatzsteuer gewährt worden ist, entgeltlich oder unentgeltlich abgegeben, vermietet oder übertragen, ist der Teil der vergüteten Umsatzsteuer, der dem Veräußerungspreis oder bei unentgeltlicher Abgabe oder Übertragung dem Zeitwert des Gegenstands entspricht, an das Bundeszentralamt für Steuern zu entrichten. [6]Der zu entrichtende Steuerbetrag kann aus Vereinfachungsgründen durch Anwendung des im Zeitpunkt der Abgabe oder Übertragung des Gegenstands geltenden Steuersatzes ermittelt werden.

(5) **Das Bundesministerium der Finanzen kann mit Zustimmung des Bundesrates durch Rechtsverordnung näher bestimmen, wie der Nachweis bei den folgenden Steuerbefreiungen zu führen ist:**
1. **Artikel III Nr. 1 des Abkommens zwischen der Bundesrepublik Deutschland und den Vereinigten Staaten von Amerika über die von der Bundesrepublik zu gewährenden Abgabenvergünstigungen für die von den Vereinigten Staaten im Interesse der gemeinsamen Verteidigung geleisteten Ausgaben (BGBl. 1955 II S. 823);**
2. **Artikel 67 Abs. 3 des Zusatzabkommens zu dem Abkommen zwischen den Parteien des Nordatlantikvertrags über die Rechtsstellung ihrer Truppen hinsichtlich der in der Bundesrepublik Deutschland stationierten ausländischen Truppen (BGBl. 1961 II S. 1183, 1218);**
3. **Artikel 14 Abs. 2 Buchstabe b und d des Abkommens zwischen der Bundesrepublik Deutschland und dem Obersten Hauptquartier der Alliierten Mächte, Europa, über die besonderen Bedingungen für die Einrichtung und den Betrieb internationaler militärischer Hauptquartiere in der Bundesrepublik Deutschland (BGBl. 1969 II S. 1997, 2009).**

(6) **Das Bundesministerium der Finanzen kann dieses Gesetz und die auf Grund dieses Gesetzes erlassenen Rechtsverordnungen in der jeweils geltenden Fassung mit neuem Datum und unter neuer Überschrift im Bundesgesetzblatt bekannt machen.**

Umsatzsteuer-Durchführungsverordnung:

§ 73 Nachweis der Voraussetzungen der in bestimmten Abkommen enthaltenen Steuerbefreiungen

(1) Der Unternehmer hat die Voraussetzungen der in § 26 Abs. 5 des Gesetzes bezeichneten Steuerbefreiungen wie folgt nachzuweisen:
1. *bei Lieferungen und sonstigen Leistungen, die von einer amtlichen Beschaffungsstelle in Auftrag gegeben worden sind, durch eine Bescheinigung der amtlichen Beschaffungsstelle nach amtlich vorgeschriebenem Vordruck (Abwicklungsschein);*
2. *bei Lieferungen und sonstigen Leistungen, die von einer deutschen Behörde für eine amtliche Beschaffungsstelle in Auftrag gegeben worden sind, durch eine Bescheinigung der deutschen Behörde.*

(2) [1] Zusätzlich zu Absatz 1 muss der Unternehmer die Voraussetzungen der Steuerbefreiungen im Geltungsbereich des Gesetzes buchmäßig nachweisen. [2]Die Voraussetzungen müssen eindeutig und leicht nachprüfbar aus den Aufzeichnungen zu ersehen sein. [3]In den Aufzeichnungen muss auf die in Absatz 1 bezeichneten Belege hingewiesen sein.

(3) Das Finanzamt kann auf die in Absatz 1 Nr. 1 bezeichnete Bescheinigung verzichten, wenn die vorgeschriebenen Angaben aus anderen Belegen und aus den Aufzeichnungen des Unternehmers eindeutig und leicht nachprüfbar zu ersehen sind.

(4) Bei Beschaffungen oder Baumaßnahmen, die von deutschen Behörden durchgeführt und von den Entsendestaaten oder den Hauptquartieren nur zu einem Teil finanziert werden, gelten Absatz 1 Nr. 2 und Absatz 2 hinsichtlich der anteiligen Steuerbefreiung entsprechend.

EU-Recht: Art. 151, Art. 394, Art. 371, Anh. X Teil B Nr. 10 MwStSystRL (Art. 15 Nr. 10, Art. 27 Abs. 5, Art. 28 Abs. 3 Buchst. b, Anh. F Nr. 17 6. EG-RL)
UStAE: 26.1–26.5

Übersicht

1. Überblick

1 § 26 ist ein Sammelbecken für verschiedene regelungsbedürftige Fragen. Abs. 1 enthält die Ermächtigungsgrundlage für den Erlass von RechtsVO, die bestimmte Regelungen des UStG in festgelegten Grenzen modifizieren können. Soweit davon Gebrauch gemacht worden ist, sind die Regelungen bei den entsprechenden Vorschriften des UStG kommentiert. Abs. 2 ermächtigt zum Erlass von RechtsVO, die die Vorschrift des UStG, die auf den ZT Bezug nehmen, jeweils an die neueste Fassung des ZT anpassen. Abs. 3 ermächtigt zum Erlass von Verwaltungsvorschriften über grenzüberschreitende Beförderungen von Personen im Luftverkehr. Abs. 5 ist die Ermächtigungsgrundlage für den Erlass einer RechtsVO über den Nachweis für Steuerbefreiungen nach verschiedenen internationalen Abkommen. Hiervon ist in § 73 UStDV Gebrauch gemacht. Die betreffenden Abkommen werden unten (→ Rn. 4–15) kurz erläutert, soweit sie ustliche Regelungen enthalten. Abs. 6 ermächtigt den BMF zur Bekanntmachung des UStG und der UStDV in der jeweils geltenden Fassung.

2. Rechtsentwicklung

2 Die bis zum 30. 6. 1990 geltenden Vorschriften über den innerdeutschen Waren- und Dienstleistungsverkehr sind mit der Einführung der Wirtschafts- und Währungsunion zwischen der BRD und der DDR entfallen und durch eine abgestufte Übergangsregelung (§ 26 Abs. 4 nF) sowie durch die umfassende Neuregelung des § 26a ersetzt worden. Durch das EinVertrG sind diese bereits mit Wirkung ab 1. 1. 1991 wieder entfallen, ebenso die bis dahin geltende Regelung des § 26 Abs. 3 S. 2 über den Luftverkehr mit Berlin (West). Das UStBinnenmarktG hat die Sonderregelung des § 26 Abs. 3 auf die grenzüberschreitenden Beförderungen von Personen eingeschränkt; materiell ist damit wegen der Befreiung nach § 4 Nr. 3 Buchst. a keine Änderung verbunden. Die EU-rechtlichen Vorgaben zur Anerkennung und steuerlichen Behandlung Europäischer Forschungsinfrastruktur Konsortien in Deutschland sollten durch das AmtshilfeRLUmsG (BT-Drs. 17/15722 und BR-Drs. 477/13) umgesetzt werden (→ Rn. 4 f.).

3. Grenzüberschreitender Luftverkehr

3 Für **Beförderungen im grenzüberschreitenden Luftverkehr** hat der BMF in UStAE 26.1–26.5 von der Ermächtigung des § 26 Abs. 3 Gebrauch gemacht. Voraussetzung für den **Erlass der USt** ist in jedem Fall, dass der betreffende Unternehmer über die Beförderung keine Rechnung mit gesondertem Umsatzsteuerausweis ausgestellt hat. Soweit diese Voraussetzung erfüllt ist, wird den Luftverkehrsunternehmen

mit Sitz im Erhebungsgebiet sowie ausländischen Luftverkehrsunternehmen mit Sitz in bestimmten Ländern die USt für grenzüberschreitende Beförderungen allgemein erlassen. Die betreffenden Länder sind in einer Liste aufgeführt, die veröffentlicht ist und von Zeit zu Zeit erneuert wird (zuletzt BMF 19.7.2013, BStBl. I 2013, 932). Für diese Länder ist die **Gegenseitigkeit** iSv § 26 Abs. 3 S. 2 festgestellt. Soweit Länder in der Liste nicht enthalten sind, ist die Gegenseitigkeit im Einzelfall zu prüfen. Sie braucht nicht umfassend zu sein, sondern kann sich auch auf sachliche Teilbereiche oder einen Teil der USt beziehen (UStAE 26.4). **Luftverkehrsunternehmer** iSd Erlassvorschrift ist derjenige, der die Beförderung selbst durchführt oder als Vertragspartei mit dem Reisenden im eigenen Namen einen Vertrag über eine Luftbeförderung abschließt. Der Veranstalter einer Pauschalreise gehört idR nicht dazu; hierfür enthält § 25 Sonderregelungen (zu Ausnahmen siehe UStAE 26.1 Abs. 2). Begünstigt sind **Beförderungsleistungen** von einem ausländischen Flughafen zu einem Flughafen im Inland oder umgekehrt sowie von einem ausländischen Flughafen zu einem anderen. Zu Zwischenlandungen und der Berechnung des anteiligen Flugpreises siehe UStAE 26.2 Abs. 2–4. Zu einer einheitlichen Beförderung durch mehrere Luftfrachtführer siehe UStAE 26.3. § 26 Abs. 3 S. 1 betrifft nur die Personenbeförderung; der grenzüberschreitende Luftfrachtverkehr ist nach § 4 Nr. 3a steuerfrei. Zur Erfüllung von Aufzeichnungspflichten vgl. BMF 2.2.1998, BStBl. I 1998, 159. Eine gemeinschaftsrechtswidrige Ungleichbehandlung gegenüber nicht begünstigten **Busunternehmern** liegt nicht vor (EuGH C-36/99, IStR 2000, 564 – Idéal tourisme).

4. Europäische Forschungsinfrastruktur Konsortien

4 § 26 Abs. 4 wurde durch das AmtshilfeRLUmsG eingeführt. Die Regelung setzt EU-rechtliche Vorgaben um. Art. 151 Abs. 1 UAbs. 1 Buchst. b MwStSystRL iVm Art. 50 MwStVO ermöglicht die **Anerkennung und Ansiedlung europäischer Forschungsinfrastruktur-Konsortien** als internationale Einrichtungen in Deutschland. In der Regelung wird von der Möglichkeit Gebrauch gemacht, die Entlastung der Konsortien von der Umsatzsteuer auf ihre Vorbezüge durch eine **Vergütung** herbeizuführen. Der Gesetzgeber gab dieser Vergütungslösung den Vorzug vor einer direkten Steuerbefreiung der Umsätze an Konsortien. Die Neuregelung entspricht auch den sonstigen Regelungen für internationale Organisationen mit Sitz in Deutschland.

5 Die Regelung zur Entlastung der Konsortien für die nach § 13b Abs. 5 geschuldete und entrichtete Umsatzsteuer ist notwendig, da diese Steuer in der Rechnung nicht gesondert ausgewiesen wird. Bei Leistungen an Konsortien mit satzungsmäßigem Sitz in anderen EU-Mitgliedstaaten findet vorrangig § 4 Nr. 7 S. 1 Buchst. d Anwendung. Nur in den Fällen, in denen diese Steuerbefreiung nicht zur Anwendung kommt, weil der Liefergegenstand nicht in das Gebiet eines anderen EU-Mitgliedstaates befördert oder versendet wird, soll in Anwendung des Art. 51 Abs. 3 MwStVO sichergestellt werden, dass bei Vorlage einer Bescheinigung des Aufnahmestaates eine Entlastung des Konsortiums von der Umsatzsteuer durch die Vergütung der Vorsteuer sichergestellt werden kann.

5. Offshore-Steuerabkommen

6 Das Offshore-Steuerabkommen (§ 26 Abs. 5 Nr. 1) enthält in Art. III folgende ustliche Vergünstigungen für die Streitkräfte der USA:

*„**a)** UStBefreiung wird gewährt für Lieferungen von Waren einschließlich Werklieferungen und für sonstige Leistungen an Stellen der Vereinigten Staaten und an Stellen anderer von den Vereinigten Staaten bezeichneter Regierungen ohne Rücksicht darauf, ob eine Ausfuhr tatsächlich stattfindet oder nicht.*

b) Auf Antrag werden dem Lieferer für die nach Buchst a umsatzsteuerbefreiten Lieferungen von Waren einschließlich Werklieferungen USt Vergütungen in dem im Anhang vereinbarten Umfange gewährt ohne Rücksicht darauf, ob eine Ausfuhr tatsächlich stattfindet oder nicht.

c) Die nach den Buchstaben a und b vorgesehenen Befreiungen und Vergütungen werden auch einem Lieferer gewährt, der nachweist, dass er die Waren an private Personen oder Firmen exportiert hat, die von Stellen der Vereinigten Staaten oder Stellen anderer von den Vereinigten Staaten bezeichneter Regierungen ermächtigt worden sind."

7 Zur Umsatzsteuerbefreiung bei Wohnraumbeschaffungen durch die amerikanischen Streitkräfte für ihre Truppenangehörigen oder das zivile Gefolge siehe BMF 2.10.1991, BStBl. I 1991, 964.

Die Pflichten zum Nachweis der Vergünstigung sind in § 73 UStDV abschließend geregelt.

8 *einstweilen frei*

6. NATO-Truppenstatut

9 Das NATO-Truppenstatut (§ 26 Abs. 5 Nr. 2) enthält für die in der BRD stationierten Truppen der NATO-Staaten (mit Ausnahme der deutschen Bundeswehr) in Art. 67 des Zusatzabkommens folgende ustliche Vergünstigungen:

10 *„(1) Eine Truppe unterliegt nicht der Steuerpflicht auf Grund von Tatbeständen, die ausschließlich in den Bereich ihrer dienstlichen Tätigkeit fallen, und hinsichtlich des dieser Tätigkeit gewidmeten Vermögens. Dies gilt jedoch nicht, soweit die Steuern durch eine Beteiligung der Truppe am deutschen Wirtschaftsverkehr und hinsichtlich des diesem Wirtschaftsverkehr gewidmeten Vermögens entstehen. Lieferungen und sonstige Leistungen der Truppe an ihre Mitglieder, an die Mitglieder des zivilen Gefolges sowie an deren Angehörige werden nicht als Beteiligung am deutschen Wirtschaftsverkehr angesehen.*

(2) …

(3) a) (I) Für Lieferungen und sonstige Leistungen an eine Truppe oder ein ziviles Gefolge, die von einer amtlichen Beschaffungsstelle der Truppe oder des zivilen Gefolges in Auftrag gegeben werden und für den Gebrauch oder den Verbrauch durch die Truppe, das zivile Gefolge, ihre Mitglieder oder deren Angehörige bestimmt sind, werden die unter den Ziffern (II) bis (IV) genannten Abgabenvergünstigungen unter der Voraussetzung gewährt, dass das Entgelt mit Zahlungsmitteln in der Währung des Entsendestaates entrichtet wird. Diese Voraussetzung gilt auch als erfüllt, wenn die Zahlung in Deutscher Mark geleistet wird, die die Truppe oder eine von ihr bevollmächtigte Stelle durch den Umtausch derartiger Zahlungsmittel in der Bundesrepublik erworben hat, oder in Deutscher Mark, deren Verwendung im Rahmen dieses Absatzes durch besondere Vereinbarung zwischen den deutschen Behörden und den Behörden des Entsendestaates zugelassen worden ist. Die Steuerbefreiungen und -vergütungen sind bei der Berechnung des Preises zu berücksichtigen. (II) Lieferungen und sonstige Leistungen an eine Truppe oder ein ziviles Gefolge sind von der Umsatzsteuer befreit. Für Lieferungen werden dem Lieferer auf Antrag die im deutschen Umsatzsteuergesetz für den Fall der Ausfuhr vorgesehenen Vergütungen gewährt. Lieferungen an eine Truppe oder ein ziviles Gefolge gelten als Lieferungen im Großhandel. (III) Beförderungsleistungen für eine Truppe oder ein ziviles Gefolge sind, wenn die Beförderungsleistungen von der Deutschen Bundesbahn oder von Unternehmen des gewerblichen Verkehrs ausgeführt werden, von der Beförderungsteuer (jetzt: USt) befreit. Befreiung von der Beförderungsteuer tritt nicht ein für Beförderungsleistungen, die für einen oder von einem Lieferer oder Leistenden bei Lieferungen oder sonstigen Leistungen an eine Truppe oder ein ziviles Gefolge ausgeführt werden, sei es im Werkfernverkehr, sei es durch die Deutsche Bundesbahn oder andere gewerbliche Beförderungsunternehmen. (IV) Für Waren, die aus dem zollrechtlich freien Verkehr an eine Truppe oder ein ziviles Gefolge geliefert werden, werden die Abgabenbefreiungen oder -vergütungen oder Preisvergünstigungen gewährt, die in den Zoll-, Verbrauchsteuer-

und Monopolgesetzen für den Fall der Ausfuhr vorgesehen sind. b) Buchstabe (a) wird auch angewendet, wenn die deutschen Behörden Beschaffungen oder Baumaßnahmen für eine Truppe oder ein ziviles Gefolge durchführen. c) ...“

Einzelheiten siehe BMF 30.3.2006, BStBl. I 2006, 310; 22.12.2004, BStBl. I 2004, 1200; 12.3.1999, BStBl. I 1999, 400; ferner *Mösbauer* UR 1986, 309; zur Art und Weise der Entrichtung des Entgelts siehe auch BFH VR 144/69, BStBl. II 1974, 437. Die Vergünstigung setzt in jedem Fall voraus, dass die amtlichen Beschaffungsstellen der Truppen (diese sind in der Übersicht des BMF 1.2.2016, BStBl. I 2016, 214 aufgezählt) als Vertragspartner auftreten (siehe BFH V R 53/83, BStBl. II 1988, 1022). Das gilt auch für Kfz-Reparaturen (siehe BMF 31.5.1989, DB 1989, 1313). Für Beschaffungen durch amerikanische Truppen bis zu einem Wert von 2.500,– EUR gilt eine vereinfachte Sonderregelung (BMF 22.12.2004, BStBl. I 2004, 1200 Rn. 59). Voraussetzung ist die Vorlage eines Beschaffungsauftrages und eines Abwicklungsscheins (BMF 22.12.2004, BStBl. I 2004, 1200 Rn. 59–63). Zudem sind vereinfachte Verfahren für dienstliche Beschaffungen unter Verwendung von VISA-Kreditkarten vorgesehen (BMF 22.12.2004, BStBl. I 2004, 1200 Rn. 64, 65). 11

Die Steuerbefreiung führt nicht zum Verlust des Vorsteuerabzugs (§ 15 Abs. 3 S. 1 a). Die Pflicht zum Buch- und Belegnachweis ist jetzt in § 73 UStDV abschließend geregelt. Zu Einzelheiten der Rechnungen an Mitglieder der NATO-Truppen siehe BMF 22.12.2004, BStBl. I 2004, 1200 Rn. 28–34; *Feuerstein/Michel* DB 1992, 1652. Der Abwicklungsschein zum Nachweis der Voraussetzungen gemäß Art. 67 Abs. 3 NATO-Zusatzabkommen kann als Bestandteil des buchmäßigen Nachweises noch bis zum Zeitpunkt der letzten mündlichen Verhandlung über den betreffenden Steuerbescheid vorgelegt werden (BFH V R 43/77, BStBl. II 1981, 542). 12

einstweilen frei 13

7. Militärische Hauptquartiere

Für internationale militärische Hauptquartiere in der BRD (§ 26 Abs. 5 Nr. 3) gelten folgende UStVergünstigungen (Art. 14 NATO-HQ-ErgAbk): 14

„(1) Die Hauptquartiere unterliegen nicht den direkten Steuern auf Grund von Tatbeständen, die ausschließlich in den Bereich ihrer dienstlichen Tätigkeit fallen, und hinsichtlich des dieser Tätigkeit gewidmeten Vermögens. Dies gilt jedoch nicht, soweit die Steuern durch eine Beteiligung der Hauptquartiere am deutschen Wirtschaftsverkehr und hinsichtlich des diesem Wirtschaftsverkehr gewidmeten Vermögens entstehen. Lieferungen und sonstige Leistungen der Hauptquartiere an ihr Personal (Truppe und, soweit die in Artikel 3 Absatz 1 Buchstabe b Ziffern i und ii des Protokolls genannten Voraussetzungen vorliegen, Zivilpersonal ohne Rücksicht auf die Staatsangehörigkeit) und an die Angehörigen des Personals werden nicht als Beteiligung am deutschen Wirtschaftsverkehr im Sinne dieser Vorschrift angesehen.

(2) a) Die Hauptquartiere sind von der Umsatzsteuer für Lieferungen und sonstige Leistungen befreit, die ausschließlich in den Bereich ihrer dienstlichen Tätigkeit fallen. Absatz 1 Sätze 2 und 3 gelten entsprechend. b) Lieferungen und sonstige Leistungen an ein Hauptquartier, die von diesem in Auftrag gegeben werden und für den Gebrauch oder den Verbrauch durch das Hauptquartier oder durch den in Absatz 1 Satz 3 bezeichneten Personenkreis bestimmt sind, sind von der Umsatzsteuer befreit. c) Für Lieferungen werden dem Lieferer unter den in Buchstabe b aufgeführten Voraussetzungen auf Antrag die im deutschen Umsatzsteuerrecht für den Fall der Ausfuhr vorgesehenen Vergütungen gewährt. d) Die Vergünstigungen nach den Buchstaben b und c werden auch gewährt, wenn deutsche Behörden Beschaffungen oder Baumaßnahmen für ein Hauptquartier durchführen. e) Die Steuerbefreiungen und -vergütungen sind bei der Berechnung des Preises zu berücksichtigen. Lieferungen an ein Hauptquartier gelten als Lieferungen im Großhandel. f) Die Vergünstigungen nach den Buchstaben b und c werden nur gewährt, wenn den zuständigen deutschen Behörden nachge-

wiesen wird, daß die Voraussetzungen dafür vorliegen. Die Art dieses Nachweises wird durch Vereinbarung zwischen den deutschen Behörden und SHAPE festgelegt.

(3) Beförderungsleistungen für die Hauptquartiere sind von der Beförderungsteuer (jetzt: USt) in dem gleichen Umfang befreit wie Beförderungsleistungen für die Deutsche Bundeswehr.“

15 Die Nachweispflichten sind in § 73 UStDV abschließend geregelt. Eine Übersicht über die betreffenden Hauptquartiere gibt BMF 22.7.2011, BStBl. I 2011, 749.

§ 26a Bußgeldvorschriften

(1) **Ordnungswidrig handelt, wer vorsätzlich oder leichtfertig**

1. **entgegen § 14 Abs. 2 Satz 1 Nr. 1 oder 2 Satz 2 eine Rechnung nicht oder nicht rechtzeitig ausstellt,**
2. **entgegen § 14b Abs. 1 Satz 1, auch in Verbindung mit Satz 4, ein dort bezeichnetes Doppel oder eine dort bezeichnete Rechnung nicht oder nicht mindestens zehn Jahre aufbewahrt,**
3. **entgegen § 14b Abs. 1 Satz 5 eine dort bezeichnete Rechnung, einen Zahlungsbeleg oder eine andere beweiskräftige Unterlage nicht oder nicht mindestens zwei Jahre aufbewahrt,**
4. **entgegen § 18 Abs. 12 Satz 3 die dort bezeichnete Bescheinigung nicht oder nicht rechtzeitig vorlegt,**
5. **entgegen § 18a Absatz 1 bis 3 in Verbindung mit Absatz 7 Satz 1, Absatz 8 oder Absatz 9 eine Zusammenfassende Meldung nicht, nicht richtig, nicht vollständig oder nicht rechtzeitig abgibt oder entgegen § 18a Absatz 10 eine Zusammenfassende Meldung nicht oder nicht rechtzeitig berichtigt,**
6. **einer Rechtsverordnung nach § 18c zuwiderhandelt, soweit sie für einen bestimmten Tatbestand auf die Bußgeldvorschrift verweist, oder**
7. **entgegen § 18d Satz 3 die dort bezeichneten Unterlagen nicht, nicht vollständig oder nicht rechtzeitig vorlegt.**

(2) **Die Ordnungswidrigkeit kann in den Fällen des Absatzes 1 Nr. 3 mit einer Geldbuße bis zu fünfhundert Euro, in den übrigen Fällen mit einer Geldbuße bis zu fünftausend Euro geahndet werden.**

(3) **Verwaltungsbehörde im Sinne des § 36 Absatz 1 Nummer 1 des Gesetzes über Ordnungswidrigkeiten ist in den Fällen des Absatzes 1 Nummer 5 und 6 das Bundeszentralamt für Steuern.**

1. Rechtsentwicklung

1 Die Vorschrift ist durch BinnenmarktG zum 1.1.1993 neu in das UStG eingefügt worden. Durch das StÄndG 2001 ist § 26a Abs. 1 Nr. 1 redaktionell der Neuregelung in § 14a Abs. 5 S. 1 angepasst worden. Durch das StÄndG 2003 (BGBl. 2003 I 2645) ist die Vorschrift an § 14b angepasst und anschließend durch das zum 1.8.2004 in Kraft getretene Schwarzarbeitsbekämpfungsgesetz (BGBl. 2004 I 1842 – SchwarzarbG) ergänzt und neu gegliedert worden. Durch das EURLUmsG (BGBl. 2004 I 3310) wurde der Bußgeldkatalog um die neue Nr. 6 erweitert; die bisherige Nr. 6 wird Nr. 7. Durch das JStG 2009 (BGBl. 2009 I 2794) wurde Abs. 1 Nr. 5 um die meldepflichtigen sonstigen Leistungen erweitert und anschließend durch das EU-Vorgaben-Umsetzungsgesetz (BGBl. 2010 I 386) neu gefasst.

Der neue Abs. 3 ist durch das KroatienAnpG v. 25.7.2014 (BStBl. I 2014, 1266) eingefügt worden.

2. Entstehung und Bedeutung

Durch die Bußgeldvorschrift wird denjenigen Mitwirkungspflichten Nachdruck verliehen, die dem Steuerpflichtigen bei Teilnahme am innergemeinschaftlichen Waren- und Dienstleistungsverkehr auferlegt sind. 2

Die durch das **SchwarzarbG** ergänzte **Verpflichtung des leistenden Unternehmers zur Rechnungsausstellung** nach § 14 Abs. 2 ist jetzt bußgeldrechtlich bewehrt (Abs. 1 Nr. 1). Gleiches gilt für die **Nichtaufbewahrung einer Rechnung durch einen Nichtunternehmer** oder einen Unternehmer, der die Leistung für seinen nichtunternehmerischen Bereich bezogen hat (Abs. 1 Nr. 3). Auf die Aufbewahrungspflicht nach § 14b Abs. 1 S. 5 ist in der Rechnung hinzuweisen (§ 14 Abs. 4 S. 1 Nr. 9). Ziel der eingeführten Bußgeldtatbestände ist es, die mit den „Ohne-Rechnung-Geschäften" verbundenen Steuerausfälle für den Fiskus zu verhindern (BT-Drs. 15/2573, 34). 3

Die in § 18c S. 2 Nr. 5 bisher enthaltene Verordnungsermächtigung enthielt nach Ansicht des BMJ keine ausreichende Rechtsgrundlage für eine Bußgeldvorschrift. Mit der Aufnahme dieser Vorschrift als neue Nr. 6 in den Bußgeldkatalog des § 26a wird die erforderliche rechtliche Grundlage geschaffen (BT-Drs. 15/3677, 44). 4

Die insoweit abschließende Aufzählung der Ordnungswidrigkeiten ergibt sich aus § 26a Abs. 1 und umfasst: 5

- Verstöße gegen die Rechnungsausstellung nach § 14 Abs. 2 S. 1 Nr. 1 oder Nr. 2 S. 2,
- Verstöße gegen die Pflicht, als Unternehmer ein Doppel der Rechnung nach § 14b Abs. 1 S. 1 bzw. S. 4 zehn Jahre aufzubewahren,
- Verstöße gegen die Pflicht, als Nichtunternehmer ein Doppel der Rechnung nach § 14b Abs. 1 S. 5 zwei Jahre aufzubewahren,
- Verstöße gegen die Vorlage der in § 18 Abs. 12 S. 3 bezeichneten Bescheinigung,
- Verstöße gegen die korrekte Behandlung Zusammenfassender Meldungen nach § 18a,
- Verstöße gegen die Mitwirkungspflichten bei Vorlage von Urkunden nach § 18d,
- Verstöße gegen eine Rechtsverordnung iSd § 18c.

Grundsätzlich kann die Ordnungswidrigkeit nur durch die in den genannten Vorschriften verpflichteten Unternehmer oder Fiskalvertreter nach § 22a begangen werden. Bei juristischen Personen und Personenzusammenschlüssen haften die Organe und vertretungsberechtigten Gesellschafter (§ 9 OWiG). Eine Beteiligung an der Ordnungswidrigkeit eines anderen ist möglich; in Betracht kommen insbesondere mittelbare Täterschaft oder Mittäterschaft (vgl. § 14 OWiG). Bestraft werden vorsätzliche oder leichtfertige Verstöße. Insoweit gelten dieselben Kriterien wie für Steuerhinterziehung (vgl. § 370 AO) und leichtfertige Steuerverkürzung (vgl. § 378 AO). Für das Verfahren gelten die §§ 409ff. AO. Das Gesetz zur Förderung der Steuerehrlichkeit (StBefreiungserklärungsG 23.12.2003, BGBl. 2003 I 2928) umfasste auch Verstöße gegen § 26a. 6

§26b Schädigung des Umsatzsteueraufkommens

(1) **Ordnungswidrig handelt, wer die in einer Rechnung im Sinne von § 14 ausgewiesene Umsatzsteuer zu einem in § 18 Absatz 1 Satz 4 oder Abs. 4 Satz 1 oder 2 genannten Fälligkeitszeitpunkt nicht oder nicht vollständig entrichtet.**

(2) **Die Ordnungswidrigkeit kann mit einer Geldbuße bis zu fünfzigtausend Euro geahndet werden.**

Übersicht

1. Rechtsentwicklung

1 Durch **StVBG** (BGBl. 2001 I 3922; BStBl. I 2002, 32) wurde die Neuregelung des § 26b in das UStG eingefügt. Die Regelung ist zum 1.1.2002 in Kraft getreten.

2. Entstehung und Bedeutung

2 Diese im RegE (BT-Drs. 14/6883) noch nicht enthaltene Ordnungswidrigkeit entspricht einer Forderung des Bundesrates (BR-Drs. 14/7085). Dieser hielt es für erforderlich, „einen Straftatbestand zu schaffen, der das vorsätzliche Nichtentrichten der in einer Rechnung ausgewiesenen USt oder das vorsätzliche oder leichtfertige Sich-Außerstande-Setzen, die in einer Rechnung ausgewiesene USt zu entrichten, unter Strafe stellt". Ausweislich der Gesetzesbegründung soll die Sanktionsnorm der **Bekämpfung des Umsatzsteuerbetrugs** speziell in Form der Karussellgeschäfte dienen. Hierzu wird im Einzelnen ausgeführt (vgl. BT-Drs. 14/7471):

„Wird die in Rechnung gestellte Umsatzsteuer nicht an den Fiskus entrichtet, gerät das Mehrwertsteuersystem aus dem Gleichgewicht, es kommt zu Haushaltsausfällen und Wettbewerbsverzerrungen; die Allgemeinheit wird geschädigt. Das Umsatzsteuersystem bedarf auf Grund des festgestellten massiven Missbrauchs speziell in Form der Karussellgeschäfte eines besonderen Schutzes. Die Nichtentrichtung der USt kann nicht sanktionslos hingenommen werden.

Das Umsatzsteueraufkommen ist in diesen Fällen derzeit nicht ausreichend geschützt. Wird die Umsatzsteuer in der Rechnung iSv § 14 ausgewiesen und ordnungsgemäß den Finanzbehörden gegenüber erklärt, gleichwohl aber vorsätzlich nicht entrichtet, ist eine Ahndung als Steuerordnungswidrigkeit derzeit nicht möglich. Verwaltungsrechtliche oder andere Maßnahmen bestehen nicht, um insbesondere den als Rechnungsaussteller auftretenden sog. „missing-trader" wirksam das Handwerk legen zu können. Mit § 26b kann dies erstmals gelingen.

Ist die unterlassene Entrichtung der Umsatzsteuer entschuldbar, kann die Finanzbehörde nach dem im Ordnungswidrigkeitenrecht geltenden Opportunitätsprinzip auf eine Ahndung verzichten, wobei auch die in § 266a Abs 5 StGB genannten Umstände als Maßstab für die diesbezügliche Ermessensentscheidung in Betracht kommen können. Wenn der Betroffene dem Finanzamt unverzüglich und plausibel darlegt, weshalb ihm eine fristgerechte Entrichtung trotz ernsthaften Bemühens nicht möglich ist oder war und er anschließend in der gesetzten Frist die Umsatzsteuer entrichtet und dadurch die Gefährdung des Umsatzsteueraufkommens beseitigt, wird dies idR zu einem Absehen von der Verfolgung führen."

3. Voraussetzungen

3 **a) Nichtentrichtung trotz Fälligkeit.** Die Vorauszahlungen sind gemäß § 18 Abs. 1 S. 3 am 10. Tag nach Ablauf des Voranmeldungszeitraums fällig; bei einer – von den Vorauszahlungen abweichenden – Jahresanmeldung ist die Steuer einen Mo-

nat nach dem Eingang der Steueranmeldung fällig (§ 18 Abs. 4 S. 1) bzw. bei abweichender Jahresfestsetzung einen Monat nach Bekanntgabe des Steuerbescheides (§ 18 Abs. 4 S. 2).

b) Ausweis der Umsatzsteuer in einer Rechnung iSd § 14. Unklar ist, ob § 26b das Vorliegen sämtlicher Rechnungsmerkmale nach § 14 Abs. 4 verlangt. Da § 26b vorrangig den Vorsteuerbetrug in Form von Karussellgeschäften bekämpfen will, greift die Sanktionsnorm unter Einschränkung nur dort, wo eine zum **Vorsteuerabzug berechtigende Rechnung** begeben wurde. Dementsprechend muss insbesondere das Nettoentgelt in der Rechnung gesondert ausgewiesen sein (§ 14 Abs. 4 Nr. 7); zu den durch das StÄndG (BGBl. 2003 I 2645) eingeführten **Pflichtangaben** in der Rechnung → § 14 Rn. 36 mwN. 4

c) Vorsatz. Die Vorschrift sanktioniert nur die **vorsätzliche** Begehungsweise (vgl. § 10 OWiG). Der Bundesrat hat die Einführung einer Norm gefordert, die das vorsätzliche und das leichtfertige Nichtentrichten der USt sanktioniert. In der Gesetzesbegründung ist nur die vorsätzliche Begehungsweise genannt („gleichwohl vorsätzlich nicht entrichtet"); die Beschränkung der Norm auf die **vorsätzliche Begehungsweise** ist sachgerecht. § 26b bezweckt die Bekämpfung der Karussellgeschäfte (vgl. Beispiel zu → § 25d Rn. 1). Diese sind gerade von dem Tatplan und der Absicht des Rechnungsausstellers („missing-trader") gekennzeichnet, die in der Rechnung ausgewiesene USt nicht abzuführen. § 26b berechtigt die Finanzverwaltung daher nicht, jede fahrlässige (zB auf Vergesslichkeit oder kurzzeitiger Zahlungsschwierigkeit beruhende) Nichtabführung von USt als Ordnungswidrigkeit zu verfolgen. 5

4. Absehen von der Verfolgung

Ausweislich der Gesetzesbegründung kann auf eine Ahndung der Ordnungswidrigkeit bei entsprechender Anwendung des § 266a Abs. 5 StGB verzichtet werden. Nach § 266a Abs. 5 StGB (Vorenthalten und Veruntreuen von Arbeitsentgelt) kann von einer Bestrafung des Arbeitgebers abgesehen werden, wenn „dieser darlegt, warum die fristgemäße Zahlung nicht möglich ist, obwohl er sich darum ernsthaft bemüht hat". Vor diesem Hintergrund ist dem Unternehmer anzuraten, bei etwaigen Zahlungsschwierigkeiten möglichst frühzeitig mit dem **Finanzamt Kontakt aufzunehmen,** um etwaigen Ermittlungen nach § 26b im Vorfeld den Boden zu entziehen. 6

5. Höhe der Geldbuße

Die Ordnungswidrigkeit kann mit einer Geldbuße bis zu 50.000 EUR geahndet werden. Der **Bußgeldrahmen** orientiert sich zu Recht an dem der §§ 378 und 383 AO. Die Nichtabführung der in Rechnung gestellten USt sanktioniert nämlich keine bloße Gefährdung (vgl. zB § 379f. AO), sondern eine konkrete Schädigung des Steueraufkommens. 7

§ 26c Gewerbsmäßige oder bandenmäßige Schädigung des Umsatzsteueraufkommens

Mit Freiheitsstrafe bis zu fünf Jahren oder mit Geldstrafe wird bestraft, wer in den Fällen des § 26b gewerbsmäßig oder als Mitglied einer Bande, die sich zur fortgesetzten Begehung solcher Handlungen verbunden hat, handelt.

1. Rechtsentwicklung

1 Durch **StVBG** (BGBl. 2001 I 3922; BStBl. I 2002, 32) wurde die Neuregelung des § 26c in das UStG eingefügt. Die Regelung ist zum 1.1.2002 in Kraft getreten.

2. Entstehung und Bedeutung

2 § 26c stellt die **„organisierte“ Schädigung des Umsatzsteueraufkommens** unter Strafe: Mit Freiheitsstrafe bis zu fünf Jahren oder mit Geldstrafe wird bestraft, wer in den Fällen des § 26b gewerbsmäßig oder als Mitglied einer Bande, die sich zur fortgesetzten Begehung solcher Taten verbunden hat, handelt.

Diese Vorschrift ist – wie § 26b – auf Wunsch des BR vom BT-Finanzausschuss nachträglich formuliert und wie folgt begründet worden (vgl. BT-Drs. 14/7471):

„§ 26c stellt die gewerbs- oder bandenmäßig begangene Tathandlung iS von § 26b unter Strafe. Damit wird eine Regelungslücke für die Fälle geschlossen, in denen eine Bestrafung gemäß § 370 AO mangels Erfüllung der objektiven Tatbestandsmerkmale nicht möglich ist. Diese Gesetzeslücke haben die Täter erkannt und nützen sie insbesondere in Form von sog. Umsatzsteuerkarussellgeschäften systematisch aus. Sie geben den Formerfordernissen entsprechend richtige Umsatzsteuer-Voranmeldungen bzw Jahreserklärungen ab, zahlen jedoch tatplanmäßig die angemeldete Steuerschuld nicht. Sie achten auch darauf, dass sämtliche umsatzsteuerrechtlichen Voraussetzungen für den Vorsteuerabzug aus den von ihnen gestellten Rechnungen erfüllt werden.

Die Schaffung eines Straftatbestandes ist angesichts des zunehmend festgestellten Umsatzsteuerkarussellbetrugs notwendig. Von den Tätern wird das Mehrwertsteuersystem gezielt missbraucht. Strafbewehrte steuerliche Verpflichtungen werden eingehalten, wohl wissend, dass die bloße Nichtentrichtung der Umsatzsteuer nicht strafbar und somit risikolos ist. Die aufgedeckten Fälle lassen zumeist Strukturen der organisierten Kriminalität erkennen, deren Mitglieder sich hemmungslos zu Lasten des Steuerzahlers bereichern. Zugleich wird aber auch der redliche Unternehmer geschädigt, weil er gegenüber den durch derartiges Tun „subventionierten Unternehmen“ im Wettbewerb unterlegen ist. Die so erlangten Gelder werden erfahrungsgemäß teilweise dazu benutzt, die Ware billiger anzubieten. Damit wird also nicht nur der Fiskus geschädigt, sondern es kommt auch zu nicht hinnehmbaren Wettbewerbsverzerrungen. Die Erfahrungen der Praxis haben gezeigt, dass derartige Wettbewerbsverzerrungen soweit führen können, dass einzelne, gesetzestreue Unternehmen aus dem Markt gedrängt und Arbeitsplätze vernichtet werden. Beides gilt es, durch entsprechende Regelungen zu schützen.

Angesichts der Bedrohung, die von der gewerbsmäßigen und bandenmäßigen Nichtabführung der geschuldeten Umsatzsteuer für steuerehrliche Unternehmer und die Allgemeinheit ausgeht, ist eine strafrechtliche Sanktion unumgänglich.

Ungeachtet der Tatsache, dass das Grunddelikt eine Ordnungswidrigkeit darstellt, ist es angemessen, dass der Strafrahmen sich an dem anderer Delikte laut StGB orientiert, die gewerbsmäßig oder bandenmäßig begangen werden. Dies gilt umso mehr, als die unvalutierte Rechnungen ausstellenden „missing-trader“ zum Teil Steuerausfälle in dreistelliger Millionenhöhe pro Fall verursachen“.

Dieser Begründung ist nichts hinzuzufügen. Sie belegt umfassend und zutreffend die Notwendigkeit einer strafrechtlichen Sanktionsnorm sowie deren Zielrichtung (Schutz des **Fiskus** und des **Wettbewerbs**).

3. Voraussetzungen

3 Zum **Grundtatbestand** „Schädigung des Steueraufkommens“ vgl. → § 26b Rn. 3ff.

Das **Qualifikationsmerkmal** des gewerbs- bzw. bandenmäßigen Vorgehens wird vielfach bei Vermögensdelikten (vgl. §§ 244, 260, 263 StGB) verwendet. Durch das **StVBG** ist jüngst der Verbrechenstatbestand der **„schwere Steuerhinterziehung“** (§ 370a AO) eingeführt worden, der die gewerbs- oder bandenmäßigen Steuerhinterziehung mit Freiheitsstrafe nicht unter einem Jahr bestraft.

Gewerbsmäßig: Die **„gewerbsmäßige“** Schädigung des Steueraufkommens setzt voraus, dass der Täter sich durch die wiederholte Nichtabführung der USt eine fortlaufende Einnahmequelle von einigem Umfang und einiger Dauer zu verschaffen beabsichtigt (vgl. BGH 2 StR 508/56, BGHSt 10, 217; 26, 4; *Spatscheck/Wulf* DB 2002, 392 und *Stahl* KÖSDI 2002, 13 210 zu § 370a AO). Vor dem Hintergrund der beabsichtigten Bekämpfung des **„organisierten“** Karussellbetrugs sollte die Strafbarkeitsschwelle ausreichend hoch sein und das Merkmal der „Gewerbsmäßigkeit“ eher restriktiv ausgelegt werden. 4

Begehung „als Mitglied einer Bande“: Eine **„bandenmäßige“** Schädigung des Steueraufkommens setzt den Zusammenschluss von mindestens **drei** Personen (BGH GSSt 1/00, wistra 2001, 298) voraus, die sich mit dem Willen verbunden haben, künftig für eine gewisse Dauer mehrere Straftaten nach § 26b zu begehen. 5

§ 27 Allgemeine Übergangsvorschriften

(1) [1]**Änderungen dieses Gesetzes sind, soweit nichts anderes bestimmt ist, auf Umsätze im Sinne des § 1 Abs. 1 Nr. 1 und 5 anzuwenden, die ab dem Inkrafttreten der maßgeblichen Änderungsvorschrift ausgeführt werden. [2]Das gilt für Lieferungen und sonstige Leistungen auch insoweit, als die Steuer dafür nach § 13 Abs. 1 Nr. 1 Buchstabe a Satz 4, Buchstabe b oder § 13b Absatz 4 Satz 2 vor dem Inkrafttreten der Änderungsvorschrift entstanden ist. [3]Die Berechnung dieser Steuer ist für den Voranmeldungszeitraum zu berichtigen, in dem die Lieferung oder sonstige Leistung ausgeführt wird.**

(1a) [1]**§ 4 Nr. 14 ist auf Antrag auf vor dem 1. Januar 2000 erbrachte Umsätze aus der Tätigkeit als Sprachheilpädagoge entsprechend anzuwenden, soweit der Sprachheilpädagoge gemäß § 124 Abs. 2 des Fünften Buches Sozialgesetzbuch von den zuständigen Stellen der gesetzlichen Krankenkassen umfassend oder für bestimmte Teilgebiete der Sprachtherapie zur Abgabe von sprachtherapeutischen Heilmitteln zugelassen ist und die Voraussetzungen des § 4 Nr. 14 spätestens zum 1. Januar 2000 erfüllt. [2]Bestandskräftige Steuerfestsetzungen können insoweit aufgehoben oder geändert werden.**

(2) **§ 9 Abs. 2 ist nicht anzuwenden, wenn das auf dem Grundstück errichtete Gebäude**

1. **Wohnzwecken dient oder zu dienen bestimmt ist und vor dem 1. April 1985 fertig gestellt worden ist,**
2. **anderen nichtunternehmerischen Zwecken dient oder zu dienen bestimmt ist und vor dem 1. Januar 1986 fertig gestellt worden ist,**
3. **anderen als in den Nummern 1 und 2 bezeichneten Zwecken dient oder zu dienen bestimmt ist und vor dem 1. Januar 1998 fertig gestellt worden ist,**

und wenn mit der Errichtung des Gebäudes in den Fällen der Nummern 1 und 2 vor dem 1. Juni 1984 und in den Fällen der Nummer 3 vor dem 11. November 1993 begonnen worden ist.

(3) **§ 14 Abs. 1a in der bis zum 31. Dezember 2003 geltenden Fassung ist auf Rechnungen anzuwenden, die nach dem 30. Juni 2002 ausgestellt werden, sofern die zugrunde liegenden Umsätze bis zum 31. Dezember 2003 ausgeführt wurden.**

(4) [1]Die §§ 13b, 14 Abs. 1, § 14a Abs. 4 und 5 Satz 3 Nr. 3, § 15 Abs. 1 Satz 1 Nr. 4 und Abs. 4b, § 17 Abs. 1 Satz 1, § 18 Abs. 4a Satz 1, § 19 Abs. 1 Satz 3, § 22 Abs. 1 Satz 2 und Abs. 2 Nr. 8, § 25a Abs. 5 Satz 3 in der jeweils bis zum 31. Dezember 2003 geltenden Fassung sind auch auf Umsätze anzuwenden, die vor dem 1. Januar 2002 ausgeführt worden sind, soweit das Entgelt für diese Umsätze erst nach dem 31. Dezember 2001 gezahlt worden ist. [2]Soweit auf das Entgelt oder Teile des Entgelts für nach dem 31. Dezember 2001 ausgeführte Umsätze vor dem 1. Januar 2002 das Abzugsverfahren nach § 18 Abs. 8 in der bis zum 31. Dezember 2001 geltenden Fassung angewandt worden ist, mindert sich die vom Leistungsempfänger nach § 13b geschuldete Steuer um die bisher im Abzugsverfahren vom leistenden Unternehmer geschuldete Steuer.

(5) [1]§ 3 Abs. 9a Satz 2, § 15 Abs. 1b, § 15a Abs. 3 Nr. 2 und § 15a Abs. 4 Satz 2 in der jeweils bis 31. Dezember 2003 geltenden Fassung sind auf Fahrzeuge anzuwenden, die nach dem 31. März 1999 und vor dem 1. Januar 2004 angeschafft oder hergestellt, eingeführt, innergemeinschaftlich erworben oder gemietet worden sind und für die der Vorsteuerabzug nach § 15 Abs. 1b vorgenommen worden ist. [2]Dies gilt nicht für nach dem 1. Januar 2004 anfallende Vorsteuerbeträge, die auf die Miete oder den Betrieb dieser Fahrzeuge entfallen.

(6) Umsätze aus der Nutzungsüberlassung von Sportanlagen können bis zum 31. Dezember 2004 in eine steuerfreie Grundstücksüberlassung und in eine steuerpflichtige Überlassung von Betriebsvorrichtungen aufgeteilt werden.

(7) § 13c ist anzuwenden auf Forderungen, die nach dem 7. November 2003 abgetreten, verpfändet oder gepfändet worden sind.

(8) § 15a Abs. 1 Satz 1 und Abs. 4 Satz 1 in der Fassung des Gesetzes vom 20. Dezember 2001 (BGBl. I S. 3794) ist auch für Zeiträume vor dem 1. Januar 2002 anzuwenden, wenn der Unternehmer den Vorsteuerabzug im Zeitpunkt des Leistungsbezugs auf Grund der von ihm erklärten Verwendungsabsicht in Anspruch genommen hat und die Nutzung ab dem Zeitpunkt der erstmaligen Verwendung mit den für den Vorsteuerabzug maßgebenden Verhältnissen nicht übereinstimmt.

(9) § 18 Abs. 1 Satz 1 ist erstmals auf Voranmeldungszeiträume anzuwenden, die nach dem 31. Dezember 2004 enden.

(10) § 4 Nr. 21a in der bis 31. Dezember 2003 geltenden Fassung ist auf Antrag auf vor dem 1. Januar 2005 erbrachte Umsätze der staatlichen Hochschulen aus Forschungstätigkeit anzuwenden, wenn die Leistungen auf einem Vertrag beruhen, der vor dem 3. September 2003 abgeschlossen worden ist.

(11) § 15a in der Fassung des Artikels 5 des Gesetzes vom 9. Dezember 2004 (BGBl. I S. 3310) ist auf Vorsteuerbeträge anzuwenden, deren zugrunde liegende Umsätze im Sinne des § 1 Abs. 1 nach dem 31. Dezember 2004 ausgeführt werden.

(12) Auf Vorsteuerbeträge, deren zugrunde liegende Umsätze im Sinne des § 1 Abs. 1 nach dem 31. Dezember 2006 ausgeführt werden, ist § 15a Abs. 3 und 4 in der am 1. Januar 2007 geltenden Fassung anzuwenden.

(13) § 18a Abs. 1 Satz 1, 4 und 5 in der Fassung des Artikels 7 des Gesetzes vom 13. Dezember 2006 (BGBl. I S. 2878) ist erstmals auf Meldezeiträume anzuwenden, die nach dem 31. Dezember 2006 enden.

(14) **§ 18 Abs. 9 in der Fassung des Artikels 7 des Gesetzes vom 19. Dezember 2008 (BGBl. I S. 2794) und § 18g sind auf Anträge auf Vergütung von Vorsteuerbeträgen anzuwenden, die nach dem 31. Dezember 2009 gestellt werden.**

(15) **§ 14 Abs. 2 Satz 1 Nr. 2 und § 14 Abs. 3 Nr. 2 in der jeweils ab 1. Januar 2009 geltenden Fassung sind auf alle Rechnungen über Umsätze anzuwenden, die nach dem 31. Dezember 2008 ausgeführt werden.**

(16) **[1]§ 3 Absatz 9a Nummer 1, § 15 Absatz 1b, § 15a Absatz 6a und 8 Satz 2 in der Fassung des Artikels 4 des Gesetzes vom 8. Dezember 2010 (BGBl. I S. 1768) sind nicht anzuwenden auf Wirtschaftsgüter im Sinne des § 15 Absatz 1b, die auf Grund eines vor dem 1. Januar 2011 rechtswirksam abgeschlossenen obligatorischen Vertrags oder gleichstehenden Rechtsakts angeschafft worden sind oder mit deren Herstellung vor dem 1. Januar 2011 begonnen worden ist. [2]Als Beginn der Herstellung gilt bei Gebäuden, für die eine Baugenehmigung erforderlich ist, der Zeitpunkt, in dem der Bauantrag gestellt wird; bei baugenehmigungsfreien Gebäuden, für die Bauunterlagen einzureichen sind, der Zeitpunkt, in dem die Bauunterlagen eingereicht werden.**

(17) **§ 18 Absatz 3 in der Fassung des Artikels 4 des Gesetzes vom 8. Dezember 2010 (BGBl. I S. 1768) ist erstmals auf Besteuerungszeiträume anzuwenden, die nach dem 31. Dezember 2010 enden.**

(18) **§ 14 Absatz 1 und 3 ist in der ab 1. Juli 2011 geltenden Fassung auf alle Rechnungen über Umsätze anzuwenden, die nach dem 30. Juni 2011 ausgeführt werden.**

(19) **[1]Sind Unternehmer und Leistungsempfänger davon ausgegangen, dass der Leistungsempfänger die Steuer nach § 13b auf eine vor dem 15. Februar 2014 erbrachte steuerpflichtige Leistung schuldet, und stellt sich diese Annahme als unrichtig heraus, ist die gegen den leistenden Unternehmer wirkende Steuerfestsetzung zu ändern, soweit der Leistungsempfänger die Erstattung der Steuer fordert, die er in der Annahme entrichtet hatte, Steuerschuldner zu sein. [2]§ 176 der Abgabenordnung steht der Änderung nach Satz 1 nicht entgegen. [3]Das für den leistenden Unternehmer zuständige Finanzamt kann auf Antrag zulassen, dass der leistende Unternehmer dem Finanzamt den ihm gegen den Leistungsempfänger zustehenden Anspruch auf Zahlung der gesetzlich entstandenen Umsatzsteuer abtritt, wenn die Annahme der Steuerschuld des Leistungsempfängers im Vertrauen auf eine Verwaltungsanweisung beruhte und der leistende Unternehmer bei der Durchsetzung des abgetretenen Anspruchs mitwirkt. [4]Die Abtretung wirkt an Zahlungs statt, wenn**

1. **der leistende Unternehmer dem Leistungsempfänger eine erstmalige oder geänderte Rechnung mit offen ausgewiesener Umsatzsteuer ausstellt,**
2. **die Abtretung an das Finanzamt wirksam bleibt,**
3. **dem Leistungsempfänger diese Abtretung unverzüglich mit dem Hinweis angezeigt wird, dass eine Zahlung an den leistenden Unternehmer keine schuldbefreiende Wirkung mehr hat, und**
4. **der leistende Unternehmer seiner Mitwirkungspflicht nachkommt.**

(20) **§ 18h Absatz 3 und 4 in der Fassung des Artikels 8 des Gesetzes vom 25. Juli 2014 (BGBl. I S. 1266) ist erstmals auf Besteuerungszeiträume anzuwenden, die nach dem 31. Dezember 2014 enden.**

(21) **§ 18 Absatz 2 in der am 1. Januar 2015 geltenden Fassung ist erstmals auf Voranmeldungszeiträume anzuwenden, die nach dem 31. Dezember 2014 enden.**

(22) [1]**§ 2 Absatz 3 in der am 31. Dezember 2015 geltenden Fassung ist auf Umsätze, die nach dem 31. Dezember 2015 und vor dem 1. Januar 2017 ausgeführt werden, weiterhin anzuwenden.** [2]**§ 2b in der am 1. Januar 2016 geltenden Fassung ist auf Umsätze anzuwenden, die nach dem 31. Dezember 2016 ausgeführt werden.** [3]**Die juristische Person des öffentlichen Rechts kann dem Finanzamt gegenüber einmalig erklären, dass sie § 2 Absatz 3 in der am 31. Dezember 2015 geltenden Fassung für sämtliche nach dem 31. Dezember 2016 und vor dem 1. Januar 2021 ausgeführte Leistungen weiterhin anwendet.** [4]**Eine Beschränkung der Erklärung auf einzelne Tätigkeitsbereiche oder Leistungen ist nicht zulässig.** [5]**Die Erklärung ist bis zum 31. Dezember 2016 abzugeben.** [6]**Sie kann nur mit Wirkung vom Beginn eines auf die Abgabe folgenden Kalenderjahres an widerrufen werden.**
UStAE: 27.1

Übersicht

I. Bedeutung

1 Die Vorschrift dient der Klärung von Abgrenzungsfragen, die sich dadurch ergeben, dass im Zeitverlauf immer wieder Änderungen umsatzsteuerlicher Vorschriften erfolgen und Vorschriften gänzlich neu aufgenommen werden. § 27 Abs. 1 enthält neben allgemeinen Übergangsregelungen für die Änderung von Vorschriften des UStG eine Bestimmung über die zeitliche Zuordnung von Umsätzen, für die Ab-

schlagszahlungen geleistet worden sind. Danach können etwaige Änderungen des UStG (zB Steuersatzerhöhungen) nicht durch Anzahlungen umgangen werden, da sich die endgültige Besteuerung nach den Regelungen richtet, die zum Zeitpunkt der Ausführung der Leistung gelten.

§ 27 wird in aller Regel parallel zu den umsatzsteuerlichen Gesetzesänderungen erweitert. Zuletzt wurde in Abs. 22 eine umfassende Übergangsregelung für juristische Personen des öffentlichen Rechts geregelt, die sich auf die Anwendung des neu eingeführten § 2b bezieht. 2

einstweilen frei 3

II. Geltungszeit

Durch das StEntlG 1999/2000/2002 (BGBl. 1999 I 402) sind § 27 Abs. 1a (Steuerbefreiung auf Antrag für Sprachheilpädagogen) in das UStG aufgenommen und § 27 Abs. 3 neu gefasst worden. Darüber hinaus ist § 27 Abs. 1 redaktionell an den Fortfall der Eigenverbrauchsbesteuerung angepasst worden. § 27 Abs. 4 ist durch das StÄndG 2001 vom 20.12.2001 (BGBl. 2001 I 3794), § 27 Abs. 6 durch das Gesetz zur Sicherstellung einer Übergangsregelung für die Umsatzbesteuerung für Alt-Sportanlagen (BGBl. 2002 I 3441) eingefügt worden. Art. 5 Nr. 34 StÄndG 2003 (BGBl. 2003 I 2645) hat zu einer umfassenden Änderung der Übergangsvorschriften in § 27 geführt. Durch Gesetz vom 23.4.2004 (BGBl. 2004 I 601) ist die Übergangszeit in § 27 Abs. 6 bis zum 31.12.2004 verlängert worden. Mit dem EURLUmsG ist § 27 Abs. 11 eingefügt worden. Das HBeglG vom 29.6.2006 (BGBl. 2006 I 1402) hat in § 27 Abs. 1 S. 2 die Bezugnahme auf § 13b Abs. 1 S. 3 aufgenommen. Mit Gesetz vom 22.8.2006 (BGBl. 2006 I 1970) ist § 27 Abs. 12 und mit dem JStG 2007 (BGBl. 2006 I 2878) ist § 27 Abs. 13 eingefügt worden. § 27 Abs. 7 S. 2 ist durch das JStG 2008 (BGBl. 2007 I 3150) aufgehoben worden. § 27 Abs. 14 ist durch das JStG 2009 (BGBl. 2008 I 2794) und § 27 Abs. 15 ist durch das SteuerbürokratieabbauG (BGBl. 2008 I 2850) eingefügt worden. § 27 Abs. 16 und 17 sind durch das JStG 2010 (BGBl. 2010 I 1768) eingefügt worden. Durch Art. 5 des Steuervereinfachungsgesetzes 2011 vom 1.11.2011 (BGBl. 2011 I 2131) sind rückwirkend zum 1.7.2011 die umsatzsteuerrechtlichen Anforderungen für die elektronische Übermittlung von Rechnungen deutlich reduziert worden. Hierzu ist in Abs. 18 eine entsprechende zeitliche Anwendungsregelung enthalten. Die Abs. 19 (Übergangsregelung zu § 13b bei Bauleistungen) und Abs. 20 (Übergangsregelung zum besonderen Erklärungsverfahren bei elektronischen Dienstleistungen und Telekommunikationsdienstleistungen) wurden durch das KroatienAnpG (BGBl. 2014 I 1266) sowie Abs. 21 zur monatlichen Abgabepflicht von Voranmeldungen bei Vorratsgesellschaften und Firmenmäntelndurch das ZollKodexAnpG (BGBl. 2014 I 2417) eingefügt. Die letzte Änderung erfolgte mit Abs. 22 durch das Steueränderungsgesetz 2015 (BGBl. 2015 I 1834). 4

III. Einzelregelungen

1. § 27 Abs. 1

Änderungen des UStG sind nach § 27 Abs. 1 S. 1 auf Umsätze anzuwenden, die ab dem Inkrafttreten der Änderungsvorschrift ausgeführt werden. § 27 Abs. 1 S. 2 regelt klarstellend, dass dies für den gesamten Umsatz gilt, auch wenn und soweit vor der Änderung des Gesetzes An- oder Vorauszahlungen vereinnahmt wurden, für die die Steuer dafür nach § 13 Abs. 1 Nr. 1 Buchst. a S. 4 oder Buchst. b bereits vor dem Inkrafttreten der Änderungsvorschrift entstanden ist. Mit Wirkung zum 1.1.2002 wurden durch den neu eingefügten § 13b eigenständige Besteuerungstatbestände für An- 5 und Vorauszahlungen für Umsätze, bei denen der Leistungsempfänger Steuerschuldner ist, eingeführt (§ 13b Abs. 1 S. 3). Dabei wurde die Regelung für die Ist-Versteuerung von Voraus- und Anzahlungen inhaltsgleich aus § 13 übernommen. In § 27 Abs. 1 S. 2 wurde das bislang nicht ausdrücklich abgebildet. Diese Regelung gilt aber auch für die Umsätze, in denen die Umsatzsteuer für eine An- oder Vorauszahlung nach § 13b Abs. 1 S. 3 entsteht. Mit der Ergänzung des § 27 Abs. 1 S. 2 soll das klargestellt werden (vgl. BT-Drs. 16/1525, 27 zu Nr. 3). Mit EU-Vorgaben-UmsG erfolgte zum 1.7.2010 eine redaktionelle Anpassung an die neustrukturierte Vorschrift des § 13b. Seither wird auf § 13b Abs. 4 S. 2 abgestellt (BGBl. 2010 I 386). Die Regelung gilt nicht für die EUSt (§ 1 Abs. 1 Nr. 4), denn insoweit gelten gem. § 21 Abs. 2 die Vorschriften für Zölle sinngemäß, so dass sich die EUSt nach den Vorschriften zum Zeitpunkt des Entstehens der Einfuhrabgabenschuld bestimmt (idR der Zeitpunkt der Annahme der Zollanmeldung).

2. § 27 Abs. 1a

6 Die durch das StEntlG 1999/2000/2002 aufgenommene Neuregelung stößt auf erhebliche Kritik. Der Regelungsbereich des § 27 Abs. 1a scheint durch die Rechtsprechung überholt zu sein und könnte wohl gestrichen werden (vgl. *Nieskens* in Rau/Dürrwächter § 27 Rn. 11ff.). Im Übrigen ist die Vorschrift überhaupt auf die Zeit vor dem 1.1.2000 gerichtet und dürfte somit aktuell keine praktische Bedeutung mehr haben.

7 **a) Tatbestandsvoraussetzungen.** § 27 Abs. 1a schafft außerhalb der in § 4 geregelten Steuerbefreiungen einen Befreiungstatbestand, der unter drei Voraussetzungen steht:

8 Der Sprachheilpädagoge muss gemäß § 124 Abs. 2 SGB V von den zuständigen Stellen der gesetzlichen Krankenkassen umfassend oder für bestimmte Teilgebiete der Sprachheiltherapie zugelassen sein.

9 Der Steuerpflichtige muss darüber hinaus spätestens zum 1.1.2000 die Voraussetzungen des § 4 Nr. 14 erfüllen. Bei der Erfüllung dieses Tatbestandsmerkmals dürfte es erhebliche Probleme geben. In die Katalogberufe des § 4 Nr. 14 sind Sprachheilpädagogen nach wie vor nicht aufgenommen. Es kommt deshalb nur eine ähnliche heilberufliche Tätigkeit in Betracht, die wiederum voraussetzt, dass der Sprachheilpädagoge zum 1.1.2000 die Anforderungen einer gesetzlichen Berufszulassungs- und Berufsausübungsregelung erfüllt (vgl. § 4 Nr. 14 Rn. 39ff.).

10 Mit dem Beschluss des BVerfG vom 29.10.1999 – 2 BvR 1264/90 (UR 1999, 494) hat sich die rechtliche Beurteilung diesbezüglich geändert. In dieser zur Heileurythmie ergangenen Entscheidung hat das BVerfG im Widerspruch zu seiner bisherigen Rechtsprechung (BVerfG 1 BvR 2341/95, UR 1998, 280; 1 BvR 695/88, BStBl. II 1988, 975; zur Kritik an der jüngsten Entscheidung des BVerfG siehe § 4 Nr. 14 Rn. 41) entschieden, dass das Bestehen berufsrechtlicher Regelungen keinen hinreichenden Differenzierungsgrund für die umsatzsteuerliche Behandlung eines Berufes darstellt. Demnach dürften die Umsätze von Sprachheilpädagogen nunmehr von der Steuerbefreiung des § 4 Nr. 14 umfasst sein, sofern die Kosten von den Sozialversicherungsträgern übernommen werden (siehe BMF 26.6.2009, BStBl. I 2009, 756 Rn. 26ff.; UStAE 4.14.4 Abs. 6 und 11). Die Regelung des § 27 Abs. 1a ist damit, abgesehen von ihren in die Vergangenheit gerichteten Rechtsfolgen, praktisch überflüssig geworden.

11 Das dritte Tatbestandsmerkmal ist ein Antrag des Steuerpflichtigen. Diese neuartige Konzeption einer Steuerbefreiung auf Antrag ist dem bisherigen Umsatzsteuerrecht fremd. Angesichts des Prinzips der Abschnittsbesteuerung kann der Steuerpflichtige damit für jeden Veranlagungszeitraum gesondert entscheiden, ob er den Antrag auf Steuerbefreiung stellen möchte. Eine Bindungswirkung für einen bestimmten Zeitraum sieht das Gesetz nicht vor. Gemäß BMF-Schreiben vom 26.6.2009 (BStBl. I 2009, 756) ist nunmehr allerdings kein Antrag erforderlich oder möglich, sondern die Leistungen sind bei Erfüllung der übrigen Bedingungen steuerfrei.

b) Rechtsfolgen. Sind die Tatbestandsvoraussetzungen des § 27 Abs. 1a erfüllt, so sind die vor dem 1.1.2000 ausgeführten Umsätze aus der Tätigkeit als Sprachheilpädagoge von der USt befreit. Die durch das StEntlG 1999/2000/2002 zunächst aufgenommene Begrenzung auf nach dem 31.12.1994 und vor dem 1.1.2000 erbrachte Umsätze ist hinsichtlich des Beginns der Frist durch das StBereinG 1999 aufgehoben worden. Bei Vorliegen der übrigen Tatbestandsvoraussetzungen des § 27 Abs. 1a gilt die Norm damit unbegrenzt für in der Vergangenheit für liegende Umsätze. Dabei können sogar **bestandskräftige Steuerbescheide aufgehoben oder geändert werden.** Der Begriff „können", der gemeinhin auf die Einräumung eines Ermessensspielraumes hindeutet, dürfte im Fall des § 27 Abs. 1a lediglich den außerordentlich ungewöhnlichen Fall einer Bestandskraftdurchbrechung umschreiben. Absolute Grenze der Korrektur soll nach dem Willen des Gesetzgebers die Festsetzungsverjährung darstellen (Bericht des Finanzausschusses vom 11.11.1999, BT-Drs. 14/2070, Begründung zu Art. 8 Nr. 13a). 12

Ertragsteuerlich wird zu beachten sein, dass mit der nachträglichen Umsatzsteuerbefreiung der Betriebsausgabencharakter der Umsatzsteuer entfällt. Die bereits abgeführten Umsatzsteuern haben als Betriebsausgaben den Gewinn gemindert. Die nachträgliche Steuerbefreiung muss folglich ertragsteuerlich gewinnerhöhend berücksichtigt werden. 13

c) Kritik. Die Neuregelung ist unter dem Gesichtspunkt des Art. 3 GG verfassungsrechtlich bedenklich, weil sie für eine relativ kleine Gruppe von Steuerpflichtigen ein dem UStG fremdes Wahlrecht einführt, das anderen Steuerpflichtigen nicht zusteht (vgl. zur Kritik an der Regelung ausführlich *Grett* UR 1999, 309). Die einzige dem Gesetz geläufige Wahlmöglichkeit ist die der Option zur Steuerpflicht. Den Angehörigen der Katalogberufe des § 4 Nr. 14 ist die Option zur Steuerpflicht mit der Möglichkeit, etwaige, aus hohen Investitionen herrührende Vorsteuerüberhänge geltend zu machen, verwehrt. § 9 sieht für die in § 4 Nr. 14 geregelte Steuerbefreiung keine Optionsmöglichkeit vor. 14

Eine Ungleichbehandlung besteht darüber hinaus auch zu optionsberechtigten Steuerpflichtigen. Optierende Steuerpflichtige sind gemäß § 15a Abs. 1 für einen Zeitraum von 5 (bei Grundstücken 10) Jahren an die Option gebunden, wenn sie eine Vorsteuerkorrektur vermeiden wollen. Die in § 27 Abs. 1a getroffene Regelung bietet demgegenüber den Sprachheilpädagogen auf Grund des Prinzips der Abschnittsbesteuerung die Möglichkeit, jedes Veranlagungsjahr unterschiedlich zu behandeln. Eine § 15a Abs. 1 entsprechende Regelung gibt es für den Verzicht auf den Antrag nicht. 15

Die Neuregelung dürfte auch mit dem Unionsrecht nicht im Einklang stehen. Art. 137 MwStSystRL (Art. 13 Teil C der 6. EG-RL) sieht die Möglichkeit zur Option zur Steuerpflicht nur vor bei der Vermietung und Verpachtung von Grundstücken und bei Umsätzen nach Art. 135 Abs. 1 Buchst. b bis g MwStSystRL (Art. 13 Teil B Buchst. d, g, und h der 6. EG-RL), die durchweg nicht mit Heilbehandlungen im Zusammenhang stehen. Eine Steuerbefreiung auf Antrag ist in der MwStSystRL (6. EG-RL) überhaupt nicht vorgesehen. Den Mitgliedstaaten ist es aber keineswegs freigestellt, losgelöst von den Regelungen der MwStSystRL (6. EG-RL), weitere innerstaatliche Steuerbefreiungen zu normieren. 16

Die Gesetzesbegründung lässt darüber hinaus erkennen, dass der Gesetzgeber von unzutreffenden Voraussetzungen ausgegangen ist. Danach soll es nicht am politischen Willen für eine Steuerbefreiung der Sprachheilpädagogen gemangelt haben. Trotz der seit vielen Jahren bekannten Problematik hat der Bundesgesetzgeber die Sprachheilpädagogen aber bis heute nicht in die Reihe der Katalogberufe des § 4 Nr. 14 auf- 17 genommen. Die Ursache dafür dürfte darin zu sehen sein, dass es sich bei den Katalogberufen durchweg um gesetzlich geschützte Berufe handelt, während es für den Beruf des Sprachheilpädagogen an den hierfür erforderlichen berufsrechtlichen Regelungen gerade fehlt. Für deren Schaffung steht die Gesetzgebungskompetenz den Bundesländern zu, von denen aber bisher nur Niedersachsen mit dem „Gesetz über die Berufsbezeichnung der Medizinischen Sprachheilpädagoginnen und -pädagogen" (Nds. GVBl. 1998, 126) gesetzgeberisch aktiv geworden ist. Der in der Gesetzesbegründung zum § 27 Abs. 1a reklamierte einheitliche politische Wille, liegt bei den für die berufsrechtlichen Regelungen zuständigen Ländern offenbar nicht vor.

18 Sollten bis zum 1.1.2000 in den übrigen Bundesländern keine vergleichbaren berufsrechtlichen Regelungen geschaffen werden, wird § 27 Abs. 1a zur Makulatur bzw. zu einem nur für niedersächsische Sprachheilpädagogen geltenden Spezialgesetz. Alle anderen Sprachheilpädagogen würden in diesem Fall die Voraussetzungen des § 4 Nr. 14 zu diesem Zeitpunkt nicht erfüllen, was aber Tatbestandsvoraussetzung des § 27 Abs. 1a ist. Die mit der Neuregelung verbundenen Ungereimtheiten sowie die durch sie aufgeworfenen verfassungs- und EU-rechtlichen Fragen sind das Ergebnis eines, angesichts der schon lange bekannten Problematik, unverständlicherweise überstürzten Gesetzgebungsverfahrens. § 27 Abs. 1a ist erst in letzter Minute in das StEntlG 1999/2000/2002 aufgenommen worden; in den Gesetzentwürfen der Fraktionen der SPD und des Bündnis 90/Die Grünen vom 9.11.1998 und der Bundesregierung vom 13.1.1999 war die Neuregelung noch nicht vorgesehen.

3. § 27 Abs. 2

19 § 27 Abs. 2 ermöglicht die weitere Anwendung der USt-Option gemäß § 9 für bestimmte Wohngebäude und für die Vermietung von Gebäuden an Unternehmer, die nicht ausschließlich steuerpflichtige Umsätze tätigen. Diese Übergangsregelung wurde geschaffen, damit die im Zeitverlauf zuletzt zum 1.1.1994 eingeführte Einschränkung der Optionsmöglichkeit für betroffene Vermieter nicht für ihre damals bereits bestehenden oder sich in der Fertigung befindlichen Gebäude greift. Die Frage, wann ein Gebäude fertig gestellt worden ist, kann zweifelhaft sein, wenn ein so umfassender Umbau erfolgt ist, dass die Annahme eines neuen Gebäudes in Betracht zu ziehen ist. Der grundlegende Umbau eines Altbaus steht dann der Errichtung eines neuen Gebäudes gleich, wenn die neu eingefügten Gebäudeteile dem Gesamtgebäude das bautechnische Gepräge eines neuen Gebäudes geben. Darüber hinaus kommt die Errichtung eines Neubaus durch den grundlegenden Umbau eines Altbaus auch dann in Betracht, wenn der Altbau durch den Umbau eine wesentliche Funktions- und Zweckveränderung erfährt (BFH V R 32/02, BStBl. II 2004, 28). Durch die Option zur Steuerpflicht können somit bei **Altgebäuden** wie schon in der Vergangenheit umsatzsteuerliche Vorteile erzielt werden, wenn ausgangsseitig die anfallende Umsatzsteuer zwar vom Vermieter wirtschaftlich selbst zu tragen ist (weil der Mieter nicht zum Vorsteuerabzug berechtigt ist und einen Aufschlag der USt nicht akzeptiert), die Vorsteuer des Vermieters aus Erhaltungs- und Instandsetzungsaufwendungen aber höher als die abgezinste USt-Schuld ist (vgl. auch *Sterzinger* DStR 2013, 167).

Ungeklärt ist, ob der Endnutzer überwiegend oder sogar ausschließlich unternehmerisch tätig sein muss, um die Anwendung des § 27 zu ermöglichen. ME ist es vertretbar, auch bei einer nur anteiligen unternehmerischen Nutzung der Flächen durch den Mieter einen Fall des § 27 anzunehmen und zumindest insoweit die Option zur Steuerpflicht zuzulassen. Ob in einem solchen Fall auch gänzlich optiert werden kann, ist allerdings fraglich. Das FG Sachsen (Beschluss vom 9.10.2002 – 3 V 304/02, BeckRS 2002, 26020717) hat einen Fall entschieden, in dem ein Gebäude von einem Verein weit überwiegend nichtunternehmerisch genutzt wurde. § 27 Abs. 2

Nr. 3 war im Urteilsfall gescheitert, weil der Fertigstellungszeitpunkt nach dem 1.1.1998 lag.

4. § 27 Abs. 3

Die Neufassung des § 27 Abs. 3 regelt den Anwendungsbereich des bis zur Neufassung des § 14 durch das StÄndG 2003 (BGBl. 2003 I 2645) geltenden § 14 Abs. 1a. Die danach in der Rechnung anzugebende Steuernummer des leistenden Unternehmers ist nunmehr Pflichtangabe in einer Rechnung nach § 14 Abs. 4 S. 1 Nr. 2. Die Neuregelung sieht die Anwendung des aufgehobenen § 14 Abs. 1a auf nach dem 30.6.2002 ausgestellte Rechnungen vor, denen bis zum 31.12.2003 ausgeführte Umsätze zugrunde liegen. Für das zeitliche Auslaufen der in § 14 Abs. 1a getroffenen Regelung kommt es damit weder auf das Ausstellungsdatum der Rechnung noch auf deren Zugang, sondern allein auf den Zeitpunkt des Umsatzes an. 20

Die gesetzgeberische Anordnung in § 27 Abs. 3 und insbesondere in § 14 wird durch das BMF-Schreiben vom 19.12.2003 (BStBl. I 2004, 62) relativiert. Danach muss eine vor dem 1.7.2004 ausgestellte Rechnung für Zwecke des Vorsteuerabzugs noch nicht alle Anforderungen des neuen § 14 erfüllen, sondern nur die sich aus §§ 14 Abs. 1, Abs. 1a, 14a in der bis 31.12.2003 geltenden Fassung ergebenden Angaben enthalten. Die volle Geltung entfaltet § 14 (und damit auch die Aufhebung des alten § 14 Abs. 1a) danach faktisch erst für ab 1.7.2004 ausgestellte Rechnungen. Zur aktuellen Rechtslage siehe UStAE 14.5 Abs. 5 bis 9.

5. § 27 Abs. 4

Gesetzesänderungen finden gemäß § 27 Abs. 1 grundsätzlich auf Umsätze Anwendung, die nach dem Inkrafttreten der Änderung ausgeführt wurden. Die Einführung der Steuerschuldnerschaft und die Abschaffung des Abzugsverfahrens haben in diesem Bereich zu einem Systemwechsel in der Besteuerung geführt. Während das Abzugsverfahren von der Besteuerung nach vereinnahmten Entgelten ausging, erfolgt die Besteuerung bei der Steuerschuldnerschaft des Leistungsempfängers nach vereinbarten Entgelten. Hieraus können sich sowohl Besteuerungslücken als auch Doppelbesteuerungen ergeben. Um das zu vermeiden, sieht die etwas unübersichtliche Bestimmung des § 27 Abs. 4 vor, dass 21

- die Neuregelungen zum Übergang der Steuerschuldnerschaft auch auf Umsätze anzuwenden sind, die vor dem 1.1.2002 ausgeführt worden sind, soweit das Entgelt für diese Umsätze erst nach dem 31.12.2001 gezahlt worden ist,
- die bereits dem Abzugsverfahren unterliegenden Entgelte oder Teile des Entgelts für nach dem 31.12.2001 ausgeführte Umsätze, soweit sie vor dem 1.1.2002 vereinnahmt worden sind, die Steuerschuld des Leistungsempfängers nach § 13b mindern.

Zur amtlichen Begründung der Regelung vgl. BT-Drs. 14/6877, 38 zu Nr. 15. Das StÄndG 2003 (BGBl. 2003 I 2645) hat zu einer redaktionellen Anpassung des § 27 Abs. 4 an die Neufassung der §§ 14, 14a geführt (vgl. BT-Drs. 15/1562, zu Art. 4 Nr. 4, zu Nr. 33 Buchst. b).

6. § 27 Abs. 5

Die Neufassung der Regelung ist erforderlich geworden durch die Aufhebung des § 3 Abs. 9a S. 2, des § 15 Abs. 1b sowie durch die Änderung des § 15a Abs. 3 Nr. 2 und des § 15a Abs. 4 S. 2 durch das StÄndG 2003 (BGBl. 2003 I 2645). Die Neufassung des § 27 Abs. 5 ist aus sich heraus nicht verständlich. 22

§ 27 Abs. 5 betrifft den Erwerb von Fahrzeugen während der Geltungszeit des § 15 Abs. 1b (1.4.1999–31.12.2003), bei dem der beschränkte Vorsteuerabzug aus dieser

Norm in Anspruch genommen worden ist. Der Gesetzgeber geht davon aus, dass in den Fällen, in denen der nach § 15a Abs. 1 maßgebliche Berichtigungszeitraum noch nicht abgelaufen ist, durch den Wegfall des § 15 Abs. 1b eine Berichtigung ausgelöst wird und im Gegenzug die private Nutzung nach § 3 Abs. 9a der Besteuerung zu unterwerfen ist (BT-Drs. 15/1562, zu Art. 4 Nr. 4, zu Nr. 33 Buchst. c). Diese Annahme ist nicht unumstritten. Vereinzelt wird davon ausgegangen, dass die Aufhebung des § 15 Abs. 1b nicht zu einer Änderung der für den ursprünglichen Vorsteuerabzug maßgebenden Verhältnisse iSd § 15a geführt habe mit der Folge, dass der Vorsteuerabzug in diesen Fällen unberührt bleibe und die private Nutzung nicht zu versteuern sei (*Nieskens* UR 2004, 105 (120)).

Für Fahrzeuge, die ab dem 1.1.2004 angeschafft werden, kann nunmehr unter den Voraussetzungen des § 15 der volle Vorsteuerabzug in Anspruch genommen werden. Für ab 1.1.2004 fällig werdende Miet- und Leasingraten von Fahrzeugen, die vor dem 1.1.2004 angeschafft worden sind, gilt das Gleiche.

7. § 27 Abs. 6

23 Die in § 27 Abs. 6 getroffene Regelung trägt der geänderten Rechtsprechung des BFH zur Besteuerung von Sportanlagen Rechnung, indem sie für eine Übergangszeit die bisherige Aufteilung in steuerfreie Grundstücksvermietung und steuerpflichtige Überlassung von Betriebseinrichtungen zulässt (vgl. im Einzelnen § 4 Nr. 12 Rn. 42). Die Übergangszeit lief zunächst bis zum 31.12.2003, ist aber durch das Gesetz vom 23.4.2004 (BGBl. 2004 I 601) bis zum 31.12.2004 verlängert worden. Nach dieser Vorschrift können die Umsätze aus einer Nutzungsüberlassung von Sportanlagen bis zum 31.12.2003 in eine steuerfreie Grundstücksüberlassung und die steuerpflichtige Überlassung von Betriebsvorrichtungen aufgeteilt werden. Der Zweck der Regelung beschränkt sich darauf, dass Steuerpflichtige sich weiterhin auf die frühere Rechtsauffassung berufen können, wenn dies vorteilhaft für sie ist. Die Vorschrift bezweckt nicht, Steuerpflichtigen eine Rechtsposition rückwirkend zu entziehen, die ihnen aufgrund der – geänderten – Rechtsprechung zusteht. Auch wenn der Wortlaut des § 27 Abs. 6 eine andere Auslegung zuließe, wäre der Anwendungsbereich der Norm im Wege der teleologischen Reduktion auf die Umsätze des Anlagenbetreibers zu beschränken, weil eine Billigkeitsregelung nicht die sich aus dem Gesetz und der höchstrichterlichen Rechtsprechung ergebende Rechtslage ändern kann (so *Sterzinger* MwStR 2016, 922 in der Anmerkung zu FG Düsseldorf 1 K 1397/13 U, MwStR 2016, 918).

8. § 27 Abs. 7

24 Die durch das StÄndG 2003 (BGBl. 2003 I 2645) eingefügte Regelung betrifft die neu geschaffenen Haftungstatbestände der §§ 13c und 13d. Sie bietet den betroffenen Unternehmern Vertrauensschutz, weil Unternehmer nur dann als Haftungsschuldner in Anspruch genommen werden können, wenn die maßgeblichen Rechtsgeschäfte nach dem Zeitpunkt der Beschlussfassung des Deutschen Bundestages am 7.11.2003 abgeschlossen worden sind (BT-Drs. 15/1562, zu Art. 4 Nr. 4, zu Nr. 33 Buchst. d). Die Regelung in § 27 Abs. 7 S. 2 zur Anwendung des § 13d ist nach dessen Aufhebung durch das JStG 2008 (BGBl. 2007 I 3150) entbehrlich und deshalb ebenfalls aufgehoben worden.

9. § 27 Abs. 8

25 Die durch das StÄndG 2003 (BGBl. 2003 I 2645) eingefügte Regelung des § 27 Abs. 8 ordnet für bestimmte Fälle die Anwendung des § 15a Abs. 1 S. 1 und Abs. 4 S. 1 bereits für Zeiträume vor dem 1.1.2002 an. Der Hintergrund dieser rückwirkenden Regelungsanordnung lässt sich an folgendem Fall (nach BFH V B 166/02, DStRE 2003, 754) verdeutlichen:

Beispiel: U bebaut ein ihm gehörendes Grundstück in den Jahren 1992 bis 1996 mit einem Gebäude. Er beabsichtigt, das Gebäude an Gewerbetreibende zu vermieten und auf die Steuerbefreiung seiner Vermietungsumsätze zu verzichten. Folgerichtig nimmt er den Vorsteuerabzug aus den bezogenen Bauleistungen in Anspruch. Wegen geänderter städtebaulicher Schwerpunkte lässt sich die Absicht des U nicht mehr realisieren und er vermietet das Gebäude ab 1. 1. 1997 steuerfrei.

Die Rechtsprechung des EuGH und des BFH hatte dazu geführt, dass die Voraussetzungen der Berechtigung nicht erst im Zeitpunkt der erstmaligen tatsächlichen Verwendung, sondern im Zeitpunkt des Leistungsbezugs unter Berücksichtigung der Verwendungsabsicht des Unternehmers zu beurteilen war (vgl. → § 15 Rn. 179). Damit aber korrespondierte die Regelung in § 15a in der vor der Änderung durch das StÄndG 2001 (BGBl. 2001 I 3794) geltenden Fassung nicht mehr. Für Veranlagungszeiträume vor dem 1. 1. 2002 konnte es nun sein, dass ein Unternehmer auf Grund der von ihm beabsichtigten steuerpflichtigen Verwendung den Vorsteuerabzug aus dem Erwerb eines Investitionsguts in Anspruch genommen hatte. Kam es nun wegen einer Änderung der wirtschaftlichen Rahmenbedingungen tatsächlich zu einer steuerfreien Verwendung, war eine Korrektur in den Folgejahren nicht möglich, weil § 15a Abs. 1 aF eine Änderung der Verhältnisse nach der erstmaligen Verwendung voraussetzte. Im Beispielsfall konnte auf der Grundlage des § 15a aF keine Vorsteuerberichtigung in den Jahren ab 1997 erfolgen. Der BFH hatte zunächst ernstliche Zweifel daran geäußert, ob eine rückwirkende Anwendung des § 15a Abs. 1 in der ab 1. 1. 2002 geltenden Fassung in Betracht kommt (BFH V B 166/02, DStRE 2003, 754). § 27 Abs. 8 schließt die Regelungslücke, die sich aus dem Prinzip des Sofortabzugs der Vorsteuer und § 15a aF ergibt (BT-Drs. 15/1945, Bericht des Finanzausschusses vom 6. 11. 2003, V B, zu Art. 4, zu Nr. 33 Buchst. e). Der BFH sieht hierin keine verfassungsrechtlich unzulässige Rückwirkung (BFH V R 32/04, DStRE 2005, 1352).

10. § 27 Abs. 9

Die durch das StÄndG 2003 (BGBl. 2003 I 2645) eingeführte Regelung betrifft die Neufassung des § 18 Abs. 1, demzufolge die Umsatzsteuervoranmeldung dem FA auf elektronischem Weg zu übermitteln ist. Durch § 27 Abs. 9 wird angeordnet, dass diese gesetzliche Forderung für Voranmeldungszeiträume anzuwenden ist, die nach dem 31. 12. 2004 enden. **26**

11. § 27 Abs. 10

Die durch das StÄndG 2003 (BGBl. 2003 I 2645) eingefügte Regelung trägt der Aufhebung des § 4 Nr. 21a (Umsätze staatlicher Hochschulen aus Forschungstätigkeit) Rechnung. Die Übergangsvorschrift des § 27 Abs. 10 räumt den Hochschulen ein Wahlrecht ein. **27**

12. § 27 Abs. 11

§ 27 Abs. 11 ist durch das EURLUmsG (BGBl. 2004 I 3310) eingefügt worden. Die Regelung stellt klar, dass der ebenfalls durch das EURLUmsG neu gefasste § 15a auf alle Vorsteuerbeträge anzuwenden ist, denen Umsätze zugrunde liegen, die nach dem 31. 12. 2004 ausgeführt werden. Das gilt entsprechend für den Vorsteuerabzug aus Anzahlungen, soweit er vor dem 1. 1. 2005 in Anspruch genommen und die Leistungen nach dem 31. 12. 2004 bezogen wird. **28**

13. § 27 Abs. 12

29 § 27 Abs. 12 ist durch Gesetz vom 22.8.2006 (BGBl. 2006 I 1970) eingefügt worden. Durch die Vorschrift wird geregelt, dass die Neuregelungen des § 15a Abs. 3 und Abs. 4 auf alle dort bezeichneten Leistungen anzuwenden sind, die nach dem 31.12.2006 bezogen wurden oder in denen der Unternehmer vor dem 1.1.2007 eine Voraus- oder Anzahlung für eine nach dem 31.12.2006 bezogene Leistung geleistet hat.

14. § 27 Abs. 13

30 Die Regelung betrifft die Abgabe von Zusammenfassenden Meldungen. Mit dem durch das JStG 2007 (BGBl. 2006 I 2878) eingefügten § 27 Abs. 13 sollen § 18a Abs. 1 S. 2, 5 und 6 erstmals auf Meldezeiträume angewendet werden, die nach dem 31.12.2006 enden. § 18a Abs. 1 S. 1 und Abs. 7 sollen erstmals für Meldezeiträume gelten, die nach dem 31.12.2007 enden.

15. § 27 Abs. 14

31 § 27 Abs. 14 regelt die zeitliche Anwendung des geänderten Vorsteuervergütungsverfahrens. Der durch das JStG 2009 (BGBl. 2008 I 2794) neu gefasste § 18 Abs. 9 und der neue § 18g entsprechend Art. 28 der Richtlinie 2008/9/EG sind auf Anträge auf Vergütung von Vorsteuerbeträgen anzuwenden, die nach dem 31.12.2009 gestellt werden.

16. § 27 Abs. 15

32 Die Vorschrift regelt den Anwendungszeitpunkt der Änderungen in § 14 Abs. 2 S. 1 Nr. 2 (keine Rechnungsausstellungsverpflichtung für steuerfreie Umsätze) und Abs. 3 Nr. 2 (Wegfall der zusammenfassenden Rechnung bei EDI-Rechnungen). Danach sind die Neuregelungen auf alle Rechnungen anzuwenden, in denen über nach dem 31.12.2008 ausgeführte Umsätze abgerechnet wird.

17. § 27 Abs. 16

33 Die Vorschrift regelt, dass die durch JStG 2010 (BGBl. 2010 I 1768) neu gefassten § 3 Abs. 9a Nr. 1, § 15 Abs. 1b, § 15a Abs. 6a und 8 S. 2 (Abschaffung des „Seeling-Modells“) nicht anzuwenden sind auf Wirtschaftsgüter iSd § 15 Abs. 1b, die vor dem 1.1.2011 angeschafft wurden oder mit deren Herstellung vor diesem Datum begonnen wurde. Das Stellen des Bauantrags bzw. das Einreichen von Bauunterlagen gilt bei Gebäuden als Beginn der Herstellung. Es geht um die mit JStG 2010 eingeführte Regelung in § 15 Abs. 1a, wonach die zuvor durch die Seeling-Rechtsprechung (EuGH C-269/00, BStBl. II 2004, 378) resultierenden Vorteile abgeschafft wurden. Seither kann bei gemischt privat und unternehmerisch genutzten Grundstücken nicht mehr der volle Vorsteuerabzug geltend gemacht werden, sondern der Vorsteuerabzug ist nur noch anteilig im Umfang der steuerpflichtigen Verwendung zulässig. Für vor dem 1.1.2011 angeschaffte Grundstücke (bzw. wenn vor dem 1.1.2011 mit der Herstellung begonnen wurde) ist hingegen der volle Vorsteuerabzug zulässig und dafür wird im Umfang der privaten Verwendung eine unentgeltliche Wertabgabe besteuert. Leistungen im Zusammenhang mit gemischt genutzten Grundstücken, die keine Anschaffungs- und Herstellungskosten darstellen und die nach dem Stichtag 31.12.2010 bezogen werden, fallen nicht unter die Übergangsregelung nach § 27 Abs. 16. Für diese Aufwendungen muss folglich selbst dann, wenn das Grundstück selbst noch mit „Seeling-Vorteil“ erworben oder angeschafft wurde, im Hinblick auf den Vorsteuerabzug eine Aufteilung erfolgen. Der Vorsteuerabzug ist bei diesen Auf-

wendungen nur insoweit zulässig, wie die Aufwendungen in steuerpflichtige Umsätze eingehen (dann aber auch insoweit keine Besteuerung der unentgeltlichen Wertabgabe). Die Übergangsregelung zur Seeling-Rechtsprechung soll also nur für Anschaffungs- und Herstellungskosten wirken, nicht aber für anderweitige Aufwendungen für das Grundstück (s. auch UStAE 15a.6 Abs. 8 Satz 3 und 4).

18. § 27 Abs. 17

Mit dem durch JStG 2010 (BGBl. 2010 I 1768) eingefügten § 27 Abs. 17 soll der 34
neu gefasste § 18 Abs. 3 (Verpflichtung zur elektronischen Abgabe der USt-Jahreserklärung) erstmals für nach dem 31.12.2010 endende Besteuerungszeiträume angewendet werden.

19. § 27 Abs. 18

Mit dem StVereinfG 2011 vom 1.11.2011 (BGBl. 2011 I 2131) sind zum 35
1.7.2011 die umsatzsteuerrechtlichen Anforderungen für die elektronische Übermittlung von Rechnungen geändert worden. Der Rechnungsaussteller ist nunmehr – vorbehaltlich der Zustimmung des Rechnungsempfängers zur elektronischen Übermittlung der Rechnung – frei in seiner Entscheidung, in welcher Weise er elektronische Rechnungen übermittelt (zB per E-Mail). Die Echtheit der Herkunft, die Unversehrtheit des Inhalts und die Lesbarkeit der Rechnung können durch jegliches innerbetriebliches Kontrollverfahren gewährleistet werden, das einen verlässlichen Prüfpfad zwischen Leistung und Rechnung herstellen kann. Die Verwendung einer qualifizierten elektronischen Signatur, einer qualifizierten elektronischen Signatur mit Anbieter-Akkreditierung oder eines elektronischen Datenaustauschverfahrens (EDI) ist für die elektronische Rechnungstellung damit nicht mehr verpflichtend. Allerdings gelten bei diesen Verfahren Integrität und Authentizität als gesichert, während bei jeder anderen Lösung der Unternehmer nachweisen muss, mit welchen innerbetrieblichen Vorkehrungen er dies sicherstellt.

Hierzu regelt Abs. 18, dass die Neuregung auf Umsätze anzuwenden ist, die nach dem 30.6.2011 ausgeführt werden. Es ist also nicht das Datum der Rechnungstellung entscheidend, sondern das Datum der zugrunde liegenden Umsätze.

20. § 27 Abs. 19

Die Regelung dient der Vermeidung möglicher Steuerausfälle, die darauf beru- 36
hen, dass in der Vergangenheit bei **Bauträgern** zu Unrecht die Steuerschuldübernahme erklärt wurde und diese deshalb die übernommene Steuer vom Fiskus zurückfordern. Ein Anreiz hierzu besteht für Bauträger, die beim Verkauf der bebauten Grundstücke nicht zur Umsatzsteuerpflicht optieren konnten und folglich nicht zum Vorsteuerabzug der übernommenen Steuerschuld berechtigt sind.

Es wird mit § 27 Abs. 19 ein Mechanismus vorgesehen **(Abtretung),** der bewirken soll, dass diese Bauträger die gem. § 13b erklärte USt zwar tatsächlich rückgängig machen können, dafür aber der Leistende zur Abführung der USt verpflichtet ist, also keinen Vertrauensschutz gem. § 176 AO genießt. Die Belastung des Leistenden soll wiederum vermieden werden, indem er die USt zivilrechtlich vom Leistungsempfänger nachfordert und seinen Anspruch zur Begleichung seiner Steuerschuld an sein Finanzamt abtritt. Zu weiteren Details der Funktionsweise und zur Kooperation der beim Leistenden und Leistungsempfänger beteiligten Finanzämter siehe *Weymüller* § 27 Rn. 57ff. sowie *Grebe* UStB 2016, 88ff. und *Kessens* MwStR 2016, 226ff.

Hintergrund für diese notwendig gewordene Regelung ist folgender: Gem. BFH-Urteil vom 22.8.2013 (V R 37/10, BStBl. II 2014, 128) sind Bauträger für die von ihnen in Auftrag gegebenen Bauleistungen in der Regel nicht Steuerschuldner nach

§ 13b UStG, während die Finanzverwaltung (BMF 11.3.2010, BStBl. I 2010, 254) bis dahin sehr wohl davon ausgegangen ist und ihre Auffassung jedoch in der Folge an die BFH-Rechtsprechung angepasst hat (BMF 5.2.2014, BStBl. I 2014, 233; siehe auch BMF 31.7.2014, MwStR 2014, 527).

Selbst wenn mit dieser Abtretungslösung Umsatzsteuerausfälle vermieden werden und damit der Bauträger keinen Vorteil hätte, wenn er seine Steuererklärungen ändert, kann ein **positiver Zinseffekt** verbleiben. Denn die ggf. rückwirkend geltend gemachte Erstattung der USt gem. § 13b ist beim Bauträger nach § 233a AO zu verzinsen, während gegenüber dem leistenden Unternehmer die Finanzverwaltung den Antrag des Leistungsempfängers auf Erstattung der zunächst von ihm entrichteten USt als rückwirkendes Ereignis iSd § 233 Abs. 2a AO wertet (BMF 31.7.2014, MwStR 2014, 527 Rn. 16), womit beim Leistenden keine Nachzahlungszinsen entstehen, denn der Zinslauf von Nachzahlungszinsen nach § 233a AO beginnt erst 15 Monate nach Ablauf des Kalenderjahres, in dem das rückwirkende Ereignis eingetreten ist.

Ungeklärt erscheint, wie die Regelung wirken soll, wenn der angebliche zivilrechtliche Anspruch des Leistenden nicht bestehen oder nicht durchsetzbar sein sollte (s. hierzu *Schneider* MwStR 2015, 959). Betroffene Unternehmer dürften eine bei ihnen entstehende Belastung nicht akzeptieren (vgl. *Listl/Baumgartner* UR 2014, 916ff.). ME werden diese Unternehmer sich spätestens vor den Gerichten erfolgreich gegen eine drohende Belastung wehren können, denn hier den Vertrauensschutz zu verwehren, sollte nach den allgemeinen Rechtsgrundsätzen nicht haltbar sein.

Inzwischen liegen eine Reihe von finanzgerichtlichen Entscheidungen zu der Regelung vor, die aber zu unterschiedlichen Ergebnissen kommen (vgl. zB FG Bln-Bbg 5 V 5026/15, MwStR 2015, 602; FG Düsseldorf 1 V 1486/15 A (U), MwStR 2015, 979; FG Münster 15 K 3669/15 U, MwStR 2016, 555 Rev. BFH V R 24/16; FG Münster 5 V 2152/15 U, BeckRS 2015, 95950). In der Beschwerdeentscheidung zum letztgenannten Urteil hat der BFH verfassungsrechtliche Zweifel bejaht und AdV gewährt (XI B 84/15, DStR 2016, 239; so auch BFH V B 87/15, MwStR 2016, 342 mAnm *Weymüller*). Gem. dem HessFG (1 V 1483/15, rkr, BeckRS 2015, 96011) sei aber der Schutz des § 176 Abs. 2 AO auf Fälle beschränkt, in denen im Zeitpunkt der Entscheidung des Obersten Gerichtshofs oder des Ergehens einer geänderten allgemeinen Verwaltungsvorschrift bereits ein Steuerbescheid vorlag. Soweit für einen betroffenen Voranmeldungszeitraum bereits **Voranmeldungen** eingereicht worden sind, können diese bei Änderung der Rechtslage eine Anwendung des **§ 176 AO nicht rechtfertigen,** da die Umsatzsteuerfestsetzung erst durch den Eingang der USt-Jahreserklärung erfolgt. Das letzte Wort wird in diesen Fragen dem BFH vorbehalten sein (siehe hierzu auch *Lippross* DStR 2016, 993; *Sterzinger* SteuK 2016, 219; *Reiß* MwStR 2016, 361; *Mohr/Detmering* MwStR 2016, 516).

21. § 27 Abs. 20

37 Ab dem 1.1.2015 gelten elektronische Dienstleistungen, Telekommunikationsdienstleistungen sowie Rundfunk- und Fernsehdienstleistungen, die an Nichtunternehmer im EU-Ausland erbracht werden als an deren Wohnsitz ausgeführt. Hierzu wurde in § 18h ein gesondertes Erklärungsverfahren eingeführt, das folglich erst für Umsätze ab dem 1.1.2015 gilt. Einzelheiten siehe § 18h.

22. § 27 Abs. 21

38 § 18 Abs. 2 regelt für Vorratsgesellschaften ab dem Zeitpunkt der tatsächlichen Ausübung einer unternehmerischen Tätigkeit sowie für Firmenmäntel ab dem Zeitpunkt der Übernahme einer unternehmerischen Tätigkeit eine zweijährige Ver-

pflichtung zur monatlichen Abgabe von Voranmeldungen. Diese Regelung gilt erstmals für Voranmeldungszeiträume ab Januar 2015.

23. § 27 Abs. 22

Laut § 27 Abs. 22 ist die Neuregelung des § 2b auf alle Leistungen anzuwenden, die ab dem 1.1.2017 erbracht werden. Die jPdöR kann allerdings bis zum 31.12.2016 gegenüber dem Finanzamt erklären, dass sie die Neuregelung erst für Leistungen ab dem 1.1.2021 anwenden möchte (siehe hierzu BMF-Schreiben vom 19.4.2016, MwStR 2016, 439). Diese Erklärung gilt dann einheitlich für den gesamten unternehmerischen Bereich der jPdöR. Sie kann die Erklärung allerdings jeweils zu Beginn des folgenden Kalenderjahres widerrufen. Der neue § 2b tritt folglich erst ab dem 1.1.2017 in Kraft. § 27 Abs. 22 sieht eine fünfjährige Übergangsfrist vor, um der jPdöR einen möglichst belastungsneutralen Wechsel zu ermöglichen. Zur Übergangsregelung siehe auch BMF vom 16.12.2016, III C 2 – S 7107/16/10001, BeckVerw 2016, 335940, Tz. 58ff.; siehe auch *Küffner/Rust* DStR 2016, 1633. Im Falle von gerichtlichen Rechtsbehelfen dürfte die Vorschrift wenig Relevanz haben, nachdem die Gerichte etwaige Streitfälle im Wege richtlinienkonformer Auslegung entscheiden werden (siehe *Widmann* UR 2016, 15; *Müller* UR 2017, 17). 39

Auch → § 2b Rn. 56ff.

§ 27a Umsatzsteuer-Identifikationsnummer

(1) [1]Das Bundeszentralamt für Steuern erteilt Unternehmern im Sinne des § 2 auf Antrag eine Umsatzsteuer-Identifikationsnummer. [2]Das Bundeszentralamt für Steuern erteilt auch juristischen Personen, die nicht Unternehmer sind oder die Gegenstände nicht für ihr Unternehmen erwerben, eine Umsatzsteuer-Identifikationsnummer, wenn sie diese für innergemeinschaftliche Erwerbe benötigen. [3]Im Fall der Organschaft wird auf Antrag für jede juristische Person eine eigene Umsatzsteuer-Identifikationsnummer erteilt. [4]Der Antrag auf Erteilung einer Umsatzsteuer-Identifikationsnummer nach den Sätzen 1 bis 3 ist schriftlich zu stellen. [5]In dem Antrag sind Name, Anschrift und Steuernummer, unter der der Antragsteller umsatzsteuerlich geführt wird, anzugeben.

(2) [1]Die Landesfinanzbehörden übermitteln dem Bundeszentralamt für Steuern die für die Erteilung der Umsatzsteuer-Identifikationsnummer nach Absatz 1 erforderlichen Angaben über die bei ihnen umsatzsteuerlich geführten natürlichen und juristischen Personen und Personenvereinigungen. [2]Diese Angaben dürfen nur für die Erteilung einer Umsatzsteuer-Identifikationsnummer, für Zwecke der Verordnung (EU) Nr. 904/2010 des Rates vom 7. Oktober 2010 über die Zusammenarbeit der Verwaltungsbehörden und die Betrugsbekämpfung auf dem Gebiet der Mehrwertsteuer (ABl. L 268 vom 12.10.2010, S. 1), für die Umsatzsteuerkontrolle, für Zwecke der Amtshilfe zwischen den zuständigen Behörden anderer Staaten in Umsatzsteuersachen sowie für Übermittlungen an das Statistische Bundesamt nach § 2a des Statistikregistergesetzes verarbeitet oder genutzt werden. [3]Das Bundeszentralamt für Steuern übermittelt den Landesfinanzbehörden die erteilten Umsatzsteuer-Identifikationsnummern und die Daten, die sie für die Umsatzsteuerkontrolle benötigen.

EU-Recht: Art. 213–216 MwStSystRL (Art. 22 Abs. 1 Buchst. c bis e, Abs. 10 6. EG-RL)
UStAE: 27a.1

Übersicht

1. Bedeutung

1 Die Vorschrift regelt zum einen das Verfahren über die Vergabe der USt-IdNr. durch das Bundeszentralamt für Steuern und zum anderen die Befugnis zur Weitergabe der hierfür erforderlichen Daten durch die Landesfinanzbehörden sowie der Verarbeitung, Nutzung und Weitergabe durch das Bundeszentralamt für Steuern an die für die Umsatzsteuer zuständigen Behörden und die entsprechenden Behörden anderer Mitgliedstaaten. Die USt-IdNr. ist Teil des Kontrollmechanismus im ab dem 1.1.1993 geltenden Binnenmarkt. Sie dient insbesondere dem Nachweis der Steuerfreiheit innergemeinschaftlicher Lieferungen (vgl. § 6a) und der Überprüfung, ob der Abnehmer seinen steuerlichen Pflichten nachkommt. Darüber hinaus hat sie auch Bedeutung für die Bestimmung des Leistungsortes bei Dienstleistungen und die sich daran anschließenden Meldepflichten seit Einführung der neuen Regelungen in § 3a durch das MwSt-Paket zum 1.1.2010. Ihre Verwendung ist auch für die Anwendung der Vereinfachungsregelung für innergemeinschaftliche Dreiecksgeschäfte iSv § 25b und für die Tätigkeit als Fiskalvertreter erforderlich (vgl. § 22d). Die Verwendung der Nummer kann auch zur Begründung einer eigenen Steuerpflicht nach § 3d S. 2 führen. Die Erteilung der USt-IdNr. ist ein Verwaltungsakt iSv § 118 AO (vgl. *Lohse* UVR 1994, 2). Durch ihre Erteilung wird bestätigt, dass der Inhaber Unternehmer ist oder zumindest der deutschen USt unterliegt; auf diese Angaben kann ein außenstehender Dritter vertrauen, wenn er deren Gültigkeit durch eine entsprechende Betätigungsanfrage überprüft hat. Zum Anspruch auf Erteilung einer USt-IdNr. siehe BFH II R 66/07, DStR 2009, 2665; zur möglichen Versagung der Erteilung wegen ernsthafter Anzeichen für betrügerische Verwendung siehe EuGH C-527/11, DB 2013, 677 – Ablessio und FG LSA 3K 631/10, EFG 2011, 1927, Rev II R 34/11 erledigt durch Klagerücknahme).

2. Geltungszeit

2 Die Vorschrift wurde durch das BinnenmarktG neu in das UStG mit Wirkung zum 1.1.1993 eingefügt. Sie beruht auf Art. 22 Abs. 1 Buchst. c bis e und Abs. 10 6. EG-RL. Durch das JStG 1996 vom 11.10.1995 (BGBl. 1995 I 1250) wurde die Befugnis zur Be- und Verarbeitung und zur Weitergabe der Daten durch das Bundesamt für Finanzen in Abs. 2 erweitert. Durch die Änderung des § 27a Abs. 2 S. 2 auf Grund des Gesetzes zur Neuregelung der Energiestatistik und zur Änderung des StatistikregisterG und des UStG vom 26.7.2002 (BGBl. 2002 I 2867) ist nunmehr auch die Übermittlung der Daten an das Statistische Bundesamt zulässig. Durch das EG-Amtshilfe-AnpassungsG vom 7.12.2004 (BGBl. 2004 I 3112) wurde der Wortlaut des § 27a Abs. 2 S. 2 an die ab dem 1.1.2004 geltende neue Verordnung EG Nr. 1798/2003 angepasst (vgl. § 18d). Durch das Gesetz zur Neuorganisation der Bundesfinanzverwaltung und zur Schaffung eines Refinanzierungsregisters vom 22.9.2005 (BGBl. 2005 I 2809) wurden die Wörter „Bundesamt für Finanzen" durch die Wörter „Bundeszentralamt für Steuern" ersetzt. Letzte redaktionelle Änderungen erfolgten in Umsetzung von Artikel 214 Buchst. d und Buchst. e MwStSystRL zum 1.1.2010 (BGBl. 2010 II I, 386) sowie in § 27a Abs. 2 S. 2; dort wurde mit Wirkung vom 30.6.2013 die Verordnung (EG) Nr. 1798/2003 des Rates vom 7.10.2003 über die Zusammenarbeit

der Verwaltungsbehörden auf dem Gebiet der Mehrwertsteuer durch die Verordnung (EU) Nr. 904/2010 des Rates vom 7.10.2010 über die Zusammenarbeit der Verwaltungsbehörden und die Betrugsbekämpfung auf dem Gebiet der Mehrwertsteuer ersetzt. Zuletzt hat der Gesetzgeber im Zuge des Amtshilferichtlinie-Umsetzungsgesetzes (BGBl. 2013 I 1809) das nationale UStG redaktionell an die neue Verordnung (EU) Nr. 904/2010 angepasst, welche die vorher geltende Zusammenarbeitsverordnung (EG) Nr. 1798/2003 zum 1.1.2012 abgelöst hat.

3. Antragsberechtigte

Antragsberechtigt sind alle Unternehmer iSv § 2 und juristische Personen, die nicht Unternehmer sind. Voraussetzung ist jedoch, dass der Antragsteller bei einem inländischen Finanzamt für umsatzsteuerliche Zwecke registriert ist. Kleinunternehmer iSv § 19, pauschalversteuernde Land- und Forstwirte iSv § 24, Unternehmer, die ausschließlich Umsätze tätigen, die den Vorsteuerabzug ausschließen, und juristische Personen, die nicht Unternehmer sind, haben jedoch nur dann Anspruch auf Erteilung einer USt-IdNr., wenn sie diese für innergemeinschaftliche Lieferungen oder innergemeinschaftliche Erwerbe oder für erhaltene innergemeinschaftliche Dienstleistungen benötigen (zur Möglichkeit dieser Personen, innergemeinschaftliche Lieferungen durchzuführen, vgl. aber → § 6a Rn. 11; zum öffentlich-rechtlichen Anspruch des Steuerpflichtigen allgemein siehe *Sterzinger* in Birkenfeld, USt-HB, § 261 Rn. 67ff.). Grundsätzlich erhält jeder Anspruchsberechtigte nur eine USt-IdNr. (zur Besonderheit für große Gebietskörperschaften vgl. UStAE 27a.1 Abs. 3 Satz 4). Dies gilt jedoch nicht für Fiskalvertreter, die nach § 22d Abs. 1 eine zweite USt-IdNr. für ihre Fiskalvertretertätigkeit beantragen können. Organkreise erhalten bei Bedarf jeweils eine gesonderte USt-IdNr. für den Organträger und jede Organgesellschaft (UStAE 27a.1 Abs. 3 S. 1). Nichtunternehmer erhalten auch dann keine USt-IdNr., wenn sie neue Fahrzeuge innergemeinschaftlich liefern oder erwerben, denn insoweit sind besondere Steuererklärungen abzugeben, für die keine USt-IdNr. benötigt wird (§ 16 Abs. 5a, § 18 Abs. 4a, 5a und 10). 3

4. Verfahren

Die Erteilung einer USt-IdNr. kann schriftlich (Post oder Telefax) oder online beantragt werden. Die Erteilung einer USt-IdNr. kann aber auch von Amts wegen erfolgen; dies war insbesondere in der Anfangszeit des Binnenmarktes der Fall, wenn sich aus den nach Abs. 2 von den Landesfinanzbehörden übermittelten Daten ergab, dass der Unternehmer voraussichtlich eine USt-IdNr. benötigen wird (vgl. BMF UR 1992, 317 Rn. 13). Der Antrag kann nur von dem betreffenden Unternehmer selbst gestellt werden; Dritte, zB Lieferanten, sind auch dann nicht zur Antragstellung berechtigt, wenn sie an der Erteilung ein eigenes Interesse haben. Für den Antrag ist keine bestimmte Form vorgeschrieben. Der Antrag soll Name und Adresse des Antragstellers, Bezeichnung des Finanzamts, bei dem der Antragsteller geführt wird, und die Steuernummer bei diesem enthalten. Wird der Antrag für eine Organgesellschaft gestellt, ist die Steuernummer anzugeben, unter der der Organkreis geführt wird, Name und Anschrift des Organträgers, USt-IdNr. des Organträgers, soweit diese bereits erteilt wurde, Bezeichnung des für den Organkreis zuständigen Finanzamts, Name und Anschrift der Organgesellschaften, die am innergemeinschaftlichen Handel teilnehmen, Steuernummer und Finanzamt, bei der die Organgesellschaft ertragsteuerlich geführt wird; der Antrag ist vom Organträger zu stellen (UStAE 27a.1 Abs. 3 S. 2). Der EuGH geht hingegen offenbar davon aus, dass eine Mehrwertsteuergruppe unter einer eigenen USt-IdNr. auftreten kann (EuGH C-7/13, MwStR 2014, 728 – Skandia America Corp. USA, filial Sverige). Damit erscheint die Regelung in § 27a S. 3 unionsrechtlich fragwürdig (vgl. *Nieskens* EU-UStB 2014, 70). Für 4 die Steuerpflichtigen ergeben sich aus dieser möglichen Divergenz wohl aber keine praktischen Auswirkungen. Zu Details im Falle von Organschaften siehe auch *Sterzinger* in Birkenfeld, USt-HB, § 261 Rn. 101 ff.

Zuständig ist das **Bundeszentralamt für Steuern** – Außenstelle Saarlouis – (für Adresse und Telefon- und Faxnummer → § 18e Rn. 5). Im Falle der erstmaligen steuerlichen Registrierung kann der Antrag auch bei dem zuständigen Finanzamt gestellt werden, das dann die erforderlichen Daten an das Bundeszentralamt für Steuern weiterleitet (vgl. UStAE 27a.1 Abs. 1 Satz 4). Dies wäre der übliche Weg bei der erstmaligen umsatzsteuerlichen Registrierung ausländischer Unternehmer, wobei sich jedoch die direkte Beantragung durch den Steuerpflichtigen beim Bundeszentralamt für Steuern nach Erteilung der Steuernummer vom Finanzamt als der in der Praxis schnellere Weg erwiesen hat.

Die Zuteilung einer USt-IdNr. erfolgt ausschließlich schriftlich auf dem Postweg (UStAE 27a.1 Satz 3) an die Anschrift des jeweils betroffenen Unternehmers, die dem Bundeszentralamt für Steuern vom zuständigen Finanzamt übermittelt wurde. Gegen eine zu Unrecht erteilte USt-IdNr. kann Einspruch eingelegt (vgl. § 347 AO) und ggf. Anfechtungsklage erhoben (vgl. § 40 FGO) werden (vgl. *Lohse* UVR 1994, 2). Vorläufiger Rechtsschutz ist durch AdV zu gewähren (vgl. § 361 Abs. 3 AO, § 69 Abs. 2 FGO). Lehnt das Bundeszentralamt für Steuern die Erteilung der USt-IdNr. ab, kann dagegen Einspruch eingelegt (vgl. § 347 AO) und ggf. Verpflichtungsklage erhoben (§ 40 FGO) werden. Vorläufiger Rechtsschutz ist allenfalls im Wege einer einstweiligen Anordnung möglich (vgl. § 114 FGO); diese wird jedoch idR deshalb nicht möglich sein, weil hierdurch die Hauptsache vorweggenommen wird. Fallen die Voraussetzungen für die Erteilung einer USt-IdNr. weg, kann die Aufhebung der Nummer beantragt werden. Sie kann auch von Amts wegen unter den Voraussetzungen der §§ 130–132 AO aufgehoben werden (vgl. *Lohse* UVR 1994, 2). Hinsichtlich der Rechtsbehelfe gelten die Ausführungen zur unrechtmäßigen Erteilung oder Ablehnung einer Erteilung entsprechend. Zum **Anspruch auf Erteilung** einer USt-IdNr. siehe BFH II R 66/07, DStR 2009, 2665 und SächsFG 8 K 650/14, MwStR 2015, 401 mAnm *Masuch*. Die Erteilung kann verweigert werden, wenn sie missbräuchlich verwendet werden soll. Der EuGH (C-527/11, MwStR 2013, 193) scheint hierzu der FVerw allerdings enge Grenzen vorzugeben, wenn es um die **Würdigung der Anzeichen des Risikos der Steuerhinterziehung** geht. Gleichwohl ist es Sache des vorlegenden Gerichts, zu prüfen, ob unter Berücksichtigung aller Umstände des Einzelfalls die nationale Steuerverwaltung rechtlich hinreichend das Vorliegen ernsthafter Anzeichen dargelegt hat, die die Annahme erlauben, dass der vom Steuerpflichtigen gestellte Antrag auf Eintragung in das Register der Mehrwertsteuerpflichtigen das Risiko in sich birgt, zu einer missbräuchlichen Verwendung der Mehrwertsteuer-Identifikationsnummer oder zu anderen Mehrwertsteuerhinterziehungen zu führen.

5. Übermittlung der Daten durch das Bundeszentralamt für Steuern

5 Das Bundeszentralamt für Steuern darf die im Rahmen des Erteilungsverfahrens erlangten Daten speichern, verarbeiten und an die für die Kontrolle der Umsatzsteuer zuständigen Behörden im Inland und in den anderen Mitgliedstaaten weiterleiten. Dies gilt insbesondere für die Bestätigung einer USt-IdNr. sowie Name und Adresse des Inhabers (vgl. auch § 18e). Dies gilt jedoch nur für die Kontrolle für umsatzsteuerliche Zwecke. Durch die Gesetzesänderung des § 27 Abs. 2 S. 2 vom 26.7.2002 (BGBl. 2002 I 2867) ist geregelt, dass die Übermittlung der Daten auch an das Statistische Bundesamt nach § 2a des StatistikregisterG erfolgen kann (vgl. → Rn. 2). Das Bundeszentralamt für Steuern muss sicherstellen, dass die Daten nicht unzulässigerweise anderweitig verwendet werden. Andernfalls kommt die Anwendung der Regelungen über die Staats- und Amtshaftung in Betracht. Die Zuteilung der Identifika-

tionsnummer und die dazu erfolgte Datenspeicherung sind mit dem Recht auf informationelle Selbstbestimmung und sonstigem Verfassungsrecht vereinbar (BFH II R 49/10, BStBl. II 2012, 168).

§ 27b Umsatzsteuer-Nachschau

(1) [1]**Zur Sicherstellung einer gleichmäßigen Festsetzung und Erhebung der Umsatzsteuer können die damit betrauten Amtsträger der Finanzbehörde ohne vorherige Ankündigung und außerhalb einer Außenprüfung Grundstücke und Räume von Personen, die eine gewerbliche oder berufliche Tätigkeit selbständig ausüben, während der Geschäfts- und Arbeitszeiten betreten, um Sachverhalte festzustellen, die für die Besteuerung erheblich sein können (Umsatzsteuer-Nachschau).** [2]**Wohnräume dürfen gegen den Willen des Inhabers nur zur Verhütung dringender Gefahren für die öffentliche Sicherheit und Ordnung betreten werden.**

(2) [1]**Soweit dies zur Feststellung einer steuerlichen Erheblichkeit zweckdienlich ist, haben die von der Umsatzsteuer-Nachschau betroffenen Personen den damit betrauten Amtsträgern auf Verlangen Aufzeichnungen, Bücher, Geschäftspapiere und andere Urkunden über die der Umsatzsteuer-Nachschau unterliegenden Sachverhalte vorzulegen und Auskünfte zu erteilen.** [2]**Wurden die in Satz 1 genannten Unterlagen mit Hilfe eines Datenverarbeitungssystems erstellt, können die mit der Umsatzsteuer-Nachschau betrauten Amtsträger auf Verlangen die gespeicherten Daten über die der Umsatzsteuer-Nachschau unterliegenden Sachverhalte einsehen und soweit erforderlich hierfür das Datenverarbeitungssystem nutzen.** [3]**Dies gilt auch für elektronische Rechnungen nach § 14 Absatz 1 Satz 8.**

(3) [1]**Wenn die bei der Umsatzsteuer-Nachschau getroffenen Feststellungen hierzu Anlass geben, kann ohne vorherige Prüfungsanordnung (§ 196 der Abgabenordnung) zu einer Außenprüfung nach § 193 der Abgabenordnung übergegangen werden.** [2]**Auf den Übergang zur Außenprüfung wird schriftlich hingewiesen.**

(4) **Werden anlässlich der Umsatzsteuer-Nachschau Verhältnisse festgestellt, die für die Festsetzung und Erhebung anderer Steuern als der Umsatzsteuer erheblich sein können, so ist die Auswertung der Feststellungen insoweit zulässig, als ihre Kenntnis für die Besteuerung der in Absatz 1 genannten Personen oder anderer Personen von Bedeutung sein kann.**
UStAE: 27b.1

Übersicht

1. Entstehung und Bedeutung

1 § 27b sollte ursprünglich als § 88b AO **„Allgemeine Nachschau"** Gesetzeskraft erlangen (vgl. RegE, BT-Drs. 14/6883). Der Gesetzgeber entschied sich dann, die Nachschau auf die USt zu begrenzen und die Regelung wegen des rechtssystematischen Zusammenhangs in das UStG zu übernehmen (BT-Drs. 14/7174). Zur Klarstellung erhielt die Norm die Bezeichnung **„Umsatzsteuer-Nachschau".**

§ 27b berechtigt das Finanzamt ohne vorherige Ankündigung und außerhalb einer Außenprüfung Grundstücke und Räume während der Geschäfts- und Arbeitszeiten zu betreten, um für die Besteuerung erhebliche Sachverhalte festzustellen (Abs. 1 S. 1), erlaubt zur Verhütung dringender Gefahren für die öffentliche Sicherheit und Ordnung das Betreten von Wohnräumen (Abs. 1 S. 2) und verpflichtet die von der Nachschau betroffenen Personen, Aufzeichnungen, Bücher, Geschäftspapiere und andere Unterlagen vorzulegen und Auskünfte zu erteilen (Abs. 2).

Von Seiten der Finanzverwaltung wird von § 27b reger Gebrauch gemacht. So wurden in den Jahren 2006 bis 2012 bundesweit jährlich zwischen 60.000 und 80.000 Umsatzsteuer-Nachschauen durchgeführt (*Wolter* NZWiSt 2015, 217 mwN).

2 Die Einführung der Nachschau wird in dem RegE (BT-Drs. 14/6883) wie folgt begründet:

> *„Die Erfahrungen zeigen, dem Umsatzsteuerbetrug kann mit den bestehenden Regelungen der Außenprüfung (Umsatzsteuersonderprüfung, Betriebsprüfung) nicht ausreichend begegnet werden.*
>
> *Die Außenprüfung muss angekündigt werden. Die Ankündigung gibt steuerunehrlichen Unternehmen die Zeit, Vorkehrungen zu treffen, um gegenüber den Steuerbehörden einen normalen Geschäftsbetrieb vorzutäuschen oder den Geschäftsbetrieb einzustellen. Die Steuerbehörden sind daher nach geltendem Recht nicht in dem notwendigen Maße in der Lage, sich ein zuverlässiges Bild über ein Unternehmen zu machen. Eine wirksame Bekämpfung des Umsatzsteuerbetrugs macht die Kenntnisse der tatsächlichen Verhältnisse eines Unternehmens erforderlich. Das Finanzamt muss in die Lage versetzt werden, sich insbesondere einen Eindruck über die räumlichen Verhältnisse, das tatsächlich eingesetzte Personal und den üblichen Geschäftsbetrieb zu verschaffen. Nur auf dem Wege ist es möglich, ordentliche Unternehmen von solchen zu unterscheiden, die in erster Linie dazu eingesetzt werden, den Fiskus zu schädigen".*

2. Rechtsentwicklung

3 Durch das **Steuerverkürzungsbekämpfungsgesetz – StVBG** – (BGBl. 2001 I 3922) wurde die Neuregelung des § 27b in das UStG eingefügt. Die Regelung ist zum 1.1.2002 in Kraft getreten. Das BMF hat mit Schreiben vom 23.12.2002 Stellung genommen (BStBl. I 2002, 1447); siehe auch UStAE 27b.1.

4 Einhergehend mit der Verringerung der Anforderungen an elektronische Rechnungen in § 14 Abs. 1 und 3 durch das **SteuervereinfachungsG 2011** vom 1.11.2011 (BGBl. 2011 I 2131) werden die Befugnisse der Prüfer bei der Umsatzsteuer-Nachschau zum **1.7.2011** erweitert. Nach § 27b Abs. 2 S. 2 und 3 können nunmehr **die gespeicherten Daten eingesehen** und das Datenverarbeitungssystem des Unternehmers – soweit erforderlich – hierfür vom Prüfer genutzt werden.

5, 6 *einstweilen frei*

3. § 27b und das Zitiergebot (Art. 19 Abs. 1 S. 2 GG)

Gem. **Art. 19 Abs. 1 S. 2 GG** muss das einschränkende Gesetz das Grundrecht unter Angabe des Art nennen. Verstöße gegen das **Zitiergebot** bewirken die Nichtigkeit des (einschränkenden) Gesetzes. Ein Teil des Schrifttums vertritt die Auffassung, dass § 27b bereits deshalb verfassungswidrig sei, weil die Regelung in die Unverletzlichkeit der Wohnung und Geschäftsräume (Art. 13 GG) eingreife und das UStG – anders als die AO (§ 413 AO) – den Anforderungen des verfassungsrechtlichen Zitiergebots nicht entspreche (*Grune* Die Umsatzsteuer-Nachschau gemäß § 27b UStG, S. 150; *Wäger* DB 2002, Beilage 1 zu Heft 7, S. 72; *H/M* § 27b Rn. 6, 7; für die Nichtigkeit „lediglich" von § 27b Abs. 1 S. 2: *Haep* UR 2008, 445; *Helmschrott* StC 2011/07, 28; *Sterzinger* DStR 2010, 471). Diese Auffassung erscheint **zweifelhaft:** Das Zitiergebot wird allgemein restriktiv ausgelegt, um den Gesetzgeber nicht unnötig zu behindern (vgl. *Jarass/Pieroth* GG Art. 19 Rn. 5 mwN). Art. 13 GG bietet bei **Geschäfts- und Betriebsräumen** auch seit jeher nur einen reduzierten Schutz; Betretungs- und Besichtigungsrechte auf Grund der Gewerbe-, Handwerks- und Steueraufsicht haben sich im Ergebnis lediglich am **Verhältnismäßigkeitsmaßstab** des Art. 2 Abs. 1 GG zu orientieren (BVerfG 1 BvR 280/67, BVerfGE 32, 54; BFH VII R 59/86, NJW 1989, 855, → Rn. 9 mwN). Vor diesem Hintergrund erscheint es konsequent, für die Anwendung des Zitiergebots ebenfalls nicht auf den Schutzbereich des Grundrechts sondern auf die den Grundrechtseingriff **rechtfertigenden Einschränkungen** (Grundrechtsschranken) **abzustellen.** Als Grundrechtsschranke hat das BVerfG zu Recht den Verhältnismäßigkeitsgrundsatz nach Art. 2 Abs. 1 GG herangezogen. Zu denken wäre in diesem Zusammenhang noch an die Schrankenregelung der Berufsfreiheit des Art. 12 GG (lex specialis zu Art. 2 Abs. 1 GG). Für beide Grundrechte (Art. 2 Abs. 1 und Art. 12 GG) **gilt das Zitiergebot nicht** (BVerfG 1 BvL 46 und 47/80, NJW 1983, 2869; siehe auch *Hermes* in Dreier GG Art. 13 Rn. 48 Fn. 174). 7

Bei dem Betreten von **Wohnräumen** (§ 27b Abs. 1 S. 2) ist Art. 13 GG zwar offensichtlich betroffen. Bei offensichtlichen Grundrechtseinschränkungen bedarf es der Appell- und Warnfunktion des Zitiergebots jedoch nicht (BVerfGE 35, 185 (189); 64, 72 (80)). Dass sich der Gesetzgeber **der Einschränkung des Art. 13 GG bewusst** war, folgt schon daraus, dass § 27b Abs. 1 S. 2 nahezu wortgleich den Gesetzesvorbehalt des Art. 13 Abs. 7 (Abs. 3 aF) GG in Bezug nimmt (ebenso *Leipold* in Sölch/Ringleb § 27b Rn. 22). Jedenfalls führt ein möglicher Verstoß gegen das Zitiergebot bei Einführung des § 27b weder zur Nichtigkeit des gesamten UStG noch zur Nichtigkeit von Umsatzsteuerbescheiden (BFH V B 107/15, BFH/NV 2016, 1310; VII B 228/13, BFH/NV 2014, 1227; VII B 195/10, BFH/NV 2011, 1743; XI B 23/08 und 24/08, ZSteu 2009, R538-R540; V B 23/08, BFH/NV 2010, 1866; NdsFG 5 K 377/07, DStRE 2008, 897; ausführlich *Grune* Die Umsatzsteuer-Nachschau gemäß § 27b UStG, Seite 151 ff.).

4. Die Voraussetzungen der Nachschau (§ 27b Abs. 1)

a) Anlass für eine Umsatzsteuer-Nachschau. Ermittlungen „ins Blaue hinein" sind nicht zulässig. Die Nachschau setzt vielmehr einen **konkreten Anlass und Aufklärungsbedarf** voraus (siehe *Leipold* in Sölch/Ringleb § 27b Rn. 9; aA *Tipke/Lang,* Steuerrecht, § 21 Rn. 259, wonach der Verdacht auf eine Steuerstraftat bestehen muss). 8

Nach der Finanzverwaltung (UStAE 27b.1 Abs. 2) ist die Nachschau insbesondere bei **folgenden Anlässen** angezeigt:
- Existenzprüfungen bei Unternehmensgründungen,
- Entscheidungen bei Zustimmungen nach § 168 S. 2 AO,
- Erledigung von Auskunftsersuchen zum Vorsteuerabzug anderer FA (Kontrollmitteilungen),

– Erledigung von Auskunftsersuchen anderer Mitgliedstaaten.

Als **Sachverhalte,** die den Einsatz einer USt-Nachschau rechtfertigen können, sind genannt:
– Unternehmerexistenz,
– Vorhandensein von Anlage- und Umlaufvermögen,
– einzelne Eingangs- und Ausgangsrechnungen,
– einzelne Buchungsvorgänge,
– Verwendungsverhältnisse.

Beispiel: Ein Existenzgründer macht hohe Vorsteuer aus dem Kauf einer Maschine geltend. Die Finanzverwaltung lässt sich im Rahmen der Nachschau die Maschine zeigen und den Kaufvertrag und die Rechnung vorlegen.

9 **b) Berechtigte und Betroffene. Betretungsberechtigt** sind die mit der Erhebung und Festsetzung der USt betrauten Amtsträger (§ 7 AO) der Finanzbehörde. Aufgrund interner Dienstanweisungen sind dies regelmäßig die USt-Sonderprüfer. Diese können ohne vorherige Ankündigung und außerhalb der Außenprüfung tätig werden. Damit finden die §§ 193 ff. AO – insbesondere die Voraussetzung einer vorherigen Prüfungsanordnung – bei der Nachschau keine Anwendung (UStAE 27b.1 Abs. 1 S. 3, 4).

Betroffene (zum Dulden des Betretens Verpflichtete) sind Personen, die eine gewerbliche oder berufliche Tätigkeit selbstständig ausüben. Damit wird auf die Definition des Unternehmers in § 2 Abs. 1 S. 1 Bezug genommen. Eine Nachschau ist aber auch zulässig bei **Zweifeln an der Unternehmerexistenz** (BMF 1.7.2010, BStBl. I 2010, 625; UStAE 27b.1 Abs. 2 Satz 1; *Leipold* in Sölch/Ringleb § 27b Rn. 9; aA *H/M* § 27b Rn. 29). Gerade in diesen Fällen bedarf es einer Nachschau, um zeitnah prüfen zu können, ob die zur Führung des Geschäftsbetriebs erforderlichen Personal- und Sachmittel tatsächlich vorhanden sind (Problematik des Scheinunternehmers).

Das **Betretungsrecht** besteht nur während der üblichen Geschäfts- und Arbeitszeiten, mit Zustimmung des Steuerpflichtigen auch zu anderen Zeiten. Die Nachschau kann nach der Finanzverwaltung (UStAE 27b.1 Abs. 5 S. 6) auch **außerhalb der Geschäftszeiten** vorgenommen werden, wenn in dem Unternehmen schon oder noch gearbeitet wird. Insoweit bestehen mE keine Bedenken, weil gerade die Tätigkeit und mithin der soziale Kontakt nach außen der Grund für den geringeren Schutz von Büro- und Geschäftsräumen ist (*Dißars* BB 2003, 556; vgl. → Rn. 10).

10 **c) Geschäfts- und Betriebsräume. Vorrangiges Objekt** der Nachschau sind nach § 27b Abs. 1 S. 1 „**Grundstücke** und **Räume** von Personen, die eine gewerbliche oder berufliche Tätigkeit selbstständig ausüben".

Die Vorschrift verstößt **nicht gegen Art. 13 GG.** Zwar genießen auch ausschließlich geschäftlich oder betrieblich genutzte Räume den Schutz des Art. 13 GG (VerfG 1 BvR 280/66, VerfGE 32, 54 und 1 BvF 1/91, BVerfGE 97, 228; BFH VII R 59/86, NJW 1989, 855; BVerwG 3 C 52/85, BVerwGE 78, 251; ebenso der EuGHMR 72/91, NJW 1993, 718 – Niemiet – zu Art. 8 EMRK; aA zuvor EuGH C-46/87, DB 1989, 2112 – Hoechst). Wegen der **geminderten Schutzwürdigkeit** von Geschäfts- und Betriebsräumen hat das BVerfG die Ausübung von Betretungs- und Besichtigungsrechten jedoch dem Anwendungsbereich des Art. 13 Abs. 7 (Abs. 3 aF) GG entzogen und hierfür einen besonderen **Rechtfertigungsstandard** entwickelt, der sich als Konkretisierung des **Verhältnismäßigkeitsgrundsatzes** begreifen lässt: Das Betreten der Räume muss durch eine besondere gesetzliche Ermächtigung gedeckt sein, einem erlaubten Zweck dienen und zu dessen Erreichung erforderlich sein. Daneben muss das Gesetz den Zweck des Betretens und den Umfang der zugelassenen Inspektion deutlich umgrenzen. Schließlich ist das Betreten auf Zeiten beschränkt, in denen die Räume normalerweise für die betriebliche Nutzung zur Verfügung stehen.

Auch wenn die Kreation einer neuen Grundrechtsschranke rechtsdogmatisch problematisch erscheint, ist der Rechtsprechung des BVerfG vor dem Hintergrund des abgestuften Schutzes von Privatwohnungen einerseits und Geschäftsräumen andererseits im Ergebnis doch zuzustimmen (vgl. *Herdegen* in BK Art. 13 Rn. 72 mwN zum Meinungsstreit).

§ 27b Abs. 1 S. 1 genügt dem vom BVerfG entwickelten Rechtfertigungsstandard für Betretungs- und Besichtigungsrechte (ebenso *Leipold* in Sölch/Ringleb § 27b Rn. 13; *Mende/Huschens* INF 2002, 65 (71); krit. *Nieskens* UR 2002, 53 (74) und *Grune* Die Umsatzsteuer-Nachschau gemäß § 27b UStG, Seite 120ff. und *Wolter* NZWiSt 2015, 217).

Die Nachschau ist **keine Durchsuchung** iSd Art. 13 Abs. 2 GG (vgl. → Rn. 16).

d) Private Wohnräume. Private **Wohnräume** dürfen gegen den Willen des Inhabers nur zur Verhütung dringender Gefahren für die öffentliche Sicherheit und Ordnung betreten werden. Diese Regelung in § 27b Abs. 1 S. 2 entspricht der Schranke des Art. 13 Abs. 7 (Abs. 3 aF) GG. Eine dringende Gefahr für die öffentliche Sicherheit und Ordnung ist gegeben, wenn ohne ihre Abwehr wesentliche Rechtsgüter verletzt werden (BVerfG 1 BvL 17/61 ua, VerfGE 17, 232). Zwar ist die Sicherung des Steueraufkommens ein Rechtsgut von hohem Rang (BVerfG BStBl. 91, 654). Dennoch ist das Betreten von privaten Wohnräumen wegen der **Grundrechtskollision** auf Ausnahmefälle zu beschränken (ebenso in Ergebnis *Leipold* in Sölch/Ringleb § 27b Rn. 20f.; vgl. BFH III 65/55 U, BStBl. III 1955, 283 – Betreten nach § 99 AO zur Überprüfung von Angaben zur Einheitsbewertung des Grundvermögens). Ein solcher Ausnahmefall ist zB gegeben, wenn konkrete Anhaltspunkte für die Beteiligung an einem Umsatzsteuerkarussell vorliegen. 11

e) Gemischt genutzte Räume. Nach Ansicht des **BMF** besteht das **Betretungsrecht** hier in gleichem Umfang wie bei Geschäftsräumen, da es unschädlich sei, wenn die betretenen Räume **auch** zu Wohnzwecken genutzt würden (UStAE 27b.1 Abs. 5 Satz 1: aA *Leipold* in Sölch/Ringleb § 27b Rn. 18; *P/M* § § 27b Rn. 40ff.; *Grune* Die Umsatzsteuer-Nachschau gemäß § 27b UStG, Seite 130f.; *Haep* UR 2008, 445). Dem wird man in dieser Allgemeinheit **nicht zustimmen** können. Abzustellen ist vielmehr auf die Gegebenheiten im jeweiligen Einzelfall, also darauf, ob der Wohnungsinhaber die Räumlichkeiten – für andere erkennbar – vorrangig (schwerpunktmäßig) als Wohn- oder Geschäftsräume nutzt. Anhaltspunkte für eine **vorrangige unternehmerische** Nutzung sind: 12

- Räumlichkeiten werden in Gewerbeanmeldung oder Steuererklärung als Betriebsräume deklariert,
- Räumlichkeiten werden auch von Kunden oder Lieferanten aufgesucht und sind entsprechend ausgestattet (Sitzgelegenheit etc.),
- Räumlichkeiten sind vom Rest der Wohnung baulich getrennt. Hieran fehlt es zB, wenn der Schreibtisch im Wohnzimmer steht.

Bei **verbleibenden Zweifeln** ist auf Grund der Bedeutung des Art. 13 GG von **Wohnräumen** auszugehen, die nicht ohne richterliche Anordnung gegen den Willen des Betroffenen betreten werden dürfen, es sei denn, es liegt eine dringende Gefahr für die öffentliche Sicherheit und Ordnung vor (vgl. → Rn. 11).

einstweilen frei **13–15**

f) Keine Durchsuchung. Durchsuchung ist das „ziel- und zweckgerichtete Suchen staatlicher Organe nach Personen oder Sachen oder zur Ermittlung eines Sachverhaltes", mit dem Zweck, „etwas aufzuspüren, was der Inhaber der Wohnung von sich aus nicht offenlegen oder herausgeben will" (BVerfG 51, 97 (106f.)). Hierunter fallen nicht die Besichtigungs- und Betretungsrechte (Nachschau) zur Kontrolle der Einhaltung gewerberechtlicher, umweltrechtlicher oder steuerlicher Vorschriften (vgl. VerfG 1 BvR 280/66, BVerfGE 32, 54 (73); 1 BvR 994/76, BVerfGE 51, 97 16

(106); 1 BvR 1113/85, BVerfGE 75, 318 (324); vgl. § 210 AO – Nachschau bei Zöllen und VerbrauchSt). Für § 27b gilt daher **der Richtervorbehalt des Art. 13 Abs. 2 nicht** (krit. *Wendt* in Sachs GG Art. 13 Rn. 52, der für eine nachträgliche Richterkontrolle plädiert).

17 Im Rahmen der Nachschau hat sich der Amtsträger der Finanzbehörde auf das bloße Betreten und Besichtigen der Räume zu **beschränken.** Durchsuchungen (zum Begriff → Rn. 16) sind von der Ermächtigung des § 27b nicht gedeckt (UStAE 27b.1 Abs. 5 Satz 3).

Mittels Nachschau darf sich das Finanzamt daher einen Eindruck über diejenigen tatsächlichen Verhältnisse vor Ort beim Unternehmer verschaffen (insbesondere räumliche Verhältnisse, Personal und Geschäftsbetrieb), die sich ihm ohne **weiteres aktives Tun** (zB durch ziel- und zweckgerichtetes Suchen) **offenbaren** (vgl. BFH VII R 59/86, NJW 1989, 855 – Pfändung durch Vollziehungsbeamten). Kritisch *Wolter* NZWiSt 15, 217, der unter Hinweis auf das „Nemo-Tenetur-Prinzip" eine möglichst frühzeitige Belehrung des Betroffenen über die fehlende Erzwingbarkeit seiner Pflichten nach § 393 Abs. 1 S. 4 AO fordert.

Nicht von § 27b Abs. 1 gedeckt ist zB das Öffnen eines **verschlossenen** Schrankes. Problematisch dürfte es auch sein, gegen den Willen des Unternehmers Zutritt zu den Räumlichkeiten zu verlangen, die üblicherweise nicht auf den **unkontrollierten öffentlichen Zugang angelegt** sind (zB Lager, Sozialräume etc.).

18 Die **Finanzverwaltung** (OFD Magdeburg 20.2.2012, DStR 2012, 909) gestattet das **Fotografieren** in den unternehmerisch oder teilweise unternehmerisch genutzten Räumlichkeiten zu den üblichen Geschäfts- oder Betriebszeiten. Der Unternehmer darf selbst nicht fotografiert werden, „selbst wenn dessen äußeres Erscheinungsbild gegen eine Unternehmereigenschaft spricht". Zu beachten ist der Grundsatz der **Verhältnismäßigkeit:** Die durch das Foto dokumentierte Information muss für den konkret zu prüfenden Steuertatbestand relevant sein, geringer belastende Maßnahmen dürfen – bei gleicher Eignung – nicht zur Verfügung stehen und die damit verbundene Beeinträchtigung muss für den Betroffenen zumutbar sein (ausführlich *Sterzinger* DStR 2012, 887).

19, 20 *einstweilen frei*

5. Vorlage von Aufzeichnungen (§ 27b Abs. 2)

21 Die **Zweckdienlichkeit** der Vorlage von Aufzeichnungen, Büchern und Geschäftspapieren sowie das Erteilen von Auskünften muss sich aus objektiven Gesichtspunkten ergeben und entsprechend von der Verwaltung nachgewiesen werden (*Mende/Huschens* INF 2002, 65 (71)). So ist es zB zweckdienlich, wenn sich die Finanzverwaltung bei einer Nachschau wegen hoher Vorsteuer für die Anschaffung von Maschinen nicht nur diese, sondern auch die entsprechenden **Unterlagen** (Kauf- und Lieferverträge) zeigen lässt. Kommt der Unternehmer seinen **Mitwirkungspflichten nicht nach,** kann zu einer Außenprüfung nach § 193 AO übergegangen werden (UStAE 27b.1 Abs. 5 S. 8; → Rn. 22).

§ 27b Abs. 1 S. 2 ermächtigt die Finanzverwaltung jedoch nicht zu **Durchsuchungsmaßnahmen** beim Unternehmer (vgl. → Rn. 16f.). Die Finanzbehörde darf also nicht selbst ziel- und zweckgerichtet in gesicherten oder verschlossenen Behältnissen nach Aufzeichnungen suchen.

21a Durch das **SteuervereinfachungsG 2011** (vom 1.11.2011, BGBl. 2011 I 2131, vgl. → Rn. 4) wurde **§ 27b Abs. 2 um die Sätze 2 und 3 ergänzt.** Mit der Änderung ist geregelt, dass im Rahmen einer USt-Nachschau auch **elektronisch gespeicherte Aufzeichnungen,** Bücher, Geschäftspapiere, andere Urkunden und **elektronische Rechnungen** im Sinne des § 14 Abs. 1 S. 8 auf Verlangen durch den die USt-Nachschau durchführenden Amtsträger **eingesehen** werden dürfen. Der Amtsträger ist berechtigt, hierfür das **Datenverarbeitungsprogramm des Steuerpflichtigen zu nutzen.**

Die Regelung ist als **ergänzende Befugnis der Finanzbehörde** zur zeitgleich zum 1.7.2011 in Kraft getretenen Herabsetzung der Anforderungen an elektronische Rechnungen (Neufassung des § 14 Abs. 1 und 3 durch das Steuervereinfachungsgesetz 2011) konzipiert und soll eine effektive Umsatzsteuerkontrolle bei der Verwendung von elektronischen Unterlagen und Rechnungen sicherstellen (Regierungsentwurf zum Steuervereinfachungsgesetz 2011, 86).

6. Übergang zur Außenprüfung (§ 27b Abs. 3)

Gemäß § 27b Abs. 3 kann die Nachschau – sofern die getroffenen Feststellungen hierzu Anlass geben – ohne vorherige Prüfungsanordnung (§ 196 AO) zu einer Außenprüfung nach § 193 AO übergehen. Auf den Übergang zur Außenprüfung soll nach Abs. 3 Satz 2 **schriftlich** hingewiesen werden. 22

Dieser schriftliche Hinweis ist eine Ermessensentscheidung (Verwaltungsakt). Er hat konstitutive Wirkung, da er die **Prüfungsanordnung** ersetzt. Unklar ist, ob dieser schriftliche Hinweis **alle Angaben** enthalten muss, die eine Prüfungsanordnung enthält, also insbesondere den **Prüfungsumfang und -zeitraum** (so UStAE 27b.1 Abs. 9 S. 10), wonach die allgemeinen Grundsätze über den notwendigen Inhalt von Prüfungsanordnungen entsprechend gelten; ähnlich *Mende/Huschens* INF 2002, 65 (71), oder ob diese Angaben ggf. **mündlich** mitgeteilt werden können (so *Stahl* KÖSDI 2002, 13 205, 13 208). Unseres Erachtens genügt auch die mündliche Mitteilung den rechtsstaatlichen Mindestanforderungen.

Die der Nachschau folgende Außenprüfung ist auf die USt beschränkt (USt-Sonderprüfung; siehe UStAE 27b.1 Abs. 9 S. 2, 3). Die Anordnung einer darüber hinausgehenden (allgemeinen) Außenprüfung ohne Ankündigung bleibt nach § 197 Abs. 1 S. 1 AO allerdings zulässig, wenn der Prüfungszweck durch eine vorherige Ankündigung gefährdet wird (zB bei Verdunkelungsgefahr). Zum Rechtsschutz → Rn. 30.

7. Selbstanzeige

Die Rechtsprechung sieht in der Nachschau eine Prüfung iSd § 371 Abs. 2 Nr. 1 Buchst. a AO, so dass die **Selbstanzeige** (§ 371 Abs. 1 AO) mit Erscheinen des Finanzbeamten **ausgeschlossen** wäre (so OLG Celle 2 Ws 33/00, wistra 2000, 277 zu § 210 AO – die Sperrwirkung richtet sich nach dem dienstinternen Auftrag des Amtsträgers; vgl. auch BayObLG RReg 4 St 155/86, wistra 1987, 77; im Ergebnis ebenso: *T/K* AO § 210 Rn. 1; *Weimann/Eichmann* USt-(Sonder)prüfungen, Seite 73 mwN; *von Wallis* UStB 2002, 123 (124); *Beyna/Roth* UStB 2010, 310 unter Hinweis auf BGH 1 StR 634/09, NStZ-RR 2010, 147 und *Grune* Die Umsatzsteuer-Nachschau gemäß § 27b UStG, Seite 89). 23

Diese Auffassung überzeugt unseres Erachtens nicht: Die Sperrwirkung des § 371 Abs. 2 Nr. 1 Buchst. a AO greift bei der Nachschau nicht, da diese keine „Prüfung" iSd 193ff. AO ist, sondern sich als Einzelermittlungsmaßnahme auf die punktuelle Aufklärung eines Sachverhalts beschränkt (*Nieskens* in Rau/Dürrwächter § 27b Rn. 16; *H/M* § 27b Rn. 80f; *Stahl* KÖSDI 2002, 13 205, 13 208).

Die **Selbstanzeige** ist dagegen nach § 371 Abs. 2 Nr. 1 Buchst. a AO **ausgeschlossen,** sobald der Amtsträger mit der Aushändigung des schriftlichen Hinweises von der Nachschau zur Außenprüfung übergeht (vgl. → Rn. 22).

einstweilen frei 24–28

8. Verwertung der Ergebnisse (§ 27b Abs. 4)

29 Die Nachschau ist **keine Außenprüfung.** Es findet keine Schlussbesprechung statt; ein Prüfungsbericht wird nicht gefertigt. Der Beginn der USt-Nachschau hemmt den Ablauf einer Festsetzungsfrist nach § 171 Abs. 4 AO nicht (wohl aber die Außenprüfung, zu der gemäß § 27b Abs. 3 übergegangen worden ist). Die Anwendungssperre nach § 173 Abs. 2 AO findet keine Anwendung. Nach einer USt-Nachschau ist ein Vorbehalt der Außenprüfung nach 164 AO nicht aufzuheben; eine verbindliche Zusagen nach § 204 AO ist nicht zulässig (UStAE 27b.1 Abs. 7 S. 4). Zur Selbstanzeige → Rn. 23.

Nach § 27b Abs. 4 ist es zulässig, wenn die Finanzbehörde die anlässlich der Nachschau getroffenen Feststellungen auch für andere Steuerarten auswertet. Diese Vorschrift ermöglicht keine allgemeine Betriebsprüfung durch die „Hintertür". Die Nachschau ist vielmehr auf die USt beschränkt. Die bei der USt-Nachschau gewonnenen Erkenntnisse dürfen **lediglich für alle Steuerarten verwertet** werden. Eine Auswertung der Feststellungen ist auch **Dritten gegenüber** zulässig (*Leipold* in Sölch/Ringleb § 27b Rn. 26; kritisch *Dißars* BB 2002, 759 (762)).

9. Rechtsschutz

30 Die Nachschau als solche ist schlichtes Verwaltungshandeln. Ein **rechtsmittelfähiger Verwaltungsakt** (VA) liegt jedoch vor, wenn der Amtsträger den Steuerpflichtigen auffordert, das Betreten zu dulden, Aufzeichnungen oder Bücher vorzulegen oder eine Auskunft zu erteilen (UStAE 27b.1 Abs. 8; *Dißars* BB 2002, 759 (760); *ders.* BB 2003, 556 (558)).

Der Unternehmer kann gegen die im Rahmen der Nachschau ergangenen Verwaltungsakte Einspruch einlegen. Mit Beendigung der USt-Nachschau sind oder werden Einspruch und Anfechtungsklage unzulässig. Dennoch ist der Steuerpflichtige dadurch nicht schutzlos gestellt. Ihm verbleibt die Möglichkeit, die Rechtswidrigkeit der angefochtenen Verwaltungsakte nachträglich feststellen zu lassen (Fortsetzungsfeststellungsklage gemäß § 100 Abs. 1 S. 4 FGO), zB um Amtshaftungsansprüche vorzubereiten oder ein **Verwertungsverbot** zu erreichen. Nach dem allgemeinen Grundsatz, dass die Folgen rechtswidrigen Verwaltungshandelns rückgängig zu machen sind, dürfen die auf Grund einer rechtswidrigen Nachschau gewonnenen Erkenntnisse und Beweismittel nicht verwertet werden (vgl. BFH V R 64/72, BStBl. II 1973, 716; V R 51/90, BStBl. II 1991, 825 – bei fehlerhaften Prüfungsanordnungen). Sofern die Ergebnisse einer USt-Nachschau bereits in einem **Steuerbescheid berücksichtigt** sind, muss auch dieser Bescheid angefochten werden, um ein steuerliches Verwertungsverbot zu erlangen (UStAE 27b.1 Abs. 10 S. 5).

10. Vollstreckung

31 Die anlässlich einer Nachschau ergehenden Anordnungen sind Verwaltungsakte (→ Rn. 30), die auch vollstreckt, dh mit Zwangsmitteln nach § 328ff. AO (zB Zwangsgeld) erzwungen werden können. Streitig ist, ob auch ein gewaltsames Eindringen in die betreffenden Räume, also eine Durchsetzung der Nachschau durch unmittelbaren Zwang, unter den Voraussetzungen des § 328 AO zulässig ist, wenn der Betroffene die Nachschau nicht duldet (dafür: *T/K* AO § 331 Rn. 3; *Klein* AO § 210 Rn. 7; krit. *Nieskens* in Rau/Dürrwächter § 27b Rn. 37; aA *Koch/Scholtz* AO § 210 Rn. 11).

In der Praxis dürfte die zwangsweise Erzwingung einer Nachschau eher die Ausnahme sein. Denn im Fall der Weigerung des Betroffenen, die Nachschau zu gestatten, wird regelmäßig der Einsatz der – mit strafprozessualen Befugnissen ausgestatteten – Steuerfahndung angezeigt sein (*Widmann* DB 2002, 166 (170)).

§ 28 Zeitlich begrenzte Fassungen einzelner Gesetzesvorschriften

(1) **(weggefallen)**

(2) **(weggefallen)**

(3) **(weggefallen)**

(4) **§ 12 Abs. 2 Nr. 10 gilt bis zum 31. Dezember 2011 in folgender Fassung:** ***[bei § 12 Abs. 2 Nr. 10 abgedruckt].***

1. Bedeutung

1 Die Vorschrift hat weitgehend bereits überholte Gesetzesänderungen behandelt und beschränkt sich nunmehr auf die Regelung des Abs. 4. Durch das JStG 07 (BGBl. 2006 I 2878) ist der Begriff „Kraftdroschkenverkehr" durch die Wörter „Verkehr mit Taxen" ersetzt worden. Die Ermäßigung in § 12 Abs. 2 Nr. 10 für die Beförderung von Personen mit Schiffen ist immer wieder verlängert worden (zuletzt durch das JStG 2008, BGBl. 2007 I 3150 bis 31.12.2011). Nach Art. 393 Abs 2 MwStSystRL (Art 28 Abs 5 6. EG-RL) sollen derartige Beförderungen in dem EU-Mitgliedstaat besteuert werden, in dem die Beförderung beginnt (Ausgangsland). Entsprechende Richtlinienvorschläge waren von der Kommission 1992 bzw. 1994 vorgelegt, später jedoch wieder zurückgenommen worden. Eine endgültige EU-einheitliche Regelung steht noch aus. Um der Ermäßigung nicht den Charakter einer Dauerregelung zu geben, wurde die Geltungszeit der Regelung immer wieder verlängert (vgl. BR-Drs. 544/07, 103). Die Übergangsregelung ist nunmehr aber zum 31.12.2011 ausgelaufen. Nach diesem Zeitpunkt ausgeführte Umsätze aus der Beförderung von Personen mit Schiffen unterliegen dem ermäßigten Umsatzsteuersatz, wenn es sich um genehmigten Linienverkehr oder Fährverkehr handelt und sich die Beförderung innerhalb einer Gemeinde vollzieht oder die Beförderungsstrecke nicht mehr als 50 Kilometer beträgt. Die Finanzverwaltung hat inzwischen per BMF-Schreiben vom 22.1.2013 (BStBl. I 2013, 178) im UStAE 12.13 Abs. 10a und 10b die Begriffe „genehmigter Linienverkehr mit Schiffen" und „Fährverkehr" definiert bzw. negativ abgegrenzt (auch → § 12 Rn. 192).

2. Geltungszeit

2 Abs. 1 ist durch das PostneuordnungsG (BGBl. 1994 I 2325) mit Wirkung ab 1.1.1995 aufgehoben worden. Durch das StBereinG 1999 (BGBl. 1999 I 2601) ist auch die für Land- und Forstwirte geltende und bis 31.12.1992 befristete Sonderregelung in Abs. 3 mangels Aktualität aufgehoben worden. Geltung besitzt daher nur noch Abs. 4, für den Folgendes gilt: Die Anwendung des ermäßigten Steuersatzes bei der Beförderung von Personen mit Schiffen ist durch das JStG 1996 zunächst bis zum 31.12.1998, durch das Gesetz zur Datenermittlung für den Verteilungsschlüssel des Gemeindeanteils am Umsatzsteueraufkommen und zur Änderung steuerlicher Vorschriften vom 23.6.1998 (BGBl. 1998 I 1496) darüber hinaus bis zum 31.12.2001 verlängert worden. Die Regelung sollte als Übergangsregelung fortgelten, bis ein Richtlinienvorschlag für eine praktikable und wettbewerbsneutrale Umsatzbesteuerung der Personenbeförderungsleistungen für alle Verkehrsträger vorliegt (vgl. BT-Drs. 13/1173 sowie BT-Drs. 13/10, 635). Da eine endgültige EU-einheitliche Regelung zur Besteuerung innergemeinschaftlicher Personenbeförderungen weiterhin aussteht, ist die Geltung der Übergangsregelung durch das StÄndG 2001 vom 20.12.2001 (BGBl. 2001 I 3794) bis zum 31.12.2004 (vgl. im Einzelnen BT-Drs. 14/6877, 38) und durch das EURLUmsG (BGBl. 2004 I 3310) bis zum 31.12.2007 verlängert worden; vgl. hierzu BR-Drs. 605/04, zu Art. 5 Nr. 19. § 28 Abs. 4 ist durch das JStG 2008 (BGBl. 2007 I 3150) geändert worden.

§ 29 Umstellung langfristiger Verträge

(1) [1]**Beruht die Leistung auf einem Vertrag, der nicht später als vier Kalendermonate vor dem Inkrafttreten dieses Gesetzes abgeschlossen worden ist, so kann, falls nach diesem Gesetz ein anderer Steuersatz anzuwenden ist, der Umsatz steuerpflichtig, steuerfrei oder nicht steuerbar wird, der eine Vertragsteil von dem anderen einen angemessenen Ausgleich der umsatzsteuerlichen Mehr- oder Minderbelastung verlangen.** [2]**Satz 1 gilt nicht, soweit die Parteien etwas anderes vereinbart haben.** [3]**Ist die Höhe der Mehr- oder Minderbelastung streitig, so ist § 287 Abs. 1 der Zivilprozessordnung entsprechend anzuwenden.**

(2) **Absatz 1 gilt sinngemäß bei einer Änderung dieses Gesetzes.**

EU-Recht: Art. 95 Abs. 1, 2 MwStSystRL (Art. 12 Abs. 2 6. EG-RL)
UStAE: 29.1, 29.2

1. Bedeutung

1 Die Vorschrift gewährt einen zivilrechtlichen Ausgleichsanspruch für die Fälle, in denen sich durch Gesetzesänderungen die Umsatzsteuerbelastung gegenüber dem vorher geltenden Rechtszustand geändert hat. Bei Gesetzesänderung zwischen Vertragsabschluss und Ausführung des Umsatzes soll dementsprechend eine zivilrechtlich wirksame Preisanpassung möglich sein. Außerdem enthält die Vorschrift in Abs. 2 eine entsprechende Generalklausel für künftige Änderungen des UStG. Der Ausgleichsanspruch ist vor den ordentlichen Zivilgerichten und nicht vor dem Finanzgericht geltend zu machen. Macht ein Betroffener davon keinen Gebracuh, kann er keine abweichende Umsatzsteuerfestsetzung im Billigkeitswege erreichen (so FG München 3 K 2700/97, BeckRS 2001, 21011479).

Ein Ausgleichsanspruch besteht allerdings nicht, wenn die Parteien etwas anderes vereinbart haben. Die Regelung greift bei Änderungen der Steuerbarkeit, der Steuerbefreiung, des Steuersatzes und bei sonstigen Steuerbegünstigungen. Der Gesetzgeber geht offenbar davon aus, dass gesetzlich bereits angeordnete, aber erst später wirksam werdende umsatzsteuerliche Veränderungen spätestens **vier Monate** vor ihrem Wirksamwerden publik geworden sind und sich die Betroffenen innerhalb der letzten vier Monate vor dem Wirksamwerden einer Veränderung darauf einstellen können. Das ist in der Realität nicht immer so. Allerdings werden bei für die Praxis relevanten sehr kurzfristig verabschiedeten gesetzgeberischen Neuerungen idR spezielle Übergangsregelung gewährt, ggf. durch die Finanzverwaltung, so dass die Vorschrift des § 29 in der Praxis eher selten anzuwenden ist. Außerdem kann ggf. auch bei Verträgen innerhalb der Viermonatsfrist über die allgemeinen Grundsätze ergänzender Vertragsauslegung ein Ausgleichsanspruch entstehen (→ Rn. 2).

Der für den Beginn der Viermonatsfrist maßgebliche Zeitpunkt ist der Tag der Verkündung einer Gesetzesänderung. Der Tag des Vertragsschlusses ist der Tag, an dem ein Vertrag durch Angebot und Annahme zustandegekommen ist.

2. Inhalt des Anspruchs

2 Die Vertragspartner haben Anspruch auf einen angemessenen Ausgleich. Hieraus folgt, dass der Anspruch nur dort entsteht, wo die Änderung sich beim Leistenden oder beim Leistungsempfänger materiell auswirkt. Als „angemessen" ist idR der **volle Ausgleich** anzusehen (vgl. BGH NJW 1972, 874; 1973, 1744). Er umfasst den Differenzbetrag zwischen der umsatzsteuerlichen Belastung vor und nach der Gesetzesänderung. Er muss auch die möglichen Wirkungen, die sich aus dem Recht

auf Vorsteuerabzug oder der Verpflichtung zur Vorsteuerberichtigung gem. § 15a UStG ergeben, mit einbeziehen.

Ein Ausgleichsanspruch kann sowohl für den Leistenden als auch für den Leistungsempfänger bestehen. Er kann auf folgenden Änderungen des Umsatzsteuergesetzes beruhen:
- Änderung der Steuerbarkeit (zB ein bei Vertragsschluss als im Ausland steuerbarer Umsatz wird durch Änderung der Regelung zum Leistungsort in Deutschland steuerbar),
- Änderung der Steuerbefreiung (zB Abschaffung einer Steuerbefreiung; dabei sind die Auswirkung der Änderung auf den Vorsteuerabzug der Beteiligten mit einzubeziehen),
- Änderung des Steuersatzes (zB ermäßigt besteuerter Umsätze wird voll steuerpflichtig).

Neben der speziellen gesetzlichen Regelung des § 29 greifen die **Regeln über die ergänzende Vertragsauslegung.** Wenn der Leistungsempfänger zum Vorsteuerabzug berechtigt ist, steht dem Leistenden schon nach den Grundsätzen des § 313 BGB zur Vertragsanpassung bei Störung der Geschäftsgrundlage ein entsprechender Ausgleich zu, so dass die Regelung des § 29 nur klarstellende Wirkung hat. § 29 verdrängt die allgemeinen Grundsätze zur Vertragsauflösung nicht (LG Wuppertal 8 S 54/11, UR 2012, 847). Im Streitfall hatten zwei Beteiligte eine Bruttopreisvereinbarung (inkl. gesetzlicher Umsatzsteuer) erst nach dem in § 29 geregelten Viermonatszeitraum getroffen. Gleichwohl sind Änderungen des Steuersatzes – im Streitfall durch das Wachstumsbeschleunigungsgesetz 2009 bzgl. Hotelübernachtungen von 19% auf 7% – erst nach Vertragsschluss bekannt geworden. Laut LG Wuppertal kann sich der Leistungsempfänger aber auch ohne Beachtung auf die in § 29 geregelte Viermonatsfrist darauf berufen, dass er nur den auf Basis des niedrigeren Steuersatzes kalkulierten Bruttobertrag schuldet und nicht den im Vertrag bezifferten Bruttopreis. Der Fall betraf also eine Minderung des Steuersatzes und den daraus erwachsenden Anspruch des Leistungsempfängers die Leistung billiger zu erhalten. Bei ansonsten gleichem Sachverhalt müsste mE aber dasselbe für einen etwaigen Anspruch des Leistenden bei Erhöhung des Steuersatzes gelten.

Bei **Steuersatzerhöhungen** besteht bei Preisvereinbarungen „zzgl. gesetzlicher Umsatzsteuer" kein Bedürfnis des Leistenden, sich auf § 29 Abs. 1 zu berufen. Der Anspruch auf die ggf. höhere Umsatzsteuer resultiert bereits aus seiner Steuerklausel. Anders verhält es sich bei vereinbarten Festpreisen inkl. Umsatzsteuer (sog. Bruttopreisvereinbarung). Hier kann der Leistende (entgegen der grundsätzlichen zivilrechtlichen Position, nach der ein Bruttopreis eine evtl. USt enthält) gemäß § 29 Abs. 1 einen Ausgleich fordern und einen entsprechend höheren Bruttopreis durchsetzen (vgl. *Mößlang* in Sölch/Ringleb § 29 Rn. 17f.). Der Ausgleichsanspruch erhöht damit gleichlautend auch die umsatzsteuerliche Bemessungsgrundlage und es gelten die Regelungen des § 17 entsprechend.

Zur Ermittlung des konkret auszugleichenden Betrags in Abhängigkeit der Rechtsänderung sowie zu diversen Beispielen mit unterschiedlichen Konstellationen vgl. *Sterzinger* in Birkenfeld USt-HB § 266 Tz. 20ff.

3. Rechtsweg und Verjährung

Für die Geltendmachung des Ausgleichsanspruchs sind ausschließlich die **Zivilgerichte** zuständig, obwohl der Anspruch in einem Steuergesetz verankert ist. Nach 3
§ 33 Abs. 1 FGO ist der Finanzrechtsweg nur für öffentlich-rechtliche Streitigkeiten gegeben. Hier handelt es sich aber um einen privatrechtlichen Streit über eine Änderung des Vertragsinhalts. Bei umstrittener Höhe des Ausgleichs gelten die Grundsätze des § 287 Abs. 1 ZPO. Danach muss das Zivilgericht unter Berücksichtigung aller Umstände des Einzelfalls die Höhe des Ausgleichs schätzen.

Die **Verjährung** des Anspruchs richtet sich nach den zivilrechtlichen Verjährungsregelungen. Die Verjährung beginnt mit Ablauf des Jahres der Entstehung der durch die umsatzsteuerrechtliche Änderung veränderten Umsatzsteuer. Die regelmäßige Verjährungsfrist beträgt drei Jahre (§ 195 BGB) bzw. zehn Jahre bei Verträgen über Grundstücke (§ 196 BGB).

Anhang

Richtlinien und Verordnungen

1. Richtlinie 2006/112/EG des Rates über das gemeinsame Mehrwertsteuersystem

Vom 28. November 2006 (ABl. EU Nr. L 347 S. 1, ber. ABl. EU 2007 Nr. L 335 S. 60)

Geändert durch RL 2006/138/EG – Richtlinie Rundfunk- und Fernsehdienstleistungen – vom 19.12.2006 (ABl. EU Nr. L 384 S. 92)[1], RL 2007/75/EG – Richtlinie ermäßigte Steuersätze Beitrittsstaaten – vom 20.12.2007 (ABl. EU Nr. L 346 S. 13), RL 2008/8/EG – Dienstleistungsort-Richtlinie – vom 12.2.2008 (ABl. EU Nr. L 44 S. 11), RL 2008/117/EG – Betrugsbekämpfungsrichtlinie innergem. Umsätze – vom 16.12.2008 (ABl. EU Nr. L 14 S. 7), RL 2009/47/EG – Richtlinie ermäßigte Mehrwertsteuersätze – vom 5.5.2009 (ABl. EU Nr. L 116 S. 18), RL 2009/69/EG – Betrugsbekämpfungsrichtlinie Einfuhr – vom 25.6.2009 (ABl. EU Nr. L 175 S. 12), RL 2009/162/EU vom 22.12.2009 (ABl. EU 2010 Nr. L 10 S. 14), RL 2010/23/EU vom 16.3.2010 (ABl. EU Nr. L 72 S. 1), RL 2010/45/EU vom 13.7.2010 (ABl. EU Nr. L 189 S. 1, ber. ABl. EU Nr. L 299 S. 46), RL 2010/88/EU vom 7.12.2010 (ABl. EU Nr. L 326 S. 1), Akte über den Beitritt Kroatiens vom 9.12.2011 (ABl. EU Nr. L 112 S. 21), RL 2013/42/EU vom 22.7.2013 (ABl. EU Nr. L 201 S. 1), RL 2013/43/EU vom 22.7.2013 (ABl. EU Nr. L 201 S. 4), RL 2013/61/EU vom 17.12.2013 (ABl. EU Nr. L 353 S. 5), RL (EU) 2016/856 vom 25.5.2016 (ABl. EU Nr. L 142 S. 12) und RL (EU) 2016/1065 vom 27.6.2016 (ABl. EU Nr. L 177 S. 9)

DER RAT DER EUROPÄISCHEN UNION –

gestützt auf den Vertrag zur Gründung der Europäischen Gemeinschaft, insbesondere auf Artikel 93,

auf Vorschlag der Kommission,

nach Stellungnahme des Europäischen Parlaments,

nach Stellungnahme des Europäischen Wirtschafts- und Sozialausschusses,

in Erwägung nachstehender Gründe:

(1) Die Richtlinie 77/388/EWG des Rates vom 17. Mai 1977 zur Harmonisierung der Rechtsvorschriften der Mitgliedstaaten über die Umsatzsteuern – Gemeinsames Mehrwertsteuersystem: einheitliche steuerpflichtige Bemessungsgrundlage[2] wurde mehrfach erheblich geändert. Anlässlich neuerlicher Änderungen empfiehlt sich aus Gründen der Klarheit und Wirtschaftlichkeit eine Neufassung.

(2) Bei dieser Neufassung sollten die noch geltenden Bestimmungen der Richtlinie 67/227/EWG des Rates vom 11. April 1967 zur Harmonisierung der Rechtsvorschriften der Mitgliedstaaten über die Umsatzsteuer[3] übernommen werden. Die genannte Richtlinie sollte daher aufgehoben werden.

(3) Im Einklang mit dem Grundsatz besserer Rechtsetzung sollten zur Gewährleistung der Klarheit und Wirtschaftlichkeit der Bestimmungen die Struktur und der Wortlaut der Richtlinie neu gefasst werden; dies sollte jedoch grundsätzlich nicht zu inhaltlichen Änderungen des geltenden Rechts führen. Einige inhaltliche Änderungen ergeben sich jedoch notwendigerweise im Rahmen der Neufassung und sollten dennoch vorgenommen werden. Soweit sich solche Ände-

---

[1] In Kraft ab 1.1.2007.

[2] ABl. 1977 L 145, 1. Zuletzt geändert durch die Richtlinie 2006/98/EG (ABl. 2006 L 363, 129).

[3] ABl. 1967 L 71,1301. Zuletzt geändert durch die Richtlinie 77/388/EWG.

rungen ergeben, sind sie in den Bestimmungen über die Umsetzung und das Inkrafttreten der Richtlinie erschöpfend aufgeführt.

(4) Voraussetzung für die Verwirklichung des Ziels, einen Binnenmarkt zu schaffen ist, dass in den Mitgliedstaaten Rechtsvorschriften über die Umsatzsteuern angewandt werden, durch die die Wettbewerbsbedingungen nicht verfälscht und der freie Waren- und Dienstleistungsverkehr nicht behindert werden. Es ist daher erforderlich, eine Harmonisierung der Rechtsvorschriften über die Umsatzsteuern im Wege eines Mehrwertsteuersystems vorzunehmen, um soweit wie möglich die Faktoren auszuschalten, die geeignet sind, die Wettbewerbsbedingungen sowohl auf nationaler Ebene als auch auf Gemeinschaftsebene zu verfälschen.

(5) Die größte Einfachheit und Neutralität eines Mehrwertsteuersystems wird erreicht, wenn die Steuer so allgemein wie möglich erhoben wird und wenn ihr Anwendungsbereich alle Produktions- und Vertriebsstufen sowie den Bereich der Dienstleistungen umfasst. Es liegt folglich im Interesse des Binnenmarktes und der Mitgliedstaaten, ein gemeinsames System anzunehmen, das auch auf den Einzelhandel Anwendung findet.

(6) Es ist notwendig, schrittweise vorzugehen, da die Harmonisierung der Umsatzsteuern in den Mitgliedstaaten zu Änderungen der Steuerstruktur führt und merkliche Folgen auf budgetärem, wirtschaftlichem und sozialem Gebiet hat.

(7) Das gemeinsame Mehrwertsteuersystem sollte, selbst wenn die Sätze und Befreiungen nicht völlig harmonisiert werden, eine Wettbewerbsneutralität in dem Sinne bewirken, dass gleichartige Gegenstände und Dienstleistungen innerhalb des Gebiets der einzelnen Mitgliedstaaten ungeachtet der Länge des Produktions- und Vertriebswegs steuerlich gleich belastet werden.

(8) In Durchführung des Beschlusses 2000/597/EG, Euratom des Rates vom 29. September 2000 über das System der Eigenmittel der Europäischen Gemeinschaften[4] wird der Haushalt der Europäischen Gemeinschaften, unbeschadet der sonstigen Einnahmen, vollständig aus eigenen Mitteln der Gemeinschaften finanziert. Diese Mittel umfassen unter anderem Einnahmen aus der Mehrwertsteuer, die sich aus der Anwendung eines gemeinsamen Satzes auf eine Bemessungsgrundlage ergeben, die einheitlich nach Gemeinschaftsvorschriften bestimmt wird.

(9) Es ist unerlässlich, einen Übergangszeitraum vorzusehen, der eine schrittweise Anpassung der nationalen Rechtsvorschriften in den betreffenden Bereichen ermöglicht.

(10) Während dieser Übergangszeit sollten in den Bestimmungsmitgliedstaaten die innergemeinschaftlichen Umsätze anderer Steuerpflichtiger als derjenigen, die steuerbefreit sind, zu den Sätzen und Bedingungen dieser Mitgliedstaaten besteuert werden.

(11) Ferner sollten in dieser Übergangszeit in den Bestimmungsmitgliedstaaten der innergemeinschaftliche Erwerb, der von steuerbefreiten Steuerpflichtigen oder von nichtsteuerpflichtigen juristischen Personen in Höhe eines bestimmten Betrags getätigt wird, sowie bestimmte innergemeinschaftliche Versandgeschäfte und Lieferungen neuer Fahrzeuge, die an Privatpersonen oder an steuerbefreite oder nichtsteuerpflichtige Einrichtungen bewirkt werden, zu den Sätzen und Bedingungen dieser Mitgliedstaaten insofern besteuert werden, als die Behandlung dieser Umsätze ohne besondere Bestimmungen zu erheblichen Wettbewerbsverzerrungen zwischen den Mitgliedstaaten führen könnten.

(12) Aufgrund ihrer geografischen, wirtschaftlichen und sozialen Lage sollten bestimmte Gebiete vom Anwendungsbereich dieser Richtlinie ausgenommen werden.

(13) Der Begriff des Steuerpflichtigen sollte in einer Weise definiert werden, dass die Mitgliedstaaten zur Gewährleistung größtmöglicher Steuerneutralität auch Personen einbeziehen können, die gelegentlich Umsätze bewirken.

(14) Der Begriff des steuerbaren Umsatzes kann insbesondere hinsichtlich der diesem Umsatz gleichgestellten Umsätze zu Schwierigkeiten führen. Diese Begriffe sollten deshalb genauer definiert werden.

(15) Um den innergemeinschaftlichen Handelsverkehr im Bereich der Bearbeitung beweglicher körperlicher Gegenstände zu erleichtern, sollten die Einzelheiten der Besteuerung dieser Umsätze festgelegt werden, wenn diese für einen Dienstleistungsempfänger erbracht wurden, der eine Mehrwertsteuer-Identifikationsnummer in einem anderen Mitgliedstaat als dem hat, in dem der Umsatz tatsächlich bewirkt wurde.

---

[4] ABl. 2000 L 253, 42.

(16) Der innergemeinschaftlichen Güterbeförderung sollte eine innerhalb des Gebiets eines Mitgliedstaats erbrachte, unmittelbar mit einer Beförderung zwischen Mitgliedstaaten zusammenhängende Beförderung gleichgestellt werden, um nicht nur die Grundsätze und Einzelheiten der Besteuerung für diese Beförderungsleistungen im Inland, sondern auch die Regeln für Nebentätigkeiten zu diesen Beförderungen und Dienstleistungen von Vermittlern, die sich bei der Erbringung dieser einzelnen Dienstleistungen einschalten, zu vereinfachen.

(17) Die Bestimmung des Ortes des steuerbaren Umsatzes kann insbesondere in Bezug auf Lieferungen von Gegenständen mit Montage und Dienstleistungen zu Kompetenzkonflikten zwischen den Mitgliedstaaten führen. Wenn auch als Ort der Dienstleistung grundsätzlich der Ort gelten sollte, an dem der Dienstleistende den Sitz seiner wirtschaftlichen Tätigkeit hat, ist es doch angebracht, dass insbesondere für bestimmte zwischen Steuerpflichtigen erbrachte Dienstleistungen, deren Kosten in den Preis der Gegenstände eingehen, als Ort der Dienstleistung der Mitgliedstaat des Dienstleistungsempfängers gilt.

(18) Der Ort der Besteuerung bestimmter Umsätze, die an Bord eines Schiffes, eines Flugzeugs oder in einer Eisenbahn während einer Personenbeförderung innerhalb der Gemeinschaft bewirkt werden, sollte genauer definiert werden.

(19) Elektrizität und Gas werden für die Zwecke der Mehrwertsteuer als Gegenstände behandelt. Es ist jedoch äußerst schwierig, den Ort der Lieferung zu bestimmen. Zur Vermeidung von Doppel- oder Nichtbesteuerung und zur Erzielung eines echten Gas- und Elektrizitätsbinnenmarkts ohne Behinderung durch die Mehrwertsteuer sollte daher als Ort der Lieferung von Gas – über das Erdgasverteilungsnetz – und von Elektrizität vor der Stufe des Endverbrauchs der Ort gelten, an dem der Erwerber den Sitz seiner wirtschaftlichen Tätigkeit hat. Die Lieferung von Elektrizität und Gas auf der Stufe des Endverbrauchs, vom Unternehmer und Verteiler an den Endverbraucher, sollte an dem Ort besteuert werden, an dem der Erwerber die Gegenstände tatsächlich nutzt und verbraucht.

(20) Die Anwendung der allgemeinen Regel, nach der Dienstleistungen in dem Mitgliedstaat besteuert werden, in dem der Dienstleistungserbringer ansässig ist, kann bei der Vermietung eines beweglichen körperlichen Gegenstandes zu erheblichen Wettbewerbsverzerrungen führen, wenn Vermieter und Mieter in verschiedenen Mitgliedstaaten ansässig sind und die Steuersätze in diesen Mitgliedstaaten unterschiedlich hoch sind. Daher sollte festgelegt werden, dass der Ort der Dienstleistung der Ort ist, an dem der Dienstleistungsempfänger den Sitz seiner wirtschaftlichen Tätigkeit oder eine feste Niederlassung hat, für die die Dienstleistung erbracht worden ist, oder in Ermangelung eines solchen Sitzes oder einer solchen Niederlassung sein Wohnsitz oder sein gewöhnlicher Aufenthaltsort.

(21) Bei der Vermietung von Beförderungsmitteln sollte diese allgemeine Regel jedoch aus Kontrollgründen strikt angewandt werden und somit als Ort der Dienstleistung der Ort anzusehen sein, an dem der Dienstleistungserbringer ansässig ist.

(22) Sämtliche Telekommunikationsdienstleistungen, die in der Gemeinschaft in Anspruch genommen werden, sollten besteuert werden, um Wettbewerbsverzerrungen in diesem Bereich vorzubeugen. Um dieses Ziel zu erreichen, sollten Telekommunikationsdienstleistungen, die an in der Gemeinschaft ansässige Steuerpflichtige oder an in Drittländern ansässige Dienstleistungsempfänger erbracht werden, grundsätzlich an dem Ort besteuert werden, an dem der Dienstleistungsempfänger ansässig ist. Damit Telekommunikationsdienstleistungen, die von in Drittgebieten oder Drittländern ansässigen Steuerpflichtigen an in der Gemeinschaft ansässige Nichtsteuerpflichtige erbracht und in der Gemeinschaft tatsächlich genutzt oder ausgewertet werden, einheitlich besteuert werden, sollten die Mitgliedstaaten jedoch festlegen, dass sich der Ort der Dienstleistungen in der Gemeinschaft befindet.

(23) Ebenfalls um Wettbewerbsverzerrungen vorzubeugen sollten Rundfunk- und Fernsehdienstleistungen sowie elektronisch erbrachte Dienstleistungen, die aus Drittgebieten oder Drittländern an in der Gemeinschaft ansässige Personen oder aus der Gemeinschaft an in Drittgebieten oder Drittländern ansässige Dienstleistungsempfänger erbracht werden, an dem Ort besteuert werden, an dem der Dienstleistungsempfänger ansässig ist.

(24) Die Begriffe „Steuertatbestand" und „Steueranspruch" sollten harmonisiert werden, damit die Anwendung und die späteren Änderungen des gemeinsamen Mehrwertsteuersystems in allen Mitgliedstaaten zum gleichen Zeitpunkt wirksam werden.

(25) Die Steuerbemessungsgrundlage sollte harmonisiert werden, damit die Anwendung der Mehrwertsteuer auf die steuerbaren Umsätze in allen Mitgliedstaaten zu vergleichbaren Ergebnissen führt.

(26) Um zu gewährleisten, dass die Einschaltung verbundener Personen zur Erzielung von Steuervorteilen nicht zu Steuerausfällen führt, sollten die Mitgliedstaaten die Möglichkeit haben, unter bestimmten, genau festgelegten Umständen hinsichtlich des Wertes von Lieferungen von Gegenständen, Dienstleistungen und innergemeinschaftlichen Erwerben von Gegenständen tätig zu werden.

(27) Zur Vermeidung von Steuerhinterziehung oder -umgehung sollten die Mitgliedstaaten die Möglichkeit haben, in die Steuerbemessungsgrundlage eines Umsatzes, der die Verarbeitung von Anlagegold umfasst, das von einem Leistungsempfänger zur Verfügung gestellt wird, auch den Wert dieses Anlagegolds einzubeziehen, wenn es durch die Verarbeitung seinen Status als Anlagegold verliert. Bei Anwendung dieser Regelungen sollte den Mitgliedstaaten ein gewisser Ermessensspielraum eingeräumt werden.

(28) Die Abschaffung der Steuerkontrollen an den Grenzen erfordert, dass zur Vermeidung von Wettbewerbsverzerrungen neben einer einheitlichen Mehrwertsteuer-Bemessungsgrundlage auch die Steuersätze hinsichtlich ihrer Anzahl und ihrer Höhe zwischen den Mitgliedstaaten hinreichend aneinander angenähert werden.

(29) Der in den Mitgliedstaaten derzeit geltende Normalsatz der Mehrwertsteuer gewährleistet in Verbindung mit den Mechanismen der Übergangsregelung, dass diese Regelung in akzeptabler Weise funktioniert. Um zu verhindern, dass Unterschiede zwischen den von den Mitgliedstaaten angewandten Mehrwertsteuer-Normalsätzen zu strukturellen Ungleichgewichten innerhalb der Gemeinschaft und zu Wettbewerbsverzerrungen in bestimmten Wirtschaftszweigen führen, sollte ein zu überprüfender Mindestnormalsatz von 15% festgesetzt werden.

(30) Um die Neutralität der Mehrwertsteuer zu erhalten, sollten die von den Mitgliedstaaten angewandten Steuersätze den normalen Abzug der Steuerbelastung der vorausgehenden Umsatzstufe ermöglichen.

(31) Während der Übergangszeit sollten bestimmte Ausnahmen hinsichtlich der Anzahl und der Höhe der Sätze möglich sein.

(32) Zur besseren Bewertung der Auswirkung der ermäßigten Sätze muss die Kommission einen Bericht vorlegen, in dem sie die Auswirkung der auf lokal erbrachte Dienstleistungen angewandten ermäßigten Sätze bewertet, insbesondere in Bezug auf die Schaffung von Arbeitsplätzen, das Wirtschaftswachstum und das reibungslose Funktionieren des Binnenmarkts.

(33) Zur Bekämpfung der Arbeitslosigkeit sollte den Mitgliedstaaten, die dies wünschen, die Möglichkeit eingeräumt werden, zu erproben, wie sich eine Ermäßigung der Mehrwertsteuer auf arbeitsintensive Dienstleistungen auf die Schaffung von Arbeitsplätzen auswirkt. Diese Ermäßigung könnte für die Unternehmen zudem den Anreiz mindern, sich in der Schattenwirtschaft zu betätigen.

(34) Eine derartige Ermäßigung des Steuersatzes könnte allerdings das reibungslose Funktionieren des Binnenmarktes und die Steuerneutralität gefährden. Daher sollte ein Verfahren zur Erteilung von Ermächtigungen für einen festen Zeitraum vorgesehen werden, der ausreichend lang ist, um die Auswirkungen der auf lokal erbrachte Dienstleistungen angewandten ermäßigten Steuersätze einschätzen zu können, und der Anwendungsbereich einer solchen Maßnahme genau definiert werden, um zu gewährleisten, dass sie überprüfbar und begrenzt ist.

(35) Im Hinblick auf eine gleichmäßige Erhebung der Eigenmittel in allen Mitgliedstaaten sollte ein gemeinsames Verzeichnis der Steuerbefreiungen aufgestellt werden.

(36) Zum Vorteil der Steuerschuldner sowie der zuständigen Verwaltungen sollten die Verfahren für die Anwendung der Mehrwertsteuer auf bestimmte innergemeinschaftliche Lieferungen und Erwerbe verbrauchsteuerpflichtiger Waren an die Verfahren und Erklärungspflichten für den Fall der Beförderung derartiger Waren in einen anderen Mitgliedstaat angeglichen werden, die in der Richtlinie 92/12/EWG des Rates vom 25. Februar 1992 über das allgemeine System, den Besitz, die Beförderung und die Kontrolle verbrauchsteuerpflichtiger Waren[5] geregelt sind.

---

[5] ABl. 1992 L 76, 1. Zuletzt geändert durch die Richtlinie 2004/106/EG (ABl. 2004 L 359, 30).

(37) Die Lieferung von Gas – über das Erdgasverteilungsnetz – und von Elektrizität, wird am Ort des Erwerbers besteuert. Um eine Doppelbesteuerung zu vermeiden, sollte die Einfuhr derartiger Waren daher von der Mehrwertsteuer befreit werden.

(38) Für steuerbare Umsätze, einschließlich Reihengeschäften, im Zusammenhang mit dem innergemeinschaftlichen Handelsverkehr, die während der Übergangszeit im inneren Anwendungsbereich der Steuer von Steuerpflichtigen bewirkt werden, die nicht im Gebiet des Mitgliedstaats des innergemeinschaftlichen Erwerbs der Gegenstände ansässig sind, ist es erforderlich, Vereinfachungsmaßnahmen vorzusehen, die eine gleichartige Behandlung in allen Mitgliedstaaten gewährleisten. Hierzu sollten die Vorschriften über die steuerliche Behandlung dieser Umsätze und zur Bestimmung des Steuerschuldners für diese Umsätze harmonisiert werden. Von der Anwendung dieser Regelungen sollten jedoch grundsätzlich Gegenstände ausgenommen werden, die zur Lieferung auf der Einzelhandelsstufe bestimmt sind.

(39) Der Vorsteuerabzug sollte insoweit harmonisiert werden, als er die tatsächliche Höhe der Besteuerung beeinflusst, und die Prorata-Sätze des Vorsteuerabzugs sollten in allen Mitgliedstaaten auf gleiche Weise berechnet werden.

(40) Die Regelung, die eine Berichtigung des Vorsteuerabzugs für Investitionsgüter entsprechend ihrer tatsächlichen Nutzungsdauer vorsieht, sollte auch auf Dienstleistungen, die die Merkmale von Investitionsgütern aufweisen, Anwendung finden.

(41) Es sollte festgelegt werden, wer Steuerschuldner ist, insbesondere bei bestimmten Dienstleistungen, bei denen der Dienstleistungserbringer nicht in dem Mitgliedstaat ansässig ist, in dem die Steuer geschuldet wird.

(42) Die Mitgliedstaaten sollten in die Lage versetzt werden, in bestimmten Fällen den Erwerber von Gegenständen oder den Dienstleistungsempfänger als Steuerschuldner zu bestimmen. Dies würde es den Mitgliedstaaten erlauben, die Vorschriften zu vereinfachen und die Steuerhinterziehung und -umgehung in bestimmten Sektoren oder bei bestimmten Arten von Umsätzen zu bekämpfen.

(43) Die Mitgliedstaaten sollten den Einfuhrsteuerschuldner nach freiem Ermessen bestimmen können.

(44) Die Mitgliedstaaten sollten auch Regelungen treffen können, nach denen eine andere Person als der Steuerschuldner gesamtschuldnerisch für die Entrichtung der Steuer haftet.

(45) Die Pflichten der Steuerpflichtigen sollten soweit wie möglich harmonisiert werden, um die erforderliche Gleichmäßigkeit bei der Steuererhebung in allen Mitgliedstaaten sicherzustellen.

(46) Die Verwendung elektronischer Rechnungstellung sollte den Steuerverwaltungen ermöglichen, ihre Kontrollen durchzuführen. Um ein reibungsloses Funktionieren des Binnenmarkts zu gewährleisten, sollte daher ein harmonisiertes Verzeichnis der Angaben erstellt werden, die jede Rechnung enthalten muss; ferner sollten eine Reihe gemeinsamer Modalitäten für die elektronische Rechnungstellung, die elektronische Aufbewahrung der Rechnungen, die Erstellung von Gutschriften und die Verlagerung der Rechnungstellung auf Dritte festgelegt werden.

(47) Vorbehaltlich der von ihnen festzulegenden Bedingungen sollten die Mitgliedstaaten die elektronische Einreichung von bestimmten Meldungen und Erklärungen zulassen und die elektronische Übermittlung vorschreiben können.

(48) Das notwendige Streben nach einer Erleichterung der Verwaltungs- und Statistikformalitäten für die Unternehmen, insbesondere für kleine und mittlere Unternehmen, sollte mit der Durchführung wirksamer Kontrollmaßnahmen und mit der sowohl aus wirtschaftlichen als steuerlichen Gründen unerlässlichen Wahrung der Qualität der gemeinschaftlichen Statistikinstrumente in Einklang gebracht werden.

(49) In Bezug auf Kleinunternehmen sollte den Mitgliedstaaten gestattet werden, ihre Sonderregelungen gemäß gemeinsamen Bestimmungen im Hinblick auf eine weiter gehende Harmonisierung beizubehalten.

(50) In Bezug auf die Landwirte sollten die Mitgliedstaaten die Möglichkeit haben, eine Sonderregelung anzuwenden, die zugunsten der Landwirte, die nicht unter die normale Regelung fallen, einen Pauschalausgleich für die Vorsteuerbelastung enthält. Diese Regelung sollte in ihren wesentlichen Grundsätzen festgelegt werden, und für die Erfordernisse der Erhebung der Eigenmittel sollte ein gemeinsames Verfahren für die Bestimmung des von diesen Landwirten erzielten Mehrwerts definiert werden.

(51) Es sollte eine gemeinschaftliche Regelung für die Besteuerung auf dem Gebiet der Gebrauchtgegenstände, Kunstgegenstände, Antiquitäten und Sammlungsstücke erlassen werden, um Doppelbesteuerungen und Wettbewerbsverzerrungen zwischen Steuerpflichtigen zu vermeiden.

(52) Die Anwendung der normalen Steuerregelung auf Gold ist ein großes Hindernis für seine Verwendung als Finanzanlage, weshalb die Anwendung einer besonderen Steuerregelung, auch im Hinblick auf die Verbesserung der internationalen Wettbewerbsfähigkeit des gemeinschaftlichen Goldmarktes, gerechtfertigt ist.

(53) Lieferungen von Gold zu Anlagezwecken entsprechen ihrer Art nach anderen Finanzanlagen, die von der Steuer befreit sind. Die Steuerbefreiung erscheint daher als die geeignetste steuerliche Behandlung der Umsätze von Anlagegold.

(54) Die Definition von Anlagegold sollte Goldmünzen einbeziehen, deren Wert in erster Linie auf dem Preis des in ihnen enthaltenen Goldes beruht. Aus Gründen der Transparenz und der Rechtssicherheit für die mit derartigen Münzen handelnden Wirtschaftsbeteiligten sollte alljährlich ein Verzeichnis der Münzen erstellt werden, auf die die Regelung für Anlagegold anzuwenden ist. Ein solches Verzeichnisses schließt die Steuerbefreiung von Münzen, die in dem Verzeichnis nicht enthalten sind, aber die Kriterien dieser Richtlinie erfüllen, nicht aus.

(55) Um Steuerhinterziehungen zu verhindern, gleichzeitig aber die mit der Lieferung von Gold ab einem bestimmten Feingehalt verbundenen Finanzierungskosten zu verringern, ist es gerechtfertigt, den Mitgliedstaaten zu gestatten, den Erwerber als Steuerschuldner zu bestimmen.

(56) Um Wirtschaftsbeteiligten, die elektronisch erbrachte Dienstleistungen anbieten und weder in der Gemeinschaft ansässig sind noch für die Zwecke der Mehrwertsteuer dort erfasst sein müssen, die Erfüllung ihrer steuerlichen Pflichten zu erleichtern, sollte eine Sonderregelung festgelegt werden. In Anwendung dieser Regelung kann ein Wirtschaftsbeteiligter, der an Nichtsteuerpflichtige in der Gemeinschaft derartige elektronische Dienstleistungen erbringt, sich für eine Registrierung in einem einzigen Mitgliedstaat entscheiden, falls er nicht in anderer Weise in der Gemeinschaft für die Zwecke der Mehrwertsteuer erfasst ist.

(57) Die Bestimmungen über Rundfunk- und Fernsehdienstleistungen sowie bestimmte elektronisch erbrachte Dienstleistungen sollten befristet werden und nach kurzer Zeit anhand der gesammelten Erfahrungen überprüft werden.

(58) Die koordinierte Anwendung dieser Richtlinie sollte gefördert werden und hierzu ist es unerlässlich, einen Beratenden Ausschuss für die Mehrwertsteuer einzusetzen, der es ermöglicht, eine enge Zusammenarbeit zwischen den Mitgliedstaaten und der Kommission in diesem Bereich herbeizuführen.

(59) Es ist in bestimmten Grenzen und unter bestimmten Bedingungen angebracht, dass die Mitgliedstaaten von dieser Richtlinie abweichende Sondermaßnahmen ergreifen oder weiter anwenden können, um die Steuererhebung zu vereinfachen oder bestimmte Formen der Steuerhinterziehung oder -umgehung zu verhüten.

(60) Um zu verhindern, dass ein Mitgliedstaat im Ungewissen darüber bleibt, wie die Kommission mit seinem Antrag auf Ermächtigung zu einer Ausnahmeregelung zu verfahren beabsichtigt, sollte eine Frist vorgesehen werden, innerhalb derer die Kommission dem Rat entweder einen Vorschlag zur Ermächtigung oder eine Mitteilung über ihre Einwände vorlegen muss.

(61) Eine einheitliche Anwendung des Mehrwertsteuersystems ist von grundlegender Bedeutung. Zur Erreichung dieses Ziels sollten Durchführungsmaßnahmen erlassen werden.

(62) Insbesondere sollten diese Maßnahmen das Problem der Doppelbesteuerung grenzüberschreitender Umsätze behandeln, das durch eine unterschiedliche Anwendung der Regeln für den Ort der steuerbaren Umsätze durch die Mitgliedstaaten auftreten kann.

(63) Trotz des begrenzten Anwendungsbereichs der Durchführungsmaßnahmen haben solche Maßnahmen Auswirkungen auf den Haushalt, die für einen oder mehrere Mitgliedstaaten bedeutend sein könnten. Durch die Auswirkungen dieser Maßnahmen auf den Haushalt der Mitgliedstaaten ist es gerechtfertigt, dass sich der Rat die Durchführungsbefugnisse vorbehält.

(64) Angesichts ihres begrenzten Anwendungsbereichs sollte vorgesehen werden, dass diese Durchführungsmaßnahmen vom Rat auf Vorschlag der Kommission einstimmig angenommen werden.

(65) Da die Ziele dieser Richtlinie aus den dargelegten Gründen auf Ebene der Mitgliedstaaten nicht ausreichend verwirklicht werden können und daher besser auf Gemeinschaftsebene zu verwirklichen sind, kann die Gemeinschaft im Einklang mit dem in Artikel 5 des Vertrags niedergelegten Subsidiaritätsprinzip tätig werden. Entsprechend dem in demselben Artikel genannten Grundsatz der Verhältnismäßigkeit geht diese Richtlinie nicht über das zum Erreichen dieser Ziele erforderliche Maß hinaus.

(66) Die Pflicht zur Umsetzung dieser Richtlinie in nationales Recht sollte nur jene Bestimmungen erfassen, die im Vergleich zu den bisherigen Richtlinien inhaltlich geändert wurden. Die Pflicht zur Umsetzung der inhaltlich unveränderten Bestimmungen ergibt sich aus den bisherigen Richtlinien.

(67) Diese Richtlinie sollte die Verpflichtung der Mitgliedstaaten hinsichtlich der Fristen für die Umsetzung in nationales Recht der in Anhang XI Teil B aufgeführten Richtlinie unberührt lassen –

HAT FOLGENDE RICHTLINIE ERLASSEN:

Inhaltsübersicht

Titel I. Zielsetzung und Anwendungsbereich

Art. 1 [Gemeinsames Mehrwertsteuersystem]. (1) Diese Richtlinie legt das gemeinsame Mehrwertsteuersystem fest.

(2) Das gemeinsame Mehrwertsteuersystem beruht auf dem Grundsatz, dass auf Gegenstände und Dienstleistungen, ungeachtet der Zahl der Umsätze, die auf den vor der Besteuerungsstufe liegenden Produktions- und Vertriebsstufen bewirkt wurden, eine allgemeine, zum Preis der Gegenstände und Dienstleistungen genau proportionale Verbrauchsteuer anzuwenden ist.

Bei allen Umsätzen wird die Mehrwertsteuer, die nach dem auf den Gegenstand oder die Dienstleistung anwendbaren Steuersatz auf den Preis des Gegenstands oder der Dienstleistung errechnet wird, abzüglich des Mehrwertsteuerbetrags geschuldet, der die verschiedenen Kostenelemente unmittelbar belastet hat.

Das gemeinsame Mehrwertsteuersystem wird bis zur Einzelhandelsstufe, diese eingeschlossen, angewandt.

Art. 2 [Steueranwendungsbereich]. (1) Der Mehrwertsteuer unterliegen folgende Umsätze:
a) Lieferungen von Gegenständen, die ein Steuerpflichtiger als solcher im Gebiet eines Mitgliedstaats gegen Entgelt tätigt;
b) der innergemeinschaftliche Erwerb von Gegenständen im Gebiet eines Mitgliedstaats gegen Entgelt
   i) durch einen Steuerpflichtigen, der als solcher handelt, oder durch eine nichtsteuerpflichtige juristische Person, wenn der Verkäufer ein Steuerpflichtiger ist, der als solcher handelt, für den die Mehrwertsteuerbefreiung für Kleinunternehmen gemäß den Artikeln 282 bis 292 nicht gilt und der nicht unter Artikel 33 oder 36 fällt;
   ii) wenn der betreffende Gegenstand ein neues Fahrzeug ist, durch einen Steuerpflichtigen oder eine nichtsteuerpflichtige juristische Person, deren übrige Erwerbe gemäß Artikel 3 Absatz 1 nicht der Mehrwertsteuer unterliegen, oder durch jede andere nichtsteuerpflichtige Person;
   iii) wenn die betreffenden Gegenstände verbrauchsteuerpflichtige Waren sind, bei denen die Verbrauchsteuer nach der Richtlinie 92/12/EWG im Gebiet des Mitgliedstaats entsteht, durch einen Steuerpflichtigen oder eine nichtsteuerpflichtige juristische Person, deren übrige Erwerbe gemäß Artikel 3 Absatz 1 nicht der Mehrwertsteuer unterliegen;
c) Dienstleistungen, die ein Steuerpflichtiger als solcher im Gebiet eines Mitgliedstaats gegen Entgelt erbringt;
d) die Einfuhr von Gegenständen.

(2)
a) Für Zwecke des Absatzes 1 Buchstabe b Ziffer ii gelten als „Fahrzeug" folgende Fahrzeuge zur Personen- oder Güterbeförderung:
   i) motorbetriebene Landfahrzeuge mit einem Hubraum von mehr als 48 Kubikzentimetern oder einer Leistung von mehr als 7,2 Kilowatt;
   ii) Wasserfahrzeuge mit einer Länge von mehr als 7,5 Metern, ausgenommen Wasserfahrzeuge, die auf hoher See im entgeltlichen Passagierverkehr, zur Ausübung einer Handelstätigkeit, für gewerbliche Zwecke oder zur Fischerei eingesetzt werden, Bergungs- und Rettungsschiffe auf See sowie Küstenfischereifahrzeuge;
   iii) Luftfahrzeuge mit einem Gesamtgewicht beim Aufstieg von mehr als 1550 Kilogramm, ausgenommen Luftfahrzeuge, die von Luftfahrtgesellschaften eingesetzt werden, die hauptsächlich im entgeltlichen internationalen Verkehr tätig sind.
b) Diese Fahrzeuge gelten in folgenden Fällen als „neu":
   i) motorbetriebene Landfahrzeuge: wenn die Lieferung innerhalb von sechs Monaten nach der ersten Inbetriebnahme erfolgt oder wenn das Fahrzeug höchstens 6000 Kilometer zurückgelegt hat;
   ii) Wasserfahrzeuge: wenn die Lieferung innerhalb von drei Monaten nach der ersten Inbetriebnahme erfolgt oder wenn das Fahrzeug höchstens 100 Stunden zu Wasser zurückgelegt hat;
   iii) Luftfahrzeuge: wenn die Lieferung innerhalb von drei Monaten nach der ersten Inbetriebnahme erfolgt oder wenn das Fahrzeug höchstens 40 Stunden in der Luft zurückgelegt hat.
c) Die Mitgliedstaaten legen fest, unter welchen Voraussetzungen die in Buchstabe b genannten Angaben als gegeben gelten.

(3)[6] Als „verbrauchsteuerpflichtige Waren" gelten Energieerzeugnisse, Alkohol und alkoholische Getränke sowie Tabakwaren, jeweils im Sinne der geltenden Gemeinschaftsvorschriften, nicht jedoch Gas, das über ein Erdgasnetz im Gebiet der Gemeinschaft oder jedes an ein solches Netz angeschlossene Netz geliefert wird.

---

[6] Art. 2 Abs. 3 geänd. mWv 15. 1. 2010 durch RL 2009/162/EU v. 22. 12. 2009 (ABl. 2010 L 10, 14).

Art. 3 [Nichtbesteuerung innergemeinschaftlicher Erwerbe durch bestimmte Personen]. (1) Abweichend von Artikel 2 Absatz 1 Buchstabe b Ziffer i unterliegen folgende Umsätze nicht der Mehrwertsteuer:

a) der innergemeinschaftliche Erwerb von Gegenständen durch einen Steuerpflichtigen oder durch eine nichtsteuerpflichtige juristische Person, wenn die Lieferung im Gebiet des Mitgliedstaats nach den Artikeln 148 und 151 steuerfrei wäre;

b) der innergemeinschaftliche Erwerb von Gegenständen, ausgenommen der Erwerb von Gegenständen im Sinne des Buchstabens a und des Artikels 4, von neuen Fahrzeugen und von verbrauchsteuerpflichtigen Waren, durch einen Steuerpflichtigen für Zwecke seines landwirtschaftlichen, forstwirtschaftlichen oder fischereiwirtschaftlichen Betriebs, der der gemeinsamen Pauschalregelung für Landwirte unterliegt, oder durch einen Steuerpflichtigen, der nur Lieferungen von Gegenständen bewirkt oder Dienstleistungen erbringt, für die kein Recht auf Vorsteuerabzug besteht, oder durch eine nichtsteuerpflichtige juristische Person.

(2) [1]Absatz 1 Buchstabe b gilt nur, wenn folgende Voraussetzungen erfüllt sind:

a) im laufenden Kalenderjahr überschreitet der Gesamtbetrag der innergemeinschaftlichen Erwerbe von Gegenständen nicht den von den Mitgliedstaaten festzulegenden Schwellenwert, der nicht unter 10.000 EUR oder dem Gegenwert in Landeswährung liegen darf;

b) im vorangegangenen Kalenderjahr hat der Gesamtbetrag der innergemeinschaftlichen Erwerbe von Gegenständen den in Buchstabe a geregelten Schwellenwert nicht überschritten.

[2]Maßgeblich als Schwellenwert ist der Gesamtbetrag der in Absatz 1 Buchstabe b genannten innergemeinschaftlichen Erwerbe von Gegenständen ohne die Mehrwertsteuer, der im Mitgliedstaat des Beginns der Versendung oder Beförderung geschuldet oder entrichtet wurde.

(3) Die Mitgliedstaaten räumen den Steuerpflichtigen und den nichtsteuerpflichtigen juristischen Personen, auf die Absatz 1 Buchstabe b gegebenenfalls Anwendung findet, das Recht ein, die in Artikel 2 Absatz 1 Buchstabe b Ziffer i vorgesehene allgemeine Regelung anzuwenden.

Die Mitgliedstaaten legen die Modalitäten fest, unter denen die in Unterabsatz 1 genannte Regelung in Anspruch genommen werden kann; die Inanspruchnahme erstreckt sich über einen Zeitraum von mindestens zwei Kalenderjahren.

Art. 4 [Nichtbesteuerung innergemeinschaftlicher Erwerbe bestimmter Gebrauchtgegenstände]. Neben den in Artikel 3 genannten Umsätzen unterliegen folgende Umsätze nicht der Mehrwertsteuer:

a) der innergemeinschaftliche Erwerb von Gebrauchtgegenständen, Kunstgegenständen, Sammlungsstücken und Antiquitäten im Sinne des Artikels 311 Absatz 1 Nummern 1 bis 4, wenn der Verkäufer ein steuerpflichtiger Wiederverkäufer ist, der als solcher handelt, und der erworbene Gegenstand im Mitgliedstaat des Beginns der Versendung oder Beförderung gemäß der Regelung über die Differenzbesteuerung nach Artikel 312 bis 325 besteuert worden ist;

b) der innergemeinschaftliche Erwerb von Gebrauchtfahrzeugen im Sinne des Artikels 327 Absatz 3, wenn der Verkäufer ein steuerpflichtiger Wiederverkäufer ist, der als solcher handelt, und das betreffende Gebrauchtfahrzeug im Mitgliedstaat des Beginns der Versendung oder Beförderung gemäß der Übergangsregelung für Gebrauchtfahrzeuge besteuert worden ist;

c) der innergemeinschaftliche Erwerb von Gebrauchtgegenständen, Kunstgegenständen, Sammlungsstücken oder Antiquitäten im Sinne des Artikels 311 Absatz 1 Nummern 1 bis 4, wenn der Verkäufer ein Veranstalter von öffentlichen Versteigerungen ist, der als solcher handelt, und der erworbene Gegenstand im Mitgliedstaat des Beginns der Versendung oder Beförderung gemäß der Regelung für öffentliche Versteigerungen besteuert worden ist.

Titel II. Räumlicher Anwendungsbereich

Art. 5 [Definition von Gebieten]. Im Sinne dieser Richtlinie bezeichnet der Ausdruck:

(1) „Gemeinschaft" und „Gebiet der Gemeinschaft" das Gebiet aller Mitgliedstaaten im Sinne der Nummer 2;

(2) „Mitgliedstaat" und „Gebiet eines Mitgliedstaats" das Gebiet jedes Mitgliedstaats der Gemeinschaft, auf den der Vertrag zur Gründung der Europäischen Gemeinschaft gemäß dessen Artikel 299 Anwendung findet, mit Ausnahme der in Artikel 6 dieser Richtlinie genannten Gebiete;

(3) „Drittgebiete" die in Artikel 6 genannten Gebiete;

(4) „Drittland" jeder Staat oder jedes Gebiet, auf den/das der Vertrag keine Anwendung findet.

Art. 6 [Ausschluss bestimmter Gebiete vom räumlichen Anwendungsbereich]. (1) Diese Richtlinie gilt nicht für folgende Gebiete, die Teil des Zollgebiets der Gemeinschaft sind:
a) Berg Athos;
b) Kanarische Inseln;
c) französische Gebiete, die in Artikel 349 und Artikel 355 Absatz 1 des Vertrags über die Arbeitsweise der Europäischen Union genannt sind;
d) Åland-Inseln;
e) Kanalinseln.

(2) Diese Richtlinie gilt nicht für folgende Gebiete, die nicht Teil des Zollgebiets der Gemeinschaft sind:
a) Insel Helgoland;
b) Gebiet von Büsingen;
c) Ceuta;
d) Melilla;
e) Livigno;
f) Campione d'Italia;
g) der zum italienischen Gebiet gehörende Teil des Luganer Sees.

Art. 7 [Territoriale Sonderregelung für Monaco, Insel Man und Akrotiri und Dhekelia]. (1) Angesichts der Abkommen und Verträge, die sie mit Frankreich, mit dem Vereinigten Königreich und mit Zypern geschlossen haben, gelten das Fürstentum Monaco, die Insel Man und die Hoheitszonen des Vereinigten Königreichs Akrotiri und Dhekelia für die Zwecke der Anwendung dieser Richtlinie nicht als Drittland.

(2) Die Mitgliedstaaten treffen die erforderlichen Vorkehrungen, damit Umsätze, deren Ursprungs- oder Bestimmungsort im Fürstentum Monaco liegt, wie Umsätze behandelt werden, deren Ursprungs- oder Bestimmungsort in Frankreich liegt, und Umsätze, deren Ursprungs- oder Bestimmungsort auf der Insel Man liegt, wie Umsätze behandelt werden, deren Ursprungs- oder Bestimmungsort im Vereinigten Königreich liegt, und Umsätze, deren Ursprungs- oder Bestimmungsort in den Hoheitszonen des Vereinigten Königreichs Akrotiri und Dhekelia liegt, wie Umsätze behandelt werden, deren Ursprungs- oder Bestimmungsort in Zypern liegt.

Art. 8 [Auftrag an EU-Kommission zur Überprüfung des Status der Gebiete nach den Artikeln 6 und 7]. Ist die Kommission der Ansicht, dass die Bestimmungen der Artikel 6 und 7 insbesondere in Bezug auf die Wettbewerbsneutralität oder die Eigenmittel nicht mehr gerechtfertigt sind, unterbreitet sie dem Rat geeignete Vorschläge.

Titel III. Steuerpflichtiger

Art. 9 [Wirtschaftliche Tätigkeit; gelegentliche Lieferung eines neuen Fahrzeugs]. (1) Als „Steuerpflichtiger" gilt, wer eine wirtschaftliche Tätigkeit unabhängig von ihrem Ort, Zweck und Ergebnis selbstständig ausübt.

Als „wirtschaftliche Tätigkeit" gelten alle Tätigkeiten eines Erzeugers, Händlers oder Dienstleistenden einschließlich der Tätigkeiten der Urproduzenten, der Landwirte sowie der freien Berufe und der diesen gleichgestellten Berufe. Als wirtschaftliche Tätigkeit gilt insbesondere die Nutzung von körperlichen oder nicht körperlichen Gegenständen zur nachhaltigen Erzielung von Einnahmen.

(2) Neben den in Absatz 1 genannten Personen gilt als Steuerpflichtiger jede Person, die gelegentlich ein neues Fahrzeug liefert, das durch den Verkäufer oder durch den Erwerber oder für ihre Rechnung an den Erwerber nach einem Ort außerhalb des Gebiets eines Mitgliedstaats, aber im Gebiet der Gemeinschaft versandt oder befördert wird.

Art. 10 [Lohn- und Gehaltsempfänger]. Die selbstständige Ausübung der wirtschaftlichen Tätigkeit im Sinne des Artikels 9 Absatz 1 schließt Lohn- und Gehaltsempfänger und sonstige Personen von der Besteuerung aus, soweit sie an ihren Arbeitgeber durch einen Arbeitsvertrag oder ein sonstiges Rechtsverhältnis gebunden sind, das hinsichtlich der Arbeitsbedingungen und des Arbeitsentgelts sowie der Verantwortlichkeit des Arbeitgebers ein Verhältnis der Unterordnung schafft.

Art. 11 [Kannbestimmung: Organschaft]. Nach Konsultation des Beratenden Ausschusses für die Mehrwertsteuer (nachstehend „Mehrwertsteuerausschuss" genannt) kann jeder Mitgliedstaat in seinem Gebiet ansässige Personen, die zwar rechtlich unabhängig, aber durch gegenseitige finanzielle, wirtschaftliche und organisatorische Beziehungen eng miteinander verbunden sind, zusammen als einen Steuerpflichtigen behandeln.

Ein Mitgliedstaat, der die in Absatz 1 vorgesehene Möglichkeit in Anspruch nimmt, kann die erforderlichen Maßnahmen treffen, um Steuerhinterziehungen oder -umgehungen durch die Anwendung dieser Bestimmung vorzubeugen.

Art. 12 [Kannbestimmung: Gelegentliche Grundstückslieferungen]. (1) Die Mitgliedstaaten können Personen als Steuerpflichtige betrachten, die gelegentlich eine der in Artikel 9 Absatz 1 Unterabsatz 2 genannten Tätigkeiten ausüben und insbesondere einen der folgenden Umsätze bewirken:

a) Lieferung von Gebäuden oder Gebäudeteilen und dem dazugehörigen Grund und Boden, wenn sie vor dem Erstbezug erfolgt;
b) Lieferung von Baugrundstücken.

(2) Als „Gebäude" im Sinne des Absatzes 1 Buchstabe a gilt jedes mit dem Boden fest verbundene Bauwerk.

Die Mitgliedstaaten können die Einzelheiten der Anwendung des in Absatz 1 Buchstabe a genannten Kriteriums des Erstbezugs auf Umbauten von Gebäuden und den Begriff „dazugehöriger Grund und Boden" festlegen.

Die Mitgliedstaaten können andere Kriterien als das des Erstbezugs bestimmen, wie etwa den Zeitraum zwischen der Fertigstellung des Gebäudes und dem Zeitpunkt seiner ersten Lieferung, oder den Zeitraum zwischen dem Erstbezug und der späteren Lieferung, sofern diese Zeiträume fünf bzw. zwei Jahre nicht überschreiten.

(3) Als „Baugrundstück" im Sinne des Absatzes 1 Buchstabe b gelten erschlossene oder unerschlossene Grundstücke entsprechend den Begriffsbestimmungen der Mitgliedstaaten.

Art. 13 [Einrichtungen des öffentlichen Rechts]. (1) Staaten, Länder, Gemeinden und sonstige Einrichtungen des öffentlichen Rechts gelten nicht als Steuerpflichtige, soweit sie die Tätigkeiten ausüben oder Umsätze bewirken, die ihnen im Rahmen der öffentlichen Gewalt obliegen, auch wenn sie im Zusammenhang mit diesen Tätigkeiten oder Umsätzen Zölle, Gebühren, Beiträge oder sonstige Abgaben erheben.

Falls sie solche Tätigkeiten ausüben oder Umsätze bewirken, gelten sie für diese Tätigkeiten oder Umsätze jedoch als Steuerpflichtige, sofern eine Behandlung als Nichtsteuerpflichtige zu größeren Wettbewerbsverzerrungen führen würde.

Die Einrichtungen des öffentlichen Rechts gelten in Bezug auf die in Anhang I genannten Tätigkeiten in jedem Fall als Steuerpflichtige, sofern der Umfang dieser Tätigkeiten nicht unbedeutend ist.

(2)[7] Die Mitgliedstaaten können die Tätigkeiten von Einrichtungen des öffentlichen Rechts, die nach den Artikeln 132, 135, 136 und 371, den Artikeln 374 bis 377, dem Artikel 378 Absatz 2, dem Artikel 379 Absatz 2 oder den Artikeln 380 bis 390c von der Mehrwertsteuer befreit sind, als Tätigkeiten behandeln, die ihnen im Rahmen der öffentlichen Gewalt obliegen.

---

[7] Art. 13 Abs. 2 geänd. mWv 15.1.2010 durch RL 2009/162/EU v. 22.12.2009 (ABl. 2010 L 10, 14) und mWv 1.7.2012 durch Akte v. 9.12.2011 (ABl. 2012 L 112, 10).

Titel IV. Steuerbarer Umsatz

Kapitel 1. Lieferung von Gegenständen

Art. 14 [Definition der Lieferung von Gegenständen]. (1) Als „Lieferung von Gegenständen" gilt die Übertragung der Befähigung, wie ein Eigentümer über einen körperlichen Gegenstand zu verfügen.

(2) Neben dem in Absatz 1 genannten Umsatz gelten folgende Umsätze als Lieferung von Gegenständen:
a) die Übertragung des Eigentums an einem Gegenstand gegen Zahlung einer Entschädigung auf Grund einer behördlichen Anordnung oder kraft Gesetzes;
b) die Übergabe eines Gegenstands auf Grund eines Vertrags, der die Vermietung eines Gegenstands während eines bestimmten Zeitraums oder den Ratenverkauf eines Gegenstands vorsieht, der regelmäßig die Klausel enthält, dass das Eigentum spätestens mit Zahlung der letzten fälligen Rate erworben wird;
c) die Übertragung eines Gegenstands auf Grund eines Vertrags über eine Einkaufs- oder Verkaufskommission.

(3) Die Mitgliedstaaten können die Erbringung bestimmter Bauleistungen als Lieferung von Gegenständen betrachten.

Art. 15 [Behandlung wie körperlicher Gegenstand]. (1) Einem körperlichen Gegenstand gleichgestellt sind Elektrizität, Gas, Wärme oder[8] Kälte und ähnliche Sachen.

(2) Die Mitgliedstaaten können als körperlichen Gegenstand betrachten:
a) bestimmte Rechte an Grundstücken;
b) dingliche Rechte, die ihrem Inhaber ein Nutzungsrecht an Grundstücken geben;
c) Anteilrechte und Aktien, deren Besitz rechtlich oder tatsächlich das Eigentums- oder Nutzungsrecht an einem Grundstück oder Grundstücksteil begründet.

Art. 16 [Entnahme eines Gegenstands]. Einer Lieferung von Gegenständen gegen Entgelt gleichgestellt ist die Entnahme eines Gegenstands durch einen Steuerpflichtigen aus seinem Unternehmen für seinen privaten Bedarf oder für den Bedarf seines Personals oder als unentgeltliche Zuwendung oder allgemein für unternehmensfremde Zwecke, wenn dieser Gegenstand oder seine Bestandteile zum vollen oder teilweisen Vorsteuerabzug berechtigt haben.

Jedoch werden einer Lieferung von Gegenständen gegen Entgelt nicht gleichgestellt Entnahmen für Geschenke von geringem Wert und für Warenmuster für die Zwecke des Unternehmens.

Art. 17 [Verbringung eines Gegenstands in einen anderen Mitgliedstaat, Behandlung wie Lieferung]. (1) Einer Lieferung von Gegenständen gegen Entgelt gleichgestellt ist die von einem Steuerpflichtigen vorgenommene Verbringung eines Gegenstands seines Unternehmens in einen anderen Mitgliedstaat.

Als „Verbringung in einen anderen Mitgliedstaat" gelten die Versendung oder Beförderung eines im Gebiet eines Mitgliedstaats befindlichen beweglichen körperlichen Gegenstands durch den Steuerpflichtigen oder für seine Rechnung für die Zwecke seines Unternehmens nach Orten außerhalb dieses Gebiets, aber innerhalb der Gemeinschaft.

(2) Nicht als Verbringung in einen anderen Mitgliedstaat gelten die Versendung oder Beförderung eines Gegenstands für die Zwecke eines der folgenden Umsätze:
a) Lieferung dieses Gegenstands durch den Steuerpflichtigen im Gebiet des Mitgliedstaats der Beendigung der Versendung oder Beförderung unter den Bedingungen des Artikels 33;
b) Lieferung dieses Gegenstands durch den Steuerpflichtigen zum Zwecke seiner Installation oder Montage durch den Lieferer oder für dessen Rechnung im Gebiet des Mitgliedstaats der Beendigung der Versendung oder Beförderung unter den Bedingungen des Artikels 36;
c) Lieferung dieses Gegenstands durch den Steuerpflichtigen an Bord eines Schiffes, eines Flugzeugs oder in einer Eisenbahn während einer Personenbeförderung unter den Bedingungen des Artikels 37;

---

[8] Geänd. mWv 15.1.2010 durch RL 2009/162/EU v. 22.12.2009 (ABl. 2010 L 10, 14).

d) Lieferung von Gas über ein Erdgasnetz im Gebiet der Gemeinschaft oder ein an ein solches Netz angeschlossenes Netz, Lieferung von Elektrizität oder Lieferung von Wärme oder Kälte über Wärme- oder Kältenetze unter den Bedingungen der Artikel 38 und 39;
e) Lieferung dieses Gegenstands durch den Steuerpflichtigen im Gebiet des Mitgliedstaats unter den Bedingungen der Artikel 138, 146, 147, 148, 151 und 152;
f) Erbringung einer Dienstleistung an den Steuerpflichtigen, die in der Begutachtung von oder Arbeiten an diesem Gegenstand besteht, die im Gebiet des Mitgliedstaats der Beendigung der Versendung oder Beförderung des Gegenstands tatsächlich ausgeführt werden, sofern der Gegenstand nach der Begutachtung oder Bearbeitung wieder an den Steuerpflichtigen in dem Mitgliedstaat zurückgesandt wird, von dem aus er ursprünglich versandt oder befördert worden war;
g) vorübergehende Verwendung dieses Gegenstands im Gebiet des Mitgliedstaats der Beendigung der Versendung oder Beförderung zum Zwecke der Erbringung von Dienstleistungen durch den im Mitgliedstaat des Beginns der Versendung oder Beförderung ansässigen Steuerpflichtigen;
h) vorübergehende Verwendung dieses Gegenstands während eines Zeitraums von höchstens 24 Monaten im Gebiet eines anderen Mitgliedstaats, in dem für die Einfuhr des gleichen Gegenstands aus einem Drittland im Hinblick auf eine vorübergehende Verwendung die Regelung über die vollständige Befreiung von Einfuhrabgaben bei der vorübergehenden Einfuhr gelten würde.

(3) Liegt eine der Voraussetzungen für die Inanspruchnahme des Absatzes 2 nicht mehr vor, gilt der Gegenstand als in einen anderen Mitgliedstaat verbracht. In diesem Fall gilt die Verbringung als zu dem Zeitpunkt erfolgt, zu dem die betreffende Voraussetzung nicht mehr vorliegt.

Art. 18 [Kannbestimmung: Behandlung unternehmensinterner Verwendungen wie Lieferungen]. Die Mitgliedstaaten können der Lieferung von Gegenständen gegen Entgelt folgende Vorgänge gleichstellen:
a) die Verwendung – durch einen Steuerpflichtigen – eines im Rahmen seines Unternehmens hergestellten, gewonnenen, be- oder verarbeiteten, gekauften oder eingeführten Gegenstands zu seinem Unternehmen, falls ihn der Erwerb eines solchen Gegenstands von einem anderen Steuerpflichtigen nicht zum vollen Vorsteuerabzug berechtigen würde;
b) die Verwendung eines Gegenstands durch einen Steuerpflichtigen zu einem nicht besteuerten Tätigkeitsbereich, wenn dieser Gegenstand bei seiner Anschaffung oder seiner Zuordnung gemäß Buchstabe a zum vollen oder teilweisen Vorsteuerabzug berechtigt hat;
c) mit Ausnahme der in Artikel 19 genannten Fälle der Besitz von Gegenständen durch einen Steuerpflichtigen oder seine Rechtsnachfolger bei Aufgabe seiner der Steuer unterliegenden wirtschaftlichen Tätigkeit, wenn diese Gegenstände bei ihrer Anschaffung oder bei ihrer Verwendung nach Buchstabe a zum vollen oder teilweisen Vorsteuerabzug berechtigt haben.

Art. 19 [Kannbestimmung: Geschäftsveräußerungen im Ganzen – Lieferungen]. Die Mitgliedstaaten können die Übertragung eines Gesamt- oder Teilvermögens, die entgeltlich oder unentgeltlich oder durch Einbringung in eine Gesellschaft erfolgt, behandeln, als ob keine Lieferung von Gegenständen vorliegt, und den Begünstigten der Übertragung als Rechtsnachfolger des Übertragenden ansehen.

Die Mitgliedstaaten können die erforderlichen Maßnahmen treffen, um Wettbewerbsverzerrungen für den Fall zu vermeiden, dass der Begünstigte nicht voll steuerpflichtig ist. Sie können ferner die erforderlichen Maßnahmen treffen, um Steuerhinterziehungen oder -umgehungen durch die Anwendung dieses Artikels vorzubeugen.

Kapitel 2. Innergemeinschaftlicher Erwerb von Gegenständen

Art. 20 [Definition des innergemeinschaftlichen Erwerbs von Gegenständen]. Als „innergemeinschaftlicher Erwerb von Gegenständen" gilt die Erlangung der Befähigung, wie ein Eigentümer über einen beweglichen körperlichen Gegenstand zu verfügen, der durch den Verkäufer oder durch den Erwerber oder für ihre Rechnung nach einem anderen Mitgliedstaat als dem, in dem sich der Gegenstand zum Zeitpunkt des Beginns der Versendung oder Beförderung befand, an den Erwerber versandt oder befördert wird.

Werden von einer nichtsteuerpflichtigen juristischen Person erworbene Gegenstände von einem Drittgebiet oder einem Drittland aus versandt oder befördert und von dieser nichtsteuerpflichtigen juristischen Person in einen anderen Mitgliedstaat als den der Beendigung der Versendung oder Beförderung eingeführt, gelten die Gegenstände als vom Einfuhrmitgliedstaat aus versandt oder befördert. Dieser Mitgliedstaat gewährt dem Importeur, der gemäß Artikel 201 als Steuerschuldner bestimmt oder anerkannt wurde, die Erstattung der Mehrwertsteuer für die Einfuhr, sofern der Importeur nachweist, dass der Erwerb dieser Gegenstände im Mitgliedstaat der Beendigung der Versendung oder Beförderung der Gegenstände besteuert worden ist.

Art. 21 [Unternehmensinterne Verwendung eines Gegenstands – Behandlung wie innergemeinschaftlicher Erwerb]. Einem innergemeinschaftlichen Erwerb von Gegenständen gegen Entgelt gleichgestellt ist die Verwendung eines Gegenstands durch den Steuerpflichtigen in seinem Unternehmen, der von einem Steuerpflichtigen oder für seine Rechnung aus einem anderen Mitgliedstaat, in dem der Gegenstand von dem Steuerpflichtigen im Rahmen seines in diesem Mitgliedstaat gelegenen Unternehmens hergestellt, gewonnen, be- oder verarbeitet, gekauft, im Sinne des Artikels 2 Absatz 1 Buchstabe b erworben oder eingeführt worden ist, versandt oder befördert wurde.

Art. 22[9] [Verwendung von Gegenständen durch NATO-Streitkräfte – Behandlung wie innergemeinschaftlicher Erwerb]. Einem innergemeinschaftlichen Erwerb von Gegenständen gegen Entgelt gleichgestellt ist die Verwendung von Gegenständen, die nicht gemäß den allgemeinen Besteuerungsbedingungen des Binnenmarkts eines Mitgliedstaats gekauft wurden, durch die Streitkräfte von Staaten, die Vertragsparteien des Nordatlantikvertrags sind, zum Gebrauch oder Verbrauch durch diese Streitkräfte oder ihr ziviles Begleitpersonal, sofern für die Einfuhr dieser Gegenstände nicht die Steuerbefreiung nach Artikel 143 Absatz 1 Buchstabe h in Anspruch genommen werden kann.

Art. 23 [Einstufung von Umsätzen als innergemeinschaftlicher Erwerb, die im Erwerbsstaat als Lieferungen eingestuft würden]. Die Mitgliedstaaten treffen Maßnahmen, die sicherstellen, dass Umsätze als „innergemeinschaftlicher Erwerb von Gegenständen" eingestuft werden, die als „Lieferung von Gegenständen" eingestuft würden, wenn sie in ihrem Gebiet von einem Steuerpflichtigen, der als solcher handelt, getätigt worden wären.

Kapitel 3. Dienstleistungen

Art. 24 [Definition einer Dienstleistung und Telekommunikationsdienstleistung]. (1) Als „Dienstleistung" gilt jeder Umsatz, der keine Lieferung von Gegenständen ist.

(2) Als „Telekommunikationsdienstleistung" gelten Dienstleistungen zum Zweck der Übertragung, Ausstrahlung oder des Empfangs von Signalen, Schrift, Bild und Ton oder Informationen jeglicher Art über Draht, Funk, optische oder andere elektromagnetische Medien, einschließlich der damit im Zusammenhang stehenden Abtretung oder Einräumung von Nutzungsrechten an Einrichtungen zur Übertragung, Ausstrahlung oder zum Empfang, einschließlich der Bereitstellung des Zugangs zu globalen Informationsnetzen.

Art. 25 [Abtretung, Duldung, Befolgen einer Anordnung als Dienstleistung]. Eine Dienstleistung kann unter anderem in einem der folgenden Umsätze bestehen:

a) Abtretung eines nicht körperlichen Gegenstands, gleichgültig, ob in einer Urkunde verbrieft oder nicht;
b) Verpflichtung, eine Handlung zu unterlassen oder eine Handlung oder einen Zustand zu dulden;

---

[9] Art. 22 neugef. mWv 24.7.2009 durch RL 2009/69/EG v. 25.6.2009 (ABl. 2009 L 175, 12).

c) Erbringung einer Dienstleistung auf Grund einer behördlichen Anordnung oder kraft Gesetzes.

Art. 26 [Verwendung eines Gegenstands und unentgeltliche Dienstleistung für unternehmensfremde Zwecke]. (1) Einer Dienstleistung gegen Entgelt gleichgestellt sind folgende Umsätze:

a) Verwendung eines dem Unternehmen zugeordneten Gegenstands für den privaten Bedarf des Steuerpflichtigen, für den Bedarf seines Personals oder allgemein für unternehmensfremde Zwecke, wenn dieser Gegenstand zum vollen oder teilweisen Vorsteuerabzug berechtigt hat;
b) unentgeltliche Erbringung von Dienstleistungen durch den Steuerpflichtigen für seinen privaten Bedarf, für den Bedarf seines Personals oder allgemein für unternehmensfremde Zwecke.

(2) Die Mitgliedstaaten können Abweichungen von Absatz 1 vorsehen, sofern solche Abweichungen nicht zu Wettbewerbsverzerrungen führen.

Art. 27 [Kannbestimmung: Behandlung einer Innendienstleistung wie eine Dienstleistung]. Um Wettbewerbsverzerrungen vorzubeugen, können die Mitgliedstaaten nach Konsultation des Mehrwertsteuerausschusses auch die Erbringung einer Dienstleistung durch einen Steuerpflichtigen für das eigene Unternehmen einer Dienstleistung gegen Entgelt gleichstellen, falls ihn die Erbringung einer derartigen Dienstleistung durch einen anderen Steuerpflichtigen nicht zum vollen Vorsteuerabzug berechtigen würde.

Art. 28 [Dienstleistungskommission]. Steuerpflichtige, die bei der Erbringung von Dienstleistungen im eigenen Namen, aber für Rechnung Dritter tätig werden, werden behandelt, als ob sie diese Dienstleistungen selbst erhalten und erbracht hätten.

Art. 29 [Kannbestimmung: Geschäftsveräußerungen im Ganzen – Dienstleistungen]. Artikel 19 gilt unter den gleichen Voraussetzungen für Dienstleistungen.

Kapitel 4. Einfuhr von Gegenständen

Art. 30 [Definition der Einfuhr eines Gegenstands]. Als „Einfuhr eines Gegenstands" gilt die Verbringung eines Gegenstands, der sich nicht im freien Verkehr im Sinne des Artikels 24 des Vertrags befindet, in die Gemeinschaft.

Neben dem in Absatz 1 genannten Umsatz gilt als Einfuhr eines Gegenstands auch die Verbringung eines im freien Verkehr befindlichen Gegenstands mit Herkunft aus einem Drittgebiet, das Teil des Zollgebiets der Gemeinschaft ist, in die Gemeinschaft.

Kapitel 5. Gemeinsame Bestimmungen zu den Kapiteln 1 und 3[10]

Art. 30a [Begriffsbestimmungen]. Für die Zwecke dieser Richtlinie gelten folgende Begriffsbestimmungen:

1. „Gutschein" ist ein Instrument, bei dem die Verpflichtung besteht, es als Gegenleistung oder Teil einer solchen für eine Lieferung von Gegenständen oder eine Erbringung von Dienstleistungen anzunehmen und bei dem die zu liefernden Gegenstände oder zu erbringenden Dienstleistungen oder die Identität der möglichen Lieferer oder Dienstleistungserbringer entweder auf dem Instrument selbst oder in damit zusammenhängenden Unterlagen, einschließlich der Bedingungen für die Nutzung dieses Instruments, angegeben sind;
2. „Einzweck-Gutschein" ist ein Gutschein, bei dem der Ort der Lieferung der Gegenstände oder der Erbringung der Dienstleistungen, auf die sich der Gutschein bezieht, und die für diese Gegenstände oder Dienstleistungen geschuldete Mehrwertsteuer zum Zeitpunkt der Ausstellung des Gutscheins feststehen;

---

[10] Titel IV Kap. 5 (Art. 30a, 30b) angef. mWv 2.7.2016 durch RL 2016/1065/EU v. 27.6.2016 (ABl. 2016 Nr. L 177 S. 9).

3. „Mehrzweck-Gutschein" ist ein Gutschein, bei dem es sich nicht um einen Einzweck-Gutschein handelt.

Art. 30b [Übertragung von Einzweck- und Mehrzweckgutscheinen]. (1) Jede Übertragung eines Einzweck-Gutscheins durch einen Steuerpflichtigen, der im eigenen Namen handelt, gilt als eine Lieferung der Gegenstände oder Erbringung der Dienstleistungen, auf die sich der Gutschein bezieht. Die tatsächliche Übergabe der Gegenstände oder die tatsächliche Erbringung der Dienstleistungen, für die ein Einzweck-Gutschein als Gegenleistung oder Teil einer solchen von dem Lieferer oder Dienstleistungserbringer angenommen wird, gilt nicht als unabhängiger Umsatz.

Erfolgt eine Übertragung eines Einzweck-Gutscheins durch einen Steuerpflichtigen, der im Namen eines anderen Steuerpflichtigen handelt, gilt diese Übertragung als eine Lieferung der Gegenstände oder Erbringung der Dienstleistungen, auf die sich der Gutschein bezieht, durch den anderen Steuerpflichtigen, in dessen Namen der Steuerpflichtige handelt.

Handelt es sich bei dem Lieferer von Gegenständen oder dem Erbringer von Dienstleistungen nicht um den Steuerpflichtigen, der, im eigenen Namen handelnd, den Einzweck-Gutschein ausgestellt hat, so wird dieser Lieferer von Gegenständen bzw. Erbringer von Dienstleistungen dennoch so behandelt, als habe er diesem Steuerpflichtigen die Gegenstände oder Dienstleistungen in Bezug auf diesen Gutschein geliefert oder erbracht.

(2) Die tatsächliche Übergabe der Gegenstände oder die tatsächliche Erbringung der Dienstleistungen, für die der Lieferer der Gegenstände oder Erbringer der Dienstleistungen einen Mehrzweck-Gutschein als Gegenleistung oder Teil einer solchen annimmt, unterliegt der Mehrwertsteuer gemäß Artikel 2, wohingegen jede vorangegangene Übertragung dieses Mehrzweck-Gutscheins nicht der Mehrwertsteuer unterliegt.

Wird ein Mehrzweck-Gutschein von einem anderen Steuerpflichtigen als dem Steuerpflichtigen, der den gemäß Unterabsatz 1 der Mehrwertsteuer unterliegenden Umsatz erbringt, übertragen, so unterliegen alle bestimmbaren Dienstleistungen wie etwa Vertriebs- oder Absatzförderungsleistungen der Mehrwertsteuer.

Titel V. Ort des steuerbaren Umsatzes

Kapitel 1. Ort der Lieferung von Gegenständen

Abschnitt 1. Lieferung von Gegenständen ohne Beförderung

Art. 31 [Ort der Lieferung ohne Beförderung]. Wird der Gegenstand nicht versandt oder befördert, gilt als Ort der Lieferung der Ort, an dem sich der Gegenstand zum Zeitpunkt der Lieferung befindet.

Abschnitt 2. Lieferung von Gegenständen mit Beförderung

Art. 32 [Ort der Lieferung mit Beförderung]. Wird der Gegenstand vom Lieferer, vom Erwerber oder von einer dritten Person versandt oder befördert, gilt als Ort der Lieferung der Ort, an dem sich der Gegenstand zum Zeitpunkt des Beginns der Versendung oder Beförderung an den Erwerber befindet.

Liegt der Ort, von dem aus die Gegenstände versandt oder befördert werden, in einem Drittgebiet oder in einem Drittland, gelten der Ort der Lieferung, die durch den Importeur bewirkt wird, der gemäß Artikel 201 als Steuerschuldner bestimmt oder anerkannt wurde, sowie der Ort etwaiger anschließender Lieferungen jedoch als in dem Mitgliedstaat gelegen, in den die Gegenstände eingeführt werden.

Art. 33 [Ort der Versandhandelslieferung – Grundsatz]. (1) Abweichend von Artikel 32 gilt als Ort einer Lieferung von Gegenständen, die durch den Lieferer oder für dessen Rechnung von einem anderen Mitgliedstaat als dem der Beendigung der Versendung oder Beförderung aus versandt oder befördert werden, der Ort, an dem sich die Gegenstände bei Beendigung der Versendung oder Beförderung an den Erwerber befinden, sofern folgende Bedingungen erfüllt sind:

a) die Lieferung der Gegenstände erfolgt an einen Steuerpflichtigen oder eine nichtsteuerpflichtige juristische Person, deren innergemeinschaftliche Erwerbe von Gegenständen gemäß Artikel 3 Absatz 1 nicht der Mehrwertsteuer unterliegen, oder an eine andere nichtsteuerpflichtige Person;

b) die gelieferten Gegenstände sind weder neue Fahrzeuge noch Gegenstände, die mit oder ohne probeweise Inbetriebnahme durch den Lieferer oder für dessen Rechnung montiert oder installiert geliefert werden.

(2) Werden die gelieferten Gegenstände von einem Drittgebiet oder einem Drittland aus versandt oder befördert und vom Lieferer in einen anderen Mitgliedstaat als den der Beendigung der Versendung oder Beförderung an den Erwerber eingeführt, gelten sie als vom Einfuhrmitgliedstaat aus versandt oder befördert.

Art. 34 [Ort der Versandhandelslieferung – Lieferschwelle]. (1) Artikel 33 gilt nicht für Lieferungen von Gegenständen, die in ein und denselben Mitgliedstaat der Beendigung des Versands oder der Beförderung versandt oder befördert werden, sofern folgende Bedingungen erfüllt sind:

a) die gelieferten Gegenstände sind keine verbrauchsteuerpflichtigen Waren;

b) der Gesamtbetrag – ohne Mehrwertsteuer – der Lieferungen in den Mitgliedstaat unter den Bedingungen des Artikels 33 überschreitet im laufenden Kalenderjahr nicht 100.000 EUR oder den Gegenwert in Landeswährung;

c) der Gesamtbetrag – ohne Mehrwertsteuer – der Lieferungen in den Mitgliedstaat unter den Bedingungen des Artikels 33 von anderen Gegenständen als verbrauchsteuerpflichtigen Waren hat im vorangegangenen Kalenderjahr 100.000 EUR oder den Gegenwert in Landeswährung nicht überschritten.

(2) Der Mitgliedstaat, in dessen Gebiet sich die Gegenstände bei Beendigung der Versendung oder Beförderung an den Erwerber befinden, kann den in Absatz 1 genannten Schwellenwert auf 35.000 EUR oder den Gegenwert in Landeswährung begrenzen, falls er befürchtet, dass der Schwellenwert von 100.000 EUR zu schwerwiegenden Wettbewerbsverzerrungen führt.

Mitgliedstaaten, die von der Möglichkeit nach Unterabsatz 1 Gebrauch machen, treffen die erforderlichen Maßnahmen zur Unterrichtung der zuständigen Behörden des Mitgliedstaats, von dem aus die Gegenstände versandt oder befördert werden.

(3) Die Kommission unterbreitet dem Rat so bald wie möglich einen Bericht, gegebenenfalls zusammen mit geeigneten Vorschlägen, über die Anwendung und Wirkung des in Absatz 2 genannten besonderen Schwellenwerts von 35.000 EUR.

(4) Der Mitgliedstaat, in dessen Gebiet sich die Gegenstände bei Beginn der Versendung oder Beförderung befinden, räumt den Steuerpflichtigen, auf deren Lieferungen Absatz 1 gegebenenfalls Anwendung findet, das Recht ein, sich dafür zu entscheiden, dass der Ort dieser Lieferungen gemäß Artikel 33 bestimmt wird.

Die betreffenden Mitgliedstaaten legen fest, unter welchen Modalitäten die in UAbsatz 1 genannte Wahlmöglichkeit in Anspruch genommen werden kann; die Inanspruchnahme dieser Regelung erstreckt sich über einen Zeitraum von mindestens zwei Kalenderjahren.

Art. 35 [Nichtanwendung der Versandhandelslieferortbestimmungen bei Gegenständen der Differenzbesteuerung]. Die Artikel 33 und 34 gelten nicht für die Lieferung von Gebrauchtgegenständen, Kunstgegenständen, Sammlungsstücken und Antiquitäten im Sinne des Artikels 311 Absatz 1 Nummern 1 bis 4 sowie für die Lieferung von Gebrauchtfahrzeugen im Sinne des Artikels 327 Absatz 3, die der Mehrwertsteuer gemäß den Sonderregelungen für diese Bereiche unterliegen.

Art. 36 [Ort einer Montagelieferung]. Wird der vom Lieferer, vom Erwerber oder von einer dritten Person versandte oder beförderte Gegenstand mit oder ohne probeweise Inbetriebnahme durch den Lieferer oder für dessen Rechnung installiert oder montiert, gilt als Ort der Lieferung der Ort, an dem die Installation oder Montage vorgenommen wird.

Wird der Gegenstand in einem anderen Mitgliedstaat als dem des Lieferers installiert oder montiert, trifft der Mitgliedstaat, in dessen Gebiet die Installation oder Montage vorgenommen wird, die zur Vermeidung einer Doppelbesteuerung in diesem Mitgliedstaat erforderlichen Maßnahmen.

Abschnitt 3. Lieferung von Gegenständen an Bord eines Schiffes, eines Flugzeugs oder in einer Eisenbahn

Art. 37 [Ort einer Lieferung an Bord eines Personenbeförderungsmittels]. (1) Erfolgt die Lieferung von Gegenständen an Bord eines Schiffes, eines Flugzeugs oder in einer Eisenbahn während des innerhalb der Gemeinschaft stattfindenden Teils einer Personenbeförderung, gilt als Ort dieser Lieferung der Abgangsort der Personenbeförderung.

(2) Für die Zwecke des Absatzes 1 gilt als „innerhalb der Gemeinschaft stattfindender Teil einer Personenbeförderung" der Teil einer Beförderung zwischen dem Abgangsort und dem Ankunftsort einer Personenbeförderung, der ohne Zwischenaufenthalt außerhalb der Gemeinschaft erfolgt.

„Abgangsort einer Personenbeförderung" ist der erste Ort innerhalb der Gemeinschaft, an dem Reisende in das Beförderungsmittel einsteigen können, gegebenenfalls nach einem Zwischenaufenthalt außerhalb der Gemeinschaft.

„Ankunftsort einer Personenbeförderung" ist der letzte Ort innerhalb der Gemeinschaft, an dem in der Gemeinschaft zugestiegene Reisende das Beförderungsmittel verlassen können, gegebenenfalls vor einem Zwischenaufenthalt außerhalb der Gemeinschaft.

Im Fall einer Hin- und Rückfahrt gilt die Rückfahrt als gesonderte Beförderung.

(3) Die Kommission unterbreitet dem Rat möglichst rasch einen Bericht, gegebenenfalls zusammen mit geeigneten Vorschlägen, über den Ort der Besteuerung der Lieferung von Gegenständen, die zum Verbrauch an Bord bestimmt sind, und der Dienstleistungen, einschließlich Bewirtung, die an Reisende an Bord eines Schiffes, eines Flugzeugs oder in einer Eisenbahn erbracht werden.

Bis zur Annahme der in Unterabsatz 1 genannten Vorschläge können die Mitgliedstaaten die Lieferung von Gegenständen, die zum Verbrauch an Bord bestimmt sind und deren Besteuerungsort gemäß Absatz 1 festgelegt wird, mit Recht auf Vorsteuerabzug von der Steuer befreien oder weiterhin befreien.

Abschnitt 4. Lieferung von Gas über ein Erdgasnetz, von Elektrizität und von Wärme oder Kälte über Wärme- und Kältenetze[11]

Art. 38 [Ort der Lieferung von Gas und Elektrizität an Wiederverkäufer]. (1) Bei Lieferung von Gas über ein Erdgasnetz im Gebiet der Gemeinschaft oder jedes an ein solches Netz angeschlossene Netz, von Elektrizität oder von Wärme oder Kälte über Wärme- oder Kältenetze an einen steuerpflichtigen Wiederverkäufer gilt als Ort der Lieferung der Ort, an dem dieser steuerpflichtige Wiederverkäufer den Sitz seiner wirtschaftlichen Tätigkeit oder eine feste Niederlassung hat, für die die Gegenstände geliefert werden, oder in Ermangelung eines solchen Sitzes oder einer solchen festen Niederlassung sein Wohnsitz oder sein gewöhnlicher Aufenthaltsort.

(2) Für die Zwecke des Absatzes 1 ist ein „steuerpflichtiger Wiederverkäufer" ein Steuerpflichtiger, dessen Haupttätigkeit in Bezug auf den Kauf von Gas, Elektrizität, Wärme oder Kälte im Wiederverkauf dieser Erzeugnisse besteht und dessen eigener Verbrauch dieser Erzeugnisse zu vernachlässigen ist.

Art. 39 [Ort der Lieferung von Gas und Elektrizität an andere Abnehmer]. Für den Fall, dass die Lieferung von Gas über ein Erdgasnetz im Gebiet der Gemeinschaft oder jedes an ein solches Netz angeschlossene Netz, die Lieferung von Elektrizität oder die Lieferung von

[11] Titel V Kapitel 1 Abschn. 4 (Art. 38 und 39) neu gef. mWv 15.1.2010 durch RL 2009/162/EU v. 22.12.2009 (ABl. 2010 L 10, 14).

Wärme oder Kälte über Wärme- oder Kältenetze nicht unter Artikel 38 fällt, gilt als Ort der Lieferung der Ort, an dem der Erwerber die Gegenstände tatsächlich nutzt und verbraucht.

Falls die Gesamtheit oder ein Teil des Gases, der Elektrizität oder der Wärme oder Kälte von diesem Erwerber nicht tatsächlich verbraucht wird, wird davon ausgegangen, dass diese nicht verbrauchten Gegenstände an dem Ort genutzt und verbraucht worden sind, an dem er den Sitz seiner wirtschaftlichen Tätigkeit oder eine feste Niederlassung hat, für die die Gegenstände geliefert werden. In Ermangelung eines solchen Sitzes oder solchen festen Niederlassung wird davon ausgegangen, dass er die Gegenstände an seinem Wohnsitz oder seinem gewöhnlichen Aufenthaltsort genutzt und verbraucht hat.

Kapitel 2. Ort des innergemeinschaftlichen Erwerbs von Gegenständen

Art. 40 [Ort des innergemeinschaftlichen Erwerbs – Grundsatz]. Als Ort eines innergemeinschaftlichen Erwerbs von Gegenständen gilt der Ort, an dem sich die Gegenstände zum Zeitpunkt der Beendigung der Versendung oder Beförderung an den Erwerber befinden.

Art. 41 [Ort des innergemeinschaftlichen Erwerbs – Folge aus Verwendung der Mehrwertsteuer-Identifikationsnummer]. Unbeschadet des Artikels 40 gilt der Ort eines innergemeinschaftlichen Erwerbs von Gegenständen im Sinne des Artikels 2 Absatz 1 Buchstabe b Ziffer i als im Gebiet des Mitgliedstaats gelegen, der dem Erwerber die von ihm für diesen Erwerb verwendete Mehrwertsteuer-Identifikationsnummer erteilt hat, sofern der Erwerber nicht nachweist, dass dieser Erwerb im Einklang mit Artikel 40 besteuert worden ist.

Wird der Erwerb gemäß Artikel 40 im Mitgliedstaat der Beendigung der Versendung oder Beförderung der Gegenstände besteuert, nachdem er gemäß Absatz 1 besteuert wurde, wird die Steuerbemessungsgrundlage in dem Mitgliedstaat, der dem Erwerber die von ihm für diesen Erwerb verwendete Mehrwertsteuer-Identifikationsnummer erteilt hat, entsprechend gemindert.

Art. 42 [Ort des innergemeinschaftlichen Erwerbs – Erwerb für Zwecke einer anschließenden innergemeinschaftlichen Lieferung]. Artikel 41 Absatz 1 ist nicht anzuwenden und der innergemeinschaftliche Erwerb von Gegenständen gilt als gemäß Artikel 40 besteuert, wenn folgende Bedingungen erfüllt sind:

a) der Erwerber weist nach, dass er diesen Erwerb für die Zwecke einer anschließenden Lieferung getätigt hat, die im Gebiet des gemäß Artikel 40 bestimmten Mitgliedstaats bewirkt wurde und für die der Empfänger der Lieferung gemäß Artikel 197 als Steuerschuldner bestimmt worden ist;
b) der Erwerber ist der Pflicht zur Abgabe der zusammenfassenden Meldung gemäß Artikel 265 nachgekommen.

Kapitel 3. Ort der Dienstleistung[12]

Abschnitt 1. Begriffsbestimmungen

Art. 43 [Ort der Dienstleistung – Fiktion Steuerpflichtiger als Leistungsempfänger]. Für die Zwecke der Anwendung der Regeln für die Bestimmung des Ortes der Dienstleistung gilt

1. ein Steuerpflichtiger, der auch Tätigkeiten ausführt oder Umsätze bewirkt, die nicht als steuerbare Lieferungen von Gegenständen oder Dienstleistungen im Sinne des Artikels 2 Absatz 1 angesehen werden, in Bezug auf alle an ihn erbrachten Dienstleistungen als Steuerpflichtiger;
2. eine nicht steuerpflichtige juristische Person mit Mehrwertsteuer-Identifikationsnummer als Steuerpflichtiger.

---

[12] Titel V Kapitel 3 (§§ 43–59b) neugef. mWv 1.1.2010 durch RL 2008/8/EG v. 12.2.2008 (ABl. 2008 L 44, 11).

Abschnitt 2. Allgemeine Bestimmungen

Art. 44 [Ort der Dienstleistung – Grundregel B2B-Umsätze]. Als Ort einer Dienstleistung an einen Steuerpflichtigen, der als solcher handelt, gilt der Ort, an dem dieser Steuerpflichtige den Sitz seiner wirtschaftlichen Tätigkeit hat. Werden diese Dienstleistungen jedoch an eine feste Niederlassung des Steuerpflichtigen, die an einem anderen Ort als dem des Sitzes seiner wirtschaftlichen Tätigkeit gelegen ist, erbracht, so gilt als Ort dieser Dienstleistungen der Sitz der festen Niederlassung. In Ermangelung eines solchen Sitzes oder einer solchen festen Niederlassung gilt als Ort der Dienstleistung der Wohnsitz oder der gewöhnliche Aufenthaltsort des steuerpflichtigen Dienstleistungsempfängers.

Art. 45 [Ort der Dienstleistung – Grundregel B2C-Umsätze]. Als Ort einer Dienstleistung an einen Nichtsteuerpflichtigen gilt der Ort, an dem der Dienstleistungserbringer den Sitz seiner wirtschaftlichen Tätigkeit hat. Werden diese Dienstleistungen jedoch von der festen Niederlassung des Dienstleistungserbringers, die an einem anderen Ort als dem des Sitzes seiner wirtschaftlichen Tätigkeit gelegen ist, aus erbracht, so gilt als Ort dieser Dienstleistungen der Sitz der festen Niederlassung. In Ermangelung eines solchen Sitzes oder einer solchen festen Niederlassung gilt als Ort der Dienstleistung der Wohnsitz oder der gewöhnliche Aufenthaltsort des Dienstleistungserbringers.

Abschnitt 3. Besondere Bestimmungen

Unterabschnitt 1. Von Vermittlern erbrachte Dienstleistungen an Nichtsteuerpflichtige

Art. 46 [Ort der Dienstleistung – Vermittlungsleistungen B2C]. Als Ort einer Dienstleistung an einen Nichtsteuerpflichtigen, die von einem Vermittler im Namen und für Rechnung eines Dritten erbracht wird, gilt der Ort, an dem der vermittelte Umsatz gemäß den Bestimmungen dieser Richtlinie erbracht wird.

Unterabschnitt 2. Dienstleistungen im Zusammenhang mit Grundstücken

Art. 47 [Ort der Dienstleistung – grundstücksbezogene Leistungen]. Als Ort einer Dienstleistung im Zusammenhang mit einem Grundstück, einschließlich der Dienstleistungen von Sachverständigen und Grundstücksmaklern, der Beherbergung in der Hotelbranche oder in Branchen mit ähnlicher Funktion, wie zum Beispiel in Ferienlagern oder auf einem als Campingplatz hergerichteten Gelände, der Einräumung von Rechten zur Nutzung von Grundstücken sowie von Dienstleistungen zur Vorbereitung und Koordinierung von Bauleistungen, wie z. B. die Leistungen von Architekten und Bauaufsichtsunternehmen, gilt der Ort, an dem das Grundstück gelegen ist.

Unterabschnitt 3. Beförderungsleistungen

Art. 48 [Ort der Dienstleistung – Personenbeförderungen]. Als Ort einer Personenbeförderungsleistung gilt der Ort, an dem die Beförderung nach Maßgabe der zurückgelegten Beförderungsstrecke jeweils stattfindet.

Art. 49 [Ort der Dienstleistung – Güterbeförderungen B2C, nicht innergemeinschaftlich]. Als Ort einer Güterbeförderungsleistung an Nichtsteuerpflichtige, die keine innergemeinschaftliche Güterbeförderung darstellt, gilt der Ort, an dem die Beförderung nach Maßgabe der zurückgelegten Beförderungsstrecke jeweils stattfindet.

Art. 50 [Ort der Dienstleistung – Güterbeförderungen B2C, innergemeinschaftlich]. Als Ort einer innergemeinschaftlichen Güterbeförderungsleistung an Nichtsteuerpflichtige gilt der Abgangsort der Beförderung.

Art. 51 [Ort der Dienstleistung – Begriff der innergemeinschaftlichen Güterbeförderung]. Als „innergemeinschaftliche Güterbeförderung" gilt die Beförderung von Gegenständen, bei der Abgangs- und Ankunftsort in zwei verschiedenen Mitgliedstaaten liegen.

„Abgangsort" ist der Ort, an dem die Güterbeförderung tatsächlich beginnt, ungeachtet der Strecken, die bis zu dem Ort zurückzulegen sind, an dem sich die Gegenstände befinden, und „Ankunftsort" ist der Ort, an dem die Güterbeförderung tatsächlich endet.

Art. 52 [Kannbestimmung: Nichtberücksichtigung von Strecken über Drittlandsgewässer bei innergemeinschaftlichen Güterbeförderungen B2C]. Die Mitgliedstaaten haben die Möglichkeit, keine Mehrwertsteuer auf den Teil der innergemeinschaftlichen Güterbeförderung an Nichtsteuerpflichtige zu erheben, der den Beförderungsstrecken über Gewässer entspricht, die nicht zum Gebiet der Gemeinschaft gehören.

Unterabschnitt 4. Dienstleistungen auf dem Gebiet der Kultur, der Künste, des Sports, der Wissenschaft, des Unterrichts, der Unterhaltung und ähnliche Veranstaltungen, Nebentätigkeiten zur Beförderung, Begutachtung von beweglichen Gegenständen und Arbeiten an solchen Gegenständen[13]

Art. 53 [Ort der Dienstleistung – Tätigkeiten der Kultur, des Sports usw.]. Als Ort einer Dienstleistung an einen Steuerpflichtigen betreffend die Eintrittsberechtigung sowie die damit zusammenhängenden Dienstleistungen für Veranstaltungen auf dem Gebiet der Kultur, der Künste, des Sports, der Wissenschaft, des Unterrichts, der Unterhaltung oder für ähnliche Veranstaltungen wie Messen und Ausstellungen gilt der Ort, an dem diese Veranstaltungen tatsächlich stattfinden.

Art. 54 [Ort der Dienstleistung – Nebentätigkeiten zur Beförderung und Arbeiten an beweglichen körperlichen Gegenständen, B2C]. (1) Als Ort einer Dienstleistung sowie der damit zusammenhängenden Dienstleistungen an einen Nichtsteuerpflichtigen betreffend Tätigkeiten auf dem Gebiet der Kultur, der Künste, des Sports, der Wissenschaft, des Unterrichts, der Unterhaltung oder ähnliche Veranstaltungen wie Messen und Ausstellungen, einschließlich der Erbringung von Dienstleistungen der Veranstalter solcher Tätigkeiten, gilt der Ort, an dem diese Tätigkeiten tatsächlich ausgeübt werden.

(2) Als Ort der folgenden Dienstleistungen an Nichtsteuerpflichtige gilt der Ort, an dem sie tatsächlich erbracht werden:

a) Nebentätigkeiten zur Beförderung wie Beladen, Entladen, Umschlag und ähnliche Tätigkeiten;
b) Begutachtung von beweglichen körperlichen Gegenständen und Arbeiten an solchen Gegenständen.

Unterabschnitt 5. Restaurant- und Verpflegungsdienstleistungen

Art. 55 [Ort der Dienstleistung – Restaurant- und Verpflegungsumsätze nicht an Bord eines Beförderungsmittels]. Als Ort von Restaurant- und Verpflegungsdienstleistungen, die nicht an Bord eines Schiffes oder eines Flugzeugs oder in der Eisenbahn während des innerhalb der Gemeinschaft stattfindenden Teils einer Personenbeförderung tatsächlich erbracht werden, gilt der Ort, an dem die Dienstleistungen tatsächlich erbracht werden.

---

[13] Art. 53 und 54 neugef. mWv 1.1.2011 durch RL 2008/8/EG v. 12.2.2008 (ABl. 2008 L 44, 11).

Unterabschnitt 6. Vermietung von Beförderungsmitteln

Art. 56 [Ort der Dienstleistung – kurzfristige Vermietung eines Beförderungsmittels]. (1) Als Ort der Vermietung eines Beförderungsmittels über einen kürzeren Zeitraum gilt der Ort, an dem das Beförderungsmittel dem Dienstleistungsempfänger tatsächlich zur Verfügung gestellt wird.

(2) *[ab 1. 1. 2013:]*[14] Als Ort der Vermietung eines Beförderungsmittels an Nichtsteuerpflichtige, ausgenommen die Vermietung über einen kürzeren Zeitraum, gilt der Ort, an dem der Dienstleistungsempfänger ansässig ist oder seinen Wohnsitz oder seinen gewöhnlichen Aufenthaltsort hat.

Jedoch gilt als Ort der Vermietung eines Sportboots an einen Nichtsteuerpflichtigen, ausgenommen die Vermietung über einen kürzeren Zeitraum, der Ort, an dem das Sportboot dem Dienstleistungsempfänger tatsächlich zur Verfügung gestellt wird, sofern der Dienstleistungserbringer diese Dienstleistung tatsächlich vom Sitz seiner wirtschaftlichen Tätigkeit oder von einer festen Niederlassung an diesem Ort aus erbringt.

(3) Als „kürzerer Zeitraum" im Sinne *des Absatzes 1* [*ab 1. 1. 2013:* der Absätze 1 und 2] gilt der Besitz oder die Verwendung des Beförderungsmittels während eines ununterbrochenen Zeitraums von nicht mehr als 30 Tagen und bei Wasserfahrzeugen von nicht mehr als 90 Tagen.

Unterabschnitt 7. Für den Verbrauch bestimmte Restaurant- und Verpflegungsdienstleistungen an Bord eines Schiffes, eines Flugzeugs oder in der Eisenbahn

Art. 57 [Ort der Dienstleistung – Restaurant- und Verpflegungsumsätze an Bord eines Beförderungsmittels]. (1) Der Ort von Restaurant- und Verpflegungsdienstleistungen, die an Bord eines Schiffes oder eines Flugzeugs oder in der Eisenbahn während des innerhalb der Gemeinschaft stattfindenden Teils einer Personenbeförderung tatsächlich erbracht werden, ist der Abgangsort der Personenbeförderung.

(2) Für die Zwecke des Absatzes 1 gilt als „innerhalb der Gemeinschaft stattfindender Teil einer Personenbeförderung" der Teil einer Beförderung zwischen dem Abgangsort und dem Ankunftsort einer Personenbeförderung, der ohne Zwischenaufenthalt außerhalb der Gemeinschaft erfolgt.

„Abgangsort einer Personenbeförderung" ist der erste Ort innerhalb der Gemeinschaft, an dem Reisende in das Beförderungsmittel einsteigen können, gegebenenfalls nach einem Zwischenaufenthalt außerhalb der Gemeinschaft.

„Ankunftsort einer Personenbeförderung" ist der letzte Ort innerhalb der Gemeinschaft, an dem in der Gemeinschaft zugestiegene Reisende das Beförderungsmittel verlassen können, gegebenenfalls vor einem Zwischenaufenthalt außerhalb der Gemeinschaft.

Im Falle einer Hin- und Rückfahrt gilt die Rückfahrt als gesonderte Beförderung.

---

[14] Art. 56 Abs. 2 eingef., bish. Abs. 2 wird Abs. 3 und geänd. mWv 1.1.2013 durch RL 2008/8/EG v. 12.2.2008 (ABl. 2008 L 44, 11).

Unterabschnitt 8. Telekommunikationsdienstleistungen, Rundfunk- und Fernsehdienstleistungen und elektronisch erbrachte Dienstleistungen an Nichtsteuerpflichtige

Art. 58 **[Ort der Dienstleistung – elektronische Dienstleistungen].**

[Fassung vom 1. 1. 2010–31. 12. 2014][15]

Als Ort elektronisch erbrachter Dienstleistungen, insbesondere der in Anhang II genannten, die von einem Steuerpflichtigen, der den Sitz seiner wirtschaftlichen Tätigkeit oder eine feste Niederlassung, von der aus die Dienstleistung erbracht wird, oder in Ermangelung eines solchen Sitzes oder einer solchen Niederlassung seinen Wohnsitz oder seinen gewöhnlichen Aufenthaltsort außerhalb der Gemeinschaft hat, an Nichtsteuerpflichtige erbracht werden, die in einem Mitgliedstaat ansässig sind oder dort ihren Wohnsitz oder ihren gewöhnlichen Aufenthaltsort haben, gilt der Ort, an dem der Nichtsteuerpflichtige ansässig ist oder seinen Wohnsitz oder gewöhnlichen Aufenthaltsort hat.

Kommunizieren Dienstleistungserbringer und Dienstleistungsempfänger über E-Mail miteinander, bedeutet dies allein noch nicht, dass die erbrachte Dienstleistung eine elektronisch erbrachte Dienstleistung wäre.

[Fassung ab 1. 1. 2015][16]

Als Ort der folgenden Dienstleistungen an Nichtsteuerpflichtige gilt der Ort, an dem dieser Nichtsteuerpflichtige ansässig ist oder seinen Wohnsitz oder seinen gewöhnlichen Aufenthaltsort hat:

a) Telekommunikationsdienstleistungen;

b) Rundfunk- und Fernsehdienstleistungen;

c) elektronisch erbrachte Dienstleistungen, insbesondere die in Anhang II genannten Dienstleistungen.

Kommunizieren Dienstleistungserbringer und Dienstleistungsempfänger über E-Mail miteinander, bedeutet dies allein noch nicht, dass die erbrachte Dienstleistung eine elektronisch erbrachte Dienstleistung wäre.

Unterabschnitt 9. Dienstleistungen an Nichtsteuerpflichtige außerhalb der Gemeinschaft

Art. 59 **[Ort der Dienstleistungen – Katalogleistungen B2C].** Als Ort der folgenden Dienstleistungen an einen Nichtsteuerpflichtigen, der außerhalb der Gemeinschaft ansässig ist oder seinen Wohnsitz oder seinen gewöhnlichen Aufenthaltsort außerhalb der Gemeinschaft hat, gilt der Ort, an dem dieser Nichtsteuerpflichtige ansässig ist oder seinen Wohnsitz oder seinen gewöhnlichen Aufenthaltsort hat:

a) Abtretung und Einräumung von Urheberrechten, Patentrechten, Lizenzrechten, Fabrik- und Warenzeichen sowie ähnlichen Rechten;
b) Dienstleistungen auf dem Gebiet der Werbung;
c) Dienstleistungen von Beratern, Ingenieuren, Studienbüros, Anwälten, Buchprüfern und sonstige ähnliche Dienstleistungen sowie die Datenverarbeitung und die Überlassung von Informationen;
d) Verpflichtungen, eine berufliche Tätigkeit ganz oder teilweise nicht auszuüben oder ein in diesem Artikel genanntes Recht nicht wahrzunehmen;
e) Bank-, Finanz- und Versicherungsumsätze, einschließlich Rückversicherungsumsätze, ausgenommen die Vermietung von Schließfächern;
f) Gestellung von Personal;
g) Vermietung beweglicher körperlicher Gegenstände, ausgenommen jegliche Beförderungsmittel;

[15] Titel V Kapitel 3 (§§ 43–59b) neu gef. mWv 1.1.2010 durch RL 2008/8/EG v. 12.2.2008 (ABl. 2008 L 44, 11).

[16] Art. 58 neu gef. mWv 1.1.2015 durch RL 2008/8/EG v. 12.2.2008 (ABl. 2008 L 44, 11).

h) Gewährung des Zugangs zu einem Erdgasnetz im Gebiet der Gemeinschaft oder zu einem an ein solches Netz angeschlossenes Netz, zum Elektrizitätsnetz oder zu Wärme- oder Kältenetzen sowie Fernleitung, Übertragung oder Verteilung über diese Netze und Erbringung anderer unmittelbar damit verbundener Dienstleistungen;
i) *Telekommunikationsdienstleistungen;*
j) *Rundfunk- und Fernsehdienstleistungen;*
k) *elektronisch erbrachte Dienstleistungen, insbesondere die in Anhang II genannten Dienstleistungen.*

Kommunizieren Dienstleistungserbringer und Dienstleistungsempfänger über E-Mail miteinander, bedeutet dies allein noch nicht, dass die erbrachte Dienstleistung eine elektronisch erbrachte Dienstleistung wäre.[17]

Unterabschnitt 10. Vermeidung der Doppelbesteuerung und der Nichtbesteuerung

Art. 59a[18] **[Kannbestimmung: Verlagerung des Dienstleistungsorts an den Ort der tatsächlichen Nutzung oder Auswertung].** Um Doppelbesteuerung, Nichtbesteuerung und Wettbewerbsverzerrungen zu vermeiden, können die Mitgliedstaaten bei Dienstleistungen, deren Erbringungsort sich gemäß den Artikeln 44, 45, 56, 58[19] und 59 bestimmt,
a) den Ort einer oder aller dieser Dienstleistungen, der in ihrem Gebiet liegt, so behandeln, als läge er außerhalb der Gemeinschaft, wenn die tatsächliche Nutzung oder Auswertung außerhalb der Gemeinschaft erfolgt;
b) den Ort einer oder aller dieser Dienstleistungen, der außerhalb der Gemeinschaft liegt, so behandeln, als läge er in ihrem Gebiet, wenn in ihrem Gebiet die tatsächliche Nutzung oder Auswertung erfolgt.

Diese Bestimmung gilt jedoch nicht für elektronisch erbrachte Dienstleistungen, wenn diese Dienstleistungen für nicht in der Gemeinschaft ansässige Nichtsteuerpflichtige erbracht werden.[20]

Art. 59b[21] **[Verlagerung des Orts von Telekommunikations- und Rundfunk- und Fernsehdienstleistungen B2C in die Gemeinschaft].** *Die Mitgliedstaaten wenden Artikel 59a Buchstabe b auf Telekommunikationsdienstleistungen und auf die in Artikel 59 Absatz 1 Buchstabe j genannten Rundfunk- und Fernsehdienstleistungen an, die von einem Steuerpflichtigen, der den Sitz seiner wirtschaftlichen Tätigkeit oder eine feste Niederlassung, von der aus die Dienstleistung erbracht wird, oder in Ermangelung eines solchen Sitzes oder einer solchen Niederlassung seinen Wohnsitz oder seinen gewöhnlichen Aufenthaltsort außerhalb der Gemeinschaft hat, an Nichtsteuerpflichtige erbracht werden, die in einem Mitgliedstaat ansässig sind oder dort ihren Wohnsitz oder ihren gewöhnlichen Aufenthaltsort haben.*

Kapitel 4. Ort der Einfuhr von Gegenständen

Art. 60 [Ort der Einfuhr – Grundsatz]. Die Einfuhr von Gegenständen erfolgt in dem Mitgliedstaat, in dessen Gebiet sich der Gegenstand zu dem Zeitpunkt befindet, in dem er in die Gemeinschaft verbracht wird.

Art. 61 [Ort der Einfuhr – Gegenstand nicht im freien Verkehr]. Abweichend von Artikel 60 erfolgt bei einem Gegenstand, der sich nicht im freien Verkehr befindet und der vom Zeitpunkt seiner Verbringung in die Gemeinschaft einem Verfahren oder einer sonstigen Regelung

---

[17] Art. 59 Abs. 1 Buchst. i, j und k sowie Abs. 2 aufgeh. mWv 1.1.2015 durch RL 2008/8/EG v. 12.2.2008 (ABl. 2008 L 44, 11).

[18] Titel V Kapitel 3 (§§ 43–59b) neu gef. mWv 1.1.2010 durch RL 2008/8/EG v. 12.2.2008 (ABl. 2008 L 44, 11).

[19] Art. 59a Abs. 1 ergänzt mWv 1.1.2015 durch RL 2008/8/EG v. 12.2.2008 (ABl. 2008 L 44, 11).

[20] Art. 59a UAbs. 2 aufgeh. mWv 1.1.2015 durch RL 2008/8/EG v. 12.2.2008 (ABl. 2008 L 44, 11).

[21] Art. 59b aufgeh. mWv 1.1.2015 durch RL 2008/8/EG v. 12.2.2008 (ABl. 2008 L 44, 11).

im Sinne des Artikels 156, der Regelung der vorübergehenden Verwendung bei vollständiger Befreiung von Einfuhrabgaben oder dem externen Versandverfahren unterliegt, die Einfuhr in dem Mitgliedstaat, in dessen Gebiet der Gegenstand nicht mehr diesem Verfahren oder der sonstigen Regelung unterliegt.

Unterliegt ein Gegenstand, der sich im freien Verkehr befindet, vom Zeitpunkt seiner Verbringung in die Gemeinschaft einem Verfahren oder einer sonstigen Regelung im Sinne der Artikel 276 und 277, erfolgt die Einfuhr in dem Mitgliedstaat, in dessen Gebiet der Gegenstand nicht mehr diesem Verfahren oder der sonstigen Regelung unterliegt.

Titel VI. Steuertatbestand und Steueranspruch

Kapitel 1. Allgemeine Bestimmungen

Art. 62 [Definition von Steuertatbestand und Steueranspruch]. Für die Zwecke dieser Richtlinie gilt

(1) als „Steuertatbestand" der Tatbestand, durch den die gesetzlichen Voraussetzungen für den Steueranspruch verwirklicht werden;

(2) als „Steueranspruch" der Anspruch auf Zahlung der Steuer, den der Fiskus kraft Gesetzes gegenüber dem Steuerschuldner von einem bestimmten Zeitpunkt an geltend machen kann, selbst wenn Zahlungsaufschub gewährt werden kann.

Kapitel 2. Lieferung von Gegenständen und Dienstleistungen

Art. 63 [Zeitpunkt des Eintritts des Steuertatbestands und Steueranspruchs bei Leistungen]. Steuertatbestand und Steueranspruch treten zu dem Zeitpunkt ein, zu dem die Lieferung von Gegenständen bewirkt oder die Dienstleistung erbracht wird.

Art. 64[22] [Dauerleistungen – Vollendung mit Ablauf der jeweiligen Abrechnungsperiode]. (1) Geben Lieferungen von Gegenständen, die nicht die Vermietung eines Gegenstands oder den Ratenverkauf eines Gegenstands im Sinne des Artikels 14 Absatz 2 Buchstabe b betreffen, und Dienstleistungen zu aufeinander folgenden Abrechnungen oder Zahlungen Anlass, gelten sie jeweils als mit Ablauf des Zeitraums bewirkt, auf den sich diese Abrechnungen oder Zahlungen beziehen.

(2) Kontinuierlich über einen Zeitraum von mehr als einem Kalendermonat durchgeführte Lieferungen von Gegenständen, die der Steuerpflichtige für Zwecke seines Unternehmens in einen anderen Mitgliedstaat als den des Beginns der Versendung oder Beförderung versendet oder befördert und deren Lieferung oder Verbringung in einen anderen Mitgliedstaat nach Artikel 138 von der Steuer befreit ist, gelten als mit Ablauf eines jeden Kalendermonats bewirkt, solange die Lieferung nicht eingestellt wird.

Dienstleistungen, für die nach Artikel 196 der Leistungsempfänger die Steuer schuldet, die kontinuierlich über einen längeren Zeitraum als ein Jahr erbracht werden und die in diesem Zeitraum nicht zu Abrechnungen oder Zahlungen Anlass geben, gelten als mit Ablauf eines jeden Kalenderjahres bewirkt, solange die Dienstleistung nicht eingestellt wird.

In bestimmten, nicht von den Unterabsätzen 1 und 2 erfassten Fällen können die Mitgliedstaaten vorsehen, dass kontinuierliche Lieferungen von Gegenständen und Dienstleistungen, die sich über einen bestimmten Zeitraum erstrecken, mindestens jährlich als bewirkt gelten.

---

[22] Art. 64 Abs. 2 neu gef. mWv 11.8.2010 durch RL 2010/45/EU v. 13.7.2010 (ABl. 2010 L 189, 1).

Art. 65 [Entstehung des Steueranspruchs bei Anzahlungen]. Werden Anzahlungen geleistet, bevor die Lieferung von Gegenständen bewirkt oder die Dienstleistung erbracht ist, entsteht der Steueranspruch zum Zeitpunkt der Vereinnahmung entsprechend dem vereinnahmten Betrag.

Art. 66[23] [Kannbestimmung: Entstehung des Steueranspruchs nach Rechnungsausstellung oder Vereinnahmung des Entgelts]. Abweichend von den Artikeln 63, 64 und 65 können die Mitgliedstaaten vorsehen, dass der Steueranspruch für bestimmte Umsätze oder Gruppen von Steuerpflichtigen zu einem der folgenden Zeitpunkte entsteht:
a) spätestens bei der Ausstellung der Rechnung;
b) spätestens bei der Vereinnahmung des Preises;
c) im Falle der Nichtausstellung oder verspäteten Ausstellung der Rechnung binnen einer bestimmten Frist spätestens nach Ablauf der von den Mitgliedstaaten gemäß Artikel 222 Absatz 2 gesetzten Frist für die Ausstellung der Rechnung oder, falls von den Mitgliedstaaten eine solche Frist nicht gesetzt wurde, binnen einer bestimmten Frist nach dem Eintreten des Steuertatbestands.

Die Ausnahme nach Absatz 1 gilt jedoch nicht für Dienstleistungen, für die der Dienstleistungsempfänger nach Artikel 196 die Mehrwertsteuer schuldet, und für Lieferungen oder Verbringungen von Gegenständen gemäß Artikel 67.

Art. 67[24] [Zeitpunkt des Eintritts des Steueranspruchs bei steuerfreien innergemeinschaftlichen Lieferungen]. Werden Gegenstände, die in einen anderen Mitgliedstaat als den des Beginns der Versendung oder Beförderung versandt oder befördert wurden, mehrwertsteuerfrei geliefert oder werden Gegenstände von einem Steuerpflichtigen für Zwecke seines Unternehmens mehrwertsteuerfrei in einen anderen Mitgliedstaat verbracht, so gilt, dass der Steueranspruch unter den Voraussetzungen des Artikels 138 bei der Ausstellung der Rechnung oder bei Ablauf der Frist nach Artikel 222 Absatz 1, wenn bis zu diesem Zeitpunkt keine Rechnung ausgestellt worden ist, eintritt.

Artikel 64 Absatz 1, Artikel 64 Absatz 2 Unterabsatz 3 und Artikel 65 finden keine Anwendung auf die in Absatz 1 genannten Lieferungen und Verbringungen.

Kapitel 3. Innergemeinschaftlicher Erwerb von Gegenständen

Art. 68 [Zeitpunkt des Steuertatbestands beim innergemeinschaftlichen Erwerb]. Der Steuertatbestand tritt zu dem Zeitpunkt ein, zu dem der innergemeinschaftliche Erwerb von Gegenständen bewirkt wird.

Der innergemeinschaftliche Erwerb von Gegenständen gilt als zu dem Zeitpunkt bewirkt, zu dem die Lieferung gleichartiger Gegenstände innerhalb des Mitgliedstaats als bewirkt gilt.

Art. 69[25] [Zeitpunkt des Steueranspruchs beim innergemeinschaftlichen Erwerb]. Beim innergemeinschaftlichen Erwerb von Gegenständen tritt der Steueranspruch bei der Ausstellung der Rechnung, oder bei Ablauf der Frist nach Artikel 222 Absatz 1, wenn bis zu diesem Zeitpunkt keine Rechnung ausgestellt worden ist, ein.

[23] Art. 66 UAbs. angef. mWv 21.1.2009 durch RL 2008/117/EG v. 16.12.2008 (ABl. 2009 L 14, 7); Abs. 1 Buchst. c und UAbs. 2 neu gef. mWv 11.8.2010 durch RL 2010/45/EU v. 13.7.2010 (ABl. 2009 L 189, 1).

[24] Art. 67 neu gef. mWv 11.8.2010 durch RL 2010/45/EU v. 13.7.2010 (ABl. 2010 L 189, 1).

[25] Art. 69 neu gef. mWv 11.8.2010 durch RL 2010/45/EU v. 13.7.2010 (ABl. 2010 L 189, 1).

Kapitel 4. Einfuhr von Gegenständen

Art. 70 [Zeitpunkt des Steuertatbestands und Steueranspruchs bei Einfuhren – Grundsatz]. Steuertatbestand und Steueranspruch treten zu dem Zeitpunkt ein, zu dem die Einfuhr des Gegenstands erfolgt.

Art. 71 [Zeitpunkt des Steuertatbestands und Steueranspruchs bei Einfuhren unter bestimmten Zollverfahren]. (1) Unterliegen Gegenstände vom Zeitpunkt ihrer Verbringung in die Gemeinschaft einem Verfahren oder einer sonstigen Regelung im Sinne der Artikel 156, 276 und 277, der Regelung der vorübergehenden Verwendung bei vollständiger Befreiung von Einfuhrabgaben oder dem externen Versandverfahren, treten Steuertatbestand und Steueranspruch erst zu dem Zeitpunkt ein, zu dem die Gegenstände diesem Verfahren oder dieser sonstigen Regelung nicht mehr unterliegen.

Unterliegen die eingeführten Gegenstände Zöllen, landwirtschaftlichen Abschöpfungen oder im Rahmen einer gemeinsamen Politik eingeführten Abgaben gleicher Wirkung, treten Steuertatbestand und Steueranspruch zu dem Zeitpunkt ein, zu dem Tatbestand und Anspruch für diese Abgaben entstehen.

(2) In den Fällen, in denen die eingeführten Gegenstände keiner der Abgaben im Sinne des Absatzes 1 Unterabsatz 2 unterliegen, wenden die Mitgliedstaaten in Bezug auf Steuertatbestand und Steueranspruch die für Zölle geltenden Vorschriften an.

Titel VII. Steuerbemessungsgrundlage

Kapitel 1. Begriffsbestimmung

Art. 72 [Steuerbemessungsgrundlage – Definition des Normalwerts]. Für die Zwecke dieser Richtlinie gilt als „Normalwert" der gesamte Betrag, den ein Empfänger einer Lieferung oder ein Dienstleistungsempfänger auf derselben Absatzstufe, auf der die Lieferung der Gegenstände oder die Dienstleistung erfolgt, an einen selbständigen Lieferer oder Dienstleistungserbringer in dem Mitgliedstaat, in dem der Umsatz steuerpflichtig ist, zahlen müsste, um die betreffenden Gegenstände oder Dienstleistungen zu diesem Zeitpunkt unter den Bedingungen des freien Wettbewerbs zu erhalten.

Kann keine vergleichbare Lieferung von Gegenständen oder Erbringung von Dienstleistungen ermittelt werden, ist der Normalwert wie folgt zu bestimmen:

(1) bei Gegenständen, ein Betrag nicht unter dem Einkaufspreis der Gegenstände oder gleichartiger Gegenstände oder mangels eines Einkaufspreises nicht unter dem Selbstkostenpreis, und zwar jeweils zu den Preisen, die zum Zeitpunkt der Bewirkung dieser Umsätze festgestellt werden;

(2) bei Dienstleistungen, ein Betrag nicht unter dem Betrag der Ausgaben des Steuerpflichtigen für die Erbringung der Dienstleistung.

Kapitel 2. Lieferung von Gegenständen und Dienstleistungen

Art. 73 [Steuerbemessungsgrundlage bei Lieferungen und Dienstleistungen – Grundsatz]. Bei der Lieferung von Gegenständen und Dienstleistungen, die nicht unter die Artikel 74 bis 77 fallen, umfasst die Steuerbemessungsgrundlage alles, was den Wert der Gegenleistung bildet, die der Lieferer oder Dienstleistungserbringer für diese Umsätze vom Erwerber oder Dienstleistungsempfänger oder einem Dritten erhält oder erhalten soll, einschließlich der unmittelbar mit dem Preis dieser Umsätze zusammenhängenden Subventionen.

Art. 73a[26] **[Steuerbemessungsgrundlage bei Lieferungen und Dienstleistungen in Bezug auf einen Mehrzweck-Gutschein].** Bei der Lieferung von Gegenständen oder bei der Erbringung von Dienstleistungen, die in Bezug auf einen Mehrzweck-Gutschein erfolgt, entspricht die Steuerbemessungsgrundlage unbeschadet des Artikels 73 der für den Gutschein gezahlten Gegenleistung oder, in Ermangelung von Informationen über diese Gegenleistung, dem auf dem Mehrzweck-Gutschein selbst oder in den damit zusammenhängenden Unterlagen angegebenen Geldwert, abzüglich des Betrags der auf die gelieferten Gegenstände oder die erbrachten Dienstleistungen erhobenen Mehrwertsteuer.

Art. 74 [Steuerbemessungsgrundlage bei der Entnahme von Gegenständen]. Bei den in den Artikeln 16 und 18 genannten Umsätzen in Form der Entnahme oder der Zuordnung eines Gegenstands des Unternehmens durch einen Steuerpflichtigen oder beim Besitz von Gegenständen durch einen Steuerpflichtigen oder seine Rechtsnachfolger im Fall der Aufgabe seiner steuerbaren wirtschaftlichen Tätigkeit ist die Steuerbemessungsgrundlage der Einkaufspreis für diese oder gleichartige Gegenstände oder mangels eines Einkaufspreises der Selbstkostenpreis, und zwar jeweils zu den Preisen, die zum Zeitpunkt der Bewirkung dieser Umsätze festgestellt werden.

Art. 75 [Steuerbemessungsgrundlage bei der unternehmensfremden Verwendung eines Gegenstands]. Bei Dienstleistungen in Form der Verwendung eines dem Unternehmen zugeordneten Gegenstands für den privaten Bedarf und unentgeltlich erbrachten Dienstleistungen im Sinne des Artikels 26 ist die Steuerbemessungsgrundlage der Betrag der Ausgaben des Steuerpflichtigen für die Erbringung der Dienstleistung.

Art. 76 [Steuerbemessungsgrundlage beim innergemeinschaftlichen Verbringen von Gegenständen]. Bei der Lieferung von Gegenständen in Form der Verbringung in einen anderen Mitgliedstaat ist die Steuerbemessungsgrundlage der Einkaufspreis der Gegenstände oder gleichartiger Gegenstände oder mangels eines Einkaufspreises der Selbstkostenpreis, und zwar jeweils zu den Preisen, die zum Zeitpunkt der Bewirkung dieser Umsätze festgestellt werden.

Art. 77 [Steuerbemessungsgrundlage bei Innendienstleistungen]. Bei der Erbringung einer Dienstleistung durch einen Steuerpflichtigen für das eigene Unternehmen im Sinne des Artikels 27 ist die Steuerbemessungsgrundlage der Normalwert des betreffenden Umsatzes.

Art. 78 [Einbeziehung von Abgaben und Nebenkosten in die Steuerbemessungsgrundlage]. In die Steuerbemessungsgrundlage sind folgende Elemente einzubeziehen:

a) Steuern, Zölle, Abschöpfungen und Abgaben mit Ausnahme der Mehrwertsteuer selbst;
b) Nebenkosten wie Provisions-, Verpackungs-, Beförderungs- und Versicherungskosten, die der Lieferer oder Dienstleistungserbringer vom Erwerber oder Dienstleistungsempfänger fordert.

Die Mitgliedstaaten können als Nebenkosten im Sinne des Absatzes 1 Buchstabe b Kosten ansehen, die Gegenstand einer gesonderten Vereinbarung sind.

Art. 79 [Minderung der Steuerbemessungsgrundlage durch Preisnachlässe]. In die Steuerbemessungsgrundlage sind folgende Elemente nicht einzubeziehen:

a) Preisnachlässe durch Skonto für Vorauszahlungen;
b) Rabatte und Rückvergütungen auf den Preis, die dem Erwerber oder Dienstleistungsempfänger eingeräumt werden und die er zu dem Zeitpunkt erhält, zu dem der Umsatz bewirkt wird;
c) Beträge, die ein Steuerpflichtiger vom Erwerber oder vom Dienstleistungsempfänger als Erstattung der in ihrem Namen und für ihre Rechnung verauslagten Beträge erhält und die in seiner Buchführung als durchlaufende Posten behandelt sind.

---

[26] Art. 73a eingef. mWv 2.7.2016 durch RL 2016/1065/EU v. 27.6.2016 (ABl. 2016 Nr. L 177 S. 9).

Der Steuerpflichtige muss den tatsächlichen Betrag der in Absatz 1 Buchstabe c genannten Auslagen nachweisen und darf die Mehrwertsteuer, die auf diese Auslagen gegebenenfalls erhoben worden ist, nicht als Vorsteuer abziehen.

Art. 80 [Kannbestimmung: Mindeststeuerbemessungsgrundlage bei Umsätzen mit eng verbundenen Personen]. (1) Zur Vorbeugung gegen Steuerhinterziehung oder -umgehung können die Mitgliedstaaten in jedem der folgenden Fälle Maßnahmen treffen, um sicherzustellen, dass die Steuerbemessungsgrundlage für die Lieferungen von Gegenständen oder für Dienstleistungen, an Empfänger, zu denen familiäre oder andere enge persönliche Bindungen, Bindungen aufgrund von Leitungsfunktionen oder Mitgliedschaften, sowie eigentumsrechtliche, finanzielle oder rechtliche Bindungen, gemäß der Definition des Mitgliedstaats, bestehen, der Normalwert ist:

a) sofern die Gegenleistung niedriger als der Normalwert ist und der Erwerber oder Dienstleistungsempfänger nicht zum vollen Vorsteuerabzug gemäß den Artikeln 167 bis 171 sowie 173 bis 177 berechtigt ist;
b) sofern die Gegenleistung niedriger als der Normalwert ist, der Lieferer oder Dienstleistungserbringer nicht zum vollen Vorsteuerabzug gemäß den Artikeln 167 bis 171 sowie 173 bis 177 berechtigt ist und der Umsatz einer Befreiung gemäß den Artikeln 132, 135, 136, 371, 375, 376, 377, des Artikels 378 Absatz 2, des Artikels 379 Absatz 2 sowie der Artikel 380 bis 390c[27] unterliegt;
c) sofern die Gegenleistung höher als der Normalwert ist und der Lieferer oder Dienstleistungserbringer nicht zum vollen Vorsteuerabzug gemäß den Artikeln 167 bis 171 sowie 173 bis 177 berechtigt ist.

Für die Zwecke des Unterabsatzes 1 kann als rechtliche Bindung auch die Beziehung zwischen Arbeitgeber und Arbeitnehmer, der Familie des Arbeitnehmers oder anderen diesem nahe stehenden Personen, gelten.

(2) Machen die Mitgliedstaaten von der in Absatz 1 vorgesehenen Möglichkeit Gebrauch, können sie festlegen, für welche Kategorien von Lieferern und Dienstleistungserbringern sowie von Erwerbern oder Dienstleistungsempfängern sie von diesen Maßnahmen Gebrauch machen.

(3) Die Mitgliedstaaten unterrichten den Mehrwertsteuerausschuss von nationalen Maßnahmen, die sie im Sinne des Absatzes 1 erlassen, sofern diese nicht Maßnahmen sind, die vom Rat vor dem 13. August 2006 gemäß Artikel 27 Absätze 1 bis 4 der Richtlinie 77/388/EWG genehmigt wurden und gemäß Absatz 1 des vorliegenden Artikels weitergeführt werden.

Art. 81 [Kannbestimmung: Steuerbemessungsgrundlage bei Lieferungen von Kunstgegenständen ohne Anwendung eines ermäßigten Steuersatzes]. Die Mitgliedstaaten, die am 1. Januar 1993 nicht von der Möglichkeit der Anwendung eines ermäßigten Steuersatzes gemäß Artikel 98 Gebrauch gemacht haben, können vorsehen, dass die Steuerbemessungsgrundlage bei der Inanspruchnahme der Möglichkeit nach Artikel 89 für die Lieferung von Kunstgegenständen im Sinne des Artikels 103 Absatz 2 gleich einem Bruchteil des gemäß den Artikeln 73, 74, 76, 78 und 79 ermittelten Betrags ist.

Der Bruchteil im Sinne des Absatzes 1 wird so festgelegt, dass sich die dergestalt geschuldete Mehrwertsteuer auf mindestens 5% des gemäß den Artikeln 73, 74, 76, 78 und 79 ermittelten Betrags beläuft.

Art. 82 [Kannbestimmung: Einbeziehung des Werts von Anlagegold in die Steuerbemessungsgrundlage der Leistungen unter Verarbeitung von Anlagegold]. Die Mitgliedstaaten können vorsehen, dass der Wert von steuerfreiem Anlagegold im Sinne des Artikels 346 in die Steuerbemessungsgrundlage bei der Lieferung von Gegenständen und bei Dienstleistungen einzubeziehen ist, wenn es vom Erwerber oder Dienstleistungsempfänger zur Verfügung gestellt und für die Verarbeitung verwendet wird und infolgedessen bei der Lieferung der Gegenstände oder der Erbringung der Dienstleistungen seinen Status als von der Mehrwertsteuer befreites An-

---

[27] Verweis geänd. mWv 15.1.2010 durch RL 2009/162/EU v. 22.12.2009 (ABl. 2010 L 10, 14) und mWv 1.7.2013 durch Akte v. 9.12.2011 (ABl. 2012 L 112, 10).

lagegold verliert. Der zugrunde zu legende Wert ist der Normalwert des Anlagegoldes zum Zeitpunkt der Lieferung der Gegenstände oder der Erbringung der Dienstleistungen.

Kapitel 3. Innergemeinschaftlicher Erwerb von Gegenständen

Art. 83 [Steuerbemessungsgrundlage beim innergemeinschaftlichen Erwerb]. Beim innergemeinschaftlichen Erwerb von Gegenständen setzt sich die Steuerbemessungsgrundlage aus denselben Elementen zusammen wie denen, die zur Bestimmung der Steuerbemessungsgrundlage für die Lieferung derselben Gegenstände innerhalb des Gebiets des Mitgliedstaats gemäß Kapitel 2 dienen. Bei Umsätzen, die dem innergemeinschaftlichen Erwerb von Gegenständen im Sinne der Artikel 21 und 22 gleichgestellt sind, ist die Steuerbemessungsgrundlage der Einkaufspreis der Gegenstände oder gleichartiger Gegenstände oder mangels eines Einkaufspreises der Selbstkostenpreis, und zwar jeweils zu den Preisen, die zum Zeitpunkt der Bewirkung dieser Umsätze festgestellt werden.

Art. 84 [Einbeziehung von Verbrauchsteuern in die Steuerbemessungsgrundlage beim innergemeinschaftlichen Erwerb]. (1) Die Mitgliedstaaten treffen die erforderlichen Maßnahmen, um sicherzustellen, dass die Verbrauchsteuern, die von der Person geschuldet oder entrichtet werden, die den innergemeinschaftlichen Erwerb eines verbrauchsteuerpflichtigen Erzeugnisses tätigt, gemäß Artikel 78 Absatz 1 Buchstabe a in die Steuerbemessungsgrundlage einbezogen werden.

(2) Erhält der Erwerber nach dem Zeitpunkt der Bewirkung des innergemeinschaftlichen Erwerbs von Gegenständen Verbrauchsteuern zurück, die in dem Mitgliedstaat, von dem aus die Gegenstände versandt oder befördert worden sind, entrichtet wurden, wird die Steuerbemessungsgrundlage im Mitgliedstaat des innergemeinschaftlichen Erwerbs entsprechend gemindert.

Kapitel 4. Einfuhr von Gegenständen

Art. 85 [Steuerbemessungsgrundlage bei der Einfuhr – Grundsatz]. Bei der Einfuhr von Gegenständen ist die Steuerbemessungsgrundlage der Betrag, der durch die geltenden Gemeinschaftsvorschriften als Zollwert bestimmt ist.

Art. 86 [Einbeziehung von Abgaben und Nebenkosten in die Steuerbemessungsgrundlage bei der Einfuhr]. (1) In die Steuerbemessungsgrundlage sind – soweit nicht bereits darin enthalten – folgende Elemente einzubeziehen:

a) die außerhalb des Einfuhrmitgliedstaats geschuldeten Steuern, Zölle, Abschöpfungen und sonstigen Abgaben, sowie diejenigen, die aufgrund der Einfuhr geschuldet werden, mit Ausnahme der zu erhebenden Mehrwertsteuer;
b) die Nebenkosten – wie Provisions-, Verpackungs-, Beförderungs- und Versicherungskosten –, die bis zum ersten Bestimmungsort der Gegenstände im Gebiet des Einfuhrmitgliedstaats entstehen sowie diejenigen, die sich aus der Beförderung nach einem anderen Bestimmungsort in der Gemeinschaft ergeben, der zum Zeitpunkt, zu dem der Steuertatbestand eintritt, bekannt ist.

(2) Für Zwecke des Absatzes 1 Buchstabe b gilt als erster „Bestimmungsort" der Ort, der auf dem Frachtbrief oder einem anderen Begleitpapier, unter dem die Gegenstände in den Einfuhrmitgliedstaat verbracht werden, angegeben ist. Fehlt eine solche Angabe, gilt als erster Bestimmungsort der Ort, an dem die erste Umladung im Einfuhrmitgliedstaat erfolgt.

Art. 87 [Minderung der Steuerbemessungsgrundlage bei Einfuhren durch Preisnachlässe]. In die Steuerbemessungsgrundlage sind folgende Elemente nicht einzubeziehen:

a) Preisnachlässe durch Skonto für Vorauszahlungen;
b) Rabatte und Rückvergütungen auf den Preis, die dem Erwerber eingeräumt werden und die er zu dem Zeitpunkt erhält, zu dem die Einfuhr erfolgt.

Art. 88 [Sicherung der Steuerbemessungsgrundlage bei Wiedereinfuhren nach Be- oder Verarbeitungen]. Für vorübergehend aus der Gemeinschaft ausgeführte Gegenstände, die wieder eingeführt werden, nachdem sie außerhalb der Gemeinschaft in Stand gesetzt, umgestaltet oder be- oder verarbeitet worden sind, treffen die Mitgliedstaaten Maßnahmen, die sicherstellen, dass die mehrwertsteuerliche Behandlung des fertigen Gegenstands die gleiche ist, wie wenn die genannten Arbeiten in ihrem jeweiligen Gebiet durchgeführt worden wären.

Art. 89 [Kannbestimmung: Steuerbemessungsgrundlage bei Einfuhren von Kunstgegenständen ohne Anwendung eines ermäßigten Steuersatzes]. Die Mitgliedstaaten, die am 1. Januar 1993 nicht von der Möglichkeit der Anwendung eines ermäßigten Steuersatzes gemäß Artikel 98 Gebrauch gemacht haben, können vorsehen, dass die Steuerbemessungsgrundlage bei der Einfuhr von Kunstgegenständen, Sammlungsstücken oder Antiquitäten im Sinne des Artikels 311 Absatz 1 Nummern 2, 3 und 4 einem Bruchteil des gemäß den Artikeln 85, 86 und 87 ermittelten Betrags entspricht.

Der Bruchteil im Sinne des Absatzes 1 wird so festgelegt, dass sich die dergestalt für die Einfuhr geschuldete Mehrwertsteuer auf mindestens 5% des gemäß den Artikeln 85, 86 und 87 ermittelten Betrags beläuft.

Kapitel 5. Verschiedene Bestimmungen

Art. 90 [Berichtigung der Steuerbemessungsgrundlage bei Uneinbringlichkeit des Entgelts u. Ä.]. (1) Im Falle der Annullierung, der Rückgängigmachung, der Auflösung, der vollständigen oder teilweisen Nichtbezahlung oder des Preisnachlasses nach der Bewirkung des Umsatzes wird die Steuerbemessungsgrundlage unter den von den Mitgliedstaaten festgelegten Bedingungen entsprechend vermindert.

(2) Die Mitgliedstaaten können im Falle der vollständigen oder teilweisen Nichtbezahlung von Absatz 1 abweichen.

Art. 91 [Anwendung von Umrechnungskursen bei der Ermittlung der Steuerbemessungsgrundlage]. (1) Sind die zur Ermittlung der Steuerbemessungsgrundlage bei der Einfuhr dienenden Elemente in einer anderen Währung als der des Mitgliedstaats ausgedrückt, in dem die Steuerbemessungsgrundlage ermittelt wird, wird der Umrechnungskurs gemäß den Gemeinschaftsvorschriften zur Berechnung des Zollwerts festgesetzt.

(2) Sind die zur Ermittlung der Steuerbemessungsgrundlage eines anderen Umsatzes als der Einfuhr von Gegenständen dienenden Elemente in einer anderen Währung als der des Mitgliedstaats ausgedrückt, in dem die Steuerbemessungsgrundlage ermittelt wird, gilt als Umrechnungskurs der letzte Verkaufskurs, der zu dem Zeitpunkt, zu dem der Steueranspruch entsteht, an dem oder den repräsentativsten Devisenmärkten des betreffenden Mitgliedstaats verzeichnet wurde, oder ein Kurs, der mit Bezug auf diesen oder diese Devisenmärkte entsprechend den von diesem Mitgliedstaat festgelegten Einzelheiten festgesetzt wurde.

Die Mitgliedstaaten akzeptieren stattdessen auch die Anwendung des letzten Umrechnungskurses, der von der Europäischen Zentralbank zu dem Zeitpunkt, zu dem der Steueranspruch eintritt, veröffentlicht wird. Die Umrechnung zwischen nicht auf Euro lautenden Währungen erfolgt anhand des Euro-Umrechnungskurses jeder der Währungen. Die Mitgliedstaaten können vorschreiben, dass der Steuerpflichtige ihnen mitteilen muss, wenn er von dieser Möglichkeit Gebrauch macht.[28]

Bei bestimmten Umsätzen im Sinne des Unterabsatzes 1 oder bei bestimmten Gruppen von Steuerpflichtigen können Mitgliedstaaten jedoch den Umrechnungskurs anwenden, der gemäß den Gemeinschaftsvorschriften zur Berechnung des Zollwerts festgesetzt worden ist.

---

[28] Art. 91 Abs. 2 UAbs. eingef. mWv 11.8.2010 durch RL 2010/45/EU v. 13.7.2010 (ABl. 2010 L 189, 1).

Art. 92 [Kannbestimmung: vereinfachende Verfahren für die Behandlung von Pfandgeldern bei der Ermittlung der Steuerbemessungsgrundlage]. In Bezug auf die Kosten von zurückzugebenden Warenumschließungen können die Mitgliedstaaten wie folgt verfahren:
a) sie können sie bei der Ermittlung der Steuerbemessungsgrundlage unberücksichtigt lassen, müssen gleichzeitig aber die erforderlichen Vorkehrungen treffen, damit die Steuerbemessungsgrundlage berichtigt wird, wenn diese Umschließungen nicht zurückgegeben werden;
b) sie können sie bei der Ermittlung der Steuerbemessungsgrundlage berücksichtigen, müssen aber gleichzeitig die erforderlichen Vorkehrungen treffen, damit die Steuerbemessungsgrundlage berichtigt wird, wenn diese Umschließungen tatsächlich zurückgegeben werden.

Titel VIII. Steuersätze

Kapitel 1. Anwendung der Steuersätze

Art. 93 [Maßgeblichkeit des Steuersatzes bei Eintritt des Steuertatbestands]. Auf die steuerpflichtigen Umsätze ist der Steuersatz anzuwenden, der zu dem Zeitpunkt gilt, zu dem der Steuertatbestand eintritt.

In folgenden Fällen ist jedoch der Steuersatz anzuwenden, der zu dem Zeitpunkt gilt, zu dem der Steueranspruch entsteht:
a) die in den Artikeln 65 und 66 genannten Fälle;
b) innergemeinschaftlicher Erwerb von Gegenständen;
c) Einfuhr der in Artikel 71 Absatz 1 Unterabsatz 2 und Absatz 2 genannten Gegenstände.

Art. 94 [Gleichbehandlung innergemeinschaftlicher Erwerbe und Einfuhren mit Inlandslieferungen bei Anwendung des Steuersatzes]. (1) Beim innergemeinschaftlichen Erwerb von Gegenständen ist der gleiche Steuersatz anzuwenden wie der, der für die Lieferung gleicher Gegenstände innerhalb des Gebiets des Mitgliedstaats gelten würde.

(2) Vorbehaltlich der in Artikel 103 Absatz 1 genannten Möglichkeit, auf die Einfuhr von Kunstgegenständen, Sammlungsstücken und Antiquitäten einen ermäßigten Steuersatz anzuwenden, ist bei der Einfuhr von Gegenständen der gleiche Steuersatz anzuwenden, der für die Lieferung gleicher Gegenstände innerhalb des Gebiets des Mitgliedstaats gilt.

Art. 95 [Kannbestimmung: Berichtigung des Steueranspruchs in den Fällen der Anzahlung und der Istversteuerung bei Änderung des Steuersatzes]. Ändert sich der Steuersatz, können die Mitgliedstaaten in den in Artikel 65 und 66 geregelten Fällen eine Berichtigung vornehmen, um dem Steuersatz Rechnung zu tragen, der zum Zeitpunkt der Lieferung der Gegenstände oder der Erbringung der Dienstleistungen anzuwenden ist.

Die Mitgliedstaaten können außerdem alle geeigneten Übergangsmaßnahmen treffen.

Kapitel 2. Struktur und Höhe der Steuersätze

Abschnitt 1. Normalsatz

Art. 96 [Anwendung des Mehrwertsteuer-Normalsatzes]. Die Mitgliedstaaten wenden einen Mehrwertsteuer-Normalsatz an, den jeder Mitgliedstaat als Prozentsatz der Bemessungsgrundlage festsetzt und der für die Lieferungen von Gegenständen und für Dienstleistungen gleich ist.

Art. 97[29] **[Höhe des Mehrwertsteuer-Normalsatzes].** Vom 1. Januar 2016 bis zum 31. Dezember 2017 muss der Normalsatz mindestens 15% betragen.

---

[29] Art. 97 neu gef. mWv 1.6.2016 durch RL 2016/856/EU v. 25.5.2016 (ABl. 2016 L 142, 12).

Abschnitt 2. Ermäßigte Steuersätze

Art. 98 [Kannbestimmung: Anwendung bis zu zwei ermäßigter Steuersätze]. (1) Die Mitgliedstaaten können einen oder zwei ermäßigte Steuersätze anwenden.

(2) Die ermäßigten Steuersätze sind nur auf die Lieferungen von Gegenständen und die Dienstleistungen der in Anhang III genannten Kategorien anwendbar.

Die ermäßigten Steuersätze sind nicht anwendbar auf elektronisch erbrachte[30] Dienstleistungen.

(3) Zur Anwendung der ermäßigten Steuersätze im Sinne des Absatzes 1 auf Kategorien von Gegenständen können die Mitgliedstaaten die betreffenden Kategorien anhand der Kombinierten Nomenklatur genau abgrenzen.

Art. 99 [Ermäßigte Steuersätze – Mindestsatz 5 %]. (1) Die ermäßigten Steuersätze werden als Prozentsatz der Bemessungsgrundlage festgesetzt, der mindestens 5% betragen muss.

(2) Jeder ermäßigte Steuersatz wird so festgesetzt, dass es normalerweise möglich ist, von dem Mehrwertsteuerbetrag, der sich bei Anwendung dieses Steuersatzes ergibt, die gesamte nach den Artikeln 167 bis 171 sowie 173 bis 177 abziehbare Vorsteuer abzuziehen.

Art. 100 [Regelmäßige Überprüfung des Anwendungsbereichs der ermäßigten Steuersätze auf Vorlage von Berichten der EU-Kommission]. Der Rat wird auf der Grundlage eines Berichts der Kommission erstmals 1994 und später alle zwei Jahre den Anwendungsbereich der ermäßigten Steuersätze überprüfen.

Der Rat kann gemäß Artikel 93 des Vertrags beschließen, das Verzeichnis von Gegenständen und Dienstleistungen in Anhang III zu ändern.

Art. 101 [Auftrag an EU-Kommission – Bericht zur Bewertung ermäßigter Steuersätze bei lokalen Dienstleistungen]. Die Kommission legt dem Europäischen Parlament und dem Rat spätestens am 30. Juni 2007 auf der Grundlage der von einer unabhängigen Expertengruppe für Wirtschaftsfragen durchgeführten Untersuchung einen globalen Bewertungsbericht über die Auswirkungen der auf lokal erbrachte Dienstleistungen – einschließlich Bewirtung – angewandten ermäßigten Sätze vor, insbesondere in Bezug auf die Schaffung von Arbeitsplätzen, das Wirtschaftswachstum und das reibungslose Funktionieren des Binnenmarkts.

Abschnitt 3. Besondere Bestimmungen

Art. 102[31] [Kannbestimmung: Anwendung eines ermäßigten Steuersatzes auf Energielieferungen]. Nach Konsultation des Mehrwertsteuerausschusses kann jeder Mitgliedstaat auf Lieferungen von Erdgas, Elektrizität oder Fernwärme einen ermäßigten Steuersatz anwenden.

Art. 103 [Kannbestimmung: Anwendung eines ermäßigten Steuersatzes bei Einfuhren von Gegenständen im Sinne der Differenzbesteuerung]. (1) Die Mitgliedstaaten können vorsehen, dass der ermäßigte oder ein ermäßigter Steuersatz, den sie gemäß den Artikeln 98 und 99 anwenden, auch auf die Einfuhr von Kunstgegenständen, Sammlungsstücken und Antiquitäten im Sinne des Artikels 311 Absatz 1 Nummern 2, 3 und 4 anwendbar ist.

(2) Wenn die Mitgliedstaaten von der in Absatz 1 genannten Möglichkeit Gebrauch machen, können sie diesen ermäßigten Steuersatz auch auf folgende Lieferungen anwenden:

a) die Lieferung von Kunstgegenständen durch ihren Urheber oder dessen Rechtsnachfolger;
b) die Lieferung von Kunstgegenständen, die von einem Steuerpflichtigen, der kein steuerpflichtiger Wiederverkäufer ist, als Gelegenheitslieferung bewirkt wird, wenn die Kunstgegenstände von diesem Steuerpflichtigen selbst eingeführt wurden oder ihm von ihrem Urheber

---

30 Art. 98 Abs. 2 UAbs. 2 geänd. mWv 1. 1. 2010 durch RL 2008/8/EG v. 12. 2. 2008 (ABl. 2008 L 44, 11).

31 Art. 102 neu gef. mWv 15. 1. 2010 durch RL 2009/162/EU v. 22. 12. 2009 (ABl. 2010 L 10, 14).

oder dessen Rechtsnachfolgern geliefert wurden oder ihm das Recht auf vollen Vorsteuerabzug eröffnet haben.

Art. 104 [Kannbestimmung: zweiter Mehrwertsteuer-Normalsatz in den Gemeinden Jungholz und Mittelberg]. Österreich kann in den Gemeinden Jungholz und Mittelberg (Kleines Walsertal) einen zweiten Normalsatz anwenden, der niedriger als der entsprechende, im restlichen Österreich angewandte Steuersatz ist, jedoch nicht unter 15% liegen darf.

Art. 104a[32] [Kannbestimmung: Zypern – ermäßigter Steuersatz auf Flüssiggas in Flaschen]. Zypern darf auf die Lieferung von Flüssiggas (LPG) in Flaschen einen der zwei ermäßigten Steuersätze gemäß Artikel 98 anwenden.

Art. 105[33] [Kannbestimmung: Portugal]. (1) Portugal kann auf die Mautgebühren an Brücken im Raum Lissabon einen der zwei ermäßigten Steuersätze gemäß Artikel 98 anwenden.

(2) Portugal kann auf die in den autonomen Regionen Azoren und Madeira bewirkten Umsätze und auf die direkten Einfuhren in diese Regionen Steuersätze anwenden, die unter den entsprechenden, im Mutterland angewandten Steuersätzen liegen.

Kapitel 3.[34] Befristete Bestimmungen für bestimmte arbeitsintensive Dienstleistungen

Art. 106–108 *(aufgehoben)*

Kapitel 4. Bis zur Einführung der endgültigen Mehrwertsteuerregelung geltende besondere Bestimmungen

Art. 109 [Geltungsdauer der Übergangsbestimmungen zur Anwendung von Steuersätzen]. Die Bestimmungen dieses Kapitels gelten bis zur Einführung der in Artikel 402 genannten endgültigen Regelung.

Art. 110 [Kannbestimmung: Fortgeltung von am 1. 1. 1991 angewandten Nullsätzen oder stark ermäßigten Steuersätzen]. Die Mitgliedstaaten, die am 1. Januar 1991 Steuerbefreiungen mit Recht auf Vorsteuerabzug oder ermäßigte Steuersätze angewandt haben, die unter dem in Artikel 99 festgelegten Mindestsatz lagen, können diese Regelungen weiterhin anwenden.

Die in Absatz 1 genannten Steuerbefreiungen und -ermäßigungen müssen mit dem Gemeinschaftsrecht vereinbar sein und dürfen nur aus genau definierten sozialen Gründen und zugunsten des Endverbrauchers erlassen worden sein.

Art. 111 [Kannbestimmung: Fortgeltung von Nullsätzen in Schweden und Finnland]. Unter den Voraussetzungen des Artikels 110 Absatz 2 können Steuerbefreiungen mit Recht auf Vorsteuerabzug weiterhin angewandt werden von

a) Finnland auf die Lieferungen von Zeitungen und Zeitschriften im Rahmen eines Abonnements und auf den Druck von Veröffentlichungen zur Verteilung an die Mitglieder gemeinnütziger Vereinigungen;
b) Schweden auf die Lieferungen von Zeitungen, einschließlich gesprochener Zeitungen (über Hörfunk und auf Kassetten) für Sehbehinderte, auf an Krankenhäuser oder auf Rezept ver-

---

32 Art. 104a eingef. mWv 1.6.2009 durch RL 2009/47/EG v. 5.5.2009 (ABl. 2009 L 116, 18).

33 Art. 105 neu gef. mWv 1.6.2009 durch RL 2009/47/EG v. 5.5.2009 (ABl. 2009 L 116, 18).

34 Kap. 3 (Art. 106–108) aufgeh. mWv 1.6.2009 durch RL 2009/47/EG v. 5.5.2009 (ABl. 2009 L 116, 18).

kaufte Arzneimittel und auf die Herstellung regelmäßig erscheinender Veröffentlichungen gemeinnütziger Organisationen und damit verbundene andere Dienstleistungen;

c) Malta auf die Lieferungen von Lebensmitteln für den menschlichen Gebrauch und von Arzneimitteln.

Art. 112 [Kannbestimmung: Irland – Steuerermäßigung von Heizenergielieferungen]. Sollte Artikel 110 in Irland zu Wettbewerbsverzerrungen bei der Lieferung von Energieerzeugnissen für Heiz- und Beleuchtungszwecke führen, kann Irland auf Antrag von der Kommission ermächtigt werden, auf die Lieferungen dieser Erzeugnisse gemäß den Artikeln 98 und 99 einen ermäßigten Steuersatz anzuwenden.

Ergeben sich Wettbewerbsverzerrungen, unterbreitet Irland der Kommission einen entsprechenden Antrag, dem alle notwendigen Informationen beigefügt sind. Hat die Kommission binnen drei Monaten nach Eingang des Antrags keinen Beschluss gefasst, gilt Irland als zur Anwendung der vorgeschlagenen ermäßigten Steuersätze ermächtigt.

Art. 113 [Kannbestimmung: Fortgeltung des am 1.1.1991 geltenden Nullsatzes für andere Umsätze als nach Anhang III]. Mitgliedstaaten, die am 1. Januar 1991 im Einklang mit den Gemeinschaftsvorschriften auf andere Lieferungen von Gegenständen und Dienstleistungen als die des Anhangs III Steuerbefreiungen mit Recht auf Vorsteuerabzug oder ermäßigte Sätze angewandt haben, die unter dem in Artikel 99 festgelegten Mindestsatz lagen, können auf die Lieferungen dieser Gegenstände und auf diese Dienstleistungen den ermäßigten Satz oder einen der beiden ermäßigten Sätze des Artikels 98 anwenden.

Art. 114[35] **[Kannbestimmung: Anwendbarkeit eines stark ermäßigten Steuersatzes auf Umsätze nach Anhang III].** (1) Mitgliedstaaten, die am 1. Januar 1993 verpflichtet waren, den von ihnen am 1. Januar 1991 angewandten Normalsatz um mehr als 2% heraufzusetzen, können auf die Lieferungen von Gegenständen und auf Dienstleistungen der in Anhang III genannten Kategorien einen ermäßigten Satz anwenden, der unter dem in Artikel 99 festgelegten Mindestsatz liegt.

Ferner können die in Unterabsatz 1 genannten Mitgliedstaaten einen solchen Satz auf Kinderbekleidung und Kinderschuhe sowie auf Wohnungen anwenden.

(2) Die Mitgliedstaaten dürfen auf der Grundlage des Absatzes 1 keine Steuerbefreiungen mit Recht auf Vorsteuerabzug vorsehen.

Art. 115 [Kannbestimmung: Fortgeltung einer am 1.1.1991 angewandten Steuerermäßigung auf Kinderkleidung]. Mitgliedstaaten, die am 1. Januar 1991 auf Kinderbekleidung und Kinderschuhe sowie auf Wohnungen einen ermäßigten Satz angewandt haben, können diesen Satz weiter anwenden.

Art. 116[36] *(aufgehoben)*

Art. 117 [Kannbestimmung: Österreich – Zwischensatz auf Grundstücksvermietungen]. (1)[37] *(aufgehoben)*

(2) Österreich darf auf die Vermietung von Grundstücken für Wohnzwecke einen der beiden ermäßigten Sätze des Artikels 98 anwenden, sofern dieser Satz mindestens 10% beträgt.

Art. 118 [Kannbestimmung: Fortgeltung einer am 1.1.1991 angewandten Steuerermäßigung für andere Umsätze als nach Anhang III in Form eines Zwischensatzes]. Mitgliedstaaten, die am 1. Januar 1991 auf nicht in Anhang III genannte Lieferungen von Gegenständen und Dienstleistungen einen ermäßigten Satz angewandt haben, können auf diese Umsätze

---

35 Art. 114 Abs. 1 UAbs. 2 und Art. 115 geänd. mWv 1.6.2009 durch RL 2009/47/EG v. 5.5.2009 (ABl. 2009 L 116, 18).

36 Art. 116 aufgeh. mWv 1.6.2009 durch RL 2009/47/EG v. 5.5.2009 (ABl. 2009 L 116, 18).

37 Art. 117 Abs. 1 aufgeh. mWv 1.6.2009 durch RL 2009/47/EG v. 5.5.2009 (ABl. 2009 L 116, 18).

den ermäßigten Satz oder einen der beiden ermäßigten Sätze des Artikels 98 anwenden, sofern dieser Satz mindestens 12% beträgt.

Absatz 1 gilt nicht für die Lieferungen von Gebrauchtgegenständen, Kunstgegenständen, Sammlungsstücken und Antiquitäten im Sinne des Artikels 311 Absatz 1 Nummern 1 bis 4, die gemäß der Regelung für die Differenzbesteuerung der Artikel 312 bis 325 oder der Regelung für öffentliche Versteigerungen der Mehrwertsteuer unterliegen.

Art. 119 [Kannbestimmung: Österreich – Zwischensatz für eigenerzeugten Wein]. Für die Zwecke der Anwendung des Artikels 118 darf Österreich auf die Lieferung von Wein aus eigener Erzeugung durch Weinbauern einen ermäßigten Satz anwenden, sofern dieser Satz mindestens 12% beträgt.

Art. 120 [Kannbestimmung: Griechenland – besondere Steuerermäßigungen in bestimmten Regionen]. Griechenland darf in den Verwaltungsbezirken Lesbos, Chios, Samos, Dodekanes, Kykladen und auf den Inseln Thassos, Nördliche Sporaden, Samothrake und Skyros Sätze anwenden, die bis zu 30% unter den entsprechenden, auf dem griechischen Festland geltenden Sätzen liegen.

Art. 121 [Kannbestimmung: Steuersatz auf am 1.1.1993 wie Lieferungen behandelte Werkleistungen]. Mitgliedstaaten, die am 1. Januar 1993 die Ablieferung eines aufgrund eines Werkvertrags hergestellten beweglichen Gegenstands als Lieferung von Gegenständen betrachtet haben, können auf solche Lieferungen den Steuersatz anwenden, der auf den Gegenstand nach Durchführung der Arbeiten anwendbar ist.

Für die Zwecke der Anwendung des Absatzes 1 gilt als „Ablieferung eines aufgrund eines Werkvertrags hergestellten beweglichen Gegenstands" die Übergabe eines beweglichen Gegenstands an den Auftraggeber, den der Auftragnehmer aus Stoffen oder Gegenständen hergestellt oder zusammengestellt hat, die der Auftraggeber ihm zu diesem Zweck ausgehändigt hatte, wobei unerheblich ist, ob der Auftragnehmer hierfür einen Teil des verwandten Materials selbst beschafft hat.

Art. 122 [Kannbestimmung: ermäßigter Steuersatz auf Lieferungen von Pflanzen und Brennholz]. Die Mitgliedstaaten können auf Lieferungen von lebenden Pflanzen und sonstigen Erzeugnissen des Pflanzenanbaus, einschließlich Knollen, Wurzeln und ähnlichen Erzeugnissen, Schnittblumen und Pflanzenteilen zu Binde- oder Zierzwecken, sowie auf Lieferungen von Brennholz einen ermäßigten Satz anwenden.

Kapitel 5. Befristete Bestimmungen

Art. 123[38] [Kannbestimmung: Übergangsregelung ermäßigter Steuersatz – Tschechien]. Die Tschechische Republik darf bis zum 31. Dezember 2010 weiterhin einen ermäßigten Satz von nicht weniger als 5% auf Bauleistungen für den Wohnungsbau in einem nicht sozialpolitischen Kontext, ausgenommen Baumaterial, beibehalten.

Art. 124[39] *(aufgehoben)*

Art. 125 [Kannbestimmung: Übergangsregelung Nullsatz – Zypern]. (1) Zypern darf bis zum 31. Dezember 2010[40] eine Steuerbefreiung mit Recht auf Vorsteuerabzug auf Arzneimittel und Lebensmittel für den menschlichen Gebrauch ausgenommen Speiseeis, Eis am Stiel, gefrorenen Joghurt, Wassereis und gleichwertige Erzeugnisse sowie Gesalzenes und Pikantes (Kar-

---

[38] Art. 123 neu gef. mWv 1.1.2008 durch RL 2007/75/EG v. 20.12.2007 (ABl. 2007 L 346, 13).

[39] Art. 124 aufgeh. mWv 1.1.2008 durch RL 2007/75/EG v. 20.12.2007 (ABl. 2007 L 346, 13).

[40] Frist verlängert durch RL 2007/75/EG v. 20.12.2007 (ABl. 2007 L 346, 13).

toffelchips/-stäbchen, „Puffs" und verpackte gleichwertige, nicht weiter zubereitete Erzeugnisse für den menschlichen Verzehr) beibehalten.

(2)[41] *(aufgehoben)*

Art. 126[42] *(aufgehoben)*

Art. 127[43] **[Kannbestimmung: Übergangsregelung Nullsatz – Malta].** *Malta darf bis zum 31. Dezember 2010 weiterhin eine Steuerbefreiung mit Recht auf Vorsteuerabzug für die Lieferungen von Lebensmitteln und Arzneimitteln beibehalten.*

Art. 128[44] **[Kannbestimmung: Übergangsregelung Nullsatz und ermäßigter Steuersatz – Polen].** (1) Polen darf bis zum 31. Dezember 2010 eine Steuerbefreiung mit Recht auf Vorsteuerabzug auf die Lieferungen von bestimmten Büchern und Fachzeitschriften gewähren.

(2)[45] *(aufgehoben)*

(3) Polen darf bis zum 31. Dezember 2010 einen ermäßigten Satz von nicht weniger als 3% auf die in Anhang III Nummer 1 genannte Lieferung von Nahrungsmitteln beibehalten.

(4) Polen darf bis zum 31. Dezember 2010 einen ermäßigten Satz von nicht weniger als 7% auf die Erbringung von Dienstleistungen für die Errichtung, die Renovierung und den Umbau von Wohnungen in einem nicht sozialpolitischen Kontext, ausgenommen Baumaterial, und auf die Lieferung der in Artikel 12 Absatz 1 Buchstabe a genannten Wohngebäude oder Teile von Wohngebäuden, die vor dem Erstbezug geliefert werden, beibehalten.

Art. 129 [Kannbestimmung: Übergangsregelung ermäßigter Steuersatz – Slowenien]. (1)[46] *(aufgehoben)*

(2) Slowenien darf bis zum 31. Dezember 2010[47] einen ermäßigten Satz von mindestens 5% auf die Errichtung, Renovierung und Instandhaltung von Wohngebäuden in einem nicht sozialpolitischen Kontext, ausgenommen Baumaterial, beibehalten.

Art. 130[48] *(aufgehoben)*

---

[41] Art. 125 Abs. 2 aufgeh. mWv 1.6.2009 durch RL 2009/47/EG v. 5.5.2009 (ABl. 2009 L 116, 18).

[42] Art. 126 aufgeh. mWv 1.1.2008 durch RL 2007/75/EG v. 20.12.2007 (ABl. 2007 L 346, 13).

[43] Art. 127 aufgeh. mWv 1.1.2011 durch RL 2009/47/EG v. 5.5.2009 (ABl. 2009 L 116, 18).

[44] Art. 128 neu gef. mWv 1.1.2008 durch RL 2007/75/EG v. 20.12.2007 (ABl. 2007 L 346, 13).

[45] Art. 128 Abs. 2 aufgeh. mWv 1.6.2009 durch RL 2009/47/EG v. 5.5.2009 (ABl. 2009 L 116, 18).

[46] Art. 129 Abs. 1 aufgeh. mWv 1.6.2009 durch RL 2009/47/EG v. 5.5.2009 (ABl. 2009 L 116, 18).

[47] Frist verlängert durch RL 2007/75/EG v. 20.12.2007 (ABl. 2007 L 346, 13).

[48] Art. 130 aufgeh. mWv 1.1.2008 durch RL 2007/75/EG v. 20.12.2007 (ABl. 2007 L 346, 13).

Titel IX. Steuerbefreiungen

Kapitel 1. Allgemeine Bestimmungen

Art. 131 [Steuerbefreiungen unter Bedingungen zur Verhinderung von Steuerbetrug]. Die Steuerbefreiungen der Kapitel 2 bis 9 werden unbeschadet sonstiger Gemeinschaftsvorschriften und unter den Bedingungen angewandt, die die Mitgliedstaaten zur Gewährleistung einer korrekten und einfachen Anwendung dieser Befreiungen und zur Verhinderung von Steuerhinterziehung, Steuerumgehung oder Missbrauch festlegen.

Kapitel 2. Steuerbefreiungen für bestimmte, dem Gemeinwohl dienende Tätigkeiten

Art. 132 [Steuerbefreiungen dem Gemeinwohl dienender Umsätze]. (1) Die Mitgliedstaaten befreien folgende Umsätze von der Steuer:
a) von öffentlichen Posteinrichtungen erbrachte Dienstleistungen und dazugehörende Lieferungen von Gegenständen mit Ausnahme von Personenbeförderungs- und Telekommunikationsdienstleistungen;
b) Krankenhausbehandlungen und ärztliche Heilbehandlungen sowie damit eng verbundene Umsätze, die von Einrichtungen des öffentlichen Rechts oder unter Bedingungen, welche mit den Bedingungen für diese Einrichtungen in sozialer Hinsicht vergleichbar sind, von Krankenanstalten, Zentren für ärztliche Heilbehandlung und Diagnostik und anderen ordnungsgemäß anerkannten Einrichtungen gleicher Art durchgeführt beziehungsweise bewirkt werden;
c) Heilbehandlungen im Bereich der Humanmedizin, die im Rahmen der Ausübung der von dem betreffenden Mitgliedstaat definierten ärztlichen und arztähnlichen Berufe durchgeführt werden;
d) Lieferung von menschlichen Organen, menschlichem Blut und Frauenmilch;
e) Dienstleistungen, die Zahntechniker im Rahmen ihrer Berufsausübung erbringen, sowie Lieferungen von Zahnersatz durch Zahnärzte und Zahntechniker;
f) Dienstleistungen, die selbstständige Zusammenschlüsse von Personen, die eine Tätigkeit ausüben, die von der Steuer befreit ist oder für die sie nicht Steuerpflichtige sind, an ihre Mitglieder für unmittelbare Zwecke der Ausübung dieser Tätigkeit erbringen, soweit diese Zusammenschlüsse von ihren Mitgliedern lediglich die genaue Erstattung des jeweiligen Anteils an den gemeinsamen Kosten fordern, vorausgesetzt, dass diese Befreiung nicht zu einer Wettbewerbsverzerrung führt;
g) eng mit der Sozialfürsorge und der sozialen Sicherheit verbundene Dienstleistungen und Lieferungen von Gegenständen, einschließlich derjenigen, die durch Altenheime, Einrichtungen des öffentlichen Rechts oder andere von dem betreffenden Mitgliedstaat als Einrichtungen mit sozialem Charakter anerkannte Einrichtungen bewirkt werden;
h) eng mit der Kinder- und Jugendbetreuung verbundene Dienstleistungen und Lieferungen von Gegenständen durch Einrichtungen des öffentlichen Rechts oder andere von dem betreffenden Mitgliedstaat als Einrichtungen mit sozialem Charakter anerkannte Einrichtungen;
i) Erziehung von Kindern und Jugendlichen, Schul- und Hochschulunterricht, Aus- und Fortbildung sowie berufliche Umschulung und damit eng verbundene Dienstleistungen und Lieferungen von Gegenständen durch Einrichtungen des öffentlichen Rechts, die mit solchen Aufgaben betraut sind, oder andere Einrichtungen mit von dem betreffenden Mitgliedstaat anerkannter vergleichbarer Zielsetzung;
j) von Privatlehrern erteilter Schul- und Hochschulunterricht;
k) Gestellung von Personal durch religiöse und weltanschauliche Einrichtungen für die unter den Buchstaben b, g, h und i genannten Tätigkeiten und für Zwecke geistlichen Beistands;
l) Dienstleistungen und eng damit verbundene Lieferungen von Gegenständen, die Einrichtungen ohne Gewinnstreben, welche politische, gewerkschaftliche, religiöse, patriotische, weltanschauliche, philanthropische oder staatsbürgerliche Ziele verfolgen, an ihre Mitglieder in deren gemeinsamen Interesse gegen einen satzungsgemäß festgelegten Beitrag erbringen, vorausgesetzt, dass diese Befreiung nicht zu einer Wettbewerbsverzerrung führt;

m) bestimmte, in engem Zusammenhang mit Sport und Körperertüchtigung stehende Dienstleistungen, die Einrichtungen ohne Gewinnstreben an Personen erbringen, die Sport oder Körperertüchtigung ausüben;
n) bestimmte kulturelle Dienstleistungen und eng damit verbundene Lieferungen von Gegenständen, die von Einrichtungen des öffentlichen Rechts oder anderen von dem betreffenden Mitgliedstaat anerkannten kulturellen Einrichtungen erbracht werden;
o) Dienstleistungen und Lieferungen von Gegenständen bei Veranstaltungen durch Einrichtungen, deren Umsätze nach den Buchstaben b, g, h, i, l, m und n befreit sind, wenn die Veranstaltungen dazu bestimmt sind, den Einrichtungen eine finanzielle Unterstützung zu bringen und ausschließlich zu ihrem Nutzen durchgeführt werden, vorausgesetzt, dass diese Befreiung nicht zu einer Wettbewerbsverzerrung führt;
p) von ordnungsgemäß anerkannten Einrichtungen durchgeführte Beförderung von kranken und verletzten Personen in dafür besonders eingerichteten Fahrzeugen;
q) Tätigkeiten öffentlicher Rundfunk- und Fernsehanstalten, ausgenommen Tätigkeiten mit gewerblichem Charakter.

(2) Für die Zwecke des Absatzes 1 Buchstabe o können die Mitgliedstaaten alle erforderlichen Beschränkungen, insbesondere hinsichtlich der Anzahl der Veranstaltungen und der Höhe der für eine Steuerbefreiung in Frage kommenden Einnahmen, vorsehen.

Art. 133 [Kannbestimmung: Bedingungen für Steuerbefreiungen dem Gemeinwohl dienender Umsätze]. Die Mitgliedstaaten können die Gewährung der Befreiungen nach Artikel 132 Absatz 1 Buchstaben b, g, h, i, l, m und n für Einrichtungen, die keine Einrichtungen des öffentlichen Rechts sind, im Einzelfall von der Erfüllung einer oder mehrerer der folgenden Bedingungen abhängig machen:
a) Die betreffenden Einrichtungen dürfen keine systematische Gewinnerzielung anstreben; etwaige Gewinne, die trotzdem anfallen, dürfen nicht verteilt, sondern müssen zur Erhaltung oder Verbesserung der erbrachten Leistungen verwendet werden.
b) Leitung und Verwaltung dieser Einrichtungen müssen im Wesentlichen ehrenamtlich durch Personen erfolgen, die weder selbst noch über zwischengeschaltete Personen ein unmittelbares oder mittelbares Interesse am wirtschaftlichen Ergebnis der betreffenden Tätigkeiten haben.
c) Die Preise, die diese Einrichtungen verlangen, müssen von den zuständigen Behörden genehmigt sein oder die genehmigten Preise nicht übersteigen; bei Umsätzen, für die eine Preisgenehmigung nicht vorgesehen ist, müssen die verlangten Preise unter den Preisen liegen, die der Mehrwertsteuer unterliegende gewerbliche Unternehmen für entsprechende Umsätze fordern.
d) Die Befreiungen dürfen nicht zu einer Wettbewerbsverzerrung zum Nachteil von der Mehrwertsteuer unterliegenden gewerblichen Unternehmen führen.

Die Mitgliedstaaten, die am 1. Januar 1989 gemäß Anhang E der Richtlinie 77/388/EWG die Mehrwertsteuer auf die in Artikel 132 Absatz 1 Buchstaben m und n genannten Umsätze erhoben, können die unter Absatz 1 Buchstabe d des vorliegenden Artikels genannten Bedingungen auch anwenden, wenn für diese Lieferung von Gegenständen oder Dienstleistungen durch Einrichtungen des öffentlichen Rechts eine Befreiung gewährt wird.

Art. 134 [Gründe des Ausschlusses von Steuerbefreiungen dem Gemeinwohl dienender Umsätze]. In folgenden Fällen sind Lieferungen von Gegenständen und Dienstleistungen von der Steuerbefreiung des Artikels 132 Absatz 1 Buchstaben b, g, h, i, l, m und n ausgeschlossen:
a) sie sind für die Umsätze, für die die Steuerbefreiung gewährt wird, nicht unerlässlich;
b) sie sind im Wesentlichen dazu bestimmt, der Einrichtung zusätzliche Einnahmen durch Umsätze zu verschaffen, die in unmittelbarem Wettbewerb mit Umsätzen von der Mehrwertsteuer unterliegenden gewerblichen Unternehmen bewirkt werden.

Kapitel 3. Steuerbefreiungen für andere Tätigkeiten

Art. 135 [Steuerbefreiungen für Finanz-, Glücksspiel- und Grundstücksumsätze]. (1) Die Mitgliedstaaten befreien folgende Umsätze von der Steuer:

a) Versicherungs- und Rückversicherungsumsätze einschließlich der dazugehörigen Dienstleistungen, die von Versicherungsmaklern und -vertretern erbracht werden;
b) die Gewährung und Vermittlung von Krediten und die Verwaltung von Krediten durch die Kreditgeber;
c) die Vermittlung und Übernahme von Verbindlichkeiten, Bürgschaften und anderen Sicherheiten und Garantien sowie die Verwaltung von Kreditsicherheiten durch die Kreditgeber;
d) Umsätze – einschließlich der Vermittlung – im Einlagengeschäft und Kontokorrentverkehr, im Zahlungs- und Überweisungsverkehr, im Geschäft mit Forderungen, Schecks und anderen Handelspapieren, mit Ausnahme der Einziehung von Forderungen;
e) Umsätze – einschließlich der Vermittlung –, die sich auf Devisen, Banknoten und Münzen beziehen, die gesetzliches Zahlungsmittel sind, mit Ausnahme von Sammlerstücken, d. h. Münzen aus Gold, Silber oder anderem Metall sowie Banknoten, die normalerweise nicht als gesetzliches Zahlungsmittel verwendet werden oder die von numismatischem Interesse sind;
f) Umsätze – einschließlich der Vermittlung, jedoch nicht der Verwahrung und der Verwaltung –, die sich auf Aktien, Anteile an Gesellschaften und Vereinigungen, Schuldverschreibungen oder sonstige Wertpapiere beziehen, mit Ausnahme von Warenpapieren und der in Artikel 15 Absatz 2 genannten Rechte und Wertpapiere;
g) die Verwaltung von durch die Mitgliedstaaten als solche definierten Sondervermögen;
h) Lieferung von in ihrem jeweiligen Gebiet gültigen Postwertzeichen, von Steuerzeichen und von sonstigen ähnlichen Wertzeichen zum aufgedruckten Wert;
i) Wetten, Lotterien und sonstige Glücksspiele mit Geldeinsatz unter den Bedingungen und Beschränkungen, die von jedem Mitgliedstaat festgelegt werden;
j) Lieferung von anderen Gebäuden oder Gebäudeteilen und dem dazugehörigen Grund und Boden als den in Artikel 12 Absatz 1 Buchstabe a genannten;
k) Lieferung unbebauter Grundstücke mit Ausnahme von Baugrundstücken im Sinne des Artikels 12 Absatz 1 Buchstabe b;
l) Vermietung und Verpachtung von Grundstücken.

(2) Die folgenden Umsätze sind von der Befreiung nach Absatz 1 Buchstabe l ausgeschlossen:

a) Gewährung von Unterkunft nach den gesetzlichen Bestimmungen der Mitgliedstaaten im Rahmen des Hotelgewerbes oder in Sektoren mit ähnlicher Zielsetzung, einschließlich der Vermietung in Ferienlagern oder auf Grundstücken, die als Campingplätze erschlossen sind;
b) Vermietung von Plätzen für das Abstellen von Fahrzeugen;
c) Vermietung von auf Dauer eingebauten Vorrichtungen und Maschinen;
d) Vermietung von Schließfächern.

Die Mitgliedstaaten können weitere Ausnahmen von der Befreiung nach Absatz 1 Buchstabe l vorsehen.

Art. 136 [Steuerbefreiung für Lieferungen vom Vorsteuerabzug ausgeschlossener Gegenstände]. Die Mitgliedstaaten befreien folgende Umsätze von der Steuer:

a) die Lieferungen von Gegenständen, die ausschließlich für eine auf Grund der Artikel 132, 135, 371, 375, 376, 377, des Artikels 378 Absatz 2, des Artikels 379 Absatz 2 sowie der Artikel 380 bis 390c[49] von der Steuer befreite Tätigkeit bestimmt waren, wenn für diese Gegenstände kein Recht auf Vorsteuerabzug bestanden hat;
b) die Lieferungen von Gegenständen, deren Anschaffung oder Zuordnung gemäß Artikel 176 vom Vorsteuerabzug ausgeschlossen war.

Art. 137 [Kannbestimmung: Einräumung des Optionsrechts zur Steuerpflicht]. (1) Die Mitgliedstaaten können ihren Steuerpflichtigen das Recht einräumen, sich bei folgenden Umsätzen für eine Besteuerung zu entscheiden:

---

[49] Verweis geänd. mWv 15.1.2010 durch RL 2009/162/EU vom 22.12.2009 (ABl. 2010 L 10, 14) und mWv 1.7.2013 durch Akte v. 9.12.2011 (ABl. 2012 L 112, 10).

a) die in Artikel 135 Absatz 1 Buchstaben b bis g genannten Finanzumsätze;
b) Lieferung von anderen Gebäuden oder Gebäudeteilen und dem dazugehörigen Grund und Boden als den in Artikel 12 Absatz 1 Buchstabe a genannten;
c) Lieferung unbebauter Grundstücke mit Ausnahme von Baugrundstücken im Sinne des Artikels 12 Absatz 1 Buchstabe b;
d) Vermietung und Verpachtung von Grundstücken.

(2) Die Mitgliedstaaten legen die Einzelheiten für die Inanspruchnahme des Wahlrechts nach Absatz 1 fest.

Die Mitgliedstaaten können den Umfang dieses Wahlrechts einschränken.

Kapitel 4. Steuerbefreiungen bei innergemeinschaftlichen Umsätzen

Abschnitt 1. Steuerbefreiungen bei der Lieferung von Gegenständen

Art. 138 [Steuerbefreiung innergemeinschaftlicher Lieferungen (einschließlich neuer Fahrzeuge und verbrauchsteuerpflichtiger Waren)]. (1) Die Mitgliedstaaten befreien die Lieferungen von Gegenständen, die durch den Verkäufer, den Erwerber oder für ihre Rechnung nach Orten außerhalb ihres jeweiligen Gebiets, aber innerhalb der Gemeinschaft versandt oder befördert werden von der Steuer, wenn diese Lieferung an einen anderen Steuerpflichtigen oder an eine nichtsteuerpflichtige juristische Person bewirkt wird, der/die als solche/r in einem anderen Mitgliedstaat als dem des Beginns der Versendung oder Beförderung der Gegenstände handelt.

(2) Außer den in Absatz 1 genannten Lieferungen befreien die Mitgliedstaaten auch folgende Umsätze von der Steuer:
a) die Lieferungen neuer Fahrzeuge, die durch den Verkäufer, den Erwerber oder für ihre Rechnung an den Erwerber nach Orten außerhalb ihres jeweiligen Gebiets, aber innerhalb der Gemeinschaft versandt oder befördert werden, wenn die Lieferungen an Steuerpflichtige oder nichtsteuerpflichtige juristische Personen, deren innergemeinschaftliche Erwerbe von Gegenständen gemäß Artikel 3 Absatz 1 nicht der Mehrwertsteuer unterliegen, oder an eine andere nichtsteuerpflichtige Person bewirkt werden;
b) die Lieferungen verbrauchsteuerpflichtiger Waren, die durch den Verkäufer, den Erwerber oder für ihre Rechnung an den Erwerber nach Orten außerhalb ihres jeweiligen Gebiets, aber innerhalb der Gemeinschaft versandt oder befördert werden, wenn die Lieferungen an Steuerpflichtige oder nichtsteuerpflichtige juristische Personen bewirkt werden, deren innergemeinschaftliche Erwerbe von Gegenständen die keine verbrauchsteuerpflichtigen Waren sind, gemäß Artikel 3 Absatz 1 nicht der Mehrwertsteuer unterliegen, und wenn die Versendung oder Beförderung dieser Waren gemäß Artikel 7 Absätze 4 und 5 oder Artikel 16 der Richtlinie 92/12/EWG durchgeführt wird;
c) die Lieferungen von Gegenständen in Form der Verbringung in einen anderen Mitgliedstaat, die gemäß Absatz 1 und den Buchstaben a und b des vorliegenden Absatzes von der Mehrwertsteuer befreit wäre, wenn sie an einen anderen Steuerpflichtigen bewirkt würde.

Art. 139 [Ausnahme von der Steuerbefreiung innergemeinschaftlicher Lieferungen (einschließlich neuer Fahrzeuge und verbrauchsteuerpflichtiger Waren)]. (1) Die Steuerbefreiung nach Artikel 138 Absatz 1 gilt nicht für die Lieferungen von Gegenständen durch Steuerpflichtige, die unter die Steuerbefreiung für Kleinunternehmen nach Maßgabe der Artikel 282 bis 292 fallen.

Ferner gilt die Steuerbefreiung nicht für die Lieferungen von Gegenständen an Steuerpflichtige oder nichtsteuerpflichtige juristische Personen, deren innergemeinschaftliche Erwerbe von Gegenständen gemäß Artikel 3 Absatz 1 nicht der Mehrwertsteuer unterliegen.

(2) Die Steuerbefreiung nach Artikel 138 Absatz 2 Buchstabe b gilt nicht für die Lieferungen verbrauchsteuerpflichtiger Waren durch Steuerpflichtige, die unter die Steuerbefreiung für Kleinunternehmen nach Maßgabe der Artikel 282 bis 292 fallen.

(3) Die Steuerbefreiung nach Artikel 138 Absatz 1 und Absatz 2 Buchstaben b und c gilt nicht für die Lieferungen von Gegenständen, die nach der Sonderregelung über die Differenzbesteue-

rung der Artikel 312 bis 325 oder der Regelung für öffentliche Versteigerungen der Mehrwertsteuer unterliegen.

Die Steuerbefreiung nach Artikel 138 Absatz 1 und Absatz 2 Buchstabe c gilt nicht für die Lieferungen von Gebrauchtfahrzeugen im Sinne des Artikels 327 Absatz 3, die nach Übergangsregelung für Gebrauchtfahrzeuge der Mehrwertsteuer unterliegen.

Abschnitt 2. Steuerbefreiungen beim innergemeinschaftlichen Erwerb von Gegenständen

Art. 140 [Steuerbefreiung des innergemeinschaftlichen Erwerbs]. Die Mitgliedstaaten befreien folgende Umsätze von der Steuer:
a) den innergemeinschaftlichen Erwerb von Gegenständen, deren Lieferung durch Steuerpflichtige in ihrem jeweiligen Gebiet in jedem Fall mehrwertsteuerfrei ist;
b) den innergemeinschaftlichen Erwerb von Gegenständen, deren Einfuhr gemäß Artikel 143 Absatz 1 Buchstaben a, b und c sowie Buchstaben e bis l in jedem Fall mehrwertsteuerfrei ist;
c) den innergemeinschaftlichen Erwerb von Gegenständen, für die der Erwerber gemäß den Artikeln 170 und 171 in jedem Fall das Recht auf volle Erstattung der Mehrwertsteuer hat, die gemäß Artikel 2 Absatz 1 Buchstabe b geschuldet würde.

Art. 141 [Nichtbesteuerung des innergemeinschaftlichen Erwerbs im Fall eines innergemeinschaftlichen Dreiecksgeschäfts]. Jeder Mitgliedstaat trifft besondere Maßnahmen, damit ein innergemeinschaftlicher Erwerb von Gegenständen, der nach Artikel 40 als in seinem Gebiet bewirkt gilt, nicht mit der Mehrwertsteuer belastet wird, wenn folgende Voraussetzungen erfüllt sind:
a) der Erwerb von Gegenständen wird von einem Steuerpflichtigen bewirkt, der nicht in diesem Mitgliedstaat niedergelassen ist, aber in einem anderen Mitgliedstaat für Mehrwertsteuerzwecke erfasst ist;
b) der Erwerb von Gegenständen erfolgt für die Zwecke einer anschließenden Lieferung dieser Gegenstände durch den unter Buchstabe a genannten Steuerpflichtigen in diesem Mitgliedstaat;
c) die auf diese Weise von dem Steuerpflichtigen im Sinne von Buchstabe a erworbenen Gegenstände werden von einem anderen Mitgliedstaat aus als dem, in dem der Steuerpflichtige für Mehrwertsteuerzwecke erfasst ist, unmittelbar an die Person versandt oder befördert, an die er die anschließende Lieferung bewirkt;
d) Empfänger der anschließenden Lieferung ist ein anderer Steuerpflichtiger oder eine nichtsteuerpflichtige juristische Person, der bzw. die in dem betreffenden Mitgliedstaat für Mehrwertsteuerzwecke erfasst ist;
e) der Empfänger der Lieferung im Sinne des Buchstaben d ist gemäß Artikel 197 als Schuldner der Steuer für die Lieferung bestimmt worden, die von dem Steuerpflichtigen bewirkt wird, der nicht in dem Mitgliedstaat ansässig ist, in dem die Steuer geschuldet wird.

Abschnitt 3. Steuerbefreiungen für bestimmte Beförderungsleistungen

Art. 142 [Steuerbefreiung innergemeinschaftlicher Güterbeförderungen nach und von den Azoren und Madeira]. Die Mitgliedstaaten befreien die innergemeinschaftliche Güterbeförderung nach oder von den Inseln, die die autonomen Regionen Azoren und Madeira bilden, sowie die Güterbeförderung zwischen diesen Inseln von der Steuer.

Kapitel 5. Steuerbefreiungen bei der Einfuhr

Art. 143 [Steuerbefreiung bestimmter Einfuhren]. (1) Die Mitgliedstaaten befreien folgende Umsätze von der Steuer:
a) die endgültige Einfuhr von Gegenständen, deren Lieferung durch Steuerpflichtige in ihrem jeweiligen Gebiet in jedem Fall mehrwertsteuerfrei ist;

b) die endgültige Einfuhr von Gegenständen, die in den Richtlinien 69/169/EWG[50], 83/181/EWG[51] und 2006/79/EG[52] des Rates geregelt ist;

c) die endgültige Einfuhr von Gegenständen aus Drittgebieten, die Teil des Zollgebiets der Gemeinschaft sind, im freien Verkehr, die unter die Steuerbefreiung nach Buchstabe b fallen würde, wenn die Gegenstände gemäß Artikel 30 Absatz 1 eingeführt worden wären;

d) die Einfuhr von Gegenständen, die von einem Drittgebiet oder einem Drittland aus in einen anderen Mitgliedstaat als den Mitgliedstaat der Beendigung der Versendung oder Beförderung versandt oder befördert werden, sofern die Lieferung dieser Gegenstände durch den gemäß Artikel 201 als Steuerschuldner bestimmten oder anerkannten Importeur bewirkt wird und gemäß Artikel 138 befreit ist;

e) die Wiedereinfuhr von unter eine Zollbefreiung fallenden Gegenständen durch denjenigen, der sie ausgeführt hat, und zwar in dem Zustand, in dem sie ausgeführt wurden;

f) die Einfuhr von Gegenständen im Rahmen der diplomatischen und konsularischen Beziehungen, für die eine Zollbefreiung gilt;

fa)[53] die Einfuhr von Gegenständen durch die Europäische Gemeinschaft, die Europäische Atomgemeinschaft, die Europäische Zentralbank oder die Europäische Investitionsbank oder die von den Europäischen Gemeinschaften geschaffenen Einrichtungen, auf die das Protokoll vom 8. April 1965 über die Vorrechte und Befreiungen der Europäischen Gemeinschaften anwendbar ist, und zwar in den Grenzen und zu den Bedingungen, die in diesem Protokoll und den Übereinkünften zu seiner Umsetzung oder in den Abkommen über ihren Sitz festgelegt sind, sofern dies nicht zu Wettbewerbsverzerrungen führt;

g) die Einfuhr von Gegenständen durch internationale Einrichtungen, die nicht unter Buchstabe fa genannt sind und die von den Behörden des Aufnahmemitgliedstaats als internationale Einrichtungen anerkannt sind, sowie durch Angehörige dieser Einrichtungen, und zwar in den Grenzen und zu den Bedingungen, die in den internationalen Übereinkommen über die Gründung dieser Einrichtungen oder in den Abkommen über ihren Sitz festgelegt sind;

h) die Einfuhr von Gegenständen in den Mitgliedstaaten, die Vertragsparteien des Nordatlantikvertrags sind, durch die Streitkräfte anderer Parteien dieses Vertrags für den Gebrauch oder Verbrauch durch diese Streitkräfte oder ihr ziviles Begleitpersonal oder für die Versorgung ihrer Kasinos oder Kantinen, wenn diese Streitkräfte der gemeinsamen Verteidigungsanstrengung dienen;

i) die Einfuhr von Gegenständen, die von den gemäß dem Vertrag zur Gründung der Republik Zypern vom 16. August 1960 auf der Insel Zypern stationierten Streitkräften des Vereinigten Königreichs durchgeführt wird, wenn sie für den Gebrauch oder Verbrauch durch diese Streitkräfte oder ihr ziviles Begleitpersonal oder für die Versorgung ihrer Kasinos oder Kantinen bestimmt ist;

---

[50] **[Amtl. Anm.:]** Richtlinie 69/169/EWG des Rates vom 28.5.1969 zur Harmonisierung der Rechts- und Verwaltungsvorschriften über die Befreiung von den Umsatzsteuern und Sonderverbrauchsteuern bei der Einfuhr im grenzüberschreitenden Reiseverkehr (ABl. 1969 L 133, 6). **[Red. Anm.:]** Die Richtlinie 69/169/EWG wird aufgehoben und ersetzt durch die Richtlinie **2007/74/EG** des Rates vom 20.12.2007 (ABl. 2007 L 346, 6).

[51] **[Amtl. Anm.:]** Richtlinie 83/181/EWG des Rates vom 28.3.1983 zur Festlegung des Anwendungsbereichs von Artikel 14 Absatz 1 Buchstabe d der Richtlinie 77/388/EWG hinsichtlich der Mehrwertsteuerbefreiung bestimmter endgültiger Einfuhren von Gegenständen (ABl. 1983 L 105, 38). **[Red. Anm.:]** Aufgeh. durch Richtlinie **2009/132/EG** des Rates vom 19.10.2009 (ABl. 2009 L 292, 5). Die Bezugnahme auf die RL 83/181/EWG gilt als Bezugnahme auf die RL 2009/132/EG.

[52] **[Amtl. Anm.:]** Richtlinie 2006/79/EG des Rates vom 5.10.2006 über die Steuerbefreiungen bei der Einfuhr von Waren in Kleinsendungen nichtkommerzieller Art mit Herkunft aus Drittländern (kodifizierte Fassung) (ABl. 2006 L 286, 15).

[53] Art. 143 Abs. 1 Buchst. fa eingef. mWv 15.1.2010 durch RL 2009/162/EU v. 22.12.2009 (ABl. 2010 L 10, 14).

j) die durch Unternehmen der Seefischerei in Häfen durchgeführte Einfuhr von Fischereierzeugnissen, die noch nicht Gegenstand einer Lieferung gewesen sind, in unbearbeitetem Zustand oder nach Haltbarmachung für Zwecke der Vermarktung;
k) die Einfuhr von Gold durch Zentralbanken;
l) die Einfuhr von Gas über ein Erdgasnetz oder jedes an ein solches Netz angeschlossene Netz oder von Gas, das von einem Gastanker aus in ein Erdgasnetz oder ein vorgelagertes Gasleitungsnetz eingespeist wird, von Elektrizität oder von Wärme oder Kälte über Wärme- oder Kältenetze.

(2)[54] Die Steuerbefreiung gemäß Absatz 1 Buchstabe d ist in den Fällen, in denen auf die Einfuhr von Gegenständen eine Lieferung von Gegenständen folgt, die gemäß Artikel 138 Absatz 1 und Absatz 2 Buchstabe c von der Steuer befreit ist, nur anzuwenden, wenn der Importeur zum Zeitpunkt der Einfuhr den zuständigen Behörden des Einfuhrmitgliedstaats mindestens die folgenden Angaben hat zukommen lassen:
a) seine im Einfuhrmitgliedstaat erteilte MwSt.-Identifikationsnummer oder die im Einfuhrmitgliedstaat erteilte MwSt.-Identifikationsnummer seines Steuervertreters, der die Steuer schuldet;
b) die in einem anderen Mitgliedstaat erteilte MwSt.-Identifikationsnummer des Erwerbers, an den die Gegenstände gemäß Artikel 138 Absatz 1 geliefert werden, oder seine eigene MwSt.-Identifikationsnummer, die in dem Mitgliedstaat erteilt wurde, in dem die Versendung oder Beförderung der Gegenstände endet, wenn die Gegenstände gemäß Artikel 138 Absatz 2 Buchstabe c verbracht werden;
c) den Nachweis, aus dem hervorgeht, dass die eingeführten Gegenstände dazu bestimmt sind, aus dem Einfuhrmitgliedstaat in einen anderen Mitgliedstaat befördert oder versandt zu werden.

Allerdings können die Mitgliedstaaten festlegen, dass der Nachweis nach Buchstabe c den zuständigen Behörden lediglich auf Ersuchen vorzulegen ist.

Art. 144 [Steuerbefreiung in der Steuerbemessungsgrundlage für Einfuhren bereits enthaltener Dienstleistungen]. Die Mitgliedstaaten befreien Dienstleistungen, die sich auf die Einfuhr von Gegenständen beziehen und deren Wert gemäß Artikel 86 Absatz 1 Buchstabe b in der Steuerbemessungsgrundlage enthalten ist.

Art. 145 [Stand-Still-Klausel zum Anwendungsbereich der Steuerbefreiung bestimmter Einfuhren – Auftrag an EU-Kommission zur Überprüfung]. (1) Falls erforderlich, unterbreitet die Kommission dem Rat so rasch wie möglich Vorschläge zur genauen Festlegung des Anwendungsbereichs der Befreiungen der Artikel 143 und 144 und der praktischen Einzelheiten ihrer Anwendung.

(2) Bis zum Inkrafttreten der in Absatz 1 genannten Bestimmungen können die Mitgliedstaaten die geltenden nationalen Vorschriften beibehalten.

Die Mitgliedstaaten können ihre nationalen Vorschriften anpassen, um Wettbewerbsverzerrungen zu verringern und insbesondere die Nicht- oder Doppelbesteuerung innerhalb der Gemeinschaft zu vermeiden.

Die Mitgliedstaaten können die Verwaltungsverfahren anwenden, die ihnen zur Durchführung der Steuerbefreiung am geeignetsten erscheinen.

(3) Die Mitgliedstaaten teilen der Kommission ihre bereits geltenden nationalen Vorschriften mit, sofern diese noch nicht mitgeteilt wurden, und die Vorschriften, die sie im Sinne des Absatzes 2 erlassen; die Kommission unterrichtet hiervon die übrigen Mitgliedstaaten.

---

[54] Art. 143 Abs. 2 angef. mWv 24.7.2009 durch RL 2009/69/EG v. 25.6.2009 (ABl. 2009 L 175, 12).

Kapitel 6. Steuerbefreiungen bei der Ausfuhr

Art. 146 [Steuerbefreiung von Ausfuhrumsätzen]. (1) Die Mitgliedstaaten befreien folgende Umsätze von der Steuer:

a) die Lieferungen von Gegenständen, die durch den Verkäufer oder für dessen Rechnung nach Orten außerhalb der Gemeinschaft versandt oder befördert werden;
b) die Lieferungen von Gegenständen, die durch den nicht in ihrem jeweiligen Gebiet ansässigen Erwerber oder für dessen Rechnung nach Orten außerhalb der Gemeinschaft versandt oder befördert werden, mit Ausnahme der vom Erwerber selbst beförderten Gegenstände zur Ausrüstung oder Versorgung von Sportbooten und Sportflugzeugen sowie von sonstigen Beförderungsmitteln, die privaten Zwecken dienen;
c) die Lieferungen von Gegenständen an zugelassene Körperschaften, die diese im Rahmen ihrer Tätigkeit auf humanitärem, karitativem oder erzieherischem Gebiet nach Orten außerhalb der Gemeinschaft ausführen;
d) Dienstleistungen in Form von Arbeiten an beweglichen körperlichen Gegenständen, die zwecks Durchführung dieser Arbeiten in der Gemeinschaft erworben oder eingeführt worden sind und die vom Dienstleistungserbringer oder dem nicht in ihrem jeweiligen Gebiet ansässigen Dienstleistungsempfänger oder für deren Rechnung nach Orten außerhalb der Gemeinschaft versandt oder befördert werden;
e) Dienstleistungen, einschließlich Beförderungsleistungen und Nebentätigkeiten zur Beförderung, ausgenommen die gemäß den Artikeln 132 und 135 von der Steuer befreiten Dienstleistungen, wenn sie in unmittelbarem Zusammenhang mit der Ausfuhr oder der Einfuhr von Gegenständen stehen, für die Artikel 61 oder Artikel 157 Absatz 1 Buchstabe a gilt.

(2) Die Steuerbefreiung des Absatzes 1 Buchstabe c kann im Wege einer Mehrwertsteuererstattung erfolgen.

Art. 147 [Voraussetzungen der Steuerbefreiung von Ausfuhrlieferungen im nichtkommerziellen Reiseverkehr]. (1) Betrifft die in Artikel 146 Absatz 1 Buchstabe b genannte Lieferung Gegenstände zur Mitführung im persönlichen Gepäck von Reisenden, gilt die Steuerbefreiung nur, wenn die folgenden Voraussetzungen erfüllt sind:

a) der Reisende ist nicht in der Gemeinschaft ansässig;
b) die Gegenstände werden vor Ablauf des dritten auf die Lieferung folgenden Kalendermonats nach Orten außerhalb der Gemeinschaft befördert;
c) der Gesamtwert der Lieferung einschließlich Mehrwertsteuer übersteigt 175 EUR oder den Gegenwert in Landeswährung; der Gegenwert in Landeswährung wird alljährlich anhand des am ersten Arbeitstag im Oktober geltenden Umrechnungskurses mit Wirkung zum 1. Januar des folgenden Jahres festgelegt.

Die Mitgliedstaaten können jedoch eine Lieferung, deren Gesamtwert unter dem in Unterabsatz 1 Buchstabe c vorgesehenen Betrag liegt, von der Steuer befreien.

(2) Für die Zwecke des Absatzes 1 gilt ein Reisender als „nicht in der Gemeinschaft ansässig", wenn sein Wohnsitz oder sein gewöhnlicher Aufenthaltsort nicht in der Gemeinschaft liegt. Dabei gilt als „Wohnsitz oder gewöhnlicher Aufenthaltsort" der Ort, der im Reisepass, im Personalausweis oder in einem sonstigen Dokument eingetragen ist, das in dem Mitgliedstaat, in dessen Gebiet die Lieferung bewirkt wird, als Identitätsnachweis anerkannt ist.

Der Nachweis der Ausfuhr wird durch Rechnungen oder entsprechende Belege erbracht, die mit dem Sichtvermerk der Ausgangszollstelle der Gemeinschaft versehen sein müssen.

Jeder Mitgliedstaat übermittelt der Kommission ein Muster des Stempelabdrucks, den er für die Erteilung des Sichtvermerks im Sinne des Unterabsatzes 2 verwendet. Die Kommission leitet diese Information an die Steuerbehörden der übrigen Mitgliedstaaten weiter.

Kapitel 7. Steuerbefreiungen bei grenzüberschreitenden Beförderungen

Art. 148 [Steuerbefreiung von Vorumsätzen in der Seeschifffahrt und in der Luftfahrt]. Die Mitgliedstaaten befreien folgende Umsätze von der Steuer:
a) die Lieferungen von Gegenständen zur Versorgung von Schiffen, die auf hoher See im entgeltlichen Passagierverkehr, zur Ausübung einer Handelstätigkeit, für gewerbliche Zwecke oder zur Fischerei sowie als Bergungs- oder Rettungsschiffe auf See oder zur Küstenfischerei eingesetzt sind, wobei im letztgenannten Fall die Lieferungen von Bordverpflegung ausgenommen sind;
b) die Lieferungen von Gegenständen zur Versorgung von Kriegsschiffen im Sinne des Codes der Kombinierten Nomenklatur (KN) 8906 10 00, die ihr Gebiet verlassen, um einen Hafen oder Ankerplatz außerhalb des Mitgliedstaats anzulaufen;
c) Lieferung, Umbau, Reparatur, Wartung, Vercharterung und Vermietung der unter Buchstabe a genannten Schiffe, sowie Lieferung, Vermietung, Reparatur und Wartung von Gegenständen, die in diese Schiffe eingebaut sind – einschließlich der Ausrüstung für die Fischerei –, oder die ihrem Betrieb dienen;
d) Dienstleistungen, die nicht unter Buchstabe c fallen und die unmittelbar für den Bedarf der unter Buchstabe a genannten Schiffe und ihrer Ladung erbracht werden;
e) die Lieferungen von Gegenständen zur Versorgung von Luftfahrzeugen, die von Luftfahrtgesellschaften verwendet werden, die hauptsächlich im entgeltlichen internationalen Verkehr tätig sind;
f) Lieferung, Umbau, Reparatur, Wartung, Vercharterung und Vermietung der unter Buchstabe e genannten Luftfahrzeuge, sowie Lieferung, Vermietung, Reparatur und Wartung von Gegenständen, die in diese Luftfahrzeuge eingebaut sind oder ihrem Betrieb dienen;
g) Dienstleistungen, die nicht unter Buchstabe f fallen und die unmittelbar für den Bedarf der unter Buchstabe e genannten Luftfahrzeuge und ihrer Ladung erbracht werden.

Art. 149 [Kannbestimmung: Portugal – See- und Luftverkehrsbeförderungen zwischen den Azoren und Madeira]. Portugal kann Beförderungen im See- und Luftverkehr zwischen den Inseln, die die autonomen Regionen Azoren und Madeira bilden, sowie zwischen diesen Regionen und dem Mutterland grenzüberschreitenden Beförderungen gleichstellen.

Art. 150 [Auftrag an EU-Kommission zur Überprüfung des Anwendungsbereichs der Steuerbefreiung von Vorumsätzen in der Seeschifffahrt und in der Luftfahrt]. (1) Falls erforderlich unterbreitet die Kommission dem Rat so rasch wie möglich Vorschläge zur genauen Festlegung des Anwendungsbereichs der Befreiungen des Artikels 148 und der praktischen Einzelheiten ihrer Anwendung.

(2) Bis zum Inkrafttreten der in Absatz 1 genannten Bestimmungen können die Mitgliedstaaten den Anwendungsbereich der Befreiungen nach Artikel 148 Buchstaben a und b beschränken.

Kapitel 8. Steuerbefreiungen bei bestimmten, Ausfuhren gleichgestellten Umsätzen

Art. 151 [Steuerbefreiung von Umsätzen an diplomatische Vertretungen, internationale Einrichtungen und NATO-Streitkräfte]. (1) Die Mitgliedstaaten befreien folgende Umsätze von der Steuer:
a) Lieferungen von Gegenständen und Dienstleistungen, die im Rahmen der diplomatischen und konsularischen Beziehungen bewirkt werden;
aa) Lieferungen von Gegenständen und Dienstleistungen, die für die Europäische Gemeinschaft, die Europäische Atomgemeinschaft, die Europäische Zentralbank oder die Europäische Investitionsbank oder die von den Europäischen Gemeinschaften geschaffenen Einrichtungen, auf die das Protokoll vom 8. April 1965 über die Vorrechte und Befreiungen der Europäischen Gemeinschaften anwendbar ist, bestimmt sind, und zwar in den Grenzen und zu den Bedingungen, die in diesem Protokoll und den Übereinkünften zu seiner Umsetzung oder in den

Abkommen über ihren Sitz festgelegt sind, sofern dies nicht zu Wettbewerbsverzerrungen führt;

b) Lieferungen von Gegenständen und Dienstleistungen, die für nicht unter Buchstabe aa genannte internationale Einrichtungen, die vom Aufnahmemitgliedstaat als internationale Einrichtungen anerkannt sind, sowie für die Angehörigen dieser Einrichtungen bestimmt sind, und zwar in den Grenzen und zu den Bedingungen, die in den internationalen Übereinkommen über die Gründung dieser Einrichtungen oder in den Abkommen über ihren Sitz festgelegt sind;

c) Lieferungen von Gegenständen und Dienstleistungen, die in den Mitgliedstaaten, die Vertragsparteien des Nordatlantikvertrags sind, an die Streitkräfte anderer Vertragsparteien bewirkt werden, wenn diese Umsätze für den Gebrauch oder Verbrauch durch diese Streitkräfte oder ihr ziviles Begleitpersonal oder für die Versorgung ihrer Kasinos oder Kantinen bestimmt sind und wenn diese Streitkräfte der gemeinsamen Verteidigungsanstrengung dienen;

d) Lieferungen von Gegenständen und Dienstleistungen, deren Bestimmungsort in einem anderen Mitgliedstaat liegt und die für die Streitkräfte anderer Vertragsparteien des Nordatlantikvertrags als die des Bestimmungsmitgliedstaats selbst bestimmt sind, wenn diese Umsätze für den Gebrauch oder Verbrauch durch diese Streitkräfte oder ihr ziviles Begleitpersonal oder für die Versorgung ihrer Kasinos oder Kantinen bestimmt sind und wenn diese Streitkräfte der gemeinsamen Verteidigungsanstrengung dienen;

e) Lieferungen von Gegenständen und Dienstleistungen, die für die gemäß dem Vertrag zur Gründung der Republik Zypern vom 16. August 1960 auf der Insel Zypern stationierten Streitkräfte des Vereinigten Königreichs bestimmt sind, wenn diese Umsätze für den Gebrauch oder Verbrauch durch die Streitkräfte oder ihr ziviles Begleitpersonal oder für die Versorgung ihrer Kasinos oder Kantinen bestimmt sind.

Die in Unterabsatz 1 geregelten Befreiungen gelten unter den vom Aufnahmemitgliedstaat festgelegten Beschränkungen so lange, bis eine einheitliche Steuerregelung erlassen ist.

(2) Bei Gegenständen, die nicht aus dem Mitgliedstaat versandt oder befördert werden, in dem die Lieferung dieser Gegenstände bewirkt wird, und bei Dienstleistungen kann die Steuerbefreiung im Wege der Mehrwertsteuererstattung erfolgen.

Art. 152 [Steuerbefreiung der Lieferungen von Gold an Zentralbanken]. Die Mitgliedstaaten befreien die Lieferungen von Gold an Zentralbanken von der Steuer.

Kapitel 9. Steuerbefreiungen für Dienstleistungen von Vermittlern

Art. 153 [Steuerbefreiung von Vermittlungsleistungen im Zusammenhang mit grenzüberschreitenden Umsätzen]. Die Mitgliedstaaten befreien Dienstleistungen von Vermittlern, die im Namen und für Rechnung Dritter handeln, von der Steuer, wenn sie in den Kapiteln 6, 7 und 8 genannte Umsätze oder Umsätze außerhalb der Gemeinschaft betreffen.

Die Befreiung nach Absatz 1 gilt nicht für Reisebüros, wenn diese im Namen und für Rechnung des Reisenden Leistungen bewirken, die in anderen Mitgliedstaaten erbracht werden.

Kapitel 10. Steuerbefreiungen beim grenzüberschreitenden Warenverkehr

Abschnitt 1. Zolllager, andere Lager als Zolllager sowie gleichartige Regelungen

Art. 154 [Definition „andere Lager als Zolllager"]. Für die Zwecke dieses Abschnitts gelten als „andere Lager als Zolllager" bei verbrauchsteuerpflichtigen Waren die Orte, die Artikel 4 Buchstabe b der Richtlinie 92/12/EWG als Steuerlager definiert, und bei nicht verbrauchsteuerpflichtigen Waren die Orte, die die Mitgliedstaaten als solche definieren.

Art. 155 [Kannbestimmung: Steuerbefreiung für Umsätze, die Zollverfahren unterliegen – Grundsatz]. Unbeschadet der übrigen gemeinschaftlichen Steuervorschriften können die Mitgliedstaaten nach Konsultation des Mehrwertsteuerausschusses besondere Maßnahmen treffen, um einige oder sämtliche in diesem Abschnitt genannten Umsätze von der Steuer zu befreien, sofern diese nicht für eine endgültige Verwendung oder einen Endverbrauch bestimmt sind und sofern der beim Verlassen der in diesem Abschnitt genannten Verfahren oder sonstigen Regelungen geschuldete Mehrwertsteuerbetrag demjenigen entspricht, der bei der Besteuerung jedes einzelnen dieser Umsätze in ihrem Gebiet geschuldet worden wäre.

Art. 156 [Kannbestimmung: Steuerbefreiung bestimmter Lieferungen von Gegenständen, die bestimmten Zollverfahren unterliegen]. (1) Die Mitgliedstaaten können folgende Umsätze von der Steuer befreien:
a) die Lieferungen von Gegenständen, die zollamtlich erfasst und gegebenenfalls in einem Übergangslager vorübergehend verwahrt bleiben sollen;
b) die Lieferungen von Gegenständen, die in einer Freizone oder einem Freilager gelagert werden sollen;
c) die Lieferungen von Gegenständen, die einer Zolllagerregelung oder einer Regelung für den aktiven Veredelungsverkehr unterliegen sollen;
d) die Lieferungen von Gegenständen, die in die Hoheitsgewässer verbracht werden sollen, um im Rahmen des Baus, der Reparatur, der Wartung, des Umbaus oder der Ausrüstung von Bohrinseln oder Förderplattformen in diese eingebaut oder für die Verbindung dieser Bohrinseln oder Förderplattformen mit dem Festland verwendet zu werden;
e) die Lieferungen von Gegenständen, die in die Hoheitsgewässer verbracht werden sollen, um zur Versorgung von Bohrinseln oder Förderplattformen verwendet zu werden.

(2) Die in Absatz 1 genannten Orte sind diejenigen, die in den geltenden Zollvorschriften der Gemeinschaft als solche definiert sind.

Art. 157 [Kannbestimmung: Steuerbefreiung von Einfuhren und Lieferungen unter Regelungen für andere als Zolllager]. (1) Die Mitgliedstaaten können folgende Umsätze von der Steuer befreien:
a) die Einfuhr von Gegenständen, die einer Regelung für andere Lager als Zolllager unterliegen sollen;
b) die Lieferungen von Gegenständen, die in ihrem Gebiet einer Regelung für andere Lager als Zolllager unterliegen sollen.

(2) Die Mitgliedstaaten dürfen bei nicht verbrauchsteuerpflichtigen Waren keine andere Lagerregelung als eine Zolllagerregelung vorsehen, wenn diese Waren zur Lieferung auf der Einzelhandelsstufe bestimmt sind.

Art. 158 [Kannbestimmung: Einbeziehung von Tax-free-Verkaufsstellen in eine Regelung für andere als Zolllager]. (1) Abweichend von Artikel 157 Absatz 2 können die Mitgliedstaaten eine Regelung für andere Lager als Zolllager in folgenden Fällen vorsehen:
a) sofern die Gegenstände für Tax-free-Verkaufsstellen für Zwecke ihrer gemäß Artikel 146 Absatz 1 Buchstabe b befreiten Lieferungen zur Mitführung im persönlichen Gepäck von Reisenden bestimmt sind, die sich per Flugzeug oder Schiff in ein Drittgebiet oder ein Drittland begeben;
b) sofern die Gegenstände für Steuerpflichtige für Zwecke ihrer Lieferungen an Reisende an Bord eines Flugzeugs oder eines Schiffs während eines Flugs oder einer Seereise bestimmt sind, deren Zielort außerhalb der Gemeinschaft gelegen ist;
c) sofern die Gegenstände für Steuerpflichtige für Zwecke ihrer gemäß Artikel 151 von der Mehrwertsteuer befreiten Lieferungen bestimmt sind.

(2) Mitgliedstaaten, die von der in Absatz 1 Buchstabe a vorgesehenen Möglichkeit der Steuerbefreiung Gebrauch machen, treffen die erforderlichen Maßnahmen, um eine korrekte und einfache Anwendung dieser Befreiung zu gewährleisten und Steuerhinterziehung, Steuerumgehung oder Missbrauch zu verhindern.

(3) Für die Zwecke des Absatzes 1 Buchstabe a gilt als „Tax-free-Verkaufsstelle" jede Verkaufsstelle innerhalb eines Flug- oder Seehafens, die die von den zuständigen Behörden festgelegten Voraussetzungen erfüllt.

Art. 159 [Kannbestimmung: Steuerbefreiung von Dienstleistungen im Zusammenhang mit steuerbefreiten Lieferungen unter Zollverfahren]. Die Mitgliedstaaten können Dienstleistungen von der Steuer befreien, die mit der Lieferung von Gegenständen im Sinne des Artikels 156, des Artikels 157 Absatz 1 Buchstabe b und des Artikels 158 zusammenhängen.

Art. 160 [Kannbestimmung: Steuerbefreiung von Umsätzen in Zoll- und Mehrwertsteuerlagern]. (1) Die Mitgliedstaaten können folgende Umsätze von der Steuer befreien:

a) die Lieferungen von Gegenständen und das Erbringen von Dienstleistungen an den in Artikel 156 Absatz 1 genannten Orten, wenn diese Umsätze in ihrem Gebiet unter Wahrung einer der in demselben Absatz genannten Verfahren bewirkt werden;

b) die Lieferungen von Gegenständen und das Erbringen von Dienstleistungen an den in Artikel 157 Absatz 1 Buchstabe b und Artikel 158 genannten Orten, wenn diese Umsätze in ihrem Gebiet unter Wahrung eines der in Artikel 157 Absatz 1 Buchstabe b beziehungsweise Artikel 158 Absatz 1 genannten Verfahren bewirkt werden.

(2) Mitgliedstaaten, die von der Möglichkeit nach Absatz 1 Buchstabe a für in Zolllagern bewirkte Umsätze Gebrauch machen, treffen die erforderlichen Maßnahmen, um Regelungen für andere Lager als Zolllager festzulegen, die die Anwendung von Absatz 1 Buchstabe b auf diese Umsätze ermöglichen, wenn sie in Anhang V genannte Gegenstände betreffen und unter dieser Regelung für andere Lager als Zolllager bewirkt werden.

Art. 161 [Kannbestimmung: Steuerbefreiung von Umsätzen mit Drittlandswaren, die bestimmten Zollverfahren unterliegen]. Die Mitgliedstaaten können folgende Lieferungen von Gegenständen und damit zusammenhängende Dienstleistungen von der Steuer befreien:

a) die Lieferungen von Gegenständen nach Artikel 30 Absatz 1 unter Wahrung des Verfahrens der vorübergehenden Verwendung bei vollständiger Befreiung von den Einfuhrabgaben oder des externen Versandverfahrens;

b) die Lieferungen von Gegenständen nach Artikel 30 Absatz 2 unter Wahrung des internen Versandverfahrens nach Artikel 276.

Art. 162 [Gleichstellung des innergemeinschaftlichen Erwerbs in den Fällen der Steuerbefreiung unter bestimmten Zollverfahren]. Mitgliedstaaten, die von der Möglichkeit nach diesem Abschnitt Gebrauch machen, stellen sicher, dass für den innergemeinschaftlichen Erwerb von Gegenständen, der unter eines der Verfahren oder eine der Regelungen im Sinne des Artikels 156, des Artikels 157 Absatz 1 Buchstabe b und des Artikels 158 fällt, dieselben Vorschriften angewandt werden wie auf die Lieferungen von Gegenständen, die unter gleichen Bedingungen in ihrem Gebiet bewirkt wird.

Art. 163 [Vermeidung einer Doppelbesteuerung durch Einfuhrmitgliedstaat in den Fällen der Besteuerung aufgrund des Verlassens eines Zollverfahrens]. Ist das Verlassen der Verfahren oder der sonstigen Regelungen im Sinne dieses Abschnitts mit einer Einfuhr im Sinne des Artikels 61 verbunden, trifft der Einfuhrmitgliedstaat die erforderlichen Maßnahmen, um eine Doppelbesteuerung zu vermeiden.

Abschnitt 2. Steuerbefreiung von Umsätzen im Hinblick auf eine Ausfuhr und im Rahmen des Handels zwischen den Mitgliedstaaten

Art. 164 [Kannbestimmung: Steuerbefreiung von Vorumsätzen für Ausfuhren]. (1) Die Mitgliedstaaten können nach Konsultation des Mehrwertsteuerausschusses folgende von einem Steuerpflichtigen getätigte oder für einen Steuerpflichtigen bestimmte Umsätze bis zu dem Betrag von der Steuer befreien, der dem Wert der von diesem Steuerpflichtigen getätigten Ausfuhren in den vorangegangenen zwölf Monaten entspricht:

a) innergemeinschaftlicher Erwerb von Gegenständen durch einen Steuerpflichtigen sowie Einfuhr und Lieferung von Gegenständen an einen Steuerpflichtigen, der diese unverarbeitet oder verarbeitet nach Orten außerhalb der Gemeinschaft auszuführen beabsichtigt;

b) Dienstleistungen im Zusammenhang mit der Ausfuhrtätigkeit dieses Steuerpflichtigen.

(2) Mitgliedstaaten, die von der Möglichkeit der Steuerbefreiung nach Absatz 1 Gebrauch machen, befreien nach Konsultation des Mehrwertsteuerausschusses auch die Umsätze im Zusammenhang mit Lieferungen des Steuerpflichtigen unter den Voraussetzungen des Artikels 138 bis zu dem Betrag, der dem Wert seiner derartigen Lieferungen in den vorangegangenen zwölf Monaten entspricht, von der Steuer.

Art. 165 [Kannbestimmung: gemeinsamer Höchstbetrag für Steuerbefreiung von Vorumsätzen für Ausfuhren]. Die Mitgliedstaaten können für die Steuerbefreiungen gemäß Artikel 164 einen gemeinsamen Höchstbetrag festsetzen.

Abschnitt 3. Gemeinsame Bestimmungen für die Abschnitte 1 und 2

Art. 166 [Auftrag an EU-Kommission – Überprüfung der Anwendungsmodalitäten für die Steuerbefreiungen beim grenzüberschreitenden Warenverkehr]. Falls erforderlich unterbreitet die Kommission dem Rat so rasch wie möglich Vorschläge über gemeinsame Modalitäten für die Anwendung der Mehrwertsteuer auf die in den Abschnitten 1 und 2 genannten Umsätze.

Titel X. Vorsteuerabzug

Kapitel 1. Entstehung und Umfang des Rechts auf Vorsteuerabzug

Art. 167 [Entstehung des Rechts auf Vorsteuerabzug]. Das Recht auf Vorsteuerabzug entsteht, wenn der Anspruch auf die abziehbare Steuer entsteht.

Art. 167a[55] **[Fakultative Regelung].** Die Mitgliedstaaten können im Rahmen einer fakultativen Regelung vorsehen, dass das Recht auf Vorsteuerabzug eines Steuerpflichtigen, bei dem ausschließlich ein Steueranspruch gemäß Artikel 66 Buchstabe b eintritt, erst dann ausgeübt werden darf, wenn der entsprechende Lieferer oder Dienstleistungserbringer die Mehrwertsteuer auf die dem Steuerpflichtigen gelieferten Gegenstände oder erbrachten Dienstleistungen erhalten hat.

Mitgliedstaaten, die die in Absatz 1 genannte fakultative Regelung anwenden, legen für Steuerpflichtige, die innerhalb ihres Gebiets von dieser Regelung Gebrauch machen, einen Grenzwert fest, der sich auf den gemäß Artikel 288 berechneten Jahresumsatz des Steuerpflichtigen stützt. Dieser Grenzwert darf 500.000 EUR oder den Gegenwert in Landeswährung nicht übersteigen. Die Mitgliedstaaten können nach Konsultation des Mehrwertsteuerausschusses einen Grenzwert anwenden, der bis zu 2.000.000 EUR oder den Gegenwert in Landeswährung beträgt. Bei Mitgliedstaaten, die am 31. Dezember 2012 einen Grenzwert anwenden, der mehr als 500.000 EUR oder den Gegenwert in Landeswährung beträgt, ist eine solche Konsultation des Mehrwertsteuerausschusses jedoch nicht erforderlich.

Die Mitgliedstaaten unterrichten den Mehrwertsteuerausschuss von allen auf der Grundlage von Absatz 1 erlassenen nationalen Maßnahmen.

Art. 168[56] **[Umfang des Rechts auf Vorsteuerabzug – steuerpflichtige Ausgangsumsätze].** Soweit die Gegenstände und Dienstleistungen für die Zwecke seiner besteuerten Umsätze verwendet werden, ist der Steuerpflichtige berechtigt, in dem Mitgliedstaat, in dem er diese Umsätze bewirkt, vom Betrag der von ihm geschuldeten Steuer folgende Beträge abzuziehen:

---

[55] Art. 167a eingef. mWv 11.8.2010 durch RL 2010/45/EU v. 13.7.2010 (ABl. 2010 L 189, 1).

[56] **Redaktioneller Hinweis:** Zeitlich befristete abweichende Ermächtigung Deutschlands auf **Ausschluss vom Recht auf Vorsteuerabzug** von Gegenständen und Dienstleistungen, die zu mehr als 90% für private Zwecke des Stpfl. oder seines Personals oder allgemein für unternehmensfremde Zwecke genutzt werden, durch Durchführungsbeschluss 2012/705/EU v. 13.11.2012 (ABl. 2012 L 319, 8).

a) die in diesem Mitgliedstaat geschuldete oder entrichtete Mehrwertsteuer für Gegenstände und Dienstleistungen, die ihm von einem anderen Steuerpflichtigen geliefert bzw. erbracht wurden oder werden;
b) die Mehrwertsteuer, die für Umsätze geschuldet wird, die der Lieferung von Gegenständen beziehungsweise dem Erbringen von Dienstleistungen gemäß Artikel 18 Buchstabe a sowie Artikel 27 gleichgestellt sind;
c) die Mehrwertsteuer, die für den innergemeinschaftlichen Erwerb von Gegenständen gemäß Artikel 2 Absatz 1 Buchstabe b Ziffer i geschuldet wird;
d) die Mehrwertsteuer, die für dem innergemeinschaftlichen Erwerb gleichgestellte Umsätze gemäß den Artikeln 21 und 22 geschuldet wird;
e) die Mehrwertsteuer, die für die Einfuhr von Gegenständen in diesem Mitgliedstaat geschuldet wird oder entrichtet worden ist.

Art. 168a[57] **[Umfang des Rechts auf Vorsteuerabzug bei Grundstücken und sonstigen Unternehmensgegenständen].** (1) Soweit ein dem Unternehmen zugeordnetes Grundstück vom Steuerpflichtigen sowohl für unternehmerische Zwecke als auch für seinen privaten Bedarf oder den seines Personals oder allgemein für unternehmensfremde Zwecke verwendet wird, darf bei Ausgaben im Zusammenhang mit diesem Grundstück höchstens der Teil der Mehrwertsteuer nach den Grundsätzen der Artikel 167, 168, 169 und 173 abgezogen werden, der auf die Verwendung des Grundstücks für unternehmerische Zwecke des Steuerpflichtigen entfällt.

Ändert sich der Verwendungsanteil eines Grundstücks nach Unterabsatz 1, so werden diese Änderungen abweichend von Artikel 26 nach den in dem betreffenden Mitgliedstaat geltenden Vorschriften zur Anwendung der in den Artikeln 184 bis 192 festgelegten Grundsätze berücksichtigt.

(2) Die Mitgliedstaaten können Absatz 1 auch auf die Mehrwertsteuer auf Ausgaben im Zusammenhang mit von ihnen definierten sonstigen Gegenständen anwenden, die dem Unternehmen zugeordnet sind.

Art. 169 [Umfang des Rechts auf Vorsteuerabzug – im Ausland bewirkte und steuerfreie Ausgangsumsätze]. Über den Vorsteuerabzug nach Artikel 168 hinaus hat der Steuerpflichtige das Recht, die in jenem Artikel genannte Mehrwertsteuer abzuziehen, soweit die Gegenstände und Dienstleistungen für die Zwecke folgender Umsätze verwendet werden:
a) für seine Umsätze, die sich aus den in Artikel 9 Absatz 1 Unterabsatz 2 genannten Tätigkeiten ergeben, die außerhalb des Mitgliedstaats, in dem diese Steuer geschuldet oder entrichtet wird, bewirkt werden und für die das Recht auf Vorsteuerabzug bestünde, wenn sie in diesem Mitgliedstaat bewirkt worden wären;
b) für seine Umsätze, die gemäß den Artikeln 138, 142, 144, 146 bis 149, 151, 152, 153, 156, dem Artikel 157 Absatz 1 Buchstabe b, den Artikeln 158 bis 161 und Artikel 164 befreit sind;
c) für seine gemäß Artikel 135 Absatz 1 Buchstaben a bis f befreiten Umsätze, wenn der Dienstleistungsempfänger außerhalb der Gemeinschaft ansässig ist oder wenn diese Umsätze unmittelbar mit Gegenständen zusammenhängen, die zur Ausfuhr aus der Gemeinschaft bestimmt sind.

Art. 170[58] **[Umfang des Anspruchs von Unternehmen in anderen EU-Staaten und Drittstaaten auf Vorsteuererstattung].** Jeder Steuerpflichtige, der im Sinne des Artikels 1 der Richtlinie 86/560/EWG[59], des Artikels 2 Nr. 1 und des Artikels 3 der Richtlinie 2008/9/EG[60]

---

57 Art. 168a eingef. mWv 15. 1. 2010 durch RL 2009/162/EU v. 22. 12. 2009 (ABl. 2010 L 10, 14).

58 Art. 170 geänd. durch RL 2008/8/EG v. 12. 2. 2008 (ABl. 2008 L 44, 11).

59 **[Amtl. Anm.:]** Dreizehnte Richtlinie 86/560/EWG des Rates vom 17. November 1986 zur Harmonisierung der Rechtsvorschriften der Mitgliedstaaten über die Umsatzsteuern – Verfahren der Erstattung der Mehrwertsteuer an nicht im Gebiet der Gemeinschaft ansässige Steuerpflichtige (ABl. L 326 vom 21. 11. 1986, S. 40).

60 **[Amtl. Anm.:]** Richtlinie 2008/9/EG des Rates vom 12. Februar 2008 zur Regelung der Erstattung der Mehrwertsteuer gemäß der Richtlinie 2006/112/EG an nicht im Mitgliedstaat

und des Artikels 171 der vorliegenden Richtlinie nicht in dem Mitgliedstaat ansässig ist, in dem er die Gegenstände und Dienstleistungen erwirbt oder mit der Mehrwertsteuer belastete Gegenstände einführt, hat Anspruch auf Erstattung dieser Mehrwertsteuer, soweit die Gegenstände und Dienstleistungen für die Zwecke folgender Umsätze verwendet werden:
a) die in Artikel 169 genannten Umsätze;
b) die Umsätze, bei denen die Steuer nach den Artikeln 194 bis 197 und 199 lediglich vom Empfänger geschuldet wird.

Art. 171[61] **[Anwendung der gesonderten Richtlinien beim Verfahren der Vorsteuererstattung].** (1) Die Erstattung der Mehrwertsteuer an Steuerpflichtige, die nicht in dem Mitgliedstaat, in dem sie die Gegenstände und Dienstleistungen erwerben oder mit der Mehrwertsteuer belastete Gegenstände einführen, sondern in einem anderen Mitgliedstaat ansässig sind, erfolgt nach dem in der Richtlinie 2008/9/EG vorgesehenen Verfahren.

(2) Die Erstattung der Mehrwertsteuer an nicht im Gebiet der Gemeinschaft ansässige Steuerpflichtige erfolgt nach dem in der Richtlinie 86/560/EWG vorgesehenen Verfahren.

Steuerpflichtige im Sinne des Artikels 1 der Richtlinie 86/560/EWG, die in dem Mitgliedstaat, in dem sie die Gegenstände und Dienstleistungen erwerben oder mit der Mehrwertsteuer belastete Gegenstände einführen, ausschließlich Lieferungen von Gegenständen und Dienstleistungen bewirken, für die gemäß den Artikeln 194 bis 197 und 199 der Empfänger der Umsätze als Steuerschuldner bestimmt worden ist, gelten bei Anwendung der genannten Richtlinie ebenfalls als nicht in der Gemeinschaft ansässige Steuerpflichtige.

(3) Die Richtlinie 86/560/EWG gilt nicht für:
a) nach den Rechtsvorschriften des Mitgliedstaats der Erstattung fälschlich in Rechnung gestellte Mehrwertsteuerbeträge;
b) in Rechnung gestellte Mehrwertsteuerbeträge für Lieferungen von Gegenständen, die gemäß Artikel 138 oder Artikel 146 Absatz 1 Buchstabe b von der Steuer befreit sind oder befreit werden können.

Art. 171a[62] **[Kannbestimmung: Vorsteuerabzug aus einer Reverse-Charge-Steuerschuld an Stelle der Anwendung des Erstattungsverfahrens].** Die Mitgliedstaaten können anstatt der Gewährung einer Erstattung der Mehrwertsteuer gemäß den Richtlinien 86/560/EWG oder 2008/9/EG für Lieferungen von Gegenständen oder Dienstleistungen an einen Steuerpflichtigen, für die dieser Steuerpflichtige die Steuer gemäß den Artikeln 194 bis 197 oder Artikel 199 schuldet, den Abzug dieser Steuer nach dem Verfahren gemäß Artikel 168 erlauben. Bestehende Beschränkungen nach Artikel 2 Absatz 2 und Artikel 4 Absatz 2 der Richtlinie 86/560/EWG können beibehalten werden.

Zu diesem Zweck können die Mitgliedstaaten den Steuerpflichtigen, der die Steuer zu entrichten hat, von dem Erstattungsverfahren gemäß den Richtlinien 86/560/EWG oder 2008/9/EG ausschließen.

Art. 172 [Vorsteuerabzugsrecht des Lieferers eines neuen Fahrzeugs]. (1) Jede Person, die als Steuerpflichtiger gilt, weil sie gelegentlich die Lieferung eines neuen Fahrzeugs unter den Voraussetzungen des Artikels 138 Absatz 1 und Absatz 2 Buchstabe a bewirkt, hat in dem Mitgliedstaat, in dem die Lieferung bewirkt wird, das Recht auf Abzug der im Einkaufspreis enthaltenen oder bei der Einfuhr oder dem innergemeinschaftlichen Erwerb dieses Fahrzeugs entrichteten Mehrwertsteuer im Umfang oder bis zur Höhe des Betrags, den sie als Steuer schulden würde, wenn die Lieferung nicht befreit wäre.

Das Recht auf Vorsteuerabzug entsteht zum Zeitpunkt der Lieferung des neuen Fahrzeugs und kann nur zu diesem Zeitpunkt ausgeübt werden.

(2) Die Mitgliedstaaten legen die Einzelheiten der Anwendung des Absatzes 1 fest.

---

der Erstattung, sondern in einem anderen Mitgliedstaat ansässige Steuerpflichtige (ABl. L 44 vom 20.2.2008, S. 23).

[61] Art. 171 Abs. 1 geänd. und Abs. 3 neu gef. mWv 1.1.2010 durch RL 2008/8/EG v. 12.2.2008 (ABl. 2008 L 44, 11).

[62] Art. 171 a eingef. mWv 1.1.2010 durch RL 2008/8/EG v. 12.2.2008 (ABl. 2008 L 44, 11).

Kapitel 2. Pro-rata-Satz des Vorsteuerabzugs

Art. 173 [Anwendungsbereich des Pro-rata-Satzes des Vorsteuerabzugs]. (1) Soweit Gegenstände und Dienstleistungen von einem Steuerpflichtigen sowohl für Umsätze verwendet werden, für die ein Recht auf Vorsteuerabzug gemäß den Artikeln 168, 169 und 170 besteht, als auch für Umsätze, für die kein Recht auf Vorsteuerabzug besteht, darf nur der Teil der Mehrwertsteuer abgezogen werden, der auf den Betrag der erstgenannten Umsätze entfällt.

Der Pro-rata-Satz des Vorsteuerabzugs wird gemäß den Artikeln 174 und 175 für die Gesamtheit der von dem Steuerpflichtigen bewirkten Umsätze festgelegt.

(2) Die Mitgliedstaaten können folgende Maßnahmen ergreifen:

a) dem Steuerpflichtigen gestatten, für jeden Bereich seiner Tätigkeit einen besonderen Pro-rata-Satz anzuwenden, wenn für jeden dieser Bereiche getrennte Aufzeichnungen geführt werden;

b) den Steuerpflichtigen verpflichten, für jeden Bereich seiner Tätigkeit einen besonderen Pro-rata-Satz anzuwenden und für jeden dieser Bereiche getrennte Aufzeichnungen zu führen;

c) dem Steuerpflichtigen gestatten oder ihn verpflichten, den Vorsteuerabzug je nach der Zuordnung der Gesamtheit oder eines Teils der Gegenstände oder Dienstleistungen vorzunehmen;

d) dem Steuerpflichtigen gestatten oder ihn verpflichten, den Vorsteuerabzug gemäß Absatz 1 Unterabsatz 1 bei allen Gegenständen und Dienstleistungen vorzunehmen, die für die dort genannten Umsätze verwendet wurden;

e) vorsehen, dass der Betrag der Mehrwertsteuer, der vom Steuerpflichtigen nicht abgezogen werden kann, nicht berücksichtigt wird, wenn er geringfügig ist.

Art. 174 [Mathematische Definition des Pro-rata-Satzes des Vorsteuerabzugs]. (1) Der Pro-rata-Satz des Vorsteuerabzugs ergibt sich aus einem Bruch, der sich wie folgt zusammensetzt:

a) im Zähler steht der je Jahr ermittelte Gesamtbetrag – ohne Mehrwertsteuer – der Umsätze, die zum Vorsteuerabzug gemäß den Artikeln 168 und 169 berechtigen;

b) im Nenner steht der je Jahr ermittelte Gesamtbetrag – ohne Mehrwertsteuer – der im Zähler stehenden Umsätze und der Umsätze, die nicht zum Vorsteuerabzug berechtigen.

Die Mitgliedstaaten können in den Nenner auch den Betrag der Subventionen einbeziehen, die nicht unmittelbar mit dem Preis der Lieferungen von Gegenständen oder der Dienstleistungen im Sinne des Artikels 73 zusammenhängen.

(2) Abweichend von Absatz 1 bleiben bei der Berechnung des Pro-rata-Satzes des Vorsteuerabzugs folgende Beträge außer Ansatz:

a) der Betrag, der auf die Lieferungen von Investitionsgütern entfällt, die vom Steuerpflichtigen in seinem Unternehmen verwendet werden;

b) der Betrag, der auf Hilfsumsätze mit Grundstücks- und Finanzgeschäften entfällt;

c) der Betrag, der auf Umsätze im Sinne des Artikels 135 Absatz 1 Buchstaben b bis g entfällt, sofern es sich dabei um Hilfsumsätze handelt.

(3) Machen die Mitgliedstaaten von der Möglichkeit nach Artikel 191 Gebrauch, keine Berichtigung in Bezug auf Investitionsgüter zu verlangen, können sie den Erlös aus dem Verkauf dieser Investitionsgüter bei der Berechnung des Pro-rata-Satzes des Vorsteuerabzugs berücksichtigen.

Art. 175 [Bemessung des Pro-rata-Satzes des Vorsteuerabzugs auf einer Jahresbasis]. (1) Der Pro-rata-Satz des Vorsteuerabzugs wird auf Jahresbasis in Prozent festgesetzt und auf einen vollen Prozentsatz aufgerundet.

(2) Der für ein Jahr vorläufig geltende Pro-rata-Satz bemisst sich nach dem auf der Grundlage der Umsätze des vorangegangenen Jahres ermittelten Pro-rata-Satz. Ist eine solche Bezugnahme nicht möglich oder nicht stichhaltig, wird der Pro-rata-Satz vom Steuerpflichtigen unter Überwachung durch die Finanzverwaltung nach den voraussichtlichen Verhältnissen vorläufig geschätzt.

Die Mitgliedstaaten können jedoch die Regelung beibehalten, die sie am 1. Januar 1979 beziehungsweise im Falle der nach diesem Datum der Gemeinschaft beigetretenen Mitgliedstaaten am Tag ihres Beitritts angewandt haben.

(3) Die Festsetzung des endgültigen Pro-rata-Satzes, die für jedes Jahr im Laufe des folgenden Jahres vorgenommen wird, führt zur Berichtigung der nach dem vorläufigen Pro-rata-Satz vorgenommenen Vorsteuerabzüge.

Kapitel 3. Einschränkungen des Rechts auf Vorsteuerabzug

Art. 176 [Ausschlüsse vom Vorsteuerabzug – Harmonisierungsauftrag – Stand-Still-Klausel]. Der Rat legt auf Vorschlag der Kommission einstimmig fest, welche Ausgaben kein Recht auf Vorsteuerabzug eröffnen. In jedem Fall werden diejenigen Ausgaben vom Recht auf Vorsteuerabzug ausgeschlossen, die keinen streng geschäftlichen Charakter haben, wie Luxusausgaben, Ausgaben für Vergnügungen und Repräsentationsaufwendungen.

Bis zum Inkrafttreten der Bestimmungen im Sinne des Absatzes 1 können die Mitgliedstaaten alle Ausschlüsse beibehalten, die am 1. Januar 1979 beziehungsweise im Falle der nach diesem Datum der Gemeinschaft beigetretenen Mitgliedstaaten am Tag ihres Beitritts in ihren nationalen Rechtsvorschriften vorgesehen waren.

Art. 177 [Ausschlüsse vom Vorsteuerabzug – konjunkturelle Gründe]. Nach Konsultation des Mehrwertsteuerausschusses kann jeder Mitgliedstaat aus Konjunkturgründen alle oder bestimmte Investitionsgüter oder andere Gegenstände teilweise oder ganz vom Vorsteuerabzug ausschließen.

Anstatt den Vorsteuerabzug abzulehnen, können die Mitgliedstaaten zur Wahrung gleicher Wettbewerbsbedingungen Gegenstände, welche der Steuerpflichtige selbst hergestellt oder innerhalb der Gemeinschaft erworben oder auch eingeführt hat, in der Weise besteuern, dass dabei der Betrag der Mehrwertsteuer nicht überschritten wird, der beim Erwerb vergleichbarer Gegenstände zu entrichten wäre.

Kapitel 4. Einzelheiten der Ausübung des Rechts auf Vorsteuerabzug

Art. 178 [Voraussetzungen zur Ausübung des Rechts auf Vorsteuerabzug]. Um das Recht auf Vorsteuerabzug ausüben zu können, muss der Steuerpflichtige folgende Bedingungen erfüllen:

a) für den Vorsteuerabzug nach Artikel 168 Buchstabe a in Bezug auf die Lieferung von Gegenständen oder das Erbringen von Dienstleistungen muss er eine gemäß Titel XI Kapitel 3 Abschnitte 3 bis 6[63] ausgestellte Rechnung besitzen;

b) für den Vorsteuerabzug nach Artikel 168 Buchstabe b in Bezug auf die Lieferungen von Gegenständen und das Erbringen von Dienstleistungen gleichgestellte Umsätze muss er die von dem jeweiligen Mitgliedstaat vorgeschriebenen Formalitäten erfüllen;

c) für den Vorsteuerabzug nach Artikel 168 Buchstabe c in Bezug auf den innergemeinschaftlichen Erwerb von Gegenständen muss er in der Mehrwertsteuererklärung nach Artikel 250 alle Angaben gemacht haben, die erforderlich sind, um die Höhe der Steuer festzustellen, die für die von ihm erworbenen Gegenstände geschuldet wird, und eine gemäß Titel XI Kapitel 3 Abschnitte 3 bis 5[64] ausgestellte Rechnung besitzen;

d) für den Vorsteuerabzug nach Artikel 168 Buchstabe d in Bezug auf den innergemeinschaftlichen Erwerb von Gegenständen gleichgestellte Umsätze muss er die von dem jeweiligen Mitgliedstaat vorgeschriebenen Formalitäten erfüllen;

e) für den Vorsteuerabzug nach Artikel 168 Buchstabe e in Bezug auf die Einfuhr von Gegenständen muss er ein die Einfuhr bescheinigendes Dokument besitzen, das ihn als Empfänger der Lieferung oder Importeur ausweist und den Betrag der geschuldeten Mehrwertsteuer ausweist oder deren Berechnung ermöglicht;

---

[63] Art. 178 Buchst. a geänd. mWv 11.8.2010 durch RL 2010/45/EU v. 13.7.2010 (ABl. 2010 L 189, 1).

[64] Verweis geänd. mWv 11.8.2010 durch RL 2010/45/EU v. 13.7.2010 (ABl. 2010 L 189, 1).

f) hat er die Steuer in seiner Eigenschaft als Dienstleistungsempfänger oder Erwerber gemäß den Artikeln 194 bis 197 sowie 199 zu entrichten, muss er die von dem jeweiligen Mitgliedstaat vorgeschriebenen Formalitäten erfüllen.

Art. 179 [Globale Vornahme des Vorsteuerabzugs – Absetzung des Vorsteuerbetrags vom geschuldeten Steuerbetrag]. Der Vorsteuerabzug wird vom Steuerpflichtigen global vorgenommen, indem er von dem Steuerbetrag, den er für einen Steuerzeitraum schuldet, den Betrag der Mehrwertsteuer absetzt, für die während des gleichen Steuerzeitraums das Abzugsrecht entstanden ist und gemäß Artikel 178 ausgeübt wird.

Die Mitgliedstaaten können jedoch den Steuerpflichtigen, die nur die in Artikel 12 genannten gelegentlichen Umsätze bewirken, vorschreiben, dass sie das Recht auf Vorsteuerabzug erst zum Zeitpunkt der Lieferung ausüben.

Art. 180 [Kannbestimmung: andere als globale Ausübung des Vorsteuerabzugs]. Die Mitgliedstaaten können einem Steuerpflichtigen gestatten, einen Vorsteuerabzug vorzunehmen, der nicht gemäß den Artikeln 178 und 179 vorgenommen wurde.

Art. 181 [Kannbestimmung: Vorsteuerabzug aus innergemeinschaftlichem Erwerb ohne Besitz einer Rechnung]. Die Mitgliedstaaten können einen Steuerpflichtigen, der keine gemäß Titel XI Kapitel 3 Abschnitte 3 bis 5[65] ausgestellte Rechnung besitzt, ermächtigen, in Bezug auf seine innergemeinschaftlichen Erwerbe von Gegenständen einen Vorsteuerabzug gemäß Artikel 168 Buchstabe c vorzunehmen.

Art. 182 [Regelungsspielraum der Mitgliedstaaten für Bedingungen der Sondermöglichkeiten des Vorsteuerabzugs]. Die Mitgliedstaaten legen die Bedingungen und Einzelheiten für die Anwendung der Artikel 180 und 181 fest.

Art. 183 [Kannbestimmung: Behandlung von Vorsteuerüberschüssen]. Übersteigt der Betrag der abgezogenen Vorsteuer den Betrag der für einen Steuerzeitraum geschuldeten Mehrwertsteuer, können die Mitgliedstaaten den Überschuss entweder auf den folgenden Zeitraum vortragen lassen oder nach den von ihnen festgelegen Einzelheiten erstatten.

Die Mitgliedstaaten können jedoch festlegen, dass geringfügige Überschüsse weder vorgetragen noch erstattet werden.

Kapitel 5. Berichtigung des Vorsteuerabzugs

Art. 184 [Berichtigung des Vorsteuerabzugs – Grundsatz]. Der ursprüngliche Vorsteuerabzug wird berichtigt, wenn der Vorsteuerabzug höher oder niedriger ist als der, zu dessen Vornahme der Steuerpflichtige berechtigt war.

Art. 185 [Berichtigung des Vorsteuerabzugs – geänderte Faktoren nach Abgabe der Steuererklärung]. (1) Die Berichtigung erfolgt insbesondere dann, wenn sich die Faktoren, die bei der Bestimmung des Vorsteuerabzugsbetrags berücksichtigt werden, nach Abgabe der Mehrwertsteuererklärung geändert haben, zum Beispiel bei rückgängig gemachten Käufen oder erlangten Rabatten.

(2) Abweichend von Absatz 1 unterbleibt die Berichtigung bei Umsätzen, bei denen keine oder eine nicht vollständige Zahlung geleistet wurde, in ordnungsgemäß nachgewiesenen oder belegten Fällen von Zerstörung, Verlust oder Diebstahl sowie bei Entnahmen für Geschenke von geringem Wert und Warenmuster im Sinne des Artikels 16.

Bei Umsätzen, bei denen keine oder eine nicht vollständige Zahlung erfolgt, und bei Diebstahl können die Mitgliedstaaten jedoch eine Berichtigung verlangen.

---

[65] Verweis geänd. mWv 11.8.2010 durch RL 2010/45/EU v. 13.7.2010 (ABl. 2010 L 189, 1).

Art. 186 [Regelungsspielraum der Mitgliedstaaten für Einzelheiten der Vorsteuerberichtigung]. Die Mitgliedstaaten legen die Einzelheiten für die Anwendung der Artikel 184 und 185 fest.

Art. 187 [Berichtigung des Vorsteuerabzugs bei Investitionsgütern – Grundsatz]. (1) Bei Investitionsgütern erfolgt die Berichtigung während eines Zeitraums von fünf Jahren einschließlich des Jahres, in dem diese Güter erworben oder hergestellt wurden.

Die Mitgliedstaaten können jedoch für die Berichtigung einen Zeitraum von fünf vollen Jahren festlegen, der mit der erstmaligen Verwendung dieser Güter beginnt.

Bei Grundstücken, die als Investitionsgut erworben wurden, kann der Zeitraum für die Berichtigung bis auf 20 Jahre verlängert werden.

(2) Die jährliche Berichtigung betrifft nur ein Fünftel beziehungsweise im Falle der Verlängerung des Berichtigungszeitraums den entsprechenden Bruchteil der Mehrwertsteuer, mit der diese Investitionsgüter belastet waren.

Die in Unterabsatz 1 genannte Berichtigung erfolgt entsprechend den Änderungen des Rechts auf Vorsteuerabzug, die in den folgenden Jahren gegenüber dem Recht für das Jahr eingetreten sind, in dem die Güter erworben, hergestellt oder gegebenenfalls erstmalig verwendet wurden.

Art. 188 [Berichtigung des Vorsteuerabzugs bei Investitionsgütern – Lieferung innerhalb des Berichtigungszeitraums]. (1) Bei der Lieferung eines Investitionsgutes innerhalb des Berichtigungszeitraums ist dieses so zu behandeln, als ob es bis zum Ablauf des Berichtigungszeitraums weiterhin für eine wirtschaftliche Tätigkeit des Steuerpflichtigen verwendet worden wäre.

Diese wirtschaftliche Tätigkeit gilt als in vollem Umfang steuerpflichtig, wenn die Lieferung des Investitionsgutes steuerpflichtig ist.

Die wirtschaftliche Tätigkeit gilt als in vollem Umfang steuerfrei, wenn die Lieferung des Investitionsgutes steuerfrei ist.

(2) Die in Absatz 1 genannte Berichtigung wird für den gesamten noch verbleibenden Berichtigungszeitraum auf einmal vorgenommen. Ist die Lieferung des Investitionsgutes steuerfrei, können die Mitgliedstaaten jedoch von der Berichtigung absehen, wenn es sich bei dem Erwerber um einen Steuerpflichtigen handelt, der die betreffenden Investitionsgüter ausschließlich für Umsätze verwendet, bei denen die Mehrwertsteuer abgezogen werden kann.

Art. 189 [Kannbestimmung – Regelungsspielraum der Mitgliedstaaten zur Vorsteuerberichtigung]. Für die Zwecke der Artikel 187 und 188 können die Mitgliedstaaten folgende Maßnahmen treffen:

a) den Begriff „Investitionsgüter" definieren;
b) den Betrag der Mehrwertsteuer festlegen, der bei der Berichtigung zu berücksichtigen ist;
c) alle zweckdienlichen Vorkehrungen treffen, um zu gewährleisten, dass keine ungerechtfertigten Vorteile aus der Berichtigung entstehen;
d) verwaltungsmäßige Vereinfachungen ermöglichen.

Art. 190 [Kannbestimmung – Behandlung von Dienstleistungen wie Investitionsgüter für Zwecke der Vorsteuerberichtigung]. Für die Zwecke der Artikel 187, 188, 189 und 191 können die Mitgliedstaaten Dienstleistungen, die Merkmale aufweisen, die den üblicherweise Investitionsgütern zugeschriebenen vergleichbar sind, wie Investitionsgüter behandeln.

Art. 191 [Kannbestimmung – Verzicht auf Vorsteuerberichtigung bei Investitionsgütern]. Sollten die praktischen Auswirkungen der Anwendung der Artikel 187 und 188 in einem Mitgliedstaat unwesentlich sein, kann dieser nach Konsultation des Mehrwertsteuerausschusses unter Berücksichtigung der gesamten mehrwertsteuerlichen Auswirkungen in dem betreffenden Mitgliedstaat und der Notwendigkeit verwaltungsmäßiger Vereinfachung auf die Anwendung dieser Artikel verzichten, vorausgesetzt, dass dies nicht zu Wettbewerbsverzerrungen führt.

Art. 192 [Kannbestimmung – Regelungsspielraum der Mitgliedstaaten in Bezug auf Vorsteuerberichtigung bei Wechsel der Besteuerungsform]. Geht der Steuerpflichtige von der normalen Mehrwertsteuerregelung auf eine Sonderregelung über oder umgekehrt, können die Mitgliedstaaten die erforderlichen Vorkehrungen treffen, um zu vermeiden, dass dem Steuerpflichtigen ungerechtfertigte Vorteile oder Nachteile entstehen.

Titel XI. Pflichten der steuerpflichtigen und bestimmter nichtsteuerpflichtiger Personen

Kapitel 1. Zahlungspflicht

Abschnitt 1. Steuerschuldner gegenüber dem Fiskus

Art. 192a[66] **[Steuerschuldnerschaft – Nichtansässigkeit im Fall einer festen Niederlassung].** Für die Zwecke der Anwendung dieses Abschnitts gilt ein Steuerpflichtiger, der im Gebiet des Mitgliedstaats, in dem die Steuer geschuldet wird, über eine feste Niederlassung verfügt, als nicht in diesem Mitgliedstaat ansässig, wenn die folgenden Voraussetzungen erfüllt sind:
a) er liefert steuerpflichtig Gegenstände oder erbringt steuerpflichtig eine Dienstleistung im Gebiet dieses Mitgliedstaats;
b) eine Niederlassung des Lieferers oder Dienstleistungserbringers im Gebiet dieses Mitgliedstaats ist nicht an der Lieferung oder Dienstleistung beteiligt.

Art. 193 [Steuerschuldnerschaft – Grundsatz]. Die Mehrwertsteuer schuldet der Steuerpflichtige, der Gegenstände steuerpflichtig liefert oder eine Dienstleistung steuerpflichtig erbringt, außer in den Fällen, in denen die Steuer gemäß den Artikeln 194 bis 199b[67] sowie 202 von einer anderen Person geschuldet wird.

Art. 194 [Kannbestimmung: Steuerschuldnerschaft des Leistungsempfängers bei Leistung eines im Ausland ansässigen Unternehmers]. (1) Wird die steuerpflichtige Lieferung von Gegenständen bzw. die steuerpflichtige Dienstleistung von einem Steuerpflichtigen bewirkt, der nicht in dem Mitgliedstaat ansässig ist, in dem die Mehrwertsteuer geschuldet wird, können die Mitgliedstaaten vorsehen, dass die Person, für die die Lieferung bzw. Dienstleistung bestimmt ist, die Steuer schuldet.

(2) Die Mitgliedstaaten legen die Bedingungen für die Anwendung des Absatzes 1 fest.

Art. 195 [Steuerschuldnerschaft des Leistungsempfängers bei Lieferungen von Gas und Elektrizität durch einen im Ausland ansässigen Unternehmer]. Die Mehrwertsteuer schulden die Personen, die in dem Mitgliedstaat, in dem die Steuer geschuldet wird, für Mehrwertsteuerzwecke erfasst sind und an die die Gegenstände unter den Bedingungen der Artikel 38 und 39 geliefert werden, wenn die betreffende Lieferung von einem nicht in diesem Mitgliedstaat ansässigen Steuerpflichtigen bewirkt wird.

Art. 196[68] **[Steuerschuldnerschaft des Leistungsempfängers bei „Katalog"- und anderen Dienstleistungen].** Die Mehrwertsteuer schuldet der Steuerpflichtige oder die nicht steuerpflichtige juristische Person mit einer Mehrwertsteuer-Identifikationsnummer, für den/die eine Dienstleistung nach Artikel 44 erbracht wird, wenn die Dienstleistung von einem nicht in diesem Mitgliedstaat ansässigen Steuerpflichtigen erbracht wird.

---

[66] Art. 192a eingef. mWv 1.1.2010 durch RL 2008/8/EG v. 12.2.2008 (ABl. 2008 L 44, 11).
[67] Art. 193 Verweis geänd. **mWv 15.8.2013–31.12.2018** durch RL 2013/43/EU v. 22.7.2013 (ABl. 2013 L 201, 4).
[68] Art. 196 geänd. mWv 1.1.2010 durch RL 2008/8/EG v. 12.2.2008 (ABl. 2008 L 44, 11).

Art. 197 [Steuerschuldnerschaft des letzten Abnehmers in einem innergemeinschaftlichen Dreiecksgeschäft]. (1) Die Mehrwertsteuer schuldet der Empfänger einer Lieferung von Gegenständen, wenn folgende Voraussetzungen erfüllt sind:

a) der steuerpflichtige Umsatz ist eine Lieferung von Gegenständen im Sinne von Artikel 141;
b) der Empfänger dieser Lieferung von Gegenständen ist ein anderer Steuerpflichtiger oder eine nichtsteuerpflichtige juristische Person, der bzw. die in dem Mitgliedstaat für Mehrwertsteuerzwecke erfasst ist, in dem die Lieferung bewirkt wird;
c) die von dem nicht im Mitgliedstaat des Empfängers der Lieferung ansässigen Steuerpflichtigen ausgestellte Rechnung entspricht Kapitel 3 Abschnitte 3 bis 5.[69]

(2) Wurde gemäß Artikel 204 ein Steuervertreter bestellt, der die Steuer schuldet, können die Mitgliedstaaten eine Ausnahme von Absatz 1 des vorliegenden Artikels vorsehen.

Art. 198 [Steuerschuldnerschaft des Leistungsempfängers bei zwischenunternehmerischen Umsätzen mit Anlagegold]. (1) Werden bestimmte Umsätze in Bezug auf Anlagegold zwischen einem auf einem geregelten Goldmarkt tätigen Steuerpflichtigen und einem anderen nicht auf diesem Markt tätigen Steuerpflichtigen gemäß Artikel 352 besteuert, legen die Mitgliedstaaten fest, dass die Steuer vom Erwerber geschuldet wird.

Ist der nicht auf dem geregelten Goldmarkt tätige Erwerber ein Steuerpflichtiger, der nur für die in Artikel 352 genannten Umsätze in dem Mitgliedstaat, in dem die Steuer geschuldet wird, für Mehrwertsteuerzwecke erfasst sein muss, erfüllt der Verkäufer die steuerlichen Pflichten des Erwerbers in dessen Namen gemäß den Vorschriften jenes Mitgliedstaats.

(2) Wird eine Lieferung von Goldmaterial oder Halbfertigerzeugnissen mit einem Feingehalt von mindestens 325 Tausendsteln oder eine Lieferung von Anlagegold im Sinne des Artikels 344 Absatz 1 durch einen Steuerpflichtigen bewirkt, der eine der in den Artikeln 348, 349 und 350 vorgesehenen Wahlmöglichkeiten in Anspruch genommen hat, können die Mitgliedstaaten festlegen, dass die Steuer vom Erwerber geschuldet wird.

(3) Die Mitgliedstaaten legen die Verfahren und Voraussetzungen für die Anwendung der Absätze 1 und 2 fest.

Art. 199 [Kannbestimmung: Steuerschuldnerschaft des Leistungsempfängers bei Bauleistungen und bestimmten anderen Umsätzen]. (1) Die Mitgliedstaaten können vorsehen, dass der steuerpflichtige Empfänger die Mehrwertsteuer schuldet, an den folgende Umsätze bewirkt werden:

a) Bauleistungen, einschließlich Reparatur-, Reinigungs-, Wartungs-, Umbau- und Abbruchleistungen im Zusammenhang mit Grundstücken sowie die auf Grund des Artikels 14 Absatz 3 als Lieferung von Gegenständen betrachtete Erbringung bestimmter Bauleistungen;
b) Gestellung von Personal für die unter Buchstabe a fallenden Tätigkeiten;
c) Lieferung von in Artikel 135 Absatz 1 Buchstaben j und k genannten Grundstücken, wenn der Lieferer gemäß Artikel 137 für die Besteuerung optiert hat;
d) Lieferung von Gebrauchtmaterial, auch solchem, das in seinem unveränderten Zustand nicht zur Wiederverwendung geeignet ist, Schrott, von gewerblichen und nichtgewerblichen Abfallstoffen, recyclingfähigen Abfallstoffen und teilweise verarbeiteten Abfallstoffen, und gewissen in Anhang VI aufgeführten Gegenständen und Dienstleistungen;
e) Lieferung sicherungsübereigneter Gegenstände durch einen steuerpflichtigen Sicherungsgeber an einen ebenfalls steuerpflichtigen Sicherungsnehmer;
f) Lieferung von Gegenständen im Anschluss an die Übertragung des Eigentumsvorbehalts auf einen Zessionar und die Ausübung des übertragenen Rechts durch den Zessionar;
g) Lieferung von Grundstücken, die vom Schuldner im Rahmen eines Zwangsversteigerungsverfahrens verkauft werden.

(2) Bei der Anwendung der in Absatz 1 geregelten Möglichkeit können die Mitgliedstaaten die Lieferungen von Gegenständen und Dienstleistungen und die Kategorien von Lieferern und Dienstleistungserbringern sowie von Erwerbern oder Dienstleistungsempfängern bestimmen, für die sie von diesen Maßnahmen Gebrauch machen.

---

[69] Verweis geänd. mWv 11.8.2010 durch RL 2010/45/EU v. 13.7.2010 (ABl. 2010 L 189, 1).

(3) Für die Zwecke des Absatzes 1 können die Mitgliedstaaten folgende Maßnahmen ergreifen:

a) vorsehen, dass ein Steuerpflichtiger, der auch Tätigkeiten ausführt oder Umsätze bewirkt, die nicht als steuerbare Lieferungen von Gegenständen oder als nicht steuerbare Dienstleistungen im Sinne des Artikels 2 angesehen werden, in Bezug auf Lieferungen von Gegenständen oder Dienstleistungen, die er gemäß Absatz 1 des vorliegenden Artikels erhält, als Steuerpflichtiger gilt;

b) vorsehen, dass eine nicht steuerpflichtige Einrichtung des öffentlichen Rechts in Bezug auf gemäß Absatz 1 Buchstaben e, f und g erhaltene Lieferungen von Gegenständen, als Steuerpflichtiger gilt.

(4) Die Mitgliedstaaten unterrichten den Mehrwertsteuerausschuss von nationalen Maßnahmen, die sie im Sinne des Absatzes 1 erlassen, sofern diese nicht vom Rat vor dem 13. August 2006 gemäß Artikel 27 Absätze 1 bis 4 der Richtlinie 77/388/EWG genehmigt wurden und gemäß Absatz 1 des vorliegenden Artikels weitergeführt werden.

Art. 199a[70] [Steuerschuldnerschaft bei Treibhausgasemissionszertifikaten]. (1) Die Mitgliedstaaten können bis zum: 31. Dezember 2018 für einen Zeitraum von mindestens zwei Jahren vorsehen, dass die Mehrwertsteuer von dem steuerpflichtigen Empfänger folgender Leistungen geschuldet wird:

a) Übertragung von Treibhausgasemissionszertifikaten entsprechend der Definition in Artikel 3 der Richtlinie 2003/87/EG des Europäischen Parlaments und des Rates vom 13. Oktober 2003 über ein System für den Handel mit Treibhausgasemissionszertifikaten in der Gemeinschaft,[71] die gemäß Artikel 12 der genannten Richtlinie übertragen werden können,

b) Übertragung von anderen Einheiten, die von den Wirtschaftsbeteiligten genutzt werden können, um den Auflagen der Richtlinie nachzukommen.

c) Lieferungen von Mobilfunkgeräten, d. h. Geräten, die zum Gebrauch mittels eines zugelassenen Netzes und auf bestimmten Frequenzen hergestellt oder hergerichtet wurden, unabhängig von etwaigen weiteren Nutzungsmöglichkeiten,

d) Lieferungen von integrierten Schaltkreisen wie Mikroprozessoren und Zentraleinheiten vor Einbau in Endprodukte,

e) Lieferungen von Gas und Elektrizität an einen steuerpflichtigen Wiederverkäufer im Sinne des Artikels 38 Absatz 2,

f) Übertragung von Gas- und Elektrizitätszertifikaten,

g) Erbringung von Telekommunikationsdienstleistungen im Sinne des Artikels 24 Absatz 2,

h) Lieferungen von Spielkonsolen, Tablet-Computern und Laptops,

i) Lieferungen von Getreide und Handelsgewächsen einschließlich Ölsaaten und Zuckerrüben, die auf der betreffenden Stufe normalerweise nicht für den Endverbrauch bestimmt sind,

j) Lieferungen von Rohmetallen und Metallhalberzeugnissen einschließlich Edelmetalle, sofern sie nicht anderweitig unter Artikel 199 Absatz 1 Buchstabe d, die auf Gebrauchtgegenstände, Kunstgegenstände, Sammlungsstücke und Antiquitäten anwendbaren Sonderregelungen gemäß Artikel 311 bis 343 oder die Sonderregelung für Anlagegold gemäß Artikel 344 bis 356 fallen.

(1a) Die Mitgliedstaaten können die Bedingungen für die Anwendung des in Absatz 1 vorgesehenen Verfahrens festlegen.

(1b) Bei der Anwendung des in Absatz 1 vorgesehenen Verfahrens auf die Lieferung der Gegenstände und die Erbringung der Dienstleistungen, die in den Buchstaben c bis j jenes Absatzes aufgeführt sind, werden für alle Steuerpflichtigen, welche die Gegenstände liefern oder die Dienstleistungen erbringen, auf die das in Absatz 1 vorgesehene Verfahren angewendet wird, angemessene und wirksame Mitteilungspflichten eingeführt.

---

70 Art. 199a eingef. mWv 9.4.2010–30.6.2015 durch RL 2010/23/EU v. 16.3.2010 (ABl. 2010 L 72, 1), verlängert und geänd. **mWv 15.8.2013–31.12.2018** durch RL 2013/43/EU v. 22.7.2013 (ABl. 2013 L 201, 4).

71 **[Amtl. Anm.:]** ABl. L 275 vom 25.10.2003, S. 32.

(2) Die Mitgliedstaaten teilen dem Mehrwertsteuerausschuss die Anwendung des in Absatz 1 vorgesehenen Verfahrens bei seiner Einführung mit und übermitteln dem Mehrwertsteuerausschuss die folgenden Angaben:

a) Geltungsbereich der Maßnahme zur Anwendung des Verfahrens zusammen mit der Art und den Merkmalen des Betrugs sowie eine detaillierte Beschreibung der begleitenden Maßnahmen, einschließlich der Mitteilungspflichten für Steuerpflichtige und Kontrollmaßnahmen,
b) Maßnahmen zur Information der betreffenden Steuerpflichtigen über den Beginn der Anwendung des Verfahrens,
c) Evaluierungskriterien für einen Vergleich zwischen betrügerischen Tätigkeiten im Zusammenhang mit den in Absatz 1 genannten Gegenständen und Dienstleistungen vor und nach der Anwendung des Verfahrens, betrügerischen Tätigkeiten im Zusammenhang mit anderen Gegenständen und Dienstleistungen vor und nach Anwendung des Verfahrens und einem Anstieg bei anderen Arten betrügerischer Tätigkeiten vor und nach der Anwendung des Verfahrens,
d) Zeitpunkt des Geltungsbeginns und Geltungszeitraum der Maßnahme zur Anwendung des Verfahrens.

(3) Die Mitgliedstaaten, die das in Absatz 1 vorgesehene Verfahren anwenden, legen der Kommission ausgehend von den Evaluierungskriterien gemäß Absatz 2 Buchstabe c bis zum 30. Juni 2017 einen Bericht vor. In dem Bericht ist eindeutig anzugeben, welche Informationen als vertraulich zu behandeln sind und welche veröffentlicht werden können.

Der Bericht enthält eine detaillierte Bewertung der Gesamtwirksamkeit und -effizienz der Maßnahme insbesondere unter Berücksichtigung der folgenden Punkte:

a) Auswirkung auf betrügerische Tätigkeiten im Zusammenhang mit der Lieferung bzw. Erbringung der von der Maßnahme erfassten Gegenstände und Dienstleistungen;
b) mögliche Verlagerung betrügerischer Tätigkeiten auf Gegenstände oder andere Dienstleistungen;
c) die den Steuerpflichtigen aufgrund der Maßnahme entstehenden Kosten zur Einhaltung der Vorschriften.

(4) Jeder Mitgliedstaat, der in seinem Hoheitsgebiet ab dem Zeitpunkt des Inkrafttretens dieses Artikels eine Veränderung der Betrugsmuster in Bezug auf die in Absatz 1 aufgeführten Gegenstände oder Dienstleistungen festgestellt hat, hat der Kommission bis zum 30. Juni 2017 einen entsprechenden Bericht vorzulegen.

(5) Die Kommission legt dem Europäischen Parlament und dem Rat vor dem 1. Januar 2018 einen Bericht zur Gesamtbewertung der Auswirkungen des in Artikel 1 vorgesehenen Verfahrens auf die Betrugsbekämpfung vor.

Art. 199b[72] **[Kannbestimmung: Zeitweilige Anwendung des Reverse-Charge-Verfahrens als Sondermaßnahme].** (1) Ein Mitgliedstaat kann in Fällen äußerster Dringlichkeit gemäß den Absätzen 2 und 3 als Sondermaßnahme des Schnellreaktionsmechanismus zur Bekämpfung unvermittelt auftretender und schwerwiegender Betrugsfälle, die voraussichtlich zu erheblichen und unwiederbringlichen finanziellen Verlusten führen, in Abweichung von Artikel 193 den Empfänger von bestimmten Gegenständen oder Dienstleistungen als Schuldner der Mehrwertsteuer bestimmen.

Die Sondermaßnahme des Schnellreaktionsmechanismus unterliegt geeigneten Kontrollmaßnahmen des Mitgliedstaats betreffend Steuerpflichtige, die die Lieferungen bewirken oder Dienstleistungen erbringen, auf die die Maßnahme anwendbar ist und gilt für einen Zeitraum von höchstens neun Monaten.

(2) Ein Mitgliedstaat, der eine in Absatz 1 bezeichnete Sondermaßnahme des Schnellreaktionsmechanismus einführen möchte, teilt dies der Kommission unter Verwendung des gemäß Absatz 4 festgelegten Standardformblatts mit; er übermittelt diese Mitteilung gleichzeitig an die anderen Mitgliedstaaten. Er übermittelt der Kommission Angaben zur betroffenen Branche, zur Art und zu den Merkmalen des Betrugs, zum Vorliegen von Gründen für die äußerste Dringlichkeit, zum unvermittelten, schwerwiegenden Charakter des Betrugs und zu den Folgen in Form

---

[72] Art. 199b eingef. **mWv 15.8.2013–31.12.2018** durch RL 2013/42/EU v. 22.7.2013 (ABl. 2013 L 201, 1).

von erheblichen, unwiederbringlichen finanziellen Verlusten. Ist die Kommission der Auffassung, dass ihr nicht alle erforderlichen Angaben vorliegen, so kontaktiert sie den betreffenden Mitgliedstaat innerhalb von zwei Wochen nach Eingang der Mitteilung und teilt ihm mit, welche zusätzlichen Angaben sie benötigt. Alle zusätzlichen Angaben, die der betreffende Mitgliedstaat übermittelt, werden gleichzeitig an die anderen Mitgliedstaaten übermittelt. Sind die zusätzlichen Angaben unzureichend, so unterrichtet die Kommission den betreffenden Mitgliedstaat innerhalb einer Woche darüber.

Der Mitgliedstaat, der eine in Absatz 1 vorgesehene Sondermaßnahme des Schnellreaktionsmechanismus einführen möchte, stellt gleichzeitig nach dem in Artikel 395 Absätze 2 und 3 festgelegten Verfahren einen Antrag an die Kommission.

(3) Sobald die Kommission über alle Angaben verfügt, die ihres Erachtens für die Beurteilung der Mitteilung nach Absatz 2 Unterabsatz 1 erforderlich sind, unterrichtet sie die Mitgliedstaaten hiervon. Erhebt sie Einwände gegen die Sondermaßnahme des Schnellreaktionsmechanismus, so erstellt sie innerhalb eines Monats nach der Mitteilung eine ablehnende Stellungnahme und setzt den betreffenden Mitgliedstaat und den Mehrwertsteuerausschuss davon in Kenntnis. Erhebt die Kommission keine Einwände, so bestätigt sie dies dem betreffenden Mitgliedstaat und – innerhalb des gleichen Zeitraums – dem Mehrwertsteuerausschuss in schriftlicher Form. Der Mitgliedstaat kann die Sondermaßnahme des Schnellreaktionsmechanismus ab dem Zeitpunkt des Eingangs dieser Bestätigung erlassen. Die Kommission berücksichtigt bei der Beurteilung der Mitteilung die Ansichten anderer Mitgliedstaaten, die ihr in schriftlicher Form übermittelt wurden.

(4) Die Kommission erlässt einen Durchführungsrechtsakt zur Erstellung eines Standardformblatts für die Einreichung der Mitteilung einer Sondermaßnahme des Schnellreaktionsmechanismus nach Absatz 2 sowie für die Übermittlung von Angaben gemäß Absatz 2 Unterabsatz 1. Dieser Durchführungsrechtsakt wird nach dem Prüfverfahren gemäß Absatz 5 erlassen.

(5) Wird auf diesen Absatz Bezug genommen, so gilt Artikel 5 der Verordnung (EU) Nr. 182/2011 des Europäischen Parlaments und des Rates[73] und für diesen Zweck ist der durch Artikel 58 der Verordnung (EU) Nr. 904/2010 des Rates[74] eingesetzte Ausschuss zuständig.

Art. 200 [Steuerschuldnerschaft beim innergemeinschaftlichen Erwerb]. Die Mehrwertsteuer wird von der Person geschuldet, die einen steuerpflichtigen innergemeinschaftlichen Erwerb von Gegenständen bewirkt.

Art. 201 [Steuerschuldnerschaft bei der Einfuhr]. Bei der Einfuhr wird die Mehrwertsteuer von der Person oder den Personen geschuldet, die der Mitgliedstaat der Einfuhr als Steuerschuldner bestimmt oder anerkennt.

Art. 202 [Steuerschuldnerschaft beim Verlassen von Zollverfahren und von Lagerregelungen]. Die Mehrwertsteuer wird von der Person geschuldet, die veranlasst, dass die Gegenstände nicht mehr einem Verfahren oder einer sonstigen Regelung im Sinne der Artikel 156, 157, 158, 160 und 161 unterliegen.

Art. 203 [Steuerschuldnerschaft für den Steuerausweis in der Rechnung]. Die Mehrwertsteuer wird von jeder Person geschuldet, die diese Steuer in einer Rechnung ausweist.

Art. 204 [Kannbestimmung: Bestellung eines Steuervertreters]. (1) Ist der Steuerschuldner gemäß den Artikeln 193 bis 197 sowie 199 und 200 ein Steuerpflichtiger, der nicht in dem Mitgliedstaat ansässig ist, in dem die Mehrwertsteuer geschuldet wird, können die Mitgliedstaaten ihm gestatten, einen Steuervertreter zu bestellen, der die Steuer schuldet.

---

73 **[Amtl. Anm.:]** Verordnung (EU) Nr. 182/2011 des Europäischen Parlaments und des Rates vom 16. Februar 2011 zur Festlegung der allgemeinen Regeln und Grundsätze, nach denen die Mitgliedstaaten die Wahrnehmung der Durchführungsbefugnisse durch die Kommission kontrollieren (ABl. L 55 vom 28.2.2011, S. 13).

74 **[Amtl. Anm.:]** Verordnung (EU) Nr. 904/2010 des Rates vom 7. Oktober 2010 über die Zusammenarbeit der Verwaltungsbehörden und die Betrugsbekämpfung auf dem Gebiet der Mehrwertsteuer (ABl. L 268 vom 12.10.2010, S. 1).

Wird der steuerpflichtige Umsatz von einem Steuerpflichtigen bewirkt, der nicht in dem Mitgliedstaat ansässig ist, in dem die Mehrwertsteuer geschuldet wird, und besteht mit dem Staat, in dem dieser Steuerpflichtige seinen Sitz oder eine feste Niederlassung hat, keine Rechtsvereinbarung über Amtshilfe, deren Anwendungsbereich mit dem der Richtlinie 76/308/EWG[75] sowie der Verordnung (EG) Nr. 1798/2003[76] vergleichbar ist, können die Mitgliedstaaten Vorkehrungen treffen, nach denen ein von dem nicht in ihrem Gebiet ansässigen Steuerpflichtigen bestellter Steuervertreter die Steuer schuldet.

Die Mitgliedstaaten dürfen die Option nach Unterabsatz 2 jedoch nicht auf nicht in der Gemeinschaft ansässige Steuerpflichtige im Sinne des Artikels 358a Nummer 1[77] anwenden, die sich für die Anwendung der Sonderregelung für Telekommunikationsdienstleistungen, Rundfunk- und Fernsehdienstleistungen oder elektronisch erbrachte Dienstleistungen entschieden haben.

(2) Die Wahlmöglichkeit nach Absatz 1 Unterabsatz 1 unterliegt den von den einzelnen Mitgliedstaaten festgelegten Voraussetzungen und Modalitäten.

Art. 205 [Kannbestimmung: Gesamtschuldnerische Steuerschuldnerschaft]. In den in den Artikeln 193 bis 200 sowie 202, 203 und 204 genannten Fällen können die Mitgliedstaaten bestimmen, dass eine andere Person als der Steuerschuldner die Steuer gesamtschuldnerisch zu entrichten hat.

Abschnitt 2. Einzelheiten der Entrichtung

Art. 206 [Entrichtung der Mehrwertsteuer – Grundsatz]. Jeder Steuerpflichtige, der die Steuer schuldet, hat bei der Abgabe der Mehrwertsteuererklärung nach Artikel 250 den sich nach Abzug der Vorsteuer ergebenden Mehrwertsteuerbetrag zu entrichten. Die Mitgliedstaaten können jedoch einen anderen Termin für die Zahlung dieses Betrags festsetzen oder Vorauszahlungen erheben.

Art. 207 [Entrichtung der Mehrwertsteuer – Fälle der Verlagerung der Steuerschuldnerschaft]. Die Mitgliedstaaten treffen die erforderlichen Maßnahmen, damit die Personen, die gemäß den Artikeln 194 bis 197 sowie 199 und 204 anstelle eines nicht in ihrem jeweiligen Gebiet ansässigen Steuerpflichtigen als Steuerschuldner gelten, ihren Zahlungspflichten nach diesem Abschnitt nachkommen.

Die Mitgliedstaaten treffen darüber hinaus die erforderlichen Maßnahmen, damit die Personen, die gemäß Artikel 205 die Steuer gesamtschuldnerisch zu entrichten haben, diesen Zahlungspflichten nachkommen.

Art. 208 [Entrichtung der Mehrwertsteuer – Erwerber von Anlagegold]. Wenn die Mitgliedstaaten den Erwerber von Anlagegold gemäß Artikel 198 Absatz 1 als Steuerschuldner bestimmen oder von der in Artikel 198 Absatz 2 vorgesehenen Möglichkeit Gebrauch machen, den Erwerber von Goldmaterial oder Halbfertigerzeugnissen oder von Anlagegold im Sinne des Artikels 344 Absatz 1 als Steuerschuldner zu bestimmen, treffen sie die erforderlichen Maßnahmen, um sicherzustellen, dass diese Person ihren Zahlungspflichten nach diesem Abschnitt nachkommt.

---

[75] **[Amtl. Anm.:]** Richtlinie 76/308/EWG des Rates vom 15. März 1976 über die gegenseitige Unterstützung bei der Beitreibung von Forderungen in Bezug auf bestimmte Abgaben, Zölle, Steuern und sonstige Maßnahmen (ABl. L 73 vom 19.3.1976, S. 18). Zuletzt geändert durch die Beitrittsakte von 2003.

[76] **[Amtl. Anm.:]** Verordnung (EG) Nr. 1798/2003 des Rates vom 7. Oktober 2003 über die Zusammenarbeit der Verwaltungsbehörden auf dem Gebiet der Mehrwertsteuer (ABl. L 264 vom 15.10.2003, S. 1). **[Red. Anm.:]** Aufgehoben durch die Verordnung (EU) Nr. 904/2010 vom 7.10.2010 (ABl. EU Nr. L 268 S. 1).

[77] Art. 204 Abs. 1 UAbs. 3 geänd. mWv 1.1.2015 durch RL 2008/8/EG v. 12.2.2008 (ABl. 2008 L 44, 11).

Art. 209 [Entrichtung der Mehrwertsteuer – nichtsteuerpflichtige Personen für innergemeinschaftliche Erwerbe]. Die Mitgliedstaaten treffen die erforderlichen Maßnahmen, um sicherzustellen, dass die nichtsteuerpflichtigen juristischen Personen, die die Steuer für den in Artikel 2 Absatz 1 Buchstabe b Ziffer i genannten innergemeinschaftlichen Erwerb von Gegenständen schulden, ihren Zahlungspflichten nach diesem Abschnitt nachkommen.

Art. 210 [Entrichtung der Mehrwertsteuer – innergemeinschaftlicher Erwerb neuer Fahrzeuge und verbrauchsteuerpflichtiger Waren]. Die Mitgliedstaaten legen die Einzelheiten der Entrichtung der Mehrwertsteuer für den innergemeinschaftlichen Erwerb neuer Fahrzeuge im Sinne des Artikels 2 Absatz 1 Buchstabe b Ziffer ii sowie für den innergemeinschaftlichen Erwerb verbrauchsteuerpflichtiger Waren im Sinne des Artikels 2 Absatz 1 Buchstabe b Ziffer iii fest.

Art. 211 [Entrichtung der Mehrwertsteuer – Einfuhren]. Die Mitgliedstaaten legen die Einzelheiten der Entrichtung der Mehrwertsteuer für die Einfuhr von Gegenständen fest.

Insbesondere können die Mitgliedstaaten vorsehen, dass die für die Einfuhr von Gegenständen durch Steuerpflichtige oder Steuerschuldner oder bestimmte Gruppen derselben geschuldete Mehrwertsteuer nicht zum Zeitpunkt der Einfuhr zu entrichten ist, sofern sie als solche in der gemäß Artikel 250 erstellten Mehrwertsteuererklärung angegeben wird.

Art. 212 [Entrichtung der Mehrwertsteuer – Erlass geringfügiger Steuerbeträge]. Die Mitgliedstaaten können die Steuerpflichtigen von der Entrichtung der geschuldeten Mehrwertsteuer befreien, wenn der Steuerbetrag geringfügig ist.

Kapitel 2. Identifikation

Art. 213 [Pflicht zur Anzeige der Unternehmereigenschaft]. (1) Jeder Steuerpflichtige hat die Aufnahme, den Wechsel und die Beendigung seiner Tätigkeit als Steuerpflichtiger anzuzeigen.

Die Mitgliedstaaten legen fest, unter welchen Bedingungen der Steuerpflichtige die Anzeigen elektronisch abgeben darf, und können die elektronische Abgabe der Anzeigen auch vorschreiben.

(2) Unbeschadet des Absatzes 1 Unterabsatz 1 müssen Steuerpflichtige und nichtsteuerpflichtige juristische Personen, die gemäß Artikel 3 Absatz 1 nicht der Mehrwertsteuer unterliegende innergemeinschaftliche Erwerbe von Gegenständen bewirken, dies anzeigen, wenn die in Artikel 3 genannten Voraussetzungen für die Nichtanwendung der Mehrwertsteuer nicht mehr erfüllt sind.

Art. 214[78] [Zuteilung einer Mehrwertsteuer-Identifikationsnummer]. (1) Die Mitgliedstaaten treffen die erforderlichen Maßnahmen, damit folgende Personen jeweils eine individuelle Mehrwertsteuer-Identifikationsnummer erhalten:

a) jeder Steuerpflichtige, der in ihrem jeweiligen Gebiet Lieferungen von Gegenständen bewirkt oder Dienstleistungen erbringt, für die ein Recht auf Vorsteuerabzug besteht und bei denen es sich nicht um Lieferungen von Gegenständen oder um Dienstleistungen handelt, für die die Mehrwertsteuer gemäß den Artikeln 194 bis 197 sowie 199 ausschließlich vom Dienstleistungsempfänger beziehungsweise der Person, für die die Gegenstände oder Dienstleistungen bestimmt sind, geschuldet wird; hiervon ausgenommen sind die in Artikel 9 Absatz 2 genannten Steuerpflichtigen;
b) jeder Steuerpflichtige und jede nichtsteuerpflichtige juristische Person, der bzw. die gemäß Artikel 2 Absatz 1 Buchstabe b der Mehrwertsteuer unterliegende innergemeinschaftliche Erwerbe von Gegenständen bewirkt oder von der Möglichkeit des Artikels 3 Absatz 3, seine

---

[78] Art. 214 Abs. 1 Buchst. d und e angef. mWv 1.1.2010 durch RL 2008/8/EG v. 12.2.2008 (ABl. 2008 L 44, 11).

bzw. ihre innergemeinschaftlichen Erwerbe der Mehrwertsteuer zu unterwerfen, Gebrauch gemacht hat;

c) jeder Steuerpflichtige, der in ihrem jeweiligen Gebiet innergemeinschaftliche Erwerbe von Gegenständen für die Zwecke seiner Umsätze bewirkt, die sich aus in Artikel 9 Absatz 1 Unterabsatz 2 genannten Tätigkeiten ergeben, die er außerhalb dieses Gebiets ausübt;

d) jeder Steuerpflichtige, der in seinem jeweiligen Gebiet Dienstleistungen empfängt, für die er die Mehrwertsteuer gemäß Artikel 196 schuldet;

e) jeder Steuerpflichtige, der in seinem jeweiligen Gebiet ansässig ist und Dienstleistungen im Gebiet eines anderen Mitgliedstaats erbringt, für die gemäß Artikel 196 ausschließlich der Empfänger die Mehrwertsteuer schuldet.

(2) Die Mitgliedstaaten haben die Möglichkeit, bestimmten Steuerpflichtigen, die nur gelegentlich Umsätze etwa im Sinne von Artikel 12 bewirken, keine Mehrwertsteuer-Identifikationsnummer zu erteilen.

Art. 215 [Präfix der Mehrwertsteuer-Identifikationsnummer]. Der individuellen Mehrwertsteuer-Identifikationsnummer wird zur Kennzeichnung des Mitgliedstaats, der sie erteilt hat, ein Präfix nach dem ISO-Code 3166 Alpha 2 vorangestellt.

Griechenland wird jedoch ermächtigt, das Präfix „EL" zu verwenden.

Art. 216 [Identifikationssystem zur EU-weiten Unterscheidbarkeit der Unternehmer]. Die Mitgliedstaaten treffen die erforderlichen Maßnahmen, damit ihr Identifikationssystem die Unterscheidung der in Artikel 214 genannten Steuerpflichtigen ermöglicht und somit die korrekte Anwendung der Übergangsregelung für die Besteuerung innergemeinschaftlicher Umsätze des Artikels 402 gewährleistet.

Kapitel 3. Erteilung von Rechnungen

Abschnitt 1. Begriffsbestimmung

Art. 217[79] **[Definition der elektronischen Übermittlung einer Rechnung].** Im Sinne dieser Richtlinie bezeichnet der Ausdruck „elektronische Rechnung" eine Rechnung, welche die nach dieser Richtlinie erforderlichen Angaben enthält und in einem elektronischen Format ausgestellt und empfangen wird.

Abschnitt 2. Definition der Rechnung

Art. 218 [Definition der Rechnung]. Für die Zwecke dieser Richtlinie erkennen die Mitgliedstaaten als Rechnung alle auf Papier oder elektronisch vorliegenden Dokumente oder Mitteilungen an, die den Anforderungen dieses Kapitels genügen.

Art. 219 [Einer Rechnung gleichgestelltes Änderungsdokument]. Einer Rechnung gleichgestellt ist jedes Dokument und jede Mitteilung, das/die die ursprüngliche Rechnung ändert und spezifisch und eindeutig auf diese bezogen ist.

Abschnitt 3. Ausstellung der Rechnung

Art. 219a[80] **[Maßgebliche Vorschriften].** Unbeschadet der Artikel 244 bis 248 gilt Folgendes:

1. Die Rechnungsstellung unterliegt den Vorschriften des Mitgliedstaats, in dem die Lieferung von Gegenständen oder die Dienstleistung nach Maßgabe des Titels V als ausgeführt gilt.

---

[79] Art. 217 neu gef. mWv 11.8.2010 durch RL 2010/45/EU v. 13.7.2010 (ABl. 2010 L 189, 1).

[80] Art. 219a eingef. mWv 11.8.2010 durch RL 2010/45/EU v. 13.7.2010 (ABl. 2010 L 189, 1).

2. Abweichend von Nummer 1 unterliegt die Rechnungsstellung den Vorschriften des Mitgliedstaats, in dem der Lieferer oder Dienstleistungserbringer den Sitz seiner wirtschaftlichen Tätigkeit oder eine feste Niederlassung hat, von dem bzw. der aus die Lieferung oder die Dienstleistung ausgeführt wird, oder – in Ermangelung eines solchen Sitzes oder einer solchen festen Niederlassung – des Mitgliedstaats, in dem er seinen Wohnsitz oder seinen gewöhnlichen Aufenthaltsort hat, wenn
   a) der Lieferer oder Dienstleistungserbringer nicht in dem Mitgliedstaat ansässig ist, in dem die Lieferung oder die Dienstleistung im Einklang mit Titel V als ausgeführt gilt, oder seine Niederlassung in dem betreffenden Mitgliedstaat im Sinne des Artikels 192a nicht an der Lieferung oder Dienstleistung beteiligt ist, und wenn die Mehrwertsteuer vom Erwerber oder vom Dienstleistungsempfänger geschuldet wird.

   Wenn jedoch der Erwerber oder Dienstleistungsempfänger die Rechnung ausstellt (Gutschriften), gilt Nummer 1.
   b) die Lieferung oder die Dienstleistung im Einklang mit Titel V als nicht innerhalb der Gemeinschaft ausgeführt gilt.

Art. 220[81] **[Anwendungsfälle der Pflicht zur Ausstellung einer Rechnung].** (1) Jeder Steuerpflichtige stellt in folgenden Fällen eine Rechnung entweder selbst aus oder stellt sicher, dass eine Rechnung vom Erwerber oder Dienstleistungsempfänger oder in seinem Namen und für seine Rechnung von einem Dritten ausgestellt wird:
1. Er liefert Gegenstände oder erbringt Dienstleistungen an einen anderen Steuerpflichtigen oder an eine nichtsteuerpflichtige juristische Person;
2. er liefert in Artikel 33 genannte Gegenstände;
3. er liefert Gegenstände unter den Voraussetzungen des Artikels 138;
4. er erhält Vorauszahlungen, bevor eine Lieferung von Gegenständen im Sinne der Nummern 1 und 2 erfolgt ist;
5. er erhält Vorauszahlungen von einem anderen Steuerpflichtigen oder einer nichtsteuerpflichtigen juristischen Person, bevor eine Dienstleistung abgeschlossen ist.

(2) Abweichend von Absatz 1 und unbeschadet des Artikels 221 Absatz 2 ist die Ausstellung einer Rechnung bei nach Artikel 135 Absatz 1 Buchstaben a bis g steuerbefreiten Dienstleistungen nicht erforderlich.

Art. 220a[82] **[Vereinfachte Rechnung].** (1) Die Mitgliedstaaten gestatten den Steuerpflichtigen in den folgenden Fällen die Ausstellung einer vereinfachten Rechnung:
a) Der Rechnungsbetrag beträgt höchstens 100 EUR oder den Gegenwert in Landeswährung;
b) bei der ausgestellten Rechnung handelt es sich um ein Dokument oder eine Mitteilung, das/die gemäß Artikel 219 einer Rechnung gleichgestellt ist.

(2) Die Mitgliedstaaten erlauben es Steuerpflichtigen nicht, eine vereinfachte Rechnung auszustellen, wenn Rechnungen gemäß Artikel 220 Absatz 1 Nummern 2 und 3 ausgestellt werden müssen oder wenn die steuerpflichtige Lieferung von Gegenständen oder die steuerpflichtige Dienstleistung von einem Steuerpflichtigen durchgeführt wird, der nicht in dem Mitgliedstaat ansässig ist, in dem die Mehrwertsteuer geschuldet wird, oder dessen Niederlassung in dem betreffenden Mitgliedstaat im Sinne des Artikels 192a nicht an der Lieferung oder Dienstleistung beteiligt ist und wenn die Steuer vom Erwerber oder Dienstleistungsempfänger geschuldet wird.

Art. 221[83] **[Kannbestimmung: Pflicht zur Ausstellung einer Rechnung in anderen Fällen, Befreiung von der Ausstellungspflicht].** (1) Die Mitgliedstaaten können Steuerpflichtigen vorschreiben, für andere als die in Artikel 220 Absatz 1 genannten Lieferungen von

---

[81] Art. 220 Abs. 1 geänd., Abs. 2 angef. mWv 11.8.2010 durch RL 2010/45/EU v. 13.7.2010 (ABl. 2010 L 189, 1).

[82] Art. 220a eingef. mWv 11.8.2010 durch RL 2010/45/EU v. 13.7.2010 (ABl. 2010 L 189, 1).

[83] Art. 221 Abs. 1 geänd., Abs. 2 und 3 neu gef. mWv 11.8.2010 durch RL 2010/45/EU v. 13.7.2010 (ABl. 2010 L 189, 1).

Gegenständen oder Dienstleistungen eine Rechnung gemäß den Vorgaben der Artikel 226 oder 226b auszustellen.

(2) Die Mitgliedstaaten können Steuerpflichtigen, die in ihrem Gebiet ansässig sind oder dort eine feste Niederlassung haben, von der die Lieferung erfolgt oder die Dienstleistung erbracht wird, vorschreiben, für die nach Artikel 135 Absatz 1 Buchstaben a bis g steuerbefreiten Dienstleistungen, die die betreffenden Steuerpflichtigen in ihrem Gebiet oder außerhalb der Gemeinschaft erbringen, eine Rechnung gemäß den Vorgaben der Artikel 226 oder 226b auszustellen.

(3) Die Mitgliedstaaten können Steuerpflichtige von der Pflicht nach Artikel 220 Absatz 1 oder Artikel 220a befreien, eine Rechnung für Lieferungen von Gegenständen oder Dienstleistungen auszustellen, die sie in ihrem Gebiet bewirken und die mit oder ohne Recht auf Vorsteuerabzug gemäß den Artikeln 110 und 111, dem Artikel 125 Absatz 1, dem Artikel 127, dem Artikel 128 Absatz 1, dem Artikel 132, dem Artikel 135 Absatz 1 Buchstaben h bis l, den Artikeln 136, 371, 375, 376 und 377, dem Artikel 378 Absatz 2, dem Artikel 379 Absatz 2 sowie den Artikeln 380 bis 390c[84] befreit sind.

Art. 222[85] **[Kannbestimmung: Fristen für die Ausstellung einer Rechnung].** Für Gegenstände, die unter den Voraussetzungen des Artikels 138 geliefert werden, oder für Dienstleistungen, für die nach Artikel 196 der Leistungsempfänger die Steuer schuldet, wird spätestens am fünfzehnten Tag des Monats, der auf den Monat folgt, in dem der Steuertatbestand eingetreten ist, eine Rechnung ausgestellt.

Für andere Lieferungen von Gegenständen oder Dienstleistungen können die Mitgliedstaaten den Steuerpflichtigen Fristen für die Ausstellung der Rechnung setzen.

Art. 223[86] **[Zusammenfassende Rechnung].** Die Mitgliedstaaten können den Steuerpflichtigen gestatten, für mehrere getrennte Lieferungen von Gegenständen oder Dienstleistungen zusammenfassende Rechnungen auszustellen, sofern der Steueranspruch für die auf einer zusammenfassenden Rechnung aufgeführten Lieferungen von Gegenständen oder Dienstleistungen innerhalb desselben Kalendermonats eintritt.

Unbeschadet des Artikels 222 können die Mitgliedstaaten gestatten, dass Lieferungen von Gegenständen oder Dienstleistungen, für die der Steueranspruch innerhalb einer über einen Kalendermonat hinausgehenden Frist eintritt, in zusammenfassenden Rechnungen erscheinen.

Art. 224[87] **[Gutschrift als Rechnung].** Rechnungen dürfen von einem Erwerber oder Dienstleistungsempfänger für Lieferungen von Gegenständen oder für Dienstleistungen, die von einem Steuerpflichtigen bewirkt werden, ausgestellt werden, sofern zwischen den beiden Parteien eine vorherige Vereinbarung getroffen wurde und sofern jede Rechnung Gegenstand eines Verfahrens zur Akzeptierung durch den Steuerpflichtigen ist, der die Gegenstände liefert oder die Dienstleistungen erbringt. Die Mitgliedstaaten können verlangen, dass solche Rechnungen im Namen und für Rechnung des Steuerpflichtigen ausgestellt werden.

Art. 225[88] **[Kannbestimmung: besondere Anforderungen an die Rechnung bei Rechnungsausstellern aus Staaten ohne Amtshilfeabkommen].** Die Mitgliedstaaten können für Steuerpflichtige besondere Anforderungen festlegen, wenn der Dritte oder der Erwerber oder Dienstleistungsempfänger, der die Rechnung ausstellt, seinen Sitz in einem Land hat, mit

[84] Art. 221 Abs. 3 Verweis geänd. mWv 1.7.2013 durch Akte v. 9.12.2011 (ABl. 2012 L 112, 10).

[85] Art. 222 neu gef. mWv 11.8.2010 durch RL 2010/45/EU v. 13.7.2010 (ABl. 2010 L 189, 1).

[86] Art. 223–225 neu gef. mWv 11.8.2010 durch RL 2010/45/EU v. 13.7.2010 (ABl. 2010 L 189, 1).

[87] Art. 223–225 neu gef. mWv 11.8.2010 durch RL 2010/45/EU v. 13.7.2010 (ABl. 2010 L 189, 1).

[88] Art. 223–225 neu gef. mWv 11.8.2010 durch RL 2010/45/EU v. 13.7.2010 (ABl. 2010 L 189, 1).

dem keine Rechtsvereinbarung über Amtshilfe besteht, deren Anwendungsbereich mit dem der Richtlinie 2010/24/EU[89] und der Verordnung (EG) Nr. 1798/2003[90] vergleichbar ist.

Abschnitt 4. Rechnungsangaben

Art. 226[91] **[Rechnungsangaben – obligatorisch].** Unbeschadet der in dieser Richtlinie festgelegten Sonderbestimmungen müssen gemäß den Artikeln 220 und 221 ausgestellte Rechnungen für Mehrwertsteuerzwecke nur die folgenden Angaben enthalten:

1. das Ausstellungsdatum;
2. eine fortlaufende Nummer mit einer oder mehreren Zahlenreihen, die zur Identifizierung der Rechnung einmalig vergeben wird;
3. die Mehrwertsteuer-Identifikationsnummer im Sinne des Artikels 214, unter der der Steuerpflichtige die Gegenstände geliefert oder die Dienstleistung erbracht hat;
4. die Mehrwertsteuer-Identifikationsnummer im Sinne des Artikels 214, unter der der Erwerber oder Dienstleistungsempfänger eine Lieferung von Gegenständen oder eine Dienstleistung, für die er Steuerschuldner ist, oder eine Lieferung von Gegenständen nach Artikel 138 erhalten hat;
5. den vollständigen Namen und die vollständige Anschrift des Steuerpflichtigen und des Erwerbers oder Dienstleistungsempfängers;
6. Menge und Art der gelieferten Gegenstände beziehungsweise Umfang und Art der erbrachten Dienstleistungen;
7. das Datum, an dem die Gegenstände geliefert werden oder die Dienstleistung erbracht bzw. abgeschlossen wird, oder das Datum, an dem die Vorauszahlung im Sinne des Artikels 220 Nummern 4 und 5 geleistet wird, sofern dieses Datum feststeht und nicht mit dem Ausstellungsdatum der Rechnung identisch ist;

7a. die Angabe „Besteuerung nach vereinnahmten Entgelten" (Kassenbuchführung), sofern der Steueranspruch gemäß Artikel 66 Buchstabe b zum Zeitpunkt des Eingangs der Zahlung entsteht und das Recht auf Vorsteuerabzug entsteht, wenn der Anspruch auf die abziehbare Steuer entsteht;

8. die Steuerbemessungsgrundlage für die einzelnen Steuersätze beziehungsweise die Befreiung, den Preis je Einheit ohne Mehrwertsteuer sowie jede Preisminderung oder Rückerstattung, sofern sie nicht im Preis je Einheit enthalten sind;
9. den anzuwendenden Mehrwertsteuersatz;
10. den zu entrichtenden Mehrwertsteuerbetrag, außer bei Anwendung einer Sonderregelung, bei der nach dieser Richtlinie eine solche Angabe ausgeschlossen wird;

10a. bei Ausstellung der Rechnung durch den Erwerber oder Dienstleistungsempfänger und nicht durch den Lieferer oder Dienstleistungserbringer: die Angabe „Gutschrift";

11. Verweis auf die einschlägige Bestimmung dieser Richtlinie oder die entsprechende nationale Bestimmung oder Hinweis darauf, dass für die Lieferung von Gegenständen beziehungsweise die Dienstleistung eine Steuerbefreiung gilt;

11a. bei Steuerschuldnerschaft des Erwerbers oder Dienstleistungsempfängers: die Angabe „Steuerschuldnerschaft des Leistungsempfängers";

12. bei Lieferung neuer Fahrzeuge unter den Voraussetzungen des Artikels 138 Absatz 1 und Absatz 2 Buchstabe a: die in Artikel 2 Absatz 2 Buchstabe b genannten Angaben;
13. im Falle der Anwendung der Sonderregelung für Reisebüros: die Angabe „Sonderregelung für Reisebüros";

---

[89] **[Amtl. Anm.:]** Richtlinie 2010/24/EU des Rates vom 16. März 2010 über die Amtshilfe bei der Beitreibung von Forderungen in Bezug auf bestimmte Steuern, Abgaben und sonstige Maßnahmen (ABl. L 84 vom 31.3.2010, S. 1).

[90] **[Amtl. Anm.:]** Verordnung (EG) Nr. 1798/2003 des Rates vom 7. Oktober 2003 über die Zusammenarbeit der Verwaltungsbehörden auf dem Gebiet der Mehrwertsteuer (ABl. L 264 vom 15.10.2003, S. 1). **[Red. Anm.:]** Aufgehoben durch die Verordnung (EU) Nr. 904/2010 vom 7.10.2010 (ABl. EU Nr. L 268 S. 1).

[91] Art. 226 Nr. 7a und 10a eingef., Nr. 11 neu gef., Nr. 11a eingef., Nr. 13 und 14 neu gef. mWv 11.8.2010 durch RL 2010/45/EU v. 13.7.2010 (ABl. 2010 L 189, 1).

14. im Falle der Anwendung einer der auf Gebrauchtgegenstände, Kunstgegenstände, Sammlungsstücke und Antiquitäten anwendbaren Sonderregelung: die entsprechende Angabe „Gebrauchtgegenstände/Sonderregelung", „Kunstgegenstände/Sonderregelung" bzw. „Sammlungsstücke und Antiquitäten/Sonderregelung";
15. wenn der Steuerschuldner ein Steuervertreter im Sinne des Artikels 204 ist: Mehrwertsteuer-Identifikationsnummer im Sinne des Artikels 214, vollständiger Name und Anschrift des Steuervertreters.

Art. 226a[92] **[Kannbestimmung; Verzicht auf Rechnungsangaben bei Nichtansässigkeit].** Wird die Rechnung von einem Steuerpflichtigen ausgestellt, der nicht im Mitgliedstaat, in dem die Steuer geschuldet wird, ansässig ist oder dessen Niederlassung in dem betreffenden Mitgliedstaat im Sinne des Artikels 192a nicht an der Lieferung oder Dienstleistung beteiligt ist und der Gegenstände an einen Erwerber liefert oder eine Dienstleistung an einen Empfänger erbringt, der die Steuer schuldet, kann der Steuerpflichtige auf die Angaben nach Artikel 226 Nummern 8, 9 und 10 verzichten und stattdessen durch Bezeichnung von Menge und Art der gelieferten Gegenstände bzw. Umfang und Art der erbrachten Dienstleistungen die Steuerbemessungsgrundlage der Gegenstände oder Dienstleistungen angeben.

Art. 226b[93] **[Angaben bei vereinfachten Rechnungen].** Im Zusammenhang mit vereinfachten Rechnungen gemäß Artikel 220a und Artikel 221 Absätze 1 und 2 verlangen die Mitgliedstaaten mindestens die folgenden Angaben:

a) das Ausstellungsdatum;
b) die Identität des Steuerpflichtigen, der die Gegenstände liefert oder die Dienstleistungen erbringt;
c) die Art der gelieferten Gegenstände oder der erbrachten Dienstleistungen;
d) den zu entrichtenden Mehrwertsteuerbetrag oder die Angaben zu dessen Berechnung;
e) sofern es sich bei der ausgestellten Rechnung um ein Dokument oder eine Mitteilung handelt, das/die gemäß Artikel 219 einer Rechnung gleichgestellt ist, eine spezifische und eindeutige Bezugnahme auf diese ursprüngliche Rechnung und die konkret geänderten Einzelheiten.

Sie dürfen keine anderen als die in den Artikeln 226, 227 und 230 vorgesehenen Rechnungsangaben verlangen.

Art. 227 [Kannbestimmung: Angabe der Mehrwertsteuer-Identifikationsnummer des Leistungsempfängers in anderen Fällen als der Verlagerung der Steuerschuldnerschaft]. Die Mitgliedstaaten können von Steuerpflichtigen, die in ihrem Gebiet ansässig sind und dort Lieferungen von Gegenständen bewirken oder Dienstleistungen erbringen, verlangen, in anderen als den in Artikel 226 Nummer 4 genannten Fällen die Mehrwertsteuer-Identifikationsnummer des Erwerbers oder Dienstleistungsempfängers im Sinne des Artikels 214 anzugeben.

Art. 228[94] ***[Kannbestimmung: Verzicht auf obligatorische Angaben in einer Rechnung gleichgestellten Änderungsdokumenten].*** *Die Mitgliedstaaten, in deren Gebiet die Lieferungen von Gegenständen bewirkt oder die Dienstleistungen erbracht werden, können die Steuerpflichtigen davon entbinden, in einer Rechnung gleichgestellten Dokumenten oder Mitteilungen im Sinne des Artikels 219 bestimmte obligatorische Angaben zu machen.*

Art. 229 [Keine Pflicht zur Unterzeichnung von Rechnungen]. Die Mitgliedstaaten verlangen nicht, dass die Rechnungen unterzeichnet sind.

---

[92] Art. 226a eingef. mWv 11.8.2010 durch RL 2010/45/EU v. 13.7.2010 (ABl. 2010 L 189, 1).
[93] Art. 226b eingef. mWv 11.8.2010 durch RL 2010/45/EU v. 13.7.2010 (ABl. 2010 L 189, 1).
[94] Art. 228 aufgeh. mWv 11.8.2010 durch RL 2010/45/EU v. 13.7.2010 (ABl. 2010 L 189, 1).

Art. 230[95] **[Währungsangaben auf der Rechnung].** Die auf der Rechnung ausgewiesenen Beträge können in jeder Währung angegeben sein, sofern die zu zahlende oder zu berichtigende Mehrwertsteuer nach Anwendung der Umrechnungsmethode nach Artikel 91 in der Währung des Mitgliedstaats angegeben ist.

Art. 231[96] *(aufgehoben)*

Abschnitt 5. Rechnungen auf Papier und elektronische Rechnungen[97]

Art. 232 [Zustimmungserfordernis des Rechnungsempfängers]. Der Rechnungsempfänger muss der Verwendung der elektronischen Rechnung zustimmen.

Art. 233 [Echtheit der Herkunft einer Rechnung]. (1) Die Echtheit der Herkunft einer Rechnung, die Unversehrtheit ihres Inhalts und ihre Lesbarkeit müssen unabhängig davon, ob sie auf Papier oder elektronisch vorliegt, vom Zeitpunkt der Ausstellung bis zum Ende der Dauer der Aufbewahrung der Rechnung gewährleistet werden.

Jeder Steuerpflichtige legt fest, in welcher Weise die Echtheit der Herkunft, die Unversehrtheit des Inhalts und die Lesbarkeit der Rechnung gewährleistet werden können. Dies kann durch jegliche innerbetriebliche Steuerungsverfahren erreicht werden, die einen verlässlichen Prüfpfad zwischen einer Rechnung und einer Lieferung oder Dienstleistung schaffen können.

„Echtheit der Herkunft" bedeutet die Sicherheit der Identität des Lieferers oder des Dienstleistungserbringers oder des Ausstellers der Rechnung.

„Unversehrtheit des Inhalts" bedeutet, dass der nach der vorliegenden Richtlinie erforderliche Inhalt nicht geändert wurde.

(2) Neben der in Absatz 1 beschriebenen Art von innerbetrieblichen Steuerungsverfahren lassen sich die folgenden Beispiele von Technologien anführen, welche die Echtheit der Herkunft und die Unversehrtheit des Inhalts einer elektronischen Rechnung gewährleisten:

a) durch eine fortgeschrittene elektronische Signatur im Sinne des Artikels 2 Nummer 2 der Richtlinie 1999/93/EG des Europäischen Parlaments und des Rates vom 13. Dezember 1999 über gemeinschaftliche Rahmenbedingungen für elektronische Signaturen[98], die auf einem qualifizierten Zertifikat beruht und von einer sicheren Signaturerstellungseinheit im Sinne des Artikels 2 Nummern 6 und 10 der Richtlinie 1999/93/EG erstellt worden ist;

b) durch elektronischen Datenaustausch (EDI) nach Artikel 2 des Anhangs 1 der Empfehlung 94/820/EG der Kommission vom 19. Oktober 1994 über die rechtlichen Aspekte des elektronischen Datenaustausches[99], sofern in der Vereinbarung über diesen Datenaustausch der Einsatz von Verfahren vorgesehen ist, die die Echtheit der Herkunft und die Unversehrtheit der Daten gewährleisten.

Art. 234 *(aufgehoben)*

Art. 235 [Spezifische Anforderungen für elektronische Rechnungen]. Die Mitgliedstaaten können spezifische Anforderungen für elektronische Rechnungen festlegen, die für Lieferungen von Gegenständen oder für Dienstleistungen in ihrem Gebiet in einem Land ausgestellt werden, mit dem keine Rechtsvereinbarung über Amtshilfe besteht, deren Anwendungsbereich mit dem der Richtlinie 2010/24/EU und der Verordnung (EG) Nr. 1798/2003 vergleichbar ist.

Art. 236 [Gebündelte elektronische Übermittlung mehrerer Rechnungen]. Werden mehrere elektronische Rechnungen gebündelt ein und demselben Rechnungsempfänger über-

---

[95] Art. 230 geänd. mWv 11.8.2010 durch RL 2010/45/EU v. 13.7.2010 (ABl. 2010 L 189, 1).

[96] Art. 231 aufgeh. mWv 11.8.2010 durch RL 2010/45/EU v. 13.7.2010 (ABl. 2010 L 189, 1).

[97] Abschnitt 5 neu gef. mWv 11.8.2010 durch RL 2010/45/EU v. 13.7.2010 (ABl. 2010 L 189, 1).

[98] **[Amtl. Anm.:]** ABl. L 13 vom 19.1.2000, S. 12.

[99] **[Amtl. Anm.:]** ABl. L 338 vom 28.12.1994, S. 98.

mittelt oder für diesen bereitgehalten, ist es zulässig, Angaben, die allen Rechnungen gemeinsam sind, nur ein einziges Mal aufzuführen, sofern für jede Rechnung die kompletten Angaben zugänglich sind.

Art. 237 [Evaluierungsbericht der EU-Kommission]. Spätestens am 31. Dezember 2016 unterbreitet die Kommission dem Europäischen Parlament und dem Rat einen auf einer unabhängigen Wirtschaftsstudie beruhenden allgemeinen Evaluierungsbericht über die Auswirkungen der ab dem 1. Januar 2013 anwendbaren Rechnungsstellungsvorschriften und insbesondere darüber, inwieweit sie tatsächlich zu einer Abnahme des Verwaltungsaufwands für die Unternehmen geführt haben, erforderlichenfalls zusammen mit einem entsprechenden Vorschlag zur Änderung der jeweiligen Vorschriften.

Abschnitt 6. Vereinfachungsmaßnahmen

Art. 238[100] [Kannbestimmung: Angaben auf Kleinbetrags- und branchenspezifischen Rechnungen]. (1) Nach Konsultation des Mehrwertsteuerausschusses können die Mitgliedstaaten unter den von ihnen festzulegenden Bedingungen vorsehen, dass Rechnungen für Lieferungen von Gegenständen oder für Dienstleistungen in folgenden Fällen nur die in Artikel 226b genannten Angaben enthalten:

a) wenn der Rechnungsbetrag höher als 100 EUR aber nicht höher als 400 EUR ist, oder den Gegenwert in Landeswährung;
b) wenn die Einhaltung aller in den Artikeln 226 oder 230 genannten Verpflichtungen aufgrund der Handels- oder Verwaltungspraktiken in dem betreffenden Wirtschaftsbereich oder aufgrund der technischen Bedingungen der Erstellung dieser Rechnungen besonders schwierig ist.

(2) *(aufgehoben)*

(3) Die Vereinfachung nach Absatz 1 darf nicht angewandt werden, wenn Rechnungen gemäß Artikel 220 Absatz 1 Nummern 2 und 3 ausgestellt werden müssen, oder wenn die steuerpflichtige Lieferung von Gegenständen oder die steuerpflichtige Dienstleistung von einem Steuerpflichtigen durchgeführt wird, der nicht in dem Mitgliedstaat ansässig ist, in dem die Mehrwertsteuer geschuldet wird, oder dessen Niederlassung in dem betreffenden Mitgliedstaat im Sinne des Artikels 192a nicht an der Lieferung oder Dienstleistung beteiligt ist und wenn die Steuer vom Erwerber bzw. Dienstleistungsempfänger geschuldet wird.

Art. 239 [Angabe einer Steuerregisternummer auf der Rechnung anstelle der Mehrwertsteuer-Identifikationsnummer in den Fällen der Nichtvergabe einer Mehrwertsteuer-Identifikationsnummer]. Machen die Mitgliedstaaten von der Möglichkeit nach Artikel 272 Absatz 1 Unterabsatz 1 Buchstabe b Gebrauch, Steuerpflichtigen, die keine der in den Artikeln 20, 21, 22, 33, 36, 138 und 141 genannten Umsätze bewirken, keine Mehrwertsteuer-Identifikationsnummer zu erteilen, ist – sofern keine Mehrwertsteuer-Identifikationsnummer erteilt wurde – auf der Rechnung die Mehrwertsteuer-Identifikationsnummer des Lieferers oder Dienstleistungserbringers und des Erwerbers oder Dienstleistungsempfängers, durch eine andere, von den betreffenden Mitgliedstaaten näher bestimmte Nummer, die so genannte Steuerregisternummer, zu ersetzen.

Art. 240 [Kannbestimmung: Pflicht zur Angabe der Mehrwertsteuer-Identifikationsnummer des Leistenden bei bestimmten Umsätzen für bestimmte Unternehmer mit Erklärungs- und Aufzeichnungserleichterungen]. Mitgliedstaaten, die von der Möglichkeit nach Artikel 272 Absatz 1 Unterabsatz 1 Buchstabe b Gebrauch machen, können, wenn dem Steuerpflichtigen eine Mehrwertsteuer-Identifikationsnummer erteilt wurde, außerdem vorsehen, dass die Rechnung folgende Angaben enthält:

1. bei den in den Artikeln 44, 47, 50, 53, 54 und 55 genannten Dienstleistungen sowie bei den in den Artikeln 138 und 141 genannten Lieferungen von Gegenständen: die Mehrwertsteuer-

[100] Art. 238 neu gef. mWv 11.8.2010 durch RL 2010/45/EU v. 13.7.2010 (ABl. 2010 L 189, 1).

Identifikationsnummer sowie die Steuerregisternummer des Lieferers bzw. Dienstleistungserbringers;

2. bei anderen Lieferungen von Gegenständen und Dienstleistungen: lediglich die Steuerregisternummer des Lieferers bzw. Dienstleistungserbringers oder lediglich die Mehrwertsteuer-Identifikationsnummer.

Kapitel 4. Aufzeichnungen

Abschnitt 1. Begriffsbestimmung

Art. 241 [Definition der elektronischen Aufbewahrung einer Rechnung]. Für die Zwecke dieses Kapitels gilt als „elektronische Aufbewahrung einer Rechnung" die Aufbewahrung von Daten mittels elektronischer Einrichtungen zur Verarbeitung (einschließlich der digitalen Kompression) und Aufbewahrung unter Verwendung von Draht, Funk, optischen oder anderen elektromagnetischen Medien.

Abschnitt 2. Allgemeine Pflichten

Art. 242 [Aufzeichnungspflichten – Grundsatz]. Jeder Steuerpflichtige hat Aufzeichnungen zu führen, die so ausführlich sind, dass sie die Anwendung der Mehrwertsteuer und ihre Kontrolle durch die Steuerverwaltung ermöglichen.

Art. 243[101] **[Pflicht zur Registrierung der Gegenstände, die innergemeinschaftlich für Zwecke der Be- oder Verarbeitung oder einer vorübergehenden Verwendung verbracht wurden].** (1) Jeder Steuerpflichtige muss ein Register der Gegenstände führen, die er für die Zwecke seiner in Artikel 17 Absatz 2 Buchstaben f, g und h genannten Umsätze in Form der Begutachtung dieser Gegenstände oder von Arbeiten an diesen Gegenständen oder ihrer vorübergehenden Verwendung nach Orten außerhalb des Mitgliedstaats des Beginns der Versendung oder Beförderung, aber innerhalb der Gemeinschaft versandt oder befördert hat oder die für seine Rechnung dorthin versandt oder befördert wurden.

(2) Jeder Steuerpflichtige hat Aufzeichnungen zu führen, die so ausführlich sind, dass sie die Identifizierung der Gegenstände ermöglichen, die ihm aus einem anderen Mitgliedstaat von einem Steuerpflichtigen mit Mehrwertsteuer-Identifikationsnummer in diesem anderen Mitgliedstaat oder für dessen Rechnung im Zusammenhang mit einer Dienstleistung in Form der Begutachtung dieser Gegenstände oder von Arbeiten an diesen Gegenständen gesandt worden sind.

Abschnitt 3. Pflichten in Bezug auf die Aufbewahrung aller Rechnungen

Art. 244 [Pflicht zur Aufbewahrung von Rechnungskopien]. Jeder Steuerpflichtige sorgt für die Aufbewahrung von Kopien aller Rechnungen, die er selbst, der Erwerber oder Dienstleistungsempfänger oder ein Dritter in seinem Namen und für seine Rechnung ausgestellt hat, sowie aller Rechnungen, die er erhalten hat.

Art. 245 [Aufbewahrungsort der Rechnungen; Kannbestimmung: Angabe eines ausländischen Aufbewahrungsorts und Gewährleistung eines online-Zugriffs]. (1) Für die Zwecke dieser Richtlinie kann der Steuerpflichtige den Aufbewahrungsort aller Rechnungen bestimmen, sofern er den zuständigen Behörden auf deren Verlangen alle gemäß Artikel 244 aufzubewahrenden Rechnungen oder Daten unverzüglich zur Verfügung stellt.

(2) Die Mitgliedstaaten können von den in ihrem Gebiet ansässigen Steuerpflichtigen verlangen, ihnen den Aufbewahrungsort mitzuteilen, wenn sich dieser außerhalb ihres Gebiets befindet.

---

[101] Art. 243 geänd. mWv 11.8.2010 durch RL 2010/45/EU v. 13.7.2010 (ABl. 2010 L 189, 1).

Die Mitgliedstaaten können ferner von den in ihrem Gebiet ansässigen Steuerpflichtigen verlangen, alle von ihnen selbst oder vom Erwerber oder Dienstleistungsempfänger oder von einem Dritten in ihrem Namen und für ihre Rechnung ausgestellten Rechnungen sowie alle Rechnungen, die sie erhalten haben, im Inland aufzubewahren, soweit es sich nicht um eine elektronische Aufbewahrung handelt, die einen vollständigen Online-Zugriff auf die betreffenden Daten gewährleistet.

Art. 246[102] *(aufgehoben)*

Art. 247[103] **[Rechnungsaufbewahrungsfrist; Kannbestimmung: Pflicht zur Aufbewahrung von Rechnungen in Originalform; Verbot der Aufbewahrung in einem Staat ohne Amtshilfeabkommen].** (1) Jeder Mitgliedstaat legt fest, über welchen Zeitraum Steuerpflichtige Rechnungen für Lieferungen von Gegenständen oder für Dienstleistungen in seinem Gebiet aufbewahren müssen und Rechnungen, die in seinem Gebiet ansässige Steuerpflichtige erhalten haben, aufbewahrt werden müssen.

(2) Um die Einhaltung der in Artikel 233 genannten Anforderungen sicherzustellen, kann der in Absatz 1 genannte Mitgliedstaat vorschreiben, dass die Rechnungen in der Originalform, in der sie übermittelt oder zur Verfügung gestellt wurden, d. h. auf Papier oder elektronisch, aufzubewahren sind. Er kann zudem verlangen, dass bei der elektronischen Aufbewahrung von Rechnungen die Daten, mit denen die Echtheit der Herkunft der Rechnungen und die Unversehrtheit des Inhalts nach Artikel 233 nachgewiesen werden, ebenfalls elektronisch aufzubewahren sind.

(3) Der in Absatz 1 genannte Mitgliedstaat kann spezifische Anforderungen festlegen, wonach die Aufbewahrung der Rechnungen in einem Land verboten oder eingeschränkt wird, mit dem keine Rechtsvereinbarung über Amtshilfe, deren Anwendungsbereich mit dem der Richtlinie 2010/24/EU sowie der Verordnung (EG) Nr. 1798/2003 vergleichbar ist, oder keine Rechtsvereinbarung über das in Artikel 249 genannte Recht auf elektronischen Zugriff auf diese Rechnungen, deren Herunterladen und Verwendung besteht.

Art. 248 **[Kannbestimmung: Pflicht zur Aufbewahrung von Rechnungen an Nichtunternehmer].** Die Mitgliedstaaten können vorschreiben, dass an nichtsteuerpflichtige Personen ausgestellte Rechnungen aufzubewahren sind und dafür entsprechende Bedingungen festlegen.

Abschnitt 4. Recht auf Zugriff auf in einem anderen Mitgliedstaat elektronisch aufbewahrte Rechnungen

Art. 248a[104] **[Recht auf Übersetzung in die Amtssprache eines Mitgliedstaates].** Die Mitgliedstaaten können zu Kontrollzwecken und bei Rechnungen, die sich auf Lieferungen von Gegenständen oder Dienstleistungen in ihrem Gebiet beziehen oder die in ihrem Gebiet ansässige Steuerpflichtige erhalten haben, von bestimmten Steuerpflichtigen oder in bestimmten Fällen Übersetzungen in ihre Amtssprachen verlangen. Die Mitgliedstaaten dürfen allerdings nicht eine allgemeine Verpflichtung zur Übersetzung von Rechnungen auferlegen.

Art. 249[105] **[Recht des Ansässigkeitsstaats auf Zugriff auf in einem anderen Mitgliedstaat elektronisch aufbewahrte Rechnungen].** Bewahrt ein Steuerpflichtiger von ihm ausgestellte oder empfangene Rechnungen elektronisch in einer Weise auf, die einen Online-Zugriff auf die betreffenden Daten gewährleistet, haben die zuständigen Behörden des Mitgliedstaats, in dem er ansässig ist, und, falls die Steuer in einem anderen Mitgliedstaat geschuldet wird, die zuständigen Behörden dieses Mitgliedstaats, zu Kontrollzwecken das Recht auf Zugriff auf diese Rechnungen sowie auf deren Herunterladen und Verwendung.

---

[102] Art. 246 aufgeh. mWv 11.8.2010 durch RL 2010/45/EU v. 13.7.2010 (ABl. 2010 L 189, 1).
[103] Art. 247 geänd. mWv 11.8.2010 durch RL 2010/45/EU v. 13.7.2010 (ABl. 2010 L 189, 1).
[104] Art. 248a eingef. mWv 11.8.2010 durch RL 2010/45/EU v. 13.7.2010 (ABl. 2010 L 189, 1).
[105] Art. 249 neu gef. mWv 11.8.2010 durch RL 2010/45/EU v. 13.7.2010 (ABl. 2010 L 189, 1).

Kapitel 5. Erklärungspflichten

Art. 250 [Pflicht zur Abgabe einer Mehrwertsteuererklärung mit bestimmten obligatorischen Angaben]. (1) Jeder Steuerpflichtige hat eine Mehrwertsteuererklärung abzugeben, die alle für die Festsetzung des geschuldeten Steuerbetrags und der vorzunehmenden Vorsteuerabzüge erforderlichen Angaben enthält, gegebenenfalls einschließlich des Gesamtbetrags der für diese Steuer und Abzüge maßgeblichen Umsätze sowie des Betrags der steuerfreien Umsätze, soweit dies für die Feststellung der Steuerbemessungsgrundlage erforderlich ist.

(2) Die Mitgliedstaaten legen fest, unter welchen Bedingungen der Steuerpflichtige die in Absatz 1 genannte Erklärung elektronisch abgeben darf, und können die elektronische Abgabe auch vorschreiben.

Art. 251 [Weitere obligatorische Angaben in einer Mehrwertsteuererklärung]. Neben den in Artikel 250 genannten Angaben muss die Mehrwertsteuererklärung, die einen bestimmten Steuerzeitraum umfasst, folgende Angaben enthalten:
a) Gesamtbetrag ohne Mehrwertsteuer der in Artikel 138 genannten Lieferungen von Gegenständen, für die während dieses Steuerzeitraums der Steueranspruch eingetreten ist;
b) Gesamtbetrag ohne Mehrwertsteuer der in den Artikeln 33 und 36 genannten Lieferungen von Gegenständen, im Gebiet eines anderen Mitgliedstaats, für die der Steueranspruch während dieses Steuerzeitraums eingetreten ist, wenn der Ort des Beginns der Versendung oder Beförderung der Gegenstände in dem Mitgliedstaat liegt, in dem die Erklärung abzugeben ist;
c) Gesamtbetrag ohne Mehrwertsteuer der innergemeinschaftlichen Erwerbe von Gegenständen sowie der diesen gemäß Artikel 21 und 22 gleichgestellten Umsätze, die in dem Mitgliedstaat bewirkt wurden, in dem die Erklärung abzugeben ist, und für die der Steueranspruch während dieses Steuerzeitraums eingetreten ist;
d) Gesamtbetrag ohne Mehrwertsteuer der in den Artikeln 33 und 36 genannten Lieferungen von Gegenständen, in dem Mitgliedstaat, in dem die Erklärung abzugeben ist, und für die der Steueranspruch während dieses Steuerzeitraums eingetreten ist, wenn der Ort des Beginns der Versendung oder Beförderung der Gegenstände im Gebiet eines anderen Mitgliedstaats liegt;
e) Gesamtbetrag ohne Mehrwertsteuer der Lieferungen von Gegenständen, in dem Mitgliedstaat, in dem die Erklärung abzugeben ist, für die der Steuerpflichtige gemäß Artikel 197 als Steuerschuldner bestimmt wurde und für die der Steueranspruch während dieses Steuerzeitraums eingetreten ist.

Art. 252 [Abgabefrist der Mehrwertsteuererklärung]. (1) Die Mehrwertsteuererklärung ist innerhalb eines von den einzelnen Mitgliedstaaten festzulegenden Zeitraums abzugeben. Dieser Zeitraum darf zwei Monate nach Ende jedes einzelnen Steuerzeitraums nicht überschreiten.

(2) Der Steuerzeitraum kann von den Mitgliedstaaten auf einen, zwei oder drei Monate festgelegt werden.

Die Mitgliedstaaten können jedoch andere Zeiträume festlegen, sofern diese ein Jahr nicht überschreiten.

Art. 253 [Kannbestimmung: Schweden – Dreimonatsfrist für Abgabe der Mehrwertsteuererklärung]. Schweden kann für kleine und mittlere Unternehmen ein vereinfachtes Verfahren anwenden, das es Steuerpflichtigen, die ausschließlich im Inland steuerbare Umsätze bewirken, gestattet, die Mehrwertsteuererklärung drei Monate nach Ablauf des Steuerjahrs für Zwecke der direkten Steuern abzugeben.

Art. 254 [Angaben über Lieferungen neuer Fahrzeuge an Nichtunternehmer oder durch gelegentliche Fahrzeuglieferer]. In Bezug auf Lieferungen von neuen Fahrzeugen unter den Bedingungen des Artikels 138 Absatz 2 Buchstabe a durch einen Steuerpflichtigen mit Mehrwertsteuer-Identifikationsnummer an einen Erwerber ohne Mehrwertsteuer-Identifikationsnummer oder durch einen Steuerpflichtigen im Sinne des Artikels 9 Absatz 2 treffen die Mitgliedstaaten die erforderlichen Maßnahmen, damit der Verkäufer alle Informationen meldet, die für die Anwendung der Mehrwertsteuer und ihre Kontrolle durch die Verwaltung erforderlich sind.

Art. 255 [Mehrwertsteuererklärungspflichten der Erwerber von Anlagegold als Steuerschuldner]. Wenn die Mitgliedstaaten den Erwerber von Anlagegold gemäß Artikel 198 Absatz 1 als Steuerschuldner bestimmen oder von der in Artikel 198 Absatz 2 vorgesehenen Möglichkeit Gebrauch machen, den Erwerber von Goldmaterial oder Halbfertigerzeugnissen oder von Anlagegold im Sinne des Artikels 344 Absatz 1 als Steuerschuldner zu bestimmen, treffen sie die erforderlichen Maßnahmen, um sicherzustellen, dass diese Person ihren Erklärungspflichten nach diesem Kapitel nachkommt.

Art. 256 [Mehrwertsteuererklärungspflichten von Leistungsempfängern als Steuerschuldner]. Die Mitgliedstaaten treffen die erforderlichen Maßnahmen, damit die Personen, die gemäß den Artikeln 194 bis 197 und Artikel 204 anstelle des nicht in ihrem Gebiet ansässigen Steuerpflichtigen als Steuerschuldner angesehen werden, ihren Erklärungspflichten nach diesem Kapitel nachkommen.

Art. 257 [Mehrwertsteuererklärungspflichten von nichtsteuerpflichtigen juristischen Personen für innergemeinschaftliche Erwerbe]. Die Mitgliedstaaten treffen die erforderlichen Maßnahmen, damit die nichtsteuerpflichtigen juristischen Personen, die die für den in Artikel 2 Absatz 1 Nummer 2 Buchstabe b Ziffer i genannten innergemeinschaftlichen Erwerb von Gegenständen zu entrichtende Steuer schulden, ihren Erklärungspflichten nach diesem Kapitel nachkommen.

Art. 258 [Mehrwertsteuererklärungspflichten in Bezug auf den innergemeinschaftlichen Erwerb neuer Fahrzeuge und verbrauchsteuerpflichtiger Waren]. Die Mitgliedstaaten legen die Einzelheiten der Erklärungspflichten in Bezug auf den innergemeinschaftlichen Erwerb von neuen Fahrzeugen im Sinne des Artikels 2 Absatz 1 Buchstabe b Ziffer ii und von verbrauchsteuerpflichtigen Waren im Sinne des Artikels 2 Absatz 1 Buchstabe b Ziffer iii fest.

Art. 259 [Kannbestimmung: Informationspflichten beim innergemeinschaftlichen Erwerb neuer Fahrzeuge]. Die Mitgliedstaaten können verlangen, dass Personen, die innergemeinschaftliche Erwerbe neuer Fahrzeuge nach Artikel 2 Absatz 1 Buchstabe b Ziffer ii tätigen, bei der Abgabe der Mehrwertsteuererklärung alle Informationen melden, die für die Anwendung der Mehrwertsteuer und ihre Kontrolle durch die Verwaltung erforderlich sind.

Art. 260 [Mehrwertsteuererklärungspflichten in Bezug auf die Einfuhr]. Die Mitgliedstaaten legen die Einzelheiten der Erklärungspflichten in Bezug auf die Einfuhr von Gegenständen fest.

Art. 261 [Kannbestimmung: Abgabe einer Jahressteuererklärung]. (1) Die Mitgliedstaaten können von dem Steuerpflichtigen verlangen, dass er eine Erklärung über sämtliche Umsätze des vorangegangenen Jahres mit allen in den Artikeln 250 und 251 genannten Angaben abgibt. Diese Erklärung muss alle Angaben enthalten, die für etwaige Berichtigungen von Bedeutung sind.

(2) Die Mitgliedstaaten legen fest, unter welchen Bedingungen der Steuerpflichtige die in Absatz 1 genannte Erklärung elektronisch abgeben darf, und können die elektronische Abgabe auch vorschreiben.

Kapitel 6. Zusammenfassende Meldung

Art. 262[106] [Pflicht zur Abgabe der Zusammenfassenden Meldung – Grundsatz]. Jeder Steuerpflichtige mit Mehrwertsteuer-Identifikationsnummer muss eine zusammenfassende Meldung abgeben, in der Folgendes aufgeführt ist:

a) die Erwerber mit Mehrwertsteuer-Identifikationsnummer, denen er Gegenstände unter den Bedingungen des Artikels 138 Absatz 1 und Absatz 2 Buchstabe c geliefert hat;

---

[106] Art. 262 neu gef. mWv 1.1.2010 durch RL 2008/8/EG v. 12.2.2008 (ABl. 2008 L 44, 11).

b) die Personen mit Mehrwertsteuer-Identifikationsnummer, denen er Gegenstände geliefert hat, die ihm im Rahmen eines innergemeinschaftlichen Erwerbs im Sinne des Artikels 42 geliefert wurden;
c) die Steuerpflichtigen sowie die nicht steuerpflichtigen juristischen Personen mit Mehrwertsteuer-Identifikationsnummer, für die er Dienstleistungen erbracht hat, die keine Dienstleistungen sind, die in dem Mitgliedstaat, in dem der Umsatz steuerbar ist, von der Mehrwertsteuer befreit sind, und für die der Dienstleistungsempfänger gemäß Artikel 196 der Steuerschuldner ist.

Art. 263[107] **[Erklärungszeitraum der Zusammenfassenden Meldung].** (1) Eine zusammenfassende Meldung ist für jeden Kalendermonat innerhalb einer Frist von höchstens einem Monat und nach den Modalitäten abzugeben, die von den Mitgliedstaaten festzulegen sind.

(1a) Die Mitgliedstaaten können jedoch unter von ihnen festzulegenden Bedingungen und innerhalb von ihnen festzulegender Grenzen den Steuerpflichtigen gestatten, die zusammenfassende Meldung für jedes Kalenderquartal innerhalb eines Zeitraums von höchstens einem Monat ab dem Quartalsende abzugeben, wenn der Gesamtbetrag der Lieferungen von Gegenständen gemäß Artikel 264 Absatz 1 Buchstabe d und Artikel 265 Absatz 1 Buchstabe c für das Quartal ohne Mehrwertsteuer weder für das jeweilige Quartal noch für eines der vier vorangegangenen Quartale den Betrag von 50.000 EUR oder den Gegenwert in Landeswährung übersteigt.

Die in Unterabsatz 1 vorgesehene Möglichkeit besteht ab Ende desjenigen Monats nicht mehr, in dem der Gesamtbetrag der Lieferungen von Gegenständen gemäß Artikel 264 Absatz 1 Buchstabe d und Artikel 265 Absatz 1 Buchstabe c für das laufende Quartal ohne Mehrwertsteuer den Betrag von 50.000 EUR oder den Gegenwert in Landeswährung übersteigt. In diesem Fall ist eine zusammenfassende Meldung für den oder die seit Beginn des Quartals vergangenen Monate innerhalb eines Zeitraums von höchstens einem Monat abzugeben.

(1b) Bis zum 31. Dezember 2011 können die Mitgliedstaaten den in Absatz 1a vorgesehenen Betrag auf 100.000 EUR oder den Gegenwert in Landeswährung festlegen.

(1c) Die Mitgliedstaaten können unter von ihnen festzulegenden Bedingungen und innerhalb von ihnen festzulegender Grenzen den Steuerpflichtigen in Bezug auf die Dienstleistungen gemäß Artikel 264 Absatz 1 Buchstabe d gestatten, die zusammenfassende Meldung für jedes Kalenderquartal innerhalb eines Zeitraums von höchstens einem Monat ab dem Quartalsende abzugeben.

Die Mitgliedstaaten können insbesondere verlangen, dass die Steuerpflichtigen, die Lieferungen von Gegenständen und Dienstleistungen gemäß Artikel 264 Absatz 1 Buchstabe d bewirken, die zusammenfassende Meldung innerhalb des Zeitraums abgeben, der sich aus der Anwendung der Absätze 1 bis 1b ergibt.

(2) Die Mitgliedstaaten legen fest, unter welchen Bedingungen der Steuerpflichtige die in Absatz 1 genannte zusammenfassende Meldung im Wege der elektronischen Datenübertragung abgeben darf, und können die Abgabe im Wege der elektronischen Dateiübertragung auch vorschreiben.

Art. 264[108] **[Obligatorische Angaben in der Zusammenfassenden Meldung].** (1) Die zusammenfassende Meldung muss folgende Angaben enthalten:
a) die Mehrwertsteuer-Identifikationsnummer des Steuerpflichtigen in dem Mitgliedstaat, in dem die zusammenfassende Meldung abzugeben ist, und unter der er Gegenstände im Sinne des Artikels 138 Absatz 1 geliefert hat oder steuerpflichtige Dienstleistungen im Sinne des Artikels 44 erbracht hat;
b) die Mehrwertsteuer-Identifikationsnummer eines jeden Erwerbers von Gegenständen oder eines jeden Empfängers von Dienstleistungen in einem anderen Mitgliedstaat als dem, in dem die zusammenfassende Meldung abzugeben ist, und unter der ihm die Gegenstände geliefert oder für ihn die Dienstleistungen erbracht wurden;

---

[107] Art. 263 neu gef. mWv 21. 1. 2009 durch RL 2008/117/EG v. 16. 12. 2008 (ABl. 2008 L 14, 7).

[108] Art. 264 Abs. 1 Buchst. a, b und d geänd. mWv 1. 1. 2010 durch RL 2008/8/EG v. 12. 2. 2008 (ABl. 2009 L 44, 11).

c) die Mehrwertsteuer-Identifikationsnummer des Steuerpflichtigen in dem Mitgliedstaat, in dem die zusammenfassende Meldung abzugeben ist, und unter der er eine Verbringung in einen anderen Mitgliedstaat nach Artikel 138 Absatz 2 Buchstabe c bewirkt hat, sowie seine Mehrwertsteuer-Identifikationsnummer im Mitgliedstaat der Beendigung der Versendung oder Beförderung;
d) für jeden einzelnen Erwerber von Gegenständen oder Empfänger von Dienstleistungen den Gesamtbetrag der Lieferungen von Gegenständen und den Gesamtbetrag der Dienstleistungen durch den Steuerpflichtigen;
e) bei der Lieferung von Gegenständen in Form der Verbringung in einen anderen Mitgliedstaat nach Artikel 138 Absatz 2 Buchstabe c den gemäß Artikel 76 ermittelten Gesamtbetrag der Lieferungen;
f) den Betrag der gemäß Artikel 90 durchgeführten Berichtigungen.

(2)[109] Der in Absatz 1 Buchstabe d genannte Betrag ist für den gemäß Artikel 263 Absätze 1 bis 1c festgelegten Abgabezeitraum zu melden, in dem der Steueranspruch eingetreten ist.

Der in Absatz 1 Buchstabe f genannte Betrag ist für den gemäß Artikel 263 Absätze 1 bis 1c festgelegten Abgabezeitraum zu melden, in dem die Berichtigung dem Erwerber mitgeteilt wird.

Art. 265 [Obligatorische Einzelangaben in der Zusammenfassenden Meldung in den Fällen des innergemeinschaftlichen Erwerbs für Zwecke einer anschließenden innergemeinschaftlichen Lieferung]. (1) Im Falle des innergemeinschaftlichen Erwerbs von Gegenständen im Sinne des Artikels 42 hat der Steuerpflichtige mit Mehrwertsteuer-Identifikationsnummer in dem Mitgliedstaat, der ihm die Mehrwertsteuer-Identifikationsnummer erteilt hat, unter der er diesen Erwerb getätigt hat, in der zusammenfassenden Meldung folgende Einzelangaben zu machen:
a) seine Mehrwertsteuer-Identifikationsnummer in diesem Mitgliedstaat, unter der er die Gegenstände erworben und anschließend geliefert hat;
b) die Mehrwertsteuer-Identifikationsnummer des Empfängers der anschließenden Lieferungen des Steuerpflichtigen im Mitgliedstaat der Beendigung der Versendung oder Beförderung;
c) für jeden einzelnen dieser Empfänger der Lieferung den Gesamtbetrag ohne Mehrwertsteuer derartiger Lieferungen des Steuerpflichtigen im Mitgliedstaat der Beendigung der Versendung oder Beförderung.

(2)[110] Der in Absatz 1 Buchstabe c genannte Betrag ist für den gemäß Artikel 263 Absätze 1 bis 1b festgelegten Abgabezeitraum zu melden, in dem der Steueranspruch eingetreten ist.

Art. 266 [Kannbestimmung: Verlangen nach weiteren Angaben in der Zusammenfassenden Meldung]. Abweichend von den Artikeln 264 und 265 können die Mitgliedstaaten verlangen, dass die zusammenfassende Meldung weitere Angaben enthält.

Art. 267 [Pflicht zur Abgabe von Zusammenfassenden Meldungen bei Leistungsempfängern als Steuerschuldner und bei Steuervertretern]. Die Mitgliedstaaten treffen die erforderlichen Maßnahmen, damit die Personen, die gemäß den Artikeln 194 und 204 anstelle eines nicht in ihrem Gebiet ansässigen Steuerpflichtigen als Steuerschuldner angesehen werden, ihrer Pflicht zur Abgabe von zusammenfassenden Meldungen nach diesem Kapitel nachkommen.

Art. 268 [Kannbestimmung: gesonderte Abgabe von Erklärungen über innergemeinschaftliche Erwerbe]. Die Mitgliedstaaten können von Steuerpflichtigen, die in ihrem Gebiet innergemeinschaftliche Erwerbe von Gegenständen sowie diesen gleichgestellte Umsätze im Sinne der Artikel 21 und 22 bewirken, die Abgabe von Erklärungen mit ausführlichen Angaben über diese Erwerbe verlangen; für Zeiträume von weniger als einem Monat dürfen solche Erklärungen jedoch nicht verlangt werden.

---

[109] Art. 264 Abs. 2 neu gef. mWv 21.1.2009 durch RL 2008/117/EG v. 16.12.2008 (ABl. 2009 L 14, 7).

[110] Art. 265 Abs. 2 neu gef. mWv 21.1.2008 durch RL 2008/117/EG v. 16.12.2008 (ABl. 2009 L 14, 7).

Art. 269 [Möglichkeit der Sonderermächtigung von Mitgliedstaaten durch den Rat für Vereinfachungen in Bezug auf Zusammenfassende Meldungen – Grundsatz]. Der Rat kann die einzelnen Mitgliedstaaten auf Vorschlag der Kommission einstimmig ermächtigen, die in den Artikeln 270 und 271 vorgesehenen besonderen Maßnahmen zu treffen, um die Pflicht zur Abgabe einer zusammenfassenden Meldung nach diesem Kapitel zu vereinfachen. Diese Maßnahmen dürfen die Kontrolle der innergemeinschaftlichen Umsätze nicht beeinträchtigen.

Art. 270 [Kannbestimmung: Gestattung jährlicher Zusammenfassender Meldungen nach Sonderermächtigung durch den Rat]. Aufgrund der Ermächtigung nach Artikel 269 können die Mitgliedstaaten einem Steuerpflichtigen gestatten, eine jährliche zusammenfassende Meldung mit den Mehrwertsteuer-Identifikationsnummern derjenigen Erwerber in anderen Mitgliedstaaten abzugeben, denen er Gegenstände unter den Bedingungen des Artikels 138 Absatz 1 und Absatz 2 Buchstabe c geliefert hat, wenn der Steuerpflichtige die folgenden drei Voraussetzungen erfüllt:

a) der jährliche Gesamtbetrag ohne Mehrwertsteuer seiner Lieferungen von Gegenständen und seiner Dienstleistungen übersteigt den Jahresumsatz, der als Referenzbetrag für die Steuerbefreiung für Kleinunternehmen nach den Artikeln 282 bis 292 dient, um nicht mehr als 35.000 EUR oder den Gegenwert in Landeswährung;
b) der jährliche Gesamtbetrag ohne Mehrwertsteuer seiner Lieferungen von Gegenständen unter den Bedingungen des Artikels 138 übersteigt nicht den Betrag von 15.000 EUR oder den Gegenwert in Landeswährung;
c) bei den von ihm unter den Voraussetzungen des Artikels 138 gelieferten Gegenständen handelt es sich nicht um neue Fahrzeuge.

Art. 271 [Kannbestimmung: Möglichkeit gleich langer Erklärungszeiträume für Mehrwertsteuererklärung und Zusammenfassende Meldung nach Sonderermächtigung durch den Rat]. Aufgrund der Ermächtigung nach Artikel 269 können diejenigen Mitgliedstaaten, die die Dauer des Steuerzeitraums, für den der Steuerpflichtige die in Artikel 250 genannte Mehrwertsteuererklärung abzugeben hat, auf mehr als drei Monate festlegen, einem Steuerpflichtigen gestatten, die zusammenfassende Meldung für denselben Zeitraum vorzulegen, wenn der Steuerpflichtige die folgenden drei Voraussetzungen erfüllt:

a) der jährliche Gesamtbetrag ohne Mehrwertsteuer seiner Lieferungen von Gegenständen und seiner Dienstleistungen beläuft sich auf höchstens 200.000 EUR oder den Gegenwert in Landeswährung;
b) der jährliche Gesamtbetrag ohne Mehrwertsteuer seiner Lieferungen von Gegenständen unter den Bedingungen des Artikels 138 übersteigt nicht den Betrag von 15.000 EUR oder den Gegenwert in Landeswährung;
c) bei den von ihm unter den Bedingungen des Artikels 138 gelieferten Gegenständen handelt es sich nicht um neue Fahrzeuge.

Kapitel 7. Verschiedenes

Art. 272 [Kannbestimmung: Möglichkeit der Befreiung bestimmter Unternehmer von allen oder von bestimmten Erklärungs- und Aufzeichnungspflichten]. (1) Die Mitgliedstaaten können folgende Steuerpflichtige von bestimmten oder allen Pflichten nach den Kapiteln 2 bis 6 befreien:

a) Steuerpflichtige, deren innergemeinschaftliche Erwerbe von Gegenständen gemäß Artikel 3 Absatz 1 nicht der Mehrwertsteuer unterliegen;
b) Steuerpflichtige, die keine der in den Artikeln 20, 21, 22, 33, 36, 138 und 141 genannten Umsätze bewirken;
c) Steuerpflichtige, die nur Gegenstände liefern oder Dienstleistungen erbringen, die gemäß den Artikeln 132, 135 und 136, den Artikeln 146 bis 149 sowie den Artikeln 151, 152 und 153 von der Steuer befreit sind;
d) Steuerpflichtige, die die Steuerbefreiung für Kleinunternehmen nach den Artikeln 282 bis 292 in Anspruch nehmen;
e) Steuerpflichtige, die die gemeinsame Pauschalregelung für Landwirte in Anspruch nehmen.

Die Mitgliedstaaten dürfen die in Unterabsatz 1 Buchstabe b genannten Steuerpflichtigen nicht von den in Kapitel 3 Abschnitte 3 bis 6 und Kapitel 4 Abschnitt 3[111] vorgesehenen Pflichten in Bezug auf die Rechnungsstellung entbinden.

(2) Machen die Mitgliedstaaten von der Möglichkeit nach Absatz 1 Unterabsatz 1 Buchstabe e Gebrauch, treffen sie die Maßnahmen, die für eine korrekte Anwendung der Übergangsregelung für die Besteuerung innergemeinschaftlicher Umsätze erforderlich sind.

(3) Die Mitgliedstaaten können auch andere als die in Absatz 1 genannten Steuerpflichtigen von bestimmten in Artikel 242 genannten Aufzeichnungspflichten entbinden.

Art. 273 [Kannbestimmung: Möglichkeit der Regelung weiterer Erklärungs- und Aufzeichnungspflichten]. Die Mitgliedstaaten können vorbehaltlich der Gleichbehandlung der von Steuerpflichtigen bewirkten Inlandsumsätze und innergemeinschaftlichen Umsätze weitere Pflichten vorsehen, die sie für erforderlich erachten, um eine genaue Erhebung der Steuer sicherzustellen und um Steuerhinterziehung zu vermeiden, sofern diese Pflichten im Handelsverkehr zwischen den Mitgliedstaaten nicht zu Formalitäten beim Grenzübertritt führen.

Die Möglichkeit nach Absatz 1 darf nicht dazu genutzt werden, zusätzlich zu den in Kapitel 3 genannten Pflichten weitere Pflichten in Bezug auf die Rechnungsstellung festzulegen.

Kapitel 8. Pflichten bei bestimmten Einfuhr- und Ausfuhrumsätzen

Abschnitt 1. Einfuhrumsätze

Art. 274 [Anwendbarkeit von Zollvorschriften in Bezug auf die Einfuhr von Waren im zollrechtlich freien Verkehr – Grundsatz]. Bei der Einfuhr von Gegenständen im freien Verkehr, die aus einem Drittgebiet in die Gemeinschaft verbracht werden, das Teil des Zollgebiets der Gemeinschaft ist, sind die Artikel 275, 276 und 277 anzuwenden.

Art. 275 [Anwendbarkeit von Zollvorschriften in Bezug auf Formalitäten bei der Einfuhr von Waren im zollrechtlich freien Verkehr]. Für die Formalitäten bei der Einfuhr der in Artikel 274 genannten Gegenstände sind die für die Einfuhr von Gegenständen in das Zollgebiet der Gemeinschaft geltenden gemeinschaftlichen Zollvorschriften maßgebend.

Art. 276 [Anwendbarkeit des internen Versandverfahrens bei Divergenz zwischen Mitgliedstaat der Einfuhr und Mitgliedstaat des Endes der Beförderung]. Liegt der Ort der Beendigung der Versendung oder Beförderung der in Artikel 274 genannten Gegenstände nicht in dem Mitgliedstaat, in dem sie in die Gemeinschaft gelangen, fallen sie in der Gemeinschaft unter das interne gemeinschaftliche Versandverfahren gemäß den gemeinschaftlichen Zollvorschriften, sofern sie bereits zum Zeitpunkt ihrer Verbringung in die Gemeinschaft zu diesem Verfahren angemeldet wurden.

Art. 277 [Gleichbehandlung zum Einfuhrzeitpunkt im freien Verkehr befindlicher Waren in Bezug auf die Anwendung von Zollverfahren]. Ist bei den in Artikel 274 genannten Gegenständen zum Zeitpunkt ihrer Verbringung in die Gemeinschaft eine Situation gegeben, der zufolge sie bei einer Einfuhr im Sinne des Artikels 30 Absatz 1 unter eines der in Artikel 156 genannten Verfahren oder einer der dort genannten sonstigen Regelungen oder unter eine Zollregelung der vorübergehenden Verwendung unter vollständiger Befreiung von Einfuhrabgaben fallen könnten, treffen die Mitgliedstaaten die erforderlichen Maßnahmen, damit diese Gegenstände unter den gleichen Bedingungen in der Gemeinschaft verbleiben können, wie sie für die Anwendung dieser Verfahren oder sonstigen Regelungen vorgesehen sind.

[111] Verweis geänd. mWv 11.8.2010 durch RL 2010/45/EU v. 13.7.2010 (ABl. 2010 L 189, 1).

Abschnitt 2. Ausfuhrumsätze

Art. 278 [Anwendbarkeit von Zollvorschriften in Bezug auf die Ausfuhr von Waren im zollrechtlich freien Verkehr – Grundsatz]. Bei der Ausfuhr von Gegenständen im freien Verkehr, die aus einem Mitgliedstaat in ein Drittgebiet versandt oder befördert werden, das Teil des Zollgebiets der Gemeinschaft ist, sind die Artikel 279 und 280 anzuwenden.

Art. 279 [Anwendbarkeit von Zollvorschriften in Bezug auf Formalitäten bei der Ausfuhr von Waren im zollrechtlich freien Verkehr]. Für die Formalitäten bei der Ausfuhr der in Artikel 278 genannten Gegenstände aus dem Gebiet der Gemeinschaft sind die für die Ausfuhr von Gegenständen aus dem Zollgebiet der Gemeinschaft geltenden gemeinschaftlichen Zollvorschriften maßgebend.

Art. 280 [Gleichbehandlung der vorübergehenden Ausfuhr von Waren im freien Verkehr bei der Wiedereinfuhr wie Drittlandswaren]. In Bezug auf Gegenstände, die vorübergehend aus der Gemeinschaft ausgeführt werden, um wieder eingeführt zu werden, treffen die Mitgliedstaaten die erforderlichen Maßnahmen, damit für diese Gegenstände bei ihrer Wiedereinfuhr in die Gemeinschaft die gleichen Bestimmungen gelten, wie wenn sie vorübergehend aus dem Zollgebiet der Gemeinschaft ausgeführt worden wären.

Titel XII. Sonderregelungen

Kapitel 1. Sonderregelung für Kleinunternehmen

Abschnitt 1. Vereinfachte Modalitäten für die Besteuerung und die Steuererhebung

Art. 281 [Kannbestimmung: Möglichkeit der vereinfachten Besteuerung von Kleinunternehmen]. Mitgliedstaaten, in denen die normale Besteuerung von Kleinunternehmen wegen deren Tätigkeit oder Struktur auf Schwierigkeiten stoßen würde, können unter den von ihnen festgelegten Beschränkungen und Voraussetzungen nach Konsultation des Mehrwertsteuerausschusses vereinfachte Modalitäten für die Besteuerung und Steuererhebung, insbesondere Pauschalregelungen, anwenden, die jedoch nicht zu einer Steuerermäßigung führen dürfen.

Abschnitt 2. Steuerbefreiungen und degressive Steuerermäßigungen

Art. 282 [Anwendungsbereich der Steuerbefreiungen und -ermäßigungen für Kleinunternehmen – Grundsatz]. Die Steuerbefreiungen und -ermäßigungen nach diesem Abschnitt gelten für Lieferungen von Gegenständen und für Dienstleistungen, die von Kleinunternehmen bewirkt werden.

Art. 283 [Vom Anwendungsbereich der Steuerbefreiungen und -ermäßigungen für Kleinunternehmen ausgenommene Umsätze]. (1) Dieser Abschnitt gilt nicht für folgende Umsätze:

a) die in Artikel 12 genannten gelegentlichen Umsätze;
b) die Lieferungen neuer Fahrzeuge unter den Voraussetzungen des Artikels 138 Absatz 1 und Absatz 2 Buchstabe a;
c) die Lieferungen von Gegenständen und Erbringung von Dienstleistungen durch einen Steuerpflichtigen, der nicht in dem Mitgliedstaat ansässig ist, in dem die Mehrwertsteuer geschuldet wird.

(2) Die Mitgliedstaaten können von der Anwendung dieses Abschnitts auch andere als die in Absatz 1 genannten Umsätze ausschließen.

Art. 284 [Kannbestimmung: Möglichkeit der Beibehaltung von Steuerbefreiungen oder degressiven Steuerermäßigungen für Kleinunternehmen nach der 2. EG-Richtlinie]. (1) Mitgliedstaaten, die von der Möglichkeit nach Artikel 14 der Richtlinie 67/228/EWG des Rates vom 11. April 1967 zur Harmonisierung der Rechtsvorschriften der Mitgliedstaaten über die Umsatzsteuern – Struktur und Anwendungsmodalitäten des gemeinsamen Mehrwertsteuersystems[112] Gebrauch gemacht und Steuerbefreiungen oder degressive Steuerermäßigungen eingeführt haben, dürfen diese sowie die diesbezüglichen Durchführungsbestimmungen beibehalten, wenn sie mit dem Mehrwertsteuersystem in Einklang stehen.

(2) Mitgliedstaaten, in denen am 17. Mai 1977 für Steuerpflichtige mit einem Jahresumsatz unter dem Gegenwert von 5000 Europäischen Rechnungseinheiten in Landeswährung zu dem an dem genannten Datum geltenden Umrechnungskurs eine Steuerbefreiung galt, können diesen Betrag bis auf 5.000 EUR anheben.

Mitgliedstaaten, die eine degressive Steuerermäßigung angewandt haben, dürfen die obere Grenze für diese Ermäßigung nicht heraufsetzen und diese Ermäßigung nicht günstiger gestalten.

Art. 285 [Kannbestimmung: Möglichkeit der Steuerbefreiung von Kleinunternehmen ohne Anwendung der 2. EG-Richtlinie (Jahresumsatz 5.000 EUR)]. Mitgliedstaaten, die von der Möglichkeit nach Artikel 14 der Richtlinie 67/228/EWG keinen Gebrauch gemacht haben, können Steuerpflichtigen mit einem Jahresumsatz von höchstens 5.000 EUR oder dem Gegenwert dieses Betrags in Landeswährung eine Steuerbefreiung gewähren.

Die in Absatz 1 genannten Mitgliedstaaten können den Steuerpflichtigen, deren Jahresumsatz die von ihnen für die Steuerbefreiung festgelegte Höchstgrenze überschreitet, eine degressive Steuerermäßigung gewähren.

Art. 286 [Kannbestimmung: Möglichkeit der Erhöhung der Kleinunternehmergrenze nach Entwicklung Preisindex]. Mitgliedstaaten, in denen am 17. Mai 1977 für Steuerpflichtige mit einem Jahresumsatz von mindestens dem Gegenwert von 5000 Europäischen Rechnungseinheiten in Landeswährung zu dem an dem genannten Datum geltenden Umrechnungskurs eine Steuerbefreiung galt, können diesen Betrag zur Wahrung des realen Wertes anheben.

Art. 287[113] [Kannbestimmung: Möglichkeit der Festlegung der Kleinunternehmergrenze in Mitgliedstaaten mit Beitritt nach 1. 1. 1978]. Mitgliedstaaten, die nach dem 1. Januar 1978 beigetreten sind, können Steuerpflichtigen eine Steuerbefreiung gewähren, wenn ihr Jahresumsatz den in Landeswährung ausgedrückten Gegenwert der folgenden Beträge nicht übersteigt, wobei der Umrechnungskurs am Tag des Beitritts zugrunde zu legen ist:
1. Griechenland: 10.000 Europäische Rechnungseinheiten;
2. Spanien: 10.000 ECU;
3. Portugal: 10.000 ECU;
4. Österreich: 35.000 ECU;
5. Finnland: 10.000 ECU;
6. Schweden: 10.000 ECU;
7. Tschechische Republik: 35.000 EUR;
8. Estland: 16.000 EUR;
9. Zypern: 15.600 EUR;
10. Lettland: 17.200 EUR;
11. Litauen: 29.000 EUR;
12. Ungarn: 35.000 EUR;
13. Malta: 37.000 EUR, wenn die wirtschaftliche Tätigkeit hauptsächlich in der Lieferung von Waren besteht, 24.300 EUR, wenn die wirtschaftliche Tätigkeit hauptsächlich in der Erbringung von Dienstleistungen mit geringer Wertschöpfung (hoher Input) besteht und

---

112 **[Amtl. Anm.:]** ABl. 71 vom 14. 4. 1967, S. 1303/67. Aufgehoben durch die Richtlinie 77/388/EWG.

113 Art. 287 Nr. 17 und 18 angef. mWv 15. 1. 2010 durch RL 2009/162/EU v. 22. 12. 2009 (ABl. 2010 L 10, 14); Nr. 19 angef. mWv 1. 7. 2013 durch Akte v. 9. 12. 2011 (ABl. 2012 L 112, 21).

14.600 EUR in anderen Fällen, nämlich bei Dienstleistungen mit hoher Wertschöpfung (niedriger Input);
14. Polen: 10.000 EUR;
15. Slowenien: 25.000 EUR;
16. Slowakei: 35.000 EUR;
17. Bulgarien: 25.600 EUR;
18. Rumänien: 35.000 EUR;
19. Kroatien: EUR 35.000.

Art. 288 [Bestandteile des Gesamtumsatzes bei der Kleinunternehmergrenze]. Der Umsatz, der bei der Anwendung der Regelung dieses Abschnitts zugrunde zu legen ist, setzt sich aus folgenden Beträgen ohne Mehrwertsteuer zusammen:
1. Betrag der Lieferungen von Gegenständen und Dienstleistungen, soweit diese besteuert werden;
2. Betrag der gemäß Artikel 110, Artikel 111 und Artikel 125 Absatz 1 sowie Artikel 127 und Artikel 128 Absatz 1 mit Recht auf Vorsteuerabzug von der Steuer befreiten Umsätze;
3. Betrag der gemäß den Artikeln 146 bis 149 sowie den Artikeln 151, 152 und 153 von der Steuer befreiten Umsätze;
4. Betrag der Umsätze mit Immobilien, der in Artikel 135 Absatz 1 Buchstaben b bis g genannten Finanzgeschäfte sowie der Versicherungsdienstleistungen, sofern diese Umsätze nicht den Charakter von Nebenumsätzen haben.

Veräußerungen von körperlichen oder nicht körperlichen Investitionsgütern des Unternehmens bleiben bei der Ermittlung dieses Umsatzes jedoch außer Ansatz.

Art. 289 [Ausschluss vom Recht auf Vorsteuerabzug und Verbot des Steuerausweises in der Rechnung bei Kleinunternehmen]. Steuerpflichtige, die eine Steuerbefreiung in Anspruch nehmen, haben kein Recht auf Vorsteuerabzug gemäß den Artikeln 167 bis 171 und 173 bis 177 und dürfen die Mehrwertsteuer in ihren Rechnungen nicht ausweisen.

Art. 290 [Möglichkeit für Kleinunternehmen zum Wechsel zur Regelbesteuerung]. Steuerpflichtige, die für die Steuerbefreiung in Betracht kommen, können sich entweder für die normale Mehrwertsteuerregelung oder für die Anwendung der in Artikel 281 genannten vereinfachten Modalitäten entscheiden. In diesem Fall gelten für sie die in den nationalen Rechtsvorschriften gegebenenfalls vorgesehenen degressiven Steuerermäßigungen.

Art. 291 [Gleichsetzung degressive Steuerermäßigung bei Kleinunternehmen mit Regelbesteuerung]. Steuerpflichtige, für die die degressive Steuerermäßigung gilt, werden vorbehaltlich der Anwendung des Artikels 281 als der normalen Mehrwertsteuerregelung unterliegende Steuerpflichtige betrachtet.

Art. 292 [Befristung der Sonderregelung für Kleinunternehmen]. Dieser Abschnitt gilt bis zu einem Zeitpunkt, der vom Rat gemäß Artikel 93 des Vertrags festgelegt wird und der nicht nach dem Zeitpunkt des Inkrafttretens der endgültigen Regelung im Sinne von Artikel 402 liegen darf.

Abschnitt 3. Bericht und Überprüfung

Art. 293 [Regelmäßige Berichtspflicht der EU-Kommission zur Anwendung der Sonderregelung für Kleinunternehmen]. Die Kommission legt dem Rat auf der Grundlage der von den Mitgliedstaaten erlangten Informationen alle vier Jahre nach der Annahme dieser Richtlinie einen Bericht über die Anwendung der Bestimmungen dieses Kapitels vor. Falls erforderlich fügt sie diesem Bericht unter Berücksichtigung der Notwendigkeit einer allmählichen Konvergenz der nationalen Regelungen Vorschläge bei, die Folgendes zum Gegenstand haben:
1. die Verbesserung der Sonderregelung für Kleinunternehmen;
2. die Angleichung der nationalen Regelungen über die Steuerbefreiungen und degressiven Steuerermäßigungen;

3. die Anpassung der in Abschnitt 2 genannten Schwellenwerte.

Art. 294 [Spätere Entscheidung des Rates über Notwendigkeit einer Kleinunternehmerregelung in einem endgültigen Mehrwertsteuersystem]. Der Rat entscheidet gemäß Artikel 93 des Vertrags darüber, ob im Rahmen der endgültigen Regelung eine Sonderregelung für Kleinunternehmen erforderlich ist, und befindet gegebenenfalls über die gemeinsamen Beschränkungen und Bedingungen für die Anwendung der genannten Sonderregelung.

Kapitel 2. Gemeinsame Pauschalregelung für landwirtschaftliche Erzeuger

Art. 295 [Sonderregelung für pauschalierende Land- und Forstwirte – Begriffsbestimmungen]. (1) Für die Zwecke dieses Kapitels gelten folgende Begriffsbestimmungen:

1. „landwirtschaftlicher Erzeuger" ist ein Steuerpflichtiger, der seine Tätigkeit im Rahmen eines land-, forst- oder fischwirtschaftlichen Betriebs ausübt;
2. „land-, forst- oder fischwirtschaftlicher Betrieb" ist ein Betrieb, der in den einzelnen Mitgliedstaaten im Rahmen der in Anhang VII genannten Erzeugertätigkeiten als solcher gilt;
3. „Pauschallandwirt" ist ein landwirtschaftlicher Erzeuger, der unter die Pauschalregelung dieses Kapitels fällt;
4. „landwirtschaftliche Erzeugnisse" sind die Gegenstände, die im Rahmen der in Anhang VII aufgeführten Tätigkeiten von den land-, forst- oder fischwirtschaftlichen Betrieben der einzelnen Mitgliedstaaten erzeugt werden;
5. „landwirtschaftliche Dienstleistungen" sind Dienstleistungen, die von einem landwirtschaftlichen Erzeuger mit Hilfe seiner Arbeitskräfte oder der normalen Ausrüstung seines land-, forst- oder fischwirtschaftlichen Betriebs erbracht werden und die normalerweise zur landwirtschaftlichen Erzeugung beitragen, und zwar insbesondere die in Anhang VIII aufgeführten Dienstleistungen;
6. „Mehrwertsteuer-Vorbelastung" ist die Mehrwertsteuer-Gesamtbelastung der Gegenstände und Dienstleistungen, die von der Gesamtheit der der Pauschalregelung unterliegenden land-, forst- und fischwirtschaftlichen Betriebe jedes Mitgliedstaats bezogen worden sind, soweit diese Steuer bei einem der normalen Mehrwertsteuerregelung unterliegenden landwirtschaftlichen Erzeuger gemäß den Artikeln 167, 168 und 169 und 173 bis 177 abzugsfähig wäre;
7. „Pauschalausgleich-Prozentsätze" sind die Prozentsätze, die die Mitgliedstaaten gemäß den Artikeln 297, 298 und 299 festsetzen und in den in Artikel 300 genannten Fällen anwenden, damit die Pauschallandwirte den pauschalen Ausgleich der Mehrwertsteuer-Vorbelastung erlangen;
8. „Pauschalausgleich" ist der Betrag, der sich aus der Anwendung des Pauschalausgleich-Prozentsatzes auf den Umsatz des Pauschallandwirts in den in Artikel 300 genannten Fällen ergibt.

(2) Den in Anhang VII aufgeführten Tätigkeiten der landwirtschaftlichen Erzeugung gleichgestellt sind die Verarbeitungstätigkeiten, die ein Landwirt bei im Wesentlichen aus seiner landwirtschaftlichen Produktion stammenden Erzeugnissen mit Mitteln ausübt, die normalerweise in land-, forst- oder fischwirtschaftlichen Betrieben verwendet werden.

Art. 296 [Kannbestimmung: Anwendbarkeit einer Pauschalregelung für Land- und Forstwirte]. (1) Die Mitgliedstaaten können auf landwirtschaftliche Erzeuger, bei denen die Anwendung der normalen Mehrwertsteuerregelung oder gegebenenfalls der Sonderregelung des Kapitels 1 auf Schwierigkeiten stoßen würde, als Ausgleich für die Belastung durch die Mehrwertsteuer, die auf die von den Pauschallandwirten bezogenen Gegenstände und Dienstleistungen gezahlt wird, eine Pauschalregelung nach diesem Kapitel anwenden.

(2) Jeder Mitgliedstaat kann bestimmte Gruppen landwirtschaftlicher Erzeuger sowie diejenigen landwirtschaftlichen Erzeuger, bei denen die Anwendung der normalen Mehrwertsteuerregelung oder gegebenenfalls der vereinfachten Bestimmungen des Artikels 281 keine verwaltungstechnischen Schwierigkeiten mit sich bringt, von der Pauschalregelung ausnehmen.

(3) Jeder Pauschallandwirt hat nach den von den einzelnen Mitgliedstaaten festgelegten Einzelheiten und Voraussetzungen das Recht, sich für die Anwendung der normalen Mehrwerts-

teuerregelung oder gegebenenfalls der vereinfachten Bestimmungen des Artikels 281 zu entscheiden.

Art. 297 [Möglichkeit der Festlegung von Pauschalausgleich-Prozentsätzen]. Die Mitgliedstaaten legen bei Bedarf Pauschalausgleich-Prozentsätze fest. Sie können die Höhe der Pauschalausgleich-Prozentsätze für die Forstwirtschaft, die einzelnen Teilbereiche der Landwirtschaft und die Fischwirtschaft unterschiedlich festlegen.

Die Mitgliedstaaten teilen der Kommission die gemäß Absatz 1 festgelegten Pauschalausgleich-Prozentsätze mit, bevor diese angewandt werden.

Art. 298 [Ausrichtung der Pauschalausgleich-Prozentsätze nach Daten vergangener Jahre]. Die Pauschalausgleich-Prozentsätze werden anhand der allein für die Pauschallandwirte geltenden makroökonomischen Daten der letzten drei Jahre bestimmt.

Die Prozentsätze können auf einen halben Punkt ab- oder aufgerundet werden. Die Mitgliedstaaten können diese Prozentsätze auch bis auf Null herabsetzen.

Art. 299 [Verbot der Überkompensation der Mehrwertsteuer-Vorbelastung durch Pauschalausgleich-Prozentsätze]. Die Pauschalausgleich-Prozentsätze dürfen nicht dazu führen, dass die Pauschallandwirte insgesamt Erstattungen erhalten, die über die Mehrwertsteuer-Vorbelastung hinausgehen.

Art. 300 [Anwendung der Pauschalausgleich-Prozentsätze auf das Leistungsentgelt für bestimmte Umsätze]. Die Pauschalausgleich-Prozentsätze werden auf den Preis ohne Mehrwertsteuer der folgenden Gegenstände und Dienstleistungen angewandt:

1. landwirtschaftliche Erzeugnisse, die die Pauschallandwirte an andere Steuerpflichtige als jene geliefert haben, die in dem Mitgliedstaat, in dem diese Erzeugnisse geliefert werden, diese Pauschalregelung in Anspruch nehmen;
2. landwirtschaftliche Erzeugnisse, die die Pauschallandwirte unter den Voraussetzungen des Artikels 138 an nichtsteuerpflichtige juristische Personen geliefert haben, deren innergemeinschaftliche Erwerbe gemäß Artikel 2 Absatz 1 Buchstabe b im Mitgliedstaat der Beendigung der Versendung oder Beförderung dieser landwirtschaftlichen Erzeugnisse der Mehrwertsteuer unterliegen;
3. landwirtschaftliche Dienstleistungen, die die Pauschallandwirte an andere Steuerpflichtige als jene erbracht haben, die in dem Mitgliedstaat, in dem diese Dienstleistungen erbracht werden, diese Pauschalregelung in Anspruch nehmen.

Art. 301 [Zahlung des Pauschalausgleichs durch Leistungsempfänger oder öffentliche Hand]. (1) Für die in Artikel 300 genannten Lieferungen landwirtschaftlicher Erzeugnisse und Dienstleistungen sehen die Mitgliedstaaten vor, dass die Zahlung des Pauschalausgleichs entweder durch den Erwerber bzw. den Dienstleistungsempfänger oder durch die öffentliche Hand erfolgt.

(2) Bei anderen als den in Artikel 300 genannten Lieferungen landwirtschaftlicher Erzeugnisse und landwirtschaftlichen Dienstleistungen wird davon ausgegangen, dass die Zahlung des Pauschalausgleichs durch den Erwerber bzw. den Dienstleistungsempfänger erfolgt.

Art. 302 [Ausschluss des Rechts auf Vorsteuerabzug bei einem pauschalierenden Land- und Forstwirt]. Nimmt ein Pauschallandwirt einen Pauschalausgleich in Anspruch, hat er in Bezug auf die dieser Pauschalregelung unterliegenden Tätigkeiten kein Recht auf Vorsteuerabzug.

Art. 303 [Möglichkeit des Vorsteuerabzugs auf Seiten des Leistungsempfängers aufgrund der Zahlung eines Pauschalausgleichs]. (1) Zahlt der steuerpflichtige Erwerber oder Dienstleistungsempfänger einen Pauschalausgleich gemäß Artikel 301 Absatz 1, ist er berechtigt, nach Maßgabe der Artikel 167, 168, 169 und 173 bis 177 und der von den Mitgliedstaaten festgelegten Einzelheiten von der Mehrwertsteuer, die er in dem Mitgliedstaat, in dem er seine besteuerten Umsätze bewirkt, schuldet, den Betrag dieses Pauschalausgleichs abzuziehen.

(2) Die Mitgliedstaaten erstatten dem Erwerber oder Dienstleistungsempfänger den Betrag des Pauschalausgleichs, den er im Rahmen eines der folgenden Umsätze gezahlt hat:

a) Lieferung landwirtschaftlicher Erzeugnisse unter den Voraussetzungen des Artikels 138, soweit der Erwerber ein Steuerpflichtiger oder eine nichtsteuerpflichtige juristische Person ist, der/die als solcher/solche in einem anderen Mitgliedstaat handelt, in dessen Gebiet seine/ihre innergemeinschaftlichen Erwerbe von Gegenständen gemäß Artikel 2 Absatz 1 Buchstabe b der Mehrwertsteuer unterliegen;

b) Lieferung von landwirtschaftlichen Erzeugnissen unter den Bedingungen der Artikel 146, 147, 148 und 156, Artikel 157 Absatz 1 Buchstabe b sowie der Artikel 158, 160 und 161 an einen außerhalb der Gemeinschaft ansässigen steuerpflichtigen Erwerber, soweit der Erwerber diese landwirtschaftlichen Erzeugnisse für die Zwecke seiner in Artikel 169 Buchstaben a und b genannten Umsätze oder seiner Dienstleistungen verwendet, die als im Gebiet des Mitgliedstaats erbracht gelten, in dem der Dienstleistungsempfänger ansässig ist, und für die gemäß Artikel 196 nur der Dienstleistungsempfänger die Steuer schuldet;

c) landwirtschaftliche Dienstleistungen, die an einen innerhalb der Gemeinschaft, jedoch in einem anderen Mitgliedstaat ansässigen oder an einen außerhalb der Gemeinschaft ansässigen steuerpflichtigen Dienstleistungsempfänger erbracht werden, soweit der Dienstleistungsempfänger diese Dienstleistungen für die Zwecke seiner in Artikel 169 Buchstaben a und b genannten Umsätze oder seiner Dienstleistungen verwendet, die als im Gebiet des Mitgliedstaats erbracht gelten, in dem der Dienstleistungsempfänger ansässig ist, und für die gemäß Artikel 196 nur der Dienstleistungsempfänger die Steuer schuldet.

(3) Die Mitgliedstaaten legen die Einzelheiten für die Durchführung der in Absatz 2 vorgesehenen Erstattungen fest. Dabei können sie sich insbesondere auf die Richtlinien 79/1072/EWG und 86/560/EWG stützen.

Art. 304 [Kontrolle der Zahlung des Pauschalausgleichs an pauschalierende Land- und Forstwirte]. Die Mitgliedstaaten treffen alle zweckdienlichen Maßnahmen für eine wirksame Kontrolle der Zahlung des Pauschalausgleichs an die Pauschallandwirte.

Art. 305 [Gleichbehandlung aller innergemeinschaftlichen Lieferungen land- und forstwirtschaftlicher Erzeugnisse in Bezug auf die Versandhandelsregelung]. Wenden die Mitgliedstaaten diese Pauschalregelung an, treffen sie alle zweckdienlichen Maßnahmen, um sicherzustellen, dass Lieferung landwirtschaftlicher Erzeugnisse zwischen den Mitgliedstaaten unter den Voraussetzungen des Artikels 33 immer in derselben Weise besteuert wird, unabhängig davon, ob die Erzeugnisse von einem Pauschallandwirt oder von einem anderen Steuerpflichtigen geliefert werden.

Kapitel 3. Sonderregelung für Reisebüros

Art. 306 [Anwendung der Sonderregelung für Reisebüros – Grundsatz]. (1) Die Mitgliedstaaten wenden auf Umsätze von Reisebüros die Mehrwertsteuer-Sonderregelung dieses Kapitels an, soweit die Reisebüros gegenüber dem Reisenden in eigenem Namen auftreten und zur Durchführung der Reise Lieferungen von Gegenständen und Dienstleistungen anderer Steuerpflichtiger in Anspruch nehmen.

Diese Sonderregelung gilt nicht für Reisebüros, die lediglich als Vermittler handeln und auf die zur Berechnung der Steuerbemessungsgrundlage Artikel 79 Absatz 1 Buchstabe c anzuwenden ist.

(2) Für die Zwecke dieses Kapitels gelten Reiseveranstalter als Reisebüro.

Art. 307 [Einheitliche Reiseleistung]. Die zur Durchführung der Reise vom Reisebüro unter den Voraussetzungen des Artikels 306 bewirkten Umsätze gelten als eine einheitliche Dienstleistung des Reisebüros an den Reisenden.

Die einheitliche Dienstleistung wird in dem Mitgliedstaat besteuert, in dem das Reisebüro den Sitz seiner wirtschaftlichen Tätigkeit oder eine feste Niederlassung hat, von wo aus es die Dienstleistung erbracht hat.

Art. 308 [Steuerbemessungsgrundlage der einheitlichen Reiseleistung]. Für die von dem Reisebüro erbrachte einheitliche Dienstleistung gilt als Steuerbemessungsgrundlage und als Preis ohne Mehrwertsteuer im Sinne des Artikels 226 Nummer 8 die Marge des Reisebüros, das heißt die Differenz zwischen dem vom Reisenden zu zahlenden Gesamtbetrag ohne Mehrwertsteuer und den tatsächlichen Kosten, die dem Reisebüro für die Lieferungen von Gegenständen und die Dienstleistungen anderer Steuerpflichtiger entstehen, soweit diese Umsätze dem Reisenden unmittelbar zugute kommen.

Art. 309 [Reisevorleistungen im Drittlandsgebiet – Steuerfreiheit der einheitlichen Reiseleistung]. Werden die Umsätze, für die das Reisebüro andere Steuerpflichtige in Anspruch nimmt, von diesen außerhalb der Gemeinschaft bewirkt, wird die Dienstleistung des Reisebüros einer gemäß Artikel 153 von der Steuer befreiten Vermittlungstätigkeit gleichgestellt.

Werden die in Absatz 1 genannten Umsätze sowohl innerhalb als auch außerhalb der Gemeinschaft bewirkt, ist nur der Teil der Dienstleistung des Reisebüros als steuerfrei anzusehen, der auf die Umsätze außerhalb der Gemeinschaft entfällt.

Art. 310 [Ausschluss des Rechts auf Vorsteuerabzug bei einheitlicher Reiseleistung]. Die Mehrwertsteuerbeträge, die dem Reisebüro von anderen Steuerpflichtigen für die in Artikel 307 genannten Umsätze in Rechnung gestellt werden, welche dem Reisenden unmittelbar zugute kommen, sind in keinem Mitgliedstaat abziehbar oder erstattungsfähig.

Kapitel 4. Sonderregelungen für Gebrauchtgegenstände, Kunstgegenstände, Sammlungsstücke und Antiquitäten

Abschnitt 1. Begriffsbestimmungen

Art. 311 [Sonderregelung für Gebrauchtwaren – Begriffsbestimmungen]. (1) Für die Zwecke dieses Kapitels gelten unbeschadet sonstiger Bestimmungen des Gemeinschaftsrechts folgende Begriffsbestimmungen:

1. „Gebrauchtgegenstände" sind bewegliche körperliche Gegenstände, die keine Kunstgegenstände, Sammlungsstücke oder Antiquitäten und keine Edelmetalle oder Edelsteine im Sinne der Definition der Mitgliedstaaten sind und die in ihrem derzeitigen Zustand oder nach Instandsetzung erneut verwendbar sind;
2. „Kunstgegenstände" sind die in Anhang IX Teil A genannten Gegenstände;
3. „Sammlungsstücke" sind die in Anhang IX Teil B genannten Gegenstände;
4. „Antiquitäten" sind die in Anhang IX Teil C genannten Gegenstände;
5. „steuerpflichtiger Wiederverkäufer" ist jeder Steuerpflichtige, der im Rahmen seiner wirtschaftlichen Tätigkeit zum Zwecke des Wiederverkaufs Gebrauchtgegenstände, Kunstgegenstände, Sammlungsstücke oder Antiquitäten kauft, seinem Unternehmen zuordnet oder einführt, gleich, ob er auf eigene Rechnung oder aufgrund eines Einkaufs- oder Verkaufskommissionsvertrags für fremde Rechnung handelt;
6. „Veranstalter einer öffentlichen Versteigerung" ist jeder Steuerpflichtige, der im Rahmen seiner wirtschaftlichen Tätigkeit Gegenstände zur öffentlichen Versteigerung anbietet, um sie an den Meistbietenden zu verkaufen;
7. „Kommittent eines Veranstalters öffentlicher Versteigerungen" ist jede Person, die einem Veranstalter öffentlicher Versteigerungen einen Gegenstand aufgrund eines Verkaufskommissionsvertrags übergibt.

(2) Die Mitgliedstaaten können vorsehen, dass die in Anhang IX Teil A Nummern 5, 6 und 7 genannten Gegenstände nicht als Kunstgegenstände gelten.

(3) Der in Absatz 1 Nummer 7 genannte Verkaufskommissionsvertrag muss vorsehen, dass der Veranstalter der öffentlichen Versteigerung den Gegenstand in eigenem Namen, aber für Rechnung seines Kommittenten zur öffentlichen Versteigerung anbietet und an den Meistbietenden übergibt, der in der öffentlichen Versteigerung den Zuschlag erhalten hat.

Abschnitt 2. Sonderregelung für steuerpflichtige Wiederverkäufer

Unterabschnitt 1. Differenzbesteuerung

Art. 312 [Differenzbesteuerung – Definition Verkaufspreis und Einkaufspreis]. Für die Zwecke dieses Unterabschnitts gelten folgende Begriffsbestimmungen:

1. „Verkaufspreis" ist die gesamte Gegenleistung, die der steuerpflichtige Wiederverkäufer vom Erwerber oder von einem Dritten erhält oder zu erhalten hat, einschließlich der unmittelbar mit dem Umsatz zusammenhängenden Zuschüsse, Steuern, Zölle, Abschöpfungen und Abgaben sowie der Nebenkosten wie Provisions-, Verpackungs-, Beförderungs- und Versicherungskosten, die der steuerpflichtige Wiederverkäufer dem Erwerber in Rechnung stellt, mit Ausnahme der in Artikel 79 genannten Beträge;
2. „Einkaufspreis" ist die gesamte Gegenleistung gemäß der Begriffsbestimmung unter Nummer 1, die der Lieferer von dem steuerpflichtigen Wiederverkäufer erhält oder zu erhalten hat.

Art. 313 [Anwendung der Differenzbesteuerung auf Lieferungen von Gebrauchtwaren – Grundsatz]. (1) Die Mitgliedstaaten wenden auf die Lieferungen von Gebrauchtgegenständen, Kunstgegenständen, Sammlungsstücken und Antiquitäten durch steuerpflichtige Wiederverkäufer eine Sonderregelung zur Besteuerung der von dem steuerpflichtigen Wiederverkäufer erzielten Differenz (Handelsspanne) gemäß diesem Unterabschnitt an.

(2) Bis zur Einführung der endgültigen Regelung nach Artikel 402 gilt Absatz 1 des vorliegenden Artikels nicht für die Lieferung neuer Fahrzeuge unter den Voraussetzungen des Artikels 138 Absatz 1 und Absatz 2 Buchstabe a.

Art. 314 [Anwendung der Differenzbesteuerung – Abnahme der Gebrauchtwaren von bestimmten Personen]. Die Differenzbesteuerung gilt für die Lieferungen von Gebrauchtgegenständen, Kunstgegenständen, Sammlungsstücken und Antiquitäten durch einen steuerpflichtigen Wiederverkäufer, wenn ihm diese Gegenstände innerhalb der Gemeinschaft von einer der folgenden Personen geliefert werden:

a) von einem Nichtsteuerpflichtigen;
b) von einem anderen Steuerpflichtigen, sofern die Lieferungen des Gegenstands durch diesen anderen Steuerpflichtigen gemäß Artikel 136 von der Steuer befreit ist;
c) von einem anderen Steuerpflichtigen, sofern für die Lieferung des Gegenstands durch diesen anderen Steuerpflichtigen die Steuerbefreiung für Kleinunternehmen gemäß den Artikeln 282 bis 292 gilt und es sich dabei um ein Investitionsgut handelt;
d) von einem anderen steuerpflichtigen Wiederverkäufer, sofern die Lieferung des Gegenstands durch diesen anderen steuerpflichtigen Wiederverkäufer gemäß dieser Sonderregelung mehrwertsteuerpflichtig ist.

Art. 315 [Steuerbemessungsgrundlage der Differenzbesteuerung]. Die Steuerbemessungsgrundlage bei der Lieferung von Gegenständen nach Artikel 314 ist die von dem steuerpflichtigen Wiederverkäufer erzielte Differenz (Handelsspanne), abzüglich des Betrags der auf diese Spanne erhobenen Mehrwertsteuer.

Die Differenz (Handelsspanne) des steuerpflichtigen Wiederverkäufers entspricht dem Unterschied zwischen dem von ihm geforderten Verkaufspreis und dem Einkaufspreis des Gegenstands.

Art. 316 [Optionsrecht zur Anwendung der Differenzbesteuerung bei bestimmten Kunstgegenständen]. (1) Die Mitgliedstaaten räumen den steuerpflichtigen Wiederverkäufern das Recht ein, die Differenzbesteuerung bei der Lieferung folgender Gegenstände anzuwenden:

a) Kunstgegenstände, Sammlungsstücke und Antiquitäten, die sie selbst eingeführt haben;
b) Kunstgegenstände, die ihnen vom Urheber oder von dessen Rechtsnachfolgern geliefert wurden;
c) Kunstgegenstände, die ihnen von einem Steuerpflichtigen, der kein steuerpflichtiger Wiederverkäufer ist, geliefert wurden, wenn auf die Lieferung dieses anderen Steuerpflichtigen gemäß Artikel 103 der ermäßigte Steuersatz angewandt wurde.

(2) Die Mitgliedstaaten legen die Einzelheiten der Ausübung der Option des Absatzes 1 fest, die in jedem Fall für einen Zeitraum von mindestens zwei Kalenderjahren gelten muss.

Art. 317 [Steuerbemessungsgrundlage in Fällen der Option zur Differenzbesteuerung]. Macht ein steuerpflichtiger Wiederverkäufer von der Option des Artikels 316 Gebrauch, wird die Steuerbemessungsgrundlage gemäß Artikel 315 ermittelt.

Bei der Lieferung von Kunstgegenständen, Sammlungsstücken oder Antiquitäten, die der steuerpflichtige Wiederverkäufer selbst eingeführt hat, ist der für die Berechnung der Differenz zugrunde zu legende Einkaufspreis gleich der gemäß den Artikeln 85 bis 89 ermittelten Steuerbemessungsgrundlage bei der Einfuhr zuzüglich der für die Einfuhr geschuldeten oder entrichteten Mehrwertsteuer.

Art. 318 [Kannbestimmung: Möglichkeit einer Gesamtdifferenzbesteuerung]. (1) Die Mitgliedstaaten können zur Vereinfachung der Steuererhebung und nach Konsultation des Mehrwertsteuerausschusses für bestimmte Umsätze oder für bestimmte Gruppen von steuerpflichtigen Wiederverkäufern vorsehen, dass die Steuerbemessungsgrundlage bei der Lieferung von Gegenständen, die der Differenzbesteuerung unterliegen, für jeden Steuerzeitraum festgesetzt wird, für den der steuerpflichtige Wiederverkäufer die in Artikel 250 genannte Mehrwertsteuererklärung abzugeben hat.

Wird Unterabsatz 1 angewandt, ist die Steuerbemessungsgrundlage für Lieferungen von Gegenständen, die ein und demselben Mehrwertsteuersatz unterliegen, die von dem steuerpflichtigen Wiederverkäufer erzielte Gesamtdifferenz abzüglich des Betrags der auf diese Spanne erhobenen Mehrwertsteuer.

(2) Die Gesamtdifferenz entspricht dem Unterschied zwischen den beiden folgenden Beträgen:

a) Gesamtbetrag der der Differenzbesteuerung unterliegenden Lieferungen von Gegenständen des steuerpflichtigen Wiederverkäufers während des Steuerzeitraums, der von der Erklärung umfasst wird, d. h. Gesamtsumme der Verkaufspreise;
b) Gesamtbetrag der Käufe von Gegenständen im Sinne des Artikels 314, die der steuerpflichtige Wiederverkäufer während des Steuerzeitraums, der von der Erklärung umfasst wird, getätigt hat, d. h. Gesamtsumme der Einkaufspreise.

(3) Die Mitgliedstaaten treffen die erforderlichen Maßnahmen, damit sich für die in Absatz 1 genannten Steuerpflichtigen weder ungerechtfertigte Vorteile noch ungerechtfertigte Nachteile ergeben.

Art. 319 [Wechsel von der Differenzbesteuerung zur Regelbesteuerung]. Der steuerpflichtige Wiederverkäufer kann auf jede der Differenzbesteuerung unterliegende Lieferung die normale Mehrwertsteuerregelung anwenden.

Art. 320 [Recht auf Vorsteuerabzug bei Regelbesteuerung anstelle von Differenzbesteuerung]. (1) Wendet der steuerpflichtige Wiederverkäufer die normale Mehrwertsteuerregelung an, ist er berechtigt, bei der Lieferung eines von ihm selbst eingeführten Kunstgegenstands, Sammlungsstücks oder einer Antiquität die für die Einfuhr dieses Gegenstands geschuldete oder entrichtete Mehrwertsteuer als Vorsteuer abzuziehen.

Wendet der steuerpflichtige Wiederverkäufer die normale Mehrwertsteuerregelung an, ist er berechtigt, bei der Lieferung eines Kunstgegenstands, der ihm von seinem Urheber oder dessen Rechtsnachfolgern oder von einem Steuerpflichtigen, der kein steuerpflichtiger Wiederverkäufer ist, geliefert wurde, die von ihm dafür geschuldete oder entrichtete Mehrwertsteuer als Vorsteuer abzuziehen.

(2) Das Recht auf Vorsteuerabzug entsteht zu dem Zeitpunkt, zu dem der Steueranspruch für die Lieferung entsteht, für die der steuerpflichtige Wiederverkäufer die Anwendung der normalen Mehrwertsteuerregelung gewählt hat.

Art. 321 [Steuerbefreiung von Differenzbesteuerungslieferungen in Ausfuhr- und ähnlichen Fällen]. Werden der Differenzbesteuerung unterliegende Gebrauchtgegenstände,

Kunstgegenstände, Sammlungsstücke oder Antiquitäten unter den Voraussetzungen der Artikel 146, 147, 148 und 151 geliefert, sind sie von der Steuer befreit.

Art. 322 [Ausschluss vom Vorsteuerabzugsrecht in den Fällen der Differenzbesteuerung für Vorbezüge von anderen als Wiederverkäufern]. Sofern die Gegenstände für Lieferungen verwendet werden, die der Differenzbesteuerung unterliegen, darf der steuerpflichtige Wiederverkäufer von seiner Steuerschuld folgende Beträge nicht abziehen:

a) die geschuldete oder entrichtete Mehrwertsteuer auf von ihm selbst eingeführte Kunstgegenstände, Sammlungsstücke oder Antiquitäten;
b) die geschuldete oder entrichtete Mehrwertsteuer auf Kunstgegenstände, die ihm vom Urheber oder von dessen Rechtsnachfolgern geliefert werden;
c) die geschuldete oder entrichtete Mehrwertsteuer auf Kunstgegenstände, die ihm von einem Steuerpflichtigen geliefert werden, der kein steuerpflichtiger Wiederverkäufer ist.

Art. 323 [Ausschluss vom Vorsteuerabzugsrecht in den Fällen der Differenzbesteuerung für Vorbezüge von Wiederverkäufern]. Ein Steuerpflichtiger darf die für Gegenstände, die ihm von einem steuerpflichtigen Wiederverkäufer geliefert werden, geschuldete oder entrichtete Mehrwertsteuer nicht als Vorsteuer abziehen, wenn die Lieferung dieser Gegenstände durch den steuerpflichtigen Wiederverkäufer der Differenzbesteuerung unterliegt.

Art. 324 [Pflicht zu getrennten Aufzeichnungen bei gleichzeitiger Regel- und Differenzbesteuerung]. Wendet der steuerpflichtige Wiederverkäufer sowohl die normale Mehrwertsteuerregelung als auch die Differenzbesteuerung an, muss er die unter die jeweilige Regelung fallenden Umsätze nach den von den Mitgliedstaaten festgelegten Modalitäten in seinen Aufzeichnungen gesondert ausweisen.

Art. 325 [Verbot des gesonderten Steuerausweises in der Rechnung in den Fällen der Differenzbesteuerung]. Der steuerpflichtige Wiederverkäufer darf die Mehrwertsteuer auf die Lieferungen von Gegenständen, auf die er die Differenzbesteuerung anwendet, in der von ihm ausgestellten Rechnung nicht gesondert ausweisen.

Unterabschnitt 2. Übergangsregelung für Gebrauchtfahrzeuge

Art. 326 [Andere Sonderregelung als Differenzbesteuerung für Gebrauchtfahrzeuge – Stand-Still-Klausel]. Die Mitgliedstaaten, die am 31. Dezember 1992 auf die Lieferungen von Gebrauchtfahrzeugen durch steuerpflichtige Wiederverkäufer eine andere Sonderregelung als die Differenzbesteuerung angewandt haben, können diese Regelung für die Dauer des in Artikel 402 genannten Zeitraums beibehalten, sofern diese Regelung die in diesem UAbschnitt festgelegten Voraussetzungen erfüllt oder dergestalt angepasst wird, dass sie diese erfüllt.

Dänemark ist berechtigt, die in Absatz 1 vorgesehene Regelung einzuführen.

Art. 327 [Differenzbesteuerung für Gebrauchtfahrzeuge als Übergangsregelung – Grundsatz]. (1) Diese Übergangsregelung gilt für die Lieferungen von Gebrauchtfahrzeugen durch steuerpflichtige Wiederverkäufer, die der Differenzbesteuerung unterliegt.

(2) Die Übergangsregelung gilt nicht für die Lieferungen neuer Fahrzeuge unter den Voraussetzungen des Artikels 138 Absatz 1 und Absatz 2 Buchstabe a.

(3) Für die Zwecke des Absatzes 1 gelten als „Gebrauchtfahrzeuge" die in Artikel 2 Absatz 2 Buchstabe a genannten Land-, Wasser- und Luftfahrzeuge, wenn sie Gebrauchtgegenstände sind und nicht die Voraussetzungen erfüllen, um als neue Fahrzeuge angesehen zu werden.

Art. 328 [Bemessung des geschuldeten Steuerbetrags in den Fällen der Differenzbesteuerung für Gebrauchtfahrzeuge]. Die für jede Lieferung im Sinne des Artikels 327 geschuldete Mehrwertsteuer ist gleich dem Betrag der Steuer, die geschuldet würde, wenn die betreffende Lieferung der normalen Mehrwertsteuerregelung unterläge, abzüglich des Betrags der Mehrwertsteuer, die als in dem Einkaufspreis enthalten gilt, den der steuerpflichtige Wiederverkäufer für das Fahrzeug entrichtet hat.

Art. 329 [Bemessung des im Einkaufspreis enthaltenen Steuerbetrags in den Fällen der Differenzbesteuerung für Gebrauchtfahrzeuge]. Die Mehrwertsteuer, die als in dem Einkaufspreis enthalten gilt, den der steuerpflichtige Wiederverkäufer für das Fahrzeug entrichtet hat, wird nach folgendem Verfahren berechnet:

a) Als Einkaufspreis ist der Einkaufspreis im Sinne des Artikels 312 Nummer 2 zugrunde zu legen.
b) In diesem vom steuerpflichtigen Wiederverkäufer entrichteten Einkaufspreis gilt die Mehrwertsteuer als enthalten, die geschuldet worden wäre, wenn der Lieferer des steuerpflichtigen Wiederverkäufers auf seine Lieferung die normale Mehrwertsteuerregelung angewandt hätte.
c) Es ist der Steuersatz gemäß Artikel 93 anzuwenden, der in dem Mitgliedstaat angewandt wird, in dessen Gebiet der Ort der Lieferung an den steuerpflichtigen Wiederverkäufer im Sinne der Artikel 31 und 32 als gelegen gilt.

Art. 330 [Untergrenze des geschuldeten Steuerbetrags in den Fällen der Differenzbesteuerung für Gebrauchtfahrzeuge]. Die für jede Lieferung von Fahrzeugen im Sinne des Artikels 327 Absatz 1 geschuldete und gemäß Artikel 328 festgesetzte Mehrwertsteuer darf nicht unter dem Steuerbetrag liegen, der geschuldet würde, wenn auf die betreffende Lieferung die Differenzbesteuerung angewandt worden wäre.

Die Mitgliedstaaten können für den Fall, dass die Lieferung der Differenzbesteuerung unterlegen hätte, vorsehen, dass die Gewinnspanne nicht unter 10% des Verkaufspreises im Sinne des Artikels 312 Nummer 1 angesetzt werden darf.

Art. 331 [Ausschluss vom Vorsteuerabzugsrecht in den Fällen der Differenzbesteuerung für Gebrauchtfahrzeuge bei Vorbezug von einem Wiederverkäufer]. Ein Steuerpflichtiger darf von seiner Steuerschuld die für die Lieferung eines Gebrauchtfahrzeugs durch einen steuerpflichtigen Wiederverkäufer geschuldete oder entrichtete Mehrwertsteuer nicht als Vorsteuer abziehen, wenn die Lieferung dieses Gegenstands durch den steuerpflichtigen Wiederverkäufer gemäß dieser Übergangsregelung besteuert wurde.

Art. 332 [Verbot des gesonderten Steuerausweises in der Rechnung in den Fällen der Differenzbesteuerung für Gebrauchtfahrzeuge]. Der steuerpflichtige Wiederverkäufer darf auf der von ihm ausgestellten Rechnung die Mehrwertsteuer auf die Lieferungen, auf die er diese Übergangsregelung anwendet, nicht gesondert ausweisen.

Abschnitt 3. Sonderregelung für öffentliche Versteigerungen

Art. 333 [Differenzbesteuerung für öffentliche Versteigerungen – Grundsatz]. (1) Die Mitgliedstaaten können gemäß diesem Abschnitt eine Sonderregelung für die Besteuerung der Differenz anwenden, die ein Veranstalter öffentlicher Versteigerungen bei der Lieferung von Gebrauchtgegenständen, Kunstgegenständen, Sammlungsstücken und Antiquitäten erzielt, die er in eigenem Namen aufgrund eines Kommissionsvertrags zum Verkauf dieser Gegenstände im Wege einer öffentlichen Versteigerung für Rechnung von in Artikel 334 genannten Personen bewirkt.

(2) Die Regelung des Absatzes 1 gilt nicht für die Lieferungen neuer Fahrzeuge unter den Voraussetzungen des Artikels 138 Absatz 1 und Absatz 2 Buchstabe a.

Art. 334 [Subjektiver Anwendungsbereich der Differenzbesteuerung für öffentliche Versteigerungen (Veranstalter im eigenen Namen und für Rechnung bestimmter Personen)]. Diese Sonderregelung gilt für Lieferungen eines Veranstalters öffentlicher Versteigerungen, der in eigenem Namen für Rechnung einer der folgenden Personen handelt:

a) eines Nichtsteuerpflichtigen;
b) eines anderen Steuerpflichtigen, sofern die Lieferung des Gegenstands durch diesen anderen Steuerpflichtigen aufgrund eines Verkaufskommissionsvertrags gemäß Artikel 136 von der Steuer befreit ist;
c) eines anderen Steuerpflichtigen, sofern für die Lieferung des Gegenstands durch diesen anderen Steuerpflichtigen aufgrund eines Verkaufskommissionsvertrags die Steuerbefreiung für

Kleinunternehmen der Artikel 282 bis 292 gilt und es sich bei dem Gegenstand um ein Investitionsgut handelt;

d) eines steuerpflichtigen Wiederverkäufers, sofern die Lieferung des Gegenstands durch diesen steuerpflichtigen Wiederverkäufer aufgrund eines Verkaufskommissionsvertrags gemäß der Differenzbesteuerung der Mehrwertsteuer unterliegt.

Art. 335 [Fiktion des Zeitpunkts der Lieferung an einen Veranstalter öffentlicher Versteigerungen]. Die Lieferung eines Gegenstands an einen steuerpflichtigen Veranstalter öffentlicher Versteigerungen gilt als zum Zeitpunkt des Verkaufs dieses Gegenstands im Wege der öffentlichen Versteigerung erfolgt.

Art. 336 [Steuerbemessungsgrundlage der Lieferungen bei der Differenzbesteuerung für öffentliche Versteigerungen]. Die Steuerbemessungsgrundlage für die einzelnen Lieferungen von Gegenständen im Sinne dieses Abschnitts ist der dem Erwerber vom Veranstalter der öffentlichen Versteigerung gemäß Artikel 339 in Rechnung gestellte Gesamtbetrag abzüglich folgender Beträge:

a) vom Veranstalter der öffentlichen Versteigerung an seinen Kommittenten gezahlter oder zu zahlender Nettobetrag gemäß Artikel 337;
b) Betrag der vom Veranstalter der öffentlichen Versteigerung für seine Lieferung geschuldeten Mehrwertsteuer.

Art. 337 [Vom Veranstalter der öffentlichen Versteigerung an Kommittenten zu zahlender Nettobetrag]. Der vom Veranstalter der öffentlichen Versteigerung an seinen Kommittenten gezahlte oder zu zahlende Nettobetrag ist gleich der Differenz zwischen dem Preis, zu dem in der Versteigerung der Zuschlag für den Gegenstand erteilt wurde, und dem Betrag der Provision, die der Veranstalter der öffentlichen Versteigerung von seinem Kommittenten gemäß dem Verkaufskommissionsvertrag erhält oder zu erhalten hat.

Art. 338 [Pflicht des Veranstalters öffentlicher Versteigerungen zur Verbuchung bestimmter Beträge als durchlaufende Posten]. Veranstalter öffentlicher Versteigerungen, die Gegenstände gemäß den Artikeln 333 und 334 liefern, müssen folgende Beträge in ihren Aufzeichnungen als durchlaufende Posten verbuchen:

a) die vom Erwerber des Gegenstands erhaltenen oder zu erhaltenden Beträge;
b) die dem Verkäufer des Gegenstands erstatteten oder zu erstattenden Beträge.

Die in Absatz 1 genannten Beträge müssen ordnungsgemäß nachgewiesen sein.

Art. 339 [Pflicht des Veranstalters öffentlicher Versteigerungen zur Ausstellung einer Rechnung mit Ausweis bestimmter Beträge]. Der Veranstalter der öffentlichen Versteigerung muss dem Erwerber eine Rechnung ausstellen, in der folgende Beträge gesondert auszuweisen sind:

a) Zuschlagspreis des Gegenstands;
b) Steuern, Zölle, Abschöpfungen und Abgaben;
c) Nebenkosten wie Provisions-, Verpackungs-, Beförderungs- und Versicherungskosten, die der Veranstalter dem Erwerber des Gegenstands in Rechnung stellt.

In der von dem Veranstalter der öffentlichen Versteigerung ausgestellten Rechnung darf jedoch die Mehrwertsteuer nicht gesondert ausgewiesen werden.

Art. 340 [Pflicht des Veranstalters öffentlicher Versteigerungen zur Aushändigung einer Ausführungsanzeige]. (1) Der Veranstalter der öffentlichen Versteigerung, dem der Gegenstand aufgrund eines Kommissionsvertrags zum Verkauf im Wege der öffentlichen Versteigerung übergeben wurde, muss seinem Kommittenten eine Ausführungsanzeige aushändigen.

In der Ausführungsanzeige des Veranstalters der öffentlichen Versteigerung muss der Umsatzbetrag, d. h. der Preis, zu dem der Zuschlag für den Gegenstand erteilt wurde, abzüglich des Betrags der vom Kommittenten erhaltenen oder zu erhaltenden Provision gesondert ausgewiesen werden.

(2) Die gemäß Absatz 1 ausgestellte Ausführungsanzeige tritt an die Stelle der Rechnung, die der Kommittent, sofern er steuerpflichtig ist, dem Veranstalter der öffentlichen Versteigerung gemäß Artikel 220 ausstellen muss.

Art. 341 [Pflicht zur Anwendung der von einem Mitgliedstaat praktizierten Differenzbesteuerung bei öffentlichen Versteigerungen auf Lieferungen von Gebrauchtfahrzeugen]. Die Mitgliedstaaten, die die Sonderregelung dieses Abschnitts anwenden, wenden sie auch auf die Lieferungen von Gebrauchtfahrzeugen im Sinne des Artikels 327 Absatz 3 durch den Veranstalter einer öffentlichen Versteigerung an, der in eigenem Namen aufgrund eines Kommissionsvertrags zum Verkauf dieser Gegenstände im Wege einer öffentlichen Versteigerung für Rechnung eines steuerpflichtigen Wiederverkäufers handelt, sofern diese Lieferung gemäß der Übergangsregelung für Gebrauchtfahrzeuge der Mehrwertsteuer unterläge, wenn sie durch diesen steuerpflichtigen Wiederverkäufer erfolgen würde.

Abschnitt 4. Verhütung von Wettbewerbsverzerrungen und Steuerbetrug

Art. 342 [Kannbestimmung: Möglichkeiten der Mitgliedstaaten zur Verhinderung von Vor- und Nachteilen beim Vorsteuerabzug in den Fällen der Differenzbesteuerung]. Die Mitgliedstaaten können hinsichtlich des Rechts auf Vorsteuerabzug Maßnahmen treffen, um zu verhindern, dass steuerpflichtigen Wiederverkäufern, die unter eine der Regelungen des Abschnitts 2 fallen, ungerechtfertigte Vor- oder Nachteile entstehen.

Art. 343 [Möglichkeit der Sonderermächtigung eines Mitgliedstaates durch den Rat zur Bekämpfung von Steuerbetrug]. Der Rat kann auf Vorschlag der Kommission einstimmig jeden Mitgliedstaat zu besonderen Maßnahmen zur Bekämpfung des Steuerbetrugs ermächtigen, nach denen die gemäß der Differenzbesteuerung geschuldete Mehrwertsteuer nicht unter dem Betrag der Steuer liegen darf, die bei Zugrundelegung einer Differenz (Handelsspanne) in Höhe eines bestimmten Prozentsatzes des Verkaufspreises geschuldet würde.

Der Prozentsatz des Verkaufspreises wird unter Zugrundelegung der in dem betreffenden Sektor üblichen Handelsspannen festgelegt.

Kapitel 5. Sonderregelung für Anlagegold

Abschnitt 1. Allgemeine Bestimmungen

Art. 344 [Sonderregelung für Anlagegold – Definition Anlagegold]. (1) Für die Zwecke dieser Richtlinie und unbeschadet anderer Gemeinschaftsvorschriften gilt als „Anlagegold":

1. Gold in Barren- oder Plättchenform mit einem von den Goldmärkten akzeptierten Gewicht und einem Feingehalt von mindestens 995 Tausendsteln, unabhängig davon, ob es durch Wertpapiere verbrieft ist oder nicht;
2. Goldmünzen mit einem Feingehalt von mindestens 900 Tausendsteln, die nach dem Jahr 1800 geprägt wurden, die in ihrem Ursprungsland gesetzliches Zahlungsmittel sind oder waren und die üblicherweise zu einem Preis verkauft werden, der den Offenmarktwert ihres Goldgehalts um nicht mehr als 80% übersteigt.

(2) Die Mitgliedstaaten können kleine Goldbarren oder -plättchen mit einem Gewicht von höchstens 1 g von dieser Sonderregelung ausnehmen.

(3) Für die Zwecke dieser Richtlinie gilt der Verkauf von in Absatz 1 Nummer 2 genannten Münzen als nicht aus numismatischem Interesse erfolgt.

Art. 345 [Jährliche Mitteilung an EU-Kommission über Goldmünzen zur Aufnahme in Jahresliste]. Ab 1999 teilt jeder Mitgliedstaat der Kommission vor dem 1. Juli eines jeden Jahres mit, welche die in Artikel 344 Absatz 1 Nummer 2 genannten Kriterien erfüllenden Münzen in dem betreffenden Mitgliedstaat gehandelt werden. Die Kommission veröffentlicht vor dem 1. Dezember eines jeden Jahres ein erschöpfendes Verzeichnis dieser Münzen in der Reihe C des

Amtsblatts der Europäischen Union. Die in diesem Verzeichnis aufgeführten Münzen gelten als Münzen, die die genannten Kriterien während des gesamten Jahres erfüllen, für das das Verzeichnis gilt.

Abschnitt 2. Steuerbefreiung

Art. 346 [Steuerbefreiung der Umsätze mit Anlagegold]. Die Mitgliedstaaten befreien von der Mehrwertsteuer die Lieferung, den innergemeinschaftlichen Erwerb und die Einfuhr von Anlagegold, einschließlich Anlagegold in Form von Zertifikaten über sammel- oder einzelverwahrtes Gold und über Goldkonten gehandeltes Gold, insbesondere auch Golddarlehen und Goldswaps, durch die ein Eigentumsrecht an Anlagegold oder ein schuldrechtlicher Anspruch auf Anlagegold begründet wird, sowie Terminkontrakte und im Freiverkehr getätigte Terminabschlüsse mit Anlagegold, die zur Übertragung eines Eigentumsrechts an Anlagegold oder eines schuldrechtlichen Anspruchs auf Anlagegold führen.

Art. 347 [Steuerbefreiung der Vermittlung der Lieferungen von Anlagegold]. Die Mitgliedstaaten befreien Dienstleistungen von im Namen und für Rechnung Dritter handelnden Vermittlern von der Steuer, wenn diese die Lieferung von Anlagegold an ihre Auftraggeber vermitteln.

Abschnitt 3. Besteuerungswahlrecht

Art. 348 [Optionsrecht der Hersteller von Anlagegold zur Besteuerung der Lieferungen an andere Unternehmer]. Die Mitgliedstaaten räumen Steuerpflichtigen, die Anlagegold herstellen oder Gold in Anlagegold umwandeln, das Recht ein, sich für die Besteuerung der Lieferung von Anlagegold an einen anderen Steuerpflichtigen, die ansonsten gemäß Artikel 346 von der Steuer befreit wäre, zu entscheiden.

Art. 349 [Kannbestimmung: Optionsrecht zur Besteuerung der Lieferungen von Goldbarren für gewerbliche Zwecke an andere Unternehmer]. (1) Die Mitgliedstaaten können Steuerpflichtigen, die im Rahmen ihrer wirtschaftlichen Tätigkeit üblicherweise Gold für gewerbliche Zwecke liefern, das Recht einräumen, sich für die Besteuerung der Lieferung von Goldbarren oder -plättchen im Sinne des Artikels 344 Absatz 1 Nummer 1 an einen anderen Steuerpflichtigen, die ansonsten gemäß Artikel 346 von der Steuer befreit wäre, zu entscheiden.

(2) Die Mitgliedstaaten können den Umfang des Wahlrechts nach Absatz 1 einschränken.

Art. 350 [Optionsrecht zur Besteuerung bei der Vermittlung von Anlagegoldlieferungen]. Hat der Lieferer das Recht, sich für die Besteuerung gemäß den Artikeln 348 und 349 zu entscheiden, in Anspruch genommen, räumen die Mitgliedstaaten dem Vermittler in Bezug auf die in Artikel 347 genannten Vermittlungsleistungen das Recht ein, sich für eine Besteuerung zu entscheiden.

Art. 351 [Spielraum der Mitgliedstaaten zur Regelung von Einzelheiten bezüglich des Optionsrechts zur Besteuerung bei Umsätzen mit Anlagegold]. Die Mitgliedstaaten regeln die Einzelheiten der Ausübung des Wahlrechts im Sinne dieses Abschnitts und unterrichten die Kommission entsprechend.

Abschnitt 4. Umsätze auf einem geregelten Goldmarkt

Art. 352 [Kannbestimmung: Möglichkeit zur Besteuerung von Anlagegoldumsätzen auf einem geregelten Goldmarkt]. Jeder Mitgliedstaat kann nach Konsultation des Mehrwertsteuerausschusses bestimmte Umsätze mit Anlagegold in diesem Mitgliedstaat zwischen Steuerpflichtigen, die auf einem von dem betreffenden Mitgliedstaat geregelten Goldmarkt tätig sind, oder zwischen einem solchen Steuerpflichtigen und einem anderen Steuerpflichtigen, der nicht auf diesem Markt tätig ist, der Mehrwertsteuer unterwerfen. Der Mitgliedstaat darf jedoch

Lieferungen unter den Voraussetzungen des Artikels 138 und Ausfuhren von Anlagegold nicht der Mehrwertsteuer unterwerfen.

Art. 353 [Möglichkeit zur Steueraussetzung für Umsätze auf einem geregelten Goldmarkt]. Ein Mitgliedstaat, der gemäß Artikel 352 die Umsätze zwischen auf einem geregelten Goldmarkt tätigen Steuerpflichtigen besteuert, gestattet zur Vereinfachung die Aussetzung der Steuer und entbindet die Steuerpflichtigen von den Aufzeichnungspflichten zu Mehrwertsteuerzwecken.

Abschnitt 5. Besondere Rechte und Pflichten von Händlern mit Anlagegold

Art. 354 [Recht auf Vorsteuerabzug bei steuerfreier Weiterlieferung von Anlagegold]. Ist seine anschließende Lieferung von Anlagegold gemäß diesem Kapitel von der Steuer befreit, hat der Steuerpflichtige das Recht, folgende Beträge abzuziehen:

a) die Mehrwertsteuer, die für Anlagegold geschuldet wird oder entrichtet wurde, das ihm von einer Person, die von dem Wahlrecht nach den Artikeln 348 und 349 Gebrauch gemacht hat, oder gemäß Abschnitt 4 geliefert wurde;
b) die Mehrwertsteuer, die für an ihn geliefertes oder durch ihn innergemeinschaftlich erworbenes oder eingeführtes Gold geschuldet wird oder entrichtet wurde, das kein Anlagegold ist und anschließend von ihm oder in seinem Namen in Anlagegold umgewandelt wird;
c) die Mehrwertsteuer, die für an ihn erbrachte Dienstleistungen geschuldet wird oder entrichtet wurde, die in der Veränderung der Form, des Gewichts oder des Feingehalts von Gold, einschließlich Anlagegold, bestehen.

Art. 355 [Recht auf Vorsteuerabzug bei Unternehmern, die Anlagegold herstellen]. Steuerpflichtige, die Anlagegold herstellen oder Gold in Anlagegold umwandeln, dürfen die für die Lieferung, den innergemeinschaftlichen Erwerb oder die Einfuhr von Gegenständen oder für direkt im Zusammenhang mit der Herstellung oder Umwandlung dieses Goldes stehende Dienstleistungen von ihnen geschuldete oder entrichtete Steuer als Vorsteuer abziehen, so als ob die anschließende, gemäß Artikel 346 steuerfreie Lieferung des Goldes steuerpflichtig wäre.

Art. 356 [Aufzeichnungspflichten der Anlagegoldhändler]. (1) Die Mitgliedstaaten stellen sicher, dass Anlagegoldhändler zumindest größere Umsätze mit Anlagegold aufzeichnen und die Unterlagen aufbewahren, um die Feststellung der Identität der an diesen Umsätzen beteiligten Kunden zu ermöglichen.

Die Händler haben die in Unterabsatz 1 genannten Unterlagen mindestens fünf Jahre lang aufzubewahren.

(2) Die Mitgliedstaaten können gleichwertige Auflagen nach Maßgabe anderer Vorschriften zur Umsetzung des Gemeinschaftsrechts, beispielsweise der Richtlinie 2005/60/EG des Europäischen Parlaments und des Rates vom 26. Oktober 2005 zur Verhinderung der Nutzung des Finanzsystems zum Zwecke der Geldwäsche und der Terrorismusfinanzierung[114] gelten lassen, um den Anforderungen des Absatzes 1 nachzukommen.

(3) Die Mitgliedstaaten können strengere Vorschriften, insbesondere über das Führen besonderer Nachweise oder über besondere Aufzeichnungspflichten, festlegen.

---

[114] ABl. 2005 L 309, 15.

Kapitel 6. Sonderregelungen für nicht ansässige Steuerpflichtige, die Telekommunikationsdienstleistungen, Rundfunk- und Fernsehdienstleistungen oder elektronische Dienstleistungen an Nichtsteuerpflichtige erbringen[115]

Abschnitt 1. Allgemeine Bestimmungen

Art. 357 [Zeitliche Befristung der Sonderregelung für Telekommunikationsdienstleistungen u. a. B2C durch Auslandsunternehmer]. Die Bestimmungen dieses Kapitels gelten bis zum 31. Dezember 2014.[116]

Art. 358 [Sonderregelung für Telekommunikationsdienstleistungen u. a. B2C durch Auslandsunternehmer – Begriffsbestimmungen]. Für die Zwecke dieses Kapitels und unbeschadet anderer Gemeinschaftsvorschriften gelten folgende Begriffsbestimmungen:

[Fassung bis 31. 12. 2014]

1. „nicht in der Gemeinschaft ansässiger Steuerpflichtiger": ein Steuerpflichtiger, der im Gebiet der Gemeinschaft weder den Sitz seiner wirtschaftlichen Tätigkeit noch eine feste Niederlassung hat und der nicht anderweitig verpflichtet ist, sich gemäß Artikel 214 eine Mehrwertsteuer-Identifikationsnummer erteilen zu lassen;
2. „elektronische Dienstleistungen" und „elektronisch erbrachte Dienstleistungen": die in Artikel 59[118] Absatz 1 Buchstabe k genannten Dienstleistungen;
3. „Mitgliedstaat der Identifizierung": der Mitgliedstaat, in dem der nicht in der Gemeinschaft ansässige Steuerpflichtige die Aufnahme seiner Tätigkeit als Steuerpflichtiger im Gebiet der Gemeinschaft gemäß diesem Kapitel anzeigt;
4. „Mitgliedstaat des Verbrauchs": der Mitgliedstaat, in dem der Ort der elektronischen Dienstleistung gemäß Artikel 58[119] als gelegen gilt;
5. „Mehrwertsteuererklärung": die Erklärung, in der die für die Ermittlung des in den einzelnen Mitgliedstaaten geschuldeten Mehrwertsteuerbetrags erforderlichen Angaben enthalten sind.

[Fassung ab 1. 1. 2015][117]

1. „Telekommunikationsdienstleistungen" und „Rundfunk- und Fernsehdienstleistungen": die in Artikel 58 Absatz 1 Buchstaben a und b genannten Dienstleistungen;
2. „elektronische Dienstleistungen" und „elektronisch erbrachte Dienstleistungen": die in Artikel 58 Absatz 1 Buchstabe c genannten Dienstleistungen;
3. „Mitgliedstaat des Verbrauchs": der Mitgliedstaat, in dem gemäß Artikel 58 der Ort der Erbringung der Telekommunikationsdienstleistungen, Rundfunk- und Fernsehdienstleistungen oder elektronischen Dienstleistungen als gelegen gilt;
4. „Mehrwertsteuererklärung": die Erklärung, in der die für die Ermittlung des in den einzelnen Mitgliedstaaten geschuldeten Mehrwertsteuerbetrags erforderlichen Angaben enthalten sind.

---

[115] Überschrift neu gef. mWv 1.1.2015 durch RL 2008/8/EG v. 12.2.2008 (ABl. 2008 L 44, 11).

[116] Art. 357 geänd. durch RL 2006/138/EG v. 19.12.2006 (ABl. 2006 L 384, 92) und durch RL 2008/8/EG v. 12.2.2008 (ABl. 2008 L 44, 11); aufgeh. mWv 1.1.2015 durch RL 2008/8/EG.

[117] Art. 358 neu gef. mWv 1.1.2015 durch RL 2008/8/EG v. 12.2.2008 (ABl. 2008 L 44, 11).

[118] Art. 358 Nr. 2 geänd. mWv 1.1.2010 durch RL 2008/8/EG v. 12.2.2008 (ABl. 2008 L 44, 11).

[119] Art. 358 Nr. 4 geänd. mWv 1.1.2010 durch RL 2008/8/EG v. 12.2.2008 (ABl. 2008 L 44, 11).

Abschnitt 2. Sonderregelung für von nicht in der Gemeinschaft ansässigen Steuerpflichtigen erbrachte Telekommunikationsdienstleistungen, Rundfunk- und Fernsehdienstleistungen oder elektronische Dienstleistungen[120]

Art. 358a[121] [Sonderregelung für Telekommunikationsdienstleistungen u. a. durch Drittlandsunternehmer – Begriffsbestimmungen]. Für Zwecke dieses Abschnitts und unbeschadet anderer Gemeinschaftsvorschriften gelten folgende Begriffsbestimmungen:

1. „nicht in der Gemeinschaft ansässiger Steuerpflichtiger": ein Steuerpflichtiger, der im Gebiet der Gemeinschaft weder den Sitz seiner wirtschaftlichen Tätigkeit noch eine feste Niederlassung hat und der nicht anderweitig verpflichtet ist, sich für mehrwertsteuerliche Zwecke erfassen zu lassen;
2. „Mitgliedstaat der Identifizierung": der Mitgliedstaat, in dem der nicht in der Gemeinschaft ansässige Steuerpflichtige die Aufnahme seiner Tätigkeit als Steuerpflichtiger im Gebiet der Gemeinschaft gemäß diesem Abschnitt anzeigt.

Art. 359 [Sonderregelung für Drittlandsunternehmer mit elektronischen Dienstleistungen an Private – Anwendungsbereich]. Die Mitgliedstaaten gestatten nicht in der Gemeinschaft ansässigen Steuerpflichtigen, die Telekommunikationsdienstleistungen, Rundfunk- und Fernsehdienstleistungen oder[122] elektronische Dienstleistungen an Nichtsteuerpflichtige erbringen, die in einem Mitgliedstaat ansässig sind oder dort ihren Wohnsitz oder ihren gewöhnlichen Aufenthaltsort haben, diese Sonderregelung in Anspruch zu nehmen. Diese Regelung gilt für alle derartigen Dienstleistungen, die in der Gemeinschaft erbracht werden.

Art. 360 [Meldepflichten des Drittlandsunternehmers bezüglich elektronischer Dienstleistungen an Private – Grundsatz]. Der nicht in der Gemeinschaft ansässige Steuerpflichtige hat dem Mitgliedstaat der Identifizierung die Aufnahme und die Beendigung seiner Tätigkeit als Steuerpflichtiger sowie diesbezügliche Änderungen, durch die er die Voraussetzungen für die Inanspruchnahme dieser Sonderregelung nicht mehr erfüllt, zu melden. Diese Meldung erfolgt elektronisch.

Art. 361 [Meldepflichten des Drittlandsunternehmers bezüglich elektronischer Dienstleistungen an Private – Aufnahme der Tätigkeit]. (1) Der nicht in der Gemeinschaft ansässige Steuerpflichtige macht dem Mitgliedstaat der Identifizierung bei der Aufnahme seiner steuerpflichtigen Tätigkeit folgende Angaben zu seiner Identität:

a) Name;
b) Postanschrift;
c) elektronische Anschriften einschließlich Websites;
d) nationale Steuernummer, falls vorhanden;
e) Erklärung, dass er in der Gemeinschaft nicht für Mehrwertsteuerzwecke erfasst ist.

(2) Der nicht in der Gemeinschaft ansässige Steuerpflichtige teilt dem Mitgliedstaat der Identifizierung jegliche Änderung der übermittelten Angaben mit.

Art. 362 [Erteilung einer Identifikationsnummer an Drittlandsunternehmer bezüglich elektronischer Dienstleistungen an Private]. Der Mitgliedstaat der Identifizierung erteilt dem nicht in der Gemeinschaft ansässigen Steuerpflichtigen eine individuelle Identifikationsnummer für die Mehrwertsteuer, die er dem Betreffenden elektronisch mitteilt. Auf der Grundlage der für diese Erteilung der Identifikationsnummer verwendeten Angaben können die Mitgliedstaaten des Verbrauchs ihre eigenen Identifikationssysteme verwenden.

---

120 Überschrift neugef. mWv 1.1.2015 durch RL 2008/8/EG v. 12.2.2008 (ABl. 2008 L 44, 11).

121 Art. 358a eingef. mWv 1.1.2015 durch RL 2008/8/EG v. 12.2.2008 (ABl. 2008 L 44, 11).

122 Art. 359 ergänzt mWv 1.1.2015 durch RL 2008/8/EG v. 12.2.2008 (ABl. 2008 L 44, 11).

Art. 363 [Streichung des Drittlandsunternehmers mit elektronischen Dienstleistungen an Private aus Identifikationsregister]. Der Mitgliedstaat der Identifizierung streicht den nicht in der Gemeinschaft ansässigen Steuerpflichtigen aus dem Register, wenn

a) dieser mitteilt, dass er keine Telekommunikationsdienstleistungen, Rundfunk- und Fernsehdienstleistungen oder[123] elektronischen Dienstleistungen mehr erbringt;
b) aus anderen Gründen davon ausgegangen werden kann, dass seine steuerpflichtigen Tätigkeiten beendet sind;
c) er die Voraussetzungen für die Inanspruchnahme dieser Sonderregelung nicht mehr erfüllt;
d) er wiederholt gegen die Vorschriften dieser Sonderregelung verstößt.

Art. 364 [Abgabe einer elektronischen Mehrwertsteuererklärung durch Drittlandsunternehmer mit elektronischen Dienstleistungen an Private]. Der nicht in der Gemeinschaft ansässige Steuerpflichtige hat im Mitgliedstaat der Identifizierung für jedes Kalenderquartal eine Mehrwertsteuererklärung elektronisch abzugeben, unabhängig davon, ob Telekommunikationsdienstleistungen, Rundfunk- oder Fernsehdienstleistungen oder[124] elektronische Dienstleistungen erbracht wurden oder nicht. Die Erklärung ist innerhalb von 20 Tagen nach Ablauf des Steuerzeitraums, der von der Erklärung umfasst wird, abzugeben.

Art. 365 [Angaben in der Mehrwertsteuererklärung durch Drittlandsunternehmer mit elektronischen Dienstleistungen an Private]. In der Mehrwertsteuererklärung anzugeben sind die Identifikationsnummer und in Bezug auf jeden Mitgliedstaat des Verbrauchs, in dem Mehrwertsteuer geschuldet wird, der Gesamtbetrag ohne Mehrwertsteuer der während des Steuerzeitraums erbrachten Telekommunikationsdienstleistungen, Rundfunk- und Fernsehdienstleistungen und] elektronischen Dienstleistungen sowie der Gesamtbetrag der entsprechenden Steuer aufgegliedert nach Steuersätzen. Ferner sind die anzuwendenden Steuersätze und die Gesamtsteuerschuld anzugeben.

Art. 366 [Währungsangaben in der Mehrwertsteuererklärung durch Drittlandsunternehmer mit elektronischen Dienstleistungen an Private]. (1) Die Beträge in der Mehrwertsteuererklärung sind in Euro anzugeben.

Diejenigen Mitgliedstaaten, die den Euro nicht eingeführt haben, können vorschreiben, dass die Beträge in der Mehrwertsteuererklärung in ihrer Landeswährung anzugeben sind. Wurden für die Dienstleistungen Beträge in anderen Währungen berechnet, hat der nicht in der Gemeinschaft ansässige Steuerpflichtige für die Zwecke der Mehrwertsteuererklärung den Umrechnungskurs vom letzten Tag des Steuerzeitraums anzuwenden.

(2) Die Umrechnung erfolgt auf der Grundlage der Umrechnungskurse, die von der Europäischen Zentralbank für den betreffenden Tag oder, falls an diesem Tag keine Veröffentlichung erfolgt, für den nächsten Tag, an dem eine Veröffentlichung erfolgt, veröffentlicht werden.

Art. 367 [Modalitäten der Entrichtung der Mehrwertsteuer durch Drittlandsunternehmer mit elektronischen Dienstleistungen an Private]. Der nicht in der Gemeinschaft ansässige Steuerpflichtige entrichtet die Mehrwertsteuer unter Hinweis auf die zugrunde liegende Mehrwertsteuererklärung bei der Abgabe der Mehrwertsteuererklärung, spätestens jedoch nach Ablauf der Frist, innerhalb der die Erklärung abzugeben ist.[125]

Der Betrag wird auf ein auf Euro lautendes Bankkonto überwiesen, das vom Mitgliedstaat der Identifizierung angegeben wird. Diejenigen Mitgliedstaaten, die den Euro nicht eingeführt haben, können vorschreiben, dass der Betrag auf ein auf ihre Landeswährung lautendes Bankkonto überwiesen wird.

---

[123] Art. 363 Buchst. a ergänzt mWv 1.1.2015 durch RL 2008/8/EG v. 12.2.2008 (ABl. 2008 L 44, 11).

[124] Art. 364 und Art. 365 geänd. mWv 1.1.2015 durch RL 2008/8/EG v. 12.2.2008 (ABl. 2008 L 44, 11).

[125] Art. 367 ergänzt mWv 1.1.2015 durch RL 2008/8/EG v. 12.2.2008 (ABl. 2008 L 44, 11).

Art. 368 [Ausschluss vom Vorsteuerabzugsrecht/Erstattung der Mehrwertsteuer nach der 13. EG-Richtlinie an Drittlandsunternehmer mit elektronischen Dienstleistungen an Private]. Der nicht in der Gemeinschaft ansässige Steuerpflichtige, der diese Sonderregelung in Anspruch nimmt, nimmt keinen Vorsteuerabzug gemäß Artikel 168 der vorliegenden Richtlinie vor. Unbeschadet des Artikels 1 Absatz 1 der Richtlinie 86/560/EWG wird diesem Steuerpflichtigen eine Mehrwertsteuererstattung gemäß der genannten Richtlinie gewährt. Artikel 2 Absätze 2 und 3 sowie Artikel 4 Absatz 2 der Richtlinie 86/560/EWG gelten nicht für Erstattungen im Zusammenhang mit Telekommunikationsdienstleistungen, Rundfunk- und Fernsehdienstleistungen und[126] elektronischen Dienstleistungen, die unter diese Sonderregelung fallen.

Art. 369 [Aufzeichnungspflichten des Drittlandsunternehmers mit elektronischen Dienstleistungen an Private]. (1) Der nicht in der Gemeinschaft ansässige Steuerpflichtige führt über seine dieser Sonderregelung unterliegenden Umsätze Aufzeichnungen. Diese müssen so ausführlich sein, dass die Steuerbehörden des Mitgliedstaats des Verbrauchs feststellen können, ob die Mehrwertsteuererklärung korrekt ist.

(2) Die Aufzeichnungen nach Absatz 1 sind dem Mitgliedstaat des Verbrauchs und dem Mitgliedstaat der Identifizierung auf Verlangen elektronisch zur Verfügung zu stellen.

Die Aufzeichnungen sind vom 31. Dezember des Jahres an, in dem der Umsatz bewirkt wurde, zehn Jahre lang aufzubewahren.

Abschnitt 3. Sonderregelung für von in der Gemeinschaft, nicht aber im Mitgliedstaat des Verbrauchs ansässigen Steuerpflichtigen erbrachte Telekommunikationsdienstleistungen, Rundfunk- und Fernsehdienstleistungen oder elektronische Dienstleistungen[127]

Art. 369a [Sonderregelung für Telekommunikationsdienstleistungen u. a. durch EU-Auslandsunternehmer-Begriffsbestimmungen]. Für Zwecke dieses Abschnitts und unbeschadet anderer Gemeinschaftsvorschriften gelten folgende Begriffsbestimmungen:

1. „nicht im Mitgliedstaat des Verbrauchs ansässiger Steuerpflichtiger": ein Steuerpflichtiger, der den Sitz seiner wirtschaftlichen Tätigkeit oder eine feste Niederlassung im Gebiet der Gemeinschaft hat, aber weder den Sitz seiner wirtschaftlichen Tätigkeit noch eine feste Niederlassung im Gebiet des Mitgliedstaats des Verbrauchs hat;
2. „Mitgliedstaat der Identifizierung": der Mitgliedstaat, in dem der Steuerpflichtige den Sitz seiner wirtschaftlichen Tätigkeit hat oder, falls er den Sitz seiner wirtschaftlichen Tätigkeit nicht in der Gemeinschaft hat, in dem er eine feste Niederlassung hat.

Hat der Steuerpflichtige den Sitz seiner wirtschaftlichen Tätigkeit nicht in der Gemeinschaft, dort jedoch mehr als eine feste Niederlassung, ist Mitgliedstaat der Identifizierung der Mitgliedstaat mit einer festen Niederlassung, in dem dieser Steuerpflichtige die Inanspruchnahme dieser Sonderregelung anzeigt. Der Steuerpflichtige ist an diese Entscheidung für das betreffende Kalenderjahr und die beiden darauf folgenden Kalenderjahre gebunden.

Art. 369b [Sonderregelung für Telekommunikationsdienstleistungen durch EU-Auslandsunternehmer – Grundsatz]. Die Mitgliedstaaten gestatten nicht im Mitgliedstaat des Verbrauchs ansässigen Steuerpflichtigen, die Telekommunikationsdienstleistungen, Rundfunk- und Fernsehdienstleistungen oder elektronische Dienstleistungen an Nichtsteuerpflichtige erbringen, die in einem Mitgliedstaat ansässig sind oder dort ihren Wohnsitz oder ihren gewöhnlichen Aufenthaltsort haben, diese Sonderregelung in Anspruch zu nehmen. Diese Regelung gilt für alle derartigen Dienstleistungen, die in der Gemeinschaft erbracht werden.

---

[126] Art. 368 ergänzt bzw. geänd. mWv 1. 1. 2015 durch RL 2008/8/EG v. 12. 2. 2008 (ABl. 2008 L 44, 11).

[127] Titel XII Kap. 6 Abschn. 3 (Art. 369 a–369k) eingef. mWv 1. 1. 2015 durch RL 2008/8/EG v. 12. 2. 2008 (ABl. 2008 L 44, 11).

Art. 369c [Sonderregelung für Telekommunikationsdienstleistungen durch EU-Auslandsunternehmer – Meldung der Tätigkeit]. Der nicht im Mitgliedstaat des Verbrauchs ansässige Steuerpflichtige hat dem Mitgliedstaat der Identifizierung die Aufnahme und die Beendigung seiner dieser Sonderregelung unterliegenden Tätigkeit als Steuerpflichtiger sowie diesbezügliche Änderungen, durch die er die Voraussetzungen für die Inanspruchnahme dieser Sonderregelung nicht mehr erfüllt, zu melden. Diese Meldung erfolgt elektronisch.

Art. 369d [Sonderregelung für Telekommunikationsdienstleistungen u. a. durch EU-Auslandsunternehmer – Erfassung der Umsätze]. Ein Steuerpflichtiger, der die Sonderregelung in Anspruch nimmt, wird in Bezug auf dieser Regelung unterliegende steuerbare Umsätze nur in dem Mitgliedstaat der Identifizierung erfasst. Hierzu verwendet der Mitgliedstaat die individuelle Mehrwertsteuer-Identifikationsnummer, die dem Steuerpflichtigen für die Erfüllung seiner Pflichten aufgrund des internen Systems bereits zugeteilt wurde.

Auf der Grundlage der für diese Erteilung der Identifikationsnummer verwendeten Angaben können die Mitgliedstaaten des Verbrauchs ihre eigenen Identifikationssysteme beibehalten.

Art. 369e [Sonderregelung für Telekommunikationsdienstleistungen u. a. durch EU-Auslandsunternehmer – Ausschluss von der Regelung]. Der Mitgliedstaat der Identifizierung schließt den nicht im Mitgliedstaat des Verbrauchs ansässigen Steuerpflichtigen von dieser Sonderregelung in folgenden Fällen aus:

a) wenn dieser mitteilt, dass er keine Telekommunikationsdienstleistungen, Rundfunk- und Fernsehdienstleistungen oder elektronischen Dienstleistungen mehr erbringt;
b) wenn aus anderen Gründen davon ausgegangen werden kann, dass seine dieser Sonderregelung unterliegenden steuerpflichtigen Tätigkeiten beendet sind;
c) wenn er die Voraussetzungen für die Inanspruchnahme dieser Sonderregelung nicht mehr erfüllt;
d) wenn er wiederholt gegen die Vorschriften dieser Sonderregelung verstößt.

Art. 369f [Sonderregelung für Telekommunikationsdienstleistungen u. a. durch EU-Auslandsunternehmer – Abgabe der Erklärung]. Der nicht im Mitgliedstaat des Verbrauchs ansässige Steuerpflichtige hat im Mitgliedstaat der Identifizierung für jedes Kalenderquartal eine Mehrwertsteuererklärung elektronisch abzugeben, unabhängig davon, ob Telekommunikationsdienstleistungen, Rundfunk- und Fernsehdienstleistungen oder elektronische Dienstleistungen erbracht wurden oder nicht. Die Erklärung ist innerhalb von 20 Tagen nach Ablauf des Steuerzeitraums, der von der Erklärung umfasst wird, abzugeben.

Art. 369g [Sonderregelung für Telekommunikationsdienstleistungen u. a. durch EU-Auslandsunternehmer – Angaben in der Erklärung]. In der Mehrwertsteuererklärung anzugeben sind die Identifikationsnummer nach Artikel 369d und in Bezug auf jeden Mitgliedstaat des Verbrauchs, in dem die Mehrwertsteuer geschuldet wird, der Gesamtbetrag ohne Mehrwertsteuer der während des Steuerzeitraums erbrachten Telekommunikationsdienstleistungen, Rundfunk- und Fernsehdienstleistungen und elektronischen Dienstleistungen sowie der Gesamtbetrag der entsprechenden Steuer aufgegliedert nach Steuersätzen. Ferner sind die anzuwendenden Mehrwertsteuersätze und die Gesamtsteuerschuld anzugeben.

Hat der Steuerpflichtige außer der Niederlassung im Mitgliedstaat der Identifizierung eine oder mehrere feste Niederlassungen, von denen aus die Dienstleistungen erbracht werden, so sind in der Mehrwertsteuererklärung für jeden Mitgliedstaat der Niederlassung außer den in Absatz 1 genannten Angaben auch der Gesamtbetrag der Telekommunikationsdienstleistungen, Rundfunk- und Fernsehdienstleistungen und elektronischen Dienstleistungen, die unter diese Sonderregelung fallen, zusammen mit der jeweiligen Mehrwertsteuer-Identifikationsnummer oder der Steuerregisternummer dieser Niederlassung, aufgeschlüsselt nach Mitgliedstaaten des Verbrauchs, anzugeben.

Art. 369h [Sonderregelungen für Telekommunikationsdienstleistungen u. a. durch EU-Auslandsunternehmer – Angabe von Beträgen in der Erklärung]. (1) Die Beträge in der Mehrwertsteuererklärung sind in Euro anzugeben.

Diejenigen Mitgliedstaaten, die den Euro nicht eingeführt haben, können vorschreiben, dass die Beträge in der Mehrwertsteuererklärung in ihrer Landeswährung anzugeben sind. Wurden für die Dienstleistungen Beträge in anderen Währungen berechnet, hat der nicht im Mitgliedstaat des Verbrauchs ansässige Steuerpflichtige für die Zwecke der Mehrwertsteuererklärung den Umrechnungskurs vom letzten Tag des Steuerzeitraums anzuwenden.

(2) Die Umrechnung erfolgt auf der Grundlage der Umrechnungskurse, die von der Europäischen Zentralbank für den betreffenden Tag oder, falls an diesem Tag keine Veröffentlichung erfolgt, für den nächsten Tag, an dem eine Veröffentlichung erfolgt, veröffentlicht werden.

Art. 369i [Sonderregelung für Telekommunikationsdienstleistungen u. a. durch EU-Auslandsunternehmer – Entrichtung der Steuer]. Der nicht im Mitgliedstaat des Verbrauchs ansässige Steuerpflichtige entrichtet die Mehrwertsteuer unter Hinweis auf die zugrunde liegende Mehrwertsteuererklärung bei der Abgabe der Mehrwertsteuererklärung, spätestens jedoch nach Ablauf der Frist, innerhalb der die Erklärung abzugeben ist.

Der Betrag wird auf ein auf Euro lautendes Bankkonto überwiesen, das vom Mitgliedstaat der Identifizierung angegeben wird. Diejenigen Mitgliedstaaten, die den Euro nicht eingeführt haben, können vorschreiben, dass der Betrag auf ein auf ihre Landeswährung lautendes Bankkonto überwiesen wird.

Art. 369j [Sonderregelung für Telekommunikationsdienstleistungen u. a. durch EU-Auslandsunternehmer – Vorsteuerabzug]. Der nicht im Mitgliedstaat des Verbrauchs ansässige Steuerpflichtige, der diese Sonderregelung in Anspruch nimmt, nimmt in Bezug auf seine dieser Sonderregelung unterliegenden steuerbaren Tätigkeiten keinen Vorsteuerabzug gemäß Artikel 168 dieser Richtlinie vor. Unbeschadet des Artikels 2 Nummer 1 und des Artikels 3 der Richtlinie 2008/9/EG wird diesem Steuerpflichtigen insoweit eine Mehrwertsteuererstattung gemäß der genannten Richtlinie gewährt.

Führt der nicht im Mitgliedstaat des Verbrauchs ansässige Steuerpflichtige, der diese Sonderregelung in Anspruch nimmt, im Mitgliedstaat des Verbrauchs auch nicht der Sonderregelung unterliegende Tätigkeiten aus, für die er verpflichtet ist, sich für Mehrwertsteuerzwecke erfassen zu lassen, zieht er die Vorsteuer in Bezug auf seine dieser Sonderregelung unterliegenden steuerbaren Tätigkeiten im Rahmen der nach Artikel 250 abzugebenden Mehrwertsteuererklärung ab.

Art. 369k [Sonderregelung für Telekommunikationsdienstleistungen u. a. durch EU-Auslandsunternehmer – Aufzeichnungspflichten]. (1) Der nicht im Mitgliedstaat des Verbrauchs ansässige Steuerpflichtige führt über seine dieser Sonderregelung unterliegenden Umsätze Aufzeichnungen. Diese müssen so ausführlich sein, dass die Steuerbehörden des Mitgliedstaats des Verbrauchs feststellen können, ob die Mehrwertsteuererklärung korrekt ist.

(2) Die Aufzeichnungen nach Absatz 1 sind dem Mitgliedstaat des Verbrauchs und dem Mitgliedstaat der Identifizierung auf Verlangen elektronisch zur Verfügung zu stellen.

Die Aufzeichnungen sind vom 31. Dezember des Jahres an, in dem der Umsatz bewirkt wurde, zehn Jahre lang aufzubewahren.

Titel XIII. Ausnahmen

Kapitel 1. Bis zur Annahme einer endgültigen Regelung geltende Ausnahmen

Abschnitt 1. Ausnahmen für Staaten, die am 1. Januar 1978 Mitglied der Gemeinschaft waren

Art. 370 [Kannbestimmung: Beibehaltung der Besteuerung der Umsätze nach Anhang X Teil A]. Mitgliedstaaten, die am 1. Januar 1978 die in Anhang X Teil A genannten Umsätze besteuert haben, dürfen diese weiterhin besteuern.

Art. 371 [Kannbestimmung: Beibehaltung der Befreiung der Umsätze nach Anhang X Teil B]. Mitgliedstaaten, die am 1. Januar 1978 die in Anhang X Teil B genannten Umsätze von der Steuer befreit haben, dürfen diese zu den in dem jeweiligen Mitgliedstaat zu dem genannten Zeitpunkt geltenden Bedingungen weiterhin befreien.

Art. 372 [Kannbestimmung: Beibehaltung von Abweichungen vom sofortigen Vorsteuerabzug]. Mitgliedstaaten, die am 1. Januar 1978 Bestimmungen angewandt haben, die vom Grundsatz des sofortigen Vorsteuerabzugs des Artikels 179 Absatz 1 abweichen, dürfen diese weiterhin anwenden.

Art. 373 [Kannbestimmung: Beibehaltung von Abweichungen von der Dienstleistungskommission und der Nichtentgeltsfunktion durchlaufender Posten]. Mitgliedstaaten, die am 1. Januar 1978 Bestimmungen angewandt haben, die von Artikel 28 und Artikel 79 Absatz 1 Buchstabe c abweichen, dürfen diese weiterhin anwenden.

Art. 374 [Kannbestimmung: Beibehaltung der Steuerbefreiung für Reiseleistungen]. Abweichend von den Artikeln 169 und 309 dürfen die Mitgliedstaaten, die am 1. Januar 1978 die in Artikel 309 genannten Dienstleistungen von Reisebüros ohne Recht auf Vorsteuerabzug von der Steuer befreit haben, diese weiterhin befreien. Diese Ausnahme gilt auch für Reisebüros, die im Namen und für Rechnung des Reisenden tätig sind.

Abschnitt 2. Ausnahmen für Staaten, die der Gemeinschaft nach dem 1. Januar 1978 beigetreten sind

Art. 375 [Kannbestimmung: Beibehaltung von Steuerbefreiungen – Griechenland]. Griechenland darf die in Anhang X Teil B Nummern 2, 8, 9, 11 und 12 genannten Umsätze weiterhin zu den Bedingungen von der Steuer befreien, die in diesem Mitgliedstaat am 1. Januar 1987 galten.

Art. 376 [Kannbestimmung: Beibehaltung von Steuerbefreiungen – Spanien]. Spanien darf die in Anhang X Teil B Nummer 2 genannten Dienstleistungen von Autoren und die in Anhang X Teil B Nummern 11 und 12 genannten Umsätze weiterhin zu den Bedingungen von der Steuer befreien, die in diesem Mitgliedstaat am 1. Januar 1993 galten.

Art. 377 [Kannbestimmung: Beibehaltung von Steuerbefreiungen – Portugal]. Portugal darf die in Anhang X Teil B Nummern 2, 4, 7, 9, 10 und 13 genannten Umsätze weiterhin zu den Bedingungen von der Steuer befreien, die in diesem Mitgliedstaat am 1. Januar 1989 galten.

Art. 378 [Kannbestimmung: Beibehaltung von Besteuerungen und Befreiungen – Österreich]. (1) Österreich darf die in Anhang X Teil A Nummer 2 genannten Umsätze weiterhin besteuern.

(2) Solange die betreffenden Umsätze in einem Staat von der Steuer befreit werden, der am 31. Dezember 1994 Mitglied der Gemeinschaft war, darf Österreich die folgenden Umsätze weiterhin zu den in diesem Mitgliedstaat zum Zeitpunkt seines Beitritts geltenden Bedingungen von der Steuer befreien:

a) die in Anhang X Teil B Nummern 5 und 9 genannten Umsätze;
b) mit Recht auf Vorsteuerabzug, sämtliche Teile der grenzüberschreitenden Personenbeförderung im Luft-, See- und Binnenwasserstraßenverkehr mit Ausnahme der Personenbeförderung auf dem Bodensee.

Art. 379 [Kannbestimmung: Beibehaltung von Besteuerungen und Befreiungen – Finnland]. (1) Finnland darf die in Anhang X Teil A Nummer 2 genannten Umsätze weiterhin besteuern, solange diese Umsätze in einem Staat besteuert werden, der am 31. Dezember 1994 Mitglied der Gemeinschaft war.

(2) Finnland darf die in Anhang X Teil B Nummer 2 genannten Dienstleistungen von Autoren, Künstlern und Interpreten von Kunstwerken sowie die in Anhang X Teil B Nummern 5, 9 und 10 genannten Umsätze zu den in diesem Mitgliedstaat zum Zeitpunkt seines Beitritts geltenden Bedingungen weiterhin von der Steuer befreien, solange diese Umsätze in einem Mitgliedstaat befreit sind, der am 31. Dezember 1994 Mitglied der Gemeinschaft war.

Art. 380 [Kannbestimmung: Beibehaltung von Steuerbefreiungen – Schweden]. Schweden darf die in Anhang X Teil B Nummer 2 genannten Dienstleistungen von Autoren, Künstlern und Interpreten von Kunstwerken sowie die in Anhang X Teil B Nummern 1, 9 und 10 genannten Umsätze zu den in diesem Mitgliedstaat zum Zeitpunkt seines Beitritts geltenden Bedingungen weiterhin von der Steuer befreien, solange diese Umsätze in einem Mitgliedstaat befreit sind, der am 31. Dezember 1994 Mitglied der Gemeinschaft war.

Art. 381 [Kannbestimmung: Beibehaltung von Steuerbefreiungen – Tschechien]. Die Tschechische Republik darf die in Anhang X Teil B Nummer 10 genannte grenzüberschreitende Personenbeförderung zu den in diesem Mitgliedstaat zum Zeitpunkt seines Beitritts geltenden Bedingungen weiterhin von der Steuer befreien, solange diese Umsätze in einem Mitgliedstaat befreit sind, der am 30. April 2004 Mitglied der Gemeinschaft war.

Art. 382 [Kannbestimmung: Beibehaltung von Steuerbefreiungen – Estland]. Estland darf die in Anhang X Teil B Nummer 10 genannte grenzüberschreitende Personenbeförderung zu den in diesem Mitgliedstaat zum Zeitpunkt seines Beitritts geltenden Bedingungen weiterhin von der Steuer befreien, solange diese Umsätze in einem Mitgliedstaat befreit sind, der am 30. April 2004 Mitglied der Gemeinschaft war.

Art. 383 [Kannbestimmung: Beibehaltung von Steuerbefreiungen – Zypern]. Zypern darf weiterhin die folgenden Umsätze zu den in diesem Mitgliedstaat zum Zeitpunkt seines Beitritts geltenden Bedingungen von der Steuer befreien:
a) bis zum 31. Dezember 2007 die in Anhang X Teil B Nummer 9 genannte Lieferung von Baugrundstücken;
b) die in Anhang X Teil B Nummer 10 genannte grenzüberschreitende Personenbeförderung, solange diese Umsätze in einem Mitgliedstaat befreit sind, der am 30. April 2004 Mitglied der Gemeinschaft war.

Art. 384 [Kannbestimmung: Beibehaltung von Steuerbefreiungen – Lettland]. Solange die betreffenden Umsätze in einem Mitgliedstaat von der Steuer befreit sind, der am 30. April 2004 Mitglied der Gemeinschaft war, darf Lettland zu den in diesem Mitgliedstaat zum Zeitpunkt seines Beitritts geltenden Bedingungen folgende Umsätze weiterhin von der Steuer befreien:
a) die in Anhang X Teil B Nummer 2 genannten Dienstleistungen von Autoren, Künstlern und Interpreten von Kunstwerken;
b) die in Anhang X Teil B Nummer 10 genannte grenzüberschreitende Personenbeförderung.

Art. 385 [Kannbestimmung: Beibehaltung von Steuerbefreiungen – Litauen]. Litauen darf die in Anhang X Teil B Nummer 10 genannte grenzüberschreitende Personenbeförderung zu den in diesem Mitgliedstaat zum Zeitpunkt seines Beitritts geltenden Bedingungen weiterhin von der Steuer befreien, solange diese Umsätze in einem Mitgliedstaat befreit sind, der am 30. April 2004 Mitglied der Gemeinschaft war.

Art. 386 [Kannbestimmung: Beibehaltung von Steuerbefreiungen – Ungarn]. Ungarn darf die in Anhang X Teil B Nummer 10 genannte grenzüberschreitende Personenbeförderung zu den in diesem Mitgliedstaat zum Zeitpunkt seines Beitritts geltenden Bedingungen weiterhin von der Steuer befreien, solange diese Umsätze in einem Mitgliedstaat befreit sind, der am 30. April 2004 Mitglied der Gemeinschaft war.

Art. 387 [Kannbestimmung: Beibehaltung von Steuerbefreiungen – Malta]. Solange die betreffenden Umsätze in einem Mitgliedstaat von der Steuer befreit sind, der am 30. April

2004 Mitglied der Gemeinschaft war, darf Malta zu den in diesem Mitgliedstaat zum Zeitpunkt seines Beitritts geltenden Bedingungen folgende Umsätze weiterhin von der Steuer befreien:

a) ohne Recht auf Vorsteuerabzug, die in Anhang X Teil B Nummer 8 genannte Lieferung von Wasser durch Einrichtungen des öffentlichen Rechts;
b) ohne Recht auf Vorsteuerabzug, die in Anhang X Teil B Nummer 9 genannte Lieferung von Gebäuden und Baugrundstücken;
c) mit Recht auf Vorsteuerabzug, die in Anhang X Teil B Nummer 10 genannte inländische Personenbeförderung, grenzüberschreitende Personenbeförderung und inselverbindende Personenbeförderung im Seeverkehr.

Art. 388 [Kannbestimmung: Beibehaltung von Steuerbefreiungen – Polen]. Polen darf die in Anhang X Teil B Nummer 10 genannte grenzüberschreitende Personenbeförderung zu den in diesem Mitgliedstaat zum Zeitpunkt seines Beitritts geltenden Bedingungen weiterhin von der Steuer befreien, solange diese Umsätze in einem Mitgliedstaat befreit sind, der am 30. April 2004 Mitglied der Gemeinschaft war.

Art. 389 [Kannbestimmung: Beibehaltung von Steuerbefreiungen – Slowenien]. Slowenien darf die in Anhang X Teil B Nummer 10 genannte grenzüberschreitende Personenbeförderung zu den in diesem Mitgliedstaat zum Zeitpunkt seines Beitritts geltenden Bedingungen weiterhin von der Steuer befreien, solange diese Umsätze in einem Mitgliedstaat befreit sind, der am 30. April 2004 Mitglied der Gemeinschaft war.

Art. 390 [Kannbestimmung: Beibehaltung von Steuerbefreiungen – Slowakei]. Die Slowakei darf die in Anhang X Teil B Nummer 10 genannte grenzüberschreitende Personenbeförderung zu den in diesem Mitgliedstaat zum Zeitpunkt seines Beitritts geltenden Bedingungen weiterhin von der Steuer befreien, solange diese Umsätze in einem Mitgliedstaat befreit sind, der am 30. April 2004 Mitglied der Gemeinschaft war.

Art. 390a[128] **[Kannbestimmung: Beibehaltung von Steuerbefreiungen – Bulgarien].** Bulgarien darf die in Anhang X Teil B Nummer 10 genannte grenzüberschreitende Personenbeförderung zu den in diesem Mitgliedstaat zum Zeitpunkt seines Beitritts geltenden Bedingungen weiterhin von der Steuer befreien, solange diese Umsätze in einem Mitgliedstaat befreit sind, der am 31. Dezember 2006 Mitglied der Gemeinschaft war.

Art. 390b[129] **[Kannbestimmung: Beibehaltung von Steuerbefreiungen – Rumänien].** Rumänien darf die in Anhang X Teil B Nummer 10 genannte grenzüberschreitende Personenbeförderung zu den in diesem Mitgliedstaat zum Zeitpunkt seines Beitritts geltenden Bedingungen weiterhin von der Steuer befreien, solange diese Umsätze in einem Mitgliedstaat befreit sind, der am 31. Dezember 2006 Mitglied der Gemeinschaft war.

Art. 390c[130] **[Kannbestimmung: Beibehaltung von Steuerbefreiungen – Kroatien].** Kroatien darf weiterhin die folgenden Umsätze zu den in diesem Mitgliedstaat zum Zeitpunkt seines Beitritts geltenden Bedingungen von der Steuer befreien:

a) die Lieferung von Baugrundstücken, mit darauf errichteten Gebäuden oder ohne solche Gebäude, nach Artikel 135 Absatz 1 Buchstabe j und Anhang X Teil B Nummer 9, nicht verlängerbar, bis zum 31. Dezember 2014;
b) die in Anhang X Teil B Nummer 10 genannte grenzüberschreitende Personenbeförderung, solange diese Umsätze in einem Mitgliedstaat befreit sind, der vor dem Beitritt Kroatiens Mitglied der Union war.

---

128 Art. 390a eingef. mWv 15.1.2010 durch RL 2009/162/EU v. 22.12.2009 (ABl. 2010 L 10, 14).

129 Art. 390b eingef. mWv 15.1.2010 durch RL 2009/162/EU v. 22.12.2009 (ABl. 2010 L 10, 14).

130 Art. 390c eingef. mWv 1.7.2013 durch Akte v. 9.12.2011 (ABl. 2012 L 112, 10).

Abschnitt 3. Gemeinsame Bestimmungen zu den Abschnitten 1 und 2

Art. 391 [Kannbestimmung: Möglichkeit der Einräumung eines Optionsrechts zur Besteuerung in Mitgliedstaaten mit Beibehaltung von Befreiungen]. Die Mitgliedstaaten, die die in den Artikeln 371, 375, 376 und 377, in Artikel 378 Absatz 2, Artikel 379 Absatz 2 und den Artikeln 380 bis 390c[131] genannten Umsätze von der Steuer befreien, können den Steuerpflichtigen die Möglichkeit einräumen, sich für die Besteuerung der betreffenden Umsätze zu entscheiden.

Art. 392 [Kannbestimmung: Möglichkeit der Differenzbesteuerung bei Gebäude- und Baugrundstückslieferungen]. Die Mitgliedstaaten können vorsehen, dass bei der Lieferung von Gebäuden und Baugrundstücken, die ein Steuerpflichtiger, der beim Erwerb kein Recht auf Vorsteuerabzug hatte, zum Zwecke des Wiederverkaufs erworben hat, die Steuerbemessungsgrundlage in der Differenz zwischen dem Verkaufspreis und dem Ankaufspreis besteht.

Art. 393 [Spätere Überprüfung einer etwaigen Abschaffung/Einschränkung der Übergangsregelungen (Beibehaltung von Besteuerungen und Befreiungen) durch den Rat]. (1) Im Hinblick auf einen einfacheren Übergang zur endgültigen Regelung nach Artikel 402 überprüft der Rat auf der Grundlage eines Berichts der Kommission die Lage in Bezug auf die Ausnahmen der Abschnitte 1 und 2 und beschließt gemäß Artikel 93 des Vertrags über die etwaige Abschaffung einiger oder aller dieser Ausnahmen.

(2) Im Rahmen der endgültigen Regelung wird die Personenbeförderung für die innerhalb der Gemeinschaft zurückgelegte Strecke im Mitgliedstaat des Beginns der Beförderung nach den vom Rat gemäß Artikel 93 des Vertrags zu beschließenden Einzelheiten besteuert.

Kapitel 2. Im Wege einer Ermächtigung genehmigte Ausnahmen

Abschnitt 1. Maßnahmen zur Vereinfachung und zur Verhinderung der Steuerhinterziehung und -umgehung

Art. 394 [Kannbestimmung: Beibehaltung von am 1.1.1977 angewandten Sondermaßnahmen zur Steuervereinfachung oder Betrugsbekämpfung]. Die Mitgliedstaaten, die am 1. Januar 1977 Sondermaßnahmen zur Vereinfachung der Steuererhebung oder zur Verhütung der Steuerhinterziehung oder -umgehung angewandt haben, können diese beibehalten, sofern sie sie der Kommission vor dem 1. Januar 1978 mitgeteilt haben und unter der Bedingung, dass die Vereinfachungsmaßnahmen mit Artikel 395 Absatz 1 Unterabsatz 2 in Einklang stehen.

Art. 395 [Möglichkeit der Ermächtigung einzelner Mitgliedstaaten durch den Rat zur Einführung von Sondermaßnahmen zur Steuervereinfachung oder Betrugsbekämpfung]. (1) Der Rat kann auf Vorschlag der Kommission einstimmig jeden Mitgliedstaat ermächtigen, von dieser Richtlinie abweichende Sondermaßnahmen einzuführen, um die Steuererhebung zu vereinfachen oder Steuerhinterziehungen oder -umgehungen zu verhindern.

Die Maßnahmen zur Vereinfachung der Steuererhebung dürfen den Gesamtbetrag der von dem Mitgliedstaat auf der Stufe des Endverbrauchs erhobenen Steuer nur in unerheblichem Maße beeinflussen.

(2) Ein Mitgliedstaat, der die in Absatz 1 bezeichneten Maßnahmen einführen möchte, sendet der Kommission einen Antrag und übermittelt ihr alle erforderlichen Angaben. Ist die Kommission der Auffassung, dass ihr nicht alle erforderlichen Angaben vorliegen, teilt sie dem betreffenden Mitgliedstaat innerhalb von zwei Monaten nach Eingang des Antrags mit, welche zusätzlichen Angaben sie benötigt.

---

[131] Art. 391 geänd. mWv 15.1.2010 durch RL 2009/162/EU v. 22.12.2009 (ABl. 2010 L 10, 14) und mWv 1.7.2013 durch Akte v. 9.12.2011 (ABl. 2012 L 112, 10).

Sobald die Kommission über alle Angaben verfügt, die ihres Erachtens für die Beurteilung des Antrags zweckdienlich sind, unterrichtet sie den antragstellenden Mitgliedstaat hiervon innerhalb eines Monats und übermittelt den Antrag in der Originalsprache an die anderen Mitgliedstaaten.

(3) Innerhalb von drei Monaten nach der Unterrichtung gemäß Absatz 2 Unterabsatz 2 unterbreitet die Kommission dem Rat einen geeigneten Vorschlag oder legt ihm gegebenenfalls ihre Einwände in einer Mitteilung dar.

(4) In jedem Fall ist das in den Absätzen 2 und 3 geregelte Verfahren innerhalb von acht Monaten nach Eingang des Antrags bei der Kommission abzuschließen.

(5)[132] In Fällen äußerster Dringlichkeit, wie in Artikel 199b Absatz 1 festgelegt, ist das in den Absätzen 2 und 3 geregelte Verfahren innerhalb von sechs Monaten nach Eingang des Antrags bei der Kommission abzuschließen.

Abschnitt 2. Internationale Übereinkommen

Art. 396 [Möglichkeit der Ermächtigung einzelner Mitgliedstaaten durch den Rat zur Vereinbarung von Sonderregelungen in internationalen Abkommen]. (1) Der Rat kann auf Vorschlag der Kommission einstimmig einen Mitgliedstaat ermächtigen, mit einem Drittland oder einer internationalen Organisation ein Übereinkommen zu schließen, das Abweichungen von dieser Richtlinie enthalten kann.

(2) Ein Mitgliedstaat, der ein Übereinkommen gemäß Absatz 1 schließen will, sendet der Kommission einen Antrag und übermittelt ihr alle erforderlichen Angaben. Ist die Kommission der Auffassung, dass ihr nicht alle erforderlichen Angaben vorliegen, teilt sie dem betreffenden Mitgliedstaat innerhalb von zwei Monaten nach Eingang des Antrags mit, welche zusätzlichen Angaben sie benötigt.

Sobald die Kommission über alle Angaben verfügt, die ihres Erachtens für die Beurteilung erforderlich sind, unterrichtet sie den antragstellenden Mitgliedstaat hiervon innerhalb eines Monats und übermittelt den Antrag in der Originalsprache an die anderen Mitgliedstaaten.

(3) Innerhalb von drei Monaten nach der Unterrichtung gemäß Absatz 2 UAbsatz 2 unterbreitet die Kommission dem Rat einen geeigneten Vorschlag oder legt ihm gegebenenfalls ihre Einwände in einer Mitteilung dar.

(4) In jedem Fall ist das in den Absätzen 2 und 3 geregelte Verfahren innerhalb von acht Monaten nach Eingang des Antrags bei der Kommission abzuschließen.

Titel XIV. Verschiedenes

Kapitel 1. Durchführungsmaßnahmen

Art. 397 [Ermächtigungsgrundlage für Durchführungsmaßnahmen]. Der Rat beschließt auf Vorschlag der Kommission einstimmig die zur Durchführung dieser Richtlinie erforderlichen Maßnahmen.

Kapitel 2. Mehrwertsteuerausschuss

Art. 398 [Mehrwertsteuerausschuss]. (1) Es wird ein Beratender Ausschuss für die Mehrwertsteuer (nachstehend „Mehrwertsteuerausschuss" genannt) eingesetzt.

(2) Der Mehrwertsteuerausschuss setzt sich aus Vertretern der Mitgliedstaaten und der Kommission zusammen.

Den Vorsitz im Ausschuss führt ein Vertreter der Kommission.

---

[132] Art. 395 Abs. 5 eingef. **mWv 15.8.2013–31.12.2018** durch RL 2013/42/EU v. 22.7.2013 (ABl. 2013 L 201, 1).

Die Sekretariatsgeschäfte des Ausschusses werden von den Dienststellen der Kommission wahrgenommen.

(3) Der Mehrwertsteuerausschuss gibt sich eine Geschäftsordnung.

(4) Neben den Punkten, für die nach dieser Richtlinie eine Konsultation erforderlich ist, prüft der Mehrwertsteuerausschuss die Fragen im Zusammenhang mit der Anwendung der gemeinschaftsrechtlichen Vorschriften im Bereich der Mehrwertsteuer, die ihm der Vorsitzende von sich aus oder auf Antrag des Vertreters eines Mitgliedstaats vorlegt.

Kapitel 3. Umrechnungskurs

Art. 399 [Umrechnungskurs der Euroangaben der MwStSystRL zum 1. 1. 1999]. Unbeschadet anderer Bestimmungen wird der Gegenwert der in dieser Richtlinie in Euro ausgedrückten Beträge in Landeswährung anhand des am 1. Januar 1999 geltenden Umrechnungskurses des Euro bestimmt. Die nach diesem Datum beigetretenen Mitgliedstaaten, die den Euro als einheitliche Währung nicht eingeführt haben, wenden den zum Zeitpunkt ihres Beitritts geltenden Umrechnungskurs an.

Art. 400 [Kannbestimmung: Rundung der Beträge aus der Umrechnung der Euroangaben der MwStSystRL]. Bei der Umrechnung der Beträge gemäß Artikel 399 in Landeswährung können die Mitgliedstaaten die Beträge, die sich aus dieser Umrechnung ergeben, um höchstens 10% auf- oder abrunden.

Kapitel 4. Andere Steuern, Abgaben und Gebühren

Art. 401 [Verbot der Beibehaltung oder Einführung anderer Abgaben mit Mehrwertsteuercharakter]. Unbeschadet anderer gemeinschaftsrechtlicher Vorschriften hindert diese Richtlinie einen Mitgliedstaat nicht daran, Abgaben auf Versicherungsverträge, Spiele und Wetten, Verbrauchsteuern, Grunderwerbsteuern sowie ganz allgemein alle Steuern, Abgaben und Gebühren, die nicht den Charakter von Umsatzsteuern haben, beizubehalten oder einzuführen, sofern die Erhebung dieser Steuern, Abgaben und Gebühren im Verkehr zwischen den Mitgliedstaaten nicht mit Formalitäten beim Grenzübertritt verbunden ist.

Titel XV. Schlussbestimmungen

Kapitel 1. Übergangsregelung für die Besteuerung des Handelsverkehrs zwischen den Mitgliedstaaten

Art. 402 [Besteuerung des innergemeinschaftlichen Handelsverkehrs als Übergangsregelung]. (1) Die in dieser Richtlinie vorgesehene Regelung für die Besteuerung des Handelsverkehrs zwischen den Mitgliedstaaten ist eine Übergangsregelung, die von einer endgültigen Regelung abgelöst wird, die auf dem Grundsatz beruht, dass die Lieferungen von Gegenständen und die Erbringung von Dienstleistungen im Ursprungsmitgliedstaat zu besteuern sind.

(2) Der Rat erlässt, wenn er nach Prüfung des Berichts nach Artikel 404 zu der Feststellung gelangt ist, dass die Voraussetzungen für den Übergang zur endgültigen Regelung erfüllt sind, gemäß Artikel 93 des Vertrags die für das Inkrafttreten und die Anwendung der endgültigen Regelung erforderlichen Maßnahmen.

Art. 403 [Auftrag an Rat zur Vervollständigung des gemeinsamen Mehrwertsteuersystems]. Der Rat erlässt gemäß Artikel 93 des Vertrags geeignete Richtlinien zur Vervollständigung des gemeinsamen Mehrwertsteuersystems und insbesondere zur allmählichen Einschränkung beziehungsweise Aufhebung der von diesem System abweichenden Regelungen.

Art. 404 [Pflicht der EU-Kommission zur Vorlage regelmäßiger Berichte über das Funktionieren des gemeinsamen Mehrwertsteuersystems]. Die Kommission unterbreitet dem Europäischen Parlament und dem Rat auf der Grundlage der von den Mitgliedstaaten erlangten Informationen alle vier Jahre nach der Annahme dieser Richtlinie einen Bericht über das Funktionieren des gemeinsamen Mehrwertsteuersystems in den Mitgliedstaaten und insbesondere über das Funktionieren der Übergangsregelung für die Besteuerung des Handelsverkehrs zwischen den Mitgliedstaaten und fügt ihm gegebenenfalls Vorschläge für die endgültige Regelung bei.

Kapitel 2. Übergangsbestimmungen im Rahmen der Beitritte zur Europäischen Union

Art. 405 [Übergangsbestimmung in Bezug auf Beitritte zur EU – Begriffsbestimmungen]. Für die Zwecke dieses Kapitels gelten folgende Begriffsbestimmungen:
1. „Gemeinschaft" ist das Gebiet der Gemeinschaft im Sinne des Artikels 5 Nummer 1, vor dem Beitritt neuer Mitgliedstaaten;
2. „neue Mitgliedstaaten" ist das Gebiet der Mitgliedstaaten, die der Europäischen Union nach dem 1. Januar 1995 beigetreten sind, wie es für jeden dieser Mitgliedstaaten nach Artikel 5 Nummer 2 definiert ist;
3. „erweiterte Gemeinschaft" ist das Gebiet der Gemeinschaft im Sinne des Artikels 5 Nummer 1, nach dem Beitritt neuer Mitgliedstaaten.

Art. 406 [Übergangsbestimmung in Bezug auf Beitritte zur EU – Verfahren der vorübergehenden Verwendung]. Die Vorschriften, die zu dem Zeitpunkt galten, an dem der Gegenstand in ein Verfahren der vorübergehenden Verwendung mit vollständiger Befreiung von den Einfuhrabgaben, in ein Verfahren oder eine sonstige Regelung nach Artikel 156 oder in ähnliche Verfahren oder Regelungen des neuen Mitgliedstaates überführt wurde, finden weiterhin Anwendung bis der Gegenstand nach dem Beitrittsdatum diese Verfahren oder sonstige Regelungen verlasst, sofern die folgenden Voraussetzungen erfüllt sind:
a) der Gegenstand wurde vor dem Beitrittsdatum in die Gemeinschaft oder in einen der neuen Mitgliedstaaten verbracht;
b) der Gegenstand war seit der Verbringung in die Gemeinschaft oder in einen der neuen Mitgliedstaaten dem Verfahren oder der sonstigen Regelung unterstellt;
c) der Gegenstand hat das Verfahren oder die sonstige Regelung nicht vor dem Beitrittsdatum verlassen.

Art. 407 [Übergangsbestimmung in Bezug auf Beitritte zur EU – Zollrechtliches Versandverfahren]. Die Vorschriften, die zum Zeitpunkt der Unterstellung des Gegenstands unter ein zollrechtliches Versandverfahren galten, finden nach dem Beitrittsdatum bis zum Verlassen dieses Verfahrens weiterhin Anwendung, sofern alle folgenden Voraussetzungen erfüllt sind:
a) der Gegenstand wurde vor dem Beitrittsdatum unter ein zollrechtliches Versandverfahren gestellt;
b) der Gegenstand hat dieses Verfahren nicht vor dem Beitrittsdatum verlassen.

Art. 408 [Übergangsbestimmung in Bezug auf Beitritte zur EU – Gleichstellung bestimmter Vorgänge mit einer Einfuhr]. (1) Die nachstehenden Vorgänge werden der Einfuhr eines Gegenstands gleichgestellt, sofern nachgewiesen wird, dass sich der Gegenstand in einem der neuen Mitgliedstaaten oder in der Gemeinschaft im freien Verkehr befand:
a) das Verlassen, einschließlich des unrechtmäßigen Verlassens, eines Verfahrens der vorübergehenden Verwendung, unter das der betreffende Gegenstand vor dem Beitrittsdatum gemäß Artikel 406 gestellt worden ist;
b) das Verlassen, einschließlich des unrechtmäßigen Verlassens entweder eines Verfahrens oder einer sonstigen Regelung des Artikels 156 oder ähnlicher Verfahren oder Regelungen, unter den der betreffende Gegenstand vor dem Beitrittsdatum gemäß Artikel 406 gestellt worden ist;

c) die Beendigung eines der in Artikel 407 genannten Verfahren, das vor dem Beitrittsdatum im Gebiet eines der neuen Mitgliedstaaten für die Zwecke einer vor dem Beitrittsdatum im Gebiet dieses Mitgliedstaates gegen Entgelt bewirkten Lieferung von Gegenständen durch einen Steuerpflichtigen als solchen begonnen wurde;
d) jede Unregelmäßigkeit oder jeder Verstoß anlässlich oder im Verlauf eines zollrechtlichen Versandverfahrens, das gemäß Buchstabe c begonnen wurde.

(2) Neben dem in Absatz 1 genannten Vorgang wird die im Gebiet eines Mitgliedstaates durch einen Steuerpflichtigen oder Nichtsteuerpflichtigen nach dem Beitrittsdatum erfolgende Verwendung von Gegenständen, die ihm vor dem Beitrittsdatum im Gebiet der Gemeinschaft oder eines der neuen Mitgliedstaaten geliefert wurden, einer Einfuhr eines Gegenstands gleichgestellt, sofern folgende Voraussetzungen gegeben sind:
a) die Lieferung dieser Gegenstände war entweder nach Artikel 146 Absatz 1 Buchstaben a und b oder nach einer entsprechenden Bestimmung in den neuen Mitgliedstaaten von der Steuer befreit oder befreiungsfähig;
b) die Gegenstände wurden nicht vor dem Beitrittsdatum in einen der neuen Mitgliedstaaten oder in die Gemeinschaft verbracht.

Art. 409 [Übergangsbestimmung in Bezug auf Beitritte zur EU – Fiktion des Einfuhrmitgliedstaats bei Gleichstellung bestimmter Vorgänge mit einer Einfuhr]. Für die in Artikel 408 Absatz 1 genannten Vorgänge gilt die Einfuhr im Sinne des Artikels 61 als in dem Mitgliedstaat erfolgt, in dem die Gegenstände das Verfahren oder die Regelung verlassen, unter die sie vor dem Beitrittsdatum gestellt worden sind.

Art. 410 [Übergangsbestimmung in Bezug auf Beitritte zur EU – Einfuhr unter bestimmten Voraussetzungen kein Steuertatbestand]. (1) Abweichend von Artikel 71 stellt die Einfuhr eines Gegenstands im Sinne des Artikels 408 keinen Steuertatbestand dar, sofern eine der folgenden Bedingungen erfüllt ist:
a) der eingeführte Gegenstand wird nach außerhalb der erweiterten Gemeinschaft versandt oder befördert;
b) der im Sinne des Artikels 408 Absatz 1 Buchstabe a eingeführte Gegenstand – mit Ausnahme von Fahrzeugen – wird in den Mitgliedstaat, aus dem er ausgeführt wurde und an denjenigen, der ihn ausgeführt hat, zurückversandt oder -befördert;
c) der im Sinne des Artikels 408 Absatz 1 Buchstabe a eingeführte Gegenstand ist ein Fahrzeug, welches unter den für den Binnenmarkt eines der neuen Mitgliedstaaten oder eines der Mitgliedstaaten der Gemeinschaft geltenden allgemeinen Steuerbedingungen vor dem Beitrittsdatum erworben oder eingeführt wurde oder für welches bei der Ausfuhr keine Mehrwertsteuerbefreiung oder -vergütung gewährt worden ist.

(2) Die in Absatz 1 Buchstabe c genannte Bedingung gilt in folgenden Fällen als erfüllt:
a) wenn der Zeitraum zwischen der ersten Inbetriebnahme des Fahrzeugs und dem Beitritt zur Europäischen Union mehr als 8 Jahre beträgt;
b) wenn der Betrag der bei der Einfuhr fälligen Steuer geringfügig ist.

Kapitel 2a. Übergangsmaßnahmen für die Anwendung neuer Rechtsvorschriften[133]

Art. 410a [Anwendung der Art. 30a, 30b und 73a]. Die Artikel 30a, 30b und 73a gelten nur für nach dem 31. Dezember 2018 ausgestellte Gutscheine.

Art. 410b [Bewertungsbericht]. Die Kommission legt dem Europäischen Parlament und dem Rat bis spätestens 31. Dezember 2022 auf der Grundlage der von den Mitgliedstaaten erlangten Informationen einen Bewertungsbericht über die Anwendung der Bestimmungen dieser Richtlinie hinsichtlich der mehrwertsteuerlichen Behandlung von Gutscheinen vor, unter beson-

---

[133] Titel XV Kap. 2a (Art. 410a, 410b) eingef. mWv 2.7.2016 durch RL 2016/1065/EU v. 27.6.2016 (ABl. 2016 Nr. L 177 S. 9).

derer Berücksichtigung der Definition des Begriffs Gutschein, der Mehrwertsteuervorschriften in Bezug auf die Besteuerung von Gutscheinen in der Vertriebskette und nicht eingelöste Gutscheine; dem Bewertungsbericht ist erforderlichenfalls ein angemessener Vorschlag zur Änderung der jeweiligen Bestimmungen beigefügt.

Kapitel 3. Umsetzung und Inkrafttreten

Art. 411 [Aufhebung der 1. und der 6. EG-Richtlinie]. (1) Die Richtlinie 67/227/EWG und die Richtlinie 77/388/EWG werden unbeschadet der Verpflichtung der Mitgliedstaaten hinsichtlich der in Anhang XI Teil B genannten Fristen für die Umsetzung in innerstaatliches Recht und der Anwendungsfristen aufgehoben.

(2) Verweisungen auf die aufgehobenen Richtlinien gelten als Verweisungen auf die vorliegende Richtlinie und sind nach Maßgabe der Entsprechungstabelle in Anhang XII zu lesen.

Art. 412 [Pflicht zur Umsetzung einiger Vorschriften der MwStSystRL in nationales Recht zum 1. 1. 2008]. (1) Die Mitgliedstaaten erlassen die Rechts- und Verwaltungsvorschriften, die erforderlich sind, um Artikel 2 Absatz 3, Artikel 44, Artikel 59 Absatz 1, Artikel 399 und Anhang III Nummer 18 dieser Richtlinie mit Wirkung zum 1. Januar 2008 nachzukommen. Sie teilen der Kommission unverzüglich den Wortlaut dieser Rechtsvorschriften mit und fügen eine Entsprechungstabelle dieser Rechtsvorschriften und der vorliegenden Richtlinie bei.

Wenn die Mitgliedstaaten diese Vorschriften erlassen, nehmen sie in den Vorschriften selbst oder durch einen Hinweis bei der amtlichen Veröffentlichung auf diese Richtlinie Bezug. Die Mitgliedstaaten regeln die Einzelheiten der Bezugnahme.

(2) Die Mitgliedstaaten teilen der Kommission den Wortlaut der wesentlichen innerstaatlichen Rechtsvorschriften mit, die sie auf dem unter diese Richtlinie fallenden Gebiet erlassen.

Art. 413 [Inkrafttreten]. Diese Richtlinie tritt am 1. Januar 2007 in Kraft.

Art. 414 [Adressat der MwStSystRL]. Diese Richtlinie ist an die Mitgliedstaaten gerichtet.

Anhang I. Verzeichnis der Tätigkeiten im Sinne des Artikels 13 Absatz 1 Unterabsatz 3

1. Telekommunikationswesen;
2. Lieferung von Wasser, Gas, Elektrizität und thermischer Energie;
3. Güterbeförderung;
4. Hafen- und Flughafendienstleistungen;
5. Personenbeförderung;
6. Lieferung von neuen Gegenständen zum Zwecke ihres Verkaufs;
7. Umsätze der landwirtschaftlichen Interventionsstellen aus landwirtschaftlichen Erzeugnissen, die in Anwendung der Verordnungen über eine gemeinsame Marktorganisation für diese Erzeugnisse bewirkt werden;
8. Veranstaltung von Messen und Ausstellungen mit gewerblichem Charakter;
9. Lagerhaltung;
10. Tätigkeiten gewerblicher Werbebüros;
11. Tätigkeiten der Reisebüros;
12. Umsätze von betriebseigenen Kantinen, Verkaufsstellen und Genossenschaften und ähnlichen Einrichtungen;
13. Tätigkeiten der Rundfunk- und Fernsehanstalten sofern sie nicht nach Artikel 132 Absatz 1 Buchstabe q steuerbefreit sind.

Anhang II. Exemplarisches Verzeichnis elektronisch erbrachter Dienstleistungen im Sinne von Artikel 58 Absatz 1 Buchstabe c[134]

1. Bereitstellung von Websites, Webhosting, Fernwartung von Programmen und Ausrüstungen;
2. Bereitstellung von Software und deren Aktualisierung;
3. Bereitstellung von Bildern, Texten und Informationen sowie Bereitstellung von Datenbanken;
4. Bereitstellung von Musik, Filmen und Spielen, einschließlich Glücksspielen und Lotterien sowie von Sendungen und Veranstaltungen aus den Bereichen Politik, Kultur, Kunst, Sport, Wissenschaft und Unterhaltung;
5. Erbringung von Fernunterrichtsleistungen.

Anhang III. Verzeichnis der Lieferungen von Gegenständen und Dienstleistungen, auf die ermäßigte MwSt-Sätze gemäß Artikel 98 angewandt werden können

1. Nahrungs- und Futtermittel (einschließlich Getränke, alkoholische Getränke jedoch ausgenommen), lebende Tiere, Saatgut, Pflanzen und üblicherweise für die Zubereitung von Nahrungs- und Futtermitteln verwendete Zutaten sowie üblicherweise als Zusatz oder als Ersatz für Nahrungs- und Futtermittel verwendete Erzeugnisse;
2. Lieferung von Wasser;
3. Arzneimittel, die üblicherweise für die Gesundheitsvorsorge, die Verhütung von Krankheiten und für ärztliche und tierärztliche Behandlungen verwendet werden, einschließlich Erzeugnissen für Zwecke der Empfängnisverhütung und der Monatshygiene;
4. medizinische Geräte, Hilfsmittel und sonstige Vorrichtungen, die üblicherweise für die Linderung und die Behandlung von Behinderungen verwendet werden und die ausschließlich für den persönlichen Gebrauch von Behinderten bestimmt sind, einschließlich der Instandsetzung solcher Gegenstände, sowie Kindersitze für Kraftfahrzeuge;
5. Beförderung von Personen und des mitgeführten Gepäcks;
6. Lieferung von Büchern auf jeglichen physischen Trägern, einschließlich des Verleihs durch Büchereien (einschließlich Broschüren, Prospekte und ähnliche Drucksachen, Bilder-, Zeichen- oder Malbücher für Kinder, Notenhefte oder Manuskripte, Landkarten und hydrografische oder sonstige Karten), Zeitungen und Zeitschriften, mit Ausnahme von Druckerzeugnissen, die vollständig oder im Wesentlichen Werbezwecken dienen;
7. Eintrittsberechtigung für Veranstaltungen, Theater, Zirkus, Jahrmärkte, Vergnügungsparks, Konzerte, Museen, Tierparks, Kinos und Ausstellungen sowie ähnliche kulturelle Ereignisse und Einrichtungen;
8. Empfang von Rundfunk- und Fernsehprogrammen;
9. Dienstleistungen von Schriftstellern, Komponisten und ausübenden Künstlern sowie diesen geschuldete urheberrechtliche Vergütungen;
10. Lieferung, Bau, Renovierung und Umbau von Wohnungen im Rahmen des sozialen Wohnungsbaus;

10a.[135] Renovierung und Reparatur von Privatwohnungen, mit Ausnahme von Materialien, die einen bedeutenden Teil des Wertes der Dienstleistung ausmachen;

10b.[136] Reinigung von Fenstern und Reinigung in privaten Haushalten;

11. Lieferung von Gegenständen und Dienstleistungen, die in der Regel für den Einsatz in der landwirtschaftlichen Erzeugung bestimmt sind, mit Ausnahme von Investitionsgütern wie Maschinen oder Gebäuden;

---

[134] Überschrift geänd. mWv 1.1.2010 bzw. mWv 1.1.2015 durch RL 2008/8/EG v. 12.2.2008 (ABl. 2008 L 44, 11).

[135] Anh. III Nr. 6 neugef., Nr. 10a, 10b, 12a eingef., Nr. 19, 20, 21 angef. mWv 1.6.2009 durch RL 2009/47/EG v. 5.5.2009 (ABl. 2009 L 116, 18).

[136] Anh. III Nr. 6 neugef., Nr. 10a, 10b, 12a eingef., Nr. 19, 20, 21 angef. mWv 1.6.2009 durch RL 2009/47/EG v. 5.5.2009 (ABl. 2009 L 116, 18).

12. Beherbergung in Hotels und ähnlichen Einrichtungen, einschließlich der Beherbergung in Ferienunterkünften, und Vermietung von Campingplätzen und Plätzen für das Abstellen von Wohnwagen;
12a.[137] Restaurant- und Verpflegungsdienstleistungen, mit der Möglichkeit, die Abgabe von (alkoholischen und/oder alkoholfreien) Getränken auszuklammern;
13. Eintrittsberechtigung für Sportveranstaltungen;
14. Überlassung von Sportanlagen;
15. Lieferung von Gegenständen und Erbringung von Dienstleistungen durch von den Mitgliedstaaten anerkannte gemeinnützige Einrichtungen für wohltätige Zwecke und im Bereich der sozialen Sicherheit, soweit sie nicht gemäß den Artikeln 132, 135 und 136 von der Steuer befreit sind;
16. Dienstleistungen von Bestattungsinstituten und Krematorien, einschließlich der Lieferung von damit im Zusammenhang stehenden Gegenständen;
17. medizinische Versorgungsleistungen und zahnärztliche Leistungen sowie Thermalbehandlungen, soweit sie nicht gemäß Artikel 132 Absatz 1 Buchstaben b bis e von der Steuer befreit sind;
18. Dienstleistungen im Rahmen der Straßenreinigung, der Abfuhr von Hausmüll und der Abfallbehandlung mit Ausnahme der Dienstleistungen, die von Einrichtungen im Sinne des Artikels 13 erbracht werden;
19. kleine Reparaturdienstleistungen betreffend Fahrräder, Schuhe und Lederwaren, Kleidung und Haushaltswäsche (einschließlich Ausbesserung und Änderung);
20. häusliche Pflegedienstleistungen (z. B. Haushaltshilfe und Betreuung von Kindern, älteren, kranken oder behinderten Personen);
21. Friseurdienstleistungen.

Anhang IV.[138] *(aufgehoben)*

Anhang V. Kategorien von Gegenständen, die nach Artikel 160 Absatz 2 Regelungen für andere Lager als Zolllager unterliegen

	KN-Code	Beschreibung der Gegenstände
1)	0701	Kartoffeln
2)	0711 20	Oliven
3)	0801	Kokosnüsse, Paranüsse und Kaschu-Nüsse
4)	0802	Andere Schalenfrüchte
5)	0901 11 00 0901 12 00	Kaffee, nicht geröstet
6)	0902	Tee
7)	1001 bis 1005 1007 bis 1008	Getreide
8)	1006	Rohreis
9)	1201 bis 1207	Samen und ölhaltige Früchte (einschließlich Sojabohnen)
10)	1507 bis 1515	Pflanzliche Fette und Öle und deren Fraktionen, roh, raffiniert, jedoch nicht chemisch modifiziert
11)	1701 11 1701 12	Rohzucker
12)	1801	Kakao, Kakaobohnen und Kakaobohnenbruch; roh oder geröstet

[137] Anh. III Nr. 6 neugef., Nr. 10a, 10b, 12a eingef., Nr. 19, 20, 21 angef. mWv 1.6.2009 durch RL 2009/47/EG v. 5.5.2009 (ABl. 2009 L 116, 18).
[138] Anh. IV aufgeh. mWv 1.6.2009 durch RL 2009/47/EG v. 5.5.2009 (ABl. 2009 L 116, 18).

	KN-Code	Beschreibung der Gegenstände
13)	2709	Mineralöle (einschließlich Propan und Butan sowie Rohöle aus Erdöl)
	2710	
	2711 12	
	2711 13	
14)	Kapitel 28 und 29	Chemische Produkte, lose
15)	4001	Kautschuk, in Primärformen oder in Platten, Blättern oder Streifen
	4002	
16)	5101	Wolle
17)	7106	Silber
18)	7110 11 00	Platin (Palladium, Rhodium)
	7110 21 00	
	7110 31 00	
19)	7402	Kupfer
	7403	
	7405	
	7408	
20)	7502	Nickel
21)	7601	Aluminium
22)	7801	Blei
23)	7901	Zink
24)	8001	Zinn
25)	ex 8112 92	Indium
	ex 8112 99	

Anhang VI. Verzeichnis der in Artikel 199 Absatz 1 Buchstabe d genannten Lieferungen von Gegenständen und Dienstleistungen

1. Lieferung von Alteisen und Nichteisenabfällen, Schrott und Gebrauchtmaterial einschließlich Halberzeugnissen aus Verarbeitung, Herstellung oder Schmelzen von Eisen oder Nichteisenmetallen oder deren Legierungen;
2. Lieferung von Halberzeugnissen aus Eisen- und Nichteisenmetallen sowie Erbringung bestimmter damit verbundener Verarbeitungsleistungen;
3. Lieferung von Rückständen und anderen recyclingfähigen Materialien aus Eisen- und Nichteisenmetallen, Legierungen, Schlacke, Asche, Walzschlacke und metall- oder metalllegierungshaltigen gewerblichen Rückständen sowie Erbringung von Dienstleistungen in Form des Sortierens, Zerschneidens, Zerteilens und Pressens dieser Erzeugnisse;
4. Lieferung von Alteisen und Altmetallen, sowie von Abfällen, Schnitzeln und Bruch sowie gebrauchtem und recyclingfähigem Material in Form von Scherben, Glas, Papier, Pappe und Karton, Lumpen, Knochen, Häuten, Kunstleder, Pergament, rohen Häuten und Fellen, Sehnen und Bändern, Schnur, Tauwerk, Leinen, Tauen, Seilen, Kautschuk und Plastik und Erbringung bestimmter Verarbeitungsleistungen in Zusammenhang damit;
5. Lieferung der in diesem Anhang genannten Stoffe, nachdem sie gereinigt, poliert, sortiert, geschnitten, fragmentiert, zusammengepresst oder zu Blöcken gegossen wurden;
6. Lieferung von Schrott und Abfällen aus der Verarbeitung von Rohstoffen.

Anhang VII. Verzeichnis der Tätigkeiten der landwirtschaftlichen Erzeugung im Sinne des Artikels 295 Absatz 1 Nummer 4

1. Anbau:
   a) Ackerbau im Allgemeinen, einschließlich Weinbau;
   b) Obstbau (einschließlich Olivenanbau) und Gemüse-, Blumen- und Zierpflanzengartenbau, auch unter Glas;
   c) Anbau von Pilzen und Gewürzen, Erzeugung von Saat- und Pflanzgut;
   d) Betrieb von Baumschulen.
2. Tierzucht und Tierhaltung in Verbindung mit der Bodenbewirtschaftung:
   a) Viehzucht und -haltung;
   b) Geflügelzucht und -haltung;
   c) Kaninchenzucht und -haltung;
   d) Imkerei;
   e) Seidenraupenzucht;
   f) Schneckenzucht.
3. Forstwirtschaft.
4. Fischwirtschaft:
   a) Süßwasserfischerei;
   b) Fischzucht;
   c) Muschelzucht, Austernzucht und Zucht anderer Weich- und Krebstiere;
   d) Froschzucht.

Anhang VIII. Exemplarisches Verzeichnis der landwirtschaftlichen Dienstleistungen im Sinne des Artikels 295 Absatz 1 Nummer 5

1. Anbau-, Ernte-, Dresch-, Press-, Lese- und Einsammelarbeiten, einschließlich Säen und Pflanzen;
2. Verpackung und Zubereitung, wie beispielsweise Trocknung, Reinigung, Zerkleinerung, Desinfektion und Einsilierung landwirtschaftlicher Erzeugnisse;
3. Lagerung landwirtschaftlicher Erzeugnisse;
4. Hüten, Zucht und Mästen von Vieh;
5. Vermietung normalerweise in land-, forst- und fischwirtschaftlichen Betrieben verwendeter Mittel zu landwirtschaftlichen Zwecken;
6. technische Hilfe;
7. Vernichtung schädlicher Pflanzen und Tiere, Behandlung von Pflanzen und Böden durch Besprühen;
8. Betrieb von Be- und Entwässerungsanlagen;
9. Beschneiden und Fällen von Bäumen und andere forstwirtschaftliche Dienstleistungen.

Anhang IX. Kunstgegenstände, Sammlungsstücke und Antiquitäten im Sinne des Artikels 311 Absatz 1 Nummer 2, 3, und 4

Teil A. Kunstgegenstände

1. Gemälde (z. B. Ölgemälde, Aquarelle, Pastelle) und Zeichnungen sowie Collagen und ähnliche dekorative Bildwerke, vollständig vom Künstler mit der Hand geschaffen, ausgenommen Baupläne und -zeichnungen, technische Zeichnungen und andere Pläne und Zeichnungen zu Gewerbe-, Handels-, topografischen oder ähnlichen Zwecken, handbemalte oder handverzierte gewerbliche Erzeugnisse, bemalte Gewebe für Theaterdekorationen, Atelierhintergründe oder dergleichen (KN-Code 9701);
2. Originalstiche, -schnitte und -steindrucke, die unmittelbar in begrenzter Zahl von einer oder mehreren vom Künstler vollständig handgearbeiteten Platten nach einem beliebigen, jedoch nicht mechanischen oder fotomechanischen Verfahren auf ein beliebiges Material in schwarzweiß oder farbig abgezogen wurden (KN-Code 9702 00 00);

3. Originalerzeugnisse der Bildhauerkunst, aus Stoffen aller Art, sofern vollständig vom Künstler geschaffen; unter Aufsicht des Künstlers oder seiner Rechtsnachfolger hergestellte Bildgüsse bis zu einer Höchstzahl von acht Exemplaren (KN-Code 9703 00 00). In bestimmten, von den Mitgliedstaaten festgelegten Ausnahmefällen darf bei vor dem 1. Januar 1989 hergestellten Bildgüssen die Höchstzahl von acht Exemplaren überschritten werden;
4. handgearbeitete Tapisserien (KN-Code 5805 00 00) und Textilwaren für Wandbekleidung (KN-Code 6304 00 00) nach Originalentwürfen von Künstlern, höchstens jedoch acht Kopien je Werk;
5. Originalwerke aus Keramik, vollständig vom Künstler geschaffen und von ihm signiert;
6. Werke der Emaillekunst, vollständig von Hand geschaffen, bis zu einer Höchstzahl von acht nummerierten und mit der Signatur des Künstlers oder des Kunstateliers versehenen Exemplaren; ausgenommen sind Erzeugnisse des Schmuckhandwerks, der Juwelier- und der Goldschmiedekunst;
7. vom Künstler aufgenommene Photographien, die von ihm oder unter seiner Überwachung abgezogen wurden und signiert sowie nummeriert sind; die Gesamtzahl der Abzüge darf, alle Formate und Trägermaterialien zusammengenommen, 30 nicht überschreiten.

Teil B. Sammlungsstücke

1. Briefmarken, Stempelmarken, Steuerzeichen, Ersttagsbriefe, Ganzsachen und dergleichen, entwertet oder nicht entwertet, jedoch weder gültig noch zum Umlauf vorgesehen (KN-Code 9704 00 00);
2. zoologische, botanische, mineralogische oder anatomische Sammlungsstücke und Sammlungen; Sammlungsstücke von geschichtlichem, archäologischem, paläontologischem, völkerkundlichem oder münzkundlichem Wert (KN-Code 9705 00 00).

Teil C. Antiquitäten

Andere Gegenstände als Kunstgegenstände und Sammlungsstücke, die mehr als hundert Jahre alt sind (KN-Code 9706 00 00).

Anhang X. Verzeichnis der Umsätze, für die die Ausnahmen gemäß den Artikeln 370 und 371 sowie 375 bis 390c[139] gelten

Teil A. Umsätze, die die Mitgliedstaaten weiterhin besteuern dürfen

1. Dienstleistungen, die von Zahntechnikern im Rahmen ihrer beruflichen Tätigkeit erbracht werden, sowie Lieferungen von Zahnersatz durch Zahnärzte und Zahntechniker;
2. Tätigkeiten der öffentlichen Rundfunk- und Fernsehanstalten, die keinen gewerblichen Charakter aufweisen;
3. Lieferungen von anderen Gebäuden oder Gebäudeteilen und dem dazugehörigen Grund und Boden als den in Artikel 12 Absatz 1 Buchstabe a genannten, wenn sie von Steuerpflichtigen getätigt werden, die für das betreffende Gebäude ein Recht auf Vorsteuerabzug hatten;
4. Dienstleistungen der Reisebüros im Sinne des Artikels 306 sowie der Reisebüros, die im Namen und für Rechnung des Reisenden für Reisen außerhalb der Gemeinschaft tätig werden.

Teil B. Umsätze, die die Mitgliedstaaten weiterhin von der Steuer befreien dürfen

1. Einnahme von Eintrittsgeldern bei Sportveranstaltungen;
2. Dienstleistungen von Autoren, Künstlern und Interpreten von Kunstwerken sowie Dienstleistungen von Rechtsanwälten und Angehörigen anderer freier Berufe, mit Ausnahme der ärztlichen oder arztähnlichen Heilberufe sowie mit Ausnahme folgender Dienstleistungen:

---

[139] Geänd. mWv 15.1.2010 durch RL 2009/162/EU v. 22.12.2009 (ABl. 2010 L 10, 14) und mWv 1.7.2013 durch Akte v. 9.12.2011 (ABl. 2012 L 112, 10).

a) Abtretung von Patenten, Warenzeichen und gleichartigen Rechten sowie Gewährung von Lizenzen betreffend diese Rechte;
b) Arbeiten an beweglichen körperlichen Gegenständen, die für Steuerpflichtige durchgeführt werden und die nicht in der Ablieferung eines aufgrund eines Werkvertrags hergestellten beweglichen Gegenstands bestehen;
c) Dienstleistungen zur Vorbereitung oder zur Koordinierung der Durchführung von Bauleistungen wie zum Beispiel Leistungen von Architekten und Bauaufsichtsbüros;
d) Dienstleistungen auf dem Gebiet der Wirtschaftswerbung;
e) Beförderung und Lagerung von Gegenständen sowie Nebendienstleistungen;
f) Vermietung von beweglichen körperlichen Gegenständen an Steuerpflichtige;
g) Überlassung von Arbeitskräften an Steuerpflichtige;
h) Dienstleistungen von Beratern, Ingenieuren und Planungsbüros auf technischem, wirtschaftlichem oder wissenschaftlichem Gebiet sowie ähnliche Leistungen;
i) Ausführung einer Verpflichtung, eine unternehmerische Tätigkeit oder ein Recht im Sinne der Buchstaben a bis h und j ganz oder teilweise nicht auszuüben;
j) Dienstleistungen von Spediteuren, Maklern, Handelsagenten und anderen selbstständigen Vermittlern, soweit sie die Lieferungen oder die Einfuhren von Gegenständen oder Dienstleistungen gemäß den Buchstaben a bis i betreffen;

3. Telekommunikationsdienstleistungen und dazu gehörende Lieferungen von Gegenständen, die von öffentlichen Posteinrichtungen erbracht bzw. getätigt werden;
4. Dienstleistungen der Bestattungsinstitute und Krematorien sowie dazu gehörende Lieferungen von Gegenständen;
5. Umsätze, die von Blinden oder Blindenwerkstätten bewirkt werden, wenn ihre Befreiung von der Steuer keine erheblichen Wettbewerbsverzerrungen verursacht;
6. Lieferung von Gegenständen und Dienstleistungen an Einrichtungen, die mit der Anlage, Ausstattung und Instandhaltung von Friedhöfen, Grabstätten und Denkmälern für Kriegsopfer beauftragt sind;
7. Umsätze von nicht unter Artikel 132 Absatz 1 Buchstabe b fallenden Krankenhäusern;
8. Lieferung von Wasser durch Einrichtungen des öffentlichen Rechts;
9. Lieferung von Gebäuden oder Gebäudeteilen und dem dazugehörigen Grund und Boden vor dem Erstbezug sowie Lieferung von Baugrundstücken im Sinne des Artikels 12;
10. Beförderung von Personen und von Begleitgütern der Reisenden, wie Gepäck und Kraftfahrzeuge, sowie Dienstleistungen im Zusammenhang mit der Personenbeförderung, soweit die Beförderung dieser Personen von der Steuer befreit ist;
11. Lieferung, Umbau, Reparatur, Wartung, Vercharterung und Vermietung von Luftfahrzeugen, die von staatlichen Einrichtungen verwendet werden, einschließlich der Gegenstände, die in diese Luftfahrzeuge eingebaut sind oder ihrem Betrieb dienen;
12. Lieferung, Umbau, Reparatur, Wartung, Vercharterung und Vermietung von Kriegsschiffen;
13. Dienstleistungen der Reisebüros im Sinne des Artikels 306 sowie der Reisebüros, die im Namen und für Rechnung des Reisenden für Reisen innerhalb der Gemeinschaft tätig werden.

Anhang XI.

Teil A. Aufgehobene Richtlinien mit ihren nachfolgenden Änderungen

1. Richtlinie 67/227/EWG (ABl. 71 vom 14.4.1967, S. 1301)
   Richtlinie 77/388/EWG
2. Richtlinie 77/388/EWG (ABl. L 145 vom 13.6.1977, S. 1)
   Richtlinie 78/583/EWG (ABl. L 194 vom 19.7.1978, S. 16)
   Richtlinie 80/368/EWG (ABl. L 90 vom 3.4.1980, S. 41)
   Richtlinie 84/386/EWG (ABl. L 208 vom 3.8.1984, S. 58)
   Richtlinie 89/465/EWG (ABl. L 226 vom 3.8.1989, S. 21)
   Richtlinie 91/680/EWG (ABl. L 376 vom 31.12.1991, S. 1) – nicht Artikel 2
   Richtlinie 92/77/EWG (ABl. L 316 vom 31.10.1992, S. 1)
   Richtlinie 92/111/EWG (ABl. L 384 vom 30.12.1992, S. 47)
   Richtlinie 94/4/EG (ABl. L 60 vom 3.3.1994, S. 14) – nur Artikel 2

Richtlinie 94/5/EG (ABl. L 60 vom 3.3.1994, S. 16)
Richtlinie 94/76/EG (ABl. L 365 vom 31.12.1994, S. 53)
Richtlinie 95/7/EG (ABl. L 102 vom 5.5.1995, S. 18)
Richtlinie 96/42/EG (ABl. L 170 vom 9.7.1996, S. 34)
Richtlinie 96/95/EG (ABl. L 338 vom 28.12.1996, S. 89)
Richtlinie 98/80/EG (ABl. L 281 vom 17.10.1998, S. 31)
Richtlinie 1999/49/EG (ABl. L 139 vom 2.6.1999, S. 27)
Richtlinie 1999/59/EG (ABl. L 162 vom 26.6.1999, S. 63)
Richtlinie 1999/85/EG (ABl. L 277 vom 28.10.1999, S. 34)
Richtlinie 2000/17/EG (ABl. L 84 vom 5.4.2000, S. 24)
Richtlinie 2000/65/EG (ABl. L 269 vom 21.10.2000, S. 44)
Richtlinie 2001/4/EG (ABl. L 22 vom 24.1.2001, S. 17)
Richtlinie 2001/115/EG (ABl. L 15 vom 17.1.2002, S. 24)
Richtlinie 2002/38/EG (ABl. L 128 vom 15.5.2002, S. 41)
Richtlinie 2002/93/EG (ABl. L 331 vom 7.12.2002, S. 27)
Richtlinie 2003/92/EG (ABl. L 260 vom 11.10.2003, S. 8)
Richtlinie 2004/7/EG (ABl. L 27 vom 30.1.2004, S. 44)
Richtlinie 2004/15/EG (ABl. L 52 vom 21.2.2004, S. 61)
Richtlinie 2004/66/EG (ABl. L 168 vom 1.5.2004, S. 35) – nur Anhang Nummer V
Richtlinie 2005/92/EG (ABl. L 345 vom 28.12.2005, S. 19)
Richtlinie 2006/18/EG (ABl. L 51 vom 22.2.2006, S. 12)
Richtlinie 2006/58/EG (ABl. L 174 vom 28.6.2006, S. 5)
Richtlinie 2006/69/EG (ABl. L 221, vom 12.8.2006, S. 9) – nur Artikel 1
Richtlinie 2006/98/EG (ABl. L 363 vom 20.12.2006, S. 129) – nur Nummer 2 des Anhangs;

Teil B. Fristen für die Umsetzung in nationales Recht (Artikel 411)

Richtlinie	Umsetzungsfrist
Richtlinie 67/227/EWG	1.1.1970
Richtlinie 77/388/EWG	1.1.1978
Richtlinie 78/583/EWG	1.1.1979
Richtlinie 80/368/EWG	1.1.1979
Richtlinie 84/386/EWG	1.7.1985
Richtlinie 89/465/EWG	1.1.1990
	1.1.1991
	1.1.1992
	1.1.1993
	1.1.1994 für Portugal
Richtlinie 91/680/EWG	1.1.1993
Richtlinie 92/77/EWG	31.12.1992
Richtlinie 92/111/EWG	1.1.1993
	1.1.1994
	1.10.1993 für Deutschland
Richtlinie 94/4/EG	1.4.1994
Richtlinie 94/5/EG	1.1.1995
Richtlinie 94/76/EG	1.1.1995
Richtlinie 95/7/EG	1.1.1996
	1.1.1997 für Deutschland und Luxemburg
Richtlinie 96/42/EG	1.1.1995
Richtlinie 96/95/EG	1.1.1997
Richtlinie 98/80/EG	1.1.2000
Richtlinie 1999/49/EG	1.1.1999

Richtlinie	Umsetzungsfrist
Richtlinie 1999/59/EG	1.1.2000
Richtlinie 1999/85/EG	–
Richtlinie 2000/17/EG	–
Richtlinie 2000/65/EG	31.12.2001
Richtlinie 2001/4/EG	1.1.2001
Richtlinie 2001/115/EG	1.1.2004
Richtlinie 2002/38/EG	1.7.2003
Richtlinie 2002/93/EG	–
Richtlinie 2003/92/EG	1.1.2005
Richtlinie 2004/7/EG	30.1.2004
Richtlinie 2004/15/EG	–
Richtlinie 2004/66/EG	1.5.2004
Richtlinie 2005/92/EG	1.1.2006
Richtlinie 2006/18/EG	–
Richtlinie 2006/58/EG	1.7.2006
Richtlinie 2006/69/EG	1.1.2008
Richtlinie 2006/98/EG	1.1.2007

Anhang XII. Entsprechungstabelle

Richtlinie 67/227/EWG	**Vorliegende Richtlinie**
Art. 1 Abs. 1	Art. 1 Abs. 1
Art. 1 Abs. 2 und 3	–
Art. 2 Abs. 1, 2 und 3	Art. 1 Abs. 2 UAbs. 1, 2 und 3
Art. 3, 4 und 6	–
Richtlinie 77/388/EWG	**Vorliegende Richtlinie**
Art. 1	–
Art. 2 Nr. 1	Art. 2 Abs. 1 Buchst. a und c
Art. 2 Nr. 2	Art. 2 Abs. 1 Buchst. d
Art. 3 Abs. 1 erster Gedankenstrich	Art. 5 Nr. 2
Art. 3 Abs. 1 zweiter Gedankenstrich	Art. 5 Nr. 1
Art. 3 Abs. 1 dritter Gedankenstrich	Art. 5 Nr. 3 und 4
Art. 3 Abs. 2	–
Art. 3 Abs. 3 UAbs. 1 erster Gedankenstrich	Art. 6 Abs. 2 Buchst. a und b
Art. 3 Abs. 3 UAbs. 1 zweiter Gedankenstrich	Art. 6 Abs. 2 Buchst. c und d
Art. 3 Abs. 3 UAbs. 1 dritter Gedankenstrich	Art. 6 Abs. 2 Buchst. e, f und g
Art. 3 Abs. 3 UAbs. 2 erster Gedankenstrich	Art. 6 Abs. 1 Buchst. b
Art. 3 Abs. 3 UAbs. 2 zweiter Gedankenstrich	Art. 6 Abs. 1 Buchst. c
Art. 3 Abs. 3 UAbs. 2 dritter Gedankenstrich	Art. 6 Abs. 1 Buchst. a
Art. 3 Abs. 4 UAbs. 1 erster und zweiter Gedankenstrich	Art. 7 Abs. 1
Art. 3 Abs. 4 UAbs. 2 erster, zweiter und dritter Gedankenstrich	Art. 7 Abs. 2
Art. 3 Abs. 5	Art. 8
Art. 4 Abs. 1 und 2	Art. 9 Abs. 1 UAbs. 1 und 2

Richtlinie 77/388/EWG	Vorliegende Richtlinie
Art. 4 Abs. 3 Buchst. a UAbs. 1 S. 1	Art. 12 Abs. 1 Buchst. a
Art. 4 Abs. 3 Buchst. a UAbs. 1 S. 2	Art. 12 Abs. 2 UAbs. 2
Art. 4 Abs. 3 Buchst. a UAbs. 2	Art. 12 Abs. 2 UAbs. 3
Art. 4 Abs. 3 Buchst. a UAbs. 3	Art. 12 Abs. 2 UAbs. 1
Art. 4 Abs. 3 Buchst. b UAbs. 1	Art. 12 Abs. 1 Buchst. b
Art. 4 Abs. 3 Buchst. b UAbs. 2	Art. 12 Abs. 3
Art. 4 Abs. 4 UAbs. 1	Art. 10
Art. 4 Abs. 4 UAbs. 2 und 3	Art. 11 Abs. 1 und 2
Art. 4 Abs. 5 UAbs. 1, 2 und 3	Art. 13 Abs. 1 UAbs. 1, 2 und 3
Art. 4 Abs. 5 UAbs. 4	Art. 13 Abs. 2
Art. 5 Abs. 1	Art. 14 Abs. 1
Art. 5 Abs. 2	Art. 15 Abs. 1
Art. 5 Abs. 3 Buchst. a, b und c	Art. 15 Abs. 2 Buchst. a, b und c
Art. 5 Abs. 4 Buchst. a, b und c	Art. 14 Abs. 2 Buchst. a, b und c
Art. 5 Abs. 5	Art. 14 Abs. 3
Art. 5 Abs. 6 S. 1 und 2	Art. 16 Abs. 1 und 2
Art. 5 Abs. 7 Buchst. a, b und c	Art. 18 Buchst. a, b und c
Art. 5 Abs. 8 S. 1	Art. 19 Abs. 1
Art. 5 Abs. 8 S. 2 und 3	Art. 19 Abs. 2
Art. 6 Abs. 1 UAbs. 1	Art. 24 Abs. 1
Art. 6 Abs. 1 UAbs. 2 erster, zweiter und dritter Gedankenstrich	Art. 25 Buchst. a, b und c
Art. 6 Abs. 2 UAbs. 1 Buchst. a und b	Art. 26 Abs. 1 Buchst. a und b
Art. 6 Abs. 2 UAbs. 2	Art. 26 Abs. 2
Art. 6 Abs. 3	Art. 27
Art. 6 Abs. 4	Art. 28
Art. 6 Abs. 5	Art. 29
Art. 7 Abs. 1 Buchst. a und b	Art. 30 Abs. 1 und 2
Art. 7 Abs. 2	Art. 60
Art. 7 Abs. 3 UAbs. 1 und 2	Art. 61 Abs. 1 und 2
Art. 8 Abs. 1 Buchst. a S. 1	Art. 32 Abs. 1
Art. 8 Abs. 1 Buchst. a S. 2 und 3	Art. 36 Abs. 1 und 2
Art. 8 Abs. 1 Buchst. b	Art. 31
Art. 8 Abs. 1 Buchst. c UAbs. 1	Art. 37 Abs. 1
Art. 8 Abs. 1 Buchst. c UAbs. 2 erster Gedankenstrich	Art. 37 Abs. 2 UAbs. 1
Art. 8 Abs. 1 Buchst. c UAbs. 2 zweiter und dritter Gedankenstrich	Art. 37 Abs. 2 UAbs. 2 und 3
Art. 8 Abs. 1 Buchst. c UAbs. 3	Art. 37 Abs. 2 UAbs. 4
Art. 8 Abs. 1 Buchst. c UAbs. 4	Art. 37 Abs. 3 UAbs. 1
Art. 8 Abs. 1 Buchst. c UAbs. 5	–

Richtlinie 77/388/EWG	Vorliegende Richtlinie
Art. 8 Abs. 1 Buchst. c UAbs. 6	Art. 37 Abs. 3 UAbs. 2
Art. 8 Abs. 1 Buchst. d UAbs. 1 und 2	Art. 38 Abs. 1 und 2
Art. 8 Abs. 1 Buchst. e S. 1	Art. 39 Abs. 1
Art. 8 Abs. 1 Buchst. e S. 2 und 3	Art. 39 Abs. 2
Art. 8 Abs. 2	Art. 32 Abs. 2
Art. 9 Abs. 1	Art. 43
Art. 9 Abs. 2 einleitender Satzteil	–
Art. 9 Abs. 2 Buchst. a	Art. 45
Art. 9 Abs. 2 Buchst. b	Art. 46
Art. 9 Abs. 2 Buchst. c erster und zweiter Gedankenstrich	Art. 52 Buchst. a und b
Art. 9 Abs. 2 Buchst. c dritter und vierter Gedankenstrich	Art. 52 Buchst. c
Art. 9 Abs. 2 Buchst. e erster bis sechster Gedankenstrich	Art. 56 Abs. 1 Buchst. a bis f
Art. 9 Abs. 2 Buchst. e siebter Gedankenstrich	Art. 56 Abs. 1 Buchst. l
Art. 9 Abs. 2 Buchst. e achter Gedankenstrich	Art. 56 Abs. 1 Buchst. g
Art. 9 Abs. 2 Buchst. e neunter Gedankenstrich	Art. 56 Abs. 1 Buchst. h
Art. 9 Abs. 2 Buchst. e zehnter Gedankenstrich S. 1	Art. 56 Abs. 1 Buchst. i
Art. 9 Abs. 2 Buchst. e zehnter Gedankenstrich S. 2	Art. 24 Abs. 2
Art. 9 Abs. 2 Buchst. e zehnter Gedankenstrich S. 3	Art. 56 Abs. 1 Buchst. i
Art. 9 Abs. 2 Buchst. e elfter und zwölfter Gedankenstrich	Art. 56 Abs. 1 Buchst. j und k
Art. 9 Abs. 2 Buchst. f	Art. 57 Abs. 1
Art. 9 Abs. 3	Art. 58 Abs. 1 und 2
Art. 9 Abs. 3 Buchst. a und b	Art. 58 Abs. 1 Buchst. a und b
Art. 9 Abs. 4	Art. 59 Abs. 1 und 2
Art. 10 Abs. 1 Buchst. a und b	Art. 62 Nr. 1 und 2
Art. 10 Abs. 2 UAbs. 1 S. 1	Art. 63
Art. 10 Abs. 2 UAbs. 1 S. 2 und 3	Art. 64 Abs. 1 und 2
Art. 10 Abs. 2 UAbs. 2	Art. 65
Art. 10 Abs. 2 UAbs. 3 erster, zweiter und dritter Gedankenstrich	Art. 66 Buchst. a, b und c
Art. 10 Abs. 3 UAbs. 1 S. 1	Art. 70
Art. 10 Abs. 3 UAbs. 1 S. 2	Art. 71 Abs. 1 UAbs. 1
Art. 10 Abs. 3 UAbs. 2	Art. 71 Abs. 1 UAbs. 2
Art. 10 Abs. 3 UAbs. 3	Art. 71 Abs. 2
Art. 11 Teil A Abs. 1 Buchst. a	Art. 73
Art. 11 Teil A Abs. 1 Buchst. b	Art. 74
Art. 11 Teil A Abs. 1 Buchst. c	Art. 75
Art. 11 Teil A Abs. 1 Buchst. d	Art. 77
Art. 11 Teil A Abs. 2 Buchst. a	Art. 78 Abs. 1 Buchst. a
Art. 11 Teil A Abs. 2 Buchst. b S. 1	Art. 78 Abs. 1 Buchst. b
Art. 11 Teil A Abs. 2 Buchst. b S. 2	Art. 78 Abs. 2

Richtlinie 77/388/EWG	Vorliegende Richtlinie
Art. 11 Teil A Abs. 3 Buchst. a und b	Art. 79 Abs. 1 Buchst. a und b Art. 87 Buchst. a und b
Art. 11 Teil A Abs. 3 Buchst. c S. 1	Art. 79 Abs. 1 Buchst. c
Art. 11 Teil A Abs. 3 Buchst. c S. 2	Art. 79 Abs. 2
Art. 11 Teil A Abs. 4 UAbs. 1 und 2	Art. 81 Abs. 1 und 2
Art. 11 Teil A Abs. 5	Art. 82
Art. 11 Teil A Abs. 6 UAbs. 1 S. 1 und 2	Art. 80 Abs. 1 UAbs. 1
Art. 11 Teil A Abs. 6 UAbs. 1 S. 3	Art. 80 Abs. 1 UAbs. 2
Art. 11 Teil A Abs. 6 UAbs. 2	Art. 80 Abs. 1 UAbs. 1
Art. 11 Teil A Abs. 6 UAbs. 3	Art. 80 Abs. 2
Art. 11 Teil A Abs. 6 UAbs. 4	Art. 80 Abs. 3
Art. 11 Teil A Abs. 7 UAbs. 1 und 2	Art. 72 Abs. 1 und 2
Art. 11 Teil B Abs. 1	Art. 85
Art. 11 Teil B Abs. 3 Buchst. a	Art. 86 Abs. 1 Buchst. a
Art. 11 Teil B Abs. 3 Buchst. b UAbs. 1	Art. 86 Abs. 1 Buchst. b
Art. 11 Teil B Abs. 3 Buchst. b UAbs. 2	Art. 86 Abs. 2
Art. 11 Teil B Abs. 3 Buchst. b UAbs. 3	Art. 86 Abs. 1 Buchst. b
Art. 11 Teil B Abs. 4	Art. 87
Art. 11 Teil B Abs. 5	Art. 88
Art. 11 Teil B Abs. 6 UAbs. 1 und 2	Art. 89 Abs. 1 und 2
Art. 11 Teil C Abs. 1 UAbs. 1 und 2	Art. 90 Abs. 1 und 2
Art. 11 Teil C Abs. 2 UAbs. 1	Art. 91 Abs. 1
Art. 11 Teil C Abs. 2 UAbs. 2 S. 1 und 2	Art. 91 Abs. 2 UAbs. 1 und 2
Art. 11 Teil C Abs. 3 erster und zweiter Gedankenstrich	Art. 92 Buchst. a und b
Art. 12 Abs. 1	Art. 93 Abs. 1
Art. 12 Abs. 1 Buchst. a	Art. 93 Abs. 2 Buchst. a
Art. 12 Abs. 1 Buchst. b	Art. 93 Abs. 2 Buchst. c
Art. 12 Abs. 2 erster und zweiter Gedankenstrich	Art. 95 Abs. 1 und 2
Art. 12 Abs. 3 Buchst. a UAbs. 1 S. 1	Art. 96
Art. 12 Abs. 3 Buchst. a UAbs. 1 S. 2	Art. 97 Abs. 1
Art. 12 Abs. 3 Buchst. a UAbs. 2	Art. 97 Abs. 2
Art. 12 Abs. 3 Buchst. a UAbs. 3 S. 1	Art. 98 Abs. 1
Art. 12 Abs. 3 Buchst. a UAbs. 3 S. 2	Art. 98 Abs. 2 UAbs. 1 Art. 99 Abs. 1
Art. 12 Abs. 3 Buchst. a UAbs. 4	Art. 98 Abs. 2 UAbs. 2
Art. 12 Abs. 3 Buchst. b S. 1	Art. 102 Abs. 1
Art. 12 Abs. 3 Buchst. b S. 2, 3 und 4	Art. 102 Abs. 2
Art. 12 Abs. 3 Buchst. c UAbs. 1	Art. 103 Abs. 1
Art. 12 Abs. 3 Buchst. c UAbs. 2 erster und zweiter Gedankenstrich	Art. 103 Abs. 2 Buchst. a und b

Richtlinie 77/388/EWG	Vorliegende Richtlinie
Art. 12 Abs. 4 UAbs. 1	Art. 99 Abs. 2
Art. 12 Abs. 4 UAbs. 2 S. 1 und 2	Art. 100 Abs. 1 und 2
Art. 12 Abs. 4 UAbs. 3	Art. 101
Art. 12 Abs. 5	Art. 94 Abs. 2
Art. 12 Abs. 6	Art. 105
Art. 13 Teil A Abs. 1 einleitender Satzteil	Art. 131
Art. 13 Teil A Abs. 1 Buchst. a bis n	Art. 132 Abs. 1 Buchst. a bis n
Art. 13 Teil A Abs. 1 Buchst. o S. 1	Art. 132 Abs. 1 Buchst. o
Art. 13 Teil A Abs. 1 Buchst. o S. 2	Art. 132 Abs. 2
Art. 13 Teil A Abs. 1 Buchst. p und q	Art. 132 Abs. 1 Buchst. p und q
Art. 13 Teil A Abs. 2 Buchst. a erster bis vierter Gedankenstrich	Art. 133 Abs. 1 Buchst. a bis d
Art. 13 Teil A Abs. 2 Buchst. b erster und zweiter Gedankenstrich	Art. 134 Buchst. a und b
Art. 13 Teil B einleitender Satzteil	Art. 131
Art. 13 Teil B Buchst. a	Art. 135 Abs. 1 Buchst. a
Art. 13 Teil B Buchst. b UAbs. 1	Art. 135 Abs. 1 Buchst. l
Art. 13 Teil B Buchst. b UAbs. 1 Nr. 1–4	Art. 135 Abs. 2 UAbs. 1 Buchst. a bis d
Art. 13 Teil B Buchst. b UAbs. 2	Art. 135 Abs. 2 UAbs. 2
Art. 13 Teil B Buchst. c	Art. 136 Buchst. a und b
Art. 13 Teil B Buchst. d	–
Art. 13 Teil B Buchst. d Nr. 1–5	Art. 135 Abs. 1 Buchst. b bis f
Art. 13 Teil B Buchst. d Nr. 5 erster und zweiter Gedankenstrich	Art. 135 Abs. 1 Buchst. f
Art. 13 Teil B Buchst. d Nr. 6	Art. 135 Abs. 1 Buchst. g
Art. 13 Teil B Buchst. e bis h	Art. 135 Abs. 1 Buchst. h bis k
Art. 13 Teil C Abs. 1 Buchst. a	Art. 137 Abs. 1 Buchst. d
Art. 13 Teil C Abs. 1 Buchst. b	Art. 137 Abs. 1 Buchst. a, b und c
Art. 13 Teil C Abs. 2	Art. 137 Abs. 2 UAbs. 1 und 2
Art. 14 Abs. 1 einleitender Satzteil	Art. 131
Art. 14 Abs. 1 Buchst. a	Art. 143 Buchst. a
Art. 14 Abs. 1 Buchst. d UAbs. 1 und 2	Art. 143 Buchst. b und c
Art. 14 Abs. 1 Buchst. e	Art. 143 Buchst. e
Art. 14 Abs. 1 Buchst. g erster bis vierter Gedankenstrich	Art. 143 Buchst. f bis i
Art. 14 Abs. 1 Buchst. h	Art. 143 Buchst. j
Art. 14 Abs. 1 Buchst. i	Art. 144
Art. 14 Abs. 1 Buchst. j	Art. 143 Buchst. k
Art. 14 Abs. 1 Buchst. k	Art. 143 Buchst. l
Art. 14 Abs. 2 UAbs. 1	Art. 145 Abs. 1

Richtlinie 77/388/EWG	Vorliegende Richtlinie
Art. 14 Abs. 2 UAbs. 2 erster, zweiter und dritter Gedankenstrich	Art. 145 Abs. 2 UAbs. 1, 2 und 3
Art. 14 Abs. 2 UAbs. 3	Art. 145 Abs. 3
Art. 15 einleitender Satzteil	Art. 131
Art. 15 Nr. 1	Art. 146 Abs. 1 Buchst. a
Art. 15 Nr. 2 UAbs. 1	Art. 146 Abs. 1 Buchst. b
Art. 15 Nr. 2 UAbs. 2 erster und zweiter Gedankenstrich	Art. 147 Abs. 1 UAbs. 1 Buchst. a und b
Art. 15 Nr. 2 UAbs. 2 dritter Gedankenstrich erster Satzteil	Art. 147 Abs. 1 UAbs. 1 Buchst. c
Art. 15 Nr. 2 UAbs. 2 dritter Gedankenstrich zweiter Satzteil	Art. 147 Abs. 1 UAbs. 2
Art. 15 Nr. 2 UAbs. 3 erster und zweiter Gedankenstrich	Art. 147 Abs. 2 UAbs. 1 und 2
Art. 15 Nr. 2 UAbs. 4	Art. 147 Abs. 2 UAbs. 3
Art. 15 Nr. 3	Art. 146 Abs. 1 Buchst. d
Art. 15 Nr. 4 UAbs. 1 Buchst. a und b	Art. 148 Buchst. a
Art. 15 Nr. 4 UAbs. 1 Buchst. c	Art. 148 Buchst. b
Art. 15 Nr. 4 UAbs. 2 S. 1 und 2	Art. 150 Abs. 1 und 2
Art. 15 Nr. 5	Art. 148 Buchst. c
Art. 15 Nr. 6	Art. 148 Buchst. f
Art. 15 Nr. 7	Art. 148 Buchst. e
Art. 15 Nr. 8	Art. 148 Buchst. d
Art. 15 Nr. 9	Art. 148 Buchst. g
Art. 15 Nr. 10 UAbs. 1 erster bis vierter Gedankenstrich	Art. 151 Abs. 1 UAbs. 1 Buchst. a bis d
Art. 15 Nr. 10 UAbs. 2	Art. 151 Abs. 1 UAbs. 2
Art. 15 Nr. 10 UAbs. 3	Art. 151 Abs. 2
Art. 15 Nr. 11	Art. 152
Art. 15 Nr. 12 S. 1	Art. 146 Abs. 1 Buchst. c
Art. 15 Nr. 12 S. 2	Art. 146 Abs. 2
Art. 15 Nr. 13	Art. 146 Abs. 1 Buchst. e
Art. 15 Nr. 14 UAbs. 1 und 2	Art. 153 Abs. 1 und 2
Art. 15 Nr. 15	Art. 149
Art. 16 Abs. 1	–
Art. 16 Abs. 2	Art. 164 Abs. 1
Art. 16 Abs. 3	Art. 166
Art. 17 Abs. 1	Art. 167
Art. 17 Abs. 2, 3 und 4	–
Art. 17 Abs. 5 UAbs. 1 und 2	Art. 173 Abs. 1 UAbs. 1 und 2
Art. 17 Abs. 5 UAbs. 3 Buchst. a bis e	Art. 173 Abs. 2 Buchst. a bis e
Art. 17 Abs. 6	Art. 176

Richtlinie 77/388/EWG	Vorliegende Richtlinie
Art. 17 Abs. 7 S. 1 und 2	Art. 177 Abs. 1 und 2
Art. 18 Abs. 1	–
Art. 18 Abs. 2 UAbs. 1 und 2	Art. 179 Abs. 1 und 2
Art. 18 Abs. 3	Art. 180
Art. 18 Abs. 4 UAbs. 1 und 2	Art. 183 Abs. 1 und 2
Art. 19 Abs. 1 UAbs. 1 erster Gedankenstrich	Art. 174 Abs. 1 UAbs. 1 Buchst. a
Art. 19 Abs. 1 UAbs. 1 zweiter Gedankenstrich S. 1	Art. 174 Abs. 1 UAbs. 1 Buchst. b
Art. 19 Abs. 1 UAbs. 1 zweiter Gedankenstrich S. 2	Art. 174 Abs. 1 UAbs. 2
Art. 19 Abs. 1 UAbs. 2	Art. 175 Abs. 1
Art. 19 Abs. 2 S. 1	Art. 174 Abs. 2 Buchst. a
Art. 19 Abs. 2 S. 2	Art. 174 Abs. 2 Buchst. b und c
Art. 19 Abs. 2 S. 3	Art. 174 Abs. 3
Art. 19 Abs. 3 UAbs. 1 S. 1 und 2	Art. 175 Abs. 2 UAbs. 1
Art. 19 Abs. 3 UAbs. 1 S. 3	Art. 175 Abs. 2 UAbs. 2
Art. 19 Abs. 3 UAbs. 2	Art. 175 Abs. 3
Art. 20 Abs. 1 einleitender Satzteil	Art. 186
Art. 20 Abs. 1 Buchst. a	Art. 184
Art. 20 Abs. 1 Buchst. b S. 1 erster Satzteil	Art. 185 Abs. 1
Art. 20 Abs. 1 Buchst. b S. 1 zweiter Satzteil	Art. 185 Abs. 2 UAbs. 1
Art. 20 Abs. 1 Buchst. b S. 2	Art. 185 Abs. 2 UAbs. 2
Art. 20 Abs. 2 UAbs. 1 S. 1	Art. 187 Abs. 1 UAbs. 1
Art. 20 Abs. 2 UAbs. 1 S. 2 und 3	Art. 187 Abs. 2 UAbs. 1 und 2
Art. 20 Abs. 2 UAbs. 2 und 3	Art. 187 Abs. 1 UAbs. 2 und 3
Art. 20 Abs. 3 UAbs. 1 S. 1	Art. 188 Abs. 1 UAbs. 1
Art. 20 Abs. 3 UAbs. 1 S. 2	Art. 188 Abs. 1 UAbs. 2 und 3
Art. 20 Abs. 3 UAbs. 1 S. 3	Art. 188 Abs. 2
Art. 20 Abs. 3 UAbs. 2	Art. 188 Abs. 2
Art. 20 Abs. 4 UAbs. 1 erster bis vierter Gedankenstrich	Art. 189 Buchst. a bis d
Art. 20 Abs. 4 UAbs. 2	Art. 190
Art. 20 Abs. 5	Art. 191
Art. 20 Abs. 6	Art. 192
Art. 21	–
Art. 22	–
Art. 22a	Art. 249
Art. 23 Abs. 1	Art. 211 Abs. 1 Art. 260
Art. 23 Abs. 2	Art. 211 Abs. 2
Art. 24 Abs. 1	Art. 281
Art. 24 Abs. 2 einleitender Satzteil	Art. 292
Art. 24 Abs. 2 Buchst. a UAbs. 1	Art. 284 Abs. 1

Richtlinie 77/388/EWG	Vorliegende Richtlinie
Art. 24 Abs. 2 Buchst. a UAbs. 2 und 3	Art. 284 Abs. 2 UAbs. 1 und 2
Art. 24 Abs. 2 Buchst. b S. 1 und 2	Art. 285 Abs. 1 und 2
Art. 24 Abs. 2 Buchst. c	Art. 286
Art. 24 Abs. 3 UAbs. 1	Art. 282
Art. 24 Abs. 3 UAbs. 2 S. 1	Art. 283 Abs. 2
Art. 24 Abs. 3 UAbs. 2 S. 2	Art. 283 Abs. 1 Buchst. a
Art. 24 Abs. 4 UAbs. 1	Art. 288 Abs. 1 Nr. 1–4
Art. 24 Abs. 4 UAbs. 2	Art. 288 Abs. 2
Art. 24 Abs. 5	Art. 289
Art. 24 Abs. 6	Art. 290
Art. 24 Abs. 7	Art. 291
Art. 24 Abs. 8 Buchst. a, b und c	Art. 293 Nr. 1, 2 und 3
Art. 24 Abs. 9	Art. 294
Art. 24a Abs. 1 erster bis zehnter Gedankenstrich	Art. 287 Nr. 7–16
Art. 24a Abs. 2	–
Art. 25 Abs. 1	Art. 296 Abs. 1
Art. 25 Abs. 2 erster bis achter Gedankenstrich	Art. 295 Abs. 1 Nr. 1–8
Art. 25 Abs. 3 UAbs. 1 S. 1	Art. 297 Abs. 1 S. 1 und Abs. 2
Art. 25 Abs. 3 UAbs. 1 S. 2	Art. 298 Abs. 1
Art. 25 Abs. 3 UAbs. 1 S. 3	Art. 299
Art. 25 Abs. 3 UAbs. 1 S. 4 und 5	Art. 298 Abs. 2
Art. 25 Abs. 3 UAbs. 2	Art. 297 Abs. 1 S. 2
Art. 25 Abs. 4 UAbs. 1	Art. 272 Abs. 1 UAbs. 1 Buchst. e
Art. 25 Abs. 5 und 6	–
Art. 25 Abs. 7	Art. 304
Art. 25 Abs. 8	Art. 301 Abs. 2
Art. 25 Abs. 9	Art. 296 Abs. 2
Art. 25 Abs. 10	Art. 296 Abs. 3
Art. 25 Abs. 11 und 12	–
Art. 26 Abs. 1 S. 1 und 2	Art. 306 Abs. 1 UAbs. 1 und 2
Art. 26 Abs. 1 S. 3	Art. 306 Abs. 2
Art. 26 Abs. 2 S. 1 und 2	Art. 307 Abs. 1 und 2
Art. 26 Abs. 2 S. 3	Art. 308
Art. 26 Abs. 3 S. 1 und 2	Art. 309 Abs. 1 und 2
Art. 26 Abs. 4	Art. 310
Art. 26a Teil A Buchst. a UAbs. 1	Art. 311 Abs. 1 Nr. 2
Art. 26a Teil A Buchst. a UAbs. 2	Art. 311 Abs. 2
Art. 26a Teil A Buchst. b und c	Art. 311 Abs. 1 Nr. 3 und 4
Art. 26a Teil A Buchst. d	Art. 311 Abs. 1 Nr. 1

Richtlinie 77/388/EWG	Vorliegende Richtlinie
Art. 26a Teil A Buchst. e und f	Art. 311 Abs. 1 Nr. 5 und 6
Art. 26a Teil A Buchst. g einleitender Satzteil	Art. 311 Abs. 1 Nr. 7
Art. 26a Teil A Buchst. g erster und zweiter Gedankenstrich	Art. 311 Abs. 3
Art. 26a Teil B Abs. 1	Art. 313 Abs. 1
Art. 26a Teil B Abs. 2	Art. 314
Art. 26a Teil B Abs. 2 erster bis vierter Gedankenstrich	Art. 314 Buchst. a bis d
Art. 26a Teil B Abs. 3 UAbs. 1 S. 1 und 2	Art. 315 Abs. 1 und 2
Art. 26a Teil B Abs. 3 UAbs. 2	Art. 312
Art. 26a Teil B Abs. 3 UAbs. 2 erster und zweiter Gedankenstrich	Art. 312 Nr. 1 und 2
Art. 26a Teil B Abs. 4 UAbs. 1	Art. 316 Abs. 1
Art. 26a Teil B Abs. 4 UAbs. 1 Buchst. a, b und c	Art. 316 Abs. 1 Buchst. a, b und c
Art. 26a Teil B Abs. 4 UAbs. 2	Art. 316 Abs. 2
Art. 26a Teil B Abs. 4 UAbs. 3 S. 1 und 2	Art. 317 Abs. 1 und 2
Art. 26a Teil B Abs. 5	Art. 321
Art. 26a Teil B Abs. 6	Art. 323
Art. 26a Teil B Abs. 7	Art. 322
Art. 26a Teil B Abs. 7 Buchst. a, b und c	Art. 322 Buchst. a, b und c
Art. 26a Teil B Abs. 8	Art. 324
Art. 26a Teil B Abs. 9	Art. 325
Art. 26a Teil B Abs. 10 UAbs. 1 und 2	Art. 318 Abs. 1 UAbs. 1 und 2
Art. 26a Teil B Abs. 10 UAbs. 3 erster und zweiter Gedankenstrich	Art. 318 Abs. 2 Buchst. a und b
Art. 26a Teil B Abs. 10 UAbs. 4	Art. 318 Abs. 3
Art. 26a Teil B Abs. 11 UAbs. 1	Art. 319
Art. 26a Teil B Abs. 11 UAbs. 2 Buchst. a	Art. 320 Abs. 1 UAbs. 1
Art. 26a Teil B Abs. 11 UAbs. 2 Buchst. b und c	Art. 320 Abs. 1 UAbs. 2
Art. 26a Teil B Abs. 11 UAbs. 3	Art. 320 Abs. 2
Art. 26 aTeil C Abs. 1 einleitender Satzteil	Art. 333 Abs. 1 Art. 334
Art. 26a Teil C Abs. 1 erster bis vierter Gedankenstrich	Art. 334 Buchst. a bis d
Art. 26a Teil C Abs. 2 erster und zweiter Gedankenstrich	Art. 336 Buchst. a und b
Art. 26a Teil C Abs. 3	Art. 337
Art. 26a Teil C Abs. 4 UAbs. 1 erster, zweiter und dritter Gedankenstrich	Art. 339 Abs. 1 Buchst. a, b und c
Art. 26a Teil C Abs. 4 UAbs. 2	Art. 339 Abs. 2
Art. 26a Teil C Abs. 5 UAbs. 1 und 2	Art. 340 Abs. 1 UAbs. 1 und 2
Art. 26a Teil C Abs. 5 UAbs. 3	Art. 340 Abs. 2
Art. 26a Teil C Abs. 6 UAbs. 1 erster und zweiter Gedankenstrich	Art. 338 Abs. 1 Buchst. a und b
Art. 26a Teil C Abs. 6 UAbs. 2	Art. 338 Abs. 2

Richtlinie 77/388/EWG	Vorliegende Richtlinie
Art. 26a Teil C Abs. 7	Art. 335
Art. 26a Teil D einleitender Satzteil	–
Art. 26a Teil D Buchst. a	Art. 313 Abs. 2 Art. 333 Abs. 2
Art. 26a Teil D Buchst. b	Art. 4 Buchst. a und c
Art. 26a Teil D Buchst. c	Art. 35 Art. 139 Abs. 3 Abs. 1
Art. 26b Teil A Abs. 1 Ziffer i S. 1	Art. 344 Abs. 1 Nr. 1
Art. 26b Teil A Abs. 1 Ziffer i S. 2	Art. 344 Abs. 2
Art. 26b Teil A Abs. 1 Ziffer ii erster bis vierter Gedankenstrich	Art. 344 Abs. 1 Nr. 2
Art. 26b Teil A Abs. 2	Art. 344 Abs. 3
Art. 26b Teil A Abs. 3	Art. 345
Art. 26b Teil B Abs. 1	Art. 346
Art. 26b Teil B Abs. 2	Art. 347
Art. 26b Teil C Abs. 1	Art. 348
Art. 26b Teil C Abs. 2 S. 1 und 2	Art. 349 Abs. 1 und 2
Art. 26b Teil C Abs. 3	Art. 350
Art. 26b Teil C Abs. 4	Art. 351
Art. 26b Teil D Abs. 1 Buchst. a, b und c	Art. 354 Buchst. a, b und c
Art. 26b Teil D Abs. 2	Art. 355
Art. 26b Teil E Abs. 1 und 2	Art. 356 Abs. 1 UAbs. 1 und 2
Art. 26b Teil E Abs. 3 und 4	Art. 356 Abs. 2 und 3
Art. 26b Teil F S. 1	Art. 198 Abs. 2 und 3
Art. 26b Teil F S. 2	Art. 208 und 255
Art. 26b Teil G Abs. 1 UAbs. 1	Art. 352
Art. 26b Teil G Abs. 1 UAbs. 2	–
Art. 26b Teil G Abs. 2 Buchst. a	Art. 353
Art. 26b Teil G Abs. 2 Buchst. b S. 1 und 2	Art. 198 Abs. 1 und 3
Art. 26c Teil A Buchst. a–e	Art. 358 Nr. 1–5
Art. 26c Teil B Abs. 1	Art. 359
Art. 26c Teil B Abs. 2 UAbs. 1	Art. 360
Art. 26c Teil B Abs. 2 UAbs. 2 erster Teil S. 1	Art. 361 Abs. 1
Art. 26c Teil B Abs. 2 UAbs. 2 zweiter Teil S. 1	Art. 361 Abs. 1 Buchst. a bis e
Art. 26c Teil B Abs. 2 UAbs. 2 S. 2	Art. 361 Abs. 2
Art. 26c Teil B Abs. 3 UAbs. 1 und 2	Art. 362
Art. 26c Teil B Abs. 4 Buchst. a bis d	Art. 363 Buchst. a bis d
Art. 26c Teil B Abs. 5 UAbs. 1	Art. 364
Art. 26c Teil B Abs. 5 UAbs. 2	Art. 365
Art. 26c Teil B Abs. 6 S. 1	Art. 366 Abs. 1 UAbs. 1
Art. 26c Teil B Abs. 6 S. 2 und 3	Art. 366 Abs. 1 UAbs. 2
Art. 26c Teil B Abs. 6 S. 4	Art. 366 Abs. 2

Richtlinie 77/388/EWG	Vorliegende Richtlinie
Art. 26c Teil B Abs. 7 S. 1	Art. 367 Abs. 1
Art. 26c Teil B Abs. 7 S. 2 und 3	Art. 367 Abs. 2
Art. 26c Teil B Abs. 8	Art. 368
Art. 26c Teil B Abs. 9 S. 1	Art. 369 Abs. 1
Art. 26c Teil B Abs. 9 S. 2 und 3	Art. 369 Abs. 2 UAbs. 1 und 2
Art. 26c Teil B Abs. 10	Art. 204 Abs. 1 UAbs. 3
Art. 27 Abs. 1 S. 1 und 2	Art. 395 Abs. 1 UAbs. 1 und 2
Art. 27 Abs. 2 S. 1 und 2	Art. 395 Abs. 2 UAbs. 1
Art. 27 Abs. 2 S. 3	Art. 395 Abs. 2 UAbs. 2
Art. 27 Abs. 3 und 4	Art. 395 Abs. 3 und 4
Art. 27 Abs. 5	Art. 394
Art. 28 Abs. 1 und 1a	–
Art. 28 Abs. 2 einleitender Satzteil	Art. 109
Art. 28 Abs. 2 Buchst. a UAbs. 1	Art. 110 Abs. 1 und 2
Art. 28 Abs. 2 Buchst. a UAbs. 2	–
Art. 28 Abs. 2 Buchst. a UAbs. 3 S. 1	Art. 112 Abs. 1
Art. 28 Abs. 2 Buchst. a UAbs. 3 S. 2 und 3	Art. 112 Abs. 2
Art. 28 Abs. 2 Buchst. b	Art. 113
Art. 28 Abs. 2 Buchst. c S. 1 und 2	Art. 114 Abs. 1 UAbs. 1 und 2
Art. 28 Abs. 2 Buchst. c S. 3	Art. 114 Abs. 2
Art. 28 Abs. 2 Buchst. d	Art. 115
Art. 28 Abs. 2 Buchst. e UAbs. 1 und 2	Art. 118 Abs. 1 und 2
Art. 28 Abs. 2 Buchst. f	Art. 120
Art. 28 Abs. 2 Buchst. g	–
Art. 28 Abs. 2 Buchst. h UAbs. 1 und 2	Art. 121 Abs. 1 und 2
Art. 28 Abs. 2 Buchst. i	Art. 122
Art. 28 Abs. 2 Buchst. j	Art. 117 Abs. 2
Art. 28 Abs. 2 Buchst. k	Art. 116
Art. 28 Abs. 3 Buchst. a	Art. 370
Art. 28 Abs. 3 Buchst. b	Art. 371
Art. 28 Abs. 3 Buchst. c	Art. 391
Art. 28 Abs. 3 Buchst. d	Art. 372
Art. 28 Abs. 3 Buchst. e	Art. 373
Art. 28 Abs. 3 Buchst. f	Art. 392
Art. 28 Abs. 3 Buchst. g	Art. 374
Art. 28 Abs. 3a	Art. 376
Art. 28 Abs. 4 und 5	Art. 393 Abs. 1 und 2
Art. 28 Abs. 6 UAbs. 1 S. 1	Art. 106 Abs. 1 und 2
Art. 28 Abs. 6 UAbs. 1 S. 2	Art. 106 Abs. 3

Richtlinie 77/388/EWG	**Vorliegende Richtlinie**
Art. 28 Abs. 6 UAbs. 2 Buchst. a, b und c	Art. 107 Abs. 1 Buchst. a, b und c
Art. 28 Abs. 6 UAbs. 2 Buchst. d	Art. 107 Abs. 2
Art. 28 Abs. 6 UAbs. 3	Art. 107 Abs. 2
Art. 28 Abs. 6 UAbs. 4 Buchst. a, b und c	Art. 108 Buchst. a, b und c
Art. 28 Abs. 6 UAbs. 5 und 6	–
Art. 28a Abs. 1 einleitender Satzteil	Art. 2 Abs. 1
Art. 28a Abs. 1 Buchst. a UAbs. 1	Art. 2 Abs. 1 Buchst. b Ziffer i
Art. 28a Abs. 1 Buchst. a UAbs. 2	Art. 3 Abs. 1
Art. 28a Abs. 1 Buchst. a UAbs. 3	Art. 3 Abs. 3
Art. 28a Abs. 1 Buchst. b	Art. 2 Abs. 1 Buchst. b Ziffer ii
Art. 28a Abs. 1 Buchst. c	Art. 2 Abs. 1 Buchst. b Ziffer iii
Art. 28a Abs. 1a Buchst. a	Art. 3 Abs. 1 Buchst. a
Art. 28a Abs. 1a Buchst. b UAbs. 1 erster Gedankenstrich	Art. 3 Abs. 1 Buchst. b
Art. 28a Abs. 1a Buchst. b UAbs. 1 zweiter und dritter Gedankenstrich	Art. 3 Abs. 2 UAbs. 1 Buchst. a und b
Art. 28a Abs. 1a Buchst. b UAbs. 2	Art. 3 Abs. 2 UAbs. 2
Art. 28a Abs. 2 einleitender Satzteil	–
Art. 28a Abs. 2 Buchst. a	Art. 2 Abs. 2 Buchst. a Ziffern i, ii und iii
Art. 28a Abs. 2 Buchst. b UAbs. 1	Art. 2 Abs. 2 Buchst. b
Art. 28a Abs. 2 Buchst. b UAbs. 1 erster und zweiter Gedankenstrich	Art. 2 Abs. 2 Buchst. b Ziffern i, ii und iii
Art. 28a Abs. 2 Buchst. b UAbs. 2	Art. 2 Abs. 2 Buchst. c
Art. 28a Abs. 3 UAbs. 1 und 2	Art. 20 Abs. 1 und 2
Art. 28a Abs. 4 UAbs. 1	Art. 9 Abs. 2
Art. 28a Abs. 4 UAbs. 2 erster Gedankenstrich	Art. 172 Abs. 1 UAbs. 2
Art. 28a Abs. 4 UAbs. 2 zweiter Gedankenstrich	Art. 172 Abs. 1 UAbs. 1
Art. 28a Abs. 4 UAbs. 3	Art. 172 Abs. 2
Art. 28a Abs. 5 Buchst. b UAbs. 1	Art. 17 Abs. 1 UAbs. 1
Art. 28a Abs. 5 Buchst. b UAbs. 2	Art. 17 Abs. 1 UAbs. 2 und Abs. 2 einleitender Satzteil
Art. 28a Abs. 5 Buchst. b UAbs. 2 erster Gedankenstrich	Art. 17 Abs. 2 Buchst. a und b
Art. 28a Abs. 5 Buchst. b UAbs. 2 zweiter Gedankenstrich	Art. 17 Abs. 2 Buchst. c
Art. 28a Abs. 5 Buchst. b UAbs. 2 dritter Gedankenstrich	Art. 17 Abs. 2 Buchst. e
Art. 28a Abs. 5 Buchst. b UAbs. 2 fünfter, sechster und siebter Gedankenstrich	Art. 17 Abs. 2 Buchst. f, g und h
Art. 28a Abs. 5 Buchst. b UAbs. 2 achter Gedankenstrich	Art. 17 Abs. 2 Buchst. d
Art. 28a Abs. 5 Buchst. b UAbs. 3	Art. 17 Abs. 3
Art. 28a Abs. 6 UAbs. 1	Art. 21
Art. 28a Abs. 6 UAbs. 2	Art. 22
Art. 28a Abs. 7	Art. 23

Richtlinie 77/388/EWG	Vorliegende Richtlinie
Art. 28b Teil A Abs. 1	Art. 40
Art. 28b Teil A Abs. 2 UAbs. 1 und 2	Art. 41 Abs. 1 und 2
Art. 28b Teil A Abs. 2 UAbs. 3 erster und zweiter Gedankenstrich	Art. 42 Buchst. a und b
Art. 28b Teil B Abs. 1 UAbs. 1 erster und zweiter Gedankenstrich	Art. 33 Abs. 1 Buchst. a und b
Art. 28b Teil B Abs. 1 UAbs. 2	Art. 33 Abs. 2
Art. 28b Teil B Abs. 2 UAbs. 1	Art. 34 Abs. 1 Buchst. a
Art. 28b Teil B Abs. 2 UAbs. 1 erster und zweiter Gedankenstrich	Art. 34 Abs. 1 Buchst. b und c
Art. 28b Teil B Abs. 2 UAbs. 2 S. 1 und 2	Art. 34 Abs. 2 UAbs. 1 und 2
Art. 28b Teil B Abs. 2 UAbs. 3 S. 1	Art. 34 Abs. 3
Art. 28b Teil B Abs. 2 UAbs. 3 S. 2 und 3	–
Art. 28b Teil B Abs. 3 UAbs. 1 und 2	Art. 34 Abs. 4 UAbs. 1 und 2
Art. 28b Teil C Abs. 1 erster Gedankenstrich UAbs. 1	Art. 48 Abs. 1
Art. 28b Teil C Abs. 1 erster Gedankenstrich UAbs. 2	Art. 49
Art. 28b Teil C Abs. 1 zweiter und dritter Gedankenstrich	Art. 48 Abs. 2 und 3
Art. 28b Teil C Abs. 2 und 3	Art. 47 Abs. 1 und 2
Art. 28b Teil C Abs. 4	Art. 51
Art. 28b Teil D	Art. 53
Art. 28b Teil E Abs. 1 UAbs. 1 und 2	Art. 50 Abs. 1 und 2
Art. 28b Teil E Abs. 2 UAbs. 1 und 2	Art. 54 Abs. 1 und 2
Art. 28b Teil E Abs. 3 UAbs. 1 und 2	Art. 44 Abs. 1 und 2
Art. 28b Teil F Abs. 1 und 2	Art. 55 Abs. 1 und 2
Art. 28c Teil A einleitender Satzteil	Art. 131
Art. 28c Teil A Buchst. a UAbs. 1	Art. 138 Abs. 1
Art. 28c Teil A Buchst. a UAbs. 2	Art. 139 Abs. 1 UAbs. 1 und 2
Art. 28c Teil A Buchst. b	Art. 138 Abs. 2 Buchst. a
Art. 28c Teil A Buchst. c UAbs. 1	Art. 138 Abs. 2 Buchst. b
Art. 28c Teil A Buchst. c UAbs. 2	Art. 139 Abs. 2
Art. 28c Teil A Buchst. d	Art. 138 Abs. 2 Buchst. c
Art. 28c Teil B einleitender Satzteil	Art. 131
Art. 28c Teil B Buchst. a, b und c	Art. 140 Buchst. a, b und c
Art. 28c Teil C	Art. 142
Art. 28c Teil D Abs. 1	Art. 143 Buchst. d
Art. 28c Teil D Abs. 2	Art. 131
Art. 28c Teil E Nr. 1 erster Gedankenstrich ersetzend Art. 16 Abs. 1	
– Abs. 1 UAbs. 1	Art. 155
– Abs. 1 UAbs. 1 Teil A	Art. 157 Abs. 1 Buchst. a
– Abs. 1 UAbs. 1 Teil B UAbs. 1 Buchst. a, b und c	Art. 156 Abs. 1 Buchst. a, b und c

Richtlinie 77/388/EWG	Vorliegende Richtlinie
– Abs. 1 UAbs. 1 Teil B UAbs. 1 Buchst. d erster und zweiter Gedankenstrich	Art. 156 Abs. 1 Buchst. d und e
– Abs. 1 UAbs. 1 Teil B UAbs. 1 Buchst. e UAbs. 1	Art. 157 Abs. 1 Buchst. b
– Abs. 1 UAbs. 1 Teil B UAbs. 1 Buchst. e UAbs. 2 erster Gedankenstrich	Art. 154
– Abs. 1 UAbs. 1 Teil B UAbs. 1 Buchst. e UAbs. 2 zweiter Gedankenstrich S. 1	Art. 154
– Abs. 1 UAbs. 1 Teil B UAbs. 1 Buchst. e UAbs. 2 zweiter Gedankenstrich S. 2	Art. 157 Abs. 2
– Abs. 1 UAbs. 1 Teil B UAbs. 1 Buchst. e UAbs. 3 erster Gedankenstrich	–
– Abs. 1 UAbs. 1 Teil B UAbs. 1 Buchst. e UAbs. 3 zweiter, dritter und vierter Gedankenstrich	Art. 158 Abs. 1 Buchst. a, b und c
– Abs. 1 UAbs. 1 Teil B UAbs. 2	Art. 156 Abs. 2
– Abs. 1, UAbs. 1 Teil C	Art. 159
– Abs. 1 UAbs. 1 Teil D UAbs. 1 Buchst. a und b	Art. 160 Abs. 1 Buchst. a und b
– Abs. 1 UAbs. 1 Teil D UAbs. 2	Art. 160 Abs. 2
– Abs. 1 UAbs. 1 Teil E erster und zweiter Gedankenstrich	Art. 161 Buchst. a und b
– Abs. 1 UAbs. 2	Art. 202
– Abs. 1 UAbs. 3	Art. 163
Art. 28c Teil E Nr. 1 zweiter Gedankenstrich zur Einfügung von Abs. 1a in Art. 16	
– Abs. 1a	Art. 162
Art. 28c Teil E Nr. 2 erster Gedankenstrich zur Ergänzung von Art. 16 Abs. 2	
– Abs. 2 UAbs. 1	Art. 164 Abs. 1
Art. 28c Teil E Nr. 2 zweiter Gedankenstrich, zur Einfügung der UAbs. 2 und 3 in Art. 16 Abs. 2	
– Abs. 2 UAbs. 2	Art. 164 Abs. 2
– Abs. 2 UAbs. 3	Art. 165
Art. 28c Teil E Nr. 3 erster bis fünfter Gedankenstrich	Art. 141 Buchst. a bis e
Art. 28d Abs. 1 S. 1 und 2	Art. 68 Abs. 1 und 2
Art. 28d Abs. 2 und 3	Art. 69 Abs. 1 und 2
Art. 28d Abs. 4 UAbs. 1 und 2	Art. 67 Abs. 1 und 2
Art. 28e Abs. 1 UAbs. 1	Art. 83
Art. 28e Abs. 1 UAbs. 2 S. 1 und 2	Art. 84 Abs. 1 und 2
Art. 28e Abs. 2	Art. 76
Art. 28e Abs. 3	Art. 93 Abs. 2 Buchst. b
Art. 28e Abs. 4	Art. 94 Abs. 1
Art. 28f Nr. 1 ersetzend Art. 17 Abs. 2, 3 und 4	
– Abs. 2 Buchst. a	Art. 168 Buchst. a

Richtlinie 77/388/EWG	Vorliegende Richtlinie
– Abs. 2 Buchst. b	Art. 168 Buchst. e
– Abs. 2 Buchst. c	Art. 168 Buchst. b und d
– Abs. 2 Buchst. d	Art. 168 Buchst. c
– Abs. 3 Buchst. a, b und c	Art. 169 Buchst. a, b und c Art. 170 Buchst. a und b
– Abs. 4 UAbs. 1 erster Gedankenstrich	Art. 171 Abs. 1 UAbs. 1
– Abs. 4 UAbs. 1 zweiter Gedankenstrich	Art. 171 Abs. 2 UAbs. 1
– Abs. 4 UAbs. 2 Buchst. a	Art. 171 Abs. 1 UAbs. 2
– Abs. 4 UAbs. 2 Buchst. b	Art. 171 Abs. 2 UAbs. 2
– Abs. 4 UAbs. 2 Buchst. c	Art. 171 Abs. 3
Art. 28f Nr. 2 ersetzend Art. 18 Abs. 1	
– Abs. 1 Buchst. a	Art. 178 Buchst. a
– Abs. 1 Buchst. b	Art. 178 Buchst. e
– Abs. 1 Buchst. c	Art. 178 Buchst. b und d
– Abs. 1 Buchst. d	Art. 178 Buchst. f
– Abs. 1 Buchst. e	Art. 178 Buchst. c
Art. 28f Nr. 3 zur Einfügung von Abs. 3a in Art. 18	
– Abs. 3a erster Teil des Satzes	Art. 181
– Abs. 3a zweiter Teil des Satzes	Art. 182
– Art. 28g ersetzend Art. 21	
– Abs. 1 Buchst. a UAbs. 1	Art. 193
– Abs. 1 Buchst. a UAbs. 2	Art. 194 Abs. 1 und 2
– Abs. 1 Buchst. b	Art. 196
– Abs. 1 Buchst. c UAbs. 1 erster, zweiter und dritter Gedankenstrich	Art. 197 Abs. 1 Buchst. a, b und c
– Abs. 1 Buchst. c UAbs. 2	Art. 197 Abs. 2
– Abs. 1 Buchst. d	Art. 203
– Abs. 1 Buchst. e	Art. 200
– Abs. 1 Buchst. f	Art. 195
– Abs. 2	–
– Abs. 2 Buchst. a S. 1	Art. 204 Abs. 1 UAbs. 1
– Abs. 2 Buchst. a S. 2	Art. 204 Abs. 2
– Abs. 2 Buchst. b	Art. 204 Abs. 1 UAbs. 2
– Abs. 2 Buchst. c UAbs. 1	Art. 199 Abs. 1 Buchst. a bis g
– Abs. 2 Buchst. c UAbs. 2, 3 und 4	Art. 199 Abs. 2, 3 und 4
– Abs. 3	Art. 205
– Abs. 4	Art. 201
Art. 28h ersetzend Art. 22	
– Abs. 1 Buchst. a S. 1 und 2	Art. 213 Abs. 1 UAbs. 1 und 2
– Abs. 1 Buchst. b	Art. 213 Abs. 2

Richtlinie 77/388/EWG	Vorliegende Richtlinie
– Abs. 1 Buchst. c erster Gedankenstrich S. 1	Art. 214 Abs. 1 Buchst. a
– Abs. 1 Buchst. c erster Gedankenstrich S. 2	Art. 214 Abs. 2
– Abs. 1 Buchst. c zweiter und dritter Gedankenstrich	Art. 214 Abs. 1 Buchst. b und c
– Abs. 1 Buchst. d S. 1 und 2	Art. 215 Abs. 1 und 2
– Abs. 1 Buchst. e	Art. 216
– Abs. 2 Buchst. a	Art. 242
– Abs. 2 Buchst. b UAbs. 1 und 2	Art. 243 Abs. 1 und 2
– Abs. 3 Buchst. a UAbs. 1 S. 1	Art. 220 Nr. 1
– Abs. 3 Buchst. a UAbs. 1 S. 2	Art. 220 Nr. 2 und 3
– Abs. 3 Buchst. a UAbs. 2	Art. 220 Nr. 4 und 5
– Abs. 3 Buchst. a UAbs. 3 S. 1 und 2	Art. 221 Abs. 1 UAbs. 1 und 2
– Abs. 3 Buchst. a UAbs. 4	Art. 221 Abs. 2
– Abs. 3 Buchst. a UAbs. 5 S. 1	Art. 219
– Abs. 3 Buchst. a UAbs. 5 S. 2	Art. 228
– Abs. 3 Buchst. a UAbs. 6	Art. 222
– Abs. 3 Buchst. a UAbs. 7	Art. 223
– Abs. 3 Buchst. a UAbs. 8 S. 1 und 2	Art. 224 Abs. 1 und 2
– Abs. 3 Buchst. a UAbs. 9 S. 1 und 2	Art. 224 Abs. 3 UAbs. 1
– Abs. 3 Buchst. a UAbs. 9 S. 3	Art. 224 Abs. 3 UAbs. 2
– Abs. 3 Buchst. a UAbs. 10	Art. 225
– Abs. 3 Buchst. b UAbs. 1 erster bis zwölfter Gedankenstrich	Art. 226 Nr. 1–12
– Abs. 3 Buchst. b UAbs. 1 dreizehnter Gedankenstrich	Art. 226 Nr. 13 und 14
– Abs. 3 Buchst. b UAbs. 1 vierzehnter Gedankenstrich	Art. 226 Nr. 15
– Abs. 3 Buchst. b UAbs. 2	Art. 227
– Abs. 3 Buchst. b UAbs. 3	Art. 229
– Abs. 3 Buchst. b UAbs. 4	Art. 230
– Abs. 3 Buchst. b UAbs. 5	Art. 231
– Abs. 3 Buchst. c UAbs. 1	Art. 232
– Abs. 3 Buchst. c UAbs. 2 einleitender Satzteil	Art. 233 Abs. 1 UAbs. 1
– Abs. 3 Buchst. c UAbs. 2 erster Gedankenstrich S. 1	Art. 233 Abs. 1 UAbs. 1 Buchst. a
– Abs. 3 Buchst. c UAbs. 2 erster Gedankenstrich S. 2	Art. 233 Abs. 2
– Abs. 3 Buchst. c UAbs. 2 zweiter Gedankenstrich S. 1	Art. 233 Abs. 1 UAbs. 1 Buchst. b
– Abs. 3 Buchst. c UAbs. 2 zweiter Gedankenstrich S. 2	Art. 233 Abs. 3
– Abs. 3 Buchst. c UAbs. 3 S. 1	Art. 233 Abs. 1 UAbs. 2
– Abs. 3 Buchst. c UAbs. 3 S. 2	Art. 237
– Abs. 3 Buchst. c UAbs. 4 S. 1 und 2	Art. 234
– Abs. 3 Buchst. c UAbs. 5	Art. 235
– Abs. 3 Buchst. c UAbs. 6	Art. 236
– Abs. 3 Buchst. d UAbs. 1	Art. 244

Richtlinie 77/388/EWG	Vorliegende Richtlinie
– Abs. 3 Buchst. d UAbs. 2 S. 1	Art. 245 Abs. 1
– Abs. 3 Buchst. d UAbs. 2 S. 2 und 3	Art. 245 Abs. 2 UAbs. 1 und 2
– Abs. 3 Buchst. d UAbs. 3 S. 1 und 2	Art. 246 Abs. 1 und 2
– Abs. 3 Buchst. d UAbs. 4, 5 und 6	Art. 247 Abs. 1, 2 und 3
– Abs. 3 Buchst. d UAbs. 7	Art. 248
– Abs. 3 Buchst. e UAbs. 1	Art. 217 und 241
– Abs. 3 Buchst. e UAbs. 2	Art. 218
– Abs. 4 Buchst. a S. 1 und 2	Art. 252 Abs. 1
– Abs. 4 Buchst. a S. 3 und 4	Art. 252 Abs. 2 UAbs. 1 und 2
– Abs. 4 Buchst. a S. 5	Art. 250 Abs. 2
– Abs. 4 Buchst. b	Art. 250 Abs. 1
– Abs. 4 Buchst. c erster Gedankenstrich UAbs. 1 und 2	Art. 251 Buchst. a und b
– Abs. 4 Buchst. c zweiter Gedankenstrich UAbs. 1	Art. 251 Buchst. c
– Abs. 4 Buchst. c zweiter Gedankenstrich UAbs. 2	Art. 251 Buchst. d und e
– Abs. 5	Art. 206
– Abs. 6 Buchst. a S. 1 und 2	Art. 261 Abs. 1
– Abs. 6 Buchst. a S. 3	Art. 261 Abs. 2
– Abs. 6 Buchst. b UAbs. 1	Art. 262
– Abs. 6 Buchst. b UAbs. 2 S. 1	Art. 263 Abs. 1 UAbs. 1
– Abs. 6 Buchst. b UAbs. 2 S. 2	Art. 263 Abs. 2
– Abs. 6 Buchst. b UAbs. 3 erster und zweiter Gedankenstrich	Art. 264 Abs. 1 Buchst. a und b
– Abs. 6 Buchst. b UAbs. 3 dritter Gedankenstrich S. 1	Art. 264 Abs. 1 Buchst. d
– Abs. 6 Buchst. b UAbs. 3 dritter Gedankenstrich S. 2	Art. 264 Abs. 2 UAbs. 1
– Abs. 6 Buchst. b UAbs. 4 erster Gedankenstrich	Art. 264 Abs. 1 Buchst. c und e
– Abs. 6 Buchst. b UAbs. 4 zweiter Gedankenstrich S. 1	Art. 264 Abs. 1 Buchst. f
– Abs. 6 Buchst. b UAbs. 4 zweiter Gedankenstrich S. 2	Art. 264 Abs. 2 UAbs. 2
– Abs. 6 Buchst. b UAbs. 5 erster und zweiter Gedankenstrich	Art. 265 Abs. 1 Buchst. a und b
– Abs. 6 Buchst. b UAbs. 5 dritter Gedankenstrich S. 1	Art. 265 Abs. 1 Buchst. c
– Abs. 6 Buchst. b UAbs. 5 dritter Gedankenstrich S. 2	Art. 265 Abs. 2
– Abs. 6 Buchst. c erster Gedankenstrich	Art. 263 Abs. 1 UAbs. 2
– Abs. 6 Buchst. c zweiter Gedankenstrich	Art. 266
– Abs. 6 Buchst. d	Art. 254
– Abs. 6 Buchst. e UAbs. 1	Art. 268
– Abs. 6 Buchst. e UAbs. 2	Art. 259
– Abs. 7 erster Teil des Satzes	Art. 207 Abs. 1 Art. 256 Art. 267
– Abs. 7 zweiter Teil des Satzes	Art. 207 Abs. 2
– Abs. 8 UAbs. 1 und 2	Art. 273 Abs. 1 und 2
– Abs. 9 Buchst. a UAbs. 1 erster Gedankenstrich	Art. 272 Abs. 1 UAbs. 1 Buchst. c

Richtlinie 77/388/EWG	**Vorliegende Richtlinie**
– Abs. 9 Buchst. a UAbs. 1 zweiter Gedankenstrich	Art. 272 Abs. 1 UAbs. 1 Buchst. a und d
– Abs. 9 Buchst. a UAbs. 1 dritter Gedankenstrich	Art. 272 Abs. 1 UAbs. 1 Buchst. b
– Abs. 9 Buchst. a UAbs. 2	Art. 272 Abs. 1 UAbs. 2
– Abs. 9 Buchst. b	Art. 272 Abs. 3
– Abs. 9 Buchst. c	Art. 212
– Abs. 9 Buchst. d UAbs. 1 erster und zweiter Gedankenstrich	Art. 238 Abs. 1 Buchst. a und b
– Abs. 9 Buchst. d UAbs. 2 erster bis vierter Gedankenstrich	Art. 238 Abs. 2 Buchst. a bis d
– Abs. 9 Buchst. d UAbs. 3	Art. 238 Abs. 3
– Abs. 9 Buchst. e UAbs. 1	Art. 239
– Abs. 9 Buchst. e UAbs. 2 erster und zweiter Gedankenstrich	Art. 240 Nr. 1 und 2
– Abs. 10	Art. 209 und 257
– Abs. 11	Art. 210 und 258
– Abs. 12 einleitender Satzteil	Art. 269
– Abs. 12 Buchst. a erster, zweiter und dritter Gedankenstrich	Art. 270 Buchst. a, b und c
– Abs. 12 Buchst. b erster, zweiter und dritter Gedankenstrich	Art. 271 Buchst. a, b und c
Art. 28i zur Einfügung von UAbs. 3 in Art. 24 Abs. 3	
– Abs. 3 UAbs. 3	Art. 283 Abs. 1 Buchst. b und c
Art. 28j Nr. 1 zur Einfügung von UAbs. 2 in Art. 25 Abs. 4	
– Abs. 4 UAbs. 2	Art. 272 Abs. 2
Art. 28j Nr. 2 ersetzend Art. 25 Abs. 5 und 6	
– Abs. 5 UAbs. 1 Buchst. a, b und c	Art. 300 Nr. 1, 2 und 3
– Abs. 5 UAbs. 2	Art. 302
– Abs. 6 Buchst. a UAbs. 1 S. 1	Art. 301 Abs. 1
– Abs. 6 Buchst. a UAbs. 1 S. 2	Art. 303 Abs. 1
– Abs. 6 Buchst. a UAbs. 2 erster, zweiter und dritter Gedankenstrich	Art. 303 Abs. 2 Buchst. a, b und c
– Abs. 6 Buchst. a UAbs. 3	Art. 303 Abs. 3
– Abs. 6 Buchst. b	Art. 301 Abs. 1
Art. 28j Nr. 3 zur Einfügung von UAbs. 2 in Art. 25 Abs. 9	
– Abs. 9 UAbs. 2	Art. 305
Art. 28k Nr. 1 UAbs. 1	–
Art. 28k Nr. 1 UAbs. 2 Buchst. a	Art. 158 Abs. 3
Art. 28k Nr. 1 UAbs. 2 Buchst. b und c	–
Art. 28k Nr. 2, 3 und 4	–
Art. 28k Nr. 5	Art. 158 Abs. 2

Richtlinie 77/388/EWG	Vorliegende Richtlinie
Art. 28l Abs. 1	–
Art. 28l Abs. 2 und 3	Art. 402 Abs. 1 und 2
Art. 28l Abs. 4	–
Art. 28m	Art. 399 Abs. 1
Art. 28n	–
Art. 28o Abs. 1 einleitender Satzteil	Art. 326 Abs. 1
Art. 28o Abs. 1 Buchst. a S. 1	Art. 327 Abs. 1 und 3
Art. 28o Abs. 1 Buchst. a S. 2	Art. 327 Abs. 2
Art. 28o Abs. 1 Buchst. b	Art. 328
Art. 28o Abs. 1 Buchst. c erster, zweiter und dritter Gedankenstrich	Art. 329 Buchst. a, b und c
Art. 28o Abs. 1 Buchst. d UAbs. 1 und 2	Art. 330 Abs. 1 und 2
Art. 28o Abs. 1 Buchst. e	Art. 332
Art. 28o Abs. 1 Buchst. f	Art. 331
Art. 28o Abs. 1 Buchst. g	Art. 4 Buchst. b
Art. 28o Abs. 1 Buchst. h	Art. 35 Art. 139 Abs. 3 UAbs. 2
Art. 28o Abs. 2	Art. 326 Abs. 2
Art. 28o Abs. 3	Art. 341
Art. 28o Abs. 4	–
Art. 28p Abs. 1 erster, zweiter und dritter Gedankenstrich	Art. 405 Nr. 1, 2 und 3
Art. 28p Abs. 2	Art. 406
Art. 28p Abs. 3 UAbs. 1 erster und zweiter Gedankenstrich	Art. 407 Buchst. a und b
Art. 28p Abs. 3 UAbs. 2	–
Art. 28p Abs. 4 Buchst. a bis d	Art. 408 Abs. 1 Buchst. a bis d
Art. 28p Abs. 5 erster und zweiter Gedankenstrich	Art. 408 Abs. 2 Buchst. a und b
Art. 28p Abs. 6	Art. 409
Art. 28p Abs. 7 UAbs. 1 Buchst. a, b und c	Art. 410 Abs. 1 Buchst. a, b und c
Art. 28p Abs. 7 UAbs. 2 erster Gedankenstrich	–
Art. 28p Abs. 7 UAbs. 2 zweiter und dritter Gedankenstrich	Art. 410 Abs. 2 Buchst. a und b
Art. 29 Abs. 1–4	Art. 398 Abs. 1–4
Art. 29a	Art. 397
Art. 30 Abs. 1	Art. 396 Abs. 1
Art. 30 Abs. 2 S. 1 und 2	Art. 396 Abs. 2 UAbs. 1
Art. 30 Abs. 2 S. 3	Art. 396 Abs. 2 UAbs. 2
Art. 30 Abs. 3 und 4	Art. 396 Abs. 3 und 4
Art. 31 Abs. 1	–
Art. 31 Abs. 2	Art. 400
Art. 33 Abs. 1	Art. 401

Richtlinie 77/388/EWG	Vorliegende Richtlinie
Art. 33 Abs. 2	Art. 2 Abs. 3
Art. 33a Abs. 1 einleitender Satzteil	Art. 274
Art. 33a Abs. 1 Buchst. a	Art. 275
Art. 33a Abs. 1 Buchst. b	Art. 276
Art. 33a Abs. 1 Buchst. c	Art. 277
Art. 33a Abs. 2 einleitender Satzteil	Art. 278
Art. 33a Abs. 2 Buchst. a	Art. 279
Art. 33a Abs. 2 Buchst. b	Art. 280
Art. 34	Art. 404
Art. 35	Art. 403
Art. 36 und 37	–
Art. 38	Art. 414
Anhang A Ziffer I Nr. 1 und 2	Anhang VII Nr. 1 Buchst. a und b
Anhang A Ziffer I Nr. 3	Anhang VII Nr. 1 Buchst. c und d
Anhang A Ziffer II Nr. 1–6	Anhang VII Nr. 2 Buchst. a bis f
Anhang A Ziffern III und IV	Anhang VII Nr. 3 und 4
Anhang A Ziffer IV Nr. 1–4	Anhang VII Nr. 4 Buchst. a bis d
Anhang A Ziffer V	Art. 295 Abs. 2
Anhang B einleitender Satzteil	Art. 295 Abs. 1 Nr. 5
Anhang B erster bis neunter Gedankenstrich	Anhang VIII Nr. 1–9
Anhang C	–
Anhang D Nr. 1–13	Anhang I Nr. 1–13
Anhang E Nr. 2	Anhang X Teil A Nr. 1
Anhang E Nr. 7	Anhang X Teil A Nr. 2
Anhang E Nr. 11	Anhang X Teil A Nr. 3
Anhang E Nr. 15	Anhang X Teil A Nr. 4
Anhang F Nr. 1	Anhang X Teil B Nr. 1
Anhang F Nr. 2	Anhang X Teil B Nr. 2 Buchst. a bis j
Anhang F Nr. 5–8	Anhang X Teil B Nr. 3–6
Anhang F Nr. 10	Anhang X Teil B Nr. 7
Anhang F Nr. 12	Anhang X Teil B Nr. 8
Anhang F Nr. 16	Anhang X Teil B Nr. 9
Anhang F Nr. 17 UAbs. 1 und 2	Anhang X Teil B Nr. 10
Anhang F Nr. 23	Anhang X Teil B Nr. 11
Anhang F Nr. 25	Anhang X Teil B Nr. 12
Anhang F Nr. 27	Anhang X Teil B Nr. 13
Anhang G Abs. 1 und 2	Art. 391
Anhang H Abs. 1	Art. 98 Abs. 3
Anhang H Abs. 2 einleitender Satzteil	–

Richtlinie 77/388/EWG	Vorliegende Richtlinie
Anhang H Abs. 2 Nr. 1–6	Anhang III Nr. 1–6
Anhang H Abs. 2 Nr. 7 UAbs. 1 und 2	Anhang III Nr. 7 und 8
Anhang H Abs. 2 Nr. 8–17	Anhang III Nr. 9–18
Anhang I einleitender Satzteil	–
Anhang I Buchst. a erster bis siebter Gedankenstrich	Anhang IX Teil A Nr. 1–7
Anhang I Buchst. b erster und zweiter Gedankenstrich	Anhang IX Teil B Nr. 1 und 2
Anhang I Buchst. c	Anhang IX Teil C
Anhang J einleitender Satzteil	Anhang V einleitender Satzteil
Anhang J	Anhang V Nr. 1–25
Anhang K Nr. 1 erster, zweiter und dritter Gedankenstrich	Anhang IV Nr. 1 Buchst. a, b und c
Anhang K Nr. 2–5	Anhang IV Nr. 2–5
Anhang L Abs. 1 Nr. 1–5	Anhang II Nr. 1–5
Anhang L Abs. 2	Art. 56 Abs. 2
Anhang M Buchst. a bis f	Anhang VI Nr. 1–6
Andere Rechtsakte	**Vorliegende Richtlinie**
Art. 1 Nr. 1 UAbs. 2 der Richtlinie 89/465/EWG	Art. 133 Abs. 2
Art. 2 der Richtlinie 94/5/EG	Art. 342
Art. 3 S. 1 und 2 der Richtlinie 94/5/EG	Art. 343 Abs. 1 und 2
Art. 4 der Richtlinie 2002/38/EG	Art. 56 Abs. 3 Art. 57 Abs. 2 Art. 357
Art. 5 der Richtlinie 2002/38/EG	–
Anhang VIII Teil II Nr. 2 Buchst. a der Akte über den Beitritt Griechenlands	Art. 287 Nr. 1
Anhang VIII Teil II Nr. 2 Buchst. b der Akte über den Beitritt Griechenlands	Art. 375
Anhang XXXII Teil IV Nr. 3 Buchst. a erster und zweiter Gedankenstrich der Akte über den Beitritt Spaniens und Portugals	Art. 287 Nr. 2 und 3
Anhang XXXII Teil IV Nr. 3 Buchst. b UAbs. 1 der Akte über den Beitritt Spaniens und Portugals	Art. 377
Anhang XV Teil IX Nr. 2 Buchst. b UAbs. 1 der Akte über den Beitritt Österreichs, Finnlands und Schwedens	Art. 104
Anhang XV Teil IX Nr. 2 Buchst. c UAbs. 1 der Akte über den Beitritt Österreichs, Finnlands und Schwedens	Art. 287 Nr. 4
Anhang XV Teil IX Nr. 2 Buchst. f UAbs. 1 der Akte über den Beitritt Österreichs, Finnlands und Schwedens	Art. 117 Abs. 1
Anhang XV Teil IX Nr. 2 Buchst. g UAbs. 1 der Akte über den Beitritt Österreichs, Finnlands und Schwedens	Art. 119
Anhang XV Teil IX Nr. 2 Buchst. h UAbs. 1 erster und zweiter Gedankenstrich der Akte über den Beitritt Österreichs, Finnlands und Schwedens	Art. 378 Abs. 1

Andere Rechtsakte	Vorliegende Richtlinie
Anhang XV Teil IX Nr. 2 Buchst. i UAbs. 1 erster Gedankenstrich der Akte über den Beitritt Österreichs, Finnlands und Schwedens	
Anhang XV Teil IX Nr. 2 Buchst. i UAbs. 1 zweiter und dritter Gedankenstrich der Akte über den Beitritt Österreichs, Finnlands und Schwedens	Art. 378 Abs. 2 Buchst. a und b
Anhang XV Teil IX Nr. 2 Buchst. j der Akte über den Beitritt Österreichs, Finnlands und Schwedens	Art. 287 Nr. 5
Anhang XV Teil IX Nr. 2 Buchst. l UAbs. 1 der Akte über den Beitritt Österreichs, Finnlands und Schwedens	Art. 111 Buchst. a
Anhang XV Teil IX Nr. 2 Buchst. m UAbs. 1 der Akte über den Beitritt Österreichs, Finnlands und Schwedens	Art. 379 Abs. 1
Anhang XV Teil IX Nr. 2 Buchst. n UAbs. 1 erster und zweiter Gedankenstrich der Akte über den Beitritt Österreichs, Finnlands und Schwedens	Art. 379 Abs. 2
Anhang XV Teil IX Nr. 2 Buchst. x erster Gedankenstrich der Akte über den Beitritt Österreichs, Finnlands und Schwedens	Art. 253
Anhang XV Teil IX Nr. 2 Buchst. x zweiter Gedankenstrich der Akte über den Beitritt Österreichs, Finnlands und Schwedens	Art. 287 Nr. 6
Anhang XV Teil IX Nr. 2 Buchst. z UAbs. 1 der Akte über den Beitritt Österreichs, Finnlands und Schwedens	Art. 111 Buchst. b
Anhang XV Teil IX Nr. 2 Buchst. a UAbs. 1 erster und zweiter Gedankenstrich der Akte über den Beitritt Österreichs, Finnlands und Schwedens	Art. 380
Protokoll Nr. 2 zu der Akte über den Beitritt Österreichs, Finnlands und Schwedens betreffend die Åland-Inseln	Art. 6 Abs. 1 Buchst. d
Anhang V Abs. 5 Nr. 1 Buchst. a der Beitrittsakte von 2003 der Tschechischen Republik, Estlands, Zyperns, Lettlands, Litauens, Ungarns, Maltas, Polens, Sloweniens und der Slowakei	Art. 123
Anhang V Abs. 5 Nr. 1 Buchst. b der Beitrittsakte von 2003	Art. 381
Anhang VI Abs. 7 Nr. 1 Buchst. a der Beitrittsakte von 2003	Art. 124
Anhang VI Abs. 7 Nr. 1 Buchst. b der Beitrittsakte von 2003	Art. 382
Anhang VII Abs. 7 Nr. 1 UAbs. 1 und 2 der Beitrittsakte von 2003	Art. 125 Abs. 1 und 2
Anhang VII Abs. 7 Nr. 1 UAbs. 3 der Beitrittsakte von 2003	–
Anhang VII Abs. 7 Nr. 1 UAbs. 4 der Beitrittsakte von 2003	Art. 383 Buchst. a
Anhang VII Abs. 7 Nr. 1 UAbs. 5 der Beitrittsakte von 2003	–
Anhang VII Abs. 7 Nr. 1 UAbs. 6 der Beitrittsakte von 2003	Art. 383 Buchst. b

Andere Rechtsakte	Vorliegende Richtlinie
Anhang VIII Abs. 7 Nr. 1 Buchst. a der Beitrittsakte von 2003	–
Anhang VIII Abs. 7 Nr. 1 Buchst. b UAbs. 2 der Beitrittsakte von 2003	Art. 384 Buchst. a
Anhang VIII Abs. 7 Nr. 1 Buchst. b UAbs. 3 der Beitrittsakte von 2003	Art. 384 Buchst. b
Anhang IX Abs. 8 Nr. 1 der Beitrittsakte von 2003	Art. 385
Anhang X Abs. 7 Nr. 1 Buchst. a Ziffern i und ii der Beitrittsakte von 2003	Art. 126 Buchst. a und b
Anhang X Abs. 7 Nr. 1 Buchst. c der Beitrittsakte von 2003	Art. 386
Anhang XI Abs. 7 Nr. 1 der Beitrittsakte von 2003	Art. 127
Anhang XI Abs. 7 Nr. 2 Buchst. a der Beitrittsakte von 2003	Art. 387 Buchst. c
Anhang XI Abs. 7 Nr. 2 Buchst. b der Beitrittsakte von 2003	Art. 387 Buchst. a
Anhang XI Abs. 7 Nr. 2 Buchst. c der Beitrittsakte von 2003	Art. 387 Buchst. b
Anhang XII Abs. 9 Nr. 1 Buchst. a der Beitrittsakte von 2003	Art. 128 Abs. 1 und 2
Anhang XII Abs. 9 Nr. 1 Buchst. b der Beitrittsakte von 2003	Art. 128 Abs. 3, 4 und 5
Anhang XII Abs. 9 Nr. 2 der Beitrittsakte von 2003	Art. 388
Anhang XIII Abs. 9 Nr. 1 Buchst. a der Beitrittsakte von 2003	Art. 129 Abs. 1 und 2
Anhang XIII Abs. 9 Nr. 1 Buchst. b der Beitrittsakte von 2003	Art. 389
Anhang XIV Abs. 7 UAbs. 1 der Beitrittsakte von 2003	Art. 130 Buchst. a und b
Anhang XIV Abs. 7 UAbs. 2 der Beitrittsakte von 2003	–
Anhang XIV Abs. 7 UAbs. 3 der Beitrittsakte von 2003	Art. 390

2. Verordnung (EU) Nr. 282/2011 des Rates zur Festlegung von Durchführungsvorschriften zur Richtlinie 2006/112/EG über das gemeinsame Mehrwertsteuersystem

Vom 15. März 2011 (ABl. EU Nr. L 77 S. 1)

Geändert durch Verordnung (EU) Nr. 967/2012 vom 9.10.2012 (ABl. EU Nr. L 290 S. 1) und Verordnung EU Nr. 1042/2013 vom 7.10.2013 (ABl. EU Nr. L 284 S. 1)

DER RAT DER EUROPÄISCHEN UNION –

gestützt auf den Vertrag über die Arbeitsweise der Europäischen Union,

gestützt auf die Richtlinie 2006/112/EG des Rates vom 28. November 2006 über das gemeinsame Mehrwertsteuersystem[1], insbesondere Artikel 397,

auf Vorschlag der Europäischen Kommission,

in Erwägung nachstehender Gründe:

(1) Die Verordnung (EG) Nr. 1777/2005 des Rates vom 17. Oktober 2005 zur Festlegung von Durchführungsvorschriften zur Richtlinie 77/388/EWG über das gemeinsame Mehrwertsteuersystem[2] muss in einigen wesentlichen Punkten geändert werden. Aus Gründen der Klarheit und der Vereinfachung sollte die Verordnung neu gefasst werden.

(2) Die Richtlinie 2006/112/EG legt Vorschriften im Bereich der Mehrwertsteuer fest, die in bestimmten Fällen für die Auslegung durch die Mitgliedstaaten offen sind. Der Erlass von gemeinsamen Vorschriften zur Durchführung der Richtlinie 2006/112/EG sollte gewährleisten, dass in Fällen, in denen es zu Divergenzen bei der Anwendung kommt oder kommen könnte, die nicht mit dem reibungslosen Funktionieren des Binnenmarkts zu vereinbaren sind, die Anwendung des Mehrwertsteuersystems stärker auf das Ziel eines solchen Binnenmarkts ausgerichtet wird. Diese Durchführungsvorschriften sind erst vom Zeitpunkt des Inkrafttretens dieser Verordnung an rechtsverbindlich; sie berühren nicht die Gültigkeit der von den Mitgliedstaaten in der Vergangenheit angenommenen Rechtsvorschriften und Auslegungen.

(3) Die Änderungen, die sich aus dem Erlass der Richtlinie 2008/8/EG des Rates vom 12. Februar 2008 zur Änderung der Richtlinie 2006/112/EG bezüglich des Ortes der Dienstleistung[3] ergeben, sollten in dieser Verordnung berücksichtigt werden.

(4) Das Ziel dieser Verordnung ist, die einheitliche Anwendung des Mehrwertsteuersystems in seiner derzeitigen Form dadurch sicherzustellen, dass Vorschriften zur Durchführung der Richtlinie 2006/112/EG erlassen werden, und zwar insbesondere in Bezug auf den Steuerpflichtigen, die Lieferung von Gegenständen und die Erbringung von Dienstleistungen sowie den Ort der steuerbaren Umsätze. Im Einklang mit dem Grundsatz der Verhältnismäßigkeit gemäß Artikel 5 Absatz 4 des Vertrags über die Europäische Union geht diese Verordnung nicht über das für die Erreichung dieses Ziels erforderliche Maß hinaus. Da sie in allen Mitgliedstaaten verbindlich ist und unmittelbar gilt, wird die Einheitlichkeit der Anwendung am besten durch eine Verordnung gewährleistet.

(5) Diese Durchführungsvorschriften enthalten spezifische Regelungen zu einzelnen Anwendungsfragen und sind ausschließlich im Hinblick auf eine unionsweit einheitliche steuerliche Behandlung dieser Einzelfälle konzipiert. Sie sind daher nicht auf andere Fälle übertragbar und auf der Grundlage ihres Wortlauts restriktiv anzuwenden.

(6) Ändert ein Nichtsteuerpflichtiger seinen Wohnort und überführt er bei dieser Gelegenheit ein neues Fahrzeug oder wird ein neues Fahrzeug in den Mitgliedstaat zurücküberführt, aus dem es ursprünglich mehrwertsteuerfrei an den Nichtsteuerpflichtigen, der es zurücküberführt, geliefert worden war, so sollte klargestellt werden, dass es sich dabei nicht um den innergemeinschaftlichen Erwerb eines neuen Fahrzeugs handelt.

---

[1] ABl. 2006 L 347, 1.

[2] ABl. 2005 L 288, 1.

[3] ABl. 2008 L 44, 11.

(7) Für bestimmte Dienstleistungen ist es ausreichend, dass der Dienstleistungserbringer nachweist, dass der steuerpflichtige oder nichtsteuerpflichtige Empfänger dieser Dienstleistungen außerhalb der Gemeinschaft ansässig ist, damit die Erbringung dieser Dienstleistungen nicht der Mehrwertsteuer unterliegt.

(8) Die Zuteilung einer Mehrwertsteuer-Identifikationsnummer an einen Steuerpflichtigen, der eine Dienstleistung für einen Empfänger in einem anderen Mitgliedstaat erbringt oder der aus einem anderen Mitgliedstaat eine Dienstleistung erhält, für die die Mehrwertsteuer ausschließlich vom Dienstleistungsempfänger zu zahlen ist, sollte nicht das Recht dieses Steuerpflichtigen auf Nichtbesteuerung seiner innergemeinschaftlichen Erwerbe von Gegenständen beeinträchtigen. Teilt jedoch ein Steuerpflichtiger im Zusammenhang mit einem innergemeinschaftlichen Erwerb von Gegenständen dem Lieferer seine Mehrwertsteuer-Identifikationsnummer mit, so wird der Steuerpflichtige in jedem Fall so behandelt, als habe er von der Möglichkeit Gebrauch gemacht, diese Umsätze der Steuer zu unterwerfen.

(9) Die weitere Integration des Binnenmarkts erfordert eine stärkere grenzüberschreitende Zusammenarbeit von in verschiedenen Mitgliedstaaten ansässigen Wirtschaftsbeteiligten und hat zu einer steigenden Anzahl von Europäischen wirtschaftlichen Interessenvereinigungen (EWIV) im Sinne der Verordnung (EWG) Nr. 2137/85 des Rates vom 25. Juli 1985 über die Schaffung einer Europäischen wirtschaftlichen Interessenvereinigung (EWIV)[4] geführt. Daher sollte klargestellt werden, dass EWIV steuerpflichtig sind, wenn sie gegen Entgelt Gegenstände liefern oder Dienstleistungen erbringen.

(10) Es ist erforderlich, Restaurant- und Verpflegungsdienstleistungen, die Abgrenzung zwischen diesen beiden Dienstleistungen sowie ihre angemessene Behandlung klar zu definieren.

(11) Im Interesse der Klarheit sollten Umsätze, die als elektronisch erbrachte Dienstleistungen eingestuft werden, in Verzeichnissen aufgelistet werden, wobei diese Verzeichnisse weder endgültig noch erschöpfend sind.

(12) Es ist erforderlich, einerseits festzulegen, dass es sich bei einer Leistung, die nur aus der Montage verschiedener vom Dienstleistungsempfänger zur Verfügung gestellter Teile einer Maschine besteht, um eine Dienstleistung handelt, und andererseits, wo der Ort dieser Dienstleistung liegt, wenn sie an einen Nichtsteuerpflichtigen erbracht wird.

(13) Der Verkauf einer Option als Finanzinstrument sollte als Dienstleistung behandelt werden, die von den Umsätzen, auf die sich die Option bezieht, getrennt ist.

(14) Um die einheitliche Anwendung der Regeln für die Bestimmung des Ortes der steuerbaren Umsätze sicherzustellen, sollten der Begriff des Ortes, an dem ein Steuerpflichtiger den Sitz seiner wirtschaftlichen Tätigkeit hat, und der Begriff der festen Niederlassung, des Wohnsitzes und des gewöhnlichen Aufenthaltsortes klargestellt werden. Die Zugrundelegung möglichst klarer und objektiver Kriterien sollte die praktische Anwendung dieser Begriffe erleichtern, wobei der Rechtsprechung des Gerichtshofs Rechnung getragen werden sollte.

(15) Es sollten Vorschriften erlassen werden, die eine einheitliche Behandlung von Lieferungen von Gegenständen gewährleisten, wenn ein Lieferer den Schwellenwert für Fernverkäufe in einen anderen Mitgliedstaat überschritten hat.

(16) Es sollte klargestellt werden, dass zur Bestimmung des innerhalb der Gemeinschaft stattfindenden Teils der Personenbeförderung die Reisestrecke des Beförderungsmittels und nicht die von den Fahrgästen zurückgelegte Reisestrecke ausschlaggebend ist.

(17) Das Recht des Erwerbsmitgliedstaats zur Besteuerung eines innergemeinschaftlichen Erwerbs sollte nicht durch die mehrwertsteuerliche Behandlung der Umsätze im Abgangsmitgliedstaat beeinträchtigt werden.

(18) Für die richtige Anwendung der Regeln über den Ort der Dienstleistung kommt es hauptsächlich auf den Status des Dienstleistungsempfängers als Steuerpflichtiger oder Nichtsteuerpflichtiger und die Eigenschaft, in der er handelt, an. Um den steuerlichen Status des Dienstleistungsempfängers zu bestimmen, sollte festgelegt werden, welche Nachweise sich der Dienstleistungserbringer vom Dienstleistungsempfänger vorlegen lassen muss.

(19) Es sollte klargestellt werden, dass dann, wenn für einen Steuerpflichtigen erbrachte Dienstleistungen für den privaten Bedarf, einschließlich für den Bedarf des Personals des Dienst-

---

[4] ABl. 1985 L 199, 1.

leistungsempfängers, bestimmt sind, dieser Steuerpflichtige nicht als in seiner Eigenschaft als Steuerpflichtiger handelnd eingestuft werden kann. Zur Entscheidung, ob der Dienstleistungsempfänger als Steuerpflichtiger handelt oder nicht, ist die Mitteilung seiner Mehrwertsteuer-Identifikationsnummer an den Dienstleistungserbringer ausreichend, um ihm die Eigenschaft als Steuerpflichtiger zuzuerkennen, es sei denn, dem Dienstleistungserbringer liegen gegenteilige Informationen vor. Es sollte außerdem sichergestellt werden, dass eine Dienstleistung, die sowohl für Unternehmenszwecke erworben als auch privat genutzt wird, nur an einem einzigen Ort besteuert wird.

(20) Zur genauen Bestimmung des Ortes der Niederlassung des Dienstleistungsempfängers ist der Dienstleistungserbringer verpflichtet, die vom Dienstleistungsempfänger übermittelten Angaben zu überprüfen.

(21) Unbeschadet der allgemeinen Bestimmung über den Ort einer Dienstleistung an einen Steuerpflichtigen sollten Regeln festgelegt werden, um dem Dienstleistungserbringer für den Fall, dass Dienstleistungen an einen Steuerpflichtigen erbracht werden, der an mehr als einem Ort ansässig ist, zu helfen, den Ort der festen Niederlassung des Steuerpflichtigen, an die die Dienstleistung erbracht wird, unter Berücksichtigung der jeweiligen Umstände zu bestimmen. Wenn es dem Dienstleistungserbringer nicht möglich ist, diesen Ort zu bestimmen, sollten Bestimmungen zur Präzisierung der Pflichten des Dienstleistungserbringers festgelegt werden. Diese Bestimmungen sollten die Pflichten des Steuerpflichtigen weder berühren noch ändern.

(22) Es sollte auch festgelegt werden, zu welchem Zeitpunkt der Dienstleistungserbringer den Status des Dienstleistungsempfängers als Steuerpflichtiger oder Nichtsteuerpflichtiger, seine Eigenschaft und seinen Ort bestimmen muss.

(23) Der Grundsatz in Bezug auf missbräuchliche Praktiken von Wirtschaftsbeteiligten gilt generell für die vorliegende Verordnung, doch ist es angezeigt, speziell im Zusammenhang mit einigen Bestimmungen dieser Verordnung auf seine Gültigkeit hinzuweisen.

(24) Bestimmte Dienstleistungen wie die Erteilung des Rechts zur Fernsehübertragung von Fußballspielen, Textübersetzungen, Dienstleistungen im Zusammenhang mit der Mehrwertsteuererstattung und Dienstleistungen von Vermittlern, die an einen Nichtsteuerpflichtigen erbracht werden, sind mit grenzübergreifenden Sachverhalten verbunden oder beziehen sogar außerhalb der Gemeinschaft ansässige Wirtschaftsbeteiligte ein. Zur Verbesserung der Rechtssicherheit sollte der Ort dieser Dienstleistungen eindeutig bestimmt werden.

(25) Es sollte festgelegt werden, dass für Dienstleistungen von Vermittlern, die im Namen und für Rechnung Dritter handeln und die Beherbergungsdienstleistungen in der Hotelbranche vermitteln, nicht die spezifische Regel für Dienstleistungen im Zusammenhang mit einem Grundstück gilt.

(26) Werden mehrere Dienstleistungen im Rahmen von Bestattungen als Bestandteil einer einheitlichen Dienstleistung erbracht, sollte festgelegt werden, nach welcher Vorschrift der Ort der Dienstleistung zu bestimmen ist.

(27) Um die einheitliche Behandlung von Dienstleistungen auf dem Gebiet der Kultur, der Künste, des Sports, der Wissenschaften, des Unterrichts sowie der Unterhaltung und ähnlichen Ereignissen sicherzustellen, sollten die Eintrittsberechtigung zu solchen Ereignissen und die mit der Eintrittsberechtigung zusammenhängenden Dienstleistungen definiert werden.

(28) Es sollte klargestellt werden, wie Restaurant- und Verpflegungsdienstleistungen zu behandeln sind, die an Bord eines Beförderungsmittels erbracht werden, sofern die Personenbeförderung auf dem Gebiet mehrerer Länder erfolgt.

(29) Da bestimmte Regeln für die Vermietung von Beförderungsmitteln auf die Dauer des Besitzes oder der Verwendung abstellen, muss nicht nur festgelegt werden, welche Fahrzeuge als Beförderungsmittel anzusehen sind, sondern es ist auch klarzustellen, wie solche Dienstleistungen zu behandeln sind, wenn mehrere aufeinanderfolgende Verträge abgeschlossen werden. Es ist auch der Ort festzulegen, an dem das Beförderungsmittel dem Dienstleistungsempfänger tatsächlich zur Verfügung gestellt wird.

(30) Unter bestimmten Umständen sollte eine bei der Bezahlung eines Umsatzes mittels Kredit- oder Geldkarte anfallende Bearbeitungsgebühr nicht zu einer Minderung der Besteuerungsgrundlage für diesen Umsatz führen.

(31) Es muss klargestellt werden, dass auf die Vermietung von Zelten, Wohnanhängern und Wohnmobilen, die auf Campingplätzen aufgestellt sind und als Unterkünfte dienen, ein ermäßigter Steuersatz angewandt werden kann.

(32) Als Ausbildung, Fortbildung oder berufliche Umschulung sollten sowohl Schulungsmaßnahmen mit direktem Bezug zu einem Gewerbe oder einem Beruf als auch jegliche Schulungsmaßnahme im Hinblick auf den Erwerb oder die Erhaltung beruflicher Kenntnisse gelten, und zwar unabhängig von ihrer Dauer.

(33) „Platinum Nobles" sollten in allen Fällen von der Steuerbefreiung für Umsätze mit Devisen, Banknoten und Münzen ausgeschlossen sein.

(34) Es sollte festgelegt werden, dass die Steuerbefreiung für Dienstleistungen im Zusammenhang mit der Einfuhr von Gegenständen, deren Wert in der Steuerbemessungsgrundlage für diese Gegenstände enthalten ist, auch für im Rahmen eines Wohnortwechsels erbrachte Beförderungsdienstleistungen gilt.

(35) Die vom Abnehmer nach Orten außerhalb der Gemeinschaft beförderten und für die Ausrüstung oder die Versorgung von Beförderungsmitteln – die von Personen, die keine natürlichen Personen sind, wie etwa Einrichtungen des öffentlichen Rechts oder Vereine, für nichtgeschäftliche Zwecke genutzt werden – bestimmten Gegenstände sollten von der Steuerbefreiung bei Ausfuhrumsätzen ausgeschlossen sein.

(36) Um eine einheitliche Verwaltungspraxis bei der Berechnung des Mindestwerts für die Steuerbefreiung der Ausfuhr von Gegenständen zur Mitführung im persönlichen Gepäck von Reisenden sicherzustellen, sollten die Bestimmungen für diese Berechnung harmonisiert werden.

(37) Es sollte festgelegt werden, dass die Steuerbefreiung für bestimmte Umsätze, die Ausfuhren gleichgestellt sind, auch für Dienstleistungen gilt, die unter die besondere Regelung für elektronisch erbrachte Dienstleistungen fallen.

(38) Eine entsprechend dem Rechtsrahmen für ein Konsortium für eine europäische Forschungsinfrastruktur (ERIC) zu schaffende Einrichtung sollte zum Zweck der Mehrwertsteuerbefreiung nur unter bestimmten Voraussetzungen als internationale Einrichtung gelten. Die für die Inanspruchnahme der Befreiung erforderlichen Voraussetzungen sollten daher festgelegt werden.

(39) Lieferungen von Gegenständen und Dienstleistungen, die im Rahmen diplomatischer und konsularischer Beziehungen bewirkt oder anerkannten internationalen Einrichtungen oder bestimmten Streitkräften erbracht werden, sind vorbehaltlich bestimmter Beschränkungen und Bedingungen von der Mehrwertsteuer befreit. Damit ein Steuerpflichtiger, der eine solche Lieferung oder Dienstleistung von einem anderen Mitgliedstaat aus bewirkt, nachweisen kann, dass die Voraussetzungen für diese Befreiung vorliegen, sollte eine Freistellungsbescheinigung eingeführt werden.

(40) Für die Ausübung des Rechts auf Vorsteuerabzug sollten auch elektronische Einfuhrdokumente zugelassen werden, wenn sie dieselben Anforderungen erfüllen wie Papierdokumente.

(41) Hat ein Lieferer von Gegenständen oder ein Erbringer von Dienstleistungen eine feste Niederlassung in dem Gebiet des Mitgliedstaats, in dem die Steuer geschuldet wird, so sollte festgelegt werden, unter welchen Umständen die Steuer von dieser Niederlassung zu entrichten ist.

(42) Es sollte klargestellt werden, dass ein Steuerpflichtiger, dessen Sitz der wirtschaftlichen Tätigkeit sich in dem Gebiet des Mitgliedstaats befindet, in dem die Mehrwertsteuer geschuldet wird, im Hinblick auf diese Steuerschuld selbst dann als ein in diesem Mitgliedstaat ansässiger Steuerschuldner anzusehen ist, wenn dieser Sitz nicht bei der Lieferung von Gegenständen oder der Erbringung von Dienstleistungen mitwirkt.

(43) Es sollte klargestellt werden, dass jeder Steuerpflichtige verpflichtet ist, für bestimmte steuerbare Umsätze seine Mehrwertsteuer-Identifikationsnummer mitzuteilen, sobald er diese erhalten hat, damit eine gerechtere Steuererhebung gewährleistet ist.

(44) Um die Gleichbehandlung der Wirtschaftsbeteiligten zu gewährleisten, sollte festgelegt werden, welche Anlagegold-Gewichte auf den Goldmärkten definitiv akzeptiert werden und an welchem Datum der Wert der Goldmünzen festzustellen ist.

(45) Die Sonderregelung für die Erbringung elektronisch erbrachter Dienstleistungen durch nicht in der Gemeinschaft ansässige Steuerpflichtige an in der Gemeinschaft ansässige oder wohnhafte Nichtsteuerpflichtige ist an bestimmte Voraussetzungen geknüpft. Es sollte insbesondere ge-

nau angegeben werden, welche Folgen es hat, wenn diese Voraussetzungen nicht mehr erfüllt werden.

(46) Bestimmte Änderungen resultieren aus der Richtlinie 2008/8/EG. Da diese Änderungen zum einen die Besteuerung der Vermietung von Beförderungsmitteln über einen längeren Zeitraum ab dem 1. Januar 2013 und zum anderen die Besteuerung elektronisch erbrachter Dienstleistungen ab dem 1. Januar 2015 betreffen, sollte festgelegt werden, dass die entsprechenden Bestimmungen dieser Verordnung erst ab diesen Daten anwendbar sind –

HAT FOLGENDE VERORDNUNG ERLASSEN:

Kapitel I. Gegenstand

Art. 1 [Anwendungsbereich]. Diese Verordnung regelt die Durchführung einiger Bestimmungen der Titel I bis V und VII bis XII der Richtlinie 2006/112/EG.

Kapitel II. Anwendungsbereich (Titel I der Richtlinie 2006/112/EG)

Art. 2 [Nichtvorliegen eines innergemeinschaftlichen Erwerbs]. Folgendes führt nicht zu einem innergemeinschaftlichen Erwerb im Sinne von Artikel 2 Absatz 1 Buchstabe b der Richtlinie 2006/112/EG:

a) die Verbringung eines neuen Fahrzeugs durch einen Nichtsteuerpflichtigen aufgrund eines Wohnortwechsels, vorausgesetzt, die Befreiung nach Artikel 138 Absatz 2 Buchstabe a der Richtlinie 2006/112/EG war zum Zeitpunkt der Lieferung nicht anwendbar;
b) die Rückführung eines neuen Fahrzeugs durch einen Nichtsteuerpflichtigen in denjenigen Mitgliedstaat, aus dem es ihm ursprünglich unter Inanspruchnahme der Steuerbefreiung nach Artikel 138 Absatz 2 Buchstabe a der Richtlinie 2006/112/EG geliefert wurde.

Art. 3 [Dienstleistungen außerhalb des Anwendungsbereichs der MwSt]. Unbeschadet des Artikels 59a Absatz 1 Buchstabe b der Richtlinie 2006/112/EG unterliegt die Erbringung der nachstehend aufgeführten Dienstleistungen nicht der Mehrwertsteuer, wenn der Dienstleistungserbringer nachweist, dass der nach Kapitel V Abschnitt 4 Unterabschnitte 3 und 4 der vorliegenden Verordnung ermittelte Ort der Dienstleistung außerhalb der Gemeinschaft liegt:

a) ab 1. Januar 2013 die in Artikel 56 Absatz 2 Unterabsatz 1 der Richtlinie 2006/112/EG genannten Dienstleistungen;
b) ab 1. Januar 2015 die in Artikel 58 der Richtlinie 2006/112/EG aufgeführten Dienstleistungen;
c) die in Artikel 59 der Richtlinie 2006/112/EG aufgeführten Dienstleistungen.

Art. 4 [Nichtbesteuerung innergemeinschaftlicher Erwerb trotz Zuteilung USt-IdNr]. Einem Steuerpflichtigen, dessen innergemeinschaftliche Erwerbe von Gegenständen gemäß Artikel 3 der Richtlinie 2006/112/EG nicht der Mehrwertsteuer unterliegen, steht dieses Recht auf Nichtbesteuerung auch dann weiterhin zu, wenn ihm nach Artikel 214 Absatz 1 Buchstabe d oder e jener Richtlinie für empfangene Dienstleistungen, für die er Mehrwertsteuer zu entrichten hat, oder für von ihm im Gebiet eines anderen Mitgliedstaats erbrachte Dienstleistungen, für die die Mehrwertsteuer ausschließlich vom Empfänger zu entrichten ist, eine Mehrwertsteuer-Identifikationsnummer zugeteilt wurde.

Teilt dieser Steuerpflichtige jedoch im Zusammenhang mit dem innergemeinschaftlichen Erwerb von Gegenständen seine Mehrwertsteuer-Identifikationsnummer einem Lieferer mit, so gilt damit die Wahlmöglichkeit nach Artikel 3 Absatz 3 der genannten Richtlinie als in Anspruch genommen.

Kapitel III. Steuerpflichtiger (Titel III der Richtlinie 2006/112/EG)

Art. 5 [EWIV als Steuerpflichtiger (Unternehmer)]. Eine gemäß der Verordnung (EWG) Nr. 2137/85 gegründete Europäische wirtschaftliche Interessenvereinigung (EWIV), die gegen Entgelt Lieferungen von Gegenständen oder Dienstleistungen an ihre Mitglieder oder an Dritte bewirkt, ist ein Steuerpflichtiger im Sinne von Artikel 9 Absatz 1 der Richtlinie 2006/112/EG.

Kapitel IV. Steuerbarer Umsatz (Artikel 24 bis 29 der Richtlinie 2006/112/EG)

Art. 6 [Definition Restaurant- und Verpflegungsdienstleistungen]. (1) Als Restaurant- und Verpflegungsdienstleistungen gelten die Abgabe zubereiteter oder nicht zubereiteter Speisen und/oder Getränke, zusammen mit ausreichenden unterstützenden Dienstleistungen, die deren sofortigen Verzehr ermöglichen. Die Abgabe von Speisen und/oder Getränken ist nur eine Komponente der gesamten Leistung, bei der der Dienstleistungsanteil überwiegt. Restaurantdienstleistungen sind die Erbringung solcher Dienstleistungen in den Räumlichkeiten des Dienstleistungserbringers und Verpflegungsdienstleistungen sind die Erbringung solcher Dienstleistungen an einem anderen Ort als den Räumlichkeiten des Dienstleistungserbringers.

(2) Die Abgabe von zubereiteten oder nicht zubereiteten Speisen und/oder Getränken mit oder ohne Beförderung, jedoch ohne andere unterstützende Dienstleistungen, gilt nicht als Restaurant- oder Verpflegungsdienstleistung im Sinne des Absatzes 1.

Art. 6a[5] [Telekommunikationsdienstleistungen]. (1) Telekommunikationsdienstleistungen im Sinne von Artikel 24 Absatz 2 der Richtlinie 2006/112/EG umfassen insbesondere
a) Festnetz- und Mobiltelefondienste zur wechselseitigen Ton-, Daten- und Videoübertragung einschließlich Telefondienstleistungen mit bildgebender Komponente (Videofonie);
b) über das Internet erbrachte Telefondienste einschließlich VoIP-Diensten (Voice over Internet Protocol);
c) Sprachspeicherung (Voicemail), Anklopfen, Rufumleitung, Anruferkennung, Dreiwegeanruf und andere Anrufverwaltungsdienste;
d) Personenrufdienste (Paging-Dienste);
e) Audiotextdienste;
f) Fax, Telegrafie und Fernschreiben;
g) den Zugang zum Internet einschließlich des World Wide Web;
h) private Netzanschlüsse für Telekommunikationsverbindungen zur ausschließlichen Nutzung durch den Dienstleistungsempfänger.

(2) Telekommunikationsdienstleistungen im Sinne von Artikel 24 Absatz 2 der Richtlinie 2006/112/EG umfassen nicht
a) elektronisch erbrachte Dienstleistungen;
b) Rundfunk- und Fernsehdienstleistungen (im Folgenden ‚Rundfunkdienstleistungen‘).

Art. 6b[6] [Rundfunkdienstleistungen]. (1) Rundfunkdienstleistungen umfassen Dienstleistungen in Form von Audio- und audiovisuellen Inhalten wie Rundfunk- oder Fernsehsendungen, die auf der Grundlage eines Sendeplans über Kommunikationsnetze durch einen Mediendiensteanbieter unter dessen redaktioneller Verantwortung der Öffentlichkeit zum zeitgleichen Anhören oder Ansehen zur Verfügung gestellt werden.

(2) Unter Absatz 01 fällt insbesondere Folgendes:
a) Rundfunk- oder Fernsehsendungen, die über einen Rundfunk- oder Fernsehsender verbreitet oder weiterverbreitet werden;

---

[5] Art. 6a eingef. mWv 1.1.2015 durch Verordnung (EU) 1042/2013 v. 7.10.2013 (ABl. 2013 L 284, 1).

[6] Art. 6b eingef. mWv 1.1.2015 durch Verordnung (EU) 1042/2013 v. 7.10.2013 (ABl. 2013 L 284, 1).

b) Rundfunk- oder Fernsehsendungen, die über das Internet oder ein ähnliches elektronisches Netzwerk (IP-Streaming) verbreitet werden, wenn sie zeitgleich zu ihrer Verbreitung oder Weiterverbreitung durch einen Rundfunk- oder Fernsehsender übertragen werden.

(3) Absatz 1 findet keine Anwendung auf

a) Telekommunikationsdienstleistungen;
b) elektronisch erbrachte Dienstleistungen;
c) die Bereitstellung von Informationen über bestimmte auf Abruf erhältliche Programme;
d) die Übertragung von Sende- oder Verbreitungsrechten;
e) das Leasing von Geräten und technischer Ausrüstung zum Empfang von Rundfunkdienstleistungen;
f) Rundfunk- oder Fernsehsendungen, die über das Internet oder ein ähnliches elektronisches Netz (IP-Streaming) verbreitet werden, es sei denn, sie werden zeitgleich zu ihrer Verbreitung oder Weiterverbreitung durch herkömmliche Rundfunk- oder Fernsehsender übertragen.

Art. 7 [Definition elektronisch erbrachte Dienstleistungen]. (1) „Elektronisch erbrachte Dienstleistungen" im Sinne der Richtlinie 2006/112/EG umfassen Dienstleistungen, die über das Internet oder ein ähnliches elektronisches Netz erbracht werden, deren Erbringung aufgrund ihrer Art im Wesentlichen automatisiert und nur mit minimaler menschlicher Beteiligung erfolgt und ohne Informationstechnologie nicht möglich wäre.

(2) Unter Absatz 1 fällt insbesondere das Folgende:

a) Überlassung digitaler Produkte allgemein, z. B. Software und zugehörige Änderungen oder Upgrades;
b) Dienste, die in elektronischen Netzen eine Präsenz zu geschäftlichen oder persönlichen Zwecken, z. B. eine Website oder eine Webpage, vermitteln oder unterstützen;
c) von einem Computer automatisch generierte Dienstleistungen über das Internet oder ein ähnliches elektronisches Netz auf der Grundlage spezifischer Dateninputs des Dienstleistungsempfängers;
d) Einräumung des Rechts, gegen Entgelt eine Leistung auf einer Website, die als Online-Marktplatz fungiert, zum Kauf anzubieten, wobei die potenziellen Käufer ihr Gebot im Wege eines automatisierten Verfahrens abgeben und die Beteiligten durch eine automatische, computergenerierte E-Mail über das Zustandekommen eines Verkaufs unterrichtet werden;
e) Internet-Service-Pakete, in denen die Telekommunikations-Komponente ein ergänzender oder untergeordneter Bestandteil ist (d. h. Pakete, die mehr ermöglichen als nur die Gewährung des Zugangs zum Internet und die weitere Elemente wie etwa Nachrichten, Wetterbericht, Reiseinformationen, Spielforen, Webhosting, Zugang zu Chatlines usw. umfassen);
f) die in Anhang I genannten Dienstleistungen.

(3)[7] Absatz 1 findet keine Anwendung auf:

a) Rundfunkdienstleistungen;
b) Telekommunikationsdienstleistungen;
c) Gegenstände bei elektronischer Bestellung und Auftragsbearbeitung;
d) CD-ROMs, Disketten und ähnliche körperliche Datenträger;
e) Druckerzeugnisse wie Bücher, Newsletter, Zeitungen und Zeitschriften;
f) CDs und Audiokassetten;
g) Videokassetten und DVDs;
h) Spiele auf CD-ROM;
i) Beratungsleistungen durch Rechtsanwälte, Finanzberater usw. per E-Mail;
j) Unterrichtsleistungen, wobei ein Lehrer den Unterricht über das Internet oder ein elektronisches Netz, d. h. über einen Remote Link, erteilt;
k) physische Offline-Reparatur von EDV-Ausrüstung;
l) Offline-Data-Warehousing;
m) Zeitungs-, Plakat- und Fernsehwerbung;
n) Telefon-Helpdesks;
o) Fernunterricht im herkömmlichen Sinne, z. B. per Post;

---

[7] Art. 7 Abs. 3 Einleitung und Buchst. a geänd., Buchst. q, r und s gestrichen, Buchst. t und u eingef. mWv 1. 1. 2015 durch Verordnung (EU) 1042/2013 v. 7. 10. 2013 (ABl. 2013 L 284, 1).

p) Versteigerungen herkömmlicher Art, bei denen Menschen direkt tätig werden, unabhängig davon, wie die Gebote abgegeben werden;
q) *Videofonie, d. h. Telekommunikationsdienstleistungen mit Video-Komponente;*
r) *Gewährung des Zugangs zum Internet und zum World Wide Web;*
s) *Internettelefonie.*
t) online gebuchte Eintrittskarten für Veranstaltungen auf dem Gebiet der Kultur, der Künste, des Sports, der Wissenschaft, des Unterrichts, der Unterhaltung und ähnliche Veranstaltungen;
u) online gebuchte Beherbergungsleistungen, Mietwagen, Restaurantdienstleistungen, Personenbeförderungsdienste oder ähnliche Dienstleistungen.

Art. 8 [Zusammenbau einer Maschine als Dienstleistung]. Baut ein Steuerpflichtiger lediglich die verschiedenen Teile einer Maschine zusammen, die ihm alle vom Empfänger seiner Dienstleistung zur Verfügung gestellt wurden, so ist dieser Umsatz eine Dienstleistung im Sinne von Artikel 24 Absatz 1 der Richtlinie 2006/112/EG.

Art. 9 [Verkauf einer Option als Dienstleistung]. Der Verkauf einer Option, der in den Anwendungsbereich von Artikel 135 Absatz 1 Buchstabe f der Richtlinie 2006/112/EG fällt, ist eine Dienstleistung im Sinne von Artikel 24 Absatz 1 der genannten Richtlinie. Diese Dienstleistung ist von den der Option zugrunde liegenden Umsätzen zu unterscheiden.

Art. 9a[8] [Erbringung; Erbringer]. (1) Für die Anwendung von Artikel 28 der Richtlinie 2006/112/EG gilt, dass wenn elektronisch erbrachte Dienstleistungen über ein Telekommunikationsnetz, eine Schnittstelle oder ein Portal wie einen Appstore erbracht werden, davon auszugehen ist, dass ein an dieser Erbringung beteiligter Steuerpflichtiger im eigenen Namen, aber für Rechnung des Anbieters dieser Dienstleistungen tätig ist, es sei denn, dass dieser Anbieter von dem Steuerpflichtigen ausdrücklich als Leistungserbringer genannt wird und dies in den vertraglichen Vereinbarungen zwischen den Parteien zum Ausdruck kommt.

Damit der Anbieter der elektronisch erbrachten Dienstleistungen als vom Steuerpflichtigen ausdrücklich genannter Erbringer der elektronisch erbrachten Dienstleistungen angesehen werden kann, müssen die folgenden Bedingungen erfüllt sein:
a) Auf der von jedem an der Erbringung der elektronisch erbrachten Dienstleistungen beteiligten Steuerpflichtigen ausgestellten oder verfügbar gemachten Rechnung müssen die elektronisch erbrachten Dienstleistungen und der Erbringer dieser elektronisch erbrachten Dienstleistungen angegeben sein;
b) auf der dem Dienstleistungsempfänger ausgestellten oder verfügbar gemachten Rechnung oder Quittung müssen die elektronisch erbrachten Dienstleistungen und ihr Erbringer angegeben sein.

Für die Zwecke dieses Absatzes ist es einem Steuerpflichtigen nicht gestattet, eine andere Person ausdrücklich als Erbringer von elektronischen Dienstleistungen anzugeben, wenn er hinsichtlich der Erbringung dieser Dienstleistungen die Abrechnung mit dem Dienstleistungsempfänger autorisiert oder die Erbringung der Dienstleistungen genehmigt oder die allgemeinen Bedingungen der Erbringung festlegt.

(2) Absatz 1 findet auch Abwendung, wenn über das Internet erbrachte Telefondienste einschließlich VoIP-Diensten (Voice over Internet Protocol) über ein Telekommunikationsnetz, eine Schnittstelle oder ein Portal wie einen Appstore erbracht werden und diese Erbringung unter den in Absatz 1 genannten Bedingungen erfolgt.

(3) Dieser Artikel gilt nicht für einen Steuerpflichtigen, der lediglich Zahlungen in Bezug auf elektronisch erbrachte Dienstleistungen oder über das Internet erbrachte Telefondienste einschließlich VoIP-Diensten (Voice over Internet Protocol) abwickelt und nicht an der Erbringung dieser elektronisch erbrachten Dienstleistungen oder Telefondienste beteiligt ist.

---

[8] Art. 9a eingef. mWv 1.1.2015 durch Verordnung (EU) 1042/2013 v. 7.10.2013 (ABl. 2013 L 284, 1).

Kapitel V. Ort des steuerbaren Umsatzes

Abschnitt 1. Begriffe

Art. 10 [Definition Sitzort]. (1) Für die Anwendung der Artikel 44 und 45 der Richtlinie 2006/112/EG gilt als Ort, an dem der Steuerpflichtige den Sitz seiner wirtschaftlichen Tätigkeit hat, der Ort, an dem die Handlungen zur zentralen Verwaltung des Unternehmens vorgenommen werden.

(2) Zur Bestimmung des Ortes nach Absatz 1 werden der Ort, an dem die wesentlichen Entscheidungen zur allgemeinen Leitung des Unternehmens getroffen werden, der Ort seines satzungsmäßigen Sitzes und der Ort, an dem die Unternehmensleitung zusammenkommt, herangezogen.

Kann anhand dieser Kriterien der Ort des Sitzes der wirtschaftlichen Tätigkeit eines Unternehmens nicht mit Sicherheit bestimmt werden, so wird der Ort, an dem die wesentlichen Entscheidungen zur allgemeinen Leitung des Unternehmens getroffen werden, zum vorrangigen Kriterium.

(3) Allein aus dem Vorliegen einer Postanschrift kann nicht geschlossen werden, dass sich dort der Sitz der wirtschaftlichen Tätigkeit eines Unternehmens befindet.

Art. 11 [Definition feste Niederlassung]. (1) Für die Anwendung des Artikels 44 der Richtlinie 2006/112/EG gilt als „feste Niederlassung" jede Niederlassung mit Ausnahme des Sitzes der wirtschaftlichen Tätigkeit nach Artikel 10 dieser Verordnung, die einen hinreichenden Grad an Beständigkeit sowie eine Struktur aufweist, die es ihr von der personellen und technischen Ausstattung her erlaubt, Dienstleistungen, die für den eigenen Bedarf dieser Niederlassung erbracht werden, zu empfangen und dort zu verwenden.

(2) Für die Anwendung der folgenden Artikel gilt als „feste Niederlassung" jede Niederlassung mit Ausnahme des Sitzes der wirtschaftlichen Tätigkeit nach Artikel 10 dieser Verordnung, die einen hinreichenden Grad an Beständigkeit sowie eine Struktur aufweist, die es von der personellen und technischen Ausstattung her erlaubt, Dienstleistungen zu erbringen:
a) Artikel 45 der Richtlinie 2006/112/EG;
b) ab 1. Januar 2013 Artikel 56 Absatz 2 Unterabsatz 2 der Richtlinie 2006/112/EG;
c) bis 31. Dezember 2014 Artikel 58 der Richtlinie 2006/112/EG;
d) Artikel 192a der Richtlinie 2006/112/EG.

(3) Allein aus der Tatsache, dass eine Mehrwertsteuer-Identifikationsnummer zugeteilt wurde, kann nicht darauf geschlossen werden, dass ein Steuerpflichtiger eine „feste Niederlassung" hat.

Art. 12 [Definition Wohnsitz einer natürlichen Person]. Für die Anwendung der Richtlinie 2006/112/EG gilt als „Wohnsitz" einer natürlichen Person, unabhängig davon, ob diese Person steuerpflichtig ist oder nicht, der im Melderegister oder in einem ähnlichen Register eingetragene Wohnsitz oder der Wohnsitz, den die betreffende Person bei der zuständigen Steuerbehörde angegeben hat, es sei denn, es liegen Anhaltspunkte dafür vor, dass dieser Wohnsitz nicht die tatsächlichen Gegebenheiten widerspiegelt.

Art. 13 [Definition gewöhnlicher Aufenthalt einer natürlichen Person]. Im Sinne der Richtlinie 2006/112/EG gilt als „gewöhnlicher Aufenthaltsort" einer natürlichen Person, unabhängig davon, ob diese Person steuerpflichtig ist oder nicht, der Ort, an dem diese natürliche Person aufgrund persönlicher und beruflicher Bindungen gewöhnlich lebt.

Liegen die beruflichen Bindungen einer natürlichen Person in einem anderen Land als dem ihrer persönlichen Bindungen oder gibt es keine beruflichen Bindungen, so bestimmt sich der gewöhnliche Aufenthaltsort nach den persönlichen Bindungen, die enge Beziehungen zwischen der natürlichen Person und einem Wohnort erkennen lassen.

Art. 13a[9] **[Ansässigkeit juristischer Personen].** Als Ort, an dem eine nichtsteuerpflichtige juristische Person im Sinne von Artikel 56 Absatz 2 Unterabsatz 1, Artikel 58 und Artikel 59 der Richtlinie 2006/112/EG ansässig ist, gilt
a) der Ort, an dem Handlungen zu ihrer zentralen Verwaltung ausgeführt werden, oder
b) der Ort jeder anderen Niederlassung, die einen hinreichenden Grad an Beständigkeit sowie eine Struktur aufweist, die es ihr von der personellen und technischen Ausstattung her erlaubt, Dienstleistungen, die für den eigenen Bedarf dieser Niederlassung erbracht werden, zu empfangen und dort zu verwenden.

[ab 1. 1. 2017:
Art. 13b[10] **[Geltung als Grundstück].** Für die Zwecke der Anwendung der Richtlinie 2006/112/EG gilt als ‚Grundstück'
a) ein bestimmter über- oder unterirdischer Teil der Erdoberfläche, an dem Eigentum und Besitz begründet werden kann;
b) jedes mit oder in dem Boden über oder unter dem Meeresspiegel befestigte Gebäude oder jedes derartige Bauwerk, das nicht leicht abgebaut oder bewegt werden kann;
c) jede Sache, die einen wesentlichen Bestandteil eines Gebäudes oder eines Bauwerks bildet, ohne die das Gebäude oder das Bauwerk unvollständig ist, wie zum Beispiel Türen, Fenster, Dächer, Treppenhäuser und Aufzüge;
d) Sachen, Ausstattungsgegenstände oder Maschinen, die auf Dauer in einem Gebäude oder einem Bauwerk installiert sind, und die nicht bewegt werden können, ohne das Gebäude oder das Bauwerk zu zerstören oder zu verändern.]

Abschnitt 2. Ort der Lieferung von Gegenständen (Artikel 31 bis 39 der Richtlinie 2006/112/EG)

Art. 14 [Versandhandelsregelung – Ort der Lieferung bei Überschreiten der Lieferschwelle im laufenden Jahr]. Wird im Laufe eines Kalenderjahres der von einem Mitgliedstaat gemäß Artikel 34 der Richtlinie 2006/112/EG angewandte Schwellenwert überschritten, so ergibt sich aus Artikel 33 jener Richtlinie keine Änderung des Ortes der Lieferungen von nicht verbrauchsteuerpflichtigen Waren, die in dem fraglichen Kalenderjahr vor Überschreiten des von diesem Mitgliedstaat für das laufende Kalenderjahr angewandten Schwellenwerts getätigt wurden, unter der Bedingung, dass alle folgenden Voraussetzungen erfüllt sind:
a) der Lieferer hat nicht die Wahlmöglichkeit des Artikels 34 Absatz 4 jener Richtlinie in Anspruch genommen;
b) der Wert seiner Lieferungen von Gegenständen hat den Schwellenwert im vorangegangenen Jahr nicht überschritten.

Hingegen ändert Artikel 33 der Richtlinie 2006/112/EG den Ort folgender Lieferungen in den Mitgliedstaat der Beendigung des Versands oder der Beförderung:
a) die Lieferung von Gegenständen, mit der der vom Mitgliedstaat für das laufende Kalenderjahr angewandte Schwellenwert in dem laufenden Kalenderjahr überschritten wurde;
b) alle weiteren Lieferungen von Gegenständen in denselben Mitgliedstaat in dem betreffenden Kalenderjahr;
c) Lieferungen von Gegenständen in denselben Mitgliedstaat in dem Kalenderjahr, das auf das Jahr folgt, in dem das unter Buchstabe a genannte Ereignis eingetreten ist.

Art. 15 [Maßgeblichkeit Reisestrecke des Beförderungsmittels bei Bestimmung des innergemeinschaftlichen Teils der Personenbeförderung bei Bordlieferungen]. Zur Bestimmung des innerhalb der Gemeinschaft stattfindenden Teils der Personenbeförderung im

[9] Art. 13a eingef. mWv 1. 1. 2015 durch Verordnung (EU) 1042/2013 v. 7. 10. 2013 (ABl. 2013 L 284, 1).
[10] Art. 13b eingef. mWv 1. 1. 2017 durch Verordnung (EU) 1042/2013 v. 7. 10. 2013 (ABl. 2013 L 284, 1).

Sinne des Artikels 37 der Richtlinie 2006/112/EG ist die Reisestrecke des Beförderungsmittels, nicht die der beförderten Personen, ausschlaggebend.

Abschnitt 3. Ort des innergemeinschaftlichen Erwerbs von Gegenständen (Artikel 40, 41 und 42 der Richtlinie 2006/112/EG)

Art. 16 [Besteuerungskompetenz des Mitgliedstaats des Endes der Beförderung]. Der Mitgliedstaat der Beendigung des Versands oder der Beförderung der Gegenstände, in dem ein innergemeinschaftlicher Erwerb von Gegenständen im Sinne von Artikel 20 der Richtlinie 2006/112/EG erfolgt, nimmt seine Besteuerungskompetenz unabhängig von der mehrwertsteuerlichen Behandlung des Umsatzes im Mitgliedstaat des Beginns des Versands oder der Beförderung der Gegenstände wahr.

Ein etwaiger vom Lieferer der Gegenstände gestellter Antrag auf Berichtigung der in Rechnung gestellten und gegenüber dem Mitgliedstaat des Beginns des Versands oder der Beförderung der Gegenstände erklärten Mehrwertsteuer wird von diesem Mitgliedstaat nach seinen nationalen Vorschriften bearbeitet.

Abschnitt 4. Ort der Dienstleistung (Artikel 43 bis 59 der Richtlinie 2006/112/EG)

Unterabschnitt 1. Status des Dienstleistungsempfängers

Art. 17 [Ort der Dienstleistung bei Abstellen auf Personen des Leistungsempfängers]. (1) Hängt die Bestimmung des Ortes der Dienstleistung davon ab, ob es sich bei dem Dienstleistungsempfänger um einen Steuerpflichtigen oder um einen Nichtsteuerpflichtigen handelt, so wird der Status des Dienstleistungsempfängers nach den Artikeln 9 bis 13 und 43 der Richtlinie 2006/112/EG bestimmt.

(2) Eine nicht steuerpflichtige juristische Person, der gemäß Artikel 214 Absatz 1 Buchstabe b der Richtlinie 2006/112/EG eine Mehrwertsteuer-Identifikationsnummer zugeteilt wurde oder die verpflichtet ist, sich für Mehrwertsteuerzwecke erfassen zu lassen, weil ihre innergemeinschaftlichen Erwerbe von Gegenständen der Mehrwertsteuer unterliegen oder weil sie die Wahlmöglichkeit in Anspruch genommen hat, diese Umsätze der Mehrwertsteuerpflicht zu unterwerfen, gilt als Steuerpflichtiger im Sinne des Artikels 43 jener Richtlinie.

Art. 18 [Vermutung der Unternehmereigenschaft des Leistungsempfängers]. (1) Sofern dem Dienstleistungserbringer keine gegenteiligen Informationen vorliegen, kann er davon ausgehen, dass ein in der Gemeinschaft ansässiger Dienstleistungsempfänger den Status eines Steuerpflichtigen hat,

a) wenn der Dienstleistungsempfänger ihm seine individuelle Mehrwertsteuer-Identifikationsnummer mitgeteilt hat und er die Bestätigung der Gültigkeit dieser Nummer sowie die des zugehörigen Namens und der zugehörigen Anschrift gemäß Artikel 31 der Verordnung (EG) Nr. 904/2010 des Rates vom 7. Oktober 2010 über die Zusammenarbeit der Verwaltungsbehörden und die Betrugsbekämpfung auf dem Gebiet der Mehrwertsteuer[11] erlangt hat;
b) wenn er, sofern der Dienstleistungsempfänger noch keine individuelle Mehrwertsteuer-Identifikationsnummer erhalten hat, jedoch mitteilt, dass er die Zuteilung einer solchen Nummer beantragt hat, anhand eines anderen Nachweises feststellt, dass es sich bei dem Dienstleistungsempfänger um einen Steuerpflichtigen oder eine nicht steuerpflichtige juristische Person handelt, die verpflichtet ist, sich für Mehrwertsteuerzwecke erfassen zu lassen, und mittels handelsüblicher Sicherheitsmaßnahmen (wie beispielsweise der Kontrolle der Angaben zur Person oder von Zahlungen) in zumutbarem Umfang die Richtigkeit der vom Dienstleistungsempfänger gemachten Angaben überprüft.

---

[11] ABl. 2010 L 268, 1.

(2)[12] Sofern dem Dienstleistungserbringer keine gegenteiligen Informationen vorliegen, kann er davon ausgehen, dass ein in der Gemeinschaft ansässiger Dienstleistungsempfänger den Status eines Nichtsteuerpflichtigen hat, wenn er nachweist, dass Letzterer ihm seine individuelle Mehrwertsteuer-Identifikationsnummer nicht mitgeteilt hat.

Ungeachtet gegenteiliger Informationen kann jedoch der Erbringer von Telekommunikations-, Rundfunk- oder elektronisch erbrachten Dienstleistungen davon ausgehen, dass ein innerhalb der Gemeinschaft ansässiger Dienstleistungsempfänger den Status eines Nichtsteuerpflichtigen hat, solange der Dienstleistungsempfänger ihm seine individuelle Mehrwertsteuer-Identifikationsnummer nicht mitgeteilt hat.

(3) Sofern dem Dienstleistungserbringer keine gegenteiligen Informationen vorliegen, kann er davon ausgehen, dass ein außerhalb der Gemeinschaft ansässiger Dienstleistungsempfänger den Status eines Steuerpflichtigen hat,

a) wenn er vom Dienstleistungsempfänger die von den für den Dienstleistungsempfänger zuständigen Steuerbehörden ausgestellte Bescheinigung erlangt, wonach der Dienstleistungsempfänger eine wirtschaftliche Tätigkeit ausübt, die es ihm ermöglicht, eine Erstattung der Mehrwertsteuer gemäß der Richtlinie 86/560/EWG des Rates vom 17. November 1986 zur Harmonisierung der Rechtsvorschriften der Mitgliedstaaten über die Umsatzsteuern – Verfahren der Erstattung der Mehrwertsteuer an nicht im Gebiet der Gemeinschaft ansässige Steuerpflichtige[13] zu erhalten;
b) wenn ihm, sofern der Dienstleistungsempfänger diese Bescheinigung nicht besitzt, eine Mehrwertsteuernummer oder eine ähnliche dem Dienstleistungsempfänger von seinem Ansässigkeitsstaat zugeteilte und zur Identifizierung von Unternehmen verwendete Nummer vorliegt oder er anhand eines anderen Nachweises feststellt, dass es sich bei dem Dienstleistungsempfänger um einen Steuerpflichtigen handelt, und er mittels handelsüblicher Sicherheitsmaßnahmen (wie beispielsweise derjenigen in Bezug auf die Kontrolle der Angaben zur Person oder von Zahlungen) in zumutbarem Umfang die Richtigkeit der vom Dienstleistungsempfänger gemachten Angaben überprüft.

Unterabschnitt 2. Eigenschaft des Dienstleistungsempfängers

Art. 19 [Verwendung einer Dienstleistung zum unternehmerischen/privaten Gebrauch]. Für die Zwecke der Anwendung der Bestimmungen über den Ort der Dienstleistung nach Artikel 44 und 45 der Richtlinie 2006/112/EG gilt ein Steuerpflichtiger oder eine als Steuerpflichtiger geltende nichtsteuerpflichtige juristische Person, der/die Dienstleistungen ausschließlich zum privaten Gebrauch, einschließlich zum Gebrauch durch sein/ihr Personal empfängt, als nicht steuerpflichtig.

Sofern dem Dienstleistungserbringer keine gegenteiligen Informationen – wie etwa die Art der erbrachten Dienstleistungen – vorliegen, kann er davon ausgehen, dass es sich um Dienstleistungen für die unternehmerischen Zwecke des Dienstleistungsempfängers handelt, wenn Letzterer ihm für diesen Umsatz seine individuelle Mehrwertsteuer-Identifikationsnummer mitgeteilt hat.

Ist ein und dieselbe Dienstleistung sowohl zum privaten Gebrauch, einschließlich zum Gebrauch durch das Personal, als auch für die unternehmerischen Zwecke des Dienstleistungsempfängers bestimmt, so fällt diese Dienstleistung ausschließlich unter Artikel 44 der Richtlinie 2006/112/EG, sofern keine missbräuchlichen Praktiken vorliegen.

Unterabschnitt 3. Ort des Dienstleistungsempfängers

Art. 20 [Dienstleistungsempfänger mit nur einem Ansässigkeitsort – Besteuerung am Sitzort]. Fällt eine Dienstleistung an einen Steuerpflichtigen oder an eine nicht steuerpflichtige juristische Person, die als Steuerpflichtiger gilt, in den Anwendungsbereich des Artikels 44

[12] Art. 18 UAbs. 2 eingef. mWv 1.1.2015 durch Verordnung (EU) 1042/2013 v. 7.10.2013 (ABl. 2013 L 284, 1).

[13] ABl. 1986 L 326, 40.

der Richtlinie 2006/112/EG und ist dieser Steuerpflichtige in einem einzigen Land ansässig oder befindet sich, in Ermangelung eines Sitzes der wirtschaftlichen Tätigkeit oder einer festen Niederlassung, sein Wohnsitz und sein gewöhnlicher Aufenthaltsort in einem einzigen Land, so ist diese Dienstleistung in diesem Land zu besteuern.

Der Dienstleistungserbringer stellt diesen Ort auf der Grundlage der vom Dienstleistungsempfänger erhaltenen Informationen fest und überprüft diese Informationen mittels handelsüblicher Sicherheitsmaßnahmen, wie beispielsweise der Kontrolle der Angaben zur Person oder von Zahlungen.

Die Information kann auch eine von dem Mitgliedstaat, in dem der Dienstleistungsempfänger ansässig ist, zugeteilte Mehrwertsteuer-Identifikationsnummer beinhalten.

Art. 21 [Dienstleistungsempfänger mit mehrfachem Ansässigkeitsort – Besteuerung am Sitzort oder am Ort der festen Niederlassung]. Fällt eine Dienstleistung an einen Steuerpflichtigen oder an eine nicht steuerpflichtige juristische Person, die als Steuerpflichtiger gilt, in den Anwendungsbereich des Artikels 44 der Richtlinie 2006/112/EG und ist der Steuerpflichtige in mehr als einem Land ansässig, so ist diese Dienstleistung in dem Land zu besteuern, in dem der Dienstleistungsempfänger den Sitz seiner wirtschaftlichen Tätigkeit hat.

Wird die Dienstleistung jedoch an eine feste Niederlassung des Steuerpflichtigen an einem anderen Ort erbracht als dem Ort, an dem sich der Sitz der wirtschaftlichen Tätigkeit des Dienstleistungsempfängers befindet, so ist diese Dienstleistung am Ort der festen Niederlassung zu besteuern, die Empfänger der Dienstleistung ist und sie für den eigenen Bedarf verwendet.

Verfügt der Steuerpflichtige weder über einen Sitz der wirtschaftlichen Tätigkeit noch über eine feste Niederlassung, so ist die Dienstleistung am Wohnsitz des Steuerpflichtigen oder am Ort seines gewöhnlichen Aufenthalts zu besteuern.

Art. 22 [Überprüfung des Orts der festen Niederlassung des Dienstleistungsempfängers]. (1) Der Dienstleistungserbringer prüft die Art und die Verwendung der erbrachten Dienstleistung, um die feste Niederlassung des Dienstleistungsempfängers zu ermitteln, an die die Dienstleistung erbracht wird.

Kann der Dienstleistungserbringer weder anhand der Art der erbrachten Dienstleistung noch ihrer Verwendung die feste Niederlassung ermitteln, an die die Dienstleistung erbracht wird, so prüft er bei der Ermittlung dieser festen Niederlassung insbesondere, ob der Vertrag, der Bestellschein und die vom Mitgliedstaat des Dienstleistungsempfängers vergebene und ihm vom Dienstleistungsempfänger mitgeteilte Mehrwertsteuer-Identifikationsnummer die feste Niederlassung als Dienstleistungsempfänger ausweisen und ob die feste Niederlassung die Dienstleistung bezahlt.

Kann die feste Niederlassung des Dienstleistungsempfängers, an die die Dienstleistung erbracht wird, gemäß den Unterabsätzen 1 und 2 des vorliegenden Absatzes nicht bestimmt werden oder werden einem Steuerpflichtigen unter Artikel 44 der Richtlinie 2006/112/EG fallende Dienstleistungen innerhalb eines Vertrags erbracht, der eine oder mehrere Dienstleistungen umfasst, die auf nicht feststellbare oder nicht quantifizierbare Weise genutzt werden, so kann der Dienstleistungserbringer berechtigterweise davon ausgehen, dass diese Dienstleistungen an dem Ort erbracht werden, an dem der Dienstleistungsempfänger den Sitz seiner wirtschaftlichen Tätigkeit hat.

(2) Die Pflichten des Dienstleistungsempfängers bleiben von der Anwendung dieses Artikels unberührt.

Art. 23 [Ort der Dienstleistung am Ansässigkeitsort des Dienstleistungsempfängers – Feststellung des Orts aufgrund Informationen durch Leistungsempfänger]. (1) Ist eine Dienstleistung ab 1. Januar 2013 entsprechend Artikel 56 Absatz 2 Unterabsatz 1 der Richtlinie 2006/112/EG an dem Ort zu versteuern, an dem der Dienstleistungsempfänger ansässig ist, oder in Ermangelung eines solchen Sitzes an seinem Wohnsitz oder an seinem gewöhnlichen Aufenthaltsort, so stellt der Dienstleistungserbringer diesen Ort auf der Grundlage der vom Dienstleistungsempfänger erhaltenen Sachinformationen fest und überprüft diese Informationen mittels handelsüblicher Sicherheitsmaßnahmen, wie beispielsweise der Kontrolle von Angaben zur Person oder von Zahlungen.

(2) Ist eine Dienstleistung entsprechend den Artikeln 58 und 59 der Richtlinie 2006/112/EG an dem Ort zu versteuern, an dem der Dienstleistungsempfänger ansässig ist, oder in Ermangelung eines solchen Sitzes an seinem Wohnsitz oder an seinem gewöhnlichen Aufenthaltsort, so stellt der Dienstleistungserbringer diesen Ort auf der Grundlage der vom Dienstleistungsempfänger erhaltenen Sachinformationen fest und überprüft diese Informationen mittels der handelsüblichen Sicherheitsmaßnahmen, wie beispielsweise der Kontrolle von Angaben zur Person oder von Zahlungen.

[bis 31.12.2014:]

Art. 24 ***[Dienstleistungen an einen Nichtunternehmer mit Mehrfachansässigkeit – Vorrang des Orts des tatsächlichen Verbrauchs].*** *(1) Wird ab 1. Januar 2013 eine Dienstleistung, die unter Artikel 56 Absatz 2 Unterabsatz 1 der Richtlinie 2006/112/EG fällt, an einen Nichtsteuerpflichtigen erbracht, der in verschiedenen Ländern ansässig ist oder seinen Wohnsitz in einen Land und seinen gewöhnlichen Aufenthaltsort in einem anderen Land hat, so ist bei der Bestimmung des Ortes der Dienstleistung der Ort vorrangig, der am ehesten eine Besteuerung am Ort des tatsächlichen Verbrauchs gewährleistet.*

(2) Wird eine Dienstleistung entsprechend den Artikeln 58 und 59 der Richtlinie 2006/112/EG an einen Nichtsteuerpflichtigen erbracht, der in verschiedenen Ländern ansässig ist oder seinen Wohnsitz in einem Land und seinen gewöhnlichen Aufenthaltsort in einem anderen Land hat, so ist bei der Bestimmung des Ortes der Dienstleistung der Ort vorrangig, an dem am ehesten eine Besteuerung am Ort des tatsächlichen Verbrauchs gewährleistet ist.

[ab 1.1.2015:]

Art. 24[14] **[Dienstleistungen an einen Nichtunternehmer mit Mehrfachansässigkeit – Vorrang des Orts des tatsächlichen Verbrauchs].** Wird eine Dienstleistung, die unter Artikel 56 Absatz 2 Unterabsatz 1 oder unter die Artikel 58 und 59 der Richtlinie 2006/112/EG fällt, an einen Nichtsteuerpflichtigen erbracht, der in verschiedenen Ländern ansässig ist oder seinen Wohnsitz in einem Land und seinen gewöhnlichen Aufenthaltsort in einem anderen Land hat, so ist folgender Ort vorrangig:

a) im Fall einer nichtsteuerpflichtigen juristischen Person der in Artikel 13a Buchstabe a dieser Verordnung genannte Ort, es sei denn, es liegen Anhaltspunkte dafür vor, dass die Dienstleistung tatsächlich an dem in Artikel 13a Buchstabe b genannten Ort ihrer Niederlassung in Anspruch genommen wird;
b) im Fall einer natürlichen Person der gewöhnliche Aufenthaltsort, es sei denn, es liegen Anhaltspunkte dafür vor, dass die Dienstleistung am Wohnsitz der betreffenden Person in Anspruch genommen wird.

Unterabschnitt 3a. Vermutungen bezüglich des Ortes des Dienstleistungsempfängers[15]

Art. 24a [Ansässigkeitsvermutung bei physischer Anwesenheit]. (1) Für die Zwecke der Anwendung der Artikel 44, 58 und 59a der Richtlinie 2006/112/EG wird vermutet, dass wenn ein Dienstleistungserbringer Telekommunikations-, Rundfunk- oder elektronisch erbrachte Dienstleistungen an Orten wie Telefonzellen, Kiosk-Telefonen, WLAN-Hot-Spots, Internetcafés, Restaurants oder Hotellobbys erbringt, und der Dienstleistungsempfänger an diesem Ort physisch anwesend sein muss, damit ihm die Dienstleistung durch diesen Dienstleistungserbringer erbracht werden kann, der Dienstleistungsempfänger an dem betreffenden Ort ansässig ist oder seinen Wohnsitz oder seinen gewöhnlichen Aufenthaltsort hat und dass die Dienstleistung an diesem Ort tatsächlich genutzt und ausgewertet wird.

(2) Befindet sich der Ort im Sinne von Absatz 1 des vorliegenden Artikels an Bord eines Schiffes, eines Flugzeugs oder in einer Eisenbahn während einer Personenbeförderung, die innerhalb

[14] Art. 24 neugef. mWv 1.1.2015 durch Verordnung (EU) 1042/2013 v. 7.10.2013 (ABl. 2013 L 284, 1).

[15] UAbs. 3a (Art. 24a–24c) eingef. mWv 1.1.2015 durch Verordnung (EU) 1042/2013 v. 7.10.2013 (ABl. 2013 L 284, 1).

der Gemeinschaft gemäß den Artikeln 37 und 57 der Richtlinie 2006/112/EG stattfindet, so ist das Land, in dem sich der Ort befindet, das Abgangsland der Personenbeförderung.

Art. 24b [Ansässigkeitsvermutung bei Nichtsteuerpflichtigen]. Für die Zwecke der Anwendung von Artikel 58 der Richtlinie 2006/112/EG gilt, dass wenn einem Nichtsteuerpflichtigen Telekommunikations-, Rundfunk- oder elektronisch erbrachte Dienstleistungen:

a) über seinen Festnetzanschluss erbracht werden, die Vermutung gilt, dass der Dienstleistungsempfänger an dem Ort, an dem sich der Festnetzanschluss befindet, ansässig ist oder seinen Wohnsitz oder seinen gewöhnlichen Aufenthaltsort hat;

b) über mobile Netze erbracht werden, die Vermutung gilt, dass der Dienstleistungsempfänger in dem Land, das durch den Ländercode der bei Inanspruchnahme der Dienstleistungen verwendeten SIM-Karte bezeichnet wird, ansässig ist oder seinen Wohnsitz oder seinen gewöhnlichen Aufenthaltsort hat;

c) erbracht werden, für die ein Decoder oder ein ähnliches Gerät oder eine Programm- oder Satellitenkarte verwendet werden muss und wird kein Festnetzanschluss verwendet, die Vermutung gilt, dass der Dienstleistungsempfänger an dem Ort, an dem sich der Decoder oder das ähnliche Gerät befindet, oder, wenn dieser Ort unbekannt ist, an dem Ort, an den die Programm- oder Satellitenkarte zur Verwendung gesendet wird, ansässig ist oder seinen Wohnsitz oder seinen gewöhnlichen Aufenthaltsort hat;

d) unter anderen als den in den Artikeln 24a und in den Buchstaben a, b und c des vorliegenden Artikels genannten Bedingungen erbracht werden, die Vermutung gilt, dass der Dienstleistungsempfänger an dem Ort ansässig ist oder seinen Wohnsitz oder seinen gewöhnlichen Aufenthaltsort hat, der vom Leistungserbringer unter Verwendung von zwei einander nicht widersprechenden Beweismitteln gemäß Artikel 24f der vorliegenden Verordnung als solcher bestimmt wird.

Art. 24c [Ansässigkeit bei Vermietung von Beförderungsmitteln]. Werden einem Nichtsteuerpflichtigen Beförderungsmittel vermietet, ausgenommen die Vermietung über einen kürzeren Zeitraum, so ist für die Zwecke der Anwendung von Artikel 56 Absatz 2 der Richtlinie 2006/112/EG von der Vermutung auszugehen, dass der Dienstleistungsempfänger an dem Ort ansässig ist oder seinen Wohnsitz oder seinen gewöhnlichen Aufenthaltsort hat, der vom Leistungserbringer unter Verwendung von zwei einander nicht widersprechenden Beweismitteln gemäß Artikel 24e der vorliegenden Verordnung als solcher bestimmt wird.

Unterabschnitt 3b. Widerlegung von Vermutungen[16]

Art. 24d [Widerlegung durch Beweismittel]. (1) Erbringt ein Leistungserbringer eine in Artikel 58 der Richtlinie 2006/112/EG des Rates aufgeführte Dienstleistung, so kann er eine Vermutung nach Artikel 24a oder 24b Buchstaben a, b oder c der vorliegenden Verordnung durch drei einander nicht widersprechende Beweismittel widerlegen, aus denen hervorgeht, dass der Dienstleistungsempfänger an einem anderen Ort ansässig ist oder seinen Wohnsitz oder seinen gewöhnlichen Aufenthaltsort hat.

(2) Der Fiskus kann Vermutungen nach Artikel 24a, 24b, 24c widerlegen, wenn es Hinweise auf falsche Anwendung oder Missbrauch durch den Leistungserbringer gibt.

Unterabschnitt 3c. Beweismittel für die Bestimmung des Ortes des Dienstleistungsempfängers und Widerlegung von Vermutungen[17]

Art. 24e [Gültige Beweismittel iSv Art. 56]. Für die Zwecke der Anwendung von Artikel 56 Absatz 2 der Richtlinie 2006/112/EG und der Erfüllung der Anforderungen gemäß Artikel 24c der vorliegenden Verordnung gilt als Beweismittel insbesondere Folgendes:

a) die Rechnungsanschrift des Dienstleistungsempfängers;

---

[16] UAbs. 3b (Art. 24d) eingef. mWv 1.1.2015 durch Verordnung (EU) 1042/2013 v. 7.10.2013 (ABl. 2013 L 284, 1).

b) Bankangaben wie der Ort, an dem das für die Zahlung verwendete Bankkonto geführt wird, oder die der Bank vorliegende Rechnungsanschrift des Dienstleistungsempfängers;
c) die Zulassungsdaten des von dem Dienstleistungsempfänger gemieteten Beförderungsmittels, wenn dieses an dem Ort, an dem es genutzt wird, zugelassen sein muss, oder ähnliche Informationen;
d) sonstige wirtschaftlich relevante Informationen.

Art. 24f [Gültige Beweismittel iSv Art. 58]. Für die Zwecke der Anwendung von Artikel 58 der Richtlinie 2006/112/EG und der Erfüllung der Anforderungen gemäß Artikel 24b Buchstabe d oder Artikel 24d Absatz 1 der vorliegenden Verordnung gilt als Beweismittel insbesondere Folgendes:
a) die Rechnungsanschrift des Dienstleistungsempfängers;
b) die Internet-Protokoll-Adresse (IP-Adresse) des von dem Dienstleistungsempfänger verwendeten Geräts oder jedes Verfahren der Geolokalisierung;
c) Bankangaben wie der Ort, an dem das für die Zahlung verwendete Bankkonto geführt wird oder die der Bank vorliegende Rechnungsanschrift des Dienstleistungsempfängers;
d) der Mobilfunk-Ländercode (Mobile Country Code — MCC) der Internationalen Mobilfunk-Teilnehmerkennung (International Mobile Subscriber Identity — IMSI), der auf der von dem Dienstleistungsempfänger verwendeten SIM-Karte (Teilnehmer-Identifikationsmodul — Subscriber Identity Module) gespeichert ist;
e) der Ort des Festnetzanschlusses des Dienstleistungsempfängers, über den ihm die Dienstleistung erbracht wird;
f) sonstige wirtschaftlich relevante Informationen.

Unterabschnitt 4. Allgemeine Bestimmungen zur Ermittlung des Status, der Eigenschaft und des Ortes des Dienstleistungsempfängers

Art. 25 [Alleinige Berücksichtigung der Umstände zum Zeitpunkt des Umsatzes]. Zur Anwendung der Vorschriften hinsichtlich des Ortes der Dienstleistung sind lediglich die Umstände zu dem Zeitpunkt zu berücksichtigen, zu dem der Steuertatbestand eintritt. Jede spätere Änderung des Verwendungszwecks der betreffenden Dienstleistung wirkt sich nicht auf die Bestimmung des Orts der Dienstleistung aus, sofern keine missbräuchlichen Praktiken vorliegen.

Unterabschnitt 5. Dienstleistungen, die unter die Allgemeinen Bestimmungen fallen

Art. 26 [Ort der Dienstleistung bei Einräumung von Fernsehübertragungsrechten bei Fußballspielen]. Die Erteilung des Rechts zur Fernsehübertragung von Fußballspielen durch Organisationen an Steuerpflichtige fällt unter Artikel 44 der Richtlinie 2006/112/EG.

Art. 27 [Ort der Dienstleistung bei der Mitwirkung bei Anträgen auf Vorsteuervergütung für EU-Unternehmer]. Dienstleistungen, die in der Beantragung oder Vereinnahmung von Erstattungen der Mehrwertsteuer gemäß der Richtlinie 2008/9/EG des Rates vom 12. Februar 2008 zur Regelung der Erstattung der Mehrwertsteuer gemäß der Richtlinie 2006/112/EG an nicht im Mitgliedstaat der Erstattung, sondern in einem anderen Mitgliedstaat ansässige Steuerpflichtige[18] bestehen, fallen unter Artikel 44 der Richtlinie 2006/112/EG.

Art. 28 [Ort von Bestattungsdienstleistungen]. Insoweit sie eine einheitliche Dienstleistung darstellen, fallen Dienstleistungen, die im Rahmen einer Bestattung erbracht werden, unter Artikel 44 und 45 der Richtlinie 2006/112/EG.

---

[17] UAbs. 3c (Art. 24e–24f) eingef. mWv 1.1.2015 durch Verordnung (EU) 1042/2013 v. 7.10.2013 (ABl. 2013 L 284, 1).

[18] ABl. 2008 L 44, 23.

Art. 29 [Ort der Dienstleistungen der Textübersetzung]. Unbeschadet des Artikels 41 der vorliegenden Verordnung fallen Dienstleistungen der Textübersetzung unter die Artikel 44 und 45 der Richtlinie 2006/112/EG.

Unterabschnitt 6. Dienstleistungen von Vermittlern

Art. 30 [Begriff der Dienstleistung von Vermittlern]. Unter den Begriff der Dienstleistung von Vermittlern in Artikel 46 der Richtlinie 2006/112/EG fallen sowohl Dienstleistungen von Vermittlern, die im Namen und für Rechnung des Empfängers der vermittelten Dienstleistung handeln, als auch Dienstleistungen von Vermittlern, die im Namen und für Rechnung des Erbringers der vermittelten Dienstleistungen handeln.

Art. 31 [Vermittlungsleistungen im Zusammenhang mit Beherbergungsumsätzen]. Dienstleistungen von Vermittlern, die im Namen und für Rechnung Dritter handeln, und die in der Vermittlung einer Beherbergungsdienstleistung in der Hotelbranche oder in Branchen mit ähnlicher Funktion bestehen, fallen in den Anwendungsbereich:
a) des Artikels 44 der Richtlinie 2006/112/EG, wenn sie an einen Steuerpflichtigen, der als solcher handelt, oder an eine nichtsteuerpflichtige juristische Person, die als Steuerpflichtiger gilt, erbracht werden;
b) des Artikels 46 der genannten Richtlinie, wenn sie an einen Nichtsteuerpflichtigen erbracht werden.

Unterabschnitt 6a. Dienstleistungen im Zusammenhang mit Grundstücken[19]

[ab 1.1.2017:]
Art. 31a [Direkter Zusammenhang]. (1) Dienstleistungen im Zusammenhang mit einem Grundstück im Sinne von Artikel 47 der Richtlinie 2006/112/EG umfassen nur Dienstleistungen, die in einem hinreichend direkten Zusammenhang mit dem Grundstück stehen. In folgenden Fällen sind Dienstleistungen als in einem hinreichend direkten Zusammenhang mit einem Grundstück stehend anzusehen:
a) wenn sie von einem Grundstück abgeleitet sind und das Grundstück einen wesentlichen Bestandteil der Dienstleistung darstellt und zentral und wesentlich für die erbrachte Dienstleistung ist;
b) wenn sie für das Grundstück selbst erbracht werden oder auf das Grundstück selbst gerichtet sind, und deren Zweck in rechtlichen oder physischen Veränderungen an dem Grundstück besteht.

(2) Unter Absatz 1 fällt insbesondere Folgendes:
a) Erstellung von Bauplänen für Gebäude oder Gebäudeteile für ein bestimmtes Grundstück ungeachtet der Tatsache, ob dieses Gebäude tatsächlich errichtet wird oder nicht;
b) Bauaufsichtsmaßnahmen oder grundstücksbezogene Sicherheitsdienste, die vor Ort erbracht werden;
c) Errichtung eines Gebäudes an Land sowie Bauleistungen und Abrissarbeiten an einem Gebäude oder Gebäudeteil;
d) Errichtung anderer auf Dauer angelegter Konstruktionen an Land sowie Bauleistungen und Abrissarbeiten an anderen auf Dauer angelegten Konstruktionen wie Leitungen für Gas, Wasser, Abwasser und dergleichen;
e) Landbearbeitung einschließlich landwirtschaftlicher Dienstleistungen wie Landbestellung, Säen, Bewässerung und Düngung;
f) Vermessung und Begutachtung von Gefahr und Zustand von Grundstücken;

---

[19] UAbs. 6a (Art. 31a–31c) eingef. mWv v. 1.1.2017 (Art. 31a, 31b) und 1.1.2015 (Art. 31c) durch Verordnung (EU) 1042/2013 v. 7.10.2013 (ABl. 2013 L 284, 1).

g) Bewertung von Grundstücken, auch zu Versicherungszwecken, zur Ermittlung des Grundstückswerts als Sicherheit für ein Darlehen oder für die Bewertung von Gefahren und Schäden in Streitfällen;
h) Vermietung und Verpachtung von Grundstücken mit der Ausnahme der unter Absatz 3 Buchstabe c genannten Dienstleistungen, einschließlich der Lagerung von Gegenständen, wenn hierfür ein bestimmter Teil des Grundstücks der ausschließlichen Nutzung durch den Dienstleistungsempfänger gewidmet ist;
i) Zurverfügungstellen von Unterkünften in der Hotelbranche oder in Branchen mit ähnlicher Funktion, wie zum Beispiel in Ferienlagern oder auf einem als Campingplatz hergerichteten Gelände einschließlich Umwandlung von Teilzeitnutzungsrechten (Timesharing) und dergleichen für Aufenthalte an einem bestimmten Ort;
j) Gewährung und Übertragung sonstiger nicht unter den Buchstaben h und i aufgeführter Nutzungsrechte an Grundstücken und Teilen davon einschließlich der Erlaubnis, einen Teil des Grundstücks zu nutzen, wie zum Beispiel die Gewährung von Fischereirechten und Jagdrechten oder die Zugangsberechtigung zu Warteräumen in Flughäfen, oder die Nutzung von Infrastruktur, für die Maut gefordert wird, wie Brücken oder Tunnel;
k) Wartungs-, Renovierungs- und Reparaturarbeiten an einem Gebäude oder an Gebäudeteilen einschließlich Reinigung, Verlegen von Fliesen und Parkett sowie Tapezieren;
l) Wartungs-, Renovierungs- und Reparaturarbeiten an anderen auf Dauer angelegten Strukturen wie Leitungen für Gas, Wasser oder Abwasser und dergleichen;
m) Installation oder Montage von Maschinen oder Ausstattungsgegenständen, die damit als Grundstück gelten;
n) Wartung und Reparatur sowie Kontrolle und Überwachung von Maschinen oder Ausstattungsgegenständen, die als Grundstück gelten;
o) Eigentumsverwaltung, mit Ausnahme von Portfolioverwaltung in Zusammenhang mit Eigentumsanteilen an Grundstücken unter Absatz 3 Buchstabe g, die sich auf den Betrieb von Geschäfts-, Industrie- oder Wohnimmobilien durch oder für den Eigentümer des Grundstücks bezieht;
p) Vermittlungsleistungen beim Verkauf oder bei der Vermietung oder Verpachtung von Grundstücken sowie bei der Begründung oder Übertragung von bestimmten Rechten an Grundstücken oder dinglichen Rechten an Grundstücken (unabhängig davon, ob diese Rechte einem körperlichen Gegenstand gleichgestellt sind), ausgenommen Vermittlungsleistungen gemäß Absatz 3 Buchstabe d;
q) juristische Dienstleistungen im Zusammenhang mit Grundstücksübertragungen sowie mit der Begründung oder Übertragung von bestimmten Rechten an Grundstücken oder dinglichen Rechten an Grundstücken (unabhängig davon, ob diese Rechte einem körperlichen Gegenstand gleichgestellt sind), wie zum Beispiel die Tätigkeiten von Notaren, oder das Aufsetzen eines Vertrags über den Verkauf oder den Kauf eines Grundstücks, selbst wenn die zugrunde liegende Transaktion, die zur rechtlichen Veränderung an dem Grundstück führt, letztendlich nicht stattfindet.

(3) Absatz 1 findet keine Anwendung auf

a) Erstellung von Bauplänen für Gebäude oder Gebäudeteile, die keinem bestimmten Grundstück zugeordnet sind;
b) Lagerung von Gegenständen auf einem Grundstück, wenn dem Kunden kein bestimmter Teil des Grundstücks zur ausschließlichen Nutzung zur Verfügung steht;
c) Bereitstellung von Werbung, selbst wenn dies die Nutzung eines Grundstücks einschließt;
d) Vermittlung der Beherbergung in einem Hotel oder Beherbergung in Branchen mit ähnlicher Funktion, wie zum Beispiel in Ferienlagern oder auf einem als Campingplatz hergerichteten Gelände, wenn der Vermittler im Namen und für die Rechnung eines Dritten handelt;
e) Bereitstellung eines Standplatzes auf einem Messe- oder Ausstellungsgelände zusammen mit anderen ähnlichen Dienstleistungen, die dem Aussteller die Darbietung seines Angebots ermöglichen, wie die Aufmachung und Gestaltung des Standes, die Beförderung und Lagerung der Ausstellungsstücke, die Bereitstellung von Maschinen, die Verlegung von Kabeln, Versicherungen und Werbung;
f) Installation oder Montage, Wartung und Reparatur sowie Kontrolle und Überwachung von Maschinen oder Ausstattungsgegenständen, die kein fester Bestandteil des Grundstücks sind oder sein werden;

g) Portfolioverwaltung im Zusammenhang mit Eigentumsanteilen an Grundstücken;
h) juristische Dienstleistungen, mit Ausnahme der unter Absatz 2 Buchstabe q genannten Dienstleistungen, einschließlich Beratungsdienstleistungen betreffend die Vertragsbedingungen eines Grundstücksübertragungsvertrags, die Durchsetzung eines solchen Vertrags oder den Nachweis, dass ein solcher Vertrag besteht, sofern diese Dienstleistungen nicht speziell mit der Übertragung von Rechten an Grundstücken zusammenhängen.

[ab 1. 1. 2017:]
Art. 31b [Ausrüstung; Durchführung]. Wird einem Dienstleistungsempfänger Ausrüstung zur Durchführung von Arbeiten an einem Grundstück zur Verfügung gestellt, so ist diese Leistung nur dann eine Dienstleistung im Zusammenhang mit einem Grundstück, wenn der Dienstleistungserbringer für die Durchführung der Arbeiten verantwortlich ist.

Stellt ein Dienstleistungserbringer dem Dienstleistungsempfänger neben der Ausrüstung ausreichendes Bedienpersonal zur Durchführung von Arbeiten zur Verfügung, so ist von der Vermutung auszugehen, dass er für die Durchführung der Arbeiten verantwortlich ist. Die Vermutung, dass der Dienstleistungserbringer für die Durchführung der Arbeiten verantwortlich ist, kann durch jegliche sachdienliche, auf Fakten oder Gesetz gestützte Mittel widerlegt werden.

Art. 31c [Telekommunikation in der Hotelbranche]. Erbringt ein im eigenen Namen handelnder Steuerpflichtiger neben der Beherbergung in der Hotelbranche oder in Branchen mit ähnlicher Funktion, wie zum Beispiel in Ferienlagern oder auf einem als Campingplatz hergerichteten Gelände, Telekommunikations-, Rundfunk- oder elektronisch erbrachte Dienstleistungen, so gelten diese für die Zwecke der Bestimmung des Ortes dieser Dienstleistung als an diesen Orten erbracht.

Unterabschnitt 7. Dienstleistungen auf dem Gebiet der Kultur, der Künste, des Sports, der Wissenschaft, des Unterrichts, der Unterhaltung und ähnliche Veranstaltungen

Art. 32 [Formen von Eintrittsberechtigungen zu Veranstaltungen]. (1) Zu den Dienstleistungen betreffend die Eintrittsberechtigung zu Veranstaltungen auf dem Gebiet der Kultur, der Künste, des Sports, der Wissenschaft, des Unterrichts, der Unterhaltung oder ähnlichen Veranstaltungen im Sinne des Artikels 53 der Richtlinie 2006/112/EG, gehören Dienstleistungen, deren wesentliche Merkmale darin bestehen, gegen eine Eintrittskarte oder eine Vergütung, auch in Form eines Abonnements, einer Zeitkarte oder einer regelmäßigen Gebühr, das Recht auf Eintritt zu einer Veranstaltung zu gewähren.

(2) Absatz 1 gilt insbesondere für:
a) das Recht auf Eintritt zu Darbietungen, Theateraufführungen, Zirkusvorstellungen, Freizeitparks, Konzerten, Ausstellungen sowie anderen ähnlichen kulturellen Veranstaltungen;
b) das Recht auf Eintritt zu Sportveranstaltungen wie Spielen oder Wettkämpfen;
c) das Recht auf Eintritt zu Veranstaltungen auf dem Gebiet des Unterrichts und der Wissenschaft, wie beispielsweise Konferenzen und Seminare.

(3) Die Nutzung von Räumlichkeiten, wie beispielsweise Turnhallen oder anderen, gegen Zahlung einer Gebühr fällt nicht unter Absatz 1.

Art. 33 [Mit Eintrittsberechtigungen zu Veranstaltungen zusammenhängende Dienstleistungen]. Zu den mit der Eintrittsberechtigung zu Veranstaltungen auf dem Gebiet der Kultur, der Künste, des Sports, der Wissenschaft, des Unterrichts, der Unterhaltung oder ähnlichen Veranstaltungen zusammenhängenden Dienstleistungen nach Artikel 53 der Richtlinie 2006/112/EG gehören die Dienstleistungen, die direkt mit der Eintrittsberechtigung zu diesen Veranstaltungen in Verbindung stehen und an die Person, die einer Veranstaltung beiwohnt, gegen eine Gegenleistung gesondert erbracht werden.

Zu diesen zusammenhängenden Dienstleistungen gehören insbesondere die Nutzung von Garderoben oder von sanitären Einrichtungen, nicht aber bloße Vermittlungsleistungen im Zusammenhang mit dem Verkauf von Eintrittskarten.

Art. 33a[20] **[Vermittlung von Eintrittskarten].** Vertreibt ein Vermittler, der im eigenen Namen, aber für Rechnung des Veranstalters handelt, oder ein anderer Steuerpflichtiger als der Veranstalter, der auf eigene Rechnung handelt, Eintrittskarten für Veranstaltungen auf dem Gebiet der Kultur, der Künste, des Sports, der Wissenschaft, des Unterrichts, der Unterhaltung oder für ähnliche Veranstaltungen, so fällt diese Dienstleistung unter Artikel 53 und Artikel 54 Absatz 1 der Richtlinie 2006/112/EG.

Unterabschnitt 8. Nebentätigkeiten zur Beförderung, Begutachtung von beweglichen Gegenständen und Arbeiten an solchen Gegenständen

Art. 34 [Ort von Montagedienstleistungen am tatsächlichen Tätigkeitsort]. Außer in den Fällen, in denen die zusammengebauten Gegenstände Bestandteil eines Grundstücks werden, bestimmt sich der Ort der Dienstleistungen an einen Nichtsteuerpflichtigen, die lediglich in der Montage verschiedener Teile einer Maschine durch einen Steuerpflichtigen bestehen, wobei der Dienstleistungsempfänger ihm alle Teile beigestellt hat, nach Artikel 54 der Richtlinie 2006/112/EG.

Unterabschnitt 9. Restaurant- und Verpflegungsdienstleistungen an Bord eines Beförderungsmittels

Art. 35 [Maßgeblichkeit Reisestrecke des Beförderungsmittels bei Bestimmung des innergemeinschaftlichen Teils der Personenbeförderung bei Restaurant- und Verpflegungsleistungen an Bord]. Zur Bestimmung des innerhalb der Gemeinschaft stattfindenden Teils der Personenbeförderung im Sinne des Artikels 57 der Richtlinie 2006/112/EG ist die Reisestrecke des Beförderungsmittels, nicht die der beförderten Personen, ausschlaggebend.

Art. 36 [Restaurant- und Verpflegungsleistungen gänzlich innerhalb und gänzlich außerhalb des innergemeinschaftlichen Teils einer Personenbeförderung]. Werden die Restaurant- und Verpflegungsdienstleistungen während des innerhalb der Gemeinschaft stattfindenden Teils der Personenbeförderung erbracht, so fallen diese Dienstleistungen unter Artikel 57 der Richtlinie 2006/112/EG.

Werden die Restaurant- und Verpflegungsdienstleistungen außerhalb dieses Teils der Personenbeförderung, aber im Gebiet eines Mitgliedstaats oder eines Drittlandes oder eines Drittgebiets erbracht, so fallen diese Dienstleistungen unter Artikel 55 der genannten Richtlinie.

Art. 37 [Restaurant- und Verpflegungsleistungen teilweise innerhalb und teilweise außerhalb des innergemeinschaftlichen Teils einer Personenbeförderung]. Der Ort der Dienstleistung einer Restaurant- oder Verpflegungsdienstleistung innerhalb der Gemeinschaft, die teilweise während, teilweise außerhalb des innerhalb der Gemeinschaft stattfindenden Teils der Personenbeförderung, aber auf dem Gebiet eines Mitgliedstaats erbracht wird, bestimmt sich für die gesamte Dienstleistung nach den Regeln für die Bestimmung des Ortes der Dienstleistung, die zu Beginn der Erbringung der Restaurant- oder Verpflegungsdienstleistung gelten.

Unterabschnitt 10. Vermietung von Beförderungsmitteln

Art. 38 [Definition Beförderungsmittel]. (1) Als „Beförderungsmittel" im Sinne von Artikel 56 und Artikel 59 UAbsatz 1 Buchstabe g der Richtlinie 2006/112/EG gelten motorbetriebene Fahrzeuge oder Fahrzeuge ohne Motor und sonstige Ausrüstungen und Vorrichtungen, die zur Beförderung von Gegenständen oder Personen von einem Ort an einen anderen konzipiert wurden und von Fahrzeugen gezogen oder geschoben werden können und die normalerweise zur Beförderung von Gegenständen oder Personen konzipiert und tatsächlich geeignet sind.

---

[20] Art. 33a eingef. mWv v. 1.1.2015 durch Verordnung (EU) 1042/2013 v. 7.10.2013 (ABl. 2013 L 284, 1).

(2) Als Beförderungsmittel nach Absatz 1 gelten insbesondere folgende Fahrzeuge:
a) Landfahrzeuge wie Personenkraftwagen, Motorräder, Fahrräder, Dreiräder sowie Wohnanhänger;
b) Anhänger und Sattelanhänger;
c) Eisenbahnwagen;
d) Wasserfahrzeuge;
e) Luftfahrzeuge;
f) Fahrzeuge, die speziell für den Transport von Kranken oder Verletzten konzipiert sind;
g) landwirtschaftliche Zugmaschinen und andere landwirtschaftliche Fahrzeuge;
h) Rollstühle und ähnliche Fahrzeuge für Kranke und Körperbehinderte, mit mechanischen oder elektronischen Vorrichtungen zur Fortbewegung.

(3) Als Beförderungsmittel nach Absatz 1 gelten nicht Fahrzeuge, die dauerhaft stillgelegt sind, sowie Container.

Art. 39 [Kurzfristige Vermietung eines Beförderungsmittels – Maßgeblichkeit der vertraglichen Vereinbarung für Bestimmung des Zeitraums der Vermietung]. (1) Für die Anwendung des Artikels 56 der Richtlinie 2006/112/EG wird die Dauer des Besitzes oder der Verwendung eines Beförderungsmittels während eines ununterbrochenen Zeitraums, das Gegenstand einer Vermietung ist, auf der Grundlage der vertraglichen Vereinbarung zwischen den beteiligten Parteien bestimmt.

Der Vertrag begründet eine Vermutung, die durch jegliche auf Fakten oder Gesetz gestützte Mittel widerlegt werden kann, um die tatsächliche Dauer des Besitzes oder der Verwendung während eines ununterbrochenen Zeitraums festzustellen.

Wird die vertraglich festgelegte Dauer einer Vermietung über einen kürzeren Zeitraum im Sinne des Artikels 56 der Richtlinie 2006/112/EG aufgrund höherer Gewalt überschritten, so ist dies für die Feststellung der Dauer des Besitzes oder der Verwendung des Beförderungsmittels während eines ununterbrochenen Zeitraums unerheblich.

(2) Werden für ein und dasselbe Beförderungsmittel mehrere aufeinanderfolgende Mietverträge zwischen denselben Parteien geschlossen, so ist als Dauer des Besitzes oder der Verwendung dieses Beförderungsmittels während eines ununterbrochenen Zeitraums die Gesamtlaufzeit aller Verträge zugrunde zu legen.

Für die Zwecke von Unterabsatz 1 sind ein Vertrag und die zugehörigen Verlängerungsverträge aufeinanderfolgende Verträge.

Die Laufzeit des Mietvertrags oder der Mietverträge über einen kürzeren Zeitraum, die einem als langfristig geltenden Mietvertrag vorausgehen, wird jedoch nicht in Frage gestellt, sofern keine missbräuchlichen Praktiken vorliegen.

(3) Sofern keine missbräuchlichen Praktiken vorliegen, gelten aufeinanderfolgende Mietverträge, die zwischen denselben Parteien geschlossen werden, jedoch unterschiedliche Beförderungsmittel zum Gegenstand haben, nicht als aufeinanderfolgende Verträge nach Absatz 2.

Art. 40 [Ort der physischen Überlassung des Beförderungsmittels als Dienstleistung]. Der Ort, an dem das Beförderungsmittel dem Dienstleistungsempfänger gemäß Artikel 56 Absatz 1 der Richtlinie 2006/112/EG tatsächlich zur Verfügung gestellt wird, ist der Ort, an dem der Dienstleistungsempfänger oder eine von ihm beauftragte Person es unmittelbar physisch in Besitz nimmt.

Unterabschnitt 11. Dienstleistungen an Nichtsteuerpflichtige außerhalb der Gemeinschaft

Art. 41 [Ort der Dienstleistung der Textübersetzung an Nichtunternehmer außerhalb der EU]. Dienstleistungen der Textübersetzung, die an einen außerhalb der Gemeinschaft ansässigen Nichtsteuerpflichtigen erbracht werden, fallen unter Artikel 59 Unterabsatz 1 Buchstabe c der Richtlinie 2006/112/EG.

Kapitel VI. Besteuerungsgrundlage (Titel VII der Richtlinie 2006/112/EG)

Art. 42 [Kreditkartengebühren als Teil der Bemessungsgrundlage des zugrunde liegenden Umsatzes]. Verlangt ein Lieferer von Gegenständen oder ein Erbringer von Dienstleistungen als Bedingung für die Annahme einer Bezahlung mit Kredit- oder Geldkarte, dass der Dienstleistungsempfänger ihm oder einem anderen Unternehmen hierfür einen Betrag entrichtet und der von diesem Empfänger zu zahlende Gesamtpreis durch die Zahlungsweise nicht beeinflusst wird, so ist dieser Betrag Bestandteil der Besteuerungsgrundlage der Lieferung von Gegenständen oder der Dienstleistung gemäß Artikel 73 bis 80 der Richtlinie 2006/112/EG.

Kapitel VII. Steuersätze

Art. 43 [Vermietung von Zelten, Wohnanhängern oder Wohnmobilen auf Campingplätzen als Beherbergungsleistung]. „Beherbergung in Ferienunterkünften" gemäß Anhang III Nummer 12 der Richtlinie 2006/112/EG umfasst auch die Vermietung von Zelten, Wohnanhängern oder Wohnmobilen, die auf Campingplätzen aufgestellt sind und als Unterkünfte dienen.

Kapitel VIII. Steuerbefreiungen

Abschnitt 1. Steuerbefreiungen für bestimmte, dem Gemeinwohl dienende Tätigkeiten (Artikel 132, 133 und 134 der Richtlinie 2006/112/EG)

Art. 44 [Reichweite der Dienstleistungen der Ausbildung, Fortbildung oder beruflichen Umschulung]. Die Dienstleistungen der Ausbildung, Fortbildung oder beruflichen Umschulung, die unter den Voraussetzungen des Artikels 132 Absatz 1 Buchstabe i der Richtlinie 2006/112/EG erbracht werden, umfassen Schulungsmaßnahmen mit direktem Bezug zu einem Gewerbe oder einem Beruf sowie jegliche Schulungsmaßnahme, die dem Erwerb oder der Erhaltung beruflicher Kenntnisse dient. Die Dauer der Ausbildung, Fortbildung oder beruflichen Umschulung ist hierfür unerheblich.

Abschnitt 2. Steuerbefreiungen für andere Tätigkeiten (Artikel 135, 136 und 137 der Richtlinie 2006/112/EG)

Art. 45 [Ausschluss Steuerbefreiung für Umsätze mit gesetzlichen Zahlungsmitteln bei „Platin Nobles"]. Die Steuerbefreiung in Artikel 135 Absatz 1 Buchstabe e der Richtlinie 2006/112/EG findet keine Anwendung auf Platinum Nobles.

Abschnitt 3. Steuerbefreiungen bei der Einfuhr (Artikel 143, 144 und 145 der Richtlinie 2006/112/EG)

Art. 46 [Beförderungsleistungen anlässlich Wohnortwechsel als Dienstleistung, die sich auf die Einfuhr von Gegenständen beziehen]. Die Steuerbefreiung in Artikel 144 der Richtlinie 2006/112/EG gilt auch für Beförderungsleistungen, die mit einer Einfuhr beweglicher körperlicher Gegenstände anlässlich eines Wohnortwechsels verbunden sind.

Abschnitt 4. Steuerbefreiungen bei der Ausfuhr (Artikel 146 und 147 der Richtlinie 2006/112/EG)

Art. 47 [Privaten Zwecken dienende Beförderungsmittel – Verwendung durch nicht natürliche Personen]. „Privaten Zwecken dienende Beförderungsmittel" im Sinne des Artikels 146 Absatz 1 Buchstabe b der Richtlinie 2006/112/EG umfassen auch Beförderungsmittel, die von Personen, die keine natürlichen Personen sind, wie etwa Einrichtungen des öffentlichen Rechts im Sinne von Artikel 13 der genannten Richtlinie oder Vereine, für nichtgeschäftliche Zwecke verwendet werden.

Art. 48 [Steuerbefreiung der Lieferungen zur Ausfuhr im persönlichen Reisegepäck – Abstellen beim Schwellenwert auf Rechnungsbetrag]. Für die Feststellung, ob der von einem Mitgliedstaat gemäß Artikel 147 Absatz 1 Unterabsatz 1 Buchstabe c der Richtlinie 2006/112/EG festgelegte Schwellenwert überschritten wurde, was eine Bedingung für die Steuerbefreiung von Lieferungen zur Mitführung im persönlichen Gepäck von Reisenden ist, wird der Rechnungsbetrag zugrunde gelegt. Der Gesamtwert mehrerer Gegenstände darf nur dann zugrunde gelegt werden, wenn alle diese Gegenstände in ein und derselben Rechnung aufgeführt sind und diese Rechnung von ein und demselben Steuerpflichtigen, der diese Gegenstände liefert, an ein und denselben Abnehmer ausgestellt wurde.

Abschnitt 5. Steuerbefreiungen bei bestimmten, Ausfuhren gleichgestellten Umsätzen (Artikel 151 und 152 der Richtlinie 2006/112/EG)

Art. 49 [Anwendbarkeit der Steuerbefreiung für elektronische Dienstleistungen an diplomatische Mission, internationale Einrichtungen und NATO-Streitkräfte]. Die in Artikel 151 der Richtlinie 2006/112/EG vorgesehene Steuerbefreiung ist auch auf elektronische Dienstleistungen anwendbar, wenn diese von einem Steuerpflichtigen erbracht werden, auf den die in den Artikeln 357 bis 369 jener Richtlinie vorgesehene Sonderregelung für elektronisch erbrachte Dienstleistungen anwendbar ist.

Art. 50 [Konsortium für eine europäische Forschungsinfrastruktur (ERIC) als internationale Einrichtung]. (1) Um als internationale Einrichtung für die Anwendung des Artikels 143 Absatz 1 Buchstabe g und des Artikels 151 Absatz 1 UAbsatz 1 Buchstabe b der Richtlinie 2006/112/EG anerkannt werden zu können, muss eine Einrichtung, die als Konsortium für eine europäische Forschungsinfrastruktur (ERIC) im Sinne der Verordnung (EG) Nr. 723/2009 des Rates vom 25. Juni 2009 über den gemeinschaftlichen Rechtsrahmen für ein Konsortium für eine europäische Forschungsinfrastruktur (ERIC)[21] gegründet werden soll, alle nachfolgenden Voraussetzungen erfüllen:

a) sie besitzt eine eigene Rechtspersönlichkeit und ist voll rechtsfähig;
b) sie wurde auf der Grundlage des Rechts der Europäischen Union errichtet und unterliegt diesem;
c) sie hat Mitgliedstaaten als Mitglieder und darf Drittländer und zwischenstaatliche Organisationen als Mitglieder einschließen, jedoch keine privaten Einrichtungen;
d) sie hat besondere und legitime Ziele, die gemeinsam verfolgt werden und im Wesentlichen nicht wirtschaftlicher Natur sind.

(2) Die in Artikel 143 Absatz 1 Buchstabe g und Artikel 151 Absatz 1 UAbsatz 1 Buchstabe b der Richtlinie 2006/112/EG vorgesehene Steuerbefreiung ist auf eine ERIC im Sinne des Absatzes 1 anwendbar, wenn diese vom Aufnahmemitgliedstaat als internationale Einrichtung anerkannt wird.

Die Grenzen und Voraussetzungen dieser Steuerbefreiung werden in einem Abkommen zwischen den Mitgliedern der ERIC gemäß Artikel 5 Absatz 1 Buchstabe d der Verordnung (EG) Nr. 723/2009 festgelegt. Bei Gegenständen, die nicht aus dem Mitgliedstaat versandt oder befördert werden, in dem ihre Lieferung bewirkt wird, und bei Dienstleistungen kann die Steuerbe-

[21] ABl. 2009 L 206, 1.

freiung entsprechend Artikel 151 Absatz 2 der Richtlinie 2006/112/EG im Wege der Mehrwertsteuererstattung erfolgen.

Art. 51 [Bescheinigung nach Anhang II der VO als Nachweis der Steuerbefreiung für Leistungen an diplomatische Mission, internationale Einrichtungen und NATO-Streitkräfte]. (1) Ist der Empfänger eines Gegenstands oder einer Dienstleistung innerhalb der Gemeinschaft, aber nicht in dem Mitgliedstaat der Lieferung oder Dienstleistung ansässig, so dient die Bescheinigung über die Befreiung von der Mehrwertsteuer und/oder der Verbrauchsteuer nach dem Muster in Anhang II dieser Verordnung entsprechend den Erläuterungen im Anhang zu dieser Bescheinigung als Bestätigung dafür, dass der Umsatz nach Artikel 151 der Richtlinie 2006/112/EG von der Steuer befreit werden kann.

Bei Verwendung der Bescheinigung kann der Mitgliedstaat, in dem der Empfänger eines Gegenstands oder einer Dienstleistung ansässig ist, entscheiden, ob er eine gemeinsame Bescheinigung für Mehrwertsteuer und Verbrauchsteuer oder zwei getrennte Bescheinigungen verwendet.

(2) Die in Absatz 1 genannte Bescheinigung wird von den zuständigen Behörden des Aufnahmemitgliedstaats mit einem Dienststempelabdruck versehen. Sind die Gegenstände oder Dienstleistungen jedoch für amtliche Zwecke bestimmt, so können die Mitgliedstaaten bei Vorliegen von ihnen festzulegender Voraussetzungen auf die Anbringung des Dienststempelabdrucks verzichten. Diese Freistellung kann im Falle von Missbrauch widerrufen werden.

Die Mitgliedstaaten teilen der Kommission mit, welche Kontaktstelle zur Angabe der für das Abstempeln der Bescheinigung zuständigen Dienststellen benannt wurde und in welchem Umfang sie auf das Abstempeln der Bescheinigung verzichten. Die Kommission gibt diese Information an die anderen Mitgliedstaaten weiter.

(3) Wendet der Mitgliedstaat der Lieferung oder Dienstleistung die direkte Befreiung an, so erhält der Lieferer oder Dienstleistungserbringer die in Absatz 1 genannte Bescheinigung vom Empfänger der Lieferung oder Dienstleistung und nimmt sie in seine Buchführung auf. Wird die Befreiung nach Artikel 151 Absatz 2 der Richtlinie 2006/112/EG im Wege der Mehrwertsteuererstattung gewährt, so ist die Bescheinigung dem in dem betreffenden Mitgliedstaat gestellten Erstattungsantrag beizufügen.

Kapitel IX. Vorsteuerabzug (Titel X der Richtlinie 2006/112/EG)

Art. 52 [Elektronische Fassung des die Einfuhr bescheinigenden Dokuments]. Verfügt der Einfuhrmitgliedstaat über ein elektronisches System zur Erfüllung der Zollformalitäten, so fallen unter den Begriff „die Einfuhr bescheinigendes Dokument“ in Artikel 178 Buchstabe e der Richtlinie 2006/112/EG auch die elektronischen Fassungen derartiger Dokumente, sofern sie eine Überprüfung des Vorsteuerabzugs erlauben.

Kapitel X. Pflichten der Steuerpflichtigen und bestimmter nichtsteuerpflichtiger Personen (Titel XI der Richtlinie 2006/112/EG)

Abschnitt 1. Steuerschuldner gegenüber dem Fiskus (Artikel 192a bis 205 der Richtlinie 2006/112/EG)

Art. 53 [Beteiligung einer festen Niederlassung an der Dienstleistung für Zwecke der Festlegung des Steuerschuldners]. (1) Für die Durchführung des Artikels 192a der Richtlinie 2006/112/EG wird eine feste Niederlassung eines Steuerpflichtigen nur dann berücksichtigt, wenn diese feste Niederlassung einen hinreichenden Grad an Beständigkeit sowie eine Struktur aufweist, die es ihr von der personellen und technischen Ausstattung her erlaubt, die Lieferung von Gegenständen oder die Erbringung von Dienstleistungen, an der sie beteiligt ist, auszuführen.

(2) Verfügt ein Steuerpflichtiger über eine feste Niederlassung in dem Gebiet des Mitgliedstaats, in dem die Mehrwertsteuer geschuldet wird, gilt diese feste Niederlassung als nicht an der Lieferung von Gegenständen oder der Erbringung von Dienstleistungen im Sinne des Artikels 192a Buchstabe b der Richtlinie 2006/112/EG beteiligt, es sei denn, der Steuerpflichtige nutzt

die technische und personelle Ausstattung dieser Niederlassung für Umsätze, die mit der Ausführung der steuerbaren Lieferung dieser Gegenstände oder der steuerbaren Erbringung dieser Dienstleistungen vor oder während der Ausführung in diesem Mitgliedstaat notwendig verbunden sind.

Wird die Ausstattung der festen Niederlassung nur für unterstützende verwaltungstechnische Aufgaben wie z. B. Buchhaltung, Rechnungsstellung und Einziehung von Forderungen genutzt, so gilt dies nicht als Nutzung bei der Ausführung der Lieferung oder der Dienstleistung.

Wird eine Rechnung jedoch unter der durch den Mitgliedstaat der festen Niederlassung vergebenen Mehrwertsteuer-Identifikationsnummer ausgestellt, so gilt diese feste Niederlassung bis zum Beweis des Gegenteils als an der Lieferung oder Dienstleistung beteiligt.

Art. 54 [Unmaßgeblichkeit der Beteiligung einer festen Niederlassung an der Dienstleistung im Fall des Sitzorts des leistenden Unternehmers im Mitgliedstaat des Orts der Leistung]. Hat ein Steuerpflichtiger den Sitz seiner wirtschaftlichen Tätigkeit in dem Mitgliedstaat, in dem die Mehrwertsteuer geschuldet wird, so findet Artikel 192a der Richtlinie 2006/112/EG keine Anwendung, unabhängig davon, ob dieser Sitz der wirtschaftlichen Tätigkeit an der von ihm getätigten Lieferung oder Dienstleistung innerhalb dieses Mitgliedstaats beteiligt ist.

Abschnitt 2. Ergänzende Bestimmungen (Artikel 272 und 273 der Richtlinie 2006/112/EG)

Art. 55 [Pflicht der Mitteilung der USt-IdNr des Leistungsempfängers an den leistenden Unternehmer]. Für Umsätze nach Artikel 262 der Richtlinie 2006/112/EG müssen Steuerpflichtige, denen nach Artikel 214 jener Richtlinie eine individuelle Mehrwertsteuer-Identifikationsnummer zuzuteilen ist, und nichtsteuerpflichtige juristische Personen, die für Mehrwertsteuerzwecke erfasst sind, wenn sie als solche handeln, ihren Lieferern oder Dienstleistungserbringern ihre Mehrwertsteuer-Identifikationsnummer mitteilen, sowie diese ihnen bekannt ist.

Steuerpflichtige im Sinne des Artikels 3 Absatz 1 Buchstabe b der Richtlinie 2006/112/EG, deren innergemeinschaftliche Erwerbe von Gegenständen nach Artikel 4 Absatz 1 der vorliegenden Verordnung nicht der Mehrwertsteuer unterliegen, müssen ihren Lieferern ihre individuelle Mehrwertsteuer-Identifikationsnummer nicht mitteilen, wenn sie gemäß Artikel 214 Absatz 1 Buchstabe d oder e jener Richtlinie für Mehrwertsteuerzwecke erfasst sind.

Kapitel XI. Sonderregelungen

Abschnitt 1. Sonderregelung für Anlagegold (Artikel 344 bis 356 der Richtlinie 2006/112/EG)

Art. 56 [Definition von Goldmärkten akzeptiertes Gewicht]. Der Begriff „mit einem von den Goldmärkten akzeptierten Gewicht“ in Artikel 344 Absatz 1 Nummer 1 der Richtlinie 2006/112/EG umfasst mindestens die in Anhang III dieser Verordnung aufgeführten Einheiten und Gewichte.

Art. 57 [Preis und Offenmarktwert zum Stichtag 1. April eines Jahres]. Für die Zwecke der Erstellung des in Artikel 345 der Richtlinie 2006/112/EG genannten Verzeichnisses von Goldmünzen beziehen sich die in Artikel 344 Absatz 1 Nummer 2 jener Richtlinie genannten Begriffe „Preis“ und „Offenmarktwert“ auf den Preis bzw. den Offenmarktwert am 1. April eines jeden Jahres. Fällt der 1. April nicht auf einen Tag, an dem derartige Preise bzw. Offenmarktwerte festgesetzt werden, so sind diejenigen des nächsten Tages, an dem eine Festsetzung erfolgt, zugrunde zu legen.

[Abschnitt 2 bis 31.12.2014:][22]

Abschnitt 2. Sonderregelung für nicht in der Gemeinschaft ansässige Steuerpflichtige, die elektronische Dienstleistungen an Nichtsteuerpflichtige erbringen (Artikel 357 bis 369 der Richtlinie 2006/112/EG)

Art. 58 ***[Ausschluss von Anwendung der Sonderregelung für elektronische Dienstleistungen durch Mitgliedstaat der Identifizierung – Abgabe der MwSt-Erklärung].*** *Erfüllt ein nicht in der Gemeinschaft ansässiger Steuerpflichtiger, der die Sonderregelung für elektronisch erbrachte Dienstleistungen der Artikel 357 bis 369 der Richtlinie 2006/112/EG anwendet, während eines Kalenderquartals mindestens eines der in Artikel 363 der genannten Richtlinie geregelten Ausschlusskriterien, so schließt der Mitgliedstaat der Identifizierung diesen Steuerpflichtigen von der Anwendung der Sonderregelung aus. In diesen Fällen kann der nicht in der Gemeinschaft ansässige Steuerpflichtige von da an jederzeit im Kalenderquartal von der Anwendung der Sonderregelung ausgeschlossen werden.*

Der nicht in der Gemeinschaft ansässige Steuerpflichtige gibt in Bezug auf die elektronisch erbrachten Dienstleistungen, die er vor dem Ausschluss in dem Kalenderquartal erbracht hat, in dem der Ausschluss erfolgt, gemäß Artikel 364 der Richtlinie 2006/112/EG eine Mehrwertsteuererklärung für das gesamte Kalenderquartal ab. Die Pflicht zur Abgabe dieser Steuererklärung gilt unbeschadet der Pflicht, sich gegebenenfalls nach den normalen Vorschriften in einem Mitgliedstaat für Mehrwertsteuerzwecke erfassen zu lassen.

Art. 59 ***[Elektronisch erbrachte Dienstleistungen – Kalenderquartal als Erklärungszeitraum].*** *Jeder Erklärungszeitraum (Kalenderquartal) gemäß Artikel 364 der Richtlinie 2006/112/EG ist ein eigenständiger Erklärungszeitraum.*

Art. 60 ***[Elektronisch erbrachte Dienstleistungen – Änderung der ursprünglichen MwSt-Erklärung].*** *Sobald eine Mehrwertsteuererklärung entsprechend Artikel 364 der Richtlinie 2006/112/EG abgegeben wurde, ist jegliche Änderung der darin enthaltenen Zahlen ausschließlich im Wege einer Änderung dieser Erklärung und nicht durch Berichtigung in einer Erklärung für einen späteren Zeitraum vorzunehmen.*

Art. 61 ***[Elektronisch erbrachte Dienstleistungen – Verbot von Rundungen in der MwSt-Erklärung].*** *Die Beträge in der Mehrwertsteuererklärung für die Zwecke der Anwendung der Sonderregelung für elektronisch erbrachte Dienstleistungen der Artikel 357 bis 369 der Richtlinie 2006/112/EG werden nicht auf den nächsten vollen Betrag der betreffenden Währungseinheit gerundet. Es ist jeweils der genaue Mehrwertsteuerbetrag anzugeben und abzuführen.*

Art. 62 ***[Elektronisch erbrachte Dienstleistungen – Rückzahlung zu viel gezahlter MwSt durch Mitgliedstaat der Identifzierung/des Verbrauchs].*** *Hat der Mitgliedstaat der Identifizierung einen Betrag vereinnahmt, der höher ist, als es der nach Artikel 364 der Richtlinie 2006/112/EG für elektronisch erbrachte Dienstleistungen abgegebenen Mehrwertsteuererklärung entspricht, so erstattet er dem betreffenden Steuerpflichtigen den zu viel gezahlten Betrag direkt.*

Hat der Mitgliedstaat der Identifizierung einen Betrag entsprechend einer Mehrwertsteuererklärung vereinnahmt, die sich später als nicht korrekt erwiesen hat, und hat er diesen Betrag bereits an die Mitgliedstaaten des Verbrauchs weitergeleitet, so erstatten diese dem betreffenden nicht in der Gemeinschaft ansässigen Steuerpflichtigen den jeweils zu viel gezahlten Betrag direkt und unterrichten den Mitgliedstaat der Identifizierung über die Berichtigung des Betrags.

Art. 63 ***[Elektronisch erbrachte Dienstleistungen – Zuordnung gezahlter MwSt zu einer Steuererklärung].*** *Die gemäß Artikel 367 der Richtlinie 2006/112/EG gezahlten Mehrwertsteuerbeträge beziehen sich nur auf diese gemäß Artikel 364 dieser Richtlinie abgegebene Mehrwertsteuererklärung. Jegliche spätere Änderung an den gezahlten Beträgen darf ausschließlich unter Bezug auf diese Erklärung vorgenommen werden und darf nicht einer anderen Erklärung zugeschrieben oder im Rahmen einer späteren Erklärung berichtigt werden.*

---

[22] Kapitel XI. Abschnitt 2. Art. 58–63 aF bis 31.12.2014, geänd. durch Verordnung (EU) Nr. 967/2012 vom 9.10.2012 (ABl. 2012 L 290, 1).

[Abschnitt 2 ab 1. 1. 2015:][23]

Abschnitt 2. Sonderregelungen für nicht ansässige Steuerpflichtige, die Telekommunikationsdienstleistungen, Rundfunk- und Fernsehdienstleistungen oder elektronische Dienstleistungen an Nichtsteuerpflichtige erbringen (Artikel 358 bis 369k der Richtlinie 2006/112/EG)

Unterabschnitt 1. Begriffsbestimmungen

Art. 57a **[Begriffsbestimmungen].** Für die Zwecke dieses Abschnitts gelten folgende Begriffsbestimmungen:

1. ‚Nicht-EU-Regelung': die Sonderregelung für von nicht in der Gemeinschaft ansässigen Steuerpflichtigen erbrachte Telekommunikationsdienstleistungen, Rundfunk- und Fernsehdienstleistungen oder elektronische Dienstleistungen gemäß Titel XII Kapitel 6 Abschnitt 2 der Richtlinie 2006/112/EG;
2. ‚EU-Regelung': die Sonderregelung für von in der Gemeinschaft, nicht aber im Mitgliedstaat des Verbrauchs ansässigen Steuerpflichtigen erbrachte Telekommunikationsdienstleistungen, Rundfunk- und Fernsehdienstleistungen oder elektronische Dienstleistungen gemäß Titel XII Kapitel 6 Abschnitt 3 der Richtlinie 2006/112/EG;
3. ‚Sonderregelung': je nach Zusammenhang ‚Nicht-EU-Regelung' und/oder ‚EU-Regelung';
4. ‚Steuerpflichtiger': ein Steuerpflichtiger, der nicht in der Gemeinschaft ansässig ist, gemäß der Definition in Artikel 358a Nummer 1 der Richtlinie 2006/112/EG, oder ein Steuerpflichtiger, der nicht im Mitgliedstaat des Verbrauchs ansässig ist, gemäß der Definition in Artikel 369a Absatz 1 Nummer 1 jener Richtlinie.

Unterabschnitt 2. Anwendung der EU-Regelung

Art. 57b **[Mitgliedstaat der Identifizierung].** Hat ein Steuerpflichtiger, der die EU-Regelung in Anspruch nimmt, den Sitz seiner wirtschaftlichen Tätigkeit in der Gemeinschaft, so ist der Mitgliedstaat, in dem sich dieser Sitz befindet, der Mitgliedstaat der Identifizierung.

Hat ein Steuerpflichtiger, der die EU-Regelung in Anspruch nimmt, zwar den Sitz seiner wirtschaftlichen Tätigkeit außerhalb der Gemeinschaft, aber mehr als eine feste Niederlassung in der Gemeinschaft, so kann er jeden Mitgliedstaat, in dem er eine feste Niederlassung hat, als Mitgliedstaat der Identifizierung gemäß Artikel 369a Absatz 2 der Richtlinie 2006/112/EG auswählen.

Unterabschnitt 3. Geltungsbereich der EU-Regelung

Art. 57c **[Telekommunikationsleistungen u. a.].** Die EU-Regelung gilt nicht für Telekommunikationsdienstleistungen, Rundfunk- und Fernsehdienstleistungen oder elektronische Dienstleistungen, die in einem Mitgliedstaat erbracht werden, in dem der Steuerpflichtige den Sitz seiner wirtschaftlichen Tätigkeit oder eine feste Niederlassung hat. Diese Dienstleistungen werden den zuständigen Steuerbehörden dieses Mitgliedstaats in der Mehrwertsteuererklärung gemäß Artikel 250 der Richtlinie 2006/112/EG gemeldet.

Unterabschnitt 4. Identifizierung

Art. 57d **[Geltungszeitpunkt der Sonderregelung].** Erklärt ein Steuerpflichtiger dem Mitgliedstaat der Identifizierung, dass er beabsichtigt, eine der Sonderregelungen in Anspruch zu nehmen, so gilt die betreffende Sonderregelung ab dem ersten Tag des folgenden Kalenderquartals.

---

[23] Kapitel XI Abschnitt 2 Art. 57a–63c nF ab 1. 1. 2015 eingef. durch Verordnung (EU) Nr. 967/2012 vom 9. 10. 2012 (ABl.2012 L 290, 1).

Erfolgt die erste Erbringung von Dienstleistungen, die unter diese Sonderregelung fallen, jedoch vor dem in Absatz 1 genannten Termin, so gilt die Sonderregelung ab dem Tag der ersten Leistungserbringung, vorausgesetzt der Steuerpflichtige unterrichtet den Mitgliedstaat der Identifizierung spätestens am zehnten Tag des Monats, der auf diese erste Leistungserbringung folgt, über die Aufnahme der unter die Regelung fallenden Tätigkeiten.

Art. 57e [Identifizierung mit MwSt-Identifikationsnummer]. Der Mitgliedstaat der Identifizierung identifiziert den Steuerpflichtigen, der die EU-Regelung in Anspruch nimmt, anhand seiner Mehrwertsteuer-Identifikationsnummer gemäß den Artikeln 214 und 215 der Richtlinie 2006/112/EG.

Art. 57f [Änderung des Mitgliedstaats der Identifizierung]. (1) Erfüllt ein Steuerpflichtiger, der die EU-Regelung in Anspruch nimmt, nicht mehr die Voraussetzungen gemäß der Definition in Artikel 369a Absatz 1 Nummer 2 der Richtlinie 2006/112/EG, so ist der Mitgliedstaat, der ihm die Mehrwertsteuer-Identifikationsnummer erteilt hat, nicht mehr der Mitgliedstaat der Identifizierung. Erfüllt ein Steuerpflichtiger weiter die Voraussetzungen für die Inanspruchnahme dieser Sonderregelung, so gibt er, um diese Regelung weiterhin in Anspruch nehmen zu können, als neuen Mitgliedstaat der Identifizierung den Mitgliedstaat, in dem er den Sitz seiner wirtschaftlichen Tätigkeit hat, oder, wenn er den Sitz seiner wirtschaftlichen Tätigkeit nicht in der Gemeinschaft hat, einen Mitgliedstaat, in dem er eine feste Niederlassung hat, an.

(2) Ändert sich gemäß Absatz 1 der Mitgliedstaat der Identifizierung, so gilt diese Änderung ab dem Tag, an dem der Steuerpflichtige nicht mehr den Sitz seiner wirtschaftlichen Tätigkeit oder keine feste Niederlassung mehr in dem zuvor als Mitgliedstaat der Identifizierung angegebenen Mitgliedstaat hat.

Art. 57g [Beendigung der Inanspruchnahme]. Ein Steuerpflichtiger, der eine Sonderregelung in Anspruch nimmt, kann die Inanspruchnahme dieser Sonderregelung beenden, unabhängig davon, ob er weiterhin Dienstleistungen erbringt, die unter diese Sonderregelung fallen können. Der Steuerpflichtige unterrichtet den Mitgliedstaat der Identifizierung mindestens 15 Tage vor Ablauf des Kalenderquartals vor demjenigen, in welchem er die Inanspruchnahme der Regelung beenden will. Eine Beendigung ist ab dem ersten Tag des nächsten Kalenderquartals wirksam.

Mehrwertsteuerpflichten im Zusammenhang mit der Erbringung von Telekommunikationsdienstleistungen, Rundfunk- und Fernsehdienstleistungen oder elektronischen Dienstleistungen, die nach dem Zeitpunkt entstehen, zu dem die Beendigung der Inanspruchnahme wirksam wurde, wird direkt bei den Steuerbehörden des betreffenden Mitgliedstaats des Verbrauchs nachgekommen.

Beendet ein Steuerpflichtiger die Inanspruchnahme einer der Sonderregelungen gemäß Absatz 1, so wird er in jedem Mitgliedstaat für zwei Kalenderquartale ab dem Datum der Beendigung der Inanspruchnahme von der Sonderregelung ausgeschlossen.

Unterabschnitt 5. Berichtspflichten

Art. 57h [Art. 57f] [Berichtspflichten]. (1) Ein Steuerpflichtiger unterrichtet den Mitgliedstaat der Identifizierung spätestens am zehnten Tag des folgenden Monats auf elektronischem Wege von

- der Beendigung seiner unter eine Sonderregelung fallenden Tätigkeiten,
- jeglichen Änderungen seiner unter eine Sonderregelung fallenden Tätigkeiten, durch die er die Voraussetzungen für die Inanspruchnahme dieser Sonderregelung nicht mehr erfüllt, und
- sämtlichen Änderungen der zuvor dem Mitgliedstaat der Identifikation mitgeteilten Angaben.

(2) Ändert sich der Mitgliedstaat der Identifizierung gemäß Artikel 57f, so unterrichtet der Steuerpflichtige die beiden betroffenen Mitgliedstaaten spätestens am zehnten Tag des Monats, der auf die Verlagerung des Sitzes der wirtschaftlichen Tätigkeit oder der festen Niederlassung folgt, über diese Änderung. Er teilt dem neuen Mitgliedstaat der Identifizierung die Registrierungsdaten mit, die erforderlich sind, wenn ein Steuerpflichtiger eine Sonderregelung erstmals in Anspruch nimmt.

Unterabschnitt 6. Ausschluss

Art. 58 [Ausschluss]. Findet zumindest eines der Ausschlusskriterien gemäß den Artikeln 363 und 369e der Richtlinie 2006/112/EG auf einen Steuerpflichtigen, der eine der Sonderregelungen in Anspruch nimmt, Anwendung, so schließt der Mitgliedstaat der Identifizierung diesen Steuerpflichtigen von der betreffenden Regelung aus.

Nur der Mitgliedstaat der Identifizierung kann einen Steuerpflichtigen von der Inanspruchnahme einer der Sonderregelungen ausschließen.

Der Mitgliedstaat der Identifizierung stützt seine Entscheidung über den Ausschluss auf alle verfügbaren Informationen, einschließlich Informationen eines anderen Mitgliedstaats.

Der Ausschluss ist ab dem ersten Tag des Kalenderquartals wirksam, das auf den Tag folgt, an dem die Entscheidung über den Ausschluss dem Steuerpflichtigen elektronisch übermittelt worden ist.

Ist der Ausschluss jedoch auf eine Änderung des Sitzes der wirtschaftlichen Tätigkeit oder der festen Niederlassung zurückzuführen, so ist der Ausschluss ab dem Tag dieser Änderung wirksam.

Art. 58a [Vermutungsregelung]. Hinsichtlich eines Steuerpflichtigen, der eine Sonderregelung in Anspruch nimmt und der über einen Zeitraum von acht aufeinander folgenden Kalenderquartalen in keinem Mitgliedstaat des Verbrauchs der betreffenden Regelung unterliegende Dienstleistungen erbracht hat, wird davon ausgegangen, dass er seine steuerbaren Tätigkeiten im Sinne des Artikels 363 Buchstabe b bzw. des Artikels 369e Buchstabe b der Richtlinie 2006/112/EG beendet hat. Diese Beendigung hindert ihn nicht daran, bei Wiederaufnahme seiner unter eine Sonderregelung fallenden Tätigkeiten eine Sonderregelung in Anspruch zu nehmen.

Art. 58b [Wiederholter Verstoß]. (1) Der Ausschluss eines Steuerpflichtigen von einer der Sonderregelungen wegen wiederholten Verstoßes gegen die einschlägigen Vorschriften gilt in jedem Mitgliedstaat und für beide Regelungen während acht Kalenderquartalen nach dem Kalenderquartal, in dem der Steuerpflichtige ausgeschlossen wurde.

(2) Als wiederholter Verstoß gegen die Vorschriften einer der Sonderregelungen im Sinne des Artikels 363 Buchstabe d oder des Artikels 369e Buchstabe d der Richtlinie 2006/112/EG durch den Steuerpflichtigen gelten mindestens die folgenden Fälle:

a) dem Steuerpflichtigen wurden vom Mitgliedstaat der Identifizierung für drei unmittelbar vorhergehende Kalenderquartale Erinnerungen gemäß Artikel 60a erteilt und die Mehrwertsteuererklärung wurde für jedes dieser Kalenderquartale nicht binnen zehn Tagen, nachdem die Erinnerung erteilt wurde, abgegeben;
b) vom Mitgliedstaat der Identifizierung wurden ihm für drei unmittelbar vorhergehende Kalenderquartale Erinnerungen gemäß Artikel 63a erteilt und der Gesamtbetrag der erklärten Mehrwertsteuer ist von ihm nicht binnen zehn Tagen, nachdem die Erinnerung erteilt wurde, für jedes dieser Kalenderquartale gezahlt außer wenn der ausstehende Betrag weniger als 100 EUR für jedes dieser Kalenderquartale beträgt;
c) er hat nach einer Aufforderung des Mitgliedstaats der Identifizierung oder des Mitgliedstaats des Verbrauchs und einen Monat nach einer nachfolgenden Erinnerung des Mitgliedstaats der Identifizierung die in den Artikeln 369 und 369k der Richtlinie 2006/112/EG genannten Aufzeichnungen nicht elektronisch zur Verfügung gestellt.

Art. 58c [Pflichten nach Ausschluss]. Ein Steuerpflichtiger, der von einer der Sonderregelungen ausgeschlossen worden ist, kommt allen seinen Mehrwertsteuerpflichten im Zusammenhang mit der Erbringung von Telekommunikationsdienstleistungen, Rundfunk- und Fernsehdienstleistungen oder elektronischen Dienstleistungen, die nach dem Zeitpunkt entstehen, zu dem der Ausschluss wirksam wurde, direkt bei den Steuerbehörden des betreffenden Mitgliedstaats des Verbrauchs nach.

Unterabschnitt 7. Mehrwertsteuererklärung

Art. 59 [Erklärungszeitraum]. (1) Jeder Erklärungszeitraum im Sinne des Artikels 364 oder des Artikels 369f der Richtlinie 2006/112/EG ist ein eigenständiger Erklärungszeitraum.

(2) Gilt eine Sonderregelung gemäß Artikel 57d Absatz 2 ab dem ersten Tag der Leistungserbringung, so gibt der Steuerpflichtige eine gesonderte Mehrwertsteuererklärung für das Kalenderquartal ab, in dem die erste Leistungserbringung erfolgt ist.

(3) Wurde ein Steuerpflichtiger während eines Erklärungszeitraums im Rahmen jeder der Sonderregelungen registriert, so richtet er im Rahmen jeder Sonderregelung Mehrwertsteuererklärungen und entsprechende Zahlungen hinsichtlich der Erbringung von Dienstleistungen und die von dieser Regelung erfassten Zeiträume an den Mitgliedstaat der Identifizierung.

(4) Ändert sich gemäß Artikel 57f der Mitgliedstaat der Identifizierung nach dem ersten Tag des betreffenden Kalenderquartals, so richtet der Steuerpflichtige Mehrwertsteuererklärungen und entsprechende Mehrwertsteuerzahlungen an den ehemaligen und an den neuen Mitgliedstaat der Identifizierung, die sich auf die Erbringung von Dienstleistungen während der Zeiträume, in denen die Mitgliedstaaten jeweils Mitgliedstaat der Identifizierung waren, beziehen.

Art. 59a [MwSt-Nullmeldung]. Hat ein Steuerpflichtiger, der eine Sonderregelung in Anspruch nimmt, während eines Erklärungszeitraums keine Dienstleistungen in irgendeinem Mitgliedstaat des Verbrauchs im Rahmen dieser Sonderregelung erbracht, so reicht er eine Mehrwertsteuererklärung ein, aus der hervorgeht, dass in dem Zeitraum keine Dienstleistungen erbracht wurden (MwSt.-Nullmeldung).

Art. 60 [Mehrwertsteuerbetrag]. Die Beträge in den Mehrwertsteuererklärungen im Rahmen der Sonderregelungen werden nicht auf die nächste volle Einheit auf- oder abgerundet. Es ist jeweils der genaue Mehrwertsteuerbetrag anzugeben und abzuführen.

Art. 60a [Erinnerung, Mahnung]. Der Mitgliedstaat der Identifizierung erinnert Steuerpflichtige, die keine Mehrwertsteuererklärung gemäß Artikel 364 oder Artikel 369f der Richtlinie 2006/112/EG abgegeben haben, auf elektronischem Wege an ihre Verpflichtung zur Abgabe dieser Erklärung. Der Mitgliedstaat der Identifizierung erteilt die Erinnerung am zehnten Tag, der auf den Tag folgt, an dem die Erklärung hätte vorliegen sollen, und unterrichtet die übrigen Mitgliedstaaten auf elektronischem Wege über die Erteilung einer Erinnerung.

Für alle nachfolgenden Mahnungen und sonstigen Schritte zur Festsetzung und Erhebung der Mehrwertsteuer ist der betreffende Mitgliedstaat des Verbrauchs zuständig.

Der Steuerpflichtige gibt die Mehrwertsteuererklärung ungeachtet jeglicher durch den Mitgliedstaat des Verbrauchs erteilter Mahnungen und getroffener Maßnahmen im Mitgliedstaat der Identifizierung ab.

Art. 61 [Änderung der Mehrwertsteuererklärung]. (1) Änderungen der in einer Mehrwertsteuererklärung enthaltenen Zahlen werden nach ihrer Abgabe ausschließlich im Wege von Änderungen dieser Erklärung und nicht durch Berichtigungen in einer nachfolgenden Erklärung vorgenommen.

(2) Die in Absatz 1 genannten Änderungen sind innerhalb von drei Jahren ab dem Tag, an dem die ursprüngliche Erklärung abzugeben war, auf elektronischem Wege beim Mitgliedstaat der Identifizierung abzugeben.

Die Vorschriften des Mitgliedstaats des Verbrauchs in Bezug auf Steuerfestsetzungen und Änderungen bleiben jedoch unberührt.

Art. 61a [Abschließende Mehrwertsteuererklärung]. Wenn ein Steuerpflichtiger

a) die Inanspruchnahme einer der Sonderregelungen beendet,
b) von einer der Sonderregelungen ausgeschlossen wird oder
c) den Mitgliedstaat der Identifizierung gemäß Artikel 57f ändert,

richtet er seine abschließende Mehrwertsteuererklärung und die entsprechende Zahlung sowie jegliche Berichtigungen oder verspätete Abgabe vorangegangener Mehrwertsteuererklärungen und die entsprechenden Zahlungen an den Mitgliedstaat, der vor der Beendigung, dem Ausschluss oder der Änderung der Mitgliedstaat der Identifizierung war.

Unterabschnitt 8. Währung

Art. 61b [Landeswährung]. Bestimmt ein Mitgliedstaat der Identifizierung, dessen Währung nicht der Euro ist, dass die Mehrwertsteuererklärungen in seiner Landeswährung zu erstellen sind, so gilt diese Bestimmung für die Mehrwertsteuererklärungen von allen Steuerpflichtigen, die Sonderregelungen in Anspruch nehmen.

Unterabschnitt 9. Zahlungen

Art. 62 [Mehrwertsteuerzahlung]. Unbeschadet des Artikels 63a Absatz 3 und des Artikels 63b richtet ein Steuerpflichtiger alle Zahlungen an den Mitgliedstaat der Identifizierung.

Mehrwertsteuerzahlungen des Steuerpflichtigen gemäß Artikel 367 oder Artikel 369i der Richtlinie 2006/112/EG beziehen sich nur auf die gemäß Artikel 364 oder Artikel 369f dieser Richtlinie abgegebene Mehrwertsteuererklärung. Jede spätere Berichtigung der gezahlten Beträge durch den Steuerpflichtigen wird ausschließlich unter Bezugnahme auf diese Erklärung vorgenommen und darf weder einer anderen Erklärung zugeordnet noch bei einer späteren Erklärung berichtigt werden. Bei jeder Zahlung ist die Referenznummer der betreffenden Steuererklärung anzugeben.

Art. 63 [Erstattung]. Hat ein Mitgliedstaat der Identifizierung einen Betrag vereinnahmt, der höher ist als es der Mehrwertsteuererklärung gemäß Artikel 364 oder Artikel 369f der Richtlinie 2006/112/EG entspricht, so erstattet er dem betreffenden Steuerpflichtigen den zu viel gezahlten Betrag direkt.

Hat ein Mitgliedstaat der Identifizierung einen Betrag aufgrund einer Mehrwertsteuererklärung erhalten, die sich später als unrichtig herausstellt, und hat er diesen Betrag bereits an die Mitgliedstaaten des Verbrauchs weitergeleitet, so erstatten diese Mitgliedstaaten des Verbrauchs dem Steuerpflichtigen direkt ihren jeweiligen Anteil an dem zu viel gezahlten Betrag.

Beziehen sich die zu viel gezahlten Beträge jedoch auf Zeiträume bis einschließlich zum letzten Erklärungszeitraum im Jahr 2018, erstattet der Mitgliedstaat der Identifizierung den betreffenden Anteil des entsprechenden Teils des gemäß Artikel 46 Absatz 3 der Verordnung (EU) Nr. 904/2010 einbehaltenen Betrags, und der Mitgliedstaat des Verbrauchs erstattet den zu viel gezahlten Betrag abzüglich des vom Mitgliedstaat der Identifizierung erstatteten Betrags.

Die Mitgliedstaaten des Verbrauchs unterrichten den Mitgliedstaat der Identifizierung auf elektronischem Wege über den Betrag dieser Erstattungen.

Art. 63a [Elektronische Mahnung]. Gibt ein Steuerpflichtiger zwar eine Mehrwertsteuererklärung gemäß Artikel 364 oder Artikel 369f der Richtlinie 2006/112/EG ab, aber es wird keine Zahlung oder eine geringere Zahlung als die sich aus der Erklärung ergebende Zahlung geleistet, so schickt der Mitgliedstaat der Identifizierung dem Steuerpflichtigen am zehnten Tag nach dem Tag, an dem die Zahlung gemäß Artikel 367 oder Artikel 369i der Richtlinie 2006/112/EG spätestens zu leisten war, wegen der überfälligen Mehwertsteuer eine Erinnerung auf elektronischem Wege.

Der Mitgliedstaat der Identifizierung unterrichtet die Mitgliedstaaten des Verbrauchs auf elektronischem Wege über die Versendung der Erinnerung.

Für alle nachfolgenden Mahnungen und sonstigen Schritte zur Erhebung der Mehrwertsteuer ist der betreffende Mitgliedstaat des Verbrauchs zuständig. Sind vom Mitgliedstaat des Verbrauchs nachfolgende Mahnungen erteilt worden, erfolgt die entsprechende Mehrwertsteuerzahlung an diesen Mitgliedstaat.

Der Mitgliedstaat des Verbrauchs unterrichtet den Mitgliedstaat der Identifizierung auf elektronischem Wege über die Erteilung der Mahnung.

Art. 63b [Zinsen, Geldbußen bei unvollständiger, unrichtiger oder verspäteter Mehrwertsteuererklärung]. Ist keine Mehrwertsteuererklärung abgegeben worden, oder ist die Mehrwertsteuererklärung zu spät abgegeben worden oder ist sie unvollständig oder unrichtig, oder wird die Mehrwertsteuer zu spät gezahlt, so werden etwaige Zinsen, Geldbußen oder sonstige Abgaben von dem Mitgliedstaat des Verbrauchs berechnet und festgesetzt. Der Steuerpflichtige zahlt diese Zinsen, Geldbußen oder sonstige Abgaben direkt an den Mitgliedstaat des Verbrauchs.

Unterabschnitt 10. Aufzeichnungen

Art. 63c [Informationspflichten]. (1) Um als hinreichend ausführlich im Sinne der Artikel 369 und 369k der Richtlinie 2006/112/EG angesehen zu werden, enthalten die vom Steuerpflichtigen zu führenden Aufzeichnungen die folgenden Informationen:
a) Mitgliedstaat des Verbrauchs, in dem die Dienstleistung erbracht wird;
b) Art der erbrachten Dienstleistung;
c) Datum der Dienstleistungserbringung;
d) Steuerbemessungsgrundlage unter Angabe der verwendeten Währung;
e) jede anschließende Erhöhung oder Senkung der Steuerbemessungsgrundlage;
f) anzuwendender Mehrwertsteuersatz;
g) Betrag der zu zahlenden Mehrwertsteuer unter Angabe der verwendeten Währung;
h) Datum und Betrag der erhaltenen Zahlungen;
i) alle vor Erbringung der Dienstleistung erhaltenen Vorauszahlungen;
j) falls eine Rechnung ausgestellt wurde, die darin enthaltenen Informationen;
k) Name des Dienstleistungsempfängers, soweit dem Steuerpflichtigen bekannt;
l) Informationen zur Bestimmung des Orts, an dem der Dienstleistungsempfänger ansässig ist oder seinen Wohnsitz oder gewöhnlichen Aufenthalt hat.

(2) Der Steuerpflichtige erfasst die Informationen gemäß Absatz 1 so, dass sie unverzüglich und für jede einzelne erbrachte Dienstleistung auf elektronischem Wege zur Verfügung gestellt werden können.

Kapitel XII. Schlussbestimmungen

Art. 64 [Aufhebung Verordnung (EG) Nr. 1777/2005]. Die Verordnung (EG) Nr. 1777/2005 wird aufgehoben. Bezugnahmen auf die aufgehobene Verordnung gelten als Bezugnahmen auf die vorliegende Verordnung und sind nach Maßgabe der Entsprechungstabelle in Anhang IV zu lesen.

Art. 65 [Inkrafttreten]. Diese Verordnung tritt am zwanzigsten Tag nach ihrer Veröffentlichung im *Amtsblatt der Europäischen Union* in Kraft.

Sie gilt ab 1. Juli 2011.

Jedoch
- gelten Artikel 3 Buchstabe a, Artikel 11 Absatz 2 Buchstabe b, Artikel 23 Absatz 1 und Artikel 24 Absatz 1 ab dem 1. Januar 2013;
- gilt Artikel 3 Buchstabe b ab dem 1. Januar 2015;
- gilt Artikel 11 Absatz 2 Buchstabe c bis zum 31. Dezember 2014.

Anhang I. Artikel 7 der vorliegenden Verordnung

1. Anhang II Nummer 1 der Richtlinie 2006/112/EG:
   a) Webhosting (Websites und Webpages);
   b) automatisierte Online-Fernwartung von Programmen;
   c) Fernverwaltung von Systemen;
   d) Online-Data-Warehousing (Datenspeicherung und -abruf auf elektronischem Wege);
   e) Online-Bereitstellung von Speicherplatz nach Bedarf.
2. Anhang II Nummer 2 der Richtlinie 2006/112/EG:
   a) Gewährung des Zugangs zu oder Herunterladen von Software (zB Beschaffungs- oder Buchführungsprogramme, Software zur Virusbekämpfung) und Updates;
   b) Bannerblocker (Software zur Unterdrückung der Anzeige von Werbebannern);
   c) Herunterladen von Treibern (zB Software für Schnittstellen zwischen Computern und Peripheriegeräten wie zB Printer);
   d) automatisierte Online-Installation von Filtern auf Websites;
   e) automatisierte Online-Installation von Firewalls.
3. Anhang II Nummer 3 der Richtlinie 2006/112/EG:
   a) Gewährung des Zugangs zu oder Herunterladen von Desktop-Gestaltungen;
   b) Gewährung des Zugangs zu oder Herunterladen von Fotos, Bildern und Screensavern;
   c) digitalisierter Inhalt von E-Books und anderen elektronischen Publikationen;
   d) Abonnement von Online-Zeitungen und -Zeitschriften;
   e) Web-Protokolle und Website-Statistiken;
   f) Online-Nachrichten, -Verkehrsinformationen und -Wetterbericht;
   g) Online-Informationen, die automatisch anhand spezifischer, vom Dienstleistungsempfänger eingegebener Daten etwa aus dem Rechts- oder Finanzbereich generiert werden (zB Börsendaten in Echtzeit);
   h) Bereitstellung von Werbeplätzen (zB Bannerwerbung auf Websites und Webpages);
   i) Benutzung von Suchmaschinen und Internetverzeichnissen.
4. Anhang II Nummer 4 der Richtlinie 2006/112/EG:
   a) Gewährung des Zugangs zu oder Herunterladen von Musik auf Computer und Mobiltelefon;
   b) Gewährung des Zugangs zu oder Herunterladen von Jingles, Ausschnitten, Klingeltönen und anderen Tönen;
   c) Gewährung des Zugangs zu oder Herunterladen von Filmen;
   d) Herunterladen von Spielen auf Computer und Mobiltelefon;
   e) Gewährung des Zugangs zu automatisierten Online-Spielen, die nur über das Internet oder ähnliche elektronische Netze laufen und bei denen die Spieler räumlich voneinander getrennt sind.

   [ab 1.1.2015:][24]
   a) Empfang von Rundfunk- oder Fernsehsendungen, die über ein Rundfunk- oder Fernsehnetz, das Internet oder ein ähnliches elektronisches Netz verbreitet werden und die der Nutzer auf individuellen Abruf zum Anhören oder Anschauen zu einem von ihm bestimmten Zeitpunkt aus einem von dem Mediendiensteanbieter bereitgestellten Programmverzeichnis auswählt, wie Fernsehen auf Abruf oder Video-on-Demand;
   b) Empfang von Rundfunk- oder Fernsehsendungen, die über das Internet oder ein ähnliches elektronisches Netz (IP-Streaming) übertragen werden, es sei denn, sie werden zeitgleich zu ihrer Verbreitung oder Weiterverbreitung durch herkömmliche Rundfunk- und Fernsehnetze übertragen;
   c) die Erbringung von Audio- und audiovisuellen Inhalten über Kommunikationsnetze, die weder durch einen Mediendiensteanbieter noch unter dessen redaktioneller Verantwortung erfolgt;
   d) die Weiterleitung der Audio- und audiovisuellen Erzeugnisse eines Mediendiensteanbieters über Kommunikationsnetze durch eine andere Person als den Mediendiensteanbieter.

---

[24] Anhang I Nr. 4 Buchst. f bis i eingef. mWv 1.1.2015 durch Verordnung (EU) 1042/2013 v. 7.10.2013 (ABl. 2013 L 284, 1).

5. Anhang II Nummer 5 der Richtlinie 2006/112/EG:
   a) Automatisierter Fernunterricht, dessen Funktionieren auf das Internet oder ein ähnliches elektronisches Netz angewiesen ist und dessen Erbringung wenig oder gar keine menschliche Beteiligung erfordert, einschließlich sogenannter virtueller Klassenzimmer, es sei denn, das Internet oder das elektronische Netz dient nur als Kommunikationsmittel zwischen Lehrer und Schüler;
   b) Arbeitsunterlagen, die vom Schüler online bearbeitet und anschließend ohne menschliches Eingreifen automatisch korrigiert werden.

Anhang II. Artikel 51 der vorliegenden Verordnung

EUROPÄISCHE UNION

BESCHEINIGUNG ÜBER DIE BEFREIUNG VON DER MEHRWERTSTEUER UND/ODER DER VERBRAUCHSTEUER (*)
Richtlinie 2006/112/EG Artikel 151 und Richtlinie 2008/118/EG Artikel 13

Laufende Nummer (nicht zwingend):

1. **ANTRAGSTELLENDE EINRICHTUNG BZW. PRIVATPERSON**

Bezeichnung/Name

Straße, Hausnummer

Postleitzahl, Ort

(Aufnahme-)Mitgliedstaat

2. **FÜR DAS ANBRINGEN DES DIENSTSTEMPELS ZUSTÄNDIGE BEHÖRDE (Bezeichnung, Anschrift und Rufnummer)**

3. **ERKLÄRUNG DER ANTRAGSTELLENDEN EINRICHTUNG ODER PRIVATPERSON**

Der Antragsteller (Einrichtung/Privatperson) (1) erklärt hiermit,

a) dass die in Feld 5 genannten Gegenstände und/oder Dienstleistungen bestimmt sind (2)

☐ für amtliche Zwecke

- ☐ einer ausländischen diplomatischen Vertretung
- ☐ einer ausländischen berufskonsularischen Vertretung
- ☐ einer europäischen Einrichtung, auf die das Protokoll über die Vorrechte und Befreiungen der Europäischen Union Anwendung findet
- ☐ einer internationalen Organisation
- ☐ der Streitkräfte eines der NATO angehörenden Staates
- ☐ der auf Zypern stationierten Streitkräfte des Vereinigten Königreichs

☐ zur privaten Verwendung durch

- ☐ einen Angehörigen einer ausländischen diplomatischen Vertretung
- ☐ einen Angehörigen einer ausländischen berufskonsularischen Vertretung
- ☐ einen Bediensteten einer internationalen Organisation

(Bezeichnung der Einrichtung — siehe Feld 4)

b) dass die in Feld 5 genannten Gegenstände und/oder Dienstleistungen mit den Bedingungen und Beschränkungen vereinbar sind, die in dem in Feld 1 genannten Aufnahmemitgliedstaat für die Freistellung gelten, und

c) dass die obigen Angaben richtig und vollständig sind.

Der Antragsteller (Einrichtung/Privatperson) verpflichtet sich hiermit, an den Mitgliedstaat, aus dem die Gegenstände versandt wurden oder von dem aus die Gegenstände geliefert oder die Dienstleistungen erbracht wurden, die Mehrwertsteuer und/oder Verbrauchsteuer zu entrichten, die fällig wird, falls die Gegenstände und/oder Dienstleistungen die Bedingungen für die Befreiung nicht erfüllen oder nicht für die beabsichtigten Zwecke verwendet werden bzw. nicht den beabsichtigten Zwecken dienen.

	Name und Stellung des Unterzeichnenden
Ort, Datum	Unterschrift

4. **DIENSTSTEMPEL DER EINRICHTUNG (bei Freistellung zur privaten Verwendung)**

Ort, Datum		Name und Stellung des Unterzeichnenden
	Dienststempel	Unterschrift

5. BEZEICHNUNG DER GEGENSTÄNDE UND/ODER DIENSTLEISTUNGEN, FÜR DIE DIE BEFREIUNG VON DER MEHRWERTSTEUER UND/ODER VERBRAUCHSTEUER BEANTRAGT WIRD

A. Angaben zu dem Unternehmer/zugelassenen Lagerinhaber

1) Name und Anschrift:

2) Mitgliedstaat:

3) Mehrwertsteuer-Identifikationsnummer oder Steuerregisternummer/Verbrauchsteuernummer

B. Angaben zu den Gegenständen und/oder Dienstleistungen:

Nr.	Ausführliche Beschreibung der Gegenstände und/oder Dienstleistungen (3) (oder Verweis auf beigefügten Bestellschein)	Menge oder Anzahl	Preis ohne Mehrwertsteuer oder Verbrauchsteuer		Währung
			Preis pro Einheit	Gesamtpreis	
		Gesamtbetrag			

6. BESCHEINIGUNG DER ZUSTÄNDIGEN BEHÖRDE(N) DES AUFNAHMEMITGLIEDSTAATES

Die Versendung/Lieferung bzw. Erbringung der in Feld 5 genannten Gegenstände und/oder Dienstleistungen entspricht

☐ in vollem Umfang ☐ in folgendem Umfang (Menge bzw. Anzahl) (4)

den Bedingungen für die Befreiung von der Mehrwertsteuer und/oder Verbrauchsteuer.

Name und Stellung des Unterzeichnenden

Ort, Datum Dienststempel Unterschrift

7. VERZICHT AUF ANBRINGUNG DES DIENSTSTEMPELABDRUCKS IN FELD 6 (nur bei Freistellung für amtliche Zwecke)

Mit Schreiben Nr.

vom

wird für

Bezeichnung der antragstellenden Einrichtung

auf die Anbringung des Dienststempelabdrucks in Feld 6 durch

Bezeichnung der zuständigen Behörde des Aufnahmemitgliedstaates

verzichtet.

Name und Stellung des Unterzeichnenden

Ort, Datum Dienststempel Unterschrift

(*) Je nach Fall streichen.
(1) Nichtzutreffendes streichen.
(2) Zutreffendes ankreuzen.
(3) Nicht benutzte Felder durchstreichen. Dies gilt auch, wenn ein Bestellschein beigefügt ist.
(4) Gegenstände und/oder Dienstleistungen, für die keine Befreiung gewährt werden kann, sind in Feld 5 oder auf dem Bestellschein durchzustreichen.

Erläuterungen

1. Dem Unternehmer und/oder zugelassenen Lagerinhaber dient diese Bescheinigung als Beleg für die Steuerbefreiung von Gegenständen oder Dienstleistungen, die an Einrichtungen bzw. Privatpersonen im Sinne von Artikel 151 der Richtlinie 2006/112/EG und Artikel 13 der Richtlinie 2008/118/EG versendet und/oder geliefert werden. Dementsprechend ist für jeden Lieferer/Lagerinhaber eine Bescheinigung auszufertigen. Der Lieferer/Lagerinhaber hat die Bescheinigung gemäß den in seinem Mitgliedstaat geltenden Rechtsvorschriften in seine Buchführung aufzunehmen.
2. a) Die allgemeinen Hinweise hinsichtlich des zu verwendenden Papiers und der Abmessungen der Felder sind dem Amtsblatt der Europäischen Gemeinschaften C 164 vom 1.7.1989, S. 3, zu entnehmen.
   Für alle Exemplare ist weißes Papier im Format 210 × 297 mm zu verwenden, wobei in der Länge Abweichungen von -5 bis + 8 mm zulässig sind.
   Bei einer Befreiung von der Verbrauchsteuer ist die Befreiungsbescheinigung in zwei Exemplaren auszufertigen:
   – eine Ausfertigung für den Versender;
   – eine Ausfertigung, die die Bewegungen der der Verbrauchsteuer unterliegenden Produkte begleitet.
   b) Nicht genutzter Raum in Feld 5B ist so durchzustreichen, dass keine zusätzlichen Eintragungen vorgenommen werden können.
   c) Das Dokument ist leserlich und in dauerhafter Schrift auszufüllen. Löschungen oder Überschreibungen sind nicht zulässig. Die Bescheinigung ist in einer vom Aufnahmemitgliedstaat anerkannten Sprache auszufüllen.
   d) Wird bei der Beschreibung der Gegenstände und/oder Dienstleistungen (Feld 5 Buchstabe B der Bescheinigung) auf einen Bestellschein Bezug genommen, der nicht in einer vom Aufnahmemitgliedstaat anerkannten Sprache abgefasst ist, so hat der Antragsteller (Einrichtung/Privatperson) eine Übersetzung beizufügen.
   e) Ist die Bescheinigung in einer vom Mitgliedstaat des Lieferers/Lagerinhabers nicht anerkannten Sprache verfasst, so hat der Antragsteller (Einrichtung/Privatperson) eine Übersetzung der Angaben über die in Feld 5 Buchstabe B aufgeführten Gegenstände und Dienstleistungen beizufügen.
   f) Unter einer anerkannten Sprache ist eine der Sprachen zu verstehen, die in dem betroffenen Mitgliedstaat amtlich in Gebrauch ist, oder eine andere Amtssprache der Union, die der Mitgliedstaat als zu diesem Zwecke verwendbar erklärt.
3. In Feld 3 der Bescheinigung macht der Antragsteller (Einrichtung/Privatperson) die für die Entscheidung über den Freistellungsantrag im Aufnahmemitgliedstaat erforderlichen Angaben.
4. In Feld 4 der Bescheinigung bestätigt die Einrichtung die Angaben in den Feldern 1 und 3 Buchstabe a des Dokuments und bescheinigt, dass der Antragsteller – wenn es sich um eine Privatperson handelt – Bediensteter der Einrichtung ist.
5. a) Wird (in Feld 5 Buchstabe B der Bescheinigung) auf einen Bestellschein verwiesen, so sind mindestens Bestelldatum und Bestellnummer anzugeben. Der Bestellschein hat alle Angaben zu enthalten, die in Feld 5 der Bescheinigung genannt werden. Muss die Bescheinigung von der zuständigen Behörde des Aufnahmemitgliedstaates abgestempelt werden, so ist auch der Bestellschein abzustempeln.
   b) Die Angabe der in Artikel 22 Absatz 2 Buchstabe a der Verordnung (EG) Nr. 2073/2004 des Rates vom 16.11.2004 über die Zusammenarbeit der Verwaltungsbehörden auf dem Gebiet der Verbrauchsteuern genannten Registriernummer ist nicht zwingend; die Mehrwertsteuer-Identifikationsnummer oder die Steuerregisternummer ist anzugeben.
   c) Währungen sind mit den aus drei Buchstaben bestehenden Codes der internationalen ISOIDIS-4127-Norm zu bezeichnen, die von der Internationalen Normenorganisation festgelegt wurde.[25]

---

[25] Die Codes einiger häufig benutzter Währungen lauten: EUR (Euro), BGN (Leva), CZK (Tschechische Kronen), DKK (Dänische Kronen), GBP (Pfund Sterling), HUF (Forint), LTL (Litai), PLN (Zloty), RON (Rumänische Lei), SEK (Schwedische Kronen), USD (US-Dollar).

6. Die genannte Erklärung einer antragstellenden Einrichtung/Privatperson ist in Feld 6 durch die Dienststempel der zuständigen Behörde(n) des Aufnahmemitgliedstaates zu beglaubigen. Diese Behörde(n) kann/können die Beglaubigung davon abhängig machen, dass eine andere Behörde des Mitgliedstaats zustimmt. Es obliegt der zuständigen Steuerbehörde, eine derartige Zustimmung zu erlangen.
7. Zur Vereinfachung des Verfahrens kann die zuständige Behörde darauf verzichten, von einer Einrichtung, die eine Befreiung für amtliche Zwecke beantragt, die Erlangung des Dienststempels zu fordern. Die antragstellende Einrichtung hat diese Verzichterklärung in Feld 7 der Bescheinigung anzugeben.

Anhang III. Artikel 56 der vorliegenden Verordnung

Einheit	Gehandelte Gewichte
Kilogramm	12,5/1
Gramm	500/250/100/50/20/10/5/2,5/2
Unze (1 oz = 31,1035 g)	100/10/5/1/½/¼
Tael (1 tael = 1,193 oz)[26]	10/5/1
Tola (10 tola = 3,75 oz)[27]	10

Anhang IV. Entsprechungstabelle

Verordnung (EG) Nr. 1777/2005	Vorliegende Verordnung
Kapitel I	Kapitel I
Artikel I	Artikel I
Kapitel II	Kapitel III und IV
Kapitel II Abschnitt 1	Kapitel III
Artikel 2	Artikel 5
Kapitel II Abschnitt 2	Kapitel IV
Artikel 3 Absatz 1	Artikel 9
Artikel 3 Absatz 2	Artikel 8
Kapitel III	Kapitel V
Kapitel III Abschnitt 1	Kapitel V Abschnitt 4
Artikel 4	Artikel 28
Kapitel III Abschnitt 2	Kapitel V Abschnitt 4
Artikel 5	Artikel 34
Artikel 6	Artikel 29 und 41
Artikel 7	Artikel 26
Artikel 8	Artikel 27
Artikel 9	Artikel 30
Artikel 10	Artikel 38 Absatz 2 Buchstaben b und c
Artikel 11 Absätze 1 und 2	Artikel 7 Absätze 1 und 2
Artikel 12	Artikel 7 Absatz 3
Kapitel IV	Kapitel VI
Artikel 13	Artikel 42
Kapitel V	Kapitel VIII

26 Tael = traditionelle chinesische Gewichtseinheit. In Hongkong haben Taelbarren einen nominalen Feingehalt von 990 Tausendstel, aber in Taiwan können Barren von 5 und 10 Tael einen Feingehalt von 999,9 Tausendstel haben.

27 Tola = traditionelle indische Gewichtseinheit für Gold. Am weitesten verbreitet sind Barren von 10 Tola mit einem Feingehalt von 999 Tausendstel.

Verordnung (EG) Nr. 1777/2005	Vorliegende Verordnung
Kapitel V Abschnitt 1	Kapitel VIII Abschnitt 1
Artikel 14	Artikel 44
Artikel 15	Artikel 45
Kapitel V Abschnitt 2	Kapitel VIII Abschnitt 4
Artikel 16	Artikel 47
Artikel 17	Artikel 48
Kapitel VI	Kapitel IX
Artikel 18	Artikel 52
Kapitel VII	Kapitel XI
Artikel 19 Absatz 1	Artikel 56
Artikel 19 Absatz 2	Artikel 57
Artikel 20 Absatz 1	Artikel 58
Artikel 20 Absatz 2	Artikel 62
Artikel 20 Absatz 3 Unterabsatz 1	Artikel 59
Artikel 20 Absatz 3 Unterabsatz 2	Artikel 60
Artikel 20 Absatz 3 Unterabsatz 3	Artikel 63
Artikel 20 Absatz 4	Artikel 61
Kapitel VIII	Kapitel V Abschnitt 3
Artikel 21	Artikel 16
Artikel 22	Artikel 14
Kapitel IX	Kapitel XII
Artikel 23	Artikel 65
Anhang I	Anhang I
Anhang II	Anhang III

Sachregister

Die fetten Ziffern bezeichnen die Paragraphen des Umsatzsteuergesetzes, die mageren Ziffern die Randziffern.